作品名から引ける
日本文学全集案内
第III期

日外アソシエーツ

Title Index to the Contents of The Collections of Contemporary Japanese Literature

III

Compiled by
Nichigai Associates, Inc.

©2018 by Nichigai Associates, Inc.

Printed in Japan

本書はディジタルデータでご利用いただくことが
できます。詳細はお問い合わせください。

●編集担当● 荒井 理恵

刊行にあたって

　古今の代表作家・代表作品が集められた文学全集は、文学作品に親しむ時の基本資料として、図書館、家庭で広く利用されてきた。近年では、数十巻におよぶ総合的な文学全集は少なくなり、時代や地域あるいはテーマ別に編集した全集・アンソロジーが多くなった。文庫サイズや軽装版で刊行されるシリーズも多い。これらの全集類は、多彩な文学作品を手軽に読むことができる一方、特定の作品を読もうとした時、どの全集のどの巻に収録されているかを網羅的に調べるのはインターネットが普及した現在でも容易ではない。

　小社では、多種多様な文学全集の内容を通覧し、また作品名や作家名から収載全集を調べられるツールとして「現代日本文学綜覧」「世界文学綜覧」の各シリーズを刊行してきた。また、コンパクトな1冊にまとめたツール「作品名から引ける日本文学全集案内」（1984年刊）、「同　第Ⅱ期」（2003年刊）「作品名から引ける世界文学全集案内」（1992年刊）、「同　第Ⅱ期」（2003年刊）は、作家研究の基本資料・定本として図書館や文学研究者などに好評をいただいている。

　本書は「作品名から引ける日本文学全集案内」の第Ⅲ期にあたる。1997〜2016年の20年間に刊行された日本文学全集・アンソロジーを収録対象とした。

　ある作品がどの全集・アンソロジーに収載されているか一目でわかるガイドとして、本書が前版と、また、「作品名から引ける世界文学全集案内」とあわせて、広く利用されることを願っている。

2018年5月

　　　　　　　　　　　　　　　日外アソシエーツ

凡　　例

1. 本書の内容

　　本書は、国内で刊行された近代日本文学に関する全集・アンソロジーの収載作品を、作品名から引ける索引である。

2. 収録対象

　(1) 1997（平成9）年〜2017（平成29）年に刊行が完結した全集、および刊行中のもので全巻構成が判明している全集、小説・戯曲のアンソロジーに収載された作品を収録した。

　(2) 固有題名のない作品、解説・解題・年譜・参考文献等は収録しなかった。

　(3) 収録点数は、全集・アンソロジー1,643種2,387冊の収載作品のべ36,953点である。

3. 記載事項

　(1) 記載形式

　　1) 全集名・作家名・作品名などの表記は原則として原本の表記を採用した。

　　2) 頭書・角書・冠称等のほか、原本のルビ等は、小さな文字で表示した。

　(2) 記載項目

　作品名／（作家名）

　◇「収載図書名・巻次または巻名」／出版者／出版年／（叢書名）／原本記載（開始）頁

　※巻名は巻次がないものに限り表示した。

4. 排　列

(1) 現代仮名遣いにより、作品名の読みの五十音順に排列した。濁音・半濁音は清音扱い、ヂ→シ、ヅ→スとみなした。拗促音は直音扱いとし、音引きは無視した。欧文で始まるものや記号類で始まるものは、五十音順の末尾に各々まとめた。

(2) 原本にルビがある作品の読みはそのルビに拠った。また、頭書・角書・冠称等は排列上無視した。同一表記で異なる読みがある場合は適宜参照を立てた。

(3) 作品名が同じ場合は、作家名の五十音順に排列した。

(4) 同一作品の収載全集・アンソロジーが複数ある場合は、出版年の古い順に排列した。

5. 収録全集・アンソロジー一覧（巻頭）

本書に収録した全集・アンソロジーを書名の五十音順に排列し、書誌事項を示した。

(5)

収録全集・アンソロジー一覧

【あ】

「愛」 SDP 2009
「哀歌の雨」 祥伝社（祥伝社文庫） 2016
「愛してるって言えばよかった」 リンダブックス編集部編著, リンダパブリッシャーズ企画・編集 泰文堂 2012
「愛染夢灯籠―時代小説傑作選」 日本文藝家協会編 講談社（講談社文庫） 2005
「愛憎発殺人行―鉄道ミステリー名作館」 山前譲編 徳間書店（徳間文庫） 2004
「愛と癒し」 清原康正監修 リブリオ出版（ラブミーワールド大きな活字で読みやすい本） 2001
「愛に揺れて」 清原康正監修 リブリオ出版（ラブミーワールド大きな活字で読みやすい本） 2001
「愛の怪談」 高橋克彦編 角川書店（角川ホラー文庫） 1999
「愛の交錯」 清原康正監修 リブリオ出版（ラブミーワールド大きな活字で読みやすい本） 2001
「青に捧げる悪夢」 角川書店 2005
「青に捧げる悪夢」 角川書店（角川文庫） 2013
「紅い悪夢の夏―本格短編ベスト・セレクション」 本格ミステリ作家クラブ編 講談社（講談社文庫） 2004
「紅と蒼の恐怖―ホラー・アンソロジー」 祥伝社（Non novel） 2002
「赤に捧げる殺意」 角川書店（角川文庫） 2013
「赤のミステリー―女性ミステリー作家傑作選」 山前譲編 光文社 1997
「赤ひげ横丁―人情時代小説傑作選」 縄田一男選 新潮社（新潮文庫） 2009
「秋びより―時代小説アンソロジー」 縄田一男編 KADOKAWA（角川文庫） 2014
「悪意の迷路」 日本推理作家協会編 光文社 2016
「悪魔のような女―女流ミステリー傑作選」 結城信孝編 角川春樹事務所（ハルキ文庫） 2001
「悪魔黙示録「新青年」一九三八―探偵小説暗黒の時代へ」 ミステリー文学資料館編 光文社（光文社文庫） 2011
「悪夢が嗤う瞬間」 太田忠司編 勁文社（ケイブンシャ文庫） 1997
「悪夢制御装置―ホラー・アンソロジー」 角川書店（角川文庫） 2002
「悪夢の最終列車―鉄道ミステリー傑作選」 日本ペンクラブ編 光文社（光文社文庫） 1997
「悪夢の行方―「読楽」ミステリーアンソロジー」 徳間文庫編集部編 徳間書店（徳間文庫） 2016
「赤穂浪士伝奇」 志村有弘編 勉誠出版（べんせいライブラリー） 2002
「アジアン怪綺」 井上雅彦監修 光文社（光文社文庫） 2003
「明日町こんぺいとう商店街―招きうさぎと七軒の物語」 1〜3 ポプラ社（ポプラ文庫） 2013〜2016
「あしたは戦争」 筑摩書房（ちくま文庫） 2016
「アステロイド・ツリーの彼方へ」 大森望, 日下三蔵編 東京創元社（創元SF文庫） 2016
「仇討ち」 縄田一男編 小学館（小学館文庫） 2006
「熱い賭け」 結城信孝編 早川書房（ハヤカワ文庫） 2006
「アート偏愛」 井上雅彦監修 光文社（光文社文庫） 2005
「アドレナリンの夜―珠玉のホラーストーリーズ」 秋元康著 竹書房 2009
「あなたが生まれた日―家族の愛が温かな10の感動ストーリー」 リンダブックス編集部編著 泰文堂 2013
「あなたが名探偵―新企画！ 犯人は袋とじの中 19の難事件を解決しろ」 講談社（講談社文庫） 1998
「あなたが名探偵」 東京創元社（創元推理文庫） 2009
「あなたと、どこかへ。」 文藝春秋（文春文庫） 2008
「あなたに、大切な香りの記憶はありますか？―短編小説集」 文藝春秋 2008

（6） 作品名から引ける日本文学全集案内 第III期

収録全集・アンソロジー一覧

「あなたに、大切な香りの記憶はありますか?」 文藝春秋(文春文庫) 2011

「あのころの、」 実業之日本社(実業之日本社文庫) 2012

「あのころの宝もの―ほんのり心が温まる12のショートストーリー」 メディアファクトリー 2003

「あの日から―東日本大震災鎮魂岩手県出身作家短編集」 道又力編 岩手日報社 2015

「あの日、君と」 Boys ナツイチ製作委員会編 集英社(集英社文庫) 2012

「あの日、君と」 Girls ナツイチ製作委員会編 集英社(集英社文庫) 2012

「あの日に戻れたら」 主婦と生活社 2007

「あの街で二人は―seven love stories」 新潮社(新潮文庫) 2014

「安倍晴明陰陽師伝奇文学集成」 志村有弘編 勉誠出版 2001

「甘い記憶」 新潮社 2008

「甘い記憶」 新潮社編 新潮社(新潮文庫) 2011

「甘い罠―8つの短篇小説集」 文藝春秋(文春文庫) 2012

「甘やかな祝祭―恋愛小説アンソロジー」 小池真理子、藤田宜永選, 日本ペンクラブ編 光文社
　(光文社文庫) 2004

「妖(あやかし)がささやく」 小川英子, 佐々木江利子編 翠琥出版 2015

「妖かしの宴―わらべ唄の呪い」 水木しげる監修 PHP研究所(PHP文庫) 1999

「あやかしの深川―受け継がれる怪異な土地の物語」 東雅夫編 猿江商會 2016

「怪しい舞踏会」 日本推理作家協会編 光文社(光文社文庫) 2002

「怪しき我が家―一家の怪談競作集」 東雅夫編 メディアファクトリー(MF文庫) 2011

「綾辻・有栖川復刊セレクション」 全12巻 講談社(講談社ノベルス) 2007

「綾辻行人と有栖川有栖のミステリ・ジョッキー」 1～3 綾辻行人, 有栖川有栖編・著 講談社
　2008～2012

「新走(アラバシリ)―Powers Selection」 講談社BOX編, こうもり傘イラスト 講談社 2011

「有栖川有栖の鉄道ミステリ・ライブラリー」 有栖川有栖編 角川書店(角川文庫) 2004

「有栖川有栖の本格ミステリ・ライブラリー」 有栖川有栖編 角川書店(角川文庫) 2001

「アリス殺人事件―不思議の国のアリス ミステリーアンソロジー」 横井司編 河出書房新社(河
　出文庫) 2016

「不在証明崩壊(アリバイクズシ)―ミステリーアンソロジー」 角川書店(角川文庫) 2000

「合わせ鏡―女流時代小説傑作選」 結城信孝編 角川春樹事務所(ハルキ文庫) 2003

「暗黒のメルヘン」 澁澤龍彦編 河出書房新社(河出文庫) 1998

「アンソロジー・プロレタリア文学」 1～3 楜沢健編 森話社 2013～2015

「異界への入口」 二上洋一監修 リブリオ出版(怪奇・ホラーワールド大きな活字で読みやすい
　本) 2001

「いきものがたり」 山田有策, 近藤裕子編 双文社出版 2013

「異形の白昼―恐怖小説集」 筒井康隆編 筑摩書房(ちくま文庫) 2013

「「いじめ」をめぐる物語」 朝日新聞出版 2015

「いじめの時間」 朝日新聞社 1997

「異色中国短篇傑作大全」 講談社 1997

「異色忠臣蔵大傑作集」 講談社 1999

「異色歴史短篇傑作大全」 講談社 2003

「偉人八傑推理帖―名探偵時代小説」 細谷正充編 双葉社(双葉文庫) 2004

「伊豆の江戸を歩く」 伊豆文学フェスティバル実行委員会, 伊豆新聞本社編 伊豆新聞本社(伊豆
　文学賞歴史小説傑作集) 2004

「伊豆の歴史を歩く」 伊豆文学フェスティバル実行委員会編 羽衣出版(伊豆文学賞歴史小説傑作
　集) 2006

「「伊豆文学賞」優秀作品集」 第3回 伊豆文学フェスティバル実行委員会編 静岡新聞社 2000

「「伊豆文学賞」優秀作品集」 第4回 伊豆文学フェスティバル実行委員会編 静岡新聞社 2001

「「伊豆文学賞」優秀作品集」 第5回 伊豆文学フェスティバル実行委員会編 羽衣出版 2002

「「伊豆文学賞」優秀作品集」 第6回 伊豆文学フェスティバル実行委員会編 羽衣出版 2003

「「伊豆文学賞」優秀作品集」 第7回 伊豆文学フェスティバル実行委員会編 羽衣出版 2004

「「伊豆文学賞」優秀作品集」 第8回 伊豆文学フェスティバル実行委員会編 静岡新聞社 2005

「「伊豆文学賞」優秀作品集」 第9回 伊豆文学フェスティバル実行委員会編 静岡新聞社 2006

「「伊豆文学賞」優秀作品集」 第10回 伊豆文学フェスティバル実行委員会編 静岡新聞社 2007

「「伊豆文学賞」優秀作品集」 第11回 伊豆文学フェスティバル実行委員会編 静岡新聞社 2008

収録全集・アンソロジー一覧

「「伊豆文学賞」優秀作品集」 第12回 伊豆文学フェスティバル実行委員会編 羽衣出版 2009
「「伊豆文学賞」優秀作品集」 第13回 伊豆文学フェスティバル実行委員会編 羽衣出版 2010
「「伊豆文学賞」優秀作品集」 第14回 伊豆文学フェスティバル実行委員会編 静岡新聞社 2011
「「伊豆文学賞」優秀作品集」 第15回 伊豆文学フェスティバル実行委員会編 羽衣出版 2012
「「伊豆文学賞」優秀作品集」 第16回 伊豆文学フェスティバル実行委員会編 羽衣出版 2013
「「伊豆文学賞」優秀作品集」 第17回 伊豆文学フェスティバル実行委員会編 羽衣出版 2014
「「伊豆文学賞」優秀作品集」 第18回 伊豆文学フェスティバル実行委員会編 羽衣出版 2015
「「伊豆文学賞」優秀作品集」 第19回 伊豆文学フェスティバル実行委員会編 羽衣出版 2016
「泉鏡花記念金沢戯曲大賞受賞作品集」 第2回 金沢泉鏡花フェスティバル委員会編 金沢泉鏡花
　フェスティバル委員会 2003
「痛み」 双葉社 2012
「いつか、君へ」 Boys ナツイチ製作委員会編 集英社（集英社文庫） 2012
「いつか、君へ」 Girls ナツイチ製作委員会編 集英社（集英社文庫） 2012
「いつか心の奥へ―小説推理傑作選」 山前譲編 双葉社 1997
「偽りの愛」 清原康正監修 リブリオ出版（ラブミーワールド大きな活字で読みやすい本） 2001
「伊藤計劃トリビュート」 早川書房編集部編 早川書房（ハヤカワ文庫） 2015
「犬道楽江戸草紙―時代小説傑作選」 澤田瞳子編 徳間書店（徳間文庫） 2005
「犬のミステリー」 鮎川哲也編 河出書房新社（河出文庫） 1999
「稲生モノノケ大全」 陰之巻 東雅夫編 毎日新聞社 2003
「稲生モノノケ大全」 陽之巻 東雅夫編 毎日新聞社 2005
「命つなぐ愛―佐渡演劇グループいごねり創作演劇脚本集」 山本勝一著 新潟日報事業社 2007
「いまのあなたへ―村上春樹への12のオマージュ」 NHK出版 2014
「ヴィジョンズ」 大森望編 講談社 2016
「ヴィンテージ・セブン」 講談社 2007
「浮き世草紙―女流時代小説傑作選」 結城信孝編 角川春樹事務所（ハルキ文庫） 2002
「失われた空―日本人の涙と心の名作8選」 吉川英明編 新潮社（新潮文庫） 2014
「嘘つきとおせっかい」 エムオン・エンタテインメント 2012
「嘘つきは殺人のはじまり」 日本推理作家協会編 講談社（講談社文庫） 2003
「うちへ帰ろう―家族を想うあなたに贈る短篇小説集」 リンダブックス編集部編著, リンダパブ
　リッシャーズ企画・編集 泰文堂 2013
「宇宙への帰還―SFアンソロジー」 KSS出版（KSS entertainment novels） 1999
「宇宙小説」 we are宇宙兄弟！ 編 講談社（講談社文庫） 2012
「宇宙塵傑作選―日本SFの軌跡」 全2巻 柴野拓美編 出版芸術社 1997
「宇宙生物ゾーン」 井上雅彦監修 廣済堂出版（廣済堂文庫） 2000
「美しい恋の物語」 安野光雅，森毅，井上ひさし，池内紀編 筑摩書房 2010
「うなぎ一人情小説集」 日本ペンクラブ編, 浅田次郎選 筑摩書房（ちくま文庫） 2016
「姥ヶ辻―小説集」 作品社 2003
「海の物語」 角川書店（New History） 2001
「ウルトラQ―dark fantasy」 角川書店（角川ホラー文庫） 2004
「運命の覇者」 角川書店 1997
「運命の人はどこですか？」 祥伝社（祥伝社文庫） 2013
「永遠の夏―戦争小説集」 実業之日本社（実業之日本社文庫） 2015
「映画狂時代」 檀ふみ編 新潮社（新潮文庫） 2014
「エクスタシィ―大人の恋の物語り」 ベストセラーズ 2003
「笑壺―SFバカ本ナンセンス集」 岬兄悟, 大原まり子編 小学館（小学館文庫） 2006
「江戸味わい帖」 料理人篇 江戸料理研究会編 角川春樹事務所（ハルキ文庫） 2015
「江戸色恋坂―市井情話傑作選」 菊池仁編 学習研究社（学研M文庫） 2005
「江戸浮世風」 菊池仁編 学習研究社（学研M文庫） 2004
「江戸川乱歩賞全集」 全18巻 日本推理作家協会編 講談社（講談社文庫） 1998〜2005
「江戸川乱歩と13人の新青年」〈論理派〉編 ミステリー文学資料館編 光文社（光文社文庫） 2008
「江戸川乱歩と13人の新青年」〈文学派〉編 ミステリー文学資料館編 光文社（光文社文庫） 2008
「江戸川乱歩と13の宝石」 1〜2 ミステリー文学資料館編 光文社（光文社文庫） 2007
「江戸川乱歩に愛をこめて」 ミステリー文学資料館編 光文社（光文社文庫） 2011
「江戸川乱歩の推理教室」 ミステリー文学資料館編 光文社（光文社文庫） 2008

収録全集・アンソロジー一覧

「江戸川乱歩の推理試験」 ミステリー文学資料館編 光文社（光文社文庫）2009
「江戸恋い明け烏」 日本文藝家協会編纂 光風社出版, 成美堂出版（発売）（光風社文庫）1999
「江戸三百年を読む―傑作時代小説 シリーズ江戸学」 上, 下 縄田一男編 角川学芸出版（角川文庫）2009
「江戸しのび雨」 縄田一男編 学研パブリッシング（学研M文庫）2012
「江戸なごり雨」 縄田一男編 学研パブリッシング（学研M文庫）2013
「江戸なみだ雨―市井稼業小説傑作選」 縄田一男編 学研パブリッシング（学研M文庫）2010
「江戸猫ばなし」 光文社文庫編集部編 光文社（光文社文庫）2014
「江戸の鈍感力―時代小説傑作選」 細谷正充編 集英社（集英社文庫）2007
「江戸の爆笑力―時代小説傑作選」 細谷正充編 集英社（集英社文庫）2004
「江戸の秘恋―時代小説傑作選」 大野由美子編 徳間書店（徳間文庫）2004
「江戸の満腹力―時代小説傑作選」 細谷正充編 集英社（集英社文庫）2005
「江戸の漫遊力―時代小説傑作選」 細谷正充編 集英社（集英社文庫）2008
「江戸の名探偵―時代推理傑作選」 日本推理作家協会編 徳間書店（徳間文庫）2009
「江戸の老人力―時代小説傑作選」 細谷正充編 集英社（集英社文庫）2002
「江戸迷宮」 井上雅彦監修 光文社（光文社文庫）2011
「江戸めぐり雨」 縄田一男編 学研パブリッシング（学研M文庫）2014
「江戸夕しぐれ―市井稼業小説傑作選」 縄田一男編 学研パブリッシング（学研M文庫）2011
「江戸夢あかり」 菊池仁編 学習研究社（学研M文庫）2003
「江戸夢あかり」 菊池仁編 学研パブリッシング（学研M文庫）2013
「江戸夢日和」 菊池仁編 学習研究社（学研M文庫）2004
「江戸宵闇しぐれ」 菊池仁編 学習研究社（学研M文庫）2005
「エール！」 1〜3 実業之日本社（実業之日本社文庫）2012〜2013
「エロティシズム12幻想」 津原泰水監修 エニックス 2000
「おいしい話―料理小説傑作選」 結城信孝編 徳間書店（徳間文庫）2007
「王侯」 国書刊行会（書物の王国）1998
「逢魔への誘い」 徳間文庫編集部編 徳間書店（徳間文庫）2000
「大江戸事件帖―時代推理小説名作選」 細谷正充編 双葉社（双葉文庫）2005
「大江戸殿様列伝―傑作時代小説」 細谷正充編 双葉社（双葉文庫）2006
「大江戸猫三昧―時代小説傑作選」 澤田瞳子編 徳間書店（徳間文庫）2004
「大江戸犯科帖―時代推理小説名作選」 細谷正充編 双葉社（双葉文庫）2003
「大江戸「町」物語」 宝島社（宝島社文庫）2013
「大江戸「町」物語 風」 宝島社（宝島社文庫）2014
「大江戸「町」物語 月」 宝島社（宝島社文庫）2014
「大江戸「町」物語 光」 宝島社（宝島社文庫）2014
「大江戸万華鏡―美味小説傑作選」 菊池仁編 学研パブリッシング（学研M文庫）2014
「大岡越前―名奉行裁判説話」 縄田一男編 廣済堂出版（廣済堂文庫）1998
「大きな棺の小さな鍵―本格短編ベスト・セレクション」 本格ミステリ作家クラブ編 講談社（講談社文庫）2009
「大坂の陣―近代文学名作選」 日高昭二編 岩波書店 2016
「大阪文学名作選」 富岡多惠子編 講談社（講談社文芸文庫）2011
「大阪ラビリンス」 有栖川有栖編 新潮社（新潮文庫）2014
「大崎梢リクエスト！ 本屋さんのアンソロジー」 光文社 2013
「大崎梢リクエスト！ 本屋さんのアンソロジー」 光文社（光文社文庫）2014
「お母さんのなみだ」 リンダパブリッシャーズ編集部編 泰文堂 2016
「おかしい話」 安野光雅, 森毅, 井上ひさし, 池内紀編 筑摩書房 2010
「小川洋子の陶酔短篇箱」 小川洋子編著 河出書房新社 2014
「小川洋子の偏愛短篇箱」 小川洋子編著 河出書房新社 2009
「小川洋子の偏愛短篇箱」 小川洋子編著 河出書房新社（河出文庫）2012
「沖縄文学選―日本文学のエッジからの問い」 岡本恵徳, 高橋敏夫編 勉誠出版 2003
「屋上の三角形」 主婦と生活社 2008
「贈る物語Mystery」 綾辻行人編 光文社 2002
「贈る物語Wonder」 瀬名秀明編 光文社 2002
「教えたくなる名短篇」 北村薫, 宮部みゆき編 筑摩書房（ちくま文庫）2014

収録全集・アンソロジー一覧

「御白洲裁き―時代推理傑作選」　日本推理作家協会編　徳間書店（徳間文庫）2009
「おぞけ―ホラー・アンソロジー」　祥伝社（祥伝社文庫）1999
「恐ろしい話」　安野光雅，森毅，井上ひさし，池内紀編　筑摩書房 2011
「恐ろしき執念」　二上洋一監修　リブリオ出版（怪奇・ホラーワールド 大きな活字で読みやすい
　本）2001
「御伽草子―ホラー・アンソロジー」　水木しげる監修　PHP研究所（PHP文庫）2001
「男たちの怪談百物語」　東雅夫監修　メディアファクトリー 2012
「男たちの長い旅」　結城信孝編　徳間書店（TOKUMA NOVELS）2004
「男たちのら・ら・ば・い」　徳間文庫編集部編　徳間書店（徳間文庫）1999
「男の涙 女の涙―せつない小説アンソロジー」　石田衣良選，日本ペンクラブ編　光文社（光文社文
　庫）2006
「大人が読む。ケータイ小説―第1回ケータイ文学賞アンソロジー」　第1回ケータイ文学賞主催者
　編　オンブック 2007
「オトナの片思い」　角川春樹事務所 2007
「オトナの片思い」　角川春樹事務所（ハルキ文庫）2009
「躍る影法師」　日本文藝家協会編纂　光風社出版，成美堂出版（発売）（光風社文庫）1997
「踊れ！ へっぽこ大祭典―ソード・ワールド短編集」　安田均編　富士見書房（富士見ファンタジ
　ア文庫）2004
「鬼火が呼んでいる―時代小説傑作選」　日本文藝家協会編　講談社（講談社文庫）1997
「鬼瑠璃草―恋愛ホラー・アンソロジー」　祥伝社（祥伝社文庫）2003
「オバケヤシキ」　井上雅彦監修　光文社（光文社文庫）2005
「思いがけない話」　安野光雅，森毅，井上ひさし，池内紀編　筑摩書房 2010
「おもかげ行燈」　日本文藝家協会編纂　光風社出版，成美堂出版（発売）（光風社文庫）1998
「親不孝長屋―人情時代小説傑作選」　池波正太郎，平岩弓枝，松本清張，山本周五郎，宮部みゆき
　選，縄田一男選　新潮社（新潮文庫）2007
「折り紙衛星の伝説」　大森望，日下三蔵編　東京創元社（創元SF文庫）2015
「温泉小説」　富岡幸一郎監修　アーツアンドクラフツ 2006
「女」　1〜2 オトナの短篇編集部編著　あの出版 2016
「女がそれを食べるとき」　楊逸選，日本ペンクラブ編　幻冬舎（幻冬舎文庫）2013
「女城主―戦国時代小説傑作選」　細谷正充編　PHP研究所（PHP文芸文庫）2016
「女たちの怪談百物語」　東雅夫監修　メディアファクトリー 2010
「女たちの怪談百物語」　東雅夫監修，幽編集部編　KADOKAWA（角川ホラー文庫）2014
「女ともだち」　小学館 2010
「女ともだち」　小学館（小学館文庫）2013
「おんなの戦」　縄田一男編　角川書店（角川文庫）2010
「陰陽師伝奇大全」　東雅夫編　白泉社 2001

【 か 】

「蚊―コレクション」　メディアワークス，角川書店（発売）（電撃文庫）2002
「海外トラベル・ミステリー―7つの旅物語」　山前譲編　三笠書房（王様文庫）2000
「怪奇・怪談傑作集」　縄田一男編　新人物往来社 1997
「怪奇探偵小説集」　1〜3 鮎川哲也編　角川春樹事務所（ハルキ文庫）1998
「怪奇・伝奇時代小説選集」　1〜15 志村有弘編　春陽堂書店（春陽文庫）1999〜2000
「怪獣」　国書刊行会（書物の王国）1998
「怪集 蠱毒―創作怪談発掘大会傑作選」　加藤一編　竹書房（竹書房文庫）2009
「怪獣文学大全」　東雅夫編　河出書房新社（河出文庫）1998
「怪獣文藝―パートカラー」　東雅夫編　メディアファクトリー 2013
「怪獣文藝の逆襲」　東雅夫編　KADOKAWA 2015
「怪集 蟲」　加藤一監修　竹書房（竹書房文庫）2009
「街娼―パンパン＆オンリー」　マイク・モラスキー編　皓星社 2015
「怪談―24の恐怖」　三浦正雄編　講談社 2004

（10）　作品名から引ける日本文学全集案内 第III期

収録全集・アンソロジー一覧

「怪談累ケ淵」 志村有弘編著 勉誠出版 2007
「怪談四十九夜」 黒木あるじ監修 竹書房(竹書房文庫) 2016
「怪談列島ニッポン―書き下ろし諸国奇談競作集」 東雅夫編 メディアファクトリー(MF文庫) 2009
「外地探偵小説集」 満州篇 藤田知浩編 せらび書房 2003
「外地探偵小説集」 上海篇 藤田知浩編 せらび書房 2006
「外地探偵小説集」 南方篇 藤田知浩編 せらび書房 2010
「〈外地〉の日本語文学選」 全3巻 黒川創編 新宿書房 1996
「回転ドアから」 石川友也, 須永淳, 野辺慎一編 全作家協会 2015
「怪猫鬼談」 東雅夫編 人類文化社, 桜桃書房(発売) 1999
「怪物團」 井上雅彦監修 光文社(光文社文庫) 2009
「科学ドラマ大賞」 第1回受賞作品集 科学技術振興機構 〔2010〕
「科学ドラマ大賞」 第2回受賞作品集 科学技術振興機構 〔2011〕
「科学の脅威」 二上洋一監修 リブリオ出版(怪奇・ホラーワールド大きな活字で読みやすい本) 2001
「輝きの一瞬―短くて心に残る30編」 講談社(講談社文庫) 1999
「鍵」 日本推理作家協会編 文藝春秋(推理作家になりたくて マイベストミステリー) 2004
「架空の町」 国書刊行会(書物の王国) 1997
「隠された鍵」 日本推理作家協会編 講談社(講談社文庫) 2008
「拡張幻想」 大森望, 日下三蔵編 東京創元社(創元SF文庫) 2012
「影」 日本推理作家協会編 文藝春秋(推理作家になりたくて マイベストミステリー) 2003
「賭けと人生」 安野光雅, 森毅, 井上ひさし, 池内紀編 筑摩書房 2011
「翳りゆく時間」 浅田次郎選, 日本ペンクラブ編 新潮社(新潮文庫) 2006
「風間光枝探偵日記」 論創社 2007
「果実」 SDP 2009
「風色デイズ」 角川春樹事務所(ハルキ文庫) 2012
「風の孤影」 桃園書房(桃園文庫) 2001
「風の中の剣士」 日本文藝家協会編纂 光風社出版, 成美堂出版(発売)(光風社文庫) 1998
「家族の絆」 椎名誠選, 日本ペンクラブ編 光文社(光文社文庫) 1997
「学校放送劇舞台劇脚本集―宮沢賢治名作童話」 宮沢賢治原作, 平野直編 東洋書院 2008
「河童のお弟子」 東雅夫編 筑摩書房(ちくま文庫) 2015
「金沢三文豪掌文庫」 泉鏡花記念館, 徳田秋聲記念館, 室生犀星記念館企画・編集 金沢文化振興財団 2009
「金沢三文豪掌文庫」 いきもの編 泉鏡花記念館, 徳田秋聲記念館, 室生犀星記念館企画・編集 金沢文化振興財団 2010
「金沢三文豪掌文庫」 たべもの編 泉鏡花記念館, 徳田秋聲記念館, 室生犀星記念館企画・編集 金沢文化振興財団 2011
「金沢にて」 双葉社(双葉文庫) 2015
「蝦蟇倉市事件」 1〜2 東京創元社 2010
「神様に一番近い場所―漱石来熊百年記念「草枕文学賞」作品集」 熊本県「草枕文学賞」実行委員会編 文藝春秋企画センター, 文藝春秋(発売) 1998
「仮面のレクイエム」 日本推理作家協会編 光文社(光文社文庫) 1998
「歌謡曲だよ, 人生は―映画監督短編集」 メディアファクトリー 2007
「からくり伝言少女」 本格ミステリ作家クラブ編 講談社(講談社文庫) 2015
「硝子の家」 鮎川哲也編 光文社(光文社文庫) 1997
「彼の女たち」 講談社(講談社文庫) 2012
「カレンダー・ラブ・ストーリー―読むと恋したくなる」 星海社編集部編 星海社(星海社文庫) 2014
「かわいい―第16回フェリシモ文学賞優秀作品集」 フェリシモ 2013
「かわさきの文学―かわさき文学賞50年記念作品集」 2009年 かわさき文学賞の会編 審美社 2009
「川に死体のある風景」 e-Novels編 東京創元社(Crime club) 2006
「川に死体のある風景」 e-NOVELS編 東京創元社(創元推理文庫) 2010
「川端康成文学賞全作品」 全2巻 新潮社 1999
「厠の怪―便所怪談競作集」 東雅夫編 メディアファクトリー(MF文庫) 2010

収録全集・アンソロジー一覧

「玩具館」 井上雅彦監修 光文社（光文社文庫） 2001
「監獄舎の殺人―ミステリーズ！ 新人賞受賞作品集」 東京創元社（創元推理文庫） 2016
「がんこ長屋」 縄田一男選 新潮社（新潮文庫） 2013
「贋作館事件」 芦辺拓編 原書房 1999
「感じて。息づかいを。―恋愛小説アンソロジー」 川上弘美選, 日本ペンクラブ編 光文社（光文社文庫） 2005
「完全犯罪証明書」 日本推理作家協会編 講談社（講談社文庫） 2001
「神林長平トリビュート」 早川書房編集部編 早川書房 2009
「神林長平トリビュート」 早川書房（ハヤカワ文庫） 2012
「甘美なる復讐」 文藝春秋編 文藝春秋（文春文庫） 1998
「感涙―人情時代小説傑作選」 細谷正充編 ベストセラーズ（ベスト時代文庫） 2004
「消えた受賞作―直木賞編」 川口則弘編 メディアファクトリー（ダ・ヴィンチ特別編集） 2004
「消えた直木賞」 男たちの足音編 川口則弘編 メディアファクトリー 2005
「帰還」 井上雅彦監修 光文社（光文社文庫） 2000
「喜劇綺劇」 井上雅彦監修 光文社（光文社文庫） 2009
「危険な関係―女流ミステリー傑作選」 結城信孝編 角川春樹事務所（ハルキ文庫） 2002
「危険なマッチ箱」 石田衣良編 文藝春秋（文春文庫） 2009
「きずな―時代小説親子情話」 細谷正充編 角川春樹事務所（ハルキ文庫） 2011
「奇跡」 国書刊行会（書物の王国） 2000
「奇想天外のミステリー」 小山正編 宝島社（宝島社文庫） 2009
「奇想博物館」 日本推理作家協会編 光文社 2013
「北日本文学賞入賞作品集」 2 井上靖, 宮本輝選, 北日本新聞社編 北日本新聞社 2002
「北村薫の本格ミステリ・ライブラリー」 北村薫編 角川書店（角川文庫） 2001
「北村薫のミステリー館」 北村薫編 新潮社（新潮文庫） 2005
「鬼譚」 夢枕獏編著 筑摩書房（ちくま文庫） 2014
「奇譚カーニバル」 夢枕獏編 集英社（集英社文庫） 2000
「キネマ・キネマ」 井上雅彦監修 光文社（光文社文庫） 2002
「きのこ文学名作選」 飯沢耕太郎編 港の人 2010
「気分は名探偵―犯人当てアンソロジー」 徳間書店 2006
「気分は名探偵―犯人当てアンソロジー」 徳間書店（徳間文庫） 2008
「君を忘れない―恋愛短篇小説集」 リンダブックス編集部編著 泰文堂 2012
「君がいない―恋愛短篇小説集」 リンダブックス編集部編著 泰文堂 2013
「君が好き―恋愛短篇小説集」 リンダブックス編集部編著 泰文堂 2012
「君と過ごす季節―春から夏へ、12の暦物語」 ポプラ社（ポプラ文庫） 2012
「君と過ごす季節―秋から冬へ、12の暦物語」 ポプラ社（ポプラ文庫） 2012
「君に会いたい―恋愛短篇小説集」 リンダブックス編集部編著 泰文堂 2012
「君に伝えたい―恋愛短篇小説集」 リンダブックス編集部編著, リンダパブリッシャーズ企画・編集 泰文堂 2013
「キミの笑顔―親子の小さな5つの物語 Radio Drama CD BOOK」 TOKYO FM出版 2006
「奇妙な恋の物語」 阿刀田高選, 日本ペンクラブ編 光文社（光文社文庫） 1998
「君らの狂気で死を孕ませよ―新青年傑作選」 中島河太郎編 角川書店（角川文庫） 2000
「君らの魂を悪魔に売りつけよ―新青年傑作選」 中島河太郎編 角川書店（角川文庫） 2000
「逆想コンチェルト―イラスト先行・競作小説アンソロジー」 1～2 徳間書店 2010
「逆転―時代アンソロジー」 細谷正充編 祥伝社（祥伝社文庫） 2000
「逆転の瞬間」 文藝春秋編 文藝春秋（文春文庫） 1998
「吸血鬼」 国書刊行会（書物の王国） 2000
「吸血鬼譚―ゴシック名訳集成」 学習研究社（学研M文庫） 2008
「九州戦国志―傑作時代小説」 細谷正充編 PHP研究所（PHP文庫） 2008
「9の扉―リレー短篇集」 マガジンハウス 2009
「9の扉」 KADOKAWA（角川文庫） 2013
「驚愕遊園地」 日本推理作家協会編 光文社 2013
「驚愕遊園地」 日本推理作家協会編 光文社（光文社文庫） 2016
「教科書に載った小説」 佐藤雅彦編 ポプラ社 2008
「教科書に載った小説」 佐藤雅彦編 ポプラ社（ポプラ文庫） 2012

収録全集・アンソロジー一覧

「教科書名短篇 少年時代」 中央公論新社編 中央公論新社（中公文庫） 2016
「教科書名短篇 人間の情景」 中央公論新社編 中央公論新社（中公文庫） 2016
「競作五十円玉二十枚の謎」 東京創元社（創元推理文庫） 2000
「教室」 井上雅彦監修 光文社（光文社文庫） 2003
「京都愛憎の旅―京都ミステリー傑作選」 徳間書店（徳間文庫） 2002
「京都綺談」 山前譲編 有楽出版社 2015
「京都殺意の旅―京都ミステリー傑作選」 徳間書店（徳間文庫） 2001
「京都府文学全集第1期（小説編）」 全6巻 河野仁昭編集主幹 郷土出版社 2005
「京都宵」 光文社（光文社文庫） 2008
「恐怖館」 東京怪奇作家同盟編 青樹社（青樹社文庫） 1999
「恐怖症」 井上雅彦監修 光文社（光文社文庫） 2002
「恐怖特急」 阿刀田高選，日本ペンクラブ編 光文社（光文社文庫） 2002
「恐怖のKA・TA・CHI」 藤川桂介，小沢章友編 双葉社（双葉文庫） 2001
「恐怖の旅」 日本ペンクラブ編 光文社（光文社文庫） 2000
「恐怖の花」 阿刀田高選，日本ペンクラブ編 ランダムハウス講談社 2007
「恐怖の森」 阿刀田高選，日本ペンクラブ編 ランダムハウス講談社 2007
「恐怖箱 遺伝記」 加藤一編 竹書房（竹書房文庫） 2008
「恐怖ミステリーBEST15―こんな幻の傑作が読みたかった！」 ほんの森編 シーエイチシー, コ
　アラブックス（発売） 2006
「恐竜文学大全」 東雅夫編 河出書房新社（河出文庫） 1998
「虚構機関―年刊日本SF傑作選」 大森望，日下三蔵編 東京創元社（創元SF文庫） 2008
「極光星群」 大森望，日下三蔵編 東京創元社（創元SF文庫） 2013
「キラキラデイズ」 新潮社（新潮文庫） 2014
「煌めきの殺意」 徳間文庫編集部編 徳間書店（徳間文庫） 1999
「機略縦横！ 真日戦記―傑作時代小説」 細谷正充編 PHP研究所（PHP文庫） 2008
「極め付き時代小説選」 全3巻 縄田一男編 中央公論新社（中公文庫） 2004
「欣喜の風」 祥伝社（祥伝社文庫） 2016
「銀座24の物語」 文藝春秋 2001
「吟醸掌篇―召しませ短篇小説」 1 けいこう舎 2016
「近代小説〈異界〉を読む」 東郷克美，高橋広満編 双文社出版 1999
「近代小説〈都市〉を読む」 東郷克美，吉田司雄編 双文社出版 1999
「金田一耕助に捧ぐ九つの狂想曲」 角川書店 2002
「金田一耕助に捧ぐ九つの狂想曲」 角川書店（角川文庫） 2012
「金田一耕助の新たな挑戦」 角川書店（角川文庫） 1997
「近代朝鮮文学日本語作品集1901〜1938 創作篇」 全5巻 大村益夫，布袋敏博編・解説 緑蔭書房 2004
「近代朝鮮文学日本語作品集1901〜1938 評論・随筆篇」 全3巻 大村益夫，布袋敏博編・解説 緑蔭書房
　2004
「近代朝鮮文学日本語作品集1908〜1945 セレクション」 全6巻 大村益夫，布袋敏博編・解説 緑蔭書房
　2008
「近代朝鮮文学日本語作品集1939〜1945 創作篇」 全6巻 大村益夫，布袋敏博編・解説 緑蔭書房 2001
「近代朝鮮文学日本語作品集1939〜1945 評論・随筆篇」 全3巻 大村益夫，布袋敏博編・解説 緑蔭書房
　2002
「金曜の夜は、ラブ・ミステリー」 山前譲編 三笠書房（王様文庫） 2000
「グイン・サーガ・ワールド―グイン・サーガ続篇プロジェクト」 全8巻 天狼プロダクション監
　修 早川書房（ハヤカワ文庫） 2011〜2013
「くだものだもの」 俵万智選，日本ペンクラブ編 ランダムハウス講談社 2007
「靴に恋して」 ソニー・マガジンズ 2004
「クトゥルー怪異録―邪神ホラー傑作集」 学習研究社（学研M文庫） 2000
「くノ一、百華―時代小説アンソロジー」 細谷正充編 集英社（集英社文庫） 2013
「暗闇」 尾之上浩司監修 中央公論新社（C NOVELS） 2004
「暗闇を見よ」 日本推理作家協会編 光文社 2010
「暗闇を見よ」 日本推理作家協会編 光文社（光文社文庫） 2015
「グランドホテル」 井上雅彦監修 廣済堂出版（廣済堂文庫） 1999
「紅蓮の翼―異彩時代小説秀作撰」 今川徳三編 叢文社 2007

作品名から引ける日本文学全集案内　第III期　（13）

収録全集・アンソロジー一覧

「黒い遊園地」 井上雅彦監修 光文社（光文社文庫） 2004
「黒髪に恨みは深く―髪の毛ホラー傑作選」 東雅夫編 角川書店（角川ホラー文庫） 2006
「黒田官兵衛―小説集」 末國善己編 作品社 2013
「黒の怪」 志村有弘編 勉誠出版（べんせいライブラリー） 2002
「黒門町伝七捕物帳―時代小説競作選」 縄田一男編 光文社（光文社文庫） 2015
「軍師の生きざま―短篇小説集」 末國善己編 作品社 2008
「軍師の生きざま―時代小説傑作選」 清水將大編 コスミック出版 2008
「軍師の生きざま」 末國善己編 実業之日本社（実業之日本社文庫） 2013
「軍師の死にざま―短篇小説集」 末國善己編 作品社 2006
「軍師の死にざま」 末國善己編 実業之日本社（実業之日本社文庫） 2013
「軍師は死なず」 実業之日本社（実業之日本社文庫） 2014
「警官の貌」 双葉社（双葉文庫） 2014
「経済小説名作選」 日本ペンクラブ編, 城山三郎選 筑摩書房（ちくま文庫） 2014
「警察小説傑作短篇集」 大沢在昌選, 日本ペンクラブ編 ランダムハウス講談社 2009
「芸術家」 国書刊行会（書物の王国） 1998
「激動東京五輪1964」 講談社 2015
「結婚貧乏」 幻冬舎 2003
「傑作・推理ミステリー10番勝負―名探偵のあなたへ10のミステリーの挑戦状」 永岡書店 1999
「傑作捕物ワールド―大きな活字で読みやすい本」 全10巻 縄田一男監修 リブリオ出版 2002
「結晶銀河―年刊日本SF傑作選」 大森望, 日下三蔵編 東京創元社（創元SF文庫） 2011
「決戦！ 大坂城」 講談社 2015
「決戦！ 大坂の陣」 実業之日本社（実業之日本社文庫） 2014
「決戦！ 桶狭間」 講談社 2016
「決戦川中島―傑作時代小説」 縄田一男編 PHP研究所（PHP文庫） 2007
「決戦！ 川中島」 講談社 2016
「決戦！ 三國志」 講談社 2015
「決戦！ 関ケ原」 講談社 2014
「決戦！ 本能寺」 講談社 2015
「決断―警察小説競作」 新潮社編 新潮社（新潮文庫） 2006
「血闘―新選組」 実業之日本社（実業之日本社文庫） 2016
「決闘！ 関ケ原」 実業之日本社（実業之日本社文庫） 2015
「気配―第10回フェリシモ文学賞作品集」 フェリシモ 2007
「幻影城―【探偵小説誌】不朽の名作」 角川書店（角川ホラー文庫） 2000
「剣が哭く夜に哭く」 日本文藝家協会編纂 光風社出版, 成美堂出版（発売）（光風社文庫） 2000
「剣が謎を斬る―名作で読む推理小説史 時代ミステリー傑作選」 ミステリー文学資料館編 光文社（光文社文庫） 2005
「剣が舞い落花が舞い―時代小説傑作選」 日本文藝家協会編 講談社（講談社文庫） 1998
「剣鬼無明斬り」 日本文藝家協会編纂 光風社出版, 成美堂出版（発売）（光風社文庫） 1997
「剣俠しぐれ笠」 日本文藝家協会編纂 光風社出版, 成美堂出版（発売）（光風社文庫） 1999
「剣鬼らの饗宴」 日本文藝家協会編纂 光風社出版, 成美堂出版（発売）（光風社文庫） 1998
「剣光、閃く！」 徳間文庫編集部編 徳間書店（徳間文庫） 1999
「剣光闇を裂く」 日本文藝家協会編纂 光風社出版（光風社文庫） 1997
「幻視の系譜」 東雅夫編 筑摩書房（ちくま文庫） 2013
「源氏物語九つの変奏」 新潮社（新潮文庫） 2011
「原色の想像力―創元SF短編賞アンソロジー」 全2巻 大森望, 日下三蔵, 山田正紀編 東京創元社（創元SF文庫） 2010〜2012
「幻想小説大全」 北宋社 2002
「幻想水滸伝短編集」 全4巻 メディアワークス, 角川書店（発売）（電撃文庫） 2000〜2002
「幻想探偵」 井上雅彦監修 光文社（光文社文庫） 2009
「幻想ミッドナイト―日常を破壊する恐怖の断片」 角川書店（カドカワ・エンタテインメント） 1997
「現代沖縄文学作品選」 川村湊編 講談社（講談社文芸文庫） 2011
「現代鹿児島小説大系」 全4巻 相星雅子, 高岡修編 ジャプラン 2014
「現代作家代表作選集」 全10巻 鼎書房 2012〜2015

収録全集・アンソロジー一覧

「現代秀作集」 河野多惠子, 大庭みな子, 佐藤愛子, 津村節子監修 角川書店（女性作家シリーズ）
　1999
「現代小説クロニクル」 全8巻 日本文藝家協会編 講談社 2014〜2015
「現代短編小説選—2005〜2009」 日本民主主義文学会編 日本民主主義文学会 2010
「現代の小説」 1997 日本文藝家協会編 徳間書店 1997
「現代の小説」 1998 日本文藝家協会編纂 徳間書店 1998
「現代の小説」 1999 日本文藝家協会編纂 徳間書店 1999
「剣の意地恋の夢—時代小説傑作選」 日本文藝家協会編 講談社（講談社文庫）2000
「現場に臨め」 日本推理作家協会編 光文社 2010
「現場に臨め」 日本推理作家協会編 光文社（光文社文庫）2014
「幻妖の水脈（みお）」 東雅夫編 筑摩書房（ちくま文庫）2013
「剣よ月下に舞え」 日本文藝家協会編纂 光風社出版, 成美堂出版（発売）（光風社文庫）2001
「絢爛たる殺人—本格推理マガジン 特集・知られざる探偵たち」 鮎川哲也監修, 芦辺拓編 光文社
　（光文社文庫）2000
「幻惑のラビリンス」 日本推理作家協会編 光文社（光文社文庫）2001
「恋しくて—Ten Selected Love Stories」 村上春樹編訳 中央公論新社 2013
「恋しくて—Ten Selected Love Stories」 村上春樹編訳 中央公論新社（中公文庫）2016
「恋時雨—恋はときどき泪が出る」 メディアファクトリー 2009
「恋する男たち」 朝日新聞社 1999
「鯉沼家の悲劇—本格推理マガジン 特集・幻の名作」 鮎川哲也編 光文社（光文社文庫）1998
「コイノカオリ」 角川書店 2004
「コイノカオリ」 角川書店（角川文庫）2008
「恋のかけら」 幻冬舎 2008
「恋のかけら」 幻冬舎（幻冬舎文庫）2012
「恋のかたち、愛のいろ」 徳間書店 2008
「恋のかたち、愛のいろ」 徳間書店（徳間文庫）2010
「恋の聖地—そこは、最後の恋に出会う場所。」 新潮社（新潮文庫）2013
「恋のトビラ」 集英社 2008
「恋のトビラ—好き、やっぱり好き。」 集英社（集英社文庫）2010
「恋みち—現代版・源氏物語」 スターツ出版 2008
「恋物語」 朝日新聞社 1998
「恋は、しばらくお休みです。—恋愛短篇小説集」 レインブックス編集部編 泰文堂 2013
「恋は罪つくり—恋愛ミステリー傑作選」 ミステリー文学資料館編 光文社（光文社文庫）2005
「高校演劇Selection」 2001 上, 下 佐々俊之, 坊丸一平, 町井陽子, 西沢周市編 晩成書房 2001
「高校演劇Selection」 2002 上, 下 佐々俊之, 坊丸一平, 町井陽子, 西沢周市編 晩成書房 2002
「高校演劇Selection」 2003 上, 下 佐々俊之, 坊丸一平, 町井陽子, 西沢周市編 晩成書房 2003
「高校演劇Selection」 2004 上, 下 坊丸一平, 町井陽子, 西沢周市, 石原哲也, 野辺由郎編 晩成書
　房 2004
「高校演劇Selection」 2007 上, 下 坊丸一平, 町井陽子, 西沢周市, 石原哲也, 野辺由郎編 晩成書
　房 2007
「高校演劇Selection」 2008 上, 下 坊丸一平, 町井陽子, 西沢周市, 石原哲也, 野辺由郎編 晩成書
　房 2008
「黄土の群星」 陳舜臣選, 日本ペンクラブ編 光文社（光文社文庫）1999
「黄土の虹—チャノマ・ストーリーズ」 祥伝社 2000
「鉱物」 国書刊行会（書物の王国）1997
「紅迷宮—ミステリー・アンソロジー」 結城信孝編 祥伝社（祥伝社文庫）2002
「凍れる女神の秘密」 本格ミステリ作家クラブ編 講談社（講談社文庫）2014
「黒衣のモニュメント」 日本推理作家協会編 光文社（光文社文庫）2000
「極上掌篇小説」 角川書店 2006
「告白」 ソフトバンククリエイティブ 2009
「心洗われる話」 安野光雅, 森毅, 井上ひさし, 池内紀編 筑摩書房 2010
「心に火を。」 心に火をつける物語編集委員会編 廣済堂出版 2014
「誤植文学アンソロジー—校正者のいる風景」 高橋輝次編著 論創社 2015
「古書ミステリー倶楽部—傑作推理小説集」 全3巻 ミステリー文学資料館編 光文社（光文社文

収録全集・アンソロジー一覧

庫） 2013〜2015
「ゴースト・ハンターズ」 尾之上浩司監修 中央公論新社（C NOVELS） 2004
「午前零時」 新潮社 2007
「午前零時—P.S.昨日の私へ」 新潮社（新潮文庫） 2009
「古典BL小説集」 笠間千浪編 平凡社 2015
「鼓動—警察小説競作」 新潮社編 新潮社（新潮文庫） 2006
「孤独な交響曲（シンフォニー）」 日本推理作家協会編 講談社（講談社文庫） 2007
「言葉にできない悲しみ」 リンダパブリッシャーズ編集部編 泰文堂 2015
「ことばの織物—昭和短篇珠玉選」 第2集 阿毛久芳, 栗原敦, 佐藤義雄, 杉浦静, 須田喜代次, 棚田
　輝嘉, 松澤信祐編 蒼丘書林 1998
「ことばのたくらみ—実作集」 池澤夏樹編 岩波書店（21世紀文学の創造） 2003
「こどものころにみた夢」 講談社 2008
「この愛のゆくえ—ポケットアンソロジー」 中村邦生編 岩波書店（岩波文庫別冊） 2011
「この時代小説がすごい！ 時代小説傑作選」 宝島社（宝島社文庫） 2016
「この部屋で君と」 新潮社（新潮文庫） 2014
「『このミス』が選ぶ！ オールタイム・ベスト短編ミステリー」 赤 宝島社（宝島社文庫） 2015
「『このミス』が選ぶ！ オールタイム・ベスト短編ミステリー」 黒 宝島社（宝島社文庫） 2015
「『このミステリーがすごい！』大賞作家書き下ろしBOOK」 1〜15 『このミステリーがすご
　い！』編集部編 宝島社 2012〜2016
「このミステリーがすごい！ 三つの迷宮」 宝島社（宝島社文庫） 2015
「このミステリーがすごい！ 四つの謎」 宝島社 2014
「コーヒーと小説」 庄野雄治編 mille books 2016
「5分で驚く！ どんでん返しの物語」 『このミステリーがすごい！』編集部編 宝島社（宝島社文
　庫） 2016
「5分で凍る！ ぞっとする怖い話」 『このミステリーがすごい！』編集部編 宝島社（宝島社文
　庫） 2015
「5分で泣ける！ 胸がいっぱいになる物語」 『このミステリーがすごい！』編集部編 宝島社（宝
　島社文庫） 2015
「5分で読める！ 怖いはなし」 『このミステリーがすごい！』編集部編 宝島社（宝島社文庫）
　2014
「5分で読める！ ひと駅ストーリー—『このミステリーがすごい！』大賞×日本ラブストーリー大
　賞×『このライトノベルがすごい！』大賞」 乗車編 『このミステリーがすごい！』編集部編
　宝島社（宝島社文庫） 2012
「5分で読める！ ひと駅ストーリー—『このミステリーがすごい！』大賞×日本ラブストーリー大
　賞×『このライトノベルがすごい！』大賞」 降車編 『このミステリーがすごい！』編集部編
　宝島社（宝島社文庫） 2012
「5分で読める！ ひと駅ストーリー—『このミステリーがすごい！』大賞×日本ラブストーリー大
　賞×『このライトノベルがすごい！』大賞」 夏の記憶西口編 『このミステリーがすごい！』
　編集部編 宝島社（宝島社文庫） 2013
「5分で読める！ ひと駅ストーリー—『このミステリーがすごい！』大賞×日本ラブストーリー大
　賞×『このライトノベルがすごい！』大賞」 夏の記憶東口編 『このミステリーがすごい！』
　編集部編 宝島社（宝島社文庫） 2013
「5分で読める！ ひと駅ストーリー」 冬の記憶西口編 『このミステリーがすごい！』編集部編
　宝島社（宝島社文庫） 2013
「5分で読める！ ひと駅ストーリー」 冬の記憶東口編 『このミステリーがすごい！』編集部編
　宝島社（宝島社文庫） 2013
「5分で読める！ ひと駅ストーリー」 猫の物語 『このミステリーがすごい！』編集部編 宝島社
　（宝島社文庫） 2014
「5分で読める！ ひと駅ストーリー」 本の物語 『このミステリーがすごい！』編集部編 宝島社
　（宝島社文庫） 2014
「5分で読める！ ひと駅ストーリー」 食の話 『このミステリーがすごい！』編集部編 宝島社
　（宝島社文庫） 2015
「5分で読める！ ひと駅ストーリー」 旅の話 『このミステリーがすごい！』編集部編 宝島社

（宝島社文庫）2015

「5分で笑える！ おバカで愉快な物語」 『このミステリーがすごい！』編集部編 宝島社（宝島社文庫）2016

「コレクション私小説の冒険」 全2巻 秋山駿、勝又浩監修、私小説研究会編 勉誠出版 2013

「コレクション戦争と文学」 全20巻、別巻1巻 集英社 2011〜2013

「蒐集家（コレクター）」 井上雅彦監修 光文社（光文社文庫）2004

「ゴーレムは証言せず—ソード・ワールド短編集」 安田均編 富士見書房（富士見ファンタジア文庫）2000

「孤狼の絆」 日本冒険作家クラブ編 角川春樹事務所 1999

「こわい部屋」 北村薫編 筑摩書房（ちくま文庫）2012

「近藤史恵リクエスト！ ペットのアンソロジー」 光文社 2013

「近藤史恵リクエスト！ ペットのアンソロジー」 光文社（光文社文庫）2014

「こんなにも恋はせつない—恋愛小説アンソロジー」 唯川恵選, 日本ペンクラブ編 光文社（光文社文庫）2004

【さ】

「ザ・阿麻和利—他」 比嘉美代子作, 英語劇団アカバナー訳 英宝社 2009

「三枝和子・林京子・富岡多惠子」 河野多惠子, 大庭みな子, 佐藤愛子, 津村節子監修 角川書店（女性作家シリーズ）1999

「最後の一日—さよならが胸に染みる10の物語」 リンダブックス編集部編著 泰文堂 2011

「最後の一日12月18日—さよならが胸に染みる10の物語」 リンダブックス編集部編著 泰文堂 2011

「最後の一日 3月23日—さよならが胸に染みる10の物語」 リンダブックス編集部編著 泰文堂 2013

「最後の一日 7月22日—さよならが胸に染みる物語」 リンダブックス編集部編著 泰文堂 2012

「最後の一日 6月30日—さよならが胸に染みる10の物語」 リンダブックス編集部編著 泰文堂 2013

「最後の恋—つまり、自分史上最高の恋。」 新潮社（新潮文庫）2008

「最後の恋プレミアム—つまり、自分史上最高の恋。」 新潮社（新潮文庫）2011

「最後の恋MEN'S—つまり、自分史上最高の恋。」 新潮社（新潮文庫）2012

「彩四季・江戸慕情」 平岩弓枝監修 光文社（光文社文庫）2012

「最新「珠玉推理」大全」 上, 中, 下 日本推理作家協会編 光文社（カッパ・ノベルス）1998

「最新中学校創作脚本集」 2009 最新中学校創作脚本集2009編集委員会編 晩成書房 2009

「最新中学校創作脚本集」 2010 最新中学校創作脚本集2010編集委員会編 晩成書房 2010

「最新中学校創作脚本集」 2011 最新中学校創作脚本集2011編集委員会編 晩成書房 2011

「サイドストーリーズ」 ダ・ヴィンチ編集部編 KADOKAWA（角川文庫）2015

「〈在日〉文学全集」 全18巻 磯貝治良、黒古一夫編 勉誠出版 2006

「坂木司リクエスト！ 和菓子のアンソロジー」 光文社 2013

「坂木司リクエスト！ 和菓子のアンソロジー」 光文社（光文社文庫）2014

「さきがけ文学賞選集」 1〜5 秋田魁新報社 2013〜2016

「作品で読む20世紀の日本文学」 みぎわ書房編 白地社（発売）2008

「櫻憑き」 井上雅彦監修 光文社（カッパ・ノベルス）2001

「酒の夜語り」 井上雅彦監修 光文社（光文社文庫）2002

「殺意の隘路」 日本推理作家協会編 光文社 2016

「殺意の海—釣りミステリー傑作選」 山前譲編 徳間書店（徳間文庫）2003

「殺意の時間割」 角川書店（角川文庫）2002

「殺人哀モード」 日本推理作家協会編 講談社（講談社文庫）2000

「殺人買います」 日本推理作家協会編 講談社（講談社文庫）2002

「殺人格差」 日本推理作家協会編 講談社（講談社文庫）2006

「殺人鬼の放課後」 角川書店（角川文庫）2002

「殺人作法」 日本推理作家協会編 講談社（講談社文庫）2004

収録全集・アンソロジー一覧

「殺人者」　日本推理作家協会編　講談社（講談社文庫）　2000
「殺人前線北上中」　日本推理作家協会編　講談社（講談社文庫）　1997
「殺人の教室」　日本推理作家協会編　講談社（講談社文庫）　2006
「殺人博物館へようこそ」　日本推理作家協会編　講談社（講談社文庫）　1998
「颯爽登場！　第一話―時代小説ヒーロー初見参」　新潮社編　新潮社（新潮文庫）　2004
「雑話集―ロシア短編集」　3　ロシア文学翻訳グループクーチカ編　ロシア文学翻訳グループクーチカ　2014
「座頭市―時代小説英雄列伝」　縄田一男編　中央公論新社（中公文庫）　2002
「真田忍者、参上！―隠密伝奇傑作集」　河出書房新社（河出文庫）　2015
「真田幸村―小説集」　末國善己編　作品社　2015
「砂漠を走る船の道―ミステリーズ！　新人賞受賞作品集」　東京創元社（創元推理文庫）　2016
「砂漠の王」　安田均編　富士見書房（富士見ファンタジア文庫）　1999
「ザ・ベストミステリーズ―推理小説年鑑」　1998　日本推理作家協会編　講談社　1998
「ザ・ベストミステリーズ―推理小説年鑑」　1999　日本推理作家協会編　講談社　1999
「ザ・ベストミステリーズ―推理小説年鑑」　2000　日本推理作家協会編　講談社　2000
「ザ・ベストミステリーズ―推理小説年鑑」　2001　日本推理作家協会編　講談社　2001
「ザ・ベストミステリーズ―推理小説年鑑」　2002　日本推理作家協会編　講談社　2002
「ザ・ベストミステリーズ―推理小説年鑑」　2003　日本推理作家協会編　講談社　2003
「ザ・ベストミステリーズ―推理小説年鑑」　2004　日本推理作家協会編　講談社　2004
「ザ・ベストミステリーズ―推理小説年鑑」　2005　日本推理作家協会編　講談社　2005
「ザ・ベストミステリーズ―推理小説年鑑」　2006　日本推理作家協会編　講談社　2006
「ザ・ベストミステリーズ―推理小説年鑑」　2007　日本推理作家協会編　講談社　2007
「ザ・ベストミステリーズ―推理小説年鑑」　2008　日本推理作家協会編　講談社　2008
「ザ・ベストミステリーズ―推理小説年鑑」　2009　日本推理作家協会編　講談社　2009
「ザ・ベストミステリーズ―推理小説年鑑」　2010　日本推理作家協会編　講談社　2010
「ザ・ベストミステリーズ―推理小説年鑑」　2011　日本推理作家協会編　講談社　2011
「ザ・ベストミステリーズ―推理小説年鑑」　2012　日本推理作家協会編　講談社　2012
「ザ・ベストミステリーズ―推理小説年鑑」　2013　日本推理作家協会編　講談社　2013
「ザ・ベストミステリーズ―推理小説年鑑」　2014　日本推理作家協会編　講談社　2014
「ザ・ベストミステリーズ―推理小説年鑑」　2015　日本推理作家協会編　講談社　2015
「ザ・ベストミステリーズ―推理小説年鑑」　2016　日本推理作家協会編　講談社　2016
「さむけ―ホラー・アンソロジー」　祥伝社（祥伝社文庫）　1999
「さよなら、大好きな人―スウィート＆ビターな7ストーリー」　リンダブックス編集部編著　泰文堂　2011
「さよならの儀式」　大森望, 日下三蔵編　東京創元社（創元SF文庫）　2014
「さよならブルートレイン―寝台列車ミステリー傑作選」　ミステリー文学資料館編　光文社（光文社文庫）　2015
「さらに不安の闇へ―小説推理傑作選」　山前譲編　双葉社　1998
「山岳迷宮（ラビリンス）―山のミステリー傑作選」　山前譲編　光文社（光文社文庫）　2016
「サンカの民を追って―山窩小説傑作選」　河出書房新社（河出文庫）　2015
「30の神品―ショートショート傑作選」　江坂遊編　扶桑社（扶桑社文庫）　2016
「斬刃―時代小説傑作選」　長谷部史親編　コスミック出版, コスミックインターナショナル（発売）（コスミック・時代文庫）　2005
「3.11心に残る140字の物語」　内藤みか編　学研パブリッシング　2011
「幸せな哀しみの話」　山田詠美編　文藝春秋（文春文庫）　2009
「しあわせなミステリー」　宝島社　2012
「死を招く乗客―ミステリーアンソロジー」　山前譲編　有楽出版社　2015
「栞子さんの本棚―ビブリア古書堂セレクトブック」　角川書店（角川文庫）　2013
「仕掛けられた罪」　日本推理作家協会編　講談社（講談社文庫）　2008
「時間怪談」　井上雅彦監修　廣済堂出版（廣済堂文庫）　1999
「屍鬼の血族」　東雅夫編　桜桃書房　1999
「しぐれ舟―時代小説招待席」　藤水名子監修　廣済堂出版　2003
「しぐれ舟―時代小説招待席」　藤水名子監修　徳間書店（徳間文庫）　2008
「事件を追いかけろ―最新ベスト・ミステリー　サプライズの花束編」　日本推理作家協会編　光文

収録全集・アンソロジー一覧

社（カッパ・ノベルス）2004
「事件を追いかけろ」　サプライズの花束編　日本推理作家協会編　光文社（光文社文庫）2009
「事件現場に行こう―最新ベスト・ミステリー　カレイドスコープ編」　日本推理作家協会編　光文社（カッパ・ノベルス）2001
「事件の痕跡」　光文社　2007
「事件の痕跡」　日本推理作家協会編　光文社（光文社文庫）2012
「地獄の無明剣―時代小説傑作選」　日本文藝家協会編　講談社（講談社文庫）2004
「士魂の光芒―時代小説最前線」　新潮社編　新潮社（新潮文庫）1997
「志士―吉田松陰アンソロジー」　末國善己編　新潮社（新潮文庫）2014
「屍者の行進」　井上雅彦監修　廣済堂出版（廣済堂文庫）1998
「死者の復活」　二上洋一監修　リブリオ出版（怪奇・ホラーワールド大きな活字で読みやすい本）2001
「死者は弁明せず―ソード・ワールド短編集」　安田均編　富士見書房（富士見ファンタジア文庫）1997
「私小説の生き方」　秋山駿, 富岡幸一郎編　アーツ・アンド・クラフツ　2009
「辞書、のような物語。」　大修館書店　2013
「市井図絵」　新潮社編　新潮社　1997
「自鷹THEどんでん返し」　双葉社（双葉文庫）2016
「自選ショート・ミステリー」　1～2　日本推理作家協会編　講談社（講談社文庫）2001
「時代劇原作選集―あの名画を生みだした傑作小説」　細谷正充編　双葉社（双葉文庫）2003
「時代小説一読切御免」　全4巻　新潮社編　新潮社（新潮文庫）2004～2005
「時代小説傑作選」　全7巻　新人物往来社　2008
「時代小説ザ・ベスト」　2016　日本文藝家協会編　集英社（集英社文庫）2016
「時代小説秀作づくし」　PHP研究所（PHP文庫）1997
「時代の波音―民主文学短編小説集1995年～2004年」　日本民主主義文学会編　日本民主主義文学会, 新日本出版社（発売）2005
「舌づけ―ホラー・アンソロジー」　祥伝社（ノン・ポシェット）1998
「したたかな女たち」　清原康正監修　リブリオ出版（ラブミーワールド大きな活字で読みやすい本）2001
「下ん浜―第2回「草枕文学賞」作品集」　熊本県「草枕文学賞」実行委員会編　文藝春秋企画出版部, 文藝春秋（発売）2000
「七人の安倍晴明」　夢枕獏編　桜桃書房　1998
「七人の役小角」　夢枕獏監修　小学館（小学館文庫）2007
「七人の女探偵」　山前譲編　廣済堂出版（KOSAIDO BLUE BOOKS）1998
「七人の刑事」　山前譲編　廣済堂出版（KOSAIDO BLUE BOOKS）1998
「七人の警部―SEVEN INSPECTORS」　山前譲編　廣済堂出版（KOSAIDO BLUE BOOKS）1998
「七人の十兵衛―傑作時代小説」　縄田一男編　PHP研究所（PHP文庫）2007
「七人の武蔵」　磯貝勝太郎編　角川書店（角川文庫）2002
「七人の龍馬―傑作時代小説」　細谷正充編　PHP研究所（PHP文庫）2010
「疾風怒濤！　上杉戦記―傑作時代小説」　細谷正充編　PHP研究所（PHP文庫）2008
「10分間ミステリー」　『このミステリーがすごい！』大賞編集部編　宝島社（宝島社文庫）2012
「10分間ミステリー THE BEST」　『このミステリーがすごい！』大賞編集部編　宝島社（宝島社文庫）2016
「失恋前夜―大人のための恋愛短篇集」　レインブックス編集部編　泰文堂　2013
「シティ・マラソンズ」　文藝春秋（文春文庫）2013
「死神と雷鳴の暗号―本格短編ベスト・セレクション」　本格ミステリ作家クラブ編　講談社（講談社文庫）2006
「死人に口無し―時代推理傑作選」　日本推理作家協会編　徳間書店（徳間文庫）2009
「忍び寄る闇の奇譚」　メフィスト編集部編　講談社　2008
「しのぶ雨江戸恋慕―新鷹会・傑作時代小説選」　平岩弓枝監修　光文社（光文社文庫）2016
「忍ぶ恋」　文藝春秋　1999
「地場演劇ことはじめ―記録・区民とつくる地場演劇の会」　江角英明, えすみ友子著　オフィス未来　2003

収録全集・アンソロジー一覧

「紫迷宮—ミステリー・アンソロジー」 結城信孝編 祥伝社（祥伝社文庫） 2002
「邪香草—恋愛ホラー・アンソロジー」 祥伝社（祥伝社文庫） 2003
「シャーロック・ホームズに愛をこめて」 ミステリー文学資料館編 光文社（光文社文庫） 2010
「シャーロック・ホームズに再び愛をこめて」 ミステリー文学資料館編 光文社（光文社文庫）
　　2010
「シャーロック・ホームズの災難—日本版」 北原尚彦編 論創社 2007
「十月のカーニヴァル」 井上雅彦監修 光文社（カッパ・ノベルス） 2000
「終日犯罪」 日本推理作家協会編 講談社（講談社文庫） 2004
「獣人」 井上雅彦監修 光文社（光文社文庫） 2003
「十二宮12幻想」 津原泰水監修 エニックス 2000
「12星座小説集」 群像編 講談社（講談社文庫） 2013
「12人のカウンセラーが語る12の物語」 杉原保史, 高石恭子編著 ミネルヴァ書房 2010
「12の贈り物—東日本大震災支援岩手県在住作家自選短編集」 道又力編 荒蝦夷 2011
「十年交差点」 新潮社（新潮文庫） 2016
「十年後のこと」 河出書房新社 2016
「十の恐怖」 角川書店 1999
「十夜」 ランダムハウス講談社編 ランダムハウス講談社 2006
「10ラブ・ストーリーズ」 林真理子編 朝日新聞出版（朝日文庫） 2011
「十話」 ランダムハウス講談社編 ランダムハウス講談社 2006
「主命にござる」 縄田一男編 新潮社（新潮文庫） 2015
「狩猟文学マスターピース」 服部文祥編 みすず書房 2011
「春宵濡れ髪しぐれ—時代小説傑作選」 日本文藝家協会編 講談社（講談社文庫） 2003
「小学生のげき—新小学校演劇脚本集」 低学年 1 日本演劇教育連盟編 晩成書房 2010
「小学生のげき—新小学校演劇脚本集」 中学年 1 日本演劇教育連盟編 晩成書房 2011
「小学生のげき—新小学校演劇脚本集」 高学年 1 日本演劇教育連盟編 晩成書房 2011
「小学校・全員参加の楽しい学級劇・学年劇脚本集」 低学年 小川信夫, 滝井純監修, 日本児童劇
　　作の会編著 黎明書房 2007
「小学校・全員参加の楽しい学級劇・学年劇脚本集」 中学年 小川信夫, 滝井純監修, 日本児童劇
　　作の会編著 黎明書房 2006
「小学校・全員参加の楽しい学級劇・学年劇脚本集」 高学年 小川信夫, 滝井純監修, 日本児童劇
　　作の会編著 黎明書房 2007
「小学校たのしい劇の本—英語劇付」 低学年 日本演劇教育連盟編 国土社 2007
「小学校たのしい劇の本—英語劇付」 中学年 日本演劇教育連盟編 国土社 2007
「小学校たのしい劇の本—英語劇付」 高学年 日本演劇教育連盟編 国土社 2007
「将軍・乃木希典」 志村有弘編 勉誠出版 2004
「笑劇—SFバカ本カタストロフィ集」 岬兄悟, 大原まり子編 小学館（小学館文庫） 2007
「衝撃を受けた時代小説傑作選」 文藝春秋（文春文庫） 2011
「笑止—SFバカ本シュール集」 岬兄悟, 大原まり子編 小学館（小学館文庫） 2007
「勝者の死にざま—時代小説選手権」 新潮社編 新潮社（新潮文庫） 1998
「少女怪談」 東雅夫編 学習研究社（学研M文庫） 2000
「少女の空間」 デュアル文庫編集部編 徳間書店（徳間デュアル文庫） 2001
「少女のなみだ」 リンダブックス編集部編著 泰文堂 2014
「少女物語」 朝日新聞社 1998
「小説推理新人賞受賞作アンソロジー」 1〜2 双葉社（双葉文庫） 2000
「小説創るぜ！—突撃アンソロジー」 富士見書房（富士見ファンタジア文庫） 2004
「小説の家」 福永信編 新潮社 2016
「小説乃湯—お風呂小説アンソロジー」 有栖川有栖編 角川書店（角川文庫） 2013
「小説「武士道」」 縄田一男編 三笠書房 2008
「『少年倶楽部』短篇選」 講談社文芸文庫編 講談社（講談社文芸文庫） 2013
「『少年倶楽部』熱血・痛快・時代短篇選」 講談社文芸文庫編 講談社（講談社文芸文庫） 2015
「少年小説大系」 22 二上洋一編, 尾崎秀樹, 小田切進, 紀田順一郎監修 三一書房 1997
「少年探偵王—本格推理マガジン 特集・ぼくらの推理冒険物語」 鮎川哲也監修, 芦辺拓編 光文社
　　（光文社文庫） 2002
「少年の時間」 デュアル文庫編集部編 徳間書店（徳間デュアル文庫） 2001

収録全集・アンソロジー一覧

「少年のなみだ」 リンダブックス編集部編著 泰文堂 2014
「少年の眼―大人になる前の物語」 川本三郎選,日本ペンクラブ編 光文社(光文社文庫) 1997
「縄文4000年の謎に挑む―宮畑遺跡の「巨大柱」と「焼かれた家」 福島市宮畑ミステリー大賞作
　品集」 じょーもぴあ活用推進協議会編 現代書林 2016
「昭和の短篇一人一冊集成」 全5巻 結城信孝編・解説 未知谷 2008
「所轄―警察アンソロジー」 日本推理作家協会編 角川春樹事務所(ハルキ文庫) 2016
「職人気質」 縄田一男編著 小学館(小学館文庫) 2007
「植物」 国書刊行会(書物の王国) 1998
「女性ミステリー作家傑作選」 全3巻 山前譲編 光文社(光文社文庫) 1999
「ショートショートの缶詰」 田丸雅智編 キノブックス 2016
「ショートショートの花束」 1～8 阿刀田高編 講談社(講談社文庫) 2009～2016
「ショートショートの広場」 8～20 講談社(講談社文庫) 1997～2008
「書物愛」 日本篇 紀田順一郎編 晶文社 2005
「書物愛」 日本篇 紀田順一郎編 東京創元社(創元ライブラリ) 2014
「白の怪」 志村有弘編 勉誠出版(べんせいライブラリー) 2003
「白のミステリー―女性ミステリー作家傑作選」 山前譲編 光文社 1997
「史話」 凱風社 2009
「新鋭劇作集」 13～20 日本劇団協議会 2002～2009
「人外魔境」 二上洋一監修 リブリオ出版(怪奇・ホラーワールド大きな活字で読みやすい本)
　2001
「進化論」 井上雅彦監修 光文社(光文社文庫) 2006
「新釈グリム童話―めでたし、めでたし?」 集英社(集英社オレンジ文庫) 2016
「人獣怪婚」 七北数人編 筑摩書房(ちくま文庫) 2001
「心中小説名作選」 藤本義一選,日本ペンクラブ編 集英社(集英社文庫) 2008
「信州歴史時代小説傑作集」 全5巻 しなのき書房編 しなのき書房 2007
「神出鬼没! 戦国忍者伝―傑作時代小説」 細谷正充編 PHP研究所(PHP文庫) 2009
「新進作家戯曲集 ノスタルジック・カフェ―1971・あの時君は／夢も噺も―落語家三笑亭夢楽の
　道」 青田ひでき著,白石佐代子著 論創社 2004
「人生を変えた時代小説傑作選」 山本一力,児玉清,縄田一男選 文藝春秋(文春文庫) 2010
「新世紀犯罪博覧会―連作推理小説」 新世紀「謎」倶楽部編 光文社(カッパ・ノベルス) 2001
「新世紀「謎」倶楽部」 二階堂黎人監修 角川書店 1998
「新選組興亡録」 縄田一男編 角川書店(角川文庫) 2003
「新選組出陣」 歴史時代作家クラブ編 廣済堂出版 2014
「新選組出陣」 歴史時代作家クラブ編 徳間書店(徳間文庫) 2015
「新選組伝奇」 志村有弘編 勉誠出版 2004
「新選組読本」 日本ペンクラブ編 光文社(光文社文庫) 2003
「新選組烈士伝」 縄田一男編 角川書店(角川文庫) 2003
「シンデレラ」 和佐田道子編・訳 竹書房(竹書房文庫) 2015
「人肉嗜食」 七北数人編 筑摩書房(ちくま文庫) 2001
「新日本古典文学大系 明治編」 全30巻 岩波書店 2001～2013
「人物日本剣豪伝」 1～5 学陽書房(人物文庫) 2001
「人物日本の歴史―時代小説版」 古代中世編 縄田一男編 小学館(小学館文庫) 2004
「人物日本の歴史―時代小説版」 戦国編 縄田一男編 小学館(小学館文庫) 2004
「人物日本の歴史―時代小説版」 江戸編 上,下 縄田一男編 小学館(小学館文庫) 2004
「人物日本の歴史―時代小説版」 幕末維新編 縄田一男編 小学館(小学館文庫) 2004
「新・プロレタリア文学精選集」 全20巻 浦西和彦監修 ゆまに書房 2004
「新編・日本幻想文学集成」 1～4 国書刊行会 2016
「「新編」日本女性文学全集」 全10巻 岩淵宏子,長谷川啓監修 菁柿堂 2007～
「新・本格推理」 1～8,別巻 二階堂黎人編 光文社(光文社文庫) 2001～2009
「新本格猛虎会の冒険」 東京創元社 2003
「深夜バス78回転の問題―本格短編ベスト・セレクション」 本格ミステリ作家クラブ編 講談社
　(講談社文庫) 2008
「侵略!」 井上雅彦監修 廣済堂出版(廣済堂文庫) 1998
「心霊理論」 光文社(光文社文庫) 2007

収録全集・アンソロジー一覧

「彗星パニック」 大原まり子, 岬兄悟編 廣済堂出版（廣済堂文庫） 2000
「翠迷宮—ミステリー・アンソロジー」 結城信孝編 祥伝社（祥伝社文庫） 2003
「水妖」 井上雅彦監修 廣済堂出版（廣済堂文庫） 1998
「推理小説代表選集—推理小説年鑑」 1997 日本推理作家協会編 講談社 1997
「好き、だった。—はじめての失恋、七つの話」 ダ・ヴィンチ編集部編 メディアファクトリー
　（MF文庫） 2010
「好きなのに」 リンダブックス編集部編, リンダパブリッシャーズ企画・編集 泰文堂 2013
「すごい恋愛」 リンダブックス編集部編 泰文堂 2012
「スタートライン—始まりをめぐる19の物語」 幻冬舎（幻冬舎文庫） 2010
「捨て子稲荷—時代アンソロジー」 祥伝社（祥伝社文庫） 1999
「捨てる—アンソロジー」 文藝春秋 2015
「素浪人横丁—人情時代小説傑作選」 縄田一男選 新潮社（新潮文庫） 2009
「星海社カレンダー小説」 上, 下 星海社編集部編 星海社 2012
「世紀末サーカス」 井上雅彦監修 廣済堂出版（廣済堂文庫） 2000
「成城・学校劇脚本集—成城学園初等学校劇の会150回記念」 成城学園初等学校劇研究部編 成城
　学園初等学校出版部 2002
「精選女性随筆集」 全12巻 文藝春秋 2012
「贅沢な恋人たち」 幻冬舎（幻冬舎文庫） 1997
「青髯小説集」 青髯社編 講談社（講談社文芸文庫） 2014
「青髯文学集」 岩田ななつ編 不二出版 2004
「聖なる夜に君は」 角川書店（角川文庫） 2009
「生の深みを覗く—ポケットアンソロジー」 中村邦生編 岩波書店（岩波文庫別冊） 2010
「西洋伝奇物語—ゴシック名訳集成」 東雅夫編 学習研究社（学研M文庫） 2004
「世界堂書店」 米澤穂信編 文藝春秋（文春文庫） 2014
「関ヶ原・運命を分けた決断—傑作時代小説」 細谷正充編 PHP研究所（PHP文庫） 2007
「絶海—推理アンソロジー」 祥伝社（Non novel） 2002
「雪月花・江戸景色」 平岩弓枝監修 光文社（光文社文庫） 2013
「絶体絶命」 結城信孝編 早川書房（ハヤカワ文庫） 2006
「絶体絶命！」 リンダブックス編集部編 泰文堂 2011
「せつない話」 2 山田詠美編 光文社 1997
「セブンス・アウト—悪夢七夜」 童夢舎編集部編 童夢舎, コアラブックス（発売）（Doumノベ
　ル） 2000
「セブンティーン・ガールズ」 北上次郎編 KADOKAWA（角川文庫） 2014
「セブンミステリーズ」 日本推理作家協会編 講談社（講談社文庫） 2009
「ゼロ年代SF傑作選」 SFマガジン編集部編 早川書房（ハヤカワ文庫） 2010
「0番目の事件簿」 メフィスト編集部編 講談社 2012
「世話焼き長屋—人情時代小説傑作選」 縄田一男選 新潮社（新潮文庫） 2008
「戦国女人十一話」 末國善己編 作品社 2005
「戦国秘史—歴史小説アンソロジー」 KADOKAWA（角川文庫） 2016
「戦後占領期短篇小説コレクション」 全7巻 紅野謙介, 川崎賢子, 寺田博責任編集 藤原書店 2007
「戦後短篇小説再発見」 全18巻 講談社文芸文庫編 講談社（講談社文芸文庫） 2001〜2004
「戦後短篇小説選—『世界』1946–1999」 全5巻 岩波書店編集部編 岩波書店 2000
「戦後文学エッセイ選」 全13巻 影書房 2005〜2008
「全作家短編集」 15 全作家協会編 のべる出版企画 2016
「全作家短編小説集」 6〜12 畠山拓, 山崎文男, 佐々木敬祐, 野辺慎一編 全作家協会 2007〜2013
「新装版 全集現代文学の発見」 全16巻, 別巻1巻 大岡昇平, 平野謙, 佐々木基一, 埴谷雄高, 花田清
　輝責任編集 學藝書林 2002〜2009
「全席死定—鉄道ミステリー名作館」 山前譲編 徳間書店（徳間文庫） 2004
「戦前探偵小説四人集」 論創社 2011
「戦争小説短篇名作選」 講談社文芸文庫編 講談社（講談社文芸文庫） 2015
「センチメンタル急行—あの日へ帰る、旅情短篇集」 リンダブックス編集部編著 泰文堂 2010
「そういうものだろ、仕事っていうのは」 日本経済新聞出版社 2011
「創刊一〇〇年三田文学名作選」 三田文学編集部編 三田文学会 2010
「創作脚本集—60周年記念」 岡山高演協60周年記念創作脚本集編集委員会編 岡山県高等学校演

収録全集・アンソロジー一覧

劇協議会 2011
「葬送列車―鉄道ミステリー名作館」 山前譲編 徳間書店（徳間文庫） 2004
「蒼茫の海」 桃園書房（桃園文庫） 2001
「蒼迷宮―ミステリー・アンソロジー」 結城信孝編 祥伝社（祥伝社文庫） 2002
「空を飛ぶ恋―ケータイがつなぐ28の物語」 新潮社編 新潮社（新潮文庫） 2006
「空飛ぶモルグ街の研究」 本格ミステリ作家クラブ編 講談社（講談社文庫） 2013
「それでも三月は、また」 講談社 2012
「それはまだヒミツ―少年少女の物語」 今江祥智編 新潮社（新潮文庫） 2012

【 た 】

「第三の新人名作選」 講談社文芸文庫編 講談社（講談社文芸文庫） 2011
「代表作時代小説」 平成9年度 日本文藝家協会編纂 光風社出版, 成美堂出版（発売） 1997
「代表作時代小説」 平成10年度 日本文藝家協会編纂 光風社出版, 成美堂出版（発売） 1998
「代表作時代小説」 平成11年度 日本文藝家協会編纂 光風社出版, 成美堂出版（発売） 1999
「代表作時代小説」 平成12年度 日本文藝家協会編纂 光風社出版, 成美堂出版（発売） 2000
「代表作時代小説」 平成13年度 日本文藝家協会編纂 光風社出版, 成美堂出版（発売） 2001
「代表作時代小説」 平成14年度 日本文藝家協会編纂 光風社出版, 成美堂出版（発売） 2002
「代表作時代小説」 平成15年度 日本文藝家協会編纂 光風社出版, 成美堂出版（発売） 2003
「代表作時代小説」 平成16年度 日本文藝家協会編纂 光風社出版, 成美堂出版（発売） 2004
「代表作時代小説」 平成17年度 日本文藝家協会編 光文社 2005
「代表作時代小説」 平成18年度 日本文藝家協会編 光文社 2006
「代表作時代小説」 平成19年度 日本文藝家協会編 光文社 2007
「代表作時代小説」 平成20年度 日本文藝家協会編 光文社 2008
「代表作時代小説」 平成21年度 日本文藝家協会編 光文社 2009
「代表作時代小説」 平成22年度 日本文藝家協会編 光文社 2010
「代表作時代小説」 平成23年度 日本文藝家協会編 光文社 2011
「代表作時代小説」 平成24年度 日本文藝家協会編 光文社 2012
「代表作時代小説」 平成25年度 日本文藝家協会編 光文社 2013
「代表作時代小説」 平成26年度 日本文藝家協会編 光文社 2014
「大密室」 新潮社 1999
「宝塚歌劇柴田侑宏脚本選」 5 柴田侑宏著 阪急コミュニケーションズ 2006
「宝塚大劇場公演脚本集―2001年4月―2002年4月」 宝塚歌劇団監修 阪急電鉄コミュニケーショ
　　ン事業部 2002
「宝塚バウホール公演脚本集―2001年4月―2001年10月」 宝塚歌劇団監修 阪急電鉄コミュニケー
　　ション事業部 2002
「だから猫は猫そのものではない」 吉田和明, 新田準編 凱風社 2015
「暗闇（ダークサイド）を追いかけろ―ホラー＆サスペンス編」 日本推理作家協会編 光文社
　　（カッパ・ノベルス） 2004
「暗闇（ダークサイド）を追いかけろ」 日本推理作家協会編 光文社（光文社文庫） 2008
「匠」 日本推理作家協会編 文藝春秋（推理作家になりたくて マイベストミステリー） 2003
「竹筒に花はなくとも―短篇十人集」 原爆と文学の会編 日曜舎 1997
「竹中英太郎」 全3巻 竹中英太郎画, 末永昭二編 皓星社 2016
「竹中半兵衛―小説集」 末國善己編 作品社 2014
「太宰治賞」 1999 筑摩書房編集部編 筑摩書房 1999
「太宰治賞」 2000 筑摩書房編集部編 筑摩書房 2000
「太宰治賞」 2001 筑摩書房編集部編 筑摩書房 2001
「太宰治賞」 2002 筑摩書房編集部編 筑摩書房 2002
「太宰治賞」 2003 筑摩書房編集部編 筑摩書房 2003
「太宰治賞」 2004 筑摩書房編集部編 筑摩書房 2004
「太宰治賞」 2005 筑摩書房編集部編 筑摩書房 2005
「太宰治賞」 2006 筑摩書房編集部編 筑摩書房 2006

収録全集・アンソロジー一覧

「太宰治賞」 2007 筑摩書房編集部編 筑摩書房 2007
「太宰治賞」 2008 筑摩書房編集部編 筑摩書房 2008
「太宰治賞」 2009 筑摩書房編集部編 筑摩書房 2009
「太宰治賞」 2010 筑摩書房編集部編 筑摩書房 2010
「太宰治賞」 2011 筑摩書房編集部編 筑摩書房 2011
「太宰治賞」 2012 筑摩書房編集部編 筑摩書房 2012
「太宰治賞」 2013 筑摩書房編集部編 筑摩書房 2013
「太宰治賞」 2014 筑摩書房編集部編 筑摩書房 2014
「太宰治賞」 2015 筑摩書房編集部編 筑摩書房 2015
「太宰治賞」 2016 筑摩書房編集部編 筑摩書房 2016
「たそがれ江戸暮色」 平岩弓枝監修 光文社（光文社文庫） 2014
「たそがれ長屋―人情時代小説傑作選」 縄田一男選 新潮社（新潮文庫） 2008
「黄昏ホテル」 e-NOVELS編 小学館 2004
「たそがれゆく未来」 筑摩書房（ちくま文庫） 2016
「ただならぬ午睡―恋愛小説アンソロジー」 江國香織選, 日本ペンクラブ編 光文社（光文社文庫） 2004
「多々良島ふたたび―ウルトラ怪獣アンソロジー」 早川書房 2015
「立川文学―「立川文学賞」作品集」 1〜6 「立川文学賞」実行委員会編纂 けやき出版 2011〜2016
「タッグ私の相棒―警察アンソロジー」 日本推理作家協会編 角川春樹事務所 2015
「旅を数えて」 光文社 2007
「たびだち―フェリシモしあわせショートショート」 フェリシモ文学賞編 フェリシモ, フェリシモ出版（発売） 2000
「旅の終わり、始まりの旅」 小学館（小学館文庫） 2012
「魂がふるえるとき」 宮本輝編 文藝春秋（文春文庫） 2004
「誰も知らない「桃太郎」「かぐや姫」のすべて」 明拓出版編 明拓出版 2009
「短歌殺人事件―31音律のラビリンス」 齋藤愼爾編 光文社（光文社文庫） 2003
「探偵Xからの挑戦状！」 1〜3 小学館（小学館文庫） 2009〜2012
「探偵くらぶ―探偵小説傑作選1946〜1958」 上, 中, 下 日本推理作家協会編 光文社（カッパ・ノベルス） 1997
「探偵小説の風景―トラフィック・コレクション」 上, 下 ミステリー文学資料館編 光文社（光文社文庫） 2009
「探偵の殺される夜」 本格ミステリ作家クラブ編 講談社（講談社文庫） 2016
「たんときれいに召し上がれ―美食文学精選」 津原泰水編 芸術新聞社 2015
「短編工場」 集英社文庫編集部編 集英社（集英社文庫） 2012
「短篇集」 4 双葉社（双葉文庫） 2008
「短篇集」 柴田元幸編 ヴィレッジブックス 2010
「短篇小説日和―英国異色傑作選」 西崎憲編訳 筑摩書房（ちくま文庫） 2013
「短編 女性文学 近代 続」 渡邊澄子編 おうふう 2002
「短編で読む恋愛・家族」 杉本和弘編 中部日本教育文化会 1998
「短編復活」 集英社文庫編集部編 集英社（集英社文庫） 2002
「短篇ベストコレクション―現代の小説」 2000 日本文藝家協会編纂 徳間書店 2000
「短篇ベストコレクション―現代の小説」 2001 日本文藝家協会編纂 徳間書店（徳間文庫） 2001
「短篇ベストコレクション―現代の小説」 2002 日本文藝家協会編 徳間書店（徳間文庫） 2002
「短篇ベストコレクション―現代の小説」 2003 日本文藝家協会編 徳間書店（徳間文庫） 2003
「短篇ベストコレクション―現代の小説」 2004 日本文藝家協会編 徳間書店（徳間文庫） 2004
「短篇ベストコレクション―現代の小説」 2005 日本文藝家協会編 徳間書店（徳間文庫） 2005
「短篇ベストコレクション―現代の小説」 2006 日本文藝家協会編 徳間書店（徳間文庫） 2006
「短篇ベストコレクション―現代の小説」 2007 日本文藝家協会編 徳間書店（徳間文庫） 2007
「短篇ベストコレクション―現代の小説」 2008 日本文藝家協会編 徳間書店（徳間文庫） 2008
「短篇ベストコレクション―現代の小説」 2009 日本文藝家協会編 徳間書店（徳間文庫） 2009
「短篇ベストコレクション―現代の小説」 2010 日本文藝家協会編 徳間書店（徳間文庫） 2010
「短篇ベストコレクション―現代の小説」 2011 日本文藝家協会編 徳間書店（徳間文庫） 2011
「短篇ベストコレクション―現代の小説」 2012 日本文藝家協会編 徳間書店（徳間文庫） 2012

収録全集・アンソロジー一覧

「短篇ベストコレクション―現代の小説」 2013 日本文藝家協会編 徳間書店（徳間文庫） 2013
「短篇ベストコレクション―現代の小説」 2014 日本文藝家協会編 徳間書店（徳間文庫） 2014
「短篇ベストコレクション―現代の小説」 2015 日本文藝家協会編 徳間書店（徳間文庫） 2015
「短篇ベストコレクション―現代の小説」 2016 日本文藝家協会編 徳間書店（徳間文庫） 2016
「短編名作選―1925-1949 文士たちの時代」 平林文雄, 堀江晋, 斎藤順二, 五十嵐謙介編 笠間書院 1999
「短編名作選―1885-1924 小説の曙」 平林文雄, 長沢連, 八木光昭, 加藤二郎編 笠間書院 2003
「短篇礼讃―忘れかけた名品」 大川渉編 筑摩書房（ちくま文庫） 2006
「血」 早川書房 1997
「血」 結城信孝編 三天書房（傑作短篇シリーズ） 2000
「地を這う捜査―「読楽」警察小説アンソロジー」 徳間文庫編集部編 徳間書店（徳間文庫） 2015
「近松賞」 第1回 優秀賞作品集 尼崎市 2002
「近松賞」 第2回 受賞作品 尼崎市 2004
「近松賞」 第3回 優秀賞作品集 尼崎市 2006
「近松賞」 第4回 受賞作品 尼崎市 2008
「ちくま日本文学」 全40巻 筑摩書房（ちくま文庫） 2007〜2009
「血汐花に涙降る」 日本文藝家協会編纂 光風社出版, 成美堂出版（発売）（光風社文庫） 1999
「血しぶき街道」 日本文藝家協会編纂 光風社出版, 成美堂出版（発売）（光風社文庫） 1998
「チーズと塩と豆と」 ホーム社 2010
「チーズと塩と豆と」 集英社（集英社文庫） 2013
「血と薔薇の誘う夜に―吸血鬼ホラー傑作選」 東雅夫編 角川書店（角川ホラー文庫） 2005
「血の12幻想」 澁原泰水監修 エニックス 2000
「魍魅魍魎列島」 東雅夫編 小学館（小学館文庫） 2005
「血文字パズル」 角川書店（角川文庫） 2003
「チャイルド」 井上雅彦監修 廣済堂出版（廣済堂文庫） 1998
「中学生の楽しい英語劇―Let's Enjoy Some Plays」 東京都中学校英語教育研究会編 秀文館 2004
「中学生のドラマ」 1〜8 日本演劇教育連盟編 晩成書房 1995〜2010
「中学校劇作シリーズ」 7〜10 青雲書房 2002〜2006
「中学校創作脚本集」 2〜3 横浜北部中学校演劇教育研究会編 晩成書房 2001〜2008
「中学校たのしい劇脚本集―英語劇付」 全3巻 日本演劇教育連盟編 国土社 2010〜2011
「忠臣蔵コレクション」 全4巻 縄田一男編 河出書房新社（河出文庫） 1998
「チューリップ革命―ネオ・スイート・ドリーム・ロマンス」 イースト・プレス 2000
「超弦領域―年刊日本SF傑作選」 大森望, 日下三蔵編 東京創元社（創元SF文庫） 2009
「超短編アンソロジー」 本間祐編 筑摩書房（ちくま文庫） 2002
「超短編傑作選」 6 創英社・出版事業部編 創英社 2007
「超短編の世界」 1〜3 創英社・出版事業部編, タカスギシンタロ監修 創英社 2008〜2011
「散りぬる桜―時代小説招待席」 藤水名子監修 廣済堂出版 2004
「鎮守の森に鬼が棲む―時代小説傑作選」 日本文藝家協会編 講談社（講談社文庫） 2001
「月」 国書刊行会（書物の王国） 1999
「月の舞姫」 安田均編 富士見書房（富士見ファンタジア文庫） 2001
「月のものがたり―月の光がいざなうセンチメンタル＆ノスタルジー」 鈴木光司編 ソフトバンククリエイティブ 2006
「憑きびと―「読楽」ホラー小説アンソロジー」 徳間文庫編集部編 徳間書店（徳間文庫） 2016
「憑き者―全篇書下ろし傑作ホラーアンソロジー」 大多和伴彦編 アスキー, アスペクト（発売）（A-novels） 2000
「集え！ へっぽこ冒険者たち―ソード・ワールド短編集」 安田均編 富士見書房（富士見ファンタジア文庫） 2002
「つながり―フェリシモしあわせショートショート」 フェリシモ文学賞編 フェリシモ, 神戸フェリシモ出版（発売） 1999
「鍔鳴り疾風剣」 日本文藝家協会編纂 光風社出版, 成美堂出版（発売）（光風社文庫） 2000
「妻を失う―離別作品集」 講談社文芸文庫編, 富岡幸一郎選 講談社（講談社文芸文庫） 2014
「罪深き者に罰を」 日本推理作家協会編 講談社（講談社文庫） 2002
「吊るされた男」 井上雅彦編 角川書店（角川ホラー文庫） 2001

収録全集・アンソロジー一覧

「定本・忠臣蔵四十七人集」 双葉社 1998
「手塚治虫COVER」 エロス篇 デュアル文庫編集部編 徳間書店（徳間デュアル文庫） 2003
「手塚治虫COVER」 タナトス篇 デュアル文庫編集部編 徳間書店（徳間デュアル文庫） 2003
「デッド・オア・アライヴ―江戸川乱歩賞作家アンソロジー」 講談社 2013
「デッド・オア・アライヴ」 講談社（講談社文庫） 2014
「鉄ミス倶楽部東海道新幹線50―推理小説アンソロジー」 山前譲編 光文社（光文社文庫） 2014
「鉄路に咲く物語―鉄道小説アンソロジー」 西村京太郎選，日本ペンクラブ編 光文社（光文社文庫） 2005
「てのひら怪談―ビーケーワン怪談大賞傑作選」 1〜2 加門七海，福澤徹三，東雅夫編 ポプラ社 2007
「てのひら怪談―ビーケーワン怪談大賞傑作選」 加門七海，福澤徹三，東雅夫編 ポプラ社（ポプラ文庫） 2008
「てのひら怪談―ビーケーワン怪談大賞傑作選」 百怪繚乱篇 加門七海，福澤徹三，東雅夫編 ポプラ社 2008
「てのひら怪談―ビーケーワン怪談大賞傑作選」 己丑 加門七海，福澤徹三，東雅夫編 ポプラ社（ポプラ文庫） 2009
「てのひら怪談―ビーケーワン怪談大賞傑作選」 庚寅 加門七海，福澤徹三，東雅夫編 ポプラ社（ポプラ文庫） 2010
「てのひら怪談―ビーケーワン怪談大賞傑作選」 辛卯 加門七海，福澤徹三，東雅夫編 ポプラ社（ポプラ文庫） 2011
「てのひら怪談―ビーケーワン怪談大賞傑作選」 壬辰 加門七海，福澤徹三，東雅夫編 ポプラ社（ポプラ文庫） 2012
「てのひら怪談」 癸巳 加門七海，福澤徹三，東雅夫編 KADOKAWA（MF文庫） 2013
「てのひら猫語り―書き下ろし時代小説集」 白泉社 2014
「てのひらの宇宙―星雲賞短編SF傑作選」 大森望編 東京創元社（創元SF文庫） 2013
「てのひらの恋―けれど、いちばん大切なあの人との記憶。」 角川文庫編集部編 KADOKAWA（角川文庫） 2014
「テレビドラマ代表作選集」 2002年版 日本脚本家連盟編著 日本脚本家連盟 2002
「テレビドラマ代表作選集」 2003年版 日本脚本家連盟編著 日本脚本家連盟 2003
「テレビドラマ代表作選集」 2004年版 日本脚本家連盟編著 日本脚本家連盟 2004
「テレビドラマ代表作選集」 2005年版 日本脚本家連盟編著 日本脚本家連盟 2005
「テレビドラマ代表作選集」 2006年版 日本脚本家連盟編著 日本脚本家連盟 2006
「テレビドラマ代表作選集」 2007年版 日本脚本家連盟編著 日本脚本家連盟 2007
「テレビドラマ代表作選集」 2008年版 日本脚本家連盟編著 日本脚本家連盟 2008
「テレビドラマ代表作選集」 2009年版 日本脚本家連盟編著 日本脚本家連盟 2009
「テレビドラマ代表作選集」 2010年版 日本脚本家連盟編著 日本脚本家連盟 2010
「テレビドラマ代表作選集」 2011年版 日本脚本家連盟編著 日本脚本家連盟 2011
「伝奇城―伝奇時代小説アンソロジー」 朝松健，えとう乱星編 光文社（光文社文庫） 2005
「天使と髑髏の密室―本格短編ベスト・セレクション」 本格ミステリ作家クラブ編 講談社（講談社文庫） 2005
「天地驚愕のミステリー」 小山正編 宝島社（宝島社文庫） 2009
「天変動く大震災と作家たち」 悪麗之介編・解説 インパクト出版会 2011
「電話ミステリー倶楽部―傑作推理小説集」 ミステリー文学資料館編 光文社（光文社文庫） 2016
「東京小説」 コリーヌ・カンタン編 紀伊國屋書店 2000
「東京小説」 カンタン・コリーヌ編 日本経済新聞出版社（日経文芸文庫） 2013
「東京ホタル」 ポプラ社 2013
「東京ホタル」 ポプラ社（ポプラ文庫） 2015
「刀剣―歴史時代小説名作アンソロジー」 末國善己編 中央公論新社（中公文庫） 2016
「闘人烈伝―格闘小説・漫画アンソロジー」 夢枕獏編・解説 双葉社 2000
「同性愛」 国書刊行会（書物の王国） 1999
「童貞小説集」 小谷野敦編 筑摩書房（ちくま文庫） 2007
「塔の物語」 井上雅彦編 角川書店（角川ホラー文庫） 2000
「どうぶつたちの贈り物」 PHP研究所 2016
「東北戦国志―傑作時代小説」 細谷正充編 PHP研究所（PHP文庫） 2009

（26） 作品名から引ける日本文学全集案内 第III期

収録全集・アンソロジー一覧

「透明な貴婦人の謎―本格短編ベスト・セレクション」 本格ミステリ作家クラブ編 講談社（講談社文庫）2005
「遠き雷鳴」 桃園書房（桃園文庫）2001
「時の輪廻」 二上洋一監修 リブリオ出版（怪奇・ホラーワールド大きな活字で読みやすい本）2001
「時の罠」 文藝春秋（文春文庫）2014
「ときめき―ミステリアンソロジー」 山前譲編 廣済堂出版（廣済堂文庫）2005
「時よとまれ、君は美しい―スポーツ小説名作集」 齋藤愼爾編 角川書店（角川文庫）2007
「毒殺協奏曲」 アミの会（仮）原書房 2016
「特別な一日」 朝山実編 徳間書店（徳間文庫）2005
「どたん場で大逆転」 日本推理作家協会編 講談社（講談社文庫）1999
「とっておきの話」 安野光雅，森毅，井上ひさし，池内紀編 筑摩書房 2011
「とっておき名短篇」 北村薫，宮部みゆき編 筑摩書房（ちくま文庫）2011
「ドッペルゲンガー奇譚集―死を招く影」 角川書店編 角川書店（角川ホラー文庫）1998
「隣りの不安、目前の恐怖」 双葉社（双葉文庫）2016
「となりのもののけさん―競怪短篇集」 ポプラ社（ポプラ文庫ピュアフル）2014
「賭博師たち」 角川書店（角川文庫）1997
「怒髪の雷」 祥伝社（祥伝社文庫）2016
「扉の向こうへ」 石川友也，須永淳，野辺慎一編 全作家協会 2014
「ドラゴン殺し」 メディアワークス，主婦の友社（発売）（電撃文庫）1997
「ドラマの森」 2005 西日本劇作家の会編 西日本劇作家の会 2004
「ドラマの森」 2009 西日本劇作家の会編 西日本劇作家の会 2008
「トリック・ミュージアム」 日本推理作家協会編 講談社（講談社文庫）2005
「捕物時代小説選集」 1〜8 志村有弘編 春陽堂書店（春陽文庫）1999〜2000
「捕物小説名作選」 1〜2 池波正太郎選，日本ペンクラブ編 集英社（集英社文庫）2006
「トロピカル」 井上雅彦監修 廣済堂出版（廣済堂文庫）1999
「十和田、奥入瀬 水と土地をめぐる旅」 菅啓次郎，十和田奥入瀬芸術祭編 青幻舎 2013

【 な 】

「「内向の世代」初期作品アンソロジー」 黒井千次選 講談社（講談社文芸文庫）2016
「ナイン・ストーリーズ・オブ・ゲンジ」 新潮社 2008
「19（ナインティーン）」 アスキー・メディアワークス（メディアワークス文庫）2010
「長い夜の贈りもの―ホラーアンソロジー」 まんだらけ出版部（Live novels）1999
「中沢けい・多和田葉子・荻野アンナ・小川洋子」 河野多惠子，大庭みな子，佐藤愛子，津村節子監修 角川書店（女性作家シリーズ）1998
「渚にて―あの日からの〈みちのく怪談〉」 東北怪談同盟編 荒蝦夷 2016
「泣ける！ 北海道」 リンダパブリッシャーズ編集部編 泰文堂 2015
「ナゴヤドームで待ちあわせ」 ポプラ社 2016
「情けがからむ朱房の十手―傑作時代小説」 縄田一男編 PHP研究所（PHP文庫）2009
「謎」 日本推理作家協会編 文藝春秋（推理作家になりたくて マイベストミステリー）2004
「謎―スペシャル・ブレンド・ミステリー」 1〜9 日本推理作家協会編 講談社（講談社文庫）2006〜2014
「謎のギャラリー―最後の部屋」 北村薫編 マガジンハウス 1999
「謎のギャラリー―謎の部屋」 北村薫編 新潮社（新潮文庫）2002
「謎のギャラリー―愛の部屋」 北村薫編 新潮社（新潮文庫）2002
「謎のギャラリー―こわい部屋」 北村薫編 新潮社（新潮文庫）2002
「謎のギャラリー特別室」 全3巻 北村薫編 マガジンハウス 1998〜1999
「謎の部屋」 北村薫編 筑摩書房（ちくま文庫）2012
「謎の放課後―学校のミステリー」 大森望編 KADOKAWA（角川文庫）2013
「謎の放課後―学校の七不思議」 大森望編 KADOKAWA（角川文庫）2015
「謎の物語」 紀田順一郎編 筑摩書房（ちくま文庫）2012

収録全集・アンソロジー一覧

「懐かしい未来―甦る明治・大正・昭和の未来小説」 長山靖生編 中央公論新社 2001
「夏しぐれ―時代小説アンソロジー」 縄田一男編 角川書店（角川文庫） 2013
「夏のグランドホテル」 井上雅彦監修 光文社（光文社文庫） 2003
「夏休み」 千野帽子編 KADOKAWA（角川文庫） 2014
「撫子が斬る―女性作家捕物帳アンソロジー」 宮部みゆき選, 日本ペンクラブ編 光文社（光文社
　文庫） 2005
「ナナイロノコイ―恋愛小説」 角川春樹事務所 2003
「70年代日本SFベスト集成」 1～5 筒井康隆編 筑摩書房（ちくま文庫） 2014～2015
「七つの危険な真実」 新潮社（新潮文庫） 2004
「七つの黒い夢」 新潮社（新潮文庫） 2006
「七つの怖い扉」 新潮社 1998
「七つの死者の囁き」 新潮社（新潮文庫） 2008
「七つの忠臣蔵」 縄田一男編 新潮社（新潮文庫） 2016
「怠けものの話」 安野光雅, 森毅, 井上ひさし, 池内紀編 筑摩書房 2011
「涙がこぼれないように―さよならが胸を打つ10の物語」 リンダブックス編集部編著 泰文堂
　2014
「涙の百年文学―もう一度読みたい」 風日祈舎編 太陽出版 2009
「逃げゆく物語の話―ゼロ年代日本SFベスト集成 F」 大森望編 東京創元社（創元SF文庫） 2010
「二時間目国語」 小川義男監修 宝島社（宝島社文庫） 2016
「21世紀の〈ものがたり〉―『はてしない物語』創作コンクール記念」 岩波書店編集部編 岩波書
　店 2002
「21世紀本格―書下ろしアンソロジー」 島田荘司責任編集 光文社（カッパ・ノベルス） 2001
「29歳」 日本経済新聞出版社 2008
「29歳」 新潮社（新潮文庫） 2012
「二十の悪夢―角川ホラー文庫創刊20周年記念アンソロジー」 KADOKAWA（角川ホラー文庫）
　2013
「20の短編小説」 小説トリッパー編集部編 朝日新聞出版（朝日文庫） 2016
「二十四粒の宝石―超短編小説傑作集」 講談社（講談社文庫） 1998
「日常の呪縛」 二上洋一監修 リブリオ出版（怪奇・ホラーワールド大きな活字で読みやすい本）
　2001
「日本架空戦記集成―明治・大正・昭和」 長山靖生編 中央公論新社（中公文庫） 2003
「日本SF全集」 全6巻 日下三蔵編 出版芸術社 2009～
「日本SF短篇50―日本SF作家クラブ創立50周年記念アンソロジー」 1～5 日本SF作家クラブ編
　早川書房（ハヤカワ文庫） 2013
「日本SF・名作集成」 全10巻 夢枕獏, 大倉貴之編 リブリオ出版 2005
「日本怪奇小説傑作集」 全3巻 紀田順一郎, 東雅夫編 東京創元社（創元推理文庫） 2005
「日本怪獣侵略伝―ご当地怪獣異聞集」 洋泉社 2015
「日本海文学大賞―大賞作品集」 1～3 日本海文学大賞運営委員会 2007
「日本近代短編小説選」 全6巻 紅野敏郎, 紅野謙介, 千葉俊二, 宗像和重, 山田俊治編 岩波書店
　（岩波文庫） 2012～2013
「日本近代文学に描かれた「恋愛」」 小野末夫編 牧野出版 2001
「日本剣客伝」 戦国篇 朝日新聞出版（朝日文庫） 2012
「日本剣客伝」 江戸篇 朝日新聞出版（朝日文庫） 2012
「日本剣客伝」 幕末篇 朝日新聞出版（朝日文庫） 2012
「日本原発小説集」 柿谷浩一編 水声社 2011
「日本縦断世界遺産殺人紀行」 山前譲編 有楽出版社 2014
「日本人の手紙―大きな活字で読みやすい本」 全10巻 紀田順一郎監修 リブリオ出版 2004
「日本統治期台湾文学集成」 全30巻 中島利郎, 河原功, 下村作次郎監修 緑蔭書房 2002～2007
「日本の少年小説―「少国民」のゆくえ」 相川美恵子編集・解題, 『文学史を読みかえる』研究会
　企画・監修 インパクト出版 2016
「日本舞踊舞踊劇選集」 西川右近監修, 西川右近, 西川千雅編 西川会 2002
「日本文学全集」 全30巻 池澤夏樹編 河出書房新社 2014～2017
「日本文学100年の名作」 全10巻 池内紀, 川本三郎, 松田哲夫編 新潮社（新潮文庫） 2014～2015
「日本ベストミステリー選集」 24 日本推理作家協会編 光文社（光文社文庫） 1997

収録全集・アンソロジー一覧

「「日本浪曼派」集」 新学社 2007
「にゃんそろじー」 中川翔子編 新潮社（新潮文庫） 2014
「女人」 縄田一男編著 小学館（小学館文庫） 2007
「人魚―mermaid & merman」 長井那智子編 皓星社 2016
「人形」 国書刊行会（書物の王国） 1997
「人形座脚本集」 人形座再発見の会編 晩成書房 2005
「人魚の血―珠玉アンソロジー オリジナル＆スタンダート」 井上雅彦監修 光文社（カッパ・ノベルス） 2001
「人間心理の怪」 志村有弘編 勉誠出版（べんせいライブラリー） 2003
「人間みな病気」 筒井康隆選, 日本ペンクラブ編 ランダムハウス講談社 2007
「忍者だもの―忍法小説五番勝負」 縄田一男編 新潮社（新潮文庫） 2015
「人情の往来―時代小説最前線」 新潮社編 新潮社（新潮文庫） 1997
「忍法からくり伝奇」 志村有弘編 勉誠出版 2004
「猫」 クラフト・エヴィング商會編 中央公論新社（中公文庫） 2009
「猫愛」 吉田和明, 新田準編 凱風社 2008
「猫とわたしの七日間―青春ミステリーアンソロジー」 ポプラ社（ポプラ文庫ピュアフル） 2013
「ねこ！ ネコ！ 猫！―nekoミステリー傑作選」 山前譲編 徳間書店（徳間文庫） 2008
「猫のミステリー」 鮎川哲也編 河出書房新社（河出文庫） 1999
「猫路地」 東雅夫編 日本出版社 2006
「猫は神さまの贈り物」 小説編 山本容朗編 有楽出版社 2014
「鼠小僧次郎吉」 国書刊行会 2012
「眠れなくなる夢十夜」 「小説新潮」編集部編 新潮社（新潮文庫） 2009
「狙われたヘッポコーズ―ソード・ワールド短編集」 安田均編 富士見書房（富士見ファンタジア文庫） 2004
「年鑑代表シナリオ集」 '01 シナリオ作家協会編 映人社 2002
「年鑑代表シナリオ集」 '02 シナリオ作家協会編 シナリオ作家協会 2003
「年鑑代表シナリオ集」 '03 シナリオ作家協会編 シナリオ作家協会 2004
「年鑑代表シナリオ集」 '04 シナリオ作家協会 年鑑代表シナリオ集編纂委員会編 シナリオ作家協会 2005
「年鑑代表シナリオ集」 '05 シナリオ作家協会編 シナリオ作家協会 2006
「年鑑代表シナリオ集」 '06 シナリオ作家協会編 シナリオ作家協会 2008
「年鑑代表シナリオ集」 '07 シナリオ作家協会 年鑑代表シナリオ集編纂委員会編 シナリオ作家協会 2009
「年鑑代表シナリオ集」 '08 シナリオ作家協会 年鑑代表シナリオ集編纂委員会編 シナリオ作家協会 2010
「年鑑代表シナリオ集」 '09 シナリオ作家協会 年鑑代表シナリオ集編纂委員会編 シナリオ作家協会 2010
「年鑑代表シナリオ集」 '10 シナリオ作家協会 年鑑代表シナリオ集編纂委員会編 シナリオ作家協会 2011
「ノスタルジー1972」 講談社 2016
「野辺に朽ちぬとも―吉田松陰と松下村塾の男たち」 細谷正充編 集英社（集英社文庫） 2015
「法月綸太郎の本格ミステリ・アンソロジー」 法月綸太郎編 角川書店（角川文庫） 2005
「呪いの恐怖」 二上洋一監修 リブリオ出版（怪奇・ホラーワールド大きな活字で読みやすい本） 2001

【 は 】

「牌がささやく―麻雀小説傑作選」 結城信孝編 徳間書店（徳間文庫） 2002
「俳句殺人事件―巻頭句の女」 齋藤愼爾編 光文社（光文社文庫） 2001
「俳優」 井上雅彦監修 廣済堂出版（廣済堂文庫） 1999
「バカミスじゃない!?―史上空前のバカミス・アンソロジー」 小山正編 宝島社 2007
「伯爵の血族―紅ノ章」 光文社（光文社文庫） 2007

収録全集・アンソロジー一覧

「白刃光る」 新潮社編 新潮社 1997
「幕末京都血風録―傑作時代小説」 細谷正充編 PHP研究所（PHP文庫） 2007
「幕末剣豪人斬り異聞」 勤皇篇 菊池仁編 アスキー，アスペクト（発売）（Aspect novels） 1997
「幕末剣豪人斬り異聞」 佐幕篇 菊池仁編 アスキー，アスペクト（発売）（Aspect novels） 1997
「幕末スパイ戦争」 歴史時代作家クラブ編 徳間書店（徳間文庫） 2015
「幕末テロリスト列伝」 歴史を旅する会編 講談社（講談社文庫） 2004
「幕末の剣鬼たち―時代小説傑作選」 清水將大編 コスミック出版 2009
「初めて恋してます。―サナギからチョウヘ」 主婦と生活社 2010
「はじめての小説（ミステリー）―内田康夫＆東京・北区が選んだ気鋭のミステリー」 1～2 内田
　康夫選・編 実業之日本社 2008～2013
「バースデイ・ストーリーズ」 村上春樹編訳 中央公論新社 2002
「爬虫館事件―新青年傑作選」 角川書店（角川ホラー文庫） 1998
「八百八町春爛漫」 日本文藝家協会編纂 光風社出版，成美堂出版（発売）（光風社文庫） 1998
「花ごよみ夢一夜」 日本文藝家協会編纂 光風社出版，成美堂出版（発売）（光風社文庫） 2001
「花月夜綺譚―怪談集」 集英社文庫編集部編 集英社（集英社文庫） 2007
「花と剣と侍―新鷹会・傑作時代小説選」 平岩弓枝監修 光文社（光文社文庫） 2009
「花ふぶき―時代小説傑作選」 結城信孝編 角川春樹事務所（ハルキ文庫） 2004
「花迷宮」 結城信孝編 日本文芸社（日文文庫） 2000
「母のなみだ―愛しき家族を想う短篇小説集」 リンダブックス編集部編著 泰文堂 2012
「母のなみだ・ひまわり―愛しき家族を想う短篇小説集」 リンダブックス編集部編著，リンダパ
　ブリッシャーズ企画・編集 泰文堂 2013
「バブリーズ・リターン―ソード・ワールド短編集」 安田均編 富士見書房（富士見ファンタジア
　文庫） 1999
「浜町河岸夕化粧」 日本文藝家協会編纂 光風社出版，成美堂出版（発売）（光風社文庫） 1998
「遙かなる道」 桃園書房（桃園文庫） 2001
「春はやて―時代小説アンソロジー」 縄田一男編 KADOKAWA（角川文庫） 2016
「晴れた日は謎を追って」 東京創元社（創元推理文庫） 2014
「晩菊―女体についての八篇」 安野モヨコ選・画 中央公論新社（中公文庫） 2016
「判決―法廷ミステリー傑作集」 山前譲編 徳間書店（徳間文庫） 2010
「犯行現場にもう一度」 日本推理作家協会編 講談社（講談社文庫） 1997
「ハンサムウーマン」 ビレッジセンター出版局 1998
「万事金の世―時代小説傑作選」 大野由美子編 徳間書店（徳間文庫） 2006
「ハンセン病に咲いた花―初期文芸名作選」 戦前編 盾木氾紀 皓星社（ハンセン病叢書） 2002
「ハンセン病に咲いた花―初期文芸名作選」 戦後編 盾木氾紀 皓星社（ハンセン病叢書） 2002
「ハンセン病文学全集」 全10巻 皓星社 2002～2010
「犯人たちの部屋」 日本推理作家協会編 講談社（講談社文庫） 2007
「犯人は秘かに笑う―ユーモアミステリー傑作選」 ミステリー文学資料館編 光文社（光文社文
　庫） 2007
「東と西」 1～2 小学館 2009～2010
「東と西」 1～2 小学館（小学館文庫） 2012
「干刈あがた・高樹のぶ子・林真理子・高村薫」 河野多惠子，大庭みな子，佐藤愛子，津村節子監
　修 角川書店（女性作家シリーズ） 1997
「悲劇の臨時列車―鉄道ミステリー傑作選」 日本ペンクラブ編 光文社（光文社文庫） 1998
「秘剣舞う―剣豪小説の世界」 菊池仁編 学習研究社（学研M文庫） 2002
「秘剣闇を斬る」 日本文藝家協会編纂 光風社出版，成美堂出版（発売）（光風社文庫） 1998
「被差別小説傑作集」 塩見鮮一郎編 河出書房新社（河出文庫） 2016
「被差別文学全集」 塩見鮮一郎編 河出書房新社（河出文庫） 2016
「飛翔―C★NOVELS大賞作家アンソロジー」 中央公論新社 2013
「美少年」 国書刊行会（書物の王国） 1997
「美食」 国書刊行会（書物の王国） 1998
「美女峠に星が流れる―時代小説傑作選」 日本文藝家協会編 講談社（講談社文庫） 1999
「秘神―闇の祝祭者たち 書下ろしクトゥルー・ジャパネスク・アンソロジー」 朝松健編 アス
　キー，アスペクト（発売）（アスペクトノベルズ） 1999
「秘神界」 現代編 朝松健編 東京創元社（創元推理文庫） 2002

収録全集・アンソロジー一覧

「秘神界」 歴史編 朝松健編 東京創元社（創元推理文庫） 2002
「必殺天誅剣」 日本文藝家協会編纂 光風社出版, 成美堂出版（発売）（光風社文庫） 1999
「ひつじアンソロジー」 小説編2 中村三春編 ひつじ書房 2009
「人恋しい雨の夜に—せつない小説アンソロジー」 浅田次郎選, 日本ペンクラブ編 光文社（光文社文庫） 2006
「ひと粒の宇宙」 角川書店（角川文庫） 2009
「ひとなつの。—真夏に読みたい五つの物語」 角川文庫編集部編 KADOKAWA（角川文庫） 2014
「ひとにぎりの異形」 光文社（光文社文庫） 2007
「人の物語」 角川書店（New History） 2001
「1人から5人でできる新鮮いちご脚本集」 2～3 青雲書房 2002～2003
「ひとりで夜読むな—新青年傑作選 怪奇編」 中島河太郎編 角川書店（角川ホラー文庫） 2001
「人はお金をつかわずにはいられない」 日本経済新聞出版社 2011
「人は死んだら電柱になる—電柱アンソロジー」 電柱アンソロジー制作委員会編 遠すぎる未来団 2014
「響き交わす鬼」 東雅夫編 小学館（小学館文庫） 2005
「秘密。—私と私のあいだの十二話」 ダ・ヴィンチ編集部編 メディアファクトリー 2005
「緋迷宮—ミステリー・アンソロジー」 結城信孝編 祥伝社（祥伝社文庫） 2001
「姫君たちの戦国—時代小説傑作選」 細谷正充編 PHP研究所（PHP文芸文庫） 2011
「百年小説—the birth of modern Japanese literature」 ポプラクリエイティブネットワーク編 ポプラ社 2008
「100の恋—幸せになるための恋愛短篇集」 リンダブックス編集部編著 泰文堂 2010
「100万分の1回のねこ」 講談社 2015
「140字の物語—Twitter小説集　twnovel」 ディスカヴァー・トゥエンティワン 2009
「憑依」 井上雅彦監修 光文社（光文社文庫） 2010
「ひらく—第15回フェリシモ文学賞」 フェリシモ 2012
「ひらめく秘太刀」 日本文藝家協会編纂 光風社出版（光風社文庫） 1998
「琵琶綺談」 夢枕獏編 日本出版社 2006
「ファイン／キュート素敵かわいい作品選」 高原英理編 筑摩書房（ちくま文庫） 2015
「ファン」 主婦と生活社 2009
「ファンタジー」 二上洋一監修 リブリオ出版（怪奇・ホラーワールド大きな活字で読みやすい本） 2001
「ファンタスティック・ヘンジ」 変タジー同好会 2012
「妖精竜（フェアリードラゴン）の花」 安田均編 富士見書房（富士見ファンタジア文庫） 2000
「不可思議な殺人—ミステリー・アンソロジー」 祥伝社（祥伝社文庫） 2000
「不可能犯罪コレクション」 二階堂黎人編 原書房 2009
「ブキミな人びと」 内田春菊選, 日本ペンクラブ編 ランダムハウス講談社 2007
「福島の文学—11人の作家」 講談社文芸文庫編, 宍戸芳夫選 講談社（講談社文芸文庫） 2014
「復讐」 国書刊行会（書物の王国） 2000
「武芸十八般—武道小説傑作選」 細谷正充編 ベストセラーズ（ベスト時代文庫） 2005
「不思議の国のアリス ミステリー館」 河出書房新社（河出文庫） 2015
「不思議の足跡」 光文社 2007
「不思議の足跡」 日本推理作家協会編 光文社（光文社文庫） 2011
「不思議の扉」 時をかける恋 大森望編 角川書店（角川文庫） 2010
「不思議の扉」 時間がいっぱい 大森望編 角川書店（角川文庫） 2010
「不思議の扉」 ありえない恋 大森望編 角川書店（角川文庫） 2011
「不思議の扉」 午後の教室 大森望編 角川書店（角川文庫） 2011
「ふしぎ日和—「季節風」書き下ろし短編集」 インターグロー 2015
「富士山」 千野帽子編 角川書店（角川文庫） 2013
「武士道」 縄田一男編 小学館（小学館文庫） 2007
「武士道切絵図—新鷹会・傑作時代小説選」 平岩弓枝監修 光文社（光文社文庫） 2010
「武士道歳時記—新鷹会・傑作時代小説選」 平岩弓枝監修 光文社（光文社文庫） 2008
「武士道残月抄」 平岩弓枝監修 光文社（光文社文庫） 2011
「武士の本懐—武二道小説傑作選」 1～2 細谷正充編 ベストセラーズ（ベスト時代文庫） 2004～

収録全集・アンソロジー一覧

2005
「藤本義一文学賞」　第1回　藤本義一文学賞事務局編　（大阪）たる出版　2016
「不条理な殺人―ミステリー・アンソロジー」　祥伝社（ノン・ポシェット）　1998
「ふたり―時代小説夫婦情話」　細谷正充編　角川春樹事務所（ハルキ文庫）　2010
「不透明な殺人―ミステリー・アンソロジー」　祥伝社（祥伝社文庫）　1999
「吹雪の山荘―赤い死の影の下に」　東京創元社　2008
「吹雪の山荘―リレーミステリ」　東京創元社（創元推理文庫）　2014
「冬ごもり―時代小説アンソロジー」　縄田一男編　KADOKAWA（角川文庫）　2013
「フラジャイル・ファクトリー戯曲集」　1〜2　Fragile Factory編　晩成書房　2008
「ブラックミステリーズ―12の黒い謎をめぐる219の質問」　KADOKAWA（角川文庫）　2015
「ふりむけば闇―時代小説招待席」　藤水名子監修　廣済堂出版　2003
「ふりむけば闇―時代小説招待席」　藤水名子監修　徳間書店（徳間文庫）　2007
「ふるえて眠れ―女流ホラー傑作選」　結城信孝編　角川春樹事務所（ハルキ・ホラー文庫）　2001
「ふるえて眠れない―ホラーミステリー傑作選」　ミステリー文学資料館編　光文社（光文社文庫）

2006
「文学」　1997　日本文藝家協会編　講談社　1997
「文学」　1998　日本文藝家協会編　講談社　1998
「文学」　1999　日本文藝家協会編　講談社　1999
「文学」　2000　日本文藝家協会編　講談社　2000
「文学」　2001　日本文藝家協会編　講談社　2001
「文学」　2002　日本文藝家協会編　講談社　2002
「文学」　2003　日本文藝家協会編　講談社　2003
「文学」　2004　日本文藝家協会編　講談社　2004
「文学」　2005　日本文藝家協会編　講談社　2005
「文学」　2006　日本文藝家協会編　講談社　2006
「文学」　2007　日本文藝家協会編　講談社　2007
「文学」　2008　日本文藝家協会編　講談社　2008
「文学」　2009　日本文藝家協会編　講談社　2009
「文学」　2010　日本文藝家協会編　講談社　2010
「文学」　2011　日本文藝家協会編　講談社　2011
「文学」　2012　日本文藝家協会編　講談社　2012
「文学」　2013　日本文藝家協会編　講談社　2013
「文学」　2014　日本文藝家協会編　講談社　2014
「文学」　2015　日本文藝家協会編　講談社　2015
「文学」　2016　日本文藝家協会編　講談社　2016
「文学賞受賞・名作集成―大きな活字で読みやすい本」　全10巻　二上洋一監修　リブリオ出版　2004
「文学で考える〈仕事〉の百年」　飯田祐子, 日高佳紀, 日比嘉高編　双文社出版　2010
「文学で考える〈仕事〉の百年」　飯田祐子, 日高佳紀, 日比嘉高編　翰林書房　2016
「文学で考える〈日本〉とは何か」　飯田祐子, 日高佳紀, 日比嘉高編　双文社出版　2007
「文学で考える〈日本〉とは何か」　飯田祐子, 日高佳紀, 日比嘉高編　翰林書房　2016
「文学に描かれた戦争―徳島大空襲を中心に」　徳島県文化振興財団徳島県立文学書道館　2015
「文芸あねもね」　新潮社（新潮文庫）　2012
「文藝百物語」　ぶんか社　1997
「文豪怪談傑作選」　全18巻　東雅夫編　筑摩書房（ちくま文庫）　2006
「文豪さんへ。―近代文学トリビュートアンソロジー」　ダ・ヴィンチ編集部編　メディアファクトリー（MF文庫）　2009
「文豪山怪奇譚―山の怪談名作選」　東雅夫編　山と渓谷社　2016
「文豪たちが書いた怖い名作短編集」　彩図社文芸部編纂　彩図社　2014
「文豪たちが書いた耽美小説短編集」　彩図社文芸部編纂　彩図社　2015
「文豪たちが書いた泣ける名作短編集」　彩図社文芸部編纂　彩図社　2014
「文豪てのひら怪談」　東雅夫編　ポプラ社（ポプラ文庫）　2009
「文豪の探偵小説」　山前譲編　集英社（集英社文庫）　2006
「文豪のミステリー小説」　山前譲編　集英社（集英社文庫）　2008
「文士の意地―車谷長吉撰短篇小説輯」　上, 下　車谷長吉編　作品社　2005

（**32**）　作品名から引ける日本文学全集案内　第III期

収録全集・アンソロジー一覧

「分身」 国書刊行会（書物の王国） 1999
「文人御馳走帖」 嵐山光三郎編 新潮社（新潮文庫） 2014
「平成28年熊本地震作品集」 くまもと文学・歴史館友の会編 くまもと文学・歴史館友の会 2016
「平成都市伝説」 尾之上浩司監修 中央公論新社（C NOVELS） 2004
「ベスト本格ミステリ」 2011 本格ミステリ作家クラブ選・編 講談社 2011
「ベスト本格ミステリ」 2012 本格ミステリ作家クラブ選・編 講談社 2012
「ベスト本格ミステリ」 2013 本格ミステリ作家クラブ選・編 講談社 2013
「ベスト本格ミステリ」 2014 本格ミステリ作家クラブ選・編 講談社 2014
「ベスト本格ミステリ」 2015 本格ミステリ作家クラブ選・編 講談社 2015
「ベスト本格ミステリ」 2016 本格ミステリ作家クラブ選・編 講談社 2016
「へっぽこ冒険者とイオドの宝―ソード・ワールド短編集」 安田均編 富士見書房（富士見ファンタジア文庫） 2005
「へっぽこ冒険者と緑の蔭―ソード・ワールド短編集」 安田均編 富士見書房（富士見ファンタジア文庫） 2005
「ぺらぺらーず漫遊記―ソード・ワールド短編集」 安田均編 富士見書房（富士見ファンタジア文庫） 2006
「変愛小説集」 日本作家編 岸本佐知子編 講談社 2014
「変化―書下ろしホラー・アンソロジー」 水木しげる監修 PHP研究所（PHP文庫） 2000
「ペン先の殺意―文芸ミステリー傑作選」 ミステリー文学資料館編 光文社（光文社文庫） 2005
「変事異聞」 縄田一男編著 小学館（小学館文庫） 2007
「変身」 井上雅彦監修 廣済堂出版（廣済堂文庫） 1998
「変身のロマン」 澁澤龍彦編 学習研究社（学研M文庫） 2003
「変身ものがたり」 安野光雅，森毅，井上ひさし，池内紀編 筑摩書房 2010
「謀」 日本推理作家協会編 文藝春秋（推理作家になりたくて マイベストミステリー） 2003
「放課後探偵団―書き下ろし学園ミステリ・アンソロジー」 東京創元社（創元推理文庫） 2010
「冒険の森へ―傑作小説大全」 全20巻 集英社クリエイティブ編 集英社 2015～2016
「冒険の夜に翔べ！―ソード・ワールド短編集」 安田均編 富士見書房（富士見ファンタジア文庫） 2003
「胞子文学名作選」 田中美穂編 港の人 2013
「「宝石」一九五〇―牟家殺人事件：探偵小説傑作集」 ミステリー文学資料館編 光文社（光文社文庫） 2012
「宝石ザミステリー」 1～3 光文社 2011～2013
「宝石ザミステリー」 2014夏 光文社 2014
「宝石ザミステリー」 2014冬 光文社 2014
「宝石ザミステリー」 2016 光文社 2015
「宝石ザミステリー」 Red 光文社 2016
「宝石ザミステリー」 Blue 光文社 2016
「暴走する正義」 筑摩書房（ちくま文庫） 2016
「法廷ジャックの心理学―本格短編ベスト・セレクション」 本格ミステリ作家クラブ編 講談社（講談社文庫） 2011
「ぼくの、マシーン―ゼロ年代日本SFベスト集成 S」 大森望編 東京創元社（創元SF文庫） 2010
「誇り」 双葉社 2010
「星明かり夢街道」 日本文藝家協会編纂 光風社出版，成美堂出版（発売）（光風社文庫） 2000
「慕情深川しぐれ」 日本文藝家協会編纂 光風社出版，成美堂出版（発売）（光風社文庫） 1998
「ほっこりミステリー」 宝島社（宝島社文庫） 2014
「ボロゴーヴはミムジイ―伊藤典夫翻訳SF傑作選」 高橋良平編，伊藤典夫訳 早川書房（ハヤカワ文庫） 2016
「ホワイト・ウェディング」 SDP編・監修 SDP 2007
「本をめぐる物語―一冊の扉」 ダ・ヴィンチ編集部編 KADOKAWA（角川文庫） 2014
「本をめぐる物語―栞は夢をみる」 ダ・ヴィンチ編集部編 KADOKAWA（角川文庫） 2014
「本をめぐる物語―小説よ、永遠に」 ダ・ヴィンチ編集部編 KADOKAWA（角川文庫） 2015
「本格推理」 10～15 鮎川哲也編 光文社（光文社文庫） 1997～1999
「本格ミステリ」 2001 本格ミステリ作家クラブ編 講談社（講談社ノベルス） 2001
「本格ミステリ」 2002 本格ミステリ作家クラブ編 講談社（講談社ノベルス） 2002

収録全集・アンソロジー一覧

「本格ミステリ」 2003 本格ミステリ作家クラブ編 講談社（講談社ノベルス） 2003
「本格ミステリ」 2004 本格ミステリ作家クラブ編 講談社（講談社ノベルス） 2004
「本格ミステリ」 2005 本格ミステリ作家クラブ編 講談社（講談社ノベルス） 2005
「本格ミステリ」 2006 本格ミステリ作家クラブ編 講談社（講談社ノベルス） 2006
「本格ミステリ―二〇〇七年本格短編ベスト・セレクション」 07 本格ミステリ作家クラブ編 講
　談社 2007
「本格ミステリ―二〇〇八年本格短編ベスト・セレクション」 08 本格ミステリ作家クラブ編 講
　談社 2008
「本格ミステリ―二〇〇九年本格短編ベスト・セレクション」 09 本格ミステリ作家クラブ編 講
　談社 2009
「本格ミステリ―二〇一〇年本格短編ベスト・セレクション」 '10 本格ミステリ作家クラブ選・
　編 講談社 2010
「本からはじまる物語」 メディアパル 2007
「本当のうそ」 講談社 2007
「本能寺・男たちの決断―傑作時代小説」 細谷正充編 PHP研究所（PHP文庫） 2007
「本迷宮―本を巡る不思議な物語」 日本図書設計家協会 2016

【 ま 】

「マイ・ベスト・ミステリー」 1～6 日本推理作家協会編 文藝春秋（文春文庫） 2007
「凶鳥の黒影―中井英夫へ捧げるオマージュ」 本多正一監修 河出書房新社 2004
「曲げられた真相」 日本推理作家協会編 講談社（講談社文庫） 2009
「魔剣くずし秘聞」 日本文藝家協会編 光風社出版、成美堂出版（発売）（光風社文庫） 1998
「誠の旗がゆく―新選組傑作選」 細谷正充編 集英社（集英社文庫） 2003
「魔術師」 井上雅彦編 角川書店（角川ホラー文庫） 2001
「魔性の生き物」 二上洋一監修 リブリオ出版（怪奇・ホラーワールド大きな活字で読みやすい
　本） 2001
「マスカレード」 井上雅彦監修 光文社（光文社文庫） 2002
「街角で謎が待っている」 東京創元社（創元推理文庫） 2014
「魔地図」 井上雅彦監修 光文社（光文社文庫） 2005
「街の物語」 角川書店（New History） 2001
「街物語」 朝日新聞社 2000
「松江怪談―新作怪談 松江物語」 高橋一清編 今井印刷 2015
「学び舎は血を招く」 メフィスト編集部編 講談社 2008
「魔の怪」 志村有弘編 勉誠出版（べんせいライブラリー） 2002
「幻の剣鬼七番勝負―傑作時代小説」 縄田一男編 PHP研究所（PHP文庫） 2008
「まほろ市の殺人―推理アンソロジー」 祥伝社 2009
「まほろ市の殺人」 祥伝社（祥伝社文庫） 2013
「幻の探偵雑誌」 全10巻 ミステリー文学資料館編 光文社（光文社文庫） 2000～2002
「幻の名探偵―傑作アンソロジー」 ミステリー文学資料館編 光文社（光文社文庫） 2013
「マルドゥック・ストーリーズ―公式二次創作集」 冲方丁、早川書房編集部編 早川書房（ハヤカ
　ワ文庫）
「丸の内の誘惑」 丸の内文学賞実行委員会編 マガジンハウス 1999
「丸谷才一編・花柳小説傑作選」 丸谷才一編 講談社（講談社文芸文庫） 2013
「万華鏡―第14回フェリシモ文学賞作品集」 フェリシモ 2011
「まんぷく長屋―食欲文学傑作選」 縄田一男編 新潮社（新潮文庫） 2014
「見上げれば星は天に満ちて―心に残る物語―日本文学秀選」 浅田次郎編 文藝春秋（文春文
　庫） 2005
「見えない殺人カード―本格短編ベスト・セレクション」 本格ミステリ作家クラブ編 講談社（講
　談社文庫） 2012
「味覚小説名作集」 大河内昭爾選 光文社（光文社文庫） 2016
「右か、左か」 沢木耕太郎編 文藝春秋（文春文庫） 2010

収録全集・アンソロジー一覧

「御子神さん―幸福をもたらす♂三毛猫」 未々月音子監修 竹書房（竹書房文庫）2010
「ミステリア―女性作家アンソロジー」 結城信孝編 祥伝社（祥伝社文庫）2003
「ミステリ愛。免許皆伝！」 メフィスト編集部編 講談社 2010
「ミステリ★オールスターズ」 本格ミステリ作家クラブ編 角川書店 2010
「ミステリ・オールスターズ」 本格ミステリ作家クラブ編 角川書店（角川文庫）2012
「ミステリーズ！ extra―《ミステリ・フロンティア》特集」 東京創元社 2004
「ミステリ魂。校歌斉唱！」 メフィスト編集部編 講談社 2010
「M列車（ミステリートレイン）で行こう―最新ベスト・ミステリー 旅と街をめぐる傑作編」 日本推理作家協会編 光文社（カッパ・ノベルス）2001
「ミステリマガジン700―創刊700号記念アンソロジー」 国内篇 日下三蔵編 早川書房（ハヤカワ・ミステリ文庫）2014
「ミステリ・リーグ傑作選」 下 飯城勇三編 論創社 2007
「水の怪」 志村有弘編 勉誠出版（べんせいライブラリー）2003
「三田文学短篇選」 三田文学会編 講談社（講談社文芸文庫）2010
「みちのく怪談名作選」 1 東雅夫編 荒蝦夷 2010
「密室―ミステリーアンソロジー」 角川書店（角川文庫）1997
「密室殺人大百科」 上，下 二階堂黎人編 原書房 2000
「密室と奇蹟―J.D.カー生誕百周年記念アンソロジー」 東京創元社 2006
「密室晩餐会」 二階堂黎人編 原書房 2011
「密室＋アリバイ＝真犯人」 日本推理作家協会編 講談社（講談社文庫）2002
「密室レシピ」 角川書店（角川文庫）2002
「蜜の眠り」 廣済堂出版（廣済堂文庫）2000
「南から―南日本文学大賞入賞作品集」 南日本新聞社編 南日本新聞社，南日本新聞開発センター（発売）2001
「源義経の時代―短篇小説集」 末國善己編 作品社 2004
「脈動―同人誌作家作品選」 ファーストワン 2013
「ミヤマカラスアゲハ―第三回「草枕文学賞」作品集」 熊本県「草枕文学賞」実行委員会編 文藝春秋企画出版部，文藝春秋（発売）2003
「宮本武蔵―剣豪列伝」 縄田一男編 廣済堂出版（廣済堂文庫）1997
「宮本武蔵伝奇」 志村有弘編 勉誠出版（べんせいライブラリー）2002
「妙ちきりん―「読楽」時代小説アンソロジー」 徳間文庫編集部編 徳間書店（徳間文庫）2016
「未来妖怪」 光文社（光文社文庫）2008
「みんなの少年探偵団」 1〜2 ポプラ社 2014〜2016
「みんなの少年探偵団」 ポプラ社（ポプラ文庫）2016
「無人踏切―鉄道ミステリー傑作選」 鮎川哲也編 光文社（光文社文庫）2008
「むすぶ―第11回フェリシモ文学賞作品集」 フェリシモ 2008
「娘秘剣」 細谷正充編 徳間書店（徳間文庫）2011
「夢魔」 井上雅彦監修 光文社（光文社文庫）2001
「メアリー・スーを殺して―幻夢コレクション」 朝日新聞出版 2016
「迷」 日本推理作家協会編 文藝春秋（推理作家になりたくて マイベストミステリー）2003
「明暗廻り灯籠」 日本文藝家協会編纂 光風社出版，成美堂書店（発売）（光風社文庫）1998
「冥界プリズン」 日本推理作家協会編 光文社（光文社文庫）1999
「迷宮の旅行者―本格推理展覧会」 鮎川哲也監修，山前譲編 青樹社（青樹社文庫）1999
「迷君に候」 縄田一男編 新潮社（新潮文庫）2015
「名作テレビドラマ集」 高村左文郎編 白河結城刊行会 2007
「明治深刻悲惨小説集」 講談社文芸文庫編，齋藤秀昭選 講談社（講談社文芸文庫）2016
「明治探偵冒険小説」 全4巻 伊藤秀雄編 筑摩書房（ちくま文庫）2005
「明治の文学」 全25巻 坪内祐三編 筑摩書房 2000〜2003
「名城伝」 細谷正充編 角川春樹事務所（ハルキ文庫）2015
「名探偵を追いかけろ―シリーズ・キャラクター編」 日本推理作家協会編 光文社（カッパ・ノベルス）2004
「名探偵を追いかけろ」 日本推理作家協会編 光文社（光文社文庫）2007
「名探偵だって恋をする」 角川書店（角川文庫）2013
「名探偵で行こう―最新ベスト・ミステリー シリーズ・キャラクター編」 日本推理作家協会編

収録全集・アンソロジー一覧

　　光文社（カッパ・ノベルス）2001
「名探偵登場！」　山前譲編　ベストセラーズ（日本ミステリー名作館）2004
「名探偵登場！」　講談社　2014
「名探偵登場！」　講談社（講談社文庫）2016
「名探偵と鉄旅―鉄道ミステリー傑作選」　ミステリー文学資料館編　光文社（光文社文庫）2016
「名探偵に訊け」　日本推理作家協会編　光文社　2010
「名探偵に訊け」　日本推理作家協会編　光文社（光文社文庫）2013
「名探偵の奇跡」　光文社　2007
「名探偵の奇跡」　日本推理作家協会編　光文社（光文社文庫）2010
「名探偵の饗宴」　朝日新聞社　1998
「名探偵の饗宴」　朝日新聞出版（朝日文庫）2015
「名探偵の憂鬱」　鮎川哲也監修, 山前譲編　青樹社（青樹社文庫）2000
「名探偵は、ここにいる」　角川書店（角川文庫）2001
「名短篇、ここにあり」　北村薫, 宮部みゆき編　筑摩書房（ちくま文庫）2008
「名短篇、さらにあり」　北村薫, 宮部みゆき編　筑摩書房（ちくま文庫）2008
「名短篇ほりだしもの」　北村薫, 宮部みゆき編　筑摩書房（ちくま文庫）2011
「名刀伝」　1～2　細谷正充編　角川春樹事務所（ハルキ文庫）2015
「めぐり逢い―恋愛小説アンソロジー」　結城信孝編　角川春樹事務所（ハルキ文庫）2005
「珍しい物語のつくり方―本格短編ベスト・セレクション」　本格ミステリ作家クラブ編　講談社
　　（講談社文庫）2010
「近代童話（メルヘン）と賢治」　信時哲郎, 外村彰, 古澤夕起子, 辻本千鶴, 森本智子編　おうふう
　　2014
「麵'sミステリー倶楽部―傑作推理小説集」　ミステリー文学資料館編　光文社（光文社文庫）2012
「もう一度読みたい教科書の泣ける名作」　学研教育出版編　学研教育出版　2013
「もう一度読みたい教科書の泣ける名作」　再び　学研教育出版編　学研教育出版　2014
「もっと厭な物語」　文藝春秋（文春文庫）2014
「もっとすごい！　10分間ミステリー」　『このミステリーがすごい！』大賞編集部編　宝島社（宝
　　島社文庫）2013
「物語妻たちの忠臣蔵」　新人物往来社編　新人物往来社　1998
「ものがたりのお菓子箱」　安西水丸絵　飛鳥新社　2008
「物語の魔の物語―メタ怪談傑作選」　井上雅彦編　徳間書店（徳間文庫）2001
「物語のルミナリエ」　井上雅彦監修　光文社（光文社文庫）2011
「もの食う話」　文藝春秋編　文藝春秋（文春文庫）2015
「モノノケ大合戦」　東雅夫編　小学館（小学館文庫）2005
「紅葉谷から剣鬼が来る―時代小説傑作選」　日本文藝家協会編　講談社（講談社文庫）2002
「モンスターズ1970」　尾之上浩司監修　中央公論新社（C NOVELS）2004

【 や 】

「柳生一族―剣豪列伝」　縄田一男編　廣済堂出版（廣済堂文庫）1998
「柳生の剣、八番勝負」　縄田一男編　廣済堂出版（廣済堂文庫）2009
「柳生秘剣伝奇」　志村有弘編　勉誠出版（べんせいライブラリー）2002
「躍進―C★NOVELS大賞作家アンソロジー」　中央公論新社　2012
「八ヶ岳「雪密室」の謎」　笠井潔編　原書房　2001
「殺ったのは誰だ?!」　日本推理作家協会編　講談社（講談社文庫）1999
「山形県文学全集第1期（小説編）」　全6巻　近江正人, 川田信夫, 笹沢信, 鈴木実, 武田正, 堀司朗, 吉田
　　達雄編　郷土出版社　2004
「山形県文学全集第2期（随筆・紀行編）」　全6巻　近江正人, 川田信夫, 笹沢信, 鈴木実, 武田正, 堀司朗,
　　吉田達雄編　郷土出版社　2005
「山形市児童劇団脚本集」　3　山形市児童劇団脚本集編集委員会編　山形市　2005
「山口雅也の本格ミステリ・アンソロジー」　山口雅也編　角川書店（角川文庫）2007
「山田詠美・増田みず子・松浦理英子・笙野頼子」　河野多惠子, 大庭みな子, 佐藤愛子, 津村節子

（36）　作品名から引ける日本文学全集案内　第III期

収録全集・アンソロジー一覧

監修 角川書店（女性作家シリーズ）1999
「闇市」 マイク・モラスキー編 皓星社 2015
「闇電話」 井上雅彦監修 光文社（光文社文庫）2006
「闇に香るもの」 北方謙三選，日本ペンクラブ編 新潮社（新潮文庫）2004
「闇の旋風」 徳間文庫編集部編 徳間書店（徳間文庫）2000
「闇夜に怪を語れば―百物語ホラー傑作選」 東雅夫編 角川書店（角川ホラー文庫）2005
「闇夜の芸術祭」 日本推理作家協会編 光文社（光文社文庫）2003
「『やるキッズあいち劇場』脚本集」 平成19年度 愛知県環境調査センター 2008
「『やるキッズあいち劇場』脚本集」 平成20年度 愛知県環境調査センター 2009
「『やるキッズあいち劇場』脚本集」 平成21年度 愛知県環境調査センター 2010
「誘拐―ミステリーアンソロジー」 角川書店（角川文庫）1997
「優秀新人戯曲集」 2000 日本劇作家協会編 ブロンズ新社 1999
「優秀新人戯曲集」 2001 日本劇作家協会編 ブロンズ新社 2000
「優秀新人戯曲集」 2002 日本劇作家協会編 ブロンズ新社 2001
「優秀新人戯曲集」 2003 日本劇作家協会編 ブロンズ新社 2002
「優秀新人戯曲集」 2004 日本劇作家協会編 ブロンズ新社 2003
「優秀新人戯曲集」 2005 日本劇作家協会編 ブロンズ新社 2004
「優秀新人戯曲集」 2006 日本劇作家協会編 ブロンズ新社 2005
「優秀新人戯曲集」 2007 日本劇作家協会編 ブロンズ新社 2006
「優秀新人戯曲集」 2008 日本劇作家協会編 ブロンズ新社 2007
「優秀新人戯曲集」 2009 日本劇作家協会編 ブロンズ新社 2008
「優秀新人戯曲集」 2010 日本劇作家協会編 ブロンズ新社 2009
「優秀新人戯曲集」 2011 日本劇作家協会編 ブロンズ新社 2010
「優秀新人戯曲集」 2012 日本劇作家協会編 ブロンズ新社 2011
「夕まぐれ江戸小景」 平岩弓枝監修 光文社（光文社文庫）2015
「幽霊怪談」 二上洋一監修 リブリオ出版（怪奇・ホラーワールド大きな活字で読みやすい本）
 2001
「幽霊でもいいから会いたい」 リンダブックス編集部編 泰文堂 2014
「幽霊船」 井上雅彦監修 光文社（光文社文庫）2001
「誘惑―女流ミステリー傑作選」 結城信孝編 徳間書店（徳間文庫）1999
「誘惑の香り」 講談社（講談社文庫）1999
「ゆがんだ闇」 角川書店（角川ホラー文庫）1998
「雪女のキス」 井上雅彦監修 光文社（カッパ・ノベルス）2000
「雪国にて―北海道・東北編」 双葉社（双葉文庫）2015
「ゆきどまり―ホラー・アンソロジー」 祥伝社（祥伝社文庫）2000
「ゆきのまち幻想文学賞小品集」 16〜25 ゆきのまち通信企画・編集，高田宏，萩尾望都，乳井昌史
 選 企画集団ぷりずむ 2007〜2015
「ゆくりなくも」 シニア文学〈鶴〉編集委員会編 鶴書院 2009
「湯の街殺人旅情―日本ミステリー紀行」 山前譲編 青樹社（青樹社文庫）2000
「夢」 国書刊行会（書物の王国）1998
「夢」 SDP 2009
「夢を撃つ男」 日本冒険作家クラブ編 角川春樹事務所（ハルキ文庫）1999
「夢を見にけり―時代小説招待席」 藤水名子監修 廣済堂出版 2004
「夢がたり大川端」 日本文藝家協会編纂 光風社出版，成美堂出版（発売）（光風社文庫）1998
「許されし偽り―ソード・ワールド短編集」 安田均編 富士見書房（富士見ファンタジア文庫）
 2001
「ゆれる―第12回フェリシモ文学賞作品集」 フェリシモ 2009
「宵越し猫語り―書き下ろし時代小説集」 白泉社 2015
「妖異七奇談」 細谷正充編 双葉社（双葉文庫）2005
「妖異百物語」 1〜2 鮎川哲也，芦辺拓編 出版芸術社（ふしぎ文学館）1997
「妖怪」 国書刊行会（書物の王国）1999
「妖怪変化―京極堂トリビュート」 講談社 2007
「妖女」 井上雅彦監修 光文社（光文社文庫）2004
「酔うて候―時代小説傑作選」 澤田瞳子編 徳間書店（徳間文庫）2006

収録全集・アンソロジー一覧

「妖髪鬼談」　東雅夫編　桜桃書房　1998
「妖美―女流ミステリー傑作選」　結城信孝編　徳間書店（徳間文庫）　1999
「妖魔ヶ刻―時間怪談傑作選」　井上雅彦編　徳間書店（徳間文庫）　2000
「妖魔夜行―幻の巻」　角川書店（角川文庫）　2001
「吉田知子・森万紀子・吉行理恵・加藤幸子」　河野多惠子, 大庭みな子, 佐藤愛子, 津村節子監修
　　角川書店（女性作家シリーズ）　1998
「吉原花魁」　縄田一男編　角川書店（角川文庫）　2009
「世にも奇妙な物語―小説の特別編」　角川書店（角川ホラー文庫）　2000
「世にも奇妙な物語―小説の特別編 再生」　角川書店（角川ホラー文庫）　2001
「世にも奇妙な物語―小説の特別編 悲鳴」　角川書店（角川ホラー文庫）　2002
「世にも奇妙な物語―小説の特別編 遺留品」　角川書店（角川ホラー文庫）　2002
「世にも奇妙な物語―小説の特別編 赤」　角川書店（角川ホラー文庫）　2003
「読まずにいられぬ名短篇」　北村薫, 宮部みゆき編　筑摩書房（ちくま文庫）　2014
「蘇らぬ朝「大逆事件」以後の文学」　池田浩士編・解説　インパクト出版会　2010
「甦る「幻影城」」　1〜3　角川書店（カドカワ・エンタテインメント）　1997〜1998
「甦る推理雑誌」　全10巻　ミステリー文学資料館編　光文社（光文社文庫）　2002〜2004
「甦る名探偵―探偵小説アンソロジー」　ミステリー文学資料館編　光文社（光文社文庫）　2014
「読み聞かせる戦争」　日本ペンクラブ編, 加賀美幸子選　光文社　2015
「読んで演じたくなるゲキの本」　小学生版　冨川元文本文＆カバー・イラスト　幻冬舎　2006
「読んで演じたくなるゲキの本」　中学生版　冨川元文本文＆カバー・イラスト　幻冬舎　2006
「読んで演じたくなるゲキの本」　高校生版　冨川元文本文＆カバー・イラスト　幻冬舎　2006
「読んでおきたい近代日本小説選」　須田久美編　龍書房　2012

【 ら 】

「楽園追放rewired―サイバーパンクSF傑作選」　虚淵玄, 大森望編　早川書房（ハヤカワ文庫）　2014
「落日の兇刃―時代アンソロジー」　祥伝社（ノン・ポシェット）　1998
「らせん階段―女流ミステリー傑作選」　結城信孝編　角川春樹事務所（ハルキ文庫）　2003
「ラテンアメリカ五人集」　集英社（集英社文庫）　2011
「ラブソングに飽きたら」　幻冬舎（幻冬舎文庫）　2015
「乱歩賞作家 青の謎」　講談社　2004
「乱歩賞作家 赤の謎」　講談社　2004
「乱歩賞作家 黒の謎」　講談社　2004
「乱歩賞作家 白の謎」　講談社　2004
「乱歩の選んだベスト・ホラー」　森英俊, 野村宏平編　筑摩書房（ちくま文庫）　2000
「乱歩の幻影」　日下三蔵編　筑摩書房（ちくま文庫）　1999
「リテラリーゴシック・イン・ジャパン―文学的ゴシック作品選」　高原英理編　筑摩書房（ちくま
　　文庫）　2014
「リトル・リトル・クトゥルー―史上最小の神話小説集」　東雅夫編　学習研究社　2009
「リモコン変化」　大原まり子, 岬兄悟編　廣済堂出版（廣済堂文庫）　2000
「量子回廊―年刊日本SF傑作選」　大森望, 日下三蔵編　東京創元社（創元SF文庫）　2010
「両性具有」　国書刊行会（書物の王国）　1998
「龍馬参上」　縄田一男選　新潮社（新潮文庫）　2010
「龍馬と志士たち―時代小説傑作選」　清水將大編　コスミック出版　2009
「龍馬の天命―坂本龍馬名手の八篇」　末國善己編　実業之日本社　2010
「零時の犯罪予報」　日本推理作家協会編　講談社（講談社文庫）　2005
「冷と温―第13回フェリシモ文学賞作品集」　フェリシモ　2010
「歴史小説の世紀」　天の巻　新潮社編　新潮社（新潮文庫）　2000
「歴史小説の世紀」　地の巻　新潮社編　新潮社（新潮文庫）　2000
「歴史の息吹」　新潮社編　新潮社　1997
「恋愛小説」　新潮社　2005
「恋愛小説」　新潮社編　新潮社（新潮文庫）　2007

収録全集・アンソロジー一覧

「恋愛小説・名作集成─大きな活字で読みやすい本」 全10巻 清原康正監修 リブリオ出版 2004
「ろうそくの炎がささやく言葉」 管啓次郎, 野崎歓編 勁草書房 2011
「朗読劇台本集」 4〜5 岡田陽編, 鈴木悼絵 玉川大学出版部 2002
「60年代日本SFベスト集成」 筒井康隆編 筑摩書房(ちくま文庫) 2013
「六人の作家小説選」 室生犀星学会編 東銀座出版社(銀選書) 1997
「ロボット・オペラ─An Anthology of Robot Fiction and Robot Culture」 瀬名秀明編 光文社 2004
「ロボットの夜」 井上雅彦監修 光文社(光文社文庫) 2000
「論理学園事件帳─本格短編ベスト・セレクション」 本格ミステリ作家クラブ編 講談社(講談社文庫) 2007

【 わ 】

「「Y」の悲劇」 講談社(講談社文庫) 2000
「わが名はタフガイ─ハードボイルド傑作選」 ミステリー文学資料館編 光文社(光文社文庫) 2006
「吾輩も猫である」 新潮社(新潮文庫) 2016
「別れ」 SDP 2009
「別れの手紙」 角川書店(角川文庫) 1997
「わかれの船─Anthology」 宮本輝編 光文社 1998
「別れの予感」 清原康正監修 リブリオ出版(ラブミーワールド大きな活字で読みやすい本) 2001
「忘れがたい者たち─ライトノベル・ジュブナイル選集」 創英社出版事業部編 創英社 2007
「忘れない。─贈りものをめぐる十の話」 ダ・ヴィンチ編集部編 メディアファクトリー 2007
「勿忘草─恋愛ホラー・アンソロジー」 祥伝社(祥伝社文庫) 2003
「早稲田作家処女作集」 早稲田文学, 市川真人編 講談社(講談社文芸文庫) 2012
「私小説名作選」 上, 下 中村光夫選, 日本ペンクラブ編 講談社(講談社文芸文庫) 2012
「私らしくあの場所へ」 講談社(講談社文庫) 2008
「私は殺される─女流ミステリー傑作選」 結城信孝編 角川春樹事務所(ハルキ文庫) 2001
「罠の怪」 志村有弘編 勉誠出版(べんせいライブラリー) 2002
「悪いやつの物語」 安野光雅, 森毅, 井上ひさし, 池内紀編 筑摩書房 2011
「ワルツ─アンソロジー」 結城信孝編 祥伝社(祥伝社文庫) 2004
「我、本懐を遂げんとす─忠臣蔵傑作選」 縄田一男編 徳間書店(徳間文庫) 1998
「我等、同じ船に乗り」 桐野夏生編 文藝春秋(文春文庫) 2009
「われらが青年団 人形劇脚本集」 西善一著 文芸社 2008

【 ABC 】

「「ABC」殺人事件」 講談社(講談社文庫) 2001
「AIと人類は共存できるか?─人工知能SFアンソロジー」 人工知能学会編 早川書房 2016
「Anniversary 50─カッパ・ノベルス創刊50周年記念作品」 光文社 2009
「Bluff騙し合いの夜」 日本推理作家協会編 講談社(講談社文庫) 2012
「BORDER善と悪の境界」 日本推理作家協会編 講談社(講談社文庫) 2013
「BUNGO─文豪短篇傑作選」 角川書店(角川文庫) 2012
「C・N 25─C・novels創刊25周年アンソロジー」 C・novels編集部編 中央公論新社 2007
「Colors」 ホーム社 2008
「Colors」 青春と読書編集部編 集英社(集英社文庫) 2009
「Doubtきりのない疑惑」 日本推理作家協会編 講談社(講談社文庫) 2011
「Esprit機知と企みの競演」 日本推理作家協会編 講談社(講談社文庫) 2016
「Fantasy Seller」 新潮社ファンタジーセラー編集部編 新潮社(新潮文庫) 2011
「female」 新潮社(新潮文庫) 2004
「Fiction zero／narrative zero」 講談社文芸X出版部編 講談社 2007

作品名から引ける日本文学全集案内 第III期 （39）

収録全集・アンソロジー一覧

「Friends」 祥伝社 2003
「Fの肖像―フランケンシュタインの幻想たち」 井上雅彦監修 光文社（光文社文庫） 2010
「GOD」 井上雅彦監修 廣済堂出版（廣済堂文庫） 1999
「Guilty殺意の連鎖」 日本推理作家協会編 講談社（講談社文庫） 2014
「Happy Box」 PHP研究所 2012
「Happy Box」 PHP研究所（PHP文芸文庫） 2015
「Invitation」 文藝春秋 2010
「Joy！」 講談社 2008
「Junction運命の分岐点」 日本推理作家協会編 講談社（講談社文庫） 2015
「Logic真相への回廊」 日本推理作家協会編 講談社（講談社文庫） 2013
「Love―あなたに逢いたい」 フジテレビ編 双葉社（双葉文庫） 1997
「LOVE & TRIP by LESPORTSAC」 日本ラブストーリー大賞編集部編 宝島社（宝島社文庫）
　2013
「Love Letter」 幻冬舎 2005
「Love Letter」 幻冬舎（幻冬舎文庫） 2008
「Love or like―恋愛アンソロジー」 祥伝社（祥伝社文庫） 2008
「Lovers」 祥伝社 2001
「Love songs」 幻冬舎 1998
「Love stories」 水曜社 2004
「Magma」 噴の巻 佐藤光直, 村上玄一責任編集 ソフト商品開発研究所 2016
「MARVELOUS MYSTERY―至高のミステリー、ここにあり」 日本推理作家協会編 講談社（講
　談社文庫） 2010
「Mystery Seller」 新潮社ミステリーセラー編集部編 新潮社（新潮文庫） 2012
「NOVA―書き下ろし日本SFコレクション」 1〜10 大森望責任編集 河出書房新社（河出文庫）
　2009〜2013
「NOVA+―書き下ろし日本SFコレクション」 1〜2 大森望責任編集 河出書房新社（河出文庫）
　2014〜2015
「Play推理遊戯」 日本推理作家協会編 講談社（講談社文庫） 2011
「QED鏡家の薬屋探偵―メフィスト賞トリビュート」 メフィスト編集部編 講談社 2010
「Question謎解きの最高峰」 日本推理作家協会編 講談社（講談社文庫） 2015
「SF JACK」 日本SF作家クラブ編 角川書店 2013
「SF JACK」 日本SF作家クラブ編 KADOKAWA（角川文庫） 2016
「SFバカ本」 たいやき編 大原まり子, 岬兄悟編 ジャストシステム 1997
「SFバカ本」 白菜編 大原まり子, 岬兄悟編 ジャストシステム 1997
「SFバカ本」 たわし篇プラス 岬兄悟, 大原まり子編 廣済堂出版（廣済堂文庫） 1998
「SFバカ本」 白菜篇プラス 岬兄悟, 大原まり子編 廣済堂出版（廣済堂文庫） 1999
「SFバカ本」 だるま篇 岬兄悟, 大原まり子編 廣済堂出版（廣済堂文庫） 1999
「SFバカ本」 たいやき篇プラス 岬兄悟, 大原まり子編 廣済堂出版（廣済堂文庫） 1999
「SFバカ本」 ペンギン篇 大原まり子, 岬兄悟編 廣済堂出版（廣済堂文庫） 1999
「SFバカ本」 宇宙チャーハン篇 大原まり子, 岬兄悟編 メディアファクトリー 2000
「SFバカ本」 黄金スパム篇 大原まり子, 岬兄悟編 メディアファクトリー 2000
「SFバカ本」 天然パラダイス篇 大原まり子, 岬兄悟編 メディアファクトリー 2001
「SFバカ本」 人類復活篇 大原まり子, 岬兄悟編 メディアファクトリー 2001
「SFバカ本」 電撃ボンバー篇 大原まり子, 岬兄悟編纂 メディアファクトリー 2002
「SF宝石―ぜーんぶ！ 新作読み切り」 光文社 2013
「SF宝石―すべて新作読み切り！ 2015」 光文社 2015
「SFマガジン700―創刊700号記念アンソロジー」 国内篇 大森望編 早川書房（ハヤカワ文庫）
　2014
「Shadow闇に潜む真実」 日本推理作家協会編 講談社（講談社文庫） 2014
「Spiralめくるめく謎」 日本推理作家協会編 講談社（講談社文庫） 2012
「Sports stories」 埼玉県さいたま市 2009
「Sports stories」 埼玉県さいたま市 2010
「Story Seller」 1〜3 新潮社ストーリーセラー編集部編 新潮社（新潮文庫） 2009〜2011

収録全集・アンソロジー一覧

「Story Seller annex」 新潮社ストーリーセラー編集部編 新潮社（新潮文庫） 2014
「Symphony漆黒の交響曲」 日本推理作家協会編 講談社（講談社文庫） 2016
「Teen Age」 双葉社 2004
「THE FUTURE IS JAPANESE」 早川書房 2012
「the Ring—もっと怖い4つの話」 リング研究会選 角川書店 1998
「THE密室—ミステリーアンソロジー」 山前譲編 有楽出版社 2014
「THE密室」 山前譲編 実業之日本社（実業之日本社文庫） 2016
「THE名探偵—ミステリーアンソロジー」 山前譲編 有楽出版社 2014
「ULTIMATE MYSTERY—究極のミステリー、ここにあり」 日本推理作家協会編 講談社（講談
　社文庫） 2010
「with you」 幻冬舎 2004
「Wonderful Story」 PHP研究所 2014
「X'mas Stories—一年でいちばん奇跡が起きる日」 新潮社（新潮文庫） 2016

【 あ 】

ああ一葉女史逝けるか、悲しいかな≫樋口一葉（田岡嶺雲）
　◇「日本人の手紙 9」リブリオ出版 2004 p35

ア、秋（太宰治）
　◇「文豪怪談傑作選 太宰治集」筑摩書房 2009 （ちくま文庫）p336

嗚呼是々を如何せん（明治二十二年三月—九月）（樋口一葉）
　◇「新日本古典文学大系 明治編 24」岩波書店 2001 p385

嗚呼！ サイパン島（王昶雄）
　◇「日本統治期台湾文学集成 29」緑蔭書房 2007 p207

ああ三百七十里（杉本苑子）
　◇「極め付き時代小説選 3」中央公論新社 2004 （中公文庫）p7
　◇「江戸の漫遊术—時代小説傑作選」集英社 2008 （集英社文庫）p195

ああ、シスターKissして下さいよ≫寺田薫（鳩山一郎）
　◇「日本人の手紙 4」リブリオ出版 2004 p36

ああしんど（池田蕉園）
　◇「文豪怪談傑作選 特別編」筑摩書房 2007 （ちくま文庫）p194

ああセックス（上野英信）
　◇「戦後文学エッセイ選 12」影書房 2006 p127

ああせわしなや（富士正晴）
　◇「戦後文学エッセイ選 7」影書房 2006 p160

ああ、そうなんだ（山崎文男）
　◇「全作家短編小説集 10」のべる出版 2011 p234

ああ祖国よ（星新一）
　◇「あしたは戦争」筑摩書房 2016 （ちくま文庫）p417

あゝ日本大疥癬（野坂昭如）
　◇「コレクション戦争と文学 10」集英社 2012 p170

嗚呼乃木将軍（池田亀太郎）
　◇「将軍・乃木希典」勉誠出版 2004 p7

あゝ半島よ（鄭玉蓮）
　◇「近代朝鮮文学日本語作品集1908〜1945 セレクション 4」緑蔭書房 2008 p205

ああ無情（坂口安吾）
　◇「新装版 全集現代文学の発見 6」學藝書林 2003 p412
　◇「山口雅也の本格ミステリ・アンソロジー」角川書店 2007 （角川文庫）p49

ああ、やっぱりいた（菊地秀行）
　◇「文藝百物語」ぶんか社 1997 p115

ああ世は夢かサウナの汗か（辻真先）
　◇「小説乃湯—お風呂小説アンソロジー」角川書店 2013 （角川文庫）p171

ああ私の心は愛の廃園です（村山槐多）
　◇「日本人の手紙 8」リブリオ出版 2004 p40

愛（岡本かの子）
　◇「愛」SDP 2009 （SDP bunko）p209
　◇「新編・日本幻想文学集成 3」国書刊行会 2016 p468

愛（宮崎惇）
　◇「宇宙塵傑作選—日本SFの軌跡 1」出版芸術社 1997 p49

相合傘（高橋三千綱）
　◇「輝きの一瞬—短くて心に残る30編」講談社 1999 （講談社文庫）p151

相合傘（山崎七生）
　◇「ショートショートの花束 4」講談社 2012 （講談社文庫）p152

アイアイの眼—バルチック艦隊壊滅秘話（西木正明）
　◇「代表作時代小説 平成16年度」光風社出版 2004 p193

愛あふれて（ひかるこ）
　◇「超短編の世界 vol.3」創英社 2011 p60

藍色の馬（高市俊次）
　◇「鍔鳴り疾風剣」光風社出版 2000 （光風社文庫）p275

藍色の墓（大手拓次）
　◇「美少年」国書刊行会 1997 （書物の王国）p63
　◇「月のものがたり」ソフトバンククリエイティブ 2006 p166

相生橋煙雨（野口冨士男）
　◇「十夜」ランダムハウス講談社 2006 p233

愛を売る店（かわの由貴）
　◇「ショートショートの広場 18」講談社 2006 （講談社文庫）p113

愛を叫ぶ声（天野涼文）
　◇「ショートショートの広場 15」講談社 2004 （講談社文庫）p169

愛を確かめる八つの箇条書きの質問≫奥村博史（平塚らいてう）
　◇「日本人の手紙 4」リブリオ出版 2004 p116

愛を確かめる八つの箇条書きの質問≫平塚らいてう（奥村博史）
　◇「日本人の手紙 4」リブリオ出版 2004 p116

愛を忘れたカナリヤ（古賀牧彦）
　◇「ショートショートの広場 13」講談社 2002 （講談社文庫）p28

哀歌（趙薫）
　◇「近代朝鮮文学日本語作品集1939〜1945 創作篇 6」緑蔭書房 2001 p36

愛か（李寶鏡）
　◇「〈外地〉の日本語文学選 3」新宿書房 1996 p21
　◇「近代朝鮮文学日本語作品集1901〜1938 創作篇 1」緑蔭書房 2004 p13

愛があれば大丈夫—神官を導く（藤澤さなえ）

あいか

◇「狙われたヘッポコーズ—ソード・ワールド短編集」富士見書房 2004（富士見ファンタジア文庫）p7

愛が冷めなければ（大山正徳）
　　◇「ショートショートの広場 18」講談社 2006（講談社文庫）p93

相方（我妻俊樹）
　　◇「怪談四十九夜」竹書房 2016（竹書房文庫）p44

藍川送別図巻 片野南陽に嘱題さる（森春濤）
　　◇「新日本古典文学大系 明治編 2」岩波書店 2004 p83

藍川の旗亭に宮野生の伊勢に之くを送る（森春濤）
　　◇「新日本古典文学大系 明治編 2」岩波書店 2004 p25

愛玩（安岡章太郎）
　　◇「戦後短篇小説再発見 4」講談社 2001（講談社文芸文庫）p9

愛玩動物（白縫いさや）
　　◇「超短編の世界」創英社 2008 p98

AIKI（天願大介）
　　◇「年鑑代表シナリオ集 '02」シナリオ作家協会 2003 p265

小説 **愛機に結ぶ**（大庭さち子）
　　◇「日本統治期台湾文学集成 8」緑蔭書房 2002 p337

相客（庄野潤三）
　　◇「大阪文学名作選」講談社 2011（講談社文芸文庫）p83

愛郷愛土 土に叫ぶ（松田甚次郎）
　　◇「山形県文学全集第2期（随筆・紀行編）2」郷土出版社 2005 p184

愛嬌いっぱいの雀（香山末子）
　　◇「ハンセン病文学全集 7」皓星社 2004 p476

愛敬歌（中村敬宇）
　　◇「新日本古典文学大系 明治編 2」岩波書店 2004 p166

愛禽（光岡良二）
　　◇「ハンセン病文学全集 7」皓星社 2004 p287

愛くるしいきみのまぼろしが浮んで消えない≫篠崎寿子（篠崎二郎）
　　◇「日本人の手紙 6」リブリオ出版 2004 p105

愛犬殺人事件（西村京太郎）
　　◇「最新「珠玉推理」大全 中」光文社 1998（カッパ・ノベルス）p238
　　◇「怪しい舞踏会」光文社 2002（光文社文庫）p331

アイゴー・アミーゴ（松下早穂）
　　◇「「伊豆文学賞」優秀作品集 第9回」静岡新聞社 2006 p113

愛國子供隊（李貞來）
　　◇「近代朝鮮文学日本語作品集1939〜1945 創作篇 4」緑蔭書房 2001 p205

愛国発、地獄行きの切符（八木圭一）
　　◇「5分で読める！ ひと駅ストーリー 旅の話」宝島社 2015（宝島社文庫）p309

愛國班長（崔秉一）
　　◇「近代朝鮮文学日本語作品集1939〜1945 創作篇 5」緑蔭書房 2001 p382

愛國文學に就て（昭和二年五月十九日東亞日報）（金東煥）
　　◇「近代朝鮮文学日本語作品集1901〜1938 評論・随筆篇 1」緑蔭書房 2004 p114

合い言葉はもったいない（本田忠勝）
　　◇「『やるキッズあいち劇場』脚本集 平成19年度」愛知県環境調査センター 2008 p5

愛妻（川野京輔）
　　◇「自選ショート・ミステリー 2」講談社 2001（講談社文庫）p229

アイザック・ニュートン（谷川俊太郎）
　　◇「くだものだもの」ランダムハウス講談社 2007 p115

挨拶—原爆の写真によせて（石垣りん）
　　◇「もう一度読みたい教科書の泣ける名作 再び」学研教育出版 2014 p111

挨拶状（呂赫若）
　　◇「日本統治期台湾文学集成 23」緑蔭書房 2007 p367

愛されしもの（井上雅彦）
　　◇「玩具館」光文社 2001（光文社文庫）p449

愛される銀座（赤川次郎）
　　◇「銀座24の物語」文藝春秋 2001 p59

愛してた人（天音）
　　◇「超短編の世界 vol.3」創英社 2011 p70

愛してる（火方網久）
　　◇「ショートショートの花束 1」講談社 2009（講談社文庫）p179

愛してるを三回（ふつみ）
　　◇「告白」ソフトバンククリエイティブ 2009 p5

愛児のために（飯野文彦）
　　◇「チャイルド」廣済堂出版 1998（廣済堂文庫）p217

哀愁の女主人、情熱の女奴隷（森奈津子）
　　◇「SFバカ本 たわし篇プラス」廣済堂出版 1998（廣済堂文庫）p113
　　◇「笑惑—SFバカ本ナンセンス集」小学館 2006（小学館文庫）p7

哀傷（丸山薫）
　　◇「新装版 全集現代文学の発見 13」學藝書林 2004 p119

哀章（城山昌樹）
　　◇「近代朝鮮文学日本語作品集1908〜1945 セレクション 4」緑蔭書房 2008 p443

相性（柏原サダ）
　　◇「ショートショートの広場 11」講談社 2000（講談社文庫）p99

愛情運（森山雅史）
　　◇「ショートショートの広場 9」講談社 1998（講談社文庫）p16

愛情がいま僕の全身を浸しています≫小川貞子（伊藤整）

◇「日本人の手紙 4」リブリオ出版 2004 p78

愛情が足りない（伊東哲哉）
◇「超短編傑作選 v.6」創英社 2007 p182

愛情は子供と共に（宮本常一）
◇「ちくま日本文学 22」筑摩書房 2008（ちくま文庫）p393

愛情19（金子光晴）
◇「ちくま日本文学 38」筑摩書房 2009（ちくま文庫）p120

愛情53（金子光晴）
◇「ちくま日本文学 38」筑摩書房 2009（ちくま文庫）p121

愛情55（金子光晴）
◇「ちくま日本文学 38」筑摩書房 2009（ちくま文庫）p123

愛情60（金子光晴）
◇「ちくま日本文学 38」筑摩書房 2009（ちくま文庫）p124

愛情69（金子光晴）
◇「ちくま日本文学 38」筑摩書房 2009（ちくま文庫）p120
◇「ちくま日本文学 38」筑摩書房 2009（ちくま文庫）p125

愛書家倶楽部（北原尚彦）
◇「蒐集家（コレクター）」光文社 2004（光文社文庫）p55
◇「ザ・ベストミステリーズ─推理小説年鑑 2005」講談社 2005 p321
◇「隠された鍵」講談社 2008（講談社文庫）p319
◇「古書ミステリー倶楽部─傑作推理小説集 2」光文社 2014（光文社文庫）p81

愛身、愛郷、（正岡子規）
◇「新日本古典文学大系 明治編 27」岩波書店 2003 p47

Is─アイズ（岡村多佳子）
◇「高校演劇Selection 2005 下」晩成書房 2007 p39

アイズ（中学生版）（岡村多佳子）
◇「中学校創作脚本集 3」晩成書房 2008 p61

アイスクリームが食べたかった（加藤望）
◇「気配─第10回フェリシモ文学賞作品集」フェリシモ 2007 p54

アイスドール（石田衣良）
◇「本当のうそ」講談社 2007 p5

会津の隠密（天堂晋助）
◇「幕末スパイ戦争」徳間書店 2015（徳間文庫）p53

愛すべき猿の日記（乙一）
◇「メアリー・スーを殺して─幻夢コレクション」朝日新聞出版 2016 p7

アイス墓地（松音戸子）
◇「てのひら怪談─ビーケーワン怪談大賞傑作選 2」ポプラ社 2007 p220
◇「てのひら怪談─ビーケーワン怪談大賞傑作選 己丑」ポプラ社 2009（ポプラ文庫）p182

愛する大陸よ（金龍済）
◇「近代朝鮮文学日本語作品集1908～1945 セレクション 4」緑蔭書房 2008 p287

獄中詩集 愛する同志へ（金龍済）
◇「近代朝鮮文学日本語作品集1908～1945 セレクション 4」緑蔭書房 2008 p349

愛すればこそ（金寧容）
◇「近代朝鮮文学日本語作品集1901～1938 創作篇 4」緑蔭書房 2004 p189

愛想（安西冬衛）
◇「新装版 全集現代文学の発見 13」學藝書林 2004 p16

愛憎（塚原敏夫）
◇「ハンセン病に咲いた花─初期文芸名作選 戦後編」皓星社 2002（ハンセン病叢書）p257

藍染川慕情（倉阪鬼一郎）
◇「大江戸「町」物語 月」宝島社 2014（宝島社文庫）p219

会いたい（家田満理）
◇「ショートショートの広場 19」講談社 2007（講談社文庫）p200

会いたいけれど、会いたくない（鈴木輝一郎）
◇「孤狼の絆」角川春樹事務所 1999 p169

逢いたかっただけなのに（沙岐）
◇「リトル・リトル・クトゥルー─史上最小の神話小説集」学習研究社 2009 p36

逢いたくて逢いたくて（矢口史靖）
◇「歌謡曲だよ、人生は─映画監督短編集」メディアファクトリー 2007 p153

間の駅（葉原あきよ）
◇「てのひら怪談─ビーケーワン怪談大賞傑作選 壬辰」ポプラ社 2012（ポプラ文庫）p106

愛着の名残り（近松秋江）
◇「コレクション私小説の冒険 2」勉誠出版 2013 p127

あいつ（すずきさちこ）
◇「気配─第10回フェリシモ文学賞作品集」フェリシモ 2007 p155

あいつ（牧南恭子）
◇「恐怖館」青樹社 1999（青樹社文庫）p123

アイデアリストの死─或る男に聞いた話（神近市子）
◇「被差別文学全集」河出書房新社 2016（河出文庫）p159

哀悼記（津田せつ子）
◇「ハンセン病文学全集 4」皓星社 2003 p467

愛と書いて……（西条りくる）
◇「君に伝えたい─恋愛短編小説集」泰文堂 2013（リンダブックス）p128

愛読者各位へ─謹告（作者表記なし）
◇「幻の探偵雑誌 3」光文社 2000（光文社文庫）p115

愛と死（武者小路実篤）
◇「10ラブ・ストーリーズ」朝日新聞出版 2011（朝日文庫）p5

アイドル（大槻ケンヂ）
◇「妖女」光文社 2004（光文社文庫）p211

あいな

愛那の場合―呑ん兵衛横丁の事件簿より（松田
十刻）
　◇「あの日から―東日本大震災鎮魂岩手県出身作家
　　短編集」岩手日報社 2015 p113
愛なんかいらねー（絲山秋子）
　◇「文学 2006」講談社 2006 p39
愛に関する男の責任（三枝和子）
　◇「三枝和子・林京子・富岡多惠子」角川書店 1999
　　（女性作家シリーズ）p141
愛について（入澤康夫）
　◇「新装版 全集現代文学の発見 13」學藝書林 2004
　　p559
アイヌにも缺歯の風習があつたか（金関丈夫）
　◇「日本統治期台湾文学集成 17」緑蔭書房 2003
　　p77
アイヌの腋臭（金関丈夫）
　◇「日本統治期台湾文学集成 17」緑蔭書房 2003
　　p41
アイヌの人、知里さんの想い出（杉浦明平）
　◇「戦後文学エッセイ選 6」影書房 2008 p35
アイネ・クライネ・ナハトムジーク（石神茉莉）
　◇「夏のグランドホテル」光文社 2003（光文社文
　　庫）p193
アイネ・クライネ・ナハトムジーク（長月遊）
　◇「回転ドアから」全作家協会 2015（全作家短編
　　集）p258
愛の愛情（ハカウチマリ）
　◇「超短編の世界 vol.3」創英社 2011 p202
アイのうた（青野零奈）
　◇「人は死んだら電柱になる―電柱アンソロジー」
　　遠すぎる未来団 2014 p259
愛の栄光（横光利一）
　◇「「少年倶楽部」短篇選」講談社 2013（講談社文
　　芸文庫）p77
愛の遠近法的倒錯（小川勝己）
　◇「金田一耕助に捧ぐ九つの狂想曲」角川書店 2002
　　p47
　◇「金田一耕助に捧ぐ九つの狂想曲」角川書店 2012
　　（角川文庫）p47
愛の陰陽師（田辺聖子）
　◇「七人の安倍晴明」桜桃書房 1998 p47
「愛」のかたち（武田泰淳）
　◇「新装版 全集現代文学の発見 5」學藝書林 2003
　　p82
愛のかたち（自然心中の記）其の一（小泉孝之）
　◇「ハンセン病文学全集 1」皓星社 2002 p243
愛のかたち（自然心中の記）其の二（小泉孝之）
　◇「ハンセン病文学全集 1」皓星社 2002 p259
愛の記憶（高橋克彦）
　◇「M列車（ミステリートレイン）で行こう」光文社
　　2001（カッパ・ノベルス）p221
　◇「12の贈り物―東日本大震災支援岩手県在住作家
　　自選短編集」荒蝦夷 2011（叢書東北の声）
　　p125
愛の記憶（南部樹未子）

　◇「猫のミステリー」河出書房新社 1999（河出文
　　庫）p103
コント 愛の結晶（葉陶）
　◇「日本統治期台湾文学集成 5」緑蔭書房 2002
　　p171
愛の告白（高峰秀子）
　◇「精選女性随筆集 8」文藝春秋 2012 p222
愛のごとく（山川方夫）
　◇「新装版 全集現代文学の発見 15」學藝書林 2005
　　p430
あいのこ船（秋月達郎）
　◇「散りぬる桜―時代小説招待席」廣済堂出版 2004
　　p7
愛の桜だより（@hirokinako）
　◇「3.11心に残る140字の物語」学研パブリッシング
　　2011 p105
愛のシアワセ（嶋田うれ葉）
　◇「屋上の三角形」主婦と生活社 2008（Junon
　　novels）p61
愛の時効（五十嵐均）
　◇「不可思議な殺人―ミステリー・アンソロジー」
　　祥伝社 2000（祥伝社文庫）p235
愛の詩集として（一）（呉林俊）
　◇「〈在日〉文学全集 17」勉誠出版 2006 p131
愛の詩集として（二）（呉林俊）
　◇「〈在日〉文学全集 17」勉誠出版 2006 p132
愛の詩集として（三）（呉林俊）
　◇「〈在日〉文学全集 17」勉誠出版 2006 p133
愛の詩集として（四）（呉林俊）
　◇「〈在日〉文学全集 17」勉誠出版 2006 p133
愛の詩集として（五）（呉林俊）
　◇「〈在日〉文学全集 17」勉誠出版 2006 p134
愛の詩集として（六）（呉林俊）
　◇「〈在日〉文学全集 17」勉誠出版 2006 p134
愛の植物学（澁澤龍彦）
　◇「ちくま日本文学 18」筑摩書房 2008（ちくま文
　　庫）p281
愛の争闘（岩野清）
　◇「「新編」日本女性文学全集 4」菁柿堂 2012 p204
愛の為めに（甲賀三郎）
　◇「幻の探偵雑誌 5」光文社 2001（光文社文庫）
　　p245
愛の力を敬え（佐藤正午）
　◇「人の物語」角川書店 2001（New History）p111
愛の手紙（藤野千夜）
　◇「文学 2003」講談社 2003 p208
愛のなやみ（岡本かの子）
　◇「ちくま日本文学 37」筑摩書房 2009（ちくま文
　　庫）p420
愛のぬくもり（鎌田敏夫）
　◇「Love―あなたに逢いたい」双葉社 1997（双葉
　　文庫）p7
愛のパワーボム（大仁田厚）
　◇「闘人烈伝―格闘小説・漫画アンソロジー」双葉
　　社 2000 p343

愛の封印 1（村上玄一）
◇「Magma 噴の巻」ソフト商品開発研究所 2016 p133

愛の深さ（古賀牧彦）
◇「ショートショートの広場 10」講談社 2000（講談社文庫）p35

愛の暴走族（穂村弘）
◇「とっておき名短篇」筑摩書房 2011（ちくま文庫）p9

間の山心中（佐江衆一）
◇「大岡越前─名奉行裁判説話」廣済堂出版 1998（廣済堂文庫）p5

愛の行方（三邦利秀）
◇「ショートショートの広場 13」講談社 2002（講談社文庫）p69

短篇小説 愛の倫理（鄭飛石）
◇「近代朝鮮文学日本語作品集1939〜1945 創作篇 5」緑蔭書房 2001 p77

愛のロボット（田辺聖子）
◇「ロボット・オペラ─An Anthology of Robot Fiction and Robot Culture」光文社 2004 p464

あいびき（二葉亭四迷）
◇「短編で読む恋愛・家族」中部日本教育文化会 1998 p1
◇「日本近代文学に描かれた「恋愛」」牧野出版 2001 p25
◇「読んでおきたい近代日本小説選」龍書房 2012 p7

あいびき（吉行淳之介）
◇「北村薫の本格ミステリ・ライブラリー」角川書店 2001（角川文庫）p323

あひびき（ツルゲーネフ著，二葉亭四迷訳）
◇「明治の文学 5」筑摩書房 2000 p375

逢いびき（篠田節子）
◇「M列車（ミステリートレイン）で行こう」光文社 2001（カッパ・ノベルス）p149

逢いびき（三木卓）
◇「戦後短篇小説選─『世界』1946−1999 5」岩波書店 2000 p3

逢びき（木山捷平）
◇「小川洋子の陶酔短篇箱」河出書房新社 2014 p83

逢引（小杉健治）
◇「捨て子稲荷─時代アンソロジー」祥伝社 1999（祥伝社文庫）p203

あひびき 改訳（ツルゲーネフ著，二葉亭四迷訳）
◇「明治の文学 5」筑摩書房 2000 p391

愛猫（室生犀星）
◇「猫は神さまの贈り物 小説編」有楽出版社 2014 p95

愛撫（大原まり子）
◇「屍鬼の血族」桜桃書房 1999 p421

愛撫（梶井基次郎）
◇「ちくま日本文学 28」筑摩書房 2008（ちくま文庫）p36
◇「ものがたりのお菓子箱」飛鳥新社 2008 p65

愛撫（小川洋子の陶酔短篇箱」河出書房新社 2014 p55
◇「コーヒーと小説」mille books 2016 p123

愛撫（庄野潤三）
◇「幸せな哀しみの話」文藝春秋 2009（文春文庫）p293

愛別（有井聡）
◇「てのひら怪談─ビーケーワン怪談大賞傑作選 辛卯」ポプラ社 2011（ポプラ文庫）p188

相棒（真保裕一）
◇「最新「珠玉推理」大全 中」光文社 1998（カッパ・ノベルス）p203
◇「怪しい舞踏会」光文社 2002（光文社文庫）p285

アイボリーの手帖（仁木悦子）
◇「短歌殺人事件─31音律のラビリンス」光文社 2003（光文社文庫）p9

曖昧な記憶（貝原仁）
◇「ショートショートの広場 18」講談社 2006（講談社文庫）p27

曖昧待合（痩々亭骨皮道人）
◇「新日本古典文学大系 明治編 29」岩波書店 2005 p239

哀夢（毛利元貞）
◇「俳優」廣済堂出版 1999（廣済堂文庫）p235

愛燃える─呉王夫差（酒井澄夫）
◇「宝塚大劇場公演脚本集─2001年4月─2002年4月」阪急電鉄コミュニケーション事業部 2002 p67

愛友（正岡子規）
◇「新日本古典文学大系 明治編 27」岩波書店 2003 p125

愛欲の悪魔─蘇生薬事件（秦賢助）
◇「魔の怪」勉誠出版 2002（べんせいライブラリー）p73

大衆小説 愛よとはに（橋本尚夫）
◇「日本統治期台湾文学集成 7」緑蔭書房 2002 p201

相寄る魂と魂（芳村香道）
◇「近代朝鮮文学日本語作品集1939〜1945 評論・随筆篇 1」緑蔭書房 2002 p370

アイリス（島比呂志）
◇「ハンセン病文学全集 4」皓星社 2003 p743

アイリッシュ・ヴァンパイア（下楠昌哉）
◇「吸血鬼」国書刊行会 1998（書物の王国）p225

愛憐（萩原朔太郎）
◇「ちくま日本文学 36」筑摩書房 2009（ちくま文庫）p95

愛戀の小舟（王白淵）
◇「日本統治期台湾文学集成 18」緑蔭書房 2003 p35

アイロンのある風景（村上春樹）
◇「日本文学100年の名作 9」新潮社 2015（新潮文庫）p297

愛はいかづち。（最果タヒ）
◇「十年後のこと」河出書房新社 2016 p105

愛はことばから始まる（石原裕次）

あいわ

◇「全作家短編小説集 9」全作家協会 2010 p245

愛は、こぼれるqの音色（図子慧）
◇「NOVA─書き下ろし日本SFコレクション 5」河出書房新社 2011 （河出文庫）p63

アイは死を越えない（鈴木いづみ）
◇「日本SF全集 2」出版芸術社 2010 p251

愛は終了され（萩原恭次郎）
◇「新装版 全集現代文学の発見 1」學藝書林 2002 p259

会うはわかれ（中里恒子）
◇「精選女性随筆集 10」文藝春秋 2012 p116

阿吽（松井今朝子）
◇「合わせ鏡─女流時代小説傑作選」角川春樹事務所 2003 （ハルキ文庫）p129

阿吽の衝突（暮木椎哉）
◇「てのひら怪談─ビーケーワン怪談大賞傑作選 2」ポプラ社 2007 p32
◇「てのひら怪談─ビーケーワン怪談大賞傑作選 己丑」ポプラ社 2009 （ポプラ文庫）p18

会えなかった人（由井鮎彦）
◇「太宰治賞 2011」筑摩書房 2011 p29

葵（金原ひとみ）
◇「ナイン・ストーリーズ・オブ・ゲンジ」新潮社 2008 p131
◇「源氏物語九つの変奏」新潮社 2011 （新潮文庫）p145

碧い育成（深町秋生）
◇「宝石ザミステリー 2014冬」光文社 2014 p191

青いインク（小池昌代）
◇「誤植文学アンソロジー─校正者のいる風景」論創社 2015 p86

青いヴェールに包まれて（山本宏明）
◇「科学ドラマ大賞 第2回受賞作品集」科学技術振興機構 〔2011〕 p39

蒼い貌（君条文則）
◇「遠き雷鳴」桃園書房 2001 （桃園文庫）p57

青い儀式（八木義徳）
◇「戦後短篇小説再発見 13」講談社 2003 （講談社文芸文庫）p203

青い軌跡（川田弥一郎）
◇「自選ショート・ミステリー」講談社 2001 （講談社文庫）p165
◇「冒険の森へ─傑作小説大全 7」集英社 2016 p29

青い狐（大庭みな子）
◇「日本文学全集 27」河出書房新社 2017 p537

青い絹の人形（岸田るり子）
◇「ザ・ベストミステリーズ─推理小説年鑑 2013」講談社 2013 p91
◇「ベスト本格ミステリ 2013」講談社 2013 （講談社ノベルス）p205
◇「Esprit機知と企みの競演」講談社 2016 （講談社文庫）p65

藍い幌子（伴野朗）
◇「海外トラベル・ミステリー─7つの旅物語」三笠書房 2000 （王様文庫）p7

青い幸福（平岩弓枝）
◇「妖美─女流ミステリー傑作選」徳間書店 1999 （徳間文庫）p271

青い空（眉村卓）
◇「物語のルミナリエ」光文社 2011 （光文社文庫）p73

青い空のダイブ（谷村志穂）
◇「Friends」祥伝社 2003 p25

あおいちゃん（森青花）
◇「邪香草─恋愛ホラー・アンソロジー」祥伝社 2003 （祥伝社文庫）p83

青い蝶（葛城輝）
◇「超短編傑作選 v.6」創英社 2007 p52

青い上衣（チョゴリ）のひとに（金太中）
◇「〈在日〉文学全集 18」勉誠出版 2006 p108

青いチヨツキ（朴永浦）
◇「近代朝鮮文学日本語作品集1908～1945 セレクション 4」緑蔭書房 2008 p345

青い月に星をかさねて（浦浜圭一郎）
◇「玩具館」光文社 2001 （光文社文庫）p537

青い手（巣山ひろみ）
◇「ゆきのまち幻想文学賞小品集 20」企画集団ぷりずむ 2011 p138

青い鳥（以知子）
◇「超短編傑作選 v.6」創英社 2007 p161

青い鳥（大庭みな子）
◇「精選女性随筆集 6」文藝春秋 2012 p141

青い鳥のエレジー（勝目梓）
◇「人獣怪婚」筑摩書房 2000 （ちくま文庫）p239

青蝗の歌（柳龍夏）
◇「近代朝鮮文学日本語作品集1908～1945 セレクション 4」緑蔭書房 2008 p323

青い波の冒険（高山浩）
◇「砂漠の王」富士見書房 1999 （富士見ファンタジア文庫）p13

青い奈落（西澤保彦）
◇「世紀末サーカス」廣済堂出版 2000 （廣済堂文庫）p503

葵の風─平家（五味康祐）
◇「人物日本の歴史─時代小説集 古代中世編」小学館 2004 （小学館文庫）p161

蒼い旅籠で（夢枕獏）
◇「日本SF全集 3」出版芸術社 2013 p51

青イ花（草野心平）
◇「新装版 全集現代文学の発見 13」學藝書林 2004 p142

碧い花屋敷（井上雅彦）
◇「怪物團」光文社 2009 （光文社文庫）p155

青い灯（イズミスズ）
◇「てのひら怪談 葵巳」KADOKAWA 2013 （MF文庫ダ・ヴィンチ）p18

青い光（稲葉稔）
◇「セブンス・アウト─悪夢七夜」童夢舎 2000 （Doumノベル）p187

青い光（紙舞）

あおす

◇「男たちの怪談百物語」メディアファクトリー 2012（〔幽BOOKS〕）p209

青い火花（浅田次郎）
◇「鉄路に咲く物語―鉄道小説アンソロジー」光文社 2005（光文社文庫）p19

青い服の男（守友恒）
◇「幻の名探偵―傑作アンソロジー」光文社 2013（光文社文庫）p271

『青い部屋』に消える（岡村流生）
◇「本格推理 13＿光文社 1998（光文社文庫）p259

青い帽子（菱田智子）
◇「たびだち―フェリシモしあわせショートショート」フェリシモ 2000 p94

青い星まで飛んでいけ（小川一水）
◇「超弦領域―年刊日本SF傑作選」東京創元社 2009（創元SF文庫）p377

青い骨（山田正紀）
◇「舌づけ―ホラー・アンソロジー」祥伝社 1998（ノン・ポシェット）p175

青い炎（丸山政也）
◇「てのひら怪談 癸巳」KADOKAWA 2013（MF文庫ダ・ヴィンチ）p96

青い炎のように（塔和子）
◇「ハンセン病文学全集 7」皓星社 2004 p508

青い街（吉村昭）
◇「戦後短篇小説選―『世界』1946–1999 4」岩波書店 2000 p161

碧（あお）い眼（め）（潮寒二）
◇「甦る推理雑誌 6」光文社 2003（光文社文庫）p289

青いめがね（香山末子）
◇「ハンセン病文学全集 7」皓星社 2004 p470
◇「ハンセン病文学全集 7」皓星社 2004 p480
◇「〈在日〉文学全集 17」勉誠出版 2006 p85

青い目脂（向田邦子）
◇「精選女性随筆集 11」文藝春秋 2012 p146

青い夢（早見裕司）
◇「酒の夜語り」光文社 2002（光文社文庫）p435

青いリンゴ（植松要作）
◇「山形県文学全集第2期（随筆・紀行編）6」郷土出版社 2005 p82

青色夢硝子（加藤眸也）
◇「鉱物」国書刊行会 1997（書物の王国）p113

青馬の猫（崔華國）
◇「〈在日〉文学全集 17」勉誠出版 2006 p48

青梅（古川薫）
◇「江戸三百年を読む―傑作時代小説 シリーズ江戸学 7」角川学芸出版 2009（角川文庫）p181

青江の太刀（好村兼一）
◇「代表作時代小説 平成21年度」光文社 2009 p75

青江の太刀【青江】（好村兼一）
◇「刀剣―歴史時代小説名作アンソロジー」中央公論新社 2016（中公文庫）p171

青鬼の背に乗りたる男の譚（夢枕獏）
◇「代表作時代小説 平成11年度」光風社出版 1999

p395
◇「愛染夢灯籠―時代小説傑作選」講談社 2005（講談社文庫）p462

青鬼の褌を洗う女（坂口安吾）
◇「十話」ランダムハウス講談社 2006 p233
◇「日本文学全集 27」河出書房新社 2017 p115

青貝師（額田六福）
◇「捕物時代小説選集 1」春陽堂書店 1999（春陽文庫）p256

青蛙物語（沢田五郎）
◇「ハンセン病文学全集 1」皓星社 2002 p311

青髪と赤髪の白けむり（樫井眞生）
◇「ゆれる―第12回フェリシモ文学賞作品集」フェリシモ 2009 p103

釜山日報 **「青瓦の家」**（李無影）
◇「近代朝鮮文学日本語作品集1939〜1945 評論・随筆篇 3」緑蔭書房 2002 p261

青木ヶ原（石原慎太郎）
◇「文学 2001」講談社 2001 p15

青樹の梢をあふぎて（萩原朔太郎）
◇「ちくま日本文学 36」筑摩書房 2009（ちくま文庫）p106

青き旗の元にて（五條瑛）
◇「事件現場に行こう―最新ベスト・ミステリー カレイドスコープ編」光文社 2001（カッパ・ノベルス）p71

青草（近松秋江）
◇「百年小説」ポプラ社 2008 p199

青毛獅子―新版「西遊記」一幕（西川満）
◇「日本統治期台湾文学集成 11」緑蔭書房 2003 p245

蒼ざめた馬（萩原朔太郎）
◇「ちくま日本文学 36」筑摩書房 2009（ちくま文庫）p157

蒼ざめた馬を見よ（五木寛之）
◇「コレクション戦争と文学 3」集英社 2012 p13

青褪めた公園（北川冬彦）
◇「新装版 全集現代文学の発見 13」學藝書林 2004 p33

蒼ざめた星（有栖川有栖）
◇「0番目の事件簿」講談社 2012 p7

蒼ざめたる馬〔ラザロ―LAZARUS〕（井土紀州、板倉一成）
◇「年鑑代表シナリオ集 '07」シナリオ作家協会 2009 p184

青浄土（白井米子）
◇「ハンセン病文学全集 9」皓星社 2010 p225

蒼白い夢―短篇小説（茅野研一）
◇「日本統治期台湾文学集成 8」緑蔭書房 2002 p271

青頭巾（井上雅彦）
◇「屍者の行進」廣済堂出版 1998（廣済堂文庫）p499
◇「死者の復活」リブリオ出版 2001（怪奇・ホラーワールド）p5

作品名から引ける日本文学全集案内 第III期 **7**

あおそ

あほぞら（黒木謳子）
◇「日本統治期台湾文学集成 18」緑蔭書房 2003 p486
青空（萩原朔太郎）
◇「ちくま日本文学 36」筑摩書房 2009（ちくま文庫）p157
青大将（森詠）
◇「特別な一日」徳間書店 2005（徳間文庫）p257
青田師の事件（土井稔）
◇「甦る推理雑誌 8」光文社 2003（光文社文庫）p427
青梅雨（李正子）
◇「〈在日〉文学全集 17」勉誠出版 2006 p329
青梅雨（永井龍男）
◇「新装版 全集現代文学の発見 5」學藝書林 2003 p410
◇「見上げれば星は天に満ちて―心に残る物語―日本文学秀作選」文藝春秋 2005（文春文庫）p225
◇「文士の意地―車谷長吉撰短篇小説輯 下巻」作品社 2005 p7
青と赤の物語（加藤千恵）
◇「本をめぐる物語―小説よ、永遠に」KADOKAWA 2015（角川文庫）p41
青猫（萩原朔太郎）
◇「ちくま日本文学 36」筑摩書房 2009（ちくま文庫）p126
◇「ちくま日本文学 36」筑摩書房 2009（ちくま文庫）p139
青の使者（唯川恵）
◇「悪魔のような女―女流ミステリー傑作選」角川春樹事務所 2001（ハルキ文庫）p177
◇「短編復活」集英社 2002（集英社文庫）p509
青の時代（真船均）
◇「全作家短編小説集 11」全作家協会 2012 p7
青の魔性（森村誠一）
◇「少女怪談」学習研究社 2000（学研M文庫）p17
青の魔法（田口かおり）
◇「21世紀の〈ものがたり〉―『はてしない物語』創作コンクール記念」岩波書店 2002 p79
蒼の行方（杉本香恵）
◇「冷と温―第13回フェリシモ文学賞作品集」フェリシモ 2010 p90
青葉香歩遺句抄（青葉香歩）
◇「ハンセン病文学全集 9」皓星社 2010 p422
青バスの女（辰野九紫）
◇「探偵小説の風景―トラフィック・コレクション 上」光文社 2009（光文社文庫）p223
青葉の黒川能（馬場あき子）
◇「山形県文学全集第2期（随筆・紀行編）5」郷土出版社 2005 p23
青葉の盤（宮内悠介）
◇「ザ・ベストミステリーズ―推理小説年鑑 2013」講談社 2013 p261
◇「Symphony漆黒の交響曲」講談社 2016（講談社文庫）p181
青葉の森（多磨全生園武蔵野短歌会）

◇「ハンセン病文学全集 8」皓星社 2006 p398
青葉の宿（曽野綾子）
◇「恋愛小説・名作集成 10」リブリオ出版 2004 p204
青髭の城で（吉川良太郎）
◇「Fの肖像―フランケンシュタインの幻想たち」光文社 2010（光文社文庫）p17
蒼淵家の触手（井上雅彦）
◇「ミステリ★オールスターズ」角川書店 2010 p365
◇「ミステリ・オールスターズ」角川書店 2012（角川文庫）p421
青葡萄（尾崎紅葉）
◇「明治の文学 6」筑摩書房 2001 p261
青蛇の帯皮（森下雨村）
◇「竹中英太郎 2」皓星社 2016（挿絵叢書）p77
青もみじ（宇江佐真理）
◇「時代小説ザ・ベスト 2016」集英社 2016（集英社文庫）p229
青森挽歌（宮沢賢治）
◇「新装版 全集現代文学の発見 13」學藝書林 2004 p125
◇「ちくま日本文学 3」筑摩書房 2007（ちくま文庫）p436
青山（辻章）
◇「文学 1999」講談社 1999 p70
青山二郎（白洲正子）
◇「精選女性随筆集 7」文藝春秋 2012 p71
青山先生（美木麻里）
◇「最後の一日 3月23日―さよならが胸に染みる10の物語」泰文堂 2013（リンダブックス）p68
青山白鷗集（森春濤）
◇「新日本古典文学大系 明治編 2」岩波書店 2004 p5
青柚子（武井柚史）
◇「ハンセン病文学全集 9」皓星社 2010 p12
青らむ空のうつろのなかに（篠田節子）
◇「迷」文藝春秋 2003（推理作家になりたくて マイベストミステリー）p78
◇「マイ・ベスト・ミステリー 3」文藝春秋 2007（文春文庫）p108
垢（小泉雅二）
◇「ハンセン病文学全集 6」皓星社 2003 p431
赤（正岡子規）
◇「文豪怪談傑作選 明治編」筑摩書房 2011（ちくま文庫）p13
赤、青、王子（池田進吾）
◇「東と西 1」小学館 2009 p206
◇「東と西 1」小学館 2012（小学館文庫）p229
赤痣の女（大坪砂男）
◇「探偵くらぶ―探偵小説傑作選1946～1958 下」光文社 1997（カッパ・ノベルス）p29
◇「甦る推理雑誌 9」光文社 2003（光文社文庫）p11
赤い家（田中啓文）

あかい

◇「蚊―コレクション」メディアワークス 2002（電撃文庫）p13

あかいいと（吉野あや）
◇「てのひら怪談―ビーケーワン怪談大賞傑作選 辛卯」ポプラ社 2011（ポプラ文庫）p28

赤い糸（赤松昭彦）
◇「ショートショートの広場 13」講談社 2002（講談社文庫）p57

赤い糸（池田小百合）
◇「ショートショートの広場 8」講談社 1997（講談社文庫）p131

赤い糸（林田新）
◇「ショートショートの広場 11」講談社 2000（講談社文庫）p146

赤い犬（椿みち子）
◇「犬のミステリー」河出書房新社 1999（河出文庫）p187

赤い後ろ姿（笹沢左保）
◇「人情の往来―時代小説最前線」新潮社 1997（新潮文庫）p549

赤いオートバイ（香山末子）
◇「ハンセン病文学全集 7」皓星社 2004 p470

赤い踊り子（貴司山治）
◇「新・プロレタリア文学精選集 14」ゆまに書房 2004 p263

赤い帯（志賀直哉）
◇「ちくま日本文学 21」筑摩書房 2008（ちくま文庫）p291

赤いオープンカーの男（砂原美都）
◇「恋は、しばらくお休みです。―恋愛短篇小説集」泰文堂 2013（レインブックス）p197

赤い女（国吉史郎）
◇「ゆきのまち幻想文学賞小品集 13」企画集団ぷりずむ 2004 p7

赤い怪盗（柴田錬三郎）
◇「シャーロック・ホームズの災難―日本版」論創社 2007 p267

赤い影法師（柴田錬三郎）
◇「冒険の森へ―傑作小説大全 2」集英社 2016 p327

紅い傘（原美代子）
◇「松江怪談―新作怪談 松江物語」今井印刷 2015 p10

赤い風に舞う（藤本義一）
◇「血闘！ 新選組」実業之日本社 2016（実業之日本社文庫）p151

紅い壁（村崎友）
◇「忍び寄る闇の奇譚」講談社 2008（講談社ノベルス）p251

緋い記憶（高橋克彦）
◇「ふるえて眠れない―ホラーミステリー傑作選」光文社 2006（光文社文庫）p127

赤い機關車（朴南秀）
◇「近代朝鮮文学日本語作品集1908～1945 セレクション 4」緑蔭書房 2008 p364

赤いききみみずきん（水沢謙一）

◇「朗読劇台本集 4」玉川大学出版部 2002 p179

赤い着物の女の子（大野尚休）
◇「てのひら怪談―ビーケーワン怪談大賞傑作選」ポプラ社 2007 p196
◇「てのひら怪談―ビーケーワン怪談大賞傑作選」ポプラ社 2008（ポプラ文庫）p206

紅い唇（高橋邑治）
◇「幻の探偵雑誌 8」光文社 2001（光文社文庫）p359

赤い靴（色川武大）
◇「昭和の短篇一人一冊集成 色川武大」未知谷 2008 p215

赤い靴（山田風太郎）
◇「綾辻行人と有栖川有栖のミステリ・ジョッキー 3」講談社 2012 p121

赤い靴のソウル（谷村志穂）
◇「靴に恋して」ソニー・マガジンズ 2004 p5

赤い首の絵（片岡鉄平）
◇「怪奇探偵小説集 2」角川春樹事務所 1998（ハルキ文庫）p73

紅いけし（津田せつ子）
◇「ハンセン病文学全集 4」皓星社 2003 p476

赤いコートの女（小池真理子）
◇「銀座24の物語」文藝春秋 2001 p231

あかいゴム（田辺十子）
◇「むすぶ―第11回フェリシモ文学賞作品集」フェリシモ 2008 p8

赤い酒場を訪れたまえ（半村良）
◇「日本SF全集 1」出版芸術社 2009 p307

赤い酒（池田一尋）
◇「てのひら怪談―ビーケーワン怪談大賞傑作選 辛卯」ポプラ社 2011（ポプラ文庫）p26

赤い舌（芦川淳一）
◇「恐怖館」青樹社 1999（青樹社文庫）p95

赤い舌（有澤由美子）
◇「つながり―フェリシモしあわせショートショート」フェリシモ 1999 p47

赤い自転車（香山末子）
◇「ハンセン病文学全集 7」皓星社 2004 p481

赤い自転車（水上勉）
◇「現代の小説 1997」徳間書店 1997 p85

赤い十字架（大山誠一郎）
◇「宝石ザミステリー 3」光文社 2013 p269

赤い絨毯（立原透耶）
◇「女たちの怪談百物語」メディアファクトリー 2010（〔幽books〕）p170
◇「女たちの怪談百物語」KADOKAWA 2014（角川ホラー文庫）p174

赤い陣羽織（木下順二）
◇「日本舞踊舞踊劇選集」西川会 2002 p325

赤いステッキ（壺井栄）
◇「短編 女性文学 近代 続」おうふう 2002 p127

赤い大地の上に立ち（尾崎太郎）
◇「新鋭劇作集 series 17」日本劇団協議会 2005 p159

作品名から引ける日本文学全集案内 第III期　9

あかい

赤い太陽（夢羅多）
◇「日本統治期台湾文学集成 7」緑蔭書房 2002
p277

赤い凩（宮宮運河）
◇「てのひら怪談―ビーケーワン怪談大賞傑作選」
ポプラ社 2008（ポプラ文庫）p72

赤い月（盧進容）
◇「〈在日〉文学全集 18」勉誠出版 2006 p207

赤い月（藤川桂介）
◇「トロピカル」廣済堂出版 1999（廣済堂文庫）
p341

赤い漬物（香山末子）
◇「ハンセン病文学全集 7」皓星社 2004 p304
◇「〈在日〉文学全集 17」勉誠出版 2006 p77

赤い手（鄭芝溶）
◇「近代朝鮮文学日本語作品集1939～1945 創作篇 6」
緑蔭書房 2001 p196

赤い手袋（小西保明）
◇「ゆきのまち幻想文学賞小品集 16」企画集団ぷり
ずむ 2007 p136

赤い電車は歌い出す（小野伊都子）
◇「ゆれる―第12回フェリシモ文学賞作品集」フェ
リシモ 2009 p151

赤い鳥と白い鳥（田中貢太郎）
◇「白の怪」勉誠出版 2003（べんせいライブラ
リー）p213

丹い波（三友隆司）
◇「立川文学 3」けやき出版 2013 p283

赤いネクタイ（杉山平一）
◇「甦る推理雑誌 3」光文社 2002（光文社文庫）
p159

赤い猫（仁木悦子）
◇「文学賞受賞・名作集成 3」リブリオ出版 2004
p185

紅いノート（古木鐵太郎）
◇「コレクション私小説の冒険 1」勉誠出版 2013
p43

赤い歯型（朝松健）
◇「心霊理論」光文社 2007（光文社文庫）p305

赤い橋の下のぬるい水（今村昌平、天願大介、冨
川元文）
◇「年鑑代表シナリオ集 '01」映人社 2002 p321

紅い花（金泰生）
◇「〈在日〉文学全集 15」勉誠出版 2006 p217

赤い花（松田芳勝）
◇「宇宙塵傑作選―日本SFの軌跡 1」出版芸術社
1997 p99

赤い鼻（楊逵）
◇「日本統治期台湾文学集成 23」緑蔭書房 2007
p381

赤い花を飼う人（梶尾真治）
◇「侵略！」廣済堂出版 1998（廣済堂文庫）p133

紅い華奇談（建石明子）
◇「ゆきのまち幻想文学賞・小品集 12」企画集団ぷ
りずむ 2003 p113

赤い花になって（さらだたまこ）
◇「読んで演じたくなるゲキの本 中学生版」幻冬舎
2006 p43

赤いハングル講座（李龍海）
◇「〈在日〉文学全集 18」勉誠出版 2006 p265

赤いパンツ（近藤啓太郎）
◇「戦後短篇小説再発見 14」講談社 2003（講談社
文芸文庫）p44

赤い光（崩木十弐）
◇「てのひら怪談―ビーケーワン怪談大賞傑作選 壬
辰」ポプラ社 2012（ポプラ文庫）p204

赤い紐（野村胡堂）
◇「傑作捕物ワールド 1」リブリオ出版 2002 p59
◇「捕物小説名作選 2」集英社 2006（集英社文庫）
p7

赤い風船（甲木千絵）
◇「あなたが生まれた日―家族の愛が温かな10の感
動ストーリー」泰文堂 2013（リンダブックス）
p109

赫い部屋（井上雅彦）
◇「5分で読める！ 怖いはなし」宝島社 2014（宝島
社文庫）p93

赤い部屋（江戸川乱歩）
◇「綾辻行人と有栖川有栖のミステリ・ジョッキー
1」講談社 2008 p49

赤いぼんでん（進藤小枝子）
◇「ゆきのまち幻想文学賞小品集 17」企画集団ぷり
ずむ 2008 p55

赤い街（江坂遊）
◇「綾辻・有栖川復刊セレクション 仕掛け花火」講
談社 2007（講談社ノベルス）p209

紅い窓（島崎藤村）
◇「明治の文学 16」筑摩書房 2002 p153

赤い窓（森真沙子）
◇「獣人」光文社 2003（光文社文庫）p15

赤い繭（安部公房）
◇「新装版 全集現代文学の発見 2」學藝書林 2002
p363

赤いマリ（林芙美子）
◇「ちくま日本文学 20」筑摩書房 2008（ちくま文
庫）p16

赤い毬（恩田陸）
◇「七つの黒い夢」新潮社 2006（新潮文庫）p35

赤い満月（大庭みな子）
◇「川端康成文学賞全作品 2」新潮社 1999 p289

赤いマント（綾辻行人）
◇「仮面のレクイエム」光文社 1998（光文社文庫）
p29

朱い実（後藤薫）
◇「日本海文学大賞―大賞作品集 3」日本海文学大
賞運営委員会 2007 p429

赤い実（金858生）
◇「〈在日〉文学全集 10」勉誠出版 2006 p339

赤い実たどって（篠田真由美）
◇「帰還」光文社 2000（光文社文庫）p221

赤い道標（湊崇暢）
　◇「たびだち―フェリシモしあわせショートショート」フェリシモ 2000 p76

赤い密室（鮎川哲也）
　◇「『このミス』が選ぶ！ オールタイム・ベスト短編ミステリー 黒」宝島社 2015（宝島社文庫）p217

赤い密室（中川透）
　◇「甦る推理雑誌 6」光文社 2003（光文社文庫）p387

赤い鞭（逢坂剛）
　◇「江戸の名探偵―時代推理傑作選」徳間書店 2009（徳間文庫）p7

赤い名刺（横山秀夫）
　◇「ザ・ベストミステリーズ―推理小説年鑑 2001」講談社 2001 p297
　◇「殺人作法」講談社 2004（講談社文庫）p477

赤い木馬（加門七海）
　◇「黒い遊園地」光文社 2004（光文社文庫）p305

赤い森（森田季節）
　◇「NOVA―書き下ろし日本SFコレクション 4」河出書房新社 2011（河出文庫）p115

赤い屋根（甲山羊二）
　◇「全作家短編小説集 8」全作家協会 2009 p181

緒い山―ある医師の手記（金東仁）
　◇「近代朝鮮文学日本語作品集1908～1945 セレクション 2」緑蔭書房 2008 p89

赤い鎧Ⅲ―不自然な死（清松みゆき）
　◇「許されし偽り―ソード・ワールド短編集」富士見書房 2001（富士見ファンタジア文庫）p219

赤い鎧Ⅳ―毒を食らわば（清松みゆき）
　◇「へっぽこ冒険者とイオドの宝―ソード・ワールド短編集」富士見書房 2005（富士見ファンタジア文庫）p251

赤い駱駝（梅崎春生）
　◇「戦後短篇小説選―『世界』1946-1999 1」岩波書店 2000 p175
　◇「見上げれば星は天に満ちて―心に残る物語―日本文学秀作選」文藝春秋 2005（文春文庫）p345

赤い林檎と金の川（村山早紀）
　◇「となりのもののけさん―競作短篇集」ポプラ社 2014（ポプラ文庫ピュアフル）p231

赤色ウサギは何を夢見る（只助）
　◇「てのひら怪談―ビーケーワン怪談大賞傑作選 百怪繚乱篇」ポプラ社 2008 p138

あかいろうそく（新美南吉）
　◇「もう一度読みたい教科書の泣ける名作 再び」学研教育出版 2014 p53

赤いろうそくと人魚（小川未明）
　◇「人魚の血―珠玉アンソロジー オリジナル＆スタンダート」光文社 2001（カッパ・ノベルス）p385
　◇「文豪たちが書いた怖い名作短編集」彩図社 2014 p71
　◇「鬼譚」筑摩書房 2014（ちくま文庫）p43
　◇「人魚―mermaid & merman」皓星社 2016（紙礫）p4

赤い蠟燭と人魚（小川未明）
　◇「文豪怪談傑作選 小川未明集」筑摩書房 2008（ちくま文庫）p161
　◇「いきものがたり」双文社出版 2013 p109
　◇「近代童話（メルヘン）と賢治」おうふう 2014 p23
　◇「もっと厭な物語」文藝春秋 2014（文春文庫）p223

赤牛（古井由吉）
　◇「コレクション戦争と文学 15」集英社 2012 p521

赤馬旅館（小栗虫太郎）
　◇「シャーロック・ホームズに再び愛をこめて」光文社 2010（光文社文庫）p261

赤絵獅子（平岩弓枝）
　◇「忍者だもの―忍法小説五番勝負」新潮社 2015（新潮文庫）p179

赤鉛筆の由来（稲垣足穂）
　◇「ちくま日本文学 16」筑摩書房 2008（ちくま文庫）p

赤鬼の冬（たてない明子）
　◇「ゆきのまち幻想文学賞・小品集 15」企画集団ぷりずむ 2006 p46

赤帯の話（梅崎春生）
　◇「教科書名短篇 人間の情景」中央公論新社 2016（中公文庫）p189

赤か青か（樹良介）
　◇「ショートショートの広場 19」講談社 2007（講談社文庫）p55

あかがね色の本（千早茜）
　◇「本をめぐる物語―小説よ、永遠に」KADOKAWA 2015（角川文庫）p277

赤紙と（岡田理子）
　◇「平成28年熊本地震作品集」くまもと文学・歴史館友の会 2016 p9

紅き虚空の下で（高橋城太郎）
　◇「新・本格推理 05」光文社 2005（光文社文庫）p575

赤城の雁（伊藤桂一）
　◇「白刃光る」新潮社 1997 p147
　◇「時代小説一読切御免 2」新潮社 2004（新潮文庫）p179

赤き花（NARUMI）
　◇「平成28年熊本地震作品集」くまもと文学・歴史館友の会 2016 p13

紅き深爪（詩森ろば）
　◇「優秀新人戯曲集 2004」ブロンズ新社 2003 p205

赤き丸（クジラマク）
　◇「てのひら怪談―ビーケーワン怪談大賞傑作選 2」ポプラ社 2007 p16
　◇「てのひら怪談―ビーケーワン怪談大賞傑作選 己丑」ポプラ社 2009（ポプラ文庫）p10

赤城ミート（彩瀬まる）
　◇「明日町こんぺいとう商店街―招きうさぎと七軒の物語 3」ポプラ社 2016（ポプラ文庫）p245

あかく

赤靴をはいたリル（冬村温）
　◇「外地探偵小説集 上海篇」せらび書房 2006 p129

赤黒い手（小鹿進）
　◇「黒の怪」勉誠出版 2002 （べんせいライブラリー）p261

赤毛（藤原審爾）
　◇「昭和の短篇一人一冊集成 藤原審爾」未知谷 2008 p31

赤毛サークル（喜国雅彦）
　◇「シャーロック・ホームズの災難—日本版」論創社 2007 p411

赤毛連盟（砂川しげひさ）
　◇「シャーロック・ホームズの災難—日本版」論創社 2007 p225

赤坂（尾島菊子）
　◇「「新編」日本女性文学全集 3」菁柿堂 2011 p346

赤坂与力の妻亡霊の事（根岸鎮衛）
　◇「あやかしの深川—受け継がれる怪異な土地の物語」猿江商會 2016 p272

証（北原亞以子）
　◇「合わせ鏡—女流時代小説傑作選」角川春樹事務所 2003 （ハルキ文庫）p309
　◇「世話焼き長屋—人情時代小説傑作選」新潮社 2008 （新潮文庫）p183

赤地蔵（狩野いくみ）
　◇「てのひら怪談—ビーケーワン怪談大賞傑作選 2」ポプラ社 2007 p28
　◇「てのひら怪談—ビーケーワン怪談大賞傑作選 己丑」ポプラ社 2009 （ポプラ文庫）p16

明石全登（福本日南）
　◇「大坂の陣—近代文学名作選」岩波書店 2016 p167

証しの空文（鳩沢佐美夫）
　◇「文学で考える〈日本〉とは何か」双文社出版 2007 p140
　◇「文学で考える〈日本〉とは何か」翰林書房 2016 p140

明石病院時代の手記（明石海人）
　◇「ハンセン病文学全集 4」皓星社 2003 p67

明石病院時代の日記（明石海人）
　◇「ハンセン病文学全集 4」皓星社 2003 p75

あかしゃぐま・きじむん（折口信夫）
　◇「文豪怪談傑作選 折口信夫集」筑摩書房 2009 （ちくま文庫）p246

アカシヤの樹蔭に沐みする女（金英一）
　◇「近代朝鮮文学日本語作品集1908〜1945 セレクション 3」緑蔭書房 2008 p172

アカシヤの土堤（藤本とし）
　◇「ハンセン病文学全集 4」皓星社 2003 p674

アカシヤの花（山下定）
　◇「宇宙生物ゾーン」廣済堂出版 2000 （廣済堂文庫）p43

赤白根（越一人）
　◇「ハンセン病文学全集 7」皓星社 2004 p466

赤ずきんちゃんと新宿のオオカミ（村田沙耶香）
　◇「いまのあなたへ—村上春樹への12のオマージュ」NHK出版 2014 p205

開かずのドア（竹本健治）
　◇「教室」光文社 2003 （光文社文庫）p23

開かずの箱（花田清輝）
　◇「新編・日本幻想文学集成 2」国書刊行会 2016 p481

開かずの踏切（安生正）
　◇「5分で読める！ ひと駅ストーリー 夏の記憶東口編」宝島社 2013 （宝島社文庫）p261

開かずの間（菊地秀行）
　◇「夏のグランドホテル」光文社 2003 （光文社文庫）p591

赤ちゃん—擬娩の習慣（長谷川龍生）
　◇「新装版 全集現代文学の発見 13」學藝書林 2004 p340

暁月夜（あかつきづくよ）（樋口一葉）
　◇「ちくま日本文学 13」筑摩書房 2008 （ちくま文庫）p309

詩集 暁と夕の詩（立原道造）
　◇「新装版 全集現代文学の発見 14」學藝書林 2005 p448

暁の歌（金龍済）
　◇「近代朝鮮文学日本語作品集1908〜1945 セレクション 4」緑蔭書房 2008 p265

暁の砦（光385龍）
　◇「現代の小説 1999」徳間書店 1999 p127

暁の非常線（渥美順）
　◇「日本統治期台湾文学集成 9」緑蔭書房 2002 p249

あかつき葉っぱが生きている（大岡信）
　◇「日本文学全集 29」河出書房新社 2016 p66

暁（あかつき）はもう来ない（夏樹静子）
　◇「女性ミステリー作家傑作選 2」光文社 1999 （光文社文庫）p285

暁はもう来ない（夏樹静子）
　◇「赤のミステリー—女性ミステリー作家傑作選」光文社 1997 p209

あかつち（長島愛生園長島短歌会）
　◇「ハンセン病文学全集 8」皓星社 2006 p189

"赤電"に乗って（藤森ますみ）
　◇「「伊豆文学賞」優秀作品集 第18回」羽衣出版 2015 p174

赤と青（草上仁）
　◇「キネマ・キネマ」光文社 2002 （光文社文庫）p197

暁の波（安住洋子）
　◇「代表作時代小説 平成20年度」光文社 2008 p305

赤と黒（清水義範）
　◇「絶体絶命」早川書房 2006 （ハヤカワ文庫）p49

赤と黒（神薫）
　◇「怪談四十九夜」竹書房 2016 （竹書房文庫）p114

赤と透明（甘糟りり子）
　◇「本当のうそ」講談社 2007 p189

あき

赤西蠣太（志賀直哉）
　◇「ちくま日本文学 21」筑摩書房 2008（ちくま文庫）p96
　◇「とっておきの話」筑摩書房 2011（ちくま文学の森）p433
赤西蠣太―伊丹万作監督「赤西蠣太」原作（志賀直哉）
　◇「時代劇原作選集―あの名画を生みだした傑作小説」双葉社 2003（双葉文庫）p11
赤に抱かれて（小川楽喜）
　◇「月の舞姫」富士見書房 2001（富士見ファンタジア文庫）p85
赤に憑かれる（御手洗紀穂）
　◇「Magma 噴の巻」ソフト商品開発研究所 2016 p77
あかね雲（城郁子）
　◇「ハンセン病文学全集 8」皓星社 2006 p388
あかね雲（田中京祐）
　◇「ハンセン病文学全集 9」皓星社 2010 p428
あかね空（清水有生、山本一力）
　◇「テレビドラマ代表作選集 2004年版」日本脚本家連盟 2004 p111
茜村より（倉阪鬼一郎）
　◇「GOD」廣済堂出版 1999（廣済堂文庫）p151
赤の渦紋（青木和）
　◇「酒の夜語り」光文社 2002（光文社文庫）p217
赤はぎ指紋の秘密（木々高太郎）
　◇「風間光枝探偵日記」論創社 2007（論創ミステリ叢書）p67
赤剣の顔（岡田八千代）
　◇「文豪怪談傑作選 特別編」筑摩書房 2007（ちくま文庫）p38
赤旗を焼く（結城哀草果）
　◇「山形県文学全集第2期（随筆・紀行編）2」郷土出版社 2005 p42
赤旗の靡くところ（田口運蔵）
　◇「新・プロレタリア文学精選集 7」ゆまに書房 2004 p1
赤埴源蔵（風巻紘一）
　◇「定本・忠臣蔵四十七人集」双葉社 1998 p152
赤彦の死 抄（折口信夫）
　◇「ちくま日本文学 25」筑摩書房 2008（ちくま文庫）p26
赤富士の浜（醍醐亮）
　◇「『伊豆文学賞』優秀作品集 第18回」羽衣出版 2015 p131
赤ペンラブレター（卜部高史）
　◇「ショートショートの花束 8」講談社 2016（講談社文庫）p135
アカホシ農民夜學を守れ！（金龍濟）
　◇「近代朝鮮文学日本語作品集1908〜1945 セレクション 4」緑蔭書房 2008 p245
赫眼（三津田信三）
　◇「伯爵の血族―紅ノ章」光文社 2007（光文社文庫）p111

赤ままの花（堀辰雄）
　◇「ちくま日本文学 39」筑摩書房 2009（ちくま文庫）p297
アーカムの河に浮かぶ（黒史郎）
　◇「リトル・リトル・クトゥルー―史上最小の神話小説集」学習研究社 2009 p242
赤目荘の惨劇（白峰良介）
　◇「探偵Xからの挑戦状！」小学館 2009（小学館文庫）p 31, 292
あがり―第一回創元SF短編賞受賞作（松崎有理）
　◇「量子回廊―年刊日本SF傑作選」東京創元社 2010（創元SF文庫）p543
あかり絵燈籠（柏田道夫）
　◇「遠き雷鳴」桃園書房 2001（桃園文庫）p215
明かりを貸してください（加門七海）
　◇「文藝百物語」ぶんか社 1997 p43
明るい暮らし（一田和樹）
　◇「ショートショートの花束 5」講談社 2013（講談社文庫）p98
明るい農村（高村薫）
　◇「短篇ベストコレクション―現代の小説 2009」徳間書店 2009（徳間文庫）p83
明るい人（犬養健）
　◇「新装版 全集現代文学の発見 別巻」學藝書林 2005 p548
アカンタレの恋（谷口雅美）
　◇「君に会いたい―恋愛短篇小説集」泰文堂 2012（リンダブックス）p166
秋（芥川龍之介）
　◇「奇妙な恋の物語」光文社 1998（光文社文庫）p317
　◇「文士の意地―車谷長吉撰短篇小説輯 上巻」作品社 2005 p138
　◇「愛」SDP 2009（SDP bunko）p181
　◇「女 1」あの出版 2016（GB）p33
秋（元道根）
　◇「近代朝鮮文学日本語作品集1908〜1945 セレクション 6」緑蔭書房 2008 p63
秋（江坂遊）
　◇「綾辻・有栖川復刊セレクション 仕掛け花火」講談社 2007（講談社ノベルス）p202
秋（上忠司）
　◇「日本統治期台湾文学集成 18」緑蔭書房 2003 p226
　◇「日本統治期台湾文学集成 18」緑蔭書房 2003 p244
秋（北川冬彦）
　◇「新装版 全集現代文学の発見 13」學藝書林 2004 p33
秋（黒木謳子）
　◇「日本統治期台湾文学集成 18」緑蔭書房 2003 p499
秋（永井龍男）
　◇「川端康成文学賞全作品 1」新潮社 1999 p25
秋（野上彌生子）

作品名から引ける日本文学全集案内 第III期 13

あき

◇「精選女性随筆集 10」文藝春秋 2012 p155

秋（藤田三四郎）
　◇「ハンセン病文学全集 7」皓星社 2004 p402

秋（藤本とし）
　◇「ハンセン病文学全集 4」皓星社 2003 p689

秋（堀川正美）
　◇「新装版 全集現代文学の発見 13」學藝書林 2004 p519

秋（村野四郎）
　◇「新装版 全集現代文学の発見 13」學藝書林 2004 p244

秋（楊雲萍）
　◇「日本統治期台湾文学集成 18」緑蔭書房 2003 p572

小説 秋（李孝石）
　◇「近代朝鮮文学日本語作品集1939〜1945 創作篇 3」緑蔭書房 2001 p162

あきあわせ（樋口一葉）
　◇「ちくま日本文学 13」筑摩書房 2008 （ちくま文庫） p401

秋風（あきかぜ）… → "しゅうふう…"をも見よ

秋風（中山義秀）
　◇「百年小説」ポプラ社 2008 p1003

秋風と共に（1）〜（6）（崔載瑞）
　◇「近代朝鮮文学日本語作品集1939〜1945 評論・随筆篇 3」緑蔭書房 2002 p35

秋風のこころよさに（石川啄木）
　◇「ちくま日本文学 33」筑摩書房 2009 （ちくま文庫） p44

空罐（林京子）
　◇「生の深みを覗く—ポケットアンソロジー」岩波書店 2010 （岩波文庫別冊） p433

秋草（篠田節子）
　◇「らせん階段—女流ミステリー傑作選」角川春樹事務所 2003 （ハルキ文庫） p309

秋草の渡し（伊藤桂一）
　◇「剣の意地恋の夢—時代小説傑作選」講談社 2000 （講談社文庫） p217

秋景色（李正子）
　◇「〈在日〉文学全集 17」勉誠出版 2006 p300

晶子牡丹園（与謝野晶子）
　◇「植物」国書刊行会 1998 （書物の王国） p99

秋 寂しさは君に別れて（巌谷小波）
　◇「新日本古典文学大系 明治編 21」岩波書店 2005 p191

秋雨歎（三首うち二首）（森春濤）
　◇「新日本古典文学大系 明治編 2」岩波書店 2004 p113

秋雨の最上川（古井由吉）
　◇「山形県文学全集第2期（随筆・紀行編） 4」郷土出版社 2005 p158

秋篠新次郎（宮本昌孝）
　◇「ふりむけば闇—時代小説招待席」廣済堂出版 2003 p265
　◇「ふりむけば闇—時代小説招待席」徳間書店 2007

（徳間文庫） p271

空巣専門（原田康子）
　◇「誘惑—女流ミステリー傑作選」徳間書店 1999 （徳間文庫） p377

秋蟬（李正子）
　◇「〈在日〉文学全集 17」勉誠出版 2006 p281

秋空晴れて（朝日壮吉）
　◇「「少年倶楽部」熱血・痛快・時代短篇選」講談社 2015 （講談社文芸文庫） p294

閑地（あきち）（永井荷風）
　◇「ちくま日本文学 19」筑摩書房 2008 （ちくま文庫） p246

秋近く（上忠司）
　◇「日本統治期台湾文学集成 18」緑蔭書房 2003 p242

秋つばめ—逢坂・秋（藤原緋沙子）
　◇「秋びより—時代小説アンソロジー」KADOKAWA 2014 （角川文庫） p39

秋と石（国吉信）
　◇「ハンセン病文学全集 7」皓星社 2004 p406

秋と思出と（黒木謳子）
　◇「日本統治期台湾文学集成 18」緑蔭書房 2003 p497

秋と少女（黒木謳子）
　◇「日本統治期台湾文学集成 18」緑蔭書房 2003 p495

秋と少年（黒木謳子）
　◇「日本統治期台湾文学集成 18」緑蔭書房 2003 p493

秋成私論（石川淳）
　◇「新装版 全集現代文学の発見 11」學藝書林 2004 p478

秋に（渋沢孝輔）
　◇「創刊一〇〇年三田文学名作選」三田文学会 2010 p601

秋に與ふ（王白淵）
　◇「日本統治期台湾文学集成 18」緑蔭書房 2003 p67

秋の…（那珂太郎）
　◇「新装版 全集現代文学の発見 13」學藝書林 2004 p408

秋の一夜（島崎藤村）
　◇「明治の文学 16」筑摩書房 2002 p194

秋の犬（村野四郎）
　◇「新装版 全集現代文学の発見 13」學藝書林 2004 p240

秋の歌（金時鐘）
　◇「〈在日〉文学全集 5」勉誠出版 2006 p130

秋の歌（蓮見圭一）
　◇「短篇ベストコレクション—現代の小説 2008」徳間書店 2008 （徳間文庫） p133

秋の小川（志樹逸馬）
　◇「ハンセン病文学全集 6」皓星社 2003 p455

秋の贈物（任淳得著, 朴性圭畫）
　◇「近代朝鮮文学日本語作品集1908〜1945 セレクショ

ン 2」緑蔭書房 2008 p487

秋の思ひ出（崔承喜）
　◇「近代朝鮮文学日本語作品集1901〜1938 評論・随筆篇 2」緑蔭書房 2004 p274

秋の感傷（黒木謳子）
　◇「日本統治期台湾文学集成 18」緑蔭書房 2003 p491

秋の金剛美（崔南善）
　◇「近代朝鮮文学日本語作品集1901〜1938 評論・随筆篇 2」緑蔭書房 2004 p275

秋の石坡亭（全2回）（秦瞬星）
　◇「近代朝鮮文学日本語作品集1901〜1938 評論・随筆篇 2」緑蔭書房 2004 p177

秋のちまた（永井荷風）
　◇「ちくま日本文学 19」筑摩書房 2008 （ちくま文庫）p34

秋の鳥（塔和子）
　◇「ハンセン病文学全集 7」皓星社 2004 p182

安義橋の鬼、人を噉らう語（夢枕獏）
　◇「七つの怖い扉」新潮社 1998 p153

秋の畑（志樹逸馬）
　◇「ハンセン病文学全集 7」皓星社 2004 p321

秋の日を（朱耀翰）
　◇「近代朝鮮文学日本語作品集1908〜1945 セレクション 3」緑蔭書房 2008 p169

秋の彼岸（内田静生）
　◇「ハンセン病に咲いた花―初期文芸名作選 戦前編」皓星社 2002 （ハンセン病叢書）p70

秋の悲歓（富永太郎）
　◇「新装版 全集現代文学の発見 13」學藝書林 2004 p180

秋の日に（金東林）
　◇「近代朝鮮文学日本語作品集1939〜1945 創作篇 6」緑蔭書房 2001 p272

秋の日のヴィオロンの溜息（赤井三尋）
　◇「乱歩賞作家 黒の謎」講談社 2004 p177

秋のひまわり（角田光代）
　◇「短篇ベストコレクション―現代の小説 2003」徳間書店 2003 （徳間文庫）p491

秋の風景（かわの由貴）
　◇「ショートショートの広場 18」講談社 2006 （講談社文庫）p72

秋の水（天田式）
　◇「5分で読める！ ひと駅ストーリー 降車編」宝島社 2012 （宝島社文庫）p191

秋の夜がたり（岡本かの子）
　◇「新編・日本幻想文学集成 3」国書刊行会 2016 p421

秋の夜（王白淵）
　◇「日本統治期台湾文学集成 18」緑蔭書房 2003 p71

秋の夜の会話（草野心平）
　◇「新装版 全集現代文学の発見 13」學藝書林 2004 p143

秋の立体（北園克衛）

　◇「新装版 全集現代文学の発見 13」學藝書林 2004 p63

アキバ（亀ヶ岡重明）
　◇「てのひら怪談―ビーケーワン怪談大賞傑作選 2」ポプラ社 2007 p156
　◇「てのひら怪談―ビーケーワン怪談大賞傑作選 己丑」ポプラ社 2009 （ポプラ文庫）p154

秋葉長光―虚空に嘲るもの（本堂甲四郎）
　◇「文豪山怪奇譚―山の怪談名作選」山と渓谷社 2016 p55

アキバ忍法帖（倉田英之）
　◇「超ax領域―一年刊日本SF傑作選」東京創元社 2009 （創元SF文庫）p285

秋葉原から飛び立つ “たんぽぽの綿毛”―元メイド・遠藤菜乃のアキバ文化通信（虚淵玄）
　◇「Fiction zero／narrative zero」講談社 2007 p033

秋晴れ（上忠司）
　◇「日本統治期台湾文学集成 18」緑蔭書房 2003 p286

秋深き「水豊湖」行（城昌樹）
　◇「近代朝鮮文学日本語作品集1939〜1945 評論・随筆篇 3」緑蔭書房 2002 p165

秋ふたたび（野上彌生子）
　◇「精選女性随筆集 10」文藝春秋 2012 p151

秋、ふたり（有馬結衣）
　◇「超短編傑作選 v.6」創英社 2007 p75

秋一又は杞壺の散歩（兪鎮午著、呉泳鎭譯）
　◇「近代朝鮮文学日本語作品集1939〜1945 創作篇 1」緑蔭書房 2001 p129

秋祭り（菅浩江）
　◇「十月のカーニヴァル」光文社 2000 （カッパ・ノベルス）p183

秋萌えのラプソディー（藤水名子）
　◇「ふりむけば闇―時代小説招待席」廣済堂出版 2003 p169
　◇「ふりむけば闇―時代小説招待席」徳間書店 2007 （徳間文庫）p173

空家の少年（有馬頼義）
　◇「隣りの不安、目前の恐怖」双葉社 2016 （双葉文庫）p5

秋 闇雲A子と憂鬱刑事（麻耶雄嵩）
　◇「まほろ市の殺人―推理アンソロジー」祥伝社 2009 （Non novel）p173
　◇「まほろ市の殺人」祥伝社 2013 （祥伝社文庫）p239

「阿Q正伝」の世界性（竹内好）
　◇「戦後文学エッセイ選 4」影書房 2005 p62

あきらめ（大塚楠緒子）
　◇「「新編」日本女性文学全集 3」菁柿堂 2011 p129

諦めて、鈴木さん（春木シュンボク）
　◇「ショートショートの花束 6」講談社 2014 （講談社文庫）p236

諦めのいい子（安曇潤平）
　◇「男たちの怪談百物語」メディアファクトリー 2012 （[幽BOOKS]）p226

あきわ

秋は刺殺 夕日のさして血のはいと近うなりたるに（深水黎一郎）
　◇「ベスト本格ミステリ 2016」講談社 2016（講談社ノベルス）p235

秋は豊かなる哉（北川冬彦）
　◇「新装版 全集現代文学の発見 13」學藝書林 2004 p32

アクア・ポリス（津原泰水）
　◇「悪夢が嗤う瞬間」勁文社 1997（ケイブンシャ文庫）p202

悪因縁の怨（江見水蔭）
　◇「怪奇・伝奇時代小説選集 5」春陽堂書店 2000（春陽文庫）p213

悪運のジョー（高持鉄泰）
　◇「ショートショートの広場 11」講談社 2000（講談社文庫）p179

悪がはびこる理由（小泉秀人）
　◇「ショートショートの花束 7」講談社 2015（講談社文庫）p229

アクシデント・アイランド（安室昌代）
　◇「小学校・全員参加の楽しい学級劇・学年劇脚本集 中学年」黎明書房 2006 p162

悪事の清算（戸梶圭太）
　◇「バカミスじゃない!?―史上空前のバカミス・アンソロジー」宝島社 2007 p129
　◇「奇想天外のミステリー」宝島社 2009（宝島社文庫）p103

握手（井上ひさし）
　◇「もう一度読みたい教科書の泣ける名作 再び」学研教育出版 2014 p207

悪獣篇（泉鏡花）
　◇「怪猫鬼談」人類文化社 1999 p337

悪女昇天（南部樹未子）
　◇「赤のミステリー―女性ミステリー作家傑作選」光文社 1997 p85
　◇「女性ミステリー作家傑作選 2」光文社 1999（光文社文庫）p325

悪女の谷（長井彬）
　◇「山岳迷宮（ラビリンス）―山のミステリー傑作選」光文社 2016（光文社文庫）p235

圷（あくつ）家殺人事件（天城一）
　◇「甦る推理雑誌 5」光文社 2003（光文社文庫）p249

芥川さんに死を勧めた話（野上彌生子）
　◇「精選女性随筆集 10」文藝春秋 2012 p169

芥川賞をもらえば、人の情けに泣くでしょう≫佐藤春夫（太宰治）
　◇「日本人の手紙 10」リブリオ出版 2004 p51

芥川龍之介と志賀直哉（井上良雄）
　◇「新装版 全集現代文学の発見 1」學藝書林 2002 p582

芥川龍之介『トロッコ』を語る（吉田修一）
　◇「文豪さんへ。」メディアファクトリー 2009（MF文庫）p219

アクチュアルな女（泉大八）
　◇「新装版 全集現代文学の発見 6」學藝書林 2003

p364

悪童（抄）（逸見廣）
　◇「山形県文学全集第1期（小説編）1」郷土出版社 2004 p85

悪童短篇集（金子洋文）
　◇「新・プロレタリア文学精選集 12」ゆまに書房 2004 p109

悪について（塚本邦雄）
　◇「新装版 全集現代文学の発見 13」學藝書林 2004 p576

アグニの神（芥川龍之介）
　◇「文豪怪談傑作選 芥川龍之介集」筑摩書房 2010（ちくま文庫）p93

悪人抹殺機（山根正通）
　◇「ショートショートの広場 18」講談社 2006（講談社文庫）p176

悪の壁（北本豊春）
　◇「扉の向こうへ」全作家協会 2014（全作家短編集）p342

悪の手。（車谷長吉）
　◇「文豪てのひら怪談」ポプラ社 2009（ポプラ文庫）p14

悪の花（小野正嗣）
　◇「文学 2015」講談社 2015 p253

悪魔（芥川龍之介）
　◇「文豪怪談傑作選 芥川龍之介集」筑摩書房 2010（ちくま文庫）p305

悪魔（上木いさむ）
　◇「ショートショートの広場 12」講談社 2001（講談社文庫）p91

悪魔（岡田睦）
　◇「とっておき名短篇」筑摩書房 2011（ちくま文庫）p279

悪魔（小川未明）
　◇「文豪怪談傑作選 小川未明集」筑摩書房 2008（ちくま文庫）p287

悪魔（谷崎潤一郎）
　◇「明治の文学 25」筑摩書房 2001 p362

悪魔占い（ひかるこ）
　◇「超短編の世界」創英社 2008 p30

悪魔祈禱書（夢野久作）
　◇「書物愛 日本篇」晶文社 2005 p11
　◇「書物愛 日本篇」東京創元社 2014（創元ライブラリ）p7

悪魔くん（抄）（水木しげる）
　◇「もの食う話」文藝春秋 2015（文春文庫）p250

悪魔的暗示（Наваждение）（高野史緒）
　◇「デッド・オア・アライヴ―江戸川乱歩賞作家アンソロジー」講談社 2013 p123
　◇「デッド・オア・アライヴ」講談社 2014（講談社文庫）p133

悪魔的なもの（三島由紀夫）
　◇「ちくま日本文学 10」筑摩書房 2008（ちくま文庫）p410

悪魔の開幕（手塚治虫）
　◇「あしたは戦争」筑摩書房 2016（ちくま文庫）

p105

悪魔の教室 (友成純一)
◇「平成都市伝説」中央公論新社 2004 (C NOVELS) p173

悪魔の護符 (高木彬光)
◇「甦る推理雑誌 3」光文社 2002 (光文社文庫) p91

悪魔の舌 (村山槐多)
◇「怪奇探偵小説集 1」角川春樹事務所 1998 (ハルキ文庫) p9
◇「人肉嗜食」筑摩書房 2001 (ちくま文庫) p7
◇「魔の怪」勉誠出版 2002 (べんせいライブラリー) p55
◇「日本怪奇小説傑作集 1」東京創元社 2005 (創元推理文庫) p93
◇「たんときれいに召し上がれ—美食文学精選」芸術新聞社 2015 p219
◇「冒険の森へ—傑作小説大全 5」集英社 2015 p32

悪魔の辞典 (山田正紀)
◇「短篇ベストコレクション—現代の小説 2006」徳間書店 2006 (徳間文庫) p313
◇「不思議の足跡」光文社 2007 (Kappa novels) p371
◇「不思議の足跡」光文社 2011 (光文社文庫) p505

悪魔の背中 (浅暮三文)
◇「午前零時」新潮社 2007 p187
◇「午前零時—F.S.昨日の私へ」新潮社 2009 (新潮文庫) p217

悪魔の創造 (澁澤龍彦)
◇「人形」国書刊行会 1997 (書物の王国) p211

悪魔の弟子 (浜尾四郎)
◇「魔の怪」勉誠出版 2002 (べんせいライブラリー) p1

悪魔のトリル (高橋克彦)
◇「江戸川乱歩に愛をこめて」光文社 2011 (光文社文庫) p141

悪魔のものさし (島田功)
◇「成城・学校劇脚本集」成城学園初等学校出版部 2002 (成城学園初等学校研究双書) p54

悪魔の憂鬱 (牛耳東風)
◇「ショートショートの花束 7」講談社 2015 (講談社文庫) p182

悪魔黙示録 (赤沼三郎)
◇「悪魔黙示録『新青年』一九三八—探偵小説暗黒の時代へ」光文社 2011 (光文社文庫) p95

「悪魔黙示録」について (大下宇陀児)
◇「悪魔黙示録『新青年』一九三八—探偵小説暗黒の時代へ」光文社 2011 (光文社文庫) p92

悪夢 (金時鐘)
◇「〈在日〉文学全集 5」勉誠出版 2006 p99

悪夢 (中村地平)
◇「「日本浪曼派」集」新学社 2007 (新学社近代浪漫派文庫) p189

悪夢 (崔東一)
◇「近代朝鮮文学日本語作品集1901~1938 創作篇 4」緑蔭書房 2004 p433

悪夢—或いは「閉鎖されたレストランの話」 (西村賢太)
◇「極上掌篇小説」角川書店 2006 p179
◇「ひと粒の宇宙」角川書店 2009 (角川文庫) p177

悪夢がおわった (田中小実昌)
◇「妖異百物語 2」出版芸術社 1997 (ふしぎ文学館) p229

悪夢クラブ (明科耕一郎)
◇「ショートショートの広場 12」講談社 2001 (講談社文庫) p163

悪夢志願 (花輪莞爾)
◇「夢」国書刊行会 1998 (書物の王国) p202

悪夢の果て (赤川次郎)
◇「コレクション戦争と文学 5」集英社 2011 p573

悪夢まがいのイリュージョン (宇田俊吾, 春永保)
◇「新・本格推理 03」光文社 2003 (光文社文庫) p101

悪友 (三崎曜)
◇「ショートショートの広場 15」講談社 2004 (講談社文庫) p66

牛店雑談 安愚楽鍋 (仮名垣魯文)
◇「明治の文学 1」筑摩書房 2002 p267

悪霊 (渋谷良一)
◇「ショートショートの広場 19」講談社 2007 (講談社文庫) p188

悪霊憑き (綾辻行人)
◇「川に死体のある風景」東京創元社 2010 (創元推理文庫) p239

悪霊憑き—深蔵川 (綾辻行人)
◇「川に死体のある風景」東京創元社 2006 (Crime club) p211

悪霊とその他の観察 (寺山修司)
◇「新装版 全集現代文学の発見 15」學藝書林 2005 p502

悪霊の家 (神狛しず)
◇「怪しき我が家—一家の怪談競作集」メディアファクトリー 2011 (MF文庫) p129

あくる朝 (朱耀翰)
◇「近代朝鮮文学日本語作品集1908~1945 セレクション 4」緑蔭書房 2008 p45

あくる朝の蟬 (井上ひさし)
◇「山形県文学全集第1期 (小説編) 4」郷土出版社 2004 p298
◇「人恋しい雨の夜に—せつない小説アンソロジー」光文社 2006 (光文社文庫) p91

明くる日 (河野多惠子)
◇「戦後短篇小説再発見 2」講談社 2001 (講談社文芸文庫) p79

アクロバット (斎藤肇)
◇「世紀末サーカス」廣済堂出版 2000 (廣済堂文庫) p307

阿兄性伝 (大城立裕)
◇「ことばのたくらみ—実作集」岩波書店 2003 (21世紀文学の創造) p307

あけか

あけがたにくる人よ(永瀬清子)
　◇「ファイン／キュート素敵かわいい作品選」筑摩
　書房 2015（ちくま文庫）p164
明け方に見た夢(樋口真琴)
　◇「てのひら怪談─ビーケーワン怪談大賞傑作選」
　ポプラ社 2007 p40
明け方に見た夢(樋口真琴)
　◇「てのひら怪談─ビーケーワン怪談大賞傑作選」
　ポプラ社 2008（ポプラ文庫）p38
明けくれ(上忠司)
　◇「日本統治期台湾文学集成 18」緑蔭書房 2003
　p231
　◇「日本統治期台湾文学集成 18」緑蔭書房 2003
　p250
あけずの間(喜多村緑郎)
　◇「文豪怪談傑作選 特別編」筑摩書房 2008（ちく
　ま文庫）p216
あけずのくらの(輪渡颯介)
　◇「妙ちきりん─「読楽」時代小説アンソロジー」徳
　間書店 2016（徳間文庫）p157
揚げソーセージの食べ方(大江健三郎)
　◇「戦後短篇小説選─『世界』1946–1999 5」岩波書
　店 2000 p167
明智光秀の母(新田次郎)
　◇「おんなの戦」角川書店 2010（角川文庫）p121
明智光秀の眼鏡(篠田達明)
　◇「士魂の光芒─時代小説最前線」新潮社 1997（新
　潮文庫）p35
開けてはならない(新津きよみ)
　◇「ひとにぎりの異形」光文社 2007（光文社文庫）
　p131
開けてはならない。(逢上央士)
　◇「5分で読める！ ひと駅ストーリー 旅の話」宝島
　社 2015（宝島社文庫）p167
あげは蝶(江國香織)
　◇「夏休み」KADOKAWA 2014（角川文庫）p7
揚羽蝶の島(間瀬純子)
　◇「短篇ベストコレクション─現代の小説 2012」徳
　間書店 2012（徳間文庫）p503
あけぼの(朱耀翰)
　◇「近代朝鮮文学日本語作品集1908〜1945 セレクショ
　ン 4」緑蔭書房 2008 p64
曙(吉田一穂)
　◇「新装版 全集現代文学の発見 13」學藝書林 2004
　p156
「選挙粛正」教化劇脚本（六篇の中その一）明け行く庄─
三幕(坂井大梧)
　◇「日本統治期台湾文学集成 14」緑蔭書房 2003
　p149
開けるな(若竹七海)
　◇「危険な関係─女流ミステリー傑作選」角川春樹
　事務所 2002（ハルキ文庫）p43
赤穂城最後の日(木村毅)
　◇「忠臣蔵コレクション 1」河出書房新社 1998
　（河出文庫）p83
捜査秘話 阿緻のばらばら事件(野田牧泉)

　◇「日本統治期台湾文学集成 9」緑蔭書房 2002
　p181
赤穂飛脚(山田風太郎)
　◇「江戸の漫遊力─時代小説傑作選」集英社 2008
　（集英社文庫）p309
赤穂浪士(尾崎士郎)
　◇「定本・忠臣蔵四十七人集」双葉社 1998 p422
あこがれ(阿部昭)
　◇「教科書名短篇 少年時代」中央公論新社 2016
　（中公文庫）p185
憧れの白い砂浜(友井羊)
　◇「5分で読める！ ひと駅ストーリー 夏の記憶西口
　編」宝島社 2013（宝島社文庫）p201
憧れの街、夢の都(篠田真由美)
　◇「幻想探偵」光文社 2009（光文社文庫）p325
阿漕な生業(阿刀田高)
　◇「マイ・ベスト・ミステリー 1」文藝春秋 2007
　（文春文庫）p66
吾子に免許皆伝(岩田宏)
　◇「日本文学全集 29」河出書房新社 2016 p67
吾子の肖像(今邑彩)
　◇「どたん場で大逆転」講談社 1999（講談社文庫）
　p207
あさ(金太中)
　◇「〈在日〉文学全集 18」勉誠出版 2006 p94
朝(芦田晋作)
　◇「超短編傑作選 v.6」創英社 2007 p72
朝(金素雲)
　◇「近代朝鮮文学日本語作品集1908〜1945 セレクショ
　ン 6」緑蔭書房 2008 p62
朝(志樹逸馬)
　◇「ハンセン病文学全集 6」皓星社 2003 p458
朝(朱耀翰)
　◇「近代朝鮮文学日本語作品集1908〜1945 セレクショ
　ン 4」緑蔭書房 2008 p46
朝(香山光郎)
　◇「近代朝鮮文学日本語作品集1939〜1945 創作篇 6」
　緑蔭書房 2001 p26
朝明け(谺雄二)
　◇「ハンセン病文学全集 7」皓星社 2004 p23
朝右衛門の刀箪笥─和泉守兼定(好村兼一)
　◇「名刀伝」角川春樹事務所 2015（ハルキ文庫）
　p231
あさがお(山村暮鳥)
　◇「もの食う話」文藝春秋 2015（文春文庫）p192
朝顔(伊集院静)
　◇「日本文学100年の名作 10」新潮社 2015（新潮
　文庫）p135
朝顔(久保田万太郎)
　◇「創刊一〇〇年三田文学名作選」三田文学会 2010
　p29
　◇「三田文学短篇選」講談社 2010（講談社文芸文
　庫）p17
朝顔(宗秋月)
　◇「〈在日〉文学全集 18」勉誠出版 2006 p46

朝顔（三島由紀夫）
◇「文豪怪談傑作選」筑摩書房 2007（ちくま文庫）p9

朝兒（あさがほ）（正岡子規）
◇「新日本古典文学大系 明治編 27」岩波書店 2003 p46

朝顔の音（玄侑宗久）
◇「文学 2002」講談社 2002 p313

朝顔の花（巌谷小波）
◇「近代朝鮮文学日本語作品集1908～1945 セレクション 4」緑蔭書房 2008 p323

朝貌の花に寄せて学童を奨励す（小川鍵次郎）
◇「新日本古典文学大系 明治編 12」岩波書店 2001 p24

浅黄鹿の子（柴田つる）
◇「文豪怪談傑作選 特別編」筑摩書房 2007（ちくま文庫）p242

あさきゆめみし（宇江佐真理）
◇「浮き世草紙―女流時代小説傑作選」角川春樹事務所 2002（ハルキ文庫）p47

あさき夢みし―神崎与五郎（海音寺潮五郎）
◇「我、事を遂げんとす―忠臣蔵傑作選」徳間書店 1998（徳間文庫）p149

朝霧（北村薫）
◇「ザ・ベストミステリーズ―推理小説年鑑 1998」講談社 1998 p317
◇「完全犯罪証明書」講談社 2001（講談社文庫）p167

朝霧（崎村裕）
◇「全作家短編小説集 8」全作家協会 2009 p116

朝霧（永井龍男）
◇「日本文学100年の名作 4」新潮社 2014（新潮文庫）p231

朝霧に消えた男―八州さま異聞（笹沢左保）
◇「血しぶき街道」光風社出版 1998（光風社文庫）p229

浅草エノケン一座の嵐（長坂秀佳）
◇「江戸川乱歩賞全集 17」講談社 2004（講談社文庫）p431

浅草の家（南條竹則）
◇「怪しき我が家―家の怪談競作集」メディアファクトリー 2011（MF文庫）p205

浅草の犬（角田喜久雄）
◇「幻の探偵雑誌 10」光文社 2002（光文社文庫）p105

浅草蚤の市（武田百合子）
◇「精選女性随筆集 5」文藝春秋 2012 p206

浅草橋（服部撫松）
◇「新日本古典文学大系 明治編 1」岩波書店 2004 p220

浅草娘（沢村貞子）
◇「精選女性随筆集 12」文藝春秋 2012 p124

浅草霊歌（田中文雄）
◇「獣人」光文社 2003（光文社文庫）p313

朝雲（川端康成）

◇「同性愛」国書刊行会 1999（書物の王国）p140

朝ごとに（葉山嘉世）
◇「現代作家代表作選集 7」鼎書房 2014 p85

創作 朝子の死（韓再熙）
◇「近代朝鮮文学日本語作品集1901～1938 創作篇 1」緑蔭書房 2004 p207

朝御飯（林芙美子）
◇「文人御馳走帖」新潮社 2014（新潮文庫）p294

浅茅生（泉鏡花）
◇「文豪怪談傑作選 泉鏡花集」筑摩書房 2006（ちくま文庫）p23

浅瀬の波（広津柳浪）
◇「新日本古典文学大系 明治編 21」岩波書店 2005 p265

朝大尽夕書生（正岡子規）
◇「新日本古典文学大系 明治編 27」岩波書店 2003 p138

朝露の如し（田中みち子）
◇「日本統治期台湾文学集成 22」緑蔭書房 2007 p271

朝、電話が鳴る（安西均）
◇「新装版 全集現代文学の発見 13」學藝書林 2004 p380

納涼随筆 朝ともなれば（金龍済）
◇「近代朝鮮文学日本語作品集1908～1945 セレクション 3」緑蔭書房 2008 p417

朝に就ての童話的構図（宮沢賢治）
◇「きのこ文学名作選」港の人 2010 p295

朝の雨（内田百閒）
◇「新装版 全集現代文学の発見 6」學藝書林 2003 p8

痣のある女（海野十三）
◇「風川光枝探偵日記」論創社 2007（論創ミステリ叢書）p147

朝の歌（中原中也）
◇「新装版 全集現代文学の発見 13」學藝書林 2004 p8

朝のうちにやるいくつかのこと（夜宵）
◇「人は死んだら電柱になる―電柱アンソロジー」遠すぎる未来団 2014 p59

朝の賭け（渡辺秀明）
◇「ショートショートの広場 17」講談社 2005（講談社文庫）p46

朝の悲しみ（清岡卓行）
◇「妻を失う―離別作品集」講談社 2014（講談社文芸文庫）p97

朝の記憶（Comes in a Box）
◇「短篇集」ヴィレッジブックス 2010 p96

浅野家贋首物語（柴田錬三郎）
◇「我、本懐を遂げんとす―忠臣蔵傑作選」徳間書店 1998（徳間文庫）p303

浅野内匠頭の妻・阿久里（吉見周子）
◇「物語妻たちの忠臣蔵」新人物往来社 1998 p201

朝の風景（@oboroose）
◇「3.11心に残る140字の物語」学研パブリッシング

あさの

2011 p50

朝の漫歩に（上忠司）
◇「日本統治期台湾文学集成 18」緑蔭書房 2003
p295

朝のミネストローネ（友井羊）
◇「5分で読める！ ひと駅ストーリー 食の話」宝島
社 2015（宝島社文庫）p359

朝の野菜直売所（栗田すみ子）
◇「「伊豆文学賞」優秀作品集 第18回」羽衣出版
2015 p184

朝の予兆（飛雄）
◇「てのひら怪談―ビーケーワン怪談大賞傑作選 庚
寅」ポプラ社 2010（ポプラ文庫）p10

朝のリレー（谷川俊太郎）
◇「二時間目国語」宝島社 2008（宝島社文庫）p10

朝飯（あさはん）（島崎藤村）
◇「明治の文学 16」筑摩書房 2002 p110

句集 朝日子（原田一身）
◇「ハンセン病文学全集 9」皓星社 2010 p187

旭将軍木曽義仲の生涯（石原裕次）
◇「全作家短編小説集 8」全作家協会 2009 p140

朝日のあたる家 〔ラザロ―LAZARUS〕（井土
紀州、西村武訓、吉岡文平）
◇「年鑑代表シナリオ集 '07」シナリオ作家協会
2009 p207

アザビの記録（徐起鴻）
◇「近代朝鮮文学日本語作品集1901〜1938 創作篇 5」
緑蔭書房 2004 p239

朝日連峰（高橋光義）
◇「山形県文学全集第2期（随筆・紀行編）5」郷土出版
社 2005 p122

朝―ファンティジストの朝方の夢（黒木謳子）
◇「日本統治期台湾文学集成 18」緑蔭書房 2003
p487

麻布一ノ橋の無念―清河八郎（今川徳三）
◇「幕末テロリスト列伝」講談社 2004（講談社文
庫）p223

麻布 善福寺（折口信夫）
◇「ちくま日本文学 25」筑摩書房 2008（ちくま文
庫）p32

麻布狸穴の婚礼（神田伯龍）
◇「魍魎魍魎列島」小学館 2005（小学館文庫）
p341

浅間追分け（川口松太郎）
◇「信州歴史時代小説傑作集 4」しなのき書房 2007
p197

浅ましの姿（北田薄氷）
◇「「新編」日本女性文学全集 2」菁柿堂 2008 p358

浅間草春（神保光太郎）
◇「「日本浪曼派」集」新学社 2007（新学社近代浪
漫派文庫）p57

浅間大変（立松和平）
◇「信州歴史時代小説傑作集 4」しなのき書房 2007
p5

浅間山からの手紙―父露伴のこと（幸田文）

◇「ちくま日本文学 5」筑摩書房 2007（ちくま文
庫）p211

薊と洋燈（皆川博子）
◇「短篇ベストコレクション―現代の小説 2011」徳
間書店 2011（徳間文庫）p383

朝未来（笳雄二）
◇「ハンセン病文学全集 7」皓星社 2004 p283

欺かざるの記（抄）（国木田独歩）
◇「新日本古典文学大系 明治編 28」岩波書店 2006
p61

アサマラール―バリに死す（友成純一）
◇「NOVA―書き下ろし日本SFコレクション 5」河
出書房新社 2011（河出文庫）p207

鮮やかなあの色を（菅浩江）
◇「ミステリア―女性作家アンソロジー」祥伝社
2003（祥伝社文庫）p301

あざやかなひとびと（深田祐介）
◇「経済小説名作選」筑摩書房 2014（ちくま文庫）
p189

朝焼け（香山末子）
◇「ハンセン病文学全集 7」皓星社 2004 p297

朝焼けは血の色（勝目梓）
◇「闘人烈伝―格闘小説・漫画アンソロジー」双葉
社 2000 p559

朝山 抄（大正八年）（折口信夫）
◇「ちくま日本文学 25」筑摩書房 2008（ちくま文
庫）p15

朝湯（香山末子）
◇「ハンセン病文学全集 7」皓星社 2004 p298

海豹（八木義徳）
◇「早稲田作家処女作集」講談社 2012（講談社文芸
文庫）p268

海豹亭の客（浅黄斑）
◇「金曜の夜は、ラブ・ミステリー」三笠書房 2000
（王様文庫）p223

葦（登史草兵）
◇「怪奇探偵小説集 2」角川春樹事務所 1998（ハ
ルキ文庫）p239

足（小池真理子）
◇「冒険の森へ―傑作小説大全 17」集英社 2015
p75

足（高橋治）
◇「銀座24の物語」文藝春秋 2001 p151

蘆（金炳昊）
◇「近代朝鮮文学日本語作品集1908〜1945 セレクショ
ン 4」緑蔭書房 2008 p137

"亞細亞詩集"（上）総督賞に決定するまで（辛
島驍）
◇「近代朝鮮文学日本語作品集1939〜1945 評論・随筆
篇 1」緑蔭書房 2002 p411

"亞細亞詩集"（下）総督賞に決定するまで（兪
鎮午）
◇「近代朝鮮文学日本語作品集1939〜1945 評論・随筆
篇 1」緑蔭書房 2002 p411

足あと（藤本とし）

◇「ハンセン病文学全集 4」皓星社 2003 p670

足跡（伊藤武）
　◇「ハンセン病文学全集 4」皓星社 2003 p398

足跡（菊池和子）
　◇「ゆきのまち幻想文学賞小品集 20」企画集団ぷりずむ 2011 p122

足迹（あしあと）（徳田秋声）
　◇「明治の文学 3」筑摩書房 2002 p123

足あとのなぞ（星新一）
　◇「山口雅也の本格ミステリ・アンソロジー」角川書店 2007（角川文庫）p91

連載小説 亜細亜の土（福田昌夫）
　◇「日本統治期台湾文学集成 22」緑蔭書房 2007 p199

蹠の衝動（水上呂理）
　◇「戦前探偵小説四人集」論創社 2011（論創ミステリ叢書）p87

アシェンデンの流儀（井上雅彦）
　◇「喜劇綺劇」光文社 2009（光文社文庫）p285

足を洗う（森田浩平）
　◇「ショートショートの花束 6」講談社 2014（講談社文庫）p170

あしおと（幸田文）
　◇「精選女性随筆集 1」文藝春秋 2012 p24

足音（香山末子）
　◇「ハンセン病文学全集 7」皓星社 2004 p310

足音（永井路子）
　◇「江戸恋い明け烏」光風社出版 1999（光風社文庫）p121

足音（連城三紀彦）
　◇「奇妙な恋の物語」光文社 1998（光文社文庫）p73

跫音（水野葉舟）
　◇「文豪怪談傑作選 明治編」筑摩書房 2011（ちくま文庫）p179

跫音（宮寺清一）
　◇「時代の波音―民主文学短編小説集1995年～2004」日本民主主義文学会 2005 p134

跫音（山田風太郎）
　◇「異界への入口」リブリオ出版 2001（怪奇・ホラーワールド）p149

足音が聞えてきた（白石一郎）
　◇「大江戸犯科帖―時代推理小説名作選」双葉社 2003（双葉文庫）p67

アシカ（丸山薫）
　◇「新装版 全集現代文学の発見 13」學藝書林 2004 p114

足利尊氏（村上元三）
　◇「人物日本の歴史―時代小説版 古代中世編」小学館 2004（小学館文庫）p231

アシガヤの故郷（藤田勇次郎）
　◇「ゆきのまち幻想文学賞・小品集 14」企画集団ぷりずむ 2005 p118

足から（清本一磨）
　◇「ショートショートの花束 6」講談社 2014（講

談社文庫）p203

芦刈（江戸次郎）
　◇「遠き雷鳴」桃園書房 2001（桃園文庫）p281

蘆刈（谷崎潤一郎）
　◇「新装版 全集現代文学の発見 16」學藝書林 2005 p8
　◇「京都府文学全集第1期（小説編）2」郷土出版社 2005 p55
　◇「日本文学全集 15」河出書房新社 2016 p370

足軽の先祖（サトウハチロー）
　◇「『少年倶楽部』短篇選」講談社 2013（講談社文芸文庫）p156

足切り女（綾倉エリ）
　◇「てのひら怪談―ビーケーワン怪談大賞傑作選」ポプラ社 2007 p100
　◇「てのひら怪談―ビーケーワン怪談大賞傑作選」ポプラ社 2008（ポプラ文庫）p104

足首に蛇が（森真沙子）
　◇「文藝百物語」ぶんか社 1997 p193

アジサイ（椋鳩十）
　◇「もう一度読みたい教科書の泣ける名作」学研教育出版 2013 p137

紫陽花（宇江佐真理）
　◇「吉原花魁」角川書店 2009（角川文庫）p67

紫陽花（清崎敏郎）
　◇「創刊一〇〇年三田文学名作選」三田文学会 2010 p475

紫陽花（佐藤真由美）
　◇「恋時雨―恋はときどき泪が出る」メディアファクトリー 2009（[ダ・ヴィンチブックス]）p133

紫陽花（高杉美智子）
　◇「ハンセン病文学全集 4」皓星社 2003 p465

紫陽花（久田樹生）
　◇「恐怖箱 遺伝記」竹書房 2008（竹書房文庫）p28

あじさいを（藤村）
　◇「てのひら怪談―ビーケーワン怪談大賞傑作選 壬辰」ポプラ社 2012（ポプラ文庫）p220

紫陽花の（ねこや堂）
　◇「怪集 蠱毒―創作怪談発掘大会傑作選」竹書房 2009（竹書房文庫）p44

紫陽花の眩き（鈴木夜行）
　◇「本格推理 10」光文社 1997（光文社文庫）p151

紫陽花物語（砂能七行）
　◇「本格推理 13」光文社 1998（光文社文庫）p223

あじさい山（有井聡）
　◇「てのひら怪談―ビーケーワン怪談大賞傑作選 庚寅」ポプラ社 2010（ポプラ文庫）p18

足塚不二雄『UTOPIA最後の世界大戦』（鶴書房）（三上延）
　◇「ザ・ベストミステリーズ―推理小説年鑑 2012」講談社 2012 p223
　◇「Question謎解きの最高峰」講談社 2015（講談社文庫）p5

足相撲（嘉村礒多）
　◇「読んでおきたい近代日本小説選」龍書房 2012

あした

p213

あした（新井素子）
◇「日本SF・名作集成 6」リブリオ出版 2005 p7

明日（あした）… → "あす…"をも見よ

明日元気になあれ（@ideimachi）
◇「3.11心に残る140字の物語」学研パブリッシング 2011 p22

明日の新聞（阿刀田高）
◇「最新「珠玉推理」大全 中」光文社 1998（カッパ・ノベルス）p7
◇「怪しい舞踏会」光文社 2002（光文社文庫）p7

あしたの大魔王（神坂一）
◇「小説創るぜ！─突撃アンソロジー」富士見書房 2004（富士見ファンタジア文庫）p217

あしたの露（管野須賀子）
◇「「新編」日本女性文学全集 2」菁柿堂 2008 p426

あしたの夕刊（吉行淳之介）
◇「名短篇、ここにあり」筑摩書房 2008（ちくま文庫）p173

明日の行方（小豆沢優）
◇「全作家短編集 15」のべる出版企画 2016 p217

明日の行方は、猫まかせ（妹尾津多子）
◇「かわさきの文学─かわさき文学賞50年記念作品集 2009年」審美社 2009 p41

あしたまた昼寝するね（川上未映子）
◇「文学 2015」講談社 2015 p63

あした、まってるからね（布勢博一）
◇「読んで演じたくなるゲキの本 小学生版」幻冬舎 2006 p41

明日も笑顔で（@chihoyoshino）
◇「3.11心に残る140字の物語」学研パブリッシング 2011 p122

あしたもおいで、サミュエル・パーキンス（新熊昇）
◇「リトル・リトル・クトゥルー─史上最小の神話小説集」学習研究社 2009 p194

あしたもともだち（内田麟太郎）
◇「朗読劇台本集 4」玉川大学出版部 2002 p157

明日はきっと幸せ（立松和平）
◇「空を飛ぶ恋─ケータイがつなぐ28の物語」新潮社 2006（新潮文庫）p88

味ネコ（楠野一郎）
◇「超短編の世界 vol.2」創英社 2009 p20

足の裏（夏樹静子）
◇「謀」文藝春秋 2003（推理作家になりたくて マイベストミステリー）p118
◇「マイ・ベスト・ミステリー 4」文藝春秋 2007（文春文庫）p182

足の裏（富士正晴）
◇「戦後短篇小説再発見 17」講談社 2003（講談社文芸文庫）p105

足の裏の世界（五十嵐彪太）
◇「超短編の世界 vol.2」創英社 2009 p58

あしの功名（戸部新十郎）
◇「武士道切絵図─新鷹会・傑作時代小説選」光文

社 2010（光文社文庫）p155

足のしびれぬ法（正岡子規）
◇「新日本古典文学大系 明治編 27」岩波書店 2003 p340

葦の地方（小野十三郎）
◇「新装版 全集現代文学の発見 13」學藝書林 2004 p232

葦の地方（五）（小野十三郎）
◇「新装版 全集現代文学の発見 13」學藝書林 2004 p237

葦のなかの犯罪（宮原龍雄）
◇「甦る推理雑誌 8」光文社 2003（光文社文庫）p161

葦の原（金子みづほ）
◇「怪しき我が家─一家の怪談競作集」メディアファクトリー 2011（MF文庫）p173

馬酔木（安西篤子）
◇「代表作時代小説 平成9年度」光風社出版 1997 p111

葦笛にのせて─訳詩風の断章（光岡良二）
◇「ハンセン病文学全集 7」皓星社 2004 p202

あしみ─山の精たちは語った（黒田史郎）
◇「中学校劇作シリーズ 7」青雲書房 2002 p145

足下に寝ている電話の向こう（黒次郎）
◇「てのひら怪談─ビーケーワン怪談大賞傑作選 壬辰」ポプラ社 2012（ポプラ文庫）p18

足許の霜（澤田ふじ子）
◇「人情の往来─時代小説最前線」新潮社 1997（新潮文庫）p359

芦屋のころ（須賀敦子）
◇「精選女性随筆集 9」文藝春秋 2012 p212

啞者の三龍【小説】（羅稻香著、李壽昌譯）
◇「近代朝鮮文学日本語作品集1901～1938 創作篇 2」緑蔭書房 2004 p325

あじゃり（室生犀星）
◇「文豪怪談傑作選 室生犀星集」筑摩書房 2008（ちくま文庫）p221

足指が似て居る（金東仁）
◇「近代朝鮮文学日本語作品集1908～1945 セレクション 2」緑蔭書房 2008 p289

阿修羅王（浅井美英子）
◇「新装版 全集現代文学の発見 別巻」學藝書林 2005 p348

アジール（盛田隆二）
◇「街の物語」角川書店 2001（New History）p151

明日（あす）… → "あした…"をも見よ

明日（小野十三郎）
◇「新装版 全集現代文学の発見 13」學藝書林 2004 p229

明日（金時鐘）
◇「〈在日〉文学全集 5」勉誠出版 2006 p23

明日（黒田三郎）
◇「新装版 全集現代文学の発見 15」學藝書林 2005 p475

明日（魯迅）

あせみ

◇「生の深みを覗く―ポケットアンソロジー」岩波書店 2010〔岩波文庫別冊〕p327

アスアサ八ジ コウベ ニツク。船上≫和辻哲郎（和辻照）
◇「日本人の手紙 7」リブリオ出版 2004 p224

アスアサ八ジ コウベ ニツク。船上≫和辻照（和辻哲郎）
◇「日本人の手紙 7」リブリオ出版 2004 p224

蛙吹泉（森福都）
◇「異色中国短篇傑作大全」講談社 1997 p387

明日へ（古川時夫）
◇「ハンセン病文学全集 7」皓星社 2004 p353

明日を期する者（王育霖）
◇「日本統治期台湾文学集成 5」緑蔭書房 2002 p237

明日を笑え（小路幸也）
◇「短篇ベストコレクション―現代の小説 2009」徳間書店 2009〔徳間文庫〕p207

あすか（甲山羊二）
◇「全作家短編小説集 9」全作家協会 2010 p17

飛鳥（平戸廉吉）
◇「新装版 全集現代文学の発見 1」學藝書林 2002 p236

飛鳥の村（折口信夫）
◇「ちくま日本文学 25」筑摩書房 2008（ちくま文庫）p82

飛鳥夕映え―蘇我入鹿（柴田侑宏）
◇「宝塚歌劇柴田侑宏脚本選 5」阪急コミュニケーションズ 2006 p131

預り物顛末記（石川友也）
◇「全作家短編集 15」のべる出版企画 2016 p284

あずかりやさん（大山淳子）
◇「明日町こんぺいとう商店街―招きうさぎと七軒の物語」ポプラ社 2013（ポプラ文庫）p47

小豆洗い（籠陽寺旻）
◇「モノノケ大合戦」小学館 2005（小学館文庫）p265

小豆洗い―巷説百物語（京極夏彦）
◇「御伽草子―ホラー・アンソロジー」PHP研究所 2001（PHP文庫）p119

あずき団子（三沢充男）
◇「脈動―同人誌作家作品選」ファーストワン 2013 p7

小豆磨ぎ橋（小泉八雲）
◇「文豪てのひら怪談」ポプラ社 2009（ポプラ文庫）p56
◇「松江怪談―新作怪談 松江物語」今井印刷 2015 p24

あずさ3号殺人事件（西村京太郎）
◇「全席死定―鉄道ミステリー名作館」徳間書店 2004（徳間文庫）p267

あずさ弓（新宮正春）
◇「歴史の息吹」新潮社 1997 p245

あづさ弓（加門七海）
◇「しぐれ舟―時代小説招待席」廣済堂出版 2003 p179
◇「しぐれ舟―時代小説招待席」徳間書店 2008（徳間文庫）p189

アズ・タイム・ゴーズ・バイ（早見裕司）
◇「黄昏ホテル」小学館 2004 p31

アスタリスク（安部雅浩）
◇「高校演劇Selection 2003 下」晩成書房 2003 p113

安土往還記（辻邦生）
◇「日本文学全集 19」河出書房新社 2016 p135

アステロイド・ツリーの彼方へ（上田早夕里）
◇「SF宝石―すべて新作読み切り！ 2015」光文社 2015 p7
◇「アステロイド・ツリーの彼方へ」東京創元社 2016（創元SF文庫）p475

明日の情緒への尺度『朝鮮口伝民謡集』の上梓に先立って（金素雲）
◇「近代朝鮮文学日本語作品集1908～1945 セレクション 5」緑蔭書房 2008 p321

明日の湯（秋山浩司）
◇「明日町こんぺいとう商店街―招きうさぎと七軒の物語 3」ポプラ社 2016（ポプラ文庫）p143

明日のゆくえ（遠谷湊）
◇「幻想水滸伝短編集 2」メディアワークス 2001（電撃文庫）p235

アス・ホール（藤沢周）
◇「文学 1997」講談社 1997 p59

【あずまおとこにきょうおんな】―『ことわざ悪魔の辞典』より（別役実）
◇「超短編アンソロジー」筑摩書房 2002（ちくま文庫）p186

東おんなに京おんな（ひょうた）
◇「優秀新人戯曲集 2005」ブロンズ新社 2004 p195

吾妻の白ザル（大津高）
◇「山形県文学全集第2期〔随筆・紀行編〕5」郷土出版社 2005 p284

明日、見た夢（新津きよみ）
◇「夢魔」光文社 2001（光文社文庫）p65

明日はまた来る（@wacpre）
◇「3.11心に残る140字の物語」学研パブリッシング 2011 p51

汗（岡本かの子）
◇「新編・日本幻想文学集成 3」国書刊行会 2016 p389

あせた乳房（金時鐘）
◇「〈在日〉文学全集 5」勉誠出版 2006 p84

あぜ道（倉持れい子）
◇「伊豆文学賞 優秀作品集 第18回」羽衣出版 2015 p101

畦道（永井荷風）
◇「文豪たちが書いた耽美小説短編集」彩図社 2015 p73

畦道（軍報道部提供）（呂赫若）
◇「日本統治期台湾文学集成 23」緑蔭書房 2007 p407

あそう

薊野の狸（田岡典夫）
◇「彩四季・江戸慕情」光文社 2012 （光文社文庫）p135

麻生久先生足下（金基鎮）
◇「近代朝鮮文学日本語作品集1939〜1945 評論・随筆篇 3」緑蔭書房 2002 p104

阿蘇幻死行（西村京太郎）
◇「M列車（ミステリートレイン）で行こう」光文社 2001 （カッパ・ノベルス）p267

阿蘇で死んだ刑事（西村京太郎）
◇「悲劇の臨時列車—鉄道ミステリー傑作選」光文社 1998 （光文社文庫）p317

阿蘇の火祭り（中沢巠夫）
◇「『少年倶楽部』短篇選」講談社 2013 （講談社文芸文庫）p324

あその麓に（芝精）
◇「ハンセン病文学全集 8」皓星社 2006 p394

遊ばれてこそ玩具（澁澤龍彥）
◇「ちくま日本文学 18」筑摩書房 2008 （ちくま文庫）p214

遊び（斜斤）
◇「てのひら怪談—ビーケーワン怪談大賞傑作選 庚寅」ポプラ社 2010 （ポプラ文庫）p94

遊びとメタモルフォーズ（澁澤龍彥）
◇「ちくま日本文学 18」筑摩書房 2008 （ちくま文庫）p221

遊びの時間は終らない（都井邦彦）
◇「謎のギャラリー特別室 1」マガジンハウス 1998 p7
◇「謎のギャラリー—謎の部屋」新潮社 2002 （新潮文庫）p67
◇「謎の部屋」筑摩書房 2012 （ちくま文庫）p67

遊のビックリハウス（江坂遊）
◇「黒い遊園地」光文社 2004 （光文社文庫）p119

遊ぶ糸—あるかなきかの（錦三郎）
◇「山形民文学全集第2期（随筆・紀行編）3」郷土出版社 2005 p436

遊ぶ子どもの声きけば（吉住侑子）
◇「北日本文学賞入賞作品集 2」北日本新聞社 2002 p35
◇「姥ヶ辻—小説集」作品社 2003 p247

仇討ち遺聞（戸川幸夫）
◇「魔剣くずし秘聞」光風社出版 1998 （光風社文庫）p7

仇討ち色地獄（ケン月影）
◇「斬り—時代小説傑作選」コスミック出版 2005 （コスミック・時代文庫）p557

仇討ち街道（池波正太郎）
◇「信州歴史時代小説傑作選 4」しなのき書房 2007 p309

仇討禁止令（菊池寛）
◇「ちくま日本文学 27」筑摩書房 2008 （ちくま文庫）p300
◇「日本文学100年の名作 3」新潮社 2014 （新潮文庫）p71

仇討三態（菊池寛）

◇「ちくま日本文学 27」筑摩書房 2008 （ちくま文庫）p261
◇「思いがけない話」筑摩書房 2010 （ちくま文学の森）p307

仇討ちショー（中村樹基）
◇「世にも奇妙な物語—小説の特別編 悲鳴」角川書店 2002 （角川ホラー文庫）p59

仇討心中（北原亞以子）
◇「極め付き時代小説選 2」中央公論新社 2004 （中公文庫）p135

安宅（白洲正子）
◇「源義経の時代—短篇小説集」作品社 2004 p291

あたしを花火に連れてって（石山浩一郎）
◇「1人から5人でできる新鮮いちご脚本集 v.2」青雲書房 2002 p3

妾氣になつて仕様がない（黄錫禹）
◇「近代朝鮮文学日本語作品集1908〜1945 セレクション 4」緑蔭書房 2008 p209

あたしたち、いちばん偉い幽霊捕るわ（古川日出男）
◇「極上掌篇小説」角川書店 2006 p229
◇「ひと粒の宇宙」角川書店 2009 （角川文庫）p225

あたしたちの王国（森奈津子）
◇「逆想コンチェルト—イラスト先行・競作小説アンソロジー 奏の2」徳間書店 2010 p166

あたしとむじなたち（永井路子）
◇「浜町河岸夕化粧」光風社出版 1998 （光風社文庫）p189

あたしの家（矢崎存美）
◇「キネマ・キネマ」光文社 2002 （光文社文庫）p115

アタシの、いちばん、ほしいもの 真紅—shinku—特別編（朱川湊人）
◇「ミステリーズ！ extra—《ミステリ・フロンティア》特集」東京創元社 2004 p216

あだし野へ（有森信二）
◇「全作家短編小説集 10」のべる出版 2011 p7

あたしの中の……（新井素子）
◇「日本SF全集 3」出版芸術社 2013 p5

あたしのもの（早見裕司）
◇「恐怖館」青樹社 1999 （青樹社文庫）p177

あたしはヤクザになりたい（山崎ナオコーラ）
◇「小説の家」新潮社 2016 p46

温かい椅子（江坂遊）
◇「綾辻・有栖川復刊セレクション 仕掛け花火」講談社 2007 （講談社ノベルス）p169

あたたかい棺桶（田辺剛）
◇「優秀新人戯曲集 2003」ブロンズ新社 2002 p119

温かい猿の手（白川幸司）
◇「ショートショートの広場 12」講談社 2001 （講談社文庫）p83

あたたかい涙（IZUMI）
◇「冷と温—第13回フェリシモ文学賞作品集」フェリシモ 2010 p98

あたたかい水（趙南哲）
　◇「〈在日〉文学全集 18」勉誠出版 2006 p167
あたたかな氷（阪井雅子）
　◇「冷と温—第13回フェリシモ文学賞作品集」フェ
　　リシモ 2010 p144
暖かなテント（藤田雅矢）
　◇「世紀末サーカス」廣済堂出版 2000（廣済堂文
　　庫）p195
暖かな病室（村瀬継弥）
　◇「本格推理 13」光文社 1998（光文社文庫）p395
温めないカレー（大矢秀樹）
　◇「現代作家代表作選集 9」鼎書房 2015 p5
安達が原（手塚治虫）
　◇「鬼譚」筑摩書房 2014（ちくま文庫）p59
あたびーぬうんじ（高良勉）
　◇「ことばのたくらみ—実作集」岩波書店 2003
　　（21世紀文学の創造）p109
頭だけの男（勝山海百合）
　◇「女たちの怪談百物語」メディアファクトリー
　　2010（〔幽〕bcoks）p103
　◇「女たちの怪談百物語」KADOKAWA 2014（角
　　川ホラー文庫）p108
頭と足（平林初之輔）
　◇「幻の探偵雑誌 2」光文社 2000（光文社文庫）
　　p307
頭ならびに腹（横光利一）
　◇「読んでおきたい近代日本小説選」龍書房 2012
　　p328
あたまに浮かんでくる人（戌井昭人）
　◇「いまのあなたへ—村上春樹への12のオマージュ」
　　NHK出版 2014 p96
頭にゅるにゅる（中島らも）
　◇「酒の夜語り」光文社 2002（光文社文庫）p371
頭の上にカモメをのせて（田中アコ）
　◇「ゆきのまち幻想文学賞小品集 24」企画集団ぶり
　　ずむ 2015 p112
頭のお手入れ（奈良美那）
　◇「5分で読める！ ひと駅ストーリー 乗車編」宝島
　　社 2012（宝島社文庫）p159
頭の皿（折口信夫）
　◇「文豪怪談傑作選 折口信夫集」筑摩書房 2009
　　（ちくま文庫）p234
頭の隅から（志水辰夫）
　◇「マイ・ベスト・ミステリー 1」文藝春秋 2007
　　（文春文庫）p276
跫のなかの鐘（倉阪鬼一郎）
　◇「綾辻行人と有栖川有栖のミステリ・ジョッキー
　　3」講談社 2012 p160
頭の中の昏い唄（乂島治郎）
　◇「少女怪談」学習研究社 2000（学研M文庫）
　　p235
　◇「異形の白昼—恐怖小説集」筑摩書房 2013（ちく
　　ま文庫）p175
頭のなかの小さな土地（安水稔和）
　◇「新装版 全集現代文学の発見 13」學藝書林 2004
　　p529

頭の中の兵士（壺井繁治）
　◇「新装版 全集現代文学の発見 1」學藝書林 2002
　　p268
頭ひとつ（草上仁）
　◇「世紀末サーカス」廣済堂出版 2000（廣済堂文
　　庫）p107
あたま山（鴨下信一）
　◇「日本舞踊舞踊劇選集」西川会 2002 p211
あたま山（林家正蔵（8代目））
　◇「おかしい話」筑摩書房 2010（ちくま文学の森）
　　p179
仇娘好八丈（あだむすめこのみのはちじょう）（春錦亭柳
桜）
　◇「新日本古典文学大系 明治編 7」岩波書店 2008
　　p223
アダムの後裔（李泰俊）
　◇「近代朝鮮文学日本語作品集1908〜1945 セレクショ
　　ン 2」緑蔭書房 2008 p397
仇—明治十三年の仇討ち（綱淵謙錠）
　◇「時代小説傑作選 4」新人物往来社 2008 p217
仇ゆめ（あだゆめ）（北條秀司）
　◇「日本舞踊舞踊劇選集」西川会 2002 p643
新しい建設（小林洋）
　◇「日本統治期台湾文学集成 4」緑蔭書房 2002
　　p139
新しい詩劇のために（朱永渉）
　◇「近代朝鮮文学日本語作品集1939〜1945 評論・随筆
　　篇 1」緑蔭書房 2002 p471
新しい時代の明暗（1）二十世紀後半の救癩事
業に望む（湯川恒美）
　◇「ハンセン病文学全集 5」皓星社 2010 p91
新しい時代の明暗（2）二十世紀後半の在り方
（川邊龍）
　◇「ハンセン病文学全集 5」皓星社 2010 p93
新しい時代の明暗（3）悲しいこと（宮島俊夫）
　◇「ハンセン病文学全集 5」皓星社 2010 p99
新しい時代の明暗（4）ペンに寄せて（田中文雄）
　◇「ハンセン病文学全集 5」皓星社 2010 p101
新しい時代の明暗（5）癩を治そうとする努力
が尚一層払われなければ駄目だ（湯川恒美）
　◇「ハンセン病文学全集 5」皓星社 2010 p106
新しい出発—戸板康二の直木賞受賞（池田弥三
郎）
　◇「創刊一〇〇年三田文学名作選」三田文学会 2010
　　p667
新しい生活（君島慧是）
　◇「リトル・リトル・クトゥルー—史上最小の神話
　　小説集」学習研究社 2009 p90
新しい旅（星野道夫）
　◇「狩猟文学マスターピース」みすず書房 2011（大
　　人の本棚）p81
新しいということ（吉田健一）
　◇「日本文学全集 20」河出書房新社 2015 p140
あたらしい奴隷（佐々木陸）

◇「太宰治賞 2015」筑摩書房 2015 p113

新しい人間像の形成──ハ氏病文学の方向としてのエッセー(中島住夫)
◇「ハンセン病文学全集 5」皓星社 2010 p65

新しい半島文壇の構想〔座談会〕(金村龍済, 金鐘漢, 田中英光, 鄭人澤, 寺本喜一, 津田剛, 牧洋)
◇「近代朝鮮文学日本語作品集1939〜1945 評論・随筆篇 3」緑蔭書房 2002 p410

新しい街(間瀬純子)
◇「アート偏愛」光文社 2005 (光文社文庫) p637

新しい街で(川上徹也)
◇「キミの笑顔」TOKYO FM出版 2006 p89

新しい店(江坂遊)
◇「綾辻・有栖川復刊セレクション 仕掛け花火」講談社 2007 (講談社ノベルス) p92

あたらしい娘(今村夏子)
◇「太宰治賞 2010」筑摩書房 2010 p29

新しいメガネ(前川誠)
◇「ショートショートの花束 1」講談社 2009 (講談社文庫) p24

新しき決意(上)(中)(下)(牧洋)
◇「近代朝鮮文学日本語作品集1939〜1945 評論・随筆篇 1」緑蔭書房 2002 p267

新しき古典『最上川舟唄』(近藤佶一)
◇「山形県文学全集第2期(随筆・紀行編)3」郷土出版社 2005 p321

新しき住家(黒川眸)
◇「ハンセン病文学全集 8」皓星社 2006 p39

皇民化劇 **新しき出發**(田中誠一)
◇「日本統治期台湾文学集成 14」緑蔭書房 2003 p299

戯曲 **新しき出発──一幕**(竹内治)
◇「日本統治期台湾文学集成 14」緑蔭書房 2003 p191

新らしき生命(野上弥生子)
◇「青鞜文学集」不二出版 2004 p114

新しき創造へ──朝鮮文學の現段階(1)〜(3)(兪鎭午)
◇「近代朝鮮文学日本語作品集1939〜1945 評論・随筆篇 1」緑蔭書房 2002 p105

「新しき土」を観て(金素雲)
◇「近代朝鮮文学日本語作品集1901〜1938 評論・随筆篇 3」緑蔭書房 2004 p26

新しき天長斷崖(龍瑛宗)
◇「日本統治期台湾文学集成 16」緑蔭書房 2003 p351

躍動半島4 **新しき美**(香山光郎)
◇「近代朝鮮文学日本語作品集1939〜1945 評論・随筆篇 3」緑蔭書房 2002 p244

新しき日(金耕修)
◇「近代朝鮮文学日本語作品集1939〜1945 創作篇 1」緑蔭書房 2001 p7

新しき風俗(徳山文伯)
◇「近代朝鮮文学日本語作品集1908〜1945 セレクショ

ン 4」緑蔭書房 2008 p453

新しき歴史の章(徳山文伯)
◇「近代朝鮮文学日本語作品集1908〜1945 セレクション 4」緑蔭書房 2008 p457

新しさを求めて(林學洙)
◇「近代朝鮮文学日本語作品集1908〜1945 セレクション 3」緑蔭書房 2008 p381

新らしさについて(牧洋)
◇「近代朝鮮文学日本語作品集1939〜1945 評論・随筆篇 1」緑蔭書房 2002 p323

アタリ(常盤奈津子)
◇「ショートショートの広場 20」講談社 2008 (講談社文庫) p210

当たり前(大原久通)
◇「ショートショートの花束 2」講談社 2010 (講談社文庫) p259

あたりまえのこと(倉橋由美子)
◇「精選女性随筆集 3」文藝春秋 2012 p86

当たり前の世界で(玉木凛々)
◇「言葉にできない悲しみ」泰文堂 2015 (リンダパブリッシャーズの本) p258

あーたん・ばーたん(松村俊哉)
◇「中学生のドラマ 8」晩成書房 2010 p37

あちこち(大沢在昌)
◇「名探偵で行こう──最新ベスト・ミステリー」光文社 2001 (カッパ・ノベルス) p137

アチラのいいなり(有坂トヲコ)
◇「てのひら怪談──ビーケーワン怪談大賞傑作選 壬辰」ポプラ社 2012 (ポプラ文庫) p176

あちらのお客様からの…(八木圭一)
◇「5分で読める！ ひと駅ストーリー 本の物語」宝島社 2014 (宝島社文庫) p229

あつあつおじやつくろうか(うみのしほ)
◇「朗読劇台本集 5」玉川大学出版部 2002 p79

熱い痣(北方謙三)
◇「わが名はタフガイ──ハードボイルド傑作選」光文社 2006 (光文社文庫) p257

暑い国で彼女が語りたかった悪い夢(岩井志麻子)
◇「二十の悪夢」KADOKAWA 2013 (角川ホラー文庫) p185

熱い死角──結城昌治自選傑作短篇集より(結城昌治)
◇「警察小説傑作短篇集」ランダムハウス講談社 2009 (ランダムハウス講談社文庫) p89

暑い太陽(香山末子)
◇「ハンセン病文学全集 7」皓星社 2004 p425

暑い道(宮本輝)
◇「わかれの船──Anthology」光文社 1998 p163
◇「戦後短篇小説再発見 1」講談社 2001 (講談社文芸文庫) p193

熱い闇(山崎洋子)
◇「謎─スペシャル・ブレンド・ミステリー 004」講談社 2009 (講談社文庫) p177

悪鬼になったピリト(岡田耕平)

◇「怪奇・伝奇時代小説選集 7」春陽堂書店 2000（春陽文庫）p228
アッシュ（佐藤嗣麻子）
◇「血」早川書房 1997 p115
あったか弁当・おまち堂（あさのますみ）
◇「明日町こんぺいとう商店街—招きうさぎと六軒の物語 2」ポプラ社 2014（ポプラ文庫）p39
熱田狐（梅本育子）
◇「星明かり夢街道」光風社出版 2000（光風社文庫）p327
圧迫（大田良馬）
◇「ショートショートの花束 4」講談社 2012（講談社文庫）p56
『あっは』と『ぶふい』—埴谷雄高『死霊』について（武田泰淳）
◇「戦後文学エッセイ選 5」影書房 2006 p49
天晴れ黄八幡兄弟（三木喬太郎）
◇「『少年倶楽部』熱血・痛快・時代短篇選」講談社 2015（講談社文芸文庫）p315
アップルパイの午後（尾崎翠）
◇「ちくま日本文学 4」筑摩書房 2007（ちくま文庫）p271
◇「まんぷく長屋—食欲文学傑作選」新潮社 2014（新潮文庫）p69
厚物咲（中山義秀）
◇「日本文学100年の名作 3」新潮社 2014（新潮文庫）p181
圧力（斎藤肇）
◇「悪夢が嗤う瞬間」勁文社 1997（ケイブンシャ文庫）p96
アーティチョーク（よしもとばなな）
◇「恋愛小説」新潮社 2005 p159
アーティチョーク（吉本ばなな）
◇「恋愛小説」新潮社 2007（新潮文庫）p183
アーティフィシャル・ロマンス（島村緒繰）
◇「5分で読める！ ひと駅ストーリー 冬の記憶東口編」宝島社 2013（宝島社文庫）p261
◇「5分で驚く！ どんでん返しの物語」宝島社 2016（宝島社文庫）p41
アテクシちゃん（橋口いくよ）
◇「恋時雨—恋はときどき泪が出る」メディアファクトリー 2009（［ダ・ヴィンチブックス］）p99
アデンまで（遠藤周作）
◇「わかれの船—Anthology」光文社 1998 p105
◇「創刊一〇〇年三田文学名選」三田文学会 2010 p373
◇「第三の新人名作選」講談社 2011（講談社文芸文庫）p39
後追い（拓未司）
◇「5分で読める！ ひと駅ストーリー 夏の記憶西口編」宝島社 2013（宝島社文庫）p61
◇「5分で凍る！ ぞっとする怖い話」宝島社 2015（宝島社文庫）p235
あと十分（森真沙子）
◇「十の恐怖」角川書店 1999 p31
跡取り（小杉健治）

◇「欣喜の風」祥伝社 2016（祥伝社文庫）p79
あとの桜（澤田ふじ子）
◇「江戸の老人力—時代小説傑作選」集英社 2002（集英社文庫）p69
あとのない仮名（山本周五郎）
◇「たそがれ長屋—人情時代小説傑作選」新潮社 2008（新潮文庫）p175
痕の祀り（酉島伝法）
◇「多々良島ふたたび—ウルトラ怪獣アンソロジー」早川書房 2015（TSUBURAYA×HAYAKAWA UNIVERSE）p287
アドバイス（牧野すずらん）
◇「ショートショートの広場 11」講談社 2000（講談社文庫）p92
アド・バルーン（織田作之助）
◇「ちくま日本文学 35」筑摩書房 2009（ちくま文庫）p276
あとひとつ（鈴木輝一郎）
◇「斬刃—時代小説傑作選」コスミック出版 2005（コスミック・時代文庫）p385
アトミック・エイジの守護神（大江健三郎）
◇「コレクション戦争と文学 19」集英社 2011 p667
あとみよそわか（幸田文）
◇「精選女性随筆集 1」文藝春秋 2012 p30
アトラクションの主人公は映画の主人公顔負け（奈良美那）
◇「5分で読める！ ひと駅ストーリー 冬の記憶西口編」宝島社 2013（宝島社文庫）p231
アトラクタの奏でる音楽—あなたの曲、すごく気に入っちゃって…だから、実験に使わせてほしいんです（扇智史）
◇「NOVA—書き下ろし日本SFコレクション 9」河出書房新社 2013（河出文庫）p373
(Atlas)³—地図作成局現場担当者（＝僕）連続殺人事件（円城塔）
◇「NOVA—書き下ろし日本SFコレクション 10」河出書房新社 2013（河出文庫）p421
アトランティス大陸の秘密（鯨統一郎）
◇「暗闇（ダークサイド）を追いかけろ—ホラー＆サスペンス編」光文社 2004（カッパ・ノベルス）p215
◇「暗闇（ダークサイド）を追いかけろ」光文社 2008（光文社文庫）p275
穴（飛鳥部勝則）
◇「憑依」光文社 2010（光文社文庫）p295
穴（岡本綺堂）
◇「新編・日本幻想文学集成 4」国書刊行会 2016 p425
穴（小田イ輔）
◇「渚にて—あの日からの〈みちのく怪談〉」荒蝦夷 2016 p49
穴（金時鐘）
◇「〈在日〉文学全集 5」勉誠出版 2006 p172
穴（登木夏実）
◇「てのひら怪談—ビーケーワン怪談大賞傑作選 2」ポプラ社 2007 p186

あな

穴（日出彦）
　　◇「ショートショートの花束 6」講談社 2014（講
　　　談社文庫）p225
穴（皆川博子）
　　◇「ひとにぎりの異形」光文社 2007（光文社文庫）
　　　p500
アナウンス（赤松麟児）
　　◇「ゆきのまち幻想文学賞・小品集 7」NTTメディ
　　　アスコープ 1997 p68
穴―踊子オルガ・アルローワ事件―（群司次郎
正）
　　◇「竹中英太郎 3」皓星社 2016（挿絵叢書）p165
穴―考える人たち（山口瞳）
　　◇「名短篇、ここにあり」筑摩書房 2008（ちくま文
　　　庫）p195
アナーキー（井上荒野）
　　◇「短篇ベストコレクション―現代の小説 2007」徳
　　　間文庫）p277
アナーキー・イン・ザ・UK（平山夢明）
　　◇「キネマ・キネマ」光文社 2002（光文社文庫）
　　　p563
穴熊（中島敦）
　　◇「ちくま日本文学 12」筑摩書房 2008（ちくま文
　　　庫）p447
アナザー（やまうちくみこ）
　　◇「優秀新人戯曲集 2006」ブロンズ新社 2005 p145
あなた（古賀準二）
　　◇「ショートショートの広場 16」講談社 2005（講
　　　談社文庫）p153
あなた（峯岸可弥）
　　◇「超短編の世界 vol.3」創英社 2011 p20
あなたへの贈り物（佐藤万里）
　　◇「母のなみだ―ひまわり―愛しき家族を想う短篇
　　　小説集」泰文堂 2013（リンダブックス）p55
「あなたお医者さま？」のこと（松田青子）
　　◇「いまのあなたへ―村上春樹への12のオマージュ」
　　　NHK出版 2014 p160
あなたをはなさない（井上夢人）
　　◇「冥界プリズン」光文社 1999（光文社文庫）p81
あなたを待ち侘びて（つくね乱蔵）
　　◇「怪集 蟲」竹書房 2009（竹書房文庫）p77
あなたがいちばん欲しいもの（近藤史恵）
　　◇「ミステリー―女性作家アンソロジー」祥伝社
　　　2003（祥伝社文庫）p231
あなたが好きよ光線（星野光浩）
　　◇「ショートショートの広場 16」講談社 2005（講
　　　談社文庫）p148
あなたがほしい（黒田研二）
　　◇「黄昏ホテル」小学館 2004 p223
あなたがわからない（神林長平）
　　◇「ヴィジョンズ」講談社 2016 p191
あなたこそは私の夢の明し≫平戸廉吉（深尾須
磨子）
　　◇「日本人の手紙 5」リブリオ出版 2004 p74
あなた様の子の「凌」でございます≫水上勉

（窪島誠一郎）
　　◇「日本人の手紙 1」リブリオ出版 2004 p178
あなただけを見つめる（若竹七海）
　　◇「犯人は秘かに笑う―ユーモアミステリー傑作選」
　　　光文社 2007（光文社文庫）p407
あなたたちの恋愛は瀕死（川上未映子）
　　◇「文学 2009」講談社 2009 p84
　　◇「現代小説クロニクル 2005～2009」講談社 2015
　　　（講談社文芸文庫）p236
あなたと再会できるのは書くことによってで
す≫東由多加（柳美里）
　　◇「日本人の手紙 9」リブリオ出版 2004 p120
あなたと夜と音楽と（恩田陸）
　　◇「「ABC」殺人事件」講談社 2001（講談社文庫）
　　　p97
貴方と別れては恐らく生命が危険です≫北原
白秋（萩原朔太郎）
　　◇「日本人の手紙 3」リブリオ出版 2004 p41
あなたに（川崎洋）
　　◇「新装版 全集現代文学の発見 13」學藝書林 2004
　　　p436
あなたに会いたくて（不知火京介）
　　◇「ザ・ベストミステリーズ―推理小説年鑑 2007」
　　　講談社 2007 p101
　　◇「ULTIMATE MYSTERY―究極のミステリー、
　　　ここにあり」講談社 2010（講談社文庫）p205
あなたについてゆく（藤田宜永）
　　◇「激動東京五輪1964」講談社 2015 p49
あなたに伝えたい（火森孝実）
　　◇「ショートショートの広場 16」講談社 2005（講
　　　談社文庫）p102
あなたに似た子（夏樹静子）
　　◇「いつか心の奥へ―小説推理傑作選」双葉社 1997
　　　p179
あなたに夢中（春風のぶこ）
　　◇「全作家短編小説集 10」のべる出版 2011 p207
あなたのうしろに（浅倉卓弥）
　　◇「5分で読める！ ひと駅ストーリー 乗車編」宝島
　　　社 2012（宝島社文庫）p179
あなたのお手紙を読んで、涙はらはらと落ち
た≫佐多稲子（田村俊子）
　　◇「日本人の手紙 2」リブリオ出版 2004 p177
あなたのキッスはずいぶん冷たかった≫伊藤
野枝（大杉栄）
　　◇「日本人の手紙 5」リブリオ出版 2004 p31
あなたのキッスはずいぶん冷たかった≫大杉
栄（伊藤野枝）
　　◇「日本人の手紙 5」リブリオ出版 2004 p31
あなたの嫌いな色（谷口雅美）
　　◇「最後の一日 7月22日―さよならが胸に染みる物
　　　語」泰文堂 2012（リンダブックス）p80
あなたの下僕（飛鳥部勝則）
　　◇「キネマ・キネマ」光文社 2002（光文社文庫）
　　　p389
あなたの最終電車（藍上ゆう）

あね

◇「5分で読める！ ひと駅ストーリー 降車編」宝島社 2012 （宝島社文庫）p167

あなたの真情は死ぬまで私の宝です≫波多野秋子（有島武郎）
◇「日本人の手紙 5」リブリオ出版 2004 p120

あなたの背中（谷口雅美）
◇「言葉にできない悲しみ」泰文堂 2015 （リンダパブリッシャーズの本）p63

あなたの善良なる教え子より（恩田陸）
◇「不思議の足跡」光文社 2007 （Kappa novels）p85
◇「不思議の足跡」光文社 2011 （光文社文庫）p103

あなたのタイムカプセル（齊藤衣路葉）
◇「ゆきのまち幻想文学賞・小品集 12」企画集団ぷりずむ 2003 p145

あなたのためを思って（鈴木輝一郎）
◇「隣りの不安、目前の恐怖」双葉社 2016 （双葉文庫）p271

あなたの手紙、少し香水の匂いがしていたわ≫岡田八千代（田村俊子）
◇「日本人の手紙 5」リブリオ出版 2004 p80

あなたの蟷螂姿―横光利一さんへの私信（金文輯）
◇「近代朝鮮文学日本語作品集1908～1945 セレクション 6」緑蔭書房 2008 p163

あなたの懐ろに飛びこみたい≫河合千代子（山本五十六）
◇「日本人の手紙 5」リブリオ出版 2004 p86

あなたの胸の中で子どものように生きたい≫村山俊太郎（荒木ひで）
◇「日本人の手紙 4」リブリオ出版 2004 p204

あなたも一週間で歌がうまくなる（西崎憲）
◇「ひとにぎりの異形」光文社 2007 （光文社文庫）p545

あなたも単に（黒田三郎）
◇「新装版 全集現代文学の発見 15」學藝書林 2005 p480

あなたはかけがえのない人≫滝沢修（滝沢文子）
◇「日本人の手紙 6」リブリオ出版 2004 p61

あなたは もう わたしを差配できない（金時鐘）
◇「〈在日〉文学全集 5」勉誠出版 2006 p147

あなたは行くがいいのだ（黒田三郎）
◇「新装版 全集現代文学の発見 15」學藝書林 2005 p479

穴ノアル肉体ノコト（澁澤龍彦）
◇「ちくま日本文学 18」筑摩書房 2008 （ちくま文庫）p450

穴の底（伊藤人誉）
◇「名短篇ほりだしもの」筑摩書房 2011 （ちくま文庫）p235

穴の中の護符（松本清張）
◇「死人に口無し―時代推理傑作選」徳間書店 2009 （徳間文庫）p7

穴（遙香）（秋元康）
◇「アドレナリンの夜―珠玉のホラーストーリーズ」竹書房 2009 p221

あなめ（藤沢周）
◇「文学 2014」講談社 2014 p99

あなめあなめ（大庭みな子）
◇「文学 2005」講談社 2005 p133

アナル・トーク（飯野文彦）
◇「喜劇綺劇」光文社 2009 （光文社文庫）p389

兄（雨川アメ）
◇「てのひら怪談―ビーケーワン怪談大賞傑作選」ポプラ社 2007 p42
◇「てのひら怪談―ビーケーワン怪談大賞傑作選」ポプラ社 2008 （ポプラ文庫）p40

あにいもうと（唯川未歩子）
◇「100万分の1回のねこ」講談社 2015 p157

あにいもうと（室生犀星）
◇「六人の作家小説選」東銀座出版社 1997 （銀選書）p69
◇「日本近代短篇小説選 昭和篇1」岩波書店 2012 （岩波文庫）p199

兄への土産（古川時夫）
◇「ハンセン病文学全集 7」皓星社 2004 p364

あにき（トロチェフ, コンスタンチン）
◇「ハンセン病文学全集 7」皓星社 2004 p34

あにごぜ（李良枝）
◇「〈在日〉文学全集 8」勉誠出版 2006 p93

あにさん（津田せつ子）
◇「ハンセン病文学全集 4」皓星社 2003 p471

兄と弟と一つのベッドで（天斗）
◇「大人が読む。ケータイ小説―第1回ケータイ文学賞アンソロジー」オンブック 2007 p57

兄と北條さんと―いのちの火影を読んで（津田せつ子）
◇「ハンセン病文学全集 4」皓星社 2003 p507

兄の死（豊田一夫）
◇「ハンセン病文学全集 1」皓星社 2002 p167

アニマとエーファ（宮内悠介）
◇「ヴィジョンズ」講談社 2016 p129

アニマル色の涙（鯨統一郎）
◇「不透明な殺人―ミステリー・アンソロジー」祥伝社 1999 （祥伝社文庫）p59

アニメ的リアリズム（筒井康隆）
◇「短篇ベストコレクション―現代の小説 2011」徳間書店 2011 （徳間文庫）p243

兄嫁の思い出（柳田國男）
◇「ちくま日本文学 15」筑摩書房 2008 （ちくま文庫）p434

兄鷲弟鷲（佐藤孝夫）
◇「日本統治期台湾文学集成 23」緑蔭書房 2007 p347

あね（幸田文）
◇「ちくま日本文学 5」筑摩書房 2007 （ちくま文庫）p313

あねい

あね、いもうと（唯川恵）
　◇「短篇ベストコレクション―現代の小説 2007」徳
　　間書店 2007（徳間文庫）p71

姉が教えてくれた（菊地秀行）
　◇「変身」廣済堂出版 1998（廣済堂文庫）p535

アーネスト号（安土萌）
　◇「幽霊船」光文社 2001（光文社文庫）p55

姉と妹（杉本苑子）
　◇「剣よ月下に舞え」光風社出版 2001（光風社文
　　庫）p269

姉のコーヒー（甲木千絵）
　◇「うちへ帰ろう―家族を想うあなたに贈る短篇小
　　説集」泰文堂 2013（リンダブックス）p227

姉の事件（金南天）
　◇「近代朝鮮文学日本語作品集1908〜1945 セレクショ
　　ン 2」緑蔭書房 2008 p269

姉の島 宗像神話による家族史の試み（高橋睦
郎）
　◇「日本文学全集 29」河出書房新社 2016 p97

あの、青い空（橋本喜代次）
　◇「小学校・全員参加の楽しい学級劇・学年劇脚本
　　集 高学年」黎明書房 2007 p128

あのキャンプ（狗飼恭子）
　◇「恋時雨―恋はときどき泪が出る」メディアファ
　　クトリー 2009（〔ダ・ヴィンチブックス〕）p51

あのこと（早見裕司）
　◇「ひとにぎりの異形」光文社 2007（光文社文庫）
　　p80

あの子の気配（神狛しず）
　◇「女たちの怪談百物語」メディアファクトリー
　　2010（〔幽books〕）p233
　◇「女たちの怪談百物語」KADOKAWA 2014（角
　　川ホラー文庫）p237

あのこのこと（古澤健）
　◇「辞書、のような物語。」大修館書店 2013 p1

あの子のために（佐藤万里）
　◇「言葉にできない悲しみ」泰文堂 2015（リンダパ
　　ブリッシャーズの本）p229

あの頃（武田百合子）
　◇「精選女性随筆集 5」文藝春秋 2012 p234

あの頃、浪漫飛行が流れていて（春風のぶこ）
　◇「扉の向こうへ」全作家協会 2014（全作家短編
　　集）p145

あの子はだあれ（今邑彩）
　◇「花迷宮」日本文芸社 2000（日文庫）p159

あの桜（くぼひでき）
　◇「妖（あやかし）がささやく」翠琥出版 2015 p133

あのさま（木村次郎）
　◇「人形座脚本集」晩成書房 2005 p95

あの時分（国木田独歩）
　◇「明治の文学 22」筑摩書房 2001 p319

あの年の秋（重松清）
　◇「ノスタルジー1972」講談社 2016 p155

あの中であそぼ（木原浩勝, 中山市朗）
　◇「文豪てのひら怪談」ポプラ社 2009（ポプラ文
　　庫）p138

あの懐かしい蟬の声は（新井素子）
　◇「SF JACK」角川書店 2013 p301
　◇「SF JACK」KADOKAWA 2016（角川文庫）
　　p297

あの夏の日（千葉雅子）
　◇「キミの笑顔」TOKYO FM出版 2006 p65

あの橋を渡るとき（伊藤桂一）
　◇「躍る影法師」光風社出版 1997（光風社文庫）
　　p321

あのバスに（深川拓）
　◇「恐怖症」光文社 2002（光文社文庫）p41

あの花この花（高橋和巳）
　◇「コレクション戦争と文学 15」集英社 2012 p235

あの日（小林泰三）
　◇「教室」光文社 2003（光文社文庫）p411

あの日・あの時―小山内薫追悼（水木京太）
　◇「創刊一〇〇年三田文学名作選」三田文学会 2010
　　p692

あの日。この日。そして。（野中柊）
　◇「そういうものだろ、仕事っていうのは」日本経
　　済新聞出版社 2011 p59

あのひとによろしく（青柳友子）
　◇「赤のミステリー―女性ミステリー作家傑作選」
　　光文社 1997 p401
　◇「女性ミステリー作家傑作選 1」光文社 1999
　　（光文社文庫）p5

あの人にわたせ（土田峰人）
　◇「高校演劇Selection 2005 上」晩成書房 2007 p93

あのひとの髪（夏樹静子）
　◇「事件現場に行こう―最新ベスト・ミステリー カ
　　レイドスコープ編」光文社 2001（カッパ・ノ
　　ベルス）p135

あの人の声が聞こえた（土田英生）
　◇「テレビドラマ代表作選集 2009年版」日本脚本家
　　連盟 2009 p317

あの人は誰？（藤田宜永）
　◇「宝石ザミステリー 2」光文社 2012 p477

あの日に帰りたい（平宗子）
　◇「ショートショートの広場 8」講談社 1997（講
　　談社文庫）p137

あの日に戻れたら（山田奈津子）
　◇「あの日に戻れたら」主婦と生活社 2007（Junon
　　novels）p3

あの日の海（斎藤純）
　◇「あの日から―東日本大震災鎮魂岩手県出身作家
　　短編集」岩手日報社 2015 p153

あの日の言葉を忘れない―教師編（作者不詳）
　◇「心に火を。」廣済堂出版 2014 p78

あの日の続きが（山崎文男）
　◇「扉の向こうへ」全作家協会 2014（全作家短編
　　集）p390

あの日の話（小田イ輔）
　◇「渚にて―あの日からの〈みちのく怪談〉」荒蝦夷

2016 p62

あの日の船はもう来ない（寺山修司）
◇「ちくま日本文学 6」筑摩書房 2007（ちくま文庫）p38

あの日の別れ（香山末子）
◇「ハンセン病文学全集 7」皓星社 2004 p415

あの日、僕たちは一人と一人だった（久保とみい）
◇「最新中学校創作脚本集 2009」晩成書房 2009 p140

あのふ〜るさとへかえろかな〜（大原啓子）
◇「ゆきのまち幻想文学賞・小品集 15」企画集団ぷりずむ 2006 p85

あの道が黄金色に染まる頃（山崎洋子）
◇「日本ベストミステリー選集 24」光文社 1997（光文社文庫）p365
◇「金曜の夜は、ラブ・ミステリー」三笠書房 2000（王様文庫）p321

あの道―ノ早春（安西冬衛）
◇「新装版 全集現代文学の発見 13」學藝書林 2004 p15

あの無邪気さが羨ましい（村崎友）
◇「0番目の事件簿」講談社 2012 p273

あの胸の釘をぬいて来てちょうだい≫長田多喜子（谷川徹三）
◇「日本人の手紙 4」リブリオ出版 2004 p185

あの胸の釘をぬいて来てちょうだい≫谷川徹三（長田多喜子）
◇「日本人の手紙 4」リブリオ出版 2004 p185

あの夜（加島祥造）
◇「文学 2003」講談社 2003 p201

アーノルド（松波太郎）
◇「文学 2010」講談社 2010 p162

あぱぁとめんと（宗秋月）
◇「〈在日〉文学全集 18」勉誠出版 2006 p36

網走まで（志賀直哉）
◇「ちくま日本文学 21」筑摩書房 2008（ちくま文庫）p346

アヴァターラ（江坂遊）
◇「アジアン怪綺」光文社 2003（光文社文庫）p291

アパート（宍戸レイ）
◇「女たちの怪談百物語」メディアファクトリー 2010（幽books）p155
◇「女たちの怪談百物語」KADOKAWA 2014（角川ホラー文庫）p159

アパートの男（本間真琴）
◇「全作家短編集 15」のべる出版企画 2016 p301

アパートの貴婦人（赤川次郎）
◇「冒険の森へ―傑作小説大全 3」集英社 2016 p30

アパートのむすめ（入澤康夫）
◇「新装版 全集現代文学の発見 13」學藝書林 2004 p560

あばれ市松（南原幹雄）
◇「信州歴史時代小説傑作集 1」しなのき書房 2007

p341

アービアス（ganzi）
◇「新走〈アラバシリ〉―Powers Selection」講談社 2011（講談社box）p221

アヒージョの罠（蒼井ひかり）
◇「5分で読める！ ひと駅ストーリー 食の話」宝島社 2015（宝島社文庫）p179

家鴨に乗つた王（ワン）（長谷川濬）
◇「〈外地〉の日本語文学選 2」新宿書房 1996 p222

あひるの王様（氷室冴子）
◇「少女物語」朝日新聞社 1998 p159

あぶ、あぶ（武田八洲満）
◇「彩四季・江戸慕情」光文社 2012（光文社文庫）p285

あーぶくたった―わらべうた考（長島槇子）
◇「厠の怪―便所怪談競作集」メディアファクトリー 2010（MF文庫）p139

アプセットメイカー（三羽省吾）
◇「風光デイズ」角川春樹事務所 2012（ハルキ文庫）p171

アフター・バースト（井上雅彦）
◇「SF宝石―ぜ〜んぶ！ 新作読み切り」光文社 2013 p157

あぶない（新田泰裕）
◇「ショートショートの広場 19」講談社 2007（講談社文庫）p18

危ない消火器（逢坂剛）
◇「最新「珠玉推理」大全 下」光文社 1998（カッパ・ノベルス）p32
◇「闇夜の芸術祭」光文社 2003（光文社文庫）p43

あふひ（芝うさぎ）
◇「てのひら怪談―ビーケーワン怪談大賞傑作選 辛卯」ポプラ社 2011（ポプラ文庫）p22

油地獄（斎藤緑雨）
◇「明治の文学 15」筑摩書房 2002 p236

油すまし（小原猛）
◇「男たちの怪談百物語」メディアファクトリー 2012（幽BOOKS）p120

油のように（香山末子）
◇「ハンセン病文学全集 7」皓星社 2004 p419
◇「〈在日〉文学全集 17」勉誠出版 2006 p84

アプリケーション（億錦樹樹）
◇「ショートショートの花束 7」講談社 2015（講談社文庫）p169

蛇は一匹なり（笹沢左保）
◇「俳句殺人事件―巻頭句の女」光文社 2001（光文社文庫）p285

安倍晴明物語（浅井了意）
◇「陰陽師伝奇大全」白泉社 2001 p69

阿部充家宛書簡（李光洙）
◇「近代朝鮮文学日本語作品集1901〜1938 評論・随筆篇 3」緑蔭書房 2004 p344

阿部充家宛書簡（崔南善）
◇「近代朝鮮文学日本語作品集1901〜1938 評論・随筆篇 3」緑蔭書房 2004 p340

あへみ

阿部充家宛書簡（秦學文）
◇「近代朝鮮文学日本語作品集1901〜1938 評論・随筆篇 3」緑蔭書房 2004 p339

アベラールとエロイーズ（縞田理理）
◇「ファンタスティック・ヘンジ」変タジー同好会 2012 p7

阿片戦争（五幕十三場）（江馬修）
◇「新・プロレタリア文学精選集 10」ゆまに書房 2004 p139

鴉片のパイプ（山本周五郎）
◇「現代の小説 1997」徳間書店 1997 p133

アボイ邸からプロヴィデンス、カリッジ・ストリート六十六番地に送られた走り書き（君島慧是）
◇「リトル・リトル・クトゥルー——史上最小の神話小説集」学習研究社 2009 p92

阿呆（崔華國）
◇「〈在日〉文学全集 17」勉誠出版 2006 p46

あほうがらす（池波正太郎）
◇「江戸夢日和」学習研究社 2004 （学研M文庫）p137

阿房宮（加門七海）
◇「ひとにぎりの異形」光文社 2007 （光文社文庫）p456

信天翁通信（木々高太郎）
◇「「宝石」一九五〇一年家殺人事件：探偵小説傑作集」光文社 2012 （光文社文庫）p233

「アボジ」を踏む（小田実）
◇「文学 1997」講談社 1997 p196
◇「川端康成文学賞全作品 2」新潮社 1999 p325
◇「戦後短篇小説再発見 7」講談社 2001 （講談社文芸文庫）p256

『アポロ13』借りてきたよ（ダ・ヴィンチ・恐山）
◇「宇宙小説」講談社 2012 （講談社文庫）p190

アポロンの首（倉橋由美子）
◇「新編・日本幻想文学集成 1」国書刊行会 2016 p350

アポロンのナイフ（有栖川有栖）
◇「ザ・ベストミステリーズ——推理小説年鑑 2011」講談社 2011 p101
◇「Guilty殺意の連鎖」講談社 2014 （講談社文庫）p77

海士（あま）（村木直）
◇「新鋭劇作集 series.19」日本劇団協議会 2007 p53
◇「フラジャイル・ファクトリー戯曲集 1」晩成書房 2008 p5

海女（中村稔）
◇「新装版 全集現代文学の発見 13」學藝書林 2004 p300
◇「日本文学全集 29」河出書房新社 2016 p62

尼（太宰治）
◇「ちくま日本文学 8」筑摩書房 2008 （ちくま文庫）p79

雨間（澤村文子）
◇「ミヤマカラスアゲハ——第三回「草枕文学賞」作品集」文藝春秋企画出版部 2003 p155

甘い風（津原泰水）
◇「愚き者——全篇書下ろし傑作ホラーアンソロジー」アスキー 2000 （A-novels）p567

甘い記憶（大島真寿美）
◇「最後の恋プレミアム——つまり、自分史上最高の恋。」新潮社 2011 （新潮文庫）p7

甘い告白（菊地秀行）
◇「モンスターズ1970」中央公論新社 2004 （C NOVELS）p171

甘い匂いをもつ尼（今東光）
◇「逆転—時代アンソロジー」祥伝社 2000 （祥伝社文庫）p285

甘い引金（斎藤純）
◇「夢を撃つ男」角川春樹事務所 1999 （ハルキ文庫）p109

亜麻色の裳（李正子）
◇「〈在日〉文学全集 17」勉誠出版 2006 p322

尼 「陰火」より（太宰治）
◇「文豪怪談傑作選 太宰治集」筑摩書房 2009 （ちくま文庫）p28

あま蛙（斎藤緑雨）
◇「新日本古典文学大系 明治編 29」岩波書店 2005 p125

雨蛙（志賀直哉）
◇「ちくま日本文学 21」筑摩書房 2008 （ちくま文庫）p234

雨傘（川端康成）
◇「贈る物語Wonder」光文社 2002 p99
◇「ちくま日本文学 26」筑摩書房 2008 （ちくま文庫）p38

甘粕の退き口（木下昌輝）
◇「決戦！ 川中島」講談社 2016 p201

甘粕は複数か？（広津和郎）
◇「天変動く大震災と作家たち」インパクト出版会 2011 （インパクト選書）p189

尼ヶ紅（泉鏡花）
◇「文豪怪談傑作選 泉鏡花集」筑摩書房 2006 （ちくま文庫）p164

甘き織姫（畠中恵）
◇「坂木司リクエスト！ 和菓子のアンソロジー」光文社 2013 p315
◇「坂木司リクエスト！ 和菓子のアンソロジー」光文社 2014 （光文社文庫）p317

天城越え（松本清張）
◇「鍵」文藝春秋 2004 （推理作家になりたくて マイベストミステリー）p249
◇「マイ・ベスト・ミステリー 5」文藝春秋 2007 （文春文庫）p370

天城峠（志賀幸一）
◇「「伊豆文学賞」優秀作品集 第16回」羽衣出版 2013 p200

尼—きれぎれに聞いたとして（室生犀星）
◇「奇跡」国書刊行会 2000 （書物の王国）p181

天草の賦（葉室麟）
◇「代表作時代小説 平成26年度」光文社 2014 p85

あめ

雨雲晴れて（抗子青年団）
◇「日本統治期台湾文学集成 10」緑蔭書房 2003 p138

雨気のお月さん（佐藤愛子）
◇「短篇ベストコレクション―現代の小説 2012」徳間書店 2012（徳間文庫）p327

あまご（室生犀星）
◇「金沢三文豪掌文庫 たべもの編」金沢文化振興財団 2011 p78

尼子氏（柳田國男）
◇「文豪怪談傑作選 柳田國男集」筑摩書房 2007（ちくま文庫）p221

海女たち 生活の記録3（宮本常一）
◇「日本文学全集 14」河出書房新社 2015 p400

海天警部の憂鬱（吉川英梨）
◇「5分で読める！ ひと駅ストーリー 乗車編」宝島社 2012（宝島社文庫）p125
◇「5分で笑える！ おバカで愉快な物語」宝島社 2016（宝島社文庫）p75

甘党（加門七海）
◇「女たちの怪談百物語」メディアファクトリー 2010（〔幽〕books）p137
◇「女たちの怪談百物語」KADOKAWA 2014（角川ホラー文庫）p142

尼ども山に入り、茸を食ひて舞ひし語―『今昔物語集』より（作者不詳）
◇「きのこ文学名作選」港の人 2010 p89

天の河原（富久一博）
◇「太宰治賞 2007」筑摩書房 2007 p247

あまのじゃく（黒木謳子）
◇「日本統治期台湾文学集成 18」緑蔭書房 2003 p482

雨ばけ（泉鏡花）
◇「新編・日本幻想文学集成 4」国書刊行会 2016 p652

海人舟（近藤啓太郎）
◇「第三の新人名作選」講談社 2011（講談社文芸文庫）p119

甘骨山不戦協定（前川由衣）
◇「ゆきのまち幻想文学賞小品集 24」企画集団ぷりずむ 2015 p121

奄美大島から（島尾敏雄）
◇「戦後文学エッセイ選 10」影書房 2007 p45

雨宿りの歌（あさのあつこ）
◇「ラブソングに飽きたら」幻冬舎 2015（幻冬舎文庫）p121

雨夜の暗殺（船山馨）
◇「新選組興亡録」角川書店 2003（角川文庫）p145
◇「誠の旗がゆく―新選組傑作選」集英社 2003（集英社文庫）p455

あまりに碧い空（遠藤周作）
◇「戦争小説短篇名作選」講談社 2015（講談社文芸文庫）p7

あまりに近代文学的な（埴谷雄高）
◇「戦後文学エッセイ選 3」影書房 2005 p17

余部さん（筒井康隆）
◇「短篇ベストコレクション―現代の小説 2003」徳間書店 2003（徳間文庫）p481

アマレット（山口翔太）
◇「君に伝えたい―恋愛短編小説集」泰文堂 2013（リンダブックス）p208

網（多岐川恭）
◇「名短篇、ここにあり」筑摩書房 2008（ちくま文庫）p219

アミダの住む町（中原文夫）
◇「文学 2011」講談社 2011 p287

阿弥陀仏よや、をいをい（五代ゆう）
◇「櫻憑き」光文社 2001（カッパ・ノベルス）p43

網戸の外（まつぐ）
◇「てのひら怪談―ビーケーワン怪談大賞傑作選 壬辰」ポプラ社 2012（ポプラ文庫）p54

網目温泉（明神ちさと）
◇「怪談四十九夜」竹書房 2016（竹書房文庫）p134

編物（金関丈夫）
◇「日本統治期台湾文学集成 17」緑蔭書房 2003 p272

アームストロング砲（司馬遼太郎）
◇「剣鬼らの饗宴」光風社出版 1998（光風社文庫）p73

アムネスティを語る（赤川次郎、佃末音）
◇「七つの危険な真実」新潮社 2004（新潮文庫）p307

飴（伊東哲哉）
◇「超短編傑作選 v.6」創英社 2007 p194

雨（秋山清）
◇「新装版 全集現代文学の発見 別巻」學藝書林 2005 p510

雨（浅暮三文）
◇「アジアン怪綺」光文社 2003（光文社文庫）p547

雨（国満静志）
◇「ハンセン病文学全集 7」皓星社 2004 p400

雨（高柳重信）
◇「新装版 全集現代文学の発見 13」學藝書林 2004 p608

雨（張健次郎）
◇「日本統治期台湾文学集成 5」緑蔭書房 2002 p201

雨（趙南哲）
◇「〈在日〉文学全集 18」勉誠出版 2006 p136

雨（トロチェフ, コンスタンチン）
◇「ハンセン病文学全集 7」皓星社 2004 p35

雨（中村稔）
◇「新装版 全集現代文学の発見 13」學藝書林 2004 p306

雨（西脇順三郎）
◇「新装版 全集現代文学の発見 13」學藝書林 2004 p48
◇「日本文学全集 29」河出書房新社 2016 p29

あめ

雨（林芙美子）
◇「コレクション戦争と文学 9」集英社 2012 p477

雨（広津柳浪）
◇「明治の文学 7」筑摩書房 2001 p351
◇「日本近代短篇小説選 明治篇1」岩波書店 2012（岩波文庫）p347

雨（不狼児）
◇「超短編の世界」創英社 2008 p65

雨あがり（寺沢淳子）
◇「ゆれる─第12回フェリシモ文学賞作品集」フェリシモ 2009 p164

雨上がり（藤原緋沙子）
◇「撫子が斬る─女性作家捕物帳アンソロジー」光文社 2005（光文社文庫）p469

雨上がりに傘を差すように（瀬那和章）
◇「ザ・ベストミステリーズ─推理小説年鑑 2015」講談社 2015 p145

雨あがる（山本周五郎）
◇「素浪人横丁─人情時代小説傑作選」新潮社 2009（新潮文庫）p7
◇「ふたり─時代小説夫婦情話」角川春樹事務所 2010（ハルキ文庫）p151

飴賣り（韓植）
◇「近代朝鮮文学日本語作品集1901～1938 創作篇 1」緑蔭書房 2004 p185

雨を射ち止めた話（稲垣足穂）
◇「ちくま日本文学 16」筑摩書房 2008（ちくま文庫）p26

雨男（雨の国）
◇「ショートショートの花束 7」講談社 2015（講談社文庫）p191

雨男（橘真吾）
◇「ショートショートの広場 10」講談社 2000（講談社文庫）p231

雨男晴れ女（和海真二）
◇「ショートショートの花束 4」講談社 2012（講談社文庫）p181

雨女（巴田夕虚）
◇「てのひら怪談 癸巳」KADOKAWA 2013（MF文庫ダ・ヴィンチ）p20

雨女（水木しげる）
◇「御伽草子─ホラー・アンソロジー」PHP研究所 2001（PHP文庫）p181

雨が降る頃（結城充考）
◇「ザ・ベストミステリーズ─推理小説年鑑 2010」講談社 2010 p425
◇「BORDER善と悪の境界」講談社 2013（講談社文庫）p101

雨瀟瀟（永井荷風）
◇「文士の意地─車谷長吉撰短篇小説輯 上巻」作品社 2005 p50

あめ玉（田辺青蛙）
◇「てのひら怪談─ビーケーワン怪談大賞傑作選」ポプラ社 2007 p226
◇「てのひら怪談─ビーケーワン怪談大賞傑作選」ポプラ社 2008（ポプラ文庫）p238

あめ玉おじさん（小田神恵）
◇「泣ける！ 北海道」泰文堂 2015（リンダパブリッシャーズの本）p111

雨と猫といくつかの嘘（吉田小夏）
◇「優秀新人戯曲集 2010」ブロンズ新社 2009 p121

雨と墓と秋と母と─父よ、この静寂はもうあなたのものだ（金時鐘）
◇「〈在日〉文学全集 5」勉誠出版 2006 p178

〔雨ニモ負ケズ〕（宮沢賢治）
◇「近代童話（メルヘン）と賢治」おうふう 2014 p110

雨の朝（上忠司）
◇「日本統治期台湾文学集成 18」緑蔭書房 2003 p220

雨のあと（阿刀田高）
◇「短篇ベストコレクション─現代の小説 2005」徳間書店 2005（徳間文庫）p5

雨のあとに（キムリジャ）
◇「〈在日〉文学全集 18」勉誠出版 2006 p328

雨の一日（三松道尚）
◇「かわさきの文学─かわさき文学賞50年記念作品集 2009年」審美社 2009 p183

雨の香り（永井路子）
◇「人情の往来─時代小説最前線」新潮社 1997（新潮文庫）p61

雨の聲（五代ゆう）
◇「時間怪談」廣済堂出版 1999（廣済堂文庫）p335

雨の殺人者─空港（星哲朗）
◇「ショートショートの花束 1」講談社 2009（講談社文庫）p115

雨のち雨？（岩阪恵子）
◇「文学賞受賞・名作集成 4」リブリオ出版 2004 p149

雨のち殺人（新保博久）
◇「自選ショート・ミステリー 2」講談社 2001（講談社文庫）p66

雨のなか（三枝和子）
◇「別れの予感」リブリオ出版 2001（ラブミーワールド）p112
◇「恋愛小説・名作集成 8」リブリオ出版 2004 p112

雨のなかを走る男たち（須賀敦子）
◇「日本文学全集 25」河出書房新社 2016 p246

雨の中で最初に濡れる（魚住陽子）
◇「小川洋子の陶酔短篇箱」河出書房新社 2014 p115

雨のなかの犬（香納諒一）
◇「最新「珠玉推理」大全 下」光文社 1998（カッパ・ノベルス）p75
◇「闇夜の芸術祭」光文社 2003（光文社文庫）p103

雨の中の犬─細川忠興（岳宏一郎）
◇「代表作時代小説 平成10年度」光風社出版 1998 p153
◇「地獄の無明剣─時代小説傑作選」講談社 2004

あめり

　　　　（講談社文庫）p131

雨の中の如来（宮司孝男）
　◇「「伊豆文学賞」優秀作品集 第18回」羽衣出版
　　2015 p188

雨のなかの噴水（三島由紀夫）
　◇「少年の眼―大人になる前の物語」光文社 1997
　　（光文社文庫）p185
　◇「戦後短篇小説再発見 1」講談社 2001（講談社
　　文芸文庫）p88
　◇「ものがたりのお菓子箱」飛鳥新社 2008 p119
　◇「この愛のゆくえ―ポケットアンソロジー」岩波
　　書店 2011〔岩波文庫別冊〕p55

雨の匂いと風の味（よこやまさよ）
　◇「現代作家代表作選集 7」鼎書房 2014 p179

あめの日（八木重吉）
　◇「きのこ文学名作選」港の人 2010 p137

雨の日に触ってはいけない（三輪チサ）
　◇「女たちの怪談百物語」メディアファクトリー
　　2010〔幽books〕p19
　◇「女たちの怪談百物語」KADOKAWA 2014（角
　　川ホラー文庫）p25

雨の日の邂逅（高柴三聞）
　◇「てのひら怪談―ビーケーワン怪談大賞傑作選 壬
　　辰」ポプラ社 2012（ポプラ文庫）p202

雨の日の二筒（五味康祐）
　◇「牌がささやく―麻雀小説傑作選」徳間書店 2002
　　（徳間文庫）p81

雨の降る品川駅（中野重治）
　◇「日本文学全集 29」河出書房新社 2016 p40

雨のふる日―これを北川原幸朋に（上忠司）
　◇「日本統治期台湾文学集成 18」緑蔭書房 2003
　　p282

雨の町（菊地秀行）
　◇「侵略！」廣済堂出版 1998（廣済堂文庫）p105

雨の街、夜の部屋（望月羚）
　◇「高校演劇Selection 2001 上」晩成書房 2001 p75

雨の道行坂（南原幹雄）
　◇「江戸の秘恋―時代小説傑作選」徳間書店 2004
　　（徳間文庫）p287

雨の夜（上忠司）
　◇「日本統治期台湾文学集成 18」緑蔭書房 2003
　　p213

雨の夜（樋口一葉）
　◇「ちくま日本文学 13」筑摩書房 2008（ちくま文
　　庫）p401

雨の夜、迷い子がひとり（石神茉莉）
　◇「未来妖怪」光文社 2008（光文社文庫）p219

雨の露地で（大藪春彦）
　◇「迷」文藝春秋 2003（推理作家になりたくて マ
　　イベストミステリー）p220
　◇「マイ・ベスト・ミステリー 3」文藝春秋 2007
　　（文春文庫）p328

雨降りいづる（国満静志）
　◇「ハンセン病文学全集 7」皓星社 2004 p394

雨降りお月さん、十五夜お月さん（野口雨情）

「月のものがたり」ソフトバンククリエイティブ
2006 p82

雨降花（梅本育子）
　◇「勝者の死にざま―時代小説選手権」新潮社 1998
　　（新潮文庫）p511

雨降り美人と下心（律心）
　◇「ショートショートの花束 5」講談社 2013（講
　　談社文庫）p219

雨ふりマージ（新城カズマ）
　◇「量子回廊―年刊日本SF傑作選」東京創元社
　　2010（創元SF文庫）p409

雨降る夜に（赤川次郎）
　◇「短篇ベストコレクション―現代の小説 2010」徳
　　間書店 2010（徳間文庫）p5

雨坊主（芦原すなお）
　◇「現代の小説 1999」徳間書店 1999 p217

雨待ち機嫌（柿生ひろみ）
　◇「気配―第10回フェリシモ文学賞作品集」フェリ
　　シモ 2007 p100

雨物語（深井充）
　◇「気配―第10回フェリシモ文学賞作品集」フェリ
　　シモ 2007 p129

雨、やみて（橋本紡）
　◇「本当のうそ」講談社 2007 p153

アメ、よこせ（加門七海）
　◇「らせん階段―女流ミステリー傑作選」角川春樹
　　事務所 2003（ハルキ文庫）p269

雨よ どしゃぶりに降れ（越一人）
　◇「ハンセン病文学全集 7」皓星社 2004 p329

アメリイの雨（那珂太郎）
　◇「新装版 全集現代文学の発見 13」學藝書林 2004
　　p417

アメリカ・アイス（馬場信浩）
　◇「謎―スペシャル・ブレンド・ミステリー 003」
　　講談社 2008（講談社文庫）p247

アメリカを連れて（藤野千夜）
　◇「あのころの玄もの―ほんのり心が温まる12の
　　ショートストーリー」メディアファクトリー
　　2003 p185

アメリカ交響楽（詩）（飯島耕一）
　◇「コレクション戦争と文学 3」集英社 2012 p529

アメリカ人とリセエンヌ（山内マリコ）
　◇「文芸あねもね」新潮社 2012（新潮文庫）p9

アメリカ帝国主義批判―ソウルにいる友への
　手紙（井上光晴）
　◇「戦後文学エッセイ選 13」影書房 2008 p110

アメリカについて（許南麒）
　◇「〈在日〉文学全集 2」勉誠出版 2006 p229

米国の戦慄（星田三平）
　◇「戦前探偵小説四人集」論創社 2011（論創ミステ
　　リ叢書）p309

アメリカの大統領（仲村孝志）
　◇「ショートショートの広場 14」講談社 2003（講
　　談社文庫）p85

アメリカ橋（山口洋子）

あめり

◇「現代の小説 1999」徳間書店 1999 p411

アメリカフウの下で(中澤秀彬)
◇「全作家短編小説集 8」全作家協会 2009 p7

あめりか物語(永井荷風)
◇「ちくま日本文学 19」筑摩書房 2008 (ちくま文庫) p9

アメリカン・スクール(小島信夫)
◇「文学で考える〈日本〉とは何か」双文社出版 2007 p90
◇「第三の新人名作選」講談社 2011 (講談社文芸文庫) p162
◇「文学で考える〈日本〉とは何か」翰林書房 2016 p90

アメリカン・ドリーム(キムリジャ)
◇「〈在日〉文学全集 18」勉誠出版 2006 p329

アメリカン・ルーレット(白川道)
◇「絶体絶命」早川書房 2006 (ハヤカワ文庫) p241

あめんちあ(富ノ沢麟太郎)
◇「分身」国書刊行会 1999 (書物の王国) p170

綾(大鷭居ひよこ)
◇「超短編の世界」創英社 2008 p64

あやかし(山田正紀)
◇「妖異七奇談」双葉社 2005 (双葉文庫) p115

あやかしあそび(高見ゆかり)
◇「妖(あやかし)がささやく」翠琥出版 2015 p5

あやかし心中(中島鉄也)
◇「てのひら怪談─ビーケーワン怪談大賞傑作選 辛卯」ポプラ社 2011 (ポプラ文庫) p144

妖と稚児(齊藤飛鳥)
◇「妖(あやかし)がささやく」翠琥出版 2015 p33

あやかしの家(七河迦南)
◇「新・本格推理 06」光文社 2006 (光文社文庫) p459

あやかしの声(阿刀田高)
◇「仮面のレクイエム」光文社 1998 (光文社文庫) p7

あやかしの鼓(夢野久作)
◇「新装版 全集現代文学の発見 16」學藝書林 2005 p130

斐子─あやこ(山寺美恵)
◇「全作家短編小説集 11」全作家協会 2012 p13

絢子の幻覚(岩田賛)
◇「探偵くらぶ─探偵小説傑作選1946〜1958 中」光文社 1997 (カッパ・ノベルス) p31

妖しい月(白石一郎)
◇「闇の旋風」徳間書店 2000 (徳間文庫) p181

怪しい部屋(小島水青)
◇「男たちの怪談百物語」メディアファクトリー 2012 (〔幽BOOKS〕) p202

怪しい来客─1(紙舞)
◇「男たちの怪談百物語」メディアファクトリー 2012 (〔幽BOOKS〕) p177

怪しい来客─2(黒史郎)
◇「男たちの怪談百物語」メディアファクトリー 2012 (〔幽BOOKS〕) p179

怪しい来客─3(安曇潤平)
◇「男たちの怪談百物語」メディアファクトリー 2012 (〔幽BOOKS〕) p180

怪しい来客簿(色川武大)
◇「ちくま日本文学 30」筑摩書房 2008 (ちくま文庫) p32

怪し野(大久保昌一良)
◇「テレビドラマ代表作選集 2004年版」日本脚本家連盟 2004 p305

あやしやな(幸田露伴)
◇「明治探偵冒険小説 4」筑摩書房 2005 (ちくま文庫) p7
◇「文豪のミステリー小説」集英社 2008 (集英社文庫) p177

綾瀬美穂(谷797慶)
◇「5分で読める! ひと駅ストーリー 旅の話」宝島社 2015 (宝島社文庫) p289

あやとりと思い出(沢村貞子)
◇「精選女性随筆集 12」文藝春秋 2012 p204

綾の鼓(有吉佐和子)
◇「日本舞踊舞踊劇選集」西川会 2002 p79

あやめ太刀(中山義秀)
◇「戦後短篇小説再発見 17」講談社 2003 (講談社文芸文庫) p9

あやめ祭の発見(荒川百花)
◇「「伊豆文学賞」優秀作品集 第18回」羽衣出版 2015 p195

あゆ(室生犀星)
◇「金沢三文豪掌文庫 たべもの編」金沢文化振興財団 2011 p65

鮎(丹羽文雄)
◇「早稲田作家処女作集」講談社 2012 (講談社文芸文庫) p246

鮎川哲也を読んだ男(三浦大)
◇「無人踏切─鉄道ミステリー傑作選」光文社 2008 (光文社文庫) p467

鮎川信夫詩集(鮎川信夫)
◇「新装版 全集現代文学の発見 13」學藝書林 2004 p252

「鮎」に就いて(丹羽文雄)
◇「早稲田作家処女作集」講談社 2012 (講談社文芸文庫) p267

歩み去る(小松左京)
◇「日本SF・名作集成 6」リブリオ出版 2005 p191

歩む(河野アサ)
◇「扉の向こうへ」全作家協会 2014 (全作家短編集) p326

洗い屋おゆき(越水利江子)
◇「てのひら猫語り─書き下ろし時代小説集」白泉社 2014 (白泉社招き猫文庫) p69

予め決定されている明日(小林泰三)
◇「逃げゆく物語の話─ゼロ年代日本SFベスト集成 F」東京創元社 2010 (創元SF文庫) p365

あらがみ集(神保光太郎)
◇「「日本浪曼派」集」新学社 2007 (新学社近代浪

漫派文庫）p47

あら神の歌（神保光太郎）
　◇「「日本浪曼派」集」新学社 2007（新学社近代浪漫派文庫）p50

荒川（李美子）
　◇「〈在日〉文学全集 18」勉誠出版 2006 p300

荒川、喫茶、ブルース（規田恵真）
　◇「嘘つきとおせっかい」エムオン・エンタテインメント 2012（SONG NOVELS）p163

荒絹（志賀直哉）
　◇「ちくま日本文学 21」筑摩書房 2008（ちくま文庫）p137

荒木又右衛門（池波正太郎）
　◇「人物日本の歴史―時代小説 江戸編 上」小学館 2004（小学館文庫）p71

荒木又右衛門（尾崎秀樹）
　◇「人物日本剣豪伝 3」学陽書房 2001（人物文庫）p81

荒木又右衛門の指（新宮正春）
　◇「鬼火が呼んでいる―時代小説傑作選」講談社 1997（講談社文庫）p43

あらくさ（長島愛生園長島短歌会）
　◇「ハンセン病文学全集 8」皓星社 2006 p157

荒沢部落（抄）（山蔦正躬）
　◇「山形県文学全集第1期（小説編）2」郷土出版社 2004 p305

嵐（朱耀翰）
　◇「近代朝鮮文学日本語作品集1908〜1945 セレクション 4」緑蔭書房 2008 p59

嵐（中村稔）
　◇「新装版 全集現代文学の発見 13」學藝書林 2004 p307

嵐と砂金の因果率（甲賀三郎）
　◇「幻の探偵雑誌 2」光文社 2000（光文社文庫）p355

嵐に抗して（木村良夫）
　◇「新装版 全集現代文学の発見 3」學藝書林 2003 p155

嵐に吠える（小泉雅二）
　◇「ハンセン病文学全集 6」皓星社 2003 p435

あらしのあと（明石海人）
　◇「ハンセン病文学全集 7」皓星社 2004 p448

嵐の後（水野葉舟）
　◇「文豪怪談傑作選 明治編」筑摩書房 2011（ちくま文庫）p160

嵐の去るまで…（伊集院静）
　◇「賭博師たち」角川書店 1997（角川文庫）p7
　◇「熱い賭け」早川書房 2006（ハヤカワ文庫）p129

嵐ののち（李正子）
　◇「〈在日〉文学全集 17」勉誠出版 2006 p293

嵐の枢島で誰が死ぬ［解決編］（辻真先）
　◇「探偵Xからの挑戦状！　season2」小学館 2011（小学館文庫）p127

嵐の枢島で誰が死ぬ［問題編］（辻真先）

嵐の枢島で誰が死ぬ［問題編］（辻真先）
　◇「探偵Xからの挑戦状！　season2」小学館 2011（小学館文庫）p9

嵐の前（北原亞以子）
　◇「代表作時代小説 平成19年度」光文社 2007 p145

嵐の夜（小川未明）
　◇「文豪怪談傑作選 小川未明集」筑摩書房 2008（ちくま文庫）p41

嵐の夜に（塔山郁）
　◇「5分で読める！ ひと駅ストーリー 夏の記憶西口編」宝島社 2013（宝島社文庫）p191

嵐の夜の出来事（新野哲也）
　◇「短篇ベストコレクション―現代の小説 2007」徳間書店 2007（徳間文庫）p379

新世帯（あらじょたい）（徳田秋声）
　◇「明治の文学 9」筑摩書房 2002 p22

争い（趙南哲）
　◇「〈在日〉文学全集 18」勉誠出版 2006 p169

争多き日（中山義秀）
　◇「創刊一〇〇年三田文学名作選」三田文学会 2010 p225

争いをなくしたい（柏原幻）
　◇「ショートショートの花束 7」講談社 2015（講談社文庫）p56

争ふ二つのもの（藤森成吉）
　◇「新・プロレタリア文学精選集 19」ゆまに書房 2004 p1

争へぬ運命（林輝焜）
　◇「日本統治期台湾文学集成 3」緑蔭書房 2002 p5

新たなマンハッタン風景を（日野啓三）
　◇「コレクション戦争と文学 4」集英社 2011 p98

新たなる黙示（斧澤燎）
　◇「リトル・リトル・クトゥルー―史上最小の神話小説集」学習研究社 2009 p112

荒津寛子遺稿集（荒津寛子）
　◇「新装版 全集現代文学の発見 別巻」學藝書林 2005 p536

新手のセールストーク（法坂一広）
　◇「10分間ミステリー」宝島社 2012（宝島社文庫）p11
　◇「10分間ミステリー THE BEST」宝島社 2016（宝島社文庫）p203

曠野（あらの）…→ "こうや…"をも見よ

曠野（堀辰雄）
　◇「別れ」SDP 2009（SDP bunko）p87

曠野（あらの）（堀辰雄）
　◇「ちくま日本文学 39」筑摩書房 2009（ちくま文庫）p422

アラビアの唄（色川武大）
　◇「ちくま日本文学 30」筑摩書房 2008（ちくま文庫）p134

あらぶる妹（上原和樹）
　◇「てのひら怪談 葵巳」KADOKAWA 2013（MF文庫ダ・ヴィンチ）p154

アラベスク（平戸廉吉）
　◇「新装版 全集現代文学の発見 1」學藝書林 2002

あらへ

p222

アラベスク─西南の彼方で（おおくぼ系）
　◇「現代作家代表作選集 2」冊書房 2012 p27

荒巻義雄インタビュー 私とノベルスの25年
　（荒巻義雄）
　◇「C・N 25─C・novels創刊25周年アンソロジー」
　中央公論新社 2007（C novels）p20

あらまんだ（阿部知二）
　◇「コレクション戦争と文学 18」集英社 2012 p504

荒武者よ（姜舜）
　◇「〈在日〉文学全集 17」勉誠出版 2006 p38

アララギ校正の夜（杉浦明平）
　◇「誤植文学アンソロジー─校正者のいる風景」論
　創社 2015 p176

霰ふる（泉鏡花）
　◇「文豪怪談傑作選 泉鏡花集」筑摩書房 2006（ち
　くま文庫）p291

現われない（笹沢左保）
　◇「恋は罪つくり─恋愛ミステリー傑作選」光文社
　2005（光文社文庫）p85

阿蘭殺し（井上雅彦）
　◇「伝奇城─伝奇時代小説アンソロジー」光文社
　2005（光文社文庫）p331

蟻（駒沢直）
　◇「てのひら怪談 癸巳」KADOKAWA 2013（MF
　文庫ダ・ヴィンチ）p88

蟻（宍戸レイ）
　◇「女たちの怪談百物語」メディアファクトリー
　2010（〔幽books〕）p266
　◇「女たちの怪談百物語」KADOKAWA 2014（角
　川ホラー文庫）p271

蟻（藤沢周）
　◇「文学 2006」講談社 2006 p29

アリア（許南麒）
　◇「〈在日〉文学全集 2」勉誠出版 2006 p238

ありあけ（萩原朔太郎）
　◇「ちくま日本文学 36」筑摩書房 2009（ちくま文
　庫）p87

有明（宮沢賢治）
　◇「新装版 全集現代文学の発見 13」學藝書林 2004
　p123

有明スノウ（岩崎恵）
　◇「ゆきのまち幻想文学賞・小品集 12」企画集団ぶ
　りずむ 2003 p169

アリア人の孤独（松永延造）
　◇「百年小説」ポプラ社 2008 p781

アリアドネー─迷宮の女主人（奥田哲也）
　◇「チャイルド」廣済堂出版 1998（廣済堂文庫）
　p189

蟻 蟻 蟻（佐野洋）
　◇「煌めきの殺意」徳間書店 1999（徳間文庫）
　p273

ありありて（金太中）
　◇「〈在日〉文学全集 18」勉誠出版 2006 p102

あり得ること（佐野洋）

◇「極上掌篇小説」角川書店 2006 p117
◇「ひと粒の宇宙」角川書店 2009（角川文庫）
p117

ありえざる客─贋の黒後家蜘蛛の会（斎藤肇）
　◇「贋作館事件」原書房 1999 p73

ありえざる村の奇跡（園田修一郎）
　◇「新・本格推理 04」光文社 2004（光文社文庫）
　p443

有難う（川端康成）
　◇「魂がふるえるとき」文藝春秋 2004（文春文庫）
　p309
　◇「男の涙 女の涙─せつない小説アンソロジー」光
　文社 2006（光文社文庫）p213
　◇「十話」ランダムハウス講談社 2006 p317
　◇「ちくま日本文学 26」筑摩書房 2008（ちくま文
　庫）p22

ありかた談義（一）～（四）（金鍾漢）
　◇「近代朝鮮文学日本語作品集1939～1945 評論・随筆
　篇 1」緑蔭書房 2002 p311

有難迷惑ノ眼玉（成島柳北）
　◇「新日本古典文学大系 明治編 2」岩波書店 2004
　p292

ありがとう（石田衣良）
　◇「Love Letter」幻冬舎 2005 p7
　◇「Love Letter」幻冬舎 2008（幻冬舎文庫）p7

ありがとう、ごめんなさい（ながすみつき）
　◇「たびだち─フェリシモしあわせショートショー
　ト」フェリシモ 2000 p135

ありがとうポッピーノ（田名うさこ）
　◇「最新中学校創作脚本集 2010」晩成書房 2010
　p67

蟻殺!!（李在鶴）
　◇「近代朝鮮文学日本語作品集1908～1945 セレクショ
　ン 4」緑蔭書房 2008 p102

ありぢごく（萩原朔太郎）
　◇「ちくま日本文学 36」筑摩書房 2009（ちくま文
　庫）p23

詩集 在りし日の歌（中原中也）
　◇「新装版 全集現代文学の発見 13」學藝書林 2004
　p174

ありし日の歌物語（阿久悠）
　◇「少女物語」朝日新聞社 1998 p51

アリス（高村左之郎）
　◇「名作テレビドラマ集」白河結城刊行会 2007
　p172

アリスinサイエンスワールド（田中理恵）
　◇「科学ドラマ大賞 第1回受賞作品集」科学技術振
　興機構 〔2010〕 p79

アリスへの決別（山本弘）
　◇「結晶銀河─年刊日本SF傑作選」東京創元社
　2011（創元SF文庫）p315

アリスの心臓（海猫沢めろん）
　◇「ゼロ年代SF傑作選」早川書房 2010（ハヤカワ
　文庫 JA）p189

アリスの不思議な旅（石川喬司）
　◇「不思議の国のアリス ミステリー館」河出書房新

アリスマ王の愛した魔物（小川一水）
◇「結晶銀河―年刊日本SF傑作選」東京創元社 2011（創元SF文庫）p33

ありそうな話（桜井忠房）
◇「ショートショートの広場 12」講談社 2001（講談社文庫）p24

在りたい（崔龍源）
◇「〈在日〉文学全集 18」勉誠出版 2006 p197

アリとキリギリスとアリ（坂りんご）
◇「ショートショートの広場 18」講談社 2006（講談社文庫）p169

ア・リトル・ドラゴン（中村うさぎ）
◇「ドラゴン殺し」メディアワークス 1997（電撃文庫）p17

ありなしの影（李正子）
◇「〈在日〉文学全集 17」勉誠出版 2006 p352

ありの足音（山本一力）
◇「江戸めぐり雨」学研パブリッシング 2014（学研M文庫）p243

蟻の木の下で（西東登）
◇「江戸川乱歩賞全集 5」講談社 1999（講談社文庫）p357

蟻の行列（北野勇作）
◇「贈る物語Wonder」光文社 2002 p116

蟻の自由（古山高麗雄）
◇「日本文学100年の名作 6」新潮社 2015（新潮文庫）p395

短篇小説 阿里の華（楠谷雄蓬）
◇「日本統治期台湾文学集成 7」緑蔭書房 2002 p217

アリバイ（今野敏）
◇「激動東京五輪1964」講談社 2015 p163

アリバイ（森江賢二）
◇「ショートショートの花束 1」講談社 2009（講談社文庫）p103

現場不在証明（角田喜久雄）
◇「江戸川乱歩と13人の新青年 〈論理派〉編」光文社 2008（光文社文庫）p391

アリバイ工作（日比野けん）
◇「ショートショートの花束 6」講談社 2014（講談社文庫）p192

アリバイ・ジ・アンビバレンス（西澤保彦）
◇「殺意の時間割」角川書店 2002（角川文庫）p155
◇「自薦THEどんでん返し」双葉社 2016（双葉文庫）p85

アリバイの泡（山口雅也）
◇「不在証明崩壊―ミステリーアンソロジー」角川書店 2000（角川文庫）p239

アリバイ不成立（石沢英太郎）
◇「あなたが名探偵」講談社 1998（講談社文庫）p329

ありふれた殺人事件（耳目）
◇「ショートショートの広場 16」講談社 2005（講談社文庫）p130

有馬騒動 冥府の密使（野村敏雄）
◇「怪奇・伝奇時代小説選集 6」春陽堂書店 2000（春陽文庫）p148

有馬猫騒動―「江戸八百八町物語」より（柴田錬三郎）
◇「極め付き時代小説選 3」中央公論新社 2004（中公文庫）p37

有馬の猫騒動（三田村鳶魚）
◇「怪猫鬼談」人類文化社 1999 p225

アリラン峠（コゲ）（庾炯達）
◇「〈在日〉文学全集 18」勉誠出版 2006 p82

「アリラン峠」（金素雲）
◇「近代朝鮮文学日本語作品集1908〜1945 セレクション 5」緑蔭書房 2008 p311

アリランの唄（李正子）
◇「〈在日〉文学全集 17」勉誠出版 2006 p222
◇「〈在日〉文学全集 17」勉誠出版 2006 p227

ある会津人のこと（司馬遼太郎）
◇「剣鬼無明斬り」光風社出版 1997（光風社文庫）p363

ある秋の出来事（坂上弘）
◇「「内向の世代」初期作品アンソロジー」講談社 2016（講談社文芸文庫）p237

ある朝（藤本とし）
◇「ハンセン病文学全集 4」皓星社 2003 p682

或る朝（志賀直哉）
◇「ちくま日本文学 21」筑摩書房 2008（ちくま文庫）p9

或阿呆の一生（芥川龍之介）
◇「ちくま日本文学 2」筑摩書房 2007（ちくま文庫）p398

或る雨の日の描寫（李石薫）
◇「近代朝鮮文学日本語作品集1908〜1945 セレクション 4」緑蔭書房 2008 p198

ある遺書（原石寛）
◇「全作家短編小説集 12」全作家協会 2013 p5

歩いた道（山下芳信）
◇「かわさきの文学―かわさき文学賞50年記念作品集 2009年」審美社 2009 p333

或る田舎町の魅力（吉田健一）
◇「新編・日本幻想文学集成 2」国書刊行会 2016 p212

あるいは四風荘殺人事件（有栖川有栖）
◇「名探偵の奇跡」光文社 2007（Kappa novels）p103
◇「名探偵の奇跡」光文社 2010（光文社文庫）p123

あるいは土星に慰めを（新城カズマ）
◇「SF宝石―すべて新作読み切り！ 2015」光文社 2015 p43

あるいはマンボウでいっぱいの海（田中啓文）
◇「ひとにぎりの異形」光文社 2007（光文社文庫）p29

ある印刷物の行方（山白朝子）
◇「メアリー・スーを殺して―幻夢コレクション」

あるえ

朝日新聞出版 2016 p255

Rへ—あとがきに代へて（素雲生）
◇「近代朝鮮文学日本語作品集1908～1945 セレクション 5」緑蔭書房 2008 p351

ある映画監督の悩み（犬伏浩）
◇「ショートショートの花束 4」講談社 2012（講談社文庫）p203

ある映畫人への手紙—映畫時評（呉泳鎭）
◇「近代朝鮮文学日本語作品集1939～1945 評論・随筆篇 1」緑蔭書房 2002 p335

ある映画の記憶（恩田陸）
◇「大密室」新潮社 1999 p35
◇「映画狂時代」新潮社 2014（新潮文庫）p143

或る駅の怪事件（蟹海太郎）
◇「無人踏切—鉄道ミステリー傑作選」光文社 2008（光文社文庫）p497

あるエープリール・フール（佐野洋）
◇「江戸川乱歩の推理試験」光文社 2009（光文社文庫）p207

ある扇のはなし（小泉八雲著, 平井呈一訳）
◇「文豪怪談傑作選 明治編」筑摩書房 2011（ちくま文庫）p89

或る王子の死（@stdaux）
◇「人は死んだら電柱になる—電柱アンソロジー」遠すぎる未来団 2014 p110

或る往復書翰（宮島俊夫, 厚木叡）
◇「ハンセン病文学全集 5」皓星社 2010 p27

ある男と無花果（小川未明）
◇「超短編アンソロジー」筑摩書房 2002（ちくま文庫）p184

あるお土産（江坂遊）
◇「綾辻・有栖川復刊セレクション 仕掛け花火」講談社 2007（講談社ノベルス）p186

ある終り（金時鐘）
◇「〈在日〉文学全集 5」勉誠出版 2006 p196

ある女芸人の元マネージャーの話—その1（岩井志麻子）
◇「女たちの怪談百物語」メディアファクトリー 2010（〔幽books〕）p36
◇「女たちの怪談百物語」KADOKAWA 2014（角川ホラー文庫）p42

ある女芸人の元マネージャーの話—その2（岩井志麻子）
◇「女たちの怪談百物語」メディアファクトリー 2010（〔幽books〕）p98
◇「女たちの怪談百物語」KADOKAWA 2014（角川ホラー文庫）p103

ある女芸人の元マネージャーの話—その3（岩井志麻子）
◇「女たちの怪談百物語」メディアファクトリー 2010（〔幽books〕）p208
◇「女たちの怪談百物語」KADOKAWA 2014（角川ホラー文庫）p212

或女の石々（新井哲）
◇「優秀新人戯曲集 2005」ブロンズ新社 2004 p81

ある女の記録（龍瑛宗）
◇「日本統治期台湾文学集成 22」緑蔭書房 2007 p253

或る女の幻想（佐藤春夫）
◇「蘇らぬ朝「大逆事件」以後の文学」インパクト出版会 2010（インパクト選書）p53

ある女の死（伊藤整）
◇「戦後短篇小説再発見 13」講談社 2003（講談社文芸文庫）p30

ある女の生涯（金泰生）
◇「〈在日〉文学全集 9」勉誠出版 2006 p81

ある女の生涯（島崎藤村）
◇「名短篇, さらにあり」筑摩書房 2008（ちくま文庫）p305

ある女の手紙（永代美知代）
◇「「新編」日本女性文学全集 3」菁柿堂 2011 p466

ある女の日記（小泉八雲）
◇「とっておきの話」筑摩書房 2011（ちくま文学の森）p325

ある絵画論（日影丈吉）
◇「新編・日本幻想文学集成 1」国書刊行会 2016 p581

ある会話（浜尾まさひろ）
◇「ショートショートの花束 1」講談社 2009（講談社文庫）p219

或る会話（吉田小五郎）
◇「ショートショートの広場 14」講談社 2003（講談社文庫）p91

ある書き出し（永井龍男）
◇「創刊一〇〇年三田文学名作選」三田文学会 2010 p198

ある崖上の感情（梶井基次郎）
◇「ちくま日本文学 28」筑摩書房 2008（ちくま文庫）p84

『ある家族の会話』訳者あとがき（須賀敦子）
◇「日本文学全集 25」河出書房新社 2016 p401

ある潟の日没（中村稔）
◇「新装版 全集現代文学の発見 13」學藝書林 2004 p302

或る患者（清水益三）
◇「ショートショートの花束 2」講談社 2010（講談社文庫）p18

ある記事の齟齬（松村進吉）
◇「恐怖箱 遺伝記」竹書房 2008（竹書房文庫）p132

ある奇跡（弐藤水流）
◇「SF宝石—すべて新作読み切り！ 2015」光文社 2015 p196

或る季節感（金関丈夫）
◇「日本統治期台湾文学集成 17」緑蔭書房 2003 p231

アルキメデスは手を汚さない（小峰元）
◇「江戸川乱歩賞全集 9」講談社 2000（講談社文庫）p7

ある救援米のこと（上野英信）
◇「戦後文学エッセイ選 12」影書房 2006 p65

40 作品名から引ける日本文学全集案内 第III期

あるし

或旧友へ送る手記（芥川龍之介）
◇「日本人の手紙 8」リブリオ出版 2004 p49
ある疑惑（吉田雨）
◇「ショートショートの花束 5」講談社 2013（講談社文庫）p140
ある勤皇少年のこと（井上光晴）
◇「戦後文学エッセイ選 13」影書房 2008 p26
歩く、歩くほかない山頭火。九州・中国路≫
荻原井泉水／天村緑平（種田山頭火）
◇「日本人の手紙 7」リブリオ出版 2004 p72
ある薬指の話（星野良一）
◇「ショートショートの花束 6」講談社 2014（講談社文庫）p32
アルクホル・ランプ（平木さくら）
◇「ゆれる─第12回フェリシモ文学賞作品集」フェリシモ 2009 p144
アルクマン（耳目）
◇「ショートショートの花束 8」講談社 2016（講談社文庫）p193
アールグレイ（@amamuta）
◇「3.11心に残る140字の物語」学研パブリッシング 2011 p57
あるグレートマザーの告白（平山夢明）
◇「Fの肖像─フランケンシュタインの幻想たち」光文社 2010（光文社文庫）p297
或る芸人の記録（牧野修）
◇「SFバカ本 天然パラダイス篇」メディアファクトリー 2001 p109
ある欠陥物件に関する関係者への聞き取り調査（林譲治）
◇「アステロイド・ツリーの彼方へ」東京創元社 2016（創元SF文庫）p351
或る結婚（徐瓊二）
◇「日本統治期台湾文学集成 5」緑蔭書房 2002 p191
或下男の話─秋の夜長物語（崔東一）
◇「近代朝鮮文学日本語作品集1901～1938 創作篇 5」緑蔭書房 2004 p191
或る検事の遺書（織田清七）
◇「幻の探偵雑誌 2」光文社 2000（光文社文庫）p241
或る小石の話（宇野千代）
◇「戦後短篇小説再発見 3」講談社 2001（講談社文芸文庫）p221
ある抗議書（菊池寛）
◇「ちくま日本文学 27」筑摩書房 2008（ちくま文庫）p142
ある坑道にて（松田解子）
◇「時代の波音─民主文学短編小説集1995年～2004年」日本民主主義文学会 2005 p241
ある強盗の幻影（大田瓢一郎）
◇「怪奇・伝奇時代小説選集 11」春陽堂書店 2000（春陽文庫）p117
或る「小倉日記」伝（松本清張）
◇「創刊一〇〇年三田文学名作選」三田文学会 2010 p311

「ある午後のコーモア」（李石薫）
◇「近代朝鮮文学日本語作品集1901～1938 創作篇 2」緑蔭書房 2004 p337
ある心の風景（梶井基次郎）
◇「京都府文学全集第1期（小説編）1」郷土出版社 2005 p478
◇「ちくま日本文学 28」筑摩書房 2008（ちくま文庫）p278
あるゴーストの独白（大森康宏）
◇「立川文学 6」けやき出版 2016 p145
あるこどものおはなし（まつじ）
◇「超短編の世界 vol.3」創英社 2011 p196
或る子供の備忘録（李光天）
◇「近代朝鮮文学日本語作品集1901～1938 創作篇 2」緑蔭書房 2004 p295
アルコホリック・ホテル（高村薫）
◇「誘惑─女流ミステリー傑作選」徳間書店 1999（徳間文庫）p229
あるこーるらんぷ（金鶴泳）
◇「〈在日〉文学全集 6」勉誠出版 2006 p175
ある裁判と女（金子洋文）
◇「新・プロレタリア文学精選集 12」ゆまに書房 2004 p146
或ル挿絵画家ノ所有スル魍魎ノ函（フジワラヨウコウ）
◇「妖怪変化─京極堂トリビュート」講談社 2007 p279
アルザスの天使猫（大原まり子）
◇「日本SF短篇50 2」早川書房 2013（ハヤカワ文庫JA）p531
或る作家の日常性（中里恒子）
◇「精選女性随筆集 10」文藝春秋 2012 p36
ある殺人（畠山拓）
◇「全作家短編小説集 7」全作家協会 2008 p54
ある山荘の殺人（湯川聖司）
◇「本格推理 13」光文社 1998（光文社文庫）p355
Rさんの体験（小田イ輔）
◇「渚にて─あの日からの〈みちのく怪談〉」荒蝦夷 2016 p56
或死刑囚の手記の一節（荻一之介）
◇「幻の探偵雑誌 8」光文社 2001（光文社文庫）p447
ある自称やり手の編集者の話（岩井志麻子）
◇「女たちの怪談百物語」メディアファクトリー 2010（〔幽books〕）p297
◇「女たちの怪談百物語」KADOKAWA 2014（角川ホラー文庫）p308
アル詩人ノ願イ（許南麒）
◇「〈在日〉文学全集 2」勉誠出版 2006 p268
ある姿勢（塔和子）
◇「ハンセン病文学全集 7」皓星社 2004 p133
或る自白（川島郁夫）
◇「甦る推理雑誌 10」光文社 2004（光文社文庫）p47
ある終結（木下順二）

作品名から引ける日本文学全集案内 第III期 41

あるし

◇「戦後文学エッセイ選 8」影書房 2005 p209

ある蒐集家の死（二階堂黎人）
◇「名探偵の饗宴」朝日新聞社 1998 p121
◇「名探偵の饗宴」朝日新聞出版 2015（朝日文庫）p141

ある終末夫婦のレシート（柄刀一）
◇「ミステリ★オールスターズ」角川書店 2010 p303
◇「ミステリ・オールスターズ」角川書店 2012（角川文庫）p351

ある情事（吉行淳之介）
◇「昭和の短篇一人一冊集成 吉行淳之介」未知谷 2008 p43

或る小説（高橋たか子）
◇「文学 2006」講談社 2006 p185

ある情熱（司馬遼太郎）
◇「教科書名短篇 人間の情景」中央公論新社 2016（中公文庫）p21

ある成仏（大庭みな子）
◇「精選女性随筆集 6」文藝春秋 2012 p220

ある女王の物語（光原百合）
◇「毒殺協奏曲」原書房 2016 p337

ある職工の手記（宮地嘉六）
◇「アンソロジー・プロレタリア文学 1」森話社 2013 p22
◇「日本文学100年の名作 1」新潮社 2014（新潮文庫）p181

或る心中（平岩弓枝）
◇「恋愛小説・名作集成 6」リブリオ出版 2004 p5

ある心中未遂（三好徹）
◇「黒衣のモニュメント」光文社 2000（光文社文庫）p311

ある神秘な暗示（柳田國男）
◇「文豪怪談傑作選 柳田國男集」筑摩書房 2007（ちくま文庫）p324

ある生長（日影丈吉）
◇「新編・日本幻想文学集成 1」国書刊行会 2016 p654

ある静物（安東次男）
◇「新装版 全集現代文学の発見 13」學藝書林 2004 p298

あるソムリエの話（貫井徳郎）
◇「文豪さんへ。」メディアファクトリー 2009（MF文庫）p89

ある怠惰（塔和子）
◇「ハンセン病文学全集 7」皓星社 2004 p18

ある大統領の伝記（小鳥遊ふみ）
◇「ショートショートの花束 4」講談社 2012（講談社文庫）p51

ある台風伝（恩知邦衛）
◇「ショートショートの花束 2」講談社 2010（講談社文庫）p24

あるたい文（加藤郁乎）
◇「新装版 全集現代文学の発見 13」學藝書林 2004 p619

ある旅（牛島春子）
◇「コレクション戦争と文学 9」集英社 2012 p200

ある旅人の譜（庸沢陵）
◇「ハンセン病文学全集 7」皓星社 2004 p141

あるタブー（堂場瞬一）
◇「ノスタルジー1972」講談社 2016 p109

ある父の死（小林弘明）
◇「ハンセン病文学全集 7」皓星社 2004 p524

ある中篇のための七つの書出し（平出隆）
◇「ことばのたくらみ―実作集」岩波書店 2003（21世紀文学の創造）p23

ある彫刻家（武者小路実篤）
◇「戦後短編小説選―『世界』1946～1999 1」岩波書店 2000 p9

或る調書の一節―対話（谷崎潤一郎）
◇「悪いやつらの物語」筑摩書房 2011（ちくま文学の森）p457

アルデンテ（白縫いさや）
◇「超短編の世界 vol.3」創英社 2011 p40

アルデンテ（よもぎ）
◇「超短編の世界」創英社 2008 p61

ある投稿川柳（久寿浩永）
◇「ショートショートの広場 15」講談社 2004（講談社文庫）p185

R燈台の悲劇（大下宇陀児）
◇「竹中英太郎 2」皓星社 2016（挿絵叢書）p233

ある閉ざされた雪の雀荘で（伽古屋圭市）
◇「10分間ミステリー」宝島社 2012（宝島社文庫）p263

或る夏のディレールメント（遊馬足搔）
◇「5分で読める！ ひと駅ストーリー 夏の記憶西口編」宝島社 2013（宝島社文庫）p121

或夏の夜（崔淳文）
◇「近代朝鮮文学日本語作品集1908～1945 セレクション 4」緑蔭書房 2008 p176

或る夏の夜の出来事―附 その後日譚（入澤康夫）
◇「新装版 全集現代文学の発見 13」學藝書林 2004 p560

ある人気作家の憂鬱（島津緒繰）
◇「5分で読める！ ひと駅ストーリー 本の物語」宝島社 2014（宝島社文庫）p69
◇「5分で凍る！ ぞっとする怖い話」宝島社 2015（宝島社文庫）p151
◇「5分で驚く！ どんでん返しの物語」宝島社 2016（宝島社文庫）p205

Rのつく月には気をつけよう（石持浅海）
◇「ザ・ベストミステリーズ―推理小説年鑑 2006」講談社 2006 p231
◇「曲げられた真相」講談社 2009（講談社文庫）p105

ある墓（田山花袋）
◇「蘇らぬ朝「大逆事件」以後の文学」インパクト出版会 2010（インパクト選書）p49

ある破壊的な夢想―性と私（倉橋由美子）

◇「精選女性随筆集 3」文藝春秋 2012 p171

アルハザードの娘 (新熊昇)
　◇「リトル・リトル・クトゥルー——史上最小の神話小説集」学習研究社 2009 p44

アルバトロス (津原泰水)
　◇「エロティシズム12幻想」エニックス 2000 p253

或る母の西南戦争 (石山葉子)
　◇「現代鹿児島小説大系 3」ジャプラン 2014 p5

「アルバム」を手にして (朴玉淳)
　◇「近代朝鮮文学日本語作品集1908〜1945 セレクション 6」緑蔭書房 2008 p149

或る晴れた日に (上田絵馬)
　◇「たびだち——フェリシモしあわせショートショート」フェリシモ 2000 p88

ある晴れた日のウィーンは森の中にたたずむ (荒巻義雄)
　◇「70年代日本SFベスト集成 1」筑摩書房 2014 (ちくま文庫) p359

或る晩 (崔秉一)
　◇「近代朝鮮文学日本語作品集1939〜1945 創作篇 5」緑蔭書房 2001 p7

ある挽歌 (大湾雅常)
　◇「沖縄文学選—日本文学のエッジからの問い」勉誠出版 2003 p170

或る晩のこと (宇野千代)
　◇「超短編アンソロジー」筑摩書房 2002 (ちくま文庫) p15

ある晩の出来事 (稲垣足穂)
　◇「ちくま日本文学 16」筑摩書房 2008 (ちくま文庫) p21

ある日、会って…… (須賀敦子)
　◇「日本文学全集 25」河出書房新社 2016 p209

あるピアニストの憂鬱 (霧承豊)
　◇「本格推理 14」光文社 1999 (光文社文庫) p347

或る彼岸の接近 (平山夢明)
　◇「秘神界 現代編」東京創元社 2002 (創元推理文庫) p443

ある人妻の物語 (光原百合)
　◇「毒殺協奏曲」原書房 2016 p362

ある日突然 (赤松秀昭)
　◇「物語の魔の物語—メタ怪談傑作選」徳間書店 2001 (徳間文庫) p25

ある日突然に (高舘作夫)
　◇「全作家短編小説集 11」全作家協会 2012 p19

あるひとり (金時鐘)
　◇「〈在日〉文学全集 5」勉誠出版 2006 p190

あるひとりの妻 (佐多稲子)
　◇「戦後短篇小説選—『世界』1946-1999 1」岩波書店 2000 p195

ある日の海辺で (呉林俊)
　◇「〈在日〉文学全集 17」勉誠出版 2006 p115

ある日の梅原さん (白洲正子)
　◇「精選女性随筆集 7」文藝春秋 2012 p19

或日の大石内蔵助 (芥川龍之介)
　◇「忠臣蔵コレクション 3」河出書房新社 1998

（河出文庫）p39
　◇「赤穂浪士伝奇」勉誠出版 2002 （べんせいライブラリー）p143

ある日の画像 (呉林俊)
　◇「〈在日〉文学全集 17」勉誠出版 2006 p104

或る日の小兵衛 (池波正太郎)
　◇「魔剣くずし秘聞」光風社出版 1998 （光風社文庫）p213

ある日の蜀山人 (深海和)
　◇「全作家短編小説集 11」全作家協会 2012 p28

ある日の詩話会 (香山末子)
　◇「ハンセン病文学全集 7」皓星社 2004 p421

或る日の呟き (光岡芳枝)
　◇「ハンセン病文学全集 4」皓星社 2003 p453

ある日の妻 (江坂遊)
　◇「綾辻・有栖川復刊セレクション 仕掛け花火」講談社 2007 （講談社ノベルス）p87

ある日の出来事 (鈴木美春)
　◇「伊豆文学賞」優秀作品集 第14回」静岡新聞社 2011 p222

ある日の目覚め (愛生神治)
　◇「ショートショートの広場 13」講談社 2002 （講談社文庫）p165

ある日、爆弾がおちてきて (古橋秀之)
　◇「逃げゆく物語の話—ゼロ年代日本SFベスト集成 F」東京創元社 2010 （創元SF文庫）p91

ある姫君の物語 (光原百合)
　◇「毒殺協奏曲」原書房 2016 p345

あるふぁべてぃく (中井英夫)
　◇「きのこ文学名作選」港の人 2010 p237

ある武士の死 (菊地秀行)
　◇「櫻憑き」光文社 2001 （カッパ・ノベルス）p117

R夫人の横顔 (水谷準)
　◇「探偵くらぶ—探偵小説傑作選1946〜1958 上」光文社 1997 （カッパ・ノベルス）p189

アルプス男のすきとおった目を見た≫加藤静枝 (加藤恕彦)
　◇「日本人の手紙 7」リブリオ出版 2004 p175

アルプスの少女 (石川淳)
　◇「戦後短篇小説再発見 10」講談社 2002 （講談社文芸文庫）p16

ある古本屋の妻の話 (井上荒野)
　◇「100万分の1回のねこ」講談社 2015 p53

ある文学的事件—金嬉老が訴えたもの (木下順二)
　◇「戦後文学エッセイ選 8」影書房 2005 p81

あるべき所を求めて—書店員編 (作者不詳)
　◇「心に火を。」廣済堂出版 2014 p99

捜査実話 或る変態性欲者の犯罪 (山下景光)
　◇「日本統治期台湾文学集成 9」緑蔭書房 2002 p303

ある方法 (石井廃止)
　◇「ショートショートの広場 16」講談社 2005 （講談社文庫）p212

ある放浪者の最期（小杉健治）
　◇「日本ベストミステリー選集 24」光文社 1997
　　（光文社文庫）p97
アルマゲドン（山田吉孝）
　◇「ショートショートの広場 13」講談社 2002（講
　　談社文庫）p186
ある夕ぐれ—川端康成（大庭みな子）
　◇「精選女性随筆集 6」文藝春秋 2012 p186
ある雪男の物語（拓未司）
　◇「5分で読める！ ひと駅ストーリー 冬の記憶西口
　　編」宝島社 2013（宝島社文庫）p261
ある夜（広津和郎）
　◇「教科書に載った小説」ポプラ社 2008 p65
　◇「教科書に載った小説」ポプラ社 2012（ポプラ文
　　庫）p61
ある夜倉庫の影で聞いた話（稲垣足穂）
　◇「ちくま日本文学 16」筑摩書房 2008（ちくま文
　　庫）p14
或夜の無画庵（山田一夫）
　◇「京都府文学全集第1期（小説編）2」郷土出版社
　　2005 p36
或る夜の西脇先生（安東伸介）
　◇「創刊一〇〇年三田文学名作選」三田文学会 2010
　　p688
ある夜のメニュー（江坂遊）
　◇「綾辻・有栖川復刊セレクション 仕掛け花火」講
　　談社 2007（講談社ノベルス）p220
吸血花（吉川良太郎）
　◇「短篇ベストコレクション—現代の小説 2009」徳
　　間書店 2009（徳間文庫）p535
鐵道小説 R旅客の珍話（踏切のロメオとジュリ
エット）（柯宗偕）
　◇「日本統治期台湾文学集成 22」緑蔭書房 2007
　　p29
アルルの秋（鈴木秀郎）
　◇「甦る推理雑誌 9」光文社 2003（光文社文庫）
　　p339
ある列車にて（友滝勇一）
　◇「ショートショートの広場 14」講談社 2003（講
　　談社文庫）p142
ある老人の死（宮本常一）
　◇「ちくま日本文学 22」筑摩書房 2008（ちくま文
　　庫）p288
ある老人の生活（岡野弘樹）
　◇「全作家短編小説集 8」全作家協会 2009 p160
ある老人の図書館（倉橋由美子）
　◇「新編・日本幻想文学集成 1」国書刊行会 2016
　　p361
ある老婆の死（新章文子）
　◇「赤のミステリー—女性ミステリー作家傑作選」
　　光文社 1997 p53
　◇「女性ミステリー作家傑作選 2」光文社 1999
　　（光文社文庫）p157
或るロマンセ（五代ゆう）
　◇「帰還」光文社 2000（光文社文庫）p403
あるYの悲劇（有栖川有栖）

　◇「「Y」の悲劇」講談社 2000（講談社文庫）p7
あれ（星新一）
　◇「怪談—24の恐怖」講談社 2004 p135
あれ？（森江賢二）
　◇「ショートショートの広場 14」講談社 2003（講
　　談社文庫）p33
あれから（朱耀翰）
　◇「近代朝鮮文学日本語作品集1901〜1938 評論・随筆
　　篇 2」緑蔭書房 2004 p179
あれから3年—翼は碧空を翔けて（三浦真奈美）
　◇「C・N 25—C・novels創刊25周年アンソロジー」
　　中央公論新社 2007（C novels）p610
アレキシサイミアの父と（安井多恵子）
　◇「万華鏡—第14回フェリシモ文学賞作品集」フェ
　　リシモ 2011 p80
アレスケのふとん（木次園子）
　◇「ゆきのまち幻想文学賞小品集 24」企画集団ぷり
　　ずむ 2015 p39
荒地詩集（三好豊一郎）
　◇「新装版 全集現代文学の発見 13」學藝書林 2004
　　p267
アレルギー（川上弘美）
　◇「胞子文学名作選」港の人 2013 p153
あれは子どものための歌（明神しじま）
　◇「ベスト本格ミステリ 2014」講談社 2014（講談
　　社ノベルス）p191
アレンテージョ（江國香織）
　◇「チーズと塩と豆と」ホーム社 2010 p146
　◇「チーズと塩と豆と」集英社 2013（集英社文庫）
　　p141
アロママジック（村田基）
　◇「侵略！」廣済堂出版 1998（廣済堂文庫）p293
泡（乃南アサ）
　◇「妖美—女流ミステリー傑作選」徳間書店 1999
　　（徳間文庫）p231
泡坂ミステリ考—亜愛一郎シリーズを中心に
評論（横井司）
　◇「本格ミステリー二〇一〇年本格短編ベスト・セ
　　レクション ’10」講談社 2010（講談社ノベル
　　ス）p397
泡坂ミステリ考—亜愛一郎シリーズを中心に
（横井司）
　◇「凍れる女神の秘密」講談社 2014（講談社文庫）
　　p493
合わせ鏡の地獄（三津田信三）
　◇「未来妖怪」光文社 2008（光文社文庫）p349
粟田口の狂女（滝口康彦）
　◇「剣が哭く夜に哭く」光風社出版 2000（光風社文
　　庫）p317
あわだち草（李正子）
　◇「〈在日〉文学全集 17」勉誠出版 2006 p239
あわてた雪女（迦都リーナ）
　◇「ゆきのまち幻想文学賞小品集 17」企画集団ぷり
　　ずむ 2008 p61
あわてんぼう（友朗）

◇「ショートショートの花束 1」講談社 2009（講談社文庫）p163

泡と消えぬ恋（氷川拓哉）
◇「ショートショートの花束 1」講談社 2009（講談社文庫）p110

哀れ（佐藤春夫）
◇「丸谷才一編・花柳小説傑作選」講談社 2013（講談社文芸文庫）p355

哀蚊（太宰治）
◇「文豪怪談傑作選 太宰治集」筑摩書房 2009（ちくま文庫）p22

哀れな男（千梨らく）
◇「5分で読める！ひと駅ストーリー 乗車編」宝島社 2012（宝島社文庫）p233

あわれなる浪（大峰古日）
◇「文豪怪談傑作選 柳田國男集」筑摩書房 2007（ちくま文庫）p369

あはれ夕べとなれば（上忠司）
◇「日本統治期台湾文学集成 18」緑蔭書房 2003 p233

暗雲（武内慎之助）
◇「ハンセン病文学全集 6」皓星社 2003 p337

アンケート（埴谷雄高）
◇「戦後文学エッセイ選 3」影書房 2005 p149

「アンケート集」（岡本かの子）
◇「精選女性随筆集 4」文藝春秋 2012 p172

アンゲリカのクリスマスローズ（中山七里）
◇「5分で読める！ひと駅ストーリー 冬の記憶東口編」宝島社 2013（宝島社文庫）p281
◇「5分で泣ける！胸がいっぱいになる物語」宝島社 2015（宝島社文庫）p49
◇「5分で驚く！どんでん返しの物語」宝島社 2016（宝島社文庫）p245

アンゴウ（坂口安吾）
◇「戦後短篇小説再発見 13」講談社 2003（講談社文芸文庫）p9
◇「コレクション戦争と文学 15」集英社 2012 p435
◇「古書ミステリー倶楽部—傑作推理小説集 2」光文社文庫 2014（光文社文庫）p9

暗号を撒く男（有栖川有栖）
◇「不条理な殺人—ミステリー・アンソロジー」祥伝社 1998（ノン・ポシェット）p45

鮟鱇の足（田中小実昌）
◇「おいしい話—料理小説傑作選」徳間書店 2007（徳間文庫）p99

暗号名『マトリョーシュカ』—ウリヤーノフ暗殺指令（長谷川順子，田辺正幸）
◇「新・本格推理 01」光文社 2001（光文社文庫）p207

暗黒（朱耀翰）
◇「近代朝鮮文学日本語作品集1908〜1945 セレクション 4」緑蔭書房 2008 p66

暗黒（正岡子規）
◇「新日本古典文学大系 明治編 27」岩波書店 2003 p16

暗黒系—Goth（乙一）
◇「リテラリーゴシック・イン・ジャパン—文学的ゴシック作品選」筑摩書房 2014（ちくま文庫）p405

暗黒告知（小林久三）
◇「江戸川乱歩賞全集 9」講談社 2000（講談社文庫）p377

暗黒星団（堀晃）
◇「70年代日本SFベスト集成 5」筑摩書房 2015（ちくま文庫）p399

暗黒の海を漂う黄金の林檎（七河迦南）
◇「新・本格推理 7」光文社 2007（光文社文庫）p31

暗黒の記録者たち（上野英信）
◇「戦後文学エッセイ選 12」影書房 2006 p16

暗殺街（村尾慎吾）
◇「新選組伝奇」勉誠出版 2004 p119

暗殺犬（桐生悠三）
◇「武士道残月抄」光文社 2011（光文社文庫）p427

暗殺剣虎ノ眼（藤沢周平）
◇「衝撃を受けた時代小説傑作選」文藝春秋 2011（文春文庫）p7

暗殺者（金井美恵子）
◇「猫は神さまの贈り物 小説編」有楽出版社 2014 p191

暗殺者（黒岩重吾）
◇「紅葉谷から剣鬼が来る—時代小説傑作選」講談社 2002（講談社文庫）p7

暗殺者の輪舞曲（嵯峨野晶）
◇「幕末スパイ戦争」徳間書店 2015（徳間文庫）p91

暗殺の心配（福澤諭吉）
◇「新日本古典文学大系 明治編 10」岩波書店 2011 p254

暗殺予告（今野敏）
◇「孤狼の絆」角川春樹事務所 1999 p67

アンジー・クレーマーにさよならを（新城カズマ）
◇「ゼロ年代SF傑作選」早川書房 2010（ハヤカワ文庫 JA）p51

暗示効果（星谷仁）
◇「ショートショートの広場 10」講談社 2000（講談社文庫）p123

暗室（真保裕一）
◇「ザ・ベストミステリーズ—推理小説年鑑 2000」講談社 2000 p77
◇「罪深き者に罰を」講談社 2002（講談社文庫）p9
◇「冒険の森へ—傑作小説大全 16」集英社 2015 p155

暗室の陰謀（夏野百合）
◇「傑作・推理ミステリー10番勝負」永岡書店 1999 p37

安重根—十四の場面（谷譲次）
◇「〈外地〉の日本語文学選 2」新宿書房 1996 p121

安住民への手紙（菊地秀行）
◇「宇宙生物ゾーン」廣済堂出版 2000（廣済堂文

庫) p503
安珠の水(津原泰水)
◇「水妖」廣済堂出版 1998 (廣済堂文庫) p381
暗証番号(眉村卓)
◇「自選ショート・ミステリー 2」講談社 2001 (講談社文庫) p166
安書房(崔秉一)
◇「近代朝鮮文学日本語作品集1939~1945 創作篇 5」緑蔭書房 2001 p227
安心感(黒羽カラス)
◇「ショートショートの広場 20」講談社 2008 (講談社文庫) p91
安心しておやすみ。(@kiyomin)
◇「3.11心に残る140字の物語」学研パブリッシング 2011 p29
杏の花(国満静志)
◇「ハンセン病文学全集 7」皓星社 2004 p397
杏の若葉(宮本百合子)
◇「果実」SDP 2009 (SDP bunko) p21
安政元年の牡羊座(橋本治)
◇「12星座小説集」講談社 2013 (講談社文庫) p9
暗星系(吉田一穂)
◇「新装版 全集現代文学の発見 13」學藝書林 2004 p163
安政三天狗(山本周五郎)
◇「少年小説大系 22」三一書房 1997 p9
アンセクシー(朝倉かすみ)
◇「恋のかけら」幻冬舎 2008 p55
◇「恋のかけら」幻冬舎 2012 (幻冬舎文庫) p61
安全な恋(圓眞美)
◇「超短編の世界」創英社 2008 p58
安全ポスター(猫吉)
◇「てのひら怪談—ビーケーワン怪談大賞傑作選 辛卯」ポプラ社 2011 (ポプラ文庫) p52
アンダーカヴァー(誉田哲也)
◇「宝石ザミステリー」光文社 2011 p97
アンタさん(阿川佐和子)
◇「あなたに、大切な香りの記憶はありますか?—短編小説集」文藝春秋 2008 p87
◇「あなたに、大切な香りの記憶はありますか?」文藝春秋 2011 (文春文庫) p91
あんた 大丈夫かい(田中梅吉)
◇「ハンセン病文学全集 7」皓星社 2004 p537
◇「ハンセン病文学全集 7」皓星社 2004 p540
アンタナナリボの金曜市(入江敦彦)
◇「物語のルミナリエ」光文社 2011 (光文社文庫) p339
アンタレスに帰る(早見裕司)
◇「帰還」光文社 2000 (光文社文庫) p303
アンタロマの爺さん(湯本香樹実)
◇「文学 2004」講談社 2004 p195
闇中斎剣法書(好村兼一)
◇「代表作時代小説 平成22年度」光文社 2010 p275
アンティゴネ(皆川博子)
◇「永遠の夏—戦争小説集」実業之日本社 2015 (実業之日本社文庫) p337
安定惑星(石原藤夫)
◇「日本SF・名作集成 5」リブリオ出版 2005 p39
アンテナおやじ(岡崎弘明)
◇「SFバカ本 宇宙チャーハン篇」メディアファクトリー 2000 p47
安東(白石)
◇「近代朝鮮文学日本語作品集1939~1945 創作篇 6」緑蔭書房 2001 p218
暗闘(岩野清)
◇「青鞜小説集」講談社 2014 (講談社文芸文庫) p108
アンドロイド殺し(二階堂黎人)
◇「少女の空間」徳間書店 2001 (徳間デュアル文庫) p195
アンドロイドは柱を跨ぐ(渡橋すあも)
◇「人は死んだら電柱になる—電柱アンソロジー」遠すぎる未来団 2014 p43
アンドロギュヌスについて(澁澤龍彦)
◇「ちくま日本文学 18」筑摩書房 2008 (ちくま文庫) p389
アンドロメダ星雲(埴谷雄高)
◇「戦後文学エッセイ選 3」影書房 2005 p65
アンドロメダ占星術(堀晃)
◇「日本SF全集 2」出版芸術社 2010 p165
アンドロメダの女王様(山田吉孝)
◇「ショートショートの広場 14」講談社 2003 (講談社文庫) p123
案内状(耕治人)
◇「小説の家」新潮社 2016 p128
案内人(桂唯史)
◇「宇宙塵傑作選—日本SFの軌跡 2」出版芸術社 1997 p81
あんなか(陽羅義光)
◇「全作家短編小説集 6」全作家協会 2007 p7
アンナ・カレーニナ(植田景子)
◇「宝塚バウホール公演脚本集—2001年4月—2001年10月」阪急電鉄コミュニケーション事業部 2002 p38
「アンナ・カレーニナ」と女性の恋(中里恒子)
◇「精選女性随筆集 10」文藝春秋 2012 p121
安南の六連銭(新宮正春)
◇「機略縦横! 真田戦記—傑作時代小説」PHP研究所 2008 (PHP文庫) p121
蠕虫舞手(宮沢賢治)
◇「近代童話(メルヘン)と賢治」おうふう 2014 p107
暗箱(横山秀夫)
◇「決断—警察小説競作」新潮社 2006 (新潮文庫) p413
アンバランス(乃南アサ)
◇「恋愛小説」新潮社 2005 p117
◇「恋愛小説」新潮社 2007 (新潮文庫) p135
アンビバレンス(東司麻里)

いえ

◇「長い夜の贈りもの―ホラーアンソロジー」まんだらけ出版部 1999（Live novels）p97

アンビバレンス〔村山由佳〕
◇「あの街で二人は―seven love stories」新潮社 2014（新潮文庫）p9

アンフィニ〔森瑤子〕
◇「こんなにも恋はせつない―恋愛小説アンソロジー」光文社 2004（光文社文庫）p265

アンブッシュ〔せんべい猫〕
◇「恐怖箱 遺伝記」竹書房 2008（竹書房文庫）p161

安保時代の青春〔倉橋由美子〕
◇「精選女性随筆集 3」文藝春秋 2012 p70

アンボス・ムンドス〔桐野夏生〕
◇「日本文学100年の名作 10」新潮社 2015（新潮文庫）p37

あんまさまおおいに驚く〔夢枕獏〕
◇「冒険の森へ―傑作小説大全 18」集英社 2016 p16

「阿母（あんま）」の死〔島比呂志〕
◇「ハンセン病文学全集 4」皓星社 2003 p751

暗黙のルール〔早乙女まぶた〕
◇「てのひら怪談―ビーケーワン怪談大賞傑作選 辛卯」ポプラ社 2011（ポプラ文庫）p178

あんよはじょうず〔紀井敦〕
◇「ショートショートの花束 3」講談社 2011（講談社文庫）p306

菴羅樹〔菊池恵楓園檜の影短歌会〕
◇「ハンセン病文学全集 8」皓星社 2006 p109

アンリと雪どけ祭り〔高松素子〕
◇「ゆきのまち幻想文学賞小品集 18」企画集団ぷりずむ 2009 p171

アンリの扉〔会田綱雄〕
◇「新装版 全集現代文学の発見 13」學藝書林 2004 p384

アンリ・ルソー〔長谷川四郎〕
◇「戦後文学エッセイ選 2」影書房 2006 p183

アンリー・ルソー〔王白淵〕
◇「日本統治期台湾文学集成 18」緑蔭書房 2003 p44

アンリ・ルソーの素朴さ〔花田清輝〕
◇「戦後文学エッセイ選 1」影書房 2005 p69

【 い 】

胃〔趙南哲〕
◇「〈在日〉文学全集 18」勉誠出版 2006 p133
胃〔春風のぶこ〕
◇「全作家短編小説集 12」全作家協会 2013 p151
イタリア国旗の食卓〔谷原秋桜子〕
◇「本格ミステリ二〇一〇年本格短編ベスト・セレクション '10」講談社 2010（講談社ノベルス）p343
◇「凍れる女神の秘密」講談社 2014（講談社文庫）p413

イアリング〔佐藤正午〕
◇「Love stories」水曜社 2004 p47

いいえ 私は〔荻野アンナ〕
◇「12星座小説集」講談社 2013（講談社文庫）p181

飯岡の助五郎〔子母沢寛〕
◇「座頭市―時代小説英雄列伝」中央公論新社 2002（中公文庫）p15

いいかげん幽霊だと気づいてくれないと面白くないわ〔烏本拓〕
◇「てのひら怪談―ビーケーワン怪談大賞傑作選 百怪繚乱篇」ポプラ社 2008 p72

いいキッカケ〔なるせゆうせい〕
◇「超短編の世界 vol.2」創英社 2009 p32

いいぎりの原〔内海俊夫〕
◇「ハンセン病文学全集 8」皓星社 2006 p324

いい作品を書けば、鑑賞してくれる友がいる≫北川冬彦〔梶井基次郎〕
◇「日本人の手紙 2」リブリオ出版 2004 p203

飯田覚兵衛置のこと〔南條範夫〕
◇「鍔鳴り疾風剣」光風社出版 2000（光風社文庫）p259

井伊直弼、桜田門外に倒れる〔安西篤子〕
◇「幕末テロリスト列伝」講談社 2004（講談社文庫）p203

井伊直弼は見ていた？〔深谷忠記〕
◇「最新「珠玉推理」大全 中」光文社 1998（カッパ・ノベルス）p313
◇「怪しい舞踏会」光文社 2002（光文社文庫）p435

井伊の虎〔火坂雅志〕
◇「代表作時代小説 平成25年度」光文社 2013 p153

飯鉢山山腹〔泡坂妻夫〕
◇「謎―スペシャル・ブレンド・ミステリー 005」講談社 2010（講談社文庫）p95

いい日も忘れている〔香山末子〕
◇「ハンセン病文学全集 7」皓星社 2004 p472

言い分〔唯川恵〕
◇「奇妙な恋の物語」光文社 1998（光文社文庫）p85

飯盛山の盗賊〔中村彰彦〕
◇「歴史の息吹」新潮社 1997 p109

言うな地蔵〔大門剛明〕
◇「ザ・ベストミステリーズ―推理小説年鑑 2012」講談社 2012 p103
◇「Question謎解きの最高峰」講談社 2015（講談社文庫）p177

家〔芥川龍之介〕
◇「文豪怪談傑作選 芥川龍之介集」筑摩書房 2010（ちくま文庫）p315

家〔安部公房〕
◇「新編・日本幻想文学集成 1」国書刊行会 2016

いえ

p53

家（石川啄木）
◇「ちくま日本文学 33」筑摩書房 2009（ちくま文庫）p116

遺影（真保裕一）
◇「影」文藝春秋 2003（推理作家になりたくて マイベストミステリー）p268
◇「マイ・ベスト・ミステリー 2」文藝春秋 2007（文春文庫）p410

遺影と鍵（吉澤有貴）
◇「怪談四十九夜」竹書房 2016（竹書房文庫）p190

家を憶ふ（成島柳北）
◇「新日本古典文学大系 明治編 2」岩波書店 2004 p233

家が死んどる（福澤徹三）
◇「怪しき我が家―家の怪談競作集」メディアファクトリー 2011（MF文庫）p19

コント 家が欲しい（李石薫）
◇「近代朝鮮文学日本語作品集1901〜1938 創作篇 3」緑蔭書房 2004 p69

鐵道小説 E驛長の果報（柯設偕）
◇「日本統治期台湾文学集成 22」緑蔭書房 2007 p21

いえきゅぶおじさん（葦原崇貴）
◇「リトル・リトル・クトゥルー―史上最小の神話小説集」学習研究社 2009 p16

家路（朝吹真理子）
◇「文学 2011」講談社 2011 p158

家路（李正子）
◇「〈在日〉文学全集 17」勉誠出版 2006 p236

家路（李龍海）
◇「〈在日〉文学全集 18」勉誠出版 2006 p249

家路（新野剛志）
◇「乱歩賞作家 赤の謎」講談社 2004 p237

イエ・シェン（作者不詳）
◇「シンデレラ」竹書房 2015（竹書房文庫）p77

イエスタデイズ（村山由佳）
◇「あの日、君と Girls」集英社 2012（集英社文庫）p241
◇「短篇ベストコレクション―現代の小説 2013」徳間書店 2013（徳間文庫）p401

イエス NO（有賀南）
◇「本格推理 11」光文社 1997（光文社文庫）p9

イエスの教え（菅野雅貴）
◇「ショートショートの広場 9」講談社 1998（講談社文庫）p67

イエスの島で（波佐間義之）
◇「現代作家代表選集 3」冊書房 2013 p197

イエスの裔（柴田錬三郎）
◇「戦後占領期短篇小説コレクション 6」藤原書店 2007 p215
◇「文豪のミステリー小説」集英社 2008（集英社文庫）p227

家出（金時鐘）

◇「〈在日〉文学全集 5」勉誠出版 2006 p36

家出（早助よう子）
◇「文学 2013」講談社 2013 p192

家出 生活の記録11（宮本常一）
◇「日本文学全集 14」河出書房新社 2015 p480

家出のすすめ（抄）（寺山修司）
◇「ちくま日本文学 6」筑摩書房 2007（ちくま文庫）p76

家出節（寺山修司）
◇「新装版 全集現代文学の発見 15」學藝書林 2005 p513

家出論（寺山修司）
◇「ちくま日本文学 6」筑摩書房 2007（ちくま文庫）p105

言えない言葉―the words in a capsule（本多孝好）
◇「ザ・ベストミステリーズ―推理小説年鑑 2014」講談社 2014 p201

言えない話（松村進吉）
◇「男たちの怪談百物語」メディアファクトリー 2012（〔幽BOOKS〕）p129

家に帰らう（李孝石）
◇「近代朝鮮文学日本語作品集1908〜1945 セレクション 4」緑蔭書房 2008 p146

家に帰ろう（三藤英二）
◇「ショートショートの広場 15」講談社 2004（講談社文庫）p128

家に棲むもの（小林泰三）
◇「憑き者―全篇書下ろし傑作ホラーアンソロジー」アスキー 2000（A-novels）p229

家について（坂口安吾）
◇「ちくま日本文学 9」筑摩書房 2008（ちくま文庫）p201

家に着くまで（今邑彩）
◇「現代の小説 1997」徳間書店 1997 p205
◇「最新「珠玉推理」大全 上」光文社 1998（カッパ・ノベルス）p78
◇「幻惑のラビリンス」光文社 2001（光文社文庫）p111

家の石段（李森奉）
◇「近代朝鮮文学日本語作品集1908〜1945 セレクション 6」緑蔭書房 2008 p62

家の怪―森銑三『物いふ小箱』より（南伸坊）
◇「こわい部屋」筑摩書房 2012（ちくま文庫）p19

家の渓琴に与へて震災を報ずるの書（菊池三渓）
◇「新日本古典文学大系 明治編 3」岩波書店 2005 p55

家の寿命（柳田國男）
◇「ちくま日本文学 15」筑摩書房 2008（ちくま文庫）p440

家の中（島尾敏雄）
◇「私小説名作選 下」講談社 2012（講談社文芸文庫）p32

家の中（中里恒子）

◇「戦後短篇小説再発見 16」講談社 2003（講談社文芸文庫）p140
家の中（西澤保彦）
◇「時間怪談」廣済堂出版 1999（廣済堂文庫）p39
家のまわり（宮本常一）
◇「ちくま日本文学 22」筑摩書房 2008（ちくま文庫）p247
家―一幕（竹内治）
◇「日本統治期台湾文学集成 14」緑蔭書房 2003 p457
家光こと始め（高橋直樹）
◇「代表作時代小説 平成11年度」光風社出版 1999 p129
伊右衛門夫婦（鈴木泉三郎）
◇「怪奇・伝奇時代小説選集 2」春陽堂書店 1999（春陽文庫）p2
家康謀殺（伊東潤）
◇「時代小説ザ・ベスト 2016」集英社 2016（集英社文庫）p403
イエローカード（柄刀一）
◇「深夜バス78回転の問題―本格短編ベスト・セレクション」講談社 2008（講談社文庫）p333
イエロー・バードと呼ばせて（喜多嶋隆）
◇「絶体絶命」早川書房 2006（ハヤカワ文庫）p75
イエローロード（柄刀一）
◇「本格ミステリ 2004」講談社 2004（講談社ノベルス）p227
イオ（安岡由紀子）
◇「宇宙塵傑作選―日本SFの軌跡 2」出版芸術社 1997 p199
硫黄島に死す（城山三郎）
◇「永遠の夏―戦争小説集」実業之日本社 2015（実業之日本社文庫）p235
異界への通路（宇佐美まこと）
◇「女たちの怪談百物語」メディアファクトリー 2010（〔幽books〕）p240
◇「女たちの怪談百物語」KADOKAWA 2014（角川ホラー文庫）p244
意外な犯人（綾辻行人）
◇「綾辻行人と有栖川有栖のミステリ・ジョッキー 2」講談社 2009 p62
意外な犯人（江戸川乱歩）
◇「ちくま日本文学 7」筑摩書房 2008（ちくま文庫）p412
猪飼野・女・愛・うた（宗秋月）
◇「〈在日〉文学全集 18」勉誠出版 2006 p9
猪飼野二丁目（金時鐘）
◇「〈在日〉文学全集 5」勉誠出版 2006 p75
猪飼野のんき眼鏡（宗秋月）
◇「〈在日〉文学全集 16」勉誠出版 2006 p7
猪飼野橋（金時鐘）
◇「〈在日〉文学全集 5」勉誠出版 2006 p204
異界網（山下定）
◇「闇電話」光文社 2006（光文社文庫）p115
烏賊神家の一族の殺人（東川篤哉）
◇「驚愕遊園地」光文社 2013（最新ベスト・ミステリー）p335
◇「驚愕遊園地」光文社 2016（光文社文庫）p543
医学修業（田沢稲舟）
◇「「新編」日本女性文学全集 2」菁柿堂 2008 p213
医学生と首（木々高太郎）
◇「幻の名探偵―傑作アンソロジー」光文社 2013（光文社文庫）p243
医学博士（小林恭二）
◇「文豪てのひら怪談」ポプラ社 2009（ポプラ文庫）p78
伊賀組の反乱（吉村正一郎）
◇「士魂の光芒―時代小説最前線」新潮社 1997（新潮文庫）p107
伊賀越え（新田次郎）
◇「本能寺・男たちの決断―傑作時代小説」PHP研究所 2007（PHP文庫）p65
以下省略（金子洋子）
◇「ショートショートの広場 12」講談社 2001（講談社文庫）p189
句集 筏（東一歩）
◇「ハンセン病文学全集 9」皓星社 2010 p418
如何なる神酒より甘く（久美沙織）
◇「リモコン変化」廣済堂出版 2000（廣済堂文庫）p285
如何にして大文学を得ん乎 続（内村鑑三）
◇「新日本古典文学大系 明治編 26」岩波書店 2002 p335
いかにして夢を見るか（牧野修）
◇「夢魔」光文社 2001（光文社文庫）p333
伊賀のあらしこ（早乙女貢）
◇「剣鬼無明斬り」光風社出版 1997（光風社文庫）p277
伊賀の散歩者（山田風太郎）
◇「乱歩の幻影」筑摩書房 1999（ちくま文庫）p51
伊賀の聴恋器（山田風太郎）
◇「極め付き時代小説選 2」中央公論新社 2004（中公文庫）p205
◇「江戸の爆笑力―時代小説傑作選」集英社 2004（集英社文庫）p349
イガヤシ（我妻俊樹）
◇「怪談四十九夜」竹書房 2016（竹書房文庫）p52
怒り（古川時夫）
◇「ハンセン病文学全集 7」皓星社 2004 p358
錨（丸山薫）
◇「新装版 全集現代文学の発見 13」學藝書林 2004 p110
怒りの亞細亞―演劇人総決起芸能祭記（申鼓頌）
◇「近代朝鮮文学日本語作品集1939～1945 評論・随筆篇 2」緑蔭書房 2002 p397
怒りの簪（鳥羽亮）
◇「怒髪の雷」祥伝社 2016（祥伝社文庫）p7
怒りの搾麵（梶尾真治）
◇「SFバカ本 たわし篇プラス」廣済堂出版 1998

（廣済堂文庫）p7
◇「笑壺─SFバカ本ナンセンス集」小学館 2006
（小学館文庫）p39

いかりのにがさ（志賀泉）
◇「吟醸掌篇─召しませ短篇小説 vol.1」けいこう舎
2016 p2

怒りの矛先（冨士玉女）
◇「怪談四十九夜」竹書房 2016（竹書房文庫）
p178

怒りの蟲（森茉莉）
◇「精選女性随筆集 2」文藝春秋 2012 p104

いかるの話（中勘助）
◇「奇跡」国書刊行会 2000（書物の王国）p74

怒れる高村軍曹（新井紀一）
◇「アンソロジー・プロレタリア文学 3」森話社
2015 p60

息を止める男（蘭郁二郎）
◇「幻の探偵雑誌 8」光文社 2001（光文社文庫）
p255

生きがい（小池真理子）
◇「ゆがんだ闇」角川書店 1998（角川ホラー文庫）
p5

生きがい（柳迫国広）
◇「ショートショートの広場 9」講談社 1998（講
談社文庫）p78

生き口を問う女（折口信夫）
◇「文豪怪談傑作選 折口信夫集」筑摩書房 2009
（ちくま文庫）p79

生き口を問う女（続稿）（折口信夫）
◇「文豪怪談傑作選 折口信夫集」筑摩書房 2009
（ちくま文庫）p102

行き先（朱雀門出）
◇「超短編の世界 vol.3」創英社 2011 p131

生き地獄（井上剛）
◇「SF宝石─すべて新作読み切り！ 2015」光文社
2015 p208

生きじびき（森山東）
◇「辞書、のような物語。」大修館書店 2013 p107

生き証人（末浦広海）
◇「ザ・ベストミステリーズ─推理小説年鑑 2010」
講談社 2010 p191
◇「Logic真相への回廊」講談社 2013（講談社文
庫）p359

生きすぎたりや（安部龍太郎）
◇「代表作時代小説 平成10年度」光風社出版 1998
p263
◇「地獄の無明剣─時代小説傑作選」講談社 2004
（講談社文庫）p277

生きた証拠（藤田宜永）
◇「犯行現場にもう一度」講談社 1997（講談社文
庫）p375

生き血（田辺青蛙）
◇「てのひら怪談─ビーケーワン怪談大賞傑作選」
ポプラ社 2007 p56
◇「てのひら怪談─ビーケーワン怪談大賞傑作選」
ポプラ社 2008（ポプラ文庫）p56

生血（田村とし子）
◇「青鞜文学集」不二出版 2004 p10

生血（田村俊子）
◇「「新編」日本女性文学全集 4」菁柿堂 2012 p122

生血曼陀羅（大澤逸足）
◇「怪奇・伝奇時代小説選集 1」春陽堂書店 1999
（春陽文庫）p241

生きて（塔和子）
◇「ハンセン病文学全集 7」皓星社 2004 p529

生きて逢いたし（秋田穂月）
◇「ハンセン病文学全集 7」皓星社 2004 p492

生きて逢いたし・拾遺（遺稿）（秋田穂月）
◇「ハンセン病文学全集 7」皓星社 2004 p498

生きてあれば（島比呂志）
◇「ハンセン病文学全集 4」皓星社 2003 p754

生きていたい（金太中）
◇「〈在日〉文学全集 18」勉誠出版 2006 p117

生きていた吉良上野（榊山潤）
◇「赤穂浪士伝奇」勉誠出版 2002（べんせいライブ
ラリー）p161

生きていた死者（姉小路祐）
◇「金田一耕助の新たな挑戦」角川書店 1997（角川
文庫）p51

生きている（つきだまさし）
◇「ハンセン病文学全集 7」皓星社 2004 p154

生きている（藤本とし）
◇「ハンセン病文学全集 4」皓星社 2003 p677

生きている鏡（矢崎存美）
◇「変身」廣済堂出版 1998（廣済堂文庫）p133

生きてゐる風（朝松健）
◇「憑依」光文社 2010（光文社文庫）p513

**生きているかと思う場合多かりし事（柳田國
男）**
◇「ちくま日本文学 15」筑摩書房 2008（ちくま文
庫）p198

生きていること（小泉雅二）
◇「ハンセン病文学全集 7」皓星社 2004 p92

生きている小平次（鈴木泉三郎）
◇「怪奇・伝奇時代小説選集 2」春陽堂書店 1999
（春陽文庫）p117

生きている屍（しかばね）（鷲尾三郎）
◇「甦る推理雑誌 6」光文社 2003（光文社文庫）
p103

生きている腸（海野十三）
◇「怪奇探偵小説集 3」角川春樹事務所 1998（ハ
ルキ文庫）p119

生きているということ（石井桃子）
◇「精選女性随筆集 8」文藝春秋 2012 p108

**生キテイルノカ死ンデイルノカ。返事ヨコ
セ≫土岐雄三（山本周五郎）**
◇「日本人の手紙 3」リブリオ出版 2004 p63

生きている皮膚（米田三星）
◇「怪奇探偵小説集 1」角川春樹事務所 1998（ハ
ルキ文庫）p161

◇「恐怖ミステリーBEST15—こんな幻の傑作が読みたかった！」シーエイチシー 2006 p87

生きてゐる皮膚（米田三星）
◇「戦前探偵小説四人集」論創社 2011（論創ミステリ叢書）p363

生きている山田（太田忠司）
◇「輝きの一瞬—短くて心に残る30編」講談社 1999（講談社文庫）p293

生きているような眼（政石蒙）
◇「ハンセン病文学全集 4」皓星社 2003 p614

生きている虜囚（姜魏堂）
◇「〈在日〉文学全集 15」勉誠出版 2006 p265

生きてきた証に（内海隆一郎）
◇「本からはじまる物語」メディアパル 2007 p191

生きて行く（尾崎孝子）
◇「日本統治期台湾文学集成 15」緑蔭書房 2003 p203

『生きて行く私』（宇野千代）
◇「精選女性随筆集 6」文藝春秋 2012 p62

生き残り（戸梶圭太）
◇「5分で読める！ 怖いはなし」宝島社 2014（宝島社文庫）p241

生き残りの大隊長（伊藤桂一）
◇「現代の小説 1998」徳間書店 1998 p187

生きのびるための死（高石恭子）
◇「12人のカウンセラーが語る12の物語」ミネルヴァ書房 2010 p1

生きのびるもの（金時鐘）
◇「〈在日〉文学全集 5」勉誠出版 2006 p104

生き恥という名の証明（秋田穂月）
◇「ハンセン病文学全集 7」皓星社 2004 p498

遺棄船（北原尚彦）
◇「幽霊船」光文社 2001（光文社文庫）p255

生きものかんさつ（丸野麻万）
◇「ショートショートの花束 1」講談社 2009（講談社文庫）p250

生き物使い（陶宗儀）
◇「文豪てのひら怪談」ポプラ社 2009（ポプラ文庫）p112

生きものの時（沢田五郎）
◇「ハンセン病文学全集 1」皓星社 2002 p369

異郷（津村節子）
◇「文学 2011」講談社 2011 p68

異形（北杜夫）
◇「とっておき名短篇」筑摩書房 2011（ちくま文庫）p305

異形の顔（抄）（平賀白山）
◇「文豪てのひら怪談」ポプラ社 2009（ポプラ文庫）p58

異境備忘録（抄）（宮地水位）
◇「稲生モノノケ大全 陰之巻」毎日新聞社 2003 p640

居斬り（五味康祐）
◇「血しぶき街道」光風社出版 1998（光風社文庫）p319

生霊（立原透耶）
◇「女たちの怪談百物語」メディアファクトリー 2010（〔幽〕books）p255
◇「女たちの怪談百物語」KADOKAWA 2014（角川ホラー文庫）p259

生霊（久生十蘭）
◇「文豪怪談傑作選 昭和篇」筑摩書房 2011（ちくま文庫）p133

生霊（吉屋信子）
◇「文豪怪談傑作選 吉屋信子集」筑摩書房 2006（ちくま文庫）p7

生霊、死霊の故郷、出羽三山（梅原猛）
◇「山形県文学全集第2期〔随筆・紀行編〕 5」郷土出版社 2005 p250

生霊—物怪の女（北條秀司）
◇「日本舞踊舞踊劇選集」西川会 2002 p589

生きる（大岡信）
◇「新装版 全集現代文学の発見 13」學藝書林 2004 p491

生きる（谷川俊太郎）
◇「二時間目国語」宝島社 2008（宝島社文庫）p199

生きる（崔龍源）
◇「〈在日〉文学全集 18」勉誠出版 2006 p201

生きる意味（大平友）
◇「ショートショートの花束 3」講談社 2011（講談社文庫）p197

生きる気まんまんだった女の子の話（江國香織）
◇「100万分の1回のねこ」講談社 2015 p7

いきること（朴桜杰）
◇「近代朝鮮文学日本語作品集1908〜1945 セレクション 4」緑蔭書房 2008 p328

生きる事に向って歩みます≫加藤和也（美空ひばり）
◇「日本人の手紙 8」リブリオ出版 2004 p201

生きるための夏—自分のなかの被爆者（井上光晴）
◇「戦後文学エッセイ選 13」影書房 2008 p122

生きるつてこと（金時鐘）
◇「〈在日〉文学全集 5」勉誠出版 2006 p96

生きる歓び（保坂和志）
◇「文学 2000」講談社 2000 p161
◇「にゃんそろじー」新潮社 2014（新潮文庫）p249
◇「現代小説クロニクル 2000〜2004」講談社 2015（講談社文芸文庫）p7

生きる喜び（吉田健一）
◇「日本文学全集 20」河出書房新社 2015 p155

生きる理由（@mick004）
◇「3.11心に残る140字の物語」学研パブリッシング 2011 p106

生きろ（飯田半次）
◇「ショートショートの広場 16」講談社 2005（講談社文庫）p106

いくあ

イグアノドンの唄（中谷宇吉郎）
　◇「とっておきの話」筑摩書房 2011 （ちくま文学の
　　森）p365
イグアノドンの唄—大人のための童話（中谷宇
吉郎）
　◇「恐竜文学大全」河出書房新社 1998 （河出文庫）
　　p167
李光洙氏の小説『無明』に就て（上）（下）（林
和）
　◇「近代朝鮮文学日本語作品集1939～1945 評論・随筆
　　篇 1」緑蔭書房 2002 p129
郁雨（いくう）に与う（石川啄木）
　◇「ちくま日本文学 33」筑摩書房 2009 （ちくま文
　　庫）p438
いくさ 公転 星座から見た地球（福永信）
　◇「虚構機関—年刊日本SF傑作選」東京創元社
　　2008 （創元SF文庫）p307
藺草の匂い（吉行淳之介）
　◇「コレクション戦争と文学 11」集英社 2012 p462
いくさ道（上）（石牟礼道子）
　◇「日本文学全集 24」河出書房新社 2015 p408
いくさ道（下）（石牟礼道子）
　◇「日本文学全集 24」河出書房新社 2015 p426
イグザム・ロッジの夜（倉阪鬼一郎）
　◇「秘神界 現代編」東京創元社 2002 （創元推理文
　　庫）p269
戦は算術に候（伊東潤）
　◇「代表作時代小説 平成25年度」光文社 2013 p103
意気地なし（藤沢周平）
　◇「家族の絆」光文社 1997 （光文社文庫）p25
霧庄記（李光洙）
　◇「近代朝鮮文学日本語作品集1939～1945 創作篇 2」
　　緑蔭書房 2001 p31
いくつかの無駄（香山光郎）
　◇「近代朝鮮文学日本語作品集1939～1945 評論・随筆
　　篇 3」緑蔭書房 2002 p297
生野アリラン（金吉浩）
　◇「〈在日〉文学全集 15」勉誠出版 2006 p429
イグノラムス・イグノラビムス（円城塔）
　◇「SF宝石—ぜーんぶ！ 新作読み切り」光文社
　　2013 p63
　◇「さよならの儀式」東京創元社 2014 （創元SF文
　　庫）p457
幾山河故國を想ふ（崔承喜）
　◇「近代朝鮮文学日本語作品集1908～1945 セレクショ
　　ン 3」緑蔭書房 2008 p429
李君のこと（庄司永建）
　◇「山形県文学全集第2期（随筆・紀行編）4」郷土出版
　　社 2005 p175
李君の憂鬱（元秀一）
　◇「〈在日〉文学全集 12」勉誠出版 2006 p371
池（光岡良二）
　◇「ハンセン病文学全集 7」皓星社 2004 p206
異形（藤滋夫）
　◇「ハンセン病文学全集 8」皓星社 2006 p285

異形の者（武田泰淳）
　◇「新装版 全集現代文学の発見 15」學藝書林 2005
　　p60
生垣の中（下川渉）
　◇「てのひら怪談 癸巳」KADOKAWA 2013 （MF
　　文庫ダ・ヴィンチ）p110
池尻の下女（三友隆司）
　◇「立川文学 2」けやき出版 2012 p223
池田澄子十三句（池田澄子）
　◇「ファイン／キュート素敵かわいい作品選」筑摩
　　書房 2015 （ちくま文庫）p260
池田屋、祇園祭宵宮に舞う血刃（早乙女貢）
　◇「幕末テロリスト列伝」講談社 2004 （講談社文
　　庫）p93
池田屋の虫（澤田ふじ子）
　◇「撫子が斬る—女性作家捕物帳アンソロジー」光
　　文社 2005 （光文社文庫）p149
いけにえ（三好徹一郎）
　◇「新装版 全集現代文学の発見 13」學藝書林 2004
　　p273
いけにえ（森春樹）
　◇「ハンセン病文学全集 2」皓星社 2002 p57
犠牲（いけにえ）… → "ぎせい…"をも見よ
犠牲（イケニヘ）（洪永杓）
　◇「近代朝鮮文学日本語作品集1901～1938 創作篇 3」
　　緑蔭書房 2004 p179
生け贄（ひかわ玲子）
　◇「GOD」廣済堂出版 1999 （廣済堂文庫）p541
生贄（青島さかな）
　◇「超短編の世界 vol.3」創英社 2011 p55
池西言水（芥川龍之介）
　◇「文豪怪談傑作選 芥川龍之介集」筑摩書房 2010
　　（ちくま文庫）p310
池に向へる朝餉（三好達治）
　◇「新装版 全集現代文学の発見 13」學藝書林 2004
　　p102
池猫（筒井康隆）
　◇「ショートショートの缶詰」キノブックス 2016
　　p43
池の鯉（北川冬彦）
　◇「新装版 全集現代文学の発見 13」學藝書林 2004
　　p34
池袋の石打と飛騨の牛蒡種 『巫女考』より
（柳田國男）
　◇「文豪怪談傑作選 柳田國男集」筑摩書房 2007
　　（ちくま文庫）p165
活ける味（長田穂波）
　◇「ハンセン病文学全集 6」皓星社 2003 p36
憩の汀（山岡響）
　◇「ハンセン病文学全集 8」皓星社 2006 p516
遺稿（泉鏡花）
　◇「文豪怪談傑作選 泉鏡花集」筑摩書房 2006 （ち
　　くま文庫）p363
E高生の奇妙な日常（田丸雅智）
　◇「短篇ベストコレクション—現代の小説 2015」徳

間書店 2015（徳間文庫）p207
◇「謎の放課後―学校の七不思議」KADOKAWA 2015（角川文庫）p161

E高テニス部の序列（田丸雅智）
◇「短篇ベストコレクション―現代の小説 2015」徳間書店 2015（徳間文庫）p220
◇「謎の放課後―学校の七不思議」KADOKAWA 2015（角川文庫）p174

いこうよ、いこうよ（久遠平太郎）
◇「てのひら怪談―ビーケーワン怪談大賞傑作選」ポプラ社 2007 p152
◇「てのひら怪談―ビーケーワン怪談大賞傑作選」ポプラ社 2008（ポプラ文庫）p156

異国食餌抄（岡本かの子）
◇「精選女性随筆集 4」文藝春秋 2012 p191

生駒山の秘密会（水沫流人）
◇「男たちの怪談百物語」メディアファクトリー 2012（〔幽〕BOOKS）p39

イコールYの悲劇（法月綸太郎）
◇「『Y』の悲劇」講談社 2000（講談社文庫）p235

いざ勝抜かん（王昶雄）
◇「日本統治期台湾文学集成 29」緑蔭書房 2007 p201

居酒屋（許南麒）
◇「〈在日〉文学全集 2」勉誠出版 2006 p92

イサク（港岳彦）
◇「年鑑代表シナリオ集 ’09」シナリオ作家協会 2010 p83

いさなとり（幸田露伴）
◇「明治の文学 12」筑摩書房 2000 p3

イサの氾濫（木村友祐）
◇「文学 2012」講談社 2012 p263

伊佐浜心中（長堂英吉）
◇「現代沖縄文学作品選」講談社 2011（講談社文芸文庫）p134

イザベル（藤田宜永）
◇「短篇ベストコレクション―現代の小説 2002」徳間書店 2002（徳間文庫）p459

いさましい話（山本周五郎）
◇「江戸の老人力―時代小説傑作選」集英社 2002（集英社文庫）p375

勇の首（東郷隆）
◇「代表作時代小説 平成16年度」光風社出版 2004 p301

俠客（いさみ）の化物（高畠藍泉）
◇「新日本古典文学大系 明治編 1」岩波書店 2004 p374

勇の腰痛（火坂雅志）
◇「幕末京都血風録―傑作時代小説」PHP研究所 2007（PHP文庫）p135

十六夜―いざよい（宮森さつき）
◇「『近松賞』第1回 優秀賞作品集」尼崎市 2002 p35

伊皿子の犬とパンと種（長野まゆみ）
◇「文学 2016」講談社 2016 p169

ゐざり車（正岡子規）
◇「明治の文学 20」筑摩書房 2001 p85

遺産（水上瀧太郎）
◇「日本文学100年の名作 2」新潮社 2014（新潮文庫）p225

遺産分配書（富永太郎）
◇「新装版 全集現代文学の発見 13」學藝書林 2004 p188

遺児（上林暁）
◇「誤植文学アンソロジー―校正者のいる風景」論創社 2015 p48

石（西條八十）
◇「鉱物」国書刊行会 1997（書物の王国）p174

石（瀬戸内寂聴）
◇「山形県文学全集第1期（小説編）6」郷土出版社 2004 p285

石（趙南哲）
◇「〈在日〉文学全集 18」勉誠出版 2006 p172

石遊び（小島信夫）
◇「生の深みを覗く―ポケットアンソロジー」岩波書店 2010（岩波文庫別冊）p369

石あたたかし（福岡武）
◇「ハンセン病文学全集 8」皓星社 2006 p420

石臼の唄―ダムで沈んだ村のためのレクイエム（池田星爾）
◇「日本海文学大賞―大賞作品集 3」日本海文学大賞運営委員会 2007 p389

石臼の目切（海野弘）
◇「江戸の老人力―時代小説傑作選」集英社 2002（集英社文庫）p57

石内尋常高等小学校 花は散れども（新藤兼人）
◇「年鑑代表シナリオ集 ’08」シナリオ作家協会 2009 p209

イージー・エスケープ（オキシタケヒコ）
◇「折り紙衛星の伝説」東京創元社 2015（創元SF文庫）p397

石を投げる女（片桐京介）
◇「信州歴史時代小説傑作集 5」しなのき書房 2007 p241

石―終わりのない話（小林恒夫）
◇「ショートショートの広場 10」講談社 2000（講談社文庫）p239

石垣を築く（宮本常一）
◇「ちくま日本文学 22」筑摩書房 2008（ちくま文庫）p293

イシが伝えてくれたこと（鶴見俊輔）
◇「日本文学全集 28」河出書房新社 2017 p169

石神夫意人（小栗虫太郎）
◇「同性愛」国書刊行会 1999（書物の王国）p153

石がものいう話（高橋史絵）
◇「てのひら怪談―ビーケーワン怪談大賞傑作選 2」ポプラ社 2007 p30
◇「てのひら怪談―ビーケーワン怪談大賞傑作選 己丑」ポプラ社 2009（ポプラ文庫）p196

石川五右衛門（鈴木泉三郎）

いしか

◇「捕物時代小説選集 5」春陽堂書店 2000（春陽文庫）p163

石川五右衛門の生立（上司小剣）
◇「捕物時代小説選集 3」春陽堂書店 2000（春陽文庫）p2

石川淳（吉田健一）
◇「日本文学全集 20」河出書房新社 2015 p397

石川善助追悼文（宮沢賢治）
◇「日本文学全集 16」河出書房新社 2016 p253

石川啄木（石川啄木）
◇「涙の百年文学―もう一度読みたい」太陽出版 2009 p313

意識と無意識の境（榎並照正）
◇「幻の探偵雑誌 8」光文社 2001（光文社文庫）p461

意識は蒸発する（神林長平）
◇「日本SF・名作集成 6」リブリオ出版 2005 p79

石蹴り（松浦寿輝）
◇「文学 2016」講談社 2016 p42

異次元からの音、あるいは邪神金属（霜月蒼）
◇「秘神界 現代編」東京創元社 2002（創元推理文庫）p735

石こそ語れ（真継伸彦）
◇「新装版 全集現代文学の発見 4」學藝書林 2003 p304

石ころ（志樹逸馬）
◇「ハンセン病文学全集 6」皓星社 2003 p456

縊死体（夢野久作）
◇「幻の探偵雑誌 8」光文社 2001（光文社文庫）p173

石田三成―清涼の士（澤田ふじ子）
◇「決闘！ 関ヶ原」実業之日本社 2015（実業之日本社文庫）p403

石田三成と王安石（王昶雄）
◇「日本統治期台湾文学集成 29」緑蔭書房 2007 p337

石田三成の頭蓋（金関丈夫）
◇「日本統治期台湾文学集成 17」緑蔭書房 2003 p197

石田三成の妻（童門冬二）
◇「星明かり夢街道」光風社出版 2000（光風社文庫）p355

石田黙のある部屋（折原一）
◇「探偵Xからの挑戦状！」小学館 2009（小学館文庫）p 213, 340

石段下の闇（火坂雅志）
◇「血闘！ 新選組」実業之日本社 2016（実業之日本社文庫）p301

いじっぱり（ゆずき）
◇「御子神さん―幸福をもたらす♂三毛猫」竹書房 2010（竹書房文庫）p115

石燈籠（岡本綺堂）
◇「傑作捕物ワールド 1」リブリオ出版 2002 p5

石燈籠（金太中）
◇「〈在日〉文学全集 18」勉誠出版 2006 p107

石と少女（邑久高校新良田教室）
◇「ハンセン病文学全集 6」皓星社 2003 p426

石灯る夜（中澤日菜子）
◇「優秀新人戯曲集 2010」ブロンズ新社 2009 p57

石中先生行状記―人民裁判の巻（石坂洋次郎）
◇「戦後占領期短篇小説コレクション 3」藤原書店 2007 p253

石なりとも（睡蓮）
◇「近代朝鮮文学日本語作品集1908〜1945 セレクション 4」緑蔭書房 2008 p222

石に映る影（稲葉真弓）
◇「文学 2006」講談社 2006 p101

石に書かれた名前（小泉八雲著, 平井呈一訳）
◇「文豪怪談傑作選 明治編」筑摩書房 2011（ちくま文庫）p69

石に漱ぎて滅びなば（山田正紀）
◇「NOVA+―書き下ろし日本SFコレクション 2」河出書房新社 2015（河出文庫）p245

石に潜む（白ひびき）
◇「てのひら怪談―ビーケーワン怪談大賞傑作選 2」ポプラ社 2007 p34
◇「てのひら怪談―ビーケーワン怪談大賞傑作選 己丑」ポプラ社 2009（ポプラ文庫）p198

意地ぬ出んじら（新田次郎）
◇「おもかげ行燈」光風社出版 1998（光風社文庫）p201

甃（いし）のうへ（三好達治）
◇「新装版 全集現代文学の発見 13」學藝書林 2004 p98

甃のうへ（三好達治）
◇「日本文学全集 29」河出書房新社 2016 p37

石の思い（坂口安吾）
◇「ちくま日本文学 9」筑摩書房 2008（ちくま文庫）p65

石のをんな（奈々子）
◇「青鞜文学集」不二出版 2004 p183

石の女（奥田哲也）
◇「恐怖症」光文社 2002（光文社文庫）p363

石の聲（李良枝）
◇「〈在日〉文学全集 8」勉誠出版 2006 p337

石の城（菊地秀行）
◇「伯爵の血族―紅ノ章」光文社 2007（光文社文庫）p13

石の塔（清水一行）
◇「煌めきの殺意」徳間書店 1999（徳間文庫）p325

意志のない男（西方まぁき）
◇「ショートショートの花束 7」講談社 2015（講談社文庫）p153

石の花（日野啓三）
◇「鉱物」国書刊行会 1997（書物の王国）p137

石の話（黒井千次）
◇「日本文学100年の名作 7」新潮社 2015（新潮文庫）p467

石の道（金鶴泳）

◇「〈在日〉文学全集 6」勉誠出版 2006 p287

石の夢（澁澤龍彦）
　◇「鉱物」国書刊行会 1997（書物の王国）p9

石の来歴（奥泉光）
　◇「コレクション戦争と文学 13」集英社 2011 p513

意志表示（岸上大作）
　◇「新装版 全集現代文学の発見 15」學藝書林 2005 p486

碑（中山義秀）
　◇「福島の文学―11人の作家」講談社 2014（講談社文芸文庫）p94

石塀幽霊（大阪圭吉）
　◇「江戸川乱歩と13人の新青年〈論理派〉編」光文社 2008（光文社文庫）p131

いしまくら（宮部みゆき）
　◇「事件現場に行こう―最新ベスト・ミステリー カレイドスコープ編」光文社 2001（カッパ・ノベルス）p309

石松の故郷（伊藤桂一）
　◇「ひらめく秘太刀」光風社出版 1998（光風社文庫）p321

石繭（上田早夕里）
　◇「物語のルミナリエ」光文社 2011（光文社文庫）p355

慰籍（いしゃ）（アンデルセン著, 森鷗外訳）
　◇「新日本古典文学大系 明治編 25」岩波書店 2004 p213

石焼き味噌汁（宮本常一）
　◇「ちくま日本文学 22」筑摩書房 2008（ちくま文庫）p225

維鵑有巣集（森春濤）
　◇「新日本古典文学大系 明治編 2」岩波書店 2004 p43

医者の言葉（西方まぁき）
　◇「ショートショートの花束 6」講談社 2014（講談社文庫）p68

石山怪談（花田清輝）
　◇「新編・日本幻想文学集成 2」国書刊行会 2016 p510

伊集院大介の失敗（栗本薫）
　◇「謎―スペシャル・ブレンド・ミステリー 007」講談社 2012（講談社文庫）p259

移住民（全二回）（金光旭）
　◇「近代朝鮮文学日本語作品集1901〜1938 創作篇 2」緑蔭書房 2004 p305

創作 移住民列車（一）〜（五）（李石薫）
　◇「近代朝鮮文学日本語作品集1901〜1938 創作篇 3」緑蔭書房 2004 p149

意趣返し（木村千尋）
　◇「ゆきのまち幻想文学賞小品集 22」企画集団ぷりずむ 2013 p150

遺書（鮎川哲也）
　◇「本格推理 13」光文社 1998（光文社文庫）p453

遺書（伴道平）
　◇「甦る推理雑誌 1」光文社 2002（光文社文庫）p269

遺書（冬川文子）
　◇「ゆきのまち幻想文学賞小品集 13」企画集団ぷりずむ 2004 p176

遺書（持田敏）
　◇「幻の探偵雑誌 10」光文社 2002（光文社文庫）p27

遺書（森日向太）
　◇「ショートショートの花束 5」講談社 2013（講談社文庫）p21

衣装を着けろ（竹河聖）
　◇「キネマ・キネマ」光文社 2002（光文社文庫）p299

〈移情閣〉ゲーム（多島斗志之）
　◇「綾辻・有栖川復刊セレクション〈移情閣〉ゲーム」講談社 2007（講談社ノベルス）p3

異常ナ可逆反應（金海卿）
　◇「近代朝鮮文学日本語作品集1908〜1945 セレクション 4」緑蔭書房 2008 p269

異常な存在（朴南秀）
　◇「近代朝鮮文学日本語作品集1908〜1945 セレクション 4」緑蔭書房 2008 p357

異常の可逆反応（李箱）
　◇「〈外地〉の日本語文学選 3」新宿書房 1996 p88

遺書がなくったっていい（笹原実穂子）
　◇「扉の向こうへ」全作家協会 2014（全作家短編集）p333

遺書欲しや（笹沢左保）
　◇「剣光闇を裂く」光風社出版 1997（光風社文庫）p361
　◇「怪奇・怪談傑作集」新人物往来社 1997 p163

石は語らず（水上呂理）
　◇「甦る「幻影城」 2」角川書店 1997（カドカワ・エンタテインメント）p45
　◇「戦前探偵小説四人集」論創社 2011（論創ミステリ叢書）p163

維新政府の緩和攻略。大隈重信の驚歎。最初の新教会。（山路愛山）
　◇「新日本古典文学大系 明治編 26」岩波書店 2002 p369

偉人たちの憂鬱（伊藤夏美）
　◇「ショートショートの広場 15」講談社 2004（講談社文庫）p41

以心伝心（二上主司）
　◇「ショートショートの広場 15」講談社 2004（講談社文庫）p19

繪心伝心（法月綸太郎）
　◇「ザ・ベストミステリーズ―推理小説年鑑 2003」講談社 2003 p359
　◇「殺人の教室」講談社 2006（講談社文庫）p265

維新の景（野辺慎一）
　◇「全作家短編小説集 7」全作家協会 2008 p15

椅子（黒井千次）
　◇「戦後短篇小説再発見 17」講談社 2003（講談社文芸文庫）p158

椅子（萩原朔太郎）
　◇「ちくま日本文学 36」筑摩書房 2009（ちくま文

いすお

庫）p83

泉尾高女の友に（許慶子）
　◇「近代朝鮮文学日本語作品集1908～1945 セレクショ
　　ン 6」緑蔭書房 2008 p150

イヅク川（志賀直哉）
　◇「文豪てのひら怪談」ポプラ社 2009（ポプラ文
　　庫）p50
　◇「名短篇ほりだしもの」筑摩書房 2011（ちくま文
　　庫）p159
　◇「文豪怪談傑作選 大正篇」筑摩書房 2011（ちく
　　ま文庫）p195

何処（いずこ）…　→ “どこ…”をも見よ

何処か是れ他郷（荒山徹）
　◇「代表作時代小説 平成16年度」光風社出版 2004
　　p87

五十鈴川の鴨（竹西寛子）
　◇「文学 2007」講談社 2007 p239

いすず橋（村木嵐）
　◇「代表作時代小説 平成23年度」光文社 2011 p185

イスタンブール―ノット・コンスタンティ
ノープル（高野史緒）
　◇「魔地図」光文社 2005（光文社文庫）p77

伊豆での話（加門七海）
　◇「女たちの怪談百物語」メディアファクトリー
　　2010（〔幽books〕）p187
　◇「女たちの怪談百物語」KADOKAWA 2014（角
　　川ホラー文庫）p191

イーストウッドに助けはこない（竹吉優輔）
　◇「デッド・オア・アライヴ―江戸川乱歩賞作家ア
　　ンソロジー」講談社 2013 p65
　◇「デッド・オア・アライヴ」講談社 2014（講談社
　　文庫）p69

椅子と投身（鄭仁）
　◇「〈在日〉文学全集 17」勉誠出版 2006 p139

伊豆縄地マリア観音（山手二郎）
　◇「伊豆の江戸を歩く」伊豆新聞本社 2004（伊豆文
　　学賞歴史小説傑作集）p55

伊豆の死角（津村秀介）
　◇「死を招く乗客―ミステリーアンソロジー」有楽
　　出版社 2015（JOY NOVELS）p205

伊豆の仁寛（櫻井寛治）
　◇「「伊豆文学賞」優秀作品集 第6回」羽衣出版
　　2003 p147
　◇「伊豆の歴史を歩く」羽衣出版 2006（伊豆文学賞
　　歴史小説傑作集）p41

伊豆の俳人萩原麦草（杉山早苗）
　◇「「伊豆文学賞」優秀作品集 第10回」静岡新聞社
　　2007 p109

伊豆堀越御所異聞（木夏真一郎）
　◇「「伊豆文学賞」優秀作品集 第15回」羽衣出版
　　2012 p179

伊豆松崎小景（杉本利男）
　◇「全作家短編小説集 10」のべる出版 2011 p141

泉（明石海人）
　◇「ハンセン病文学全集 7」皓星社 2004 p439

泉（楊雲萍）
　◇「日本統治期台湾文学集成 18」緑蔭書房 2003
　　p522

泉（吉田一穂）
　◇「新装版 全集現代文学の発見 13」學藝書林 2004
　　p162

泉ある家（宮沢賢治）
　◇「日本文学全集 16」河出書房新社 2016 p177

泉鏡花先生のこと（小村雪岱）
　◇「芸術家」国書刊行会 1998（書物の王国）p181

泉鏡花 『日本の文学4』解説より抄録（三島由
紀夫）
　◇「文豪怪談傑作選」筑摩書房 2007（ちくま文庫）
　　p249

『和泉式部日記』序（寺田透）
　◇「新装版 全集現代文学の発見 11」學藝書林 2004
　　p521

和泉式部論（寺田透）
　◇「新装版 全集現代文学の発見 11」學藝書林 2004
　　p488

泉のぬし（勝山海百合）
　◇「女たちの怪談百物語」メディアファクトリー
　　2010（〔幽books〕）p156
　◇「女たちの怪談百物語」KADOKAWA 2014（角
　　川ホラー文庫）p160

泉の姫（皆川博子）
　◇「日本舞踊舞踊劇選集」西川会 2002 p777

泉よ、泉（荒井恵美子）
　◇「ゆきのまち幻想文学賞小品集 22」企画集団ぷり
　　ずむ 2013 p95

「椅子銘」（可有）（西谷富水）
　◇「新日本古典文学大系 明治編 4」岩波書店 2003
　　p241

伊豆山 蓬萊旅館（田中康夫）
　◇「温泉小説」アーツアンドクラフツ 2006 p228

伊豆湯ヶ島は春まっさかり、茫然とします≫
川端康成（梶井基次郎）
　◇「日本人の手紙 7」リブリオ出版 2004 p19

伊豆行き松川湖下車の旅（菅沼美代子）
　◇「「伊豆文学賞」優秀作品集 第17回」羽衣出版
　　2014 p222

出づるもの（菊地秀行）
　◇「クトゥルー怪異録―邪神ホラー傑作集」学習研
　　究社 2000（学研M文庫）p199

何れが欺く者（笹沢左保）
　◇「信州歴史時代小説傑作集 3」しなのき書房 2007
　　p63

いずれまた「やあ、しばらく」と言うだろ
う≫小林秀雄（今日出海）
　◇「日本人の手紙 9」リブリオ出版 2004 p208

伊豆は巨樹王国（川村均）
　◇「「伊豆文学賞」優秀作品集 第16回」羽衣出版
　　2013 p204

伊豆は第三の故郷（游美媛）
　◇「「伊豆文学賞」優秀作品集 第17回」羽衣出版

2014 p226

異姓（杜光庭）
◇「文豪てのひら怪談」ポプラ社 2009（ポプラ文庫）p94

異星間刑事捜査交流会（新藤卓広）
◇「5分で読める！ ひと駅ストーリー 食の話」宝島社 2015（宝島社文庫）p69

異性なる故に（長田穂波）
◇「ハンセン病文学全集 6」皓星社 2003 p45

異星の生物（鶴身浩記）
◇「ショートショートの広場 18」講談社 2006（講談社文庫）p59

遺跡掃除屋2―誰がための気力（西奥隆起）
◇「ゴーレムは証言せず―ソード・ワールド短編集」富士見書房 2000（富士見ファンタジア文庫）p169

イセ市、ハルチ（笙野頼子）
◇「山田詠美・増田みず子・松浦理英子・笙野頼子」角川書店 1999（女性作家シリーズ）p364

伊勢氏家訓（花田青輝）
◇「歴史小説の世紀 天の巻」新潮社 2000（新潮文庫）p579
◇「戦後短篇小説再発見 15」講談社 2003（講談社文芸文庫）p132
◇「新編・日本幻想文学集成 2」国書刊行会 2016 p497

異説・軽井沢心中（土屋隆夫）
◇「古書ミステリー倶楽部―傑作推理小説集 2」光社 2014（光文社文庫）p213

異説・慶安事件（多岐川恭）
◇「捕物時代小説選集 6」春陽堂書店 2000（春陽文庫）p135

異説猿ヶ辻の変（隆慶一郎）
◇「幕末剣豪人斬り異聞 勤皇篇」アスキー 1997（Aspect novels）p119
◇「龍馬の天命―坂本龍馬名手の八篇」実業之日本社 2010 p107

異説猿ヶ辻の変―姉小路公知暗殺（隆慶一郎）
◇「時代小説傑作選 3」新人物往来社 2008 p99

異説田中河内介（池田彌三郎）
◇「文豪怪談傑作選 特別編」筑摩書房 2008（ちくま文庫）p152

異説蝶々夫人（日影丈吉）
◇「両性具有」国書刊行会 1998（書物の王国）p79

異説晴信初陣記（新田次郎）
◇「軍師の生きざま―短篇小説集」作品社 2008 p5

異説晴信初陣記―板垣信形（新田次郎）
◇「軍師の生きざま」実業之日本社 2013（実業之日本社文庫）p7

伊勢屋（石井桃子）
◇「精選女性随筆集 8」文藝春秋 2012 p88

磯あそび（宮本常一）
◇「ちくま日本文学 22」筑摩書房 2008（ちくま文庫）p283

磯女（添田健一）
◇「てのひら怪談―ビーケーワン怪談大賞傑作選 庚

異姓（杜光庭） 寅」ポプラ社 2010（ポプラ文庫）p74

磯貝十郎左衛門（南條範夫）
◇「定本・忠臣蔵四十七人集」双葉社 1998 p289

磯牡蠣（有井聡）
◇「てのひら怪談―ビーケーワン怪談大賞傑作選 2」ポプラ社 2007 p50
◇「てのひら怪談―ビーケーワン怪談大賞傑作選 己丑」ポプラ社 2009（ポプラ文庫）p52

磯蟹（あずま菜ずな）
◇「日本海文学大賞―大賞作品集 3」日本海文学大賞運営委員会 2007 p423

急ぎでお願いします（椎間浩二）
◇「ショートショートの花束 8」講談社 2016（講談社文庫）p20

いそしぎ（椎名誠）
◇「不思議の扉 ありえない恋」角川書店 2011（角川文庫）p17

いそしむ人々（宮本常一）
◇「ちくま日本文学 22」筑摩書房 2008（ちくま文庫）p126

五十猛（佐藤洋二郎）
◇「戦後短篇小説再発見 13」講談社 2003（講談社文芸文庫）p222

磯波（乙川優三郎）
◇「花ふぶき―時代小説傑作選」角川春樹事務所 2004（ハルキ文庫）p7

いその浪まくら（逢坂剛）
◇「士魂の光芒―時代小説最前線」新潮社 1997（新潮文庫）p347

磯笛の島（熊谷達也）
◇「短篇ベストコレクション―現代の小説 2004」徳間書店 2004（徳間文庫）p465

イソメのこと（間遠南）
◇「てのひら怪談―ビーケーワン怪談大賞傑作選 壬辰」ポプラ社 2012（ポプラ文庫）p182

磯幽霊（朱川湊人）
◇「短篇ベストコレクション―現代の小説 2006」徳間書店 2006（徳間文庫）p193

五十六（加藤鉄児）
◇「10分間ミステリー THE BEST」宝島社 2016（宝島社文庫）p117

依存のお茶会（竹本健治）
◇「9の扉―リレー短編集」マガジンハウス 2009 p137
◇「9の扉」KADOKAWA 2013（角川文庫）p131

イタイオンナ（中原涼）
◇「ひとにぎりの異形」光文社 2007（光文社文庫）p324

偉大なる存在（小松左京）
◇「日本SF・名作集成 4」リブリオ出版 2005 p63

遺体崩壊（城之内名津夫）
◇「本格推理 13」光文社 1998（光文社文庫）p79

痛い本（ひびきはじめ）
◇「てのひら怪談 癸巳」KADOKAWA 2013（MF文庫ダ・ヴィンチ）p146

遺体はミイラや粉にしても遺憾なし≫石黒忠

いたか

薨（乃木希典）
◇「日本人の手紙 10」リブリオ出版 2004 p28

板垣さんのやせがまん（名取佐和子）
◇「涙がこぼれないように一さよならが胸を打つ10の物語」泰文堂 2014（リンダブックス）p7

板さんの恋（荻田美加）
◇「すごい恋愛」泰文堂 2012（リンダブックス）p44

痛女ブログへようこそ（西条りくる）
◇「君がいない一恋愛短篇小説集」泰文堂 2013（リンダブックス）p42

いたずら（柳迫国広）
◇「ショートショートの広場 13」講談社 2002（講談社文庫）p153

悪戯（甲賀三郎）
◇「怪奇探偵小説集 2」角川春樹事務所 1998（ハルキ文庫）p27

いたづら書（沖野岩三郎）
◇「蘇らぬ朝「大逆事件」以後の文学」インパクト出版会 2010（インパクト選書）p187

いたずらがきがとびだした（茂木秀幸）
◇「成城・学校劇脚本集」成城学園初等学校出版部 2002（成城学園初等学校研究双書）p142

悪戯心（田中悦朗）
◇「ショートショートの広場 19」講談社 2007（講談社文庫）p11

いたずら地蔵（西谷鐘治）
◇「成城・学校劇脚本集」成城学園初等学校出版部 2002（成城学園初等学校研究双書）p105

いたずらな妖精（縄田厚）
◇「甦る推理雑誌 8」光文社 2003（光文社文庫）p63

いたずらの効果（島﨑一裕）
◇「ショートショートの花束 5」講談社 2013（講談社文庫）p9

ヰタ・セクスアリス（森鷗外）
◇「明治の文学 14」筑摩書房 2000 p71

頂（趙南哲）
◇「〈在日〉文学全集 18」勉誠出版 2006 p125

頂（もりたなるお）
◇「文学賞受賞・名作集成 8」リブリオ出版 2004 p113

いただきます（イーブン，カー）
◇「てのひら怪談一ビーケーワン怪談大賞傑作選 庚寅」ポプラ社 2010（ポプラ文庫）p72

いただきますを言いましょう（堀内公太郎）
◇「5分で読める！ ひと駅ストーリー 食の話」宝島社 2015（宝島社文庫）p309

e´（イーダッシュ）（朝比奈泉）
◇「創作脚本集一60周年記念」岡山県高等学校演劇協議会 2011（おかやまの高校演劇）p185

韋駄天どこまでも（多和田葉子）
◇「変愛小説集 日本作家編」講談社 2014 p29

虎杖の花（双葉志伸）
◇「ハンセン病文学全集 8」皓星社 2006 p301

いたまえあなごずし（黒川博行）
◇「賭博師たち」角川書店 1997（角川文庫）p115

痛み（こみやかずお）
◇「ショートショートの広場 14」講談社 2003（講談社文庫）p215

傷みの通過点（高橋寛子）
◇「12人のカウンセラーが語る12の物語」ミネルヴァ書房 2010 p95

痛むばかりに澁澤さんの思いがしみこんできます＞澁澤龍彦（大野一雄）
◇「日本人の手紙 9」リブリオ出版 2004 p84

板谷峠（島村利正）
◇「山形県文学全集第1期〈小説編〉5」郷土出版社 2004 p201

イタリア人（野田充男）
◇「ショートショートの広場 17」講談社 2005（講談社文庫）p159

イタリアの秋の水仙（辻原登）
◇「文学 2006」講談社 2006 p72

異端の子（田宮虎彦）
◇「コレクション戦争と文学 10」集英社 2012 p134

位置（石原吉郎）
◇「新装版 全集現代文学の発見 13」學藝書林 2004 p396

一（倉阪鬼一郎）
◇「ひとにぎりの異形」光文社 2007（光文社文庫）p420

市（趙南哲）
◇「〈在日〉文学全集 18」勉誠出版 2006 p168

一握の髪の毛（田中貢太郎）
◇「妖髪鬼談」桜桃書房 1998 p134

一握の砂（石川啄木）
◇「ちくま日本文学 33」筑摩書房 2009（ちくま文庫）p9

一握の藁を求めつつ（島田尺草）
◇「ハンセン病文学全集 4」皓星社 2003 p54

119（倉狩聡）
◇「5分で読める！ 怖いはなし」宝島社 2014（宝島社文庫）p223

一会の雪（佐江衆一）
◇「人情の往来一時代小説最前線」新潮社 1997（新潮文庫）p335
◇「剣の意地恋の夢一時代小説傑作選」講談社 2000（講談社文庫）p389

一圓五十錢と云ふ金（荒川義英）
◇「新・プロレタリア文学精選集 1」ゆまに書房 2004 p137

一円玉も集まれば（@kyounagi）
◇「3.11心に残る140字の物語」学研パブリッシング 2011 p26

一億円を手に入れた男たち（砂子浩樹）
◇「ショートショートの広場 9」講談社 1998（講談社文庫）p28

一億円の幸福（藤田宜永）
◇「最新「珠玉推理」大全 上」光文社 1998（カッ

パ・ノベルス） p331
◇「幻惑のラビリンス」光文社 2001（光文社文庫）
　p473

一億二千万分の一（西島豪宏）
◇「ショートショートの花束 5」講談社 2013（講
　談社文庫） p80

一学科の区域（正岡子規）
◇「新日本古典文学大系 明治編 27」岩波書店 2003
　p153

**一月二十七日、雨、東京よりの信に接し写真
　四張を得たり。おのおの一絶を題して悶を
　遣る。**（森春濤）
◇「新日本古典文学大系 明治編 2」岩波書店 2004
　p100

一月の星座（黒木謳子）
◇「日本統治期台湾文学集成 18」緑蔭書房 2003
　p410

市川を経（中野逍遙）
◇「新日本古典文学大系 明治編 2」岩波書店 2004
　p412

市川白猿伝（菊池三渓）
◇「新日本古典文学大系 明治編 3」岩波書店 2005
　p53

市川門太夫（津本陽）
◇「剣が舞い落花が舞い―時代小説傑作選」講談社
　1998（講談社文庫） p83

一眼国（林家正蔵）
◇「魍魅魍魎列島」小学館 2005（小学館文庫）
　p323

一眼寺（菊池三渓）
◇「新日本古典文学大系 明治編 3」岩波書店 2005
　p49

一眼月の如し―山本勘介（戸部新十郎）
◇「信州歴史時代小説傑作集 1」しなのき書房 2007
　p81
◇「時代小説傑作選 6」新人物往来社 2008 p33

倚竹書龕の詩（森春濤）
◇「新日本古典文学大系 明治編 2」岩波書店 2004
　p98

苺（円地文子）
◇「味覚小説名作集」光文社 2016（光文社文庫）
　p157

苺（香山末子）
◇「ハンセン病文学全集 7」皓星社 2004 p308

苺（古井由吉）
◇「文学 2000」講談社 2000 p236

一期一会―介錯人別所龍玄始末（辻堂魁）
◇「大江戸「町」物語 月」宝島社 2014（宝島社文
　庫） p7

一期一殺（羽山信樹）
◇「代表作時代小説 平成9年度」光風社出版 1997
　p221
◇「白刃光る」新潮社 1997 p67
◇「春宵濡れ髪しぐれ―時代小説傑作選」講談社
　2003（講談社文庫） p161

苺が赤くなったら（畠中恵）

恋のかたち、愛のいろ徳間書店 2008 p59
◇「恋のかたち、愛のいろ」徳間書店 2010（徳間文
　庫） p65

壹越（塚本邦雄）
◇「とっておき名短篇」筑摩書房 2011（ちくま文
　庫） p29

いちご人形（飛雄）
◇「てのひら怪談―ビーケーワン怪談大賞傑作選 百
　怪繚乱篇」ポプラ社 2008 p30

苺の家（村上あつこ）
◇「かわいい―第16回フェリシモ文学賞優秀作品集」
　フェリシモ 2013 p99

苺の氷水（小川直美）
◇「ゆきのまち幻想文学賞・小品集 7」NTTメディ
　アスコープ 1997 p186

一座存寄書（鈴木輝一郎）
◇「異色忠臣蔵大傑作集」講談社 1999 p221

一私窩児の死（堀口大學）
◇「創刊一〇〇年三田文学名作選」三田文学会 2010
　p568

いちじく（塔和子）
◇「ハンセン病文学全集 7」皓星社 2004 p507

無花果（島田等）
◇「ハンセン病文学全集 7」皓星社 2004 p484

無花果のある家（堀辰雄）
◇「ちくま日本文学 39」筑摩書房 2009（ちくま文
　庫） p278

いちじくの葉（中原中也）
◇「くだものだもの」ランダムハウス講談社 2007
　p133

いちじくの花（桐生典子）
◇「ミステリア―女性作家アンソロジー」祥伝社
　2003（祥伝社文庫） p201

一字三星紋の流れ旗（新宮正春）
◇「紅葉谷から剣鬼が来る―時代小説傑作選」講談
　社 2002（講談社文庫） p249

一時一〇分（鮎川哲也）
◇「七人の警部―SEVEN INSPECTORS」廣済堂出
　版 1998（KOSAIDO BLUE BOOKS） p151

一小事件（白默石）
◇「近代朝鮮文学日本語作品集1901～1938 創作篇 4」
　緑蔭書房 2004 p139

一丈の…（李吉春）
◇「近代朝鮮文学日本語作品集1908～1945 セレクショ
　ン 6」緑蔭書房 2008 p97

一条戻り橋殺人事件（山村美紗）
◇「仮面のレクイエム」光文社 1998（光文社文庫）
　p419

一青年異様の述懐（清水紫琴）
◇「「新編」日本女性文学全集 1」菁柿堂 2007 p438

一青年の手記（荒川義英）
◇「新・プロレタリア文学精選集 1」ゆまに書房
　2004 p1

本社懸賞入選小説 **一船医の手記**（葉歩月）
◇「日本統治期台湾文学集成 19」緑蔭書房 2003
　p267

いちた

一大決心（柳霧津子）
　◇「ショートショートの花束 8」講談社 2016（講談社文庫）p188
一代樹の四季（中山秋夫）
　◇「ハンセン病文学全集 9」皓星社 2010 p464
句集　一代畑（栗生楽泉園高原俳句会）
　◇「ハンセン病文学全集 9」皓星社 2010 p178
一段消し（金広賢介）
　◇「母のなみだ─愛しき家族を想う短篇小説集」泰文堂 2012（Linda books！）p31
1、2、3、悠久！（桜庭一樹）
　◇「午前零時」新潮社 2007 p201
　◇「午前零時─P.S.昨日の私へ」新潮社 2009（新潮文庫）p233
一日（立原道造）
　◇「新装版 全集現代文学の発見 14」學藝書林 2005 p452
いちにちがいとおしいと思う。死刑囚だから≫前坂和子（島秋人）
　◇「日本人の手紙 2」リブリオ出版 2004 p172
一日社長体験（紀井敦）
　◇「ショートショートの花束 8」講談社 2016（講談社文庫）p105
一日も早く御凱旋を（李箕永）
　◇「近代朝鮮文学日本語作品集1908〜1945 セレクション 6」緑蔭書房 2008 p242
一人前の話（柳田國男）
　◇「ちくま日本文学 15」筑摩書房 2008（ちくま文庫）p450
一年後、砂浜にて（倉阪鬼一郎）
　◇「物語のルミナリエ」光文社 2011（光文社文庫）p294
一年後の東京（夢野久作）
　◇「天変動く 大震災と作家たち」インパクト出版会 2011（インパクト選書）p202
一年後の夏（喜多南）
　◇「5分で読める！ ひと駅ストーリー 夏の記憶東口編」宝島社 2013（宝島社文庫）p41
　◇「5分で泣ける！ 胸がいっぱいになる物語」宝島社 2015（宝島社文庫）p43
一年の孤独（小林剛）
　◇「ショートショートの広場 15」講談社 2004（講談社文庫）p177
一年ののち（林真理子）
　◇「東京小説」紀伊國屋書店 2000 p47
　◇「10 ラブ・ストーリーズ」朝日新聞出版 2011（朝日文庫）p427
　◇「東京小説」日本経済新聞出版社 2013（日経文芸文庫）p5
一念不退転（海音寺潮五郎）
　◇「武士の本懐─武士道小説傑作選 2」ベストセラーズ 2005（ベスト時代文庫）p93
一念放棄（色川武大）
　◇「昭和の短篇一人一冊集成 色川武大」未知谷 2008 p155
一年余日（山手樹一郎）

◇「武士の本懐─武士道小説傑作選 2」ベストセラーズ 2005（ベスト時代文庫）p155
一年霊（春日武彦）
　◇「憑依」光文社 2010（光文社文庫）p15
一の太刀（柴田錬三郎）
　◇「幻の剣鬼七番勝負─傑作時代小説」PHP研究所 2008（PHP文庫）p59
一の酉（武田麟太郎）
　◇「日本文学100年の名作 3」新潮社 2014（新潮文庫）p35
一の人、自裁剣（宮本昌孝）
　◇「異色歴史短篇傑作大全」講談社 2003 p361
いちば童子（朱川湊人）
　◇「あなたに、大切な香りの記憶はありますか？─短編小説集」文藝春秋 2008 p61
　◇「あなたに、大切な香りの記憶はありますか？」文藝春秋 2011（文春文庫）p65
市場にて─バンダル・アード＝ケナード（駒崎優）
　◇「C・N 25─C・novels創刊25周年アンソロジー」中央公論新社 2007（C novels）p662
いちばん、嬉しい（田川あい）
　◇「ショートショートの広場 18」講談社 2006（講談社文庫）p130
一番きれいなピンク（紀田祥）
　◇「現代作家代表作選集 2」鼎書房 2012 p83
一番血潮（松村紘一）
　◇「近代朝鮮文学日本語作品集1939〜1945 創作篇 6」緑蔭書房 2001 p253
一番抵当権（篠田節子）
　◇「血」早川書房 1997 p149
いちばん不幸で、そしていちばん幸福な少女─中島梓という奥さんとの日々 連載第1回（今岡清）
　◇「グイン・サーガ・ワールド─グイン・サーガ続篇プロジェクト 1」早川書房 2011（ハヤカワ文庫 JA）p313
いちばん不幸で、そしていちばん幸福な少女─中島梓という奥さんとの日々 連載第2回（今岡清）
　◇「グイン・サーガ・ワールド─グイン・サーガ続篇プロジェクト 2」早川書房 2011（ハヤカワ文庫 JA）p303
いちばん不幸で、そしていちばん幸福な少女─中島梓という奥さんとの日々 連載第3回（今岡清）
　◇「グイン・サーガ・ワールド─グイン・サーガ続篇プロジェクト 3」早川書房 2011（ハヤカワ文庫 JA）p303
いちばん不幸で、そしていちばん幸福な少女─中島梓という奥さんとの日々 最終回（今岡清）
　◇「グイン・サーガ・ワールド─グイン・サーガ続篇プロジェクト 4」早川書房 2012（ハヤカワ文庫 JA）p333

いちばん不幸で、そしていちばん幸福な少女
　——中島梓という奥さんとの日々　第2部／第1
　回（今岡清）
　　◇「グイン・サーガ・ワールド—グイン・サーガ続
　　　篇プロジェクト 5」早川書房 2012（ハヤカワ
　　　文庫JA）p273
いちばん不幸で、そしていちばん幸福な少女
　——中島梓という奥さんとの日々　第2部／第2
　回（今岡清）
　　◇「グイン・サーガ・ワールド—グイン・サーガ続
　　　篇プロジェクト 6」早川書房 2012（ハヤカワ
　　　文庫JA）p271
いちばん不幸で、そしていちばん幸福な少女
　——中島梓という奥さんとの日々　第2部／第3
　回（今岡清）
　　◇「グイン・サーガ・ワールド—グイン・サーガ続
　　　篇プロジェクト 7」早川書房 2013（ハヤカワ
　　　文庫JA）p265
いちばん不幸で、そしていちばん幸福な少女
　——中島梓という奥さんとの日々　第2部／最
　終回（今岡清）
　　◇「グイン・サーガ・ワールド—グイン・サーガ続
　　　篇プロジェクト 8」早川書房 2013（ハヤカワ
　　　文庫JA）p277
いちばん欲しいもの（石田一）
　　◇「蒐集家（コレクター）」光文社 2004（光文社文
　　　庫）p89
一番槍（高橋直樹）
　　◇「斬刃—時代小説傑作選」コスミック出版 2005
　　　（コスミック・時代文庫）p457
一番は諌鼓鶏（都筑道夫）
　　◇「闇の旋風」徳間書店 2000（徳間文庫）p267
軍事小説　一美人（大塚楠緒子）
　　◇「新編」日本女性文学全集 3」菁柿堂 2011 p44
一病息災（田井吟二楼）
　　◇「ハンセン病文学全集 8」皓星社 2006 p228
一部の地域（門倉信）
　　◇「ショートショートの花束 6」講談社 2014（講
　　　談社文庫）p58
「一文物語集」より『0～108』（飯田茂実）
　　◇「とっておき名短篇」筑摩書房 2011（ちくま文
　　　庫）p41
一枚上手（平野啓一郎）
　　◇「空を飛ぶ恋—ケータイがつなぐ28の物語」新潮
　　　社 2006（新潮文庫）p124
一枚の写真（蓑田正治）
　　◇「小学校・全員参加の楽しい学級劇・学年劇脚本
　　　集　高学年」黎明書房 2007 p184
一枚の年賀状（古川時夫）
　　◇「ハンセン病文学全集 7」皓星社 2004 p351
市松小僧始末（池波正太郎）
　　◇「秋びより—時代小説アンソロジー」
　　　KADOKAWA 2014（角川文庫）p5
市松人形（武田若千）
　　◇「てのひら怪談—ビーケーワン怪談大賞傑作選 庚

寅」ポプラ社 2010（ポプラ文庫）p160
一万年（金時鐘）
　　◇「〈在日〉文学全集 5」勉誠出版 2006 p71
市村座の「四谷怪談」　附 御所五郎蔵（芥川龍
　之介）
　　◇「文豪怪談傑作選 芥川龍之介集」筑摩書房 2010
　　　（ちくま文庫）p295
一問一答〔対談〕（江戸川乱歩, 杉山平助）
　　◇「幻の探偵雑誌 4」光文社 2001（光文社文庫）
　　　p425
一夜（篠田浩）
　　◇「幻の探偵雑誌 8」光文社 2001（光文社文庫）
　　　p441
一夜（島崎藤村）
　　◇「明治の文学 16」筑摩書房 2002 p125
　　◇「日本近代短篇小説選 明治篇2」岩波書店 2013
　　　（岩波文庫）p165
一夜（谷村志穂）
　　◇「めぐり逢い—恋愛小説アンソロジー」角川春樹
　　　事務所 2005（ハルキ文庫）p37
一夜（西村賢太）
　　◇「文学 2006」講談社 2006 p159
　　◇「コレクション私小説の冒険 1」勉誠出版 2013
　　　p265
一夜（藤澤清造）
　　◇「コレクション私小説の冒険 1」勉誠出版 2013
　　　p69
一夜（水野葉舟）
　　◇「文豪怪談傑作選 明治編」筑摩書房 2011（ちく
　　　ま文庫）p155
一夜飾り（山形暁子）
　　◇「時代の波音—民主文学短編小説集1995年～2004
　　　年」日本民主主義文学会 2005 p52
一夜酒（江坂遊）
　　◇「物語のルミナリエ」光文社 2011（光文社文庫）
　　　p255
一夜のうれい（田山花袋）
　　◇「天変動く大震災と作家たち」インパクト出版会
　　　2011（インパクト選書）p32
一夜の客（早乙女貢）
　　◇「おもかげ行燈」光風社出版 1998（光風社文庫）
　　　p143
一夜の客（杉本苑子）
　　◇「市井図絵」新潮社 1997 p145
　　◇「時代小説—読切御免 2」新潮社 2004（新潮文
　　　庫）p145
イチヤの雪（石脇信）
　　◇「ゆきのまち幻想文学賞・小品集 9」企画集団ぷ
　　　りずむ 2000 p33

銀杏（いちょう）…　→ "ぎんなん…" を見よ
一葉女史の作物（さくぶつ）（徳田秋声）
　　◇「明治の文学 9」筑摩書房 2002 p377
一力（高濱虚子）
　　◇「京都府文学全集第1期（小説編）1」郷土出版社
　　　2005 p45

いちり

一両二分の屋敷（山岡荘八）
　◇「夕まぐれ江戸小景」光文社 2015（光文社文庫）
　　p127
一両目には乗らない（立原透耶）
　◇「女たちの怪談百物語」メディアファクトリー
　　2010（〔幽books〕）p90
　◇「女たちの怪談百物語」KADOKAWA 2014（角
　　川ホラー文庫）p95
一蓮托掌—R・×・ラ×ァ×ィ（伴名練）
　◇「折り紙衛星の伝説」東京創元社 2015（創元SF
　　文庫）p287
一連の出来事（冨士玉女）
　◇「怪談四十九夜」竹書房 2016（竹書房文庫）
　　p170
一郎と一馬（森奈津子）
　◇「チャイルド」廣済堂出版 1998（廣済堂文庫）
　　p319
1620（三羽省吾）
　◇「スタートライン—始まりをめぐる19の物語」幻
　　冬舎 2010（幻冬舎文庫）p17
一路集（早川一路）
　◇「ハンセン病文学全集 9」皓星社 2010 p64
一羽のつばめ（田中梅吉）
　◇「ハンセン病文学全集 7」皓星社 2004 p539
いつ入れ替わった？—An exchange of tears
　for smiles（森博嗣）
　◇「名探偵を追いかけろ—シリーズ・キャラクター
　　編」光文社 2004（カッパ・ノベルス）p421
　◇「名探偵を追いかけろ」光文社 2007（光文社文
　　庫）p517
一回（飯島耕一）
　◇「新装版 全集現代文学の発見 13」學藝書林 2004
　　p484
一回性（加藤郁乎）
　◇「新装版 全集現代文学の発見 13」學藝書林 2004
　　p616
一塊の雪（柳寅成）
　◇「近代朝鮮文学日本語作品集1908～1945 セレクショ
　　ン 4」緑蔭書房 2008 p474
いつかオーストラリアへ（香村あゆみ）
　◇「たびだち—フェリシモしあわせショートショー
　　ト」フェリシモ 2000 p147
いつか金だらいな日々—轟拳ヤマト外伝（飯島
　祐輔）
　◇「C・N 25—C・novels創刊25周年アンソロジー」
　　中央公論新社 2007（C novels）p149
一角獣（小池真理子）
　◇「短篇ベストコレクション—現代の小説 2002」徳
　　間書店 2002（徳間文庫）p339
　◇「日本文学100年の名作 9」新潮社 2015（新潮文
　　庫）p357
一家団欒（藤枝静男）
　◇「戦後短篇小説再発見 10」講談社 2002（講談社
　　文芸文庫）p119
いつか読書する日（青木研次）
　◇「年鑑代表シナリオ集 '05」シナリオ作家協会

2006 p83
いつかどっかの空の下—月山湖物語（石川精
　一）
　◇「山形市児童劇団脚本集 3」山形市 2005 p247
いつか、猫になった日（赤川次郎）
　◇「吾輩も猫である」新潮社 2016（新潮文庫）p7
いつかの一歩（角田光代）
　◇「短篇ベストコレクション—現代の小説 2013」徳
　　間書店 2013（徳間文庫）p53
いつかのクラス通信（さくらももこ）
　◇「高校演劇Selection 2003 上」晩成書房 2003
　　p127
いつかの情景（あやめゆう）
　◇「躍進—C★NOVELS大賞作家アンソロジー」中
　　央公論新社 2012（C・NOVELS Fantasia）
　　p84
いつかのメール（加藤千恵）
　◇「いまのあなたへ—村上春樹への12のオマージュ」
　　NHK出版 2014 p120
いつか僕をさがして（谷崎淳子）
　◇「高校演劇Selection 2001 上」晩成書房 2001
　　p131
いつか、僕は（牧野修）
　◇「魔地図」光文社 2005（光文社文庫）p263
一休ちゃん（工藤実）
　◇「ゆきのまち幻想文学賞小品集 17」企画集団ぷり
　　ずむ 2008 p49
一九（いっく）の迷惑（正岡子規）
　◇「新日本古典文学大系 明治編 27」岩波書店 2003
　　p180
一口剣（幸田露伴）
　◇「短編名作選—1885–1924 小説の曙」笠間書院
　　2003 p47
　◇「百年小説」ポプラ社 2008 p61
一国の首都（抄）（幸田露伴）
　◇「明治の文学 12」筑摩書房 2000 p249
一歳（葦原崇貴）
　◇「リトル・リトル・クトゥルー—史上最小の神話
　　小説集」学習研究社 2009 p12
一冊の本（大島真寿美）
　◇「本をめぐる物語—栞は夢をみる」KADOKAWA
　　2014（角川文庫）p5
一矢雲上（陣出達朗）
　◇「信州歴史時代小説傑作集 5」しなのき書房 2007
　　p5
一枝について（金鍾漢）
　◇「〈外地〉の日本語文学選 3」新宿書房 1996 p239
　◇「近代朝鮮文学日本語作品集1939～1945 創作篇 6」
　　緑蔭書房 2001 p107
一週間（横溝正史）
　◇「悪魔黙示録「新青年」一九三一—探偵小説暗黒
　　の時代へ」光文社 2011（光文社文庫）p241
一生（上忠司）
　◇「日本統治期台湾文学集成 18」緑蔭書房 2003
　　p284
一生不犯異聞（小松重男）

◇「歴史の息吹」新潮社 1997 p45
◇「時代小説―読切御免 1」新潮社 2004 （新潮文庫）p75

一生ぶんの一分間（河野裕）
◇「ブラックミステリーズ―12の黒い謎をめぐる219の質問」KADOKAWA 2015 （角川文庫）p19

いっしょだから（川崎草志）
◇「憑きびと―「読楽」ホラー小説アンソロジー」徳間書店 2016 （徳間文庫）p5

一緒に地獄に行きましょう≫石原鋺（石原莞爾）
◇「日本人の手紙 6」リブリオ出版 2004 p86

一緒に生活出来ることをどんなに希んでいるか≫古谷治子（山口瞳）
◇「日本人の手紙 4」リブリオ出版 2004 p197

一身一家経済の由来（福澤諭吉）
◇「新日本古典文学大系 明治編 10」岩波書店 2011 p291

一心寺（折口信夫）
◇「ちくま日本文学 25」筑摩書房 2008 （ちくま文庫）p40

一心不乱物語（柴田錬三郎）
◇「江戸しのび792」学研パブリッシング 2012 （学研M文庫）p305

一炊の夢（小池真理子）
◇「短篇ベストコレクション―現代の小説 2007」徳間書店 2007 （徳間文庫）p31

一寸先は、光（勝間田憲男）
◇「立川文学 1」けやき出版 2011 p83

一寸法師後日譚（大岡昇平）
◇「日本文学全集 18」河出書房新社 2016 p338

一寸永興まで（一）〜（七）―京元線車中にて（李光洙）
◇「近代朝鮮文学日本語作品集1901〜1938 評論・随筆篇 3」緑蔭書房 2004 p97

一夕観（北村透谷）
◇「明治の文学 16」筑摩書房 2002 p423

一石二鳥（大場博行）
◇「山形県文学全集第1期（小説編）3」郷土出版社 2004 p142

一千一秒殺人事作（恩田陸）
◇「花月夜綺譚―怪談集」集英社 2007 （集英社文庫）p33

一千一秒物語（稲垣足穂）
◇「ちくま日本文学 16」筑摩書房 2008 （ちくま文庫）p9
◇「近代童話（メルヘン）と賢治」おうふう 2014 p43

『一千一秒物語』より（稲垣足穂）
◇「幻妖の水脈（みお）」筑摩書房 2013 （ちくま文庫）p459

一銭てんぷら（長谷川卓也）
◇「古書ミステリー倶楽部―傑作推理小説集 3」光文社 2015 （光文社文庫）p169

一銭銅貨（永代美知代）

いつと

◇「「新編」日本女性文学全集 3」菁柿堂 2011 p481

一千兵士の森（白山青樹）
◇「近代朝鮮文学日本語作品集1939〜1945 創作篇 6」緑蔭書房 2001 p30

逸題（井伏鱒二）
◇「日本文学全集 29」河出書房新社 2016 p33

逸脱（佐々木譲）
◇「決断―警察小説競作」新潮社 2006 （新潮文庫）p91

いつだって溺れるのは（豆塚エリ）
◇「太宰治賞 2016」筑摩書房 2016 p273

行ったり来たり（光岡明）
◇「戦後短篇小説再発見 7」講談社 2001 （講談社文芸文庫）p239

一反木綿（高橋由太）
◇「『このミステリーがすごい！』大賞作家書き下ろしBOOK」宝島社 2012 p167

一反木綿（椋鳩十）
◇「響き交わす鬼」小学館 2005 （小学館文庫）p253

いっちゃんのバカ（伊藤美紀）
◇「冷と温―第13回フェリシモ文学賞作品集」フェリシモ 2010 p84

イッツ・ア・スモール・ワールド（小路幸也）
◇「エール！ 1」実業之日本社 2012 （実業之日本社文庫）p175

イッツアスモールワールド（橋口いくよ）
◇「恋時雨―恋はときどき泪が出る」メディアファクトリー 2009 （[ダ・ヴィンチブックス]）p87

一通の長い母親の手紙（後藤明生）
◇「コレクション戦争と文学 17」集英社 2012 p449

五つの生首（小島水青）
◇「男たちの怪談百物語」メディアファクトリー 2012 （[幽BOOKS]）p220

五つの紐（宮原龍雄）
◇「迷宮の旅行者―本格推理展覧会」青樹社 1999 （青樹社文庫）p279

五つのプレゼント（乾くるみ）
◇「事件の痕跡」光文社 2007 （Kappa novels）p81
◇「事件の痕跡」光文社 2012 （光文社文庫）p101

一滴の嵐（小島小陸）
◇「太宰治賞 2001」筑摩書房 2001 p27

一徹返し（大柳喜美枝）
◇「ショートショートの広場 10」講談社 2000 （講談社文庫）p118

一天（正岡子規）
◇「新日本古典文学大系 明治編 27」岩波書店 2003 p19

一点突破（LiLy）
◇「ラブソングに飽きたら」幻冬舎 2015 （幻冬舎文庫）p169

一刀斎は背番号6（五味康祐）
◇「時よとまれ、君は美しい―スポーツ小説名作集」角川書店 2007 （角川文庫）p275

一等車の女（佐野洋）

いつと

◇「葬送列車—鉄道ミステリー名作館」徳間書店 2004 p299

一刀正伝無刀流 山岡鉄舟「山岡鉄舟」（五味康祐）
◇「幕末の剣鬼たち—時代小説傑作選」コスミック出版 2009 （コスミック・時代文庫）p371

いつの日か（一九七〇年）（金夏日）
◇「〈在日〉文学全集 17」勉誠出版 2006 p219

いつの日か、空へ（草上仁）
◇「変身」廣済堂出版 1998 （廣済堂文庫）p107

いつの日にか（崔華國）
◇「〈在日〉文学全集 17」勉誠出版 2006 p58

一杯（藤富保男）
◇「新装版 全集現代文学の発見 13」學藝書林 2004 p544

一杯のカレーライス—薬屋探偵妖綺談（時村尚）
◇「QED鏡家の薬屋探偵—メフィスト賞トリビュート」講談社 2010 （講談社ノベルス）p207

一杯のコーヒーから（赤川次郎）
◇「さらに不安の闇へ—小説推理傑作選」双葉社 1998 p9

一匹と九十九匹と（福田恆存）
◇「新装版 全集現代文学の発見 4」學藝書林 2003 p412

一匹の奇妙な獣（山田正紀）
◇「宇宙生物ゾーン」廣済堂出版 2000 （廣済堂文庫）p143

一匹のサケ（開高健）
◇「ちくま日本文学 24」筑摩書房 2008 （ちくま文庫）p373

一匹の猫が二匹になった話（野上彌生子）
◇「精選女性随筆集 10」文藝春秋 2012 p234

一匹の本／複数の自伝（多和田葉子）
◇「本迷宮—本を巡る不思議な物語」日本図書設計家協会 2016 p73

一匹や二匹（仁木悦子）
◇「謎—スペシャル・ブレンド・ミステリー 003」講談社 2008 （講談社文庫）p41
◇「ねこ！ ネコ！ 猫！—nekoミステリー傑作選」徳間書店 2008 （徳間文庫）p303

一筆啓上仕り候（呉相淳）
◇「近代朝鮮文学日本語作品集1939〜1945 評論・随筆篇 3」緑蔭書房 2002 p497

一票の効能（李孝石著，鄭人澤譯）
◇「近代朝鮮文学日本語作品集1939〜1945 創作篇 1」緑蔭書房 2001 p407

一ぷく 三杯（夢野久作）
◇「ちくま日本文学 31」筑摩書房 2009 （ちくま文庫）p14
◇「もの食う話」文藝春秋 2015 （文春文庫）p41

一服ひろばの謎—「防犯探偵・榎本径」シリーズ番外編（貴志祐介）
◇「サイドストーリーズ」KADOKAWA 2015 （角川文庫）p31

一分間（巣山ひろみ）
◇「ゆきのまち幻想文学賞・小品集 14」企画集団ぶりずむ 2005 p173

一兵卒（田山花袋）
◇「短編名作選—1885–1924 小説の曙」笠間書院 2003 p161
◇「コレクション戦争と文学 6」集英社 2011 p110
◇「日本近代短篇小説選 明治篇2」岩波書店 2013 （岩波文庫）p73

いっぺんさん（朱川湊人）
◇「短篇ベストコレクション—現代の小説 2005」徳間書店 2005 （徳間文庫）p149

一ぺんに春風が吹いて来た（宇野千代）
◇「現代小説クロニクル 1985〜1989」講談社 2015 （講談社文芸文庫）p240

一本足の女（岡本綺堂）
◇「屍鬼の血族」桜桃書房 1999 p339
◇「怪奇・伝奇時代小説選集 2」春陽堂書店 1999 （春陽文庫）p248

一本献上（野辺慎一）
◇「回転ドアから」全作家協会 2015 （全作家短編集）p473

いっぽん桜（山本一力）
◇「たそがれ長屋—人情時代小説傑作選」新潮社 2008 （新潮文庫）p53

一本七勺（内田百閒）
◇「ちくま日本文学 1」筑摩書房 2007 （ちくま文庫）p333

一本の稲穂（上野英信）
◇「戦後文学エッセイ選 12」影書房 2006 p57

一本の錆びたスヱ（金時鐘）
◇「〈在日〉文学全集 5」勉誠出版 2006 p120

いつまで草（大塚楠緒子）
◇「〔新編〕日本女性文学全集 3」菁柿堂 2011 p13

いつまでも赤（河野裕）
◇「ブラックミステリーズ—12の黒い謎をめぐる219の質問」KADOKAWA 2015 （角川文庫）p131

いつまでもショパン（中山七里）
◇「「このミステリーがすごい！」大賞作家書き下ろしBOOK」宝島社 2012 p3

逸民（小川国夫）
◇「川端康成文学賞全作品 1」新潮社 1999 p373

いつもあなたを見ている（濱本七恵）
◇「すごい恋愛」泰文堂 2012 （リンダブックス）p172

いつも煙が目にしみる（菱田信也）
◇「「近松賞」第1回 優秀賞作品集」尼崎市 2002 p1

いつもの笑顔で—受付業務編（作者不詳）
◇「心に火を。」廣済堂出版 2014 p54

いつもの言葉をもう一度（井上雅彦）
◇「物語のルミナリエ」光文社 2011 （光文社文庫）p318

いつも二人で（宮部みゆき）
◇「人恋しい雨の夜に—せつない小説アンソロジー」光文社 2006 （光文社文庫）p37

いとこ

偽りの季節（五條瑛）
 ◇「事件を追いかけろ―最新ベスト・ミステリー サ
　プライズの花束編」光文社 2004（カッパ・ノ
　ベルス）p213
 ◇「事件を追いかけろ サプライズの花束編」光文社
　2009（光文社文庫）p277
イーデアッペソ（梨大前にて）（全美恵）
 ◇「〈在日〉文学全集 18」勉誠出版 2006 p351
凍て蝶（須賀しのぶ）
 ◇「NOVA―書き下ろし日本SFコレクション 5」河
　出書房新社 2011（河出文庫）p113
凍てついた暦（大西功）
 ◇「さきがけ文学賞選集 4」秋田魁新報社 2016
　（さきがけ文庫）p97
凍てついた路を（城山昌樹）
 ◇「近代朝鮮文学日本語作品集1939～1945 創作篇 6」
　緑蔭書房 2001 p37
いてもたっても（奥田英朗）
 ◇「ザ・ベストミステリーズ―推理小説年鑑 2003」
　講談社 2003 p173
 ◇「殺人の教室」講談社 2006（講談社文庫）p85
遺伝（萩原朔太郎）
 ◇「ちくま日本文学 36」筑摩書房 2009（ちくま文
　庫）p160
遺伝（正岡子規）
 ◇「新日本古典文学大系 明治編 27」岩波書店 2003
　p237
 ◇「新日本古典文学大系 明治編 27」岩波書店 2003
　p277
遺伝子チップ（米山公啓）
 ◇「自選ショート・ミステリー」講談社 2001（講談
　社文庫）p118
遺伝的記憶（小泉八雲著，平井呈一訳）
 ◇「文豪怪談傑作選 明治編」筑摩書房 2011（ちく
　ま文庫）p53
異土（鄭芝溶著，金村龍済譯）
 ◇「近代朝鮮文学日本語作品集1939～1945 創作篇 6」
　緑蔭書房 2001 p48
井戸（趙南哲）
 ◇「〈在日〉文学全集 18」勉誠出版 2006 p145
井戸（藤岡美暢）
 ◇「the Ring―もっと怖い4つの話」角川書店 1998
　p85
糸？（圓眞美）
 ◇「超短編の世界 vol.3」創英社 2011 p30
伊藤一刀斎（南條範夫）
 ◇「人物日本剣豪伝 1」学陽書房 2001（人物文庫）
　p233
移動警察官（小島泰介）
 ◇「日本統治期台湾文学集成 7」緑蔭書房 2002
　p236
伊藤米店（彩瀬まる）
 ◇「明日町こんぺいとう商店街―招きうさぎと七軒
　の物語」ポプラ社 2013（ポプラ文庫）p93
伊藤聡後援会ニュース（森田博）
 ◇「ショートショートの広場 14」講談社 2003（講

　談社文庫）p108
伊藤さん（戸口右亮）
 ◇「ショートショートの花束 8」講談社 2016（講
　談社文庫）p176
伊東静雄と日本浪曼派（富士正晴）
 ◇「戦後文学エッセイ選 7」影書房 2006 p156
伊東静雄との通交（島尾敏雄）
 ◇「戦後文学エッセイ選 10」影書房 2007 p165
移動指紋（佐野洋）
 ◇「殺人博物館へようこそ」講談社 1998（講談社文
　庫）p391
 ◇「謎―スペシャル・ブレンド・ミステリー 006」
　講談社 2011（講談社文庫）p203
移動する村落（葉山嘉樹）
 ◇「アンソロジー・プロレタリア文学 1」森話社
　2013 p255
伊東先生（庄野潤三）
 ◇「創刊一〇〇年三田文学名作選」三田文学会 2010
　p665
以東岳と大鳥池（五百沢智也）
 ◇「山形県文学全集第2期（随筆・紀行編）5」郷土出版
　社 2005 p240
移動図書館と百年の孤独（サブ）
 ◇「5分で読める！ ひと駅ストーリー 本の物語」宝
　島社 2014（宝島社文庫）p239
伊藤典夫インタビュー（青雲立志編）（伊藤典
　夫）
 ◇「ボロゴーヴはミムジイ―伊藤典夫翻訳SF傑作
　選」早川書房 2016（ハヤカワ文庫 SF）p422
移動遊園地（私市保彦）
 ◇「十月のカーニヴァル」光文社 2000（カッパ・ノ
　ベルス）p81
いとおしいひと（望月絵里）
 ◇「現代鹿児島小説大系 4」ジャプラン 2014 p271
糸織草子（森谷明子）
 ◇「ザ・ベストミステリーズ―推理小説年鑑 2006」
　講談社 2006 p333
 ◇「曲げられた真相」講談社 2009（講談社文庫）
　p203
糸繰りうた（石牟礼道子）
 ◇「日本文学全集 24」河出書房新社 2015 p470
糸車（寺田寅彦）
 ◇「ちくま日本文学 34」筑摩書房 2009（ちくま文
　庫）p31
糸車（山本周五郎）
 ◇「きずな―時代小説親子情話」角川春樹事務所
　2011（ハルキ文庫）p157
糸車〈日本婦道記〉（山本周五郎）
 ◇「信州歴史時代小説傑作集 5」しなのき書房 2007
　p221
いとこ、かずん（平田俊子）
 ◇「旅を数えて」光文社 2007 p55
伊都国・幻の鯉（岩森道子）
 ◇「ミヤマカラスアゲハ―第三回「草枕文学賞」作
　品集」文藝春秋企画出版部 2003 p117

いとこ

いとこのスープ（朝来みゆか）
◇「万華鏡―第14回フェリシモ文学賞作品集」フェリシモ 2011 p120
従兄の話（崩木十弐）
◇「渚にて―あの日からの〈みちのく怪談〉」荒蝦夷 2016 p152
糸雨残梅集（森春濤）
◇「新日本古典文学大系 明治編 2」岩波書店 2004 p21
いとしき最愛のちとせどの。戦艦大和の最後≫伊藤ちとせ／伊藤淑子・貞子（伊藤整一）
◇「日本人の手紙 10」リブリオ出版 2004 p92
いとしのアン（山崎洋子）
◇「憑き者―全篇書下ろし傑作ホラーアンソロジー」アスキー 2000（A-novels）p649
愛しのジュリエット（橋てつと）
◇「扉の向こうへ」全作家協会 2014（全作家短編集）p248
愛しの猫（梅原満知子）
◇「最後の一日―さよならが胸に染みる10の物語」泰文堂 2011（Linda books！）p120
いとしのプロビッチ（瑠璃）
◇「冷と温―第13回フェリシモ文学賞作品集」フェリシモ 2010 p140
いとしのマックス／マックス・ア・ゴーゴー（蛭子能収）
◇「歌謡曲だよ、人生は―映画監督短編集」メディアファクトリー 2007 p105
愛しのルナ（柚月裕子）
◇「5分で読める！ ひと駅ストーリー 猫の物語」宝島社 2014（宝島社文庫）p9
◇「5分で凍る！ ぞっとする怖い話」宝島社 2015（宝島社文庫）p181
糸繰沼（いととりぬま）（長谷川時雨）
◇「文豪怪談傑作選 特別編」筑摩書房 2007（ちくま文庫）p78
いとなみ（新垣宏一）
◇「日本統治期台湾文学集成 6」緑蔭書房 2002 p471
糸ノコとジグザグ（島田荘司）
◇「迷」文藝春秋 2003（推理作家になりたくて マイベストミステリー）p41
◇「マイ・ベスト・ミステリー 3」文藝春秋 2007（文春文庫）p52
◇「電話ミステリー倶楽部―傑作推理小説集」光文社 2016（光文社文庫）p129
井戸の底（吉屋信子）
◇「文豪怪談傑作選 吉屋信子集」筑摩書房 2006（ちくま文庫）p145
井戸の中（釣巻礼公）
◇「さむけ―ホラー・アンソロジー」祥伝社 1999（祥伝社文庫）p315
井戸の中にて（中里恒子）
◇「精選女性随筆集 10」文藝春秋 2012 p82
いとはん（北條秀司）
◇「日本舞踊舞踊劇選集」西川会 2002 p611

暇乞い（中津文彦）
◇「歴史の息吹」新潮社 1997 p127
田舎を恐る（萩原朔太郎）
◇「ちくま日本文学 36」筑摩書房 2009（ちくま文庫）p112
田舎教師（抄）（田山花袋）
◇「童貞小説集」筑摩書房 2007（ちくま文庫）p343
田舎教師の独白（髙村薫）
◇「文学 2011」講談社 2011 p57
◇「現代小説クロニクル 2010〜2014」講談社 2015（講談社文芸文庫）p144
田舎暮し（倉橋由美子）
◇「精選女性随筆集 3」文藝春秋 2012 p166
田舎の刑事の趣味とお仕事（滝田務雄）
◇「砂漠を走る船の道―ミステリーズ！ 新人賞受賞作品集」東京創元社 2016（創元推理文庫）p119
田舎の刑事の宝さがし（滝田務雄）
◇「ベスト本格ミステリ 2013」講談社 2013（講談社ノベルス）p99
いなか、の、じけん（夢野久作）
◇「幻の探偵雑誌 2」光文社 2000（光文社文庫）p175
いなか、の、じけん（抄）（夢野久作）
◇「ちくま日本文学 31」筑摩書房 2009（ちくま文庫）p9
◇「おかしい話」筑摩書房 2010（ちくま文学の森）p163
田舎の風景（青井知之）
◇「てのひら怪談―ビーケーワン怪談大賞傑作選 庚寅」ポプラ社 2010（ポプラ文庫）p220
田舎町の初秋（李石薫）
◇「近代朝鮮文学日本語作品集1908〜1945 セレクション 4」緑蔭書房 2008 p203
田舎もの（吉田健一）
◇「日本文学全集 20」河出書房新社 2015 p420
田舎旅行（遊馬足掻）
◇「5分で読める！ ひと駅ストーリー 旅の話」宝島社 2015（宝島社文庫）p257
蝗（田村泰次郎）
◇「コレクション戦争と文学 7」集英社 2011 p474
◇「永遠の夏―戦争小説集」実業之日本社 2015（実業之日本社文庫）p97
蝗（いなご）うり（前田曙山）
◇「新日本古典文学大系 明治編 21」岩波書店 2005 p335
蝗うり（前田曙山）
◇「明治深刻悲惨小説集」講談社 2016（講談社文芸文庫）p73
蝗の村（深澤夜）
◇「怪集 蠱毒―創作怪談発掘大会傑作選」竹書房 2009（竹書房文庫）p161
イナゴ、ヤモリ、ライギョ（開高健）
◇「ちくま日本文学 24」筑摩書房 2008（ちくま文庫）p295

いなさ参ろう（山手一郎）
◇「「伊豆文学賞」優秀作品集 第12回」羽衣出版 2009 p3

「稲妻や」の巻（連々・富水両吟歌仙）（西谷富水）
◇「新日本古典文学大系 明治編 4」岩波書店 2003 p177

稲葉山上の流星—織田信長（童門冬二）
◇「時代小説傑作選 7」新人物往来社 2008 p5

因幡の兎（伊藤桂一）
◇「剣が舞い落花が舞い—時代小説傑作選」講談社 1998 （講談社文庫）p311

伊奈半十郎上水記（松浦節）
◇「代表作時代小説 平成15年度」光風社出版 2003 p121

稲荷道中、夏めぐり（東朔水）
◇「となりのもののけさん—競作短篇集」ポプラ社 2014 （ポプラ文庫ピュアフル）p189

イニシャル占い（雅）
◇「万華鏡—第14回フェリシモ文学賞作品集」フェリシモ 2011 p160

犬（成字終）
◇「ショートショートの花束 8」講談社 2016 （講談社文庫）p168

犬（趙南哲）
◇「〈在日〉文学全集 18」勉誠出版 2006 p142

犬（庸沢陵）
◇「ハンセン病文学全集 7」皓星社 2004 p140

犬（許南麒）
◇「〈在日〉文学全集 2」勉誠出版 2006 p156
◇「〈在日〉文学全集 2」勉誠出版 2006 p218

犬（正岡子規）
◇「文豪怪談傑作選 明治編」筑摩書房 2011 （ちくま文庫）p29

犬を逐ふ（徳田秋聲）
◇「金沢三文豪掌文庫 いきもの編」金沢文化振興財団 2010 p35

犬を飼う侍—ゆっくり雨太郎捕物控（多岐川恭）
◇「傑作捕物ワールド 2」リブリオ出版 2002 p59

犬を飼う武士（白石一郎）
◇「犬道楽江戸草紙—時代小説傑作選」徳間書店 2006 （徳間文庫）p89

犬を喰う（金時鐘）
◇「〈在日〉文学全集 5」勉誠出版 2006 p177

犬を焼く（中沢けい）
◇「中沢けい・多和田葉子・荻野アンナ・小川洋子」角川書店 1998 （女性作家シリーズ）p100
◇「現代小説クロニクル 1990〜1994」講談社 2015 （講談社文芸文庫）p183

犬—影について・その一（司修）
◇「川端康成文学賞全作品 2」新潮社 1999 p235

犬神（寺山修司）
◇「新装版 全集現代文学の発見 15」學藝書林 2005 p504

隠神刑部（乾緑郎）
◇「妙ちきりん—「読楽」時代小説アンソロジー」徳間書店 2016 （徳間文庫）p259

イヌキのムグ（辻まこと）
◇「狩猟文学マスターピース」みすず書房 2011 （大人の本棚）p221

犬嫌い（宇佐美まこと）
◇「怪しき我が家一家の怪談競作集」メディアファクトリー 2011 （MF文庫）p149

イヌゲンソーゴ（伊坂幸太郎）
◇「Wonderful Story」PHP研究所 2014 p5

犬恋（加門七海）
◇「勿忘草—恋愛ホラー・アンソロジー」祥伝社 2003 （祥伝社文庫）p71

いぬ侍（武蔵野次郎）
◇「八百八町春爛漫」光風社出版 1998 （光風社文庫）p7

犬地図（寺山修司）
◇「ちくま日本文学 6」筑摩書房 2007 （ちくま文庫）p188

犬とカエルと銀座の夜（鷺沢萌）
◇「銀座24の物語」文藝春秋 2001 p297

犬と剃刀（香山滋）
◇「犬のミステリー」河出書房新社 1999 （河出文庫）p67

犬と鴉（田中慎弥）
◇「コレクション戦争と文学 5」集英社 2011 p483

犬と椎茸（井上荒野）
◇「コイノカオリ」角川書店 2004 p233
◇「コイノカオリ」角川書店 2008 （角川文庫）p211

犬 Dog（乙一）
◇「ザ・ベストミステリーズ—推理小説年鑑 2003」講談社 2003 p457
◇「殺人の教室」講談社 2006 （講談社文庫）p327

犬と私（中里恒子）
◇「精選女性随筆集 10」文藝春秋 2012 p31

犬の芸当（水上呂理）
◇「戦前探偵小説四人集」論創社 2011 （論創ミステリ叢書）p111

犬の仕組（花村萬月）
◇「現代の小説 1999」徳間書店 1999 p335

犬の写真（池永陽）
◇「ザ・ベストミステリーズ—推理小説年鑑 2005」講談社 2005 p161
◇「隠された鍵」講談社 2008 （講談社文庫）p471

犬の肖像（吉岡実）
◇「新装版 全集現代文学の発見 13」學藝書林 2004 p473

犬の生活（小山清）
◇「短篇礼讃—忘れかけた名品」筑摩書房 2006 （ちくま文庫）p7

犬の血（藤枝静男）
◇「コレクション戦争と文学 7」集英社 2011 p277

犬のトレーナー（大柳喜美枝）

いぬの

◇「ショートショートの広場 11」講談社 2000（講談社文庫）p128

犬の抜けまいり（佐江衆一）
◇「犬道楽江戸草紙―時代小説傑作選」徳間書店 2005（徳間文庫）p251
◇「江戸の漫遊力―時代小説傑作選」集英社 2008（集英社文庫）p81

犬の話（高村薫）
◇「干刈あがた・高樹のぶ子・林真理子・高村薫」角川書店 1997（女性作家シリーズ）p392

犬の糞（多島斗志之）
◇「さむけ―ホラー・アンソロジー」祥伝社 1999（祥伝社文庫）p149

犬のまくらと鯨のざぶとん（日比野碧）
◇「かわいい―第16回フェリシモ文学賞優秀作品集」フェリシモ 2013 p16

犬の眼（栗本薫）
◇「私は殺される―女流ミステリー傑作選」角川春樹事務所 2001（ハルキ文庫）p135

犬の私（中上健次）
◇「創刊一〇〇年三田文学名作選」三田文学会 2010 p672

犬曳き侍（伊藤桂一）
◇「極め付き時代小説選 3」中央公論新社 2004（中公文庫）p113

犬坊狂乱（井上靖）
◇「信州歴史時代小説傑作集 2」しなのき書房 2007 p133

犬婿入り（多和田葉子）
◇「中沢けい・多和田葉子・荻野アンナ・小川洋子」角川書店 1998（女性作家シリーズ）p160

犬目線／握り締めて（スエヒロケイスケ）
◇「優秀新人戯曲集 2008」ブロンズ新社 2007 p5

犬も歩けば（笹本稜平）
◇「ザ・ベストミステリーズ―推理小説年鑑 2003」講談社 2003 p305
◇「殺人の教室」講談社 2006（講談社文庫）p537

犬は厭（安西冬衛）
◇「新装版 全集現代文学の発見 13」學藝書林 2004 p16

犬は棒などもう嫌いだ（砂場）
◇「超短編の世界 vol.2」創英社 2009 p52

犬は見ている（貫井徳郎）
◇「Wonderful Story」PHP研究所 2014 p209

イネのい（伊坂灯）
◇「ショートショートの花束 7」講談社 2015（講談社文庫）p18

居眠り刑事（深谷忠記）
◇「迷路の旅行者―本格推理展覧会」青樹社 1999（青樹社文庫）p235

遺念蟬（謡堂）
◇「怪集 蠱毒―創作怪談発掘大会傑作選」竹書房 2009（竹書房文庫）p15

伊年の屏風（近松秋江）
◇「明治の文学 24」筑摩書房 2001 p97

井上円了氏と霊魂不滅説（抄）（伊藤晴雨）

◇「文豪てのひら怪談」ポプラ社 2009（ポプラ文庫）p28

井上哲次郎と基督教会（山路愛山）
◇「新日本古典文学大系 明治編 26」岩波書店 2002 p481

井上良夫の死（服部正正）
◇「甦る推理雑誌 3」光文社 2002（光文社文庫）p314

稲生怪談の成立と百物語（卯山与史武）
◇「稲生モノノケ大全 陰之巻」毎日新聞社 2003 p666

稲生武太夫（神田伯龍）
◇「稲生モノノケ大全 陰之巻」毎日新聞社 2003 p132

稲尾武太夫（平太郎）（及川大渓）
◇「稲生モノノケ大全 陰之巻」毎日新聞社 2003 p655

稲生物怪録（折口信夫）
◇「稲生モノノケ大全 陰之巻」毎日新聞社 2003 p455

稲生物怪録（折口信夫，金井田英津子）
◇「文豪怪談傑作選 折口信夫集」筑摩書房 2009（ちくま文庫）p9

稲生物怪録（柏正甫）
◇「稲生モノノケ大全 陰之巻」毎日新聞社 2003 p679

猪鹿蝶（久生十蘭）
◇「電話ミステリー倶楽部―傑作推理小説集」光文社 2016（光文社文庫）p291

猪鹿蝶（いのしかちょう）（金子光晴）
◇「ちくま日本文学 38」筑摩書房 2009（ちくま文庫）p306

猪（ゐのしし）（中島敦）
◇「ちくま日本文学 12」筑摩書房 2008（ちくま文庫）p448

猪狩殺人事件 一（覆面作家）
◇「幻の探偵雑誌 3」光文社 2000（光文社文庫）p41

猪狩殺人事件 二（中島親）
◇「幻の探偵雑誌 3」光文社 2000（光文社文庫）p49

猪狩殺人事件 三（蘭郁二郎）
◇「幻の探偵雑誌 3」光文社 2000（光文社文庫）p58

猪狩殺人事件 四（大慈宗一郎）
◇「幻の探偵雑誌 3」光文社 2000（光文社文庫）p66

猪狩殺人事件 五（平塚白銀）
◇「幻の探偵雑誌 3」光文社 2000（光文社文庫）p72

猪狩殺人事件 六（村正朱鳥）
◇「幻の探偵雑誌 3」光文社 2000（光文社文庫）p80

猪狩殺人事件 七（伴白嵐）
◇「幻の探偵雑誌 3」光文社 2000（光文社文庫）p87

猪狩殺人事件 八（荻一之介）
　◇「幻の探偵雑誌 3」光文社 2000（光文社文庫）
　　p103
猪に乗った男（永井路子）
　◇「必殺天誅剣」光風社出版 1999（光風社文庫）
　　p259
いのしの肉（吉行淳之介）
　◇「おいしい話―料理小説傑作選」徳間書店 2007
　　（徳間文庫）p307
　◇「昭和の短篇一人一冊集成 吉行淳之介」未知谷
　　2008 p293
いのししのレステュー―たい（武田晋一）
　◇「小学校・全員参加の楽しい学級劇・学年劇脚本
　　集 低学年」黎明書房 2007 p126
イノセントボイス（塔山郁）
　◇「『このミステリーがすごい！』大賞作家書き下ろ
　　しBOOK vol.12」宝島社 2016 p165
いのち（漆原正貴）
　◇「てのひら怪談―ビーケーワン怪談大賞傑作選 2」
　　ポプラ社 2007 p108
いのち（幸田文）
　◇「精選女性随筆集 1」文藝春秋 2012 p177
生命（いのち）… → "せいめい…"を見よ
命、一千枚（火坂雅志）
　◇「歴史の息吹」新潮社 1997 p285
　◇「時代小説―読切御免 4」新潮社 2005（新潮文
　　庫）p111
　◇「信州歴史時代小説傑作集 2」しなのき書房 2007
　　p5
命をはった賭け―大阪商人 天野屋利兵衛（佐
江衆一）
　◇「七つの忠臣蔵」新潮社 2016（新潮文庫）p179
命が五つ（狩生玲子）
　◇「ショートショートの広場 8」講談社 1997（講
　　談社文庫）p66
いのちがけ（砂原浩太朗）
　◇「決戦！ 桶狭間」講談社 2016 p35
命懸け（高橋直樹）
　◇「異色歴史短篇傑作大全」講談社 2003 p173
命がけで生きていてください、コイシイ≫太
田静子（太宰治）
　◇「日本人の手紙 5」リブリオ出版 2004 p7
命毛（出久根達郎）
　◇「代表作時代小説 平成18年度」光文社 2006 p51
命十両（南原幹雄）
　◇「人情の往来―時代小説最前線」新潮社 1997（新
　　潮文庫）p161
いのち救われて（高橋徳義）
　◇「山形県文学全集第2期（随筆・紀行編）6」郷土出版
　　社 2005 p253
いのちのうた（中山秋夫）
　◇「ハンセン病文学全集 7」皓星社 2004 p544
いのちの宴（塔和子）
　◇「ハンセン病文学全集 7」皓星社 2004 p314

いのちの歌～のら犬ものがたり パートⅡ～
　　（井上真一）
　◇「小学校たのしい劇の本―英語劇付 高学年」国土
　　社 2007 p8
命の親（大塚楠緒子）
　◇「〔新編〕日本女性文学全集 3」菁柿堂 2011 p67
命の恩人（赤川次郎）
　◇「殺意の時間割」角川書店 2002（角川文庫）p7
　◇「赤に捧げる殺意」角川書店 2013（角川文庫）
　　p117
命の繰り返し（@hedekupauda）
　◇「3.11心に残る140字の物語」学研パブリッシング
　　2011 p115
命の書に封印されしもの（朱雀門出）
　◇「リトル・リトル・クトゥルー―史上最小の神話
　　小説集」学習研究社 2009 p118
いのちの初夜（北條民雄）
　◇「ハンセン病に咲いた花―初期文芸名作選 戦前
　　編」皓星社 2002（ハンセン病叢書）p7
　◇「ハンセン病文学全集 1」皓星社 2002 p3
　◇「新装版 全集現代文学の発見 7」學藝書林 2003
　　p18
　◇「文士の意地―車谷長吉撰短篇小説輯 下巻」作品
　　社 2005 p184
　◇「日本近代短篇小説選 昭和篇1」岩波書店 2012
　　（岩波文庫）p231
命の城―沼田城（池波正太郎）
　◇「名城伝」角川春樹事務所 2015（ハルキ文庫）p7
命の旅（降田天）
　◇「5分で読める！ ひと駅ストーリー 旅の話」宝島
　　社 2015（宝島社文庫）p49
命のつかいかた（@onaishigeo）
　◇「3.11心に残る140字の物語」学研パブリッシング
　　2011 p104
いのちのバトン（杉江征）
　◇「12人のカウンセラーが語る12の物語」ミネル
　　ヴァ書房 2010 p211
命の武器（草上仁）
　◇「侵略！」廣済堂出版 1998（廣済堂文庫）p265
いのちの芽（全国ハンセン病療養所合同詩集）
　◇「ハンセン病文学全集 6」皓星社 2003 p85
eの悲劇（幸田真音）
　◇「短篇ベストコレクション―現代の小説 2001」徳
　　間書店 2001（徳間文庫）p133
祈り（平金魚）
　◇「てのひら怪談―ビーケーワン怪談大賞傑作選 庚
　　寅」ポプラ社 2010（ポプラ文庫）p22
祈り（鄭仁）
　◇「〈在日〉文学全集 17」勉誠出版 2006 p169
祈り（ひかるこ）
　◇「超短編の世界 vol.3」創英社 2011 p176
祈り（平山夢明）
　◇「心霊理論」光文社 2007（光文社文庫）p373
祈り（峯岸可弥）
　◇「超短編の世界 vol.3」創英社 2011 p92

いのり

祈り─「光州市民蜂起の記録」より（尹敏哲）
　◇「〈在日〉文学全集 18」勉誠出版 2006 p293
祈り捧げる（林由美子）
　◇「5分で読める！ ひと駅ストーリー 冬の記憶西口編」宝島社 2013（宝島社文庫）p31
　◇「5分で泣ける！ 胸がいっぱいになる物語」宝島社 2015（宝島社文庫）p189
祈りの夜（山崎佳代子）
　◇「ろうそくの炎がささやく言葉」勁草書房 2011 p43
祈る少女（光岡良二）
　◇「ハンセン病文学全集 7」皓星社 2004 p215
位牌（芥川龍之介）
　◇「文豪怪談傑作選 芥川龍之介集」筑摩書房 2010（ちくま文庫）p321
位牌（伊井圭）
　◇「ミステリ★オールスターズ」角川書店 2010 p169
　◇「ミステリ・オールスターズ」角川書店 2012（角川文庫）p197
遺髪（宇津呂鹿太郎）
　◇「てのひら怪談─ビーケーワン怪談大賞傑作選 庚寅」ポプラ社 2010（ポプラ文庫）p58
イーハトーヴ夢─宮澤賢治「銀河鉄道の夜」（藤井大介）
　◇「宝塚バウホール公演脚本集─2001年4月─2001年10月」阪急電鉄コミュニケーション事業部 2002 p21
伊庭八郎（八尋舜右）
　◇「人物日本剣豪伝 5」学陽書房 2001（人物文庫）p113
伊庭八郎（依田学海）
　◇「新日本古典文学大系 明治編 3」岩波書店 2005 p165
いばら（飯倉峰次）
　◇「ハンセン病文学全集 4」皓星社 2003 p405
茨城智雄（石川鴻斎）
　◇「新日本古典文学大系 明治編 3」岩波書店 2005 p317
茨城智雄─石川鴻斎『夜窓鬼談』（石川鴻斎）
　◇「美少年」国書刊行会 1997（書物の王国）p41
茨木のり子さん─「が先決」をめぐって（木下順二）
　◇「戦後文学エッセイ選 8」影書房 2005 p145
井原西鶴（武田麟太郎）
　◇「大阪文学名作選」講談社 2011（講談社文芸文庫）p170
いばらの孤島へ（君島慧是）
　◇「てのひら怪談─ビーケーワン怪談大賞傑作選 辛卯」ポプラ社 2011（ポプラ文庫）p92
蕀の道（王白淵）
　◇「日本統治期台湾文学集成 18」緑蔭書房 2003 p5
いびき（松本清張）
　◇「剣が謎を斬る─名作で読む推理小説史 時代ミステリー傑作選」光文社 2005（光文社文庫）p95

李孝石について（兪鎮午）
　◇「近代朝鮮文学日本語作品集1939～1945 評論・随筆篇 3」緑蔭書房 2002 p270
イヴ（熊澤和恵）
　◇「つながり─フェリシモしあわせショートショート」フェリシモ 1999 p65
梨花（イファ）（高橋ひろし）
　◇「中学生のドラマ 4」晩成書房 2003 p107
いぶし銀の雪（佐江衆一）
　◇「江戸夢あかり」学習研究社 2003（学研M文庫）p7
　◇「江戸夢あかり」学研パブリッシング 2013（学研M文庫）p7
井伏さんとドリトル先生（石井桃子）
　◇「精選女性随筆集 8」文藝春秋 2012 p129
異物（玄月）
　◇「〈在日〉文学全集 10」勉誠出版 2006 p175
異物（八木義徳）
　◇「幸せな哀しみの話」文藝春秋 2009（文春文庫）p341
異物混入（こみやかずお）
　◇「ショートショートの広場 15」講談社 2004（講談社文庫）p145
異物と滑翔（稲垣足穂）
　◇「ちくま日本文学 16」筑摩書房 2008（ちくま文庫）p401
燻り（黒川博行）
　◇「輝きの一瞬─短くて心に残る30編」講談社 1999（講談社文庫）p79
異聞 井戸の茶碗（金巻ともこ）
　◇「てのひら猫語り─書き下ろし時代小説集」白泉社 2014（白泉社招き猫文庫）p177
異文化としての子ども（本田和子）
　◇「ひつじアンソロジー 小説編 2」ひつじ書房 2009 p126
異聞 巌流島決闘（天野純希）
　◇「妙ちきりん─「読楽」時代小説アンソロジー」徳間書店 2016（徳間文庫）p55
異聞耳算用.其の2（平山夢明）
　◇「江戸迷宮」光文社 2011（光文社文庫）p263
異聞胸算用（平山夢明）
　◇「伝奇城─伝奇時代小説アンソロジー」光文社 2005（光文社文庫）p51
異聞浪人記（滝口康彦）
　◇「素浪人横丁─人情時代小説傑作選」新潮社 2009（新潮文庫）p7
　◇「衝撃を受けた時代小説傑作選」文藝春秋 2011（文春文庫）p143
　◇「冒険の森へ─傑作小説大全 2」集英社 2016 p36
異聞浪人記─小林正樹監督「切腹」原作（滝口康彦）
　◇「時代劇原作選集─あの名画を生みだした傑作小説」双葉社 2003（双葉文庫）p213
伊平屋の村（折口信夫）
　◇「ちくま日本文学 25」筑摩書房 2008（ちくま文庫）p76

イペリット眼（藤枝静男）
◇「新装版 全集現代文学の発見 10」學藝書林 2004 p192
◇「戦後占領期短篇小説コレクション 4」藤原書店 2007 p53

梨花橋（イホアギョ）（全美恵）
◇「〈在日〉文学全集 18」勉誠出版 2006 p350

異邦哀愁（金熙明）
◇「〈外地〉の日本語文学選 3」新宿書房 1996 p74
◇「近代朝鮮文学日本語作品1908〜1945 セレクション 4」緑蔭書房 2008 p116

異邦者（李正子）
◇「〈在日〉文学全集 17」勉誠出版 2006 p299

異邦人（岡松和夫）
◇「コレクション戦争と文学 9」集英社 2012 p268

異本（長島槇子）
◇「稲生モノノケ大全 陽之巻」毎日新聞社 2005 p39

異本陰徳太平記（井口朝生）
◇「剣が舞い落花が舞い―時代小説傑作選」講談社 1998（講談社文庫）p359

現在（いま）（島田等）
◇「ハンセン病文学全集 7」皓星社 2004 p452

今ありて（萩原澄）
◇「ハンセン病文学全集 8」皓星社 2006 p409

今生きているのぞみは、あなたを一目見ることです≫谷崎千代（佐藤春夫）
◇「日本人の手紙 5」リブリオ出版 2004 p163

今井信郎（船山馨）
◇「幕末剣豪人斬り異聞 佐幕篇」アスキー 1997（Aspect novels）p145

いまからな…（朱雀門出）
◇「男たちの怪談百物語」メディアファクトリー 2012（〔幽BOOKS〕）p20

今来た者と遺されし者（丁章）
◇「〈在日〉文学全集 18」勉誠出版 2006 p404

いま集合的無意識を、（神林長平）
◇「拡張幻想」東京創元社 2012（創元SF文庫）p131

今死んでたまるかと、涙がぼろぼろこぼれる≫小杉未醒（国木田独歩）
◇「日本人の手紙 2」リブリオ出版 2004 p97

今だから会いたい。（@lotoman）
◇「3.11心に残る140字の物語」学研パブリッシング 2011 p19

いまとかあしたとかさっきとかむかしとか（佐野洋子）
◇「それはまだヒミツ―少年少女の物語」新潮社 2012（新潮文庫）p135

今戸狐（小山内薫）
◇「文豪怪談傑作選 特別編」筑摩書房 2007（ちくま文庫）p63

今戸心中（広津柳浪）
◇「明治の文学 7」筑摩書房 2001 p141

いまなお北にいる徒と（上野豊樹）

◇「ゆきのまち幻想文学賞・小品集 9」企画集団ぷりずむ 2000 p48

『いまなぜ青山二郎なのか』（白洲正子）
◇「精選女性随筆集 7」文藝春秋 2012 p37

いま二十歳の貴女たちへ（白石一文）
◇「20の短編小説」朝日新聞出版 2016（朝日文庫）p179

今ひとつ（森川楓子）
◇「もっとすごい！ 10分間ミステリー」宝島社 2013（宝島社文庫）p67
◇「5分で泣ける！ 胸がいっぱいになる物語」宝島社 2015（宝島社文庫）p259
◇「10分間ミステリー THE BEST」宝島社 2016（宝島社文庫）p95

いまひとたびの（志水辰夫）
◇「特別な一日」徳間書店 2005（徳間文庫）p5

いま、ぼくは（許南麒）
◇「〈在日〉文学全集 2」勉誠出版 2006 p66

今宮中学校（折口信夫）
◇「ちくま日本文学 25」筑摩書房 2008（ちくま文庫）p41

今もいる（三輪チサ）
◇「女たちの怪談百物語」メディアファクトリー 2010（〔幽books〕）p58
◇「女たちの怪談百物語」KADOKAWA 2014（角川ホラー文庫）p64

今も少年の往々にして神に隠さるる事（柳田國男）
◇「ちくま日本文学 15」筑摩書房 2008（ちくま文庫）p1

いま、私は失意のどん底にいるわけではない（西川喜作）
◇「日本人の手紙 8」リブリオ出版 2004 p211

今は何時ですか？（丸谷才一）
◇「文学 2000」講談社 2000 p30

今はまだ（塔和子）
◇「ハンセン病文学全集 7」皓星社 2004 p188

イミテーション（木邨裕志）
◇「ショートショートの広場 8」講談社 1997（講談社文庫）p79

移民学園（清水紫琴）
◇「「新編」日本女性文学全集 1」菁柿堂 2007 p442
◇「被差別小説傑作集」河出書房新社 2016（河出文庫）p56

異民族（火野葦平）
◇「コレクション戦争と文学 8」集英社 2011 p203

イメジ（田村隆一）
◇「新装版 全集現代文学の発見 13」學藝書林 2004 p276

イメージたちのワルプルギスの夜（日野啓三）
◇「日本文学全集 21」河出書房新社 2015 p166

像（イメージ）と構想（野間宏）
◇「戦後文学エッセイ選 9」影書房 2008 p72

Eメール（小坂久美子）
◇「ショートショートの広場 15」講談社 2004（講

いもう

　　談社文庫）p132
いもうと（林田遼子）
　◇「現代短編小説選─2005〜2009」日本民主主義文
　　学会 2010 p56
妹（津島佑子）
　◇「恋物語」朝日新聞社 1998 p226
妹へおくる手紙（山之口貘）
　◇「沖縄文学選─日本文学のエッジからの問い」勉
　　誠出版 2003 p68
　◇「新装版 全集現代文学の発見 13」學藝書林 2004
　　p209
妹から兄へ（第一回入営を祝ふ）（龍瑛宗）
　◇「日本統治期台湾文学集成 23」緑蔭書房 2007
　　p431
妹と背鏡（正岡子規）
　◇「新日本古典文学大系 明治編 27」岩波書店 2003
　　p98
妹のいた部屋（井上夢人）
　◇「ザ・ベストミステリーズ─推理小説年鑑 2004」
　　講談社 2004 p501
妹の縁（尾島菊子）
　◇「「新編」日本女性文学全集 3」菁柿堂 2011 p336
妹の死（中勘助）
　◇「百年小説」ポプラ社 2008 p479
妹の自殺（韓商鎬）
　◇「近代朝鮮文学日本語作品集1901〜1938 創作篇 2」
　　緑蔭書房 2004 p427
妹の骨を抱いて（つきだまさし）
　◇「ハンセン病文学全集 7」皓星社 2004 p153
妹よ（白鐵）
　◇「近代朝鮮文学日本語作品集1908〜1945 セレクショ
　　ン 4」緑蔭書房 2008 p223
「妹」は幽霊（谷口雅美）
　◇「幽霊でもいいから会いたい」泰文堂 2014（リン
　　ダブックス）p5
芋粥（芥川龍之介）
　◇「ちくま日本文学 2」筑摩書房 2007（ちくま文
　　庫）p49
　◇「文人御馳走帖」新潮社 2014（新潮文庫）p189
　◇「味覚小説名作集」光文社 2016（光文社文庫）
　　p103
イモ食いのなげき（宮本常一）
　◇「ちくま日本文学 22」筑摩書房 2008（ちくま文
　　庫）p362
異文字（真藤順丈）
　◇「物語のルミナリエ」光文社 2011（光文社文庫）
　　p332
妹背貝（巌谷小波）
　◇「新日本古典文学大系 明治編 21」岩波書店 2005
　　p159
薯雑炊（金末子）
　◇「ハンセン病文学全集 4」皓星社 2003 p651
いも・たこ・なんきん（大道珠貴）
　◇「文学 2004」講談社 2004 p215
不死の市（瀬名秀明）

　◇「SF JACK」角川書店 2013 p231
鋳物の鍋（橋本紡）
　◇「オトナの片思い」角川春樹事務所 2007 p147
　◇「オトナの片思い」角川春樹事務所 2009（ハルキ
　　文庫）p141
芋虫（江戸川乱歩）
　◇「ひとりで夜読むな─新青年傑作選 怪奇編」角川
　　書店 2001（角川ホラー文庫）p325
　◇「恐怖の森」ランダムハウス講談社 2007 p169
　◇「我等、同じ船に乗り」文藝春秋 2009（文春文
　　庫）p103
　◇「コレクション戦争と文学 13」集英社 2011 p77
　◇「いきものがたり」双文社出版 2013 p128
　◇「あしたは戦争」筑摩書房 2016（ちくま文庫）
　　p295
芋虫（宮ノ川顕）
　◇「てのひら怪談─ビーケーワン怪談大賞傑作選 辛
　　卯」ポプラ社 2011（ポプラ文庫）p124
イモリのしっぽ（椰月美智子）
　◇「Teen Age」双葉社 2004 p131
伊們的衣裳（上）（下）（愈采子）
　◇「日本統治期台湾文学集成 25」緑蔭書房 2007
　　p377
慰問袋（韓光炫）
　◇「近代朝鮮文学日本語作品集1939〜1945 創作篇 6」
　　緑蔭書房 2001 p88
厭がらせの年齢（丹羽文雄）
　◇「戦後占領期短篇小説コレクション 2」藤原書店
　　2007 p41
癒し（奥田哲也）
　◇「悪夢が嗤う瞬間」勁文社 1997（ケイブンシャ文
　　庫）p48
癒しの時（久保祐一）
　◇「ショートショートの広場 8」講談社 1997（講
　　談社文庫）p109
厭だ厭だ（あさのあつこ）
　◇「短篇ベストコレクション─現代の小説 2009」徳
　　間書店 2009（徳間文庫）p489
　◇「眠れなくなる夢十夜」新潮社 2009（新潮文庫）
　　p17
いやだとぼくは（入澤康夫）
　◇「新装版 全集現代文学の発見 13」學藝書林 2004
　　p558
いやな女（唯川恵）
　◇「紅迷宮─ミステリー・アンソロジー」祥伝社
　　2002（祥伝社文庫）p7
嫌な女を語る素敵な言葉（岩井志麻子）
　◇「短篇ベストコレクション─現代の小説 2004」徳
　　間書店 2004（徳間文庫）p383
厭な子供（京極夏彦）
　◇「さむけ─ホラー・アンソロジー」祥伝社 1999
　　（祥伝社文庫）p31
厭な扉（京極夏彦）
　◇「グランドホテル」廣済堂出版 1999（廣済堂文
　　庫）p235
嫌な箱（香山末子）

いろ

◇「ハンセン病文学全集 7」皓星社 2004 p309

嫌な話（前田司郎）
　◇「文学 2009」講談社 2009 p72

イヤな奴（遠藤周作）
　◇「戦後短篇小説再発見 16」講談社 2003 （講談社
　　文芸文庫）p23

イヤリング（森瑤子）
　◇「別れの予感」リブリオ出版 2001 （ラブミーワー
　　ルド）p5
　◇「恋愛小説・名作集成 8」リブリオ出版 2004 p5

イヤリング（吉田篤弘）
　◇「本当のうそ」講談社 2007 p71

イヤリングにかけた青春（有吉佐和子）
　◇「精選女性随筆集 4」文藝春秋 2012 p14

異妖編（岡本綺堂）
　◇「怪奇・伝奇時代小説選集 4」春陽堂書店 2000
　　（春陽文庫）p212

依頼（山本ひろし）
　◇「ショートショートの広場 15」講談社 2004 （講
　　談社文庫）p136

依頼から本作を書き上げるまで（三津田信三）
　◇「多々良島ふたたび—ウルトラ怪獣アンソロジー」
　　早川書房 2015 （TSUBURAYA×
　　HAYAKAWA UNIVERSE）p180

いらえ（君島慧是）
　◇「リトル・リトル・クトゥルー—史上最小の神話
　　小説集」学習研究社 2009 p4

イラクの小さな橋を渡って（池澤夏樹）
　◇「コレクション戦争と文学 4」集英社 2011 p161

いらっしゃいませ（藤沼香子）
　◇「てのひら怪談 癸巳」KADOKAWA 2013 （MF
　　文庫ダ・ヴィンチ）p152

いらない人間（中島たい子）
　◇「短篇ベストコレクション—現代の小説 2015」徳
　　間書店 2015 （徳間文庫）p359

ヰリアム・シヤアプ（尾崎翠）
　◇「ちくま日本文学 4」筑摩書房 2007 （ちくま文
　　庫）p442

入江を越えて（中沢けい）
　◇「戦後短篇小説再発見 1」講談社 2001 （講談社
　　文芸文庫）p142

イリ・エネルギー販売店（光瀬龍）
　◇「宇宙塵傑作選—日本SFの軌跡 1」出版芸術社
　　1997 p123

入口のそばの椅子（須賀敦子）
　◇「日本文学全集 25」河出書房新社 2016 p8

いりみだれた散歩（武田泰淳）
　◇「小川洋子の陶酔短篇箱」河出書房新社 2014
　　p155

イリュージョン惑星（石原藤夫）
　◇「日本SF全集 1」出版芸術社 2009 p273

イリュージョン Ver.2009—宮沢賢治「銀河鉄
道の夜」より（深澤直樹）
　◇「中学校たのしい劇脚本集—英語劇付 I」国土社
　　2010 p31

イルカの恋（石田衣良）
　◇「最後の恋MEN'S—つまり、自分史上最高の恋。」
　　新潮社 2012 （新潮文庫）p175

いるか療法—〈突発性難聴〉（山本文緒）
　◇「短編復活」集英社 2002 （集英社文庫）p487

イルクの秋（安萬純一）
　◇「新・本格推理 7」光文社 2007 （光文社文庫）
　　p565

いるみたい（日野光里）
　◇「てのひら怪談—ビーケーワン怪談大賞傑作選 辛
　　卯」ポプラ社 2011 （ポプラ文庫）p166

名前（イルン）—朴秋子に贈る（宗秋月）
　◇「〈在日〉文学全集 18」勉誠出版 2006 p17

慰霊歌（川端康成）
　◇「日本怪奇小説傑作集 1」東京創元社 2005 （創
　　元推理文庫）p389
　◇「文豪怪談傑作選 川端康成集」筑摩書房 2006
　　（ちくま文庫）p212

入れ代り（一幕）（荒川義英）
　◇「新・プロレタリア文学精選集 1」ゆまに書房
　　2004 p105

刺青（いれずみ）…→ "しせい…" をも見よ
刺青（伊計翼）
　◇「怪談四十九夜」竹書房 2016 （竹書房文庫）p68
刺青（富田常雄）
　◇「消えた受賞作—直木賞編」メディアファクト
　　リー 2004 （ダ・ヴィンチ特別編集）p197

いれずみ国姓爺（白石一郎）
　◇「明暗廻り灯籠」光風社出版 1998 （光風社文庫）
　　p163

刺青の女（小沢章友）
　◇「暗闇（ダークサイド）を追いかけろ—ホラー＆サ
　　スペンス編」光文社 2004 （カッパ・ノベルス）
　　p123
　◇「暗闇（ダークサイド）を追いかけろ」光文社
　　2008 （光文社文庫）p149

入れ札（菊池寛）
　◇「匠」文藝春秋 2003 （推理作家になりたくて マ
　　イベストミステリー）p170
　◇「文士の意地—車谷長吉撰短篇小説輯 上巻」作品
　　社 2005 p102
　◇「十夜」ランダムハウス講談社 2006 p195
　◇「マイ・ベスト・ミステリー 1」文藝春秋 2007
　　（文春文庫）p259
　◇「ちくま日本文学 27」筑摩書房 2008 （ちくま文
　　庫）p120
　◇「人生を変えた時代小説傑作選」文藝春秋 2010
　　（文春文庫）p7
　◇「賭けと人生」筑摩書房 2011 （ちくま文学の森）
　　p507
　◇「日本近代短篇小説選 大正篇」岩波書店 2012
　　（岩波文庫）p277

偽眼のマドンナ（渡辺啓助）
　◇「江戸川乱歩と13人の新青年 〈文学派〉編」光文
　　社 2008 （光文社文庫）p287

色（池波正太郎）

いろい

◇「新選組烈士伝」角川書店 2003（角川文庫）p37
◇「時代劇原作選集—あの名画を生みだした傑作小説」双葉社 2003（双葉文庫）p83
◇「血闘！ 新選組」実業之日本社 2016（実業之日本社文庫）p7

色々思ひながら野山を歩く（金炳昊）
◇「近代朝鮮文学日本語作品集1908〜1945 セレクション 4」緑蔭書房 2008 p132

色色灰色（花村萬月）
◇「Colors」ホーム社 2008 p229
◇「Colors」集英社 2009（集英社文庫）p251

いろおとこ（里見弴）
◇「日本文学全集 27」河出書房新社 2017 p67

色好笑蒲焼（いろごのみわらいのかばやき）（福田善之）
◇「日本舞踊舞踊劇選集」西川会 2002 p549

二人比丘尼 色懺悔（尾崎紅葉）
◇「新日本古典文学大系 明治編 19」岩波書店 2003 p1

色でしくじりゃ井上様よ（佐藤雅美）
◇「大江戸殿様列伝—傑作時代小説」双葉社 2006（双葉文庫）p103

いろはにほへとかたきうち（武田八洲満）
◇「武士道残月抄」光文社 2011（光文社文庫）p345

色町花小路物語り（齋藤仁）
◇「山形県文学全集第2期（随筆・紀行編）4」郷土出版社 2005 p241

色眼鏡の狂詩曲（筒井康隆）
◇「60年代日本SFベスト集成」筑摩書房 2013（ちくま文庫）p53

いろものせき（大正六年）（折口信夫）
◇「ちくま日本文学 25」筑摩書房 2008（ちくま文庫）p15

紅楓累物語（いろもみじかさねものがたり）（小島二朔）
◇「日本舞踊舞踊劇選集」西川会 2002 p385

色紋様（日野照美）
◇「鬼瑠璃草—恋愛ホラー・アンソロジー」祥伝社 2003（祥伝社文庫）p7

いろりばた絵巻（かとうはるな）
◇「ゆきのまち幻想文学賞小品集 23」企画集団ぷりずむ 2014 p150

岩（北方謙三）
◇「短編復活」集英社 2002（集英社文庫）p153

岩井半四郎の事を記す（信夫恕軒）
◇「新日本古典文学大系 明治編 2」岩波書店 2004 p311

祝い飯（小椋雅美）
◇「たびだち—フェリシモしあわせショートショート」フェリシモ 2000 p47

祖国に殉じた最初の志願兵 祝ふべき死！—血に生きた李仁錫君（金文輯）
◇「近代朝鮮文学日本語作品集1908〜1945 セレクション 6」緑蔭書房 2008 p297

巌（玄薫）
◇「近代朝鮮文学日本語作品集1939〜1945 創作篇 5」緑蔭書房 2001 p93

岩を割る…（李吉春）
◇「近代朝鮮文学日本語作品集1908〜1945 セレクション 6」緑蔭書房 2008 p97

磐城七浜（草野心平）
◇「福島の文学—11人の作家」講談社 2014（講談社文芸文庫）p7

鰯抒情（金鍾漢）
◇「近代朝鮮文学日本語作品集1939〜1945 評論・随筆篇 3」緑蔭書房 2002 p253

鰯の子（和田はつ子）
◇「江戸味わい帖 料理人篇」角川春樹事務所 2015（ハルキ文庫）p205

鰯の飛行（勝井慧）
◇「たびだち—フェリシモしあわせショートショート」フェリシモ 2000 p8

医は仁術なり（仁志耕一郎）
◇「代表作時代小説 平成26年度」光文社 2014 p203

言わずにおいて（宮部みゆき）
◇「幻想ミッドナイト—日常を破壊する恐怖の断片」角川書店 1997（カドカワ・エンタテインメント）p345

言わずもがな（久保祐一）
◇「ショートショートの広場 9」講談社 1998（講談社文庫）p50

岩津々志（北村季吟）
◇「同性愛」国書刊行会 1999（書物の王国）p94

岩手山（宮沢賢治）
◇「新装版 全集現代文学の発見 13」學藝書林 2004 p123
◇「ちくま日本文学 3」筑摩書房 2007（ちくま文庫）p420

いわな（室生犀星）
◇「金沢三文豪掌文庫 たべもの編」金沢文化振興財団 2011 p80

石長比売（いわながひめ）狂乱（網野朋子）
◇「中学生のドラマ 2」晩成書房 1996 p37

言はなければならない事（萩原朔太郎）
◇「ちくま日本文学 36」筑摩書房 2009（ちくま文庫）p204

岩に菊（川端康成）
◇「文豪怪談傑作選 川端康成集」筑摩書房 2006（ちくま文庫）p289

岩の上（吉田一穂）
◇「新装版 全集現代文学の発見 13」學藝書林 2004 p160

岩本志願兵（張赫宙）
◇「〈在日〉文学全集 11」勉誠出版 2006 p149
◇「コレクション戦争と文学 17」集英社 2012 p33

巌本善治の評論より（巌本善治）
◇「新日本古典文学大系 明治編 26」岩波書店 2002 p73

いはゆる"浄められる行為"その三（林和）
◇「近代朝鮮文学日本語作品集1939〜1945 評論・随筆篇 3」緑蔭書房 2002 p55

所謂国家教育論者の勝利（山路愛山）
◇「新日本古典文学大系 明治編 26」岩波書店 2002

p488

所謂 "二重過歳"（1）～（3）（兪鎭午）
◇「近代朝鮮文学日本語作品集1939～1945 評論・随筆篇 1」緑蔭書房 2002 p41

いわゆるひとつのトータル的な長嶋節（清水義範）
◇「時よとまれ、君は美しい―スポーツ小説名作集」角川書店 2007（角川文庫）p249

イワンの馬鹿（長谷川四郎）
◇「戦後文学エッセイ選 2」影書房 2006 p174

イン（伊坂幸太郎）
◇「十夜」ランダムハウス講談社 2006 p43

因果（小山内薫）
◇「文豪怪談傑作選 特別編」筑摩書房 2007（ちくま文庫）p60

陰火（太宰治）
◇「ちくま日本文学 8」筑摩書房 2008（ちくま文庫）p61

因果応報（かんべむさし）
◇「SFバカ本 ペンギン篇」廣済堂出版 1999（廣済堂文庫）p197

陰花の罠（鵺沼二郎）
◇「罠の怪」勉誠出版 2002（べんせいライブラリー）p213

因果堀（宇江佐真理）
◇「江戸の秘恋―時代小説傑作選」徳間書店 2004（徳間文庫）p225

陰画律（加藤郁乎）
◇「新装版 全集現代文学の発見 13」學藝書林 2004 p616

因果はめぐる（渡辺浩）
◇「ショートショートの花束 7」講談社 2015（講談社文庫）p238

インキ壺の乾盃（金鍾武）
◇「近代朝鮮文学日本語作品集1908～1945 セレクション 4」緑蔭書房 2008 p189

陰気な愉しみ（安岡章太郎）
◇「私小説名作選 下」講談社 2012（講談社文芸文庫）p78

インキュバス言語（牧野修）
◇「エロティシズム12幻想」エニックス 2000 p5

因業な髪（澤田ふじ子）
◇「代表作時代小説 平成17年度」光文社 2005 p271

インコ先生（湊かなえ）
◇「不思議の扉 午後の教室」角川書店 2011（角川文庫）p5

インサイド・アウト（友成純一）
◇「秘神界 現代編」東京創元社 2002（創元推理文庫）p343

インサイド・SFワールド―この愛すべきSF作家たち（下）（伊藤典夫）
◇「SFマガジン700 国内篇」早川書房 2014（ハヤカワ文庫 SF）p55

イン・ザ・ジェリーボール（黒葉雅人）
◇「拡張幻想」東京創元社 2012（創元SF文庫）p297

淫祠（永井荷風）
◇「ちくま日本文学 19」筑摩書房 2008（ちくま文庫）p195

印字された不幸の手紙の問題（西澤保彦）
◇「暗闇（ダークサイド）を追いかけろ―ホラー＆サスペンス編」光文社 2004（カッパ・ノベルス）p291
◇「暗闇（ダークサイド）を追いかけろ」光文社 2008（光文社文庫）p381

隠者（井上雅彦）
◇「ひとにぎりの異形」光文社 2007（光文社文庫）p64

小説 因襲（蔡振雄）
◇「日本統治期台湾文学集成 22」緑蔭書房 2007 p285

陰獣（江戸川乱歩）
◇「君らの狂気で死を孕ませよ―新青年傑作選」角川書店 2000（角川文庫）p233
◇「隣りの不安、目前の恐怖」双葉社 2016（双葉文庫）p82

因習祓い（美倉健治）
◇「全作家短編小説集 12」全作家協会 2013 p166

陰樹の森で（石持浅海）
◇「本格ミステリ 2006」講談社 2006（講談社ノベルス）p333
◇「珍しい物語のつくり方―本格短編ベスト・セレクション」講談社 2010（講談社文庫）p493

印象（小酒井不木）
◇「幻の探偵雑誌 10」光文社 2002（光文社文庫）p77

飲醬志願（高木彬光）
◇「おもかげ行燈」光風社出版 1998（光風社文庫）p337

印象の薄い男（山本ひろし）
◇「ショートショートの広場 17」講談社 2005（講談社文庫）p168

インストール（綿矢りさ）
◇「文学 2002」講談社 2002 p203
◇「現代小説クロニクル 2000～2004」講談社 2015（講談社文芸文庫）p105

インスピレーション（坂倉剛）
◇「ショートショートの広場 17」講談社 2005（講談社文庫）p164

インスピレーション（徳富蘇峰）
◇「新日本古典文学大系 明治編 26」岩波書店 2002 p209

藤洲升を覆う影（小中千昭）
◇「クトゥルー怪異録―邪神ホラー傑作集」学習研究社 2000（学研M文庫）p19

インセストについて（倉橋由美子）
◇「精選女性随筆集 3」文藝春秋 2012 p21

インセン（須賀敦子）
◇「日本文学全集 25」河出書房新社 2016 p201

陰態の家（夢枕獏）
◇「SF JACK」角川書店 2013 p399
◇「SF JACK」KADOKAWA 2016（角川文庫）

いんた

p409

インタヴュー（万城目学）
◇「短篇ベストコレクション—現代の小説 2014」徳間書店 2014（徳間文庫）p403

インターナショナル・ウチュウ・グランプリ（中村航）
◇「宇宙小説」講談社 2012（講談社文庫）p204

インタビューあんたねこ（くどうなおこ）
◇「100万分の1回のねこ」講談社 2015 p47

インタビュウ（野崎まど）
◇「アステロイド・ツリーの彼方へ」東京創元社 2016（創元SF文庫）p259

仁川（インチョン）（李龍海）
◇「〈在日〉文学全集 18」勉誠出版 2006 p264

仁川に於ても思想報國の烽火—思想報國聯盟分會結成さる（思想報國聯盟京城支部仁川分會）
◇「近代朝鮮文学日本語作品集1901～1938 評論・随筆篇 3」緑蔭書房 2004 p373

インディアン狩り（金時鐘）
◇「〈在日〉文学全集 5」勉誠出版 2006 p31

殷帝之宝剣（秋梨惟喬）
◇「ザ・ベストミステリーズ—推理小説年鑑 2011」講談社 2011 p69
◇「Shadow闇に潜む真実」講談社 2014（講談社文庫）p193

インデックス（誉田哲也）
◇「宝石ザミステリー 2」光文社 2012 p151

インデペンデンス・デイ・イン・オオサカ—愛はなくとも資本主義（大原まり子）
◇「SFバカ本 白菜編」ジャストシステム 1997 p5
◇「SFバカ本 白菜篇プラス」廣済堂出版 1999（廣済堂文庫）p7
◇「笑壺—SFバカ本ナンセンス集」小学館 2006（小学館文庫）p77
◇「てのひらの宇宙—星雲賞短編SF傑作選」東京創元社 2013（創元SF文庫）p429

讀切小説 インテリ、金山へ行く！（李石薫）
◇「近代朝鮮文学日本語作品集1939～1945 創作篇 4」緑蔭書房 2001 p187

インテリゲンチア（高見順）
◇「新装版 全集現代文学の発見 5」學藝書林 2003 p52
◇「戦後占領期短篇小説コレクション 6」藤原書店 2007 p83

創作 インテリゲンチヤ（金熙明）
◇「近代朝鮮文学日本語作品集1901～1938 創作篇 2」緑蔭書房 2004 p369

インテリゲンチヤ論は何故擡頭したか（金斗鎔）
◇「近代朝鮮文学日本語作品集1908～1945 セレクション 3」緑蔭書房 2008 p99

インテリ女性の家（A）～（C）（白信愛）
◇「近代朝鮮文学日本語作品集1901～1938 評論・随筆篇 1」緑蔭書房 2004 p347

インテリ論（竹内好）
◇「戦後文学エッセイ選 4」影書房 2005 p138

印度更紗（泉鏡花）
◇「新編・日本幻想文学集成 4」国書刊行会 2016 p585

印度更紗（源氏鶏太）
◇「昭和の短篇一人一冊集成 源氏鶏太」未知谷 2008 p211

印度人に與ふ（王白淵）
◇「日本統治期台湾文学集成 18」緑蔭書房 2003 p191

印度の祈禱（韓植）
◇「近代朝鮮文学日本語作品集1939～1945 創作篇 6」緑蔭書房 2001 p70

インド・ボンベイ殺人ツアー（小森健太朗）
◇「新世紀〈謎〉倶楽部」角川書店 1998 p37

印度林檎（角田喜久雄）
◇「君らを悪魔に売りつけよ—新青年傑作選」角川書店 2000（角川文庫）p203

インドは心臓である—アジャンタ壁画集によせて（堀田善衞）
◇「戦後文学エッセイ選 11」影書房 2007 p70

印度は××と同じですか？（李長啓）
◇「近代朝鮮文学日本語作品集1908～1945 セレクション 4」緑蔭書房 2008 p172

インドはむりめ（南綾子）
◇「運命の人はどこですか？」祥伝社 2013（祥伝社文庫）p213

院内（石原慎太郎）
◇「戦後短篇小説再発見 17」講談社 2003（講談社文芸文庫）p182

インナー・チャイルド（岬兄悟）
◇「チャイルド」廣済堂出版 1998（廣済堂文庫）p421

因縁（秋山末雄）
◇「ショートショートの広場 13」講談社 2002（講談社文庫）p81

因縁事（宇野浩二）
◇「被差別小説傑作集」河出書房新社 2016（河出文庫）p123

淫売婦（葉山嘉樹）
◇「新装版 全集現代文学の発見 1」學藝書林 2002 p378
◇「読んでおきたい近代日本小説選」龍書房 2012 p262
◇「日本近代短篇小説選 大正篇」岩波書店 2012（岩波文庫）p327
◇「アンソロジー・プロレタリア文学 2」森話社 2014 p92
◇「女 2」あの出版 2016（GB）p49

インヴィテイション（浅暮三文）
◇「黄昏ホテル」小学館 2004 p47

隠蔽屋（香住泰）
◇「ザ・ベストミステリーズ—推理小説年鑑 1999」講談社 1999 p195
◇「殺人買います」講談社 2002（講談社文庫）p203

p178

インベーダー（馳星周）
　◇「事件現場に行こう―最新ベスト・ミステリー　カ
　　レイドスコープ編」光文社 2001（カッパ・ノ
　　ベルス）p217

【 う 】

ヴァイブレータ（荒井晴彦）
　◇「年鑑代表シナリオ集 '03」シナリオ作家協会
　　2004 p253
ヴァーチャル・ライヴ10・8決戦（鳥飼否宇）
　◇「ナゴヤドームで待ちあわせ」ポプラ社 2016 p97
ヴァリニャーノの思惑（山本兼一）
　◇「代表作時代小説 平成22年度」光文社 2010 p93
ヴァレリー（須賀敦子）
　◇「日本文学全集 25」河出書房新社 2016 p196
ヴァンテアン（藤井太洋）
　◇「20の短編小説」朝日新聞出版 2016（朝日文庫）
　　p269
　◇「アステロイド・ツリーの彼方へ」東京創元社
　　2016（創元SF文庫）p13
　◇「短篇ベストコレクション―現代の小説 2016」徳
　　間書店 2016（徳間文庫）p365
ウィキペディアより宇宙のこと、知ってるよ
　―1（向井万起男）
　◇「宇宙小説」講談社 2012（講談社文庫）p60
ウィキペディアより宇宙のこと、知ってるよ
　―2（向井万起男）
　◇「宇宙小説」講談社 2012（講談社文庫）p106
ウィキペディアより宇宙のこと、知ってるよ
　―3（向井万起男）
　◇「宇宙小説」講談社 2012（講談社文庫）p154
ウィキペディアより宇宙のこと、知ってるよ
　―4（向井万起男）
　◇「宇宙小説」講談社 2012（講談社文庫）p200
ウィークエンドメサイア（榊一郎）
　◇「小説創るぜ！―突撃アンソロジー」富士見書房
　　2004（富士見ファンタジア文庫）p131
初陣（李兆鳴）
　◇「近代朝鮮文学日本語作品集1901～1938 創作篇 3」
　　緑蔭書房 200╡ p295
初陣物語（東郷隆）
　◇「代表作時代小説 平成25年度」光文社 2013 p133
浮いている男（堀内公太郎）
　◇「5分で読める！ ひと駅ストーリー 乗車編」宝島
　　社 2012（宝島社文庫）p101
　◇「5分で笑える！ おバカで愉快な物語」宝島社
　　2016（宝島社文庫）p97
ヴィーナスの誕生（原田マハ）
　◇「エール！ 3」実業之日本社 2013（実業之日本
　　社文庫）p5

ヴィヨンの妻（太宰治）
　◇「ちくま日本文学 8」筑摩書房 2008（ちくま文
　　庫）p410
　◇「日本文学全集 27」河出書房新社 2017 p233
ヴィヨンの妻―桜桃とタンポポ（田中陽造）
　◇「年鑑代表シナリオ集 '09」シナリオ作家協会
　　2010 p239
ウイルス（山本ひろし）
　◇「ショートショートの広場 18」講談社 2006（講
　　談社文庫）p89
外郎と夏の花（早乙女貢）
　◇「代表作時代小説 平成12年度」光風社出版 2000
　　p83
ウィンター・アポカリプス（北村薫）
　◇「吹雪の山荘―赤い死の影の下に」東京創元社
　　2008（創元クライム・クラブ）p97
　◇「吹雪の山荘―リレーミステリ」東京創元社 2014
　　（創元推理文庫）p109
ウィーン物語（五木寛之）
　◇「現代の小説 1997」徳間書店 1997 p5
餓え（真藤順丈）
　◇「憑依」光文社 2010（光文社文庫）p165
ウェイク・アップ（大崎梢）
　◇「エール！ 1」実業之日本社 2012（実業之日本
　　社文庫）p5
ウェイト・オア・ノット（安達千夏）
　◇「Lovers」祥伝社 2001 p85
ウェイプスウィード（瀬尾つかさ）
　◇「極光星群」東京創元社 2013（創元SF文庫）
　　p293
上を向いてみよう。（@ruka00）
　◇「3.11心に残る140字の物語」学研パブリッシング
　　2011 p101
植木鉢（戌井昭人）
　◇「短篇集」ヴィレッジブックス 2010 p26
植木鉢少女の枯れる季節（藤八景）
　◇「5分で読める！ ひと駅ストーリー 冬の記憶東口
　　編」宝島社 2013（宝島社文庫）p171
風見鶏（都筑道夫）
　◇「恐怖の花」ランダムハウス講談社 2007 p7
　◇「幻妖の水脈（みお）」筑摩書房 2013（ちくま文
　　庫）p573
上様（嵐山光三郎）
　◇「冒険の森へ―傑作小説大全 12」集英社 2015
　　p28
上杉謙信（檀一雄）
　◇「決戦川中島―傑作時代小説」PHP研究所 2007
　　（PHP文庫）p37
　◇「信州歴史時代小説傑作集 1」しなのき書房 2007
　　p47
上田秋成の晩年（岡本かの子）
　◇「新編・日本幻想文学集成 3」国書刊行会 2016
　　p402
上田調（斎藤緑雨）
　◇「明治の文学 15」筑摩書房 2002 p218

うえた

ウエダチリコはへんな顔（牧野修）
　◇「未来妖怪」光文社 2008（光文社文庫）p183
飢えた天使（城平京）
　◇「本格推理 10」光文社 1997（光文社文庫）p319
飢えた日の記（金時鐘）
　◇「〈在日〉文学全集 5」勉誠出版 2006 p127
羽越紀行（寺田寅彦）
　◇「山形県文学全集第2期（随筆・紀行編）2」郷土出版社 2005 p11
飢えている刀錠（井上雅彦）
　◇「平成都市伝説」中央公論新社 2004（C NOVELS）p53
ヴェニスと手袋（阿刀田高）
　◇「短篇ベストコレクション—現代の小説 2011」徳間書店 2011（徳間文庫）p217
ヴェニスの計算狂（木々高太郎）
　◇「謀」文藝春秋 2003（推理作家になりたくて マイベストミステリー）p277
　◇「マイ・ベスト・ミステリー 4」文藝春秋 2007（文春文庫）p425
ヴェネツィアの恋人（高野史緒）
　◇「アート偏愛」光文社 2005（光文社文庫）p13
　◇「日本SF短篇50 5」早川書房 2013（ハヤカワ文庫 JA）p107
ヴェネツィアの宿（須賀敦子）
　◇「日本文学全集 25」河出書房新社 2016 p213
飢えの記録（甲斐八郎）
　◇「ハンセン病文学全集 2」皓星社 2002 p223
上野東照宮（武田百合子）
　◇「精選女性随筆集 5」文藝春秋 2012 p212
ウエノモノ（羽田圭介）
　◇「20の短編小説」朝日新聞出版 2016（朝日文庫）p215
植村正久の評論より（植村正久）
　◇「新日本古典文学大系 明治編 26」岩波書店 2002 p1
ウェルメイド・オキュパイド（堀燐太郎）
　◇「新・本格推理 8」光文社 2008（光文社文庫）p29
ヴェロニカ（遠藤周作）
　◇「教科書名短篇 人間の情景」中央公論新社 2016（中公文庫）p149
ヴェロニカの手巾—ふるさとの妻へ（明石海人）
　◇「ハンセン病文学全集 7」皓星社 2004 p437
魚市場横（富島健夫）
　◇「現代の小説 1999」徳間書店 1999 p43
魚撃ち（田中小実昌）
　◇「私小説名作選 下」講談社 2012（講談社文芸文庫）p161
占職術師の希望（小川一水）
　◇「Fiction zero／narrative zero」講談社 2007 p135
魚座（李正子）
　◇「〈在日〉文学全集 17」勉誠出版 2006 p319

ウォーソン夫人の黒猫（萩原朔太郎）
　◇「ちくま日本文学 36」筑摩書房 2009（ちくま文庫）p278
ウォーターヒヤシンス（柴田よしき）
　◇「変化—書下ろしホラー・アンソロジー」PHP研究所 2000（PHP文庫）p31
ウォーター・ミュージック（奥田哲也）
　◇「水妖」廣済堂出版 1998（廣済堂文庫）p441
ウォーターレース（草上仁）
　◇「絶体絶命」早川書房 2006（ハヤカワ文庫）p125
短篇小説 魚鶴（新田淳）
　◇「日本統治期台湾文学集成 22」緑蔭書房 2007 p187
魚の目は泪（向田邦子）
　◇「精選女性随筆集 11」文藝春秋 2012 p39
魚舟・獣舟（上田早夕里）
　◇「進化論」光文社 2006（光文社文庫）p45
　◇「ぼくの、マシン—ゼロ年代日本SFベスト集成 S」東京創元社 2010（創元SF文庫）p263
　◇「日本SF短篇50 5」早川書房 2013（ハヤカワ文庫 JA）p137
ヴォミーサ（小松左京）
　◇「てのひらの宇宙—星雲賞短編SF傑作選」東京創元社 2013（創元SF文庫）p111
　◇「70年代日本SFベスト集成 5」筑摩書房 2015（ちくま文庫）p433
ウォール・ウィスパー（柄刀一）
　◇「本格ミステリー二〇〇八年本格短編ベスト・セレクション 08」講談社 2008（講談社ノベルス）p125
　◇「見えない殺人カード—本格短編ベスト・セレクション」講談社 2012（講談社文庫）p175
半島作家新人集 月女（ウォルネ）（金史良）
　◇「近代朝鮮文学日本語作品集1939〜1945 創作篇 3」緑蔭書房 2001 p363
元山の××的勞働者蹶起について（金重政）
　◇「近代朝鮮文学日本語作品集1901〜1938 評論・随筆篇 3」緑蔭書房 2004 p215
短篇小説 元述の出征（香山光郎）
　◇「近代朝鮮文学日本語作品集1939〜1945 創作篇 5」緑蔭書房 2001 p453
黄（ウォン）夫人の手（大泉黒石）
　◇「日本怪奇小説傑作集 1」東京創元社 2005（創元推理文庫）p141
鵜飼（喜田正秋）
　◇「ハンセン病文学全集 9」皓星社 2010 p62
宇賀神いるか（伊藤正福, 山本勝一）
　◇「命つなぐ愛—佐渡演劇グループいごねり創作演劇脚本集」新潟日報事業社 2007 p63
穿ち（白ひびき）
　◇「てのひら怪談—ビーケーワン怪談大賞傑作選 辛卯」ポプラ社 2011（ポプラ文庫）p132
宇賀長者物語（田中貢太郎）
　◇「怪奇・伝奇時代小説選集 15」春陽堂書店 2000（春陽文庫）p110

迂闊（李美子）
　◇「〈在日〉文学全集 18」勉誠出版 2006 p316

浮かれ節―竈河岸（宇江佐真理）
　◇「世話焼き長屋―人情時代小説傑作選」新潮社 2008（新潮文庫）p41

右岸の林（梓林太郎）
　◇「不可思議な殺人―ミステリー・アンソロジー」祥伝社 2000（祥伝社文庫）p271

雨季（小野十三郎）
　◇「新装版 全集現代文学の発見 13」學藝書林 2004 p232

浮き石を持つ人へ（輝鷹あち）
　◇「ひとにぎりの異形」光文社 2007（光文社文庫）p436

浮き浮きしている怖い人（岩井志麻子）
　◇「5分で読める！ 怖いはなし」宝島社 2014（宝島社文庫）p131

浮き草（日影丈吉）
　◇「新編・日本幻想文学集成 1」国書刊行会 2016 p695

浮雲（二葉亭四迷）
　◇「明治の文学 5」筑摩書房 2000 p3
　◇「新日本古典文学大系 明治編 18」岩波書店 2002 p197

浮雲（北部保養院北柳吟社）
　◇「ハンセン病文学全集 9」皓星社 2010 p335

浮雲 第二集（松丘保養園北柳吟社）
　◇「ハンセン病文学全集 9」皓星社 2010 p364

浮雲 第三集（駿河療養所北柳吟社）
　◇「ハンセン病文学全集 9」皓星社 2010 p388

浮雲 第四集（松丘保養園北柳吟社）
　◇「ハンセン病文学全集 9」皓星社 2010 p431

浮き島（稲葉真弓）
　◇「エクスタシィ―大人の恋の物語り」ベストセラーズ 2003 p159

浮島の記（菊池三溪）
　◇「新日本古典文学大系 明治編 3」岩波書店 2005 p72

浮島の説明（日下部四郎太）
　◇「山形県文学全集第2期（随筆・紀行編）1」郷土出版社 2005 p261

浮城物語立案の始末（矢野龍渓）
　◇「新日本古典文学大系 明治編 11」岩波書店 2006 p553

うきだあまん（結城はに）
　◇「ゆきのまち幻想文学賞小品集 22」企画集団ぷりずむ 2013 p13

うきつ（星野幸雄）
　◇「物語のルミナリエ」光文社 2011（光文社文庫）p411

浮人形（江坂遊）
　◇「夢魔」光文社 2001（光文社文庫）p135

浮寝（飯田章）
　◇「文学 2007」講談社 2007 p31

甘蔗畑（ウギバテ）の土（茂山忠茂）

　◇「現代鹿児島小説大系 2」ジャプラン 2014 p180

浮舟（泉鏡花）
　◇「文豪怪談傑作選 特別編」筑摩書房 2009（ちくま文庫）p30

浮舟（小池昌代）
　◇「ナイン・ストーリーズ・オブ・ゲンジ」新潮社 2008 p247
　◇「源氏物語九つの変奏」新潮社 2011（新潮文庫）p273

右京と采女―井原西鶴『男色大鑑』（井原西鶴）
　◇「同性愛」国書刊行会 1999（書物の王国）p120

右京局小夜がたり（永井路子）
　◇「歴史小説の世紀 地の巻」新潮社 2000（新潮文庫）p441

浮世絵の女（笹沢左保）
　◇「江戸浮世風」学習研究社 2004（学研M文庫）p305

浮世猿（中山義秀）
　◇「江戸夢日和」学習研究社 2004（学研M文庫）p361

浮世風呂（式亭三馬）
　◇「小説乃湯―お風呂小説アンソロジー」角川書店 2013（角川文庫）p11

うぐい（室生犀星）
　◇「金沢三文豪掌文庫 たべもの編」金沢文化振興財団 2011 p48

うぐいす（越一人）
　◇「ハンセン病文学全集 7」皓星社 2004 p467

うぐいす殺人事件（森村誠一）
　◇「黒衣のモニュメント」光文社 2000（光文社文庫）p333

鶯の歌（小熊秀雄）
　◇「新装版 全集現代文学の発見 13」學藝書林 2004 p223

鶯の啼く地獄谷（香山末子）
　◇「ハンセン病文学全集 7」皓星社 2004 p412

鶯姫（谷崎潤一郎）
　◇「安倍晴明陰陽師伝奇文学集成」勉誠出版 2001 p89

「鶯や」の巻（稲処・富水両吟歌仙）（西谷富水）
　◇「新日本古典文学大系 明治編 4」岩波書店 2003 p187

雨月物語について（三島由紀夫）
　◇「文豪怪談傑作選」筑摩書房 2007（ちくま文庫）p239

うけとり（木山捷平）
　◇「百年小説」ポプラ社 2008 p1133

受取人（奥田哲也）
　◇「ミステリ★オールスターズ」角川書店 2010 p217
　◇「ミステリ・オールスターズ」角川書店 2012（角川文庫）p253

雨後（王白淵）
　◇「日本統治期台湾文学集成 18」緑蔭書房 2003 p34

雨後（松村紘一）

うこか

◇「近代朝鮮文学日本語作品集1939〜1945 創作篇 6」
緑蔭書房 2001 p288

動かなくなった祖父（石井桃子）
◇「精選女性随筆集 8」文藝春秋 2012 p34

動かぬが勝（佐江衆一）
◇「代表作時代小説 平成16年度」光風社出版 2004
p277

動かぬ証拠（松本侑子）
◇「SFバカ本 天然パラダイス篇」メディアファクト
リー 2001 p147

動く石（柴田宵曲）
◇「鉱物」国書刊行会 1997（書物の王国）p74

動く魂と生活（金斗鎔）
◇「近代朝鮮文学日本語作品集1901〜1938 評論・随筆
篇 1」緑蔭書房 2004 p57

動く「密室」（嵯峨大介）
◇「本格推理 15」光文社 1999（光文社文庫）p193

動くもののなかへ─詩人の発想と小説家の着
想（野間宏）
◇「戦後文学エッセイ選 9」影書房 2008 p96

羽後酒田港（若山牧水）
◇「山形県文学全集第2期（随筆・紀行編）1」郷土出版
社 2005 p224

蠢く第五列（スパイ）（奥村吉樹）
◇「日本統治期台湾文学集成 14」緑蔭書房 2003
p235

蠢く妖虫（西村亮太郎）
◇「怪奇・伝奇時代小説選集 8」春陽堂書店 2000
（春陽文庫）p21

ウコンレオラ（山本修雄）
◇「暗黒のメルヘン」河出書房新社 1998（河出文
庫）p439

雨祭（森内俊雄）
◇「幻想小説大全」北宋社 2002 p329

うさぎ（北原亞以子）
◇「剣が舞い落花が舞い─時代小説傑作選」講談社
1998（講談社文庫）p281

兎（金井美恵子）
◇「血」三天書房 2000（傑作短篇シリーズ）p233
◇「小川洋子の偏愛短篇箱」河出書房新社 2009 p87
◇「小川洋子の偏愛短篇箱」河出書房新社 2012（河
出文庫）p87
◇「リテラリーゴシック・イン・ジャパン─文学的
ゴシック作品選」筑摩書房 2014（ちくま文庫）
p215

兎を飼う部屋（岩井志麻子）
◇「短篇ベストコレクション─現代の小説 2002」徳
間書店 2002（徳間文庫）p19

兎吉と亀吉─二幕（石田道雄）
◇「日本統治期台湾文学集成 11」緑蔭書房 2003
p361

村の話 兎（童話体）（朴勝極）
◇「近代朝鮮文学日本語作品集1939〜1945 評論・随筆
篇 3」緑蔭書房 2002 p331

ウサギとカメとキツネ（影洋一）
◇「ショートショートの花束 5」講談社 2013（講

談社文庫）p74

兎と妓生と（木村毅）
◇「コレクション戦争と文学 6」集英社 2011 p331

兎の子（呉麟鳳）
◇「近代朝鮮文学日本語作品集1908〜1945 セレクショ
ン 6」緑蔭書房 2008 p60

うさぎの差し入れ（@kyounagi）
◇「3.11心に残る140字の物語」学研パブリッシング
2011 p27

兎の耳（柳田國男）
◇「ちくま日本文学 15」筑摩書房 2008（ちくま文
庫）p231

兎物語（李泰俊）
◇「近代朝鮮文学日本語作品集1939〜1945 創作篇 4」
緑蔭書房 2001 p41

うさと私（抄）（高原英理）
◇「ファイン／キュート素敵かわいい作品選」筑摩
書房 2015（ちくま文庫）p314

うざね（勝山海百合）
◇「てのひら怪談─ビーケーワン怪談大賞傑作選 庚
寅」ポプラ社 2010（ポプラ文庫）p204

うさぶろう（穂積驚）
◇「血汐花に涙降る」光風社出版 1999（光風社文
庫）p205

卯三次のウ（永井路子）
◇「慕情深川しぐれ」光風社出版 1998（光風社文
庫）p291
◇「大江戸犯科帖─時代推理小説名作選」双葉社
2003（双葉文庫）p199

牛（朴勝極）
◇「近代朝鮮文学日本語作品集1939〜1945 評論・随筆
篇 3」緑蔭書房 2002 p321

牛（許南麒）
◇「〈在日〉文学全集 2」勉誠出版 2006 p117

牛（堀川正美）
◇「新装版 全集現代文学の発見 13」學藝書林 2004
p517

牛（村野四郎）
◇「新装版 全集現代文学の発見 13」學藝書林 2004
p247

蛆（潮寒二）
◇「妖異百物語 2」出版芸術社 1997（ふしぎ文学
館）p23

牛を殺すこと（入澤康夫）
◇「モノノケ大合戦」小学館 2005（小学館文庫）
p255

潮田又之丞（園生義人）
◇「定本・忠臣蔵四十七人集」双葉社 1998 p176

潮田又之丞の妻・ゆう（杉洋子）
◇「物語妻たちの忠臣蔵」新人物往来社 1998 p175

牛男（倉阪鬼一郎）
◇「怪物團」光文社 2009（光文社文庫）p279

牛女（小川未明）
◇「幻視の系譜」筑摩書房 2013（ちくま文庫）p55
◇「近代童話（メルヘン）と賢治」おうふう 2014

p13

牛替（杉山理紀）
◇「ゆきのまち幻想文学賞小品集 23」企画集団ぷりずむ 2014 p154

牛車（うしぐるま）… → "ぎっしゃ…"をも見よ

牛車（うしぐるま）（三遊亭円朝）
◇「明治の文学 3」筑摩書房 2001 p322

牛込怪談（小笠原幹夫）
◇「全作家短編小説集 9」全作家協会 2010 p163

牛殺し（矢内りんご）
◇「てのひら怪談―ビーケーワン怪談大賞傑作選 百怪繚乱篇」ポプラ社 2008 p222

牛去りしのち（霞流一）
◇「自選ショート・ミステリー」講談社 2001 （講談社文庫） p156

牛背英雄集（森春濤）
◇「新日本古典文学大系 明治編 2」岩波書店 2004 p32

牛と童兒（金錫厚）
◇「近代朝鮮文学日本語作品集1908～1945 セレクション 6」緑蔭書房 2008 p93

失うもの（厚谷勝）
◇「ショートショートの広場 17」講談社 2005 （講談社文庫） p100

失はれし日の追憶（黄龍伯）
◇「近代朝鮮文学日本語作品集1908～1945 セレクション 4」緑蔭書房 2008 p227

失なはれし者（朱燿翰）
◇「近代朝鮮文学日本語作品集1908～1945 セレクション 4」緑蔭書房 2008 p32

失われた書簡（武居隼人）
◇「リトル・リトル・クトゥルー―史上最小の神話小説集」学習研究社 2009 p136

失われた二本の指へ（篠田節子）
◇「紅迷宮―ミステリー・アンソロジー」祥伝社 2002 （祥伝社文庫） p151

失われた夜の罠（藤波浩）
◇「罠の怪」勉誠出版 2002 （べんせいライブラリー） p119

失われた環（久美沙織）
◇「帰還」光文社 2000 （光文社文庫） p173

牛になれ（葵優喜）
◇「ショートショートの広場 17」講談社 2005 （講談社文庫） p20

牛に引かれてお礼まいり（赤川次郎）
◇「煌めきの殺意」徳間書店 1999 （徳間文庫） p5

牛の首（小松左京）
◇「物語の魔の物語―メタ怪談傑作選」徳間書店 2001 （徳間文庫） p9
◇「幻妖の水脈（みお）」筑摩書房 2013 （ちくま文庫） p591
◇「30の神品―ショートショート傑作選」扶桑社 2016 （扶桑社文庫） p391

丑の刻異変（中林節三）
◇「怪奇・伝奇時代小説選集 5」春陽堂書店 2000 （春陽文庫） p35

丑の刻参り殺人事件（飛鳥悟）
◇「本格推理 15」光文社 1999 （光文社文庫） p107

丑の刻参りの女（竹内義和）
◇「文藝百物語」ぶんか社 1997 p86

牛―「平安喜遊集」より（山本周五郎）
◇「極め付き時代小説選 3」中央公論新社 2004 （中公文庫） p273

丑満奇譚（赤崎龍次）
◇「ショートショートの広場 19」講談社 2007 （講談社文庫） p203

丑三つ時に（吉野あや）
◇「てのひら怪談―ビーケーワン怪談大賞傑作選 庚寅」ポプラ社 2010 （ポプラ文庫） p236

うしみつどきにあいましょう（安孫子葉子）
◇「山形市児童劇団脚本集 3」山形市 2005 p187

羽州街道を行く（高橋菊子）
◇「山形県文学全集第2期〔随筆・紀行編〕 6」郷土出版 2005 p323

ウシュクダラのエンジェル（篠田真由美）
◇「名探偵の饗宴」朝日新聞社 1998 p85
◇「名探偵の饗宴」朝日新聞出版 2015 （朝日文庫） p99

うしろ（折口信夫）
◇「ちくま日本文学 25」筑摩書房 2008 （ちくま文庫） p133

うしろへむかって（井上雅彦）
◇「進化論」光文社 2006 （光文社文庫） p171

後ろ小路の町家（三津田信三）
◇「京都宵」光文社 2008 （光文社文庫） p111

うしろ向きの戦後（島尾敏雄）
◇「戦後文学エッセイ選 10」影書房 2007 p193

渦（冬敏之）
◇「ハンセン病文学全集 3」皓星社 2002 p21

渦（うず）（通雅彦）
◇「全作家短編小説集 12」全作家協会 2013 p118

薄青く震える光の中で（日野啓三）
◇「文学 2002」講談社 2002 p79

うす明かりの道（五代ゆう）
◇「アジアン怪綺」光文社 2003 （光文社文庫） p303

雨水―2月19日ごろ（大島真寿美）
◇「君と過ごす季節―春から夏へ、12の暦物語」ポプラ社 2012 （ポプラ文庫） p31

うすい壁（藤木靖子）
◇「赤のミステリー―女性ミステリー作家傑作選」光文社 1997 p177
◇「女性ミステリー作家傑作選 3」光文社 1999 （光文社文庫） p143

碓氷峠殺人事件（内田康夫）
◇「名探偵と鉄旅―鉄道ミステリー傑作選」光文社 2016 （光文社文庫） p187

薄い刃（飛鳥高）
◇「江戸川乱歩の推理試験」光文社 2009 （光文社文庫） p121

薄い街（稲垣足穂）

うすか

◇「架空の町」国書刊行会 1997（書物の王国）p65
◇「コレクション戦争と文学 5」集英社 2011 p539

薄皮一枚（岬兄悟）
◇「SFバカ本 だるま篇」廣済堂出版 1999（廣済堂文庫）p279
◇「笑止―SFバカ本シュール集」小学館 2007（小学館文庫）p7

薄雲の猫と漱石の猫（石田孫太郎）
◇「猫愛」凱風社 2008（PD叢書）p50
◇「だから猫は猫そのものではない」凱風社 2015 p146

薄暮の頃（片岡志保美）
◇「冷と温―第13回フェリシモ文学賞作品集」フェリシモ 2010 p111

薄化粧（萬歳邦昭）
◇「扉の向こうへ」全作家協会 2014（全作家短編集）p352

薄ければ薄いほど（宮内悠介）
◇「折り紙衛星の伝説」東京創元社 2015（創元SF文庫）p239

薄墨色の刻（山口道子）
◇「現代作家代表作選集 9」鼎書房 2015 p153

臼の声（作者表記なし）
◇「新日本古典文学大系 明治編 4」岩波書店 2003 p427

渦の底で（堀晃）
◇「短篇ベストコレクション―現代の小説 2008」徳間書店 2008（徳間文庫）p449

渦の中に（川野順）
◇「ハンセン病文学全集 4」皓星社 2003 p366

渦巻（江戸川乱歩）
◇「竹中英太郎 2」皓星社 2016（挿絵叢書）p65

渦巻（山野浩一）
◇「宇宙塵傑作選―日本SFの軌跡 1」出版芸術社 1997 p179

中編小説 渦巻（下村四郎）
◇「日本統治期台湾文学集成 9」緑蔭書房 2002 p213

渦巻の中（崔東一）
◇「近代朝鮮文学日本語作品集1901～1938 創作篇 4」緑蔭書房 2004 p7

渦巻ける烏の群（黒島伝治）
◇「新装版 全集現代文学の発見 3」學藝書林 2003 p33
◇「文士の意地―車谷長吉撰短篇小説輯 上巻」作品社 2005 p284
◇「百年小説」ポプラ社 2008 p887
◇「読んでおきたい近代日本小説」龍書房 2012 p286
◇「日本文学100年の名作 2」新潮社 2014（新潮文庫）p137

薄闇の桜（永井路子）
◇「剣が舞い落花が舞い―時代小説傑作選」講談社 1998（講談社文庫）p389

うすゆき抄（久生十蘭）
◇「新編・日本幻想文学集成 3」国書刊行会 2016

p234

禹壽榮君のこと（作者表記なし）
◇「近代朝鮮文学日本語作品集1939～1945 評論・随筆篇 3」緑蔭書房 2002 p468

鶉（国木田治子）
◇「「新編」日本女性文学全集 3」菁柿堂 2011 p433

失せたその日（金岸曙）
◇「近代朝鮮文学日本語作品集1908～1945 セレクション 4」緑蔭書房 2008 p319

うそ（安西冬衛）
◇「新装版 全集現代文学の発見 13」學藝書林 2004 p16

うそ（井上荒野）
◇「短篇ベストコレクション―現代の小説 2015」徳間書店 2015（徳間文庫）p105

嘘（勝伸枝）
◇「幻の探偵雑誌 10」光文社 2002（光文社文庫）p219

嘘（高屋緑樹）
◇「ハンセン病文学全集 4」皓星社 2003 p337

嘘（武田八洲満）
◇「浜町河岸夕化粧」光風社出版 1998（光風社文庫）p165

嘘（丸山薫）
◇「新装版 全集現代文学の発見 13」學藝書林 2004 p116

嘘（森瑤子）
◇「妖美―女流ミステリー傑作選」徳間書店 1999（徳間文庫）p315

嘘（伊藤靖夫）
◇「ショートショートの広場 20」講談社 2008（講談社文庫）p176

感想集 雨窓墨滴（陳逢源）
◇「日本統治期台湾文学集成 16」緑蔭書房 2003 p5

嘘を加味した怪談（柳田國男）
◇「文豪怪談傑作選 柳田國男集」筑摩書房 2007（ちくま文庫）p10

嘘をついた（吉来駿作）
◇「七つの死者の囁き」新潮社 2008（新潮文庫）p153

鴬替―御書物同心日記（出久根達郎）
◇「代表作時代小説 平成14年度」光風社出版 2002 p301

嘘三百日記―Scarlet Diary（川又千秋）
◇「ひとにぎりの異形」光文社 2007（光文社文庫）p358

嘘じゃとて（澤田ふじ子）
◇「鬼火が呼んでいる―時代小説傑作選」講談社 1997（講談社文庫）p299

うそついたら はり千本のーます（高丸もと子）
◇「小学校たのしい劇の本―英語劇付 低学年」国土社 2007 p80

うそつき（谷口雅美）
◇「少年のなみだ」泰文堂 2014（リンダブックス）p7

うそつき（都筑道夫）

うた と

◇「日本ベストミステリー選集 24」光文社 1997
（光文社文庫） p193
嘘つき（小泉雅二）
◇「ハンセン病文学全集 7」皓星社 2004 p93
うそつき小次郎と竜馬（津本陽）
◇「剣が哭く夜に哭く」光風社出版 2000（光風社文庫） p187
◇「龍馬と志士たち—時代小説傑選」コスミック出版 2009（コスミック・時代文庫） p119
◇「龍馬の天命—坂本龍馬名手の八篇」実業之日本社 2010 p175
◇「七人の龍馬—傑作時代小説」PHP研究所 2010（PHP文庫） p139
嘘つきとおせっかい（柴門秀文）
◇「嘘つきとおせっかい」エムオン・エンタテインメント 2012（SONG NOVELS） p5
嘘つきな猫（雪村音於）
◇「ショートショートの広場 16」講談社 2005（講談社文庫） p120
嘘つき鼠（梓崎優）
◇「悪夢の行方—「読楽」ミステリーアンソロジー」徳間書店 2016（徳間文庫） p119
嘘つきの足（佐野洋）
◇「ザ・ベストミステリーズ—推理小説年鑑 1999」講談社 1999 p27
◇「殺人買います」講談社 2002（講談社文庫） p52
嘘つきの僕と、嘘つきの祖母（古平宏太）
◇「泣ける！北海道」泰文堂 2015（リンダパブリッシャーズの本） p7
うそでしょう（松村比呂美）
◇「ショートショートの広場 17」講談社 2005（講談社文庫） p18
ウソと子供（柳田國男）
◇「ちくま日本文学 15」筑摩書房 2008（ちくま文庫） p341
嘘と真実（塩野七生）
◇「映画狂時代」新潮社 2014（新潮文庫） p279
うそ発見器（小林雄次）
◇「ショートショートの広場 10」講談社 2000（講談社文庫） p155
嘘八百（大黒天半太）
◇「リトル・リトル・クトゥルー—史上最小の神話小説集」学習研究社 2009 p154
嘯く（不狼児）
◇「超短編の世界 vol.2」創英社 2009 p70
宇曾利山犬譚（戸川幸夫）
◇「星明かり摩周道」光風社出版 2000（光風社文庫） p273
烏孫公主（安西篤子）
◇「黄土の群星」光文社 1999（光文社文庫） p155
唄（立原道造）
◇「新装版 全集現代文学の発見 14」學藝書林 2005 p450
歌（田中成和）
◇「たびだち—フェリシモしあわせショートショート」フェリシモ 2000 p82

歌（花田清輝）
◇「新編・日本幻想文学集成 2」国書刊行会 2016 p343
歌（龍瑛宗）
◇「日本統治期台湾文学集成 5」緑蔭書房 2002 p423
歌行燈（泉鏡花）
◇「ちくま日本文学 11」筑摩書房 2008（ちくま文庫） p328
右大臣の船（高瀬美恵）
◇「幽霊船」光文社 2001（光文社文庫） p33
うたうたい（オギ）
◇「超短編の世界 vol.3」創英社 2011 p122
歌うたい練り歩く（狩野いくみ）
◇「てのひら怪談—ビーケーワン怪談大賞傑作選 百怪繚乱篇」ポプラ社 2008 p80
うたう湯釜（森川成美）
◇「ふしぎ日和—「季節風」書き下ろし短編集」インターグロー 2015（すこし不思議文庫） p53
唄えば天国ジャズソング（色川武大）
◇「ちくま日本文学 30」筑摩書房 2008（ちくま文庫） p134
疑いの車中（日下圭介）
◇「犯行現場にもう一度」講談社 1997（講談社文庫） p291
うたかた（盧聖禎）
◇「近代朝鮮語日本語作品集1901〜1938 創作篇 3」緑蔭書房 2004 p199
うたかたの記（森鷗外）
◇「明治の文学 14」筑摩書房 2000 p29
◇「新日本古典文学大系 明治編 25」岩波書店 2004 p33
宇田川小三郎（小泉武夫）
◇「江戸の満腹力—時代小説傑作選」集英社 2005（集英社文庫） p107
宇田川のマリア（西加奈子）
◇「運命の人はどこですか？」祥伝社 2013（祥伝社文庫） p165
御嶽の祟り（小原猛）
◇「男たちの怪談百物語」メディアファクトリー 2012（〔幽BOOKS〕） p96
宴の果てに（中沢敦）
◇「リトル・リトル・クトゥルー—史上最小の神話小説集」学習研究社 2009 p218
歌—ジョット・ゴッホ・ゴーガン（花田清輝）
◇「戦後文学エッセイ選 1」影書房 2005 p15
うたたねのあいだ（はまもさき）
◇「冷と温—第13回フェリシモ文学賞作品集」フェリシモ 2010 p101
和歌（うた）でない歌（中島敦）
◇「ちくま日本文学 12」筑摩書房 2008（ちくま文庫） p430
歌で励まそう（@senzaluna）
◇「3.11心に残る140字の物語」学研パブリッシング 2011 p114
うた時計（新美南吉）

作品名から引ける日本文学全集案内 第III期 **83**

うたと

◇「近代童話（メルヘン）と賢治」おうふう 2014 p81

歌時計（翁鬧）
◇「日本統治期台湾文学集成 5」緑蔭書房 2002 p135

歌日記（明石海人）
◇「ハンセン病文学全集 4」皓星社 2003 p115

歌念仏を読みて（北村透谷）
◇「新日本古典文学大系 明治編 26」岩波書店 2002 p277

うたのあしあと（トロチェフ，コンスタンチン）
◇「ハンセン病文学全集 7」皓星社 2004 p518

歌の声（河野多恵子）
◇「文学 2015」講談社 2015 p78

歌の作りかた（阪田寛夫）
◇「謎のギャラリー特別室 1」マガジンハウス 1998 p149
◇「謎のギャラリー―愛の部屋」新潮社 2002 （新潮文庫）p61

歌のわかれ（赤江瀑）
◇「凶鳥の黒影―中井英夫へ捧げるオマージュ」河出書房新社 2004 p11

歌のわかれ（中野重治）
◇「新装版 全集現代文学の発見 14」學藝書林 2005 p110

歌姫委託殺人事件―あれこれ始末書（徳川夢声）
◇「江戸川乱歩と13の宝石」光文社 2007 （光文社文庫）p199

歌姫の秘石（烏本拓）
◇「てのひら怪談―ビーケーワン怪談大賞傑作選 百怪繚乱篇」ポプラ社 2008 p76

歌女 (うため)（アンデルセン著，森鷗外訳）
◇「新日本古典文学大系 明治編 25」岩波書店 2004 p162

歌よみに与うる書（正岡子規）
◇「ちくま日本文学 40」筑摩書房 2009 （ちくま文庫）p324

歌は西北の風に乗って（宮部和子）
◇「扉の向こうへ」全作家協会 2014 （全作家短編集）p365

唄わぬ時計（大阪圭吉）
◇「悪魔黙示録「新青年」一九三八―探偵小説暗黒の時代へ」光文社 2011 （光文社文庫）p39

討入（直木三十五）
◇「赤穂浪士伝奇」勉誠出版 2002 （べんせいライブラリー）p35

打鉄匠の歌 ロングフエルロー詩（中村敬宇）
◇「新日本古典文学大系 明治編 2」岩波書店 2004 p159

内川の流れ（伊東聖子）
◇「山形県文学全集第2期（随筆・紀行編）4」郷土出版社 2005 p187

内気な女（戸高茂雄）
◇「日本統治期台湾文学集成 21」緑蔭書房 2007 p81

内郷村の竹串（柳田國男）
◇「文豪怪談傑作選 柳田國男集」筑摩書房 2007 （ちくま文庫）p93

打ち込まれたままの杭―転換期の詩論（根来育）
◇「ハンセン病文学全集 5」皓星社 2010 p539

内田静生論（野谷寛三）
◇「ハンセン病文学全集 5」皓星社 2010 p528

内田百閒 『日本の文学34』解説より抄録（三島由紀夫）
◇「文豪怪談傑作選」筑摩書房 2007 （ちくま文庫）p261

うちのお稲荷さん（片山廣子）
◇「文豪怪談傑作選 特別編」筑摩書房 2008 （ちくま文庫）p378

うちのお母んがお茶を飲む（荻野アンナ）
◇「中沢けい・多和田葉子・荻野アンナ・小川洋子」角川書店 1998 （女性作家シリーズ）p205

うちの国の若者（崔華國）
◇「〈在日〉文学全集 17」勉誠出版 2006 p59

うちのだりあの咲いた日に（吉田小夏）
◇「優秀新人戯曲集 2003」ブロンズ新社 2002 p5

内村鑑三の評論より（内村鑑三）
◇「新日本古典文学大系 明治編 26」岩波書店 2002 p313

内村鱸香六十寿言（森春濤）
◇「新日本古典文学大系 明治編 2」岩波書店 2004 p85

打役（諸田玲子）
◇「江戸夕しぐれ―市井稼業小説傑作選」学研パブリッシング 2011 （学研M文庫）p219

宇宙以前（最果タヒ）
◇「NOVA―書き下ろし日本SFコレクション 4」河出書房新社 2011 （河出文庫）p267

雨中片手斬り（羽太雄平）
◇「白刃光る」新潮社 1997 p243

宇宙がみえる空（山世孝幸）
◇「ゆきのまち幻想文学賞小品集 24」企画集団ぷりずむ 2015 p93

宇宙からの贈りものたち（北野勇作）
◇「多々良島ふたたび―ウルトラ怪獣アンソロジー」早川書房 2015 （TSUBURAYA × HAYAKAWA UNIVERSE）p45

宇宙からの返事（黒冬）
◇「ショートショートの広場 17」講談社 2005 （講談社文庫）p141

宇宙からのメッセージ（北浦真）
◇「ショートショートの広場 20」講談社 2008 （講談社文庫）p135

うちゅうごっこするもの このゆび止まれ！（北島春信）
◇「小学校・全員参加の楽しい学級劇・学年劇脚本集 低学年」黎明書房 2007 p138

宇宙姉妹（辻村深月）
◇「宇宙小説」講談社 2012 （講談社文庫）p6

宇宙人（倉橋由美子）
◇「新編・日本幻想文学集成 1」国書刊行会 2016 p273

宇宙人が殺した〔芦川淳一〕
◇「傑作・推理ミステリー10番勝負」永岡書店 1999 p61

宇宙親善料理（匠本賢一）
◇「SFバカ本 宇宙チャーハン篇」メディアファクトリー 2000 p279

宇宙人もいるぼくの街（中井紀夫）
◇「SFバカ本 ペンギン篇」廣済堂出版 1999（廣済堂文庫）p121

宇宙でいちばん丈夫な糸―The Ladies who have amazing skills at 2030（小川一水）
◇「拡張幻想」東京創元社 2012（創元SF文庫）p13

雨中獨唫（韓龍雲）
◇「近代朝鮮文学日本語作品集1908～1945 セレクション 6」緑蔭書房 2008 p20

宇宙尼僧ジャクチョー（中村うさぎ）
◇「SFバカ本 電撃ボンバー篇」メディアファクトリー 2002 p55

雨中の客（浅黄斑）
◇「小説推理新人賞受賞作アンソロジー 1」双葉社 2000（双葉文庫）p65

雨中の凶刃―吉田東洋暗殺（高橋義夫）
◇「時代小説傑作選 3」新人物往来社 2008 p37

宇宙の修行者（両角長彦）
◇「SF宝石─ぜーんぶ！ 新作読み切り」光文社 2013 p285

宇宙の卵（神野耀嗣）
◇「リトル・リトル・クトゥルー―史上最小の神話小説集」学習研究社 2009 p100

宇宙の日（柴崎友香）
◇「文学 2009」講談社 2009 p267
◇「現代小説クロニクル 2005～2009」講談社 2015（講談社文芸文庫）p284

宇宙飛行士の死（平山夢明）
◇「ひとにぎりの異形」光文社 2007（光文社文庫）p259

宇宙縫合（堀晃）
◇「SF JACK」角川書店 2013 p337
◇「SF JACK」KADOKAWA 2016（角川文庫）p339

宇宙虫（水木しげる）
◇「たそがれゆく未来」筑摩書房 2016（ちくま文庫）p275

宇宙麺（とり・みき）
◇「宇宙生物ゾーン」廣済堂出版 2000（廣済堂文庫）p301

うちわ（高橋新吉）
◇「コレクション戦争と文学 5」集英社 2011 p554

洞の街―第二回創元SF短編賞受賞後第一作（西島伝法）
◇「原色の想像力―創元SF短編賞アンソロジー 2」東京創元社 2012（創元SF文庫）p333

うっかり同盟（柚木崎寿久）
◇「ショートショートの広場 19」講談社 2007（講談社文庫）p170

美しい姉（富安健夫）
◇「てのひら怪談─ビーケーワン怪談大賞傑作選 辛卯」ポプラ社 2011（ポプラ文庫）p160

美しい家（加門七海）
◇「オバケヤシキ」光文社 2005（光文社文庫）p27

美しい仇（崔華國）
◇「〈在日〉文学全集 17」勉誠出版 2006 p45

美しい災難（宮崎直介）
◇「日本統治期台湾文学集成 21」緑蔭書房 2007 p297

美しい島をさがして―五月一五日に（つきだまさし）
◇「ハンセン病文学全集 7」皓星社 2004 p176

美しい祖母の聖書（池澤夏樹）
◇「それでも三月は、また」講談社 2012 p137

美しい夏（佐藤泰志）
◇「日本文学100年の名作 8」新潮社 2015（新潮文庫）p35

美しい夏キリシマ（黒木和雄、松田正隆）
◇「年鑑代表シナリオ集 ’03」シナリオ作家協会 2004 p273

美しい母（ハットリミキ）
◇「ショートショートの花束 7」講談社 2015（講談社文庫）p75

美しい人（香久山ゆみ）
◇「ショートショートの花束 7」講談社 2015（講談社文庫）p213

美しい墓地からの眺め（尾崎一雄）
◇「戦後占領期短篇小説コレクション 3」藤原書店 2007 p7
◇「富士山」角川書店 2013（角川文庫）p167

美しいもの（崔貞熙）
◇「近代朝鮮文学日本語作品集1939～1945 評論・随筆 3」緑蔭書房 2002 p123

美しい遺産相続人（藤村いずみ）
◇「翠迷宮―ミステリー・アンソロジー」祥伝社 2003（祥伝社文庫）p109

戯曲 美しき建設―三幕（中山侑）
◇「日本統治期台湾文学集成 14」緑蔭書房 2003 p213

美しき鎮魂歌―『死者の書』を読みて（山本健吉）
◇「創刊一〇〇年三田文学名作選」三田文学会 2010 p485

美しき鎮魂歌―山本健吉追悼（佐藤朔）
◇「創刊一〇〇年三田文学名作選」三田文学会 2010 p724

美しき田園―二幕（龍瑛宗）
◇「日本統治期台湾文学集成 11」緑蔭書房 2003 p227

美しき非情（島田しげる）
◇「ハンセン病文学全集 8」皓星社 2006 p302

うつく

美しきブランコ乗り（星アガサ）
◇「ショートショートの花束 2」講談社 2010（講談社文庫）p268

美しきめまい（芳地隆介）
◇「ドラマの森 2009」西日本劇作家の会 2008（西日本戯曲選集）p213

美しき夢の家族（藤井青銅）
◇「ひとにぎりの異形」光文社 2007（光文社文庫）p486

美しく咲いていけ（風空加純）
◇「あの日に戻れたら」主婦と生活社 2007（Junon novels）p61

美しく仕上げるために（江坂遊）
◇「ひとにぎりの異形」光文社 2007（光文社文庫）p23

美しさと哀しみと（抄）（川端康成）
◇「京都府文学全集第1期（小説編）4」郷土出版社 2005 p11

美しさとはげしさ（武田泰淳）
◇「戦後文学エッセイ選 5」影書房 2006 p17

美し過ぎる人（松ষ信男）
◇「立川文学 6」けやき出版 2016 p11

美しの五月（仁木悦子）
◇「わが名はタフガイ―ハードボイルド傑作選」光文社 2006（光文社文庫）p205

うつけの影（宮本昌孝）
◇「決戦！ 川中島」講談社 2016 p249

うつけもの、唄（上田忠司）
◇「日本統治期台湾文学集成 18」緑蔭書房 2003 p255

ヮッケル氏とその犬（矢川澄子）
◇「戦後短篇小説再発見 18」講談社 2004（講談社文芸文庫）p41

写絵（三好豊一郎）
◇「新装版 全集現代文学の発見 13」學藝書林 2004 p267

間引子（うつせご）（中村きい子）
◇「コレクション戦争と文学 11」集英社 2012 p446

うつせみ（樋口一葉）
◇「明治の文学 17」筑摩書房 2000 p165
◇「新日本古典文学大系 明治編 24」岩波書店 2001 p213
◇「ちくま日本文学 13」筑摩書房 2008（ちくま文庫）p383

空蝉（吉田健一）
◇「新編・日本幻想文学集成 2」国書刊行会 2016 p257

空蝉のユーリャ（里田和登）
◇「5分で読める！ ひと駅ストーリー 旅の話」宝島社 2015（宝島社文庫）p349

ウッチャリ拾ひ（幸田露伴）
◇「新編・日本幻想文学集成 2」国書刊行会 2016 p597

うつぶし（隼見果奈）
◇「太宰治賞 2012」筑摩書房 2012 p29

ウツボ（図子慧）
◇「秘神―闇の祝祭者たち」アスキー 1999（アスペクトノベルス）p105

靭猿（諏訪ちゑ子）
◇「捕物時代小説選集 7」春陽堂書店 2000（春陽文庫）p51

移り香（沙木とも子）
◇「てのひら怪談―ビーケーワン怪談大賞傑作選 2」ポプラ社 2007 p202
◇「てのひら怪談―ビーケーワン怪談大賞傑作選 己丑」ポプラ社 2009（ポプラ文庫）p100

うつる（告鳥友紀）
◇「てのひら怪談―ビーケーワン怪談大賞傑作選 庚寅」ポプラ社 2010（ポプラ文庫）p180

うつろう宝石（坂木司）
◇「みんなの少年探偵団 2」ポプラ社 2016 p153

うつろなテレポーター（八杉将司）
◇「虚構機関―年刊日本SF傑作選」東京創元社 2008（創元SF文庫）p319

虚に棲むひと（筒井康隆）
◇「短篇ベストコレクション―現代の小説 2001」徳間書店 2001（徳間文庫）p127

腕（北川冬彦）
◇「新装版 全集現代文学の発見 13」學藝書林 2004 p26
◇「新装版 全集現代文学の発見 13」學藝書林 2004 p29

撃て、イシモト―冬の狙撃手外伝（鳴海章）
◇「宝石ザミステリー」光文社 2011 p323

腕相撲（木村小鳥）
◇「てのひら怪談―ビーケーワン怪談大賞傑作選」ポプラ社 2007 p88
◇「てのひら怪談―ビーケーワン怪談大賞傑作選」ポプラ社 2008（ポプラ文庫）p92

腕すり呪文（古巣夢太郎）
◇「怪奇・伝奇時代小説選集 8」春陽堂書店 2000（春陽文庫）p45

腕時計（小島正樹）
◇「ミステリ★オールスターズ」角川書店 2010 p185
◇「ミステリ・オールスターズ」角川書店 2012（角川文庫）p217

撃てない警官（安東能明）
◇「現場に臨め」光文社 2010（Kappa novels）p53
◇「現場に臨め」光文社 2014（光文社文庫）p59

腕貫探偵（西澤保彦）
◇「本格ミステリ 2003」講談社 2003（講談社ノベルス）p181
◇「論理学園事件帳―本格短編ベスト・セレクション」講談社 2007（講談社文庫）p239

腕の伝蔵（芝川武）
◇「日本統治期台湾文学集成 9」緑蔭書房 2002 p283

雨毒（黒岩重吾）
◇「現代の小説 1997」徳間書店 1997 p295

饂飩命（出久根達郎）

◇「短篇ベストコレクション—現代の小説 2001」徳間書店 2001（徳間文庫）p479

うどんをゆでるあいだに（水田美意子）
　◇「5分で読める！ ひと駅ストーリー 食の話」宝島社 2015（宝島社文庫）p189

うどんキツネつきの—第一回創元SF短編賞・佳作（高山羽根子）
　◇「原色の想像力—創元SF短編賞アンソロジー」東京創元社 2010（創元SF文庫）p15

うどんげの花（鳴海風）
　◇「代表作時代小説 平成22年度」光文社 2010 p145

優曇華の花咲く頃に（中園倫）
　◇「現代作家代表作集 10」鼎書房 2015 p31

うどん処「天徳屋」（冬野翔子）
　◇「ゆきのまち幻想文学賞小品集 13」企画集団ぷりずむ 2004 p81

うどん屋剣法（山手樹一郎）
　◇「逆転—時代アンソロジー」祥伝社 2000（祥伝社文庫）p139
　◇「感涙—人情時代小説傑作選」ベストセラーズ 2004（ベスト時代文庫）p263

うどん屋のジェンダー、またはコルネさん（津村記久子）
　◇「文学 2011」講談社 2011 p110
　◇「現代小説クロニクル 2010〜2014」講談社 2015（講談社文芸文庫）p183

童子女（うない）松原（鈴木五郎）
　◇「甦る推理雑誌 8」光文社 2003（光文社文庫）p301

うなぎ（井伏鱒二）
　◇「うなぎ—人情小説集」筑摩書房 2016（ちくま文庫）p111

うなぎ（林芙美子）
　◇「うなぎ—人情小説集」筑摩書房 2016（ちくま文庫）p137

うなぎ（室生犀星）
　◇「金沢三文豪掌文庫 たべもの編」金沢文化振興財団 2011 p69

鰻（泉鏡花）
　◇「文豪怪談傑作選 特別編」筑摩書房 2007（ちくま文庫）p322

鰻（板垣家子夫）
　◇「山形県文学全集第2期（随筆・紀行編）3」郷土出版社 2005 p59

鰻（高樹のぶ子）
　◇「うなぎ—人情小説集」筑摩書房 2016（ちくま文庫）p211

鰻に呪はれた男（岡本綺堂）
　◇「新編・日本幻想文学集成 4」国書刊行会 2016 p359

鰻に呪われた男（岡本綺堂）
　◇「うなぎ—人情小説集」筑摩書房 2016（ちくま文庫）p79

鰻のたたき（内海隆一郎）
　◇「うなぎ—人情小説集」筑摩書房 2016（ちくま文庫）p11

鰻のパテ—『当世一百新話』（鈴木信太郎, 渡辺一夫, 神沢栄三）
　◇「美食」国書刊行会 1998（書物の王国）p115

うなさか（杉山幌）
　◇「新走（アラバシリ）—Powers Selection」講談社 2011（講談社box）p161

項の貌（渡辺淳一）
　◇「ひらめく秘ヒ刀」光風社出版 1998（光風社文庫）p355

海底（瀬下耽）
　◇「竹中英太郎 1」皓星社 2016（挿絵叢書）p7

海原の用心棒（秋山瑞人）
　◇「SFマガジン700 国内篇」早川書房 2014（ハヤカワ文庫SF）p273

海胆とペンタグラムマ（澁澤龍彦）
　◇「ちくま日本文学 18」筑摩書房 2008（ちくま文庫）p274

ウニトローダの恩返し（岩佐まもる）
　◇「ウルトラQ—dark fantasy」角川書店 2004（角川ホラー文庫）p73

自惚鏡（里見弴）
　◇「戦後短篇小説選—『世界』1946–1999 1」岩波書店 2000 p113

うぬぼれ刑事—第1話（宮藤官九郎）
　◇「テレビドラマ代作選集 2011年版」日本脚本家連盟 2011 p179

鵜の歌（中島敦）
　◇「ちくま日本文学 12」筑摩書房 2008（ちくま文庫）p449

宇野重吉よ（木下順二）
　◇「戦後文学エッセイ選 8」影書房 2005 p225

宇野千代言行録（吉屋信子）
　◇「精選女性随筆集 2」文藝春秋 2012 p223

句集 卯の花 第一集（邑久光明園卯の花会）
　◇「ハンセン病文学全集 9」皓星社 2010 p75

乳母（北田薄氷）
　◇「新日本古典文学大系 明治編 23」岩波書店 2002 p205
　◇「「新編」日本女性文学全集 2」菁柿堂 2008 p387
　◇「明治深刻悲惨小説集」講談社 2016（講談社文芸文庫）p171

奪うことあたわぬ宝（山本弘）
　◇「へっぽこ冒険者とイオドの宝—ソード・ワールド短編集」富士見書房 2005（富士見ファンタジア文庫）p9

姥甲斐ない（柳田國男）
　◇「文豪怪談傑作選 柳田國男集」筑摩書房 2007（ちくま文庫）p212

姥ヶ火と勘五郎火（柳田國男）
　◇「文豪怪談傑作選 柳田國男集」筑摩書房 2007（ちくま文庫）p218

姥皮（作者不詳）
　◇「シンデレラ」竹書房 2015（竹書房文庫）p192

乳母車（氷川瓏）
　◇「怪奇探偵小説集 1」角川春樹事務所 1998（ハ

うはく

ルキ文庫）p327
◇「恐怖ミステリーBEST15—こんな幻の傑作が読みたかった！」シーエイチシー 2006 p213
◇「もっと厭な物語」文藝春秋 2014（文春文庫）p31
◇「冒険の森へ—傑作小説大全 5」集英社 2015 p8

乳母車（三好達治）
◇「新装版 全集現代文学の発見 13」學藝書林 2004 p98
◇「日本文学全集 29」河出書房新社 2016 p37

乳母ざくら（小泉八雲）
◇「植物」国書刊行会 1998（書物の王国）p160

うば捨て伝説（岩崎正吾）
◇「密室—ミステリーアンソロジー」角川書店 1997（角川文庫）p77

うばたま（加門七海）
◇「文藝百物語」ぶんか社 1997 p84

烏羽玉（浜口志賀夫）
◇「ハンセン病文学全集 9」皓星社 2010 p372

乳母どの最期—日野富子・今参ノ局（杉本苑子）
◇「人物日本の歴史—時代小説版 古代中世編」小学館 2004（小学館文庫）p269

うばひろい山（鈴木秀彦）
◇「山形市児童劇団脚本集 3」山形市 2005 p226

産土（桂芳久）
◇「創刊一〇〇年三田文学名作選」三田文学会 2010 p428

ウプソルを送る（高橋篤子）
◇「現代短編小説選—2005〜2009」日本民主主義文学会 2010 p109

産森（八杉将司）
◇「未来妖怪」光文社 2008（光文社文庫）p103

ウホッホ探険隊（干刈あがた）
◇「干刈あがた・高樹のぶ子・林真理子・高村薫」角川書店 1997（女性作家シリーズ）p34

馬（北川冬彦）
◇「新装版 全集現代文学の発見 13」學藝書林 2004 p33

馬（小島信夫）
◇「戦後短篇小説再発見 10」講談社 2002（講談社文芸文庫）p58

馬（塔和子）
◇「ハンセン病文学全集 7」皓星社 2004 p185

馬（土師清二）
◇「捕物時代小説選集 7」春陽堂書店 2000（春陽文庫）p124

馬（古川時夫）
◇「ハンセン病文学全集 7」皓星社 2004 p350

馬追月夜（伊藤桂一）
◇「代表作時代小説 平成13年度」光風社出版 2001 p289

『馬および他の動物』の冒険（中山七里）
◇「本をめぐる物語—栞は夢をみる」KADOKAWA 2014（角川文庫）p107

馬が来た（齊藤綾子）

◇「ゆきのまち幻想文学賞小品集 21」企画集団ぷりずむ 2012 p136

馬小屋の乙女（阿部和重）
◇「文学 2005」講談社 2005 p15

馬去りて…（朱耀翰）
◇「近代朝鮮文学日本語作品集1908〜1945 セレクション 6」緑蔭書房 2008 p69

馬地獄（織田作之助）
◇「ちくま日本文学 35」筑摩書房 2009（ちくま文庫）p9

生ましめんかな（栗原貞子）
◇「読み聞かせる戦争」光文社 2015 p117

うまずめ（鄭仁）
◇「〈在日〉文学全集 17」勉誠出版 2006 p150

石女（澤田ふじ子）
◇「現代秀作集」角川書店 1999（女性作家シリーズ）p373

不生女の乳（加賀太夫）
◇「文豪怪談傑作選 特別編」筑摩書房 2007（ちくま文庫）p248

石女の母（山下定）
◇「時間怪談」廣済堂出版 1999（廣済堂文庫）p67

馬と暴動（石原吉郎）
◇「新装版 全集現代文学の発見 13」學藝書林 2004 p397

喜劇 馬泥（うまどろ）——一幕（小林洋）
◇「日本統治期台湾文学集成 12」緑蔭書房 2003 p99

馬と私（吉屋信子）
◇「精選女性随筆集 2」文藝春秋 2012 p238

馬について（鄭芝溶著, 金鍾漢譯）
◇「近代朝鮮文学日本語作品集1939〜1945 創作篇 6」緑蔭書房 2001 p47

馬の砂糖（柳田國男）
◇「ちくま日本文学 15」筑摩書房 2008（ちくま文庫）p234

馬の微笑（長谷川四郎）
◇「戦後占領期短篇小説コレクション 6」藤原書店 2007 p55

馬の耳に殺人（東川篤哉）
◇「どうぶつたちの贈り物」PHP研究所 2016 p5

馬の目—ソウルにて（崔龍源）
◇「〈在日〉文学全集 18」勉誠出版 2006 p187

生まれ変わったら（平平之信）
◇「てのひら怪談—ビーケーワン怪談大賞傑作選 2」ポプラ社 2007 p82

生まれ変わり（古賀準二）
◇「ショートショートの広場 10」講談社 2000（講談社文庫）p74

生まれ変われない街角で（岩井志麻子）
◇「Fの肖像—フランケンシュタインの幻想たち」光文社 2010（光文社文庫）p223

生まれし者（飯野文彦）
◇「変身」廣済堂出版 1998（廣済堂文庫）p379

うまれた家（抄）（片山広子）

◇「文豪てのひら怪談」ポプラ社 2009 （ポプラ文庫） p70

生まれたつながり（@tokoya）
　◇「3.11心に残る140字の物語」学研パブリッシング 2011 p87

生まれたての笑顔（井嶋敦子）
　◇「ふしぎ日和―「季節風」書き下ろし短編集」インターグロー 2015 （すこし不思議文庫） p181

生まれついた運命（天野涼文）
　◇「ショートショートの広場 17」講談社 2005 （講談社文庫） p132

生まれて生きて、死んで呪って（朱川湊人）
　◇「二十の悪夢」KADOKAWA 2013 （角川ホラー文庫） p135

馬・1（鄭芝溶）
　◇「近代朝鮮文学日本語作品集1908～1945 セレクション 4」緑蔭書房 2008 p182

馬・2（鄭芝溶）
　◇「近代朝鮮文学日本語作品集1908～1945 セレクション 4」緑蔭書房 2008 p182

海（小川洋子）
　◇「文学 2005」講談社 2005 p37

海（金太中）
　◇「〈在日〉文学全集 18」勉誠出版 2006 p97

海（冴雄二）
　◇「ハンセン病文学全集 7」皓星社 2004 p270

海（千田光）
　◇「超短編アンソロジー」筑摩書房 2002 （ちくま文庫） p116

海（鄭芝溶）
　◇「近代朝鮮文学ヨ本語作品集1908～1945 セレクション 4」緑蔭書房 2008 p141

海（鄭秀溶）
　◇「近代朝鮮文学ヨ本語作品集1908～1945 セレクション 4」緑蔭書房 2008 p369

海（中村稔）
　◇「新装版 全集現代文学の発見 13」學藝書林 2004 p304
　◇「新装版 全集現代文学の発見 13」學藝書林 2004 p305
　◇「新装版 全集現代文学の発見 13」學藝書林 2004 p307
　◇「新装版 全集現代文学の発見 13」學藝書林 2004 p308

海（許南麒）
　◇「〈在日〉文学全集 2」勉誠出版 2006 p242
　◇「〈在日〉文学全集 2」勉誠出版 2006 p260

"海"（安土萌）
　◇「ショートショートの缶詰」キノブックス 2016 p27

海へ（桜木紫乃）
　◇「日本文学100年の名作 10」新潮社 2015 （新潮文庫） p389

海へ憧れの記（異河潤）
　◇「近代朝鮮文学日本語作品集1908～1945 セレクション 3」緑蔭書房 2008 p259

海へ行く（岩藤雪夫）
　◇「新・プロレタリア文学精選集 8」ゆまに書房 2004 p177

海を集める（松本楽志）
　◇「蒐集家（コレクター）」光文社 2004 （光文社文庫） p585

海を感じる時（中沢けい）
　◇「中沢けい・多和田葉子・荻野アンナ・小川洋子」角川書店 1998 （女性作家シリーズ） p7

海を越える（池田さと美）
　◇「泣ける！ 北海道」泰文堂 2015 （リンダパブリッシャーズの本） p147

海をひらいた人びと（宮本常一）
　◇「ちくま日本文学 22」筑摩書房 2008 （ちくま文庫） p174

海をみに行く（石坂洋次郎）
　◇「創刊一〇〇年三田文学名作選」三田文学会 2010 p125
　◇「三田文学短篇選」講談社 2010 （講談社文芸文庫） p72

海を見る人（小林泰三）
　◇「不思議の扉 ありえない恋」角川書店 2011 （角川文庫） p121
　◇「日本SF短篇50 4」早川書房 2013 （ハヤカワ文庫 JA） p275

海を渡る風（宮司孝男）
　◇「「伊豆文学賞」優秀作品集 第5回」羽衣出版 2002 p81

海が呑む（Ⅰ）（花輪莞爾）
　◇「物語の魔の物語―メタ怪談傑作選」徳間書店 2001 （徳間文庫） p211

ウミガメのスープ（深澤夜）
　◇「恐怖箱 遺伝記」竹書房 2008 （竹書房文庫） p115

ウミガメの夢（矢崎存美）
　◇「ひとにぎりの異形」光文社 2007 （光文社文庫） p521

海から来た子（柏葉幸子）
　◇「あの日から―東日本大震災鎮魂岩手県出身作家短編集」岩手日報社 2015 p103

海から来た侍女（永井路子）
　◇「ひらめく秘太刀」光風社出版 1998 （光風社文庫） p87

海から告げるもの（透翅大）
　◇「てのひら怪談 癸巳」KADOKAWA 2013 （MF文庫ダ・ヴィンチ） p28

海からの招待状（笹沢左保）
　◇「迷宮の旅行者―本格推理展覧会」青樹社 1999 （青樹社文庫） p65

海からの信号（佐伯一麦）
　◇「空を飛ぶ恋―ケータイがつなぐ28の物語」新潮社 2006 （新潮文庫） p112

海師の子（水野ένέέ宏郎）
　◇「「伊豆文学賞」優秀作品集 第11回」静岡新聞社 2008 p45

うみしみ（風霧みぞれ）

うみせ

海千山千一読み解き懺悔文（伊藤比呂美）
　◇「文学 2009」講談社 2009 p216

海沿いの道（柴崎友香）
　◇「短篇集」ヴィレッジブックス 2010 p180

海太郎兄さん（長谷川四郎）
　◇「戦後文学エッセイ選 2」影書房 2006 p125

海と雨と「理解者」（三川祐）
　◇「妖女」光文社 2004 （光文社文庫） p19

海と顔（呉林俊）
　◇「〈在日〉文学全集 17」勉誠出版 2006 p103

海と風の郷（岩井三四二）
　◇「代表作時代小説 平成21年度」光文社 2009 p329

海と毒薬（遠藤周作）
　◇「コレクション戦争と文学 12」集英社 2013 p235

海とハルオ（藤井彩子）
　◇「気配―第10回フェリシモ文学賞作品集」フェリシモ 2007 p8

海と帆（坂本美智子）
　◇「ゆきのまち幻想文学賞・小品集 14」企画集団ぶりずむ 2005 p56

海と望郷（一）（呉林俊）
　◇「〈在日〉文学全集 17」勉誠出版 2006 p112

海と望郷（二）（呉林俊）
　◇「〈在日〉文学全集 17」勉誠出版 2006 p113

海と望郷（三）（呉林俊）
　◇「〈在日〉文学全集 17」勉誠出版 2006 p113

海と望郷（四）（呉林俊）
　◇「〈在日〉文学全集 17」勉誠出版 2006 p114

海と夕焼（三島由紀夫）
　◇「ちくま日本文学 10」筑摩書房 2008 （ちくま文庫） p9

海鳴り（斎藤勇）
　◇「山形県文学全集第2期（随筆・紀行編） 3」郷土出版社 2005 p421

海鳴り（長堂英吉）
　◇「沖縄文学選―日本文学のエッジからの問い」勉誠出版 2003 p211
　◇「コレクション戦争と文学 20」集英社 2012 p19

句集 海鳴り（辻村みつ子）
　◇「ハンセン病文学全集 9」皓星社 2010 p452

海鳴りの秋（香納諒一）
　◇「孤狼の絆」角川春樹事務所 1999 p7

海鳴りの丘（間嶋稔）
　◇「日本海文学大賞―大賞作品集 1」日本海文学大賞運営委員会 2007 p117

海に慣れて（韓銀珍）
　◇「近代朝鮮文学日本語作品集1908～1945 セレクション 3」緑蔭書房 2008 p255

海贄考（赤江瀑）
　◇「日本怪奇小説傑作集 3」東京創元社 2005 （創元推理文庫） p341

海に金色の帆（武田八洲満）

海について（花田清輝）
　◇「新編・日本幻想文学集成 2」国書刊行会 2016 p415

海に降る雪（東しいな）
　◇「ゆきのまち幻想文学賞小品集 17」企画集団ぷりずむ 2008 p178

海に吠える（大崎梢）
　◇「Wonderful Story」PHP研究所 2014 p53

海にゆらぐ糸（大庭みな子）
　◇「川端康成文学賞全作品 2」新潮社 1999 p139
　◇「文学賞受賞・名作集成 4」リブリオ出版 2004 p111

海猫岬（山村正夫）
　◇「謎―スペシャル・ブレンド・ミステリー 006」講談社 2011 （講談社文庫） p35

海の女戦士（邦光史郎）
　◇「姫君たちの戦国―時代小説傑作選」PHP研究所 2011 （PHP文芸文庫） p35

海の誘（いざな）い（黒崎緑）
　◇「女性ミステリー作家傑作選 1」光文社 1999 （光文社文庫） p251

海の誘い（黒崎緑）
　◇「白のミステリー―女性ミステリー作家傑作選」光文社 1997 p169

海の石（須並一衛）
　◇「ハンセン病文学全集 9」皓星社 2010 p170

海の祈り（山下悦夫）
　◇「「伊豆文学賞」優秀作品集 第3回」静岡新聞社 2000 p99

海の上を走る（よいこぐま）
　◇「てのひら怪談 癸巳」KADOKAWA 2013 （MF文庫ダ・ヴィンチ） p34

海の上で（甲斐八郎）
　◇「ハンセン病文学全集 2」皓星社 2002 p205

海のおくりもの（小田ゆかり）
　◇「ひとにぎりの異形」光文社 2007 （光文社文庫） p102

海の音（北原亞以子）
　◇「代表作時代小説 平成23年度」光文社 2011 p109

山本鼈第三句集 海の音（山本鼈）
　◇「ハンセン病文学全集 9」皓星社 2010 p210

海の怪談（安達光雄）
　◇「松江怪談―新作怪談 松江物語」今井印刷 2015 p89

海の香る島にて（山際淳司）
　◇「誘惑の香り」講談社 1999 （講談社文庫） p163

海のかけら（井野登志子）
　◇「北日本文学賞入賞作品集 2」北日本新聞社 2002 p333

海の飢餓（金時鐘）
　◇「〈在日〉文学全集 5」勉誠出版 2006 p166

海の蝙蝠（井上雅彦）
　◇「人魚の血―珠玉アンソロジー オリジナル＆スタ

「「伊豆文学賞」優秀作品集 第16回」羽衣出版 2013 p113

海千山千一読み解き懺悔文（伊藤比呂美）

◇「雪月花・江戸景色」光文社 2013 （光文社文庫） p213

90　作品名から引ける日本文学全集案内 第III期

ンダート」光文社 2001 （カッパ・ノベルス）
p333

海の衣を纏う日（森治美）
◇「読んで演じたくなるゲキの本 中学生版」幻冬舎
2006 p187

海の沙（島比呂志）
◇「ハンセン病文学全集 3」皓星社 2002 p347

海のさきに（十時直子）
◇「センチメンタル急行—あの日へ帰る、旅情短篇
集」泰文堂 2010 （Linda books！）p192

海の幸（高井有一）
◇「家族の絆」光文社 1997 （光文社文庫）p241

海の砂礫（李正子）
◇「〈在日〉文学全集 17」勉誠出版 2006 p244
◇「〈在日〉文学全集 17」勉誠出版 2006 p254

海の志願兵を讃ふ（王昶雄）
◇「日本統治台湾文学集成 29」緑蔭書房 2007
p205

海の修羅王（西村寿行）
◇「殺意の海—釣りミステリー傑作選」徳間書店
2003 （徳間文庫）p79

海の城 第3章（渡辺清）
◇「コレクション戦争と文学 11」集英社 2012 p101

詩集 海の聖母（吉田一穂）
「新装版 全集現代文学の発見 13」學藝書林 2004
p156

海の背広（平出隆）
◇「文学 2005」講談社 2005 p200

海の底（若竹七海）
◇「七人の女探偵」廣済堂出版 1998 （KOSAIDO
BLUE BOOKS）p235

海の底から、地の底から（金石範）
◇「〈在日〉文学全集 3」勉誠出版 2006 p145

海の素描（一）（呉林俊）
◇「〈在日〉文学全集 17」勉誠出版 2006 p129

海の素描（二）（呉林俊）
◇「〈在日〉文学全集 17」勉誠出版 2006 p129

海の素描（三）（呉林俊）
◇「〈在日〉文学全集 17」勉誠出版 2006 p130

海のなかには夜（生田紗代）
◇「コイノカオリ」角川書店 2004 p139
◇「コイノカオリ」角川書店 2008 （角川文庫）
p125

海の中道（阿刀田高）
◇「短篇ベストコレクション—現代の小説 2003」徳
間書店 2003 （徳間文庫）p5

海の鳴る宿（竹河聖）
◇「水妖」廣済堂出版 1998 （廣済堂文庫）p511

海の墓（李正子）
◇「〈在日〉文学全集 17」勉誠出版 2006 p288

海の箱（金子みづは）
◇「リトル・リトル・クトゥルー——史上最小の神話
小説集」学習研究社 2009 p28

海の光（島永嘉子）

◇「「伊豆文学賞」優秀作品集 第4回」静岡新聞社
2001 p3

海の風景（堀口大學）
◇「日本文学全集 29」河出書房新社 2016 p24

海の方から（安西水丸）
◇「銀座24の物語」文藝春秋 2001 p97

うみのほたる（鄭義信）
◇「テレビドラマ代表作選集 2006年版」日本脚本家
連盟 2006 p7

海のほとり（芥川龍之介）
◇「文豪怪談傑作選 芥川龍之介集」筑摩書房 2010
（ちくま文庫）p225

うみのまぐはひ（加藤郁乎）
◇「新装版 全集現代文学の発見 13」學藝書林 2004
p618

海の見えない海辺の部屋（栗林佐知）
「吟醸掌篇—召しませ短篇小説 vol.1」けいこう舎
2016 p84

海の指（飛浩隆）
◇「ヴィジョンズ」講談社 2016 p51

海の若者（佐藤春夫）
◇「日本文学全集 29」河出書房新社 2016 p27

海火（郷内心瞳）
◇「渚にて—あの日からの〈みちのく怪談〉」荒蝦夷
2016 p122

海彦山彦（鮎川哲也）
◇「本格推理 13」光文社 1998 （光文社文庫）p445

海辺暮らし（加藤幸子）
◇「吉田知子・森万紀子・吉行理恵・加藤幸子」角川
書店 1998 （女性作家シリーズ）p323

海辺食堂の姉妹（阿川佐和子）
◇「最後の恋—つまり、自分史上最高の恋。」新潮社
2008 （新潮文庫）p83

海辺で出会って（中井紀夫）
◇「夏のグランドホテル」光文社 2003 （光文社文
庫）p13

海辺にて（金広賢介）
◇「母のなみだ・ひまわり—愛しき家族を想う短篇
小説集」泰文堂 2013 （リンダブックス）p33

海辺の家（田宮沙桜里）
◇「てのひら怪談—ビーケーワン怪談大賞傑作選 百
怪繚乱篇」ポプラ社 2008 p162

海辺のカウンター（菊池幸見）
◇「あの日から—東日本大震災鎮魂岩手県出身作家
短編集」岩手日報社 2015 p365

海辺の貴婦人（藤堂志津子）
◇「エクスタシィ—大人の恋の物語り」ベストセ
ラーズ 2003 p71

海辺の光景（安岡章太郎）
◇「新装版 全集現代文学の発見 5」學藝書林 2003
p292

海辺のサクラ（ヒモロギヒロシ）
◇「てのひら怪談—ビーケーワン怪談大賞傑作選 壬
辰」ポプラ社 2012 （ポプラ文庫）p26

海辺の生と死（島尾ミホ）

うみへ

◇「戦後短篇小説再発見 5」講談社 2001（講談社文芸文庫）p124

海邊の獨白（金景熹）
◇「近代朝鮮文学日本語作品集1908〜1945 セレクション 4」緑蔭書房 2008 p427

海辺の別荘で（恒川光太郎）
◇「スタートライン―始まりをめぐる19の物語」幻冬舎 2010（幻冬舎文庫）p37

海辺の村への慕情（赤木由子）
◇「山形県文学全集第2期（随筆・紀行編）6」郷土出版社 2005 p88

海辺の宿で（森真沙子）
◇「文藝百物語」ぶんか社 1997 p142

海蛇（西尾正）
◇「日本怪奇小説傑作集 2」東京創元社 2005（創元推理文庫）p51

海坊主（田辺貞之助）
◇「あやかしの深川―受け継がれる怪異な土地の物語」猿江商會 2016 p288

海坊主（吉田健一）
◇「コレクション私小説の冒険 2」勉誠出版 2013 p33
◇「新編・日本幻想文学集成 2」国書刊行会 2016 p197

海堀り人（葛城輝）
◇「超短編傑作選 v.6」創英社 2007 p50

海まであとどのくらい？（角田光代）
◇「女ともだち」小学館 2010 p5
◇「女ともだち」小学館 2013（小学館文庫）p9

海やまのあひだ（抄）（折口信夫）
◇「ちくま日本文学 25」筑摩書房 2008（ちくま文庫）p9

海ゆかば（上）（下）（崔載瑞）
◇「近代朝鮮文学日本語作品集1939〜1945 評論・随筆篇 1」緑蔭書房 2002 p433

海―わが歴程（政石蒙）
◇「ハンセン病文学全集 4」皓星社 2003 p624

産む石（種村季弘）
◇「鉱物」国書刊行会 1997（書物の王国）p68

梅一枝（柴田錬三郎）
◇「武士道」小学館 2007（小学館文庫）p247

梅枝（伊藤優子）
◇「ゆきのまち幻想文学賞小品集 17」企画集団ぷりずむ 2008 p141

梅枝（西條奈加）
◇「代表作時代小説 平成25年度」光文社 2013 p9

梅香る日（北方謙三）
◇「代表作時代小説 平成19年度」光文社 2007 p193

呻き淵（鳥飼否宇）
◇「驚愕遊園地」光文社 2013（最新ベスト・ミステリー）p213
◇「驚愕遊園地」光文社 2016（光文社文庫）p343

梅暦を読む（信夫恕軒）
◇「新日本古典文学大系 明治編 2」岩波書店 2004 p352

梅試合（高橋克彦）
◇「短編復活」集英社 2002（集英社文庫）p309
◇「万事金の世―時代小説傑作選」徳間書店 2006（徳間文庫）p63

梅酒（高村光太郎）
◇「文人御馳走帖」新潮社 2014（新潮文庫）p151

梅田（折口信夫）
◇「ちくま日本文学 25」筑摩書房 2008（ちくま文庫）p37

梅田地下オデッセイ（堀晃）
◇「大阪ラビリンス」新潮社 2014（新潮文庫）p121

梅匂う（宇江佐真理）
◇「江戸しぐれ―市井稼業小説傑作選」学研パブリッシング 2011（学研M文庫）p271

梅・肉体・梅（岡本かの子）
◇「精選女性随筆集 4」文藝春秋 2012 p159

梅の雨降る（宮部みゆき）
◇「代表作時代小説 平成12年度」光風社出版 2000 p199

梅の影（葉室麟）
◇「代表作時代小説 平成23年度」光文社 2011 p309

梅の参番（島村洋子）
◇「夢を見にけり―時代小説招待席」廣済堂出版 2004 p97

梅の蕾（吉村昭）
◇「日本文学100年の名作 9」新潮社 2015（新潮文庫）p41

梅の花（香山末子）
◇「ハンセン病文学全集 7」皓星社 2004 p299

梅の実食えば百まで長生き（加藤一）
◇「恐怖箱 遺伝記」竹書房 2008（竹書房文庫）p10

梅法師―『一休ばなし』より（一休）
◇「超短編アンソロジー」筑摩書房 2002（ちくま文庫）p49

楳本法神と法神流（藤島一虎）
◇「武士道歳時記―新鷹会・傑作時代小説選」光文社 2008（光文社文庫）p437

梅屋敷の女（平岩弓枝）
◇「彩四季・江戸慕情」光文社 2012（光文社文庫）p387

梅屋のおしげ（池波正太郎）
◇「江戸色恋坂―市井情話傑作選」学習研究社 2005（学研M文庫）p43

梅若七兵衛（三遊亭円朝）
◇「明治の文学 3」筑摩書房 2001 p143

うもれ木（東北新生園新生編集部）
◇「ハンセン病文学全集 8」皓星社 2006 p225

うもれ木（樋口一葉）
◇「明治の文学 17」筑摩書房 2000 p11
◇「ちくま日本文学 13」筑摩書房 2008（ちくま文庫）p270

埋もれた悪意（巽昌章）
◇「有栖川有栖の本格ミステリ・ライブラリー」角川書店 2001（角川文庫）p9

埋火〈中江灯子〉
◇「ハンセン病文学全集 9」皓星社 2010 p134

埋もれる日々〈冬敏之〉
◇「ハンセン病文学全集 3」皓星社 2002 p95

うらおもて〈川上眉山〉
◇「新日本古典文学大系 明治編 21」岩波書店 2005 p367

裏・表〈斎藤肇〉
◇「悪夢が嗤う瞬間」勁文社 1997（ケイブンシャ文庫）p211

裏方のおばあさん〈宇佐美まこと〉
◇「女たちの怪談百物語」メディアファクトリー 2010（〔幽books〕）p217
◇「女たちの怪談百物語」KADOKAWA 2014（角川ホラー文庫）p221

浦賀というところ〈宮本常一〉
◇「ちくま日本文学 22」筑摩書房 2008（ちくま文庫）p318

裏切った秋太郎〈子母澤寛〉
◇「信州歴史時代小説傑作集 4」しなのき書房 2007 p271

裏木戸の向こうから〈村田和文〉
◇「ふしぎ日和―『季節風』書き下ろし短編集」インターグロー 2015（すこし不思議文庫）p137

うらぎゅう〈小山田浩子〉
◇「文学 2014」講談社 2014 p72
◇「現代小説クロニクル 2010〜2014」講談社 2015（講談社文芸文庫）p296

裏切り〈藤沢周平〉
◇「魔剣くずし秘聞」光文社出版 1998（光風社文庫）p285

裏切り〈やいねさや〉
◇「ショートショートの広場 17」講談社 2005（講談社文庫）p98

裏切り左近〈柴田錬三郎〉
◇「信州歴史時代小説傑作集 2」しなのき書房 2007 p87

裏切りしは誰ぞ〈永井路子〉
◇「極め付き時代小説選 1」中央公論新社 2004（中公文庫）p295

裏切りの遁走曲〈鈴木輝一郎〉
◇「ザ・ベストミステリーズ―推理小説年鑑 1999」講談社 1999 p41
◇「殺人買います」講談社 2002（講談社文庫）p307

裏切りのロンド〈渋谷典子〉
◇「恐怖のKA・TA・CHI」双葉社 2001（双葉文庫）p225

有楽斎の城〈天野純希〉
◇「決戦！ 関ケ原」講談社 2014 p105

裏口〈坂井新一〉
◇「ハンセン病文学全集 6」皓星社 2003 p16

うらしま〈日和聡子〉
◇「文学 2016」講談社 2016 p67

ウラシマ〈火浦功〉
◇「日本SF全集 3」出版芸術社 2013 p305

浦島さん〈太宰治〉
◇「京都府文学全集第1期（小説編）3」郷土出版社 2005 p270
◇「不思議の扉 時をかける恋」角川書店 2010（角川文庫）p197

浦島さん 「お伽草紙」より〈太宰治〉
◇「文豪怪談傑作選 太宰治集」筑摩書房 2009（ちくま文庫）p144

浦戸丸浮揚〈金時鐘〉
◇「〈在日〉文学全集 5」勉誠出版 2006 p39

うらない〈岫まりも〉
◇「ショートショートの花束 7」講談社 2015（講談社文庫）p62

占い〈嘉瀬陽介〉
◇「ショートショートの広場 17」講談社 2005（講談社文庫）p50

占い〈土橋義史〉
◇「ショートショートの花束 7」講談社 2015（講談社文庫）p79

占い〈藤井青銅〉
◇「辞書、のような物語。」大修館書店 2013 p145

占い坂〈条田念〉
◇「「伊豆文学賞」優秀作品集 第5回」羽衣出版 2002 p121
◇「伊豆の歴史を歩く」羽衣出版 2006（伊豆文学賞歴史小説傑作集）p3

占師と盗賊〈九条菜月〉
◇「躍進―C★NOVELS大賞作家アンソロジー」中央公論新社 2012（C・NOVELS Fantasia）p6

占い天使〈笹山量子〉
◇「宇宙生物ゾーン」廣済堂出版 2000（廣済堂文庫）p423

占いの館〈水田美意子〉
◇「5分で読める！ ひと駅ストーリー 夏の記憶西口編」宝島社 2013（宝島社文庫）p181

占う天秤〈江坂遊〉
◇「綾辻・有栖川復刊セレクション 仕掛け花火」講談社 2007（講談社ノベルス）p73

裏庭〈金時鐘〉
◇「〈在日〉文学全集 5」勉誠出版 2006 p56

裏庭からの客〈古川薫〉
◇「江戸恋い明け鳥」光風社出版 1999（光風社文庫）p261

裏の木戸はあいている〈山本周五郎〉
◇「歴史小説の世紀 天の巻」新潮社 2000（新潮文庫）p301

うらホテル〈本間祐〉
◇「グランドホテル」廣済堂出版 1999（廣済堂文庫）p473

うらぽんえ〈浅田次郎〉
◇「現代の小説 1997」徳間書店 1997 p175

盂蘭盆の縁起〈陳逢源〉
◇「日本統治期台湾文学集成 16」緑蔭書房 2003 p94

裏町の雄鳥〈姜舜〉

◇「〈在日〉文学全集 17」勉誠出版 2006 p15

裏窓（阿刀田高）
◇「事件現場に行こう—最新ベスト・ミステリー カレイドスコープ編」光文社 2001（カッパ・ノベルス）p13

裏窓のアリス（加納朋子）
◇「ザ・ベストミステリーズ—推理小説年鑑 1998」講談社 1998 p295
◇「完全犯罪証明書」講談社 2001（講談社文庫）p9
◇「謎—スペシャル・ブレンド・ミステリー 009」講談社 2014（講談社文庫）p79

恨みを刻む（柚月裕子）
◇「所轄—警察アンソロジー」角川春樹事務所 2016（ハルキ文庫）p103

うらみ葛の葉（朱雀門出）
◇「男たちの怪談百物語」メディアファクトリー 2012（幽BOOKS）p87

怨と偶然の戯れ（鈴木康之）
◇「本格推理 11」光文社 1997（光文社文庫）p267

裏見の滝（柏木節子）
◇「「伊豆文学賞」優秀作品集 第3回」静岡新聞社 2000 p137

裏紫（樋口一葉）
◇「新日本古典文学大系 明治編 24」岩波書店 2001 p329
◇「「新編」日本女性文学全集 2」菁柿堂 2008 p133

裏面（倉阪鬼一郎）
◇「マスカレード」光文社 2002（光文社文庫）p83

ウラルの狼の直系として—自由詩型否定論者に与う（小熊秀雄）
◇「新装版 全集現代文学の発見 13」學藝書林 2004 p224

浦和（昭和二二—二三年）（金子兜太）
◇「新装版 全集現代文学の発見 13」學藝書林 2004 p594

浦和の馬頭観音（小島水青）
◇「男たちの怪談百物語」メディアファクトリー 2012（幽BOOKS）p242

瓜（キムリジャ）
◇「〈在日〉文学全集 18」勉誠出版 2006 p327

田園散話 瓜（朴勝極）
◇「近代朝鮮文学日本語作品集1939〜1945 評論・随筆篇 3」緑蔭書房 2002 p207

売り上げ（木邨裕志）
◇「ショートショートの広場 19」講談社 2007（講談社文庫）p58

売家を一つもっています—作文のおけいこ（入澤康夫）
◇「新装版 全集現代文学の発見 13」學藝書林 2004 p561

瓜子姫とあまのじゃく〈影絵〉（木村次郎）
◇「人形座脚本集」晩成書房 2005 p9

売りつくし（木邨裕志）
◇「ショートショートの広場 14」講談社 2003（講談社文庫）p20

瓜の涙（泉鏡花）
◇「河童のお弟子」筑摩書房 2014（ちくま文庫）p42

瓜二つ（家田満理）
◇「ショートショートの広場 18」講談社 2006（講談社文庫）p81

ウリマル（全美恵）
◇「〈在日〉文学全集 18」勉誠出版 2006 p349
◇「〈在日〉文学全集 18」勉誠出版 2006 p355

ウリマル 母國語（庾妙達）
◇「〈在日〉文学全集 18」勉誠出版 2006 p72

うるさくて（山浦由香利）
◇「ショートショートの広場 16」講談社 2005（講談社文庫）p132

漆紅葉（一）（香山末子）
◇「ハンセン病文学全集 7」皓星社 2004 p425

漆紅葉（二）（香山末子）
◇「ハンセン病文学全集 7」皓星社 2004 p426

うるっぷ草の秘密（岡村雄輔）
◇「甦る名探偵—探偵小説アンソロジー」光文社 2016（光文社文庫）p227

ウルトラマン前夜祭（田中啓文）
◇「多々良島ふたたび—ウルトラ怪獣アンソロジー」早川書房 2015（TSUBURAYA×HAYAKAWA UNIVERSE）p285

ウルトラマンは神ではない（小林泰三）
◇「多々良島ふたたび—ウルトラ怪獣アンソロジー」早川書房 2015（TSUBURAYA×HAYAKAWA UNIVERSE）p135

ウルトラミラクルラブストーリー（横浜聡子）
◇「年鑑代表シナリオ集 '09」シナリオ作家協会 2010 p151

うるはらすM教授の著述（抜粋）（君島慧是）
◇「てのひら怪談—ビーケーワン怪談大賞傑作選 百怪繚乱篇」ポプラ社 2008 p40
◇「てのひら怪談—ビーケーワン怪談大賞傑作選 己丑」ポプラ社 2009（ポプラ文庫）p176

ウルフなんか怖くない（戸川昌子）
◇「愛の怪談」角川書店 1999（角川ホラー文庫）p203

美はしき背景（尾崎孝子）
◇「日本統治期台湾文学集成 15」緑蔭書房 2003 p15

美はしきもの見し人は（堀田善衞）
◇「戦後文学エッセイ選 11」影書房 2007 p187

うれひは青し空よりも（大山誠一郎）
◇「悪意の迷path」光文社 2016（最新ベスト・ミステリー）p117

うれしい大発明（清水無記）
◇「ショートショートの広場 15」講談社 2004（講談社文庫）p87

うれしい便り（香山末子）
◇「ハンセン病文学全集 7」皓星社 2004 p292

嬉し悲しや一目惚れ（今野芳彦）
◇「むすぶ—第11回フェリシモ文学賞作品集」フェリシモ 2008 p148

ウレドの遺産（中沢敦）
　◇「リトル・リトル・クトゥルー――史上最小の神話
　　小説集」学習研究社 2009 p110
熟れない季節を（金時鐘）
　◇「〈在日〉文学全集 5」勉誠出版 2006 p13
賣れない詩（楊雲萍）
　◇「日本統治期台湾文学集成 18」緑蔭書房 2003
　　p567
鱗の休暇（岩川隆）
　◇「人獣怪婚」筑摩書房 2000（ちくま文庫）p63
洞の奥（葉真中顕）
　◇「地を這う捜査――「読楽」警察小説アンソロジー」
　　徳間書店 2015（徳間文庫）p175
ウは鵜飼いのウ（平山夢明）
　◇「怪物團」光文社 2009（光文社文庫）p513
浮気（富永一彦）
　◇「ショートショートの広場 12」講談社 2001（講
　　談社文庫）p43
うわき国広―堀川国広（山本兼一）
　◇「名刀伝」角川春樹事務所 2015（ハルキ文庫）
　　p69
浮気について（白洲正子）
　◇「精選女性随筆集 7」文藝春秋 2012 p108
浮気の証拠（森江賢二）
　◇「ショートショートの花束 1」講談社 2009（講
　　談社文庫）p202
浮気の代償（紀ゴタロー）
　◇「ショートショートの広場 14」講談社 2003（講
　　談社文庫）p250
浮気封じ（春日野緑）
　◇「幻の探偵雑誌 2」光文社 2000（光文社文庫）
　　p99
うわさ（富永一彦）
　◇「ショートショートの広場 14」講談社 2003（講
　　談社文庫）p199
噂（瀧坂陽之助）
　◇「日本統治期台湾文学集成 6」緑蔭書房 2002 p9
噂（珠理奈）（秋元康）
　◇「アドレナリンの夜―珠玉のホラーストーリーズ」
　　竹書房 2009 p231
噂と真相（葛山二郎）
　◇「幻の探偵雑誌 7」光文社 2001（光文社文庫）
　　p43
ウワサの岡本よう子（浅沼康子）
　◇「ショートショートの広場 8」講談社 1997（講
　　談社文庫）p14
うわさの出所（新津きよみ）
　◇「私は殺される―女流ミステリー傑作選」角川春
　　樹事務所 2001（ハルキ文庫）p57
うわなり討ち（早乙女貢）
　◇「風の中の剣士」光風社出版 1998（光風社文庫）
　　p287
うわなりの池（柳田國男）
　◇「文豪怪談傑作選 柳田國男集」筑摩書房 2007
　　（ちくま文庫）p208

運河（元秀一）
　◇「〈在日〉文学全集 12」勉誠出版 2006 p329
運河（金時鐘）
　◇「〈在日〉文学全集 5」勉誠出版 2006 p70
運河（鄭仁）
　◇「〈在日〉文学全集 17」勉誠出版 2006 p152
運河（梁石日）
　◇「〈在日〉文学全集 7」勉誠出版 2006 p67
運河のカジノ（黒岩重吾）
　◇「賭博師たち」角川書店 1997（角川文庫）p89
雲漢霓裳集（森春濤）
　◇「新日本古典文学大系 明治編 2」岩波書店 2004
　　p91
運慶（松本清張）
　◇「歴史小説の世紀 天の巻」新潮社 2000（新潮文
　　庫）p601
うんこはもうすみましたか。とうたん≫堀口
　廣胖（堀口大學）
　◇「日本人の手紙 1」リブリオ出版 2004 p22
雲根志より（木内石亭）
　◇「鉱物」国書刊行会 1997（書物の王国）p101
雲州英雄記（池波正太郎）
　◇「軍師の死にざま―短篇小説集」作品社 2006 p5
雲州英雄記―山中鹿之介（池波正太郎）
　◇「軍師の死にざま」実業之日本社 2013（実業之日
　　本社文庫）p7
うんじゅが、ナサキ（崎山多美）
　◇「文学 2013」講談社 2013 p244
運心（安西玄）
　◇「全作家短編小説集 7」全作家協会 2008 p170
恩津（ウンジン）弥勒（許南麒）
　◇「〈在日〉文学全集 2」勉誠出版 2006 p108
恩津弥勒（ウンジンミルク）（全美恵）
　◇「〈在日〉文学全集 18」勉誠出版 2006 p373
雲仙の宿で、麻紗子がお嫁に行った夢を見
　た≫川端麻紗子・秀子（川端康成）
　◇「日本人の手紙 7」リブリオ出版 2004 p64
うん、そうだ（小林弘明）
　◇「ハンセン病文学全集 7」皓星社 2004 p487
「うん、そうだね」（杜地都）
　◇「てのひら怪談――ビーケーワン怪談大賞傑作選 壬
　　辰」ポプラ社 2012（ポプラ文庫）p128
ウンディ（草上仁）
　◇「さよならの儀式」東京創元社 2014（創元SF文
　　庫）p91
運動（李箱）
　◇「〈外地〉の日本語文学選 3」新宿書房 1996 p87
運動会（甲木千絵）
　◇「母のなみだ―愛しき家族を想う短篇小説集」泰
　　文堂 2012（Linda books！）p87
運動会（佐藤洋二郎）
　◇「文学 2000」講談社 2000 p76
「運動会」の幕引き（田中大也）

うんと

◇「忘れがたい者たち―ライトノベル・ジュブナイル選集」創英社 2007 p57

運動不足の原因（大原久通）
◇「ショートショートの花束 4」講談社 2012 （講談社文庫）p174

雲南守備兵（木村荘十）
◇「消えた受賞作―直木賞編」メディアファクトリー 2004 （ダ・ヴィンチ特別編集）p69

雲如山人の伊香保に游ぶを送る（二首うち一首）（森春濤）
◇「新日本古典文学大系 明治編 2」岩波書店 2004 p29

運のいい男（阿刀田高）
◇「匠」文藝春秋 2003 （推理作家になりたくて マイベストミステリー）p12
◇「マイ・ベスト・ミステリー 1」文藝春秋 2007 （文春文庫）p12

運のいい人（真下光一）
◇「ショートショートの広場 15」講談社 2004 （講談社文庫）p143

運の尽き（逸見めんどう）
◇「ショートショートの広場 12」講談社 2001 （講談社文庫）p119

運の悪い男サトウ（小田隆治）
◇「ショートショートの花束 8」講談社 2016 （講談社文庫）p16

ウンベルト・サバ（須賀敦子）
◇「日本文学全集 25」河出書房新社 2016 p422
◇「日本文学全集 25」河出書房新社 2016 p455

運命（高樹のぶ子）
◇「空を飛ぶ恋―ケータイがつなぐ28の物語」新潮社 2006 （新潮文庫）p100

運命島（奥田哲也）
◇「黒い遊園地」光文社 2004 （光文社文庫）p557

運命じゃない人（内田けんじ）
◇「年鑑代表シナリオ集 '05」シナリオ作家協会 2006 p109

運命の相手（春木シュンボク）
◇「ショートショートの花束 5」講談社 2013 （講談社文庫）p25

運命の恋人（川上弘美）
◇「恋物語」朝日新聞社 1998 p113
◇「とっておき名短篇」筑摩書房 2011 （ちくま文庫）p21

運命の出会い（森村誠一）
◇「謀」文藝春秋 2003 （推理作家になりたくて マイベストミステリー）p382
◇「マイ・ベスト・ミステリー 4」文藝春秋 2007 （文春文庫）p587

運命の花（榊原史保美）
◇「グランドホテル」廣済堂出版 1999 （廣済堂文庫）p493

運命の人（工藤さゆり）
◇「丸の内の誘惑」マガジンハウス 1999 p93

運命の醜さ（細田民樹）
◇「天変動く大震災と作家たち」インパクト出版会 2011 （インパクト選書）p162

運命の湯（瀬尾まいこ）
◇「運命の人はどこですか？」祥伝社 2013 （祥伝社文庫）p111

雲母子（戸部新十郎）
◇「必殺天誅剣」光風社出版 1999 （光風社文庫）p37

【 え 】

エアハート嬢の到着（恩田陸）
◇「不思議の扉 時をかける恋」角川書店 2010 （角川文庫）p41

エア・ポケット（あい）
◇「むすぶ―第11回フェリシモ文学賞作品集」フェリシモ 2008 p144

塋域の偽聖者（吉上亮）
◇「AIと人類は共存できるか？―人工知能SFアンソロジー」早川書房 2016 p255

永遠（えいえん）… → "とわ…"をも見よ

永遠（万城目学）
◇「みんなの少年探偵団」ポプラ社 2014 p5
◇「みんなの少年探偵団」ポプラ社 2016 （ポプラ文庫）p5

永遠！ チェンジ・ザ・ワールド（早見和真）
◇「ノスタルジー1972」講談社 2016 p29

永遠に完成しない二通の手紙（三浦しをん）
◇「Love Letter」幻冬舎 2005 p169
◇「Love Letter」幻冬舎 2008 （幻冬舎文庫）p185

永遠に恋敵（新津きよみ）
◇「ときめき―ミステリアンソロジー」廣済堂出版 2005 （廣済堂文庫）p125

永遠に解けない雪（森明日香）
◇「泣ける！ 北海道」泰文堂 2015 （リンダパブリッシャーズの本）p135

京城日報 「永遠の女」（牧洋）
◇「近代朝鮮文学日本語作品集1939〜1945 評論・随筆篇 3」緑蔭書房 2002 p259

永遠のかくれんぼ（中村啓）
◇「10分間ミステリー」宝島社 2012 （宝島社文庫）p223

永遠の決闘（鈴木強）
◇「ショートショートの広場 9」講談社 1998 （講談社文庫）p118

永遠の恋人よ、その魅惑的な唇で愛の言葉を放って≫中原素子（奥浩平）
◇「日本人の手紙 4」リブリオ出版 2004 p151

永遠の子ども（荻世いをら）
◇「文学 2012」講談社 2012 p211

永遠の再会（かずな）
◇「人は死んだら電柱になる―電柱アンソロジー」

遠すぎる未来団 2014 p178

永遠の時効（横山秀夫）
　◇『名探偵の奇跡』光文社 2007（Kappa novels）
　　p411
　◇『名探偵の奇跡』光文社 2010（光文社文庫）
　　p521

永遠のジャック＆ベティ（清水義範）
　◇『冒険の森へ―傑作小説大全 16』集英社 2015
　　p84

永遠の自由（權炳吉）
　◇『近代朝鮮文学日本語作品集1908～1945 セレクショ
　　ン 4』緑蔭書房 2008 p115

永遠の植物（村上言彦）
　◇『妖異百物語 1』出版芸術社 1997（ふしぎ文学
　　館）p211

永遠の女囚（木々高太郎）
　◇『君らの魂を悪魔に売りつけよ―新青年傑作選』
　　角川書店 2000（角川文庫）p5
　◇『鍵』文藝春秋 2004（推理作家になりたくて マ
　　イベストミステリー）p128
　◇『マイ・ベスト・ミステリー 5』文藝春秋 2007
　　（文春文庫）p188
　◇『悪魔黙示録「新青年」一九三八―探偵小説暗黒
　　の時代へ』光文社 2011（光文社文庫）p277

永遠の契り（歌野晶午）
　◇『極上掌篇小説』角川書店 2006 p31
　◇『ひと粒の宇宙』角川書店 2009（角川文庫）p33

永遠の火（田口ランディ）
　◇『文学 2006』講談社 2006 p225

永遠の秘密（祥寺真帆）
　◇『万華鏡―第14回フェリシモ文学賞作品集』フェ
　　リシモ 2011 p28

永遠のマフラー（森村誠一）
　◇『悪意の迷路』光文社 2016（最新ベスト・ミステ
　　リー）p429

永遠の緑（浅田次郎）
　◇『冒険の森へ―傑作小説大全 19』集英社 2015
　　p51

永遠の森（菅浩江）
　◇『日本SF短篇50 4』早川書房 2013（ハヤカワ文
　　庫 JA）p231

永遠のラブレター（山田里）
　◇『大人が読む。ケータイ小説―第1回ケータイ文学
　　賞アンソロジー』オンブック 2007 p130

永遠縹渺（黒川博行）
　◇『ザ・ベストミステリーズ―推理小説年鑑 1999』
　　講談社 1999 p61
　◇『密室＋アリバイ＝真犯人』講談社 2002（講談社
　　文庫）p46

映画（許南麒）
　◇『〈在日〉文学全集 2』勉誠出版 2006 p68

英会話教室のドア（紙舞）
　◇『男たちの怪談百物語』メディアファクトリー
　　2012（幽BOOKS）p108

映畫を見て（禹壽榮）
　◇『近代朝鮮文学日本語作品集1939～1945 評論・随筆

篇 3』緑蔭書房 2002 p469

英学派＝経験主義（山路愛山）
　◇『新日本古典文学大系 明治編 26』岩波書店 2002
　　p424

映画時代（寺田寅彦）
　◇『ちくま日本文学 34』筑摩書房 2009（ちくま文
　　庫）p66

映画と連句（寺田寅彦）
　◇『ちくま日本文学 34』筑摩書房 2009（ちくま文
　　庫）p419

映画と私（武田泰淳）
　◇『戦後文学エッセイ選 5』影書房 2006 p120

映画におけるクトゥルー神話（鷲巣義明）
　◇『秘神界 歴史編』東京創元社 2002（創元推理文
　　庫）p689

映画の恐怖（江戸川乱歩）
　◇『ちくま日本文学 7』筑摩書房 2008（ちくま文
　　庫）p376
　◇『映画狂時代』新潮社 2014（新潮文庫）p89

映画発明者（北原尚彦）
　◇『キネマ・キネマ』光文社 2002（光文社文庫）
　　p167

映画法の實施と朝鮮映画への影響（李載明）
　◇『近代朝鮮文学日本語作品集1908～1945 セレクショ
　　ン 3』緑蔭書房 2008 p139

永久革命者の悲哀（埴谷雄高）
　◇『戦後文学エッセイ選 3』影書房 2005 p71

盈虚（中島敦）
　◇『黄土の群星』光文社 1999（光文社文庫）p45
　◇『ちくま日本文学 12』筑摩書房 2008（ちくま文
　　庫）p264

永訣の秋（中原中也）
　◇『新装版 全集現代文学の発見 13』學藝書林 2004
　　p174

永訣の朝（宮沢賢治）
　◇『新装版 全集現代文学の発見 13』學藝書林 2004
　　p124
　◇『ちくま日本文学 3』筑摩書房 2007（ちくま文
　　庫）p425
　◇『二時間目国語』宝島社 2008（宝島社文庫）p78
　◇『涙の百年文学―もう一度読みたい』太陽出版
　　2009 p290
　◇『栞子さんの本棚―ビブリア古書堂セレクトブック
　　2』角川書店 2013（角川文庫）p275

栄光の証言（東野圭吾）
　◇『闇に香るもの』新潮社 2004（新潮文庫）p91

英国短篇小説小史（西崎憲）
　◇『短篇小説日和―英国異色傑作選』筑摩書房 2013
　　（ちくま文庫）p427

エイコちゃんのしっぽ（川上弘美）
　◇『女ともだち』小学館 2010 p129
　◇『女ともだち』小学館 2013（小学館文庫）p147

英語都々一（橋爪貫一）
　◇『新日本古典文学大系 明治編 4』岩波書店 2003
　　p315

英語屋さん（源氏鶏太）

◇「文学賞受賞・名作集成 7」リブリオ出版 2004 p223

◇「昭和の短篇一人一冊集成 源氏鶏太」未知谷 2008 p53

「英魂」の碑（宮司孝男）
◇「「伊豆文学賞」優秀作品集 第19回」羽衣出版 2016 p167

栄山江（えいざんこう）→ "ヨンサンガン"を見よ

永日小品（夏目漱石）
◇「明治の文学 21」筑摩書房 2000 p343

永日小品（抄）（夏目漱石）
◇「文豪怪談傑作選 明治編」筑摩書房 2011 （ちくま文庫）p133

詠史二首（うち一首）（森春濤）
◇「新日本古典文学大系 明治編 2」岩波書店 2004 p20

嬰児の復讐（篠田浩）
◇「幻の探偵雑誌 8」光文社 2001 （光文社文庫）p283

影女（石居椎）
◇「てのひら怪談―ビーケーワン怪談大賞傑作選 百怪繚乱篇」ポプラ社 2008 p98

影人（えいじん）（中井英夫）
◇「日本怪奇小説傑作集 3」東京創元社 2005 （創元推理文庫）p253

影像なし一柳生連也（津本陽）
◇「時代小説傑作選 1」新人物往来社 2008 p231

永代橋帰帆（山本一力）
◇「冬ごもり―時代小説アンソロジー」KADOKAWA 2013 （角川文庫）p217
◇「七つの忠臣蔵」新潮社 2016 （新潮文庫）p247

永代橋と深川八幡（種村季弘）
◇「あやかしの深川―受け継がれる怪異な土地の物語」猿江商會 2016 p174

H氏のSF（半村良）
◇「60年代日本SFベスト集成」筑摩書房 2013 （ちくま文庫）p21

えいっ（川上弘美）
◇「短篇ベストコレクション―現代の小説 2004」徳間書店 2004 （徳間文庫）p583

影刀（黒岩重吾）
◇「美女峠に星が流れる―時代小説傑作選」講談社 1999 （講談社文庫）p309

ゑいとれす（折口信夫）
◇「ちくま日本文学 25」筑摩書房 2008 （ちくま文庫）p45

英猫碑（猫乃ツルギ）
◇「リトル・リトル・クトゥルー―史上最小の神話小説集」学習研究社 2009 p198

エイプリル・シャワー（森真沙子）
◇「ドッペルゲンガー奇譚集―死を招く影」角川書店 1998 （角川ホラー文庫）p139

エイプリルフール（こみき）
◇「ゆれる―第12回フェリシモ文学賞作品集」フェリシモ 2009 p106

エイプリルフール（@harayosy）
◇「3.11心に残る140字の物語」学研パブリッシング 2011 p34

英米の文学上に現われた怪異（芥川龍之介）
◇「文豪怪談傑作選 芥川龍之介集」筑摩書房 2010 （ちくま文庫）p287

エイミーの敗北（林巧）
◇「未来妖怪」光文社 2008 （光文社文庫）p301
◇「超弦領域―年刊日本SF傑作選」東京創元社 2009 （創元SF文庫）p63

えいゆう（古谷喜史）
◇「ショートショートの広場 17」講談社 2005 （講談社文庫）p44

英雄と皇帝（菅浩江）
◇「本格ミステリ 2002」講談社 2002 （講談社ノベルス）p371
◇「死神と雷鳴の暗号―本格短編ベスト・セレクション」講談社 2006 （講談社文庫）p285

英雄と馬鹿（正岡子規）
◇「新日本古典文学大系 明治編 27」岩波書店 2003 p18

英雄の死（倉橋由美子）
◇「精選女性随筆集 3」文藝春秋 2012 p127

英雄の碑（児玉花外）
◇「大坂の陣―近代文学名作選」岩波書店 2016 p165

栄養料理「ハウレンサウ」（三島由紀夫）
◇「たんときれいに召し上がれ―美食文学精選」芸術新聞社 2015 p295

エイラット症候群（薄井ゆうじ）
◇「幽霊船」光文社 2001 （光文社文庫）p181

英霊の声（三島由紀夫）
◇「コレクション戦争と文学 8」集英社 2011 p624

英霊の聲（三島由紀夫）
◇「文豪怪談傑作選」筑摩書房 2007 （ちくま文庫）p97

英和小説家（正岡子規）
◇「新日本古典文学大系 明治編 27」岩波書店 2003 p58

エヴァ・マリー・クロス（越前魔太郎）
◇「メアリー・スーを殺して―幻夢コレクション」朝日新聞出版 2016 p299

エウロパの龍（林譲治）
◇「日本SF・名作集成 5」リブリオ出版 2005 p179

笑顔でいっぱい（椎名春介）
◇「てのひら怪談―ビーケーワン怪談大賞傑作選 辛卯」ポプラ社 2011 p12

笑顔でギャンブルを（阿刀田高）
◇「冒険の森へ―傑作小説大全 10」集英社 2016 p37

笑顔で待つ人（かんべむさし）
◇「夢魔」光文社 2001 （光文社文庫）p415

笑顔の理由（さとうせつ）
◇「てのひら怪談―ビーケーワン怪談大賞傑作選 壬辰」ポプラ社 2012 （ポプラ文庫）p28

えしふ

描かれた蓮（よしおてつ）
◇「てのひら怪談―ビーケーワン怪談大賞傑作選 壬辰」ポプラ社 2012（ポプラ文庫）p84

A型上司（大貧民）
◇「ショートショートの花束 4」講談社 2012（講談社文庫）p129

Aカップの男たち（倉知淳）
◇「ミステリ愛。免許皆伝！」講談社 2010（講談社ノベルス）p183

A感覚とV感覚（稲垣足穂）
「新装版 全集現代文学の発見 9」學藝書林 2004 p562

駅（宮本輝）
◇「愛に揺れて」リブリオ出版 2001（ラブミーワールド）p121
◇「恋愛小説・名作集成 5」リブリオ出版 2004 p121
◇「鉄路に咲く物語―鉄道小説アンソロジー」光文社 2005（光文社文庫）p159

疫鬼（岩永花仙）
◇「文豪怪談傑作選 特別編」筑摩書房 2007（ちくま文庫）p179

エキサイタブルボーイ（石田衣良）
◇「名探偵で行こう―最新ベスト・ミステリー」光文社 2001（カッパ・ノベルス）p93
◇「冒険の森へ―傑作小説大全 18」集英社 2016 p152

易水去りて（伴野朗）
◇「黄土の群星」光文社 1999（光文社文庫）p59

エキストラ・ラウンド（桜坂洋）
◇「ゼロ年代SF傑作選」早川書房 2010（ハヤカワ文庫 JA）p91

液体X（かんべむさし）
◇「SFバカ本 だるま篇」廣済堂出版 1999（廣済堂文庫）p73

液体X（渡辺祐司）
◇「ショートショートの広場 10」講談社 2000（講談社文庫）p259

液体の悪魔（笹山量子）
◇「SFバカ本 たいやき篇プラス」廣済堂出版 1999（廣済堂文庫）p289

駅のある風景（南もも）
◇「ひらく―第15回フェリシモ文学賞」フェリシモ 2012 p116

駅のドラマツルギー（原田宗典）
◇「ブキミな人びと」ランダムハウス講談社 2007 p57

疫病船（皆川博子）
◇「煌めきの殺意」徳間書店 1999（徳間文庫）p585

駅前五目ビル事件（さかなかな）
◇「ショートショートの広場 16」講談社 2005（講談社文庫）p159

駅までの道（岩泉良平）
◇「超短編の世界」創英社 2008 p160

エクイノツィオの奇跡（森輝喜）

新・本格推理 8」光文社 2008（光文社文庫）p589

エクステ効果（菅浩江）
◇「ザ・ベストミステリーズ―推理小説年鑑 2007」講談社 2007 p225
◇「ULTIMATE MYSTERY―究極のミステリー、ここにあり」講談社 2010（講談社文庫）p315

江口江一君の死と山びこ学校（佐藤藤三郎）
◇「山形県文学全集第2期〈随筆・紀行編〉4」郷土出版社 2005 p36

江口水駅（三枝和子）
◇「三枝和子・林京子・富岡多惠子」角川書店 1999（女性作家シリーズ）p50

江口の里（有吉佐和子）
◇「日本文学100年の名作 5」新潮社 2015（新潮文庫）p185

笑窪（馳星周）
◇「孤狼の絆」角川春樹事務所 1999 p217
◇「熱い賭け」早川書房 2006（ハヤカワ文庫）p7

A君への手紙（遺稿評論）（井上良夫）
◇「甦る推理雑誌 3」光文社 2002（光文社文庫）p318

エーゲ海のように（阿木燿子）
◇「エクスタシィ―大人の恋の物語り」ベストセラーズ 2003 p227

えげれす伊呂波（都筑道夫）
◇「綾辻・有栖川復刊セレクション 新顎十郎捕物帳」講談社 2007（講談社ノベルス）p73

えげれす日和（朱雀門出）
◇「超短編の世界 vol.3」創英社 2011 p194

エコー、傷（山本貴士）
◇「優秀新人戯曲集 2004」ブロンズ新社 2003 p235

エコなつ！（岡本真知）
◇「科学ドラマ大賞 第2回受賞作品集」科学技術振興機構 〔2011〕p21

エコーの中でもう一度（オキシタケヒコ）
◇「さよならの儀式」東京創元社 2014（創元SF文庫）p135

餌差しの辰（多岐川恭）
◇「闇の旋風」徳間書店 2000（徳間文庫）p223

餌食（清水一行）
◇「絶体絶命」早川書房 2006（ハヤカワ文庫）p291

餌食（中川將幸）
◇「「伊豆文学賞」優秀作品集 第11回」静岡新聞社 2008 p79

絵師の死ぬとき（伊藤桂一）
◇「江戸浮世風」学習研究社 2004（学研M文庫）p239

エジプト人がやってきた（大倉崇裕）
◇「本格推理 10」光文社 1997（光文社文庫）p119

エジプトでは猫は神様、日本では猫は魔物（石田孫太郎）
◇「猫愛」凱風社 2008（PD叢書）p29
◇「だから猫は猫そのものではない」凱風社 2015 p125

絵島・生島 (松本清張)
◇「江戸三百年を読む―傑作時代小説 シリーズ江戸学 上」角川学芸出版 2009 (角川文庫) p287

絵島の恋 (平岩弓枝)
◇「人物日本の歴史―時代小説版 江戸編 下」小学館 2004 (小学館文庫) p5
◇「信州歴史時代小説傑作集 5」しなのき書房 2007 p125

SF促進企画 (武居隼人)
◇「リトル・リトル・クトゥルー――史上最小の神話小説集」学習研究社 2009 p186

難船小僧 (S・O・S・BOY) (夢野久作)
◇「日本怪奇小説傑作集 1」東京創元社 2005 (創元推理文庫) p413
◇「新編・日本幻想文学集成 4」国書刊行会 2016 p102

S・カルマ氏の犯罪一壁 (安部公房)
◇「新装版 全集現代文学の発見 8」學藝書林 2003 p366

エスキモー (開高健)
◇「コレクション戦争と文学 3」集英社 2012 p245

エスケイプ (藤水名子)
◇「白刃光る」新潮社 1997 p203

エスケイプスペイス (森永利恵)
◇「超短編傑作選 v.6」創英社 2007 p41

エスケープ フロム ア クラスルーム (山田正紀)
◇「教室」光文社 2003 (光文社文庫) p567

鐵道小説 S車掌の善徳 (柯設偕)
◇「日本統治期台湾文学集成 22」緑蔭書房 2007 p15

エステ・イン・アズサ (青谷真未)
◇「明日町こんぺいとう商店街―招きうさぎと七軒の物語 3」ポプラ社 2016 (ポプラ文庫) p101

エステバカ一代 (高瀬美恵)
◇「SFバカ本 ペンギン篇」廣済堂出版 1999 (廣済堂文庫) p7
◇「笑止―SFバカ本シュール集」小学館 2007 (小学館文庫) p51

エステルハージ・ケラー (佐藤亜紀)
◇「血」早川書房 1997 p99

エースナンバー (本多孝好)
◇「あの日、君と Girls」集英社 2012 (集英社文庫) p167

エスパイ (小松左京)
◇「冒険の森へ―傑作小説大全 4」集英社 2016 p393

エスパーお蘭 (平井和正)
◇「冒険の森へ―傑作小説大全 4」集英社 2016 p51

S半島の輿論 (十景よりなるメロ・ドラマ) (林房雄)
◇「新・プロレタリア文学精選集 9」ゆまに書房 2004 p355

S理論 (有川浩)
◇「不思議の扉 午後の教室」角川書店 2011 (角川文庫) p67

似非侍 (諸田玲子)
◇「夏しぐれ―時代小説アンソロジー」角川書店 2013 (角川文庫) p115

似非普通選挙運動 (与謝野晶子)
◇「「新編」日本女性文学全集 4」菁柿堂 2012 p105

似而非 (えせ) 物語 (稲垣足穂)
◇「ちくま日本文学 16」筑摩書房 2008 (ちくま文庫) p369

蝦夷 (後藤利雄)
◇「山形県文学全集第2期(随筆・紀行編) 5」郷土出版社 2005 p322

蝦夷地円空 (立松和平)
◇「代表作時代小説 平成15年度」光風社出版 2003 p387

蝦夷のけもの道 (横倉辰次)
◇「武士道切絵図―新鷹会・傑作時代小説選」光文社 2010 (光文社文庫) p327

枝打殺人事件 (中根進)
◇「日本海文学大賞―大賞作品集 1」日本海文学大賞運営委員会 2007 p397

エターナル・ライフ 美術館で消えた少女 (石川友也)
◇「全作家短編小説集 6」全作家協会 2007 p15

枝にかかった金輪 (坪田譲治)
◇「ひつじアンソロジー 小説編 2」ひつじ書房 2009 p25

エダニク (横山拓也)
◇「優秀新人戯曲集 2010」ブロンズ新社 2009 p5

枝豆 (橋本治)
◇「文学 2013」講談社 2013 p144

得たる 『いのち』 (感想) (生田花世)
◇「「新編」日本女性文学全集 4」菁柿堂 2012 p464

エチェガライ通り (佐伯泰英)
◇「夢を撃つ男」角川春樹事務所 1999 (ハルキ文庫) p145

越後獅子 (羽志主水)
◇「幻の探偵雑誌 10」光文社 2002 (光文社文庫) p93
◇「戦前探偵小説四人集」論創社 2011 (論創ミステリ叢書) p23

越後つついし親不知 (水上勉)
◇「新装版 全集現代文学の発見 16」學藝書林 2005 p480

越後の冬 (小川未明)
◇「文豪怪談傑作選 小川未明集」筑摩書房 2008 (ちくま文庫) p47

越前竹人形 (水上勉)
◇「日本舞踊舞踊劇選集」西川会 2002 p735

越境と逸脱 (山崎ナオコーラ)
◇「文学 2016」講談社 2016 p187

x＝バリアフリー (西川美和)
◇「映画狂時代」新潮社 2014 (新潮文庫) p131

X以前の悲劇―「異邦の騎士」を読んだ男 (園田修一郎)

◇「新・本格推理 06」光文社 2006（光文社文庫）
p87

Xへの手紙（小林秀雄）
◇「文士の意地―車谷長吉撰短篇小説輯 上巻」作品
社 2005 p375

X光線（夢野久作）
◇「ちくま日本文学 31」筑摩書房 2009（ちくま文
庫）p20

エックス・デイ（七瀬七海）
◇「ショートショートの花束 5」講談社 2013（講
談社文庫）p258

X電車で行こう（山野浩一）
◇「日本SF全集 1」出版芸術社 2009 p331
◇「60年代日本SFベスト集成」筑摩書房 2013（ち
くま文庫）p161

Xの女王（小谷真理）
◇「ハンサムウーマン」ビレッジセンター出版局
1998 p139

Xの被害者（土屋隆夫）
◇「文学賞受賞・名作集成 6」リブリオ出版 2004
p5

卵男（平山夢明）
◇「ロボットの夜」光文社 2000（光文社文庫）p47

エッシャー世界（柄刀一）
◇「本格ミステリ 2001」講談社 2001（講談社ノベ
ルス）p291
◇「紅い悪夢の夏―本格短編ベスト・セレクション」
講談社 2004（講談社文庫）p261

えっち（岫まりも）
◇「ショートショートの花束 8」講談社 2016（講
談社文庫）p72

越年 ETSU–NEN（岡本かの子）
◇「晩菊―女体についての八篇」中央公論新社 2016
（中公文庫）p21

越の范蠡（宮城谷昌光）
◇「代表作時代小説 平成17年度」光文社 2005 p181

閲覧者（矢内りんご）
◇「リトル・リトル・クトゥルー―史上最小の神話
小説集」学習研究社 2009 p140

エデン逆行（円城塔）
◇「結晶銀河―年刊日本SF傑作選」東京創元社
2011（創元SF文庫）p227

越天楽がきこえる（内田康夫）
◇「迷宮の旅行者―本格推理展覧会」青樹社 1999
（青樹社）p9

エデンは月の裏側に（柄刀一）
◇「不透明な殺人―ミステリー・アンソロジー」祥
伝社 1999（祥伝社文庫）p243

江戸（佐江衆一）
◇「街物語」朝日新聞社 2000 p126

穢土（中上健次）
◇「文士の意地―車谷長吉撰短篇小説輯 下巻」作品
社 2005 p372

江藤淳著「作家論」（小島信夫）
◇「創刊一〇〇年三田文学名作選」三田文学会 2010
p669

江戸へ逃げる女（山手樹一郎）
◇「夕まぐれ江戸小景」光文社 2015（光文社文庫）
p95

江戸大納戸役 毛利小平太（井上ひさし）
◇「忠臣蔵コレクション 3」河出書房新社 1998
（河出文庫）p313

江戸を見た人（宮本常一）
◇「ちくま日本文学 22」筑摩書房 2008（ちくま文
庫）p367

江戸怪盗記（池波正太郎）
◇「江戸宵闇しぐれ」学習研究社 2005（学研M文
庫）p39
◇「江戸の鈍感力―時代小説傑作選」集英社 2007
（集英社文庫）p9
◇「情けがからむ朱房の十手―傑作時代小説」PHP
研究所 2009（PHP文庫）p7

江戸鑑出世紙屑（青木淳悟）
◇「文学 2014」講談社 2014 p19

江戸鍛冶注文帳（佐江衆一）
◇「代表作時代小説 平成9年度」光風社出版 1997
p335
◇「春宵濡れ髪しぐれ―時代小説傑作選」講談社
2003（講談社文庫）p283

江戸川乱歩と新たな猟奇的エンターテインメ
ント（蔓葉信博）
◇「ベスト本格ミステリ 2016」講談社 2016（講談
社ノベルス）p377

江戸城のムツゴロウ（童門冬二）
◇「代表作時代小説 平成11年度」光風社出版 1999
p363
◇「愛染夢灯籠―時代小説傑作選」講談社 2005（講
談社文庫）p430

江戸人の発想法について（石川淳）
◇「日本文学全集 19」河出書房新社 2016 p122

エトス―ethos（森脇辰彦）
◇「創作脚本集―60周年記念」岡山県高等学校演劇
協議会 2011（おかやまの高校演劇）p91

江戸宙灼熱繰言―六代目冥王右田次（いとうせ
いこう）
◇「彗星パニック」廣済堂出版 2000（廣済堂文庫）
p187

江戸珍鬼草子（入江鳩斎）
◇「江戸迷宮」光文社 2011（光文社文庫）p287

江戸珍鬼草子〈削りカス〉（菊地秀行）
◇「物語のルミナリエ」光文社 2011（光文社文庫）
p175

江戸っ子由来（柴田錬三郎）
◇「江戸三百年を読む―傑作時代小説 シリーズ江戸
学 上」角川学芸出版 2009（角川文庫）p11

江戸に消えた男（鳴海丈）
◇「斬刃―時代小説傑作選」コスミック出版 2005
（コスミック・時代文庫）p121

江戸人情涙雪（佐竹美映）
◇「ゆきのまち幻想文学賞小品集 18」企画集団ぷり
ずむ 2009 p84

江戸の海（白岩一郎）

えとの

◇「剣が舞い落花が舞い―時代小説傑作選」講談社 1998（講談社文庫）p31

江戸の怪猫（平岩弓枝）
◇「魔剣くずし秘聞」光風社出版 1998（光風社文庫）p135

江戸のゴリヤードキン氏（南條範夫）
◇「剣が哭く夜に哭く」光風社出版 2000（光風社文庫）p103

江戸の精霊流し―御宿かわせみ（平岩弓枝）
◇「代表作時代小説 平成15年度」光風社出版 2003 p297

江戸の毒蛇―琉球屋おまん（平岩弓枝）
◇「しのぶ雨江戸恋慕―新鷹会・傑作時代小説選」光文社 2016（光文社文庫）p361

江戸の化物（岡本綺堂）
◇「魍魎魑魅列島」小学館 2005（小学館文庫）p93

江戸の娘（平岩弓枝）
◇「春はやて―時代小説アンソロジー」KADOKAWA 2016（角川文庫）p5

江戸の雪―間新六（邦枝完二）
◇「我、本懐を遂げんとす―忠臣蔵傑作選」徳間書店 1998（徳間文庫）p199

江戸節おこん（小島政二郎）
◇「血汐花に涙降る」光風社出版 1999（光風社文庫）p223

江戸前にて（富田常雄）
◇「浜町河岸夕化粧」光風社出版 1998（光風社文庫）p349

恵那峡殺人事件（津村秀介）
◇「名探偵と鉄旅―鉄道ミステリー傑作選」光文社 2016（光文社文庫）p327

エナメルの靴（佐野洋）
◇「恐怖特急」光文社 2002（光文社文庫）p193

縁（えにし）（津田せつ子）
◇「ハンセン病文学全集 4」皓星社 2003 p531

金雀枝（えにしだ）荘の殺人（今邑彩）
◇「綾辻・有栖川復刊セレクション 金雀枝荘の殺人」講談社 2007（講談社ノベルス）p3

画に題す（森春濤）
◇「新日本古典文学大系 明治編 2」岩波書店 2004 p60

N荘の怪（久美沙織）
◇「ひとにぎりの異形」光文社 2007（光文社文庫）p234

Nの話（藤本義一）
◇「現代の小説 1998」徳間書店 1998 p113

『繪のある葉書』（具滋吉）
◇「近代朝鮮文学日本語作品集1939〜1945 創作篇 6」緑蔭書房 2001 p273

慧能（水上勉）
◇「紅葉谷から剣鬼が来る―時代小説傑作選」講談社 2002（講談社文庫）p53

エノキの径（結城嘉美）
◇「山形県文学全集第2期（随筆・紀行編）4」郷土出版社 2005 p422

榎物語（永井荷風）
◇「とっておきの話」筑摩書房 2011（ちくま文学の森）p233

絵具花（柳田國男）
◇「ちくま日本文学 15」筑摩書房 2008（ちくま文庫）p251

絵の宿題（関根弘）
◇「新装版 全集現代文学の発見 13」學藝書林 2004 p330

江ノ電沿線殺人事件（西岸良平）
◇「有栖川有栖の鉄道ミステリ・ライブラリー」角川書店 2004（角川文庫）p185

繪のない繪本（林房雄）
◇「新・プロレタリア文学精選集 9」ゆまに書房 2004 p265

絵の中で溺れた男（柄刀一）
◇「ザ・ベストミステリーズ―推理小説年鑑 2004」講談社 2004 p353
◇「犯人たちの部屋」講談社 2007（講談社文庫）p281

絵の中の男（芦沢央）
◇「ザ・ベストミステリーズ―推理小説年鑑 2016」講談社 2016 p75

榎本雅兄、新たに蝦夷より還る。久別相ひ逢ひて、悲喜交も集まる。聊か賦して一詩を呈し奉る（中村敬宇）
◇「新日本古典文学大系 明治編 2」岩波書店 2004 p138

絵葉書（中上紀）
◇「29歳」日本経済新聞出版社 2008 p87
◇「29歳」新潮社 2012（新潮文庫）p99

絵葉書（作者表記なし）
◇「日本統治期台湾文学集成 27」緑蔭書房 2007 p387

エバの裔（塔和子）
◇「ハンセン病文学全集 7」皓星社 2004 p130

エビガニの遭難（姜舜）
◇「〈在日〉文学全集 17」勉誠出版 2006 p32

エピクロスの肋骨（澁澤龍彦）
◇「新編・日本幻想文学集成 2」国書刊行会 2016 p166

エビくん（浅生鴨）
◇「文学 2014」講談社 2014 p202

エビスサマ（稲川精二）
◇「リトル・リトル・クトゥルー―史上最小の神話小説集」学習研究社 2009 p32

エピファネイア（公現祭）（森村怜）
◇「ゆきのまち幻想文学賞小品集 25」企画集団ぷりずむ 2015 p95

えひろい（ごとうみわこ）
◇「つながり―フェリシモしあわせショートショート」フェリシモ 1999 p8

エピロオグ（堀辰雄）
◇「ちくま日本文学 39」筑摩書房 2009（ちくま文庫）p353

Fの壁（蛭田直美）

えれへ

◇「少年のなみだ」泰文堂 2014（リンダブックス）
p169

四月馬鹿（出久根達郎）
◇「代表作時代小説 平成23年度」光文社 2011 p161

Fレンジャー（絵夢）
◇「ショートショートの花束 4」講談社 2012（講談社文庫）p100

エプロンのうた（香山末子）
◇「〈在日〉文学全集 17」勉誠出版 2006 p71

えへんの守（泡坂妻夫）
◇「短篇ベストコレクション―現代の小説 2004」徳間書店 2004（徳間文庫）p47

絵本（松下竜一）
◇「教科書に載った小説」ポプラ社 2008 p41
◇「教科書に載った小説」ポプラ社 2012（ポプラ文庫）p39

繪本の騎士（藤原審爾）
◇「昭和の短篇一人一冊集成 藤原審爾」未知谷 2008 p238

絵本の春（泉鏡花）
◇「金沢三文豪掌文庫」金沢文化振興財団 2009 p3
◇「リテラリーゴシック・イン・ジャパン―文学的ゴシック作品選」筑摩書房 2014（ちくま文庫）p23

絵馬（宮本常一）
◇「ちくま日本文学 22」筑摩書房 2008（ちくま文庫）p265

絵馬の寺（石和鷹）
◇「山形県文学全集第1期〈小説編〉6」郷土出版社 2004 p59

えみしの姫君（三好京三）
◇「江戸恋い明け烏」光風社出版 1999（光風社文庫）p293

M君のこと（長島槇子）
◇「女たちの怪談百物語」メディアファクトリー 2010（〔幽books〕）p248
◇「女たちの怪談百物語」KADOKAWA 2014（角川ホラー文庫）p252

Mさんの鮎（中川洋子）
◇「「伊豆文学賞」優秀作品集 第18回」羽衣出版 2015 p181

Mさんの犬（山下昇平）
◇「てのひら怪談―ビーケーワン怪談大賞傑作選 辛卯」ポプラ社 2011（ポプラ文庫）p36

Mの湯温泉（山崎文男）
◇「全作家短編小説集 12」全作家協会 2013 p78

絵文字（大岡玲）
◇「空を飛ぶ恋―ケータイがつなぐ28の物語」新潮社 2006（新潮文庫）p22

獲物（塔山郁）
◇「もっとすごい！ 10分間ミステリー」宝島社 2013（宝島社文庫）p155
◇「10分間ミステリー THE BEST」宝島社 2016（宝島社文庫）p313

獲物（中村隆資）
◇「輝きの一瞬―短くて心に残る30編」講談社 1999

（講談社文庫）p181

選ばれし勇者（柊サナカ）
◇「5分で読める！ ひと駅ストーリー 本の物語」宝島社 2014（宝島社文庫）p159
◇「5分で笑える！ おバカで愉快な物語」宝島社 2016（宝島社文庫）p225

選ばれた人（藤田宜永）
◇「殺ったのは誰だ?!」講談社 1999（講談社文庫）p135

エーラン覚書（涼原みなと）
◇「飛翔―C★NOVELS大賞作家アンソロジー」中央公論新社 2013（C・NOVELS Fantasia）p58

絵里（新井素子）
◇「拡張幻想」東京創元社 2012（創元SF文庫）p411

衿替（森山東）
◇「京都宵」光文社 2008（光文社文庫）p237

エリス、聞えるか？（津原泰水）
◇「NOVA+―書き下ろし日本SFコレクション 2」河出書房新社 2015（河出文庫）p223

エリナ（岡田利規）
◇「十年後のこと」河出書房新社 2016 p63

エール（@nayotaf）
◇「3.11心に残る140字の物語」学研パブリッシング 2011 p38

エルティブーラの黙示録（橋元淳一郎）
◇「短篇ベストコレクション―現代の小説 2000」徳間書店 2000 p191

エルの遁走曲―オルデンベルク探偵事務所録 外伝（九条菜月）
◇「C・N 25―C・novels創刊25周年アンソロジー」中央公論新社 2007（C novels）p418

エルパソを過ぎるときに（安西均）
◇「新装版 全集現代文学の発見 13」學藝書林 2004 p377

L夫人（須賀敦子）
◇「日本文学全集 25」河出書房新社 2016 p205

エル・ベチョオ（星田三平）
◇「ひとりで夜読むな―新青年傑作選 怪奇編」角川書店 2001（角川ホラー文庫）p279

エル・ベチヨオ（星田三平）
◇「戦前探偵小説四人集」論創社 2011（論創ミステリ叢書）p289

エルロック・ショルムス氏の新冒険（天城一）
◇「シャーロック・ホームズの災難―日本版」論創社 2007 p197

エレエヌ（皆川博子）
◇「恋物語」朝日新聞社 1998 p186

えれくとり子（平安寿子）
◇「めぐり逢い―恋愛小説アンソロジー」角川春樹事務所 2005（ハルキ文庫）p63

エレファント・ジョーク（浅暮三文）
◇「喜劇綺劇」光文社 2009（光文社文庫）p311

エレベーター（香山末子）

作品名から引ける日本文学全集案内 第III期　**103**

えれへ

◇「ハンセン病文学全集 7」皓星社 2004 p423

エレベーター（多無良蒙）
◇「ショートショートの広場 11」講談社 2000 （講談社文庫）p13

エレベーター（前田和司）
◇「ショートショートの広場 12」講談社 2001 （講談社文庫）p138

エレベーター（敦子）（秋元康）
◇「アドレナリンの夜―珠玉のホラーストーリーズ」竹書房 2009 p27

昇降機（エレベーター）殺人事件（青鷺幽鬼）
◇「甦る推理雑誌 2」光文社 2002 （光文社文庫）p281

エレベーターの隅に（井上雅彦）
◇「文藝百物語」ぶんか社 1997 p109

エレメントコスモス（初野晴）
◇「ベスト本格ミステリ 2011」講談社 2011 （講談社ノベルス）p313
◇「からくり伝言少女」講談社 2015 （講談社文庫）p433

エロ事師たち（野坂昭如）
◇「新装版 全集現代文学の発見 9」學藝書林 2004 p356

エロチカ79（森奈津子）
◇「チューリップ革命―ネオ・スイート・ドリーム・ロマンス」イースト・プレス 2000 p235

エロチック街道（筒井康隆）
◇「温泉小説」アーツアンドクラフツ 2006 p209
◇「小説乃湯―お風呂小説アンソロジー」角川書店 2013 （角川文庫）p137

エロティシズムと魔と薔薇（森茉莉）
◇「精選女性随筆集 2」文藝春秋 2012 p70

Aは安楽椅子のA（鯨統一郎）
◇「名探偵は、ここにいる」角川書店 2001 （角川文庫）p79
◇「赤に捧げる殺意」角川書店 2013 （角川文庫）p211

円（鈴木文也）
◇「てのひら怪談―ビーケーワン怪談大賞傑作選 辛卯」ポプラ社 2011 （ポプラ文庫）p152

縁（田山花袋）
◇「明治の文学 23」筑摩書房 2001 p113

怨煙嚥下（戸川昌子）
◇「誘惑―女流ミステリー傑作選」徳間書店 1999 （徳間文庫）p299

炎煙鈔（内田百閒）
◇「ちくま日本文学 1」筑摩書房 2007 （ちくま文庫）p285

猿王（李龍海）
◇「〈在日〉文学全集 18」勉誠出版 2006 p252

鴛鴦ならび行く（安西篤子）
◇「軍師の死にざま―短篇小説集」作品社 2006 p53
◇「軍師の生きざま―時代小説傑作選」コスミック出版 2008 （コスミック・時代文庫）p67

鴛鴦ならび行く―太原雪斎（安西篤子）
◇「時代小説傑作選 6」新人物往来社 2008 p69

◇「軍師の死にざま」実業之日本社 2013 （実業之日本文庫）p67

燕王の都（森下征二）
◇「現代作家代表作選集 7」鼎書房 2014 p127

役小角の伝説（藤巻一保）
◇「七人の役小角」小学館 2007 （小学館文庫）p77

煙火（吉川楠丹）
◇「てのひら怪談―ビーケーワン怪談大賞傑作選 壬辰」ポプラ社 2012 （ポプラ文庫）p34

宴会（吉田健一）
◇「日本文学全集 20」河出書房新社 2015 p428

宴会（吉屋信子）
◇「文豪怪談傑作選 吉屋信子集」筑摩書房 2006 （ちくま文庫）p124

演歌の黙示録（牧野修）
◇「SFバカ本 ペンギン篇」廣済堂出版 1999 （廣済堂文庫）p159

縁側（北村薫）
◇「文豪さんへ。」メディアファクトリー 2009 （MF文庫）p7

縁起かつぎ（古賀準二）
◇「ショートショートの広場 13」講談社 2002 （講談社文庫）p62

縁起もん（猫宮阿月）
◇「てのひら怪談―ビーケーワン怪談大賞傑作選 庚寅」ポプラ社 2010 （ポプラ文庫）p218

燕京大学部隊（小島信夫）
◇「戦後占領期短篇小説コレクション 7」藤原書店 2007 p223

燕京旅情記（李一）
◇「近代朝鮮文学日本語作品集1908～1945 セレクション 3」緑蔭書房 2008 p309

縁切榎―隠密牛太郎・小蝶丸（中谷航太郎）
◇「大江戸「町」物語 月」宝島社 2014 （宝島社文庫）p155

縁切り厠（岡部えつ）
◇「厠の怪―便所怪談競作集」メディアファクトリー 2010 （MF文庫）p189

縁切り旅行は二人で（源祥子）
◇「恋は、しばらくお休みです。―恋愛短篇小説集」泰文堂 2013 （レインブックス）p97

遠近法（山尾悠子）
◇「架空の町」国書刊行会 1997 （書物の王国）p90
◇「日本SF全集 2」出版芸術社 2010 p225

演芸会（香山末子）
◇「ハンセン病文学全集 7」皓星社 2004 p418
◇「〈在日〉文学全集 17」勉誠出版 2006 p82

演劇改良論私考（外山正一）
◇「新日本古典文学大系 明治編 11」岩波書店 2006 p341

演劇時感（韓民）
◇「近代朝鮮文学日本語作品集1939～1945 評論・随筆篇 2」緑蔭書房 2002 p380

演劇の一年―職業演劇を中心として（呉禎民）
◇「近代朝鮮文学日本語作品集1939～1945 評論・随筆

えんと

篇 2」緑蔭書房 2002 p15

エンゲキのスヽメ―真夏の夜の夢 (大庭陽一)
◇「最新中学校創作脚本集 2011」晩成書房 2011 p38

怨魂借体 (石川鴻斎)
◇「新日本古典文学大系 明治編 3」岩波書店 2005 p292

冤罪 (今野敏)
◇「短篇ベストニレクション―現代の小説 2009」徳間書店 2009 (徳間文庫) p281
◇「現場に臨め」光文社 2010 (Kappa novels) p177
◇「現場に臨め」光文社 2014 (光文社文庫) p239

エンジェル (角田光代)
◇「Love songs」幻冬舎 1998 p67

天使たち (エンジェルズ) (江藤あさひ)
◇「全作家短編小説集 7」全作家協会 2008 p210

臙脂虎 (えんじこ) 伝 (菊池三渓)
◇「新日本古典文学大系 明治編 3」岩波書店 2005 p83

臙脂紫 (与謝野晶子)
◇「新日本古典文学大系 明治編 23」岩波書店 2002 p289

遠州大念仏の夜 (宮司孝男)
◇「「伊豆文学賞」優秀作品集 第17回」羽衣出版 2014 p216

演出覚え書 (吉村敏)
◇「日本統治期台湾文学集成 13」緑蔭書房 2003 p376

演出家金波宇論 (安英一)
◇「近代朝鮮文学日本語作品集1901～1938 評論・随筆篇 2」緑蔭書房 2004 p32

演出参考 (吉村敏)
◇「日本統治期台湾文学集成 13」緑蔭書房 2003 p353

縁女綺聞 (佐々木鏡石 (喜善))
◇「文豪怪談傑作選 明治編」筑摩書房 2011 (ちくま文庫) p207

円陣を組む女たち (古井由吉)
◇「「内向の世代」初期作品アンソロジー」講談社 2016 (講談社文芸文庫) p301

円心の蠅 (高岡修)
◇「現代鹿児島小説大系 1」ジャプラン 2014 p282

厭世家の誕生日 (佐藤春夫)
◇「文士の意地―宇谷長吉撰短篇小説輯 上巻」作品社 2005 p150

演説 (正岡子規)
◇「新日本古典文学大系 明治編 27」岩波書店 2003 p343

演説会第二 (正岡子規)
◇「新日本古典文学大系 明治編 27」岩波書店 2003 p400

艶説鴨南蛮 (村上元三)
◇「麺'sミステリー倶楽部―傑作推理小説集」光文社 2012 (光文社文庫) p271

艶説「くノ一」変化 (戸部新十郎)
◇「くノ一、百華―時代小説アンソロジー」集英社 2013 (集英社文庫) p191

演説者 (瘦々亭骨皮道人)
◇「新日本古典文学大系 明治編 29」岩波書店 2005 p220

演説の効能 (正岡子規)
◇「新日本古典文学大系 明治編 27」岩波書店 2003 p48

エンゼルフレンチ―ひとり深宇宙に旅立ったあなたと、もっとミスドでおしゃべりしてたくて (藤田雅矢)
◇「NOVA―書き下ろし日本SFコレクション 1」河出書房新社 2009 (河出文庫) p75

厭戦 (松本清張)
◇「コレクション戦争と文学 11」集英社 2012 p498

演奏會 (丁旬希)
◇「近代朝鮮文学日本語作品集1901～1938 創作篇 2」緑蔭書房 2004 p253

エンターテインメント小説と戦争―社会を映し、現実を抉り出す想像力 (杉江松恋)
◇「コレクション戦争と文学 別巻」集英社 2013 p144

延長 (小山田浩子)
◇「十年後のこと」河出書房新社 2016 p69

延長コード (津原泰水)
◇「逃げゆく物語の話―ゼロ年代日本SFベスト集成 F」東京創元社 2010 (創元SF文庫) p309

円朝の話 (正岡子規)
◇「新日本古典文学大系 明治編 27」岩波書店 2003 p103

炎椿 (海月ルイ)
◇「花迷宮」日本文芸社 2000 (日文文庫) p277

園丁 (金鍾漢)
◇「近代朝鮮文学日本語作品集1939～1945 創作篇 6」緑蔭書房 2001 p226

炎天 (明神ちさと)
◇「てのひら怪談―ビーケーワン怪談大賞傑作選 庚寅」ポプラ社 2010 (ポプラ文庫) p226

婉という女 (大原富枝)
◇「新装版 全集現代文学の発見 12」學藝書林 2004 p506

艶刀忌―越前守助広 (赤江瀑)
◇「名刀伝 2」角川春樹事務所 2015 (ハルキ文庫) p63

円筒形の幽霊 (飛雄)
◇「てのひら怪談―ビーケーワン怪談大賞傑作選 百怪繚乱篇」ポプラ社 2008 p32
◇「てのひら怪談―ビーケーワン怪談大賞傑作選 己丑」ポプラ社 2009 (ポプラ文庫) p30

煙童女―夢幻紳士 怪奇篇 (高橋葉介)
◇「幻想探偵」光文社 2009 (光文社文庫) p221

エンドコール・メッセージ (山之内正文)
◇「ザ・ベストミステリーズ―推理小説年鑑 2002」講談社 2002 p147
◇「トリック・ミュージアム」講談社 2005 (講談社文庫) p343

えんと

煙突（松本楽志）
　◇「超短編の世界 vol.3」創英社 2011 p48
煙突（山川方夫）
　◇「創刊一〇〇年三田文学名作選」三田文学会 2010 p355
煙突から投げこまれた話（稲垣足穂）
　◇「ちくま日本文学 16」筑摩書房 2008 （ちくま文庫）p40
煙突奇談（地味井平造）
　◇「幻の探偵雑誌 2」光文社 2000 （光文社文庫）p217
　◇「塔の物語」角川書店 2000 （角川ホラー文庫）p143
煙突綺譚（宇桂三郎）
　◇「甦る推理雑誌 4」光文社 2003 （光文社文庫）p65
エンドレス（風花雫）
　◇「ショートショートの花束 5」講談社 2013 （講談社文庫）p191
エンドレスエイト（谷川流）
　◇「不思議の扉 時間がいっぱい」角川書店 2010 （角川文庫）p99
エンドロール（沢渡咲）
　◇「ゆきのまち幻想文学賞小品集 18」企画集団ぷりずむ 2009 p159
エンドロールは最後まで（荻原浩）
　◇「最後の恋MEN'S―つまり、自分史上最高の恋。」新潮社 2012 （新潮文庫）p263
役行者と鬼（志村有弘）
　◇「七人の役小角」小学館 2007 （小学館文庫）p213
艶美白孔雀（桜町静夫）
　◇「捕物時代小説選集 7」春陽堂書店 2000 （春陽文庫）p99
鉛筆（キムリジャ）
　◇「〈在日〉文学全集 18」勉誠出版 2006 p330
鉛筆（清水義範）
　◇「恋物語」朝日新聞社 1998 p92
鉛筆を削る男（二見晃司）
　◇「本格推理 10」光文社 1997 （光文社文庫）p49
艶筆 葛の葉物語（藤口透吾）
　◇「安倍晴明陰陽師伝奇文学集成」勉誠出版 2001 p175
えんぴつと消しゴム（坂倉剛）
　◇「ショートショートの広場 10」講談社 2000 （講談社文庫）p134
鉛筆に叱られた英植さんの初夢（金相徳）
　◇「近代朝鮮文学日本語作品集1908～1945 セレクション 6」緑蔭書房 2008 p139
遠別離（浅田次郎）
　◇「コレクション戦争と文学 13」集英社 2011 p607
閻魔様のぱそこん（奥泉明日香）
　◇「ショートショートの花束 7」講談社 2015 （講談社文庫）p161
艶魔伝（風流魔・風流艶魔伝）（幸田露伴）

　◇「新日本古典文学大系 明治編 22」岩波書店 2002 p317
閻魔堂の虹（山本一力）
　◇「本からはじまる物語」メディアパル 2007 p111
　◇「古書ミステリー倶楽部―傑作推理小説集 3」光文社 2015 （光文社文庫）p55
縁結び（泉鏡花）
　◇「ちくま日本文学 11」筑摩書房 2008 （ちくま文庫）p281
えんむすびの神様（松永ヒビキ）
　◇「むすぶ―第11回フェリシモ文学賞作品集」フェリシモ 2008 p116
遠洋漁業（内田百閒）
　◇「ちくま日本文学 1」筑摩書房 2007 （ちくま文庫）p273
艶容万年若衆（三上於菟吉）
　◇「美少年」国書刊行会 1997 （書物の王国）p155
遠来の神（折口信夫）
　◇「ちくま日本文学 25」筑摩書房 2008 （ちくま文庫）p414

【 お 】

お熱い本はお好き？（館淳一）
　◇「SFバカ本 宇宙チャーハン篇」メディアファクトリー 2000 p351
　◇「笑止―SFバカ本シュール集」小学館 2007 （小学館文庫）p93
おーい（グリーンドルフィン）
　◇「てのひら怪談―ビーケーワン怪談大賞傑作選」ポプラ社 2007 p130
　◇「てのひら怪談―ビーケーワン怪談大賞傑作選」ポプラ社 2008 （ポプラ文庫）p134
老（尾鳥菊）
　◇「青鞜小説集」講談社 2014 （講談社文芸文庫）p65
老（尾島菊子）
　◇「「新編」日本女性文学全集 3」菁柿堂 2011 p354
追いかけられて（加門七海）
　◇「文藝百物語」ぶんか社 1997 p34
おい癆め酌みかはさうぜ秋の酒（江國滋）
　◇「日本人の手紙 8」リブリオ出版 2004 p206
オイコフの洞窟（岩田宏）
　◇「新装版 全集現代文学の発見 13」學藝書林 2004 p503
おいしい記憶（白河久明）
　◇「ショートショートの広場 10」講談社 2000 （講談社文庫）p183
美味しい牛タン（吉田利之）
　◇「ショートショートの広場 18」講談社 2006 （講談社文庫）p144
美味しい空気（冨川元文）

おうこ

◇「読んで演じたくなるゲキの本 高校生版」幻冬舎 2006 p119

おいしいココアの作り方（米澤穂信）
◇「謎の放課後―学校のミステリー」KADOKAWA 2013（角川文庫）p103

おいしーのが好き！（吉原みどり）
◇「中学生のドラマ 6」晩成書房 2006 p55

生ひ立ちの歌（水野宏伸）
◇「ゆきのまち幻想文学賞小品集 10」企画集団ぷりずむ 2001 p155

生い立つもの（金龍濟）
◇「近代朝鮮文学日本語作品集1908～1945 セレクション 4」緑蔭書房 2008 p351

老いたる母の悲しき手紙≫石川啄木（石川カツ）
◇「日本人の手紙 1」リブリオ出版 2004 p39

お市の三人娘の生存競争（永井路子）
◇「おんなの戦」角川書店 2010（角川文庫）p7

おいていくもの（石居椎）
◇「てのひら怪談―ビーケーワン怪談大賞傑作選 百怪繚乱篇」ポプラ社 2008 p96

おいでおいでの手と人形の話（抄）（夢枕獏）
◇「文豪てのひら怪談」ポプラ社 2009（ポプラ文庫）p20

置いてけ堀（岡本綺堂）
◇「ちくま日本文学 32」筑摩書房 2009（ちくま文庫）p262
◇「新編・日本幻想文学集成 4」国書刊行会 2016 p485

置いてけ堀（宮部みゆき）
◇「傑作捕物ワールド 9」リブリオ出版 2002 p165

おーいでてこーい（星新一）
◇「日本SF・名作集 9」リブリオ出版 2005 p45
◇「危険なマッチ箱」文藝春秋 2009（文春文庫）p115
◇「日本文学100年の名作 5」新潮社 2015（新潮文庫）p175
◇「30の神品―ショートショート傑作選」扶桑社 2016（扶桑社文庫）p103

おいどんの地球（松本零士）
◇「たそがれゆく未来」筑摩書房 2016（ちくま文庫）p115

お稲荷さんの霊威（加門七海）
◇「文藝百物語」ぶんか社 1997 p181

老の坂を越えて（澤本陽）
◇「人物日本の歴史―時代小説版 戦国編」小学館 2004（小学館文庫）p129

老の性（大橋瓢介）
◇「ショートショートの広場 9」講談社 1998（講談社文庫）p70

狼森と笊森、盗森（宮沢賢治）
◇「日本文学全集 16」河出書房新社 2016 p122

追剥の話（井伏鱒二）
◇「戦後占領期短篇小説コレクション 1」藤原書店 2007 p125

おいらん振袖（早乙女貢）

◇「逢魔への誘い」徳間書店 2000（徳間文庫）p131

おいらん六花（宇多ゆりえ）
◇「ゆきのまち幻想文学賞小品集 17」企画集団ぷりずむ 2008 p7

老いる（布靴底江）
◇「てのひら怪談―ビーケーワン怪談大賞傑作選 壬辰」ポプラ社 2012（ポプラ文庫）p254

お岩と与茂七（折口信夫）
◇「文豪怪談傑作選 折口信夫集」筑摩書房 2009（ちくま文庫）p149

お岩様と尼僧（横尾忠則）
◇「文豪てのひら怪談」ポプラ社 2009（ポプラ文庫）p38

奥羽の鬼姫―伊達政宗の母（神坂次郎）
◇「東北戦国志―傑作時代小説」PHP研究所 2009（PHP文庫）p45

奥羽の鬼姫―伊達政宗の母（早乙女貢）
◇「姫君たちの戦国―時代小説傑作選」PHP研究所 2011（PHP文芸文庫）p97

奥羽の二人（松本清張）
◇「東北戦国志―傑作時代小説」PHP研究所 2009（PHP文庫）p187

奥羽本線阿房列車（抄）（内田百閒）
◇「山形県文学全集第2期〔随筆・紀行編〕 3」郷土出版社 2005 p162

応援刑事（小杉健治）
◇「宝石ザミステリー Blue」光文社 2016 p171

鷗外の味覚（森茉莉）
◇「たんときれいに召し上がれ―美食文学精選」芸術新聞社 2015 p457

欧化主義に対する最初の反動。福沢諭吉論（山路愛山）
◇「新日本古典文学大系 明治編 26」岩波書店 2002 p416

欧化主義の勃興（山路愛山）
◇「新日本古典文学大系 明治編 26」岩波書店 2002 p448

桜花に（山崎文男）
◇「全作家短編小説集 8」全作家協会 2009 p131

鶯歌窯の捲上式製陶法（金関丈夫）
◇「日本統治期台湾文学集成 17」緑蔭書房 2003 p261

王琴仙の清国に還るを送り、兼ねて金甌を懐ひ、葉松石を懐ひ、二子に寄す（森春濤）
◇「新日本古典文学大系 明治編 2」岩波書店 2004 p80

鷗群（白鐵）
◇「近代朝鮮文学日本語作品集1908～1945 セレクション 4」緑蔭書房 2008 p238

黄鶏帖の名跡（森福都）
◇「本格ミステリ 2006」講談社 2006（講談社ノベルス）p207
◇「珍しい物語のつくり方―本格短編ベスト・セレクション」講談社 2010（講談社文庫）p303

王国（飛鳥部勝則）

おうこ

◇「伯爵の血族―紅ノ章」光文社 2007（光文社文庫）p371

黄昏郷 El Dormido（野阿梓）
◇「日本SF短篇50 3」早川書房 2013（ハヤカワ文庫JA）p279

黄金熊の里（菊池幸見）
◇「12の贈り物―東日本大震災支援岩手県在住作家自選短編集」荒蝦夷 2011（叢書東北の声）p310

黄金珊瑚（光波耀子）
◇「妖異百物語 1」出版芸術社 1997（ふしぎ文学館）p179

黄金児（冲方丁）
◇「決戦！ 大坂城」講談社 2015 p201

黄金伝説（石川淳）
◇「街娼―バンバン＆オンリー」皓星社 2015（紙礫）p10

黄金伝説（半村良）
◇「冒険の森へ―傑作小説大全 4」集英社 2016 p177

黄金の腕（阿佐田哲也）
◇「右か、左か」文藝春秋 2010（文春文庫）p45

黄金の王国（ひかわ玲子）
◇「マスカレード」光文社 2002（光文社文庫）p291

黄金の雑誌、黄金の刻（芦辺拓）
◇「ミステリ・リーグ傑作選 下」論創社 2007（論創海外ミステリ）p364

黄金の車輪―ファンドリアの闇が呑み込む（川人忠明）
◇「へっぽこ冒険者と緑の藤―ソード・ワールド短編集」富士見書房 2005（富士見ファンタジア文庫）p109

黄金の指（戸川昌子）
◇「昭和の短篇一人一冊集成 戸川昌子」未知谷 2008 p141

黄金の指（目羅晶男）
◇「本格推理 11」光文社 1997（光文社文庫）p65

黄金のりんご（小野塚充博）
◇「ゆきのまち幻想文学賞小品集 25」企画集団ぷりずむ 2015 p124

黄金風景（太宰治）
◇「ちくま日本文学 8」筑摩書房 2008（ちくま文庫）p96

黄金風景――一九三九（昭和一四）年三月（太宰治）
◇「BUNGO―文豪短篇傑作選」角川書店 2012（角川文庫）p153

黄金流砂（中津文彦）
◇「江戸川乱歩賞全集 14」講談社 2002（講談社文庫）p7

黄金龍の息吹（鳥海永行）
◇「ドラゴン殺し」メディアワークス 1997（電撃文庫）p143

逢坂おんな殺し（陽羅義光）
◇「扉の向こうへ」全作家協会 2014（全作家短編集）p186

王様の背中（内田百閒）
◇「王侯」国書刊行会 1998（書物の王国）p118

王様の耳はロバの耳―あるいは、ぼくらの言葉は行方をもとめて宙（そら）を彷徨（さまよ）う（宮崎充治）
◇「小学校たのしい劇の本―英語劇付 高学年」国土社 2007 p68

王様の命令（保坂弘之）
◇「成城・学校劇脚本集」成城学園初等学校出版部 2002（成城学園初等学校研究双書）p125

句集 **黄鐘**（和公梵字）
◇「ハンセン病文学全集 9」皓星社 2010 p182

王子様（野田充男）
◇「ショートショートの花束 6」講談社 2014（講談社文庫）p210

横寺日記（稲垣足穂）
◇「ちくま日本文学 16」筑摩書房 2008（ちくま文庫）p213

王子の狐火（鶯亭金升）
◇「文豪てのひら怪談」ポプラ社 2009（ポプラ文庫）p32

欧洲大戦から何を学ぶか（兪鎮午, 柳致眞, 李孝石）
◇「近代朝鮮文学日本語作品集1908〜1945 セレクション 6」緑蔭書房 2008 p305

奥州のザシキワラシの話（抄）（佐々木喜善）
◇「文豪てのひら怪談」ポプラ社 2009（ポプラ文庫）p18

欧洲の文学（植村正久）
◇「新日本古典文学大系 明治編 26」岩波書店 2002 p3

「奥州ばなし」より（只野真葛）
◇「みちのく怪談名作選 vol.1」荒蝦夷 2010（叢書東北の声）p351

往生異聞（金石範）
◇「〈在日〉文学全集 3」勉誠出版 2006 p305

王城の護衛者（司馬遼太郎）
◇「新選組読本」光文社 2003（光文社文庫）p7
◇「京都府文学全集第1期（小説編）5」郷土出版社 2005 p11

往生始末記（飯田豊吉）
◇「怪奇・伝奇時代小説選集 8」春陽堂書店 2000（春陽文庫）p159

牡牛よ―わがメフィストフエレスに（飯島耕一）
◇「新装版 全集現代文学の発見 13」學藝書林 2004 p480

王政維新（福澤諭吉）
◇「新日本古典文学大系 明治編 10」岩波書店 2011 p200

横着（正岡子規）
◇「新日本古典文学大系 明治編 27」岩波書店 2003 p19

横着星（川田裕美子）

おえと

◇「ゆきのまち幻想文学賞小品集 16」企画集団ぷり
　ずむ 2007 p7
應徵士李君へ（金東林）
　◇「近代朝鮮文学日本語作品集1939～1945 創作篇 6」
　　緑蔭書房 2001 p298
応天門の変（南條範夫）
　◇「変事異聞」小学館 2007 （小学館文庫）p47
黄土（金夏日）
　◇「ハンセン病文学全集 8」皓星社 2006 p404
嘔吐（塔和子）
　◇「ハンセン病文学全集 7」皓星社 2004 p188
桜桃（太宰治）
　◇「短編で読む恋愛・家族」中部日本教育文化会
　　1998 p141
　◇「短編名作選―1925-1949 文士たちの時代」笠間
　　書院 1999 p269
　◇「戦後短篇小説選―『世界』1946-1999 1」岩波書
　　店 2000 p125
　◇「新装版 全集現代文学の発見 5」學藝書林 2003
　　p44
　◇「くだものだもの」ランダムハウス講談社 2007
　　p169
　◇「ちくま日本文学 8」筑摩書房 2008 （ちくま文
　　庫）p398
　◇「果実」SDP 2009 （SDP bunko）p31
黄銅鉱と化した自分（池澤夏樹）
　◇「鉱物」国書刊行会 1997 （書物の王国）p167
桜桃盗人（柴田道司）
　◇「山形県文学全集第2期（随筆・紀行編）4」郷土出版
　　社 2005 p244
嘔吐した宇宙飛行士（田中啓文）
　◇「ぼくの、マシン―ゼロ年代日本SFベスト集成 S」
　　東京創元社 2010 （創元SF文庫）p183
　◇「日本SF短篇50 4」早川書房 2013 （ハヤカワ文
　　庫 JA）p351
黄土の記憶（伊藤桂一）
　◇「コレクション戦争と文学 7」集英社 2011 p240
王とのつきあい（日影丈吉）
　◇「まんぷく長屋―食欲文学傑作選」新潮社 2014
　　（新潮文庫）p221
嫗の幻想（吉屋信子）
　◇「コレクション私小説の冒険 2」勉誠出版 2013
　　p87
応仁黄泉図（朝松健）
　◇「魔地図」光文社 2005 （光文社文庫）p37
黄梅院様（吉屋信子）
　◇「文豪怪談傑選 吉屋信子集」筑摩書房 2006
　　（ちくま文庫）p161
往復（川崎洋）
　◇「新装版 全集現代文学の発見 13」學藝書林 2004
　　p433
往復書簡（恩田陸）
　◇「ザ・ベストミステリーズ―推理小説年鑑 2000」
　　講談社 2000 p259
　◇「罪深き者に罰を」講談社 2002 （講談社文庫）
　　p423

往復書簡（島崎一裕）
　◇「ショートショートの広場 14」講談社 2003 （講
　　談社文庫）p206
応報の士（吉川永青）
　◇「決戦！ 三國志」講談社 2015 p109
応募兵（大塚楠緒子）
　◇「「新編」日本女性文学全集 3」菁柿堂 2011 p6
応募要項（秋吉千尋）
　◇「ショートショートの広場 10」講談社 2000 （講
　　談社文庫）p97
逢魔ケ時（黒崎視音）
　◇「悪夢の行方―「読楽」ミステリーアンソロジー」
　　徳間書店 2016 （徳間文庫）p61
逢魔ヶ時（藤川桂介）
　◇「恐怖のKA・TA・CHI」双葉社 2001 （双葉文
　　庫）p159
逢魔の辻（藤原審爾）
　◇「逢魔への誘い」徳間書店 2000 （徳間文庫）
　　p329
逢魔の夏（福沢徹三）
　◇「稲生モノノケ大全 陽之巻」毎日新聞社 2005
　　p231
お馬は六百八十里（神坂次郎）
　◇「江戸の漫遊力―時代小説傑作選」集英社 2008
　　（集英社文庫）p9
近江国安義橋なる鬼、人を噉ふ語、第十三（今
　昔物語集）（作者不詳）
　◇「鬼譚」筑摩書房 2014 （ちくま文庫）p179
近江八景（作者表記なし）
　◇「新日本古典文学大系 明治編 4」岩波書店 2003
　　p426
近江屋に来た男―坂本龍馬暗殺（中村彰彦）
　◇「時代小説傑作集 3」新人物往来社 2008 p199
鸚鵡（あうむ）の歌（中島敦）
　◇「ちくま日本文学 12」筑摩書房 2008 （ちくま文
　　庫）p449
鸚鵡の雀（尾上柴舟）
　◇「文豪てのひら怪談」ポプラ社 2009 （ポプラ文
　　庫）p166
往来を往き来する人たち（石井桃子）
　◇「精選女性随筆集 8」文藝春秋 2012 p98
桜蕾忌（上野英信）
　◇「戦後文学エッセイ選 12」影書房 2006 p162
横領（筒井康隆）
　◇「短篇ベストコレクション―現代の小説 2013」徳
　　間書店 2013 （徳間文庫）p257
鴨緑江（尹孤雲、柳寅成、金應熙）
　◇「近代朝鮮文学日本語作品集1908～1945 セレクショ
　　ン 6」緑蔭書房 2008 p91
オウンゴール（蒼井上鷹）
　◇「現場に臨め」光文社 2010 （Kappa novels）p15
　◇「現場に臨め」光文社 2014 （光文社文庫）p7
お江戸に咲いた灼熱の花（三浦しをん）
　◇「秘密。―私と私のあいだの十二話」メディア
　　ファクトリー 2005 p153

おおあ

大青蜥蜴（中島敦）
　◇「ちくま日本文学 12」筑摩書房 2008（ちくま文庫）p443
大石内蔵助赤穂惜春賦（多勢尚一郎）
　◇「定本・忠臣蔵四十七人集」双葉社 1998 p12
大石内蔵助の妻・理玖（赤間倭子）
　◇「物語妻たちの忠臣蔵」新人物往来社 1998 p9
大石進種次（戸川幸夫）
　◇「武士道残月抄」光文社 2011（光文社文庫）p233
大石進（武蔵野次郎）
　◇「人物日本剣豪伝 5」学陽書房 2001（人物文庫）p191
大石瀬左衛門（神山邦之）
　◇「定本・忠臣蔵四十七人集」双葉社 1998 p318
大石主税白梅紅梅（山手樹一郎）
　◇「定本・忠臣蔵四十七人集」双葉社 1998 p384
大イチョウのホラアナ（小田仁二郎）
　◇「山形県文学全集第2期（随筆・紀行編）3」郷土出版社 2005 p428
大いなる暁（東原寅彥）
　◇「近代朝鮮文学日本語作品集1939〜1945 評論・随筆篇 1」緑蔭書房 2002 p390
大いなる伊賀者（山田風太郎）
　◇「剣光、閃く！」徳間書店 1999（徳間文庫）p399
大いなるQ（北野勇作）
　◇「多々良島ふたたび—ウルトラ怪獣アンソロジー」早川書房 2015（TSUBURAYA×HAYAKAWA UNIVERSE）p86
大いなる幻影（戸川昌子）
　◇「江戸川乱歩賞全集 4」講談社 1998（講談社文庫）p7
　◇「文学賞受賞・名作集成 10」リブリオ出版 2004 p5
大いなる正午（荒巻義雄）
　◇「日本SF短篇50 1」早川書房 2013（ハヤカワ文庫 JA）p283
　◇「60年代日本SFベスト集成」筑摩書房 2013（ちくま文庫）p365
大いなる進軍（王昶雄）
　◇「日本統治期台湾文学集成 29」緑蔭書房 2007 p347
大いなる逃亡（田中光二）
　◇「冒険の森へ—傑作小説大全 5」集英社 2015 p215
大いなる拍車（兪鎮午）
　◇「近代朝鮮文学日本語作品集1939〜1945 評論・随筆篇 1」緑蔭書房 2002 p406
大いなる日（阿部昭）
　◇「コレクション戦争と文学 10」集英社 2012 p563
大いなる融和—決戦文学の理念確立（兪鎮午）
　◇「近代朝鮮文学日本語作品集1939〜1945 評論・随筆篇 3」緑蔭書房 2002 p493
大いに笑ふ（斎藤緑雨）
　◇「明治の文学 15」筑摩書房 2002 p226

大いに笑ふ淀君（坪内逍遙）
　◇「大坂の陣—近代文学名作選」岩波書店 2016 p91
大炊介始末（山本周五郎）
　◇「危険なマッチ箱」文藝春秋 2009（文春文庫）p317
大井町（萩原朔太郎）
　◇「ちくま日本文学 36」筑摩書房 2009（ちくま文庫）p182
大うそつき（小林雄次）
　◇「ショートショートの広場 10」講談社 2000（講談社文庫）p11
大江戸科学捜査 八丁堀のおゆう—千両富くじ根津の夢（山本巧次）
　◇「『このミステリーがすごい！』大賞作家書き下ろしBOOK vol.15」宝島社 2016 p149
大江戸花見侍（清水義範）
　◇「江戸の爆笑力—時代小説傑作選」集英社 2004（集英社文庫）p153
大江戸百物語（石川英輔）
　◇「江戸迷宮」光文社 2011（光文社文庫）p295
大江戸まんじゅう合戦（鳴海風）
　◇「遠き雷鳴」桃園書房 2001（桃園文庫）p257
　◇「彩四季・江戸慕情」光文社 2012（光文社文庫）p361
大江満雄論（しまだひとし）
　◇「ハンセン病文学全集 5」皓星社 2010 p590
大岡越前守（土師清二）
　◇「捕物時代小説選集 6」春陽堂書店 2000（春陽文庫）p18
大岡越前の独立（直木三十五）
　◇「傑作捕物ワールド 6」リブリオ出版 2002 p5
大奥情炎事件〈人間の剣〉（森村誠一）
　◇「信州歴史時代小説傑作集 5」しなのき書房 2007 p155
大奥やもり奇談（大栗丹後）
　◇「怪奇・伝奇時代小説選集 2」春陽堂書店 1999（春陽文庫）p61
大男（金澤ぐれい）
　◇「ショートショートの広場 9」講談社 1998（講談社文庫）p59
大返しの篝火—黒田如水（川上直志）
　◇「時代小説傑作選 6」新人物往来社 2008 p101
大風を紀す。杜少陵の「茅屋、秋風の破る所と為る歌」の韻を用ふ（中村敬宇）
　◇「新日本古典文学大系 明治編 2」岩波書店 2004 p121
狼少女（大見全, 小川智子）
　◇「年鑑代表シナリオ集 '05」シナリオ作家協会 2006 p237
狼少女の帰還（相沢沙呼）
　◇「ベスト本格ミステリ 2014」講談社 2014（講談社ノベルス）p99
狼の血と伯爵のコウモリ（長山靖生）
　◇「吸血鬼」国書刊行会 1998（書物の王国）p222
狼の社（籠三蔵）

おおさ

◇「てのひら怪談 癸巳」KADOKAWA 2013（MF文庫ダ・ヴゥンチ）p50

狼のように（尹敏哲）
　◇「〈在日〉文学全集 18」勉誠出版 2006 p291

狼よ、はなやかに翔べ（藤原審爾）
　◇「冒険の森へ―傑作小説大全 7」集英社 2016 p159

大亀のいた海岸（小川国夫）
　◇「創刊一〇〇年三田文学名作選」三田文学会 2010 p451

大鴉（森真沙子）
　◇「夢魔」光文社 2001（光文社文庫）p247

大きい犬（川上弘美）
　◇「文学 2004」講談社 2004 p271

おおぎいちゃあらん―子守唄 その1（宗秋月）
　◇「〈在日〉文学全集 18」勉誠出版 2006 p10

大きく目を開いて、時代を見よ。ゾルゲ事件獄中から＞竹内金太郎（尾崎秀実）
　◇「日本人の手紙 10」リブリオ出版 2004 p65

大きさは測るべからず―秋元松代『常陸坊海尊』（花田清輝）
　◇「戦後文学エッセイ選 1」影書房 2005 p208

大きすぎる荷物（飯島耕一）
　◇「新装版 全集現代文学の発見 13」學藝書林 2004 p482

大きなお世話（火森孝実）
　◇「ショートショートの花束 7」講談社 2015（講談社文庫）p206

大きな顔（伊藤三巳華）
　◇「女たちの怪談百物語」メディアファクトリー 2010（[幽books]）p148
　◇「女たちの怪談百物語」KADOKAWA 2014（角川ホラー文庫）p152

大きななかに（小川未明）
　◇「奇譚カーニバル」集英社 2000（集英社文庫）p49

大きな蟹（小川未明）
　◇「近代童話（メルヘン）と賢治」おうふう 2014 p33

大きなかぶ（英語の入った劇）（新井早苗）
　◇「小学校たのしい劇の本―英語劇付 低学年」国土社 2007 p186

大きな木（山ノ内真樹子）
　◇「ゆきのまち幻想文学賞小品集 22」企画集団ぷりずむ 2013 p7

大きな怪物（ばけもの）（平井金三）
　◇「文豪怪談傑作選 特別編」筑摩書房 2007（ちくま文庫）p254

大きなハードルと小さなハードル（佐藤泰志）
　◇「現代小説クロニクル 1985～1989」講談社 2015（講談社文芸文庫）p250

巨きな蛤―中国民話より（南伸坊）
　◇「こわい部屋」筑摩書房 2012（ちくま文庫）p11

大きな引き出し（恩田陸）
　◇「日本SF・名作集成 10」リブリオ出版 2005 p167

◇「冒険の森へ―傑作小説大全 4」集英社 2016 p103

大きな矛盾―評論プロレタリア文学と癩文学の島比呂志氏へ（氷上恵介）
　◇「ハンセン病文学全集 5」皓星社 2010 p37

大きな森の小さな密室（小林泰三）
　◇「本格ミステリ 2005」講談社 2005（講談社ノベルス）p11
　◇「大きな棺の小さな鍵―本格短編ベスト・セレクション」講談社 2009（講談社文庫）p11
　◇「あなたが名探偵」東京創元社 2009（創元推理文庫）p99

大食いコンテスト（とびたか・ろう）
　◇「ショートショートの広場 10」講談社 2000（講談社文庫）p178

大喰いでなければ（色川武大）
　◇「ちくま日本文学 30」筑摩書房 2008（ちくま文庫）p442
　◇「もの食う話」文藝春秋 2015（文春文庫）p94

大倉喜八郎氏、吾が訳せし所の西国立志編を読みて……（中村敬宇）
　◇「新日本古典文学大系 明治編 2」岩波書店 2004 p190

大阪（阿部牧郎）
　◇「街物語」朝日新聞社 2000 p183

詩集 大阪（小野十三郎）
　◇「新装版 全集現代文学の発見 13」學藝書林 2004 p228

大阪詠物集 抄（折口信夫）
　◇「ちくま日本文学 25」筑摩書房 2008（ちくま文庫）p36

大阪役に就て（徳富蘇峰）
　◇「大坂の陣―近代文学名作選」岩波書店 2016 p217

大阪を去て江戸に行く（福澤諭吉）
　◇「新日本古典文学大系 明治編 10」岩波書店 2011 p110

大阪近鉄バファローズ！（永沢光雄）
　◇「特別な一日」徳間書店 2005（徳間文庫）p361

大阪港（金時鐘）
　◇「〈在日〉文学全集 5」勉誠出版 2006 p152

大阪修業（福澤諭吉）
　◇「新日本古典文学大系 明治編 10」岩波書店 2011 p47

大阪（抄）（小野十三郎）
　◇「大阪文学名作選」講談社 2011（講談社文芸文庫）p152

大阪城（渡邊霞亭）
　◇「大坂の陣―近代文学名作選」岩波書店 2016 p115

大阪城の話（伊藤三巳華）
　◇「女たちの怪談百物語」メディアファクトリー 2010（[幽books]）p230
　◇「女たちの怪談百物語」KADOKAWA 2014（角川ホラー文庫）p234

大さかずき（川上眉山）

◇「明治深刻悲惨小説集」講談社 2016 （講談社文芸文庫）p9

大阪の穴（小松左京）
◇「大阪ラビリンス」新潮社 2014 （新潮文庫）p103

大阪の女（織田作之助）
◇「大阪ラビリンス」新潮社 2014 （新潮文庫）p73

大坂夢の陣（小松左京）
◇「決戦！ 大坂の陣」実業之日本社 2014 （実業之日本社文庫）p433

大坂落城（安部龍太郎）
◇「決戦！ 大坂の陣」実業之日本社 2014 （実業之日本社文庫）p345

大坂留守居役 岡本次郎左衛門（井上ひさし）
◇「犬道楽江戸草紙―時代小説傑作選」徳間書店 2005 （徳間文庫）p129

大澤子爵の遺書（鄭然圭）
◇「近代朝鮮文学日本語作品集1901～1938 創作篇 1」緑蔭書房 2004 p95

大塩では、うしろいちりょうのとびらがひらきません（中居真麻）
◇「5分で読める！ ひと駅ストーリー 降車編」宝島社 2012 （宝島社文庫）p201

大地震（岡山裕美）
◇「平成28年熊本地震作品集」くまもと文学・歴史館友の会 2016 p6

大地震を生く（加来はるか）
◇「平成28年熊本地震作品集」くまもと文学・歴史館友の会 2016 p9

大島が出来る話（菊池寛）
◇「この愛のゆくえ―ポケットアンソロジー」岩波書店 2011 （岩波文庫別冊）p121

大島ボイト（宮本常一）
◇「ちくま日本文学 22」筑摩書房 2008 （ちくま文庫）p343

大庄屋の家に（柳田國男）
◇「ちくま日本文学 15」筑摩書房 2008 （ちくま文庫）p444

多すぎる（釈騼騽掌編妖精没子富士見英次郎耳目）
◇「ショートショートの花束 5」講談社 2013 （講談社文庫）p199

多すぎる証人（天藤真）
◇「甦る「幻影城」 3」角川書店 1998 （カドカワ・エンタテインメント）p37
◇「幻影城―【探偵小説誌】不朽の名作」角川書店 2000 （角川ホラー文庫）p39

大相撲の滅亡（小林恭二）
◇「恐竜文学大全」河出書房新社 1998 （河出文庫）p123

大洗濯の日（須賀敦子）
◇「精選女性随筆集 9」文藝春秋 2012 p223

（大空を仰ぐとき）（志樹逸馬）
◇「ハンセン病文学全集 7」晧星社 2004 p326

大空学園に集まれ（青井夏海）
◇「蒼迷宮―ミステリー・アンソロジー」祥伝社 2002 （祥伝社文庫）p111

大空の詩（松村永渉）
◇「近代朝鮮文学日本語作品集1908～1945 セレクション 4」緑蔭書房 2008 p482

連載航空小説 大空の魂（杉佐木）
◇「日本統治期台湾文学集成 8」緑蔭書房 2002 p295

大空の鷲（井伏鱒二）
◇「富士山」角川書店 2013 （角川文庫）p191

おお、大砲（司馬遼太郎）
◇「新装版 全集現代文学の発見 16」學藝書林 2005 p314

大高源五（井上志摩夫）
◇「定本・忠臣蔵四十七人集」双葉社 1998 p309

太田道灌の最期―太田道潅（新田次郎）
◇「軍師は死なず」実業之日本社 2014 （実業之日本社文庫）p7

大谷刑部―大谷吉継（吉川英治）
◇「軍師は死なず」実業之日本社 2014 （実業之日本社文庫）p237

大津恋坂物語（加堂秀三）
◇「奇妙な恋の物語」光文社 1998 （光文社文庫）p109

大つごもり（樋口一葉）
◇「明治の文学 17」筑摩書房 2000 p82
◇「新日本古典文学大系 明治編 24」岩波書店 2001 p103
◇「短編名作選―1885-1924 小説の曙」笠間書院 2003 p65
◇「ちくま日本文学 13」筑摩書房 2008 （ちくま文庫）p112
◇「「新編」日本女性文学全集 2」菁柿堂 2008 p48

大妻籠無極の太刀風（吉川英治）
◇「信州歴史時代小説傑作集 3」しなのき書房 2007 p5

大手饅頭（内田百閒）
◇「文豪怪談傑作選 大正篇」筑摩書房 2011 （ちくま文庫）p118
◇「胞子文学名作選」港の人 2013 p185

大通りの夢芝居（須賀敦子）
◇「日本文学全集 25」河出書房新社 2016 p77

大蜥蜴の島（友成純一）
◇「獣人」光文社 2003 （光文社文庫）p655

大友二階崩れ―大友宗麟（早乙女貢）
◇「時代小説傑作選 7」新人物往来社 2008 p231

大鳥（柴田宵曲）
◇「怪獣」国書刊行会 1998 （書物の王国）p9

オオドレット（加藤郁乎）
◇「新装版 全集現代文学の発見 13」學藝書林 2004 p619

大泥棒だったヴィクトリア女王の伯父―随筆（小沼丹）
◇「古書ミステリー倶楽部―傑作推理小説集 3」光文社 2015 （光文社文庫）p293

大なる創造―筆剣進軍（上）（王昶雄）
◇「日本統治期台湾文学集成 29」緑蔭書房 2007

p345

大沼枕山伝（信夫恕軒）
◇「新日本古典文学大系 明治編 2」岩波書店 2004 p339

大猫・化け猫（柴田宵曲）
◇「怪猫鬼談」人類文化社 1999 p157

大野修理の娘―大坂城（滝口康彦）
◇「名城伝」角川春樹事務所 2015（ハルキ文庫）p39

大場康二郎（井上光晴）
◇「戦後文学エッセイ選 13」影書房 2008 p189

大鋏（島尾敏雄）
◇「恐怖の森」ランダムハウス講談社 2007 p233

大はし夕立ち少女（藤沢周平）
◇「剣が舞い落花が舞い―時代小説傑作選」講談社 1998（講談社文庫）p445

大広間（吉田知子）
◇「リテラリーゴシック・イン・ジャパン―文学的ゴシック作品選」筑摩書房 2014（ちくま文庫）p245

大風呂敷と蜘蛛の糸（野尻抱介）
◇「短篇ベストコレクション―現代の小説 2007」徳間書店 2007（徳間文庫）p151
◇「ぼくの、マシン―ゼロ年代日本SFベスト集成 S」東京創元社 2010（創元SF文庫）p13

大癋見警部の事件簿―番外篇（深水黎一郎）
◇「宝石ザミステリー」光文社 2011 p417
◇「宝石ザミステリー 2」光文社 2012 p301

大晦日（香山末子）
◇「ハンセン病文学全集 7」皓星社 2004 p424

大三十日の借金始末（正岡子規）
◇「新日本古典文学大系 明治編 27」岩波書店 2003 p214

大麦畑でつかまえて（奥田哲也）
◇「獣人」光文社 2003（光文社文庫）p503

大麦畑でつかまえて（前川洋一）
◇「テレビドラマ代表作選集 2007年版」日本脚本家連盟 2007 p7

大村駅（許南麒）
◇「〈在日〉文学全集 2」勉誠出版 2006 p248

大村紀行（許南麒）
◇「〈在日〉文学全集 2」勉誠出版 2006 p248

大目小目（逢坂剛）
◇「代表時代小説 平成18年度」光文社 2006 p337

大森に砲を放つを観る（中村敬宇）
◇「新日本古典文学大系 明治編 2」岩波書店 2004 p132

大森の追憶（一）～（七）（石井薫）
◇「近代朝鮮文学日本語作品集1901～1938 創作篇 2」緑蔭書房 2004 p349

大森彦七（作者表記なし）
◇「新日本古典文学大系 明治編 4」岩波書店 2003 p393

大山（おおやま）… → "たいざん…"または"だいせん…"をも見よ

大山定一との交際（富士正晴）
◇「戦後文学エッセイ選 7」影書房 2006 p175

大山定一をなぐり損う事（富士正晴）
◇「戦後文学エッセイ選 7」影書房 2006 p175

大山詣り（戸部新十郎）
◇「しのぶ雨江戸恋慕―新鷹会・傑作時代小説選」光文社 2016（光文社文庫）p159

おゝ！夕やけの國に！（李石薫）
◇「近代朝鮮文学日本語作品集1908～1945 セレクション 4」緑蔭書房 2008 p204

おおるり（三浦哲郎）
◇「日本文学100年の名作 7」新潮社 2015（新潮文庫）p103

大瑠璃鳥（内田百閒）
◇「ちくま日本文学 1」筑摩書房 2007（ちくま文庫）p376

大渡橋（萩原朔太郎）
◇「ちくま日本文学 36」筑摩書房 2009（ちくま文庫）p40
◇「ちくま日本文学 36」筑摩書房 2009（ちくま文庫）p46

丘（趙南哲）
◇「〈在日〉文学全集 18」勉誠出版 2006 p122

男鹿（小池昌代）
◇「変愛小説集 日本作家編」講談社 2014 p227
◇「文学 2015」講談社 2015 p19

お母様と天下晴れてお呼びできます＞星野菊枝（星野朱實）
◇「日本人の手紙 1」リブリオ出版 2004 p69

お母さまのロシアのスープ（荻原浩）
◇「ザ・ベストミステリーズ―推理小説年鑑 2005」講談社 2005 p483
◇「仕掛けられた罪」講談社 2008（講談社文庫）p5

お母さん（鳴原あきら）
◇「血の12幻想」エニックス 2000 p159

オカアサン（佐藤春夫）
◇「文豪の探偵小説」集英社 2006（集英社文庫）p39

おかあさんいるかな（伊藤比呂美）
◇「ファイン／キュート素敵かわいい作品選」筑摩書房 2015（ちくま文庫）p106

お母さんの海（大竹晃子）
◇「日本海文学大賞―大賞作品集 3」日本海文学大賞運営委員会 2007 p417

お母さんの思ひ出（土田耕平）
◇「涙の百年文学―もう一度読みたい」太陽出版 2009 p188

お母さんの言葉（香山末子）
◇「ハンセン病文学全集 7」皓星社 2004 p310

おかあさんのところにやってきた猫（角田光代）
◇「100万分の1回のねこ」講談社 2015 p77

お母さんはえらいな（小川未明）
◇「女 1」あの出版 2016（GB）p7

おかえり（田中啓弥）

おかえ

◇「物語のルミナリエ」光文社 2011（光文社文庫）p387

おかえり（根多加良）
◇「てのひら怪談―ビーケーワン怪談大賞傑作選 壬辰」ポプラ社 2012（ポプラ文庫）p30
◇「渚にて―あの日からの〈みちのく怪談〉」荒蝦夷 2016 p195

おかえり（峯野嵐）
◇「てのひら怪談―ビーケーワン怪談大賞傑作選」ポプラ社 2007 p50
◇「てのひら怪談―ビーケーワン怪談大賞傑作選」ポプラ社 2008（ポプラ文庫）p48

おかえりなさい（角田光代）
◇「最後の恋―つまり、自分史上最高の恋。」新潮社 2008（新潮文庫）p315

「おかえりなさい」に会いたくて―お花屋さん編（作者不詳）
◇「心に火を。」廣済堂出版 2014 p26

おかげ犬（乾緑郎）
◇「5分で読める！ ひと駅ストーリー 旅の話」宝島社 2015（宝島社文庫）p389

おかげさま（江坂遊）
◇「綾辻・有栖川復刊セレクション 仕掛け花火」講談社 2007（講談社ノベルス）p107

犯された兎（平岡篤頼）
◇「小川洋子の陶酔短篇箱」河出書房新社 2014 p205

おかし男の歌（長谷川四郎）
◇「おかしい話」筑摩書房 2010（ちくま文学の森）p8

をかしき楽劇（オペラ）（アンデルセン著, 森鷗外訳）
◇「新日本古典文学大系 明治編 25」岩波書店 2004 p172

お梶供養（阿刀田高）
◇「奇妙な恋の物語」光文社 1998（光文社文庫）p337

おかしな人（田辺聖子）
◇「ブキミな人びと」ランダムハウス講談社 2007 p143

おかしな仏像（横田雄司）
◇「ショートショートの広場 8」講談社 1997（講談社文庫）p174

おかしなまち（勝栄）
◇「世にも奇妙な物語―小説の特別編 遺留品」角川書店 2002（角川ホラー文庫）p12

お菓子の家と廃屋の魔女（希多美咲）
◇「新釈グリム童話―めでたし、めでたし？」集英社 2016（集英社オレンジ文庫）p189

お菓子の汽車（西條八十）
◇「もの食う話」文藝春秋 2015（文春文庫）p234

お菓子の大舞踏会（夢野久作）
◇「たんときれいに召し上がれ―美食文学精選」芸術新聞社 2015 p139

オーガストの命日（冲方丁）
◇「マルドゥック・ストーリーズ―公式二次創作集」早川書房 2016（ハヤカワ文庫 JA）p363

岡田蒼溟著『動物界霊異誌』（柳田國男）
◇「文豪怪作選 柳田國男集」筑摩書房 2007（ちくま文庫）p357

緒方の塾風（福澤諭吉）
◇「新日本古典文学大系 明治編 10」岩波書店 2011 p70

雄勝石（勝山海百合）
◇「てのひら怪談―ビーケーワン怪談大賞傑作選 壬辰」ポプラ社 2012（ポプラ文庫）p24
◇「渚にて―あの日からの〈みちのく怪談〉」荒蝦夷 2016 p46

おかっぱの女の子（立原透耶）
◇「女たちの怪談百物語」メディアファクトリー 2010（幽books）p117
◇「女たちの怪談百物語」KADOKAWA 2014（角川ホラー文庫）p123

丘に憩ふ少年（黒木謳子）
◇「日本統治期台湾文学集成 18」緑蔭書房 2003 p342

オーガニック・スープ（水見稜）
◇「日本SF全集 3」出版芸術社 2013 p283

丘に向ってひとは並ぶ（富岡多惠子）
◇「三枝和子・林京子・富岡多惠子」角川書店 1999（女性作家シリーズ）p249

おかね座談会（嵐山光三郎）
◇「輝きの一瞬―短くて心に残る30編」講談社 1999（講談社文庫）p131

丘の上の宴会（皆川博子）
◇「ファンタジー」リブリオ出版 2001（怪奇・ホラーワールド）p5

丘の上の子供の家（明石海人）
◇「ハンセン病文学全集 7」皓星社 2004 p434

丘の上の生活者（呉泳鎮）
◇「近代朝鮮文学日本語作品集1901〜1938 創作篇 4」緑蔭書房 2004 p411

丘の上のハムレットのバカ（佐分克敏）
◇「優秀新人戯曲集 2001」ブロンズ新社 2000 p47

丘の会話（平戸廉吉）
◇「新装版 全集現代文学の発見 1」學藝書林 2002 p223

岡野金右衛門（藤島一虎）
◇「定本・忠臣蔵四十七人集」双葉社 1998 p81

岡野の蛙（嵐山光三郎）
◇「冒険の森へ―傑作小説大全 7」集英社 2016 p15

拝む人（吉田知子）
◇「文学 2013」講談社 2013 p270

おかめ顔（小松知佳）
◇「母のなみだ・ひまわり―愛しき家族を想う短篇小説集」泰文堂 2013（リンダブックス）p151

岡本一平の逸話（岡本かの子）
◇「精選女性随筆集 4」文藝春秋 2012 p144

岡本潤集（岡本潤）
◇「新装版 全集現代文学の発見 1」學藝書林 2002 p285

岡安家の犬 (藤沢周平)
◇「人情の往来―時代小説最前線」新潮社 1997（新潮文庫）p237
◇「時代小説一読切御免 4」新潮社 2005（新潮文庫）p9

岡山の友だちの話 (岩井志麻子)
◇「女たちの怪談百物語」メディアファクトリー 2010（〔幽books〕）p234
◇「女たちの怪談百物語」KADOKAWA 2014（角川ホラー文庫）p238

岡山は毎晩が百物語 (岩井志麻子)
◇「闇夜に怪を語れば―百物語ホラー傑作選」角川書店 2005（角川ホラー文庫）p303

オカルト・タロットの謎 (嘉祥マーシ)
◇「傑作・推理ミステリー10番勝負」永岡書店 1999 p181

お軽はらきり (有馬頼義)
◇「猫」中央公論新社 2009（中公文庫）p13

小川尚義氏より来簡 (正岡子規)
◇「新日本古典文学大系 明治編 27」岩波書店 2003 p385

小川の辺 (藤沢周平)
◇「主命にござる」新潮社 2015（新潮文庫）p139

おかんの涙 (まこと)
◇「告白」ソフトバンククリエイティブ 2009 p267

オガンバチ (藤井仁司)
◇「Sports stories」埼玉県さいたま市 2009（さいたま市スポーツ文学賞受賞作品集）p3

燠 (北原なお)
◇「ゆきのまち幻想文学賞小品集 10」企画集団ぷりずむ 2001 p191

おきあがりこぼし (高杉美智子)
◇「ハンセン病文学全集 4」皓星社 2003 p462

起上る農村 (上) (下) (香山光郎)
◇「近代朝鮮文学日本語作品集1939～1945 評論・随筆篇 1」緑蔭書房 2002 p419

お紀枝 (島尾敏雄)
◇「文士の意地―車谷長吉撰短篇小説輯 下巻」作品社 2005 p210

お菊 (三浦哲郎)
◇「怪談―24の恐怖」講談社 2004 p333
◇「みちのく怪談名作選 vol.1」荒蝦夷 2010（叢書東北の声）p191

お菊さん (飛鳥部勝則)
◇「玩具館」光文社 2001（光文社文庫）p13

お菊の皿 (中津文彦)
◇「最新『珠玉推理』大全 下」光文社 1998（カッパ・ノベルス）p176
◇「闇夜の芸術祭」光文社 2003（光文社文庫）p243
◇「12の贈り物―頁日本大震災支援岩手県在住作家自選短編集」荒蝦夷 2011（叢書東北の声）p82

沖田総司 (永井龍男)
◇「新選組読本」光文社 2003（光文社文庫）p405
◇「日本剣客伝 幕末篇」朝日新聞出版 2012（朝日文庫）p317

沖田総司 青狼の剣 (多勢尚一郎)
◇「新選組伝奇」勉誠出版 2004 p85

沖田総司の恋―「新撰組血風録」より (司馬遼太郎)
◇「極め付き時代小説選 2」中央公論新社 2004（中公文庫）p7

おきな (小栗篁子)
◇「「新編」日本女性文学全集 3」菁柿堂 2011 p453

おきな (加藤簑)
◇「青鞜小説集」講談社 2014（講談社文芸文庫）p72

沖縄を憶う (折口信夫)
◇「日本文学全集 14」河出書房新社 2015 p319

沖縄から 療友に訴う―より良き療養への道程を求めて (松村憲一)
◇「ハンセン病文学全集 5」皓星社 2010 p324

沖縄から (2) 今後の癩予防法に要望して (源静夫)
◇「ハンセン病文学全集 5」皓星社 2010 p327

沖縄から (3) 読谷高校の本園退園児進学拒否問題について (島中冬郎)
◇「ハンセン病文学全集 5」皓星社 2010 p334

「沖縄」の意味するもの (島尾敏雄)
◇「戦後文学エッセイ選 10」影書房 2007 p29

おきなわの歌 (上原紀善)
◇「沖縄文学選―日本文学のエッジからの問い」勉誠出版 2003 p290

オキナワの少年 (東峰夫)
◇「沖縄文学選―日本文学のエッジからの問い」勉誠出版 2003 p133

沖縄の雪 (森水陽一郎)
◇「ゆきのまち幻想文学賞小品集 24」企画集団ぷりずむ 2015 p45

沖縄舞踊によせて (つきだまさし)
◇「ハンセン病文学全集 7」皓星社 2004 p169

沖縄よどこへ行く (山之口貘)
◇「沖縄文学選―日本文学のエッジからの問い」勉誠出版 2003 p71
◇「読み聞かせる戦争」光文社 2015 p173

沖縄らしさ (島尾敏雄)
◇「創刊一〇〇年三田文学名作選」三田文学会 2010 p666

お気に召すカバーの色 (長谷川賢人)
◇「ゆれる―第12回フェリシモ文学賞作品集」フェリシモ 2009 p158

阿絹 (おきぬ) 蘇生 (石川鴻斎)
◇「新日本古典文学大系 明治編 3」岩波書店 2005 p313

沖の姿 (市川團子)
◇「文豪怪作選 特別編」筑摩書房 2007（ちくま文庫）p101

置き引き (クジラマク)
◇「てのひら怪談―ビーケーワン怪談大賞傑作選」ポプラ社 2008（ポプラ文庫）p162

おきや

お客（幸田文）
◇「ちくま日本文学 5」筑摩書房 2007（ちくま文庫）p335
お客様は先生です。―スタイリスト編（作者不詳）
◇「心に火を。」廣済堂出版 2014 p84
お行儀良いね（富園ハルク）
◇「てのひら怪談 癸巳」KADOKAWA 2013（MF文庫ダ・ヴィンチ）p132
起きろ！ ガチャッ（加門七海）
◇「文藝百物語」ぶんか社 1997 p122
おぎん（芥川龍之介）
◇「怪奇・伝奇時代小説選集 4」春陽堂書店 2000（春陽文庫）p128
お銀小銀（泉鏡花）
◇「新日本古典文学大系 明治編 20」岩波書店 2002 p453
奥方切腹（海音寺潮五郎）
◇「女人」小学館 2007（小学館文庫）p51
奥熊野 抄（明治四十四年以後、大正四年以前）（折口信夫）
◇「ちくま日本文学 25」筑摩書房 2008（ちくま文庫）p16
お公家さん（白洲正子）
◇「文士の意地―車谷長吉撰短篇小説輯 下巻」作品社 2005 p164
小草（種田山頭火）
◇「創刊一〇〇年三田文学名作選」三田文学会 2010 p474
おくさま（幸田文）
◇「ちくま日本文学 5」筑摩書房 2007（ちくま文庫）p328
奥様（痩々亭骨皮道人）
◇「新日本古典文学大系 明治編 29」岩波書店 2005 p229
奥さんの亡くなったことを伝える涙の手紙≫ 中谷宇吉郎（寺田寅彦）
◇「日本人の手紙 3」リブリオ出版 2004 p183
屋上（大槻ケンヂ）
◇「人間みな病気」ランダムハウス講談社 2007 p45
屋上（眉村卓）
◇「70年代日本SFベスト集成 4」筑摩書房 2015（ちくま文庫）p7
屋上から魂を見下ろす（斎藤肇）
◇「心霊理論」光文社 2007（光文社文庫）p55
屋上の黄色いテント（椎名誠）
◇「東京小説」紀伊國屋書店 2000 p5
屋上の黄色いテント―銀座（椎名誠）
◇「東京小説」日本経済新聞出版社 2013（日経文芸文庫）p45
屋上の狂人（菊池寛）
◇「ちくま日本文学 27」筑摩書房 2008（ちくま文庫）p402
屋上の金魚（川端康成）
◇「文豪怪談傑作選 川端康成集」筑摩書房 2006

（ちくま文庫）p85
屋上の三角形（水谷唯那）
◇「屋上の三角形」主婦と生活社 2008（Junon novels）p5
奥二郎詩集（奥二郎）
◇「ハンセン病文学全集 6」皓星社 2003 p336
奥田親子（郡順史）
◇「定本・忠臣蔵四十七人集」双葉社 1998 p65
おくどさん（芦原すなお）
◇「恋物語」朝日新聞社 1998 p213
おくどさん（菅浩江）
◇「京都宵」光文社 2008（光文社文庫）p17
オクトーバーソング（山田正紀）
◇「十月のカーニヴァル」光文社 2000（カッパ・ノベルス）p29
おくない様と座敷わらし（折口信夫）
◇「文豪怪談傑作選 折口信夫集」筑摩書房 2009（ちくま文庫）p243
奥の海（久生十蘭）
◇「新編・日本幻想文学集成 3」国書刊行会 2016 p267
奥野先生と私―奥野信太郎追悼（村松暎）
◇「創刊一〇〇年三田文学名作選」三田文学会 2010 p719
奥の間のある店（菅浩江）
◇「ハンサムウーマン」ビレッジセンター出版局 1998 p55
奥の湯の出来事（小森健太朗）
◇「ミステリ★オールスターズ」角川書店 2010 p109
◇「ミステリ・オールスターズ」角川書店 2012（角川文庫）p125
臆病者（北原亞以子）
◇「江戸なごり雨」学研パブリッシング 2013（学研M文庫）p97
臆病者の流儀（深町秋生）
◇「10分間ミステリー」宝島社 2012（宝島社文庫）p89
奥間巡査（池宮城積宝）
◇「沖縄文学選―日本文学のエッジからの問い」勉誠出版 2003 p41
小熊秀雄詩集（小熊秀雄）
◇「新装版 全集現代文学の発見 13」學藝書林 2004 p216
小栗外伝（餓鬼阿弥蘇生譚の二）―魂と姿との関係（折口信夫）
◇「文豪怪談傑作選 折口信夫集」筑摩書房 2009（ちくま文庫）p309
送り線香（高橋史絵）
◇「てのひら怪談―ビーケーワン怪談大賞傑作選 辛卯」ポプラ社 2011（ポプラ文庫）p220
送り火（相坂きいろ）
◇「ウルトラQ―dark fantasy」角川書店 2004（角川ホラー文庫）p193
小栗虫太郎の考えていたこと（海野十三）

◇「甦る推理雑誌 2」光文社 2002（光文社文庫）p324

送り娘（和坂しょろ）
◇「ショートショートの花束 2」講談社 2010（講談社文庫）p184

おくりもの（姜舜）
◇「〈在日〉文学全集 17」勉誠出版 2006 p24

おくりもの（津田さつ子）
◇「ハンセン病文学全集 4」皓星社 2003 p488

おくりもの（許南麒）
◇「〈在日〉文学全集 2」勉誠出版 2006 p177

贈りもの（許南麒）
◇「〈在日〉文学全集 2」勉誠出版 2006 p148

贈り物（菅浩江）
◇「人魚の血―珠玉アンソロジー オリジナル＆スタンダート」光文社 2001（カッパ・ノベルス）p259

贈り物（鷹匠りく）
◇「てのひら怪談 葵巳」KADOKAWA 2013（MF文庫ダ・ヴィンチ）p156

贈り物（丸谷才一）
◇「戦後短篇小説再発見 3」講談社 2001（講談社文芸文庫）p80

贈り物（若竹七海）
◇「闇夜に怪を語れば―百物語ホラー傑作選」角川書店 2005（角川ホラー文庫）p309

贈り物を袋につめて（@bttftag）
◇「3.11心に残る140字の物語」学研パブリッシング 2011 p12

贈り物展示館（島崎一裕）
◇「ショートショートの広場 15」講談社 2004（講談社文庫）p161

贈物にそへて（萩原朔太郎）
◇「ちくま日本文学 36」筑摩書房 2009（ちくま文庫）p94

遅れた死神（空守由希子）
◇「てのひら怪談―ビーケーワン怪談大賞傑作選 庚寅」ポプラ社 2010（ポプラ文庫）p138

遅れた誕生日（月野玉子）
◇「ショートショートの花束 7」講談社 2015（講談社文庫）p100

オーケストラの少年（阪田寛夫）
◇「それはまだヒミツ―少年少女の物語」新潮社 2012（新潮文庫）p111

桶屋の鬼吉（村上元三）
◇「武士道歳時記―新鷹会・傑作時代小説選」光文社 2008（光文社文庫）p27

おこう（平岩弓枝）
◇「江戸なみだ雨―市井稼業小説傑作選」学研パブリッシング 2010（学研M文庫）p71

おごおご（友成純一）
◇「暗闇」中央公論新社 2004（C NOVELS）p133

お小姓児太郎（室生犀星）
◇「美少年」国書刊行会 1997（書物の王国）p147
◇「文豪たちが書いた耽美小説短編集」彩図社 2015 p90

おこぜ（内海隆一郎）
◇「輝きの一瞬―短くて心に残る30編」講談社 1999（講談社文庫）p221

お好み焼きのプライド（小松知佳）
◇「あなたが生まれた日―家族の愛が温かな10の感動ストーリー」泰文堂 2013（リンダブックス）p9

お好み焼き屋の娘（藤田佳奈子）
◇「ショートショートの花束 1」講談社 2009（講談社文庫）p223

おこりじぞう（山口勇子）
◇「もう一度読みたい教科書の泣ける名作 再び」学研教育出版 2014 p91

刑部忍法陣（山田風太郎）
◇「真田幸村―小説集」作品社 2015 p111

おさかべ姫―姫路城（火坂雅志）
◇「名城伝」角川春樹事務所 2015（ハルキ文庫）p247

お下がり（水谷佐和子）
◇「ショートショートの広場 19」講談社 2007（講談社文庫）p70

オサキ油揚げで泥棒になる（高橋由太）
◇「10分間ミステリー」宝島社 2012（宝島社文庫）p275
◇「10分間ミステリー THE BEST」宝島社 2016（宝島社文庫）p139

オサキ宿場町へ（高橋由太）
◇「5分で読める！ ひと駅ストーリー 乗車編」宝島社 2012（宝島社文庫）p33
◇「5分で笑える！ おバカで愉快な物語」宝島社 2016（宝島社文庫）p119

尾崎伝説は、はじまったばかりなのです≫尾崎豊（吉岡秀隆）
◇「日本人の手紙 9」リブリオ出版 2004 p14

お先に失礼（中村春海）
◇「回転ドアから」全作家協会 2015（全作家短編集）p333

お先にどうぞ（前川生子）
◇「ゆきのまち幻想文学賞小品集 17」企画集団ぷりずむ 2008 p132

オサキぬらりひょんに会う（高橋由太）
◇「『このミステリーがすごい！』大賞作家書き下ろしBOOK vol.3」宝島社 2013 p181

オサキぬらりひょんに会う―もののけ本所深川事件帖オサキシリーズ（高橋由太）
◇「大江戸「町」物語 風」宝島社 2014（宝島社文庫）p7

オサキまんじゅう大食い合戦へ（高橋由太）
◇「『このミステリーがすごい！』大賞作家書き下ろしBOOK vol.12」宝島社 2016 p135

オサキまんじゅう大食い合戦へ 第2回（高橋由太）
◇「『このミステリーがすごい！』大賞作家書き下ろしBOOK vol.13」宝島社 2016 p135

オサキまんじゅう大食い合戦へ 第3回（高橋由太）

おさけ

◇「『このミステリーがすごい！』大賞作家書き下ろしBOOK vol.14」宝島社 2016 p175

お酒を飲むなら、おしるこのように（長沢節）
◇「たんときれいに召し上がれ—美食文学精選」芸術新聞社 2015 p415

お酒の幽霊 昼になれば消えてなくなる—愛香の落書（作者表記なし）
◇「文豪怪談傑作選 特別編」筑摩書房 2009（ちくま文庫）p152

お座敷の鰐（ももくちそらミミ）
◇「ゆきのまち幻想文学賞小品集 21」企画集団ぷりずむ 2012 p115

お座敷列車殺人号（辻真先）
◇「名探偵と鉄旅—鉄道ミステリー傑作選」光文社 2016（光文社文庫）p285

お薩の饗宴（楊逵）
◇「日本統治期台湾文学集成 23」緑蔭書房 2007 p341

幼い頃の記憶（泉鏡花）
◇「文豪怪談傑作選 泉鏡花集」筑摩書房 2006（ちくま文庫）p394

幼い日の思い出（須藤克三）
◇「山形県文学全集第2期（随筆・紀行編）3」郷土出版社 2005 p244

幼い日々（森茉莉）
◇「精選女性随筆集 2」文藝春秋 2012 p16

幼き春（折口信夫）
◇「ちくま日本文学 25」筑摩書房 2008（ちくま文庫）p72

幼時（をさなきほど）（広津柳浪）
◇「明治の文学 7」筑摩書房 2001 p316

幼子を守る竜（@kyounagi）
◇「3.11心に残る140字の物語」学研パブリッシング 2011 p18

幼馴染み（森山うたろ）
◇「ショートショートの広場 13」講談社 2002（講談社文庫）p66

オサナヤ（堕天）
◇「縄文4000年の謎に挑む」現代書林 2016 p272

お寒い死体（池月涼太）
◇「本格推理 15」光文社 1999（光文社文庫）p45

治さん、いま、ちっとも、淋しくはないのか＞太宰治（今官一）
◇「日本人の手紙 9」リブリオ出版 2004 p42

百足（オサムシ）の歩行法（正岡子規）
◇「新日本古典文学大系 明治編 27」岩波書店 2003 p34

お小夜しぐれ（栗本薫）
◇「合わせ鏡—女流時代小説傑作選」角川春樹事務所 2003（ハルキ文庫）p271

おさらば食堂（咲乃月音）
◇「5分で読める！ ひと駅ストーリー 食の話」宝島社 2015（宝島社文庫）p49

おさらばという名の黒馬（寺山修司）
◇「ちくま日本文学 6」筑摩書房 2007（ちくま文庫）p333

お猿電車（北野勇作）
◇「自選ショート・ミステリー 2」講談社 2001（講談社文庫）p180

おさる日記（和田誠）
◇「日本文学100年の名作 6」新潮社 2015（新潮文庫）p173
◇「30の神品—ショートショート傑作選」扶桑社 2016（扶桑社文庫）p15

お産（幸田文）
◇「ちくま日本文学 5」筑摩書房 2007（ちくま文庫）p379

Oさんの家風（金子光晴）
◇「ちくま日本文学 38」筑摩書房 2009（ちくま文庫）p422

おさん茂兵衛（川口松太郎）
◇「日本舞踊舞踊劇選集」西川会 2002 p231

啞（崔秉一）
◇「近代朝鮮文学日本語作品集1939〜1945 創作篇 5」緑蔭書房 2001 p321

お祖父様は犬嫌い（磯村善夫）
◇「『少年倶楽部』熱血・痛快・時代短篇選」講談社 2015（講談社文芸文庫）p40

おじいさんの内緒（奥宮和典）
◇「ザ・ベストミステリーズ—推理小説年鑑 2000」講談社 2000 p435
◇「罪深き者に罰を」講談社 2002（講談社文庫）p362

おじいさんの本（香山末子）
◇「ハンセン病文学全集 7」皓星社 2004 p416

おじいちゃん（耳目）
◇「ショートショートの広場 11」講談社 2000（講談社文庫）p52

おじいちゃんのおふとん（透翅大）
◇「てのひら怪談 癸巳」KADOKAWA 2013（MF文庫ダ・ヴィンチ）p138

おじいちゃんのゴキブリ退治（赤埴千枝子）
◇「ひらく—第15回フェリシモ文学賞」フェリシモ 2012 p56

おじいちゃんの小説塾（滝本竜彦）
◇「星海社カレンダー小説 2012下」星海社 2012（星海社FICTIONS）p99

おじいのわらぐつ（本間浩）
◇「ゆきのまち幻想文学賞小品集 24」企画集団ぷりずむ 2015 p116

押入れ（青木美土里）
◇「てのひら怪談—ビーケーワン怪談大賞傑作選 2」ポプラ社 2007 p194
◇「てのひら怪談—ビーケーワン怪談大賞傑作選 己丑」ポプラ社 2009（ポプラ文庫）p226

押入れで花嫁（井上竜）
◇「新走（アラバシリ）—Powers Selection」講談社 2011（講談社box）p251

押入の中の鏡花先生（十和田操）
◇「名短篇、さらにあり」筑摩書房 2008（ちくま文庫）p113

おしよ

押入れヒラヒラ（黒史郎）
　◇「怪しき我が家―家の怪談競作集」メディアファクトリー 2011（MF文庫）p35
押絵と旅する男（江戸川乱歩）
　◇「暗黒のメルヘン」河出書房新社 1998（河出文庫）p89
　◇「ことばの織物―昭和短篇珠玉選 2」蒼丘書林 1998 p27
　◇「近代小説〈異景〉を読む」双文社出版 1999 p104
　◇「謎」文藝春秋 2004（推理作家になりたくて マイベストミステリー）p213
　◇「怪談―24の恐怖」講談社 2004 p459
　◇「マイ・ベスト・ミステリー 6」文藝春秋 2007（文春文庫）p315
　◇「ちくま日本文学 7」筑摩書房 2008（ちくま文庫）p267
　◇「百年小説」ポプラ社 2008 p743
　◇「小川洋子の偏愛短篇箱」河出書房新社 2009 p29
　◇「思いがけない話」筑摩書房 2010（ちくま文学の森）p221
　◇「小川洋子の偏愛短篇箱」河出書房新社 2012（河出文庫）p29
　◇「幻妖の水脈（みお）」筑摩書房 2013（ちくま文庫）p426
　◇「文豪たちが書いた怖い名作短篇集」彩図社 2014 p24
　◇「『このミス』が選ぶ！ オールタイム・ベスト短編ミステリー 赤」宝島社 2015（宝島社文庫）p177
押絵の奇蹟（夢野久作）
　◇「江戸川乱歩と13人の新青年〈文学派〉編」光文社 2008（光文社文庫）p59
　◇「ちくま日本文学 31」筑摩書房 2009（ちくま文庫）p43
教えることは、ただひとつ―サッカー監督編（作者不詳）
　◇「心に火を。」廣済堂出版 2014 p40
お時儀（芥川龍之介）
　◇「ちくま日本文学 2」筑摩書房 2007（ちくま文庫）p26
おじさん（武田若千）
　◇「てのひら怪談 癸巳」KADOKAWA 2013（MF文庫ダ・ヴィンチ）p22
叔父さん（永倉萬治）
　◇「短篇ベストコレクション―現代の小説 2001」徳間書店 2001（徳間文庫）p73
おじさんの隠しポケット（松嶋ひとみ）
　◇「ゆきのまち幻想文学賞・小品集 15」企画集団ぷりずむ 2006 p201
おじさんはこどものてがみがすきです≫横溝亮一（江戸川乱歩）
　◇「日本人の手紙 2」リブリオ出版 2004 p38
忍城の美女―忍城（東郷隆）
　◇「名城伝」角川春樹事務所 2015（ハルキ文庫）p137
お地蔵様海へ行く（柏葉幸子）
　◇「あの日から―東日本大震災鎮魂岩手県出身作家短編集」岩手日報社 2015 p91

お地蔵様に見られてる（大石直紀）
　◇「宝石ザミステリー Blue」光文社 2016 p237
お地藏さん（安正浩）
　◇「近代朝鮮文学日本語作品集1908～1945 セレクション 6」緑蔭書房 2008 p59
押し出された話（稲垣足穂）
　◇「ちくま日本文学 16」筑摩書房 2008（ちくま文庫）p23
お七（皆川博子）
　◇「恋物語」朝日新聞社 1998 p191
　◇「短歌殺人事件―31音律のラビリンス」光文社 2003（光文社文庫）p413
おしっこを夢から出すな（穂村弘）
　◇「こどものころにみた夢」講談社 2008 p124
鴛鴦（おしどり）… → "えんおう…"を見よ
おしどり夫婦（紙舞）
　◇「男たちの怪談百物語」メディアファクトリー 2012（[幽]BOOKS）p46
おしの（大内美予子）
　◇「血闘！ 新選組」実業之日本社 2016（実業之日本社文庫）p59
叔父の上着（須月研児）
　◇「ショートショートの広場 20」講談社 2008（講談社文庫）p198
伯父の墓地（安岡章太郎）
　◇「川端康成文学賞全作品 2」新潮社 1999 p187
　◇「文士の意地―車谷長吉撰短篇小説輯 下巻」作品社 2005 p220
押花（野口冨士男）
　◇「創刊一〇〇年三田文学名作選」三田文学会 2010 p347
オシフィエンチム駅へ（中山七里）
　◇「5分で読める！ ひと駅ストーリー 乗車編」宝島社 2012（宝島社文庫）p11
　◇「5分で凍る！ ぞっとする怖い話」宝島社 2015（宝島社文庫）p39
惜しみなく愛は奪う（有島武郎）
　◇「愛」SDP 2009（SDP bunko）p7
おしめ（島比呂志）
　◇「ハンセン病文学全集 4」皓星社 2003 p732
お湿りなきや（出久根達郎）
　◇「人情の往来―時代小説最前線」新潮社 1997（新潮文庫）p523
おしゃべり怪談（藤野千夜）
　◇「文学 1999」講談社 1999 p89
オシャベリ姫（夢野久作）
　◇「女 2」あの出版 2016（GB）p82
お重箱（新垣宏一）
　◇「日本統治期台湾文学集成 22」緑蔭書房 2007 p363
おしゅん吾嬬杜夜雨（坂岡真）
　◇「代表作時代小説 平成21年度」光文社 2009 p247
お正月奇談（朱川湊人）
　◇「憑きびと―「読楽」ホラー小説アンソロジー」徳

おしよ

間書店 2016（徳間文庫）p47

お嬢様出帆（若竹七海）
◇「ザ・ベストミステリーズ─推理小説年鑑 1999」
　講談社 1999 p405
◇「密室＋アリバイ＝真犯人」講談社 2002（講談社
　文庫）p200

お嬢様の冒険（川人忠明）
◇「ゴーレムは証言せず─ソード・ワールド短編集」
　富士見書房 2000（富士見ファンタジア文庫）
　p7

和尚の初恋（笹本稜平）
◇「宝石ザミステリー 2014夏」光文社 2014 p61

お精霊舟（宮田亜佐）
◇甦る「幻影城」 3」角川書店 1998（カドカワ・
　エンタテインメント）p87
◇「幻影城─【探偵小説誌】不朽の名作」角川書店
　2000（角川ホラー文庫）p97

汚職の心理（武田泰淳）
◇「戦後文学エッセイ選 5」影書房 2006 p92

「オショネ」と「アマコ」の話（河原節子）
◇「松江怪談─新作怪談 松江物語」今井印刷 2015
　p99

おしるこ（中島たい子）
◇「スタートライン─始まりをめぐる19の物語」幻
　冬舎 2010（幻冬舎文庫）p139

おしろい顔（李石薫）
◇「近代朝鮮文学日本語作品集1901～1938 創作篇 2」
　緑蔭書房 2004 p339

おしろい猫（池波正太郎）
◇「大江戸猫三昧─時代小説傑作選」徳間書店 2004
　（徳間文庫）p91

押す（塩谷隆志）
◇「宇宙塵傑作選─日本SFの軌跡 2」出版芸術社
　1997 p39

おすず（杉本章子）
◇「代表作時代小説 平成12年度」光風社出版 2000
　p7

お裾分け（誉田哲也）
◇「宝石ザミステリー 3」光文社 2013 p69

オースチンを襲う（妹尾アキ夫）
◇「悪魔黙示録「新青年」一九三八─探偵小説暗黒
　の時代へ」光文社 2011（光文社文庫）p70

小津安二郎芸談（小津安二郎）
◇「映画狂時代」新潮社 2014（新潮文庫）p51

オスロ（佐伯一麦）
◇「街物語」朝日新聞社 2000 p251

お勢殺し（宮部みゆき）
◇「江戸の満腹力─時代小説傑作選」集英社 2005
　（集英社文庫）p255

於清涼寺（朴東一）
◇「近代朝鮮文学日本語作品集1908～1945 セレクショ
　ン 6」緑蔭書房 2008 p25

おせち料理ンピック（小宮民子）
◇「小学校・全員参加の楽しい学級劇・学年劇脚本
　集 中学年」黎明書房 2006 p176

おせっ怪獣 ヒョウガラヤン登場─大阪府「新

喜劇の巨人」（中野貴雄）
◇「日本怪獣侵略伝─ご当地怪獣異聞集」洋泉社
　2015 p125

おせん（井上ひさし）
◇「代表作時代小説 平成11年度」光風社出版 1999
　p221

おせんの恋（伊藤正福, 山本勝子）
◇「命つなぐ愛─佐渡演劇グループいごねり創作演
　劇脚本集」新潟日報事業社 2007 p91

遅い目覚めながらも（阿部光子）
◇「現代秀作集」角川書店 1999（女性作家シリー
　ズ）p7

襲う（赤川次郎）
◇「江戸猫ばなし」光文社 2014（光文社文庫）p31

お葬式（亀尾佳宏）
◇「高校演劇Selection 2006 下」晩成書房 2008
　p131

おそうめん（貝原）
◇「てのひら怪談─ビーケーワン怪談大賞傑作選 百
　怪繚乱篇」ポプラ社 2008 p50
◇「てのひら怪談─ビーケーワン怪談大賞傑作選 己
　丑」ポプラ文庫 2009 p14

晩き日の夕べに（立原道造）
◇「新装版 全集現代文学の発見 14」學藝書林 2005
　p443

おそすぎますか？（田辺聖子）
◇「こんなにも恋はせつない─恋愛小説アンソロ
　ジー」光文社 2004（光文社文庫）p195

遅すぎることはない（井上雅彦）
◇「闇電話」光文社 2006（光文社文庫）p57

お供え（吉田知子）
◇「吉田知子・森万紀子・吉行理恵・加藤幸子」角川
　書店 1998（女性作家シリーズ）p86
◇「川端康成文学賞全作品 2」新潮社 1999 p207
◇「戦後短篇小説再発見 10」講談社 2002（講談社
　文芸文庫）p221
◇「小川洋子の偏愛短篇箱」河出書房新社 2009
　p325
◇「小川洋子の偏愛短篇箱」河出書房新社 2012（河
　出文庫）p325

おそ夏のゆうぐれ（江國香織）
◇「甘い記憶」新潮社 2008 p31
◇「甘い記憶」新潮社 2011（新潮文庫）p33

お粗末な召喚（猫乃ツルギ）
◇「リトル・リトル・クトゥルー──史上最小の神話
　小説集」学習研究社 2009 p170

おそれ考─私と「昭和」（金時鐘）
◇「〈在日〉文学全集 5」勉誠出版 2006 p318

恐山（寺山修司）
◇「新装版 全集現代文学の発見 15」學藝書林 2005
　p501
◇「みちのく怪談名作選 vol.1」荒蝦夷 2010（叢書
　東北の声）p265

恐山（長島槙子）
◇「女たちの怪談百物語」メディアファクトリー
　2010（〔幽books〕）p15

◇「女たちの怪談百物語」KADOKAWA 2014（角川ホラー文庫）p21

恐山の宿坊（黒木あるじ）
◇「男たちの怪談百物語」メディアファクトリー 2012（〔幽BOOKS〕）p147

お・それ・みお─私の太陽よ、大空の彼方に（水谷準）
◇「冒険の森へ─傑作小説大全 13」集英社 2016 p36

おそれ山の赤おに（林久博）
◇「小学校・全員参加の楽しい学級劇・学年劇脚本集 低学年」黎明書房 2007 p68

おそろひ（森しげ）
◇「「新編」日本女性文学全集 3」菁柿堂 2011 p163

怖ろしいあの夏の私（甘糟幸子）
◇「文学 2006」講談社 2006 p171

恐ろしい絵（松尾由美）
◇「危険な関係─女流ミステリー傑作選」角川春樹事務所 2002（ハルキ文庫）p127

怖しい経験（浅原六朗）
◇「文章怪談傑作選 特別編」筑摩書房 2008（ちくま文庫）p338

恐ろしいのは（安水稔和）
◇「新装版 全集現代文学の発見 13」學藝書林 2004 p533

恐ろしい窓（阿刀田高）
◇「自選ショート・ミステリー」講談社 2001（講談社文庫）p91

怖ろしいもの祓い（黒咲典）
◇「てのひら怪談 葵巳」KADOKAWA 2013（MF文庫ダ・ヴィンチ）p168

恐ろしい山（萩原朔太郎）
◇「ちくま日本文学 36」筑摩書房 2009（ちくま文庫）p149

恐ろしき復讐（畑耕一）
◇「竹中英太郎 1」皓星社 2016（挿絵叢書）p33

恐ろしき臨終（大下宇陀児）
◇「怪奇探偵小説集 1」角川春樹事務所 1998（ハルキ文庫）p255
◇「恐怖ミステリーBEST15─こんな幻の傑作が読みたかった！」シーエイチシー 2006 p157

恐ろしく憂鬱なる（萩原朔太郎）
◇「ちくま日本文学 36」筑摩書房 2009（ちくま文庫）p140

襲われて（夏樹静子）
◇「七つの危険な真実」新潮社 2004（新潮文庫）p245

お互い・に向かい・そこで・静かに・聞く─冬の旅から（工藤正廣）
◇「ことばのたくらみ─実作集」岩波書店 2003（21世紀文学の創造）p233

オタクを拾った女の話（波多野郷都）
◇「すごい恋愛」泰文堂 2012（リンダブックス）p86

汚濁の棺（苅米一志）
◇「蒼茫の海」桃園書房 2001（桃園文庫）p101

おたくもヒキコモリ？（安倍裕子）
◇「ショートショートの広場 19」講談社 2007（講談社文庫）p45

織田三七の最期（高橋直樹）
◇「代表作時代小説 平成10年度」光風社出版 1998 p219
◇「愛染夢灯籠─時代小説傑作選」講談社 2005（講談社文庫）p145

おたすけぶち（宮部みゆき）
◇「緋迷宮─ミステリー・アンソロジー」祥伝社 2001（祥伝社文庫）p7
◇「ふるえて眠れない─ホラーミステリー傑作選」光文社 2006（光文社文庫）p213

おだっくいの国、シヅーカに行かざあ（藤岡正敏）
◇「「伊豆文学賞」優秀作品集 第14回」静岡新聞社 2011 p234

小谷城─横恋慕した家臣（南條範夫）
◇「おんなの戦」角川書店 2010（角川文庫）p49

男谷精一郎（奈良本辰也）
◇「人物日本剣豪伝 4」学陽書房 2001（人物文庫）p225

男谷精一郎信友（戸川幸夫）
◇「花と剣と侍─新鷹会・傑作時代小説選」光文社 2009（光文社文庫）p269

おたぬきさま（島村ゆに）
◇「てのひら怪談─ビーケーワン怪談大賞傑作選 百怪繚乱篇」ポプラ社 2008 p142

お狸様（芥川龍之介）
◇「文章怪談傑作選 芥川龍之介集」筑摩書房 2010（ちくま文庫）p323

織田信長（坂口安吾）
◇「史話」凱風社 2009（PD叢書）p7

おたふく（岩阪恵子）
◇「大阪ラビリンス」新潮社 2014（新潮文庫）p289

おたふく（甲木千絵）
◇「最後の一日 6月30日─さよならが胸に染みる10の物語」泰文堂 2013（リンダブックス）p84

おたまじゃくしは蛙の子（緒川菊子）
◇「てのひら怪談─ビーケーワン怪談大賞傑作選 辛卯」ポプラ社 2011（ポプラ文庫）p122

オータム・ラン（菊地秀行）
◇「世紀末サーカス」廣済堂出版 2000（廣済堂文庫）p615

オーダーメイドウエディング（春口裕子）
◇「結婚貧乏」幻冬舎 2003 p63

お試し下さい（佐野洋）
◇「匠」文藝春秋 2003（推理作家になりたくて マイベストミステリー）
◇「マイ・ベスト・ミステリー 1」文藝春秋 2007（文春文庫）p72

おだやかな侵入（森下一仁）
◇「侵略！」廣済堂出版 1998（廣済堂文庫）p201

お便り─二幕（黄得時）
◇「日本統治期台湾文学集成 12」緑蔭書房 2003

おたれ

p359

オタ恋（BLANC）
◇「さよなら、大好きな人―スウィート＆ビターな7ストーリー」泰文堂 2011（Linda books！）p118

小田原鰹（乙川優三郎）
◇「世話焼き長屋―人情時代小説傑作選」新潮社 2008（新潮文庫）p101

小田原鰹―井伊直弼（乙川優三郎）
◇「江戸の満腹力―時代小説傑作選」集英社 2005（集英社文庫）p37

小田原日記（斎藤緑雨）
◇「明治の文学 15」筑摩書房 2002 p327

小田原の織社（中野良浩）
◇「逆転の瞬間」文藝春秋 1998（文春文庫）p269

お誕生日会（朝同栄治）
◇「本格推理 15」光文社 1999（光文社文庫）p177

おたんじょう日なのに（西脇さやか）
◇「小学校・全員参加の楽しい学級劇・学年劇脚本集 低学年」黎明書房 2007 p196

落ちた玉いくつう（佐藤雅美）
◇「江戸浮世風」学習研究社 2004（学研M文庫）p379

落ちてきた階段（梶本晩代）
◇「小学生のげき―新小学校演劇脚本集 中学年 1」晩成書房 2011 p7

落ちてくる！（伊藤人譽）
◇「名短篇ほりだしもの」筑摩書房 2011（ちくま文庫）p261

落ちてゆく（平金魚）
◇「てのひら怪談―ビーケーワン怪談大賞傑作選」ポプラ社 2007 p114
◇「てのひら怪談―ビーケーワン怪談大賞傑作選」ポプラ社 2008（ポプラ文庫）p118

落ちてゆく世界（久坂葉子）
◇「戦後占領期短篇小説コレクション 5」藤原書店 2007 p231

落葉（おちば）… → “らくよう…”をも見よ

落葉（永井荷風）
◇「ちくま日本文学 19」筑摩書房 2008（ちくま文庫）p19

落葉（三好達治）
◇「新装版 全集現代文学の発見 13」學藝書林 2004 p100

落葉やんで（三好達治）
◇「新装版 全集現代文学の発見 13」學藝書林 2004 p101

落穂拾い（小山清）
◇「新装版 全集現代文学の発見 5」學藝書林 2003 p188
◇「栞子さんの本棚―ビブリア古書堂セレクトブック」角川書店 2013（角川文庫）p37
◇「コレクション私小説の冒険 1」勉誠出版 2013 p87
◇「日本文学100年の名作 4」新潮社 2014（新潮文庫）p355

落ち屋（浅倉卓弥）
◇「5分で読める！ ひと駅ストーリー 夏の記憶西口編」宝島社 2013（宝島社文庫）p131

お茶を飲むように呑む（小林弘明）
◇「ハンセン病文学全集 7」皓星社 2004 p407

お茶菓子（渡辺清仁）
◇「ショートショートの広場 11」講談社 2000（講談社文庫）p120

おちゃめ（藤堂雅矢）
◇「物語のルミナリエ」光文社 2011（光文社文庫）p314

おちゃらか山荘（尾﨑太郎）
◇「新鋭劇作集 series.19」日本劇団協議会 2007 p99

お千代（池波正太郎）
◇「世話焼き長屋―人情時代小説傑作選」新潮社 2008（新潮文庫）p7
◇「日本文学100年の名作 6」新潮社 2015（新潮文庫）p357

お蝶（諸田玲子）
◇「花ふぶき―時代小説傑作選」角川春樹事務所 2004（ハルキ文庫）p41

おちょくり屋お紺（神坂次郎）
◇「市井図絵」新潮社 1997 p301
◇「紅葉谷から剣鬼が来る―時代小説傑作選」講談社 2012（講談社文庫）p341

おちょろ丸（神坂次郎）
◇「彩四季・江戸慕情」光文社 2012（光文社文庫）p319

落下る（東野圭吾）
◇「ザ・ベストミステリーズ―推理小説年鑑 2007」講談社 2007 p245
◇「ULTIMATE MYSTERY―究極のミステリー、ここにあり」講談社 2010（講談社文庫）p5

おっ母、すまねえ（池波正太郎）
◇「親不孝長屋―人情時代小説傑作選」新潮社 2007（新潮文庫）p7

追っかけられた話（稲垣足穂）
◇「文豪てのひら怪談」ポプラ社 2009（ポプラ文庫）p92

お月様をたべた話（稲垣足穂）
◇「ちくま日本文学 16」筑摩書房 2008（ちくま文庫）p56

お月様が三角になった話（稲垣足穂）
◇「ちくま日本文学 16」筑摩書房 2008（ちくま文庫）p57

お月様とけんかした話（稲垣足穂）
◇「ちくま日本文学 16」筑摩書房 2008（ちくま文庫）p15
◇「冒険の森へ―傑作小説大全 6」集英社 2016 p10

お月さまと馬賊（小熊秀雄）
◇「謎のギャラリー―こわい部屋」新潮社 2002（新潮文庫）p80
◇「こわい部屋」筑摩書房 2012（ちくま文庫）p80

お月さんを探して（咲乃月音）
◇「LOVE & TRIP by LESPORTSAC」宝島社

2013（宝島社文庫）p121

お月とお星（作者不詳）
　◇「シンデレラ」竹書房 2015（竹書房文庫）p180

お告げ（狩生玲子）
　◇「ショートショートの広場 8」講談社 1997（講談社文庫）p37

オッコルム（庾妙達）
　◇「〈在日〉文学全集 18」勉誠出版 2006 p71

おっちょこちょい（色川武大）
　◇「昭和の短篇一人一冊集成 色川武大」未知谷 2008 p193

追ってくる（朝松健）
　◇「ふるえて眠れない─ホラーミステリー傑作選」光文社 2006（光文社文庫）p251

追ってくるもの（竹内義和）
　◇「文藝百物語」ぶんか社 1997 p178

夫を買った女（瀬戸内寂聴）
　◇「文学 2014」講談社 2014 p94

夫を買った女／恋文の値段（瀬戸内寂聴）
　◇「現代小説クロニクル 2010〜2014」講談社 2015（講談社文芸文庫）p314

おっとせい（金子光晴）
　◇「ちくま日本文学 38」筑摩書房 2009（ちくま文庫）p23

おつとせい（金子光晴）
　◇「新装版 全集現代文学の発見 13」學藝書林 2004 p192

おっとっと（大沢在昌）
　◇「最新「珠玉推理」大全 上」光文社 1998（カッパ・ノベルス）p100
　◇「幻惑のラビリンス」光文社 2001（光文社文庫）p143

夫ドストエーフスキー回想（龍瑛宗）
　◇「日本統治期台湾文学集成 16」緑蔭書房 2003 p268

夫のお弁当箱に石をつめた奥さんの話（門井慶喜）
　◇「大崎梢リクエスト！ 本屋さんのアンソロジー」光文社 2013 p79
　◇「大崎梢リクエスト！ 本屋さんのアンソロジー」光文社 2014（光文社文庫）p85

夫の帰宅（須月研児）
　◇「ショートショートの広場 15」講談社 2004（講談社文庫）p187

夫の首（多岐川恭）
　◇「明暗廻り灯籠」光風社出版 1998（光風社文庫）p261

夫も戦地に散りました（井關君枝）
　◇「近代朝鮮文学日本語作品集1908〜1945 セレクション 6」緑蔭書房 2008 p239

乙酉元旦 乙酉（森春濤）
　◇「新日本古典文学大系 明治編 2」岩波書店 2004 p104

オッパ（李正子）
　◇「〈在日〉文学全集 17」勉誠出版 2006 p241

おっぱい貝（小山内恵美子）
　◇「文学 2013」講談社 2013 p65

おっぱいぱい（眞住居明代）
　◇「藤本義一文学賞 第1回」（大阪）たる出版 2016 p109

おっぱいブルー（神田茜）
　◇「短篇ベストコレクション─現代の小説 2016」徳間書店 2016（徳間文庫）p161

おつぱらふやつ（金晃）
　◇「近代朝鮮文学日本語作品集1901〜1938 創作篇 1」緑蔭書房 2004 p307

川上の新作当世穴さがし おつぺけぺー歌（作者表記なし）
　◇「新日本古典文学大系 明治編 4」岩波書店 2003 p357

オッベルと象（宮沢賢治）
　◇「ちくま日本文学 3」筑摩書房 2007（ちくま文庫）p256

オツベルとぞう（宮沢賢治）
　◇「もう一度読みたい教科書の泣ける名作 再び」学研教育出版 2014 p163

お艶殺し（大岡昇平）
　◇「ペン先の殺意─文芸ミステリー傑作選」光文社 2005（光文社文庫）p59

お艶変化暦（橋爪彦七）
　◇「捕物時代小説選集 1」春陽堂書店 1999（春陽文庫）p163

オーディション（吉川由香子）
　◇「小学生のげき─新小学校演劇脚本集 高学年 1」晩成書房 2011 p7

おてがみに何べんもキスしたよ≫徳冨愛子（徳冨蘆花）
　◇「日本人の手紙 6」リブリオ出版 2004 p35

おてがみに何べんもキスしたよ≫徳冨蘆花（徳冨愛子）
　◇「日本人の手紙 6」リブリオ出版 2004 p35

オデッサの棺（高山聖史）
　◇「5分で読める！ ひと駅ストーリー 夏の記憶東口編」宝島社 2013（宝島社文庫）p161
　◇「5分で凍る！ ぞっとする怖い話」宝島社 2015（宝島社文庫）p141

お照の父（岡本綺堂）
　◇「春はやて─時代小説アンソロジー」KADOKAWA 2016（角川文庫）p187

お手本（向田邦子）
　◇「精選女性随筆集 11」文藝春秋 2012 p249

おてもやんをつくった女（島田淳子）
　◇「ミヤマカラスアゲハ─第三回「草枕文学賞」作品集」文藝春秋企画出版部 2003 p75

オデュッセイア（恩田陸）
　◇「短篇ベストコレクション─現代の小説 2002」徳間書店 2002（徳間文庫）p5
　◇「迷」文藝春秋 2003（推理作家になりたくて マイベストミステリー）p32
　◇「マイ・ベスト・ミステリー 3」文藝春秋 2007（文春文庫）p40

おてら

お寺のお経（金末子）
◇「ハンセン病文学全集 4」皓星社 2003 p658

汚点（井上ひさし）
◇「家族の絆」光文社 1997（光文社文庫）p203

お天気ロボット（勢川びき）
◇「ショートショートの広場 18」講談社 2006（講談社文庫）p220

おてんとうさまが見ているよ（はっとりちはる）
◇「『やるキッズあいち劇場』脚本集 平成19年度」愛知県環境調査センター 2008 p59

おでんの卵を半分こ（片岡義男）
◇「文学 2016」講談社 2016 p109

おてんば娘日記（抄）（佐々木邦）
◇「日本の少年小説―「少国民」のゆくえ」インパクト出版会 2016（インパクト選書）p50

おでんや（竹田多映子）
◇「つながり―フェリシモしあわせショートショート」フェリシモ 1999 p97

おと（新井素子）
◇「短篇ベストコレクション―現代の小説 2007」徳間書店 2007（徳間文庫）p419

音（森春樹）
◇「ハンセン病文学全集 6」皓星社 2003 p268

お問合せ（水上呂理）
◇「戦前探偵小説四人集」論創社 2011（論創ミステリ叢書）p192

お父さんのバックドロップ（鄭義信）
◇「年鑑代表シナリオ集 '04」シナリオ作家協会 2005 p143

お父さんのバックドロップ（中島らも）
◇「闘人烈伝―格闘小説・漫画アンソロジー」双葉社 2000 p77

お父ちゃんと一緒に見た雪景色、一生忘れません≫木村光男（木村宣子）
◇「日本人の手紙 9」リブリオ出版 2004 p128

弟（加門七海）
◇「玩具館」光文社 2001（光文社文庫）p71

弟から兄へ（第一回入営を祝ふ）（長崎浩）
◇「日本統治期台湾文学集成 23」緑蔭書房 2007 p428

弟たち（金村龍濟）
◇「近代朝鮮文学日本語作品集1939～1945 創作篇 6」緑蔭書房 2001 p267

弟の首（泡坂妻夫）
◇「おぞけ―ホラー・アンソロジー」祥伝社 1999（祥伝社文庫）p329

お豆腐の針（沢村貞子）
◇「精選女性随筆集 12」文藝春秋 2012 p120

お伽草子（太宰治）
◇「ちくま日本文学 8」筑摩書房 2008（ちくま文庫）p299

御伽草子（花田清輝）
◇「新編・日本幻想文学集成 2」国書刊行会 2016 p473

御伽の街（坂月あかね）

◇「人は死んだら電柱になる―電柱アンソロジー」遠すぎる未来団 2014 p361

お伽及び咄（折口信夫）
◇「文豪怪談傑作選 折口信夫集」筑摩書房 2009（ちくま文庫）p170

男（角田光代）
◇「こどものころにみた夢」講談社 2008 p4

男意気初春義理事―天切り松 闇がたり（浅田次郎）
◇「短篇ベストコレクション―現代の小説 2012」徳間書店 2012（徳間文庫）p5

男一代の記（海音寺潮五郎）
◇「武士道」小学館 2007（小学館文庫）p69
◇「冒険の森へ―傑作小説大全 20」集英社 2015 p48

男一匹（生島治郎）
◇「謎―スペシャル・ブレンド・ミステリー 002」講談社 2007（講談社文庫）p23

男か女か（柴野睦人）
◇「ショートショートの広場 18」講談社 2006（講談社文庫）p65

男が立たぬ（伊東潤）
◇「決戦！ 大坂城」講談社 2015 p257

おとこ三界に（高橋治）
◇「現代の小説 1997」徳間書店 1997 p325

男たちのブルース（生島治郎）
◇「冒険の森へ―傑作小説大全 6」集英社 2016 p161

男たちの大和（井上淳一，野上龍雄）
◇「年鑑代表シナリオ集 '05」シナリオ作家協会 2006 p283

男たちの夜（河野典生）
◇「男たちのら・ら・ば・い」徳間書店 1999（徳間文庫）p231

男たちはみんな死ぬ（生島治郎）
◇「男たちのら・ら・ば・い」徳間書店 1999（徳間文庫）p5

男だったら、泣いたり逃げたりするんじゃない≫恋人（鈴木生愛）
◇「日本人の手紙 4」リブリオ出版 2004 p94

男伊達（安部龍太郎）
◇「武士道」小学館 2007（小学館文庫）p153

男と女（大庭みな子）
◇「精選女性随筆集 6」文藝春秋 2012 p131

男と女（平田清）
◇「ショートショートの広場 11」講談社 2000（講談社文庫）p167

男と九官鳥（遠藤周作）
◇「戦後短篇小説再発見 5」講談社 2001（講談社文芸文庫）p59
◇「私小説名作選 下」講談社 2012（講談社文芸文庫）p116

オトコに必要な特典は×××（遠山絵梨香）
◇「君を忘れない―恋愛短篇小説集」泰文堂 2012（リンダブックス）p46

おとの

男の縁（乙川優三郎）
　◇「代表作時代小説 平成18年度」光文社 2006 p315
男の顔（田中文雄）
　◇「玩具館」光文社 2001 （光文社文庫）p245
中篇小説 男の気持（陳華培）
　◇「日本統治期台湾文学集成 8」緑蔭書房 2002 p97
男の首（花田清輝）
　◇「戦後文学エッセイ選 1」影書房 2005 p95
男の小道具（北方謙三）
　◇「闇に香るもの」新潮社 2004 （新潮文庫）p165
男の最良の友、モーガスに乾杯！（ニコル、C.
W.）
　◇「たんときれいに召し上がれ—美食文学精選」芸
　　術新聞社 2015 p107
男の城（池波正太郎）
　◇「軍師の生きざま—時代小説傑作選」コスミック
　　出版 2008 （コスミック・時代文庫）p173
男の世界（ヒモロギヒロシ）
　◇「てのひら怪談—ビーケーワン怪談大賞傑作選 百
　　怪繚乱篇」ポプラ社 2008 p68
男の花道（色川武大）
　◇「昭和の短篇一人一冊集成 色川武大」未知谷
　　2008 p237
　◇「ちくま日本文学 30」筑摩書房 2008 （ちくま文
　　庫）p344
男派と女派（沢木耕太郎）
　◇「Story Seller 3」新潮社 2011 （新潮文庫）p9
男は車上にて面影を見る（木野裕喜）
　◇「5分で読める！ ひと駅ストーリー 降車編」宝島
　　社 2012 （宝島社文庫）p211
男は多門伝八郎（卯村彰彦）
　◇「武士の本懐—武士道小説傑作選」ベストセラー
　　ズ 2004 （ベスト時代文庫）p165
男（一）（呉林俊）
　◇「〈在日〉文学全集 17」勉誠出版 2006 p104
男（二）（呉林俊）
　◇「〈在日〉文学全集 17」勉誠出版 2006 p105
乙路（乙川優三郎）
　◇「代表作時代小説 平成19年度」光文社 2007 p287
脅し（羽太雄平）
　◇「蒼茫の海」桃園書房 2001 （桃園文庫）p7
おとし穴（新田次郎）
　◇「冒険の森へ—傑作小説大全 7」集英社 2016
　　p121
お年頃（吉田訓子）
　◇「ショートショートの広場 17」講談社 2005 （講
　　談社文庫）p25
落とした話（霜島ケイ）
　◇「文藝百物語」ぶんか社 1997 p216
落しの刑事（てのひら怪談—ビーケーワン怪談大賞傑作選 壬
　辰）ポプラ社 2012 （ポプラ文庫）p256
落としの玲子—「亜川玲子」シリーズ番外編
　（誉田哲也）

　◇「サイドストーリーズ」KADOKAWA 2015 （角
　　川文庫）p239
落し物（耳目）
　◇「ショートショートの花束 1」講談社 2009 （講
　　談社文庫）p26
落としもの—紫の海の砂浜で拾った人間の眼
　鏡は、どこから落ちてきたの？（松尾由美）
　◇「NOVA—書き下ろし日本SFコレクション 8」河
　　出書房新社 2012 （河出文庫）p59
おとずれに（金太中）
　◇「〈在日〉文学全集 18」勉誠出版 2006 p99
おとといマニア（古川直樹）
　◇「ショートショートの広場 12」講談社 2001 （講
　　談社文庫）p38
お届け先には不思議を添えて（似鳥鶏）
　◇「放課後探偵団—書き下ろし学園ミステリ・アンソ
　　ロジー」東京創元社 2010 （創元推理文庫）p9
おと・どけ・もの（多和田葉子）
　◇「文学 2010」講談社 2010 p71
お届けモノ（高山聖史）
　◇「もっとすごい！ 10分間ミステリー」宝島社
　　2013 （宝島社文庫）p269
　◇「10分間ミステリー THE BEST」宝島社 2016
　　（宝島社文庫）p365
お届け物（青井知之）
　◇「てのひら怪談—ビーケーワン怪談大賞傑作選 辛
　　卯」ポプラ社 2011 （ポプラ文庫）p66
音と声から（藤本とし）
　◇「ハンセン病文学全集 4」皓星社 2003 p686
オトナたちに告ぐ！（宮崎充治）
　◇「小学生のげき—新小学校演劇脚本集 高学年 1」
　　晩成書房 2011 p249
大人の絵本（宇野千代）
　◇「謎のギャラリー特別室 3」マガジンハウス 1999
　　p17
　◇「謎のギャラリー—謎の部屋」新潮社 2002 （新潮
　　文庫）p9
　◇「謎の部屋」筑摩書房 2012 （ちくま文庫）p9
大人の恋（唯川恵）
　◇「空を飛ぶ恋—ケータイがつなぐ28の物語」新潮
　　社 2006 （新潮文庫）p46
大人の童話冬神の約束（伊藤浩一）
　◇「ゆきのまち幻想文学賞小品集 23」企画集団ぷり
　　ずむ 2014 p66
お隣さんのミシン（成野秋子）
　◇「気配—第10回フェリシモ文学賞作品集」フェリ
　　シモ 2007 p71
音に就いて（太宰治）
　◇「文豪怪談傑作選 太宰治集」筑摩書房 2009 （ち
　　くま文庫）p332
音の告発（森村誠一）
　◇「あなたが名探偵」講談社 1998 （講談社文庫）
　　p109
音の正体（折原一）
　◇「ザ・ベストミステリーズ—推理小説年鑑 2009」
　　講談社 2009 p377

作品名から引ける日本文学全集案内 第III期　125

おとの

◇「Bluff騙し合いの夜」講談社 2012（講談社文庫）p309

音のない雨（田端智子）
◇「気配―第10回フェリシモ文学賞作品集」フェリシモ 2007 p146

音のない海（山崎マキコ）
◇「Love Letter」幻冬舎 2005 p99
◇「Love Letter」幻冬舎 2008（幻冬舎文庫）p109

音の密室（今邑彩）
◇「推理小説代表作選集―推理小説年鑑 1997」講談社 1997 p131
◇「殺人哀モード」講談社 2000（講談社文庫）p177
◇「謎―スペシャル・ブレンド・ミステリー 008」講談社 2013（講談社文庫）p13

乙姫の贈り物（井沢元彦）
◇「御伽草子―ホラー・アンソロジー」PHP研究所 2001（PHP文庫）p197

乙前（瀬戸内寂聴）
◇「美女峠に星が流れる―時代小説傑作選」講談社 1999（講談社文庫）p37

お富の貞操（芥川龍之介）
◇「百年小説」ポプラ社 2008 p639
◇「日本文学全集 26」河出書房新社 2017 p75

お富の場合（茂山忠茂）
◇「現代鹿児島小説大系 2」ジャプラン 2014 p152

お弔い（岩波三樹緒）
◇「北日本文学賞入賞作品集 2」北日本新聞社 2002 p311

乙女座の夫、蠍座の妻。（吉田修一）
◇「あなたと、どこかへ。」文藝春秋 2008（文春文庫）p9

乙女座の星（姫野カオルコ）
◇「12星座小説集」講談社 2013（講談社文庫）p129

乙女塚（佐藤正巳）
◇「山形県文学全集第2期（随筆・紀行編）5」郷土出版社 2005 p103

をとめトランク（沢井良太）
◇「てのひら怪談―ビーケーワン怪談大賞傑作選 庚寅」ポプラ社 2010（ポプラ文庫）p52

オトメの祈り（川村邦光）
◇「ひつじアンソロジー 小説編 2」ひつじ書房 2009 p102

をとめの島―琉球 抄（大正十年）（折口信夫）
◇「ちくま日本文学 25」筑摩書房 2008（ちくま文庫）p11

乙女のワルツ（宮島竜治）
◇「歌謡曲だよ、人生は―映画監督短編集」メディアファクトリー 2007 p29

乙女よ！（王白淵）
◇「日本統治期台湾文学集成 18」緑蔭書房 2003 p32

乙弥と兄（林千歳）
◇「青鞜文学集」不二出版 2004 p78
◇「青鞜小説集」講談社 2014（講談社文芸文庫）

p164

おどり喰い（山田正紀）
◇「秘神界 歴史編」東京創元社 2002（創元推理文庫）p15

踊子オルガ・アルローワ事件（群司次郎正）
◇「外地探偵小説集 満州篇」せらび書房 2003 p37

踊り子殺しの哀愁（左頭弦馬）
◇「怪奇探偵小説集 3」角川春樹事務所 1998（ハルキ文庫）p31

踊子マリイ・ロオランサン（北原武夫）
◇「創刊一〇〇年三田文学名作選」三田文学会 2010 p142

踊りたいほどベルボトム（たなかなつみ）
◇「超短編の世界 vol.3」創英社 2011 p44

踊りたいほどベルボトム（宮田真司）
◇「超短編の世界」創英社 2008 p88

踊りの伝説（埴谷雄高）
◇「戦後文学エッセイ選 3」影書房 2005 p105

踊り場の花子（辻村深月）
◇「謎の放課後―学校の七不思議」KADOKAWA 2015（角川文庫）p201

踊り廻る犬（井上雅彦）
◇「文藝百物語」ぶんか社 1997 p64

踊る一寸法師（江戸川乱歩）
◇「怪奇探偵小説集 2」角川春樹事務所 1998（ハルキ文庫）p9

おどる男（中野重治）
◇「戦後短篇小説再発見 8」講談社 2002（講談社文芸文庫）p48
◇「コレクション戦争と文学 10」集英社 2012 p247

踊る男（江坂遊）
◇「綾辻・有栖川復刊セレクション 仕掛け花火」講談社 2007（講談社ノベルス）p119

踊るお人形（夢枕獏）
◇「シャーロック・ホームズに愛をこめて」光文社 2010（光文社文庫）p57

踊る影絵（大倉燁子）
◇「探偵小説の風景―トラフィック・コレクション 下」光文社 2009（光文社文庫）p281

踊る黒猫（村山早紀）
◇「猫とわたしの七日間―青春ミステリーアンソロジー」ポプラ社 2013（ポプラ文庫ピュアフル）p209

踊る細胞（江坂遊）
◇「綾辻行人と有栖川有栖のミステリ・ジョッキー 1」講談社 2008 p108

踊る朝鮮―古典舞踊・剣舞（作者表記なし）
◇「近代朝鮮文学日本語作品集1908〜1945 セレクション 4」緑蔭書房 2008 p402

踊る夏（崔承喜）
◇「近代朝鮮文学日本語作品集1901〜1938 評論・随筆篇 2」緑蔭書房 2004 p269

踊る婆さん（白ひびき）
◇「てのひら怪談―ビーケーワン怪談大賞傑作選」ポプラ社 2007 p134
◇「てのひら怪談―ビーケーワン怪談大賞傑作選」

ポプラ社 2008（ポプラ文庫）p138

踊るバビロン（牧野修）
◇「SFバカ本 だるま篇」廣済堂出版 1999（廣済堂文庫）p231

驚きの、また喜びの（宇江佐真理）
◇「江戸宵闇しぐれ」学習研究社 2005（学研M文庫）p337

驚き盤（水上呂理）
◇「戦前探偵小説四人集」論創社 2011（論創ミステリ叢書）p145

オトロシその他の怪—『東北怪談の旅』より（山田野理夫）
◇「響き交わす鬼」小学館 2005（小学館文庫）p301

お仲間…（中務こがね）
◇「ショートショートの広場 17」講談社 2005（講談社文庫）p221

オナカマとよばれる人たち（烏兎沼宏之）
◇「山形県文学全集第2期（随筆・紀行編）5」郷土出版社 2005 p344

おなじ緯度の下で（片岡義男）
◇「夏休み」KADOKAWA 2014（角川文庫）p53

おならのあと（岩本敏男）
◇「日本の少年小説—「少国民」のゆくえ」インパクト出版会 2016（インパクト選書）p215

鬼（円地文子）
◇「名短篇、ここにあり」筑摩書房 2008（ちくま文庫）p335
◇「新編・日本幻想文学集成 3」国書刊行会 2016 p601

鬼（佐藤元気）
◇「ショートショートの広場 12」講談社 2001（講談社文庫）p146

鬼（武内慎之助）
◇「ハンセン病文学全集 6」皓星社 2003 p339

鬼（吉川英治）
◇「冒険の森へ—傑作小説大全 1」集英社 2016 p74

鬼、油瓶の形と現じて人を殺す語、第十九（今昔物語集）（作者不詳）
◇「鬼譚」筑摩書房 2014（ちくま文庫）p175

おにいさんがこわい（松田青子）
◇「文学 2012」講談社 p99

お兄ちゃん記念日（田中孝博）
◇「うちへ帰ろう—家族を想うあなたに贈る短篇小説集」泰文堂 2013（リンダブックス）p85

お兄ちゃんの夜（平金魚）
◇「てのひら怪談—ビーケーワン怪談大賞傑作選 庚寅」ポプラ社 2010（ポプラ文庫）p124

鬼を操り、鬼となった人びと（小松和彦, 内藤正敏）
◇「七人の安倍晴明」桜桃書房 1998 p223

鬼老いて月に泣く—『月に泣く蕪村』より（高橋庄次）
◇「月」国書刊行会 1999（書物の王国）p213

お仁王さまとシバテン（田岡典夫）

七人の龍馬—傑作時代小説PHP研究所 2010（PHP文庫）p43

オニオン・クラブ綺譚5 鍵のお告げ（大友瞬）
◇「本格推理 15」光文社 1999（光文社文庫）p223

オニオンブレス（山田詠美）
◇「わかれの船—Anthology」光文社 1998 p7

鬼書きの夜（宮崎真由美）
◇「ミヤマカラスアゲハ—第三回「草枕文学賞」作品集」文藝春秋企画出版部 2003 p211

鬼ガ島の猿翁（上野英信）
◇「戦後文学エッセイ選 12」影書房 2006 p112

鬼が棲む時（藤木由紗）
◇「回転ドアから」全作家協会 2015（全作家短編集）p353

鬼が見える（和田はつ子）
◇「大江戸「町」物語 風」宝島社 2014（宝島社文庫）p189

鬼熊酒屋（池波正太郎）
◇「赤ひげ横丁—人情時代小説傑作選」新潮社 2009（新潮文庫）p189

鬼剣舞の夜（馬場あき子）
◇「響き交わす鬼」小学館 2005（小学館文庫）p43

鬼心非鬼心（実聞）（北村透谷）
◇「明治の文学 16」筑摩書房 2002 p371

鬼千疋（北田薄氷）
◇「「新編」日本女性文学全集 2」菁柿堂 2008 p360

おにたのぼうし（あまんきみこ）
◇「朗読劇台本集 5」玉川大学出版部 2002 p53

鬼ではなかったけれど…（霧舎巧）
◇「0番目の事件簿」講談社 2012 p89

鬼伝説の山で（竹内義和）
◇「文藝百物語」ぶんか社 1997 p66

おにと神と（折口信夫）
◇「文豪怪談傑作選 折口信夫集」筑摩書房 2009（ちくま文庫）p204

鬼になる（藤田雅矢）
◇「短篇ベストコレクション—現代の小説 2000」徳間書店 2000 p321

鬼の頭（前川知大）
◇「文学 2012」講談社 p85

鬼の歌よみ（田辺聖子）
◇「鬼譚」筑摩書房 2014（ちくま文庫）p355

鬼の顔（冴雄二）
◇「ハンセン病文学全集 7」皓星社 2004 p21

鬼の語（伊良子清白）
◇「響き交わす鬼」小学館 2005（小学館文庫）p115

鬼の子の里に産れし事（柳田國男）
◇「ちくま日本文学 15」筑摩書房 2008（ちくま文庫）p211

鬼の財宝で村に「演芸場」をつくる（西村酔牛）
◇「誰も知らない「桃太郎」「かぐや姫」のすべて」明拓出版 2009（創作童話シリーズ）p23

鬼の時代—衰退から復権へ（小松和彦）

おにの

◇「響き交わす鬼」小学館 2005（小学館文庫）
p202

鬼の太鼓—雷神・龍神・翁のイメージから探る（小松和彦）
◇「響き交わす鬼」小学館 2005（小学館文庫）
p185

鬼の誕生（馬場あき子）
◇「鬼譚」筑摩書房 2014（ちくま文庫）p193

鬼の話（折口信夫）
◇「文豪怪談傑作選 折口信夫集」筑摩書房 2009
（ちくま文庫）p204

鬼の話（中上健次）
◇「日本文学全集 23」河出書房新社 2015 p433

鬼の実（霜島ケイ）
◇「響き交わす鬼」小学館 2005（小学館文庫）
p145

鬼の道（郡順史）
◇「剣侠しぐれ笠」光風社出版 1999（光風社文庫）
p253

鬼の眼 二幕（吉村敏）
◇「日本統治期台湾文学集成 13」緑蔭書房 2003
p184

鬼の目にも泪（佐々木裕一）
◇「欣喜の風」祥伝社 2016（祥伝社文庫）p153

鬼の目元に笑いジワ（青谷真未）
◇「となりのもののけさん—競作短篇集」ポプラ社
2014（ポプラ文庫ピュアフル）p7

鬼火（池波正太郎）
◇「忍者だもの—忍法小説五番勝負」新潮社 2015
（新潮文庫）p7

鬼火（山入端信子）
◇「現代沖縄文学作品選」講談社 2011（講談社文芸
文庫）p210

鬼火（吉屋信子）
◇「戦後占領期短篇小説コレクション 6」藤原書店
2007 p7
◇「名短篇、さらにあり」筑摩書房 2008（ちくま文
庫）p193

鬼姫（白石一郎）
◇「血汐花に涙降る」光風社出版 1999（光風社文
庫）p255

鬼笛（黒岩重吾）
◇「代表作時代小説 平成9年度」光風社出版 1997
p45

鬼坊主の女（池波正太郎）
◇「たそがれ江戸暮色」光文社 2014（光文社文庫）
p95

鬼見る病（寺山修司）
◇「ちくま日本文学 6」筑摩書房 2007（ちくま文
庫）p430

鬼娘（あさのあつこ）
◇「妖怪変化—京極堂トリビュート」講談社 2007
p5

鬼桃太郎（尾崎紅葉）
◇「響き交わす鬼」小学館 2005（小学館文庫）p71

句集 **鬼やらひ**（秩父雄峰）

◇「ハンセン病文学全集 9」皓星社 2010 p237

鬼夢（松山幸民）
◇「「伊豆文学賞」優秀作品集 第14回」静岡新聞社
2011 p109

鬼より怖い生き物に、桃太郎逃げ出す（高畑啓子）
◇「誰も知らない「桃太郎」「かぐや姫」のすべて」
明拓出版 2009（創作童話シリーズ）p13

鬼は外（宮部みゆき）
◇「名探偵を追いかけろ—シリーズ・キャラクター
編」光文社 2004（カッパ・ノベルス）p379
◇「名探偵を追いかけろ」光文社 2007（光文社文
庫）p469

お人形じゃなくて人間よ（島有子）
◇「回転ドアから」全作家協会 2015（全作家短編
集）p370

お姉さん（柚木崎寿久）
◇「ショートショートの広場 18」講談社 2006（講
談社文庫）p206

おねえちゃん（歌野晶午）
◇「暗闇を見よ」光文社 2010（Kappa novels）p95
◇「暗闇を見よ」光文社 2015（光文社文庫）p123

お姉ちゃんのマーくん（佐川里江）
◇「最後の一日 3月23日—さよならが胸に染みる10
の物語」泰文堂 2013（リンダブックス）p184

おねがい（石田衣良）
◇「極上掌編小説」角川書店 2006 p13
◇「ひと粒の宇宙」角川書店 2009（角川文庫）p15

おねしょ（幸田文）
◇「ちくま日本文学 5」筑摩書房 2007（ちくま文
庫）p339

お能を知ること（白洲正子）
◇「精選女性随筆集 7」文藝春秋 2012 p187

お能の見かた（白洲正子）
◇「精選女性随筆集 7」文藝春秋 2012 p162

お能の幽玄（白洲正子）
◇「精選女性随筆集 7」文藝春秋 2012 p197

小野次郎右衛門（江崎誠致）
◇「人物日本剣豪伝 2」学陽書房 2001（人物文庫）
p75

小野次郎右衛門（柴田錬三郎）
◇「日本剣客伝 戦国篇」朝日新聞出版 2012（朝日
文庫）p227

お望み通りの死体（阿刀田高）
◇「犯人は秘かに笑う—ユーモアミステリー傑作選」
光文社 2007（光文社文庫）p343

小野寺幸右衛門（笹本寅）
◇「定本・忠臣蔵四十七人集」双葉社 1998 p368

小野寺十内の妻・丹（安西篤子）
◇「物語妻たちの忠臣蔵」新人物往来社 1998 p37

小野篁妹に恋する事（谷崎潤一郎）
◇「歴史小説の世紀 天の巻」新潮社 2000（新潮文
庫）p35
◇「日本文学全集 15」河出書房新社 2016 p418

尾道の海の風景が、なつかしく恋しい≫今井

篤三郎（林芙美子）
◇「日本人の手紙 3」リブリオ出版 2004 p7
己が命の早使（柳田國男）
◇「文豪怪談傑作選 特別編」筑摩書房 2007（ちくま文庫）p184
己レノ顔（正岡子規）
◇「新日本古典文学大系 明治編 27」岩波書店 2003 p30
おのれの子（抄）（小松均）
◇「山形県文学全集第2期（随筆・紀行編）2」郷土出版社 2005 p199
おのれらに告ぐ（平田弘史）
◇「斬刃—時代小説傑作選」コスミック出版 2005（コスミック・時代文庫）p265
おばあさん（幸田文）
◇「ちくま日本文学 5」筑摩書房 2007（ちくま文庫）p279
おばあさんの死んだ日（水木しげる）
◇「文豪怪談傑作選 特別編」筑摩書房 2008（ちくま文庫）p259
おばあさんの誕生日（壺井栄）
◇「コレクション戦争と文学 14」集英社 2012 p313
おばあちゃん（落合正幸）
◇「世にも奇妙な物語—小説の特別編 悲鳴」角川書店 2002（角川ホラー文庫）p145
おばあちゃん（金子光晴）
◇「ちくま日本文学 38」筑摩書房 2009（ちくま文庫）p116
おばあちゃんチの夏休み（川邉優子）
◇「キミの笑顔」TOKYO FM出版 2006 p47
おばあちゃんといっしょ（大石直紀）
◇「ザ・ベストミステリーズ—推理小説年鑑 2016」講談社 2016 p7
お婆ちゃんの人形（加門七海）
◇「文藝百物語」ぶんか社 1997 p54
おばあちゃんのボタン（山内弘行）
◇「高校演劇Selection 2005 下」晩成書房 2007 p121
おばあちゃんの耳は、どうしてそんなに…（海上リル）
◇「ショートショートの広場 14」講談社 2003（講談社文庫）p190
おばあちゃんの眼鏡（一田和樹）
◇「ショートショートの花束 4」講談社 2012（講談社文庫）p113
おばあちゃん、もう一回だけ（源祥子）
◇「少年のなみだ」泰文堂 2014（リンダブックス）p37
おばあちゃん（もえ）（秋元康）
◇「アドレナリンの夜—珠玉のホラーストーリーズ」竹書房 2009 p145
お墓に青い花を（樹下太郎）
◇「江戸川乱歩と13の宝石 2」光文社 2007（光文社文庫）p323
お化け（吉田健一）

◇「日本文学全集 20」河出書房新社 2015 p501
お化けが来るよ（江村阿康）
◇「てのひら怪談—ビーケーワン怪談大賞傑作選 壬辰」ポプラ社 2012（ポプラ文庫）p198
お化から授った木槌の不思議—稲生太夫の武芸帳（都築要）
◇「稲生モノノケ大全 陰之巻」毎日新聞社 2003 p653
お化けの学校（田辺青蛙）
◇「てのひら怪談—ビーケーワン怪談大賞傑作選」ポプラ社 2007 p206
◇「てのひら怪談—ビーケーワン怪談大賞傑作選」ポプラ社 2008（ポプラ文庫）p216
お化けの世界（坪田譲治）
◇「変身ものがたり」筑摩書房 2010（ちくま文学の森）p409
お化け——幕（中島俊男）
◇「日本統治期台湾文学集成 11」緑蔭書房 2003 p101
お化け屋敷（福沢徹三）
◇「オバケヤシキ」光文社 2005（光文社文庫）p125
お化け屋敷の猫（春風のぶこ）
◇「全作家短編小説集 9」全作家協会 2010 p208
オーヴァー・ザ・レインボウ（重松清）
◇「空を飛ぶ恋—ケータイがつなぐ28の物語」新潮社 2006（新潮文庫）p34
おばさんの話（廻転寿司）
◇「てのひら怪談—ビーケーワン怪談大賞傑作選 辛卯」ポプラ社 2011（ポプラ文庫）p62
姨捨（井上靖）
◇「新装版 全集現代文学の発見 16」學藝書林 2005 p516
姨捨（堀辰雄）
◇「ことばの織物—昭和短篇珠玉選 2」蒼丘書林 1998 p106
姨捨（おばすて）（堀辰雄）
◇「ちくま日本文学 39」筑摩書房 2009（ちくま文庫）p398
お花さん（江崎来人）
◇「てのひら怪談—ビーケーワン怪談大賞傑作選 2」ポプラ社 2007 p90
◇「てのひら怪談—ビーケーワン怪談大賞傑作選 己丑」ポプラ社 2009（ポプラ文庫）p58
おはなしして子ちゃん（藤野可織）
◇「文学 2013」講談社 2013 p160
尾花と狐（中里恒子）
◇「精選女性随筆集 10」文藝春秋 2012 p132
お花のかわりネクタイ、テレビ映りいかが≫逸見政孝（司葉子）
◇「日本人の手紙 2」リブリオ出版 2004 p121
「お花見会」と「忘年会」（埴谷雄高）
◇「戦後文学エッセイ選 3」影書房 2005 p201
おばばの決闘（内山豪希）
◇「ゆきのまち幻想文学賞小品集 17」企画集団ぷり

おはま

ずむ 2008 p115

おはま（森しげ）
◇「『新編』日本女性文学全集 3」菁柿堂 2011 p167

お春（朱耀翰）
◇「近代朝鮮文学日本語作品集1908〜1945 セレクション 4」緑蔭書房 2008 p21

おはん（宇野千代）
◇「新装版 全集現代文学の発見 11」學藝書林 2004 p194

オピウム（やまなかしほ）
◇「超短編の世界 vol.3」創英社 2011 p168

お日様とお月様（上）（下）（宋全璇）
◇「近代朝鮮文学日本語作品集1901〜1938 評論・随筆篇 3」緑蔭書房 2004 p351

お日様パー、雨がチョキなら風はグーーイソップより（佐藤信一）
◇「成城・学校劇脚本集」成城学園初等学校出版部 2002 （成城学園初等学校研究双書） p39

お引越し（日野光里）
◇「てのひら怪談 葵巳」KADOKAWA 2013 （MF文庫ダ・ヴィンチ） p38

帯のわらしべ（梅本育子）
◇「市井図絵」新潮社 1997 p225

お百度第十（正岡子規）
◇「新日本古典文学大系 明治編 27」岩波書店 2003 p414

お百度参り（正岡子規）
◇「新日本古典文学大系 明治編 27」岩波書店 2003 p376

お百度参り第五（正岡子規）
◇「新日本古典文学大系 明治編 27」岩波書店 2003 p381

お百度参り第七（正岡子規）
◇「新日本古典文学大系 明治編 27」岩波書店 2003 p400

オフィスの怪談（霜島ケイ）
◇「文藝百物語」ぶんか社 1997 p110

オフィーリア、翔んだ（篠田真由美）
◇「蒼迷宮—ミステリー・アンソロジー」祥伝社 2002 （祥伝社文庫） p311

オフィーリアの埋葬（大岡昇平）
◇「戦後短篇小説再発見 3」講談社 2001 （講談社文芸文庫） p181

おふうの賭（山岡荘八）
◇「戦国女人十一話」作品社 2005 p139

オフェリアは誰も殺さない（山村正夫）
◇「悲劇の臨時列車—鉄道ミステリー傑作選」光文社 1998 （光文社文庫） p213
◇「鉄ミス倶楽部東海道新幹線50—推理小説アンソロジー」光文社 2014 （光文社文庫） p95

於布津弁天（水嶋大悟）
◇「ゆきのまち幻想文学賞小品集 21」企画集団ぶりずむ 2012 p169

お文の魂（岡本綺堂）
◇「ちくま日本文学 32」筑摩書房 2009 （ちくま文庫） p9

おふゆさんの鯖（幸田文）
◇「精選女性随筆集 1」文藝春秋 2012 p138

オーブランの少女（深緑野分）
◇「ベスト本格ミステリ 2011」講談社 2011 （講談社ノベルス） p347
◇「からくり伝言少女」講談社 2015 （講談社文庫） p483

お風呂（香山末子）
◇「ハンセン病文学全集 7」皓星社 2004 p475

オベタイ・ブルブル事件（徳川夢声）
◇「犯人は秘かに笑う—ユーモアミステリー傑作選」光文社 2007 （光文社文庫） p9

オペラ座の人魚（高瀬美恵）
◇「人魚の血—珠玉アンソロジー オリジナル＆スタンダート」光文社 2001 （カッパ・ノベルス） p103

オペラントの肖像（平山夢明）
◇「アート偏愛」光文社 2005 （光文社文庫） p397
◇「不思議の足跡」光文社 2007 （Kappa novels） p261
◇「不思議の足跡」光文社 2011 （光文社文庫） p351

お返事が頂けなくなってから（円城塔）
◇「十年後のこと」河出書房新社 2016 p57

お弁当（小泊フユキ）
◇「5分で読める！ ひと駅ストーリー 食の話」宝島社 2015 （宝島社文庫） p299

お弁当（武田百合子）
◇「精選女性随筆集 5」文藝春秋 2012 p181

お弁当（向田邦子）
◇「精選女性随筆集 11」文藝春秋 2012 p175

お弁当ぐるぐる（西澤保彦）
◇「あなたが名探偵」東京創元社 2009 （創元推理文庫） p53

お弁当日記（小崎きよみ）
◇「つながり—フェリシモしあわせショートショート」フェリシモ 1999 p169

お遍路（平山夢明）
◇「5分で読める！ 怖いはなし」宝島社 2014 （宝島社文庫） p199

お坊さんが車内を（森真沙子）
◇「文藝百物語」ぶんか社 1997 p27

覚え書（金関丈夫）
◇「日本統治期台湾文学集成 17」緑蔭書房 2003 p87

『覚えがき』より（南宮壁）
◇「近代朝鮮文学日本語作品集1908〜1945 セレクション 4」緑蔭書房 2008 p54

おぼえ帳（斎藤緑雨）
◇「明治の文学 15」筑摩書房 2002 p4

おぼえていろよおおきな木（佐野洋子）
◇「朗読劇台本集 5」玉川大学出版部 2002 p29

おぼえておくこと（中山千夏）
◇「現代の小説 1999」徳間書店 1999 p149

お星（全澤根）
◇「近代朝鮮文学日本語作品集1908〜1945 セレクション 6」緑蔭書房 2008 p64

オホーツク心中（辻真先）
◇「ザ・ベストミステリーズ─推理小説年鑑 2001」講談社 2001 p271
◇「殺人作法」講談社 2004 （講談社文庫）p237

「オホーツク挽歌」（宮沢賢治）
◇「ちくま日本文学 3」筑摩書房 2007 （ちくま文庫）p436

おほやまもり（折口信夫）
◇「ちくま日本文学 25」筑摩書房 2008 （ちくま文庫）p84

溺れた金魚（山田正紀）
◇「水妖」廣済堂出版 1998 （廣済堂文庫）p297

溺れた人魚（日羅昌男）
◇「本格推理 14」光文社 1999 （光文社文庫）p277

溺れる男（畠山拓）
◇「全作家短編小説集 12」全作家協会 2013 p68

溺れるものは久しからず（黒崎緑）
◇「紫迷宮─ミステリー・アンソロジー」祥伝社 2002 （祥伝社文庫）p323

朧車（吉野あや）
◇「てのひら怪談─ビーケーワン怪談大賞作品選」ポプラ社 2007 p162
◇「てのひら怪談─ビーケーワン怪談大賞作品選」ポプラ社 2008 （ポプラ文庫）p168

朧月夜（高野辰之）
◇「月のものがたり」ソフトバンククリエイティブ 2006 p81

おぼろ舟（尾崎紅葉）
◇「明治の文学 6」筑摩書房 2001 p100
◇「新日本古典文学大系 明治編 19」岩波書店 2003 p121

お盆に来る幽霊（尾上菊五郎）
◇「文豪怪談傑作選 特別編」筑摩書房 2008 （ちくま文庫）p207

オー・マイ・ゴッド（山下貴光）
◇「もっとすごい！ 10分間ミステリー」宝島社 2013 （宝島社文庫）p257
◇「10分間ミステリー THE BEST」宝島社 2016 （宝島社文庫）p301

おまえが犯人だ（今邑彩）
◇「冥界プリズン」光文社 1999 （光文社文庫）p101

お前たちにあいたくってしかたがない≫中島桓（中島敦）
◇「日本人の手紙 _」リブリオ出版 2004 p7

お前たちは自由に男にも女にもなれるのだ≫尾形泉・猟（尾形亀之助）
◇「日本人の手紙 _」リブリオ出版 2004 p45

おまへの眼もおれの眼も（岡本潤）
◇「新装版 全集現代文学の発見 1」學藝書林 2002 p286

おまじない（川戸雄毅）

◇「ショートショートの花束 1」講談社 2009 （講談社文庫）p51

おまじない（重松清）
◇「それでも三月は、また」講談社 2012 p23

おまつり（本間祐）
◇「超短編アンソロジー」筑摩書房 2002 （ちくま文庫）p162

おまもり（黒木あるじ）
◇「てのひら怪談─ビーケーワン怪談大賞傑作選 庚寅」ポプラ社 2010 （ポプラ文庫）p12

お守り（清水義範）
◇「恋物語」朝日新聞社 1998 p97

お守り（新津きよみ）
◇「捨てる─アンソロジー」文藝春秋 2015 p171

お守り（山川方夫）
◇「分身」国書刊行会 1999 （書物の王国）p234
◇「日本怪奇小説傑作集 3」東京創元社 2005 （創元推理文庫）p13
◇「十話」ランダムハウス講談社 2006 p53

御守殿おたき─はやぶさ新八御用帳（平岩弓枝）
◇「傑作捕物ワールド 2」リブリオ出版 2002 p197

おまる（相星雅子）
◇「現代鹿児島小説大系 1」ジャプラン 2014 p72

おまわりなんか知るもんかい（結城昌治）
◇「冒険の森へ─傑作小説大全 12」集英社 2015 p13

悪萬（花村萬月）
◇「代表作時代小説 平成19年度」光文社 2007 p391

お見合い（崩木十弐）
◇「てのひら怪談─ビーケーワン怪談大賞傑作選 百怪繚乱篇」ポプラ社 2008 p128
◇「てのひら怪談─ビーケーワン怪談大賞傑作選 己丑」ポプラ社 2009 （ポプラ文庫）p108

お見合い（古井由吉）
◇「恋物語」朝日新聞社 1998 p21

御御御付（菫優志）
◇「ショートショートの広場 13」講談社 2002 （講談社文庫）p190

おみくじと紙切れ（麻耶雄嵩）
◇「宝石ザミステリー」光文社 2011 p443
◇「驚愕遊園地」光文社 2013 （最新ベスト・ミステリー）p395
◇「驚愕遊園地」光文社 2016 （光文社文庫）p593

お見舞い前線（@100m）
◇「3.11心に残る140字の物語」学研パブリッシング 2011 p15

お見舞いの薔薇（森真沙子）
◇「文藝百物語」ぶんか社 1997 p79

おみやげ（星新一）
◇「二時間目国語」宝島社 2008 （宝島社文庫）p84

おむかえ（田中せいや）
◇「てのひら怪談─ビーケーワン怪談大賞傑作選 辛卯」ポプラ社 2011 （ポプラ文庫）p108

お迎え（飯野文彦）

おむか

◇「夏のグランドホテル」光文社 2003 （光文社文庫）p219

お迎え（深山亭）
◇「てのひら怪談 癸巳」KADOKAWA 2013 （MF文庫ダ・ヴィンチ）p136

お迎え（山路芳範）
◇「中学校劇作シリーズ 8」青雲書房 2003 p147

［オム］裸（藤原てい）
◇「コレクション戦争と文学 14」集英社 2012 p192

オムニム 母よ（庾妙達）
◇「〈在日〉文学全集 18」勉誠出版 2006 p65

オームの国からの解放―島比呂志氏に答える（森田竹次）
◇「ハンセン病文学全集 5」皓星社 2010 p41

オムライス（薬丸岳）
◇「ザ・ベストミステリーズ―推理小説年鑑 2007」講談社 2007 p305
◇「MARVELOUS MYSTERY」講談社 2010 （講談社文庫）p307

汚名（古川薫）
◇「代表作時代小説 平成11年度」光風社出版 1999 p285
◇「愛染夢灯籠―時代小説傑作選」講談社 2005 （講談社文庫）p342

Ωの聖餐（平山夢明）
◇「世紀末サーカス」廣済堂出版 2000 （廣済堂文庫）p251

おめこ電球（岩井志麻子）
◇「短篇ベストコレクション―現代の小説 2001」徳間書店 2001 （徳間文庫）p173

お召し（小松左京）
◇「謎」文藝春秋 2004 （推理作家になりたくて マイベストミステリー）p32
◇「マイ・ベスト・ミステリー 6」文藝春秋 2007 （文春文庫）p43
◇「不思議の扉 午後の教室」角川書店 2011 （角川文庫）p83

お目出たき人（抄）（武者小路実篤）
◇「童貞小説集」筑摩書房 2007 （ちくま文庫）p97

おめでとう（川上弘美）
◇「超短編アンソロジー」筑摩書房 2002 （ちくま文庫）p99

おめでとうを伝えよう！（朝倉かすみ）
◇「人はお金をつかわずにはいられない」日本経済新聞出版社 2011 p59

お面の告白（森奈津子）
◇「ハンサムウーマン」ビレッジセンター出版局 1998 p105

思い（津田せつ子）
◇「ハンセン病文学全集 4」皓星社 2003 p503

想い（今村文香）
◇「超短編の世界」創英社 2008 p128

懐ひを大沼枕山に寄す（森春濤）
◇「新日本古典文学大系 明治編 2」岩波書店 2004 p36

思い込み（漆畑陽生）
◇「ショートショートの広場 11」講談社 2000 （講談社文庫）p25

思い込み（治々和晃芯）
◇「ショートショートの広場 12」講談社 2001 （講談社文庫）p100

思い出さないで（瀬川隆文）
◇「ゆきのまち幻想文学賞小品集 16」企画集団ぷりずむ 2007 p43

思い出した…（畠中恵）
◇「ザ・ベストミステリーズ―推理小説年鑑 2004」講談社 2004 p157

思い出す事など（抄）（夏目漱石）
◇「ちくま日本文学 29」筑摩書房 2008 （ちくま文庫）p351

想ひ出すなよ（皆川博子）
◇「ミステリ―女性作家アンソロジー」祥伝社 2003 （祥伝社文庫）p337

思い出すままに（大庭みな子）
◇「精選女性随筆集 6」文藝春秋 2012 p168

思い立ったが吉日―八州廻り桑山十兵衛（佐藤雅美）
◇「代表作時代小説 平成16年度」光風社出版 2004 p169

思い違い（恩田陸）
◇「驚愕遊園地」光文社 2013 （最新ベスト・ミステリー）p151
◇「驚愕遊園地」光文社 2016 （光文社文庫）p239

思いつづけろ（菊地秀行）
◇「酒の夜語り」光文社 2002 （光文社文庫）p623

おもいで（中村稔）
◇「新装版 全集現代文学の発見 13」學藝書林 2004 p300

おもひで（明石海人）
◇「ハンセン病文学全集 7」皓星社 2004 p447

をもひで（白おう）
◇「近代朝鮮文学日本語作品集1908～1945 セレクション 4」緑蔭書房 2008 p19

思い出（牧ゆうじ）
◇「てのひら怪談―ビーケーワン怪談大賞傑作選 百怪繚乱篇」ポプラ社 2008 p176
◇「てのひら怪談―ビーケーワン怪談大賞傑作選 己丑」ポプラ社 2009 （ポプラ文庫）p130

思ひ出（山之口貘）
◇「新装版 全集現代文学の発見 13」學藝書林 2004 p212

思出（阿部知二）
◇「戦後短篇小説選―『世界』1946–1999 2」岩波書店 2000 p3

思い出を盗んだ女（新津きよみ）
◇「現場に臨め」光文社 2010 （Kappa novels）p315
◇「現場に臨め」光文社 2014 （光文社文庫）p445

おもひで女（牧野修）
◇「時間怪談」廣済堂出版 1999 （廣済堂文庫）p371
◇「不思議の扉 時間がいっぱい」角川書店 2010

（角川文庫）p67

おもいでかぞく（浅田七絵）
◇「中学生のドラマ 8」晩成書房 2010 p7

思い出した（畠中恵）
◇「孤独な交響曲（シンフォニー）」講談社 2007（講談社文庫）p243

思い出してみると（香山末子）
◇「ハンセン病文学全集 7」皓星社 2004 p294

思い出自販機（霧ヶ峰涼）
◇「ショートショートの花束 7」講談社 2015（講談社文庫）p126

思い出の『アンナ・カレーニナ』（長谷川四郎）
◇「戦後文学エッセイ選 2」影書房 2006 p120

想い出の家―現実を拡張する―進化したメガネのもつ、重要な機能だ（森岡浩之）
◇「NOVA―書き下ろし日本SFコレクション 3」河出書房新社 2010（河出文庫）p73

思い出の一冊（梅原満知子）
◇「最後の一日12月18日―さよならが胸に染みる10の物語」泰文堂 2011（Linda books！）p180

思ひ出の君は死せり（フラン）
◇「人は死んだら電柱になる―電柱アンソロジー」遠すぎる未来団 2014 p372

思い出の銀幕（三洎しをん）
◇「映画狂時代」新潮社 2014（新潮文庫）p213

思い出の皿うどん（佐藤青南）
◇「5分で読める！ ひと駅ストーリー 食の話」宝島社文庫）p9

想い出のサンフランシスコ（抜粋）（石井好子）
◇「精選女性随筆集 12」文藝春秋 2012 p12

思い出の時間（津田和美）
◇「冷と温―第13回フェリシモ文学賞作品集」フェリシモ 2010 p154

想い出の尻尾（中川キリコ）
◇「気配―第10回フェリシモ文学賞作品集」フェリシモ 2007 p112

思い出の先生（吉野弘）
◇「山形県文学全集第2期（随筆・紀行編）5」郷土出版社 2005 p157

思出の夢野久作氏（大下宇陀児）
◇「幻の探偵雑誌」光文社 2002（光文社文庫）p329

思い出万華鏡（西條さやか）
◇「万華鏡―第14回フェリシモ文学賞作品集」フェリシモ 2011 p48

思い出は雪の中へ（大坂繁治）
◇「ゆきのまち幻想文学賞小品集 10」企画集団ぷりずむ 2001 p173

思ひに永き（深海和）
◇「全作家短編小説集 8」全作家協会 2009 p91

思いのまま（森岡隆司）
◇「松江怪談―新作怪談 松江物語」今井印刷 2015 p18

重い山仕事のあとみたいに（須賀敦子）
◇「精選女性随筆集 9」文藝春秋 2012 p128

思いやり（松村やす子）
◇「ショートショートの広場 10」講談社 2000（講談社文庫）p212

重い陽光（南木佳士）
◇「コレクション戦争と文学 2」集英社 2012 p111

思うこと（小林久三）
◇「かわさきの文学―かわさき文学賞50年記念作品集 2009年」審美社 2009 p264

思フマヽ（成島柳北）
◇「新日本古典文学大系 明治編 2」岩波書店 2004 p270

想う故に…。（瀬川隆文）
◇「ゆきのまち幻想文学賞小品集 23」企画集団ぷりずむ 2014 p73

おもかげ（菅野須賀子）
◇「「新編」日本女性文学全集 2」菁柿堂 2008 p433

面影―円地文子（大庭みな子）
◇「精選女性随筆集 6」文藝春秋 2012 p202

面影双紙（横溝正史）
◇「爬虫館事件―新青年傑作選」角川書店 1998（角川ホラー文庫）p7
◇「江戸川乱歩と13人の新青年〈文学派〉編」光文社 2008（光文社文庫）p261
◇「大阪ラビリンス」新潮社 2014（新潮文庫）p43

仮想の在処（伏見完）
◇「伊藤計劃トリビュート」早川書房 2015（ハヤカワ文庫 JA）p95

面影―ハーン先生の一周忌に（小川未明）
◇「文豪怪談傑作選 小川未明集」筑摩書房 2008（ちくま文庫）p351

面影蛍（泡坂妻夫）
◇「人情の往来―時代小説最前線」新潮社 1997（新潮文庫）p409

面影ほろり（宇江佐真理）
◇「代表作時代小説 平成21年度」光文社 2009 p145

おもかげレガシー（梶尾真治）
◇「進化論」光文社 2006（光文社文庫）p493

面影は寂しげに微笑む（せんべい猫）
◇「怪集 蠱毒―創作怪談発掘大会傑作選」竹書房 2009（竹書房文庫）p126

重すぎて（永井するみ）
◇「不透明な殺人―ミステリー・アンソロジー」祥伝社 1999（祥伝社文庫）p209

重たい影（土屋隆夫）
◇「江戸川乱歩と13の宝石 2」光文社 2007（光文社文庫）p87

オモチャ（宮部みゆき）
◇「玩具館」光文社 2001（光文社文庫）p611

母（オモニ）（趙南哲）
◇「〈在日〉文学全集 18」勉誠出版 2006 p154

母（オモニ）の歌（呉林俊）
◇「〈在日〉文学全集 17」勉誠出版 2006 p122

オモニの壺（成允植）
◇「〈在日〉文学全集 15」勉誠出版 2006 p307

オモニの指（全美惠）

おもひ

◇「〈在日〉文学全集 18」勉誠出版 2006 p368

おもひでモドキ(壁井ユカコ)
◇「Fiction zero／narrative zero」講談社 2007 p161

『お…森には神秘な心が…』(石薫生)
◇「近代朝鮮文学日本語作品集1908〜1945 セレクション 4」緑蔭書房 2008 p197

おもん藤太(木下順二)
◇「日本舞踊舞踊劇選集」西川会 2002 p289

おやおや(山崎文男)
◇「全作家短編小説集 11」全作家協会 2012 p40

親方コブセ(金史良)
◇「近代朝鮮文学日本語作品集1939〜1945 創作篇 4」緑蔭書房 2001 p194

お薬師様(浅暮三文)
◇「夏のグランドホテル」光文社 2003（光文社文庫）p179

お役所仕事(伴野朗)
◇「最新「珠玉推理」大全 下」光文社 1998（カッパ・ノベルス）p150
◇「闇夜の芸術祭」光文社 2003（光文社文庫）p205

「お薬増やしておきますね」(柚月裕子)
◇「もっとすごい！ 10分間ミステリー」宝島社 2013（宝島社文庫）p351

親子(石居椎)
◇「てのひら怪談―ビーケーワン怪談大賞傑作選 壬辰」ポプラ社 2012（ポプラ文庫）p216

親子(国木田独歩)
◇「明治の文学 22」筑摩書房 2001 p282

親子ごっこ(長岡弘樹)
◇「奇想博物館」光文社 2013（最新ベスト・ミステリー）p185

親心(古賀牧彦)
◇「ショートショートの広場 12」講談社 2001（講談社文庫）p114

〔**親子の考察**〕(あお)
◇「人は死んだら電柱になる―電柱アンソロジー」遠すぎる未来団 2014 p108

親坂(古井由吉)
◇「戦後短篇小説選―『世界』1946-1999 5」岩波書店 2000 p23

をやぢ(大澤達雄)
◇「近代朝鮮文学日本語作品集1939〜1945 創作篇 3」緑蔭書房 2001 p165

親父の悪戯(三藤英二)
◇「ショートショートの花束 1」講談社 2009（講談社文庫）p194

オヤジノウミ(田中啓文)
◇「トロピカル」廣済堂出版 1999（廣済堂文庫）p225

親父の名前(フカミレン)
◇「藤本義一文学賞 第1回」(大阪)たる出版 2016 p27

親父の夢(大角哲寛)
◇「Sports stories」埼玉県さいたま市 2010（さいたま市スポーツ文学賞受賞作品集）p221

おやしらず(秋山清)
◇「新装版 全集現代文学の発見 別巻」學藝書林 2005 p520

親捨(澤渡恒)
◇「山形県文学全集第1期(小説編) 2」郷土出版社 2004 p72

おやすみ(瀧羽麻子)
◇「てのひらの恋」KADOKAWA 2014（角川文庫）p159

おやすみ、枇杷の木(吉田小夏)
◇「優秀新人戯曲集 2008」ブロンズ新社 2007 p219

お八つの時間(向田邦子)
◇「もの食う話」文藝春秋 2015（文春文庫）p258

御宿かわせみ(平岩弓枝)
◇「江戸恋い明け鳥」光風社出版 1999（光風社文庫）p149

親なし子なし(平岩弓枝)
◇「きずな―時代小説親子情話」角川春樹事務所 2011（ハルキ文庫）p185

親の前で祈禱―岡本一平論(岡本かの子)
◇「精選女性随筆集 4」文藝春秋 2012 p136

親分のこより(三木聖子)
◇「むすぶ―第11回フェリシモ文学賞作品集」フェリシモ 2008 p104

お山へ行く(鏑木清方夫人)
◇「文豪怪談傑作選 特別編」筑摩書房 2007（ちくま文庫）p94

女形と胡弓(戸板康二)
◇「ひらめく秘太刀」光風社出版 1998（光風社文庫）p7

親指魚(山下明生)
◇「謎のギャラリー特別室 2」マガジンハウス 1998 p131
◇「謎のギャラリー―愛の部屋」新潮社 2002（新潮文庫）p79
◇「それはまだヒミツ―少年少女の物語」新潮社 2012（新潮文庫）p218

おゆき(井上ひさし)
◇「代表作時代小説 平成20年度」光文社 2008 p175

お雪の里(大野文楽)
◇「ゆきのまち幻想文学賞小品集 22」企画集団ぶりずむ 2013 p159

お葉(物集和)
◇「青鞜文学集」不二出版 2004 p51

泳ぐ男―水のなかの「雨の木(レイン・ツリー)」(大江健三郎)
◇「現代小説クロニクル 1980〜1984」講談社 2014（講談社文芸文庫）p157

泳ぐ女(坂井信之)
◇「ショートショートの広場 10」講談社 2000（講談社文庫）p160

泳ぐ手(伊藤三巳華)
◇「女たちの怪談百物語」メディアファクトリー 2010（〔幽books〕）p172
◇「女たちの怪談百物語」KADOKAWA 2014（角

川ホラー文庫）p176

およぐひと（坂本美智子）
◇「ゆきのまち幻想文学賞小品集 24」企画集団ぷりずむ 2015 p15

およぐひと（萩原朔太郎）
◇「ちくま日本文学 36」筑摩書房 2009（ちくま文庫）p87

およね平吉時穴道行（半村良）
◇「日本SF短篇50 1」早川書房 2013（ハヤカワ文庫 JA）p333

およね平吉時穴道行（ときあなのみちゆき）（半村良）
◇「冒険の森へ―傑作小説大全 8」集英社 2015 p191

オヨネン婆の島（熊谷達也）
◇「短篇ベストコレクション―現代の小説 2005」徳間書店 2005（徳間文庫）p449

及ばないでは…他（朱白鷗）
◇「近代朝鮮文学日本語作品1908〜1945 セレクション 6」緑蔭書房 2008 p259

お嫁に行く日―新人教師編（作者不詳）
◇「心に火を。」廣済堂出版 2014 p92

オーラルセックス（ピッピ）
◇「超短編の世界」創英社 2008 p60

お蘭さまと一十郎（南條範夫）
◇「代表作時代小説 平成12年度」光風社出版 2000 p317

和蘭及鄭氏時代の開拓（陳逢源）
◇「日本統治期台湾文学集成 16」緑蔭書房 2003 p163

和蘭美政録（おらんだびせいろく）ヨンケル・フアン・ロデレイキ一件（クリステメイエル著、神田孝平訳）
◇「新日本古典文学大系 明治編 15」岩波書店 2002 p349

檻（北方謙三）
◇「冒険の森へ―傑作小説大全 11」集英社 2015 p361

檻（逸見猶吉）
◇「新装版 全集現代文学の発見 13」學藝書林 2004 p151

オリーヴ林のなかの家（須賀敦子）
◇「日本文学全集 25」河出書房新社 2016 p136

オリエント・エクスプレス（須賀敦子）
◇「精選女性随筆集 9」文藝春秋 2012 p80
◇「日本文学全集 25」河出書房新社 2016 p230

オリエント急行十五時四十分の謎（松尾由美）
◇「本格ミステリ 2001」講談社 2001（講談社ノベルス）p491
◇「透明な貴婦人の謎―本格短編ベスト・セレクション」講談社 2005（講談社文庫）p369

折々草（幸田露伴）
◇「明治の文学 12」筑摩書房 2000 p363

折々の感想（与謝野晶子）
◇「「新編」日本女性文学全集 4」菁柿堂 2012 p76

「折ゝは」の巻（文礼・富水両吟歌仙）（西谷富水）
◇「新日本古典文学大系 明治編 4」岩波書店 2003 p196

オリヲン座からの招待状（浅田次郎）
◇「現代の小説 1998」徳間書店 1998 p17

オリオンの哀しみ（氷上恵介）
◇「ハンセン病に咲いた花―初期文芸名作選 戦後編」皓星社 2002 p93
◇「ハンセン病文学全集 2」皓星社 2002 p113

折紙宇宙船の伝説（矢野徹）
◇「日本SF短篇50 2」早川書房 2013（ハヤカワ文庫 JA）p131
◇「70年代日本SFベスト集成 5」筑摩書房 2015（ちくま文庫）p183

折り紙衛星の伝説（理山貞二）
◇「折り紙衛星の伝説」東京創元社 2015（創元SF文庫）p111

折紙姫（日野光里）
◇「てのひら怪談―ビーケーワン怪談大賞傑作選 壬辰」ポプラ社 2012（ポプラ文庫）p264

折口信夫氏のこと―折口信夫追悼（三島由紀夫）
◇「創刊一〇〇年三田文学名作選」三田文学会 2010 p709

オリジナリティ（加藤秀幸）
◇「ショートショートの花束 6」講談社 2014（講談社文庫）p199

折鶴の血―折鶴刑事部長シリーズより（佐野洋）
◇「警察小説傑作短篇集」ランダムハウス講談社 2009（ランダムハウス講談社文庫）p131

檻の中（戸部新十郎）
◇「躍る影法師」光風社出版 1997（光風社文庫）p177
◇「夕まぐれ江戸小景」光文社 2015（光文社文庫）p199

檻ノ中デウタウ歌（許南麒）
◇「〈在日〉文学全集 2」勉誠出版 2006 p224

檻のなかに（宮島俊夫）
◇「ハンセン病文学全集 1」皓星社 2002 p217

オリーブの薫りはまだ届かない（西澤いその）
◇「かわさきの文学―かわさき文学賞50年記念作品集 2009年」審美社 2009 p219

織部の茶碗（宇江佐真理）
◇「江戸なごり雨」学研パブリッシング 2013（学研M文庫）p41

お龍月夜笠（藤見郁）
◇「捕物時代小説選集 8」春陽堂書店 2000（春陽文庫）p108

折り指（岡部えつ）
◇「てのひら怪談―ビーケーワン怪談大賞傑作選」ポプラ社 2008（ポプラ文庫）p86

お龍（北原亞以子）
◇「代表作時代小説 平成9年度」光風社出版 1997 p27
◇「龍馬の天命―坂本龍馬名手の八篇」実業之日本社 2010 p235

おりよ

お料理教室（小川洋子）
◇「おいしい話―料理小説傑作選」徳間書店 2007 （徳間文庫）p5

オリンポスの聖女（浅田次郎）
◇「短篇ベストコレクション―現代の小説 2001」徳間書店 2001 （徳間文庫）p319

オルゴール（趙南哲）
◇「〈在日〉文学全集 18」勉誠出版 2006 p166

オルゴール（藤原伊織）
◇「ヴィンテージ・セブン」講談社 2007 p139

オルゴール（麻里子）（秋元康）
◇「アドレナリンの夜―珠玉のホラーストーリーズ」竹書房 2009 p95

オルダーセンの世界（山本弘）
◇「日本SF短篇50 5」早川書房 2013 （ハヤカワ文庫 JA）p375

オートの天使―娘ときみを救うため、ぼくは時空を超えた–ひとつの火星の物語が終わる（東浩紀）
◇「NOVA―書き下ろし日本SFコレクション 8」河出書房新社 2012 （河出文庫）p363

オールドボーイ（色川武大）
◇「昭和の短篇一人一冊集成 色川武大」未知谷 2008 p265
◇「ちくま日本文学 30」筑摩書房 2008 （ちくま文庫）p307

オールド・ボーイ（我孫子武丸）
◇「黄昏ホテル」小学館 2004 p270

オールバックは下等である（金関丈夫）
◇「日本統治期台湾文学集成 17」緑蔭書房 2003 p188

俺（佐伯一麦）
◇「文学 2008」講談社 2008 p145

オレオレ（草上仁）
◇「物語のルミナリエ」光文社 2011 （光文社文庫）p27

オレサギ（相門亭）
◇「ショートショートの広場 20」講談社 2008 （講談社文庫）p46

俺が小学生!?（美やま）
◇「告白」ソフトバンククリエイティブ 2009 p89

オレキバ（呉勝浩）
◇「所轄―警察アンソロジー」角川春樹事務所 2016 （ハルキ文庫）p153

（俺だけが）（志樹逸馬）
◇「ハンセン病文学全集 7」皓星社 2004 p324

おれたちがボールを追いかける理由（はらだみずき）
◇「風色デイズ」角川春樹事務所 2012 （ハルキ文庫）p5

俺たちに明日はないッス（向井康介）
◇「年鑑代表シナリオ集 '08」シナリオ作家協会 2009 p235

俺たちに明日はないかもね―でも生きるけど（牧野修）

◇「物語のルミナリエ」光文社 2011 （光文社文庫）p223

おれたちの青い地区（谷川雁）
◇「新装版 全集現代文学の発見 13」學藝書林 2004 p364

おれたちの青空（佐川光晴）
◇「文学 2012」講談社 2012 p199

俺たちの円盤（かんべむさし）
◇「奇譚カーニバル」集英社 2000 （集英社文庫）p189

おれたちの街（逢坂剛）
◇「現場に臨め」光文社 2010 （Kappa novels）p111
◇「現場に臨め」光文社 2014 （光文社文庫）p143

俺たちの冥福（八杉将司）
◇「心霊理論」光文社 2007 （光文社文庫）p193

俺達、ボランティア（三藤英二）
◇「ショートショートの広場 13」講談社 2002 （講談社文庫）p130

折れた向日葵（安住伸子）
◇「12人のカウンセラーが語る12の物語」ミネルヴァ書房 2010 p261

おれに関する噂（筒井康隆）
◇「日本SF短篇50 1」早川書房 2013 （ハヤカワ文庫 JA）p401
◇「70年代日本SFベスト集成 2」筑摩書房 2014 （ちくま文庫）p35

おれの弟（池波正太郎）
◇「夢がたり大川端」光風社出版 1998 （光風社文庫）p223

俺の彼女は人見知り（武田綾乃）
◇「5分で読める! ひと駅ストーリー 夏の記憶西口編」宝島社 2013 （宝島社文庫）p91

俺の代理人（七瀬ざくろ）
◇「ショートショートの広場 19」講談社 2007 （講談社文庫）p211

己（おれ）の葬（とぶらい）（エーヴェルス, 森鷗外）
◇「文豪怪談傑作選 森鷗外集」筑摩書房 2006 （ちくま文庫）p324

おれのふるさと（古川時夫）
◇「ハンセン病文学全集 7」皓星社 2004 p349

おれのものはおれのもの（山下定）
◇「彗星パニック」廣済堂出版 2000 （廣済堂文庫）p79

俺も四十七士（山田風太郎）
◇「忠臣蔵コレクション 3」河出書房新社 1998 （河出文庫）p245

おれは近ごろ（志樹逸馬）
◇「ハンセン病文学全集 6」皓星社 2003 p458

俺はNOSAKAだ（野坂昭如）
◇「コレクション私小説の冒険 2」勉誠出版 2013 p43

おれはミサイル（秋山瑞人）
◇「ゼロ年代SF傑作選」早川書房 2010 （ハヤカワ文庫 JA）p303
◇「コレクション戦争と文学 5」集英社 2011 p221

おんか

オレンジジュース（飛雄）
　◇「てのひら怪談―ビーケーワン怪談大賞傑作選 辛
　　卯」ポプラ社 2011（ポプラ文庫）p186
オレンジの家（齊藤想）
　◇「ショートショートの花束 7」講談社 2015（講
　　談社文庫）p_65
オレンジの水面―『北天の馬たち』番外編（貫
井徳郎）
　◇「サイドストーリーズ」KADOKAWA 2015（角
　　川文庫）p267
オレンジの半分（加納朋子）
　◇「不在証明崩壊―ミステリーアンソロジー」角川
　　書店 2000（角川文庫）p111
愚かな鳩（佐野洋）
　◇「恐怖の旅」光文社 2000（光文社文庫）p131
おろし底の魂を背負って上野さんは出てこら
れた＞上野英信（石牟礼道子）
　◇「日本人の手紙 9」リブリオ出版 2004 p200
オロダンナの花（板橋栄子）
　◇「Sports stories」埼玉県さいたま市 2010（さい
　　たま市スポーツ文学賞受賞作品集）p361
おろち（高橋洋）
　◇「年鑑代表シナリオ集 '08」シナリオ作家協会
　　2009 p177
大蛇（中島敦）
　◇「ちくま日本文学 12」筑摩書房 2008（ちくま文
　　庫）p443
大蛇退治――一幕（日高紅椿）
　◇「日本統治期台湾文学集成 11」緑蔭書房 2003
　　p285
大蛇物語（宮野叢子）
　◇「怪奇・伝奇時代小説選集 5」春陽堂書店 2000
　　（春陽文庫）p120
大蛇山（佐田暘子）
　◇「時代の波音―民主文学短編小説集1995年～2004
　　年」日本民主主義文学会 2005 p96
オーロラの叫び（高柳芳夫）
　◇「海外トラベル・ミステリー――7つの旅物語」三笠
　　書房 2000（王様文庫）p157
オーロラの夢（加藤裕明）
　◇「成城・学校劇脚本集」成城学園初等学校出版部
　　2002（成城学園初等学校研究双書）p1
オは愚か者のオ（大原まり子）
　◇「SFバカ本 たいやき編」ジャストシステム 1997
　　p5
　◇「SFバカ本 たいやき篇プラス」廣済堂出版 1999
　　（廣済堂文庫）p9
　◇「日本SF・名作成成 8」リブリオ出版 2005 p75
　◇「笑劇―SFバカ本カタストロフィ集」小学館
　　2007（小学館文庫）p49
終わった恋とジェット・ラグ（近藤史恵）
　◇「エール！ 1」実業之日本社 2012（実業之日本
　　社文庫）p269
お詫びとお知らせ（島崎一裕）
　◇「ショートショートの花束 4」講談社 2012（講
　　談社文庫）p156

お詫びの手紙（井上ひさし）
　◇「現代の小説 1997」徳間書店 1997 p11
おわらい（石井康浩）
　◇「御子神さん―幸福をもたらす♂三毛猫」竹書房
　　2010（竹書房文庫）p19
お笑いバブル（大原久通）
　◇「ショートショートの広場 16」講談社 2005（講
　　談社文庫）p79
終わらないお別れ会（島孝史）
　◇「ゆきのまち幻想文学賞・小品集 7」NTTメディ
　　アスコープ 1997 p102
終わりを待つ季節（柚木麻子）
　◇「あのころの、」実業之日本社 2012（実業之日本
　　社文庫）p233
尾張様の長煙管（村上元三）
　◇「血汐花に涙降る」光風社出版 1999（光風社文
　　庫）p7
終わりと始まり（泉優）
　◇「超短編の世界 vol.3」創英社 2011 p99
終わりと始まりのあいだの木曜日（柴崎友香）
　◇「スタートライン―始まりをめぐる19の物語」幻
　　冬舎 2010（幻冬舎文庫）p115
終りなき学校（寺山修司）
　◇「新装版 全集現代文学の発見 15」學藝書林 2005
　　p513
終りなき負債（小松左京）
　◇「60年代日本SFベスト集成」筑摩書房 2013（ち
　　くま文庫）p223
おわりの銀、はじまりの金（滝ながれ）
　◇「幻想水滸伝短編集 1」メディアワークス 2000
　　（電撃文庫）p177
終りのない階段（北原亞以子）
　◇「江戸浮世風」学習研究社 2004（学研M文庫）
　　p271
終わりの始まり―河合耆三郎（響由布子）
　◇「新選組出陣」廣済堂出版 2014 p39
　◇「新選組出陣」徳間書店 2015（徳間文庫）p39
尾張の宮本武蔵（藤原審爾）
　◇「宮本武蔵伝奇」勉誠出版 2002（べんせいライブ
　　ラリー）p1
終わりのまえに（谷口雅美）
　◇「さよなら、大好きな人―スウィート＆ビターな7
　　ストーリー」泰文堂 2011（Linda books！）
　　p196
終わる季節のプレリュード（春花夏月）
　◇「君に伝えたい―恋愛短篇小説集」泰文堂 2013
　　（リンダブックス）p92
追われる女（井上昭之）
　◇「ショートショートの広場 20」講談社 2008（講
　　談社文庫）p148
追はれる人々（張赫宙）
　◇「近代朝鮮文学日本語作品集1901～1938 創作篇 3」
　　緑蔭書房 2004 p113
追われる者のうた（許南麒）
　◇「〈在日〉文学全集 2」勉誠出版 2006 p234
少年小説 恩がへし（金相徳）

作品名から引ける日本文学全集案内 第III期　137

おんか

◇「近代朝鮮文学日本語作品集1908〜1945 セレクション 6」緑蔭書房 2008 p143

恩返し（谷村志穂）
◇「空を飛ぶ恋―ケータイがつなぐ28の物語」新潮社 2006 （新潮文庫）p82

恩返し（藤咲知治）
◇「ショートショートの広場 15」講談社 2004 （講談社文庫）p99

恩返し（矛先盾一）
◇「ショートショートの花束 1」講談社 2009 （講談社文庫）p140

遠賀川（上野英信）
◇「戦後文学エッセイ選 12」影書房 2006 p80

音楽（吉野弘）
◇「新装版 全集現代文学の発見 13」學藝書林 2004 p428

詩集 音楽（那珂太郎）
◇「新装版 全集現代文学の発見 13」學藝書林 2004 p408

音楽随感（金管）
◇「近代朝鮮文学日本語作品集1908〜1945 セレクション 3」緑蔭書房 2008 p177

音楽の一年（任東爀）
◇「近代朝鮮文学日本語作品集1939〜1945 評論・随筆篇 2」緑蔭書房 2002 p23

隠形（井上祐美子）
◇「市井図絵」新潮社 1997 p281

隠形術（尾崎紅葉）
◇「明治の文学 6」筑摩書房 2001 p440

温故録（森下雨村）
◇「甦る推理雑誌 3」光文社 2002 （光文社文庫）p239

オン・ザ・ロック（空虹桜）
◇「超短編の世界 vol.3」創英社 2011 p42

小説 温室（安懐南）
◇「近代朝鮮文学日本語作品集1939〜1945 創作篇 3」緑蔭書房 2001 p312

温室事件（福永武彦）
◇「THE名探偵―ミステリーアンソロジー」有楽出版社 2014 （JOY NOVELS）p109

温室の花（今井一隆）
◇「新鋭劇作集 series 14」日本劇団協議会 2003 p53

怨讐女夜叉抄（橋爪彦七）
◇「怪奇・伝奇時代小説選集 6」春陽堂書店 2000 （春陽文庫）p117

怨臭の彼方に（田中啓文）
◇「リモコン変化」廣済堂出版 2000 （廣済堂文庫）p201

恩讐の彼方に（菊池寛）
◇「ちくま日本文学 27」筑摩書房 2008 （ちくま文庫）p211
◇「文豪たちが書いた泣ける名作短編集」彩図社 2014 p143

恩讐の剣―根岸兎角vs岩間小熊（堀和久）
◇「時代小説傑作選 2」新人物往来社 2008 p131

恩人（酒月茗）
◇「てのひら怪談―ビーケーワン怪談大賞傑作選」ポプラ社 2007 p60
◇「てのひら怪談―ビーケーワン怪談大賞傑作選」ポプラ社 2008 （ポプラ文庫）p60

恩人達（そうざ）
◇「超短編傑作選 v.6」創英社 2007 p57

温泉雑記（抄）（岡本綺堂）
◇「文豪てのひら怪談」ポプラ社 2009 （ポプラ文庫）p150

温泉（抄）（梶井基次郎）
◇「ちくま日本文学 28」筑摩書房 2008 （ちくま文庫）p325
◇「文豪てのひら怪談」ポプラ社 2009 （ポプラ文庫）p148

温泉だより（芥川龍之介）
◇「温泉小説」アーツアンドクラフツ 2006 p30

温泉宿（都筑道夫）
◇「ミステリマガジン700 国内篇」早川書房 2014 （ハヤカワ・ミステリ文庫）p121

温泉宿の四つの石（一田和樹）
◇「てのひら怪談―ビーケーワン怪談大賞傑作選 辛卯」ポプラ社 2011 （ポプラ文庫）p202

温泉夜話（井伏鱒二）
◇「温泉小説」アーツアンドクラフツ 2006 p113

恩と仇（真下光一）
◇「ショートショートの花束 1」講談社 2009 （講談社文庫）p260

温突（尹孤雲）
◇「近代朝鮮文学日本語作品集1908〜1945 セレクション 6」緑蔭書房 2008 p89

温突（オンドル）住宅の近代的價値（作者表記なし）
◇「近代朝鮮文学日本語作品集1908〜1945 セレクション 4」緑蔭書房 2008 p390

女（金子洋文）
◇「新・プロレタリア文学精選集 12」ゆまに書房 2004 p99

女（島崎藤村）
◇「明治の文学 16」筑摩書房 2002 p215

女（武田若千）
◇「てのひら怪談―ビーケーワン怪談大賞傑作選 2」ポプラ社 2007 p66
◇「てのひら怪談―ビーケーワン怪談大賞傑作選 己丑」ポプラ社 2009 （ポプラ文庫）p26

女（朱耀翰）
◇「近代朝鮮文学日本語作品集1908〜1945 セレクション 4」緑蔭書房 2008 p52

女への弁（金子光晴）
◇「ちくま日本文学 38」筑摩書房 2009 （ちくま文庫）p74

女を斬るな狐を斬れ 男のやさしさ考（向田邦子）
◇「精選女性随筆集 11」文藝春秋 2012 p76

女親（陳華培）
◇「日本統治期台湾文学集成 7」緑蔭書房 2002 p284

おんながいる（伊計翼）
◇「怪談四十九夜」竹書房 2016 （竹書房文庫）p77

女かくし（保木本佳子）
◇「「近松賞」第3回 優秀賞作品集」尼崎市 2006 p103

女方（三島由紀夫）
◇「戦後短篇小説選―『世界』1946-1999 2」岩波書店 2000 p237

女か虎か（高井信）
◇「物語のルミナリエ」光文社 2011 （光文社文庫）p384

女間者（邦枝完二）
◇「忠臣蔵コレクション 1」河出書房新社 1998 （河出文庫）p217

女間者おつな―山南敬助の女（南原幹雄）
◇「血闘！ 新選組」実業之日本社 2016 （実業之日本社文庫）p249

女交渉人ヒカル（五十嵐貴久）
◇「事件の痕跡」光文社 2007 （Kappa novels）p55
◇「事件の痕跡」光文社 2012 （光文社文庫）p65

女強盗（菊池寛）
◇「ちくま日本文学 27」筑摩書房 2008 （ちくま文庫）p389
◇「悪いやつの物語」筑摩書房 2011 （ちくま文学の森）p329

女心（笠井千晃）
◇「ショートショートの広場 12」講談社 2001 （講談社文庫）p186

女心軽佻（菊池寛）
◇「怪談・伝奇時代小説選集 14」春陽堂書店 2000 （春陽文庫）p7

女乞食（鈴木雄一郎）
◇「ショートショートの広場 19」講談社 2007 （講談社文庫）p41

女作者（田村俊子）
◇「日本近代短篇小説選 大正篇」岩波書店 2012 （岩波文庫）p5

女師匠の怨霊！（島崎俊二）
◇「怪奇・伝奇時代小説選集 4」春陽堂書店 2000 （春陽文庫）p111

女小説家（鹿島田真希）
◇「文学 2006」謙談社 2006 p136

女すり（千野隆司）
◇「遙かなる道」桃園書房 2001 （桃園文庫）p139

詩集 女たちへのエレジー（金子光晴）
◇「新装版 全集現代文学の発見 13」學藝書林 2004 p199

女たちのエレジー（金子光晴）
◇「ちくま日本文学 38」筑摩書房 2009 （ちくま文庫）p72

女たらし（諸田玲子）
◇「代表作時代小説 平成20年度」光文社 2008 p35

女探偵の夏休み（若竹七海）
◇「ザ・ベストミステリーズ―推理小説年鑑 2000」講談社 2000 p337

◇「罪深き者に罰を」講談社 2002 （講談社文庫）p213

女彫刻家の首（有栖川有栖）
◇「不透明な殺人―ミステリー・アンソロジー」祥伝社 1999 （祥伝社文庫）p7

女と鑑賞（倉橋由美子）
◇「精選女性随筆集 3」文藝春秋 2012 p178

女と群衆（葛山二郎）
◇「幻の探偵雑誌 8」光文社 2001 （光文社文庫）p147

小説 女所帯（古畑享）
◇「日本統治期台湾文学集成 22」緑蔭書房 2007 p343

女としての「妄想」（宇野千代）
◇「精選女性随筆集 6」文藝春秋 2012 p58

女ともだち（須賀敦子）
◇「日本文学全集 25」河出書房新社 2016 p125

女友達（江國香織）
◇「短篇ベストコレクション―現代の小説 2009」徳間書店 2009 （徳間文庫）p473
◇「てのひらの恋」KADOKAWA 2014 （角川文庫）p5

女友達（唯川恵）
◇「短篇ベストコレクション―現代の小説 2006」徳間書店 2006 （徳間文庫）p349

女に追ひかけられる（長尾豊）
◇「陰陽師伝奇大全」白泉社 2001 p239

女の印鑑（干刈あがた）
◇「干刈あがた・高樹のぶ子・林真理子・高村薫」角川書店 1997 （女性作家シリーズ）p95

女の顔（岩井志麻子）
◇「女たちの怪談百物語」メディアファクトリー 2010 （〔幽books〕）p153
◇「女たちの怪談百物語」KADOKAWA 2014 （角川ホラー文庫）p157

女の顔の横っちょに書いてある詩（金子光晴）
◇「ちくま日本文学 38」筑摩書房 2009 （ちくま文庫）p78

女の髪（宮田登）
◇「妖髪鬼談」桜桃書房 1998 p6
◇「黒髪に恨みは深く―一髪の毛ホラー傑作選」角川書店 2006 （角川ホラー文庫）p89

女の勘（山下貴光）
◇「10分間ミステリー」宝島社 2012 （宝島社文庫）p199
◇「5分で凍る！ ぞっとする怖い話」宝島社 2015 （宝島社文庫）p255

女の首（宮部みゆき）
◇「浮き世草紙―女流時代小説傑作選」角川春樹事務所 2002 （ハルキ文庫）p7

「女のことば」と「国のことば」（富岡多恵子）
◇「三枝和子・林京子・富岡多惠子」角川書店 1999 （女性作家シリーズ）p391

女の姿（林譲治）
◇「逆想コンチェルト―イラスト先行・競作小説アンソロジー 奏の1」徳間書店 2010 p108

おんな

女の世間（宮本常一）
◇「ちくま日本文学 22」筑摩書房 2008（ちくま文庫）p41

女の相続 生活の記録10（宮本常一）
◇「日本文学全集 14」河出書房新社 2015 p471

女の中の悪魔（由起しげ子）
◇「新装版 全集現代文学の発見 16」學藝書林 2005 p536

女の膝（小山内薫）
◇「文豪怪談傑作選 特別編」筑摩書房 2007（ちくま文庫）p56

『女の人』のいないバレンタイン（友井羊）
◇「5分で読める！ ひと駅ストーリー 冬の記憶西口編」宝島社 2013（宝島社文庫）p181

女の風俗史（朴南秀）
◇「近代朝鮮文学日本語作品集1908〜1945 セレクション 4」緑蔭書房 2008 p355

女のみち（三原光尋）
◇「歌謡曲だよ、人生は―映画監督短編集」メディアファクトリー 2007 p5

女の館（菊地秀行）
◇「玩具館」光文社 2001（光文社文庫）p637

創作 女二人（花房文子）
◇「日本統治期台湾文学集成 7」緑蔭書房 2002 p155

女二人のニューギニア（抄）（有吉佐和子）
◇「精選女性随筆集 4」文藝春秋 2012 p26

おんな舟（白石一郎）
◇「紅葉谷から剣鬼が来る―時代小説傑作選」講談社 2002（講談社文庫）p383

女ぶり（平岩弓枝）
◇「江戸しのび雨」学研パブリッシング 2012（学研M文庫）p135

女文学者何ぞ出ることの遅きや（清水紫琴）
◇「「新編」日本女性文学全集 1」菁柿堂 2007 p427

女菩薩の穴（駒田信二）
◇「剣光闇を裂く」光風社出版 1997（光風社文庫）p151

女密偵女賊（池波正太郎）
◇「花ごよみ夢一夜」光風社出版 2001（光風社文庫）p399

女も、虎も……（家田満理）
◇「ショートショートの花束 4」講談社 2012（講談社文庫）p198

女も虎も（東野圭吾）
◇「輝きの一瞬―短くて心に残る30編」講談社 1999（講談社文庫）p273

女や〜めた！（安部いさむ）
◇「高校演劇Selection 2002 下」晩成書房 2002 p57

女よ（萩原朔太郎）
◇「ちくま日本文学 36」筑摩書房 2009（ちくま文庫）p18

犯罪小説 女落語師の死（座光東平）
◇「日本統治期台湾文学集成 9」緑蔭書房 2002 p111

「女らしさ」とは何か（与謝野晶子）
◇「女 1」あの出版 2016（GB）p13

女は遊べ物語（司馬遼太郎）
◇「戦国女人十一話」作品社 2005 p103

怨念（関天園）
◇「文豪怪談傑作選 特別編」筑摩書房 2007（ちくま文庫）p232

怨念の力（葛西俊和）
◇「怪談四十九夜」竹書房 2016（竹書房文庫）p8

音譜五つの春だった（片岡義男）
◇「名探偵登場！」講談社 2014 p117
◇「名探偵登場！」講談社 2016（講談社文庫）p139

オンブタイ（長岡弘樹）
◇「ベスト本格ミステリ 2012」講談社 2012（講談社ノベルス）p11
◇「ザ・ベストミステリーズ―推理小説年鑑 2012」講談社 2012 p191
◇「Junction運命の分岐点」講談社 2015（講談社文庫）p201
◇「探偵の殺される夜」講談社 2016（講談社文庫）p11

隠亡堀（国枝史郎）
◇「怪奇・伝奇時代小説選集 2」春陽堂書店 1999（春陽文庫）p48

御身（横光利一）
◇「早稲田作家処女作集」講談社 2012（講談社文芸文庫）p151

隠密女人の館（狭山温）
◇「忍法からくり伝奇」勉誠出版 2004 p141

隠密奉行（小島健三）
◇「捕物時代小説選集 5」春陽堂書店 2000（春陽文庫）p36

陰陽師（宗谷真爾）
◇「陰陽師伝奇大全」白泉社 2001 p291
◇「安倍晴明陰陽師伝奇文学集成」勉誠出版 2001 p73

陰陽師・安倍保昌（水沢龍樹）
◇「安倍晴明陰陽師伝奇文学集成」勉誠出版 2001 p309

陰陽師鏡童子（夢枕獏）
◇「京都宵」光文社 2008（光文社文庫）p363

陰陽師と鼠（金素雲）
◇「陰陽師伝奇大全」白泉社 2001 p251

陰陽師 花の下に立つ女（夢枕獏）
◇「文豪さんへ。」メディアファクトリー 2009（MF文庫）p115

陰陽師 蚯蚓法師（夢枕獏）
◇「蒐集家（コレクター）」光文社 2004（光文社文庫）p13

音迷宮（石神茉莉）
◇「稲生モノノケ大全 陽之巻」毎日新聞社 2005 p417

オンライン（玉木凛）
◇「お母さんのなみだ」泰文堂 2016（リンダパブリッシャーズの本）p6

かいい

オンリー達（広池秋子）
◇「現代秀作集」角川書店 1999（女性作家シリーズ）p59
◇「街娼―パンパン＆オンリー」皓星社 2015（紙礫）p21
怨霊累ケ淵（狭山温）
◇「怪談累ケ淵」勉誠出版 2007 p41
怨霊三味線（原石寛）
◇「怪奇・伝奇時代小説選集 11」春陽堂書店 2000（春陽文庫）p209
怨霊高須館（加納一朗）
◇「怪奇・伝奇時代小説選集 10」春陽堂書店 2000（春陽文庫）p68
怨霊ばなし（多岐川恭）
◇「怪奇・伝奇時代小説選集 6」春陽堂書店 2000（春陽文庫）p176
温冷御礼（宮地彩）
◇「冷と温―第13回フェリシモ文学賞作品集」フェリシモ 2010 p87

【 か 】

か（田中哲弥）
◇「蚊―コレクション」メディアワークス 2002（電撃文庫）p57
蚊（おだみのる）
◇「ショートショートの広場 10」講談社 2000（講談社文庫）p163
画（塔和子）
◇「ハンセン病文学全集 7」皓星社 2004 p181
蛾（我妻俊樹）
◇「てのひら怪談―ビーケーワン怪談大賞傑作選 庚寅」ポプラ社 2010（ポプラ文庫）p46
蛾（江國香織）
◇「Invitation」文藝春秋 2010 p7
◇「甘い罠―8つの短篇小説集」文藝春秋 2012（文春文庫）p9
蛾（金子光晴）
◇「ひつじアンソロジー 小説編 2」ひつじ書房 2009 p193
◇「ちくま日本文学 38」筑摩書房 2009（ちくま文庫）p62
蛾（篠崎淳之介）
◇「幻の探偵雑誌 8」光文社 2001（光文社文庫）p335
蛾（室生犀星）
◇「文豪怪談傑作選 室生犀星集」筑摩書房 2008（ちくま文庫）p167
蛾（吉行淳之介）
◇「文豪てのひら怪談」ポプラ社 2009（ポプラ文庫）p196
母さん助けて（若竹七海）

◇「宝石ザミステリー 2016」光文社 2015 p191
母さんに乾杯！―命のリレー（大貫政明）
◇「中学生のドラマ 6」晩成書房 2006 p125
母さんのぐち（あすのゆこ）
◇「ショートショートの広場 15」講談社 2004（講談社文庫）p90
母さんの好きなお嫁（岡本かの子）
◇「精選女性随筆集 4」文藝春秋 2012 p169
母さんは夢であなたを呼んでいます。イギリスより≫与謝野光（与謝野晶子，与謝野鉄幹）
◇「日本人の手紙 7」リブリオ出版 2004 p123
があたろ（折口信夫）
◇「文豪怪談傑作選 折口信夫集」筑摩書房 2009（ちくま文庫）p248
かあちゃん（山本周五郎）
◇「江戸夕しぐれ―市井稼業小説傑作選」学研パブリッシング 2011（学研M文庫）p5
母ちゃん、おれだよ、おれおれ（歌野晶午）
◇「9の扉―リレー短編集」マガジンハウス 2009 p197
◇「9の扉」KADOKAWA 2013（角川文庫）p187
随筆 傀儡戯（かあれえひい）（西川満）
◇「日本統治期台湾文学集成 22」緑蔭書房 2007 p299
怪（綱淵謙錠）
◇「怪奇・怪談傑作集」新人物往来社 1997 p179
◇「妖怪」国書刊行会 1999（書物の王国）p192
貝（萩原朔太郎）
◇「ちくま日本文学 36」筑摩書房 2009（ちくま文庫）p89
怪異を訪ねて（鈴木棠三）
◇「文豪怪談傑作選 特別編」筑摩書房 2008（ちくま文庫）p244
海異記（泉鏡花）
◇「日本怪奇小説傑集 1」東京創元社 2005（創元推理文庫）p21
海異記（岩永花仙）
◇「文豪怪談傑作選 特別編」筑摩書房 2007（ちくま文庫）p172
怪異暗闇祭（江見水蔭）
◇「怪奇・伝奇時代小説選集 8」春陽堂書店 2000（春陽文庫）p216
怪異黒姫おろし（江見水蔭）
◇「怪奇・伝奇時代小説選集 4」春陽堂書店 2000（春陽文庫）p137
怪異考（寺田寅彦）
◇「ちくま日本文学 34」筑摩書房 2009（ちくま文庫）p299
◇「文豪怪談傑作選 大正篇」筑摩書房 2011（ちくま文庫）p163
怪異・西行法師（堀田善衛）
◇「戦後文学エッセイ選 11」影書房 2007 p219
怪異蒐集家（木原浩勝）
◇「蒐集家（コレクター）」光文社 2004（光文社文庫）p207

かいい

怪異石仏供養（石川淳）
◇「怪奇・伝奇時代小説選集 7」春陽堂書店 2000
（春陽文庫）p2
怪異談 牡丹燈籠（竹山文夫）
◇「怪奇・伝奇時代小説選集 9」春陽堂書店 2000
（春陽文庫）p2
怪異投込寺（山田風太郎）
◇「剣が謎を斬る―名作で読む推理小説 時代ミス
テリー傑作選」光文社 2005（光文社文庫）
p125
怪異に嫌わる（豊島与志雄）
◇「文豪怪談傑作選 特別編」筑摩書房 2008（ちく
ま文庫）p362
恠異ぶくろ（抄）（日夏耿之介）
◇「吸血妖鬼譚―ゴシック名訳集成」学習研究社
2008（学研M文庫）p5
海員（丸井妙子）
◇「日本統治期台湾文学集成 17」緑蔭書房 2003
p439
海印寺紀行（上）（下）（張赫宙）
◇「近代朝鮮文学日本語作品集1901～1938 評論・随筆
篇 3」緑蔭書房 2004 p137
海煙（土橋章宏）
◇「「伊豆文学賞」優秀作品集 第13回」羽衣出版
2010 p3
海縁寺駅降りる（沙岐）
◇「リトル・リトル・クトゥルー―史上最小の神話
小説集」学習研究社 2009 p178
海援隊誕生記（宮地佐一郎）
◇「龍馬参上」新潮社 2010（新潮文庫）p25
海王（楠本幸男）
◇「ドラマの森 2005」西日本劇作家の会 2004（西
日本戯曲選集）p5
怪を語れば怪至（浅井了意）
◇「文christ庫てのひら怪談」ポプラ社 2009（ポプラ文
庫）p214
絵画（磯崎憲一郎）
◇「文学 2010」講談社 2010 p152
◇「現代小説クロニクル 2010～2014」講談社 2015
（講談社文芸文庫）p30
海外教会の大勢日本の基督教会に影響す（山路
愛山）
◇「新日本古典文学大系 明治編 26」岩波書店 2002
p493
海外の幽霊ホテル（宍戸レイ）
◇「女たちの怪談百物語」メディアファクトリー
2010（〔幽books〕）p180
◇「女たちの怪談百物語」KADOKAWA 2014（角
川文庫）p184
海外フェスの話（松音戸子）
◇「てのひら怪談―ビーケーワン怪談大賞傑作選 庚
寅」ポプラ社 2010（ポプラ文庫）p84
改革の旗（ぼへみ庵）
◇「ショートショートの広場 19」講談社 2007（講
談社文庫）p222
開化散髪どころ（池波正太郎）

◇「変事異聞」小学館 2007（小学館文庫）p5
「開化辞」（素水）（西谷富水）
◇「新日本古典文学大系 明治編 4」岩波書店 2003
p243
開かずの間の怪（有栖川有栖）
◇「密室―ミステリーアンソロジー」角川書店 1997
（角川文庫）p41
開化の殺人（芥川龍之介）
◇「ちくま日本文学 2」筑摩書房 2007（ちくま文
庫）p211
絵画の真贋（白黒たまご）
◇「ゆきのまち幻想文学賞小品集 22」企画集団ぷり
ずむ 2013 p117
怪化百物語（高畠藍泉）
◇「新日本古典文学大系 明治編 1」岩波書店 2004
p355
貝殻（李正子）
◇「〈在日〉文学全集 17」勉誠出版 2006 p248
貝殻箸（澤渡貴彦）
◇「山形県文学全集第1期（小説編）1」郷土出版社
2004 p149
貝殻幻想（黒木謳子）
◇「日本統治期台湾文学集成 18」緑蔭書房 2003
p378
貝殻追放（水上瀧太郎）
◇「創刊一〇〇年三田文学名作選」三田文学会 2010
p631
貝殻追放の作者（斎藤茂吉）
◇「創刊一〇〇年三田文学名作選」三田文学会 2010
p656
貝殻の匙（李孝石）
◇「近代朝鮮文学日本語作品集1901～1938 評論・随筆
篇 3」緑蔭書房 2004 p39
海岸（趙南哲）
◇「〈在日〉文学全集 18」勉誠出版 2006 p137
蟹眼の大事（早乙女貢）
◇「躍る影法師」光風社出版 1997（光風社文庫）
p141
回帰（崩木十弐）
◇「渚にて―あの日からの〈みちのく怪談〉」荒蝦夷
2016 p153
回帰（朴重鎬）
◇「〈在日〉文学全集 12」勉誠出版 2006 p229
回帰（水澤世都子）
◇「脈動―同人誌作家作品選」ファーストワン 2013
p145
怪奇写真作家（三津田信三）
◇「ミステリマガジン700 国内篇」早川書房 2014
（ハヤカワ・ミステリ文庫）p445
怪奇製造人（城昌幸）
◇「怪奇探偵小説集 1」角川春樹事務所 1998（ハ
ルキ文庫）p37
◇「恐怖ミステリーBEST15―こんな幻の傑作が読
みたかった！」シーエイチシー 2006 p9
◇「古書ミステリー倶楽部―傑作推理小説集」光文
社 2013（光文社文庫）p51

かいし

会議中（江坂遊）
◇「綾辻・有栖川復刊セレクション 仕掛け花火」講談社 2007（講談社ノベルス）p69

怪奇毒吐き女（北村薫）
◇「秘密。―私と私のあいだの十二話」メディアファクトリー 2005 p131

怪奇俳優の手帳（佐野史郎）
◇「秘神界 現代編」東京創元社 2002（創元推理文庫）p13

怪奇、白狼譚（岡田稔）
◇「くノ一、百華―時代小説アンソロジー」集英社 2013（集英社文庫）p109

怪奇美を描く画家・竹中英太郎（末永昭二）
◇「竹中英太郎 1」皓星社 2016（挿絵叢書）p205

海枢（石原健二）
◇「リトル・リトル・クトゥルー―史上最小の神話小説集」学習研究社 2009 p66

海峡（金太中）
◇「〈在日〉文学全集 18」勉誠出版 2006 p96

海郷（吉田一穂）
◇「新装版 全集現代文学の発見 13」學藝書林 2004 p156

海峡を渡るバイオリン（池端俊策、神山由美子）
◇「テレビドラマ代表作選集 2005年版」日本脚本家連盟 2005 p113

海峡の使者（白石一郎）
◇「花ごよみ夢一夜」光風社出版 2001（光風社文庫）p365

怪魚観音（飯野文彦）
◇「玩具館」光文社 2001（光文社文庫）p383

皆勤の徒―第二回創元SF短編賞受賞作（酉島伝法）
◇「結晶銀河―年刊日本SF傑作選 2011」東京創元社 2011（創元SF文庫）p449

海景（堀田善衞）
◇「創刊一〇〇年三田文学名作選」三田文学会 2010 p586

解決金（ミノリ・ミノル）
◇「ショートショートの広場 17」講談社 2005（講談社文庫）p203

解決手段（池田信幸）
◇「ショートショートの広場 10」講談社 2000（講談社文庫）p197

解決編（おがわ）
◇「超短編の世界 vol.3」創英社 2011 p162

解決屋（曽根圭介）
◇「宝石ザミステリー 2014冬」光文社 2014 p155

海光（長島愛生園長島短歌会）
◇「ハンセン病文学全集 8」皓星社 2006 p348

邂逅（赤木純）
◇「日本統治期台湾文学集成 22」緑蔭書房 2007 p169

邂逅（龍瑛宗）
◇「〈外地〉の日本語文学選 1」新宿書房 1996 p193

遺句集 海紅豆（量雨江）

◇「ハンセン病文学全集 9」皓星社 2010 p156

邂逅について（恩田陸）
◇「凶鳥の黒影―中井英夫へ捧げるオマージュ」河出書房新社 2007 p235

外交の歌（屈山居士）
◇「新日本古典文学大系 明治編 12」岩波書店 2001 p20

海口の女（喜納磨佐秋）
◇「日本統治期台湾文学集成 4」緑蔭書房 2002 p303

海口の散歩（金関丈夫）
◇「日本統治期台湾文学集成 17」緑蔭書房 2003 p139

介護鬼（菊地秀行）
◇「代表作時代小説 平成15年度」光風社出版 2003 p35
◇「異色歴史短篇傑作大全」講談社 2003 p135
◇「女人」小学館 2007（小学館文庫）p153
◇「赤ひげ横丁―人情時代小説傑作選」新潮社 2009（新潮文庫）p47

骸骨（西尾正）
◇「怪奇探偵小説集 1」角川春樹事務所 1998（ハルキ文庫）p299
◇「恐怖ミステリーBEST15―こんな幻の傑作が読みたかった！」シーエイチシー 2006 p191

骸骨が花（近藤啓太郎）
◇「現代の小説 1999」徳間書店 1999 p231

骸骨の黒穂（夢野久作）
◇「被差別小説傑作集」河出書房新社 2016（河出文庫）p215

解雇の理由（山下善隆）
◇「ショートショートの広場 9」講談社 1998（講談社文庫）p91

介護ロボット（稲葉たえみ）
◇「ショートショートの広場 14」講談社 2003（講談社文庫）p153

開墾（金子光晴）
◇「ちくま日本文学 38」筑摩書房 2009（ちくま文庫）p387

買い支えよ（@yuoshikiri）
◇「3.11心に残る140字の物語」学研パブリッシング 2011 p25

開山神社―南遊雑詩のうち。同神社は記すまでもなく、延平郡王鄭成功を祀れるなり（楊雲萍）
◇「日本統治期台湾文学集成 18」緑蔭書房 2003 p546

解散二十面相（藤谷治）
◇「みんなの少年探偵団」ポプラ社 2014 p191
◇「みんなの少年探偵団」ポプラ社 2016（ポプラ文庫）p191

海市（吉田一穂）
◇「新装版 全集現代文学の発見 13」學藝書林 2004 p158

涯子へ（井上光晴）
◇「戦後文学エッセイ選 13」影書房 2008 p208

かいし

海市祭（加藤郁乎）
◇「新装版 全集現代文学の発見 13」學藝書林 2004
p614
買い占めたいもの（@shortshortshort）
◇「3.11心に残る140字の物語」学研パブリッシング
2011 p73
解釈（北村薫）
◇「本をめぐる物語—栞は夢をみる」KADOKAWA
2014（角川文庫）p237
介錯人別所龍玄始末（辻堂魁）
◇「大江戸「町」物語」宝島社 2013（宝島社文庫）
p77
会社ごっこ（三藤英二）
◇「ショートショートの花束 1」講談社 2009（講
談社文庫）p48
会社の秘密と打ち上げ（伊東哲哉）
◇「超短編傑作選 v.6」創英社 2007 p192
怪樹（志摩夏次郎）
◇「妖異百物語 2」出版芸術社 1997（ふしぎ文学
館）p39
怪獣ウワキンの登場（小松左京）
◇「怪獣」国書刊行会 1998（書物の王国）p199
怪獣ジウス（田中啓文）
◇「GOD」廣済堂出版 1999（廣済堂文庫）p451
怪獣地獄（黒史郎）
◇「怪獣文藝—パートカラー」メディアファクト
リー 2013（〔幽BOOKS〕）p2
怪獣チェイサー（大倉崇裕）
◇「怪獣文藝の逆襲」KADOKAWA 2015（〔幽
BOOKS〕）p27
怪獣都市（菊地秀行）
◇「怪獣文藝—パートカラー」メディアファクト
リー 2013（〔幽BOOKS〕）p17
怪獣二十六号（樋口真嗣）
◇「怪獣文藝の逆襲」KADOKAWA 2015（〔幽
BOOKS〕）p7
怪獣の夢（有栖川有栖）
◇「怪獣文藝の逆襲」KADOKAWA 2015（〔幽
BOOKS〕）p179
海獣人（中野美代子）
◇「人魚の血—珠玉アンソロジー オリジナル＆スタ
ンダート」光文社 2001（カッパ・ノベルス）
p119
怪獣ルクスビグラの足型を取った男（田中啓
文）
◇「多々良島ふたたび—ウルトラ怪獣アンソロジー」
早川書房 2015（TSUBURAYA×
HAYAKAWA UNIVERSE）p241
怪獣惑星キンゴジ（田中啓文）
◇「宝石ザミステリー 2014夏」光文社 2014 p163
開城（かいじょう）… → "ケソン…"を見よ
海嘯が生んだ怪談（矢田挿雲）
◇「あやかしの深川—受け継がれる怪異な土地の物
語」猿江商會 2016 p274
解錠綺譚（佐江衆一）

秋びより—時代小説アンソロジー」
KADOKAWA 2014（角川文庫）p187
海嘯遭難実況談（山本才三郎）
◇「天変動く大震災と作家たち」インパクト出版会
2011（インパクト選書）p20
開城の使者（中村彰彦）
◇「代表作時代小説 平成9年度」光風社出版 1997
p199
◇「春宵濡れ髪しぐれ—時代小説傑作選」講談社
2003（講談社文庫）p123
開城の使者—鶴ケ城（中村彰彦）
◇「名城伝」角川春樹事務所 2015（ハルキ文庫）
p87
海上の墓（鮎川信夫）
◇「新装版 全集現代文学の発見 13」學藝書林 2004
p255
海上の道（柳田國男）
◇「日本文学全集 14」河出書房新社 2015 p55
海城発電（泉鏡花）
◇「文学で考える〈仕事〉の百年」双文社出版 2010
p8
◇「文学で考える〈仕事〉の百年」翰林書房 2016 p8
怪人（龍悠吉）
◇「幻の探偵雑誌 2」光文社 2000（光文社文庫）
p271
怪人明智文代（大槻ケンヂ）
◇「アート偏愛」光文社 2005（光文社文庫）p281
◇「江戸川乱歩に愛をこめて」光文社 2011（光文社
文庫）p219
怪人影法師（岡崎弘明）
◇「ひとにぎりの異形」光文社 2007（光文社文庫）
p138
悔心白波月夜（青木憲一）
◇「捕物時代小説選集 5」春陽堂書店 2000（春陽
文庫）p225
海人全集（下巻）（明石海人）
◇「ハンセン病文学全集 7」皓星社 2004 p432
かいじん二十めんそう（江戸川乱歩）
◇「少年探偵王—本格推理マガジン 特集・ぼくらの
推理冒険物語」光文社 2002（光文社文庫）
p149
灰燼の彼方の追憶（西田政治）
◇「甦る推理雑誌 3」光文社 2002（光文社文庫）
p311
海神の裔（宮部みゆき）
◇「NOVA+—書き下ろし日本SFコレクション 2」
河出書房新社 2015（河出文庫）p329
怪人撥条足男（北原尚彦）
◇「平成都市伝説」中央公論新社 2004（C
NOVELS）p79
外人部隊を追え（中薗英助）
◇「冒険の森へ—傑作小説大全 6」集英社 2016
p105
海神別荘—泉鏡花作『海神別荘』より（石井貴
久）
◇「泉鏡花記念金沢戯曲大賞受賞作品集 第2回」金

かいた

会心幕張（宮木あや子）
◇「スタートライン―始まりをめぐる19の物語」幻冬舎 2010（幻冬舎文庫）p103

海神丸（野上彌生子）
◇「冒険の森へ―傑作小説大全 1」集英社 2016 p96

海水浴（江賀根）
◇「てのひら怪談―ビーケーワン怪談大賞傑作選 壬辰」ポプラ社 2012（ポプラ文庫）p22

海水旅館（萩原朔太郎）
◇「ちくま日本文学 36」筑摩書房 2009（ちくま文庫）p110

海聲（石神茉莉）
◇「幽霊船」光文社 2001（光文社文庫）p153

海雪（菊池恵楓園檜の影短歌会）
◇「ハンセン病文学全集 8」皓星社 2006 p229

カイゼルの白書（久生十蘭）
◇「王侯」国書刊行会 1998（書物の王国）p200

海戦（安東次男）
◇「新装版 全集現代文学の発見 13」學藝書林 2004 p289

凱旋（北村薫）
◇「本格ミステリ 2003」講談社 2003（講談社ノベルス）p11
◇「論理学園事件帳―本格短編ベスト・セレクション」講談社 2007（講談社文庫）p11
◇「古書ミステリー倶楽部―傑作推理小説集 3」光文社 2015（光文社文庫）p297

价川（かいせん）…→"ケチョン…"を見よ

街宣車のある風景（髙村薫）
◇「文学 2012」講談社 2012 p251

怪船『人魚号』（高橋鐵）
◇「怪奇探偵小説集 3」角川春樹事務所 1998（ハルキ文庫）p85
◇「人魚の血―珠玉アンソロジー オリジナル＆スタンダート」光文社 2001（カッパ・ノベルス）p17
◇「人魚―mermaid & merman」皓星社 2016（紙礫）p112

凱旋の時は朝鮮へ私がご案内致します（李光洙）
◇「近代朝鮮文学日本語作品集1908〜1945 セレクション 6」緑蔭書房 2008 p228

凱旋祭（泉鏡花）
◇「怪獣」国書刊行会 1998（書物の王国）p120

凱旋祭（がいせんまつり）（泉鏡花）
◇「コレクション戦争と文学 6」集英社 2011 p43

凱旋門―エリッヒ・マリア・レマルクの小説による（柴田侑宏）
◇「宝塚歌劇柴田侑宏脚本選 5」阪急コミュニケーションズ 2006 p171

回想電車（赤川次郎）
◇「短編復活」集英社 2002（集英社文庫）p7

海草の誇（河井酔茗）
◇「胞子文学名作選」港の人 2013 p187

海荘晩晴（森春濤）
◇「新日本古典文学大系 明治編 2」岩波書店 2004 p46

回想録争奪作戦（大藪春彦）
◇「男たちのら・ら・ば・い」徳間書店 1999（徳間文庫）p123

海賊船長（田中文雄）
◇「物語の魔の物語―メタ怪談傑作選」徳間書店 2001（徳間文庫）p139

海賊船ドクター・サイゾー（松岡弘一）
◇「花と剣と侍―新鷹会・傑作時代小説選」光文社 2009（光文社文庫）p297

快速マリンライナー（山下貴光）
◇「5分で読める！ ひと駅ストーリー 乗車編」宝島社 2012（宝島社文庫）p137

海村異聞（三浦哲郎）
◇「剣が哭く夜に哭く」光風社出版 2000（光風社文庫）p7

「解体」とは何か（井上光晴）
◇「戦後文学エッセイ選 13」影書房 2008 p173

開拓村のかあさんへ（高橋ひろし）
◇「中学生のドラマ 8」晩成書房 2010 p89

槐多「二少年図」（江戸川乱歩）
◇「美少年」国書刊行会 1997（書物の王国）p205

槐多の歌へる（村山槐多）
◇「日本近代文学に描かれた「恋愛」」牧野出版 2001 p151

カイダン（F十五）
◇「ショートショートの広場 12」講談社 2001（講談社文庫）p108

怪段（猫屋四季）
◇「てのひら怪談―ビーケーワン怪談大賞傑作選」ポプラ社 2007 p116
◇「てのひら怪談―ビーケーワン怪談大賞傑作選」ポプラ社 2008（ポプラ文庫）p120

怪談（幸田露伴）
◇「文豪怪談傑作選 幸田露伴集」筑摩書房 2010（ちくま文庫）p273

怪談（志賀直哉）
◇「文豪怪談傑作選 大正篇」筑摩書房 2011（ちくま文庫）p255

怪談（杉浦日向子）
◇「闇夜に怪を語れば―百物語ホラー傑作選」角川書店 2005（角川ホラー文庫）p173

怪談（太宰治）
◇「文豪怪談傑作選 太宰治集」筑摩書房 2009（ちくま文庫）p9

怪談（畑耕一）
◇「闇夜に怪を語れば―百物語ホラー傑作選」角川書店 2005（角川ホラー文庫）p115

怪談（福沢徹三）
◇「闇夜に怪を語れば―百物語ホラー傑作選」角川書店 2005（角川ホラー文庫）p143

怪談（水野葉舟）
◇「文豪怪談傑作選 明治編」筑摩書房 2011（ちくま文庫）p183

かいた

階段（乙一）
◇「悪夢制御装置―ホラー・アンソロジー」角川書店 2002（角川文庫）p159
◇「青に捧げる悪夢」角川書店 2005 p117
◇「青に捧げる悪夢」角川書店 2013（角川文庫）p201

階段（倉阪鬼一郎）
◇「自選ショート・ミステリー」講談社 2001（講談社文庫）p223

階段（白ひびき）
◇「てのひら怪談―ビーケーワン怪談大賞傑選」ポプラ社 2007 p28
◇「てのひら怪談―ビーケーワン怪談大賞傑選」ポプラ社 2008（ポプラ文庫）p26

階段（森下一仁）
◇「ひとにぎりの異形」光文社 2007（光文社文庫）p442

怪談阿三の森（三遊亭圓朝）
◇「あやかしの深川―受け継がれる怪異な土地の物語」猿江商會 2016 p236

怪談会（馬場孤蝶、泉鏡花、久保田万太郎、白井喬二、小杉未醒、長谷川伸、平山蘆江、長田秀雄、畑耕一、斎藤龍太郎、芥川龍之介、菊地寛、沢田撫松）
◇「文豪怪談傑作選 特別編」筑摩書房 2009（ちくま文庫）p227

怪談会（水野葉舟）
◇「闇夜に怪を語れば―百物語ホラー傑作選」角川書店 2005（角川ホラー文庫）p101
◇「文豪怪談傑作選 明治編」筑摩書房 2011（ちくま文庫）p189

〔【怪談会】〕序（泉鏡花）
◇「文豪怪談傑作選 特別編」筑摩書房 2007 p10

怪談会点景（作者表記なし）
◇「文豪怪談傑作選 特別編」筑摩書房 2009（ちくま文庫）p145

怪談会にて（登木夏実）
◇「てのひら怪談―ビーケーワン怪談大賞傑選 壬辰」ポプラ社 2012（ポプラ文庫）p122

怪談累ケ淵（柴田錬三郎）
◇「秘剣闇を斬る」光風社出版 1998（光風社文庫）p323
◇「怪奇・伝奇時代小説選集 10」春陽堂書店 2000（春陽文庫）p40
◇「怪談累ケ淵」勉誠出版 2007 p9
◇「夏しぐれ―時代小説アンソロジー」角川書店 2013（角川文庫）p197

怪談が生む怪談（鈴木鼓村）
◇「文豪怪談傑作選 特別編」筑摩書房 2008（ちくま文庫）p189

怪談聞書（作者表記なし）
◇「文豪怪談傑作選 特別編」筑摩書房 2009（ちくま文庫）p156

怪談偽造の前（江見水蔭）
◇「文豪怪談傑作選 特別編」筑摩書房 2008（ちくま文庫）p126

怪談享楽時代（野村胡堂）
◇「みちのく怪談名作選 vol.1」荒蝦夷 2010（叢書東北の声）p135

怪談サイトの怪（矢内りんご）
◇「てのひら怪談―ビーケーワン怪談大賞傑選」ポプラ社 2007 p96
◇「てのひら怪談―ビーケーワン怪談大賞傑選」ポプラ社 2008（ポプラ文庫）p100

怪談三人男（作者表記なし）
◇「文豪怪談傑作選 特別編」筑摩書房 2009（ちくま文庫）p79

怪談集1―女（川端康成）
◇「文豪怪談傑作選 川端康成集」筑摩書房 2006（ちくま文庫）p67

怪談集2―恐しい愛（川端康成）
◇「文豪怪談傑作選 川端康成集」筑摩書房 2006（ちくま文庫）p71

怪談集3―歴史（川端康成）
◇「文豪怪談傑作選 川端康成集」筑摩書房 2006（ちくま文庫）p73

怪談好きと『百物語』（加門七海）
◇「文藝百物語」ぶんか社 1997 p254

怪談宋公館（火野葦平）
◇「日本怪奇小説傑作集 2」東京創元社 2005（創元推理文庫）p245

怪談精霊（たま）祭（作者表記なし）
◇「文豪怪談傑作選 特別編」筑摩書房 2009（ちくま文庫）p7

怪談鍋（立原透耶）
◇「女たちの怪談百物語」メディアファクトリー 2010（幽books）p23
◇「女たちの怪談百物語」KADOKAWA 2014（角川ホラー文庫）p30

怪談入門（江戸川乱歩）
◇「乱歩の選んだベスト・ホラー」筑摩書房 2000（ちくま文庫）p7

怪談の怪談 小ぼたんのお膳／池をめぐるお百度自動車（作者表記なし）
◇「文豪怪談傑作選 特別編」筑摩書房 2009（ちくま文庫）p150

怪談の会と人（作者表記なし）
◇「文豪怪談傑作選 特別編」筑摩書房 2009（ちくま文庫）p79

怪談の研究（柳田國男）
◇「文豪怪談傑作選 柳田國男集」筑摩書房 2007（ちくま文庫）p9

怪談の書物（柳田國男）
◇「文豪怪談傑作選 柳田國男集」筑摩書房 2007（ちくま文庫）p12

怪談の「力」（黒木あるじ）
◇「渚にて―あの日からの〈みちのく怪談〉」荒蝦夷 2016 p18

怪談の話し方（きよし）
◇「文豪怪談傑作選 特別編」筑摩書房 2007（ちくま文庫）p254

怪談化け俵 翠紅亭の怪談会予行演習―話好の

かいと

喜多村（作者表記なし）
◇「文豪怪談傑作選 特別編」筑摩書房 2009（ちくま文庫）p147

怪談人を殺す（作者表記なし）
◇「文豪怪談傑作選 特別編」筑摩書房 2009（ちくま文庫）p83

怪談 牡丹燈籠（大西信行）
◇「怪奇・伝奇時代小説選集 9」春陽堂書店 2000（春陽文庫）p19

怪談六つ（安部村羊）
◇「文豪怪談傑作選 特別編」筑摩書房 2007（ちくま文庫）p288

かいちご（朝松健）
◇「チャイルド」廣済堂出版 1998（廣済堂文庫）p27

外地の娘（川崎信）
◇「日本統治期台湾文学集成 22」緑蔭書房 2007 p319

怪虫（鮎川哲也）
◇「妖異百物語 1」出版芸術社 1997（ふしぎ文学館）p139

蜩虫（岡本綺堂）
◇「新編・日本幻想文学集成 4」国書刊行会 2016 p439

海中石（邑久光明園楓短歌会）
◇「ハンセン病文学全集 8」皓星社 2006 p191

懐中電灯（法月綸太郎）
◇「殺人博物館へようこそ」講談社 1998（講談社文庫）p9

海中の忘れもの（杉浦明平）
◇「戦後短篇小説再発見 15」講談社 2003（講談社文芸文庫）p192

怪鳥（湯菜岸時也）
◇「てのひら怪談―ビーケーワン怪談大賞傑作選 2」ポプラ社 2007 p214

海鳥（吉田一穂）
◇「新装版 全集現代文学の発見 13」學藝書林 2004 p160

海潮音（上田敏）
◇「日本近代文学に描かれた「恋愛」」牧野出版 2001 p143

海潮音（吉屋信子）
◇「文豪怪談傑作選 吉屋信子集」筑摩書房 2006（ちくま文庫）p341

海潮寺境内の仇討ち（古川薫）
◇「士魂の光芒―時代小説最前線」新潮社 1997（新潮文庫）p371

海底からの悪夢（黒史郎）
◇「リトル・リトル・クトゥルー―史上最小の神話小説集」学習研究社 2009 p232

海底国境線―昭和一七年（那珂良二）
◇「日米架空戦記集成―明治・大正・昭和」中央公論新社 2003（中公文庫）p99

海底の都（夢乃鳥子）
◇「てのひら怪談―ビーケーワン怪談大賞傑作選 百怪繚乱篇」ポプラ社 2008 p194

◇「てのひら怪談―ビーケーワン怪談大賞傑作選 己丑」ポプラ社 2009（ポプラ文庫）p228

開田作業（丸井妙子）
◇「日本統治期台湾文学集成 17」緑蔭書房 2003 p467

回転する玩具（澁澤龍彦）
◇「ちくま日本文学 18」筑摩書房 2008（ちくま文庫）p235

囘轉する季節の色彩（黒木謳子）
◇「日本統治期台湾文学集成 18」緑蔭書房 2003 p407

回転ドア（柄刀一）
◇「夏のグランドホテル」光文社 2003（光文社文庫）p49

回天特攻学徒隊員の記録（武田五郎）
◇「読み聞かせる戦争」光文社 2015 p181

回転扉（浅田次郎）
◇「短篇ベストコレクション―現代の小説 2006」徳間書店 2006（徳間文庫）p497

回転率（あんどー春）
◇「ショートショートの花束 7」講談社 2015（講談社文庫）p225

ガイド（小川洋子）
◇「街の物語」角川書店 2001（New History）p5

外套（大坪砂男）
◇「短篇礼讃―忘れかけた名品」筑摩書房 2006（ちくま文庫）p113

街燈（鄭昌漠）
◇「近代朝鮮文学日本語作品集1908～1945 セレクション 6」緑蔭書房 2008 p64

解凍（或いは「仕事」）（峯岸可弥）
◇「超短編の世界 vol.3」創英社 2011 p68

怪盗Xからの挑戦状（米澤穂信）
◇「探偵Xからの挑戦状！ season3」小学館 2012（小学館文庫）p91

怪盗シャイン（福本真也）
◇「ショートショートの花束 3」講談社 2011（講談社文庫）p186

怪盗道化師―第3話 影を盗む男（はやみねかおる）
◇「自選ショート・ミステリー」講談社 2001（講談社文庫）p32

海道東征（阪田寛夫）
◇「川端康成文学賞全作品 2」新潮社 1999 p29

会堂にて（会田綱雄）
◇「新装版 全集現代文学の発見 13」學藝書林 2004 p387

怪盗ハイカラ小僧（真鍋元之）
◇「捕物時代小説選集 2」春陽堂書店 2000（春陽文庫）p83

解答編（甲木千絵）
◇「言葉にできない悲しみ」泰文堂 2015（リンダパブリッシャーズの本）p144

解答編（依井貴裕）
◇「競作五十円玉二十枚の謎」東京創元社 2000（創元推理文庫）p70

かいと

解答編―土曜日の本（法月綸太郎）
◇「競作五十円玉二十枚の謎」東京創元社 2000 （創元推理文庫）p21

海難記（久生十蘭）
◇「新編・日本幻想文学集成 3」国書刊行会 2016 p283

海南島覺え書（金関丈夫）
◇「日本統治期台湾文学集成 17」緑蔭書房 2003 p111

飼い猫の掟、申し送ります（源祥子）
◇「少女のなみだ」泰文堂 2014 （リンダブックス）p125

貝の穴に河童の居る事（泉鏡花）
◇「いきものがたり」双文社出版 2013 p148
◇「河童のお弟子」筑摩書房 2014 （ちくま文庫）p11

甲斐国追放―武田信玄（永岡慶之助）
◇「時代小説傑作選 7」新人物往来社 2008 p77

櫂の雫（佐佐木雪子）
◇「天変動く大震災と作家たち」インパクト出版会 2011 （インパクト選書）p54

貝のなか（倉橋由美子）
◇「新編・日本幻想文学集成 1」国書刊行会 2016 p203

貝の火（平野直）
◇「学校放送劇舞台劇脚本集―宮沢賢治名作童話」東洋書店 2008 p143

貝の火（宮沢賢治）
◇「鉱物」国書刊行会 1997 （書物の王国）p19

海馬（川上弘美）
◇「不思議の扉 ありえない恋」角川書店 2011 （角川文庫）p55

海馬（高山文彦）
◇「短篇ベストコレクション―現代の小説 2001」徳間書店 2001 （徳間文庫）p283

海馬にて（浅黄斑）
◇「ザ・ベストミステリーズ―推理小説年鑑 2000」講談社 2000 p501
◇「罪深き者に罰を」講談社 2002 （講談社文庫）p310

怪犯人の行方（山中峯太郎）
◇「シャーロック・ホームズの災難―日本版」論創社 2007 p323

解氷（淺里大助）
◇「大人が読む。ケータイ小説―第1回ケータイ文学賞アンソロジー」オンブック 2007 p5

開票（金時鐘）
◇「〈在日〉文学全集 5」勉誠出版 2006 p103

怪猫物語 その一（北杜夫）
◇「にゃんそろじー」新潮社 2014 （新潮文庫）p187

怪猫物語 その二（北杜夫）
◇「にゃんそろじー」新潮社 2014 （新潮文庫）p193

開封（堀晃）
◇「ひとにぎりの異形」光文社 2007 （光文社文庫）p296

◇「虚構機関―年刊日本SF傑作選」東京創元社 2008 （創元SF文庫）p261

回復過程の文学活動（しまだひとし）
◇「ハンセン病文学全集 5」皓星社 2010 p84

恢復期（堀辰雄）
◇「新装版 全集現代文学の発見 14」學藝書林 2005 p46
◇「ちくま日本文学 39」筑摩書房 2009 （ちくま文庫）p113

怪物（島久平）
◇「甦る推理雑誌 8」光文社 2003 （光文社文庫）p133

怪物（三島由紀夫）
◇「文士の意地―車谷長吉撰短篇小説輯 下巻」作品社 2005 p246

怪物画趣味（有栖川有栖）
◇「アート偏愛」光文社 2005 （光文社文庫）p433

怪物たちの夜（筒井康隆）
◇「幻想ミッドナイト―日常を破壊する恐怖の断片」角川書店 1997 （カドカワ・エンタテインメント）p339

怪物の眼（田中辰次）
◇「幻の探偵雑誌 8」光文社 2001 （光文社文庫）p347

怪物のような顔の女と溶けた時計のような頭の男（平山夢明）
◇「夢魔」光文社 2001 （光文社文庫）p585

怪物癖（牧野修）
◇「変化―書下ろしホラー・アンソロジー」PHP研究所 2000 （PHP文庫）p263

怪物屋敷（柳川春葉）
◇「文豪怪談傑作選 特別編」筑摩書房 2007 （ちくま文庫）p154

カイブン（村田青）
◇「ショートショートの花束 1」講談社 2009 （講談社文庫）p214

開閉式―母の手の甲には、緑色の扉があった（西崎憲）
◇「NOVA―書き下ろし日本SFコレクション 7」河出書房新社 2012 （河出文庫）p255

海壁（小泉雅二）
◇「ハンセン病文学全集 6」皓星社 2003 p448

解放を欲する役霊（折口信夫）
◇「文豪怪談傑作選 折口信夫集」筑摩書房 2009 （ちくま文庫）p249

解剖に附してもらいたい（秩父宮雍仁）
◇「日本人の手紙 8」リブリオ出版 2004 p71

解放の時代（星新一）
◇「60年代日本SFベスト集成」筑摩書房 2013 （ちくま文庫）p7

戒名（長嶋有）
◇「文学 2010」講談社 2010 p111

怪夢（夢野久作）
◇「新編・日本幻想文学集成 4」国書刊行会 2016 p69

かえた

壊滅の序曲（原民喜）
◇「戦後占領期短篇小説コレクション 4」藤原書店 2007 p7

壊滅の鉄道（北川冬彦）
◇「〈外地〉の日本語文学選 2」新宿書房 1996 p96
◇「新装版 全集現代文学の発見 13」學藝書林 2004 p25

句集 海綿（辻長風）
◇「ハンセン病文学全集 9」皓星社 2010 p107

かいもの（珠子）
◇「てのひら怪談―ビーケーワン怪談大賞傑作選 庚寅」ポプラ社 2010 （ポプラ文庫）p76

買物（北杜夫）
◇「冒険の森へ―傑作小説大全 8」集英社 2015 p37

買物上手（家田満狸）
◇「ショートショートの広場 14」講談社 2003 （講談社文庫）p74

海門釣庵集（森春濤）
◇「新日本古典文学大系 明治編 2」岩波書店 2004 p12

かいやぐら物語（横溝正史）
◇「日本怪奇小説傑作集 2」東京創元社 2005 （創元推理文庫）p29
◇「リテラリーゴシック・イン・ジャパン―文学的ゴシック作品選」筑摩書房 2014 （ちくま文庫）p49

懐友（朴東一）
◇「近代朝鮮文学日本語作品集1908～1945 セレクション 6」緑蔭書房 2008 p25

快癒期（金鍾漢）
◇「近代朝鮮文学日本語作品集1939～1945 創作篇 6」緑蔭書房 2001 p296

梅花皮沢より飯豊山へ（伊澤信平）
◇「山形県文学全集第2期（随筆・紀行編） 2」郷土出版社 2005 p46

快楽の一瞬を待つ（笹沢左保）
◇「宮本武蔵―剣豪列伝」廣済堂出版 1997 （廣済堂文庫）p27

海藍蛇（石神茉莉）
◇「教室」光文社 2003 （光文社文庫）p507

回覧板（荒井恵美子）
◇「ゆきのまち幻想文学賞小品集 24」企画集団ぷりずむ 2015 p138

怪例及妖異（芥川龍之介）
◇「文豪怪談傑作選 芥川龍之介集」筑摩書房 2010 （ちくま文庫）p329

廻廊を歩く女（岡村雄輔）
◇「探偵くらぶ―探偵小説傑作選1946～1958 中」光文社 1997 （カッパ・ノベルス）p93

カイロにて（松村進吉）
◇「男たちの怪談百物語」メディアファクトリー 2012 （幽BOOKS）p157

街路の詩人（李在鶴）
◇「近代朝鮮文学日本語作品集1901～1938 創作篇 1」緑蔭書房 2004 p117

会話（赤川次郎）
◇「自選ショート・ミステリー」講談社 2001 （講談社文庫）p9

会話（山之口貘）
◇「沖縄文学選―日本文学のエッジからの問い」勉誠出版 2003 p69
◇「新装版 全集現代文学の発見 13」學藝書林 2004 p208
◇「日本文学全集 29」河出書房新社 2016 p42

界隈の少年（石川友也）
◇「全作家短編小説集 10」のべる出版 2011 p20

カイン（連城三紀彦）
◇「いつか心の奥へ―小説推理傑作選」双葉社 1997 p287

カウンター（北方謙三）
◇「冒険の森へ―傑作小説大全 16」集英社 2015 p37

カウンター（八覚正大）
◇「太宰治賞 2000」筑摩書房 2000 p165

カウンターイルミネーション（安藤桃子）
◇「変愛小説集 日本作家編」講談社 2014 p181

カウンター・テコンダー（関口尚）
◇「いつか、君へ Girls」集英社 2012 （集英社文庫）p101

カウントダウン（清水絹）
◇「全作家短編小説集 7」全作家協会 2008 p125

カウント・プラン（黒川博行）
◇「殺ったのは誰だ?!」講談社 1999 （講談社文庫）p229
◇「影」文藝春秋 2003 （推理作家になりたくて マイベストミステリー）p180
◇「マイ・ベスト・ミステリー 2」文藝春秋 2007 （文春文庫）p270

花影（光原百合）
◇「自選ショート・ミステリー 2」講談社 2001 （講談社文庫）p160

花影抄（上演台本）（北條秀司）
◇「日本舞踊舞踊劇選集」西川会 2002 p857

返しそびれて（新津きよみ）
◇「ミステリア―女性作家アンソロジー」祥伝社 2003 （祥伝社文庫）p53

帰りたくなくて夜店の燃えさうな（千野帽子）
◇「夏休み」KADOKAWA 2014 （角川文庫）p246

返して（直）
◇「てのひら怪談―ビーケーワン怪談大賞傑作選 壬辰」ポプラ社 2012 （ポプラ文庫）p228

返す女（新津きよみ）
◇「ザ・ベストミステリーズ―推理小説年鑑 2000」講談社 2000 p531
◇「罪深き者に罰を」講談社 2002 （講談社文庫）p137

替玉（北川歩実）
◇「ザ・ベストミステリーズ―推理小説年鑑 2000」講談社 2000 p237
◇「嘘つきは殺人のはじまり」講談社 2003 （講談社文庫）p140

替玉計画（結城昌治）

かえつ

◇「匠」文藝春秋 2003（推理作家になりたくて マイベストミステリー）p29

◇「マイ・ベスト・ミステリー 1」文藝春秋 2007（文春文庫）p40

帰った人（中本たか子）
◇「コレクション戦争と文学 14」集英社 2012 p76

帰ってきた男（半村良）
◇「人情の往来—時代小説最前線」新潮社 1997（新潮文庫）p385

帰つて来た子供たち（飯島耕一）
◇「新装版 全集現代文学の発見 13」學藝書林 2004 p483

還って来た少女（新津きよみ）
◇「殺人鬼の放課後」角川書店 2002（角川文庫）p99

◇「青に捧げる悪夢」角川書店 2005 p189

◇「青に捧げる悪夢」角川書店 2013（角川文庫）p327

帰ってきた一人（杉本苑子）
◇「代表作時代小説 平成10年度」光風社出版 1998 p135

帰ってください—助産師探偵の事件簿（青井夏海）
◇「ミステリーズ！ extra—《ミステリ・フロンティア》特集」東京創元社 2004 p244

還ってくる（篠田真由美）
◇「水妖」廣済堂出版 1998（廣済堂文庫）p387

帰ってくる子（萩尾望都）
◇「チャイルド」廣済堂出版 1998（廣済堂文庫）p151

帰らざる旅（青山瞑）
◇「甘美なる復讐」文藝春秋 1998（文春文庫）p85

還らざる月、灰緑の月—契火の末裔外伝（篠月美弥）
◇「C・N 25—C・novels創刊25周年アンソロジー」中央公論新社 2007（C novels）p448

かえらない夜（矢島誠）
◇「セブンス・アウト—悪夢七夜」童夢舎 2000（Doumノベル）p59

帰りたいうち（棚瀬美幸）
◇「優秀新人戯曲集 2002」ブロンズ新社 2001 p163

帰りたい理由（鄭暎惠）
◇「ろうそくの炎がささやく言葉」勁草書房 2011 p49

帰りの足（伊東哲哉）
◇「超短編傑作選 v.6」創英社 2007 p198

帰りの雪（久能允）
◇「ゆきのまち幻想文学賞小品集 18」企画集団ぷりずむ 2009 p139

帰り花（北原亞以子）
◇「代表作時代小説 平成21年度」光文社 2009 p385

帰り花（霜康司）
◇「新鋭劇作集 series.18」日本劇団協議会 2006 p67

帰り花（長井彬）

◇「謎—スペシャル・ブレンド・ミステリー 003」講談社 2008（講談社文庫）p297

還り雛（森真沙子）
◇「花迷宮」日本文芸社 2000（日文庫）p191

帰り道（浅田次郎）
◇「短篇ベストコレクション—現代の小説 2011」徳間書店 2011（徳間文庫）p5

帰り道（連城三紀彦）
◇「恋物語」朝日新聞社 1998 p53

歸り路（鄭芝溶）
◇「近代朝鮮文学日本語作品集1908～1945 セレクション 4」緑蔭書房 2008 p162

帰り道にて（椎名春介）
◇「てのひら怪談—ビーケーワン怪談大賞傑作選 2」ポプラ社 2007 p150

◇「てのひら怪談—ビーケーワン怪談大賞傑作選 己丑」ポプラ社 2009（ポプラ文庫）p164

かえりみれば（安西玄）
◇「全作家短編小説集 12」全作家協会 2013 p75

かえりみはせじ（鄭人沢）
◇「コレクション戦争と文学 17」集英社 2012 p71

かえる（我妻俊樹）
◇「てのひら怪談—ビーケーワン怪談大賞傑作選 百怪繚乱篇」ポプラ社 2008 p54

◇「てのひら怪談—ビーケーワン怪談大賞傑作選 己丑」ポプラ社 2009（ポプラ文庫）p76

帰る（金時鐘）
◇「〈在日〉文学全集 5」勉誠出版 2006 p208

定本 蛙（草野心平）
◇「新装版 全集現代文学の発見 13」學藝書林 2004 p135

農村随筆 蛙（朴勝極）
◇「近代朝鮮文学日本語作品集1939～1945 評論・随筆篇 3」緑蔭書房 2002 p201

蛙男島の蜥蜴女（高橋城太郎）
◇「新・本格推理 05」光文社 2005（光文社文庫）p99

かえるが飛んだ（藤原緋沙子）
◇「哀歌の雨」祥伝社 2016（祥伝社文庫）p167

かえるのいえ、かえらぬのひ（岩里藥人）
◇「てのひら怪談 癸巳」KADOKAWA 2013（MF文庫ダ・ヴィンチ）p84

かえるのうた（ちとせゆら）
◇「ゆきのまち幻想文学賞・小品集 12」企画集団ぷりずむ 2003 p136

蛙の置物（樫木東林）
◇「てのひら怪談—ビーケーワン怪談大賞傑作選 壬辰」ポプラ社 2012（ポプラ文庫）p52

かえるの子（税所隆介）
◇「甘美なる復讐」文藝春秋 1998（文春文庫）p373

カエルの子（リュカ）
◇「てのひら怪談—ビーケーワン怪談大賞傑作選 辛卯」ポプラ社 2011（ポプラ文庫）p172

蛙の死（萩原朔太郎）

かおの

◇「ちくま日本文学 36」筑摩書房 2009（ちくま文庫）p80

蛙よ（萩原朔太郎）
◇「ちくま日本文学 36」筑摩書房 2009（ちくま文庫）p107

蛙は地べたに生きる天国である（草野心平）
◇「新装版 全集現代文学の発見 13」學藝書林 2004 p134

帰れない猫（井上荒野）
◇「ナナイロノコイ—恋愛小説」角川春樹事務所 2003 p57

かえれないふたり—第1章 不安な旅立ち（有栖川有栖）
◇「ミステリ★オールスターズ」角川書店 2010 p389
◇「ミステリ・オールスターズ」角川書店 2012（角川文庫）p449

かえれないふたり—第2章 失われた記憶（光原百合）
◇「ミステリ★オールスターズ」角川書店 2010 p392
◇「ミステリ・オールスターズ」角川書店 2012（角川文庫）p453

かえれないふたり—第3章 増殖する影（綾辻行人）
◇「ミステリ★オールスターズ」角川書店 2010 p395
◇「ミステリ・オールスターズ」角川書店 2012（角川文庫）p457

かえれないふたり—第4章 双子の伝承（法月綸太郎）
◇「ミステリ★オールスターズ」角川書店 2010 p399
◇「ミステリ・オールスターズ」角川書店 2012（角川文庫）p461

かえれないふたり—終章 災厄の結実（西澤保彦）
◇「ミステリ★オールスターズ」角川書店 2010 p402
◇「ミステリ・オールスターズ」角川書店 2012（角川文庫）p465

帰れない理由（三枝蝋）
◇「ショートショートの広場 18」講談社 2006（講談社文庫）p32

帰れぬ人びと（鷺沢萌）
◇「恋愛小説・名作集成 4」リブリオ出版 2004 p144

帰ろう（郷内心瞳）
◇「渚にて—あの日からの〈みちのく怪談〉」荒蝦夷 2016 p111

瓜園（平戸廉吉）
◇「新装版 全集現代文学の発見 1」學藝書林 2002 p224

夏苑小品（黒木謳子）
◇「日本統治期台湾文学集成 18」緑蔭書房 2003 p475

顔（井上光晴）
◇「戦後文学エッセイ選 13」影書房 2008 p183

顔（川端康成）
◇「冒険の森へ—傑作小説大全 10」集英社 2016 p8

顔（柴田よしき）
◇「憑き者—全篇書下ろし傑作ホラーアンソロジー」アスキー 2000（A–novels）p359

顔（塔和子）
◇「ハンセン病文学全集 7」皓星社 2004 p84

顔（萩原朔太郎）
◇「ちくま日本文学 36」筑摩書房 2009（ちくま文庫）p162

顔（半村良）
◇「恐怖特急」光文社 2002（光文社文庫）p293

顔（堀辰雄）
◇「短編名作選—1925–1949 文士たちの時代」笠間書院 1999 p149

顔（松本清張）
◇「京都愛憎の旅—京都ミステリー傑作選」徳間書店 2002（徳間文庫）p211
◇「文学賞受賞・名作集成 3」リブリオ出版 2004 p5
◇「京都府文学全集第1期（小説編）4」郷土出版社 2005 p135
◇「映画狂時代」新潮社 2014（新潮文庫）p289

一顔一（呉林俊）
◇「〈在日〉文学全集 17」勉誠出版 2006 p108

顔痛む（冴雄二）
◇「ハンセン病文学全集 7」皓星社 2004 p277

顔が變る（李光洙）
◇「近代朝鮮文学日本語作品集1939〜1945 評論・随筆篇 3」緑蔭書房 2002 p115

顔がない（尾形亀之助）
◇「超短編アンソロジー」筑摩書房 2002（ちくま文庫）p199

ガオーッ（斉藤洋）
◇「朗読劇台本集 4」玉川大学出版部 2002 p65

顔のない恋人（小泉秀人）
◇「ショートショートの花束 5」講談社 2013（講談社文庫）p29

顔のない敵（石持浅海）
◇「本格ミステリ 2004」講談社 2004（講談社ノベルス）p199
◇「深夜バス78回転の問題—本格短編ベスト・セレクション」講談社 2008（講談社文庫）p293

顔のない柔肌（江戸次郎）
◇「風の孤影」桃園書房 2001（桃園文庫）p7

顔の中の赤い月（野間宏）
◇「新装版 全集現代文学の発見 4」學藝書林 2003 p56
◇「日本近代短篇小説選 昭和篇2」岩波書店 2012（岩波文庫）p133

顔の話（岡本太郎）
◇「創刊一〇〇年三田文学名作選」三田文学会 2010 p684

作品名から引ける日本文学全集案内 第III期　151

かおの

顔のMEMO（丸山薫）
　◇「新装版 全集現代文学の発見 13」學藝書林 2004
　　p114
かおり（岡田八千代）
　◇「青鞜小説集」講談社 2014（講談社文芸文庫）
　　p121
カオリちゃん（須吾托矢）
　◇「てのひら怪談―ビーケーワン怪談大賞傑作選」
　　ポプラ社 2007 p198
　◇「てのひら怪談―ビーケーワン怪談大賞傑作選」
　　2008（ポプラ文庫）p208
香の樹（『海の火祭』より）（川端康成）
　◇「文豪怪談傑作選 特別編」筑摩書房 2008（ちく
　　ま文庫）p297
香り路地（倉阪鬼一郎）
　◇「大江戸「町」物語」宝島社 2013（宝島社文庫）
　　p203
かおるさん（柄澤潤）
　◇「かわいい―第16回フェリシモ文学賞優秀作品集」
　　フェリシモ 2013 p142
カオルちゃんの糸電話（梶尾真治）
　◇「闇電話」光文社 2006（光文社文庫）p379
科学還童術（天麗）
　◇「日本統治期台湾文学集成 25」緑蔭書房 2007
　　p393
科学者の慣性（阿知波五郎）
　◇「甦る推理雑誌 10」光文社 2004（光文社文庫）
　　p215
科学小説（花田清輝）
　◇「怪獣文学大全」河出書房新社 1998（河出文庫）
　　p190
科学小説 暴れる怪力線―昭和七年（福永恭助）
　◇「日米架空戦記集成―明治・大正・昭和」中央公
　　論新社 2003（中公文庫）p51
科学小説 桑港けし飛ぶ―昭和一九年（立川賢）
　◇「日米架空戦記集成―明治・大正・昭和」中央公
　　論新社 2003（中公文庫）p140
科学探偵帆村（筒井康隆）
　◇「名探偵登場！」講談社 2014 p7
　◇「さよならの儀式」東京創元社 2014（創元SF文
　　庫）p249
　◇「名探偵登場！」講談社 2016（講談社文庫）p9
カガクテキ（烏滸）
　◇「ショートショートの花束 4」講談社 2012（講
　　談社文庫）p95
科学捕物帳（海野十三）
　◇「風間光枝探偵日記」論創社 2007（論創ミステリ
　　叢書）p187
かゞし（金弘來）
　◇「近代朝鮮文学日本語作品集1908～1945 セレクショ
　　ン 6」緑蔭書房 2008 p64
案山子（狸洞快）
　◇「さきがけ文学賞選集 5」秋田魁新報社 2016
　　（さきがけ文庫）p5
かかしのあずかりもの（三神房子）
　◇「山形市児童劇団脚本集 3」山形市 2005 p342

案山子の背中（乃田春海）
　◇「ゆきのまち幻想文学賞小品集 23」企画集団ぷり
　　ずむ 2014 p166
かかしの旅（稲葉真弓）
　◇「いじめの時間」朝日新聞社 1997 p207
かかしの寝顔（井手孝史）
　◇「ゆきのまち幻想文学賞小品集 18」企画集団ぷり
　　ずむ 2009 p91
加賀騒動（安部龍太郎）
　◇「江戸三百年を読む―傑作時代小説 シリーズ江戸
　　学 下」角川学芸出版 2009（角川文庫）p35
画家たちの喧嘩（筒井康隆）
　◇「冒険の森へ―傑作小説大全 19」集英社 2015
　　p36
かかとを失くして（多和田葉子）
　◇「中沢けい・多和田葉子・荻野アンナ・小川洋子」
　　角川書店 1998（女性作家シリーズ）p119
書かなかった話（黒史郎）
　◇「男たちの怪談百物語」メディアファクトリー
　　2012（〔幽BOOKS〕）p254
加賀の宴（杉本利男）
　◇「全作家短編小説集 9」全作家協会 2010 p7
画家のガガさんのこと（片山ふえ）
　◇「雑話集―ロシア短編集 3」ロシア文学翻訳グ
　　ループクーチカ 2014 p126
加賀野浄土（藤吉外登夫）
　◇「日本海文学大賞―大賞作品集 3」日本海文学大
　　賞運営委員会 2007 p363
加賀の化銀杏（加門七海）
　◇「文藝百物語」ぶんか社 1997 p139
かづみ（呉泳鎮）
　◇「近代朝鮮文学日本語作品集1901～1938 創作篇 4」
　　緑蔭書房 2004 p209
鑑（森山東）
　◇「超短編の世界 vol.2」創英社 2009 p105
鏡（安土萌）
　◇「伯爵の血族―紅ノ章」光文社 2007（光文社文
　　庫）p419
鏡（梅崎春生）
　◇「戦後短編小説再発見 16」講談社 2003（講談社
　　文芸文庫）p9
鏡（王昶雄）
　◇「日本統治期台湾文学集成 29」緑蔭書房 2007
　　p159
鏡（小泉雅二）
　◇「ハンセン病文学全集 7」皓星社 2004 p96
鏡（別水軒）
　◇「てのひら怪談―ビーケーワン怪談大賞傑作選 2」
　　ポプラ社 2007 p134
鏡（村上春樹）
　◇「怪談―24の恐怖」講談社 2004 p81
　◇「闇夜に怪を語れば―百物語ホラー傑作選」角川
　　書店 2005（角川ホラー文庫）p319
鏡を越えて（石神茉莉）
　◇「獣人」光文社 2003（光文社文庫）p575

かき

鏡怪談（江戸川乱歩）
◇「分身」国書刊行会 1999（書物の王国）p243
鏡地獄（江戸川乱歩）
◇「贈る物語Wonder」光文社 2002 p234
◇「日本怪奇小説傑作集 1」東京創元社 2005（創元推理文庫）p331
◇「ちくま日本文学 7」筑摩書房 2008（ちくま文庫）p238
鏡地獄（田中文雄）
◇「帰還」光文社 2000（光文社文庫）p75
春興 鏡獅子（作者表記なし）
◇「新日本古典文学大系 明治編 4」岩波書店 2003 p383
鏡と影について（澁澤龍彦）
◇「ちくま日本文学 18」筑摩書房 2008（ちくま文庫）p188
◇「新編・日本幻想文学集成 2」国書刊行会 2016 p89
鏡と影の世界―わが "のすたるじあ"（中井英夫）
◇「分身」国書刊行会 1999（書物の王国）p245
鏡に消えたライカM3オリーブ（柊サナカ）
◇「『このミステリーがすごい！』大賞作家書き下ろしBOOK vol.14」宝島社 2016 p77
鏡に棲む男（中井英夫）
◇「戦後短篇小説再発見 18」講談社 2004（講談社文芸文庫）p110
◇「たんときれいに召し上がれ―美食文学精選」芸術新聞社 2015 p323
鏡の家のアリス（加納朋子）
◇「ザ・ベストミステリーズ―推理小説年鑑 2003」講談社 2003 p241
◇「殺人の教室」講談社 2006（講談社文庫）p477
鏡の女（内田康夫）
◇「はじめての小説（ミステリー）―内田康夫＆東京・北区が選んだ気鋭のミステリー」実業之日本社 2008 p255
鏡の女（江坂遊）
◇「綾辻・有栖川復刊セレクション 仕掛け花火」講談社 2007（講談社ノベルス）p21
加賀美の帰国（角田喜久雄）
◇「甦る推理雑誌 3」光文社 2002（光文社文庫）p382
鏡の国への招待（皆川博子）
◇「赤のミステリー―女性ミステリー作家傑作選」光文社 1997 p319
◇「女性ミステリー作家傑作選 3」光文社 1999（光文社文庫）p179
◇「翠迷宮―ミステリー・アンソロジー」祥伝社 2003（祥伝社文庫）p343
鏡の国のアリス（都筑道夫）
◇「不思議の国のアリス ミステリー館」河出書房新社 2015（河出文庫）p77
鏡の国の風景（花田清輝）
◇「新編・日本幻想文学集成 2」国書刊行会 2016 p387

鏡の中へ（野崎六助）
◇「黄昏ホテル」小学館 2004 p175
鏡の中の他人（岬兄悟）
◇「侵略！」廣済堂出版 1998（廣済堂文庫）p409
鏡のぼくと波飛沫の志保子（小泉雅二）
◇「ハンセン病文学全集 7」皓星社 2004 p88
鏡の間（藤原審爾）
◇「昭和の短篇一人一冊集成 藤原審爾」未知谷 2008 p157
鏡の町または眼の森（多田智満子）
◇「創刊一〇〇年三田文学名作選」三田文学会 2010 p598
鏡の迷宮、白い蝶（谷原秋桜子）
◇「ベスト本格ミステリ 2011」講談社 2011（講談社ノベルス）p95
◇「からくり伝言少女」講談社 2015（講談社文庫）p133
鏡迷宮（北原尚彦）
◇「アリス殺人事件―不思議の国のアリス ミステリーアンソロジー」河出書房新社 2016（河出文庫）p301
輝きの海で（松本裕子）
◇「むすぶ―第11回フェリシモ文学賞作品集」フェリシモ 2008 p46
輝く木（冨岡美子）
◇「伊豆文学賞」優秀作品集 第10回」静岡新聞社 2007 p135
かがやく太陽（夏園）
◇「近代朝鮮文学日本語作品集1908〜1945 セレクション 4」緑蔭書房 2008 p37
輝く友情（朝日壮吉）
◇「『少年倶楽部』短篇選」講談社 2013（講談社文芸文庫）p271
輝ける朝（水野仙子）
◇「福島の文学―11人の作家」講談社 2014（講談社文芸文庫）p14
輝ける太陽の子（伝助）
◇「超短編の世界」創英社 2008 p94
輝ける閉じた未来（早狩武志）
◇「宇宙への帰還―SFアンソロジー」KSS出版 1999（KSS entertainment novels）p105
輝ける闇（開高健）
◇「日本文学全集 21」河出書房新社 2015 p259
繋りを待ちつつ（島尾敏雄）
◇「戦後文学エッセイ選 10」影書房 2007 p123
書かれざる一章（井上光晴）
◇「新装版 全集現代文学の発見 4」學藝書林 2003 p242
河間女（辻原登）
◇「文学 2002」講談社 2002 p246
牡蠣（林芙美子）
◇「ちくま日本文学 20」筑摩書房 2008（ちくま文庫）p339
蛾鬼（黒史郎）
◇「てのひら怪談―ビーケーワン怪談大賞傑作選 百

作品名から引ける日本文学全集案内 第III期　153

かき

怪綾乱篇」ポプラ社 2008 p120
◇「てのひら怪談―ビーケーワン怪談大賞傑作選 己丑」ポプラ社 2009 （ポプラ文庫）p22

餓鬼（折口信夫）
◇「文豪怪談傑作選 折口信夫集」筑摩書房 2009（ちくま文庫）p297

柿（我妻俊樹）
◇「てのひら怪談 癸巳」KADOKAWA 2013（MF文庫ダ・ヴィンチ）p174

柿（友井羊）
◇「10分間ミステリー」宝島社 2012（宝島社文庫）p21
◇「5分で泣ける！ 胸がいっぱいになる物語」宝島社 2015（宝島社文庫）p33
◇「5分で驚く！ どんでん返しの物語」宝島社 2016（宝島社文庫）p235
◇「10分間ミステリー THE BEST」宝島社 2016（宝島社文庫）p507

柿（森春樹）
◇「ハンセン病文学全集 6」皓星社 2003 p267

鍵（有吉玉青）
◇「ワルツ―アンソロジー」祥伝社 2004（祥伝社文庫）p249

鍵（李正子）
◇「〈在日〉文学全集 17」勉誠出版 2006 p268

鍵（井上ひさし）
◇「ペン先の殺意―文芸ミステリー傑作選」光文社 2005（光文社文庫）p381

鍵（谷崎潤一郎）
◇「我等、同じ船に乗り」文藝春秋 2009（文春文庫）p299

鍵（星新一）
◇「新装版 全集現代文学の発見 16」學藝書林 2005 p370
◇「日本SF短編50 1」早川書房 2013（ハヤカワ文庫 JA）p211
◇「ショートショートの缶詰」キノブックス 2016 p179

鍵穴迷宮（江坂遊）
◇「獣人」光文社 2003（光文社文庫）p239

餓鬼阿弥蘇生譚（折口信夫）
◇「文豪怪談傑作選 折口信夫集」筑摩書房 2009（ちくま文庫）p297

柿をとる人（小島モハ）
◇「てのひら怪談―ビーケーワン怪談大賞傑作選 庚寅」ポプラ社 2010（ポプラ文庫）p24

鍵を持つ手（金時鐘）
◇「〈在日〉文学全集 5」勉誠出版 2006 p57

描きおろし作品：Sleep（喜納渚）
◇「忘れがたい者たち―ライトノベル・ジュブナイル選集」創英社 2007 p7

かぎ括弧のようなもの（宮内悠介）
◇「短編ベストコレクション―現代の小説 2014」徳間書店 2014（徳間文庫）p411

牡蛎喰う客（田中啓文）
◇「マスカレード」光文社 2002（光文社文庫）p4

p371

柿田川を見つめて（土屋望海）
◇「『伊豆文学賞』優秀作品集 第19回」羽衣出版 2016 p164

書き出し（清森和志）
◇「ショートショートの広場 18」講談社 2006（講談社文庫）p20

書き出しの問題（前島千恵子）
◇「ショートショートの広場 14」講談社 2003（講談社文庫）p39

餓鬼つき（折口信夫）
◇「文豪怪談傑作選 折口信夫集」筑摩書房 2009（ちくま文庫）p306

かきつばた（井伏鱒二）
◇「新装版 全集現代文学の発見 5」學藝書林 2003 p28

杜若の札（海渡英祐）
◇「短歌殺人事件―31音律のラビリンス」光文社 2003（光文社文庫）p251
◇「謎―スペシャル・ブレンド・ミステリー 009」講談社 2014（講談社文庫）p189

餓鬼道（張赫宙）
◇「〈在日〉文学全集 11」勉誠出版 2006 p115

餓鬼道看蔬目録（内田百閒）
◇「ちくま日本文学 1」筑摩書房 2007（ちくま文庫）p325
◇「もの食う話」文藝春秋 2015（文春文庫）p25

餓鬼道（入選）（張赫宙）
◇「近代朝鮮文学日本語作品集1901〜1938 創作篇 3」緑蔭書房 2004 p29

「かきぬき」より「滝の白糸」（泉鏡花）
◇「明治の文学 8」筑摩書房 2001 p391

鍵の女（江戸次郎）
◇「蒼茫の海」桃園書房 2001（桃園文庫）p143

柿の木（紅生姜子）
◇「幻の探偵雑誌 3」光文社 2000（光文社文庫）p417

柿のたね（塔和子）
◇「ハンセン病文学全集 7」皓星社 2004 p526

随筆 **柿の葉の落つる頃**（金哲）
◇「近代朝鮮文学日本語作品集1908〜1945 セレクション 3」緑蔭書房 2008 p189

柿の実（林芙美子）
◇「果実」SDP 2009（SDP bunko）p91

餓鬼身を解脱すること（折口信夫）
◇「文豪怪談傑作選 折口信夫集」筑摩書房 2009（ちくま文庫）p309

過客（美濃信太郎）
◇「日本統治期台湾文学集成 6」緑蔭書房 2002 p249

花虐の賦（連城三紀彦）
◇「恋は罪つくり―恋愛ミステリー傑作選」光文社 2005（光文社文庫）p141

鍵屋の辻（直木三十五）
◇「新装版 全集現代文学の発見 16」學藝書林 2005 p264

柿山伏（山田美妙）
◇「明治の文学 10」筑摩書房 2001 p81

架橋（小林勝）
◇「コレクション戦争と文学 1」集英社 2012 p477

家郷への逆説（清田政信）
◇「沖縄文学選─日本文学のエッジからの問い」勉誠出版 2003 p178

可恐者（正岡子規）
◇「新日本古典文学大系 明治編 27」岩波書店 2003 p46

科挙への狂態（上）（下）─支那宿命の一つ（王昶雄）
◇「日本統治期台湾文学集成 29」緑蔭書房 2007 p307

科挙と儒教（王昶雄）
◇「日本統治期台湾文学集成 29」緑蔭書房 2007 p325

かく（行方行）
◇「ショートショートの花束 8」講談社 2016 （講談社文庫）p145

家具（金関丈夫）
◇「日本統治期台湾文学集成 17」緑蔭書房 2003 p266

鹹（谷甲州）
◇「憑き者─全篇書下ろし傑作ホラーアンソロジー」アスキー 2000 （A-novels）p273

架空索道殺人事件（草野唯雄）
◇「あなたが名探偵」講談社 1998 （講談社文庫）p209

角打ちでのこと（日野光里）
◇「てのひら怪談─ビーケーワン怪談大賞傑作選 2」ポプラ社 2007 p164
◇「てのひら怪談─ビーケーワン怪談大賞傑作選 己丑」ポプラ社 2009 （ポプラ文庫）p72

架空の月（K.羽音）
◇「海の物語」角川書店 2001 （New History）p5

架空論文投稿計画─あらゆる意味ででっちあげられた数量（松崎有理）
◇「SF宝石─すべて新作読み切り！ 2015」光文社 2015 p445

各駅停車（常盤新平）
◇「短篇ベストコレクション─現代の小説 2003」徳間書店 2003 （徳間文庫）p79

學園増産譜（金山一星絵、松島徳一、新井秀吉、大山金馥、木山宇馥、大山明雄歌）
◇「近代朝鮮文学日本語作品集1908～1945 セレクション 6」緑蔭書房 2008 p106

学園諜報部SIA（七尾与史）
◇「謎の放課後─学校の七不思議」KADOKAWA 2015 （角川文庫）p51

覚海上人天狗になる事（谷崎潤一郎）
◇「モノノケ大合戦」小学館 2005 （小学館文庫）p277

書く行為（島尾敏雄）
◇「戦後文学エッセイ選 10」影書房 2007 p227

楽光師匠最期の高座『死神』の録音テープ（葦原崇貴）
◇「てのひら怪談─ビーケーワン怪談大賞傑作選 庚寅」ポプラ社 2010 （ポプラ文庫）p230

角ざとう（橋本治）
◇「闘人烈伝─格闘小説・漫画アンソロジー」双葉社 2000 p207

隠されていたもの（柴田よしき）
◇「不思議の足跡」光文社 2007 （Kappa novels）p153
◇「不思議の足跡」光文社 2011 （光文社文庫）p201

かくし味（乃南アサ）
◇「匠」文藝春秋 2003 （推理作家になりたくて マイベストミステリー）p186
◇「マイ・ベスト・ミステリー 1」文藝春秋 2007 （文春文庫）p280

隠し絵（小杉健治）
◇「さらに不安の闇へ─小説推理傑作選」双葉社 1998 p109

隠し方のトリック（江戸川乱歩）
◇「ちくま日本文学 7」筑摩書房 2008 （ちくま文庫）p432

隠し芸の男（城山三郎）
◇「名短篇、ここにあり」筑摩書房 2008 （ちくま文庫）p89

かくし子（杉本章子）
◇「花ふぶき─時代小説傑作選」角川春樹事務所 2004 （ハルキ文庫）p125

隠し水仙─中濱（ジョン）万次郎外伝（須永淳）
◇「全作家短編小説集 11」全作家協会 2012 p48

斯くしてコワイモノシラズは誕生する（牧野修）
◇「恐・怖症」光文社 2002 （光文社文庫）p325

隠し紋（泡坂妻夫）
◇「短篇ベストコレクション─現代の小説 2010」徳間書店 2010 （徳間文庫）p71

學舍にも新しい希望の芽が…（鄭仁燮）
◇「近代朝鮮文学日本語作品集1908～1945 セレクション 6」緑蔭書房 2008 p235

隔世遺伝（飯田和仁）
◇「超短編傑作選 v.6」創英社 2007 p211

学生食堂のテレビで見た男（佐藤正午）
◇「特別な一日」徳間書店 2005 （徳間文庫）p311

楽団兄弟（宮下奈都）
◇「宇宙小説」講談社 2012 （講談社文庫）p158

かくて死者は語る（緋色）
◇「人は死んだら電柱になる─電柱アンソロジー」遠すぎる未来団 2014 p191

カクテル（井上雅彦）
◇「ロボットの夜」光文社 2000 （光文社文庫）p555

カクテル・パーティー（大城立裕）
◇「沖縄文学選─日本文学のエッジからの問い」勉誠出版 2003 p88

かくと

◇「コレクション戦争と文学 20」集英社 2012 p220

學徒出陣（松村永渉）
　◇「近代朝鮮文学日本語作品集1908～1945 セレクション 4」緑蔭書房 2008 p486

學徒出陣に全半島驀進一檄文の内容（京城日報）（作者表記なし）
　◇「近代朝鮮文学日本語作品集1908～1945 セレクション 6」緑蔭書房 2008 p247

書くと楽になる（@sakuyue）
　◇「3.11心に残る140字の物語」学研パブリッシング 2011 p74

確認済飛行物体（三崎亜記）
　◇「量子回廊―年刊日本SF傑作選」東京創元社 2010 （創元SF文庫）p325

確認の方法（小林剛）
　◇「ショートショートの広場 16」講談社 2005 （講談社文庫）p67

赫髪（中上健次）
　◇「戦後短篇小説再発見 2」講談社 2001 （講談社文芸文庫）p163

額椽のない対話（秋田穂月）
　◇「ハンセン病文学全集 7」皓星社 2004 p492

額縁の中（古賀牧彦）
　◇「ショートショートの広場 11」講談社 2000 （講談社文庫）p11

額縁の部屋（クジラマク）
　◇「てのひら怪談―ビーケーワン怪談大賞傑作選 百怪繚乱篇」ポプラ社 2008 p18

角兵衛狂乱図（池波正太郎）
　◇「真田幸村―小説集」作品社 2015 p279

革命（岩田宏）
　◇「新装版 全集現代文学の発見 13」學藝書林 2004 p510

革命（谷川雁）
　◇「新装版 全集現代文学の発見 13」學藝書林 2004 p361

「革命運動の革命的批判」の問題（針生一郎）
　◇「新装版 全集現代文学の発見 4」學藝書林 2003 p526

革命狂詩曲―Rapsodia Revolucionaria（山野浩一）
　◇「暴走する正義」筑摩書房 2016 （ちくま文庫）p333

革命の化石（高橋和巳）
　◇「戦後短篇小説再発見 9」講談社 2002 （講談社文芸文庫）p226

革命の墓碑銘―エイゼンシュテイン『十月』（埴谷雄高）
　◇「戦後文学エッセイ選 3」影書房 2005 p158

かくも無数の悲鳴―場末の星の酒場にて、人類の希望はおれに託された。日本SF界の巨匠が世界の扉を開く（神林長平）
　◇「NOVA―書き下ろし日本SFコレクション 2」河出書房新社 2010 （河出文庫）p13

学問の深浅（正岡子規）
　◇「新日本古典文学大系 明治編 27」岩波書店 2003 p20

学問はいまだこの不思議を解釈し得ざる事（柳田國男）
　◇「ちくま日本文学 15」筑摩書房 2008 （ちくま文庫）p220

赫夜島（宇月原晴明）
　◇「Fantasy Seller」新潮社 2011 （新潮文庫）p355

楽屋で語られた四つの話（北野勇作）
　◇「俳優」廣済堂出版 1999 （廣済堂文庫）p159

家具屋の小径（江坂遊）
　◇「ショートショートの缶詰」キノブックス 2016 p11

楽屋のハナ子さん（石山浩一郎）
　◇「1人から5人でできる新鮮いちご脚本集 v.3」青雲書房 2003 p3

かぐや姫（三藤英二）
　◇「ショートショートの広場 9」講談社 1998 （講談社文庫）p46

かぐや姫（@dropletter）
　◇「3.11心に残る140字の物語」学研パブリッシング 2011 p8

かぐや変生（山口年子）
　◇「妖異百物語 2」出版芸術社 1997 （ふしぎ文学館）p189

送学友帰郷歌（がくいうのききやうするをおくるうた）（大竹美鳥）
　◇「新日本古典文学大系 明治編 12」岩波書店 2001 p40

神楽阪の半襟（水野仙子）
　◇「短編 女性文学 近代 続」おうふう 2002 p39

神楽太夫（横溝正史）
　◇「探偵くらぶ―探偵小説傑作選1946～1958 中」光文社 1997 （カッパ・ノベルス）p321
　◇「謎」文藝春秋 2004 （推理作家になりたくて マイベストミステリー）p294
　◇「マイ・ベスト・ミステリー 6」文藝春秋 2007 （文春文庫）p436

学力（安西冬衛）
　◇「新装版 全集現代文学の発見 13」學藝書林 2004 p16

鶴林玉露に「山静かに日長し」の一段有り。……（中村敬宇）
　◇「新日本古典文学大系 明治編 2」岩波書店 2004 p134

鶴唳（谷崎潤一郎）
　◇「新編・日本幻想文学集成 3」国書刊行会 2016 p85

かくれ鬼（中島要）
　◇「江戸迷宮」光文社 2011 （光文社文庫）p15

隠れ鬼（黒井千次）
　◇「戦後短篇小説再発見 4」講談社 2001 （講談社文芸文庫）p140

学歴詐称（松村比呂美）
　◇「ショートショートの広場 14」講談社 2003 （講談社文庫）p99

かけい

学歴主義（北條純貴）
◇「ショートショートの花束 8」講談社 2016（講談社文庫）p202

かくれコート（岩崎明）
◇「小学校・全員参加の楽しい学級劇・学年劇脚本集 中学年」黎明書房 2006 p138

隠れ里（高橋克彦）
◇「短篇ベストコレクション—現代の小説 2002」徳間書店 2002（徳間文庫）p81

隠れた男（峯岸可弥）
◇「超短編の世界 vol.2」創英社 2009 p108

隠れ念仏（海老沢泰久）
◇「代表作時代小説 平成21年度」光文社 2009 p217

隠れ村（中村順一）
◇「現代鹿児島小説大系 2」ジャプラン 2014 p276

かくれんぼ（東しいな）
◇「ゆきのまち幻想文学賞・小品集 14」企画集団ぷりずむ 2005 p94

かくれんぼ（斎藤緑雨）
◇「明治の文学 15」筑摩書房 2002 p298
◇「新日本古典文学大系 明治編 29」岩波書店 2005 p105
◇「日本近代短篇小説選 明治篇1」岩波書店 2012（岩波文庫）p249

かくれんぼ（島崎一裕）
◇「ショートショートの花束 5」講談社 2013（講談社文庫）p138

かくれんぼ（全美恵）
◇「〈在日〉文学全集 18」勉誠出版 2006 p360

かくれんぼ（都筑道夫）
◇「十月のカーニヴァル」光文社 2000（カッパ・ノベルス）p17

かくれんぼ（寺山修司）
◇「ちくま日本文学 6」筑摩書房 2007（ちくま文庫）p46

かくれんぼ（松本威）
◇「ショートショートの広場 10」講談社 2000（講談社文庫）p157

かくれんぼ（吉屋信子）
◇「文豪怪談傑作選 吉屋信子集」筑摩書房 2006（ちくま文庫）p219

かくれんぼう（西村玲子）
◇「謎のギャラリー—最後の部屋」マガジンハウス 1999 p69
◇「謎のギャラリー—愛の部屋」新潮社 2002（新潮文庫）p9

かくれんぼをした夜（筒井康隆）
◇「奇譚カーニバル」集英社 2000（集英社文庫）p229

『かくれんぼ』故斎藤緑雨君談話（斎藤緑雨）
◇「明治の文学 15」筑摩書房 2002 p372

かくれんぼ（恵）（秋元康）
◇「アドレナリンの夜—珠玉のホラーストーリーズ」竹書房 2009 p103

家具・ロフト・残留思念付部屋有りマス（神狛しず）
◇「女たちの怪談百物語」メディアファクトリー 2010（〔幽books〕）p176
◇「女たちの怪談百物語」KADOKAWA 2014（角川ホラー文庫）p180

かぐわしい殺人（近藤史恵）
◇「不条理な殺人—ミステリー・アンソロジー」祥伝社 1998（ノン・ポシェット）p263

ガクン（黒史郎）
◇「てのひら怪談—ビーケーワン怪談大賞傑作選 百怪繚乱篇」ポプラ社 2008 p124

家訓（續）（香山光郎）
◇「近代朝鮮文学日本語作品集1939〜1945 評論・随筆篇 3」緑蔭書房 2002 p179

家訓（未定稿）（香山光郎）
◇「近代朝鮮文学日本語作品集1939〜1945 評論・随筆篇 3」緑蔭書房 2002 p175

陰（キムリジャ）
◇「〈在日〉文学全集 18」勉誠出版 2006 p337

影（芥川龍之介）
◇「文豪怪談傑作選 芥川龍之介集」筑摩書房 2010（ちくま文庫）p27

影（大峰古日）
◇「文豪怪談傑作選 柳田國男集」筑摩書房 2007（ちくま文庫）p370

崖（石垣りん）
◇「読み聞かせる戦争」光文社 2015 p219

崖（梅崎春生）
◇「コレクション戦争と文学 11」集英社 2012 p58

崖（大島直次）
◇「日本海文学大賞—大賞作品集 3」日本海文学大賞運営委員会 2007 p305

崖（甲斐八郎）
◇「ハンセン病文学全集 2」皓星社 2002 p141

崖（金時鐘）
◇「〈在日〉文学全集 5」勉誠出版 2006 p205

崖（髙樹のぶ子）
◇「文学 2015」講談社 2015 p156

崖（永井荷風）
◇「ちくま日本文学 19」筑摩書房 2008（ちくま文庫）p264

賭け（黒田三郎）
◇「新装版 全集現代文学の発見 15」學藝書林 2005 p471

火刑（笹沢左保）
◇「血汐花に涙降る」光風社出版 1999（光風社文庫）p133

家計を織る（都田万葉）
◇「てのひら怪談—ビーケーワン怪談大賞傑作選 百怪繚乱篇」ポプラ社 2008 p168
◇「てのひら怪談—ビーケーワン怪談大賞傑作選 己丑」ポプラ文庫 2009（ポプラ文庫）p212

家系樹（吉田一穂）
◇「日本文学全集 29」河出書房新社 2016 p35

筧の話（梶井基次郎）

かけう

◇「ちくま日本文学 28」筑摩書房 2008（ちくま文庫）p336

影打ち（えとう乱星）
◇「伝奇城―伝奇時代小説アンソロジー」光文社 2005（光文社文庫）p11

影を売った武士（戸川幸夫）
◇「怪奇・怪談傑作集」新人物往来社 1997 p237

影を追ふ―水上瀧太郎追悼（鏑木清方）
◇「創刊一〇〇年三田文学名作選」三田文学会 2010 p704

影を買う店（皆川博子）
◇「凶鳥の黒影―中井英夫へ捧げるオマージュ」河出書房新社 2004 p177

影を背中につけた動物たち（飯島耕一）
◇「新装版 全集現代文学の発見 13」學藝書林 2004 p485

駆落の駆落（饗庭篁村）
◇「明治の文学 13」筑摩書房 2003 p72

駆け落ちの現実（沢村貞子）
◇「精選女性随筆集 12」文藝春秋 2012 p215

駆け落ちは死体とともに（赤川次郎）
◇「犯人は秘かに笑う―ユーモアミステリー傑作選」光文社 2007（光文社文庫）p283

影男（神坂次郎）
◇「誠の旗がゆく―新選組傑作選」集英社 2003（集英社文庫）p157

崖を登る（壺井繁治）
◇「新装版 全集現代文学の発見 1」學藝書林 2002 p272

影を踏まれた女（岡本綺堂）
◇「怪奇・伝奇時代小説選集 11」春陽堂書店 2000（春陽文庫）p227
◇「新編・日本幻想文学集成 4」国書刊行会 2016 p335

影を求めて（山村幽星）
◇「てのひら怪談―ビーケーワン怪談大賞傑作選 2」ポプラ社 2007 p114
◇「てのひら怪談―ビーケーワン怪談大賞傑作選 己丑」ポプラ社 2009（ポプラ文庫）p224

影が薄いひと（七瀬ざくろ）
◇「ショートショートの広場 18」講談社 2006（講談社文庫）p184

かけがえのない存在（菊地秀行）
◇「血」早川書房 1997 p35

影かくし（皆川博子）
◇「鎮守の森に鬼が棲む―時代小説傑作選」講談社 2001（講談社文庫）p323

影が来る（三津田信三）
◇「多々良島ふたたび―ウルトラ怪獣アンソロジー」早川書房 2015（TSUBURAYA×HAYAKAWA UNIVERSE）p139

かげ草（芥川龍之介）
◇「文豪怪談傑作選 芥川龍之介集」筑摩書房 2010（ちくま文庫）p313

かげ草（江坂遊）
◇「綾辻・有栖川復刊セレクション 仕掛け花火」講

談社 2007（講談社ノベルス）p34
◇「30の神品―ショートショート傑作選」扶桑社 2016（扶桑社文庫）p317

駈込み訴え（石持浅海）
◇「ザ・ベストミステリーズ―推理小説年鑑 2009」講談社 2009 p209
◇「Spiralめくるめく謎」講談社 2012（講談社文庫）p53

陰膳（夏樹静子）
◇「誘惑―女流ミステリー傑作選」徳間書店 1999（徳間文庫）p347
◇「日常の呪縛」リブリオ出版 2001（怪奇・ホラーワールド）p71

影―続成層圏花園（黒木謳子）
◇「日本統治期台湾文学集成 18」緑蔭書房 2003 p364

欠けた記憶（高橋克彦）
◇「ザ・ベストミステリーズ―推理小説年鑑 2000」講談社 2000 p149
◇「嘘つきは殺人のはじまり」講談社 2003（講談社文庫）p8

欠けた古茶碗（逢坂剛）
◇「ザ・ベストミステリーズ―推理小説年鑑 2004」講談社 2004 p199
◇「孤独な交響曲（シンフォニー）」講談社 2007（講談社文庫）p5

花月の歌（小室弘）
◇「新日本古典文学大系 明治編 12」岩波書店 2001 p15

影と形（煤烟の序に代うる対話）（森鷗外）
◇「文豪怪談傑作選 森鷗外集」筑摩書房 2006（ちくま文庫）p306

影取山の縁起（柳田國男）
◇「文豪怪談傑作選 柳田國男集」筑摩書房 2007（ちくま文庫）p214

影なき射手（楠田匡介）
◇「江戸川乱歩の推理教室」光文社 2008（光文社文庫）p21

影にそう（柚月裕子）
◇「5分で読める！ ひと駅ストーリー 旅の話」宝島社 2015（宝島社文庫）p9

崖の石段（山村幽星）
◇「てのひら怪談―ビーケーワン怪談大賞傑作選 百怪繚乱篇」ポプラ社 2008 p188

崖の上（塔和子）
◇「ハンセン病文学全集 7」皓星社 2004 p516

崖の上（宮島俊夫）
◇「ハンセン病に咲いた花―初期文芸名作選 戦後編」皓星社 2002（ハンセン病叢書）p219

影の狩人（中井英夫）
◇「屍鬼の血族」桜桃書房 1999 p303
◇「血と薔薇の誘う夜に―吸血鬼ホラー傑作選」角川書店 2005（角川ホラー文庫）p21

影の国（小林泰三）
◇「舌づけ―ホラー・アンソロジー」祥伝社 1998（ノン・ポシェット）p45

かこ

影の構図（勝目梓）
◇「さらに不安の闇へ―小説推理傑作選」双葉社 1998 p45

影の告発（沢田五郎）
◇「ハンセン病文学全集 1」皓星社 2002 p407

影の殺意（藤村正太）
◇「甦る「幻影城」 3」角川書店 1998 （カドカワ・エンタテインメント）p245
◇「幻影城―【探偵小説誌】不朽の名作」角川書店 2000 （角川ホラー文庫）p289

崖の下（嘉村礒多）
◇「新装版 全集現代文学の発見 5」學藝書林 2003 p8
◇「私小説名作選 上」講談社 2012 （講談社文芸文庫）p106

蔭の棲みか（玄月）
◇「文学 2000」講談社 2000 p181
◇「〈在日〉文学全集 10」勉誠出版 2006 p5

影の通路（瀧口修造）
◇「新装版 全集現代文学の発見 13」學藝書林 2004 p96

影のない街（桜木紫乃）
◇「短篇ベストコレクション―現代の小説 2014」徳間書店 2014 （徳間文庫）p265

崖のにおい（蜂飼耳）
◇「文学 2007」講談社 2007 p130

影の舞台―不在のヒーローのために（鄭仁）
◇「〈在日〉文学全集 17」勉誠出版 2006 p172

影の舞踏会（中井英夫）
◇「新編・日本幻想文学集成 1」国書刊行会 2016 p396

陰の謀臣―本多正信（堀和久）
◇「時代小説傑作選 6」新人物往来社 2008 p133

影の病―只野真葛『奥州波奈志』（只野真葛）
◇「分身」国書刊行会 1999 （書物の王国）p165

影（煤烟の序に代うる対話）（森鷗外）
◇「文豪怪談傑作選 森鷗外集」筑摩書房 2006 （ちくま文庫）p298

かけはしの記（正岡子規）
◇「明治の文学 23」筑摩書房 2001 p34

かけひき（小泉八雲）
◇「冒険の森へ―傑作小説大全 2」集英社 2016 p8

影踏み遊び（倉阪鬼一郎）
◇「夏のグランドホテル」光文社 2003 （光文社文庫）p557

影踏み鬼（翔田寛）
◇「小説推理新人賞受賞作アンソロジー 2」双葉社 2000 （双葉文庫）p207
◇「死人に口無し―時代推理傑作選」徳間書店 2009 （徳間文庫）p295

影法師（高濱虚子）
◇「京都府文学全集第1期（小説編）1」郷土出版社 2005 p29

掛け星（朝倉かすみ）
◇「恋のかたち、愛のいろ」徳間書店 2008 p171

◇「恋のかたち、愛のいろ」徳間書店 2010 （徳間文庫）p197

影武者（石田一）
◇「伯爵の血族―紅ノ章」光文社 2007 （光文社文庫）p197

影武者対影武者（乾緑郎）
◇「決戦！ 川中島」講談社 2016 p171

影屋の告白（明川哲也）
◇「ザ・ベストミステリーズ―推理小説年鑑 2006」講談社 2006 p29
◇「セブンミステリーズ」講談社 2009 （講談社文庫）p287

かけら（青山七恵）
◇「文学 2009」講談社 2009 p239
◇「現代小説クロニクル 2005〜2009」講談社 2015 （講談社文芸文庫）p253

翳り（雨宮町子）
◇「翠迷宮―ミステリー・アンソロジー」祥伝社 2003 （祥伝社文庫）p309

賭ける（高城高）
◇「わが名はタフガイ―ハードボイルド傑作選」光文社 2006 （光文社文庫）p9

書けるか！（金來成）
◇「近代朝鮮文学日本語作品集1901〜1938 評論・随筆篇 2」緑蔭書房 2004 p281

駆ける少年（鷺沢萠）
◇「文学賞受賞・名作集成 2」リブリオ出版 2004 p5

かげろう（志水辰夫）
◇「現代の小説 1999」徳間書店 1999 p181

陽炎座（泉鏡花）
◇「日本文学全集 26」河出書房新社 2017 p93

陽炎の家（氷川瓏）
◇「甦る「幻影城」 2」角川書店 1997 （カドカワ・エンタテインメント）p159

陽炎の夏（今里隆二）
◇「本格推理 15」光文社 1999 （光文社文庫）p395

かげろうの日記（堀辰雄）
◇「日本文学全集 17」河出書房新社 2015 p7

かげろうの日記遺文（室生犀星）
◇「新装版 全集現代文学の発見 11」學藝書林 2004 p50

加計呂麻島（島尾敏雄）
◇「戦後文学エッセイ選 10」影書房 2007 p36

影は窈窕（戸部新十郎）
◇「人物日本の歴史―時代小説版 江戸編 下」小学館 2004 （小学館文庫）p93

過去（大田洋子）
◇「短編 女性文学 近代 続」おうふう 2002 p177

過去（吉岡実）
◇「新装版 全集現代文学の発見 13」學藝書林 2004 p474

過古（梶井基次郎）
◇「ちくま日本文学 28」筑摩書房 2008 （ちくま文庫）p256

かこう

河口（金時鐘）
◇「〈在日〉文学全集 5」勉誠出版 2006 p184

河口（丸山薫）
◇「新装版 全集現代文学の発見 13」學藝書林 2004 p110

雅号（正岡子規）
◇「新日本古典文学大系 明治編 27」岩波書店 2003 p367

過去への電話（福島正実）
◇「日本SF短篇50 1」早川書房 2013 （ハヤカワ文庫 JA）p225

過去をして過去を一（福島正実）
◇「日本SF全集 1」出版芸術社 2009 p219

過去が届く午後（唯川恵）
◇「ザ・ベストミステリーズ一推理小説年鑑 1998」講談社 1998 p119
◇「完全犯罪証明書」講談社 2001 （講談社文庫）p242
◇「謎―スペシャル・ブレンド・ミステリー 009」講談社 2014 （講談社文庫）p239

過去からの声（連城三紀彦）
◇「贈る物語Mystery」光文社 2002 p285
◇「七つの危険な真実」新潮社 2004 （新潮文庫）p197

過越しの祭（米谷ふみ子）
◇「現代秀作集」角川書店 1999 （女性作家シリーズ）p203

鹿児島戦争記（篠田仙果編）
◇「新日本古典文学大系 明治編 13」岩波書店 2007 p185

過去世（岡本かの子）
◇「文豪たちが書いた耽美小説短編集」彩図社 2015 p21
◇「新編・日本幻想文学集成 3」国書刊行会 2016 p327

過去と将来（中山美紀）
◇「ショートショートの広場 9」講談社 1998 （講談社文庫）p11

籠抜け（夫馬基彦）
◇「文学 2001」講談社 2001 p249

過去の絵（近藤史恵）
◇「白のミステリー一女性ミステリー作家傑作選」光文社 1997 p407
◇「女性ミステリー作家傑作選 2」光文社 1999 （光文社文庫）p5

籠の鶯（大峰古日）
◇「文豪怪談傑作選 柳田國男集」筑摩書房 2007 （ちくま文庫）p368

過去の女（森奈津子）
◇「夏のグランドホテル」光文社 2003 （光文社文庫）p467

過去の翳（豊田有恒）
◇「恐竜文学大全」河出書房新社 1998 （河出文庫）p40

籠の鳥（沙木とも子）
◇「てのひら怪談―ビーケーワン怪談大賞傑作選 辛卯」ポプラ社 2011 （ポプラ文庫）p142

囲みの中の歳月（中山秋夫）
◇「ハンセン病文学全集 7」皓星社 2004 p542

過去夢（雪柳妙）
◇「ショートショートの花束 3」講談社 2011 （講談社文庫）p182

かごめ扇（永井路子）
◇「花ごよみ夢一夜」光風社出版 2001 （光風社文庫）p225

かごめ魍魎（秋里光彦）
◇「十月のカーニヴァル」光文社 2000 （カッパ・ノベルス）p255

傘（李正子）
◇「〈在日〉文学全集 17」勉誠出版 2006 p232

笠秋草（泡坂妻夫）
◇「市井絵画」新潮社 1997 p207

風穴（松田清志）
◇「優秀新人戯曲集 2007」ブロンズ新社 2006 p129

笠岡途上（森春濤）
◇「新日本古典文学大系 明治編 2」岩波書店 2004 p102

傘―大人のお伽噺（鄭人澤）
◇「近代朝鮮文学日本語作品集1939～1945 創作篇 4」緑蔭書房 2001 p259

傘を拾った話（佐々木土下座衛門）
◇「てのひら怪談―ビーケーワン怪談大賞傑作選」ポプラ社 2007 p70
◇「てのひら怪談―ビーケーワン怪談大賞傑作選」ポプラ社 2008 （ポプラ文庫）p70

かさかさと切手（谷村志穂）
◇「短篇ベストコレクション―現代の小説 2007」徳間書店 2007 （徳間文庫）p199

風ぐるま（杉本苑子）
◇「江戸宵闇しぐれ」学習研究社 2005 （学研M文庫）p102

風車の浜吉捕物綴―風車は廻る（伊藤桂一）
◇「捕物小説名作選 1」集英社 2006 （集英社文庫）p269

風車は廻る（伊藤桂一）
◇「傑作捕物ワールド 10」リブリオ出版 2002 p63

かささぎ（一）（韓億洙）
◇「ハンセン病文学全集 7」皓星社 2004 p547

かささぎ（二）（韓億洙）
◇「ハンセン病文学全集 7」皓星社 2004 p551

鵲（朴奎一）
◇「近代朝鮮文学日本語作品集1908～1945 セレクション 6」緑蔭書房 2008 p90

笠地蔵峠（清水義範）
◇「士魂の光芒―時代小説最前線」新潮社 1997 （新潮文庫）p489

重ね重ね（有坂十緒子）
◇「てのひら怪談―ビーケーワン怪談大賞傑作選 百怪繚乱篇」ポプラ社 2008 p180
◇「てのひら怪談―ビーケーワン怪談大賞傑作選 己丑」ポプラ社 2009 （ポプラ文庫）p122

重ねて二つ（法月綸太郎）
　◇「謎―スペシャル・ブレンド・ミステリー 004」
　　講談社 2009（講談社文庫）p11

累物語（田中貢太郎）
　◇「怪奇・伝奇時代小説選集 14」春陽堂書店 2000
　　（春陽文庫）p2
　◇「怪談累ケ淵」勉誠出版 2007 p3

傘の墓場（白縫いさや）
　◇「てのひら怪談―ビーケーワン怪談大賞傑作選 庚
　　寅」ポプラ社 2010（ポプラ文庫）p30

風花（坂本美智子）
　◇「ゆきのまち幻想文学賞小品集 21」企画集団ぷり
　　ずむ 2012 p7

風花（森らいみ）
　◇「年鑑代表シナリオ集 '01」映人社 2002 p5

かさぶた宗建（渡辺淳一）
　◇「剣鬼無明斬り」光風社出版 1997（光風社文庫）
　　p41

かさぶらんか！（弾射音）
　◇「ショートショートの広場 12」講談社 2001（講
　　談社文庫）p71

カサブランカ洋装店（吉川トリコ）
　◇「明日町こんぺいとう商店街―招きうさぎと六軒
　　の物語 2」ポプラ社 2014（ポプラ文庫）p159

風待港の盆踊り（中川洋子）
　◇「『伊豆文学賞』優秀作品集 第19回」羽衣出版
　　2016 p155

カザリとヨーコ（乙一）
　◇「冒険の森へ―傑作小説大全 17」集英社 2015
　　p126

花山院（三島由紀夫）
　◇「王侯」国書刊行会 1998（書物の王国）p90
　◇「陰陽師伝奇大全」白泉社 2001 p37
　◇「安倍晴明陰陽師伝奇文学集成」勉誠出版 2001
　　p53

句集 火山麑（大野林火）
　◇「ハンセン病文学全集 9」皓星社 2010 p85

過酸化マンガン水の夢（谷崎潤一郎）
　◇「戦後884短篇小説再発見 18」講談社 2004（講談社
　　文芸文庫）p53
　◇「小川洋子の偏愛短篇箱」河出書房新社 2009
　　p131
　◇「小川洋子の偏愛短篇箱」河出書房新社 2012（河
　　出文庫）p131

火山観測所殺人事件（水上幻一郎）
　◇「甦る推理雑誌 1」光文社 2002（光文社文庫）
　　p231

火山島（許南麒）
　◇「〈在日〉文学全集 2」勉誠出版 2006 p94

火山に死す―『唐草物語』より（澁澤龍彦）
　◇「幻妖の水脈（みお）」筑摩書房 2013（ちくま文
　　庫）p554

火事（夏目漱石）
　◇「文豪怪談傑作選 明治編」筑摩書房 2011（ちく
　　ま文庫）p139

火事（玄鎮健著、蔡順乗譯）

◇「近代朝鮮文学日本語作品集1901～1938 創作篇 1」
　緑蔭書房 2004 p103

花姉（石井桃子）
　◇「精選女性随筆集 8」文藝春秋 2012 p57

一柏尾家、ガウディ屋敷の宝さがし（柊サナカ）
　◇「『このミステリーがすごい！』大賞作家書き下ろ
　　しBOOK vol.15」宝島社 2016 p177

カシオペアのエンドロール（海堂尊）
　◇「このミステリーがすごい！ 四つの謎」宝島社
　　2014 p201

カシオペヤの女（今日泊亜蘭）
　◇「日本SF全集 1」出版芸術社 2009 p251

鰍沢雪の夜噺（小室山の御封、玉子酒、熊の膏
　薬）（三遊亭円朝）
　◇「明治の文学 3」筑摩書房 2001 p387

河鹿集（田中豊久）
　◇「ハンセン病文学全集 9」皓星社 2010 p37

河鹿集（身延深敬病院）
　◇「ハンセン病文学全集 8」皓星社 2006 p71

河鹿集 第二集（田中豊久）
　◇「ハンセン病文学全集 9」皓星社 2010 p77

河鹿集 第二輯（身延深敬園取短歌会）
　◇「ハンセン病文学全集 8」皓星社 2006 p128

河鹿集 第三集（身延深敬園渓風俳句会）
　◇「ハンセン病文学全集 9」皓星社 2010 p103

河鹿集 第三輯（身延深敬鷹取短歌会）
　◇「ハンセン病文学全集 8」皓星社 2006 p209

河鹿集 第四集（田中豊久）
　◇「ハンセン病文学全集 9」皓星社 2010 p137

河鹿集 第四輯（身延深敬鷹取短歌会）
　◇「ハンセン病文学全集 8」皓星社 2006 p242

可視化するアール・ブリュット（岡崎琢磨）
　◇「『このミステリーがすごい！』大賞作家書き下ろ
　　しBOOK vol.5」宝島社 2014 p87

鰍突きの夏（養修吉）
　◇「立川文学 6」けやき出版 2016 p83

河鹿の鳴く夜（伊藤桂一）
　◇「鍔鳴り疾風剣」光風社出版 2000（光風社文庫）
　　p231

貸坐敷（痩々亭骨皮道人）
　◇「新日本古典文学大系 明治編 29」岩波書店 2005
　　p223

梶田富五郎翁（宮本常一）
　◇「ちくま日本文学 22」筑摩書房 2008（ちくま文
　　庫）p101
　◇「日本文学全集 14」河出書房新社 2015 p362

甲子太郎の策謀（新宮正春）
　◇「幕末剣豪人斬り異聞 佐幕篇」アスキー 1997
　　（Aspect novels）p71

嘉實（李光洙）
　◇「近代朝鮮文学日本語作品集1908～1945 セレクショ
　　ン 2」緑蔭書房 2008 p157

過失（村野四郎）
　◇「新装版 全集現代文学の発見 13」學藝書林 2004

かしつ

p247

画室のうた（呉林俊）
　◇「〈在日〉文学全集 17」勉誠出版 2006 p111

火事とポチ（有島武郎）
　◇「文豪たちが書いた泣ける名作短編集」彩図社 2014 p35

樫の木（小川未明）
　◇「文豪てのひら怪談」ポプラ社 2009 （ポプラ文庫）p134

樫の木の下の民主主義に栄えあれ！（堀田善衛）
　◇「戦後文学エッセイ選 11」影書房 2007 p157

樫の木の向こう側（堀江敏幸）
　◇「極上掌篇小説」角川書店 2006 p247
　◇「ひと粒の宇宙」角川書店 2009 （角川文庫）p243

鍛冶の母（田中貢太郎）
　◇「妖怪」国書刊行会 1999 （書物の王国）p186

貸間を探がしたとき（小川未明）
　◇「文豪怪談傑作選 小川未明集」筑摩書房 2008 （ちくま文庫）p363

菓子祭（吉行淳之介）
　◇「現代小説クロニクル 1980〜1984」講談社 2014 （講談社文芸文庫）p43

貸物屋お庸貸し猫探し（平谷美樹）
　◇「てのひら猫語り―書き下ろし時代小説集」白泉社 2014 （白泉社招き猫文庫）p5

火車とヤンキー（ヒモロギヒロシ）
　◇「てのひら怪談―ビーケーワン怪談大賞傑作選 百怪繚乱篇」ポプラ社 2008 p64
　◇「てのひら怪談―ビーケーワン怪談大賞傑作選 己丑」ポプラ社 2009 （ポプラ文庫）p32

鍛冶屋の子（新美南吉）
　◇「文豪たちが書いた泣ける名作短編集」彩図社 2014 p28

貨車引込線（樹下太郎）
　◇「江戸川乱歩の推理教室」光文社 2008 （光文社文庫）p201

何首烏（梶よう子）
　◇「代表作時代小説 平成23年度」光文社 2011 p57

加州情話（塚本修二）
　◇「全作家短編小説集 10」のべる出版 2011 p149

霞舟先生詩藁を読み、菅詞兄に示す（中村敬宇）
　◇「新日本古典文学大系 明治編 2」岩波書店 2004 p125

禍獣―『椿説弓張月』（曲亭馬琴）
　◇「怪獣」国書刊行会 1998 （書物の王国）p28

果樹園の心臓（黒木謳子）
　◇「日本統治期台湾文学集成 18」緑蔭書房 2003 p340

果樹園の春（黒木謳子）
　◇「日本統治期台湾文学集成 18」緑蔭書房 2003 p332

火術師（五味康祐）
　◇「職人気質」小学館 2007 （小学館文庫）p51

　◇「江戸しのび雨」学研パブリッシング 2012 （学研M文庫）p89
　◇「がんこ毒屋」新潮社 2013 （新潮文庫）p79

ガジュマルの木の上に（神山和郎）
　◇「ゆきのまち幻想文学賞・小品集 15」企画集団ぷりずむ 2006 p152

夏宵（黒木謳子）
　◇「日本統治期台湾文学集成 18」緑蔭書房 2003 p489

火章（神保光太郎）
　◇「「日本浪曼派」集」新学社 2007 （新学社近代浪漫派文庫）p47

賀章（崔南善）
　◇「近代朝鮮文学日本語作品集1908〜1945 セレクション 6」緑蔭書房 2008 p267

火礁海（小栗虫太郎）
　◇「冒険の森へ―傑作小説大全 1」集英社 2016 p252

家常茶飯（佐藤春夫）
　◇「君らの魂を悪魔に売りつけよ―新青年傑作選」角川書店 2000 （角川文庫）p41

家常茶飯（長谷川四郎）
　◇「戦後短編小説選―『世界』1946–1999 2」岩波書店 2000 p307

鵝掌・熊掌（青木正児）
　◇「たんときれいに召し上がれ―美食文学精選」芸術新聞社 2015 p187

華燭（舟橋聖一）
　◇「戦後短篇小説再発見 15」講談社 2003 （講談社文芸文庫）p25
　◇「名短篇、さらにあり」筑摩書房 2008 （ちくま文庫）p7

柏木（桐野夏生）
　◇「ナイン・ストーリーズ・オブ・ゲンジ」新潮社 2008 p225
　◇「源氏物語九つの変奏」新潮社 2011 （新潮文庫）p249

かしわばやしの夜（宮沢賢治）
　◇「月のものがたり」ソフトバンククリエイティブ 2006 p32

かしわ林の夜（平野直）
　◇「学校放送劇舞台脚本集―宮沢賢治名作童話」東洋書院 2008 p217

佳人（浅田次郎）
　◇「現代の小説 1999」徳間書店 1999 p5

花神（石川鴻斎）
　◇「新日本古典文学大系 明治編 3」岩波書店 2005 p265

果心居士 黄昏艸（石川鴻斎）
　◇「新日本古典文学大系 明治編 3」岩波書店 2005 p307

露国奇聞 花心蝶思録（かしんちょうしろく）（プーシキン，高須治助）
　◇「新日本古典文学大系 明治編 15」岩波書店 2002 p291

佳人之奇遇（東海散士）

◇「新日本古典文学大系 明治編 17」岩波書店 2006
p1

佳人薄命（曾野綾子）
◇「誘惑─女流ミステリー傑作選」徳間書店 1999
（徳間文庫）っ163

数（平繁樹）
◇「ショートショートの広場 11」講談社 2000（講
談社文庫）p85

カズイスチカ（森鴎外）
◇「短編名作選─1885-1924 小説の曙」笠間書院
2003 p203

春日（かすが）… → "しゅんじつ…"をも見よ
春日（伊藤整）
◇「日本文学全集 29」河出書房新社 2016 p43
春日（中山義秀）
◇「江戸の鈍感力─時代小説傑作選」集英社 2007
（集英社文庫）p155

幽かな効能、機能・効果・検出（神林長平）
◇「SFマガジン700 国内篇」早川書房 2014（ハヤ
カワ文庫 SF）p205

かすかなひかり（髙橋幹子）
◇「幽霊でもいいから会いたい」泰文堂 2014（リン
ダブックス）っ128

春日局（安西篤子）
◇「人物日本の歴史─時代小説版 江戸編 上」小学
館 2004（小学館文庫）p55

春日村（丸井妙子）
◇「日本統治期台湾文学集成 17」緑蔭書房 2003
p491

かずきめ（李良枝）
◇「現代秀作集」角川書店 1999（女性作家シリー
ズ）p521
◇「〈在日〉文学全集 8」勉誠出版 2006 p57

カズコ（古川時夫）
◇「ハンセン病文学全集 7」皓星社 2004 p366

上総風土記（村上元三）
◇「江戸の鈍感力─時代小説傑作選」集英社 2007
（集英社文庫）p217

上総楼の兎（戸板康二）
◇「剣鬼らの饗宴」光風社出版 1998（光風社文庫）
p155
◇「大江戸犯科帖─時代推理小説名作選」双葉社
2003（双葉文庫）p237

ガス室（クジラマク）
◇「てのひら怪談─ビーケーワン怪談大賞傑作選」
ポプラ社 2007 p34
◇「てのひら怪談─ビーケーワン怪談大賞傑作選」
ポプラ社 2008（ポプラ文庫）p32

和志の家族（秋元正紀）
◇「高校演劇Select:on 2003 上」晩成書房 2003 p97

粕漬け（春木静哉）
「脈動─同人誌作家作品選」ファーストワン 2013
p99

カスティリョ・ゴメスの脚（草下英明）
◇「宇宙塵傑作選─日本SFの軌跡 1」出版芸術社
1997 p83

カステラ（江國香織）
◇「銀座24の物語」文藝春秋 2001 p271

カステル・ミラージュ─消えない蜃気楼（小池
修一郎）
◇「宝塚大劇場公演脚本集─2001年4月─2002年4月」
阪急電鉄コミュニケーション事業部 2002 p80

ガス燈とつかみ合いをした話（稲垣足穂）
◇「ちくま日本文学 16」筑摩書房 2008（ちくま文
庫）p32

数にご注目（火森孝実）
◇「ショートショートの広場 17」講談社 2005（講
談社文庫）p103

霞ヶ谷（鳥越碧）
◇「輝きの一瞬─短くて心に残る30編」講談社 1999
（講談社文庫）p201

かすみ草（李正子）
◇「〈在日〉文学全集 17」勉誠出版 2006 p237

かすみ草（桜井哲夫）
◇「ハンセン病文学全集 7」皓星社 2004 p462

一実ちゃんのこと（川上弘美）
◇「短篇ベストコレクション─現代の小説 2002」徳
間書店 2002（徳間文庫）p259
◇「Teen Age」双葉社 2004 p241

霞町ドランカーズ（西木正明）
◇「現代の小説 1999」徳間書店 1999 p57

絣の虎（金関丈夫）
◇「日本統治期台湾文学集成 17」緑蔭書房 2003
p239

かぜ（秋山清）
◇「新装版 全集現代文学の発見 別巻」學藝書林
2005 p514

風（赤江瀑）
◇「恋物語」朝日新聞社 1998 p175

風（石牟礼道子）
◇「日本文学全集 24」河出書房新社 2015 p466

風（王白淵）
◇「日本統治期台湾文学集成 18」緑蔭書房 2003
p42

風（香山末子）
◇「ハンセン病文学全集 7」皓星社 2004 p415

風（高柳重信）
◇「新装版 全集現代文学の発見 13」學藝書林 2004
p608

風（百目鬼野干）
◇「怪談四十九夜」竹書房 2016（竹書房文庫）
p160

風（丸山薫）
◇「新装版 全集現代文学の発見 13」學藝書林 2004
p112

風（皆川博子）
◇「日本怪奇小説傑作集 3」東京創元社 2005（創
元推理文庫）p423
◇「冒険の森へ─傑作小説大全 16」集英社 2015
p17

風（楊雲萍）

かせ

◇「日本統治期台湾文学集成 18」緑蔭書房 2003 p542

枷（平山夢明）
◇「蒐集家（コレクター）」光文社 2004 （光文社文庫）p407

風荒き中（沢田五郎）
◇「ハンセン病文学全集 8」皓星社 2006 p267

ラヂオ・ドラマ 風一ある蕃地の駐在所風景（中山侑）
◇「日本統治期台湾文学集成 14」緑蔭書房 2003 p207

句集 芽生（多磨全生園俳句会）
◇「ハンセン病文学全集 9」皓星社 2010 p97

火星甲殻団（川又千秋）
◇「日本SF短篇50 3」早川書房 2013 （ハヤカワ文庫 JA）p149

火星航路（星新一）
◇「宇宙塵傑作選一日本SFの軌跡 1」出版芸術社 1997 p151

火星巡暦（森内俊雄）
◇「文学 2008」講談社 2008 p248

火星植物園（中井英夫）
◇「新編・日本幻想文学集成 1」国書刊行会 2016 p387

火星人（大島青松園火星俳句会）
◇「ハンセン病文学全集 9」皓星社 2010 p91

句集 火星人 第二集（大島青松園火星俳句会）
◇「ハンセン病文学全集 9」皓星社 2010 p145

火星で最後の…（豊田有恒）
◇「冒険の森へ一傑作小説大全 7」集英社 2016 p136

火星の運河（江戸川乱歩）
◇「爬虫館事件一新青年傑作選」角川書店 1998 （角川ホラー文庫）p123
◇「ちくま日本文学 7」筑摩書房 2008 （ちくま文庫）p18

火星のプリンセス一火星には酒が必要だ。人類を酩酊させる者-きみと麻理沙の娘が（東浩紀）
◇「NOVA一書き下ろし日本SFコレクション 3」河出書房新社 2010 （河出文庫）p235

火星のプリンセス.続（東浩紀）
◇「NOVA一書き下ろし日本SFコレクション 5」河出書房新社 2011 （河出文庫）p319

火星ミミズ（江坂遊）
◇「宇宙生物ゾーン」廣済堂出版 2000 （廣済堂文庫）p13

風を吹け吹け（長田穂波）
◇「ハンセン病文学全集 6」皓星社 2003 p46

風薫るウィーンの旅六日間（小川洋子）
◇「右か、左か」文藝春秋 2010 （文春文庫）p9

風が好き（井上雅彦）
◇「悪夢が嗤う瞬間」勁文社 1997 （ケイブンシャ文庫）p59

風が走る（李起昇）
◇「〈在日〉文学全集 12」勉誠出版 2006 p77

風が持っていった（橋本紡）
◇「スタートライン一始まりをめぐる19の物語」幻冬舎 2010 （幻冬舎文庫）p89

化石谷（成島柳北）
◇「新日本古典文学大系 明治編 2」岩波書店 2004 p230

化石の夏（金時鐘）
◇「〈在日〉文学全集 5」勉誠出版 2006 p193

化石村（砂場）
◇「超短編の世界 vol.2」創英社 2009 p100

風小僧（吉阪市造）
◇「ゆきのまち幻想文学賞小品集 17」企画集団ぷりずな 2008 p149

風立ちぬ（堀辰雄）
◇「涙の百年文学一もう一度読みたい」太陽出版 2009 p222
◇「ちくま日本文学 39」筑摩書房 2009 （ちくま文庫）p150

カーセックスの怪（五木寛之）
◇「冒険の森へ一傑作小説大全 9」集英社 2016 p11

仮説と対策（黒木あるじ）
◇「怪談四十九夜」竹書房 2016 （竹書房文庫）p60

仮説の行方（夏樹静子）
◇「ザ・ベストミステリーズ一推理小説年鑑 1998」講談社 1998 p133
◇「殺人者」講談社 2000 （講談社文庫）p336

仮説・秘中の秘（霞流一）
◇「八ヶ岳「雪密室」の謎」原書房 2001 p211

風と海と（宮本常一）
◇「ちくま日本文学 22」筑摩書房 2008 （ちくま文庫）p290

風と花（松井秀夜）
◇「ハンセン病に咲いた花一初期文芸名作選 戦前編」皓星社 2002 （ハンセン病叢書）p256

風と光と二十の私と（坂口安吾）
◇「ちくま日本文学 9」筑摩書房 2008 （ちくま文庫）p97

風と灯とけむりたち（色川武大）
◇「ちくま日本文学 30」筑摩書房 2008 （ちくま文庫）p187

風に刻む（芳崎洋子）
◇「テレビドラマ代表作選集 2010年版」日本脚本家連盟 2010 p185

風にしたためて（川崎洋）
◇「新装版 全集現代文学の発見 13」學藝書林 2004 p432

風に棲む（桂城和子）
◇「北日本文学賞入賞作品集 2」北日本新聞社 2002 p13

風になびく青い風船（谷村志穂）
◇「私らしくあの場所へ」講談社 2009 （講談社文庫）p33

風に乗って来るコロポックル（宮本百合子）
◇「日本文学全集 26」河出書房新社 2017 p175

風にのれ、ブッピー（清水章代）
　◇「ドラマの森 2005」西日本劇作家の会 2004（西日本戯曲選集）p227

風に吹かれる裸木（中山義秀）
　◇「決戦！ 大坂の陣」実業之日本社 2014（実業之日本社文庫）p79

風に寄せるソネット（光岡良二）
　◇「ハンセン病文学全集 7」皓星社 2004 p288

風の音と波の音（宮本常一）
　◇「ちくま日本文学 22」筑摩書房 2008（ちくま文庫）p267

風の神（内田百閒）
　◇「魍魎魍魎列島」小学館 2005（小学館文庫）p239
　◇「ちくま日本文学 1」筑摩書房 2007（ちくま文庫）p277

風の記憶（幸田文）
　◇「精選女性随筆集 1」文藝春秋 2012 p141

風の午後（李正子）
　◇「〈在日〉文学全集 17」勉誠出版 2006 p312

風の誘い（北川歩実）
　◇「ザ・ベストミステリーズ―推理小説年鑑 2001」講談社 2001 p319
　◇「殺人作法」講談社 2004（講談社文庫）p199

風の十文字（菊地秀行）
　◇「変化―書下ろしホラー・アンソロジー」PHP研究所 2000（PHP文庫）p9

風の白刃（高樹のぶ子）
　◇「愛の交錯」リブリオ出版 2001（ラブミーワールド）p48
　◇「恋愛小説・名作集成 9」リブリオ出版 2004 p48

風のしらべ（さいとう学）
　◇「さきがけ文学賞選集 2」秋田魁新報社 2014（さきがけ文庫）p201

風の棲む町（抄）（ねじめ正一）
　◇「山形県文学全集第1期（小説編）6」郷土出版社 2004 p392

風の造形（桜井哲夫）
　◇「ハンセン病文学全集 7」皓星社 2004 p454

風のターン・ロード（石井敏弘）
　◇「江戸川乱歩賞全集 16」講談社 2003（講談社文庫）p391

風の朝鮮（趙南哲）
　◇「〈在日〉文学全集 18」勉誠出版 2006 p121

風の通る場所（文月奈緒子）
　◇「優秀新人戯曲集 2002」ブロンズ新社 2001 p123

風のない朝（上忠司）
　◇「日本統治期台湾文学集成 18」緑蔭書房 2003 p218

風の中を（許南麒）
　◇「〈在日〉文学全集 2」勉誠出版 2006 p140

風のなかを自由にあるけるとか……＞保阪嘉内／柳原昌悦（宮沢賢治）
　◇「日本人の手紙 2」リブリオ出版 2004 p45

風の猫（皆川博子）

風の勝者の死にざま―時代小説選手権」新潮社 1998（新潮文庫）p415

風のバラ（西脇順三郎）
　◇「新装版 全集現代文学の発見 13」學藝書林 2004 p54

ガーゼのハンカチ（鮎川哲也）
　◇「本格推理 13」光文社 1998（光文社文庫）p466

風の又三郎（平野直）
　◇「学校放送劇舞台劇脚本集―宮沢賢治名作童話」東洋書院 2008 p173

風の又三郎（宮沢賢治）
　◇「ちくま日本文学 3」筑摩書房 2007（ちくま文庫）p29

風の街（有森信二）
　◇「全作家短編小説集 11」全作家協会 2012 p56

風のように水のように―宮畑遺跡物語（和久井清水）
　◇「縄文4000年の謎に挑む」現代書林 2016 p183

風のように渡る（斎藤純）
　◇「金曜の夜は、ラブ・ミステリー」三笠書房 2000（王様文庫）p55

風の林檎（林望）
　◇「くだものだもの」ランダムハウス講談社 2007 p125

風博士（坂口安吾）
　◇「ちくま日本文学 9」筑摩書房 2008（ちくま文庫）p9
　◇「変身ものがたり」筑摩書房 2010（ちくま文学の森）p11

風光る（太田正一）
　◇「ハンセン病文学全集 8」皓星社 2006 p336

かぜひく（日影丈吉）
　◇「新編・日本幻想文学集成 1」国書刊行会 2016 p547

「風邪ひき猫」事件（日影丈吉）
　◇「猫のミステリー」河出書房新社 1999（河出文庫）p277

風吹く日（加藤緑）
　◇「青鞜文学集」不二出版 2004 p103

風吹峠（抄）（高橋義夫）
　◇「山形県文学全集第1期（小説編）6」郷土出版社 2004 p176

風吹けばお百姓がモウかる（杉浦明平）
　◇「戦後文学エッセイ選 6」影書房 2008 p132

風待ち（片桐泰志）
　◇「伊豆の歴史を歩く」羽衣出版 2006（伊豆文学賞歴史小説傑作集）p155
　◇「「伊豆文学賞」優秀作品集 第9回」静岡新聞社 2006 p41

風待ちの竜（滝ながれ）
　◇「幻想水滸伝短編集 2」メディアワークス 2001（電撃文庫）p67

風待ち岬（柏葉幸子）
　◇「あの日から―東日本大震災鎮魂岩手県出身作家短編集」岩手日報社 2015 p97

かせも

風もなく散る木の葉のように（宇野千代）
　◇「精選女性随筆集 6」文藝春秋 2012 p113
画像考（深海和）
　◇「全作家短編小説集 9」全作家協会 2010 p109
仮想者の恋（宮嶋資夫）
　◇「京都府文学全集第1期〔小説編〕1」郷土出版社
　　2005 p357
画像のうえの水滴（旭爪あかね）
　◇「時代の波音―民主文学短編小説集1995年～2004
　　年」日本民主主義文学会 2005 p161
下層の噴火線（松原岩五郎）
　◇「新日本古典文学大系 明治編 30」岩波書店 2009
　　p299
仮想のまつりごと（丁章）
　◇「〈在日〉文学全集 18」勉誠出版 2006 p402
火葬場にて（J・M）
　◇「ショートショートの広場 10」講談社 2000（講
　　談社文庫）p175
火葬場の話（加門七海）
　◇「女たちの怪談百物語」メディアファクトリー
　　2010（〔幽books〕）p243
　◇「女たちの怪談百物語」KADOKAWA 2014（角
　　川ホラー文庫）p247
かぞえ歌（金広賢介）
　◇「うちへ帰ろう―家族を想うあなたに贈る短篇小
　　説集」泰文堂 2013（リンダブックス）p61
かぞへうた（折口信夫）
　◇「ちくま日本文学 25」筑摩書房 2008（ちくま文
　　庫）p80
家族（須賀敦子）
　◇「日本文学全集 25」河出書房新社 2016 p86
家族（野田充男）
　◇「ショートショートの花束 2」講談社 2010（講
　　談社文庫）p178
家族アルバム（金井美恵子）
　◇「おいしい話―料理小説傑作選」徳間書店 2007
　　（徳間文庫）p233
家族合せ（三島由紀夫）
　◇「ちくま日本文学 10」筑摩書房 2008（ちくま文
　　庫）p123
家族への手紙（若竹七海）
　◇「黒衣のモニュメント」光文社 2000（光文社文
　　庫）p479
家族会議（勝目梓）
　◇「短篇ベストコレクション―現代の小説 2013」徳
　　間書店 2013（徳間文庫）p93
家族が消えた（飯野文彦）
　◇「時間怪談」廣済堂出版 1999（廣済堂文庫）
　　p461
　◇「死者の復活」リブリオ出版 2001（怪奇・ホラー
　　ワールド）p179
家族シネマ（柳美里）
　◇「文学 1997」講談社 1997 p252
　◇「現代小説クロニクル 1995～1999」講談社 2015
　　（講談社文芸文庫）p109
家族写真（北森鴻）

殺人哀モード」講談社 2000（講談社文庫）
　　p347
家族図（光岡良二）
　◇「ハンセン病に咲いた花―初期文芸名作選 戦前
　　編」皓星社 2002（ハンセン病叢書）p124
家族対抗カミングアウト合戦（森奈津子）
　◇「喜劇綺劇」光文社 2009（光文社文庫）p357
加速度円舞曲（麻耶雄嵩）
　◇「本格ミステリー二〇〇九年本格短編ベスト・セ
　　レクション 09」講談社 2009（講談社ノベル
　　ス）p79
　◇「空飛ぶモルグ街の研究」講談社 2013（講談社文
　　庫）p109
華族のお医者（三遊亭円朝）
　◇「明治の文学 3」筑摩書房 2001 p336
家族の肖像（久藤準）
　◇「ショートショートの花束 4」講談社 2012（講
　　談社文庫）p214
かぞくのひけつ（吉川菜美、小林聖太郎）
　◇「年鑑代表シナリオ集 ’06」シナリオ作家協会
　　2008 p257
家族百景 第七景『恋、おばあちゃんの』（広島
友好）
　◇「ドラマの森 2009」西日本劇作家の会 2008（西
　　日本戯曲選集）p117
家族募集（角鹿展久）
　◇「ショートショートの広場 8」講談社 1997（講
　　談社文庫）p157
家族旅行（富安健夫）
　◇「てのひら怪談―ビーケーワン怪談大賞傑作選 壬
　　辰」ポプラ社 2012（ポプラ文庫）p190
固い種子（泡坂妻夫）
　◇「ショートショートの缶詰」キノブックス 2016
　　p195
肩うたせ居り（折口信夫）
　◇「ちくま日本文学 25」筑摩書房 2008（ちくま文
　　庫）p23
片腕（川端康成）
　◇「魂がふるえるとき」文藝春秋 2004（文春文庫）
　　p67
　◇「文豪怪談傑作選 川端康成集」筑摩書房 2006
　　（ちくま文庫）p9
　◇「ものがたりのお菓子箱」飛鳥新社 2008 p77
　◇「不思議の扉 ありえない恋」角川書店 2011（角
　　川文庫）p239
　◇「幻視の系譜」筑摩書房 2013（ちくま文庫）
　　p336
　◇「日本文学100年の名作 6」新潮社 2015（新潮文
　　庫）p9
　◇「文豪たちが書いた耽美小説傑作集」彩図社 2015
　　p186
　◇「日本文学全集 27」河出書房新社 2017 p463
片腕浪人―明石全登（柴田錬三郎）
　◇「軍師は死なず」実業之日本社 2014（実業之日本
　　社文庫）p319
傍聞き（長岡弘樹）
　◇「ザ・ベストミステリーズ―推理小説年鑑 2008」

166　作品名から引ける日本文学全集案内 第III期

かたみ

講談社 2008 p9

傍聞き―永見緋太郎の事件簿（長岡弘樹）
◇「Doubtきりのない疑惑」講談社 2011（講談社文庫）p263

肩をうしろから見る（片岡義男）
◇「愛の交錯」リブリオ出版 2001（ラブミーワールド）p111
◇「恋愛小説・名作集成 9」リブリオ出版 2004 p111

片岡源五右衛門（宮下幻一郎）
◇「定本・忠臣蔵四十七人集」双葉社 1998 p330

片男波（小栗風葉）
◇「天変動く大震災と作家たち」インパクト出版会 2011（インパクト選書）p35

肩書きのない男（金達寿）
◇「〈在日〉文学全集 15」勉誠出版 2006 p47

カダカダ（狩生玲子）
◇「ショートショートの花束 5」講談社 2013（講談社文庫）p255

敵（かたき）… → "てき…"をも見よ

敵討たれに（長谷川伸）
◇「武士道残月抄」光文社 2011（光文社文庫）p9

仇でござる（早見俊）
◇「大江戸「町」物語 光」宝島社 2014（宝島社文庫）p207

片倉小十郎―片倉景綱（堀ന久）
◇「軍師は死なず」実業之日本社 2014（実業之日本社文庫）p191

かたくり献上（柴田錬三郎）
◇「大江戸殿様列伝―傑作時代小説」双葉社 2006（双葉文庫）p151

がたくり橋は渡らない（宇江佐真理）
◇「江戸色恋坂―市井情話傑作選」学習研究社 2005（学研M文庫）p299

片恋（小泉雅二）
◇「ハンセン病文学全集 6」皓星社 2003 p445

片恋（さだまさし）
◇「Story Seller 3」新潮社 2011（新潮文庫）p379

片恋（萩原朔太郎）
◇「ちくま日本文学 36」筑摩書房 2009（ちくま文庫）p165

カタコンベの謎（太田忠司）
◇「C・N 25―C・novels創刊25周年アンソロジー」中央公論新社 2007（C novels）p120

肩先に花の香りを残す人（西村賢太）
◇「東と西 2」小学館 2010 p78
◇「東と西 2」小学館 2012（小学館文庫）p87

加田三七捕物そば屋―幻の像（村上元三）
◇「捕物小説名作選 2」集英社 2006（集英社文庫）p125

かたづけられない（三枝蝉）
◇「ショートショートの広場 16」講談社 2005（講談社文庫）p26

カタチ（羽田圭介）
◇「いまのあなたへ―村上春樹への12のオマージュ」

NHK出版 2014 p76

形（菊池寛）
◇「教科書に載った小説」ポプラ社 2008 p103
◇「教科書に載った小説」ポプラ社 2012（ポプラ文庫）p95
◇「もう一度読みたい教科書の泣ける名作」学研教育出版 2013 p187
◇「教科書名短篇 人間の情景」中央公論新社 2016（中公文庫）p137

貌（島村静雨）
◇「ハンセン病文学全集 6」皓星社 2003 p265

形と影（伊藤桂一）
◇「三田文学短篇選」講談社 2010（講談社文芸文庫）p208

かたつむり注意報（恩田陸）
◇「短篇ベストコレクション―現代の小説 2007」徳間書店 2007（徳間文庫）p129
◇「日本文学100年の名作 10」新潮社 2015（新潮文庫）p171

カタツムリのジレンマ（km）
◇「人は死んだら電柱になる―電柱アンソロジー」遠すぎる未来団 2014 p49

蝸牛の角（森見登美彦）
◇「短篇ベストコレクション―現代の小説 2008」徳間書店 2008（徳間文庫）p419

かたな（幸田文）
◇「ちくま日本文学 5」筑摩書房 2007（ちくま文庫）p370

刀財布―堤算二郎金銀山日記（白石一郎）
◇「代表作時代小説 平成14年度」光風社出版 2002 p343

刀盗人（岩井三四二）
◇「本格ミステリ 2006」講談社 2006（講談社ノベルス）p371
◇「珍しい物語のつくり方―本格短編ベスト・セレクション」講談社 2010（講談社文庫）p547

刀の中の顔（宇野信夫）
◇「怪奇・怪談傑作集」新人物往来社 1997 p95

片野の天狗（寺家谷悦子）
◇「ゆきのまち幻想文学賞・小品集 15」企画集団ぷりずむ 2006 p147

片腹いたい（正岡子規）
◇「新日本古典文学大系 明治編 27」岩波書店 2003 p395

片方（神沼三平太）
◇「てのひら怪談―ビーケーワン怪談大賞傑作選 壬辰」ポプラ社 2012（ポプラ文庫）p44

片方の靴（新井高子）
◇「ろうそくの炎がささやく言葉」勁草書房 2011 p10

形見（川上弘美）
◇「変愛小説集 日本作家編」講談社 2014 p11

形見（小杉健治）
◇「死人に口無し―時代推理傑作選」徳間書店 2009（徳間文庫）p251

カタミタケ汁（梶尾真治）

かたみ

◇「ひとにぎりの異形」光文社 2007（光文社文庫）p117

片道切符 三瀬谷駅発〇時十五分（秋田穂月）
　◇「ハンセン病文学全集 7」皓星社 2004 p493

形見の簪（千野隆司）
　◇「落日の兜刃―時代アンソロジー」祥伝社 1998（ノン・ポシェット）p227

形見の万年筆（池田宣政）
　◇「『少年倶楽部』短篇選」講談社 2013（講談社文芸文庫）p66

片耳の大シカ（椋鳩十）
　◇「冒険の森へ―傑作小説大全 7」集英社 2016 p56

形見わけ（戸川昌子）
　◇「昭和の短篇一人一冊集成 戸川昌子」未知谷 2008 p61

傾いた椅子（李龍海）
　◇「〈在日〉文学全集 18」勉誠出版 2006 p246

傾いた密室（折原一）
　◇「密室―ミステリーアンソロジー」角川書店 1997（角川文庫）p111

傾くまでの月を見しかな（三谷るみ）
　◇「新鋭劇作集 series 17」日本劇団協議会 2005 p75

傾く（キムリジャ）
　◇「〈在日〉文学全集 18」勉誠出版 2006 p332

傾く地軸（明石海人）
　◇「ハンセン病文学全集 7」皓星社 2004 p433

片山桃里遺稿集（片山桃里）
　◇「ハンセン病文学全集 8」皓星社 2006 p492
　◇「ハンセン病文学全集 9」皓星社 2010 p233

カタユキワタリ（木堂明）
　◇「ゆきのまち幻想文学賞・小品集 14」企画集団ぷりずむ 2005 p128

語らぬ沼（千代有三）
　◇「江戸川乱歩の推理教室」光文社 2008（光文社文庫）p101

語りかける愛に（柴田よしき）
　◇「秘体界 現代編」東京創元社 2002（創元推理文庫）p405

語りかける、優しいことば―（工藤庸子）
　◇「ろうそくの炎がささやく言葉」勁草書房 2011 p131

語り手の条件（東雲長閑）
　◇「ショートショートの広場 16」講談社 2005（講談社文庫）p38

語る石（森奈津子）
　◇「屍者の行進」廣済堂出版 1998（廣済堂文庫）p399

ガダルカナル戦詩集（井上光晴）
　◇「新装版 全集現代文学の発見 15」學藝書林 2005 p98
　◇「コレクション戦争と文学 15」集英社 2012 p170

カタログ（おだみのる）
　◇「ショートショートの広場 8」講談社 1997（講談社文庫）p166

がたんごとん（咲乃月音）
　◇「5分で読める！ ひと駅ストーリー 降車編」宝島社 2012（宝島社文庫）p269
　◇「5分で泣ける！ 胸がいっぱいになる物語」宝島社 2015（宝島社文庫）p269

カチカチ山（太宰治）
　◇「ちくま日本文学 8」筑摩書房 2008（ちくま文庫）p299
　◇「悪いやつの物語」筑摩書房 2011（ちくま文学の森）p355

家畜（島崎藤村）
　◇「明治の文学 16」筑摩書房 2002 p116

家畜たち（寺山修司）
　◇「新装版 全集現代文学の発見 15」學藝書林 2005 p514

かち栗（兪鎮午）
　◇「近代朝鮮文学日本語作品集1908～1945 セレクション 1」緑蔭書房 2008 p231

勝ち逃げ（宮部みゆき）
　◇「日本ベストミステリー選集 24」光文社 1997（光文社文庫）p249

花鳥（萩原朔太郎）
　◇「ちくま日本文学 36」筑摩書房 2009（ちくま文庫）p30

鵝鳥（金関丈夫）
　◇「日本統治期台湾文学集成 17」緑蔭書房 2003 p176

鶩鳥（幸田露伴）
　◇「ちくま日本文学 23」筑摩書房 2008（ちくま文庫）p134

句集 花鳥山水譜（栗生楽泉園高原俳句会）
　◇「ハンセン病文学全集 9」皓星社 2010 p216

ガチョウの歌（伊藤三巳華）
　◇「女たちの怪談百物語」メディアファクトリー 2010（幽books）p66
　◇「女たちの怪談百物語」KADOKAWA 2014（角川ホラー文庫）p72

花鳥諷詠（ak2）
　◇「超短編の世界」創英社 2008 p136

花鳥風月（竹内好）
　◇「戦後文学エッセイ選 4」影書房 2005 p192

勝ちは、勝ち（松井今朝子）
　◇「代表作時代小説 平成24年度」光文社 2012 p119

カチンコチン（北詰渚）
　◇「てのひら怪談―ビーケーワン怪談大賞傑作選 庚寅」ポプラ社 2010（ポプラ文庫）p78

勝浦（中上健次）
　◇「日本文学全集 23」河出書房新社 2015 p419

鰹千両（宮部みゆき）
　◇「撫子が斬る―女性作家捕物帳アンソロジー」光文社 2005（光文社文庫）p581
　◇「情けがからむ朱房の十手―傑作時代小説」PHP研究所 2009（PHP文庫）p41

勝海舟探索控 華魁小紫（山崎巌）
　◇「勝者の死にざま―時代小説選手権」新潮社 1998（新潮文庫）p583

かつは

勝海舟探索控 太陽暦騒動（山崎巌）
◇「市井図絵」新潮社 1997 p125

勝海舟探索控 米欧回覧笑記（山崎巌）
◇「士魂の光芒―時代小説最前線」新潮社 1997（新潮文庫）p539

勝海舟と榎本武揚（綱淵謙錠）
◇「人物日本の歴史―時代小説版 幕末維新編」小学館 2004（小学館文庫）p199

勝海舟と坂本龍馬（邦光史郎）
◇「龍馬と志士たち―時代小説傑作選」コスミック出版 2009（コスミック・時代文庫）p7

勝海舟の素顔（杉森久英）
◇「剣鬼無明斬り」光風社出版 1997（光風社文庫）p7

被衣（中井英夫）
◇「新編・日本幻想文学集成 1」国書刊行会 2016 p439

担ぎ屋の弁（上野英信）
◇「戦後文学エッセイ選 12」影書房 2006 p160

学級委員（増田修男）
◇「ショートショートの広場 13」講談社 2002（講談社文庫）p87

客居偶録（北村透谷）
◇「明治の文学 16」筑摩書房 2002 p410

ガックリ（岩本勇）
◇「ショートショートの広場 20」講談社 2008（講談社文庫）p52

学校（服部撫松）
◇「新日本古典文学大系 明治編 1」岩波書店 2004 p3

学校ごっこ（角田光代）
◇「現代小説クロニクル 1995〜1999」講談社 2015（講談社文芸文庫）p28

カッコウの巣（夏川秀樹）
◇「ショートショートの花束 1」講談社 2009（講談社文庫）p77

学校の便所の怪談（松谷みよ子）
◇「厠の怪―便所怪談競作集」メディアファクトリー 2010（MF文庫）p215

カツコ美容室（美崎理恵）
◇「母のなみだ―ひまわり一愛しき家族を想う短篇小説集」泰文堂 2013（リンダブックス）p201

月山（森敦）
◇「山形県文学全集第1期（小説編）4」郷土出版社 2004 p329

月山を下る（荻原井泉水）
◇「山形県文学全集第2期（随筆・紀行編）1」郷土出版社 2005 p330

カッサンドラ（皆川博子）
◇「恋物語」朝日新聞社 1998 p182

月山に登る（荻原井泉水）
◇「山形県文学全集第2期（随筆・紀行編）1」郷土出版社 2005 p317

月山落城（羽山信樹）
◇「代表作時代小説 平成10年度」光風社出版 1998 p237

地獄の無明剣―時代小説傑作選」講談社 2004（講談社文庫）p235

葛飾応為―画狂人の娘（多賀谷忠生）
◇「新鋭劇作集 series 20」日本劇団協議会 2009 p59

カツジ君（粟根のりこ）
◇「てのひら怪談―ビーケーワン怪談大賞傑作選 2」ポプラ社 2007 p126
◇「てのひら怪談―ビーケーワン怪談大賞傑作選 己丑」ポプラ社 2009（ポプラ文庫）p140

合宿所の夜（上）（下）（雪野生）
◇「近代朝鮮文学日本語作品集1901〜1938 創作篇 1」緑蔭書房 2004 p175

合宿の夜に怪しばむ（渡辺玲子）
◇「現代作家代表作選集 10」册書房 2015 p139

合掌（川端康成）
◇「危険なマッチ箱」文藝春秋 2009（文春文庫）p266

合唱について（金鍾漢）
◇「〈外地〉の日本語文学選 3」新宿書房 1996 p240
◇「近代朝鮮文学日本語作品集1939〜1945 創作篇 6」緑蔭書房 2001 p112
◇「近代朝鮮文学日本語作品集1939〜1945 創作篇 6」緑蔭書房 2001 p229

かつ女覚書（井口朝生）
◇「代表作時代小説 平成12年度」光風社出版 2000 p157
◇「戦国女人十一話」作品社 2005 p79

滑走路へ（堀江敏幸）
◇「文学 2008」講談社 2008 p30

勝田新左衛門（長崎謙二郎）
◇「定本・忠臣蔵四十七人集」双葉社 1998 p338

ガッティの背中（須賀敦子）
◇「日本文学全集 25」河出書房新社 2016 p177

かつて東方に国ありき（嶽本あゆ美）
◇「新鋭劇作集 series 15」日本劇団協議会 2004 p169

月天子（宮沢賢治）
◇「近代童話（メルヘン）と賢治」おうふう 2014 p111

カット・アウト（法月綸太郎）
◇「どたん場で大逆転」講談社 1999（講談社文庫）p137

活動写真（北杜夫）
◇「映画狂時代」新潮社 2014（新潮文庫）p99

かつ丼（島崎一裕）
◇「ショートショートの広場 15」講談社 2004（講談社文庫）p73

河童（芥川龍之介）
◇「ちくま日本文学 2」筑摩書房 2007（ちくま文庫）p308
◇「河童のお弟子」筑摩書房 2014（ちくま文庫）p138, 143

河童（柳田國男）
◇「超短編アンソロジー」筑摩書房 2002（ちくま文庫）p157

かつは

河童火事（新田次郎）
　◇「大江戸犯科帖―時代推理小説名作選」双葉社
　　2003 （双葉文庫）p269
カッパ カッパ へのカッパ（海谷修子）
　◇「小学校たのしい劇の本―英語劇付 高学年」国土
　　社 2007 p100
かっぱぎ権左（浅田次郎）
　◇「ふりむけば闇―時代小説招待席」廣済堂出版
　　2003 p47
　◇「ふりむけば闇―時代小説招待席」徳間書店 2007
　　（徳間文庫）p47
河童小僧（寿々木多呂九平）
　◇「怪奇・伝奇時代小説選集 10」春陽堂書店 2000
　　（春陽文庫）p220
河童駒引―『山島民譚集』より（柳田國男）
　◇「河童のお弟子」筑摩書房 2014 （ちくま文庫）
　　p215
河童将軍（村上元三）
　◇「モノノケ大合戦」小学館 2005 （小学館文庫）
　　p73
河童相撲―狂言ふうの小劇（椎崎篤）
　◇「小学校たのしい劇の本―英語劇付 中学年」国土
　　社 2007 p190
かっぱタクシー（明野照葉）
　◇「紫迷宮―ミステリー・アンソロジー」祥伝社
　　2002 （祥伝社文庫）p85
河童玉（川上弘美）
　◇「小川洋子の陶酔短篇箱」河出書房新社 2014 p7
河童使い（折口信夫）
　◇「文豪怪談傑作選 折口信夫集」筑摩書房 2009
　　（ちくま文庫）p220
河童と蛙（草野心平）
　◇「新装版 全集現代文学の発見 13」學藝書林 2004
　　p141
河童と見た空（前川亜希子）
　◇「ゆきのまち幻想文学賞小品集 18」企画集団ぷり
　　ずむ 2009 p7
河童の馬曳き（折口信夫）
　◇「文豪怪談傑作選 折口信夫集」筑摩書房 2009
　　（ちくま文庫）p226
河童の女（折口信夫）
　◇「文豪怪談傑作選 折口信夫集」筑摩書房 2009
　　（ちくま文庫）p215
河童及河伯（芥川龍之介）
　◇「文豪怪談傑作選 芥川龍之介集」筑摩書房 2010
　　（ちくま文庫）p363
河童及河伯―「椒図志異」より（芥川龍之介）
　◇「河童のお弟子」筑摩書房 2014 （ちくま文庫）
　　p129
河童の正体（折口信夫）
　◇「文豪怪談傑作選 折口信夫集」筑摩書房 2009
　　（ちくま文庫）p241
河童のてんぷら（漆原正貴）
　◇「てのひら怪談―ビーケーワン怪談大賞傑作選 百
　　怪繚乱篇」ポプラ社 2008 p228
河童の夏唄（南津泰三）

　◇「「伊豆文学賞」優秀作品集 第14回」静岡新聞社
　　2011 p157
河童の話（折口信夫）
　◇「文豪怪談傑作選 折口信夫集」筑摩書房 2009
　　（ちくま文庫）p214
川童の話（柳田國男）
　◇「河童のお弟子」筑摩書房 2014 （ちくま文庫）
　　p306
川童の渡り（柳田國男）
　◇「河童のお弟子」筑摩書房 2014 （ちくま文庫）
　　p308
河童白状（潮山長三）
　◇「捕物時代小説選集 2」春陽堂書店 2000 （春陽
　　文庫）p134
川童祭懐古（柳田國男）
　◇「河童のお弟子」筑摩書房 2014 （ちくま文庫）
　　p330
河童武者（村上元三）
　◇「剣が哭く夜に哭く」光風社出版 2000 （光風社文
　　庫）p51
河童役者（村上元三）
　◇「躍る影法師」光風社出版 1997 （光風社文庫）
　　p237
　◇「雪月花・江戸景色」光文社 2013 （光文社文庫）
　　p73
かっふえ・ふらんす（鄭芝溶）
　◇「近代朝鮮文学日本語作品集1908～1945 セレクショ
　　ン 4」緑蔭書房 2008 p138
　◇「近代朝鮮文学日本語作品集1908～1945 セレクショ
　　ン 4」緑蔭書房 2008 p201
闊歩（丁章）
　◇「〈在日〉文学全集 18」勉誠出版 2006 p392
割烹桜（菊池三渓）
　◇「新日本古典文学大系 明治編 1」岩波書店 2004
　　p342
闊歩する在日（丁章）
　◇「〈在日〉文学全集 18」勉誠出版 2006 p377
克美さんがいる（あせごのまん）
　◇「ザ・ベストミステリーズ―推理小説年鑑 2006」
　　講談社 2006 p369
　◇「曲げられた真相」講談社 2009 （講談社文庫）
　　p275
勝本氏を悼む―勝本清一郎追悼（中村光夫）
　◇「創刊一〇〇年三田文学名選」三田文学会 2010
　　p717
桂籠（火坂雅志）
　◇「異色忠臣蔵大傑作集」講談社 1999 p397
　◇「仇討ち」小学館 2006 （小学館文庫）p5
葛城淳一の亡霊（梶尾真治）
　◇「心霊理論」光文社 2007 （光文社文庫）p441
葛城の王者（黒岩重吾）
　◇「七人の役小角」小学館 2007 （小学館文庫）p17
桂小五郎と坂本竜馬（戸部新十郎）
　◇「龍馬と志士たち―時代小説傑作選」コスミック
　　出版 2009 （コスミック・時代文庫）p155
　◇「七人の龍馬―傑作時代小説」PHP研究所 2010

（PHP文庫）p69

家庭（萩原朔太郎）
◇「ちくま日本文学 36」筑摩書房 2009（ちくま文庫）p193

過程（生江健次）
◇「新装版 全集現代文学の発見 3」學藝書林 2003 p175

カティアが歩いた道（須賀敦子）
◇「日本文学全集 25」河出書房新社 2016 p213

カーディガン（佐藤モニカ）
◇「文学 2016」講談社 2016 p126

家庭環境（湯川聖司）
◇「ショートショートの広場 12」講談社 2001（講談社文庫）p205

家庭内重力（岬兄悟）
◇「SFバカ本 天然パラダイス篇」メディアファクトリー 2001 p5
◇「笑壺―SFバカ本ナンセンス集」小学館 2006（小学館文庫）p103

家庭の幸福（太宰治）
◇「戦後占領期短篇小説コレクション 3」藤原書店 2007 p131

カテゴリー（NARUMI）
◇「平成28年熊本地震作品集」くまもと文学・歴史館友の会 2016 p27

カーテン（小泉雅二）
◇「ハンセン病文学全集 6」皓星社 2003 p433

ガーデン（遠藤高子）
◇「フラジャイル・ファクトリー戯曲集 1」晩成書房 2008 p35

火田（張乗演）
◇「近代朝鮮文学日本語作品集1908～1945 セレクション 6」緑蔭書房 2008 p89

歌集 裝飾樂句（カデンツァ）（塚本邦雄）
◇「新装版 全集現代文学の発見 13」學藝書林 2004 p576

ガーデン・ノート（鹿島田真希）
◇「文学 2015」講談社 2015 p52

火田民・土幕民の話（金斗鎔）
◇「近代朝鮮文学日本語作品集1901～1938 評論・随筆篇 2」緑蔭書房 2004 p257

過冬記（林和）
◇「近代朝鮮文学日本語作品集1939～1945 評論・随筆篇 3」緑蔭書房 2002 p71

加藤清正（山之口貘）
◇「新装版 全集現代文学の発見 13」學藝書林 2004 p204

加藤周一氏の文体について（木下順二）
◇「戦後文学エッセイ選 8」影書房 2005 p134

夏島の別業、韻を分かちて山字を得たり（森春濤）
◇「新日本古典文学大系 明治編 2」岩波書店 2004 p112

歌禱の日日（佐藤一祥）
◇「ハンセン病文学全集 8」皓星社 2006 p309

過渡期（王育德）
◇「日本統治期台湾文学集成 5」緑蔭書房 2002 p273

花毒（黒岩重吾）
◇「現代の小説 1998」徳間書店 1998 p239

蛾と笹舟（森荘已池）
◇「消えた受賞作―直木賞編」メディアファクトリー 2004（ダ・ヴィンチ特別編集）p119

門出（安西玄）
◇「全作家短編小説集 6」全作家協会 2007 p27

角の家（日影丈吉）
◇「新編・日本幻想文学集成 1」国書刊行会 2016 p641

ガトフ・フセグダア（岩藤雪夫）
◇「新装版 全集現代文学の発見 1」學藝書林 2002 p399
◇「新・プロレタリア文学精選集 8」ゆまに書房 2004 p1

蚊取湖殺人事件（泡坂妻夫）
◇「事件を追いかけろ―最新ベスト・ミステリー サプライズの花束編」光文社 2004（カッパ・ノベルス）p47
◇「あなたが名探偵」東京創元社 2009（創元推理文庫）p9
◇「事件を追いかけろ サプライズの花束編」光文社 2009（光文社文庫）p51

ガドルフの百合（宮沢賢治）
◇「ことばの織物―昭和短篇珠玉選 2」蒼丘書林 1998 p5

悲悲…（辻堂魁）
◇「大江戸「町」物語 光」宝島社 2014（宝島社文庫）p127

金瓶村小吟＜抄＞（斎藤茂吉）
◇「みちのく怪談名作選 vol.1」荒蝦夷 2010（叢書東北の声）p239

神奈川県の山で（伊藤三巳華）
◇「女たちの怪談百物語」メディアファクトリー 2010（〔幽〕books）p203
◇「女たちの怪談百物語」KADOKAWA 2014（角川ホラー文庫）p207

かなくそ坂（岡村知鶴子）
◇「現代鹿児島小説大系 2」ジャプラン 2014 p6

加奈子（平谷美樹）
◇「あの日から―東日本大震災鎮魂岩手県出身作家短編集」岩手日報社 2015 p251

金沢・滝の白糸（石川真介）
◇「迷宮の旅行者―本格推理展覧会」青樹社 1999（青樹社文庫）p197

金沢八景（中沢けい）
◇「街物語」朝日新聞社 2000 p16

かなしい遠景（萩原朔太郎）
◇「ちくま日本文学 36」筑摩書房 2009（ちくま文庫）p73

かなしい囚人（萩原朔太郎）
◇「ちくま日本文学 36」筑摩書房 2009（ちくま文庫）p153

かなし

悲しいだけ（藤枝静男）
◇「感じて。息づかいを。―恋愛小説アンソロジー」光文社 2005（光文社文庫）p247
◇「妻を失う―離別作品集」講談社 2014（講談社文芸文庫）p165

かなしい食べもの（彩瀬まる）
◇「運命の人はどこですか？」祥伝社 2013（祥伝社文庫）p55

悲しい月夜（萩原朔太郎）
◇「ちくま日本文学 36」筑摩書房 2009（ちくま文庫）p75

悲しき印像畫（鄭芝溶）
◇「近代朝鮮文学日本語作品集1908〜1945 セレクション 4」緑蔭書房 2008 p155

哀しき玩具（黒木謳子）
◇「日本統治期台湾文学集成 18」緑蔭書房 2003 p402

悲しき玩具（石川啄木）
◇「ちくま日本文学 33」筑摩書房 2009（ちくま文庫）p84

悲しき自伝（寺山修司）
◇「ちくま日本文学 6」筑摩書房 2007（ちくま文庫）p433

哀しき父（葛西善蔵）
◇「私小説の生き方」アーツ・アンド・クラフツ 2009 p222
◇「読んでおきたい近代日本小説選」龍書房 2012 p183

哀しき父（上忠司）
◇「日本統治期台湾文学集成 18」緑蔭書房 2003 p272

悲しき天使（大森一樹）
◇「年鑑代表シナリオ集 '06」シナリオ作家協会 2008 p191

かな式まちかど（おおむらしんいち）
◇「原色の想像力―創元SF短編賞アンソロジー」東京創元社 2010（創元SF文庫）p211

哀しみの井戸（根本美作子）
◇「ろうそくの炎がささやく言葉」勁草書房 2011 p58

哀しみのウェイトトレーニー（本谷有希子）
◇「文学 2013」講談社 2013 p54

悲しみの子（七河迦南）
◇「ザ・ベストミステリーズ―推理小説年鑑 2013」講談社 2013 p209
◇「Symphony漆黒の交響曲」講談社 2016（講談社文庫）p139

（かなしみは）（立原道造）
◇「新装版 全集現代文学の発見 14」學藝書林 2005 p440

金槌の話（水上勉）
◇「コレクション戦争と文学 19」集英社 2011 p705

彼方へ（小池真理子）
◇「恋する男たち」朝日新聞社 1999 p45

彼方から（加地尚武）
◇「短篇ベストコレクション―現代の小説 2010」徳間書店 2010（徳間文庫）p169

彼方にて（有栖川有栖）
◇「凶鳥の黒影―中井英夫へ捧げるオマージュ」河出書房新社 2004 p41

カナダの雪原（羽菜しおり）
◇「ゆきのまち幻想文学賞小品集 16」企画集団ぷりずむ 2007 p176

彼方の雪（中山聖子）
◇「ゆきのまち幻想文学賞小品集 17」企画集団ぷりずむ 2008 p75

カナダマ（化野燐）
◇「怪物團」光文社 2009（光文社文庫）p195

奏で手のヌフレツン（西島伝法）
◇「NOVA＋―書き下ろし日本SFコレクション バベル」河出書房新社 2014（河出文庫）p275

加奈の失踪（諸星大二郎）
◇「折り紙衛星の伝説」東京創元社 2015（創元SF文庫）p333

カナブン（喜多喜久）
◇「5分で読める！ ひと駅ストーリー 夏の記憶東口編」宝島社 2013（宝島社文庫）p281

カナブンはいない（狗飼恭子）
◇「恋時雨―恋はときどき泪が出る」メディアファクトリー 2009（〔ダ・ヴィンチブックス〕）p19

金丸家の関ケ原（岩井三四二）
◇「代表作時代小説 平成24年度」光文社 2012 p207

金山平三と大石田（大江権八）
◇「山形県文学全集第2期（随筆・紀行編）4」郷土出版 2005 p388

カナリア（黒岩力也）
◇「優秀新人戯曲集 2004」ブロンズ新社 2003 p53

カナリヤ（野上彌生子）
◇「精選女性随筆集 10」文藝春秋 2012 p190

鉄輪（海月ルイ）
◇「緋迷宮―ミステリー・アンソロジー」祥伝社 2001（祥伝社文庫）p239

鉄輪（郡虎彦）
◇「陰陽師伝奇大全」白泉社 2001 p275
◇「安倍晴明陰陽師伝奇文学集成」勉誠出版 2001 p45

鉄輪（夢枕獏）
◇「安倍晴明陰陽師伝奇文学集成」勉誠出版 2001 p23

花南少丞の秋日雑感の韻に次す（森春濤）
◇「新日本古典文学大系 明治編 2」岩波書店 2004 p67

花南の韻に次す（森春濤）
◇「新日本古典文学大系 明治編 2」岩波書店 2004 p57

蟹（稲葉真弓）
◇「文学 2003」講談社 2003 p220

蟹（岡本綺堂）
◇「怪談―24の恐怖」講談社 2004 p441
◇「文豪たちが書いた怖い名作短編集」彩図社 2014 p131

◇「新編・日本幻想文学集成 4」国書刊行会 2016 p390

蟹（乙川優三郎）
◇「代表作時代小説 平成12年度」光風社出版 2000 p295

蟹（庄野潤三）
◇「戦後短篇小説再発見 4」講談社 2001 （講談社文芸文庫）p35

かにくい（佐藤哲也）
◇「SFバカ本 電撃ボンバー篇」メディアファクトリー 2002 p5
◇「笑止―SFバカ本シュール集」小学館 2007 （小学館文庫）p151

駕に従ひて北征す。時に予は本営の斥候たり。（森春濤）
◇「新日本古典文学大系 明治編 2」岩波書店 2004 p55

カニス・ルプス・ホドピラクス（田戸岡誠）
◇「ゆきのまち幻想文学賞・小品集 15」企画集団ぷりずむ 2006 p66

蟹族妖婚譚（藤澤衞彦）
◇「響き交わす鬼」小学館 2005 （小学館文庫）p237

カニとたわむる（宮本常一）
◇「ちくま日本文学 22」筑摩書房 2008 （ちくま文庫）p280

蟹女房（安部千恵）
◇「松江怪談―新作怪談 松江物語」今井印刷 2015 p96

カニバリズム小論（法月綸太郎）
◇「贈る物語Mystery」光文社 2002 p203
◇「自鷹THEどんでん返し」双葉社 2016 （双葉文庫）p189

カーニバル闘牛大会（又吉栄喜）
◇「現代沖縄文学作品選」講談社 2011 （講談社文芸文庫）p163

蟹満寺（かにまんじ）―『京都のむかし話』（京都のむかし話研究会編）より（谷孝司）
◇「小学校たのしい劇の本―英語劇付 高学年」国土社 2007 p198

蟹まんじゅう（小林秀雄）
◇「たんときれいに召し上がれ―美食文学精選」芸術新聞社 2015 p345

カニューレ（古川睦夫）
◇「ハンセン病文学全集 7」皓星社 2004 p347

金（かね）… → “きん…”をも見よ

鐘が淵（岡本綺堂）
◇「怪奇・伝奇時代小説選集 15」春陽堂書店 2000 （春陽文庫）p2

金子兜太句集（金子兜太）
◇「新装版 全集現代文学の発見 13」學藝書林 2004 p601

金子みすゞの死（崎村裕）
◇「全作家短編小説集 10」のべる出版 2011 p118

(洋) 金の勘定を什ずに来た（三遊亭円朝）

◇「明治の文学 3」筑摩書房 2001 p371

連作 鐘は鳴る（葉歩月, L.S.生）
◇「日本統治期台湾文学集成 19」緑蔭書房 2003 p251

可燃性（佐多椋）
◇「てのひら怪談 癸巳」KADOKAWA 2013 （MF文庫ダ・ヴィンチ）p62

「蚊のゐぬも」の巻（富水・木冠両吟歌仙）（西谷富水）
◇「新日本古典文学大系 明治編 4」岩波書店 2003 p161

狩野永徳の罠（秋満吉彦）
◇「立川文学 3」けやき出版 2013 p11

可能性の作家（作者表記なし）
◇「新装版 全集現代文学の発見 7」學藝書林 2003 p537

可能性の文学（織田作之助）
◇「ちくま日本文学 35」筑摩書房 2009 （ちくま文庫）p425

かのオルフェウスもいうように（多田智満子）
◇「両性具有」国書刊行会 1998 （書物の王国）p12

「カーの欠陥本」（中井英夫）
◇「古典ミステリー倶楽部―傑作推理小説集 2」光文社 2014 （光文社文庫）p281

かの子の栞―岡本かの子追悼（岡本一平）
◇「創刊一〇〇号三田文学名作選」三田文学会 2010 p700

かの子変相（円地文子）
◇「芸術家」国書刊行会 1998 （書物の王国）p215
◇「新編・日本幻想文学集成 3」国書刊行会 2016 p511

カノジョ（角田光代）
◇「文学 2003」講談社 2003 p17

彼女がペイシェンスを殺すはずがない（大山誠一郎）
◇「本格ミステリ 2003」講談社 2003 （講談社ノベルス）p25
◇「論理学園事件帳―本格短編ベスト・セレクション」講談社 2007 （講談社文庫）p29

彼女からの手紙（常盤新平）
◇「別れの予感」リブリオ出版 2001 （ラブミーワールド）p146
◇「恋愛小説・名作集成 8」リブリオ出版 2004 p146

彼女との、最初の一年（山内マリコ）
◇「吾輩は猫である」新潮社 2016 （新潮文庫）p183

彼女と私（麻生ななお）
◇「ショートショートの花束 1」講談社 2009 （講談社文庫）p168

彼女に流れる静かな時間（新津きよみ）
◇「緋迷宮―ミステリー・アンソロジー」祥伝社 2001 （祥伝社文庫）p141

彼女によろしく（森澄枝）
◇「中学校たのしい劇脚本集―英語劇付 I」国土社 2010 p103

かのし

カノジョの飴（生田紗代）
◇「忘れない。―贈りものをめぐる十の話」メディ
アファクトリー 2007 p73

彼女のいたカフェ（誉田哲也）
◇「大崎梢リクエスト！ 本屋さんのアンソロジー」
光文社 2013 p171
◇「大崎梢リクエスト！ 本屋さんのアンソロジー」
光文社 2014 （光文社文庫） p179

彼女の音（カワナカミチカズ）
◇「てのひら怪談―ビーケーワン怪談大賞傑作選 辛
卯」ポプラ社 2011 （ポプラ文庫） p54

彼女のお姉さん（推定モスマン）
◇「リトル・リトル・クトゥルー―史上最小の神話
小説集」学習研究社 2009 p48

彼女の重み（三田誠広）
◇「極上掌篇小説」角川書店 2006 p271
◇「ひと粒の宇宙」角川書店 2009 （角川文庫）
p267

彼女の海岸線（大塚英志）
◇「少女の空間」徳間書店 2001 （徳間デュアル文
庫） p153

彼女の彼の特別な日（森絵都）
◇「秘密。―私と私のあいだの十二話」メディア
ファクトリー 2005 p27

彼女の痕跡展（三崎亜記）
◇「逃げゆく物語の話―ゼロ年代日本SFベスト集成
F」東京創元社 2010 （創元SF文庫） p35

彼女の翼（霧兎畝弥）
◇「ショートショートの広場 12」講談社 2001 （講
談社文庫） p14

彼女の躓き（唯川恵）
◇「Friends」祥伝社 2003 p239

彼女の伝言（野坂律子）
◇「最後の一日 6月30日―さよならが胸に染みる10
の物語」泰文堂 2013 （リンダブックス） p248

彼女の日記（凡夫生）
◇「幻の探偵雑誌」光文社 2001 （光文社文庫）
p317

彼女の一言（新津きよみ）
◇「蒼迷宮―ミステリー・アンソロジー」祥伝社
2002 （祥伝社文庫） p53

彼女の付帯状況（古賀牧彦）
◇「ショートショートの広場 10」講談社 2000 （講
談社文庫） p139

彼女の憂鬱（家田満理）
◇「ショートショートの広場 17」講談社 2005 （講
談社文庫） p202

彼女のユニコーン、彼女の猫―西の善き魔女
番外篇（荻原規子）
◇「C・N 25―C・novels創刊25周年アンソロジー」
中央公論新社 2007 （C novels） p540

かのやうに（森鷗外）
◇「明治の文学 14」筑摩書房 2000 p261

かのように（森鷗外）
◇「ちくま日本文学 17」筑摩書房 2008 （ちくま文
庫） p105

河馬（中島敦）
◇「ちくま日本文学 12」筑摩書房 2008 （ちくま文
庫） p435

河伯令嬢（泉鏡花）
◇「河童のお弟子」筑摩書房 2014 （ちくま文庫）
p64

河馬に嚙まれる（大江健三郎）
◇「川端康成文学賞全作品 1」新潮社 1999 p243

屍船（倉阪鬼一郎）
◇「トロピカル」廣済堂出版 1999 （廣済堂文庫）
p69

河馬の歌（中島敦）
◇「ちくま日本文学 12」筑摩書房 2008 （ちくま文
庫） p435

蒲焼日和（藤澤ナツメ）
◇「ひらく―第15回フェリシモ文学賞」フェリシモ
2012 p84

ラヂオ・ドラマ 樺山資紀（岩石まさ男）
◇「日本統治期台湾文学集成 14」緑蔭書房 2003
p71

椛山訪雪図（泡坂妻夫）
◇「鍵」文藝春秋 2004 （推理作家になりたくて マ
イベストミステリー） p191
◇「マイ・ベスト・ミステリー 5」文藝春秋 2007
（文春文庫） p281

カバは忘れない―ロンドン動物園殺人事件
（オリジナル版）（山口雅也）
◇「シャーロック・ホームズの災難―日本版」論創
社 2007 p283

鞄の中（宮木あや子）
◇「短篇ベストコレクション―現代の小説 2016」徳
間書店 2016 （徳間文庫） p495

カビ（佐伯一麦）
◇「胞子文学名作選」港の人 2013 p248

黴（栗本薫）
◇「胞子文学名作選」港の人 2013 p193

黴（崔南竜）
◇「ハンセン病文学全集 4」皓星社 2003 p255

画美人（石川鴻斎）
◇「新日本古典文学大系 明治編 3」岩波書店 2005
p279

画美人（澁澤龍彦）
◇「新編・日本幻想文学集成 2」国書刊行会 2016
p55

荷風先生を悼む―永井荷風追悼（梅田晴夫）
◇「創刊一〇〇年三田文学名作選」三田文学会 2010
p712

カフェオレの湯気の向こうに（高森美由紀）
◇「ゆきのまち幻想文学賞小品集 21」企画集団ぷり
ずむ 2012 p35

カフェ「水族館」（速瀬れい）
◇「時間怪談」廣済堂出版 1999 （廣済堂文庫）
p181

カフェスルス（大島真寿美）
◇「明日町こんぺいとう商店街―招きうさぎと七軒
の物語」ポプラ社 2013 （ポプラ文庫） p9

カフェスルス―1年後（大島真寿美）
◇「明日町こんぺいとう商店街―招きうさぎと七軒の物語 3」ポプラ社 2016（ポプラ文庫）p9
歌舞伎（我妻俊樹）
◇「てのひら怪談―ビーケーワン怪談大賞傑作選」ポプラ社 2007 p14
◇「てのひら怪談―ビーケーワン怪談大賞傑作選」ポプラ社 2008（ポプラ文庫）p10
歌舞伎座（正岡子規）
◇「新日本古典文学大系 明治編 27」岩波書店 2003 p219
かぶき大阿闍梨（竹田真砂子）
◇「人情の往来―時代小説最前線」新潮社 1997（新潮文庫）p111
◇「逆転―時代アンソロジー」祥伝社 2000（祥伝社文庫）p257
歌舞伎町点景（天道正勝）
◇「扉の向こうへ」全作家協会 2014（全作家短編集）p163
過不及（正岡子規）
◇「新日本古典文学大系 明治編 27」岩波書店 2003 p30
禍福（小島水青）
◇「男たちの怪談百物語」メディアファクトリー 2012（〔幽BOOKS〕）p24
カプグラ（倉狩聡）
◇「5分で読める！ 怖いはなし」宝島社 2014（宝島社文庫）p151
株式男（高山直也）
◇「世にも奇妙な物語―小説の特別編 再生」角川書店 2001（角川ホラー文庫）p85
カヴス・カヴス（浅暮三文）
◇「マスカレード」光文社 2002（光文社文庫）p323
兜（岡本綺堂）
◇「怪奇・伝奇時代小説選集 15」春陽堂書店 2000（春陽文庫）p21
◇「新編・日本幻想文学集成 4」国書刊行会 2016 p457
甲虫の遁走曲（フーガ）（阿刀田高）
◇「冒険の森へ―傑作小説大全 17」集英社 2015 p89
カーブの向う（安部公房）
◇「新編・日本幻想文学集成 1」国書刊行会 2016 p118
寡婦の夢（其上）（其下）（李人稙）
◇「近代朝鮮文学日本語作品集1901～1938 創作篇 1」緑蔭書房 2004 p9
カーブミラー（宇津圭）
◇「てのひら怪談―ビーケーワン怪談大賞傑作選 庚寅」ポプラ社 2010（ポプラ文庫）p68
ガブラ―海は狂っている（香山滋）
◇「怪獣文学大全」河出書房新社 1998（河出文庫）p204
カプリの牧人（西脇順三郎）
◇「新装版 全集現代文学の発見 13」學藝書林 2004 p48
カプリの夜（トロチェフ, コンスタンチン）
◇「ハンセン病文学全集 7」皓星社 2004 p37
花粉（『笹井夫妻と殺人事件』の内）（横溝正史）
◇「甦る推理雑誌 1」光文社 2002（光文社文庫）p11
歌文集 しろたへの牡丹（神山南星）
◇「ハンセン病文学全集 8」皓星社 2006 p318
歌文集 天の国籍（東條康江）
◇「ハンセン病文学全集 8」皓星社 2006 p527
歌文集 花とテープ（谷川秋夫）
◇「ハンセン病文学全集 8」皓星社 2006 p345
歌文集 牡丹のあと（神山南星）
◇「ハンセン病文学全集 8」皓星社 2006 p331
壁（川口晴美）
◇「リテラリーゴシック・イン・ジャパン―文学的ゴシック作品選」筑摩書房 2014（ちくま文庫）p623
壁（真城昭）
◇「宇宙塵傑作選―日本SFの軌跡 2」出版芸術社 1997 p113
壁（治水尋）
◇「ショートショートの花束 8」講談社 2016（講談社文庫）p117
壁（許南麒）
◇「〈在日〉文学全集 2」勉誠出版 2006 p249
壁（三好豊一郎）
◇「新装版 全集現代文学の発見 13」學藝書林 2004 p264
貨幣（太宰治）
◇「闇市」皓星社 2015（紙礫）p12
壁に、顔が（加門七海）
◇「文藝百物語」ぶんか社 1997 p166
壁抜け男（松田文鳥）
◇「ショートショートの広場 20」講談社 2008（講談社文庫）p223
壁の穴（石持浅海）
◇「ミステリーズ！ extra―《ミステリ・フロンティア》特集」東京創元社 2004 p68
壁の絵（野呂邦暢）
◇「コレクション戦争と文学 1」集英社 2012 p517
壁の男（日影丈吉）
◇「新編・日本幻想文学集成 1」国書刊行会 2016 p676
壁の顔をなぞる（篠田節子）
◇「文藝百物語」ぶんか社 1997 p170
壁の手（加上鈴子）
◇「てのひら怪談―ビーケーワン怪談大賞傑作選 2」ポプラ社 2007 p158
壁の中の男（渡辺啓助）
◇「怪奇探偵小説集 2」角川春樹事務所 1998（ハルキ文庫）p199
◇「怪談―24の恐怖」講談社 2004 p409
壁の中の女（狩久）
◇「怪奇探偵小説集 3」角川春樹事務所 1998（ハルキ文庫）p237

かへの

壁の中の新居（宮内洋子）
◇「現代鹿児島小説大系 4」ジャプラン 2014 p205
壁の狭間で（野川紀夫）
◇「時代の波音―民主文学短編小説集1995年〜2004年」日本民主主義文学会 2005 p308
壁の見たもの（獏野行進）
◇「本格推理 12」光文社 1998 （光文社文庫）p241
壁の耳（杉浦明平）
◇「戦後短篇小説選―『世界』1946–1999 4」岩波書店 2000 p73
壁の眼の怪（江見水蔭）
◇「怪奇・伝奇時代小説選集 4」春陽堂書店 2000 （春陽文庫）p164
壁、乗り越えて（かんべむさし）
◇「屍者の行進」廣済堂出版 1998 （廣済堂文庫）p211
ガーベラの精（森真沙子）
◇「文藝百物語」ぶんか社 1997 p77
カーベラの花に寄せて（李春人）
◇「近代朝鮮文学日本語作品集1939〜1945 創作篇 6」緑蔭書房 2001 p46
カペレン海峡の絵馬（古川薫）
◇「歴史の息吹」新潮社 1997 p167
かべは知っていた（三田村信行）
◇「響き交わす鬼」小学館 2005 （小学館文庫）p311
花瓣の椿（安達瑤）
◇「リモコン変化」廣済堂出版 2000 （廣済堂文庫）p125
お伽朝鮮童話 果報せむし（金素雲）
◇「近代朝鮮文学日本語作品集1908〜1945 セレクション 6」緑蔭書房 2008 p121
夏芒の庭（澤田瞳子）
◇「代表作時代小説 平成24年度」光文社 2012 p233
果報は海から（又吉栄喜）
◇「文学 1998」講談社 1998 p41
南瓜（宍戸レイ）
◇「女たちの怪談百物語」メディアファクトリー 2010 （〔繭books〕）p303
◇「女たちの怪談百物語」KADOKAWA 2014 （角川ホラー文庫）p310
カボチャと山鳩（船越義彰）
◇「コレクション戦争と文学 13」集英社 2011 p258
南瓜の種子（白石）
◇「近代朝鮮文学日本語作品集1939〜1945 創作篇 6」緑蔭書房 2001 p214
カマイタチ（井上雅彦）
◇「文藝百物語」ぶんか社 1997 p31
鎌いたち（小松重男）
◇「花ごよみ夢一夜」光風社出版 2001 （光風社文庫）p95
鎌いたち（久生十蘭）
◇「殺意の海―釣りミステリー傑作選」徳間書店 2003 （徳間文庫）p143
かまいたちはみた（野襤かな）

◇「てのひら怪談―ビーケーワン怪談大賞傑作選 2」ポプラ社 2007 p192
カマガサキ二〇一三年（小松左京）
◇「たそがれゆく未来」筑摩書房 2016 （ちくま文庫）p83
釜ヶ崎発陸前高田行き（天道正勝）
◇「全作家短編小説集 11」全作家協会 2012 p67
カマキラー（葦原崇貴）
◇「てのひら怪談―ビーケーワン怪談大賞傑作選 辛卯」ポプラ社 2011 （ポプラ文庫）p140
鎌倉（三木卓）
◇「街物語」朝日新聞社 2000 p31
鎌倉行（正岡子規）
◇「新日本古典文学大系 明治編 27」岩波書店 2003 p58
鎌倉震災日記（久米正雄）
◇「天変動く大震災と作家たち」インパクト出版会 2011 （インパクト選書）p93
鎌倉夫人（国木田独歩）
◇「明治の文学 22」筑摩書房 2001 p138
風土記 「叺」（朴勝極）
◇「近代朝鮮文学日本語作品集1939〜1945 評論・随筆篇 3」緑蔭書房 2002 p279
咬ませ犬（戸川幸夫）
◇「冒険の森へ―傑作小説大全 7」集英社 2016 p74
蒲田太平記（江角英明）
◇「地場演劇ことはじめ―記録・区民とつくる地場演劇の会」オフィス未来 2003 p81
蒲田の梅園、花に対して旧を話す（成島柳北）
◇「新日本古典文学大系 明治編 2」岩波書店 2004 p242
かまちくん、わたしはゆうきがでました≫山田かまち（いけがみさこ）
◇「日本人の手紙 9」リブリオ出版 2004 p93
竈さらえ（見延典子）
◇「浮き世草紙―女流時代小説傑作選」角川春樹事務所 2002 （ハルキ文庫）p205
竈の中の顔（田中貢太郎）
◇「恐ろしい話」筑摩書房 2011 （ちくま文学の森）p161
かまどの火（山田正紀）
◇「日本SF全集 2」出版芸術社 2010 p37
蝦蟇の恋―江戸役職白書・養育目付（岳宏一郎）
◇「代表作時代小説 平成16年度」光風社出版 2004 p385
蟇の血（田中貢太郎）
◇「日本怪奇小説傑作集 1」東京創元社 2005 （創元推理文庫）p233
ガマの中で（宮城淳）
◇「中学生のドラマ 3」晩成書房 1996 p123
嘉間良（かまーら）心中（吉田スエ子）
◇「コレクション戦争と文学 20」集英社 2012 p371
嘉間良心中（吉田スエ子）
◇「沖縄文学選―日本文学のエッジからの問い」勉誠出版 2003 p193

◇「街娼―パンパン&オンリー」皓星社 2015（紙礫）p145

咬まれる（塔和子）
◇「ハンセン病文学全集 7」皓星社 2004 p184

がまんくらべ（有吉玉青）
◇「めぐり逢い―恋愛小説アンソロジー」角川春樹事務所 2005（ハルキ文庫）p175

紙（樫木東林）
◇「てのひら怪談―ビーケーワン怪談大賞傑作選 辛卯」ポプラ社 2011（ポプラ文庫）p146

紙（加藤博文）
◇「ショートショートの広場 18」講談社 2006（講談社文庫）p203

髪（李正子）
◇「〈在日〉文学全集 17」勉誠出版 2006 p265

髪（伊藤人誉）
◇「黒髪に恨みは深く―髪の毛ホラー傑作選」角川書店 2006（角川ホラー文庫）p25

髪（風巻紘一）
◇「剣光闇を裂く」光風社出版 1997（光風社文庫）p131

髪（幸田文）
◇「ちくま日本文学 5」筑摩書房 2007（ちくま文庫）p51

上泉伊勢守（池波正太郎）
◇「日本剣客伝 戦国篇」朝日新聞出版 2012（朝日文庫）p119

上泉伊勢守秀綱（桑田忠親）
◇「人物日本剣豪伝 1」学陽書房 2001（人物文庫）p35

神います（川端康成）
◇「温泉小説」アーツアンドクラフツ 2006 p39

上小川村（草野心平）
◇「福島の文学―11人の作家」講談社 2014（講談社文芸文庫）p8

髪を蓄へて拙堂翁に呈す（森春濤）
◇「新日本古典文学大系 明治編 2」岩波書店 2004 p34

神を見る人（林不木）
◇「てのひら怪談―ビーケーワン怪談大賞傑作選」ポプラ社 2007 p208
◇「てのひら怪談―ビーケーワン怪談大賞傑作選」ポプラ社 2008（ポプラ文庫）p220

紙が語りかけます。ええか、ええのんか（遊馬足掻）
◇「5分で読める！ ひと駅ストーリー 本の物語」宝島社 2014（宝島社文庫）p169

かみがかり（前川由衣）
◇「ゆきのまち幻想文学賞小品集 22」企画集団ぷりずむ 2013 p121

神かくし（勝山海百合）
◇「女たちの怪談百物語」メディアファクトリー 2010（〔幽〕books）p133
◇「女たちの怪談百物語」KADOKAWA 2014（角川ホラー文庫）p138

神かくし（出久根達郎）

◇「北村薫のミステリー館」新潮社 2005（新潮文庫）p291
◇「古書ミステリー倶楽部―傑作推理小説集」光文社 2013（光文社文庫）p197

神かくし（南木佳士）
◇「きのこ文学名作選」港の人 2010 p308

神隠し（相戸結衣）
◇「5分で読める！ ひと駅ストーリー 冬の記憶西口編」宝島社 2013（宝島社文庫）p161

神隠し（安堂虎夫）
◇「はじめての小説（ミステリー）―内田康夫＆東京・北区が選んだ珠玉のミステリー 2」実業之日本社 2013 p159

神隠し（柳田國男）
◇「文豪怪談傑作選 柳田國男集」筑摩書房 2007（ちくま文庫）p326

神隠し谷の惨劇―サイレント・コア番外篇（大石英司）
◇「C・N 25―C・novels創刊25周年アンソロジー」中央公論新社 2007（C novels）p330

神隠しに遭いやすき気質あるかと思う事（柳田國男）
◇「ちくま日本文学 15」筑摩書房 2008（ちくま文庫）p151

神隠しに奇異なる約束ありし事（柳田國男）
◇「ちくま日本文学 15」筑摩書房 2008（ちくま文庫）p185

神隠しの国（柳田國男）
◇「文豪怪談傑作選 柳田國男集」筑摩書房 2007（ちくま文庫）p13

神隠しの町（井上博）
◇「はじめての小説（ミステリー）―内田康夫＆東京・北区が選んだ珠玉のミステリー 2」実業之日本社 2013 p305

神風の殉愛（森村誠一）
◇「謎―スペシャル・ブレンド・ミステリー 008」講談社 2013（講談社文庫）p55

神々に捧ぐる詩（尾崎翠）
◇「ちくま日本文学 4」筑摩書房 2007（ちくま文庫）p441

小説 神々の宴（金史良）
◇「近代朝鮮文学日本語作品集1939〜1945 創作篇 4」緑蔭書房 2001 p111

神々の大罪（門前典之）
◇「ミステリ★オールスターズ」角川書店 2010 p349
◇「ミステリ・オールスターズ」角川書店 2012（角川文庫）p403

神々の黄昏（堀田正美）
◇「新装版 全集現代文学の発見 13」學藝書林 2004 p517

神々のビリヤード（高井信）
◇「アステロイド・ツリーの彼方へ」東京創元社 2016（創元SF文庫）p235

神々の歩法（宮澤伊織）
◇「折り紙衛星の伝説」東京創元社 2015（創元SF文庫）p497

かみき

天牛（かみきり）（香山滋）
- ◇「甦る推理雑誌 2」光文社 2002（光文社文庫）p121

髪切り異聞―江戸残剣伝（東郷隆）
- ◇「代表作時代小説 平成15年度」光風社出版 2003 p185

かみぐとう（神事）（高良勉）
- ◇「ことばのたくらみ―実作集」岩波書店 2003（21世紀文学の創造）p105

神河内（北杜夫）
- ◇「戦後短篇小説再発見 1」講談社 2001（講談社文芸文庫）p214

紙衣の天狗（村上元三）
- ◇「剣鬼無明斬り」光風社出版 1997（光風社文庫）p235

神様（川上弘美）
- ◇「日本文学全集 28」河出書房新社 2017 p451

神様（武田若千）
- ◇「超短編の世界」創英社 2008 p164

神様（原田裕文）
- ◇「テレビドラマ代表作選集 2003年版」日本脚本家連盟 2003 p285

神様を待つ（葉原あきよ）
- ◇「忘れがたい者たち―ライトノベル・ジュブナイル選集」創英社 2007 p91

神様を待っている（池田晴海）
- ◇「うちへ帰ろう―家族を想うあなたに贈る短篇小説集」泰文堂 2013（リンダブックス）p201

神様がいるところ（@ykdawn）
- ◇「3.11心に残る140字の物語」学研パブリッシング 2011 p10

神様捜索隊（大崎善生）
- ◇「極上掌篇小説」角川書店 2006 p49
- ◇「ひと粒の宇宙」角川書店 2009（角川文庫）p51

神様助けて（笹山量子）
- ◇「GOD」廣済堂出版 1999（廣済堂文庫）p41

神様たちのいるところ（飛鳥井千砂）
- ◇「運命の人はどこですか？」祥伝社 2013（祥伝社文庫）p5

神さまと姫さま（太朗想史郎）
- ◇「10分間ミステリー」宝島社 2012（宝島社文庫）p243
- ◇「10分間ミステリー THE BEST」宝島社 2016（宝島社文庫）p377

神さまに会いにいく（角田光代）
- ◇「文学 2015」講談社 2015 p122

神様に一番近い場所（吉井恵璃子）
- ◇「神様に一番近い場所―漱石来熊百年記念「草枕文学賞」作品集」文藝春秋企画センター 1998 p17

神様 2011（川上弘美）
- ◇「それでも三月は、また」講談社 2012 p53
- ◇「拡張幻想」東京創元社 2012（創元SF文庫）p119
- ◇「日本文学全集 28」河出書房新社 2017 p458

神さまの赤い糸（沢村貞子）

神さまの娘（桜木紫乃）
- ◇「短編工場」集英社 2012（集英社文庫）p7

神さまわたしを（志樹逸馬）
- ◇「ハンセン病文学全集 7」皓星社 2004 p327

紙漉（諸田玲子）
- ◇「江戸めぐり雨」学研パブリッシング 2014（学研M文庫）p149

「髪梳き」の場―『東海道四谷怪談』より（鶴屋南北）
- ◇「黒髪に恨みは深く―髪の毛ホラー傑作選」角川書店 2006（角川ホラー文庫）p97

髪梳き幽霊（沢田瑞穂）
- ◇「黒髪に恨みは深く―髪の毛ホラー傑作選」角川書店 2006（角川ホラー文庫）p117

剃刀（北川冬彦）
- ◇「新装版 全集現代文学の発見 13」學藝書林 2004 p30

剃刀（志賀直哉）
- ◇「血」三天書房 2000（傑作短篇シリーズ）p255
- ◇「恐怖特急」光文社 2002（光文社文庫）p279
- ◇「文士の意地―車谷長吉撰短篇小説輯 上巻」作品社 2005 p71
- ◇「十夜」ランダムハウス講談社 2006 p23
- ◇「ちくま日本文学 21」筑摩書房 2008（ちくま文庫）p194
- ◇「恐ろしい話」筑摩書房 2011（ちくま文学の森）p237

精選女性随筆集 12」文藝春秋 2012 p208

カミサマのいた公園（神森繁）
- ◇「てのひら怪談―ビーケーワン怪談大賞傑作選」ポプラ社 2007 p144
- ◇「てのひら怪談―ビーケーワン怪談大賞傑作選」ポプラ社 2008（ポプラ文庫）p148

神様のいる場所（建石明子）
- ◇「ゆきのまち幻想文学賞・小品集 14」企画集団ぷりずむ 2005 p88

神様の思惑（黒田研二）
- ◇「ミステリ愛。免許皆伝！」講談社 2010（講談社ノベルス）p147

神様のかくれんぼ（大坂繁治）
- ◇「ゆきのまち幻想文学賞・小品集 14」企画集団ぷりずむ 2005 p136

神様のくれたタイムアウト（風野涼一）
- ◇「Sports stories」埼玉県さいたま市 2010（さいたま市スポーツ文学賞受賞作品集）p3

神様の招待（森猿彦）
- ◇「幻想小説大全」北宋社 2002 p593

神さまのタクシー（角田光代）
- ◇「Teen Age」双葉社 2004 p7

神様の作り方（坂木司）
- ◇「物語のルミナリエ」光文社 2011（光文社文庫）p362

神さまの庭（角田光代）
- ◇「チーズと塩と豆と」ホーム社 2010 p6
- ◇「チーズと塩と豆と」集英社 2013（集英社文庫）p7

カミソリを踏む（朱雀門出）
　◇「てのひら怪談——ビーケーワン怪談大賞傑作選 2」ポプラ社 2007 p74

カミソリ狐（大門剛明）
　◇「驚愕遊園地」光文社 2013（最新ベスト・ミステリー）p163
　◇「驚愕遊園地」光文社 2016（光文社文庫）p259

「剃刀日記」より『序』『蝶』『炭』『薔薇』『指輪』（石川桂郎）
　◇「名短篇ほりだしもの」筑摩書房 2011（ちくま文庫）p103

紙凧（久生十蘭）
　◇「江戸宵闇しぐれ」学習研究社 2005（学研M文庫）p133

神棚の顔（加門七海）
　◇「文藝百物語」ぶんか 1997 p245

カミダーリ（田口ランディ）
　◇「本をめぐる物語——栞は夢をみる」KADOKAWA 2014（角川文庫）p209

噛み付き女——月三日夕刻、福岡県春日市に恐怖の噛み付き女、現る！（友成純一）
　◇「NOVA——書き下ろし日本SFコレクション 8」河出書房新社 2012（河出文庫）p149

神と人とのあいだ 第1部 審判（木下順二）
　◇「コレクション戦争と文学 10」集英社 2012 p431

神と増田喜十郎（絲山秋子）
　◇「日本文学100年の名作 10」新潮社 2015（新潮文庫）p591

神ながらの昔を憶ふ（崔南善）
　◇「近代朝鮮文学日本語作品集1901〜1938 評論・随筆篇 1」緑蔭書房 2004 p327

雷（金鍾漢）
　◇「近代朝鮮文学日本語作品集1939〜1945 創作篇 6」緑蔭書房 2001 p132

雷大吉（安部龍太郎）
　◇「代表作時代小説 平成13年度」光風社出版 2001 p47

雷のお届けもの（仁木英之）
　◇「Fantasy Seller」新潮社 2011（新潮文庫）p73

神になりそこねた男（紗原幻一郎）
　◇「妖異百物語 2」出版芸術社 1997（ふしぎ文学館）p49

神の井（村木直）
　◇「新鋭劇作集 series.18」日本劇団協議会 2006 p121

神のおとずれ（折口信夫）
　◇「ちくま日本文学 25」筑摩書房 2008（ちくま文庫）p418

神の影（五條瑛）
　◇「翠迷宮——ミステリー・アンソロジー」祥伝社 2003（祥伝社文庫）p69

髪の毛（白石）
　◇「近代朝鮮文学日本語作品集1939〜1945 創作篇 6」緑蔭書房 2001 p186

髪の毛は真っ黒（香山末子）
　◇「ハンセン病文学全集 7」皓星社 2004 p473

神の言葉（乙一）
　◇「ザ・ベストミステリーズ——推理小説年鑑 2002」講談社 2002 p493
　◇「トリック・ミュージアム」講談社 2005（講談社文庫）p161

神の子どもたち（近藤たまえ）
　◇「小学校・全員参加の楽しい学級劇・学年劇脚本集 高学年」黎明書房 2007 p46

神の裁判（柳川春葉）
　◇「天変動く大震災と作家たち」インパクト出版会 2011（インパクト選書）p46

神の正体（笹沢左保）
　◇「現代の小説 1997」徳間書店 1997 p17

紙の城（星新一）
　◇「躍る影法師」光風社出版 1997（光風社文庫）p215

紙の罪（佐野洋）
　◇「俳句殺人事件—巻頭句の女」光文社 2001（光文社文庫）p209

紙の鶴（太宰治）
　◇「ちくま日本文学 8」筑摩書房 2008（ちくま文庫）p67

神の手（響堂新）
　◇「21世紀本格——書下ろしアンソロジー」光文社 2001（カッパ・ノベルス）p15

神の道化師（椎名麟三）
　◇「新装版 全集現代文学の発見 5」學藝書林 2003 p200

神の左手（小栗四海）
　◇「てのひら怪談——ビーケーワン怪談大賞傑作選 百怪繚乱篇」ポプラ社 2008 p88

神の兵士（鮎川信夫）
　◇「新装版 全集現代文学の発見 13」學藝書林 2004 p256

神の法廷において正義の判決が下されよう（近衛文麿）
　◇「日本人の手紙 8」リブリオ出版 2004 p169

神の右手（藤崎慎吾）
　◇「進化論」光文社 2006（光文社文庫）p15

髪の短くなった死体（青崎有吾）
　◇「ベスト本格ミステリ 2015」講談社 2015（講談社ノベルス）p381

『カミのミステリー』入門編（愛川晶）
　◇「甦る推理雑誌」光文社 2003（光文社文庫）p383

神の御名は黙して唱えよ（仁木稔）
　◇「NOVA＋——書き下ろし日本SFコレクション 2」河出書房新社 2015（河出文庫）p123

神の眼（石川欣司）
　◇「ハンセン病文学全集 6」皓星社 2003 p341

神の目（今邑彩）

かみの

◇「名探偵の饗宴」朝日新聞社 1998 p225
◇「名探偵の饗宴」朝日新聞出版 2015（朝日文庫）p259

紙の妖精と百円の願いごと（水城嶺子）
◇「自選ショート・ミステリー」講談社 2001（講談社文庫）p71

神の嫁（折口信夫）
◇「文士の意地—車谷長吉撰短篇小説輯 上巻」作品社 2005 p90
◇「文豪怪談傑作選 折口信夫集」筑摩書房 2009（ちくま文庫）p38

神の落胆（大原久通）
◇「ショートショートの花束 4」講談社 2012（講談社文庫）p228

髪の環（田久保英夫）
◇「現代小説クロニクル 1975〜1979」講談社 2014（講談社文芸文庫）p104

紙ヒコーキ（島内真知子）
◇「全作家短編小説集 8」全作家協会 2009 p227

紙一重（深山亮）
◇「ベスト本格ミステリ 2014」講談社 2014（講談社ノベルス）p307

かみ☆ふぁみ！—彼女の家族が「お前なんぞにうちの子はやらん」と頑なな件 お父さんがね、あなたは「生涯童貞のまま惨たらしく死ぬ」だって（伴名練）
◇「NOVA—書き下ろし日本SFコレクション 10」河出書房新社 2013（河出文庫）p219

紙袋の男（石津加保留）
◇「超短編の世界 vol.3」創英社 2011 p158

紙吹雪の中を（遠august湊）
◇「幻想水滸伝短編集 1」メディアワークス 2000（電撃文庫）p107

神谷玄次郎捕物控—春の闇（藤沢周平）
◇「捕物小説名作選 2」集英社 2006（集英社文庫）p153

かみやしろのもり（加門七海）
◇「変身」廣済堂出版 1998（廣済堂文庫）p275

紙屋の良介（西国葡）
◇「神様に一番近い場所—漱石来熊百年記念「草枕文学賞」作品集」文藝春秋企画センター 1998 p89

神やぶれたまふ（折口信夫）
◇「日本文学全集 14」河出書房新社 2015 p332

髪結いの亭主（岡村知鶴子）
◇「現代鹿児島小説大系 2」ジャプラン 2014 p46

カミュ『誤解』を読んで—一九五一年に（木下順二）
◇「戦後文学エッセイ選 8」影書房 2005 p9

神は存在するのか（桜井忠房）
◇「ショートショートの広場 14」講談社 2003（講談社文庫）p139

カムイエクウチカウシ山残照（太田実）
◇「Sports stories」埼玉県さいたま市 2009（さいたま市スポーツ文学賞受賞作品集）p195

カムイコタンの羽衣（今野敏）

◇「御伽草子—ホラー・アンソロジー」PHP研究所 2001（PHP文庫）p9

カムイ伝・穴丑（橋てつと）
◇「全作家短編小説集 11」全作家協会 2012 p78

かむなぎうた（日影丈吉）
◇「迷」文藝春秋 2003（推理作家になりたくて マイベストミステリー）p306
◇「戦後短篇小説再発見 18」講談社 2004（講談社文芸文庫）p9
◇「マイ・ベスト・ミステリー 3」文藝春秋 2007（文春文庫）p459

亀（萩原朔太郎）
◇「ちくま日本文学 36」筑摩書房 2009（ちくま文庫）p61

亀をいじめる（大岡玲）
◇「いじめの時間」朝日新聞社 1997 p33

かめさん（北野勇作）
◇「日本SF短篇50 4」早川書房 2013（ハヤカワ文庫JA）p445

亀さん（広津柳浪）
◇「明治深刻悲惨小説集」講談社 2016（講談社文芸文庫）p201

亀鳴くや（内田百閒）
◇「名短篇ほりだしもの」筑摩書房 2011（ちくま文庫）p163

亀に乗る（佐江衆一）
◇「代表作時代小説 平成13年度」光風社出版 2001 p359

亀の恩返し（家田満理）
◇「ショートショートの広場 19」講談社 2007（講談社文庫）p138

亀甲墓（かめのこうばか）**—実験方言をもつある風土記**（大城立裕）
◇「コレクション戦争と文学 8」集英社 2011 p439

亀腹同盟（松尾由美）
◇「シャーロック・ホームズに再び愛をこめて」光文社 2010（光文社文庫）p89

カメラ（松村佳正）
◇「てのひら怪談—ビーケーワン怪談大賞傑作選 庚寅」ポプラ社 2010（ポプラ文庫）p82

カメラ売りの野良少女（柊サナカ）
◇「『このミステリーがすごい！』大賞作家書き下ろしBOOK vol.13」宝島社 2016 p197

カメラオブスキュラ（松本楽志）
◇「超短編の世界 vol.3」創英社 2011 p170

カメレオン（中島敦）
◇「ちくま日本文学 12」筑摩書房 2008（ちくま文庫）p448

カメレオン（水谷準）
◇「幻の探偵雑誌 8」光文社 2001（光文社文庫）p141

カメレオン、音をだす（金時鐘）
◇「〈在日〉文学全集 5」勉誠出版 2006 p179

カメレオン黄金虫（椿八郎）
◇「外地探偵小説集 満州篇」せらび書房 2003 p167

かめれおん日記（中島敦）
◇「新装版 全集現代文学の発見 14」學藝書林 2005 p22
◇「ちくま日本文学 12」筑摩書房 2008（ちくま文庫）p317

カメロイド文部省（筒井康隆）
◇「日本SF全集 1」出版芸術社 2009 p117

仮面（澁澤龍彦）
◇「ちくま日本文学 18」筑摩書房 2008（ちくま文庫）p223

仮面（砂場）
◇「超短編の世界」創英社 2008 p102

假面譚（江坂遊）
◇「マスカレード」光文社 2002（光文社文庫）p281

仮面と幻夢の躍る街角（芦辺拓）
◇「マスカレード」光文社 2002（光文社文庫）p239

仮面人称（柄刀一）
◇「マスカレード」光文社 2002（光文社文庫）p409

仮面の女（阿刀田高）
◇「したたかな女たち」リブリオ出版 2001（ラブミーワールド）p218
◇「恋愛小説・名作集成 7」リブリオ出版 2004 p218

仮面の下（紺野たくみ）
◇「幻想水滸伝短編集 4」メディアワークス 2002（電撃文庫）p265

仮面の性（戸川昌子）
◇「昭和の短篇小説一人一冊集成 戸川昌子」未知谷 2008 p115

仮面の庭（奥田哲也）
◇「マスカレード」光文社 2002（光文社文庫）p157

仮面の表情（花田清輝）
◇「戦後文学エッセイ選 1」影書房 2005 p43

仮面のロマネスク（柴田侑宏）
◇「宝塚歌劇柴田侑宏脚本選 5」阪急コミュニケーションズ 2006 p87

仮面法廷（和久峻三）
◇「江戸川乱歩賞全集 8」講談社 1999（講談社文庫）p375

カモ（大沢在昌）
◇「賭博師たち」角川書店 1997（角川文庫）p55
◇「牌がささやく―麻雀小説傑作選」徳間書店 2002（徳間文庫）p135

鷲毛（光岡良二）
◇「ハンセン病文学全集 7」皓星社 2004 p201

蒲生氏郷（幸田露伴）
◇「ちくま日本文学 23」筑摩書房 2008（ちくま文庫）p265

蒲生村日記（二ツ川日和）
◇「全作家短編集 15」のべる出版企画 2016 p105

甜瓜（乙川優三郎）

◇「代表作時代小説 平成23年度」光文社 2011 p95

羚羊（金山嘉城）
◇「現代作家代表作選集 5」鼎書房 2013 p45

カモシカ、ラクダ（開高健）
◇「ちくま日本文学 24」筑摩書房 2008（ちくま文庫）p270

貨物列車（小野十三郎）
◇「新装版 全集現代文学の発見 13」學藝書林 2004 p231

かものはし（日日日）
◇「学び舎は血を招く」講談社 2008（講談社ノベルス）p201

かもの群れ（金時鐘）
◇「〈在日〉文学全集 5」勉誠出版 2006 p43

かもめ（橋本治）
◇「銀座24の物語」文藝春秋 2001 p203

かもめ（森真沙子）
◇「緋迷宮―ミステリー・アンソロジー」祥伝社 2001（祥伝社文庫）p83

鷗が歌つた（丸山薫）
◇「新装版 全集現代文学の発見 13」學藝書林 2004 p111

かもめ亭（内海隆一郎）
◇「短篇ベストコレクション―現代の小説 2005」徳間書店 2005（徳間文庫）p369

火薬庫（岡本綺堂）
◇「新編・日本幻想文学集成 4」国書刊行会 2016 p413

伽倻子のために（李恢成）
◇「〈在日〉文学全集 4」勉誠出版 2006 p97

佳也子の屋根に雪ふりつむ（大山誠一郎）
◇「不可能犯罪コレクション」原書房 2009（ミステリー・リーグ）p9
◇「本格ミステリー二〇一〇年本格短編ベスト・セレクション ’10」講談社 2010（講談社ノベルス）p103
◇「凍れる女神の秘密」講談社 2014（講談社文庫）p139

「蚊屋つりて」の巻（梅友・富水・竹外三吟歌仙）（西谷富水）
◇「新日本古典文学大系 明治編 4」岩波書店 2003 p168

蚊帳の外（山本ゆうじ）
◇「てのひら怪談―ビーケーワン怪談大賞傑作選 2」ポプラ社 2007 p98

蚊帳のたるみ（梅本育子）
◇「代表作時代小説 平成14年度」光風社出版 2002 p95

蚊帳のなか（池永陽）
◇「代表作時代小説 平成24年度」光文社 2012 p183

かゆ（許南麒）
◇「〈在日〉文学全集 2」勉誠出版 2006 p116

粥（小林弘明）
◇「ハンセン病文学全集 7」皓星社 2004 p523

通いなれた小さな道（柴田道司）

かよい

◇「山形県文学全集第2期（随筆・紀行編）4」郷土出版
社 2005 p253

通いの軍隊（筒井康隆）
◇「コレクション戦争と文学 5」集英社 2011 p65

花妖記（澁澤龍彥）
◇「恐怖の旅」光文社 2000（光文社文庫）p279

火曜講義（垣花理恵子）
◇「フラジャイル・ファクトリー戯曲集 2」晩成書
房 2008 p37

歌謡と時代（李石薫）
◇「近代朝鮮文学日本語作品集1939〜1945 評論・随筆
篇 3」緑蔭書房 2002 p162

火曜日（坂巻京悟）
◇「てのひら怪談 葵巳」KADOKAWA 2013（MF
文庫ダ・ヴィンチ）p66

加代の結婚（大河原光廣）
◇「日本統治期台湾文学集成 4」緑蔭書房 2002 p93

殼（鄭人澤）
◇「近代朝鮮文学日本語作品集1939〜1945 創作篇 4」
緑蔭書房 2001 p221

辛い飴（田中啓文）
◇「Doubtきりのない疑惑」講談社 2011（講談社文
庫）p319

辛い飴―永見緋太郎の事件簿（田中啓文）
◇「ザ・ベストミステリーズ―推理小説年鑑 2008」
講談社 2008 p315

唐薯武士（海音寺潮五郎）
◇「とっておきの話」筑摩書房 2011（ちくま文学の
森）p459
◇「日本文学100年の名作 3」新潮社 2014（新潮文
庫）p365

カーライルの家（安岡章太郎）
◇「文学 2003」講談社 2003 p97

カラオケボックス（春口裕子）
◇「翠迷宮―ミステリー・アンソロジー」祥伝社
2003（祥伝社文庫）p271

からかさ神（小田仁二郎）
◇「モノノケ大合戦」小学館 2005（小学館文庫）
p297

カラが咲く庭（須賀敦子）
◇「精選女性随筆集 9」文藝春秋 2012 p53

韓国（からくに）… → "**かんこく**…"をも見よ

韓國（からくに）**の新年**（作者表記なし）
◇「近代朝鮮文学日本語作品集1901〜1938 評論・随筆
篇 2」緑蔭書房 2004 p173

からくり（圓眞美）
◇「てのひら怪談―ビーケーワン怪談大賞傑作選 2」
ポプラ社 2007 p196
◇「てのひら怪談―ビーケーワン怪談大賞傑作選 己
丑」ポプラ社 2009（ポプラ文庫）p98

からくりツィスカの余命（市井豊）
◇「ベスト本格ミステリ 2011」講談社 2011（講談
社ノベルス）p49
◇「からくり伝言少女」講談社 2015（講談社文庫）
p65

からくり土佐衛門（都筑道夫）
◇「綾辻・有栖川復刊セレクション 新顎十郎捕物
帳」講談社 2007（講談社ノベルス）p105

からくり富（泡坂妻夫）
◇「江戸浮世風」学習研究社 2004（学研M文庫）
p343

からくり紅花（永井路子）
◇「剣が謎を斬る―名作で読む推理小説史 時代ミス
テリー傑作選」光文社 2005（光文社文庫）
p263

からくり琉球館の巻（吉川英治）
◇「大坂の陣―近代文学名作選」岩波書店 2016
p141

歌楽論（末松謙澄）
◇「新日本古典文学大系 明治編 11」岩波書店 2006
p281

から恋（川田裕美子）
◇「ゆきのまち幻想文学賞小品集 18」企画集団ぷり
ずむ 2009 p178

からこ夢幻（山本兼一）
◇「代表作時代小説 平成23年度」光文社 2011 p279

からころはつぼ（狩野いくみ）
◇「てのひら怪談―ビーケーワン怪談大賞傑作選 百
怪繚乱篇」ポプラ社 2008 p84
◇「てのひら怪談―ビーケーワン怪談大賞傑作選 己
丑」ポプラ社 2009（ポプラ文庫）p194

からし（伊藤たかみ）
◇「オトナの片思い」角川春樹事務所 2007 p39
◇「オトナの片思い」角川春樹事務所 2009（ハルキ
文庫）p41

芥子飯（内田百閒）
◇「たんときれいに召し上がれ―美食文学精選」芸
術新聞社 2015 p375

カラス（島森遊子）
◇「全作家短編小説集 7」全作家協会 2008 p218

カラス（吉沢景介）
◇「ひとにぎりの異形」光文社 2007（光文社文庫）
p483

カラス（若草田ひずる）
◇「扉の向こうへ」全作家協会 2014（全作家短編
集）p284

硝子（井並貢二）
◇「幻の探偵雑誌 8」光文社 2001（光文社文庫）
p311

鴉（李泰俊著, 朴元俊譯）
◇「近代朝鮮文学日本語作品集1908〜1945 セレクショ
ン 1」緑蔭書房 2008 p235

鴉（入澤康夫）
◇「新装版 全集現代文学の発見 13」學藝書林 2004
p553

鴉（萩原朔太郎）
◇「ちくま日本文学 36」筑摩書房 2009（ちくま文
庫）p180

鴉（丸山薫）
◇「新装版 全集現代文学の発見 13」學藝書林 2004
p117

鴉（三島由紀夫）
◇「文豪怪談傑作選」筑摩書房 2007（ちくま文庫）p84

鴉（三好達治）
◇「新装版 全集現代文学の発見 13」學藝書林 2004 p103

烏瓜（石牟礼道子）
◇「日本文学全集 24」河出書房新社 2015 p461

鴉を飼ふツァラトゥストラ（吉田一穂）
◇「新装版 全集現代文学の発見 13」學藝書林 2004 p160

からす金（土師清二）
◇「捕物時代小説選集 4」春陽堂書店 2000（春陽文庫）p127

烏勧請（歌野晶午）
◇「ザ・ベストミステリーズ―推理小説年鑑 1999」講談社 1999 p433
◇「殺人買います」講談社 2002（講談社文庫）p126

カラス書房（林巧）
◇「ひとにぎりの異形」光文社 2007（光文社文庫）p385

硝子妻（楠田匡介）
◇「妖異百物語 1」出版芸術社 1997（ふしぎ文学館）p25

硝子戸と冬（香山末子）
◇「ハンセン病文学全集 7」皓星社 2004 p312

硝子戸の中（抄）（夏目漱石）
◇「ブキミな人びと」ランダムハウス講談社 2007 p171
◇「文豪てのひら怪談」ポプラ社 2009（ポプラ文庫）p66

硝子の家（太田忠司）
◇「悪夢が嗤う瞬間」勁文社 1997（ケイブンシャ文庫）p12

硝子の家（島久平）
◇「硝子の家」光文社 1997（光文社文庫）p11

ガラスの檻の殺人（有栖川有栖）
◇「気分は名探偵―犯人当てアンソロジー」徳間書店 2006 p3
◇「気分は名探偵―犯人当てアンソロジー」徳間書店 2008（徳間文庫）p6

ガラスの麒麟（加納朋子）
◇「犯行現場にもう一度」講談社 1997（講談社文庫）p329
◇「文学賞受賞・名作集成 3」リブリオ出版 2004 p105

ガラスの靴（安岡章太郎）
◇「短編で読む恋愛・家族」中部日本教育文化会 1998 p153
◇「新装版 全集現代文学の発見 15」學藝書林 2005 p176
◇「戦後占領期短篇小説コレクション 6」藤原書店 2007 p125
◇「第三の新人名作選」講談社 2011（講談社文芸文庫）p329
◇「コレクション戦争と文学 10」集英社 2012 p256

からすの子別れ（木下恵介）
◇「日本舞踊舞踊劇選集」西川会 2002 p273

からすのサーカス団（井上満寿夫）
◇「小学生のげき―新小学校演劇脚本集 中学年 1」晩成書房 2011 p81

鴉の死（金石範）
◇「〈在日〉文学全集 3」勉誠出版 2006 p5
◇「コレクション戦争と文学 1」集英社 2012 p13

鴉の死（黒形圭）
◇「てのひら怪談 癸巳」KADOKAWA 2013（MF文庫ダ・ヴィンチ）p74

硝子の章（日影丈吉）
◇「新編・日本幻想文学集成 1」国書刊行会 2016 p723

硝子の雪花（瀬川隆文）
◇「ゆきのまち幻想文学賞小品集 18」企画集団ぷりずむ 2009 p65

ガラスの地球を救え！――…なにもかも、みな懐かしい…SFを愛する者たちすべての魂に捧ぐ（田中啓文）
◇「NOVA―書き下ろし日本SFコレクション 1」河出書房新社 2009（河出文庫）p159

カラスの動物園（倉知淳）
◇「名探偵を追いかけろ―シリーズ・キャラクター編」光文社 2004（カッパ・ノベルス）p263
◇「名探偵を追いかけろ」光文社 2007（光文社文庫）p327

ガラスの中から（久美沙織）
◇「幻想探偵」光文社 2009（光文社文庫）p235

ガラスの棺（渡辺淳一）
◇「恐怖の森」ランダムハウス講談社 2007 p317

ガラスの便器（石田衣良）
◇「こどものころにみた夢」講談社 2008 p16

烏の北斗七星（宮沢賢治）
◇「コレクション戦争と文学 5」集英社 2011 p173

硝子の向こうの恋人―三年前に死んだ "運命の人" を救うのは、ぼくだ。−王道タイムトラベル・ロマンス（蘇部健一）
◇「NOVA―書き下ろし日本SFコレクション 6」河出書房新社 2011（河出文庫）p87

ガラスの眼（鷲尾三郎）
◇「江戸川乱歩の推理教室」光文社 2008（光文社文庫）p171

カラスノユメ（小川雄輝）
◇「忘れがたい者たち―ライトノベル・ジュブナイル選集」創英社 2007 p119

ガラス杯（西脇順三郎）
◇「新装版 全集現代文学の発見 13」學藝書林 2004 p50

硝子ばり（中里恒子）
◇「精選女性随筆集 10」文藝春秋 2012 p93

からすま海百合（勝山海百合）
◇「渚にて―あの日からの〈みちのく怪談〉」荒蝦夷 2016 p39

鴉屋敷の怪（神坂次郎）

からた

◇「人情の往来―時代小説最前線」新潮社 1997（新潮文庫）p135

からだ（村田喜代子）
◇「文学 2004」講談社 2004 p167

体がずれた（宇佐美まこと）
◇「女たちの怪談百物語」メディアファクトリー 2010（幽books]）p306
◇「女たちの怪談百物語」KADOKAWA 2014（角川ホラー文庫）p310

体で覚えろ（島﨑一裕）
◇「ショートショートの花束 8」講談社 2016（講談社文庫）p114

からっ風の街（船戸与一）
◇「闘人烈伝―格闘小説・漫画アンソロジー」双葉社 2000 p9
◇「冒険の森へ―傑作小説大全 14」集英社 2016 p91

からっぽ（田中小実昌）
◇「読まずにいられぬ名短篇」筑摩書房 2014（ちくま文庫）p85

カラッポがいっぱいの世界（鈴木いづみ）
◇「SFマガジン700 国内篇」早川書房 2014（ハヤカワ文庫 SF）p123

空っぽの棚（@simmmonnnn）
◇「3.11心に残る140字の物語」学研パブリッシング 2011 p95

カラーテレビ（香山末子）
◇「ハンセン病文学全集 7」皓星社 2004 p420
◇「〈在日〉文学全集 17」勉誠出版 2006 p93

ガラパゴス・エフェクト（針谷卓史）
◇「新走（アラバシリ）―Powers Selection」講談社 2011（講談社box）p129

空ビンの並ぶ庭（小林弘明）
◇「ハンセン病文学全集 7」皓星社 2004 p411

カラフル（沢木まひろ）
◇「5分で読める！ ひと駅ストーリー 旅の話」宝島社 2015（宝島社文庫）p267

カラフル（永井するみ）
◇「緋迷宮―ミステリー・アンソロジー」祥伝社 2001（祥伝社文庫）p47

落葉松（金敏命）
◇「近代朝鮮文学日本語作品集1908〜1945 セレクション 6」緑蔭書房 2008 p90

絎茂る幼い墓（金石範）
◇「〈在日〉文学全集 15」勉誠出版 2006 p97

色彩画家（カラリスト）の日誌（光岡良二）
◇「ハンセン病文学全集 7」皓星社 2004 p203

カランポーの悪魔（柳広司）
◇「名探偵の奇跡」光文社 2007（Kappa novels）p373
◇「名探偵の奇跡」光文社 2010（光文社文庫）p473

雁（かり）… → "がん…"をも見よ

ガリアの地を遠く離れて（瀬尾こると）
◇「新・本格推理 01」光文社 2001（光文社文庫）p265

ガリヴァー忍法島―天叢雲剣（山田風太郎）
◇「名刀伝 2」角川春樹事務所 2015（ハルキ文庫）p191

雁がね（樋口一葉）
◇「ちくま日本文学 13」筑摩書房 2008（ちくま文庫）p405

雁金（潮山長三）
◇「捕物時代小説選集 2」春陽堂書店 2000（春陽文庫）p161

カリグラム（佐藤春夫）
◇「日本文学全集 29」河出書房新社 2016 p28

雁坂越（幸田露伴）
◇「ちくま日本文学 23」筑摩書房 2008（ちくま文庫）p49

かりそめの家（小松エメル）
◇「となりのもののけさん―競作短篇集」ポプラ社 2014（ポプラ文庫ピュアフル）p55

借りた明日（佐々木譲）
◇「短篇ベストコレクション―現代の小説 2003」徳間書店 2003（徳間文庫）p313

刈田の畦（永井龍男）
◇「山形県文学全集第1期（小説編）4」郷土出版社 2004 p283

仮通夜（由田匣）
◇「てのひら怪談―ビーケーワン怪談大賞傑作選 2」ポプラ社 2007 p102
◇「てのひら怪談―ビーケーワン怪談大賞傑作選 己丑」ポプラ社 2009（ポプラ文庫）p218

雁の童子（平野直）
◇「学校放送劇舞台劇脚本集―宮沢賢治名作童話」東洋書院 2008 p191

雁の童子（宮沢賢治）
◇「日本文学全集 16」河出書房新社 2016 p163

乙女的困惑（船越百恵）
◇「バカミスじゃない!?―史上空前のバカミス・アンソロジー」宝島社 2007 p151
◇「天地驚愕のミステリー」宝島社 2009（宝島社文庫）p75

ガリ版人生（上野英信）
◇「戦後文学エッセイ選 12」影書房 2006 p123

ガリビラ自伝（草野心平）
◇「新装版 全集現代文学の発見 13」學藝書林 2004 p137

加利福尼（カリホルニヤ）州鉄道ノ記（久米邦武）
◇「新日本古典文学大系 明治編 5」岩波書店 2009 p78

カリヤーンの塔（中野美代子）
◇「塔の物語」角川書店 2000（角川ホラー文庫）p131

花柳幻舟の会（杉浦明平）
◇「戦後文学エッセイ選 6」影書房 2008 p227

迦陵頻伽―極楽鳥になった禿（春乃蒼）
◇「てのひら怪談―ビーケーワン怪談大賞傑作選 2」ポプラ社 2007 p76

火輪車の歌（成島柳北）

◇「新日本古典文学大系 明治編 2」岩波書店 2004 p218

火輪船の歌 (成島柳北)
◇「新日本古典文学大系 明治編 2」岩波書店 2004 p213

かりん糖 (鶴岡征雄)
◇「時代の波音―民主主義文学短編小説集1995年〜2004年」日本民主主義文学会 2005 p68

花林塔 (飯野文彦)
◇「夢魔」光文社 2001 (光文社文庫) p15

軽井沢での話 (加門七海)
◇「女たちの怪談百物語」メディアファクトリー 2010 (〔幽books〕) p219
◇「女たちの怪談百物語」KADOKAWA 2014 (角川ホラー文庫) p223

軽石 (木山捷平)
◇「日本文学100年の名作 6」新潮社 2015 (新潮文庫) p185

軽い被害ですみました (荒木伊保里)
◇「平成28年熊本地震作品集」くまもと文学・歴史友の会 2016 p33

かるかや (北村薫)
◇「事件現場に行こう―最新ベスト・ミステリー カレイドスコープ編」光文社 2001 (カッパ・ノベルス) p39

刈萱 (安西篤子)
◇「市井図絵」新潮社 1997 p65
◇「時代小説―読切御免 1」新潮社 2004 (新潮文庫) p107

ガールズトーク (中居真麻)
◇「LOVE & TRIP by LESPORTSAC」宝島社 2013 (宝島社文庫) p219

ガールズファイト (朔田有見)
◇「人は死んだら電柱になる―電柱アンソロジー」遠すぎる未来団 2014 p64

かるちえ・じやぽね―ある男の一日 (山本太郎)
◇「新装版 全集現代文学の発見 13」學藝書林 2004 p312

ガールの水道橋 (須賀敦子)
◇「日本文学全集 25」河出書房新社 2016 p278

かるび屋繁昌記 (李美子)
◇「〈在日〉文学全集 18」勉誠出版 2006 p301

ガールフレンド (及川章太郎)
◇「年鑑代表シナリオ集 '04」シナリオ作家協会 2005 p251

カルメン (芥川龍之介)
◇「名短篇ほりだしもの」筑摩書房 2011 (ちくま文庫) p151

カルメンに恋して (阿木燿子)
◇「奇妙な恋の物語」光文社 1998 (光文社文庫) p217

かる業武太郎 (快楽亭ブラック)
◇「明治探偵冒険小説 2」筑摩書房 2005 (ちくま文庫) p363

カレー (くれいみゆ)
◇「冷と温―第13回フェリシモ文学賞作品集」フェリシモ 2010 p136

家霊 (岡本かの子)
◇「名短篇、さらにあり」筑摩書房 2008 (ちくま文庫) p227
◇「涙の百年文学―もう一度読みたい」太陽出版 2009 p122
◇「ちくま日本文学 37」筑摩書房 2009 (ちくま文庫) p185
◇「日本近代短篇小説選 昭和篇1」岩波書店 2012 (岩波文庫) p337
◇「女がそれを食べるとき」幻冬舎 2013 (幻冬舎文庫) p55
◇「もの食う話」文藝春秋 2015 (文春文庫) p138

華麗な夕暮 (吉行淳之介)
◇「戦争小説短篇名作選」講談社 2015 (講談社文芸文庫) p275

鰈の縁側 (小松重男)
◇「人物日本の歴史―時代小説版 江戸編 下」小学館 2004 (小学館文庫) p141

枯尾花 (関根黙庵)
◇「文豪怪談傑作選 特別編」筑摩書房 2007 (ちくま文庫) p270

彼が殺したか (浜尾四郎)
◇「君らの魂を悪魔に売りつけよ―新青年傑作選」角川書店 2000 (角川文庫) p127
◇「江戸川乱歩と13人の新青年〈論理派〉編」光文社 2008 (光文社文庫) p259

彼からのプレゼント (川名倖世)
◇「ショートショートの広場 15」講談社 2004 (講談社文庫) p133

かれ木 (金杜榮)
◇「近代朝鮮文学日本語作品集1908〜1945 セレクション 6」緑蔭書房 2008 p61

枯木野の色―和紙のぬくもり (大原螢)
◇「山形県文学全集第2期(随筆・紀行編) 5」郷土出版社 2005 p292

枯草 (岩野清)
◇「青鞜文学集」不二出版 2004 p33

枯草のなかで (村野四郎)
◇「新装版 全集現代文学の発見 13」學藝書林 2004 p242

枯草の根 (陳舜臣)
◇「江戸川乱歩賞全集 3」講談社 1998 (講談社文庫) p369

かれ草の雪とけたれば (鏑木蓮)
◇「新・本格推理 特別編」光文社 2009 (光文社文庫) p417

嗄れ声 (鰐崎英朋)
◇「文豪怪談傑作選 特別編」筑摩書房 2007 (ちくま文庫) p131

彼、今在らば― (森下雨村)
◇「甦る推理雑誌 3」光文社 2002 (光文社文庫) p307

彼氏の仕事 (神薫)
◇「怪談四十九夜」竹書房 2016 (竹書房文庫) p110

かれし

彼氏（瑠美）（秋元康）
◇「アドレナリンの夜―珠玉のホラーストーリーズ」
竹書房 2009 p211

捜査秘話 枯れた唐辛子の木（お岩後家殺し事件）
（野田牧良）
◇「日本統治期台湾文学集成 9」緑蔭書房 2002
p195

涸れた時を佇むもの（金時鐘）
◇「〈在日〉文学全集 5」勉誠出版 2006 p153

彼と屋敷と鳥たち（井上雅彦）
◇「オバケヤシキ」光文社 2005 （光文社文庫）
p415

彼なりの美学（小池真理子）
◇「現代の小説 1997」徳間書店 1997 p251
◇「推理小説代表作選集―推理小説年鑑 1997」講談
社 1997 p151
◇「殺人哀モード」講談社 2000 （講談社文庫）p9

枯野（日影丈吉）
◇「探偵くらぶ―探偵小説傑作選1946～1958 下」光
文社 1997 （カッパ・ノベルス）p167

彼の彼女の特別な日（森絵都）
◇「秘密。―私と私のあいだの十二話」メディア
ファクトリー 2005 p33

彼の失敗（井田敏行）
◇「探偵小説の風景―トラフィック・コレクション
上」光文社 2009 （光文社文庫）p95

枯野抄（芥川龍之介）
◇「ちくま日本文学 2」筑摩書房 2007 （ちくま文
庫）p291

彼の宅急便（中島たい子）
◇「文学 2006」講談社 2006 p148

彼の父は私の父の父（島尾伸三）
◇「小川洋子の偏愛短篇箱」河出書房新社 2009
p217
◇「小川洋子の偏愛短篇箱」河出書房新社 2012 （河
出文庫）p217

枯野の歌（作者不詳）
◇「文豪てのひら怪談」ポプラ社 2009 （ポプラ文
庫）p204

彼の遺せし手帖より（鄭石允）
◇「近代朝鮮文学日本語作品集1908～1945 セレクショ
ン 4」緑蔭書房 2008 p191

カレーの話（太田健）
◇「ショートショートの花束 8」講談社 2016 （講
談社文庫）p30

カレーの日（律心）
◇「ショートショートの花束 6」講談社 2014 （講
談社文庫）p72

カレーの女神様（葉真中顕）
◇「ザ・ベストミステリーズ―推理小説年鑑 2015」
講談社 2015 p181

枯葉の童話（小泉雅二）
◇「ハンセン病文学全集 6」皓星社 2003 p431
◇「ハンセン病文学全集 6」皓星社 2003 p447

枯葉の中の青い炎（辻原登）
◇「コレクション戦争と文学 18」集英社 2012 p624

カレー屋のインド人（石田祥）
◇「5分で読める！ ひと駅ストーリー 食の話」宝島
社 2015 （宝島社文庫）p319

彼ら（竹本健治）
◇「凶鳥の黒影―中井英夫へ捧げるオマージュ」河
出書房新社 2004 p91

彼等だって……（白鐵）
◇「近代朝鮮文学日本語作品集1908～1945 セレクショ
ン 4」緑蔭書房 2008 p225

彼らの静かな日常（小池真理子）
◇「事件現場に行こう―最新ベスト・ミステリー カ
レイドスコープ編」光文社 2001 （カッパ・ノ
ベルス）p49

彼らの匂い（大場惑）
◇「侵略！」廣済堂出版 1998 （廣済堂文庫）p163

彼らの幻の街（河野典生）
◇「70年代日本SFベスト集成 2」筑摩書房 2014
（ちくま文庫）p189

彼は怒っているだろうか（菊地秀行）
◇「凶鳥の黒影―中井英夫へ捧げるオマージュ」河
出書房新社 2004 p248

彼は凝視する（懸賞小説）（金近烈）
◇「近代朝鮮文学日本語作品集1901～1938 創作篇 2」
緑蔭書房 2004 p235

花連（島田淳子）
◇「下ん浜―第2回「草枕文学賞」作品集」文藝春秋
企画出版部 2000 p39

餓狼剣（松岡弘一）
◇「蒼茫の海」桃園書房 2001 （桃園文庫）p185

我牢獄（北村透谷）
◇「明治の文学 16」筑摩書房 2002 p332

餓狼伝Ⅰ（夢枕獏）
◇「冒険の森へ―傑作小説大全 14」集英社 2016
p443

画廊にて（須月研児）
◇「ショートショートの広場 14」講談社 2003 （講
談社文庫）p97

かろきねたみ（岡本かの子）
◇「ちくま日本文学 37」筑摩書房 2009 （ちくま文
庫）p419

カロの位置（島比呂志）
◇「ハンセン病文学全集 3」皓星社 2002 p263

河（柳虔次郎）
◇「近代朝鮮文学日本語作品集1908～1945 セレクショ
ン 4」緑蔭書房 2008 p447

川（井伏鱒二）
◇「文士の意地―車谷長吉撰短篇小説輯 上巻」作品
社 2005 p250

川（岡本かの子）
◇「近代小説〈異界〉を読む」双文社出版 1999 p154
◇「短編名作選―1925-1949 文士たちの時代」笠間
書院 1999 p227
◇「短編礼讃―忘れかけた名品」筑摩書房 2006 （ち
くま文庫）p50
◇「新編・日本幻想文学集成 3」国書刊行会 2016
p433

川〈川上弘美〉
◇「恋物語」朝日新聞社 1998 p118

川〈皆川博子〉
◇「現代の小説 1997」徳間書店 1997 p429

川〈峯岸可弥〉
◇「超短編の世界 vol.3」創英社 2011 p195

河明り〈岡本かの子〉
◇「ちくま日本文学 37」筑摩書房 2009 （ちくま文庫） p243

カワイイ、アナタ〈髙村薫〉
◇「Invitation」文藝春秋 2010 p183
◇「甘い罠—8つの短篇小説集」文藝春秋 2012 （文春文庫）p177

かわいい生贄〈夢枕獏〉
◇「屍鬼の血族」桜桃書房 1999 p401
◇「血と薔薇の誘う夜に—吸血鬼ホラー傑作選」角川書店 2005 （角川ホラー文庫）p67

かわいい子には旅をさせよ〈深町秋生〉
◇「5分で読める！ ひと駅ストーリー 旅の話」宝島社 2015 （宝島社文庫）p379

かわいい、なんて書いてちょっとてれくさい≫九條映子〈寺山修司〉
◇「日本人の手紙 4」リブリオ出版 2004 p14

カワイイ人〈谷口雅美〉
◇「好きなのに」泰文堂 2013 （リンダブックス）p49

かわいい娘〈河野典生〉
◇「冒険の森へ—傑作小説大全 10」集英社 2016 p25

可愛い娘〈帯正子〉
◇「新装版 全集現代文学の発見 別巻」學藝書林 2005 p416

可哀相〈川上弘美〉
◇「感じて。息づかいを。—恋愛小説アンソロジー」光文社 2005 （光文社文庫）p225

可哀想な姉〈渡辺温〉
◇「ひとりで夜読むな—新青年傑作選 怪奇編」角川書店 2001 （角川ホラー文庫）p93
◇「短篇礼讃—忘れかけた名品」筑摩書房 2006 （ちくま文庫）p69

かわいそうなうさぎ〈武田綾乃〉
◇「5分で読める！ ひと駅ストーリー 冬の記憶西口編」宝島社 2013 （宝島社文庫）p251
◇「5分で凍る！ ぞっとする怖い話」宝島社 2015 （宝島社文庫）p79
◇「5分で驚く！ どんでん返しの物語」宝島社 2016 （宝島社文庫）p153

かわいそうなぞう〈つちやゆきお〉
◇「朗読劇台本集 5」玉川大学出版部 2002 p109

かわいそうなぞう〈土家由岐雄〉
◇「二時間目国語」宝島社 2008 （宝島社文庫）p54
◇「もう一度読みたい教科書の泣ける名作」学研教育出版 2013 p57

可愛想な隣人たち〈大岡信〉
◇「新装版 全集現代文学の発見 13」學藝書林 2004 p492

乾いた雨—Hyatt Regency〈藤堂志津子〉
◇「贅沢な恋人たち」幻冬舎 1997 （幻冬舎文庫）p107

渇いた梢〈藤田愛子〉
◇「文学 2015」講談社 2015 p197

乾いたナイフ〈大沢在昌〉
◇「マイ・ベスト・ミステリー 2」文藝春秋 2007 （文春文庫）p212

川魚の記（抄）〈室生犀星〉
◇「金沢三文豪掌文庫 たべもの編」金沢文化振興財団 2011 p47

かわうそ〈向田邦子〉
◇「影」文藝春秋 2003 （推理作家になりたくて マイベストミステリー）p301
◇「マイ・ベスト・ミステリー 2」文藝春秋 2007 （文春文庫）p461

獺—かわうそ—〈郭くるみ〉
◇「超短編傑作選 v.6」創英社 2007 p29

カワウソ男〈藤井俊〉
◇「ひとにぎりの異形」光文社 2007 （光文社文庫）p374

かわえび〈室生犀星〉
◇「金沢三文豪掌文庫 たべもの編」金沢文化振興財団 2011 p55

蛾は踊る〈井口泰子〉
◇「赤のミステリー—女性ミステリー作家傑作選」光文社 1997 p243
◇「女性ミステリー作家傑作選 1」光文社 1999 （光文社文庫）p27

皮を剝ぐ〈草野唯雄〉
◇「もっと厭な物語」文藝春秋 2014 （文春文庫）p111

川が川に戻る最初の日〈管啓次郎〉
◇「ろうそくの炎がささやく言葉」勁草書房 2011 p190

川風晋之介〈風野真知雄〉
◇「斬刃—時代小説傑作選」コスミック出版 2005 （コスミック・時代文庫）p221

かわがに〈室生犀星〉
◇「金沢三文豪文庫 たべもの編」金沢文化振興財団 2011 p83

河上彦斎、佐久間象山を斬る！〈早乙女貢〉
◇「幕末テロリスト列伝」講談社 2004 （講談社文庫）p59

河上徹太郎さん逝く〈中里恒子〉
◇「精選女性随筆集 10」文藝春秋 2012 p76

乾き〈中原涼〉
◇「水妖」廣済堂出版 1998 （廣済堂文庫）p169

乾く〈金時鐘〉
◇「〈在日〉文学全集 5」勉誠出版 2006 p14

かわく骸〈李正子〉
◇「〈在日〉文学全集 17」勉誠出版 2006 p347

渇く—To Hiroshima and Nagasaki〈崔龍源〉
◇「〈在日〉文学全集 18」勉誠出版 2006 p190

川越にやってください〈米澤穂信〉

かわさ

◇「ミステリマガジン700 国内篇」早川書房 2014（ハヤカワ・ミステリ文庫）p431

革財布（太宰治）
◇「文豪怪談傑作選 太宰治集」筑摩書房 2009（ちくま文庫）p343

川崎洋詩集（川崎洋）
◇「新装版 全集現代文学の発見 13」學藝書林 2004 p432

かわさき文学賞コンクールの三十年（八木義徳）
◇「かわさきの文学―かわさき文学賞50年記念作品集 2009年」審美社 2009 p259

かわさき文学賞と我が半生（福岡義信）
◇「かわさきの文学―かわさき文学賞50年記念作品集 2009年」審美社 2009 p330

かわさき文学賞と私（山下芳信）
◇「かわさきの文学―かわさき文学賞50年記念作品集 2009年」審美社 2009 p355

川崎亂闘事件の眞相（金斗鎔）
◇「近代朝鮮文学日本語作品集1901〜1938 評論・随筆篇 3」緑蔭書房 2004 p223

「川鮭」いつ還る（木村重道）
◇「山形県文学全集第2期(随筆・紀行編) 4」郷土出版社 2005 p260

川沿いの道（諸田玲子）
◇「代表作時代小説 平成19年度」光文社 2007 p413

川田伸子の少し特異なやりくち（蛭田亜紗子）
◇「文芸あねもね」新潮社 2012（新潮文庫）p121

かはたれ時（柳田國男）
◇「文豪怪談傑作選 柳田國男集」筑摩書房 2007（ちくま文庫）p307

河内のこと（塚本修二）
◇「全作家短編小説集 9」全作家協会 2010 p130

河内屋（広津柳浪）
◇「明治の文学 7」筑摩書房 2001 p211

皮つきの猪肉（宮本常一）
◇「ちくま日本文学 22」筑摩書房 2008（ちくま文庫）p207

革トランク（宮沢賢治）
◇「ちくま日本文学 3」筑摩書房 2007（ちくま文庫）p11

川中島（作者表記なし）
◇「新日本古典文学大系 明治編 4」岩波書店 2003 p417

川中島の戦（松本清張）
◇「決戦川中島―傑作時代小説」PHP研究所 2007（PHP文庫）p119

川に消えた賊（有明夏夫）
◇「大阪ラビリンス」新潮社 2014（新潮文庫）p225

川に沈む夕日（辻原登）
◇「代表作時代小説 平成18年度」光文社 2006 p371

川の挿話（柴田道司）
◇「山形県文学全集第1期(小説編) 4」郷土出版社 2004 p170

川の底からこんにちは（石井裕也）
◇「年鑑代表シナリオ集 '10」シナリオ作家協会 2011 p37

川のない貌（つきだまさし）
◇「ハンセン病文学全集 7」皓星社 2004 p153

川の中のふしぎな仲間―大ま王をさがして（土井彩子）
◇「小学校・全員参加の楽しい学級劇・学年劇脚本集 中学年」黎明書房 2006 p182

川の深さは（福井晴敏）
◇「冒険の森へ―傑作小説大全 20」集英社 2015 p105

川の向こう（吉澤有貴）
◇「怪談四十九夜」竹書房 2016（竹書房文庫）p195

川のわかれ（堀江朋子）
◇「現代作家代表作選集 7」鼎書房 2014 p107

カワハギの肝（杉浦明平）
◇「戦後文学エッセイ選 6」影書房 2008 p199

河沙魚（かわはぜ）（林芙美子）
◇「ちくま日本文学 20」筑摩書房 2008（ちくま文庫）p389

川端氏の「抒情歌」について（三島由紀夫）
◇「文豪怪談傑作選」筑摩書房 2007（ちくま文庫）p269

川端康成が死んだ日（中島京子）
◇「ノスタルジー1972」講談社 2016 p5

川端康成の死（森茉莉）
◇「精選女性随筆集 2」文藝春秋 2012 p125

川姫（土屋北彦）
◇「モノノケ大合戦」小学館 2005（小学館文庫）p259

川辺の儀式（水沫流人）
◇「男たちの怪談百物語」メディアファクトリー 2012（[幽]BOOKS）p154

創作 河辺の女房達（巫永福）
◇「日本統治期台湾文学集成 5」緑蔭書房 2002 p71

川べり（三浦哲郎）
◇「わかれの船―Anthology」光文社 1998 p130

「かはほりや」の巻（松星・湖陽・鬼岫三吟半歌仙）（西谷富水）
◇「新日本古典文学大系 明治編 4」岩波書店 2003 p225

川惚れの湯（草上仁）
◇「水妖」廣済堂出版 1998（廣済堂文庫）p189

川祭り（石牟礼道子）
◇「日本文学全集 24」河出書房新社 2015 p462

皮まで愛して（草上仁）
◇「SFバカ本 人類復活篇」メディアファクトリー 2001 p33

川向こうの式典（高萩匡智）
◇「太宰治賞 2015」筑摩書房 2015 p215

厠のいろいろ（谷崎潤一郎）
◇「日本文学全集 15」河出書房新社 2016 p458

厠の静まり（古井由吉）
◇「歴史小説の世紀 地の巻」新潮社 2000（新潮文庫）p685

瓦（趙南哲）
◇「〈在日〉文学全集 18」勉誠出版 2006 p144

変わらざる喜び（伊藤朱里）
◇「太宰治賞 2015」筑摩書房 2015 p25

変わらずの信号（斎藤肇）
◇「輝きの一瞬―短くて心に残る30編」講談社 1999（講談社文庫）p303

河原の対面（尾島菊子）
◇「「新編」日本女性文学全集 3」菁柿堂 2011 p358

河原坊（宮沢賢治）
◇「文豪山怪奇譚―山の怪談名作選」山と渓谷社 2016 p47

替われるものならば……母の思いです≫井口俊英（井口俊英母）
◇「日本人の手紙 1」リブリオ出版 2004 p206

河郎の歌（芥川龍之介）
◇「文豪怪談傑作選 芥川龍之介集」筑摩書房 2010（ちくま文庫）p319

河郎の歌―「蕩々帖」より（芥川龍之介）
◇「河童のお弟子」筑摩書房 2014（ちくま文庫）p136

河は呼んでいる（開高健）
◇「ちくま日本文学 24」筑摩書房 2008（ちくま文庫）p399

カーン（小松與志子）
◇「テレビドラマ代表作選集 2004年版」日本脚本家連盟 2004 p277

雁（がん）… → "かり…"をも見よ

雁（森鷗外）
◇「明治の文学 14」筑摩書房 2000 p236
◇「作品で読む20世紀の日本文学」白地社（発売）2008 p23

感有り（中村敬宇）
◇「新日本古典文学大系 明治編 2」岩波書店 2004 p145
◇「新日本古典文学大系 明治編 2」岩波書店 2004 p148
◇「新日本古典文学大系 明治編 2」岩波書店 2004 p186

感有り 英国より帰り婦翁の家に寓す（中村敬宇）
◇「新日本古典文学大系 明治編 2」岩波書店 2004 p150

感有り 二首（中村敬宇）
◇「新日本古典文学大系 明治編 2」岩波書店 2004 p126

間一髪（黒田広一郎）
◇「てのひら怪談―ビーケーワン怪談大賞傑作選 百怪繚乱篇」ポプラ社 2008 p136

寛永相合傘【粟田口】（林不忘）
◇「刀剣―歴史時代小説名作アンソロジー」中央公論新社 2016（中公文庫）p149

岩塩の袋（田中小実昌）
◇「戦後短篇小説再発見 8」講談社 2002（講談社文芸文庫）p165
◇「コレクション戦争と文学 7」集英社 2011 p529

棺桶（平山瑞穂）
◇「ザ・ベストミステリーズ―推理小説年鑑 2011」講談社 2011 p273
◇「Guilty殺意の連鎖」講談社 2014（講談社文庫）p261

棺桶相合傘（水谷準）
◇「捕物時代小説選集 8」春陽堂書店 2000（春陽文庫）p208

棺桶が歌っている（寺山修司）
◇「ちくま日本文学 6」筑摩書房 2007（ちくま文庫）p96

感を書す（中村敬宇）
◇「新日本古典文学大系 明治編 2」岩波書店 2004 p164

感懐（成島柳北）
◇「新日本古典文学大系 明治編 2」岩波書店 2004 p231

考える人（井上靖）
◇「山形県文学全集第1期（小説編）2」郷土出版社 2004 p226
◇「名短篇、ここにあり」筑摩書房 2008（ちくま文庫）p295

かんがえるひとになりかけ（近田鳶迩）
◇「監獄舎の殺人―ミステリーズ！ 新人賞受賞作品集」東京創元社 2016（創元推理文庫）p65

漢学から文学へ（金子光晴）
◇「ちくま日本文学 38」筑摩書房 2009（ちくま文庫）p166

感覚と欲望と物について（野間宏）
◇「戦後文学エッセイ選 9」影書房 2008 p148

願掛け（島崎一裕）
◇「ショートショートの花束 5」講談社 2013（講談社文庫）p48

願かけて（泡坂妻夫）
◇「本格ミステリ二〇〇七年本格短編ベスト・セレクション 07」講談社 2007（講談社ノベルス）p107
◇「名探偵の奇跡」光文社 2007（Kappa novels）p145
◇「名探偵の奇跡」光文社 2010（光文社文庫）p177
◇「法廷ジャックの心理学―本格短編ベスト・セレクション」講談社 2011（講談社文庫）p161

観画談（幸田露伴）
◇「奇譚カーニバル」集英社 2000（集英社文庫）p75
◇「ちくま日本文学 23」筑摩書房 2008（ちくま文庫）p100
◇「文豪怪談傑作選 幸田露伴集」筑摩書房 2010（ちくま文庫）p39
◇「幻妖の水脈（みお）」筑摩書房 2013（ちくま文庫）p149

閑雅な食慾（萩原朔太郎）

かんか

◇「ちくま日本文学 36」筑摩書房 2009（ちくま文庫）p156
◇「文人御馳走帖」新潮社 2014（新潮文庫）p167

がんがらがん（大沢在昌）
◇「どたん場で大逆転」講談社 1999（講談社文庫）p389

カンガルー（中島敦）
◇「ちくま日本文学 12」筑摩書房 2008（ちくま文庫）p445

缶々（清水絹）
◇「全作家短編小説集 8」全作家協会 2009 p210

がんがんがん（姜貴男）
◇「近代朝鮮文学日本語作品集1908〜1945 セレクション 6」緑蔭書房 2008 p63

かんかんのんの（笠原武）
◇「竹筒に花はなくとも―短篇十人集」日曜舎 1997 p136

旱鬼（朴花城著、崔載瑞譯）
◇「近代朝鮮文学日本語作品集1901〜1938 創作篇 4」緑蔭書房 2004 p379

換気口（明神ちさと）
◇「怪談四十九夜」竹書房 2016（竹書房文庫）p142

換気扇（小林修）
◇「てのひら怪談―ビーケーワン怪談大賞傑作選」ポプラ社 2007 p110
◇「てのひら怪談―ビーケーワン怪談大賞傑作選」ポプラ社 2008（ポプラ文庫）p114

歓喜の歌（花村萬月）
◇「男たちの長い旅」徳間書店 2004（TOKUMA NOVELS）p263

観客席からの眺め（越谷オサム）
◇「蝦蟇倉市事件 2」東京創元社 2010（東京創元社・ミステリ・フロンティア）p179
◇「街角で謎が待っている」東京創元社 2014（創元推理文庫）p203

眼球（白縫いさや）
◇「超短編の世界 vol.3」創英社 2011 p148

眼球（三里顕）
◇「超短編の世界 vol.3」創英社 2011 p149

眼球のうらがへる病（寺山修司）
◇「ちくま日本文学 6」筑摩書房 2007（ちくま文庫）p429

眼球の蚊（瀬名秀明）
◇「恐怖症」光文社 2002（光文社文庫）p241

環境保護（石井廃止）
◇「ショートショートの広場 12」講談社 2001（講談社文庫）p151

閑唫（韓龍雲）
◇「近代朝鮮文学日本語作品集1908〜1945 セレクション 6」緑蔭書房 2008 p20

玩具（太宰治）
◇「文豪怪談傑作選 太宰治集」筑摩書房 2009（ちくま文庫）p38
◇「コレクション私小説の冒険 2」勉誠出版 2013 p175

玩具（山之口貘）
◇「新装版 全集現代文学の発見 13」學藝書林 2004 p209

玩具至上主義の玩具（澁澤龍彦）
◇「ちくま日本文学 18」筑摩書房 2008（ちくま文庫）p232

玩具店の英雄（石持浅海）
◇「奇想博物館」光文社 2013（最新ベスト・ミステリー）p47

寒九の滴（青山真治）
◇「文学 2009」講談社 2009 p115

玩具のシンボル価値（澁澤龍彦）
◇「ちくま日本文学 18」筑摩書房 2008（ちくま文庫）p226

玩具のための玩具（澁澤龍彦）
◇「ちくま日本文学 18」筑摩書房 2008（ちくま文庫）p211

玩具のパースペクティヴ（澁澤龍彦）
◇「ちくま日本文学 18」筑摩書房 2008（ちくま文庫）p229

雁首仲間―『天地明察』番外編（冲方丁）
◇「サイドストーリーズ」KADOKAWA 2015（角川文庫）p211

関係（正岡子規）
◇「新日本古典文学大系 明治編 27」岩波書店 2003 p33

環刑鋼（酉島伝法）
◇「折り紙衛星の伝説」東京創元社 2015（創元SF文庫）p449
◇「短篇ベストコレクション―現代の小説 2015」徳間書店 2015（徳間文庫）p249

寒月（谷元次郎）
◇「新選組伝奇」勉誠出版 2004 p1

汗血千里（かんけつせんり）の駒（坂崎紫瀾）
◇「新日本古典文学大系 明治編 16」岩波書店 2003 p27

汗血馬を見た男（伴野朗）
◇「異色中国短篇傑作大全」講談社 1997 p211

菅家の庭園を訪ねて（高橋まゆみ）
◇「山形県文学全集第2期（随筆・紀行編）6」郷土出版社 2005 p374

官権家（瘦々亭骨皮道人）
◇「新日本古典文学大系 明治編 29」岩波書店 2005 p230

還元的リアリズム（埴谷雄高）
◇「戦後文学エッセイ選 3」影書房 2005 p52

鹹湖（会田綱雄）
◇「新装版 全集現代文学の発見 13」學藝書林 2004 p384

漢江（かんこう）… → "ハンガン…"を見よ

還幸祭（海月ルイ）
◇「翠迷宮―ミステリー・アンソロジー」祥伝社 2003（祥伝社文庫）p231

勧工場（服部撫松）
◇「新日本古典文学大系 明治編 1」岩波書店 2004

かんし

p199

寒紅梅（平岩弓枝）
◇「代表作時代小説 平成11年度」光風社出版 1999
p205
◇「愛染夢灯籠—時代小説傑作選」講談社 2005（講
談社文庫）p251

貫鋼白金蛇槍（如佳由）
◇「遙かなる道」桃園書房 2001（桃園文庫）p301

観光リサーチセンター（高山明）
◇「十和田、奥入瀬 水と土地をめぐる旅」青幻舎
2013 p194

韓国（かんこく）… → "からくに…"をも見よ

韓國雑感（全4回）（李人稙）
◇「近代朝鮮文学日本語作品集1901〜1938 評論・随筆
篇 2」緑蔭書房 2004 p163

監獄舎の殺人（伊吹亜門）
◇「ザ・ベストミステリーズ—推理小説年鑑 2016」
講談社 2016 p105
◇「ベスト本格ミステリ 2016」講談社 2016（講談
社ノベルス）p309
◇「監獄舎の殺人—ミステリーズ！ 新人賞受賞作品
集」東京創元社 2016（創元推理文庫）p223

韓国人と蔑まれて（李成城）
◇「ハンセン病文学全集 4」皓星社 2003 p286

韓国人の新年会（香山末子）
◇「ハンセン病文学全集 7」皓星社 2004 p419
◇「〈在日〉文学全集 17」勉誠出版 2006 p83

韓國新聞創設趣旨書（李人稙）
◇「近代朝鮮文学日本語作品集1901〜1938 評論・随筆
篇 3」緑蔭書房 2004 p361

韓国の踊り（香山末子）
◇「ハンセン病文学全集 7」皓星社 2004 p479
◇「〈在日〉文学全集 17」勉誠出版 2006 p80

韓国の太鼓と兄の想い出（金末子）
◇「ハンセン病文学全集 4」皓星社 2003 p645

監獄のバラード（池澤夏樹）
◇「文学 2011」講談社 2011 p21

監獄部屋（小林多喜二）
◇「ことばの織物—昭和短篇珠玉選 2」蒼丘書林
1998 p15

監獄部屋（羽志主水）
◇「江戸川乱歩と13人の新青年 〈論理派〉編」光文
社 2008（光文社文庫）p355
◇「戦前探偵小説四人集」論創社 2011（論創ミステ
リ叢書）p13

看護婦さん、いたいよぉ（篠田節子）
◇「文藝百物語」ぶんか社 1997 p92

悍妻懦夫（高橋義夫）
◇「輝きの一瞬—短くて心に残る30編」講談社 1999
（講談社文庫）p69

神崎与五郎（永岡慶之助）
◇「定本・忠臣蔵四十七人集」双葉社 1998 p145

贋作家事件（斎藤肇）
◇「贋作館事件」原書房 1999 p347

贋作「退職刑事」（西澤保彦）

◇「贋作館事件」原書房 1999 p311

贋作たけくらべ（中上正文）
◇「甦る「幻影城」 1」角川書店 1997（カドカワ・
エンタテインメント）p337

贋作マクベス（中屋敷法仁）
◇「高校演劇 Selection 2004 上」晩成書房 2004
p159

寒桜の恋（小笠原玲）
◇「撫子が斬る—女性作家捕物帳アンソロジー」光
文社 2005（光文社文庫）p47

簪（伊藤桂一）
◇「八百八町春爛漫」光風社出版 1998（光風社文
庫）p25

監察—横浜みなとみらい署暴対係（今野敏）
◇「短篇ベストコレクション—現代の小説 2012」徳
間書店 2012（徳間文庫）p285

観察（徳富蘇峰）
◇「新日本古典文学大系 明治編 26」岩波書店 2002
p253

観察ノート（西森幸）
◇「ショートショートの広場 14」講談社 2003（講
談社文庫）p239

寒山拾得（森鷗外）
◇「ちくま日本文学 17」筑摩書房 2008（ちくま文
庫）p370
◇「日本文学100年の名作 1」新潮社 2014（新潮文
庫）p27
◇「冒険の森へ—傑作小説大全 1」集英社 2016 p36

漢詩（孫克敏）
◇「近代朝鮮文学日本語作品集1908〜1945 セレクショ
ン 6」緑蔭書房 2008 p33

漢字検定三級の女（光明寺祭人）
◇「ショートショートの花束 7」講談社 2015（講
談社文庫）p199

漢詩三題（李瑾榮）
◇「近代朝鮮文学日本語作品集1908〜1945 セレクショ
ン 6」緑蔭書房 2008 p37

監視者 私（阿部和重）
◇「秘密。—私と私のあいだの十二話」メディア
ファクトリー 2005 p167

ガンジー像下の「イマジン」（宮内勝典）
◇「コレクション戦争と文学 4」集英社 2011 p141

元日偶成 庚子（森春濤）
◇「新日本古典文学大系 明治編 2」岩波書店 2004
p16

閑日月（中里恒子）
◇「精選女性随筆集 10」文藝春秋 2012 p14

ガンジーと印度の獨立運動（王白淵）
◇「日本統治期台湾文学集成 18」緑蔭書房 2003
p121

漢字の構造（正岡子規）
◇「新日本古典文学大系 明治編 27」岩波書店 2003
p54

監視の時代（山崎正一）
◇「ショートショートの花束 3」講談社 2011（講
談社文庫）p266

かんし

漢詩の世界（陳逢源）
　◇「日本統治期台湾文学集成 16」緑蔭書房 2003
　　p120

漢字ノ利害（正岡子規）
　◇「新日本古典文学大系 明治編 27」岩波書店 2003
　　p88

感じの悪い店（みかのあい）
　◇「ショートショートの広場 14」講談社 2003（講
　　談社文庫）p31

感謝と誓願（徐恒錫）
　◇「近代朝鮮文学日本語作品集1939〜1945 評論・随筆
　　篇 1」緑蔭書房 2002 p385

感謝と不満（韓雪野）
　◇「近代朝鮮文学日本語作品集1901〜1938 評論・随筆
　　篇 3」緑蔭書房 2004 p203

感謝にむせびつく（朴英熙）
　◇「近代朝鮮文学日本語作品集1908〜1945 セレクショ
　　ン 6」緑蔭書房 2008 p227

勧酒（井伏鱒二）
　◇「日本文学全集 29」河出書房新社 2016 p33

漢臭的内容を破打しやう（梁柱東）
　◇「近代朝鮮文学日本語作品集1908〜1945 セレクショ
　　ン 5」緑蔭書房 2008 p197

看守朴書房（金石範）
　◇「〈在日〉文学全集 15」勉誠出版 2006 p59

甘藷（吉成稔）
　◇「ハンセン病文学全集 1」皓星社 2002 p151

感傷（李石薫）
　◇「近代朝鮮文学日本語作品集1908〜1945 セレクショ
　　ン 4」緑蔭書房 2008 p227

感傷（吉岡実）
　◇「新装版 全集現代文学の発見 9」學藝書林 2004
　　p524

感情（黄氏寶桃）
　◇「日本統治期台湾文学集成 5」緑蔭書房 2002
　　p185

関将軍の像に題す（成島柳北）
　◇「新日本古典文学大系 明治編 2」岩波書店 2004
　　p222

感傷周波（鄭仁）
　◇「〈在日〉文学全集 17」勉誠出版 2006 p144

環状線（筒井康隆）
　◇「宇宙塵傑作選—日本SFの軌跡 1」出版芸術社
　　1997 p201
　◇「冒険の森へ—傑作小説大全 17」集英社 2015
　　p26

感情に意に一致（張我軍）
　◇「近代朝鮮文学日本語作品集1939〜1945 評論・随筆
　　篇 1」緑蔭書房 2002 p364

感傷のある風景—河東洸氏に献ぐ（黒木謳子）
　◇「日本統治期台湾文学集成 18」緑蔭書房 2003
　　p505

感傷の手（萩原朔太郎）
　◇「ちくま日本文学 36」筑摩書房 2009（ちくま文
　　庫）p66

環礁—ミクロネシヤ巡島記抄—（中島敦）

　◇「日本文学全集 16」河出書房新社 2016 p257

間食（山田詠美）
　◇「女がそれを食べるとき」幻冬舎 2013（幻冬舎文
　　庫）p237

感じる専門家 採用試験（川上未映子）
　◇「文学 2007」講談社 2007 p263

韓人閑話（上）（下）（續）（續）（續）（作者表記
なし）
　◇「近代朝鮮文学日本語作品集1901〜1938 評論・随筆
　　篇 2」緑蔭書房 2004 p167

勧進帳（落合三郎（佐々木高丸））
　◇「新・プロレタリア文学精選集 11」ゆまに書房
　　2004 p127

カンヅメ（森奈津子）
　◇「黄昏ホテル」小学館 2004 p61

缶詰28号（江坂遊）
　◇「ロボットの夜」光文社 2000（光文社文庫）
　　p511

罐詰みたいな醜聞（安西均）
　◇「新装版 全集現代文学の発見 13」學藝書林 2004
　　p380

姦声（幸田文）
　◇「ちくま日本文学 5」筑摩書房 2007（ちくま文
　　庫）p26

陥穽（竹本健治）
　◇「甦る「幻影城」 3」角川書店 1998（カドカワ・
　　エンタテインメント）p315
　◇「幻影城—【探偵小説誌】不朽の名作」角川書店
　　2000（角川ホラー文庫）p371

寛政女武道（池波正太郎）
　◇「娘秘剣」徳間書店 2011（徳間文庫）p5

鐵道小説 陥穽の試運転（柯設偕）
　◇「日本統治期台湾文学集成 22」緑蔭書房 2007
　　p35

観世大夫の事を記す（信夫恕軒）
　◇「新日本古典文学大系 明治編 2」岩波書店 2004
　　p313

間雪（石川未英）
　◇「ゆきのまち幻想文学賞小品集 13」企画集団ぷり
　　ずむ 2004 p96

関節話法（筒井康隆）
　◇「日本SF・名作集成 3」リブリオ出版 2005 p117
　◇「冒険の森へ—傑作小説大全 9」集英社 2016 p64

頑是ない、約束（橋てつと）
　◇「全作家短編小説集 6」全作家協会 2007 p29

眼前口頭（斎藤緑雨）
　◇「明治の文学 15」筑摩書房 2002 p128
　◇「新日本古典文学大系 明治編 29」岩波書店 2005
　　p167

「眼前口頭」他より（斎藤緑雨）
　◇「危険なマッチ箱」文藝春秋 2009（文春文庫）
　　p175

幹線水路二〇六一年（光瀬龍）
　◇「60年代日本SFベスト集成」筑摩書房 2013（ち
　　くま文庫）p335

完全脱獄（楠田匡介）
◇「江戸川乱歩と13の宝石 2」光文社 2007（光文社文庫）p285

勧善懲悪（織田作之助）
◇「ちくま日本文学 35」筑摩書房 2009（ちくま文庫）p74

勧善懲悪について（武田泰淳）
◇「戦後文学エッセイ選 5」影書房 2006 p54

完全な殺人（山本芳樹）
◇「ショートショートの広場 14」講談社 2003（講談社文庫）p268

完全な日常について（小野十三郎）
◇「新装版 全集現代文学の発見 13」學藝書林 2004 p233

完全な遊戯（石原慎太郎）
◇「戦後短篇小説再発見 1」講談社 2001（講談社文芸文庫）p25

完全なる脳髄（上田早夕里）
◇「Fの肖像—フランケンシュタインの幻想たち」光文社 2010（光文社文庫）p409
◇「結晶銀河—年刊日本SF傑作選」東京創元社 2011（創元SF文庫）p73

眼前の密室（横山秀夫）
◇「本格ミステリ 2004」講談社 2004（講談社ノベルス）p11
◇「深夜バス78回転の問題—本格短編ベスト・セレクション」講談社 2008（講談社文庫）p11

完全犯罪（小栗虫太郎）
◇「新装版 全集現代文学の発見 16」學藝書林 2005 p184
◇「新編・日本幻想文学集成 4」国書刊行会 2016 p173

完全犯罪（省都正人）
◇「ショートショートの花束 3」講談社 2011（講談社文庫）p203

完全犯罪（超鈴木）
◇「ショートショートの花束 8」講談社 2016（講談社文庫）p49

完全犯罪（春木シュンボク）
◇「ショートショートの花束 5」講談社 2013（講談社文庫）p69

完全犯罪あるいは善人の見えない牙（深水黎一郎）
◇「ミステリ★オールスターズ」角川書店 2010 p11
◇「ミステリ・オールスターズ」角川書店 2012（角川文庫）p11

完全無欠の密室（飛鳥悟）
◇「本格推理 11」光文社 1997（光文社文庫）p129

完全無欠の密室への助走（早見江堂）
◇「ミステリ★オールスターズ」角川書店 2010 p311
◇「ミステリ・オールスターズ」角川書店 2012（角川文庫）p359

感想（宮内寒弥）
◇「早稲田作家処女作集」講談社 2012（講談社文芸文庫）p304

閑窓茶話（北村透谷）
◇「明治の文学 16」筑摩書房 2002 p401

感想に代へて（香山光郎）
◇「近代朝鮮文学日本語作品集1939〜1945 評論・随筆篇 1」緑蔭書房 2002 p400

贋造の空（竹内勝太郎）
◇「新装版 全集現代文学の発見 別巻」學藝書林 2005 p468

贋造犯人（椿八郎）
◇「「宝石」一九五〇一車家殺人事件：探偵小説傑作集」光文社 2012（光文社文庫）p337

寒村夜帰（小川健次郎）
◇「新日本古典文学大系 明治編 12」岩波書店 2001 p31

神田悪魔町夜話（杉本苑子）
◇「大江戸事件帖—時代推理小説名作選」双葉社 2005（双葉文庫）p43

「神田川」見立て殺人（鯨統一郎）
◇「名探偵で行こう—最新ベスト・ミステリー」光文社 2001（カッパ・ノベルス）p191

カンタータ（崔華國）
◇「〈在日〉文学全集 17」勉誠出版 2006 p52

神田橋（荒川義英）
◇「新・プロレタリア文学精選集 1」ゆまに書房 2004 p131

カンタービレ！（李龍海）
◇「〈在日〉文学全集 18」勉誠出版 2006 p270

ガンダムからの文芸キャラクタリズム革命—新ガンダム、「ガンダムユニコーン」の勝算（福井晴敏、佐々木新）
◇「Fiction zero／narrative zero」講談社 2007 p015

邯鄲（乙川優三郎）
◇「代表作時代小説 平成15年度」光風社出版 2003 p367

邯鄲（吉田健一）
◇「新編・日本幻想文学集成 2」国書刊行会 2016 p245

カンタン刑（式貴士）
◇「冒険の森へ—傑作小説大全 8」集英社 2015 p102
◇「暴走する正義」筑摩書房 2016（ちくま文庫）p215

寒暖計（椎名麟三）
◇「戦後短篇小説再発見 11」講談社 2003（講談社文芸文庫）p70

簡単な結末（ナハゼ）
◇「人は死んだら電柱になる—電柱アンソロジー」遠すぎる未来団 2014 p282

簡単な青年劇の演出法（台湾総督府文教局社会課編）
◇「日本統治期台湾文学集成 11」緑蔭書房 2003 p5

簡単な青年劇の演出法（中山侑）
◇「日本統治期台湾文学集成 11」緑蔭書房 2003 p11

かんた

元旦〔七首〕（香山光郎）
　◇「近代朝鮮文学日本語作品集1939～1945 創作篇 6」緑蔭書房 2001 p306

元旦の挿話（新田淳）
　◇「日本統治期台湾文学集成 6」緑蔭書房 2002 p197

元旦の賦二絶二律（その四）（成島柳北）
　◇「新日本古典文学大系 明治編 2」岩波書店 2004 p213

カンチク先生（小沼丹）
　◇「戦後短篇小説再発見 15」講談社 2003 （講談社文芸文庫）p57

寒厨（楊雲萍）
　◇「日本統治期台湾文学集成 18」緑蔭書房 2003 p563

寒中水泳（結城昌治）
　◇「ミステリマガジン700 国内篇」早川書房 2014 （ハヤカワ・ミステリ文庫）p7

眼中の悪魔（山田風太郎）
　◇「文学賞受賞・名作集成 6」リブリオ出版 2004 p147

間車―蜂谷与助（池波正太郎）
　◇「決闘！ 関ケ原」実業之日本社 2015 （実業之日本社文庫）p295

浣腸祈禱（吉澤有貴）
　◇「怪談四十九夜」竹書房 2016 （竹書房文庫）p200

浣腸とマリア（野坂昭如）
　◇「新装版 全集現代文学の発見 16」學藝書林 2005 p460
　◇「大阪文学名作選」講談社 2011 （講談社文芸文庫）p32
　◇「闇市」皓星社 2015 （紙礫）p163

癌治療（増田修男）
　◇「ショートショートの花束 5」講談社 2013 （講談社文庫）p52

寒椿（永井路子）
　◇「鬼火が呼んでいる―時代小説傑作選」講談社 1997 （講談社文庫）p75

雁釣り（羽志主水）
　◇「戦前探偵小説四人集」論創社 2011 （論創ミステリ叢書）p45

鑑定証拠（中嶋博行）
　◇「推理小説代表作選集―推理小説年鑑 1997」講談社 1997 p185
　◇「殺人哀モード」講談社 2000 （講談社文庫）p53

鑑定証拠 使用凶器 不明（中嶋博行）
　◇「判決―法廷ミステリー傑作集」徳間書店 2010 （徳間文庫）p185

鑑定料（城昌幸）
　◇「探偵小説の風景―トラフィック・コレクション 下」光文社 2009 （光文社文庫）p357

感動（アンデルセン著, 森鷗外訳）
　◇「新日本古典文学大系 明治編 25」岩波書店 2004 p400

巻頭句の女（松本清張）

俳句殺人事件―巻頭句の女」光文社 2001 （光文社文庫）p13

巻頭言（全一四回）（金海卿）
　◇「近代朝鮮文学日本語作品集1908～1945 セレクション 6」緑蔭書房 2008 p271

感動した都会（岡本潤）
　◇「新装版 全集現代文学の発見 1」學藝書林 2002 p283

関東大震災のころ（沢村貞子）
　◇「精選女性随筆集 12」文藝春秋 2012 p144

関東大震災、ひとまず無事＞柴田菊子（伊藤野枝）
　◇「日本人の手紙 10」リブリオ出版 2004 p41

関東・武州長瀬事件始末（平野小剣）
　◇「被差別小説傑作集」河出書房新社 2016 （河出文庫）p205

カントの憂鬱（佐飛通俊）
　◇「文学 1997」講談社 1997 p112

官途の論客（痩々亭骨皮道人）
　◇「新日本古典文学大系 明治編 29」岩波書店 2005 p236

カントールの楽園で（小田牧央）
　◇「新・本格推理 04」光文社 2004 （光文社文庫）p393

神無月（宮部みゆき）
　◇「江戸夢あかり」学習研究社 2003 （学研M文庫）p135
　◇「親不孝長屋一人情時代小説傑作選」新潮社 2007 （新潮文庫）p161
　◇「江戸夢あかり」学研パブリッシング 2013 （学研M文庫）p135
　◇「日本文学100年の名作 8」新潮社 2015 （新潮文庫）p427

カンナニ（湯浅克衛）
　◇「コレクション戦争と文学 17」集英社 2012 p242

願人坊主家康（南條範夫）
　◇「剣が謎を斬る―名作で読む推理小説史 時代ミステリー傑作選」光文社 2005 （光文社文庫）p165

感応（岩村透）
　◇「文豪怪談傑作選 特別編」筑摩書房 2007 （ちくま文庫）p114

感応（大城竜流）
　◇「てのひら怪談―ビーケーワン怪談大賞傑作選 壬辰」ポプラ社 2012 （ポプラ文庫）p100

雁の絵（澤田ふじ子）
　◇「江戸夢あかり」学習研究社 2003 （学研M文庫）p379
　◇「江戸夢あかり」学研パブリッシング 2013 （学研M文庫）p379

雁の便り（北村薫）
　◇「最新「珠玉推理」大全 上」光文社 1998 （カッパ・ノベルス）p153
　◇「幻惑のラビリンス」光文社 2001 （光文社文庫）p219

缶の中の神（草上仁）

かんほ

◇「未来妖怪」光文社 2008（光文社文庫）p73

雁の門（緒方隆士）
◇「『日本浪曼派』集」新学社 2007（新学社近代浪漫派文庫）p324

観音江戸を救う（喬木彬光）
◇「魔剣くずし秘聞」光風社出版 1998（光風社文庫）p383

観音経の功徳（作者表記なし）
◇「文豪怪談傑作選 特別編」筑摩書房 2009（ちくま文庫）p85

観音菩薩（李碩崑）
◇「近代朝鮮文学日本語作品集1901〜1938 創作篇 4」緑蔭書房 2004 p191

観音妖女（白石一郎）
◇「鍔鳴り疾風剣」光風社出版 2000（光風社文庫）p139

乾杯（金広賢介）
◇「涙がこぼれないように—さよならが胸を打つ10の物語」泰文堂 2014（リンダブックス）p226

関白宣言ふたたび（名取佐和子）
◇「愛してるって言えばよかった」泰文堂 2012（リンダブックス）p194

カンバック（安部譲二）
◇「闘人烈伝—格闘小説・漫画アンソロジー」双葉社 2000 p513

寒バヤ釣りと消えた女（太田蘭三）
◇「殺意の海—釣りミステリー傑作選」徳間書店 2003（徳間文庫）p169

がんばり入道（田辺青蛙）
◇「てのひら怪談—ビーケーワン怪談大賞傑作選 庚寅」ポプラ社 2010（ポプラ文庫）p86

がんばれ！ ダゴン秘密教団日本支部（寺田旅雨）
◇「リトル・リトル・クトゥルー—史上最小の神話小説集」学習研究社 2009 p156

がんばれ、ブライスくん！—デルフィニア戦記外伝（茅田砂胡）
◇「C・N 25—C・novels創刊25周年アンソロジー」中央公論新社 2007（C novels）p738

がんばれるわけは…（@micanaitoh）
◇「3.11心に残る140字の物語」学研パブリッシング 2011 p94

看板（池波正太郎）
◇「歴史小説の世紀 地の巻」新潮社 2000（新潮文庫）p245
◇「江戸しのび雨」学研パブリッシング 2012（学研M文庫）p5
◇「まんぷく長屋—食欲文学傑作選」新潮社 2014（新潮文庫）p7

看板（伊車哲哉）
◇「超短編傑作選 v.6」創英社 2007 p25

甲板船客（江馬修）
◇「新・プロレタリア文学精選集 10」ゆまに書房 2004 p1

甲板の上（鄭芝溶）
◇「近代朝鮮文学日本語作品集1908〜1945 セレクショ

ン 4」緑蔭書房 2008 p160

怪奇小説 甲板の妖人（松浦泉三郎）
◇「日本統治期台湾文学集成 9」緑蔭書房 2002 p235

甘美な牢獄（宇能鴻一郎）
◇「異形の白昼—恐怖小説集」筑摩書房 2013（ちくま文庫）p67

玩物の果てに（久能啓二）
◇「江戸川乱歩と13の宝石」光文社 2007（光文社文庫）p333

寒ブリ（安原輝彦）
◇「日本海文学大賞一大賞作品集 3」日本海文学大賞運営委員会 2007 p453

カンブリアの亡霊（化野蝶々）
◇「てのひら怪談 癸巳」KADOKAWA 2013（MF文庫ダ・ヴィンチ）p92

カンフル（大塚楠緒子）
◇「新編 日本女性文学全集 3」菁柿堂 2011 p136

雁風呂（がんぶろ）（談州桜燕枝）
◇「新日本古典文学大系 明治編 6」岩波書店 2006 p409

勘平の死（岡本綺堂）
◇「忠臣蔵コレクション 2」河出書房新社 1998（河出文庫）p233

官兵衛受難（赤瀬川隼）
◇「代表作時代小説 平成11年度」光風社出版 1999 p303
◇「愛染夢灯籠—時代小説傑作選」講談社 2005（講談社文庫）p373

勘兵衛奉公記（池波正太郎）
◇「武士の本懐—武士道小説傑作選 2」ベストセラーズ 2005（ベスト時代文庫）p5

完璧な…（富永一彦）
◇「ショートショートの広場 8」講談社 1997（講談社文庫）p151

完璧な蒐集（篠田真由美）
◇「毒殺協奏曲」原書房 2016 p299

完璧な政治コンピューター（音無翠嵐）
◇「ショートショートの広場 16」講談社 2005（講談社文庫）p84

完璧な涙（仁木稔）
◇「神林長平トリビュート」早川書房 2009 p81
◇「神林長平トリビュート」早川書房 2012（ハヤカワ文庫 JA）p91

完璧な病室（小川洋子）
◇「中沢けい・多和田葉子・荻野アンナ・小川洋子」角川書店 1998（女性作家シリーズ）p329

完璧なママ（松田幸緒）
◇「はじめての小説（ミステリー）—内田康夫＆東京・北区が選んだ珠玉のミステリー 2」実業之日本社 2013 p107

寒紅おゆう（佐伯泰英）
◇「花ふぶき—時代小説傑作選」角川春樹事務所 2004（ハルキ文庫）p67

願望（中村孝志）
◇「ショートショートの広場 11」講談社 2000（講

かんぼ

談社文庫）p182

閑忙小言（成島柳北）
◇「新日本古典文学大系 明治編 2」岩波書店 2004 p278

灌木地帯（神村正史）
◇「ハンセン病文学全集 8」皓星社 2006 p185

カンボジアの骨（松村進吉）
◇「男たちの怪談百物語」メディアファクトリー 2012〔幽BOOKS〕）p171

カンボジア報告（一ノ瀬泰造）
◇「コレクション戦争と文学 2」集英社 2012 p360

姦魔（鷲尾三郎）
◇「探偵くらぶ—探偵小説傑作選1946〜1958 上」光文社 1997（カッパ・ノベルス）p253

巻末エッセイ ある場所（柴崎友香）
◇「現代小説クロニクル 2005〜2009」講談社 2015 p300

巻末エッセイ 「杞憂夢」の頃（坂上弘）
◇「現代小説クロニクル 1980〜1984」講談社 2014 p270

巻末エッセイ タイプライターのころ（村田喜代子）
◇「現代小説クロニクル 1985〜1989」講談社 2015 p276

巻末エッセイ 日本橋を徘徊した日々（村田沙耶香）
◇「現代小説クロニクル 2010〜2014」講談社 2015 p322

巻末エッセイ 「光とゼラチンのライブチッヒ」を書いた頃のこと（多和田葉子）
◇「現代小説クロニクル 1990〜1994」講談社 2015 p266

巻末エッセイ 変換のさなか（角田光代）
◇「現代小説クロニクル 1995〜1999」講談社 2015 p266

巻末エッセイ 「僕って何」のころ（三田誠広）
◇「現代小説クロニクル 1975〜1979」講談社 2014 p336

巻末エッセイ 喪服の行方（堀江敏幸）
◇「現代小説クロニクル 2000〜2004」講談社 2015 p322

巻末に〔美はしき背景〕（尾崎孝子）
◇「日本統治期台湾文学集成 15」緑蔭書房 2003 p358

巻末附録 不思議譚（黄雲生著, 馬場孤蝶, 与謝野寛, 小栗風葉, 鈴木鼓村談話者）
◇「文豪怪談傑作選 特別編」筑摩書房 2007（ちくま文庫）p333

含満ヶ淵に迷ふ（朱耀翰）
◇「近代朝鮮文学日本語作品集1901〜1938 評論・随筆篇 3」緑蔭書房 2004 p55

緩慢な殺人（中村啓）
◇「5分で読める！ ひと駅ストーリー 冬の記憶東口編」宝島社 2013（宝島社文庫）p151

贋夢譚 彫る男（稲葉祥子）

現代作家代表作選集 2」鼎書房 2012 p5

姦雄遊戯（木下昌輝）
◇「決戦！ 三國志」講談社 2015 p5

漢陽秋賦 秋の三角山（李一）
◇「近代朝鮮文学日本語作品集1908〜1945 セレクション 3」緑蔭書房 2008 p335

漢陽秋賦 逍遙山の紅葉（安夕影）
◇「近代朝鮮文学日本語作品集1908〜1945 セレクション 3」緑蔭書房 2008 p339

漢陽秋賦 仁旺山（林學洙）
◇「近代朝鮮文学日本語作品集1908〜1945 セレクション 3」緑蔭書房 2008 p343

漢陽秋賦 南山展望—他の山を語る（金文輯）
◇「近代朝鮮文学日本語作品集1908〜1945 セレクション 3」緑蔭書房 2008 p331

漢陽秋賦 漢江の賦（李庸華）
◇「近代朝鮮文学日本語作品集1908〜1945 セレクション 3」緑蔭書房 2008 p323

漢陽秋賦 北漢連山（林和）
◇「近代朝鮮文学日本語作品集1908〜1945 セレクション 3」緑蔭書房 2008 p319

歓楽街（中井紀夫）
◇「時間怪談」廣済堂出版 1999（廣済堂文庫）p351

観覧車（北野勇作）
◇「量子回廊—年刊日本SF傑作選」東京創元社 2010（創元SF文庫）p305

観覧車（柴田よしき）
◇「新世紀「謎」倶楽部」角川書店 1998 p189

観覧草（松本楽志）
◇「超短編の世界 vol.3」創英社 2011 p128

眼力（今野敏）
◇「宝石ザミステリー 2014冬」光文社 2014 p7

巌流小次郎秘剣斬り—武蔵羅切（新宮正春）
◇「宮本武蔵伝奇」勉誠出版 2002（べんせいライブラリー）p93

願流日暮丸（柴田錬三郎）
◇「娘秘剣」徳間書店 2011（徳間文庫）p211

官僚たちの夏—第1話, 第2話（橋本裕志）
◇「テレビドラマ代表作選集 2010年版」日本脚本家連盟 2010 p81

句集 寒林（桂自然坊）
◇「ハンセン病文学全集 9」皓星社 2010 p211

咸臨丸の船匠（安土肇）
◇「伊豆の江戸を歩く」伊豆新聞本社 2004（伊豆文学賞歴史小説傑作集）p179

函嶺に風雨に逢ふ（中村敬宇）
◇「新日本古典文学大系 明治編 2」岩波書店 2004 p152

雁翎の連歌第二（正岡子規）
◇「新日本古典文学大系 明治編 27」岩波書店 2003 p415

還暦の鯉（井伏鱒二）
◇「山形県文学全集第1期（小説編）2」郷土出版社 2004 p172

関連地図（有吉佐和子）
◇「精選女性随筆集 4」文藝春秋 2012 p24
寒露—10月8日ごろ（小野寺史宜）
◇「君と過ごす季節—秋から冬へ、12の暦物語」ポプラ社 2012（ポプラ文庫）p91
甘露の門（童門冬二）
◇「浜町河岸夕化粧」光風社出版 1998（光風社文庫）p223
閑話十二題（金関丈夫）
◇「日本統治期台湾文学集成 17」緑蔭書房 2003 p185
蛾 I（金子光晴）
◇「ちくま日本文学 38」筑摩書房 2009（ちくま文庫）p62

【き】

鬼（綱淵謙錠）
◇「歴史小説の世紀 地の巻」新潮社 2000（新潮文庫）p392
義（綱淵謙錠）
◇「人物日本の歴史—時代小説版 戦国編」小学館 2004（小学館文庫）p171
樹（入澤康夫）
◇「超短編アンソロジー」筑摩書房 2002（ちくま文庫）p189
樹（永井荷風）
◇「ちくま日本文学 19」筑摩書房 2008（ちくま文庫）p197
木（崔龍源）
◇「〈在日〉文学全集 18」勉誠出版 2006 p176
偽悪天使（久美沙織）
◇「夢魔」光文社 2001（光文社文庫）p503
紀伊大島（中上健次）
◇「日本文学全集 23」河出書房新社 2015 p457
城井谷崩れ（海音寺潮五郎）
◇「軍師の生きざま—短篇小説集」作品社 2008 p99
◇「黒田官兵衛—小説集」作品社 2013 p247
城井谷崩れ—黒田官兵衛（海音寺潮五郎）
◇「軍師の生きざま」実業之日本社 2013（実業之日本社文庫）p123
聞いても、いい？（まほ）
◇「ショートショートの広場 8」講談社 1997（講談社文庫）p50
黄色い花粉都市（間瀬純子）
◇「ひとにぎりの異形」光文社 2007（光文社文庫）p288
黄い紙（岡本綺堂）
◇「新編・日本幻想文学集成 4」国書刊行会 2016 p403
黄色い下宿人（山田風太郎）
◇「贈る物語Mystery」光文社 2002 p59
◇「シャーロック・ホームズに愛をこめて」光文社 2010（光文社文庫）p7
黄いろい詩人（谷川俊太郎）
◇「超短編アンソロジー」筑摩書房 2002（ちくま文庫）p182
◇「新装版 全集現代文学の発見 13」學藝書林 2004 p449
黄色い蝶（伊藤桂一）
◇「江戸恋い明け烏」光風社出版 1999（光風社文庫）p69
黄色い花（仁木悦子）
◇「名探偵登場！」ベストセラーズ 2004（日本ミステリー名作館）p187
黄色い晩（小川未明）
◇「文豪怪談傑作選 小川未明集」筑摩書房 2008（ちくま文庫）p87
黄色い微笑（井上武彦）
◇「経済小説名作選」筑摩書房 2014（ちくま文庫）p323
黄色い冬（藤田宜永）
◇「Colors」ホーム社 2008 p5
◇「短篇ベストコレクション—現代の小説 2008」徳間書店 2008（徳間文庫）p219
◇「Colors」集英社 2009（集英社文庫）p33
黄いろい夢（岡本潤）
◇「新装版 全集現代文学の発見 1」學藝書林 2002 p280
黄色いライスカレー（平谷美樹）
◇「12の贈り物—東日本大震災支援岩手県在住作家自選短編集」荒蝦夷 2011（叢書東北の声）p268
句集 喜雨（白井春星子）
◇「ハンセン病文学全集 9」皓星社 2010 p203
旧羈靮（きうきてき）（アンデルセン著, 森鷗外訳）
◇「新日本古典文学大系 明治編 25」岩波書店 2004 p269
きぇー（六條靖子）
◇「てのひら怪談—ビーケーワン怪談大賞傑作選 百怪繚乱篇」ポプラ社 2008 p158
◇「てのひら怪談—ビーケーワン怪談大賞傑作選 己丑」ポプラ社 2009（ポプラ文庫）p186
消えた生き証人（笹沢左保）
◇「犬道楽江戸草紙—時代小説傑作選」徳間書店 2005（徳間文庫）p199
消えた井原老人（宮原龍雄）
◇「江戸川乱歩の推理教室」光文社 2008（光文社文庫）p127
消えた絵日記（迷跡）
◇「リトル・リトル・クトゥルー—史上最小の神話小説集」学習研究社 2009 p78
消えた男（青山智樹）
◇「宇宙塵傑作選—日本SFの軌跡 2」出版芸術社 1997 p219
消えた男（鳥井及策）
◇「甦る推理雑誌 9」光文社 2003（光文社文庫）p279

きえた

消えた貨車（夢座海二）
◇「無人踏切―鉄道ミステリー傑作選」光文社 2008
（光文社文庫）p205

消えた神の顔（光瀬龍）
◇「日本SF・名作集成 2」リブリオ出版 2005 p95

懸賞鐵道小説（二等二席入選作）消えた切符（豊島英治）
◇「日本統治期台湾文学集成 22」緑蔭書房 2007
p161

消えた兇器（柴田錬三郎）
◇「江戸の名探偵―時代推理傑作選」徳間書店 2009
（徳間文庫）p317

消えた拳銃（柘植めぐみ）
◇「ブラックミステリーズ―12の黒い謎をめぐる219
の質問」KADOKAWA 2015（角川文庫）p67

消えた裁縫道具（河内実加）
◇「本格ミステリ 2002」講談社 2002（講談社ノベ
ルス）p617
◇「死神と雷鳴の暗号―本格短編ベスト・セレク
ション」講談社 2006（講談社文庫）p445

消えた左腕事件（秋月涼介）
◇「蝦蟇倉市事件 2」東京創元社 2010（東京創元
社・ミステリ・フロンティア）p219
◇「街角で謎が待っている」東京創元社 2014（創元
推理文庫）p247

消えた山荘（笠井潔）
◇「吹雪の山荘―赤い死の影の下に」東京創元社
2008（創元クライム・クラブ）p7
◇「吹雪の山荘―リレーミステリ」東京創元社 2014
（創元推理文庫）p11

消えた十二月（小滝ダイゴロウ）
◇「ゆきのまち幻想文学賞小品集 25」企画集団ぷり
ずむ 2015 p33

消えた新幹線（連城三紀彦）
◇「鉄ミス倶楽部東海道新幹線50―推理小説アンソ
ロジー」光文社 2014（光文社文庫）p143

消えた背番号11（姉小路祐）
◇「密室―ミステリーアンソロジー」角川書店 1997
（角川文庫）p5

消えた黄昏（高橋三千綱）
◇「散りぬる桜―時代小説招待席」廣済堂出版 2004
p209

消えた脳病変（浅ノ宮遼）
◇「監獄舎の殺人―ミステリーズ！ 新人賞受賞作品
集」東京創元社 2016（創元推理文庫）p173

消えた箱の謎（小松エメル）
◇「猫とわたしの七日間―青春ミステリーアンソロ
ジー」ポプラ社 2013（ポプラ文庫ピュアフル）
p49

消えた八月（森田勝也）
◇「中学生のドラマ 3」晩成書房 1996 p73

消えた半夏生（沢昌子）
◇「かわさきの文学―かわさき文学賞50年記念作品
集 2009年」審美社 2009 p203

消えたプレゼント・ダーツ（岡崎琢磨）
◇「『このミステリーがすごい！』大賞作家書き下ろ
しBOOK vol.4」宝島社 2014 p129

消えた山伏（中野孝次）
◇「山形県文学全集第2期（随筆・紀行編）5」郷土出版
社 2005 p167

消えた指（古川時夫）
◇「ハンセン病文学全集 7」皓星社 2004 p349

消えた指輪（光原百合）
◇「本格推理 12」光文社 1998（光文社文庫）p177

消えたロザリオ―聖アリスガワ女学校の事件
簿 1（古野まほろ）
◇「名探偵だって恋をする」角川書店 2013（角川文
庫）p147

消えていくその日まで（里田和登）
◇「5分で読める！ ひと駅ストーリー 夏の記憶西口
編」宝島社 2013（宝島社文庫）p41

消えない足跡（遠谷湊）
◇「幻想水滸伝短編集 3」メディアワークス 2002
（電撃文庫）p151

消え残るものたち（高家あさひ）
◇「てのひら怪談 癸巳」KADOKAWA 2013（MF
文庫ダ・ヴィンチ）p150

キエフ大劇場の暗殺（林房雄）
◇「新・プロレタリア文学精選集 9」ゆまに書房
2004 p183

消える（川上弘美）
◇「戦後短篇小説再発見 18」講談社 2004（講談社
文芸文庫）p176

奇縁（高橋克彦）
◇「謎―スペシャル・ブレンド・ミステリー 003」
講談社 2008（講談社文庫）p203

機縁（飯尾憲士）
◇「文学 2004」講談社 2004 p247

紀尾井坂殺人事件―大久保利通（小林久三）
◇「幕末テロリスト列伝」講談社 2004（講談社文
庫）p251

紀尾井坂の残照（谷津矢車）
◇「代表作時代小説 平成26年度」光文社 2014 p397

キオク（鮎沢千加子）
◇「ショートショートの広場 19」講談社 2007（講
談社文庫）p116

記憶（佐藤千恵）
◇「超短編の世界 vol.3」創英社 2011 p106

記憶（塔和子）
◇「ハンセン病文学全集 7」皓星社 2004 p515

記憶（許南麒）
◇「〈在日〉文学全集 2」勉誠出版 2006 p262

記憶（松本清張）
◇「ペン先の殺意―文芸ミステリー傑作選」光文社
2005（光文社文庫）p161
◇「三田文学短篇選」講談社 2010（講談社文芸文
庫）p140

記憶（宮野叢子）
◇「探偵くらぶ―探偵小説傑作選1946～1958 下」光
文社 1997（カッパ・ノベルス）p305

記憶をなくした女（松田文鳥）
◇「ショートショートの花束 1」講談社 2009（講

記憶喪失（嵯々藤二郎）
◇「ショートショートの広場 10」講談社 2000（講談社文庫）p291

記憶玉（岬兄悟）
◇「蒐集家（コレクター）」光文社 2004（光文社文庫）p337

記憶と感情の中へ（島尾敏雄）
◇「戦後文学エッセイ選 10」影書房 2007 p222

詩集 記憶と現在（大岡信）
◇「新装版 全集現代文学の発見 13」學藝書林 2004 p490

記憶のアリバイ［解決編］（我孫子武丸）
◇「探偵Xからの挑戦状！ season2」小学館 2011（小学館文庫）p171

記憶のアリバイ［問題編］（我孫子武丸）
◇「探偵Xからの挑戦状！ season2」小学館 2011（小学館文庫）p93

記憶の欠片（我孫子武丸）
◇「逆想コンチェルト─イラスト先行・競作小説アンソロジー 奏の2」徳間書店 2010 p254

記憶の川で（塔和子）
◇「ハンセン病文学全集 7」皓星社 2004 p507
◇「ハンセン病文学全集 7」皓星社 2004 p513

記憶の点々空（木堂明）
◇「ゆきのまち幻想文学賞・小品集 15」企画集団ぷりずむ 2006 p190

記憶の中（平岩弓枝）
◇「銀座24の物語」文藝春秋 2001 p217

記憶のなかに（吉行理恵）
◇「吉田知子・森万紀子・吉行理恵・加藤幸子」角川 1998（女性作家シリーズ）p221

記憶の中の町（池田晴海）
◇「最後の一日 7月22日─さよならが胸に染みる物語」泰文堂 2012（リンダブックス）p228

記憶の船（李龍海）
◇「〈在日〉文学全集 18」勉誠出版 2006 p271

記憶屋（相馬純）
◇「ショートショートの広場 18」講談社 2006（講談社文庫）p180

祇園（長田幹彦）
◇「京都府文学全集第1期（小説編）1」郷土出版社 2005 p337

祇園石段下の血闘（津本陽）
◇「血闘！ 新選組」実業之日本社 2016（実業之日本社文庫）p343

徽音殿の井戸（田井芳樹）
◇「黄土の虹─チャイナ・ストーリーズ」祥伝社 2000 p149

祇園の男（瀬戸内晴美）
◇「京都府文学全集第1期（小説編）5」郷土出版社 2005 p335

祇園の女（火坂雅志）
◇「誠の旗がゆく─新選組傑作選」集英社 2003（集英社文庫）p381

機械（北川冬彦）
◇「新装版 全集現代文学の発見 13」學藝書林 2004 p28

機械（横光利一）
◇「六人の作家小説選」東銀座出版社 1997（銀選書）p283
◇「百年小説」ポプラ社 2008 p845
◇「日本近代短篇小説選 昭和篇1」岩波書店 2012（岩波文庫）p81
◇「経済小説名作選」筑摩書房 2014（ちくま文庫）p15
◇「日本文学全集 26」河出書房新社 2017 p315

鬼界ガ島（安部龍太郎）
◇「源義経の時代─短篇小説集」作品社 2004 p97

器械的人間（正岡子規）
◇「新日本古典文学大系 明治編 27」岩波書店 2003 p107

機械と太鼓─プロパチンカアの独白（北田玲一郎）
◇「新装版 全集現代文学の発見 別巻」學藝書林 2005 p238

奇怪なアルバイト（江戸川乱歩）
◇「江戸川乱歩の推理試験」光文社 2009（光文社文庫）p301

奇怪な再会（芥川龍之介）
◇「文豪怪談傑作選 芥川龍之介集」筑摩書房 2010（ちくま文庫）p49

奇怪な再会（園城寺雄）
◇「幻の探偵雑誌 8」光文社 2001（光文社文庫）p367

奇怪な剝製師（大下宇陀児）
◇「竹中英太郎 3」皓星社 2016（挿絵叢書）p65

奇怪な話（抄）（豊島与志雄）
◇「文豪てのひら怪談」ポプラ社 2009（ポプラ文庫）p108

器怪の祝祭日（種村季弘）
◇「妖怪」国書刊行会 1999（書物の王国）p124

気概は同じペンと筆（金南天）
◇「近代朝鮮文学日本語作品集1908〜1945 セレクション 6」緑蔭書房 2008 p239

帰化外国語（正岡子規）
◇「新日本古典文学大系 明治編 27」岩波書店 2003 p155

気がかりな少女（淺川継太）
◇「いまのあなたへ─村上春樹への12のオマージュ」NHK出版 2014 p8

器楽的幻覚（梶井基次郎）
◇「ちくま日本文学 28」筑摩書房 2008（ちくま文庫）p30

規格はずれ（水樹和佳子）
◇「チューリップ革命─ネオ・スイート・ドリーム・ロマンス」イースト・プレス 2000 p117

木がくれの実（多磨全生園武蔵野短歌会）
◇「ハンセン病文学全集 8」皓星社 2006 p133

饑餓陣営（宮沢賢治）
◇「ちくま日本文学 3」筑摩書房 2007（ちくま文

きかて

キガテア（眉村卓）
◇「宇宙生物ゾーン」廣済堂出版 2000 （廣済堂文庫）p525

小説 飢餓と殺戮（崔曙海著，林南山譯）
◇「近代朝鮮文学日本語作品集1901〜1938 創作篇 1」緑蔭書房 2004 p143

気が向いたらおいでね（大道珠貴）
◇「本からはじまる物語」メディアパル 2007 p123

帰缶（江坂遊）
◇「帰還」光文社 2000 （光文社文庫）p321

帰還（菊地秀行）
◇「帰還」光文社 2000 （光文社文庫）p541

擬眼（瀬名秀明）
◇「SF宝石─ぜ〜んぶ！ 新作読み切り」光文社 2013 p7

帰還〜Cursed Guns〜（天羽沙夜）
◇「幻想水滸伝短編集 4」メディアワークス 2002 （電撃文庫）p13

飢寒窟の日計（松原岩五郎）
◇「新日本古典文学大系 明治編 30」岩波書店 2009 p268

機関車、草原に（河野典生）
◇「日本SF全集 2」出版芸術社 2010 p343
◇「60年代日本SFベスト集成」筑摩書房 2013 （ちくま文庫）p297
◇「たそがれゆく未来」筑摩書房 2016 （ちくま文庫）p293

機關車と美人（張文環）
◇「日本統治期台湾文学集成 22」緑蔭書房 2007 p317

帰還者トーマス（楠野一郎）
◇「超短編の世界 vol.2」創英社 2009 p22

機関車に巣喰う（龍胆寺雄）
◇「日本文学100年の名作 2」新潮社 2014 （新潮文庫）p259

機関車物語〈影絵〉（保坂純子）
◇「人形座脚本集」晩成書房 2005 p49

義眼の奥の風景（古川時夫）
◇「ハンセン病文学全集 7」皓星社 2004 p351

川柳句集 義眼の達磨（五津正人）
◇「ハンセン病文学全集 9」皓星社 2010 p440

義眼の中に花が散る（古川時夫）
◇「ハンセン病文学全集 7」皓星社 2004 p364

危機（本田緒生）
◇「幻の探偵雑誌 10」光文社 2002 （光文社文庫）p367

危機一髪（安曇潤平）
◇「男たちの怪談百物語」メディアファクトリー 2012 （〔幽BOOKS〕）p106

季期陰象（金時鐘）
◇「〈在日〉文学全集 5」勉誠出版 2006 p7

木々作品のロマン性（松本清張）
◇「謀」文藝春秋 2003 （推理作家になりたくて マイベストミステリー）p292

◇「マイ・ベスト・ミステリー 4」文藝春秋 2007 （文春文庫）p449

奇妓首信（依田学海）
◇「新日本古典文学大系 明治編 3」岩波書店 2005 p108

聴き手は注意して択むべき事（夢野久作）
◇「ちくま日本文学 31」筑摩書房 2009 （ちくま文庫）p423

ぎぎの煮つけ（高橋義夫）
◇「代表作時代小説 平成9年度」光風社出版 1997 p77
◇「紅葉谷から剣鬼が来る─時代小説傑作選」講談社 2002 （講談社文庫）p45

聞き耳頭巾（前田剛力）
◇「ショートショートの花束 7」講談社 2015 （講談社文庫）p34

犠牛の詩─西南戦争異聞（赤瀬川隼）
◇「紅葉谷から剣鬼が来る─時代小説傑作選」講談社 2002 （講談社文庫）p363

帰郷（元秀一）
◇「〈在日〉文学全集 12」勉誠出版 2006 p361

帰郷（江崎誠致）
◇「コレクション戦争と文学 13」集英社 2011 p223

帰郷（太田忠司）
◇「ショートショートの缶詰」キノブックス 2016 p205

帰郷（菊地秀行）
◇「Fの肖像─フランケンシュタインの幻想たち」光文社 2010 （光文社文庫）p569

帰郷（中原中也）
◇「新装版 全集現代文学の発見 13」學藝書林 2004 p170
◇「日本文学全集 29」河出書房新社 2016 p44

帰郷（萩原朔太郎）
◇「ちくま日本文学 36」筑摩書房 2009 （ちくま文庫）p191

帰郷（古川薫）
◇「代表作時代小説 平成13年度」光風社出版 2001 p319

帰郷（尹徳祚）
◇「〈外地〉の日本語文学選 3」新宿書房 1996 p209

帰郷─曙光の誓い後日譚（花田一三六）
◇「C・N 25─C・novels創刊25周年アンソロジー」中央公論新社 2007 （C novels）p254

桔梗（安西篤子）
◇「剣よ月下に舞え」光風社出版 2001 （光風社文庫）p189

桔梗（香山末子）
◇「〈在日〉文学全集 17」勉誠出版 2006 p84

桔梗合戦（皆川博子）
◇「ドッペルゲンガー奇譚集─死を招く影」角川書店 1998 （角川ホラー文庫）p191

桔梗咲く野を（牧野房）
◇「山形県文学全集第2期〔随筆・紀行編〕 6」郷土出版社 2005 p223

帰郷（抄）（大佛次郎）

きけい

◇「京都府文学全集第1期〈小説編〉3」郷土出版社 2005 p128

帰郷―昭和一六年（三橋一夫）
◇「日米架空戦記集成―明治・大正・昭和」中央公論新社 2003（中公文庫）p266

企業戦士（汲田誠司）
◇「ショートショートの広場 10」講談社 2000（講談社文庫）p250

企業戦士クレディター（川又千秋）
◇「日本SF・名作集成 9」リブリオ出版 2005 p115

帰郷中目撃事件（正岡子規）
◇「新日本古典文学大系 明治編 27」岩波書店 2003 p101

企業特訓殺人事件（森村誠一）
◇「謎―スペシャル・ブレンド・ミステリー 002」講談社 2007（講談社文庫）p51

奇矯な着想（江戸川乱歩）
◇「ちくま日本文学 7」筑摩書房 2008（ちくま文庫）p398

桔梗の宿（連城三紀彦）
◇「『このミス』が選ぶ！ オールタイム・ベスト短編ミステリー 赤」宝島社 2015（宝島社文庫）p263

帰郷まで（政石蒙）
◇「ハンセン病文学全集 4」皓星社 2003 p618

戯曲資本論（阪本勝）
◇「新・プロレタリア文学精選集 17」ゆまに書房 2004 p1

戯曲「シヤクンタラー姫」を讀みて（閔龍兒）
◇「近代朝鮮文学日本語作品1908〜1945 セレクション 6」緑蔭書房 2008 p50

戯曲『テーラー』（イッセー尾形）
◇「特別な一日」徳間書店 2005（徳間文庫）p169

帰去来（北原尚彦）
◇「帰還」光文社 2000（光文社文庫）p285

饑饉の体験（柳田國男）
◇「ちくま日本文学 15」筑摩書房 2008（ちくま文庫）p426

菊（安西冬衛）
◇「新装版 全集現代文学の発見 13」學藝書林 2004 p18

菊（内田百閒）
◇「植物」国書刊行会 1998（書物の王国）p62
◇「文豪怪談傑作選 大正篇」筑摩書房 2011（ちくま文庫）p80

菊（香山末子）
◇「ハンセン病文学全集 7」皓星社 2004 p422

木具（金関丈夫）
◇「日本統治期台湾文学集成 17」緑蔭書房 2003 p271

菊あわせ（泉鏡花）
◇「文豪怪談傑作選 泉鏡花集」筑摩書房 2006（ちくま文庫）p257

奇偶論（北森鴻）
◇「本格ミステリー二〇〇八年本格短編ベスト・セレクション 08」講談社 2008（講談社ノベルス）p217

◇「見えない殺人カード―本格短編ベスト・セレクション」講談社 2012（講談社文庫）p315

菊島直人のいちばんアツい日（千梨らく）
◇「5分で読める！ ひと駅ストーリー 夏の記憶東口編」宝島社 2013（宝島社文庫）p251

句集 菊守（桂玲人）
◇「ハンセン病文学全集 9」皓星社 2010 p153

菊女覚え書（大原富枝）
◇「歴史小説の世紀 天の巻」新潮社 2000（新潮文庫）p705

木屑録（正岡子規）
◇「新日本古典文学大系 明治編 27」岩波書店 2003 p135

菊池寛議長へ（香山光郎）
◇「近代朝鮮文学日本語作品集1939〜1945 評論・随筆篇 3」緑蔭書房 2002 p489

菊池寛―リアリストというもの（小林秀雄）
◇「文豪怪談傑作選 特別編」筑摩書房 2008（ちくま文庫）p345

菊地秀行のニッケル・オデオン（菊地秀行）
◇「黒い遊園地」光文社 2004（光文社文庫）p589

菊人形の昔（岡本綺堂）
◇「秋びより―時代小説アンソロジー」KADOKAWA 2014（角川文庫）p103

菊の塵（連城三紀彦）
◇「大江戸犯科帖―時代推理小説名作選」双葉社 2003（双葉文庫）p399

菊の匂い（香山末子）
◇「ハンセン病文学全集 7」皓星社 2004 p477

菊のはなかげ（武田八洲満）
◇「武士道切絵図―新鷹会・傑作時代小説選」光文社 2010（光文社文庫）p197

菊畠（杉本苑子）
◇「おもかげ行燈」光風社出版 1998（光風社文庫）p287

菊枕（松本清張）
◇「我等、同じ船に乗り」文藝春秋 2009（文春文庫）p49

聞く耳（橋本治）
◇「短篇ベストコレクション―現代の小説 2011」徳間書店 2011（徳間文庫）p45

着ぐるみのいる風景（喜多南）
◇「5分で読める！ ひと駅ストーリー 乗車編」宝島社 2012（宝島社文庫）p191
◇「5分で泣ける！ 胸がいっぱいになる物語」宝島社 2015（宝島社文庫）p137

畸形児（山村正夫）
◇「妖異百物語 2」出版芸術社 1997（ふしぎ文学館）p171

詭計の神（愛理修）
◇「新・本格推理 7」光文社 2007（光文社文庫）p431

義兄のはやき（敬志）
◇「てのひら怪談 葵巳」KADOKAWA 2013（MF文庫ダ・ヴィンチ）p24

きけきき

喜劇 日本の牛（東川宗彦）
◇「ドラマの森 2005」西日本劇作家の会 2004（西日本戯曲選集）p51
義血侠血（泉鏡花）
◇「明治の文学 8」筑摩書房 2001 p3
きけ わだつみのこえ（作者不詳）
◇「涙の百年文学―もう一度読みたい」太陽出版 2009 p194
きけわだつみのこえ（日本戦没学生記念会編）
◇「新装版 全集現代文学の発見 14」學藝書林 2005 p600
〔きけわだつみのこえ〕大井栄光（大井栄光）
◇「新装版 全集現代文学の発見 14」學藝書林 2005 p600
〔きけわだつみのこえ〕尾崎良夫（尾崎良夫）
◇「新装版 全集現代文学の発見 14」學藝書林 2005 p640
〔きけわだつみのこえ〕川島正（川島正）
◇「新装版 全集現代文学の発見 14」學藝書林 2005 p616
〔きけわだつみのこえ〕木村久夫（木村久夫）
◇「新装版 全集現代文学の発見 14」學藝書林 2005 p645
〔きけわだつみのこえ〕篠崎二郎（篠崎二郎）
◇「新装版 全集現代文学の発見 14」學藝書林 2005 p618
〔きけわだつみのこえ〕鈴木実（鈴木実）
◇「新装版 全集現代文学の発見 14」學藝書林 2005 p643
〔きけわだつみのこえ〕武井脩（旧姓花岡）（武井脩）
◇「新装版 全集現代文学の発見 14」學藝書林 2005 p622
〔きけわだつみのこえ〕竹田喜義（竹田喜義）
◇「新装版 全集現代文学の発見 14」學藝書林 2005 p631
〔きけわだつみのこえ〕田辺利宏（田辺利宏）
◇「新装版 全集現代文学の発見 14」學藝書林 2005 p608
〔きけわだつみのこえ〕長谷川信（長谷川信）
◇「新装版 全集現代文学の発見 14」學藝書林 2005 p627
〔きけわだつみのこえ〕目黒晃（目黒晃）
◇「新装版 全集現代文学の発見 14」學藝書林 2005 p605
『きけわだつみのこえ』より（瀬田万之助）
◇「読み聞かせる戦争」光文社 2015 p25
危険がいっぱい（勢川びき）
◇「ショートショートの広場 13」講談社 2002（講談社文庫）p254
期限切れの言葉（穂坂コウジ）
◇「超短編の世界 vol.3」創英社 2011 p134
期限切れの言葉（三里顕）
◇「超短編の世界 vol.3」創英社 2011 p135
鬼言（幻聴）／同 先駆形（宮沢賢治）

◇「文豪てのひら怪談」ポプラ社 2009（ポプラ文庫）p60
危険信號に朝焼が（金龍濟）
◇「近代朝鮮文学日本語作品集1908〜1945 セレクション 4」緑蔭書房 2008 p295
危険水域（井上雅彦）
◇「恐竜文学大全」河出書房新社 1998（河出文庫）p33
紀元節（夏目漱石）
◇「超短編アンソロジー」筑摩書房 2002（ちくま文庫）p103
危険なアリア―京都ブライトンホテル（村松友視）
◇「贅沢な恋人たち」幻冬舎 1997（幻冬舎文庫）p185
危険な関係（新章文子）
◇「江戸川乱歩賞全集 3」講談社 1998（講談社文庫）p7
危険な散歩（萩原朔太郎）
◇「ちくま日本文学 36」筑摩書房 2009（ちくま文庫）p77
危険な乗客（折原一）
◇「M列車（ミステリートレイン）で行こう」光文社 2001（カッパ・ノベルス）p57
危険な人間（眉村卓）
◇「ひとにぎりの異形」光文社 2007（光文社文庫）p153
鬼交（京極夏彦）
◇「エロティシズム12幻想」エニックス 2000 p339
機巧のイヴ（乾緑郎）
◇「ザ・ベストミステリーズ―推理小説年鑑 2013」講談社 2013 p65
◇「極光星群」東京創元社 2013（創元SF文庫）p85
◇「ベスト本格ミステリ 2013」講談社 2013（講談社ノベルス）p331
◇「Esprit機知と企みの競演」講談社 2016（講談社文庫）p125
義猴の事を記す（信夫恕軒）
◇「新日本古典文学大系 明治編 2」岩波書店 2004 p297
聴こえてくる言葉―クリエイティブディレクター編（作者不詳）
◇「心に火を。」廣済堂出版 2014 p62
聞こえない声〜有罪と無罪（阿久根知昭）
◇「テレビドラマ代表作選集 2009年版」日本脚本家連盟 2009 p287
帰国（高嶋哲夫）
◇「北日本文学賞入賞作品集 2」北日本新聞社 2002 p117
帰国（田山花袋）
◇「サンカの民を追って―山窩小説傑作選」河出書房新社 2015（河出文庫）p9
帰国船（姜舜）
◇「〈在日〉文学全集 17」勉誠出版 2006 p26
畸骨譚（暮木椎哉）
◇「てのひら怪談―ビーケーワン怪談大賞傑作選 辛

卯」ポプラ社 2011 （ポプラ文庫）p112

鬼骨の人（津本陽）
◇「軍師の生きざま─時代小説傑作選」コスミック出版 2008 （コスミック・時代文庫）p119
◇「竹中半兵衛─小説集」作品社 2014 p39

鬼骨の人─竹中半兵衛（津本陽）
◇「時代小説傑作選 6」新人物往来社 2008 p5
◇「軍師は死なず」実業之日本社 2014 （実業之日本社文庫）p67

きことわ（朝吹真理子）
◇「現代小説クロニクル 2010～2014」講談社 2015 （講談社文芸文庫）p192

既婚恋愛（立見千春）
◇「100の恋─幸せになるための恋愛短篇集」泰文堂 2010 （Linda books！）p218

偽作の証明（白樺香澄）
◇「ショートショートの花束 7」講談社 2015 （講談社文庫）p234

貴三郎一代（有馬頼義）
◇「冒険の森へ─傑作小説大全 18」集英社 2016 p75

喜三郎の憂鬱（加門七海）
◇「時間怪談」廣済堂出版 1999 （廣済堂文庫）p423

キサブロー、帰る（大村友貴美）
◇「12の贈り物─東日本大震災支援岩手県在住作家自選短編集」荒蝦夷 2011 （叢書東北の声）p353

刻まれた業（内山靖二郎）
◇「リトル・リトル・クトゥルー──史上最小の神話小説集」学習研究社 2009 p120

川柳句集 きさらぎ（山野辺昇月）
◇「ハンセン病文学全集 9」皓星社 2010 p415

如月に生きて（中澤秀彬）
◇「全作家短編小説集 6」全作家協会 2007 p42

木更津余話（佐江衆一）
◇「代表作時代小説 平成19年度」光文社 2007 p351

ギジ（一双）
◇「てのひら怪談─ビーケーワン怪談大賞傑作選 2」ポプラ社 2007 p224

義肢（笠居誠一）
◇「ハンセン病文学全集 8」皓星社 2006 p249

羈思（廉庭權）
◇「近代朝鮮文学日本語作品集1908～1945 セレクション 6」緑蔭書房 2008 p23

雉（中島敦）
◇「ちくま日本文学 12」筑摩書房 2008 （ちくま文庫）p447

雉（三好達治）
◇「新装版 全集現代文学の発見 13」學藝書林 2004 p107

岸打つ波（島田等）
◇「ハンセン病文学全集 7」皓星社 2004 p452

偽視界（星田三平）
◇「戦前探偵小説四人集」論創社 2011 （論創ミステ

リ叢書）p343

起死回生！─作家編（作者不詳）
◇「心に火を。」廣済堂出版 2014 p19

儀式（古賀準二）
◇「ショートショートの広場 10」講談社 2000 （講談社文庫）p202

儀式（三枝和子）
◇「三枝和子・林京子・富岡多惠子」角川書店 1999 （女性作家シリーズ）p7

儀式（竹西寛子）
◇「戦争小説短篇名作選」講談社 2015 （講談社文芸文庫）p83

疑似性健忘症（来栖阿佐子）
◇「甦る推理雑誌 8」光文社 2003 （光文社文庫）p255

義士の判決（土師清二）
◇「定本・忠臣蔵四十七人集」双葉社 1998 p404

岸辺の祭り（開高健）
◇「コレクション戦争と文学 2」集英社 2012 p13

鬼子母神（滝千賀子）
◇「伊豆文学賞」優秀作品集 第7回」羽衣出版 2004 p145

鬼子母神（竹河聖）
◇「ふるえて眠れ─女流ホラー傑作選」角川春樹事務所 2001 （ハルキ・ホラー文庫）p115

鬼子母神の選択肢（北森鴻）
◇「新世紀「謎」倶楽部」角川書店 1998 p161

鬼子母火（宮部みゆき）
◇「きずな一時代小説親子情話」角川春樹事務所 2011 （ハルキ文庫）p7
◇「冬ごもり一時代小説アンソロジー」KADOKAWA 2013 （角川文庫）p33

木島先生（及川和男）
◇「12の贈り物─東日本大震災支援岩手県在住作家自選短編集」荒蝦夷 2011 （叢書東北の声）p44

義士饅頭（村上元三）
◇「忠臣蔵コレクション 2」河出書房新社 1998 （河出文庫）p203

きしめんの逆襲（清水義範）
◇「麺'sミステリー倶楽部─傑作推理小説集」光文社 2012 （光文社文庫）p299

鬼子母神の話（三輪チサ）
◇「女たちの怪談百物語」メディアファクトリー 2010 （〔幽books〕）p195
◇「女たちの怪談百物語」KADOKAWA 2014 （角川ホラー文庫）p199

木地屋（折口信夫）
◇「ちくま日本文学 25」筑摩書房 2008 （ちくま文庫）p43

汽車中の殺人（三津木春影）
◇「明治探偵冒険小説 4」筑摩書房 2005 （ちくま文庫）p345

汽車賃だけ持って来たまえ＞堀辰雄（室生犀星）
◇「日本人の手紙 3」リブリオ出版 2004 p198

きしや

汽車に乗つて（丸山薫）
　◇「新装版 全集現代文学の発見 13」學藝書林 2004
　　p117

小説 汽車の中（兪鎮午）
　◇「近代朝鮮文学日本語作品集1939〜1945 創作篇 3」
　　緑蔭書房 2001 p251

鬼趣（芥川龍之介）
　◇「文豪怪談傑作選 芥川龍之介集」筑摩書房 2010
　　（ちくま文庫）p317

鬼啾（角田喜久雄）
　◇「日本怪奇小説傑作集 2」東京創元社 2005（創
　　元推理文庫）p137

紀州鯨銛殺法（新宮正春）
　◇「武芸十八般―武道小説傑作選」ベストセラーズ
　　2005（ベスト時代文庫）p219

紀州の姫君（竹田真砂子）
　◇「代表作時代小説 平成11年度」光風社出版 1999
　　p145

鬼魔図（芥川龍之介）
　◇「文豪怪談傑作選 芥川龍之介集」筑摩書房 2010
　　（ちくま文庫）p314

奇術師（土岐到）
　◇「妖異百物語 1」出版芸術社 1997（ふしぎ文学
　　館）p161
　◇「魔術師」角川書店 2001（角川ホラー文庫）
　　p103

喜寿童女（石川淳）
　◇「晩菊―女体についての八篇」中央公論新社 2016
　　（中公文庫）p215

嬉春絶句（森春濤）
　◇「新日本古典文学大系 明治編 2」岩波書店 2004
　　p26

蟻城（石川鴻斎）
　◇「新日本古典文学大系 明治編 3」岩波書店 2005
　　p331

机上のダリア（長田穂波）
　◇「ハンセン病文学全集 6」皓星社 2003 p44

樹上の人（迷跡）
　◇「てのひら怪談―ビーケーワン怪談大賞傑作選 辛
　　卯」ポプラ社 2011（ポプラ文庫）p176

鬼女の鱗（泡坂妻夫）
　◇「傑作捕物ワールド 1」リブリオ出版 2002 p201

鬼女の扇（最終稿）（北條秀司）
　◇「日本舞踊舞踊劇選集」西川会 2002 p889

鬼女の啼く夜（池田和尋）
　◇「てのひら怪談―ビーケーワン怪談大賞傑作選 2」
　　ポプラ社 2007 p80

鬼女の面（倉橋由美子）
　◇「誘惑―女流ミステリー傑作選」徳間書店 1999
　　（徳間文庫）p21

鬼女の夢（高橋克彦）
　◇「ザ・ベストミステリーズ―推理小説年鑑 2003」
　　講談社 2003 p609
　◇「殺人格差」講談社 2006（講談社文庫）p143

危女保護同盟（大下宇陀児）
　◇「風間光枝探偵日記」論創社 2007（論創ミステリ

叢書）p47

箕子林（金史良）
　◇「近代朝鮮文学日本語作品集1939〜1945 創作篇 2」
　　緑蔭書房 2001 p155

帰心（許南麒）
　◇「〈在日〉文学全集 2」勉誠出版 2006 p247

棄神祭（北森鴻）
　◇「名探偵の奇跡」光文社 2007（Kappa novels）
　　p171
　◇「名探偵の奇跡」光文社 2010（光文社文庫）
　　p213

奇人脱哉（きじんだっさい）（志賀直哉）
　◇「ちくま日本文学 21」筑摩書房 2008（ちくま文
　　庫）p367

鬼神の弱点は何処に（笹沢左保）
　◇「七人の十兵衛―傑作時代小説」PHP研究所
　　2007（PHP文庫）p165

畸人の館（加納一朗）
　◇「怪奇・伝奇時代小説選集 15」春陽堂書店 2000
　　（春陽文庫）p201

きず（幸田文）
　◇「ちくま日本文学 5」筑摩書房 2007（ちくま文
　　庫）p412

きず（向田邦子）
　◇「精選女性随筆集 11」文藝春秋 2012 p223

キス（峯岸可弥）
　◇「物語のルミナリエ」光文社 2011（光文社文庫）
　　p313

傷（北原亞以子）
　◇「市井図絵」新潮社 1997 p45
　◇「傑作捕物ワールド 10」リブリオ出版 2002 p221
　◇「時代小説―読切御免 2」新潮社 2004（新潮文
　　庫）p9

傷（たなかなつみ）
　◇「超短編の世界」創英社 2008 p32

傷（趙南哲）
　◇「〈在日〉文学全集 18」勉誠出版 2006 p138

疵（今邑彩）
　◇「白のミステリー―女性ミステリー作家傑作選」
　　光文社 1997 p201
　◇「女性ミステリー作家傑作選 1」光文社 1999
　　（光文社文庫）p75

傷痕（斎藤史子）
　◇「現代作家代表作選集 4」鼎書房 2013 p5

疵あと（佐多稲子）
　◇「戦後短篇小説再発見 17」講談社 2003（講談社
　　文芸文庫）p143

火の接吻（キス・オブ・ファイア）（戸川昌子）
　◇「綾辻・有栖川復刊セレクション 火の接吻」講談
　　社 2007（講談社ノベルス）p4

気遣い（清水晋）
　◇「ショートショートの広場 19」講談社 2007（講
　　談社文庫）p198

傷口（宇野なずき）
　◇「人は死んだら電柱になる―電柱アンソロジー」
　　遠すぎる未来団 2014 p182

きせつ

傷口（許南麒）
◇「〈在日〉文学全集 2」勉誠出版 2006 p240

キスした人（稲垣足穂）
◇「ちくま日本文学 16」筑摩書房 2008（ちくま文庫）p24

傷自慢（新津きよみ）
◇「白のミステリー──女性ミステリー作家傑作選」光文社 1997 p95
◇「女性ミステリー作家傑作選 3」光文社 1999（光文社文庫）p5

傷だらけの詩にあたえる歌（許南麒）
◇「〈在日〉文学全集 2」勉誠出版 2006 p62

傷だらけの茄子（向田邦子）
◇「精選女性随筆集 11」文藝春秋 2012 p217

きずつけずあれ（折口信夫）
◇「ちくま日本文学 25」筑摩書房 2008（ちくま文庫）p109

きずな（草川隆）
◇「宇宙塵傑作選──日本SFの軌跡 2」出版芸術社 1997 p49

絆（安土萌）
◇「チャイルド」廣済堂出版 1998（廣済堂文庫）p179

絆（鮫島葉月）
◇「中学生のドラマ 2」晩成書房 1996 p65

絆のふたり（里見蘭）
◇「ベスト本格ミステリ 2013」講談社 2013（講談社ノベルス）p141

傷の記憶（高橋克彦）
◇「殺人博物館へようこそ」講談社 1998（講談社文庫）p425

辻小説 傷の毛（吉村敏）
◇「日本統治期台湾文学集成 22」緑蔭書房 2007 p350

帰省（誉田哲也）
◇「東と西 2」小学館 2010 p166
◇「東と西 2」小学館 2012（小学館文庫）p181

帰省（光原百合）
◇「スタートライン──始まりをめぐる19の物語」幻冬舎 2010（幻冬舎文庫）p7

帰省（宮崎湖処子）
◇「新日本古典文学大系 明治編 28」岩波書店 2006 p33

犠牲（ぎせい）… →"いけにえ…"をも見よ

犠牲（徳田秋声）
◇「明治の文学 9」筑摩書房 2002 p3

寄生蟹のうた（萩原朔太郎）
◇「ちくま日本文学 36」筑摩書房 2009（ちくま文庫）p152

犠牲者（飛鳥高）
◇「甦る名探偵──探偵小説アンソロジー」光文社 2014（光文社文庫）p351

犠牲者（平林初之輔）
◇「幻の探偵雑誌 10」光文社 2002（光文社文庫）p45

寄生妹（吉川トリコ）
◇「甘い記憶」新潮社 2008 p151
◇「甘い記憶」新潮社 2011（新潮文庫）p153

帰省ラッシュ（酒井貴司）
◇「ショートショートの花束 8」講談社 2016（講談社文庫）p159

奇跡（依井貴裕）
◇「自選ショート・ミステリー 2」講談社 2001（講談社文庫）p209

奇跡（@narakuragen）
◇「3.11心に残る140字の物語」学研パブリッシング 2011 p39

奇蹟（篠田真由美）
◇「GOD」廣済堂出版 1999（廣済堂文庫）p283

奇蹟の市（佐木隆三）
◇「コレクション戦争と文学 1」集英社 2012 p585

奇跡の女（中村樹基）
◇「世にも奇妙な物語──小説の特別編 悲鳴」角川書店 2002（角川ホラー文庫）p201

奇蹟の銀行（井上満寿夫）
◇「ドラマの森 2005」西日本劇作家の会 2004（西日本戯曲選集）p163

奇跡の乗客たち（梶尾真治）
◇「SFバカ本 だるま篇」廣済堂出版 1999（廣済堂文庫）p43

奇跡の少女（新津きよみ）
◇「妖女」光文社 2004（光文社文庫）p299

奇蹟の犯罪（天城一）
◇「甦る推理雑誌 3」光文社 2002（光文社文庫）p197

奇跡の星（小松與志子）
◇「テレビドラマ代表作選集 2005年版」日本脚本家連盟 2005 p269

季節がうつろう秋（有栖川有栖）
◇「マイ・ベスト・ミステリー 6」文藝春秋 2007（文春文庫）p82

季節と花束（黒木謳子）
◇「日本統治期台湾文学集成 18」緑蔭書房 2003 p366

季節の手紙──これを藤原桌三郎に（上忠司）
◇「日本統治期台湾文学集成 18」緑蔭書房 2003 p276

季節の窓（上忠司）
◇「日本統治期台湾文学集成 18」緑蔭書房 2003 p268

季節の巡るたびごとに（秋田みやび）
◇「冒険の夜に翔べ！──ソード・ワールド短編集」富士見書房 2003（富士見ファンタジア文庫）p7

季節の落書（李孝石）
◇「近代朝鮮文学日本語作品集1901～1938 評論・随筆篇 3」緑蔭書房 2004 p17

季節よ、せめて緩やかに流れよ（古橋智）
◇「立川文学 1」けやき出版 2011 p199

奇説四谷怪談（杉江唐一）
◇「怪奇・伝奇時代小説選集 13」春陽堂書店 2000

（春陽文庫）p227

偽善者（李正子）
◇「〈在日〉文学全集 17」勉誠出版 2006 p274

妓生に行く娘の話（李石薫）
◇「近代朝鮮文学日本語作品集1939〜1945 評論・随筆篇 3」緑蔭書房 2002 p90

汽船の客（島崎藤村）
◇「明治の文学 16」筑摩書房 2002 p211

汽船の客に変な女が乗っていました。対馬より≫久保よりえ（長塚節）
◇「日本人の手紙 7」リブリオ出版 2004 p59

喜善夢日記（佐々木鏡石（喜善）著，東雅夫編）
◇「文豪怪談傑作選 明治編」筑摩書房 2011 （ちくま文庫）p262

偽装（村松友視）
◇「二十四粒の宝石―超短編小説傑作集」講談社 1998 （講談社文庫）p59

偽装火災（小田隆治）
◇「ショートショートの花束 4」講談社 2012 （講談社文庫）p146

機捜235（今野敏）
◇「宝石ザミステリー」光文社 2011 p35

偽装の回路（山村美紗）
◇「電話ミステリー倶楽部―傑作推理小説集」光文社 2016 （光文社文庫）p235

偽装魔（夢座海二）
◇「魔の怪」勉誠出版 2002 （べんせいライブラリー）p93

蟻走痒感（安西冬衛）
◇「架空の町」国書刊行会 1997 （書物の王国）p49

起鼠記（津原泰水）
◇「おぞけ―ホラー・アンソロジー」祥伝社 1999 （祥伝社文庫）p297

義足（平野啓一郎）
◇「極上掌篇小説」角川書店 2006 p221
◇「ひと粒の宇宙」角川書店 2009 （角川文庫）p219
◇「コレクション戦争と文学 4」集英社 2011 p440

規則どおりに（小林剛）
◇「ショートショートの広場 17」講談社 2005 （講談社文庫）p11

義賊としての鼠小僧―巻末特集（割田剛雄）
◇「鼠小僧次郎吉」国書刊行会 2012 （義と仁叢書）p249

木曽の裾（朝松健）
◇「妖女」光文社 2004 （光文社文庫）p407

木曾の旅人（岡本綺堂）
◇「怪奇・伝奇時代小説選集 10」春陽堂書店 2000 （春陽文庫）p175
◇「日本怪奇小説傑作集 1」東京創元社 2005 （創元推理文庫）p307

期待（金時鐘）
◇「〈在日〉文学全集 5」勉誠出版 2006 p93

擬態する殺意（上原尚子）
◇「恐怖箱 遺伝記」竹書房 2008 （竹書房文庫）p66

キタイのアタイ（支倉凍砂）
◇「カレンダー・ラブ・ストーリー―読むと恋したくなる」星海社 2014 （星海社文庫）p105

探偵実話 奇代の兇賊臺北城下を騒す（飯岡秀三）
◇「日本統治期台湾文学集成 9」緑蔭書房 2002 p25

北風と太陽（耳目）
◇「ショートショートの広場 10」講談社 2000 （講談社文庫）p262

北風と太陽（森川楓子）
◇「5分で読める！ ひと駅ストーリー 旅の話」宝島社 2015 （宝島社文庫）p67

北風と太陽と…（月並凡庸）
◇「ショートショートの広場 14」講談社 2003 （講談社文庫）p109

北風と太陽は語り継がれる（耳目）
◇「ショートショートの花束 6」講談社 2014 （講談社文庫）p106

北風南風（横田文子）
◇「「日本浪曼派」集」新学社 2007 （新学社近代浪漫派文庫）p280

北から北（市川團子）
◇「文豪怪談傑作選 特別編」筑摩書房 2007 （ちくま文庫）p104

北川はぼくに（田中小実昌）
◇「戦争小説短編名作選」講談社 2015 （講談社文芸文庫）p123

北九州（村田喜代子）
◇「街物語」朝日新聞社 2000 p74

帰宅（志水辰夫）
◇「短篇ベストコレクション―現代の小説 2000」徳間書店 2000 p353

北ぐに（田原浩）
◇「ハンセン病文学全集 8」皓星社 2006 p354

きたぐに母子歌（雀野日名子）
◇「怪談列島ニッポン―書き下ろし諸国奇談競作集」メディアファクトリー 2009 （MF文庫）p129

来たければ来い（眉村卓）
◇「本迷宮―本を巡る不思議な物語」日本図書設計家協会 2016 p9

北朝鮮帰還はじまる（一九五九〜六〇年）（金夏日）
◇「〈在日〉文学全集 17」勉誠出版 2006 p196

穢い國から（牧野修）
◇「怪獣文藝―パートカラー」メディアファクトリー 2013 （〔幽BOOKS〕）p53

きたないことを奇麗にいふ法（正岡子規）
◇「新日本古典文学大系 明治編 27」岩波書店 2003 p195

汚い月（下西啓正）
◇「優秀新人戯曲集 2006」ブロンズ新社 2005 p5

汚い波紋（高城高）
◇「冒険の森へ―傑作小説大全 6」集英社 2016 p57

北の海（中原中也）
◇「人魚―mermaid & merman」皓星社 2016 （紙礫）p1

きつし

北の王（佐々木淳一）
◇「ゆきのまち幻想文学賞小品集 19」企画集団ぷりずむ 2010 p100

北の河（高井有一）
◇「私小説の生き方」アーツ・アンド・クラフツ 2009 p266

北の国（岩田宏）
◇「新装版 全集現代文学の発見 13」學藝書林 2004 p507

北の国から2002遺言（倉本聰）
◇「テレビドラマ代表作選集 2003年版」日本脚本家連盟 2003 p177

北の國より（高漢容）
◇「近代朝鮮文学日本語作品集1901〜1938 評論・随筆篇 2」緑蔭書房 2004 p184

北の冬（小川未明）
◇「文豪怪談傑作選 小川未明集」筑摩書房 2008（ちくま文庫）p341

北ノ政所（司馬遼太郎）
◇「おんなの城」角川書店 2010（角川文庫）p241

北林角觚（菊池三溪）
◇「新日本古典文学大系 明治編 1」岩波書店 2004 p295

北原白秋氏の肖像（木下杢太郎）
◇「芸術家」国書刊行会 1998（書物の王国）p177

北村透谷の評論より（北村透谷）
◇「新日本古典文学大系 明治編 26」岩波書店 2002 p275

喜多村の嗣惚（作者表記なし）
◇「文豪怪談傑作選 特別編」筑摩書房 2009（ちくま文庫）p11

キーダー持つ女〔續〕（安夕影）
◇「近代朝鮮文学日本語作品集1908〜1945 セレクション 6」緑蔭書房 2008 p331

北守将軍と三人兄弟の医者（平野直）
◇「学校放送劇舞台脚本集—宮沢賢治名作童話」東洋書院 2008 p159

北守将軍と三人兄弟の医者（宮沢賢治）
◇「日本文学全集 16」河出書房新社 2016 p95

来るべきサーカス（友成純一）
◇「世紀末サーカス」廣済堂出版 2000（廣済堂文庫）p565

鬼太郎が見た玉砕〜水木しげるの戦争〜（西岡琢也）
◇「テレビドラマ代表作選集 2008年版」日本脚本家連盟 2008 p123

気多はふりの家（折口信夫）
◇「ちくま日本文学 25」筑摩書房 2008（ちくま文庫）p51

奇談（佐藤春夫）
◇「コレクション戦争と文学 18」集英社 2012 p13

綺譚六三四一（光石介太郎）
◇「探偵小説の風景—トラフィック・コレクション 下」光文社 2009（光文社文庫）p217

きちがい便所（平山夢明）

厠の怪—便所怪談競作集」メディアファクトリー 2010（MF文庫）p31

気違いマリア（森茉莉）
◇「戦後短篇小説再発見 6」講談社 2001（講談社文芸文庫）p125

キチキチ（田中文雄）
◇「妖異百物語 2」出版芸術社 1997（ふしぎ文学館）p93

鬼畜（松本清張）
◇「冒険の森へ—傑作小説大全 3」集英社 2016 p38

吉様いのち（皆川博子）
◇「浮き世草紙—女流時代小説傑作選」角川春樹事務所 2002（ハルキ文庫）p237

既知との遭遇（モブノリオ）
◇「コレクション戦争と文学 5」集英社 2011 p159

基地に咲く花（漸井宏彰）
◇「立川文学 3」けやき出版 2013 p205

帰蝶（岩井三四二）
◇「戦国女人十一話」作品社 2005 p35
◇「くノ一、百華—時代小説アンソロジー」集英社 2013（集英社文庫）p55

基調作品 ねじくり博士（幸田露伴）
◇「懐かしい未来—甦る明治・大正・昭和の未来小説」中央公論新社 2001 p15

鬼帳面（小泉秀人）
◇「ショートショートの花束 6」講談社 2014（講談社文庫）p97

木賃宿（松原岩五郎）
◇「新日本古典文学大系 明治編 30」岩波書店 2009 p229

きっかけ（喜多喜久）
◇「5分で読める！ ひと駅ストーリー 本の物語」宝島社 2014（宝島社文庫）p329

きっかけ（小原猛）
◇「男たちの怪談百物語」メディアファクトリー 2012（〔幽BOOKS〕）p204

吉川治郎少輔元春（南條範夫）
◇「紅葉谷から剣鬼が来る—時代小説傑作選」講談社 2002（講談社文庫）p411

気つけ薬（大沢在昌）
◇「自選ショート・ミステリー 2」講談社 2001（講談社文庫）p9
◇「冒険の森へ—傑作小説大全 18」集英社 2016 p8

喫茶店今昔（徳田秋聲）
◇「金沢三文豪掌文庫 たべもの編」金沢文化振興財団 2011 p29

喫茶店にて（上忠司）
◇「日本統治期台湾文学集成 18」緑蔭書房 2003 p293

牛車（ぎっしゃ）… → "うしぐるま…"をも見よ
牛車は黙々と進む（李石薫）
◇「近代朝鮮文学日本語作品集1908〜1945 セレクション 4」緑蔭書房 2008 p204

キッシング・カズン（陳舜臣）
◇「謎—スペシャル・ブレンド・ミステリー 006」

きつち

講談社 2011（講談社文庫）p163

キッチン田中（吉川トリコ）
◇「明日町こんぺいとう商店街―招きうさぎと七軒の物語」ポプラ社 2013（ポプラ文庫）p201

啄木鳥（泉鏡花）
◇「金沢三文豪掌文庫 いきもの編」金沢文化振興財団 2010 p5

啄木鳥（佐藤巖太郎）
◇「決戦！ 川中島」講談社 2016 p61

木突憑（とり・みき）
◇「憑き者―全篇書下ろし傑作ホラーアンソロジー」アスキー 2000（A–novels）p687

きっと・あなた〈誓死君〉（左手参作）
◇「竹中英太郎 3」皓星社 2016（挿絵叢書）p185

きっとまた会えるから。（@micanaitoh）
◇「3.11心に残る140字の物語」学研パブリッシング 2011 p17

きっと、守ってくれる（@negia）
◇「3.11心に残る140字の物語」学研パブリッシング 2011 p9

きっと忘れない（龍田力）
◇「最後の一日12月18日―さよならが胸に染みる10の物語」泰文堂 2011（Linda books！）p120

きつね（土師清二）
◇「怪奇・伝奇時代小説選集 5」春陽堂書店 2000（春陽文庫）p261

狐（泉鏡花）
◇「両性具有」国書刊行会 1998（書物の王国）p48

狐（永井荷風）
◇「近代小説〈異界〉を読む」双文社出版 1999 p30
◇「明治の文学 25」筑摩書房 2001 p142
◇「いきものがたり」双文社出版 2013 p36

狐（新美南吉）
◇「月のものがたり」ソフトバンククリエイティブ 2006 p144
◇「近代童話（メルヘン）と賢治」おうふう 2014 p92

狐がいる（井下尚紀）
◇「てのひら怪談―ビーケーワン怪談大賞傑作選 2」ポプラ社 2007 p138

狐拳（宇江佐真理）
◇「江戸なみだ雨―市井稼業小説傑作選」学研パブリッシング 2010（学研M文庫）p171

狐、酒肆（さかや）を誑かす（石川鴻斎）
◇「新日本古典文学大系 明治編 3」岩波書店 2005 p289

狐憑き（猪股聖吾）
◇「人間心理の怪」勉誠出版 2003（べんせいライブラリー）p115

狐と踊れ（桜坂洋）
◇「神林長平トリビュート」早川書房 2009 p11
◇「神林長平トリビュート」早川書房 2012（ハヤカワ文庫 JA）p13

狐とり弥左衛門（山田野理夫）
◇「みちのく怪談名作選 vol.1」荒蝦夷 2010（叢書東北の声）p321

狐になった女流詩人（会田綱雄）
◇「新装版 全集現代文学の発見 13」學藝書林 2004 p393

きつねのおきゃくさま（あまんきみこ）
◇「朗読劇台本集 5」玉川大学出版部 2002 p69

狐の剃刀（柳田國男）
◇「ちくま日本文学 15」筑摩書房 2008（ちくま文庫）p242

きつねのごんた（谷幸司）
◇「小学校たのしい劇の本―英語劇付 中学年」国土社 2007 p50

狐の生肝（石川淳）
◇「モノノケ大合戦」小学館 2005（小学館文庫）p195

キツネのてぶくろ（岡安伸治）
◇「小学校たのしい劇の本―英語劇付 中学年」国土社 2007 p36

狐の嫁入り（辻井喬）
◇「陰陽師伝奇大全」白泉社 2001 p123

狐の嫁入り（もくだいゆういち）
◇「ショートショートの花束 5」講談社 2013（講談社文庫）p225

きつね火（李正子）
◇「〈在日〉文学全集 17」勉誠出版 2006 p297

狐火を追うもの（五十嵐彪太）
◇「てのひら怪談―ビーケーワン怪談大賞傑作選 2」ポプラ社 2007 p118
◇「てのひら怪談―ビーケーワン怪談大賞傑作選 己丑」ポプラ社 2009（ポプラ文庫）p166

狐飛脚（八木隆一郎）
◇「日本舞踊舞踊劇選集」西川会 2002 p801

きつね美女（山手樹一郎）
◇「極め付き時代小説選 1」中央公論新社 2004（中公文庫）p235

狐火の湯（都筑道夫）
◇「魔性の生き物」リブリオ出版 2001（怪奇・ホラーワールド）p197
◇「怪談―24の恐怖」講談社 2004 p99

きつね姫（都筑道夫）
◇「綾辻・有栖川復刊セレクション 新顎十郎捕物帳」講談社 2007（講談社ノベルス）p133

狐フェスティバル（瀬尾まいこ）
◇「Teen Age」双葉社 2004 p49

きつね風呂（石居椎）
◇「てのひら怪談―ビーケーワン怪談大賞傑作選 辛卯」ポプラ社 2011（ポプラ文庫）p100

きつね与次郎（大沼珠生）
◇「ゆきのまち幻想文学賞小品集 17」企画集団ぷりずむ 2008 p15

狐よりも賢し（獅子文六）
◇「温泉小説」アーツアンドクラフツ 2006 p187

切符（浅田次郎）
◇「短篇ベストコレクション―現代の小説 2004」徳間書店 2004（徳間文庫）p5

切符（三島由紀夫）

◇「文豪怪談傑作選」筑摩書房 2007（ちくま文庫）p61

切符一枚あれば（@bttftag）
◇「3.11心に残る140字の物語」学研パブリッシング 2011 p66

随筆 切符と井戸（西川満）
◇「日本統治期台湾文学集成 22」緑蔭書房 2007 p249

吉報（須月研児）
◇「ショートショートの広場 16」講談社 2005（講談社文庫）p200

詰澀上遊客文（成島柳北）
◇「新日本古典文学大系 明治編 2」岩波書店 2004 p264

義弟の死（小杉健治）
◇「最新「珠玉推理」大全 上」光文社 1998（カッパ・ノベルス）p185
◇「幻惑のラビリンス」光文社 2001（光文社文庫）p263

キ・テイル・ク・エ・キエル・ケ（不狼児）
◇「リトル・リトル・クトゥルー─史上最小の神話小説集」学習研究社 2009 p224

汽笛（寺山修司）
◇「ちくま日本文学 6」筑摩書房 2007（ちくま文庫）p11

汽笛と屍骸（岡本潤）
◇「新装版 全集現代文学の発見 1」學藝書林 2002 p288

起点（岡崎始）
◇「つながり─フェリシモしあわせショートショート」フェリシモ 1999 p87

貴殿は小生をバカにしている≫長谷川泰子（中原中也）
◇「日本人の手紙 5」リブリオ出版 2004 p62

帰途（アンデルセン著、森鷗外訳）
◇「新日本古典文学大系 明治編 25」岩波書店 2004 p326

帰途（清岡卓行）
◇「夢」国書刊行会 1998（書物の王国）p48

帰途（田村隆一）
◇「日本文学全集 29」河出書房新社 2016 p59

帰途（眉村卓）
◇「冒険の森へ─傑作小説大全 10」集英社 2016 p19

喜怒哀楽!?年賀状（山成嘉津江）
◇「ショートショートの広場 17」講談社 2005（講談社文庫）p123

機動アントロイドエーネジェントメタルソルジャー（賀東招二）
◇「小説創るぜ！─突撃アンソロジー」富士見書房 2004（富士見ファンタジア文庫）p301

木戸のむこうに（澤田ふじ子）
◇「江戸味わい帖 料理人篇」角川春樹事務所 2015（ハルキ文庫）p77

木と話す女（山口洋子）
◇「したたかな女たち」リブリオ出版 2001（ラブミーワールド）p144
◇「恋愛小説・名作集成 7」リブリオ出版 2004 p144

木戸前のあの子（竹田真砂子）
◇「代表作時代小説 平成9年度」光風社出版 1997 p403
◇「春宵濡れ髪しぐれ─時代小説傑作選」講談社 2003（講談社文庫）p391

樹と雪と甲虫と（木野工）
◇「経済小説名作選」筑摩書房 2014（ちくま文庫）p261

着流し同心（新田次郎）
◇「傑作捕物ワールド 2」リブリオ出版 2002 p151

鬼無里（北森鴻）
◇「ザ・ベストミステリーズ─推理小説年鑑 2006」講談社 2006 p167
◇「セブンミステリーズ」講談社 2009（講談社文庫）p187

鬼無菊（北村四海）
◇「文豪怪談傑作選 特別編」筑摩書房 2007（ちくま文庫）p47

鬼涙村（牧野信一）
◇「短編名作選─1925-1949 文士たちの時代」笠間書院 1999 p209

木になった魚（竹西寛子）
◇「文学 2003」講談社 2003 p58

樹になりたい僕（藤本義一）
◇「藤本義一文学賞 第1回」（大阪）たる出版 2016 p217

気になるひと（佐々木敬祐）
◇「全作家短編小説集 7」全作家協会 2008 p132

きぬかつぎ（前川麻子）
◇「鬼瑠璃草─恋愛ホラー・アンソロジー」祥伝社 2003（祥伝社文庫）p301

絹婚式（石田衣良）
◇「短編ベストコレクション─現代の小説 2008」徳間書店 2008（徳間文庫）p5

絹婚式（連城三紀彦）
◇「銀座24の物語」文藝春秋 2001 p165

砧をうつ女（李恢成）
◇「〈在日〉文学全集 4」勉誠出版 2006 p243
◇「コレクション戦争と文学 17」集英社 2012 p623

砧最初の事件（山沢晴雄）
◇「無人踏切─鉄道ミステリー傑作選」光文社 2008（光文社文庫）p419

絹の女（早乙女貢）
◇「剣が哭く夜に哭く」光風社出版 2000（光風社文庫）p77

鬼怒のせせらぎ（伊藤桂一）
◇「江戸しのび雨」学研パブリッシング 2012（学研M文庫）p167

ギネス級（古保カオリ）
◇「ショートショートの花束 1」講談社 2009（講談社文庫）p56

木鼠長吉伝（菊池三溪）
◇「新日本古典文学大系 明治編 3」岩波書店 2005

きねま

p13

キネマの夜（江坂遊）
◇「キネマ・キネマ」光文社 2002（光文社文庫）p273

記念写真（小林弘明）
◇「ハンセン病文学全集 7」皓星社 2004 p408

記念日（伽古屋圭市）
◇「「もっとすごい！ 10分間ミステリー」宝島社 2013（宝島社文庫）p89
◇「5分で凍る！ ぞっとする怖い話」宝島社 2015（宝島社文庫）p245
◇「5分で驚く！ どんでん返しの物語」宝島社 2016（宝島社文庫）p73
◇「10分間ミステリー THE BEST」宝島社 2016（宝島社文庫）p161

記念日と芝居小屋（宮本常一）
◇「ちくま日本文学 22」筑摩書房 2008（ちくま文庫）p260

気のいい火山弾（宮沢賢治）
◇「ちくま日本文学 3」筑摩書房 2007（ちくま文庫）p101
◇「日本文学全集 16」河出書房新社 2016 p114

昨日、犬が死んだ（葉原あきよ）
◇「超短編の世界 vol.3」創英社 2011 p96

昨日いらっしつて下さい（室生犀星）
◇「日本文学全集 29」河出書房新社 2016 p20

木の上（川端康成）
◇「戦後短編小説再発見 12」講談社 2003（講談社文芸文庫）p167
◇「ちくま日本文学 26」筑摩書房 2008（ちくま文庫）p34

木の上の眼鏡（日下圭介）
◇「日本ベストミステリー選集 24」光文社 1997（光文社文庫）p71

昨日、今日、明日（角田光代）
◇「めぐり逢い―恋愛小説アンソロジー」角川春樹事務所 2005（ハルキ文庫）p215

帰農詩篇（金鍾漢）
◇「近代朝鮮文学日本語作品集1939～1945 創作篇 6」緑蔭書房 2001 p280

昨日にまさる恋しさの（萩原朔太郎）
◇「ちくま日本文学 36」筑摩書房 2009（ちくま文庫）p202

昨日の記憶（高橋克彦）
◇「仮面のレクイエム」光文社 1998（光文社文庫）p183

昨日の君は別の君 明日の私は別の私（相沢友子）
◇「世にも奇妙な物語―小説の特別編 赤」角川書店 2003（角川ホラー文庫）p191

昨日の夏（菊地秀行）
◇「妖魔ヶ刻―時間怪談傑作選」徳間書店 2000（徳間文庫）p259

昨日の花（阿刀田高）
◇「短篇ベストコレクション―現代の小説 2006」徳間書店 2006（徳間文庫）p5

紀の海の大鯨―元禄の豪商・紀伊国屋文左衛門（童門冬二）
◇「人物日本の歴史―時代小説版 江戸編 下」小学館 2004（小学館文庫）p65

きのうは嵐きょうは晴天（小熊秀雄）
◇「新装版 全集現代文学の発見 13」學藝書林 2004 p219

甲子七月念一の夕、京中十九日の変を聞き、感激して寐ねず、詩もつて事を紀す（森春濤）
◇「新日本古典文学大系 明治編 2」岩波書店 2004 p47

気の利くウェイトレス（今井将吾）
◇「ショートショートの花束 8」講談社 2016（講談社文庫）p125

きのこ（松本楽志）
◇「超短編の世界 vol.2」創英社 2009 p46

キノコ（松原直美）
◇「ショートショートの広場 19」講談社 2007（講談社文庫）p23

茸（北杜夫）
◇「きのこ文学名作選」港の人 2010 p209

茸（高樹のぶ子）
◇「きのこ文学名作選」港の人 2010 p261

きのこ会議（夢野久作）
◇「きのこ文学名作選」港の人 2010 p17

キノコのアイディア（長谷川龍生）
◇「きのこ文学名作選」港の人 2010 p343

茸の舞姫（泉鏡花）
◇「きのこ文学名作選」港の人 2010 p152

茸類（村田喜代子）
◇「きのこ文学名作選」港の人 2010 p97

キノ「サイレン」の成立とその將來（高週吉）
◇「近代朝鮮文学日本語作品集1908～1945 セレクション 3」緑蔭書房 2008 p81

城崎有情（堀和久）
◇「人情の往来―時代小説最前線」新潮社 1997（新潮文庫）p571

城の崎にて（志賀直哉）
◇「十話」ランダムハウス講談社 2006 p185
◇「ちくま日本文学 21」筑摩書房 2008（ちくま文庫）p316
◇「私小説の生き方」アーツ・アンド・クラフツ 2009 p21
◇「私小説名作選 上」講談社 2012（講談社文芸文庫）p97

木下順二の世界（野間宏）
◇「戦後文学エッセイ選 9」影書房 2008 p130

貴之章（作者表記なし）
◇「近代朝鮮文学日本語作品集1939～1945 創作篇 6」緑蔭書房 2001 p225

囍之章（作者表記なし）
◇「近代朝鮮文学日本語作品集1939～1945 創作篇 6」緑蔭書房 2001 p239

樹のために―（冨原眞弓）
◇「ろうそくの炎がささやく言葉」勁草書房 2011

p154
木の断章（金時鐘）
◇「〈在日〉文学全集 5」勉誠出版 2006 p16
乙卯（きのとう）の年晩秋 荷風小史（永井荷風）
◇「ちくま日本文学 19」筑摩書房 2008（ちくま文庫）p182
黄の花（一ノ瀬綾）
◇「コレクション戦争と文学 14」集英社 2012 p410
木の葉に回すフィルム（円山まどか）
◇「新走（アラバシリ）—Powers Selection」講談社 2011（講談社box）p283
きのふけふ（萩原朔太郎）
◇「ちくま日本文学 36」筑摩書房 2009（ちくま文庫）p24
樹の部落（趙南哲）
◇「〈在日〉文学全集 18」勉誠出版 2006 p135
木の実（宮本常一）
◇「ちくま日本文学 22」筑摩書房 2008（ちくま文庫）p252
木の都（織田作之助）
◇「近代小説〈都市〉を読む」双文社出版 1999 p178
◇「ちくま日本文学 35」筑摩書房 2009（ちくま文庫）p143
◇「大阪文学名作選」講談社 2011（講談社文芸文庫）p137
◇「日本文学100年の名作 4」新潮社 2014（新潮文庫）p9
来宮心中（大岡昇平）
◇「心中小説名作選」集英社 2008（集英社文庫）p51
木場（折口信夫）
◇「ちくま日本文学 25」筑摩書房 2008（ちくま文庫）p31
木箱（蓮本芯）
◇「ひらく—第15回フェリシモ文学賞」フェリシモ 2012 p152
騎馬戦（楊逸）
◇「日本統治期台湾文学集成 23」緑蔭書房 2007 p401
基盤の首（池波正太郎）
◇「武士道切絵図—新鷹会・傑作時代小説」光文社 2010（光文社文庫）p107
黍田子に頼らない真の格闘家に成長（横塚克明）
◇「誰も知らない「桃太郎」「かぐや姫」のすべて」明拓出版 2009（創作童話シリーズ）p49
吉備津の釜（泡坂妻夫）
◇「代表作時代小説 平成19年度」光文社 2007 p337
吉備津の釜（上田秋成）
◇「鬼譚」筑摩書房 2014（ちくま文庫）p153
奇病患者（葛西善蔵）
◇「人間みな病気」ランダムハウス講談社 2007 p171
騎豹女俠（田中芳樹）
◇「運命の覇者」角川書店 1997 p7

義猫の塚（田中貢太郎）
◇「猫愛」凱風社 2008（PD叢書）p103
◇「だから猫は猫そのものではない」凱風社 2015 p66
貴賓室の婦人（竹河聖）
◇「グランドホテル」廣済堂出版 1999（廣済堂文庫）p537
キープ（乃南アサ）
◇「最後の恋—つまり、自分史上最高の恋。」新潮社 2008（新潮文庫）p275
飢譜（花田清輝）
◇「戦後文学エッセイ選 1」影書房 2005 p9
銀花（ぎふぁ）（出水沢藍子）
◇「現代鹿児島小説大系 1」ジャプラン 2014 p134
輝風 戻る能はず（朝松健）
◇「アート偏愛」光文社 2005（光文社文庫）p529
寄付金と食欲（小林弘明）
◇「ハンセン病文学全集 7」皓星社 2004 p407
岐阜城のお茶々様（海音寺潮五郎）
◇「八百八町春爛漫」光風社出版 1998（光風社文庫）p311
◇「姫君たちの戦国—時代小説傑作選」PHP研究所 2011（PHP文芸文庫）p7
貴婦人（泉鏡花）
◇「新編・日本幻想文学集成 4」国書刊行会 2016 p572
ギブスを売る人（小川洋子）
◇「ものがたりのお菓子箱」飛鳥新社 2008 p253
岐阜竹枝二首 以下岐阜に在る時の作（うち一首）（森春濤）
◇「新日本古典文学大系 明治編 2」岩波書店 2004 p3
器物損壊（枝松蛍）
◇「10分間ミステリー THE BEST」宝島社 2016（宝島社文庫）p323
鬼仏洞事件（海野十三）
◇「風間光枝探偵日記」論創社 2007（論創ミステリ叢書）p189
ギフト（坂本囃敬史）
◇「万華鏡—第14回フェリシモ文学賞作品集」フェリシモ 2011 p140
貴船石（吉井勇）
◇「京都府文学全集第1期〔小説編〕4」郷土出版社 2005 p79
貴船菊（きぶねぎく）の白（柴田よしき）
◇「女性ミステリー作家傑作選 2」光文社 1999（光文社文庫）p121
貴船菊の白（柴田よしき）
◇「白のミステリー—女性ミステリー作家傑作選」光文社 1997 p439
貴船山心中（三好徹）
◇「京都殺意の旅—京都ミステリー傑作選」徳間書店 2001（徳間文庫）p151
義憤（曽根圭介）
◇「ザ・ベストミステリーズ—推理小説年鑑 2011」

きふん

講談社 2011 p139
◇「Shadow闇に潜む真実」講談社 2014（講談社文庫）p153

紀文伝（菊池三渓）
◇「新日本古典文学大系 明治編 3」岩波書店 2005 p36

希望（呉刀成）
◇「近代朝鮮文学日本語作品集1908〜1945 セレクション 4」緑蔭書房 2008 p77

希望（寺山修司）
◇「ちくま日本文学 6」筑摩書房 2007（ちくま文庫）p71

希望（吉村萬壱）
◇「十年後のこと」河出書房新社 2016 p213

希望—父は悪魔に身を重ね、科学の力で世界を変えた–希望を継ぐ者はどこへ？（瀬名秀明）
◇「NOVA—書き下ろし日本SFコレクション 3」河出書房新社 2010（河出文庫）p345

『希望』（皆川博子）
◇「近藤史恵リクエスト！ ペットのアンソロジー」光文社 2013 p273
◇「近藤史恵リクエスト！ ペットのアンソロジー」光文社 2014（光文社文庫）p279

己卯新正 六十一自祝（三首うち一首）（森春濤）
◇「新日本古典文学大系 明治編 2」岩波書店 2004 p82

希望的な怪物Hopeful Monster（小中千昭）
◇「進化論」光文社 2006（光文社文庫）p219

希望とは何か（三浦慶子）
◇「現代短編小説選—2005〜2009」日本民主主義文学会 2010 p73

戯曲 希望の家（金承久）
◇「近代朝鮮文学日本語作品集1939〜1945 創作篇 6」緑蔭書房 2001 p309

希望の歌（朴勝極）
◇「近代朝鮮文学日本語作品集1939〜1945 評論・随筆篇 1」緑蔭書房 2002 p475

希望の形（光原百合）
◇「事件の痕跡」光文社 2007（Kappa novels）p403
◇「事件の痕跡」光文社 2012（光文社文庫）p547

希望のクーポン（一田和樹）
◇「ショートショートの花束 5」講談社 2013（講談社文庫）p160

希望の評論（十返一）
◇「「日本浪曼派」集」新学社 2007（新学社近代浪漫派文庫）p210

キマイラ（井上雅彦）
◇「悪夢が嗤う瞬間」勁文社 1997（ケイブンシャ文庫）p74

きまぐれ草（抄）（小泉八雲著、平井呈一訳）
◇「文豪怪談傑作選 明治編」筑摩書房 2011（ちくま文庫）p51

きまじめユトフ（いしいしんじ）
◇「Love Letter」幻冬舎 2005 p185

◇「Love Letter」幻冬舎 2008（幻冬舎文庫）p203

君を得る（山口結希）
◇「十年後のこと」河出書房新社 2016 p195

君を想う（藤宮和奏）
◇「君に伝えたい—恋愛短編小説集」泰文堂 2013（リンダブックス）p50

君を思ふ十首（中野逍遙）
◇「新日本古典文学大系 明治編 2」岩波書店 2004 p395

君を見る結晶夜（田中アコ）
◇「ゆきのまち幻想文学賞小品集 21」企画集団ぷりずむ 2012 p59

君を忘れない（荻田美加）
◇「君を忘れない—恋愛短編小説集」泰文堂 2012（リンダブックス）p6

君帰入口（森村怜）
◇「ゆきのまち幻想文学賞小品集 17」企画集団ぷりずむ 2008 p174

君が好き（遠山絵梨香）
◇「君が好き—恋愛短篇小説集」泰文堂 2012（リンダブックス）p6

君が伝えたかったこと（影山匙）
◇「5分で読める！ ひと駅ストーリー 旅の話」宝島社 2015（宝島社文庫）p177

きみがつらいのは、まだあきらめていないから（盛田隆二）
◇「そういうものだろ、仕事っていうのは」日本経済新聞出版社 2011 p207

君が忘れたとしても（原田ひ香）
◇「十年交差点」新潮社 2016（新潮文庫）p171

君見ずや満眼の涙—赤垣源蔵（小島政二郎）
◇「忠臣蔵コレクション 3」河出書房新社 1998（河出文庫）p79

君子さん（金夏日）
◇「ハンセン病文学全集 4」皓星社 2003 p666

きみ知るやクサヤノヒモノ（上野瞭）
◇「それはまだヒミツ—少年少女の物語」新潮社 2012（新潮文庫）p243

君知るや南の国（篠田真由美）
◇「俳優」廣済堂出版 1999（廣済堂文庫）p29

きみちゃんの贈り物（深野佳子）
◇「万華鏡—第14回フェリシモ文学賞作品集」フェリシモ 2011 p165

君といつまでも（池田晴海）
◇「最後の一日—さよならが胸に染みる10の物語」泰文堂 2011（Linda books！）p150

君といつまでも（水原秀策）
◇「5分で読める！ ひと駅ストーリー 旅の話」宝島社 2015（宝島社文庫）p207

君といとこの逢う機会をつくりたい≫志賀直哉（武者小路實篤）
◇「日本人の手紙 2」リブリオ出版 2004 p157

キミと風（蒔田俊史）
◇「Sports stories」埼玉県さいたま市 2010（さいたま市スポーツ文学賞受賞作品集）p83

『君と僕』朝鮮軍報道部作品（日夏英太郎）
　◇「近代朝鮮文学日本語作品集1939〜1945 創作篇 6」
　　緑蔭書房 2001 p329
きみと山（トロチニフ, コンスタンチン）
　◇「ハンセン病文学全集 7」皓星社 2004 p39
キミドリの神様（石田衣良）
　◇「ザ・ベストミステリーズ—推理小説年鑑 2003」
　　講談社 2003 p201
　◇「殺人格差」講談社 2006（講談社文庫）p5
君に会いたい（濱本七恵）
　◇「君に会いたい—恋愛短篇小説集」泰文堂 2012
　　（リンダブックス）p6
きみに会いに行く（いずみやみその）
　◇「人は死んだら電柱になる—電柱アンソロジー」
　　遠すぎる未来団 2014 p27
君に会えたら聞いてみたいこと（伊藤正福, 山
本勝一）
　◇「命つなぐ愛—佐渡演劇グループいごねり創作演
　　劇脚本集」新潟日報事業社 2007 p127
君にサヨナラを捧げる（梅田優次郎）
　◇「屋上の三角形」主婦と生活社 2008（Junon
　　novels）p133
きみに伝えたくて（あさのあつこ）
　◇「X'mas Stories——一年でいちばん奇跡が起きる
　　日」新潮社 2016（新潮文庫）p65
君に手を委ねているとうっとりしてしまう＞
妻（江川洋）
　◇「日本人の手紙 6」リブリオ出版 2004 p168
君に残した心（雨宮久恵, 工藤早桜里, 横溝あす
み）
　◇「最新中学校創作脚本集 2009」晩成書房 2009
　　p48
君ニハ大責任ガアル。率先シテ村ヲ開イテイ
ケ＞長塚節（正岡子規）
　◇「日本人の手紙 3」リブリオ出版 2004 p100
きみに読む物語（瀬名秀明）
　◇「日本SF短篇50 5」早川書房 2013（ハヤカワ文
　　庫JA）p475
君のいる所 人はみな幸福を感じた＞片岡鉄兵
（横光利一）
　◇「日本人の手紙 9」リブリオ出版 2004 p188
君のいる場所まで（白多仁）
　◇「むすぶ—第11回フェリシモ文学賞作品集」フェ
　　リシモ 2008 p122
君の歌（大崎梢）
　◇「驚愕遊園地」光文社 2013（最新ベスト・ミステ
　　リー）p121
　◇「驚愕遊園地」光文社 2016（光文社文庫）p189
君の恋に心が揺れて（咲良色）
　◇「告白」ソフトバンククリエイティブ 2009 p291
君の卒業式（名取佐和子）
　◇「涙がこぼれないように—さよならが胸を打つ10
　　の物語」泰文堂 2014（リンダブックス）p152
きみの隣を（狗飼恭子）
　◇「恋時雨—恋はときどき泪が出る」メディアファ

クトリー 2009（〔ダ・ヴィンチブックス〕）p29
君の瞳に乾杯（東野圭吾）
　◇「宝石ザミステリー 2014夏」光文社 2014 p7
奇妙な遊戯エボナイト（澁澤龍彦）
　◇「ちくま日本文学 18」筑摩書房 2008（ちくま文
　　庫）p218
奇妙な一族の記録（堀田善衞）
　◇「戦後文学エッセイ選 11」影書房 2007 p48
奇妙な果実（栗本薫）
　◇「悪魔のような女—女流ミステリー傑作選」角川
　　春樹事務所 2001（ハルキ文庫）p241
奇妙な関係（吉行淳之介）
　◇「昭和の短篇一人一冊集成 吉行淳之介」未知谷
　　2008 p61
奇妙な国（島比呂志）
　◇「戦後短篇小説再発見 5」講談社 2001（講談社
　　文芸文庫）p25
　◇「ハンセン病文学全集 3」皓星社 2002 p231
奇妙な剣客（司馬遼太郎）
　◇「冒険の森へ—傑作小説大全 1」集英社 2016 p58
奇妙な招待状（土屋隆夫）
　◇「七人の警部—SEVEN INSPECTORS」廣済堂出
　　版 1998（KOSAIDO BLUE BOOKS）p117
奇妙な遠眼鏡（香具土三鳥）
　◇「月のものがたり」ソフトバンククリエイティブ
　　2006 p62
奇妙な被告（松本清張）
　◇「判決—法廷ミステリー傑作集」徳間書店 2010
　　（徳間文庫）p5
奇妙な風景（金太中）
　◇「〈在日〉文学全集 18」勉誠出版 2006 p93
奇妙なマーク（山際響）
　◇「ショートショートの花束 6」講談社 2014（講
　　談社文庫）p89
奇妙な道連れ（松田有未）
　◇「ゆきのまち幻想文学賞・小品集 14」企画集団ぷ
　　りずむ 2005 p114
奇妙なり八郎—篠田正浩監督「暗殺」原作（司
馬遼太郎）
　◇「時代劇原作選集—あの名画を生みだした傑作小
　　説」双葉社 2003（双葉文庫）p323
きみは誤解している（佐藤正午）
　◇「賭博師たち」角川書店 1997（角川文庫）p155
君は信ずるか（小川未明）
　◇「新装版 全集現代文学の発見 1」學藝書林 2002
　　p475
君は死んだら電柱になる（やーま）
　◇「人は死んだら電柱になる—電柱アンソロジー」
　　遠すぎる未来団 2014 p144
きみはPOP（最果タヒ）
　◇「小説の家」新潮社 2016 p64
キミは本物？（梅原公彦）
　◇「てのひら怪談—ビーケーワン怪談大賞傑作選」
　　ポプラ社 2007 p138
　◇「てのひら怪談—ビーケーワン怪談大賞傑作選」

きみん

ポプラ社 2008 （ポプラ文庫） p142

棄民政策の爪痕（上野英信）
◇「戦後文学エッセイ選 12」影書房 2006 p30

義民頼順良——一幕二場（長崎浩）
◇「日本統治期台湾文学集成 14」緑蔭書房 2003 p327

金講師とT教授（玄民著譯）
◇「近代朝鮮文学日本語作品集1901～1938 創作篇 5」緑蔭書房 2004 p131

金史良より龍瑛宗宛書簡（直筆）（金史良）
◇「近代朝鮮文学日本語作品集1908～1945 セレクション 6」緑蔭書房 2008 p167

金氏の宗教批判に對する若干の疑問（李根弘）
◇「近代朝鮮文学日本語作品集1908～1945 セレクション 3」緑蔭書房 2008 p129

キムチ（姜舜）
◇「〈在日〉文学全集 17」勉誠出版 2006 p19

キムチ（宗秋月）
◇「〈在日〉文学全集 18」勉誠出版 2006 p29

キムチ禮讃（上）（二）（三）（四）（金井鎮）
◇「近代朝鮮文学日本語作品集1901～1938 評論・随筆篇 2」緑蔭書房 2004 p248

ギムネマ（坂倉剛）
◇「ショートショートの花束 4」講談社 2012 （講談社文庫） p68

木村重成の妻（上司小剣）
◇「大坂の陣—近代文学名作選」岩波書店 2016 p191

鬼面の犯罪（天城一）
◇「硝子の家」光文社 1997 （光文社文庫） p367
◇「甦る推理雑誌 2」光文社 2002 （光文社文庫） p101

鬼面変化（小山龍太郎）
◇「怪奇・伝奇時代小説選集 8」春陽堂書店 2000 （春陽文庫） p111

ギモーヴ（佐野優香里）
◇「ゆきのまち幻想文学賞小品集 25」企画集団ぷりずむ 2015 p150

奇木の森（岡部えつ）
◇「憑依」光文社 2010 （光文社文庫） p37

肝だめし（不狼児）
◇「てのひら怪談—ビーケーワン怪談大賞傑作選 2」ポプラ社 2007 p228
◇「てのひら怪談—ビーケーワン怪談大賞傑作選 己丑」ポプラ社 2009 （ポプラ文庫） p144

肝試し（赤川次郎）
◇「江戸猫ばなし」光文社 2014 （光文社文庫） p7

気持ち届け。（@kiyosei2）
◇「3.11心に残る140字の物語」学研パブリッシング 2011 p120

着物憑きお紺覚書 緑の袖（時海結似）
◇「てのひら猫語り—書き下ろし時代小説集」白泉社 2014 （白泉社招き猫文庫） p119

客（我妻俊樹）
◇「てのひら怪談—ビーケーワン怪談大賞傑作選 2」

ポプラ社 2007 p62
◇「てのひら怪談—ビーケーワン怪談大賞傑作選 己丑」ポプラ社 2009 （ポプラ文庫） p28

客（小笠原さだ）
◇「青鞜小説集」講談社 2014 （講談社文芸文庫） p33

客（榊恒夫）
◇「ショートショートの広場 9」講談社 1998 （講談社文庫） p35

逆算（朝井リョウ）
◇「X'mas Stories——一年でいちばん奇跡が起きる日」新潮社 2016 （新潮文庫） p7

逆襲（紗那）
◇「男たちの怪談百物語」メディアファクトリー 2012 （〔幽BOOKS〕） p93

逆襲（宮田真司）
◇「超短編の世界 vol.2」創英社 2009 p110

逆臣蔵（小松左京）
◇「忠臣蔵コレクション 2」河出書房新社 1998 （河出文庫） p131

逆説（崔明翊）
◇「近代朝鮮文学日本語作品集1908～1945 セレクション 2」緑蔭書房 2008 p61

逆ソクラテス（伊坂幸太郎）
◇「あの日、君と Boys」集英社 2012 （集英社文庫） p7

きゃくちゃ（長谷川修二）
◇「幻の探偵雑誌 6」光文社 2001 （光文社文庫） p95

逆転（池波正太郎）
◇「武士道歳時記—新鷹会・傑作時代小説選」光文社 2008 （光文社文庫） p165

逆転（小泉秀人）
◇「ショートショートの花束 1」講談社 2009 （講談社文庫） p83

脚本大坂城—戯曲淀君集の内（岡本綺堂）
◇「大坂の陣—近代文学名作選」岩波書店 2016 p70

客間（大塚楠緒子）
◇「〔新編〕日本女性文学全集 3」菁柿堂 2011 p77

逆回り（山之内まつ子）
◇「現代鹿児島小説大系 4」ジャプラン 2014 p362

逆水戸（町田康）
◇「文学 2004」講談社 2004 p89
◇「現代小説クロニクル 2000～2004」講談社 2015 （講談社文芸文庫） p178

逆行進化（堀晃）
◇「進化論」光文社 2006 （光文社文庫） p473

逆光線（岩橋邦枝）
◇「戦後短編小説再発見 3」講談社 2001 （講談社文芸文庫） p52

キャッシュレス（森重裕美）
◇「ショートショートの広場 11」講談社 2000 （講談社文庫） p95

キャッチ・アンド・リリース（淀谷悦一）
◇「ショートショートの広場 13」講談社 2002 （講

きゆう

談社文庫）p214

キャッチ・フレーズ（藤原宰）
　◇「甦る推理雑誌 8」光文社 2003（光文社文庫）
　　p105

キャッチボールとサンタクロース（新藤卓広）
　◇「5分で読める　ひと駅ストーリー 冬の記憶東口
　　編」宝島社 2013（宝島社文庫）p201

キャッチボールは続く―印刷会社営業マン編
（作者不詳）
　◇「心に火を。」廣済堂出版 2014 p13

キャッチライト（久保寺健彦）
　◇「短篇ベストコレクション―現代の小説 2009」徳
　　間書店 2009（徳間文庫）p119

キャッツ・マター（小室みつ子）
　◇「SFバカ本 人類復活篇」メディアファクトリー
　　2001 p137

キャット・ループ（石田祥）
　◇「5分で読める！ ひと駅ストーリー 猫の物語」宝
　　島社 2014（宝島社文庫）p139

キャベツ猫（向田邦子）
　◇「精選女性随筆集 11」文藝春秋 2012 p151

キャベツはだれのもの？（三神房子）
　◇「小学校たのしい劇の本―英語劇付 低学年」国土
　　社 2007 p8

ぎやまん身の上物語（北原亞以子）
　◇「代表作時代小説 平成26年度」光文社 2014 p297

ぎやまん蠟燭（杉本苑子）
　◇「江戸三百年を読む―傑作時代小説 シリーズ江戸
　　上」角川学芸出版 2009（角川文庫）p203

キャメラ―母国朝鮮に捧ぐるの歌（金時鐘）
　◇「〈在日〉文学全集 5」勉誠出版 2006 p107

キャメルのコートを私に（谷村志穂）
　◇「Lovers」祥伝社 2001 p5

キャラメル工場から（佐多稲子）
　◇「新装版 全集現代文学の発見 3」學藝書林 2003
　　p19
　◇「日本近代短篇小説選 昭和篇1」岩波書店 2012
　　（岩波文庫）p47

キャラメルと飴玉（夢野久作）
　◇「たんときれいに召し上がれ―美食文学精選」芸
　　術新聞社 2015 p137

キャンディ（@ruka00）
　◇「3.11心に残る140字の物語」学研パブリッシング
　　2011 p42

キャンパスの掟（群ようこ）
　◇「短編復活」集英社 2002（集英社文庫）p463

キャンプでの出来事（小松立人）
　◇「本格推理 11」光文社 1997（光文社文庫）p195

ギャンブラー（梶山季之）
　◇「熱い賭け」早川書房 2006（ハヤカワ文庫）p69

ギャンブル狂夫人（阿刀田高）
　◇「闇に香るもの」新潮社 2004（新潮文庫）p119
　◇「絶体絶命」早川書房 2006（ハヤカワ文庫）p7

喜屋武岬（高良勉）
　◇「ことばのたくらみ―実作集」岩波書店 2003

　　（21世紀文学の創造）p95
　◇「沖縄文学選―日本文学のエッジからの問い」勉
　　誠出版 2003 p283

妓夫（痩々亭骨皮道人）
　◇「新日本古典文学大系 明治編 29」岩波書店 2005
　　p225

911（雨宮町子）
　◇「危険な関係―女流ミステリー傑作選」角川春樹
　　事務所 2002（ハルキ文庫）p253

913（米澤穂信）
　◇「いつか、君へ Boys」集英社 2012（集英社文
　　庫）p237
　◇「驚愕遊園地」光文社 2013（最新ベスト・ミステ
　　リー）p417
　◇「驚愕遊園地」光文社 2016（光文社文庫）p629

蒟引八卦（正岡子規）
　◇「新日本古典文学大系 明治編 27」岩波書店 2003
　　p64

救援ニュースNo.18.附録（小林多喜二）
　◇「この愛のゆくえ―ポケットアンソロジー」岩波
　　書店 2011（岩波文庫別冊）p423

救援物資（@schpertorkaien）
　◇「3.11心に残る140字の物語」学研パブリッシング
　　2011 p92

休暇（今野敏）
　◇「短篇ベストコレクション―現代の小説 2007」徳
　　間書店 2007（徳間文庫）p239

九回死んだ猫（高橋由太）
　◇「江戸猫ばなし」光文社 2014（光文社文庫）
　　p237

旧街道の話（三輪チサ）
　◇「女たちの怪談百物語」メディアファクトリー
　　2010（幽books）p224
　◇「女たちの怪談百物語」KADOKAWA 2014（角
　　川ホラー文庫）p228

嗅覚（高田昌彦）
　◇「ショートショートの花束 6」講談社 2014（講
　　談社文庫）p151

休刊的終刊〔シュピオ小史〕（蘭郁二郎）
　◇「幻の探偵雑誌 3」光文社 2000（光文社文庫）
　　p468

ぎゅうぎゅう（岡崎弘明）
　◇「SFバカ本 たいやき編」ジャストシステム 1997
　　p159
　◇「SFバカ本 たいやき篇プラス」廣済堂出版 1999
　　（廣済堂文庫）p169
　◇「笑劇―SFバカ本カタストロフィ集」小学館
　　2007（小学館文庫）p87

救急車（吉田小次郎）
　◇「ショートショートの花束 7」講談社 2015（講
　　談社文庫）p104

究極のショートショート（五十嵐淳）
　◇「ショートショートの広場 18」講談社 2006（講
　　談社文庫）p214

究極の節電（@shinichikudoh）
　◇「3.11心に残る140字の物語」学研パブリッシング
　　2011 p72

作品名から引ける日本文学全集案内 第III期　215

きゅう

牛斬り加ト（神坂次郎）
◇「美女峠に星が流れる―時代小説傑作選」講談社
1999（講談社文庫）p7

吸金機械（古閑章）
◇「現代鹿児島小説大系 1」ジャプラン 2014 p245

休憩時間（井伏鱒二）
◇「十話」ランダムハウス講談社 2006 p107

休憩室（貫井徳郎）
◇「てのひら怪談―ビーケーワン怪談大賞傑作選」
ポプラ社 2007 p190
◇「てのひら怪談―ビーケーワン怪談大賞傑作選」
2008（ポプラ文庫）p198

球形の悲しみ（日野啓三）
◇「日本文学全集 21」河出書房新社 2015 p210

球形の楽園（泡坂妻夫）
◇「THE密室―ミステリーアンソロジー」有楽出版
社 2014（JOY NOVELS）p75
◇「THE密室」実業之日本社 2016（実業之日本社
文庫）p85

吸血鬼（江戸川乱歩）
◇「屍鬼の血族」桜桃書房 1999 p9
◇「血と薔薇の誘う夜に―吸血鬼ホラー傑作選」角
川書店 2005（角川ホラー文庫）p237

吸血鬼（柴田錬三郎）
◇「屍鬼の血族」桜桃書房 1999 p39
◇「血と薔薇の誘う夜に―吸血鬼ホラー傑作選」角
川書店 2005（角川ホラー文庫）p245

吸血鬼（城昌幸）
◇「屍鬼の血族」桜桃書房 1999 p23
◇「血と薔薇の誘う夜に―吸血鬼ホラー傑作選」角
川書店 2005（角川ホラー文庫）p287

吸血鬼（中河与一）
◇「屍鬼の血族」桜桃書房 1999 p15
◇「血と薔薇の誘う夜に―吸血鬼ホラー傑作選」角
川書店 2005（角川ホラー文庫）p277

吸血鬼（日影丈吉）
◇「甦る「幻影城」 3」角川書店 1998（カドカワ・
エンタテインメント）p11
◇「吸血鬼」国書刊行会 1998（書物の王国）p178
◇「屍鬼の血族」桜桃書房 1999 p67
◇「幻影城―「探偵小説誌」不朽の名作」角川書店
2000（角川ホラー文庫）p11
◇「血」三天書房 2000（傑作短篇シリーズ）p177

吸血鬼幻想（種村季弘）
◇「吸血鬼」国書刊行会 1998（書物の王国）p211

吸血鬼譚（日夏耿之介）
◇「吸血妖鬼譚―ゴシック名訳集成」学習研究社
2008（学研M文庫）p511

吸血鬼入門（種村季弘）
◇「屍鬼の血族」桜桃書房 1999 p471
◇「血と薔薇の誘う夜に―吸血鬼ホラー傑作選」角
川書店 2005（角川ホラー文庫）p53

吸血鬼の静かな眠り（赤川次郎）
◇「屍鬼の血族」桜桃書房 1999 p239
◇「血と薔薇の誘う夜に―吸血鬼ホラー傑作選」角
川書店 2005（角川ホラー文庫）p185

吸血蝙蝠（山村正夫）
◇「血の12幻想」エニックス 2000 p223

吸血の妖女（島守俊夫）
◇「怪奇・伝奇時代小説選集 11」春陽堂書店 2000
（春陽文庫）p167

吸血Pの伝説（岬兄悟）
◇「SFバカ本 たわし篇プラス」廣済堂出版 1998
（廣済堂文庫）p217

吸血魔（高木彬光）
◇「少年探偵王―本格推理マガジン 特集・ぼくらの
推理冒険物語」光文社 2002（光文社文庫）
p192

吸血魔の生誕（小中千昭）
◇「伯爵の血族―紅ノ章」光文社 2007（光文社文
庫）p33

九原の涙（東郷隆）
◇「異色中国短篇傑作大全」講談社 1997 p169

急行《あがの》（天城一）
◇「名探偵と鉄旅―鉄道ミステリー傑作選」光文社
2016（光文社文庫）p65

急行出雲（鮎川哲也）
◇「さよならブルートレイン―寝台列車ミステリー
傑選」光文社 2015（光文社文庫）p7

急行エトロフ殺人事件（辻真先）
◇「綾辻・有栖川復刊セレクション 急行エトロフ殺
人事件」講談社 2007（講談社ノベルス）p3

急行銀河・1984（北森鴻）
◇「凶鳥の黒影―中井英夫に捧げるオマージュ」河
出書房新社 2004 p55

急行十三時間（甲賀三郎）
◇「探偵小説の風景―トラフィック・コレクション
上」光文社 2009（光文社文庫）p47

急行しろやま（中町信）
◇「愛憎発殺人行―鉄道ミステリー名作館」徳間書
店 2004（徳間文庫）p193

求婚（早乙女まぶた）
◇「てのひら怪談―ビーケーワン怪談大賞傑作選 壬
辰」ポプラ社 2012（ポプラ文庫）p130

球根（趙南哲）
◇「〈在日〉文学全集 18」勉誠出版 2006 p170

求婚者たち（菊地秀行）
◇「憑き者―全篇書下ろし傑作ホラーアンソロジー」
アスキー 2000（A-novels）p697

求婚者と毒殺者（大山誠一郎）
◇「宝石ザミステリー 2014夏」光文社 2014 p95

久作の死んだ日（石井舜耳）
◇「幻の探偵雑誌」光文社 2002（光文社文庫）
p345

句集 邱山（大島療養所患者慰安会）
◇「ハンセン病文学全集 9」皓星社 2010 p34

窮死（右遠俊郎）
◇「時代の波音―民主文学短編小説集1995年～2004
年」日本民主主義文学会 2005 p29

窮死（国木田独歩）
◇「近代小説〈都市〉を読む」双文社出版 1999 p59

きゅう

◇「明治の文学 22」筑摩書房 2001 p362
◇「短編名作選―1885–1924 小説の曙」笠間書院 2003 p149

給仕勲八等（福永恭助）
◇「『少年倶楽部』短篇選」講談社 2013 （講談社文芸文庫）p114

窮士族（痩々亭骨皮道人）
◇「新日本古典文学大系 明治編 29」岩波書店 2005 p221

休日（薬丸岳）
◇「ザ・ベストミステリーズ―推理小説年鑑 2010」講談社 2010 p405
◇「Logic真相への回廊」講談社 2013 （講談社文庫）p5

九思の剣（池宮彰一郎）
◇「武士道」小学館 2007 （小学館文庫）p5

99通の想い（髙橋幹子）
◇「君に伝えたい―恋愛短篇小説集」泰文堂 2013 （リンダブックス）p246

九十九点の犯罪（二屋隆夫）
◇「江戸川乱歩の推理試験」光文社 2009 （光文社文庫）p73

九五年の衝動（古処誠二）
◇「ザ・ベストミステリーズ―推理小説年鑑 2002」講談社 2002 p397
◇「トリック・ミュージアム」講談社 2005 （講談社文庫）p305

九州と東京の首（長谷川伸）
◇「復讐」国書刊行会 2000 （書物の王国）p160

九十八円（小瀬朧）
◇「てのひら怪談―ビーケーワン怪談大賞傑作選 庚寅」ポプラ社 2010 （ポプラ文庫）p222

九州療養所アララギ故人歌集（熊本アララギ会）
◇「ハンセン病文学全集 8」皓星社 2006 p94

九畳敷（鯖崎英朋）
◇「文豪怪談傑作選 特別編」筑摩書房 2007 （ちくま文庫）p122

宮城の蒲団の話（篠田節子）
◇「文藝百物語」ぶんか社 1997 p234

給食のじかん（越谷友華）
◇「5分で読める！ ひと駅ストーリー 食の話」宝島社 2015 （宝島社文庫）p259

牛人（中島敦）
◇「復讐」国書刊行会 2000 （書物の王国）p114
◇「ちくま日本文学 12」筑摩書房 2008 （ちくま文庫）p282

求心力（正岡子規）
◇「新日本古典文学大系 明治編 27」岩波書店 2003 p20

給水塔（恩田陸）
◇「不条理な殺人―ミステリー・アンソロジー」祥伝社 1998 （ノン・ポシェット）p159

急須の源七（佐江衆一）
◇「代表作時代小説 平成12年度」光風社出版 2000 p375

急性肺炎（金鍾漢）
◇「近代朝鮮文学日本語作品集1939〜1945 創作篇 6」緑蔭書房 2001 p295

窮鼠の悲しみ（鷹将純一郎）
◇「新・本格推理 02」光文社 2002 （光文社文庫）p407

旧ソビエト連邦・北オセチア自治共和国における＜燦爛郷ノ邪眼王＞伝承の消長、および "Evenmist Tales" 邦訳にまつわる諸事情について（新城カズマ）
◇「逆想コンチェルト―イラスト先行・競作小説アンソロジー 奏の2」徳間書店 2010 p296

句集 球体感覚（加藤郁乎）
◇「新装版 全集現代文学の発見 13」學藝書林 2004 p614

球体関節リナちゃん（君島慧是）
◇「てのひら怪談―ビーケーワン怪談大賞傑作選 庚寅」ポプラ社 2010 （ポプラ文庫）p158

九たび歌よみに与うる書（正岡子規）
◇「ちくま日本文学 40」筑摩書房 2009 （ちくま文庫）p356

牛タンシチュウ（下山義孝）
◇「ショートショートの広場 18」講談社 2006 （講談社文庫）p103

級長の探偵（川端康成）
◇「『少年倶楽部』短篇選」講談社 2013 （講談社文芸文庫）p95

給湯室の女王（西条りくる）
◇「幽霊でもいいから会いたい」泰文堂 2014 （リンダブックス）p160

牛鍋（森鷗外）
◇「文人御馳走帖」新潮社 2014 （新潮文庫）p13
◇「たんときれいに召し上がれ―美食文学精選」芸術新聞社 2015 p451
◇「もの食う話」文藝春秋 2015 （文春文庫）p133

牛肉と馬鈴薯（国木田独歩）
◇「明治の文学 22」筑摩書房 2001 p69

920を待ちながら（福井晴敏）
◇「乱歩賞作家 白の謎」講談社 2004 p173

牛乳（武田百合子）
◇「精選女性随筆集 5」文藝春秋 2012 p175

牛乳（村上春樹）
◇「超短編アンソロジー」筑摩書房 2002 （ちくま文庫）p76

牛乳配達の朝（金龍済）
◇「近代朝鮮文学日本語作品集1908〜1945 セレクション 4」緑蔭書房 2008 p297

九人目の殺人（白須賀六郎）
◇「外地探偵小説集 上海篇」せらび書房 2006 p67

九年間（甲斐八郎）
◇「ハンセン病に咲いた花―初期文芸名作選 戦後編」皓星社 2002 （ハンセン病叢書）p189
◇「ハンセン病文学全集 2」皓星社 2002 p129

九のつく蔵（西澤保彦）
◇「幻想探偵」光文社 2009 （光文社文庫）p111
◇「ザ・ベストミステリーズ―推理小説年鑑 2010」

きゆう

講談社 2010 p357
◇「Logic真相への回廊」講談社 2013 （講談社文庫）p179
吸魂鬼（小沢章友）
◇「陰陽師伝奇大全」白泉社 2001 p317
九尾の狐（石持浅海）
◇「殺意の隘路」光文社 2016 （最新ベスト・ミステリー）p123
急病人（木邨裕志）
◇「ショートショートの広場 19」講談社 2007 （講談社文庫）p162
『九篇詩集』（野川隆）
◇「〈外地〉の日本語文学選 2」新宿書房 1996 p181
旧盆の出来事（大上六郎）
◇「ショートショートの広場 12」講談社 2001 （講談社文庫）p192
久馬の帰藩（伊藤桂一）
◇「血汐花に涙降る」光風社出版 1999 （光風社文庫）p323
旧耳袋 もう臭わない（京極夏彦）
◇「稲生モノノケ大全 陽之巻」毎日新聞社 2005 p7
休眠打破（和喰博司）
◇「はじめての小説（ミステリー）―内田康夫＆東京・北区が選んだ珠玉のミステリー 2」実業之日本社 2013 p257
休眠用心棒（森村誠一）
◇「士魂の光芒―時代小説最前線」新潮社 1997 （新潮文庫）p299
杞憂夢（坂上弘）
◇「現代小説クロニクル 1980～1984」講談社 2014 （講談社文芸文庫）p116
球面三角（花田清輝）
◇「新編・日本幻想文学集成 2」国書刊行会 2016 p357
旧約聖書―詩篇（抄）・雅歌（作者表記なし）
◇「新日本古典文学大系 明治編 12」岩波書店 2001 p227
級友（津島佑子）
◇「恋物語」朝日新聞社 1998 p230
旧友（麻耶雄嵩）
◇「殺意の隘路」光文社 2016 （最新ベスト・ミステリー）p369
舊友と語る（兪鎮午）
◇「近代朝鮮文学日本語作品集1939～1945 評論・随筆篇 3」緑蔭書房 2002 p307
急用札の男（松井今朝子）
◇「撫子が斬る―女性作家捕物帳アンソロジー」光文社 2005 （光文社文庫）p539
河童相伝 **胡瓜遺**（仮名垣魯文）
◇「明治の文学 1」筑摩書房 2002 p343
給料は一つ壺に（沢村貞子）
◇「精選女性随筆集 12」文藝春秋 2012 p222
犬狼都市（澁澤龍彦）
◇「文士の意地―車谷長吉撰短篇小説輯 下巻」作品社 2005 p267

◇「新編・日本幻想文学集成 2」国書刊行会 2016 p142
Q伯爵（金史良）
◇「近代朝鮮文学日本語作品集1939～1945 創作篇 4」緑蔭書房 2001 p267
挙一隅反之（正岡子規）
◇「新日本古典文学大系 明治編 27」岩波書店 2003 p22
聖い夜の中で（仁木悦子）
◇「ミステリマガジン700 国内篇」早川書房 2014 （ハヤカワ・ミステリ文庫）p225
凶（芥川龍之介）
◇「文豪怪談傑作選 特別編」筑摩書房 2008 （ちくま文庫）p375
◇「文豪怪談傑作選 芥川龍之介集」筑摩書房 2010 （ちくま文庫）p269
今日（明石海人）
◇「ハンセン病文学全集 7」皓星社 2004 p447
兇悪のゴールド（生島治郎）
◇「日本ベストミステリー選集 24」光文社 1997 （光文社文庫）p7
兇悪の門―兇悪シリーズより（生島治郎）
◇「警察小説傑作短篇集」ランダムハウス講談社 2009 （ランダムハウス講談社文庫）p351
教育（アンデルセン著, 森鷗外訳）
◇「新日本古典文学大系 明治編 25」岩波書店 2004 p335
教育の民主主義化を要求す（与謝野晶子）
◇「「新編」日本女性文学全集 4」菁柿堂 2012 p52
教育論をぶつつもりはないが（木村迪夫）
◇「山形県文学全集第2期（随筆・紀行編） 4」郷土出版社 2005 p415
峡雲嶽雪集（森春濤）
◇「新日本古典文学大系 明治編 2」岩波書店 2004 p93
共榮圏建設の基本問題（陳逢源）
◇「日本統治期台湾文学集成 16」緑蔭書房 2003 p158
饗宴（吉田健一）
◇「危険なマッチ箱」文藝春秋 2009 （文春文庫）p183
◇「もの食う話」文藝春秋 2015 （文春文庫）p176
◇「新編・日本幻想文学集成 2」国書刊行会 2016 p202
俠鴛鴦（逸李逸涛）
◇「日本統治期台湾文学集成 24」緑蔭書房 2007 p9
饗応（上田早夕里）
◇「ひとにぎりの異形」光文社 2007 （光文社文庫）p50
饗応（内田百間）
◇「ちくま日本文学 1」筑摩書房 2007 （ちくま文庫）p314
凶音窟（山下歩）
◇「はじめての小説（ミステリー）―内田康夫＆東京・北区が選んだ珠玉のミステリー 2」実業之日本社 2013 p213

教会（安西冬衛）
　◇「新装版 全集現代文学の発見 13」學藝書林 2004
　　p15

教会への坂（伊集院静）
　◇「現代の小説 1999」徳間書店 1999 p389

境界線（城山真一）
　◇「10分間ミステリー THE BEST」宝島社 2016
　　（宝島社文庫）p83

境界線（坪田文）
　◇「超短編の世界」創英社 2008 p14

境界線（にーか）
　◇「人は死んだら電柱になる―電柱アンソロジー」
　　遠すぎる未来団 2014 p252

教会と魔術と鳥と（人見直）
　◇「青鞜小説集」講談社 2014（講談社文芸文庫）
　　p90

驚愕（笠井千晃）
　◇「ショートショートの広場 16」講談社 2005（講
　　談社文庫）p77

侠客・清水次郎長の手紙≫山岡鐵舟（清水次郎
長）
　◇「日本人の手紙 10」リブリオ出版 2004 p24

仰角の写真（日下圭介）
　◇「謎―スペシャル・ブレンド・ミステリー 008」
　　講談社 2013（講談社文庫）p235

侠客万助珍談（司馬遼太郎）
　◇「歴史小説の世紀 地の巻」新潮社 2000（新潮文
　　庫）p335

今日が最後の日（谷口雅美）
　◇「最後の一日 3月23日―さよならが胸に染みる10
　　の物語」泰文堂 2013（リンダブックス）p38

狂歌師（平岩弓枝）
　◇「江戸ぐれしぐれ―市井稼業小説傑作選」学研パブ
　　リッシング 2011（学研M文庫）p95

鏡花氏の怪談（泉鏡花）
　◇「文豪怪談傑作選 特別編」筑摩書房 2009（ちく
　　ま文庫）p19

鏡花との一夕（折口信夫）
　◇「文豪怪談傑作選 折口信夫集」筑摩書房 2009
　　（ちくま文庫）p339

京鹿子娘道成寺（河原崎座殺人事件）（酒井嘉
七）
　◇「幻の探偵雑誌 4」光文社 2001（光文社文庫）
　　p65

仰臥漫録―二（正岡子規）
　◇「たんときれいに召し上がれ―美食文学精選」芸
　　術新聞社 2015 p469

行間（北方謙三）
　◇「マイ・ベスト・ミステリー 2」文藝春秋 2007
　　（文春文庫）p265

行間さん（河内仙介）
　◇「誤植文学アンソロジー―校正者のいる風景」論
　　創社 2015 p2

凶漢消失（泡坂妻夫）
　◇「古書ミステリー倶楽部―傑作推理小説集 2」光
　　文社 2014（光文社文庫）p31

共感と不満―志樹逸馬から受くべきもの（島田
等）
　◇「ハンセン病文学全集 5」皓星社 2010 p517

侠妓小柳（依田学海）
　◇「新日本古典文学大系 明治編 3」岩波書店 2005
　　p113

狂鬼、走る―人面疽（友成純一）
　◇「御伽草子―ホラー・アンソロジー」PHP研究所
　　2001（PHP文庫）p237

教訓（常盤奈津子）
　◇「ショートショートの広場 20」講談社 2008（講
　　談社文庫）p62

詩集 狂言（会田綱雄）
　◇「新装版 全集現代文学の発見 13」學藝書林 2004
　　p391

狂言師（平岩弓枝）
　◇「職人気質」小学館 2007（小学館文庫）p5
　◇「雪月花・江戸景色」光文社 2013（光文社文庫）
　　p373

橇犬の主（魚蹴）
　◇「リトル・リトル・クトゥルー―史上最小の神話
　　小説集」学習研究社 2009 p62

狂言の買冠（三遊亭円朝）
　◇「明治の文学 3」筑摩書房 2001 p364

暁光（今野敏）
　◇「宝石ザミステリー 3」光文社 2013 p551
　◇「ザ・ベストミステリーズ―推理小説年鑑 2014」
　　講談社 2014 p39

京極作品は暗号である（波多野健）
　◇「本格ミステリ 2002」講談社 2002（講談社ノベ
　　ルス）p655
　◇「死神と雷鳴の暗号―本格短編ベスト・セレク
　　ション」講談社 2006（講談社文庫）p483

峡谷の檻（安萬純一）
　◇「密室晩餐会」原書房 2011（ミステリー・リー
　　グ）p141

供子よ！（王白淵）
　◇「日本統治期台湾文学集成 18」緑蔭書房 2003
　　p26

凶妻の絵（澤田ふじ子）
　◇「ふたり―時代小説夫婦情話」角川春樹事務所
　　2010（ハルキ文庫）p127

教唆は正犯（秋井裕）
　◇「新・本格推理 05」光文社 2005（光文社文庫）
　　p221

狂残銷魂録 第一（中野逍遙）
　◇「新日本古典文学大系 明治編 2」岩波書店 2004
　　p361

〔狂残痴詩〕おなじく その二（中野逍遙）
　◇「新日本古典文学大系 明治編 2」岩波書店 2004
　　p366

〔狂残痴詩〕おなじく その三（中野逍遙）
　◇「新日本古典文学大系 明治編 2」岩波書店 2004
　　p369

〔狂残痴詩〕おなじく その四（中野逍遙）
　◇「新日本古典文学大系 明治編 2」岩波書店 2004

〔狂残痴詩〕おなじく その五（中野逍遙）
　◇「新日本古典文学大系 明治編 2」岩波書店 2004
　　p375
〔狂残痴詩〕おなじく その六（中野逍遙）
　◇「新日本古典文学大系 明治編 2」岩波書店 2004
　　p377
〔狂残痴詩〕おなじく その七（中野逍遙）
　◇「新日本古典文学大系 明治編 2」岩波書店 2004
　　p380
〔狂残痴詩〕おなじく その八（中野逍遙）
　◇「新日本古典文学大系 明治編 2」岩波書店 2004
　　p382
〔狂残痴詩〕おなじく その九（中野逍遙）
　◇「新日本古典文学大系 明治編 2」岩波書店 2004
　　p385
〔狂残痴詩〕おなじく その十（中野逍遙）
　◇「新日本古典文学大系 明治編 2」岩波書店 2004
　　p388
狂残痴詩 その一（中野逍遙）
　◇「新日本古典文学大系 明治編 2」岩波書店 2004
　　p364
京しぐれ（南原幹雄）
　◇「鍔鳴り疾風剣」光風社出版 2000（光風社文庫）
　　p437
教室（矢部嵩）
　◇「折り紙衛星の伝説」東京創元社 2015（創元SF
　　文庫）p277
仰日（伊庭保）
　◇「ハンセン病文学全集 8」皓星社 2006 p107
『教室』にやぶれる（木原浩勝）
　◇「教室」光文社 2003（光文社文庫）p13
教室は何を教えてくれる？（犬木加奈子）
　◇「教室」光文社 2003（光文社文庫）p329
行者（香山光郎）
　◇「近代朝鮮文学日本語作品集1939～1945 評論・随筆
　　篇 3」緑蔭書房 2002 p135
強者の宣言（朴烈）
　◇「近代朝鮮文学日本語作品集1908～1945 セレクショ
　　ン 4」緑蔭書房 2008 p130
教授（折口信夫）
　◇「ちくま日本文学 25」筑摩書房 2008（ちくま文
　　庫）p44
梟首（アンデルセン著，森鷗外訳）
　◇「新日本古典文学大系 明治編 25」岩波書店 2004
　　p376
郷愁（金史良）
　◇「近代朝鮮文学日本語作品集1939～1945 創作篇 3」
　　緑蔭書房 2001 p391
郷愁（趙薫）
　◇「近代朝鮮文学日本語作品集1939～1945 創作篇 6」
　　緑蔭書房 2001 p87
郷愁（朴麒麟）
　◇「近代朝鮮文学日本語作品集1939～1945 創作篇 6」
　　緑蔭書房 2001 p88
郷愁（三好達治）

　◇「新装版 全集現代文学の発見 13」學藝書林 2004
　　p108
郷愁の青馬車（鄭芝溶）
　◇「近代朝鮮文学日本語作品集1908～1945 セレクショ
　　ン 4」緑蔭書房 2008 p163
郷愁の詩人与謝蕪村（萩原朔太郎）
　◇「ちくま日本文学 36」筑摩書房 2009（ちくま文
　　庫）p369
教習番号9（江原一哲）
　◇「てのひら怪談―ビーケーワン怪談大賞傑作選 壬
　　辰」ポプラ社 2012（ポプラ文庫）p104
教授の色紙（村瀬継弥）
　◇「本格推理 14」光文社 1999（光文社文庫）p417
教授の死（二幕）―第一期の黄昏（秋田雨雀）
　◇「新・プロレタリア文学精選集 2」ゆまに書房
　　2004 p97
狂女（山崎洋子）
　◇「撫子が斬る―女性作家捕物帳アンソロジー」光
　　文社 2005（光文社文庫）p683
凶（抄）（芥川龍之介）
　◇「文豪てのひら怪談」ポプラ社 2009（ポプラ文
　　庫）p107
行状（金鍾漢）
　◇「近代朝鮮文学日本語作品集1939～1945 創作篇 6」
　　緑蔭書房 2001 p131
行商 生活の記録7（宮本常一）
　◇「日本文学全集 14」河出書房新社 2015 p444
凶笑面（北森鴻）
　◇「ザ・ベストミステリーズ―推理小説年鑑 1999」
　　講談社 1999 p303
　◇「殺人買います」講談社 2002（講談社文庫）
　　p252
嬌笑楼に題す（森春濤）
　◇「新日本古典文学大系 明治編 2」岩波書店 2004
　　p94
狂女が唄う信州路（笹沢左保）
　◇「極め付き時代小説選 1」中央公論新社 2004
　　（中公文庫）p111
　◇「信州歴史時代小説傑作集 4」しなのき書房 2007
　　p345
狂人（朱耀翰）
　◇「近代朝鮮文学日本語作品集1908～1945 セレクショ
　　ン 4」緑蔭書房 2008 p18
狂人遺書（坂口安吾）
　◇「大坂の陣―近代文学名作選」岩波書店 2016 p8
共振周波数（小中千昭）
　◇「心霊理論」光文社 2007（光文社文庫）p35
「狂人日記」について（竹内好）
　◇「戦後文学エッセイ選 4」影書房 2005 p38
恐水病患者（角田喜久雄）
　◇「爬虫館事件―新青年傑作選」角川書店 1998（角
　　川ホラー文庫）p231
強制収容（厳二峯）
　◇「ハンセン病文学全集 4」皓星社 2003 p291
強制勉強禁止法（伊藤雪魚）

◇「ショートショートの広場 13」講談社 2002（講談社文庫）p203

狂燥曲殺人事件（蒼井雄）
◇「幻の探偵雑誌 1」光文社 2000（光文社文庫）p159

暁窓追録（栗本鋤雲）
◇「新日本古典文学大系 明治編 5」岩波書店 2009 p1

恭三の父（加能作次郎）
◇「百年小説」ポプラ社 2008 p443
◇「早稲田作家処女作集」講談社 2012（講談社文芸文庫）p93

狂想片々（一）〜（十八）（韓再熙）
◇「近代朝鮮文学日本語作品集1901〜1938 評論・随筆篇 2」緑蔭書房 2004 p213

嬌賊（菊池三渓）
◇「新日本古典文学大系 明治編 3」岩波書店 2005 p23

共存（大原久通）
◇「ショートショートの花束 7」講談社 2015（講談社文庫）p122

朝鮮文人協会入選作 **兄弟**（金士永）
◇「近代朝鮮文学日本語作品集1939〜1945 創作篇 4」緑蔭書房 2001 p363

きょうだい（ミトサキ）
◇「忘れがたい者たち―ライトノベル・ジュブナイル選集」創英社 2007 p33

兄弟の愛（尾崎喜八）
◇「『少年倶楽部』短篇選」講談社 2013（講談社文芸文庫）p26

兄弟星（方定煥）
◇「近代朝鮮文学日本語作品集1939〜1945 創作篇 6」緑蔭書房 2001 p413

凶宅（陶淵明）
◇「文豪てのひら怪談」ポプラ社 2009（ポプラ文庫）p132

凶宅奇聞（東雅夫）
◇「怪しき我が家―一家の怪談競作集」メディアファクトリー 2011（MF文庫）p223

夾竹桃窓会（三枝和子）
◇「コレクション戦争と文学 13」集英社 2011 p464

狂帝ヘリオガバルスあるいはデカダンスの一考察（澁澤龍彦）
◇「ちくま日本文学 18」筑摩書房 2008（ちくま文庫）p337

糞丁両氏と語る（片岡鉄兵）
◇「近代朝鮮文学日本語作品集1939〜1945 評論・随筆篇 1」緑蔭書房 2002 p367

京都（今江祥智）
◇「街物語」朝日新聞社 2000 p46

凶刀（小鳥遊ふみ）
◇「ショートショートの花束 3」講談社 2011（講談社文庫）p144

共同開催（桜井豪）
◇「ショートショートの広場 10」講談社 2000（講談社文庫）p247

狂童女の恋（岡本かの子）
◇「新編・日本幻想文学集成 3」国書刊行会 2016 p445

共同生活（梁石日）
◇「〈在日〉文学全集 7」勉誠出版 2006 p43

共同戦線の一方向（金熙明）
◇「近代朝鮮文学日本語作品集1901〜1938 評論・随筆篇 1」緑蔭書房 2004 p81

侠盗忠二（依田学海）
◇「新日本古典文学大系 明治編 3」岩波書店 2005 p120

侠盗の菌（もりたなるお）
◇「代表作時代小説 平成11年度」光風社出版 1999 p419
◇「愛染夢灯籠―時代小説傑作選」講談社 2005（講談社文庫）p505

共同浴場（崔載瑞）
◇「近代朝鮮文学日本語作品集1908〜1945 セレクション 4」緑蔭書房 2008 p177

京都へは電車でどうぞ（井沢元彦）
◇「京都殺意の旅―京都ミステリー傑作選」徳間書店 2001（徳間文庫）p207

京都K船の裏の裏丑覗きの会とはなにか（ひさうちみちお）
◇「京都宵」光文社 2008（光文社文庫）p301

京都・十二単衣殺人事件（山村美紗）
◇「不可思議な殺人―ミステリー・アンソロジー」祥伝社 2000（祥伝社文庫）p309

郷土随筆集 詩の中の夢 現実的の夢（王昶雄）
◇「日本統治期台湾文学集成 29」緑蔭書房 2007 p399

京都大学殺人事件（吉村達也）
◇「京都殺意の旅―京都ミステリー傑作選」徳間書店 2001（徳間文庫）p101

京都で、ゴドーを待ちながら（尾関忠雄）
◇「全作家短編集 15」のべる出版企画 2016 p36

京都の秋（武田百合子）
◇「精選女性随筆集 5」文藝春秋 2012 p199

郷土の歴史物語り 呉鳳（作者表記なし）
◇「日本統治期台湾文学集成 27」緑蔭書房 2007 p369

京都発、女難の相（中津文彦）
◇「日本ベストミステリー選集 24」光文社 1997（光文社文庫）p207

郷土訪問飛行（柳寅成）
◇「近代朝鮮文学日本語作品集1908〜1945 セレクション 4」緑蔭書房 2008 p473

狂曇森春雨（加藤周一）
◇「戦後短篇小説選―『世界』1946〜1999 4」岩波書店 2000 p141

狂熱の人―一人斬り彦斎（早乙女貢）
◇「時代小説秀作づくし」PHP研究所 1997（PHP文庫）p253

今日のアドリブ（谷川俊太郎）
◇「新装版 全集現代文学の発見 13」學藝書林 2004 p442

きよう

今日の運勢（ウルエミロ）
　◇「ショートショートの花束 4」講談社 2012（講談社文庫）p125
京の剣客（司馬遼太郎）
　◇「七人の武蔵」角川書店 2002（角川文庫）p5
今日の心霊（藤野可織）
　◇「リテラリーゴシック・イン・ジャパン―文学的ゴシック作品選」筑摩書房 2014（ちくま文庫）p569
　◇「さよならの儀式」東京創元社 2014（創元SF文庫）p183
京之助の居睡（野上彌生子）
　◇「青鞜小説集」講談社 2014（講談社文芸文庫）p9
京の茶漬―山崎烝（飯島一次）
　◇「新選組出陣」廣済堂出版 2014 p81
　◇「新選組出陣」徳間書店 2015（徳間文庫）p81
今日の出来事（麻城ゆう）
　◇「SFバカ本 たいやき編」ジャストシステム 1997 p191
　◇「SFバカ本 たいやき篇プラス」廣済堂出版 1999（廣済堂文庫）p203
けふの日に（王昶雄）
　◇「日本統治期台湾文学集成 29」緑蔭書房 2007 p203
京の夢（戸部新十郎）
　◇「花と剣と侍―新鷹会・傑作時代小説選」光文社 2009（光文社文庫）p141
競売（曾野綾子）
　◇「ペン先の殺意―文芸ミステリー傑作選」光文社 2005（光文社文庫）p250
脅迫者（麻友（秋元康）
　◇「アドレナリンの夜―珠玉のホラーストーリーズ」竹書房 2009 p165
脅迫電話（富田誠）
　◇「ショートショートの花束 2」講談社 2010（講談社文庫）p162
京橋煉化石（服部撫松）
　◇「新日本古典文学大系 明治編 1」岩波書店 2004 p32
共犯（許南麒）
　◇「〈在日〉文学全集 2」勉誠出版 2006 p251
共犯関係（小池真理子）
　◇「ねこ！ ネコ！ 猫！―nekoミステリー傑作選」徳間書店 2008（徳間文庫）p53
共犯者（狩久）
　◇「鯉沼家の悲劇―本格推理マガジン 特集・幻の名作」光文社 1998（光文社文庫）p353
風流 京人形（尾崎紅葉）
　◇「明治の文学 6」筑摩書房 2001 p3
恐怖（竹本健治）
　◇「綾辻行人と有栖川有栖のミステリ・ジョッキー 1」講談社 2008 p93
恐怖（谷崎潤一郎）
　◇「人間みな病気」ランダムハウス講談社 2007 p31
恐怖館主人（井上雅彦）

◇「ふるえて眠れない―ホラーミステリー傑作選」光文社 2006（光文社文庫）p289
恐怖時代の一事件（後藤紀子）
　◇「新・本格推理 02」光文社 2002（光文社文庫）p95
恐怖燈（朝松健）
　◇「キネマ・キネマ」光文社 2002（光文社文庫）p329
恐怖のカタチ（大原まり子）
　◇「妖髪鬼談」桜桃書房 1998 p50
恐怖の形（平谷美樹）
　◇「ひとにぎりの異形」光文社 2007（光文社文庫）p159
恐怖の殺人鬼（黄緑はやと）
　◇「ショートショートの広場 10」講談社 2000（講談社文庫）p206
恐怖の時節（深海和）
　◇「全作家短編小説集 7」全作家協会 2008 p42
恐怖のズンドコ（柳本博）
　◇「高校演劇Selection 2006 上」晩成書房 2008 p53
「恐怖の谷」から「恍惚の峰」へ～その政策的応用（遠藤慎一）
　◇「折り紙衛星の伝説」東京創元社 2015（創元SF文庫）p347
恐怖の廊下事件（海野十三）
　◇「風間龙枝探偵日記」論創社 2007（論創ミステリ叢書）p237
恐怖病（横田順彌）
　◇「恐怖症」光文社 2002（光文社文庫）p215
恐怖率（小中千昭）
　◇「秘神界 歴史編」東京創元社 2002（創元推理文庫）p81
恐怖六面体（本間祐）
　◇「恐怖症」光文社 2002（光文社文庫）p149
共鳴者と熱帯魚（萌木美月）
　◇「君に伝えたい―恋愛短編小説集」泰文堂 2013（リンダブックス）p6
京屋の箱入娘―風車の浜吉捕物綴（伊藤桂一）
　◇「代表作時代小説 平成14年度」光風社出版 2002 p365
梟雄（坂口安吾）
　◇「歴史小説の世紀 天の巻」新潮社 2000（新潮文庫）p485
　◇「軍師の生きざま―短篇小説集」作品社 2008 p41
梟雄―斎藤道三（坂口安吾）
　◇「軍師の生きざま」実業之日本社 2013（実業之日本社文庫）p51
俠勇鳥毛の大槍（下村悦夫）
　◇「『少年倶楽部』短篇選」講談社 2013（講談社文芸文庫）p209
教養主義について（竹内好）
　◇「戦後文学エッセイ選 4」影書房 2005 p97
京洛の風雲（南條範夫）
　◇「幕末京都血風録―傑作時代小説」PHP研究所 2007（PHP文庫）p93

きよく

京乱鎮静に至るの一段及び外艦再び長州を襲ふ事（作者表記なし）
　◇「新日本古典文学大系 明治編 13」岩波書店 2007 p73

驚狸（石川鴻斎）
　◇「文豪てのひら怪談」ポプラ社 2009 （ポプラ文庫）p106

恐竜（山野浩一）
　◇「恐竜文学大全」河出書房新社 1998 （河出文庫）p289

恐竜展で（清岡卓行）
　◇「恐竜文学大全」河出書房新社 1998 （河出文庫）p256

恐竜と道化（井辻朱美）
　◇「恐竜文学大全」河出書房新社 1998 （河出文庫）p327

恐竜ラウレンティスの幻視（梶尾真治）
　◇「てのひらの宇宙─星雲賞短編SF傑作選」東京創元社 2013 （創元SF文庫）p277

恐竜レストラン（荒俣宏）
　◇「恐竜文学大全」河出書房新社 1998 （河出文庫）p164

梟林記（内田百閒）
　◇「吊るされた男」角川書店 2001 （角川ホラー文庫）p267

行列（飯島耕一）
　◇「新装版 全集現代文学の発見 13」學藝書林 2004 p480

行列 「死と夢」より（原民喜）
　◇「文豪怪談傑作選 昭和篇」筑摩書房 2011 （ちくま文庫）p265

狂恋（Chaco）
　◇「恋みち─現代版・源氏物語」スターツ出版 2008 p137

〔今日は一日あかるくにぎやかな雪降りです〕（宮沢賢治）
　◇「近代童話（メルヘン）と賢治」おうふう 2014 p109

今日は餃子の日（野坂律子）
　◇「少女のなみだ」泰文堂 2014 （リンダブックス）p149

今日は実に書きにくい手紙を書きました≫島崎楠雄（島崎藤村）
　◇「日本人の手紙 1」リブリオ出版 2004 p144

今日は死亡予定日（宮崎裕一）
　◇「テレビドラマ代表作選集 2011年版」日本脚本家連盟 2011 p253

今日は朝鮮のお盆です（金炳昊）
　◇「近代朝鮮文学日本語作品集1908〜1945 セレクション 4」緑蔭書房 2008 p97

きょうは菜の花をおとどけします≫友人（星野富弘）
　◇「日本人の手紙 2」リブリオ出版 2004 p115

きょうはなんてうんがいいんだろう（宮西達也）

　◇「朗読劇台本集 4」玉川大学出版部 2002 p51

今日は何の日？（森江賢二）
　◇「ショートショートの広場 17」講談社 2005 （講談社文庫）p76

今日は良い一日であった（宇野千代）
　◇「創刊一〇〇年三田文学名作選」三田文学会 2010 p683

諷誡 京わらんべ（坪内逍遥）
　◇「明治の文学 4」筑摩書房 2002 p294

魚影ざんげ（大平槙助）
　◇「山形県文学全集第2期（随筆・紀行編）5」郷土出版社 2005 p92

虚栄の市（北村薫）
　◇「ザ・ベストミステリーズ─推理小説年鑑 2003」講談社 2003 p9
　◇「殺人格差」講談社 2006 （講談社文庫）p183

魚王行乞譚（柳田國男）
　◇「文豪怪談傑作選 柳田國男集」筑摩書房 2007 （ちくま文庫）p175

漁家（三好達治）
　◇「創刊一〇〇年三田文学名作選」三田文学会 2010 p583

魚歌（吉田一穂）
　◇「新装版 全集現代文学の発見 13」學藝書林 2004 p161

魚介（林芙美子）
　◇「ちくま日本文学 20」筑摩書房 2008 （ちくま文庫）p257

魚怪（勝山海百合）
　◇「てのひら怪談─ビーケーワン怪談大賞傑作選」ポプラ社 2007 p210
　◇「てのひら怪談─ビーケーワン怪談大賞傑作選」ポプラ社 2008 （ポプラ文庫）p222

魚怪（田中文雄）
　◇「人魚の血─珠玉アンソロジー オリジナル＆スタンダート」光文社 2001 （カッパ・ノベルス）p295

巨蟹宮─月の娘（早見裕司）
　◇「十二宮12幻想」エニックス 2000 p97

許可証（シゲノトモノリ）
　◇「ショートショートの花束 3」講談社 2011 （講談社文庫）p20

魚眼（ギョガン）パノラマ（石原美か子）
　◇「優秀新人戯曲集 2003」ブロンズ新社 2002 p169

虚偽（佐多稲子）
　◇「戦後占領期短篇小説コレクション 3」藤原書店 2007 p99

清き空白（大村薫）
　◇「ハンセン病文学全集 8」皓星社 2006 p410

虚偽の雪渓（森村誠一）
　◇「山岳迷宮（ラビリンス）─山のミステリー傑作選」光文社 2016 （光文社文庫）p295

玉音放送（寺山修司）
　◇「ちくま日本文学 6」筑摩書房 2007 （ちくま文庫）p27
　◇「コレクション戦争と文学 14」集英社 2012 p475

きよく

極光（井上雅彦）
◇「幽霊船」光文社 2001（光文社文庫）p169

玉砕—岩屋城（白石一郎）
◇「名城伝」角川春樹事務所 2015（ハルキ文庫）p125

曲師（志賀幸一）
◇「「伊豆文学賞」優秀作品集 第8回」静岡新聞社 2005 p41

局所流星群（野尻抱介）
◇「夏のグランドホテル」光文社 2003（光文社文庫）p571

玉人（宮城谷昌光）
◇「人情の往来—時代小説最前線」新潮社 1997（新潮文庫）p9
◇「時代小説一切御免 4」新潮社 2005（新潮文庫）p43

跼蹐の門（西村賢太）
◇「文学 2014」講談社 2014 p132

旭荘翁鄰松院晩眺の詩を手録して寄せらるこれをもつて謝す（森春濤）
◇「新日本古典文学大系 明治編 2」岩波書店 2004 p28

曲亭馬琴（堀内万寿夫）
◇「紅蓮の翼—異彩時代小説秀作撰」叢文社 2007 p135

極の誘い（吉田一穂）
◇「新装版 全集現代文学の発見 8」學藝書林 2003 p564

曲馬団（横田順彌）
◇「世紀末サーカス」廣済堂出版 2000（廣済堂文庫）p215

曲馬団一景（丸山薫）
◇「新装版 全集現代文学の発見 13」學藝書林 2004 p112

玉面（井上祐美子）
◇「黄土の虹—チャイナ・ストーリーズ」祥伝社 2000 p255

玉瘤（子母澤寛）
◇「江戸三百年を読む—傑作時代小説 シリーズ江戸学 下」角川学芸出版 2009（角川文庫）p249

玉流洞（鄭芝溶）
◇「近代朝鮮文学日本語作品集1939～1945 創作篇 6」緑蔭書房 2001 p166

魚玄機（森鷗外）
◇「ちくま日本文学 17」筑摩書房 2008（ちくま文庫）p298

虚構（石川欣司）
◇「ハンセン病文学全集 6」皓星社 2003 p347

巨済島（きょさいとう）→ "コジェド"を見よ

巨利（倉橋由美子）
◇「幻視の系譜」筑摩書房 2013（ちくま文庫）p575

きよしこの夜（島本理生）
◇「いつか、君へ Girls」集英社 2012（集英社文庫）p47

虚実（高見順）
◇「日本近代短篇小説選 昭和篇1」岩波書店 2012（岩波文庫）p303
◇「コレクション私小説の冒険 2」勉誠出版 2013 p241

馭者クロヌスに寄す（林兼道）
◇「近代朝鮮文学日本語作品集1908～1945 セレクション 4」緑蔭書房 2008 p375

巨獣（貝原）
◇「てのひら怪談—ビーケーワン怪談大賞傑作選 百怪繚乱篇」ポプラ社 2008 p48
◇「てのひら怪談—ビーケーワン怪談大賞傑作選 己丑」ポプラ社 2009（ポプラ文庫）p172

魚臭（鷲尾三郎）
◇「妖異百物語 1」出版芸術社 1997（ふしぎ文学館）p5

巨樹の翁の話（南方熊楠）
◇「植物」国書刊行会 1998（書物の王国）p191

巨人（武田泰淳）
◇「戦後短篇小説選—『世界』1946–1999 1」岩波書店 2000 p277

虚心（上忠司）
◇「日本統治期台湾文学集成 18」緑蔭書房 2003 p270

巨人と玩具（開高健）
◇「経済小説名作選」筑摩書房 2014（ちくま文庫）p127

巨人の接待（小川洋子）
◇「Invitation」文藝春秋 2010 p35
◇「甘い罠—8つの短編小説集」文藝春秋 2012（文春文庫）p35

去勢（日向蓬）
◇「本当のうそ」講談社 2007 p87

巨星（堀晃）
◇「拡張幻想」東京創元社 2012（創元SF文庫）p71

魚石譚（南條竹則）
◇「水妖」廣済堂出版 1998（廣済堂文庫）p421

魚葬（森村誠一）
◇「謀」文藝春秋 2003（推理作家になりたくて マイベストミステリー）p296
◇「マイ・ベスト・ミステリー 4」文藝春秋 2007（文春文庫）p454

漁村の移民達（丸井妙子）
◇「日本統治期台湾文学集成 17」緑蔭書房 2003 p519

巨体倒るとも（中村彰彦）
◇「誠の旗がゆく—新選組傑作選」集英社 2003（集英社文庫）p301

巨大な哄笑の衝撃—『ガルガンチュワとパンタグリュエル』（杉浦明平）
◇「戦後文学エッセイ選 6」影書房 2008 p149

巨大なる石（森春樹）
◇「ハンセン病文学全集 6」皓星社 2003 p266

清滝で日が暮れて（加門七海）
◇「文藝百物語」ぶんか社 1997 p24

清滝トンネル（紙舞）
◇「男たちの怪談百物語」メディアファクトリー 2012（〔幽BOOKS〕）p190

祓壇の一年（趙演鉉）
◇「近代朝鮮文学日本語作品集1939〜1945 評論・随筆篇 2」緑蔭書房 2002 p11

極刑（井上ひさし）
◇「丸谷才一編・花柳小説傑作選」講談社 2013（講談社文芸文庫）p53

極刑（小林ミア）
◇「5分で読める ひと駅ストーリー 猫の物語」宝島社 2014（宝島社文庫）p99

許南英と落華生（陳逢源）
◇「日本統治期台湾文学集成 16」緑蔭書房 2003 p71

去年（きょねん）… → "こぞ…"をも見よ

去年の福袋（渡辺容子）
◇「ザ・ベストミステリーズ―推理小説年鑑 1998」講談社 1998 p9
◇「殺人者」講談社 2000（講談社文庫）p141

虚の双眸（武居隼人）
◇「リトル・リトル・クトゥルー―史上最小の神話小説集」学習研究社 2009 p108

巨盃（依田学海）
◇「新日本古典文学大系 明治編 3」岩波書店 2005 p103

拒否の群れ（李正子）
◇「〈在日〉文学全集 17」勉誠出版 2006 p274

清姫（大岡昇平）
◇「怪奇・伝奇時代小説選集 6」春陽堂書店 2000（春陽文庫）p2

魚服記（太宰治）
◇「近代小説〈異界〉を読む」双文社出版 1999 p128
◇「幻想小説大全 北宋社 2002 p558
◇「変身のロマン 学習研究社 2003（学研M文庫）p131
◇「ちくま日本文学 8」筑摩書房 2008（ちくま文庫）p9
◇「文豪怪談傑作選 太宰治集」筑摩書房 2009（ちくま文庫）p47
◇「変身ものがたり」筑摩書房 2010（ちくま文学の森）p117
◇「みちのく怪談名作選 vol.1」荒蝦夷 2010（叢書東北の声）p155
◇「胞子文学名作選」港の人 2013 p41
◇「文豪山怪奇譚―山の怪談名作選」山と渓谷社 2016 p135

魚服記に就て（太宰治）
◇「文豪怪談傑作選 太宰治集」筑摩書房 2009（ちくま文庫）p325

清水坂（有栖川有栖）
◇「怪談列島ニッポン―書き下ろし諸国奇談競作集」メディアファクトリー 2009（MF文庫）p113

清美ははじめて弾の中をくぐりました≫佐々木くり（佐々木清美）
◇「日本人の手紙 8」リブリオ出版 2004 p147

魚眠荘殺人事件（鮎川哲也）
◇「江戸川乱歩の推理試験」光文社 2009（光文社文庫）p281

「虚無への供物」への供物（山田正紀）
◇「凶鳥の黒影―中井英夫へ捧げるオマージュ」河出書房新社 2004 p263

虚無を感ずる―東京に移住して（張赫宙）
◇「近代朝鮮文学日本語作品集1901〜1938 評論・随筆篇 2」緑蔭書房 2004 p285

虚夢譚（金石範）
◇「戦後短篇小説再発見 9」講談社 2002（講談社文芸文庫）p187

キヨ命（高橋義夫）
◇「女人」小学館 2007（小学館文庫）p265

虚名（西木正明）
◇「偽りの愛」リブリオ出版 2001（ラブミーワールド）p78
◇「恋愛小説・名作集成 1」リブリオ出版 2004 p78

魚妖（岡本綺堂）
◇「新編・日本幻想文学集成 4」国書刊行会 2016 p351

去来（堂場瞬一）
◇「誇り」双葉社 2010 p125

魚籃観音記（筒井康隆）
◇「日本文学全集 28」河出書房新社 2017 p245

距離（石川欣司）
◇「ハンセン病文学全集 6」皓星社 2003 p341
◇「ハンセン病文学全集 6」皓星社 2003 p342

距離（朴泰遠）
◇「近代朝鮮文学日本語作品集1908〜1945 セレクション 2」緑蔭書房 2008 p245

距離は苦痛を食つている（金時鐘）
◇「〈在日〉文学全集 5」勉誠出版 2006 p137

魚鱗記（澁澤龍彦）
◇「幻想小説大全」北宋社 2002 p618

虚鈴（瀬戸内晴美）
◇「京都府文学全集第1期(小説編) 5」郷土出版社 2005 p384

慶州（キョンジュ）駅（許南麒）
◇「〈在日〉文学全集 2」勉誠出版 2006 p75

慶州市（許南麒）
◇「〈在日〉文学全集 2」勉誠出版 2006 p76

慶州（キョンジュ）詩集（許南麒）
◇「〈在日〉文学全集 2」勉誠出版 2006 p75

慶州と金剛山（兪鎮午）
◇「近代朝鮮文学日本語作品集1908〜1945 セレクション 3」緑蔭書房 2008 p467

キョンちゃん（鹿島田真希）
◇「どうぶつたちの贈り物」PHP研究所 2016 p113

京釜（キョンブ）線（許南麒）
◇「〈在日〉文学全集 2」勉誠出版 2006 p69

京釜線車中より（李光洙）
◇「近代朝鮮文学日本語作品集1901〜1938 評論・随筆篇 2」緑蔭書房 2004 p181

きよん

京釜鐵道に對する韓民の感想（作者表記なし）
　◇「近代朝鮮文学日本語作品集1901〜1938 評論・随筆篇 3」緑蔭書房 2004 p335

嫌いなわけ（吉平）
　◇「ショートショートの花束 4」講談社 2012 （講談社文庫）p90

きらきら（弘中麻由）
　◇「万華鏡―第14回フェリシモ文学賞作品集」フェリシモ 2011 p96

きらきら（望月桜）
　◇「御子神さん―幸福をもたらす♂三毛猫」竹書房 2010 （竹書房文庫）p55

キラキラ（森川茉乃）
　◇「ゆきのまち幻想文学賞小品集 18」企画集団ぷりずむ 2009 p96

キラキラコウモリ（殊能将之）
　◇「9の扉―リレー短編集」マガジンハウス 2009 p61
　◇「9の扉」KADOKAWA 2013 （角川文庫）p55

きらきらデパート 本日かいてん！（岸秀子）
　◇「小学校・全員参加の楽しい学級劇・学年劇脚本集 低学年」黎明書房 2007 p174

キラキラヒカル（入澤康夫）
　◇「新装版 全集現代文学の発見 13」學藝書林 2004 p96

吉良家の附人たち（島守俊夫）
　◇「定本・忠臣蔵四十七人集」双葉社 1998 p414

吉良上野介御用足（森村誠一）
　◇「夢を見にけり―時代小説招待席」廣済堂出版 2004 p343

吉良上野の立場（菊池寛）
　◇「忠臣蔵コレクション 4」河出書房新社 1998 （河出文庫）p141
　◇「赤穂浪士伝奇」勉誠出版 2002 （べんせいライブラリー）p77
　◇「七つの忠臣蔵」新潮社 2016 （新潮文庫）p213

キラー・ストリート（船戸与一）
　◇「夢を撃つ男」角川春樹事務所 1999 （ハルキ文庫）p235

雲母橋（皆川博子）
　◇「代表作時代小説 平成9年度」光風社出版 1997 p325
　◇「春宵濡れ髪しぐれ―時代小説傑作選」講談社 2003 （講談社文庫）p267

きらめく海のトリエステ（須賀敦子）
　◇「日本文学全集 25」河出書房新社 2016 p422

きらら姫（澁澤龍彦）
　◇「現代小説クロニクル 1980〜1984」講談社 2014 （講談社文芸文庫）p242

斬られた幽霊（野村胡堂）
　◇「黒門町伝七捕物帳―時代小説競作選」光文社 2015 （光文社文庫）p199

斬られ役（桑田繁忠）
　◇「ショートショートの広場 12」講談社 2001 （講談社文庫）p169

嫌われ女（中居真麻）
　◇「5分で読める！ ひと駅ストーリー 猫の物語」宝島社 2014 （宝島社文庫）p199

嫌われ者（藤平司則）
　◇「ショートショートの広場 20」講談社 2008 （講談社文庫）p50

霧（金子光晴）
　◇「『少年倶楽部』短篇選」講談社 2013 （講談社文芸文庫）p31

霧（関根弘）
　◇「新装版 全集現代文学の発見 13」學藝書林 2004 p325

霧（夏目漱石）
　◇「文豪怪談傑作選 明治編」筑摩書房 2011 （ちくま文庫）p142

霧（丸山薫）
　◇「新装版 全集現代文学の発見 13」學藝書林 2004 p114

斬り、撃ち、心に棲む―斎藤伝鬼坊vs桜井霞之助（志茂田景樹）
　◇「時代小説傑作選 2」新人物往来社 2008 p31

キリエ（太田忠司）
　◇「物語のルミナリエ」光文社 2011 （光文社文庫）p51

霧隠才蔵の秘密（嵐山光三郎）
　◇「士魂の光芒―時代小説最前線」新潮社 1997 （新潮文庫）p81
　◇「信州歴史時代小説競作集 3」しなのき書房 2007 p309
　◇「真田忍者、参上！―隠密伝奇傑作集」河出書房新社 2015 （河出文庫）p137

霧隠仁左衛門 春盗録（園生義人）
　◇「捕物時代小説選集 1」春陽堂書店 1999 （春陽文庫）p50

切株（志樹逸馬）
　◇「ハンセン病文学全集 7」皓星社 2004 p322

霧ケ峰涼の逆襲（東川篤哉）
　◇「本格ミステリ 2006」講談社 2006 （講談社ノベルス）p11
　◇「珍しい物語のつくり方―本格短編ベスト・セレクション」講談社 2010 （講談社文庫）p11

霧ケ峰涼の屈辱（東川篤哉）
　◇「本格ミステリ 2004」講談社 2004 （講談社ノベルス）p263
　◇「深夜バス78回転の問題―本格短編ベスト・セレクション」講談社 2008 （講談社文庫）p385
　◇「謎の放課後―学校のミステリー」KADOKAWA 2013 （角川文庫）p55

ギリギリ（ウルエミロ）
　◇「ショートショートの花束 3」講談社 2011 （講談社文庫）p67

きりぎりす（太宰治）
　◇「この愛のゆくえ―ポケットアンソロジー」岩波書店 2011 （岩波文庫別冊）p75

キリギリスのうた（矢口知矢）
　◇「ショートショートの花束 7」講談社 2015 （講談社文庫）p87

きりの

蟲虫斯の記（室生犀星）
◇「金沢三文豪掌文庫 いきもの編」金沢文化振興財団 2010 p75

キリクビ（有吉佐和子）
◇「創刊一〇〇年三田文学名作選」三田文学会 2010 p407

斬込む氣持（平沼文甫）
◇「近代朝鮮文学日本語作品集1939～1945 評論・随筆篇 1」緑蔭書房 2002 p388

切り裂き魔の家（石田一）
◇「Fの肖像―フランケンシュタインの幻想たち」光文社 2010 （光文社文庫） p151

ギリシア小文字の誕生―民たちよ、見よ。そして書き記せ。これがお前たちの求めた文字である（浅暮三文）
◇「NOVA―書き下ろし日本SFコレクション 3」河出書房新社 2010 （河出文庫） p219

ギリシア的抒情詩（西脇順三郎）
◇「新装版 全集現代文学の発見 13」學藝書林 2004 p48

霧しぶく山（蒼井雄）
◇「幻の探偵雑誌 4」光文社 2001 （光文社文庫） p221

ギリシャ壺によす（高山あつひこ）
◇「てのひら怪談―ビーケーワン怪談大賞傑作選 壬辰」ポプラ社 2012 （ポプラ文庫） p250

ギリシャ羊の秘密（法月綸太郎）
◇「本格ミステリー二〇〇八年本格短編ベスト・セレクション 08」講談社 2008 （講談社ノベルス） p49
◇「ザ・ベストミステリーズ―推理小説年鑑 2008」講談社 2008 p389
◇「Play推理遊戯」講談社 2011 （講談社文庫） p325
◇「見えない殺人カード―本格短編ベスト・セレクション」講談社 2012 （講談社文庫） p71

キリストを慕ふて（王白淵）
◇「日本統治期台湾文学集成 18」緑蔭書房 2003 p77

基督教会振はず（山路愛山）
◇「新日本古典文学大系 明治編 26」岩波書店 2002 p490

基督教の将来は悲観すべきものにあらず（山路愛山）
◇「新日本古典文学大系 明治編 26」岩波書店 2002 p495

基督教の文学（徳富蘇峰）
◇「新日本古典文学大系 明治編 26」岩波書店 2002 p207

きりすと和讃（寺山修司）
◇「みちのく怪談名作選 vol.1」荒蝦夷 2010 （叢書東北の声） p245

キリタンポ（宮本常一）
◇「ちくま日本文学 22」筑摩書房 2008 （ちくま文庫） p232

規律の異邦人（金時鐘）

◇「〈在日〉文学全集 5」勉誠出版 2006 p82

切り通し（折口信夫）
◇「ちくま日本文学 25」筑摩書房 2008 （ちくま文庫） p36

霧と太陽（朱耀翰）
◇「近代朝鮮文学日本語作品集1908～1945 セレクション 4」緑蔭書房 2008 p71

切り取られた笑顔（柴田よしき）
◇「ザ・ベストミステリーズ―推理小説年鑑 1998」講談社 1998 p359
◇「不条理な殺人―ミステリー・アンソロジー」祥伝社 1998 （ノン・ポシェット） p299
◇「完全犯罪証明書」講談社 2001 （講談社文庫） p77

きりない話（山田野理夫）
◇「文豪てのひら怪談」ポプラ社 2009 （ポプラ文庫） p120

霧に、（池神泰三）
◇「藤本義一文学賞 第1回」（大阪）たる出版 2016 p173

霧にだまされた話（稲垣足穂）
◇「ちくま日本文学 16」筑摩書房 2008 （ちくま文庫） p24

霧にとけた真珠（江戸川乱歩）
◇「江戸川乱歩の推理試験」光文社 2009 （光文社文庫） p311

霧にむせぶ夜（ますむらひろし）
◇「70年代日本SFベスト集成 3」筑摩書房 2015 （ちくま文庫） p83

切り抜かれた空（飯島耕一）
◇「新装版 全集現代文学の発見 13」學藝書林 2004 p483

創作 霧の海の記録（土岐淳一郎）
◇「日本統治期台湾文学集成 8」緑蔭書房 2002 p173

霧のカレリア（五木寛之）
◇「恋愛小説・名作集成 2」リブリオ出版 2004 p164

霧の巨塔（霞流一）
◇「本格ミステリー二〇〇八年本格短編ベスト・セレクション 08」講談社 2008 （講談社ノベルス） p185
◇「見えない殺人カード―本格短編ベスト・セレクション」講談社 2012 （講談社文庫） p267

霧の城（安部龍太郎）
◇「代表作時代小説 平成17年度」光文社 2005 p193

霧の城（南條範夫）
◇「東北戦国志―傑作時代小説」PHP研究所 2009 （PHP文庫） p115

霧の中（白石一郎）
◇「士魂の光芒―時代小説最前線」新潮社 1997 （新潮文庫） p443

霧の中（山手樹一郎）
◇「花と剣と侍―新鷹会・傑作時代小説選」光文社 2009 （光文社文庫） p75

霧の中の声（遠藤周作）

きりの

◇「幸せな哀しみの話」文藝春秋 2009（文春文庫）p221

桐の花（重光寛子）
◇「現代作家代表作選集 9」鼎書房 2015 p67

霧の蕃社（中村地平）
◇「〈外地〉の日本語文学選 1」新宿書房 1996 p84
◇「コレクション戦争と文学 18」集英社 2012 p342

霧の火〜樺太真岡郵便局に散った9人の乙女たち（竹山洋）
◇「テレビドラマ代表作選集 2009年版」日本脚本家連盟 2009 p109

桐の柩（連城三紀彦）
◇「わかれの船―Anthology」光文社 1998 p220

霧の星で（星新一）
◇「冒険の森へ―傑作小説大全 19」集英社 2015 p14

霧の街（森詠）
◇「夢を撃つ男」角川春樹事務所 1999（ハルキ文庫）p285

霧のミラノ（柴田侑宏）
◇「宝塚歌劇柴田侑宏脚本選 5」阪急コミュニケー ション 2006 p5

霧の山伏峠（島木嘉子）
◇「回転ドアから」全作家協会 2015（全作家短編集）p21

霧の夜明（荒川義英）
◇「新・プロレタリア文学精選集 1」ゆまに書房 2004 p211

霧映（小野文朗）
◇「日本統治期台湾文学集成 6」緑蔭書房 2002 p37

桐畑の太夫（岡本綺堂）
◇「ちくま日本文学 32」筑摩書房 2009（ちくま文庫）p195

切り札（李正子）
◇「〈在日〉文学全集 17」勉誠出版 2006 p273

切り札（真下光一）
◇「ショートショートの花束 1」講談社 2009（講談社文庫）p100

霧また霧の遠景（舟橋聖一）
◇「京都府文学全集第1期（小説編） 4」郷土出版社 2005 p330

桐屋敷の殺人事件（川崎七郎）
◇「竹中英太郎 2」皓星社 2016（挿絵叢書）p11

機龍警察 火宅（月村了衛）
◇「結晶銀河―年刊日本SF傑作選」東京創元社 2011（創元SF文庫）p167

機龍警察 化生（月村了衛）
◇「NOVA+―書き下ろし日本SFコレクション バベル」河出書房新社 2014（河出文庫）p67

機龍警察沙弥（月村了衛）
◇「短篇ベストコレクション―現代の小説 2014」徳間書店 2014（徳間文庫）p295

機龍警察 輪廻（月村了衛）
◇「ミステリマガジン700 国内篇」早川書房 2014（ハヤカワ・ミステリ文庫）p497

基隆のバラバラ事件（山下景光）
◇「日本統治期台湾文学集成」緑蔭書房 2002 p315

麒麟（谷崎潤一郎）
◇「明治の文学 25」筑摩書房 2001 p249

キリンと墓（池波正太郎）
◇「コレクション戦争と文学 15」集英社 2012 p389

麒麟の歌（中島敦）
◇「ちくま日本文学 12」筑摩書房 2008（ちくま文庫）p444

「切る」（佐野洋）
◇「仮面のレクイエム」光文社 1998（光文社文庫）p161

キルキルカンパニー（七尾与史）
◇「『このミステリーがすごい！』大賞作家書き下ろしBOOK」宝島社 2012 p137

ギルドの掟―盗賊を縛る（秋口ぎぐる）
◇「狙われたヘッポコーズ―ソード・ワールド短編集」富士見書房 2004（富士見ファンタジア文庫）p93

キルトの模様（内海隆一郎）
◇「短篇ベストコレクション―現代の小説 2004」徳間書店 2004（徳間文庫）p431

きれいごとじゃない（若竹七海）
◇「宝石ザミステリー Blue」光文社 2016 p383

綺麗な子（小林泰三）
◇「玩具館」光文社 2001（光文社文庫）p459

きれいな人（桜庭三軒）
◇「かわいい―第16回フェリシモ文学賞優秀作品集」フェリシモ 2013 p104

きれいになった（中井紀夫）
◇「変身」廣済堂出版 1998（廣済堂文庫）p67

鬼裂（立花腑楽）
◇「てのひら怪談―ビーケーワン怪談大賞傑作選 百怪繚乱篇」ポプラ社 2008 p112
◇「てのひら怪談―ビーケーワン怪談大賞傑作選 己丑」ポプラ社 2009（ポプラ文庫）p24

岐路（渥美順）
◇「日本統治期台湾文学集成 7」緑蔭書房 2002 p337

帰路（押野康之）
◇「ゆきのまち幻想文学賞・小品集 7」NTTメディアスコープ 1997 p85

歸路（金鍾漢）
◇「近代朝鮮文学日本語作品集1939〜1945 創作篇 6」緑蔭書房 2001 p11
◇「近代朝鮮文学日本語作品集1939〜1945 創作篇 6」緑蔭書房 2001 p280

歸路（金鍾漢述, 金仁承畫）
◇「近代朝鮮文学日本語作品集1908〜1945 セレクション 4」緑蔭書房 2008 p388

記録（丁章）
◇「〈在日〉文学全集 18」勉誠出版 2006 p394

記録（吉野弘）
◇「新装版 全集現代文学の発見 13」學藝書林 2004 p420

きんき

議論しのこしたこと—ウスマン・サンベーヌ
氏(木下順二)
　◇「戦後文学エッセイ選 8」影書房 2005 p153
疑惑(芥川龍之介)
　◇「見上げれば星は天に満ちて一心に残る物語—日
　　本文学秀作選」文藝春秋 2005 (文春文庫) p61
　◇「ペン先の殺意—文芸ミステリー傑作選」光文社
　　2005 (光文社文庫) p37
疑惑の天秤(小森健太朗)
　◇「新世紀犯罪博覧会—連作推理小説」光文社 2001
　　(カッパ・ノベルス) p215
ギーワン(町井登志夫)
　◇「アジアン怪綺」光文社 2003 (光文社文庫)
　　p125
金(きん)… → "かね…"をも見よ
金アジメ(趙南哲)
　◇「〈在日〉文学全集 18」勉誠出版 2006 p152
金色の鬼火矢(兎月カラス)
　◇「縄文4000年の謎に挑む」現代書林 2016 p154
金色の風(近藤史恵)
　◇「シティ・マラソンズ」文藝春秋 2013 (文春文
　　庫) p147
金色の涙(宮本昌孝)
　◇「Colors」ホーム社 2008 p143
　◇「Colors」集英社 2009 (集英社文庫) p227
金色の蛇(森茉莉)
　◇「美少年」国書刊行会 1997 (書物の王国) p64
禁煙(門倉信)
　◇「ショートショートの花束 6」講談社 2014 (講
　　談社文庫) p143
銀河からの手紙(稲垣足穂)
　◇「ちくま日本文学 16」筑摩書房 2008 (ちくま文
　　庫) p47
謹我新年(金時鐘)
　◇「〈在日〉文学全集 5」勉誠出版 2006 p20
銀河帝国の崩壊byジャスティス(大泉貴)
　◇「5分で読める! ひと駅ストーリー 猫の物語」宝
　　島社 2014 (宝島社文庫) p189
　◇「5分で笑える! おバカで愉快な物語」宝島社
　　2016 (宝島社文庫) p143
銀河鉄道(柄澤潤)
　◇「ひらく—第15回フェリシモ文学賞」フェリシモ
　　2012 p92
銀河鉄道の夜(平野直)
　◇「学校放送劇舞台劇脚本集—宮沢賢治名作童話」
　　東洋書院 2008 p93
銀化猫(田中明子)
　◇「ゆきのまち幻想文学賞小品集 18」企画集団ぷり
　　ずむ 2009 p39
銀河ネットワークで歌を歌ったクジラ(大原ま
り子)
　◇「日本SF全集 3」出版芸術社 2013 p425
銀河の間隙の先より(謎村)
　◇「リトル・リトル・クトゥルー—史上最小の神話
　　小説集」学習研究社 2009 p82

金貨の行方(島﨑一裕)
　◇「ショートショートの花束 1」講談社 2009 (講
　　談社文庫) p184
銀河風帆走—第四回創元SF短編賞受賞作(宮
西建礼)
　◇「極光星群」東京創元社 2013 (創元SF文庫)
　　p415
銀河まつり(吉川英治)
　◇「信州歴史時代小説傑作集 4」しなのき書房 2007
　　p131
銀簪(大佛次郎)
　◇「日本怪奇小説傑作集 1」東京創元社 2005 (創
　　元推理文庫) p355
近感二題—朝鮮新聞紙の學藝欄(玄永燮)
　◇「近代朝鮮文学日本語作品集1901〜1938 評論・随筆
　　篇 3」緑蔭書房 2004 p20
金環日食を見よう(青井夏海)
　◇「エール! 1」実業之日本社 2012 (実業之日本
　　社文庫) p115
近眼の新兵衛(村上元三)
　◇「夢がたり大川端」光風社出版 1998 (光風社文
　　庫) p141
　◇「信州歴史時代小説傑作集 2」しなのき書房 2007
　　p195
金看板(宮島俊夫)
　◇「ハンセン病文学全集 4」皓星社 2003 p415
金冠文字(木々高太郎)
　◇「風間光枝探偵日記」論創社 2007 (論創ミステリ
　　叢書) p129
金牛宮—アリアドネ(図子慧)
　◇「十二宮12幻想」エニックス 2000 p33
緊急下車(林由美子)
　◇「5分で読める! ひと駅ストーリー 降車編」宝島
　　社 2012 (宝島社文庫) p47
緊急自爆装置(三崎亜記)
　◇「折り紙衛星の伝説」東京創元社 2015 (創元SF
　　文庫) p307
緊急停止(葛西俊和)
　◇「怪談四十九夜」竹書房 2016 (竹書房文庫) p18
緊急連絡網(新津きよみ)
　◇「闇電話」光文社 2006 (光文社文庫) p33
金魚(幸田文)
　◇「精選女性随筆集 1」文藝春秋 2012 p20
　◇「精選女性随筆集 1」文藝春秋 2012 p147
金魚(手塚治虫)
　◇「60年代日本SFベスト集成」筑摩書房 2013 (ち
　　くま文庫) p49
金魚(塔和子)
　◇「ハンセン病文学全集 7」皓星社 2004 p385
金魚(渡辺啓助)
　◇「妖異百物語 1」出版芸術社 1997 (ふしぎ文学
　　館) p97
金魚狂言(泡坂妻夫)
　◇「名探偵で行こう—最新ベスト・ミステリー」光
　　文社 2001 (カッパ・ノベルス) p69

作品名から引ける日本文学全集案内 第III期　**229**

きんき

金玉百助の来歴（神坂次郎）
　◇「迷君に候」新潮社 2015（新潮文庫）p181
きんぎょ・すくい（清水朔）
　◇「たびだち―フェリシモしあわせショートショート」フェリシモ 2000 p13
金魚葬（趙薫）
　◇「近代朝鮮文学日本語作品集1939～1945 創作篇 6」緑蔭書房 2001 p42
（金魚のうろこは赤けれども）（萩原朔太郎）
　◇「ちくま日本文学 36」筑摩書房 2009（ちくま文庫）p21
金魚の死後（生田紗代）
　◇「文学 2006」講談社 2006 p17
金魚姫（松尾未来）
　◇「水妖」廣済堂出版 1998（廣済堂文庫）p225
金魚撩乱（岡本かの子）
　◇「ちくま日本文学 37」筑摩書房 2009（ちくま文庫）p62
金銀（幸田露伴）
　◇「文豪てのひら怪談」ポプラ社 2009（ポプラ文庫）p208
キングコング（北杜夫）
　◇「怪獣」国書刊行会 1998（書物の王国）p139
　◇「70年代日本SFベスト集成 3」筑摩書房 2015（ちくま文庫）p7
金鶏（石川淳）
　◇「冒険の森へ―傑作小説大全 10」集英社 2016 p174
金鶏郷に死出虫は嗤う（やまき美里）
　◇「はじめての小説（ミステリー）―内田康夫＆東京・北区が選んだ珠玉のミステリー 2」実業之日本社 2013 p9
銀行狐（池井戸潤）
　◇「ザ・ベストミステリーズ―推理小説年鑑 2002」講談社 2002 p291
　◇「零時の犯罪予覚」講談社 2005（講談社文庫）p207
錦江飯店の一夜（井上光晴）
　◇「戦後文学エッセイ選 13」影書房 2008 p222
金工品（金関丈夫）
　◇「日本統治期台湾文学集成 17」緑蔭書房 2003 p270
金五十両（山本周五郎）
　◇「極め付き時代小説選 1」中央公論新社 2004（中公文庫）p207
　◇「感涙―人情時代小説傑作選」ベストセラーズ 2004（ベスト時代文庫）p303
キンコブの夢（山田敦心）
　◇「ミヤマカラスアゲハ―第三回「草枕文学賞」作品集」文藝春秋企画出版部 2003 p41
銀座（阿刀田高）
　◇「街物語」朝日新聞社 2000 p60
銀座（折口信夫）
　◇「ちくま日本文学 25」筑摩書房 2008（ちくま文庫）p32
銀座（坂上弘）

　◇「街物語」朝日新聞社 2000 p320
銀座アルプス（寺田寅彦）
　◇「ちくま日本文学 34」筑摩書房 2009（ちくま文庫）p94
銀座生まれの猫（原田つとむ）
　◇「つながり―フェリシモしあわせショートショート」フェリシモ 1999 p36
銀座界隈（吉田健一）
　◇「日本文学全集 20」河出書房新社 2015 p415
銀座カップル（森村誠一）
　◇「銀座24の物語」文藝春秋 2001 p125
銀座に生き銀座に死す（白洲正子）
　◇「精選女性随筆集 7」文藝春秋 2012 p80
銀座の穴（大岡玲）
　◇「銀座24の物語」文藝春秋 2001 p245
銀座の空襲（佐野洋）
　◇「銀座24の物語」文藝春秋 2001 p283
銀座の猫（藤田宜永）
　◇「銀座24の物語」文藝春秋 2001 p257
銀座の貧乏の物語（椎名誠）
　◇「銀座24の物語」文藝春秋 2001 p9
銀座某重大事件（辻真先）
　◇「名探偵登場！」講談社 2014 p191
　◇「名探偵登場！」講談社 2016（講談社文庫）p229
銀山王（押川春浪）
　◇「明治探偵冒険小説 3」筑摩書房 2005（ちくま文庫）p7
金さん、岡ぼれをさせられるじゃありませんか≫夏目漱石（泉鏡花）
　◇「日本人の手紙 9」リブリオ出版 2004 p27
錦瑟と春燕（陳舜臣）
　◇「鎮守の森に鬼が棲む―時代小説傑作選」講談社 2001（講談社文庫）p29
琴瑟の妻―ねね（澤田ふじ子）
　◇「人物日本の歴史―時代小説版 戦国編」小学館 2004（小学館文庫）p97
金鵄のもとに（浅田次郎）
　◇「短編工場」集英社 2012（集英社文庫）p253
金鵲鏡（幸田露伴）
　◇「文豪怪談傑作選 幸田露伴集」筑摩書房 2010（ちくま文庫）p334
禽獣（川端康成）
　◇「短編名作選―1925–1949 文士たちの時代」笠間書院 1999 p167
金繍忌（入江敦彦）
　◇「Fの肖像―フランケンシュタインの幻想たち」光文社 2010（光文社文庫）p317
禁酒宣言（上林暁）
　◇「戦後占領期短篇小説コレクション 4」藤原書店 2007 p155
禁書売り（築山桂）
　◇「撫子が斬る―女性作家捕物帳アンソロジー」光文社 2005（光文社文庫）p269
禁じられた遊び（法月綸太郎）

◇「名探偵の饗宴」朝日新聞社 1998 p169
◇「名探偵の饗宴」朝日新聞出版 2015（朝日文庫）p197

金四郎を待つ女（高橋三千綱）
◇「勝者の死にざま―時代小説選手権」新潮社 1998（新潮文庫）p439

銀二郎の片腕（里見弴）
◇「日本近代短篇小説選 大正篇」岩波書店 2012（岩波文庫）p89

銀子三枚（山本一力）
◇「代表作時代小説 平成22年度」光文社 2010 p311

唫晴（韓龍雲）
◇「近代朝鮮文学日本語作品集1908〜1945 セレクション 6」緑蔭書房 2008 p21

『近世奇談全集』序言（柳田國男）
◇「文豪怪談傑作選 柳田國男集」筑摩書房 2007（ちくま文庫）p383

近世紀聞（抄）（作者表記なし）
◇「新日本古典文学大系 明治編 13」岩波書店 2007 p1

近世紀聞題八輯簡端余言（作者表記なし）
◇「新日本古典文学大系 明治編 13」岩波書店 2007 p139

近世風聞・耳の垢（抄）（進藤壽伯）
◇「稲生モノノケ大全 陰之巻」毎日新聞社 2003 p630

金銭無情（坂口安吾）
◇「ちくま日本文学 9」筑摩書房 2008（ちくま文庫）p291

金属音病事件（佐野洋）
◇「江戸川乱歩と13の宝石 2」光文社 2007（光文社文庫）p377

禁足地（綾倉エリ）
◇「てのひら怪談 癸巳」KADOKAWA 2013（MF文庫ダ・ヴィンチ）p98

近代劇と國民演劇（1）〜（5）（成大動）
◇「近代朝鮮文学日本語作品集1939〜1945 評論・随筆篇 1」緑蔭書房 2002 p243

近代主義と民族の問題（竹内好）
◇「戦後文学エッセイ選 4」影書房 2005 p128

金田一耕助帰国す（五十嵐均）
◇「金田一耕助の新たな挑戦」角川書店 1997（角川文庫）p83

金田一耕助最後の事件（柴田よしき）
◇「金田一耕助の新たな挑戦」角川書店 1997（角川文庫）p203

キンダイチ先生の推理（有栖川有栖）
◇「金田一耕助に捧ぐ九つの狂想曲」角川書店 2002 p27
◇「金田一耕助に捧ぐ九つの狂想曲」角川書店 2012（角川文庫）p27

近代悲傷集（抄）（折口信夫）
◇「ちくま日本文学 25」筑摩書房 2008（ちくま文庫）p104

金太郎蕎麦（池波正太郎）
◇「江戸夕しぐれ―市井稼業小説傑作選」学研パブ

金太郎蕎麦―橋本左内（池波正太郎）
◇「江戸の満腹力―時代小説傑作選」集英社 2005（集英社文庫）p9

琴中怪音（中島らも）
◇「琵琶綺談」日本出版社 2006 p223

金と銀（川上弘美）
◇「甘い記憶」新潮社 2008 p47
◇「甘い記憶」新潮社 2011（新潮文庫）p49

金時計（大塚楠緒子）
◇「「新編」日本女性文学全集 3」菁柿堂 2011 p27

金梨子地空鞘判断（城昌幸）
◇「傑作捕物ワールド 3」リブリオ出版 2002 p5

銀杏（司修）
◇「コレクション戦争と文学 14」集英社 2012 p400

銀杏組（ぎんなんぐみ）ストーリー（梶本暁代）
◇「小学生のげき―新小学校演劇脚本集 高学年 1」晩成書房 2011 p129

銀杏とGinkgo（木下杢太郎）
◇「植物」国書刊行会 1998（書物の王国）p176

銀杏の実（南條範夫）
◇「花ごよみ夢一夜」光風社出版 2001（光風社文庫）p75

ギンネム屋敷（又吉栄喜）
◇「コレクション戦争と文学 20」集英社 2012 p298

近年の大怪談会（作者表記なし）
◇「文豪怪談傑作選 特別編」筑摩書房 2009（ちくま文庫）p81

銀のうさぎ（最上一平）
◇「山形県文学全集第1期（小説編）5」郷土出版社 2004 p511

銀の扇（高橋直樹）
◇「夢を見にけり―時代小説招待席」廣済堂出版 2004 p125

銀のお盆（森公洋）
◇「小学校・全員参加の楽しい学級劇・学年劇脚本集 高学年」黎明書房 2007 p190

金のがちょう（英語の入った劇）（新井早苗）
◇「小学校たのしい劇の本―英語劇付 中学年」国土社 2007 p174

金のがちょう―グリム童話より（谷口幸子）
◇「小学生のげき―新小学校演劇脚本集 中学年 1」晩成書房 2011 p171

銀の間接（安土萌）
◇「アジアン怪綺」光文社 2003（光文社文庫）p331

銀の匙（鷲尾三郎）
◇「江戸川乱歩と13の宝石」光文社 2007（光文社文庫）p121

銀の匙―情報環境へのアクセスが保障された時代にて―天才詩人アリス・ウォン、誕生（飛浩隆）
◇「NOVA―書き下ろし日本SFコレクション 8」河

きんの

出書房新社 2012 （河出文庫） p41

銀の匙キラキラ（水森サトリ）
◇「Colors」ホーム社 2008 p165
◇「Colors」集英社 2009 （集英社文庫） p181

銀の匙（抄）（中勘助）
◇「ファイン／キュート素敵かわいい作品選」筑摩書房 2015 （ちくま文庫） p116

銀の匙 抜粋（中勘助）
◇「奇妙な恋の物語」光文社 1998 （光文社文庫） p253

銀の塩（藤原伊織）
◇「殺ったのは誰だ?!」講談社 1999 （講談社文庫） p9

金の卵の骨（三浦実夫）
◇「フラジャイル・ファクトリー戯曲集 2」晩成書房 2008 p75

銀の弾丸（山田正紀）
◇「クトゥルー怪異録―邪神ホラー傑作集」学習研究社 2000 （学研M文庫） p139

金の綱の釣瓶―朝鮮童話（金素雲）
◇「近代朝鮮文学日本語作品集1908〜1945 セレクション 6」緑蔭書房 2008 p123

銀の鳥（秋元いずみ）
◇「現代短編小説選―2005〜2009」日本民主主義文学会 2010 p7

銀の鋏（青木和）
◇「邪香草―恋愛ホラー・アンソロジー」祥伝社 2003 （祥伝社文庫） p241

銀の船（恒川光太郎）
◇「二十の悪夢」KADOKAWA 2013 （角川ホラー文庫） p45

銀のプレート（藤井俊）
◇「物語のルミナリエ」光文社 2011 （光文社文庫） p243

創作 銀の鱒（李孝石）
◇「近代朝鮮文学日本語作品集1939〜1945 創作篇 1」緑蔭書房 2001 p29

銀の夜（須賀敦子）
◇「日本文学全集 25」河出書房新社 2016 p25

金の輪（小川未明）
◇「文豪怪談傑作選 小川未明集」筑摩書房 2008 （ちくま文庫） p194
◇「近代童話（メルヘン）と賢治」おうふう 2014 p10

緊縛（小川内初枝）
◇「太宰治賞 2002」筑摩書房 2002 p27

銀縁眼鏡と鳥の涙（豊島ミホ）
◇「恋のかけら」幻冬舎 2008 p145
◇「恋のかけら」幻冬舎 2012 （幻冬舎文庫） p157

きんぽうげ（宗秋月）
◇「〈在日〉文学全集 18」勉誠出版 2006 p45

金ぽたんの哀唱（鄭芝溶）
◇「近代朝鮮文学日本語作品集1908〜1945 セレクション 4」緑蔭書房 2008 p155

銀幕（倭神祐子）

◇「ショートショートの広場 11」講談社 2000 （講談社文庫） p28

きんもくせい（椎名誠）
◇「家族の絆」光文社 1997 （光文社文庫） p403

金木犀の香り（鷹将純一郎）
◇「新・本格推理 04」光文社 2004 （光文社文庫） p513

金木犀の香り（堀かの子）
◇「気配―第10回フェリシモ文学賞作品集」フェリシモ 2007 p135

金木犀の風に乗って（竹谷友里）
◇「むすぶ―第11回フェリシモ文学賞作品集」フェリシモ 2008 p162

近来流行の政治小説を評す（徳富蘇峰）
◇「新日本古典文学大系 明治編 26」岩波書店 2002 p195

金ラベル（加門七海）
◇「夏のグランドホテル」光文社 2003 （光文社文庫） p633

金襴抄（赤江瀑）
◇「愛の怪談」角川書店 1999 （角川ホラー文庫） p119

金龍祠（潤魏清徳）
◇「日本統治期台湾文学集成 25」緑蔭書房 2007 p115

銀鱗の背に乗って（熊崎洋）
◇「「伊豆文学賞」優秀作品集 第18回」羽衣出版 2015 p55

金霊（南條竹則）
◇「チャイルド」廣済堂出版 1998 （廣済堂文庫） p95

禁恋（reY）
◇「恋みち―現代版・源氏物語」スターツ出版 2008 p7

金蓮靴（速瀬れい）
◇「アジアン怪綺」光文社 2003 （光文社文庫） p561

【く】

喰意地（内田百間）
◇「文人御馳走帖」新潮社 2014 （新潮文庫） p184

杭を打つ音（葛山二郎）
◇「江戸川乱歩と13人の新青年 〈文学派〉編」光文社 2008 （光文社文庫） p155

食い地獄（赤瀬川原平）
◇「もの食う話」文藝春秋 2015 （文春文庫） p107

クイ襲撃（小豆沢優）
◇「回転ドアから」全作家協会 2015 （全作家短編集） p437

クイズ＆ドリーム（横関大）
◇「デッド・オア・アライヴ―江戸川乱歩賞作家ア

ンソロジー」講談社 2013 p165
◇「デッド・オア・アライヴ」講談社 2014（講談社
文庫）p181

喰いたい放題（色川武大）
◇「ちくま日本文学 30」筑摩書房 2008（ちくま文
庫）p430

食い倒れの都、大阪（吉田健一）
◇「日本文学全集 20」河出書房新社 2015 p432

悔いる男（林真理子）
◇「甘やかな祝祭―恋愛小説アンソロジー」光文社
2004（光文社文庫）p97

クイーンの色紙（鮎川哲也）
◇「ミステリマガジン700 国内篇」早川書房 2014
（ハヤカワ・ミステリ文庫）p171

空を飛ぶパラソル（夢野久作）
◇「探偵小説の風景―トラフィック・コレクション
下」光文社 2009（光文社文庫）p55
◇「竹中英太郎 1」皓星社 2016（挿絵叢書）p133

空間（正岡子規）
◇「新日本古典文学大系 明治編 27」岩波書店 2003
p15

偶感（中村敬宇）
◇「新日本古典文学大系 明治編 2」岩波書店 2004
p144

空間的立体詩（平戸廉吉）
◇「新装版 全集現代文学の発見 1」學藝書林 2002
p236

空間の犯罪（武田泰淳）
◇「戦後短篇小説再発見 11」講談社 2003（講談社
文芸文庫）p9

空気を抽象して（正岡子規）
◇「新日本古典文学大系 明治編 27」岩波書店 2003
p16

空気女（黒猫銀次）
◇「てのひら怪談―ビーケーワン怪談大賞傑作選 2」
ポプラ社 2007 p200

空気がなくなる日（岩倉政治）
◇「朗読劇台本集 4」玉川大学出版部 2002 p193

空気人間（鮎川哲也）
◇「少年探偵王―本格推理マガジン 特集・ぼくらの
推理冒険物語」光文社 2002（光文社文庫）
p397

空虚の絶頂に立つて（王白淵）
◇「日本統治期台湾文学集成 18」緑蔭書房 2003
p30

共業―実在ヒプノ4（橋てつと）
◇「全作家短編集 5」のべる出版企画 2016 p88

空港ロビー（都筑道夫）
◇「冒険の森へ―傑作小説大全 17」集英社 2015
p22

偶語二題（金鍾漢）
◇「近代朝鮮文学日本語作品集1939〜1945 評論・随筆
篇 1」緑蔭書房 2002 p472

空山明月（金鍾漢）
◇「〈外地〉の日本語文学選 3」新宿書房 1996 p241
◇「近代朝鮮文学日本語作品集1939〜1945 創作篇 6」

緑蔭書房 2001 p123

空襲（寺山修司）
◇「ちくま日本文学 6」筑摩書房 2007（ちくま文
庫）p23

空襲（深田亭）
◇「物語のルミナリエ」光文社 2011（光文社文庫）
p270

空襲のあと（色川武大）
◇「ちくま日本文学 30」筑摩書房 2008（ちくま文
庫）p32
◇「日本文学全集 27」河出書房新社 2017 p99

空襲のあと（抄）（色川武大）
◇「文豪てのひら怪談」ポプラ社 2009（ポプラ文
庫）p30

偶成（李泰鎔）
◇「近代朝鮮文学日本語作品集1908〜1945 セレクショ
ン 6」緑蔭書房 2008 p29

空席（加藤秀幸）
◇「ショートショートの広場 19」講談社 2007（講
談社文庫）p218

空席（金時鐘）
◇「〈在日〉文学全集 5」勉誠出版 2006 p207

偶然（折原一）
◇「ザ・ベストミステリーズ―推理小説年鑑 2004」
講談社 2004 p415
◇「孤独な交響曲（シンフォニー）」講談社 2007
（講談社文庫）p285
◇「電話ミステリー倶楽部―傑作推理小説集」光文
社 2016（光文社文庫）p357

偶然（正岡子規）
◇「新日本古典文学大系 明治編 27」岩波書店 2003
p56

偶然がくれた運（大谷羊太郎）
◇「黒衣のモニュメント」光文社 2000（光文社文
庫）p49

偶然のアリバイ（愛理修）
◇「新・本格推理 06」光文社 2006（光文社文庫）
p395

偶然の功名（福田辰男）
◇「幻の探偵雑誌 5」光文社 2001（光文社文庫）
p289

空想（武者小路実篤）
◇「小川洋子の陶酔短篇箱」河出書房新社 2014
p301

空想家とシナリオ（中野重治）
◇「新装版 全集現代文学の発見 2」學藝書林 2002
p151

偶像讃美（李在鶴）
◇「近代朝鮮文学日本語作品集1908〜1945 セレクショ
ン 4」緑蔭書房 2008 p104

空想少女は悶絶中（おかもと（仮））
◇「5分で読める！ ひと駅ストーリー 乗車編」宝島
社 2012（宝島社文庫）p149
◇「5分で笑える！ おバカで愉快な物語」宝島社
2016（宝島社文庫）p87

偶像崇拝（小林秀雄）

くうそ

◇「日本文学全集 27」河出書房新社 2017 p383

偶像の家 (王白淵)
◇「日本統治期台湾文学集成 18」緑蔭書房 2003 p84

空想のゲリラ (黒田喜夫)
◇「新装版 全集現代文学の発見 13」學藝書林 2004 p348

ぐうたら戦記 (坂口安吾)
◇「怠けものの話」筑摩書房 2011 (ちくま文学の森) p375

空中 (夢野久作)
◇「分身」国書刊行会 1999 (書物の王国) p211

空中回廊 (井上雅彦)
◇「蒐集家 (コレクター)」光文社 2004 (光文社文庫) p311

空中喫煙者 (筒井康隆)
◇「短篇ベストコレクション—現代の小説 2004」徳間書店 2004 (徳間文庫) p503

空中軍艦未来戦—昭和八年 (浅野一男)
◇「日米架空戦記集成—明治・大正・昭和」中央公論新社 2003 (中公文庫) p20

空中の散歩者—昭和一六年 (大阪圭吉)
◇「日米架空戦記集成—明治・大正・昭和」中央公論新社 2003 (中公文庫) p246

空中楼閣 (朝倉かすみ)
◇「ノスタルジー1972」講談社 2016 p77

空白 (坪田文)
◇「超短編の世界」創英社 2008 p16

空白への招待 (秋田穂月)
◇「ハンセン病文学全集 7」皓星社 2004 p429
◇「ハンセン病文学全集 7」皓星社 2004 p430

空白のある白い町 (日野啓三)
◇「日本文学全集 21」河出書房新社 2015 p97

空白の石版 (松本楽志)
◇「リトル・リトル・クトゥルー—史上最小の神話小説集」学習研究社 2009 p80

空腹 (李箱)
◇「〈外地〉の日本語文学選 3」新宿書房 1996 p89

空腹について (北川冬彦)
◇「新装版 全集現代文学の発見 13」學藝書林 2004 p27

空忘の鉢 (高野史緒)
◇「アジアン怪綺」光文社 2003 (光文社文庫) p499

寓話 (新美南吉)
◇「近代童話 (メルヘン) と賢治」おうふう 2014 p71

寓話 (許南麒)
◇「〈在日〉文学全集 2」勉誠出版 2006 p254

寓話 (吉岡実)
◇「新装版 全集現代文学の発見 13」學藝書林 2004 p472

俱会一処 (伊藤武)
◇「ハンセン病に咲いた花—初期文芸名作選 戦後編」皓星社 2002 (ハンセン病叢書) p112

クエルボ (星野智幸)
◇「変愛小説集 日本作家編」講談社 2014 p249
◇「文学 2015」講談社 2015 p31

宏壮 (クエンジャン) 氏 (李無影)
◇「近代朝鮮文学日本語作品集1939〜1945 創作篇 5」緑蔭書房 2001 p141

QC (クォンタム・クレイ) (長谷川昌史)
◇「ゆきのまち幻想文学賞小品集 22」企画集団ぷりずむ 2013 p58

久遠の花 (桜井哲夫)
◇「ハンセン病文学全集 2」皓星社 2002 p365

苦界 (高橋義夫)
◇「白刃光る」新潮社 1997 p185
◇「時代小説—読切御免 3」新潮社 2005 (新潮文庫) p179

句会の短冊 (戸板康二)
◇「俳句殺人事件—巻頭句の女」光文社 2001 (光文社文庫) p47

九月十四日記—山窩の思い出 (井伏鱒二)
◇「サンカの民を追って—山窩小説傑作選」河出書房新社 2015 (河出文庫) p209

九月十四日 曇—「仰臥漫録」より (正岡子規)
◇「超短編アンソロジー」筑摩書房 2002 (ちくま文庫) p196

九月十四日の朝 (正岡子規)
◇「明治の文学 20」筑摩書房 2001 p146
◇「ちくま日本文学 40」筑摩書房 2009 (ちくま文庫) p119

九月十日—妹死す (島田等)
◇「ハンセン病文学全集 7」皓星社 2004 p484

九月の瓜 (乙川優三郎)
◇「代表作時代小説 平成14年度」光風社出版 2002 p283

九月の詩心 (黒木謳子)
◇「日本統治期台湾文学集成 18」緑蔭書房 2003 p428

九月の詩壇 (合評) (朱耀翰, 豊太郎, 泰雄, 福督, 梨雨公, X, 簾吉, 浮島)
◇「近代朝鮮文学日本語作品集1908〜1945 セレクション 5」緑蔭書房 2008 p37

九月の空 (高橋三千綱)
◇「恋愛小説・名作集成 3」リブリオ出版 2004 p5

九月二十日、兵馬を率ゐて太田の営を発ち、江城に帰る。感有りて賦す。 (成島柳北)
◇「新日本古典文学大系 明治編 2」岩波書店 2004 p234

九月某日 国島氏を娶りて継室と為す (森春濤)
◇「新日本古典文学大系 明治編 2」岩波書店 2004 p43

釘 (青来有一)
◇「文学 2006」講談社 2006 p57

釘抜藤吉捕物覚書 (林不忘)
◇「捕物時代小説選集 4」春陽堂書店 2000 (春陽文庫) p2
◇「幻の探偵雑誌 5」光文社 2001 (光文社文庫) p2

p67

釘拾い（藤田雅矢）
◇「京都宵」光文社 2008（光文社文庫）p143

釘屋敷／水屋敷（皆川博子）
◇「怪しき我が家―一家の怪談競作集」メディアファクトリー 2011（MF文庫）p7

公卿侍（村上元三）
◇「星明かり夢街道」光風社出版 2000（光風社文庫）p381

苦行（第一回～第八回）（金末峰）
◇「近代朝鮮文学日本語作品集1901～1938 創作篇 4」緑蔭書房 2004 p115

くぐつの女（葉多黙太郎）
◇「怪奇・伝奇時代小説選集 5」春陽堂書店 2000（春陽文庫）p92

潜りさま（熊谷達也）
◇「冒険の森へ―傑作小説大全 15」集英社 2016 p186

くくり姫（加門七海）
◇「京都宵」光文社 2008（光文社文庫）p81

矩形の青（水槻真希子）
◇「太宰治賞 2013」筑摩書房 2013 p229

鵠沼西海岸（阿部昭）
◇「戦後短篇小説再発見 6」講談社 2001（講談社文芸文庫）p149
◇「「内向の世代」初期作品アンソロジー」講談社 2016（講談社文芸文庫）p169

苦言（アンデルセン著, 森鷗外訳）
◇「新日本古典文学大系 明治編 25」岩波書店 2004 p279

風土記 草（朴勝極）
◇「近代朝鮮文学日本語作品集1939～1945 評論・随筆篇 3」緑蔭書房 2002 p315

くさいバス（紺詠志）
◇「てのひら怪談―ビーケーワン怪談大賞傑作選 辛卯」ポプラ社 2011（ポプラ文庫）p18

草色の詩（うた）（小原真澄）
◇「中学校創作脚本集 2」晩成書房 2001 p31

草を刈る娘―ある山麓の素描（石坂洋次郎）
◇「戦後短篇小説再発見 12」講談社 2003（講談社文芸文庫）p33

日下武妹（市川春子）
◇「量子回廊―年刊日本SF傑作選」東京創元社 2010（創元SF文庫）p207

草壁正十郎（甲山羊二）
◇「全作家短編小説集 11」全作家協会 2012 p90

草屈（藤沢周）
◇「文学 2010」講談社 2010 p287

久坂葉子のこと（富士正晴）
◇「戦後文学エッセイ選 7」影書房 2006 p23

草探し（金史良）
◇「〈在日〉文学全集 11」勉誠出版 2006 p93

草すべり（南木佳士）
◇「文学 2009」講談社 2009 p33

草双紙（芥川龍之介）

◇「文豪怪談傑作選 芥川龍之介集」筑摩書房 2010（ちくま文庫）p322

草津アリラン（香山末子）
◇「ハンセン病文学全集 7」皓星社 2004 p290

草津高原にて（光岡良二）
◇「ハンセン病文学全集 7」皓星社 2004 p213

くさつた蛤（萩原朔太郎）
◇「ちくま日本文学 36」筑摩書房 2009（ちくま文庫）p92

草津の犬（向田邦子）
◇「精選女性随筆集 11」文藝春秋 2012 p115

草津の柵（栗生楽泉園合同詩集）
◇「ハンセン病文学全集 6」皓星社 2003 p350

草に立つ風（赤沢正美）
◇「ハンセン病文学全集 8」皓星社 2006 p418

草の上（鄭芝溶）
◇「近代朝鮮文学日本語作品集1908～1945 セレクション 4」緑蔭書房 2008 p96

草の上（三好達治）
◇「新装版 全集現代文学の発見 13」學藝書林 2004 p104

草の花句集（九州療養所草の花会）
◇「ハンセン病文学全集 9」皓星社 2010 p28

草の茎（萩原朔太郎）
◇「ちくま日本文学 36」筑摩書房 2009（ちくま文庫）p56

草の声（伊藤桂一）
◇「慕情深川しぐれ」光風社出版 1998（光風社文庫）p191

草の子供（久世光彦）
◇「銀座24の物語」文藝春秋 2001 p33

草之丞の話（江國香織）
◇「ショートショートの缶詰」キノブックス 2016 p129
◇「冒険の森へ―傑作小説大全 2」集英社 2016 p28

草のつるぎ（野呂邦暢）
◇「コレクション戦争と文学 3」集英社 2012 p383

草の名と子供（柳田國男）
◇「ちくま日本文学 15」筑摩書房 2008（ちくま文庫）p227

句集 草の花 第二集（草の花会）
◇「ハンセン病文学全集 9」皓星社 2010 p66

くさはらのなかまたち（上地ちづ子）
◇「小学校のたのしい劇の本―英語劇付 低学年」国土社 2007 p172

くさびら―『狂言集』より（作者不詳）
◇「きのこ文学名作選」港の人 2010 p277

くさびら譚（加賀乙彦）
◇「きのこ文学名作選」港の人 2010 p27

くさびらの道（上田早夕里）
◇「心霊理論」光文社 2007（光文社文庫）p275

草笛の鳴る夜（倉阪鬼一郎）
◇「屍者の行進」廣済堂出版 1998（廣済堂文庫）p85

くさふ

◇「異界への入口」リブリオ出版 2001 （怪奇・ホラーワールド）p47

草深し（金史良）
◇「近代朝鮮文学日本語作品集1939〜1945 創作篇 2」緑蔭書房 2001 p239
◇「コレクション戦争と文学 17」集英社 2012 p107

草枕（抄）（夏目漱石）
◇「温泉小説」アーツアンドクラフツ 2006 p9

草枕の露―最後の群行 愷子内親王（山中智恵子）
◇「王侯」国書刊行会 1998 （書物の王国）p100

草むしり（大庭みな子）
◇「精選女性随筆集 6」文藝春秋 2012 p158

草むらの時（金時鐘）
◇「〈在日〉文学全集 5」勉誠出版 2006 p305

草迷宮（泉鏡花）
◇「稲生モノノケ大全 陰之巻」毎日新聞社 2003 p336

草迷宮Ⅱ―泉鏡花作『草迷宮』より（重庄太郎）
◇「泉鏡花記念金沢戯曲大賞受賞作品集 第2回」金沢泉鏡花フェスティバル委員会 2003 p1

草もみじ（大峰古日）
◇「文豪怪談傑作選 柳田國男集」筑摩書房 2007 （ちくま文庫）p375

草野球（寺山修司）
◇「ちくま日本文学 6」筑摩書房 2007 （ちくま文庫）p32

くさり（小鳥遊ふみ）
◇「ショートショートの花束 3」講談社 2011 （講談社文庫）p35

腐りかけロマンティック（深沢仁）
◇「5分で読める！ ひと駅ストーリー 食の話」宝島社 2015 （宝島社文庫）p199

クサリ鎌のシシド（木下昌輝）
◇「時代小説ザ・ベスト 2016」集英社 2016 （集英社文庫）p275

鎖工場（大杉栄）
◇「新装版 全集現代文学の発見 1」學藝書林 2002 p22
◇「アンソロジー・プロレタリア文学 2」森話社 2014 p242

くされたまご（嵯峨の屋おむろ）
◇「日本近代文学に描かれた「恋愛」」牧野出版 2001 p7
◇「日本近代短篇小説選 明治篇1」岩波書店 2012 （岩波文庫）p61

草は枯れども―訳詩抄（王昶雄）
◇「日本統治期台湾文学集成 29」緑蔭書房 2007 p211

櫛（小川未明）
◇「文豪怪談傑作選 小川未明集」筑摩書房 2008 （ちくま文庫）p100

櫛（山手樹一郎）
◇「黒門町伝七捕物帳―時代小説競作選」光文社 2015 （光文社文庫）p5

櫛形山の月 維新の風（中澤秀彬）
◇「全作家短編小説集 10」のべる出版 2011 p190

櫛形山の月（二）明治の風景（中澤秀彬）
◇「全作家短編小説集 11」全作家協会 2012 p99

孔雀（三島由紀夫）
◇「美少年」国書刊行会 1997 （書物の王国）p188
◇「文豪怪談傑作選」筑摩書房 2007 （ちくま文庫）p184
◇「日本文学全集 27」河出書房新社 2017 p493

孔雀に乗った女（平岩弓枝）
◇「琵琶綺談」日本出版社 2006 p29

孔雀の歌（中島敦）
◇「ちくま日本文学 12」筑摩書房 2008 （ちくま文庫）p439

孔雀夫人の誕生日（山村正夫）
◇「江戸川乱歩の推理教室」光文社 2008 （光文社文庫）p239

孔雀は飛ぶ（キムリジャ）
◇「〈在日〉文学全集 18」勉誠出版 2006 p340

公事宿新左（津本陽）
◇「花ごよみ夢一夜」光風社出版 2001 （光風社文庫）p143

愚者の石（別役実）
◇「ショートショートの缶詰」キノブックス 2016 p169

愚者の街（半村良）
◇「幸せな哀しみの話」文藝春秋 2009 （文春文庫）p23

句集（寺山修司）
◇「ちくま日本文学 6」筑摩書房 2007 （ちくま文庫）p53

くしゅん（北村薫）
◇「9の扉―リレー短編集」マガジンハウス 2009 p7
◇「9の扉」KADOKAWA 2013 （角川文庫）p5

駆除（島崎一裕）
◇「ショートショートの広場 15」講談社 2004 （講談社文庫）p192

九城洞（鄭芝溶）
◇「近代朝鮮文学日本語作品集1939〜1945 創作篇 6」緑蔭書房 2001 p158

鯨（北川冬彦）
◇「〈外地〉の日本語文学選 2」新宿書房 1996 p96
◇「新装版 全集現代文学の発見 13」學藝書林 2004 p25

鯨神（宇能鴻一郎）
◇「冒険の森へ―傑作小説大全 7」集英社 2016 p206

くじら裁き（杉本苑子）
◇「大岡越前―名奉行裁判説話」廣済堂出版 1998 （廣済堂文庫）p29

鯨と煙の冒険―『百瀬、こっちを向いて。』番外編（中田永一）
◇「サイドストーリーズ」KADOKAWA 2015 （角川文庫）p5

クジラナミヘ（ビスケン）
◇「文学 2001」講談社 2001 p130

236　作品名から引ける日本文学全集案内 第Ⅲ期

くたん

クジラの入江（清原つる代）
◇「南から―南日本文学大賞入賞作品集」南日本新
聞社 2001 p97

鯨のくる城（伊東潤）
◇「代表作時代小説 平成23年度」光文社 2011 p241

鯨や東京や三千の修羅や（古川日出男）
◇「文学 2015」講談社 2015 p208

くすくす岩（朱雀门出）
◇「てのひら怪談―ビーケーワン怪談大賞傑作選 壬
辰」ポプラ社 2012 （ポプラ文庫）p214

城にのぼる（古倉節子）
◇「全作家短編小説集 8」全作家協会 2009 p198

グスコーブドリの伝記（平野直）
◇「学校放送劇舞台劇脚本集―宮沢賢治名作童話」
東洋書院 2008 p267

グスコーブドリの伝記（宮沢賢治）
◇「ちくま日本文学 3」筑摩書房 2007 （ちくま文
庫）p353

薬玉（杉本苑子）
◇「剣の意地恋の夢―時代小説傑作選」講談社 2000
（講談社文庫）p245

葛の葉物語（原巌）
◇「安倍晴明陰陽師伝奇文学集成」勉誠出版 2001
p131

葛原妙子三十三首（葛原妙子）
◇「リテラリーゴシック・イン・ジャパン―文学的
ゴシック作品選」筑摩書房 2014 （ちくま文庫）
p235

薬喰（内田百閒）
◇「ちくま日本文学 1」筑摩書房 2007 （ちくま文
庫）p306
◇「文人御馳走帖」新潮社 2014 （新潮文庫）p171

くすり指（今日泊亜蘭）
◇「怪奇探偵小説集 3」角川春樹事務所 1998 （ハ
ルキ文庫）p195

くすり指（椿八郎）
◇「探偵くらぶ―探偵小説傑作選1946～1958 下」光
文社 1997 （カッパ・ノベルス）p125

苦思楽西遊伝（立原透耶）
◇「秘神界 歴史編」東京創元社 2002 （創元推理文
庫）p175

崩れ（抄）（幸田文）
◇「日本文学全集 28」河出書房新社 2017 p67

崩れる（貫井徳郎）
◇「犯行現場にもう一度」講談社 1997 （講談社文
庫）p211

楠若葉の島（森山栄三）
◇「ハンセン病文学全集 8」皓星社 2006 p537

癖（山之内まつ子）
◇「現代鹿児島小説大系 4」ジャプラン 2014 p322

くせいけ（朱雀門出）
◇「男たちの怪談百物語」メディアファクトリー
2012 （幽BOOKS）p217

苦節の原動力―『ウリ民謡・ユクチャペギの
夕べ』に寄せて（金時鐘）

「〈在日〉文学全集 5」勉誠出版 2006 p309

口説北斎（藤本義一）
◇「代表作時代小説 平成9年度」光風社出版 1997
p361
◇「春宵濡れ髪しぐれ―時代小説傑作選」講談社
2003 （講談社文庫）p325

クソオヤジ（古保カオリ）
◇「ショートショートの花束 1」講談社 2009 （講
談社文庫）p231

砕かれた夢（中村真一郎）
◇「歴史小説の世紀 地の巻」新潮社 2000 （新潮文
庫）p97

管狐と桜（千早茜）
◇「短篇ベストコレクション―現代の小説 2010」徳
間書店 2010 （徳間文庫）p381

砕けた叫び（有栖川有栖）
◇「血文字パズル」角川書店 2003 （角川文庫）p7
◇「赤に捧げる殺意」角川書店 2013 （角川文庫）p5

砕けちる褐色（田中啓文）
◇「本格ミステリ 2006」講談社 2006 （講談社ノベ
ルス）p283
◇「珍しい物語のつくり方―本格短編ベスト・セレ
クション」講談社 2010 （講談社文庫）p415

砕けて殺意（日下圭介）
◇「さらに不安の闇へ―小説推理傑作選」双葉社
1998 p79

くだける（藤本とし）
◇「ハンセン病文学全集 4」皓星社 2003 p672

ぐだふたぬん あんど めりぃくりすます（菅原
貴人）
◇「高校演劇Selection 2001 上」晩成書房 2001
p113

くだもの（正岡子規）
◇「ちくま日本文学 40」筑摩書房 2009 （ちくま文
庫）p99
◇「文人御馳走帖」新潮社 2014 （新潮文庫）p69

果物地獄（直木三十五）
◇「もの食う話」文藝春秋 2015 （文春文庫）p268

くだもののたね（立原えりか）
◇「くだものだもの」ランダムハウス講談社 2007
p197

百済古甕賦（金鍾漢）
◇「近代朝鮮文学日本語作品集1939～1945 創作篇 6」
緑蔭書房 2001 p294

苦談（御於紗馬）
◇「てのひら怪談―ビーケーワン怪談大賞傑作選 庚
寅」ポプラ社 2010 （ポプラ文庫）p170

件（内田百閒）
◇「奇譚カーニバル」集英社 2000 （集英社文庫）
p63
◇「ちくま日本文学 1」筑摩書房 2007 （ちくま文
庫）p24
◇「小川洋子の偏愛短篇箱」河出書房新社 2009 p15
◇「生の深みを覗く―ポケットアンソロジー」岩波
書店 2010 （岩波文庫別冊）p301
◇「小川洋子の偏愛短篇箱」河出書房新社 2012 （河

くたん

出文庫）p15
◇「いきものがたり」双葉社出版 2013 p100
◇「文豪たちが書いた怖い名作短編集」彩図社 2014 p167
◇「日本文学100年の名作 1」新潮社 2014（新潮文庫）p245

くだん抄（御於紗馬）
◇「てのひら怪談―ビーケーワン怪談大賞傑作選 辛卯」ポプラ社 2011（ポプラ文庫）p136

くだんのはは（小松左京）
◇「血」三天書房 2000（傑作短篇シリーズ）p77
◇「幻想小説大全」北宋社 2002 p190
◇「日本怪奇小説傑作集 3」東京創元社 2005（創元推理文庫）p47
◇「異形の白昼―恐怖小説集」筑摩書房 2013（ちくま文庫）p29
◇「日本文学100年の名作 6」新潮社 2015（新潮文庫）p249

件の夢―シロの伊勢道中（小松エメル）
◇「妙ちきりん―「読楽」時代小説アンソロジー」徳間書店 2016（徳間文庫）p5

口（斜斤）
◇「てのひら怪談―ビーケーワン怪談大賞傑作選 辛卯」ポプラ社 2011（ポプラ文庫）p82

愚痴をこぼすなら情況を変える努力をしろ≫
乙武洋匡（ドリアン助川）
◇「日本人の手紙 2」リブリオ出版 2004 p24

口を縫われた男（潮山長三）
◇「怪奇・伝奇時代小説選集 4」春陽堂書店 2000（春陽文庫）p34

口が堅い女（新津きよみ）
◇「ゆきどまり―ホラー・アンソロジー」祥伝社 2000（祥伝社文庫）p85

口が来た（黒史郎）
◇「リトル・リトル・クトゥルー―史上最小の神話小説集」学習研究社 2009 p230

クチコミ（松音戸子）
◇「てのひら怪談―ビーケーワン怪談大賞傑作選 辛卯」ポプラ社 2011（ポプラ文庫）p198

「口先か心か」（李石薫）
◇「近代朝鮮文学日本語作品集1908〜1945 セレクション 4」緑蔭書房 2008 p203

くちづけ（香山末子）
◇「ハンセン病文学全集 7」皓星社 2004 p290
◇「〈在日〉文学全集 17」勉誠出版 2006 p92

口づけ（森山東）
◇「超短編の世界 vol.3」創英社 2011 p19

くちづけ、セキスイをぬかれたようにへなへ
なに≫前川正（三浦綾子）
◇「日本人の手紙 4」リブリオ出版 2004 p57

朽助のいる谷間（井伏鱒二）
◇「危険なマッチ箱」文藝春秋 2009（文春文庫）p133

朽ちてゆくまで（宮部みゆき）
◇「日本SF短篇50 4」早川書房 2013（ハヤカワ文庫 JA）p49

山梔子（安西篤子）
◇「剣光、閃く！」徳間書店 1999（徳間文庫）p5

くちなし懺悔（角田喜久雄）
◇「黒門町伝七捕物帳―時代小説競作選」光文社 2015（光文社文庫）p131

くちなわ坂の赤ん坊（長谷川博子）
◇「松江怪談―新作怪談 松江物語」今井印刷 2015 p92

愚痴の多い相談者（法坂一広）
◇「もっとすごい！ 10分間ミステリー」宝島社 2013（宝島社文庫）p165

嘴と痣（遠藤徹）
◇「ひとにぎりの異形」光文社 2007（光文社文庫）p408

口髭（堀辰雄）
◇「ちくま日本文学 39」筑摩書房 2009（ちくま文庫）p342

唇から蝶（"Butterfly Was Born"）（山田詠美）
◇「せつない話 2」光文社 1997 p149

唇に愛を（小路幸也）
◇「短篇ベストコレクション―現代の小説 2008」徳間書店 2008（徳間文庫）p513

唇に歌をもて（平沼文甫）
◇「近代朝鮮文学日本語作品集1939〜1945 評論・随筆篇 3」緑蔭書房 2002 p349

くちびる Network21（谺健二）
◇「新世紀犯罪博覧会―連作推理小説」光文社 2001（カッパ・ノベルス）p87

口封じ（乃南アサ）
◇「舌づけ―ホラー・アンソロジー」祥伝社 1998（ノン・ポシェット）p315

小説 口笛（尹白南）
◇「近代朝鮮文学日本語作品集1901〜1938 創作篇 3」緑蔭書房 2004 p135

口笛を吹いてゐる散歩者よ（立原道造）
◇「新装版 全集現代文学の発見 14」學藝書林 2005 p440

口紅（塔和子）
◇「ハンセン病文学全集 7」皓星社 2004 p17

靴（青島さかな）
◇「超短編の世界 vol.2」創英社 2009 p99

靴（井原美紀）
◇「たびだち―フェリシモしあわせショートショート」フェリシモ 2000 p112

靴（上原和樹）
◇「てのひら怪談―ビーケーワン怪談大賞傑作選 壬辰」ポプラ社 2012（ポプラ文庫）p48

靴（佐賀久維）
◇「日本統治期台湾文学集成 6」緑蔭書房 2002 p21

靴（仙堂ルリコ）
◇「てのひら怪談―ビーケーワン怪談大賞傑作選 壬辰」ポプラ社 2012（ポプラ文庫）p50

靴（都志めぐみ）
◇「つながり―フェリシモしあわせショートショート」フェリシモ 1999 p59

靴（やまちかずひろ）
◇「ショートショートの広場 20」講談社 2008（講談社文庫）p11

靴を揃える（新岡憂哉）
◇「ショートショートの花束 3」講談社 2011（講談社文庫）p296

沓掛にて―芥川君のこと（志賀直哉）
◇「ちくま日本文学 21」筑摩書房 2008（ちくま文庫）p439

朽木越え（岩井三四二）
◇「代表作時代小説 平成20年度」光文社 2008 p191

屈原鎮魂（真樹操）
◇「異色中国短篇傑作大全」講談社 1997 p349

屈辱（明石海人）
◇「ハンセン病文学全集 7」皓星社 2004 p444

屈辱の事件（竹内好）
◇「戦後文学エッセイ選 4」影書房 2005 p168

屈辱ポンチ（町田康）
◇「文学 1999」講談社 1999 p222

屈折した人あつまれ（鯨統一郎）
◇「マスカレード」光文社 2002（光文社文庫）p349

屈折の殺意（佐久島憲司）
◇「本格推理 11」光文社 1997（光文社文庫）p35

グッド・オールド・デイズ（石井睦美）
◇「それはまだヒミツ―少年少女の物語」新潮社 2012（新潮文庫）p9

グッド・バイ（太宰治）
◇「別れ」SDP 2009（SDP bunko）p5
◇「コーヒーと小説」mille books 2016 p9

グッド・バイ（森見登美彦）
◇「短篇ベストコレクション―現代の小説 2011」徳間書店 2011（徳間文庫）p253

グッド・バイ―一九四八（昭和二三）年六月（太宰治）
◇「BUNGO―文豪短篇傑作選」角川書店 2012（角川文庫）p185

グッドマリアージュ（森福都）
◇「結婚貧乏」幻冬舎 2003 p179

グッドモーニング・トーキョー（永沢光雄）
◇「太宰治賞 2001」筑摩書房 2001 p213

グッドラック（石井好子）
◇「精選女性随筆集 12」文藝春秋 2012 p116

靴の歌（関根弘）
◇「新装版 全集現代文学の発見 13」學藝書林 2004 p332

靴の中の死体―クリスマスの密室（山口雅也）
◇「密室―ミステリーアンソロジー」角川書店 1997（角川文庫）p225
◇「探偵Xからの挑戦状！」小学館 2009（小学館文庫）p 245, 348

グッバイ・トイレクラブ（いとうやすお）
◇「中学生のドラマ 1」晩成書房 1995 p161

靴ひも（斉木明）

◇「むすぶ―第11回フェリシモ文学賞作品集」フェリシモ 2008 p126

靴ひもデイズ（坂上恵理）
◇「むすぶ―第11回フェリシモ文学賞作品集」フェリシモ 2008 p151

靴磨きジャンの四角い永遠（柊サナカ）
◇「10分間ミステリー THE BEST」宝島社 2016（宝島社文庫）p213

掘留の家（宇江佐真理）
◇「しぐれ舟―時代小説招待席」廣済堂出版 2003 p45
◇「しぐれ舟―時代小説招待席」徳間書店 2008（徳間文庫）p45

クーデター、やってみないか？（栗田有起）
◇「29歳」日本経済新聞出版社 2008 p211
◇「29歳」新潮社 2012（新潮文庫）p235

クトゥルーの夢（夢乃鳥子）
◇「リトル・リトル・クトゥルー―史上最小の神話小説集」学習研究社 2009 p204

愚鈍物語（山本周五郎）
◇「江戸の鈍感力―時代小説傑作選」集英社 2007（集英社文庫）p265

愚なる(?!)母の散文詩（岡本かの子）
◇「精選女性随筆集 4」文藝春秋 2012 p166

苦難と人情と在日同胞（金時鐘）
◇「〈在日〉文学全集 5」勉誠出版 2006 p307

国を蹴った男（伊東潤）
◇「この時代小説がすごい！ 時代小説傑作選」宝島社 2016（宝島社文庫）p7

苦肉の策（綾辻行人）
◇「0番目の事件簿」講談社 2012 p377

国貞えがく（泉鏡花）
◇「ちくま日本文学 11」筑摩書房 2008（ちくま文庫）p20

国貞画夫婦捌鷺娘（蜘蛛手緑）
◇「幻の探偵雑誌 7」光文社 2001（光文社文庫）p127

国定忠治（子母沢寛）
◇「颯爽登場！ 第一話―時代小説ヒーロー初見参」新潮社 2004（新潮文庫）p239

国定忠治の墓（萩原朔太郎）
◇「ちくま日本文学 36」筑摩書房 2009（ちくま文庫）p196

国中の女性と愛しあった王様（鍋谷一樹）
◇「ショートショートの広場 15」講談社 2004（講談社文庫）p70

国違い（森三千代）
◇「コレクション戦争と文学 18」集英社 2012 p455

国戸団左衛門の切腹（五味康祐）
◇「武士の本懐―武士道小説傑作選」ベストセラーズ 2004（ベスト時代文庫）p99

国のまほろば（上野英信）
◇「戦後文学エッセイ選 12」影書房 2006 p152

国吉信詩画集（国吉信）
◇「ハンセン病文学全集 7」皓星社 2004 p406

くにわ

国はおかしたあやまちを謝罪せよ（1）いのち
　の重み（ラザロ・恩田原（松本馨））
　◇「ハンセン病文学全集 5」皓星社 2010 p435

国はおかしたあやまちを謝罪せよ（2）今、問
　われていること—全患協へ一会員の提言（谺
　雄二）
　◇「ハンセン病文学全集 5」皓星社 2010 p450

国はおかしたあやまちを謝罪せよ（3）国はお
　かしたあやまちを謝罪せよ（松木信（松本
　馨））
　◇「ハンセン病文学全集 5」皓星社 2010 p456

ぐにん（白ひびき）
　◇「てのひら怪談—ビーケーワン怪談大賞傑作選 壬
　　辰」ポプラ社 2012 （ポプラ文庫） p244

九人病（青木知己）
　◇「新・本格推理 05」光文社 2005 （光文社文庫）
　　p291

櫟の家（高井有一）
　◇「コレクション戦争と文学 15」集英社 2012 p500

櫟の根かた（杉本苑子）
　◇「人情の往来—時代小説最前線」新潮社 1997 （新
　　潮文庫） p87

「櫟の花」巻末記（島田尺草）
　◇「ハンセン病文学全集 4」皓星社 2003 p59

くねくね、ぐるぐるの夏（緒久なつ江）
　◇「ショートショートの花束 6」講談社 2014 （講
　　談社文庫） p35

九年母（山城正忠）
　◇「沖縄文学選—日本文学のエッジからの問い」勉
　　誠出版 2003 p26
　◇「コレクション戦争と文学 6」集英社 2011 p21

くノ一紅騎兵（山田風太郎）
　◇「軍師の死にざま—短篇小説集」作品社 2006
　　p195
　◇「くノ一、百華—時代小説アンソロジー」集英社
　　2013 （集英社文庫） p231

くノ一紅騎兵—直江兼続（山田風太郎）
　◇「軍師の死にざま」実業之日本社 2013 （実業之日
　　本社文庫） p247

くノ一懺悔—望月千代女（永岡慶之助）
　◇「信州歴史時代小説傑作集 3」しなのき書房 2007
　　p197
　◇「時代小説傑作選 5」新人物往来社 2008 p149

くノ一地獄変（山田風太郎）
　◇「血しぶき街道」光風社出版 1998 （光風社文庫）
　　p355

くの字（井坂洋子）
　◇「文豪てのひら怪談」ポプラ社 2009 （ポプラ文
　　庫） p76

苦の愉悦—密室発刊に際して（竹下敏幸）
　◇「甦る推理雑誌 5」光文社 2003 （光文社文庫）
　　p11

首（井上たかし）
　◇「ショートショートの広場 8」講談社 1997 （講
　　談社文庫） p27

首（井上友一郎）
　◇「浜町河岸夕化粧」光風社出版 1998 （光風社文
　　庫） p37

首（早乙女貢）
　◇「剣よ月下に舞え」光風社出版 2001 （光風社文
　　庫） p69

首（沢井良太）
　◇「てのひら怪談—ビーケーワン怪談大賞傑作選 2」
　　ポプラ社 2007 p92
　◇「てのひら怪談—ビーケーワン怪談大賞傑作選 己
　　丑」ポプラ社 2009 （ポプラ文庫） p80

首（村上元三）
　◇「魔剣くずし秘聞」光風社出版 1998 （光風社文
　　庫） p363

首（山田風太郎）
　◇「江戸川乱歩と13の宝石」光文社 2007 （光文社
　　文庫） p223

首（柳致環）
　◇「近代朝鮮文学日本語作品集1939〜1945 創作篇 6」
　　緑蔭書房 2001 p221

首（横溝正史）
　◇「湯の街殺人旅情—日本ミステリー紀行」青樹社
　　2000 （青樹社文庫） p207

首—井伊直弼（山田風太郎）
　◇「人物日本の歴史—時代小説版 幕末維新編」小学
　　館 2004 （小学館文庫） p31

首を斬る瞬間（一幕二場）（秋田雨雀）
　◇「新・プロレタリア文学精選集 2」ゆまに書房
　　2004 p75

首折り男の周辺（伊坂幸太郎）
　◇「Story Seller」新潮社 2009 （新潮文庫） p9

首が痛い（伊東哲哉）
　◇「超短編傑作選 v.6」創英社 2007 p174

首飾り（辻原登）
　◇「文学 2016」講談社 2016 p91

首飾り（抄）（雨森零）
　◇「山形県文学全集第1期（小説編） 6」郷土出版社
　　2004 p307

首が飛ぶ—宮本武蔵vs吉岡又七郎（岩井護）
　◇「時代小説傑作選 2」新人物往来社 2008 p203

首狂言天守投合（朝松健）
　◇「喜劇綺劇」光文社 2009 （光文社文庫） p13

首斬り浅右衛門（柴田錬三郎）
　◇「怪奇・伝奇時代小説選集 7」春陽堂書店 2000
　　（春陽文庫） p87

首切り監督（霞流一）
　◇「本格ミステリ 2003」講談社 2003 （講談社ノベ
　　ルス） p329
　◇「論理学園事件帳—本格短編ベスト・セレクショ
　　ン」講談社 2007 （講談社文庫） p443

首斬御用承候（鳥羽亮）
　◇「落日の兜刃—時代アンソロジー」祥伝社 1998
　　（ノン・ポシェット） p93

首切りの鐘（風野真知雄）
　◇「死人に口無し—時代推理傑作選」徳間書店 2009
　　（徳間文庫） p157

首くくりの木（都筑道夫）
◇「謎―スペシャル・ブレンド・ミステリー 002」講談社 2007（講談社文庫）p207

首くくりの部屋（佐藤春夫）
◇「分身」国書刊行会 1999（書物の王国）p241

首化粧（浅田耕三）
◇「花ごよみ夢一夜」光風社出版 2001（光風社文庫）p7

首化粧（鈴木輝一郎）
◇「自選ショート・ミステリー」講談社 2001（講談社文庫）p306

虞美人草（大塚楠緒子）
◇「新編」日本女性文学全集 3」菁柿堂 2011 p82

虞美人草（横森理香）
◇「邪香草―恋愛ホラー・アンソロジー」祥伝社 2003（祥伝社文庫）p117

首太郎（柚木崎寿久）
◇「ショートショートの広場 19」講談社 2007（講談社文庫）p92

首吊り気球（伊藤潤二）
◇「吊るされた男」角川書店 2001（角川ホラー文庫）p161

首吊り御本尊（宮部みゆき）
◇「江戸夕しぐれ―市井稼業小説傑作選」学研パブリッシング 2011（学研M文庫）p143

首つり御門（都筑道夫）
◇「怪奇・怪談傑作集」新人物往来社 1997 p61
◇「吊るされた男」角川書店 2001（角川ホラー文庫）p77

首吊り三代記（横溝正史）
◇「吊るされた男」角川書店 2001（角川ホラー文庫）p329
◇「幻の探偵雑誌 10」光文社 2002（光文社文庫）p37

首吊地蔵（赤木春之）
◇「捕物時代小説選集 3」春陽堂書店 2000（春陽文庫）p143

首吊り三味線（式貫士）
◇「吊るされた男」角川書店 2001（角川ホラー文庫）p29

首吊少女亭（北原尚彦）
◇「酒の夜語り」光文社 2002（光文社文庫）p301
◇「ザ・ベストミステリーズ―推理小説年鑑 2003」講談社 2003 p665
◇「殺人格差」講談社 2006（講談社文庫）p571

首吊り道成寺（宮辺龍雄）
◇「「宝石」一九五〇―牟家殺人事件：探偵小説傑作集」光文社 2012（光文社文庫）p251

首吊人愉快（寺山修司）
◇「ちくま日本文学 6」筑摩書房 2007（ちくま文庫）p154

『首吊り判事』邸の奇妙な犯罪―シャルル・ベルトランの事件簿（加賀美雅之）
◇「不可能犯罪コレクション」原書房 2009（ミステリー・リーグ）p291

首吊船（横溝正史）

首吊り屋敷（田辺青蛙）
◇「憑依」光文社 2010（光文社文庫）p271

首吊り病（寺山修司）
◇「吊るされた男」角川書店 2001（角川ホラー文庫）p225

首と体（巫永福）
◇「日本統治期台湾文学集成 5」緑蔭書房 2002 p9

首なし（三川祐）
◇「ショートショートの広場 17」講談社 2005（講談社文庫）p200

首なし馬（佐々木敬祐）
◇「全作家短編小説集 9」全作家協会 2010 p25

首のない男（萩原恭次郎）
◇「新装版 全集現代文学の発見 1」學藝書林 2002 p262

首のない鹿（大庭みな子）
◇「戦後短篇小説再発見 3」講談社 2001（講談社文芸文庫）p97

首の信長（小林恭二）
◇「日本SF・名作集成 2」リブリオ出版 2005 p165

首ひとつ（矢野隆）
◇「決戦！ 桶狭間」講談社 2016 p69

くびられた隠者（朝山蜻一）
◇「探偵くらぶ―探偵小説傑作選1946～1958 下」光文社 1997（カッパ・ノベルス）p7
◇「怪奇探偵小説集 3」角川春樹事務所 1998（ハルキ文庫）p169

首輪（芦崎凪）
◇「太宰治賞 2007」筑摩書房 2007 p81

首輪（久美沙織）
◇「セブンス・アウト―悪夢七夜」童夢舎 2000（Doumノベル）p5

首輪コンサルタント（伊園旬）
◇「5分で読める！ ひと駅ストーリー 猫の物語」宝島社 2014（宝島社文庫）p229

颶風（ぐふう）（アンデルセン著、森鷗外訳）
◇「新日本古典文学大系 明治編 25」岩波書店 2004 p390

熊（加賀乙彦）
◇「文学 2014」講談社 2014 p120

熊（中島敦）
◇「ちくま日本文学 12」筑摩書房 2008（ちくま文庫）p445

熊穴いぶし（西木正明）
◇「短篇ベストコレクション―現代の小説 2003」徳間書店 2003（徳間文庫）p103

熊王ジャック（柳広司）
◇「本格ミステリ―二〇〇七年本格短編ベスト・セレクション 07」講談社 2007（講談社ノベルス）p11
◇「ザ・ベストミステリーズ―推理小説年鑑 2007」講談社 2007 p377
◇「ULTIMATE MYSTERY―究極のミステリー、ここにあり」講談社 2010（講談社文庫）p67

くまか

◇「法廷ジャックの心理学―本格短編ベスト・セレクション」講談社 2011（講談社文庫）p11

熊谷弥惣左衛門の話（柳田國男）
◇「文豪怪談傑作選 柳田國男集」筑摩書房 2007（ちくま文庫）p135

熊狩り夜話（中川勇）
◇「『少年倶楽部』熱血・痛快・時代短篇選」講談社 2015（講談社文芸文庫）p191

クマキラー（葦原崇貴）
◇「てのひら怪談―ビーケーワン怪談大賞傑作選 百怪繚乱篇」ポプラ社 2008 p190

くまざさの実（栗生楽泉園合同詩集）
◇「ハンセン病文学全集 7」皓星社 2004 p101

熊笹の道（笹川佐之）
◇「ハンセン病文学全集 8」皓星社 2006 p342

くまちゃん（角田光代）
◇「日本文学100年の名作 10」新潮社 2015（新潮文庫）p227

熊手と提灯（正岡子規）
◇「明治の文学 20」筑摩書房 2001 p97
◇「ちくま日本文学 40」筑摩書房 2009（ちくま文庫）p52

熊と人間（黒埜形）
◇「ショートショートの花束 7」講談社 2015（講談社文庫）p58

熊野（くまの）… → "ゆや…"をも見よ

熊のおもちゃ―丸岡明追悼（河上徹太郎）
◇「創刊一〇〇年三田文学名作選」三田文学会 2010 p721

熊の木本線（筒井康隆）
◇「70年代日本SFベスト集成 3」筑摩書房 2015（ちくま文庫）p173

熊の首（神狛しず）
◇「女たちの怪談百物語」メディアファクトリー 2010（〔幽〕books）p206
◇「女たちの怪談百物語」KADOKAWA 2014（角川ホラー文庫）p210

熊のほうがおっかない（勝山海百合）
◇「怪談列島ニッポン―書き下ろし諸国奇談競作集」メディアファクトリー 2009（MF文庫）p229

熊野無情（大路和子）
◇「剣よ月下に舞え」光風社出版 2001（光風社文庫）p325

熊娘―おこう紅絵暦（高橋克彦）
◇「代表作時代小説 平成15年度」光風社出版 2003 p87

熊本市地震（森坂よしの）
◇「平成28年熊本地震作品集」くまもと文学・歴史館友の会 2016 p52

熊本地震（上田登美）
◇「平成28年熊本地震作品集」くまもと文学・歴史館友の会 2016 p21

熊本地震（上野陽子）
◇「平成28年熊本地震作品集」くまもと文学・歴史館友の会 2016 p22

熊本地震（畠山明徳）

熊本地震（森坂よしの）
◇「平成28年熊本地震作品集」くまもと文学・歴史館友の会 2016 p50

熊本地震～激震の夜～（樫山隆昭）
◇「平成28年熊本地震作品集」くまもと文学・歴史館友の会 2016 p38

クマルビの神話（矢島文夫）
◇「鉱物」国書刊行会 1997（書物の王国）p131

汲取屋になった詩人（山之口貘）
◇「コレクション私小説の冒険 1」勉誠出版 2013 p105

金剛山（金鍾漢）
◇「近代朝鮮文学日本語作品集1939～1945 創作篇 6」緑蔭書房 2001 p291

金剛山雑感（張赫宙）
◇「近代朝鮮文学日本語作品集1939～1945 評論・随筆篇 3」緑蔭書房 2002 p41

金剛山の劫火（金午星）
◇「近代朝鮮文学日本語作品集1908～1945 セレクション 3」緑蔭書房 2008 p377

久米村途上（森春濤）
◇「新日本古典文学大系 明治編 2」岩波書店 2004 p49

久米仙人（武者小路実篤）
◇「百年小説」ポプラ社 2008 p469

雲（上忠司）
◇「日本統治期台湾文学集成 18」緑蔭書房 2003 p261

蜘蛛（李根）
◇「近代朝鮮文学日本語作品集1908～1945 セレクション 4」緑蔭書房 2008 p368

蜘蛛（遠藤周作）
◇「闇夜に怪を語れば―百物語ホラー傑作選」角川書店 2005（角川ホラー文庫）p27
◇「日本怪奇小説傑作集 2」東京創元社 2005（創元推理文庫）p429
◇「異形の白昼―恐怖小説集」筑摩書房 2013（ちくま文庫）p11

蜘蛛（栗本薫）
◇「現代秀作集」角川書店 1999（女性作家シリーズ）p445

蜘蛛（米田三星）
◇「江戸川乱歩と13人の新青年〈論理派〉編」光文社 2008（光文社文庫）p235
◇「戦前探偵小説四人集」論創社 2011（論創ミステリ叢書）p385

雲遊ぶ山（秩父明水）
◇「ハンセン病文学全集 8」皓星社 2006 p163

雲を飼う（織月かいこ）
◇「ゆきのまち幻想文学賞小品集 24」企画集団ぷりずむ 2015 p90

くも子ちゃんの出産（香山末子）
◇「ハンセン病文学全集 7」皓星社 2004 p296

雲作り（青島さかな）
◇「超短編の世界 vol.3」創英社 2011 p24

雲助の恋（諸田玲子）
◇「浮き世草紙―女流時代小説傑作選」角川春樹事

務所 2002（ハルキ文庫）p85
◇「江戸色恋坂─市井情話傑作選」学習研究社 2005（学研M文庫）p347

蜘蛛男爵の舞踏会（竹河聖）
◇「十月のカーニヴァル」光文社 2000（カッパ・ノベルス）p307

雲つく人（沼田一雅夫人）
◇「文豪怪談傑作選 特別編」筑摩書房 2007（ちくま文庫）p138

曇った硝子（森茉莉）
◇「晩菊─女体についての八篇」中央公論新社 2016（中公文庫）っ139

曇つた惜別（黒木謳子）
◇「日本統治期台湾文学集成 18」緑蔭書房 2003 p506

曇ったレンズの磨き方（吉田篤弘）
◇「極上掌篇小説」角川書店 2006 p297
◇「ひと粒の宇宙」角川書店 2009（角川文庫）p291

雲とトンガ（吉行理恵）
◇「猫は神さまの贈り物 小説編」有楽出版社 2014 p63
◇「にゃんそろじー」新潮社 2014（新潮文庫）p137

蜘蛛となめくじと狸（宮沢賢治）
◇「ちくま日本文学 3」筑摩書房 2007（ちくま文庫）p218

雲と老人（金鍾漢）
◇「近代朝鮮文学日本語作品集1939〜1945 創作篇 6」緑蔭書房 2001 p120

天衣紛上野初花（くもにまがふうへの、はつはな）（河内山と直侍）（河竹黙阿彌）
◇「明治の文学 2」筑摩書房 2002 p3

蜘蛛の糸（タキガワ）
◇「超短編の世界 vol.3」創英社 2011 p116

蜘蛛の糸（戸川昌子）
◇「吊るされた男」角川書店 2001（角川ホラー文庫）p279

蜘蛛の糸（米川京）
◇「てのひら怪談─ビーケーワン怪談大賞傑作選 2」ポプラ社 2007 p70
◇「てのひら怪談─ビーケーワン怪談大賞傑作選 己丑」ポプラ社 2009（ポプラ文庫）p216

雲の上の死（大山誠一郎）
◇「宝石ザミステリー 2014冬」光文社 2014 p483

雲の小径（久生十蘭）
◇「名短篇、さらにあり」筑摩書房 2008（ちくま文庫）p73

雲の祭日（立原道造）
◇「新装版 全集現代文学の発見 14」學藝書林 2005 p445

雲の殺人事件（島久平）
◇「探偵くらぶ─探偵小説傑作選1946〜1958 中」光文社 1997（カッパ・ノベルス）p171

雲のサーフィン（松下雛子）
◇「むすぶ─第11回フェリシモ文学賞作品集」フェ

リシモ 2008 p18

雲の下の街（柴崎友香）
◇「こどものころにみた夢」講談社 2008 p100

蜘蛛の巣（生島治郎）
◇「恐怖特急」光文社 2002（光文社文庫）p307

蜘蛛の巣（桐野夏生）
◇「冒険の森へ─傑作小説大全 16」集英社 2015 p8

蜘蛛の巣が揺れる（畠山拓）
◇「回転ドアから」全作家協会 2015（全作家短編集）p83

雲のなかの悪魔─クールでシャープな生まれついての革命少女、難攻不落の流刑星より大脱走（山田正紀）
◇「NOVA─書き下ろし日本SFコレクション 8」河出書房新社 2012（河出文庫）p219

雲の日記（正岡子規）
◇「ちくま日本文学 40」筑摩書房 2009（ちくま文庫）p43

雲の南（柳広司）
◇「本格ミステリ 2005」講談社 2005（講談社ノベルス）p211
◇「大きな棺の小さな鍵─本格短編ベスト・セレクション」講談社 2009（講談社文庫）p313

雲のゆき来─或は「うまく作られた不幸」（中村真一郎）
◇「日本文学全集 17」河出書房新社 2015 p265

曇（高柳重信）
◇「新装版 全集現代文学の発見 13」學藝書林 2004 p606

曇り日（堀田善衞）
◇「新装版 全集現代文学の発見 10」學藝書林 2004 p284

曇り日（楊雲萍）
◇「日本統治期台湾文学集成 18」緑蔭書房 2003 p565

曇り日に影が射す（笹沢左保）
◇「七人の刑事」廣済堂出版 1998（KOSAIDO BLUE BOOKS）p155

曇り日の行進（林京子）
◇「戦争小説短篇名作選」講談社 2015（講談社文芸文庫）p169

曇る鏡（高崎春月）
◇「文豪怪談傑作選 特別編」筑摩書房 2007（ちくま文庫）p109

雲は流れる（原田益水）
◇「回転ドアから」全作家協会 2015（全作家短編集）p379

苦悶（具䳸）
◇「近代朝鮮文学日本語作品集1908〜1945 セレクション 4」緑蔭書房 2008 p335

くゆるパイプのけむりの波の…（那珂太郎）
◇「新装版 全集現代文学の発見 13」學藝書林 2004 p411

愚妖（坂口安吾）
◇「偉人八傑推理帖─名探偵時代小説」双葉社 2004

くよう

（双葉文庫）p225

供養塔（大正十二年）（折口信夫）
◇「ちくま日本文学 25」筑摩書房 2008（ちくま文庫）p10

鞍（井上雅彦）
◇「夢魔」光文社 2001（光文社文庫）p545

倉（塔和子）
◇「ハンセン病文学全集 7」皓星社 2004 p511

蔵（澤藤桂）
◇「優秀新人戯曲集 2005」ブロンズ新社 2004 p37

蔵（白ひびき）
◇「リトル・リトル・クトゥルー──史上最小の神話小説集」学習研究社 2009 p150

暗い唄声（山村正夫）
◇「無人踏切──鉄道ミステリー傑作選」光文社 2008（光文社文庫）p529

暗い内から（香山末子）
◇「ハンセン病文学全集 7」皓星社 2004 p426

暗い海暗い声（生島治郎）
◇「冒険の森へ──傑作小説大全 15」集英社 2016 p14

暗い海 白い花（岡村雄輔）
◇「甦る推理雑誌 10」光文社 2004（光文社文庫）p137

暗い絵（野間宏）
◇「新装版 全集現代文学の発見 8」學藝書林 2003 p126

暗い越流（若竹七海）
◇「宝石ザミステリー 2」光文社 2012 p191
◇「ザ・ベストミステリーズ──推理小説年鑑 2013」講談社 2013 p325
◇「Symphony漆黒の交響曲」講談社 2016（講談社文庫）p5

『暗い絵』の背景（野間宏）
◇「戦後文学エッセイ選 9」影書房 2008 p61

暗い鏡（藤沢周平）
◇「夢がたり大川端」光風社出版 1998（光風社文庫）p357

暗い川（逢坂剛）
◇「男たちのら・ら・ば・い」徳間書店 1999（徳間文庫）p63

クライクライ（真藤順丈）
◇「憑きびと──「読楽」ホラー小説アンソロジー」徳間書店 2016（徳間文庫）p93

暗いクラブで逢おう（小泉喜美子）
◇「ミステリマガジン700 国内篇」早川書房 2014（ハヤカワ・ミステリ文庫）p133

暗い玄海灘に（夏樹静子）
◇「謎──スペシャル・ブレンド・ミステリー 004」講談社 2009（講談社文庫）p85

暗い原稿（香山末子）
◇「ハンセン病文学全集 7」皓星社 2004 p421

暗い四月（北園克衛）
◇「新装版 全集現代文学の発見 13」學藝書林 2004 p67

暗い室内（北園克衛）
◇「新装版 全集現代文学の発見 13」學藝書林 2004 p62

暗い世界（一）～（五）（雪野廣）
◇「近代朝鮮文学日本語作品集1901～1938 創作篇 1」緑蔭書房 2004 p177

暗い空（小川未明）
◇「文豪怪談傑作選 小川未明集」筑摩書房 2008（ちくま文庫）p231

暗い血（和田芳恵）
◇「創刊一〇〇年三田文学名作選」三田文学会 2010 p285

昏い追跡（深町秋生）
◇「宝石ザミステリー 2」光文社 2012 p379

暗いところで待ち合わせ（天願大介）
◇「年鑑代表シナリオ集 '06」シナリオ作家協会 2008 p227

暗い日曜日（黒田喜夫）
◇「新装版 全集現代文学の発見 13」學藝書林 2004 p355

暗い日曜日（篠田真由美）
◇「黄昏ホテル」小学館 2004 p10

暗い墓場（香住春吾）
◇「甦る「幻影城」 2」角川書店 1997（カドカワ・エンタテインメント）p183

暗い箱の中で（石持浅海）
◇「本格推理 11」光文社 1997（光文社文庫）p233

暗いバス（堀川アサコ）
◇「Fantasy Seller」新潮社 2011（新潮文庫）p151

暗い波濤（阿川弘之）
◇「読み聞かせる戦争」光文社 2015 p211

暗い火花（木下順二）
◇「新装版 全集現代文学の発見 10」學藝書林 2004 p394

暗い魔窟と明るい魔境（岩井志麻子）
◇「怪物團」光文社 2009（光文社文庫）p591

クライマーズ（福田卓郎）
◇「キミの笑顔」TOKYO FM出版 2006 p7

くらいまっくす（金鍾漢）
◇「近代朝鮮文学日本語作品集1939～1945 創作篇 6」緑蔭書房 2001 p295

暗い窓（佐野洋）
◇「謎──スペシャル・ブレンド・ミステリー 002」講談社 2007（講談社文庫）p181

暗い夢（田中雅美）
◇「勿忘草──恋愛ホラー・アンソロジー」祥伝社 2003（祥伝社文庫）p125

蔵入れされる昭和（丁章）
◇「〈在日〉文学全集 18」勉誠出版 2006 p407

喰らうて、統領（二階堂玲太）
◇「代表作時代小説 平成18年度」光文社 2006 p127

グラオーグラマーンを救え（田村晶子）
◇「21世紀の〈ものがたり〉──『はてしない物語』創作コンクール記念」岩波書店 2002 p201

蔵を開く（香住春吾）

くらま

◇「犯人は秘かに笑う―ユーモアミステリー傑作選」光文社 2007（光文社文庫）p87

くらがり坂の怪（南幸夫）
◇「幻の探偵雑誌 5」光文社 2001（光文社文庫）p277

暗がりの子供（道尾秀介）
◇「奇想博物館」光文社 2013（最新ベスト・ミステリー）p265
◇「Story Seller annex」新潮社 2014（新潮文庫）p9

冥きより（速瀬れい）
◇「GOD」廣済堂出版 1999（廣済堂文庫）p271

クラクラ日記（坂口三千代）
◇「栞子さんの本棚―ビブリア古書堂セレクトブック」角川書店 2013（角川文庫）p157

くらげ（ミーヨン）
◇「ナナイロノコイ―恋愛小説」角川春樹事務所 2003 p131

クラゲ（増田みず子）
◇「恋物語」朝日新聞社 1998 p31

クラゲクライシス（赤嶺陽子）
◇「高校演劇Selection 2004 下」晩成書房 2004 p37

海月状菌汚染（矢野徹）
◇「妖異百物語 2」出版芸術社 1997（ふしぎ文学館）p61

くらげの唄（金子光晴）
◇「ちくま日本文学 38」筑摩書房 2009（ちくま文庫）p83

クラゲの詩（五十嵐彪太）
◇「超短編の世界 vol.3」創英社 2011 p110

くらし（石垣りん）
◇「日本文学全集 29」河出書房新社 2016 p52

倉敷の若旦那（司馬遼太郎）
◇「八百八町春爛漫」光風社出版 1998（光風社文庫）p335
◇「日本文学100年の名作 6」新潮社 2015（新潮文庫）p119

クラシックカー（原田ひ香）
◇「12星座小説集」講談社 2013（講談社文庫）p27

クラシック・パーク（景山民夫）
◇「恐竜文学大全」河出書房新社 1998（河出文庫）p143

グラス（田丸雅智）
◇「ショートショートの花束 4」講談社 2012（講談社文庫）p110

グラスタンク（日野草）
◇「ザ・ベストミステリーズ―推理小説年鑑 2016」講談社 2016 p249

グラスの中の世界一周（森奈津子）
◇「酒の夜語り」光文社 2002（光文社文庫）p107

グラスハートが割れないように（小川一水）
◇「虚構機関―年刊日本SF傑作選」東京創元社 2008（創元SF文庫）p15

クラスメイト（角田光代）
◇「聖なる夜に君は」角川書店 2009（角川文庫）

p33

苦楽太（くらた）**氏の手簡**（正岡子規）
◇「新日本古典文学大系 明治編 27」岩波書店 2003 p299

庫田叕大いに心配する事（富士正晴）
◇「戦後文学エッセイ選 7」影書房 2006 p177

クラッシャー（堂場瞬一）
◇「風色デイズ」角川春樹事務所 2012（ハルキ文庫）p249

クラッシュ（黒田圭兎）
◇「ショートショートの広場 18」講談社 2006（講談社文庫）p126

内蔵頭治政（土師清二）
◇「武士道我月抄」光文社 2011（光文社文庫）p51

内蔵助道中（平山蘆江）
◇「忠臣蔵コレクション 1」河出書房新社 1998（河出文庫）p155

内蔵允留守（山本周五郎）
◇「教科書名短篇 人間の情景」中央公論新社 2016（中公文庫）p105

蔵の中（横溝正史）
◇「君らの魂を悪魔に売りつけー新青年傑作選」角川書店 2000（角川文庫）p231

蔵の中―うつし世は夢（久世光彦）
◇「日本舞踊舞踊劇選集」西川会 2002 p351

蔵の中のあいつ（友成純一）
◇「ロボットの夜」光文社 2000（光文社文庫）p489

倉の中の実験（仁木悦子）
◇「古書ミステリー倶楽部―傑作推理小説集」光文社 2013（光文社文庫）p349

倉橋伝助と茅野和助（沙羅双樹）
◇「定本・忠臣蔵四十七人集」双葉社 1998 p135

グラビアアイドルの話（岩井志麻子）
◇「女たちの怪談百物語」メディアファクトリー 2010（幽books）p127
◇「女たちの怪談百物語」KADOKAWA 2014（角川ホラー文庫）p132

クラブヴィクトリア（鎌田直子）
◇「好きなのに」泰文堂 2013（リンダブックス）p167

倶楽部フェニックス（小池真理子）
◇「with you」幻冬舎 2004 p7

くらぼっこ・座敷童子・座敷坊主（折口信夫）
◇「文豪怪談傑作選 折口信夫集」筑摩書房 2009（ちくま文庫）p245

鞍馬天狗（大佛次郎）
◇「颯爽登場！ 第一話―時代小説ヒーロー初見参」新潮社 2004（新潮文庫）p109
◇「少年倶楽部」熱血・痛快・時代短篇選 2015（講談社文芸文庫）p206

鞍馬天狗（別役実）
◇「稲生モノノケ大全 陰之巻」毎日新聞社 2003 p124

グラマンの怪（うどうかおる）
◇「てのひら怪談―ビーケーワン怪談大賞傑作選 2」

くらも

ポプラ社 2007 p124
◇「てのひら怪談―ビーケーワン怪談大賞傑作選 己丑」ポプラ社 2009（ポプラ文庫）p138

倉持和哉の二つのアリバイ（東川篤哉）
◇「宝石ザミステリー 3」光文社 2013 p165

蔵宿師（南原幹雄）
◇「江戸しのび雨」学研パブリッシング 2012（学研M文庫）p43

暗闇に一直線（友野詳）
◇「秘神界 現代編」東京創元社 2002（創元推理文庫）p561

暗闇のセブン（藤崎慎吾）
◇「多々良島ふたたび―ウルトラ怪獣アンソロジー」早川書房 2015（TSUBURAYA×HAYAKAWA UNIVERSE）p239

暗闇の猫はみんな黒猫（若竹七海）
◇「白のミステリー―女性ミステリー作家傑作選」光文社 1997 p301
◇「女性ミステリー作家傑作選 3」光文社 1999（光文社文庫）p331

暗やみの夕顔（金在南）
◇「〈在日〉文学全集 15」勉誠出版 2006 p399
◇「コレクション戦争と文学 19」集英社 2011 p530

クララの出家（有島武郎）
◇「短編名作選―1885～1924 小説の曙」笠間書院 2003 p247

クラリーナ国の陰謀（加藤陸雄）
◇「小学校・全員参加の楽しい学級劇・学年劇脚本集 高学年」黎明書房 2007 p84

名作絵物語(1) **クラルテ**（アンリ・バルビュス原作, 金熙明著, 村田懿畫）
◇「近代朝鮮文学日本語作品集1908～1945 セレクション 6」緑蔭書房 2008 p109

「食らわんか」（向田邦子）
◇「精選女性随筆集 11」文藝春秋 2012 p188

「グランド電柱」（宮沢賢治）
◇「ちくま日本文学 3」筑摩書房 2007（ちくま文庫）p417

栗生望学園（越一人）
◇「ハンセン病文学全集 7」皓星社 2004 p328

繰り返されても（@kamoe1983）
◇「3.11心に残る140字の物語」学研パブリッシング 2011 p90

くりかえす夢（矢島誠）
◇「恐怖館」青樹社 1999（青樹社文庫）p31

繰り返す『四谷怪談』（竹内義和）
◇「文藝百物語」ぶんか社 1997 p196

くりごとえんえん（金時鐘）
◇「〈在日〉文学全集 5」勉誠出版 2006 p201

グリゴーリー的親友（井上光晴）
◇「戦後文学エッセイ選 13」影書房 2008 p22

苦力（小説）（金英根著, 李北満譯）
◇「近代朝鮮文学日本語作品集1901～1938 創作篇 2」緑蔭書房 2004 p243

クリスタリジーレナー（秋里光彦）

クリストファー男娼窟（草間彌生）
◇「幸せな哀しみの話」文藝春秋 2009（文春文庫）p125

クリスマス・イブ（北本豊春）
◇「全作家短編小説集 9」全作家協会 2010 p170

クリスマスとイブ（吉川英梨）
◇「5分で読める！ ひと駅ストーリー 冬の記憶東口編」宝島社 2013（宝島社文庫）p241

クリスマスの十ヵ月前（新栗達奈）
◇「ショートショートの広場 13」講談社 2002（講談社文庫）p41

クリスマスの密室（葉月馨）
◇「本格推理 13」光文社 1998（光文社文庫）p317

クリスマス・パラドックス（逢上央士）
◇「5分で読める！ ひと駅ストーリー 冬の記憶西口編」宝島社 2013（宝島社文庫）p171

クリスマスプレゼント（武田綾乃）
◇「5分で読める！ ひと駅ストーリー 旅の話」宝島社 2015（宝島社文庫）p359

クリスマス・プレゼント（東山白海）
◇「ショートショートの広場 13」講談社 2002（講談社文庫）p23

クリスマスまでに（森山東）
◇「超短編の世界 vol.3」創英社 2011 p13

クリスマスミステリ（東野圭吾）
◇「宝石ザミステリー 2」光文社 2012 p7
◇「驚愕遊園地」光文社 2013（最新ベスト・ミステリー）p371

クリスマスローズ（小手鞠るい）
◇「忘れない。―贈りものをめぐる十の話」メディアファクトリー 2007 p199

クリスマスローズ（咲乃月音）
◇「5分で読める！ ひと駅ストーリー 冬の記憶西口編」宝島社 2013（宝島社文庫）p141
◇「5分で泣ける！ 胸がいっぱいになる物語」宝島社 2015（宝島社文庫）p209

区立花園公園（大沢在昌）
◇「短篇最スト・コレクション―現代の小説 2012」徳間書店 2012（徳間文庫）p67
◇「奇想博物館」光文社 2013（最新ベスト・ミステリー）p97

クリティカル・クリミナル（北沢慶）
◇「ぺらぺらーず漫遊記―ソード・ワールド短編集」富士見書房 2006（富士見ファンタジア文庫）p11

栗盗人（くりぬすっと）（東川宗彦）
◇「ドラマの森 2009」西日本劇作家の会 2008（西日本戯曲選集）p37

栗の葉（西脇順三郎）
◇「新装版 全集現代文学の発見 13」學藝書林 2004 p49

栗の実おちた（小西保明）
◇「ゆきのまち幻想文学賞小品集 19」企画集団ぷりずむ 2010 p73

栗――一幕二場（相澤誠）
◇「日本統治期台湾文学集成 14」緑蔭書房 2003 p347

繰舟で往く家（牧野信一）
◇「短篇礼讃―忘れかけた名品」筑摩書房 2006 （ちくま文庫）p39

ぐりまの死（草野心平）
◇「新装版 全集現代文学の発見 13」學藝書林 2004 p144

グリム幻視『白鳥』（妹尾ゆふ子）
◇「ファンタスティック・ヘンジ」変タジー同好会 2012 p47

グリモの午餐会（澁澤龍彦）
◇「たんときれいに召し上がれ―美食文学精選」芸術新聞社 2015 p31
◇「もの食う話」文藝春秋 2015 （文春文庫）p56

クリュセの魚―火星のあの夏、十一歳のぼくは、十六歳の麻理沙に恋をした＝三島由紀夫賞受賞第一作（東浩紀）
◇「NOVA―書き下ろし日本SFコレクション 2」河出書房新社 2010 （河出文庫）p203

クーリング・ダウン（川島誠）
◇「Love stories」水曜社 2004 p195

グリーン殺人事件（高信太郎）
◇「山口雅也の本格ミステリ・アンソロジー」角川書店 2007 （角川文庫）p173

グリーン車の子供（戸板康二）
◇「謎―スペシャル・ブレンド・ミステリー 007」講談社 2012 （講談社文庫）p59

グリーン寝台車の客（多岐川恭）
◇「愛憎発祥殺人行―鉄道ミステリー名作館」徳間書店 2004 （徳間文庫）p107

グリーンベルト（矢崎存美）
◇「チャイルド」廣済堂出版 1998 （廣済堂文庫）p15

クール（山本幸久）
◇「エール！ 3」実業之日本社 2013 （実業之日本社文庫）p139

狂い壁 狂い窓（竹本健治）
◇「綾辻・有栖川復刊セレクション 狂い壁 狂い窓」講談社 2007 （講談社ノベルス）p5

狂い咲き（佐野史郎）
◇「空を飛ぶ恋―ケータイがつなぐ28の物語」新潮社 2006 （新潮文庫）p106

狂いたる磁石盤（川野順）
◇「ハンセン病文学全集 8」皓星社 2006 p509

狂おしいほどEYEしてる（佐藤青南）
◇「『このミステリーがすごい！』大賞作家書き下ろしBOOK vol.7」宝島社 2014 p41

くるくる（宮田真司）
◇「超短編の世界 vol.3」創英社 2011 p174

ぐるぐる（島村洋子）
◇「with you」幻冬舎 2004 p93

クルークルー（林不木）
◇「リトル・リトル・クトゥルー―史上最小の神話小説集」学習研究社 2009 p72

くるぐる使い（大槻ケンヂ）
◇「てのひらの宇宙―星雲賞短編SF傑作選」東京創元社 2013 （創元SF文庫）p345
◇「日本SF短篇50 4」早川書房 2013 （ハヤカワ文庫JA）p7

クルクル私は回転する（斎藤綾子）
◇「ハンサムウーマン」ビレッジセンター出版局 1998 p209

（苦しい時には）（志樹逸馬）
◇「ハンセン病文学全集 7」皓星社 2004 p324

苦しい時は二人で一しょに苦しみましょう≫塚本文（芥川龍之介）
◇「日本人の手紙 4」リブリオ出版 2004 p100

（苦しみを踏み台として）（志樹逸馬）
◇「ハンセン病文学全集 7」皓星社 2004 p326

南十字星（柴田勝家）
◇「伊藤計劃トリビュート」早川書房 2015 （ハヤカワ文庫JA）p141

狂つた男（崔東一）
◇「近代朝鮮文学日本語作品集1901～1938 創作篇 4」緑蔭書房 2004 p313

狂つた季節の中で（島村静雨）
◇「ハンセン病文学全集 6」皓星社 2003 p264

狂った時計（家田満理）
◇「ショートショートの広場 16」講談社 2005 （講談社文庫）p184

グルービー・ベイビー（藤澤さなえ）
◇「ぺらぺらーず漫遊記―ソード・ワールド短編集」富士見書房 2006 （富士見ファンタジア文庫）p103

車椅子（清水芽美子）
◇「蒼迷宮―ミステリー・アンソロジー」祥伝社 2002 （祥伝社文庫）p269

車を無難に顚覆せしむる法（正岡子規）
◇「新日本古典文学大系 明治編 27」岩波書店 2003 p31

車坂（宮部みゆき）
◇「自選ショート・ミステリー 2」講談社 2001 （講談社文庫）p95
◇「冒険の森へ―傑作小説大全 19」集英社 2015 p8

車の中の密室（嘉祥マーシ）
◇「傑作・推理ミステリー10番勝負」永岡書店 1999 p109

車引殺人事件（戸板康二）
◇「名探偵の憂鬱」青樹社 2000 （青樹社文庫）p211

くるま宿（松本清張）
◇「日本文学100年の名作 4」新潮社 2014 （新潮文庫）p319

くるまれて（葦原崇貴）
◇「新・本格推理 7」光文社 2007 （光文社文庫）p221

胡桃園の青白き番人（水谷準）
◇「江戸川乱歩と13人の新青年 〈文学派〉編」光文社 2008 （光文社文庫）p333

くるみ

胡桃の中の世界（澁澤龍彥）
◇「ちくま日本文学 18」筑摩書房 2008（ちくま文庫）p251

胡桃割り（金子光晴）
◇「ちくま日本文学 38」筑摩書房 2009（ちくま文庫）p331

胡桃割り（永井龍男）
◇「日本近代短篇小説選 昭和篇2」岩波書店 2012（岩波文庫）p245
◇「教科書名短篇 少年時代」中央公論新社 2016（中公文庫）p23

グルメ列車殺人事件（山村美紗）
◇「鉄ミス倶楽部東海道新幹線50―推理小説アンソロジー」光文社 2014（光文社文庫）p191

クルやお前か（内田百閒）
◇「にゃんそろじー」新潮社 2014（新潮文庫）p69

来るよ！ 来るよ！（郷内心瞳）
◇「渚にて―あの日からの〈みちのく怪談〉」荒蝦夷 2016 p99

ぐるりよーざ いんへるの（加門七海）
◇「江戸迷宮」光文社 2011（光文社文庫）p487

廓法度（南原幹雄）
◇「代表作時代小説 平成9年度」光風社出版 1997 p83
◇「春宵濡れ髪しぐれ―時代小説傑作選」講談社 2003（講談社文庫）p25

クレイジー・ア・ゴーゴー（飴村行）
◇「物語のルミナリエ」光文社 2011（光文社文庫）p195

クレオールの魂（安部公房）
◇「新編・日本幻想文学集成 1」国書刊行会 2016 p171

グレー・グレー（高原英理）
◇「リテラリーゴシック・イン・ジャパン―文学的ゴシック作品選」筑摩書房 2014（ちくま文庫）p631

暮坂山の星（田中梅吉）
◇「ハンセン病文学全集 7」皓星社 2004 p537

グレーゾーンの人（久間十義）
◇「人はお金をつかわずにはいられない」日本経済新聞出版社 2011 p5

クレタ島の花嫁―贋作ヴァン・ダイン（高木彬光）
◇「密室殺人大百科 上」原書房 2000 p489

「暮ちかき」の巻（富水・文礼両吟歌仙）（西谷富水）
◇「新日本古典文学大系 明治編 4」岩波書店 2003 p190

グレーテスト・ロマンス（桐野夏生）
◇「乱歩賞作家 黒の謎」講談社 2004 p55

昏れてなお銀杏黄葉（いちょうもみじ）の…（和田澄子）
◇「ドラマの森 2005」西日本劇作家の会 2004（西日本戯曲選集）p105

グレートソードは筋肉娘の夢を見るか（北沢慶）
◇「集え！ へっぽこ冒険者たち―ソード・ワールド短編集」富士見書房 2002（富士見ファンタジア文庫）p131

紅風子の恋（宮本昌孝）
◇「捨て子稲荷―時代アンソロジー」祥伝社 1999（祥伝社文庫）p163

グレーの選択（藤堂志津子）
◇「別れの手紙」角川書店 1997（角川文庫）p117
◇「こんなにも恋はせつない―恋愛小説アンソロジー」光文社 2004（光文社文庫）p217

くれの廿八日（内田魯庵）
◇「明治の文学 11」筑摩書房 2001 p3

グレープフルーツ・モンスター（奥田英朗）
◇「短篇ベストコレクション―現代の小説 2005」徳間書店 2005（徳間文庫）p419

クレマチスの咲く庭（斉藤てる）
◇「平成28年熊本地震作品集」くまもと文学・歴史館友の会 2016 p24

グレムリン（平平之信）
◇「てのひら怪談―ビーケーワン怪談大賞傑作選 百怪繚乱篇」ポプラ社 2008 p224
◇「てのひら怪談―ビーケーワン怪談大賞傑作選 己丑」ポプラ社 2009（ポプラ文庫）p86

クレメンタインの歌（金時鐘）
◇「〈在日〉文学全集 5」勉誠出版 2006 p214

クレヨンの絵（阿川弘之）
◇「戦後短篇小説選―『世界』1946–1999 3」岩波書店 2000 p3

苦棟の花（上忠司）
◇「日本統治期台湾文学集成 18」緑蔭書房 2003 p224

紅蓮の闇（賀川教夫）
◇「日本海文学大賞―大賞作品集 2」日本海文学大賞運営委員会 2007 p403

黒い雨（井伏鱒二）
◇「読み聞かせる戦争」光文社 2015 p155

黒い雨（北園克衛）
◇「新装版 全集現代文学の発見 13」學藝書林 2004 p66

黒い雨（河野アサ）
◇「全作家短編小説集 11」全作家協会 2012 p108

黒い雨（古賀純）
◇「かわさきの文学―かわさき文学賞50年記念作品集 2009年」審美社 2009 p267

黒い家（倉阪鬼一郎）
◇「ふるえて眠れない―ホラーミステリー傑作選」光文社 2006（光文社文庫）p327

黒い池（出久根達郎）
◇「二十四粒の宝石―超短編小説傑作集」講談社 1998（講談社文庫）p235

黒い犬（桐野夏生）
◇「白のミステリー―女性ミステリー作家傑作選」光文社 1997 p367
◇「女性ミステリー作家傑作選 1」光文社 1999（光文社文庫）p153

黒い歌（村野四郎）
　◇「新装版 全集現代文学の発見 13」學藝書林 2004
　　p242
黒い絵・絵画の魅力（北本豊春）
　◇「全作家短編小説集 11」全作家協会 2012 p114
黒いエマージェンシーボックス（平谷美樹）
　◇「未来妖怪」光文社 2008（光文社文庫）p137
黒い扇の踊り子（都筑道夫）
　◇「謎」文藝春秋 2004（推理作家になりたくて マ
　　イベストミステリー）p263
　◇「マイ・ベスト・ミステリー 6」文藝春秋 2007
　　（文春文庫）p387
黒いオルフェ（笠井潔）
　◇「十月のカーニヴァル」光文社 2000（カッパ・ノ
　　ベルス）p53
黒い鏡（北園克衛）
　◇「新装版 全集現代文学の発見 13」學藝書林 2004
　　p67
黒いカーテン（薄風之助）
　◇「甦る推理雑誌 2」光文社 2002（光文社文庫）
　　p35
黒い河（朱永渉）
　◇「近代朝鮮文学日本語作品集1908〜1945 セレクショ
　　ン 4」緑蔭書房 2008 p324
黒い旗物語（小川未明）
　◇「文豪怪談傑作集 小川未明集」筑摩書房 2008
　　（ちくま文庫）p175
黒いキューピッド（小泉八雲著，平井呈一訳）
　◇「文豪怪談傑作選 明治編」筑摩書房 2011（ちく
　　ま文庫）p64
黒い距離—Une bagatelle à 1950（北園克衛）
　◇「新装版 全集現代文学の発見 13」學藝書林 2004
　　p71
黒い九月の手（南條範夫）
　◇「綾辻行人と有栖川有栖のミステリ・ジョッキー
　　1」講談社 2008 p227
黒い結晶（清水一行）
　◇「さらに不安の闇へ—小説推理傑作選」双葉社
　　1998 p145
黒い御飯（永井龍男）
　◇「少年の眼—大人になる前の物語」光文社 1997
　　（光文社文庫）p433
　◇「もの食う話」文藝春秋 2015（文春文庫）p193
黒いゴルフボール（源氏鶏太）
　◇「怪談—24の恐怖」講談社 2004 p181
黒いサクランボ（植松要作）
　◇「山形県文学全集第2期（随筆・紀行編）6」郷土出版
　　社 2005 p79
黒い肖像（北園克衛）
　◇「新装版 全集現代文学の発見 13」學藝書林 2004
　　p68
黒い裾（幸田文）
　◇「ちくま日本文学 5」筑摩書房 2007（ちくま文
　　庫）p166
　◇「私小説の生き方」アーツ・アンド・クラフツ
　　2009 p248

黒い背広（呉林俊）
　◇「〈在日〉文学全集 17」勉誠出版 2006 p106
黒い線（横山秀夫）
　◇「冒険の森へ—傑作小説大全 12」集英社 2015
　　p67
黒い旋風（島田一男）
　◇「外地探偵小説集 満州篇」せらび書房 2003 p201
黒い餞別（戸川昌子）
　◇「昭和の短篇一人一冊集成 戸川昌子」未知谷
　　2008 p83
黒い袖（若竹七海）
　◇「宝石ザミステリー Red」光文社 2016 p169
黒い太陽の日（金龍済）
　◇「近代朝鮮文学日本語作品集1908〜1945 セレクショ
　　ン 4」緑蔭書房 2008 p353
黒いタオル（春川啓示）
　◇「ショートショートの花束 7」講談社 2015（講
　　談社文庫）p219
黒い土の記憶（安土萌）
　◇「恐怖症」光文社 2002（光文社文庫）p389
黒い手（倉阪鬼一郎）
　◇「おぞけ—ホラー・アンソロジー」祥伝社 1999
　　（祥伝社文庫）p87
黒い手（みじかび朝日）
　◇「てのひら怪談—ビーケーワン怪談大賞傑作選 辛
　　卯」ポプラ社 2011（ポプラ文庫）p164
黒い手帳（北村薫）
　◇「奇想博物館」光文社 2013（最新ベスト・ミステ
　　リー）p111
黒い手帳（久生十蘭）
　◇「爬虫館事件—新青年傑作選」角川書店 1998（角
　　川ホラー文庫）p385
　◇「賭けと人生」筑摩書房 2011（ちくま文学の森）
　　p133
黒い天幕（太田忠司）
　◇「世紀末サーカス」廣済堂出版 2000（廣済堂文
　　庫）p67
黒い虹（太田忠司）
　◇「怪獣文藝の逆襲」KADOKAWA 2015（〔幽
　　BOOKS〕）p145
黒犬（志賀直哉）
　◇「文豪怪談傑作選 大正篇」筑摩書房 2011（ちく
　　ま文庫）p229
黒いねこ（石井桃子）
　◇「精選女性随筆集 8」文藝春秋 2012 p14
黒い箱（稲垣足穂）
　◇「シャーロック・ホームズの災難—日本版」論創
　　社 2007 p193
　◇「ちくま日本文学 16」筑摩書房 2008（ちくま文
　　庫）p53
黒い波濤（大路和子）
　◇「星明かり夢街道」光風社出版 2000（光風社文
　　庫）p237
黒いハンカチ（小沼丹）

くろい

◇「謎の部屋」筑摩書房 2012（ちくま文庫）p313

黒いパンテル（乾緑郎）
　◇「このミステリーがすごい！ 四つの謎」宝島社 2014 p61

詩集 黒い火（北園克衛）
　◇「新装版 全集現代文学の発見 13」學藝書林 2004 p62

黒い羊（立花腑楽）
　◇「超短編の世界 vol.2」創英社 2009 p66

黒い人と赤い橇（小川未明）
　◇「文豪怪談傑作選 小川未明集」筑摩書房 2008（ちくま文庫）p185

黒い瞳の内（乾ルカ）
　◇「殺意の隘路」光文社 2016（最新ベスト・ミステリー）p145

黒い不吉なもの（乃木ばにら）
　◇「てのひら怪談―ビーケーワン怪談大賞傑作選 2」ポプラ社 2007 p210
　◇「てのひら怪談―ビーケーワン怪談大賞傑作選 己丑」ポプラ社 2009（ポプラ文庫）p88

黒い服の未亡人（汐見薫）
　◇「はじめての小説（ミステリー）―内田康夫＆東京・北区が選んだ気鋭のミステリー」実業之日本社 2008 p9

黒い塀（辻征夫）
　◇「文学 1999」講談社 1999 p269

黒い方程式（石持浅海）
　◇「拡張幻想」東京創元社 2012（創元SF文庫）p235

黒い本を探して（松野志保）
　◇「本迷宮―本を巡る不思議な物語」日本図書設計家協会 2016 p49

黒い密室―続・薔薇荘殺人事件（芦辺拓）
　◇「驚愕遊園地」光文社 2013（最新ベスト・ミステリー）p31
　◇「驚愕遊園地」光文社 2016（光文社文庫）p39

黒い眼と茶色の目（抄）（徳冨蘆花）
　◇「明治の文学 18」筑摩書房 2002 p5

黒い夜会（深町秋生）
　◇「宝石ザミステリー 2016」光文社 2015 p233

黒い履歴（薬丸岳）
　◇「ザ・ベストミステリーズ―推理小説年鑑 2008」講談社 2008 p335
　◇「Doubtきりのない疑惑」講談社 2011（講談社文庫）p5

クロウ人（山藍紫姫子）
　◇「変化―書下ろしホラー・アンソロジー」PHP研究所 2000（PHP文庫）p165

苦労判官大変記（清水義範）
　◇「短編復活」集英社 2002（集英社文庫）p273

クロウリング・キング・スネイク（中島らも）
　◇「冒険の森へ―傑作小説大全 7」集英社 2016 p250

くろがね（丸井妙子）
　◇「日本統治期台湾文学集成 17」緑蔭書房 2003 p537

黒髪（泉鏡花）
　◇「妖髪鬼談」桜桃書房 1998 p160
　◇「黒髪に恨みは深く―一髪の毛ホラー傑作選」角川書店 2006（角川ホラー文庫）p197

黒髪（大岡昇平）
　◇「京都府文学全集第1期（小説編）4」郷土出版社 2005 p306
　◇「日本文学全集 18」河出書房新社 2016 p352

黒髪（近松秋江）
　◇「京都府文学全集第1期（小説編）1」郷土出版社 2005 p282
　◇「私小説の生き方」アーツ・アンド・クラフツ 2009 p68
　◇「私小説名作選 上」講談社 2012（講談社文芸文庫）p37

黒髪（檜垣謙之介）
　◇「幻の探偵雑誌 8」光文社 2001（光文社文庫）p179

黒髪（連城三紀彦）
　◇「煌めきの殺意」徳間書店 1999（徳間文庫）p753
　◇「謎―スペシャル・ブレンド・ミステリー 004」講談社 2009（講談社文庫）p333

黒髪小学校問題（1）未感染児童の「未感染」なる用語に対してわたしは抗議する（つきだまさし）
　◇「ハンセン病文学全集 5」皓星社 2010 p178

黒髪小学校問題（2）むごさについて（阿部肇）
　◇「ハンセン病文学全集 5」皓星社 2010 p182

黒髪心中（早乙女貢）
　◇「代表作時代小説 平成14年度」光風社出版 2002 p77

黒髪の怪二話（杉浦日向子）
　◇「妖髪鬼談」桜桃書房 1998 p150
　◇「黒髪に恨みは深く―一髪の毛ホラー傑作選」角川書店 2006（角川ホラー文庫）p149

黒髪の太刀（東郷隆）
　◇「代表作時代小説 平成13年度」光風社出版 2001 p185
　◇「戦国女人十一話」作品社 2005 p5

黒髪変化（円地文子）
　◇「日本怪奇小説傑作集 2」東京創元社 2005（創元推理文庫）p351

黒川主（夢枕獏）
　◇「妖異七奇談」双葉社 2005（双葉文庫）p7

黒川能・観点の置き所（折口信夫）
　◇「山形県文学全集第2期（随筆・紀行編）2」郷土出版社 2005 p92

黒川の門笛（馬場あき子）
　◇「山形県文学全集第2期（随筆・紀行編）5」郷土出版社 2005 p19

黒菊の女（新久保賞治）
　◇「黒の怪」勉誠出版 2002（べんせいライブラリー）p209

黒き指紋（李正子）
　◇「〈在日〉文学全集 17」勉誠出版 2006 p249

くろね

黒く塗ったら（行一震）
　◇「てのひら怪談―ビーケーワン怪談大賞傑作選 辛卯」ポプラ社 2011（ポプラ文庫）p30
黒く深き眠り（福嶋伸洋）
　◇「太宰治賞 2000」筑摩書房 2000 p71
黒い羊はどこへ（小川洋子）
　◇「どうぶつたちの贈り物」PHP研究所 2016 p195
黒眥（朝松健）
　◇「江戸迷宮」光文社 2011（光文社文庫）p43
黒地の絵（松本清張）
　◇「コレクション戦争と文学 1」集英社 2012 p306
黒白映画（夢乃鳥子）
　◇「てのひら怪談 癸巳」KADOKAWA 2013（MF文庫ダ・ヴィンチ）p176
黒水仙（藤雪夫）
　◇「黒の怪」勉誠出版 2002（べんせいライブラリー）p1
くろづか（黒木あるじ）
　◇「渚にて―あの日からの〈みちのく怪談〉」荒蝦夷 2016 p35
黒塚（中井英夫）
　◇「恐怖の花」ランダムハウス講談社 2007 p113
黒ずくめの医者（柳迫国広）
　◇「ショートショートの広場 8」講談社 1997（講談社文庫）p107
クロスローダーの轍（せんべい猫）
　◇「怪談 蠱毒―創作怪談発掘大会傑作選」竹書房 2009（竹書房文庫）p52
クローゼットの中に（森真沙子）
　◇「文藝百物語」ぶんか社 1997 p117
クロダイと飛行機（浜田嗣範）
　◇「日本海文学大賞―大賞作品集 1」日本海文学大賞運営委員会 2007 p161
黒鯛の歌（中島敦）
　◇「ちくま日本文学 12」筑摩書房 2008（ちくま文庫）p451
黒ダイヤ（太田良博）
　◇「戦後占領期短篇小説コレクション 4」藤原書店 2007 p111
　◇「コレクション戦争と文学 9」集英社 2012 p187
黒田九郎氏の愛國心（林房雄）
　◇「新・プロレタリア文学精選集 9」ゆまに書房 2004 p319
黒田如水（菊池寛）
　◇「黒田官兵衛―小説集」作品社 2013 p5
黒田如水（坂口安吾）
　◇「軍師の死にざま―短篇小説集」作品社 2006 p175
　◇「軍師の生きざま―時代小説傑作選」コスミック出版 2008（コスミック・時代文庫）p147
　◇「軍師の死にざま」実業之日本社 2013（実業之日本社文庫）p221
黒田如水（武者小路実篤）
　◇「黒田官兵衛―小説集」作品社 2013 p283
黒田如水（鷲尾雨工）

　◇「黒田官兵衛―小説集」作品社 2013 p19
クローディアスの日記（志賀直哉）
　◇「短編名作選―1885～1924 小説の曙」笠間書院 2003 p217
　◇「ちくま日本文学 21」筑摩書房 2008（ちくま文庫）p146
黒電話―A（堀江敏幸）
　◇「秘密。―私と私のあいだの十二話」メディアファクトリー 2005 p111
黒電話―B（堀江敏幸）
　◇「秘密。―私と私のあいだの十二話」メディアファクトリー 2005 p117
黒蜥蜴（広津柳浪）
　◇「新日本古典文学大系 明治編 21」岩波書店 2005 p227
黒ねこ（綿矢りさ）
　◇「100万分の1回のねこ」講談社 2015 p199
黒猫（島木健作）
　◇「ことばの織物―昭和短篇珠玉選 2」蒼丘書林 1998 p124
　◇「猫坂」凱風社 2008（PD叢書）p129
　◇「にゃんそろじー」新潮社 2014（新潮文庫）p33
　◇「だから猫は猫そのものではない」凱風社 2015 p53
黒猫（薄田泣菫）
　◇「猫坂」凱風社 2008（PD叢書）p143
　◇「だから猫は猫そのものではない」凱風社 2015 p69
黒猫（皆川博子）
　◇「代表作時代小説 平成12年度」光風社出版 2000 p335
黒猫を射ち落とした話（稲垣足穂）
　◇「ちくま日本文学 16」筑摩書房 2008（ちくま文庫）p41
黒猫ジュリエットの話（森茉莉）
　◇「誘惑―女流ミステリー傑作選」徳間書店 1999（徳間文庫）p543
　◇「猫は神さまの贈り物 小説編」有楽出版社 2014 p7
黒猫と女の子（稲垣足穂）
　◇「文豪怪談傑作選 特別編」筑摩書房 2008（ちくま文庫）p280
黒猫非猫―ユーフォリ・テクニカ0.99.1（定金伸治）
　◇「C・N 25―C・novels創刊25周年アンソロジー」中央公論新社 2007（C novels）p74
黒猫の家（倉橋由美子）
　◇「怪談鬼談」人類文化社 1999 p51
黒猫のしっぽを切った話（稲垣足穂）
　◇「超短編アンソロジー」筑摩書房 2002（ちくま文庫）p35
　◇「ちくま日本文学 16」筑摩書房 2008（ちくま文庫）p22
黒猫ラ・モールの歴史観と意見（吉川良太郎）
　◇「SF JACK」角川書店 2013 p55
　◇「SF JACK」KADOKAWA 2016（角川文庫）

作品名から引ける日本文学全集案内 第III期　251

くろの

p61

黒の貴婦人（西澤保彦）
- ◇「本格ミステリ 2001」講談社 2001（講談社ノベルス）p365
- ◇「透明な貴婦人の謎―本格短編ベスト・セレクション」講談社 2005（講談社文庫）p183

クロノス（井上雅彦）
- ◇「時間怪談」廣済堂出版 1999（廣済堂文庫）p445
- ◇「時の輪廻」リブリオ出版 2001（怪奇・ホラーワールド）p219

黒のスケルツォ（藤水名子）
- ◇「散りぬる桜―時代小説招待席」廣済堂出版 2004 p291

黒のステージ（戸川昌子）
- ◇「赤のミステリー―女性ミステリー作家傑作選」光文社 1997 p149
- ◇「女性ミステリー作家傑作選 2」光文 1999（光文社文庫）p229

黒の複合（林由美子）
- ◇「5分で読める！ ひと駅ストーリー 本の物語」宝島社 2014（宝島社文庫）p109

黒鼻ホテルの小さなロビー（山本恵一郎）
- ◇「「伊豆文学賞」優秀作品集 第6回」羽衣出版 2003 p83

黒脛巾組始末（平谷美樹）
- ◇「幕末スパイ戦争」徳間書店 2015（徳間文庫）p375

黒薔薇（壱岐耕）
- ◇「ハンセン病文学全集 8」皓星社 2006 p198

黒豹（くろへう）（中島敦）
- ◇「ちくま日本文学 12」筑摩書房 2008（ちくま文庫）p436

黒船（山田野理夫）
- ◇「みちのく怪談名作選 vol.1」荒蝦夷 2010（叢書東北の声）p319

黒船以来、目を覚まし騒然といたし候≫竹口信義（勝海舟）
- ◇「日本人の手紙 10」リブリオ出版 2004 p7

黒船懐胎（山岡荘八）
- ◇「江戸の爆笑力―時代小説傑作選」集英社 2004（集英社文庫）p281

黒船忍者（多田容子）
- ◇「幕末スパイ戦争」徳間書店 2015（徳間文庫）p5

黒兵衛行きなさい（古川薫）
- ◇「大江戸猫三昧―時代小説傑作選」徳間書店 2004（徳間文庫）p39

黒部ダムの中心で愛を叫ぶ（畑野智美）
- ◇「あの街で二人は―seven love stories」新潮社 2014（新潮文庫）p157

黒部の罷（真保裕一）
- ◇「乱歩賞作家 赤の謎」講談社 2004 p95

●（クロボシ）（長野まゆみ）
- ◇「文学 2013」講談社 2013 p131

黒松の盆栽（丸山政也）
- ◇「てのひら怪談―ビーケーワン怪談大賞傑作選 壬

辰」ポプラ社 2012（ポプラ文庫）p226

黒豆（諸田玲子）
- ◇「短篇ベストコレクション―現代の小説 2008」徳間書店 2008（徳間文庫）p41

黒豆と薔薇（つくね乱蔵）
- ◇「大人が読む。ケータイ小説―第1回ケータイ文学賞アンソロジー」オンブック 2007 p91

黒丸（菊地秀行）
- ◇「トロピカル」廣済堂出版 1999（廣済堂文庫）p547

黒マンサージ―トロイメライ 琉球寅話集（池上永一）
- ◇「代表作時代小説 平成23年度」光文社 2011 p73

クロミミのコボルトは正直なトコロが好き！（尾頭。）
- ◇「幻想水滸伝短編集 1」メディアワークス 2000（電撃文庫）p341

黒眼鏡（北田薄氷）
- ◇「「新編」日本女性文学全集 2」菁柿堂 2008 p371

黒森歌舞伎の特色（大山功）
- ◇「山形県文学全集第2期（随筆・紀行編） 4」郷土出版社 2005 p406

黒百合抄（山田風太郎）
- ◇「戦国女人十一話」作品社 2005 p299

クロール（佐伯一麦）
- ◇「夏休み」KADOKAWA 2014（角川文庫）p31

黒枠の写真（山村美紗）
- ◇「煌めきの殺意」徳間書店 1999（徳間文庫）p719

クロワッサン（山崎伊知郎）
- ◇「中学校のたのしい劇脚本集―英語劇付 Ⅰ」国土社 2010 p81

くろん坊（岡本綺堂）
- ◇「妖怪」国書刊行会 1999（書物の王国）p138
- ◇「恐怖の森」ランダムハウス講談社 2007 p137
- ◇「文豪山怪奇譚―山の怪談名作選」山と渓谷社 2016 p19

クローンは故郷をめざす（中嶋荒爾）
- ◇「年鑑代表シナリオ集 '09」シナリオ作家協会 2010 p7

クワ（正岡子規）
- ◇「新日本古典文学大系 明治編 27」岩波書店 2003 p242

桑名古庵（田中英光）
- ◇「歴史小説の世紀 天の巻」新潮社 2000（新潮文庫）p745
- ◇「大坂の陣―近代文学名作選」岩波書店 2016 p196

桑原送別会（富士正晴）
- ◇「戦後文学エッセイ選 7」影書房 2006 p176

光州（許南麒）
- ◇「〈在日〉文学全集 2」勉誠出版 2006 p101

光州（クヮンジュ）**駅**（許南麒）
- ◇「〈在日〉文学全集 2」勉誠出版 2006 p98

光州（クワンジュ）**詩集**（許南麒）

くんれ

◇「〈在日〉文学全集 2」勉誠出版 2006 p95

クワンホァムネン（光化門にて）（全美恵）
◇「〈在日〉文学全集 18」勉誠出版 2006 p354

軍役（戸部新十郎）
◇「彩四季・江戸慕情」光文社 2012 （光文社文庫）
p215

群猿図（花田清輝）
◇「日本近代短篇小説選 昭和篇3」岩波書店 2012
（岩波文庫）p175

薫煙肉のなかの鉄（山田正紀）
◇「人肉嗜食」筑摩書房 2001 （ちくま文庫）p243

軍艦茉莉（安西冬衛）
◇「〈外地〉の日本語文学選 2」新宿書房 1996 p93
◇「新装版 全集現代文学の発見 13」學藝書林 2004
p12

軍犬一等兵（棟田博）
◇「コレクション戦争と文学 7」集英社 2011 p594

軍犬疾風号（棟田博）
◇「「少年倶楽部」短篇選」講談社 2013 （講談社文
芸文庫）p387

軍国爺さん―三幕（中山侑）
◇「日本統治期台湾文学集成 12」緑蔭書房 2003
p155

軍師哭く（五味康祐）
◇「東北戦国志―傑作時代小説」PHP研究所 2009
（PHP文庫）p157

軍師二人（司馬遼太郎）
◇「人物日本の歴史―時代小説版 戦国編」小学館
2004 （小学館文庫）p183
◇「軍師の死にざま―短篇小説集」作品社 2006
p237
◇「信州歴史時代小説傑作集 1」しなのき書房 2007
p293

軍師二人―真田幸村・後藤又兵衛（司馬遼太郎）
◇「軍師の死にざま」実業之日本社 2013 （実業之日
本社文庫）p299

軍事法廷（耕治人）
◇「闇市」皓星社 2015 （紙礫）p21

群集の中を求めて歩く（萩原朔太郎）
◇「ちくま日本文学 36」筑摩書房 2009 （ちくま文
庫）p134

群集の中のロビンソン・クルーソー（江戸川乱
歩）
◇「ちくま日本文学 7」筑摩書房 2008 （ちくま文
庫）p393

創作 軍事郵便（吉村敏）
◇「日本統治期台湾文学集成 6」緑蔭書房 2002
p243

合同句集 群礁（長島愛生園蕗之芽会）
◇「ハンセン病文学全集 9」皓星社 2010 p159

勲章（安西冬衛）
◇「新装版 全集現代文学の発見 13」學藝書林 2004
p13

勲章（幸田文）
◇「ちくま日本文学 5」筑摩書房 2007 （ちくま文
庫）p9

勲章（壺井繁治）
◇「新装版 全集現代文学の発見 1」學藝書林 2002
p270

勲章（永井荷風）
◇「百年小説」ポプラ社 2008 p413
◇「コレクション戦争と文学 15」集英社 2012 p267

勲章（宮木喜久雄）
◇「アンソロジー・プロレタリア文学 3」森話社
2015 p264

軍人（折口信夫）
◇「ちくま日本文学 25」筑摩書房 2008 （ちくま文
庫）p44

軍人と文学（中野重治）
◇「アンソロジー・プロレタリア文学 3」森話社
2015 p168

軍人の夢（加門七海）
◇「文藝百物語」ぶんか社 1997 p124

燻製シラノ（守友恒）
◇「幻の探偵雑誌 10」光文社 2002 （光文社文庫）
p423

軍曹とダイアナ（会田晃司）
◇「「伊豆文学賞」優秀作品集 第3回」静岡新聞社
2000 p3

軍曹の手紙（下畑卓）
◇「コレクション戦争と文学 8」集英社 2011 p115
◇「日本の少年小説―「少国民」のゆくえ」インパク
ト出版会 2016 （インパクト選書）p175

軍隊（萩原朔太郎）
◇「ちくま日本文学 36」筑摩書房 2009 （ちくま文
庫）p172

薫糖（田辺青蛙）
◇「てのひら怪談―ビーケーワン怪談大賞傑作選」
ポプラ社 2007 p32
◇「てのひら怪談―ビーケーワン怪談大賞傑作選」
ポプラ社 2008 （ポプラ文庫）p30

軍馬の帰還（勝山海百合）
◇「てのひら怪談―ビーケーワン怪談大賞傑作選」
ポプラ社 2007 p18
◇「てのひら怪談―ビーケーワン怪談大賞傑作選」
ポプラ社 2008 （ポプラ文庫）p14

軍備外注（堀田善衞）
◇「戦後文学エッセイ選 11」影書房 2007 p227

軍夫の妻――一幕（作者表記なし）
◇「日本統治期台湾文学集成 10」緑蔭書房 2003
p213

群馬県から来た男（山口幸雄）
◇「ショートショートの広場 12」講談社 2001 （講
談社文庫）p201

軍用鮫（海野十三）
◇「冒険の森へ―傑作小説大全 1」集英社 2016
p204

軍用露語教程（小林勝）
◇「コレクション戦争と文学 15」集英社 2012 p60

訓練されたる人情（広津和郎）
◇「日本文学100年の名作 2」新潮社 2014 （新潮文
庫）p447

作品名から引ける日本文学全集案内 第III期 **253**

くんろ

群狼相食む（宇能鴻一郎）
　◇「血闘！ 新選組」実業之日本社 2016（実業之日本社文庫）p191
群狼、峠に満つ（西村寿行）
　◇「男たちのら・ら・ば・い」徳間書店 1999（徳間文庫）p361

【け】

"けあらし"に潜む殺意（八木圭一）
　◇「10分間ミステリー THE BEST」宝島社 2016（宝島社文庫）p291
径（国満静志）
　◇「ハンセン病文学全集 7」皓星社 2004 p390
京鴉（けいあん）家（服部撫松）
　◇「新日本古典文学大系 明治編 1」岩波書店 2004 p139
慶安御前試合（隆慶一郎）
　◇「花ごよみ夢一夜」光風社出版 2001（光風社文庫）p173
　◇「日本文学100年の名作 8」新潮社 2015（新潮文庫）p187
慶安太平記後日譚（四幕八場）（落合三郎（佐々木高丸））
　◇「新・プロレタリア文学精選集 11」ゆまに書房 2004 p1
敬宇詩集（抄）（中村敬宇）
　◇「新日本古典文学大系 明治編 2」岩波書店 2004 p115
恵可（谷川雁）
　◇「新装版 全集現代文学の発見 13」學藝書林 2004 p365
瓊海雑信（金関丈夫）
　◇「日本統治期台湾文学集成 17」緑蔭書房 2003 p130
経学院視察團旅行記念（李人稙他）
　◇「近代朝鮮文学日本語作品集1908〜1945 セレクション 6」緑蔭書房 2008 p323
警官バラバラ事件（倉橋由美子）
　◇「ペン先の殺意―文芸ミステリー傑作選」光文社 2005（光文社文庫）p277
「刑期」を終え、生化学者の道を（田中雅也）
　◇「誰も知らない「桃太郎」「かぐや姫」のすべて」明拓出版 2009（創作童話シリーズ）p173
奎吉（梶井基次郎）
　◇「ちくま日本文学 28」筑摩書房 2008（ちくま文庫）p117
経験を糧に（@verselef）
　◇「3.11心に残る140字の物語」学研パブリッシング 2011 p89
敬虔過ぎた狂信者（鳥飼否宇）
　◇「本格ミステリ 2005」講談社 2005（講談社ノベルス）p341
大きな棺の小さな鍵―本格短編ベスト・セレクション」講談社 2009（講談社文庫）p509
囈語（山村暮鳥）
　◇「悪いやつの物語」筑摩書房 2011（ちくま文学の森）p8
蛍光（森春樹）
　◇「ハンセン病文学全集 2」皓星社 2002 p35
傾向と対策（黒木あるじ）
　◇「怪談四十九夜」竹書房 2016（竹書房文庫）p56
警告（相門亨）
　◇「ショートショートの広場 19」講談社 2007（講談社文庫）p87
警告（葉原あきよ）
　◇「てのひら怪談―ビーケーワン怪談大賞傑作選 辛卯」ポプラ社 2011（ポプラ文庫）p192
傾国恨（潤魏清徳）
　◇「日本統治期台湾文学集成 25」緑蔭書房 2007 p9
渓谷の宿（長島槇子）
　◇「女たちの怪談百物語」メディアファクトリー 2010（〔幽books〕）p55
　◇「女たちの怪談百物語」KADOKAWA 2014（角川ホラー文庫）p61
警告文（伊東祐治）
　◇「ショートショートの花束 1」講談社 2009（講談社文庫）p210
脛骨（津原泰水）
　◇「屍者の行進」廣済堂出版 1998（廣済堂文庫）p329
慶子の所へ行くことにします＞府川紀子（江藤淳）
　◇「日本人の手紙 6」リブリオ出版 2004 p217
掲載されぬ「三島由紀夫の死」と「国を守るとは何か」（井上光晴）
　◇「戦後文学エッセイ選 13」影書房 2008 p144
経済新聞（霧梨椎奈）
　◇「ショートショートの花束 4」講談社 2012（講談社文庫）p66
計算症のリアリティー（黒川博行）
　◇「マイ・ベスト・ミステリー 2」文藝春秋 2007（文春文庫）p406
計算と放屁（なるせゆうせい）
　◇「超短編の世界 vol.2」創英社 2009 p34
計算の季節（藤田雅矢）
　◇「日本SF短篇50 4」早川書房 2013（ハヤカワ文庫 JA）p207
刑事収容施設及び……第百二十七条（猫吉）
　◇「ショートショートの花束 7」講談社 2015（講談社文庫）p30
警視庁吸血犯罪捜査班（林譲治）
　◇「NOVA―書き下ろし日本SFコレクション 4」河出書房新社 2011（河出文庫）p201
刑事調査官（今野敏）
　◇「鼓動―警察小説競作」新潮社 2006（新潮文庫）p27

けいし

刑事部屋の容疑者たち（今野敏）
　◇「推理小説代表作選集—推理小説年鑑 1997」講談社 1997 p177
　◇「殺ったのは誰だ?!」講談社 1999（講談社文庫）p381

芸者（痩々亭骨皮道人）
　◇「新日本古典文学大系 明治編 29」岩波書店 2005 p227

ゲイシャガール失踪事件（夢枕獏）
　◇「シャーロック・ホームズの災難—日本版」論創社 2007 p257

芸者染香（加堂秀三）
　◇「短篇ベストコレクション—現代の小説 2002」徳間書店 2002（徳間文庫）p145

芸者の首（泡坂妻夫）
　◇「極め付き時代小説選 2」中央公論新社 2004（中公文庫）p165

絃妓（げいしゃ）の化物（高畠藍泉）
　◇「新日本古典文学大系 明治編 1」岩波書店 2004 p368

慶州（けいしゅう）…→"キョンジュ…"を見よ

閔秀国島氏和歌を善くす。予、人を介して近詠を乞ひ、その暮春に杜若を詠ぜし一章を得たり。すなはち二十八字を賦してもつて謝す（森春濤）
　◇「新日本古典文学大系 明治編 2」岩波書店 2004 p40

閔秀藤氏の梧竹書房に題す（森春濤）
　◇「新日本古典文学大系 明治編 2」岩波書店 2004 p16

芸州引馬山妖怪の事（根岸鎮衛）
　◇「稲生モノノケ大全 陰之巻」毎日新聞社 2003 p628

藝術（王白淵）
　◇「日本統治期台湾文学集成 18」緑蔭書房 2003 p29

芸術家（横尾優子）
　◇「ショートショートの広場 14」講談社 2003（講談社文庫）p156

芸術家の運命について（木下順二）
　◇「戦後文学エッセイ選 8」影書房 2005 p67

芸術家の運命について（堀田善衞）
　◇「戦後文学エッセイ選 11」影書房 2007 p130

芸術家の肖像（葛原妙子）
　◇「芸術家」国書刊行会 1998（書物の王国）p9

芸術と人間と人工知能（松原仁）
　◇「AIと人類は共存できるか?—人工知能SFアンソロジー」早川書房 2016 p418

芸術のいやったらしさ（花田清輝）
　◇「戦後文学エッセイ選 1」影書房 2005 p73

藝術の機能—友への手紙（上）（下）（趙演鉉）
　◇「近代朝鮮文学日本語作品集1939～1945 評論・随筆篇 3」緑蔭書房 2002 p457

芸術の質について—新日本文学会第十一回大会における問題提起（井上光晴）

「戦後文学エッセイ選 13」影書房 2008 p79

藝術の使命（朱耀翰）
　◇「近代朝鮮文学日本語作品集1901～1938 評論・随筆篇 1」緑蔭書房 2004 p18

芸術・歴史・人間（本多秋五）
　◇「新装版 全集現代文学の発見 4」學藝書林 2003 p348

迎春（黒木謳子）
　◇「日本統治期台湾文学集成 18」緑蔭書房 2003 p440

作家の感懐2 京城（張赫宙）
　◇「近代朝鮮文学日本語作品集1939～1945 評論・随筆篇 3」緑蔭書房 2002 p239

京城異聞（金文輯）
　◇「近代朝鮮文学日本語作品集1901～1938 創作篇 4」緑蔭書房 2004 p179

京城行（一）～（六）（石薫生）
　◇「近代朝鮮文学日本語作品集1901～1938 評論・随筆篇 3」緑蔭書房 2004 p109

京城散歩道 安國町今昔記（林學洙）
　◇「近代朝鮮文学日本語作品集1908～1945 セレクション 3」緑蔭書房 2008 p281

京城散歩道 義州通り（朴英熙）
　◇「近代朝鮮文学日本語作品集1908～1945 セレクション 3」緑蔭書房 2008 p285

京城散歩道 光化門通り（金岸曙）
　◇「近代朝鮮文学日本語作品集1908～1945 セレクション 3」緑蔭書房 2008 p305

京城散歩道 鍾路の哀傷（金素雲）
　◇「近代朝鮮文学日本語作品集1908～1945 セレクション 3」緑蔭書房 2008 p269

京城散歩道 大學通り（金晉燮）
　◇「近代朝鮮文学日本語作品集1908～1945 セレクション 3」緑蔭書房 2008 p289

京城散歩道 南大門通りと南大門と（柳致眞）
　◇「近代朝鮮文学日本語作品集1908～1945 セレクション 3」緑蔭書房 2008 p297

京城散歩道 本町（林和）
　◇「近代朝鮮文学日本語作品集1908～1945 セレクション 3」緑蔭書房 2008 p265

京城の秋と東京の秋（張赫宙）
　◇「近代朝鮮文学日本語作品集1908～1945 セレクション 3」緑蔭書房 2008 p327

京城の風の夜に書く（守永愛子）
　◇「近代朝鮮文学日本語作品集1908～1945 セレクション 6」緑蔭書房 2008 p241

京城の黄昏（裴雲成）
　◇「近代朝鮮文学日本語作品集1939～1945 評論・随筆篇 3」緑蔭書房 2002 p305

京城の電車車掌（兪鎭午）
　◇「近代朝鮮文学日本語作品集1939～1945 評論・随筆篇 3」緑蔭書房 2002 p25

京城の春（一）（二）（李光洙）
　◇「近代朝鮮文学日本語作品集1939～1945 評論・随筆篇 3」緑蔭書房 2002 p83

京城の街（牧洋）

作品名から引ける日本文学全集案内 第III期　255

けいし

◇「近代朝鮮文学日本語作品集1939～1945 評論・随筆篇 3」緑蔭書房 2002 p303

敬神党自刃（宇能鴻一郎）
◇「血しぶき街道」光風社出版 1998（光風社文庫）p271

繋船ホテルの朝の歌（鮎川信夫）
◇「新装版 全集現代文学の発見 13」學藝書林 2004 p253

鶏争（狩野あざみ）
◇「黄土の虹―チャイナ・ストーリーズ」祥伝社 2000 p103

携帯（三好しず九）
◇「超短編傑作選 v.6」創英社 2007 p144

携帯が終わる日（美崎理恵）
◇「言葉にできない悲しみ」泰文堂 2015（リンダパブリッシャーズの本）p89

携帯忠臣蔵（君塚良一）
◇「世にも奇妙な物語―小説の特別編」角川書店 2000（角川ホラー文庫）p95

携帯電話（宇津呂鹿太郎）
◇「てのひら怪談―ビーケーワン怪談大賞傑作選 壬辰」ポプラ社 2012（ポプラ文庫）p150

携帯電話から愛を込めて（田中悦朗）
◇「ショートショートの広場 18」講談社 2006（講談社文庫）p16

携帯人間関係（河野泰生）
◇「ショートショートの花束 5」講談社 2013（講談社文庫）p196

芸妲（劉捷）
◇「日本統治期台湾文学集成 5」緑蔭書房 2002 p165

芸妲の家（張文環）
◇「〈外地〉の日本語文学選 1」新宿書房 1996 p130

藝妲の二つ型（陳逢源）
◇「日本統治期台湾文学集成 16」緑蔭書房 2003 p117

敬太とかわうそ（植松邦文）
◇「「伊豆文学賞」優秀作品集 第15回」羽衣出版 2012 p5

啓蟄―3月6日ごろ（栗田有起）
◇「君と過ごす季節―春から夏へ、12の暦物語」ポプラ社 2012（ポプラ文庫）p53

慶長淫魔譚（水沢龍樹）
◇「遙かなる道」桃園書房 2001（桃園文庫）p253

慶長大食漢（山田風太郎）
◇「江戸の満腹力―時代小説傑作選」集英社 2005（集英社文庫）p297
◇「まんぷく長屋―食欲文学傑作選」新潮社 2014（新潮文庫）p91

芸道（正岡子規）
◇「新日本古典文学大系 明治編 27」岩波書店 2003 p352

けいどろ（上原知明）
◇「中学生のドラマ 7」晩成書房 2007 p151

迎年祈世（李光洙）
◇「近代朝鮮文学日本語作品集1939～1945 創作篇 6」

◇緑蔭書房 2001 p20

迎年祈世（李克魯）
◇「近代朝鮮文学日本語作品集1939～1945 創作篇 6」緑蔭書房 2001 p19

迎年祈世（金永鎮）
◇「近代朝鮮文学日本語作品集1939～1945 創作篇 6」緑蔭書房 2001 p21

藝能奉公團について（吉村敏）
◇「日本統治期台湾文学集成 13」緑蔭書房 2003 p381

競馬（織田作之助）
◇「戦後占領期短篇小説コレクション 1」藤原書店 2007 p47
◇「ちくま日本文学 35」筑摩書房 2009（ちくま文庫）p330

競馬（竹中郁）
◇「新装版 全集現代文学の発見 13」學藝書林 2004 p41

競馬（寺山修司）
◇「ちくま日本文学 6」筑摩書房 2007（ちくま文庫）p62

競馬会前夜（大庭武年）
◇「外地探偵小説集 満州篇」せらび書房 2003 p15
◇「幻の名探偵―傑作アンソロジー」光文社 2013（光文社文庫）p187

競馬場の殺人（大河内常平）
◇「江戸川乱歩の推理試験」光文社 2009（光文社文庫）p139

警備保障（崩木十弐）
◇「渚にて―あの日からの〈みちのく怪談〉」荒蝦夷 2016 p156

京釜（けいふ）… → "キョンプ…"を見よ

警部補・山倉浩一（かくたかひろ）
◇「バカミスじゃない!?―史上空前のバカミス・アンソロジー」宝島社 2007 p119

警部補・山倉浩一 あれだけの事件簿（かくたかひろ）
◇「奇想天外のミステリー」宝島社 2009（宝島社文庫）p91

軽便（林秋興）
◇「日本統治期台湾文学集成 5」緑蔭書房 2002 p351

閨房禁令（南條範夫）
◇「極め付き時代小説選 1」中央公論新社 2004（中公文庫）p261

刑法第四五条（越谷友華）
◇「10分間ミステリー THE BEST」宝島社 2016（宝島社文庫）p149

芸豊二州の戦争及薩侯建白等の事（作者表記なし）
◇「新日本古典文学大系 明治編 13」岩波書店 2007 p154

螢万華鏡（寮美千子）
◇「キラキラデイズ」新潮社 2014（新潮文庫）p149

雞鳴（内田百閒）

けきれ

◇「超短編アンソロジー」筑摩書房 2002（ちくま文庫）p152

鶏鳴（進一男）
　◇「現代鹿児島小説大系 2」ジャプラン 2014 p244

啓蒙かまぼこ新聞—抜粋（中島らも）
　◇「たんときれいに召し上がれ—美食文学精選」芸術新聞社 2015 p363

京洛の斬刃剣（峰隆一郎）
　◇「幕末剣豪人斬り異聞 佐幕篇」アスキー 1997（Aspect novels）p95

警邏ニダスの目を逸らしたい現実（岡野めぐみ）
　◇「躍進—C★NOVELS大賞作家アンソロジー」中央公論新社 2012（C・NOVELS Fantasia）p32

経理課心中（山田正紀）
　◇「推理小説代表乍選集—推理小説年鑑 1997」講談社 1997 p29
　◇「殺人哀モード」講談社 2000（講談社文庫）p381

刑史シュミット（吉埜一生）
　◇「太宰治賞 2005」筑摩書房 2005 p209

渓流（江崎誠致）
　◇「コレクション戦争と文学 8」集英社 2011 p410

鶏林（けいりん）→"ゲリム"を見よ
競輪必勝法（能島廉）
　◇「新装版 全集現代文学の発見 別巻」學藝書林 2005 p176

契戀—「戀」より（塚本邦雄）
　◇「北村薫のミステリー館」新潮社 2005（新潮文庫）p337

鶏肋抄（龍瑛宗）
　◇「日本統治期台湾文学集成 16」緑蔭書房 2003 p267

ケインとミラーの間に（石川友也）
　◇「全作家短編小説集 11」全作家協会 2012 p125

稀有なる食材（深津十一）
　◇「もっとすごい 10分間ミステリー」宝島社 2013（宝島社文庫）p133
　◇「10分間ミステリー THE BEST」宝島社 2016（宝島社文庫）p223

化縁つきぬれば（大路和子）
　◇「剣の意地恋の夢—時代小説傑作選」講談社 2000（講談社文庫）p411

下界のヒカリ（泉和良）
　◇「星海社カレンダー小説 2012下」星海社 2012（星海社FICTIONS）p217

外科室（泉鏡花）
　◇「短編で読む恋愛・家族」中部日本教育文化会 1998 p17
　◇「日本近代文学に描かれた「恋愛」」牧野出版 2001 p89
　◇「明治の文学 8」筑摩書房 2001 p71
　◇「短編名作選—1385–1924 小説の曙」笠間書院 2003 p81
　◇「魂がふるえるとき」文藝春秋 2004（文春文庫）p351

文豪の探偵小説」集英社 2006（集英社文庫）p61
　◇「百年小説」ポプラ社 2008 p177
　◇「読んでおきたい近代日本小説選」龍書房 2012 p16
　◇「小川洋子の陶酔短篇箱」河出書房新社 2014 p35

ケガレゴ（平石亜紗実）
　◇「最新中学校創作脚本集 2009」晩成書房 2009 p5

穢れなき薔薇は降る（真帆沁）
　◇「ゆきのまち幻想文学賞小品集 17」企画集団ぷりずむ 2008 p35

毛皮の外套を着た男（角田喜久雄）
　◇「幻の探偵雑誌 7」光文社 2001（光文社文庫）p25

毛皮の難（岡本かの子）
　◇「精選女性随筆集 4」文藝春秋 2012 p186

毛皮のマリー（寺山修司）
　◇「ちくま日本文学 6」筑摩書房 2007（ちくま文庫）p200

劇界散策記（呉禎民）
　◇「近代朝鮮文学日本語作品集1939〜1945 評論・随筆篇 1」緑蔭書房 2002 p447

激辛（かがわとわ）
　◇「ショートショートの花束 8」講談社 2016（講談社文庫）p250

激辛戦国時代—日本人の味覚に激辛が訪れたとき、歴史は動いた（青山智樹）
　◇「NOVA—書き下ろし日本SFコレクション 8」河出書房新社 2012（河出文庫）p123

鐵道小説 K機関手の錯覚（柯設偕）
　◇「日本統治期台湾文学集成 22」緑蔭書房 2007 p9

劇場（小松左京）
　◇「魔術師」角川書店 2001（角川ホラー文庫）p291

劇的な幕切れ（有栖川有栖）
　◇「毒殺協奏曲」原書房 2016 p171

激動の中を行く（与謝野晶子）
　◇「「新編」日本女性文学全集 4」菁柿堂 2012 p19

ケーキ箱（深見豪）
　◇「北村薫の本格ミステリ・ライブラリー」角川書店 2001（角川文庫）p185

劇評「斷層」の批評 眼覺める藝術性—抹殺された階級關係（金斗鎔）
　◇「近代朝鮮文学日本語作品集1901〜1938 評論・随筆篇 3」緑蔭書房 2004 p319

劇薬（井上雅彦）
　◇「俳優」廣済堂出版 1999（廣済堂文庫）p603

ケーキ屋のおばさん（ねじめ正一）
　◇「短篇ベストコレクション—現代の小説 2012」徳間書店 2012（徳間文庫）p475

K共同墓地死亡者名簿（大城貞俊）
　◇「現代沖縄文学作品選」講談社 2011（講談社文芸文庫）p14

激励（@harayosy）
　◇「3.11心に残る140字の物語」学研パブリッシング

けこひ

2011 p36

K子ひとり（津田せつ子）
◇「ハンセン病文学全集 4」皓星社 2003 p511

裂裟掛けの太刀―林崎甚助vs坂上主膳（羽山信樹）
◇「時代小説傑作選 2」新人物往来社 2008 p169

下魚（雀野日名子）
◇「物語のルミナリエ」光文社 2011（光文社文庫）p392

戯作者（痩々亭骨皮道人）
◇「新日本古典文学大系 明治編 29」岩波書店 2005 p254

戯作者の死（永井荷風）
◇「創刊一〇〇年三田文学名作選」三田文学会 2010 p77

裂裟と盛遠（芥川龍之介）
◇「文豪たちが書いた耽美小説短編集」彩図社 2015 p49

今朝の月（今井絵美子）
◇「花ふぶき―時代小説傑作選」角川春樹事務所 2004（ハルキ文庫）p205

今朝の夢（中里恒子）
◇「精選女性随筆集 10」文藝春秋 2012 p125

夏至―6月21日ごろ（三砂ちづる）
◇「君と過ごす季節―春から夏へ、12の暦物語」ポプラ社 2012（ポプラ文庫）p219

消して（門倉信）
◇「ショートショートの花束 7」講談社 2015（講談社文庫）p95

下宿がへ（正岡子規）
◇「新日本古典文学大系 明治編 27」岩波書店 2003 p84

下宿（第一回〜第六回）（盧天命）
◇「近代朝鮮文学日本語作品集1901〜1938 創作篇 4」緑蔭書房 2004 p89

下手人（藤本義一）
◇「人情の往来―時代小説最前線」新潮社 1997（新潮文庫）p477

化粧（川端康成）
◇「文士の意地―車谷長吉撰短篇小説輯 上巻」作品社 2005 p306
◇「ちくま日本文学 26」筑摩書房 2008（ちくま文庫）p40
◇「変身ものがたり」筑摩書房 2010（ちくま文学の森）p403

化粧（菊地秀行）
◇「俳component」廣済堂出版 1999（廣済堂文庫）p607

化粧（柴田よしき）
◇「蜜の眠り」廣済堂出版 2000（廣済堂文庫）p149

化粧（中上健次）
◇「幸せな哀しみの話」文藝春秋 2009（文春文庫）p9

下女の時代（生方敏郎）
◇「懐かしい未来―甦る明治・大正・昭和の未来小説」中央公論新社 2001 p113

化身（金時鐘）
◇「〈在日〉文学全集 5」勉誠出版 2006 p191

消す（豊田有恒）
◇「宇宙塵傑作選―日本SFの軌跡 2」出版芸術社 1997 p35

下水道（北原尚彦）
◇「GOD」廣済堂出版 1999（廣済堂文庫）p309

下衆法師（夢枕獏）
◇「七人の安倍晴明」桜桃書房 1998 p253

削られて私は近づく―第二病棟にて（つきだまさし）
◇「ハンセン病文学全集 7」皓星社 2004 p534

開城杜門洞の史蹟（洪命憙）
◇「近代朝鮮文学日本語作品集1908〜1945 セレクション 5」緑蔭書房 2008 p229

けた（折口信夫）
◇「ちくま日本文学 25」筑摩書房 2008（ちくま文庫）p412

下駄（岡戸武平）
◇「幻の探偵雑誌 6」光文社 2001（光文社文庫）p117

下駄（香山末子）
◇「ハンセン病文学全集 7」皓星社 2004 p303

ケータイ元年（高村薫）
◇「空を飛ぶ恋―ケータイがつなぐ28の物語」新潮社 2006（新潮文庫）p160

下駄の上の卵（抄）（井上ひさし）
◇「山形県文学全集第1期（小説編）5」郷土出版社 2004 p350

けだもの（池宮彰一郎）
◇「江戸なみだ雨―市井稼業小説傑作選」学研パブリッシング 2010（学研M文庫）p241

けだもの（平山夢明）
◇「獣人」光文社 2003（光文社文庫）p153

獣をうつ少年（片岡鉄兵）
◇「「少年倶楽部」熱血・痛快・時代短篇選」講談社 2015（講談社文芸文庫）p56

下駄屋おけい（宇江佐真理）
◇「がんこ長屋」新潮社 2013（新潮文庫）p123

Kちゃん（石井桃子）
◇「精選女性随筆集 8」文藝春秋 2012 p84

化鳥（泉鏡花）
◇「魔性の生き物」リブリオ出版 2001（怪奇・ホラーワールド）p5
◇「幻視の系譜」筑摩書房 2013（ちくま文庫）p23
◇「新編・日本幻想文学集成 4」国書刊行会 2016 p509

化鳥斬り（東郷隆）
◇「代表作時代小説 平成20年度」光文社 2008 p9

价川邑（鄭之璋）
◇「近代朝鮮文学日本語作品集1908〜1945 セレクション 6」緑蔭書房 2008 p91

血液型殺人事件（甲賀三郎）
◇「幻の探偵雑誌 1」光文社 2000（光文社文庫）p9

けつこ

血縁（牧洋）
◇「近代朝鮮文学日本語作品集1939～1945 創作篇 5」
緑蔭書房 20C1 p83

月下（水野葉舟）
◇「文豪怪談傑作選 明治編」筑摩書房 2011（ちくま文庫）p170

結界内の愉楽（篠田節子）
◇「文藝百物語」ぶんか社 1997 p264

月下の決闘（梶尾真治）
◇「彗星パニック」廣済堂出版 2000（廣済堂文庫）p213

月下の接吻（黒木謳子）
◇「日本統治期台湾文学集成 18」緑蔭書房 2003 p370

月華の傳説（陳逢源）
◇「日本統治期台湾文学集成 16」緑蔭書房 2003 p106

月下の蘭（小泉喜美子）
◇「いつか心の奥へ―小説推理傑作選」双葉社 1997 p105

欠陥住宅（沙霧ゆう）
◇「ショートショートの花束 2」講談社 2010（講談社文庫）p104

「欠陥」住宅（三崎亜記）
◇「短篇ベストコレクション―現代の小説 2007」徳間書店 2007〔徳間文庫〕p51

欠陥本（菊地秀行）
◇「古書ミステリー倶楽部―傑作推理小説集 2」光文社 2014（光文社文庫）p285

月間約四〇センチメートル（椎名春介）
◇「てのひら怪談―ビーケーワン怪談大賞傑作選 庚寅」ポプラ社 2010（ポプラ文庫）p120

蹶起促す激勵の旅―學徒出陣の懇談會（京城日報）（作者表記なし）
◇「近代朝鮮文学日本語作品集1908～1945 セレクション 6」緑蔭書房 2008 p249

結局、何も起こらなかったのである…。（竹内義和）
◇「文藝百物語」ぶんか社 1997 p272

月桂樹の門に吾待たん（君島夜詩）
◇「近代朝鮮文学日本語作品集1908～1945 セレクション 6」緑蔭書房 2008 p240

血劇（米田三星）
◇「戦前探偵小説四人集」論創社 2011（論創ミステリ叢書）p423

月光（河野慶彦）
◇「日本統治期台湾文学集成 23」緑蔭書房 2007 p359

月光（朱耀翰）
◇「近代朝鮮文学日本語作品集1908～1945 セレクション 4」緑蔭書房 2008 p69

月光鬼語（稲垣足穂）
◇「ちくま日本文学 16」筑摩書房 2008（ちくま文庫）p20

月光騎手（稲垣足穂）
◇「月」国書刊行会 1999（書物の王国）p28

◇「ショートショートの缶詰」キノブックス 2016 p141

月光剣（江坂遊）
◇「綾辻・有栖川復刊セレクション 仕掛け花火」講談社 2007（講談社ノベルス）p180

月光酒盛り（江坂遊）
◇「綾辻・有栖川復刊セレクション 仕掛け花火」講談社 2007（講談社ノベルス）p38

月光座―金田一耕助へのオマージュ（栗本薫）
◇「金田一耕助に捧ぐ九つの狂想曲」角川書店 2002 p105
◇「金田一耕助に捧ぐ九つの狂想曲」角川書店 2012（角川文庫）p105

月光殺人事件（探偵劇）（城昌幸）
◇「甦る推理雑誌 3」光文社 2002（光文社文庫）p115

月光と祈禱（萩原朔太郎）
◇「ちくま日本文学 36」筑摩書房 2009（ちくま文庫）p33

月光と硫酸（久生十蘭）
◇「月」国書刊行会 1999（書物の王国）p33

月光日光（伊良子清白）
◇「月」国書刊行会 1999（書物の王国）p23

月光の玉（竹河聖）
◇「アジアン怪綺」光文社 2003（光文社文庫）p399

月光の果て（唯川恵）
◇「こんなにも恋はせつない―恋愛小説アンソロジー」光文社 2004（光文社文庫）p307

月光廃園（嶋田純子）
◇「長い夜の贈りもの―ホラーアンソロジー」まんだらけ出版部 1999（Live novels）p7

月光密造者（稲垣足穂）
◇「ちくま日本文学 16」筑摩書房 2008（ちくま文庫）p26

月光浴（須永朝彦）
◇「月」国書刊行会 1999（書物の王国）p30
◇「ショートショートの缶詰」キノブックス 2016 p85

結婚（庄野潤三）
◇「日本近代短篇小説選 昭和篇3」岩波書店 2012（岩波文庫）p99

結婚（山之口貘）
◇「新装版 全集現代文学の発見 13」學藝書林 2004 p213

結婚記念日（葉歩月）
◇「日本統治期台湾文学集成 19」緑蔭書房 2003 p307

結婚行進曲（川崎洋）
◇「新装版 全集現代文学の発見 13」學藝書林 2004 p439

結婚雑談（幸田文）
◇「ちくま日本文学 5」筑摩書房 2007（ちくま文庫）p218

結婚した男（頼明弘）
◇「日本統治期台湾文学集成 5」緑蔭書房 2002

けつこ

p231

結婚シミュレーター（相沢友子）
◇「世にも奇妙な物語─小説の特別編」角川書店 2000（角川ホラー文庫）p261

結婚十年目のとまどい（姫野カオルコ）
◇「十年後のこと」河出書房新社 2016 p153

結婚生活には愛情の交通整理が必要である（宇野千代）
◇「精選女性随筆集 6」文藝春秋 2012 p109

結婚（前号の続）（生田花世）
◇「「新編」日本女性文学全集 4」菁柿堂 2012 p472

結婚前夜（三雲岳斗）
◇「拡張幻想」東京創元社 2012（創元SF文庫）p349

結婚の条件（ひびのけん）
◇「ショートショートの花束 3」講談社 2011（講談社文庫）p159

結婚の理由（谷口雅美）
◇「100の恋─幸せになるための恋愛短篇集」泰文堂 2010（Linda books！）p146

結婚は、家庭は、努力であると思います≫井伏鱒二（太宰治）
◇「日本人の手紙 3」リブリオ出版 2004 p23

決して見えない（宮部みゆき）
◇「匠」文藝春秋 2003（推理作家になりたくて マイベストミステリー）p240
◇「マイ・ベスト・ミステリー 1」文藝春秋 2007（文春文庫）p360

決して忘れられない夜（岸田るり子）
◇「京都綺談」有楽出版社 2015 p51

決死の伊賀越え（滝口康彦）
◇「神出鬼没！ 戦国忍者伝─傑作時代小説」PHP研究所 2009（PHP文庫）p61

決勝進出（耳目）
◇「ショートショートの花束 2」講談社 2010（講談社文庫）p38

結晶星団（小松左京）
◇「70年代日本SFベスト集成 2」筑摩書房 2014（ちくま文庫）p357

血笑婦（渡辺啓助）
◇「爬虫館事件─新青年傑作選」角川書店 1998（角川ホラー文庫）p59

月蝕（夢野久作）
◇「月」国書刊行会 1999（書物の王国）p12

月蝕譚（小沢章友）
◇「恐怖のKA・TA・CHI」双葉社 2001（双葉文庫）p83

月蝕領彷徨（皆川博子）
◇「伯爵の血族─紅ノ章」光文社 2007（光文社文庫）p511

長編小説 血書（全二回）（李光洙著、李壽昌譯）
◇「近代朝鮮文学日本語作品集1901～1938 創作篇 1」緑蔭書房 2004 p227

決心（渋谷良一）
◇「ショートショートの広場 8」講談社 1997（講

談社文庫）p56

血税一揆（津本陽）
◇「紅葉谷から剣鬼が来る─時代小説傑作選」講談社 2002（講談社文庫）p133

月世界競争探検（押川春浪）
◇「懐かしい未来─甦る明治・大正・昭和の未来小説」中央公論新社 2001 p40
◇「冒険の森へ─傑作小説大全 1」集英社 2016 p214

月世界の男（日夏耿之介）
◇「月」国書刊行会 1999（書物の王国）p209

月世界の女（高木彬光）
◇「君らの魂を悪魔に売りつけよ─新青年傑作選」角川書店 2000（角川文庫）p91

月世界跋渉記（江見水蔭）
◇「懐かしい未来─甦る明治・大正・昭和の未来小説」中央公論新社 2001 p27

ゲッセマネの夜（谷川雁）
◇「新装版 全集現代文学の発見 13」學藝書林 2004 p367

戦う随筆 決戦下の内地（崔載瑞）
◇「近代朝鮮文学日本語作品集1939～1945 評論・随筆篇 3」緑蔭書房 2002 p301

決戦下滿洲の藝文態勢─滿洲「決戦芸文全国大会」参観記（松村紘一）
◇「近代朝鮮文学日本語作品集1939～1945 評論・随筆篇 2」緑蔭書房 2002 p325

決戦朝鮮の急轉換─徴兵制の施行と文学活動（崔載瑞）
◇「近代朝鮮文学日本語作品集1939～1945 評論・随筆篇 3」緑蔭書房 2002 p494

決戦辻詩 うるほひ（徳山文伯）
◇「近代朝鮮文学日本語作品集1908～1945 セレクション 4」緑蔭書房 2008 p452

決戦辻詩 日々の忠魂（松村紘一）
◇「近代朝鮮文学日本語作品集1908～1945 セレクション 4」緑蔭書房 2008 p452

決戦辻詩 みんなもう一度（宮本正培）
◇「近代朝鮮文学日本語作品集1908～1945 セレクション 4」緑蔭書房 2008 p452

決戦・日本シリーズ（かんべむさし）
◇「70年代日本SFベスト集成 4」筑摩書房 2015（ちくま文庫）p137

血戰の前夜（鄭然圭）
◇「近代朝鮮文学日本語作品集1901～1938 創作篇 1」緑蔭書房 2004 p63

月澹荘綺譚（三島由紀夫）
◇「文豪怪談傑作選」筑摩書房 2007（ちくま文庫）p210
◇「リテラリーゴシック・イン・ジャパン─文学的ゴシック作品選」筑摩書房 2014（ちくま文庫）p97

決定的な何か（早見裕司）
◇「俳優」廣済堂出版 1999（廣済堂文庫）p369

月兎（折口真喜子）
◇「代表作時代小説 平成25年度」光文社 2013 p313

けむり

決闘（逢坂剛）
◇「自選ショート・ミステリー」講談社 2001 （講談社文庫）p348
◇「冒険の森へ―傑作小説大全 2」集英社 2016 p12

決闘（城戸シュレイダー）
◇「怪奇探偵小説集 2」角川春樹事務所 1998 （ハルキ文庫）p111

決闘（清岡卓行）
◇「新装版 全集現代文学の発見 13」學藝書林 2004 p455

決闘（光瀬龍）
◇「日本SF全集 1」出版芸術社 2009 p69

月道から日道へ（堀川正美）
◇「新装版 全集現代文学の発見 13」學藝書林 2004 p518

決闘・巌流島（戸部新十郎）
◇「宮本武蔵―剣豪列伝」廣済堂出版 1997 （廣済堂文庫）p173

血頭の丹兵衛―鬼平犯科帳（池波正太郎）
◇「傑作捕物ワールド 7」リブリオ出版 2002 p77

月魄（中山義秀）
◇「歴史小説の世紀 天の巻」新潮社 2000 （新潮文庫）p205

げっぷ（塔和子）
◇「ハンセン病文学全集 7」皓星社 2004 p388

潔癖（井上祐美子）
◇「異色中国短篇傑作大全」講談社 1997 p71

訣別―副題 第二のラヴ・レター（狩久）
◇「甦る推理雑誌 5」光文社 2003 （光文社文庫）p45

血脈（北原尚彦）
◇「時間怪談」廣済堂出版 1999 （廣済堂文庫）p155

月面兎がえし（村野独太）
◇「ショートショートの広場 14」講談社 2003 （講談社文庫）p23

月面炎上（穂坂コウジ）
◇「超短編の世界」創英社 2008 p78

小説 月來香（中山ちゑ）
◇「日本統治期台湾文学集成 22」緑蔭書房 2007 p309

月齢（山尾悠子）
◇「月」国書刊行会 1999 （書物の王国）p17

ゲート（織原みわ）
◇「絶体絶命！」泰文堂 2011 （Linda books！）p167

ゲート・ボール（越一人）
◇「ハンセン病文学全集 7」皓星社 2004 p342

下忍始末記 海鳴り忍法（狛江四郎）
◇「忍法からくり伝奇」勉誠出版 2004 p173

Kの昇天（梶井基次郎）
◇「近代小説〈異界〉を読む」双文社出版 1999 p169
◇「人恋しい雨の夜に―せつない小説アンソロジー」光文社 2006 （光文社文庫）p153
◇「とっておきの話」筑摩書房 2011 （ちくま文学の森）p79
◇「幻視の系譜」筑摩書房 2013 （ちくま文庫）p365

Kの昇天―あるいはKの溺死（梶井基次郎）
◇「ちくま日本文学 28」筑摩書房 2008 （ちくま文庫）p70

Kの昇天―或はKの溺死（梶井基次郎）
◇「日本文学100年の名作 2」新潮社 2014 （新潮文庫）p81

〈毛〉のモチイフによる或る展覧会のためのエスキス（那珂太郎）
◇「新装版 全集現代文学の発見 13」學藝書林 2004 p414

気配（小林修）
◇「てのひら怪談―ビーケーワン怪談大賞傑作選 2」ポプラ社 2007 p64

気配（道林はる子）
◇「姥ヶ辻―小説集」作品社 2003 p120

ゲバルトX（飴村行）
◇「怪物團」光文社 2009 （光文社文庫）p453
◇「暗闇を見よ」光文社 2010 （Kappa novels）p51
◇「暗闇を見よ」光文社 2015 （光文社文庫）p65

気比の森―庄内蛇神信仰（春山進）
◇「山形県文学全集第2期（随筆・紀行編）5」郷土出版社 2005 p409

仮病（川上宗薫）
◇「創刊一〇〇年三田文学名作選」三田文学会 2010 p396

仮病記（柴田錬三郎）
◇「コレクション戦争と文学 11」集英社 2012 p482

ケープタウンから来た手紙（西木正明）
◇「冒険の森へ―傑作小説大全 9」集英社 2016 p109

ゲーム（新井素子）
◇「SF宝石―ぜーんぶ！ 新作読み切り」光文社 2013 p39

ゲーム（佐藤真由美）
◇「恋時雨―恋はときどき泪が出る」メディアファクトリー 2009 （〔ダ・ヴィンチブックス〕）p113

ゲームオーバー（斉藤弘志）
◇「丸の内の誘惑」マガジンハウス 1999 p23

ゲームオーバー（照屋洋）
◇「月」最新中学校創作脚本集 2010」晩成書房 2010 p119

毛蟲（池内紀）
◇「輝きの一瞬―短くて心に残る30編」講談社 1999 （講談社文庫）p59

ゲームにおけるクトゥルフ（安田均）
◇「秘神界 歴史編」東京創元社 2002 （創元推理文庫）p705

けむり（杉山文子）
◇「ゆれる―第12回フェリシモ文学賞作品集」フェリシモ 2009 p117

煙（石川啄木）
◇「ちくま日本文学 33」筑摩書房 2009 （ちくま文庫）p30

作品名から引ける日本文学全集案内 第III期 261

けむり

煙（島木健作）
◇「書物愛 日本篇」晶文社 2005 p35
◇「書物愛 日本篇」東京創元社 2014（創元ライブラリ）p31

けむりを吐かぬ煙突（夢野久作）
◇「竹中英太郎 1」皓星社 2016（挿絵叢書）p175

煙が目に沁みる（家田満理）
◇「ショートショートの広場 18」講談社 2006（講談社文庫）p13

煙猫（新熊昇）
◇「てのひら怪談―ビーケーワン怪談大賞傑作選」ポプラ社 2007 p80
◇「てのひら怪談―ビーケーワン怪談大賞傑作選」ポプラ社 2008（ポプラ文庫）p82

ケメルマンの閉じた世界（杉江松恋）
◇「ベスト本格ミステリ 2011」講談社 2011（講談社ノベルス）p401
◇「からくり伝言少女」講談社 2015（講談社文庫）p555

ゔ（道尾秀介）
◇「ザ・ベストミステリーズ―推理小説年鑑 2009」講談社 2009 p131
◇「Spiralめくるめく謎」講談社 2012（講談社文庫）p5

けものたち（植草昌実）
◇「ひとにぎりの異形」光文社 2007（光文社文庫）p184

獣の家（小池真理子）
◇「犯行現場にもう一度」講談社 1997（講談社文庫）p167

獣の記憶（小林泰三）
◇「ザ・ベストミステリーズ―推理小説年鑑 1999」講談社 1999 p147
◇「密室＋アリバイ＝真犯人」講談社 2002（講談社文庫）p283

獣の群れ（山田正紀）
◇「黒衣のモニュメント」光文社 2000（光文社文庫）p405

けもの道（高山聖史）
◇「5分で読める！ ひと駅ストーリー 食の話」宝島社 2015（宝島社文庫）p229

欅（キムリジャ）
◇「〈在日〉文学全集 18」勉誠出版 2006 p326

欅三十郎の生涯（南條範夫）
◇「感涙―人情時代小説傑作選」ベストセラーズ 2004（ベスト時代文庫）p117

欅の芽立（橋本英吉）
◇「新装版 全集現代文学の発見 3」學藝書林 2003 p357

鶏林（ゲリム）（許南麒）
◇「〈在日〉文学全集 2」勉誠出版 2006 p77

蹴る鶏の夏休み（似鳥鶏）
◇「どうぶつたちの贈り物」PHP研究所 2016 p153

ケルビーノ（安土萌）
◇「ロボットの夜」光文社 2000（光文社文庫）p407

ゲルマ（重松清）
◇「短篇ベストコレクション―現代の小説 2003」徳間書店 2003（徳間文庫）p135

蹴れ、彦五郎（今村翔吾）
◇「「伊豆文学賞」優秀作品集 第19回」羽衣出版 2016 p5

下郎の夢（山手樹一郎）
◇「武士道切絵図―新鷹会・傑作時代小説選」光文社 2010（光文社文庫）p77

下呂温泉で死んだ女（西村京太郎）
◇「湯の街殺人旅情―日本ミステリー紀行」青樹社 2000（青樹社文庫）p5

ケロちゃんとガンちゃんのにんぎょうげき場（岡信行）
◇「小学校・全員参加の楽しい学級劇・学年劇脚本集 低学年」黎明書房 2007 p188

ケロッケ自伝（草野心平）
◇「新装版 全集現代文学の発見 13」學藝書林 2004 p137

げろめさん（田中哲弥）
◇「夢魔」光文社 2001（光文社文庫）p163

ケロリンぬまの仲間たち（岡信行）
◇「小学校・全員参加の楽しい学級劇・学年劇脚本集 中学年」黎明書房 2006 p8

Kは恐怖のK（加門七海）
◇「文藝百物語」ぶんか社 1997 p126

剣（けん）…→ "つるぎ…"をも見よ

剣（三島由紀夫）
◇「時よとまれ、君は美しい―スポーツ小説名作集」角川書店 2007（角川文庫）p5

弦（崔龍源）
◇「〈在日〉文学全集 18」勉誠出版 2006 p178

元遺山集を読む（森春濤）
◇「新日本古典文学大系 明治編 2」岩波書店 2004 p27

顕一郎という名の少年（真帆しん）
◇「ゆきのまち幻想文学賞・小品集 14」企画集団ぷりずむ 2005 p82

犬夷評判記（花田清輝）
◇「芸術家」国書刊行会 1998（書物の王国）p170

原因と結果（佐多椋）
◇「超短編の世界 vol.3」創英社 2011 p182

幻影（高橋克彦）
◇「短篇ベストコレクション―現代の小説 2009」徳間書店 2009（徳間文庫）p339

幻影怪獣 ジューニガイン登場―東京都「十二階幻想」（小中千昭）
◇「日本怪獣侵略伝―ご当地怪獣異聞集」洋泉社 2015 p73

幻影の楯（古閑章）
◇「現代鹿児島小説大系 1」ジャプラン 2014 p257

幻影の城主（江戸川乱歩）
◇「ちくま日本文学 7」筑摩書房 2008（ちくま文庫）p385

幻影の都市（室生犀星）

けんき

◇「文豪怪談傑作選 室生犀星集」筑摩書房 2008
（ちくま文庫）p305

幻影の壁面（梶尾真治）
◇「逆想コンチェルト―イラスト先行・競作小説ア
ンソロジー 奏の1」徳間書店 2010 p134

幻影ブルネーテに消ゆ（逢坂剛）
◇「冒険の森へ―傑作小説大全 10」集英社 2016
p136

剣を鍛える話（魯迅）
◇「恐ろしい話」筑摩書房 2011（ちくま文学の森）
p183

拳屋・ナックルビジネス（夢枕獏）
◇「闘人烈伝―格闘小説・漫画アンソロジー」双葉
社 2000 p483

源おち（国木田独歩）
◇「明治の文学 22」筑摩書房 2001 p3

源叔父（国木田独歩）
◇「新日本古典文学大系 明治編 28」岩波書店 2006
p1

検温（山田詠美）
◇「短篇ベストコレクション―現代の小説 2001」徳
間書店 2001（徳間文庫）p29

検温器と花・その他―A Fuyue Anzai（北川冬
彦）
◇「新装版 全集現代文学の発見 13」學藝書林 2004
p32

けんか（きたやまようこ）
◇「超短編アンソロジー」筑摩書房 2002（ちくま文
庫）p150

剣菓（森村誠一）
◇「江戸の老人力―時代小説傑作選」集英社 2002
（集英社文庫）p287
◇「血闘！ 新選組」実業之日本社 2016（実業之日
本社文庫）p455

幻化（梅崎春生）
◇「新装版 全集現代文学の発見 5」學藝書林 2003
p426

限界状況における人間（武田泰淳）
◇「戦後文学エッセイ選 5」影書房 2006 p92

硯海水滸伝（けんかいすいこでん）（幸田露伴）
◇「新日本古典文学大系 明治編 22」岩波書店 2002
p289

玄海灘（金達寿）
◇「〈在日〉文学全集 1」勉誠出版 2006 p165

玄海灘（金鐘漢）
◇「近代朝鮮文学日本語作品1908～1945 セレクショ
ン 4」緑蔭書房 2008 p252

玄界灘（李正子）
◇「〈在日〉文学全集 17」勉誠出版 2006 p240

玄界灘（庾妙達）
◇「〈在日〉文学全集 18」勉誠出版 2006 p68

幻覚殺人 明日はもうこない（加納一朗）
◇「罠の怪」勉誠出版 2002（べんせいライブラ
リー）p1

玄鶴山房（芥川龍之介）

◇「ちくま日本文学 2」筑摩書房 2007（ちくま文
庫）p262
◇「読んでおきたい近代日本小説選」龍書房 2012
p221

犯罪小説 厳格な家の娘（座光東平）
◇「日本統治期台湾文学集成 9」緑蔭書房 2002 p51

幻覚の実験（柳田國男）
◇「文豪怪談傑作選 柳田國男集」筑摩書房 2007
（ちくま文庫）p311

剣客物語（子母澤寛）
◇「幕末の剣鬼たち―時代小説傑作選」コスミック
出版 2009（コスミック・時代文庫）p245

喧嘩の後は（古鳥くあ）
◇「冷と温―第13回フェリシモ文学賞作品集」フェ
リシモ 2010 p150

幻画の女（平山夢明）
◇「幻想探偵」光文社 2009（光文社文庫）p421

喧嘩飛脚（泡坂妻夫）
◇「代表作時代小説 平成22年度」光文社 2010 p31

玄関風呂（尾崎一雄）
◇「小説乃湯―お風呂小説アンソロジー」角川書店
2013（角川文庫）p113
◇「日本文学100年の名作 3」新潮社 2014（新潮文
庫）p123

嫌疑（久米正雄）
◇「文豪のミステリー小説」集英社 2008（集英社文
庫）p207

幻戯（中井英夫）
◇「魔術師」角川書店 2001（角川ホラー文庫）
p199
◇「新編・日本幻想文学集成 1」国書刊行会 2016
p455

元亀元年の信長（南條範夫）
◇「時代小説秀作づくし」PHP研究所 1997（PHP
文庫）p153

剣鬼清水一学（島守俊夫）
◇「赤穂浪士伝奇」勉誠出版 2002（べんせいライブ
ラリー）p111

剣技凄絶孫四郎の休日（永岡慶之助）
◇「柳生秘剣伝奇」勉誠出版 2002（べんせいライブ
ラリー）p57

元気です。時は春、京都は桃色≫河上徹太郎
（中原中也）
◇「日本人の手紙 7」リブリオ出版 2004 p7

剣鬼と遊女（山田風太郎）
◇「吉原花魁」角川書店 2009（角川文庫）p185
◇「江戸なごり雨」学研パブリッシング 2013（学研
M文庫）p273

剣鬼走る（早乙女貢）
◇「宮本武蔵―剣豪列伝」廣済堂出版 1997（廣済堂
文庫）p89
◇「ひらめく秘太刀」光風社出版 1998（光風社文
庫）p181

兼業で小説家を目指す方々へ（初野晴）
◇「0番目の事件簿」講談社 2012 p248

謙虚―金裕貞傳（安懷南著, 鄭人澤譯）

けんき

◇「近代朝鮮文学日本語作品集1939～1945 創作篇 3」緑蔭書房 2001 p199

現金(山之口貘)
◇「新装版 全集現代文学の発見 13」學藝書林 2004 p210

紫雲英(安西篤子)
◇「代表作時代小説 平成12年度」光風社出版 2000 p47

幻鯨(赤江瀑)
◇「人獣怪婚」筑摩書房 2000 (ちくま文庫) p21

原形質の甘い水(赤坂真理)
◇「文学 2001」講談社 2001 p144

原型薔薇(加藤郁乎)
◇「新装版 全集現代文学の発見 13」學藝書林 2004 p620

幻狐(九条紀偉)
◇「てのひら怪談—ビーケーワン怪談大賞傑作選 壬辰」ポプラ社 2012 (ポプラ文庫) p186

原稿零枚日記(抄)(小川洋子)
◇「胞子文学名作選」港の人 2013 p25

原稿取り(柚月裕子)
◇「5分で読める！ ひと駅ストーリー 降車編」宝島社 2012 (宝島社文庫) p11
◇「5分で笑える！ おバカで愉快な物語」宝島社 2016 (宝島社文庫) p9

健康ナビ・カード(如月光生)
◇「ショートショートの花束 2」講談社 2010 (講談社文庫) p254

剣豪列伝—異説・宮本武蔵(上野登史郎)
◇「宮本武蔵伝奇」勉誠出版 2002 (べんせいライブラリー) p163

原語科(加藤郁乎)
◇「新装版 全集現代文学の発見 13」學藝書林 2004 p615

言語と人気、気候(正岡子規)
◇「新日本古典文学大系 明治編 27」岩波書店 2003 p46

言語と文章(谷崎潤一郎)
◇「ちくま日本文学 14」筑摩書房 2008 (ちくま文庫) p385

言語と密室のコンポジション(柄刀一)
◇「アリス殺人事件—不思議の国のアリス ミステリーアンソロジー」河出書房新社 2016 (河出文庫) p173

堅固なるひと(幸田文)
◇「精選女性随筆集 1」文藝春秋 2012 p110

言語の一致(正岡子規)
◇「新日本古典文学大系 明治編 27」岩波書店 2003 p34

言語の変遷(正岡子規)
◇「新日本古典文学大系 明治編 27」岩波書店 2003 p258

言語破壊官(かんべむさし)
◇「日本SF全集 2」出版芸術社 2010 p139

ゲンゴロさん(タキガワ)
◇「超短編の世界 vol.3」創英社 2011 p32

現在(げんざい)… → "いま…"を見よ

原罪SHOW(長江俊和)
◇「ザ・ベストミステリーズ—推理小説年鑑 2012」講談社 2012 p157
◇「Question謎解きの最高峰」講談社 2015 (講談社文庫) p275

検索ワード：異次元(片瀬二郎)
◇「NOVA—書き下ろし日本SFコレクション 9」河出書房新社 2013 (河出文庫) p199

検察捜査・特別篇(中嶋博行)
◇「乱歩賞作家 白の謎」講談社 2004 p67

元山(げんさん)… → "ウォンサン…"を見よ
乾山晩愁(葉室麟)
◇「代表作時代小説 平成18年度」光文社 2006 p75

ケンジ(三田つばめ)
◇「二十四粒の宝石—超短編小説傑作集」講談社 1998 (講談社文庫) p215

検屍医(島田一男)
◇「甦る推理雑誌 7」光文社 2003 (光文社文庫) p67

原子を裁く核酸(松尾詩朗)
◇「21世紀本格—書下ろしアンソロジー」光文社 2001 (カッパ・ノベルス) p423

言志会第四会(正岡子規)
◇「新日本古典文学大系 明治編 27」岩波書店 2003 p410

原子核エネルギー（火）(荒正人)
◇「新装版 全集現代文学の発見 4」學藝書林 2003 p366

元始女性は太陽であった。—青鞜発刊に際して(らいてう)
◇「青鞜文学集」不二出版 2004 p21

元始女性は太陽であつた。—青鞜発刊に際して(平塚らいてう)
◇「「新編」日本女性文学全集 4」菁柿堂 2012 p6

原始人ランナウェイ(相沢沙呼)
◇「ザ・ベストミステリーズ—推理小説年鑑 2011」講談社 2011 p33
◇「Shadow闇に潜む真実」講談社 2014 (講談社文庫) p83

剣士たちのパリ祭(藤田宜永)
◇「冒険の森へ—傑作小説大全 16」集英社 2015 p120

現実(風間林檎)
◇「ショートショートの花束 5」講談社 2013 (講談社文庫) p212

現実(吉田修一)
◇「日本文学全集 20」河出書房新社 2015 p127

現実が小説を模倣するとき(篠田節子)
◇「文藝百物語」ぶんか社 1997 p171

現実と文学—文学における抽象性と普遍性(森田竹次)
◇「ハンセン病文学全集 5」皓星社 2010 p60

現実の軛、夢への飛翔—栗本薫／中島梓論序

説 第1回（八巻大樹）
◇「グイン・サーガ・ワールド―グイン・サーガ続篇プロジェクト 5」早川書房 2012（ハヤカワ文庫 JA）p235

現実の軛、夢への飛翔―栗本薫／中島梓論序説 第2回（八巻大樹）
◇「グイン・サーガ・ワールド―グイン・サーガ続篇プロジェクト 6」早川書房 2012（ハヤカワ文庫 JA）p227

現実の軛、夢への飛翔―栗本薫／中島梓論序説 第3回（八巻大樹）
◇「グイン・サーガ・ワールド―グイン・サーガ続篇プロジェクト 7」早川書房 2013（ハヤカワ文庫 JA）p233

現実の軛、夢への飛翔―栗本薫／中島梓論序説 最終回（八巻大樹）
◇「グイン・サーガ・ワールド―グイン・サーガ続篇プロジェクト 8」早川書房 2013（ハヤカワ文庫 JA）p245

現実離脱（朝凪ちるこ）
◇「忘れがたい者たち―ライトノベル・ジュブナイル選集」創英社 2007 p69

原始の感覚（亜紅）
◇「超短編の世界」創英社 2008 p124

<ゲンジ物語>の作者、<マツダイラ・サダノブ>（円城塔）
◇「アステロイド・ツリーの彼方へ」東京創元社 2016（創元SF文庫）p241

賢者セント・メーテルの敗北（小宮英嗣）
◇「新・本格推理 8」光文社 2008（光文社文庫）p469

賢者のオークション（久美沙織）
◇「あのころの宝もの―ほんのり心が温まる12のショートストーリー」メディアファクトリー 2003 p61

賢者のもてなし（柴田哲孝）
◇「現場に臨め」光文社 2010（Kappa novels）p231
◇「現場に臨め」光文社 2014（光文社文庫）p319

剣獣（南條範夫）
◇「慕情深川しぐれ」光風社出版 1998（光風社文庫）p233

拳銃（三浦哲郎）
◇「私小説名作選 下」講談社 2012（講談社文芸文庫）p190

幻臭（大石圭）
◇「オバケヤシキ」光文社 2005（光文社文庫）p251

虔十公園林（平野直）
◇「学校放送劇舞台脚本集―宮沢賢治名作童話」東洋書院 2008 p287

虔十公園林（宮沢賢治）
◇「近代童話（メルヘン）と賢治」おうふう 2014 p162

幻獣想（菊地秀行）
◇「怪獣」国書刊行会 1998（書物の王国）p181

現場痕（北上秋彦）
◇「12の贈り物―東日本大震災支援岩手県在住作家自選短編集」荒蝦夷 2011（叢書東北の声）p225

懸賞小説の思ひ出 埋もれて了つた作家（張赫宙）
◇「近代朝鮮文学日本語作品集1901～1938 評論・随筆篇 3」緑蔭書房 2004 p348

玄象といふ琵琶 鬼のために盗らるること（岡野玲子）
◇「七人の安倍晴明」桜桃書房 1998 p85

謙譲の精神（安含光）
◇「近代朝鮮文学日本語作品集1939～1945 評論・随筆篇 3」緑蔭書房 2002 p95

献上牡丹（竹田真砂子）
◇「勝者の死にざま―時代小説選手権」新潮社 1998（新潮文庫）p155

幻色回帰（天道正勝）
◇「全作家短編小説集 10」のべる出版 2011 p160

原子炉の蟹（長井彬）
◇「江戸川乱歩賞全集 13」講談社 2002（講談社文庫）p7

献身（久美沙織）
◇「GOD」廣済堂出版 1999（廣済堂文庫）p239

幻人ダンテ（三田誠）
◇「Fiction zero／narrative zero」講談社 2007 p101

建設義勇軍（宮野周一）
◇「懐かしい未来―甦る明治・大正・昭和の未来小説」中央公論新社 2001 p123

源惣右衛門（大塚雅春）
◇「定本・忠臣蔵四十七人集」双葉社 1998 p60

言草謡に観る朝鮮児童性片鱗（金素雲）
◇「近代朝鮮文学日本語作品集1908～1945 セレクション 5」緑蔭書房 2008 p301

元素智恵子（高村光太郎）
◇「妻を失う―離別作品集」講談社 2014（講談社文芸文庫）p7

玄祖父（正岡子規）
◇「新日本古典文学大系 明治編 27」岩波書店 2003 p172

謙遜（正岡子規）
◇「新日本古典文学大系 明治編 27」岩波書店 2003 p82

現代オカルティズムとラヴクラフト（原田実）
◇「秘神界 現代編」東京創元社 2002（創元推理文庫）p759

現代から中世を見る（堀田善衞）
◇「戦後文学エッセイ選 11」影書房 2007 p174

現代語訳 死霊解脱物語聞書（作者不詳）
◇「怪談累ケ淵」勉誠出版 2007 p93

現代仕置人―消えてもらいます（新海貴子）
◇「中学生のドラマ 8」晩成書房 2010 p69

現代児童文学の語るもの（宮川健郎）
◇「ひつじアンソロジー 小説編 2」ひつじ書房

けんた

2009 p158

現代小説 慰問文―昭和一七年（横溝正史）
◇「日米架空戦記集成―明治・大正・昭和」中央公論新社 2003（中公文庫）p223

現代小説に映じた朝鮮的現實―張赫宙論（一）（二）（金子和）
◇「近代朝鮮文学日本語作品集1901～1938 評論・随筆篇 2」緑蔭書房 2004 p65

現代朝鮮作家の素描（張赫宙）
◇「近代朝鮮文学日本語作品集1901～1938 評論・随筆篇 2」緑蔭書房 2004 p119

現代朝鮮短歌集（李順子, 金秋實）
◇「近代朝鮮文学日本語作品集1908～1945 セレクション 6」緑蔭書房 2008 p95

現代朝鮮のモボ、モガ風土記一～三（咸大勳）
◇「近代朝鮮文学日本語作品集1901～1938 評論・随筆篇 1」緑蔭書房 2004 p410

現代朝鮮文學の環境（林和）
◇「近代朝鮮文学日本語作品集1939～1945 評論・随筆篇 1」緑蔭書房 2002 p171

現代っ子の底辺（抄）（永山一郎）
◇「山形県文学全集第2期(随筆・紀行編) 3」郷土出版社 2005 p335

現代と『歎異抄』（野間宏）
◇「戦後文学エッセイ選 9」影書房 2008 p209

『倦怠』について（倉橋由美子）
◇「精選女性随筆集 3」文藝春秋 2012 p92

原җ爆に復帰せず（勝山海百合）
◇「てのひら怪談―ビーケーワン怪談大賞傑作選 辛卯」ポプラ社 2011（ポプラ文庫）p134

現代日本教会史論（山路愛山）
◇「新日本古典文学大系 明治編 26」岩波書店 2002 p349
◇「新日本古典文学大系 明治編 26」岩波書店 2002 p351

現代文と古典文（谷崎潤一郎）
◇「ちくま日本文学 14」筑摩書房 2008（ちくま文庫）p400

現代文明の危機（野間宏）
◇「戦後文学エッセイ選 9」影書房 2008 p201

現代襤褸集（抄）（折口信夫）
◇「ちくま日本文学 25」筑摩書房 2008（ちくま文庫）p111

現代若き女性の気質集（岡本かの子）
◇「女 2」あの出版 2016（GB）p7

源太郎の初恋（平岩弓枝）
◇「代表作時代小説 平成10年度」光風社出版 1998 p73

幻談（幸田露伴）
◇「魂がふるえるとき」文藝春秋 2004（文春文庫）p189
◇「日本怪奇小説傑作集 2」東京創元社 2005（創元推理文庫）p181
◇「ちくま日本文学 23」筑摩書房 2008（ちくま文庫）p161
◇「文豪怪談傑作選 幸田露伴集」筑摩書房 2010

（ちくま文庫）p9
◇「とっておきの話」筑摩書房 2011（ちくま文学の森）p47
◇「日本文学100年の名作 3」新潮社 2014（新潮文庫）p235

現段階に於ける朝鮮文學の諸問題（1）～（5）（金永鎭）
◇「近代朝鮮文学日本語作品集1939～1945 評論・随筆篇 1」緑蔭書房 2002 p123

建築（金関丈夫）
◇「日本統治期台湾文学集成 17」緑蔭書房 2003 p264

建築家の死（横溝正史）
◇「幻の探偵雑誌 8」光文社 2001（光文社文庫）p189

建築と衣服（与謝野晶子）
◇「「新編」日本女性文学全集 4」菁柿堂 2012 p56

建築無限六面角体（李箱）
◇「〈外地〉の日本語文学選 3」新宿書房 1996 p97

建築無限六面角體（李箱）
◇「近代朝鮮文学日本語作品集1908～1945 セレクション 4」緑蔭書房 2008 p34

現地調査について（報告）（神奈山つかさ）
◇「てのひら怪談―ビーケーワン怪談大賞傑作選 辛卯」ポプラ社 2011（ポプラ文庫）p194

幻燈（快楽亭ブラック）
◇「明治探偵冒険小説 2」筑摩書房 2005（ちくま文庫）p293

幻灯花（黒岩重吾）
◇「短篇ベストコレクション―現代の小説 2001」徳間書店 2001（徳間文庫）p349

幻燈街再訪（植草昌実）
◇「魔地図」光文社 2005（光文社文庫）p175

幻島記（白石一郎）
◇「ひらめく秘太刀」光風社出版 1998（光風社文庫）p245

幻燈（「少年」より）（芥川龍之介）
◇「文豪怪談傑作選 芥川龍之介集」筑摩書房 2010（ちくま文庫）p213

犬頭人とは（長新太）
◇「文豪てのひら怪談」ポプラ社 2009（ポプラ文庫）p97

剣の漢一―上泉主水泰綱（火坂雅志）
◇「決闘！ 関ヶ原」実業之日本社 2015（実業之日本社文庫）p447

剣の誓約―「剣客商売」より（池波正太郎）
◇「極め付き時代小説選 1」中央公論新社 2004（中公文庫）p7

剣の道殺人事件（鳥羽亮）
◇「江戸川乱歩賞全集 18」講談社 2005（講談社文庫）p7

原爆公園で（森真沙子）
◇「文藝百物語」ぶんか社 1997 p243

現場の見取り図 大癡見警部の事件簿（深水黎一郎）

けんろ

◇「ザ・ベストミステリーズ—推理小説年鑑 2012」
講談社 2012 p211
◇「Question謎解きの最高峰」講談社 2015 （講談
社文庫） p217

現場不在証明（九鬼澹）
◇「幻の探偵雑誌 10」光文社 2002 （光文社文庫）
p143

顕微鏡怪談（川端辰哉）
◇「文豪怪談傑作選 川端康成集」筑摩書房 2006
（ちくま文庫） p89

顕微鏡怪談／白馬（川端康成）
◇「恐怖の花」ランダムハウス講談社 2007 p143

顕微鏡の中の狂気（黒史郎）
◇「リトル・リトル・クトゥルー—史上最小の神話
小説集」学習研究社 2009 p236

犬仏峠の幽霊（北ノ倉マユミ）
◇「ゆきのまち幻想文学賞小品集 10」企画集団ぷり
ずむ 2001 p47

**ケンブリッジベイ着、君のヒザ枕に昼寝した
い＞植村公子（植村直己）**
◇「日本人の手紙 7」リブリオ出版 2004 p168

見聞以外（正岡子規）
◇「新日本古典文学大系 明治編 27」岩波書店 2003
p83

言文一致第二（正岡子規）
◇「新日本古典文学大系 明治編 27」岩波書店 2003
p205

言文一致の利害（正岡子規）
◇「新日本古典文学大系 明治編 27」岩波書店 2003
p165

言文一致論概略（山田美妙）
◇「明治の文学 10」筑摩書房 2001 p281

言忘（孫克敏）
◇「近代朝鮮文学日本語作品集1908～1945 セレクショ
ン 6」緑蔭書房 2008 p33

剣法一羽流（池波正太郎）
◇「秘剣舞う—剣豪小説の世界」学習研究社 2002
（学研M文庫） p57

幻法ダビテの星（多岐流太郎）
◇「怪奇・伝奇時代小説選集 1」春陽堂書店 1999
（春陽文庫） p30

権謀の裏（滝口康彦）
◇「軍師の死にざま—短篇小説集」作品社 2006
p269
◇「関ケ原・運命を分けた決断—傑作時代小説」
PHP研究所 2007 （PHP文庫） p99
◇「軍師の生きざま—時代小説傑作選」コスミック
出版 2008 （ニスミック・時代文庫） p317

権謀の裏—鍋島直茂（滝口康彦）
◇「時代小説傑作選 6」新人物往来社 2008 p199
◇「軍師の死にざま」実業之日本社 2013 （実業之
日本社文庫） p337

憲法擁護が一切に先行する（竹内好）
◇「戦後文学エッセイ選 4」影書房 2005 p177

献本（石沢英太郎）
◇「古書ミステリー倶楽部—傑作推理小説集」光文

社 2013 （光文社文庫） p117

剣魔稲妻刀（柴田錬三郎）
◇「剣光閣を裂く」光風社出版 1997 （光風社文庫）
p7
◇「秘剣舞う—剣豪小説の世界」学習研究社 2002
（学研M文庫） p29

玄米パンうり（李昶雨）
◇「近代朝鮮文学日本語作品集1908～1945 セレクショ
ン 4」緑蔭書房 2008 p235

げんまん（グリーンドルフィン）
◇「てのひら怪談—ビーケーワン怪談大賞傑作選」
ポプラ社 2007 p86
◇「てのひら怪談—ビーケーワン怪談大賞傑作選」
ポプラ社 2008 （ポプラ文庫） p90

幻夢の邂逅（かんべむさし）
◇「短篇コレクション—現代の小説 2005」徳
間書店 2005 （徳間文庫） p491

幻夢の少年（黒史郎）
◇「リトル・リトル・クトゥルー—史上最小の神話
小説集」学習研究社 2009 p234

懸命に（志樹逸馬）
◇「ハンセン病文学全集 6」皓星社 2003 p454

検問（伊坂幸太郎）
◇「短篇ベストコレクション—現代の小説 2009」徳
間書店 2009 （徳間文庫） p383
◇「ザ・ベストミステリーズ—推理小説年鑑 2009」
講談社 2009 p187
◇「Bluff騙し合いの夜」講談社 2012 （講談社文庫）
p5

硯友社の沿革（尾崎紅葉）
◇「明治の文学 6」筑摩書房 2001 p397

硯友社文学運動の追憶（丸岡九華）
◇「新日本古典文学大系 明治編 21」岩波書店 2005
p1

幻妖桐の葉おとし（山田風太郎）
◇「決戦！ 大坂の陣」実業之日本社 2014 （実業之
日本社文庫） p7

絢爛たる犬（司馬遼太郎）
◇「犬道楽江戸草紙—時代小説傑作選」徳間書店
2005 （徳間文庫） p5

絢爛の椅子（深沢七郎）
◇「とっておき名短篇」筑摩書房 2011 （ちくま文
庫） p135

源流（小泉秀八）
◇「ショートショートの花束 3」講談社 2011 （講
談社文庫） p112

睿竜寺の僧（宮本常一）
◇「ちくま日本文学 22」筑摩書房 2008 （ちくま文
庫） p384

権力（李正子）
◇「〈在日〉文学全集 17」勉誠出版 2006 p272

元禄異種格闘技戦（景山民夫）
◇「冒険の森へ—傑作小説大全 14」集英社 2016
p10

元禄お犬さわぎ（星新一）
◇「犬道楽江戸草紙—時代小説傑作選」徳間書店

作品名から引ける日本文学全集案内 第III期 **267**

けんろ

2005（徳間文庫）p271
元禄御犬奉行（鈴木輝一郎）
◇「黒衣のモニュメント」光文社 2000（光文社文庫）p131
元禄風花見おどり（作者表記なし）
◇「新日本古典文学大系 明治編 4」岩波書店 2003 p381
元禄義挙の翌日（鷲尾雨工）
◇「忠臣蔵コレクション 1」河出書房新社 1998（河出文庫）p265
元禄光琳模様（保戸田時子）
◇「「近松賞」第2回 受賞作品」尼崎市 2004 p1
元禄十三年（林不忘）
◇「忠臣蔵コレクション 2」河出書房新社 1998（河出文庫）p7
元禄馬鹿噺（深海和）
◇「全作家短編小説集 6」全作家協会 2007 p52
元禄武士道（白石一郎）
◇「武士の本懐―武士道小説傑選 2」ベストセラーズ 2005（ベスト時代文庫）p51
◇「冒険の森へ―傑作小説大全 5」集英社 2015 p94
元禄武士道（湊邦三）
◇「忠臣蔵コレクション 4」河出書房新社 1998（河出文庫）p227
元禄夜討心中（三谷るみ）
◇「優秀新人戯曲集 2012」ブロンズ新社 2011 p117
言論翼賛の翼賛益々重大（陳逢源）
◇「日本統治期台湾文学集成 16」緑蔭書房 2003 p151

【 こ 】

孤（綱淵謙錠）
◇「江戸恋い明け烏」光風社出版 1999（光風社文庫）p331
コアラの袋詰め（藤田貴大）
◇「十年後のこと」河出書房新社 2016 p165
御案内（高橋義夫）
◇「代表作時代小説 平成12年度」光風社出版 2000 p101
鯉（井伏鱒二）
◇「十夜」ランダムハウス講談社 2006 p95
◇「創刊一〇〇年三田文学名作選」三田文学会 2010 p138
◇「私小説名作選 上」講談社 2012（講談社文芸文庫）p187
◇「日本近代短篇小説選 昭和篇1」岩波書店 2012（岩波文庫）p37
◇「小川洋子の陶酔短篇箱」河出書房新社 2014 p143
鯉（内田百閒）
◇「文豪怪談傑作選 大正篇」筑摩書房 2011（ちく

ま文庫）p87
鯉（火野葦平）
◇「戦後短篇小説再発見 14」講談社 2003（講談社文芸文庫）p9
恋（淘山竜子）
◇「全作家短編小説集 8」全作家協会 2009 p171
戀（黒木謳子）
◇「日本統治期台湾文学集成 18」緑蔭書房 2003 p481
恋あやめ（梅本育子）
◇「代表作時代小説 平成9年度」光風社出版 1997 p125
◇「春宵濡れ髪しぐれ―時代小説傑作選」講談社 2003（講談社文庫）p57
恋歌（明野照葉）
◇「緋迷宮―ミステリー・アンソロジー」祥伝社 2001（祥伝社文庫）p107
恋歌九首（樋口一葉）
◇「ちくま日本文学 13」筑摩書房 2008（ちくま文庫）p459
恋売りの小太郎（梅本育子）
◇「代表作時代小説 平成12年度」光風社出版 2000 p273
恋を恋する人（国木田独歩）
◇「明治の文学 22」筑摩書房 2001 p342
恋を恋する人（萩原朔太郎）
◇「ちくま日本文学 36」筑摩書房 2009（ちくま文庫）p96
戀を戀する人（国木田独歩）
◇「日本近代文学に描かれた「恋愛」」牧野出版 2001 p69
恋をしに行く（坂口安吾）
◇「この愛のゆくえ―ポケットアンソロジー」岩波書店 2011（岩波文庫別冊）p225
五位鷺（室生犀星）
◇「金沢三文豪掌文庫 いきもの編」金沢文化振興財団 2010 p65
恋しい清さんの唇のあとを枕にあてて寝よう＞堀野清子（内田百閒）
◇「日本人の手紙 4」リブリオ出版 2004 p46
碁石を呑だ八っちゃん（有島武郎）
◇「心洗われる話」筑摩書房 2010（ちくま文学の森）p19
小石おばば（田中せいや）
◇「てのひら怪談―ビーケーワン怪談大賞傑作選 壬辰」ポプラ社 2012（ポプラ文庫）p132
恋路吟行（泡坂妻夫）
◇「俳句殺人事件―巻頭句の女」光文社 2001（光文社文庫）p241
恋しくば（津島佑子）
◇「文学 2005」講談社 2005 p187
恋自縛（野坂昭如）
◇「短篇ベストコレクション―現代の小説 2000」徳間書店 2000 p299
恋じまい（松井今朝子）

◇「吉原花魁」角川書店 2009（角川文庫）p277

恋知らず（北原亞以子）
◇「江戸夢あかり」学習研究社 2003（学研M文庫）p57
◇「江戸夢あかり」学研パブリッシング 2013（学研M文庫）p57

小泉さんのこと―小泉信三追悼（吉田健一）
◇「創刊一〇〇年三田文学名作選」三田文学会 2010 p716

小泉雅二詩集（小泉雅二）
◇「ハンセン病文学全集 7」皓星社 2004 p86

小泉八雲の思い―「科学」の進歩と人の心（山田太一）
◇「松江怪談―新作怪談 松江物語」今井印刷 2015 p38

小泉八雲の家庭生活（萩原朔太郎）
◇「ちくま日本文学 36」筑摩書房 2009（ちくま文庫）p323

恋する乙女は夢見たがりの（齋藤孝）
◇「中学校劇作シリーズ 9」青雲書房 2005 p185

恋する消しゴム（堀内公太郎）
◇「5分で読める！ ひと駅ストーリー 冬の記憶西口編」宝島社 2013（宝島社文庫）p61

恋する交差点（中田永一）
◇「スタートライン―始まりをめぐる19の物語」幻冬舎 2010（幻冬舎文庫）p59

恋するザムザ（村上春樹）
◇「恋しくて―Ten Selected Love Stories」中央公論新社 2013 p327
◇「恋しくて―Ten Selected Love Stories」中央公論新社 2016（中公文庫）p329

恋する、ふたり（前川麻子）
◇「Friends」祥伝社 2003 p119

恋する蘭鋳（平山瑞穂）
◇「未来妖怪」光文社 2008（光文社文庫）p273

恋せども、愛せども（大石静）
◇「テレビドラマ代表作選集 2008年版」日本脚本家連盟 2008 p163

御一新のあとさき（抄）（宮本常一）
◇「ちくま日本文学 22」筑摩書房 2008（ちくま文庫）p318

こいつは、誰もさえぎれないのだ（李北風著，藤枝丈夫譯）
◇「近代朝鮮文学日本語作品集1908～1945 セレクション 4」緑蔭書房 2008 p299

小出新道（萩原朔太郎）
◇「ちくま日本文学 36」筑摩書房 2009（ちくま文庫）p38

小出松林（萩原朔太郎）
◇「ちくま日本文学 36」筑摩書房 2009（ちくま文庫）p46

恋と神様（江戸川乱歩）
◇「ちくま日本文学 7」筑摩書房 2008（ちくま文庫）p333

恋と殺意ののと鉄道（西村京太郎）

◇「仮面のレクイエム」光文社 1998（光文社文庫）p235

『小犬たち』鑑賞エッセイ（豊崎由美）
◇「ラテンアメリカ五人集」集英社 2011（集英社文庫）p265

仔犬のお礼（伊集院静）
◇「極上掌篇小説」角川書店 2006 p21
◇「ひと粒の宇宙」角川書店 2009（角川文庫）p23

小犬のワルツ（太田忠司）
◇「近藤史恵リクエスト！ ペットのアンソロジー」光文社 2013 p241
◇「近藤史恵リクエスト！ ペットのアンソロジー」光文社 2014（光文社文庫）p245

鯉沼家の悲劇（宮野叢子）
◇「鯉沼家の悲劇―本格推理マガジン 特集・幻の名作」光文社 1998（光文社文庫）p9

恋の味（中井紀夫）
◇「人魚の血―珠玉アンソロジー オリジナル＆スタンダート」光文社 2001（カッパ・ノベルス）p187

恋のアマリリス（唐十郎）
◇「戦後短篇小説再発見 12」講談社 2003（講談社文芸文庫）p171

恋のおまじない（岩波零）
◇「ショートショートの花束 4」講談社 2012（講談社文庫）p196

恋のおまじないのチンク・ア・チンク（相沢沙呼）
◇「放課後探偵団―書き下ろし学園ミステリ・アンソロジー」東京創元社 2010（創元推理文庫）p135

恋の清姫（橋爪彦七）
◇「怪奇・伝奇時代小説選集 6」春陽堂書店 2000（春陽文庫）p14

恋の酒（山手樹一郎）
◇「酔うて候―時代小説傑作選」徳間書店 2006（徳間文庫）p49

恋の刺客―ハルモディオスとアリストゲイトーン（大沼忠弘）
◇「同性愛」国書刊行会 1999（書物の王国）p9

恋のしがらみ（梅本育子）
◇「代表作時代小説 平成15年度」光風社出版 2003 p163

恋の時間（連城三紀彦）
◇「恋物語」朝日新聞社 1998 p57

恋のシークレット・コード（高瀬美恵）
◇「チューリップ革命―ネオ・スイート・ドリーム・ロマンス」イースト・プレス 2000 p5

恋飛脚遠州往来（齊藤洋大）
◇「「伊豆文学賞」優秀作品集 第19回」羽衣出版 2016 p95

鯉の巴（小田仁二郎）
◇「人魚の血―珠玉アンソロジー オリジナル＆スタンダート」光文社 2001（カッパ・ノベルス）p177
◇「幻想小説大全」北宋社 2002 p569

こいの

鯉の病院（田中泰高）
◇「幻想小説大全」北宋社 2002 p487

恋のブランド（増田俊也）
◇「10分間ミステリー」宝島社 2012（宝島社文庫）p157
◇「10分間ミステリー THE BEST」宝島社 2016（宝島社文庫）p529

恋の身がわり（梅本育子）
◇「代表作時代小説 平成16年度」光風社出版 2004 p111

恋山賤（こいのやまがつ）（尾崎紅葉）
◇「新日本古典文学大系 明治編 19」岩波書店 2003 p105

恋の山湯殿山（畠山弘）
◇「山形県文学全集第2期（随筆・紀行編）6」郷土出版社 2005 p353

恋の呂昇（花登筐）
◇「日本舞踊舞踊劇選集」西川会 2002 p519

恋人（有栖川有栖）
◇「エロティシズム12幻想」エニックス 2000 p25

恋人（加門七海）
◇「舌づけ─ホラー・アンソロジー」祥伝社 1998（ノン・ポシェット）p217

恋人（野呂邦暢）
◇「戦後短篇小説再発見 3」講談社 2001（講談社文芸文庫）p143

恋人を食う（妹尾アキ夫）
◇「怪奇探偵小説集 1」角川春樹事務所 1998（ハルキ文庫）p97
◇「恐怖ミステリーBEST15─こんな幻の傑作が読みたかった！」シーエイチシー 2006 p37

恋人を喰べる話（水谷準）
◇「怪奇探偵小説集 2」角川春樹事務所 1998（ハルキ文庫）p57
◇「幻の探偵雑誌 2」光文社 2000（光文社文庫）p85

恋人ができた日（三里顕）
◇「超短編の世界 vol.3」創英社 2011 p107

恋人・その他─クレエの絵（川崎洋）
◇「新装版 全集現代文学の発見 13」學藝書林 2004 p434

恋人たちの森（森茉莉）
◇「古典BL小説集」平凡社 2015（平凡社ライブラリー）p195

恋人同士（倉橋由美子）
◇「暗黒のメルヘン」河出書房新社 1998（河出文庫）p423

恋人も濡れる街角（斎藤綾子）
◇「with you」幻冬舎 2004 p233

恋人はさんざん苦労す─エキューの事情（柏植めぐみ）
◇「踊れ！ へっぽこ大祭典─ソード・ワールド短編集」富士見書房 2004（富士見ファンタジア文庫）p67

恋人は透明人間（植松拓也）
◇「あの日に戻れたら」主婦と生活社 2007（Junon novels）p147

恋文（宇江佐真理）
◇「ふたり─一時代小説夫婦情話」角川春樹事務所 2010（ハルキ文庫）p37

恋文（西澤保彦）
◇「ザ・ベストミステリーズ─推理小説年鑑 2014」講談社 2014 p93

恋文道中（村上元三）
◇「勝者の死にざま─時代小説選手権」新潮社 1998（新潮文庫）p251
◇「紅葉谷から剣鬼が来る─時代小説傑作選」講談社 2002（講談社文庫）p111

恋文の値段（瀬戸内寂聴）
◇「文学 2014」講談社 2014 p97

恋もたけなわ（美木麻里）
◇「失恋前夜─大人のための恋愛短篇集」泰文堂 2013（レインブックス）p231

恋物語（抄）（作者表記なし）
◇「文豪怪談傑作選 特別編」筑摩書房 2009（ちくま文庫）p20

恋やつれの鬼（田辺聖子）
◇「魔剣くずし秘聞」光風社出版 1998（光風社文庫）p185

恋闇沖漁炎佃島（出久根達郎）
◇「逢魔への誘い」徳間書店 2000（徳間文庫）p241

恋よりも（梁瀬陽子）
◇「気配─第10回フェリシモ文学賞作品集」フェリシモ 2007 p86

恋煩い（北山猛邦）
◇「忍び寄る闇の奇譚」講談社 2008（講談社ノベルス）p301

恋忘れ草（北原亞以子）
◇「現代秀作集」角川書店 1999（女性作家シリーズ）p259
◇「江戸色恋坂─市井情話傑作選」学習研究社 2005（学研M文庫）p259

恋は胸三寸のうち（林芙美子）
◇「ちくま日本文学 20」筑摩書房 2008（ちくま文庫）p17

コイン（又吉栄喜）
◇「極上掌編小説」角川書店 2006 p255
◇「ひと粒の宇宙」角川書店 2009（角川文庫）p251

コインロッカーから始まる物語（黒田研二）
◇「本格ミステリ 2006」講談社 2006（講談社ノベルス）p43
◇「珍しい物語のつくり方─本格短編ベスト・セレクション」講談社 2010（講談社文庫）p59

業（神保光太郎）
◇「『日本浪曼派』集」新学社 2007（新学社近代浪漫派文庫）p52

業（吉田一穂）
◇「新装版 全集現代文学の発見 13」學藝書林 2004 p159

巷（小泉雅二）

こうか

◇「ハンセン病文学全集 6」皓星社 2003 p433

恋う（高橋たか子）
　◇「川端康成文学賞全作品 1」新潮社 1999 p301

行為と実在（堀川正美）
　◇「新装版 全集現代文学の発見 13」學藝書林 2004
　　p523

光陰（今野敏）
　◇「タッグ私の相棒—警察アンソロジー」角川春樹
　　事務所 2015 p3

ゴウイング・マイ・ウェイ（河野典生）
　◇「冒険の森へ—傑作小説大全 18」集英社 2016
　　p89

強淫弥次郎（佐藤雅美）
　◇「人情の往来—時代小説最前線」新潮社 1997（新
　　潮文庫）p187

豪雨（立野信之）
　◇「アンソロジー・プロレタリア文学 3」森話社
　　2015 p37

豪雨と殺人（大谷羊太郎）
　◇「あなたが名探偵」講談社 1998（講談社文庫）
　　p129

幸運（明昌生）
　◇「ショートショートの広場 11」講談社 2000（講
　　談社文庫）p34

幸運（淀谷悦一）
　◇「ショートショートの広場 14」講談社 2003（講
　　談社文庫）p36

幸運がやってくる（F十五）
　◇「ショートショートの広場 10」講談社 2000（講
　　談社文庫）p87

幸運な家族（ぼへみ庵）
　◇「ショートショートの広場 13」講談社 2002（講
　　談社文庫）p140

幸運な犯罪（かんべむさし）
　◇「現代の小説 1997」徳間書店 1997 p425

幸運の足跡を追って（白河三兎）
　◇「どうぶつたちの贈り物」PHP研究所 2016 p51

幸運の確率（タカスギシンタロ）
　◇「超短編の世界 vol.3」創英社 2011 p126

港雲楼雨集（森春濤）
　◇「新日本古典文学大系 明治編 2」岩波書店 2004
　　p52

幸運ローン（明科耕一郎）
　◇「ショートショートの広場 11」講談社 2000（講
　　談社文庫）p79

光栄に帰る——幕（吉村敏）
　◇「日本統治期台湾文学集成 12」緑蔭書房 2003
　　p81

校閲ガール（宮木あや子）
　◇「本をめぐる物語——冊の扉」KADOKAWA
　　2014（角川文庫）p215

光悦殺し（赤江瀑）
　◇「京都綺談」有栞出版社 2015 p5

公園にて（中井英夫）
　◇「少年の眼—大人になる前の物語」光文社 1997

（光文社文庫）p199

公園に飛ぶ紙ヒコーキは（福山重博）
　◇「ショートショートの広場 20」講談社 2008（講
　　談社文庫）p104

公園の椅子（萩原朔太郎）
　◇「ちくま日本文学 36」筑摩書房 2009（ちくま文
　　庫）p44

光遠の妹（菊池寛）
　◇「文豪てのひら怪談」ポプラ社 2009（ポプラ文
　　庫）p180

紅炎—毛利勝永（池波正太郎）
　◇「軍師は死なず」実業之日本社 2014（実業之日本
　　社文庫）p345

紅焔（一）〜（一〇）（崔鶴松）
　◇「近代朝鮮文学日本語作品集1901〜1938 創作篇 3」
　　緑蔭書房 2004 p253

業をおろす（柚月裕子）
　◇『このミステリーがすごい！』大賞作家書き下ろ
　　しBOOK」宝島社 2012 p215

甲乙（泉鏡花）
　◇「文豪怪談傑作選 泉鏡花集」筑摩書房 2006（ち
　　くま文庫）p313

航海（趙演鉉）
　◇「近代朝鮮文学日本語作品集1908〜1945 セレクショ
　　ン 4」緑蔭書房 2008 p367

号外（岡本潤）
　◇「新装版 全集現代文学の発見 1」學藝書林 2002
　　p283

号外（国木田独歩）
　◇「明治の文学 22」筑摩書房 2001 p331

号外（堂場瞬一）
　◇「激動東京五輪1964」講談社 2015 p83

笄井戸（矢富彦二郎）
　◇「松江怪談—新作怪談 松江物語」今井印刷 2015
　　p102

公開処刑人 森のくまさん2—お嬢さん、お逃
げなさい（抄）（堀内公太郎）
　◇『このミステリーがすごい！』大賞作家書き下ろ
　　しBOOK vol.5」宝島社 2014 p183

郊外地小景（小島泰介）
　◇「日本統治期台湾文学集成 7」緑蔭書房 2002
　　p255

郊外停車場（上忠司）
　◇「日本統治期台湾文学集成 18」緑蔭書房 2003
　　p228

慷慨の士池田屋に憤死の事（作者表記なし）
　◇「新日本古典文学大系 明治編 13」岩波書店 2007
　　p6

公害防止策（大久保十造）
　◇「ショートショートの広場 11」講談社 2000（講
　　談社文庫）p72

笄堀（山本周五郎）
　◇「女城主—戦国時代小説傑作選」PHP研究所
　　2016（PHP文芸文庫）p171

「業担き」の宿命（上野英信集5『長恨の賦』あ

こうか

とがき）（上野英信）
◇「戦後文学エッセイ選 12」影書房 2006 p224

紅鶴記（佐藤駿司）
◇「現代作家代表作選集 1」鼎書房 2012 p103

『攻殻機動隊』とエラリイ・クイーン（小森健太朗）
◇「本格ミステリ 2006」講談社 2006（講談社ノベルス）p423

『攻殻機動隊』とエラリイ・クイーン―あやつりテーマの交錯（小森健太朗）
◇「珍しい物語のつくり方―本格短編ベスト・セレクション」講談社 2010（講談社文庫）p629

合格発表（須月研児）
◇「ショートショートの花束 2」講談社 2010（講談社文庫）p129

甲賀先生追憶記（九鬼澹）
◇「甦る推理雑誌 2」光文社 2002（光文社文庫）p314

甲賀忍法帖（山田風太郎）
◇「冒険の森へ―傑作小説大全 2」集英社 2016 p137

甲賀の若様 虚身変幻秘帖（宮崎惇）
◇「忍法からくり伝奇」勉誠出版 2004 p99

幸か不幸か（榎木洋子）
◇「チューリップ革命―ネオ・スイート・ドリーム・ロマンス」イースト・プレス 2000 p43

交換殺人（麻耶雄嵩）
◇「21世紀本格―書下ろしアンソロジー」光文社 2001（カッパ・ノベルス）p491

交歓殺人（内田康夫）
◇「煌めきの殺意」徳間書店 1999（徳間文庫）p143

交換炒飯（若竹七海）
◇「本格ミステリ 2002」講談社 2002（講談社ノベルス）p197
◇「天使と髑髏の密室―本格短編ベスト・セレクション」講談社 2005（講談社文庫）p421

紅勘伝（信夫恕軒）
◇「新日本古典文学大系 明治編 2」岩波書店 2004 p318

絞鬼（高橋克彦）
◇「人情の往来―時代小説最前線」新潮社 1997（新潮文庫）p35
◇「時代小説一読切御免 3」新潮社 2005（新潮文庫）p45

後記〔軍夫の妻〕（作者表記なし）
◇「日本統治期台湾文学集成 10」緑蔭書房 2003 p293

好奇心の強いチェルシー（中山七里）
◇「5分で読める！ ひと駅ストーリー 猫の物語」宝島社 2014（宝島社文庫）p329

後記〔探偵小説辞典〕（中島河太郎）
◇「江戸川乱歩賞全集 1」講談社 1998 p566

後記〔梨の木〕（崔秉一）
◇「近代朝鮮文学日本語作品集1939〜1945 創作篇 5」緑蔭書房 2001 p431

号泣男と腹ペコ女（ヴァシィ章絵）
◇「恋のかたち、愛のいろ」徳間書店 2008 p133
◇「恋のかたち、愛のいろ」徳間書店 2010（徳間文庫）p153

荒墟（朝松健）
◇「恐怖症」光文社 2002（光文社文庫）p273
◇「ザ・ベストミステリーズ―推理小説年鑑 2003」講談社 2003 p395
◇「殺人格差」講談社 2006（講談社文庫）p455

公共事業（町田由起夫）
◇「ショートショートの広場 12」講談社 2001（講談社文庫）p17

公共伏魔殿（筒井康隆）
◇「暴走する正義」筑摩書房 2016（ちくま文庫）p7

紅玉（泉鏡花）
◇「新編・日本幻想文学集成 4」国書刊行会 2016 p666

香魚水裔盧はこれ余の岐阜の故寓の扁字なり。また二扁有り。九十九峰軒と曰ひ、三十六湾書楼と曰ふ。今茲癸未冬月、再び岐阜に游ぶ。門人勒使河原生、余に請ひて曰く、……（森春濤）
◇「新日本古典文学大系 明治編 2」岩波書店 2004 p95

抗議 Ⅰ（三好豊一郎）
◇「新装版 全集現代文学の発見 13」學藝書林 2004 p268

抗議 Ⅱ（三好豊一郎）
◇「新装版 全集現代文学の発見 13」學藝書林 2004 p269

業苦（嘉村礒多）
◇「私小説の生き方」アーツ・アンド・クラフツ 2009 p94
◇「読んでおきたい近代日本小説選」龍書房 2012 p197

行軍（正岡子規）
◇「新日本古典文学大系 明治編 27」岩波書店 2003 p203

皇軍慰問作文佳作（李元熙、崔載敏、金煥秀、李丙璇、金媛）
◇「近代朝鮮文学日本語作品集1901〜1938 評論・随筆篇 3」緑蔭書房 2004 p357

皇軍感謝決議文（朝鮮文人報國會）
◇「近代朝鮮文学日本語作品集1939〜1945 評論・随筆篇 3」緑蔭書房 2002 p480

紅軍巴蟆を越ゆ（小栗虫太郎）
◇「新編・日本幻想文学集成 4」国書刊行会 2016 p226

絞刑吏（こうけいり）（山村正夫）
◇「甦る推理雑誌 7」光文社 2003（光文社文庫）p355

高原（宮沢賢治）
◇「新装版 全集現代文学の発見 13」學藝書林 2004 p123

合同句集 高原（栗生楽泉園高原川柳会）

こうし

豪剣ありき（宇能鴻一郎）
　◇「誠の旗がゆく─新選組傑作選」集英社 2003（集英社文庫）p57

高献栄の若き日（蕭金鐘）
　◇「日本統治期台湾文学集成 5」緑蔭書房 2002 p95

高原歌集（聖バルナバ医院高原社同人）
　◇「ハンセン病文学全集 8」皓星社 2006 p57

高原詩人集（栗生楽泉園合同詩集）
　◇「ハンセン病文学全集 7」皓星社 2004 p25

高原短歌会合同歌集（栗生楽泉園高原短歌会）
　◇「ハンセン病文学全集 8」皓星社 2006 p503

高原の療養所にて（冬敏之）
　◇「ハンセン病文学全集 3」皓星社 2002 p81

高原は四月（古川時夫）
　◇「ハンセン病文学全集 7」皓星社 2004 p348

交合（谷川俊太郎）
　◇「胞子文学名作選」港の人 2013 p115

郊行（韓鷗雲）
　◇「近代朝鮮文学日本語作品集1908～1945 セレクション 6」緑蔭書房 2008 p22

高校教師・恋人・共犯者─〈1999年のゲーム・キッズ〉シリーズより（渡辺浩弐）
　◇「ロボット・オペラ─An Anthology of Robot Fiction and Robot Culture」光文社 2004 p650

高校の頃の初心の気持ちを大切に走ります≫中沢正仁（高橋尚子）
　◇「日本人の手紙 3」リブリオ出版 2004 p120

考古学士の家（アンデルセン著, 森鷗外訳）
　◇「新日本古典文学大系 明治編 25」岩波書店 2004 p217

考古學的小説（金關丈夫）
　◇「日本統治期台湾文学集成 17」緑蔭書房 2003 p204

庚午元日（成島柳北）
　◇「新日本古典文学大系 明治編 2」岩波書店 2004 p236

皇国（こうこく）… → "みくに…"を見よ

興国寺城遺聞─康景出奔（増登春行）
　◇「「伊豆文学賞」優秀作品集 第17回」羽衣出版 2014 p155

広告商売（藤巻久継）
　◇「ショートショートの広場 18」講談社 2006（講談社文庫）p198

恍惚エスパー（高井信）
　◇「SFバカ本 たわし篇プラス」廣済堂出版 1998（廣済堂文庫）p143

紅魂（霜島ケイ）
　◇「人魚の血─珠三アンソロジー オリジナル＆スタンダード」光文社 2001（カッパ・ノベルス）p125

合コンの話（伊坂幸太郎）
　◇「Story Seller 2」新潮社 2010（新潮文庫）p35

合コン×3（斎藤健太, 齋藤孝）
　◇「中学校創作シリーズ 8」青雲書房 2003 p33

交差（結城充考）
　◇「ミステリマガジン700 国内篇」早川書房 2014（ハヤカワ・ミステリ文庫）p481

高座（高柳裕司）
　◇「ショートショートの広場 14」講談社 2003（講談社文庫）p104

交際（正岡子規）
　◇「新日本古典文学大系 明治編 27」岩波書店 2003 p130

交錯階段（浅野陽久）
　◇「ゆきのまち幻想文学賞・小品集 9」企画集団ぷりずむ 2000 p102

鋼索電車（村田喜代子）
　◇「鉄路に咲く物語─鉄道小説アンソロジー」光文社 2005（光文社文庫）p179

黄沙子（村田基）
　◇「屍者の行進」廣済堂出版 1998（廣済堂文庫）p373

口座相違（池井戸潤）
　◇「事件を追いかけろ─最新ベスト・ミステリー サプライズの花束編」光文社 2004（カッパ・ノベルス）p77
　◇「事件を追いかけろ サプライズの花束編」光文社 2009（光文社文庫）p95

交叉点（鄭仁）
　◇「〈在日〉文学全集 17」勉誠出版 2006 p142

交差点（有森信二）
　◇「全作家短編集 15」のべる出版企画 2016 p224

交差点の恋人（山田正紀）
　◇「日本SF短篇50 3」早川書房 2013（ハヤカワ文庫 JA）p7

江山有待集（森春濤）
　◇「新日本古典文学大系 明治編 2」岩波書店 2004 p98

甲子園騒動（黒崎緑）
　◇「新本格猛虎会の冒険」東京創元社 2003 p145

紅子戯語（こうしけご）（尾崎紅葉）
　◇「明治の文学 6」筑摩書房 2001 p353
　◇「新日本古典文学大系 明治編 19」岩波書店 2003 p65

工事中（淀谷悦一）
　◇「ショートショートの広場 15」講談社 2004（講談社文庫）p84

こうして生きている（山口庸理）
　◇「回転ドアから」全作家協会 2015（全作家短編集）p297

格子戸の内（古井由吉）
　◇「恋物語」朝日新聞社 1998 p8

黄氏鳳姿の「七娘媽生」（金関丈夫）
　◇「日本統治期台湾文学集成 17」緑蔭書房 2003 p283

講釈師 落語家（痩々亭骨皮道人）
　◇「新日本古典文学大系 明治編 29」岩波書店 2005 p249

こうし

高射噴進砲隊―覇者の戦塵（谷甲州）
◇「Ｃ・Ｎ25―Ｃ・novels創刊25周年アンソロジー」中央公論新社 2007（C novels）p194

光州（こうしゅう）…→"クワンジュ…"を見よ

香獣（森福都）
◇「黄土の虹―チャイナ・ストーリーズ」祥伝社 2000 p177

甲州鎮撫隊（国枝史郎）
◇「新選組興亡録」角川書店 2003（角川文庫）p229

甲州名物・小松怨霊（作者表記なし）
◇「文豪怪談傑作選 特別編」筑摩書房 2009（ちくま文庫）p18

公衆もしくは共同の（三輪チサ）
◇「てのひら怪談―ビーケーワン怪談大賞傑作選 壬辰」ポプラ社 2012（ポプラ文庫）p80

絞首刑（かんべむさし）
◇「吊るされた男」角川書店 2001（角川ホラー文庫）p313

甲戌十月十五日まさに岐阜を発せんとして留題す（森春濤）
◇「新日本古典文学大系 明治編 2」岩波書店 2004 p64

口上（幸田文）
◇「ちくま日本文学 5」筑摩書房 2007（ちくま文庫）p407

工場（吉野弘）
◇「新装版 全集現代文学の発見 13」學藝書林 2004 p426

江城二月の謡 癸卯（森春濤）
◇「新日本古典文学大系 明治編 2」岩波書店 2004 p24

巷上盛夏（楊雲萍）
◇「日本統治期台湾文学集成 18」緑蔭書房 2003 p533

江上の酒家 轆轤韻（森春濤）
◇「新日本古典文学大系 明治編 2」岩波書店 2004 p12

荒城の月（土井晩翠）
◇「月のものがたり」ソフトバンククリエイティブ 2006 p80

高所恐怖症（都筑道夫）
◇「ドッペルゲンガー奇譚集―死を招く影」角川書店 1998（角川ホラー文庫）p233

好色葵小僧（青柳淳郎）
◇「捕物時代小説選集 1」春陽堂書店 1999（春陽文庫）p191

好色成道（菊池寛）
◇「ちくま日本文学 27」筑摩書房 2008（ちくま文庫）p357

コウショク選挙法（神崎英徳）
◇「ショートショートの広場 14」講談社 2003（講談社文庫）p66

好色忍者 非情忍者地獄（篠田一平）
◇「忍法からくり伝奇」勉誠出版 2004 p71

好色破邪顕正（小酒井不木）
◇「人間心理の怪」勉誠出版 2003（べんせいライブラリー）p67

好色物語（菊池寛）
◇「ちくま日本文学 27」筑摩書房 2008（ちくま文庫）p373

孝女白菊の歌（落合直文）
◇「新日本古典文学大系 明治編 12」岩波書店 2001 p131

交信（恩田陸）
◇「拡張幻想」東京創元社 2012（創元SF文庫）p67

紅塵（龍瑛宗）
◇「日本統治期台湾文学集成 1」緑蔭書房 2002 p5

行進曲高らかに（金命洙）
◇「近代朝鮮文学日本語作品集1908～1945 セレクション 6」緑蔭書房 2008 p240

甲辰四月二日 名古屋客中の作（森春濤）
◇「新日本古典文学大系 明治編 2」岩波書店 2004 p26

好人物の夫婦（志賀直哉）
◇「ちくま日本文学 21」筑摩書房 2008（ちくま文庫）p210

洪水（堀辰雄）
◇「ちくま日本文学 39」筑摩書房 2009（ちくま文庫）p324

香水（東郷隆）
◇「代表作時代小説 平成9年度」光風社出版 1997 p7

香水（森瑤子）
◇「闇に香るもの」新潮社 2004（新潮文庫）p179

洪水前後（第一回～第六回）（朴花城）
◇「近代朝鮮文学日本語作品集1901～1938 創作篇 4」緑蔭書房 2004 p101

洪水と慰藉―最上川（伊藤章雄）
◇「山形県文学全集第2期〔随筆・紀行編〕4」郷土出版社 2005 p302

洪水前（吉田一穂）
◇「新装版 全集現代文学の発見 13」學藝書林 2004 p158

光介のお勉強（嵯々藤士郎）
◇「ショートショートの広場 10」講談社 2000（講談社文庫）p180

上野介の亡霊（早乙女貢）
◇「忠臣蔵コレクション 2」河出書房新社 1998（河出文庫）p55

校正（落合重信）
◇「誤植文学アンソロジー―校正者のいる風景」論創社 2015 p186

校正恐るべし（杉本苑子）
◇「誤植文学アンソロジー―校正者のいる風景」論創社 2015 p171

公正的戦闘規範（藤井太洋）
◇「伊藤計劃トリビュート」早川書房 2015（ハヤカワ文庫 JA）p11

航西日乗（成島柳北）
◇「新日本古典文学大系 明治編 5」岩波書店 2009

こうと

p249

航西日記（森鷗外）
◇「新日本古典文学大系 明治編 5」岩波書店 2009 p407

後世の月 小野寺十内の妻（澤田ふじ子）
◇「江戸色恋坂―市井情話傑作選」学習研究社 2005 （学研M文庫）p183

合成美女（倉橋由美子）
◇「たそがれゆく未来」筑摩書房 2016 （ちくま文庫）p373

鉱石倶楽部より（長野まゆみ）
◇「鉱物」国書刊行会 1997 （書物の王国）p109

巷説人肌呪縛（玉木重信）
◇「捕物時代小説選集 4」春陽堂書店 2000 （春陽文庫）p255

交接法（藤水名子）
◇「変身」廣済堂出版 1998 （廣済堂文庫）p161

巷説闇風魔（木屋進）
◇「捕物時代小説選集 5」春陽堂書店 2000 （春陽文庫）p130

公然の秘密（安部公房）
◇「日本文学100年の名作 7」新潮社 2015 （新潮文庫）p93

高層都市の崩壊（小松左京）
◇「塔の物語」角川書店 2000 （角川ホラー文庫）p261

高層の死角（森村誠一）
◇「江戸川乱歩賞全集 7」講談社 1999 （講談社文庫）p391

考速（円城塔）
◇「文学 2010」講談社 2010 p15
◇「現代小説クロニクル 2010〜2014」講談社 2015 （講談社文芸文庫）p7

光速少年（安壇美緒）
◇「ゆれる―第12回フェリシモ文学賞作品集」フェリシモ 2009 p56

高速道路（北方謙三）
◇「冒険の森へ―傑作小説大全 20」集英社 2015 p36

高速落下（雨宮町子）
◇「おぞけ―ホラー・アンソロジー」祥伝社 1999 （祥伝社文庫）p179

句集 公孫樹（大田あさし）
◇「ハンセン病文学全集 9」皓星社 2010 p60

康村の春（朱永渉）
◇「近代朝鮮文学日本語作品集1908〜1945 セレクション 4」緑蔭書房 2008 p332

高台寺の間者（新宮正春）
◇「代表作時代小説 平成12年度」光風社出版 2000 p219

交代制（星新一）
◇「70年代日本SFベスト集成 3」筑摩書房 2015 （ちくま文庫）p11

後退青年研究所（大江健三郎）
◇「戦後短篇小説再発見 1」講談社 2001 （講談社文芸文庫）p67

荒誕（三好豊一郎）
◇「新装版 全集現代文学の発見 13」學藝書林 2004 p267

荒譚（稲垣足穂）
◇「モノノケ大合戦」小学館 2005 （小学館文庫）p233

講談・江戸川乱歩一代記（芦辺拓）
◇「江戸川乱歩に愛をこめて」光文社 2011 （光文社文庫）p7

降着円盤（古田莉都）
◇「太宰治賞 2010」筑摩書房 2010 p203

紅茶の後（永井荷風）
◇「創刊一〇〇年三田文学名作選」三田文学会 2010 p614

甲虫（こうちゅう）… → "かぶとむし…"を見よ
虹蟲（白ひびき）
◇「てのひら怪談―ビーケーワン怪談大賞傑作選 百怪繚乱篇」ポプラ社 2008 p198

校長先生の話（岩井志麻子）
◇「女たちの怪談百物語」メディアファクトリー 2010 （〔幽books〕）p177
◇「女たちの怪談百物語」KADOKAWA 2014 （角川ホラー文庫）p181

候鳥伝（加藤郁乎）
◇「新装版 全集現代文学の発見 13」學藝書林 2004 p620

交通鑑識官（佐藤青南）
◇「地を這う捜査―「読楽」警察小説アンソロジー」徳間書店 2015 （徳間文庫）p91

交通事故（海野久実）
◇「かわいい―第16回フェリシモ文学賞優秀作品集」フェリシモ 2013 p62

交通遮断（大塚楠緒子）
◇「「新編」日本女性文学全集 3」菁柿堂 2011 p88

皇帝（田村隆一）
◇「新装版 全集現代文学の発見 13」學藝書林 2004 p277

肯定（あんどー春）
◇「ショートショートの花束 7」講談社 2015 （講談社文庫）p223

後庭花夜談（沢田瑞穂）
◇「同性愛」国書刊行会 1999 （書物の王国）p85

『皇帝のかぎ煙草入れ』解析（戸川安宣）
◇「ベスト本格ミステリ 2013」講談社 2013 （講談社ノベルス）p393

豪邸の住人（眉村卓）
◇「現代の小説 1999」徳間書店 1999 p209

皇帝の宿―『校閲ガール』番外編（宮木あや子）
◇「サイドストーリーズ」KADOKAWA 2015 （角川文庫）p55

鋼鉄の編針（岩田宏）
◇「新装版 全集現代文学の発見 13」學藝書林 2004 p509

短篇 坑道（宮崎直介）
◇「日本統治期台湾文学集成 21」緑蔭書房 2007 p7

こうと

耕土を追はるゝ日（鄭秋江）
◇「近代朝鮮文学日本語作品集1908〜1945 セレクション 4」緑蔭書房 2008 p243

『幸徳一派大逆事件顛末』「自序」および「自跋」（宮武外骨）
◇「蘇らぬ朝「大逆事件」以後の文学」インパクト出版会 2010（インパクト選書）p231

江南の春（李春園）
◇「近代朝鮮文学日本語作品集1908〜1945 セレクション 4」緑蔭書房 2008 p76

硬軟両派（吉田健一）
◇「日本文学全集 20」河出書房新社 2015 p50

香肉（生島治郎）
◇「人肉嗜食」筑摩書房 2001（ちくま文庫）p35

コウノトリ（山下定）
◇「平成都市伝説」中央公論新社 2004（C NOVELS）p33

鶴（蒲松齢）
◇「文豪てのひら怪談」ポプラ社 2009（ポプラ文庫）p170

紅梅振袖（川口松太郎）
◇「名短篇、さらにあり」筑摩書房 2008（ちくま文庫）p163

黄漠奇聞（稲垣足穂）
◇「日本文学100年の名作 1」新潮社 2014（新潮文庫）p391

交番へ行こう（大垣ヤスシ）
◇「高校演劇Selection 2003 下」晩成書房 2003 p41

公判の朝（白鐵）
◇「近代朝鮮文学日本語作品集1908〜1945 セレクション 4」緑蔭書房 2008 p307

交番前（中野重治）
◇「近代小説〈都市〉を読む」双文社出版 1999 p152
◇「アンソロジー・プロレタリア文学 2」森話社 2014 p232

交尾（梶井基次郎）
◇「ちくま日本文学 28」筑摩書房 2008（ちくま文庫）p57
◇「この愛のゆくえ―ポケットアンソロジー」岩波書店 2011（岩波文庫別冊）p213

媾曳（こうびき）（徳田秋声）
◇「明治の文学 9」筑摩書房 2002 p356

高鼻の利害（正岡子規）
◇「新日本古典文学大系 明治編 27」岩波書店 2003 p246

坑夫（宮嶋資夫）
◇「新装版 全集現代文学の発見 1」學藝書林 2002 p55

合同句集 光風（菊池恵楓園光風俳句会）
◇「ハンセン病文学全集 9」皓星社 2010 p119

古虎（こうふう）自伝（草野心平）
◇「新装版 全集現代文学の発見 13」學藝書林 2004 p138

紅楓子の恋（宮本昌孝）
◇「軍師の生きざま―短篇小説集」作品社 2008 p67

紅楓子の恋―山本勘助（宮本昌孝）
◇「軍師の生きざま」実業之日本社 2013（実業之日本社文庫）p85

幸福（辻まこと）
◇「超短編アンソロジー」筑摩書房 2002（ちくま文庫）p124

幸福（塔和子）
◇「ハンセン病文学全集 7」皓星社 2004 p528

幸福（富岡多惠子）
◇「現代小説クロニクル 1975〜1979」講談社 2014（講談社文芸文庫）p126

幸福（中島敦）
◇「ちくま日本文学 12」筑摩書房 2008（ちくま文庫）p204
◇「ものがたりのお菓子箱」飛鳥新社 2008 p149
◇「生の深みを覗く―ポケットアンソロジー」岩波書店 2010（岩波文庫別冊）p203
◇「読まずにいられぬ名短篇」筑摩書房 2014（ちくま文庫）p263
◇「もの食う話」文藝春秋 2015（文春文庫）p273

幸福（矢崎存美）
◇「悪夢が嗤う瞬間」勁文社 1997（ケイブンシャ文庫）p112

幸福駅 二月一日（原田マハ）
◇「短篇ベストコレクション―現代の小説 2013」徳間書店 2013（徳間文庫）p273

幸福駅二月一日―愛国駅・幸福駅（原田マハ）
◇「恋の聖地―そこは、最後の恋に出会う場所。」新潮社 2013（新潮文庫）p9

幸福という病気の療法（三島由紀夫）
◇「ちくま日本文学 10」筑摩書房 2008（ちくま文庫）p159

幸福ドミノ（岡田一瞳, 岡山南高校演劇部）
◇「創作脚本集―60周年記念」岡山県高等学校演劇協議会 2011（おかやまの高校演劇）p155

幸福な結婚（中村正常）
◇「名短篇ほりだしもの」筑摩書房 2011（ちくま文庫）p69

幸福な食卓（喜多南）
◇「5分で読める！ ひと駅ストーリー 食の話」宝島社 2015（宝島社文庫）p329
◇「5分で驚く！ どんでん返しの物語」宝島社 2016（宝島社文庫）p93

幸福な夫婦（大庭みな子）
◇「精選女性随筆集 6」文藝春秋 2012 p120

幸福な部屋（井出真理）
◇「テレビドラマ代表作選集 2002年版」日本脚本家連盟 2002 p269

幸福な老人（貴司山治）
◇「新・プロレタリア文学精選集 14」ゆまに書房 2004 p171

幸福について（白洲正子）
◇「精選女性随筆集 7」文藝春秋 2012 p116

降伏日記（海野十三）
◇「文学に描かれた戦争―徳島大空襲を中心に」徳島県文化振興財団徳島県立文学書道館 2015

（ことのは文庫）p135

幸福の彼方（林芙美子）
　◇「百年小説」ポプラ社 2008 p1107

幸福の彼方——一九四〇（昭和一五）年（林芙美子）
　◇「BUNGO—文豪短篇傑作選」角川書店 2012
　　（角川文庫）p163

幸福の持参者（加能作次郎）
　◇「日本文学100年の名作 2」新潮社 2014（新潮文庫）p189

幸福販売会社（南海防人）
　◇「ショートショートの広場 8」講談社 1997（講談社文庫）p74

甲府在番（松本清張）
　◇「冬ごもり—時代小説アンソロジー」
　　KADOKAWA 2013（角川文庫）p63

甲府に留別し帰雲の送別の韻に次す（森春濤）
　◇「新日本古典文学大系 明治編 2」岩波書店 2004
　　p94

神戸（古川緑波）
　◇「たんときれいに召し上がれ—美食文学精選」芸術新聞社 2015 p43

豪兵伝（花田一三六）
　◇「運命の覇者」角川書店 1997 p35

公平な方法（太田美穂）
　◇「ショートショートの広場 15」講談社 2004（講談社文庫）p52

康平の背中（小池真理子）
　◇「七つの怖い扉」新潮社 1998 p185

神戸（昭和二八・九一—三三・二）（金子兜太）
　◇「新装版 全集現代文学の発見 13」學藝書林 2004
　　p601

神戸に来たら（盧進容）
　◇「〈在日〉文学全集 18」勉誠出版 2006 p212

神戸にて（昭和二九—三〇年）（金子兜太）
　◇「新装版 全集現代文学の発見 13」學藝書林 2004
　　p598

「神戸」より第九話「鱶の湯びき」（西東三鬼）
　◇「危険なマッチ箱」文藝春秋 2009（文春文庫）p101

後篇 青鷺と二人の女（山村正夫）
　◇「甦る推理雑誌」光文社 2003（光文社文庫）p356

狗宝（ゴウボウ）（野川隆）
　◇「コレクション戦争と文学 16」集英社 2012 p181

光芒（塔和子）
　◇「ハンセン病文学全集 7」皓星社 2004 p187

光芒（永田宗弘）
　◇「さきがけ文学賞選集 3」秋田魁新報社 2015（さきがけ文庫）p87

光芒（藤本とし）
　◇「ハンセン病文学全集 4」皓星社 2003 p680

合邦个辻（折口信夫）
　◇「ちくま日本文学 25」筑摩書房 2008（ちくま文庫）p40

合法私刑（小夜佐知子）
　◇「絶体絶命！」泰文堂 2011（Linda books！）p95

弘法堂（宮本常一）
　◇「ちくま日本文学 22」筑摩書房 2008（ちくま文庫）p373

攻防、100キログラム！（東野司）
　◇「SFバカ本 たいやき編」ジャストシステム 1997
　　p59
　◇「SFバカ本 たいやき篇プラス」廣済堂出版 1999
　　（廣済堂文庫）p63

公僕異聞（金達寿）
　◇「〈在日〉文学全集 1」勉誠出版 2006 p33

公僕の鎖（新野剛志）
　◇「ザ・ベストミステリーズ—推理小説年鑑 2000」
　　講談社 2000 p375
　◇「罪深き者に罰を」講談社 2002（講談社文庫）p153

木闌屎麻呂（金関丈夫）
　◇「日本統治期台湾文学集成 17」緑蔭書房 2003
　　p159

光明皇后の絵（円地文子）
　◇「戦後占領期短篇小説コレクション 6」藤原書店
　　2007 p149

皇民化劇脚本集 軍夫の妻（国民精神総動員台中州支部編）
　◇「日本統治期台湾文学集成 10」緑蔭書房 2003
　　p209

皇民化劇の手引 第1輯（江間常吉）
　◇「日本統治期台湾文学集成 10」緑蔭書房 2003
　　p295

香夢（藤堂志津子）
　◇「誘惑の香り」講談社 1999（講談社文庫）p131

光冥（金史良）
　◇「近代朝鮮文学日本語作品集1939〜1945 創作篇 3」
　　緑蔭書房 2001 p259

光明（宮田一生）
　◇「万華鏡—第14回フェリシモ文学賞作品集」フェリシモ 2011 p116

抗命（帚木蓬生）
　◇「永遠の夏—戦争小説集」実業之日本社 2015（実業之日本社文庫）p193

光明苑（邑久光明園楓短歌会）
　◇「ハンセン病文学全集 8」皓星社 2006 p143

孝明天皇の死（安部龍太郎）
　◇「幕末京都血風録—傑作時代小説」PHP研究所
　　2007（PHP文庫）p119

小梅が通る（中田永一）
　◇「セブンティーン・ガールズ」KADOKAWA
　　2014（角川文庫）p165

紅毛傾城（小栗虫太郎）
　◇「ひとりで夜読むな—新青年傑作選 怪奇編」角川書店 2001（角川ホラー文庫）p47

蝙蝠（阿川弘之）
　◇「コレクション戦争と文学 7」集英社 2011 p684

蝙蝠（飯尾憲士）

こうも

◇「〈在日〉文学全集 16」勉誠出版 2006 p321
蝙蝠（岡本かの子）
　◇「六人の作家小説選」東銀座出版社 1997（銀選書）p140
　◇「新編・日本幻想文学集成 3」国書刊行会 2016 p339
蝙蝠（かうもり）（中島敦）
　◇「ちくま日本文学 12」筑摩書房 2008（ちくま文庫）p446
「蝙蝠傘の弁」（文礼）（西谷富水）
　◇「新日本古典文学大系 明治編 4」岩波書店 2003 p243
蝙蝠と蛞蝓（横溝正史）
　◇「名探偵の憂鬱」青樹社 2000（青樹社文庫）p129
　◇「名探偵登場！」ベストセラーズ 2004（日本ミステリー名作館）p227
蝙蝠安（長谷川伸）
　◇「捕物時代小説選集 4」春陽堂書店 2000（春陽文庫）p178
拷問（北原秀篤）
　◇「ショートショートの広場 9」講談社 1998（講談社文庫）p41
拷問（みきはうす店主）
　◇「超短編傑作選 v.6」創英社 2007 p62
荒野（こうや）… → "あれの…"を見よ
曠野（こうや）… → "あらの…"をも見よ
後夜祭で、つかまえて（はやみねかおる）
　◇「謎の放課後—学校のミステリー」KADOKAWA 2013（角川文庫）p5
高安犬物語（戸川幸夫）
　◇「文学賞受賞・名作集成 7」リブリオ出版 2004 p5
　◇「山形県文学全集第1期（小説編）2」郷土出版社 2004 p106
高野豆腐小屋（宮本常一）
　◇「ちくま日本文学 22」筑摩書房 2008（ちくま文庫）p126
曠野にて—朝日が差し初め、盤面を奪い合うゲームが始まった–天才詩人アリス・ウォン、五歳（飛浩隆）
　◇「NOVA—書き下ろし日本SFコレクション 8」河出書房新社 2012（河出文庫）p333
荒野の基督（皆川ゆか）
　◇「エロティシズム12幻想」エニックス 2000 p89
曠野の記録（堺誠一郎）
　◇「新装版 全集現代文学の発見 別巻」學藝書林 2005 p10
荒野の果てに（三浦しをん）
　◇「X'mas Stories——一年でいちばん奇跡が起きる日」新潮社 2016（新潮文庫）p245
高野聖（泉鏡花）
　◇「新日本古典文学大系 明治編 20」岩波書店 2002 p315
　◇「変身のロマン」学習研究社 2003（学研M文庫）

p29
　◇「ちくま日本文学 11」筑摩書房 2008（ちくま文庫）p90
　◇「変身ものがたり」筑摩書房 2010（ちくま文学の森）p193
　◇「幻妖の水脈（みお）」筑摩書房 2013（ちくま文庫）p176
紅葉（島田等）
　◇「ハンセン病文学全集 7」皓星社 2004 p483
黄葉青山集（森春濤）
　◇「新日本古典文学大系 明治編 2」岩波書店 2004 p64
紅葉先生の塾（徳田秋声）
　◇「明治の文学 9」筑摩書房 2002 p369
強欲な羊（美輪和音）
　◇「監獄舎の殺人—ミステリーズ！ 新人賞受賞作品集」東京創元社 2016（創元推理文庫）p9
高麗の楽器（作者表記なし）
　◇「近代朝鮮文学日本語作品集1908〜1945 セレクション 4」緑蔭書房 2008 p404
高麗屏風（宮本輝蔵）
　◇「美女峠に星が流れる—時代小説傑作選」講談社 1999（講談社文庫）p289
甲羅類（丹羽文雄）
　◇「丸谷才一編・花柳小説傑作選」講談社 2013（講談社文芸文庫）p189
光籃（泉鏡花）
　◇「新編・日本幻想文学集成 4」国書刊行会 2016 p656
皐蘭寺にて（白山青樹）
　◇「近代朝鮮文学日本語作品集1939〜1945 創作篇 6」緑蔭書房 2001 p30
紅蘭張氏の谿山の雪景（森春濤）
　◇「新日本古典文学大系 明治編 2」岩波書店 2004 p43
効力（渋谷良一）
　◇「ショートショートの広場 14」講談社 2003（講談社文庫）p164
高齢化社会（浅沢英）
　◇「ショートショートの広場 18」講談社 2006（講談社文庫）p101
降霊術（山村正夫）
　◇「THE密室—ミステリーアンソロジー」有楽出版社 2014（JOY NOVELS）p191
　◇「THE密室」実業之日本社 2016（実業之日本社文庫）p231
高齢の使用人（山村美紗）
　◇「現代の小説 1997」徳間書店 1997 p97
恍恋（アポロ）
　◇「恋みち—現代版・源氏物語」スターツ出版 2008 p95
紅恋の鬼女（小島健三）
　◇「捕物時代小説選集 3」春陽堂書店 2000（春陽文庫）p242
行路（張德祚）
　◇「近代朝鮮文学日本語作品集1939〜1945 創作篇 5」

こおに

緑蔭書房 2001 p133

香爐を盗む（室生犀星）
◇「文豪怪談傑作選 室生犀星集」筑摩書房 2008
（ちくま文庫） p267

戯曲 紅緑賊――一幕（巫永福）
◇「日本統治期台湾文学集成 14」緑蔭書房 2003 p9

声（天野忠）
◇「日本文学全集 29」河出書房新社 2016 p46

声（大津哲緒）
◇「ハンセン病文学全集 8」皓星社 2006 p396

声（堀川正美）
◇「新装版 全集現代文学の発見 13」學藝書林 2004
p522

声（増田みず子）
◇「恋物語」朝日新聞社 1998 p35

声（三浦明博）
◇「乱歩賞作家 黒の謎」講談社 2004 p139

声（和公梵字）
◇「ハンセン病文学全集 4」皓星社 2003 p433

聲（香山光郎）
◇「近代朝鮮文学日本語作品集1939～1945 創作篇 6」
緑蔭書房 2001 p26

聲（鄭遇尚）
◇「近代朝鮮文学日本語作品集1901～1938 創作篇 3」
緑蔭書房 2004 p319

声（あるいは音）（木下順二）
◇「戦後文学エッセイ選 8」影書房 2005 p217

声を探しに（石田衣良）
◇「短篇ベストコレクション―現代の小説 2004」徳
間書店 2004 （徳間文庫） p117

声がした（高崎春月）
◇「文豪怪談傑作選 特別編」筑摩書房 2007 （ちく
ま文庫） p107

声澄む春（折口信夫）
◇「日本文学全集 14」河出書房新社 2015 p325

声だけの人たち（開高健）
◇「ちくま日本文学 24」筑摩書房 2008 （ちくま文
庫） p127

声たち（若竹七海）
◇「密室―ミステリーアンソロジー」角川書店 1997
（角川文庫） p263

コエトイ川のコエトイ橋（岩谷征捷）
◇「全作家短編小説集 6」全作家協会 2007 p63

聲なき迫害（大倉燁子）
◇「探偵くらぶ―探偵小説傑作選1946～1958 上」光
文社 1997 （カッパ・ノベルス） p27

声にしてごらん（高橋克彦）
◇「短篇ベストコレクション―現代の小説 2003」徳
間書店 2003 （徳間文庫） p357

声に出して読みたい名前（中原昌也）
◇「虚構機関―年刊日本SF傑作選」東京創元社
2008 （創元SF文庫） p237

声の化石が呼んでいる（石川精一）
◇「山形市児童劇団脚本集 3」山形市 2005 p262

声の娼婦（稲葉真弓）
◇「現代秀作集」角川書店 1999 （女性作家シリー
ズ） p407

声の巣（黒井千次）
◇「現代小説クロニクル 1995～1999」講談社 2015
（講談社文芸文庫） p7

小蝦の歌（中島敦）
◇「ちくま日本文学 12」筑摩書房 2008 （ちくま文
庫） p450

小えびの群れ（庄野潤三）
◇「私小説名作選 下」講談社 2012 （講談社文芸文
庫） p94

肥え太りたる事（富士正晴）
◇「戦後文学エッセイ選 7」影書房 2006 p178

五右衛門処刑（多岐川恭）
◇「捕物時代小説選集 3」春陽堂書店 2000 （春陽
文庫） p78

五右衛門と新左（国枝史郎）
◇「捕物時代小説選集 3」春陽堂書店 2000 （春陽
文庫） p54

故園（金璟麟）
◇「近代朝鮮文学日本語作品集1908～1945 セレクショ
ン 4」緑蔭書房 2008 p431

故園の詩（金鍾漢誌, 金仁承畫）
◇「近代朝鮮文学日本語作品集1908～1945 セレクショ
ン 4」緑蔭書房 2008 p386

詩集 故園の書（吉田一穂）
◇「新装版 全集現代文学の発見 13」學藝書林 2004
p159

児を悼む（二首うち一首）（森春濤）
◇「新日本古典文学大系 明治編 2」岩波書店 2004
p30

児を産む死人（米田三星）
◇「戦前探偵小説四人集」論創社 2011 （論創ミステ
リ叢書） p430

子を思う闇（貫井徳郎）
◇「推理小説代表作選集―推理小説年鑑 1997」講談
社 1997 p9
◇「殺ったのは誰だ?!」講談社 1999 （講談社文庫）
p349

子を思う闇（平岩弓枝）
◇「花と剣と侍―新鷹会・傑作時代小説選」光文社
2009 （光文社文庫） p381

ゴオギヤン（王白淵）
◇「日本統治期台湾文学集成 18」緑蔭書房 2003
p49

ゴオゴリとその作品（龍瑛宗）
◇「日本統治期台湾文学集成 16」緑蔭書房 2003
p195

氷った焰（清岡卓行）
◇「新装版 全集現代文学の発見 13」學藝書林 2004
p456

子をとろ子とろ（高橋克彦）
◇「人肉嗜食」筑摩書房 2001 （ちくま文庫） p117

小鬼（太田美砂子）
◇「気配―第10回フェリシモ文学賞作品集」フェリ

シモ 2007 p109
子を運ぶ(はやみかつとし)
◇「超短編の世界」創英社 2008 p96
ゴオホの向日葵(平戸廉吉)
◇「新装版 全集現代文学の発見 1」學藝書林 2002 p226
小面曾我放下敵討(朝松健)
◇「俳優」廣済堂出版 1999 (廣済堂文庫) p423
氷売り(松本楽志)
◇「てのひら怪談―ビーケーワン怪談大賞傑作選 壬辰」ポプラ社 2012 (ポプラ文庫) p212
氷を砕く(延原謙)
◇「幻の探偵雑誌 10」光文社 2002 (光文社文庫) p237
氷が笑った。(笹倉朋実)
◇「たびだち―フェリシモしあわせショートショート」フェリシモ 2000 p64
氷砂糖(冨士本由紀)
◇「ザ・ベストミステリーズ―推理小説年鑑 1999」講談社 1999 p123
◇「殺人買います」講談社 2002 (講談社文庫) p213
凍りつく(高橋源一郎)
◇「極上掌篇小説」角川書店 2006 p147
◇「ひと粒の宇宙」角川書店 2009 (角川文庫) p145
氷の筏(木野工)
◇「水の怪」勉誠出版 2003 (べんせいライブラリー) p39
氷の女(タカスギシンタロ)
◇「超短編の世界 vol.3」創英社 2011 p65
氷の涯(夢野久作)
◇「ちくま日本文学 31」筑摩書房 2009 (ちくま文庫) p171
凍るアラベスク(妹尾韶夫)
◇「幻の探偵雑誌 10」光文社 2002 (光文社文庫) p135
氷る舞踏場(中河与一)
◇「早稲田作家処女作集」講談社 2012 (講談社文芸文庫) p 129, 150
氷れる花嫁(渡辺温)
◇「爬虫館事件―新青年傑作選」角川書店 1998 (角川ホラー文庫) p299
凍れるルーシー(梓崎優)
◇「本格ミステリ―二〇一〇年本格短編ベスト・セレクション '10」講談社 2010 (講談社ノベルス) p241
◇「凍れる女神の秘密」講談社 2014 (講談社文庫) p341
こおろぎ(岩橋邦枝)
◇「文学 2001」講談社 2001 p280
こおろぎ嬢(尾崎翠)
◇「ちくま日本文学 4」筑摩書房 2007 (ちくま文庫) p9
◇「小川洋子の偏愛短篇箱」河出書房新社 2009 p63
◇「小川洋子の偏愛短篇箱」河出書房新社 2012 (河出文庫) p63
蜱橋(木内昇)
◇「代表作時代小説 平成23年度」光文社 2011 p363
御改革(北原亞以子)
◇「代表作時代小説 平成17年度」光文社 2005 p131
誤解がまねく(白沢聡史)
◇「ショートショートの広場 10」講談社 2000 (講談社文庫) p186
五カ月前から(石持浅海)
◇「SF宝石―ぜーんぶ！ 新作読み切り」光文社 2013 p337
こかげに咲く(濱本七恵)
◇「君を忘れない―恋愛短篇小説集」泰文堂 2012 (リンダブックス) p84
小かげ 猫と母性愛(壺井栄)
◇「猫」中央公論新社 2009 (中公文庫) p109
木かげの父(山口勇子)
◇「竹筒に花はなくとも―短篇十人集」日曜舎 1997 p4
木蔭の寝床(高井有一)
◇「文学 2001」講談社 2001 p37
コーカサスの商業―ある報復から(石原吉郎)
◇「新装版 全集現代文学の発見 13」學藝書林 2004 p402
小鍛冶―小狐丸(浅田次郎)
◇「名刀伝」角川春樹事務所 2015 (ハルキ文庫) p7
五月(石牟礼道子)
◇「戦後短篇小説再発見 7」講談社 2001 (講談社文芸文庫) p117
五月(坂井新一)
◇「ハンセン病文学全集 6」皓星社 2003 p15
五月(志樹逸馬)
◇「ハンセン病文学全集 7」皓星社 2004 p318
五月(塔和子)
◇「ハンセン病文学全集 7」皓星社 2004 p314
五月(西脇順三郎)
◇「新装版 全集現代文学の発見 13」學藝書林 2004 p58
涸渇した遺産(丁章)
◇「〈在日〉文学全集 18」勉誠出版 2006 p385
五月晴朗(原田康子)
◇「文学 2009」講談社 2009 p58
五月空(小泉雅二)
◇「ハンセン病文学全集 6」皓星社 2003 p439
五月二十七日(神野オキナ)
◇「秘神界 歴史編」東京創元社 2002 (創元推理文庫) p43
五月人形(野村胡堂)
◇「春はやて―時代小説アンソロジー」KADOKAWA 2016 (角川文庫) p133
五月の海と、見えない漂着物―風待町医院 異星人科(藤崎慎吾)
◇「SF宝石―すべて新作読み切り！ 2015」光文社 2015 p377

こきよ

五月の海港（黒木謳子）
◇「日本統治期台湾文学集成 18」緑蔭書房 2003 p420

五月の貴公子（萩原朔太郎）
◇「ちくま日本文学 36」筑摩書房 2009（ちくま文庫）p98

五月の殺人（田中謙）
◇「幻の探偵雑誌 8」光文社 2001（光文社文庫）p277

五月の詩壇（合評）（朱耀翰、簾吉、浮島、豊太郎、泰雄、福督、梨雨公、X）
◇「近代朝鮮文学日本語作品集1908〜1945 セレクション 5」緑蔭書房 2008 p19

五月の傷心（黒木謳子）
◇「日本統治期台湾文学集成 18」緑蔭書房 2003 p464

五月の心傷（黒木謳子）
◇「日本統治期台湾文学集成 18」緑蔭書房 2003 p373

五月のスフィンクス（瀧口修造）
◇「新装版 全集現代文学の発見 13」學藝書林 2004 p94

五月の空（李孝石）
◇「近代朝鮮文学日本語作品集1939〜1945 評論・随筆篇 3」緑蔭書房 2002 p191

五月の庭（野上彌生子）
◇「精選女性随筆集 10」文藝春秋 2012 p229

5月のひかり―徐俊植（ソジュンシク）の釈放（李正子）
◇「〈在日〉文学全集 17」勉誠出版 2006 p290

五月の不死（李龍海）
◇「〈在日〉文学全集 18」勉誠出版 2006 p245

五月の幽霊（石川喬司）
◇「日本SF全集 1」出版芸術社 2009 p369

小金井小次郎島抜け始末（青山光二）
◇「剣鬼無明斬り」光風社出版 1997（光風社文庫）p193

小金に向かふ（中野逍遙）
◇「新日本古典文学大系 明治編 2」岩波書店 2004 p412

こがねの泉（小泉八雲著、平井呈一訳）
◇「文豪怪談傑作選 明治編」筑摩書房 2011（ちくま文庫）p73

こがね虫（金子光晴）
◇「ちくま日本文学 38」筑摩書房 2009（ちくま文庫）p13

黄金虫と電球（明石海人）
◇「ハンセン病文学全集 7」皓星社 2004 p435

こがね虫の証人（北洋）
◇「甦る推理雑誌 3」光文社 2002（光文社文庫）p175

黄金餅（三遊亭円朝）
◇「明治の文学 3」筑摩書房 2001 p353

吾家の富（徳冨蘆花）
◇「百年小説」ポプラ社 2008 p111

古賀博士の命を奉じて崎嶇に赴き潞亜使を諭すを送る（中村敬宇）
◇「新日本古典文学大系 明治編 2」岩波書店 2004 p129

古賀春江（川端康成）
◇「文豪怪談傑作選 川端康成集」筑摩書房 2006（ちくま文庫）p345

木枯し（車谷長吉）
◇「文士の意地―車谷長吉撰短篇小説輯 下巻」作品社 2005 p385

木枯し（高峰秀子）
◇「精選女性随筆集 8」文藝春秋 2012 p227

コガラシとニゲヒメ（斎藤肇）
◇「魔地図」光文社 2005（光文社文庫）p387

木枯しの村で（早乙女貢）
◇「鬼火が呼んでいる―時代小説傑作選」講談社 1997（講談社文庫）p387

粉河寺（明石海人）
◇「ハンセン病文学全集 4」皓星社 2003 p538

湖岸道路のイリュージョン（宇田俊吾、春永保）
◇「新・本格推理 02」光文社 2002（光文社文庫）p207

胡鬼板心中（小川勝己）
◇「ザ・ベストミステリーズ―推理小説年鑑 2004」講談社 2004 p67
◇「孤独な交響曲（シンフォニー）」講談社 2007（講談社文庫）p455

ごきげんいかが？ テディベア（藪内広之）
◇「テレビドラマ代表作選集 2002年版」日本脚本家連盟 2002 p141

小吉と朝右衛門（仁田義男）
◇「剣よ月下に舞え」光風社出版 2001（光風社文庫）p121

古希のルネサンス（迫田紀男）
◇「現代鹿児島小説大系 3」ジャプラン 2014 p187

ごきぶりだんご（宗秋月）
◇「〈在日〉文学全集 18」勉誠出版 2006 p27

呼吸（海猫沢めろん）
◇「十年後のこと」河出書房新社 2016 p45

故旧忘れ得べき（高見順）
◇「新装版 全集現代文学の発見 14」學藝書林 2005 p200

故郷（こきょう）… → "ふるさと…"をも見よ

故郷（李箕永著、高秀明譯）
◇「近代朝鮮文学日本語作品集1901〜1938 創作篇 5」緑蔭書房 2004 p7

故郷（李美子）
◇「〈在日〉文学全集 18」勉誠出版 2006 p324

故郷（上忠司）
◇「日本統治期台湾文学集成 18」緑蔭書房 2003 p287

故郷（香山末子）
◇「ハンセン病文学全集 7」皓星社 2004 p478
◇「〈在日〉文学全集 17」勉誠出版 2006 p91

こきよ

故郷（川端康成）
　◇「文豪怪談傑作選 川端康成集」筑摩書房 2006
　　（ちくま文庫）p278
故郷（金榮勳）
　◇「近代朝鮮文学日本語作品集1908〜1945 セレクショ
　　ン 4」緑蔭書房 2008 p354
故郷（谷川雁）
　◇「新装版 全集現代文学の発見 13」學藝書林 2004
　　p361
故郷（魯迅）
　◇「教科書名短篇 少年時代」中央公論新社 2016
　　（中公文庫）p211
故郷を想ふ（金史良）
　◇「近代朝鮮文学日本語作品集1939〜1945 評論・随筆
　　篇 3」緑蔭書房 2002 p143
故郷を鳴く（金史良）
　◇「近代朝鮮文学日本語作品集1908〜1945 セレクショ
　　ン 3」緑蔭書房 2008 p450
故郷を離れたころ（柳田國男）
　◇「ちくま日本文学 15」筑摩書房 2008 （ちくま文
　　庫）p406
故郷が呼んでいる（@micanaitoh）
　◇「3.11心に残る140字の物語」学研パブリッシング
　　2011 p82
故郷韓国（香山末子）
　◇「ハンセン病文学全集 7」皓星社 2004 p291
　◇「〈在日〉文学全集 17」勉誠出版 2006 p72
故郷七十年（抄）（柳田國男）
　◇「文豪怪談傑作選 柳田國男集」筑摩書房 2007
　　（ちくま文庫）p319
　◇「ちくま日本文学 15」筑摩書房 2008 （ちくま文
　　庫）p406
故郷にて（趙宇植）
　◇「近代朝鮮文学日本語作品集1939〜1945 創作篇 6」
　　緑蔭書房 2001 p57
故郷に春を感ずる（朴承杰）
　◇「近代朝鮮文学日本語作品集1908〜1945 セレクショ
　　ン 4」緑蔭書房 2008 p331
故郷に呼びかける 故郷を空から（李貞喜）
　◇「近代朝鮮文学日本語作品集1908〜1945 セレクショ
　　ン 3」緑蔭書房 2008 p185
故郷に呼びかける 朝鮮によい舞踊を（崔承喜）
　◇「近代朝鮮文学日本語作品集1908〜1945 セレクショ
　　ン 3」緑蔭書房 2008 p181
故郷に呼びかける 故里今更に懐し（永田絃次
郎）
　◇「近代朝鮮文学日本語作品集1908〜1945 セレクショ
　　ン 3」緑蔭書房 2008 p183
故郷の思い出（綾倉エリ）
　◇「てのひら怪談―ビーケーワン怪談大賞傑作選 庚
　　寅」ポプラ社 2010 （ポプラ文庫）p106
故郷の雁がね（正岡子規）
　◇「新日本古典文学大系 明治編 27」岩波書店 2003
　　p378
五橋のしま（岩本妙子）
　◇「ハンセン病文学全集 8」皓星社 2006 p517

故郷の大地が揺れて（こやたか志緒）
　◇「平成28年熊本地震作品集」くまもと文学・歴史
　　館友の会 2016 p42
故郷の暖気（正岡子規）
　◇「新日本古典文学大系 明治編 27」岩波書店 2003
　　p298
故郷の妻へに与ふ―私の書翰集より（五）（王
昶雄）
　◇「日本統治期台湾文学集成 29」緑蔭書房 2007
　　p293
故郷の春（鷺沢萌）
　◇「人の物語」角川書店 2001 （New History）p59
護郷兵―タタの巻 二幕六景（吉村敏）
　◇「日本統治期台湾文学集成 13」緑蔭書房 2003
　　p15
護郷兵―マズルンの巻 三幕二景（吉村敏）
　◇「日本統治期台湾文学集成 13」緑蔭書房 2003
　　p107
故郷忘じがたく候（司馬遼太郎）
　◇「慕情深川しぐれ」光風社出版 1998 （光風社文
　　庫）p7
故郷忘じたく候（荒山徹）
　◇「代表作時代小説 平成15年度」光風社出版 2003
　　p345
こぎん（青水洸）
　◇「ゆきのまち幻想文学賞小品集 23」企画集団ぷり
　　ずむ 2014 p142
ご近所さんにご用心（佐藤青南）
　◇「『このミステリーがすごい！』大賞作家書き下ろ
　　しBOOK vol.11」宝島社 2015 p135
刻（李良枝）
　◇「〈在日〉文学全集 8」勉誠出版 2006 p133
獄（趙南哲）
　◇「〈在日〉文学全集 18」勉誠出版 2006 p130
哭（李恢成）
　◇「日本文学100年の名作 7」新潮社 2015 （新潮文
　　庫）p331
哭（金太中）
　◇「〈在日〉文学全集 18」勉誠出版 2006 p113
黒衣聖母（芥川龍之介）
　◇「文豪怪談傑作選 芥川龍之介集」筑摩書房 2010
　　（ちくま文庫）p18
黒衣聖母（網野友子）
　◇「中学生のドラマ 4」晩成書房 2003 p81
黒衣の神話（斧澤燎）
　◇「リトル・リトル・クトゥルー―史上最小の神話
　　小説集」学習研究社 2009 p102
黒衣の聖母（山田風太郎）
　◇「コレクション戦争と文学 10」集英社 2012 p98
黒衣マリ（渡辺啓助）
　◇「黒の怪」勉誠出版 2002 （べんせいライブラ
　　リー）p181
刻印（小林泰三）
　◇「蟲―コレクション」メディアワークス 2002 （電
　　撃文庫）p91

虚空（埴谷雄高）
◇「新装版 全集現代文学の発見 2」學藝書林 2002 p315
◇「戦後占領期短篇小説コレクション 5」藤原書店 2007 p125
◇「幻視の系譜」筑摩書房 2013 （ちくま文庫） p393

穀雨―4月20日ごろ（川本晶子）
◇「君と過ごす季節―春から夏へ、12の暦物語」ポプラ社 2012 （ポプラ文庫） p129

虚空残月―服部半蔵（南原幹雄）
◇「時代小説傑作選 5」新人物往来社 2008 p73

虚空人魚（笙野頼子）
◇「山田詠美・増田みず子・松浦理英子・笙野頼子」角川書店 1999 （女性作家シリーズ） p347
◇「戦後短篇小説再発見 10」講談社 2002 （講談社文芸文庫） p200

虚空の噴水（堀晃）
◇「日本SF・名作集成 5」リブリオ出版 2005 p7

虚空より（篠田真由美）
◇「十月のカーニヴァル」光文社 2000 （カッパ・ノベルス） p61

虚空楽園（朱川湊人）
◇「ザ・ベストミステリーズ―推理小説年鑑 2005」講談社 2005 p451
◇「隠された鍵」講談社 2008 （講談社文庫） p173

国学者（痩々亭骨皮道人）
◇「新日本古典文学大系 明治編 29」岩波書店 2005 p248

哭花十律（中野逍遙）
◇「新日本古典文学大系 明治編 2」岩波書店 2004 p398

黒月物語（倉阪鬼一郎）
◇「凶鳥の黒影―中井英夫へ捧げるオマージュ」河出書房新社 2004 p73

國語と生活の一致（許俊）
◇「近代朝鮮文学日本語作品集1939〜1945 評論・随筆篇 3」緑蔭書房 2002 p484

國語の新聞小説と作者の言葉（作者表記なし）
◇「近代朝鮮文学日本語作品集1939〜1945 評論・随筆篇 3」緑蔭書房 2002 p259

国語の光（作者表記なし）
◇「日本統治期台湾文学集成 10」緑蔭書房 2003 p239

國語面創設に就いて（作者表記なし）
◇「近代朝鮮文学日本語作品集1901〜1938 評論・随筆篇 3」緑蔭書房 2004 p21

国際基準（あんどー春）
◇「ショートショートの花束 7」講談社 2015 （講談社文庫） p120

国際再雇用研修（渡辺秀明）
◇「ショートショートの広場 16」講談社 2005 （講談社文庫） p40

国際小説 上海（木枝荘十）
◇「外地探偵小説集 上海篇」せらび書房 2006 p85

極上と並の物語（小野村誠）

全作家短編小説集 10」のべる出版 2011 p48

黒人の兄弟（江馬修）
◇「新・プロレタリア文学精選集 10」ゆまに書房 2004 p27

黒人霊歌（志樹逸馬）
◇「ハンセン病文学全集 6」皓星社 2003 p456

骸炭山（一）（小野十三郎）
◇「新装版 全集現代文学の発見 13」學藝書林 2004 p230

骸炭山（二）（小野十三郎）
◇「新装版 全集現代文学の発見 13」學藝書林 2004 p230

国籍（李正子）
◇「〈在日〉文学全集 17」勉誠出版 2006 p225

黒石館の殺人（小森健太朗）
◇「贋作館事件」原書房 1999 p191

国籍は天にあり（谷川秋夫）
◇「ハンセン病文学全集 8」皓星社 2006 p499

国葬（秋山清）
◇「新装版 全集現代文学の発見 別巻」學藝書林 2005 p515

告訴状（太田工兵）
◇「てのひら怪談―ビーケーワン怪談大賞傑作選 庚寅」ポプラ社 2010 （ポプラ文庫） p54

黒檀の匣（韓植）
◇「近代朝鮮文学日本語作品集1939〜1945 創作篇 6」緑蔭書房 2001 p64

告知（榊漠々）
◇「ショートショートの広場 15」講談社 2004 （講談社文庫） p95

告知（篠埜潔）
◇「竹筒に花はなくとも―短篇十人集」日曜舎 1997 p32

告知義務法（九頭竜正志）
◇「ショートショートの花束 6」講談社 2014 （講談社文庫） p244

獄中歌（藤本松夫）
◇「ハンセン病文学全集 8」皓星社 2006 p234

獄中から（金龍済）
◇「近代朝鮮文学日本語作品集1901〜1938 評論・随筆篇 3」緑蔭書房 2004 p345

獄中漢詩選（金龍済）
◇「近代朝鮮文学日本語作品集1908〜1945 セレクション 6」緑蔭書房 2008 p31

獄中通信（金龍済）
◇「近代朝鮮文学日本語作品集1901〜1938 評論・随筆篇 3」緑蔭書房 2004 p345

獄中の女より男に（原田皐月）
◇「青鞜文学集」不二出版 2004 p209

獄中の雑詩（成島柳北）
◇「新日本古典文学大系 明治編 2」岩波書店 2004 p240

黒鳥亭殺人事件（有栖川有栖）
◇「綾辻行人と有栖川有栖のミステリ・ジョッキー 2」講談社 2009 p13

こくと

極道温泉（清水義範）
◇「冒険の森へ―傑作小説大全 18」集英社 2016 p20

黒洞虫（森下一仁）
◇「宇宙生物ゾーン」廣済堂出版 2000 （廣済堂文庫）p51

国道20号線（相澤虎之助, 富田克也）
◇「年鑑代表シナリオ集 '07」シナリオ作家協会 2009 p257

告白（桐野夏生）
◇「Invitation」文藝春秋 2010 p97
◇「甘い罠―8つの短篇小説集」文藝春秋 2012 （文春文庫）p95

告白（小原猛）
◇「男たちの怪談百物語」メディアファクトリー 2012 〔幽BOOKS〕）p72

告白（たなかなつみ）
◇「超短編の世界 vol.3」創英社 2011 p71

告白（谷口雅美）
◇「センチメンタル急行―あの日へ帰る、旅情短篇集」泰文堂 2010 （Linda books！）p28

告白（つきだまさし）
◇「ハンセン病文学全集 7」皓星社 2004 p161

告白（南部樹未子）
◇「金曜の夜は、ラブ・ミステリー」三笠書房 2000 （王様文庫）p285

告白（福原陽雪）
◇「ショートショートの広場 16」講談社 2005 （講談社文庫）p95

告白する志保子（小泉雅二）
◇「ハンセン病文学全集 7」皓星社 2004 p89

告白するなかれ（三島由紀夫）
◇「ちくま日本文学 10」筑摩書房 2008 （ちくま文庫）p437

告発（金太中）
◇「〈在日〉文学全集 18」勉誠出版 2006 p110

黒白（井上祐美子）
◇「C・N 25―C・novels創刊25周年アンソロジー」中央公論新社 2007 （C novels）p588

黒苗（鳥羽亮）
◇「不可思議な殺人―ミステリー・アンソロジー」祥伝社 2000 （祥伝社文庫）p123

國文學問題―所謂用語觀の固陋性に就て（1）～（6）（韓曉）
◇「近代朝鮮文学日本語作品集1939～1945 評論・随筆篇 1」緑蔭書房 2002 p59

黒壁（泉鏡花）
◇「文豪怪談傑作選 泉鏡花集」筑摩書房 2006 （ちくま文庫）p355

告別（萩原朔太郎）
◇「ちくま日本文学 36」筑摩書房 2009 （ちくま文庫）p195

告別（由起しげ子）
◇「戦後占領期短篇小説コレクション 6」藤原書店 2007 p17

◇「百年小説」ポプラ社 2008 p1031

告別異聞（加藤郁乎）
◇「新装版 全集現代文学の発見 13」學藝書林 2004 p619

告別のあいさつ（大原まり子）
◇「ロボット・オペラ―An Anthology of Robot Fiction and Robot Culture」光文社 2004 p560

穀干場のある教會（金関丈夫）
◇「日本統治期台湾文学集成 17」緑蔭書房 2003 p201

こぐまビル（寺地はるな）
◇「太宰治賞 2014」筑摩書房 2014 p161

國民演劇の樹立（安英一）
◇「近代朝鮮文学日本語作品集1939～1945 評論・随筆篇 1」緑蔭書房 2002 p423

國民劇樹立の意義（1）～（3）（咸大勲）
◇「近代朝鮮文学日本語作品集1939～1945 評論・随筆篇 1」緑蔭書房 2002 p223

國民的信念（鄭人澤）
◇「近代朝鮮文学日本語作品集1939～1945 評論・随筆篇 3」緑蔭書房 2002 p484

「国民之友」及び「女学雑誌」（山路愛山）
◇「新日本古典文学大系 明治篇 26」岩波書店 2002 p451

國民文學の諸問題（牧洋）
◇「近代朝鮮文学日本語作品集1939～1945 評論・随筆篇 1」緑蔭書房 2002 p305

國民文學の黎明期（文藝時評）（金村龍濟）
◇「近代朝鮮文学日本語作品集1939～1945 評論・随筆篇 1」緑蔭書房 2002 p273

國民文學は國語で（牧洋）
◇「近代朝鮮文学日本語作品集1939～1945 評論・随筆篇 3」緑蔭書房 2002 p483

穀物と葡萄の祝祭（作者表記なし）
◇「新装版 全集現代文学の発見 8」學藝書林 2003 p569

獄門台の首（久礼秀夫）
◇「ショートショートの広場 15」講談社 2004 （講談社文庫）p153

獄門帳（沙羅双樹）
◇「極め付き時代小説選 1」中央公論新社 2004 （中公文庫）p53

小倉庵長治（依田学海）
◇「新日本古典文学大系 明治編 3」岩波書店 2005 p156

極楽（栗田有起）
◇「東と西 1」小学館 2009 p158
◇「東と西 1」小学館 2012 （小学館文庫）p177

極楽いぶかしくは（白洲正子）
◇「精選女性随筆集 7」文藝春秋 2012 p251

極楽急行（海音寺潮五郎）
◇「歴史小説の世紀 天の巻」新潮社 2000 （新潮文庫）p247

極楽鳥（小沢章友）
◇「トロピカル」廣済堂出版 1999 （廣済堂文庫）

ここう

p283

極楽ツアー殺人（斎藤栄）
◇「最新「珠玉推理」大全 中」光文社 1998（カッパ・ノベルス）p173
◇「怪しい舞踏会」光文社 2002（光文社文庫）p241

極楽まくらおとし図（深沢七郎）
◇「日本文学100年の名作 8」新潮社 2015（新潮文庫）p9

高麗討ち（東郷隆）
◇「代表作時代小説 平成24年度」光文社 2012 p51

黒竜潭異聞（田中芳樹）
◇「代表作時代小説 平成12年度」光風社出版 2000 p119

ゴーグル男の怪（島田荘司）
◇「探偵Xからの挑戦状！ season3」小学館 2012（小学館文庫）p163

孤軍の城（野田真理子）
◇「代表作時代小説 平成20年度」光文社 2008 p131

苔（尾崎一雄）
◇「胞子文学名作選」港の人 2013 p161

苔（金子光晴）
◇「胞子文学名作選」港の人 2013 p351

固形（吉岡実）
◇「新装版 全集現代文学の発見 9」學藝書林 2004 p522

古型を固執する時は退歩す 上下（孫晋泰）
◇「近代朝鮮文学日本語作品集1908〜1945 セレクション 5」緑蔭書房 2008 p195

コケコッコー（全美恵）
◇「〈在日〉文学全集 18」勉誠出版 2006 p358

後家殺し（木鏑勤）
◇「幻の探偵雑誌 10」光文社 2002（光文社文庫）p45

こけ猿（西村望）
◇「逢魔への誘い」徳間書店 2000（徳間文庫）p281

こけし（菊田英生）
◇「現代作家代表選集 1」鼎書房 2012 p5

こけし館（添田みわこ）
◇「むすぶ―第11回フェリシモ文学賞作品集」フェリシモ 2012 p29

焦げた聖書（甲賀三郎）
◇「古書ミステリー倶楽部―傑作推理小説集」光文社 2013（光文社文庫）p59

焦茶色のパステル（岡嶋二人）
◇「江戸川乱歩賞全集 14」講談社 2002（講談社文庫）p377

孤月殺人事件（柴田哲孝）
◇「タッグ私の相棒―警察アンソロジー」角川春樹事務所 2015 p175

苔について（永瀬清子）
◇「胞子文学名作選」港の人 2013 p9

苔の下を行く（金熙明）
◇「近代朝鮮文学日本語作品集1901〜1938 創作篇 1」

緑蔭書房 2004 p191

後家の春（山手樹一郎）
◇「江戸の老人力―時代小説傑作選」集英社 2002（集英社文庫）p341

苔やはらかに。（伊藤香織）
◇「胞子文学名作選」港の人 2013 p81

漕げよマイケル（皆川博子）
◇「誘惑―女流ミステリー傑作選」徳間書店 1999（徳間文庫）p415

苔龍胆 第一集（駿河療養所岳南短歌会）
◇「ハンセン病文学全集 8」皓星社 2006 p141

苔龍胆 第二集（駿河療養所岳南短歌会）
◇「ハンセン病文学全集 8」皓星社 2006 p155

苔龍胆 第三集（駿河療養所岳南短歌会）
◇「ハンセン病文学全集 8」皓星社 2006 p187

苔龍胆 第四集（駿河療養所岳南短歌会）
◇「ハンセン病文学全集 8」皓星社 2006 p250

苔龍胆 第五集（駿河療養所岳南短歌会）
◇「ハンセン病文学全集 8」皓星社 2006 p293

苔龍胆 第六集（駿河療養所岳南短歌会）
◇「ハンセン病文学全集 8」皓星社 2006 p350

五軒家の谷の曲がったトンネル（真鍋道尾）
◇「太宰治賞 1999」筑摩書房 1999 p183

午後（幸田文）
◇「精選女性随筆集 1」文藝春秋 2012 p153

午後（福永信）
◇「文学 2011」講談社 2011 p116

ココア（島本理生）
◇「スタートライン―始まりをめぐる19の物語」幻冬舎 2010（幻冬舎文庫）p79

ココア火山（ニトラマナミ）
◇「冷と温―第13回フェリシモ文学賞作品集」フェリシモ 2010 p8

ココアとスミレ（石田衣良）
◇「吾輩も猫である」新潮社 2016（新潮文庫）p73

ココアのいたずら（稲垣足穂）
◇「ちくま日本文学 16」筑摩書房 2008（ちくま文庫）p38

ココアのおばちゃん（杜地都）
◇「てのひら怪談―ビーケーワン怪談大賞傑作選 辛卯」ポプラ社 2011（ポプラ文庫）p184

ココア山の話（稲垣足穂）
◇「近代童話」（メルヘン）と賢治」おうふう 2014 p63

後光殺人事件（小栗虫太郎）
◇「名探偵の憂鬱」青樹社 2000（青樹社文庫）p89

五号室（日野原康史）
◇「日本統治期台湾文学集成 6」緑蔭書房 2002 p157

後光譚（神坂次郎）
◇「鬼火が呼んでいる―時代小説傑作選」講談社 1997（講談社文庫）p153

孤高の剣鬼（南條範夫）
◇「幕末剣豪人斬り異聞 佐幕篇」アスキー 1997

ここう

（Aspect novels）p31
◇「幕末テロリスト列伝」講談社 2004（講談社文庫）p165

孤高のメス（加藤正人）
◇「年鑑代表シナリオ集 '10」シナリオ作家協会 2011 p157

凍える女（小川未明）
◇「文豪怪談傑作選 小川未明集」筑摩書房 2008（ちくま文庫）p132

凍える口（金鶴泳）
◇「〈在日〉文学全集 6」勉誠出版 2006 p5

ここが青山（奥田英朗）
◇「短編工場」集英社 2012（集英社文庫）p41

故国と在日と文学と―四十八年ぶりの韓国を訪ねて（金時鐘）
◇「〈在日〉文学全集 5」勉誠出版 2006 p306

555のコッペン（佐藤友哉）
◇「Story Seller 3」新潮社 2011（新潮文庫）p281

午後三時のくしゃみ（島崎一裕）
◇「ショートショートの広場 14」講談社 2003（講談社文庫）p148

午後三時までの退屈な風景（岡崎琢磨）
◇「『このミステリーがすごい！』大賞作家書き下ろしBOOK vol.2」宝島社 2013 p53

ここじゃない場所（本多孝好）
◇「Story Seller」新潮社 2009（新潮文庫）p553

ココナツ（辻和子）
◇「トロピカル」廣済堂出版 1999（廣済堂文庫）p375

ココナッツ・クラッシュ（中島らも）
◇「輝きの一瞬―短くて心に残る30編」講談社 1999（講談社文庫）p9

ココナツの樹のある家（楊逸）
◇「文学 2016」講談社 2016 p80

ここにいる（矢口慧）
◇「てのひら怪談―ビーケーワン怪談大賞傑作選 壬辰」ポプラ社 2012（ポプラ文庫）p102

ここに恐竜あり（筒井康隆）
◇「恐竜文学大全」河出書房新社 1998（河出文庫）p317

ここの一年（トロチェフ, コンスタンチン）
◇「ハンセン病文学全集 7」皓星社 2004 p518

午後の歌 ――娘に（池澤夏樹）
◇「日本文学全集 29」河出書房新社 2016 p69

九日雨ふる。子文の過ぎられ、対酌して詠を成す（森春濤）
◇「新日本古典文学大系 明治編 2」岩波書店 2004 p20

午後の凝視（小村義夫）
◇「ハンセン病文学全集 7」皓星社 2004 p193

午後の恐竜（星新一）
◇「恐竜文学大全」河出書房新社 1998（河出文庫）p9

午後の最後の芝生（村上春樹）
◇「文学で考える〈仕事〉の百年」双文社出版 2010

p169
◇「文学で考える〈仕事〉の百年」翰林書房 2016 p169
◇「日本文学全集 28」河出書房新社 2017 p137

午後の林（赤井都）
◇「超短編の世界」創英社 2008 p38

午後のひととき（河野アサ）
◇「全作家短編小説集 10」のべる出版 2011 p77

午後のメロン（高樹のぶ子）
◇「エクスタシィ―大人の恋の物語り」ベストセラーズ 2003 p7

ここまでがユートピア（鹿目由紀）
◇「優秀新人戯曲集 2011」ブロンズ新社 2010 p223

こごみの味（高村光太郎）
◇「文人御馳走帖」新潮社 2014（新潮文庫）p153

ココヤシ（林巧）
◇「アジアン怪綺」光文社 2003（光文社文庫）p83

ここより遠く（金時鐘）
◇「〈在日〉文学全集 5」勉誠出版 2006 p194

こころ（夏目漱石）
◇「二時間目国語」宝島社 2008（宝島社文庫）p166
◇「涙の百年文学―もう一度読みたい」太陽出版 2009 p264

こゝろ（金東鳴）
◇「近代朝鮮文学日本語作品集1939～1945 創作篇 6」緑蔭書房 2001 p86

こゝろ（萩原朔太郎）
◇「ちくま日本文学 36」筑摩書房 2009（ちくま文庫）p17

心（夏目漱石）
◇「文豪怪談傑作選 明治編」筑摩書房 2011（ちくま文庫）p145

長篇 心相觸れてこそ（李光洙）
◇「近代朝鮮文学日本語作品集1939～1945 創作篇 1」緑蔭書房 2001 p313

心あたりのある者は（米澤穂信）
◇「本格ミステリー二〇〇七年本格短編ベスト・セレクション 07」講談社 2007（講談社ノベルス）p369
◇「ザ・ベストミステリーズ―推理小説年鑑 2007」講談社 2007 p357
◇「ULTIMATE MYSTERY―究極のミステリー、ここにあり」講談社 2010（講談社文庫）p163
◇「法廷ジャックの心理学―本格短編ベスト・セレクション」講談社 2011（講談社文庫）p567

小五郎さんはペシミスト（南條範夫）
◇「野辺に朽ちぬとも―吉田松陰と松下村塾の男たち」英社 2015（集英社文庫）p269

こころを送る（許南麒）
◇「〈在日〉文学全集 2」勉誠出版 2006 p152

心を知らぬ君のために（江頭麻美, 渡部園美）
◇「中学校創作脚本集 3」晩成書房 2008 p127

心を掬う（柚月裕子）
◇「しあわせなミステリー」宝島社 2012 p115
◇「ザ・ベストミステリーズ―推理小説年鑑 2013」

講談社 2013 p287
◇「ほっこりミステリー」宝島社 2014（宝島社文庫）p125
◇「Symphony漆黒の交響曲」講談社 2016（講談社文庫）p233

ココロとカラダ（安藤尋，玉城悟）
◇「年鑑代表シナリオ集 '04」シナリオ作家協会 2005 p271

心の色（池田圭一郎）
◇「つながり―フェリシモしあわせショートショート」フェリシモ 1999 p15

こゝろの陰翳（李孝石）
◇「近代朝鮮文学日本語作品集1901～1938 評論・随筆篇 3」緑蔭書房 2004 p29

心の通い合う場（若林真）
◇「創刊一〇〇年三田文学名作選」三田文学会 2010 p691

心の距離なんて実際の距離にくらべれば、―『遠くでずっとそばにいる』番外編（狗飼恭子）
◇「サイドストーリーズ」KADOKAWA 2015（角川文庫）p137

心の隙間を灯で埋めて（垣谷美雨）
◇「エール！ 2」実業之日本社 2013（実業之日本社文庫）p163

こころの痛点（秋日穂月）
◇「ハンセン病文学全集 7」皓星社 2004 p502

心の中では人知れず泣いておる≫西田外彦（西田幾多郎）
◇「日本人の手紙 1」リブリオ出版 2004 p156

心の兄さん（徴兵制実施記念）（佐藤春夫）
◇「日本統治期台湾文学集成 23」緑蔭書房 2007 p371

心の秤（阿部光子）
◇「コレクション私小説の冒険 1」勉誠出版 2013 p205

こころの古里（トロチェフ，コンスタンチン）
◇「ハンセン病文学全集 7」皓星社 2004 p41

心の向こうに（清水康江）
◇「高校演劇Selection 2004 下」晩成書房 2004 p89

心の眼鏡（北川歩実）
◇「紅と蒼の恐怖―ホラー・アンソロジー」祥伝社 2002（Non novel）p43

心の闇（綾辻行人）
◇「量子回廊―年刊日本SF傑作選」東京創元社 2010（創元SF文庫）p311

心の闇（尾崎紅葉）
◇「明治の文学 6」筑摩書房 2001 p199
◇「新日本古典文学大系 明治編 19」岩波書店 2003 p337

こころ日和（横山悦子）
◇「ゆくりなくも」鶴書院 2009（シニア文学秀作選）p45

心むすび（田川友江）
◇「むすぶ―第11回フェリシモ文学賞作品集」フェ

リシモ 2008 p135

心やさしき「からゆきさん」からのお便り≫山崎朋子（山川サキ）
◇「日本人の手紙 10」リブリオ出版 2004 p196

「こゝろよき」の巻（而笑・松露表六句）（西谷富水）
◇「新日本古典文学大系 明治編 4」岩波書店 2003 p227

心よ羽ばたけ（林みち子）
◇「ハンセン病文学全集 8」皓星社 2006 p316

ここは（塔和子）
◇「ハンセン病文学全集 7」皓星社 2004 p511

ここは（無下衛門）
◇「平成28年熊本地震作品集」くまもと文学・歴史館友の会 2016 p29

ここは地獄のどん底≫友（金子文子）
◇「日本人の手紙 2」リブリオ出版 2004 p190

ここは楽園（根多加良）
◇「渚にて―あの日からの〈みちのく怪談〉」荒蝦夷 2016 p198

コザ（目取真俊）
◇「街物語」朝日新聞社 2000 p200

古座（中上健次）
◇「日本文学全集 23」河出書房新社 2015 p445

小才子（伊東潤）
◇「代表作時代小説 平成26年度」光文社 2014 p105

五彩の山（戸部新十郎）
◇「おもかげ行燈」光風社出版 1998（光風社文庫）p87
◇「武士道残月抄」光文社 2011（光文社文庫）p305

湖西焼き物考（宮司孝男）
◇「「伊豆文学賞」優秀作品集 第16回」羽衣出版 2013 p208

湖西連峰の山寺跡（増田瑞穂）
◇「「伊豆文学賞」優秀作品集 第15回」羽衣出版 2012 p251

誤作動（佐藤千恵）
◇「超短編の世界」創英社 2008 p76

小猿主水（東郷隆）
◇「代表作時代小説 平成18年度」光文社 2006 p391

故山に寄す（金城文興）
◇「近代朝鮮文学日本語作品集1908～1945 セレクション 4」緑蔭書房 2008 p465

古市（こし）（アンデルセン著，森鷗外訳）
◇「新日本古典文学大系 明治編 25」岩波書店 2004 p234

護持院原の敵討（森鷗外）
◇「ちくま日本文学 17」筑摩書房 2008（ちくま文庫）p154

巨済島（許南麒）
◇「〈在日〉文学全集 2」勉誠出版 2006 p271

巨済島（金時鐘）
◇「〈在日〉文学全集 5」勉誠出版 2006 p142

こしお

古寺を訪ねる心——はしがきにかえて（白洲正子）
　◇「精選女性随筆集 7」文藝春秋 2012 p240

腰掛茶屋お銀事件帖 二人半兵衛（大栗丹後）
　◇「捕物時代小説選集 6」春陽堂書店 2000（春陽文庫）p80

五色蟹（岡本綺堂）
　◇「幻想小説大全」北宋社 2002 p538
　◇「温泉小説」アーツアンドクラフツ 2006 p68

乞食の大將（金煕明）
　◇「近代朝鮮文学日本語作品集1901〜1938 創作篇 1」緑蔭書房 2004 p169

讀切小説 乞食の墓（金史良）
　◇「近代朝鮮文学日本語作品集1939〜1945 創作篇 4」緑蔭書房 2001 p348

五色の舟（津原泰水）
　◇「結晶銀河一年刊日本SF傑作選」東京創元社 2011（創元SF文庫）p103

五色の舟——一夜の幻を売る異形の家族に、怪物"くだん"が見せた未来（津原泰水）
　◇「NOVA——書き下ろし日本SFコレクション 2」河出書房新社 2010（河出文庫）p311

乞食の名誉（伊藤野枝）
　◇「「新編」日本女性文学全集 4」菁柿堂 2012 p442

乞食夫人（長田午狂）
　◇「日本舞踊舞踊劇選集」西川会 2002 p177

古寺幻想記（木村恵利香）
　◇「ゆきのまち幻想文学賞小品集 10」企画集団ぷりずむ 2001 p182

古祠（こし）、瞽女（アンデルセン著，森鷗外訳）
　◇「新日本古典文学大系 明治編 25」岩波書店 2004 p286

仔獅子（中島敦）
　◇「ちくま日本文学 12」筑摩書房 2008（ちくま文庫）p438

『故事新編』と花田清輝（長谷川四郎）
　◇「戦後文学エッセイ選 2」影書房 2006 p216

ご時世（松音戸子）
　◇「てのひら怪談——ビーケーワン怪談大賞傑作選」ポプラ社 2007 p90
　◇「てのひら怪談——ビーケーワン怪談大賞傑作選」ポプラ社 2008（ポプラ文庫）p94

五十階で待つ（大沢在昌）
　◇「Anniversary 50——カッパ・ノベルス創刊50周年記念作品」光文社 2009（Kappa novels）p107

五十間川（都筑道夫）
　◇「物語の魔の物語——メタ怪談傑作選」徳間書店 2001（徳間文庫）p95

故事二篇（佐藤春夫）
　◇「日本文学全集 29」河出書房新社 2016 p26

越乃寒梅泥棒（笙野頼子）
　◇「文学 1997」講談社 1997 p184

誤字の認印（鏡巧）
　◇「ハンセン病文学全集 8」皓星社 2006 p505

腰紐呪法（島本春雄）

「怪奇・伝奇時代小説選集 10」春陽堂書店 2000（春陽文庫）p245

小島に生きる（長島愛生園）
　◇「ハンセン病文学全集 8」皓星社 2006 p124

小島に生きる（長島愛生園合同作品集）
　◇「ハンセン病文学全集 6」皓星社 2003 p67

長篇小説 胡志明（呉濁流）
　◇「日本統治期台湾文学集成 30」緑蔭書房 2007 p5

五勺の酒（中野重治）
　◇「新装版 全集現代文学の発見 4」學藝書林 2003 p8
　◇「戦後占領期短篇小説コレクション 2」藤原書店 2007 p7
　◇「日本文学全集 27」河出書房新社 2017 p199

ゴージャス・ムッちゃん（犬丸りん）
　◇「憑き者——全篇書下ろし傑作ホラーアンソロジー」アスキー 2000（A-novels）p201

孤愁（氷上恵介）
　◇「ハンセン病に咲いた花——初期文芸名作選 戦後編」皓星社 2002（ハンセン病叢書）p74

50円玉とわたし（いしいひさいち）
　◇「競作五十円玉二十枚の謎」東京創元社 2000（創元推理文庫）p406

五十円玉二十枚の謎 問題編（若竹七海）
　◇「競作五十円玉二十枚の謎」東京創元社 2000（創元推理文庫）p12

五十円玉二十枚両替男の冒険（阿部陽一）
　◇「競作五十円玉二十枚の謎」東京創元社 2000（創元推理文庫）p323

五十円玉二十個を両替する男——または編集長Y・T氏の陰謀（笠原卓）
　◇「競作五十円玉二十枚の謎」東京創元社 2000（創元推理文庫）p296

五重像（折原一）
　◇「最新「珠玉推理」大全 上」光文社 1998（カッパ・ノベルス）p124
　◇「幻惑のラビリンス」光文社 2001（光文社文庫）p181

五十日、六十日（田木繁）
　◇「新装版 全集現代文学の発見 別巻」學藝書林 2005 p500

五十年（浅井あい）
　◇「ハンセン病文学全集 8」皓星社 2006 p412

五十年後の物語（歌野晶午）
　◇「みんなの少年探偵団 2」ポプラ社 2016 p49

五重塔（高村左文郎）
　◇「名作テレビドラマ集」白河結城刊行会 2007 p19

五十八歳の童女（村上元三）
　◇「江戸の老人力——時代小説傑作選」集英社 2002（集英社文庫）p257

五十万年の死角（伴野朗）
　◇「江戸川乱歩賞全集 10」講談社 2000（講談社文庫）p451

五六億七千万年の二日酔い（谷甲州）
　◇「SFバカ本 白菜編」ジャストシステム 1997 p55

◇「SFバカ本 白菜篇プラス」廣済堂出版 1999（廣済堂文庫）p63

呉淞クリーク（日比野士朗）
　◇「コレクション戦争と文学 7」集英社 2011 p121

後生車（早見裕司）
　◇「時間怪談」廣済堂出版 1999（廣済堂文庫）p121

悟浄出世（中島敦）
　◇「新装版 全集現代文学の発見 7」學藝書林 2003 p50
　◇「ちくま日本文学 12」筑摩書房 2008（ちくま文庫）p362
　◇「日本文学全集 16」河出書房新社 2016 p312

古沼抄（花田清輝）
　◇「戦後文学エッセイ選 1」影書房 2005 p228

古書卯月（藤谷治）
　◇「明日町こんべいとう商店街―招きうさぎと六軒の物語 2」ポプラ社 2014（ポプラ文庫）p9

悟浄歎異（中島敦）
　◇「ちくま日本文学 12」筑摩書房 2008（ちくま文庫）p404

悟浄歎異（作者表記なし）
　◇「新装版 全集現代文学の発見 7」學藝書林 2003 p72

悟浄歎異―沙門悟浄の手記―（中島敦）
　◇「日本文学全集 16」河出書房新社 2016 p339

御詫に候（鈴木輝一郎）
　◇「白刃光る」新潮社 1997 p165
　◇「時代小説―読切刃御免 4」新潮社 2005（新潮文庫）p143

古書狩り（横山順彌）
　◇「書物愛 日本篇」晶文社 2005 p161
　◇「書物愛 日本篇」東京創元社 2014（創元ライブラリ）p157

五所川原（太宰治）
　◇「文豪怪談傑作選 太宰治集」筑摩書房 2009（ちくま文庫）p341

「ゴジラ」の来る夜（武田泰淳）
　◇「怪獣」国書刊行会 1998（書物の王国）p154
　◇「怪獣文学大全」河出書房新社 1998（河出文庫）p9
　◇「コレクション戦争と文学 3」集英社 2012 p309

ゴジラの来迎―もう一つの科学史（中沢新一）
　◇「怪獣文学大全」河出書房新社 1998（河出文庫）p319

護身（白井春星子）
　◇「ハンセン病文学全集 9」皓星社 2010 p242

ご信心のおん方さまは（高家あさひ）
　◇「てのひら怪談―ビーケーワン怪談大賞傑作選 壬辰」ポプラ社 2012（ポプラ文庫）p142

個人的接觸の機會（兪鎭午）
　◇「近代朝鮮文学日本語作品集1939～1945 評論・随筆篇 1」緑蔭書房 2002 p473

個人的な記憶二つ（堀田善衞）
　◇「戦後文学エッセイ選 11」影書房 2007 p37

胡人の匂ひ（金関丈夫）
　◇「日本統治期台湾文学集成 17」緑蔭書房 2003 p57

故人の二つの仕合せ（江戸川乱歩）
　◇「幻の探偵雑誌」光文社 2002（光文社文庫）p326

故人の名稱（金関丈夫）
　◇「日本統治期台湾文学集成 17」緑蔭書房 2003 p186

《コーシン・ミステリイ》より（高信太郎）
　◇「山口雅也の本格ミステリ・アンソロジー」角川 2007（角川文庫）p155

湖水（三好達治）
　◇「新装版 全集現代文学の発見 13」學藝書林 2004 p99

湖水渡（作者表記なし）
　◇「新日本古典文学大系 明治編 4」岩波書店 2003 p420

小遣いの使い方（香山末子）
　◇「ハンセン病文学全集 7」皓星社 2004 p313

小塚っ原綺聞（畑耕一）
　◇「怪奇・伝奇時代小説選集 8」春陽堂書店 2000（春陽文庫）p131

コスタリカの雨は冷たい（東野圭吾）
　◇「海外トラベル・ミステリー―7つの旅物語」三笠書房 2000（王様文庫）p247

ゴースト（図子慧）
　◇「逆想コンチェルト―イラスト先行・競作小説アンソロジー 奏の1」徳間書店 2010 p188

ゴーストタウン（加藤正和）
　◇「ショートショートの広場 12」講談社 2001（講談社文庫）p153

ゴースト・トレイン（連城三紀彦）
　◇「愛憎発殺人行―鉄道ミステリー名作館」徳間書店 2004（徳間文庫）p5

ゴースト・パーク（難波弘之）
　◇「SFバカ本 だるま篇」廣済堂出版 1999（廣済堂文庫）p165

ゴースト・フライト（田中光二）
　◇「冒険の森へ―傑作小説大全 13」集英社 2016 p14

ゴーストライター（瀬尾まいこ）
　◇「短篇ベストコレクション―現代の小説 2006」徳間書店 2006（徳間文庫）p265

コズミックロマンスカルテットwith E―「結婚してぇん…」全裸女が宇宙船に現れた（小川一水）
　◇「NOVA―書き下ろし日本SFコレクション 7」河出書房新社 2012（河出文庫）p61

コスモ酒（草見沢繁）
　◇「むすぶ―第11回フェリシモ文学賞作品集」フェリシモ 2008 p52

コスモス有情（井上菅子）
　◇「山形県文学全集第2期（随筆・紀行編）6」郷土出版社 2005 p75

コスモス街道（辻井喬）

こすも

◇「恋物語」朝日新聞社 1998 p132

コスモスの鉢（藤原遊子）
◇「新・本格推理 05」光文社 2005 （光文社文庫）p169

コスモスの夜（村野四郎）
◇「新装版 全集現代文学の発見 13」學藝書林 2004 p245

コスモノートリス（藤崎慎吾）
◇「ロボット・オペラ―An Anthology of Robot Fiction and Robot Culture」光文社 2004 p729

コスモレンジャー ゴー！ ゴゴー！（野口祐之）
◇「小学校・全員参加の楽しい学級劇・学年劇脚本集 中学年」黎明書房 2006 p126

子づれ兵法者（佐江衆一）
◇「秘剣舞う―剣豪小説の世界」学習研究社 2002（学研M文庫）p307

個性化教育モデル校（村田基）
◇「SFバカ本 たわし篇プラス」廣済堂出版 1998（廣済堂文庫）p55

ご請求書（夢之木直人）
◇「ショートショートの広場 20」講談社 2008（講談社文庫）p74

個性的な彼女（みわみつる）
◇「ショートショートの花束 3」講談社 2011（講談社文庫）p195

古蹟案内（許南麒）
◇「〈在日〉文学全集 2」勉誠出版 2006 p104

後席の男（押井守）
◇「タッグ私の相棒―警察アンソロジー」角川春樹事務所 2015 p147

替女の顔（諸田玲子）
◇「捨て子稲荷―時代アンソロジー」祥伝社 1999（祥伝社文庫）p75

古銭鑑賞家の死（葛山二郎）
◇「幻の名探偵―傑作アンソロジー」光文社 2013（光文社文庫）p161

御先祖様万歳（小松左京）
◇「新装版 全集現代文学の発見 16」學藝書林 2005 p380

御先代様（源氏鶏太）
◇「昭和の短篇一人一冊集成 源氏鶏太」未知谷 2008 p93

午前二時（幸田文）
◇「精選女性随筆集 1」文藝春秋 2012 p180

午前二時の朝食（村田沙耶香）
◇「いまのあなたへ―村上春樹への12のオマージュ」NHK出版 2014 p206

五錢の悲しみ（上）（下）（李石薫）
◇「近代朝鮮文学日本語作品集1901～1938 創作篇 2」緑蔭書房 2004 p317

5400万キロメートル彼方のツグミ（庄司卓）
◇「拡張幻想」東京創元社 2012（創元SF文庫）p39

午前零時のサラ（馳星周）
◇「午前零時」新潮社 2007 p169
◇「午前零時―P.S.昨日の私へ」新潮社 2009（新潮文庫）p197

去年（こぞ）… → "きょねん…"をも見よ

小僧の神様（志賀直哉）
◇「近代小説〈都市〉を読む」双文社出版 1999 p90
◇「ちくま日本文学 21」筑摩書房 2008（ちくま文庫）p77

小草履取―財津種羨『むかしむかし物語』（財津種羨）
◇「美少年」国書刊行会 1997（書物の王国）p59

去年今年（杉本章子）
◇「代表作時代小説 平成25年度」光文社 2013 p221

小袖の手（宮部みゆき）
◇「妖異七奇談」双葉社 2005（双葉文庫）p185

去年の雪（塩田全美）
◇「現代作家代表作選集 6」鼎書房 2014 p91

古代感愛集（抄）（折口信夫）
◇「ちくま日本文学 25」筑摩書房 2008（ちくま文庫）p60

「古代研究」追い書き（折口信夫）
◇「ちくま日本文学 25」筑摩書房 2008（ちくま文庫）p348

五台山清涼寺（陳舜臣）
◇「黄土の群星」光文社 1999（光文社文庫）p383

古代生活に見えた恋愛（折口信夫）
◇「日本文学全集 14」河出書房新社 2015 p298

五大堂（田沢稲舟）
◇「新日本古典文学大系 明治編 23」岩波書店 2002 p239
◇「「新編」日本女性文学全集 2」菁柿堂 2008 p266

五体の積木（岡戸武平）
◇「怪奇探偵小説集 1」角川春樹事務所 1998（ハルキ文庫）p115
◇「恐怖ミステリーBEST15―こんな幻の傑作が読みたかった！」シーエイチシー 2006 p51

古代の夢（黒木謳子）
◇「日本統治期台湾文学集成 18」緑蔭書房 2003 p336

個体発生は系統発生を繰り返す（竹本健治）
◇「進化論」光文社 2006（光文社文庫）p395

古代微笑（光岡良二）
◇「ハンセン病文学全集 8」皓星社 2006 p268

答へを待つ（金龍済）
◇「近代朝鮮文学日本語作品集1908～1945 セレクション 4」緑蔭書房 2008 p257

答えのない密室（斎藤肇）
◇「密室殺人大百科 下」原書房 2000 p191

応えられなくて―ある独白（つきだまさし）
◇「ハンセン病文学全集 7」皓星社 2004 p532

小太刀崩し―柳生十兵衛（新宮正春）
◇「時代小説傑作選 1」新人物往来社 2008 p77

木立のなかの神殿（須賀敦子）
◇「日本文学全集 25」河出書房新社 2016 p340

炬燵のバラード（桜井克明）
◇「現代作家代表作選集 3」鼎書房 2013 p77

290 作品名から引ける日本文学全集案内 第III期

こたつのUFO（綿矢りさ）
◇「文学 2015」講談社 2015 p167
小楯の兵蔵騒ぎ（長谷川伸）
◇「武士道切絵図―新鷹会・傑作時代小説選」光文社 2010（光文社文庫）p9
五たび歌よみに与うる書（正岡子規）
◇「ちくま日本文学 40」筑摩書房 2009（ちくま文庫）p340
こだま（邑久光明園合同詩集）
◇「ハンセン病文学全集 6」皓星社 2003 p272
川柳 こだま（東北新生園合同句集）
◇「ハンセン病文学全集 9」皓星社 2010 p358
木霊（石牟礼道子）
◇「文学 1998」講談社 1998 p109
◇「コレクション戦争と文学 14」集英社 2012 p287
木霊（堀川正美）
◇「新装版 全集現代文学の発見 13」學藝書林 2004 p516
戯曲 谷音（こだま）巡査（一幕）（長谷川伸）
◇「幻の探偵雑誌 2」光文社 2000（光文社文庫）p313
こだまとの対話（大原富枝）
◇「戦後短篇小説選―『世界』1946-1999 2」岩波書店 2000 p265
◇「コレクション戦争と文学 10」集英社 2012 p379
小太郎の義憤（玄侑宗久）
◇「文学 2013」講談社 2013 p87
こだわり（伊藤雪魚）
◇「ショートショートの広場 17」講談社 2005（講談社文庫）p190
こだわり（貝原仁）
◇「ショートショートの広場 17」講談社 2005（講談社文庫）p95
こだわり（三好創也）
◇「ショートショートの花束 2」講談社 2010（講談社文庫）p231
鮖（西尾雅裕）
◇「現代作家代表作選集 1」鼎書房 2012 p145
東風 邱山会第二句集（天島青松園邱山会）
◇「ハンセン病文学全集 9」皓星社 2010 p79
コーチ人事（本城雅人）
◇「ザ・ベストミステリーズ―推理小説年鑑 2014」講談社 2014 p173
ごちそうさん（遠藤晶）
◇「優秀新人戯曲集 2004」ブロンズ新社 2003 p103
◇「フラジャイル・ファクトリー戯曲集 2」晩成書房 2008 p5
コチドリの干潟（うみ）（いとうやすお）
◇「中学生のドラマ 6」晩成書房 2006 p73
東風吹かば（荻野鳥子）
◇「お母さんのなみだ」泰文堂 2016（リンダパブリッシャーズの本）p188
東風吹かば（黒川博行）
◇「牌がささやく―麻雀小説傑作選」徳間書店 2002（徳間文庫）p281

壺中庵殺人事件（有栖川有栖）
◇「大密室」新潮社 1999 p7
胡蝶（王白淵）
◇「日本統治期台湾文学集成 18」緑蔭書房 2003 p41
胡蝶（三浦しをん）
◇「短篇ベストコレクション―現代の小説 2016」徳間書店 2016（徳間文庫）p437
蝴蝶（山田美妙）
◇「明治の文学 10」筑摩書房 2001 p176
◇「新日本古典文学大系 明治編 21」岩波書店 2005 p131
胡蝶が私に呵く（王白淵）
◇「日本統治期台湾文学集成 18」緑蔭書房 2003 p47
ご町内諜報戦（景山民夫）
◇「冒険の森へ―傑作小説大全 12」集英社 2015 p21
胡蝶の舞い―伊賀鍵屋の辻の決闘（黒部亨）
◇「時代小説傑作選 4」新人物往来社 2008 p73
胡蝶蘭（藤野可織）
◇「超弦領域―年刊日本SF傑作選」東京創元社 2009（創元SF文庫）p183
胡蝶蘭の夢（大原まり子）
◇「恋物語」朝日新聞社 1998 p77
こちらへどうぞ（川崎洋）
◇「新装版 全集現代文学の発見 13」學藝書林 2004 p439
こちらレシートになります（常盤奈津子）
◇「ショートショートの花束 4」講談社 2012（講談社文庫）p11
告解（石川欣司）
◇「ハンセン病文学全集 6」皓星社 2003 p347
乞丐相（折口信夫）
◇「ちくま日本文学 25」筑摩書房 2008（ちくま文庫）p64
国会図書館のボルト（坂本司）
◇「大崎梢リクエスト！本屋さんのアンソロジー」光文社 2013 p43
◇「奇想博物館」光文社 2013（最新ベスト・ミステリー）p147
◇「大崎梢リクエスト！本屋さんのアンソロジー」光文社 2014（光文社文庫）p47
国会突入で女学生が殺された。安保闘争≫母（岸上大作）
◇「日本人の手紙 10」リブリオ出版 2004 p171
国家消滅（堀田善衛）
◇「戦後文学エッセイ選 11」影書房 2007 p195
国旗とエロス（丁章）
◇「〈在日〉文学全集 18」勉誠出版 2006 p391
國旗袋（川村幸一）
◇「日本統治期台湾文学集成 10」緑蔭書房 2003 p121
国境（李正子）
◇「〈在日〉文学全集 17」勉誠出版 2006 p232

こつき

國境（姜錫信）
◇「近代朝鮮文学日本語作品集1908〜1945 セレクション 6」緑蔭書房 2008 p92

國境（金龍済）
◇「近代朝鮮文学日本語作品集1908〜1945 セレクション 4」緑蔭書房 2008 p289

國境を越えて（白鐵）
◇「近代朝鮮文学日本語作品集1908〜1945 セレクション 4」緑蔭書房 2008 p253

国境線上の兵士（もりたなるお）
◇「二十四粒の宝石―超短編小説傑作集」講談社 1998 （講談社文庫） p101

国境なき河（岡内義人）
◇「ホワイト・ウェディング」SDP 2007 （Angel works） p113

国境の南（恩田陸）
◇「らせん階段―女流ミステリー傑作選」角川春樹事務所 2003 （ハルキ文庫） p7

コックリさん（宍戸レイ）
◇「女たちの怪談百物語」メディアファクトリー 2010 （〔幽books〕） p236
◇「女たちの怪談百物語」KADOKAWA 2014 （角川ホラー文庫） p240

滑稽な位置から（島尾敏雄）
◇「戦後文学エッセイ選 10」影書房 2007 p11

滑稽な復讐（横光利一）
◇「ひつじアンソロジー 小説編 2」ひつじ書房 2009 p131

ごっこ、すなわち現実模倣（澁澤龍彦）
◇「ちくま日本文学 18」筑摩書房 2008 （ちくま文庫） p224

コッコの宿（南條竹則）
◇「変身」廣済堂出版 1998 （廣済堂文庫） p345

こっちへおいで（谷村志穂）
◇「眠れなくなる夢十夜」新潮社 2009 （新潮文庫） p93

こっちだよ（水沫流人）
◇「男たちの怪談百物語」メディアファクトリー 2012 （〔幽BOOKS〕） p214

こっちにくるな（若桑正人）
◇「ショートショートの広場 11」講談社 2000 （講談社文庫） p125

骨壺（高橋治）
◇「現代の小説 1999」徳間書店 1999 p399

コッテキ吹く男（あしみねえいいち）
◇「沖縄文学選―日本文学のエッジからの問い」勉誠出版 2003 p173

「骨董羮」（芥川龍之介）
◇「文豪怪談傑作選 芥川龍之介集」筑摩書房 2010 （ちくま文庫） p304

骨董屋（皆川博子）
◇「妖魔ヶ刻―時間怪談傑作選」徳間書店 2000 （徳間文庫） p67

骨董屋（夢枕獏）
◇「時の輪廻」リブリオ出版 2001 （怪奇・ホラーワールド） p153

ゴットハルト鉄道（多和田葉子）
◇「戦後短篇小説再発見 14」講談社 2003 （講談社文芸文庫） p204

ゴッドハンドの憂鬱（黒木嘉克）
◇「ショートショートの広場 17」講談社 2005 （講談社文庫） p38

骨風（篠原勝之）
◇「文学 2014」講談社 2014 p144

コップを見る苦痛と快楽について（谷川俊太郎）
◇「新装版 全集現代文学の発見 13」學藝書林 2004 p451

コップの原始性（西脇順三郎）
◇「新装版 全集現代文学の発見 13」學藝書林 2004 p58

骨片（金泰生）
◇「〈在日〉文学全集 9」勉誠出版 2006 p45

骨片（三浦しをん）
◇「あのころの宝もの―ほんのり心が温まる12のショートストーリー」メディアファクトリー 2003 p263

骨片文字（栗生楽泉園合同詩集）
◇「ハンセン病文学全集 7」皓星社 2004 p217

忽忙（楊雲萍）
◇「日本統治期台湾文学集成 18」緑蔭書房 2003 p556

小壺ちゃん（梶尾真治）
◇「ロボットの夜」光文社 2000 （光文社文庫） p161

コッホ島（新川はじめ）
◇「ゆきのまち幻想文学賞小品集 25」企画集団ぷりずむ 2015 p133

骨仏（久生十蘭）
◇「復讐」国書刊行会 2000 （書物の王国） p9
◇「文豪たちが書いた怖い名作短編集」彩図社 2014 p104

ゴッホの靴（坂本美智子）
◇「ゆきのまち幻想文学賞・小品集 7」NTTメディアスコープ 1997 p111

小坪の漁師（里見弴）
◇「名短篇ほりだしもの」筑摩書房 2011 （ちくま文庫） p179

「湖底」（小林エリカ）
◇「十和田、奥入瀬 水と土地をめぐる旅」青幻舎 2013 p7

固定されし椅子（森下静夫）
◇「ハンセン病文学全集 8」皓星社 2006 p384

湖亭に湖山翁と別を話す（森春濤）
◇「新日本古典文学大系 明治編 2」岩波書店 2004 p93

湖底の灯（中澤秀彬）
◇「全作家短編小説集 9」全作家協会 2010 p96

鼓笛隊（夏樹静子）
◇「恋は罪つくり―恋愛ミステリー傑作選」光文社 2005 （光文社文庫） p107

鼓笛隊の襲来（三崎亜記）

ことく

◇「コレクション戦争と文学 5」集英社 2011 p286

虎徹（司馬遼太郎）
◇「江戸三百年を読む―傑作時代小説 シリーズ江戸学 下」角川学芸出版 2009（角川文庫）p145

虎徹―長曾禰虎徹（柴田錬三郎）
◇「名刀伝 2」角.ll春樹事務所 2015（ハルキ文庫）p7

虎徹【虎徹】（柴田錬三郎）
◇「刀剣―歴史時代小説名作アンソロジー」中央公論新社 2016（中公文庫）p101

古典的平静（三島由紀夫）
◇「ちくま日本文学 10」筑摩書房 2008（ちくま文庫）p412

古典の権威（吉田健一）
◇「日本文学全集 20」河出書房新社 2015 p81

古典竜頭蛇尾（太宰治）
◇「文豪怪談傑作選 太宰治集」筑摩書房 2009（ちくま文庫）p326

古都（坂口安吾）
◇「新装版 全集現代文学の発見 14」學藝書林 2005 p350
◇「京都府文学全集第1期（小説編）2」郷土出版社 2005 p312

糊塗（古処誠二）
◇「コレクション戦争と文学 11」集英社 2012 p255
◇「永遠の夏―戦争小説集」実業之日本社 2015（実業之日本社文庫）p159

随筆 **言擧げせぬ國**（周金波）
◇「日本統治期台湾文学集成 22」綠蔭書房 2007 p291

孤冬（坂井新一）
◇「ハンセン病文学全集 6」皓星社 2003 p15

小道具（佐多稔）
◇「てのひら怪談―ビーケーワン怪談大賞傑作選 壬辰」ポプラ社 2012（ポプラ文庫）p178

五道踏破旅行記（全35回）（李光洙）
◇「近代朝鮮文学日本語作品集1901～1938 評論・随筆篇 3」綠蔭書房 2004 p57

梧桐の歌（成島柳北）
◇「新日本古典文学大系 明治編 2」岩波書店 2004 p237

孤島のニョロニョロ（森岡浩之）
◇「逆想コンチェルト―イラスト先行・競作小説アンソロジー 奏の2」徳間書店 2010 p272

孤島ひとりぼっち（矢野徹）
◇「ロボット・オペラ―An Anthology of Robot Fiction and Robot Culture」光文社 2004 p386

孤島茫々 巨船（白石一郎）
◇「剣よ月下に舞え. 光風社出版 2001（光風社文庫）p353

後藤又兵衛（国枝史郎）
◇「軍師の生きざま―短篇小説集」作品社 2008 p271
◇「軍師の生きざま」実業之日本社 2013（実業之日本社文庫）p337

孤島夢（島尾敏雄）
◇「我等、同じ船に乗り」文藝春秋 2009（文春文庫）p9

ゴドーを尋ねながら（向井豊昭）
◇「ことばのたくらみ―実作集」岩波書店 2003（21世紀文学の創造）p155
◇「日本文学全集 28」河出書房新社 2017 p313

ゴトーを待ちながら（日置浩樹）
◇「創作脚本集―60周年記念」岡山県高等学校演劇協議会 2011（おかやまの高校演劇）p237

孤独（愛川弘）
◇「現代作家代表作選集 5」鼎書房 2013 p5

孤独（飛鳥高）
◇「甦る推理雑誌 10」光文社 2004（光文社文庫）p163

孤独（萩原朔太郎）
◇「ちくま日本文学 36」筑摩書房 2009（ちくま文庫）p110

孤独（吉田健一）
◇「日本文学全集 20」河出書房新社 2015 p171

孤獨（上忠司）
◇「日本統治期台湾文学集成 18」綠蔭書房 2003 p262

孤獨への愛―島木健作君へ（林和）
◇「近代朝鮮文学日本語作品集1908～1945 セレクション 6」綠蔭書房 2008 p158

孤独を懐しむ人（萩原朔太郎）
◇「きのこ文学名作選」港の人 2010 p4

孤独閑談（坂口安吾）
◇「京都府文学全集第1期（小説編）2」郷土出版社 2005 p291

孤独地獄（芥川龍之介）
◇「文豪怪談傑作選 芥川龍之介集」筑摩書房 2010（ちくま文庫）p208

孤独なアスファルト（藤村正太）
◇「江戸川乱歩賞全集 5」講談社 1999（講談社文庫）p7

孤独な怪獣（園子温）
◇「怪獣文藝の逆襲」KADOKAWA 2015（〔幽〕BOOKS）p209

孤独なカラス（結城昌治）
◇「異形の白昼―恐怖小説集」筑摩書房 2013（ちくま文庫）p93

孤独な朝食（樹下太郎）
◇「江戸川乱歩の推理試験」光文社 2009（光文社文庫）p59

孤獨な蠹魚（龍瑛宗）
◇「日本統治期台湾文学集成 16」綠蔭書房 2003 p179
◇「日本統治期台湾文学集成 16」綠蔭書房 2003 p373

孤独のアニマ（李龍海）
◇「〈在日〉文学全集 18」勉誠出版 2006 p244

孤独の壁（庸沢陵）
◇「ハンセン病文学全集 7」皓星社 2004 p137

ことく

孤独の島の島（山口雅也）
◇「最新「珠玉推理」大全 上」光文社 1998（カッパ・ノベルス）p357
◇「幻惑のラビリンス」光文社 2001（光文社文庫）p509

孤独の日の真昼（立原道造）
◇「新装版 全集現代文学の発見 14」學藝書林 2005 p445

孤獨は爾の運命である（南宮璧）
◇「近代朝鮮文学日本語作品集1908〜1945 セレクション 4」緑蔭書房 2008 p53

今年から、雪に林檎が香る理由（矢口慧）
◇「ゆきのまち幻想文学賞小品集 17」企画集団ぶりずむ 2008 p127

今年の秋（堀田善衞）
◇「戦後文学エッセイ選 11」影書房 2007 p105

今年の秋（正宗白鳥）
◇「戦後短篇小説再発見 5」講談社 2001（講談社文芸文庫）p9

今年の漢字（超鈴木）
◇「ショートショートの花束 8」講談社 2016（講談社文庫）p110

今年の春（正宗白鳥）
◇「私小説の生き方」アーツ・アンド・クラフツ 2009 p243

今年の牡丹―花影（加門七海）
◇「妖かしの宴―わらべ唄の呪い」PHP研究所 1999（PHP文庫）p289

ことし見た映画の印象―在城諸氏の回答（金復鎭、崔禹錫、張徳柳、柳致眞）
◇「近代朝鮮文学日本語作品集1901〜1938 評論・随筆篇 3」緑蔭書房 2004 p350

碁と将棋（正岡子規）
◇「新日本古典文学大系 明治編 27」岩波書店 2003 p56

古都臺南の床しさ（陳逢源）
◇「日本統治期台湾文学集成 16」緑蔭書房 2003 p43

ことだまひろい（佐野橙子）
◇「ゆきのまち幻想文学賞小品集 20」企画集団ぶりずむ 2011 p147

子と共に（島尾敏雄）
◇「戦後短篇小説選―『世界』1946-1999 4」岩波書店 2000 p109

異なる形（斎藤肇）
◇「変身」廣済堂出版 1998（廣済堂文庫）p447

ことに若き女のしばしば隠されし事（柳田國男）
◇「ちくま日本文学 15」筑摩書房 2008（ちくま文庫）p193

琴の音（樋口一葉）
◇「明治の文学 17」筑摩書房 2000 p42
◇「新日本古典文学大系 明治編 24」岩波書店 2001 p23
◇「ちくま日本文学 13」筑摩書房 2008（ちくま文庫）p252

◇「「新編」日本女性文学全集 2」菁柿堂 2008 p10

琴のそら音（夏目漱石）
◇「文豪のミステリー小説」集英社 2008（集英社文庫）p9

琴のそら音（皆川博子）
◇「短篇ベストコレクション―現代の小説 2000」徳間書店 2000 p45

異の葉狩り（朝松健）
◇「夏のグランドホテル」光文社 2003（光文社文庫）p287

言の葉橋（上野英信）
◇「戦後文学エッセイ選 12」影書房 2006 p145

言葉（谷川俊太郎）
◇「それでも三月は、また」講談社 2012 p7

言葉（塔和子）
◇「ハンセン病文学全集 7」皓星社 2004 p81

言葉（安水稔和）
◇「新装版 全集現代文学の発見 13」學藝書林 2004 p535

言葉を意識する―「よき言葉」と「よくない言葉」(1)〜(4)（林和）
◇「近代朝鮮文学日本語作品集1939〜1945 評論・随筆篇 1」緑蔭書房 2002 p75

言葉餓鬼（寺山修司）
◇「ちくま日本文学 6」筑摩書房 2007（ちくま文庫）p434

言葉がチャーチル（青木淳悟）
◇「小説の家」新潮社 2016 p105

言葉使い師（海猫沢めろん）
◇「神林長平トリビュート」早川書房 2009 p247
◇「神林長平トリビュート」早川書房 2012（ハヤカワ文庫 JA）p275

言葉使い師（神林長平）
◇「てのひらの宇宙―星雲賞短編SF傑作選」東京創元社 2013（創元SF文庫）p159
◇「日本SF全集 3」出版芸術社 2013 p69

言葉と動作（安水稔和）
◇「新装版 全集現代文学の発見 13」學藝書林 2004 p533

言葉について（飯島耕一）
◇「新装版 全集現代文学の発見 13」學藝書林 2004 p486

ことばの円柱（谷川俊太郎）
◇「新装版 全集現代文学の発見 13」學藝書林 2004 p447

言葉の核（塔和子）
◇「ハンセン病文学全集 7」皓星社 2004 p509

言葉の呪縛（大庭みな子）
◇「精選女性随筆集 6」文藝春秋 2012 p149

『ことばの食卓』（武田百合子）
◇「精選女性随筆集 5」文藝春秋 2012 p171

言葉のない海（菅浩江）
◇「短篇ベストコレクション―現代の小説 2003」徳間書店 2003（徳間文庫）p277

言葉のない距離（伊波晋）

ことも

◇「冷と温―第13回フェリシモ文学賞作品集」フェリシモ 2010 p157

言の実（岡本賢一）
◇「宇宙生物ゾーン」廣済堂出版 2000（廣済堂文庫）p121

言葉は要らない（菅浩江）
◇「アステロイド・ツリーの彼方へ」東京創元社 2016（創元SF文庫）p457

ゴート・ポストマン（原尾勇貴）
◇「ショートショートの花束 6」講談社 2014（講談社文庫）p133

五度目の春のヒヨコ（水生大海）
◇「エール！ 2」実業之日本社 2013（実業之日本社文庫）p49
◇「ザ・ベストミステリーズ―推理小説年鑑 2014」講談社 2014 ⊃231

子供（楊雲萍）
◇「日本統治期台湾文学集成 22」緑蔭書房 2007 p315

子供以外の場を持つすすめ（大庭みな子）
◇「精選女性随筆集 6」文藝春秋 2012 p152

子供をさがす（宮本常一）
◇「ちくま日本文学 22」筑摩書房 2008（ちくま文庫）p36

子供おばさん（山本文緒）
◇「文芸あねもね」新潮社 2012（新潮文庫）p415

子供靴（貫井輝）
◇「てのひら怪談―ビーケーワン怪談大賞傑作選 壬辰」ポプラ社 2012（ポプラ文庫）p46

子供ごころ（丸谷才一）
◇「山形県文学全集第2期（随筆・紀行編）4」郷土出版社 2005 p123

子供殺し（秋口ぎぐる）
◇「ブラックミステリーズ―12の黒い謎をめぐる219の質問」KADOKAWA 2015（角川文庫）p209

子供だから（當間春也）
◇「ショートショートの花束 4」講談社 2012（講談社文庫）p207

子どもたち（長谷川四郎）
◇「教科書名短篇 少年時代」中央公論新社 2016（中公文庫）p67

小供達の惜別（黒木謳子）
◇「日本統治期台湾文学集成 18」緑蔭書房 2003 p507

子供たちの夜（向田邦子）
◇「精選女性随筆集 11」文藝春秋 2012 p61

子供たちよ（姜舜）
◇「〈在日〉文学全集 17」勉誠出版 2006 p14

子供忠臣蔵（本山荻舟）
◇「忠臣蔵コレクション 3」河出書房新社 1998（河出文庫）p223

子供という病（太田忠司）
◇「チャイルド」廣済堂出版 1998（廣済堂文庫）p411

子供と月（金時鐘）
◇「〈在日〉文学全集 5」勉誠出版 2006 p95

子どもとどうぶつのものがたり（加藤みはる）
◇「小学生のげき―新小学校演劇脚本集 低学年 1」晩成書房 2010 p67

子どもと文学（いぬいとみこ）
◇「ひつじアンソロジー 小説編 2」ひつじ書房 2009 p44

こともなし（角田光代）
◇「短篇ベストコレクション―現代の小説 2011」徳間書店 2011（徳間文庫）p83

子供のいる駅（黒井千次）
◇「鉄路に咲く物語―鉄道小説アンソロジー」光文社 2005（光文社文庫）p91

子供の勘（小野木康男）
◇「ショートショートの広場 18」講談社 2006（講談社文庫）p11

子供の教育（正岡子規）
◇「新日本古典文学大系 明治編 27」岩波書店 2003 p363

こどもの国（水木しげる）
◇「暴走する正義」筑摩書房 2016（ちくま文庫）p107

こどもの喧嘩（キムリジャ）
◇「〈在日〉文学全集 18」勉誠出版 2006 p341

子供の頃の思い出（伊藤三巳華）
◇「女たちの怪談百物語」メディアファクトリー 2010（〔幽〕books）p293
◇「女たちの怪談百物語」KADOKAWA 2014（角川ホラー文庫）p300

コドモの作文 學校から歸つて（嚴興燮）
◇「近代朝鮮文学日本語作品集1901～1938 評論・随筆篇 3」緑蔭書房 2004 p356

子供の情景（河内佳代）
◇「創作脚本集―60周年記念」岡山県高等学校演劇協議会 2011（おかやまの高校演劇）p45

子供の世界（宮本常一）
◇「ちくま日本文学 22」筑摩書房 2008（ちくま文庫）p393

小供の空の上の自然の説明（黄錫禹）
◇「近代朝鮮文学日本語作品集1908～1945 セレクション 4」緑蔭書房 2008 p210

子供の日記（松本恵子）
◇「妖異百物語 2」出版芸術社 1997（ふしぎ文学館）p79

子供の日（古閑章）
◇「現代鹿児島小説大系 1」ジャプラン 2014 p220

子供の日に（つきだまさし）
◇「ハンセン病文学全集 7」皓星社 2004 p154

子供の病気（森山東）
◇「超短編の世界 vol.2」創英社 2009 p104

子供の行方（古井由吉）
◇「文学 2012」講談社 2012 p184

子供の領分（菅浩江）
◇「侵略！」廣済堂出版 1998（廣済堂文庫）p475

子供の領分（吉行淳之介）
◇「少年の眼―大人になる前の物語」光文社 1997

こども

（光文社文庫）p163

子供の霊（岡崎雪聲）
◇「文豪怪談傑作選 特別編」筑摩書房 2007（ちくま文庫）p164

子供部屋のアリス（加納朋子）
◇「本格ミステリ 2001」講談社 2001（講談社ノベルス）p129
◇「紅い悪夢の夏―本格短編ベスト・セレクション」講談社 2004（講談社文庫）p151

子ども便利屋さん（本田博子）
◇「小学校・全員参加の楽しい学級劇・学年劇脚本 高学年」黎明書房 2007 p20

コドモポリス（牧野修）
◇「黒い遊園地」光文社 2004（光文社文庫）p333

子供役者の死（岡本綺堂）
◇「日本近代短篇小説選 大正篇」岩波書店 2012（岩波文庫）p55

子どもは生れたか。母子ともに大事にせよ≫宮英子（宮柊二）
◇「日本人の手紙 6」リブリオ出版 2004 p7

青少年劇 **子供は国の宝―一幕一場**（山口充一）
◇「日本統治期台湾文学集成 14」緑蔭書房 2003 p339

小鳥（川上弘美）
◇「文学 2011」講談社 2011 p33

小鳥（西加奈子）
◇「眠れなくなる夢十夜」新潮社 2009（新潮文庫）p41

子西川鵜飼の怨霊（今川徳三）
◇「怪奇・伝奇時代小説選集 14」春陽堂書店 2000（春陽文庫）p196

小鳥でさえも（中山聖子）
◇「ゆきのまち幻想文学賞・小品集 15」企画集団ぷりずむ 2006 p99

小鳥冬馬の心像（石川智健）
◇「宝石ザミステリー Blue」光文社 2016 p85

小鳥の声（金山嘉城）
◇「現代作家代表作選集 10」鼎書房 2015 p5

小鳥の声に（香山末子）
◇「ハンセン病文学全集 7」皓星社 2004 p313

ことろの首（夢枕獏）
◇「人肉嗜食」筑摩書房 2001（ちくま文庫）p157

琴は鳴る（長田穂波）
◇「ハンセン病文学全集 6」皓星社 2003 p39

粉（井上荒野）
◇「恋のかけら」幻冬舎 2008 p181
◇「恋のかけら」幻冬舎 2012（幻冬舎文庫）p197

こなゆき（郁風）
◇「ゆきのまち幻想文学賞小品集 16」企画集団ぷりずむ 2007 p180

粉雪が積もる、その前に（遠山絵梨香）
◇「君がいない―恋愛短篇小説集」泰文堂 2013（リンダブックス）p212

子に生きる（宮本常一）
◇「ちくま日本文学 22」筑摩書房 2008（ちくま文庫）p157

古入道きたりて（恒川光太郎）
◇「坂木司リクエスト！ 和菓子のアンソロジー」光文社 2013 p265
◇「坂木司リクエスト！ 和菓子のアンソロジー」光文社 2014（光文社文庫）p267

五人姉妹（菅浩江）
◇「短篇ベストコレクション―現代の小説 2001」徳間書店 2001（徳間文庫）p245
◇「ぼくの、マシン―ゼロ年代日本SFベスト集成 S」東京創元社 2010（創元SF文庫）p225

五人の王と昇天する男達の謎（北村薫）
◇「新本格猛虎会の冒険」東京創元社 2003 p11

五人の男（庄野潤三）
◇「小川洋子の陶酔短篇箱」河出書房新社 2014 p261

五人の子供（角田喜久雄）
◇「THE名探偵―ミステリーアンソロジー」有楽出版社 2014（JOY NOVELS）p49

五人の武士（武田八洲満）
◇「花と剣と侍―新鷹会・傑作時代小説選」光文社 2009（光文社文庫）p191

五人の補充将校（石川達三）
◇「コレクション戦争と文学 7」集英社 2011 p187

小糠雨（小山榮雅）
◇「現代作家代表作選集 1」鼎書房 2012 p55

こねきねま―『宿屋の富』余話（森川成美）
◇「宵越し簾語り―書き下ろし時代小説集」白泉社 2015（白泉社招き猫文庫）p165

子猫（高樹のぶ子）
◇「短篇ベストコレクション―現代の小説 2005」徳間書店 2005（徳間文庫）p233

小猫（幸田文）
◇「にゃんそろじー」新潮社 2014（新潮文庫）p49
◇「ファイン／キュート素敵かわいい作品選」筑摩書房 2015（ちくま文庫）p88

小猫（瀧井孝作）
◇「猫」中央公論新社 2009（中公文庫）p91

小猫（野村圭造）
◇「たびだち―フェリシモしあわせショートショート」フェリシモ 2000 p165

仔猫の太平洋横断（尾高京子）
◇「猫」中央公論新社 2009（中公文庫）p61

小ねずみと童貞と復活した女（高野史緒）
◇「NOVA+―書き下ろし日本SFコレクション 2」河出書房新社 2015（河出文庫）p69
◇「アステロイド・ツリーの彼方へ」東京創元社 2016（創元SF文庫）p31

コネチカット・アベニュー（リービ英雄）
◇「文学 2006」講談社 2006 p125

五年目の夜（福井晴敏）
◇「ザ・ベストミステリーズ―推理小説年鑑 2001」講談社 2001 p31
◇「殺人作法」講談社 2004（講談社文庫）p9

この愛で完全に瀧ちゃんを救ってみせる≫田

ロタキ（小林多喜二）
　◇「日本人の手紙 4」リブリオ出版 2004 p84
この朝に（金時鐘）
　◇「〈在日〉文学全集 5」勉誠出版 2006 p211
このアップルパイはおいしくないね（岡崎琢磨）
　◇「5分で読める！ ひと駅ストーリー 食の話」宝島社 2015（宝島社文庫）p29
この雨が上がる頃（大門剛明）
　◇「ザ・ベストミステリーズ—推理小説年鑑 2010」講談社 2010 ⊃237
　◇「Logic真相への回廊」講談社 2013（講談社文庫）p409
この家につく猫（サイトウチエコ）
　◇「てのひら怪談—ビーケーワン怪談大賞傑作選 庚寅」ポプラ社 2010（ポプラ文庫）p188
5ノウタ（入澤康夫）
　◇「新装版 全集現代文学の発見 13」學藝書林 2004 p555
コノエさん（朱雀門出）
　◇「男たちの怪談百物語」メディアファクトリー 2012（幽BOOKS）p264
この郷愁（姜舜）
　◇「〈在日〉文学全集 17」勉誠出版 2006 p28
此ノ件厳秘ノ事（村上元三）
　◇「武士道切絵図—新鷹会・傑作時代小説選」光文社 2010（光文社文庫）p39
この国の火床に生きて（上野英信）
　◇「戦後文学エッセイ選 12」影書房 2006 p9
この子（樋口一葉）
　◇「新日本古典文学大系 明治編 24」岩波書店 2001 p299
この子（山田美妙）
　◇「日本近代短篇小説選 明治篇1」岩波書店 2012（岩波文庫）p81
子の心、サンタ知らず（白河三兎）
　◇「X'mas Stories——一年でいちばん奇跡が起きる日」新潮社 2016（新潮文庫）p185
この子誰の子（宮部みゆき）
　◇「闇に香るもの」新潮社 2004（新潮文庫）p7
この子の絵は未完成（乙一）
　◇「七つの黒い夢」新潮社 2006（新潮文庫）p7
この頃ひそかに憂うること（野上彌生子）
　◇「精選女性随筆集 10」文藝春秋 2012 p205
……この時刻（小泉雅二）
　◇「ハンセン病文学全集 6」皓星社 2003 p446
木下闇（天田式）
　◇「5分で読める！ ひと駅ストーリー 食の話」宝島社 2015（宝島社文庫）p289
この島を（北田由貴子）
　◇「ハンセン病文学全集 8」皓星社 2006 p379
この島でいちばん高いところ（近藤史恵）
　◇「絶海—推理アンソロジー」祥伝社 2002（Non novel）p235
この島にて（朝松健）

◇「進化論」光文社 2006（光文社文庫）p289
此の大沙漠界に、一人の詩人あれよ（巌本善治）
　◇「新日本古典文学大系 明治編 26」岩波書店 2002 p181
この父その子（池波正太郎）
　◇「きずな—時代小説親子情話」角川春樹事務所 2011（ハルキ文庫）p37
此の地よ（金鯨波）
　◇「近代朝鮮文学日本語作品集1908〜1945 セレクション 4」緑蔭書房 2008 p135
この手500万（両角長彦）
　◇「ザ・ベストミステリーズ—推理小説年鑑 2012」講談社 2012 p255
　◇「Junction運命の分岐点」講談社 2015（講談社文庫）p107
この時（鶴見俊輔）
　◇「日本文学全集 29」河出書房新社 2016 p53
コノドント展（絲山秋子）
　◇「文学 2016」講談社 2016 p29
此ぬし（尾崎紅葉）
　◇「明治の文学 6」筑摩書房 2001 p148
この破滅から、どうか僕を救ってください≫小山昌子（津村信夫）
　◇「日本人の手紙 4」リブリオ出版 2004 p174
この日にして（李無影）
　◇「近代朝鮮文学日本語作品集1939〜1945 評論・随筆篇 1」緑蔭書房 2002 p389
この火燃えたらむには（長田穂波）
　◇「ハンセン病文学全集 6」皓星社 2003 p43
この不吉な例は破れないか（南條範夫）
　◇「傑作揃物ワールド 3」リブリオ出版 2002 p209
この文章を読んでも富士山に登りたくなりません（森見登美彦）
　◇「富士山」角川書店 2013（角川文庫）p85
この本のなりたち（作者表記なし）
　◇「新装版 全集現代文学の発見 別巻」學藝書林 2005 巻頭
この本は、あなただけのために（友井羊）
　◇「5分で読める！ ひと駅ストーリー 本の物語」宝島社 2014（宝島社文庫）p19
児の真を哭す 三月六日（森春濤）
　◇「新日本古典文学大系 明治編 2」岩波書店 2004 p38
この まちで（ぱくきょんみ）
　◇「ろうそくの炎がささやく言葉」勁草書房 2011 p77
このみす大賞（浅倉卓弥）
　◇「5分で読める！ ひと駅ストーリー 冬の記憶東口編」宝島社 2013（宝島社文庫）p231
この道（伊藤真有）
　◇「気配—第10回フェリシモ文学賞作品集」フェリシモ 2007 p132
好もしい人生（日影丈吉）
　◇「新編・日本幻想文学集成 1」国書刊行会 2016 p614

このも

「好もしき」の巻（可金・松雄両吟歌仙）（西谷富水）
◇「新日本古典文学大系 明治編 4」岩波書店 2003 p207

この山道を…（林望）
◇「あなたと、どこかへ。」文藝春秋 2008 （文春文庫）p107

このゆふべ城に近づく蜻蛉あり武者はをみなを知らざりしかば（水原紫苑）
◇「文豪てのひら怪談」ポプラ社 2009 （ポプラ文庫）p168

このよがくもん（幸田文）
◇「精選女性随筆集 1」文藝春秋 2012 p53

この世でいちばん珍しい水死人（佳多山大地）
◇「川に死体のある風景」東京創元社 2006 （Crime club）p165
◇「本格ミステリ 2006」講談社 2006 （講談社ノベルス）p141
◇「珍しい物語のつくり方—本格短編ベスト・セレクション」講談社 2010 （講談社文庫）p205
◇「川に死体のある風景」東京創元社 2010 （創元推理文庫）p187

この世に招かれてきた客（耕治人）
◇「コレクション私小説の冒険 1」勉誠出版 2013 p227

この世に幽霊はいる（『黄昏綺譚』より）（高橋克彦）
◇「文豪怪談傑作選 特別編」筑摩書房 2008 （ちくま文庫）p74

この世の鬼（赤井一吾）
◇「本格推理 11」光文社 1997 （光文社文庫）p223

この世の中（トロチェフ，コンスタンチン）
◇「ハンセン病文学全集 7」皓星社 2004 p519

この世の眺め（我如古修二）
◇「北日本文学賞入賞作品集 2」北日本新聞社 2002 p225

この世の果て（影山雄作）
◇「文学 1999」講談社 1999 p46

この世の果て（高井鷗）
◇「優秀新人戯曲集 2002」ブロンズ新社 2001 p53

この夜、一人の仲間を葬ったのだ≫橋本一明（原口統三）
◇「日本人の手紙 8」リブリオ出版 2004 p175

子の来歴（宇野浩二）
◇「大阪文学名作選」講談社 2011 （講談社文芸文庫）p219

小バエ一匹（告鳥友紀）
◇「てのひら怪談—ビーケーワン怪談大賞傑作選 辛卯」ポプラ社 2011 （ポプラ文庫）p126

コパカバーナの棹師…気取り（垣根涼介）
◇「事件の痕跡」光文社 2007 （Kappa novels）p201
◇「事件の痕跡」光文社 2012 （光文社文庫）p269

琥珀（浅田次郎）
◇「短篇ベストコレクション—現代の小説 2009」徳間書店 2009 （徳間文庫）p5

琥珀（内田百閒）
◇「ちくま日本文学 1」筑摩書房 2007 （ちくま文庫）p270

琥珀色の雨にぬれて（柴田侑宏）
◇「宝塚大劇場公演脚本集—2001年4月—2002年4月」阪急電鉄コミュニケーション事業部 2002 p98

琥珀の瞳（太田忠司）
◇「幻想探偵」光文社 2009 （光文社文庫）p263

琥珀みがき（津原泰水）
◇「短篇ベストコレクション—現代の小説 2007」徳間書店 2007 （徳間文庫）p123

小旗（宮本輝）
◇「戦後短篇小説選—『世界』1946-1999 5」岩波書店 2000 p97

こはだの鮨（北原亞以子）
◇「紅葉谷から剣鬼が来る—時代小説傑作選」講談社 2002 （講談社文庫）p239
◇「大江戸万華鏡—美味小説傑作選」学研パブリッシング 2014 （学研M文庫）p71

小林如泥（石川淳）
◇「日本文学全集 19」河出書房新社 2016 p82

小林秀雄（白洲正子）
◇「精選女性随筆集 7」文藝春秋 2012 p50

小林平八郎（長谷川伸）
◇「忠臣蔵コレクション 4」河出書房新社 1998 （河出文庫）p168

小林平八郎—百年後の士道（髙橋直樹）
◇「武士道」小学館 2007 （小学館文庫）p169

小春（李石薫）
◇「近代朝鮮文学日本語作品集1908〜1945 セレクション 4」緑蔭書房 2008 p228

小春小町（松村進吉）
◇「怪集 蟲」竹書房 2009 （竹書房文庫）p3

小春日和（五十嵐彪太）
◇「超短編の世界 vol.3」創英社 2011 p105

心晴日和（日明恩）
◇「エール！ 3」実業之日本社 2013 （実業之日本文庫）p35

小説 小春日和（吉村敏）
◇「日本統治期台湾文学集成 6」緑蔭書房 2002 p189

ごはん（金子光晴）
◇「ちくま日本文学 38」筑摩書房 2009 （ちくま文庫）p59

ごはん（向田邦子）
◇「コレクション戦争と文学 14」集英社 2012 p552
◇「精選女性随筆集 11」文藝春秋 2012 p50

湖畔（久生十蘭）
◇「思いがけない話」筑摩書房 2010 （ちくま文学の森）p341

ごはんが食べられない（まつじ）
◇「超短編の世界 vol.2」創英社 2009 p82

五番テーブルの男（古賀準二）
◇「ショートショートの広場 14」講談社 2003 （講

談社文庫）p246

ごはんの神様（長谷川也）
- ◇「5分で読める！ ひと駅ストーリー 食の話」宝島社 2015（宝島社文庫）p59

湖畔の殺人（小熊二郎）
- ◇「甦る推理雑誌 2」光文社 2002（光文社文庫）p329

湖畔の死（後藤幸次郎）
- ◇「甦る推理雑誌 8」光文社 2003（光文社文庫）p185

ごはんの時間 2い（青山一也）
- ◇「高校演劇Selection 2002 上」晩成書房 2002 p81

湖畔の夏（茅野雅）
- ◇「青鞜小説集」講談社 2014（講談社文芸文庫）p191

湖畔の人々（山本周五郎）
- ◇「鎮守の森に鬼が棲む―時代小説傑選」講談社 2001（講談社文庫）p241

狐媚記（澁澤龍彦）
- ◇「ちくま日本文学 18」筑摩書房 2008（ちくま文庫）p115

五匹の猫（谺健二）
- ◇「密室殺人大百科 上」原書房 2000 p245

五ひきのやもり（浜田広介）
- ◇「奇跡」国書刊行会 2000（書物の王国）p202

小羊（篠田節子）
- ◇「ゆがんだ闇」角川書店 1998（角川ホラー文庫）p59

仔羊ドリー（中島らも）
- ◇「現代の小説 1999」徳間書店 1999 p81

小人（花房一景）
- ◇「てのひら怪談―ビーケーワン怪談大賞傑作選 百怪繚乱篇」ポプラ社 2008 p230
- ◇「てのひら怪談―ビーケーワン怪談大賞傑作選 己丑」ポプラ社 2009（ポプラ文庫）p78

虎尾と屛東（丸井妙子）
- ◇「日本統治期台湾文学集成 17」緑蔭書房 2003 p453

戈壁の匈奴（司馬遼太郎）
- ◇「黄土の群星」光文社 1999（光文社文庫）p285

コーヒーもう一杯（重松清）
- ◇「あなたに、大切な香りの記憶はありますか？―短編小説集」文藝春秋 2008 p167
- ◇「あなたに、大切な香りの記憶はありますか？」文藝春秋 2011（文春文庫）p175

五百円分の幸せ（常盤奈津子）
- ◇「ショートショートの広場 20」講談社 2008（講談社文庫）p19

古白の通信（正岡子規）
- ◇「新日本古典文学大系 明治編 27」岩波書店 2003 p262

狐憑（中島敦）
- ◇「近代小説〈異界〉を読む」双文社出版 1999 p187
- ◇「人肉嗜食」筑摩書房 2001（ちくま文庫）p25
- ◇「見上げれば星は天に満ちて―心に残る物語―日本文学秀作選」文藝春秋 2005（文春文庫）p167

◇「ちくま日本文学 12」筑摩書房 2008（ちくま文庫）p169

五秒間の真実（ひろまり）
- ◇「ショートショートの花束 5」講談社 2013（講談社文庫）p217

ごびらっふの独白（草野心平）
- ◇「新装版 全集現代文学の発見 13」學藝書林 2004 p135

小びんの中の進化（赤羽道夫）
- ◇「ショートショートの花束 1」講談社 2009（講談社文庫）p189

虎符を盗んで―「中国任俠伝」より（陳舜臣）
- ◇「極め付き時代小説選 3」中央公論新社 2004（中公文庫）p205

呉服屋の大旦那さん（勝山海百合）
- ◇「女たちの怪談百物語」メディアファクトリー 2010（〔幽〕books）p267
- ◇「女たちの怪談百物語」KADOKAWA 2014（角川ホラー文庫）p274

ご不在票―Out-side（吉田修一）
- ◇「秘密。―私と私のあいだの十二話」メディアファクトリー 2005 p13

ご不在票―In-side（吉田修一）
- ◇「秘密。―私と私のあいだの十二話」メディアファクトリー 2005 p19

こぶし山に花がさく（森田貞子）
- ◇「小学校・全員参加の楽しい学級劇・学年劇脚本集 中学年」黎明書房 2006 p110

コブタンネ（金史良）
- ◇「近代朝鮮文学日本語作品集1939〜1945 創作篇 3」緑蔭書房 2001 p187

こぶとり（藤咲知治）
- ◇「ショートショートの広場 16」講談社 2005（講談社文庫）p186

瘤取り作兵衛（宮本昌孝）
- ◇「武士の本懐―武士道小説傑選 2」ベストセラーズ 2005（ベスト時代文庫）p217

小舟の行方は？（李石薫）
- ◇「近代朝鮮文学日本語作品集1908〜1945 セレクション 4」緑蔭書房 2008 p204

ゴブリンシャークの目（若竹七海）
- ◇「宝石ザミステリー 2014冬」光文社 2014 p443
- ◇「ザ・ベストミステリーズ―推理小説年鑑 2015」講談社 2015 p327

五分間の殺意（赤川次郎）
- ◇「甦る「幻影城」 3」角川書店 1998（カドカワ・エンタテインメント）p363
- ◇「幻影城―【探偵小説誌】不朽の名作」角川書店 2000（角川ホラー文庫）p425

古墳で拾った石（加門七海）
- ◇「文藝百物語」ぶんか社 1997 p238

古墳の話（車谷長吉）
- ◇「文学 2004」講談社 2004 p131

五瓶劇場 戯場国邪神封陣（芦辺拓）
- ◇「秘神界 歴史編」東京創元社 2002（創元推理文庫）p285

こへい

五瓶劇場 けいせい伝奇城（芦辺拓）
　◇「伝奇城—伝奇時代小説アンソロジー」光文社
　　2005（光文社文庫）p191
ゴヘイモチ（宮本常一）
　◇「ちくま日本文学 22」筑摩書房 2008（ちくま文
　　庫）p228
小部屋（須月研児）
　◇「ショートショートの広場 12」講談社 2001（講
　　談社文庫）p126
孤舫（森春濤）
　◇「新日本古典文学大系 明治編 2」岩波書店 2004
　　p7
呉鳳（文部省編）
　◇「日本統治期台湾文学集成 27」緑蔭書房 2007
　　p327
　◇「日本統治期台湾文学集成 27」緑蔭書房 2007
　　p351
呉鳳（作者表記なし）
　◇「日本統治期台湾文学集成 27」緑蔭書房 2007 p7
　◇「日本統治期台湾文学集成 27」緑蔭書房 2007
　　p345
　◇「日本統治期台湾文学集成 27」緑蔭書房 2007
　　p365
　◇「日本統治期台湾文学集成 27」緑蔭書房 2007
　　p381
護法（澁澤龍彦）
　◇「ちくま日本文学 18」筑摩書房 2008（ちくま文
　　庫）p153
　◇「新編・日本幻想文学集成 2」国書刊行会 2016
　　p21
伝記小説 呉鳳（長尾和男）
　◇「日本統治期台湾文学集成 27」緑蔭書房 2007
　　p159
呉鳳顕彰伝記（作者表記なし）
　◇「日本統治期台湾文学集成 27」緑蔭書房 2007 p5
孤舫双槳二詠（森春濤）
　◇「新日本古典文学大系 明治編 2」岩波書店 2004
　　p7
呉鳳の死（久住栄一, 松井実, 加藤春城）
　◇「日本統治期台湾文学集成 27」緑蔭書房 2007
　　p323
脚本 呉鳳の死（幸田青緑, 佐々成雄）
　◇「日本統治期台湾文学集成 14」緑蔭書房 2003
　　p91
　◇「日本統治期台湾文学集成 27」緑蔭書房 2007
　　p139
五宝の矛（冲方丁）
　◇「決戦！川中島」講談社 2016 p5
呉鳳廟絵はがき（作者表記なし）
　◇「日本統治期台湾文学集成 27」緑蔭書房 2007
　　p389
呉鳳（一）（作者表記なし）
　◇「日本統治期台湾文学集成 27」緑蔭書房 2007
　　p359
呉鳳（二）（作者表記なし）
　◇「日本統治期台湾文学集成 27」緑蔭書房 2007

　　p359
こぼしたミルクを嘆いても無駄ではない（荻田
美加）
　◇「君に会いたい—恋愛短篇小説集」泰文堂 2012
　　（リンダブックス）p50
小仏村に宿す（森春濤）
　◇「新日本古典文学大系 明治編 2」岩波書店 2004
　　p93
五本松の当惑（逢坂剛）
　◇「古書ミステリー倶楽部—傑作推理小説集 2」光
　　文社 2014（光文社文庫）p309
こま（皆川博子）
　◇「時間怪談」廣済堂出版 1999（廣済堂文庫）
　　p295
独楽（三島由紀夫）
　◇「ちくま日本文学 10」筑摩書房 2008（ちくま文
　　庫）p444
ごまあえ（うのみなこ）
　◇「ひらく—第15回フェリシモ文学賞」フェリシモ
　　2012 p168
細かい不幸（佐伯一麦）
　◇「文学 2011」講談社 2011 p224
駒ヶ岳開山（新田次郎）
　◇「信州歴史時代小説傑作集 4」しなのき書房 2007
　　p99
駒形通り（三橋一夫）
　◇「愛の怪談」角川書店 1999（角川ホラー文庫）p5
駒崎優インタビュー—翻訳シリーズ誕生前夜
（駒崎優）
　◇「Ｃ・Ｎ 25—Ｃ・novels創刊25周年アンソロジー」
　　中央公論新社 2007（C novels）p522
ごますり器（伊東哲哉）
　◇「超短編傑作選 v.6」創英社 2007 p170
ごますり大名（八切止夫）
　◇「風の中の剣士」光風社出版 1998（光風社文庫）
　　p75
小町の芍薬（岡本かの子）
　◇「新編・日本幻想文学集成 3」国書刊行会 2016
　　p354
困った人（菅原治子）
　◇「扉の向こうへ」全作家協会 2014（全作家短編
　　集）p206
困った奴よ（二階堂玲太）
　◇「代表作時代小説 平成19年度」光文社 2007 p265
小松均のふるさと（田中日佐夫）
　◇「山形県文学全集第2期(随筆・紀行編) 5」郷土出版
　　社 2005 p296
独楽と駒（岸周吾）
　◇「誰も知らない「桃太郎」「かぐや姫」のすべて」
　　明拓出版 2009（創作童話シリーズ）p75
五万人と居士（乾信一郎）
　◇「犯人は秘かに笑う—ユーモアミステリー傑作選」
　　光文社 2007（光文社文庫）p25
ゴミ（北本豊春）
　◇「全作家短編集 15」のべる出版企画 2016 p266

300　作品名から引ける日本文学全集案内 第III期

塵芥（ごみ）（金達寿）
◇「〈外地〉の日本語文学選 3」新宿書房 1996 p301

混み男（赤羽道夫）
◇「ショートショートの花束 2」講談社 2010 （講談社文庫）p145

ゴミ地獄（大石久之）
◇「ショートショートの広場 10」講談社 2000 （講談社文庫）p27

ゴミ捨て場（鄭承博）
◇「〈在日〉文学全集 9」勉誠出版 2006 p357

ゴミ捨て場に降った夢（伊藤正福）
◇「命つなぐ愛―佐渡演劇グループいごねり創作演劇脚本集」新潟日報事業社 2007 p33

ゴミの問題（高山聖史）
◇「10分間ミステリー」宝島社 2012 （宝島社文庫）p145

ごみ屋敷（福澤徹三）
◇「ひとにぎりの異形」光文社 2007 （光文社文庫）p124

小見山和夫歌文集（小見山和夫）
◇「ハンセン病文学全集 8」皓星社 2006 p255

コミュピケコスとイルダルコス（遠藤秀一郎）
◇「つながり―フェリシモしあわせショートショート」フェリシモ 1999 p115

ゴミランド（冨川元文）
◇「読んで演じたくなるゲキの本 小学生版」幻冬舎 2006 p177

小ムイシュキン・小スタヴローギン（野間宏）
◇「戦後文学エッセイ選 9」影書房 2008 p32

ゴムの歌（松村永渉）
◇「近代朝鮮文学日本語作品集1908〜1945 セレクション 4」緑蔭書房 2008 p479

ゴム紐の感―徳永直氏の『闘牛性』と『耕牛性』（金龍濟）
◇「近代朝鮮文学日本語作品集1908〜1945 セレクション 6」緑蔭書房 2008 p161

ゴムまり（野上彌生子）
◇「精選女性随筆集 10」文藝春秋 2012 p226

小室某覚書（司馬遼太郎）
◇「秘剣闇を斬る」光風社出版 1998 （光風社文庫）p239

随筆 米（朴勝極）
◇「近代朝鮮文学日本語作品集1939〜1945 評論・随筆篇 3」緑蔭書房 2002 p229

米埋糠埋（作者不詳）
◇「シンデレラ」竹書房 2015 （竹書房文庫）p174

米を購ふ話（李石薫）
◇「近代朝鮮文学日本語作品集1939〜1945 評論・随筆篇 3」緑蔭書房 2002 p88

米を盗む（香住春吾）
◇「探偵くらぶ―探偵小説傑作選1946〜1958 上」光文社 1997 （カッパ・ノベルス）p123

米騒動（村山ひで）
◇「山形県文学全集第2期（随筆・紀行編）1」郷土出版社 2005 p233

コメディアン（小泉喜美子）
◇「ワルツ―アンソロジー」祥伝社 2004 （祥伝社文庫）p85

コメディアン（たなかなつみ）
◇「超短編の世界 vol.2」創英社 2009 p118

シンデレラ―クラッシュ・ブレイズ（鈴木理華）
◇「C・N 25―C・novels創刊25周年アンソロジー」中央公論新社 2007 （C novels）p641

米福粟福（作者不詳）
◇「シンデレラ」竹書房 2015 （竹書房文庫）p143

ごめん（山田耕大）
◇「年鑑代表シナリオ集 '02」シナリオ作家協会 2003 p135

ごめん。（唯川恵）
◇「恋のかたち、愛のいろ」徳間書店 2008 p5
◇「短篇ベストコレクション―現代の小説 2009」徳間書店 2009 （徳間文庫）p65
◇「恋のかたち、愛のいろ」徳間書店 2010 （徳間文庫）p5

湖面（鄭芝溶）
◇「近代朝鮮文学日本語作品集1908〜1945 セレクション 4」緑蔭書房 2008 p156

ごめんなさい（夕方理恵子）
◇「ショートショートの広場 8」講談社 1997 （講談社文庫）p82

湖面にて（明川哲也）
◇「辞書、のような物語。」大修館書店 2013 p57

ごめんよ（池波正太郎）
◇「秘剣闇を斬る」光風社出版 1998 （光風社文庫）p7
◇「感涙―人情時代小説傑作選」ベストセラーズ 2004 （ベスト時代文庫）p43

子守唄（寺山修司）
◇「新装版 全集現代文学の発見 15」學藝書林 2005 p506

子守唄（火坂雅志）
◇「ふりむけば闇―時代小説招待席」廣済堂出版 2003 p127
◇「代表作時代小説 平成16年度」光風社出版 2004 p235
◇「ふりむけば闇―時代小説招待席」徳間書店 2007 （徳間文庫）p129

子守り唄考（宗秋月）
◇「〈在日〉文学全集 18」勉誠出版 2006 p42

子守唄（第一回〜第九回）（張徳祚）
◇「近代朝鮮文学日本語作品集1901〜1938 創作篇 4」緑蔭書房 2004 p73

子守唄のための太鼓（清岡卓行）
◇「新装版 全集現代文学の発見 13」學藝書林 2004 p461

隠処（水沫流人）
◇「厠の怪―便所怪談競作集」メディアファクトリー 2010 （MF文庫）p165

コーモリの家（稲垣足穂）
◇「ちくま日本文学 16」筑摩書房 2008 （ちくま文庫）p42

こもれ

木漏れ陽のミューズ（田中文雄）
　　◇「アート偏愛」光文社 2005（光文社文庫）p223

木洩れ陽の森（滝田十和男）
　　◇「ハンセン病文学全集 8」皓星社 2006 p400

小諸なる古城のほとり（島崎藤村）
　　◇「日本文学全集 29」河出書房新社 2016 p13

仔山羊の歌（中島敦）
　　◇「ちくま日本文学 12」筑摩書房 2008（ちくま文庫）p451

小山羊の唄（池田宣政）
　　◇「『少年倶楽部』熱血・痛快・時代短篇選」講談社 2015（講談社文芸文庫）p88

誤訳（松本清張）
　　◇「名短篇、ここにあり」筑摩書房 2008（ちくま文庫）p275

ゴヤと怪物（堀田善衞）
　　◇「戦後文学エッセイ選 11」影書房 2007 p88

ゴヤの墓（堀田善衞）
　　◇「戦後文学エッセイ選 11」影書房 2007 p124

小山田庄左衛門の妻・すが（大路和子）
　　◇「物語妻たちの忠臣蔵」新人物往来社 1998 p121

五友の離散（正岡子規）
　　◇「新日本古典文学大系 明治編 27」岩波書店 2003 p235

小指一本の大試合（山中峯太郎）
　　◇「『少年倶楽部』短篇選」講談社 2013（講談社文芸文庫）p132

小指の想い出（タナカ・T）
　　◇「歌謡曲だよ、人生は─映画監督短編集」メディアファクトリー 2007 p213

小指のサリー（結城昌治）
　　◇「奇妙な恋の物語」光文社 1998（光文社文庫）p177

小指の辰（寺山修司）
　　◇「ちくま日本文学 6」筑摩書房 2007（ちくま文庫）p299

故夢野先生を悼む（紫村一重）
　　◇「幻の探偵雑誌」光文社 2002（光文社文庫）p340

ご用心ご用心ご用心≫佐佐木信綱（九条武子）
　　◇「日本人の手紙 3」リブリオ出版 2004 p212

誤用だ！ 御用だ！（高井信）
　　◇「喜劇綺劇」光文社 2009（光文社文庫）p205

暦（吉田一穂）
　　◇「新装版 全集現代文学の発見 13」學藝書林 2004 p156

暦の亡魂（萩原朔太郎）
　　◇「ちくま日本文学 36」筑摩書房 2009（ちくま文庫）p177

御落胤（柴田錬三郎）
　　◇「人物日本の歴史─時代小説版 江戸編 下」小学館 2004（小学館文庫）p43

コラージュ：富士夜のでんしんばしら（前を向いて歩こう）
　　◇「人は死んだら電柱になる─電柱アンソロジー」

遠すぎる未来団 2014 p380

コラボ（古屋賢一）
　　◇「てのひら怪談─ビーケーワン怪談大賞傑作選 辛卯」ポプラ社 2011（ポプラ文庫）p14

コラボレーション（藤井太洋）
　　◇「さよならの儀式」東京創元社 2014（創元SF文庫）p49

コラム「新国家、樹立？」（飯田祐子）
　　◇「文学で考える〈日本〉とは何か」双文社出版 2007 p138

コラム「ディスカバー・ニッポン」（日高佳紀）
　　◇「文学で考える〈日本〉とは何か」双文社出版 2007 p39

コラム「りょうき」PART Ⅰ（作者表記なし）
　　◇「幻の探偵雑誌 6」光文社 2001（光文社文庫）p161

コラム「りょうき」PART Ⅱ（作者表記なし）
　　◇「幻の探偵雑誌 6」光文社 2001（光文社文庫）p321

コラム「りょうき」PART Ⅲ（作者表記なし）
　　◇「幻の探偵雑誌 6」光文社 2001（光文社文庫）p413

コラム「歴史小説と〈日本〉のアイデンティティ」（日比嘉高）
　　◇「文学で考える〈日本〉とは何か」双文社出版 2007 p69

虎乱（戸部新十郎）
　　◇「代表作時代小説 平成11年度」光風社出版 1999 p381

コーランボーの記（海音寺潮五郎）
　　◇「コレクション戦争と文学 18」集英社 2012 p480

ごり（室生犀星）
　　◇「金沢三文豪掌文庫 たべもの編」金沢文化振興財団 2011 p60

コリアン患者の足跡（1）コリアン患者の足跡（韓石峯）
　　◇「ハンセン病文学全集 5」皓星社 2010 p307

コリアン患者の足跡（2）在日外国人ハ氏病患者同盟の活動（韓石峯）
　　◇「ハンセン病文学全集 5」皓星社 2010 p316

五里峠（渡野玖美）
　　◇「日本海文学大賞─大賞作品集 1」日本海文学大賞運営委員会 2007 p11

コーリ・パンズ（崔華國）
　　◇「〈在日〉文学全集 17」勉誠出版 2006 p55

狐狸妖（芥川龍之介）
　　◇「文豪怪談傑作選 芥川龍之介集」筑摩書房 2010（ちくま文庫）p357

御利用ありがとうございました。（下前津凛）
　　◇「ショートショートの花束 1」講談社 2009（講談社文庫）p269

五稜郭の夕日（中村彰彦）
　　◇「血闘！ 新選組」実業之日本社 2016（実業之日本社文庫）p429

五両金心中（山岡荘八）

◇「雪月花・江戸景色」光文社 2013（光文社文庫）p43

五輪くだき（逢坂剛）
◇「市井図絵」新潮社 1997 p165
◇「時代小説―読切御免 2」新潮社 2004（新潮文庫）p77

コーリング・ユー（堀潮）
◇「中学生のドラマ 1」晩成書房 1995 p29

ご臨終トトカルチョ（田中小実昌）
◇「ワルツ―アンソロジー」祥伝社 2004（祥伝社文庫）p175

ゴール（佐藤健司）
◇「ショートショートの広場 19」講談社 2007（講談社文庫）p240

ゴルゴダの密室（霞流一）
◇「0番目の事件簿」講談社 2012 p111

ゴルゴネイオン（黒史郎）
◇「憑依」光文社 2010（光文社文庫）p239

ゴルコンダ―先輩の奥さん、めちゃめちゃ美人さんだし、こんな状況なら憧れの花びら大回転ですよ（斉藤直子）
◇「NOVA―書き下ろし日本SFコレクション 1」河出書房新社 2009（河出文庫）p227

コルシア書店の仲間たち（須賀敦子）
◇「日本文学全集 25」河出書房新社 2016 p7

コルシカの愛に（藤田宜永）
◇「自選ショート・ミステリー」講談社 2001（講談社文庫）p139

ゴルディアスの結び目（小松左京）
◇「日本SF短篇50 2」早川書房 2013（ハヤカワ文庫 JA）p169
◇「冒険の森へ―傑作小説大全 5」集英社 2015 p160

ゴールデンアスク（椰月美智子）
◇「本をめぐる物語―小説よ、永遠に」KADOKAWA 2015（角川文庫）p115

ゴールデンブレッド（小川一水）
◇「THE FUTURE IS JAPANESE」早川書房 2012（ハヤカワSFシリーズJコレクション）p169

コルトナの亡霊（中島らも）
◇「キネマ・キネマ」光文社 2002（光文社文庫）p141

コールドルーム（森真沙子）
◇「雪女のキス」光文社 2000（カッパ・ノベルス）p151

ゴルフ死ね死ね団（姫野カオルコ）
◇「ワルツ―アンソロジー」祥伝社 2004（祥伝社文庫）p63

ゴルフ場にて（南條竹則）
◇「オバケヤシキ」光文社 2005（光文社文庫）p53

ゴルフの特訓（増田修男）
◇「ショートショートの花束 5」講談社 2013（講談社文庫）p66

ゴールよりももっと遠く（近藤史恵）

◇「Story Seller 3」新潮社 2011（新潮文庫）p35

五霊戦鬼（乾緑郎）
◇「決戦！ 大坂城」講談社 2015 p131

これ一台（中原昌美）
◇「ショートショートの花束 6」講談社 2014（講談社文庫）p217

これが おれたちの学校だ（許南麒）
◇「〈在日〉文学全集 2」勉誠出版 2006 p142

これが青春だ（七字幸久）
◇「歌謡曲だよ、人生は―映画監督短編集」メディアファクトリー 2007 p71

これが私の生きる道（山本文緒）
◇「Love songs」幻冬舎 1998 p33

これが私の夢の地図（西森涼）
◇「「伊豆文学賞」優秀作品集 第19回」羽衣出版 2016 p158

コレクター無惨！（野田昌宏）
◇「70年代日本SFベスト集成 3」筑摩書房 2015（ちくま文庫）p155

これそれあれどれ（七瀬ざくろ）
◇「ショートショートの広場 20」講談社 2008（講談社文庫）p167

これっきり（谷村志穂）
◇「ナナイロノコイ―恋愛小説」角川春樹事務所 2003 p85

これでもか（空虹桜）
◇「超短編の世界 vol.3」創英社 2011 p18

これなあに（檜和田新）
◇「ショートショートの広場 13」講談社 2002（講談社文庫）p174

ゴーレムは証言せず（山本弘）
◇「ゴーレムは証言せず―ソード・ワールド短編集」富士見書房 2000（富士見ファンタジア文庫）p267

虎列刺（コレラ）（内田百閒）
◇「ちくま日本文学 1」筑摩書房 2007（ちくま文庫）p281

これは小説ではない（渡辺浩弐）
◇「ひとにぎりの異形」光文社 2007（光文社文庫）p57

これは一つの物語（デジャブー）です―光州まで―光州から（宗秋月）
◇「〈在日〉文学全集 18」勉誠出版 2006 p12

五連闘争（三日月理音）
◇「マルドゥック・ストーリーズ―公式二次創作集」早川書房 2016（ハヤカワ文庫 JA）p339

五郎治殿御始末（浅田次郎）
◇「失われた空―日本人の涙と心の名作8選」新潮社 2014（新潮文庫）p7

孤狼なり（葉室麟）
◇「決戦！ 関ヶ原」講談社 2014 p269

殺さない程度（北方謙三）
◇「冒険の森へ―傑作小説大全 14」集英社 2016 p70

殺されたい女（野沢尚）

ころさ

◇「ザ・ベストミステリーズ―推理小説年鑑 1998」講談社 1998 p217
◇「殺人者」講談社 2000 （講談社文庫） p67

殺された男の霊が（篠田節子）
◇「文藝百物語」ぶんか社 1997 p39

殺された天一坊（浜尾四郎）
◇「大岡越前―名奉行裁判説話」廣済堂出版 1998 （廣済堂文庫） p109
◇「大江戸犯科帖―時代推理小説名作選」双葉社 2003 （双葉文庫） p125
◇「江戸三百年を読む―傑作時代小説 シリーズ江戸学 下」角川学芸出版 2009 （角川文庫） p11

殺された風景（李光天）
◇「近代朝鮮文学日本語作品集1908～1945 セレクション 4」緑蔭書房 2008 p185

ゴロさんのテラス―『春を背負って』番外編（笹本稜平）
◇「サイドストーリーズ」KADOKAWA 2015 （角川文庫） p187

殺したい女（神季佑多）
◇「ショートショートの花束 2」講談社 2010 （講談社文庫） p174

殺して、あげる（早瀬みずち）
◇「恐怖館」青樹社 1999 （青樹社文庫） p151

殺しても死なない（若竹七海）
◇「ザ・ベストミステリーズ―推理小説年鑑 2002」講談社 2002 p419
◇「零時の犯罪予報」講談社 2005 （講談社文庫） p157

殺しの兄妹（神狛しず）
◇「女たちの怪談百物語」メディアファクトリー 2010 （幽books）） p296
◇「女たちの怪談百物語」KADOKAWA 2014 （角川ホラー文庫） p301

殺しの手順（藤原審爾）
◇「男たちのら・ら・ば・い」徳間書店 1999 （徳間文庫） p411

殺し場雪明り（城昌幸）
◇「黒門町伝七捕物帳―時代小説競作選」光文社 2015 （光文社文庫） p151

殺し屋の悲劇（鮎川哲也）
◇「本格推理 13」光文社 1998 （光文社文庫） p460

殺人（ころし）は食堂車で（西村京太郎）
◇「さよならブルートレイン―寝台列車ミステリー傑作選」光文社 2015 （光文社文庫） p313

殺すとは知らで肥えたり（高橋義夫）
◇「俳句殺人事件―巻頭句の女」光文社 2001 （光文社文庫） p329

ごろつき（都筑道夫）
◇「シャーロック・ホームズの災難―日本版」論創社 2007 p233

ごろつき仙人（折口信夫）
◇「ちくま日本文学 25」筑摩書房 2008 （ちくま文庫） p111

破落戸（ごろつき）の昇天（モルナール，森鷗外）
◇「文豪怪談傑作選 森鷗外集」筑摩書房 2006 （ち

くま文庫） p248

ゴロツキ風雲録（長部日出雄）
◇「東北戦国志―傑作時代小説」PHP研究所 2009 （PHP文庫） p65

コロッケ（澁川祐子）
◇「たんときれいに召し上がれ―美食文学精選」芸術新聞社 2015 p335

五郎八（ごろはち）航空（筒井康隆）
◇「日本文学100年の名作 7」新潮社 2015 （新潮文庫） p9

五郎八航空（筒井康隆）
◇「冒険の森へ―傑作小説大全 13」集英社 2016 p99

『ころばぬ先の杖だ！』（李石薫）
◇「近代朝鮮文学日本語作品集1908～1945 セレクション 4」緑蔭書房 2008 p198

ころびねこ（多和田葉子）
◇「文学 2001」講談社 2001 p48

衣がえ（長野まゆみ）
◇「こどものころにみた夢」講談社 2008 p112

コロリ（吉村昭）
◇「剣鬼無明斬り」光風社出版 1997 （光風社文庫） p87
◇「歴史小説の世紀 地の巻」新潮社 2000 （新潮文庫） p495

ころり観音（高橋菊子）
◇「山形県文学全集第2期（随筆・紀行編） 6」郷土出版 2005 p320

碁論（正岡子規）
◇「新日本古典文学大系 明治編 27」岩波書店 2003 p92

転んだとたん、天が見えて≫白洲正子（田島隆夫）
◇「日本人の手紙 2」リブリオ出版 2004 p32

転んだとたん、天が見えて≫田島隆夫（白洲正子）
◇「日本人の手紙 2」リブリオ出版 2004 p32

ごろんぼ佐之助（池波正太郎）
◇「誠の旗がゆく―新選組傑作選」集英社 2003 （集英社文庫） p9

こわい家（日影丈吉）
◇「新編・日本幻想文学集成 1」国書刊行会 2016 p672

怖いいのち（岡野弘樹）
◇「全作家短編小説集 9」全作家協会 2010 p180

恐い映像（竹本健治）
◇「Mystery Seller」新潮社 2012 （新潮文庫） p299

怖い贈り物（結城昌治）
◇「恐怖特急」光文社 2002 （光文社文庫） p25

怖い顔（石田一）
◇「俳優」廣済堂出版 1999 （廣済堂文庫） p575

こわいこわいと身ぶるいするのですよ≫小林雄子（与謝野晶子）
◇「日本人の手紙 2」リブリオ出版 2004 p184

「怖い話」のメール（中島鉄也）

◇「てのひら怪談—ビーケーワン怪談大賞傑作選」ポプラ社 2007 p94
◇「てのひら怪談—ビーケーワン怪談大賞傑作選」ポプラ社 2008 （ポプラ文庫）p98

怖いビデオ（崩木十弐）
◇「てのひら怪談—ビーケーワン怪談大賞傑作選 2」ポプラ社 2007 p144
◇「てのひら怪談—ビーケーワン怪談大賞傑作選 己丑」ポプラ社 2009 （ポプラ文庫）p142

こわいもの（抄）（江戸川乱歩）
◇「文豪てのひら怪談」ポプラ社 2009 （ポプラ文庫）p64

怖いは狐（北野勇作）
◇「恐怖症」光文社 2002 （光文社文庫）p399

子は鎹（田中啓文）
◇「ザ・ベストミステリーズ—推理小説年鑑 2005」講談社 2005 p291
◇「仕掛けられた罪」講談社 2008 （講談社文庫）p277

怖がる怖い人（岩井志麻子）
◇「5分で読める！ 怖いはなし」宝島社 2014 （宝島社文庫）p205

コワス（近藤史恵）
◇「邪香草—恋愛ホラー・アンソロジー」祥伝社 2003 （祥伝社文庫）p155

壊れた妹のためのトリック（島本理生）
◇「本をめぐる物語—小説よ、永遠に」KADOKAWA 2015 （角川文庫）p73

毀れた玩具の馬（野上彌生子）
◇「精選女性随筆集 10」文藝春秋 2012 p218

壊れた少女を拾ったので（遠藤徹）
◇「ザ・ベストミステリーズ—推理小説年鑑 2006」講談社 2006 p309
◇「セブンミステリーズ」講談社 2009 （講談社文庫）p243

壊れた時計（東野圭吾）
◇「宝石ザミステリー Red」光文社 2016 p7

壊れた時計（森輝喜）
◇「本格推理 14」光文社 1999 （光文社文庫）p77

壊れ始めた電化製品（脇山俊男）
◇「ショートショートの広場 12」講談社 2001 （講談社文庫）p55

こわれ指環（清水紫琴）
◇「「新編」日本女性文学全集 1」菁柿堂 2007 p429
◇「日本近代短篇小説選 明治篇1」岩波書店 2012 （岩波文庫）p231

痕—KON（今井一隆）
◇「新鋭劇作集 series 16」日本劇団協議会 2004 p5

孔乙己（魯迅）
◇「怠けものの話」筑摩書房 2011 （ちくま文学の森）p65

婚姻（正岡子規）
◇「新日本古典文学大系 明治編 27」岩波書店 2003 p36

今回の震災に記憶の地層を揺さぶられて（細見和之）

◇「ろうそくの炎がささやく言葉」勁草書房 2011 p38

婚活電車（山下貴光）
◇「5分で読める！ ひと駅ストーリー 夏の記憶東口編」宝島社 2013 （宝島社文庫）p241

ごん狐（新美南吉）
◇「二時間目国語」宝島社 2008 （宝島社文庫）p153
◇「涙の百年文学—もう一度読みたい」太陽出版 2009 p6
◇「もう一度読みたい教科書の泣ける名作」学研教育出版 2013 p5
◇「近代童話（メルヘン）と賢治」おうふう 2014 p73

欣求（中上健次）
◇「温泉小説」アーツアンドクラフツ 2006 p199

コンクリートの巣（篠田節子）
◇「ふるえて眠れ—女流ホラー傑作選」角川春樹事務所 2001 （ハルキ・ホラー文庫）p7

コンクリートの中の視線—永山則夫小論（井上光晴）
◇「戦後文学エッセイ選 13」影書房 2008 p156

今月の困ったちゃん（内田春菊）
◇「人間みな病気」ランダムハウス講談社 2007 p135

混血の夜の子供とその兄弟達（三川祐）
◇「伯爵の血族—紅ノ章」光文社 2007 （光文社文庫）p399

根源的なるもの（武田泰淳）
◇「戦後文学エッセイ選 5」影書房 2006 p141

金剛山（こんごうさん）… → "クムガンサン…"を見よ

金剛鈴が鳴る—風魔小太郎（戸部新十郎）
◇「時代小説傑作選 5」新人物往来社 2008 p37

根黒の海婚（金子みづほ）
◇「リトル・リトル・クトゥルー—史上最小の神話小説集」学習研究社 2009 p38

権妻（痩々亭骨皮道人）
◇「新日本古典文学大系 明治編 29」岩波書店 2005 p228

権妻の果（饗庭篁村）
◇「明治の文学 13」筑摩書房 2003 p51

権爺さん（池内奉文）
◇「近代朝鮮文学日本語作品集1939〜1945 創作篇 5」緑蔭書房 2001 p47

金色犬（つのだじろう）
◇「有栖川有栖の本格ミステリ・ライブラリー」角川書店 2001 （角川文庫）p71

金色夜叉（尾崎紅葉）
◇「日本近代文学に描かれた「恋愛」」牧野出版 2001 p49

コンジとパッジ（作者不詳）
◇「シンデレラ」竹書房 2015 （竹書房文庫）p46

今昔物語異聞（森山東）
◇「超短編の世界」創英社 2008 p26

こんし

今昔物語と剣南詩藁（幸田露伴）
　◇「文豪怪談傑作選 幸田露伴集」筑摩書房 2010
　　（ちくま文庫）p328
『今昔物語』より（作者不詳）
　◇「幻妖の水脈（みお）」筑摩書房 2013（ちくま文庫）p77
渾身のジャンプ（河野裕）
　◇「ブラックミステリーズ―12の黒い謎をめぐる219の質問」KADOKAWA 2015（角川文庫）p107
コンスタントいこう（赤間幸人）
　◇「高校演劇Selection 2001 下」晩成書房 2001 p7
コンセスター（山田正紀）
　◇「逆想コンチェルト―イラスト先行・競作小説アンソロジー 奏の1」徳間書店 2010 p30
コンセプション（篠田節子）
　◇「エクスタシィ―大人の恋の物語り」ベストセラーズ 2003 p95
混線（三藤英二）
　◇「ショートショートの広場 10」講談社 2000（講談社文庫）p224
ゴンゾウ～伝説の刑事―第1話，第4話，第5話（古沢良太）
　◇「テレビドラマ代表作選集 2009年版」日本脚本家連盟 2009 p175
コンソメ（辺見庸）
　◇「おいしい話―料理小説傑作選」徳間書店 2007（徳間文庫）p221
コンタクト・ゲーム（大場惑）
　◇「宇宙塵傑作選―日本SFの軌跡 1」出版芸術社 1997 p251
魂胆（饗庭篁村）
　◇「明治の文学 13」筑摩書房 2003 p103
こんち午の日（山本周五郎）
　◇「江戸なみだ雨―市井稼業小説傑作選」学研パブリッシング 2010（学研M文庫）p5
　◇「江戸味わい帖 料理人篇」角川春樹事務所 2015（ハルキ文庫）p153
コンチェルト・コンチェルティーノ（七河迦南）
　◇「ベスト本格ミステリ 2013」講談社 2013（講談社ノベルス）p365
昆虫観察日記（小川雄輝）
　◇「超短編傑作選 v.6」創英社 2007 p83
昆虫図（久生十蘭）
　◇「恐怖特急」光文社 2002（光文社文庫）p7
　◇「文豪たちが書いた怖い名作短編集」彩図社 2014 p100
　◇「冒険の森へ―傑作小説大全 3」集英社 2016 p24
魂虫譚（水沢龍樹）
　◇「安倍晴明陰陽師伝奇文学集成」勉誠出版 2001 p291
こんてむつす，むん地一私の古典（堀田善衞）
　◇「戦後文学エッセイ選 11」影書房 2007 p116
コンとアンジ（井鯉こま）
　◇「太宰治賞 2014」筑摩書房 2014 p29
近藤勇（井代恵子）

　◇「人物日本剣豪伝 5」学陽書房 2001（人物文庫）p263
近藤勇、江戸の日々（津本陽）
　◇「鍔鳴り疾風剣」光風社出版 2000（光風社文庫）p413
　◇「新選組烈士伝」角川書店 2003（角川文庫）p5
　◇「幕末の剣鬼たち―時代小説傑作選」コスミック出版 2009（コスミック・時代文庫）p5
近藤勇 天然理心流（戸部新十郎）
　◇「幕末の剣鬼たち―時代小説傑作選」コスミック出版 2009（コスミック・時代文庫）p33
近藤勇と科学（直木三十五）
　◇「新選組興亡録」角川書店 2003（角川文庫）p185
近藤勇の首（新宮正春）
　◇「血闘！ 新選組」実業之日本社 2016（実業之日本社文庫）p393
近藤勇の最期（長部日出雄）
　◇「魔剣くずし秘聞」光風社出版 1998（光風社文庫）p61
　◇「誠の旗がゆく―新選組傑作選」集英社 2003（集英社文庫）p81
近藤と土方（戸川幸夫）
　◇「新選組興亡録」角川書店 2003（角川文庫）p113
近藤富士（新田次郎）
　◇「江戸三百年を読む―傑作時代小説 シリーズ江戸学 下」角川学芸出版 2009（角川文庫）p63
南海秘話 コン島物語（吉村敏）
　◇「日本統治期台湾文学集成 8」緑蔭書房 2002 p321
こんど、翔んでみせろ（長沢樹）
　◇「宝石ザミステリー 2016」光文社 2015 p71
今度は力いっぱい抱きしめて絶対はなさないで≫天国の夫（柳原タケ）
　◇「日本人の手紙 6」リブリオ出版 2004 p114
渾沌未分（岡本かの子）
　◇「ちくま日本文学 37」筑摩書房 2009（ちくま文庫）p24
　◇「新編・日本幻想文学集成 3」国書刊行会 2016 p471
こんな感じ―水上処女（大庭みな子）
　◇「精選女性随筆集 6」文藝春秋 2012 p190
こんなに女房が恋しいものかと驚く≫横光千代（横光利一）
　◇「日本人の手紙 6」リブリオ出版 2004 p45
こんなの、はじめて（中井紀夫）
　◇「ひとにぎりの異形」光文社 2007（光文社文庫）p318
こんな晩＜子捨ての話＞（小泉八雲）
　◇「松江怪談―新作怪談 松江物語」今井印刷 2015 p28
今日（こんにち）… → "きょう…"を見よ
コンニャクのさしみ（宮本常一）
　◇「ちくま日本文学 22」筑摩書房 2008（ちくま文

庫）p239

コンニャク八兵衛（田辺聖子）
　◇「大阪ラビリンス」新潮社 2014 （新潮文庫）
　　p197

紺の彼方（結城昌治）
　◇「俳句殺人事件―巻頭句の女」光文社 2001 （光文社文庫）p181

坤の死（波）
　◇「近代朝鮮文学日本語作品集1908～1945 セレクション 4」緑蔭書房 2008 p129

魂魄龍（小沢章友）
　◇「ドラゴン殺し」メディアワークス 1997 （電撃文庫）p205

コンパス（斎藤純）
　◇「輝きの一瞬―短くて心に残る30編」講談社 1999 （講談社文庫）p111

権八伊右衛門（多岐川恭）
　◇「怪奇・伝奇時代小説選集 13」春陽堂書店 2000 （春陽文庫）p163

コンビニ家族（井川一太郎）
　◇「ショートショートの広場 20」講談社 2008 （講談社文庫）p94

コンビニにキムチ（丁章）
　◇「〈在日〉文学全集 18」勉誠出版 2006 p389

コンビニのありがたさ（@bttftag）
　◇「3.11心に残る140字の物語」学研パブリッシング 2011 p96

コンピューターランド オブ オズ（中西のぞみ）
　◇「中学校劇作シリーズ 9」青雲書房 2005 p157

金毘羅（森鷗外）
　◇「文豪怪談傑作選 森鷗外集」筑摩書房 2006 （ちくま文庫）p145

権平けんかのこと（滝口康彦）
　◇「武士の本懐―武士道小説傑作選」ベストセラーズ 2004 （ベスト時代文庫）p281

金平糖（戸部新十郎）
　◇「士魂の光芒―時代小説最前線」新潮社 1997 （新潮文庫）p419

金平糖のふるさと（有村まどか）
　◇「ゆきのまち幻想文学賞小品集 22」企画集団ぷりずむ 2013 p134

五ん兵衛船（泡坂妻夫）
　◇「代表作時代小説 平成21年度」光文社 2009 p29
　◇「名探偵に訊け」光文社 2010 （Kappa novels）p51
　◇「名探偵に訊け」光文社 2013 （光文社文庫）p59

コンポジット・ボム（藤崎秋平）
　◇「新・本格推理 8」光文社 2008 （光文社文庫）p103

根本的な破滅への衝動（三島由紀夫）
　◇「ちくま日本文学 10」筑摩書房 2008 （ちくま文庫）p420

昏迷（津田せつ子）
　◇「ハンセン病文学全集 4」皓星社 2003 p500

婚約（片山龍三）

　◇「全作家短編集 15」のべる出版企画 2016 p114

婚約（辻征夫）
　◇「日本文学全集 29」河出書房新社 2016 p68

婚約奇談（呂赫若）
　◇「日本統治期台湾文学集成 5」緑蔭書房 2002 p139

今夜、死ぬ（古山高麗雄）
　◇「読み聞かせる戦争」光文社 2015 p63

紺屋のおろく（北原白秋）
　◇「日本文学全集 29」河出書房新社 2016 p18

紺屋の白袴（土橋義史）
　◇「ショートショートの花束 8」講談社 2016 （講談社文庫）p80

今夜もあなたの寝巻をだいてねむります≫上野山清貢（素木しづ）
　◇「日本人の手紙 6」リブリオ出版 2004 p130

今夜も笑ってる（乃南アサ）
　◇「自選ショート・ミステリー」講談社 2001 （講談社文庫）p17

今夜は一人で雛祭り（東野圭吾）
　◇「宝石ザミステリー 3」光文社 2013 p7

婚礼の夜（神田伯龍）
　◇「怪奇・伝奇時代小説選集 11」春陽堂書店 2000 （春陽文庫）p247

崑崙山の人々（作者表記なし）
　◇「新装版 全集現代文学の発見 6」學藝書林 2003 p52

困惑（陽羅義光）
　◇「全作家短編小説集 12」全作家協会 2013 p13

コンンビニ（衣畑秀樹）
　◇「ショートショートの花束 1」講談社 2009 （講談社文庫）p145

【さ】

サアカスの馬（安岡章太郎）
　◇「魂がふるえるとき」文藝春秋 2004 （文春文庫）p141
　◇「教科書名短篇 少年時代」中央公論新社 2016 （中公文庫）p87

さあ、つぎはどの森を歩こうか（奥田裕介）
　◇「「伊豆文学賞」優秀作品集 第19回」羽衣出版 2016 p55

ザ・阿麻和利（比嘉美代子）
　◇「ザ・阿麻和利―他」英宝社 2009 p13

最悪の模倣犯（一田和樹）
　◇「ショートショートの花束 5」講談社 2013 （講談社文庫）p76

最暗黒の東京（抄）（松原岩五郎）
　◇「新日本古典文学大系 明治編 30」岩波書店 2009 p219

さいあ

最暗黒裡の怪物（松原岩五郎）
　◇「新日本古典文学大系 明治編 30」岩波書店 2009 p280

彩絵花鳥唐櫃（杉本苑子）
　◇「必殺天誅剣」光風社出版 1999（光風社文庫）p7

砕牙―聖刻群龍伝（千葉暁）
　◇「C・N 25―C・novels創刊25周年アンソロジー」中央公論新社 2007（C novels）p302

再会（逢坂剛）
　◇「タッグ私の相棒―警察アンソロジー」角川春樹事務所 2015 p207

再会（大沢在昌）
　◇「短篇ベストコレクション―現代の小説 2007」徳間書店 2007（徳間文庫）p343

再会（梶尾真治）
　◇「教室」光文社 2003（光文社文庫）p607

再会（古賀準二）
　◇「ショートショートの広場 10」講談社 2000（講談社文庫）p228

再会（須藤文音）
　◇「渚にて―あの日からの〈みちのく怪談〉」荒蝦夷 2016 p141

再会（曽我仁）
　◇「ショートショートの広場 8」講談社 1997（講談社文庫）p170

再会（平宗子）
　◇「ショートショートの広場 9」講談社 1998（講談社文庫）p126

再会（田村隆一）
　◇「新装版 全集現代文学の発見 13」學藝書林 2004 p279

再会（夏川草樹）
　◇「ショートショートの広場 20」講談社 2008（講談社文庫）p65

再会（萩原朔太郎）
　◇「ちくま日本文学 36」筑摩書房 2009（ちくま文庫）p27

再会（森福都）
　◇「Love Letter」幻冬舎 2005 p61
　◇「Love Letter」幻冬舎 2008（幻冬舎文庫）p67

再会（山田太一）
　◇「テレビドラマ代表作選集 2002年版」日本脚本家連盟 2002 p47

再会（@terueshinkawa）
　◇「3.11心に残る140字の物語」学研パブリッシング 2011 p59

西海原子力発電所（井上光晴）
　◇「日本原発小説集」水声社 2011 p135

サイガイホテル（角田光代）
　◇「短篇ベストコレクション―現代の小説 2004」徳間書店 2004（徳間文庫）p327

西鶴と科学（寺田寅彦）
　◇「ちくま日本文学 34」筑摩書房 2009（ちくま文庫）p278

西鶴の五人女に見える甕棺埋葬の記事（金関丈夫）
　◇「日本統治期台湾文学集成 17」緑蔭書房 2003 p207

最下層フレンズ（佐井識）
　◇「万華鏡―第14回フェリシモ文学賞作品集」フェリシモ 2011 p124

さいかち坂上の恋人（平岩弓枝）
　◇「江戸浮世風」学習研究社 2004（学研M文庫）p155

犀が通る―珈琲と苺トーストと鷲尾（害はないけど変な人）と英二くんと中道さんと星図と犀と―野間文芸新人賞受賞第一作（円城塔）
　◇「NOVA―書き下ろし日本SFコレクション 3」河出書房新社 2010（河出文庫）p163

罪過の逆転（浅倉卓弥）
　◇「もっとすごい！ 10分間ミステリー」宝島社 2013（宝島社文庫）p199

才川町（萩原朔太郎）
　◇「ちくま日本文学 36」筑摩書房 2009（ちくま文庫）p37

再起を誓おう（@senzaluna）
　◇「3.11心に残る140字の物語」学研パブリッシング 2011 p80

債鬼退治（上野英信）
　◇「戦後文学エッセイ選 12」影書房 2006 p158

再帰熱（李正子）
　◇「〈在日〉文学全集 17」勉誠出版 2006 p301

西行（安西均）
　◇「新装版 全集現代文学の発見 13」學藝書林 2004 p372

西行（小林秀雄）
　◇「短編名作選―1925-1949 文士たちの時代」笠間書院 1999 p243

西京伝新記（菊池三渓）
　◇「新日本古典文学大系 明治編 1」岩波書店 2004 p231

西行の愛読者―国文学一夕話（岡本かの子）
　◇「精選女性随筆集 4」文藝春秋 2012 p162

西行のゆくえ（白洲正子）
　◇「精選女性随筆集 7」文藝春秋 2012 p227

在京半島學生蹶起大會―決議（金城漢郎）
　◇「近代朝鮮文学日本語作品集1908〜1945 セレクション 6」緑蔭書房 2008 p251

最近朝鮮の演劇界（徐恒錫）
　◇「近代朝鮮文学日本語作品集1901〜1938 評論・随筆篇 2」緑蔭書房 2004 p59

最近に於ける朝鮮文藝總觀（李源圭）
　◇「近代朝鮮文学日本語作品集1901〜1938 評論・随筆篇 1」緑蔭書房 2004 p185

最近の変化（宮本常一）
　◇「ちくま日本文学 22」筑摩書房 2008（ちくま文庫）p315

細君（坪内逍遙）
　◇「明治の文学 4」筑摩書房 2002 p345
　◇「日本近代短篇小説選 明治篇1」岩波書店 2012

（岩波文庫）p5

細君（さいくん）（坪内逍遙）
◇「新日本古典文学大系 明治編 18」岩波書店 2002 p1

妻君を正宗の名刀でスパリと斬ってやりたい＞夏目鏡子／鈴木三重吉（夏目漱石）
◇「日本人の手紙 6」リブリオ出版 2004 p75

歳月（香納諒一）
◇「特別な一日」徳間書店 2005（徳間文庫）p317

歳月（宮城谷昌光）
◇「代表作時代小説 平成9年度」光風社出版 1997 p89

再結晶（秋谷瞬）
◇「ゆきのまち幻想文学賞・小品集 12」企画集団ぷりずむ 2003 p54

歳月―済州島四・三事件一人芝居台本（金蒼生）
◇「〈在日〉文学全集 10」勉誠出版 2006 p415

歳月の舟（北重人）
◇「代表作時代小説 平成21年度」光文社 2009 p41

債権（木々高太郎）
◇「幻の探偵雑誌 4」光文社 2001（光文社文庫）p11

冴子（清水義範）
◇「ブキミな人びと」ランダムハウス講談社 2007 p225

西郷暗殺（三好徹）
◇「日本ベストミステリー選集 24」光文社 1997（光文社文庫）p291

西郷暗殺の密使―西郷隆盛・大久保利通（神坂次郎）
◇「人物日本の歴史―時代小説版 幕末維新編」小学館 2004（小学館文庫）p225

採鑛記（丸井妙子）
◇「日本統治期台湾文学集成 17」緑蔭書房 2003 p305

最高刑（たなかなつみ）
◇「超短編の世界 vol.2」創英社 2009 p120

西郷札（松本清張）
◇「謀」文藝春秋 2003（推理作家になりたくて マイベストミステリー）p242
◇「見上げれば星は天に満ちて―心に残る物語―日本文学秀作選」文藝春秋 2005（文春文庫）p285
◇「マイ・ベスト・ミステリー 4」文藝春秋 2007（文春文庫）p370

細香女史に贈る（森春濤）
◇「新日本古典文学大系 明治編 2」岩波書店 2004 p29

西郷隆盛と坂本龍馬（綱淵謙錠）
◇「龍馬参上」新潮社 2010（新潮文庫）p155

最高の価値（松田文鳥）
◇「ショートショートの広場 19」講談社 2007（講談社文庫）p227

最後から二番目の恋（小路幸也）
◇「七つの死者の囁き」新潮社 2008（新潮文庫）

p201

西国立志編（抄）（サミュエル・スマイルズ著, 中村正直訳）
◇「新日本古典文学大系 明治編 11」岩波書店 2006 p195

災後雑感（菊池寛）
◇「天変動く大震災と作家たち」インパクト出版会 2011（インパクト選書）p107

最後と最初（横田順彌）
◇「ひとにぎりの異形」光文社 2007（光文社文庫）p295

最後に明かされた謎―土方歳三（塚本青史）
◇「新選組出陣」廣済堂出版 2014 p203
◇「新選組出陣」徳間書店 2015（徳間文庫）p203

最後に笑う禿鼠（南條範夫）
◇「本能寺・男たちの決断―傑作時代小説」PHP研究所 2007（PHP文庫）p29

最後の挨拶（早見裕司）
◇「物語のルミナリエ」光文社 2011（光文社文庫）p439

最期の赤備え（宮本昌孝）
◇「代表作時代小説 平成10年度」光風社出版 1998 p95
◇「地獄の無明剣―時代小説傑作選」講談社 2004（講談社文庫）p69

最期のいたずら（吉田博）
◇「ショートショートの広場 10」講談社 2000（講談社文庫）p145

最後の一日（勢川びき）
◇「ショートショートの広場 8」講談社 1997（講談社文庫）p95

最後の一句（森鷗外）
◇「ちくま日本文学 17」筑摩書房 2008（ちくま文庫）p327
◇「賭けと人生」筑摩書房 2011（ちくま文学の森）p465
◇「読んでおきたい近代日本小説選」龍書房 2012 p103
◇「教科書名短篇 人間の情景」中央公論新社 2016（中公文庫）p33

最後の一冊（倉阪鬼一郎）
◇「本迷宮―本を巡る不思議な物語」日本図書設計家協会 2016 p41

最後の一本（上村佑）
◇「5分で読める！ ひと駅ストーリー 冬の記憶東口編」宝島社 2013（宝島社文庫）p211

最後の歌を越えて（冴桐由）
◇「太宰治賞 1999」筑摩書房 1999 p27

最後の運動会（源祥子）
◇「最後の一日 6月30日―さよならが胸に染みる10の物語」泰文堂 2013（リンダブックス）p176

最後のエロ事師たち（野坂昭如）
◇「現代の小説 1997」徳間書店 1997 p391

最後のお便り（森浩美）
◇「短篇ベストコレクション―現代の小説 2013」徳間書店 2013（徳間文庫）p433

さいこ

最後の親孝行（谷口雅美）
◇「母のなみだ・ひまわり―愛しき家族を想う短篇小説集」泰文堂 2013（リンダブックス）p7

最後の賭け（生島治郎）
◇「わが名はタフガイ―ハードボイルド傑作選」光文社 2006（光文社文庫）p101

最後のキス（加瀬正二）
◇「恐怖館」青樹社 1999（青樹社文庫）p61

最後の客（大沼珠生）
◇「ゆきのまち幻想文学賞小品集 16」企画集団ぷりずむ 2007 p201

最後の客（梶永正史）
◇「10分間ミステリー THE BEST」宝島社 2016（宝島社文庫）p453

最後の教室（島本理生）
◇「コイノカオリ」角川書店 2004 p43
◇「コイノカオリ」角川書店 2008（角川文庫）p39

最後の光景（三枝蠟）
◇「ショートショートの広場 18」講談社 2006（講談社文庫）p208

最後の言葉（冨士玉女）
◇「怪談四十九夜」竹書房 2016（竹書房文庫）p174

最後の狩猟（サファリ）（田中光二）
◇「70年代日本SFベスト集成 3」筑摩書房 2015（ちくま文庫）p313

最後の仕事（五谷翔）
◇「自選ショート・ミステリー 2」講談社 2001（講談社文庫）p52

最後の質問（金谷祐子）
◇「Love―あなたに逢いたい」双葉社 1997（双葉社）p89

最後の島（井上荒野）
◇「あの街で二人は―seven love stories」新潮社 2014（新潮文庫）p211

最後の授業（小林栗奈）
◇「ゆきのまち幻想文学賞小品集 25」企画集団ぷりずむ 2015 p42

最後の殉教者（遠藤周作）
◇「歴史小説の世紀 地の巻」新潮社 2000（新潮文庫）p279

最後の章（千代有三）
◇「あなたが名探偵」講談社 1998（講談社文庫）p309

最後の女学生（明内桂子）
◇「甦る推理雑誌 10」光文社 2004（光文社文庫）p323

最後のスタンプ（乾緑郎）
◇「5分で読める！ ひと駅ストーリー 降車編」宝島社 2012（宝島社文庫）p23
◇「5分で泣ける！ 胸がいっぱいになる物語」宝島社 2015（宝島社文庫）p53

最後の接触（堀晃）
◇「ロボット・オペラ―An Anthology of Robot Fiction and Robot Culture」光文社 2004 p476

最后の祖父（京極夏彦）
◇「NOVA―書き下ろし日本SFコレクション 4」河出書房新社 2011（河出文庫）p13

最後の太閤（太宰治）
◇「大坂の陣―近代文学名作選」岩波書店 2016 p6

最後の竹細工（水上洪一）
◇「伊豆の江戸を歩く」伊豆新聞本社 2004（伊豆文学賞歴史小説傑作集）p11

最後の旅支度（本田モカ）
◇「てのひら怪談―ビーケーワン怪談大賞傑作選 壬辰」ポプラ社 2012（ポプラ文庫）p232

最後の誕生日（タカスギシンタロ）
◇「超短編の世界」創英社 2008 p40

最後の忠臣蔵（田中陽造）
◇「年鑑代表シナリオ集 '10」シナリオ作家協会 2011 p333

最後の敵（石原吉郎）
◇「新装版 全集現代文学の発見 13」學藝書林 2004 p404

最期のない町（かがわ直子）
◇「竹筒に花はなくとも―短篇十人集」日曜舎 1997 p82

最後の夏（松本寛大）
◇「ミステリ★オールスターズ」角川書店 2010 p227
◇「ミステリ・オールスターズ」角川書店 2012（角川文庫）p265

最後の庭（靖邦子）
◇「むすぶ―第11回フェリシモ文学賞作品集」フェリシモ 2008 p165

最後の忍者（神坂次郎）
◇「神出鬼没！ 戦国忍者伝―傑作時代小説」PHP研究所 2009（PHP文庫）p91

最後のハッピーバースデー（望月誠）
◇「大人が読む。ケータイ小説―第1回ケータイ文学賞アンソロジー」オンブック 2007 p152

最後の晩餐（北原亞以子）
◇「大江戸万華鏡―美味小説傑作選」学研パブリッシング 2014（学研M文庫）p83

最後の晩餐（谷口雅美）
◇「最後の一日 7月22日―さよならが胸に染みる物語」泰文堂 2012（リンダブックス）p258

最後の晩餐（中田雅敏）
◇「現代作家代表作選集 6」鼎書房 2014 p135

最後の晩餐（森茉莉）
◇「精選女性随筆集 2」文藝春秋 2012 p74

最後のひと（谷口雅美）
◇「100の恋―幸せになるための恋愛短篇集」泰文堂 2010（Linda books！）p194

最後の一瓶となったジャムの妻のメッセージ≫妻（横田清）
◇「日本人の手紙 9」リブリオ出版 2004 p115

さいごの一人（白石一郎）
◇「九州戦国志―傑作時代小説」PHP研究所 2008（PHP文庫）p99

最後のビヤホールの事（富士正晴）
◇「戦後文学エッセイ選 7」影書房 2006 p178

最後の街（誉田哲也）
◇「C・N 25—C・novels創刊25周年アンソロジー」
中央公論新社 2007（C novels）p48

最後のメッセージ（蒼井上鷹）
◇「本格ミステリ 2006」講談社 2006（講談社ノベルス）p389
◇「珍しい物語のつくり方—本格短編ベスト・セレクション」講談社 2010（講談社文庫）p577

最後の夢（菅野須賀子）
◇「「新編」日本女性文学全集 2」菁柿堂 2008 p449

最後の容疑者（中山七里）
◇「10分間ミステリー」宝島社 2012（宝島社文庫）p253
◇「10分間ミステリー THE BEST」宝島社 2016（宝島社文庫）p27

最後のヨカナーン（福田和代）
◇「SF宝石—すべて新作読み切り！ 2015」光文社 2015 p79

最後の夜（太田忠司）
◇「教室」光文社 2003（光文社文庫）p217

最後の夜に（波多野都）
◇「失恋前夜—大人のための恋愛短篇集」泰文堂 2013（レインブックス）p135

最後の楽園（服部まゆみ）
◇「憑き者—全篇書下ろし傑作ホラーアンソロジー」アスキー 2000（A-novels）p9

最後のリサイタル（傳田光洋）
◇「ひとにぎりの異形」光文社 2007（光文社文庫）p537

最後の良薬（長岡弘樹）
◇「ベスト本格ミステリ 2015」講談社 2015（講談社ノベルス）p11

最後の料理（千梨らく）
◇「5分で読める！ ひと駅ストーリー 食の話」宝島社 2015（宝島社文庫）p239

最後の礼拝（福澤徹三）
◇「妖女」光文社 2004（光文社文庫）p29

最後のSETISSION（山之口洋）
◇「短篇ベストコレクション—現代の小説 2002」徳間書店 2002（徳間文庫）p495

サイゴマデ タタカウモイノチ（松濤明）
◇「日本人の手紙 8」リブリオ出版 2004 p125

骰子（安西冬衛）
◇「新装版 全集現代文学の発見 13」學藝書林 2004 p17

サイコロ特攻隊（かんべむさし）
◇「70年代日本SFベスト集成 5」筑摩書房 2015（ちくま文庫）p109

骰子の七の目（恩田陸）
◇「短篇ベストコレクション—現代の小説 2009」徳間書店 2009（徳間文庫）p419

賽子無宿（藤沢周平）
◇「右か、左か」文藝春秋 2010（文春文庫）p283

サイゴンにて（鮎川信夫）
◇「新装版 全集現代文学の発見 13」學藝書林 2004 p254

再殺部隊隊長の回想—ステーシー異聞（大槻ケンヂ）
◇「リテラリーゴシック・イン・ジャパン—文学的ゴシック作品選」筑摩書房 2014（ちくま文庫）p511

祭祀（梁石日）
◇「〈在日〉文学全集 7」勉誠出版 2006 p57

再試合（小川洋子）
◇「夏休み」KADOKAWA 2014（角川文庫）p125

済州（さいしゅう）… → "チェジュ…"を見よ

最終回（最果タヒ）
◇「文学 2013」講談社 2013 p173

最終楽章（江坂遊）
◇「恐怖症」光文社 2002（光文社文庫）p465

最終結晶体（倉阪鬼一郎）
◇「逆想コンチェルト—イラスト先行・競作小説アンソロジー 奏の2」徳間書店 2010 p192

最終章から（近藤史恵）
◇「不透明な殺人—ミステリー・アンソロジー」祥伝社 1999（祥伝社文庫）p285

罪囚植民地（高柳重信）
◇「新装版 全集現代文学の発見 13」學藝書林 2004 p604

山本鏺集 最終船（山本鏺）
◇「ハンセン病文学全集 9」皓星社 2010 p195

最終戦争（今日泊亜蘭）
◇「あしたは戦争」筑摩書房 2016（ちくま文庫）p325

最終電車（池田晴海）
◇「センチメンタル急行—あの日へ帰る、旅情短篇集」泰文堂 2010（Linda books！）p7

最終電車で（名取佐和子）
◇「最後の一日12月18日—さよならが胸に染みる10の物語」泰文堂 2011（Linda books！）p38

最終バスにて（なつかわめりお）
◇「ショートショートの広場 10」講談社 2000（講談社文庫）p99

最終バスの乗客（坂本富三）
◇「本格推理 14」光文社 1999（光文社文庫）p211

最終ひかり号の女（西村京太郎）
◇「鉄ミス倶楽部東海道新幹線50—推理小説アンソロジー」光文社 2014（光文社文庫）p269

最終便に間に合えば（林真理子）
◇「干刈あがた・高樹のぶ子・林真理子・高村薫」角川書店 1997（女性作家シリーズ）p292

最終面接（戸島竹三）
◇「ショートショートの広場 9」講談社 1998（講談社文庫）p20

最終列車（つくいのぼる）
◇「中学生のドラマ 1」晩成書房 1995 p89

最終列車（庸沢陵）
◇「ハンセン病文学全集 7」皓星社 2004 p136

さいし

最終列車の予言者（富永一彦）
　◇「ショートショートの花束 1」講談社 2009（講談社文庫）p53
再出発という思想（花田清輝）
　◇「戦後文学エッセイ選 1」影書房 2005 p105
最上階のアリス（加納朋子）
　◇「謎」文藝春秋 2004（推理作家になりたくて マイベストミステリー）p134
　◇「マイ・ベスト・ミステリー 6」文藝春秋 2007（文春文庫）p194
西城秀樹のおかげです（森奈津子）
　◇「SFバカ本 たいやき編」ジャストシステム 1997 p121
　◇「SFバカ本 たいやき篇プラス」廣済堂出版 1999（廣済堂文庫）p129
　◇「笑劇─SFバカ本カタストロフィ集」小学館 2007（小学館文庫）p123
最初っからどんでん返し（柄刀一）
　◇「八ヶ岳「雪密室」の謎」原書房 2001 p189
最初でも最期でもなく（大道珠貴）
　◇「本当のうそ」講談社 2007 p55
最初の教育（幸田文）
　◇「ちくま日本文学 5」筑摩書房 2007（ちくま文庫）p303
最初の人─南部修太郎追悼（川端康成）
　◇「創刊一〇〇年三田文学名作選」三田文学会 2010 p699
最初の洋行（金子光晴）
　◇「ちくま日本文学 38」筑摩書房 2009（ちくま文庫）p220
サイズ（野中柊）
　◇「靴に恋して」ソニー・マガジンズ 2004 p39
再生（綾辻行人）
　◇「自鷹THEどんでん返し」双葉社 2016（双葉文庫）p5
再生（石田衣良）
　◇「短篇ベストコレクション─現代の小説 2007」徳間書店 2007（徳間文庫）p523
再生（たなかなつみ）
　◇「物語のルミナリエ」光文社 2011（光文社文庫）p92
再生（堀晃）
　◇「折り紙衛星の伝説」東京創元社 2015（創元SF文庫）p205
再生（若竹七海）
　◇「私は殺される─女流ミステリー傑作選」角川春樹事務所 2001（ハルキ文庫）p171
再生魔術の女（東野圭吾）
　◇「仮面のレクイエム」光文社 1998（光文社文庫）p329
最前線（今野敏）
　◇「名探偵で行こう─最新ベスト・ミステリー」光文社 2001（カッパ・ノベルス）p247
最先端（坪内文）
　◇「超短編の世界」創英社 2008 p18
賽銭泥棒（葛西俊和）

　◇「怪談四十九夜」竹書房 2016（竹書房文庫）p28
才蔵は何処に（菊地秀行）
　◇「散りぬる桜─時代小説招待席」廣済堂出版 2004 p147
咲いた団栗（奥田登）
　◇「かわいい─第16回フェリシモ文学賞優秀作品集」フェリシモ 2013 p71
さいたまチェーンソー少女（桜坂洋）
　◇「SFマガジン700 国内篇」早川書房 2014（ハヤカワ文庫SF）p415
最短距離に縮めて（宇野千代）
　◇「精選女性随筆集 6」文藝春秋 2012 p105
崔長英（富士正晴）
　◇「コレクション戦争と文学 7」集英社 2011 p561
最低の男（篠原昌裕）
　◇「もっとすごい！ 10分間ミステリー」宝島社 2013（宝島社文庫）p77
　◇「10分間ミステリー THE BEST」宝島社 2016（宝島社文庫）p267
在東京時代の日文詩（黄錫禹）
　◇「近代朝鮮文学日本語作品集1908〜1945 セレクション 4」緑蔭書房 2008 p209
齊藤金作の死に（金時鐘）
　◇「〈在日〉文学全集 5」勉誠出版 2006 p97
サイトウさん（松崎美弥子）
　◇「つながり─フェリシモしあわせショートショート」フェリシモ 1999 p20
さいとう市立さいとう高校野球部雑録（あさのあつこ）
　◇「短篇ベストコレクション─現代の小説 2010」徳間書店 2010（徳間文庫）p469
斎藤竹堂の蕃史に題す（中村敬宇）
　◇「新日本古典文学大系 明治編 2」岩波書店 2004 p117
斎藤伝鬼房（早乙女貢）
　◇「人物日本剣豪伝 1」学陽書房 2001（人物文庫）p205
斎藤道三残虐譚（柴田錬三郎）
　◇「人物日本の歴史─時代小説版 戦国編」小学館 2004（小学館文庫）p5
斎藤茂吉短歌選（斎藤茂吉）
　◇「うなぎ─人情小説集」筑摩書房 2016（ちくま文庫）p277
斎藤弥九郎（童門冬二）
　◇「人物日本剣豪伝 4」学陽書房 2001（人物文庫）p115
サイドカーに犬（田中晶子，真辺克彦）
　◇「年鑑代表シナリオ集 '07」シナリオ作家協会 2009 p153
再突入（倉田タカシ）
　◇「AIと人類は共存できるか？─人工知能SFアンソロジー」早川書房 2016 p353
再度の怪（抄）（三坂春編）
　◇「文豪てのひら怪談」ポプラ社 2009（ポプラ文庫）p124
再度米国行（福澤諭吉）

◇「新日本古典文学大系 明治編 10」岩波書店 2011 p189

差異と理解(韓植)
◇「近代朝鮮文学日本語作品集1939～1945 評論・随筆篇 3」緑蔭書房 2002 p49

在日サラムマル(丁章)
◇「〈在日〉文学全集 18」勉誠出版 2006 p380

在日朝鮮人(金時鐘)
◇「〈在日〉文学全集 5」勉誠出版 2006 p128

在日の覚悟(丁章)
◇「〈在日〉文学全集 18」勉誠出版 2006 p395

「在日」のはざまで(金時鐘)
◇「〈在日〉文学全集 5」勉誠出版 2006 p213

ザイニチの分裂から(丁章)
◇「〈在日〉文学全集 18」勉誠出版 2006 p383

在日四十六年(香山末子)
◇「ハンセン病文学全集 7」皓星社 2004 p420

犀の子守歌(西條奈加)
◇「代表作時代小説 平成22年度」光文社 2010 p205

サイバー空間はミステリを殺す(一田和樹)
◇「ベスト本格ミステリ 2016」講談社 2016 (講談社ノベルス) p183

サイバー帝国滞在記(松本侑子)
◇「SFバカ本 だるま篇」廣済堂出版 1999 (廣済堂文庫) p125
◇「笑劇―SFバカ本カタストロフィ集」小学館 2007 (小学館文庫) p165

さいはての家(菊地秀行)
◇「獣人」光文社 2003 (光文社文庫) p685

サイバー・ラジオ(池井戸潤)
◇「乱歩賞作家 青の謎」講談社 2004 p207

裁判員法廷二〇〇九(芦辺拓)
◇「本格ミステリー二〇〇七年本格短編ベスト・セレクション 07」講談社 2007 (講談社ノベルス) p45
◇「名探偵の奇跡」光文社 2007 (Kappa novels) p43

歳晩、懐ひを書す(成島柳北)
◇「新日本古典文学大系 明治編 2」岩波書店 2004 p221

歳晩 壁に題してみづから遣る(五首うち一首)(森春濤)
◇「新日本古典文学大系 明治編 2」岩波書店 2004 p110

歳晩京城(1)～(5)(吉鎮爕)
◇「近代朝鮮文学日本語作品集1939～1945 評論・随筆篇 3」緑蔭書房 2002 p59

裁判と盆踊り(貴司山治)
◇「新・プロレタリア文学精選集 14」ゆまに書房 2004 p159

財布(広居歩樹)
◇「ショートショートの広場 20」講談社 2008 (講談社文庫) p81

細胞記憶(久田樹生)
◇「恐怖箱 遺伝記」竹書房 2008 (竹書房文庫) p42

サイボーグ・アイ(柄刀一)
◇「幻想探偵」光文社 2009 (光文社文庫) p519

催眠術師(加藤正和)
◇「ショートショートの広場 10」講談社 2000 (講談社文庫) p38

災厄への奉仕(山村正夫)
◇「黒衣のモニュメント」光文社 2000 (光文社文庫) p443

『西遊記』の事(富士正晴)
◇「戦後文学エッセイ選 7」影書房 2006 p179

最優秀賞(高橋謙一)
◇「競技五十円玉二十枚の謎」東京創元社 2000 (創元推理文庫) p221

西遊日誌抄(永井荷風)
◇「ちくま日本文学 19」筑摩書房 2008 (ちくま文庫) p114

採用試験(武井彩)
◇「世にも奇妙な物語―小説の特別編 赤」角川書店 2003 (角川ホラー文庫) p13

サイリウム(辻村深月)
◇「いつか、君へ Boys」集英社 2012 (集英社文庫) p125

最良の選択(かんべむさし)
◇「現代の小説 1999」徳間書店 1999 p107

最良の日を待ちながら(香山末子)
◇「ハンセン病文学全集 7」皓星社 2004 p425

祭礼の日(小笠原幹夫)
◇「全作家短編小説集 8」全作家協会 2009 p72

鰓裂(抄)(石上玄一郎)
◇「文豪てのひら怪談」ポプラ社 2009 (ポプラ文庫) p152

サイレン(小林由香)
◇「ザ・ベストミステリーズ―推理小説年鑑 2016」講談社 2016 p149

サイレント(井上雅彦)
◇「キネマ・キネマ」光文社 2002 (光文社文庫) p289

サイレント・ヴォイス アブナい十代(佐藤青南)
◇「『このミステリーがすごい!』大賞作家書き下ろしBOOK vol.4」宝島社 2014 p215

サイレント・ヴォイス イヤよイヤよも隙のうち(佐藤青南)
◇「『このミステリーがすごい!』大賞作家書き下ろしBOOK vol.3」宝島社 2013 p75

サイレント・ヴォイス トロイの落馬(佐藤青南)
◇「『このミステリーがすごい!』大賞作家書き下ろしBOOK vol.4」宝島社 2014 p181

サイロンの挽歌―第1回(宵野ゆめ)
◇「グイン・サーガ・ワールド―グイン・サーガ続篇プロジェクト 5」早川書房 2012 (ハヤカワ文庫 JA) p81

サイロンの挽歌―第2回(宵野ゆめ)
◇「グイン・サーガ・ワールド―グイン・サーガ続

さいろ

篇プロジェクト 6」早川書房 2012（ハヤカワ
文庫 JA）p81

サイロンの挽歌—第3回（宵野ゆめ）
◇「グイン・サーガ・ワールド—グイン・サーガ続
篇プロジェクト 7」早川書房 2013（ハヤカワ
文庫 JA）p75

サイロンの挽歌—最終回（宵野ゆめ）
◇「グイン・サーガ・ワールド—グイン・サーガ続
篇プロジェクト 8」早川書房 2013（ハヤカワ
文庫 JA）p91

幸ひ（金熙明）
◇「近代朝鮮文学日本語作品集1908〜1945 セレクショ
ン 4」緑蔭書房 2008 p78

幸いの竜 ルーアン（坂本奈緒）
◇「21世紀の〈ものがたり〉—『はてしない物語』創
作コンクール記念」岩波書店 2002 p129

サインペインター（大倉崇裕）
◇「名探偵を追いかけろ—シリーズ・キャラクター
編」光文社 2004（カッパ・ノベルス）p163
◇「名探偵を追いかけろ」光文社 2007（光文社文
庫）p199

サヴェーリョの庭（宝亀道隆）
◇「現代鹿児島小説大系 3」ジャプラン 2014 p320

サウンドエフェクタ（伊東哲哉）
◇「超短編傑作選 v.6」創英社 2007 p186

遮られない休息（瀧口修造）
◇「新装版 全集現代文学の発見 13」學藝書林 2004
p95

さえずりの宇宙—第一回創元SF短編賞大森望
賞（坂永雄一）
◇「原色の想像力—創元SF短編賞アンソロジー」東
京創元社 2010（創元SF文庫）p381

囀りのしばらく前後なかりけり（塚本邦雄）
◇「俳句殺人事件—巻頭句の女」光文社 2001（光文
社文庫）p399

左右衛門の夜（加門七海）
◇「花月夜綺譚—怪談集」集英社 2007（集英社文
庫）p81

蔵王山（一八四一米）（深田久弥）
◇「山形県文学全集第2期(随筆・紀行編) 3」郷土出版
社 2005 p391

蔵王山の樹氷（安斎徹）
◇「山形県文学全集第2期(随筆・紀行編) 4」郷土出版
社 2005 p230

ザ・オヤケアカハチ（比嘉美代子）
◇「ザ・阿麻和利一他」英宝社 2009 p139

坂（李無影）
◇「近代朝鮮文学日本語作品集1901〜1938 創作篇 3」
緑蔭書房 2004 p229

坂（内田百閒）
◇「文豪怪談傑作選 大正篇」筑摩書房 2011（ちく
ま文庫）p92

坂（趙南哲）
◇「〈在日〉文学全集 18」勉誠出版 2006 p146

坂（永井荷風）
◇「ちくま日本文学 19」筑摩書房 2008（ちくま文

庫）p278

坂（藤本義一）
◇「藤本義一文学賞 第1回」(大阪)たる出版 2016
p207

逆上がり（優友）
◇「ショートショートの花束 6」講談社 2014（講
談社文庫）p222

堺枯川様に（与謝野晶子）
◇「「新編」日本女性文学全集 4」菁柿堂 2012 p110

酒井妙子のリボン（戸板康二）
◇「とっておき名短篇」筑摩書房 2011（ちくま文
庫）p101

逆怨み（小桜ひなた）
◇「てのひら怪談—ビーケーワン怪談大賞傑作選 辛
卯」ポプラ社 2011（ポプラ文庫）p56

坂をのぼって（堀井紗由美）
◇「てのひら怪談—ビーケーワン怪談大賞傑作選 庚
寅」ポプラ社 2010（ポプラ文庫）p228

坂ヲ跳ネ往ク髑髏（物集高音）
◇「本格ミステリ 2002」講談社 2002（講談社ノベ
ルス）p503
◇「天使と髑髏の密室—本格短編ベスト・セレク
ション」講談社 2005（講談社文庫）p379

坂額と浅利与一（畑川皓）
◇「紅蓮の翼—異彩時代小説秀作撰」叢文社 2007
p77

榊原健吉（戸川幸夫）
◇「幕末の剣鬼たち—時代小説傑作選」コスミック
出版 2009（コスミック・時代文庫）p399

榊原鍵吉（綱淵謙錠）
◇「人物日本剣豪伝 5」学陽書房 2001（人物文庫）
p73

坂口安吾『桜の森の満開の下』を語る（夢枕獏）
◇「文豪さんへ。」メディアファクトリー 2009
（MF文庫）p129

坂口安吾論（倉橋由美子）
◇「精選女性随筆集 3」文藝春秋 2012 p107

逆毛のトメ（深堀骨）
◇「変愛小説集 日本作家編」講談社 2014 p129

逆事（河野多惠子）
◇「文学」講談社 2012 p21

坂崎乱心（滝口康彦）
◇「鍔鳴り疾風剣」光風社出版 2000（光風社文庫）
p309
◇「人物日本の歴史—時代小説版 戦国編」小学館
2004（小学館文庫）p221

逆杉（大岡昇平）
◇「温泉小説」アーツアンドクラフツ 2006 p172

探さないでください（宮沢章夫）
◇「名短篇ほりだしもの」筑摩書房 2011（ちくま文
庫）p21

さかさま（高井信）
◇「ひとにぎりの異形」光文社 2007（光文社文庫）
p311

逆さま（藤川桂介）

◇「恐怖のKA・TA・CHI」双葉社 2001（双葉文庫）p201

逆潮（湊邦三）
◇「彩四季・江戸慕情」光文社 2012（光文社文庫）p157

探し人（織田作之助）
◇「名短篇ほりだしもの」筑摩書房 2011（ちくま文庫）p275

さかしま（梁石日）
◇「コレクション戦争と文学 12」集英社 2013 p556

さかしまに（五木寛之）
◇「俳句殺人事件—巻頭句の女」光文社 2001（光文社文庫）p77

逆しまの王国（松尾未来）
◇「秘神界 歴史編」東京創元社 2002（創元推理文庫）p111

逆しま屋敷（菊地秀行）
◇「稲生モノノケ大全 陽之巻」毎日新聞社 2005 p15

探しもの（黒史郎）
◇「男たちの怪談百物語」メディアファクトリー 2012（幽BCOKS）p224

サーカス（寺山修司）
◇「ちくま日本文学 6」筑摩書房 2007（ちくま文庫）p280

サーカス（中原中也）
◇「新装版 全集現代文学の発見 13」學藝書林 2004 p168

探す（飯島耕一）
◇「新装版 全集現代文学の発見 13」學藝書林 2004 p484

杯（森鷗外）
◇「百年小説」ポプラ社 2008 p11

サーカス殺人事件（大河内常平）
◇「江戸川乱歩の推理教室」光文社 2008（光文社文庫）p213

サーカスの怪人（二階堂黎人）
◇「殺ったのは誰だ?!」講談社 1999（講談社文庫）p179

逆立（安岡章太郎）
◇「三田文学短篇選」講談社 2010（講談社文芸文庫）p196

逆立ち（小泉雅二）
◇「ハンセン病文学全集 7」皓星社 2004 p97

逆立ち幽霊（伊波南哲）
◇「怪談—24の恐怖」講談社 2004 p387

酒田—東北の"堺市"（大宅壮一）
◇「山形県文学全集第2期（随筆・紀行編）3」郷土出版社 2005 p297

酒田節（柳田國男）
◇「山形県文学全集第2期（随筆・紀行編）2」郷土出版社 2005 p235

酒樽の謎（村上元三）
◇「黒門町伝七捕物帳—時代小説競作選」光文社 2015（光文社文庫）p23

魚（林芙美子）

文人御馳走帖（新潮社）
◇「文人御馳走帖」新潮社 2014（新潮文庫）p289

魚（安水稔和）
◇「新装版 全集現代文学の発見 13」學藝書林 2004 p529

魚における虚無（村野四郎）
◇「新装版 全集現代文学の発見 13」學藝書林 2004 p240

魚の序文（林芙美子）
◇「ちくま日本文学 20」筑摩書房 2008（ちくま文庫）p58
◇「生の深みを覗く—ポケットアンソロジー」岩波書店 2010（岩波文庫別冊）p155

魚の夢（柳井蘭子）
◇「ゆきのまち幻想文学賞・小品集 12」企画集団ぷりずむ 2003 p131

魚の李太白（谷崎潤一郎）
◇「幻想小説大全」北宋社 2002 p578
◇「ものがたりのお菓子箱」飛鳥新社 2008 p7

魚屋にて（平金魚）
◇「リトル・リトル・クトゥルー—史上最小の神話小説集」学習研究社 2009 p174

坂のある風景（白洲正子）
◇「精選女性随筆集 7」文藝春秋 2012 p232

嵯峨野トロッコ列車殺人事件（山村美紗）
◇「全席死定—鉄道ミステリー名作館」徳間書店 2004（徳間文庫）p207

坂の夢（内田百閒）
◇「文豪怪談傑作選 大正篇」筑摩書房 2011（ちくま文庫）p120

酒場にて（鮎川哲也）
◇「本格推理 13」光文社 1998（光文社文庫）p472

酒場にて（野暮粋平）
◇「てのひら怪談—ビーケーワン怪談大賞傑作選 2」ポプラ社 2007 p162
◇「てのひら怪談—ビーケーワン怪談大賞傑作選 己丑」ポプラ社 2009（ポプラ文庫）p190

酒場の夕日（鄭芝溶）
◇「近代朝鮮文学日本語作品集1908〜1945 セレクション 4」緑蔭書房 2008 p166

酒壜の中の手記（水谷準）
◇「探偵小説の風景—トラフィック・コレクション 上」光文社 2009（光文社文庫）p263

さかまき万子（藤原審爾）
◇「昭和の短篇一人一冊集成 藤原審爾」未知谷 2008 p129

さかみち、はたち。（太郎吉野）
◇「ゆきのまち幻想文学賞小品集 10」企画集団ぷりずむ 2001 p142

坂本龍馬（宮地佐一郎）
◇「人物日本剣豪伝 5」学陽書房 2001（人物文庫）p221

坂本龍馬暗殺の謎（光瀬龍）
◇「幕末テロリスト列伝」講談社 2004（講談社文庫）p267

坂本龍馬の写真（伴野朗）
◇「龍馬と志士たち—時代小説傑作選」コスミック

出版 2009（コスミック・時代文庫）p347
◇「龍馬の天命―坂本龍馬名手の八篇」実業之日本社 2010 p133

坂本龍馬の眉間（新宮正春）
◇「龍馬の天命―坂本龍馬名手の八篇」実業之日本社 2010 p205
◇「七人の龍馬―傑作時代小説」PHP研究所 2010（PHP文庫）p223

逆夢（外薗博志）
◇「ショートショートの広場 13」講談社 2002（講談社文庫）p230

相良油田（小川国夫）
◇「戦後短篇小説再発見 1」講談社 2001（講談社文芸文庫）p101

盛り場にて（新垣宏一）
◇「日本統治期台湾文学集成 6」緑蔭書房 2002 p209

崎川橋にて（加門七海）
◇「あやかしの深川―受け継がれる怪異な土地の物語」猿江商會 2016 p292

さきごろ内子の書を得ていまだ報せず。まさに福井を発せんとしてこれを書して郵に附す（森春濤）
◇「新日本古典文学大系 明治編 2」岩波書店 2004 p51

詐欺師（松本泰）
◇「外地探偵小説集 上海篇」せらび書房 2006 p39

先払いのユーレイ（田中小実昌）
◇「血」三天書房 2000（傑作短篇シリーズ）p207

鷺娘（潮山長三）
◇「怪奇・伝奇時代小説選集 10」春陽堂書店 2000（春陽文庫）p125

砂丘（秋山清）
◇「新装版 全集現代文学の発見 別巻」學藝書林 2005 p513

砂丘（水谷準）
◇「探偵小説の風景―トラフィック・コレクション 下」光文社 2009（光文社文庫）p303

砂丘哀唱（黒木謳子）
◇「日本統治期台湾文学集成 18」緑蔭書房 2003 p501

作業服の男（三輪チサ）
◇「女たちの怪談百物語」メディアファクトリー 2010（〔幽books〕）p168
◇「女たちの怪談百物語」KADOKAWA 2014（角川ホラー文庫）p172

先は長くても。（@nona140c）
◇「3.11心に残る140字の物語」学研パブリッシング 2011 p91

索引〔探偵小説辞典〕（中島河太郎）
◇「江戸川乱歩賞全集 1」講談社 1998 p574

錯誤（萩照子）
◇「全作家短編小説集 9」全作家協会 2010 p155

朔行する星からの便り（青野聰）
◇「戦後短篇小説選―『世界』1946–1999 5」岩波書店 2000 p195

さくさく（福島さとる）
◇「ゆきのまち幻想文学賞小品集 13」企画集団ぷりずむ 2004 p142

昨日（さくじつ）… → "きのう…"を見よ

作者を探す十二人の登場人物―ミステリのアンダーグラウンド3 『木製の王子』論（鷹城宏）
◇「本格ミステリ 2001」講談社 2001（講談社ノベルス）p617
◇「紅い悪夢の夏―本格短編ベスト・セレクション」講談社 2004（講談社文庫）p437

作者注釈（辻真先）
◇「綾辻・有栖川復刊セレクション 急行エトロフ殺人事件」講談社 2007 p241

作者の意図はどこ？―轉向非轉向の比喩劇（金斗鎔）
◇「近代朝鮮文学日本語作品集1901〜1938 評論・随筆篇 3」緑蔭書房 2004 p315

作者のことば〔青年演劇脚本集 第一輯〕（作者表記なし）
◇「日本統治期台湾文学集成 12」緑蔭書房 2003 p209

作者よ欺かるるなかれ（園田修一郎）
◇「新・本格推理 03」光文社 2003（光文社文庫）p157

朔太郎生家（神保光太郎）
◇「「日本浪曼派」集」新学社 2007（新学社近代浪漫派文庫）p58

作中の死（筒井康隆）
◇「日本SF・名作集成 9」リブリオ出版 2005 p21

作品以前（中里恒子）
◇「精選女性随筆集 10」文藝春秋 2012 p90

作品が書けないことのお詫び（広瀬正）
◇「宇宙塵傑作選―日本SFの軌跡 2」出版芸術社 1997 p215

作品が作品を生む（北村薫）
◇「マイ・ベスト・ミステリー 5」文藝春秋 2007（文春文庫）p223

作品考（崔華國）
◇「〈在日〉文学全集 17」勉誠出版 2006 p60

作品A（那珂太郎）
◇「新装版 全集現代文学の発見 13」學藝書林 2004 p408

作品B（那珂太郎）
◇「新装版 全集現代文学の発見 13」學藝書林 2004 p409

作品C（那珂太郎）
◇「新装版 全集現代文学の発見 13」學藝書林 2004 p409

作文（作者表記なし）
◇「ハンセン病文学全集 10」皓星社 2003 p1

朔北の闘い（讓原昌子）
◇「〈外地〉の日本語文学選 2」新宿書房 1996 p51

佐久間象山の謫居の歌（佐久間象山）
◇「新日本古典文学大系 明治編 12」岩波書店 2001

p44

錯迷（金鶴泳）
◇「〈在日〉文学全集 6」勉誠出版 2006 p229

昨夜の夢（志賀直哉）
◇「文豪怪談傑作選 大正篇」筑摩書房 2011（ちくま文庫）p250

サクラ（福井晴敏）
◇「事件現場に行こう―最新ベスト・ミステリー カレイドスコープ編」光文社 2001（カッパ・ノベルス）p281

桜（桐野夏生）
◇「輝きの一瞬―冥くて心に残る30編」講談社 1999（講談社文庫）p101

桜（田丸雅智）
◇「物語のルミナリエ」光文社 2011（光文社文庫）p231

桜井家の掟（阿部順）
◇「高校演劇Selection 2003 下」晩成書房 2003 p7

桜色の電柱（ネコヤナギ）
◇「人は死んだら電柱になる―電柱アンソロジー」遠すぎる未来団 2014 p329

サクラ・ウメ大戦（大橋むつお）
◇「中学校劇作シリーズ 9」青雲書房 2005 p59

さくら炎上（北山猛邦）
◇「蝦蟇倉市事件 2」東京創元社 2010（東京創元社・ミステリ・フロンティア）p7
◇「街角で謎が待っている」東京創元社 2014（創元推理文庫）p11

桜を斬る（五味康祐）
◇「秘剣舞う―剣豪小説の世界」学習研究社 2002（学研M文庫）p5
◇「人生を変えた時代小説傑作選」文藝春秋 2010（文春文庫）p37

桜回廊（安曇潤平）
◇「男たちの怪談百物語」メディアファクトリー 2012（幽BOOKS）p52

さくらからの手がみ（森美都子）
◇「小学校・全員参加の楽しい学級劇・学年劇脚本 低学年」黎明書房 2007 p24

桜川のオフィーリア（有栖川有栖）
◇「川に死体のある風景」東京創元社 2010（創元推理文庫）p309

桜川のオフィーリア―桜川（有栖川有栖）
◇「川に死体のある風景」東京創元社 2006（Crime club）p271

桜子幻想（樋口てい子）
◇「ゆきのまち幻想文学賞・小品集 12」企画集団ぷりずむ 2003 p98

桜子さんがコロンダ（薄井ゆうじ）
◇「黒い遊園地」光文社 2004（光文社文庫）p221

桜咲く殺意の里（斎藤栄）
◇「煌めきの殺意」徳間書店 1999（徳間文庫）p179

サクラ・サクラ（柚月裕子）
◇「10分間ミステリー」宝島社 2012（宝島社文庫）p209

◇「5分で泣ける！ 胸がいっぱいになる物語」宝島社 2015（宝島社文庫）p9
◇「10分間ミステリー THE BEST」宝島社 2016（宝島社文庫）p549

桜、さくら（竹河聖）
◇「時間怪談」廣済堂出版 1999（廣済堂文庫）p525

さくらささくれ（中沢けい）
◇「コレクション私小説の冒険 2」勉誠出版 2013 p209

桜島燃ゆ（井川香四郎）
◇「幕末スパイ戦争」徳間書店 2015（徳間文庫）p175

桜十字の紋章（平岩弓枝）
◇「代表作時代小説 平成20年度」光文社 2008 p247

櫻月（高井有一）
◇「文学 2005」講談社 2005 p244

桜葬（池田晴海）
◇「最後の一日 3月23日―さよならが胸に染みる10の物語」泰文堂 2013（リンダブックス）p262

桜田御用屋敷（小松重男）
◇「迷君に候」新潮社 2015（新潮文庫）p153

桜田門外・一の太刀―森五六郎（津本陽）
◇「時代小説秀作づくし」PHP研究所 1997（PHP文庫）p235
◇「幕末剣豪人斬り異聞 勤皇篇」アスキー 1997（Aspect novels）p181

桜太夫のふるまい（相田美奈子）
◇「松江怪談―新作怪談 松江物語」今井印刷 2015 p20

さくらと毛糸玉（藤沢ナツメ）
◇「ゆれる―第12回フェリシモ文学賞作品集」フェリシモ 2009 p40

さくらと若さ（トロチェフ, コンスタンチン）
◇「ハンセン病文学全集 7」皓星社 2004 p35

桜に小禽（橋本紡）
◇「最後の恋MEN'S―つまり、自分史上最高の恋。」新潮社 2012（新潮文庫）p207

桜について（吉本隆明）
◇「山形県文学全集第2期（随筆・紀行編）6」郷土出版社 2005 p267

桜の樹の下には（梶井基次郎）
◇「櫻憑き」光文社 2001（カッパ・ノベルス）p357
◇「日本近代文学に描かれた「恋愛」」牧野出版 2001 p127
◇「ちくま日本文学 28」筑摩書房 2008（ちくま文庫）p43
◇「読んでおきたい近代日本小説選」龍書房 2012 p337

桜の木の下には（梶井基次郎）
◇「新装版 全集現代文学の発見 7」學藝書林 2003 p8

桜のこころには（桜井まふゆ）
◇「超短編傑作選 v.6」創英社 2007 p119

さくらの咲くあさ（さとうゆう）
◇「てのひら怪談―ビーケーワン怪談大賞傑作選 庚

さくら

寅」ポプラ社 2010（ポプラ文庫）p198

桜の咲く頃（紫藤小夜子）
◇「ショートショートの広場 20」講談社 2008（講談社文庫）p269

桜の下にて（平林たい子）
◇「闇市」皓星社 2015（紙礫）p114

（桜のしたに人あまた）（萩原朔太郎）
◇「ちくま日本文学 36」筑摩書房 2009（ちくま文庫）p19

桜の寺殺人事件（山村美紗）
◇「日本縦断世界遺産殺人紀行」有楽出版社 2014（JOY NOVELS）p253

桜の花をたてまつれ（木島次郎）
◇「日本海文学大賞―大賞作品集 3」日本海文学大賞運営委員会 2007 p237

桜の森の七分咲きの下（倉知淳）
◇「ザ・ベストミステリーズ―推理小説年鑑 2002」講談社 2002 p77
◇「零時の犯罪予報」講談社 2005（講談社文庫）p413

桜の森の満開の下（坂口安吾）
◇「暗黒のメルヘン」河出書房新社 1998（河出文庫）p39
◇「櫻憑き」光文社 2001（カッパ・ノベルス）p261
◇「感じ??。息づかいを。―恋愛小説アンソロジー」光文社 2005（光文社文庫）p9
◇「ちくま日本文学 9」筑摩書房 2008（ちくま文庫）p416
◇「作品で読む20世紀の日本文学」白地社（発売）2008 p69
◇「文豪さんへ。」メディアファクトリー 2009（MF文庫）p137
◇「悪いやつの物語」筑摩書房 2011（ちくま文学の森）p293
◇「日本近代短篇小説選 昭和篇2」岩波書店 2012（岩波文庫）p95
◇「幻妖の水脈（みお）」筑摩書房 2013（ちくま文庫）p488
◇「鬼譚」筑摩書房 2014（ちくま文庫）p9

桜ひとひら（谷崎淳子）
◇「1人から5人でできる新鮮いちご脚本集 v.3」青雲書房 2003 p123

さくら日和（立сと富雄）
◇「現代鹿児島小説大系 1」ジャプラン 2014 p346

さくら日和（辻村深月）
◇「9の扉―リレー短編集」マガジンハウス 2009 p223
◇「9の扉」KADOKAWA 2013（角川文庫）p213

桜舞（唯川恵）
◇「短篇ベストコレクション―現代の小説 2004」徳間書店 2004（徳間文庫）p215

桜舞い（夏音イオ）
◇「大人が読む。ケータイ小説―第1回ケータイ文学賞アンソロジー」オンブック 2007 p97

桜雪公園ハコノ石段ヲ上ル（神山和郎）
◇「ゆきのまち幻想文学賞小品集 24」企画集団ぷりずむ 2015 p71

桜湯道成寺（菅浩江）
◇「櫻憑き」光文社 2001（カッパ・ノベルス）p17

さくら列島（李正子）
◇「〈在日〉文学全集 17」勉誠出版 2006 p263

櫻は植ゑたが（李泰俊著、崔載瑞譯）
◇「近代朝鮮文学日本語作品集1901〜1938 創作篇 4」緑蔭書房 2004 p369

錯乱（池波正太郎）
◇「主命にござる」新潮社 2015（新潮文庫）p7
◇「この時代小説がすごい！ 時代小説傑作選」宝島社 2016（宝島社文庫）p161

錯乱（高橋直樹）
◇「異色忠臣蔵大傑作集」講談社 1999 p247

桜桃ごっこ（さくらんぼごっこ）（芳﨑洋子）
◇「優秀新人戯曲集 2001」ブロンズ新社 2000 p129

さくらんぼと運河とブリアンツァ（須賀敦子）
◇「日本文学全集 25」河出書房新社 2016 p361

サクランボ泥棒（戸川幸夫）
◇「山形県文学全集第2期（随筆・紀行編）4」郷土出版社 2005 p359

サクリファイス先輩（牧野修）
◇「ひとにぎりの異形」光文社 2007（光文社文庫）p422

サークルゲーム（荻原浩）
◇「「いじめ」をめぐる物語」朝日新聞出版 2015 p5

サクレクール寺院の静かな朝（豊田一郎）
◇「全作家短編小説集 7」全作家協会 2008 p160

ざくろ（北村薫）
◇「短篇ベストコレクション―現代の小説 2010」徳間書店 2010（徳間文庫）p207

柘榴（米澤穂信）
◇「Mystery Seller」新潮社 2012（新潮文庫）p247

ザクロ甘いか酸っぱいか（岩里藁人）
◇「てのひら怪談―ビーケーワン怪談大賞傑作選 百怪繚乱篇」ポプラ社 2008 p140

ざくろ地獄（杉本苑子）
◇「血」三天書房 2000（傑作短篇シリーズ）p133

柘榴のある風景（野中柊）
◇「眠れなくなる夢十夜」新潮社 2009（新潮文庫）p117

柘榴の人（山崎洋子）
◇「しぐれ舟―時代小説招待席」廣済堂出版 2003 p337
◇「しぐれ舟―時代小説招待席」徳間書店 2008（徳間文庫）p359

柘榴のみち（君島慧是）
◇「てのひら怪談―ビーケーワン怪談大賞傑作選 壬辰」ポプラ社 2012（ポプラ文庫）p114

柘榴病（瀬下耽）
◇「爬虫館事件―新青年傑作選」角川書店 1998（角川ホラー文庫）p135
◇「ひとりで夜読むな―新青年傑作選 怪奇編」角川書店 2001（角川ホラー文庫）p181
◇「江戸川乱歩と13人の新青年〈文学派〉編」光文社 2008（光文社文庫）p179

さけ（室生犀星）
◇「金沢三文豪掌文庫 たべもの編」金沢文化振興財団 2011 p81

酒（半村良）
◇「冒険の森へ—傑作小説大全 10」集英社 2016 p31

酒（正岡子規）
◇「明治の文学 20」筑摩書房 2001 p84
◇「ちくま日本文学 40」筑摩書房 2009 （ちくま文庫）p51
◇「文人御馳走帖」新潮社 2014 （新潮文庫）p57

酒、歌、煙草、また女—三田の学生時代を唄へる歌（佐藤春夫）
◇「創刊一〇〇年三田文学名作選」三田文学会 2010 p581

酒粥と雪の白い色（薄井ゆうじ）
◇「酒の夜語り」光文社 2002 （光文社文庫）p571

酒しぶき清麿（山本兼一）
◇「代表作時代小説 平成20年度」光文社 2008 p57

鮭ぞうすい製造法（吉行淳之介）
◇「冒険の森へ—傑作小説大全 9」集英社 2016 p8

裂けた脅迫（中津文彦）
◇「不可思議な殺人—ミステリー・アンソロジー」祥伝社 2000 （祥伝社文庫）p199

酒談義（吉田健一）
◇「日本文学全集 20」河出書房新社 2015 p442

酒と女と槍と—内田吐夢監督「酒と女と槍」原作（海音寺潮五郎）
◇「時代劇原作選集—あの名画を生みだした傑作小説」双葉社 2003 （双葉文庫）p41

鮭と人間の価五十銭也（萩原恭次郎）
◇「新装版 全集現代文学の発見 1」學藝書林 2002 p261

酒とワープロと男と女（白川幸司）
◇「ショートショートの広場 11」講談社 2000 （講談社文庫）p75

酒の精（吉田健一）
◇「新編・日本幻想文学集成 2」国書刊行会 2016 p277

酒の飲みようの変遷（柳田國男）
◇「ちくま日本文学 15」筑摩書房 2008 （ちくま文庫）p287
◇「日本文学全集 14」河出書房新社 2015 p153

鮭—母あわれ（松山善三）
◇「日本舞踊舞踊劇選集」西川会 2002 p669

小説 叫び（秦瞬星）
◇「近代朝鮮文学日本語作品集1901〜1938 創作篇 1」緑蔭書房 2004 p59

叫び声（大江健三郎）
◇「新装版 全集現代文学の発見 15」學藝書林 2005 p292

叫び声（松永伍一）
◇「読み聞かせる戦争」光文社 2015 p73

叫び声（森与志男）
◇「時代の波音—民主文学短編小説集1995年〜2004年」日本民主主義文学会 2005 p286

酒捻り（敬志）
◇「てのひら怪談—ビーケーワン怪談大賞傑作選 壬辰」ポプラ社 2012 （ポプラ文庫）p170

ザーサイの思い出（江國香織）
◇「Friends」祥伝社 2003 p7

ザーサイの甕（辻原登）
◇「文学 2004」講談社 2004 p120

笹色紅（泉鏡花）
◇「京都府文学全集第1期（小説編）1」郷土出版社 2005 p62

笹色紅（井上雅彦）
◇「江戸迷宮」光文社 2011 （光文社文庫）p343

サザエさんの性生活（寺山修司）
◇「ちくま日本文学 6」筑摩書房 2007 （ちくま文庫）p85

支えられる人（崎村裕）
◇「回転ドアから」全作家協会 2015 （全作家短編集）p45

笹を嚙ませよ（吉川永青）
◇「決戦！ 関ケ原」講談社 2014 p67

佐々木唯三郎（戸川幸夫）
◇「人物日本剣豪伝 5」学陽書房 2001 （人物文庫）p155
◇「武士道歳時記—新鷹会・傑作時代小説選」光文社 2008 （光文社文庫）p85

佐々木調（斎藤緑雨）
◇「明治の文学 15」筑摩書房 2002 p220

捧ぐる言葉（尾崎翠）
◇「ちくま日本文学 4」筑摩書房 2007 （ちくま文庫）p432

ささくれ紀行（藤谷治）
◇「ひとなつの。—真夏に読みたい五つの物語」KADOKAWA 2014 （角川文庫）p191

笹座（戸部新十郎）
◇「代表作時代小説 平成14年度」光風社出版 2002 p139

笹島局九九〇九番（鮎川哲也）
◇「電話ミステリー倶楽部—傑作推理小説集」光文社 2016 （光文社文庫）p37

笹鳴き（杉本苑子）
◇「代表作時代小説 平成11年度」光風社出版 1999 p17
◇「愛染夢灯籠—時代小説傑作選」講談社 2005 （講談社文庫）p7

さざなみ軍記（井伏鱒二）
◇「新装版 全集現代文学の発見 12」學藝書林 2004 p212

笹の露（新宮正春）
◇「幻の剣鬼七番勝負—傑作時代小説」PHP研究所 2008 （PHP文庫）p213

笹の雪（乙川優三郎）
◇「代表作時代小説 平成21年度」光文社 2009 p289

笹紅（梅本育子）
◇「代表作時代小説 平成13年度」光風社出版 2001

ささや

p341

ささやかな平家物語（長谷川修）
◇「教えたくなる名短篇」筑摩書房 2014（ちくま文庫）p387

囁きの猫（久世光彦）
◇「現代の小説 1998」徳間書店 1998 p63

ささら波（安住洋子）
◇「代表作時代小説 平成21年度」光文社 2009 p9

山茶花（国満静志）
◇「ハンセン病文学全集 7」皓星社 2004 p392

山茶花（張文環）
◇「日本統治期台湾文学集成 2」緑蔭書房 2002 p5

山茶花（巫永福）
◇「日本統治期台湾文学集成 5」緑蔭書房 2002 p107

山茶花（吉村昭）
◇「文学 2007」講談社 2007 p170

瑣事（志賀直哉）
◇「丸谷才一編・花柳小説傑作選」講談社 2013（講談社文芸文庫）p264

桟敷がたり（西澤保彦）
◇「七つの黒い夢」新潮社 2006（新潮文庫）p111

座敷小僧の話（折口信夫）
◇「文豪怪談傑作選 折口信夫集」筑摩書房 2009（ちくま文庫）p243

ざしきぼっこのはなし（小池タミ子）
◇「小学生のげき―新小学校演劇脚本集 高学年 1」晩成書房 2011 p191

座敷童と兎と亀と（加納朋子）
◇「ザ・ベストミステリーズ―推理小説年鑑 2015」講談社 2015 p63

座敷童子の夏（熊谷達也）
◇「短篇ベストコレクション―現代の小説 2001」徳間書店 2001（徳間文庫）p415

坐視に堪えず（東郷隆）
◇「代表作時代小説 平成19年度」光文社 2007 p237

砂嘴の丘にて（島尾敏雄）
◇「福島の文学―11人の作家」講談社 2014（講談社文芸文庫）p294

指物師名人長二（三遊亭円朝）
◇「明治の文学 3」筑摩書房 2001 p177

サージャリ・マシン（草上仁）
◇「ロボットの夜」光文社 2004（光文社文庫）p15
◇「ザ・ベストミステリーズ―推理小説年鑑 2001」講談社 2001 p515
◇「終日犯罪」講談社 2004（講談社文庫）p361

ザ・殉教者―石垣氷将物語（比嘉美代子）
◇「ザ・阿麻和利―他」英宝社 2009 p79

砂上の記録（村雨貞郎）
◇「小説推理新人賞受賞作アンソロジー 1」双葉社 2000（双葉文庫）p117

砂塵（新垣宏一）
◇「日本統治期台湾文学集成 6」緑蔭書房 2002 p451

砂塵（羽山信樹）

士魂の光芒―時代小説最前線新潮社 1997（新潮文庫）p179
◇「柳生一族―剣豪列伝」廣済堂出版 1998（廣済堂文庫）p123
◇「柳生の剣、八番勝負」廣済堂出版 2009（廣済堂文庫）p121

サスケといっしょ（森真二）
◇「小学校・全員参加の楽しい学級劇・学年劇脚本集 高学年」黎明書房 2007 p204

さすらい（滝原満）
◇「甦る『幻影城』 1」角川書店 1997（カドカワ・エンタテインメント）p81

さすらい（田中文雄）
◇「ふるえて眠れない―ホラーミステリー傑作選」光文社 2006（光文社文庫）p73

流離（さすらい）… → "りゅうり…"をも見よ
流離（さすらひ）（アンデルセン著，森鷗外訳）
◇「新日本古典文学大系 明治編 25」岩波書店 2004 p436

流離うものたちの館と駅（井上雅彦）
◇「伯爵の血族―紅ノ章」光文社 2007（光文社文庫）p515

流離人（浅田次郎）
◇「短篇ベストコレクション―現代の小説 2015」徳間書店 2015（徳間文庫）p5

座席と中年（太朗想史郎）
◇「5分で読める！ ひと駅ストーリー 乗車編」宝島社 2012（宝島社文庫）p253

座席ゆずりの上級者（大原久通）
◇「ショートショートの花束 4」講談社 2012（講談社文庫）p163

挫折（石川達三）
◇「戦後短篇小説選―『世界』1946～1999 3」岩波書店 2000 p243

挫折（李正子）
◇「〈在日〉文学全集 17」勉誠出版 2006 p276

サソリの紅い心臓（法月綸太郎）
◇「本格ミステリー二〇一〇年本格短編ベスト・セレクション '10」講談社 2010（講談社ノベルス）p11

左大臣の疑惑（黒岩重吾）
◇「剣が舞い落花が舞い―時代小説傑作選」講談社 1998（講談社文庫）p7
◇「人物日本の歴史―時代小説版 古代中世編」小学館 2004（小学館文庫）p29

佐多稲子（花田清輝）
◇「戦後文学エッセイ選 1」影書房 2005 p126

サダオ（竹河聖）
◇「危険な関係―女流ミステリー傑作選」角川春樹事務所 2002（ハルキ文庫）p83

佐武伊賀守功名書き（津本陽）
◇「代表作時代小説 平成9年度」光風社出版 1997 p249

サダコ（竹河聖）
◇「世紀末サーカス」廣済堂出版 2000（廣済堂文庫）p531

佐多さんとのつながり（中里恒子）
◇「精選女性随筆集 10」文藝春秋 2012 p54

サタデードライバー（丹下健太）
◇「12星座小説集」講談社 2013（講談社文庫）p107

定信公始末（森真沙子）
◇「江戸迷宮」光文社 2011（光文社文庫）p431

サチ子（玠雄二）
◇「ハンセン病文学全集 7」皓星社 2004 p272

サチコとマナブの関係性（遠山絵梨香）
◇「すごい恋愛」泰文堂 2012（リンダブックス）p6

サーチライト（豊川善一）
◇「コレクション戦争と文学 10」集英社 2012 p327

サーチライトと誘蛾灯（櫻田智也）
◇「監獄舎の殺人―ミステリーズ！ 新人賞受賞作品集」東京創元社 2016（創元推理文庫）p125

殺意が見える女（新津きよみ）
◇「ザ・ベストミステリーズ―推理小説年鑑 1998」講談社 1998 p381
◇「殺人者」講談社 2000（講談社文庫）p260

殺意の演奏（大谷羊太郎）
◇「江戸川乱歩賞全集 8」講談社 1999（講談社文庫）p7

殺意の自覚（杉原保史）
◇「12人のカウンセラーが語る12の物語」ミネルヴァ書房 2010 p23

殺意の接点（森村誠一）
◇「さよならブルートレイン―寝台列車ミステリー傑作選」光文社 2015（光文社文庫）p61

殺意の花（関口芙沙恵）
◇「白のミステリー―女性ミステリー作家傑作選」光文社 1997 p239
◇「女性ミステリー作家傑作選 2」光文社 1999（光文社文庫）p195

殺意の風景 樹海の巻（宮脇俊三）
◇「日本縦断世界遺産殺人紀行」有楽出版社 2014（JOY NOVELS）p111

殺意のまつり（山村美紗）
◇「妖美―女流ミステリー傑作選」徳間書店 1999（徳間文庫）p379

撮影所の窓から―朝鮮ハリウッドの夢（趙晶鎬）
◇「近代朝鮮文学日本語作品集1908～1945 セレクション 3」緑蔭書房 2008 p411

殺害（渋谷良一）
◇「ショートショートの広場 16」講談社 2005（講談社文庫）p30

錯覚（友沢晃）
◇「Love―あなたに逢いたい」双葉社 1997（双葉文庫）p69

錯覚屋繁昌記（半村良）
◇「暴走する正義」筑摩書房 2016（ちくま文庫）p261

サッカー交響曲（阿部牧郎）
◇「現代の小説 1999」徳間書店 1999 p307

作家志願（大熊信行）
◇「山形県文学全集第2期（随筆・紀行編）1」郷土出版社 2005 p344

作家的一週間（有川浩）
◇「Story Seller 3」新潮社 2011（新潮文庫）p163

作家と家について（横光利一）
◇「創刊一〇〇年三田文学名作選」三田文学会 2010 p647

作家同士の友情（舟橋聖一）
◇「近代朝鮮文学日本語作品集1939～1945 評論・随筆篇 1」緑蔭書房 2002 p366

作家と氣魄（文藝時評）（兪鎮午）
◇「近代朝鮮文学日本語作品集1939～1945 評論・随筆篇 1」緑蔭書房 2002 p415

作家と讀者（龍瑛宗）
◇「日本統治期台湾文学集成 16」緑蔭書房 2003 p293

作家の矜持（牧洋）
◇「近代朝鮮文学日本語作品集1939～1945 評論・随筆篇 1」緑蔭書房 2002 p405

作家の生活擁護（李石薫）
◇「近代朝鮮文学日本語作品集1939～1945 評論・随筆篇 3」緑蔭書房 2002 p161

作家の密室―二つの癩小説についてのエテュード（厚木叡）
◇「ハンセン病文学全集 5」皓星社 2010 p466

作家はいま何を書くべきか（井上光晴）
◇「戦後文学エッセイ選 13」影書房 2008 p97

雑記（福澤諭吉）
◇「新日本古典文学大系 明治編 10」岩波書店 2011 p268

雑記（馬海松）
◇「近代朝鮮文学日本語作品集1939～1945 評論・随筆篇 3」緑蔭書房 2002 p107

雑記帳より（与謝野晶子）
◇「「新編」日本女性文学全集 4」菁柿堂 2012 p38

五月闇聖天呪殺（潮山長三）
◇「怪奇・伝奇時代小説選集 4」春陽堂書店 2000（春陽文庫）p60

殺鶏白飯（金鍾漢）
◇「近代朝鮮文学日本語作品集1939～1945 創作篇 6」緑蔭書房 2001 p80

サッコとヴァンゼッティ（大岡昇平）
◇「とっておき名短篇」筑摩書房 2011（ちくま文庫）p237

昨今（崔華國）
◇「〈在日〉文学全集 17」勉誠出版 2006 p50

佐々成政の北アルプス越え（新田次郎）
◇「信州歴史時代小説傑作集 1」しなのき書房 2007 p137

雑誌『朝鮮と建築』表紙懸賞図案関係（朝鮮と建築）（作者表記なし）
◇「近代朝鮮文学日本語作品集1908～1945 セレクション 6」緑蔭書房 2008 p325

雑詩二十四首（中村敬宇）

◇「新日本古典文学大系 明治編 2」岩波書店 2004 p171

殺人依頼（堂間春也）
◇「ショートショートの広場 19」講談社 2007 （講談社文庫）p49

殺人学園祭（楠木誠一郎）
◇「学び舎は血を招く」講談社 2008 （講談社ノベルス）p43

殺人蠱を飼う妖将（筑紫鯉思）
◇「怪奇・伝奇時代小説選集 15」春陽堂書店 2000 （春陽文庫）p131

殺人ガリデブ（北原尚彦）
◇「シャーロック・ホームズの災難―日本版」論創社 2007 p155

殺人鬼（五味康祐）
◇「柳生一族―剣豪列伝」廣済堂出版 1998 （廣済堂文庫）p59
◇「柳生の剣、八番勝負」廣済堂出版 2009 （廣済堂文庫）p57

殺人鬼岡田以蔵の最期（南條範夫）
◇「幕末テロリスト列伝」講談社 2004 （講談社文庫）p11

殺人狂の話（欧米犯罪実話）（浜尾四郎）
◇「幻の探偵雑誌 10」光文社 2002 （光文社文庫）p211

殺人蔵（山田風太郎）
◇「大岡越前―名奉行裁判説話」廣済堂出版 1998 （廣済堂文庫）p169

殺人現場では靴をお脱ぎください（東川篤哉）
◇「本格ミステリー二〇〇八年本格短編ベスト・セレクション 08」講談社 2008 （講談社ノベルス）p91
◇「名探偵に訊け」光文社 2010 （Kappa novels）p385
◇「見えない殺人カード―本格短編ベスト・セレクション」講談社 2012 （講談社文庫）p127
◇「名探偵に訊け」光文社 2013 （光文社文庫）p531

殺人混成曲（千代有三）
◇「江戸川乱歩の推理試験」光文社 2009 （光文社文庫）p111

殺人催眠まやかしの口笛（加藤秀幸）
◇「ショートショートの広場 20」講談社 2008 （講談社文庫）p191

殺人事件（萩原朔太郎）
◇「ちくま日本文学 36」筑摩書房 2009 （ちくま文庫）p68
◇「日本文学全集 29」河出書房新社 2016 p19

殺人時効と来訪者（大谷羊太郎）
◇「日本ベストミステリー選集 24」光文社 1997 （光文社文庫）p39

殺人者さま（星新一）
◇「物語の魔の物語―メタ怪談傑作選」徳間書店 2001 （徳間文庫）p185

殺人者の赤い手（北森鴻）
◇「最新「珠玉推理」大全 中」光文社 1998 （カッパ・ノベルス）p101

◇「怪しい舞踏会」光文社 2002 （光文社文庫）p141

殺人者の憩いの家（中井英夫）
◇「甦る「幻影城」 3」角川書店 1998 （カドカワ・エンタテインメント）p341
◇「幻影城―【探偵小説誌】不朽の名作」角川書店 2000 （角川ホラー文庫）p401

殺身成仁 通事呉鳳（中田直久）
◇「日本統治期台湾文学集成 26」緑蔭書房 2007 p5

殺人トーナメント［解決編］（井上夢人）
◇「探偵Xからの挑戦状！ season2」小学館 2011 （小学館文庫）p159

殺人トーナメント［問題編］（井上夢人）
◇「探偵Xからの挑戦状！ season2」小学館 2011 （小学館文庫）p63

殺人の棋譜（斎藤栄）
◇「江戸川乱歩賞全集 6」講談社 1999 （講談社文庫）p333

殺人の陽光（森輝喜）
◇「新・本格推理 04」光文社 2004 （光文社文庫）p93

殺人パントマイム（法月綸太郎）
◇「0番目の事件簿」講談社 2012 p29

殺人迷路（連作探偵小説第一回）（森下雨村）
◇「幻の探偵雑誌 8」光文社 2001 （光文社文庫）p15

殺人迷路（連作探偵小説第二回）（大下宇陀児）
◇「幻の探偵雑誌 8」光文社 2001 （光文社文庫）p25

殺人迷路（連作探偵小説第三回）（横溝正史）
◇「幻の探偵雑誌 8」光文社 2001 （光文社文庫）p35

殺人迷路（連作探偵小説第四回）（水谷準）
◇「幻の探偵雑誌 8」光文社 2001 （光文社文庫）p47

殺人迷路（連作探偵小説第五回）（江戸川乱歩）
◇「幻の探偵雑誌 8」光文社 2001 （光文社文庫）p57

殺人迷路（連作探偵小説第六回）（橋本五郎）
◇「幻の探偵雑誌 8」光文社 2001 （光文社文庫）p73

殺人迷路（連作探偵小説第七回）（夢野久作）
◇「幻の探偵雑誌 8」光文社 2001 （光文社文庫）p83

殺人迷路（連作探偵小説第八回）（浜尾四郎）
◇「幻の探偵雑誌 8」光文社 2001 （光文社文庫）p95

殺人迷路（連作探偵小説第九回）（佐左木俊郎）
◇「幻の探偵雑誌 8」光文社 2001 （光文社文庫）p103

殺人迷路（連作探偵小説第十回）（甲賀三郎）
◇「幻の探偵雑誌 8」光文社 2001 （光文社文庫）p113

殺人者（きりぎりす）
◇「ショートショートの広場 19」講談社 2007 （講談社文庫）p30

殺人はサヨナラ列車で（西村京太郎）
◇「鉄路に咲く物語―鉄道小説アンソロジー」光文社 2005（光文社文庫）p111

殺人は難しい（貫井徳郎）
◇「探偵Xからの挑戦状！ season3」小学館 2012（小学館文庫）p7

殺―水野十郎左衛門・幡随院長兵衛（綱淵謙錠）
◇「人物日本の歴史―時代小説版 江戸編 上」小学館 2004（小学館文庫）p191

十死街（朝松健）
◇「十の恐怖」角川書店 1999 p243

雑草（入江満）
◇「平成28年熊本地震作品集」くまもと文学・歴史館友の会 2016 p20

雑草花園（秋野菊作）
◇「甦る推理雑誌 3」光文社 2002（光文社文庫）p269

雑草世界の近代化（杉浦明平）
◇「戦後文学エッセイ選 6」影書房 2008 p220

雑草の叫び（藤田三四郎）
◇「ハンセン病文学全集 7」皓星社 2004 p491

雑草の中（上野英信）
◇「戦後文学エッセイ選 12」影書房 2006 p121

雑草の庭（大原まり子）
◇「恋物語」朝日新聞社 1998 p68

雑草の道（長岡弘樹）
◇「宝石ザミステリー 2014冬」光文社 2014 p509

雑草原（許南麒）
◇「〈在日〉文学全集 2」勉誠出版 2006 p128

サッチャン攻略本（星野光浩）
◇「ショートショートの広場 16」講談社 2005（講談社文庫）p201

雑踏（宇江佐真理）
◇「江戸しのび雨」学研パブリッシング 2012（学研M文庫）p199

サッド ヴァケイション（青山真治）
◇「年鑑代表シナリオ集 '07」シナリオ作家協会 2009 p223

雑踏の中を（宮部和子）
◇「全作家短編小説集 8」全作家協会 2009 p216

さっぱりする機械（福山宏牛）
◇「ショートショートの広場 9」講談社 1998（講談社文庫）p68

「雑筆」（芥川龍之介）
◇「文豪怪談傑作選 芥川龍之介集」筑摩書房 2010（ちくま文庫）p306

札幌（久間十義）
◇「街物語」朝日新聞社 2000 p212

札幌、しめやかなる恋のありそうな街なり≫宮崎郁雨（石川啄木）
◇「日本人の手紙 7」リブリオ出版 2004 p45

札幌ジンギスカンの謎（山田正紀）
◇「本格ミステリー二〇一〇年本格短編ベスト・セレクション '10」講談社 2010（講談社ノベルス）p55

◇「凍れる女神の秘密」講談社 2014（講談社文庫）p71

札幌の街を犬がソリをウンショウンショ引く≫中野卯女・原泉（中野重治）
◇「日本人の手紙 7」リブリオ出版 2004 p51

札幌夫人（吉行淳之介）
◇「昭和の短篇一人一冊集成 吉行淳之介」未知谷 2008 p151

サツマのあばれ食い（宮本常一）
◇「ちくま日本文学 22」筑摩書房 2008（ちくま文庫）p243

殺戮の殿堂（白鳥省吾）
◇「アンソロジー・プロレタリア文学 3」森話社 2015 p78

句集 雑林（白石天羽子、熊倉双葉編）
◇「ハンセン病文学全集 9」皓星社 2010 p7

蹉跌（鮎川哲也）
◇「シャーロック・ホームズに再び愛をこめて」光文社 2010（光文社文庫）p41

さて…と（角野栄子）
◇「十年後のこと」河出書房新社 2016 p81

サテンの靴（村上あつこ）
◇「ひらく―第15回フェリシモ文学賞」フェリシモ 2012 p100

佐渡（庄野潤三）
◇「味覚小説名作集」光文社 2016（光文社文庫）p207

砂糖（野上弥生子）
◇「戦後短篇小説選―『世界』1946-1999 1」岩波書店 2000 p37
◇「謎のギャラリー―愛の部屋」新潮社 2002（新潮文庫）p255

座頭市物語（犬塚稔）
◇「座頭市―時代小説英雄列伝」中央公論新社 2002（中公文庫）p68

座頭市物語（子母沢寛）
◇「座頭市―時代小説英雄列伝」中央公論新社 2002（中公文庫）p6
◇「時代劇原作選集―あの名画を生みだした傑作小説」双葉社 2003（双葉文庫）p197
◇「冒険の森へ―傑作小説大全 18」集英社 2016 p31

座頭H（飯沢匡）
◇「新装版 全集現代文学の発見 6」學藝書林 2003 p36
◇「十夜」ランダムハウス講談社 2006 p165

サトウキビの森（池上永一）
◇「妖魔ヶ刻―時間怪談傑作選」徳間書店 2000（徳間文庫）p139

さとうきび畑の唄（遊川和彦）
◇「テレビドラマ代表作選集 2004年版」日本脚本家連盟 2004 p7

座頭国市（柴田錬三郎）
◇「怪奇・伝奇時代小説選集 10」春陽書店 2000（春陽文庫）p195

佐藤朔先生の思い出―佐藤朔追悼（遠藤周作）

さとう

◇「創刊一〇〇年三田文学名作選」三田文学会 2010 p726

砂糖で満ちてゆく(澤西祐典)
◇「文学 2014」講談社 2014 p83

佐藤春夫を送る辞(稲垣足穂)
◇「芸術家」国書刊行会 1998 (書物の王国) p203

砂糖屋綿貫(中島京子)
◇「明日町こんぺいとう商店街―招きうさぎと七軒の物語」ポプラ社 2013 (ポプラ文庫) p233

里親面接(我孫子武丸)
◇「近藤史恵リクエスト! ペットのアンソロジー」光文社 2013 p109
◇「近藤史恵リクエスト! ペットのアンソロジー」光文社 2014 (光文社文庫) p111

里隠れの娘(嶋津義忠)
◇「勝者の死にざま―時代小説選手権」新潮社 1998 (新潮文庫) p59

サド侯爵(澁澤龍彦)
◇「ちくま日本文学 18」筑摩書房 2008 (ちくま文庫) p307

里桜(小野みなこ)
◇「ゆきのまち幻想文学賞小品集 17」企画集団ぶりずな 2008 p136

佐渡の唄(里村欣三)
◇「アンソロジー・プロレタリア文学 1」森話社 2013 p231

佐渡の埋れ火(水上勉)
◇「慕情深川しぐれ」光風社出版 1998 (光風社文庫) p67

里の森で(李孝石)
◇「近代朝鮮文学日本語作品集1908〜1945 セレクション 4」緑蔭書房 2008 p144

悟り(正岡子規)
◇「新日本古典文学大系 明治編 27」岩波書店 2003 p403

悟りを開きし者(木野裕喜)
◇「5分で読める! ひと駅ストーリー 本の物語」宝島社 2014 (宝島社文庫) p319
◇「5分で笑える! おバカで愉快な物語」宝島社 2016 (宝島社文庫) p195

ザ・トリックト・バンブー・レディ―騙されたかぐや姫(加納幸和)
◇「読んで演じたくなるゲキの本 高校生版」幻冬舎 2006 p51

悟りの化け物(田中啓文)
◇「逆想コンチェルト―イラスト先行・競作小説アンソロジー 奏の1」徳間書店 2010 p56

サトル(岡本賢一)
◇「チャイルド」廣済堂出版 1998 (廣済堂文庫) p287

佐ище流人行(松本清張)
◇「人生を変えた時代小説傑作選」文藝春秋 2010 (文春文庫) p27
◇「主命にござる」新潮社 2015 (新潮文庫) p73

サドルは謳う(山上龍彦)
◇「輝きの一瞬―短くて心に残る30編」講談社 1999 (講談社文庫) p121

さなぎ(山田正紀)
◇「最新「珠玉推理」大全 下」光文社 1998 (カッパ・ノベルス) p339
◇「闇夜の芸術祭」光文社 2003 (光文社文庫) p463

蛹(田中慎弥)
◇「文学 2008」講談社 2008 p158
◇「現代小説クロニクル 2005〜2009」講談社 2015 (講談社文芸文庫) p150

さなぎのゆめ(松村進吉)
◇「怪獣文藝―パートカラー」メディアファクトリー 2013 (〔幽BOOKS〕) p8

真田影武者(井上靖)
◇「信州歴史時代小説傑作集 1」しなのき書房 2007 p323
◇「機略縦横! 真田戦記―傑作時代小説」PHP研究所 2008 (PHP文庫) p97
◇「軍師の生きざま―時代小説傑作選」コスミック出版 2008 (コスミック・時代文庫) p293
◇「真田幸村―小説集」作品社 2015 p259

真田十勇士〈柴錬立川文庫〉(柴田錬三郎)
◇「信州歴史時代小説傑作集 3」しなのき書房 2007 p237

真田大助の死(大倉桃郎)
◇「大坂の陣―近代文学名作選」岩波書店 2016 p127

真田の蔭武者(大佛次郎)
◇「軍師の生きざま―短篇小説集」作品社 2008 p247

真田の蔭武者―真田幸村(大佛次郎)
◇「軍師の生きざま」実業之日本社 2013 (実業之日本社文庫) p309

真田信之の妻―小松(池波正太郎)
◇「信州歴史時代小説傑作集 5」しなのき書房 2007 p63

真田範之助(長谷川伸)
◇「花と剣と侍―新鷹会・傑作時代小説選」光文社 2009 (光文社文庫) p9

真田風雲録(福田善之)
◇「謎のギャラリー―最後の部屋」マガジンハウス 1999 p79
◇「謎のギャラリー―愛の部屋」新潮社 2002 (新潮文庫) p283

真田幸村(今川徳三)
◇「紅蓮の翼―異彩時代小説秀作撰」叢文社 2007 p5

真田幸村(菊池寛)
◇「真田幸村―小説集」作品社 2015 p193
◇「大坂の陣―近代文学名作選」岩波書店 2016 p179

真田幸村論(中野秀人)
◇「新装版 全集現代文学の発見 11」學藝書林 2004 p456

実朝(安西均)
◇「王侯」国書刊行会 1998 (書物の王国) p73

◇「新装版 全集現代文学の発見 13」學藝書林 2004
p373

ザネリ（斉藤俊雄）
◇「最新中学校創作脚本集 2009」晩成書房 2009
p116

沙の波（安住洋子）
◇「代表作時代小説 平成18年度」光文社 2006 p171

差配人（痩々亭骨皮道人）
◇「新日本古典文学大系 明治編 29」岩波書店 2005
p238

サバイバー（金城一紀）
◇「ザ・ベストミステリーズ―推理小説年鑑 2001」
講談社 2001 p341

サヴァイヴァーズ・スイート（二木麻里）
◇「トロピカル」廣済堂出版 1999 （廣済堂文庫）
p393

鯖街道を、とおってな（宮田そら）
◇「気配―第10回フェリシモ文学賞作品集」フェリ
シモ 2007 p32

裁かれる女（連城三紀彦）
◇「推理小説代表作選集―推理小説年鑑 1997」講談
社 1997 p311
◇「殺ったのは誰だ?!」講談社 1999 （講談社文庫）
p393
◇「謎―スペシャル・ブレンド・ミステリー 008」
講談社 2013 （講談社文庫） p165

裁かれるのは誰か？（汀こるもの）
◇「0番目の事件簿」講談社 2012 p306

裁きを望む（柚月裕子）
◇「『このミステリーがすごい！』大賞作家書き下ろ
しBOOK vol.15」宝島社 2016 p193

裁きは終りぬ（開高健）
◇「新装版 全集現代文学の発見 10」學藝書林 2004
p460

砂漠（山浦由香利）
◇「ショートショートの広場 14」講談社 2003 （講
談社文庫） p162

砂漠を走る船の道（梓崎優）
◇「砂漠を走る船の道―ミステリーズ！ 新人賞受賞
作品集」東京創元社 2016 （創元推理文庫）
p227

砂漠を行くものたち（須賀敦子）
◇「日本文学全集 25」河出書房新社 2016 p314

沙漠について（花田清輝）
◇「新装版 全集現代文学の発見 8」學藝書林 2003
p578

砂漠のうた（野坂陽子）
◇「たびだち―フェリシモしあわせショートショー
ト」フェリシモ 2000 p70

砂漠の王（三田誠）
◇「砂漠の王」富士見書房 1999 （富士見ファンタジ
ア文庫） p157

沙漠の木（関根弘）
◇「新装版 全集現代文学の発見 13」學藝書林 2004
p324

沙漠の古都（イー・ドニ・ムニエ）

◇「幻の探偵雑誌 7」光文社 2001 （光文社文庫）
p175

砂漠の思想（安部公房）
◇「新編・日本幻想文学集成 1」国書刊行会 2016
p161

砂漠の星座（庸沢陵）
◇「ハンセン病文学全集 7」皓星社 2004 p135

砂漠の町の雪（畑裕）
◇「ゆきのまち幻想文学賞小品集 21」企画集団ぷり
ずむ 2012 p148

砂漠の幽霊船（真城昭）
◇「70年代日本SFベスト集成 4」筑摩書房 2015
（ちくま文庫） p115

砂漠のラジオ（Kay）
◇「超短編の世界 vol.3」創英社 2011 p200

佐橋甚五郎（森鷗外）
◇「文豪怪談傑作選 森鷗外集」筑摩書房 2006 （ち
くま文庫） p56

サハラにとり憑かれた男の本望です＞菊間秀
卓／上温湯幸子（上温湯隆）
◇「日本人の手紙 7」リブリオ出版 2004 p184

砂原利倶楽部―砂漠の薔薇（おおくぼ系）
◇「現代作家代表選集 8」期書房 2014 p5

SAKHALIN（サハリン）（伊庭弘成）
◇「高校演劇Selection 2005 下」晩成書房 2007 p79

サハロフ幻想（清岡卓行）
◇「コレクション戦争と文学 16」集英社 2012 p454

サバントとボク（眉村卓）
◇「ロボットの夜」光文社 2000 （光文社文庫）
p245

サバンナ（谷克二）
◇「冒険の森へ―傑作小説大全 10」集英社 2016
p93

錆（黒川博行）
◇「自選ショート・ミステリー 2」講談社 2001 （講
談社文庫） p37

錆（細田龍彦）
◇「ハンセン病に咲いた花―初期文芸名作選 戦前
編」皓星社 2002 （ハンセン病叢書） p224

さびしい奇術師（梶尾真治）
◇「魔術師」角川書店 2001 （角川ホラー文庫）
p183

さびしい人格（萩原朔太郎）
◇「涙の百年文学―もう一度読みたい」太陽出版
2009 p310
◇「ちくま日本文学 36」筑摩書房 2009 （ちくま文
庫） p101

さびしいとき（金子みすゞ）
◇「涙の百年文学―もう一度読みたい」太陽出版
2009 p295

さびしい水音（宇江佐真理）
◇「万事金の世―時代小説傑作選」徳間書店 2006
（徳間文庫） p89

寂しい夜（伊東哲哉）
◇「超短編傑作選 v.6」創英社 2007 p184

さびし

淋しい夜の情景（五代ゆう）
◇「マスカレード」光文社 2002 （光文社文庫）
p221

「寂しさを」の巻（文礼・連々両吟歌仙）（西谷
富水）
◇「新日本古典文学大系 明治編 4」岩波書店 2003
p213

さびしみの港（通雅彦）
◇「全作家短編小説集 9」全作家協会 2010 p41

錆びた自転車（ひびきはじめ）
◇「てのひら怪談─ビーケーワン怪談大賞傑作選 壬
辰」ポプラ社 2012 （ポプラ文庫）p162

サビタの記憶（原田康子）
◇「戦後短篇小説再発見 12」講談社 2003 （講談社
文芸文庫）p91

錆びたハーケン（谷甲州）
◇「自選ショート・ミステリー 2」講談社 2001 （講
談社文庫）p83

寂れた街（あじ）
◇「ショートショートの花束 5」講談社 2013 （講
談社文庫）p164

SABU─さぶ（竹山洋）
◇「テレビドラマ代表作選集 2003年版」日本脚本家
連盟 2003 p7

サファイア（寺山修司）
◇「鉱物」国書刊行会 1997 （書物の王国）p78

サファイアの奇跡（東野圭吾）
◇「SF宝石─すべて新作読み切り！ 2015」光文社
2015 p487

三重（一双）
◇「てのひら怪談─ビーケーワン怪談大賞傑作選 百
怪繚乱篇」ポプラ社 2008 p132

ザ・仏桑華（比嘉美代子）
◇「ザ・阿麻和利─他」英宝社 2009 p189

座布団（小石川）
◇「てのひら怪談─ビーケーワン怪談大賞傑作選 壬
辰」ポプラ社 2012 （ポプラ文庫）p242

座布団（趙南哲）
◇「〈在日〉文学全集 18」勉誠出版 2006 p150

サブマージド（葉真中顕）
◇「宝石ザミステリー 2016」光文社 2015 p271

サフラン（森鷗外）
◇「植物」国書刊行会 1998 （書物の王国）p173

ザプルーダの向かい側（片岡義男）
◇「ザ・ベストミステリーズ─推理小説年鑑 2002」
講談社 2002 p541
◇「トリック・ミュージアム」講談社 2005 （講談社
文庫）p199

三郎爺（宮本百合子）
◇「福島の文学─11人の作家」講談社 2014 （講談
社文芸文庫）p46

三郎菱（泡坂妻夫）
◇「最新「珠玉推理」大全 中」光文社 1998 （カッ
パ・ノベルス）p50
◇「怪しい舞踏会」光文社 2002 （光文社文庫）p69

佐兵衛様ご無念（新宮正春）
◇「異色忠臣蔵大傑作集」講談社 1999 p157

サーベル礼讃（佐藤春夫）
◇「天変動く大震災と作家たち」インパクト出版会
2011 （インパクト選書）p161

茶房（李孝石）
◇「近代朝鮮文学日本語作品集1939～1945 評論・随筆
篇 3」緑蔭書房 2002 p78

茶房の女（吉鎮燮）
◇「近代朝鮮文学日本語作品集1939～1945 評論・随筆
篇 3」緑蔭書房 2002 p60

茶房「ゆきうさぎ」（冬野翔子）
◇「ゆきのまち幻想文学賞・小品集 14」企画集団ぶ
りずむ 2005 p106

サボテンの育て方（濱本七恵）
◇「好きなのに」泰文堂 2013 （リンダブックス）p5

サボテンの花（宮部みゆき）
◇「謎─スペシャル・ブレンド・ミステリー 001」
講談社 2006 （講談社文庫）p359

サボテンの花（森春樹）
◇「ハンセン病文学全集 6」皓星社 2003 p270

仙人掌の花（山本禾太郎）
◇「幻の探偵雑誌 6」光文社 2001 （光文社文庫）
p393

早穂とゆかり（辻村深月）
◇「「いじめ」をめぐる物語」朝日新聞出版 2015
p137

サマーキャンプへようこそ（重松清）
◇「闇に香るもの」新潮社 2004 （新潮文庫）p45

さまざまな「戦後」（花田清輝）
◇「戦後文学エッセイ選 1」影書房 2005 p189

サマータイム（法坂一広）
◇「5分で読める！ ひと駅ストーリー 夏の記憶西口
編」宝島社 2013 （宝島社文庫）p251

サマータイムマシン・ブルース（上田誠）
◇「年鑑代表シナリオ集 '05」シナリオ作家協会
2006 p169

左馬助殿軍語（磯田道史）
◇「代表作時代小説 平成21年度」光文社 2009 p111

さまよう犬（星新一）
◇「異形の白昼─恐怖小説集」筑摩書房 2013 （ちく
ま文庫）p7

さまようオランダ人（竹河聖）
◇「幽霊船」光文社 2001 （光文社文庫）p419

さまよえる騎士団の伝説（矢野徹）
◇「日本SF全集 1」出版芸術社 2009 p229
◇「70年代日本SFベスト集成 3」筑摩書房 2015
（ちくま文庫）p199

さまよえる亡者たち─呪われた館について（小
泉八雲）
◇「文豪怪談傑作選 特別編」筑摩書房 2008 （ちく
ま文庫）p92

さみしき我ら（李正子）
◇「〈在日〉文学全集 17」勉誠出版 2006 p229

寂野（澤田ふじ子）

◇「文学賞受賞・名作集成 9」リブリオ出版 2004 p157

五月雨（桜庭一樹）
◇「短篇ベストコレクション―現代の小説 2008」徳間書店 2008 （徳間文庫）p327

五月雨の朝（朱耀翰）
◇「近代朝鮮文学日本語作品集1908～1945 セレクション 4」緑蔭書房 2008 p17

寒い朝だった―失踪した少女の謎（麻生荘太郎）
◇「密室晩餐会」原書房 2011 （ミステリー・リーグ）p183

寒い日―『異苑』より（南伸坊）
◇「こわい部屋」筑摩書房 2012 （ちくま文庫）p27

寒い病棟（鵞彦）
◇「ショートショートの広場 13」講談社 2002 （講談社文庫）p112

さむけ（高橋克彦）
◇「さむけ―ホラー・アンソロジー」祥伝社 1999 （祥伝社文庫）p7

サムソンの犯罪（鮎川哲也）
◇「煌めきの殺意」徳間書店 1999 （徳間文庫）p95

寒戸の婆（新田次郎）
◇「恐怖の旅」光文社 2000 （光文社文庫）p103

サムの甥（木村二郎）
◇「自選ショート・ミステリー 2」講談社 2001 （講談社文庫）p293

サムライ・ザ・リッパー（芦川淳一）
◇「伝奇城―伝奇時代小説アンソロジー」光文社 2005 （光文社文庫）p139

さむらい魂―三村次郎左衛門（海音寺潮五郎）
◇「忠臣蔵コレクション 1」河出書房新社 1998 （河出文庫）p55

サムライ・ポテト―駅構内のファーストフード店に立つコンパニオン・ロボットが目覚めたとき（片瀬二郎）
◇「NOVA―書き下ろし日本SFコレクション 7」河出書房新社 2012 （河出文庫）p367

鮫（金子光晴）
◇「ちくま日本文学 38」筑摩書房 2009 （ちくま文庫）p23
◇「ちくま日本文学 38」筑摩書房 2009 （ちくま文庫）p29

詩集 鮫（金子光晴）
◇「新装版 全集現代文学の発見 13」學藝書林 2004 p192

醒め際（荒川義英）
◇「新・プロレタリア文学精選集 1」ゆまに書房 2004 p153

鮫の子は鮫（川人忠明）
◇「バブリーズ・リターン―ソード・ワールド短編集」富士見書房 1999 （富士見ファンタジア文庫）p135

サモワールの薔薇とオニオングラタン（井上荒野）
◇「女がそれを食べるとき」幻冬舎 2013 （幻冬舎文庫）p7

佐門谷（丘美丈二郎）
◇「妖異百物語 2」出版芸術社 1997 （ふしぎ文学館）p5

さやうなら一万年（草野心平）
◇「新装版 全集現代文学の発見 13」學藝書林 2004 p138

さやさや（川上弘美）
◇「日本文学100年の名作 9」新潮社 2015 （新潮文庫）p201

鞘師（五味康祐）
◇「秘剣闇を斬る」光風社出版 1998 （光風社文庫）p277

佐山家の惜春（栗木英章）
◇「ドラマの森 2009」西日本劇作家の会 2008 （西日本戯曲選集）p67

左右の天使（宇多ユリエ）
◇「ゆきのまち幻想文学賞・小品集 7」NTTメディアスコープ 1997 p59

さようなら（小手鞠るい）
◇「てのひらの恋」KADOKAWA 2014 （角川文庫）p63

さようなら（山岸行輝）
◇「ゆきのまち幻想文学小品集 22」企画集団ぷりずむ 2013 p126

さようなら（山田風太郎）
◇「恐怖特急」光文社 2002 （光文社文庫）p371

さようなら、オレンジ（KSイワキ）
◇「太宰治賞 2013」筑摩書房 2013 p29

さようなら―失格者のノート（品川清）
◇「ハンセン病文学全集 7」皓星社 2004 p43

さようなら、妻（朝倉かすみ）
◇「短篇ベストコレクション―現代の小説 2016」徳間書店 2016 （徳間文庫）p5

さようならのバラード（岩田宏）
◇「新装版 全集現代文学の発見 13」學藝書林 2004 p506

「さようなら」はあまりにも悼ましい火なのだ≫渡辺淳一（加清純子）
◇「日本人の手紙 4」リブリオ出版 2004 p144

佐代子（飯野文彦）
◇「俳優」廣済堂出版 1999 （廣済堂文庫）p119

小夜衣の怨（神田伯龍）
◇「怪談・伝奇時代小説選集 8」春陽堂書店 2000 （春陽文庫）p241

さよなら、お助けマン（尾賀京作）
◇「太宰治賞 2010」筑摩書房 2010 p79

さよなら、俺のマタニティブルー（源祥子）
◇「うちへ帰ろう―家族を想うあなたに贈る短篇小説集」泰文堂 2013 （リンダブックス）p157

さよなら、キリハラさん（宮部みゆき）
◇「短編復活」集英社 2002 （集英社文庫）p395
◇「隣りの不安、目前の恐怖」双葉社 2016 （双葉文庫）p307

さよならクリストファー・ロビン（高橋源一郎）
◇「文学 2011」講談社 2011 p44

さよな

◇「現代小説クロニクル 2010〜2014」講談社 2015
（講談社文芸文庫）p122

さよならクリスマス（野坂律子）
◇「お母さんのなみだ」泰文堂 2016（リンダパブリッシャーズの本）p210

さよなら、クロ（石川勝己, 平松恵美子, 松岡錠司）
◇「年鑑代表シナリオ集 '03」シナリオ作家協会 2004 p133

さよなら、さよなら（渡辺淳一）
◇「奇妙な恋の物語」光文社 1998（光文社文庫）p365

さよならジンクス（蒼井ひかり）
◇「5分で読める！ ひと駅ストーリー 夏の記憶東口編」宝島社 2013（宝島社文庫）p181

さよなら、大好きな人（濱本七恵）
◇「さよなら、大好きな人―スウィート＆ビターな7ストーリー」泰文堂 2011（Linda books！）p234

さよならだけが人生か（中村順一）
◇「現代鹿児島小説大系 2」ジャプラン 2014 p306

さよなら、猫（島本理生）
◇「こどものころにみた夢」講談社 2008 p28

さよならのかわりに（市川拓司）
◇「本からはじまる物語」メディアパル 2007 p135

さよならの儀式（宮部みゆき）
◇「SF JACK」角川書店 2013 p367
◇「さよならの儀式」東京創元社 2014（創元SF文庫）p13
◇「SF JACK」KADOKAWA 2016（角川文庫）p373

さよならの白（関口尚）
◇「Colors」ホーム社 2008 p187
◇「Colors」集英社 2009（集英社文庫）p205

さよならヒットをもう一度（寺山修司）
◇「ちくま日本文学 6」筑摩書房 2007（ちくま文庫）p321

さよならプリンセス（菅原照貴）
◇「マルドゥック・ストーリーズ―公式二次創作集」早川書房 2016（ハヤカワ文庫JA）p77

さよなら、ミネオ（中村航）
◇「あの日、君と Boys」集英社 2012（集英社文庫）p159

愛国小説 莎秧的鐘（サヨンのかね）（呉漫沙）
◇「日本統治期台湾文学集成 28」緑蔭書房 2007 p7

サヨンの鐘（呉漫沙著, 春光淵訳）
◇「日本統治期台湾文学集成 28」緑蔭書房 2007 p169

サヨンの鐘（台湾総督府）
◇「日本統治期台湾文学集成 28」緑蔭書房 2007 p617

サヨンの鐘（作者表記なし）
◇「日本統治期台湾文学集成 28」緑蔭書房 2007 p593

映画脚本 サヨンの鐘（作者表記なし）

◇「日本統治期台湾文学集成 14」緑蔭書房 2003 p389

サヨンの鐘（一幕）―台湾總督府情報部推薦（村上元三）
◇「日本統治期台湾文学集成 28」緑蔭書房 2007 p569

皿（西脇順三郎）
◇「新装版 全集現代文学の発見 13」學藝書林 2004 p49

さらいねん（石井桃子）
◇「精選女性随筆集 8」文藝春秋 2012 p59

サラエヴォ・ノート（堀田善衞）
◇「戦後文学エッセイ選 11」影書房 2007 p207

蛇穴谷の美女（水上準也）
◇「怪奇・伝奇時代小説選集 5」春陽堂書店 2000（春陽文庫）p184

サラ金から参りました（菊地秀行）
◇「GOD」廣済堂出版 1999（廣済堂文庫）p591

サラサーテの盤（内田百閒）
◇「文士の意地―車谷長吉撰短篇小説輯 上巻」作品社 2005 p125
◇「戦後占領期短篇小説コレクション 3」藤原書店 2007 p209
◇「ちくま日本文学 1」筑摩書房 2007（ちくま文庫）p244
◇「百年小説」ポプラ社 2008 p565

ざらざらしたもの（高村薫）
◇「迷」文藝春秋 2003（推理作家になりたくて マイベストミステリー）p203
◇「マイ・ベスト・ミステリー 3」文藝春秋 2007（文春文庫）p302

皿々山（作者不詳）
◇「シンデレラ」竹書房 2015（竹書房文庫）p176

曝ラサレタ歌（逸見猶吉）
◇「新装版 全集現代文学の発見 13」學藝書林 2004 p149

さらされるものと、さらすものと―朝鮮語授業の一年半（金時鐘）
◇「〈在日〉文学全集 5」勉誠出版 2006 p292

沙羅（サラ）、すべり（芳崎洋子）
◇「優秀新人戯曲集 2002」ブロンズ新社 2001 p5

更にマタンゴを喰ったな（橋本治）
◇「怪獣」国書刊行会 1998（書物の王国）p195
◇「怪獣文学大全」河出書房新社 1998（河出文庫）p182

さらば愛しき書（森川楓子）
◇「5分で読める！ ひと駅ストーリー 本の物語」宝島社 2014（宝島社文庫）p29
◇「5分で笑える！ おバカで愉快な物語」宝島社 2016（宝島社文庫）p215

さらば、ゴジラ（高橋源一郎）
◇「こどものころにみた夢」講談社 2008 p136

さらば新選組―土方歳三（三好徹）
◇「誠の旗がゆく―新選組傑作選」集英社 2003（集英社文庫）p489

さらば友よ（郷内心瞳）
　◇「渚にて―あの日からの〈みちのく怪談〉」荒蝦夷
　　2016 p95
さらばマトリョーシカ（ヒモロギヒロシ）
　◇「てのひら怪談―ビーケーワン怪談大賞傑作選 庚
　　寅」ポプラ社 2010（ポプラ文庫）p44
さらばモスクワ愚連隊（五木寛之）
　◇「文学賞受賞・名作集成 8」リブリオ出版 2004
　　p5
沙羅姫晴明 三国伝来玄象譚 二幕三場（夢枕獏）
　◇「陰陽師伝奇大全」白泉社 2001 p177
サラマンダー（いしいしんじ）
　◇「本からはじまる物語」メディアパル 2007 p65
サラム（ネザマフィ, シリン）
　◇「コレクション戦争と文学 4」集英社 2011 p610
皿屋敷（田中貢太郎）
　◇「怪奇・伝奇時代小説選集 13」春陽堂書店 2000
　　（春陽文庫）p57
皿山の異人屋敷（光石介太郎）
　◇「幻の探偵雑誌 4」光文社 2001（光文社文庫）
　　p141
攫われた奴（日下圭介）
　◇「不可思議な殺人―ミステリー・アンソロジー」
　　祥伝社 2000（祥伝社文庫）p161
さらわれた幽霊（山口雅也）
　◇「誘拐―ミステリーアンソロジー」角川書店 1997
　　（角川文庫）p213
攫われて（小林泰三）
　◇「殺人鬼の放課後」角川書店 2002（角川文庫）
　　p57
　◇「青に捧げる悪夢」角川書店 2005 p91
　◇「青に捧げる悪夢」角川書店 2013（角川文庫）
　　p157
サラン（崔龍源）
　◇「〈在日〉文学全集 18」勉誠出版 2006 p189
サランへ（西土遊）
　◇「全作家短編小説集 10」のべる出版 2011 p98
サランへ（李正子）
　◇「〈在日〉文学全集 17」勉誠出版 2006 p238
サランへ 私の彼は韓国人（濱本七恵）
　◇「100の恋―幸せになるための恋愛短篇集」泰文堂
　　2010（Linda books！）p30
ザリガニさま（北野勇作）
　◇「ショートショートの缶詰」キノブックス 2016
　　p47
さりげなく大がかりな（斎藤肇）
　◇「侵略！」廣済堂出版 1998（廣済堂文庫）p353
去り行く君に（菊地秀行）
　◇「チャイルド」廣済堂出版 1998（廣済堂文庫）
　　p539
去りゆく精霊（高橋克彦）
　◇「少女物語」朝日新聞社 1998 p133
サル（野田充男）
　◇「ショートショートの花束 8」講談社 2016（講
　　談社文庫）p214

猿（秋之桜子）
　◇「優秀新人戯曲集 2011」ブロンズ新社 2010 p51
猿（水上勉）
　◇「文学 2002」講談社 2002 p195
猿（峯岸可弥）
　◇「超短編の世界 vol.2」創英社 2009 p49
猿駅（田中哲弥）
　◇「トロピカル」廣済堂出版 1999（廣済堂文庫）
　　p421
猿ケ辻風聞（滝口康彦）
　◇「幕末京都血風録―傑作時代小説」PHP研究所
　　2007（PHP文庫）p45
猿が出る（下永聖高）
　◇「折り紙衛星の伝説」東京創元社 2015（創元SF
　　文庫）p31
さるかに合戦（木村次郎）
　◇「人形座脚本集」晩成書房 2005 p23
猿神の贄（本間田麻誉）
　◇「探偵くらぶ―探偵小説傑作選1946～1958 下」光
　　文社 1997（カッパ・ノベルス）p233
猿籠の牡丹（水上勉）
　◇「わかれの船―Anthology」光文社 1998 p305
「猿叫ぶ」の巻（松屋・富木両吟歌仙）（西谷富
木）
　◇「新日本古典文学大系 明治編 4」岩波書店 2003
　　p199
サルスベリ（梨木香歩）
　◇「不思議の扉 ありえない恋」角川書店 2011（角
　　川文庫）p5
百日紅（安西篤子）
　◇「江戸色恋坂―市井情話傑作選」学習研究社 2005
　　（学研M文庫）p159
百日紅（帚木蓬生）
　◇「短篇ベストコレクション―現代の小説 2003」徳
　　間書店 2003（徳間文庫）p455
百日紅（牧逸馬）
　◇「探偵小説の風景―トラフィック・コレクション
　　下」光文社 2009（光文社文庫）p95
百日紅の家―瓜子姫（橘薫）
　◇「御伽草子―ホラー・アンソロジー」PHP研究所
　　2001（PHP文庫）p305
百日紅の寺（伊藤桂一）
　◇「魔剣くずし秘聞」光風社出版 1998（光風社文
　　庫）p41
猿と神様とぼく（谺雄二）
　◇「ハンセン病文学全集 7」皓星社 2004 p21
サルとトマトの8ビート（坏健太）
　◇「嘘つきとおせっかい」エムオン・エンタテイン
　　メント 2012（SONG NOVELS）p87
猿取佐助（清水義範）
　◇「冒険の森へ―傑作小説大全 2」集英社 2016 p19
猿飛佐助（織田作之助）
　◇「ちくま日本文学 35」筑摩書房 2009（ちくま文
　　庫）p199
　◇「忍者だもの―忍法小説五番勝負」新潮社 2015

さると

（新潮文庫）p107

猿飛佐助の死（五味康祐）
◇「信州歴史時代小説傑作集 3」しなのき書房 2007 p269
◇「神出鬼没！ 戦国忍者伝—傑作時代小説」PHP研究所 2009 （PHP文庫）p7
◇「真田幸村一小説集」作品社 2015 p217

サルトル的知識人について（武田泰淳）
◇「戦後文学エッセイ選 5」影書房 2006 p129

サルトルの文学（野間宏）
◇「戦後文学エッセイ選 9」影書房 2008 p228

猿に会う（西加奈子）
◇「東と西 1」小学館 2009 p76
◇「東と西 1」小学館 2012 （小学館文庫）p87

去るに臨み諸弟妹に似す（森春濤）
◇「新日本古典文学大系 明治編 2」岩波書店 2004 p5

猿の絵の運命（片岡鉄兵）
◇「『少年倶楽部』短篇選」講談社 2013 （講談社文芸文庫）p46

猿の眼（岡本綺堂）
◇「怪奇・伝奇時代小説選集 14」春陽堂書店 2000 （春陽堂文庫）p47
◇「ちくま日本文学 32」筑摩書房 2009 （ちくま文庫）p309
◇「新編・日本幻想文学集成 4」国書刊行会 2016 p377

笊ノ目万兵衛門外へ（山田風太郎）
◇「躍る影法師」光風社出版 1997 （光風社文庫）p351
◇「武士道」小学館 2007 （小学館文庫）p285
◇「人生を変えた時代小説傑作選」文藝春秋 2010 （文春文庫）p185
◇「主命にござる」新潮社 2015 （新潮文庫）p259
◇「この時代小説がすごい！ 時代小説傑作選」宝島社 2016 （宝島社文庫）p231

さるの湯（高橋克彦）
◇「あの日から—東日本大震災鎮魂岩手県出身作家短編集」岩手日報社 2015 p5

猿の惑星チキウ（田中啓文）
◇「宝石ザミステリー 2016」光文社 2015 p319

猿丸幻視行（井沢元彦）
◇「江戸川乱歩賞全集 12」講談社 2001 （講談社文庫）p401

猿まわしの猿（高峰秀子）
◇「精選女性随筆集 8」文藝春秋 2012 p136

猿智物語（新田次郎）
◇「極め付き時代小説選 3」中央公論新社 2004 （中公文庫）p247

ざれごと（八笥栄）
◇「全作家短編小説集 12」全作家協会 2013 p189

×された仲間へ（白鐵）
◇「近代朝鮮文学日本語作品集1908〜1945 セレクション 4」緑蔭書房 2008 p237

されど運命（橋口いくよ）
◇「恋時雨—恋はときどき泪が出る」メディアファ

クトリー 2009 （〔ダ・ヴィンチブックス〕）p63

サロゲート・マザー——わたしは遺伝的に繋がりのないこの子たちを産む決心をした（小林泰三）
◇「NOVA—書き下ろし日本SFコレクション 9」河出書房新社 2013 （河出文庫）p161

騒がしい男の謎（太田忠司）
◇「ミステリ★オールスターズ」角川書店 2010 p323
◇「ミステリ・オールスターズ」角川書店 2012 （角川文庫）p373

さわがしい兜器（矢島麟太郎）
◇「本格推理 11」光文社 1997 （光文社文庫）p167

騒がしい波（武蔵野次郎）
◇「水の怪」勉誠出版 2003 （べんせいライブラリー）p91

騒がしい密室（竹本健治）
◇「本格ミステリ 2005」講談社 2005 （講談社ノベルス）p93
◇「大きな棺の小さな鍵—本格短編ベスト・セレクション」講談社 2009 （講談社文庫）p133

澤木梢君—澤木四方吉追悼（小泉信三）
◇「創刊一〇〇年三田文学名作選」三田文学会 2010 p695

騒ぐ刀【国広】（宮部みゆき）
◇「刀剣—歴史時代小説名作アンソロジー」中央公論新社 2016 （中公文庫）p259

詐話師（坂元宣博）
◇「ショートショートの広場 14」講談社 2003 （講談社文庫）p70

サワジータの部屋（永島かりん）
◇「むすぶ—第11回フェリシモ文学賞作品集」フェリシモ 2008 p40

澤のいらら草に寄せて（任淳得）
◇「近代朝鮮文学日本語作品集1908〜1945 セレクション 3」緑蔭書房 2008 p215

沢の文化（後藤嘉一）
◇「山形県文学全集第2期〔随筆・紀行編〕 6」郷土出版社 2005 p92

沢登り（松谷健二）
◇「山形県文学全集第2期〔随筆・紀行編〕 6」郷土出版社 2005 p62

沢村田之助曙草紙（岡本起泉）
◇「新日本古典文学大系 明治編 9」岩波書店 2010 p369

爽やかな目覚め（藏内成実）
◇「ショートショートの広場 10」講談社 2000 （講談社文庫）p20

さわらないで（塔和子）
◇「ハンセン病文学全集 7」皓星社 2004 p510

さ蕨（山本昌代）
◇「現代秀作集」角川書店 1999 （女性作家シリーズ）p561

触るな（つくね乱蔵）
◇「恐怖箱 遺伝記」竹書房 2008 （竹書房文庫）p74

さはるもののみな毛生える病（寺山修司）

◇「ちくま日本文学 6」筑摩書房 2007（ちくま文庫）p428

3（本田モカ）
◇「超短編の世界 vol.2」創英社 2009 p96

參（浅暮三文）
◇「蒐集家（コレクター）」光文社 2004（光文社文庫）p323

山庵雑記（北村透谷）
◇「明治の文学 16」筑摩書房 2002 p405

「三・一」（李正子）
◇「〈在日〉文学全集 17」勉誠出版 2006 p244

産医、無医村区に向かう（谷甲州）
◇「逆想コンチェルト——イラスト先行・競作小説アンソロジー 奏の2」徳間書店 2010 p108

残影（水野一雄）
◇「ハンセン病に咲いた花——初期文芸名作選 戦後編」皓星社 2002（ハンセン病叢書）p280

讚映會を××するまで——朝鮮映画人の暴力結社事件の真相（金形容）
◇「近代朝鮮文学日本語作品集1908〜1945 セレクション 6」緑蔭書房 2008 p199

三猿ゲーム（矢野龍王）
◇「ミステリ魂。校歌斉唱！」講談社 2010（講談社ノベルス）p231

山河（中村苑子）
◇「魍魎魍魎列島_ 小学館 2005（小学館文庫）p23

山河（楊雲萍）
◇「日本統治期台湾文学集成 18」緑蔭書房 2003 p511

讚歌（真帆沁）
◇「ゆきのまち幻想文学賞小品集 19」企画集団ぷりずむ 2010 p49

讚歌（吉岡実）
◇「新装版 全集現代文学の発見 13」學藝書林 2004 p470

斬華（戸山路夫）
◇「全作家短編小説集 8」全作家協会 2009 p16

残花（野993慎一）
◇「全作家短編小説集 6」全作家協会 2007 p72

山河あり（抄）（石井柏亭）
◇「山形県文学全集第2期（随筆・紀行編）2」郷土出版社 2005 p336

三階特別室（篠田真由美）
◇「グランドホテル」廣済堂出版 1999（廣済堂文庫）p61
◇「時の輪廻」リブリオ出版 2001（怪奇・ホラーワールド）p39

三階に止まる（石持浅海）
◇「NOVA——書き下ろし日本SFコレクション 5」河出書房新社 2011（河出文庫）p167
◇「ザ・ベストミステリーズ——推理小説年鑑 2012」講談社 2012 p37
◇「Question謎解きの最高峰」講談社 2015（講談社文庫）p67

三界の家（林京子）
◇「三枝和子・林京子・富岡多惠子」角川書店 1999

（女性作家シリーズ）p211
◇「川端康成文学賞全作品 1」新潮社 1999 p263

三階の家（室生犀星）
◇「文豪怪談傑作選 室生犀星集」筑摩書房 2008（ちくま文庫）p243

残骸の夜（小河畑愛）
◇「太宰治賞 2004」筑摩書房 2004 p203

山海民（菊地秀行）
◇「THE FUTURE IS JAPANESE」早川書房 2012（ハヤカワSFシリーズJコレクション）p227

三角洲（椎名誠）
◇「日本SF・名作集成 3」リブリオ出版 2005 p91

算学武士道（小野寺公二）
◇「星明かり夢街道」光風社出版 2000（光風社文庫）p205

三角屋敷の怪（霜島ケイ）
◇「文藝百物語」ぶんか社 1997 p58

三角山の印象（吉田三郎）
◇「山形県文学全集第2期（随筆・紀行編）6」郷土出版社 2005 p183

三ヵ月コース（坂元宣博）
◇「ショートショートの広場 11」講談社 2000（講談社文庫）p177

三月来たる（嬉野泉）
◇「宇宙塵傑作選——日本SFの軌跡 1」出版芸術社 1997 p207

三月三十日 故の二月十三日なり 先室国島女教師の大祥忌に児泰を拉して往きて墓に哭す（森春濤）
◇「新日本古典文学大系 明治編 2」岩波書店 2004 p62

三月十三日午前二時（大坪砂男）
◇「甦る名探偵——探偵小説アンソロジー」光文社 2014（光文社文庫）p191

三月十三日の夜（今江祥智）
◇「100万分の1回のねこ」講談社 2015 p145

三月一日のために（白鐵）
◇「近代朝鮮文学日本語作品集1908〜1945 セレクション 4」緑蔭書房 2008 p249

三月のアンニュイ（黒木謳子）
◇「日本統治期台湾文学集成 18」緑蔭書房 2003 p416

三月の5日間（岡田利規）
◇「コレクション戦争と文学 4」集英社 2011 p207

三月の兎（藤堂志津子）
◇「偽りの愛」リブリオ出版 2001（ラブミーワールド）p221
◇「恋愛小説・名作集成 1」リブリオ出版 2004 p221

三月の風花（古川時夫）
◇「ハンセン病文学全集 7」皓星社 2004 p359

三月の毛糸（川上未映子）
◇「それでも三月は、また」講談社 2012 p79
◇「日本文学全集 28」河出書房新社 2017 p473

さんか

三月の詩（黒木謳子）
◇「日本統治期台湾文学集成 18」緑蔭書房 2003 p443

三月の詩壇（合評）（朱耀翰, 豊太郎, 泰雄, 福督, 梨雨公, X）
◇「近代朝鮮文学日本語作品集1908〜1945 セレクション 5」緑蔭書房 2008 p9

三月の詩壇鳥瞰（耀翰）
◇「近代朝鮮文学日本語作品集1908〜1945 セレクション 5」緑蔭書房 2008 p45

三月の第四日曜（宮本百合子）
◇「日本文学100年の名作 3」新潮社 2014 （新潮文庫）p391
◇「アンソロジー・プロレタリア文学 3」森話社 2015 p122

サンガツビヨリ（矢吹みさ）
◇「ファン」主婦と生活社 2009 （Junon novels）p121

山家日記（李光洙）
◇「近代朝鮮文学日本語作品集1939〜1945 評論・随筆篇 3」緑蔭書房 2002 p459

山窩の恋（国枝史郎）
◇「サンカの民を追って―山窩小説傑作選」河出書房新社 2015 （河出文庫）p124

傘下の花（彩瀬まる）
◇「あのころの、」実業之日本社 2012 （実業之日本社文庫）p173

山窩の夢（堺利彦）
◇「サンカの民を追って―山窩小説傑作選」河出書房新社 2015 （河出文庫）p49

斬奸刀（安部龍太郎）
◇「龍馬の天命―坂本龍馬名手の八篇」実業之日本社 2010 p63

山間の名花（中島湘煙）
◇「「新編」日本女性文学全集 1」菁柿堂 2007 p107

参観日の作戦（柚木崎寿久）
◇「ショートショートの花束 1」講談社 2009 （講談社文庫）p244

残菊（広津柳浪）
◇「明治の文学 7」筑摩書房 2001 p3

参議の愛妾（佐木隆三）
◇「歴史の息吹」新潮社 1997 p207

惨虐絵に心血を注ぐ勝川春章（神保朋世）
◇「怪奇・伝奇時代小説選集 7」春陽堂書店 2000 （春陽文庫）p175

残虐への郷愁（江戸川乱歩）
◇「リテラリーゴシック・イン・ジャパン―文学的ゴシック作品選」筑摩書房 2014 （ちくま文庫）p45

山居（萩原朔太郎）
◇「ちくま日本文学 36」筑摩書房 2009 （ちくま文庫）p67

惨俠（生島治郎）
◇「鬼火が呼んでいる―時代小説傑作選」講談社 1997 （講談社文庫）p7

三京印象記（李光洙）

◇「近代朝鮮文学日本語作品集1908〜1945 セレクション 3」緑蔭書房 2008 p451

山行するもの（神保光太郎）
◇「「日本浪曼派」集」新学社 2007 （新学社近代浪漫派文庫）p52

山峡の石橋（伊藤輝文）
◇「ハンセン病文学全集 8」皓星社 2006 p381

山峡の逃亡者（中津文彦）
◇「湯の街殺人旅情―日本ミステリー紀行」青樹社 2000 （青樹社文庫）p41

残業バケーション（柚木麻子）
◇「運命の人はどこですか？」祥伝社 2013 （祥伝社文庫）p263

残響ばよえ〜ん（詠坂雄二）
◇「ザ・ベストミステリーズ―推理小説年鑑 2012」講談社 2012 p303
◇「Junction運命の分岐点」講談社 2015 （講談社文庫）p239

ざんぎり（山手樹一郎）
◇「武士道残月抄」光文社 2011 （光文社文庫）p121

残金ゼロ（こころ耕作）
◇「ショートショートの広場 13」講談社 2002 （講談社文庫）p11

サンクトペテルブルクの絵画守護官（木村千尋）
◇「ゆきのまち幻想文学賞小品集 25」企画集団ぷりずむ 2015 p115

サングラス（三木裕）
◇「ショートショートの広場 11」講談社 2000 （講談社文庫）p73

山月忌（篠田節子）
◇「輝きの一瞬―短くて心に残る30編」講談社 1999 （講談社文庫）p253

山月記（中島敦）
◇「変身のロマン」学習研究社 2003 （学研M文庫）p119
◇「見上げれば星は天に満ちて―心に残る物語―日本文学秀作選」文藝春秋 2005 （文春文庫）p155
◇「月のものがたり」ソフトバンククリエイティブ 2006 p88
◇「作品で読む20世紀の日本文学」白地社 （発売）2008 p57
◇「ちくま日本文学 12」筑摩書房 2008 （ちくま文庫）p29
◇「二時間目国語」宝島社 2008 （宝島社文庫）p136
◇「百年小説」ポプラ社 2008 p1283
◇「文豪さんへ。」メディアファクトリー 2009 （MF文庫）p75
◇「変身ものがたり」筑摩書房 2010 （ちくま文学の森）p179
◇「冒険の森へ―傑作小説大全 1」集英社 2016 p20

『散華』について（井上光晴）
◇「戦後文学エッセイ選 13」影書房 2008 p168

懺悔の涙（一）（南宮璧）
◇「近代朝鮮文学日本語作品集1908〜1945 セレクショ

ン 4」緑蔭書房 2008 p53

懺悔の涙（二）（南宮璧）
　◇「近代朝鮮文学日本語作品集1908〜1945 セレクショ
　　ン 4」緑蔭書房 2008 p54

ざんげの値打ちもない（水谷俊之）
　◇「歌謡曲だよ、人生は─映画監督短編集」メディ
　　アファクトリー 2007 p265

三原色（三島由紀夫）
　◇「ちくま日本文学 10」筑摩書房 2008 （ちくま文
　　庫）p206

残稿（呉林俊）
　◇「〈在日〉文学全集 17」勉誠出版 2006 p127

残稿として（呉林俊）
　◇「〈在日〉文学全集 17」勉誠出版 2006 p115

三光日月星（正岡子規）
　◇「新日本古典文学大系 明治編 27」岩波書店 2003
　　p231

残光に向かって（越一人）
　◇「ハンセン病文学全集 7」皓星社 2004 p340

残酷な旅路（山村美紗）
　◇「謀」文藝春秋 2003 （推理作家になりたくて マ
　　イベストミステリー）p209
　◇「マイ・ベスト・ミステリー 4」文藝春秋 2007
　　（文春文庫）p321

残酷な力に抗うために（三浦しをん）
　◇「凶鳥の黒影─中井英夫へ捧げるオマージュ」河
　　出書房新社 2004 p259

残酷な夕日（結城昌治）
　◇「男たちのら・ら・ば・い」徳間書店 1999 （徳間
　　文庫）p495

残骨蒐集作業（小林弘明）
　◇「ハンセン病文学全集 7」皓星社 2004 p198

3コデ5ドル（越谷オサム）
　◇「最後の恋MEN'S─つまり、自分史上最高の恋。」
　　新潮社 2012 （新潮文庫）p63

サンザシの実（向井成子）
　◇「日本海文学大賞─大賞作品集 3」日本海文学大
　　賞運営委員会 2007 p419

三冊の本と三人の人物（埴谷雄高）
　◇「戦後文学エッセイ選 1」影書房 2005 p25

三冊百円（上村佑）
　◇「5分で読める！ ひと駅ストーリー 本の物語」宝
　　島社 2014 （宝島社文庫）p189

333のテッペン（佐藤友哉）
　◇「Story Seller」新潮社 2009 （新潮文庫）p351

惨死（笹沢左保）
　◇「偉人八傑推理帖─名探偵時代小説」双葉社 2004
　　（双葉文庫）p39

三次会まで（中井紀夫）
　◇「屍者の行進」廣済堂出版 1998 （廣済堂文庫）
　　p171

「三次元設計図」（李箱）
　◇「〈外地〉の日本語文学選 3」新宿書房 1996 p90

三次角設計圖（金海卿）
　◇「近代朝鮮文学日本語作品集1908〜1945 セレクショ

ン 4」緑蔭書房 2008 p283

三時間目のまどか（古橋秀之）
　◇「不思議の扉 午後の教室」角川書店 2011 （角川
　　文庫）p15

三字熟語（野田充男）
　◇「ショートショートの広場 19」講談社 2007 （講
　　談社文庫）p82

暫日の命（大河内常平）
　◇「探偵くらぶ─探偵小説傑作選1946〜1958 上」光
　　文社 1997 （カッパ・ノベルス）p43

三姉妹（金蒼生）
　◇「〈在日〉文学全集 10」勉誠出版 2006 p365

三尸虫（佐々木ゆう）
　◇「闇電話」光文社 2006 （光文社文庫）p445

三尺角（泉鏡花）
　◇「ちくま日本文学 11」筑摩書房 2008 （ちくま文
　　庫）p63

三尺角（さんじゃくかく）・木精（こだま）（泉鏡花）
　◇「新日本古典文学大系 明治編 20」岩波書店 2002
　　p279

傘寿（井上真佐夫）
　◇「ハンセン病文学全集 8」皓星社 2006 p497

三十九番（誉田哲也）
　◇「痛み」双葉社 2012 p153
　◇「警官の貌」双葉社 2014 （双葉文庫）p55

三十三時間（伴野朗）
　◇「冒険の森へ─傑作小説大全 9」集英社 2016
　　p365

三十三の死（素木しづ）
　◇「短編 女性文学 近代 続」おうふう 2002 p55

三〇年遅れの結婚指輪です＞杉山きみ子（杉山
　良雄）
　◇「日本人の手紙 6」リブリオ出版 2004 p206

三州バスセンターで（つきだまさし）
　◇「ハンセン病文学全集 7」皓星社 2004 p170

三十八度線の夜（藤原てい）
　◇「コレクション戦争と文学 9」集英社 2012 p347

38階の黄泉の国（篠田節子）
　◇「妖美─女流ミステリー傑作選」徳間書店 1999
　　（徳間文庫）p93
　◇「短編復活」集英社 2002 （集英社文庫）p191

三十ふり袖（山本周五郎）
　◇「極め付き時代小説選 2」中央公論新社 2004
　　（中公文庫）p303

三州無宿・疾風の理吉（青山光二）
　◇「血しぶき街道」光風社出版 1998 （光風社文庫）
　　p117

三十余戦、無敗の男─仙台藩鴉組 細谷十太夫
　（聖龍人）
　◇「幕末スパイ戦争」徳間書店 2015 （徳間文庫）
　　p321

三十六人の乗客（有馬頼義）
　◇「死を招く乗客─ミステリーアンソロジー」有楽
　　出版社 2015 （JOY NOVELS）p69

三十六湾集（森春濤）

さんし

◇「新日本古典文学大系 明治編 2」岩波書店 2004
p3

山茱萸の花（青木伸一）
◇「ハンセン病文学全集 8」皓星社 2006 p356

蚕女（川端康成）
◇「文豪怪談傑作選 川端康成集」筑摩書房 2006
（ちくま文庫）p340

残照（織田卓之）
◇「北日本文学賞入賞作品集 2」北日本新聞社 2002
p139

残照（坂井新一）
◇「ハンセン病文学全集 6」皓星社 2003 p15

山椒魚（井伏鱒二）
◇「早稲田作家処女作集」講談社 2012（講談社文芸
文庫）p180

山椒魚（松本清張）
◇「江戸夢日和」学習研究社 2004（学研M文庫）
p169

山椒魚（さんせううを）（中島敦）
◇「ちくま日本文学 12」筑摩書房 2008（ちくま文
庫）p441

「山椒魚」について（井伏鱒二）
◇「早稲田作家処女作集」講談社 2012（講談社文芸
文庫）p190

三条河原町の遭遇（古川薫）
◇「野辺に朽ちぬとも―吉田松陰と松下村塾の男た
ち」集英社 2015（集英社文庫）p143

山椒大夫（森鷗外）
◇「京都府文学全集第1期（小説編）1」郷土出版社
2005 p164
◇「ちくま日本文学 17」筑摩書房 2008（ちくま文
庫）p247

参上!!ミットタマン（しりあがり寿）
◇「十年後のこと」河出書房新社 2016 p111

散所の梅（野村尚吾）
◇「八百八町春爛漫」光風社出版 1998（光風社文
庫）p259

三四郎（夏目漱石）
◇「明治の文学 21」筑摩書房 2000 p3
◇「日本文学全集 13」河出書房新社 2015 p71

三四郎〈抄〉（夏目漱石）
◇「富士山」角川書店 2013（角川文庫）p37

三四郎（抄録）（夏目漱石）
◇「読んでおきたい近代日本小説選」龍書房 2012
p80

三四郎と東京と富士山〈抄〉（丸谷才一）
◇「富士山」角川書店 2013（角川文庫）p57

残心（新熊昇）
◇「てのひら怪談―ビーケーワン怪談大賞傑作選 百
怪繚乱篇」ポプラ社 2008 p200

山水小記（抄）（田山花袋）
◇「山形県文学全集第2期（随筆・紀行編）1」郷土出版
社 2005 p216

算数の呪い（清水義範）
◇「短篇ベストコレクション―現代の小説 2001」徳

間書店 2001（徳間文庫）p5

三途河の婆（柳田國男）
◇「文豪怪談傑作選 柳田國男集」筑摩書房 2007
（ちくま文庫）p229

三介の面（長谷川伸）
◇「怪奇・伝奇時代小説選集 10」春陽堂書店 2000
（春陽堂）p150

三途の川亡者殺人事件（宮里政充）
◇「全作家短編小説集 12」全作家協会 2013 p87

さんずん（神坂次郎）
◇「七人の龍馬―傑作時代小説」PHP研究所 2010
（PHP文庫）p177

三寸ノ喜び（みかみちひろ）
◇「ひらく―第15回フェリシモ文学賞」フェリシモ
2012 p80

参星（加藤郁乎）
◇「新装版 全集現代文学の発見 13」學藝書林 2004
p617

「三千軍兵」の墓（小田実）
◇「コレクション戦争と文学 19」集英社 2011 p728

三千世界に梅の花（富岡多惠子）
◇「京都府文学全集第1期（小説編）6」郷土出版社
2005 p57

山川草木（呂赫若）
◇「日本統治期台湾文学集成 5」緑蔭書房 2002
p359

三センチ（松村進吉）
◇「男たちの怪談百物語」メディアファクトリー
2012（〔幽BOOKS〕）p247

三センチ四方の絆（池永陽）
◇「短篇ベストコレクション―現代の小説 2004」徳
間書店 2004（徳間文庫）p511

三千里（抄）（河東碧梧桐）
◇「山形県文学全集第2期（随筆・紀行編）1」郷土出版
社 2005 p123

山草（野上彌生子）
◇「精選女性随筆集 10」文藝春秋 2012 p142

残像（北方謙三）
◇「男たちの長い旅」徳間書店 2004（TOKUMA
NOVELS）p315

残像（森田功）
◇「北日本文学賞入賞作品集 2」北日本新聞社 2002
p55

山荘へ向かう道（舘澤亜紀）
◇「ゆきのまち幻想文学賞小品集 21」企画集団ぷり
ずむ 2012 p74

山賊和尚（喜安幸夫）
◇「代表作時代小説 平成13年度」光風社出版 2001
p305

残存者（川上宗薫）
◇「コレクション戦争と文学 19」集英社 2011 p281

山村に生きる（豊永青日）
◇「日本統治期台湾文学集成 10」緑蔭書房 2003
p127

山村風景―シナリオ風（崔秉一）

◇「近代朝鮮文学日本語作品集1939～1945 創作篇 5」緑蔭書房 2001 p359

三大欲求―無修正版（浦賀和宏）
◇「ミステリ魂。校歌斉唱！」講談社 2010（講談社ノベルス）p159

サンタが田原にやってきた！（佃典彦）
◇「『やるキッズあいち劇場』脚本集 平成20年度」愛知県環境調査センター 2009 p71

サンタクロースの足跡（葉月馨）
◇「本格推理 10」光文社 1997（光文社文庫）p347

サンタクロースのせいにしよう（若竹七海）
◇「殺人前線北上中」講談社 1997（講談社文庫）p189

『サンタクロースの冬』事件裁判の結果報告―季報ジャパンリーガル『兎コラム』より抜粋（おかもと（仮））
◇「5分で読める！ ひと駅ストーリー 冬の記憶東口編」宝島社 2013（宝島社文庫）p91

サンタとオオタの夜（宇木聡史）
◇「5分で読める！ ひと駅ストーリー 冬の記憶東口編」宝島社 2013（宝島社文庫）p161

サンタとサタン（雪流一）
◇「探偵Xからの挑戦状！」小学館 2009（小学館文庫）p 115, 311

サンタのおくりもの（萌清香）
◇「ゆきのまち幻想文学賞小品集 18」企画集団ぶりずむ 2009 p_1189

さんたんたる鮫鰈―へんな運命が私をみつめている（村野四郎）
◇「新装版 全集現代文学の発見 13」學藝書林 2004 p246

山頂の火（岡本潤）
◇「新装版 全集現代文学の発見 1」學藝書林 2002 p285

サンチョ・パンサの帰郷（石原吉郎）
◇「新装版 全集現代文学の発見 13」學藝書林 2004 p405

三通の短い手紙（大谷羊太郎）
◇「自選ショート・ミステリー」講談社 2001（講談社文庫）p102

三通の遺言（夏樹静子）
◇「最新『珠玉推理』大全 上」光文社 1998（カッパ・ノベルス）p294

サンデー・セレナーデ（トロチェフ, コンスタンチン）
◇「ハンセン病文学全集 7」皓星社 2004 p520

三鉄活人剣（塚本悟）
◇「さきがけ文学賞選集 4」秋田魁新報社 2016（さきがけ文庫）p201

山頭火と鰻（高橋治）
◇「うなぎ―人情小説集」筑摩書房 2016（ちくま文庫）p41

山頭火と酒田（田村寛三）
◇「山形県文学全集第2期（随筆・紀行編）6」郷土出版社 2005 p211

山東京伝（内田百閒）
◇「ちくま日本文学 1」筑摩書房 2007（ちくま文庫）p18

三等船客（前田河廣一郎）
◇「新装版 全集現代文学の発見 1」學藝書林 2002 p341

山東の瓜子姫（金関丈夫）
◇「日本統治期台湾文学集成 17」緑蔭書房 2003 p153

山童の風（吉井惠璃子）
◇「南から―南日本文学大賞入賞作品集」南日本新聞社 2001 p139

三等の幽霊（早瀬れい）
◇「幽霊船」光文社 2001（光文社文庫）p203

三度殺された女（南條範夫）
◇「闇の旋風」徳間書店 2000（徳間文庫）p305

三度の恋（畠山拓）
◇「全作家短編小説集 11」全作家協会 2012 p131

三度目の顔（村上元三）
◇「しのぶ雨江戸恋慕―新鷹会・傑作時代小説選」光文社 2016（光文社文庫）p75

三度目の話（伊藤整）
◇「短編名作選―1925-1949 文士たちの時代」笠間書院 1999 p279

さんどりよんの唾（日影丈吉）
◇「新編・日本幻想文学集成 1」国書刊行会 2016 p689

三人（田中啓文）
◇「宇宙生物ゾーン」廣済堂出版 2000（廣済堂文庫）p259

三人のウルトラ・マダム（中村正常）
◇「名短篇ほりだしもの」筑摩書房 2011（ちくま文庫）p89

三人の女の物語（光原百合）
◇「毒殺協奏曲」原書房 2016 p335

三人の雀鬼（清水義範）
◇「牌がささやく―麻雀小説傑作選」徳間書店 2002（徳間文庫）p33

三人の食卓（浦野奈央子）
◇「お母さんのなみだ」泰文堂 2016（リンダパブリッシャーズの本）p234

三人の日記（竹村猛児）
◇「幻の探偵雑誌 10」光文社 2002（光文社文庫）p401

三人の剥製（北原尚彦）
◇「バカミスじゃない!?―史上空前のバカミス・アンソロジー」宝島社 2007 p89
◇「天地驚愕のミステリー」宝島社 2009（宝島社文庫）p41

三人の女神の問題（法月綸太郎）
◇「凍れる女神の秘密」講談社 2014（講談社文庫）p11

三人の容疑者（佐野洋）
◇「江戸川乱歩の推理試験」光文社 2009（光文社文庫）p47

三人の留守居役（松本清張）

さんに

◇「江戸なごり雨」学研パブリッシング 2013（学研 M文庫）p209

三人目（篠田節子）
◇「文藝百物語」ぶんか社 1997 p103

三人やもめ（北田薄氷）
◇「〔新編〕日本女性文学全集 2」菁柿堂 2008 p284

三年越の因縁事（作者表記なし）
◇「文豪怪談傑作選 特別編」筑摩書房 2009（ちくま文庫）p13

三年後の俺（七瀬ざくろ）
◇「ショートショートの広場 20」講談社 2008（講談社文庫）p120

三年目（乃南アサ）
◇「恋物語」朝日新聞社 1998 p154

山王死人祭（村上元三）
◇「傑作捕物ワールド 3」リブリオ出版 2002 p119

三の西（久保田万太郎）
◇「日本文学全集 27」河出書房新社 2017 p399

×××さんの場合（柴村仁）
◇「19（ナインティーン）」アスキー・メディアワークス 2010（メディアワークス文庫）p99

三ノ宮炎上（井上靖）
◇「コレクション戦争と文学 15」集英社 2012 p634

惨敗（松本しづか）
◇「回転ドアから」全作家協会 2015（全作家短編集）p211

三泊四日のサマーツアー（椰月美智子）
◇「ひとなつの。―真夏に読みたい五つの物語」KADOKAWA 2014（角川文庫）p83

桟橋（稲葉真弓）
◇「日本文学全集 28」河出書房新社 2017 p351

桟橋（森鷗外）
◇「明治の文学 14」筑摩書房 2000 p193

三八（ウルエミコ）
◇「ショートショートの花束 2」講談社 2010（講談社文庫）p210

サンパルソン（李正子）
◇「〈在日〉文学全集 17」勉誠出版 2006 p242

三番館の蒼蠅（光石介太郎）
◇「甦る「幻影城」 2」角川書店 1997（カドカワ・エンタテインメント）p75

三番勝負 片車〈鬼麿斬人剣〉（隆慶一郎）
◇「信州歴史時代小説傑作選 3」しなのき書房 2007 p103

3番線ホームの少女（畑山博）
◇「悪夢の最終列車―鉄道ミステリー傑作選」光文社 1997（光文社文庫）p281

残飯屋（松原岩五郎）
◇「新日本古典文学大系 明治編 30」岩波書店 2009 p247

三匹の猫（F十五）
◇「ショートショートの広場 16」講談社 2005（講談社文庫）p175

三百五十万年後の世界頑是ない、約束.後編（橋てつと）

全作家短編小説集 7「全作家協会 2008 p179

三百代言（痩々亭骨皮道人）
◇「新日本古典文学大系 明治編 29」岩波書店 2005 p233

300Hzの交信（白縫いさや）
◇「超短編の世界 vol.3」創英社 2011 p152

山腹の…（朱耀翰）
◇「近代朝鮮文学日本語作品集1908～1945 セレクション 6」緑蔭書房 2008 p69

桑港にて（植松三十里）
◇「代表作時代小説 平成16年度」光風社出版 2004 p7

桑方斯西哥（サンフランシスコ）**ノ記上**（久米邦武）
◇「新日本古典文学大系 明治編 5」岩波書店 2009 p54

桑方斯西哥（サンフランシスコ）**ノ記下**（久米邦武）
◇「新日本古典文学大系 明治編 5」岩波書店 2009 p67

サンフランシスコの晩餐会（古川薫）
◇「変事異聞」小学館 2007（小学館文庫）p39

三分間コマーシャル メダカが出てきてこんにちは！（林麻美子）
◇「小学校・全員参加の楽しい学級劇・学年劇脚本集 低学年」黎明書房 2007 p204

3分間で小説を書く方法（レオン, アン）
◇「ショートショートの花束 3」講談社 2011（講談社文庫）p140

三文豪俳句抄（泉鏡花、徳田秋聲、室生犀星）
◇「金沢三文豪文庫」金沢文化振興財団 2009 p67
◇「金沢三文豪文庫 いきもの編」金沢文化振興財団 2010 p83
◇「金沢三文豪文庫 たべもの編」金沢文化振興財団 2011 p87

散文について―小説美論序説（光岡良二）
◇「ハンセン病文学全集 5」皓星社 2010 p23

3分の1（西村宏）
◇「ショートショートの広場 10」講談社 2000（講談社文庫）p255

三別抄耽羅戦記（金重明）
◇「代表作時代小説 平成19年度」光文社 2007 p83

さんぽ（粟根のりこ）
◇「てのひら怪談―ビーケーワン怪談大賞傑作選」ポプラ社 2007 p132
◇「てのひら怪談―ビーケーワン怪談大賞傑作選」ポプラ社 2008（ポプラ文庫）p136

さんぽ（黒木謳子）
◇「日本統治期台湾文学集成 18」緑蔭書房 2003 p477

山房哀歌（黒木謳子）
◇「日本統治期台湾文学集成 18」緑蔭書房 2003 p435
◇「日本統治期台湾文学集成 18」緑蔭書房 2003 p437

三方一両得（八島徹）
◇「ショートショートの広場 19」講談社 2007（講談社文庫）p232

山房の朝（黒木謳子）
◇「日本統治期台湾文学集成 18」緑蔭書房 2003 p468

山房の正月（黒木謳子）
◇「日本統治期台湾文学集成 18」緑蔭書房 2003 p438

サンホセ野戦病院（大岡昇平）
◇「日本文学全集 18」河出書房新社 2016 p256

散歩途中で（立原透耶）
◇「女たちの怪談百物語」メディアファクトリー 2010〔幽books〕p228
◇「女たちの怪談百物語」KADOKAWA 2014（角川ホラー文庫）p232

散歩にうってつけの夕べ（散葉）
◇「てのひら怪談―ビーケーワン怪談大賞傑作選 2」ポプラ社 2007 p112

散歩の途中で（坂本誠）
◇「ショートショートの広場 10」講談社 2000（講談社文庫）p113

散歩前（稲垣足穂）
◇「ちくま日本文学 16」筑摩書房 2008（ちくま文庫）p43

散歩道から（藤田三四郎）
◇「ハンセン病文学全集 7」皓星社 2004 p402

散歩者（上林暁）
◇「百年小説」ポプラ社 2008 p1093

三本の弦（小西保明）
◇「ゆきのまち幻想文学賞小品集 18」企画集団ぷりずむ 2009 p134

三本指の男（久世光彦）
◇「情けがからむ朱房の十手―傑作時代小説」PHP研究所 2009（PHP文庫）p225

山魔（森村誠一）
◇「M列車（ミステリートレイン）で行こう」光文社 2001（カッパ・ノベルス）p337

三枚のおふだ（稲田和子, 筒井悦子）
◇「朗読劇台本集 5」玉川大学出版部 2002 p137

秋刀魚を焼く（国満静志）
◇「ハンセン病文学全集 7」皓星社 2004 p396

斬また斬（多岐川恭）
◇「落日の兜刃―時代アンソロジー」祥伝社 1998（ノン・ポシェット）p51

秋刀魚の歌（佐藤春夫）
◇「日本文学全集 29」河出書房新社 2016 p26

さんま焼く（平岩弓枝）
◇「慕情深川しぐれ」光風社出版 1998（光風社文庫）p353
◇「江戸宵闇しぐれ」学習研究社 2005（学研M文庫）p69

山脈（許南麒）
◇「〈在日〉文学全集 2」勉誠出版 2006 p137

山脈詩集（許南麒）
◇「〈在日〉文学全集 2」勉誠出版 2006 p129

残夢三昧（内田百閒）
◇「文豪怪談傑作選 大正篇」筑摩書房 2011（ちくま文庫）p96

山ン本五郎左衛門（さんもとごろざえもん）只今退散仕る（稲垣足穂）
◇「ちくま日本文学 16」筑摩書房 2008（ちくま文庫）p265

山ン本五郎左衛門只今退散仕る（稲垣足穂）
◇「日本怪奇小説傑作集 3」東京創元社 2005（創元推理文庫）p85
◇「とっておきの話」筑摩書房 2011（ちくま文学の森）p171

三遊亭円朝伝（信夫恕軒）
◇「新日本古典文学大系 明治編 2」岩波書店 2004 p306

山妖海異（佐藤春夫）
◇「魑魅魍魎列島」小学館 2005（小学館文庫）p179

山陽自動車道殺人事件（夏樹静子）
◇「煌めきの殺意」徳間書店 1999（徳間文庫）p495

山陽新幹線殺人事件（夏樹静子）
◇「葬送列車―鉄道ミステリー名作館」徳間書店 2004（徳間文庫）p5

山陽線車中より（李光洙）
◇「近代朝鮮文学日本語作品集1901～1938 評論・随筆篇 2」緑蔭書房 2004 p181

三葉虫（黒埜形）
◇「ショートショートの花束 8」講談社 2016（講談社文庫）p68

散乱する虹（鈴木智之）
◇「太宰治賞 2002」筑摩書房 2002 p119

三稜鏡（笠松博士の奇怪な外科医術）（佐左木俊郎）
◇「幻の探偵雑誌 10」光文社 2002（光文社文庫）p277

サンルーム（新津きよみ）
◇「エロティシズム12幻想」エニックス 2000 p135

サンルームの風（甲斐八郎）
◇「ハンセン病文学全集 8」皓星社 2006 p334

参列者（黒木あるじ）
◇「男たちの怪談百物語」メディアファクトリー 2012〔幽BOOKS〕p110

3割7分8厘（メイルマン）
◇「超短編傑作選 v.6」創英社 2007 p99

【し】

師（塔和子）
◇「ハンセン病文学全集 7」皓星社 2004 p389

死（北杜夫）
◇「戦後短篇小説選―『世界』1946–1999 4」岩波書店 2000 p3

死（白洲正子）

し

◇「精選女性随筆集 7」文藝春秋 2012 p147

死（塔和子）
　◇「ハンセン病文学全集 7」皓星社 2004 p82

死（萩原朔太郎）
　◇「ちくま日本文学 36」筑摩書房 2009（ちくま文庫）p76

詩（明石海人）
　◇「ハンセン病文学全集 7」皓星社 2004 p447

詩（芥川龍之介）
　◇「ちくま日本文学 2」筑摩書房 2007（ちくま文庫）p452

詩 アカシア島（高良勉）
　◇「コレクション戦争と文学 20」集英社 2012 p216

字余りの和歌俳句（正岡子規）
　◇「明治の文学 20」筑摩書房 2001 p250

詩 アメリカ政府は核兵器を使用する（藤井貞和）
　◇「コレクション戦争と文学 4」集英社 2011 p271

しあわせ恐怖症（西方まぁき）
　◇「ショートショートの花束 6」講談社 2014（講談社文庫）p147

幸福（しあわせ）芝居（渡辺茂）
　◇「中学校たのしい劇脚本集—英語劇付 Ⅰ」国土社 2010 p9

シアワセ測定器（藤川葉）
　◇「ショートショートの花束 3」講談社 2011（講談社文庫）p273

倖セ ソレトモ不倖セ（入澤康夫）
　◇「新装版 全集現代文学の発見 13」學藝書林 2004 p554

詩集 倖せ それとも不倖せ（入澤康夫）
　◇「新装版 全集現代文学の発見 13」學藝書林 2004 p552

しあわせちらし（小野伊都子）
　◇「万華鏡—第14回フェリシモ文学賞作品集」フェリシモ 2011 p132

幸福通信（阿刀田高）
　◇「電話ミステリー倶楽部—傑作推理小説集」光文社 2016（光文社文庫）p9

倖せな結末（美佳）
　◇「ショートショートの広場 12」講談社 2001（講談社文庫）p158

幸せな死神（小路幸也）
　◇「Happy Box」PHP研究所 2012 p211
　◇「Happy Box」PHP研究所 2015（PHP文芸文庫）p211

幸せな人（野坂律子）
　◇「母のなみだ・ひまわり—愛しき家族を想う短篇小説集」泰文堂 2013（リンダブックス）p81

幸せな病気（古賀牧彦）
　◇「ショートショートの広場 12」講談社 2001（講談社文庫）p76

幸せな風景（美崎理恵）
　◇「少年のなみだ」泰文堂 2014（リンダブックス）p117

幸せにいたる道（秋田みやび）
　◇「集え！ へっぽこ冒険者たち—ソード・ワールド短編集」富士見書房 2002（富士見ファンタジア文庫）p91

幸せになる箱庭（小川一水）
　◇「ぼくの、マシーン—ゼロ年代日本SFベスト集成 S」東京創元社 2010（創元SF文庫）p59

『幸せにね』（矢口慧）
　◇「てのひら怪談—ビーケーワン怪談大賞傑作選 辛卯」ポプラ社 2011（ポプラ文庫）p44

幸せの家（若竹七海）
　◇「宝石ザミステリー 3」光文社 2013 p125

幸せの占い（ハットリミキ）
　◇「ショートショートの花束 6」講談社 2014（講談社文庫）p113

幸せのお手本（近藤史恵）
　◇「捨てる—アンソロジー」文藝春秋 2015 p237

しあわせのしっぽ（谷口雅美）
　◇「恋は、しばらくお休みです。—恋愛短篇小説集」泰文堂 2013（レインブックス）p161

幸せの場所（越谷蘭）
　◇「泣ける！ 北海道」泰文堂 2015（リンダパブリッシャーズの本）p121

幸せの日を早く私にかえして。拉致被害者の訴え（曽我ひとみ）
　◇「日本人の手紙 10」リブリオ出版 2004 p231

しあはせの弁（金子光晴）
　◇「ちくま日本文学 38」筑摩書房 2009（ちくま文庫）p108

幸せの予約（狩生玲子）
　◇「ショートショートの広場 16」講談社 2005（講談社文庫）p89

思案橋の二人（佐江衆一）
　◇「江戸なごり雨」学研パブリッシング 2013（学研M文庫）p133

死纜（萩原恭次郎）
　◇「新装版 全集現代文学の発見 1」學藝書林 2002 p262

自慰（寺山修司）
　◇「ちくま日本文学 6」筑摩書房 2007（ちくま文庫）p41

詩歌を愛せぬ生活（与謝野晶子）
　◇「「新編」日本女性文学全集 4」菁柿堂 2012 p62

詩歌舞踏（正岡子規）
　◇「新日本古典文学大系 明治編 27」岩波書店 2003 p36

屍衣館怪異譚（北原尚彦）
　◇「オバケヤシキ」光文社 2005（光文社文庫）p217

飼育の秘（ますくど）
　◇「5分で読める！ ひと駅ストーリー 夏の記憶東口編」宝島社 2013（宝島社文庫）p171

爺さんの話（入江克季）
　◇「てのひら怪談—ビーケーワン怪談大賞傑作選 辛卯」ポプラ社 2011（ポプラ文庫）p64

しおさ

じいさんばあさん（森鷗外）
◇「ちくま日本文学 17」筑摩書房 2008（ちくま文庫）p206

じいちゃんの秘密（松岡由美）
◇「冷と温―第13回フェリシモ文学賞作品集」フェリシモ 2010 p94

じいちゃんの夢（重光寛子）
◇「現代作家代表作選集 4」肝書房 2013 p61

ジイドのラフカディオ（野間宏）
◇「戦後文学エッセイ選 9」影書房 2008 p9

椎名さんのこと（武田百合子）
◇「精選女性随筆集 5」文藝春秋 2012 p250

椎名麟三氏の死のあとに（武田泰淳）
◇「戦後文学エッセイ選 5」影書房 2006 p212

椎の若葉（葛西善蔵）
◇「読んでおきたい近代日本小説選」龍書房 2012 p190
◇「日本近代短篇小説選 大正篇」岩波書店 2012（岩波文庫）p313

強いられた問い（しまだひとし）
◇「ハンセン病文学全集 5」皓星社 2010 p579

破壊神（シヴァ）の第三の眼（山口海旋風）
◇「外地探偵小説集 南方篇」せらび書房 2010 p27

詩 生ましめんかな―原子爆弾秘話（栗原貞子）
◇「コレクション戦争と文学 19」集英社 2011 p206

詩 浦上へ（山田かん）
◇「コレクション戦争と文学 19」集英社 2011 p275

シェイクスピア詩集十四行詩抄（吉田健一）
◇「日本文学全集 20」河出書房新社 2015 p519

シェイクスピアの翻訳について―または古典について（木下順二）
◇「戦後文学エッセイ選 8」影書房 2005 p85

シェイク・ハーフ（米澤穂信）
◇「本格ミステリ 2006」講談社 2006（講談社ノベルス）p395
◇「珍しい物語のつくり方―本格短編ベスト・セレクション」講談社 2010（講談社文庫）p585

J・サーバーを読んでいた男（浅暮三文）
◇「本格ミステリ 2006」講談社 2006（講談社ノベルス）p261
◇「珍しい物語のつくり方―本格短編ベスト・セレクション」講談社 2010（講談社文庫）p381

J・D・カーの密室犯罪の研究（井上良夫）
◇「幻の探偵雑誌 10」光文社 2002（光文社文庫）p309

Jの利用法（戸梶圭太）
◇「男たちの長い旅」徳間書店 2004（TOKUMA NOVELS）p285

シエスタの牛（金田光司）
◇「ショートショートの花束 8」講談社 2016（講談社文庫）p87

シェックスしてるかい？（永倉萬治）
◇「二十四粒の宝石―超短編小説傑作集」講談社 1998（講談社文庫）p69

ジェネレーション・ギャップ（佐藤利行）

◇「ショートショートの広場 14」講談社 2003（講談社文庫）p132

師への言葉・兄への言葉―内鮮一體を強調する文藝的な告白（1）〜（6）（金龍濟）
◇「近代朝鮮文学日本語作品集1939〜1945 評論・随筆篇 1」緑蔭書房 2002 p51

死への密室（愛川晶）
◇「密室殺人大百科 下」原書房 2000 p13

ジェフ・マールの追想（加賀美雅之）
◇「密室晩餐会」原書房 2011（ミステリー・リーグ）p225

しあやさらさら（梓澤要）
◇「異色歴史短篇傑作大全」講談社 2003 p57

ジェラシー（サトシ）
◇「ショートショートの花束 2」講談社 2010（講談社文庫）p235

ジェリー・フィッシュの夜（谷村志穂）
◇「本当のうそ」講談社 2007 p19

シェンシェ（上野英信）
◇「戦後文学エッセイ選 12」影書房 2006 p114

支援物資（ジャパコミ）
◇「渚にて―あの日からの〈みちのく怪談〉」荒蝦夷 2016 p220

潮合い（柳美里）
◇「いじめの時間」朝日新聞社 1997 p175

死をおそれて―文学を志す人びとへ（島尾敏雄）
◇「戦後文学エッセイ選 10」影書房 2007 p94

詩を書く迄―マチネ・ポエチックのこと（中村眞一郎）
◇「創刊一〇〇年三田文学名作選」三田文学会 2010 p663

鹹加減（幸田露伴）
◇「文人御馳走帖」新潮社 2014（新潮文庫）p41

汐風（香山末子）
◇「ハンセン病文学全集 7」皓星社 2004 p299
◇「〈在日〉文学全集 17」勉誠出版 2006 p87

潮風、長者ケ崎の…（戸四田トシユキ）
◇「全作家短編集 15」のべる出版企画 2016 p125

潮風の呻き（梅本育子）
◇「剣が哭く夜に哭く」光風社出版 2000（光風社文庫）p287

詩 沖縄よどこへ行く（山之口貘）
◇「コレクション戦争と文学 20」集英社 2012 p13

潮騒（崔龍源）
◇「〈在日〉文学全集 18」勉誠出版 2006 p196

潮騒（三浦さんぽ）
◇「てのひら怪談―ビーケーワン怪談大賞傑作選 辛卯」ポプラ社 2011（ポプラ文庫）p90

潮騒（三島由紀夫）
◇「作品で読む20世紀の日本文学」白地社（発売）2008 p83

潮騒の彼方から（三村千鶴）
◇「テレビドラマ代表作選集 2002年版」日本脚本家

しおさ

連盟 2002 p245

潮ざかい（李正子）
　◇「〈在日〉文学全集 17」勉誠出版 2006 p258

潮境（湯浅弘子）
　◇「日本海文学大賞―大賞作品集 2」日本海文学大
　　賞運営委員会 2007 p3

詩 おしっこ（谷川俊太郎）
　◇「コレクション戦争と文学 4」集英社 2011 p150

塩たき（宮本常一）
　◇「ちくま日本文学 22」筑摩書房 2008（ちくま文
　　庫）p356

潮鳴り（徳澄晶）
　◇「日本統治期台湾文学集成 4」緑蔭書房 2002 p73

汐の恋文（葉室麟）
　◇「代表作時代小説 平成25年度」光文社 2013 p83

潮の流れは（中山聖子）
　◇「ゆきのまち幻想文学賞小品集 19」企画集団ぷり
　　ずむ 2010 p15

汐の涙（五味康祐）
　◇「浜町河岸夕化粧」光風社出版 1998（光風社文
　　庫）p127

塩の羊（戸川昌子）
　◇「昭和の短篇一人一冊集成 戸川昌子」未知谷
　　2008 p167

塩の道の証人（黒戸太郎）
　◇「本格推理 12」光文社 1998（光文社文庫）p41

塩原多助旅日記（三遊亭円朝）
　◇「明治の文学 3」筑摩書房 2001 p394

塩原多助の怪談（「芸人談叢」より）（三遊亭円
朝）
　◇「文豪怪談傑作選 特別編」筑摩書房 2008（ちく
　　ま文庫）p106

しおばれん（甲山羊二）
　◇「回転ドアから」全作家協会 2015（全作家短編
　　集）p135

潮干狩り（北野勇作）
　◇「ショートショートの缶詰」キノブックス 2016
　　p147

塩百姓（獅子文六）
　◇「賭けと人生」筑摩書房 2011（ちくま文学の森）
　　p299
　◇「日本文学100年の名作 4」新潮社 2014（新潮文
　　庫）p149

死を蒔く女（平井和正）
　◇「宇宙塵傑作選―日本SFの軌跡 2」出版芸術社
　　1997 p137

望潮（村田喜代子）
　◇「川端康成文学賞全作品 2」新潮社 1999 p341
　◇「文士の意地―車谷長吉撰短篇小説輯 下巻」作品
　　社 2005 p341
　◇「日本文学100年の名作 9」新潮社 2015（新潮文
　　庫）p139

死を招く踊り子（青柳友子）
　◇「いつか心の奥へ―小説推理傑作選」双葉社 1997
　　p9

塩むすび（笹沢左保）
　◇「感涙―人情時代小説傑作選」ベストセラーズ
　　2004（ベスト時代文庫）p109

塩むすび（水谷美佐）
　◇「むすび―第11回フェリシモ文学賞作品集」フェ
　　リシモ 2008 p108

潮目（キムリジャ）
　◇「〈在日〉文学全集 18」勉誠出版 2006 p335

死を以て貴しと為す（三津田信三）
　◇「幻想探偵」光文社 2009（光文社文庫）p45

塩山再訪（辻原登）
　◇「日本文学100年の名作 9」新潮社 2015（新潮文
　　庫）p9

死を呼ぶ勲章（桂修司）
　◇「10分間ミステリー」宝島社 2012（宝島社文庫）
　　p177
　◇「5分で凍る！ ぞっとする怖い話」宝島社 2015
　　（宝島社文庫）p69
　◇「10分間ミステリー THE BEST」宝島社 2016
　　（宝島社文庫）p465

詩を読む心（松村永渉）
　◇「近代朝鮮文学日本語作品集1939〜1945 評論・随筆
　　篇 2」緑蔭書房 2002 p341

ジオラマ（桐野夏生）
　◇「冒険の森へ―傑作小説大全 19」集英社 2015
　　p130

ジ・オリエンタル・トイレット・オブ・ホ
ラーズ（戸村毅）
　◇「ショートショートの広場 10」講談社 2000（講
　　談社文庫）p78

紫苑物語（石川淳）
　◇「危険なマッチ箱」文藝春秋 2009（文春文庫）p9
　◇「日本文学全集 19」河出書房新社 2016 p22

鹿（村野四郎）
　◇「新装版 全集現代文学の発見 13」學藝書林 2004
　　p248

自害（宮尾登美子）
　◇「失われた空―日本人の涙と心の名作8選」新潮社
　　2014（新潮文庫）p211

市街地（李正子）
　◇「〈在日〉文学全集 17」勉誠出版 2006 p240

死骸の海（与那覇幹夫）
　◇「沖縄文学選―日本文学のエッジからの問い」勉
　　誠出版 2003 p287

市街の謳歌（李在鶴）
　◇「近代朝鮮文学日本語作品集1908〜1945 セレクショ
　　ン 4」緑蔭書房 2008 p99

刺客（柴田錬三郎）
　◇「浜町河岸夕化粧」光風社出版 1998（光風社文
　　庫）p143

死角（小中千昭）
　◇「ひとにぎりの異形」光文社 2007（光文社文庫）
　　p180

四角い悪夢（太田忠司）
　◇「本格ミステリ 2001」講談社 2001（講談社ノベ
　　ルス）p99

◇「紅い悪夢の夏―本格短編ベスト・セレクション」講談社 2004（講談社文庫）p103

四角い時間（田中昌志）
　　◇「つながり―フェリシモしあわせショートショート」フェリシモ 1999 p158

資格社会（七瀬七海）
　　◇「ショートショートの花束 2」講談社 2010（講談社文庫）p50

死角の島（北田由貴子）
　　◇「ハンセン病文学全集 8」皓星社 2006 p305

刺客の娘（船山馨）
　　◇「歴史小説の世紀 地の巻」新潮社 2000（新潮文庫）p45
　　◇「龍馬と志士たち―時代小説傑作選」コスミック出版 2009（コスミック・時代文庫）p397
　　◇「龍馬参上」新潮社 2010（新潮文庫）p127

仕掛け花火（江坂遊）
　　◇「綾辻・有栖川復刊セレクション 仕掛け花火」講談社 2007（講談社ノベルス）

歯科室で（小林弘明）
　　◇「ハンセン病文学全集 7」皓星社 2004 p197

歯科呪医（黒史郎）
　　◇「てのひら怪談―ビーケーワン怪談大賞傑作選 庚寅」ポプラ社 2010（ポプラ文庫）p154

自・我・像（神林長平）
　　◇「逆想コンチェルト―イラスト先行・競作小説アンソロジー 奏の1」徳間書店 2010 p6

自画像（天野邊）
　　◇「Fの肖像―フランケンシュタインの幻想たち」光文社 2010（光文社文庫）p247

自画像（寺田寅彦）
　　◇「ちくま日本文学 34」筑摩書房 2009（ちくま文庫）p138

自畫像（朱耀翰）
　　◇「近代朝鮮文学日本語作品集1908～1945 セレクション 4」緑蔭書房 2008 p60

自畫像（朴南秀）
　　◇「近代朝鮮文学日本語作品集1908～1945 セレクション 4」緑蔭書房 2008 p356

詩 家族旅行（石垣りん）
　　◇「コレクション戦争と文学 14」集英社 2012 p103

仕方が泣く頃（森富保男）
　　◇「新装版 全集現代文学の発見 13」學藝書林 2004 p543

四月一日、花曇り（亜木康子）
　　◇「脈動―同人誌作家作品選」ファーストワン 2013 p45

四月一日霧の日の花のスープ（高山あつひこ）
　　◇「てのひら怪談―ビーケーワン怪談大賞傑作選 庚寅」ポプラ社 2010（ポプラ文庫）p196

四月一日の朝（藤田三四郎）
　　◇「ハンセン病文学全集 7」皓星社 2004 p404

四月二題（金鍾漢）
　　◇「近代朝鮮文学日本語作品集1908～1945 セレクション 4」緑蔭書房 2008 p365

四月のエレジイ（黒木謳子）

◇「日本統治期台湾文学集成 18」緑蔭書房 2003 p418

四月の風はさくら色（村崎友）
　　◇「忘れない。―贈りものをめぐる十の話」メディアファクトリー 2007 p91

四月の詩壇（耀翰）
　　◇「近代朝鮮文学日本語作品集1908～1945 セレクション 5」緑蔭書房 2008 p47

四月の詩壇（合評）（朱耀翰、豊太郎、泰雄、福督、梨雨公、X、簾吉、浮島）
　　◇「近代朝鮮文学日本語作品集1908～1945 セレクション 5」緑蔭書房 2008 p13

四月の空（黒木謳子）
　　◇「日本統治期台湾文学集成 18」緑蔭書房 2003 p454

四月馬鹿（三好豊一郎）
　　◇「新装版 全集現代文学の発見 13」學藝書林 2004 p265

Gカップ・フェイント（伯方雪日）
　　◇「蝦蟇倉市事件 1」東京創元社 2010（東京創元社・ミステリ・フロンティア）p253
　　◇「晴れた日は謎を追って」東京創元社 2014（創元推理文庫）p285

四月四日午前四時四十四分、山手線某駅にて（藤瀬雅輝）
　　◇「5分で読める！ ひと駅ストーリー 猫の物語」宝島社 2014（宝島社文庫）p129

志賀寺上人の恋（三島由紀夫）
　　◇「歴史小説の世紀 地の巻」新潮社 2000（新潮文庫）p419

葉巻煙草（シガー）に救われた話（杜伶二）
　　◇「幻の探偵雑誌 5」光文社 2001（光文社文庫）p55

自我の海（君島慧是）
　　◇「リトル・リトル・クトゥルー―史上最小の神話小説集」学習研究社 2009 p84

鹿の王（三田誠広）
　　◇「戦後短編小説再発見 16」講談社 2003（講談社文芸文庫）p177

鹿の薗（三田誠広）
　　◇「奇跡」国書刊行会 2000（書物の王国）p225

しかばね衛兵（菊村到）
　　◇「コレクション戦争と文学 11」集英社 2012 p232

屍を（江戸川乱歩、小酒井不木）
　　◇「江戸川乱歩に愛をこめて」光文社 2011（光文社文庫）p133

死屍を食う男（葉山嘉樹）
　　◇「ひとりで夜読むな―新青年傑作選 怪奇編」角川書店 2001（角川ホラー文庫）p29

屍に乗る人（小泉八雲）
　　◇「文豪たちが書いた怖い名作短編集」彩図社 2014 p55

屍の懐剣（牧野修）
　　◇「秘神界 現代編」東京創元社 2002（創元推理文庫）p177

屍の街（大田洋子）

しかん

◇「コレクション戦争と文学 19」集英社 2011 p35

時間（横光利一）
　◇「新装版 全集現代文学の発見 2」學藝書林 2002 p65

時間（吉村昭）
　◇「文学 2001」講談社 2001 p78

時間―より第Ⅰ章（吉田健一）
　◇「新編・日本幻想文学集成 2」国書刊行会 2016 p320

時間移動（田上純一）
　◇「ショートショートの広場 9」講談社 1998（講談社文庫）p18

時間を売る男（堀内胡悠）
　◇「本格推理 14」光文社 1999（光文社文庫）p179

時間外労働（阿刀田高）
　◇「冒険の森へ―傑作小説大全 12」集英社 2015 p17

時間が逆行する砂時計（原田宗典）
　◇「冒険の森へ―傑作小説大全 8」集英社 2015 p21

時間錯誤―小さな劇のための下書き（天澤退二郎）
　◇「新装版 全集現代文学の発見 13」學藝書林 2004 p564

時間虫（堀晃）
　◇「宇宙生物ゾーン」廣済堂出版 2000（廣済堂文庫）p523
　◇「日本SF・名作集成 4」リブリオ出版 2005 p191

時間鉄道の夜（大場惑）
　◇「日本SF・名作集成 1」リブリオ出版 2005 p7

此岸の家族（岩谷征捷）
　◇「全作家短編小説集 7」全作家協会 2008 p27

時間の中の眼〈おれは、よく夢の中で殺される〉（つきだまさし）
　◇「ハンセン病文学全集 7」皓星社 2004 p165

仕官の花（村木嵐）
　◇「代表作時代小説 平成25年度」光文社 2013 p289

志願兵（周金波）
　◇「コレクション戦争と文学 18」集英社 2012 p118

鹿ん舞の里（仲野鈴代）
　◇「「伊豆文学賞」優秀作品集 第19回」羽衣出版 2016 p161

時間よ止まれ（小森淳一郎）
　◇「ショートショートの花束 1」講談社 2009（講談社文庫）p85

時間旅行はあなたの健康を損なうおそれがあります（吾妻ひでお）
　◇「SFマガジン700 国内篇」早川書房 2014（ハヤカワ文庫 SF）p235

時間割（寺山修司）
　◇「ちくま日本文学 6」筑摩書房 2007（ちくま文庫）p375

四季（王白淵）
　◇「日本統治期台湾文学集成 18」緑蔭書房 2003 p62

屍鬼（小泉八雲）

◇「吸血妖鬼譚―ゴシック名訳集成」学習研究社 2008（学研M文庫）p497

指揮（今野敏）
　◇「宝石ザミステリー Blue」光文社 2016 p143

死期（石井利彦）
　◇「ショートショートの広場 11」講談社 2000（講談社文庫）p89

視鬼（高橋克彦）
　◇「七人の安倍晴明」桜桃書房 1998 p7
　◇「安倍晴明陰陽師伝奇文学集成」勉誠出版 2001 p1

志樹逸馬詩集（志樹逸馬）
　◇「ハンセン病文学全集 6」皓星社 2003 p454

式神返し（亀ヶ岡重明）
　◇「てのひら怪談―ビーケーワン怪談大賞傑作選 百怪繚乱篇」ポプラ社 2008 p210

指揮官たちの特攻（城山三郎）
　◇「読み聞かせる戦争」光文社 2015 p81

子規子（正岡子規）
　◇「明治の文学 20」筑摩書房 2001 p4

指揮者に恋した乙女（赤川次郎）
　◇「30の神品―ショートショート傑作選」扶桑社 2016（扶桑社文庫）p261

識者の意見（清水義範）
　◇「電話ミステリー倶楽部―傑作推理小説集」光文社 2016（光文社文庫）p227

子規私論序（杉浦明平）
　◇「戦後文学エッセイ選 6」影書房 2008 p171

子規と虚子（富士正晴）
　◇「戦後文学エッセイ選 7」影書房 2006 p153

じきに、こけるよ（眉村卓）
　◇「結晶銀河―年刊日本SF傑作選」東京創元社 2011（創元SF文庫）p423

式根島の蛇は嚙まない（小林円佳）
　◇「中学校劇作シリーズ 10」青雲書房 2006 p103

四季の譬へ（黄錫禹）
　◇「近代朝鮮文学日本語作品集1908～1945 セレクション 4」緑蔭書房 2008 p212

嗜虐（五十嵐貴久）
　◇「紅と蒼の恐怖―ホラー・アンソロジー」祥伝社 2002（Non novel）p179

刺客を詠ずる詩（八門奇者）
　◇「新日本古典文学大系 明治編 12」岩波書店 2001 p18

思郷（韓龍雲）
　◇「近代朝鮮文学日本語作品集1908～1945 セレクション 6」緑蔭書房 2008 p17

自供（J・M）
　◇「ショートショートの広場 10」講談社 2000（講談社文庫）p142

詩 京釜線（許南麒）
　◇「コレクション戦争と文学 17」集英社 2012 p231

時局對應全鮮轉向者聯盟の結成式擧行―けふ京城府民舘で（時局對應全鮮轉向者聯盟）
　◇「近代朝鮮文学日本語作品集1901～1938 評論・随筆

篇 3」緑蔭書房 2004 p371

時局と朝鮮文學（鄭寅燮）
◇「近代朝鮮文学日本語作品集1908〜1945 セレクション 3」緑蔭書房 2008 p147

時局の母親 軍國の子供に感激（崔貞熙）
◇「近代朝鮮文学日本語作品集1908〜1945 セレクション 3」緑蔭書房 2008 p435

シーク（高晶玉）
◇「近代朝鮮文学日本語作品集1901〜1938 創作篇 2」緑蔭書房 2004 p447

詩 空襲（吉原幸子）
◇「コレクション戦争と文学 14」集英社 2012 p309

時空争奪（小林泰三）
◇「超弦領域—年刊日本SF傑作選」東京創元社 2009（創元SF文庫）p121

時空のおっさん（中村啓）
◇「5分で読める！ ひと駅ストーリー 夏の記憶東口編」宝島社 2013（宝島社文庫）p201

シークが来た（椎名誠）
◇「闘人烈伝—格闘小説・漫画アンソロジー」双葉社 2000 p171

ジグソー失踪パズル（堀燐太郎）
◇「新・本格推理 02」光文社 2002（光文社文庫）p269

地口（正岡子規）
◇「新日本古典文学大系 明治編 27」岩波書店 2003 p197

シグナルとシグナレス（宮沢賢治）
◇「近代童話（メルヘン）と賢治」おうふう 2014 p141

詩句の見立（正岡子規）
◇「新日本古典文学大系 明治編 27」岩波書店 2003 p338

時雨鬼（宮部みゆき）
◇「ザ・ベストミステリーズ—推理小説年鑑 2001」講談社 2001 p91
◇「終日犯罪」講談社 2004（講談社文庫）p9
◇「あやかしの深川—受け継がれる怪異な土地の物語」猿江商會 2016 p86

時雨のあと（抄）（楳本育子）
◇「山形県文学全集第1期（小説編）3」郷土出版社 2004 p340

詩 君死にたまふこと勿れ（与謝野晶子）
◇「コレクション戦争と文学 6」集英社 2011 p103

時化（小中千昭）
◇「幽霊船」光文社 2001（光文社文庫）p91

四桂（岡沢孝雄）
◇「「宝石」一九五〇—牟家殺人事件：探偵小説傑作集」光文社 2012（光文社文庫）p279

死刑（上司小剣）
◇「捕物時代小説選集 3」春陽堂書店 2000（春陽文庫）p189

死刑（野田充男）
◇「ショートショートの花束 4」講談社 2012（講談社文庫）p75

死刑執行（多田智満子）

◇「文豪てのひら怪談」ポプラ社 2009（ポプラ文庫）p118

死刑執行人の死（倉田啓明）
◇「怪奇探偵小説集 1」角川春樹事務所 1998（ハルキ文庫）p45
◇「恐怖ミステリーBEST15—こんな幻の傑作が読みたかった！」シーエイチシー 2006 p15

死刑囚はなぜ殺される（鳥飼否宇）
◇「ベスト本格ミステリ 2012」講談社 2012（講談社ノベルス）p319
◇「探偵の殺される夜」講談社 2016（講談社文庫）p445

死刑宣告（安東次男）
◇「新装版 全集現代文学の発見 13」學藝書林 2004 p290

死刑宣告（萩原恭次郎）
◇「新装版 全集現代文学の発見 1」學藝書林 2002 p258

死刑台のロープウェイ（夏樹静子）
◇「死を招く乗客—ミステリーアンソロジー」有楽出版社 2015（JOY NOVELS）p7

私刑の夏（五木寛之）
◇「戦後短篇小説再発見 7」講談社 2001（講談社文芸文庫）p145
◇「永遠の夏—戦争小説集」実業之日本社 2015（実業之日本社文庫）p481

繁蔵御用（山口瞳）
◇「浜町河岸夕化粧」光風社出版 1998（光風社文庫）p259

しげちゃんの昇天（須賀敦子）
◇「精選女性随筆集 9」文藝春秋 2012 p182

重藤の弓（澤田ふじ子）
◇「白刃光る」新潮社 1997 p87

しげる（伊東繁）
◇「ハンセン病文学全集 8」皓星社 2006 p32

試験室の詩（黒木謳子）
◇「日本統治期台湾文学集成 18」緑蔭書房 2003 p344

死剣と生縄（江見水蔭）
◇「怪奇・伝奇時代小説選集 1」春陽堂書店 1999（春陽文庫）p166

試験のずる（正岡子規）
◇「新日本古典文学大系 明治編 27」岩波書店 2003 p356

試験の点数（正岡子規）
◇「新日本古典文学大系 明治編 27」岩波書店 2003 p170

示現流 中村半次郎「純情薩摩隼人」（柴田錬三郎）
◇「幕末の剣鬼たち—時代小説傑作選」コスミック出版 2009（コスミック・時代文庫）p325

死後（芥川龍之介）
◇「夢」国書刊行会 1998（書物の王国）p27
◇「文豪怪談傑作選 芥川龍之介集」筑摩書房 2010（ちくま文庫）p250

死後（正岡子規）

しこう

◇「明治の文学 20」筑摩書房 2001 p132
◇「ちくま日本文学 40」筑摩書房 2009（ちくま文庫）p85
◇「文豪怪談傑作選 明治編」筑摩書房 2011（ちくま文庫）p31

時効を待つ女（新津きよみ）
◇「ザ・ベストミステリーズ―推理小説年鑑 1999」講談社 1999 p335
◇「密室＋アリバイ＝真犯人」講談社 2002（講談社文庫）p96

至高の恋（圓眞美）
◇「超短編の世界 vol.3」創英社 2011 p75

自己を意識する読書（徳田秋声）
◇「明治の文学 9」筑摩書房 2002 p401

「自己」を知る（倉橋由美子）
◇「精選女性随筆集 3」文藝春秋 2012 p214

事故係生稲昇太の多感（首藤瓜於）
◇「ザ・ベストミステリーズ―推理小説年鑑 2001」講談社 2001 p375
◇「終日犯罪」講談社 2004（講談社文庫）p279

地獄（金子洋文）
◇「アンソロジー・プロレタリア文学 2」森話社 2014 p12

地獄（川端康成）
◇「文豪怪談傑作選 川端康成集」筑摩書房 2006（ちくま文庫）p264

地獄（山田風太郎）
◇「古書ミステリー倶楽部―傑作推理小説集 2」光文社 2014（光文社文庫）p184

地獄へご案内（赤川次郎）
◇「名探偵の奇跡」光文社 2007（Kappa novels）p15
◇「名探偵の奇跡」光文社 2010（光文社文庫）p7

（地獄、かな？）（グリーンドルフィン）
◇「てのひら怪談―ビーケーワン怪談大賞傑作選」ポプラ社 2008（ポプラ文庫）p218

地獄谷を降りると（香山末子）
◇「ハンセン病文学全集 7」皓星社 2004 p302
◇「〈在日〉文学全集 17」勉誠出版 2006 p100

地獄に結ぶ恋（渡辺年子）
◇「幻の探偵雑誌 10」光文社 2002（光文社文庫）p261

地獄の一丁目（池田和尋）
◇「てのひら怪談―ビーケーワン怪談大賞傑作選 百怪繚乱篇」ポプラ社 2008 p166

地獄の釜開き（友成純一）
◇「屍者の行進」廣済堂出版 1998（廣済堂文庫）p429

地獄の沙汰も顔次第（水原秀策）
◇「5分で読める！ ひと駅ストーリー 夏の記憶東口編」宝島社 2013（宝島社文庫）p191

地獄の新喜劇（田中啓文）
◇「喜劇綺劇」光文社 2009（光文社文庫）p237

地獄の審判（二場）（落合三郎（佐々木高丸））
◇「新・プロレタリア文学精選集 11」ゆまに書房 2004 p155

地獄の出会い（岡崎弘明）
◇「SFバカ本 白菜編」ジャストシステム 1997 p115
◇「SFバカ本 白菜篇プラス」廣済堂出版 1999（廣済堂文庫）p125

地獄の出来事（井東憲）
◇「新・プロレタリア文学精選集 3」ゆまに書房 2004 p1

地獄の配膳（大庭みな子）
◇「精選女性随筆集 6」文藝春秋 2012 p215

地獄の始まり（かんべむさし）
◇「侵略！」廣済堂出版 1998（廣済堂文庫）p15

地獄の花（永井荷風）
◇「明治の文学 25」筑摩書房 2001 p5

地獄の目利き（諸田玲子）
◇「撫子が斬る―女性作家捕物帳アンソロジー」光文社 2005（光文社文庫）p621
◇「江戸の名探偵―時代推理傑作選」徳間書店 2009（徳間文庫）p213

地獄の黙示録（村上龍）
◇「コレクション戦争と文学 2」集英社 2012 p564
◇「映画狂時代」新潮社 2014（新潮文庫）p69

地獄八景―ただいまから地獄にご案内いたします―山野浩一、三十三年ぶりの新作（山野浩一）
◇「NOVA―書き下ろし日本SFコレクション 10」河出書房新社 2013（河出文庫）p131

地獄八景獣人戯（田中啓文）
◇「SFバカ本 天然パラダイス篇」メディアファクトリー 2001 p41

時刻表のロンド（網浦圭）
◇「新・本格推理 01」光文社 2001（光文社文庫）p115

地獄変（芥川龍之介）
◇「ちくま日本文学 2」筑摩書房 2007（ちくま文庫）p83
◇「作品で読む20世紀の日本文学」白地社（発売）2008 p43

四国山（梅原稜子）
◇「現代秀作集」角川書店 1999（女性作家シリーズ）p321

じごくゆきっ（桜庭一樹）
◇「短編工場」集英社 2012（集英社文庫）p85

自己主張（福士忠右）
◇「ショートショートの広場 10」講談社 2000（講談社文庫）p59

自己責任（三藤英二）
◇「ショートショートの広場 16」講談社 2005（講談社文庫）p188

『子午線の祀り』讃（野間宏）
◇「戦後文学エッセイ選 9」影書房 2008 p219

仕事（宮田真司）
◇「超短編の世界 vol.2」創英社 2009 p54

仕事がいつまで経っても終わらない件（長谷敏司）

ししお

◇「AIと人類は共存できるか？―人工知能SFアンソロジー」早川書房 2016 p185

仕事が終わって（火森孝実）
◇「ショートショートの広場 17」講談社 2005（講談社文庫）p185

仕事ください（眉村卓）
◇「怪談―24の恐怖」講談社 2004 p295
◇「異形の白昼―恐怖小説集」筑摩書房 2013（ちくま文庫）p127

仕事熱心（阿刀田竜太郎）
◇「ショートショートの広場 10」講談社 2000（講談社文庫）p37

仕事の楽しみ（中里恒子）
◇「精選女性随筆集 10」文藝春秋 2012 p17

死後の重さ（井上光晴）
◇「戦後文学エッセイ選 13」影書房 2008 p163

死後のみず子（増田みず子）
◇「山田詠美・増田みず子・松浦理英子・笙野頼子」角川書店 1999（女性作家シリーズ）p159

死後の恋（小泉八雲著, 平井呈一訳）
◇「文豪怪談傑作選 明治編」筑摩書房 2011（ちくま文庫）p97

死後の恋（夢野久作）
◇「魔の怪」勉誠出版 2002（べんせいライブラリー）p167
◇「恋は罪つくり―恋愛ミステリー傑作選」光文社 2005（光文社文庫）p31
◇「恐ろしい話」筑摩書房 2011（ちくま文学の森）p287
◇「新編・日本幻想文学集成 4」国書刊行会 2016 p22

事故の死角（北上秋彦）
◇「あの日から―東日本大震災鎮魂岩手県出身作家短編集」岩手日報社 2015 p39

しこふみ（根多加良）
◇「渚にて―あの日からの〈みちのく怪談〉」荒蝦夷 2016 p196

しこまれた動物（抄）（幸田文）
◇「読まずにいられぬ名短篇」筑摩書房 2014（ちくま文庫）p16

死後は良いとこ一度はおいで（樽含歓）
◇「人は死んだら電柱になる―電柱アンソロジー」遠すぎる未来団 2014 p368

懸賞募集小説特選 西川満選 屍婚（小島泰介）
◇「日本統治期台湾文学集成 7」緑蔭書房 2002 p29

法國探偵小説 歯痕（潤魏清徳）
◇「日本統治期台湾文学集成 25」緑蔭書房 2007 p239

G坂の殺人事件（三津田信三）
◇「ベスト本格ミステリ 2016」講談社 2016（講談社ノベルス）p107

自作解説（中西智明）
◇「綾辻・有栖川復刊セレクション 消失！」講談社 2007 p256

自作再見「ノンちゃん雲に乗る」（石井桃子）
◇「精選女性随筆集 8」文藝春秋 2012 p110

自作自演のミルフィーユ（白河三兎）
◇「ザ・ベストミステリーズ―推理小説年鑑 2015」講談社 2015 p115

詩作のあとに（睡蓮）
◇「近代朝鮮文学日本語作品集1908〜1945 セレクション 4」緑蔭書房 2008 p221

試作品三号（小林泰三）
◇「未来妖怪」光文社 2008（光文社文庫）p243

シザーズ（福田和代）
◇「痛み」双葉社 2012 p65
◇「警官の貌」双葉社 2014（双葉文庫）p133

背信の交点（法月綸太郎）
◇「推理小説代表作選集―推理小説年鑑 1997」講談社 1997 p235
◇「殺人哀モード」講談社 2000（講談社文庫）p103
◇「愛憎発発人行―鉄道ミステリー名作館」徳間書店 2004（徳間文庫）p299
◇「謎―スペシャル・ブレンド・ミステリー 008」講談社 2013（講談社文庫）p349

自殺案内者（石上玄一郎）
◇「新装版 全集現代文学の発見 8」學藝書林 2003 p8

自殺を買う話（橋本五郎）
◇「幻の探偵雑誌 2」光文社 2000（光文社文庫）p119

自殺狂夫人（永瀬三吾）
◇「江戸川乱歩の推理教室」光文社 2008（光文社文庫）p275

自殺志願者の小話（綾桜）
◇「人は死んだら電柱になる―電柱アンソロジー」遠すぎる未来団 2014 p278

自殺者（奥田哲也）
◇「悪夢が嗤う瞬間」勁文社 1997（ケイブンシャ文庫）p19

自殺卵（眉村卓）
◇「たそがれゆく未来」筑摩書房 2016（ちくま文庫）p159

自殺未遂（廉想渉）
◇「近代朝鮮文学日本語作品集1908〜1945 セレクション 2」緑蔭書房 2008 p311

自殺屋（西崎憲）
◇「心霊理論」光文社 2007（光文社文庫）p517

地侍羽鳥家（宮本常一）
◇「ちくま日本文学 22」筑摩書房 2008（ちくま文庫）p325

C市（小林泰三）
◇「秘神界 現代編」東京創元社 2002（創元推理文庫）p635

死児（吉岡実）
◇「新装版 全集現代文学の発見 9」學藝書林 2004 p530

獅子（山村正夫）
◇「江戸川乱歩と13の宝石 2」光文社 2007（光文社文庫）p41

鹿踊りのはじまり（宮沢賢治）

作品名から引ける日本文学全集案内 第III期　　345

ししお

◇「ちくま日本文学 3」筑摩書房 2007（ちくま文庫）p185

死児を焼く二人（逸見広）
◇「早稲田作家処女作集」講談社 2012（講談社文芸文庫）p202

「死児を焼く二人」顛末記（逸見広）
◇「早稲田作家処女作集」講談社 2012（講談社文芸文庫）p227

鹿ケ谷（篁了）
◇「太宰治賞 2004」筑摩書房 2004 p125

獅子宮―ネメアの猫（高瀬美恵）
◇「十二宮12幻想」エニックス 2000 p115

獅子吼（浅田次郎）
◇「短篇ベストコレクション―現代の小説 2014」徳間書店 2014（徳間文庫）p5

私々小説（藤枝静男）
◇「私小説の生き方」アーツ・アンド・クラフツ 2009 p289
◇「私小説名作選 下」講談社 2012（講談社文芸文庫）p7

詩 屍体の実験（井上光晴）
◇「コレクション戦争と文学 12」集英社 2013 p439

資質（貝原仁）
◇「ショートショートの広場 18」講談社 2006（講談社文庫）p137

事実に基づいて―Based On The True Events（小中千昭）
◇「未来妖怪」光文社 2008（光文社文庫）p385

死して咲く花、実のある夢（円城塔）
◇「神林長平トリビュート」早川書房 2009 p117
◇「神林長平トリビュート」早川書房 2012（ハヤカワ文庫 JA）p131

嗜屍と永生（平井呈一）
◇「吸血妖鬼譚―ゴシック名訳集成」学習研究社 2008（学研M文庫）p533

獅子の眠り（池波正太郎）
◇「機略縦横！ 真田戦記―傑作時代小説」PHP研究所 2008（PHP文庫）p177
◇「軍師の生きざま―短篇小説集」作品社 2008 p285

獅子の眠り―真田信之（池波正太郎）
◇「軍師の生きざま」実業之日本社 2013（実業之日本社文庫）p355

じじばばの記（杉本苑子）
◇「忠臣蔵コレクション 4」河出書房新社 1998（河出文庫）p289
◇「江戸の老人力―時代小説傑作選」集英社 2002（集英社文庫）p133

詩史豊太閤―薨去（岩野泡鳴）
◇「大坂の陣―近代文学名作選」岩波書店 2016 p3

猪丸残花剣（佐江衆一）
◇「剣光、閃く！」徳間書店 1999（徳間文庫）p79

蜆（梅崎春生）
◇「私小説の生き方」アーツ・アンド・クラフツ 2009 p41
◇「日本近代短篇小説選 昭和篇2」岩波書店 2012

◇（岩波文庫）p181
◇「闇市」皓星社 2015（紙礫）p213

しじみ河岸（山本周五郎）
◇「剣が謎を斬る―名作で読む推理小説史 時代ミステリー傑作選」光文社 2005（光文社文庫）p43

しじみ河岸の女―橋本平左衛門とはつ（澤田ふじ子）
◇「忠臣蔵コレクション 4」河出書房新社 1998（河出文庫）p103

蜆の歌（中村豊）
◇「「伊豆文学賞」優秀作品集 第6回」羽衣出版 2003 p115

使者（星新一）
◇「70年代日本SFベスト集成 1」筑摩書房 2014（ちくま文庫）p79
◇「冒険の森へ―傑作小説大全 11」集英社 2015 p8

使者（皆川博子）
◇「黒い遊園地」光文社 2004（光文社文庫）p201

和人（シーシャ）（冬木濃）
◇「コレクション戦争と文学 17」集英社 2012 p507

死者からのたのみ（抄）（松谷みよ子）
◇「文豪てのひら怪談」ポプラ社 2009（ポプラ文庫）p144

死者からの伝言をどうぞ（東川篤哉）
◇「ベスト本格ミステリ 2011」講談社 2011（講談社ノベルス）p253
◇「からくり伝言少女」講談社 2015（講談社文庫）p353

屍者狩り大佐（北原尚彦）
◇「NOVA+―書き下ろし日本SFコレクション 2」河出書房新社 2015（河出文庫）p173

死者恋（朱川湊人）
◇「ザ・ベストミステリーズ―推理小説年鑑 2004」講談社 2004 p35
◇「犯人たちの部屋」講談社 2007（講談社文庫）p225

死者語入（河野アサ）
◇「全作家短編小説集 9」全作家協会 2010 p147

死者生者（正宗白鳥）
◇「百年小説」ポプラ社 2008 p357

死者たち（富士正晴）
◇「戦後文学エッセイ選 7」影書房 2006 p236

死者と生者の市（李恢成）
◇「〈在日〉文学全集 4」勉誠出版 2006 p267

死者に対する祖先の考え（柳田國男）
◇「文豪怪談傑作選 柳田國男集」筑摩書房 2007（ちくま文庫）p98

死者に近い土地（長部日出雄）
◇「みちのく怪談名作選 vol.1」荒蝦夷 2010（叢書東北の声）p141

死者の回廊（三田誠）
◇「ゴーレムは証言せず―ソード・ワールド短編集」富士見書房 2000（富士見ファンタジア文庫）p91

死者の声（森瑤子）

ししよ

◇「戦後短篇小説再発見 16」講談社 2003（講談社文芸文庫）p219

死者の書（安東次男）
◇「新装版 全集現代文学の発見 13」學藝書林 2004 p288

死者の書（折口信夫）
◇「ちくま日本文学 25」筑摩書房 2008（ちくま文庫）p137
◇「幻妖の水脈（みお）」筑摩書房 2013（ちくま文庫）p250
◇「日本文学全集 14」河出書房新社 2015 p185

死者の書（抄）（折口信夫）
◇「文豪てのひら怪談」ポプラ社 2009（ポプラ文庫）p146
◇「文豪怪談傑作選 折口信夫集」筑摩書房 2009（ちくま文庫）p25

「死者の書」と共に―折口信夫追悼（加藤道夫）
◇「創刊一〇〇年三田文学名作選」三田文学会 2010 p710

死者の棲む森（木下古栗）
◇「十年後のこと」河出書房新社 2016 p87

屍者の帝国―わたしの名はジョン・H・ワトソン。軍医兼フランケンシュタイン技術者の卵だ（伊藤計劃）
◇「NOVA―書き下ろし日本SFコレクション 1」河出書房新社 2009（河出文庫）p419

『屍者の帝国』を完成させて―特別インタビュー（円城塔）
◇「NOVA+―書き下ろし日本SFコレクション 2」河出書房新社 2015（河出文庫）p353

死者の電話（佐野洋）
◇「謎―スペシャル・ブレンド・ミステリー 003」講談社 2008（講談社文庫）p7

死者の庭（田久保英夫）
◇「創刊一〇〇年三田文学名作選」三田文学会 2010 p590

死者の遺したもの（李恢成）
◇「〈在日〉文学全集 15」勉誠出版 2006 p175

死者の日（牧野修）
◇「アート偏愛」光文社 2005（光文社文庫）p455

死者は訴えない（土屋隆夫）
◇「判決―法廷ミステリー傑作集」徳間書店 2010（徳間文庫）p249

死者は溜め息を漏らさない（東川篤哉）
◇「宝石ザミステリー 2」光文社 2012 p71

死者は弁明せず（山本弘）
◇「死者は弁明せず―ソード・ワールド短編集」富士見書房 1997（富士見ファンタジア文庫）p207

刺繍（川本晶子）
◇「太宰治賞 2005」筑摩書房 2005 p137

刺繍（島崎藤村）
◇「明治の文学 16」筑摩書房 2002 p222

四十七（柳澤学）
◇「高校演劇Selection 2005 上」晩成書房 2007 p7

詩酒逢迎集（森春濤）
◇「新日本古典文学大系 明治編 2」岩波書店 2004 p95

次女（幸田文）
◇「精選女性随筆集 1」文藝春秋 2012 p182

紫女―井原西鶴『西鶴諸国ばなし』（井原西鶴）
◇「吸血鬼」国書刊行会 1998（書物の王国）p165

師匠（永瀬隼介）
◇「ザ・ベストミステリーズ―推理小説年鑑 2010」講談社 2010 p327
◇「BORDER善と悪の境界」講談社 2013（講談社文庫）p387

四条河原の決闘（南原幹雄）
◇「剣光、閃く！」徳間書店 1999（徳間文庫）p277

四条橋（菊池三渓）
◇「新日本古典文学大系 明治編 1」岩波書店 2004 p262

自序〔浮世写真 百人百色〕（痩々亭骨皮道人）
◇「新日本古典文学大系 明治編 29」岩波書店 2005 p211

四条劇場（菊池三渓）
◇「新日本古典文学大系 明治編 1」岩波書店 2004 p310

史上最大の侵略（酉島伝法）
◇「多々良島ふたたび―ウルトラ怪獣アンソロジー」早川書房 2015（TSUBURAYA×HAYAKAWA UNIVERSE）p329

犯罪小説 自縄自縛（座光東平）
◇「日本統治期台湾文学集成 9」緑蔭書房 2002 p133

自称の詐欺師（桑田繁忠）
◇「ショートショートの広場 9」講談社 1998（講談社文庫）p88

辞書をたべる（タカスギシンタロ）
◇「超短編の世界 vol.3」創英社 2011 p100

自序〔純情小曲集〕（萩原朔太郎）
◇「ちくま日本文学 36」筑摩書房 2009 p11

自序〔世路日記〕（菊亭香水）
◇「新日本古典文学大系 明治編 30」岩波書店 2009 p7

自叙千字文（中村敬宇）
◇「新日本古典文学大系 明治編 2」岩波書店 2004 p194

自序〔蒼馬を見たり〕（林芙美子）
◇「ちくま日本文学 20」筑摩書房 2008 p9

自序〔その日暮しの中から〕（上忠司）
◇「日本統治期台湾文学集成 18」緑蔭書房 2003 p201

自序〔地平線〕（金時鐘）
◇「〈在日〉文学全集 5」勉誠出版 2006 p78

自叙伝について（金子光晴）
◇「ちくま日本文学 38」筑摩書房 2009（ちくま文庫）p76

『自叙伝』より（石川三四郎）
◇「蘇らぬ朝「大逆事件」以後の文学」インパクト出版会 2010（インパクト選書）p237

ししよ

自序〔南方の果樹園〕(黒木謳子)
◇「日本統治期台湾文学集成 18」緑蔭書房 2003 p325

司書の死(中野重治)
◇「コレクション戦争と文学 1」集英社 2012 p290

死女の月(田中文雄)
◇「十月のカーニヴァル」光文社 2000（カッパ・ノベルス）p273

辞書ひき屋(戌井昭人)
◇「辞書、のような物語。」大修館書店 2013 p37

自序〔本朝虞初新誌〕(菊池三渓)
◇「新日本古典文学大系 明治編 3」岩波書店 2005 p6

獅子は死せるに非ず（終刊の辞に代えて）(小栗虫太郎)
◇「幻の探偵雑誌 3」光文社 2000（光文社文庫）p464

詩人(王白淵)
◇「日本統治期台湾文学集成 18」緑蔭書房 2003 p58

詩人(大佛次郎)
◇「日本文学100年の名作 2」新潮社 2014（新潮文庫）p413

詩人が語つた「新しさ」について(K記者)
◇「近代朝鮮文学日本語作品集1908～1945 セレクション 3」緑蔭書房 2008 p296

詩人 金子光晴自伝(金子光晴)
◇「ちくま日本文学 38」筑摩書房 2009（ちくま文庫）p129

地震行(成島柳北)
◇「新日本古典文学大系 明治編 2」岩波書店 2004 p223

詩人呉梅村の逸事(陳逢源)
◇「日本統治期台湾文学集成 16」緑蔭書房 2003 p50

地震育ち(野崎歓)
◇「ろうそくの炎がささやく言葉」勁草書房 2011 p171

地震対策(阿刀田高)
◇「冒険の森へ―傑作小説大全 13」集英社 2016 p29

詩 死んだ男(鮎川信夫)
◇「コレクション戦争と文学 13」集英社 2011 p107

詩人たちの村(谷川俊太郎)
◇「新装版 全集現代文学の発見 13」學藝書林 2004 p446

地震と犬たち(楢木野史貴)
◇「平成28年熊本地震作品集」くまもと文学・歴史館友の会 2016 p48

地震と少女(丸山由美子)
◇「平成28年熊本地震作品集」くまもと文学・歴史館友の会 2016 p28

詩人とはなにか(サバ，ウンベルト)
◇「日本文学全集 25」河出書房新社 2016 p477

地震に火の用心(正岡子規)

自炊（千代萩）(正岡子規)
◇「新日本古典文学大系 明治編 27」岩波書店 2003 p39

詩人の靴(尾崎翠)
◇「ちくま日本文学 4」筑摩書房 2007（ちくま文庫）p227

詩人の死(若竹七海)
◇「名探偵の饗宴」朝日新聞社 1998 p193
◇「名探偵の饗宴」朝日新聞出版 2015（朝日文庫）p223

詩人の死―エリュアールの追憶のために(大岡信)
◇「新装版 全集現代文学の発見 13」學藝書林 2004 p493

詩人の生涯(安部公房)
◇「暗黒のメルヘン」河出書房新社 1998（河出文庫）p321
◇「新編・日本幻想文学集成 1」国書刊行会 2016 p41

詩人の血(長谷川四郎)
◇「戦後文学エッセイ選 2」影書房 2006 p226

詩人廃業記(金鍾漢)
◇「近代朝鮮文学日本語作品集1939～1945 評論・随筆篇 3」緑蔭書房 2002 p237

自身番裏始末(柴山隆司)
◇「遙かなる道」桃園書房 2001（桃園文庫）p95

詩人ブレヒト(長谷川四郎)
◇「戦後文学エッセイ選 2」影書房 2006 p51

自炊（千代萩）(正岡子規)
◇「新日本古典文学大系 明治編 27」岩波書店 2003 p110

指数犬(向井湘吾)
◇「みんなの少年探偵団」ポプラ社 2014 p151
◇「みんなの少年探偵団」ポプラ社 2016（ポプラ文庫）p149

静御前(西條八十)
◇「源義経の時代―短篇小説集」作品社 2004 p187

静かな朝に目覚めて(中村純)
◇「コレクション戦争と文学 4」集英社 2011 p275

静かな嵐（第一部）(李石薫)
◇「〈外地〉の日本語文学選 3」新宿書房 1996 p176

静かな海で(鰐梨)
◇「リトル・リトル・クトゥルー――史上最小の神話小説集」学習研究社 2009 p226

静かな炎天(若竹七海)
◇「ザ・ベストミステリーズ―推理小説年鑑 2016」講談社 2016 p313

静かな男(泡坂妻夫)
◇「殺人博物館へようこそ」講談社 1998（講談社文庫）p237

【静かな男】ロスコのある部屋(早見裕司)
◇「ミステリ★オールスターズ」角川書店 2010 p51
◇「ミステリ・オールスターズ」角川書店 2012（角川文庫）p59

静かな家族(うつみ宮土理)
◇「人の物語」角川書店 2001（New History）p5

348 作品名から引ける日本文学全集案内 第III期

しせい

静かな関係（畠山拓）
　◇「全作家短編集 15」のべる出版企画 2016 p4
静かな木（藤沢周平）
　◇「鎮守の森に鬼が棲む―時代小説傑作選」講談社
　　2001（講談社文庫）p185
　◇「たそがれ長屋―人情時代小説傑作選」新潮社
　　2008（新潮文庫）p263
静かな祝福（中山聖子）
　◇「ゆきのまち幻想文学賞小品集 18」企画集団ぷり
　　ずむ 2009 p103
静かな妾宅（小池真理子）
　◇「悪魔のような女―女流ミステリー傑作選」角川
　　春樹事務所 2001（ハルキ文庫）p7
　◇「恋は罪つくり―恋愛ミステリー傑作選」光文社
　　2005（光文社文庫）p219
静かな団地（貝原）
　◇「てのひら怪談―ビーケーワン怪談大賞傑作選 百
　　怪繚乱篇」ポプラ社 2008 p52
　◇「てのひら怪談―ビーケーワン怪談大賞傑作選 己
　　怪編」ポプラ社 2009（ポプラ文庫）p116
静かなる嵐（上）（下）（鄭人澤）
　◇「近代朝鮮文学日本語作品集1939～1945 評論・随筆
　　篇 1」緑蔭書房 2002 p413
静かなる情熱―癩院通信（森田竹次）
　◇「ハンセン病に咲いた花―初期文芸名作選 戦前
　　編」皓星社 2002（ハンセン病叢書）p307
静かなる復讐（千葉淳平）
　◇「甦る推理雑誌 8」光文社 2003（光文社文庫）
　　p331
静かなる羅列（横光利一）
　◇「新装版 全集現代文学の発見 2」學藝書林 2002
　　p56
静かにしてくれ！（七瀬ざくろ）
　◇「ショートショートの広場 14」講談社 2003（講
　　談社文庫）p15
詩好の王様と棒縛（ほうしばり）の旅人（三遊亭円
朝）
　◇「明治の文学 3」筑摩書房 2001 p373
しづけき夜…（朱白鷗）
　◇「近代朝鮮文学日本語作品集1908～1945 セレクショ
　　ン 6」緑蔭書房 2008 p85
Sister Clarence―シスタークラレンス（青柳有
季）
　◇「中学生の楽しい英語劇―Let's Enjoy Some
　　Plays」秀文社 2004 p7
シスターズ（高橋ななを）
　◇「鬼瑠璃草―恋愛ホラー・アンソロジー」祥伝社
　　2003（祥伝社文庫）p211
沈まぬ太陽（西岡琢也）
　◇「年鑑代表シナリオ集 '09」シナリオ作家協会
　　2010 p269
沈む子供（牧野修）
　◇「怪物團」光文社 2009（光文社文庫）p413
しずむせかい（奥泉明日香）
　◇「ショートショートの花束 8」講談社 2016（講
　　談社文庫）p102

沈める寺（田村隆一）
　◇「新装版 全集現代文学の発見 13」學藝書林 2004
　　p276
沈める町（実村文）
　◇「新鋭劇団作集 series.19」日本劇団協議会 2007 p5
シズリのひろいもの（宇多ゆりえ）
　◇「ゆきのまち幻想文学賞・小品集 15」企画集団ぷ
　　りずむ 2006 p15
刺青（しせい）… → "いれずみ…"をも見よ
刺青（谷崎潤一郎）
　◇「明治の文学 25」筑摩書房 2001 p237
　◇「短編名作選―1885-1924 小説の曙」笠間書院
　　2003 p191
　◇「百年小説」ポプラ社 2008 p503
　◇「読んでおきたい近代日本小説選」龍書房 2012
　　p133
　◇「文豪たちが書いた耽美小説短編集」彩図社 2015
　　p9
　◇「あやかしの深川―受け継がれる怪異な土地の物
　　語」猿江商會 2016 p48
刺青（しせい）（谷崎潤一郎）
　◇「ちくま日本文学 14」筑摩書房 2008（ちくま文
　　庫）p9
慈青（黒衣）
　◇「超短編の世界 vol.3」創英社 2011 p88
刺青降誕（仁田義男）
　◇「職人気質」小学館 2007（小学館文庫）p171
屍精絲・リズム（リーテツ）
　◇「近代朝鮮文学日本語作品集1908～1945 セレクショ
　　ン 4」緑蔭書房 2008 p139
自生する知と自壊する謎―森博嗣論（渡邉大
輔）
　◇「見えない殺人カード―本格短編ベスト・セレク
　　ション」講談社 2012（講談社文庫）p537
自生する知と自壊する謎―森博嗣論 評論（渡
邉大輔）
　◇「本格ミステリー二〇〇八年本格短編ベスト・セ
　　レクション 08」講談社 2008（講談社ノベル
　　ス）p365
紫青代の始まり（橋元淳一郎）
　◇「逆想コンチェルト―イラスト先行・競作小説ア
　　ンソロジー 奏の2」徳間書店 2010 p32
詩聖タゴール（王白淵）
　◇「日本統治期台湾文学集成 18」緑蔭書房 2003
　　p92
市井の女子の私かに色を売ること、及び粧飾
塗抹することを禁ずるを聞き、戯れに賦し
て以て某君に寄す（成島柳北）
　◇「新日本古典文学大系 明治編 2」岩波書店 2004
　　p227
自生の夢（飛浩隆）
　◇「THE FUTURE IS JAPANESE」早川書房
　　2012（ハヤカワSFシリーズJコレクション）
　　p297
　◇「日本SF短篇50 5」早川書房 2013（ハヤカワ文
　　庫 JA）p301

作品名から引ける日本文学全集案内 第III期　349

しせい

自生の夢―七十三人を死に追いやった稀代の
殺人者が、かの怪物を滅ぼすために、いま、
召還される（飛浩隆）
◇「NOVA―書き下ろし日本SFコレクション 1」河
出書房新社 2009（河出文庫）p347

姿勢の良い若者（村瀬継弥）
◇「ショートショートの広場 14」講談社 2003（講
談社文庫）p179

自責（長浜清）
◇「ハンセン病文学全集 7」皓星社 2004 p99

私説・沖田総司（三好徹）
◇「新選組烈士伝」角川書店 2003（角川文庫）p95

私設博物館資料目録（井上雅彦）
◇「心霊理論」光文社 2007（光文社文庫）p535

死線（汲田誠司）
◇「ショートショートの広場 16」講談社 2005（講
談社文庫）p73

私戦（李龍海）
◇「〈在日〉文学全集 18」勉誠出版 2006 p242

視線（楠悠一）
◇「ショートショートの広場 18」講談社 2006（講
談社文庫）p55

視線（沙木とも子）
◇「てのひら怪談―ビーケーワン怪談大賞傑作選 庚
寅」ポプラ社 2010（ポプラ文庫）p130

視線（本田緒生）
◇「探偵小説の風景―トラフィック・コレクション
上」光文社 2009（光文社文庫）p165

自然（川端康成）
◇「山形県文学全集第1期（小説編）2」郷土出版社
2004 p52

自然薯（クジラマク）
◇「てのひら怪談―ビーケーワン怪談大賞傑作選 庚
寅」ポプラ社 2010（ポプラ文庫）p50

自然界の縞模様（寺田寅彦）
◇「ちくま日本文学 34」筑摩書房 2009（ちくま文
庫）p253

自然界の豫言者 ウオルズウオルス（植村正久）
◇「新日本古典文学大系 明治編 26」岩波書店 2002
p45

慈善家―四幕（藍紅緑）
◇「日本統治期台湾文学集成 14」緑蔭書房 2003
p53

詩 一九四九年冬（吉本隆明）
◇「コレクション戦争と文学 10」集英社 2012 p655

詩 戦争（中桐雅夫）
◇「コレクション戦争と文学 9」集英社 2012 p672

詩 戦争が終った時（上林猷夫）
◇「コレクション戦争と文学 9」集英社 2012 p675

自然の背後に隠れて居る（萩原朔太郎）
◇「ちくま日本文学 36」筑摩書房 2009（ちくま文
庫）p163

泗川風景―オッパへの手紙（崔碩義）
◇「〈在日〉文学全集 16」勉誠出版 2006 p427

四千両小判梅葉（しせんりやうこばんのうめのは）（河竹

黙阿彌）
◇「明治の文学 2」筑摩書房 2002 p365

詩 葬式列車（石原吉郎）
◇「コレクション戦争と文学 13」集英社 2011 p110

思想・地理・人理―アナキズム特集に応えて
（富士正晴）
◇「戦後文学エッセイ選 7」影書房 2006 p112

地蔵憑き（朱雀門出）
◇「憑依」光文社 2010（光文社文庫）p97

地蔵寺の犬（澤田ふじ子）
◇「犬道楽江戸草紙―時代小説傑作選」徳間書店
2005（徳間文庫）p51

思想の誕生（金鍾漢）
◇「近代朝鮮文学日本語作品集1939～1945 評論・随筆
篇 1」緑蔭書房 2002 p433

詩 象のはなし（秋山清）
◇「コレクション戦争と文学 12」集英社 2013 p224

思想兵の手記（岡井隆）
◇「新装版 全集現代文学の発見 13」學藝書林 2004
p586

地蔵和讃（早瀬詠一郎）
◇「白刃光る」新潮社 1997 p107

思想は一つの意匠であるか（萩原朔太郎）
◇「ちくま日本文学 36」筑摩書房 2009（ちくま文
庫）p159

士族の商法（三遊亭円朝）
◇「明治の文学 3」筑摩書房 2001 p340

時速四十キロで未来へ向かう（角田光代）
◇「あなたと、どこかへ。」文藝春秋 2008（文春文
庫）p31

時速四十キロの密室（東川篤哉）
◇「新・本格推理 特別編」光文社 2009（光文社文
庫）p165

子孫（松村進吉）
◇「男たちの怪談百物語」メディアファクトリー
2012（幽BOOKS）p232

歯朶（しだ）（金子光晴）
◇「ちくま日本文学 38」筑摩書房 2009（ちくま文
庫）p93

耳朶（浮穴千佳）
◇「ショートショートの花束 3」講談社 2011（講
談社文庫）p190

下味（三浦ヨーコ）
◇「ショートショートの花束 3」講談社 2011（講
談社文庫）p135

時代（西本京子）
◇「ショートショートの広場 11」講談社 2000（講
談社文庫）p55

時代（日影丈吉）
◇「恐怖の花」ランダムハウス講談社 2007 p29

「死体を隠すには」（江島伸吾）
◇「無人踏切―鉄道ミステリー傑作選」光文社 2008
（光文社文庫）p329

死体を運んだ男（小池真理子）
◇「蒼迷宮―ミステリー・アンソロジー」祥伝社

2002（祥伝社文庫）p7

詩 待機（金鍾漢）
　◇「コレクション戦争と文学 17」集英社 2012 p239

したいことはできなくて（色川武大）
　◇「人間みな病気」ランダムハウス講談社 2007 p97

死体室（岩村透）
　◇「文豪怪談傑作選 特別編」筑摩書房 2007（ちくま文庫）p119

死体紹介人（川端康成）
　◇「見上げれば星は天に満ちて―心に残る物語―日本文学秀作選」文藝春秋 2005（文春文庫）p83
　◇「文豪の探偵小説」集英社 2006（集英社文庫）p127

時代小説の愉しみ（隆慶一郎）
　◇「我、本懐を遂げんとす―忠臣蔵傑作選」徳間書店 1998（徳間文庫）p333

死体昇天（角田喜久雄）
　◇「君らの狂気で死を孕ませよ―新青年傑作選」角川書店 2000（角川文庫）p5
　◇「山岳迷宮（ラビリンス）―山のミステリー傑作選」光文社 2016（光文社文庫）p123

死体たちの夏（乾緑郎）
　◇「5分で読める！ ひと駅ストーリー 夏の記憶西口編」宝島社 2013（宝島社文庫）p281
　◇「5分で凍る！ ぞっとする怖い話」宝島社 2015（宝島社文庫）p59

死体にだって見おぼえがあるぞ（田村隆一）
　◇「ミステリマガジン700 国内篇」早川書房 2014（ハヤカワ・ミステリ文庫）p165

死体にまたがった男（小泉八雲）
　◇「陰陽師伝奇大全」白泉社 2001 p269

死体の冷めないうちに（芦辺拓）
　◇「不在証明崩壊―ミステリーアンソロジー」角川書店 2000（角川文庫）p41

時代の祝福（川端康成）
　◇「文豪怪談傑作選 川端康成集」筑摩書房 2006（ちくま文庫）p351

死体の匂い（田中貢太郎）
　◇「文豪怪談傑作選 大正篇」筑摩書房 2011（ちくま文庫）p334

時代の娘（長谷川時雨）
　◇「コレクション戦争と文学 14」集英社 2012 p58

時代閉塞の現状（石川啄木）
　◇「ちくま日本文学 33」筑摩書房 2009（ちくま文庫）p244

時代閉塞の現状〔強権、純粋自然主義の最後及び明日の考察〕（石川啄木）
　◇「明治の文学 19」筑摩書房 2002 p11

時代祭に人が死ぬ（山村美紗）
　◇「京都殺意の旅―京都ミステリー傑作選」徳間書店 2001（徳間文庫）p255

死体役者（安土萌）
　◇「俳優」廣済堂出版 1999（廣済堂文庫）p89

時代屋の女房（村松友視）
　◇「文学賞受賞・名作集成 7」リブリオ出版 2004 p109

死体蠟燭（小酒井不木）
　◇「怪奇探偵小説集 1」角川春樹事務所 1998（ハルキ文庫）p85
　◇「恐怖ミステリーBEST15―こんな幻の傑作が読みたかった！」シーエイチシー 2006 p27

舌へ労働を命ず（小熊秀雄）
　◇「新装版 全集現代文学の発見 13」學藝書林 2004 p221

舌を嚙み切った女（室生犀星）
　◇「血」三天書房 2000（傑作短篇シリーズ）p111
　◇「歴史小説の世紀 天の巻」新潮社 2000（新潮文庫）p57

舌切雀 「お伽草紙」より（太宰治）
　◇「文豪怪談傑作選 太宰治集」筑摩書房 2009（ちくま文庫）p114

自宅療養時代（明石海人）
　◇「ハンセン病文学全集 4」皓星社 2003 p62

巳茸譚（岩里藁人）
　◇「てのひら怪談 癸巳」KADOKAWA 2013（MF文庫ダ・ヴィンチ）p78

親しくしていただいている（と自分が思っている）編集者に宛てた、借金申し込みの手紙（角田光代）
　◇「教えたくなる名短篇」筑摩書房 2014（ちくま文庫）p23

仕出しの徳さん（千鳥環）
　◇「ゆきのまち幻想文学賞小品集 18」企画集団ぷりずむ 2009 p162

舌づけ（菊地秀行）
　◇「舌づけ―ホラー・アンソロジー」祥伝社 1998（ノン・ポシェット）p7

仕立屋の猫（稲葉稔）
　◇「江戸猫ばなし」光文社 2014（光文社文庫）p47

舌のさきで（山本幸久）
　◇「本当のうそ」講談社 2007 p103

下の世界（筒井康隆）
　◇「たそがれゆく未来」筑摩書房 2016（ちくま文庫）p241

下町怪異譚（亀井はるの）
　◇「てのひら怪談―ビーケーワン怪談大賞傑作選 庚寅」ポプラ社 2010（ポプラ文庫）p98

師団坂・六〇（井水伶）
　◇「はじめての小説（ミステリー）―内田康夫＆東京・北区が選んだ気鋭のミステリー」実業之日本社 2008 p147

詩壇三十年（松村紘一）
　◇「近代朝鮮文学日本語作品集1939〜1945 評論・随筆篇 2」緑蔭書房 2002 p353

下ん浜（木野和子）
　◇「下ん浜―第2回「草枕文学賞」作品集」文藝春秋企画出版部 2000 p7

七階の運動（横光利一）
　◇「コーヒーと小説」mille books 2016 p131

七月七日に逢いましょう（水田美意子）
　◇「10分間ミステリー」宝島社 2012（宝島社文庫）p123

しちか

◇「10分間ミステリー THE BEST」宝島社 2016
（宝島社文庫）p333

七月の客人(サカジリミズホ)
◇「稲生モノノケ大全 陽之巻」毎日新聞社 2005
p479

七月の喧燥(柴田よしき)
◇「京都愛憎の旅―京都ミステリー傑作選」徳間書
店 2002（徳間文庫）p45

七月の山脈(黒木謳子)
◇「日本統治期台湾文学集成 18」緑蔭書房 2003
p424

七月の詩壇(朱耀翰, 豊太郎, 泰雄, 福督, 梨雨公,
X)
◇「近代朝鮮文学日本語作品集1908〜1945 セレクショ
ン 5」緑蔭書房 2008 p29

七月の真っ青な空に(白石一文)
◇「最後の恋MEN'S―つまり、自分史上最高の恋。」
新潮社 2012（新潮文庫）p313

七月の夜(朱耀翰)
◇「近代朝鮮文学日本語作品集1908〜1945 セレクショ
ン 4」緑蔭書房 2008 p61

質草(井上ひさし)
◇「鬼火が呼んでいる―時代小説傑作選」講談社
1997（講談社文庫）p187

紫竹と梅の花(八木義徳)
◇「山形県文学全集第1期(小説編) 5」郷土出版社
2004 p524

7時間35分(柳美里)
◇「空を飛ぶ恋―ケータイがつなぐ28の物語」新潮
社 2006（新潮文庫）p136

七胴落とし(辻村深月)
◇「神林長平トリビュート」早川書房 2009 p51
◇「神林長平トリビュート」早川書房 2012（ハヤカ
ワ文庫JA）p57

七人の敵(篠田節子)
◇「悪魔のような女―女流ミステリー傑作選」角川
春樹事務所 2001（ハルキ文庫）p279

七人の部長(越智優)
◇「高校演劇Selection 2002 上」晩成書房 2002 p7

七人目のオトコ(ひかり)
◇「100の恋―幸せになるための恋愛短篇集」泰文堂
2010（Linda books！）p94

七人目の刺客(早乙女貢)
◇「士魂の光芒―時代小説最前線」新潮社 1997（新
潮文庫）p465

七福神詣(まいり)(三遊亭円朝)
◇「明治の文学 3」筑摩書房 2001 p329

七変人の離散(正岡子規)
◇「新日本古典文学大系 明治編 27」岩波書店 2003
p236

死地奔槍(矢野隆)
◇「戦国秘史―歴史小説アンソロジー」
KADOKAWA 2016（角川文庫）p289

試着室(北方謙三)
◇「二十四粒の宝石―超短編小説傑作集」講談社
1998（講談社文庫）p247

質屋の女房(安岡章太郎)
◇「ことばの織物―昭和短篇珠玉選 2」蒼丘書林
1998 p233
◇「日本文学全集 27」河出書房新社 2017 p81

私鋳(依田学海)
◇「新日本古典文学大系 明治編 3」岩波書店 2005
p162

シチューのひと(友井羊)
◇「『このミステリーがすごい！』大賞作家書き下ろ
しBOOK vol.10」宝島社 2015 p57

自著(正岡子規)
◇「新日本古典文学大系 明治編 27」岩波書店 2003
p87

詩調(金熙明)
◇「近代朝鮮文学日本語作品集1908〜1945 セレクショ
ン 4」緑蔭書房 2008 p73

詩頂(河嵩志)
◇「近代朝鮮文学日本語作品集1908〜1945 セレクショ
ン 4」緑蔭書房 2008 p362

詩調から(兪鎭午訳)
◇「近代朝鮮文学日本語作品集1908〜1945 セレクショ
ン 4」緑蔭書房 2008 p88

時調三章(片榮魯)
◇「近代朝鮮文学日本語作品集1939〜1945 創作篇 6」
緑蔭書房 2001 p22

市庁舎の幽霊(水見綾)
◇「塔の物語」角川書店 2000（角川ホラー文庫）
p69

時調抄譯(素雲生)
◇「近代朝鮮文学日本語作品集1908〜1945 セレクショ
ン 4」緑蔭書房 2008 p240

時調の復興に就いて(李殷相)
◇「近代朝鮮文学日本語作品集1908〜1945 セレクショ
ン 5」緑蔭書房 2008 p197

時調の復興は新詩運動にまで影響(朱耀翰)
◇「近代朝鮮文学日本語作品集1908〜1945 セレクショ
ン 5」緑蔭書房 2008 p194

死聴率(島田荘司)
◇「江戸川乱歩に愛をこめて」光文社 2011（光文社
文庫）p187

時調は復興さすべきか(作者表記なし)
◇「近代朝鮮文学日本語作品集1908〜1945 セレクショ
ン 5」緑蔭書房 2008 p191

七里の渡し月見船(笹沢左保)
◇「躍る影法師」光風社出版 1997（光風社文庫）
p301

七里飛脚忍法修業(高橋和島)
◇「遠き雷鳴」桃園書房 2001（桃園文庫）p137

実演販売(つくね乱蔵)
◇「恐怖箱 遺伝記」竹書房 2008（竹書房文庫）p78

実家(早見裕司)
◇「悪夢が嗤う瞬間」勁文社 1997（ケイブンシャ文
庫）p129

十回目には(常盤朱美)
◇「十の恐怖」角川書店 1999 p7

シッカイヤ蘭子の冒険(渡辺信二)

しつそ

◇「縄文4000年の謎に挑む」現代書林 2016 p225

実川延若讃（折口信夫）
　◇「ちくま日本文学 25」筑摩書房 2008（ちくま文庫）p290

実感の形而上学（寺山修司）
　◇「ちくま日本文学 6」筑摩書房 2007（ちくま文庫）p134

失業者の歌（明石鉄也）
　◇「新・プロレタリア文学精選集 13」ゆまに書房 2004 p235

実況中継（長岡弘樹）
　◇「宝石ザミステリー 2」光文社 2012 p221

実業熱の勃興と基督教（山路愛山）
　◇「新日本古典文学大系 明治編 26」岩波書店 2002 p492

失業反對 詩と繪の展覽會の闘爭略記（金龍濟）
　◇「近代朝鮮文学日本語作品集1901〜1938 評論・随筆篇 3」緑蔭書房 2004 p257

失業人（折口信夫）
　◇「ちくま日本文学 25」筑摩書房 2008（ちくま文庫）p46

漆喰くい（高田郁）
　◇「きずな—時代小説親子情話」角川春樹事務所 2011（ハルキ文庫）p103

疾駆するジョーカー（芦辺拓）
　◇「密室殺人大百科 上」原書房 2000 p13

日月潭霧社修学旅行記（葉歩月）
　◇「日本統治期台湾文学集成 19」緑蔭書房 2003 p245

実験（関根弘）
　◇「新装版 全集現代文学の発見 13」學藝書林 2004 p327

実験（矢島正雄）
　◇「読んで演じたくなるゲキの本 中学生版」幻冬舎 2006 p109

実験室における太陽氏への公開状（瀧口修造）
　◇「新装版 全集現代文学の発見 13」學藝書林 2004 p82

実験と被験と（平口夢明）
　◇「教室」光文社 2003（光文社文庫）p439

湿原の女神（宇佐美まこと）
　◇「怪談列島ニッポン—書き下ろし諸国奇談競作集」メディアファクトリー 2009（MF文庫）p253

室号（正岡子規）
　◇「新日本古典文学大系 明治編 27」岩波書店 2003 p232

執行猶予（小山いと子）
　◇「消えた受賞作—直木賞編」メディアファクトリー 2004（ダ・ヴィンチ特別編集）p227

漆黒（乾ルカ）
　◇「奇想博物館」光文社 2013（最新ベスト・ミステリー）p69

漆黒のトンネル（井下尚紀）
　◇「てのひら怪談—ビーケーワン怪談大賞傑作選」ポプラ社 2007 p168
　◇「てのひら怪談—ビーケーワン怪談大賞傑作選」

ポプラ社 2008（ポプラ文庫）p176

漆胡樽（井上靖）
　◇「黄土の群星」光文社 1999（光文社文庫）p179

十才をいわおう・プロジェクトX（テン）—劇とスピーチで家族に感謝を伝えよう（西脇正治）
　◇「小学校・全員参加の楽しい学級劇・学年劇脚本集 中学年」黎明書房 2006 p152

実際たましいはぬけてしまいます≫永井ふさ子（斎藤茂吉）
　◇「日本人の手紙 5」リブリオ出版 2004 p45

実在のかけ橋（長谷川龍生）
　◇「新装版 全集現代文学の発見 13」學藝書林 2004 p337

詩集 実在の岸辺（村野四郎）
　◇「新装版 全集現代文学の発見 13」學藝書林 2004 p240

執事の血（山口雅也）
　◇「冥界ブリズン」光文社 1999（光文社文庫）p381

失色（桜井文規）
　◇「リトル・リトル・クトゥルー—史上最小の神話小説集」学習研究社 2009 p208

失神（石川欣司）
　◇「ハンセン病文学全集 6」皓星社 2003 p347

嫉刃の血首（村松駿吉）
　◇「怪奇・伝奇時代小説選集 8」春陽堂書店 2000（春陽文庫）p91

十進法（ウルエミロ）
　◇「ショートショートの花束 2」講談社 2010（講談社文庫）p11

実説「安兵衛」（柴田錬三郎）
　◇「忠臣蔵コレクション 3」河出書房新社 1998（河出文庫）p55
　◇「七つの忠臣蔵」新潮社 2016（新潮文庫）p103

実説・四谷怪談（大庭鉄太郎）
　◇「怪奇・伝奇時代小説選集 2」春陽堂書店 1999（春陽文庫）p23

十銭（千葉省三）
　◇「ひつじアンソロジー 小説編 2」ひつじ書房 2009 p13

「実践信仰」からの解放（花田清輝）
　◇「戦後文学エッセイ選 1」影書房 2005 p116

疾走する季節のベーソース（黒木謳子）
　◇「日本統治期台湾文学集成 18」緑蔭書房 2003 p460

失踪する死者（島田荘司）
　◇「名探偵の憂鬱」青樹社 2000（青樹社文庫）p9

実存うにょーくん（小室みつ子withうにょーくん）
　◇「SFバカ本 黄金スパム篇」メディアファクトリー 2000 p331

実存ヒプノージュリエット 二（橋てつと）
　◇「回転ドアから」全作家協会 2015（全作家短編集）p170

作品名から引ける日本文学全集案内 第III期　353

しつた

失題（王白淵）
◇「日本統治期台湾文学集成 18」緑蔭書房 2003 p43

失題（韓龍雲）
◇「近代朝鮮文学日本語作品集1908〜1945 セレクション 6」緑蔭書房 2008 p20

失題詩篇（入澤康夫）
◇「新装版 全集現代文学の発見 13」學藝書林 2004 p552

シッタンの渡河（島田秋夫）
◇「ハンセン病文学全集 8」皓星社 2006 p482

じっちゃんの養豚場（木下訓成）
◇「日本海文学大賞一大賞作品集 3」日本海文学大賞運営委員会 2007 p3

疾中（宮沢賢治）
◇「日本文学全集 16」河出書房新社 2016 p13

嫉妬（野上彌生子）
◇「精選女性随筆集 10」文藝春秋 2012 p223

じっとこのまま―ルート66（藤田宜永）
◇「偽りの愛」リブリオ出版 2001 （ラブミーワールド）p5
◇「恋愛小説・名作集成 1」リブリオ出版 2004 p5
◇「恋は罪つくり―恋愛ミステリー傑作選」光文社 2005 （光文社文庫）p261

嫉妬する夫の手記（二葉亭四迷）
◇「コーヒーと小説」mille books 2016 p149

嫉妬するマネキン（竹内義和）
◇「文藝百物語」ぶんか社 1997 p49

嫉妬―瞠視慾（長谷川龍生）
◇「新装版 全集現代文学の発見 13」學藝書林 2004 p338

嫉妬に火をつけて（鮫田心臓）
◇「かわいい―第16回フェリシモ文学賞優秀作品集」フェリシモ 2013 p24

室内（萩原朔太郎）
◇「ちくま日本文学 36」筑摩書房 2009 （ちくま文庫）p21

室内楽（寺山修司）
◇「吸血鬼」国書刊行会 1998 （書物の王国）p209

室内の花たち（中里恒子）
◇「精選女性随筆集 10」文藝春秋 2012 p43

失敗（小松左京）
◇「京都府文学全集第1期（小説編）4」郷土出版社 2005 p197

失敗作（鳥飼否宇）
◇「バカミスじゃない!?―史上空前のバカミス・アンソロジー」宝島社 2007 p227
◇「天地驚愕のミステリー」宝島社 2009 （宝島社文庫）p13

失敗したおやすみなさい（つくね乱蔵）
◇「怪集 蠱毒―創作怪談発掘大会傑作選」竹書房 2009 （竹書房文庫）p150

失敗や挫折の後で、どのような努力をするか≫小学生ファン（米長邦雄）
◇「日本人の手紙 3」リブリオ出版 2004 p73

10％の偽情報―バスの遍歴（清松みゆき）
◇「踊れ！ へっぽこ大祭典―ソード・ワールド短編集」富士見書房 2004 （富士見ファンタジア文庫）p11

十針の赤い糸（井上雅彦）
◇「十の恐怖」角川書店 1999 p63

櫛比する街景と文明（安西冬衛）
◇「新装版 全集現代文学の発見 13」學藝書林 2004 p17

失猫症候群（片岡まみこ）
◇「猫路地」日本出版社 2006 p121

疾風怒涛の諜報戦・日米石油胆力戦争―明治四四年（河岡潮風）
◇「日米架空戦記集成―明治・大正・昭和」中央公論新社 2003 （中公文庫）p169

疾風魔（九鬼澹）
◇「怪奇・伝奇時代小説選集 4」春陽堂書店 2000 （春陽文庫）p179

十分後に俺は死ぬ（桂修司）
◇「もっとすごい！ 10分間ミステリー」宝島社 2013 （宝島社文庫）p99

しっぽ（加楽幽明）
◇「超短編の世界 vol.3」創英社 2011 p136

しっぽ（たなかなつみ）
◇「超短編の世界 vol.3」創英社 2011 p137

十歩…二十歩…（竹河聖）
◇「十の恐怖」角川書店 1999 p307

しっぽの友達（小川直人）
◇「バブリーズ・リターン―ソード・ワールド短編集」富士見書房 1999 （富士見ファンタジア文庫）p7

シッポのはえた王子さま（四谷シモーヌ）
◇「チューリップ革命―ネオ・スイート・ドリーム・ロマンス」イースト・プレス 2000 p195

十本の指（高木彬光）
◇「黒門町伝七捕物帳―時代小説競作選」光文社 2015 （光文社文庫）p67

失明（小泉雅二）
◇「ハンセン病文学全集 7」皓星社 2004 p92

実用的な文章と芸術的な文章（谷崎潤一郎）
◇「ちくま日本文学 14」筑摩書房 2008 （ちくま文庫）p390

失楽園（西脇順三郎）
◇「新装版 全集現代文学の発見 13」學藝書林 2004 p50

失楽園（柳広司）
◇「ベスト本格ミステリ 2012」講談社 2012 （講談ノベルス）p235
◇「探偵の殺される夜」講談社 2016 （講談社文庫）p329

失楽園殺人事件（小栗虫太郎）
◇「リテラリーゴシック・イン・ジャパン―文学的ゴシック作品選」筑摩書房 2014 （ちくま文庫）p69

質量不変の法則（関宏江）
◇「ショートショートの広場 19」講談社 2007 （講

談社文庫）p208

詩 吊るされたひとに（長田弘）
　◇「コレクション戦争と文学 12」集英社 2013 p436

失恋の演算（有川浩）
　◇「好き、だった。―はじめての失恋、七つの話」メディアファクトリー 2010 （MF文庫）p7

失恋のしかた（橋口いくよ）
　◇「恋時雨―恋はときどき泪が出る」メディアファクトリー 2009 （〔ダ・ヴィンチブックス〕）p75

実話（加門七海）
　◇「妖髪鬼談」桜桃書房 1998 p14
　◇「黒髪に恨みは深く―一髪の毛ホラー傑作選」角川書店 2006 （角川ホラー文庫）p51

実は、その島（浅木信也）
　◇「ショートショートの広場 17」講談社 2005 （講談社文庫）p85

「師弟」（nirva=laeva）
　◇「人は死んだら電柱になる―電柱アンソロジー」遠すぎる未来団 2014 p208

師弟決死隊（赤川武助）
　◇「『少年倶楽部』熱血・痛快・時代短篇選」講談社 2015 （講談社文芸文庫）p267

指定席（鳴海章）
　◇「短篇ベストコレクション―現代の小説 2002」徳間書店 2002 （徳間文庫）p181

指定席（乃南アサ）
　◇「翠迷宮―ミステリー・アンソロジー」祥伝社 2003 （祥伝社文庫）p7

指定席（森重孝昭）
　◇「ショートショートの広場 9」講談社 1998 （講談社文庫）p72

市（シティ）二二二〇年（光瀬龍）
　◇「暴走する正義」筑摩書房 2016 （ちくま文庫）p391

私的生活（後藤明生）
　◇「「内向の世代」初期作品アンソロジー」講談社 2016 （講談社文芸文庫）p15

私鉄沿線（雨宮町子）
　◇「葬送列車―鉄道ミステリー名作館」徳間書店 2004 （徳間文庫）p197

死出の身支度（竹内義和）
　◇「文藝百物語」ぶんか社 1997 p12

死出の道艸（管野須賀子）
　◇「「新編」日本女性文学全集 2」菁柿堂 2008 p455

死出の雪―崇禅寺馬場の敵討ち（隆慶一郎）
　◇「時代小説傑作選 4」新人物往来社 2008 p5

してやられた男（小日向台三）
　◇「幻の探偵雑誌 8」光文社 2001 （光文社文庫）p263

死ではなかった（砂場）
　◇「超短編の世界 vol.3」創英社 2011 p54

視点（黒木あるじ）
　◇「渚にて―あの日からの〈みちのく怪談〉」荒蝦夷 2016 p33

自転（李正子）

◇「〈在日〉文学全集 17」勉誠出版 2006 p250

自伝落葉のくに（石上露子）
　◇「「新編」日本女性文学全集 2」菁柿堂 2008 p481

死電区間Ⅱ（川村節）
　◇「創作脚本集―60周年記念」岡山県高等学校演劇協議会 2011 （おかやまの高校演劇）p1

自転車（江坂遊）
　◇「綾辻・有栖川復刊セレクション 仕掛け花火」講談社 2007 （講談社ノベルス）p174

自転車（志賀直哉）
　◇「ちくま日本文学 21」筑摩書房 2008 （ちくま文庫）p383

自転車を漕ぐとき（薄井ゆうじ）
　◇「短篇ベストコレクション―現代の小説 2005」徳間書店 2005 （徳間文庫）p119

自転車お玉（井上ひさし）
　◇「ひらめく秘太刀」光風社出版 1998 （光風社文庫）p41

自転車行（中島らも）
　◇「冒険の森へ―傑作小説大全 20」集英社 2015 p27

自転車日記（夏目漱石）
　◇「生の深みを覗く―ポケットアンソロジー」岩波書店 2010 （岩波文庫別冊）p95

自転車日記（萩原朔太郎）
　◇「ちくま日本文学 36」筑摩書房 2009 （ちくま文庫）p235

自転車に乗って（田丸雅智）
　◇「短篇ベストコレクション―現代の小説 2015」徳間書店 2015 （徳間文庫）p209
　◇「謎の放課後―学校の七不思議」KADOKAWA 2015 （角川文庫）p163

自転する男（岡崎弘明）
　◇「超短編アンソロジー」筑摩書房 2002 （ちくま文庫）p38
　◇「ショートショートの缶詰」キノブックス 2016 p157

市電の兄弟（村山知義）
　◇「新・プロレタリア文学精選集 16」ゆまに書房 2004 p329

私都（朝西真沙）
　◇「下ん浜―第2回「草枕文学賞」作品集」文藝春秋企画出版部 2000 p115

死闘激闘黒竜島（天羽沙夜）
　◇「幻想水滸伝短編集 3」メディアワークス 2002 （電撃文庫）p195

自動口述機ペルセフォネ（君島慧是）
　◇「てのひら怪談―ビーケーワン怪談大賞傑作選 壬辰」ポプラ社 2012 （ポプラ文庫）p252

自動小説作成マシーン（七瀬七海）
　◇「ショートショートの花束 3」講談社 2011 （講談社文庫）p284

詩と歌（明石海人）
　◇「ハンセン病文学全集 4」皓星社 2003 p541

児童朝鮮を直視して①～③（金素雲）
　◇「近代朝鮮文学日本語作品集1901～1938 評論・随筆

しとう

篇 1」緑蔭書房 2004 p391

児童の愛護─呼び覚したい大人の童心（鄭寅燮）
　◇「近代朝鮮文学日本語作品集1908～1945 セレクション 3」緑蔭書房 2008 p235

死闘の掟（夢枕獏）
　◇「男たちのら・ら・ば・い」徳間書店 1999 （徳間文庫）p543

児童販売機（江坂遊）
　◇「綾辻・有栖川復刊セレクション 仕掛け花火」講談社 2007 （講談社ノベルス）p213

自動販売機（神狛しず）
　◇「女たちの怪談百物語」メディアファクトリー 2010 〔幽books〕p69
　◇「女たちの怪談百物語」KADOKAWA 2014 （角川ホラー文庫）p75

自動販売機（乱雨）
　◇「てのひら怪談─ビーケーワン怪談大賞傑作選 壬辰」ポプラ社 2012 （ポプラ文庫）p110

自動筆記（ヤマシタクニコ）
　◇「超短編の世界 vol.3」創英社 2011 p73

自動娘（竹田和弘）
　◇「優秀新人戯曲集 2005」ブロンズ新社 2004 p5

指導物語─ある国鉄機関誌の述懐（上田広）
　◇「コレクション戦争と文学 15」集英社 2012 p279

死ト現象（ウルトラマリン第三）（逸見猶吉）
　◇「新装版 全集現代文学の発見 13」學藝書林 2004 p148

死と蝙蝠傘の詩（北園克衛）
　◇「新装版 全集現代文学の発見 13」學藝書林 2004 p63

詩と散文（吉田健一）
　◇「日本文学全集 20」河出書房新社 2015 p34

尿前の関（古田紹欽）
　◇「山形県文学全集第2期(随筆・紀行編) 6」郷土出版社 2005 p218

シトラスな時間（らびっと）
　◇「超短編の世界」創英社 2008 p156

しなう身（李正子）
　◇「〈在日〉文学全集 17」勉誠出版 2006 p262

品川沖観艦式（萩原朔太郎）
　◇「ちくま日本文学 36」筑摩書房 2009 （ちくま文庫）p193

支那語（正岡子規）
　◇「新日本古典文学大系 明治編 27」岩波書店 2003 p372

死なせて（中辻日出子）
　◇「ショートショートの広場 11」講談社 2000 （講談社文庫）p123

死なない蛸（紺野夏子）
　◇「現代作家代表作選集 5」鼎書房 2013 p93

死なない蛸（萩原朔太郎）
　◇「超短編アンソロジー」筑摩書房 2002 （ちくま文庫）p155
　◇「ものがたりのお菓子箱」飛鳥新社 2008 p245

　◇「ちくま日本文学 36」筑摩書房 2009 （ちくま文庫）p224
　◇「変身ものがたり」筑摩書房 2010 （ちくま文学の森）p8

死なない兵士（黒崎薫）
　◇「Fの肖像─フランケンシュタインの幻想たち」光文社 2010 （光文社文庫）p111

支那に於ける霊的現象（幸田露伴）
　◇「文豪怪談傑作選 幸田露伴集」筑摩書房 2010 （ちくま文庫）p294

「支那の画」（芥川龍之介）
　◇「文豪怪談傑作選 芥川龍之介集」筑摩書房 2010 （ちくま文庫）p314

支那の吸血鬼（山尾悠子）
　◇「吸血鬼」国書刊行会 1998 （書物の王国）p194

信濃大名記（池波正太郎）
　◇「信州歴史時代小説傑作集 1」しなのき書房 2007 p233

萎びた筒（北川冬彦）
　◇「新装版 全集現代文学の発見 13」學藝書林 2004 p29

死に至る全力疾走の謎（東川篤哉）
　◇「宝石ザミステリー」光文社 2011 p59

詩に於けるドラマツルギー（野間宏）
　◇「戦後文学エッセイ選 9」影書房 2008 p42

詩におけるモダニズム①②（金起林）
　◇「近代朝鮮文学日本語作品集1901～1938 評論・随筆 篇 1」緑蔭書房 2004 p369

死にかた（筒井康隆）
　◇「日本SF・名作集成 8」リブリオ出版 2005 p131
　◇「鬼譚」筑摩書房 2014 （ちくま文庫）p323

死神（岡崎雪聲）
　◇「文豪怪談傑作選 特別編」筑摩書房 2007 （ちくま文庫）p167

死神（馳星周）
　◇「ザ・ベストミステリーズ─推理小説年鑑 2001」講談社 2001 p201
　◇「終日犯罪」講談社 2004 （講談社文庫）p395

死神（山手樹一郎）
　◇「武士道崎時記─新鷹会・傑作時代小説選」光文社 2008 （光文社文庫）p61

死神がえし（岡本賢一）
　◇「夏のグランドホテル」光文社 2003 （光文社文庫）p491

死神対老女（伊坂幸太郎）
　◇「ザ・ベストミステリーズ─推理小説年鑑 2006」講談社 2006 p135
　◇「セブンミステリーズ」講談社 2009 （講談社文庫）p5

死神たちの饗宴（豊田一郎）
　◇「全作家短編小説集 6」全作家協会 2007 p100

死神と藤田（伊坂幸太郎）
　◇「ザ・ベストミステリーズ─推理小説年鑑 2005」講談社 2005 p115
　◇「仕掛けられた罪」講談社 2008 （講談社文庫）p51

死神に名を贈られる午前零時（岩井志麻子）
◇「午前零時」新潮社 2007 p133
◇「午前零時―P.S.昨日の私へ」新潮社 2009（新潮文庫）p157

死神の絵（森真沙子）
◇「文藝百物語」ぶんか社 1997 p17

死神の顔（黒史郎）
◇「男たちの怪談百物語」メディアファクトリー 2012（幽BOOKS）p76

死神の誘い（伊井蓉峰）
◇「文豪怪談傑作選 特別編」筑摩書房 2008（ちくま文庫）p220

死神の精度（伊坂幸太郎）
◇「ザ・ベストミステリーズ―推理小説年鑑 2004」講談社 2004 p9
◇「孤独な交響曲（シンフォニー）」講談社 2007（講談社文庫）p197

肢に殺された話（西田政治）
◇「幻の探偵雑誌 6」光文社 2001（光文社文庫）p485

詩に託し一筆まゐらす（杉本長夫）
◇「近代朝鮮文学日本語作品集1908〜1945 セレクション 6」緑蔭書房 2008 p238

死に番（津本陽）
◇「歴史の息吹」新潮社 1997 p7
◇「時代小説―読切御免 2」新潮社 2004（新潮文庫）p211

死にマル（岡本賢一）
◇「屍者の行進」廣済堂出版 1998（廣済堂文庫）p469

死人魚（青木和）
◇「少女の空間」徳間書店 2001（徳間デュアル文庫）p71

死人茶屋（堀晃）
◇「物語の魔の物語―メタ怪談傑作選」徳間書店 2001（徳間文庫）p17

死人に口なし（姜舜）
◇「〈在日〉文学全集 17」勉誠出版 2006 p33

死人に口なし（城昌幸）
◇「幻の探偵雑誌 6」光文社 2001（光文社文庫）p293

死人に、首なし（慧皇）
◇「ショートショートの広場 10」講談社 2000（講談社文庫）p115

死人の髪（飯島耕一）
◇「新装版 全集現代文学の発見 13」學藝書林 2004 p481

死人の逆恨み（笹本稜平）
◇「事件を追いかけろ―最新ベスト・ミステリー サプライズの花束編」光文社 2004（カッパ・ノベルス）p243
◇「事件を追いかけろ サプライズの花束編」光文社 2009（光文社文庫）p317

死人宿（米澤穂信）
◇「ザ・ベストミステリーズ―推理小説年鑑 2012」講談社 2012 p277

◇「Junction運命の分岐点」講談社 2015（講談社文庫）p57

死ぬか太るか（中山七里）
◇「5分で読める！ ひと駅ストーリー 食の話」宝島社 2015（宝島社文庫）p369
◇「5分で笑える！ おバカで愉快な物語」宝島社 2016（宝島社文庫）p277

死ぬこと自体、人間最大の滑稽ごと（山田風太郎）
◇「日本人の手紙 8」リブリオ出版 2004 p14

死ぬときは意地悪（西澤保彦）
◇「推理小説代表作選集―推理小説年鑑 1997」講談社 1997 p345
◇「殺ったのは誰だ?!」講談社 1999（講談社文庫）p309

死ぬのはごめんだ（高橋直樹）
◇「輝きの一瞬―短くて心に残る30編」講談社 1999（講談社文庫）p39

死ぬのはこわい（小川英子）
◇「妖（あやかし）がささやく」翠琥出版 2015 p49

死ぬのは誰か（早見江堂）
◇「ザ・ベストミステリーズ―推理小説年鑑 2011」講談社 2011 p251
◇「Guilty殺意の連鎖」講談社 2014（講談社文庫）p219

死ぬふりだけでやめとけや（冰雄二）
◇「ハンセン病文学全集 7」皓星社 2004 p275

死ぬ前に（橋本浩）
◇「ショートショートの広場 14」講談社 2003（講談社文庫）p159

死ぬまで、生きよう（米澤翔）
◇「ショートショートの花束 8」講談社 2016（講談社文庫）p97

死ぬるも地獄、生きるも地獄（上野英信集3『燃やしてつくす日日』あとがき）（上野英信）
◇「戦後文学エッセイ選 12」影書房 2006 p205

死ねぬ（大久保智弘）
◇「散りぬる桜―時代小説招待席」廣済堂出版 2004 p95

シネマ通りに雨が降る（間零）
◇「立川文学 4」けやき出版 2014 p11

じねんじょ（三浦哲郎）
◇「川端康成文学賞全作品 2」新潮社 1999 p175

自然薯とニワトリ（林万太）
◇「優秀新人戯曲集 2000」ブロンズ新社 1999 p141

死の愛欲（大下宇陀児）
◇「人間心理の怪」勉誠出版 2003（べんせいライブラリー）p1

死の家（森しげ）
◇「青鞜小説集」講談社 2014（講談社文芸文庫）p155

詩の家で―ことばのつえ、ことばのつえ（藤井貞和）
◇「ことばのたくらみ―実作集」岩波書店 2003

しのい

（21世紀文学の創造）p47

死の池（田口ランディ）
◇「コレクション戦争と文学 12」集英社 2013 p408

死の乳母（木々高太郎）
◇「シャーロック・ホームズに愛をこめて」光文社 2010（光文社文庫）p139

死の影（中山士朗）
◇「コレクション戦争と文学 19」集英社 2011 p319

詩のかたちで書かれた一つの物語（金子光晴）
◇「ちくま日本文学 38」筑摩書房 2009（ちくま文庫）p86

死の仮面（倉阪鬼一郎）
◇「黒い遊園地」光文社 2004（光文社文庫）p189

詩の鑑賞（龍瑛宗）
◇「日本統治期台湾文学集成 16」緑蔭書房 2003 p309

死の欺瞞（江戸川乱歩）
◇「ちくま日本文学 7」筑摩書房 2008（ちくま文庫）p409

死の国のアリス（海渡英祐）
◇「不思議の国のアリス ミステリー館」河出書房新社 2015（河出文庫）p7

死の恋（竹河聖）
◇「血の12幻想」エニックス 2000 p125

死の湖畔（岡田鯱彦）
◇「探偵くらぶ—探偵小説傑作選1946～1958 下」光文社 1997（カッパ・ノベルス）p75

しの字嫌い（柳家小さん（3代目））
◇「新日本古典文学大系 明治編 6」岩波書店 2006 p431

死の肖像（勝目梓）
◇「俳句殺人事件—巻頭句の女」光文社 2001（光文社文庫）p407

死の商人（一田和樹）
◇「ショートショートの花束 4」講談社 2012（講談社文庫）p121

死の席（多岐川恭）
◇「悪夢の最終列車—鉄道ミステリー傑作選」光文社 1997（光文社文庫）p189

死の素描（堀辰雄）
◇「日本近代短篇小説選 昭和篇1」岩波書店 2012（岩波文庫）p69

信太妻の話（折口信夫）
◇「文豪怪談傑作選 折口信夫集」筑摩書房 2009（ちくま文庫）p252

死の谷（間瀬純子）
◇「伯爵の血族—紅ノ章」光文社 2007（光文社文庫）p461

死の谷を歩む女（田中文雄）
◇「俳優」廣済堂出版 1999（廣済堂文庫）p463

死のための哲学（古倉節子）
◇「扉の向こうへ」全作家協会 2014（全作家短編集）p101

死の超特急（鷲尾三郎）
◇「江戸川乱歩の推理教室」光文社 2008（光文社

庫）p227

死の釣舟（松浦泉三郎）
◇「捕物時代小説選集 2」春陽堂書店 2000（春陽文庫）p258

死の天使（小沢章友）
◇「輝きの一瞬—短くて心に残る30編」講談社 1999（講談社文庫）p211

死の倒影（大下宇陀児）
◇「恐怖特急」光文社 2002（光文社文庫）p99

死の棘（島尾敏雄）
◇「新装版 全集現代文学の発見 5」學藝書林 2003 p240

死の床の夢の子ら（しんしねこ）
◇「人は死んだら電柱になる—電柱アンソロジー」遠すぎる未来団 2014 p205

字のない葉書（向田邦子）
◇「コレクション戦争と文学 14」集英社 2012 p549
◇「精選女性随筆集 11」文藝春秋 2012 p35

死のなかの風景（原民喜）
◇「妻を失う—離別作品集」講談社 2014（講談社文芸文庫）p80

東雲のまぶた（全生病院武蔵野短歌会）
◇「ハンセン病文学全集 8」皓星社 2006 p11

死の灰をかぶった第五福龍丸無線長の手紙≫久保山寿々（久保山愛吉）
◇「日本人の手紙 10」リブリオ出版 2004 p165

死の灰は天を覆う—ビキニ被爆漁夫の手記（橋爪健）
◇「コレクション戦争と文学 19」集英社 2011 p631

死の方舟（石井一）
◇「幽霊船」光文社 2001（光文社文庫）p383

不忍池暮色（池波正太郎）
◇「江戸の秘恋—時代小説傑作選」徳間書店 2004（徳間文庫）p5

軒の雫に袖ぬらす思ひ入谷の別荘に 忍逢春雪解（しのびあふはるのゆきどけ）（作者表記なし）
◇「新日本古典文学大系 明治編 4」岩波書店 2003 p397

しのび音（石上露子）
◇「「新編」日本女性文学全集 2」菁柿堂 2008 p478

志のび音（大塚楠緒子）
◇「「新編」日本女性文学全集 3」菁柿堂 2011 p19

忍びの術（正岡子規）
◇「新日本古典文学大系 明治編 27」岩波書店 2003 p134

忍びの砦—伊賀崎道順（今村実）
◇「時代小説傑作選 5」新人物往来社 2008 p183

忍びの者をくどく法（田辺聖子）
◇「真田忍者、参上！—隠密伝奇傑作集」河出書房新社 2015（河出文庫）p165

忍び寄る人（日下圭介）
◇「最新「珠玉推理」大全 下」光文社 1998（カッパ・ノベルス）p106
◇「闇夜の芸術祭」光文社 2003（光文社文庫）p145

しふか

篠笛とカグヤ姫（山田涼子）
　◇「誰も知らない「桃太郎」「かぐや姫」のすべて」明拓出版 2009（創作童話シリーズ）p153
忍ぶ川（三浦哲郎）
　◇「私小説の生き方」アーツ・アンド・クラフツ 2009 p191
しのぶぐさ（明治二十五年六月二十四日―八月二十三日）（樋口一葉）
　◇「新日本古典文学大系 明治編 24」岩波書店 2001 p410
忍ぶ恋（伊集院静）
　◇「忍ぶ恋」文藝春秋 1999 p9
忍ぶ恋（北原亞以子）
　◇「忍ぶ恋」文藝春秋 1999 p25
忍ぶ恋（出久根達郎）
　◇「忍ぶ恋」文藝春秋 1999 p37
忍ぶ恋（西木正明）
　◇「忍ぶ恋」文藝春秋 1999 p53
忍ぶ恋（村松友視）
　◇「忍ぶ恋」文藝春秋 1999 p69
忍ぶ恋（山口洋子）
　◇「忍ぶ恋」文藝春秋 1999 p85
しのぶ草（三宅花圃）
　◇「新日本古典文学大系 明治編 23」岩波書店 2002 p273
死の卍（角田健太郎）
　◇「竹中英太郎 1」皓星社 2016（挿絵叢書）p63
死の館にて（稲垣足穂）
　◇「ちくま日本文学 16」筑摩書房 2008（ちくま文庫）p181
死の誘導機（城山三郎）
　◇「冒険の森へ―傑作小説大全 13」集英社 2016 p117
詩の行方（竹中郁）
　◇「新装版 全集現代文学の発見 13」學藝書林 2004 p44
死の樂園（王白淵）
　◇「日本統治期台湾文学集成 18」緑蔭書房 2003 p50
芝居が好きでない（木下順二）
　◇「戦後文学エッセイ選 8」影書房 2005 p221
芝居に行きますか（長谷川四郎）
　◇「戦後文学エッセイ選 2」影書房 2006 p201
芝居の神様（大城立裕）
　◇「文学 1997」講談社 1997 p164
しばいのすきなえんまさん―日本の民話より（正嘉昭）
　◇「小学校たのしい劇の本―英語劇付 高学年」国土社 2007 p144
芝居役割（正岡子規）
　◇「新日本古典文学大系 明治編 27」岩波書店 2003 p62
司馬遷の精神―記録について（武田泰淳）
　◇「戦後文学エッセイ選 5」影書房 2006 p9

芝刈（寺田寅彦）
　◇「ちくま日本文学 34」筑摩書房 2009（ちくま文庫）p173
芝清正公（朱耀翰）
　◇「近代朝鮮文学日本語作品集1908～1945 セレクション 4」緑蔭書房 2008 p57
芝金杉瓦斯会社（服部撫松）
　◇「新日本古典文学大系 明治編 1」岩波書店 2004 p149
時縛の人（梶尾真治）
　◇「時間怪談」廣済堂出版 1999（廣済堂文庫）p499
シバタの飛べる服（前川由衣）
　◇「ゆきのまち幻想文学賞小品集 23」企画集団ぷりずむ 2014 p95
詩 八月六日（峠三吉）
　◇「コレクション戦争と文学 19」集英社 2011 p208
始発電車の女（岡田睦）
　◇「文学 1999」講談社 1999 p203
柴の家（乙川優三郎）
　◇「代表作時代小説 平成17年度」光文社 2005 p247
　◇「がんこ長屋」新潮社 2013（新潮文庫）p39
芝浜（桂三木助）
　◇「心洗われる話」筑摩書房 2010（ちくま文学の森）p69
暫く、暫く、暫く（佐藤雅美）
　◇「市井図絵」新潮社 1997 p185
　◇「時代小説―読切御免 4」新潮社 2005（新潮文庫）p177
しばらく手紙が恋しい間になったネ≫岸田蓁（岸田劉生）
　◇「日本人の手紙 6」リブリオ出版 2004 p124
死描（野村敏雄）
　◇「武士道歳時記―新鷹会・傑作時代小説選」光文社 2008（光文社文庫）p301
しびれものがたり（ナカヤマカズコ）
　◇「優秀新人戯曲集 2009」ブロンズ新社 2008 p163
渋い夢―永見緋太郎の事件簿（田中啓文）
　◇「ザ・ベストミステリーズ―推理小説年鑑 2009」講談社 2009 p41
　◇「Spiralめくるめく謎」講談社 2012（講談社文庫）p305
詩・風雨の日―詩苑の問題（神保光太郎）
　◇「「日本浪曼派」集」新学社 2007（新学社近代浪漫派文庫）p60
シフォン（櫻井結花）
　◇「むすぶ―第11回フェリシモ文学賞作品集」フェリシモ 2008 p138
渋柿を嚙む少年（上林暁）
　◇「文士の意地―車谷長吉撰短篇小説輯 上巻」作品社 2005 p394
詩部幹事長松村紘一（朱耀翰氏）の発言（松村紘一）
　◇「近代朝鮮文学日本語作品集1939～1945 評論・随筆篇 2」緑蔭書房 2002 p360

しふく

子福（金鍾漢）
◇「近代朝鮮文学日本語作品集1939〜1945 創作篇 6」緑蔭書房 2001 p114

至福のとき（三橋たかし）
◇「ショートショートの広場 20」講談社 2008（講談社文庫）p260

澁澤龍彦の世界（倉橋由美子）
◇「精選女性随筆集 3」文藝春秋 2012 p152

ジプシーの呪（遠藤周作）
◇「恐怖の旅」光文社 2000（光文社文庫）p239
◇「呪いの恐怖」リブリオ出版 2001（怪奇・ホラーワールド）p153

屍舞図（朝松健）
◇「Fの肖像—フランケンシュタインの幻想たち」光文社 2010（光文社文庫）p73

ジフテリヤ（幸田文）
◇「ちくま日本文学 5」筑摩書房 2007（ちくま文庫）p390

屍蒲団（神宮寺秀征）
◇「屍者の行進」廣済堂出版 1998（廣済堂文庫）p141

渋谷（小林恭二）
◇「街物語」朝日新聞社 2000 p226

渋谷で七時（石田衣良）
◇「空を飛ぶ恋—ケータイがつなぐ28の物語」新潮社 2006（新潮文庫）p52

渋谷馬鹿見之詩（浅暮三文）
◇「ひとにぎりの異形」光文社 2007（光文社文庫）p340

自分を応援したい（@Sasaharu77）
◇「3.11心に残る140字の物語」学研パブリッシング 2011 p119

自分を落してしまった話（稲垣足穂）
◇「ちくま日本文学 16」筑摩書房 2008（ちくま文庫）p34

自分を取りもどす道（古宮昇）
◇「12人のカウンセラーが語る12の物語」ミネルヴァ書房 2010 p167

自分支援（@anothersignal）
◇「3.11心に残る140字の物語」学研パブリッシング 2011 p85

自分と違う影が（篠田節子）
◇「文藝百物語」ぶんか社 1997 p226

自分によく似た人（稲垣足穂）
◇「ちくま日本文学 16」筑摩書房 2008（ちくま文庫）p49
◇「冒険の森へ—傑作小説大全 17」集英社 2015 p47

自分の顔（加門七海）
◇「文藝百物語」ぶんか社 1997 p227

自分のこと（土門拳）
◇「山形県文学全集第2期（随筆・紀行編）2」郷土出版社 2005 p324

自分の磁石を持っていて下さい≫井上ひさし（松本清張）
◇「日本人の手紙 3」リブリオ出版 2004 p231

自分本位な男（広瀬力）
◇「ショートショートの広場 20」講談社 2008（講談社文庫）p282

シベリア・強制収容所で書かれた望郷≫山本マサト・モジミ（山本幡男）
◇「日本人の手紙 10」リブリオ出版 2004 p152

シベリア幻記（佐竹美映）
◇「ゆきのまち幻想文学賞小品集 19」企画集団ぷりずむ 2010 p123

シベリアの猫（森山東）
◇「超短編の世界」創英社 2008 p28

シベリヤの思い出（長谷川四郎）
◇「戦後文学エッセイ選 2」影書房 2006 p34

シベリヤ物語（長谷川四郎）
◇「新装版 全集現代文学の発見 10」學藝書林 2004 p128

詩篇（神保光太郎）
◇「『日本浪曼派』集」新学社 2007（新学社近代浪漫派文庫）p47

詩篇（富岡多惠子）
◇「三枝和子・林京子・富岡多惠子」角川書店 1999（女性作家シリーズ）p406

詩篇（吉行理恵）
◇「吉田知子・森万紀子・吉行理恵・加藤幸子」角川書店 1998（女性作家シリーズ）p313

紙片50（倉田タカシ）
◇「量子回廊—年刊日本SF傑作選」東京創元社 2010（創元SF文庫）p341

四辺の山より富士を仰ぐ記（若山牧水）
◇「富士山」角川書店 2013（角川文庫）p153

詩法（加藤郁乎）
◇「新装版 全集現代文学の発見 13」學藝書林 2004 p620

詩法（福永武彦）
◇「日本文学全集 29」河出書房新社 2016 p48

詩法（許南麒）
◇「〈在日〉文学全集 2」勉誠出版 2006 p194

詩法—呉東輝に（許南麒）
◇「〈在日〉文学全集 2」勉誠出版 2006 p264

私法・中国遠望（富士正晴）
◇「戦後文学エッセイ選 7」影書房 2006 p164

詩法について（村野四郎）
◇「新装版 全集現代文学の発見 13」學藝書林 2004 p243

四方猫（森真沙子）
◇「猫路地」日本出版社 2006 p195

死亡フラグが立ちましたのずっと前（七尾与史）
◇「『このミステリーがすごい！』大賞作家書き下ろしBOOK vol.2」宝島社 2013 p115

脂肪遊戯（桜庭一樹）
◇「闇電話」光文社 2006（光文社文庫）p205
◇「ザ・ベストミステリーズ—推理小説年鑑 2007」講談社 2007 p125

◇「MARVELOUS MYSTERY」講談社 2010 （講談社文庫）p71

シーホークの残照――または「猫船」（田中文雄）
◇「幽霊船」光文社 2001 （光文社文庫）p513

史北面の小作年議（一）〜（三）（李石薫）
◇「近代朝鮮文学日本語作品集1901〜1938 評論・随筆篇 3」緑蔭書房 2004 p239

川柳句集 試歩の道（桜井学）
◇「ハンセン病文学全集 9」皓星社 2010 p450

シーボーン（加門七海）
◇「アート偏愛」光文社 2005 （光文社文庫）p127

資本と労働（与謝野晶子）
◇「新編」日本女性文学全集 4」菁柿堂 2012 p69

島（趙南哲）
◇「〈在日〉文学全集 18」勉誠出版 2006 p153

島（仲宗根三重子）
◇「日本の少年小説――「少国民」のゆくえ」インパクト出版会 2015 （インパクト選書）p223

縄張り（池波正太郎）
◇「剣光、閃く！」徳間書店 1999 （徳間文庫）p37
◇「夕まぐれ江戸小景」光文社 2015 （光文社文庫）p157

姉妹（青木美土里）
◇「てのひら怪談――ビーケーワン怪談大賞傑作選 庚寅」ポプラ社 2010 （ポプラ文庫）p122

仕舞扇（福岡義信）
◇「かわさきの文学――かわさき文学賞50年記念作品集 2009年」審美社 2009 p310

姉妹の事情（堀田あけみ）
◇「少女物語」朝日新聞社 1998 p89

仕舞始（池宮彰一郎）
◇「人生を変えた時代小説傑作選」文藝春秋 2010 （文春文庫）p243

縞馬（中島敦）
◇「ちくま日本文学 12」筑摩書房 2008 （ちくま文庫）p440

しまうま倶楽部（甲山羊二）
◇「全作家短編小説集 10」のべる出版 2011 p58

島へ遣わしの状（岡本かの子）
◇「精選女性随筆集 4」文藝春秋 2012 p184

島葛（湧川新一）
◇「ハンセン病文学全集 9」皓星社 2010 p209

島ざくら――一幕（堀池重雄）
◇「日本統治期台湾文学集成 12」緑蔭書房 2003 p329

島酒の起こり（深海和）
◇「回転ドアから」全作家協会 2015 （全作家短編集）p216

島左近（尾崎士郎）
◇「決闘！ 関ケ原」実業之日本社 2015 （実業之日本社文庫）p203

詩歌自詠ならびに引（八首うち二首）（森春濤）
◇「新日本古典文学大系 明治編 2」岩波書店 2004 p84

縞揃女油地獄（澤田ふじ子）

浮き世草紙――女流時代小説傑作選（角川春樹事務所 2002 （ハルキ文庫）p119

島田尺草全集（島田尺草）
◇「ハンセン病文学全集 8」皓星社 2006 p87

島田虎之助（早乙女貢）
◇「人物日本剣豪伝 4」学陽書房 2001 （人物文庫）p261

C町でのノート（西野辰吉）
◇「新装版 全集現代文学の発見 10」學藝書林 2004 p366
◇「コレクション戦争と文学 10」集英社 2012 p279

島衛月白波（しまちどりつきのしらなみ）（河竹黙阿弥）
◇「新日本古典文学大系 明治編 8」岩波書店 2001 p145

島の乙女（王白淵）
◇「日本統治期台湾文学集成 18」緑蔭書房 2003 p46

しまの川（黒木克修）
◇「山形県文学全集第1期（小説編）5」郷土出版社 p488

島の四季（志樹逸馬）
◇「ハンセン病文学全集 7」皓星社 2004 p318

島の土（山田静考）
◇「ハンセン病文学全集 9」皓星社 2010 p154

島の角笛（長島愛生園長島短歌会）
◇「ハンセン病文学全集 8」皓星社 2006 p32

島の果て（島尾敏雄）
◇「日本文学100年の名作 4」新潮社 2014 （新潮文庫）p163

「島の娘」（李石薫）
◇「近代朝鮮文学日本語作品集1908〜1945 セレクション 4」緑蔭書房 2008 p204

島原狐一座頭久都の話（吉井勇）
◇「京都府文学全集第1期（小説編）4」郷土出版社 2005 p62

島原心中（菊池寛）
◇「ちくま日本文学 27」筑摩書房 2008 （ちくま文庫）p178

島原花街（菊池三渓）
◇「新日本古典文学大系 明治編 1」岩波書店 2004 p330

島比呂志論――汚い小説その他（甲斐八郎）
◇「ハンセン病文学全集 5」皓星社 2010 p473

縞模様の宅配便（二階堂黎人）
◇「新世紀「謎」倶楽部」角川書店 1998 p221

島守（中勘助）
◇「心洗われる話」筑摩書房 2010 （ちくま文学の森）p265
◇「日本文学100年の名作 2」新潮社 2014 （新潮文庫）p9

島山 抄（大正十三年）（折口信夫）
◇「ちくま日本文学 25」筑摩書房 2008 （ちくま文庫）p9

詩 馬拉加（金子光晴）
◇「コレクション戦争と文学 18」集英社 2012 p429

しまん

自慢じゃないが猛虎一声のその虎様が親分（石田孫太郎）
◇「猫愛」凱風社 2008（PD叢書）p27
◇「だから猫は猫そのものではない」凱風社 2015 p123

四万十川幻想（上林暁）
◇「戦後短篇小説再発見 14」講談社 2003（講談社文芸文庫）p86

自慢の息子（野坂律子）
◇「母のなみだ―愛しき家族を想う短篇小説集」泰文堂 2012（Linda books！）p201

詩 マンモスの牙（草野心平）
◇「コレクション戦争と文学 13」集英社 2011 p351

島（Ⅱ）（川満信一）
◇「沖縄文学選―日本文学のエッジからの問い」勉誠出版 2003 p176

染み（金時鐘）
◇「〈在日〉文学全集 5」勉誠出版 2006 p192

清水一角（尾崎士郎）
◇「忠臣蔵コレクション 4」河出書房新社 1998（河出文庫）p180

清水課長の二重線（朝井リョウ）
◇「20の短編小説」朝日新聞出版 2016（朝日文庫）p9

清水則遠氏（正岡子規）
◇「新日本古典文学大系 明治編 27」岩波書店 2003 p312

清水則遠氏第二（正岡子規）
◇「新日本古典文学大系 明治編 27」岩波書店 2003 p337

清水夫妻（江國香織）
◇「日本文学100年の名作 9」新潮社 2015（新潮文庫）p383

紙魚の記（キクチセイイチ）
◇「超短編傑作選 v.6」創英社 2007 p95

シミュラクラ（林不木）
◇「てのひら怪談―ビーケーワン怪談大賞傑作選 2」ポプラ社 2007 p142
◇「てのひら怪談―ビーケーワン怪談大賞傑作選 己丑」ポプラ社 2009（ポプラ文庫）p200

シミュラクラの罠（芦辺拓）
◇「ひとにぎりの異形」光文社 2007（光文社文庫）p36

シミュレーション仮説（小林泰三）
◇「SF宝石―ぜーんぶ！ 新作読み切り」光文社 2013 p299

シミリ現象（高井信）
◇「ショートショートの缶詰」キノブックス 2016 p117

しみわたり（島孝史）
◇「ゆきのまち幻想文学賞・小品集 9」企画集団ぷりずむ 2000 p132

〆（山白朝子）
◇「日本文学100年の名作 10」新潮社 2015（新潮文庫）p447

使命（水棲モスマン）

てのひら怪談―ビーケーワン怪談大賞傑作選 2」ポプラ社 2007 p130
◇「てのひら怪談―ビーケーワン怪談大賞傑作選 己丑」ポプラ社 2009（ポプラ文庫）p70

死命を賭ける―《死命》刑事部編（柚月裕子）
◇「『このミステリーがすごい！』大賞作家書き下ろしBOOK vol.2」宝島社 2013 p5

自鳴琴からくり人形（佐江衆一）
◇「代表作時代小説 平成10年度」光風社出版 1998 p289
◇「地獄の無明剣―時代小説傑作選」講談社 2004（講談社文庫）p321

指名捜査官（大石英司）
◇「夢を撃つ男」角川春樹事務所 1999（ハルキ文庫）p7

〆切だからミステリーでも勉強しよう（山上たつひこ）
◇「山口雅也の本格ミステリ・アンソロジー」角川書店 2007（角川文庫）p181

シメちゃんの恋人（嵐山光三郎）
◇「銀座24の物語」文藝春秋 2001 p189

標野にて 君が袖振る（大崎梢）
◇「ザ・ベストミステリーズ―推理小説年鑑 2007」講談社 2007 p147
◇「MARVELOUS MYSTERY」講談社 2010（講談社文庫）p241

死面（歌野晶午）
◇「マスカレード」光文社 2002（光文社文庫）p105

地面の底がぬけたんです（藤本とし）
◇「ハンセン病文学全集 4」皓星社 2003 p3

地面の底の病気の顔（萩原朔太郎）
◇「ちくま日本文学 36」筑摩書房 2009（ちくま文庫）p55

下総に入る（中野逍遙）
◇「新日本古典文学大系 明治編 2」岩波書店 2004 p410

下落合の向こう（笙野頼子）
◇「山田詠美・増田みず子・松浦理英子・笙野頼子」角川書店 1999（女性作家シリーズ）p436

下北みれん（井上荒野）
◇「旅の終わり、始まりの旅」小学館 2012（小学館文庫）p75

下田巨浸の事を聞き、詩以てこれを紀す（中村敬宇）
◇「新日本古典文学大系 明治編 2」岩波書店 2004 p142

下野を過ぐ（中野逍遙）
◇「新日本古典文学大系 明治編 2」岩波書店 2004 p410

下妻物語（中島哲也）
◇「年鑑代表シナリオ集 ’04」シナリオ作家協会 2005 p75

下津山緑起（米澤穂信）
◇「時の罠」文藝春秋 2014（文春文庫）p139

ジモトのひと（松坂礼子）

しゃく

◇「ゆきのまち幻想文学賞小品集 16」企画集団ぷり
　ずむ 2007 p185

霜の朝（早乙女貢）
　◇「明暗廻り灯籠」光風社出版 1998（光風社文庫）
　　p241

霜の朝（朱耀翰）
　◇「近代朝鮮文学日本語作品集1901～1938 評論・随筆
　　篇 2」緑蔭書房 2004 p175

霜の花―精神病榻日誌（東條耿一）
　◇「ハンセン病に咲いた花―初期文芸名作選 戦前
　　編」皓星社 2002（ハンセン病叢書）p189

下野原光一くんについて（あさのあつこ）
　◇「あの日、君と Girls」集英社 2012（集英社文
　　庫）p7

霜柱の賦（秋田穂月）
　◇「ハンセン病文学全集 7」皓星社 2004 p496

霜踏みて…（朱白鷗）
　◇「近代朝鮮文学日本語作品集1908～1945 セレクショ
　　ン 6」緑蔭書房 2008 p69

霜降月の庭（小田由紀子）
　◇「ゆきのまち幻想文学賞小品集 25」企画集団ぷり
　　ずむ 2015 p42

霜降―花薄光る。（森谷明子）
　◇「ミステリーズ！ extra―《ミステリ・フロンティ
　　ア》特集」東京創元社 2004 p4

しもやけの神様（小島希子）
　◇「ゆきのまち幻想文学賞・小品集 12」企画集団ぷ
　　りずむ 2003 p140

指紋（佐藤春夫）
　◇「日本文学100年の名作 1」新潮社 2014（新潮文
　　庫）p47

指紋（古畑種基）
　◇「幻の探偵雑誌 5」光文社 2001（光文社文庫）
　　p267

自問（金時鐘）
　◇「〈在日〉文学全集 5」勉誠出版 2006 p197

舍（安西冬衛）
　◇「新装版 全集現代文学の発見 13」學藝書林 2004
　　p15

邪悪な鬼（塔和子）
　◇「ハンセン病文学全集 7」皓星社 2004 p515

社員食堂の恐怖（北野勇作）
　◇「NOVA―書き下ろし日本SFコレクション 4」河
　　出書房新社 2011（河出文庫）p51

社員たち―得意先から帰ってきたら、会社が
　地中深くに沈んでいた（北野勇作）
　◇「NOVA―書き下ろし日本SFコレクション 1」河
　　出書房新社 2009（河出文庫）p13

社会主義的リアリズムか ×××リアリズムか
　（金斗鎔）
　◇「近代朝鮮文学日本語作品集1901～1938 評論・随筆
　　篇 2」緑蔭書房 2004 p21

社会燈（作者表記なし）
　◇「新日本古典文学大系 明治編 4」岩波書店 2003
　　p361

社会に於ける思想の三潮流（徳富蘇峰）

◇「新日本古典文学大系 明治編 26」岩波書店 2002
　p261

釋迦の夢（禹昌壽）
　◇「近代朝鮮文学日本語作品集1908～1945 セレクショ
　　ン 1」緑蔭書房 2008 p39

蛇含草（桂三木助）
　◇「思いがけない話」筑摩書房 2010（ちくま文学の
　　森）p177

邪鬼（稲葉稔）
　◇「伝奇城―伝奇時代小説アンソロジー」光文社
　　2005（光文社文庫）p273

邪教（三島由紀夫）
　◇「文豪怪談傑作選」筑摩書房 2007（ちくま文庫）
　　p155

邪教の神（高木彬光）
　◇「クトゥルー怪異録―邪神ホラー傑作集」学習研
　　究社 2000（学研M文庫）p69

邪曲回廊（朝松健）
　◇「オバケヤシキ」光文社 2005（光文社文庫）
　　p455

釋王寺へ―鮮人青年の紀行（上）（中）（下）（秦
　瞬星）
　◇「近代朝鮮文学日本語作品集1901～1938 評論・随筆
　　篇 3」緑蔭書房 2004 p85

寂光（鈴木靖彦）
　◇「ハンセン病文学全集 8」皓星社 2006 p386

ジャグジー・トーク（坂木司）
　◇「エール！ 2」実業之日本社 2013（実業之日本
　　社文庫）p5

弱視の目（小林弘明）
　◇「ハンセン病文学全集 7」皓星社 2004 p410

弱者の糧（太宰治）
　◇「映画狂時代」新潮社 2014（新潮文庫）p181

寂心（上忠司）
　◇「日本統治期台湾文学集成 18」緑蔭書房 2003
　　p263

雀人句集（松原雀人）
　◇「ハンセン病文学全集 9」皓星社 2010 p184

試薬第六〇七号（竹村猛児）
　◇「懐かしい未来―甦る明治・大正・昭和の未来小
　　説」中央公論新社 2001 p301

蛇口（姜舜）
　◇「〈在日〉文学全集 17」勉誠出版 2006 p22

蛇口（自由下僕）
　◇「優秀新人戯曲集 2002」ブロンズ新社 2001 p89

釈迢空（室生犀星）
　◇「芸術家」国書刊行会 1998（書物の王国）p192

弱肉強食（森春樹）
　◇「ハンセン病文学全集 2」皓星社 2002 p81

灼熱のヴィーナス―金星上空で大事故が発生
　した。だが、本部から現場への指示は奇妙
　だった…（谷甲州）
　◇「NOVA―書き下ろし日本SFコレクション 7」河
　　出書房新社 2012（河出文庫）p105

芍薬（安西篤子）

しやく

◇「代表作時代小説 平成10年度」光風社出版 1998 p391

芍薬奇人（白井喬二）
　◇「江戸夢あかり」学習研究社 2003 （学研M文庫）p243
　◇「江戸夢あかり」学研パブリッシング 2013 （学研M文庫）p243

芍薬（しゃくやく）の墓（島田一男）
　◇「甦る推理雑誌 2」光文社 2002 （光文社文庫）p411

借家人組合ニュース（貴司山治）
　◇「新・プロレタリア文学精選集 14」ゆまに書房 2004 p389

ジャケット背広スーツ（都筑道夫）
　◇「煌めきの殺意」徳間書店 1999 （徳間文庫）p461
　◇「謎」文藝春秋 2004 （推理作家になりたくて マイベストミステリー）p190
　◇「マイ・ベスト・ミステリー 6」文藝春秋 2007 （文春文庫）p280

シャケの頭（石井桃子）
　◇「精選女性随筆集 8」文藝春秋 2012 p52

邪剣の主（津本陽）
　◇「秘剣舞うー剣豪小説の世界」学習研究社 2002 （学研M文庫）p183

麝香下駄（土師清二）
　◇「捕物時代小説選集 5」春陽堂書店 2000 （春陽文庫）p185

這箇鏡花観（柳田國男）
　◇「文豪怪談傑作選 柳田國男集」筑摩書房 2007 （ちくま文庫）p361

謝罪の理由（平金魚）
　◇「てのひら怪談ービーケーワン怪談大賞傑作選 百怪繚乱篇」ポプラ社 2008 p182
　◇「てのひら怪談ービーケーワン怪談大賞傑作選 己丑」ポプラ社 2009 （ポプラ文庫）p126

殺三狼（秋梨惟喬）
　◇「砂漠を走る船の道ーミステリーズ！ 新人賞受賞作品集」東京創元社 2016 （創元推理文庫）p75

謝辞（欅悦子）
　◇「現代短編小説選ー2005～2009」日本民主主義文学会 2010 p26

シャーシー・トゥームズの悪夢（深町眞理子）
　◇「シャーロック・ホームズに愛をこめて」光文社 2010 （光文社文庫）p159

邪宗仏（北森鴻）
　◇「ザ・ベストミステリーズー推理小説年鑑 2001」講談社 2001 p147
　◇「本格ミステリ 2001」講談社 2001 （講談社ノベルス）p159
　◇「鍵」文藝春秋 2004 （推理作家になりたくて マイベストミステリー）p156
　◇「終日犯罪」講談社 2004 （講談社文庫）p121
　◇「紅い悪夢の夏ー本格短編ベスト・セレクション」講談社 2004 （講談社文庫）p197
　◇「マイ・ベスト・ミステリー 5」文藝春秋 2007 （文春文庫）p228

邪宗門伝来秘史（序）（田中啓文）
　◇「秘神界 歴史編」東京創元社 2002 （創元推理文庫）p231

写照自賛（森春濤）
　◇「新日本古典文学大系 明治編 2」岩波書店 2004 p82

車上所見（正岡子規）
　◇「ちくま日本文学 40」筑摩書房 2009 （ちくま文庫）p34

車掌と人々（裴鍾丸）
　◇「近代朝鮮文学日本語作品集1908～1945 セレクション 4」緑蔭書房 2008 p371

車上の春光（正岡子規）
　◇「明治の文学 20」筑摩書房 2001 p118

車上の幽魂（鰭崎英朋）
　◇「文豪怪談傑作選 特別編」筑摩書房 2007 （ちくま文庫）p128

写真（川端康成）
　◇「危険なマッチ箱」文藝春秋 2009 （文春文庫）p261

写真（筒井麻祐子）
　◇「ショートショートの広場 17」講談社 2005 （講談社文庫）p143

写真（春風のぶこ）
　◇「回転ドアから」全作家協会 2015 （全作家短編集）p303

写真（宮本常一）
　◇「日本文学全集 14」河出書房新社 2015 p498

写真（由木星）
　◇「ショートショートの広場 15」講談社 2004 （講談社文庫）p22

写真（吉田小次郎）
　◇「ショートショートの広場 12」講談社 2001 （講談社文庫）p210

写真うつりのよい女（都筑道夫）
　◇「七人の刑事」廣済堂出版 1998 （KOSAIDO BLUE BOOKS）p191

写真うつりのよい女ー退職刑事シリーズより（都筑道夫）
　◇「警察小説傑作短篇集」ランダムハウス講談社 2009 （ランダムハウス講談社文庫）p261

写真禍（林敬璋）
　◇「日本統治期台湾文学集成 5」緑蔭書房 2002 p89

写真解読者（北洋）
　◇「甦る推理雑誌 1」光文社 2002 （光文社文庫）p37

写真師（瘦々亭骨皮道人）
　◇「新日本古典文学大系 明治編 29」岩波書店 2005 p247

邪神戦記（永井豪）
　◇「七人の役小角」小学館 2007 （小学館文庫）p101

写真の向こう側（笹野裕子）
　◇「藤本義一文学賞 第1回」（大阪）たる出版 2016 p47

『写真万葉集・筑豊1』人間の山 あとがき（上野英信）
　◇「戦後文学エッセイ選 12」影書房 2006 p180

『写真万葉集・筑豊10』黒十字 終わりに（上野英信）
　◇「戦後文学エッセイ選 12」影書房 2006 p234

ジャズ大名（筒井康隆）
　◇「逆君に候」新潮社 2015（新潮文庫）p7

写生（武田忠士）
　◇「てのひら怪談—ビーケーワン怪談大賞傑作選 2」ポプラ社 2007 p160

蛇精（岡本綺堂）
　◇「怪奇・伝奇時代小説選集 14」春陽堂書店 2000（春陽文庫）p179

蛇性の淫（小島健三）
　◇「怪奇・伝奇時代小説選集 14」春陽堂書店 2000（春陽文庫）p152

蛇性の姪—雷峰怪蹟（田中貢太郎）
　◇「怪奇・伝奇時代小説選集 14」春陽堂書店 2000（春陽文庫）p105

社説 文化人は戦つてゐるか（京城日報）（作者表記なし）
　◇「近代朝鮮文学日本語作品集1908〜1945 セレクション 6」緑蔭書房 2008 p313

車窓（崔華國）
　◇「〈在日〉文学全集 17」勉誠出版 2006 p51

車窓コンサルタント（伊園旬）
　◇「5分で読める！ ひと駅ストーリー 降車編」宝島社 2012（宝島社文庫）p157

邪宗門秘曲（北原白秋）
　◇「日本文学全集 29」河出書房新社 2016 p17

車中雑感（李光洙）
　◇「近代朝鮮文学日本語作品集1901〜1938 評論・随筆篇 2」緑蔭書房 2004 p180

車中のこと（趙容萬）
　◇「近代朝鮮文学日本語作品集1939〜1945 評論・随筆篇 3」緑蔭書房 2002 p197

車中の毒針（快楽亭ブラック）
　◇「明治探偵冒険小説 2」筑摩書房 2005（ちくま文庫）p171

車中の人（飛鳥高）
　◇「江戸川乱歩の推理試験」光文社 2009（光文社文庫）p21

思夜聴雨（韓龍雲）
　◇「近代朝鮮文学日本語作品集1908〜1945 セレクション 6」緑蔭書房 2008 p21

ジャッカ・ドフニ—夏の家（津島佑子）
　◇「現代小説クロニクル 1985〜1989」講談社 2015（講談社文芸文庫）p61

借金訓（上野英信）
　◇「戦後文学エッセイ選 12」影書房 2006 p141

借金鳥（吉川潮）
　◇「現代の小説 1999」徳間書店 1999 p367

ジャックと雪化粧の精（紫藤ケイ）
　◇「5分で読める！ ひと駅ストーリー 冬の記憶 東口編」宝島社 2013（宝島社文庫）p111

しゃっくり（芦田晋作）
　◇「超短編傑作選 v.6」創英社 2007 p70

しゃっくり（筒井康隆）
　◇「不思議の扉 時間がいっぱい」角川書店 2010（角川文庫）p5

借景（溝口さと子）
　◇「かわいい—第16回フェリシモ文学賞優秀作品集」フェリシモ 2013 p32

寂光院残照（永井路子）
　◇「風の中の剣士」光風社出版 1998（光風社文庫）p7

赤光の照らす旅（桂修司）
　◇「5分で読める！ ひと駅ストーリー 旅の話」宝島社 2015（宝島社文庫）p157

シャッター（野田充男）
　◇「ショートショートの広場 20」講談社 2008（講談社文庫）p36

シャッターを押さないポートレート（F十五）
　◇「ショートショートの広場 17」講談社 2005（講談社文庫）p154

シャッテンビルト伯爵（小沢章友）
　◇「GOD」廣済堂出版 1999（廣済堂文庫）p177

川崎船（ジャッペ）（熊谷達也）
　◇「短編工場」集英社 2012（集英社文庫）p331

射程（李正子）
　◇「〈在日〉文学全集 17」勉誠出版 2006 p295

シャドウ（小泉秀人）
　◇「ショートショートの花束 4」講談社 2012（講談社文庫）p33

シャドウ・プレイ（法月綸太郎）
　◇「最新「珠玉推理」大全 中」光文社 1998（カッパ・ノベルス）p288
　◇「不在証明崩壊—ミステリーアンソロジー」角川書店 2000（角川文庫）p215
　◇「怪しい舞踏会」光文社 2002（光文社文庫）p403

シャトー・マルゴー（村上龍）
　◇「ただならぬ午睡—恋愛小説アンソロジー」光文社 2004（光文社文庫）p155

社内肝試し大会に関するメモ—会社の地下で事故が起こったんだ。で、死んだよ、研究員が（北野勇作）
　◇「NOVA—書き下ろし日本SFコレクション 7」河出書房新社 2012（河出文庫）p197

社内にて（淀谷悦一）
　◇「ショートショートの広場 14」講談社 2003（講談社文庫）p227

社内恋愛（立見千香）
　◇「100の恋—幸せになるための恋愛短篇集」泰文堂 2010（Linda books！）p6

謝肉祭—葬ってはならないその死者はものが言いたいのだ（金時鐘）
　◇「〈在日〉文学全集 5」勉誠出版 2006 p46

姿婆（林由美子）

しやは

◇「5分で読める！ 怖いはなし」宝島社 2014（宝島社文庫）p171

ジャバウォッキー（有栖川有栖）
◇「アリス殺人事件—不思議の国のアリス ミステリーアンソロジー」河出書房新社 2016（河出文庫）p7

蛇腹と電気のダンス（北野勇作）
◇「SFバカ本 人類復活篇」メディアファクトリー 2001 p5
◇「笑止—SFバカ本シュール集」小学館 2007（小学館文庫）p179

車夫のすゝめぬ方（正岡子規）
◇「新日本古典文学大系 明治編 27」岩波書店 2003 p114

しゃべっちゃ駄目（菊地秀行）
◇「心霊理論」光文社 2007（光文社文庫）p503

喋らない男（谷口雅美）
◇「失恋前夜—大人のための恋愛短篇集」泰文堂 2013（レインブックス）p7

しゃべり捲くれ（小熊秀雄）
◇「新装版 全集現代文学の発見 13」學藝書林 2004 p220

しゃべる犬（J・M）
◇「ショートショートの広場 9」講談社 1998（講談社文庫）p53

しゃべる花（高橋由太）
◇「物語のルミナリエ」光文社 2011（光文社文庫）p45

しゃべる豚（O・T）
◇「ショートショートの広場 19」講談社 2007（講談社文庫）p157

石鹼（火坂雅志）
◇「軍師の生きざま—短篇小説集」作品社 2008 p135

石鹼—石田三成（火坂雅志）
◇「軍師の生きざま」実業之日本社 2013（実業之日本社文庫）p167

シャボン玉（保志成晴）
◇「てのひら怪談—ビーケーワン怪談大賞傑作選 百怪繚乱篇」ポプラ社 2008 p192

シャボン魂（岩里藁人）
◇「てのひら怪談—ビーケーワン怪談大賞傑作選 2」ポプラ社 2007 p18
◇「てのひら怪談—ビーケーワン怪談大賞傑作選 己丑」ポプラ社 2009（ポプラ文庫）p12

シャボン玉創立記念日（大橋むつお）
◇「中学校劇作シリーズ 10」青雲書房 2006 p161

邪魔（篤良宙史）
◇「てのひら怪談—ビーケーワン怪談大賞傑作選 辛卯」ポプラ社 2011（ポプラ文庫）p204

ジャマイカ氏の実験（城昌幸）
◇「江戸川乱歩と13人の新青年〈文学派〉編」光文社 2008（光文社文庫）p369

邪魔っけ（平岩弓枝）
◇「親不孝長屋—人情時代小説傑作選」新潮社 2007（新潮文庫）p43

邪魔者（北見越）
◇「ショートショートの広場 18」講談社 2006（講談社文庫）p225

ジャーマン＋雨（横浜聡子）
◇「年鑑代表シナリオ集 '07」シナリオ作家協会 2009 p273

シャーマン・イン・ザ・ダーク—マウナの真実（篠谷志乃）
◇「踊れ！ へっぽこ大祭典—ソード・ワールド短編集」富士見書房 2004（富士見ファンタジア文庫）p221

シャムからきた男（白石一郎）
◇「時代小説秀作づくし」PHP研究所 1997（PHP文庫）p201

赦免船—島椿（小山啓子）
◇「武士道歳時記—新鷹会・傑作時代小説選」光文社 2008（光文社文庫）p489

赦免花（高妻秀樹）
◇「さきがけ文学賞選集 2」秋田魁新報社 2014（さきがけ文庫）p5

赦免花（しゃめんばな）は散った（笹沢左保）
◇「冒険の森へ—傑作小説大全 15」集英社 2016 p90

赦免花は散った（笹沢左保）
◇「謀」文藝春秋 2003（推理作家になりたくて マイベストミステリー）p340
◇「マイ・ベスト・ミステリー 4」文藝春秋 2007（文春文庫）p522
◇「この時代小説がすごい！ 時代小説傑作選」宝島社 2016（宝島社文庫）p79

軍鶏（安懷南著, 申建譯）
◇「近代朝鮮文学日本語作品集1939〜1945 創作篇 1」緑蔭書房 2001 p251

写楽殺人事件（高橋克彦）
◇「江戸川乱歩賞全集 13」講談社 2002（講談社文庫）p417

沙羅の木（森鷗外）
◇「ちくま日本文学 17」筑摩書房 2008（ちくま文庫）p453

しゃりこうべ（室生犀星）
◇「文豪怪談傑作選 室生犀星集」筑摩書房 2008（ちくま文庫）p353

しゃりっこ（金時鐘）
◇「〈在日〉文学全集 5」勉誠出版 2006 p167

シヤーリーと鷗（金信哉）
◇「近代朝鮮文学日本語作品集1908〜1945 セレクション 3」緑蔭書房 2008 p256

車輪の音（佐多稲子）
◇「コレクション戦争と文学 1」集英社 2012 p450

車輪の空気（森浩美）
◇「短篇ベストコレクション—現代の小説 2012」徳間書店 2012（徳間文庫）p591

シャルロットだけはぼくのもの（米澤穂信）
◇「ザ・ベストミステリーズ—推理小説年鑑 2006」講談社 2006 p285
◇「セブンミステリーズ」講談社 2009（講談社文

庫）p141

シャルロットの友達（近藤史恵）
   ◇「悪意の迷路」光文社 2016（最新ベスト・ミステリー）p173

シャルロットの憂鬱（近藤史恵）
   ◇「近藤史恵リクエスト！ ペットのアンソロジー」光文社 2013 p297
   ◇「近藤史恵リクエスト！ ペットのアンソロジー」光文社 2014（光文社文庫）p303

社霊（井川一太郎）
   ◇「ショートショートの広場 20」講談社 2008（講談社文庫）p256

洒落た罠（高梨久）
   ◇「罠の怪」勉誠出版 2002（べんせいライブラリー）p147

洒落の極意（正岡子規）
   ◇「新日本古典文学大系 明治編 27」岩波書店 2003 p394

邪恋妖姫伝（伊奈京介）
   ◇「怪奇・伝奇時代小説選集 8」春陽堂書店 2000（春陽文庫）p68

シャーロック・ホームズの内幕（星新一）
   ◇「シャーロック・ホームズに愛をこめて」光文社 2010（光文社文庫）p115

シャーロック・ホームズの口寄せ（清水義範）
   ◇「シャーロック・ホームズに再び愛をこめて」光文社 2010（光文社文庫）p65

邪笑ふ闇（朝松健）
   ◇「獣人」光文社 2003（光文社文庫）p381

ジャンカ（日出彦）
   ◇「ショートショートの花束 8」講談社 2016（講談社文庫）p54

雀鬼（三好徹）
   ◇「牌がささやく―麻雀小説傑作選」徳間書店 2002（徳間文庫）p241

ジャンキー・モンキー（菅野雅貴）
   ◇「ショートショートの広場 20」講談社 2008（講談社文庫）p70

ジャンク（小林泰三）
   ◇「屍者の行進」廣済堂出版 1998（廣済堂文庫）p295

シャングリラ（張系国）
   ◇「世界堂書店」文藝春秋 2014（文春文庫）p51

ジャングリン・パパの愛撫の手（桜庭一樹）
   ◇「リテラリーゴシック・イン・ジャパン―文学のゴシック作品選」筑摩書房 2014（ちくま文庫）p451

ジャングルの海に漂う砦と兵と人（開高健）
   ◇「ちくま日本文学 24」筑摩書房 2008（ちくま文庫）p205

ジャングルの物語、その他の物語（坂永雄一）
   ◇「NOVA+―書き下ろし日本SFコレクション 2」河出書房新社 2015（河出文庫）p283

じゃんけん必勝男（藍原貴之）
   ◇「ショートショートの花束 8」講談社 2016（講談社文庫）p63

ジャンケンポン協定（佐木隆三）
   ◇「新装版 全集現代文学の発見 6」學藝書林 2003 p336

シアンソン（許南麒）
   ◇「〈在日〉文学全集 2」勉誠出版 2006 p261

ジャンヌからの電話（間瀬純子）
   ◇「闇電話」光文社 2006（光文社文庫）p417

ジャンヌ・ダルク 五幕九場（村山知義）
   ◇「新・プロレタリア文学精選集 16」ゆまに書房 2004 p101

上海灘（金子光晴）
   ◇「ちくま日本文学 38」筑摩書房 2009（ちくま文庫）p291

上海人形（速瀬れい）
   ◇「ロボットの夜」光文社 2000（光文社文庫）p475

上海フランス租界祁斉路三二〇号（上田早夕里）
   ◇「SF宝石―ぜーんぶ！ 新作読み切り」光文社 2013 p91

ジャンバラヤ（大垣ヤスシ）
   ◇「高校演劇Selection 2001 下」晩成書房 2001 p69

シャンパンの泡（堀口大學）
   ◇「もの食う話」文藝春秋 2015（文春文庫）p14

ジャンピングニー（越谷オサム）
   ◇「この部屋で君と」新潮社 2014（新潮文庫）p101

シャンプー（山田詠美）
   ◇「短篇ベストコレクション―現代の小説 2002」徳間書店 2002（徳間文庫）p293

シャンプオオル氏事件の顛末（城昌幸）
   ◇「幻の探偵雑誌 5」光文社 2001（光文社文庫）p191

シャンプー（一美）（秋元康）
   ◇「アドレナリンの夜―珠玉のホラーストーリーズ」竹書房 2009 p59

壽阿部無佛翁七十序（崔南善）
   ◇「近代朝鮮文学日本語作品集1908〜1945 セレクション 6」緑蔭書房 2008 p267

誰殺了（しゅいしあら）（矢野一也）
   ◇「コレクション戦争と文学 6」集英社 2011 p289

朱色の命（長野修）
   ◇「日本海文学大賞―大賞作品集 3」日本海文学大賞運営委員会 2007 p159

朱色の祭壇（山下利三郎）
   ◇「幻の探偵雑誌 6」光文社 2001（光文社文庫）p207

自由！（朴永善）
   ◇「近代朝鮮文学日本語作品集1901〜1938 評論・随筆篇 3」緑蔭書房 2004 p197

讐（綱淵謙錠）
   ◇「冒険の森へ―傑作小説大全 2」集英社 2016 p77

銃（大原富枝）
   ◇「短編 女性文学 近代 続」おうふう 2002 p111

重庵の転々（司馬遼太郎）
   ◇「風の中の剣士」光風社出版 1998（光風社文庫）

しゅう

p311

拾遺一 六道御前（石牟礼道子）
　◇「日本文学全集 24」河出書房新社 2015 p445
十一月一日（早見裕司）
　◇「十月のカーニヴァル」光文社 2000（カッパ・ノベルス）p163
十一月の奇蹟（黒木謳子）
　◇「日本統治期台湾文学集成 18」緑蔭書房 2003 p432
十一月の客（森川楓子）
　◇「10分間ミステリー」宝島社 2012（宝島社文庫）p187
十一月の視野に於て（三好達治）
　◇「新装版 全集現代文学の発見 13」學藝書林 2004 p107
十一月の夏みかん（岩本和博）
　◇「「伊豆文学賞」優秀作品集 第16回」羽衣出版 2013 p51
十一月の約束（本多孝好）
　◇「本からはじまる物語」メディアパル 2007 p17
十一月三日午後の事（志賀直哉）
　◇「いきものがたり」双文社出版 2013 p80
十一台の携帯電話（中井紀夫）
　◇「闇電話」光文社 2006（光文社文庫）p65
　◇「電話ミステリー倶楽部―傑作推理小説集」光文社 2016（光文社文庫）p319
秀逸のメイク（江坂遊）
　◇「俳優」廣済堂出版 1999（廣済堂文庫）p225
驟雨（井上靖）
　◇「少年の眼―大人になる前の物語」光文社 1997（光文社文庫）p215
驟雨（金時鐘）
　◇「〈在日〉文学全集 5」勉誠出版 2006 p94
驟雨（金石範）
　◇「〈在日〉文学全集 3」勉誠出版 2006 p277
驟雨（城山昌樹）
　◇「近代朝鮮文学日本語作品集1939～1945 創作篇 6」緑蔭書房 2001 p28
驟雨（豊田一郎）
　◇「扉の向こうへ」全作家協会 2014（全作家短編集）p6
驟雨（三浦哲郎）
　◇「恐怖の森」ランダムハウス講談社 2007 p237
驟雨（吉行淳之介）
　◇「新装版 全集現代文学の発見 15」學藝書林 2005 p216
　◇「第三の新人名作選」講談社 2011（講談社文芸文庫）p318
　◇「日本近代短篇小説選 昭和篇3」岩波書店 2012（岩波文庫）p27
終焉（幸田文）
　◇「精選女性随筆集 1」文藝春秋 2012 p97
十円参り（辻村深月）
　◇「暗闇を見よ」光文社 2010（Kappa novels）p207

　◇「暗闇を見よ」光文社 2015（光文社文庫）p281
十円もうけ（とびたか・ろう）
　◇「ショートショートの広場 10」講談社 2000（講談社文庫）p150
“醜”を生きる思想―金芝河の詩精神（金時鐘）
　◇「〈在日〉文学全集 5」勉誠出版 2006 p253
銃を置く（白ひびき）
　◇「てのひら怪談―ビーケーワン怪談大賞傑作選 壬辰」ポプラ社 2012（ポプラ文庫）p200
十億が一身に（芳村香道）
　◇「近代朝鮮文学日本語作品集1939～1945 評論・随筆篇 1」緑蔭書房 2002 p399
集会（萩尾望都）
　◇「十月のカーニヴァル」光文社 2000（カッパ・ノベルス）p205
秋懐十首（成島柳北）
　◇「新日本古典文学大系 明治編 2」岩波書店 2004 p237
秋海棠（安西篤子）
　◇「花ごよみ夢一夜」光風社出版 2001（光風社文庫）p297
収穫（しゅうかく）… → “とりいれ…”をも見よ
収穫（半村良）
　◇「科学の脅威」リブリオ出版 2001（怪奇・ホラーワールド）p141
収穫（岬兄悟）
　◇「SFバカ本 黄金スパム篇」メディアファクトリー 2000 p285
修学旅行（小島水青）
　◇「男たちの怪談百物語」メディアファクトリー 2012（〔幽BOOKS〕）p116
修学旅行（畑沢聖悟）
　◇「高校演劇Selection 2006 上」晩成書房 2008 p135
修學旅行詠草（來裕順、曹鉉淑、李海羅、咸恩錫、金喜福、朴明順、趙鳳任、黃月琪、崔任業、沈耆是、俞龍君、趙鳳任、崔有學、李再淳、今順今、李海羅、李珍相、沈南淑）
　◇「近代朝鮮文学日本語作品集1908～1945 セレクション 6」緑蔭書房 2008 p151
修学旅行のしおり―完全補完版（加藤鉄児）
　◇「5分で読める！ ひと駅ストーリー 旅の話」宝島社 2015（宝島社文庫）p107
周華甲子集（森春濤）
　◇「新日本古典文学大系 明治編 2」岩波書店 2004 p82
十月ぐみの歌（田中美佐夫）
　◇「ハンセン病文学全集 8」皓星社 2006 p478
十月詩集（許南麒）
　◇「〈在日〉文学全集 2」勉誠出版 2006 p125
十月十日の二人（田中孝博）
　◇「母のなみだ・ひまわり―愛しき家族を想う短篇小説集」泰文堂 2013（リンダブックス）p227
十月二十一日、都を発す（中村敬宇）
　◇「新日本古典文学大系 明治編 2」岩波書店 2004

しゅう

p149

十月の映画館（井上雅彦）
　◇「チャイルド」廣済堂出版 1998（廣済堂文庫）
　　p563

十月の詩（田村隆一）
　◇「新装版 全集現代文学の発見 13」學藝書林 2004
　　p278

十月の詩壇（合評）（朱耀翰、豊太郎、泰雄、福督、
梨雨公、X、簾吉、浮島）
　◇「近代朝鮮文学日本語作品集1908〜1945 セレクショ
　　ン 5」緑蔭書房 2008 p39

十月の末（宮沢賢治）
　◇「ひつじアンソロジー 小説編 2」ひつじ書房
　　2009 p49

十月の寂寥（黒木謳子）
　◇「日本統治期台湾文学集成 18」緑蔭書房 2003
　　p430

十月の理由（岸上大作）
　◇「新装版 全集現代文学の発見 15」學藝書林 2005
　　p497

十月望日 藤本鉄石過ぎらる（森春濤）
　◇「新日本古典文学大系 明治編 2」岩波書店 2004
　　p32

10月はSPAMで満ちている（桜坂洋）
　◇「七つの黒い夢」新潮社 2006（新潮文庫）p153

十月（一）（許南麒）
　◇「〈在日〉文学全集 2」勉誠出版 2006 p125

十月（二）（許南麒）
　◇「〈在日〉文学全集 2」勉誠出版 2006 p125

十月（三）（許南麒）
　◇「〈在日〉文学全集 2」勉誠出版 2006 p126

十月（四）（許南麒）
　◇「〈在日〉文学全集 2」勉誠出版 2006 p126

十月（五）（許南麒）
　◇「〈在日〉文学全集 2」勉誠出版 2006 p127

十月（六）（許南麒）
　◇「〈在日〉文学全集 2」勉誠出版 2006 p128

収監（杉元伶一）
　◇「二十四粒の宝石―超短編小説傑作集」講談社
　　1998（講談社文庫）p131

秋感（森春濤）
　◇「新日本古典文学大系 明治編 2」岩波書店 2004
　　p79

懸賞鐵道小説（二等一席入選作）縦貫線（小畠美津子）
　◇「日本統治期台湾文学集成 22」緑蔭書房 2007
　　p153

週間日記（幸田文）
　◇「精選女性随筆集 1」文藝春秋 2012 p228

終刊の辞（木々高太郎）
　◇「幻の探偵雑誌 3」光文社 2000（光文社文庫）
　　p466

重監房跡地にて（石川時夫）
　◇「ハンセン病文学全集 7」皓星社 2004 p362

周吉が死んじゃった（高橋由太）
　◇「『このミステリーがすごい！』大賞作家書き下ろ

しBOOK vol.11」宝島社 2015 p199

銃器店へ（中井英夫）
　◇「新編・日本幻想文学集成 1」国書刊行会 2016
　　p483

十九歳（旗順子）
　◇「ハンセン病文学全集 4」皓星社 2003 p374

19歳だった（入間人間）
　◇「19（ナインティーン）」アスキー・メディアワー
　　クス 2010（メディアワークス文庫）p5

秋曉（韓龍雲）
　◇「近代朝鮮文学日本語作品集1908〜1945 セレクショ
　　ン 6」緑蔭書房 2008 p22

宗教違反を平気な天国（秋竜山）
　◇「70年代日本SFベスト集成 5」筑摩書房 2015
　　（ちくま文庫）p28

終業のベルが鳴る（新美南吉）
　◇「近代童話（メルヘン）と賢治」おうふう 2014
　　p69

住居および家具（松原岩五郎）
　◇「新日本古典文学大系 明治編 30」岩波書店 2009
　　p235

售狗沽酒（高青）
　◇「近代朝鮮文学日本語作品集1901〜1938 評論・随筆
　　篇 3」緑蔭書房 2004 p49

十九になるわたしたちへ（橋本紡）
　◇「19（ナインティーン）」アスキー・メディアワー
　　クス 2010（メディアワークス文庫）p239

従軍司祭（遠藤周作）
　◇「戦後短篇小説選―『世界』1946–1999 3」岩波書
　　店 2000 p45

従軍免脱（結城昌治）
　◇「コレクション戦争と文学 11」集英社 2012 p286

襲撃（山田正紀）
　◇「不思議の国のアリス ミステリー館」河出書房新
　　社 2015（河出文庫）p185

襲撃のメロディ（山田正紀）
　◇「70年代日本SFベスト集成 5」筑摩書房 2015
　　（ちくま文庫）p257

周化人氏らと語る（片岡鉄兵）
　◇「近代朝鮮文学日本語作品集1939〜1945 評論・随筆
　　篇 1」緑蔭書房 2002 p365

自由研究（出雲弘紀）
　◇「科学ドラマ大賞 第1回受賞作品集」科学技術振
　　興機構 〔2010〕 p55

銃口（島村静雨）
　◇「ハンセン病文学全集 6」皓星社 2003 p264

重工業抄（小野十三郎）
　◇「新装版 全集現代文学の発見 13」學藝書林 2004
　　p235

十五歳（巣山ひろみ）
　◇「ゆきのまち幻想文学賞小品集 13」企画集団ぷり
　　ずむ 2004 p167

15歳の志願兵（大森寿美男）
　◇「テレビドラマ代表作選集 2011年版」日本脚本家
　　連盟 2011 p141

十五年という歳月について（許南麒）

しゅう

◇「〈在日〉文学全集 2」勉誠出版 2006 p196

十五年の孤独―人類史上初！ 軌道エレベーター人力登攀（七佳弁京）
◇「NOVA―書き下ろし日本SFコレクション 6」河出書房新社 2011 （河出文庫）p51

十五年目の客たち（日下圭介）
◇「雪国にて―北海道・東北編」双葉社 2015 （双葉文庫）p197

十五秒（榊林銘）
◇「ザ・ベストミステリーズ―推理小説年鑑 2016」講談社 2016 p177

十五分間の出来事（霧舎巧）
◇「気分は名探偵―犯人当てアンソロジー」徳間書店 2006 p153
◇「気分は名探偵―犯人当てアンソロジー」徳間書店 2008 （徳間文庫）p183

銃後も耐寒行軍（田中ちた子）
◇「近代朝鮮文学日本語作品集1908～1945 セレクション 6」緑蔭書房 2008 p244

十五夜御用心（岡本綺堂）
◇「ちくま日本文学 32」筑摩書房 2009 （ちくま文庫）p86

十五夜月（松岡和夫）
◇「ハンセン病文学全集 8」皓星社 2006 p488

周作人の横顔（陳逢源）
◇「日本統治期台湾文学集成 16」緑蔭書房 2003 p81

習作の一（杉本正生）
◇「青鞜文学集」不二出版 2004 p61

習作部屋から（許俊）
◇「近代朝鮮文学日本語作品集1939～1945 創作篇 3」緑蔭書房 2001 p157

銃殺（早乙女貢）
◇「血しぶき街道」光風社出版 1998 （光風社文庫）p49

13（大原まり子）
◇「血」早川書房 1997 p7

しゅうさん（李美子）
◇「〈在日〉文学全集 18」勉誠出版 2006 p320

十三回忌（則武史）
◇「ショートショートの広場 12」講談社 2001 （講談社文庫）p37

13号室の殺人（大庭武年）
◇「迷宮の旅行者―本格推理展覧会」青樹社 1999 （青樹社文庫）p299

十三人の刺客（天願大介）
◇「年鑑代表シナリオ集 ’10」シナリオ作家協会 2011 p191

十三番目の客（須月研児）
◇「ショートショートの広場 10」講談社 2000 （講談社文庫）p264

十三番目の薔薇（安土萌）
◇「夢魔」光文社 2001 （光文社文庫）p93

十三夜（樋口一葉）
◇「近代小説〈都市〉を読む」双文社出版 1999 p7

◇「明治の文学 17」筑摩書房 2000 p217
◇「新日本古典文学大系 明治編 24」岩波書店 2001 p273
◇「文士の意地―車谷長吉撰短篇小説輯 上巻」作品社 2005 p32
◇「ちくま日本文学 13」筑摩書房 2008 （ちくま文庫）p133
◇「『新編』日本女性文学全集 2」菁柿堂 2008 p113
◇「読んでおきたい近代日本小説選」龍書房 2012 p42

習字（正岡子規）
◇「新日本古典文学大系 明治編 27」岩波書店 2003 p19

十字架への道（沢田徳一）
◇「ハンセン病文学全集 7」皓星社 2004 p151

十字架草（飯川春乃）
◇「ハンセン病文学全集 8」皓星社 2006 p524

十字架の血潮（沢田徳一）
◇「ハンセン病文学全集 7」皓星社 2004 p150

十字架の旗の下に（沢田徳一）
◇「ハンセン病文学全集 7」皓星社 2004 p145

十七音（寺山修司）
◇「ちくま日本文学 6」筑摩書房 2007 （ちくま文庫）p48

十七年め（久美沙織）
◇「鬼瑠璃草―恋愛ホラー・アンソロジー」祥伝社 2003 （祥伝社文庫）p85

十七枚の写真（後藤明生）
◇「現代小説クロニクル 1990～1994」講談社 2015 （講談社文芸文庫）p113

秋日児泰姫民徳を拉して金華山に上る（森春濤）
◇「新日本古典文学大系 明治編 2」岩波書店 2004 p62

獣舎のスキャット（皆川博子）
◇「人獣怪婚」筑摩書房 2000 （ちくま文庫）p267

蒐集男爵の話（菊地秀行）
◇「蒐集家〈コレクター〉」光文社 2004 （光文社文庫）p579

蒐集の鬼（山口雅也）
◇「殺人前線北上中」講談社 1997 （講談社文庫）p149

蒐集者の庭（抄）（久保竣公）
◇「文豪てのひら怪談」ポプラ社 2009 （ポプラ文庫）p12

自由主義と自由精神（陳逢源）
◇「日本統治期台湾文学集成 16」緑蔭書房 2003 p149

收縮（李碩崑）
◇「近代朝鮮文学日本語作品集1901～1938 創作篇 4」緑蔭書房 2004 p393

柔術師弟記（池波正太郎）
◇「武芸十八般―武道小説傑作選」ベストセラーズ 2005 （ベスト時代文庫）p157

秋宵記（しゅうしょうき）**―独身生活について**（萩原朔太郎）

◇「ちくま日本文学 36」筑摩書房 2009（ちくま文庫）p239

終章～タイムオーバー～（鏑木蓮）
◇「デッド・オア・アライヴ―江戸川乱歩賞作家アンソロジー」講談社 2013 p309

修飾（正岡子規）
◇「新日本古典文学大系 明治編 27」岩波書店 2003 p137

住所録（高峰秀子）
◇「精選女性随筆集 8」文藝春秋 2012 p231

自由詞林（植木枝盛）
◇「新日本古典文学大系 明治編 12」岩波書店 2001 p95

重四郎始末（木山省二）
◇「立川文学 4」けやき出版 2014 p219

囚人（倉橋由美子）
◇「新編・日本幻想文学集成 1」国書刊行会 2016 p222

囚人（三好豊一郎）
◇「新装版 全集現代文学の発見 13」學藝書林 2004 p264

蹴人 シュート（板垣恵介）
◇「闘人烈伝―格闘小説・漫画アンソロジー」双葉社 2000 p123

「修身斉家」という発想（花田清輝）
◇「戦後文学エッセイ選 1」影書房 2005 p165

獣人棟（石田一）
◇「獣人」光文社 2003（光文社文庫）p629

終身、薄氷をふむ（陳舜臣）
◇「鍔鳴り疾風剣」光風社出版 2000（光風社文庫）p381

習性（中里恒子）
◇「精選女性随筆集 10」文藝春秋 2012 p110

秋夕（洪淳昶）
◇「近代朝鮮文学日本語作品集1908～1945 セレクション 3」緑蔭書房 2008 p421

終戦日記（昭和二十年）（平林たい子）
◇「戦後占領期短篇小説コレクション 1」藤原書店 2007 p7

拾銭の問題（龍瑛宗）
◇「日本統治期台湾文学集成 16」緑蔭書房 2003 p367

拾錢の問題（龍瑛宗）
◇「日本統治期台湾文学集成 22」緑蔭書房 2007 p307

秋窓雑記（北村透谷）
◇「明治の文学 16」筑摩書房 2002 p366

従嫂の死（上）（下）（韓再熙）
◇「近代朝鮮文学日本語作品集1901～1938 創作篇 3」緑蔭書房 2004 p9

従卒トム（藤井太洋）
◇「NOVA+―書き下ろし日本SFコレクション 2」河出書房新社 2015（河出文庫）p13

愁訴の花（高村薫）
◇「冒険の森へ―傑作小説大全 16」集英社 2015

p50

渋滞（豊田有恒）
◇「70年代日本SFベスト集成 4」筑摩書房 2015（ちくま文庫）p73

銃隊（東郷隆）
◇「士魂の光芒―時代小説最前線」新潮社 1997（新潮文庫）p9
◇「武芸十八般―武道小説傑作選」ベストセラーズ 2005（ベスト時代文庫）p191

十代最後の日（赤川次郎）
◇「十の恐怖」角川書店 1999 p335

重大なる決心―朝鮮の知識人に告ぐ（1）～（4）（香山光郎）
◇「近代朝鮮文学日本語作品集1939～1945 評論・随筆篇 1」緑蔭書房 2002 p217

住宅地、深夜にて（葛西俊和）
◇「怪談四十九夜」竹書房 2016（竹書房文庫）p23

十たび歌よみに与うる書（正岡子規）
◇「ちくま日本文学 40」筑摩書房 2009（ちくま文庫）p360

十太夫の汚名（新宮正春）
◇「士魂の光芒―時代小説最前線」新潮社 1997（新潮文庫）p225

臭談（小原猛）
◇「男たちの怪談百物語」メディアファクトリー 2012（[幽]BOOKS）p145

集団自殺と百二十億頭のイノシシ（田中啓文）
◇「SF宝石―ぜーんぶ！ 新作読み切り」光文社 2013 p129

集団同一夢障害（小中千昭）
◇「夢魔」光文社 2001（光文社文庫）p445

銃弾の秘密（鬼怒川浩）
◇「甦る名探偵―探偵小説アンソロジー」光文社 2014（光文社文庫）p85

羞恥する心について―詩・詩人論2（城山昌樹）
◇「近代朝鮮文学日本語作品集1939～1945 評論・随筆篇 1」緑蔭書房 2002 p346

執着（加藤みどり）
◇「「新編」日本女性文学全集 4」菁柿堂 2012 p192
◇「青鞜小説集」講談社 2014（講談社文芸文庫）p173

執着（沼田一雅夫人）
◇「文豪怪談傑作選 特別編」筑摩書房 2007（ちくま文庫）p141

終着駅（金広賢介）
◇「センチメンタル急行―あの日へ帰る、旅情短篇集」泰文堂 2010（Linda books！）p100
◇「涙がこぼれないように―さよならが胸を打つ10の物語」泰文堂 2014（リンダブックス）p128

終着駅（抄）（結城昌治）
◇「日本文学全集 27」河出書房新社 2017 p177

終着駅のむこう側（法坂一広）
◇「5分で読める！ ひと駅ストーリー 旅の話」宝島社 2015（宝島社文庫）p277

秋蝶二首（うち一首）（森春濤）
◇「新日本古典文学大系 明治編 2」岩波書店 2004

しゆう

p8

十智流 松井甫水（新宮正春）
◇「勝者の死にざま─時代小説選手権」新潮社 1998
（新潮文庫）p107

終電が出たあとで（神原孝史）
◇「時代の波音─民主文学短編小説集1995年～2004
年」日本民主主義文学会 2005 p271

終電車（都築道夫）
◇「綾辻行人と有栖川有栖のミステリ・ジョッキー
2」講談社 2009 p126

終電の幽霊（浅地健児）
◇「ショートショートの広場 19」講談社 2007 （講
談社文庫）p107

修道士の首（井沢元彦）
◇「偉人八傑推理帖─名探偵時代小説」双葉社 2004
（双葉文庫）p7

衆道伝来記（南條範夫）
◇「浜町河岸夕化粧」光風社出版 1998 （光風社文
庫）p55

拾得物（眉村卓）
◇「冒険の森へ─傑作小説大全 11」集英社 2015
p15

姑の有無（正岡子規）
◇「新日本古典文学大系 明治編 27」岩波書店 2003
p366

姑の木（勝陸子）
◇「現代鹿児島小説大系 2」ジャプラン 2014 p84

姑のハンドバッグ（六條靖子）
◇「てのひら怪談─ビーケーワン怪談大賞傑作選 2」
ポプラ社 2007 p204

姑の姑（梅原満知子）
◇「最後の一日 7月22日─さよならが胸に染みる物
語」泰文堂 2012 （リンダブックス）p52

17歳（唯野未歩子）
◇「Joy！」講談社 2008 p111
◇「彼の女たち」講談社 2012 （講談社文庫）p115

17度線の激戦地を行く（沢田教一）
◇「コレクション戦争と文学 2」集英社 2012 p279

週に一度のお食事を（新井素子）
◇「誘惑─女流ミステリー傑作選」徳間書店 1999
（徳間文庫）p5
◇「屍鬼の血族」桜桃書房 1999 p225
◇「血と薔薇の誘う夜に─吸血鬼ホラー傑作選」角
川書店 2005 （角川ホラー文庫）p129

十二円の外套（正岡子規）
◇「新日本古典文学大系 明治編 27」岩波書店 2003
p143

十二月一日湖亭の小集、韻を分ちて先を得た
り（森春濤）
◇「新日本古典文学大系 明治編 2」岩波書店 2004
p68

十二月帰省（正岡子規）
◇「新日本古典文学大系 明治編 27」岩波書店 2003
p234

十二月十四日（泡坂妻夫）
◇「代表作時代小説 平成17年度」光文社 2005 p231

十二月十四日 先室の小祥忌（森春濤）
◇「新日本古典文学大系 明治編 2」岩波書店 2004
p34

十二月の色彩（黒木謳子）
◇「日本統治期台湾文学集成 18」緑蔭書房 2003
p433

12月のジョーカー（大沢在昌）
◇「男たちの長い旅」徳間書店 2004 （TOKUMA
NOVELS）p57

十二月八日（太宰治）
◇「文学で考える〈日本〉とは何か」双文社出版
2007 p30
◇「ちくま日本文学 8」筑摩書房 2008 （ちくま文
庫）p235
◇「文学で考える〈日本〉とは何か」翰林書房 2016
p30

十二月八日の記（高村光太郎）
◇「コレクション戦争と文学 8」集英社 2011 p31

十二月八日──一幕（日野原康史）
◇「日本統治期台湾文学集成 14」緑蔭書房 2003
p321

十二時間三十分（崎谷はるひ）
◇「てのひらの恋」KADOKAWA 2014 （角川文
庫）p23

十二時三十分、呼吸非常ニクルシイ（佐久間勉）
◇「日本人の手紙 8」リブリオ出版 2004 p102

十二支のネコ（上甲宣之）
◇「5分で読める！ ひと駅ストーリー 猫の物語」宝
島社 2014 （宝島社文庫）p279
◇「5分で凍る！ ぞっとする怖い話」宝島社 2015
（宝島社文庫）p225

12人のいかれた男たち（岡本賢一）
◇「SFバカ本 だるま篇」廣済堂出版 1999 （廣済堂
文庫）p345
◇「笑壺─SFバカ本ナンセンス集」小学館 2006
（小学館文庫）p139

十二の石塚（湯浅吉郎）
◇「新日本古典文学大系 明治編 12」岩波書店 2001
p47

十二面体関係（円城塔）
◇「20の短編小説」朝日新聞出版 2016 （朝日文庫）
p93

十人義士（白石一郎）
◇「仇討ち」小学館 2006 （小学館文庫）p273

十人目の切り裂きジャック（篠田真由美）
◇「新世紀〈謎〉倶楽部」角川書店 1998 p9
◇「十の恐怖」角川書店 1999 p123

詩集 十年（丸山薫）
◇「新装版 全集現代文学の発見 13」學藝書林 2004
p110

執念（蒼井雄）
◇「幻の探偵雑誌 10」光文社 2002 （光文社文庫）
p261

十年一瞬（松浦茂）
◇「たびだち─フェリシモしあわせショートショー
ト」フェリシモ 2000 p41

しゅう

執念—くちづけ綺談（荻一之介）
◇「幻の探偵雑誌 3」光文社 2000（光文社文庫）p25

十年計画（宮部みゆき）
◇「悪魔のような女—女流ミステリー傑作選」角川春樹事務所 2001（ハルキ文庫）p155

十年後のいま（横尾忠則）
◇「十年後のこと」河出書房新社 2016 p207

十年後の家族（佐野洋）
◇「最新「珠玉推理」大全 上」光文社 1998（カッパ・ノベルス）p256
◇「幻惑のラビリンス」光文社 2001（光文社文庫）p365

10年後は天国だったと思う（蛭子能収）
◇「十年後のこと」河出書房新社 2016 p51

十年醸造のカタコイ（谷口雅美）
◇「君が好き—恋愛短篇小説集」泰文堂 2012（リンダブックス）p236

執念谷の物語（海音寺潮五郎）
◇「真田幸村—小説集」作品社 2015 p53

十年の宰相（正岡子規）
◇「新日本古典文学大系 明治編 27」岩波書店 2003 p23

十年の密室・十分の消失（東篤哉）
◇「新・本格推理 02」光文社 2002（光文社文庫）p31

十年目のウェディングドレス（飯野文彦）
◇「十の恐怖」角川書店 1999 p153

十年目の決断（斎藤肇）
◇「十の恐怖」角川書店 1999 p185

10年目の告白（マキヒロチ）
◇「あの街で二人は—seven love stories」新潮社 2014（新潮文庫）p143

十年目のバレンタインデー（東野圭吾）
◇「ザ・ベストミステリーズ—推理小説年鑑 2015」講談社 2015 p243

自由の歌（小室屈山）
◇「新日本古典文学大系 明治編 12」岩波書店 2001 p8

銃のうた（許南麒）
◇「〈在日〉文学全集 2」勉誠出版 2006 p129

週の初めの日に（進一男）
◇「現代鹿児島小説大系 2」ジャプラン 2014 p206

周波数は77.4MHz（初野晴）
◇「名探偵に訊け」光文社 2010（Kappa novels）p339
◇「名探偵に訊け」光文社 2013（光文社文庫）p465

自由はだだ（崔圭悰）
◇「近代朝鮮文学日本語作品集1908〜1945 セレクション 4」緑蔭書房 2008 p133

十八階のよく飛ぶ神様（似鳥鶏）
◇「この部屋で君と」新潮社 2014（新潮文庫）p211

18時24分東京発の女（西村京太郎）
◇「愛憎発殺人行—鉄道ミステリー名作館」徳間書店 2004（徳間文庫）p373

十八の夏（光原百合）
◇「ザ・ベストミステリーズ—推理小説年鑑 2002」講談社 2002 p41
◇「トリック・ミュージアム」講談社 2005（講談社文庫）p93

18番テーブルの幽霊（吉川英梨）
◇「しあわせなミステリー」宝島社 2012 p179
◇「ほっこりミステリー」宝島社 2014（宝島社文庫）p193

十八面の骰子（森福都）
◇「ザ・ベストミステリーズ—推理小説年鑑 2002」講談社 2002 p109
◇「トリック・ミュージアム」講談社 2005（講談社文庫）p423

十番雑記（岡本綺堂）
◇「文豪怪談傑作選 大正篇」筑摩書房 2011（ちくま文庫）p359

十番星（小林泰三）
◇「十の恐怖」角川書店 1999 p213

重病室日誌（北條民雄）
◇「ハンセン病文学全集 4」皓星社 2003 p226

じゅうぶいちとうげ（菊地隆三）
◇「山形県文学全集第2期（随筆・紀行編）5」郷土出版社 2005 p419

秋風（しゅうふう）… → “あきかぜ…”をも見よ

秋風随言〔一〕〜〔四〕（李光天）
◇「近代朝鮮文学日本語作品集1901〜1938 評論・随筆篇 2」緑蔭書房 2004 p229

秋分—9月23日ごろ（山崎ナオコーラ）
◇「君と過ごす季節—秋から冬へ、12の暦物語」ポプラ社 2012（ポプラ文庫）p77

醜聞（会田綱雄）
◇「新装版 全集現代文学の発見 13」學藝書林 2004 p388

十兵衛と大膳（五味康祐）
◇「明暗廻り灯籠」光風社出版 1998（光風社文庫）p349

十兵衛の最期（大隈敏）
◇「七人の十兵衛—傑作時代小説」PHP研究所 2007（PHP文庫）p267

十枚のエチュード（海堂尊）
◇「10分間ミステリー」宝島社 2012（宝島社文庫）p111

醜魔たち（倉橋由美子）
◇「リテラリーゴシック・イン・ジャパン—文学的ゴシック作品選」筑摩書房 2014（ちくま文庫）p123

終末（半村良）
◇「宇宙塵傑作選—日本SFの軌跡 2」出版芸術社 1997 p191

終末感からの出発—昭和二十年の自画像（三島由紀夫）
◇「ちくま日本文学 10」筑摩書房 2008（ちくま文庫）p406

しゅう

終末芸人（真藤順丈）
◇「喜劇綺劇」光文社 2009（光文社文庫）p437
週末の諸問題（西崎憲）
◇「オバケヤシキ」光文社 2005（光文社文庫）p13
週末の食べ物（林真理子）
◇「くだものだもの」ランダムハウス講談社 2007 p81
終末のマコト（牧野修）
◇「ゆきどまり—ホラー・アンソロジー」祥伝社 2000（祥伝社文庫）p167
週末はやってくる（辻野雅彦）
◇「ショートショートの広場 10」講談社 2000（講談社文庫）p167
10万人のテリー（長谷敏司）
◇「折り紙衛星の伝説」東京創元社 2015（創元SF文庫）p13
十万両を食う（富樫倫太郎）
◇「決戦！ 大坂城」講談社 2015 p89
就眠儀式（木々高太郎）
◇「幻の探偵雑誌 1」光文社 2000（光文社文庫）p377
就眠儀式—Einschlaf・Zauber（須永朝彦）
◇「リテラリーゴシック・イン・ジャパン—文学的ゴシック作品選」筑摩書房 2014（ちくま文庫）p211
襲名（飯野文彦）
◇「秘神—闇の祝祭者たち」アスキー 1999（アスペクトノベルス）p9
◇「ふるえて眠れない—ホラーミステリー傑作選」光文社 2006（光文社文庫）p367
小説 秋夜（坂口䙥子）
◇「日本統治期台湾文学集成 22」緑蔭書房 2007 p335
舟夜酒醒む（森春濤）
◇「新日本古典文学大系 明治編 2」岩波書店 2004 p49
舟夜次韻（森春濤）
◇「新日本古典文学大系 明治編 2」岩波書店 2004 p102
舟夜 秋虫を聴く（森春濤）
◇「新日本古典文学大系 明治編 2」岩波書店 2004 p60
秋夜聽雨有感（韓龍雲）
◇「近代朝鮮文学日本語作品集1908～1945 セレクション 6」緑蔭書房 2008 p22
終夜図書館（早見裕司）
◇「蒐集家（コレクター）」光文社 2004（光文社文庫）p147
◇「古書ミステリー倶楽部—傑作推理小説集」光文社 2013（光文社文庫）p201
秋夜弄筆（三好達治）
◇「新装版 全集現代文学の発見 13」學藝書林 2004 p101
収容所で（金玉先）
◇「ハンセン病文学全集 4」皓星社 2003 p283
重要なのは（大原久通）

◇「ショートショートの広場 20」講談社 2008（講談社文庫）p246
重要な部分（星新一）
◇「70年代日本SFベスト集成 5」筑摩書房 2015（ちくま文庫）p35
14（初野晴）
◇「0番目の事件簿」講談社 2012 p191
秋韷笛語（しうらくてきご）（明治三十五年）（石川啄木）
◇「明治の文学 19」筑摩書房 2002 p30
修理人（ハットリミキ）
◇「ショートショートの花束 6」講談社 2014（講談社文庫）p64
重力の使命（林譲治）
◇「日本SF短篇50 5」早川書房 2013（ハヤカワ文庫 JA）p7
秋霖（山田春夜）
◇「藤本義一文学賞 第1回」（大阪）たる出版 2016 p11
十六桜（小泉八雲）
◇「櫻憑き」光文社 2001（カッパ・ノベルス）p353
十六歳の日記（川端康成）
◇「大阪文学名作選」講談社 2011（講談社文芸文庫）p283
十六日（宮沢賢治）
◇「日本文学全集 16」河出書房新社 2016 p183
十六年後に泊まる（古川日出男）
◇「それでも三月は、また」講談社 2012 p177
一六年後、夢の第一希望は国語教師！ ＞川田安雄（山鹿和恵）
◇「日本人の手紙 3」リブリオ出版 2004 p139
十六夜髑髏（宮部みゆき）
◇「人情の往来—時代小説最前線」新潮社 1997（新潮文庫）p285
◇「時代小説—読切御免 3」新潮社 2005（新潮文庫）p9
樹影（永井路子）
◇「美女峠に星が流れる—時代小説傑作選」講談社 1999（講談社文庫）p59
樹影譚（丸谷才一）
◇「川端康成文学賞全作品 2」新潮社 1999 p85
◇「日本文学全集 19」河出書房新社 2016 p435
酒宴（吉田健一）
◇「日本文学全集 20」河出書房新社 2015 p472
酒筵（繰言をする父）—群羊は歩きながら交尾する（宗秋月）
◇「〈在日〉文学全集 18」勉誠出版 2006 p40
朱乙（しゅおつ）… → “チュウル…”を見よ
樹下（堀辰雄）
◇「ちくま日本文学 39」筑摩書房 2009（ちくま文庫）p447
樹戒（君島慧是）
◇「てのひら怪談—ビーケーワン怪談大賞傑作選 庚寅」ポプラ社 2010（ポプラ文庫）p212

しゅく

樹海（石井廃止）
◇「ショートショートの広場 17」講談社 2005（講談社文庫）p113

シュガー・エンドレス（西澤保彦）
◇「忍び寄る闇の奇譚」講談社 2008（講談社ノベルス）p141

酒客（幸田文）
◇「ちくま日本文学 5」筑摩書房 2007（ちくま文庫）p359

樹下の二人（高村光太郎）
◇「日本文学全集 29」河出書房新社 2016 p15

主顧と客顧―国民文学ノート（牧洋）
◇「近代朝鮮文学日本語作品集1939〜1945 評論・随筆篇 3」緑蔭書房 2002 p189

手記（武田麟太郎）
◇「コレクション戦争と文学 7」集英社 2011 p205

主客（正岡子規）
◇「新日本古典文学大系 明治編 27」岩波書店 2003 p20

十九番目の聖痕（小中千昭）
◇「妖女」光文社 2004（光文社文庫）p167

儒教将軍（陣出達朗）
◇「剣光闇を裂く」光風社出版 1997（光風社文庫）p179

修行のタイムリミット（海堂尊）
◇「『このミステリーがすごい！』大賞作家書き下ろしBOOK vol.9」宝島社 2015 p75

授業料（禹壽榮）
◇「近代朝鮮文学日本語作品集1939〜1945 評論・随筆篇 3」緑蔭書房 2002 p465

祝煙（和田芳恵）
◇「誤植文学アンソロジー―校正者のいる風景」論創社 2015 p25

祝婚（上田三四二）
◇「川端康成文学賞全作品 2」新潮社 1999 p61

宿魂鏡（北村透谷）
◇「明治の文学 16」筑摩書房 2002 p377

祝・殺人（宮部みゆき）
◇「蒼迷宮―ミステリー・アンソロジー」祥伝社 2002（祥伝社文庫）p353

熟さない木の実（山本良吉）
◇「ハンセン病文学全集 9」皓星社 2010 p417

祝辞（佐多稲子）
◇「誤植文学アンソロジー―校正者のいる風景」論創社 2015 p63

熟柿（北方謙三）
◇「自選ショート・ミステリー」講談社 2001（講談社文庫）p234

祝出征（大原富枝）
◇「コレクション戦争と文学 14」集英社 2012 p15

祝葬（久坂部羊）
◇「ミステリ愛。免許皆伝！」講談社 2010（講談社ノベルス）p63

宿題を取りに行く（巽昌章）
◇「本格ミステリ二〇〇七年本格短編ベスト・セ

レクション 07」講談社 2007（講談社ノベルス）p413
◇「法廷ジャックの心理学―本格短編ベスト・セレクション」講談社 2011（講談社文庫）p629

宿題代行サービス（藍原貴之）
◇「ショートショートの花束 8」講談社 2016（講談社文庫）p154

宿題マシーン（かむろたけし）
◇「山形市児童劇団脚本集 3」山形市 2005 p96

祝高田稻軒洋行並且榮轉（金台俊）
◇「近代朝鮮文学日本語作品集1908〜1945 セレクション 6」緑蔭書房 2008 p28

祝電（石丸桂子）
◇「冷と温―第13回フェリシモ文学賞作品集」フェリシモ 2010 p160

祝典結び（金関丈夫）
◇「日本統治期台湾文学集成 17」緑蔭書房 2003 p189

祝という男（牛島春子）
◇「〈外地〉の日本語文学選 2」新宿書房 1996 p237

祝といふ男（牛島春子）
◇「文学で考える〈日本〉とは何か」双文社出版 2007 p50
◇「文学で考える〈日本〉とは何か」翰林書房 2016 p50

宿場の光（上田秀人）
◇「大江戸「町」物語 光」宝島社 2014（宝島社文庫）p7

祝福（金時鐘）
◇「〈在日〉文学全集 5」勉誠出版 2006 p210

祝福（渡理五月）
◇「ゆきのまち幻想文学賞小品集 25」企画集団ぷりずむ 2015 p128

宿坊の一夜（加門七海）
◇「文藝百物語」ぶんか社 1997 p144

宿命（萩原朔太郎）
◇「ちくま日本文学 36」筑摩書房 2009（ちくま文庫）p224

宿命（深町秋生）
◇「5分で読める！ ひと駅ストーリー 乗車編」宝島社 2012（宝島社文庫）p273

宿命の宝冠―連載第1回（宵野ゆめ）
◇「グイン・サーガ・ワールド―グイン・サーガ続篇プロジェクト 1」早川書房 2011（ハヤカワ文庫 JA）p215

宿命の宝冠―連載第2回（宵野ゆめ）
◇「グイン・サーガ・ワールド―グイン・サーガ続篇プロジェクト 2」早川書房 2011（ハヤカワ文庫 JA）p199

宿命の宝冠―連載第3回（宵野ゆめ）
◇「グイン・サーガ・ワールド―グイン・サーガ続篇プロジェクト 3」早川書房 2011（ハヤカワ文庫 JA）p217

宿命の宝冠―最終回（宵野ゆめ）
◇「グイン・サーガ・ワールド―グイン・サーガ続篇プロジェクト 4」早川書房 2012（ハヤカワ文庫 JA）p223

作品名から引ける日本文学全集案内 第III期　375

しゆけ

朱験（河野多惠子）
　◇「ただならぬ午睡—恋愛小説アンソロジー」光文社　2004（光文社文庫）p21
修験の夜—出羽三山（岡本太郎）
　◇「山形県文学全集第2期（随筆・紀行編）3」郷土出版社　2005 p347
受験票（川合三良）
　◇「日本統治期台湾文学集成 22」緑蔭書房　2007 p282
受験勉強必勝法（時枝満景）
　◇「ショートショートの広場 16」講談社　2005（講談社文庫）p169
守護天使（高野裕美子）
　◇「獣人」光文社　2003（光文社文庫）p539
儒艮（澁澤龍彦）
　◇「歴史小説の世紀 地の巻」新潮社　2000（新潮文庫）p559
　◇「ちくま日本文学 18」筑摩書房　2008（ちくま文庫）p35
取材ノートのマンモス（宮田俊行）
　◇「現代鹿児島小説大系 2」ジャプラン　2014 p334
呪殺者の肖像（森岡浩之）
　◇「SFバカ本 天然パラダイス篇」メディアファクトリー　2001 p179
主日に（長谷川集平）
　◇「それはまだヒミツ—少年少女の物語」新潮社　2012（新潮文庫）p201
手指の整形手術（一九六四年）（金夏日）
　◇「〈在日〉文学全集 17」勉誠出版　2006 p205
シューシャインボーイ（鎌田敏夫）
　◇「テレビドラマ代表作選集 2011年版」日本脚本家連盟　2011 p49
手術（渋谷良一）
　◇「ショートショートの広場 19」講談社　2007（講談社文庫）p118
手術後（野田充男）
　◇「ショートショートの花束 6」講談社　2014（講談社文庫）p102
手術室（吉田知子）
　◇「文豪てのひら怪談」ポプラ社　2009（ポプラ文庫）p122
「侏儒の言葉」より（芥川龍之介）
　◇「危険なマッチ箱」文藝春秋　2009（文春文庫）p375
受城異聞記（池宮彰一郎）
　◇「小説「武士道」」三笠書房　2008（知的生きかた文庫）p257
受賞の言葉（阿部陽一）
　◇「江戸川乱歩賞全集 18」講談社　2005 p788
受賞の言葉（岡嶋二人）
　◇「江戸川乱歩賞全集 14」講談社　2002 p784
受賞の言葉（中島河太郎）
　◇「江戸川乱歩賞全集 1」講談社　1998 p612
受賞の言葉（森村誠一）
　◇「江戸川乱歩賞全集 7」講談社　1999 p728

受賞の言葉 感想（佐賀潜）
　◇「江戸川乱歩賞全集 4」講談社　1998 p520
受賞の言葉 受賞の感（新章文子）
　◇「江戸川乱歩賞全集 3」講談社　1998 p340
受賞の言葉 受賞のことば（井沢元彦）
　◇「江戸川乱歩賞全集 12」講談社　2001 p832
受賞の言葉 受賞のことば（石井敏弘）
　◇「江戸川乱歩賞全集 16」講談社　2003 p710
受賞の言葉 受賞のことば（大谷羊太郎）
　◇「江戸川乱歩賞全集 8」講談社　1999 p346
受賞の言葉 受賞のことば（梶龍雄）
　◇「江戸川乱歩賞全集 11」講談社　2001 p363
受賞の言葉 受賞のことば（日下圭介）
　◇「江戸川乱歩賞全集 10」講談社　2000 p438
受賞の言葉 受賞のことば（栗本薫）
　◇「江戸川乱歩賞全集 12」講談社　2001 p374
受賞の言葉 受賞のことば（西東登）
　◇「江戸川乱歩賞全集 5」講談社　1999 p694
受賞の言葉 受賞のことば（坂本光一）
　◇「江戸川乱歩賞全集 17」講談社　2004 p416
受賞の言葉 受賞のことば（高橋克彦）
　◇「江戸川乱歩賞全集 13」講談社　2002 p828
受賞の言葉 受賞のことば（鳥羽亮）
　◇「江戸川乱歩賞全集 18」講談社　2005 p391
受賞の言葉 受賞のことば（伴野朗）
　◇「江戸川乱歩賞全集 10」講談社　2000 p772
受賞の言葉 受賞のことば（鳥井架南子）
　◇「江戸川乱歩賞全集 15」講談社　2003 p308
受賞の言葉 受賞のことば（長井彬）
　◇「江戸川乱歩賞全集 13」講談社　2002 p404
受賞の言葉 受賞のことば（長坂秀佳）
　◇「江戸川乱歩賞全集 17」講談社　2004 p910
受賞の言葉 受賞のことば（中津文彦）
　◇「江戸川乱歩賞全集 14」講談社　2002 p376
受賞の言葉 受賞のことば（西村京太郎）
　◇「江戸川乱歩賞全集 6」講談社　1999 p320
受賞の言葉 受賞のことば（東野圭吾）
　◇「江戸川乱歩賞全集 15」講談社　2003 p697
受賞の言葉 受賞のことば（藤村正太）
　◇「江戸川乱歩賞全集 5」講談社　1999 p342
受賞の言葉 受賞のことば（藤本泉）
　◇「江戸川乱歩賞全集 11」講談社　2001 p758
受賞の言葉 受賞の言葉（海渡英祐）
　◇「江戸川乱歩賞全集 7」講談社　1999 p362
受賞の言葉 受賞の言葉（小林久三）
　◇「江戸川乱歩賞全集 9」講談社　2000 p776
受賞の言葉 受賞の言葉（小峰元）
　◇「江戸川乱歩賞全集 9」講談社　2000 p362
受賞の言葉 受賞の言葉（戸川昌子）
　◇「江戸川乱歩賞全集 4」講談社　1998 p210
受賞の言葉 受賞の言葉（和久峻三）
　◇「江戸川乱歩賞全集 8」講談社　1999 p788

しゆつ

受賞の言葉 受賞のことば（再掲）（山崎洋子）
◇「江戸川乱歩賞全集 16」講談社 2003 p376

受賞の言葉 抱負を述べます（陳舜臣）
◇「江戸川乱歩賞全集 3」講談社 1998 p702

受賞の言葉 四度目の授賞式（斎藤栄）
◇「江戸川乱歩賞全集 6」講談社 1999 p608

手燭の明り（梅本育子）
◇「鎮守の森に鬼が棲む―時代小説傑作選」講談社 2001（講談社文庫）p419

朱唇（井上祐美子）
◇「黄土の群星」光文社 1999（光文社文庫）p349

酒神（吉田一穂）
◇「新装版 全集現代文学の発見 13」學藝書林 2004 p162

主人公（御手洗辰夫）
◇「ショートショートの広場 9」講談社 1998（講談社文庫）p104

主人公のいない場所（加藤幸子）
◇「戦後短篇小説再発見 14」講談社 2003（講談社文芸文庫）p192

酒神に乾杯（多岐川恭）
◇「さらに不安の闇へ―小説推理傑作選」双葉社 1998 p185

酒精中毒者の死（萩原朔太郎）
◇「ちくま日本文学 36」筑摩書房 2009（ちくま文庫）p78

酒仙、酒を断つ（上野英信）
◇「戦後文学エッセイ選 12」影書房 2006 p138

修禅寺物語（岡本綺堂）
◇「百年小説」ポプラ社 2008 p197
◇「ちくま日本文学 32」筑摩書房 2009（ちくま文庫）p333

守銭奴…（朴泰鎭）
◇「近代朝鮮文学日本語作品集1908～1945 セレクション 6」緑蔭書房 2008 p60

呪詛及奇病（芥川龍之介）
◇「文豪怪談傑作選 芥川龍之介集」筑摩書房 2010（ちくま文庫）p381

受胎（石居椎）
◇「てのひら怪談―ビーケーワン怪談大賞傑作選 百怪繚乱篇」ポプラ社 2008 p94
◇「てのひら怪談―ビーケーワン怪談大賞傑作選 己丑」ポプラ社 2009（ポプラ文庫）p94

主題から見た朝鮮の國民文學（兪鎭午）
◇「近代朝鮮文学日本語作品集1939～1945 評論・随筆篇 1」緑蔭書房 2002 p353

主題のない合唱（開高健）
◇「ちくま日本文学 24」筑摩書房 2008（ちくま文庫）p348

主張（越智のりと）
◇「ショートショートの花束 5」講談社 2013（講談社文庫）p222

出家せば（安藤オン）
◇「さきがけ文学賞選集 1」秋田魁新報社 2013（さきがけ文庫）p5

出家とその弟子（倉田百三）
◇「涙の百年文学―もう一度読みたい」太陽出版 2009 p250

出家とその弟子（高村左文郎）
◇「名作テレビドラマ集」白河結城刊行会 2007 p147

出航（たなかなつみ）
◇「超短編の世界」創英社 2008 p34

出獄の詩（成島柳北）
◇「新日本古典文学大系 明治編 2」岩波書店 2004 p241

出孤島記（島尾敏雄）
◇「永遠の夏―戦争小説集」実業之日本社 2015（実業之日本社文庫）p409

出産二つ（結城哀草果）
◇「山形県文学全集第2期（随筆・紀行編）2」郷土出版社 2005 p36

シュッ、シュッ、シュシュシュッ！（源祥子）
◇「言葉にできない悲しみ」泰文堂 2015（リンダパブリッシャーズの本）p115

出生せる友へ―私の書翰集より（二）（王昶雄）
◇「日本統治期台湾文学集成 29」緑蔭書房 2007 p279

出征（大岡昇平）
◇「日本近代短篇小説選 昭和篇2」岩波書店 2012（岩波文庫）p289

出席簿（クジラマク）
◇「てのひら怪談―ビーケーワン怪談大賞傑作選 百怪繚乱篇」ポプラ社 2008 p16
◇「てのひら怪談―ビーケーワン怪談大賞傑作選 己丑」ポプラ社 2009（ポプラ文庫）p156

出世作（田川友江）
◇「たびだち―フェリシモしあわせショートショート」フェリシモ 2000 p153

出世の首（筒井康隆）
◇「極上掌篇小説」角川書店 2006 p173
◇「ひと粒の宇宙」角川書店 2009（角川文庫）p171

しゅったつ（岸上大作）
◇「新装版 全集現代文学の発見 15」學藝書林 2005 p494

諧謔小説 出張（豊島與治）
◇「日本統治期台湾文学集成 22」緑蔭書房 2007 p261

出停記念日（島元要）
◇「高校演劇Selection 2004 上」晩成書房 2004 p33

十パーセント（藤咲知治）
◇「ショートショートの広場 15」講談社 2004（講談社文庫）p198

出発する（谺雄二）
◇「ハンセン病文学全集 7」皓星社 2004 p267

出発のワイン（小林洋子）
◇「たびだち―フェリシモしあわせショートショート」フェリシモ 2000 p129

出発は遂に訪れず（島尾敏雄）
◇「コレクション戦争と文学 8」集英社 2011 p543

作品名から引ける日本文学全集案内 第III期　377

しゆつ

◇「日本近代短篇小説選 昭和篇3」岩波書店 2012
（岩波文庫）p271

出版に際して（萩原朔太郎）
◇「ちくま日本文学 36」筑摩書房 2009（ちくま文
庫）p13

出版屋 貸本屋（痩々亭骨皮道人）
◇「新日本古典文学大系 明治編 29」岩波書店 2005
p253

出奔（蒼井ひかり）
◇「5分で読める！ ひと駅ストーリー 本の物語」宝
島社 2014（宝島社文庫）p219

出奔（宇江佐真理）
◇「冬ごもり―時代小説アンソロジー」
KADOKAWA 2013（角川文庫）p171

シュート・ミー（野沢尚）
◇「名探偵で行こう―最新ベスト・ミステリー」光
文社 2001（カッパ・ノベルス）p337

シュニィユ―軍神ひょっとこ葉武太郎伝（荒山
徹）
◇「代表作時代小説 平成24年度」光文社 2012 p159

朱日記（泉鏡花）
◇「創刊一〇〇年三田文学名作選」三田文学会 2010
p15

授乳（貝原）
◇「てのひら怪談―ビーケーワン怪談大賞傑作選 壬
辰」ポプラ社 2012（ポプラ文庫）p134

シュネームジーク（小滝ダイゴロウ）
◇「ゆきのまち幻想文学賞小品集 18」企画集団ぷり
ずむ 2009 p16

ジュノ（山下奈美）
◇「ゆきのまち幻想文学賞小品集 17」企画集団ぷり
ずむ 2008 p187

朱の盃（加門七海）
◇「酒の夜語り」光文社 2002（光文社文庫）p595

壽之章（作者表記なし）
◇「近代朝鮮文学日本語作品集1939〜1945 創作篇 6」
緑蔭書房 2001 p149

呪縛再現（後篇）（中川透）
◇「甦る推理雑誌 5」光文社 2003（光文社文庫）
p179

呪縛再現（挑戦篇）（宇多川蘭子）
◇「甦る推理雑誌 5」光文社 2003（光文社文庫）
p109

樹氷（東北新生園合同詩集）
◇「ハンセン病文学全集 7」皓星社 2004 p1

朱楓林の没落（女銭外二）
◇「甦る推理雑誌 3」光文社 2002（光文社文庫）
p331

主婦と交番（藤野千夜）
◇「東京小説」紀伊國屋書店 2000 p83

主婦と交番―下高井戸（藤野千夜）
◇「東京小説」日本経済新聞出版社 2013（日経文芸
文庫）p91

主婦と性生活（内田春菊）
◇「獣人」光文社 2003（光文社文庫）p87

主婦と排水溝（三田とりの）
◇「てのひら怪談―ビーケーワン怪談大賞傑作選 辛
卯」ポプラ社 2011（ポプラ文庫）p114

主婦の仕事（倉橋由美子）
◇「精選女性随筆集 3」文藝春秋 2012 p202

朱房の鬼（左近隆）
◇「捕物時代小説選集 1」春陽堂書店 1999（春陽
文庫）p23

趣味（室井滋）
◇「ブキミな人びと」ランダムハウス講談社 2007
p179

趣味の遺伝（夏目漱石）
◇「コレクション戦争と文学 13」集英社 2011 p20

趣味の数字（影洋一）
◇「ショートショートの花束 1」講談社 2009（講
談社文庫）p263

趣味の茶漬け（北大路魯山人）
◇「たんときれいに召し上がれ―美食文学精選」芸
術新聞社 2015 p247

趣味の愉悦（柊サナカ）
◇「5分で読める！ ひと駅ストーリー 冬の記憶東口
編」宝島社 2013（宝島社文庫）p81

寿命（新津きよみ）
◇「短篇ベストコレクション―現代の小説 2016」徳
間書店 2016（徳間文庫）p323

趣味は人間観察（新藤卓広）
◇「5分で読める！ ひと駅ストーリー 夏の記憶東口
編」宝島社 2013（宝島社文庫）p131
◇「5分で凍る！ ぞっとする怖い話」宝島社 2015
（宝島社文庫）p191

樹木開花（安東次男）
◇「新装版 全集現代文学の発見 13」學藝書林 2004
p294

対談 樹木と語る楽しさ（幸田文，山中寅文）（幸
田文，山中寅文）
◇「ちくま日本文学 5」筑摩書房 2007（ちくま文
庫）p443

樹木について（李孝石）
◇「近代朝鮮文学日本語作品集1939〜1945 評論・随筆
篇 3」緑蔭書房 2002 p271
◇「近代朝鮮文学日本語作品集1901〜1938 評論・随筆
篇 3」緑蔭書房 2004 p45

撞木町（舟橋聖一）
◇「忠臣蔵コレクション 1」河出書房新社 1998
（河出文庫）p113

咒文紀行（加藤郁乎）
◇「新装版 全集現代文学の発見 13」學藝書林 2004
p615

樹葉（趙南哲）
◇「〈在日〉文学全集 18」勉誠出版 2006 p163

主よ、人の望みの喜びよ（浅倉卓弥）
◇「10分間ミステリー」宝島社 2012（宝島社文庫）
p31

修羅街輓歌 IIII（中原中也）
◇「日本文学全集 29」河出書房新社 2016 p46

ジュラシック・ベイビー（中井紀夫）
◇「SFバカ本 たわし篇プラス」廣済堂出版 1998
（廣済堂文庫） p183

修羅霊（入江敦彦）
◇「憑依」光文社 2010（光文社文庫）p197

修羅になりぬ（江藤あさひ）
◇「全作家短編小説集 9」全作家協会 2010 p51

修羅場の男―阿佐田哲也の場合（清水一行）
◇「賭博師たち」角川書店 1997（角川文庫）p197

酒乱（笹沢左保）
◇「煌めきの殺意」徳間書店 1999（徳間文庫）
p237

首里城（世禮國男）
◇「沖縄文学選―日本文学のエッジからの問い」勉
誠出版 2003 p67

樹瘤（朝滋夫）
◇「ハンセン病文学全集 8」皓星社 2006 p374

狩猟で暮したわれらの先祖（大江健三郎）
◇「日本文学全集 22」河出書房新社 2015 p408

しゅるしゅる（小池真理子）
◇「日常の呪縛」リブリオ出版 2001（怪奇・ホラー
ワールド）p5

シュールな夜の物語（河内尚和）
◇「中学校劇作シリーズ 8」青雲書房 2003 p3

シュレディンガーの子猫（阿字平八郎）
◇「ショートショートの花束 7」講談社 2015（講
談社文庫）p-1

シュレーディンガーの雪密室（園田修一郎）
◇「新・本格推理 8」光文社 2008（光文社文庫）
p523

シュレディンガーの猫（瀬川潮）
◇「超短編の世界 vol.3」創英社 2011 p104

シュレディンガーの猫はポケットの中に（英アタル）
◇「5分で読める ひと駅ストーリー 猫の物語」宝
島社 2014（宝島社文庫）p209

呪恋の女（山田風太郎）
◇「呪いの恐怖」リブリオ出版 2001（怪奇・ホラー
ワールド）p219

棕櫚とトカゲ（高村薫）
◇「干刈あがた・高樹のぶ子・林真理子・高村薫」角
川書店 1997（女性作家シリーズ）p431
◇「二十四粒の宝石―超短編小説傑作集」講談社
1998（講談社文庫）p111

棕櫚の花咲く窓（桜戸丈司）
◇「ハンセン病文学全集 8」皓星社 2006 p256

手話（神沼三平太）
◇「てのひら怪談―ビーケーワン怪談大賞傑作選 辛
卯」ポプラ社 2011（ポプラ文庫）p58

手話（小林雄次）
◇「ショートショートの広場 11」講談社 2000（講
談社文庫）p132

手話法廷（小杉健治）
◇「謎―スペシャル・ブレンド・ミステリー 001」
講談社 2006（講談社文庫）p295

「判決―法廷ミステリー傑作集」徳間書店 2010
◇（徳間文庫）p63

旬（清水義範）
◇「くだものだもの」ランダムハウス講談社 2007
p67

純愛（石野晶）
◇「あの日から―東日本大震災鎮魂岩手県出身作家
短編集」岩手日報社 2015 p461

純愛（春名トモコ）
◇「超短編の世界 vol.3」創英社 2011 p74

純愛碑（笹沢左保）
◇「金曜の夜は、ラブ・ミステリー」三笠書房 2000
（王様文庫）p79

潤在正月集（森春濤）
◇「新日本古典文学大系 明治編 2」岩波書店 2004
p20

ジュンイチ君（有沢真由）
◇「5分で読める！ ひと駅ストーリー 冬の記憶西口
編」宝島社 2013（宝島社文庫）p81

春怨（皆川博子）
◇「金沢にて」双葉社 2015（双葉文庫）p119

春画（寺山修司）
◇「ちくま日本文学 6」筑摩書房 2007（ちくま文
庫）p55

巡回（松村進吉）
◇「男たちの怪談百物語」メディアファクトリー
2012（〔幽BOOKS〕）p37

春夏秋冬（小林栗奈）
◇「ゆきのまち幻想文学賞小品集 25」企画集団ぷり
ずむ 2015 p14

春花の束（黒木謳子）
◇「日本統治期台湾文学集成 18」緑蔭書房 2003
p446

俊寛（芥川龍之介）
◇「史話」凱風社 2009（PD叢書）p41

春寒（森春濤）
◇「新日本古典文学大系 明治編 2」岩波書店 2004
p21

春寒抄（吉井勇）
◇「創刊一〇〇年三田文学名作選」三田文学会 2010
p606

「俊寛」抄―世阿弥という名の獄（朝松健）
◇「時間怪談」廣済堂出版 1999（廣済堂文庫）
p189

純喫茶タレーランの庭で（岡崎琢磨）
◇「『このミステリーがすごい！』大賞作家書き下ろ
しBOOK vol.6」宝島社 2014 p91

春窮詩集（許南麒）
◇「〈在日〉文学全集 2」勉誠出版 2006 p115

春狂（野上彌生子）
◇「精選女性随筆集 10」文藝春秋 2012 p209

春琴抄（谷崎潤一郎）
◇「ちくま日本文学 14」筑摩書房 2008（ちくま文
庫）p291

春宮冊子畸聞（木村哲二）

しゅん

◇「捕物時代小説選集 4」春陽堂書店 2000（春陽
文庫）p238

淳くんの匣（君島慧是）
　◇「てのひら怪談―ビーケーワン怪談大賞傑作選」
　　ポプラ社 2007 p74
　◇「てのひら怪談―ビーケーワン怪談大賞傑作選」
　　ポプラ社 2008（ポプラ文庫）p76

春慶寺（金子光晴）
　◇「ちくま日本文学 38」筑摩書房 2009（ちくま文
　　庫）p401

春月（森春濤）
　◇「新日本古典文学大系 明治編 2」岩波書店 2004
　　p18

女流随筆 春光を浴びて（白信愛）
　◇「近代朝鮮文学日本語作品集1908〜1945 セレクショ
　　ン 3」緑蔭書房 2008 p211

春郊帰牧（森春濤）
　◇「新日本古典文学大系 明治編 2」岩波書店 2004
　　p56

春香伝（許南麒）
　◇「〈在日〉文学全集 2」勉誠出版 2006 p103

春香伝―移住民観衆の中で（金スチヤン）
　◇「近代朝鮮文学日本語作品集1901〜1938 評論・随筆
　　篇 3」緑蔭書房 2004 p327

"春香傳"を見る―新協劇團渡來の意義（柳致
眞）
　◇「近代朝鮮文学日本語作品集1901〜1938 評論・随筆
　　篇 2」緑蔭書房 2004 p139

『春香傳』が見たい（崔承喜）
　◇「近代朝鮮文学日本語作品集1901〜1938 評論・随筆
　　篇 3」緑蔭書房 2004 p52

春香傳劇評とその演出―鶴見誠氏と村山知義
氏に（張赫宙）
　◇「近代朝鮮文学日本語作品集1901〜1938 評論・随筆
　　篇 2」緑蔭書房 2004 p129

春香傳公演〔口絵〕（作者表記なし）
　◇「近代朝鮮文学日本語作品集1901〜1938 評論・随筆
　　篇 2」緑蔭書房 2004 p134

春香傳上演を観て（辛兌鉉）
　◇「近代朝鮮文学日本語作品集1901〜1938 評論・随筆
　　篇 2」緑蔭書房 2004 p143

春香傳朝鮮公演を見て（李永錫）
　◇「近代朝鮮文学日本語作品集1901〜1938 評論・随筆
　　篇 2」緑蔭書房 2004 p141

春香傳について（金承久）
　◇「近代朝鮮文学日本語作品集1901〜1938 評論・随筆
　　篇 3」緑蔭書房 2004 p323

春香傳について（張赫宙）
　◇「近代朝鮮文学日本語作品集1901〜1938 評論・随筆
　　篇 3」緑蔭書房 2004 p41

春香傳批判座談會（柳致眞他）
　◇「近代朝鮮文学日本語作品集1901〜1938 評論・随筆
　　篇 3」緑蔭書房 2004 p165

春香傳來演の頃（李孝石）
　◇「近代朝鮮文学日本語作品集1939〜1945 評論・随筆
　　篇 3」緑蔭書房 2002 p15

巡査（国木田独歩）
　◇「明治の文学 22」筑摩書房 2001 p99

巡査の居る風景（中島敦）
　◇「ちくま日本文学 12」筑摩書房 2008（ちくま文
　　庫）p293

巡査の居る風景――一九二三年の一つのスケッ
チ（中島敦）
　◇「〈外地〉の日本語文学選 3」新宿書房 1996 p75
　◇「コレクション戦争と文学 17」集英社 2012 p13
　◇「日本文学全集 16」河出書房新社 2016 p442

春山（森春濤）
　◇「新日本古典文学大系 明治編 2」岩波書店 2004
　　p22

春思（与謝野晶子）
　◇「新日本古典文学大系 明治編 23」岩波書店 2002
　　p349

春日（しゅんじつ）… → "かすが…"をも見よ

春日（萩原朔太郎）
　◇「ちくま日本文学 36」筑摩書房 2009（ちくま文
　　庫）p32

春日藍川即嘱 甲午（森春濤）
　◇「新日本古典文学大系 明治編 2」岩波書店 2004
　　p3

春日雑興（森春濤）
　◇「新日本古典文学大系 明治編 2」岩波書店 2004
　　p35

旬日の友（菅原初）
　◇「青鞜文学集」不二出版 2004 p167

春愁（山之口貘）
　◇「新装版 全集現代文学の発見 13」學藝書林 2004
　　p210

春秋（坂口䙥子）
　◇「〈外地〉の日本語文学選 1」新宿書房 1996 p168

逡巡の二十秒と悔恨の二十年（小林泰三）
　◇「二十の悪夢」KADOKAWA 2013（角川ホラー
　　文庫）p5

春宵（萩原朔太郎）
　◇「ちくま日本文学 36」筑摩書房 2009（ちくま文
　　庫）p170

純情歌（司修）
　◇「文学 2001」講談社 2001 p270

純情小曲集（萩原朔太郎）
　◇「ちくま日本文学 36」筑摩書房 2009（ちくま文
　　庫）p11

純小説と通俗小説（倉橋由美子）
　◇「精選女性随筆集 3」文藝春秋 2012 p18

純情な蠍（天藤真）
　◇「謎―スペシャル・ブレンド・ミステリー 003」
　　講談社 2008（講談社文庫）p155

純情物語愛国乙女 サヨンの鐘（長尾和男）
　◇「日本統治期台湾文学集成 28」緑蔭書房 2007
　　p353

春殖（草野心平）
　◇「新装版 全集現代文学の発見 13」學藝書林 2004
　　p143

春色自雷也異変（郡順史）
◇「捕物時代小説選集 1」春陽堂書店 1999（春陽文庫）p2

春塵（黒木謡子）
◇「日本統治期台湾文学集成 18」緑蔭書房 2003 p354

純眞なる朝鮮愛（李光洙）
◇「近代朝鮮文学日本語作品集1908〜1945 セレクション 6」緑蔭書房 2008 p263

春水の文（正岡子規）
◇「新日本古典文学大系 明治編 27」岩波書店 2003 p300

純粋培養（むらいみゆ）
◇「たびだち―フェリシモしあわせショートショート」フェリシモ 2000 p52

春星（森春濤）
◇「新日本古典文学大系 明治編 2」岩波書店 2004 p23

春雪（久生十蘭）
◇「短篇礼讃―忘れかけた名品」筑摩書房 2006（ちくま文庫）p88

春雪（森春濤）
◇「新日本古典文学大系 明治編 2」岩波書店 2004 p18

春雪の門（古川薫）
◇「女人」小学館 2007（小学館文庫）p325

春喪祭（赤江瀑）
◇「琵琶綺談」日本出版社 2006 p105

春太の毎日（三浦しをん）
◇「最後の恋―つまり、自分史上最高の恋。」新潮社 2008（新潮文庫）p7

春昼（森春濤）
◇「新日本古典文学大系 明治編 2」岩波書店 2004 p48

春泥歌（赤江瀑）
◇「櫻憑き」光文社 2001（カッパ・ノベルス）p311

春天（二首うち一首）（森春濤）
◇「新日本古典文学大系 明治編 2」岩波書店 2004 p17

順天（じゅんてん）→ "スンチョン"を見よ

春濤詩鈔（抄）（森春濤）
◇「新日本古典文学大系 明治編 2」岩波書店 2004 p1

純徳院芙蓉清美大姉〈林芙美子と私〉（吉屋信子）
◇「精選女性随筆集 2」文藝春秋 2012 p163

順応性（堀龍之，堀晃）
◇「宇宙塵傑作選―日本SFの軌跡 1」出版芸術社 1997 p145

純白―イノセント（なかやま聖子）
◇「ゆきのまち幻想文学賞・小品集 14」企画集団ぷりずむ 2005 p75

純白のライン（三浦しをん）
◇「シティ・マラソンズ」文藝春秋 2013（文春文庫）p7

順番（岸田新平）
◇「ショートショートの花束 3」講談社 2011（講談社文庫）p123

春晩雑句（十首うち二首）（森春濤）
◇「新日本古典文学大系 明治編 2」岩波書店 2004 p15

準備する女（戸川唯）
◇「失恋前夜―大人のための恋愛短篇集」泰文堂 2013（レインブックス）p33

春風仇討行（宮本昌孝）
◇「仇討ち」小学館 2006（小学館文庫）p127
◇「娘秘剣」徳間書店 2011（徳間文庫）p293

春風街道（山手樹一郎）
◇「江戸の漫遊力―時代小説傑作選」集英社 2008（集英社文庫）p425

春風情話（しゅんぷうじょうわ）（スコット著，坪内逍遙訳）
◇「新日本古典文学大系 明治編 18」岩波書店 2002 p59

春分―3月21日ごろ（宮崎誉子）
◇「君と過ごす季節―春から夏へ、12の暦物語」ポプラ文庫 2012（ポプラ文庫）p77

春分の日（目黒考二）
◇「輝きの一瞬―短くて心に残る30編」講談社 1999（講談社文庫）p161

春本太平記（山田風太郎）
◇「古書ミステリー倶楽部―傑作推理小説集 2」光文社 2014（光文社文庫）p175

春眠（白縫いさや）
◇「超短編の世界 vol.3」創英社 2011 p56

春眠（早川兎月）
◇「ハンセン病文学全集 9」皓星社 2010 p63

春夢（韓龍雲）
◇「近代朝鮮文学日本語作品集1908〜1945 セレクション 6」緑蔭書房 2008 p20

春夜（萩原朔太郎）
◇「ちくま日本文学 36」筑摩書房 2009（ちくま文庫）p83

春夜笛を聞く（森春濤）
◇「新日本古典文学大系 明治編 2」岩波書店 2004 p23

巡礼（坂東眞砂子）
◇「短篇ベストコレクション―現代の小説 2010」徳間書店 2010（徳間文庫）p157

序（秋田雨雀）
◇「新・プロレタリア文学精選集 2」ゆまに書房 2004

序（芥川龍之介）
◇「文豪怪作選 芥川龍之介集」筑摩書房 2010（ちくま文庫）p292

序（大田洋子）
◇「コレクション戦争と文学 19」集英社 2011 p198

序（加藤一夫）
◇「新・プロレタリア文学精選集 5」ゆまに書房 2004

序（宮沢賢治）

しよ

序（村山知義）
◇「新・プロレタリア文学精選集 16」ゆまに書房 2004 p1

女医の話（水野仙子）
◇「「新編」日本女性文学全集 3」菁柿堂 2011 p422
◇「青鞜小説集」講談社 2014（講談社文芸文庫）p44

鉦（明石海人）
◇「ハンセン病文学全集 7」皓星社 2004 p440

正一位白玉稲荷（作者表記なし）
◇「文豪怪談傑作選 特別編」筑摩書房 2009（ちくま文庫）p7

〔攘夷論〕（福澤諭吉）
◇「新日本古典文学大系 明治編 10」岩波書店 2011 p161

畳韻（森春濤）
◇「新日本古典文学大系 明治編 2」岩波書店 2004 p88

松雨荘人集（森春濤）
◇「新日本古典文学大系 明治編 2」岩波書店 2004 p17

情炎（深川拓）
◇「本格推理 15」光文社 1999（光文社文庫）p75

情炎大坂城（加賀淳子）
◇「戦国女人十一話」作品社 2005 p255

召燕歌（趙薫）
◇「近代朝鮮文学日本語作品集1939〜1945 創作篇 6」緑蔭書房 2001 p82

「小園」「白き山」時代（抄）（北杜夫）
◇「山形県文学全集第2期（随筆・紀行編）3」郷土出版社 2005 p19

湘煙日記（中島湘煙）
◇「「新編」日本女性文学全集 1」菁柿堂 2007 p148

小園の記（正岡子規）
◇「ちくま日本文学 40」筑摩書房 2009（ちくま文庫）p27

杖下（北方謙三）
◇「白刃光る」新潮社 1997 p7
◇「時代小説一読切御免 1」新潮社 2004（新潮文庫）p9

頌歌（富永太郎）
◇「新装版 全集現代文学の発見 13」學藝書林 2004 p185

紹介（須月研児）
◇「ショートショートの広場 19」講談社 2007（講談社文庫）p15

常會（崔秉一）
◇「近代朝鮮文学日本語作品集1939〜1945 創作篇 5」緑蔭書房 2001 p393

生洼一片の山水（中里恒子）
◇「精選女性随筆集 10」文藝春秋 2012 p58

商会社（服部撫松）
◇「新日本古典文学大系 明治編 1」岩波書店 2004 p132

生涯の垣根（室生犀星）
◇「百年小説」ポプラ社 2008 p593
◇「日本文学100年の名作 4」新潮社 2014（新潮文庫）p461

民権演義 情海波瀾（戸田欽堂）
◇「新日本古典文学大系 明治編 16」岩波書店 2003 p1

小学教員（痩々亭骨皮道人）
◇「新日本古典文学大系 明治編 29」岩波書店 2005 p252

主張 小學校の先生方へ（香山光郎）
◇「近代朝鮮文学日本語作品集1908〜1945 セレクション 6」緑蔭書房 2008 p320

改正 小学作文方法（林多一郎, 中島操）
◇「新日本古典文学大系 明治編 11」岩波書店 2006 p1

小学唱歌集（文部省音楽取締掛）
◇「新日本古典文学大系 明治編 11」岩波書店 2006 p97

小角伝説—飛鳥霊異記（六道慧）
◇「七人の役小角」小学館 2007（小学館文庫）p161

偵説 小学生椿孝一（一、二）（雪謝雪漁）
◇「日本統治期台湾文学集成 25」緑蔭書房 2007 p247

小学六年のときにボクがした殺人（戸四田トシユキ）
◇「回転ドアから」全作家協会 2015（全作家短編集）p120

正月女（坂東眞砂子）
◇「ふるえて眠れ—女流ホラー傑作選」角川春樹事務所 2001（ハルキ・ホラー文庫）p283

小学校（堀辰雄）
◇「ちくま日本文学 39」筑摩書房 2009（ちくま文庫）p346

小学校（宮本常一）
◇「ちくま日本文学 22」筑摩書房 2008（ちくま文庫）p263

正月ミステリ（東野圭吾）
◇「宝石ザミステリー」光文社 2011 p7

正月四日の客（池波正太郎）
◇「冬ごもり—時代小説アンソロジー」KADOKAWA 2013（角川文庫）p5
◇「しのぶ雨江戸恋慕—新鷹会・傑作時代小説選」光文社 2016（光文社文庫）p133

正月旅行（景山民夫）
◇「現代の小説 1999」徳間書店 1999 p93

『しょうがない』と『なんとかなる』（田林まゆみ）
◇「ショートショートの広場 18」講談社 2006（講談社文庫）p188

小寒—1月5日ごろ（飛鳥井千砂）
◇「君と過ごす季節—秋から冬へ、12の暦物語」ポプラ社 2012（ポプラ文庫）p239

城館（皆川博子）

◇「塔の物語」角川書店 2000（角川ホラー文庫）p111

◇「ミステリマガジン700 国内篇」早川書房 2014（ハヤカワ・ミステリ文庫）p343

浄眼（加門七海）
◇「ふるえて眠れ―女流ホラー傑作選」角川春樹事務所 2001（ハルキ・ホラー文庫）p73

頌歌 Ⅷ（中村真一郎）
◇「日本文学全集 29」河出書房新社 2016 p47

娼妓（痩々亭骨皮道人）
◇「新日本古典文学大系 明治編 29」岩波書店 2005 p224

将棋（平山敏也）
◇「ショートショートの花束 4」講談社 2012（講談社文庫）p222

「娼妓初波長男弔敬三文」（富水）（西谷富水）
◇「新日本古典文学大系 明治編 4」岩波書店 2003 p242

焼却炉（江國香織）
◇「こんなにも恋はせつない―恋愛小説アンソロジー」光文社 2004（光文社文庫）p9

承久二年五月の夢―明恵上人『明恵上人夢記』（明恵上人）
◇「人形」国書刊行会 1997（書物の王国）p181

上京紀行（正岡子規）
◇「新日本古典文学大系 明治編 27」岩波書店 2003 p301

小曲（橋本五郎）
◇「幻の探偵雑誌 8」光文社 2001（光文社文庫）p155

浄巾掛け（佐藤万里）
◇「最後の一日 6月30日―さよならが胸に染みる10の物語」泰文堂 2013（リンダブックス）p56

将軍の夜（会田綱雄）
◇「新装版 全集現代文学の発見 13」學藝書林 2004 p391

上下（大塚楠緒子）
◇「「新編」日本女性文学全集 3」菁柿堂 2011 p141
◇「日本近代短篇小説選 明治篇2」岩波書店 2013（岩波文庫）p45

上下左右（筒井康隆）
◇「SFマガジン700 国内篇」早川書房 2014（ハヤカワ文庫 SF）p111

条件（石原吉郎）
◇「新装版 全集現代文学の発見 13」學藝書林 2004 p396

条件（渋谷良一）
◇「ショートショートの広場 8」講談社 1997（講談社文庫）p176

証言拒否（夏樹静子）
◇「判決―法廷ミステリー傑作集」徳間書店 2010（徳間文庫）p129

条件反射（小泉雅二）
◇「ハンセン病文学全集 6」皓星社 2003 p432

礁湖（三浦朱門）
◇「戦後短篇小説再発見 8」講談社 2002（講談社文芸文庫）p57

◇「コレクション戦争と文学 8」集英社 2011 p323

小鸞（菊池三渓）
◇「新日本古典文学大系 明治編 1」岩波書店 2004 p235

浄光院さま逸事（中村彰彦）
◇「信州歴史時代小説傑作集 5」しなのき書房 2007 p83

症候群（井上たかし）
◇「ショートショートの広場 9」講談社 1998（講談社文庫）p30

小公子（若松賤子）
◇「「新編」日本女性文学全集 1」菁柿堂 2007 p267

証拠を見せてくれ（竹内義和）
◇「文藝百物語」ぶんか社 1997 p224

情獄（大下宇陀児）
◇「恐怖の花」ランダムハウス講談社 2007 p155
◇「江戸川乱歩と13人の新青年〈文学派〉編」光文社 2008（光文社文庫）p13

杖國（不動信夫）
◇「ハンセン病文学全集 9」皓星社 2010 p193

証拠写真による呪いの掛け方と魔法の破り方（多岐亡羊）
◇「幻想探偵」光文社 2009（光文社文庫）p147

想山著聞奇集（抄）（三好想山）
◇「稲生モノノケ大全 陰之巻」毎日新聞社 2003 p629

嫋指（平井蒼太）
◇「怪奇探偵小説集 3」角川春樹事務所 1998（ハルキ文庫）p225

半島ベン部隊帰る 娘子關附近（林學洙）
◇「近代朝鮮文学日本語作品集1908〜1945 セレクション 6」緑蔭書房 2008 p203

常識（井上たかし）
◇「ショートショートの広場 8」講談社 1997（講談社文庫）p70

常識（星新一）
◇「冒険の森へ―傑作小説大全 17」集英社 2015 p33

正直者（国木田独歩）
◇「明治の文学 22」筑摩書房 2001 p228

正直正太夫死す（斎藤緑雨）
◇「明治の文学 15」筑摩書房 2002 p223

正直な子ども（山崎ナオコーラ）
◇「いつか、君へ Boys」集英社 2012（集英社文庫）p171

少子社会（富永一彦）
◇「ショートショートの広場 13」講談社 2002（講談社文庫）p234

消失！（中西智明）
◇「綾辻・有栖川復刊セレクション 消失！」講談社 2007（講談社ノベルス）p3

消失騒動（黒崎緑）
◇「競作五十円玉二十枚の謎」東京創元社 2000（創元推理文庫）p349

しよう

小市民（椎名麟三）
◇「戦後占領期短篇小説コレクション 5」藤原書店
2007 p161

精舎（伊藤武）
◇「ハンセン病に咲いた花─初期文芸名作選 戦後
編」皓星社 2002（ハンセン病叢書）p126

乗車拒否（山村正夫）
◇「最新「珠玉推理」大全 上」光文社 1998（カッ
パ・ノベルス）p393
◇「幻惑のラビリンス」光文社 2001（光文社文庫）
p555

乗車券（春名トモコ）
◇「超短編の世界 vol.3」創英社 2011 p156

笑酒（霜島ケイ）
◇「酒の夜語り」光文社 2002（光文社文庫）p247

小銃（小島信夫）
◇「コレクション戦争と文学 13」集英社 2011 p113
◇「日本近代短篇小説選 昭和篇3」岩波書店 2012
（岩波文庫）p5

上州河原湯 抄（折口信夫）
◇「ちくま日本文学 25」筑摩書房 2008（ちくま文
庫）p50

小銃記（安西均）
◇「新装版 全集現代文学の発見 13」學藝書林 2004
p375

上州覊旅、感傷十律（中野逍遙）
◇「新日本古典文学大系 明治編 2」岩波書店 2004
p404

召集の事（富士正晴）
◇「戦後文学エッセイ選 7」影書房 2006 p176

上州の風（香山末子）
◇「ハンセン病文学全集 7」皓星社 2004 p476

常習犯（今野敏）
◇「誇り」双葉社 2010 p5
◇「奇想博物館」光文社 2013（最新ベスト・ミステ
リー）p121
◇「警官の貌」双葉社 2014（双葉文庫）p5

上州前橋（神保光太郎）
◇「「日本浪曼派」集」新学社 2007（新学社近代浪
漫派文庫）p56

召集令状（小松左京）
◇「戦争小説短篇名作選」講談社 2015（講談社文芸
文庫）p27
◇「あしたは戦争」筑摩書房 2016（ちくま文庫）p7

小暑─7月7日ごろ（大崎梢）
◇「君と過ごす季節─春から夏へ、12の暦物語」ポ
プラ社 2012（ポプラ文庫）p243

少女（田中英光）
◇「戦後短篇小説再発見 9」講談社 2002（講談社
文芸文庫）p9
◇「戦後占領期短篇小説コレクション 2」藤原書店
2007 p235

少女（趙薫）
◇「近代朝鮮文学日本語作品集1939～1945 創作篇 6」
緑蔭書房 2001 p59

猩々─動物園詩抄のうち（楊雲萍）

◇「日本統治期台湾文学集成 18」緑蔭書房 2003
p550

嫋々の剣（澤田ふじ子）
◇「娘秘剣」徳間書店 2011（徳間文庫）p175

掌上の種（萩原朔太郎）
◇「ちくま日本文学 36」筑摩書房 2009（ちくま文
庫）p71

少女遠征（黒史郎）
◇「物語のルミナリエ」光文社 2011（光文社文庫）
p201

**少女怪獣 レッシー登場─神奈川県「女は怪獣
男は愛嬌」**（井口昇）
◇「日本怪獣侵略伝─ご当地怪獣異聞集」洋泉社
2015 p227

少女架刑（吉村昭）
◇「名短篇、ここにあり」筑摩書房 2008（ちくま文
庫）p103
◇「幻視の系譜」筑摩書房 2013（ちくま文庫）
p496

少女倶楽部（宇野亜喜良）
◇「チャイルド」廣済堂出版 1998（廣済堂文庫）
p361

少女、去りし（伏見健二）
◇「ゆきどまり─ホラー・アンソロジー」祥伝社
2000（祥伝社文庫）p211

少女探偵団（湊かなえ）
◇「みんなの少年探偵団」ポプラ社 2014 p65
◇「みんなの少年探偵団」ポプラ社 2016（ポプラ文
庫）p65

少女と鬼灯（野口雨情）
◇「ファイン／キュート素敵かわいい作品選」筑摩
書房 2015（ちくま文庫）p126

少女と少年（榎本ナリコ）
◇「蜜の眠り」廣済堂出版 2000（廣済堂文庫）
p273

少女と過ごした夏（伊藤寛）
◇「てのひら怪談─ビーケーワン怪談大賞傑作選」
ポプラ社 2007 p200
◇「てのひら怪談─ビーケーワン怪談大賞傑作選」
ポプラ社 2008（ポプラ文庫）p210

少女と龍（小泉絵理）
◇「ゆきのまち幻想文学賞小品集 17」企画集団ぷり
ずむ 2008 p162

少女の鏡（笹原実穂子）
◇「全作家短編小説集 8」全作家協会 2009 p38

少女の告白（香山光郎）
◇「近代朝鮮文学日本語作品集1939～1945 創作篇 5」
緑蔭書房 2001 p469

少女の城（富島健夫）
◇「市井図絵」新潮社 1997 p85

少女病（田山花袋）
◇「短編で読む恋愛・家族」中部日本教育文化会
1998 p47
◇「近代小説〈都市〉を読む」双文社出版 1999 p41
◇「明治の文学 23」筑摩書房 2001 p3
◇「私小説の生き方」アーツ・アンド・クラフツ

2009 p8
◇「私小説名作選 上」講談社 2012（講談社文芸文庫）p7
◇「文豪たちが書いた耽美小説短編集」彩図社 2015 p131

少女病近親者・ユキ（吉川トリコ）
◇「文芸あねもね」新潮社 2012（新潮文庫）p445

少女は踊らない（藤田宜永）
◇「仮面のレクイエム」光文社 1998（光文社文庫）p355

少女は密室で死んだ（山村美紗）
◇「七人の女探偵」廣済堂出版 1998（KOSAIDO BLUE BOOKS）p97

焦心（萩原朔太郎）
◇「ちくま日本文学 36」筑摩書房 2009（ちくま文庫）p72

小心者（宮本常一）
◇「ちくま日本文学 22」筑摩書房 2008（ちくま文庫）p388

庄助の夜着（宮部みゆき）
◇「失われた空―日本人の涙と心の名作8選」新潮社 2014（新潮文庫）p81

椒図志異（芥川龍之介）
◇「文豪怪談傑作選 芥川龍之介集」筑摩書房 2010（ちくま文庫）p329

城西散策（森春濤）
◇「新日本古典文学大系 明治編 2」岩波書店 2004 p45

定跡外の誘拐（円居挽）
◇「殺意の隘路」光文社 2016（最新ベスト・ミステリー）p325

小説（辻潤）
◇「コレクション私小説の冒険 2」勉誠出版 2013 p109

小雪―11月22日ごろ（東山彰良）
◇「君と過ごす季節―秋から冬へ、12の暦物語」ポプラ社 2012（ポプラ文庫）p175

小説 江戸川乱歩（高木彬光）
◇「乱歩の幻影」筑摩書房 1999（ちくま文庫）p7

小説・江戸川乱歩の館（鈴木幸夫）
◇「江戸川乱歩に愛をこめて」光文社 2011（光文社文庫）p321

小説王子（千梨らく）
◇「5分で読める！ ひと駅ストーリー 本の物語」宝島社 2014（宝島社文庫）p259

小説を読む善悪（よしあし）の事（巖本善治）
◇「新日本古典文学大系 明治編 26」岩波書店 2002 p86

小説家実歴談（饗庭篁村）
◇「明治の文学 13」筑摩書房 2003 p388

小説家の着眼（巖本善治）
◇「新日本古典文学大系 明治編 26」岩波書店 2002 p173

＜小説＞企画とは何だったのか（栗原裕一郎）
◇「小説の家」新潮社 2016 p242

小説神髄・小説の主眼（坪内逍遙）

小説総論（二葉亭四迷）
◇「短編名作選―1885‒1924 小説の曙」笠間書院 2003 p9
◇「短編名作選―1885‒1924 小説の曙」笠間書院 2003 p21

小説 太地喜和子（井上光晴）
◇「戦後短篇小説選―『世界』1946‒1999 5」岩波書店 2000 p81

小説でてくたあ（石川喬司）
◇「70年代日本SFベスト集成 5」筑摩書房 2015（ちくま文庫）p347

小説・読書生活（抄）（関戸己）
◇「文豪てのひら怪談」ポプラ社 2009（ポプラ文庫）p74

小説とは何か（三島由紀夫）
◇「文豪怪談傑作選」筑摩書房 2007（ちくま文庫）p281

小説における超自然の価値（小泉八雲）
◇「西洋伝奇物語―ゴシック名訳集成」学習研究社 2004（学研M文庫）p493

小説の神様（中原涼）
◇「物語のルミナリエ」光文社 2011（光文社文庫）p374

小説の感想屋（紅旬新）
◇「ショートショートの花束 7」講談社 2015（講談社文庫）p108

小説のこしらえ方（宇野千代）
◇「精選女性随筆集 6」文藝春秋 2012 p81

小説の嗜好（正岡子規）
◇「新日本古典文学大系 明治編 27」岩波書店 2003 p95

小説の善悪（ぜんあく）を批評する標準（めあて）の事（巖本善治）
◇「新日本古典文学大系 明治編 26」岩波書店 2002 p90

小説のなかの土地（中里恒子）
◇「精選女性随筆集 10」文藝春秋 2012 p98

小説の文体（正岡子規）
◇「新日本古典文学大系 明治編 27」岩波書店 2003 p342

小説の迷路と否定性（倉橋由美子）
◇「精選女性随筆集 3」文藝春秋 2012 p25

小説八宗（斎藤緑雨）
◇「明治の文学 15」筑摩書房 2002 p194

小説評註（斎藤緑雨）
◇「明治の文学 15」筑摩書房 2002 p200

小説評註問答（斎藤緑雨）
◇「新日本古典文学大系 明治編 29」岩波書店 2005 p153

小説『牡丹崩れず』休載について謹告と『妻の悩み』（李光洙）
◇「近代朝鮮文学日本語作品集1908～1945 セレクション 6」緑蔭書房 2008 p307

小説山寺（瓜生卓造）
◇「山形県文学全集第1期（小説編）4」郷土出版社

しよう

2004 p118

小説論（巌本善治）
◇「新日本古典文学大系 明治編 26」岩波書店 2002
p86

昇仙峡殺人事件（津村秀介）
◇「悲劇の臨時列車—鉄道ミステリー傑作選」光文
社 1998（光文社文庫）p43
◇「名探偵の憂鬱」青樹社 2000（青樹社文庫）
p239

省線電車の射撃手（海野十三）
◇「探偵小説の風景—トラフィック・コレクション
下」光文社 2009（光文社文庫）p9

省線一夜12時（朱永渉）
◇「近代朝鮮文学日本語作品集1908〜1945 セレクショ
ン 4」緑蔭書房 2008 p325

勝訴（耳目）
◇「ショートショートの広場 9」講談社 1998（講
談社文庫）p120

焦躁（富永太郎）
◇「新装版 全集現代文学の発見 13」學藝書林 2004
p186

肖像（萩原朔太郎）
◇「ちくま日本文学 36」筑摩書房 2009（ちくま文
庫）p100

肖像（三好豊一郎）
◇「新装版 全集現代文学の発見 13」學藝書林 2004
p272

肖像画（濱手崇行）
◇「本格推理 10」光文社 1997（光文社文庫）p417

焦燥—眼球結節焼切手術（小泉雅二）
◇「ハンセン病文学全集 7」皓星社 2004 p90

消息（唯川恵）
◇「Love songs」幻冬舎 1998 p5

詩集 消息（吉野弘）
◇「新装版 全集現代文学の発見 13」學藝書林 2004
p420

少尊老卑（正岡子規）
◇「新日本古典文学大系 明治編 27」岩波書店 2003
p145

正体（フォルメラー、森鷗外）
◇「文豪怪談傑作選 森鷗外集」筑摩書房 2006（ち
くま文庫）p11

小岱の山（青木伸一）
◇「ハンセン病文学全集 8」皓星社 2006 p495

妾宅（永井荷風）
◇「丸谷才一編・花柳小説傑作選」講談社 2013（講
談社文芸文庫）p295

妾宅（抄）（永井荷風）
◇「もの食う話」文藝春秋 2015（文春文庫）p46

妾宅奉行（物上敬）
◇「捕物時代小説選集 7」春陽堂書店 2000（春陽
文庫）p2

勝田（しょうだ）氏手状（正岡子規）
◇「新日本古典文学大系 明治編 27」岩波書店 2003
p284

正太の太鼓（坂本美智子）
◇「ゆきのまち幻想文学賞・小品集 15」企画集団ぷ
りずむ 2006 p72

正太郎と井戸端会議の冒険（柴田よしき）
◇「本格ミステリ 2001」講談社 2001（講談社ノベ
ルス）p235
◇「透明な貴婦人の謎—本格短編ベスト・セレク
ション」講談社 2005（講談社文庫）p99

正太郎と田舎の事件（柴田よしき）
◇「密室殺人大百科 下」原書房 2000 p229

正太郎と冷たい方程式（柴田よしき）
◇「密室レシピ」角川書店 2002（角川文庫）p125

商談（タカスギシンタロ）
◇「超短編の世界 vol.2」創英社 2009 p56

常談（ファルケ、森鷗外）
◇「文豪怪談傑作選 森鷗外集」筑摩書房 2006（ち
くま文庫）p9

小譚詩（立原道造）
◇「新装版 全集現代文学の発見 14」學藝書林 2005
p448

松竹梅（服部まゆみ）
◇「金田一耕助に捧ぐ九つの狂想曲」角川書店 2002
p201
◇「金田一耕助に捧ぐ九つの狂想曲」角川書店 2012
（角川文庫）p201

使用中（法月綸太郎）
◇「ザ・ベストミステリーズ—推理小説年鑑 1999」
講談社 1999 p215
◇「大密室」新潮社 1999 p219
◇「殺人買います」講談社 2002（講談社文庫）p9

城中の霜（山本周五郎）
◇「志士—吉田松陰アンソロジー」新潮社 2014（新
潮文庫）p213

城中の霜—橋本左内（山本周五郎）
◇「人物日本の歴史—時代小説 幕末維新編」小学
館 2004（小学館文庫）p5

象徴詩と革命運動の間（野間宏）
◇「戦後文学エッセイ選 9」影書房 2008 p138

上長の資質（港夜和馬）
◇「ショートショートの花束 7」講談社 2015（講
談社文庫）p26

昇天（金井美恵子）
◇「文学 2015」講談社 2015 p136

昇天式（新井満）
◇「山形県文学全集第2期（随筆・紀行編）5」郷土出版
社 2005 p135

省電車掌（黒江勇）
◇「アンソロジー・プロレタリア文学 2」森話社
2014 p117

昇天—祖国よ（金太中）
◇「〈在日〉文学全集 18」勉誠出版 2006 p98

情天比翼縁（三木愛花）
◇「新日本古典文学大系 明治編 3」岩波書店 2005
p173

焦土（西原啓）

しよう

◇「新装版 全集現代文学の発見 14」學藝書林 2005
p554

浄土（森敦）
◇「山形県文学全集第2期（随筆・紀行編）4」郷土出版
社 2005 p352

小慟哭（新川明）
◇「沖縄文学選―日本文学のエッジからの問い」勉
誠出版 2003 p175

浄徳寺さんの車（小沼丹）
◇「創刊一〇〇年三田文学名作選」三田文学会 2010
p388

衝突―国際移民プロジェクトは各地で進行中
だが、貧乏くじを引くのはいつも私だ（曽根
圭介）
◇「NOVA―書き下ろし日本SFコレクション 2」河
出書房新社 2010 （河出文庫）p163

庄内竿（井伏鱒二）
◇「山形県文学全集第2期（随筆・紀行編）3」郷土出版
社 2005 p307

庄内士族（抄）（大林清）
◇「山形県文学全集第1期（小説編）1」郷土出版社
2004 p370

荘内の関門（齋藤磯雄）
◇「山形県文学全集第2期（随筆・紀行編）3」郷土出版
社 2005 p211

庄内の里ざと（森敦）
◇「山形県文学全集第2期（随筆・紀行編）4」郷土出版
社 2005 p344

小なるものに就いてその一（林和）
◇「近代朝鮮文学日本語作品集1939〜1945 評論・随筆
篇 3」緑蔭書房 2002 p53

湘南秋信（鈴木券太郎）
◇「新日本古典文学大系 明治編 12」岩波書店 2001
p43

小尼公（アンデルセン著，森鴎外訳）
◇「新日本古典文学大系 明治編 25」岩波書店 2004
p344

小児の言によって幽界を知らんとせし事（柳田
國男）
◇「ちくま日本文学 15」筑摩書房 2008 （ちくま文
庫）p156

鍾乳洞のなか（吉屋信子）
◇「文豪怪談傑作選 吉屋信子集」筑摩書房 2006
（ちくま文庫）p421

商人（谷川雁）
◇「新装版 全集現代文学の発見 13」學藝書林 2004
p360
◇「日本文学全集 29」河出書房新社 2016 p60

証人（安東次男）
◇「新装版 全集現代文学の発見 13」學藝書林 2004
p293

証人―映画による映画的殺人（鄭仁）
◇「〈在日〉文学全集 17」勉誠出版 2006 p155

上人遠流―増上寺なる椎尾大僧正に捧げて叱
正を待つ（佐藤春夫）
◇「戦後短篇小説選―『世界』1946–1999 2」岩波書

店 2000 p171

証人のいない光景（李恢成）
◇「コレクション戦争と文学 10」集英社 2012 p592

情熱の一夜（城昌幸）
◇「幻の探偵雑誌 10」光文社 2002 （光文社文庫）
p77

情熱のこと（崔貞熙）
◇「近代朝鮮文学日本語作品集1939〜1945 評論・随筆
篇 3」緑蔭書房 2002 p124

少年（石川桂郎）
◇「名短篇ほりだしもの」筑摩書房 2011 （ちくま文
庫）p135

少年（金泰生）
◇「〈在日〉文学全集 9」勉誠出版 2006 p17

少年（谷崎潤一郎）
◇「明治の文学 25」筑摩書房 2001 p268

少年（趙薫）
◇「近代朝鮮文学日本語作品集1939〜1945 創作篇 6」
緑蔭書房 2001 p271

少年（光岡良二）
◇「ハンセン病文学全集 7」皓星社 2004 p209

少年（三好達治）
◇「新装版 全集現代文学の発見 13」學藝書林 2004
p99

少年（吉田一穂）
◇「新装版 全集現代文学の発見 13」學藝書林 2004
p157

句集 少年（金子兜太）
◇「新装版 全集現代文学の発見 13」學藝書林 2004
p594

（少年が）（立原道造）
◇「新装版 全集現代文学の発見 14」學藝書林 2005
p440

少年期の衝動（東野圭吾）
◇「マイ・ベスト・ミステリー 5」文藝春秋 2007
（文春文庫）p410

少年口伝隊一九四五（井上ひさし）
◇「コレクション戦争と文学 19」集英社 2011 p388

少年軍事冒険小説 空中大戦争―大正二年（有
本芳水）
◇「日米架空戦記集成―明治・大正・昭和」中央公
論新社 2003 （中公文庫）p9

少年行（岡井隆）
◇「新装版 全集現代文学の発見 13」學藝書林 2004
p589

少年行（金南天）
◇「近代朝鮮文学日本語作品集1908〜1945 セレクショ
ン 1」緑蔭書房 2008 p431

少年幸徳秋水（崎村裕）
◇「全作家短編小説集 12」全作家協会 2013 p140

少年時代（寺山修司）
◇「新装版 全集現代文学の発見 15」學藝書林 2005
p501

少年詩篇（抄）（佐伯一麦）
◇「文学 1998」講談社 1998 p15

作品名から引ける日本文学全集案内 第III期　387

しよう

少年前夜（吉田修一）
◇「いつか、君へ Boys」集英社 2012（集英社文庫）p213

少年探偵（戸板康二）
◇「名短篇、ここにあり」筑摩書房 2008（ちくま文庫）p257

少年と一万円（山本禾太郎）
◇「探偵小説の風景―トラフィック・コレクション 上」光文社 2009（光文社文庫）p137

少年と怪魔の駆ける遊園（芦辺拓）
◇「黒い遊園地」光文社 2004（光文社文庫）p265

少年時（中原中也）
◇「新装版 全集現代文学の発見 13」學藝書林 2004 p171

情念と執念を（海渡英祐）
◇「江戸川乱歩賞全集 7」講談社 1999 p363

少年と熟女（雪村音於）
◇「ショートショートの広場 15」講談社 2004（講談社文庫）p159

少年と少女の密室（大山誠一郎）
◇「密室晩餐会」原書房 2011（ミステリー・リーグ）p11

少年忍者奮戦記〜リーダーなんてぶっ飛ばせ！（堀慎二郎）
◇「幻想水滸伝短編集 2」メディアワークス 2001（電撃文庫）p99

少年の哀み（徳田秋聲）
◇「金沢三文豪掌文庫」金沢文化振興財団 2009 p21

少年の海（通雅彦）
◇「全作家短編小説集 8」全作家協会 2009 p247

少年の死（金太中）
◇「〈在日〉文学全集 18」勉誠出版 2006 p109

少年の双眼鏡（横田順彌）
◇「自選ショート・ミステリー 2」講談社 2001（講談社文庫）p304

少年の夏（吉村昭）
◇「教科書に載った小説」ポプラ社 2008 p73
◇「教科書に載った小説」ポプラ社 2012（ポプラ文庫）p67

少年の夏のスイカ（原田宗典）
◇「くだものだもの」ランダムハウス講談社 2007 p99

少年の橋（後藤紀一）
◇「山形県文学全集第1期（小説編）2」郷土出版社 2004 p476

少年の日（李美子）
◇「〈在日〉文学全集 18」勉誠出版 2006 p303

少年の日（佐藤春夫）
◇「心洗われる話」筑摩書房 2010（ちくま文学の森）p8

少年の悲哀（国木田独歩）
◇「明治探偵冒険小説 4」筑摩書房 2005（ちくま文庫）p245
◇「月のものがたり」ソフトバンククリエイティブ 2006 p170

少年の見た男（原寮）
◇「ミステリマガジン700 国内篇」早川書房 2014（ハヤカワ・ミステリ文庫）p261

少年バンコラン！ 夜歩く犬（桜庭一樹）
◇「密室と奇蹟―J.D.カー生誕百周年記念アンソロジー」東京創元社 2006 p47

少年兵の歌（長崎浩）
◇「日本統治期台湾文学集成 23」緑蔭書房 2007 p425

少年名探偵WHO―透明人間事件（はやみねかおる）
◇「忍び寄る闇の奇譚」講談社 2008（講談社ノベルス）p9

少年は怪人を夢見る（芦辺拓）
◇「変化―書下ろしホラー・アンソロジー」PHP研究所 2000（PHP文庫）p219

小孩（しょうはい）（水上勉）
◇「コレクション戦争と文学 16」集英社 2012 p264

勝敗に非ず（佐江衆一）
◇「短篇ベストコレクション―現代の小説 2010」徳間書店 2010（徳間文庫）p503

小美術館で（永井龍男）
◇「百年小説」ポプラ社 2008 p1167

小病（楊雲萍）
◇「日本統治期台湾文学集成 18」緑蔭書房 2003 p544

小品（那珂太郎）
◇「新装版 全集現代文学の発見 13」學藝書林 2004 p417

商品論（許南麒）
◇「〈在日〉文学全集 2」勉誠出版 2006 p124
◇「〈在日〉文学全集 2」勉誠出版 2006 p215

娼婦（石牟礼道子）
◇「日本文学全集 24」河出書房新社 2015 p464

情婦（小泉喜美子）
◇「らせん階段―女流ミステリー傑作選」角川春樹事務所 2003（ハルキ文庫）p247

商腹勘兵衛（栗本薫）
◇「妖美―女流ミステリー傑作選」徳間書店 1999（徳間文庫）p63

招福ダルマ（古川時夫）
◇「ハンセン病文学全集 7」皓星社 2004 p360

勝負事（菊池寛）
◇「ちくま日本文学 27」筑摩書房 2008（ちくま文庫）p9

丈夫な身体？（内田百樹）
◇「ショートショートの広場 8」講談社 1997（講談社文庫）p112

娼婦の部屋（吉行淳之介）
◇「丸谷才一編・花柳小説傑作選」講談社 2013（講談社文芸文庫）p7

勝負服（向田邦子）
◇「精選女性随筆集 11」文藝春秋 2012 p71

昌文小学校のことなど（柳田國男）
◇「ちくま日本文学 15」筑摩書房 2008（ちくま文

しよう

娼婦 2（原條あき子）
◇「日本文学全集 29」河出書房新社 2016 p55

城壁（小島信夫）
◇「コレクション戦争と文学 5」集英社 2011 p637

小便組始末記（永井義男）
◇「捨て子稲荷―時代アンソロジー」祥伝社 1999
（祥伝社文庫）p249

掌編二題（森英津子）
◇「全作家短編小説集 7」全作家協会 2008 p172

消防女子!!横浜消防局・高柳蘭の奮闘〈抄〉（佐藤青南）
◇「『このミステリーがすごい！』大賞作家書き下ろしBOOK vol 2」宝島社 2013 p173

情報漏洩（佐野洋）
◇「事件現場に行こう―最新ベスト・ミステリー カレイドスコープ編」光文社 2001（カッパ・ノベルス）p97

床母―二幕（吉村敏）
◇「日本統治期台湾文学集成 14」緑蔭書房 2003 p443

錠前屋（高野史緒）
◇「ロボットの夜」光文社 2000（光文社文庫）p375
◇「ザ・ベストミステリーズ―推理小説年鑑 2001」講談社 2001 p535
◇「殺人作法」講談社 2004（講談社文庫）p315

小満―5月21日ごろ（藤谷治）
◇「君と過ごす季節―春から夏へ、12の暦物語」ポプラ社 2012（ポプラ文庫）p183

証明（吉田訓子）
◇「ショートショートの広場 18」講談社 2006（講談社文庫）p155

証明写真機（安部孝作）
◇「てのひら怪談―ビーケーワン怪談大賞傑作選 壬辰」ポプラ社 2012（ポプラ文庫）p124

生滅（折口信夫）
◇「ちくま日本文学 25」筑摩書房 2008（ちくま文庫）p118

笑面（矢崎存美）
◇「恐怖のKA・TA・CHI」双葉社 2001（双葉文庫）p327

城門（金大均）
◇「近代朝鮮文学日本語作品集1939〜1945 創作篇 6」緑蔭書房 2001 p297

縄文怪獣 ドキラ登場―新潟県「ヨビコの文様」（村井さだゆき）
◇「日本怪獣名鑑伝―ご当地怪獣異聞集」洋泉社 2015 p7

唱門師の話（柳田國男）
◇「被差別文学全集」河出書房新社 2016（河出文庫）p138

蕉門秘訣（五十目寿男）
◇「さきがけ文学賞選集 5」秋田魁新報社 2016（さきがけ文庫）p205

情夜（浅田次郎）

◇「短篇ベストコレクション―現代の小説 2002」徳間書店 2002（徳間文庫）p397

常夜往く（五代ゆう）
◇「京都宵」光文社 2008（光文社文庫）p415

逍遙遺稿（抄）（中野逍遙）
◇「新日本古典文学大系 明治編 2」岩波書店 2004 p359

逍遙先生の臨終はもっとも静寂をきわめた≫伊達俊光（會津八一）
◇「日本人の手紙 3」リブリオ出版 2004 p179

逍遙の季節（乙川優三郎）
◇「代表作時代小説 平成22年度」光文社 2010 p179

常羊の山（藤水名子）
◇「アジアン怪綺」光文社 2003（光文社文庫）p341

松籟（辻原登）
◇「戦後短篇小説再発見 17」講談社 2003（講談社文芸文庫）p213

しょうらい、お父さんになりたい≫山際淳司（犬塚星司）
◇「日本人の手紙 9」リブリオ出版 2004 p154

将来の基督教（山路愛山）
◇「新日本古典文学大系 明治編 26」岩波書店 2002 p503

将来の夢（@ticlocks）
◇「3.11心に残る140字の物語」学研パブリッシング 2011 p44

松蘿玉液（抄）（正岡子規）
◇「ちくま日本文学 40」筑摩書房 2009（ちくま文庫）p123

上陸（五條瑛）
◇「ザ・ベストミステリーズ―推理小説年鑑 2001」講談社 2001 p9
◇「終日犯罪」講談社 2004（講談社文庫）p83

上陸（田中小実昌）
◇「コレクション戦争と文学 1」集英社 2012 p427

上陸待ち（伊集院静）
◇「短篇ベストコレクション―現代の小説 2011」徳間書店 2011（徳間文庫）p337

勝利者（田尻實一）
◇「日本統治期台湾文学集成 10」緑蔭書房 2003 p105

勝利の記録―三幕七場（左翼劇場第二十回公演臺本）（村山知義）
◇「新・プロレタリア文学精選集 16」ゆまに書房 2004 p1

昇竜変化（角田喜久雄）
◇「極め付き時代小説選 3」中央公論新社 2004（中公文庫）p81

精霊流し（大木圭）
◇「現代鹿児島小説大系 3」ジャプラン 2014 p82

精霊流し（佐藤青南）
◇「5分で読める！ ひと駅ストーリー 夏の記憶東口編」宝島社 2013（宝島社文庫）p291
◇「5分で泣ける！ 胸がいっぱいになる物語」宝島

作品名から引ける日本文学全集案内 第III期　389

しよう

社 2015（宝島社文庫）p239

少林寺殺法（新宮正春）
◇「冒険の森へ―傑作小説大全 14」集英社 2016
p30

浄瑠璃寺へ（篠田節子）
◇「文藝百物語」ぶんか社 1997 p240

招霊（「妹のいた部屋」改題）（井上夢人）
◇「犯人たちの部屋」講談社 2007（講談社文庫）
p105

浄霊中（我妻俊樹）
◇「てのひら怪談―ビーケーワン怪談大賞傑作選」
ポプラ社 2007 p108
◇「てのひら怪談―ビーケーワン怪談大賞傑作選」
ポプラ社 2008（ポプラ文庫）p112

常連（酒月茗）
◇「てのひら怪談―ビーケーワン怪談大賞傑作選 庚
寅」ポプラ社 2010（ポプラ文庫）p56

常連（藤木稟）
◇「酒の夜語り」光文社 2002（光文社文庫）p497

鐘路（吉鎮燮）
◇「近代朝鮮文学日本語作品集1939～1945 評論・随筆
篇 3」緑蔭書房 2002 p63

鐘路の吊鐘（金來成）
◇「近代朝鮮文学日本語作品集1939～1945 評論・随筆
篇 3」緑蔭書房 2002 p43

しょうろ豚のルル（いしいしんじ）
◇「きのこ文学名作選」港の人 2010 p347

昭和（崔龍源）
◇「〈在日〉文学全集 18」勉誠出版 2006 p194

昭和エレジー（立石一夫）
◇「ゆくりなくも」鶴書院 2009（シニア文学秀作
選）p35

昭和十六年の半島文學の回顧（金声均）
◇「近代朝鮮文学日本語作品集1939～1945 評論・随筆
篇 1」緑蔭書房 2002 p281

昭和職人歌 抄（折口信夫）
◇「ちくま日本文学 25」筑摩書房 2008（ちくま文
庫）p43

昭和通り（吉鎮燮）
◇「近代朝鮮文学日本語作品集1939～1945 評論・随筆
篇 3」緑蔭書房 2002 p62

昭和の風景（小池真理子）
◇「少女物語」朝日新聞社 1998 p217

昭和の夜（福澤徹三）
◇「短篇ベストコレクション―現代の小説 2009」徳
間書店 2009（徳間文庫）p247

昭和みつばん伝―浅草・橋場二丁目物語（タカ
ハシナオコ）
◇「高校演劇Selection 2006 下」晩成書房 2008
p105

昭和湯の幻（倉阪鬼一郎）
◇「暗闇（ダークサイド）を追いかけろ―ホラー＆サ
スペンス編」光文社 2004（カッパ・ノベルス）
p245
◇「暗闇（ダークサイド）を追いかけろ」光文社
2008（光文社文庫）p317

女王（佐藤賢一）
◇「ヴィンテージ・セブン」講談社 2007 p105

女王戴冠（光岡良二）
◇「ハンセン病文学全集 7」皓星社 2004 p216

女王のいた家（金広賢介）
◇「あなたが生まれた日―家族の愛が温かな10の感
動ストーリー」泰文堂 2013（リンダブックス）
p33

女王のおしゃぶり（北杜夫）
◇「江戸川乱歩に愛をこめて」光文社 2011（光文社
文庫）p285

女王の教室（遊川和彦）
◇「テレビドラマ代表作選集 2006年版」日本脚本家
連盟 2006 p207

書を売り剣を買ふ歌（成島柳北）
◇「新日本古典文学大系 明治編 2」岩波書店 2004
p228

ジョーカー（熊手竜久馬，原田萌）
◇「中学校創作脚本集 3」晩成書房 2008 p159

初夏（楊雲萍）
◇「日本統治期台湾文学集成 18」緑蔭書房 2003
p531

書懐（成島柳北）
◇「新日本古典文学大系 明治編 2」岩波書店 2004
p232

序〔怪化百物語〕（高畠藍泉）
◇「新日本古典文学大系 明治編 1」岩波書店 2004
p359

女誡扇綺譚（佐藤春夫）
◇「幻妖の水脈（みお）」筑摩書房 2013（ちくま文
庫）p372
◇「日本文学全集 26」河出書房新社 2017 p263

初夏景物（萩原朔太郎）
◇「ちくま日本文学 36」筑摩書房 2009（ちくま文
庫）p31

女学校（服部撫松）
◇「新日本古典文学大系 明治編 1」岩波書店 2004
p166

ジョーカーとレスラー（大沢在昌）
◇「事件を追いかけろ―最新ベスト・ミステリー サ
プライズの花束編」光文社 2004（カッパ・ノ
ベルス）p157
◇「事件を追いかけろ サプライズの花束編」光文社
2009（光文社文庫）p199

ジョーカーの徹夜仕事（大沢在昌）
◇「短篇ベストコレクション―現代の小説 2009」徳
間書店 2009（徳間文庫）p511

ジョーカーの当惑（大沢在昌）
◇「殺人前線北上中」講談社 1997（講談社文庫）
p55

初夏の向日葵（大原まり子）
◇「恋物語」朝日新聞社 1998 p72

所感（正宗白鳥）
◇「創刊一〇〇年三田文学名作選」三田文学会 2010
p658

書簡演劇（寺山修司）

◇「ちくま日本文学 6」筑摩書房 2007（ちくま文庫）p196

書簡「一九六〇年ペッピーノ・リッカ宛」（翻訳・岡本太郎）（須賀敦子）
◇「精選女性随筆集 9」文藝春秋 2012 p235

序〔簡単な青年劇の演出法〕（台湾総督府文教局社会課編）
◇「日本統治期台湾文学集成 11」緑蔭書房 2003 p9

初期詩篇（中原中也）
◇「新装版 全集現代文学の発見 13」學藝書林 2004 p168

「序曲」の頃―三島由紀夫の追想（埴谷雄高）
◇「戦後文学エッセイ選 3」影書房 2005 p167

序―近代日本の〈戦争と文学〉（紅野謙介）
◇「コレクション戦争と文学 別巻」集英社 2013 p9

職員室（向田邦子）
◇「精選女性随筆集 11」文藝春秋 2012 p181

燭怪（田中芳樹）
◇「代表時代小説 平成20年度」光文社 2008 p83

見燭蛾有感（しょくがをみてかんあり）（犬山居士）
◇「新日本古典文学大系 明治編 12」岩波書店 2001 p42

稷下公案（小貫風樓）
◇「新・本格推理 03」光文社 2003（光文社文庫）p225

職業病（古処誠二）
◇「ショートショートの広場 12」講談社 2001（講談社文庫）p161

職業病（まほ）
◇「ショートショートの広場 8」講談社 1997（講談社文庫）p135

ショグゴス（小林泰三）
◇「Fの肖像―フランケンシュタインの幻想たち」光文社 2010（光文社文庫）p469

食後の歌（木下杢太郎）
◇「創刊一〇〇年三田文学名作選」三田文学会 2010 p566

贖罪（門前清一）
◇「ショートショートの花束 5」講談社 2013（講談社文庫）p61

蜀山人（柴田錬三郎）
◇「忍者だもの―忍法小説五番勝負」新潮社 2015（新潮文庫）p49

食事（塔和子）
◇「ハンセン病文学全集 7」皓星社 2004 p386

食而（内田百閒）
◇「文人御馳走帖」新潮社 2014（新潮文庫）p179

植字校正老若問答（宮崎修二朗）
◇「誤植文学アンソロジー―校正者のいる風景」論創社 2015 p189

食事中には読まないで下さい（金堀常美）
◇「ショートショートの広場 10」講談社 2000（講談社文庫）p205

食事風景（黒冬）
◇「ショートショートの広場 17」講談社 2005（講

談社文庫）p187

触手（塔和子）
◇「ハンセン病文学全集 7」皓星社 2004 p517

触手（平戸廉吉）
◇「新装版 全集現代文学の発見 1」學藝書林 2002 p237

触手となった耳の歌（安東次男）
◇「新装版 全集現代文学の発見 13」學藝書林 2004 p292

食書（小田雅久仁）
◇「さよならの儀式」東京創元社 2014（創元SF文庫）p201

蜀黍（国満静志）
◇「ハンセン病文学全集 7」皓星社 2004 p399

食人鬼（小泉八雲）
◇「もの食う話」文藝春秋 2015（文春文庫）p200

食人鬼（日影丈吉）
◇「外地探偵小説集 南方篇」せらび書房 2010 p201

食卓（李美子）
◇「〈在日〉文学全集 18」勉誠出版 2006 p314

食卓（朱耀翰）
◇「近代朝鮮文学日本語作品集1908～1945 セレクション 4」緑蔭書房 2008 p68

食卓の光景（添田健一）
◇「てのひら怪談―ビーケーワン怪談大賞傑作選 2」ポプラ社 2007 p58
◇「てのひら怪談―ビーケーワン怪談大賞傑作選 己丑」ポプラ社 2009（ポプラ文庫）p46

食卓の光景（吉行淳之介）
◇「私小説名作選 下」講談社 2012（講談社文芸文庫）p149

食卓のない家（志賀澤子）
◇「新鋭劇作集 series 13」日本劇団協議会 2002 p123

飾燈（日影丈吉）
◇「江戸川乱歩と13の宝石」光文社 2007（光文社文庫）p9

食堂（島崎藤村）
◇「日本文学100年の名作 2」新潮社 2014（新潮文庫）p97

食堂にて（斜斤）
◇「てのひら怪談―ビーケーワン怪談大賞傑作選」ポプラ社 2007 p184
◇「てのひら怪談―ビーケーワン怪談大賞傑作選」ポプラ社 2008（ポプラ文庫）p192

触媒人間（阿刀田高）
◇「冒険の森へ―傑作小説大全 4」集英社 2016 p15

懸賞鐵道小説特選作 職場に生きる（安田墩）
◇「日本統治期台湾文学集成 22」緑蔭書房 2007 p137

職場の作法（津村記久子）
◇「そういうものだろ、仕事っていうのは」日本経済新聞出版社 2011 p263

食品汚染（酒月茗）
◇「リトル・リトル・クトゥルー―史上最小の神話

しよく

小説集」学習研究社 2009 p176

植物たちの企み（沖義裕）
◇「縄文4000年の謎に挑む」現代書林 2016 p110

植物の閨房哲学―進化論とのかかわりに向けて（荒俣宏）
◇「植物」国書刊行会 1998（書物の王国）p179

食魔（岡本かの子）
◇「美食」国書刊行会 1998（書物の王国）p119

殖民地から（金光均）
◇「近代朝鮮文学日本語作品集1901～1938 評論・随筆篇 3」緑蔭書房 2004 p247

植民地根性について（富士正晴）
◇「戦後文学エッセイ選 7」影書房 2006 p9

食物として（芥川龍之介）
◇「文人御馳走帖」新潮社 2014（新潮文庫）p221

ユーモア小説 食用鍋牛御難（奈木良弥太郎）
◇「日本統治期台湾文学集成 7」緑蔭書房 2002 p224

食欲（塔和子）
◇「ハンセン病文学全集 7」皓星社 2004 p529

食慾について（大岡昇平）
◇「日本文学100年の名作 4」新潮社 2014（新潮文庫）p217
◇「もの食う話」文藝春秋 2015（文春文庫）p15

食在廣州―食は広州に在り（邱永漢）
◇「もの食う話」文藝春秋 2015（文春文庫）p50

序〔軍夫の妻〕（作者表記なし）
◇「日本統治期台湾文学集成 10」緑蔭書房 2003 p211

諸君は名探偵になれますか？（江戸川乱歩）
◇「江戸川乱歩の推理教室」光文社 2008（光文社文庫）p305

処刑（星新一）
◇「江戸川乱歩と13の宝石」光文社 2007（光文社文庫）p267
◇「日本SF全集 1」出版芸術社 2009 p5
◇「暴走する正義」筑摩書房 2016（ちくま文庫）p43

処刑の部屋（石原慎太郎）
◇「新装版 全集現代文学の発見 15」學藝書林 2005 p240
◇「冒険の森へ―傑作小説大全 5」集英社 2015 p117

女傑への出発（南條範夫）
◇「剣の意地恋の夢―時代小説傑作選」講談社 2000（講談社文庫）p7

"女傑"マリエ・ロクサーヌの美しく勇敢な最後（大間九郎）
◇「5分で読める！ ひと駅ストーリー 冬の記憶東口編」宝島社 2013（宝島社文庫）p221

緒言（柳田國男）
◇「ちくま日本文学 15」筑摩書房 2008 p227

緒言（山路愛山）
◇「新日本古典文学大系 明治編 26」岩波書店 2002 p351

緒言〔浮世写真 百人百色〕（痩々亭骨皮道人）
◇「新日本古典文学大系 明治編 29」岩波書店 2005 p214

序言〔護郷兵〕（吉村敏）
◇「日本統治期台湾文学集成 13」緑蔭書房 2003 p13

恕軒氏七十自序（信夫恕軒）
◇「新日本古典文学大系 明治編 2」岩波書店 2004 p346

緒言〔東京新繁昌記 後編第一〕（服部撫松）
◇「新日本古典文学大系 明治編 1」岩波書店 2004 p193

恕軒文鈔・恕軒遺稿（抄）（信夫恕軒）
◇「新日本古典文学大系 明治編 2」岩波書店 2004 p295

女香雨を拉して墨上に散策す（森春濤）
◇「新日本古典文学大系 明治編 2」岩波書店 2004 p111

女工小唄―1（黒島伝治）
◇「アンソロジー・プロレタリア文学 2」森話社 2014 p87

女工小唄―2（宮本百合子）
◇「アンソロジー・プロレタリア文学 2」森話社 2014 p226

女工小唄―3（小林多喜二）
◇「アンソロジー・プロレタリア文学 2」森話社 2014 p361

女工戦（今野賢三）
◇「新・プロレタリア文学精選集 15」ゆまに書房 2004 p1

女工たち 生活の記録6（宮本常一）
◇「日本文学全集 14」河出書房新社 2015 p433

曙光の円舞曲（夏目翠）
◇「躍進―C★NOVELS大賞作家アンソロジー」中央公論新社 2012（C・NOVELS Fantasia）p140

女紅場（菊池三渓）
◇「新日本古典文学大系 明治編 1」岩波書店 2004 p246

序〔護郷兵〕（相澤誠、小林洋、竹内治、瀧澤千繪子、中島俊男、松居桃樓、山口正明）
◇「日本統治期台湾文学集成 13」緑蔭書房 2003 p7

『諸国の天女』（島田等）
◇「ハンセン病文学全集 7」皓星社 2004 p485

助五郎余罪（牧逸馬）
◇「幻の探偵雑誌 2」光文社 2000（光文社文庫）p331

書斎からの旅（かんべむさし）
◇「リモコン変化」廣済堂出版 2000（廣済堂文庫）p247

序〔西京伝新記〕（菊池三渓）
◇「新日本古典文学大系 明治編 1」岩波書店 2004 p233
◇「新日本古典文学大系 明治編 1」岩波書店 2004 p294

書齋など（鄭人澤）

◇「近代朝鮮文学日本語作品集1939～1945 評論・随筆篇 3」緑蔭書房 2002 p185

書斎（上）（下）（鄭人澤）
◇「近代朝鮮文学日本語作品集1901～1938 評論・随筆篇 3」緑蔭書房 2004 p27

じょさネ（竹田真砂子）
◇「代表作時代小説 平成25年度」光文社 2013 p245

助詞一字の誤植―横光利一のために（大屋幸世）
◇「誤植文学アンソロジー―校正者のいる風景」論創社 2015 p193

序詞〔蕀の道〕（王白淵）
◇「日本統治期台湾文学集成 18」緑蔭書房 2003 p13

序詩〔回轉する季節の色彩〕（黒木謳子）
◇「日本統治期台湾文学集成 18」緑蔭書房 2003 p409

ジョージが射殺した猪（又吉栄喜）
◇「コレクション戦争と文学 2」集英社 2012 p377

きみは少年義勇軍（巽聖歌）
◇「日本の少年小説―「少国民」のゆくえ」インパクト出版会 2016 （インパクト選書）p173

女子大生・曲愛玲（瀬戸内晴美）
◇「コレクション戦争と文学 14」集英社 2012 p153

女子的生活（坂木司）
◇「この部屋で君と」新潮社 2014 （新潮文庫）p133

ジョージと逢う（笹原実穂子）
◇「全作家短編小説集 9」全作家協会 2010 p222

女子と小説（巌本善治）
◇「新日本古典文学大系 明治編 26」岩波書店 2002 p75

序詞〔囚われの街〕（金太中）
◇「〈在日〉文学全集 18」勉誠出版 2006 p92

書肆に潜むもの（井上雅彦）
◇「古書ミステリー倶楽部―傑作推理小説集 3」光文社 2015 （光文社文庫）p141

女子の教育（正岡子規）
◇「新日本古典文学大系 明治編 27」岩波書店 2003 p365

ジョージの災難（真梨幸子）
◇「5分で読める！ 怖いはなし」宝島社 2014 （宝島社文庫）p35

女子の智力を高めよ（与謝野晶子）
◇「「新編」日本女性文学全集 4」菁柿堂 2012 p73

初秋（古閑章）
◇「現代鹿児島小説大系 1」ジャプラン 2014 p231

初秋（韓喬石）
◇「近代朝鮮文学日本語作品集1908～1945 セレクション 4」緑蔭書房 2008 p380

初秋独噛（王昶雄）
◇「日本統治期台湾文学集成 29」緑蔭書房 2007 p393

初秋の死（仁木悦子）
◇「七人の女探偵」廣済堂出版 1998 （KOSAIDO

BLUE BOOKS）p7

「初秋の空模様」（李石薫）
◇「近代朝鮮文学日本語作品集1908～1945 セレクション 4」緑蔭書房 2008 p203

初秋の手紙（第一信）～（第三信）（崔貞熙）
◇「近代朝鮮文学日本語作品集1939～1945 評論・随筆篇 3」緑蔭書房 2002 p157

助手席の女（森江賢二）
◇「ショートショートの広場 19」講談社 2007 （講談社文庫）p103

処暑―8月23日ごろ（平松洋子）
◇「君と過ごす季節―秋から冬へ、12の暦物語」ポプラ社 2012 （ポプラ文庫）p33

初照（佐藤和哉）
◇「「伊豆文学賞」優秀作品集 第9回」静岡新聞社 2006 p83

抒情歌（川端康成）
◇「文豪怪談傑作選 川端康成集」筑摩書房 2006 （ちくま文庫）p179

抒情詩集（許南麒）
◇「〈在日〉文学全集 2」勉誠出版 2006 p139

抒情詩物語（萩原朔太郎）
◇「ちくま日本文学 36」筑摩書房 2009 （ちくま文庫）p249

序〔情天比翼縁〕（三木愛花）
◇「新日本古典文学大系 明治編 3」岩波書店 2005 p175

処女宮―玄い森の底から（津原泰水）
◇「十二宮12幻想」エニックス 2000 p145

処女作を出したころ（吉田絃二郎）
◇「早稲田作家処女作集」講談社 2012 （講談社文芸文庫）p92

処女作回想（尾崎一雄）
◇「早稲田作家処女作集」講談社 2012 （講談社文芸文庫）p245

処女作と二作目（泡坂妻夫）
◇「マイ・ベスト・ミステリー 5」文藝春秋 2007 （文春文庫）p162

処女作について（羽志主水）
◇「戦前探偵小説四人集」論創社 2011 （論創ミステリ叢書）p43

処女作の思い出（八木義徳）
◇「早稲田作家処女作集」講談社 2012 （講談社文芸文庫）p296

処女作の思ひ出（水上呂理）
◇「戦前探偵小説四人集」論創社 2011 （論創ミステリ叢書）p191

処女作の感想（中村星湖）
◇「早稲田作家処女作集」講談社 2012 （講談社文芸文庫）p79

処女作の祟り（川端康成）
◇「文豪怪談傑作選 川端康成集」筑摩書房 2006 （ちくま文庫）p60

処女詩集の頃（金子光晴）
◇「ちくま日本文学 38」筑摩書房 2009 （ちくま文庫）p239

しよし

処女水（香山滋）
◇「探偵くらぶ―探偵小説傑作選1946～1958 上」光文社 1997（カッパ・ノベルス）p147

處女地（村山知義）
◇「新・プロレタリア文学精選集 16」ゆまに書房 2004 p207

初心（阿部昭）
◇「ことばの織物―昭和短篇珠玉選 2」蒼丘書林 1998 p258

書聖（勝山海百合）
◇「てのひら怪談―ビーケーワン怪談大賞傑作選 百怪繚乱篇」ポプラ社 2008 p206

書生気質人物割付（正岡子規）
◇「新日本古典文学大系 明治編 27」岩波書店 2003 p340

書生臭気、三区の比較（正岡子規）
◇「新日本古典文学大系 明治編 27」岩波書店 2003 p146

女生徒（太宰治）
◇「山形県文学全集第1期（小説編）1」郷土出版社 2004 p420
◇「ちくま日本文学 8」筑摩書房 2008（ちくま文庫）p151
◇「女 1」あの出版 2016（GB）p94

序〔青年演劇脚本集 第二輯〕（皇民奉公会台北州支部芸能指導部編）
◇「日本統治期台湾文学集成 12」緑蔭書房 2003 p231

書生の化物（高畠藍泉）
◇「新日本古典文学大系 明治編 1」岩波書店 2004 p377

序説（許南麒）
◇「〈在日〉文学全集 2」勉誠出版 2006 p200

ジョゼと虎と魚たち（田辺聖子）
◇「わかれの船―Anthology」光文社 1998 p141
◇「10ラブ・ストーリーズ」朝日新聞出版 2011（朝日文庫）p223

ジョゼと虎と魚たち（渡辺あや）
◇「年鑑代表シナリオ集 '03」シナリオ作家協会 2004 p223

ショセン私は駄目な女です≫恩人の夫人（安部定）
◇「日本人の手紙 10」リブリオ出版 2004 p201

除草（金時鐘）
◇「〈在日〉文学全集 5」勉誠出版 2006 p29

女賊の哲学（武田泰淳）
◇「歴史小説の世紀 天の巻」新潮社 2000（新潮文庫）p685

初代団十郎暗殺事件（南原幹雄）
◇「星明かり夢街道」光風社出版 2000（光風社文庫）p83
◇「江戸夢あかり」学習研究社 2003（学研M文庫）p291
◇「江戸夢あかり」学研パブリッシング 2013（学研M文庫）p291

初対面（河野裕）
◇「ブラックミステリーズ―12の黒い謎をめぐる219の質問」KADOKAWA 2015（角川文庫）p275

女中ッ子（由起しげ子）
◇「山形県文学全集第1期（小説編）2」郷土出版社 2004 p177

署長・田中健一の憂鬱（川崎草志）
◇「宝石ザミステリー 3」光文社 2013 p435

序〔月に吠える〕（萩原朔太郎）
◇「ちくま日本文学 36」筑摩書房 2009 p48

職工と微笑（松永延造）
◇「新装版 全集現代文学の発見 1」學藝書林 2002 p483

しょっぱい雪（相村紫帆）
◇「ゆきのまち幻想文学賞小品集 21」企画集団ぷりずむ 2012 p165

ショッピングモールで過ごせなかった休日（岡田利規）
◇「文学 2014」講談社 2014 p109

ショップtoショップ（大崎梢）
◇「大崎梢リクエスト！ 本屋さんのアンソロジー」光文社 2013 p201
◇「大崎梢リクエスト！ 本屋さんのアンソロジー」光文社 2014（光文社文庫）p211

女帝をくどく法（田辺聖子）
◇「剣が哭く夜に哭く」光風社出版 2000（光風社文庫）p221

女店員とストライキ（佐多稲子）
◇「アンソロジー・プロレタリア文学 2」森話社 2014 p60

初冬（立原道造）
◇「新装版 全集現代文学の発見 14」學藝書林 2005 p449

初冬雑記（林和）
◇「近代朝鮮文学日本語作品集1939～1945 評論・随筆篇 3」緑蔭書房 2002 p53

書道徒然草 王昶雄・洪開源合作（王昶雄）
◇「日本統治期台湾文学集成 29」緑蔭書房 2007 p379

初冬の6時は―（金太中）
◇「〈在日〉文学全集 18」勉誠出版 2006 p114

ショートカット（三藤英二）
◇「ショートショートの花束 2」講談社 2010（講談社文庫）p214

女毒（池波正太郎）
◇「逢魔への誘い」徳間書店 2000（徳間文庫）p5

ショートショート（星野光浩）
◇「ショートショートの広場 12」講談社 2001（講談社文庫）p92

ショートショートを書かなくちゃ（新栗達奈）
◇「ショートショートの広場 14」講談社 2003（講談社文庫）p121

序に代へて〔手軽に出来る青少年劇脚本集 第一輯〕（台湾総督府文教局社会課編）
◇「日本統治期台湾文学集成 11」緑蔭書房 2003 p74

しらか

女忍小袖始末（光瀬龍）
◇「神出鬼没！ 戦国忍者伝―傑作時代小説」PHP研究所 2009 （つHP文庫）p153

序のことば〔一つの矢弾〕（文学奉公会劇文学研究部会員一同）
◇「日本統治期台湾文学集成 13」緑蔭書房 2003 p179

ショパン（岩田宏）
◇「新装版 全集現代文学の発見 13」學藝書林 2004 p502

ジョバンニの二番目の丘（堀潮）
◇「中学生のドラマ 5」晩成書房 2004 p143

序〔日和下駄〕（永井荷風）
◇「ちくま日本文学 19」筑摩書房 2008 p181

序文〔雨窓墨滴〕（陳逢源）
◇「日本統治期台湾文学集成 16」緑蔭書房 2003 p11

処分法（金時鐘）
◇「〈在日〉文学全集 5」勉誠出版 2006 p72

処方秘笈（泉鏡花）
◇「新編・日本幻想文学集成 4」国書刊行会 2016 p538

序〔未來者〕（吉田一穂）
◇「新装版 全集現代文学の発見 13」學藝書林 2004 p161

諸民族（高見順）
◇「コレクション戦争と文学 18」集英社 2012 p433

諸名士に聞く（崔南善）
◇「近代朝鮮文学日本語作品集1901～1938 評論・随筆篇 3」緑蔭書房 2004 p349

署名する（鄭仁）
◇「〈在日〉文学全集 17」勉誠出版 2006 p165

署名本が死につながる（都筑道夫）
◇「古書ミステリー倶楽部―傑作推理小説集」光文社 2013 （光文社文庫）p231

書目十種（正岡子規）
◇「新日本古典文学大系 明治編 27」岩波書店 2003 p82

書物の海から妖怪世界へ（京極夏彦、東雅夫）
◇「モノノケ大合戦」小学館 2005 （小学館文庫）p7

初夜（林真理子）
◇「現代の小説 1999」徳間書店 1999 p263

初夜（堀口大學）
◇「日本文学全集 29」河出書房新社 2016 p25

初夜（三浦哲郎）
◇「戦後短篇小説再発見 12」講談社 2003 （講談社文芸文庫）p140

女優の仕事と献立日記（沢村貞子）
◇「精選女性随筆集 12」文藝春秋 2012 p240

女優の魂（岡田利規）
◇「小説の家」新潮社 2016 p20

女流、小説を読むの覚悟の事（巖本善治）
◇「新日本古典文学大系 明治編 26」岩波書店 2002 p95

女流小説家の本色。（巖本善治）
◇「新日本古典文学大系 明治編 26」岩波書店 2002 p164

女流の発句（正岡子規）
◇「新日本古典文学大系 明治編 27」岩波書店 2003 p357

肩掛（ショル）（金鎮壽）
◇「近代朝鮮文学日本語作品集1901～1938 創作篇 3」緑蔭書房 2004 p15

書樓飯店（蒼柳晋）
◇「進化論」光文社 2006 （光文社文庫）p337

ジョン（国吉史郎）
◇「ゆきのまち幻想文学賞・小品集 14」企画集団ぷりずむ 2005 p161

ジョン・D.カーの最終定理（柄刀一）
◇「密室と奇蹟―J.D.カー生誕百周年記念アンソロジー」東京創元社 2006 p225

ジョン・ディクスン・カー氏、ギデオン・フェル博士に会う（芦辺拓）
◇「密室と奇蹟―J.D.カー生誕百周年記念アンソロジー」東京創元社 2006 p5

ジョン（中濱）万次郎外伝―出廷に及ばず（須永淳）
◇「回転ドアから」全作家協会 2015 （全作家短編集）p236

ジョン（中濱）万次郎外伝―明治への紙縒（須永淳）
◇「扉の向こうへ」全作家協会 2014 （全作家短編集）p377

ジョン・ファウルズを探して（恩田陸）
◇「Story Seller annex」新潮社 2014 （新潮文庫）p283

ジョン万次郎漂流記（井伏鱒二）
◇「冒険の森へ―傑作小説大全 1」集英社 2016 p143

地雷を踏んだらサヨウナラ。カンボジア戦線から＞赤津孝夫（一ノ瀬泰造）
◇「日本人の手紙 10」リブリオ出版 2004 p208

地雷原（田村泰次郎）
◇「コレクション戦争と文学 11」集英社 2012 p517

地雷原突破（石持浅海）
◇「本格推理 12」光文社 1998 （光文社文庫）p361

白井亨（神坂次郎）
◇「人物日本剣豪伝 4」学陽書房 2001 （人物文庫）p191

児雷也昇天（都筑道夫）
◇「綾辻・有栖川復刊セレクション 新顎十郎捕物帳」講談社 2007 （講談社ノベルス）p7

白魚橋の仇討（山本周五郎）
◇「紅葉谷から剣鬼が来る―時代小説傑作選」講談社 2002 （講談社文庫）p323

白梅（香山末子）
◇「ハンセン病文学全集 7」皓星社 2004 p307

白毛（井伏鱒二）
◇「新装版 全集現代文学の発見 6」學藝書林 2003

しらか

p22
◇「ものがたりのお菓子箱」飛鳥新社 2008 p165
◇「日本文学全集 27」河出書房新社 2017 p331

白髪急行（中島らも）
◇「妖髪鬼談」桜桃書房 1998 p262

白髪汁（間倉巳堂）
◇「てのひら怪談―ビーケーワン怪談大賞傑作選 2」ポプラ社 2007 p52
◇「てのひら怪談―ビーケーワン怪談大賞傑作選 己丑」ポプラ社 2009 （ポプラ文庫）p48

白髪染（北田薄氷）
◇「「新編」日本女性文学全集 2」菁柿堂 2008 p404

白樺 第一集（松丘保養園白樺短歌会）
◇「ハンセン病文学全集 8」皓星社 2006 p199

白樺 第二集（松丘保養園白樺短歌会）
◇「ハンセン病文学全集 8」皓星社 2006 p239

白樺 第三集（松丘保養園白樺短歌会）
◇「ハンセン病文学全集 8」皓星社 2006 p289

白樺 第四集（松丘保養園白樺短歌会）
◇「ハンセン病文学全集 8」皓星社 2006 p390

白樺タクシーの男（土屋隆夫）
◇「自選ショート・ミステリー」講談社 2001 （講談社文庫）p241

白髪飄蕭集（森春濤）
◇「新日本古典文学大系 明治編 2」岩波書店 2004 p87

白壁（岡部えつ）
◇「てのひら怪談―ビーケーワン怪談大賞傑作選」ポプラ社 2007 p118
◇「てのひら怪談―ビーケーワン怪談大賞傑作選」ポプラ社 2008 （ポプラ文庫）p122

白壁の文字は夕陽に映える（荒巻義雄）
◇「てのひらの宇宙―星雲賞短編SF傑作選」東京創元社 2013 （創元SF文庫）p43

しらかんば―八千穂高原（千早茜）
◇「恋の聖地―そこは、最後の恋に出会う場所。」新潮社 2013 （新潮文庫）p87

新羅（李正子）
◇「〈在日〉文学全集 17」勉誠出版 2006 p252

白菊（金瑞奎）
◇「近代朝鮮文学日本語作品集1908〜1945 セレクション 6」緑蔭書房 2008 p85

白菊（夢野久作）
◇「新編・日本幻想文学集成 4」国書刊行会 2016 p86

朝鮮の古典文学 新羅郷歌（しらぎのひやんが）の青春性（うつくしさ）（文一平談）
◇「近代朝鮮文学日本語作品集1908〜1945 セレクション 4」緑蔭書房 2008 p407

刺絡（シュトローブル, 森鷗外）
◇「文豪怪談傑作選 森鷗外集」筑摩書房 2006 （ちくま文庫）p200

白子屋騒動（村上元三）
◇「大岡越前―名奉行裁判説話」廣済堂出版 1998 （廣済堂文庫）p83

白鷺（泉鏡花）
◇「明治の文学 8」筑摩書房 2001 p197

しらさぎ川（桧晋平）
◇「日本海文学大賞―大賞作品集 3」日本海文学大賞運営委員会 2007 p413

しらさぎ14号の悪夢（山本巧次）
◇「5分で読める！ ひと駅ストーリー 旅の話」宝島社 2015 （宝島社文庫）p19

白鷺神社白蛇奇話（永江久美子）
◇「ゆきのまち幻想文学賞小品集 20」企画集団ぷりずむ 2011 p164

白鷺の東庵（杉村顕道）
◇「怪談―24の恐怖」講談社 2004 p429

白洲次郎―第一回カントリージェントルマンへの道（大友啓史）
◇「テレビドラマ代表作選集 2010年版」日本脚本家連盟 2010 p135

知らすべからず（香納諒一）
◇「誘拐―ミステリーアンソロジー」角川書店 1997 （角川文庫）p105
◇「殺人博物館へようこそ」講談社 1998 （講談社文庫）p181

しらせ（勝山海百合）
◇「女たちの怪談百物語」メディアファクトリー 2010 （〔幽books〕）p182
◇「女たちの怪談百物語」KADOKAWA 2014 （角川ホラー文庫）p186

知らない顔（幸田文）
◇「精選女性随筆集 1」文藝春秋 2012 p156

知らない旅（阿刀田高）
◇「ドッペルゲンガー奇譚集―死を招く影」角川書店 1998 （角川ホラー文庫）p5

知らない街（古田隆子）
◇「ゆきのまち幻想文学賞小品集 19」企画集団ぷりずむ 2010 p148

知らなすぎた男（旺季志ずか）
◇「世にも奇妙な物語―小説の特別編 赤」角川書店 2003 （角川ホラー文庫）p63

不知火（安西玄）
◇「全作家短編小説集 8」全作家協会 2009 p189

不知火を観るの記（菊池三渓）
◇「新日本古典文学大系 明治編 3」岩波書店 2005 p70

知らぬ顔の半兵衛（里山はるか）
◇「ショートショートの花束 7」講談社 2015 （講談社文庫）p47

しらぬ火（金時鐘）
◇「〈在日〉文学全集 5」勉誠出版 2006 p183

白刃（こころ耕作）
◇「ショートショートの広場 19」講談社 2007 （講談社文庫）p47

白萩の宿（田岡典夫）
◇「武士道切絵図―新鷹会・傑作時代小説選」光文社 2010 （光文社文庫）p131

白萩屋敷の月（平岩弓枝）

◇「傑作捕物ワールド 10」リブリオ出版 2002 p5
◇「江戸色恋坂―市井情話傑作選」学習研究社 2005（学研M文庫）p121

虱（芥川龍之介）
　◇「ブキミな人びと」ランダムハウス講談社 2007 p99

しらみつぶしの時計（法月綸太郎）
　◇「本格ミステリ―二〇〇九年本格短編ベスト・セレクション 09」講談社 2009（講談社ノベルス）p11
　◇「ザ・ベストミステリーズ―推理小説年鑑 2009」講談社 2009 p71
　◇「Spiralめくるめく謎」講談社 2012（講談社文庫）p367
　◇「空飛ぶモルグ街の研究」講談社 2013（講談社文庫）p11

白峯―『雨月物語』より（上田秋成）
　◇「幻妖の水脈（みお）」筑摩書房 2013（ちくま文庫）p91

虱の唄―武林唯七（神坂次郎）
　◇「我、本懐を遂げんとす―忠臣蔵傑作選」徳間書店 1998（徳間文庫）p231

白雪姫（井上雅彦）
　◇「雪女のキス」光文社 2000（カッパ・ノベルス）p279

白雪姫戦争（白川紺子）
　◇「新釈グリム童話―めでたし、めでたし？」集英社 2016（集英社オレンジ文庫）

白雪姫？　～You can fly！～（志野英乃）
　◇「中学校たのしい劇脚本集―英語劇付 Ⅱ」国土社 2011 p41

白百合（与謝野晶子）
　◇「新日本古典文学大系 明治編 23」岩波書店 2002 p321

知られざる神への祭壇（谷川俊太郎）
　◇「新装版 全集現代文学の発見 13」學藝書林 2004 p450

詩 乱調激韵（中里介山）
　◇「コレクション戦争と文学 6」集英社 2011 p107

シリアの公女たち―ヘリオガバルスをめぐって（多田智満子）
　◇「王侯」国書刊行会 1998（書物の王国）p17

尻馬（正岡子規）
　◇「新日本古典文学大系 明治編 27」岩波書店 2003 p151

尻軽罰当たらない女―腹黒い11人の女（三谷晶子）
　◇「君に会いたい―恋愛短篇小説集」泰文堂 2012（リンダブックス）p86

自立する者たち（斎藤肇）
　◇「ロボットの夜」光文社 2000（光文社文庫）p77

しりとり（北村薫）
　◇「坂木司リクエスト！ 和菓子のアンソロジー」光文社 2013 p293
　◇「坂木司リクエスト！ 和菓子のアンソロジー」光文社 2014（光文社文庫）p295

しりとり（F十五）
　◇「ショートショートの広場 12」講談社 2001（講談社文庫）p49

尻の穴から槍が（色川武大）
　◇「ちくま日本文学 30」筑摩書房 2008（ちくま文庫）p49

シリバカの騎士（霜鳥つらら）
　◇「万華鏡―第14回フェリシモ文学賞作品集」フェリシモ 2011 p100

子竜（諸田玲子）
　◇「代表作時代小説 平成17年度」光文社 2005 p381

死霊（埴谷雄高）
　◇「新装版 全集現代文学の発見 7」學藝書林 2003 p182

死霊（宮林太郎）
　◇『怪奇探偵小説集 3』角川春樹事務所 1998（ハルキ文庫）p319

死霊婚（嶽本野ばら）
　◇「旅の終わり、始まりの旅」小学館 2012（小学館文庫）p101

死霊の如き歩くもの（三津田信三）
　◇「新・本格推理 特別編」光文社 2009（光文社文庫）p17

死霊の手（鳥羽亮）
　◇「乱歩賞作家 白の謎」講談社 2004 p5

死霊の手招き（飛鳥悟）
　◇「本格推理 13」光文社 1998（光文社文庫）p47

死霊の盆踊り（ヒモロギヒロシ）
　◇「てのひら怪談―ビーケーワン怪談大賞傑作選 2」ポプラ社 2007 p232
　◇「てのひら怪談―ビーケーワン怪談大賞傑作選 己丑」ポプラ社 2009（ポプラ文庫）p238

視力ない車椅子（田中美佐夫）
　◇「ハンセン病文学全集 9」皓星社 2010 p458

探偵物語 士林川血染船（飯岡秀三）
　◇「日本統治期台湾文学集成 9」緑蔭書房 2002 p9

鰭涙（光岡明）
　◇「文学 1998」講談社 1998 p91

シルエット（斜斤）
　◇「てのひら怪談―ビーケーワン怪談大賞傑作選」ポプラ社 2007 p188
　◇「てのひら怪談―ビーケーワン怪談大賞傑作選」ポプラ社 2008（ポプラ文庫）p196

シルエット・ロマンス（飛鳥部勝則）
　◇「恐怖症」光文社 2002（光文社文庫）p73

シルカ（長谷川四郎）
　◇「戦後短篇小説再発見 7」講談社 2001（講談社文芸文庫）p18

シルクハットのある卓布（安西冬衛）
　◇「新装版 全集現代文学の発見 13」學藝書林 2004 p15

シルクハットの宇宙（白石竹彦）
　◇「藤本義一文学賞 第1回」（大阪）たる出版 2016 p85

しるし（夏野）

しるた

◇「てのひら怪談―ビーケーワン怪談大賞傑作選 辛卯」ポプラ社 2011（ポプラ文庫）p214

シルダの馬鹿市民（東山新吉）
◇「『少年倶楽部』熱血・痛快・時代短篇選」講談社 2015（講談社文芸文庫）p251

ジルマの桟橋（江坂遊）
◇「幽霊船」光文社 2001（光文社文庫）p145

C・ルメラの死体（田中万三記）
◇「外地探偵小説集 南方篇」せらび書房 2010 p227

司令官逃避（結城昌治）
◇「冒険の森へ―傑作小説大全 9」集英社 2016 p39

事例小説―事例報告でも事例研究でもなく（杉原保史）
◇「12人のカウンセラーが語る12の物語」ミネルヴァ書房 2010 p283

詩 歴史―大東亜戦下、再び建国の佳説にあひて（逸見猶吉）
◇「コレクション戦争と文学 16」集英社 2012 p174

シレネッタの丘（初野晴）
◇「驚愕遊園地」光文社 2013（最新ベスト・ミステリー）p295
◇「驚愕遊園地」光文社 2016（光文社文庫）p475

痴れ者（飯野文彦）
◇「酒の夜語り」光文社 2002（光文社文庫）p395

城（菅慶司）
◇「平成28年熊本地震作品集」くまもと文学・歴史館友の会 2016 p23

城跡の病院（黒木あるじ）
◇「男たちの怪談百物語」メディアファクトリー 2012（幽BOOKS）p84

白蟻（小栗虫太郎）
◇「暗黒のメルヘン」河出書房新社 1998（河出文庫）p137

城井一族の殉節（高橋直樹）
◇「九州戦国志―傑作時代小説」PHP研究所 2008（PHP文庫）p129

白い犬（飯野文彦）
◇「獣人」光文社 2003（光文社文庫）p113

白い犬のいる家（田口ランディ）
◇「短篇ベストコレクション―現代の小説 2007」徳間書店 2007（徳間文庫）p473

白い異邦人（黒沼健）
◇「甦る推理雑誌 6」光文社 2003（光文社文庫）p157

白い腕（阿刀田高）
◇「文豪てのひら怪談」ポプラ社 2009（ポプラ文庫）p22

白い馬（長島槙子）
◇「女たちの怪談百物語」メディアファクトリー 2010（幽books）p223
◇「女たちの怪談百物語」KADOKAWA 2014（角川ホラー文庫）p227

白い絵（田戸岡誠）
◇「ゆきのまち幻想文学賞小品集 13」企画集団ぷりずむ 2004 p54

白い永遠（森ゆうこ）
◇「ゆきのまち幻想文学賞小品集 16」企画集団ぷりずむ 2007 p35

白い開墾地（韓雪野）
◇「近代朝鮮文学日本語作品集1901～1938 創作篇 5」緑蔭書房 2004 p153

白い外套の女（氷川瓏）
◇「探偵くらぶ―探偵小説傑作選1946～1958 下」光文社 1997（カッパ・ノベルス）p223

白い顔（若竹七海）
◇「最新『珠玉推理』大全 下」光文社 1998（カッパ・ノベルス）p354
◇「闇夜の芸術祭」光文社 2003（光文社文庫）p483

白い影（田中文雄）
◇「恐怖症」光文社 2002（光文社文庫）p515

白い過去（坂東眞砂子）
◇「ゆがんだ闇」角川書店 1998（角川ホラー文庫）p107

白い壁（本庄陸男）
◇「日本の少年小説―『少国民』のゆくえ」インパクト出版会 2016（インパクト選書）p82

白い花弁（須藤文音）
◇「渚にて―あの日からの〈みちのく怪談〉」荒蝦夷 p137

白い髪の童女（倉橋由美子）
◇「新編・日本幻想文学集成 1」国書刊行会 2016 p316

白いカンバス（青水洸）
◇「ゆきのまち幻想文学賞小品集 24」企画集団ぷりずむ 2015 p51

白い記憶（安生正）
◇「5分で読める！ ひと駅ストーリー 冬の記憶東口編」宝島社 2013（宝島社文庫）p31
◇「5分で驚く！ どんでん返しの物語」宝島社 2016（宝島社文庫）p183

白い騎士は歌う（宮部みゆき）
◇「アリス殺人事件―不思議の国のアリス ミステリーアンソロジー」河出書房新社 2016（河出文庫）p39

白い休息（越一人）
◇「ハンセン病文学全集 7」皓星社 2004 p464

白い球体（武居隼人）
◇「リトル・リトル・クトゥルー――史上最小の神話小説集」学習研究社 2009 p114

白い行間をみつめて（小村義夫）
◇「ハンセン病文学全集 7」皓星社 2004 p194

白い共同椅子（萩原朔太郎）
◇「ちくま日本文学 36」筑摩書房 2009（ちくま文庫）p111

白いクジラ（剣達也）
◇「ゆきのまち幻想文学賞小品集 19」企画集団ぷりずむ 2010 p43

白い国から（菊地秀行）
◇「血と薔薇の誘う夜に―吸血鬼ホラー傑作選」角川書店 2005（角川ホラー文庫）p145

しろい

白い罌粟（立原正秋）
◇「冒険の森へ―傑作小説大全 3」集英社 2016 p157

白い恋人たち――一部が見えない女体は、完全体よりエロティックなのである（斉藤直子）
◇「NOVA―書き下ろし日本SFコレクション 6」河出書房新社 2011 （河出文庫）p13

白い言葉（連城三紀彦）
◇「恋物語」朝日新聞社 1998 p48

白いコール（栗田海歩瑠）
◇「むすぶ―第11回フェリシモ文学賞作品集」フェリシモ 2008 p156

白い山脈（龍瑛宗）
◇「日本統治期台湾文学集成 5」緑蔭書房 2002 p259

白い視界（浅井あい）
◇「ハンセン病文学全集 8」皓星社 2006 p287

白い死面（古銭信二）
◇「白の怪」勉誠出版 2003 （べんせいライブラリー）p91

白いシャツの群（田中貢太郎）
◇「白の怪」勉誠出版 2003 （べんせいライブラリー）p219

白い殉教者（西村京太郎）
◇「法月綸太郎の本格ミステリ・アンソロジー」角川書店 2005 （角川文庫）p104

白い少女（村田基）
◇「少女怪談」学習研究社 2000 （学研M文庫）p71
◇「人獣怪婚」筑摩書房 2000 （ちくま文庫）p99

白い診療所（米山公啓）
◇「憑き者―全篇書下ろし傑作ホラーアンソロジー」アスキー 2000 （A-novels）p467

白い線（志賀直哉）
◇「ちくま日本文学 21」筑摩書房 2008 （ちくま文庫）p400

白い葬列（伊藤佐喜雄）
◇「『日本浪曼派』集」新学社 2007 （新学社近代浪漫派文庫）p68

白い卒塔婆の壁の前で（五木寛之）
◇「山形県文学全集第2期（随筆・紀行編）4」郷土出版社 2005 p127

白い胎児の影（森真沙子）
◇「文藝百物語」ぶんか社 1997 p159

白い凧（鄭在述）
◇「近代朝鮮文学日本語作品集1908〜1945 セレクション 6」緑蔭書房 2008 p63

白い田圃（古山高麗雄）
◇「コレクション戦争と文学 12」集英社 2013 p164

白い蝶（岡田三郎助）
◇「文豪怪談傑作選 特別編」筑摩書房 2007 （ちくま文庫）p34

白い蝶（氷川瓏）
◇「甦る推理雑誌 2」光文社 2002 （光文社文庫）p95

白い杖（島洋介）

白い罌粟（萩原朔太郎）
◇「ハンセン病文学全集 9」皓星社 2010 p413

白い月（萩原朔太郎）
◇「ちくま日本文学 36」筑摩書房 2009 （ちくま文庫）p99

白い手（中野圭介）
◇「探偵小説の風景―トラフィック・コレクション下」光文社 2009 （光文社文庫）p113

白い手――オルゴールよ、君はなぜ一ふしの歌しかしらないの？（金時鐘）
◇「〈在日〉文学全集 5」勉誠出版 2006 p73

白い虎（荒井恵美子）
◇「ゆきのまち幻想文学賞小品集 20」企画集団ぷりずむ 2011 p55

白い猫（飛鳥部勝則）
◇「獣人」光文社 2003 （光文社文庫）p249

白い猫（池波正太郎）
◇「必殺天誅剣」光風社出版 1999 （光風社文庫）p297

白い呪いの館（倉阪鬼一郎）
◇「俳優」廣済堂出版 1999 （廣済堂文庫）p101

白い歯（平井文子）
◇「扉の向こうへ」全作家協会 2014 （全作家短編集）p174

白い蓮（松山善三）
◇「日本舞踊舞踊劇選集」西川会 2002 p693

白い花（秋山清）
◇「新装版 全集現代文学の発見 別巻」學藝書林 p519

白い羽（長谷川桃子）
◇「21世紀の〈ものがたり〉―『はてしない物語』創作コンクール記念」岩波書店 2002 p103

白い翅（川奈由季）
◇「ゆきのまち幻想文学賞小品集 16」企画集団ぷりずむ 2007 p83

白い波紋（長島愛生園合同詩集）
◇「ハンセン病文学全集 6」皓星社 2003 p318

白い光と上野の鐘（沼田一雅）
◇「文豪怪談傑作選 特別編」筑摩書房 2007 （ちくま文庫）p305

白い枇杷（真帆沁）
◇「「伊豆文学賞」優秀作品集 第12回」羽衣出版 2009 p107

白い風景（城山昌樹）
◇「近代朝鮮文学日本語作品集1939〜1945 創作篇 6」緑蔭書房 2001 p37

白い封筒（吉田甲子太郎）
◇「涙の百年文学―もう一度読みたい」太陽出版 2009 p76

白い服を着た女（立原透耶）
◇「女たちの怪談百物語」メディアファクトリー 2010 （〔幽〕books）p63
◇「女たちの怪談百物語」KADOKAWA 2014 （角川ホラー文庫）p69

白い服の男（星新一）
◇「コレクション戦争と文学 5」集英社 2011 p426

しろい

白い浮標（葉糸修祐）
◇「白の怪」勉誠出版 2003 （べんせいライブラリー） p177

白い崩壊（深町秋生）
◇「宝石ザミステリー 3」光文社 2013 p231

白いぼうし（あまんきみこ）
◇「くだものだもの」ランダムハウス講談社 2007 p23

白い炎（小野十三郎）
◇「新装版 全集現代文学の発見 13」學藝書林 2004 p228

白い炎（山口洋子）
◇「二十四粒の宝石―超短編小説傑作集」講談社 1998 （講談社文庫） p41

白い帆は光と陰をはらみて（弓場剛）
◇「「伊豆文学賞」優秀作品集 第7回」羽衣出版 2004 p73
◇「伊豆の歴史を歩く」羽衣出版 2006 （伊豆文学賞歴史小説傑作集） p79

白い本（北村薫）
◇「本迷宮―本を巡る不思議な物語」日本図書設計家協会 2016 p33

白い満月（川端康成）
◇「文豪怪談傑作選 川端康成集」筑摩書房 2006 （ちくま文庫） p111

白忌み（石神悦子）
◇「ゆきのまち幻想文学賞・小品集 12」企画集団ぷりずむ 2003 p154

白い路（種田山頭火）
◇「文人御馳走帖」新潮社 2014 （新潮文庫） p137

白い密室（鮎川哲也）
◇「THE密室―ミステリーアンソロジー」有楽出版社 2014 （JOY NOVELS） p37
◇「THE密室」実業之日本社 2016 （実業之日本社文庫） p39

白いメリーさん（中島らも）
◇「日本文学100年の名作 8」新潮社 2015 （新潮文庫） p343

白い門のある家（小川未明）
◇「文豪怪談傑作選 小川未明集」筑摩書房 2008 （ちくま文庫） p198

白い闇（松本清張）
◇「雪国にて―北海道・東北編」双葉社 2015 （双葉文庫） p127

白い闇のほうへ（岬多可子）
◇「ろうそくの炎がささやく言葉」勁草書房 2011 p34

白い幽霊（中村豊秀）
◇「白の怪」勉誠出版 2003 （べんせいライブラリー） p151

白い夢の通夜（蒲原有明）
◇「月」国書刊行会 1999 （書物の王国） p259

白いライトバン（武田若千）
◇「てのひら怪談 癸巳」KADOKAWA 2013 （MF文庫ダ・ヴィンチ） p100

屍蟻（山田正紀）

◇「現代の小説 1997」徳間書店 1997 p411

素人カースケの赤毛連盟（二階堂黎人）
◇「黄昏ホテル」小学館 2004 p159

素人カースケの世紀の対決（二階堂黎人）
◇「ザ・ベストミステリーズ―推理小説年鑑 1999」講談社 1999 p497
◇「殺人買います」講談社 2002 （講談社文庫） p74

素人芸（法月綸太郎）
◇「事件現場に行こう―最新ベスト・ミステリー カレイドスコープ編」光文社 2001 （カッパ・ノベルス） p191

素人掏摸（内田百閒）
◇「ちくま日本文学 1」筑摩書房 2007 （ちくま文庫） p396

白馬岳の失踪（長井彬）
◇「迷宮の旅行者―本格推理展覧会」青樹社 1999 （青樹社文庫） p147

白を歩く（丸山杏子）
◇「ゆきのまち幻想文学賞・小品集 15」企画集団ぷりずむ 2006 p177

城を守る者（山本周五郎）
◇「軍師の死にざま―短篇小説集」作品社 2006 p77
◇「疾風怒濤！ 上杉戦記―傑作時代小説」PHP研究所 2008 （PHP文庫） p37
◇「軍師の生きざま―時代小説傑作選」コスミック出版 2008 （コスミック・時代文庫） p97

城を守る者―千坂対馬（山本周五郎）
◇「軍師の死にざま」実業之日本社 2013 （実業之日本社文庫） p99

白蛾―近代説話（豊島与志雄）
◇「戦後占領期短篇小説コレクション 1」藤原書店 2007 p195

白ガッパ物語（助川あや子）
◇「小学生のげき―新小学校演劇脚本集 中学年 1」晩成書房 2011 p103

銀心中（田宮虎彦）
◇「温泉小説」アーツアンドクラフツ 2006 p138
◇「戦後占領期短篇小説コレクション 7」藤原書店 2007 p77
◇「心中小説名作選」集英社 2008 （集英社文庫） p11

城から帰せ（岩井三四二）
◇「代表作時代小説 平成18年度」光文社 2006 p239

純白き鬼札（冲方丁）
◇「決戦！ 本能寺」講談社 2015 p271

白きを見れば（麻耶雄嵩）
◇「ベスト本格ミステリ 2012」講談社 2012 （講談社ノベルス） p37
◇「探偵の殺される夜」講談社 2016 （講談社文庫） p49

白き花（李正子）
◇「〈在日〉文学全集 17」勉誠出版 2006 p266

白孔雀のいるホテル（小沼丹）
◇「第三の新人名作選」講談社 2011 （講談社文芸文庫） p70

白熊（中島敦）

◇「ちくま日本文学 12」筑摩書房 2008（ちくま文庫）p437

しろくまは愛の味（奈良美那）
◇「5分で読める！ ひと駅ストーリー 夏の記憶西口編」宝島社 2013（宝島社文庫）p111
◇「5分で凍る！ ぞっとする怖い話」宝島社 2015（宝島社文庫）p49

白さぎのいる沼沢（長良鵜一）
◇「ハンセン病に咲いた花―初期文芸名作選 戦後編」皓星社 2002（ハンセン病叢書）p320

白（明石海人）
◇「ハンセン病文学全集 7」皓星社 2004 p445

シロー先輩の告白（前田美幸）
◇「かわいい―第16回フェリシモ文学賞優秀作品集」フェリシモ 2013 p57

白足袋の謎（鷲六平）
◇「白の怪」勉誠出版 2003（べんせいライブラリー）p133

シロツメクサ、アカツメクサ（森奈津子）
◇「櫻憑き」光文社 2001（カッパ・ノベルス）p209

白猫さん（角野栄子）
◇「にゃんそろじー」新潮社 2014（新潮文庫）p225

城のある町にて（梶井基次郎）
◇「ちくま日本文学 28」筑摩書房 2008（ちくま文庫）p159

「城のある町にて」（梶井基次郎）（龍瑛宗）
◇「日本統治期台湾文学集成 16」緑蔭書房 2003 p253

白の恐怖（岩里藁人）
◇「てのひら怪談―ビーケーワン怪談大賞傑作選 辛卯」ポプラ社 2011（ポプラ文庫）p32

白の世界から（辻村たまき）
◇「気配―第10回フェリシモ文学賞作品集」フェリシモ 2007 p149

白の果ての扉（竹本健治）
◇「GOD」廣済堂出版 1999（廣済堂文庫）p207

白の必要（堀川正美）
◇「新装版 全集現代文学の発見 13」學藝書林 2004 p520

しろばら（田沢稲舟）
◇「「新編」日本女性文学全集 2」菁柿堂 2008 p230

白ヒゲの紳士（二階堂黎人）
◇「本からはじまる物語」メディアパル 2007 p41

白藤（志賀直哉）
◇「ちくま日本文学 21」筑摩書房 2008（ちくま文庫）p281

白ヤギさんからのお手紙（川名倖世）
◇「ショートショートの広場 15」講談社 2004（講談社文庫）p86

白やぎさんからの手紙（富永一彦）
◇「ショートショートの広場 16」講談社 2005（講談社文庫）p48

城山（作者表記なし）
◇「新日本古典文学大系 明治編 4」岩波書店 2003 p415

詩論一（竹内勝太郎）
◇「新装版 全集現代文学の発見 別巻」學藝書林 2005 p472

死は朝、羽ばたく（下村敦史）
◇「ザ・ベストミステリーズ―推理小説年鑑 2015」講談社 2015 p91
◇「ベスト本格ミステリ 2015」講談社 2015（講談社ノベルス）p143

師走狐（澤田ふじ子）
◇「極め付き時代小説選 3」中央公論新社 2004（中公文庫）p357
◇「万事金の世―時代小説傑作選」徳間書店 2006（徳間文庫）p169

師走十五日―元禄いろは硯（山手樹一郎）
◇「我、本懐を遂げんとす―忠臣蔵傑作選」徳間書店 1998（徳間文庫）p7

師走の怪談（笹本稜平）
◇「宝石ザミステリー 2」光文社 2012 p447

死はすばらしい（柘植めぐみ）
◇「ブラックミステリーズ―12の黒い謎をめぐる219の質問」KADOKAWA 2015（角川文庫）p253

詩 わたしが一番きれいだったとき（茨木のり子）
◇「コレクション戦争と文学 9」集英社 2012 p179

皺の手（木々高太郎）
◇「怪奇探偵小説集 3」角川春樹事務所 1998（ハルキ文庫）p43

吝嗇家（しわんぼう）（三遊亭円朝）
◇「明治の文学 3」筑摩書房 2001 p366

真（しん）… → "まこと…"をも見よ

塵埃（正宗白鳥）
◇「文学で考える〈仕事〉の百年」双文社出版 2010 p42
◇「文学で考える〈仕事〉の百年」翰林書房 2016 p42

塵埃（じんあい）（正宗白鳥）
◇「日本近代短篇小説選 明治篇2」岩波書店 2013（岩波文庫）p59

仁愛 呉鳳（作者表記なし）
◇「日本統治期台湾文学集成 27」緑蔭書房 2007 p377

親愛なるエス君へ（連城三紀彦）
◇「綾辻行人と有栖川有栖のミステリ・ジョッキー 2」講談社 2009 p201

親愛なるお母さまへ（渡辺浩弐）
◇「星海社カレンダー小説 2012下」星海社 2012（星海社FICTIONS）p63

親愛なる内地の作家へ（崔貞熙）
◇「近代朝鮮文学日本語作品集1939〜1945 評論・随筆篇 3」緑蔭書房 2002 p105

親愛なる兵隊さんへ（安東洙）
◇「近代朝鮮文学日本語作品集1908〜1945 セレクション 6」緑蔭書房 2008 p241

親愛なる娘へ（町井由起夫）
◇「ショートショートの広場 12」講談社 2001（講談社文庫）p104

しんあ

新顎十郎捕物帳（都筑道夫）
◇「綾辻・有栖川復刊セレクション 新顎十郎捕物帳」講談社 2007 （講談社ノベルス）

新網町（松原岩五郎）
◇「新日本古典文学大系 明治編 30」岩波書店 2009 p264

神域（紙舞）
◇「男たちの怪談百物語」メディアファクトリー 2012 （幽BOOKS）p81

新いそっぷ物語（林房雄）
◇「新・プロレタリア文学精選集 9」ゆまに書房 2004 p219

新入り―江戸の犯科帳（多岐川恭）
◇「傑作捕物ワールド 7」リブリオ出版 2002 p197

新浦島（幸田露伴）
◇「新日本古典文学大系 明治編 22」岩波書店 2002 p409
◇「文豪怪談傑作選 幸田露伴集」筑摩書房 2010 （ちくま文庫）p169
◇「新編・日本幻想文学集成 2」国書刊行会 2016 p634

新・絵本西遊記（坊丸一平）
◇「高校演劇Selection 2002 上」晩成書房 2002 p151

深淵（埴谷雄高）
◇「暗黒のメルヘン」河出書房新社 1998 （河出文庫）p281
◇「戦後短篇小説再発見 9」講談社 2002 （講談社文芸文庫）p98

深淵（福永武彦）
◇「日本文学全集 17」河出書房新社 2015 p95

終焉（韓植）
◇「近代朝鮮文学日本語作品集1939～1945 創作篇 6」緑蔭書房 2001 p68

新・煙突綺譚（谺健二）
◇「新世紀「謎」倶楽部」角川書店 1998 p369

深淵の蓋（石原健二）
◇「リトル・リトル・クトゥルー―史上最小の神話小説集」学習研究社 2009 p54

心音（中山聖子）
◇「ゆきのまち幻想文学賞・小品集 15」企画集団ぷりずむ 2006 p7

進化（加藤嘉隆）
◇「ショートショートの花束 2」講談社 2010 （講談社文庫）p142

人花（城昌幸）
◇「櫻憑き」光文社 2001 （カッパ・ノベルス）p187
◇「日本怪奇小説傑作集 2」東京創元社 2005 （創元推理文庫）p13

燼灰を薙ぐおろか者（尾白未果）
◇「躍進―C★NOVELS大賞作家アンソロジー」中央公論新社 2012 （C・NOVELS Fantasia）p110

合同句集 心開眼（全生園多磨盲人会俳句部）
◇「ハンセン病文学全集 9」皓星社 2010 p172

新開地と店屋（宮本常一）
◇「ちくま日本文学 22」筑摩書房 2008 （ちくま文庫）p309

新開地の事件（松本清張）
◇「謎―スペシャル・ブレンド・ミステリー 001」講談社 2006 （講談社文庫）p7

深海の少年（柴田紘）
◇「気配―第10回フェリシモ文学賞作品集」フェリシモ 2007 p81

新・餓鬼草紙（がきぞうし）（寺山修司）
◇「ちくま日本文学 6」筑摩書房 2007 （ちくま文庫）p432

人格者（北條純貴）
◇「ショートショートの花束 7」講談社 2015 （講談社文庫）p149

『人格』について（兪鎮午）
◇「近代朝鮮文学日本語作品集1908～1945 セレクション 3」緑蔭書房 2008 p369

神学論の紛争（一）（山路愛山）
◇「新日本古典文学大系 明治編 26」岩波書店 2002 p459

神学論の紛争（二）（山路愛山）
◇「新日本古典文学大系 明治編 26」岩波書店 2002 p466

新陰流 "水月"（高井忍）
◇「ベスト本格ミステリ 2016」講談社 2016 （講談社ノベルス）p53

新陰流 "月影"（高井忍）
◇「ザ・ベストミステリーズ―推理小説年鑑 2012」講談社 2012 p123
◇「Question謎解きの最高峰」講談社 2015 （講談社文庫）p111

進化したケータイ（鈴木孝博）
◇「ショートショートの広場 20」講談社 2008 （講談社文庫）p251

人火天火（アンデルセン著、森鷗外訳）
◇「新日本古典文学大系 明治編 25」岩波書店 2004 p260

新楽府二篇 柳春三が囑（成島柳北）
◇「新日本古典文学大系 明治編 2」岩波書店 2004 p226

シンガポール落つ（香山光郎）
◇「近代朝鮮文学日本語作品集1939～1945 創作篇 6」緑蔭書房 2001 p39

新嘉坡陥落（平沼奉周）
◇「近代朝鮮文学日本語作品集1939～1945 創作篇 6」緑蔭書房 2001 p41

人蛾物語（左右田謙）
◇「妖異百物語 1」出版芸術社 1997 （ふしぎ文学館）p199

心眼（三遊亭円朝）
◇「明治の文学 3」筑摩書房 2001 p294

川柳句集 心眼（高野明子）
◇「ハンセン病文学全集 9」皓星社 2010 p466

新幹會創立總會開催（作者表記なし）
◇「近代朝鮮文学日本語作品集1901～1938 評論・随筆篇 3」緑蔭書房 2004 p365

しんけ

新幹會の使命（洪命憙）
◇「近代朝鮮文学日本語作品集1901〜1938 評論・随筆篇 1」緑蔭書房 2004 p82

新刊小説の滅亡（藤谷治）
◇「本をめぐる物語—小説よ、永遠に」KADOKAWA 2015（角川文庫）p313

新幹線（正本壽美）
◇「てのひら怪談—ビーケーワン怪談大賞傑作選」ポプラ社 2007 p160
◇「てのひら怪談—ビーケーワン怪談大賞傑作選」ポプラ社 2008（ポプラ文庫）p166

神官戦士の憂鬱（江川晃）
◇「集え！へっぽこ冒険者たち—ソード・ワールド短編集」富士見書房 2002（富士見ファンタジア文庫）p7

新幹線の車窓から（藤巻元彦）
◇「「伊豆文学賞」優秀作品集 第15回」羽衣出版 2012 p236

新幹線の窓から（ハナダ）
◇「てのひら怪談 癸巳」KADOKAWA 2013（MF文庫ダ・ヴィンチ）p30

心願の国（原民喜）
◇「百年小説」ポプラ社 2008 p1225

新寄（田ノ上淑子）
◇「南から—南日本文学大賞入賞作品集」南日本新聞社 2001 p51

神技（しんぎ）（山沢晴雄）
◇「甦る推理雑誌 10」光文社 2004（光文社文庫）p239

秦吉了（石川鴻斎）
◇「新日本古典文学大系 明治編 3」岩波書店 2005 p330

新京開催を切望（古丁）
◇「近代朝鮮文学日本語作品集1939〜1945 評論・随筆篇 1」緑蔭書房 2002 p366

新協劇團 "春香傳" の公演に寄せる（1）（3）（宋錫夏，俞鎭午，李基也，鄭寅燮）
◇「近代朝鮮文学日本語作品集1901〜1938 評論・随筆篇 1」緑蔭書房 2004 p51

新京極（菊池三渓）
◇「新日本古典文学大系 明治編 1」岩波書店 2004 p272

神曲、吾友なる貴公子（アンデルセン著，森鷗外訳）
◇「新日本古典文学大系 明治編 25」岩波書店 2004 p132

蜃気楼（秋月達郎）
◇「御伽草子—ホラー・アンソロジー」PHP研究所 2001（PHP文庫）p375

蜃気楼（李正子）
◇「〈在日〉文学全集 17」勉誠出版 2006 p349

蜃気楼（水沫流人）
◇「男たちの怪談百物語」メディアファクトリー 2012〔幽BOOKS〕p125

蜃気楼（宮内寒弥）
◇「早稲田作家処女作集」講談社 2012（講談社文芸文庫）p297

蜃気楼—或は「続海のほとり」（芥川龍之介）
◇「人恋しい雨の夜に—せつない小説アンソロジー」光文社 2006（光文社文庫）p77
◇「文豪怪談傑作選 芥川龍之介集」筑摩書房 2010（ちくま文庫）p239

神宮寺と西方寺（宮本常一）
◇「ちくま日本文学 22」筑摩書房 2008（ちくま文庫）p378

新宮島（宮本常一）
◇「ちくま日本文学 22」筑摩書房 2008（ちくま文庫）p270

真空溶媒（宮沢賢治）
◇「栞子さんの本棚—ビブリア古書堂セレクトブック」角川書店 2013（角川文庫）p281

ジンクス（なみっち）
◇「ショートショートの花束 4」講談社 2012（講談社文庫）p225

眞紅な汽關車（鄭芝溶）
◇「近代朝鮮文学日本語作品集1908〜1945 セレクション 4」緑蔭書房 2008 p169

真紅の米（冲方丁）
◇「決戦！関ヶ原」講談社 2014 p223

真紅の蝶が舞うころに（有沢真由）
◇「5分で読める！ひと駅ストーリー 本の物語」宝島社 2014（宝島社文庫）p309

シングルファーザー（大木圭）
◇「現代鹿児島小説大系 3」ジャプラン 2014 p103

シングルマザー（泉さち子）
◇「丸の内の誘惑」マガジンハウス 1999 p59

ジンクレールの青い空（秋野佳月）
◇「太宰治賞 2014」筑摩書房 2014 p95

シンクロ（青島さかな）
◇「超短編の世界 vol.3」創英社 2011 p140

シンクロ（青砥十）
◇「超短編の世界 vol.3」創英社 2011 p141

神経（織田作之助）
◇「戦後短篇小説再発見 6」講談社 2001（講談社文芸文庫）p9

神経（趙南哲）
◇「〈在日〉文学全集 18」勉誠出版 2006 p128

真景累ケ淵（小栗健次）
◇「怪談累ケ淵」勉誠出版 2007 p69

真景累ケ淵（三遊亭円朝作）
◇「新日本古典文学大系 明治編 6」岩波書店 2006 p1

真景累ケ淵（しんけいかさねがふち）（抄）（三遊亭円朝）
◇「明治の文学 3」筑摩書房 2001 p69

神經質時代（趙容萬）
◇「近代朝鮮文学日本語作品集1901〜1938 創作篇 1」緑蔭書房 2004 p265

新劇場（服部撫松）
◇「新日本古典文学大系 明治編 1」岩波書店 2004 p50

しんけ

新月を歌へる (ロバート・ブリッジェス著, 兪鎭午訳)
◇「近代朝鮮文学日本語作品集1908〜1945 セレクション 4」緑蔭書房 2008 p84

新月の獣 (三川祐)
◇「SF宝石―すべて新作読み切り！ 2015」光文社 2015 p274

新月の夜 (伊藤桂一)
◇「代表作時代小説 平成11年度」光風社出版 1999 p67

神犬 (Tomo)
◇「GOD」廣済堂出版 1999 (廣済堂文庫) p103

新・現代本格ミステリマップ (小森健太朗)
◇「本格ミステリ 2001」講談社 2001 (講談社ノベルス) p583
◇「紅い悪夢の夏―本格短編ベスト・セレクション」講談社 2004 (講談社文庫) p425

震源地 (@BlackFox17)
◇「3.11心に残る140字の物語」学研パブリッシング 2011 p62

信玄のひょうたん (白洲正子)
◇「精選女性随筆集 7」文藝春秋 2012 p216

人皇王流転 (田中芳樹)
◇「代表作時代小説 平成19年度」光文社 2007 p213

沈香事件 (海野十三)
◇「風間光枝探偵日記」論創社 2007 (論創ミステリ叢書) p281

新興宗教 (Y・N)
◇「ショートショートの広場 15」講談社 2004 (講談社文庫) p167

人工心臓 (小酒井不木)
◇「懐かしい未来―甦る明治・大正・昭和の未来小説」中央公論新社 2001 p163

人工知能研究をめぐる欲望の対話 (江間有沙)
◇「AIと人類は共存できるか？―人工知能SFアンソロジー」早川書房 2016 p89

信仰の言葉 (沢田徳一)
◇「ハンセン病文学全集 7」皓星社 2004 p147

新古今集断想―藤原定家 (安西均)
◇「芸術家」国書刊行会 1998 (書物の王国) p135
◇「新装版 全集現代文学の発見 13」學藝書林 2004 p372

深刻な不眠症 (戸原一飛)
◇「ショートショートの花束 8」講談社 2016 (講談社文庫) p92

深刻な問題 (関田達也)
◇「ショートショートの広場 17」講談社 2005 (講談社文庫) p215

神国崩壊 (獅子宮敏彦)
◇「ザ・ベストミステリーズ―推理小説年鑑 2004」講談社 2004 p437
◇「犯人たちの部屋」講談社 2007 (講談社文庫) p401

震後見る所を書す (成島柳北)
◇「新日本古典文学大系 明治編 2」岩波書店 2004 p225

甚五郎人形 (邦枝完二)
◇「日本舞踊舞踊劇選集」西川会 2002 p369

新今昔物語 (菊池寛)
◇「ちくま日本文学 27」筑摩書房 2008 (ちくま文庫) p346

新婚すれ違い (吉田大成)
◇「ショートショートの花束 8」講談社 2016 (講談社文庫) p231

新婚特急の死神 (島田一男)
◇「さよならブルートレイン―寝台列車ミステリー傑作選」光文社 2015 (光文社文庫) p125

審査 (渋谷良一)
◇「ショートショートの広場 14」講談社 2003 (講談社文庫) p196

震災 (尹敏哲)
◇「〈在日〉文学全集 18」勉誠出版 2006 p280

震災を越えて (@kandayudai)
◇「3.11心に残る140字の物語」学研パブリッシング 2011 p108

震災がくれたもの (@megumegu69)
◇「3.11心に残る140字の物語」学研パブリッシング 2011 p111

『震災画報』より (宮武外骨)
◇「天変動く大震災と作家たち」インパクト出版会 2011 (インパクト選書) p134

震災からの贈り物 (岡田理子)
◇「平成28年熊本地震作品集」くまもと文学・歴史館友の会 2016 p37

震災後の感想 (村上浪六)
◇「天変動く大震災と作家たち」インパクト出版会 2011 (インパクト選書) p79

震災日記より (寺田寅彦)
◇「文豪怪談傑作選 大正篇」筑摩書房 2011 p288

震災の記 (岡本綺堂)
◇「文豪怪談傑作選 大正篇」筑摩書房 2011 (ちくま文庫) p350

新西遊記 (久生十蘭)
◇「新編・日本幻想文学集成 3」国書刊行会 2016 p207

新作能『不知火』 (石牟礼道子)
◇「日本文学全集 24」河出書房新社 2015 p488

診察室にて (霧梨椎奈)
◇「ショートショートの広場 16」講談社 2005 (講談社文庫) p128

診察の結果 (狩生玲子)
◇「ショートショートの花束 8」講談社 2016 (講談社文庫) p132

深山看花集 (森春濤)
◇「新日本古典文学大系 明治編 2」岩波書店 2004 p40

新残酷物語 (久生十蘭)
◇「新編・日本幻想文学集成 3」国書刊行会 2016 p173

人事 (今野敏)
◇「殺意の隘路」光文社 2016 (最新ベスト・ミステ

しんし

リー）p203

新詩形發見の經路（權惠奎）
◇「近代朝鮮文学日本語作品集1908〜1945 セレクション 5」緑蔭書房 2008 p196

辛巳七月、まさに新潟に游ばんとしてこれを賦し東京の諸同好に留別す。（森春濤）
◇「新日本古典文学大系 明治編 2」岩波書店 2004 p87

新自然主義的提唱（山岸外史）
◇「「日本浪曼派」集」新学社 2007（新学社近代浪漫派文庫）p111

新時代の國民性格（陳逢源）
◇「日本統治期台湾文学集成 16」緑蔭書房 2003 p160

寝室（江國香織）
◇「文学 2005」講談社 2005 p125
◇「現代小説クロニクル 2005〜2009」講談社 2015（講談社文芸文庫）p7

新・執行猶予考（荒馬間）
◇「逆転の瞬間」文藝春秋 1998（文春文庫）p7

心疾身病（アンデルセン著、森鷗外訳）
◇「新日本古典文学大系 明治編 25」岩波書店 2004 p447

人日草堂集（森春濤）
◇「新日本古典文学大系 明治編 2」岩波書店 2004 p15

新嫉妬価値（尾崎翠）
◇「ちくま日本文学 4」筑摩書房 2007（ちくま文庫）p239

真実の焼うどん（椎名誠）
◇「ブキミな人びと」ランダムハウス講談社 2007 p7

信じてくれますか？（稲毛裕美）
◇「ショートショートの広場 17」講談社 2005（講談社文庫）p212

紳士ならざる者の心理学（柄刀一）
◇「本格ミステリー二〇〇七年本格短編ベスト・セレクション 07」講談社 2007（講談社ノベルス）p299
◇「法廷ジャックの心理学―本格短編ベスト・セレクション」講談社 2011（講談社文庫）p463

神事にみる農工の幻影『馬冷やし』（松田国男）
◇「山形県文学全集第2期（随筆・紀行編）5」郷土出版社 2005 p302

人事マン（沢村凛）
◇「ザ・ベストミステリーズ―推理小説年鑑 2008」講談社 2008 p267
◇「Play推理遊戯」講談社 2011（講談社文庫）

神社を守護するお兄ちゃん（神狛しず）
◇「女たちの怪談百物語」メディアファクトリー 2010（〔幽books〕）p151
◇「女たちの怪談百物語」KADOKAWA 2014（角川ホラー文庫）p155

神社ガール（谷口雅美）
◇「君を忘れない―恋愛短篇小説集」泰文堂 2012

（リンダブックス）p166

新釈諸国噺（太宰治）
◇「ちくま日本文学 8」筑摩書房 2008（ちくま文庫）p252

新釈娘道成寺（八雲滉）
◇「怪奇・伝奇時代小説選集 6」春陽堂書店 2000（春陽文庫）p27

神社合祀に関する意見〈白井光太郎宛書簡〉（南方熊楠）
◇「日本文学全集 14」河出書房新社 2015 p9

神社の傀儡師（竹内義和）
◇「文藝百物語」ぶんか社 1997 p38

辰砂の壺（入江章子）
◇「ハンセン病文学全集 8」皓星社 2006 p531

信珠（茶毛）
◇「恐怖箱 遺伝記」竹書房 2008（竹書房文庫）p39

真珠（坂口安吾）
◇「永遠の夏―戦争小説集」実業之日本社 2015（実業之日本社文庫）p61

真珠（三島由紀夫）
◇「ちくま日本文学 10」筑摩書房 2008（ちくま文庫）p186

真珠（作者表記なし）
◇「新装版 全集現代文学の発見 14」學藝書林 2005 p368

句集 真珠（長島愛生園蕗之芽会）
◇「ハンセン病文学全集 9」皓星社 2010 p68

心中（川端康成）
◇「文豪怪談傑作選 川端康成集」筑摩書房 2006（ちくま文庫）p76
◇「ちくま日本文学 26」筑摩書房 2008（ちくま文庫）p31
◇「心中小説名作選」集英社 2008（集英社文庫）p7
◇「文豪てのひら怪談」ポプラ社 2009（ポプラ文庫）p160

心中（森鷗外）
◇「文豪怪談傑作選 森鷗外集」筑摩書房 2006（ちくま文庫）p308

心中少女（石持浅海）
◇「逆想コンチェルト―イラスト先行・競作小説アンソロジー 奏の2」徳間書店 2010 p82

新秋随筆 新秋（李孝石）
◇「近代朝鮮文学日本語作品集1908〜1945 セレクション 3」緑蔭書房 2008 p301

心中狸（宇能鴻一郎）
◇「人獣怪婚」筑摩書房 2000（ちくま文庫）p169

『深重の海』より（津本陽）
◇「狩猟文学マスターピース」みすず書房 2011（大人の本棚）p111

信州の勤皇婆さん（童門冬二）
◇「信州歴史時代小説傑作選 5」しなのき書房 2007 p293

神州の亡びたるを歎きつつ（安在鴻）
◇「近代朝鮮文学日本語作品集1901〜1938 評論・随筆篇 2」緑蔭書房 2004 p223

心中むらくも村正（山本兼一）
　◇「代表作時代小説 平成19年度」光文社 2007 p433
心中むらくも村正【村正】（山本兼一）
　◇「刀剣―歴史時代小説名作アンソロジー」中央公論新社 2016（中公文庫）p57
新秋名菓―季節のリズム（尾崎翠）
　◇「たんときれいに召し上がれ―美食文学精選」芸術新聞社 2015 p9
心中屋（泡坂妻夫）
　◇「代表作時代小説 平成11年度」光風社出版 1999 p7
心中ロミオとジュリエット（大山誠一郎）
　◇「ベスト本格ミステリ 2015」講談社 2015（講談社ノベルス）p39
新宿酔群（中山あい子）
　◇「現代の小説 1998」徳間書店 1998 p93
新宿にて（梁石日）
　◇「〈在日〉文学全集 7」勉誠出版 2006 p31
新宿の果実（盛田隆二）
　◇「東京小説」紀伊國屋書店 2000 p169
新宿の果実―新宿（盛田隆二）
　◇「東京小説」日本経済新聞出版社 2013（日経文芸文庫）p185
新宿のライオン（向田邦子）
　◇「精選女性随筆集 11」文藝春秋 2012 p130
新宿薔薇戦争（皆川博子）
　◇「ノスタルジー1972」講談社 2016 p207
新宿マーサ（輝美津夫）
　◇「ショートショートの花束 3」講談社 2011（講談社文庫）p237
新宿夜話（豊田一郎）
　◇「全作家短編小説集 12」全作家協会 2013 p112
真珠塔の秘密（甲賀三郎）
　◇「幻の探偵雑誌 7」光文社 2001（光文社文庫）p9
真珠の価値（是方那穂子）
　◇「邪香草―恋愛ホラー・アンソロジー」祥伝社 2003（祥伝社文庫）p195
真珠のコップ（石田衣良）
　◇「男の涙 女の涙―せつない小説アンソロジー」光文社 2006（光文社文庫）p69
真朱の街（上田早夕里）
　◇「未来妖怪」光文社 2008（光文社文庫）p37
真珠湾・その生と死（豊田穣）
　◇「コレクション戦争と文学 8」集英社 2011 p38
新春祝詞（光岡良二）
　◇「ハンセン病文学全集 7」皓星社 2004 p210
新春麻雀会（阿佐田哲也）
　◇「牌がささやく―麻雀小説傑作選」徳間書店 2002（徳間文庫）p5
新庄まつり（長野亘）
　◇「山形県文学全集第2期（随筆・紀行編）6」郷土出版社 2005 p283
侵食（飯野文彦）
　◇「恐怖症」光文社 2002（光文社文庫）p183

信じられない（古賀牧彦）
　◇「ショートショートの広場 12」講談社 2001（講談社文庫）p149
信じる（宇野千代）
　◇「精選女性随筆集 6」文藝春秋 2012 p91
信じる者は足もとをすくわれる（佐藤青南）
　◇「『このミステリーがすごい！』大賞作家書き下ろしBOOK vol.13」宝島社 2016 p161
信じる者は救われる（谷口綾）
　◇「本格推理 13」光文社 1998（光文社文庫）p289
甚四郎剣（戸部新十郎）
　◇「風の中の剣士」光風社出版 1998（光風社文庫）p33
じんじん（藤田宜永）
　◇「空を飛ぶ恋―ケータイがつなぐ28の物語」新潮社 2006（新潮文庫）p64
信心（勝山海百合）
　◇「てのひら怪談―ビーケーワン怪談大賞傑作選 辛卯」ポプラ社 2011（ポプラ文庫）p210
身心（正岡子規）
　◇「新日本古典文学大系 明治編 27」岩波書店 2003 p15
人蝱（吉田知子）
　◇「文学 2004」講談社 2004 p15
新神学に対する教会の態度、公明ならず（山路愛山）
　◇「新日本古典文学大系 明治編 26」岩波書店 2002 p470
人身事故の話（三輪チサ）
　◇「女たちの怪談百物語」メディアファクトリー 2010（〔幽〕books）p87
　◇「女たちの怪談百物語」KADOKAWA 2014（角川ホラー文庫）p93
新人審査（北原尚彦）
　◇「俳優」廣済堂出版 1999（廣済堂文庫）p399
進々堂世界一周 シェフィールド、イギリス（島田荘司）
　◇「Anniversary 50―カッパ・ノベルス創刊50周年記念作品」光文社 2009（Kappa novels）p133
進々堂世界一周 戻り橋と悲願花（島田荘司）
　◇「Mystery Seller」新潮社 2012（新潮文庫）p9
人心の高潮（徳富蘇峰）
　◇「新日本古典文学大系 明治編 26」岩波書店 2002 p212
人身売買 生活の記録8（宮本常一）
　◇「日本文学全集 14」河出書房新社 2015 p453
新人風土―金信哉（D生）
　◇「近代朝鮮文学日本語作品集1939～1945 評論・随筆篇 1」緑蔭書房 2002 p250
新人風土―朱永渉（C生）
　◇「近代朝鮮文学日本語作品集1939～1945 評論・随筆篇 1」緑蔭書房 2002 p250
甚助抜刀術（えとう乱星）
　◇「遙かなる道」桃園書房 2001（桃園文庫）p7
新生（瀬名秀明）

◇「拡張幻想」東京創元社 2012（創元SF文庫）p81

新生（高山凡石）
◇「日本統治期台湾文学集成 23」緑蔭書房 2007 p337

人生（かえるいし）
◇「ショートショートの花束 6」講談社 2014（講談社文庫）p188

人生（黄氏寶桃）
◇「日本統治期台湾文学集成 5」緑蔭書房 2002 p161

神聖喜劇（大西巨人）
◇「読み聞かせる戦争」光文社 2015 p91

小説 **人生行路難**（金明淳）
◇「近代朝鮮文学日本語作品集1901〜1938 創作篇 5」緑蔭書房 2004 p225

人生実験（平林たい子）
◇「戦後短篇小説選―『世界』1946-1999 1」岩波書店 2000 p135

神星伝（冲方丁）
◇「SF JACK」角川書店 2013 p7
◇「さよならの儀式」東京創元社 2014（創元SF文庫）p493
◇「SF JACK」KADOKAWA 2016（角川文庫）p7

人生に相渉るとは何の謂ぞ（北村透谷）
◇「新日本古典文学大系 明治編 26」岩波書店 2002 p285

人生の一日（阿部昭）
◇「文士の意地―車谷長吉撰短篇小説輯 下巻」作品社 2005 p327

人生の親戚（大江健三郎）
◇「日本文学全集 22」河出書房新社 2015 p5

人生の駐輪場（森村誠一）
◇「短篇ベストコレクション―現代の小説 2011」徳間書店 2011〔徳間文庫〕p123

人生のはじまり、退屈な日々（佐々木基成）
◇「太宰治賞 2013」筑摩書房 2013 p151

人生の広場（池澤夏樹）
◇「文学 2005」講談社 2005 p113

人生の真の意味（奈何にせば正しき意味を見出し得るか）（徳田秋声）
◇「明治の文学 9」筑摩書房 2002 p385

人生の目的（斎藤肇）
◇「悪夢が嗤う瞬間」勁文社 1997（ケイブンシャ文庫）p66

人生、屍でもないことにて候≫太宰治（坂口安吾, 田中英光）
◇「日本人の手紙 2」リブリオ出版 2004 p7

人生胸算用（稲葉稔）
◇「代表作時代小説 平成26年度」光文社 2014 p275

人生メモリー（千野帽之）
◇「小学校・全員参加の楽しい学級劇・学年劇脚本集 高学年」黎明書房 2007 p114

人生リングアウト（樋口毅宏）
◇「20の短編小説」朝日新聞出版 2016（朝日文庫）p253

人生列車（相田ゆず）
◇「ショートショートの広場 17」講談社 2005（講談社文庫）p121

人生論の流行の意味（花田清輝）
◇「戦後文学エッセイ選 1」影書房 2005 p89

人生はバラ色だ―なっちゃん空を飛ぶ（山本真紀）
◇「優秀新人戯曲集 2005」ブロンズ新社 2004 p169

真説・赤城山（天藤真）
◇「大江戸犯科帖―時代推理小説名作選」双葉社 2003（双葉文庫）p179
◇「御白洲裁き―時代推理傑作選」徳間書店 2009（徳間文庫）p321

真説かがみやま（杉本苑子）
◇「仇討ち」小学館 2006（小学館文庫）p223

真説 決戦川中島（池波正太郎）
◇「人物日本の歴史―時代小説版 戦国編」小学館 2004（小学館文庫）p29

新殺生石（饗庭篁村）
◇「明治の文学 13」筑摩書房 2003 p283

真説タイガーマスク 三つの顔（高森真士）
◇「闘人烈伝―格闘小説・漫画アンソロジー」双葉社 2000 p297

親説天一坊（直木三十五）
◇「捕物時代小説選集 4」春陽堂書店 2000（春陽文庫）p208

親切な機械（三島由紀夫）
◇「戦後占領期短篇小説コレクション 4」藤原書店 2007 p229

真説平手造酒（三好徹）
◇「血しぶき街道」光風社出版 1998（光風社文庫）p71

神仙（中村晃）
◇「怪奇・伝奇時代小説選集 15」春陽堂書店 2000（春陽文庫）p247

仁川（じんせん）… →"インチョン…"を見よ

新撰組（服部之総）
◇「新選組読本」光文社 2003（光文社文庫）p271

新撰組（平尾道雄）
◇「新選組読本」光文社 2003（光文社文庫）p287

新選組生残りの剣客―永倉新八（池波正太郎）
◇「幕末の剣鬼たち―時代小説傑作選」コスミック出版 2009（コスミック・時代文庫）p229

新選組伊東甲子太郎（小野圭次郎）
◇「新選組読本」光文社 2003（光文社文庫）p343

新選組異聞（池波正太郎）
◇「新選組読本」光文社 2003（光文社文庫）p207

新撰組が恐れた示現流―中村半次郎（利根川裕）
◇「幕末テロリスト列伝」講談社 2004（講談社文庫）p45

新選組最後の暗殺劇！ 油小路の血闘（安西篤子）

しんせ

◇「幕末テロリスト列伝」講談社 2004（講談社文庫）p119

新選組隊士・斎藤一のこと（中村彰彦）
◇「新選組読本」光文社 2003（光文社文庫）p261

新撰組隊長（火野葦平）
◇「新選組伝奇」勉誠出版 2004 p31

新選組物語（子母沢寛）
◇「新選組烈士伝」角川書店 2003（角川文庫）p211

新撰組余談 花の小五郎（三好修）
◇「新選組伝奇」勉誠出版 2004 p159

神前結婚（嘉村礒多）
◇「短編名作選―1925-1949 文士たちの時代」笠間書院 1999 p131

神前混浴（かむろ・たけし）
◇「山形県文学全集第2期（随筆・紀行編）4」郷土出版社 2005 p206

新撰讃美歌（作者表記なし）
◇「新日本古典文学大系 明治編 12」岩波書店 2001 p351

新鮮で苦しみおおい日々（堀川正美）
◇「新装版 全集現代文学の発見 13」學藝書林 2004 p524

神仙道の一先人（幸田露伴）
◇「文豪怪談傑作選 幸田露伴集」筑摩書房 2010（ちくま文庫）p302
◇「新編・日本幻想文学集成 2」国書刊行会 2016 p677

新鮮なニグ・ジュギペ・グァのソテー。キウイソース掛け（田中啓文）
◇「グランドホテル」廣済堂出版 1999（廣済堂文庫）p275
◇「おいしい話―料理小説傑作選」徳間書店 2007（徳間文庫）p249

塵泉の王（田中啓文）
◇「おぞけ―ホラー・アンソロジー」祥伝社 1999（祥伝社文庫）p129

新泉録（1-3）（木々高太郎）
◇「甦る推理雑誌 1」光文社 2002（光文社文庫）p439

新泉録（4-7）乱歩氏に答える（木々高太郎）
◇「甦る推理雑誌 1」光文社 2002（光文社文庫）p450

新泉録（8-10）（木々高太郎）
◇「甦る推理雑誌 1」光文社 2002（光文社文庫）p462

真相（紗那）
◇「男たちの怪談百物語」メディアファクトリー 2012〔幽BOOKS〕p42

眞相（呉泳鎭）
◇「近代朝鮮文学日本語作品集1901～1938 創作篇 4」緑蔭書房 2004 p27

心臓売り（皆川博子）
◇「現代の小説 1998」徳間書店 1998 p283

心臓カテーテル室で（やまぐちはなこ）
◇「てのひら怪談―ビーケーワン怪談大賞傑作選」ポプラ社 2007 p192
◇「てのひら怪談―ビーケーワン怪談大賞傑作選」ポプラ社 2008（ポプラ文庫）p200

人造人間殺害事件（海野十三）
◇「ロボット・オペラ―An Anthology of Robot Fiction and Robot Culture」光文社 2004 p55

心臓の想い出（鈴木勝秀、落合正幸）
◇「世にも奇妙な物語―小説の特別編 再生」角川書店 2001（角川ホラー文庫）p229

人造令嬢（北原尚彦）
◇「ロボットの夜」光文社 2000（光文社文庫）p449

人造恋愛（蘭郁二郎）
◇「懐かしい未来―甦る明治・大正・昭和の未来小説」中央公論新社 2001 p211

寝台（赤沼三郎）
◇「幻の探偵雑誌 10」光文社 2002（光文社文庫）p379

寝台を求む（萩原朔太郎）
◇「ちくま日本文学 36」筑摩書房 2009（ちくま文庫）p129

寝台を焼く（佐藤章二）
◇「全作家短編小説集 11」全作家協会 2012 p137

新体詩歌序（作者表記なし）
◇「新日本古典文学大系 明治編 12」岩波書店 2001 p3

新体詩歌（抄）（作者表記なし）
◇「新日本古典文学大系 明治編 12」岩波書店 2001 p1

新体詩歌第三集序（作者表記なし）
◇「新日本古典文学大系 明治編 12」岩波書店 2001 p22

新体詩歌第四集序（作者表記なし）
◇「新日本古典文学大系 明治編 12」岩波書店 2001 p27

新体詩歌第五集序（作者表記なし）
◇「新日本古典文学大系 明治編 12」岩波書店 2001 p34

新体詩見本（斎藤緑雨）
◇「明治の文学 15」筑摩書房 2002 p217

寝台車の夜（早見裕司）
◇「悪夢が囁く瞬間」勁文社 1997（ケイブンシャ文庫）p158

新體制と文學（芳村香道）
◇「近代朝鮮文学日本語作品集1939～1945 評論・随筆篇 1」緑蔭書房 2002 p198

新体梅歌詩集（中西梅花）
◇「新日本古典文学大系 明治編 12」岩波書店 2001 p151

寝台列車《月光》（天城一）
◇「葬送列車―鉄道ミステリー名作館」徳間書店 2004（徳間文庫）p109

死んだ男（鮎川信夫）
◇「新装版 全集現代文学の発見 13」學藝書林 2004 p252

新宝島（浅暮三文）

◇「逆想コンチェルト―イラスト先行・競作小説アンソロジー 奏の1」徳間書店 2010 p254

新宝島綺譚（小栗虫太郎）
◇「人外魔境」リブリオ出版 2001（怪奇・ホラーワールド）p211

死んだ子供の肖像（須賀敦子）
◇「精選女性随筆集 9」文藝春秋 2012 p155

死んだ女房に生写し（土井ぎん）
◇「文豪怪談傑作選 特別編」筑摩書房 2007（ちくま文庫）p29⪇

死んだ人の話（本間海奈）
◇「ショートショートの花束 4」講談社 2012（講談社文庫）p109

死んだ兵隊さん（吉行淳之介）
◇「恐怖特急」光文社 2002（光文社文庫）p265

死んだ眼（倉橋由美子）
◇「戦後短篇小説再発見 9」講談社 2002（講談社文芸文庫）p125

新・探偵物語―失われたブラック・ジャックの秘宝（小鷹信光）
◇「自選ショート・ミステリー」講談社 2001（講談社文庫）p25€

新築（クジラマク）
◇「てのひら怪談―ビーケーワン怪談大賞傑作選 壬辰」ポプラ社 2012（ポプラ文庫）p82

しんちゃんの自転車（荻原浩）
◇「短編工場」集英社 2012（集英社文庫）p301

塵中日記（明治二十六年八月）（樋口一葉）
◇「明治の文学 17」筑摩書房 2000 p366

塵中につ記（明治二十七年三月）（樋口一葉）
◇「明治の文学 17」筑摩書房 2000 p375

塵中につ記（明治二十七年三月―五月）（樋口一葉）
◇「新日本古典文学大系 明治編 24」岩波書店 2001 p446

清朝時代の開拓政策（陳逢源）
◇「日本統治期台湾文学集成 16」緑蔭書房 2003 p165

慎重派（森江賢二）
◇「ショートショートの花束 1」講談社 2009（講談社文庫）p65

慎重令嬢（大下宇陀児）
◇「風間光枝探偵日記」論創社 2007（論創ミステリ叢書）p111

新著聞集・往生篇（抄）（神谷養勇軒）
◇「奇跡」国書刊行会 2000（書物の王国）p48

新・D坂の殺人事件（恩田陸）
◇「江戸川乱歩に愛をこめて」光文社 2011（光文社文庫）p65

心的創痕（漫沙呉漫沙）
◇「日本統治期台湾文学集成 25」緑蔭書房 2007 p363

死んでも離れない（古賀牧彦）
◇「ショートショートの広場 8」講談社 1997（講談社文庫）p40

死んでる先生死んでる歌手、あらゆる記憶によう耐えた（川上未映子）
◇「超短編傑作選 v.6」創英社 2007 p12

シンデレラ（島村洋子）
◇「ハンサムウーマン」ビレッジセンター出版局 1998 p181

シンデレラのお城（加納朋子）
◇「勿忘草―恋愛ホラー・アンソロジー」祥伝社 2003（祥伝社文庫）p291

シンデレラのチーズ（斎藤肇）
◇「グランドホテル」廣済堂出版 1999（廣済堂文庫）p445

シンデレラのディナー（内藤みか）
◇「結婚貧乏」幻冬舎 2003 p123

シンデレラハサミSTORY（高橋直子）
◇「中学校たのしい劇脚本集―英語劇付 Ⅲ」国土社 2011 p169

新テロリスト（長谷川龍生）
◇「新装版 全集現代文学の発見 13」學藝書林 2004 p343

新道（斎藤茂吉）
◇「みちのく怪談名作選 vol.1」荒蝦夷 2010（叢書東北の声）p233

深冬（光岡良二）
◇「ハンセン病文学全集 8」皓星社 2006 p214

盡頭子（じんとうし）（内田百閒）
◇「日本怪奇小説傑作集 1」東京創元社 2005（創元推理文庫）p223

新道の女（泡坂妻夫）
◇「江戸の秘恋―時代小説傑作選」徳間書店 2004（徳間文庫）p187

身毒丸（折口信夫）
◇「大阪文学名作選」講談社 2011（講談社文芸文庫）p265

しんとく問答（後藤明生）
◇「戦後短篇小説再発見 6」講談社 2001（講談社文芸文庫）p240

新都市建設（小松左京）
◇「綾辻行人と有栖川有栖のミステリ・ジョッキー 2」講談社 2009 p179

しんどすぎる殺人（生島治郎）
◇「冥界プリズン」光文社 1999（光文社文庫）p45

ジントニックの客（中井紀夫）
◇「酒の夜語り」光文社 2002（光文社文庫）p57

震度四の秘密―男（有栖川有栖）
◇「秘密。―私と私のあいだの十二話」メディアファクトリー 2005 p55

震度四の秘密―女（有栖川有栖）
◇「秘密。―私と私のあいだの十二話」メディアファクトリー 2005 p61

人肉嗜食（永田政雄）
◇「怪奇探偵小説集 3」角川春樹事務所 1998（ハルキ文庫）p333

親日と…（朴魯植）
◇「近代朝鮮文学日本語作品集1908～1945 セレクショ

しんに

ン 6」緑蔭書房 2008 p74

新日本の詩人（徳富蘇峰）
　◇「新日本古典文学大系 明治編 26」岩波書店 2002
　　p221

侵入ルート（鈴木強）
　◇「ショートショートの広場 16」講談社 2005 （講
　　談社文庫）p166

諷刺小説 信女（陳華培）
　◇「日本統治期台湾文学集成 8」緑蔭書房 2002
　　p217

信念（武田泰淳）
　◇「教科書名短篇 人間の情景」中央公論新社 2016
　　（中公文庫）p143

新年（越一人）
　◇「ハンセン病文学全集 7」皓星社 2004 p341

新年明けまして、ゆきこです。（志崎鋭）
　◇「ゆきのまち幻想文学賞小品集 18」企画集団ぷり
　　ずむ 2009 p155

新年会の話題（浅川純）
　◇「自選ショート・ミステリー 2」講談社 2001 （講
　　談社文庫）p154

新年雑記（正岡子規）
　◇「明治の文学 20」筑摩書房 2001 p108

新年志感（楊雲萍）
　◇「日本統治期台湾文学集成 18」緑蔭書房 2003
　　p520

新年の口占（成島柳北）
　◇「新日本古典文学大系 明治編 2」岩波書店 2004
　　p243

心配していたよ。（@ykdawn）
　◇「3.11心に残る140字の物語」学研パブリッシング
　　2011 p20

心配しないで（瀬川ことび）
　◇「鬼瑠璃草―恋愛ホラー・アンソロジー」祥伝社
　　2003 （祥伝社文庫）p178

人馬宮―美しい獲物（森奈津子）
　◇「十二宮12幻想」エニックス 2000 p223

新橋芸者（服部撫松）
　◇「新日本古典文学大系 明治編 1」岩波書店 2004
　　p75

新橋鉄道（服部撫松）
　◇「新日本古典文学大系 明治編 1」岩波書店 2004
　　p61

新発明のヘルメット（月野玉子）
　◇「ショートショートの花束 6」講談社 2014 （講
　　談社文庫）p129

審判（武田泰淳）
　◇「新装版 全集現代文学の発見 4」學藝書林 2003
　　p32

『審判』卒読ノート（長谷川四郎）
　◇「戦後文学エッセイ選 2」影書房 2006 p38

新半島文学の性格（崔載瑞）
　◇「近代朝鮮文学日本語作品集1939〜1945 評論・随筆
　　篇 1」緑蔭書房 2002 p443

「真犯人を探せ（仮題）」（倉知淳）

「不在証明崩壊―ミステリーアンソロジー」角川
　書店 2000 （角川文庫）p138

審判は終わっていない（姉小路祐）
　◇「ザ・ベストミステリーズ―推理小説年鑑 2000」
　　講談社 2000 p409
　◇「嘘つきは殺人のはじまり」講談社 2003 （講談社
　　文庫）p93

神秘的な動物（倉橋由美子）
　◇「新編・日本幻想文学集成 1」国書刊行会 2016
　　p355

シンビリスク號事件（林房雄）
　◇「新・プロレタリア文学精選集 9」ゆまに書房
　　2004 p157

罪な指（シン・フィンガー）（本間田麻誉）
　◇「甦る推理雑誌 9」光文社 2003 （光文社文庫）
　　p69

新富士模様（逢坂剛）
　◇「代表作時代小説 平成20年度」光文社 2008 p215

人物評論（正岡子規）
　◇「新日本古典文学大系 明治編 27」岩波書店 2003
　　p133

シンプル・マインド（吉永南央）
　◇「エール！ 3」実業之日本社 2013 （実業之日本
　　社文庫）p203

新聞（許南麒）
　◇「〈在日〉文学全集 2」勉誠出版 2006 p256

新聞（村上春樹）
　◇「文豪てのひら怪談」ポプラ社 2009 （ポプラ文
　　庫）p114

文學評論 新文学の精神的基調（金本宗煕）
　◇「近代朝鮮文学日本語作品集1939〜1945 評論・随筆
　　篇 2」緑蔭書房 2002 p357

新聞記者（痩々亭骨皮道人）
　◇「新日本古典文学大系 明治編 29」岩波書店 2005
　　p216

新聞記事より（金時鐘）
　◇「〈在日〉文学全集 5」勉誠出版 2006 p80

新聞紙（作者表記なし）
　◇「新日本古典文学大系 明治編 4」岩波書店 2003
　　p423

祭新聞紙文（成島柳北）
　◇「新日本古典文学大系 明治編 2」岩波書店 2004
　　p262

新聞紙の包（小酒井不木）
　◇「探偵小説の風景―トラフィック・コレクション
　　下」光文社 2009 （光文社文庫）p341

新聞社（服部撫松）
　◇「新日本古典文学大系 明治編 1」岩波書店 2004
　　p23

新聞大小の別とは何ぞ（成島柳北）
　◇「新日本古典文学大系 明治編 2」岩波書店 2004
　　p290

新聞にのつた写真（中野重治）
　◇「日本文学全集 29」河出書房新社 2016 p38

新聞の探訪者（たねとり）（痩々亭骨皮道人）
　◇「新日本古典文学大系 明治編 29」岩波書店 2005

しんや

p217

新聞の配達人（痩々亭骨皮道人）
◇「新日本古典文学大系 明治編 29」岩波書店 2005 p219

新聞配達夫（楊逵）
◇「〈外地〉の日本語文学選 1」新宿書房 1996 p53

新平民部落（岩野泡鳴）
◇「被差別文学全集」河出書房新社 2016（河出文庫）p133

甚兵衛の手（七瀬圭子）
◇「紅蓮の翼―異彩時代小説秀作撰」叢文社 2007 p154

神変大菩薩伝（坪内逍遙）
◇「七人の役小角」小学館 2007（小学館文庫）p269
◇「文豪怪談傑作選 明治編」筑摩書房 2011（ちくま文庫）p273

神変卍飛脚（宮崎惇）
◇「真田忍者、参上！―隠密伝奇傑作集」河出書房新社 2015（河出文庫）p83

神木（伴野朗）
◇「自選ショート・ミステリー 2」講談社 2001（講談社文庫）p13

進歩の図（中村敬宇）
◇「新日本古典文学大系 明治編 2」岩波書店 2004 p170

シンボル・ツリー（太田忠司）
◇「悪夢が嗤う瞬間」勁文社 1997（ケイブンシャ文庫）p135

新前橋駅（萩原朔太郎）
◇「ちくま日本文学 36」筑摩書房 2009（ちくま文庫）p39
◇「ちくま日本文学 36」筑摩書房 2009（ちくま文庫）p46

新町―南遊雑詩のうち。新町は台南市の町名、狭斜の巷なり。一夜、旅館のあるじに案内されて見物す（楊雲萍）
◇「日本統治期台湾文学集成 18」緑蔭書房 2003 p548

新・松山鏡（森本正昭）
◇「全作家短編集 15」のべる出版企画 2016 p19

新曼陀羅華綺譚（須永朝彦）
◇「植物」国書刊行会 1998（書物の王国）p47

新万葉集と癩者の歌（内田守人）
◇「ハンセン病文学全集 8」皓星社 2006 p78

神馬（竹西寛子）
◇「教科書名短篇 少年時代」中央公論新社 2016（中公文庫）p121

人名録（西谷富水）
◇「新日本古典文学大系 明治編 4」岩波書店 2003 p278

シンメトリー（誉田哲也）
◇「現場に臨め」光文社 2010（Kappa novels）p339
◇「現場に臨め」光文社 2014（光文社文庫）p481

シンメトリック（尾辻克彦）

◇「戦後短篇小説再発見 4」講談社 2001（講談社文芸文庫）p116

シンメトリーライフ（中上紀）
◇「あのころの宝もの―ほんのり心が温まる12のショートストーリー」メディアファクトリー 2003 p137

人面師梅朱芳（赤沼三郎）
◇「妖異百物語 1」出版芸術社 1997（ふしぎ文学館）p57

人面疽（谷崎潤一郎）
◇「日本怪奇小説傑作集 1」東京創元社 2005（創元推理文庫）p111
◇「映画狂時代」新潮社 2014（新潮文庫）p19

心紋（崔明翊著, 金山泉譯）
◇「近代朝鮮文学日本語作品集1939～1945 創作篇 2」緑蔭書房 2001 p319

新門辰五郎伝（信夫恕軒）
◇「新日本古典文学大系 明治編 2」岩波書店 2004 p302

深夜（姜鷺郷）
◇「近代朝鮮文学日本語作品集1908～1945 セレクション 4」緑蔭書房 2008 p293

深夜会議（片瀬二郎）
◇「NOVA―書き下ろし日本SFコレクション 9」河出書房新社 2013（河出文庫）p214

新薬剤（井川一太郎）
◇「ショートショートの広場 12」講談社 2001（講談社文庫）p196

深夜呼吸（橙貴生）
◇「太宰治賞 2014」筑摩書房 2014 p253

深夜ドライブ（船戸与一）
◇「冒険の森へ―傑作小説大全 20」集英社 2015 p8

深夜の客（山沢晴雄）
◇「ミステリ★オールスターズ」角川書店 2010 p147
◇「ミステリ・オールスターズ」角川書店 2012（角川文庫）p171

深夜の殺人者（岡田鯱彦）
◇「江戸川乱歩の推理試験」光文社 2009（光文社文庫）p165

深夜の酒宴（椎名麟三）
◇「新装版 全集現代文学の発見 7」學藝書林 2003 p138
◇「コレクション戦争と文学 10」集英社 2012 p38

深夜の食欲（恩田陸）
◇「グランドホテル」廣済堂出版 1999（廣済堂文庫）p165

深夜の騒音（宮間波）
◇「てのひら怪談―ビーケーワン怪談大賞傑作選 2」ポプラ社 2007 p26

深夜の電鈴（ベル）（神林周道）
◇「文豪怪談傑作選 特別篇」筑摩書房 2007（ちくま文庫）p84

深夜のホテルで（森真沙子）
◇「文藝百物語」ぶんか社 1997 p135

深夜の目撃者（藤村正太）

しんや

◇「あなたが名探偵」講談社 1998 （講談社文庫）
p229

深夜バスの女（吉村達也）
　◇「死を招く乗客―ミステリーアンソロジー」有楽
　出版社 2015 （JOY NOVELS）p99

深夜、浜辺にて（飯野文彦）
　◇「幽霊船」光文社 2001 （光文社文庫）p331

新・病草紙（しんびやうのさうし）（抄）（寺山修司）
　◇「ちくま日本文学 6」筑摩書房 2007 （ちくま文
　庫）p428

神佑（小中千昭）
　◇「GOD」廣済堂出版 1999 （廣済堂文庫）p135

親友（小池真理子）
　◇「現代の小説 1998」徳間書店 1998 p299

親友（重任雅彦）
　◇「ショートショートの広場 19」講談社 2007 （講
　談社文庫）p46

親友（中島たい子）
　◇「SF宝石―すべて新作読み切り！ 2015」光文社
　2015 p151

親友記（天藤真）
　◇「犯人は秘かに笑う―ユーモアミステリー傑作選」
　光文社 2007 （光文社文庫）p165

親友交歓（太宰治）
　◇「ちくま日本文学 8」筑摩書房 2008 （ちくま文
　庫）p338

辛西二月十二日児を挙げ喜びを紀す 辛西（森
　春濤）
　◇「新日本古典文学大系 明治編 2」岩波書店 2004
　p39

親友の掟（かわずまえ）
　◇「ショートショートの花束 7」講談社 2015 （講
　談社文庫）p156

親友 B駅から乗った男（秦和之）
　◇「無人踏切―鉄道ミステリー傑作選」光文社 2008
　（光文社文庫）p373

人妖（泉鏡花）
　◇「文豪てのひら怪談」ポプラ社 2009 （ポプラ文
　庫）p178

新四谷怪談（瀬戸英一）
　◇「怪奇・伝奇時代小説選集 13」春陽堂書店 2000
　（春陽文庫）p129

辻小説 信頼（古畑亨）
　◇「日本統治期台湾文学集成 22」緑蔭書房 2007
　p323

信頼の重さ（姜舜）
　◇「〈在日〉文学全集 17」勉誠出版 2006 p31

新羅の柘榴（鄭芝溶）
　◇「近代朝鮮文学日本語作品集1908〜1945 セレクショ
　ン 4」緑蔭書房 2008 p79

親鸞の末裔たち（山岡荘八）
　◇「たそがれ江戸暮色」光文社 2014 （光文社文庫）
　p145

真理（佐藤健司）
　◇「ショートショートの広場 19」講談社 2007 （講
　談社文庫）p96

シンリガクの実験（深水黎一郎）
　◇「奇想博物館」光文社 2013 （最新ベスト・ミステ
　リー）p209

人力車（服部撫松）
　◇「新日本古典文学大系 明治編 1」岩波書店 2004
　p14

人力車夫（痩々亭骨皮道人）
　◇「新日本古典文学大系 明治編 29」岩波書店 2005
　p234

審理（裁判員法廷二〇〇九）（芦辺拓）
　◇「名探偵の奇跡」光文社 2010 （光文社文庫）p49
　◇「法廷ジャックの心理学―本格短編ベスト・セレ
　クション」講談社 2011 （講談社文庫）p67

心理試験（江戸川乱歩）
　◇「ちくま日本文学 7」筑摩書房 2008 （ちくま文
　庫）p68
　◇「THE名探偵―ミステリーアンソロジー」有楽出
　版社 2014 （JOY NOVELS）p9
　◇「『このミス』が選ぶ！ オールタイム・ベスト短
　編ミステリー 黒」宝島社 2015 （宝島社文庫）
　p77

心理テスト（井上賢一）
　◇「ショートショートの花束 2」講談社 2010 （講
　談社文庫）p207

眞理の里（王白淵）
　◇「日本統治期台湾文学集成 18」緑蔭書房 2003
　p70

侵略（安西冬衛）
　◇「新装版 全集現代文学の発見 13」學藝書林 2004
　p14

心療内科（平聡）
　◇「ショートショートの花束 2」講談社 2010 （講
　談社文庫）p77

新緑の門出（津村節子）
　◇「温泉小説」アーツアンドクラフツ 2006 p243

新緑（上）（岡田八千代）
　◇「「新編」日本女性文学全集 3」菁柿堂 2011 p176

神慮のまにまに（中路啓太）
　◇「戦国秘史―歴史小説アンソロジー」
　KADOKAWA 2016 （角川文庫）p183

人類及び人種は多源か（金関丈夫）
　◇「日本統治期台湾文学集成 17」緑蔭書房 2003
　p88

人類館（知念正真）
　◇「沖縄文学選―日本文学のエッジからの問い」勉
　誠出版 2003 p244
　◇「コレクション戦争と文学 20」集英社 2012 p80

人類なんて関係ない（平山夢明）
　◇「ミステリ愛。免許皆伝！」講談社 2010 （講談社
　ノベルス）p9

人類暦の預言者（吉上亮）
　◇「マルドゥック・ストーリーズ―公式二次創作集」
　早川書房 2016 （ハヤカワ文庫 JA）p267

人類は多源か（金関丈夫）
　◇「日本統治期台湾文学集成 17」緑蔭書房 2003
　p185

心霊写真（小島水青）
◇「男たちの怪談百物語」メディアファクトリー
2012（〔幽BOOKS〕）p152
心霊写真（立原透耶）
◇「女たちの怪談百物語」メディアファクトリー
2010（〔幽bocks〕）p145
◇「女たちの怪談百物語」KADOKAWA 2014（角
川ホラー文庫）p150
心霊写真と少女（丰上雅彦）
◇「文藝百物語」ぶんか社 1997 p161
心霊写真の私（加門七海）
◇「文藝百物語」ぶんか社 1997 p231
心霊スポットにて（宍戸レイ）
◇「女たちの怪談百物語」メディアファクトリー
2010（〔幽books〕）p44
◇「女たちの怪談百物語」KADOKAWA 2014（角
川ホラー文庫）p51
心霊スポット（莉乃）（秋元康）
◇「アドレナリンの夜―珠玉のホラーストーリーズ」
竹書房 2009 p155
神霊と慈覚大師（吉村貞司）
◇「山形県文学全集第2期〔随筆・紀行編〕5」郷土出版
社 2005 p208
心霊特急（吉川英梨）
◇「5分で読める！ ひと駅ストーリー 夏の記憶西口
編」宝島社 2013（宝島社文庫）p211
新暦謡 癸酉（四首うち二首）（森春濤）
◇「新日本古典文学大系 明治編 2」岩波書店 2004
p61
深恋（十和）
◇「恋みち―現代版・源氏物語」スターツ出版 2008
p235
秦淮畫舫の情調（陳逢源）
◇「日本統治期台湾文学集成 16」緑蔭書房 2003
p17
神話と地球物理学（寺田寅彦）
◇「ちくま日本文学 34」筑摩書房 2009（ちくま文
庫）p381
親和力（堀川正美）
◇「新装版 全集現代文学の発見 13」學藝書林 2004
p521
詩 Memo―作詩のための（金子光晴）
◇「コレクション戦争と文学 18」集英社 2012 p431

【す】

癶（朝松健）
◇「アジアン怪綺」光文社 2003（光文社文庫）
p165
水域（椎名誠）
◇「冒険の森へ―傑作小説大全 15」集英社 2016
p209

水翁よ（赤江瀑）
◇「京都宵」光文社 2008（光文社文庫）p523
すいか（木皿泉）
◇「テレビドラマ代表作選集 2004年版」日本脚本家
連盟 2004 p201
西瓜（小林ミア）
◇「5分で読める！ ひと駅ストーリー 夏の記憶西口
編」宝島社 2013（宝島社文庫）p51
◇「5分で泣ける！ 胸がいっぱいになる物語」宝島
社 2015（宝島社文庫）p199
西瓜（永井荷風）
◇「文人御馳走帖」新潮社 2014（新潮文庫）p97
水怪（芥川龍之介）
◇「文豪怪談傑作選 芥川龍之介集」筑摩書房 2010
（ちくま文庫）p306
水怪―「雑筆」より（芥川龍之介）
◇「河童のお弟子」筑摩書房 2014（ちくま文庫）
p134
西瓜喰う人（牧野信一）
◇「コレクション私小説の冒険 2」勉誠出版 2013
p185
誰何と星（神家正成）
◇「10分間ミステリー THE BEST」宝島社 2016
（宝島社文庫）p485
西瓜の穴（沢井良太）
◇「てのひら怪談―ビーケーワン怪談大賞傑作選 辛
卯」ポプラ社 2011（ポプラ文庫）p162
スイカの脅迫状（霞流一）
◇「誘拐―ミステリーアンソロジー」角川書店 1997
（角川文庫）p137
スイカ割りの男（藤八景）
◇「5分で読める！ ひと駅ストーリー 夏の記憶東口
編」宝島社 2013（宝島社文庫）p61
◇「5分で凍る！ ぞっとする怖い話」宝島社 2015
（宝島社文庫）p29
随監（安東能明）
◇「ザ・ベストミステリーズ―推理小説年鑑 2010」
講談社 2010 p9
◇「BORDER善と悪の境界」講談社 2013（講談社
文庫）p5
水鬼（岡本綺堂）
◇「怪奇・伝奇時代小説選集 1」春陽堂書店 1999
（春陽文庫）p122
水鬼続談 清水の井（岡本綺堂）
◇「怪奇・伝奇時代小説選集 1」春陽堂書店 1999
（春陽文庫）p153
水球（篠田節子）
◇「ミステリア―女性作家アンソロジー」祥伝社
2003（祥伝社文庫）p7
水牛群（津原泰水）
◇「グランドホテル」廣済堂出版 1999（廣済堂文
庫）p577
水魚の心（宮本昌孝）
◇「決戦！ 本能寺」講談社 2015 p145
水月（川端康成）
◇「近代小説〈異界〉を読む」双文社出版 1999 p195

作品名から引ける日本文学全集案内 第III期 **413**

すいけ

水源地にて（上忠司）
◇「日本統治期台湾文学集成 18」緑蔭書房 2003 p238

随行さん（源氏鶏太）
◇「経済小説名作選」筑摩書房 2014（ちくま文庫）p47

水虎論（朝松健）
◇「水妖」廣済堂出版 1998（廣済堂文庫）p15

水師営の会見（佐佐木信綱）
◇「将軍・乃木希典」勉誠出版 2004 p1

炊事の詩—妻の留守に、われ炊事をなしけるに詠める。（楊雲萍）
◇「日本統治期台湾文学集成 18」緑蔭書房 2003 p528

水車（太宰治）
◇「ちくま日本文学 8」筑摩書房 2008（ちくま文庫）p75

水獣モガンボを追え（ヒモロギヒロシ）
◇「てのひら怪談—ビーケーワン怪談大賞傑作選 百怪繚乱篇」ポプラ社 2008 p70
◇「てのひら怪談—ビーケーワン怪談大賞傑作選 己丑」ポプラ社 2009（ポプラ文庫）p174

水晶（野呂邦暢）
◇「短篇礼讃—忘れかけた名品」筑摩書房 2006（ちくま文庫）p144

水上（すいじょう）… → "みなかみ…"をも見よ

推奨株（北杜夫）
◇「冒険の森へ—傑作小説大全 7」集英社 2016 p25

水晶幻想（川端康成）
◇「新装版 全集現代文学の発見 2」學藝書林 2002 p81

水晶の数珠（東野圭吾）
◇「宝石ザミステリー 2016」光文社 2015 p7

水晶の部屋にようこそ（藤木稟）
◇「憑き者—全書書下ろし傑作ホラーアンソロジー」アスキー 2000（A-novels）p81

水晶の夜、翡翠の朝（恩田陸）
◇「殺人鬼の放課後」角川書店 2002（角川文庫）p7
◇「青に捧げる悪夢」角川書店 2005 p5
◇「青に捧げる悪夢」角川書店 2013（角川文庫）p5

水晶橋ビルディング（仲町六絵）
◇「てのひら怪談—ビーケーワン怪談大賞傑作選 庚寅」ポプラ社 2010（ポプラ文庫）p14

水晶物語（稲垣足穂）
◇「鉱物」国書刊行会 1997（書物の王国）p34

推序〔一つの矢弾〕（林貞六）
◇「日本統治期台湾文学集成 13」緑蔭書房 2003 p177

水神（藤木稟）
◇「花月夜綺譚—怪談集」集英社 2007（集英社文庫）p195

水神（藁生田亘）
◇「縄文4000年の謎に挑む」現代書林 2016 p67

水神の祟（岡田ゆき）
◇「青鞜文学集」不二出版 2004 p198

杉津（荒川洋治）
◇「日本文学全集 29」河出書房新社 2016 p70

ずいずいずっころばし—茶壺（秋月達郎）
◇「妖かしの宴—わらべ唄の呪い」PHP研究所 1999（PHP文庫）p355

彗星（真山雪彦）
◇「ゆきのまち幻想文学賞小品集 24」企画集団ぷりずむ 2015 p130

彗星さんたち（伊坂幸太郎）
◇「エール！ 3」実業之日本社 2013（実業之日本社文庫）p251
◇「ザ・ベストミステリーズ—推理小説年鑑 2014」講談社 2014 p9

水棲人（すいせいじん）（香山滋）
◇「甦る推理雑誌 7」光文社 2003（光文社文庫）p11

彗星との邂逅（北村薫）
◇「凶鳥の黒影—中井英夫へ捧げるオマージュ」河出書房新社 2004 p251

水仙（キムリジャ）
◇「〈在日〉文学全集 18」勉誠出版 2006 p333

水仙（志樹逸馬）
◇「ハンセン病文学全集 7」皓星社 2004 p318

水仙（太宰治）
◇「我等、同じ船に乗り」文藝春秋 2009（文春文庫）p181

水仙（塔和子）
◇「ハンセン病文学全集 7」皓星社 2004 p510

水仙（林芙美子）
◇「日本近代短篇小説選 昭和篇2」岩波書店 2012（岩波文庫）p263

水仙月の三日（澤口たまみ）
◇「あの日から—東日本大震災鎮魂岩手県出身作家短編集」岩手日報社 2015 p319

水仙月の四日（平野直、米内アキ）
◇「学校放送劇舞台劇脚本集—宮沢賢治名作童話」東洋書院 2008 p243

水仙月の四日（宮沢賢治）
◇「日本文学全集 16」河出書房新社 2016 p57
◇「コーヒーと小説」mille books 2016 p61

水仙の季節（近藤史恵）
◇「殺意の時間割」角川書店 2002（角川文庫）p109
◇「青に捧げる悪夢」角川書店 2005 p63
◇「青に捧げる悪夢」角川書店 2013（角川文庫）p109

推薦の詩について（平戸生）
◇「近代朝鮮文学日本語作品集1908〜1945 セレクション 4」緑蔭書房 2008 p65

隨想三題（李石薫）
◇「近代朝鮮文学日本語作品集1939〜1945 評論・随筆篇 3」緑蔭書房 2002 p161

水槽の魚（中上紀）
◇「Love Letter」幻冬舎 2005 p115
◇「Love Letter」幻冬舎 2008（幻冬舎文庫）p125

すいみ

水族館（関根弘）
◇「新装版 全集現代文学の発見 13」學藝書林 2004
p324

水族館（堀辰雄）
◇「近代小説〈都市〉を読む」双文社出版 1999 p161

水族館で逢いましょう（美都暽子）
◇「大人が読む。ケータイ小説―第1回ケータイ文学
賞アンソロジー」オンブック 2007 p65

水素製造法（かんべむさし）
◇「30の神品―ショートショート傑作選」扶桑社
2016（扶桑社文庫）p203

水中生活者の夢（種村季弘）
◇「恐竜文学大全」河出書房新社 1998（河出文庫）
p186

水中の友（折口信夫）
◇「文豪怪談傑作選 折口信夫集」筑摩書房 2009
（ちくま文庫）p331

水中のモーツァルト（田中文雄）
◇「水妖」廣済堂出版 1998（廣済堂文庫）p97

水中の与太者（折口信夫）
◇「文豪怪談傑作選 折口信夫集」筑摩書房 2009
（ちくま文庫）p327

水砧集・雑詠（李淳哲他）
◇「近代朝鮮文学日本語作品集1908〜1945 セレクショ
ン 6」緑蔭書房 2008 p80

スイッチ（安部雅浩）
◇「高校演劇Selection 2001 下」晩成書房 2001 p39

スイッチ（勢川びき）
◇「ショートショートの広場 8」講談社 1997（講
談社文庫）p172

スイッチョねこ（大佛次郎）
◇「ファイン／キュート素敵かわいい作品選」筑摩
書房 2015（ちくま文庫）p76

水庭（安土萌）
◇「水妖」廣済堂出版 1998（廣済堂文庫）p159

水底の玩具（切塗よしを）
◇「フラジャイル・ファクトリー戯曲集 1」晩成書
房 2008 p175

水滴（目取真俊）
◇「文学 1998」講談社 1998 p135
◇「沖縄文学選―日本文学のエッジからの問い」勉
誠出版 2003 p361
◇「文学で考える〈日本〉とは何か」双文社出版
2007 p117
◇「コレクション戦争と文学 13」集英社 2011 p647
◇「現代小説クロニクル 1995〜1999」講談社 2015
（講談社文芸文庫）p201
◇「文学で考える〈日本〉とは何か」翰林書房 2016
p117

水田に泣く（立花腥楽）
◇「てのひら怪談―ビーケーワン怪談大賞傑作選 壬
辰」ポプラ社 2012（ポプラ文庫）p90

水筒（須月研児）
◇「ショートショートの広場 12」講談社 2001（講
談社文庫）p155

水道へ突き落とされた話（稲垣足穂）

◇「ちくま日本文学 16」筑摩書房 2008（ちくま文
庫）p36

隧道、ちご（アンデルセン著, 森鷗外訳）
◇「新日本古典文学大系 明治編 25」岩波書店 2004
p109

水筒の湯（小瀬朧）
◇「てのひら怪談―ビーケーワン怪談大賞傑作選 辛
卯」ポプラ社 2011（ポプラ文庫）p34

スイート・スノウ（中山聖子）
◇「ゆきのまち幻想文学賞小品集 16」企画集団ぷり
ずむ 2007 p96

粋と通（饗庭篁村）
◇「明治の文学 13」筑摩書房 2003 p336

スイートポテト（夢野久作）
◇「ちくま日本文学 31」筑摩書房 2009（ちくま文
庫）p11

スイートリトルライズ（狗飼恭子）
◇「年鑑代表シナリオ集 ’10」シナリオ作家協会
2011 p7

水難（麻耶雄嵩）
◇「名探偵の饗宴」朝日新聞社 1998 p39
◇「名探偵の饗宴」朝日新聞出版 2015（朝日文庫）
p45

水難（水沫流人）
◇「男たちの怪談百物語」メディアファクトリー
2012（〔幽BOOKS〕）p239

水難の相（郷内心瞳）
◇「渚にて―あの日からの〈みちのく怪談〉」荒蝦夷
2016 p84

水難の夜（歌野晶午）
◇「犯行現場にもう一度」講談社 1997（講談社文
庫）p245

隋二世（森春濤）
◇「新日本古典文学大系 明治編 2」岩波書店 2004
p20

水馬の若武者（白石一郎）
◇「剣俠しぐれ笠」光風社出版 1999（光風社文庫）
p161

随筆「ある古本屋」（山田風太郎）
◇「古書ミステリー倶楽部―傑作推理小説集 2」光
文社 2014（光文社文庫）p209

随筆丹下左膳（長谷川四郎）
◇「戦även後文学エッセイ選 2」影書房 2006 p21

随筆の文章（正岡子規）
◇「新日本古典文学大系 明治編 27」岩波書店 2003
p98

スイミー（谷口幸子）
◇「小学生のげき―新小学校演劇脚本集 低学年 1」
晩成書房 2010 p207

水蜜桃（筒井康隆）
◇「冒険の森へ―傑作小説大全 4」集英社 2016 p30

水密密室！（汀こるもの）
◇「ミステリ★オールスターズ」角川書店 2010 p73
◇「ミステリ・オールスターズ」角川書店 2012（角
川文庫）p83

水脈（抄）（高樹のぶ子）

すいみ

◇「干刈あがた・高樹のぶ子・林真理子・高村薫」角川書店 1997（女性作家シリーズ）p175

酔眠（山本直哉）
◇「神様に一番近い場所―漱石来熊百年記念「草枕文学賞」作品集」文藝春秋企画センター 1998 p193

吹毛の剣（新宮正春）
◇「東北戦国志―傑作時代小説」PHP研究所 2009（PHP文庫）p7

水妖記（倉阪鬼一郎）
◇「水妖」廣済堂出版 1998（廣済堂文庫）p549

水溶性（白縫いさや）
◇「超短編の世界 vol.3」創英社 2011 p143

水溶性（まつじ）
◇「超短編の世界 vol.3」創英社 2011 p142

水妖譚（森真沙子）
◇「妖髪鬼談」桜桃書房 1998 p186

水曜日になれば〈よくある話〉（柴崎友香）
◇「本をめぐる物語―栞は夢をみる」KADOKAWA 2014（角川文庫）p41

水曜日の恋人（角田光代）
◇「コイノカオリ」角川書店 2004 p5
◇「コイノカオリ」角川書店 2008（角川文庫）p5

水曜日の子供（井上宗一）
◇「新・本格推理 01」光文社 2001（光文社文庫）p151

水曜日の南階段はきれい（朝井リョウ）
◇「最後の恋MEN'S―つまり、自分史上最高の恋。」新潮社 2012（新潮文庫）p113

水雷屯（杉本章子）
◇「撫子が斬る―女性作家捕物帳アンソロジー」光文社 2005（光文社文庫）p183

推理（藤富保男）
◇「新装版 全集現代文学の発見 13」學藝書林 2004 p547

推理小説作家の午後（今野敏）
◇「輝きの一瞬―短くて心に残る30編」講談社 1999（講談社文庫）p243

推理小説年表（中島河太郎）
◇「江戸川乱歩賞全集 1」講談社 1998 p611

推理師六段（樹下太郎）
◇「犯人は秘かに笑う―ユーモアミステリー傑作選」光文社 2007（光文社文庫）p223

睡り人形（木々高太郎）
◇「君らの狂気で死を孕ませよ―新青年傑作選」角川書店 2000（角川文庫）p109

推理の花道（土屋隆夫）
◇「甦る推理雑誌 6」光文社 2003（光文社文庫）p193

水流と砂金（宮木あや子）
◇「文芸あねもね」新潮社 2012（新潮文庫）p89

水恋（高橋史絵）
◇「超短編の世界 vol.3」創英社 2011 p108

睡蓮（恩田陸）
◇「蜜の眠り」廣済堂出版 2000（廣済堂文庫）

p133
◇「ファンタジー」リブリオ出版 2001（怪奇・ホラーワールド）p45

睡蓮―花妖譚六（司馬遼太郎）
◇「七人の役小角」小学館 2007（小学館文庫）p67

睡蓮の花（板垣和子）
◇「ハンセン病文学全集 8」皓星社 2006 p329

水楼晩涼（成島柳北）
◇「新日本古典文学大系 明治編 2」岩波書店 2004 p243

図引（正岡子規）
◇「新日本古典文学大系 明治編 27」岩波書店 2003 p324

スウィート・サイエンス（関口暁）
◇「科学ドラマ大賞 第1回受賞作品集」科学技術振興機構〔2010〕p103

スウィング（大村友貴美）
◇「あの日から―東日本大震災鎮魂岩手県出身作家短編集」岩手日報社 2015 p395

スウィングガールズ（矢口史靖）
◇「年鑑代表シナリオ集 '04」シナリオ作家協会 2005 p113

数学（山之口貘）
◇「新装版 全集現代文学の発見 13」學藝書林 2004 p206

雛妓（岡本かの子）
◇「ちくま日本文学 37」筑摩書房 2009（ちくま文庫）p356

雛妓（長島槙子）
◇「江戸迷宮」光文社 2011（光文社文庫）p173

努狗（富岡多惠子）
◇「三枝和子・林京子・富岡多惠子」角川書店 1999（女性作家シリーズ）p357

努言（今村力三郎）
◇「蘇らぬ朝「大逆事件」以後の文学」インパクト出版会 2010（インパクト選書）p147

数字男（柳原慧）
◇「もっとすごい！ 10分間ミステリー」宝島社 2013（宝島社文庫）p245

数字のしゃれ（正岡子規）
◇「新日本古典文学大系 明治編 27」岩波書店 2003 p390

数字のない時計（夏樹静子）
◇「あなたが名探偵」講談社 1998（講談社文庫）p269

数分間のカウンセリング―タクシードライバー編（作者不詳）
◇「心に火を。」廣済堂出版 2014 p33

数ミリのためらい（石丸桂子）
◇「ゆれる―第12回フェリシモ文学賞作品集」フェリシモ 2009 p130

すえたる菊（萩原朔太郎）
◇「ちくま日本文学 36」筑摩書房 2009（ちくま文庫）p60

末摘花（町田康）
◇「ナイン・ストーリーズ・オブ・ゲンジ」新潮社

すきま

2008 p85
◇「源氏物語九つの変奏」新潮社 2011（新潮文庫）p95

頭蓋骨を捜せ（空虹桜）
◇「超短編の世界 vol.2」創英社 2009 p80

スカイ・コンタクト（平田健）
◇「忘れがたい者たち―ライトノベル・ジュブナイル選集」創英社 2007 p15

スカイジャック（三好徹）
◇「死を招く乗客―ミステリーアンソロジー」有楽出版社 2015〔JOY NOVELS〕p167

スカウト（今野敏）
◇「最新「珠玉推理」大全 上」光文社 1998（カッパ・ノベルス）p211
◇「幻惑のラビリンス」光文社 2001（光文社文庫）p299

素顔を聴かせて（武田直樹）
◇「新鋭劇作集 series 14」日本劇団協議会 2003 p145

菅刈の庄（梅本育子）
◇「剣の意地恋の夢―時代小説傑作選」講談社 2000（講談社文庫）p145

姿なき怪盗（横田順彌）
◇「冥界プリズン」光文社 1999（光文社文庫）p419
◇「古書ミステリー倶楽部―傑作推理小説集 2」光文社 2014（光文社文庫）p51

姿なき狙撃者！ ジャングル戦（開高健）
◇「コレクション戦争と文学 2」集英社 2012 p292

探偵連作小説 **姿なき犯罪**（美川紀行, 渥美順, 梶雁金八）
◇「日本統治期台湾文学集成 9」緑蔭書房 2002 p261

菅沼十郎兵衛の母（安西篤子）
◇「紅葉谷から剣鬼が来る―時代小説傑作選」講談社 2002（講談社文庫）p291

すがの（幸田文）
◇「精選女性随筆集 1」文藝春秋 2012 p119

スカブラの話（田辺英信）
◇「怠けものの話」筑摩書房 2011（ちくま文学の森）p151

菅谷半之丞（村崎守毅）
◇「定本・忠臣蔵四十七人集」双葉社 1998 p129

縋るものなき（原良子）
◇「平成28年熊本地震作品集」くまもと文学・歴史館友の会 2016 p14

菅原克己（長谷川四郎）
◇「戦後文学エッセイ選 2」影書房 2006 p70

スガンさんの山羊～ドーデー「風車小屋だより」より～（辰嶋幸夫）
◇「中学校たのしい劇脚本集―英語劇付 Ⅱ」国土社 2011 p9

すかんぽん（上志羽峰子）
◇「かわさきの文学―かわさき文学賞50年記念作品集 2009年」審美社 2009 p137

杉（幸田文）

◇「精選女性随筆集 1」文藝春秋 2012 p211

好ききらい禁止法（矢口泰介）
◇「ショートショートの広場 10」講談社 2000（講談社文庫）p18

杉崎恒夫十三首（杉崎恒夫）
◇「ファイン／キュート素敵かわいい作品選」筑摩書房 2015（ちくま文庫）p140

過ぎし日の恋（逢坂剛）
◇「ザ・ベストミステリーズ―推理小説年鑑 1999」講談社 1999 p91
◇「殺人買います」講談社 2002（講談社文庫）p340

過ぎし者の標（小池真理子）
◇「ヴィンテージ・セブン」講談社 2007 p61

すぎすぎ小僧（多田容子）
◇「夢を見にけり―時代小説招待席」廣済堂出版 2004 p173

過ぎたこと（宮部みゆき）
◇「仮面のレクイエム」光文社 1998（光文社文庫）p395

すぎたに（平谷美樹）
◇「教室」光文社 2003（光文社文庫）p59

過ぎた春の記憶（小川未明）
◇「文豪怪談傑作選 小川未明集」筑摩書房 2008（ちくま文庫）p9
◇「文豪たちが書いた怖い名作短編集」彩図社 2014 p86

杉田久女の人と作品について（富士正晴）
◇「戦後文学エッセイ選 7」影書房 2006 p233

杉玉のゆらゆら（霞流一）
◇「本格ミステリ 2006」講談社 2006（講談社ノベルス）p73
◇「珍しい物語のつくり方―本格短編ベスト・セレクション」講談社 2010（講談社文庫）p103

過ぎたる幻影（長浜清）
◇「ハンセン病文学全集 7」皓星社 2004 p98

「好き」と言えなくて（龍田力）
◇「最後の一日 7月22日―さよならが胸に染みる物語」文英堂 2012（リンダブックス）p110

透き通った一日（赤川次郎）
◇「七つの危険な真実」新潮社 2004（新潮文庫）p7

好きな地理の勉強のために月を出たかぐや姫（峯紅）
◇「誰も知らない「桃太郎」「かぐや姫」のすべて」明拓出版 2009（創作童話シリーズ）p107

好きなもの（森茉莉）
◇「精選女性随筆集 2」文藝春秋 2012 p62

杉野十平次（一條明）
◇「定本・忠臣蔵四十七人集」双葉社 1998 p73

杉の見る夢（翔内まいこ）
◇「ゆきのまち幻想文学賞小品集 17」企画集団ぷりずむ 2008 p119

隙間（宇藤蛍子）
◇「てのひら怪談―ビーケーワン怪談大賞傑作選 2」ポプラ社 2007 p188

作品名から引ける日本文学全集案内 第III期　417

すきま

◇「てのひら怪談―ビーケーワン怪談大賞傑作選 己丑」ポプラ社 2009 （ポプラ文庫） p112

すきま風（阿刀田高）
◇「短篇ベストコレクション―現代の小説 2000」徳間書店 2000 p5

隙魔の如き覗くもの（三津田信三）
◇「名探偵に訊け」光文社 2010 （Kappa novels） p417
◇「名探偵に訊け」光文社 2013 （光文社文庫） p573

杉本茂十郎（屋代浩二郎）
◇「紅蓮の翼―異彩時代小説秀作撰」叢文社 2007 p207

すき焼き（平山夢明）
◇「5分で読める！ 怖いはなし」宝島社 2014 （宝島社文庫） p261

スキヤットまで（谷川俊太郎）
◇「新装版 全集現代文学の発見 13」學藝書林 2004 p442

数寄屋橋から ほうりこまれた男の唄（入澤康夫）
◇「新装版 全集現代文学の発見 13」學藝書林 2004 p556

杉山茂丸（夢野久作）
◇「ちくま日本文学 31」筑摩書房 2009 （ちくま文庫） p429

すぎゆく五月の詩（黒木謳子）
◇「日本統治期台湾文学集成 18」緑蔭書房 2003 p469

過ぎゆくもの（告鳥友紀）
◇「てのひら怪談―ビーケーワン怪談大賞傑作選 壬辰」ポプラ社 2012 （ポプラ文庫） p56

スキューバダイビング（明日香）（秋元康）
◇「アドレナリンの夜―珠玉のホラーストーリーズ」竹書房 2009 p123

スキール（町井登志夫）
◇「憑依」光文社 2010 （光文社文庫） p457

スキンダンスへの階梯（牧野修）
◇「マスカレード」光文社 2002 （光文社文庫） p187

スクイーズ（井上雅彦）
◇「教室」光文社 2003 （光文社文庫） p543

救い主（田中啓文）
◇「玩具館」光文社 2001 （光文社文庫） p487

救い主エスへ（長田穂波）
◇「ハンセン病文学全集 6」皓星社 2003 p47

救いの神（田中士郎）
◇「ショートショートの広場 10」講談社 2000 （講談社文庫） p194

スクラム（李正子）
◇「〈在日〉文学全集 17」勉誠出版 2006 p280

スクラム・ガール（間零）
◇「立川文学 2」けやき出版 2012 p331

スクランブル（クジラマク）
◇「てのひら怪談―ビーケーワン怪談大賞傑作選 庚寅」ポプラ社 2010 （ポプラ文庫） p92

スクリーン・ヒーロー（本田モカ）
◇「超短編の世界 vol.3」創英社 2011 p150

スクリーン・ヒーロー（水池亘）
◇「超短編の世界 vol.3」創英社 2011 p151

スクールおばけ（正嘉昭）
◇「中学校たのしい劇脚本集―英語劇付 Ⅲ」国土社 2011 p56

救はれた小姐（金鍾武）
◇「近代朝鮮文学日本語作品集1901～1938 創作篇 1」緑蔭書房 2004 p251

救われるために（内田春菊）
◇「短篇ベストコレクション―現代の小説 2000」徳間書店 2000 p163

スケジュール（沢村凛）
◇「最後の恋―つまり、自分史上最高の恋。」新潮社 2008 （新潮文庫） p131

スケッチブックの秘密―チャールズ・ワーグマンの事件簿（翔田寛）
◇「ミステリーズ！ extra―《ミステリ・フロンティア》特集」東京創元社 2004 p144

助っ人剣、蝦蟇の油（柏田道夫）
◇「蒼茫の海」桃園書房 2001 （桃園文庫） p59

スケルトン・フィッシュ（草上仁）
◇「トロピカル」廣済堂出版 1999 （廣済堂文庫） p443

犯罪小説 凄い切味の女（座光東平）
◇「日本統治期台湾文学集成 9」緑蔭書房 2002 p103

スコヴィル幻想（斜斤）
◇「てのひら怪談―ビーケーワン怪談大賞傑作選 2」ポプラ社 2007 p222
◇「てのひら怪談―ビーケーワン怪談大賞傑作選 己丑」ポプラ社 2009 （ポプラ文庫） p184

凄腕（永瀬隼介）
◇「ザ・ベストミステリーズ―推理小説年鑑 2016」講談社 2016 p213

少しだけ想う、あなたを（長沢樹）
◇「宝石ザミステリー 3」光文社 2013 p391

少しだけ未来（F十五）
◇「ショートショートの広場 12」講談社 2001 （講談社文庫） p198

少しの幸運（森谷明子）
◇「ミステリ★オールスターズ」角川書店 2010 p197
◇「ミステリ・オールスターズ」角川書店 2012 （角川文庫） p231

少し早めのランチへ（山田太一）
◇「銀座24の物語」文藝春秋 2001 p45

洲崎の女（早乙女貢）
◇「代表作時代小説 平成16年度」光風社出版 2004 p153

洲崎パラダイス（芝木好子）
◇「日本文学100年の名作 5」新潮社 2015 （新潮文庫） p29

朱雀の池（小林泰三）
◇「京都宵」光文社 2008 （光文社文庫）p211
荒び男（中山義秀）
◇「剣鬼らの饗宴」光風社出版 1998 （光風社文庫）p7
◇「信州歴史時代小説傑作集 2」しなのき書房 2007 p47
鮨（阿川弘之）
◇「日本文学100年の名作 8」新潮社 2015 （新潮文庫）p381
鮨（岡本かの子）
◇「六人の作家小説選」東銀座出版社 1997 （銀選書）p117
◇「百年小説」ポプラ社 2008 p531
◇「ちくま日本文学 37」筑摩書房 2009 （ちくま文庫）p154
◇「危険なマッチ箱」文藝春秋 2009 （文春文庫）p201
◇「日本文学100年の名作 3」新潮社 2014 （新潮文庫）p273
◇「味覚小説名作集」光文社 2016 （光文社文庫）p71
◇「コーヒーと小説」mille books 2016 p91
◇「日本文学全集 26」河出書房新社 2017 p475
鮨――一九三九（昭和一四）年一月（岡本かの子）
◇「BUNGO―文豪短篇傑作選」角川書店 2012 （角川文庫）p123
逗子物語（橘外男）
◇「怪奇探偵小説集 2」角川春樹事務所 1998 （ハルキ文庫）p3C1
◇「爬虫館事件―新青年傑作選」角川書店 1998 （角川ホラー文庫）p417
◇「日本怪奇小説傑作集 2」東京創元社 2005 （創元推理文庫）p73
豆州測量始末（山上藤悟）
◇「「伊豆文学賞」優秀作品集 第3回」静岡新聞社 2000 p29
◇「伊豆の江戸を歩く」伊豆新聞本社 2004 （伊豆文学賞歴史小説傑作集）p141
頭上の響（北村四海）
◇「文豪怪談傑作選 特別編」筑摩書房 2007 （ちくま文庫）p45
スジ読み（池井戸潤）
◇「現場に臨め」光文社 2010 （Kappa novels）p85
◇「現場に臨め」光文社 2014 （光文社文庫）p103
鈴（埜木ばにら）
◇「てのひら怪談―ビーケーワン怪談大賞作選 庚寅」ポプラ社 2010 （ポプラ文庫）p184
鈴江藩江戸屋敷見聞帳 にゃん！（あさのあつこ）
◇「てのひら猫語り―書き下ろし時代小説集」白泉社 2014 （白泉社招き猫文庫）p219
鈴鹿峠の雨（平山蘆江）
◇「文豪山怪奇譚―山の怪談名作選」山と渓谷社 2016 p91
鈴木鼓村著『耳の趣味』（柳田國男）
◇「文豪怪談傑作選 柳田國男集」筑摩書房 2007

（ちくま文庫）p348
鈴木と河越の話（横溝正史）
◇「物語の魔の物語―メタ怪談傑作選」徳間書店 2001 （徳間文庫）p173
薄どろどろ（尾上梅幸）
◇「文豪怪談傑作選 特別編」筑摩書房 2007 （ちくま文庫）p150
薄野心中（船山馨）
◇「秘剣闇を斬る」光風社出版 1998 （光風社文庫）p255
◇「新選組烈士伝」角川書店 2003 （角川文庫）p393
芒の中（堀辰雄）
◇「ちくま日本文学 39」筑摩書房 2009 （ちくま文庫）p334
鈴木藤吉郎（森鷗外）
◇「被差別小説傑作集」河出書房新社 2016 （河出文庫）p97
鈴木牧之（石川淳）
◇「日本文学全集 19」河出書房新社 2016 p100
鈴木主水（久生十蘭）
◇「歴史小説の世紀 天の巻」新潮社 2000 （新潮文庫）p273
涼しい飲食（徳田秋聲）
◇「金沢三文豪掌文集 たべもの編」金沢文化振興財団 2011 p25
涼しいのがお好き？（久美沙織）
◇「雪女のキス」光文社 2000 （カッパ・ノベルス）p201
スズダリの鐘つき男（高野史緒）
◇「マスカレード」光文社 2002 （光文社文庫）p529
鈴の音（田中英光）
◇「コレクション戦争と文学 7」集英社 2011 p227
鈴の音（中島要）
◇「江戸猫ばなし」光文社 2014 （光文社文庫）p279
鈴の森神社（柳田國男）
◇「ちくま日本文学 15」筑摩書房 2008 （ちくま文庫）p431
ずずばな（芦原すなお）
◇「たんときれいに召し上がれ―美食文学精選」芸術新聞社 2015 p145
涼み売りと三毛猫（友井燕々）
◇「てのひら怪談―ビーケーワン怪談大賞傑作選 庚寅」ポプラ社 2010 （ポプラ文庫）p186
涼み芝居と怪談（折口信夫）
◇「文豪怪談傑作選 折口信夫集」筑摩書房 2009 （ちくま文庫）p151
涼み台（饗庭篁村）
◇「明治の文学 13」筑摩書房 2003 p152
すずむしのこゑ（崔瀚武）
◇「近代朝鮮文学日本語作品集1908～1945 セレクション 6」緑蔭書房 2008 p63
ススムちゃん大ショック（永井豪）
◇「70年代日本SFベスト集成 1」筑摩書房 2014

すすめ

（ちくま文庫）p285

雀（安西冬衛）
◇「新装版 全集現代文学の発見 13」學藝書林 2004
p14

雀（色川武大）
◇「小川洋子の陶酔短篇箱」河出書房新社 2014
p181

雀（小野十三郎）
◇「新装版 全集現代文学の発見 13」學藝書林 2004
p231

雀（桐野夏生）
◇「文学 2015」講談社 2015 p145

進め！ ウルトラ整備隊（石沢克宜）
◇「優秀新人戯曲集 2000」ブロンズ新社 1999 p179

雀を焼く（鄭人澤）
◇「近代朝鮮文学日本語作品集1939～1945 創作篇 5」
緑蔭書房 2001 p17

雀谷（半村良）
◇「ふるえて眠れない―ホラーミステリー傑作選」
光文社 2006 （光文社文庫）p119

雀と人間との相似関係（北原白秋）
◇「ファイン／キュート素敵かわいい作品選」筑摩
書房 2015 （ちくま文庫）p26

すすめ、どろんこ（長竹敏子）
◇「小学生のげき―新小学校演劇脚本集 低学年 1」
晩成書房 2010 p7

すずめの爪音（山本吉徳）
◇「ハンセン病文学全集 8」皓星社 2006 p529

雀の塒（内田百閒）
◇「ちくま日本文学 1」筑摩書房 2007 （ちくま文
庫）p294

雀の袴（柳田國男）
◇「ちくま日本文学 15」筑摩書房 2008 （ちくま文
庫）p238

スズメの微笑み―バレーボールと歩んだ道（中
島由美子）
◇「Sports stories」埼玉県さいたま市 2009 （さい
たま市スポーツ文学賞受賞作品集）p323

雀の森の異常な夜（東川篤哉）
◇「ベスト本格ミステリ 2012」講談社 2012 （講談
社ノベルス）p133
◇「探偵の殺される夜」講談社 2016 （講談社文庫）
p185

胡蜂（天羽孔明）
◇「てのひら怪談 癸巳」KADOKAWA 2013 （MF
文庫ダ・ヴィンチ）p52

スズメバチの戦闘機（青来有一）
◇「文学 2011」講談社 2011 p182
◇「コレクション戦争と文学 5」集英社 2011 p304

鈴森神社（柳田國男）
◇「文豪怪談傑作集 柳田國男集」筑摩書房 2007
（ちくま文庫）p321

すず屋のお弁当（池田晴海）
◇「最後の一日 6月30日―さよならが胸に染みる10
の物語」泰文堂 2013 （リンダブックス）p208

啜り泣き変化（杉江唐一）
◇「怪奇・伝奇時代小説選集 2」春陽堂書店 1999
（春陽文庫）p220

すずろごと（樋口一葉）
◇「ちくま日本文学 13」筑摩書房 2008 （ちくま文
庫）p409

図説東方恐怖譚―その屋敷を覆う、覆す、覆
う（古川日出男）
◇「小説の家」新潮社 2016 p199

裾野―曾我十郎・五郎（永井路子）
◇「人物日本の歴史―時代小説版 古代中世編」小学
館 2004 （小学館文庫）p193

スタイリスト（城昌幸）
◇「冒険の森へ―傑作小説大全 11」集英社 2015
p10

スタヴローギンの現代性（椎名麟三）
◇「新装版 全集現代文学の発見 7」學藝書林 2003
p508

スタジオ・フライト（早見裕司）
◇「恐怖症」光文社 2002 （光文社文庫）p475

スターダスト・レヴュー（浅田次郎）
◇「男の涙 女の涙―せつない小説アンソロジー」光
文社 2006 （光文社文庫）p107

句集 巣立（東北新生園新生園慰安会）
◇「ハンセン病文学全集 9」皓星社 2010 p111

須田町（折口信夫）
◇「ちくま日本文学 25」筑摩書房 2008 （ちくま文
庫）p35

スターティング・オーバー（石田衣良）
◇「短篇ベストコレクション―現代の小説 2005」徳
間書店 2005 （徳間文庫）p57

木魂（夢野久作）
◇「幻視の系譜」筑摩書房 2013 （ちくま文庫）
p112
◇「新編・日本幻想文学集成 4」国書刊行会 2016
p131

木魂（すだま）（夢野久作）
◇「幻の探偵雑誌 1」光文社 2000 （光文社文庫）
p91

すだま―MOUNTAIN.ELF（黒木謳子）
◇「日本統治期台湾文学集成 18」緑蔭書房 2003
p380

スタンス・ドット（堀江敏幸）
◇「日本文学全集 28」河出書房新社 2017 p289

スタンレー探険隊に対する二人のコンゴー土
人の演説（宮沢賢治）
◇「日本文学全集 16」河出書房新社 2016 p44

スーチンの雉（竹中郁）
◇「新装版 全集現代文学の発見 13」學藝書林 2004
p45

頭痛のタネ（霧梨椎奈）
◇「ショートショートの広場 17」講談社 2005 （講
談社文庫）p42

スッキリさせたい（山田宗樹）
◇「憑き者―全篇書下ろし傑作ホラーアンソロジー」

アスキー 2000（A-novels）p537

スーツケース（淀谷悦一）
◇「ショートショートの広場 14」講談社 2003（講談社文庫）p187

スーツ・ケース（王川一郎）
◇「外地探偵小説集 南方篇」せらび書房 2010 p169

すってんころりん溝の上（小林清華）
◇「Sports stories」埼玉県さいたま市 2010（さいたま市スポーツ文学賞受賞作品集）p285

ずっと一緒（吉澤有貴）
◇「怪談四十九夜」竹書房 2016（竹書房文庫）p214

ずっと一緒にいた（濱本七恵）
◇「君が好き―恋愛短篇小説集」泰文堂 2012（リンダブックス）p48

ずっと、おぼえてるから。（@ruka00）
◇「3.11心に残る140字の物語」学研パブリッシング 2011 p124

ずっと、欲しかった女の子（矢樹純）
◇「もっとすごい！ 10分間ミステリー」宝島社 2013（宝島社文庫）p145
◇「5分で凍る！ ぞっとする怖い話」宝島社 2015（宝島社文庫）p161
◇「10分間ミステリー THE BEST」宝島社 2016（宝島社文庫）p193

スットントン（夢野久作）
◇「ちくま日本文学 31」筑摩書房 2009（ちくま文庫）p9

スッピン（七瀬ざくろ）
◇「ショートショートの花束 1」講談社 2009（講談社文庫）p91

スッポン（田口ランディ）
◇「短篇ベストコレクション―現代の小説 2006」徳間書店 2006（徳間文庫）p415

すっぽん心中（戌井昭人）
◇「文学 2014」講談社 2014 p24

すっぽんの鳴き声（寺田寅彦）
◇「超短編アンソロジー」筑摩書房 2002（ちくま文庫）p144

捨足軽（北原亞以子）
◇「代表作時代小説 平成22年度」光文社 2010 p255

「捨石に」の巻（富水・此山両吟歌仙）（西谷富水）
◇「新日本古典文学大系 明治編 4」岩波書店 2003 p158

スティーム・コップ（霞流一）
◇「憑き者―全篇書下ろし傑作ホラーアンソロジー」アスキー 2000（A-novels）p501

スティル・ライフ（池澤夏樹）
◇「現代小説クロニクル 1985〜1989」講談社 2015（講談社文芸文庫）p180

スティンガー（手塚眞）
◇「血」早川書房 1997 p181

すてきなアドバイスをありがとう≫清川妙（佐竹まどか）

◇「日本人の手紙 3」リブリオ出版 2004 p106

すてきなアドバイスをありがとう≫佐竹まどか（清川妙）
◇「日本人の手紙 3」リブリオ出版 2004 p106

素敵なステッキの話（横溝正史）
◇「幻の探偵雑誌 2」光文社 2000（光文社文庫）p11

すてきなボーナス・デイ（内田春菊）
◇「ブキミな人びと」ランダムハウス講談社 2007 p37

捨公方（久生十蘭）
◇「捕物小説名作選 1」集英社 2006（集英社文庫）p79

捨て子稲荷（半村良）
◇「仮面のレクイエム」光文社 1998（光文社文庫）p307
◇「捨て子稲荷―時代アンソロジー」祥伝社 1999（祥伝社文庫）p7
◇「春宵濡れ髪しぐれ―時代小説傑作選」講談社 2003（講談社文庫）p35

捨子海峡（寺山修司）
◇「新装版 全集現代文学の発見 15」學藝書林 2005 p506

捨て子たちの午後（島本理生）
◇「旅の終わり、始まりの旅」小学館 2012（小学館文庫）p47

捨て子の話（津島佑子）
◇「文学 2001」講談社 2001 p56

捨小舟（赤江瀑）
◇「短篇ベストコレクション―現代の小説 2000」徳間書店 2000 p267

ステージ（上田和子、谷口裕里子）
◇「中学生のドラマ 4」晩成書房 2003 p33

捨てた男のよさ（幸田文）
◇「精選女性随筆集 1」文藝春秋 2012 p164

棄てた記憶（高橋克彦）
◇「最新「珠玉推理」大全 上」光文社 1998（カッパ・ノベルス）p278
◇「幻惑のラビリンス」光文社 2001（光文社文庫）p395

ステータス（葉山由季）
◇「ショートショートの花束 4」講談社 2012（講談社文庫）p236

ステッキのカタログの序（内田魯庵）
◇「明治の文学 11」筑摩書房 2001 p438

捨ててもらっていいですか？（福田和代）
◇「捨てる―アンソロジー」文藝春秋 2015 p71

捨て猫とホームレス（中村ブラウン）
◇「全作家短編小説集 8」全作家協会 2009 p126

棄鉢の友に与ふ（上）（下）―私の書翰集より（三）（王昶雄）
◇「日本統治期台湾文学集成 29」緑蔭書房 2007 p283

捨身の一撃（津本陽）
◇「江戸恋い明け鳥」光風社出版 1999（光風社文

すてみ

庫）p185

捨て身の思慕（吉川永青）
◇「決戦！ 川中島」講談社 2016 p97

棄てられた屍（鄭然圭）
◇「近代朝鮮文学日本語作品集1908〜1945 セレクション 1」緑蔭書房 2008 p11

捨てられない（長谷川樹里）
◇「ショートショートの花束 6」講談社 2014 （講談社文庫）p229

捨てられない秘密（新津きよみ）
◇「翠迷宮—ミステリー・アンソロジー」祥伝社 2003 （祥伝社文庫）p35

捨てる（小池真理子）
◇「文学 2007」講談社 2007 p117
◇「Invitation」文藝春秋 2010 p121
◇「甘い罠—8つの短篇小説集」文藝春秋 2012 （文春文庫）p119

棄てる金（若杉鳥子）
◇「アンソロジー・プロレタリア文学 1」森話社 2013 p226

捨てるに捨てられないネタ（我孫子武丸）
◇「0番目の事件簿」講談社 2012 p108

ステレオタイプ・ワールド（安達瑶）
◇「SFバカ本 黄金スパム篇」メディアファクトリー 2000 p5

ストーカー（関屋俊哉）
◇「ショートショートの広場 17」講談社 2005 （講談社文庫）p88

ストーカー（森江賢二）
◇「ショートショートの広場 19」講談社 2007 （講談社文庫）p164

ストーカー（湯川聖司）
◇「ショートショートの広場 11」講談社 2000 （講談社文庫）p44

ストックホルムの埋み火（貫井徳郎）
◇「決断—警察小説競作」新潮社 2006 （新潮文庫）p331

ストップ ザ 脳内レボリューション（山本茂男）
◇「小学校・全員参加の楽しい学級劇・学年劇脚本集 高学年」黎明書房 2007 p32

ストップ・モーション・マン（小中千昭）
◇「キネマ・キネマ」光文社 2002 （光文社文庫）p37

ストーブ（谷村志穂）
◇「短篇ベストコレクション—現代の小説 2012」徳間書店 2012 （徳間文庫）p405

ストーブのまわりに（越一人）
◇「ハンセン病文学全集 7」皓星社 2004 p465

STORM（小池真理子）
◇「Love songs」幻冬舎 1998 p225

ストライキ戦争（貴司山治）
◇「新・プロレタリア文学精選集 14」ゆまに書房 2004 p211

ストライク（日下圭介）
◇「自選ショート・ミステリー」講談社 2001 （講談社文庫）p148

ストラップと猫耳（篠原昌裕）
◇「5分で読める！ ひと駅ストーリー 猫の物語」宝島社 2014 （宝島社文庫）p169

ストリーカーが死んだ（山村美紗）
◇「THE密室—ミステリーアンソロジー」有楽出版社 2014 （JOY NOVELS）p233
◇「THE密室」実業之日本社 2016 （実業之日本社文庫）p283

ストーリー・セラー（有川浩）
◇「Story Seller」新潮社 2009 （新潮文庫）p151

すとりっぷと・まい・しん（狩久）
◇「探偵くらぶ—探偵小説傑作選1946〜1958 上」光文社 1997 （カッパ・ノベルス）p165

ストーリー・テラー（奥田哲也）
◇「教室」光文社 2003 （光文社文庫）p185

ストリート・ファイティング・マン（深町秋生）
◇「『このミステリーがすごい！』大賞作家書き下ろしBOOK」宝島社 2012 p187

酢鳥焼きそば（神子島妙子）
◇「ショートショートの広場 10」講談社 2000 （講談社文庫）p187

ストレス社会（加藤秀幸）
◇「ショートショートの花束 2」講談社 2010 （講談社文庫）p189

ストレート、ゴー（佐藤万里）
◇「最後の一日 3月23日—さよならが胸に染みる10の物語」泰文堂 2013 （リンダブックス）p124

ストレンジャー—沖縄県警外国人対策課（渡辺裕之）
◇「所轄—警察アンソロジー」角川春樹事務所 2016 （ハルキ文庫）p49

ストロベリーシェイク（福島千佳）
◇「ゆきのまち幻想文学賞小品集 18」企画集団ぷりずむ 2009 p33

ストロベリーショートケイクス（狗飼恭子）
◇「年鑑代表シナリオ集 '06」シナリオ作家協会 2008 p133

ストロベリーソウル（吉田修一）
◇「文学 2011」講談社 2011 p141

砂（我妻俊樹）
◇「てのひら怪談—ビーケーワン怪談大賞傑作選 壬辰」ポプラ社 2012 （ポプラ文庫）p20

砂（吉田一穂）
◇「新装版 全集現代文学の発見 13」學藝書林 2004 p160

砂嵐（皆川博子）
◇「自選ショート・ミステリー」講談社 2001 （講談社文庫）p198

砂売りが通る（堀江敏幸）
◇「文学 2001」講談社 2001 p189
◇「現代小説クロニクル 2000〜2004」講談社 2015 （講談社文芸文庫）p41

素直じゃない私（ワカ）
◇「大人が読む。ケータイ小説—第1回ケータイ文学賞アンソロジー」オンブック 2007 p140

砂書き（江坂遊）

422　作品名から引ける日本文学全集案内 第III期

すはけ

◇「ショートショートの缶詰」キノブックス 2016
p223

砂蛾家の消失（泡坂妻夫）
◇「謎―スペシャル・ブレンド・ミステリー 009」
講談社 2014（講談社文庫）p341

すなかけばば（別役実）
◇「モノノケ大合戦」小学館 2005（小学館文庫）
p309

スナーク狩り（宮部みゆき）
◇「冒険の森へ―傑作小説大全 20」集英社 2015
p353

砂けぶり（折口信夫）
◇「ちくま日本文学 25」筑摩書房 2008（ちくま文
庫）p123

砂時計（篠田真由美）
◇「ひとにぎりの異形」光文社 2007（光文社文庫）
p478

砂と光（藤沢周）
◇「文学 1998」講談社 1998 p261

砂に埋もれたル・コルビュジエ（原田マハ）
◇「本をめぐる物語―一冊の扉」KADOKAWA
2014（角川文庫）p53

砂のアラベスク（泡坂妻夫）
◇「恋愛小説・名作集成 2」リブリオ出版 2004 p5

砂の上の家で（小泉雅二）
◇「ハンセン病文学全集 7」皓星社 2004 p91

砂の上の植物群（吉行淳之介）
◇「新装版 全集現代文学の発見 9」學藝書林 2004
p204

砂の女（抄）（安部公房）
◇「山形県文学全集第1期（小説編）2」郷土出版社
2004 p375

砂の記憶（いとうやすお）
◇「中学生のドラマ 3」晩成書房 1996 p141

砂の獣（奥田哲也）
◇「世紀末サーカス」廣済堂出版 2000（廣済堂文
庫）p133

砂の中には（飯島耕一）
◇「新装版 全集現代文学の発見 13」學藝書林 2004
p478

砂の枕（堀口大學）
◇「日本文学全集 29」河出書房新社 2016 p23

砂浜怪談（牧野修）
◇「稲生モノノケ大全 陽之巻」毎日新聞社 2005
p191

砂埃（北川冬彦）
◇「新装版 全集現代文学の発見 13」學藝書林 2004
p27

砂埃の向こう（辻淳子）
◇「君がいない―恋愛短篇小説集」泰文堂 2013（リ
ンダブックス）p248

砂村心中（杉本苑子）
◇「万事金の世―時代小説傑作選」徳間書店 2006
（徳間文庫）p227

砂村新田（宮部みゆき）

◇「最新「珠玉推理」大全 下」光文社 1998（カッ
パ・ノベルス）p296
◇「闇夜の芸術祭」光文社 2003（光文社文庫）
p405

スニーカーと一本背負い（斎藤綾子）
◇「靴に恋して」ソニー・マガジンズ 2004 p67

脛毛の筆―三浦権太夫（長谷川伸）
◇「武士道歳時記―新鷹会・傑作時代小説選」光文
社 2008（光文社文庫）p9

スノウ（正木香子）
◇「ゆきのまち幻想文学賞・小品集 7」NTTメディ
アスコープ 1997 p177

スノウ・バレンタイン（吉田直樹）
◇「不透明な殺人―ミステリー・アンソロジー」祥
伝社 1999（祥伝社文庫）p137

スノーグローブ（草子）
◇「ゆきのまち幻想文学賞小品集 19」企画集団ぶり
ずむ 2010 p127

スノードーム（小林栗奈）
◇「ゆきのまち幻想文学賞小品集 20」企画集団ぶり
ずむ 2011 p61

スノードーム（三崎亜記）
◇「不思議の扉 ありえない恋」角川書店 2011（角
川文庫）p111

スノードーム（山ノ内真樹子）
◇「ゆきのまち幻想文学賞小品集 23」企画集団ぶり
ずむ 2014 p87

酢のはなし（森田たま）
◇「もの食う話」文藝春秋 2015（文春文庫）p226

スノーブラザー（大泉貴）
◇「5分で読める！ ひと駅ストーリー 冬の記憶西口
編」宝島社 2013（宝島社文庫）p101
◇「5分で泣ける！ 胸がいっぱいになる物語」宝島
社 2015（宝島社文庫）p77

スノーホワイト（紫藤幹子）
◇「ゆきのまち幻想文学賞小品集 10」企画集団ぶり
ずむ 2001 p68

スノーマン（加藤由美子）
◇「ゆきのまち幻想文学賞・小品集 12」企画集団ぶ
りずむ 2003 p122

スノーモンスター（山下みゆき）
◇「ゆきのまち幻想文学賞小品集 24」企画集団ぶり
ずむ 2015 p126

スパイラル（阿部伸之介）
◇「ショートショートの広場 20」講談社 2008（講
談社文庫）p77

スパインN（神無月渉）
◇「リトル・リトル・クトゥルー―史上最小の神話
小説集」学習研究社 2009 p138

スパークした（最果タヒ）
◇「量子回廊―年刊日本SF傑作選」東京創元社
2010（創元SF文庫）p185

スパゲッティ（竹河聖）
◇「恐怖症」光文社 2002（光文社文庫）p539

スパゲッティー・スノウクリームワールド（神
崎照子）

作品名から引ける日本文学全集案内 第III期　**423**

すはす

◇「ゆきのまち幻想文学賞小品集 13」企画集団ぷりずむ 2004 p35

すーぱー・すたじあむ（柳広司）
◇「あの日、君と Boys」集英社 2012（集英社文庫）p255

スパッカ・ナポリ（須賀敦子）
◇「日本文学全集 25」河出書房新社 2016 p259

スーパー特急「かがやき」の殺意（西村京太郎）
◇「金沢にて」双葉社 2015（双葉文庫）p229

スーパーマンの憂鬱（荻原浩）
◇「短篇ベストコレクション―現代の小説 2006」徳間書店 2006（徳間文庫）p99

素晴らしい遺産（一田和樹）
◇「ショートショートの花束 5」講談社 2013（講談社文庫）p57

すばらしい食べ方（宮本常一）
◇「ちくま日本文学 22」筑摩書房 2008（ちくま文庫）p203

素晴らしきこの世界（奥田哲也）
◇「アジアン怪綺」光文社 2003（光文社文庫）p427

すばらしい仲間に支えられて（京利幸）
◇「かわさきの文学―かわさき文学賞50年記念作品集 2009年」審美社 2009 p371

素晴らしや亮吉（山下利三郎）
◇「幻の名探偵―傑作アンソロジー」光文社 2013（光文社文庫）p133

スーパー・リーマン（大原まり子）
◇「SFバカ本 たわし篇プラス」廣済堂出版 1998（廣済堂文庫）p89
◇「笑い―SFバカ本シュール集」小学館 2007（小学館文庫）p207

昴（宮沢賢治）
◇「栞子さんの本棚―ビブリア古書堂セレクトブック」角川書店 2013（角川文庫）p278

スピアボーイ（草上仁）
◇「折り紙衛星の伝説」東京創元社 2015（創元SF文庫）p121

スープ（鈴木さちこ）
◇「冷と温―第13回フェリシモ文学賞作品集」フェリシモ 2010 p164

スープ（本田モカ）
◇「超短編の世界 vol.2」創英社 2009 p107

スフィンクスを殺せ（田中光二）
◇「70年代日本SFベスト集成 4」筑摩書房 2015（ちくま文庫）p193

スフィンクス・マシン（神林長平）
◇「日本SF・名作集成 7」リブリオ出版 2005 p213

酢豚弁当（小林剛）
◇「ショートショートの広場 15」講談社 2004（講談社文庫）p92

スープ（美樹）（秋元康）
◇「アドレナリンの夜―珠玉のホラーストーリーズ」竹書房 2009 p77

スプリング・ハズ・カム（梓崎優）
◇「放課後探偵団―書き下ろし学園ミステリ・アンソロジー」東京創元社 2010（創元推理文庫）p271

スフレケーキ（佐川里江）
◇「あなたが生まれた日―家族の愛が温かな10の感動ストーリー」泰文堂 2013（リンダブックス）p133

スペインイタリア珍道中（鈴木理華）
◇「C・N 25―C・novels創刊25周年アンソロジー」中央公論新社 2007（C novels）p505

西班牙（スペイン）犬（けん）の家（佐藤春夫）
◇「日本近代短篇小説選 大正篇」岩波書店 2012（岩波文庫）p73

西班牙犬の家（佐藤春夫）
◇「六人の作家小説選」東銀座出版社 1997（銀選書）p9
◇「近代小説〈異界〉を読む」双文社出版 1999 p44
◇「いきものがたり」双文社出版 2013 p49

スペインの靴（三上洸）
◇「ザ・ベストミステリーズ―推理小説年鑑 2007」講談社 2007 p327
◇「MARVELOUS MYSTERY」講談社 2010（講談社文庫）p183

スペース金融道（宮内悠介）
◇「NOVA―書き下ろし日本SFコレクション 5」河出書房新社 2011（河出文庫）p269

スペース珊瑚礁（宮内悠介）
◇「NOVA＋―書き下ろし日本SFコレクション バベル」河出書房新社 2014（河出文庫）p181

スペース地獄篇―高利貸しや神を蔑ろにする者は地獄に封じられる–ダンテ『神曲』地獄篇（宮内悠介）
◇「NOVA―書き下ろし日本SFコレクション 7」河出書房新社 2012（河出文庫）p13

スペース蜃気楼―アンドロイドの紳士の社交場、空飛ぶラスベガスでの大勝負（宮内悠介）
◇「NOVA―書き下ろし日本SFコレクション 9」河出書房新社 2013（河出文庫）p231

スペース・ストーカー（谷甲州）
◇「SFバカ本 宇宙チャーハン篇」メディアファクトリー 2000 p5
◇「笑壺―SFバカ本ナンセンス集」小学館 2006（小学館文庫）p199

すべて売り物（小松光宏）
◇「甘美なる復讐」文藝春秋 1998（文春文庫）p161

すべてがつかれきっている、すべてが…（開高健）
◇「ちくま日本文学 24」筑摩書房 2008（ちくま文庫）p231

すべてのものは変化する（武田泰淳）
◇「戦後文学エッセイ選 5」影書房 2006 p105

すべての夢｜果てる地で―第三回創元SF短編賞受賞作（理山貞二）
◇「拡張幻想」東京創元社 2012（創元SF文庫）p523

すべて世は事もなし（永沢光雄）

◇「男の涙 女の涙―せつない小説アンソロジー」光文社 2006（光文社文庫）p149

すべては手の中に（立見千香）
◇「君に会いたい―恋愛短篇小説集」泰文堂 2012（リンダブックス）p248

全てはマグロのためだった（Boichi）
◇「超弦領域―年刊日本SF傑作選」東京創元社 2009（創元SF文庫）p233

スペードの女王―プロローグ／第1章（栗本薫）
◇「グイン・サーガ・ワールド―グイン・サーガ続篇プロジェクト 3」早川書房 2011（ハヤカワ文庫JA）p5

スペードの女王―第1章（つづき）（栗本薫）
◇「グイン・サーガ・ワールド―グイン・サーガ続篇プロジェクト 4」早川書房 2012（ハヤカワ文庫JA）p5

スペードの女王―第2章（栗本薫）
◇「グイン・サーガ・ワールド―グイン・サーガ続篇プロジェクト 5」早川書房 2012（ハヤカワ文庫JA）p287

スペードの女王―第2章（つづき）（栗本薫）
◇「グイン・サーガ・ワールド―グイン・サーガ続篇プロジェクト 6」早川書房 2012（ハヤカワ文庫JA）p285

スペードの女王―第3章（栗本薫）
◇「グイン・サーガ・ワールド―グイン・サーガ続篇プロジェクト 7」早川書房 2013（ハヤカワ文庫JA）p279

スペードの女王―第3章（つづき）（栗本薫）
◇「グイン・サーガ・ワールド―グイン・サーガ続篇プロジェクト 8」早川書房 2013（ハヤカワ文庫JA）p291

滑り岩（川端康成）
◇「温泉小説」アーツアンドクラフツ 2006 p37

スペル・ブレイク・トリガー！（秋田禎信）
◇「小説創るぜ！―突撃アンソロジー」富士見書房 2004（富士見ファンタジア文庫）p9

スポーツ版築町人生（寺山修司）
◇「ちくま日本文学 6」筑摩書房 2007（ちくま文庫）p288

スーホのしろいうま（作者不詳）
◇「もう一度読みたい教科書の泣ける名作 再び」学研教育出版 2014 p5

スーホの白い馬（大塚勇三）
◇「二時間目国語」宝島社 2008（宝島社文庫）p13

スポンジ（吉本ばなな）
◇「文学 2012」講談社 2012 p168

ズボンの話（小林弘明）
◇「ハンセン病文学全集 7」皓星社 2004 p406

須磨（島田雅彦）
◇「ナイン・ストーリーズ・オブ・ゲンジ」新潮社 2008 p155
◇「源氏物語九つの変奏」新潮社 2011（新潮文庫）p173

すまじき熱帯（平山夢明）
◇「暗闇（ダークサイド）を追いかけろ―ホラー＆サスペンス編」光文社 2004（カッパ・ノベルス）p355
◇「暗闇（ダークサイド）を追いかけろ」光文社 2008（光文社文庫）p463

スマトラに沈む（陳舜臣）
◇「外地探偵小説集 南方篇」せらび書房 2010 p271

「スマトラの大ネズミ」事件（田中啓文）
◇「ゴースト・ハンターズ」中央公論新社 2004（C NOVELS）p59
◇「シャーロック・ホームズに愛をこめて」光文社 2010（光文社文庫）p261

炭（趙南哲）
◇「〈在日〉文学全集 18」勉誠出版 2006 p151

「澄江堂雑記」（芥川龍之介）
◇「文豪怪談傑作選 芥川龍之介集」筑摩書房 2010（ちくま文庫）p315

スミス氏の箱庭（石野晶）
◇「Fantasy Seller」新潮社 2011（新潮文庫）p301

隅青鳥歌集（隅青鳥）
◇「ハンセン病文学全集 8」皓星社 2006 p54

墨染（東郷隆）
◇「歴史の息吹」新潮社 1997 p265
◇「誠の旗がゆく―新選組傑作選」集英社 2003（集英社文庫）p277
◇「時代小説―読切御免 3」新潮社 2005（新潮文庫）p79

すみだ川（加門七海）
◇「水妖」廣済堂出版 1998（廣済堂文庫）p71

すみだ川（永井荷風）
◇「明治の文学 25」筑摩書房 2001 p177
◇「ちくま日本文学 19」筑摩書房 2008（ちくま文庫）p44

すみだ川（藤谷治）
◇「東と西 1」小学館 2009 p234
◇「東と西 1」小学館 2012（小学館文庫）p259

隅田川、夕陽（白鐵）
◇「近代朝鮮文学日本語作品集1908～1945 セレクション 4」緑蔭書房 2008 p236

すみだ川余情（井口朝生）
◇「おもかげ行燈」光風社出版 1998（光風社文庫）p7

隅田の春（饗庭篁村）
◇「明治の文学 13」筑摩書房 2003 p328

墨で塗りつぶされた学童疎開のハガキ≫岩本綾子（岩本哲）
◇「日本人の手紙 10」リブリオ出版 2004 p98

「隅の隠居」の話 猫騒動（大佛次郎）
◇「猫」中央公論新社 2009（中公文庫）p51

すみません（矛先盾一）
◇「ショートショートの花束 1」講談社 2009（講談社文庫）p37

「炭よ燃へてくれ」（韓植）
◇「近代朝鮮文学日本語作品集1908～1945 セレクション 4」緑蔭書房 2008 p131

菫（西脇順三郎）
◇「新装版 全集現代文学の発見 13」學藝書林 2004

すみれ

p48

すみれいろの瞳（下川香苗）
◇「鬼瑠璃草―恋愛ホラー・アンソロジー」祥伝社 2003（祥伝社文庫）p127

菫摘みし里の子（大峰古日）
◇「文豪怪談傑作選 柳田國男集」筑摩書房 2007（ちくま文庫）p367

すみれの花咲くころ……宝塚に入りたい物語（大橋むつお）
◇「中学校劇作シリーズ 8」青雲書房 2003 p203

澄み渡る青空（拓未司）
◇「10分間ミステリー」宝島社 2012（宝島社文庫）p167
◇「10分間ミステリー THE BEST」宝島社 2016（宝島社文庫）p235

スメル（登米裕一）
◇「優秀新人戯曲集 2012」ブロンズ新社 2011 p219

澄める町（安西冬衛）
◇「新装版 全集現代文学の発見 13」學藝書林 2004 p13
◇「新装版 全集現代文学の発見 13」學藝書林 2004 p14

相撲稲荷（逢坂剛）
◇「勝者の死にざま―時代小説選手権」新潮社 1998（新潮文庫）p345

相撲好きの女（佐野洋）
◇「殺人前線北上中」講談社 1997（講談社文庫）p413

スモーカー・エレジー（阿刀田高）
◇「翳りゆく時間」新潮社 2006（新潮文庫）p87

スラム（鄭仁）
◇「〈在日〉文学全集 17」勉誠出版 2006 p163

すりかえ（丁章）
◇「〈在日〉文学全集 18」勉誠出版 2006 p387

刷り込み（古川直樹）
◇「ショートショートの広場 11」講談社 2000（講談社文庫）p169

3D（町井登志夫）
◇「キネマ・キネマ」光文社 2002（光文社文庫）p439

すりみちゃん（梶尾真治）
◇「物語のルミナリエ」光文社 2011（光文社文庫）p33

するめ（伊丹十三）
◇「ものがたりのお菓子箱」飛鳥新社 2008 p189

ずる休み（三藤英二）
◇「ショートショートの広場 8」講談社 1997（講談社文庫）p127

擦れ違いトゥルーエンド（木野裕喜）
◇「5分で読める！ ひと駅ストーリー 夏の記憶西口編」宝島社 2013（宝島社文庫）p151

すれ違う香り（いとうせいこう）
◇「誘惑の香り」講談社 1999（講談社文庫）p99

ずれてる男（稲葉たえみ）
◇「ショートショートの花束 1」講談社 2009（講談社文庫）p28

素浪人格子（池田信太郎）
◇「捕物時代小説選集 1」春陽堂書店 1999（春陽文庫）p100

素浪人 眉間ノ介（羽山信樹）
◇「落日の兜刃―時代アンソロジー」祥伝社 1998（ノン・ポシェット）p273

スローバラード（早見裕司）
◇「幽霊船」光文社 2001（光文社文庫）p373

諏訪湖奇談（猫吉）
◇「ショートショートの花束 6」講談社 2014（講談社文庫）p254

諏訪御料人（永岡慶之助）
◇「信州歴史時代小説傑作集 5」しなのき書房 2007 p19

諏訪城下の夢と幻（南條範夫）
◇「信州歴史時代小説傑作集 3」しなのき書房 2007 p135

諏訪堕天使宮（獅子宮敏彦）
◇「ミステリーズ！ extra―《ミステリ・フロンティア》特集」東京創元社 2004 p34

坐っている（富士正晴）
◇「怠けものの話」筑摩書房 2011（ちくま文学の森）p427

諏訪二の丸騒動（新田次郎）
◇「信州歴史時代小説傑作集 2」しなのき書房 2007 p157

座り心地の良い椅子（塚本修二）
◇「全作家短編小説集 11」全作家協会 2012 p156

スワローズは夜空に舞って―1978を、僕は忘れない（志野英乃）
◇「中学生のドラマ 6」晩成書房 2006 p145

白鳥（スワン）のやうに（竹中郁）
◇「新装版 全集現代文学の発見 13」學藝書林 2004 p44

白鳥のやうに（竹中郁）
◇「新装版 全集現代文学の発見 13」學藝書林 2004 p44

スワン・レイク（小池真理子）
◇「あなたに、大切な香りの記憶はありますか？―短編小説集」文藝春秋 2008 p141
◇「あなたに、大切な香りの記憶はありますか？」文藝春秋 2011（文春文庫）p147

ずんぐり（まつじ）
◇「超短編の世界 vol.2」創英社 2009 p81

寸劇・明日へのシナリオ（福永信）
◇「文学 2007」講談社 2007 p62

順天（スンチョン）（許南麒）
◇「〈在日〉文学全集 2」勉誠出版 2006 p93

住んでいる家で昔起きたこと（佐々木隆）
◇「てのひら怪談―ビーケーワン怪談大賞傑作選」ポプラ社 2007 p112
◇「てのひら怪談―ビーケーワン怪談大賞傑作選」ポプラ社 2008（ポプラ文庫）p116

駿府瞥女、花（萩原由男）
◇「「伊豆文学賞」優秀作品集 第13回」羽衣出版

2010 p115
寸法武者(八切止夫)
　◇「八百八町春爛漫」光風社出版 1998 （光風社文庫）p75
寸旅小感(李軒求)
　◇「近代朝鮮文学日本語作品集1939〜1945 評論・随筆篇 3」緑蔭書房 2002 p47

【 せ 】

背赤後家蜘蛛の夜(堀晃)
　◇「ロボットの夜」光文社 2000 （光文社文庫）p271
姓(全美恵)
　◇「〈在日〉文学全集 18」勉誠出版 2006 p369
生(赤井都)
　◇「超短編の世界」創英社 2008 p36
生(川崎洋)
　◇「新装版 全集現代文学の発見 13」學藝書林 2004 p432
聖(せい)… → "ひじり…"をも見よ
聖悪魔(渡辺啓助)
　◇「ひとりで夜読むな—新青年傑作選 怪奇編」角川書店 2001 （角川ホラー文庫）p229
青蛙堂鬼談(せいあどうきだん)(岡本綺堂)
　◇「ちくま日本文学 32」筑摩書房 2009 （ちくま文庫）p285
聖アレキサンドラ寺院の惨劇(加賀美雅之)
　◇「新・本格推理 特別編」光文社 2009 （光文社文庫）p345
聖アレキセイ寺院の惨劇(小栗虫太郎)
　◇「江戸川乱歩と13人の新青年〈論理派〉編」光文社 2008 （光文社文庫）p77
西安の柘榴(茅野裕城子)
　◇「文学 2002」講談社 2002 p45
聖域の火—宮島弥山 消えずの霊火堂(三浦しをん)
　◇「恋の聖地—そこは、最後の恋に出会う場所。」新潮社 2013 （新潮文庫）p211
清一郎は死んだ(早乙女貢)
　◇「鍔鳴り疾風剣」光風社出版 2000 （光風社文庫）p35
精一杯の支援(@buukohan)
　◇「3.11心に残る140字の物語」学研パブリッシング 2011 p71
青衣(せいい)の画像(村上信彦)
　◇「甦る推理雑誌 6」光文社 2003 （光文社文庫）p37
正解(古沢太希)
　◇「ショートショートの花束 3」講談社 2011 （講談社文庫）p228
青海波(津村節子)

◇「文学 2003」講談社 2003 p66
新曲 青海波(作者表記なし)
　◇「新日本古典文学大系 明治編 4」岩波書店 2003 p400
青蛾館(寺山修司)
　◇「ちくま日本文学 6」筑摩書房 2007 （ちくま文庫）p174
正確な曖昧(藤富保男)
　◇「新装版 全集現代文学の発見 13」學藝書林 2004 p549
生がすべてゞある(金東林)
　◇「近代朝鮮文学日本語作品集1939〜1945 創作篇 6」緑蔭書房 2001 p269
聖家族(小山清)
　◇「ファイン／キュート素敵かわいい作品選」筑摩書房 2015 （ちくま文庫）p58
聖家族(堀辰雄)
　◇「百年小説」ポプラ社 2008 p1185
　◇「読んでおきたい近代日本小説選」龍書房 2012 p339
聖家族(吉岡実)
　◇「新装版 全集現代文学の発見 9」學藝書林 2004 p523
生活音(櫻井文規)
　◇「てのひら怪談—ビーケーワン怪談大賞傑作選 百怪繚乱篇」ポプラ社 2008 p160
生活者の論理(上野英信)
　◇「戦後文学エッセイ選 12」影書房 2006 p143
生活の消極主義を排す(与謝野晶子)
　◇「「新編」日本女性文学全集 4」菁柿堂 2012 p46
生活の戦争(松原岩五郎)
　◇「新日本古典文学大系 明治編 30」岩波書店 2009 p295
生活の波(田木繁)
　◇「新装版 全集現代文学の発見 別巻」學藝書林 2005 p508
生活の方法を人形に学ぶ(岡本かの子)
　◇「精選女性随筆集 4」文藝春秋 2012 p204
盛夏の毒(坂東眞砂子)
　◇「短編復活」集英社 2002 （集英社文庫）p333
　◇「冒険の森へ—傑作小説大全 19」集英社 2015 p76
生還(椎名誠)
　◇「冒険の森へ—傑作小説大全 14」集英社 2016 p52
西關(金億著, 金鍾漢譯)
　◇「近代朝鮮文学日本語作品集1939〜1945 創作篇 6」緑蔭書房 2001 p23
生還者(大倉崇裕)
　◇「完全犯罪証明書」講談社 2001 （講談社文庫）p264
生還者(円谷夏樹)
　◇「ザ・ベストミステリーズ—推理小説年鑑 1999」講談社 1999 p463
星巌先生に謁しにはかに賦して呈政す(森春

せいか

濤）
◇「新日本古典文学大系 明治編 2」岩波書店 2004 p28

青眼白頭（斎藤緑雨）
◇「明治の文学 15」筑摩書房 2002 p160

星間野球（宮内悠介）
◇「極光星群」東京創元社 2013 （創元SF文庫）p13

正義（浜尾四郎）
◇「幻の探偵雑誌 10」光文社 2002 （光文社文庫）p157

正義の政府はあり得るか（山田風太郎）
◇「衝撃を受けた時代小説傑作選」文藝春秋 2011 （文春文庫）p49

正義の味方（翡翠殿夢宇）
◇「ショートショートの花束 4」講談社 2012 （講談社文庫）p240

正義の味方 ヘルメットマン（吉田純子）
◇「ふしぎ日和―「季節風」書き下ろし短編集」インタークロー 2015 （すこし不思議文庫）p7

正義ノ味方求ム（F十五）
◇「ショートショートの広場 13」講談社 2002 （講談社文庫）p97

正義派（志賀直哉）
◇「読んでおきたい近代日本小説選」龍書房 2012 p151

正義病のアメリカ（宮内勝典）
◇「コレクション戦争と文学 4」集英社 2011 p136

世紀末をよろしく（浅川純）
◇「逆転の瞬間」文藝春秋 1998 （文春文庫）p87

税金クライデヘコタレルナ、恋女房≫火野葦平（火野良子）
◇「日本人の手紙 6」リブリオ出版 2004 p172

税金クライデヘコタレルナ、恋女房≫火野良子（火野葦平）
◇「日本人の手紙 6」リブリオ出版 2004 p172

聖金曜日（塚本邦雄）
◇「新装版 全集現代文学の発見 13」學藝書林 2004 p580

静渓先生の手簡（正岡子規）
◇「新日本古典文学大系 明治編 27」岩波書店 2003 p269

井月（石川淳）
◇「怠けものの話」筑摩書房 2011 （ちくま文学の森）p275

星剣の輝き（紺野たくみ）
◇「幻想水滸伝短編集 2」メディアワークス 2001 （電撃文庫）p157

聖剣パズル（高井忍）
◇「ベスト本格ミステリ 2011」講談社 2011 （講談社ノベルス）p199
◇「からくり伝言少女」講談社 2015 （講談社文庫）p279

晴耕（金尚鎔）
◇「近代朝鮮文学日本語作品集1939～1945 創作篇 6」緑蔭書房 2001 p202

清光館哀史（柳田國男）
◇「ちくま日本文学 15」筑摩書房 2008 （ちくま文庫）p14
◇「日本文学全集 14」河出書房新社 2015 p124

晴郊に散策し挿秧を観る。屑韻を得たり 士徳氏の席上（中村敬宇）
◇「新日本古典文学大系 明治編 2」岩波書店 2004 p146

西湖の月（谷崎潤一郎）
◇「日本文学全集 15」河出書房新社 2016 p435

正誤表の話（河野與一）
◇「誤植文学アンソロジー―校正者のいる風景」論創社 2015 p199

句集 聖痕（大島青松園邱山俳句会）
◇「ハンセン病文学全集 9」皓星社 2010 p115

聖痕―「少年Aは人間を超えた存在になる」そう信じる人々がいた。怒濤の展開、驚愕の問題作（宮部みゆき）
◇「NOVA―書き下ろし日本SFコレクション 2」河出書房新社 2010 （河出文庫）p347

星魂転生（谷甲州）
◇「量子回廊―年刊日本SF傑作選」東京創元社 2010 （創元SF文庫）p523

聖婚の海（長島槇子）
◇「怪談列島ニッポン―書き下ろし諸国奇談競作集」メディアファクトリー 2009 （MF文庫）p41

誓言のエンブレム（天羽沙夜）
◇「幻想水滸伝短編集 3」メディアワークス 2002 （電撃文庫）p13

聖痕の花（小沢章友）
◇「恐怖のKA・TA・CHI」双葉社 2001 （双葉文庫）p23

清作の妻（吉田絃二郎）
◇「コレクション戦争と文学 11」集英社 2012 p365

政策発表会（金時鐘）
◇「〈在日〉文学全集 5」勉誠出版 2006 p27

聖餐（長島槇子）
◇「リトル・リトル・クトゥルー――史上最小の神話小説集」学習研究社 2009 p220

聖産業週間（黒井千次）
◇「経済小説名作選」筑摩書房 2014 （ちくま文庫）p371

凄惨譜（黄有才）
◇「日本統治期台湾文学集成 5」緑蔭書房 2002 p217

セイジ（辻内智貴）
◇「太宰治賞 1999」筑摩書房 1999 p133

政治（趙南哲）
◇「〈在日〉文学全集 18」勉誠出版 2006 p155

生死（吉屋信子）
◇「文豪怪談傑作選 吉屋信子集」筑摩書房 2006 （ちくま文庫）p41
◇「コレクション戦争と文学 13」集英社 2011 p185

西施（陳舜臣）
◇「剣が舞い落花が舞い―時代小説傑作選」講談社

1998（講談社文庫）p183

青磁（竹河聖）
◇「マスカレード」光文社 2002（光文社文庫）p601

青磁（長島愛生園長島短歌会）
◇「ハンセン病文学全集 8」皓星社 2006 p120

青芝（長島愛生園長島短歌会）
◇「ハンセン病文学全集 8」皓星社 2006 p205

聖ジェームズ病院（朝松健）
◇「秘神界 歴史編」東京創元社 2002（創元推理文庫）p535

生死刻々（石原慎太郎）
◇「文学 2010」講談社 2010 p27

政治小説 雪中梅（末広鉄腸）
◇「新日本古典文学大系 明治編 16」岩波書店 2003 p327

製糸女工の唄（山中兆子）
◇「アンソロジー・プロレタリア文学 2」森話社 2014 p9

政治的にもっとも正しいSFパネル・ディスカッション（野阿梓）
◇「SFバカ本 白菜編」ジャストシステム 1997 p205

西施と東施―顰みに倣った女（中村隆資）
◇「異色中国短篇傑作大全」講談社 1997 p247

政治と文学（小林秀雄）
◇「新装版 全集現代文学の発見 4」學藝書林 2003 p468

政治と文学（高橋和巳）
◇「新装版 全集現代文学の発見 4」學藝書林 2003 p544

政治と文学（平野謙）
◇「新装版 全集現代文学の発見 4」學藝書林 2003 p392

「政治と文学」理論の破産（奥野健男）
◇「新装版 全集現代文学の発見 4」學藝書林 2003 p510

生死の海（西川満）
◇「日本統治期台湾文学集成 4」緑蔭書房 2002 p13

政治の汚れと証言としての文学（杉浦明平）
◇「戦後文学エッセイ選 6」影書房 2008 p87

政治のなかの死（埴谷雄高）
◇「新装版 全集現代文学の発見 4」學藝書林 2003 p498

政治の中の死（倉橋曰美子）
◇「精選女性随筆集 3」文藝春秋 2012 p67

生死の町―京都おんな貸本屋日記（澤田ふじ子）
◇「江戸夕しぐれ―市井稼業小説傑作選」学研パブリッシング 2012（学研M文庫）p173

「政治の優位性」とはなにか（作者表記なし）
◇「新装版 全集現代文学の発見 4」學藝書林 2003 p400

聖者（井上靖）
◇「歴史小説の世紀 天の巻」新潮社 2000（新潮文庫）p517

讀切小説 静寂記（崔貞煕）
◇「近代朝鮮文学日本語作品集1939〜1945 創作篇 3」緑蔭書房 2001 p352

静寂な夜の音（立石富雄）
◇「現代鹿児島小説大系 1」ジャプラン 2014 p355

生者・死者・物怪（松本楽志）
◇「稲生モノノケ大全 陽之巻」毎日新聞社 2005 p445

聖獣戦記白い影（井上伸一郎）
◇「怪獣文藝の逆襲」KADOKAWA 2015（〔幽BOOKS〕）p261

発矇攬眠 清治湯講釈（坪内逍遙）
◇「明治の文学 4」筑摩書房 2002 p3

清純（吉村敏）
◇「日本統治期台湾文学集成 23」緑蔭書房 2007 p329

青春効果（律心）
◇「ショートショートの花束 7」講談社 2015（講談社文庫）p137

青春残酷物語（大島渚）
◇「新装版 全集現代文学の発見 15」學藝書林 2005 p516

青春について（倉橋由美子）
◇「精選女性随筆集 3」文藝春秋 2012 p59

青春の記憶（佐藤泰志）
◇「戦争小説短篇名作選」講談社 2015（講談社文芸文庫）p67

青春の再建と没落（亀井勝一郎）
◇「「日本浪曼派」集」新学社 2007（新学社近代浪漫派文庫）p129

青春の始まりと終り―カミュ『異邦人』とカフカ『審判』（倉橋由美子）
◇「精選女性随筆集 3」文藝春秋 2012 p104

青春の宿（曾野綾子）
◇「愛と癒し」リブリオ出版 2001（ラブミーワールド）p204

青春彷徨（木田元）
◇「山形県文学全集第2期（随筆・紀行編）6」郷土出版社 2005 p358

青春放浪―「秘密」は見えなかった（野間宏）
◇「戦後文学エッセイ選 9」影書房 2008 p161

青春離婚（紅玉いづき）
◇「星海社カレンダー小説 2012下」星海社 2012（星海社FICTIONS）p153
◇「カレンダー・ラブ・ストーリー―読むと恋したくなる」星海社 2014（星海社文庫）p179

青晶楽（塚本邦雄）
◇「鉱物」国書刊行会 1997（書物の王国）p216

星条旗とゴッホ（稲沢潤子）
◇「現代短編小説選―2005〜2009」日本民主主義文学会 2010 p87

清・少女（竹内義和）
◇「秘神界 現代編」東京創元社 2002（創元推理文庫）p77

聖少女（三好徹）

せいし

◇「消えた直木賞 男たちの足音編」メディアファクトリー 2005 p289

青猩猩探訪（井上雅彦）
　◇「未来妖怪」光文社 2008（光文社文庫）p545

聖書に寄せて（沢田徳一）
　◇「ハンセン病文学全集 7」皓星社 2004 p145

聖女の島（皆川博子）
　◇「綾辻・有栖川復刊セレクション 聖女の島」講談社 2007（講談社ノベルス）p3

聖女の出発（小川国夫）
　◇「コレクション戦争と文学 13」集英社 2011 p481

清次郎（萬歳邦昭）
　◇「回転ドアから」全作家協会 2015（全作家短編集）p443

西詩和訳（大竹美鳥）
　◇「新日本古典文学大系 明治編 12」岩波書店 2001 p32

西詩和訳（坪井正五郎）
　◇「新日本古典文学大系 明治編 12」岩波書店 2001 p17

星辰（河野多惠子）
　◇「文学 2005」講談社 2005 p144

精神感応術（泡坂妻夫）
　◇「短篇ベストコレクション―現代の小説 2005」徳間書店 2005（徳間文庫）p401

星辰剣さま危機一髪（天羽沙夜）
　◇「幻想水滸伝短編集 2」メディアワークス 2001（電撃文庫）p207

成人式（荻原浩）
　◇「短篇ベストコレクション―現代の小説 2016」徳間書店 2016（徳間文庫）p67

成人式（白井弓子）
　◇「結晶銀河一年刊日本SF傑作選」東京創元社 2011（創元SF文庫）p139

精神的革命は時代の陰より出づ（山路愛山）
　◇「新日本古典文学大系 明治編 26」岩波書店 2002 p375

贅人ノ贅語（成島柳北）
　◇「新日本古典文学大系 明治編 2」岩波書店 2004 p287

精神の喪失（野谷寛三）
　◇「ハンセン病文学全集 5」皓星社 2010 p45

精神病覚え書（坂口安吾）
　◇「人間みな病気」ランダムハウス講談社 2007 p115

精神分析（水上呂理）
　◇「君らの狂気で死を孕ませよ―新青年傑作選」角川書店 2000（角川文庫）p33
　◇「戦前探偵小説四人集」論創社 2011（論創ミステリ叢書）p55

精神分析医の死（江戸川乱歩，大下宇陀児）
　◇「江戸川乱歩の推理試験」光文社 2009（光文社文庫）p319

聖瑞（蒼柳晋）
　◇「ひとにぎりの異形」光文社 2007（光文社文庫）p503

聖セバスティアヌスの掌（下川香苗）
　◇「Lovers」祥伝社 2001 p137

生鮮食料品（塔和子）
　◇「ハンセン病文学全集 7」皓星社 2004 p182

聖戦誠詩集序（兪鎭贊）
　◇「近代朝鮮文学日本語作品集1908〜1945 セレクション 6」緑蔭書房 2008 p35

聖戦の記録（津原泰水）
　◇「侵略！」廣済堂出版 1998（廣済堂文庫）p445

聖戦の文學的把握―評論家の立場から（朴英熙）
　◇「近代朝鮮文学日本語作品集1908〜1945 セレクション 6」緑蔭書房 2008 p181

星霜（瀧澤美恵子）
　◇「鎮守の森に鬼が棲む―時代小説傑作選」講談社 2001（講談社文庫）p127

成層圏花園（黒木謳子）
　◇「日本統治期台湾文学集成 18」緑蔭書房 2003 p357
　◇「日本統治期台湾文学集成 18」緑蔭書房 2003 p359

製造人間は頭が固い（上遠野浩平）
　◇「アステロイド・ツリーの彼方へ」東京創元社 2016（創元SF文庫）p81

犯罪小説 聖僧の庫裡―背後に絡はる快美人の正體（座光東平）
　◇「日本統治期台湾文学集成 9」緑蔭書房 2002 p85

棲息域（宝珠なつめ）
　◇「暗闇」中央公論新社 2004（C NOVELS）p107

生存者、一名（歌野晶午）
　◇「絶海―推理アンソロジー」祥伝社 2002（Non novel）p75

生存者一名（深水黎一郎）
　◇「宝石ザミステリー Red」光文社 2016 p249

生存宣言（島比呂志）
　◇「ハンセン病文学全集 3」皓星社 2002 p295

青苔記（永井路子）
　◇「本能寺・男たちの決断―傑作時代小説」PHP研究所 2007（PHP文庫）p121

贅沢（北杜夫）
　◇「冒険の森へ―傑作小説大全 19」集英社 2015 p27

贅沢なる乞食のこんたん（岡本潤）
　◇「新装版 全集現代文学の発見 1」學藝書林 2002 p282

贅沢貧乏（森茉莉）
　◇「コレクション私小説の冒険 1」勉誠出版 2013 p179
　◇「日本文学100年の名作 5」新潮社 2015（新潮文庫）p313

清太郎出初式（梶尾真治）
　◇「妖異七奇談」双葉社 2005（双葉文庫）p305

聖・ダンボールタウン（五十月彩）
　◇「ゆきのまち幻想文学賞小品集 16」企画集団ぷりずむ 2007 p158

性痴（高木彬光）
◇「THE名探偵―ミステリーアンソロジー」有楽出版社 2014（JOY NOVELS）p73

成長の儀式（向日一日）
◇「太宰治賞 2012」筑摩書房 2012 p211

聖ディオニシウスのパズル（大山誠一郎）
◇「新・本格推理 03」光文社 2003（光文社文庫）p489

青天（入江章子）
◇「ハンセン病文学全集 8」皓星社 2006 p415

晴天のきらきら星（関口尚）
◇「短篇ベストコレクション―現代の小説 2013」徳間書店 2013〔徳間文庫〕p191

聖堂を描く（田中慎弥）
◇「文学 2012」講談社 2012 p35

青銅鬼（柳川春葉）
◇「文豪怪談傑作選 特別編」筑摩書房 2007（ちくま文庫）p162

生徒諸君に寄せる（宮沢賢治）
◇「日本文学全集 16」河出書房新社 2016 p50

生徒の尊称（正岡子規）
◇「新日本古典文学大系 明治編 27」岩波書店 2003 p134

性と文学（倉橋由美子）
◇「精選女性随筆集 3」文藝春秋 2012 p14

整頓（黒木あるじ）
◇「渚にて―あの日からの〈みちのく怪談〉」荒蝦夷 2016 p29

聖なる河（泡坂妻夫）
◇「輝きの一瞬―短くて心に残る30編」講談社 1999（講談社文庫）p191

聖なる自動販売機の冒険（森見登美彦）
◇「SF宝石―すべて新作読み切り！ 2015」光文社 2015 p220
◇「アステロイド・ツリーの彼方へ」東京創元社 2016（創元SF文庫）p177

聖なるものは木（塔和子）
◇「ハンセン病文学全集 7」皓星社 2004 p187

聖なる夜聖なる穴（桐山襲）
◇「コレクション戦争と文学 20」集英社 2012 p567

聖なる夜に赤く灯るは（深沢仁）
◇「5分で読める！ ひと駅ストーリー 冬の記憶東口編」宝島社 2013（宝島社文庫）p41

西南役伝説・抄（石牟礼道子）
◇「日本文学全集 24」河出書房新社 2015 p408

贅肉（小池真理子）
◇「女がそれを食べるとき」幻冬舎 2013（幻冬舎文庫）p75

精肉工場のミスター・ケチャップ（佃典彦）
◇「優秀新人戯曲集 2001」ブロンズ新社 2000 p93

青年（光岡良二）
◇「ハンセン病に咲いた花―初期文芸名作選 戦前編」皓星社 2002（ハンセン病叢書）p136

青年（森鷗外）
◇「日本文学全集 13」河出書房新社 2015 p333

青年演劇脚本集 第一輯（皇民奉公会台北州支部健全娯楽指導班編）
◇「日本統治期台湾文学集成 12」緑蔭書房 2003 p5

青年演劇脚本集 第二輯（皇民奉公会台北州支部芸能指導部編）
◇「日本統治期台湾文学集成 12」緑蔭書房 2003 p229

青年期と晩年（広津和郎）
◇「戦後短篇小説再―『世界』1946–1999 2」岩波書店 2000 p97

青年劇 大地は育む（台湾教育会社会教育部編）
◇「日本統治期台湾文学集成 10」緑蔭書房 2003 p89

青年劇に就いて（藤島誠夫）
◇「日本統治期台湾文学集成 23」緑蔭書房 2007 p377

青年劇の演出方法（情報部演劇係）
◇「日本統治期台湾文学集成 11」緑蔭書房 2003 p405

青年劇 微笑む青空（台湾教育会社会教育部編）
◇「日本統治期台湾文学集成 10」緑蔭書房 2003 p145

青年と今日（香山光郎）
◇「近代朝鮮文学日本語作品集1939〜1945 評論・随筆篇 2」緑蔭書房 2002 p361

青年と文學（金本宗熙）
◇「近代朝鮮文学日本語作品集1939〜1945 評論・随筆篇 1」緑蔭書房 2002 p437

青年について（許南麒）
◇「〈在日〉文学全集 2」勉誠出版 2006 p203

「青年の環」について（野間宏）
◇「戦後同時代エッセイ 9」影書房 2008 p193

青年の日記（一）〜（八）（李壽昌）
◇「近代朝鮮文学日本語作品集1901〜1938 評論・随筆篇 2」緑蔭書房 2004 p201

性の海（王白淵）
◇「日本統治期台湾文学集成 18」緑蔭書房 2003 p27

生の拡充（大杉栄）
◇「新装版 全集現代文学の発見 1」學藝書林 2002 p17

性の起源（伝助）
◇「超短編の世界 vol.2」創英社 2009 p114

生の構図（朝繁夫）
◇「ハンセン病文学全集 8」皓星社 2006 p501

生の谷（王白淵）
◇「日本統治期台湾文学集成 18」緑蔭書房 2003 p21

精の出る靴磨き（稲垣秀幸）
◇「ショートショートの広場 13」講談社 2002（講談社文庫）p125

生の轉換（睡蓮）
◇「近代朝鮮文学日本語作品集1908〜1945 セレクション 4」緑蔭書房 2008 p221

生の道（王白淵）

◇「日本統治期台湾文学集成 18」緑蔭書房 2003 p25

成敗—警察創生記の二（小島泰介）
◇「日本統治期台湾文学集成 7」緑蔭書房 2002 p302

整髪（早見裕司）
◇「変身」廣済堂出版 1998（廣済堂文庫）p355

聖バレンタイン（芦原すなお）
◇「恋物語」朝日新聞社 1998 p208

「西播怪談実記」など（柳田國男）
◇「文豪怪談傑作選 柳田國男集」筑摩書房 2007（ちくま文庫）p329

静謐（松村紘一）
◇「近代朝鮮文学日本語作品集1939〜1945 創作篇 6」緑蔭書房 2001 p292

性病（磯部裕之）
◇「ショートショートの広場 14」講談社 2003（講談社文庫）p11

清貧譚（太宰治）
◇「植物」国書刊行会 1998（書物の王国）p82
◇「文豪怪談傑作選 太宰治集」筑摩書房 2009（ちくま文庫）p59

清貧の書（林芙美子）
◇「短編名作選—1925〜1949 文士たちの時代」笠間書院 1999 p67
◇「ちくま日本文学 20」筑摩書房 2008（ちくま文庫）p84
◇「私小説の生き方」アーツ・アンド・クラフツ 2009 p112

清貧の福（池宮彰一郎）
◇「士魂の光芒—時代小説最前線」新潮社 1997（新潮文庫）p273
◇「歴史小説の世紀 地の巻」新潮社 2000（新潮文庫）p307

青楓（神谷久香）
◇「ひらく—第15回フェリシモ文学賞」フェリシモ 2012 p104

清富記（水上勉）
◇「剣の意地恋の夢—時代小説傑作選」講談社 2000（講談社文庫）p63

制服（安土萌）
◇「妖魔ヶ刻—時間怪談傑作選」徳間書店 2000（徳間文庫）p9

征服の事実（大杉栄）
◇「新装版 全集現代文学の発見 1」學藝書林 2002 p13

静物（吉岡実）
◇「新装版 全集現代文学の発見 13」學藝書林 2004 p466
◇「新装版 全集現代文学の発見 13」學藝書林 2004 p467

生物都市（諸星大二郎）
◇「70年代日本SFベスト集成 4」筑摩書房 2015（ちくま文庫）p83

生物祭（伊藤整）
◇「日本近代短篇小説選 昭和篇1」岩波書店 2012

（岩波文庫）p181

清兵衛と瓢箪（志賀直哉）
◇「ちくま日本文学 21」筑摩書房 2008（ちくま文庫）p68
◇「読んでおきたい近代日本小説選」龍書房 2012 p156

清兵衛流極意—明治泥棒物語（佐賀潜）
◇「秘剣闇を斬る」光風社出版 1998（光風社文庫）p201

性遍歴（松本侑子）
◇「蜜の眠り」廣済堂出版 2000（廣済堂文庫）p227

聖母観音興廃（大泉黒石）
◇「怪奇・伝奇時代小説選集 2」春陽堂書店 1999（春陽文庫）p144

聖母再現（光波耀子）
◇「宇宙塵傑作選—日本SFの軌跡 1」出版芸術社 1997 p185

聖母子（光岡良二）
◇「ハンセン病文学全集 7」皓星社 2004 p289

聖母のかご（谷真介）
◇「奇跡」国書刊行会 2000（書物の王国）p142

セイムタイム・ネクストイヤー（加納朋子）
◇「黄昏ホテル」小学館 2004 p191

清明—4月5日ごろ（小手鞠るい）
◇「君と過ごす季節—春から夏へ、12の暦物語」ポプラ社 2012（ポプラ文庫）p107

生命（長田穂波）
◇「ハンセン病文学全集 6」皓星社 2003 p38

晴明。—暁の星神（加門七海）
◇「七人の安倍晴明」桜桃書房 1998 p185

聲明書 全民族的單一戦線破壊陰謀に關し全朝鮮民衆に訴ふ（新幹會東京支會々員）
◇「近代朝鮮文学日本語作品集1901〜1938 評論・随筆篇 3」緑蔭書房 2004 p366

清明、道満と覆物（おおいもの）の中身を占うこと（夢枕獏）
◇「日本SF・名作集成 10」リブリオ出版 2005 p113

生命に就て（稲垣足穂）
◇「超短編アンソロジー」筑摩書房 2002（ちくま文庫）p146

生命の家路（王白淵）
◇「日本統治期台湾文学集成 18」緑蔭書房 2003 p82

生命の糧（柴田錬三郎）
◇「信州歴史時代小説傑作集 1」しなのき書房 2007 p25

生命の樹（川端康成）
◇「戦後占領期短篇小説コレクション 1」藤原書店 2007 p91
◇「コレクション戦争と文学 8」集英社 2011 p591

生命の記録（沢田徳一）
◇「ハンセン病文学全集 7」皓星社 2004 p148

生命の灯（山手樹一郎）
◇「変事異聞」小学館 2007（小学館文庫）p183

生命の不思議（大庭みな子）
◇「精選女性随筆集 6」文藝春秋 2012 p166
生命保険（黒岩涙香）
◇「明治探偵冒険小説 1」筑摩書房 2005（ちくま文庫）p475
句集 生門（岡生門）
◇「ハンセン病文学全集 9」皓星社 2010 p381
生門 第二集（岡生門）
◇「ハンセン病文学全集 9」皓星社 2010 p423
星夜（北村透谷）
◇「明治の文学 16」筑摩書房 2002 p340
セイヤク（中里友香）
◇「Fの肖像—フランケンシュタインの幻想たち」光文社 2010（光文社文庫）p361
聖夜にジングルベルが鳴り響く（木野裕喜）
◇「5分で読める！ ひと駅ストーリー 冬の記憶西口編」宝島社 2013（宝島社文庫）p91
◇「5分で笑える！ おバカで愉快な物語」宝島社 2016（宝島社文庫）p235
聖夜に降る雪（石川友也）
◇「回転ドアから」全作家協会 2015（全作家短編集）p248
聖夜の贄（龍淵灯）
◇「ショートショートの花束 7」講談社 2015（講談社文庫）p216
聖夜のメール（真帆しん）
◇「ゆきのまち幻想文学賞・小品集 12」企画集団ぷりずむ 2003 p159
聖夜の憂鬱（柴田よしき）
◇「匠」文藝春秋 2003（推理作家になりたくて マイベストミステリー）p80
◇「マイ・ベスト・ミステリー 1」文藝春秋 2007（文春文庫）p116
西洋（吉田健一）
◇「日本文学全集 20」河出書房新社 2015 p97
西洋各国貨幣帖に題す（成島柳北）
◇「新日本古典文学大系 明治編 2」岩波書店 2004 p230
西洋人（「保吉の手帳から」より）（芥川龍之介）
◇「文豪怪談傑作選 芥川龍之介集」筑摩書房 2010（ちくま文庫）p218
萬国航海 西洋道中膝栗毛（抄）（仮名垣魯文）
◇「明治の文学 1」筑摩書房 2002 p3
西洋の丁稚（三遊亭円朝）
◇「明治の文学 3」筑摩書房 2001 p367
西洋の文章と日本の文章（谷崎潤一郎）
◇「ちくま日本文学 14」筑摩書房 2008（ちくま文庫）p424
仇結奇の赤縄 西洋娘節用（シェイクスピア著, 木下新三郎訳）
◇「新日本古典文学大系 明治編 14」岩波書店 2013 p361
性欲のある風景（梶山季之）
◇「コレクション戦争と文学 9」集英社 2012 p233
性慾の触手（武林無想庵）

◇「新装版 全集現代文学の発見 1」學藝書林 2002 p163
聖ヨハネ病院にて（上林暁）
◇「私小説の生き方」アーツ・アンド・クラフツ 2009 p149
政略の神（正岡子規）
◇「新日本古典文学大系 明治編 27」岩波書店 2003 p378
清流のほとり（石川たかし）
◇「伊豆文学賞 優秀作品集 第3回」静岡新聞社 2000 p63
清涼飲料水（中川将幸）
◇「ショートショートの広場 11」講談社 2000（講談社文庫）p67
清涼里界隈（1）（2）（3）（完）（鄭人澤）
◇「近代朝鮮文学日本語作品集1901〜1938 評論・随筆篇 3」緑蔭書房 2004 p33
精力絶倫物語（源氏鶏太）
◇「昭和の短篇一人一冊集成 源氏鶏太」未知谷 2008 p121
星林（暁方ミセイ）
◇「十年後のこと」河出書房新社 2016 p9
精霊（富永一彦）
◇「ショートショートの花束 2」講談社 2010（講談社文庫）p127
清麗神の復活（朱雀門出）
◇「リトル・リトル・クトゥルー—史上最小の神話小説集」学習研究社 2009 p216
声恋慕（藤井好）
◇「ショートショートの広場 15」講談社 2004（講談社文庫）p114
青楼半化通（せいろうはんかつう）（服部応賀）
◇「新日本古典文学大系 明治編 9」岩波書店 2010 p1
蒸籠を買った日（江國香織）
◇「20の短編小説」朝日新聞出版 2016（朝日文庫）p75
性は悪への鍵（倉橋由美子）
◇「精選女性随筆集 3」文藝春秋 2012 p185
《せえうか》の秘密（乾くるみ）
◇「ミステリ魂。校歌斉唱！」講談社 2010（講談社ノベルス）p65
◇「本格ミステリ二〇一〇年本格短編ベスト・セレクション ’10」講談社 2010（講談社ノベルス）p39
◇「凍れる女神の秘密」講談社 2014（講談社文庫）p267
ゼウスがくれた（山下定）
◇「GOD」廣済堂出版 1999（廣済堂文庫）p513
ゼウスの息子たち（法月綸太郎）
◇「ザ・ベストミステリーズ—推理小説年鑑 2005」講談社 2005 p263
◇「隠された鍵」講談社 2008（講談社文庫）p121
◇「あなたが名探偵」東京創元社 2009（創元推理文庫）p187
背負う者（柚月裕子）

せかい

◇「悪意の迷路」光文社 2016（最新ベスト・ミステリー）p437

セカイ、イチバンノ、パパサマヘ≫小泉八雲（小泉セツ）
◇「日本人の手紙 6」リブリオ出版 2004 p19

世界を終わらす方法（葦原崇貴）
◇「リトル・リトル・クトゥルー──史上最小の神話小説集」学習研究社 2009 p22

世界開闢説（西脇順三郎）
◇「新装版 全集現代文学の発見 13」學藝書林 2004 p50

世界が終わるまえに（佐川里江）
◇「最後の一日 7月22日──さよならが胸に染みる物語」泰文堂 2012（リンダブックス）p168

世界からあなたの笑顔が消えた日（佐藤青南）
◇「もっとすごい！ 10分間ミステリー」宝島社 2013（宝島社文庫）p35
◇「5分で泣ける！ 胸がいっぱいになる物語」宝島社 2015（宝島社文庫）p107
◇「10分間ミステリー THE BEST」宝島社 2016（宝島社文庫）p475

世界中の『長い人』に贈る（高崎峯）
◇「ショートショートの広場 11」講談社 2000（講談社文庫）p174

世界人肉料理史（中野江漢）
◇「竹中英太郎 3」皓星社 2016（挿絵叢書）p93

世界征服同好会（竹本健治）
◇「学び舎は血を招く」講談社 2008（講談社ノベルス）p7

世界玉（藤田雅矢）
◇「帰還」光文社 2000（光文社文庫）p501

世界で一番美しい夜（天願大介）
◇「年鑑代表シナリオ集 '08」シナリオ作家協会 2009 p93

世界という音──ブライアン・イーノ（日野啓三）
◇「日本文学全集 21」河出書房新社 2015 p146

世界同盟（北川千代子）
◇「ひつじアンソロジー 小説編 2」ひつじ書房 2009 p73

世界と日本、日本と四国（正岡子規）
◇「新日本古典文学大系 明治編 27」岩波書店 2003 p45

世界中のあわれな女たち（飯島耕一）
◇「新装版 全集現代文学の発見 13」學藝書林 2004 p478

世界の一隅（遊座守）
◇「Sports stories」埼玉県さいたま市 2009（さいたま市スポーツ文学賞受賞作品集）p133

せかいのおわり（及川章太郎）
◇「年鑑代表シナリオ集 '05」シナリオ作家協会 2006 p211

世界の終り（福永武彦）
◇「日本文学全集 17」河出書房新社 2015 p166

世界の終わり（馳星周）
◇「事件の痕跡」光文社 2007（Kappa novels）p359

◇「事件の痕跡」光文社 2012（光文社文庫）p487

世界の終わり（ハナダ）
◇「てのひら怪談──ビーケーワン怪談大賞傑作選 壬辰」ポプラ社 2012（ポプラ文庫）p270

世界の片隅で（柴崎友香）
◇「本からはじまる物語」メディアパル 2007 p77

世界の思潮は世界思潮、國民文學は國民文學（李允宰）
◇「近代朝鮮文学日本語作品集1908〜1945 セレクション 5」緑蔭書房 2008 p197

世界のどこかで（安土萌）
◇「オバケヤシキ」光文社 2005（光文社文庫）p207

世界のどこに宙ぶらりんとしているのかは知らないけれど、もうつまずいて怪我をすることはないな、判るか？（峯岸可弥）
◇「超短編の世界 vol.3」創英社 2011 p79

世界の滅びる夜（平井和正）
◇「冒険の森へ──傑作小説大全 5」集英社 2015 p22

セカイ、蛮族、ぼく。（伊藤計劃）
◇「リテラリーゴシック・イン・ジャパン──文学的ゴシック作品選」筑摩書房 2014（ちくま文庫）p443
◇「たんときれいに召し上がれ──美食文学精選」芸術新聞社 2015 p127

世界文學と朝鮮文學①〜③（鄭寅燮）
◇「近代朝鮮文学日本語作品集1901〜1938 評論・随筆篇 1」緑蔭書房 2004 p379

世界ポーカー選手権大会の最後の種目（樋口修吉）
◇「熱い賭け」早川書房 2006（ハヤカワ文庫）p221

世界武者修行（押川春浪）
◇「明治探偵冒険小説 3」筑摩書房 2005（ちくま文庫）p205

世界・世の中・世間（堀田善衞）
◇「戦後文学エッセイ選 11」影書房 2007 p162

世界は冬に終わる（香納諒一）
◇「自選ショート・ミステリー 2」講談社 2001（講談社文庫）p318

せがきさん（仲町六絵）
◇「てのひら怪談──ビーケーワン怪談大賞傑作選 2」ポプラ社 2007 p154
◇「てのひら怪談──ビーケーワン怪談大賞傑作選 己丑」ポプラ社 2009（ポプラ文庫）p150

急かす店（黒木あるじ）
◇「渚にて──その日からの〈みちのく怪談〉」荒蝦夷 2016 p32

セカンド・ショット（川島誠）
◇「それはまだヒミツ─少年少女の物語」新潮社 2012（新潮文庫）p29

セカンドライフ（拓未司）
◇「5分で読める！ ひと駅ストーリー 本の物語」宝島社 2014（宝島社文庫）p179

堰（有吉玉青）

434 作品名から引ける日本文学全集案内 第III期

◇「現代の小説 1997」徳間書店 1997 p199
◇「輝きの一瞬―短くて心に残る30編」講談社 1999（講談社文庫）p19

咳（三木卓）
◇「文学 2013」講談社 2013 p258

関ケ原忍び風（徳永真一郎）
◇「神出鬼没！ 戦国忍者伝―傑作時代小説」PHP研究所 2009（PHP文庫）p217

関ケ原の戦（松本清張）
◇「決闘！ 関ケ原」実業之日本社 2015（実業之日本社文庫）p9

関ケ原別記（永井路子）
◇「関ケ原・運命を分けた決断―傑作時代小説」PHP研究所 2007（PHP文庫）p189

夕照（中原中也）
◇「新装版 全集現代文学の発見 13」學藝書林 2004 p171

石上の火（木谷花夫）
◇「ハンセン病文学全集 8」皓星社 2006 p215

セキセイインコ（井上靖）
◇「私小説名作選 二」講談社 2012（講談社文芸文庫）p265

石像歩き出す（島尾敏雄）
◇「戦後占領期短篇小説コレクション 2」藤原書店 2007 p141

石中蟄竜の事―根岸鎮衛『耳袋』（根岸鎮衛）
◇「鉱物」国書刊行会 1997（書物の王国）p71

関寺小町（橋本治）
◇「極上掌篇小説」角川書店 2006 p191
◇「ひと粒の宇宙」角川書店 2009（角川文庫）p188

関寺小町（火坂雅志）
◇「ふたり―時代小説夫婦情話」角川春樹事務所 2010（ハルキ文庫）p83

関寺小町（柳田國男）
◇「文豪怪談傑作選 柳田國男集」筑摩書房 2007（ちくま文庫）p232

赤道の下に罪は（本間祐）
◇「トロピカル」廣斉堂出版 1999（廣済堂文庫）p183

石塔の屋根飾り（森博嗣）
◇「ザ・ベストミステリーズ―推理小説年鑑 1999」講談社 1999 p383
◇「密室＋アリバイ＝真犯人」講談社 2002（講談社文庫）p9

席取り合戦（菊地美鶴）
◇「ショートショートの広場 17」講談社 2005（講談社文庫）p92

昔年の想い（瀬山一品）
◇「ショートショートの広場 15」講談社 2004（講談社文庫）p102

せきのおば様（柳田國男）
◇「文豪怪談傑作選 柳田國男集」筑摩書房 2007（ちくま文庫）p224

関の弥太ッペ（長谷川伸）
◇「夕まぐれ江戸小景」光文社 2015（光文社文庫）

p9
◇「冒険の森へ―傑作小説大全 18」集英社 2016 p42

寂寛（大塚楠緒子）
◇「『新編』日本女性文学全集 3」菁柿堂 2011 p108

寂寛（正宗白鳥）
◇「早稲田作家処女作集」講談社 2012（講談社文芸文庫）p17

咳ばらい（香山末子）
◇「ハンセン病文学全集 7」皓星社 2004 p477
◇「〈在日〉文学全集 17」勉誠出版 2006 p98

惜別姫（藤水名子）
◇「撫子が斬る―女性作家捕物帳アンソロジー」光文社 2005（光文社文庫）p413

汐蜂（我妻俊樹）
◇「てのひら怪談―ビーケーワン怪談大賞傑作選 辛卯」ポプラ社 2011（ポプラ文庫）p88

赤魔（倉阪鬼一郎）
◇「誤植文学アンソロジー―校正者のいる風景」論創社 2015 p77

関屋敏子（吉屋信子）
◇「芸術家」国書刊行会 1998（書物の王国）p225

関宿に宿す（中野逍遙）
◇「新日本古典文学大系 明治編 2」岩波書店 2004 p410

関山越（国木田独歩）
◇「山形県文学全集第1期(小説編) 1」郷土出版社 2004 p11

石油（安西冬衛）
◇「新装版 全集現代文学の発見 13」學藝書林 2004 p17

石油ランプ（寺田寅彦）
◇「文豪怪談傑作選 大正篇」筑摩書房 2011（ちくま文庫）p282

セキュリティ・プロフェッショナル（草上仁）
◇「短篇ベストコレクション―現代の小説 2004」徳間書店 2004（徳間文庫）p559

是空子（正岡子規）
◇「新日本古典文学大系 明治編 27」岩波書店 2003 p132

セクサロイド（松本零士）
◇「70年代日本SFベスト集成 2」筑摩書房 2014（ちくま文庫）p103

セクサロイド in THE DINOSAUR ZONE（松本零士）
◇「SFマガジン700 国内篇」早川書房 2014（ハヤカワ文庫 SF）p77

ゼーグロッテの白馬（高樹のぶ子）
◇「短篇ベストコレクション―現代の小説 2006」徳間書店 2006（徳間文庫）p139

世間師（小栗風葉）
◇「日本近代短篇小説選 明治篇2」岩波書店 2013（岩波文庫）p127
◇「サンカの民を追って―山窩小説傑作選」河出書房新社 2015（河出文庫）p55

女術の供養（澤田ふじ子）

せこい

◇「代表作時代小説 平成20年度」光文社 2008 p271

セコい誘拐（五十嵐均）
◇「誘拐―ミステリーアンソロジー」角川書店 1997（角川文庫）p41

セ氏の妖女（新井哲）
◇「新鋭劇作集 series 15」日本劇団協議会 2004 p71

世辞屋（三遊亭円朝）
◇「明治の文学 3」筑摩書房 2001 p343

是誰断送了你（冰心女士）
◇「日本統治期台湾文学集成 25」緑蔭書房 2007 p391

せせらぎ亭（三浦哲郎）
◇「幻想小説大全」北宋社 2002 p440

世相（織田作之助）
◇「新装版 全集現代文学の発見 6」學藝書林 2003 p190
◇「ちくま日本文学 35」筑摩書房 2009（ちくま文庫）p354

セゾン・ド・メゾン～メゾン・ド・セゾン（阿藤智恵）
◇「新鋭劇作集 series 14」日本劇団協議会 2003 p5

世田谷忘年会（武田百合子）
◇「精選女性随筆集 5」文藝春秋 2012 p225

刺客（五味康祐）
◇「幕末剣豪人斬り異聞 佐幕篇」アスキー 1997（Aspect novels）p123
◇「龍馬と志士たち―時代小説傑作選」コスミック出版 2009（コスミック・時代文庫）p193

雪客（瀬川隆文）
◇「ゆきのまち幻想文学賞小品集 19」企画集団ぷりずむ 2010 p157

せっかく背広も作ったのにもうだめだ（沢田義一）
◇「日本人の手紙 8」リブリオ出版 2004 p115

雪果幻語（大久保悟朗）
◇「ゆきのまち幻想文学賞・小品集 12」企画集団ぷりずむ 2015 p15

雪花殉情記（山口海旋風）
◇「幻の探偵雑誌 6」光文社 2001（光文社文庫）p103

性急（せっかち）な思想（石川啄木）
◇「明治の文学 19」筑摩書房 2002 p4

せっかちな友人（一二三太郎）
◇「ショートショートの広場 16」講談社 2005（講談社文庫）p114

雪花 散り花（菅浩江）
◇「金田一耕助に捧ぐ九つの狂想曲」角川書店 2002 p167

絶叫（上村義彦）
◇「ショートショートの広場 16」講談社 2005（講談社文庫）p112

絶句（森春濤）
◇「新日本古典文学大系 明治編 2」岩波書店 2004 p113

絶景万国博覧会（小栗虫太郎）
◇「幻の探偵雑誌 1」光文社 2000（光文社文庫）p351

雪渓は笑った（加藤薫）
◇「山岳迷宮（ラビリンス）―山のミステリー傑作選」光文社 2016（光文社文庫）p197

雪月梅花（泡坂妻夫）
◇「短篇ベストコレクション―現代の小説 2006」徳間書店 2006（徳間文庫）p49

「石鹸頌」（連々）（西谷富水）
◇「新日本古典文学大系 明治編 4」岩波書店 2003 p240

雪後（梶井基次郎）
◇「ちくま日本文学 28」筑摩書房 2008（ちくま文庫）p261

石膏（清岡卓行）
◇「新装版 全集現代文学の発見 13」學藝書林 2004 p454

絶交（管野須賀子）
◇「「新編」日本女性文学全集 2」菁柿堂 2008 p441

絶交書（アンデルセン著、森鷗外訳）
◇「新日本古典文学大系 明治編 25」岩波書店 2004 p226

絶交する覚悟である≫佐藤春夫（谷崎潤一郎）
◇「日本人の手紙 2」リブリオ出版 2004 p137

絶交する覚悟である≫谷崎潤一郎（佐藤春夫）
◇「日本人の手紙 2」リブリオ出版 2004 p137

石膏の家（青柳友子）
◇「妖美―女流ミステリー傑作選」徳間書店 1999（徳間文庫）p5

説骨（金関丈夫）
◇「日本統治期台湾文学集成 17」緑蔭書房 2003 p163

雪日まで（小沢かのん）
◇「ゆきのまち幻想文学賞・小品集 7」NTTメディアスコープ 1997 p212

殺生関白（柴田錬三郎）
◇「迷君に候」新潮社 2015（新潮文庫）p51

絶塵の将（池宮彰一郎）
◇「代表作時代小説 平成9年度」光風社出版 1997 p159
◇「春宵濡れ髪しぐれ―時代小説傑作選」講談社 2003（講談社文庫）p87

節操（国木田独歩）
◇「明治の文学 22」筑摩書房 2001 p393

接待（小原猛）
◇「男たちの怪談百物語」メディアファクトリー 2012（〔幽BOOKS〕）p29

絶対（狗飼恭子）
◇「恋時雨―恋はときどき泪が出る」メディアファクトリー 2009（〔ダ・ヴィンチブックス〕）p39

絶対への接吻（瀧口修造）
◇「新装版 全集現代文学の発見 13」學藝書林 2004 p90

絶対家政婦ロボ・さっちゃん（月野玉子）

◇「ショートショートの花束 8」講談社 2016（講談社文庫）p209

絶対に成就する結婚相談所（梛木聡）
◇「ショートショートの花束 7」講談社 2015（講談社文庫）p2…

絶対の尊厳の愛の対象の紀様≫中上紀（中上健次）
◇「日本人の手紙 1」リブリオ出版 2004 p233

絶対不運装置—ドラゴンキラーありますその後（海原育人）
◇「C・N 25—C・novels創刊25周年アンソロジー」中央公論新社 2007（C novels）p476

切断（土英雄）
◇「江戸川乱歩と13の宝石 2」光文社 2007（光文社文庫）p179

切断した左足の葬いの日に（品川清）
◇「ハンセン病文学全集 7」皓星社 2004 p44

セッちゃん（重松清）
◇「日本文学100年の名作 9」新潮社 2015（新潮文庫）p241

雪中鶯（太田裕子）
◇「ゆきのまち幻想文学賞小品集 18」企画集団ぷりずむ 2009 p147

雪中花（宮下知子）
◇「ホワイト・ウェディング」SDP 2007（Angel works）p215

雪中惨事（李人稙）
◇「近代朝鮮文学日本語作品集1901〜1938 評論・随筆篇 1」緑蔭書房 2004 p11

雪中の死（東郷隆）
◇「代表作時代小説 平成17年度」光文社 2005 p357

節電新商法（@kandayudai）
◇「3.11心に残る140字の物語」学研パブリッシング 2011 p67

拙堂翁の美濃に游ぶを聞き往きて之を訪ふ。翁、谿山琴興詩を示さる。よりてその韻に次して賦して呈す（森春濤）
◇「新日本古典文学大系 明治編 2」岩波書店 2004 p33

薛濤—中国美女伝（陳舜臣）
◇「代表作時代小説 平成14年度」光風社出版 2002 p383

Zの悲劇（高信太郎）
◇「山口雅也の本格ミステリ・アンソロジー」角川書店 2007（角川文庫）p157

切なき勇躍—鬼剣舞の鬼（馬場あき子）
◇「響き交わす鬼」小学館 2005（小学館文庫）p48

刹那に見る夢のつづきは（伽古屋圭市）
◇「5分で読める！ ひと駅ストーリー 冬の記憶西口編」宝島社 2013（宝島社文庫）p111

せつに諸君の健闘を祈る≫ゼミ卒業生（丸山眞男）
◇「日本人の手紙 3」リブリオ出版 2004 p240

殺人刀（津本陽）
◇「代表作時代小説 平成19年度」光文社 2007 p371

雪白集（金鍾漢編）
◇「近代朝鮮文学日本語作品集1939〜1945 創作篇 6」緑蔭書房 2001 p143

絶筆（赤川次郎）
◇「シャーロック・ホームズに再び愛をこめて」光文社 2010（光文社文庫）p7

節婦（紀昀）
◇「文豪てのひら怪談」ポプラ社 2009（ポプラ文庫）p157

切腹（菊地秀行）
◇「人魚の血—珠玉アンソロジー オリジナル＆スタンダード」光文社 2001（カッパ・ノベルス）p149

切腹—八木為三郎翁遺談（戸川幸夫）
◇「剣よ月下に舞え」光風社出版 2001（光風社文庫）p95

接吻（赤瀬川隼）
◇「短篇ベストコレクション—現代の小説 2003」徳間書店 2003（徳間文庫）p253

接吻（万田邦敏、万田珠実）
◇「年鑑代表シナリオ集 '08」シナリオ作家協会 2009 p33

セップンしてセップンして、死ぬまで接吻して≫松井須磨子（島村抱月）
◇「日本人の手紙 5」リブリオ出版 2004 p12

接吻物語（川島郁夫）
◇「探偵くらぶ—探偵小説傑作選1946〜1958 中」光文社 1997（カッパ・ノベルス）p115

絶壁（城昌幸）
◇「謎のギャラリー—最後の部屋」マガジンハウス 1999 p73
◇「謎のギャラリー—謎の部屋」新潮社 2002（新潮文庫）p123
◇「謎の部屋」筑摩書房 2012（ちくま文庫）p123

絶望（李石薫）
◇「近代朝鮮文学日本語作品集1908〜1945 セレクション 4」緑蔭書房 2008 p228

絶望の歌—A Tatsuji Miyoshi（北川冬彦）
◇「新装版 全集現代文学の発見 13」學藝書林 2004 p28

絶望の中の祖国（上野英信）
◇「戦後文学エッセイ選 12」影書房 2006 p23

絶望の文学—北條民雄の文学の評価（森田竹次）
◇「ハンセン病文学全集 5」皓星社 2010 p496

説明（藤富保男）
◇「新装版 全集現代文学の発見 13」學藝書林 2004 p541

絶命詞（天藤真）
◇「さらに不安の闇へ—小説推理傑作選」双葉社 1998 p219

背戸の家（青木美土里）
◇「てのひら怪談—ビーケーワン怪談大賞傑作選 壬辰」ポプラ社 2012（ポプラ文庫）p70

瀬戸のうず潮（梶山季之）
◇「日本縦断世界遺産殺人紀行」有楽出版社 2014

せとの

（JOY NOVELS）p285

瀬戸の花嫁の死（斎藤栄）
◇「冥界プリズン」光文社 1999 （光文社文庫）p205

せどり商売（飛山裕一）
◇「5分で読める！ひと駅ストーリー 本の物語」宝島社 2014 （宝島社文庫）p279

せどり男爵数奇譚（梶山季之）
◇「栞子さんの本棚―ビブリア古書堂セレクトブック」角川書店 2013 （角川文庫）p71

背中（江坂遊）
◇「綾辻・有栖川復刊セレクション 仕掛け花火」講談社 2007 （講談社ノベルス）p54

背中（小川めい）
◇「ゆれる―第12回フェリシモ文学賞作品集」フェリシモ 2009 p92

背中（黒木あるじ）
◇「渚にて―あの日からの〈みちのく怪談〉」荒蝦夷 2016 p20

背中（松尾聡子）
◇「ショートショートの広場 17」講談社 2005 （講談社文庫）p194

背中に乗りな（晴名泉）
◇「太宰治賞 2013」筑摩書房 2013 p103

背中の新太郎（伊藤桂一）
◇「風の中の剣士」光風社出版 1998 （光風社文庫）p259
◇「信州歴史時代小説傑作集 4」しなのき書房 2007 p285

背中の目（関根弘）
◇「新装版 全集現代文学の発見 13」學藝書林 2004 p329

銭形平次ロンドン捕物帖（北杜夫）
◇「シャーロック・ホームズの災難―日本版」論創社 2007 p75

セニスィエンタの家（岸田今日子）
◇「物語の魔の物語―メタ怪談傑作選」徳間書店 2001 （徳間文庫）p85

セーヌ川の畔にて（片山龍三）
◇「扉の向こうへ」全作家協会 2014 （全作家短編集）p132

背伸び―安国寺恵瓊（松本清張）
◇「軍師は死なず」実業之日本社 2014 （実業之日本社文庫）p163

ゼノン静止（加藤郁乎）
◇「新装版 全集現代文学の発見 13」學藝書林 2004 p617

背表紙の友（北森鴻）
◇「名探偵に訊け」光文社 2010 （Kappa novels）p191
◇「名探偵に訊け」光文社 2013 （光文社文庫）p257

セブ島の青い海（井上夢人）
◇「探偵Xからの挑戦状！」小学館 2009 （小学館文庫）p 183, 334

セブンスターズ、オクトパス（式田ティエン）

◇「10分間ミステリー」宝島社 2012 （宝島社文庫）p43
◇「5分で凍る！ ぞっとする怖い話」宝島社 2015 （宝島社文庫）p109

セヴンス・ヘヴン（北森鴻）
◇「M列車（ミステリートレイン）で行こう」光文社 2001 （カッパ・ノベルス）p91

セブンティーン（奥田英朗）
◇「聖なる夜に君は」角川書店 2009 （角川文庫）p5

セブンティーン（渡辺聡）
◇「ショートショートの花束 3」講談社 2011 （講談社文庫）p172

狭き門（町井由起夫）
◇「ショートショートの広場 13」講談社 2002 （講談社文庫）p102

背守りの花（柚木緑子）
◇「太宰治賞 2008」筑摩書房 2008 p225

蟬（金充克）
◇「近代朝鮮文学日本語作品集1908〜1945 セレクション 6」緑蔭書房 2008 p91

蟬（園田信男）
◇「現代鹿児島小説大系 3」ジャプラン 2014 p232

蟬（崔華國）
◇「〈在日〉文学全集 17」勉誠出版 2006 p65

蟬（塔和子）
◇「ハンセン病文学全集 7」皓星社 2004 p316

蟬（登史草兵）
◇「幻想小説大全」北宋社 2002 p312

蟬（堀口大學）
◇「怠けものの話」筑摩書房 2011 （ちくま文学の森）p8

蟬を聞く（中村敬宇）
◇「新日本古典文学大系 明治編 2」岩波書店 2004 p162

蟬を喰う女（佐藤光直）
◇「Magma 噴の巻」ソフト商品開発研究所 2016 p23

蟬とタイムカプセル（飯野文彦）
◇「短篇ベストコレクション―現代の小説 2008」徳間書店 2008 （徳間文庫）p473

天佑（セミナンセンス）（羽志主水）
◇「戦前探偵小説四人集」論創社 2011 （論創ミステリ叢書）p35

セミの声（山崎康晴）
◇「ショートショートの広場 15」講談社 2004 （講談社文庫）p181

セミの追憶（古山高麗雄）
◇「川端康成文学賞全作品 2」新潮社 1999 p247
◇「戦後短篇小説再発見 2」講談社 2001 （講談社文芸文庫）p239
◇「現代小説クロニクル 1990〜1994」講談社 2015 （講談社文芸文庫）p134

セミラミス女王（中河与一）
◇「王侯」国書刊行会 1998 （書物の王国）p11

奴等（ゼム）（タタツシンイチ）

◇「未来妖怪」光文社 2008（光文社文庫）p417

責め（中山秋夫）
◇「ハンセン病文学全集 7」皓星社 2004 p542

せめてからの箱をよこしてくれれば……≫藤井巽（折口信夫）
◇「日本人の手紙 9」リブリオ出版 2004 p180

せめてものディナー（佐々木譲）
◇「輝きの一瞬―短くて心に残る30編」講談社 1999（講談社文庫）p141

せめてよく死に（李燦）
◇「近代朝鮮文学日本語作品集1939〜1945 創作篇 6」緑蔭書房 2001 p284

セメント樽の中の手紙（葉山嘉樹）
◇「新装版 全集現代文学の発見 1」學藝書林 2002 p394
◇「迷」文藝春秋 2003（推理作家になりたくて マイベストミステリー）p23
◇「恐怖の森」ランダムハウス講談社 2007 p129
◇「マイ・ベスト・ミステリー 3」文藝春秋 2007（文春文庫）p29
◇「文豪さんへ。」メディアファクトリー 2009（MF文庫）p107
◇「文学で考える〈仕事〉の百年」双文社出版 2010 p85
◇「生の深みを覗く―ポケットアンソロジー」岩波書店 2010（岩波文庫別冊）p363
◇「読んでおきたい近代日本小説選」龍書房 2012 p276
◇「幻妖の水脈（みお）」筑摩書房 2013（ちくま文庫）p454
◇「経済小説名作選」筑摩書房 2014（ちくま文庫）p7
◇「文学で考える〈仕事〉の百年」翰林書房 2016 p85

セメントのでこぼこ道（宮部和子）
◇「全作家短編小説集 9」全作家協会 2010 p120

セメントベビー（谷口雅美）
◇「少女のなみだ」泰文堂 2014（リンダブックス）p37

背もたれごしの（室岩里衣子）
◇「気配―第10回フェリシモ文学賞作品集」フェリシモ 2007 p158

犯罪小説 是耶非耶（座光東平）
◇「日本統治期台湾文学集成 9」緑蔭書房 2002 p69

世良斬殺（早乙女貢）
◇「必殺天誅剣」光風社出版 1999（光風社文庫）p91

セラフィーナ（篠田真由美）
◇「少女の空間」徳間書店 2001（徳間デュアル文庫）p109

戯曲 安平城（ゼーランジャジョウ）異聞―尊い犠牲者にね 一幕（赤星正徳）
◇「日本統治期台湾文学集成 14」緑蔭書房 2003 p43

芹沢鴨の最期―雨夜の惨劇（新宮正春）
◇「幕末テロリスト列伝」講談社 2004（講談社文庫）p79

芹葉大学の夢と殺人（辻村深月）
◇「ザ・ベストミステリーズ―推理小説年鑑 2011」講談社 2011 p161
◇「Guilty殺意の連鎖」講談社 2014（講談社文庫）p5

ゼリービーンズの日々（山田正紀）
◇「少年の時間」徳間書店 2001（徳間デュアル文庫）p243

施療室にて（平林たい子）
◇「新装版 全集現代文学の発見 1」學藝書林 2002 p442
◇「日本近代短篇小説選 昭和篇1」岩波書店 2012（岩波文庫）p5

セルフィネの血（中島らも）
◇「冒険の森へ―傑作小説大全 15」集英社 2016 p58

セルリアン・シード（真帆しん）
◇「ゆきのまち幻想文学賞小品集 13」企画集団ぷりずむ 2004 p15

ゼロ（高野和明）
◇「午前零時」新潮社 2007 p103
◇「午前零時―P.S.昨日の私へ」新潮社 2009（新潮文庫）p121

0号車（江坂遊）
◇「有栖川有栖の鉄道ミステリ・ライブラリー」角川書店 2004（角川文庫）p208

00：00：00.01pm―時間の静止した世界に閉じこめられた男が狂気とめぐりあう（片瀬二郎）
◇「NOVA―書き下ろし日本SFコレクション 8」河出書房新社 2012（河出文庫）p187

惨風悲雨 世路日記（菊亭香水）
◇「新日本古典文学大系 明治編 30」岩波書店 2009 p1

ゼロ年代の臨界点（伴名練）
◇「結晶銀河―年刊日本SF傑作選」東京創元社 2011（創元SF文庫）p241

零のかなたへ〜THE WINDS OF GOD〜（矢島正雄）
◇「テレビドラマ代表作選集 2006年版」日本脚本家連盟 2006 p33

ゼロはん（李起昇）
◇「〈在日〉文学全集 12」勉誠出版 2006 p5

セロ弾きのゴーシュ（平野直）
◇「学校放送劇舞台劇脚本集―宮沢賢治名作童話」東洋書院 2008 p33

セロ弾きのゴーシュ（宮沢賢治）
◇「ちくま日本文学 3」筑摩書房 2007（ちくま文庫）p141
◇「近代童話（メルヘン）と賢治」おうふう 2014 p181

セロ弾きのゴーシュ（和田崇）
◇「中学生のドラマ 5」晩成書房 2004 p117

セロリの味（常盤新平）
◇「現代の小説 1997」徳間書店 1997 p47

せろん

セーロン（西脇順三郎）
◇「新装版 全集現代文学の発見 13」學藝書林 2004 p58

ゼーロン（牧野信一）
◇「新装版 全集現代文学の発見 2」學藝書林 2002 p119
◇「百年小説」ポプラ社 2008 p801
◇「日本近代短篇小説選 昭和篇1」岩波書店 2012（岩波文庫）p131

世話（杜地都）
◇「てのひら怪談―ビーケーワン怪談大賞傑作選」ポプラ社 2007 p52
◇「てのひら怪談―ビーケーワン怪談大賞傑作選」ポプラ社 2008（ポプラ文庫）p50

盲導鈴 第二部 善（氏原孝）
◇「ハンセン病文学全集 9」皓星社 2010 p239

閃（綱淵謙錠）
◇「明暗廻り灯籠」光風社出版 1998（光風社文庫）p63

1001の光の物語（西秋生）
◇「物語のルミナリエ」光文社 2011（光文社文庫）p327

善意の裏返し（河村正明）
◇「ショートショートの広場 15」講談社 2004（講談社文庫）p107

先ը流「浦波」（五味康祐）
◇「娘秘剣」徳間書店 2011（徳間文庫）p97

戦役（安西冬衛）
◇「新装版 全集現代文学の発見 13」學藝書林 2004 p14

千円鶴（@Orihika）
◇「3.11心に残る140字の物語」学研パブリッシング 2011 p99

泉岳寺の白明（村上元三）
◇「忠臣蔵コレクション 4」河出書房新社 1998（河出文庫）p275
◇「江戸めぐり雨」学研パブリッシング 2014（学研M文庫）p131

千ヶ寺詣（北村四海）
◇「文豪怪談傑作選 特別編」筑摩書房 2007（ちくま文庫）p52

前科八犯（伊藤雪魚）
◇「ショートショートの広場 13」講談社 2002（講談社文庫）p106

戦艦大和ノ最期（吉田満）
◇「新装版 全集現代文学の発見 10」學藝書林 2004 p58

戦艦大和ノ最期（初出形）（吉田満）
◇「コレクション戦争と文学 8」集英社 2011 p499

潜艦呂号99浮上せず（山田風太郎）
◇「永遠の夏―戦争小説集」実業之日本社 2015（実業之日本社文庫）p293

先客（金澤ぐれい）
◇「ショートショートの広場 10」講談社 2000（講談社文庫）p89

千客万来（諸田玲子）
◇「合わせ鏡―女流時代小説傑作選」角川春樹事務所 2003（ハルキ文庫）p81

1996年のヒッピー（吉川トリコ）
◇「ラブソングに飽きたら」幻冬舎 2015（幻冬舎文庫）p265

一九五一年六月二五日の晩餐会（金時鐘）
◇「〈在日〉文学全集 5」勉誠出版 2006 p141

一九五六年秋（井上光晴）
◇「戦後文学エッセイ選 13」影書房 2008 p196

一九一一年集（高橋信吉）
◇「新装版 全集現代文学の発見 1」學藝書林 2002 p250

千九百十二年日記（石川啄木）
◇「明治の文学 19」筑摩書房 2002 p391

一九七九年一二月八日午後3時（鄭仁）
◇「〈在日〉文学全集 17」勉誠出版 2006 p160

一九七三年八月真昼中（越一人）
◇「ハンセン病文学全集 7」皓星社 2004 p334

一九二一年・梅雨 稲葉正武（島村洋子）
◇「丸谷才一編・花柳小説傑作選」講談社 2013（講談社文芸文庫）p82

一九二一年に於ける我新詩運動の四種の展開（平戸廉吉）
◇「新装版 全集現代文学の発見 1」學藝書林 2002 p236

一九二八年三月十五日（小林多喜二）
◇「新装版 全集現代文学の発見 3」學藝書林 2003 p61

一九八九年秋の心境（井上光晴）
◇「戦後文学エッセイ選 13」影書房 2008 p219

1985・赤坂「MUGEN」にて（全美惠）
◇「〈在日〉文学全集 18」勉誠出版 2006 p365

一九八五年の言霊（小森健太朗）
◇「新本格猛虎会の冒険」東京創元社 2003 p47

一九四一年のモーゼル（北山猛邦）
◇「ミステリーズ！ extra―《ミステリ・フロンティア》特集」東京創元社 2004 p116

一九四一年・春 稲葉正武（島村洋子）
◇「丸谷才一編・花柳小説傑作選」講談社 2013（講談社文芸文庫）p113

一九四九年十一月二日（許南麒）
◇「〈在日〉文学全集 2」勉誠出版 2006 p144

一九四五年三月（井上光晴）
◇「戦後占領期短篇小説コレクション 7」藤原書店 2007 p131

一九四〇年代・夏（田村隆一）
◇「新装版 全集現代文学の発見 13」學藝書林 2004 p280

一一九四〇年の女たちに（金子光晴）
◇「新装版 全集現代文学の発見 13」學藝書林 2004 p201

一九六五年八月十五日の思想（木下順二）
◇「戦後文学エッセイ選 8」影書房 2005 p30

一九六〇年のピザとボルシチ（常盤陽）
◇「宇宙小説」講談社 2012（講談社文庫）p110

仙境異聞（抄）（平田篤胤）
◇「文豪てのひら怪談」ポプラ社 2009（ポプラ文庫）p184

宣教師の学校に入ってはいけないよ≫内村正子（内村鑑三）
◇「日本人の手紙 1」リブリオ出版 2004 p137

仙境の晩餐（安生正）
◇「5分で読める！ ひと駅ストーリー 食の話」宝島社 2015（宝島社文庫）p19
◇「5分で驚く！ どんでん返しの物語」宝島社 2016（宝島社文庫）p9

選挙殺人事件（坂口安吾）
◇「ペン先の殺意―文芸ミステリー傑作選」光文社 2005（光文社文庫）p189

選挙トトカルチョ（佐野洋）
◇「ザ・ベストミステリーズ―推理小説年鑑 2008」講談社 2008 p149
◇「Doubtきりのない疑惑」講談社 2011（講談社文庫）p135

千軍万馬の闇将軍（佐藤雅美）
◇「代表作時代小説 平成11年度」光風社出版 1999 p27
◇「愛染夢灯籠―時代小説傑作選」講談社 2005（講談社文庫）p22

繊月（向井ゆき子）
◇「平成28年熊本地震作品集」くまもと文学・歴史館友の会 2016 p16

宣言（海野十三, 小栗虫太郎, 木々高太郎）
◇「幻の探偵雑誌 3」光文社 2000（光文社文庫）p116

宣言（新進會）
◇「近代朝鮮文学日本語作品集1901～1938 評論・随筆篇 3」緑蔭書房 2004 p365

宣言（春植）
◇「近代朝鮮文学日本語作品集1901～1938 評論・随筆篇 3」緑蔭書房 2004 p364

宣言（朝鮮文人報國會）
◇「近代朝鮮文学日本語作品集1939～1945 評論・随筆篇 3」緑蔭書房 2002 p480

先遣隊（徳永直）
◇「コレクション戦争と文学 16」集英社 2012 p85

千軒岳にて（火野葦平）
◇「文豪山怪奇譚―山の怪談名作選」山と渓谷社 2016 p7

泉光院回国日記―愛染明王の闇（三友隆司）
◇「立川文学 1」けやき出版 2011 p9

全校生徒が合掌して（竹内義和）
◇「文藝百物語」ぶんか社 1997 p163

前號の詩歌（朱耀翰）
◇「近代朝鮮文学日本語作品集1908～1945 セレクション 5」緑蔭書房 2008 p17

前號の詩歌（耀翰）
◇「近代朝鮮文学日本語作品集1908～1945 セレクション 5」緑蔭書房 2008 p35

線香花火（朱雀門出）
◇「てのひら怪談―ゴーケーワン怪談大賞傑作選 庚寅」ポプラ社 2010（ポプラ文庫）p224

戦国権謀（松本清張）
◇「軍師の死にざま―短篇小説集」作品社 2006 p301

戦国権謀―本多正純（松本清張）
◇「軍師の死にざま」実業之日本社 2013（実業之日本社文庫）p377

戦国佐久（佐藤春夫）
◇「歴史小説の世紀 天の巻」新潮社 2000（新潮文庫）p111
◇「信州歴史時代小説傑作集 1」しなのき書房 2007 p107

戦国狸（村上元三）
◇「極め付き時代小説選 3」中央公論新社 2004（中公文庫）p319

戦国とりかえばや物語（南條範夫）
◇「剣光闇を裂く」光風社出版 1997（光風社文庫）p189

仙石原（高井有一）
◇「私小説名作選 下」講談社 2012（講談社文芸文庫）p204

戦国バレンタインデー（大槻ケンヂ）
◇「不思議の扉 時間がいっぱい」角川書店 2010（角川文庫）p45

戦国ぶっかけ飯（風野真知雄）
◇「戦国秘史―歴史小説アンソロジー」KADOKAWA 2016（角川文庫）p73

戦国無頼―真田ゲリラ隊（池波正太郎）
◇「信州歴史時代小説傑作集 3」しなのき書房 2007 p221

全国まずいものマップ（清水義範）
◇「たんときれいに召し上がれ―美食文学精選」芸術新聞社 2015 p303

戦国夢道陣（加納一朗）
◇「怪奇・伝奇時代小説選集 14」春陽堂書店 2000（春陽文庫）p223

戦後斎田昭吉現われる事（富士正晴）
◇「戦後文学エッセイ選 7」影書房 2006 p177

全骨類の少女たち（寺山修司）
◇「ちくま日本文学 6」筑摩書房 2007（ちくま文庫）p193

戦後動員（井川久）
◇「山形県文学全集第1期（小説編）1」郷土出版社 2004 p535

仙湖の手簡（正岡子規）
◇「新日本古典文学大系 明治編 27」岩波書店 2003 p277

戦後の女性 生活の記録12（宮本常一）
◇「日本文学全集 14」河出書房新社 2015 p489

戦後文学「殺す者」「殺される者」ベスト・テン（埴谷雄高）
◇「戦後文学エッセイ選 3」影書房 2005 p224

戦後文学の党派性（埴谷雄高）
◇「戦後文学エッセイ選 3」影書房 2005 p179

戦災者の悲しみ（正宗白鳥）

せんさ

◇「私小説名作選 上」講談社 2012（講談社文芸文庫）p80

穿鑿好きな紐（霜島ケイ, 加門七海）
◇「文藝百物語」ぶんか 1997 p137

仙山線と初乗記（渡邉徳太郎）
◇「山形県文学全集第2期（随筆・紀行編）2」郷土出版社 2005 p158

千三百年の往来（上村佑）
◇「5分で読める！ ひと駅ストーリー 旅の話」宝島社 2015（宝島社文庫）p197

千山萬水（抄）（大橋乙羽）
◇「山形県文学全集第2期（随筆・紀行編）1」郷土出版社 2005 p112

戦時下の満洲（牧洋）
◇「近代朝鮮文学日本語作品集1939〜1945 評論・随筆篇 2」緑蔭書房 2002 p401

戦士たち（光瀬龍）
◇「贈る物語Wonder」光文社 2002 p323

全自動家族（春みきを）
◇「ショートショートの花束 8」講談社 2016（講談社文庫）p39

前事不忘、後事之師（竹内好）
◇「戦後文学エッセイ選 4」影書房 2005 p220

染指鳳仙花歌（金鍾漢）
◇「近代朝鮮文学日本語作品集1939〜1945 創作篇 6」緑蔭書房 2001 p281

全州（ぜんしゅう）… → "チョンジュ…"を見よ

全集完結に寄せて（甘南備あさ美）
◇「リトル・リトル・クトゥルー―史上最小の神話小説集」学習研究社 2009 p152

千住が原からの眺め（保志成晴）
◇「てのひら怪談―ビーケーワン怪談大賞傑作選 2」ポプラ社 2007 p182
◇「てのひら怪談―ビーケーワン怪談大賞傑作選 己丑」ポプラ社 2009（ポプラ文庫）p170

戦術問題 朝鮮に於ける我々の戦術（李均）
◇「近代朝鮮文学日本語作品集1901〜1938 評論・随筆篇 1」緑蔭書房 2004 p221

千手と三河―橘成季『古今著聞集』（橘成季）
◇「美少年」国書刊行会 1997（書物の王国）p201

鮮女（柳寅成）
◇「近代朝鮮文学日本語作品集1908〜1945 セレクション 6」緑蔭書房 2008 p89

僭称（井上祐美子）
◇「代表作時代小説 平成11年度」光風社出版 1999 p245
◇「愛染夢灯籠―時代小説傑作選」講談社 2005（講談社文庫）p278

戦場（文哲兒）
◇「近代朝鮮文学日本語作品集1908〜1945 セレクション 4」緑蔭書房 2008 p363

戦場からの電話―Telephone Call from the Field（山野浩一）
◇「あしたは戦争」筑摩書房 2016（ちくま文庫）p47

戦場にて（菊地秀行）
◇「暗闇」中央公論新社 2004（C NOVELS）p161

船上にて（若竹七海）
◇「ミステリマガジン700 国内篇」早川書房 2014（ハヤカワ・ミステリ文庫）p385

船上の悪女（若竹七海）
◇「緋迷宮―ミステリー・アンソロジー」祥伝社 2001（祥伝社文庫）p275

線上の子どもたち（温又柔）
◇「十年後のこと」河出書房新社 2016 p75

戦勝の歳暮（平沼文甫）
◇「近代朝鮮文学日本語作品集1939〜1945 創作篇 6」緑蔭書房 2001 p40

戦場の人間心理（武田泰淳）
◇「戦後文学エッセイ選 5」影書房 2006 p103

戦場の夜想曲（田中芳樹）
◇「日本SF短篇50 3」早川書房 2013（ハヤカワ文庫 JA）p75

戦場の博物誌（開高健）
◇「ちくま日本文学 24」筑摩書房 2008（ちくま文庫）p247

染織品（金関丈夫）
◇「日本統治期台湾文学集成 17」緑蔭書房 2003 p267

戦時糧餉談（森鷗外）
◇「文人御馳走帖」新潮社 2014（新潮文庫）p19

前身（石川淳）
◇「歴史小説の世紀 天の巻」新潮社 2000（新潮文庫）p169

千仞峡谷の妖怪（藤原審爾）
◇「魔剣くずし秘聞」光風社出版 1998（光風社文庫）p323

鮮人事件、大杉事件の露国に於ける輿論（山内封介）
◇「天変動く大震災と作家たち」インパクト出版会 2011（インパクト選書）p194

前進しよう。（@takesuzume）
◇「3.11心に残る140字の物語」学研パブリッシング 2011 p112

鮮人青年のものした『釋王寺夏籠りの記』（秦學文）
◇「近代朝鮮文学日本語作品集1901〜1938 評論・随筆篇 3」緑蔭書房 2004 p89

鮮人の草したる寄稿（一）（二）（南宮璧）
◇「近代朝鮮文学日本語作品集1901〜1938 評論・随筆篇 1」緑蔭書房 2004 p15

前進、もしくは前進のように思われるもの（江國香織）
◇「短篇ベストコレクション―現代の小説 2003」徳間書店 2003（徳間文庫）p439

先生たち（牧洋）
◇「近代朝鮮文学日本語作品集1939〜1945 創作篇 4」緑蔭書房 2001 p353

先生と僕（坂木司）
◇「名探偵の奇跡」光文社 2007（Kappa novels）

p207

◇「名探偵の奇跡」光文社 2010 (光文社文庫)
p259

先生に教えていただいたのが小学四年五年ころ≫前田一三 (山田風太郎)

◇「日本人の手紙 3」リブリオ出版 2004 p132

先生の裏わざ (佐野洋)

◇「ザ・ベストミステリーズ—推理小説年鑑 2000」講談社 2000 p355
◇「嘘つきは殺人のはじまり」講談社 2003 (講談社文庫) p178

先生の思ひ出—水上瀧太郎追悼 (柴田錬三郎)

◇「創刊一〇〇年三田文学名作選」三田文学会 2010 p705

センセイの鞄 (川上弘美, 筒井ともみ)

◇「テレビドラマ代表作選集 2004年版」日本脚本家連盟 2004 p63

先生の帰国 (上野友之)

◇「君に会いたい—恋愛短篇小説集」泰文堂 2012 (リンダブックス) p124

先生の肖像二つ (浜田廣介)

◇「山形県文学全集第2期(随筆・紀行編) 4」郷土出版社 2005 p161

先生の机 (俵万智)

◇「それはまだヒミツ—少年少女の物語」新潮社 2012 (新潮文庫) p125

先生の名前 (滝上舞)

◇「泣ける! 北海道」泰文堂 2015 (リンダパブリッシャーズの本) p43

先生よ、恋愛の思い出はありませんか≫西田幾多郎 (倉田百三)

◇「日本人の手紙 3」リブリオ出版 2004 p51

前世の因縁 (沢村凛)

◇「ザ・ベストミステリーズ—推理小説年鑑 2009」講談社 2009 p233
◇「Bluff騙し合いの夜」講談社 2012 (講談社文庫) p109

前世は兎 (吉村萬壱)

◇「文学 2016」講談社 2016 p254

半島ペン部隊報告書 戦線を巡りて (朴英熙)

◇「近代朝鮮文学日本語作品集1939〜1945 評論・随筆篇 3」緑蔭書房 2002 p451

戦線紀行 (一) (二) (朴英熙)

◇「近代朝鮮文学日本語作品集1939〜1945 評論・随筆篇 3」緑蔭書房 2002 p433

戦線の困苦を偲び (蔡萬植)

◇「近代朝鮮文学日本語作品集1908〜1945 セレクション 6」緑蔭書房 2008 p229

先祖 (渋谷良一)

◇「ショートショートの広場 8」講談社 1997 (講談社文庫) p140

戦 (小田実)

◇「コレクション戦争と文学 2」集英社 2012 p579

戦争 (北川冬彦)

◇「〈外地〉の日本語文学選 2」新宿書房 1996 p95
◇「新装版 全集現代文学の発見 13」學藝書林 2004

p24

戦争 (張文環)

◇「日本統治期台湾文学集成 23」緑蔭書房 2007 p365

戦争を知らない子どもたち (平久祥恵)

◇「中学生のドラマ 3」晩成書房 1996 p97

蝉噪 (せんそう) 記 (花田清輝)

◇「戦後文学エッセイ選 1」影書房 2005 p218

前奏曲 (石神茉莉)

◇「物語のルミナリエ」光文社 2011 (光文社文庫) p206

浅草寺消失 (都筑道夫)

◇「綾辻・有栖川復刊セレクション 新顎十郎捕物帳」講談社 2007 (講談社ノベルス) p39

戦争体験館 (三崎亜記)

◇「短篇ベストコレクション—現代の小説 2006」徳間書店 2006 (徳間文庫) p301

戦争と一人の女 (坂口安吾)

◇「戦後占領期短篇小説コレクション 1」藤原書店 2007 p215
◇「我等、同じ船に乗り」文藝春秋 2009 (文春文庫) p211

戦争と一人の女 無削除版 (坂口安吾)

◇「戦後短篇小説再発見 2」講談社 2001 (講談社文芸文庫) p9

戦争と文學 (香山光郎)

◇「近代朝鮮文学日本語作品集1939〜1945 評論・随筆篇 2」緑蔭書房 2002 p367

文学評論 戦争と文學 (金本宗煕)

◇「近代朝鮮文学日本語作品集1939〜1945 評論・随筆篇 2」緑蔭書房 2002 p336

戦争と私 (武田泰淳)

◇「戦後文学エッセイ選 5」影書房 2006 p137

戦争について (小林秀雄)

◇「コレクション戦争と文学 7」集英社 2011 p112

戦争の記憶 (二) (小林弘明)

◇「ハンセン病文学全集 7」皓星社 2004 p200

戦争論 (寺山修司)

◇「ちくま日本文学 6」筑摩書房 2007 (ちくま文庫) p58

戦争はおしまいになった (宮本正清)

◇「読み聞かせる戦争」光文社 2015 p247

戦争はなかった (小松左京)

◇「永遠の夏—戦争小説集」実業之日本社 2015 (実業之日本社文庫) p575
◇「暴走する正義」筑摩書房 2016 (ちくま文庫) p79

戦争—A Riichi Yokomitsu (北川冬彦)

◇「新装版 全集現代文学の発見 13」學藝書林 2004 p24

先祖返り (青木美土里)

◇「てのひら怪談—ビーケーワン怪談大賞傑作選 百怪繚乱篇」ポプラ社 2008 p164

洗足の家 (永井するみ)

◇「らせん階段—女流ミステリー傑作選」角川春樹事務所 2003 (ハルキ文庫) p143

せんそ

跣足礼讃（岡本かの子）
◇「精選女性随筆集 4」文藝春秋 2012 p182
喘息療法（結城昌治）
◇「犯人は秘かに笑う──ユーモアミステリー傑作選」
光文社 2007（光文社文庫）p197
仙台花押（泡坂妻夫）
◇「代表作時代小説 平成12年度」光風社出版 2000
p395
川内原発（澤田博行）
◇「平成28年熊本地震作品集」くまもと文学・歴史
館友の会 2016 p30
千駄木の先生（小山内薫）
◇「創刊一〇〇年三田文学名作選」三田文学会 2010
p640
洗濯（香山末子）
◇「ハンセン病文学全集 7」皓星社 2004 p423
洗濯（志樹逸馬）
◇「ハンセン病文学全集 7」皓星社 2004 p319
選択（川島徹）
◇「全作家短編小説集 8」全作家協会 2009 p191
選択肢（あんどー春）
◇「ショートショートの花束 6」講談社 2014（講
談社文庫）p240
洗濯の日（常盤奈津子）
◇「ショートショートの広場 15」講談社 2004（講
談社文庫）p78
戦地へのロマンチシズム──詩人の立場から（林
學洙）
◇「近代朝鮮文学日本語作品集1908〜1945 セレクショ
ン 6」緑蔭書房 2008 p183
センチメンタル・ブラームス（宮里政充）
◇「全作家短編小説集 10」のべる出版 2011 p223
敞翼同惜少年春（古野まほろ）
◇「学び舎は血を招く」講談社 2008（講談社ノベル
ス）p97
船中の幻覚（田島金次郎）
◇「文豪怪談傑作選 特別編」筑摩書房 2007（ちく
ま文庫）p75
宣伝（高田保）
◇「アンソロジー・プロレタリア文学 3」森話社
2015 p194
宣傳の効果（崔載瑞）
◇「近代朝鮮文学日本語作品集1939〜1945 評論・随筆
篇 3」緑蔭書房 2002 p267
鮮童（李國榮）
◇「近代朝鮮文学日本語作品集1908〜1945 セレクショ
ン 6」緑蔭書房 2008 p89
戦闘員（宮部みゆき）
◇「NOVA+──書き下ろし日本SFコレクション バベ
ル」河出書房新社 2014（河出文庫）p13
善童子（飯沢匡）
◇「剣鬼らの饗宴」光風社出版 1998（光風社文庫）
p51
先導獣の話（古井由吉）
◇「戦後短篇小説再発見 9」講談社 2002（講談社

文芸文庫）p155
◇「新装版 全集現代文学の発見 別巻」學藝書林
2005 p394
戦闘報告未記載事項（ウィル小隊）（佐藤斗史
生）
◇「リトル・リトル・クトゥルー──史上最小の神話
小説集」学習研究社 2009 p210
戦闘報告未記載事項（ハルキ小隊）（佐藤斗史
生）
◇「リトル・リトル・クトゥルー──史上最小の神話
小説集」学習研究社 2009 p212
戦闘糧食（神家正成）
◇「5分で読める！ ひと駅ストーリー 食の話」宝島
社 2015（宝島社文庫）p139
「聖ジェームス病院」を歌う猫（筒井康隆）
◇「にゃんそろじー」新潮社 2014（新潮文庫）
p167
千と千尋の神隠し（アフレコ台本）（宮崎駿）
◇「年鑑代表シナリオ集 '01」映人社 2002 p93
せんとらる地球市建設記録（星田三平）
◇「戦前探偵小説四人集」論創社 2011（論創ミステ
リ叢書）p197
セントルイス・ブルース（平塚白銀）
◇「探偵小説の風景──トラフィック・コレクション
下」光文社 2009（光文社文庫）p155
線に関する覚書 1（李箱）
◇「〈外地〉の日本語文学選 3」新宿書房 1996 p90
線に関する覚書 2（李箱）
◇「〈外地〉の日本語文学選 3」新宿書房 1996 p91
線に関する覚書 3（李箱）
◇「〈外地〉の日本語文学選 3」新宿書房 1996 p92
線に関する覚書 4（未定稿）（李箱）
◇「〈外地〉の日本語文学選 3」新宿書房 1996 p92
線に関する覚書 5（李箱）
◇「〈外地〉の日本語文学選 3」新宿書房 1996 p93
線に関する覚書 6（李箱）
◇「〈外地〉の日本語文学選 3」新宿書房 1996 p94
線に関する覚書 7（李箱）
◇「〈外地〉の日本語文学選 3」新宿書房 1996 p96
千日前（折口信夫）
◇「ちくま日本文学 25」筑摩書房 2008（ちくま文
庫）p38
潜入調査（藤田宜永）
◇「悪意の迷路」光文社 2016（最新ベスト・ミステ
リー）p329
仙女の泉（笹岡利宏）
◇「ショートショートの広場 8」講談社 1997（講
談社文庫）p119
仙人（芥川龍之介）
◇「冒険の森へ──傑作小説大全 13」集英社 2016 p8
仙人出現の理由を研究すべき事（柳田國男）
◇「ちくま日本文学 15」筑摩書房 2008（ちくま文
庫）p163
千人塚の夜（島田一男）
◇「湯の街殺人旅情──日本ミステリー紀行」青樹社

2000（青樹社文庫）p321

仙人的思想（正岡子規）
◇「新日本古典文学大系 明治編 27」岩波書店 2003 p12

善人の研究（寺山修司）
◇「ちくま日本文学 6」筑摩書房 2007（ちくま文庫）p432

善人橋の川獺（高取裕）
◇「松江怪談―新作怪談 松江物語」今井印刷 2015 p86

善人ハム（色川武大）
◇「昭和の短篇一人一冊集成 色川武大」未知谷 2008 p35
◇「ちくま日本文学 30」筑摩書房 2008（ちくま文庫）p241
◇「日本文学100年の名作 7」新潮社 2015（新潮文庫）p381

千年生きることができなかったアルベルト・ジャコメッティ（抜粋）（石井好子）
◇「精選女性随筆集 12」文藝春秋 2012 p83

千年を超えて（松村紘一）
◇「近代朝鮮文学日本語作品集1939～1945 創作篇 6」緑蔭書房 2001 p267
◇「近代朝鮮文学日本語作品集1908～1945 セレクション 4」緑蔭書房 2008 p446

千年後の再会（盧進容）
◇「〈在日〉文学全集 18」勉誠出版 2006 p216

千年蒼茫（金城真悠）
◇「文学 2004」講談社 2004 p25

千年のこだま（松下信雄）
◇「山形市児童劇団脚本集 3」山形市 2005 p18

千年のはじめ（宮本紀子）
◇「ゆきのまち幻想文学賞小品集 19」企画集団ぷりずむ 2010 p152

千年烈日（小池真理子）
◇「短篇ベストコレクション―現代の小説 2006」徳間書店 2006（徳間文庫）p437

善の無力（寺山修司）
◇「ちくま日本文学 6」筑摩書房 2007（ちくま文庫）p125

先輩の鳩（竹内義和）
◇「文藝百物語」ぶんか社 1997 p220

船舶王桃太郎の受難（角田諭）
◇「誰も知らない「桃太郎」「かぐや姫」のすべて」明拓出版 2009（創作童話シリーズ）p61

船場狂い（山崎豊子）
◇「大阪文学名作選」講談社 2011（講談社文芸文庫）p106

一〇八二〔あすこの田はねえ〕（宮沢賢治）
◇「ちくま日本文学 3」筑摩書房 2007（ちくま文庫）p432

選抜（安成美純）
◇「ショートショートの広場 16」講談社 2005（講談社文庫）p59

一八九六年―三陸沖大津波 津波と人間（寺田寅彦）
◇「天変動く大震災と作家たち」インパクト出版会 2011（インパクト選書）p7

千葉（せんば）の祠（宮内洋子）
◇「現代鹿児島小説大系 4」ジャプラン 2014 p184

旋盤工の歌（林光範）
◇「近代朝鮮文学日本語作品集1908～1945 セレクション 4」緑蔭書房 2008 p311

禅ヒッキー――お客さまサポートセンターの島袋さん、解脱す（斉藤直子）
◇「NOVA―書き下ろし日本SFコレクション 9」河出書房新社 2013（河出文庫）p53

千姫絵図（澤田ふじ子）
◇「おんなの戦」角川書店 2010（角川文庫）p299
◇「姫君たちの戦国―時代小説傑作選」PHP研究所 2011（PHP文芸文庫）p195

千姫桜（有吉佐和子）
◇「戦国女人十一話」作品社 2005 p325

千姫と乳酪（竹田真砂子）
◇「剣の意地恋の夢―時代小説傑作選」講談社 2000（講談社文庫）p87
◇「江戸の満腹力―時代小説傑作選」集英社 2005（集英社文庫）p223

扇風機（久藤準）
◇「てのひら怪談―ビーケーワン怪談大賞傑作選 壬辰」ポプラ社 2012（ポプラ文庫）p148

善夫孤獨（金鍾漢）
◇「〈外地〉の日本語文学選 3」新宿書房 1996 p242
◇「近代朝鮮文学日本語作品集1939～1945 創作篇 6」緑蔭書房 2001 p128

善夫孤獨（序詩）（作者表記なし）
◇「近代朝鮮文学日本語作品集1939～1945 創作篇 6」緑蔭書房 2001 p146

センブロン河（金子光晴）
◇「ちくま日本文学 38」筑摩書房 2009（ちくま文庫）p356

せんべい蒲団（石川豊喜）
◇「ショートショートの広場 10」講談社 2000（講談社文庫）p110

前篇 プロローグ（横溝正史）
◇「甦る推理雑誌」光文社 2003（光文社文庫）p321

前方注意（影洋一）
◇「ショートショートの花束 3」講談社 2011（講談社文庫）p301

千本桜（領家高子）
◇「異色歴史短篇傑作大全」講談社 2003 p457

ゼンマイ仕掛けの神（小泉秀人）
◇「ショートショートの花束 5」講談社 2013（講談社文庫）p125

鮮満俳壇（李淳哲他）
◇「近代朝鮮文学日本語作品集1908～1945 セレクション 6」緑蔭書房 2008 p74

鮮満俳壇（趙相範他）
◇「近代朝鮮文学日本語作品集1908～1945 セレクション 6」緑蔭書房 2008 p78

せんめ

喘鳴（小瀬朧）
◇「てのひら怪談―ビーケーワン怪談大賞傑作選 壬辰」ポプラ社 2012（ポプラ文庫）p88

洗面器（金子光晴）
◇「新装版 全集現代文学の発見 13」學藝書林 2004 p201
◇「ちくま日本文学 38」筑摩書房 2009（ちくま文庫）p72
◇「日本文学全集 29」河出書房新社 2016 p31

前夜（藤原審爾）
◇「昭和の短篇一人一冊集成 藤原審爾」未知谷 2008 p109

千夜一夜（小川雫）
◇「ゆきのまち幻想文学賞小品集 21」企画集団ぷりずむ 2012 p144

煎薬（金最命）
◇「近代朝鮮文学日本語作品集1908～1945 セレクション 6」緑蔭書房 2008 p90

戦友（鮎川信夫）
◇「新装版 全集現代文学の発見 13」學藝書林 2004 p260

戦友の光（松本浄）
◇「てのひら怪談―ビーケーワン怪談大賞傑作選 庚寅」ポプラ社 2010（ポプラ文庫）p26

専用車両（遠藤浅蜊）
◇「5分で読める！ ひと駅ストーリー 乗車編」宝島社 2012（宝島社文庫）p243
◇「5分で笑える！ おバカで愉快な物語」宝島社 2016（宝島社文庫）p109

全裸刑事チャーリー（七尾与史）
◇「10分間ミステリー」宝島社 2012（宝島社文庫）p285
◇「5分で笑える！ おバカで愉快な物語」宝島社 2016（宝島社文庫）p21
◇「10分間ミステリー THE BEST」宝島社 2016（宝島社文庫）p105

全裸刑事チャーリー オシャレな股間!?殺人事件（七尾与史）
◇「もっとすごい！ 10分間ミステリー」宝島社 2013（宝島社文庫）p327
◇「5分で笑える！ おバカで愉快な物語」宝島社 2016（宝島社文庫）p255

全裸刑事チャーリー 恐怖の全裸車両（七尾与史）
◇「5分で読める！ ひと駅ストーリー 降車編」宝島社 2012（宝島社文庫）p35
◇「5分で笑える！ おバカで愉快な物語」宝島社 2016（宝島社文庫）p131

全裸刑事チャーリー衝撃！ 股間グラビア殺人事件（七尾与史）
◇「5分で読める！ ひと駅ストーリー 本の物語」宝島社 2014（宝島社文庫）p9

全裸刑事チャーリー戦慄！ 真冬のアベサダ事件（七尾与史）
◇「5分で読める！ ひと駅ストーリー 冬の記憶西口編」宝島社 2013（宝島社文庫）p271

全裸刑事チャーリー 旅の恥は脱ぎ捨て!?事件（七尾与史）
◇「5分で読める！ ひと駅ストーリー 旅の話」宝島社 2015（宝島社文庫）p39

全裸刑事チャーリー 真夏の黒い巨塔？ 殺人事件（七尾与史）
◇「5分で読める！ ひと駅ストーリー 夏の記憶東口編」宝島社 2013（宝島社文庫）p21

全裸楽園事件（郡山千冬）
◇「シャーロック・ホームズの災難―日本版」論創社 2007 p211

戦乱時代の回想録（杉浦明平）
◇「新装版 全集現代文学の発見 11」學藝書林 2004 p546

千里帰来集（森春濤）
◇「新日本古典文学大系 明治編 2」岩波書店 2004 p104

千里の馬（池宮彰一郎）
◇「異色忠臣蔵大傑作集」講談社 1999 p7

戦略会議（小松知佳）
◇「失恋前夜―大人のための恋愛短篇集」泰文堂 2013（レインブックス）p109

川柳（井上剣花坊）
◇「コレクション戦争と文学 6」集英社 2011 p282
◇「アンソロジー・プロレタリア文学 2」森話社 2014 p115
◇「アンソロジー・プロレタリア文学 3」森話社 2015 p12

川柳（井上信子）
◇「アンソロジー・プロレタリア文学 3」森話社 2015 p268

川柳（阪井久良岐）
◇「コレクション戦争と文学 6」集英社 2011 p282

川柳（佐多稲子）
◇「アンソロジー・プロレタリア文学 2」森話社 2014 p71

川柳（白石維想楼）
◇「アンソロジー・プロレタリア文学 2」森話社 2014 p58

川柳（鶴彬）
◇「コレクション戦争と文学 12」集英社 2013 p444
◇「アンソロジー・プロレタリア文学 1」森話社 2013 p83
◇「アンソロジー・プロレタリア文学 2」森話社 2014 p240
◇「アンソロジー・プロレタリア文学 3」森話社 2015 p9

川柳（中島国夫）
◇「アンソロジー・プロレタリア文学 3」森話社 2015 p166

川柳（森田一二）
◇「アンソロジー・プロレタリア文学 3」森話社 2015 p84

川柳をつくって（高館作夫）
◇「全作家短編集 15」のべる出版企画 2016 p279

千両蜜柑（笑福亭松鶴）

446　作品名から引ける日本文学全集案内 第III期

◇「くだものだもの」ランダムハウス講談社 2007
p35

千両蜜柑異聞（小松重男）
◇「万事金の世—時代小説傑作選」徳間書店 2006
（徳間文庫）p137

線路の国のアリス（有栖川有栖）
◇「短篇ベストコレクション—現代の小説 2014」徳
間書店 2014 〔徳間文庫〕p51
◇「殺意の隘路」光文社 2016（最新ベスト・ミステ
リー）p61

線路脇の家（恩田陸）
◇「短篇ベストコレクション—現代の小説 2016」徳
間書店 2016 〔徳間文庫〕p121

【 そ 】

添い寝（まつぐ）
◇「てのひら怪談 癸巳」KADOKAWA 2013（MF
文庫ダ・ヴィンチ）p70

僧（小川未明）
◇「文豪怪談傑作選 小川未明集」筑摩書房 2008
（ちくま文庫）p309

層（水沫流人）
◇「怪談列島ニッポン—書き下ろし諸国奇談競作集」
メディアファクトリー 2009（MF文庫）p73

蒼（色川武大）
◇「戦後短篇小説再発見 18」講談社 2004（講談社
文芸文庫）p87
◇「コレクション戦争と文学 13」集英社 2011 p446

像（加藤郁乎）
◇「新装版 全集現代文学の発見 13」學藝書林 2004
p614

田園散話 『僧』（朴勝極）
◇「近代朝鮮文学日本語作品集1939〜1945 評論・随筆
篇 3」緑蔭書房 2002 p221

そういう歌（長嶋有）
◇「十年後のこと」河出書房新社 2016 p123

象を記す（信夫恕軒）
◇「新日本古典文学大系 明治編 2」岩波書店 2004
p328

象を捨てる（きき）
◇「超短編の世界」創英社 2008 p72

「総穏寺仇撃」の旅（長谷川伸）
◇「山形県文学全集第2期（随筆・紀行編）2」郷土出版
社 2005 p130

造花（笹原実穂子）
◇「全作家短編小説集 10」のべる出版 2011 p124

窓外散見（白世哲）
◇「近代朝鮮文学日本語作品集1908〜1945 セレクショ
ン 3」緑蔭書房 2008 p173

相学奇談（中山義秀）
◇「万事金の世—時代小説傑作選」徳間書店 2006

（徳間文庫）p259

惣角流浪（今野敏）
◇「冒険の森へ—傑作小説大全 14」集英社 2016
p283

「早夏に」の巻（林華・富水両吟歌仙）（西谷富
水）
◇「新日本古典文学大系 明治編 4」岩波書店 2003
p171

創刊の歌（突）
◇「近代朝鮮文学日本語作品集1908〜1945 セレクショ
ン 4」緑蔭書房 2008 p129

葬儀の日（松浦理英子）
◇「山田詠美・増田みず子・松浦理英子・笙野頼子」
角川書店 1999（女性作家シリーズ）p225

雑木林（松宮彰子）
◇「Magma 噴の巻」ソフト商品開発研究所 2016
p111

雑木林の誘い（きき）
◇「超短編の世界 vol.3」創英社 2011 p124

蒼穹（梶井基次郎）
◇「ちくま日本文学 28」筑摩書房 2008（ちくま文
庫）p330

蒼穹（燈山文久）
◇「現代短編小説選—2005〜2009」日本民主主義文
学会 2010 p246

蒼穹（徳山文伯）
◇「近代朝鮮文学日本語作品集1908〜1945 セレクショ
ン 4」緑蔭書房 2008 p456

蒼穹への招待（秋田穂月）
◇「ハンセン病文学全集 7」皓星社 2004 p429

痩牛鬼（西村寿行）
◇「迷」文藝春秋 2003（推理作家になりたくて マ
イベストミステリー）p111
◇「マイ・ベスト・ミステリー 3」文藝春秋 2007
（文春文庫）p158

双魚宮—万華（太田忠司）
◇「十二宮12幻想」エニックス 2000 p315

遭遇（許南麒）
◇「〈在日〉文学全集 2」勉誠出版 2006 p243

詩集 象牙海岸（竹中郁）
◇「新装版 全集現代文学の発見 13」學藝書林 2004
p36

蒼月宮殺人事件（埋城白人）
◇「甦る『幻影城』 1」角川書店 1997（カドカワ・
エンタテインメント）p225

象牙の愛人（篠田真由美）
◇「玩具館」光文社 2001（光文社文庫）p217

草原愛（蜂飼耳）
◇「めぐり逢い—恋愛小説アンソロジー」角川春樹
事務所 2005（ハルキ文庫）p155

草原に咲く一輪の花—異聞 ノモンハン事件
（柴田哲孝）
◇「永遠の夏—戦争小説集」実業之日本社 2015（実
業之日本社文庫）p7

草原の風（ひかわ玲子）

そうけ

◇「グイン・サーガ・ワールド─グイン・サーガ続
篇プロジェクト 6」早川書房 2012（ハヤカワ
文庫 JA）p157

草原の敵（城山三郎）
◇「冒険の森へ─傑作小説大全 9」集英社 2016 p82

草原の人形（眉村卓）
◇「贈る物語Wonder」光文社 2002 p130

草原の果て（豊田寿秋）
◇「甦る推理雑誌 5」光文社 2003（光文社文庫）
p73

送行（秋山清）
◇「新装版 全集現代文学の発見 別巻」學藝書林
2005 p517

霜降─10月23日ごろ（小川糸）
◇「君と過ごす季節─秋から冬へ、12の暦物語」ポ
プラ社 2012（ポプラ文庫）p119

綜合された新文化の造立へ─俞鎭午氏抱負を
語る（兪鎭午）
◇「近代朝鮮文学日本語作品集1908〜1945 セレクショ
ン 6」緑蔭書房 2008 p312

●装甲弾機（萩原恭次郎）
◇「新装版 全集現代文学の発見 1」學藝書林 2002
p258

綜合的文体─椎名麟三氏の文体（野間宏）
◇「戦後文学エッセイ選 9」影書房 2008 p106

相剋の血（二階堂玲太）
◇「武士道切絵図─新鷹会・傑作時代小説選」光文
社 2010（光文社文庫）p385

喪妻記（福田鮭二）
◇「甦る推理雑誌 8」光文社 2003（光文社文庫）
p13

創作（大庭みな子）
◇「精選女性随筆集 6」文藝春秋 2012 p181

捜索者（大倉崇裕）
◇「川に死体のある風景」東京創元社 2010（創元推
理文庫）p127

捜索者──一ノ戸沢（大倉崇裕）
◇「川に死体のある風景」東京創元社 2006（Crime
club）p111

創作とヒント（王昶雄）
◇「日本統治期台湾文学集成 29」緑蔭書房 2007
p297

創作の一年（平沼文甫）
◇「近代朝鮮文学日本語作品集1939〜1945 評論・随筆
篇 2」緑蔭書房 2002 p19

桑三軒後集（森春濤）
◇「新日本古典文学大系 明治編 2」岩波書店 2004
p55

桑三軒集（森春濤）
◇「新日本古典文学大系 明治編 2」岩波書店 2004
p45

増産の蔭に─呑気な爺さんの話（楊逵）
◇「コレクション戦争と文学 18」集英社 2012 p159

総司が見た（南原幹雄）
◇「偉人八嶽推理帖─名探偵時代小説」双葉社 2004
（双葉文庫）p277

"總志願へ"門を叩く（京城日報）（作者表記な
し）
◇「近代朝鮮文学日本語作品集1908〜1945 セレクショ
ン 6」緑蔭書房 2008 p250

葬式（野川隆）
◇「〈外地〉の日本語文学選 2」新宿書房 1996 p181

葬式ヲ成ス事ヲ許サズ（天田愚庵）
◇「日本人の手紙 8」リブリオ出版 2004 p66

葬式紳士（結城昌治）
◇「匠」文藝春秋 2003（推理作家になりたくて マ
イベストミステリー）p61
◇「マイ・ベスト・ミステリー 1」文藝春秋 2007
（文春文庫）p88

葬式の名人（川端康成）
◇「ちくま日本文学 26」筑摩書房 2008（ちくま文
庫）p9
◇「日本近代短篇小説選 大正篇」岩波書店 2012
（岩波文庫）p299
◇「被差別文学全集」河出書房新社 2016（河出文
庫）p194

掃除嫌い（吉田訓子）
◇「ショートショートの広場 15」講談社 2004（講
談社文庫）p151

葬式列車（石原吉郎）
◇「新装版 全集現代文学の発見 13」學藝書林 2004
p397

相思樹─二幕（中山ちゑ）
◇「日本統治期台湾文学集成 11」緑蔭書房 2003
p149

喪失（荒津寛子）
◇「新装版 全集現代文学の発見 別巻」學藝書林
2005 p536

宗室の器（天野純希）
◇「決戦！ 本能寺」講談社 2015 p105

喪失者（李正子）
◇「〈在日〉文学全集 17」勉誠出版 2006 p261

総司の眸（羽山信樹）
◇「鍔鳴り疾風剣」光風社出版 2000（光風社文庫）
p7
◇「誠の旗がゆく─新選組傑作選」集英社 2003（集
英社文庫）p351

早春（小野十三郎）
◇「新装版 全集現代文学の発見 13」學藝書林 2004
p228

早春幻想（明石海人）
◇「ハンセン病文学全集 7」皓星社 2004 p432

早春の香り（古井由吉）
◇「恋物語」朝日新聞社 1998 p17

早春の譜（国満静志）
◇「ハンセン病文学全集 7」皓星社 2004 p393

早春の蜜蜂（尾崎一雄）
◇「早稲田作家処女作集」講談社 2012（講談社文芸
文庫）p229

早春─SECOND, LOVE（黒木謳子）
◇「日本統治期台湾文学集成 18」緑蔭書房 2003

p470

双槳（森春濤）
◇「新日本古典文学大系 明治編 2」岩波書店 2004
p8

創傷九か所あり―護持院ヶ原の敵討ち（新宮正春）
◇「時代小説傑作選 4」新人物往来社 2008 p179

僧正殺人事件（高信太郎）
◇「山口雅也の本格ミステリ・アンソロジー」角川書店 2007（角川文庫）p165

増殖（明野照葉）
◇「ミステリー―女性作家アンソロジー」祥伝社 2003（祥伝社文庫）p165

増殖（D坂ノボル）
◇「ショートショートの花束 7」講談社 2015（講談社文庫）p71

装飾棺桶（稲葉祥子）
◇「太宰治賞 2015」筑摩書房 2015 p171

草食の楽園（小林泰三）
◇「SF JACK」角川書店 2013 p193
◇「SF JACK」KADOKAWA 2016（角川文庫）p219

宗次郎応じ返し（えとう乱星）
◇「風の孤影」桃園書房 2001（桃園文庫）p139

喪神（五味康祐）
◇「歴史小説の世紀 地の巻」新潮社 2000（新潮文庫）p169
◇「新装版 全集現代文学の発見 16」學藝書林 2005 p300
◇「賭けと人生」筑摩書房 2011（ちくま文学の森）p485
◇「日本文学100年の名作 4」新潮社 2014（新潮文庫）p433

痩身術（太田忠司）
◇「変身」廣済堂出版 1998（廣済堂文庫）p189

喪心のうた（鮎川信夫）
◇「新装版 全集現代文学の発見 13」學藝書林 2004 p259

創生記―愛ハ惜シミナク奪ウ。（抄）（太宰治）
◇「文豪怪談傑作選 太宰治集」筑摩書房 2009（ちくま文庫）p191

双生児（夢乃鳥子）
◇「リトル・リトル・クトゥルー―史上最小の神話小説集」学習研究社 2009 p52

双生児―ある死刑囚が教誨師にうちあけた話（江戸川乱歩）
◇「怪奇探偵小説集 3」角川春樹事務所 1998（ハルキ文庫）p9

双生児の夢入り（南條範夫）
◇「江戸恋い明け烏」光風社出版 1999（光風社文庫）p243

双生真珠（林房雄）
◇「恐怖の花」ランダムハウス講談社 2007 p207

漱石先生と私（中勘助）
◇「創刊一〇〇年三田文学名作選」三田文学会 2010 p618

嗽石の書簡（正岡子規）
◇「新日本古典文学大系 明治編 27」岩波書店 2003 p278

嗽石の書簡第二 附余の返事（正岡子規）
◇「新日本古典文学大系 明治編 27」岩波書店 2003 p285

漱石夫人は占い好き（半藤末利子）
◇「にゃんそろじー」新潮社 2014（新潮文庫）p331

想像する自由―内部の人間の犯罪（秋山駿）
◇「新装版 全集現代文学の発見 10」學藝書林 2004 p534

曹操と曹丕（安西篤子）
◇「異色中国短篇傑作大全」講談社 1997 p41

曹操の死（藤水名子）
◇「黄土の群星」光文社 1999（光文社文庫）p209

葬送の夜（黒形圭）
◇「てのひら怪談 癸巳」KADOKAWA 2013（MF文庫ダ・ヴィンチ）p108

想像力を阻むもの（島尾敏雄）
◇「戦後文学エッセイ選 10」影書房 2007 p200

曾祖父（正岡子規）
◇「新日本古典文学大系 明治編 27」岩波書店 2003 p172

象太鼓―平安妖異伝（平岩弓枝）
◇「代表作時代小説 平成13年度」光風社出版 2001 p7

惣太の受難（甲賀三郎）
◇「罠の怪」勉誠出版 2002（べんせいライブラリー）p37

そうだよなあ（三枝蠟）
◇「ショートショートの広場 20」講談社 2008（講談社文庫）p182

相談（ヤマシタクニコ）
◇「超短編の世界 vol.2」創英社 2009 p78

相談所（安田洋平）
◇「ショートショートの花束 1」講談社 2009（講談社文庫）p68

早朝ねはん（門井慶喜）
◇「ザ・ベストミステリーズ―推理小説年鑑 2007」講談社 2007 p271
◇「MARVELOUS MYSTERY」講談社 2010（講談社文庫）p115

早朝の散歩（乃南アサ）
◇「恋物語」朝日新聞社 1998 p144

澡塘にて（白石）
◇「近代朝鮮文学日本語作品集1939〜1945 創作篇 6」緑蔭書房 2001 p210

双頭の影（今邑彩）
◇「匠」文藝春秋 2003（推理作家になりたくて マイベストミステリー）p254
◇「マイ・ベスト・ミステリー 1」文藝春秋 2007（文春文庫）p381

双頭の鷲（速瀬れい）
◇「獣人」光文社 2003（光文社文庫）p599

そうと

總督さんに會ふの記（丸井妙子）
　◇「日本統治期台湾文学集成 17」緑蔭書房 2003
　　p407
總督賞の意義（金村龍濟）
　◇「近代朝鮮文学日本語作品集1939〜1945 評論・随筆
　　篇 1」緑蔭書房 2002 p404
総督府模範竹林（伊藤永之介）
　◇「コレクション戦争と文学 18」集英社 2012 p30
象と陽かげ（丸山薫）
　◇「新装版 全集現代文学の発見 13」學藝書林 2004
　　p115
象と耳鳴り（恩田陸）
　◇「最新「珠玉推理」大全 中」光文社 1998 （カッ
　　パ・ノベルス）p67
　◇「怪しい舞踏会」光文社 2002 （光文社文庫）p93
象鳴き坂（薄井ゆうじ）
　◇「しぐれ舟―時代小説招待席」廣済堂出版 2003
　　p91
　◇「しぐれ舟―時代小説招待席」徳間書店 2008 （徳
　　間文庫）p95
遭難遺体の告発（梓林太郎）
　◇「七人の刑事」廣済堂出版 1998 （KOSAIDO
　　BLUE BOOKS）p223
遭難者（岬竜悟）
　◇「SFバカ本 ペンギン篇」廣済堂出版 1999 （廣済
　　堂文庫）p275
遭難者たち（大矢風子）
　◇「ゆきのまち幻想文学賞・小品集 9」企画集団ぶ
　　りずむ 2000 p84
象（ぞう）の歌（中島敦）
　◇「ちくま日本文学 12」筑摩書房 2008 （ちくま文
　　庫）p445
僧の死にて後、舌残りて山に在りて法花を誦
　する語、第三十一（今昔物語集）（作者不詳）
　◇「鬼譚」筑摩書房 2014 （ちくま文庫）p169
象の消滅（村上春樹）
　◇「現代小説クロニクル 1985〜1989」講談社 2015
　　（講談社文芸文庫）p7
象の鼻（鄭寅燮）
　◇「近代朝鮮文学日本語作品集1939〜1945 創作篇 6」
　　緑蔭書房 2001 p414
総評「怪化百物語」（高畠藍泉）
　◇「新日本古典文学大系 明治編 1」岩波書店 2004
　　p390
雑兵譚（数野和夫）
　◇「紅蓮の翼―異彩時代小説秀作撰」叢文社 2007
　　p43
想夫恋（北村薫）
　◇「本格ミステリー二〇〇七年本格短編ベスト・セ
　　レクション 07」講談社 2007 （講談社ノベル
　　ス）p155
　◇「法廷ジャックの心理学―本格短編ベスト・セレ
　　クション」講談社 2011 （講談社文庫）p231
草平さんの幽霊（内田百閒）
　◇「文豪怪談傑作選 大正篇」筑摩書房 2011 （ちく
　　ま文庫）p109

送別二首（森春濤）
　◇「新日本古典文学大系 明治編 2」岩波書店 2004
　　p4
僧帽筋（塚本邦雄）
　◇「リテラリーゴシック・イン・ジャパン―文学的
　　ゴシック作品選」筑摩書房 2014 （ちくま文庫）
　　p143
双方待ぼけ 新宿駅頭郵便の講釈―喜多村立往
　生（作者表記なし）
　◇「文豪怪談傑作選 特別編」筑摩書房 2009 （ちく
　　ま文庫）p145
蒼馬を見たり（林芙美子）
　◇「ちくま日本文学 20」筑摩書房 2008 （ちくま文
　　庫）p13
蒼馬を見たり（抄）（林芙美子）
　◇「ちくま日本文学 20」筑摩書房 2008 （ちくま文
　　庫）p9
走馬灯（新藤卓広）
　◇「もっとすごい！ 10分間ミステリー」宝島社
　　2013 （宝島社文庫）p293
　◇「10分間ミステリー THE BEST」宝島社 2016
　　（宝島社文庫）p343
走馬灯（森田浩平）
　◇「ショートショートの花束 5」講談社 2013 （講
　　談社文庫）p228
走馬燈、止まるまで（久保田弥代）
　◇「玩具館」光文社 2001 （光文社文庫）p337
走馬灯流し（逢上央士）
　◇「5分で読める！ ひと駅ストーリー 夏の記憶東口
　　編」宝島社 2013 （宝島社文庫）p231
　◇「5分で驚く！ どんでん返しの物語」宝島社 2016
　　（宝島社文庫）p133
走馬灯のように母は。（谷口雅美）
　◇「母のなみだ―愛しき家族を想う短篇小説集」泰
　　文堂 2012 （Linda books！）p227
明治奇獄 掃魔の曙（渡辺綱）
　◇「新日本古典文学大系 明治編 13」岩波書店 2007
　　p323
相馬の金さん（岡本綺堂）
　◇「ちくま日本文学 32」筑摩書房 2009 （ちくま文
　　庫）p368
相命家（金関丈夫）
　◇「日本統治期台湾文学集成 17」緑蔭書房 2003
　　p141
相聞歌（西穂梓）
　◇「現代作家代表作選集 10」鼎書房 2015 p83
相聞一（芥川龍之介）
　◇「ちくま日本文学 2」筑摩書房 2007 （ちくま文
　　庫）p452
相聞二（芥川龍之介）
　◇「ちくま日本文学 2」筑摩書房 2007 （ちくま文
　　庫）p453
相聞三（芥川龍之介）
　◇「ちくま日本文学 2」筑摩書房 2007 （ちくま文
　　庫）p453
想夜曲（難波弘之）

そくに

◇「マスカレード」光文社 2002（光文社文庫）p447

象やの象さん（長谷川如是閑）
◇「日本文学100年の名作 1」新潮社 2014（新潮文庫）p261

掻痒記（内田百閒）
◇「人間みな病気」ランダムハウス講談社 2007 p77

騒乱の町（李正子）
◇「〈在日〉文学全集 17」勉誠出版 2006 p287

ぞうり（山川彌千枝）
◇「ファイン／キュート素敵かわいい作品選」筑摩書房 2015（ちくま文庫）p132

僧侶（吉岡実）
◇「新装版 全集現代文学の発見 9」學藝書林 2004 p514
◇「リテラリーゴシック・イン・ジャパン—文学的ゴシック作品選」筑摩書房 2014（ちくま文庫）p169
◇「日本文学全集 29」河出書房新社 2016 p49

僧侶 抄（吉岡実）
◇「新装版 全集現代文学の発見 9」學藝書林 2004 p512

叢林の果て（辻邦生）
◇「コレクション戦争と文学 3」集英社 2012 p153

ソウル（李龍海）
◇「〈在日〉文学全集 18」勉誠出版 2006 p241

ソウル（桐野夏生）
◇「街物語」朝日新聞社 2000 p90

ソウル讃歌（許南麒）
◇「〈在日〉文学全集 2」勉誠出版 2006 p109

ソウル詩集（許南麒）
◇「〈在日〉文学全集 2」勉誠出版 2006 p109

ソウル大学（許南麒）
◇「〈在日〉文学全集 2」勉誠出版 2006 p115
◇「〈在日〉文学全集 2」勉誠出版 2006 p214

ソウル地下鉄（許南麒）
◇「〈在日〉文学全集 2」勉誠出版 2006 p163

ソウルで（金太中）
◇「〈在日〉文学全集 18」勉誠出版 2006 p118

ソウル・ミュージック・ラバーズ・オンリー（山田詠美）
◇「山田詠美・増田みず子・松浦理英子・笙野頼子」角川書店 1999（女性作家シリーズ）p7

壮烈な闘い—野間宏（大庭みな子）
◇「精選女性随筆集 6」文藝春秋 2012 p207

滄浪亭記（兪鎭午）
◇「近代朝鮮文学日本語作品集1908〜1945 セレクション 2」緑蔭書房 2008 p7

挿話一ツ（金素雲）
◇「近代朝鮮文学日本語作品集1908〜1945 セレクション 3」緑蔭書房 2008 p245

副島さんは言っている—十月（若竹七海）
◇「殺意の隘路」光文社 2016（最新ベスト・ミステリー）p401

疎開（中西悟堂）
◇「山形県文学全集第2期（随筆・紀行編）2」郷土出版社 2005 p343

疎開記（井伏鱒二）
◇「コレクション戦争と文学 15」集英社 2012 p377

疎開日記（井伏鱒二）
◇「コレクション戦争と文学 15」集英社 2012 p383

曾我兄弟（西條八十）
◇「復讐」国書刊行会 2000（書物の王国）p130

曾我兄弟（滝口康彦）
◇「仇討ち」小学館 2006（小学館文庫）p87

俗悪について（人間は人間を）（坂口安吾）
◇「ちくま日本文学 9」筑摩書房 2008（ちくま文庫）p177

続・怒りの蟲（森茉莉）
◇「精選女性随筆集 7」文藝春秋 2012 p107

惻隠（恩田陸）
◇「吾輩も猫である」新潮社 2016（新潮文庫）p107

続往復書翰（宮島俊夫, 厚木叡）
◇「ハンセン病文学全集 5」皓星社 2010 p29

続近世崎人伝（抄）（三熊花顚）
◇「芸術家」国書刊行会 1998（書物の王国）p139

石窟庵（ソックルアム）（許南麒）
◇「〈在日〉文学全集 2」勉誠出版 2006 p81

続・Kは恐怖のK（霜島ケイ, 加門七海）
◇「文藝百物語」ぶんか社 1997 p132

続黄粱（石川鴻斎）
◇「新日本古典文学大系 明治編 3」岩波書店 2005 p297

続重病室日誌（北條民雄）
◇「ハンセン病文学全集 4」皓星社 2003 p234

賊将（池波正太郎）
◇「幕末剣客人斬り異聞 勤皇篇」アスキー 1997（Aspect novels）p143

続すみだ川（藤谷治）
◇「東と西 2」小学館 2010 p108
◇「東と西 2」小学館 2012（小学館文庫）p119

続・精力絶倫物語（世にも物凄い話）（源氏鶏太）
◇「昭和の短篇一人一冊集成 源氏鶏太」未知谷 2008 p139

続戦争と一人の女（坂口安吾）
◇「我等、同じ船に乗り」文藝春秋 2009（文春文庫）p273
◇「文学で考える〈仕事〉の百年」双文社出版 2010 p138
◇「文学で考える〈仕事〉の百年」翰林書房 2016 p138

句集 続々々生門（岡生門）
◇「ハンセン病文学全集 9」皓星社 2010 p460

続 田中河内介（徳川夢声）
◇「文豪怪談傑作選 特別編」筑摩書房 2008（ちくま文庫）p159

続・二銭銅貨（北村薫）

そくふ

◇「ミステリ★オールスターズ」角川書店 2010 p31
◇「ミステリ・オールスターズ」角川書店 2012 （角川文庫）p35

族譜（大澤達雄）
◇「近代朝鮮文学日本語作品集1939〜1945 創作篇 4」緑蔭書房 2001 p141

族譜（梶山季之）
◇「戦後短篇小説再発見 17」講談社 2003 （講談社文芸文庫）p34
◇「コレクション戦争と文学 17」集英社 2012 p157

族譜（金鍾漢）
◇「近代朝鮮文学日本語作品集1939〜1945 創作篇 6」緑蔭書房 2001 p280

続不亦快哉（信夫恕軒）
◇「新日本古典文学大系 明治編 2」岩波書店 2004 p353

俗謡「雪をんな」（佐藤春夫）
◇「日本文学全集 29」河出書房新社 2016 p28

続癲院記録（北條民雄）
◇「ハンセン病文学全集 4」皓星社 2003 p554

続立腹帖（内田百閒）
◇「復讐」国書刊行会 2000 （書物の王国）p235

測量艦 不知奈（安西冬衛）
◇「日本文学全集 29」河出書房新社 2016 p34

詩集 測量船（三好達治）
◇「新装版 全集現代文学の発見 13」學藝書林 2004 p98

祖国（荒井雅樹, 平松恵美子, 山田洋次）
◇「テレビドラマ代表作選集 2006年版」日本脚本家連盟 2006 p87

祖国がみえる（宗秋月）
◇「〈在日〉文学全集 18」勉誠出版 2006 p30

粗忽の死神（柳家喬太郎）
◇「妖怪変化―京極堂トリビュート」講談社 2007 p237

そこなう（江國香織）
◇「短篇ベストコレクション―現代の小説 2004」徳間書店 2004 （徳間文庫）p311

底無沼（角田喜久雄）
◇「怪奇探偵小説集 2」角川春樹事務所 1998 （ハルキ文庫）p41

そこにいた理由（柴田よしき）
◇「恋は罪つくり―恋愛ミステリー傑作選」光文社 2005 （光文社文庫）p391

そこにいる（タカスギシンタロ）
◇「超短編の世界 vol.2」創英社 2009 p106

そこにひとつの席が（黒田三郎）
◇「新装版 全集現代文学の発見 15」學藝書林 2005 p477

そこに指が（手塚治虫）
◇「60年代日本SFベスト集成」筑摩書房 2013 （ちくま文庫）p217

底のぬけた柄杓〈尾崎放哉〉（吉屋信子）
◇「精選女性随筆集 2」文藝春秋 2012 p192

そこはいつも青空（阪野陽花）

◇「「伊豆文学賞」優秀作品集 第12回」羽衣出版 2009 p45

組織と人間（伊藤整）
◇「新装版 全集現代文学の発見 4」學藝書林 2003 p488

溯死水系（森村誠一）
◇「殺意の海―釣りミステリー傑作選」徳間書店 2003 （徳間文庫）p39
◇「雪国にて―北海道・東北編」双葉社 2015 （双葉文庫）p57

そしてオリエント急行から誰もいなくなった（芦辺拓）
◇「全席死定―鉄道ミステリー名作館」徳間書店 2004 （徳間文庫）p127

そして、さくら湯―深川黄表紙掛取り帖（山本一力）
◇「代表作時代小説 平成15年度」光風社出版 2003 p315

そして誰もしなくなった（高千穂遙）
◇「日本SF全集 3」出版芸術社 2013 p125

そして鶏はいなくなった（上甲宣之）
◇「5分で読める！ ひと駅ストーリー 食の話」宝島社 2015 （宝島社文庫）p159

そしてふたたび、私たちのこと（角田光代）
◇「ナナイロノコイ―恋愛小説」角川春樹事務所 2003 p27

そして船は行く（井上雅彦）
◇「Fの肖像―フランケンシュタインの幻想たち」光文社 2010 （光文社文庫）p171

そしてまた夜は（穂崎円）
◇「人は死んだら電柱になる―電柱アンソロジー」遠すぎる未来団 2014 p238

俎上の恋（梅本育子）
◇「代表作時代小説 平成11年度」光風社出版 1999 p265
◇「愛染夢灯籠―時代小説傑作選」講談社 2005 （講談社文庫）p311

素数の呼び声（野尻抱介）
◇「SFマガジン700 国内篇」早川書房 2014 （ハヤカワ文庫SF）p241

蘇生（アンデルセン著, 森鷗外訳）
◇「新日本古典文学大系 明治編 25」岩波書店 2004 p323

蘇生（渋谷良一）
◇「ショートショートの広場 13」講談社 2002 （講談社文庫）p54

蘇生剣（楠木誠一郎）
◇「伝奇城―伝奇時代小説アンソロジー」光文社 2005 （光文社文庫）p441

祖先のこと（柳田國男）
◇「文豪怪談傑作選 柳田國男集」筑摩書房 2007 （ちくま文庫）p319
◇「ちくま日本文学 15」筑摩書房 2008 （ちくま文庫）p428

そ、そら、そらそら、兎のダンス（皆川博子）
◇「物語のルミナリエ」光文社 2011 （光文社文庫）

p236

そぞろごと（与謝野晶子）
◇「青鞜文学集」不二出版 2004 p5
◇「「新編」日本女性文学全集 4」菁柿堂 2012 p16

育ての親（気熱家慈雨吉）
◇「ショートショートの花束 4」講談社 2012（講談社文庫）p137

措置入院（中嶋博行）
◇「どたん場で大逆転」講談社 1999（講談社文庫）p87

俗唄三つ（小泉八雲）
◇「被差別文学全集」河出書房新社 2016（河出文庫）p69

卒業（恩田陸）
◇「午前零時」新潮社 2007 p53
◇「午前零時―P.S.昨日の私へ」新潮社 2009（新潮文庫）p63

卒業（幸田文）
◇「ちくま日本文学 5」筑摩書房 2007（ちくま文庫）p440

卒業（小林ミア）
◇「5分で読める！ ひと駅ストーリー 冬の記憶東口編」宝島社 2013（宝島社文庫）p21

卒業式（佐藤不二雄）
◇「山形県文学全集第2期〔随筆・紀行編〕6」郷土出版社 2005 p271

即興詩人（抄）（アンデルセン著，森鷗外訳）
◇「新日本古典文学大系 明治編 25」岩波書店 2004 p93

即興詩の作りぞめ（アンデルセン著，森鷗外訳）
◇「新日本古典文学大系 明治編 25」岩波書店 2004 p184

卒業写真（真保裕一）
◇「ザ・ベストミステリーズ―推理小説年鑑 2001」講談社 2001 p113
◇「殺人作法」講談社 2004（講談社文庫）p67

卒業写真（高橋克彦）
◇「雪国にて―北海道・東北編」双葉社 2015（双葉文庫）p239

卒業証書（遠山絵梨香）
◇「好きなのに」泰文堂 2013（リンダブックス）p209

卒業のバトン（志野英乃）
◇「中学校劇作シリーズ 10」青雲書房 2006 p183

卒業前、冬の日（鹿屋めじろ）
◇「飛翔―C★NOVELS大賞作家アンソロジー」中央公論新社 2013（C・NOVELS Fantasia）p84

卒業まであと半年（田名場美雪）
◇「12人のカウンセラーが語る12の物語」ミネルヴァ書房 2010 p189

卒業旅行（角田光代）
◇「恋のトビラ」集英社 2008 p27
◇「恋のトビラ―好き、やっぱり好き。」集英社 2010（集英社文庫）p35

卒業旅行ジャック（篠原昌裕）

◇「5分で読める！ ひと駅ストーリー 旅の話」宝島社 2015（宝島社文庫）p339
◇「5分で驚く！ どんでん返しの物語」宝島社 2016（宝島社文庫）p113

そっくり（西尾維新）
◇「妖怪変化―京極堂トリビュート」講談社 2007 p37

卒婚（折多紗知）
◇「現代鹿児島小説大系 4」ジャプラン 2014 p90

啐啄（幸田文）
◇「短編 女性文学 近代 続」おうふう 2002 p163
◇「精選女性随筆集 1」文藝春秋 2012 p12

ゾッとする病室（加門七海）
◇「文藝百物語」ぶんか社 1997 p102

句集 そてつ（奄美和光園そてつ俳句会）
◇「ハンセン病文学全集 9」皓星社 2010 p121

句集 そてつ 第二輯（奄美和光園そてつ俳句会）
◇「ハンセン病文学全集 9」皓星社 2010 p158

蘇鉄の実（沖縄愛楽園愛楽園句会）
◇「ハンセン病文学全集 9」皓星社 2010 p148

蘇鉄の実（沖縄愛楽園沖縄愛楽園短歌集）
◇「ハンセン病文学全集 8」皓星社 2006 p259

外嶋一郎主義―QED（西澤保彦）
◇「QED鏡家の薬屋探偵―メフィスト賞トリビュート」講談社 2010（講談社ノベルス）p77

備えあれば（込宮明日太）
◇「ショートショートの花束 5」講談社 2013（講談社文庫）p114

ソナチネ山のコインロッカー（高橋順子）
◇「文士の意地―車谷長吉撰短篇小説輯 下巻」作品社 2005 p382

その赤い点は血だ（田辺剛）
◇「優秀新人戯曲集 2006」ブロンズ新社 2005 p69

その朝サマルカンドでは（石原吉郎）
◇「新装版 全集現代文学の発見 13」學藝書林 2004 p398

その朝のアリバイは（山本巧次）
◇「10分間ミステリー THE BEST」宝島社 2016（宝島社文庫）p421

その後の大石一家―律女覚え書（永井路子）
◇「忠臣蔵コレクション 4」河出書房新社 1998（河出文庫）p79

その後の「リパルズ」（小栗虫太郎）
◇「文豪てのひら怪談」ポプラ社 2009（ポプラ文庫）p206

その暴風雨（城昌幸）
◇「探偵小説の風景―トラフィック・コレクション 上」光文社 2009（光文社文庫）p243

その一夜（内田百閒）
◇「コレクション戦争と文学 15」集英社 2012 p491

その犬の名はリリー（石沢英太郎）
◇「隣りの不安、目前の恐怖」双葉社 2016（双葉文庫）p45

そのお母さんたちに（許南麒）
◇「〈在日〉文学全集 2」勉誠出版 2006 p153

そのお

その男、剣呑につき（蒼井ひかり）
  ◇「5分で読める！ ひと駅ストーリー 冬の記憶東口編」宝島社 2013（宝島社文庫）p101

その男と私（藤谷治）
  ◇「スタートライン―始まりをめぐる19の物語」幻冬舎 2010（幻冬舎文庫）p163

その男は笑いすぎた（戌井昭人）
  ◇「超短編の世界 vol.2」創英社 2009 p14

その角を左に曲がって（栗田有起）
  ◇「女ともだち」小学館 2010 p63
  ◇「女ともだち」小学館 2013（小学館文庫）p75

その彼は、ずっと（桜井由）
  ◇「万華鏡―第14回フェリシモ文学賞作品集」フェリシモ 2011 p108

その木戸を通って（山本周五郎）
  ◇「日本怪奇小説傑作集 2」東京創元社 2005（創元推理文庫）p383
  ◇「右か、左か」文藝春秋 2010（文春文庫）p77
  ◇「読まずにいられぬ名短篇」筑摩書房 2014（ちくま文庫）p35
  ◇「日本文学100年の名作 5」新潮社 2015（新潮文庫）p227

その後のワトソン博士（東健而）
  ◇「シャーロック・ホームズの災難―日本版」論創社 2007 p181

その才をねたむ（逢坂剛）
  ◇「マイ・ベスト・ミステリー 2」文藝春秋 2007（文春文庫）p128

その小径（大庭みな子）
  ◇「精選女性随筆集 6」文藝春秋 2012 p239

その、すこやかならざるときも（角田光代）
  ◇「あの街で二人は―seven love stories」新潮社 2014（新潮文庫）p237

其利那（TH生）
  ◇「近代朝鮮文学日本語作品集1901～1938 評論・随筆篇 2」緑蔭書房 2004 p182

その前夜（金龍済）
  ◇「近代朝鮮文学日本語作品集1908～1945 セレクション 4」緑蔭書房 2008 p260

その前夜（キムリジャ）
  ◇「〈在日〉文学全集 18」勉誠出版 2006 p343

其他（金関丈夫）
  ◇「日本統治期台湾文学集成 17」緑蔭書房 2003 p272

その他多数（穂坂コウジ）
  ◇「超短編の世界 vol.3」創英社 2011 p36

その土くれ（許南麒）
  ◇「〈在日〉文学全集 2」勉誠出版 2006 p192

その手を引いて（十時直子）
  ◇「最後の一日12月18日―さよならが胸に染みる10の物語」泰文堂 2011（Linda books！）p236

その手紙は海を越えて（福元直樹）
  ◇「むすぶ―第11回フェリシモ文学賞作品集」フェリシモ 2008 p159

その手、握りしめた時（古森美枝）

その手―フェリシモしあわせショートショート」フェリシモ 1999 p164

その手は菓子である（萩原朔太郎）
  ◇「ちくま日本文学 36」筑摩書房 2009（ちくま文庫）p136

その時（黒田三郎）
  ◇「新装版 全集現代文学の発見 15」學藝書林 2005 p474

そのとき ことばは凍つた（金太中）
  ◇「〈在日〉文学全集 18」勉誠出版 2006 p105

その時は―（品川清）
  ◇「ハンセン病文学全集 7」皓星社 2004 p45

その年の夏（冬敏之）
  ◇「ハンセン病文学全集 3」皓星社 2002 p109
  ◇「コレクション戦争と文学 14」集英社 2012 p431

その夏のイフゲニア（安土萌）
  ◇「GOD」廣済堂出版 1999（廣済堂文庫）p13

その夏の今は（島尾敏雄）
  ◇「コレクション戦争と文学 9」集英社 2012 p78

そのぬくもりを（傳田光洋）
  ◇「心霊理論」光文社 2007（光文社文庫）p581

その橋の袂で（矢崎存美）
  ◇「物語のルミナリエ」光文社 2011（光文社文庫）p307

その場小説―黄・スモウ・チェス（いしいしんじ）
  ◇「文学 2014」講談社 2014 p193

その日（甲斐八郎）
  ◇「ハンセン病文学全集 2」皓星社 2002 p171
  ◇「ハンセン病文学全集 8」皓星社 2006 p427

その日（高橋源一郎）
  ◇「空を飛ぶ恋―ケータイがつなぐ28の物語」新潮社 2006（新潮文庫）p58

その日うちの学校では（姜舜）
  ◇「〈在日〉文学全集 17」勉誠出版 2006 p13

その日暮しの中から（上忠司）
  ◇「日本統治期台湾文学集成 18」緑蔭書房 2003 p211

その日（軍報道部提供）（濱田隼雄）
  ◇「日本統治期台湾文学集成 23」緑蔭書房 2007 p412

そのひとことで（伊藤陽子）
  ◇「ひらく―第15回フェリシモ文学賞」フェリシモ 2012 p18

その人にあらず（陳舜臣）
  ◇「コレクション戦争と文学 6」集英社 2011 p201

その日の吉良上野介（池宮彰一郎）
  ◇「人物日本の歴史―時代小説版 江戸編 上」小学館 2004（小学館文庫）p255

“その日”の來るまでお大事に（廣瀬續）
  ◇「近代朝鮮文学日本語作品集1908～1945 セレクション 6」緑蔭書房 2008 p243

その日（一幕）（江馬修）
  ◇「新・プロレタリア文学精選集 10」ゆまに書房 2004 p119

その日まで（新津きよみ）
- ◇「短篇ベストコレクション―現代の小説 2008」徳間書店 2008（徳間文庫）p383
- ◇「ザ・ベストミステリーズ―推理小説年鑑 2008」講談社 2008 p211
- ◇「Doubtきりのない疑惑」講談社 2011（講談社文庫）p185

その船に乗ってはいけない（竹本博文）
- ◇「絶体絶命！」泰文堂 2011（Linda books！）p283

その部屋（河野多惠子）
- ◇「文学 2010」講談社 2010 p54

そのものの名を呼ばぬ事に関する記述（谷川俊太郎）
- ◇「超短編アンソロジー」筑摩書房 2002（ちくま文庫）p117

その夜その朝―赤穂浪士討入前夜（大佛次郎）
- ◇「忠臣蔵コレクション 4」河出書房新社 1998（河出文庫）p45

その夜（島尾ミホ）
- ◇「我等、同じ船に乗り」文藝春秋 2009（文春文庫）p21

その夜の刑務所訪問（布施辰治）
- ◇「天変動く大震災と作家たち」インパクト出版会 2011（インパクト選書）p123

その路地へ曲がって（梶尾真治）
- ◇「魔地図」光文社 2005（光文社文庫）p107

その二（中村敬宇）
- ◇「新日本古典文学大系 明治編 2」岩波書店 2004 p144

そばかすのフィギュア（菅浩江）
- ◇「てのひらの宇宙―星雲賞短編SF傑作選」東京創元社 2013（創元SF文庫）p309

蕎麦切おその（池波正太郎）
- ◇「江戸夢あかり」学習研究社 2003（学研M文庫）p261
- ◇「江戸夢あかり」学研パブリッシング 2013（学研M文庫）p261
- ◇「雪月花・江戸景色」光文社 2013（光文社文庫）p141
- ◇「がんこ長屋」新潮社 2013（新潮文庫）p7

蕎麦の花の頃（李孝石）
- ◇「〈外地〉の日本語文学選 3」新宿書房 1996 p98

蕎麥の花の頃（李孝石著譯）
- ◇「近代朝鮮文学日本語作品集1901～1938 創作篇 5」緑蔭書房 2004 p175

蕎麦屋あれこれ（後藤紀一）
- ◇「山形県文学全集第2期（随筆・紀行編）4」郷土出版社 2005 p213

素服と青磁（李孝石）
- ◇「近代朝鮮文学日本語作品集1908～1945 セレクション 4」緑蔭書房 2008 p412

ソフトクリーム（柚木崎寿久）
- ◇「ショートショートの広場 20」講談社 2008（講談社文庫）p280

半熟卵にしてくれと探偵は言った（山口雅也）

「バカミスじゃない!?―史上空前のバカミス・アンソロジー」宝島社 2007 p51
- ◇「天地驚愕のミステリー」宝島社 2009（宝島社文庫）p157

祖父のカセットテープ（黒史郎）
- ◇「てのひら怪談―ビーケーワン怪談大賞傑作選」ポプラ社 2007 p62
- ◇「てのひら怪談―ビーケーワン怪談大賞傑作選」ポプラ社 2008（ポプラ文庫）p62

祖母（石井桃子）
- ◇「精選女性随筆集 8」文藝春秋 2012 p22

祖母が帰る朝（冬川文子）
- ◇「ゆきのまち幻想文学賞小品集 10」企画集団ぷりずむ 2001 p168

祖母の贈り物（水沫流人）
- ◇「男たちの怪談百物語」メディアファクトリー 2012（〔幽BOOKS〕）p257

祖母の記録（円城塔）
- ◇「短篇集」ヴィレッジブックス 2010 p154

祖母の話（黒木あるじ）
- ◇「男たちの怪談百物語」メディアファクトリー 2012（〔幽BOOKS〕）p49

祖母の万華鏡（渋谷真弓）
- ◇「万華鏡―第14回フェリシモ文学賞作品集」フェリシモ 2011 p84

杣山の母 一幕（吉村敏）
- ◇「日本統治期台湾文学集成 13」緑蔭書房 2003 p337

そめちがえ（森鷗外）
- ◇「明治の文学 14」筑摩書房 2000 p55

染屋の女房（にょうぼ）（森嶋也砂子）
- ◇「新鋭劇作集 series 20」日本劇団協議会 2009 p5

鼠妖（抄）（堀麦水）
- ◇「文豪てのひら怪談」ポプラ社 2009（ポプラ文庫）p176

ソラ（結城充考）
- ◇「SF宝石―ぜーんぶ！ 新作読み切り」光文社 2013 p205
- ◇「短篇ベストコレクション―現代の小説 2014」徳間書店 2014（徳間文庫）p439

空（赤江瀑）
- ◇「恋物語」朝日新聞社 1998 p171

空（荒川洋治）
- ◇「日本文学全集 29」河出書房新社 2016 p71

空（飯島耕一）
- ◇「新装版 全集現代文学の発見 13」學藝書林 2004 p479

空（島村洋子）
- ◇「Love Letter」幻冬舎 2005 p21
- ◇「Love Letter」幻冬舎 2008（幻冬舎文庫）p23

徂徠翁の天狗説を読む（信夫恕軒）
- ◇「新日本古典文学大系 明治編 2」岩波書店 2004 p298

宙色三景（小松エメル）
- ◇「東京ホタル」ポプラ社 2013 p101

そらい

◇「東京ホタル」ポプラ社 2015（ポプラ文庫）p99

そらいろのクレヨン（蓮見圭一）
　◇「文学 2005」講談社 2005 p95

空色の自転車（石田衣良）
　◇「短篇ベストコレクション―現代の小説 2003」徳間書店 2003（徳間文庫）p219

空色のストケシア―遠い日への誘い（國吉和子）
　◇「ゆくりなくも」鶴書院 2009（シニア文学秀作選）p89

空を蹴る（角田光代）
　◇「文学 2005」講談社 2005 p24

空を飛ぶ男（宇和静樹）
　◇「「伊豆文学賞」優秀作品集 第14回」静岡新聞社 2011 p45

空を舞う（白ひびき）
　◇「てのひら怪談 癸巳」KADOKAWA 2013（MF文庫ダ・ヴィンチ）p40

空を見上げて（大津中学校演劇部、本木美優）
　◇「最新中学校創作脚本集 2010」晩成書房 2010 p5

空を見上げよ（小中千昭）
　◇「物語のルミナリエ」光文社 2011（光文社文庫）p149

空を行く（鄭仁）
　◇「〈在日〉文学全集 17」勉誠出版 2006 p148

空還り（郷内心瞳）
　◇「渚にて―あの日からの〈みちのく怪談〉」荒蝦夷 2016 p97

空が泣いた日（間羊太郎）
　◇「宇宙塵傑作選―日本SFの軌跡 2」出版芸術社 1997 p151

空が吼える（黄錫禹）
　◇「近代朝鮮文学日本語作品集1908～1945 セレクション 4」緑蔭書房 2008 p219

空蜘蛛（宮内悠介）
　◇「名探偵だって恋をする」角川書店 2013（角川文庫）p121

宇宙（そら）―光州異聞（崔龍源）
　◇「〈在日〉文学全集 18」勉誠出版 2006 p181

そらしてならぬ―長崎原爆青年乙女の会、辻さん・小幡さんへ（つきだまさし）
　◇「ハンセン病文学全集 7」皓星社 2004 p156

空知川の岸辺（国木田独歩）
　◇「明治の文学 22」筑摩書房 2001 p155

空知川の雪おんな（坪谷京子）
　◇「雪女のキス」光文社 2000（カッパ・ノベルス）p25

空と海（金太中）
　◇「〈在日〉文学全集 18」勉誠出版 2006 p92

空ときみとの間には（北沢慶）
　◇「死者は弁明せず―ソード・ワールド短編集」富士見書房 1997（富士見ファンタジア文庫）p7

空と煙とゼンマイと（遠谷湊）
　◇「幻想水滸伝短編集 1」メディアワークス 2000（電撃文庫）p219

ゾラと春水（正岡子規）
　◇「新日本古典文学大系 明治編 27」岩波書店 2003 p99

空飛ぶアスタリスク（相戸結衣）
　◇「5分で読める！ ひと駅ストーリー 猫の物語」宝島社 2014（宝島社文庫）p159

空飛ぶ円盤・二対一（眉村卓）
　◇「日本SF・名作集成 9」リブリオ出版 2005 p57

空飛ぶ魚（小手鞠るい）
　◇「短篇ベストコレクション―現代の小説 2006」徳間書店 2006（徳間文庫）p521

空飛ぶ絨毯（沢村浩輔）
　◇「本格ミステリ―二〇〇九年本格短編ベスト・セレクション 09」講談社 2009（講談社ノベルス）p161
　◇「空飛ぶモルグ街の研究」講談社 2013（講談社文庫）p225

空飛ぶ大納言（澁澤龍彦）
　◇「ちくま日本文学 18」筑摩書房 2008（ちくま文庫）p9
　◇「新編・日本幻想文学集成 2」国書刊行会 2016 p115

空に浮かぶ棺（鈴木光司）
　◇「七つの怖い扉」新潮社 1998 p113

空に浮くもの（小田イ輔）
　◇「渚にて―あの日からの〈みちのく怪談〉」荒蝦夷 2016 p67

空に架かる橋（神城耀）
　◇「超短編傑作選 v.6」創英社 2007 p91

空に坐って（香山末子）
　◇「ハンセン病文学全集 7」皓星社 2004 p305
　◇「〈在日〉文学全集 17」勉誠出版 2006 p95

空に残した想い（福島千佳）
　◇「ゆきのまち幻想文学賞小品集 17」企画集団ぷりずむ 2008 p183

空に星が綺麗（狗飼恭子）
　◇「靴に恋して」ソニー・マガジンズ 2004 p151

空に真赤な（北原白秋）
　◇「日本文学全集 29」河出書房新社 2016 p18

空には本（抄）（寺山修司）
　◇「ちくま日本文学 6」筑摩書房 2007（ちくま文庫）p438

空の青さを（宮下奈都）
　◇「Colors」ホーム社 2008 p29
　◇「Colors」集英社 2009（集英社文庫）p9

空の上、空の下（飛鳥井千砂）
　◇「大崎梢リクエスト！ 本屋さんのアンソロジー」光文社 2013 p295
　◇「大崎梢リクエスト！ 本屋さんのアンソロジー」光文社 2014（光文社文庫）p307

空の大鳥と赤眼のさそり―ふたごの星・第1話（平野直）
　◇「学校放送劇舞台劇脚本集―宮沢賢治名作童話」東洋書院 2008 p7

空の怪物アグイー（大江健三郎）

それわ

◇「日本文学100年の名作 6」新潮社 2015（新潮文庫）p51

空のクロール（角田光代）
◇「いじめの時間」朝日新聞社 1997 p65

空のできごと（志野英乃）
◇「中学校たのしい劇脚本集—英語劇付 Ⅲ」国土社 2011 p9

空の春告鳥（坂木司）
◇「坂木司リクエスト！ 和菓子のアンソロジー」光文社 2013 p7
◇「坂木司リクエスト！ 和菓子のアンソロジー」光文社 2014（光文社文庫）p9

空の美と芸術に就いて（稲垣足穂）
◇「ちくま日本文学 16」筑摩書房 2008（ちくま文庫）p339

空の淵より（井上雅彦）
◇「帰還」光文社 2000（光文社文庫）p529

空の冬（李龍海）
◇「〈在日〉文学全集 18」勉誠出版 2006 p269

ソラマメを喰う女は恋に失敗するね＞宮崎郁雨（石川啄木）
◇「日本人の手紙 2」リブリオ出版 2004 p103

そら豆のうた（田中孝博）
◇「最後の一日12月18日—さよならが胸に染みる10の物語」泰文堂 2011（Linda books！）p94

長篇小説 **空は紅い**（大野倭文子）
◇「日本統治台湾文学集成 7」緑蔭書房 2002 p43

空は今日もスカイ（荻原浩）
◇「あの日、君と Girls」集英社 2012（集英社文庫）p55

そらは水槽（小伏史央）
◇「人は死んだら電柱になる—電柱アンソロジー」遠すぎる未来団 2014 p302

橇（黒島伝治）
◇「短編名作選—1925-1949 文士たちの時代」笠間書院 1999 p17
◇「コレクション戦争と文学 6」集英社 2011 p451
◇「アンソロジー・プロレタリア文学 3」森話社 2015 p14

反橋（川端康成）
◇「歴史小説の世紀 天の巻」新潮社 2000（新潮文庫）p191

ソリュスティスガール（桜井亜美）
◇「with you」幻冬舎 2004 p49

句集 **疎林**（石浦洋）
◇「ハンセン病文学全集 9」皓星社 2010 p127

ソールランドを素足の女が（伸地裕子）
◇「沖縄文学選—日本文学のエッジからの問い」勉誠出版 2003 p278

それが嫌なら無人島（誉田哲也）
◇「宝石ザミステリー Blue」光文社 2016 p7

それから（夏目漱石）
◇「栞子さんの本棚—ビブリア古書堂セレクトブック」角川書店 2013（角川文庫）p7

それぞれのマラソン（小山正）

◇「太宰治賞 2011」筑摩書房 2011 p135

それぞれの夢・それぞれの味（片岡恵美子，かめおかゆみこ）
◇「中学校創作脚本集 2」晩成書房 2001 p81

それ鷹（幸田露伴）
◇「文豪怪談傑作選 幸田露伴集」筑摩書房 2010（ちくま文庫）p359

それでいい（重松清）
◇「極上掌篇小説」角川書店 2006 p127
◇「ひと粒の宇宙」角川書店 2009（角川文庫）p127

それでもおまえは俺のハニー（平山夢明）
◇「闇電話」光文社 2006（光文社文庫）p245

それでもキミはやってない（法坂一広）
◇「5分で読める！ ひと駅ストーリー 降車編」宝島社 2012（宝島社文庫）p67

それでもボクはやってない（周防正行）
◇「年鑑代表シナリオ集 '07」シナリオ作家協会 2009 p7

それでも私は行く（抄）（織田作之助）
◇「京都府文学全集第1期（小説編）3」郷土出版社 2005 p11

それでは二人組を作ってください（朝井リョウ）
◇「この部屋で君と」新潮社 2014（新潮文庫）p7

それどころでない人（畠祐美子）
◇「新鋭劇作集 series 16」日本劇団協議会 2004 p123

それ故の精進（芳村香道）
◇「近代朝鮮文学日本語作品集1939～1945 評論・随筆篇 1」緑蔭書房 2002 p403

それゆけ！ ダゴン秘密教団日本支部（寺田旅雨）
◇「リトル・リトル・クトゥルー—史上最小の神話小説集」学習研究社 2009 p158

それは（黒田三郎）
◇「新装版 全集現代文学の発見 15」學藝書林 2005 p468

それは、あきらめに似ている（原未来子）
◇「万華鏡—第14回フェリシモ文学賞作品集」フェリシモ 2011 p76

（それは雨の）（立原道造）
◇「新装版 全集現代文学の発見 14」學藝書林 2005 p441

「それは彼の靴」（やまだないと）
◇「靴に恋して」ソニー・マガジンズ 2004 p235

それは知らなくていい（在神英資）
◇「てのひら怪談 癸巳」KADOKAWA 2013（MF文庫ダ・ヴィンチ）p16

それは確かです（かんべむさし）
◇「ひとにぎりの異形」光文社 2007（光文社文庫）p302
◇「虚構機関—年刊日本SF傑作選」東京創元社 2008（創元SF文庫）p269

それは伝説ではないという（越一人）
◇「ハンセン病文学全集 7」皓星社 2004 p330

それわ

それは突然やってくる（中川純子）
◇「12人のカウンセラーが語る12の物語」ミネルヴァ書房 2010 p49

それは永く遠い緑（君島慧是）
◇「リトル・リトル・クトゥルー——史上最小の神話小説集」学習研究社 2009 p88

それは秘密の（乃南アサ）
◇「最後の恋プレミアム—つまり、自分史上最高の恋。」新潮社 2011（新潮文庫）p187

揃いすぎ（倉知淳）
◇「大密室」新潮社 1999 p119

ソロキャンプツーリング（明神ちさと）
◇「怪談四十九夜」竹書房 2016（竹書房文庫）p126

算盤が恋を語る話（江戸川乱歩）
◇「奇妙な恋の物語」光文社 1998（光文社文庫）p301

そろばん侍（村上元三）
◇「必殺天誅剣」光風社出版 1999（光風社文庫）p229

ソロバン大名の大誤算（童門冬二）
◇「代表作時代小説 平成13年度」光風社出版 2001 p127

ソロバンと劇場①〜③（尹白南）
◇「近代朝鮮文学日本語作品集1901〜1938 評論・随筆篇 1」緑蔭書房 2004 p343

曾呂利新左衛門（柴田錬三郎）
◇「真田幸村—小説集」作品 2015 p159

曾呂利咄（石川淳）
◇「新装版 全集現代文学の発見 6」學藝書林 2003 p14

損をしない自動販売機（真下光一）
◇「ショートショートの花束 4」講談社 2012（講談社文庫）p150

村居小詩（楊雲萍）
◇「日本統治期台湾文学集成 18」緑蔭書房 2003 p570

孫巨富（李泰俊）
◇「近代朝鮮文学日本語作品集1908〜1945 セレクション 2」緑蔭書房 2008 p363

尊厳死（山中久義）
◇「ショートショートの広場 9」講談社 1998（講談社文庫）p99

孫悟空（大庭みな子）
◇「精選女性随筆集 6」文藝春秋 2012 p137

孫悟空—序篇四場、第一篇四場（金子洋文）
◇「新・プロレタリア文学精選集 12」ゆまに書房 2004 p38

存在（山之口貘）
◇「新装版 全集現代文学の発見 13」學藝書林 2004 p207

存在観（律心）
◇「ショートショートの花束 3」講談社 2011（講談社文庫）p54

存在と非在とのっぺらぼう（埴谷雄高）
◇「新装版 全集現代文学の発見 7」學藝書林 2003

p516
◇「戦後文学エッセイ選 3」影書房 2005 p114

存在のたしかな記憶（麻見展子）
◇「紫迷宮—ミステリー・アンソロジー」祥伝社 2002（祥伝社文庫）p291

存在理由（白居泰祐）
◇「ショートショートの花束 6」講談社 2014（講談社文庫）p123

存生（藤林靖晃）
◇「文学 2000」講談社 2000 p227

そんな職業（黒羽カラス）
◇「ショートショートの広場 14」講談社 2003（講談社文庫）p82

そんなに問題視することはない（全二回）（李星海）
◇「近代朝鮮文学日本語作品集1908〜1945 セレクション 5」緑蔭書房 2008 p192

ソンネット（鄭芝溶）
◇「近代朝鮮文学日本語作品集1908〜1945 セレクション 4」緑蔭書房 2008 p369

ゾンビ（村上春樹）
◇「ペン先の殺意—文芸ミステリー傑作選」光文社 2005（光文社文庫）p405

ゾンビ・デーモン（友成純一）
◇「ゴースト・ハンターズ」中央公論新社 2004（C NOVELS）p127

ソンビョン 松餅（庾妙達）
◇「〈在日〉文学全集 18」勉誠出版 2006 p84

孫令監（金達寿）
◇「〈在日〉文学全集 15」勉誠出版 2006 p33
◇「コレクション戦争と文学 1」集英社 2012 p369

【 た 】

蛇（だ）（綱淵謙錠）
◇「魔剣くずし秘聞」光風社出版 1998（光風社文庫）p259
◇「極め付き時代小説選 3」中央公論新社 2004（中公文庫）p179

ダアク一座（芥川龍之介）
◇「文豪怪談傑作選 芥川龍之介集」筑摩書房 2010（ちくま文庫）p325

たあちゃんへ（ももくちそらミミ）
◇「ゆきのまち幻想文学賞小品集 23」企画集団ぷりずむ 2014 p15

だあれもいない八月十日（佐藤伸）
◇「中学生のドラマ 6」晩成書房 2006 p7

大葦原の歌（小野十三郎）
◇「新装版 全集現代文学の発見 13」學藝書林 2004 p233

対話（篠田真由美）
◇「逆想コンチェルト—イラスト先行・競作小説ア

ンソロジー 奏の1」徳間書店 2010 p212

大安吉日（寅之介）
◇「ショートショートの広場 14」講談社 2003（講談社文庫）p128

体育館フォーメーション（大崎梢）
◇「風色デイズ」角川春樹事務所 2012（ハルキ文庫）p125

体育館ベイビー（鹿川けい子）
◇「屋上の三角形」主婦と生活社 2008（Junon novels）p205

第一號船の挿話（李泰俊）
◇「近代朝鮮文学日本語作品集1939〜1945 創作篇 5」緑蔭書房 2001 p463

第一次世界大戦中ベルギーからの生々しい報告≫徳冨蘆花（石川三四郎）
◇「日本人の手紙 10」リブリオ出版 2004 p37

第一次世界大戦の時代―最初の世界戦争と植民地支配（中山弘明）
◇「コレクション戦争と文学 別巻」集英社 2013 p38

第一日の孤独（塔和子）
◇「ハンセン病文学全集 7」皓星社 2004 p179

第一の「血のさわぎ」（金子光晴）
◇「ちくま日本文学 38」筑摩書房 2009（ちくま文庫）p145

第一のボタン（武田泰淳）
◇「新装版 全集現代文学の発見 6」學藝書林 2003 p76

鯛一枚（神坂次郎）
◇「大江戸万華鏡―美味小説傑作選」学研パブリッシング 2014（学研M文庫）p283

第一話 まぼろし模型（山本弘）
◇「妖魔夜行―幻の巻」角川書店 2001（角川文庫）p7

第一回掌篇評（江戸川乱歩）
◇「幻の探偵雑誌 8」光文社 2001（光文社文庫）p245

第一回全鮮俳句大會（朴魯植）
◇「近代朝鮮文学日本語作品集1908〜1945 セレクション 6」緑蔭書房 2008 p71

第一回卒業生のみなさんへ（金時鐘）
◇「〈在日〉文学全集 5」勉誠出版 2006 p122

大隠居の記（饗庭篁村）
◇「明治の文学 13」筑摩書房 2003 p382

ダイイングメッセージ《Y》（篠田真由美）
◇「「Y」の悲劇」講談社 2000（講談社文庫）p85

大宇宙大相撲（波田野鷹）
◇「リモコン変化」廣済堂出版 2000（廣済堂文庫）p49

隊へ（谷川雁）
◇「新装版 全集現代文学の発見 13」學藝書林 2004 p363

ダイエット狂想曲〈近藤史恵〉
◇「名探偵で行こう―最新ベスト・ミステリー」光文社 2001（カッパ・ノベルス）p223

ダイエットな密室（内藤和宏）
◇「本格推理 10」光文社 1997（光文社文庫）p83

ダイエットの神様（鈴木強）
◇「ショートショートの広場 11」講談社 2000（講談社文庫）p100

ダイエットの方程式（草上仁）
◇「てのひらの宇宙―星雲賞短編SF傑作選」東京創元社 2013（創元SF文庫）p383

大宴会（内田百閒）
◇「ちくま日本文学 1」筑摩書房 2007（ちくま文庫）p85

退園の日に（長沢志津夫）
◇「ハンセン病文学全集 4」皓星社 2003 p380

「滞欧中の書簡」（昭和五年）（岡本かの子）
◇「精選女性随筆集 4」文藝春秋 2012 p208

大王猫の病気（梅崎春生）
◇「猫は神さまの贈り物 小説編」有楽出版社 2014 p149

鯛を捜せ（有明夏夫）
◇「消えた直木賞 男たちの足音編」メディアファクトリー 2005 p401

大和尚に化けて廻国せし狸の事（柳田國男）
◇「ちくま日本文学 15」筑摩書房 2008（ちくま文庫）p174

体温計（邪魔斗多蹴）
◇「ショートショートの花束 2」講談社 2010（講談社文庫）p201

退化（雪枕）
◇「ショートショートの花束 8」講談社 2016（講談社文庫）p242

退化（正岡子規）
◇「新日本古典文学大系 明治編 27」岩波書店 2003 p54

大海賊―復讐のカリブ海（中村暁）
◇「宝塚大劇場公演脚本集―2001年4月―2002年4月」阪急電鉄コミュニケーション事業部 2002 p53

大怪談王（新熊昇）
◇「てのひら怪談―ビーケーワン怪談大賞傑作選 壬辰」ポプラ社 2012（ポプラ文庫）p272

大学界隈（抄）（徳田秋聲）
◇「金沢三文豪掌文庫 たべもの編」金沢文化振興財団 2011 p29

ダイガクジン 2（山口庸理）
◇「扉の向こうへ」全作家協会 2014（全作家短編集）p312

大學の文学科の文学（吉田健一）
◇「日本文学全集 20」河出書房新社 2015 p5

大学派の運動、進化論、不可思議論（山路愛山）
◇「新日本古典文学大系 明治編 26」岩波書店 2002 p437

大学半生（小峯淳）
◇「太宰治賞 2009」筑摩書房 2009 p183

大喝（石居椎）
◇「てのひら怪談―ビーケーワン怪談大賞傑作選 壬辰」ポプラ社 2012（ポプラ文庫）p234

たいか

代替わり（山本一力）
　◇「花ふぶき―時代小説傑作選」角川春樹事務所
　　2004（ハルキ文庫）p251

代官（森岡浩之）
　◇「日本SF・名作集成 3」リブリオ出版 2005 p163

大寒―1月20日ごろ（穂高明）
　◇「君と過ごす季節―秋から冬へ、12の暦物語」ポプ
　　ラ社 2012（ポプラ文庫）p279

体感温度はもっと高いはずだ（ももくちそらミ
ミ）
　◇「てのひら怪談―ビーケーワン怪談大賞傑作選 壬
　　辰」ポプラ社 2012（ポプラ文庫）p156

体感時間（浅地健児）
　◇「ショートショートの広場 20」講談社 2008（講
　　談社文庫）p80

戴冠詩人（森鷗外）
　◇「王侯」国書刊行会 1998（書物の王国）p198

対岸の彼女（神山由美子, 藤本匡介）
　◇「テレビドラマ代表作選集 2007年版」日本脚本家
　　連盟 2007 p65

待機（金鍾漢）
　◇「〈外地〉の日本語文学選 3」新宿書房 1996 p237
　◇「近代朝鮮文学日本語作品集1939～1945 創作篇 6」
　　緑蔭書房 2001 p98
　◇「近代朝鮮文学日本語作品集1908～1945 セレクショ
　　ン 4」緑蔭書房 2008 p421

大逆事件の思い出（佐藤春夫）
　◇「蘇らぬ朝「大逆事件」以後の文学」インパクト出
　　版会 2010（インパクト選書）p297

「大逆帖」覚え書（近藤真柄）
　◇「蘇らぬ朝「大逆事件」以後の文学」インパクト出
　　版会 2010（インパクト選書）p283

大休（戸部新十郎）
　◇「鬼火が呼んでいる―時代小説傑作選」講談社
　　1997（講談社文庫）p356

大邱（たいきゅう）… → "テエグ…"を見よ

第九の欠落を含む十の詩篇（高橋睦郎）
　◇「リテラリーゴシック・イン・ジャパン―文学的
　　ゴシック作品選」筑摩書房 2014（ちくま文庫）
　　p157

大魚（柴田宵曲）
　◇「怪獣」国書刊行会 1998（書物の王国）p11

大叫喚（岩村透）
　◇「文豪怪談傑作選 特別編」筑摩書房 2007（ちく
　　ま文庫）p117

怠業工人（折口信夫）
　◇「ちくま日本文学 25」筑摩書房 2008（ちくま文
　　庫）p48

大凶の籤（武田麟太郎）
　◇「怠けものの話」筑摩書房 2011（ちくま文学の
　　森）p397

大輝よ、父はただ法華経のみ汝に残す≫北大
輝（北一輝）
　◇「日本人の手紙 8」リブリオ出版 2004 p35

大金（大沢在昌）

　◇「短篇ベストコレクション―現代の小説 2014」徳
　　間書店 2014（徳間文庫）p117

待遇改善（島崎一裕）
　◇「ショートショートの花束 4」講談社 2012（講
　　談社文庫）p40

第九回掌篇評（江戸川乱歩）
　◇「幻の探偵雑誌 8」光文社 2001（光文社文庫）
　　p410

退屈解消アイテム（香住泰）
　◇「小説推理新人賞受賞作アンソロジー 2」双葉社
　　2000（双葉文庫）p49

退屈しているだけだからいい（小林弘明）
　◇「ハンセン病文学全集 7」皓星社 2004 p406

大工と猫（海野弘）
　◇「大江戸猫三昧―時代小説傑作選」徳間書店 2004
　　（徳間文庫）p211

大工の弟子（萩原朔太郎）
　◇「ちくま日本文学 36」筑摩書房 2009（ちくま文
　　庫）p183

大軍叱咤（北川冬彦）
　◇「〈外地〉の日本語文学選 2」新宿書房 1996 p95
　◇「新装版 全集現代文学の発見 13」學藝書林 2004
　　p25

退渓 李滉（蔡奎鐸）
　◇「近代朝鮮文学日本語作品集1908～1945 セレクショ
　　ン 6」緑蔭書房 2008 p49

代言会社（服部撫松）
　◇「新日本古典文学大系 明治編 1」岩波書店 2004
　　p176

太鼓（中野重治）
　◇「戦後短篇小説選―『世界』1946–1999 1」岩波書
　　店 2000 p95

太閤（正岡子規）
　◇「新日本古典文学大系 明治編 27」岩波書店 2003
　　p21

大行進（鯨統一郎）
　◇「バカミスじゃない!?―史上空前のバカミス・アン
　　ソロジー」宝島社 2007 p251
　◇「奇想天外のミステリー」宝島社 2009（宝島社文
　　庫）p45

第五回掌篇評（江戸川乱歩）
　◇「幻の探偵雑誌 8」光文社 2001（光文社文庫）
　　p306

大黒を探せ！（大場惑）
　◇「GOD」廣済堂出版 1999（廣済堂文庫）p339

大黒漬（泡坂妻夫）
　◇「江戸の爆笑力―時代小説傑作選」集英社 2004
　　（集英社文庫）p9

大黒天（福田栄一）
　◇「蝦蟇倉市事件 1」東京創元社 2010（東京創元
　　社・ミステリ・フロンティア）p185
　◇「晴れた日は謎を追って」東京創元社 2014（創元
　　推理文庫）p209

大黒屋の人々（金子光晴）
　◇「ちくま日本文学 38」筑摩書房 2009（ちくま文
　　庫）p425

たいし

太鼓の音（小金井きみ）
◇「青鞜小説集」講談社 2014（講談社文芸文庫）p48

第五の地平（野崎まど）
◇「NOVA+―書き下ろし日本SFコレクション バベル」河出書房新社 2014（河出文庫）p239

醍醐味（大城竜流）
◇「てのひら怪談―ビーケーワン怪談大賞傑作選 壬辰」ポプラ社 2012（ポプラ文庫）p184

第五話 どっきり！ 私の学校は魔空基地？（山本弘）
◇「妖魔夜行―幻の巻」角川書店 2001（角川文庫）p221

大根の花（柴田よしき）
◇「決断―警察小説競作」新潮社 2006（新潮文庫）p169

だいこん畑の女（東郷隆）
◇「代表作時代小説 平成21年度」光文社 2009 p405

大山（たいざん）… → "おおやま…"または "だいせん…"をも見よ

第三回掌篇評（江戸川乱歩）
◇「幻の探偵雑誌 3」光文社 2001（光文社文庫）p271

第三者（国木田独歩）
◇「明治の文学 22」筑摩書房 2001 p247

第三十六号（野間宏）
◇「戦後占領期短篇小説コレクション 2」藤原書店 2007 p107
◇「コレクション戦争と文学 11」集英社 2012 p327

第三の穴（楠田匡介）
◇「江戸川乱歩の推理試験」光文社 2009（光文社文庫）p29

第三の女（森福都）
◇「らせん階段―女流ミステリー傑作選」角川春樹事務所 2003（ハルキ文庫）p101

第三の時効（横山秀夫）
◇「ザ・ベストミステリーズ―推理小説年鑑 2003」講談社 2003 p141
◇「殺人格差」講談社 2006（講談社文庫）p81
◇「『このミス』が選ぶ！ オールタイム・ベスト短編ミステリー 黒」宝島社 2015（宝島社文庫）p127

第三の証拠（戸田巽）
◇「幻の探偵雑誌 10」光文社 2002（光文社文庫）p197

第三半球映画館（穴間祐）
◇「キネマ・キネマ」光文社 2002（光文社文庫）p283

第三半球物語（抄）（稲垣足穂）
◇「近代童話（メルヘン）と賢治」おうふう 2014 p60

第三班長と木島一等兵（中野重治）
◇「戦後短篇小説再発見 17」講談社 2003（講談社文芸文庫）p66

大山鳴動して鼠一匹（鳥飼否宇）

「宝石ザミステリー Blue」光文社 2016 p269

第三夜（大岡昇平）
◇「文豪てのひら怪談」ポプラ社 2009（ポプラ文庫）p68

第三話 未完成方程式（清松みゆき）
◇「妖魔夜行―幻の巻」角川書店 2001（角川文庫）p101

太市（水上勉）
◇「魂がふるえるとき」文藝春秋 2004（文春文庫）p27
◇「文士の意地―車谷長吉撰短篇小説輯 下巻」作品社 2005 p214

胎児（四季桂子）
◇「妖異百物語 1」出版芸術社 1997（ふしぎ文学館）p41

胎児（趙南哲）
◇「〈在日〉文学全集 18」勉誠出版 2006 p132

蔵痔記（信夫恕軒）
◇「新日本古典文学大系 明治編 2」岩波書店 2004 p349

大自然（彩瀬まる）
◇「文学 2015」講談社 2015 p205
◇「十年後のこと」河出書房新社 2016 p27

大自然（藤野可織）
◇「夏休み」KADOKAWA 2014（角川文庫）p39

大自然の中で育った人（鈴木啓蔵）
◇「山形県文学全集第2期（随筆・紀行編）6」郷土出版社 2005 p70

大事ななくしもの（島田雅彦）
◇「空を飛ぶ恋―ケータイがつなぐ28の物語」新潮社 2006（新潮文庫）p10

大使の孤独（林譲治）
◇「虚構機関―年刊日本SF傑作選」東京創元社 2008（創元SF文庫）p405

大樹（向井野海絵）
◇「てのひら怪談―ビーケーワン怪談大賞傑作選」ポプラ社 2007 p218
◇「てのひら怪談―ビーケーワン怪談大賞傑作選」ポプラ社 2008（ポプラ文庫）p230

大樹薨去して西征の師を弔むる事（作者表記なし）
◇「新日本古典文学大系 明治編 13」岩波書店 2007 p164

大樹児御賀殿（堂本正樹）
◇「美少年」国書刊行会 1997（書物の王国）p218

退出ゲーム（初野晴）
◇「ザ・ベストミステリーズ―推理小説年鑑 2008」講談社 2008 p77
◇「Play推理遊戯」講談社 2011（講談社文庫）p33
◇「謎の放課後―学校のミステリー」KADOKAWA 2013（角川文庫）p147

大樹の風（汨田冬峰）
◇「ハンセン病文学全集 8」皓星社 2006 p422

大暑―7月23日ごろ（中島たい子）
◇「君と過ごす季節―春から夏へ、12の暦物語」ポプラ社 2012（ポプラ文庫）p261

作品名から引ける日本文学全集案内 第III期　461

たいし

代償（早瀬玩具）
◇「ショートショートの花束 3」講談社 2011（講談社文庫）p41

大小（正岡子規）
◇「新日本古典文学大系 明治編 27」岩波書店 2003 p35

大正期の詩人たち（金子光晴）
◇「ちくま日本文学 38」筑摩書房 2009（ちくま文庫）p250

大正三年十一月十六日（横田順彌）
◇「日本SF短篇50 2」早川書房 2013（ハヤカワ文庫JA）p255

大正七年正月七日―『断腸亭日乗』より（永井荷風）
◇「超短編アンソロジー」筑摩書房 2002（ちくま文庫）p194

大小租の起原と推移（陳逢源）
◇「日本統治期台湾文学集成 16」緑蔭書房 2003 p167

大正航時機綺譚―「ええ金儲けのネタを思いついたんや」「金儲けって、また詐欺かいな」（山本弘）
◇「NOVA―書き下ろし日本SFコレクション 10」河出書房新社 2013（河出文庫）p167

對象の把握に就いて―詩・詩人論1（城山昌樹）
◇「近代朝鮮文学日本語作品集1939〜1945 評論・随筆篇 1」緑蔭書房 2002 p343

大丈夫（久野あやか）
◇「ショートショートの広場 18」講談社 2006（講談社文庫）p172

隊商宿（倉橋由美子）
◇「新編・日本幻想文学集成 1」国書刊行会 2016 p296

退職刑事（小杉健治）
◇「宝石ザミステリー 3」光文社 2013 p473

大震災の雪（内田東良）
◇「ゆきのまち幻想文学賞小品集 22」企画集団ぷりずむ 2013 p39

大震雑記（芥川龍之介）
◇「天変動く大震災と作家たち」インパクト出版会 2011（インパクト選書）p102

大臣の朝（会田綱雄）
◇「新装版 全集現代文学の発見 13」學藝書林 2004 p391

大心力（阿刀田高）
◇「現代の小説 1999」徳間書店 1999 p17

大好きだよ。（せんべい猫）
◇「恐怖箱 遺伝記」竹書房 2008（竹書房文庫）p71

大好きな姉（高橋克彦）
◇「日本怪奇小説傑作集 3」東京創元社 2005（創元推理文庫）p431

大好きな彼女と一心同体になる方法（梅原公彦）
◇「てのひら怪談―ビーケーワン怪談大賞傑作選 2」ポプラ社 2007 p106

大好きな先生（香山末子）
◇「ハンセン病文学全集 4」皓星社 2003 p444

大好きメーター（根多加良）
◇「超短編の世界 vol.3」創英社 2011 p16

タイスのたずね人（図子慧）
◇「グイン・サーガ・ワールド―グイン・サーガ続篇プロジェクト 5」早川書房 2012（ハヤカワ文庫JA）p153

大雪―12月7日ごろ（小澤征良）
◇「君と過ごす季節―秋から冬へ、12の暦物語」ポプラ社 2012（ポプラ文庫）p195

大切な朝（貴布吉申）
◇「かわいい―第16回フェリシモ文学賞優秀作品集」フェリシモ 2013 p109

大切なもの（斉藤てる）
◇「平成28年熊本地震作品集」くまもと文学・歴史館友の会 2016 p44

大切腹（団鬼六）
◇「代表作時代小説 平成12年度」光風社出版 2000 p171

大山（だいせん）… → "おおやま…"または "たいざん…"をも見よ

大山（鈴木光司）
◇「短篇ベストコレクション―現代の小説 2001」徳間書店 2001（徳間文庫）p447

大造じいさんとがん（さねとうあきら）
◇「小学校たのしい劇の本―英語劇付 高学年」国土社 2007 p40

大造じいさんとガン（椋鳩十）
◇「もう一度読みたい教科書の泣ける名作」学研教育出版 2013 p39
◇「少年倶楽部 熱血・痛快・時代短篇選」講談社 2015（講談社文芸文庫）p401

大卒ポンプ―あっぱれあっぱれ、大卒ポンプ！―あり得べき近未来社会を描いた巻頭作（北野勇作）
◇「NOVA―書き下ろし日本SFコレクション 8」河出書房新社 2012（河出文庫）p13

代体（山田宗樹）
◇「短篇ベストコレクション―現代の小説 2015」徳間書店 2015（徳間文庫）p465

怠惰の大罪（長谷敏司）
◇「伊藤計劃トリビュート」早川書房 2015（ハヤカワ文庫JA）p575

ダイダラ坊の足跡（柳田國男）
◇「妖怪」国書刊行会 1999（書物の王国）p203

ダイダロス（澁澤龍彦）
◇「愛の怪談」角川書店 1999（角川ホラー文庫）p93
◇「戦後短篇小説再発見 10」講談社 2002（講談社文芸文庫）p159
◇「新編・日本幻想文学集成 2」国書刊行会 2016 p40

たいと

対談「かかってきなさい」最終回（甲山羊二）
　◇「全作家短編集 15」のべる出版企画 2016 p50
大地の翳りの中で（秋田穂月）
　◇「ハンセン病文学全集 7」皓星社 2004 p503
大地の商人（谷川雁）
　◇「新装版 全集現代文学の発見 13」學藝書林 2004
　　p360
タイ茶漬（宮本常一）
　◇「ちくま日本文学 22」筑摩書房 2008（ちくま文
　　庫）p210
体中剣殺法─樋口定次vs村上権左衛門（峰隆一
郎）
　◇「時代小説傑作選 2」新人物往来社 2008 p99
隊中美男五人衆（子母沢寛）
　◇「誠の旗がゆく─新選組傑作選」集英社 2003（集
　　英社文庫）p203
隊長さま、ミホは参りました≫大平ミホ（島尾
敏雄）
　◇「日本人の手紙 4」リブリオ出版 2004 p225
隊長さま、ミホは参りました≫島尾敏雄（大平
ミホ）
　◇「日本人の手紙 4」リブリオ出版 2004 p225
大地は育む（青木譲二）
　◇「日本統治期台湾文学集成 10」緑蔭書房 2003
　　p91
抱いてあなたとともに泣き叫びたい≫石井貞
子（若山牧水）
　◇「日本人の手紙 5」リブリオ出版 2004 p189
胎動（田所靖二）
　◇「ハンセン病に咲いた花─初期文芸名作選 戦後
　　編」皓星社 2002（ハンセン病叢書）p7
大東亞（香山光郎）
　◇「近代朝鮮文学日本語作品集1939〜1945 創作篇 5」
　　緑蔭書房 2001 p123
大東亞精神の基調（兪鎮午）
　◇「近代朝鮮文学日本語作品集1939〜1945 評論・随筆
　　篇 1」緑蔭書房 2002 p363
「大東亞精神の強化普及」に就いて（兪鎮午）
　◇「近代朝鮮文学日本語作品集1939〜1945 評論・随筆
　　篇 3」緑蔭書房 2002 p486
「大東亞精神の樹立」に就いて（香山光郎）
　◇「近代朝鮮文学日本語作品集1939〜1945 評論・随筆
　　篇 3」緑蔭書房 2002 p485
大東亞精神（上）（下）（香山光郎）
　◇「近代朝鮮文学日本語作品集1939〜1945 評論・随筆
　　篇 1」緑蔭書房 2002 p369
大東亞戦争一周年（作者表記なし）
　◇「近代朝鮮文学日本語作品集1939〜1945 評論・随筆
　　篇 1」緑蔭書房 2002 p385
大東亞文学者大会と朝鮮の作家たち（兪鎮午）
　◇「近代朝鮮文学日本語作品集1939〜1945 評論・随筆
　　篇 1」緑蔭書房 2002 p397
大東亞文學者大會に於ける「朝鮮側の発言集」
（作者表記なし）
　◇「近代朝鮮文学日本語作品集1939〜1945 評論・随筆

篇 3」緑蔭書房 2002 p485
大東亞文學者大會に列して（兪鎮午）
　◇「近代朝鮮文学日本語作品集1939〜1945 評論・随筆
　　篇 1」緑蔭書房 2002 p399
大東亞文學者大會の発言（作者表記なし）
　◇「近代朝鮮文学日本語作品集1939〜1945 評論・随筆
　　篇 1」緑蔭書房 2002 p369
大道芸術女砂文字の死（篠田鉱造）
　◇「超短編アンソロジー」筑摩書房 2002（ちくま文
　　庫）p159
大道剣、飛蝶斬り（柏田道夫）
　◇「風の孤影」桃園書房 2001（桃園文庫）p51
大道廃れて仁義あり（華塚玲）
　◇「ショートショートの広場 15」講談社 2004（講
　　談社文庫）p204
大同石佛寺一瞥（陳逢源）
　◇「日本統治期台湾文学集成 16」緑蔭書房 2003
　　p33
大道直如髪（金関丈夫）
　◇「日本統治期台湾文学集成 17」緑蔭書房 2003
　　p209
大稲埕の朝（松居桃楼）
　◇「日本統治期台湾文学集成 23」緑蔭書房 2007
　　p369
大盗伝（石井鶴三）
　◇「捕物時代小説選集 2」春陽堂書店 2000（春陽
　　文庫）p102
大同電力春日出発電所八本煙突（田木繁）
　◇「新装版 全集現代文学の発見 別巻」學藝書林
　　2005 p506
大盗余聞（田宮虎彦）
　◇「捕物時代小説選集 7」春陽堂書店 2000（春陽
　　文庫）p149
対髑髏（幸田露伴）
　◇「文豪怪談傑作選 幸田露伴集」筑摩書房 2010
　　（ちくま文庫）p67
　◇「日本近代短篇小説選 明治篇1」岩波書店 2012
　　（岩波文庫）p193
対髑髏（たいどくろ）（縁外縁）（幸田露伴）
　◇「新日本古典文学大系 明治編 22」岩波書店 2002
　　p249
台所（坂上弘）
　◇「川端康成文学賞全作品 2」新潮社 1999 p305
台所にいたスパイ（筒井康隆）
　◇「コレクション戦争と文学 3」集英社 2012 p217
台所のおと（幸田文）
　◇「文士の意地─車谷長吉撰短篇小説輯 下巻」作品
　　社 2005 p19
　◇「女がそれを食べるとき」幻冬舎 2013（幻冬舎文
　　庫）p121
台所の話（中里恒子）
　◇「精選女性随筆集 10」文藝春秋 2012 p26
大都市のポルターガイスト（宮田登）
　◇「稲生モノノケ大全 陰之巻」毎日新聞社 2003
　　p660
タイトルマッチ（村松友視）

◇「現代の小説 1997」徳間書店 1997 p157

胎内（三好十郎）
　◇「新装版 全集現代文学の発見 8」學藝書林 2003 p480

第七回掌篇評（江戸川乱歩）
　◇「幻の探偵雑誌 8」光文社 2001（光文社文庫）p343

「第七回全關西婦人聯合會大會代表者會」における発言（金末峰）
　◇「近代朝鮮文学日本語作品集1901〜1938 評論・随筆篇 3」緑蔭書房 2004 p363

第七官界彷徨（尾崎翠）
　◇「新装版 全集現代文学の発見 6」學藝書林 2003 p262
　◇「ちくま日本文学 4」筑摩書房 2007（ちくま文庫）p82
　◇「胞子文学名作選」港の人 2013 p263

第七巻の序（芥川龍之介）
　◇「文豪怪談傑作選 芥川龍之介集」筑摩書房 2010（ちくま文庫）p293

第七夜（夏目漱石）
　◇「冒険の森へ一傑作小説大全 15」集英社 2016 p8

ダイナマイト（横森理香）
　◇「Love songs」幻冬舎 1998 p135

ダイナマイトを食う山窩（福田蘭童）
　◇「被差別文学全集」河出書房新社 2016（河出文庫）p269

臺南公園の池畔に立ちて（陳逢源）
　◇「日本統治期台湾文学集成 16」緑蔭書房 2003 p130

臺南州番子田出土の石丸と關廟庄の扁平後頭（金関丈夫）
　◇「日本統治期台湾文学集成 17」緑蔭書房 2003 p80

第二回作品発表に際して（崔承喜）
　◇「近代朝鮮文学日本語作品集1901〜1938 評論・随筆篇 2」緑蔭書房 2004 p247

第二回掌篇評（江戸川乱歩）
　◇「幻の探偵雑誌 8」光文社 2001（光文社文庫）p249

第二回まばたき選手権（福原陽雪）
　◇「ショートショートの広場 15」講談社 2004（講談社文庫）p175

第二巻の序（芥川龍之介）
　◇「文豪怪談傑作選 芥川龍之介集」筑摩書房 2010（ちくま文庫）p293

第二巡査の報告 おつたの死（三谷祥介）
　◇「日本統治期台湾文学集成 9」緑蔭書房 2002 p323

第二内戦（藤井太洋）
　◇「AIと人類は共存できるか？一人工知能SFアンソロジー」早川書房 2016 p105

第二の巌窟（白井喬二）
　◇「新装版 全集現代文学の発見 16」學藝書林 2005 p48

第二の失恋（大倉燁子）

◇「甦る推理雑誌 3」光文社 2002（光文社文庫）p75

第二の人生（ねこま）
　◇「ショートショートの花束 6」講談社 2014（講談社文庫）p79

第二の助太刀（中村彰彦）
　◇「美女峠に星が流れる一時代小説傑作選」講談社 1999（講談社文庫）p339
　◇「偉人八傑推理帖一名探偵時代小説」双葉社 2004（双葉文庫）p91

第二の搖籃 更生への第一歩一移民村訪問記（一）〜（八）（石薫生）
　◇「近代朝鮮文学日本語作品集1901〜1938 評論・随筆篇 3」緑蔭書房 2004 p259

第二箱船荘の悲劇（北野勇作）
　◇「喜劇綺劇」光文社 2009（光文社文庫）p61
　◇「逃げゆく物語の話一ゼロ年代日本SFベスト集成 F」東京創元社 2010（創元SF文庫）p339

第二列の男（藤沢周）
　◇「文学 2003」講談社 2003 p76

第二話 虚無に舞う言の葉（友野詳）
　◇「妖魔夜行一幻の巻」角川書店 2001（角川文庫）p55

他意のない来訪（姜舜）
　◇「〈在日〉文学全集 17」勉誠出版 2006 p25

太白山脈（たいはくさんみゃく）→ "テベックさんみゃく"を見よ

タイパーズハイ（青井知之）
　◇「てのひら怪談ービーケーワン怪談大賞傑作選 壬辰」ポプラ社 2012（ポプラ文庫）p158

第八回掌篇評（江戸川乱歩）
　◇「幻の探偵雑誌 8」光文社 2001（光文社文庫）p377

第八号転轍器（日向伸夫）
　◇「〈外地〉の日本語文学選 2」新宿書房 1996 p198

大発見（森鷗外）
　◇「ちくま日本文学 17」筑摩書房 2008（ちくま文庫）p9

大秘事（花田清輝）
　◇「新装版 全集現代文学の発見 2」學藝書林 2002 p495

代筆（小泉雅二）
　◇「ハンセン病文学全集 7」皓星社 2004 p97

詩集 第百階級（草野心平）
　◇「新装版 全集現代文学の発見 13」學藝書林 2004 p134

大兵政五郎（諸田玲子）
　◇「代表作時代小説 平成13年度」光風社出版 2001 p265

台風（藤原伊織）
　◇「特別な一日」徳間書店 2005（徳間文庫）p195

台風怪獣 ヒーカジドン登場一番外編 沖縄県「ヒーカジドン大戦争」（上原正三）
　◇「日本怪獣侵略伝一ご当地怪獣異聞集」洋泉社 2015 p281

たいむ

颱風圏（曾我明）
　◇「探偵小説の風景―トラフィック・コレクション
　　上」光文社 2009（光文社文庫）p73
颱風前後（三幕）（秋田雨雀）
　◇「新・プロレタリア文学精選集 2」ゆまに書房
　　2004 p27
台風中継での話（加門七海）
　◇「女たちの怪談百物語」メディアファクトリー
　　2010〔幽books〕p52
　◇「女たちの怪談百物語」KADOKAWA 2014（角
　　川ホラー文庫）p58
大仏さん（柚木崎寿久）
　◇「ショートショートの花束 2」講談社 2010（講
　　談社文庫）p15
大仏餅。袴着（はかまぎ）の祝。新まへの盲目（め
　くら）乞食（三遊亭円朝）
　◇「明治の文学 3」筑摩書房 2001 p377
大腐爛頌（金子光晴）
　◇「ちくま日本文学 38」筑摩書房 2009（ちくま文
　　庫）p447
タイ・ブレーク（小川栄一）
　◇「Sports stories」埼玉県さいたま市 2009（さい
　　たま市スポーツ文学賞受賞作品集）p67
タイフーン・メーカー（平安寿子）
　◇「短篇ベストコレクション―現代の小説 2005」徳
　　間書店 2005（徳間文庫）p77
太平山（丸井妙子）
　◇「日本統治期台湾文学集成 17」緑蔭書房 2003
　　p413
台北小夜曲―DMATのジェネラル（恩田陸）
　◇「短篇ベストコレクション―現代の小説 2012」徳
　　間書店 2012（徳間文庫）p139
詩集 太平洋（堀川正美）
　◇「新装版 全集現代文学の発見 13」學藝書林 2004
　　p516
太平洋戦争開戦、出征する息子と父が交わし
　た手紙≫小泉信吉（小泉信三）
　◇「日本人の手紙 10」リブリオ出版 2004 p83
太平洋戦争開戦、出征する息子と父が交わし
　た手紙≫小泉信吉（小泉信三）
　◇「日本人の手紙 10」リブリオ出版 2004 p83
太平洋戦争前後の時代―戦中から占領期への
　連続と非連続（紅野謙介）
　◇「コレクション戦争と文学 別巻」集英社 2013
　　p81
太平洋の橋（小出正吾）
　◇「『少年倶楽部』熱血・痛快・時代短篇選」講談社
　　2015（講談社文芸文庫）
太平洋は燃えているか？（中村樹基）
　◇「世にも奇妙な物語―小説の特別編 再生」角川書
　　店 2001（角川ホラー文庫）p153
大変災余談（田中貢太郎）
　◇「文豪怪談傑作選 大正篇」筑摩書房 2011（ちく
　　ま文庫）p321
大望ある乗客（中井英夫）

　◇「恐怖特急」光文社 2002（光文社文庫）p47
大砲を撃つ（萩原朔太郎）
　◇「ちくま日本文学 36」筑摩書房 2009（ちくま文
　　庫）p178
耐乏生活（金時鐘）
　◇「〈在日〉文学全集 5」勉誠出版 2006 p92
大望の身（戸部新十郎）
　◇「たそがれ江戸暮色」光文社 2014（光文社文庫）
　　p205
創作 大暴風雨時代（前田河廣一郎）
　◇「新・プロレタリア文学精選集 4」ゆまに書房
　　2004 p1
臺北州下における青年演劇挺身隊の根本理念
　に就て（皇民奉公会台北州支部健全娯楽指導班）
　◇「日本統治期台湾文学集成 12」緑蔭書房 2003
　　p217
臺北におけるアンドレ・ジイド風景（龍瑛宗）
　◇「日本統治期台湾文学集成 16」緑蔭書房 2003
　　p262
大菩薩峠（中里介山）
　◇「颯爽登場！ 第一話―時代小説ヒーロー初見参」
　　新潮社 2004（新潮文庫）p9
大菩薩峠の歌（宮沢賢治）
　◇「ちくま日本文学 3」筑摩書房 2007（ちくま文
　　庫）p456
退魔戦記（豊田有恒）
　◇「日本SF短編50 1」早川書房 2013（ハヤカワ文
　　庫JA）p51
大松鮨の奇妙な客（蒼井上鷹）
　◇「ザ・ベストミステリーズ―推理小説年鑑 2005」
　　講談社 2005 p507
　◇「隠された鍵」講談社 2008（講談社文庫）p399
松明綱引き（又吉栄喜）
　◇「文学 2015」講談社 2015 p99
当麻曼陀羅（橘成季）
　◇「奇跡」国書刊行会 2000（書物の王国）p59
大名料理―長編小説『千両鯉』より（村上元三）
　◇「大江戸万華鏡―美味小説傑作選」学研パブリッ
　　シング 2014（学研M文庫）p313
タイムカプセル（甲木千絵）
　◇「幽霊でもいいから会いたい」泰文堂 2014（リン
　　ダブックス）p66
タイムカプセルの八年（辻村深月）
　◇「時の罠」文藝春秋 2014（文春文庫）p7
タイムシェア（茅野裕城子）
　◇「文学 2005」講談社 2005 p286
タイム・ジャック（小松左京）
　◇「70年代日本SFベスト集成 3」筑摩書房 2015
　　（ちくま文庫）p253
タイムスリップ（森田浩平）
　◇「ショートショートの花束 5」講談社 2013（講
　　談社文庫）p108
タイムスリップ・コンビナート（笙野頼子）
　◇「現代小説クロニクル 1990〜1994」講談社 2015
　　（講談社文芸文庫）p201

たいむ

タイムトラベルの不可能性について（菅野雅貴）
　◇「ショートショートの広場 18」講談社 2006（講談社文庫）p51

タイムマシン（関屋俊哉）
　◇「ショートショートの広場 15」講談社 2004（講談社文庫）p45

タイムマシン（瀬名玲）
　◇「ショートショートの広場 17」講談社 2005（講談社文庫）p71

タイムマシン（友朗）
　◇「ショートショートの花束 3」講談社 2011（講談社文庫）p46

タイムマシンはラッキョウ味（石丸桂子）
　◇「ひらく―第15回フェリシモ文学賞」フェリシモ 2012 p140

タイムマシンはつきるとも（広瀬正）
　◇「日本SF・名作集成 9」リブリオ出版 2005 p103

TL（タイムライン）殺人（戸梶圭太）
　◇「5分で読める！ 怖いはなし」宝島社 2014（宝島社文庫）p101

タイムリミット（天沢彰）
　◇「絶体絶命！」泰文堂 2011（Linda books！）p47

タイムリミット（李正子）
　◇「〈在日〉文学全集 17」勉誠出版 2006 p279

タイムリミット（辻村深月）
　◇「こどものころにみた夢」講談社 2008 p52

タイヤキ（田中哲弥）
　◇「黄昏ホテル」小学館 2004 p116

代役（石田一）
　◇「怪物團」光文社 2009（光文社文庫）p335

ダイヤの指輪（木山捷平）
　◇「戦後短篇小説再発見 7」講談社 2001（講談社文芸文庫）p77

ダイヤモンド（沢木まひろ）
　◇「5分で読める！ ひと駅ストーリー 乗車編」宝島社 2012（宝島社文庫）p211

ダイヤモンド（高峰秀子）
　◇「精選女性随筆集 8」文藝春秋 2012 p210

ダイヤモンドダスト（安生正）
　◇「このミステリーがすごい！ 四つの謎」宝島社 2014 p151

ダイヤモンドダスト（黛汎海）
　◇「ゆきのまち幻想文学賞小品集 16」企画集団ぷりずむ 2007 p149

ダイヤモンドの瞳（森田水香）
　◇「ゆきのまち幻想文学賞小品集 23」企画集団ぷりずむ 2014 p171

ダイヤモンドの指輪（植田祥子）
　◇「つながり―フェリシモしあわせショートショート」フェリシモ 1999 p77

ダイヤル7（泡坂妻夫）
　◇「電話ミステリー倶楽部―傑作推理小説集」光文社 2016（光文社文庫）p67

太陽（王白淵）
　◇「日本統治期台湾文学集成 18」緑蔭書房 2003 p39

太陽（西脇順三郎）
　◇「新装版 全集現代文学の発見 13」學藝書林 2004 p48

太陽を斬る（南原幹雄）
　◇「真田幸村―小説集」作品社 2015 p5

太陽を喰らうもの（井上雅彦）
　◇「SF宝石―すべて新作読み切り！ 2015」光文社 2015 p302

太陽開暦集（森春濤）
　◇「新日本古典文学大系 明治編 2」岩波書店 2004 p61

太陽系統の滅亡（木村小舟）
　◇「懐かしい未来―甦る明治・大正・昭和の未来小説」中央公論新社 2001 p67

太陽殿のイシス（ゴーレムの檻 現代版）（柄刀一）
　◇「本格ミステリ 2006」講談社 2006（講談社ノベルス）p101
　◇「珍しい物語のつくり方―本格短編ベスト・セレクション」講談社 2010（講談社文庫）p145

太陽とシーツ（山川健一）
　◇「誘惑の香り」講談社 1999（講談社文庫）p193

太陽の傷（大川俊道）
　◇「年鑑代表シナリオ集 ’06」シナリオ作家協会 2008 p101

太陽の子（上忠司）
　◇「日本統治期台湾文学集成 18」緑蔭書房 2003 p266

太陽のシール（伊坂幸太郎）
　◇「短編工場」集英社 2012（集英社文庫）p117

太陽のみえる場所まで（室井佑月）
　◇「female」新潮社 2004（新潮文庫）p65

太陽は気を失う（乙川優三郎）
　◇「短篇ベストコレクション―現代の小説 2014」徳間書店 2014（徳間文庫）p149

第四階級の文学（中野秀人）
　◇「新装版 全集現代文学の発見 1」學藝書林 2002 p292

第四階級の文学（平林初之輔）
　◇「新装版 全集現代文学の発見 1」學藝書林 2002 p334

第四回掌篇評（江戸川乱歩）
　◇「幻の探偵雑誌 8」光文社 2001（光文社文庫）p290

第四象限の密室（澤本等）
　◇「新・本格推理 8」光文社 2008（光文社文庫）p247
　◇「ザ・ベストミステリーズ―推理小説年鑑 2009」講談社 2009 p97
　◇「Spiralめくるめく謎」講談社 2012（講談社文庫）p155

第四側面の詩（FUTURISM + CUBISME = DADAISM = EXPRESSIONISME）（平戸

廉吉）
◇「新装版 全集現代文学の発見 1」學藝書林 2002
p237

第四の殺意（横山秀夫）
◇「ザ・ベストミステリーズ―推理小説年鑑 2004」
講談社 2004 p553
◇「孤独な交響曲（シンフォニー）」講談社 2007
（講談社文庫）p79

第四話 孤高（西奥隆起）
◇「妖魔夜行―幻の巻」角川書店 2001 （角川文庫）
p171

大楽源太郎の生死（司馬遼太郎）
◇「躍る影法師」光風社出版 1997 （光風社文庫）
p47

平清盛（海音寺潮五郎）
◇「源義経の時代―短篇小説集」作品社 2004 p11

平将門（海音寺潮五郎）
◇「人物日本の歴史―時代小説版 古代中世編」小学
館 2004 （小学館文庫）p97

平将門（幸田露伴）
◇「史話」凱風社 2009 （PD叢書）p73

大力物語（菊池寛）
◇「ちくま日本文学 27」筑摩書房 2008 （ちくま文
庫）p373
◇「おかしい話」筑摩書房 2010 （ちくま文学の森）
p191

大陸（韓雪野著，尹喜淳畫）
◇「近代朝鮮文学日本語作品集1908～1945 セレクショ
ン 1」緑蔭書房 2008 p49

大陸へ出掛けて、また戻ってきた踊（多和田葉
子）
◇「ことばのたくらみ―実作集」岩波書店 2003
（21世紀文学の創造）p17

随筆 大陸の皮（1）～（4）（李孝石）
◇「近代朝鮮文学日本語作品集1939～1945 評論・随筆
篇 3」緑蔭書房 2002 p31

大陸の文壇9 朝鮮の巻上 朝鮮文壇の現役作家
（張赫宙）
◇「近代朝鮮文学日本語作品集1908～1945 セレクショ
ン 1」緑蔭書房 2008 p151

大陸の文壇10 朝鮮の巻中 半島文壇の中堅作
家（張赫宙）
◇「近代朝鮮文学日本語作品集1908～1945 セレクショ
ン 3」緑蔭書房 2008 p152

大陸の文壇11 朝鮮の巻下 憂愁すぎる人々（張
赫宙）
◇「近代朝鮮文学日本語作品集1908～1945 セレクショ
ン 3」緑蔭書房 2008 p153

大陸文學など（1）～（3）（韓雪野）
◇「近代朝鮮文学日本語作品集1939～1945 評論・随筆
篇 3」緑蔭書房 2002 p191

内裏の松原で鬼が女を食う話（作者不詳）
◇「文豪てのひら怪談」ポプラ社 2009 （ポプラ文
庫）p104

大連鳥瞰図（鮎川哲也）
◇「迷宮の旅行者―本格推理展覧会」青樹社 1999

（青樹社文庫）p5

台麓湖干集（森春濤）
◇「新日本古典文学大系 明治編 2」岩波書店 2004
p66

第六太平丸の殺人（西村京太郎）
◇「あなたが名探偵」講談社 1998 （講談社文庫）p9

第六回掌篇評（江戸川乱歩）
◇「幻の探偵雑誌 8」光文社 2001 （光文社文庫）
p324

臺灣工藝瞥見記（金関丈夫）
◇「日本統治期台湾文学集成 17」緑蔭書房 2003
p264

皇民化軍事劇 台湾行進曲―二幕（坂井大梧）
◇「日本統治期台湾文学集成 14」緑蔭書房 2003
p169

台湾茶「淡月」（加藤千恵）
◇「明日町こんぺいとう商店街―招きうさぎと六軒
の物語 2」ポプラ社 2014 （ポプラ文庫）p117

臺灣土地制度の變遷（陳逢源）
◇「日本統治期台湾文学集成 16」緑蔭書房 2003
p163

臺灣に於ける濱田總長（金関丈夫）
◇「日本統治期台湾文学集成 17」緑蔭書房 2003
p215

臺灣の自然と歌（尾崎孝子）
◇「日本統治期台湾文学集成 15」緑蔭書房 2003
p269

臺灣の竹製品（金関丈夫）
◇「日本統治期台湾文学集成 17」緑蔭書房 2003
p248

随筆 臺灣の鐵道（春山行夫）
◇「日本統治期台湾文学集成 22」緑蔭書房 2007
p267

台湾パナマ（波野白跳）
◇「幻の探偵雑誌 5」光文社 2001 （光文社文庫）
p175

臺灣文學の展望（龍瑛宗）
◇「日本統治期台湾文学集成 16」緑蔭書房 2003
p287

宣誓詩 台湾兵制史つはものへの途（吉村敏）
◇「日本統治期台湾文学集成 12」緑蔭書房 2003
p237

第38巻6月12日号（耳目）
◇「ショートショートの花束 3」講談社 2011 （講
談社文庫）p169

ダヴィデに（須賀敦子）
◇「日本文学全集 25」河出書房新社 2016 p167

軍鶏（目取真俊）
◇「現代沖縄文学作品選」講談社 2011 （講談社文芸
庫）p186

ダウト（向田邦子）
◇「右か、左か」文藝春秋 2010 （文春文庫）p265

下町（林芙美子）
◇「戦後短篇小説再発見 6」講談社 2001 （講談社
文芸文庫）p77

下町（ダウン・タウン）（林芙美子）

たうん

◇「ちくま日本文学 20」筑摩書房 2008（ちくま文庫）p233

ダウンロード（大橋むつお）
◇「1人から5人でできる新鮮いちご脚本集 v.2」青雲書房 2002 p47

ダーエダーエてんからてんのてん（吉川由香子）
◇「山形市児童劇団脚本集 3」山形市 2005 p135

耐える歌（田木繁）
◇「新装版 全集現代文学の発見 別巻」學藝書林 2005 p498

耐える女（佐藤雅美）
◇「江戸の秘恋―時代小説傑作選」徳間書店 2004（徳間文庫）p63

楕円形の鏡 新人紹介（金來成）
◇「近代朝鮮文学日本語作品集1901～1938 創作篇 3」緑蔭書房 2004 p275

楕円形の故郷（こきょう）（三浦哲郎）
◇「日本怪奇小説傑作集 3」東京創元社 2005（創元推理文庫）p181

楕円幻想（花田清輝）
◇「新編・日本幻想文学集成 2」国書刊行会 2016 p499

楕円幻想―ヴィヨン（作者表記なし）
◇「新装版 全集現代文学の発見 8」學藝書林 2003 p590

楕円典（加藤郁乎）
◇「新装版 全集現代文学の発見 13」學藝書林 2004 p617

倒れふすまで萩の原（童門冬二）
◇「美女峠に星が流れる―時代小説傑作選」講談社 1999（講談社文庫）p419

倒れる人（常盤奈津子）
◇「ショートショートの花束 1」講談社 2009（講談社文庫）p17

鷹（石川淳）
◇「新装版 全集現代文学の発見 2」學藝書林 2002 p275

鷹（大岡昇平）
◇「戦後短篇小説選―『世界』1946-1999 2」岩波書店 2000 p27

鷹（幸田文）
◇「ちくま日本文学 5」筑摩書房 2007（ちくま文庫）p383

尊氏膏（朝松健）
◇「蒐集家（コレクター）」光文社 2004（光文社文庫）p499

高丘親王航海記（澁澤龍彦）
◇「ちくま日本文学 18」筑摩書房 2008（ちくま文庫）p35

隆男と美津子（中上健次）
◇「わかれの船―Anthology」光文社 1998 p209

鷹、翔ける（葉室麟）
◇「決戦！ 本能寺」講談社 2015 p237

たかが詩人（黒田三郎）
◇「新装版 全集現代文学の発見 15」學藝書林 2005 p481

高くて遠い街（いしいしんじ）
◇「文学 2010」講談社 2010 p282

高坂蔵人の反逆（長部日出雄）
◇「士魂の光芒―時代小説最前線」新潮社 1997（新潮文庫）p155

戯曲 **高砂館――一幕**（林博秋）
◇「日本統治期台湾文学集成 14」緑蔭書房 2003 p367

高砂島の俳優達（松居桃楼）
◇「日本統治期台湾文学集成 14」緑蔭書房 2003 p477

高桟敷（泉鏡花）
◇「架空の町」国書刊行会 1997（書物の王国）p173
◇「文豪怪談傑作選 泉鏡花集」筑摩書房 2006（ちくま文庫）p7

高島の名医（勝部正和）
◇「われらが青年団 人形劇脚本集」文芸社 2008 p5

高杉晋作（大岡昇平）
◇「歴史小説の世紀 天の巻」新潮社 2000（新潮文庫）p549
◇「人物日本の歴史―時代小説版 幕末維新編」小学館 2004（小学館文庫）p77

高瀬舟（森鷗外）
◇「ちくま日本文学 17」筑摩書房 2008（ちくま文庫）p348
◇「二時間目国語」宝島社 2008（宝島社文庫）p61
◇「涙の百年文学―もう一度読みたい」太陽出版 2009 p146
◇「文豪たちが書いた泣ける名作短編集」彩図社 2014 p127
◇「もう一度読みたい教科書の泣ける名作 再び」学研教育出版 2014 p183
◇「京都綺談」有楽出版社 2015 p221
◇「教科書名短篇 人間の情景」中央公論新社 2016（中公文庫）p57

高瀬舟――一九一六（大正五）年一月（森鷗外）
◇「BUNGO―文豪短篇傑作選」角川書店 2012（角川文庫）p7

高瀬舟―高瀬舟縁起（森鷗外）
◇「文豪の探偵小説」集英社 2006（集英社文庫）p241

誰がために（白川道）
◇「鼓動―警察小説競作」新潮社 2006（新潮文庫）p87

高千穂丸試乗記（陳逢源）
◇「日本統治期台湾文学集成 16」緑蔭書房 2003 p137

高千穂に冬雨ふれり（坂口安吾）
◇「ちくま日本文学 9」筑摩書房 2008（ちくま文庫）p380

鷹司邸に長兵官軍と戦ふ事（作者表記なし）
◇「新日本古典文学大系 明治編 13」岩波書店 2007 p53

高天神の町（鈴木めい）
◇「「伊豆文学賞」優秀作品集 第14回」静岡新聞社 2011 p218

たから

高遠乙女（陣出達朗）
◇「夢がたり大川端」光風社出版 1998（光風社文庫）p7

ダガーナイフ（石田衣良）
◇「短篇ベストコレクション―現代の小説 2009」徳間書店 2009（徳間文庫）p453

高輪泉岳寺（諸田玲子）
◇「異色忠臣蔵大傑作集」講談社 1999 p443

高嶺の花（崔華國）
◇「〈在日〉文学全集 17」勉誠出版 2006 p43

高野桑子先生（香山末子）
◇「ハンセン病文学全集 7」皓星社 2004 p293

高野桑子先生へ（香山末子）
◇「ハンセン病文学全集 7」皓星社 2004 p293

高野桑子先生―当時当園内科医として勤務していた（香山末子）
◇「〈在日〉文学全集 17」勉誠出版 2006 p94

句集 鷹の里（翁長求）
◇「ハンセン病文学全集 9」皓星社 2010 p168

鷹野鍼灸院の事件簿・2―置き忘れのペイン（乾緑郎）
◇「『このミステリーがすごい！』大賞作家書き下ろしBOOK」宝島社 2012 p73

鷹野鍼灸院の事件簿・3―失われた風景（乾緑郎）
◇「『このミステリーがすごい！』大賞作家書き下ろしBOOK vol.2」宝島社 2013 p207

鷹野鍼灸院の事件簿・4―それぞれのすれ違い（乾緑郎）
◇「『このミステリーがすごい！』大賞作家書き下ろしBOOK vol.3」宝島社 2013 p5

鷹野鍼灸院の事件簿・5―マクワウリを刺す（乾緑郎）
◇「『このミステリーがすごい！』大賞作家書き下ろしBOOK vol.4」宝島社 2014 p5

鷹野鍼灸院の事件簿・7―坂道に立つ女（乾緑郎）
◇「『このミステリーがすごい！』大賞作家書き下ろしBOOK vol.1」宝島社 2015 p185

鷹野鍼灸院の事件簿・8―師、去りし後（乾緑郎）
◇「『このミステリーがすごい！』大賞作家書き下ろしBOOK vol.11」宝島社 2015 p43

鷹野鍼灸院の事件簿・9―アイスマンの呼ぶ声（乾緑郎）
◇「『このミステリーがすごい！』大賞作家書き下ろしBOOK vol.12」宝島社 2016 p209

高橋阿伝夜叉譚（たかはしおでんやしゃものがたり）（仮名垣魯文）
◇「新日本古典文学大系 明治編 9」岩波書店 2010 p31

高橋和巳との架空対談（井上光晴）
◇「戦後文学エッセイ選 13」影書房 2008 p163

高橋和巳よ、ホナ、サイナラ≫高橋和巳（小田実）
◇「日本人の手紙 9」リブリオ出版 2004 p192

高橋さん（24号）
◇「てのひら怪談―ビーケーワン怪談大賞傑作選 百怪繚乱篇」ポプラ社 2008 p220

鷹丸は姫（谷口弘子）
◇「現代作家代表作選集 6」鼎書房 2014 p105

たかむら（篁）（辻一歩）
◇「ハンセン病文学全集 8」皓星社 2006 p11

高村光太郎論（中野秀人）
◇「新装版 全集現代文学の発見 1」學藝書林 2002 p296

高村さんのこと（富士正晴）
◇「戦後文学エッセイ選 7」影書房 2006 p146

高柳重信十一句（高柳重信）
◇「リテラリーゴシック・イン・ジャパン―文学的ゴシック作品選」筑摩書房 2014（ちくま文庫）p239

高柳又四郎（村上元三）
◇「日本剣客伝 幕末篇」朝日新聞出版 2012（朝日文庫）p9

高柳又四郎の鍔（新宮正春）
◇「秘剣舞う―剣豪小説の世界」学習研究社 2002（学研M文庫）p271

高山竹枝（四十首うち五首）（森春濤）
◇「新日本古典文学大系 明治編 2」岩波書店 2004 p41

宝を探す女（逢坂剛）
◇「現代の小説 1998」徳間書店 1998 p396

宝くじ（ウルエミロ）
◇「ショートショートの花束 2」講談社 2010（講談社文庫）p110

宝くじのトキメキ（耳目）
◇「ショートショートの花束 3」講談社 2011（講談社文庫）p277

宝探し（岡俊雄）
◇「ショートショートの花束 2」講談社 2010（講談社文庫）p91

宝探し探偵団（鈴木秀彦）
◇「山形市児童劇団脚本集 1」山形市 2005 p113

だから酒は有害である（徳川夢声）
◇「竹中英太郎 3」皓星社 2016（挿絵叢書）p25

宝箱（有本吉見）
◇「ひらく―第15回フェリシモ文学賞」フェリシモ 2012 p36

宝簇（松浦寿輝）
◇「少女怪談」学習研究社 2000（学研M文庫）p271

たからもの（石井康浩）
◇「御子神さん―幸福をもたらす♂三毛猫」竹書房 2010（竹書房文庫）p139

宝物をとりもどせ（西田豊子）
◇「小学生のげき―新小学校演劇脚本集 中学年 1」晩成書房 2011 p55

宝物は何ですか？（@micanaitoh）

たから

◇「3.11心に残る140字の物語」学研パブリッシング 2011 p56

たから屋のスタンプ（島村木綿子）
◇「ゆきのまち幻想文学賞・小品集 12」企画集団ぷりずむ 2003 p127

宝はどこだ！（金平純三）
◇「小学校・全員参加の楽しい学級劇・学年劇脚本集 中学年」黎明書房 2006 p68

它川から（倉阪鬼一郎）
◇「伯爵の血族—紅ノ章」光文社 2007 （光文社文庫）p81

滝（奥泉光）
◇「北村薫のミステリー館」新潮社 2005 （新潮文庫）p349

瀧をやぶる（松下曜子）
◇「「伊豆文学賞」優秀作品集 第10回」静岡新聞社 2007 p41

瀧口修造の詩的実験 1927〜1937（瀧口修造）
◇「新装版 全集現代文学の発見 13」學藝書林 2004 p76

滝口入道（高山樗牛）
◇「新日本古典文学大系 明治編 30」岩波書店 2009 p309

瀧子其他（小林多喜二）
◇「読んでおきたい近代日本小説選」龍書房 2012 p309

多輝子ちゃん——個の流れ星の夜のために（辻内智貴）
◇「太宰治賞 2000」筑摩書房 2000 p25

抱きしむ（さとうひろこ）
◇「平成28年熊本地震作品集」くまもと文学・歴史館友の会 2016 p11

抱きしめたい（吉田紀子）
◇「テレビドラマ代表作選集 2003年版」日本脚本家連盟 2003 p99

唾棄しめる（真木由紹）
◇「太宰治賞 2012」筑摩書房 2012 p61

炊き出し（盧進容）
◇「〈在日〉文学全集 18」勉誠出版 2006 p214

炊き立てご飯、冷やご飯（里内和也）
◇「冷と温—第13回フェリシモ文学賞作品集」フェリシモ 2010 p108

滝壺（翡翠殿夢宇）
◇「ショートショートの広場 8」講談社 1997 （講談社文庫）p97

焚き火（貝原）
◇「てのひら怪談—ビーケーワン怪談大賞傑作選 辛卯」ポプラ社 2011 （ポプラ文庫）p68

焚火（大岡昇平）
◇「戦後短篇小説再発見 11」講談社 2003 （講談社文芸文庫）p113

焚火（小野十三郎）
◇「新装版 全集現代文学の発見 13」學藝書林 2004 p230

焚火（志賀直哉）
◇「ちくま日本文学 21」筑摩書房 2008 （ちくま文庫）p327
◇「文豪怪談傑作選 大正篇」筑摩書房 2011 （ちくま文庫）p210

焚火（白石）
◇「近代朝鮮文学日本語作品集1939〜1945 創作篇 6」緑蔭書房 2001 p190

抱茗荷の説（山本禾太郎）
◇「怪奇探偵小説集 3」角川春樹事務所 1998 （ハルキ文庫）p55

他郷寒苦（李瑾榮）
◇「近代朝鮮文学日本語作品集1908〜1945 セレクション 6」緑蔭書房 2008 p38

ダークあやつり人形印象記（萩原朔太郎）
◇「ちくま日本文学 36」筑摩書房 2009 （ちくま文庫）p259

宅を売り戯れに門帖に題す（森春濤）
◇「新日本古典文学大系 明治編 2」岩波書店 2004 p110

ダークサイドソウル（塔山郁）
◇「『このミステリーがすごい！』大賞作家書き下ろしBOOK vol.10」宝島社 2015 p81

たくさんのありがとう（@ANya52lily）
◇「3.11心に残る140字の物語」学研パブリッシング 2011 p41

タクシー（秋吉千尋）
◇「ショートショートの広場 11」講談社 2000 （講談社文庫）p70

タクシー（佐藤健司）
◇「ショートショートの広場 19」講談社 2007 （講談社文庫）p128

タクシー（雛村晶）
◇「ショートショートの広場 10」講談社 2000 （講談社文庫）p68

タクシードライバー（飛鳥井千砂）
◇「短篇ベストコレクション—現代の小説 2010」徳間書店 2010 （徳間文庫）p39

タクシーの中で（新津きよみ）
◇「俳優」廣済堂出版 1999 （廣済堂文庫）p175

タクシー・ボーイ（藤田宜永）
◇「海外トラベル・ミステリー—7つの旅物語」三笠書房 2000 （王様文庫）p99

卓上をめぐつて（金璟麟）
◇「近代朝鮮文学日本語作品集1908〜1945 セレクション 4」緑蔭書房 2008 p429

卓上の吸い殻（大谷羊太郎）
◇「あなたが名探偵」講談社 1998 （講談社文庫）p349

卓上の静物（朱耀翰）
◇「近代朝鮮文学日本語作品集1908〜1945 セレクション 4」緑蔭書房 2008 p51

濁水の魚（柴田杜夜子）
◇「日本統治期台湾文学集成 7」緑蔭書房 2002 p265

礫像（安東次男）
◇「新装版 全集現代文学の発見 13」學藝書林 2004 p296

たけと

卓の上（金時鐘）
◇「〈在日〉文学全集 5」勉誠出版 2006 p126
宅配便（三浦理子）
◇「ショートショートの広場 16」講談社 2005（講談社文庫）p47
宅配便の女（夏樹静子）
◇「謎—スペシャル・ブレンド・ミステリー 007」講談社 2012（講談社文庫）p123
啄木の日をむかえて（中野重治）
◇「蘇らぬ朝「大逆事件」以後の文学」インパクト出版会 2010（インパクト選書）p271
逞しき群像（周金波）
◇「日本統治期台湾文学集成 23」緑蔭書房 2007 p237
逞しき童女〈岡本かの子と私〉（吉屋信子）
◇「精選女性随筆集 2」文藝春秋 2012 p142
暗闇行進曲（ダークマーチ）（伊志田和郎）
◇「幻の探偵雑誌 3」光文社 2000（光文社文庫）p9
托卵（島村洋子）
◇「勿忘草—恋愛ホラー・アンソロジー」祥伝社 2003（祥伝社文庫）p29
托卵（平山夢明）
◇「贈る物語Wonder」光文社 2002 p264
たくらんけ（石原哲也）
◇「1人から5人でできる新鮮いちご脚本集 v.2」青雲書房 2002 p183
濁流（岡本賢一）
◇「水妖」廣済堂出版 1998（廣済堂文庫）p135
濁流の音（笛木薫）
◇「日本海文学大賞—大賞作品集 1」日本海文学大賞運営委員会 2007 p209
ダークルーム（近藤史恵）
◇「ザ・ベストミステリーズ—推理小説年鑑 2012」講談社 2012 p59
◇「Question謎解きの最高峰」講談社 2015（講談社文庫）p241
竹（岩瀬成子）
◇「100万分の1回のねこ」講談社 2015 p21
竹（金関丈夫）
◇「日本統治期台湾文学集成 17」緑蔭書房 2003 p193
◇「日本統治期台湾文学集成 17」緑蔭書房 2003 p243
竹（萩原朔太郎）
◇「ちくま日本文学 36」筑摩書房 2009（ちくま文庫）p57
◇「ちくま日本文学 36」筑摩書房 2009（ちくま文庫）p58
蛇経（宗秋月）
◇「〈在日〉文学全集 18」勉誠出版 2006 p52
竹筏渡し（小林井津志）
◇「日本統治期台湾文学集成 4」緑蔭書房 2002 p387
竹内好の孤独（武田泰淳）

◇「戦後文学エッセイ選 5」影書房 2006 p109
竹内好の追想（埴谷雄高）
◇「戦後文学エッセイ選 3」影書房 2005 p209
竹馬男の犯罪（井上雅彦）
◇「綾辻・有栖川復刊セレクション 竹馬男の犯罪」講談社 2007（講談社ノベルス）p3
タケオ（太田忠司）
◇「玩具館」光文社 2001（光文社文庫）p417
蕈狩（正岡子規）
◇「きのこ文学名作選」港の人 2010 p257
たけくらべ（内海重典）
◇「日本舞踊舞踏劇選集」西川会 2002 p153
たけくらべ（樋口一葉）
◇「明治の文学 17」筑摩書房 2000 p98
◇「新日本古典文学大系 明治編 24」岩波書店 2001 p125
◇「ちくま日本文学 13」筑摩書房 2008（ちくま文庫）p9
◇「「新編」日本女性文学全集 2」菁柿堂 2008 p58
◇「心洗われる話」筑摩書房 2010（ちくま文学の森）p385
たけくらべ（樋口一葉著, 川上未映子訳）
◇「日本文学全集 13」河出書房新社 2015 p7
竹細工を作る村（丸井妙子）
◇「日本統治期台湾文学集成 17」緑蔭書房 2003 p345
竹細工の村（金関丈夫）
◇「日本統治期台湾文学集成 17」緑蔭書房 2003 p253
竹沢村にて（昭和二四—二五年）（金子兜太）
◇「新装版 全集現代文学の発見 13」學藝書林 2004 p596
他化自在天（泡坂妻夫）
◇「仮面のレクイエム」光文社 1998（光文社文庫）p69
武田観柳斎（井上友一郎）
◇「新選組烈士伝」角川書店 2003（角川文庫）p335
武田信玄（檀一雄）
◇「決戦川中島—傑作時代小説」PHP研究所 2007（PHP文庫）p5
武田菱誉れの初陣（吉川英治）
◇「『少年倶楽部』熱血・痛快・時代短篇選」講談社 2015（講談社文芸文庫）p9
武市半平太（海音寺潮五郎）
◇「龍馬と志士たち—時代小説傑作選」コスミック出版 2009（コスミック・時代文庫）p223
竹と死体と（東篤哉）
◇「新・本格推理 01」光文社 2001（光文社文庫）p85
竹取物語〈口語訳〉〈抄〉（星新一）
◇「富士山」角川書店 2013（角川文庫）p97
竹とんぼの坂道（石川たかし）
◇「「伊豆文学賞」優秀作品集 第5回」羽衣出版 2002 p3

たけな

竹中半兵衛 (海音寺潮五郎)
　◇「竹中半兵衛─小説集」作品社 2014 p5
竹中半兵衛 (柴田錬三郎)
　◇「軍師の死にざま─短篇小説集」作品社 2006
　　p121
　◇「軍師の死にざま」実業之日本社 2013 （実業之日
　　本社文庫） p155
　◇「竹中半兵衛─小説集」作品社 2014 p255
竹中半兵衛 生涯一軍師にて候 (八尋舜右)
　◇「竹中半兵衛─小説集」作品社 2014 p61
墨竹 (たけのゑ) と新婦 (はなよめ) (李泰俊)
　◇「近代朝鮮文学日本語作品集1908～1945 セレクショ
　　ン 4」緑蔭書房 2008 p408
竹の木戸 (国木田独歩)
　◇「明治の文学 22」筑摩書房 2001 p402
　◇「読んでおきたい近代日本小説選」龍書房 2012
　　p61
竹の刃 (大山勘助)
　◇「遠き雷鳴」桃園書房 2001 （桃園文庫） p7
武林唯七 (村上元三)
　◇「定本・忠臣蔵四十七人集」双葉社 1998 p255
竹俣 (東郷隆)
　◇「疾風怒濤！ 上杉戦記─傑作時代小説」PHP研究
　　所 2008 （PHP文庫） p7
竹俣【竹俣兼光】(東郷隆)
　◇「刀剣─歴史時代小説名作アンソロジー」中央公
　　論新社 2016 （中公文庫） p119
竹光 (伊藤桂一)
　◇「浜町河岸夕化粧」光風社出版 1998 （光風社文
　　庫） p297
竹光と女房と (山手樹一郎)
　◇「たそがれ江戸暮色」光文社 2014 （光文社文庫）
　　p123
竹村悔斎 (依田学海)
　◇「新日本古典文学大系 明治編 3」岩波書店 2005
　　p160
竹村俊郎さん─紅い犬の顔の袋 (室生朝子)
　◇「山形県文学全集第2期 (随筆・紀行編) 4」郷土出版
　　社 2005 p265
竹もぼくらも生きている (鹿目由紀)
　◇「やるキッズあいち劇場」脚本集 平成19年度」
　　愛知県環境調査センター 2008 p25
竹藪の彼 (吉澤有貴)
　◇「怪談四十九夜」竹書房 2016 （竹書房文庫）
　　p209
竹藪の前 (永井龍男)
　◇「戦後占領期短篇小説コレクション 1」藤原書店
　　2007 p67
竹よ (泉寛介)
　◇「「近松賞」第3回 優秀賞作品集」尼崎市 2006 p1
凧 (トロチェフ, コンスタンチン)
　◇「ハンセン病文学全集 7」皓星社 2004 p36
たこあげ (福田清人)
　◇「『少年倶楽部』短篇選」講談社 2013 （講談社文
　　芸文庫） p313

ターコイズブルーの温もり (永井するみ)
　◇「Colors」ホーム社 2008 p121
　◇「Colors」集英社 2009 （集英社文庫） p157
凧師 (宮原龍雄)
　◇「探偵くらぶ─探偵小説傑作選1946～1958 中」光
　　文社 1997 （カッパ・ノベルス） p277
タゴシ、おかあさんは眠られた≫岡本一平 (岡
本太郎)
　◇「日本人の手紙 9」リブリオ出版 2004 p97
タゴシ、おかあさんは眠られた≫岡本太郎 (岡
本一平)
　◇「日本人の手紙 9」リブリオ出版 2004 p97
凧、凧、揚がれ (宇江佐真理)
　◇「江戸夢日和」学習研究社 2004 （学研M文庫）
　　p273
たこ凧あがれ─とむらい凧 (西谷史)
　◇「妖かしの宴─わらべ唄の呪い」PHP研究所
　　1999 （PHP文庫） p97
だごだごころころ (石黒渼子, 梶山俊夫)
　◇「朗読劇台本集 5」玉川大学出版部 2002 p41
蛸つぼ (深尾登美子)
　◇「甦る推理雑誌 10」光文社 2004 （光文社文庫）
　　p351
凧になったお母さん (野坂昭如)
　◇「男の涙 女の涙─せつない小説アンソロジー」光
　　文社 2006 （光文社文庫） p197
　◇「冒険の森へ─傑作小説大全 13」集英社 2016
　　p72
　◇「教科書名短篇 人間の情景」中央公論新社 2016
　　（中公文庫） p215
章魚木の下で (中島敦)
　◇「日本文学全集 16」河出書房新社 2016 p438
たこやき多情 (田辺聖子)
　◇「おいしい話─料理小説傑作選」徳間書店 2007
　　（徳間文庫） p333
　◇「女がそれを食べるとき」幻冬舎 2013 （幻冬舎文
　　庫） p195
太宰さん (石井桃子)
　◇「精選女性随筆集 8」文藝春秋 2012 p113
田沢稲舟と樋口一葉 (松坂俊夫)
　◇「山形県文学全集第2期 (随筆・紀行編) 6」郷土出版
　　社 2005 p249
多事 (小栗鳳子)
　◇「「新編」日本女性文学全集 3」菁柿堂 2011 p444
確かなつながり (北川歩実)
　◇「Mystery Seller」新潮社 2012 （新潮文庫） p365
たしかにそういう目がある (金時鐘)
　◇「〈在日〉文学全集 5」勉誠出版 2006 p45
足し算できない殺人事件 (斎藤肇)
　◇「自選ショート・ミステリー 2」講談社 2001 （講
　　談社文庫） p143
多重人格 (湯川聖司)
　◇「ショートショートの広場 10」講談社 2000 （講
　　談社文庫） p105
他小説 (清水義範)

472　作品名から引ける日本文学全集案内 第III期

◇「短篇ベストコレクション―現代の小説 2000」徳間書店 2000 p391

出しようのない手紙（葉山嘉樹）
　◇「妻を失う―離別作品集」講談社 2014（講談社文芸文庫）p50

駄神（大鴨居ひよこ）
　◇「超短編の世界 vol.2」創英社 2009 p60

助かった三人（石原藤夫）
　◇「宇宙塵傑作選―日本SFの軌跡 1」出版芸術社 1997 p79

助けを求める声（伊東哲哉）
　◇「超短編傑作選 v.6」創英社 2007 p180

たすけて（高橋克彦）
　◇「極上掌篇小説」角川書店 2006 p137
　◇「ひと粒の宇宙」角川書店 2009（角川文庫）p137

助けて！（帆村乙馬）
　◇「ショートショートの広場 16」講談社 2005（講談社文庫）p142

たすけておくれ（色川武大）
　◇「ちくま日本文学 30」筑摩書房 2008（ちくま文庫）p91

たすけてください。一しょに考えてください≫宮城まり子（吉行淳之介）
　◇「日本人の手紙 ϵ」リブリオ出版 2004 p53

ダス・ゲマイネ（太宰治）
　◇「新装版 全集現代文学の発見 14」學藝書林 2005 p382

助ける男（F十五）
　◇「ショートショートの広場 11」講談社 2000（講談社文庫）p15

ダース考 着ぐるみフォビア（岸本佐知子）
　◇「虚構機関―年刊日本SF傑作選」東京創元社 2008（創元SF文庫）p247

たづたづし（松本清張）
　◇「短歌殺人事件―31音律のラビリンス」光文社 2003（光文社文庫）p51

たずねびと（太宰治）
　◇「コレクション戦争と文学 15」集英社 2012 p363

たずねびと（馬場雄介）
　◇「ショートショートの広場 12」講談社 2001（講談社文庫）p121

尋ね人（西島ふる）
　◇「たびだち―フェリシモしあわせショートショート」フェリシモ 2000 p106

たそがれ（鈴木三重吉）
　◇「文豪怪談傑作選 大正篇」筑摩書房 2011（ちくま文庫）p9

黄昏（薬丸岳）
　◇「所轄―警察アンソロジー」角川春樹事務所 2016（ハルキ文庫）p7

黄昏色の幻影（小森健太朗）
　◇「黄昏ホテル」小学館 2004 p92

たそがれが好きだった（根多加良）
　◇「超短編の世界 vol.3」創英社 2011 p58

たそがれ家族（李正子）
　◇「〈在日〉文学全集 17」勉誠出版 2006 p314

たそがれ清兵衛（朝間義隆，山田洋次）
　◇「年鑑代表シナリオ集 '02」シナリオ作家協会 2003 p199

黄昏時に鬼たちは（山口雅也）
　◇「本格ミステリ 2005」講談社 2005（講談社ノベルス）p41
　◇「ザ・ベストミステリーズ―推理小説年鑑 2005」講談社 2005 p75
　◇「仕掛けられた罪」講談社 2008（講談社文庫）p101
　◇「大きな棺の小さな鍵―本格短編ベスト・セレクション」講談社 2009（講談社文庫）p55

たそがれなき（サガラモトコ）
　◇「万華鏡―第14回フェリシモ文学賞作品集」フェリシモ 2011 p156

黄昏に沈む、魔術師の助手（如月妃）
　◇「新・本格推理 7」光文社 2007（光文社文庫）p161

黄昏のオー・ソレ・ミオ（森真沙子）
　◇「翠迷宮―ミステリー・アンソロジー」祥伝社 2003（祥伝社文庫）p195

黄昏の落とし物（涼本壇児朗）
　◇「本格推理 13」光文社 1998（光文社文庫）p153

黄昏の怪人たち（芦辺拓）
　◇「贋作館事件」原書房 1999 p243

たそがれの階段（星哲朗）
　◇「ショートショートの花束 3」講談社 2011（講談社文庫）p165

黄昏の幻想（深谷延彦）
　◇「幻の探偵雑誌 8」光文社 2001（光文社文庫）p433

黄昏の下の図書室（松本楽志）
　◇「ひとにぎりの異形」光文社 2007（光文社文庫）p401

黄昏のゾンビ（友成純一）
　◇「俳優」廣済堂出版 1999（廣済堂文庫）p535

黄昏の歩廊にて（篠田真由美）
　◇「チャイルド」廣済堂出版 1998（廣済堂文庫）p109
　◇「自選ショート・ミステリー」講談社 2001（講談社文庫）p189

黄昏の町（渥美凡）
　◇「宇宙塵傑作選―日本SFの軌跡 1」出版芸術社 1997 p5

たそがれのレモンパン（泉たかこ）
　◇「むすぶ―第11回フェリシモ文学賞作品集」フェリシモ 2008 p111

黄昏柱時計（瀬名秀明）
　◇「自選ショート・ミステリー 2」講談社 2001（講談社文庫）p76

黄昏飛行（光原百合）
　◇「エール！ 2」実業之日本社 2013（実業之日本社文庫）p217

黄昏冒険（津志馬宗麿）

たたい

◇「幻の探偵雑誌 6」光文社 2001（光文社文庫）p83

ただ生きているだけで（@chihoyoshino）
◇「3.11心に残る140字の物語」学研パブリッシング 2011 p45

ダダイスト信吉の詩（高橋信吉）
◇「新装版 全集現代文学の発見 1」學藝書林 2002 p242

堕胎せよ地球の仔（ないりこけし）
◇「人は死んだら電柱になる―電柱アンソロジー」遠すぎる未来団 2014 p76

ただ一度、一度だけ（南條範夫）
◇「江戸の秘恋―時代小説傑作選」徳間書店 2004（徳間文庫）p161

ただいま食事中（銀雪人）
◇「ショートショートの広場 18」講談社 2006（講談社文庫）p104

只今満員です（神狛しず）
◇「女たちの怪談百物語」メディアファクトリー 2010（幽books）p34
◇「女たちの怪談百物語」KADOKAWA 2014（角川ホラー文庫）p41

ただいま、見守り休暇中（源祥子）
◇「幽霊でもいいから会いたい」泰文堂 2014（リンダブックス）p190

戦（美輪明宏）
◇「コレクション戦争と文学 19」集英社 2011 p467

闘いのうちそと（1）ハ氏病盲人の訴え（吉成稔）
◇「ハンセン病文学全集 5」皓星社 2010 p337

闘いのうちそと（2）朝日訴訟をめぐって（佐治早人）
◇「ハンセン病文学全集 5」皓星社 2010 p345

闘いのうちそと（3）婦人よ、明日のために（浅井あい）
◇「ハンセン病文学全集 5」皓星社 2010 p351

闘いのうちそと（4）『らいからの解放』出版にあたって（大竹章）
◇「ハンセン病文学全集 5」皓星社 2010 p354

闘いのうちそと（5）共闘について（鈴木禎一）
◇「ハンセン病文学全集 5」皓星社 2010 p359

戦いの構造（吉村あかね）
◇「小学校・全員参加の楽しい学級劇・学年劇脚本集 高学年」黎明書房 2007 p72

戦いの美学（童門冬二）
◇「七人の龍馬―傑作時代小説」PHP研究所 2010（PHP文庫）p7

戦ふ演劇の姿―第二回競演大会を観る（松村紘一）
◇「近代朝鮮文学日本語作品集1939〜1945 評論・随筆篇 2」緑蔭書房 2002 p342

戦ふ乙女（金村龍濟）
◇「近代朝鮮文学日本語作品集1939〜1945 創作篇 6」緑蔭書房 2001 p283

闘ひを襲ぐもの（岩藤雪夫）

◇「新・プロレタリア文学精選集 8」ゆまに書房 2004 p79

たゝかひの蔭に（丸井妙子）
◇「日本統治期台湾文学集成 17」緑蔭書房 2003 p291
◇「日本統治期台湾文学集成 17」緑蔭書房 2003 p353

『戰ひの曲』（白山青樹）
◇「近代朝鮮文学日本語作品集1939〜1945 評論・随筆篇 1」緑蔭書房 2002 p385

叩きのめせ（白石一郎）
◇「代表作時代小説 平成10年度」光風社出版 1998 p371
◇「地獄の無明剣―時代小説傑作選」講談社 2004（講談社文庫）p449

唯炎（羽志主水）
◇「戦前探偵小説四人集」論創社 2011（論創ミステリ叢書）p47

正しい認識（大原久通）
◇「ショートショートの広場 17」講談社 2005（講談社文庫）p110

義しき男われを嗣べし―朝ぼらけ「愛の教室」にねびまさる（相沢啓三）
◇「同性愛」国書刊行会 1999（書物の王国）p131

糺の森（山田稔）
◇「京都府文学全集第1期（小説編）6」郷土出版社 2005 p250

佇むひと（筒井康隆）
◇「70年代日本SFベスト集成 4」筑摩書房 2015（ちくま文庫）p51

ただ佇む（紅林まるこ）
◇「てのひら怪談―ビーケーワン怪談大賞傑作選 壬辰」ポプラ社 2012（ポプラ文庫）p74

タタド（小池昌代）
◇「文学 2007」講談社 2007 p180

ただ遠い空（宇江佐真理）
◇「合わせ鏡―女流時代小説傑作選」角川春樹事務所 2003（ハルキ文庫）p179

忠直卿（ただなおきょう）行状記（菊池寛）
◇「ちくま日本文学 27」筑摩書房 2008（ちくま文庫）p33

忠直卿行状記（海音寺潮五郎）
◇「江戸三百年を読む―傑作時代小説 シリーズ江戸学 上」角川学芸出版 2009（角川文庫）p35

忠直卿行状記（菊池寛）
◇「我等、同じ船に乗り」文藝春秋 2009（文春文庫）p135
◇「衝撃を受けた時代小説傑作選」文藝春秋 2011（文春文庫）p215
◇「読んでおきたい近代日本小説選」龍書房 2012 p239
◇「迷君に候」新潮社 2015（新潮文庫）p191

忠直卿御座船（安部龍太郎）
◇「士魂の光芒―時代小説最前線」新潮社 1997（新潮文庫）p201

忠直の檻（天野純希）

たちよ

◇「決戦！ 大坂城」講談社 2015 p163

無料（タダ）の代償（津田せつ子）
◇「ハンセン病文学全集 4」皓星社 2003 p498

ただ一人の幻影（森村誠一）
◇「奇想博物館」光文社 2013（最新ベスト・ミステリー）p387

多田便利軒、探偵業に挑戦する──「まほろ駅前」シリーズ番外編（三浦しをん）
◇「サイドストーリーズ」KADOKAWA 2015（角川文庫）p295

ただほど高いものはない（七味一平）
◇「ショートショートの花束 3」講談社 2011（講談社文庫）p27

畳（山之口貘）
◇「新装版 全集現代文学の発見 13」學藝書林 2004 p211

只見一路と控えの間（杉本利男）
◇「全作家短編小説集 8」全作家協会 2009 p103

只見川（曾野綾子）
◇「戦後短編小説再発見 13」講談社 2003（講談社文芸文庫）p124

畳算（福井晴敏）
◇「ザ・ベストミステリーズ─推理小説年鑑 2000」講談社 2000 p277
◇「嘘つきは殺人のはじまり」講談社 2003（講談社文庫）p275

タタミ・マットとゲイシャ・ガール（森奈津子）
◇「蚊─コレクション」メディアワークス 2002（電撃文庫）p167

ただ無念無想、必死になってお願いする≫太宰治（田中英光）
◇「日本人の手紙 3」リブリオ出版 2004 p14

漂う、国（大江豊）
◇「日本海文学大賞─大賞作品集 3」日本海文学大賞運営委員会 2007 p447

漂う箱（稲葉真弓）
◇「文学 1997」講談社 1997 p97

多々羅川（瀬戸内寂聴）
◇「文学に描かれた戦争─徳島大空襲を中心に」徳島県文化振興財団徳島県立文学書道館 2015（ことのは文庫）p1

多々良島ふたたび（山本弘）
◇「多々良島ふたたび─ウルトラ怪獣アンソロジー」早川書房 2015（TSUBURAYA×HAYAKAWA UNIVERSE）p5

鑪の炎は消えて（児嶋和歌子）
◇「立川文学 2」けやき出版 2012 p155

たたり（井上雅彦）
◇「輝きの一瞬─短くて心に残る30編」講談社 1999（講談社文庫）p283

たたり（星新一）
◇「文豪てのひら怪談」ポプラ社 2009（ポプラ文庫）p36

祟りちゃん（影山影司）
◇「てのひら怪談─ビーケーワン怪談大賞傑作選 庚寅」ポプラ社 2010（ポプラ文庫）p32

爛れ（友成純一）
◇「アジアン怪綺」光文社 2003（光文社文庫）p457

ダチ（志水辰夫）
◇「殺ったのは誰だ?!」講談社 1999（講談社文庫）p105
◇「匠」文藝春秋 2003（推理作家になりたくて マイベストミステリー）p150
◇「マイ・ベスト・ミステリー 1」文藝春秋 2007（文春文庫）p228

たちあな探検隊（渡辺啓助）
◇「外地探偵小説集 満州篇」せらび書房 2003 p139

立川トワイライトゾーン（柚刀郁茶）
◇「立川文学 1」けやき出版 2011 p135

立切れ（富岡多惠子）
◇「三枝和子・林京子・富岡多惠子」角川書店 1999（女性作家シリーズ）p340
◇「川端康成文学賞全作品 1」新潮社 1999 p75

タチツテト（正岡子規）
◇「新日本古典文学大系 明治編 27」岩波書店 2003 p217

立飲屋のこと（金晋燮）
◇「近代朝鮮文学日本語作品集1939〜1945 評論・随筆篇 3」緑蔭書房 2002 p46

立花闇千代（滝口康彦）
◇「女城主─戦国時代小説傑作選」PHP研究所 2016（PHP文芸文庫）p151

立ち話（勝目梓）
◇「極上掌篇小説」角川書店 2006 p69
◇「ひと粒の宇宙」角川書店 2009（角川文庫）p69

橘の寺（道尾秀介）
◇「ザ・ベストミステリーズ─推理小説年鑑 2011」講談社 2011 p303
◇「Shadow闇に潜む真実」講談社 2014（講談社文庫）p255

橘の宿（加納朋子）
◇「輝きの一瞬─短くて心に残る30編」講談社 1999（講談社文庫）p171

立花宗茂（海音寺潮五郎）
◇「九州戦国志─傑作時代小説」PHP研究所 2008（PHP文庫）p305

立原道造の思い出（杉浦明平）
◇「戦後文学エッセイ選 6」影書房 2008 p20

立ち向かう者（東直己）
◇「事件を追いかけろ─最新ベスト・ミステリー サプライズの花束編」光文社 2004（カッパ・ノベルス）p13
◇「事件を追いかけろ サプライズの花束編」光文社 2009（光文社文庫）p7

"断ちもの"の思想（木下順二）
◇「戦後文学エッセイ選 8」影書房 2005 p112

駝鳥（筒井康隆）
◇「30の神品─ショートショート傑作選」扶桑社 2016（扶桑社文庫）p157

駝鳥（だてう）（中島敦）
◇「ちくま日本文学 12」筑摩書房 2008（ちくま文

たつ

庫）p442

断つ（田島康子）
◇「ハンセン病に咲いた花―初期文芸名作選 戦後編」皓星社 2002（ハンセン病叢書）p144

立つ（塔和子）
◇「ハンセン病文学全集 7」皓星社 2004 p189

立つ男たち（野間宏）
◇「戦後短篇小説再発見 9」講談社 2002（講談社文芸文庫）p86

姐妃のお百（瀬戸内寂聴）
◇「歴史小説の世紀 地の巻」新潮社 2000（新潮文庫）p217

宅急便（香山末子）
◇「ハンセン病文学全集 7」皓星社 2004 p422

ダックスフントの憂鬱（加納朋子）
◇「不条理な殺人―ミステリー・アンソロジー」祥伝社 1998（ノン・ポシェット）p81

ダックのルール（大沢在昌）
◇「冒険の森へ―傑作小説大全 9」集英社 2016 p142

タッくんへ（金谷祐子）
◇「Love―あなたに逢いたい」双葉社 1997（双葉文庫）p215

抱っこ（中澤貴史）
◇「ショートショートの花束 8」講談社 2016（講談社文庫）p239

脱獄囚を追え（有明夏夫）
◇「星明かり夢街道」光風社出版 2000（光風社文庫）p7

たつ子の風（石川友也）
◇「全作家短編小説集 12」全作家協会 2013 p33

脱出（駒田信二）
◇「コレクション戦争と文学 7」集英社 2011 p401

脱出（西崎憲）
◇「ショートショートの広場 15」講談社 2004（講談社文庫）p17

達人（藤岡真）
◇「闘人烈伝―格闘小説・漫画アンソロジー」双葉社 2000 p379

脱走（南條範夫）
◇「必殺天誅剣」光風社出版 1999（光風社文庫）p205

脱走者の行方（影山匙）
◇「10分間ミステリー THE BEST」宝島社 2016（宝島社文庫）p387

脱走―一九五〇年ザバイカルの徒刑地で（石原吉郎）
「新装版 全集現代文学の発見 13」學藝書林 2004 p400

辰三の場合（吉田健一）
◇「文士の意地―車谷長吉撰短篇小説輯 下巻」作品社 2005 p172
◇「日本文学全集 20」河出書房新社 2015 p487

たった一言の魔法―テレフォンアポインター編（作者不詳）

◇「心に火を。」廣済堂出版 2014 p106

たった一つのウソ（沢村貞子）
◇「精選女性随筆集 12」文藝春秋 2012 p237

たった一人（宮部みゆき）
◇「夢」国書刊行会 1998（書物の王国）p112

タッチアウト（若竹七海）
◇「花迷宮」日本文芸社 2000（日文文庫）p51

ダッチオーブン（井上荒野）
◇「本当のうそ」講談社 2007 p119

タッチとダッシュ（稲垣足穂）
◇「ちくま日本文学 16」筑摩書房 2008（ちくま文庫）p392

立っている（泡沫虚唄）
◇「怪談四十九夜」竹書房 2016（竹書房文庫）p90

立っている肉（吉行淳之介）
◇「昭和の短篇一人一冊集成 吉行淳之介」未知谷 2008 p279

だって、冷え性なんだモン！（愛川晶）
◇「新世紀「謎」倶楽部」角川書店 1998 p271

立つ鳥あとを濁さず（紀井敦）
◇「ショートショートの花束 6」講談社 2014（講談社文庫）p166

脱皮（塔和子）
◇「ハンセン病文学全集 7」皓星社 2004 p18

脱文明の犯罪（藤村正太）
◇「あなたが名探偵」講談社 1998（講談社文庫）p369

たつまき（アンデルセン著，森鷗外訳）
◇「新日本古典文学大系 明治編 25」岩波書店 2004 p311

辰巳巷談（泉鏡花）
◇「新日本古典文学大系 明治編 20」岩波書店 2002 p163

脱盟の槍―「赤穂浪士伝」より（海音寺潮五郎）
◇「極め付き時代小説選 1」中央公論新社 2004（中公文庫）p349

脱盟の槍―高田郡兵衛（海音寺潮五郎）
◇「七つの忠臣蔵」新潮社 2016（新潮文庫）p133

達也が笑う（鮎川哲也）
◇「贈る物語Mystery」光文社 2002 p329

達也が嗤う（鮎川哲也）
◇「『このミス』が選ぶ！ オールタイム・ベスト短編ミステリー 黒」宝島社 2015（宝島社文庫）p9

たてがみ（古処誠二）
◇「短篇ベストコレクション―現代の小説 2009」徳間書店 2009（徳間文庫）p437

他的勝利（上）（下）（蔚然）
◇「日本統治期台湾文学集成 25」緑蔭書房 2007 p385

蓼食う虫（杉本蓮）
◇「少年の時間」徳間書店 2001（徳間デュアル文庫）p155

蓼食う虫も（諸田玲子）
◇「代表作時代小説 平成25年度」光文社 2013 p351

たにま

伊達邦彦になれなかった男たち（馳星周）
　◇「迷」文藝春秋 2003（推理作家になりたくて マ
　　イベストミステリー）p244
　◇「マイ・ベスト・ミステリー 3」文藝春秋 2007
　　（文春文庫）p366

竪琴草紙（前）（山田美妙）
　◇「明治の文学 10」筑摩書房 2001 p3

タデ子の記（石牟礼道子）
　◇「日本文学全集 24」河出書房新社 2015 p474

句集 蓼の花（吉田香春）
　◇「ハンセン病文学全集 9」皓星社 2010 p230

立札（豊島与志雄）
　◇「とっておきの話」筑摩書房 2011（ちくま文学の
　　森）p11

たてまし（幸田文）
　◇「ちくま日本文学 5」筑摩書房 2007（ちくま文
　　庫）p347

たとえ恋は終わっても（野中柊）
　◇「私らしくあの場所へ」講談社 2009（講談社文
　　庫）p47

たとえば今日は（安水稔和）
　◇「新装版 全集現代文学の発見 13」學藝書林 2004
　　p535

田所さん（吉本ばなな）
　◇「日本文学100年の名作 9」新潮社 2015（新潮文
　　庫）p331

田所太郎のこと（杉浦明平）
　◇「戦後文学エッセイ選 6」影書房 2008 p204

辿り着けないかもしれない（飛鳥部勝則）
　◇「夏のグランドホテル」光文社 2003（光文社文
　　庫）p261

たどる（安水稔和）
　◇「新装版 全集現代文学の発見 13」學藝書林 2004
　　p536

ダナエ（藤原伊織）
　◇「乱歩賞作家 青の謎」講談社 2004 p69

田中河内介（徳川夢声）
　◇「文豪怪談傑作選 特別編」筑摩書房 2008（ちく
　　ま文庫）p132

田中さん（石井桃子）
　◇「精選女性随筆集 8」文藝春秋 2012 p91

田中静子14歳の初恋（内田春菊）
　◇「人間みな病気」ランダムハウス講談社 2007 p7

田中潤司語る（田中潤司, 有栖川有栖, 北村薫）
　◇「北村薫の本格ミステリ・ライブラリー」角川書
　　店 2001（角川文庫）p167

田中新兵衛の人斬り人生（滝口康彦）
　◇「幕末テロリスト列伝」講談社 2004（講談社文
　　庫）p29

たなごころ（楊逸）
　◇「文学 2012」講談社 2012 p42

棚の裏（泡沫虚唄）
　◇「怪談四十九夜」竹書房 2016（竹書房文庫）
　　p102

ターナーの耳（又吉榮喜）

　◇「文学 2008」講談社 2008 p170

七夕（石牟礼道子）
　◇「現代小説クロニクル 1990〜1994」講談社 2015
　　（講談社文芸文庫）p97

七夕火事一件始末（今川徳三）
　◇「捕物時代小説選集 7」春陽堂書店 2000（春陽
　　文庫）p243

七夕小雨有感（孫克敏）
　◇「近代朝鮮文学日本語作品集1908〜1945 セレクショ
　　ン 6」緑蔭書房 2008 p33

七夕の春（島村洋子）
　◇「Lovers」祥伝社 2001 p109

七夕の夜（名島照葉）
　◇「てのひら怪談―ビーケーワン怪談大賞傑作選 辛
　　卯」ポプラ社 2011（ポプラ文庫）p106

七夕の夜に（石川友也）
　◇「扉の向こうへ」全作家協会 2014（全作家短編
　　集）p401

七夕呪い合戦（仁木一青）
　◇「てのひら怪談―ビーケーワン怪談大賞傑作選 百
　　怪繚乱篇」ポプラ社 2008 p208
　◇「てのひら怪談―ビーケーワン怪談大賞傑作選 己
　　丑」ポプラ社 2009（ポプラ文庫）p148

谷空木（平野肇）
　◇「殺意の海―釣りミステリー傑作選」徳間書店
　　2003（徳間文庫）p231

谷風の憂鬱（もりたなるお）
　◇「勝者の死にざま―時代小説選手権」新潮社 1998
　　（新潮文庫）p369

谷川雁詩集（谷川雁）
　◇「新装版 全集現代文学の発見 13」學藝書林 2004
　　p360

多肉植物専門店「グリーンライフrei」（加藤千
恵）
　◇「明日町こんぺいとう商店街―招きうさぎと七軒
　　の物語 3」ポプラ社 2016（ポプラ文庫）p219

谷崎氏の女性（武田泰淳）
　◇「戦後文学エッセイ選 5」影書房 2006 p26

谷崎先生と日本探偵小説（横溝正史）
　◇「マイ・ベスト・ミステリー 6」文藝春秋 2007
　　（文春文庫）p484

谷に降る雪（キムリジャ）
　◇「〈在日〉文学全集 18」勉誠出版 2006 p334

「谷の響」より（平尾魯僊）
　◇「みちのく怪談名作選 vol.1」荒蝦夷 2010（叢書
　　東北の声）p369

谷春十四郎先生（増岡敏和）
　◇「竹筒に花はなくとも―短篇十人集」日曜舎 1997
　　p192

谷間（吉行淳之介）
　◇「創刊一〇〇年三田文学名作選」三田文学会 2010
　　p333
　◇「三田文学短篇選」講談社 2010（講談社文芸文
　　庫）p168

谷間の池で（香山末子）
　◇「ハンセン病文学全集 7」皓星社 2004 p476

作品名から引ける日本文学全集案内 第III期 **477**

たにん

ターニング・ポイント（渡辺容子）
◇「乱歩賞作家 青の謎」講談社 2004 p135

他人事（平山夢明）
◇「ふるえて眠れない―ホラーミステリー傑作選」
光文社 2006（光文社文庫）p405

他人の記憶（小野泰正）
◇「ショートショートの広場 18」講談社 2006（講
談社文庫）p120

他人の島（井上荒野）
◇「オトナの片思い」角川春樹事務所 2007 p173
◇「オトナの片思い」角川春樹事務所 2009（ハルキ
文庫）p165

他人の空（飯島耕一）
◇「新装版 全集現代文学の発見 13」學藝書林 2004
p478

他人の夏（佐藤洋二郎）
◇「文学 1997」講談社 1997 p128

他人の夏（山川方夫）
◇「ことばの織物―昭和短篇珠玉選 2」蒼丘書林
1998 p250
◇「短篇礼讃―忘れかけた名品」筑摩書房 2006（ち
くま文庫）p136

他人の日記（一色俊哉）
◇「ショートショートの広場 19」講談社 2007（講
談社文庫）p100

タヌキ（廻転寿司）
◇「てのひら怪談―ビーケーワン怪談大賞傑作選 壬
辰」ポプラ社 2012（ポプラ文庫）p230

狸（中島敦）
◇「ちくま日本文学 12」筑摩書房 2008（ちくま文
庫）p436

狸（広津和郎）
◇「冒険の森へ―傑作小説大全 7」集英社 2016 p8

狸を食べすぎて身体じゅう狸くさくなって
困ったはなし（伊藤礼）
◇「まんぷく長屋―食欲文学傑作選」新潮社 2014
（新潮文庫）p145

たぬきつね物語（大橋むつお）
◇「中学校劇作シリーズ 8」青雲書房 2003 p57

狸とデモノロジー（柳田國男）
◇「文豪怪談傑作選 柳田國男集」筑摩書房 2007
（ちくま文庫）p154

狸の睾丸（北原白秋）
◇「文豪てのひら怪談」ポプラ社 2009（ポプラ文
庫）p210

狸の葬式（葉原あきよ）
◇「てのひら怪談―ビーケーワン怪談大賞傑作選 庚
寅」ポプラ社 2010（ポプラ文庫）p178

狸の腹鼓（正宗白鳥）
◇「戦後短篇小説再発見 15」講談社 2003（講談社
文芸文庫）p44

狸問答（鈴木鼓村）
◇「文豪怪談傑作選 特別編」筑摩書房 2007（ちく
ま文庫）p30

たね（冬敏之）

◇「ハンセン病文学全集 3」皓星社 2002 p3

種（平渡敏）
◇「ショートショートの花束 6」講談社 2014（講
談社文庫）p28

種。（鴇家楽士）
◇「忘れがたい者たち―ライトノベル・ジュブナイ
ル選集」創英社 2007 p181

たねをまいて（安西玄）
◇「全作家短編小説集 10」のべる出版 2011 p17

種を蒔く女（新津きよみ）
◇「事件現場に行こう―最新ベスト・ミステリー カ
レイドスコープ編」光文社 2001（カッパ・ノ
ベルス）p165

たねまきこびとをたすけだせ（大越保）
◇「小学校・全員参加の楽しい学級劇・学年劇脚本
集 低学年」黎明書房 2007 p42

『種蒔く人帝都震災号外』より（作者不詳）
◇「天変動く大震災と作家たち」インパクト出版会
2011（インパクト選書）p197

種山ケ原（宮沢賢治）
◇「みちのく怪談名作選 vol.1」荒蝦夷 2010（叢書
東北の声）p169

多年草（黒井千次）
◇「文学 2008」講談社 2008 p49

創作 楽しい葬式（上）（中）（下）（李石薫）
◇「近代朝鮮文学日本語作品集1901～1938 創作篇 3」
緑蔭書房 2004 p109

楽しい通販生活（村田基）
◇「彗星パニック」廣済堂出版 2000（廣済堂文庫）
p7

楽しい厄日（出久根達郎）
◇「書物愛 日本篇」晶文社 2005 p147
◇「書物愛 日本篇」東京創元社 2014（創元ライブ
ラリ）p143

楽しい夢（かわずまえ）
◇「ショートショートの花束 7」講談社 2015（講
談社文庫）p187

頼まれた男（新津きよみ）
◇「最新『珠玉推理』大全 下」光文社 1998（カッ
パ・ノベルス）p205
◇「さむけ―ホラー・アンソロジー」祥伝社 1999
（祥伝社文庫）p227
◇「日常の呪縛」リブリオ出版 2001（怪奇・ホラー
ワールド）p167
◇「闇夜の芸術祭」光文社 2003（光文社文庫）
p281

たのもしい兄（石井桃子）
◇「精選女性随筆集 8」文藝春秋 2012 p49

頼母子講（宗秋月）
◇「〈在日〉文学全集 18」勉誠出版 2006 p33

ダバオ巡礼（崎山麻夫）
◇「現代沖縄文学作品選」講談社 2011（講談社文芸
文庫）p79

煙草（北方謙三）
◇「翳りゆく時間」新潮社 2006（新潮文庫）p25

煙草（三島由紀夫）

たひひ

◇「翳りゆく時間」新潮社 2006（新潮文庫）p193

煙草と兵隊（火野葦平）
◇「コレクション戦争と文学 7」集英社 2011 p213

タバコ一つくらいねだってもよかろう≫荻原
井泉水（尾崎放哉）
◇「日本人の手紙 3」リブリオ出版 2004 p34

煙草密耕作（大江賢次）
◇「創刊一〇〇年三田文学名作選」三田文学会 2010
p151

たばこ娘（源氏鶏太）
◇「昭和の短篇一人一冊集成 源氏鶏太」未知谷
2008 p5

タバコわらしべ（根室総一）
◇「「伊豆文学賞」優秀作品集 第13回」羽衣出版
2010 p37

旅（中里恒子）
◇「精選女性随筆集 10」文藝春秋 2012 p21

茶毘（八重瀬けい）
◇「現代作家代表作選集 8」鼎書房 2014 p111

旅への誘い（織田作之助）
◇「文豪たちが書いた泣ける名作短編集」彩図社
2014 p81

旅をあきらめた友と、その母への手紙（原田マ
ハ）
◇「小説乃湯―お風呂小説アンソロジー」角川書店
2013（角川文庫）p313

旅―CATHYのはるかな先達に（高橋睦郎）
◇「ことばのたくらみ―実作集」岩波書店 2003
（21世紀文学の創造）p77

旅心（須月研児）
◇「ショートショートの広場 11」講談社 2000（講
談社文庫）p137

旅先にて―仏像（曾根友香）
◇「ショートショートの広場 8」講談社 1997（講
談社文庫）p43

旅先よりの使者（伊藤桂一）
◇「夢がたり大川端」光風社出版 1998（光風社文
庫）p169

旅路（上忠司）
◇「日本統治期台湾文学集成 18」緑蔭書房 2003
p274

『旅路』を見て感じたこと（張赫宙）
◇「近代朝鮮文学日本語作品集1901～1938 評論・随筆
篇 3」緑蔭書房 2004 p31

旅路の縁（伊藤桂一）
◇「明暗廻り灯籠」光風社出版 1998（光風社文庫）
p319

旅立ちて 風（田中文雄）
◇「魔地図」光文社 2005（光文社文庫）p457

旅立ちの日に（上原小夜）
◇「5分で読める！ ひと駅ストーリー 旅の話」宝島
社 2015（宝島社文庫）p299

旅立ちの日に（宮下奈都）
◇「本をめぐる物語――一冊の扉」KADOKAWA
2014（角川文庫）p43

タヒチの情火（香山滋）
◇「爬虫館事件―新青年傑作選」角川書店 1998（角
川ホラー文庫）p331

足袋と鶯（林芙美子）
◇「六人の作家小説選」東銀座出版社 1997（銀選
書）p213

旅にて（室生犀星）
◇「金沢三文豪掌文集」金沢文化振興財団 2009 p45

旅に出よう ポケットには一箱の煙草と笛をも
ち（高野悦子）
◇「日本人の手紙 8」リブリオ出版 2004 p184

旅猫（近藤史恵）
◇「宵越し猫語り―書き下ろし時代小説集」白泉社
2015（白泉社招き猫文庫）p219

旅猫（横森理香）
◇「Lovers」祥伝社 2001 p201

旅のあいまに（須賀敦子）
◇「日本文学全集 25」河出書房新社 2016 p192

旅の朝（鄭芝溶）
◇「近代朝鮮文学日本語作品集1908～1945 セレクショ
ン 4」緑蔭書房 2008 p171

旅の笈（新宮正春）
◇「俳句殺人事件―巻頭句の女」光文社 2001（光文
社文庫）p363

旅の終り（辻邦生）
◇「戦後短篇小説再発見 7」講談社 2001（講談社
文芸文庫）p102

旅の貴婦人（アンデルセン著、森鷗外訳）
◇「新日本古典文学大系 明治編 25」岩波書店 2004
p203

旅のこころ（香山末子）
◇「ハンセン病文学全集 7」皓星社 2004 p308

旅の終着（岡崎琢磨）
◇「5分で読める！ ひと駅ストーリー 降車編」宝島
社 2012（宝島社文庫）p147

旅の得失（牧洋）
◇「近代朝鮮文学日本語作品集1939～1945 評論・随筆
篇 3」緑蔭書房 2002 p357

旅の途中に（斉藤志恵）
◇「ゆきのまち幻想文学賞小品集 24」企画集団ぷり
ずむ 2015 p64

旅の道づれ（徳永チャルコ）
◇「気配―第10回フェリシモ文学賞作品集」フェリ
シモ 2007 p76

旅の忘れ物（梅原公彦）
◇「てのひら怪談―ビーケーワン怪談大賞傑作選」
ポプラ社 2008（ポプラ文庫）p54

旅人（志樹逸馬）
◇「ハンセン病文学全集 6」皓星社 2003 p457

旅人（崔秉一）
◇「近代朝鮮文学日本語作品集1939～1945 創作篇 5」
緑蔭書房 2001 p337

旅人（西脇順三郎）
◇「新装版 全集現代文学の発見 13」學藝書林 2004
p58

作品名から引ける日本文学全集案内 第III期 479

たひひ

◇「日本文学全集 29」河出書房新社 2016 p29

"旅人"を待ちながら（宮部みゆき）
◇「短篇ベストコレクション―現代の小説 2008」徳間書店 2008（徳間文庫）p25

旅人西行（今東光）
◇「ひらめく秘太刀」光風社出版 1998（光風社文庫）p159

旅人算の陥穽（東野司）
◇「SFバカ本 黄金スパム篇」メディアファクトリー 2000 p203

旅人伝説（金泰生）
◇「〈在日〉文学全集 9」勉誠出版 2006 p91

タヒャンサリ（李正子）
◇「〈在日〉文学全集 17」勉誠出版 2006 p223

多病才子（正岡子規）
◇「新日本古典文学大系 明治編 27」岩波書店 2003 p184

旅は道伴れ（白信愛）
◇「近代朝鮮文学日本語作品集1908～1945 セレクション 3」緑蔭書房 2008 p247

陀佛靈多（新垣宏一）
◇「日本統治期台湾文学集成 22」緑蔭書房 2007 p293

ダブルフィーチャー（真野朋子）
◇「with you」幻冬舎 2004 p163

ダブル・プレイ（法月綸太郎）
◇「不透明な殺人―ミステリー・アンソロジー」祥伝社 1999（祥伝社文庫）p365

ダブルライン（姉小路祐）
◇「さよならブルートレイン―寝台列車ミステリー傑作選」光文社 2015（光文社文庫）p197

たぶん好感触（黒衣）
◇「超短編の世界 vol.3」創英社 2011 p84

蛇平高原行きのロープウェイ（間瀬純子）
◇「物語のルミナリエ」光文社 2011（光文社文庫）p237

食べる（塔和子）
◇「ハンセン病文学全集 7」皓星社 2004 p191

食べる石（種村季弘）
◇「鉱物」国書刊行会 1997（書物の王国）p65

食べる・仕事・睡眠（中里恒子）
◇「精選女性随筆集 10」文藝春秋 2012 p38

食べるな（SNOWGAME）
◇「超短編の世界」創英社 2008 p92

玉兎（加門七海）
◇「琵琶綺談」日本出版社 2006 p61

玉鬘からの贈り物（福島千佳）
◇「ゆきのまち幻想文学賞小品集 20」企画集団ぷりずむ 2011 p188

玉川上死（歌野晶午）
◇「事件の痕跡」光文社 2007（Kappa novels）p119
◇「川に死体のある風景」東京創元社 2010（創元推理文庫）p11
◇「事件の痕跡」光文社 2012（光文社文庫）p151

玉川上死―玉川上水（歌野晶午）
◇「川に死体のある風景」東京創元社 2006（Crime club）p7

多摩川探検隊（辻まこと）
◇「夏休み」KADOKAWA 2014（角川文庫）p23

玉川の草（泉鏡花）
◇「植物」国書刊行会 1998（書物の王国）p166

珠簪の夢（千野隆司）
◇「大江戸「町」物語 月」宝島社 2014（宝島社文庫）p81

玉串の由緒（柳田國男）
◇「文豪怪談傑作選 柳田國男集」筑摩書房 2007（ちくま文庫）p97

玉、砕ける（開高健）
◇「川端康成文学賞全作品 1」新潮社 1999 p115
◇「戦後短篇小説再発見 9」講談社 2002（講談社文芸文庫）p232
◇「魂がふるえるとき」文藝春秋 2004（文春文庫）p9
◇「現代小説クロニクル 1975～1979」講談社 2014（講談社文芸文庫）p307

たまくらを売る女（藤947桂介）
◇「しぐれ舟―時代小説招待席」廣済堂出版 2003 p291
◇「しぐれ舟―時代小説招待席」徳間書店 2008（徳間文庫）p311

たまご（吉田小次郎）
◇「ショートショートの広場 13」講談社 2002（講談社文庫）p239

タマコ（蕗谷塔子）
◇「てのひら怪談―ビーケーワン怪談大賞傑作選 庚寅」ポプラ社 2010（ポプラ文庫）p190

卵（安東次男）
◇「新装版 全集現代文学の発見 13」學藝書林 2004 p296

卵（川端康成）
◇「文豪怪談傑作選 川端康成集」筑摩書房 2006（ちくま文庫）p94

卵（香箱）
◇「てのひら怪談 癸巳」KADOKAWA 2013（MF文庫ダ・ヴィンチ）p120

卵（新津きよみ）
◇「憑き者―全篇書下ろし傑作ホラーアンソロジー」アスキー 2000（A-novels）p625

卵（萩原朔太郎）
◇「ちくま日本文学 36」筑摩書房 2009（ちくま文庫）p64

卵（夢野久作）
◇「鍵」文藝春秋 2004（推理作家になりたくて マイベストミステリー）p303
◇「マイ・ベスト・ミステリー 5」文藝春秋 2007（文春文庫）p453
◇「文豪たちが書いた怖い名作短編集」彩図社 2014 p11
◇「新編・日本幻想文学集成 4」国書刊行会 2016 p45

卵（吉岡実）
◇「新装版 全集現代文学の発見 13」學藝書林 2004 p468

タマゴアゲハのいる里（筒井康隆）
◇「幻想小説大全」北宋社 2002 p295

たまご売り（江坂遊）
◇「綾辻・有栖川復刊セレクション 仕掛け花火」講談社 2007（講談社ノベルス）p163

卵かけごはんを彼女が食べてきたわけじゃなく（中山智幸）
◇「いまのあなたへ—村上春樹への12のオマージュ」NHK出版 2014 p52

卵形の室内（瀧口修造）
◇「創刊一〇〇年三田文学名作選」三田文学会 2010 p584

玉子少年（稲垣足穂）
◇「ちくま日本文学 16」筑摩書房 2008（ちくま文庫）p401

卵の王子たち（中井英夫）
◇「新編・日本幻想文学集成 1」国書刊行会 2016 p514

卵の恐怖（山口雅也）
◇「マイ・ベスト・ミステリー 5」文藝春秋 2007（文春文庫）p461

タマゴヤキ（岩成恵子）
◇「文学 2003」講談社 2003 p191

騙され易さチェック（耳目）
◇「ショートショートの花束 1」講談社 2009（講談社文庫）p95

魂なき暗殺者（森村誠一）
◇「幕末剣豪人斬り異聞 勤皇篇」アスキー 1997（Aspect novels）p89

魂の温度（紙舞）
◇「男たちの怪談百物語」メディアファクトリー 2012（〔幽BOOKS〕）p133

魂の駆動体（森深紅）
◇「神林長平トリビュート」早川書房 2009 p149
◇「神林長平トリビュート」早川書房 2012（ハヤカワ文庫 JA）p167

魂の故郷（王白淵）
◇「日本統治期台湾文学集成 18」緑蔭書房 2003 p61

魂の存在証明（一田和樹）
◇「ショートショートの花束 4」講談社 2012（講談社文庫）p17C

魂の哲學（金斗鎔）
◇「近代朝鮮文学日本語作品集1908～1945 セレクション 3」緑蔭書房 2008 p123

魂の行きふり（折口信夫）
◇「文豪怪談傑作選 折口信夫集」筑摩書房 2009（ちくま文庫）p314

魂の行くえ（柳田國男）
◇「文豪怪談傑作選 柳田國男集」筑摩書房 2007（ちくま文庫）p102

魂のレコード（田中啓子）
◇「ゆきのまち幻想文学賞小品集 20」企画集団ぷり

ずむ 2011 p90

魂よ（堀口大學）
◇「日本文学全集 29」河出書房新社 2016 p23

ダマシ舟（上野英信）
◇「戦後文学エッセイ選 12」影書房 2006 p136

騙す（吉行淳之介）
◇「昭和の短篇一人一冊集成 吉行淳之介」未知谷 2008 p193

ダマスカス第三工区—不可解な事故だった。この星の氷には、意思があるのか？（谷甲州）
◇「NOVA—書き下ろし日本SFコレクション 9」河出書房新社 2013（河出文庫）p329

たまたま題す（森春濤）
◇「新日本古典文学大系 明治編 2」岩波書店 2004 p112

田町三角夢見小路（加納一朗）
◇「捕物時代小説選集 8」春陽堂書店 2000（春陽文庫）p2

玉乳女童（たまちめらぶ）（進一男）
◇「現代鹿児島小説大系 2」ジャプラン 2014 p255

黙って坐る時（岡本かの子）
◇「精選女性随筆集 4」文藝春秋 2012 p180

玉手箱（蔵内成実）
◇「ショートショートの広場 9」講談社 1998（講談社文庫）p9

玉手箱（島比呂志）
◇「ハンセン病文学全集 3」皓星社 2002 p329

玉手箱（竹田真砂子）
◇「代表作時代小説 平成26年度」光文社 2014 p71

玉手箱（出久根達郎）
◇「短篇ベストコレクション—現代の小説 2004」徳間書店 2004（徳間文庫）p143

たまに街に出た夜は（上忠司）
◇「日本統治期台湾文学集成 18」緑蔭書房 2003 p254

たまにはこんなクリスマス（高山貞夫）
◇「中学校劇作シリーズ 7」青雲書房 2002 p171

たまにはまじめな話（伊東哲哉）
◇「超短編傑作選 v.6」創英社 2007 p178

たまねぎ（白縫いさや）
◇「超短編の世界 vol.2」創英社 2009 p90

たまねぎ（圓眞美）
◇「超短編の世界 vol.2」創英社 2009 p103

玉野五十鈴の誉れ（米澤穂信）
◇「Story Seller」新潮社 2009（新潮文庫）p277

玉の輿貧乏（宇佐美游）
◇「結婚貧乏」幻冬舎 2003 p33

球の行方（安岡章太郎）
◇「時よとまれ、君は美しい—スポーツ小説名作集」角川書店 2007（角川文庫）p103
◇「日本文学100年の名作 6」新潮社 2015（新潮文庫）p439

たまのり（山下定）

◇「世紀末サーカス」廣済堂出版 2000（廣済堂文庫）p165
タマママーンを探して（石原まこちん）
◇「好き、だった。―はじめての失恋、七つの話」メディアファクトリー 2010（MF文庫）p91
霊迎え精霊送り（柳田國男）
◇「文豪怪談傑作選 柳田國男集」筑摩書房 2007（ちくま文庫）p100
玉虫（小池真理子）
◇「female」新潮社 2004（新潮文庫）p7
魂萌え！（阪本順治）
◇「年鑑代表シナリオ集 '07」シナリオ作家協会 2009 p55
たまもの（小沢真理子）
◇「吟醸掌篇―召しませ短篇小説 vol.1」けいこう舎 2016 p48
玉藻前（松居松葉）
◇「安倍晴明陰陽師伝奇文学集成」勉誠出版 2001 p283
たまゆら（圓眞美）
◇「てのひら怪談―ビーケーワン怪談大賞傑作選 庚寅」ポプラ社 2010（ポプラ文庫）p118
玉響（津原泰水）
◇「たんときれいに召し上がれ―美食文学精選」芸術新聞社 2015 p423
ダム（嶽本あゆ美）
◇「優秀新人戯曲集 2007」ブロンズ新社 2006 p207
だむかん（柄澤昌幸）
◇「太宰治賞 2009」筑摩書房 2009 p25
手向（戸部新十郎）
◇「武士道歳時記―新鷹会・傑作時代小説選」光文社 2008（光文社文庫）p225
手向け草（盾木氾）
◇「ハンセン病に咲いた花―初期文芸名作選 戦後編」皓星社 2002（ハンセン病叢書）p33
タムとカムの物語（作者不詳）
◇「シンデレラ」竹書房 2015（竹書房文庫）p55
田村史朗遺歌集（田村史朗）
◇「ハンセン病文学全集 8」皓星社 2006 p232
田村騒動（海音寺潮五郎）
◇「信州歴史時代小説傑作集 2」しなのき書房 2007 p221
駄目（藤富保男）
◇「新装版 全集現代文学の発見 13」學藝書林 2004 p548
ため息（香山末子）
◇「ハンセン病文学全集 7」皓星社 2004 p412
試し胴―大和則長（東郷隆）
◇「名刀伝 2」角川春樹事務所 2015（ハルキ文庫）p25
為永春水（依田学海）
◇「新日本古典文学大系 明治編 3」岩波書店 2005 p148
だめに向かって（宮沢章夫）
◇「名短篇ほりだしもの」筑摩書房 2011（ちくま文庫）p11
保が還ってきた（菊地秀行）
◇「ロボットの夜」光文社 2000（光文社文庫）p107
たもと石（山本一力）
◇「代表作時代小説 平成24年度」光文社 2012 p323
多聞寺討伐（光瀬龍）
◇「70年代日本SFベスト集成 1」筑摩書房 2014（ちくま文庫）p113
たゆたいライトニング（梶尾真治）
◇「アステロイド・ツリーの彼方へ」東京創元社 2016（創元SF文庫）p371
たゆたうひかり―霧ヶ峰八島ヶ原湿原（窪美澄）
◇「恋の聖地―そこは、最後の恋に出会う場所。」新潮社 2013（新潮文庫）p131
たゆたふ蠟燭（小林ゆり）
◇「太宰治賞 2003」筑摩書房 2003 p29
便り（石牟礼道子）
◇「日本文学全集 24」河出書房新社 2015 p472
便り（崔秉一）
◇「近代朝鮮文学日本語作品集1939～1945 創作篇 5」緑蔭書房 2001 p447
頼りたいときに（亀野笑）
◇「冷と温―第13回フェリシモ文学賞作品集」フェリシモ 2010 p122
頼れるカーナビ（両角長彦）
◇「短篇ベストコレクション―現代の小説 2016」徳間書店 2016（徳間文庫）p537
堕落（岬兄悟）
◇「彗星パニック」廣済堂出版 2000（廣済堂文庫）p307
堕落の部屋（黒史郎）
◇「男たちの怪談百物語」メディアファクトリー 2012（〔幽BOOKS〕）p32
堕落論（坂口安吾）
◇「ちくま日本文学 9」筑摩書房 2008（ちくま文庫）p213
堕落論（作者表記なし）
◇「新装版 全集現代文学の発見 8」學藝書林 2003 p237
堕落論.続（坂口安吾）
◇「ちくま日本文学 9」筑摩書房 2008（ちくま文庫）p229
ダラシの実（さらだたまこ）
◇「読んで演じたくなるゲキの本 高校生版」幻冬舎 2006 p7
たらちねのうた（金鍾漢）
◇「〈外地〉の日本語文学選 3」新宿書房 1996 p237
◇「近代朝鮮文学日本語作品集1939～1945 創作篇 6」緑蔭書房 2001 p119
たらふく（白川光）
◇「ゆきのまち幻想文学賞小品集 17」企画集団ぷりずむ 2008 p68
ダラホテル（戌井昭人）

たれに

◇「東と西 2」小学館 2010 p144
◇「東と西 2」小学館 2012 （小学館文庫） p157
タラマイカ偽書残闕（谷川俊太郎）
　◇「日本文学全集 29」河出書房新社 2016 p73
タラ飯（宮本常一）
　◇「ちくま日本文学 22」筑摩書房 2008 （ちくま文庫） p218
タラレバ（谷口雅美）
　◇「うちへ帰ろう―家族を想うあなたに贈る短篇小説集」泰文堂 2013 （リンダブックス） p7
タリオ（山藍紫姫子）
　◇「邪香草―恋愛ホラー・アンソロジー」祥伝社 2003 （祥伝社文庫） p277
他力念願（生島治郎）
　◇「牌がささやく―麻雀小説傑作選」徳間書店 2002 （徳間文庫） p323
ダーリンは演技派（三浦しをん）
　◇「秘密。―私と私のあいだの十二話」メディアファクトリー 2005 p159
『歌集 月陰山（タルムサン）』（尹德祚）
　◇「〈外地〉の日本語文学選 3」新宿書房 1996 p209
椽の下の信女（岡田八千代）
　◇「文豪怪談傑作選 特別編」筑摩書房 2007 （ちくま文庫） p43
達城（タルソン）公園にて（許南麒）
　◇「〈在日〉文学全集 2」勉誠出版 2006 p88
タルトはいかが？（小林泰三）
　◇「血の12幻想」エニックス 2000 p29
「樽の木荘」の悲劇（長谷川順子, 田辺正幸）
　◇「新・本格推理 02」光文社 2002 （光文社文庫） p473
だるま（高杉美智子）
　◇「ハンセン病文学全集 4」皓星社 2003 p457
だるま吉五郎（八切止夫）
　◇「血しぶき街道」光風社出版 1998 （光風社文庫） p161
だるまさんがころんだ（小林雄次）
　◇「ひとにぎりの異形」光文社 2007 （光文社文庫） p350
だるまさんがころんだ（柘一輝）
　◇「ショートショートの花束 7」講談社 2015 （講談社文庫） p51
だるまさんがころんだ症候群（野阿梓）
　◇「SFバカ本 白菜篇プラス」廣済堂出版 1999 （廣済堂文庫） p219
だるま猫（宮部みゆき）
　◇「怪奇・怪談傑作集」新人物往来社 1997 p207
　◇「剣が謎を斬る―名作で読む推理小説史 時代ミステリー傑作選」光文社 2005 （光文社文庫） p365
誰（田川啓介）
　◇「優秀新人戯曲集 2010」ブロンズ新社 2009 p161
誰…？（生島治郎）
　◇「ドッペルゲンガー奇譚集―死を招く影」角川書店 1998 （角川ホラー文庫） p115

誰かアイダを探して（鷺沢萌）
　◇「Love stories」水曜社 2004 p25
誰かいる（草上仁）
　◇「ゆきどまり―ホラー・アンソロジー」祥伝社 2000 （祥伝社文庫） p127
誰かがエレベーターに（篠田節子）
　◇「文藝百物語」ぶんか社 1997 p107
誰かが見ている（小倉豊）
　◇「the Ring―もっと怖い4つの話」角川書店 1998 p141
誰かが私に似ている（吉屋信子）
　◇「文豪怪談傑作選 吉屋信子集」筑摩書房 2006 （ちくま文庫） p81
誰か故郷を想はざる（抄）（寺山修司）
　◇「ちくま日本文学 6」筑摩書房 2007 （ちくま文庫） p11
誰がそう言った（阿段可成子）
　◇「てのひら怪談―ビーケーワン怪談大賞傑作選 壬辰」ポプラ社 2012 （ポプラ文庫） p152
誰かに似た人（柴田よしき）
　◇「金曜の夜は、ラブ・ミステリー」三笠書房 2000 （王様文庫） p139
誰かの眼が光る（菊村到）
　◇「無人踏切―鉄道ミステリー傑作選」光文社 2008 （光文社文庫） p137
誰が引いた？（安曇潤平）
　◇「男たちの怪談百物語」メディアファクトリー 2012 （幽BOOKS） p59
だれが広沢参議を殺したか（古川薫）
　◇「星明かり夢街道」光風社出版 2000 （光風社文庫） p125
誰そ（斎藤肇）
　◇「ひとにぎりの異形」光文社 2007 （光文社文庫） p146
ダレダ（しかをかし）
　◇「妖（あやかし）がささやく」翠琥出版 2015 p89
誰だったっけ？（影洋一）
　◇「ショートショートの花束 4」講談社 2012 （講談社文庫） p105
誰であろうと（黒羽カラス）
　◇「ショートショートの広場 15」講談社 2004 （講談社文庫） p208
誰でせう（寺山修司）
　◇「コレクション戦争と文学 14」集英社 2012 p473
誰でもいい（菊地秀行）
　◇「二十四粒の宝石―超短編小説傑作集」講談社 1998 （講談社文庫） p31
誰でもいい結婚したいとき（倉橋由美子）
　◇「精選女性随筆集 3」文藝春秋 2012 p193
誰でも知っている（長与善郎）
　◇「コレクション戦争と文学 6」集英社 2011 p414
誰にも言えない趣味（なみっち）
　◇「ショートショートの花束 4」講談社 2012 （講談社文庫） p92
誰にも似てない（東しいな）

作品名から引ける日本文学全集案内 第III期　483

たれの

◇「ゆきのまち幻想文学賞小品集 19」企画集団ぷりずむ 2010 p54

誰の眉？（吉村達也）
◇「誘拐―ミステリーアンソロジー」角川書店 1997（角川文庫）p247

誰も映っていない（中原昌也）
◇「文学 2009」講談社 2009 p25

誰もが何か隠しごとを持っている、私と私の猿以外は（クラフト・エヴィング商會）
◇「短篇集」ヴィレッジブックス 2010 p4

誰もが目を背けるもの（大場惑）
◇「ひとにぎりの異形」光文社 2007（光文社文庫）p343

だれも知らない（池波正太郎）
◇「剣が謎を斬る―名作で読む推理小説史 時代ミステリー傑作選」光文社 2005（光文社文庫）p303

誰も知らない言葉（やまなかしほ）
◇「超短編の世界」創英社 2008 p74

誰も知らないMy Revolution（加ané克信）
◇「現代作家代表作選集 6」鼎書房 2014 p5

誰も不思議に思わない（堀田善衞）
◇「戦後文学エッセイ選 11」影書房 2007 p184

だれよりも（高野紀子）
◇「ゆきのまち幻想文学賞・小品集 9」企画集団ぷりずむ 2000 p55

誰よりもキミを（Mayumi）
◇「大人が読む。ケータイ小説―第1回ケータイ文学賞アンソロジー」オンブック 2007 p72

誰よりも妻を――（野坂昭如）
◇「短篇ベストコレクション―現代の小説 2004」徳間書店 2004（徳間文庫）p283

誰よりも速く（ハカウチマリ）
◇「超短編の世界 vol.2」創英社 2009 p68

タロー（金時鐘）
◇「〈在日〉文学全集 5」勉誠出版 2006 p86

太郎への手紙（岡本かの子）
◇「ちくま日本文学 37」筑摩書房 2009 p428

太郎くんありがとう、さようなら（丘季子）
◇「小学校・全員参加の楽しい学級劇・学年劇脚本集 中学年」黎明書房 2006 p198

太郎君、東へ（畠中恵）
◇「Fantasy Seller」新潮社 2011（新潮文庫）p9

太郎といっしょ（椎名葉子）
◇「山形市児童劇団脚本集 3」山形市 2005 p38

太郎のクラムボン（古沢良一）
◇「中学生のドラマ 5」晩成書房 2004 p93

太郎坊（幸田露伴）
◇「ちくま日本文学 23」筑摩書房 2008（ちくま文庫）p9

タロの死（竹村直伸）
◇「犬のミステリー」河出書房新社 1999（河出文庫）p149

たわいもない祈り―石のまち 金谷（大沼紀子）

◇「恋の聖地―そこは、最後の恋に出会う場所。」新潮社 2013（新潮文庫）p43

タワー／タワーズ（古川日出男）
◇「短篇ベストコレクション―現代の小説 2007」徳間書店 2007（徳間文庫）p299

タワーに死す（霞流一）
◇「密室レシピ」角川書店 2002（角川文庫）p71
◇「赤に捧げる殺意」角川書店 2013（角川文庫）p179

たわむれ（神崎京介）
◇「本当のうそ」講談社 2007 p37

戯れに（1）（芥川龍之介）
◇「ちくま日本文学 2」筑摩書房 2007（ちくま文庫）p456

戯れに（2）（芥川龍之介）
◇「ちくま日本文学 2」筑摩書房 2007（ちくま文庫）p457

俵藤太物語（竜王町青年学級人形劇コース）
◇「われらが青年団 人形劇脚本集」文芸社 2008 p55

ターン（村上修）
◇「年鑑代表シナリオ集 '01」映人社 2002 p255

段（幸田文）
◇「ちくま日本文学 5」筑摩書房 2007（ちくま文庫）p60

短歌（岡野弘彦）
◇「コレクション戦争と文学 4」集英社 2011 p281

短歌（春日井建）
◇「コレクション戦争と文学 18」集英社 2012 p568

短歌（木俣修）
◇「コレクション戦争と文学 13」集英社 2011 p504

短歌（五島美代子）
◇「コレクション戦争と文学 14」集英社 2012 p96

短歌（近藤芳美）
◇「コレクション戦争と文学 1」集英社 2012 p99

短歌（三枝昂之）
◇「コレクション戦争と文学 4」集英社 2011 p153

短歌（斎藤茂吉）
◇「コレクション戦争と文学 10」集英社 2012 p375

短歌（清水信）
◇「アンソロジー・プロレタリア文学 2」森話社 2014 p153

短歌（正田篠枝）
◇「コレクション戦争と文学 19」集英社 2011 p442

短歌（竹山広）
◇「コレクション戦争と文学 19」集英社 2011 p444

短歌（塚本邦雄）
◇「コレクション戦争と文学 3」集英社 2012 p362

短歌（馬場あき子）
◇「コレクション戦争と文学 12」集英社 2013 p692

短歌（前川佐美雄）
◇「胞子文学名作選」港の人 2013 p255

短歌（正岡子規）
◇「ちくま日本文学 40」筑摩書房 2009（ちくま文庫）p434

たんし

短歌（山中智恵子）
◇「コレクション戦争と文学 13」集英社 2011 p684

短歌（吉田漱）
◇「コレクション戦争と文学 1」集英社 2012 p284

短歌（渡辺順三）
◇「アンソロジー・プロレタリア文学 1」森話社 2013 p7
◇「アンソロジー・プロレタリア文学 2」森話社 2014 p250

〈短歌〉（摩文仁朝信）
◇「沖縄文学選―日本文学のエッジからの問い」勉誠出版 2003 p65

断崖（若林つや）
◇「「日本浪曼派」集」新学社 2007 （新学社近代浪漫派文庫）p225

譚海（抄）（依田学海）
◇「新日本古典文学大系 明治編 3」岩波書店 2005 p101

断崖で着信する（町田康）
◇「空を飛ぶ恋―ケータイがつなぐ28の物語」新潮社 2006 （新潮文庫）p142

断崖にゆらめく白い掌の群（日野啓三）
◇「コレクション私小説の冒険 2」勉誠出版 2013 p271

断崖の上―一幕（黄有才）
◇「日本統治期台湾文学集成 14」緑蔭書房 2003 p67

断崖の錯覚（太宰治）
◇「文豪怪談傑作選 太宰治集」筑摩書房 2009 （ちくま文庫）p193

短歌とわたし（杉浦明平）
◇「戦後文学エッセイ選 6」影書房 2008 p165

短歌とは何か（しまだひとし）
◇「ハンセン病文学全集 5」皓星社 2010 p548

短歌の表現に就いて（文芸祭講演）（依田照彦）
◇「ハンセン病文学全集 5」皓星社 2010 p463

短歌門外観（金鍾漢）
◇「近代朝鮮文学日本語作品集1939〜1945 評論・随筆篇 1」緑蔭書房 2002 p309

短歌は社会復帰したか（神山南星）
◇「ハンセン病文学全集 5」皓星社 2010 p504

弾丸（かんべむさし）
◇「冒険の森へ―傑作小説大全 9」集英社 2016 p23

弾丸（許南麒）
◇「〈在日〉文学全集 2」勉誠出版 2006 p150

童乱（たんきい）何処へ行く――一幕（竹内治）
◇「日本統治期台湾文学集成 11」緑蔭書房 2003 p177

探求「話法」のゼロ地点―「ギートステイト」とポストセカイ系小説（東浩紀, 桜坂洋, 仲俣暁生）
◇「Fiction zero／narrative zero」講談社 2007 p001

タンクの出發（林和著, 李北満譯）
◇「近代朝鮮文学日本語作品集1908〜1945 セレクショ

ン 4」緑蔭書房 2008 p167

端渓の硯（趙容萬）
◇「近代朝鮮文学日本語作品集1939〜1945 創作篇 5」緑蔭書房 2001 p437

丹下左膳（林不忘）
◇「颯爽登場！ 第一話―時代小説ヒーロー初見参」新潮社 2004 （新潮文庫）p151

探検（井上雄彦）
◇「宇宙生物ゾーン」廣済堂出版 2000 （廣済堂文庫）p497

探検家の書斎（井上雅彦）
◇「魔地図」光文社 2005 （光文社文庫）p435

断港（通雅彦）
◇「全作家怪談小説集 10」のべる出版 2011 p171

炭鉱怪談（日野光里）
◇「てのひら怪談―ビーケーワン怪談大賞傑作選 壬辰」ポプラ社 2012 （ポプラ文庫）p258

探坑記（丸井妙子）
◇「日本統治期台湾文学集成 17」緑蔭書房 2003 p501

炭坑ビス一ソ連俘虜記（長谷川四郎）
◇「戦後文学エッセイ選 2」影書房 2006 p9

端午のとうふ（山本一力）
◇「御白洲裁き―時代推理傑作選」徳間書店 2009 （徳間文庫）p393

端午のとうふ―黄表紙掛取り帖（山本一力）
◇「ザ・ベストミステリーズ―推理小説年鑑 2001」講談社 2001 p557
◇「殺人作法」講談社 2004 （講談社文庫）p401

たんころりん（霜島ケイ）
◇「文藝百物語」ぶんか社 1997 p82

断罪の雪（桂修司）
◇「5分で読める！ ひと駅ストーリー 冬の記憶西口編」宝島社 2013 （宝島社文庫）p241
◇「5分で驚く！ どんでん返しの物語」宝島社 2016 （宝島社文庫）p31

探査船、火星へ（島倉信雄）
◇「ショートショートの花束 4」講談社 2012 （講談社文庫）p26

断食芸人（長谷川四郎）
◇「戦後文学エッセイ選 2」影書房 2006 p87

男子の纒足（金関丈夫）
◇「日本統治期台湾文学集成 17」緑蔭書房 2003 p69
◇「日本統治期台湾文学集成 17」緑蔭書房 2003 p193

男子も先づ「人」となれ（与謝野晶子）
◇「「新編」日本女性文学全集 4」菁柿堂 2012 p116

短銃（城昌幸）
◇「幻の探偵雑誌 8」光文社 2001 （光文社文庫）p133

團十郎切腹事件（戸板康二）
◇「消えた直木賞 男たちの足音編」メディアファクトリー 2005 p237
◇「THE名探偵―ミステリーアンソロジー」有楽出版社 2014 （JOY NOVELS）p201

たんし

断種 七草三集（大森風来子）
◇「ハンセン病文学全集 9」皓星社 2010 p375

断種の句碑と共に（大庭可夫）
◇「ハンセン病文学全集 5」皓星社 2010 p560

単純（吉岡実）
◇「新装版 全集現代文学の発見 9」學藝書林 2004 p519

誕生（太宰治）
◇「ちくま日本文学 8」筑摩書房 2008（ちくま文庫）p61

誕生（増田みず子）
◇「恋物語」朝日新聞社 1998 p26

誕生（矢崎存美）
◇「悪夢が嗤う瞬間」勁文社 1997（ケイブンシャ文庫）p184

断章（皆川博子）
◇「水妖」廣済堂出版 1998（廣済堂文庫）p315

誕生日（森江賢二）
◇「ショートショートの広場 16」講談社 2005（講談社文庫）p87

たんじょう日 おめでとう（蓑田正治）
◇「小学校・全員参加の楽しい学級劇・学年劇脚本集 低学年」黎明書房 2007 p208

誕生日に（キムリジャ）
◇「〈在日〉文学全集 18」勉誠出版 2006 p338

誕生日の薔薇（加門七海）
◇「文藝百物語」ぶんか社 1997 p78

男色・宮本武蔵（五味康祐）
◇「宮本武蔵―剣豪列伝」廣済堂出版 1997（廣済堂文庫）p265

男女交際論（巌本善治）
◇「新日本古典文学大系 明治編 26」岩波書店 2002 p101

男女の幾何学（連城三紀彦）
◇「金曜の夜は、ラブ・ミステリー」三笠書房 2000（王様文庫）p7

ダンシング・イン・ザ・ダーク（奥田哲也）
◇「暗闇」中央公論新社 2004（C NOVELS）p57

ダンシング・ロブスターの謎（加納一朗）
◇「シャーロック・ホームズに愛をこめて」光文社 2010（光文社文庫）p239

炭塵のふる町（後藤みな子）
◇「コレクション戦争と文学 19」集英社 2011 p495

単身赴任の夜（山下貴光）
◇「5分で読める！ ひと駅ストーリー 冬の記憶東口編」宝島社 2013（宝島社文庫）p61

短信（明治31〜36年）（斎藤緑雨）
◇「明治の文学 15」筑摩書房 2002 p346

箪笥（半村良）
◇「異界への入口」リブリオ出版 2001（怪奇・ホラーワールド）p239
◇「戦後短篇小説再発見 10」講談社 2002（講談社文芸文庫）p136
◇「怪談―24の恐怖」講談社 2004 p91
◇「日本怪奇小説傑作集 3」東京創元社 2005（創

元推理文庫）p243
◇「恐怖の森」ランダムハウス講談社 2007 p7
◇「30の神品―ショートショート傑作選」扶桑社 2016（扶桑社文庫）p79

淡水河の漣（王昶雄）
◇「日本統治期台湾文学集成 29」緑蔭書房 2007 p33

たんす・たたーん―新入部員捕獲作戦Z（岡部紗千代）
◇「中学校創作脚本集 2」晩成書房 2001 p103

箪笥とミカン（北杜夫）
◇「戦後短篇小説再発見 15」講談社 2003（講談社文芸文庫）p165

箪笥の中の囚人（橋本五郎）
◇「竹中英太郎 2」皓星社 2016（挿絵叢書）p203

ダンスモンキーの虚と実（新沢克海）
◇「新走（アラバシリ）―Powers Selection」講談社 2011（講談社box）p37

弾性限界（金鶴泳）
◇「〈在日〉文学全集 6」勉誠出版 2006 p327

単性生殖（埴谷雄高）
◇「戦後文学エッセイ選 3」影書房 2005 p103

膽星台（許南麒）
◇「〈在日〉文学全集 2」勉誠出版 2006 p79

男性と女性（宇野千代）
◇「精選女性随筆集 6」文藝春秋 2012 p39

「探聖」になり損ねた連作（小栗虫太郎）
◇「幻の探偵雑誌 3」光文社 2000（光文社文庫）p111

暖雪（大坂繁治）
◇「ゆきのまち幻想文学賞小品集 20」企画集団ぷりずむ 2011 p96

断絶への抗議（姜舜）
◇「〈在日〉文学全集 17」勉誠出版 2006 p37

丹前屏風（大佛次郎）
◇「疾風怒濤！ 上杉戦記―傑作時代小説」PHP研究所 2008（PHP文庫）p243

断層（堀田善衞）
◇「戦後短篇小説再発見 9」講談社 2002（講談社文芸文庫）p63
◇「戦後占領期短篇小説コレクション 7」藤原書店 2007 p109

“男装の麗人”獄中から養父へ≫川島浪速（川島芳子）
◇「日本人の手紙 10」リブリオ出版 2004 p134

団体（本庄陸男）
◇「新装版 全集現代文学の発見 3」學藝書林 2003 p333

断腸亭日乗（永井荷風）
◇「ちくま日本文学 19」筑摩書房 2008 p441
◇「読み聞かせる戦争」光文社 2015 p113

単調な立体（北園克衛）
◇「新装版 全集現代文学の発見 13」學藝書林 2004 p64

探捉（正岡子規）

◇「新日本古典文学大系 明治編 27」岩波書店 2003
　p386

探偵（門倉信）
　◇「ショートショートの花束 8」講談社 2016（講談社文庫）p11

探偵うどん（古今亭志ん生（5代目））
　◇「麺'sミステリー倶楽部─傑作推理小説集」光文社 2012（光文社文庫）p9

探偵Q氏（近藤博）
　◇「幻の探偵雑誌 8」光文社 2001（光文社文庫）p351

探偵ごっこ（落合恵子）
　◇「輝きの一瞬─短くて心に残る30編」講談社 1999（講談社文庫）p91

探偵殺害事件（星田三平）
　◇「戦前探偵小説四人集」論創社 2011（論創ミステリ叢書）p245

探偵小説（北村小松）
　◇「甦る推理雑誌 3」光文社 2002（光文社文庫）p387

探偵小説（横溝正史）
　◇「鍵」文藝春秋 2004（推理作家になりたくて マイベストミステリー）p81
　◇「マイ・ベスト・ミステリー 5」文藝春秋 2007（文春文庫）p119

探偵小説を截（き）る（坂口安吾）
　◇「甦る推理雑誌 2」光文社 2002（光文社文庫）p149

探偵小説思い出話（山本禾太郎）
　◇「甦る推理雑誌 2」光文社 2002（光文社文庫）p309

探偵小説か？ 推理小説か？（黒沼健）
　◇「甦る推理雑誌 3」光文社 2002（光文社文庫）p377

特別懸賞募集入選作 探偵小説家の殺人（金来成）
　◇「近代朝鮮文学日本語作品集1901〜1938 創作篇 3」緑蔭書房 2004 p335

探偵小説芸術論（木々高太郎）
　◇「幻の探偵雑誌 4」光文社 2001（光文社文庫）p361

探偵小説作家（楠田匡介）
　◇「甦る推理雑誌 7」光文社 2003（光文社文庫）p243

探偵小説十講（甲賀三郎）
　◇「幻の探偵雑誌 4」光文社 2001（光文社文庫）p397

探偵小説辞典（中島河太郎）
　◇「江戸川乱歩賞全集 1」講談社 1998（講談社文庫）

探偵小説的南方案内（藤田知浩）
　◇「外地探偵小説集 南方篇」せらび書房 2010 p7

探偵小説に於けるフェーアに就いて（木々高太郎）
　◇「幻の探偵雑誌 10」光文社 2002（光文社文庫）p291

探偵小説の映画化（畑耕一）

◇「幻の探偵雑誌 5」光文社 2001（光文社文庫）p387

探偵小説の芸術化（野上徹夫）
　◇「幻の探偵雑誌 4」光文社 2001（光文社文庫）p369

探偵小説の宿命について再説 乱歩氏に答える（江戸川乱歩）
　◇「甦る推理雑誌」光文社 2002（光文社文庫）p456

「探偵小説の謎」（江戸川乱歩）
　◇「ちくま日本文学 7」筑摩書房 2008（ちくま文庫）p398

探偵小説の本質的要件（金来成）
　◇「幻の探偵雑誌 10」光文社 2002（光文社文庫）p303

探偵・竹花と命の電話（藤田宜永）
　◇「ザ・ベストミステリーズ─推理小説年鑑 2013」講談社 2013 p231
　◇「Esprit機知と企みの競演」講談社 2016（講談社文庫）p5

探偵電子計算機（谷川俊太郎）
　◇「恐怖特急」光文社 2002（光文社文庫）p147
　◇「恐怖の花」ランダムハウス講談社 2007 p53
　◇「冒険の森へ─傑作小説大全 12」集英社 2015 p8

探偵と怪人のいるホテル（芦辺拓）
　◇「グランドホテル」廣済堂出版 1999（廣済堂文庫）p39

探偵と彼（安部公房）
　◇「ひつじアンソロジー 小説編 2」ひつじ書房 2009 p141

探偵西へ飛ぶ！（海野十三）
　◇「風間光枝探偵日記」論創社 2007（論創ミステリ叢書）p259

探偵物語（姫野カオルコ）
　◇「ザ・ベストミステリーズ─推理小説年鑑 2002」講談社 2002 p473
　◇「零時の犯罪予報」講談社 2005（講談社文庫）p293

探偵ユーベル（ヴィクトル・ユゴー著, 森田思軒訳）
　◇「新日本古典文学大系 明治編 15」岩波書店 2002 p397

耽溺（岩野泡鳴）
　◇「明治の文学 24」筑摩書房 2001 p290
　◇「別れ」SDP 2009（SDP bunko）p127

ダンテの言葉と翻訳（杉浦明平）
　◇「戦後文学エッセイ選 6」影書房 2008 p154

ダンテの人ごみ（須賀敦子）
　◇「創刊一〇〇年三田文学名作選」三田文学会 2010 p689

弾道（河北峻雄）
　◇「日本統治期台湾文学集成 21」緑蔭書房 2007 p303

弾道（丸山薫）
　◇「新装版 全集現代文学の発見 13」學藝書林 2004 p116

たんと

単独者（森万紀子）
  ◇「吉田知子・森万紀子・吉行理恵・加藤幸子」角川書店 1998（女性作家シリーズ）p113

丹那山の怪（江見水蔭）
  ◇「怪奇・伝奇時代小説選集 11」春陽堂書店 2000（春陽文庫）p52

壇の浦残花抄（安西篤子）
  ◇「源義経の時代―短篇小説集」作品社 2004 p257

丹波（秦恒平）
  ◇「京都府文学全集第1期（小説編）6」郷土出版社 2005 p308

丹波おんな布（抄）（加堂秀三）
  ◇「京都府文学全集第1期（小説編）5」郷土出版社 2005 p203

段梯子の恐怖（小酒井不木）
  ◇「幻の探偵雑誌 2」光文社 2000（光文社文庫）p349

断碑（松本清張）
  ◇「文士の意地―車谷長吉撰短篇小説輯 下巻」作品社 2005 p134

断片（品川清）
  ◇「ハンセン病文学全集 7」皓星社 2004 p46

断片（富永太郎）
  ◇「新装版 全集現代文学の発見 13」學藝書林 2004 p186

短編作家への道（山田正紀）
  ◇「迷」文藝春秋 2003（推理作家になりたくて マイベストミステリー）p327
  ◇「マイ・ベスト・ミステリー 3」文藝春秋 2007（文春文庫）p490

短篇小説とは何か？―定義をめぐって（西崎憲）
  ◇「短篇小説日和―英国異色傑作選」筑摩書房 2013（ちくま文庫）p465

短編というお仕事（北森鴻）
  ◇「マイ・ベスト・ミステリー 5」文藝春秋 2007（文春文庫）p316

短編の出発点（夏樹静子）
  ◇「謀」文藝春秋 2003（推理作家になりたくて マイベストミステリー）p165
  ◇「マイ・ベスト・ミステリー 4」文藝春秋 2007（文春文庫）p256

短編の妙（高橋克彦）
  ◇「謀」文藝春秋 2003（推理作家になりたくて マイベストミステリー）
  ◇「マイ・ベスト・ミステリー 4」文藝春秋 2007（文春文庫）p177

田んぼ（痛田三）
  ◇「てのひら怪談―ビーケーワン怪談大賞傑作選」ポプラ社 2007 p178
  ◇「てのひら怪談―ビーケーワン怪談大賞傑作選」ポプラ社 2008（ポプラ文庫）p186

たんぽぽ（小池真理子）
  ◇「短篇ベストコレクション―現代の小説 2000」徳間書店 2000 p241

タンポポ（香山末子）
  ◇「ハンセン病文学全集 7」皓星社 2004 p307

たんぽぽひらいた（田部井泰）
  ◇「小学生のげき―新小学校演劇脚本集 低学年 1」晩成書房 2010 p169

黙市（津島佑子）
  ◇「川端康成文学賞全作品 1」新潮社 1999 p227
  ◇「戦後短編小説再発見 4」講談社 2001（講談社文芸文庫）p167

だんまり伝九（山本周五郎）
  ◇「『少年倶楽部』短篇選」講談社 2013（講談社文芸文庫）p189

探幽の失敗（正岡子規）
  ◇「新日本古典文学大系 明治編 27」岩波書店 2003 p164

団欒図（飛雄）
  ◇「てのひら怪談―ビーケーワン怪談大賞傑作選 百怪繚乱篇」ポプラ社 2008 p34
  ◇「てのひら怪談―ビーケーワン怪談大賞傑作選 己丑」ポプラ社 2009（ポプラ文庫）p206

断流（田山花袋）
  ◇「明治深刻悲惨小説集」講談社 2016（講談社文芸文庫）p97

短慮暴発（南條範夫）
  ◇「人物日本の歴史―時代小説版 江戸編 下」小学館 2004（小学館文庫）p185

【 ち 】

血（李正子）
  ◇「〈在日〉文学全集 17」勉誠出版 2006 p226

血（金太中）
  ◇「〈在日〉文学全集 18」勉誠出版 2006 p95

地（川端康成）
  ◇「冒険の森へ―傑作小説大全 3」集英社 2016 p8

治安立国（大原久通）
  ◇「ショートショートの花束 3」講談社 2011（講談社文庫）p150

小さい妹（須賀敦子）
  ◇「日本文学全集 25」河出書房新社 2016 p113

小さい詩二つ（平戸廉吉）
  ◇「新装版 全集現代文学の発見 1」學藝書林 2002 p235

小さいサラリーマン（たち）（勝山海百合）
  ◇「女たちの怪談百物語」メディアファクトリー 2010（〔幽books〕）p77
  ◇「女たちの怪談百物語」KADOKAWA 2014（角川ホラー文庫）p82

小さいな復興（寺山よしこ）
  ◇「平成28年熊本地震作品集」くまもと文学・歴史館友の会 2016 p25

小さい人―1（小原猛）
  ◇「男たちの怪談百物語」メディアファクトリー

ちいさ

2012（〔幽BOCKS〕）p196

小さい人─2（紗那）
◇「男たちの怪談百物語」メディアファクトリー 2012（〔幽BOCKS〕）p198

小さい人─3（黒木あるじ）
◇「男たちの怪談百物語」メディアファクトリー 2012（〔幽BOCKS〕）p200

小さいやさしい右手（安房直子）
◇「ひつじアンソロジー 小説編 2」ひつじ書房 2009 p107

小さき星（大峰古日）
◇「文豪怪談傑作選 柳田國男集」筑摩書房 2007（ちくま文庫）p372

小さき者（吉屋信子）
◇「青鞜文学集」不二出版 2004 p228

小さき者へ（有島武郎）
◇「百年小説」ポプラ社 2008 p335
◇「読んでおきたい近代日本小説選」龍書房 2012 p166
◇「日本近代短篇小説選 大正篇」岩波書店 2012（岩波文庫）p149
◇「妻を失う─離別作品集」講談社 2014（講談社文芸文庫）p33

小さき労働者よ（尹興福）
◇「近代朝鮮文学日本語作品集1908～1945 セレクション 4」緑蔭書房 2008 p181

小さくたって（仁瓶ゆき子）
◇「かわいい─第16回フェリシモ文学賞優秀作品集」フェリシモ 2013 p84

小さな異邦人（連城三紀彦）
◇「現場に臨め」光文社 2010（Kappa novels）p409
◇「現場に臨め」光文社 2014（光文社文庫）p583

小さな王国（谷崎潤一郎）
◇「文学で考える〈仕事〉の百年」双文社出版 2010 p50
◇「生の深みを覗く─ポケットアンソロジー」岩波書店 2010（岩波文庫別冊）p13
◇「日本文学100年の名作 1」新潮社 2014（新潮文庫）p127
◇「文学で考える〈仕事〉の百年」翰林書房 2016 p50

小さな黄金の星（作者不詳）
◇「シンデレラ」竹書房 2015（竹書房文庫）p68

小さなお願い（未月美緒）
◇「丸の内の誘惑」マガジンハウス 1999 p149

小さな紙切れ（笹原実穂子）
◇「全作家短編小説集 7」全作家協会 2008 p93

小さな貴婦人（吉行理恵）
◇「吉田知子・森万紀子・吉行理恵・加藤幸子」角川書店 1998（女性作家シリーズ）p252

小さな希望（香山末子）
◇「ハンセン病文学全集 7」皓星社 2004 p302
◇「〈在日〉文学全集 17」勉誠出版 2006 p100

小さな清姫（伊藤桂一）
◇「人情の往来─時代小説最前線」新潮社 1997（新潮文庫）p431

小さな故意の物語（東野圭吾）
◇「鍵」文藝春秋 2004（推理作家になりたくて マイベストミステリー）p218
◇「マイ・ベスト・ミステリー 5」文藝春秋 2007（文春文庫）p320

小さな恋の物語（杉本苑子）
◇「代表作時代小説 平成9年度」光風社出版 1997 p71
◇「春宵濡れ髪しぐれ─時代小説傑作選」講談社 2003（講談社文庫）p17

小さな声から（三友大五郎）
◇「小学校・全員参加の楽しい学級劇・学年劇脚本集 中学年」黎明書房 2006 p98

小さな呼吸（越一人）
◇「ハンセン病文学全集 7」皓星社 2004 p340

小さな骨壺（会田晃司）
◇「短篇ベストコレクション─現代の小説 2001」徳間書店 2001（徳間文庫）p385

小さな島の歴史（宮本常一）
◇「ちくま日本文学 22」筑摩書房 2008（ちくま文庫）p286

小さな兆候こそ（木下順二）
◇「戦後文学エッセイ選 8」影書房 2005 p214

小さな出来事（長門虹）
◇「ショートショートの花束 5」講談社 2013（講談社文庫）p240

小さな出来事（長谷川四郎）
◇「戦後文学エッセイ選 2」影書房 2006 p193

小さな墓の上に（立原道造）
◇「新装版 全集現代文学の発見 14」學藝書林 2005 p442

小さな橋で（藤沢周平）
◇「少年の眼─大人になる前の物語」光文社 1997（光文社文庫）p125
◇「日本文学100年の名作 7」新潮社 2015（新潮文庫）p173

小さなビルの裏で（桂英二）
◇「江戸川乱歩の推理試験」光文社 2009（光文社文庫）p39

小さな兵隊（伊坂幸太郎）
◇「奇想博物館」光文社 2013（最新ベスト・ミステリー）p13

小さな部屋（薄井ゆうじ）
◇「自選ショート・ミステリー 2」講談社 2001（講談社文庫）p55

小さな祠（加門七海）
◇「GOD」廣済堂出版 1999（廣済堂文庫）p565

小さな誇り（大島真寿美）
◇「オトナの片思い」角川春樹事務所 2007 p105
◇「オトナの片思い」角川春樹事務所 2009（ハルキ文庫）p101

小さな魔法の降る日に（毬）
◇「ゆきのまち幻想文学賞小品集 25」企画集団ぷりずむ 2015 p7

小さな三つの言葉（浅暮三文）

作品名から引ける日本文学全集案内 第III期　489

ちいさ

◇「酒の夜語り」光文社 2002（光文社文庫）p15

小さな熔炉（野間宏）
◇「戦後文学エッセイ選 9」影書房 2008 p20

ちいさな夜（関直恵）
◇「気配―第10回フェリシモ文学賞作品集」フェリシモ 2007 p42

小さな礼拝堂（長谷川四郎）
◇「日本近代短篇小説選 昭和篇2」岩波書店 2012（岩波文庫）p331

小さなレンズの向こう側（赤羽道夫）
◇「ショートショートの花束 8」講談社 2016（講談社文庫）p127

ちいちゃんのかげおくり（あまんきみこ）
◇「もう一度読みたい教科書の泣ける名作」学研教育出版 2013 p117

崔乙順の上申書（飯尾憲士）
◇「〈在日〉文学全集 16」勉誠出版 2006 p349

チェオギおばさん（宗秋月）
◇「〈在日〉文学全集 18」勉誠出版 2006 p31

チェ・ゲバラ、その生と死（海堂尊）
◇「『このミステリーがすごい！』大賞作家書き下ろしBOOK」宝島社 2012 p107

チェ・ゲバラ、その生と死 連載第二回 ボリビアのゲバラ（海堂尊）
◇「『このミステリーがすごい！』大賞作家書き下ろしBOOK vol.2」宝島社 2013 p85

チェ・ゲバラ、その生と死 連載第三回―アルゼンチン人は時計を合わせない・そしてチェは死んだ。（海堂尊）
◇「『このミステリーがすごい！』大賞作家書き下ろしBOOK vol.3」宝島社 2013 p109

智恵子の半生（高村光太郎）
◇「妻を失う―離別作品集」講談社 2014（講談社文芸文庫）p11

チェザレの家（須賀敦子）
◇「精選女性随筆集 9」文藝春秋 2012 p198

智恵さん、智恵さん＞高村智恵子／長沼せん子／難波田龍起（高村光太郎）
◇「日本人の手紙 6」リブリオ出版 2004 p141

挺身する文化人2 崔載瑞氏（趙宇植）
◇「近代朝鮮文学日本語作品集1939〜1945 評論・随筆篇 3」緑蔭書房 2002 p265

チェシャ（郷内心瞳）
◇「渚にて―あの日からの〈みちのく怪談〉」荒蝦夷 2016 p103

済州島の三多（金聖七）
◇「近代朝鮮文学日本語作品集1939〜1945 評論・随筆篇 3」緑蔭書房 2002 p111

済州道の母よ（宗秋月）
◇「〈在日〉文学全集 18」勉誠出版 2006 p29

済州島の民謡（趙潤済）
◇「近代朝鮮文学日本語作品集1939〜1945 評論・随筆篇 3」緑蔭書房 2002 p149

チェス（中村樹基, 星譲）
◇「世にも奇妙な物語―小説の特別編」角川書店

2000（角川ホラー文庫）p171

チェス殺人事件（竹本健治）
◇「絶体絶命」早川書房 2006（ハヤカワ文庫）p207

チェスター街の日（柄刀一）
◇「本格ミステリー二〇〇九年本格短編ベスト・セレクション 09」講談社 2009（講談社ノベルス）p201
◇「空飛ぶモルグ街の研究」講談社 2013（講談社文庫）p283

チェストかわら版（桐生悠三）
◇「雪月花・江戸景色」光文社 2013（光文社文庫）p259

チェスの夏（寺山修司）
◇「ちくま日本文学 6」筑摩書房 2007（ちくま文庫）p185

崔承喜をめぐる座談會①〜③（崔承喜他）
◇「近代朝鮮文学日本語作品集1901〜1938 評論・随筆篇 3」緑蔭書房 2004 p147

崔承喜に（作者表記なし）
◇「近代朝鮮文学日本語作品集1908〜1945 セレクション 4」緑蔭書房 2008 p402

崔承喜の歐洲だより 巴里より（崔承喜）
◇「近代朝鮮文学日本語作品集1908〜1945 セレクション 6」緑蔭書房 2008 p317

チェックアウト（井上雅彦）
◇「グランドホテル」廣済堂出版 1999（廣済堂文庫）p637

知恵の悲しみ（長谷川四郎）
◇「戦後文学エッセイ選 2」影書房 2006 p129

崔鶴松君を悼む（上）（下）（金井鎮）
◇「近代朝鮮文学日本語作品集1901〜1938 評論・随筆篇 3」緑蔭書房 2004 p307

チェーホフの女（陽羅義光）
◇「全作家短編小説集 8」全作家協会 2009 p237

チェーホフの学校（黒川創）
◇「文学 2013」講談社 2013 p19

チェルノディルカ（島田雅彦）
◇「Love stories」水曜社 2004 p89

崔老人傳抄録（朴泰遠著, 申建譯）
◇「近代朝鮮文学日本語作品集1939〜1945 創作篇 1」緑蔭書房 2001 p235

チェロキー（斉藤倫）
◇「ファイン／キュート素敵かわいい作品選」筑摩書房 2015（ちくま文庫）p254

チェロの弦（秋元倫）
◇「全作家短編小説集 11」全作家協会 2012 p166

チェンジ・ザ・ワールド（石原哲也）
◇「高校演劇Selection 2003 上」晩成書房 2003 p7

チェンジング・パートナー（森真沙子）
◇「グランドホテル」廣済堂出版 1999（廣済堂文庫）p179

チェンノエソ（鍾路にて）（全美恵）
◇「〈在日〉文学全集 18」勉誠出版 2006 p353

チェーンメール（奥山里志）

◇「ショートショートの広場 17」講談社 2005（講談社文庫）p16

血を吸う掌編（牧野修）
◇「伯爵の血族―紅ノ章」光文社 2007（光文社文庫）p169

血を吸うマント（霞流一）
◇「名探偵を追いかけろ―シリーズ・キャラクター編」光文社 2004（カッパ・ノベルス）p209
◇「名探偵を追いかけろ」光文社 2007（光文社文庫）p259

地を這う虫（高村薫）
◇「犯行現場にもう一度」講談社 1997（講談社文庫）p9
◇「干刈あがた・高樹のぶ子・林真理子・高村薫」角川書店 1997（女性作家シリーズ）p341

誓い（濱本七恵）
◇「さよなら、大好きな人―スウィート＆ビターな7ストーリー」泰文堂 2011（Linda books！）p6

違い鷹羽（越一人）
◇「ハンセン病文学全集 7」皓星社 2004 p328

違つた存在の獨立（王白淵）
◇「日本統治期台湾文学集成 18」緑蔭書房 2003 p24

○ちがい電話（再生モスマン）
◇「てのひら怪談―ビーケーワン怪談大賞傑作選 百怪繚乱篇」ポプラ社 2008 p102
◇「てのひら怪談―ビーケーワン怪談大賞傑作選 己丑」ポプラ社 2009（ポプラ文庫）p204

誓いの斧（堀慎二郎）
◇「幻想水滸伝短編集 1」メディアワークス 2000（電撃文庫）p13

誓いの言葉（谷口雅美）
◇「愛してるって言えばよかった」泰文堂 2012（リンダブックス）p7

誓います、生涯に、いちどのおねがいです➤淀野隆三（太宰治）
◇「日本人の手紙 2」リブリオ出版 2004 p74

地下街（中井英夫）
◇「幻視の系譜」筑摩書房 2013（ちくま文庫）p456
◇「新編・日本幻想文学集成 1」国書刊行会 2016 p405

地下からの復権（上野英信）
◇「戦後文学エッセイ選 12」影書房 2006 p47

市高俄（チカゴ）鉄道ノ記（久米邦武）
◇「新日本古典文学大系 明治編 5」岩波書店 2009 p127

市高俄（チカゴ）ヨリ華盛頓（ワシントン）府鉄路ノ記（久米邦武）
◇「新日本古典文学大系 明治編 5」岩波書店 2009 p135

近頃の幽霊（芥川龍之介）
◇「文豪怪談傑作選 芥川龍之介集」筑摩書房 2010（ちくま文庫）p282

近頃風俗二三（李石薫）
◇「近代朝鮮文学日本語作品集1939～1945 評論・随筆

篇 3」緑蔭書房 2002 p163

茅ヶ崎にて（島尾敏雄）
◇「戦後文学エッセイ選 10」影書房 2007 p222

地下室（図子慧）
◇「憑き者―全篇書下ろし傑作ホラーアンソロジー」アスキー 2000（A-novels）p445

地下室アントンの一夜（尾崎翠）
◇「ちくま日本文学 4」筑摩書房 2007（ちくま文庫）p35
◇「日本文学100年の名作 2」新潮社 2014（新潮文庫）p325

地下室から（田中英光）
◇「新装版 全集現代文学の発見 4」學藝書林 2003 p136

ちかしらさん（朱雀門出）
◇「怪しき我が家―一家の怪談競作集」メディアファクトリー 2011（MF文庫）p111

地下水のように（大岡信）
◇「新装版 全集現代文学の発見 13」學藝書林 2004 p493

近づく速度（竹内義和）
◇「文藝百物語」ぶんか社 1997 p200

地下鉄異臭事件の顛末（喜多喜久）
◇「5分で読める！ ひと駅ストーリー 乗車編」宝島社 2012（宝島社文庫）p263

地下鐵スト萬歳（金昌南）
◇「近代朝鮮文学日本語作品集1908～1945 セレクション 4」緑蔭書房 2008 p303

地下鉄の窓（村松真理）
◇「文学 2009」講談社 2009 p102

地下鉄御堂筋線（江坂遊）
◇「綾辻・有栖川復刊セレクション 仕掛け花火」講談社 2007（講談社ノベルス）p156

地下洞（植草昌実）
◇「物語のルミナリエ」光文社 2011（光文社文庫）p125

地下と宇宙の出来事（龍田力）
◇「絶体絶命！」泰文堂 2011（Linda books！）p127

「地下道の春」について（金龍済）
◇「近代朝鮮文学日本語作品集1908～1945 セレクション 3」緑蔭書房 2008 p133

地下のマドンナ（朝松健）
◇「自選ショート・ミステリー 2」講談社 2001（講談社文庫）p131

近松勘六（福士秀也）
◇「定本・忠臣蔵四十七人集」双葉社 1998 p250

「近道は」の巻（其峯・富水両吟歌仙）（西谷富水）
◇「新日本古典文学大系 明治編 4」岩波書店 2003 p155

地下迷宮の帰宅部（石川博品）
◇「さよならの儀式」東京創元社 2014（創元SF文庫）p307

力（宮本輝）

ちから

◇「家族の絆」光文社 1997（光文社文庫）p7

力を合わせて（田辺ふみ）
◇「ショートショートの花束 8」講談社 2016（講談社文庫）p205

力と文化（1）〜（4）（星野相河）
◇「近代朝鮮文学日本語作品集1939〜1945 評論・随筆篇 1」緑蔭書房 2002 p251

チカラになりたい（市野うあ）
◇「言葉にできない悲しみ」泰文堂 2015（リンダパブリッシャーズの本）p35

力、物ほしをぬく（正岡子規）
◇「新日本古典文学大系 明治編 27」岩波書店 2003 p373

ちきこん（大沢在昌）
◇「わが名はタフガイ―ハードボイルド傑作選」光文社 2006（光文社文庫）p367

チキチキ☆チキンハート（山﨑伊知郎）
◇「中学生のドラマ 7」晩成書房 2007 p185

地球（塔和子）
◇「ハンセン病文学全集 7」皓星社 2004 p132

地球オニごっこ（小田靖幸）
◇「『やるキッズあいち劇場』脚本集 平成19年度」愛知県環境調査センター 2008 p73

地球会議は終わらない（鹿目由紀，けいこ）
◇「『やるキッズあいち劇場』脚本集 平成20年度」愛知県環境調査センター 2009 p5

地球恐怖ツアー（星唐幾子）
◇「現代の小説 1998」徳間書店 1998 p183

地球嫌い（中原涼）
◇「30の神品―ショートショート傑作選」扶桑社 2016（扶桑社文庫）p185

地球人が微笑む時（山口タオ）
◇「ひとにぎりの異形」光文社 2007（光文社文庫）p281

地球創造説（瀧口修造）
◇「新装版 全集現代文学の発見 13」學藝書林 2004 p76

地球に礫にされた男（中田永一）
◇「十年交差点」新潮社 2016（新潮文庫）p7

地球にやってきた賢いおてんば娘（中倉美稀）
◇「誰も知らない「桃太郎」「かぐや姫」のすべて」明治出版 2009（創作童話シリーズ）p167

地球の怒り（山川瑤子）
◇「平成28年熊本地震作品集」くまもと文学・歴史館友の会 2016 p19

地球防衛軍、ふたたび（景山民夫）
◇「日本SF・名作集成 8」リブリオ出版 2005 p163

地球娘による地球外クッキング（森奈津子）
◇「SFバカ本 白菜編」ジャストシステム 1997 p169
◇「SFバカ本 白菜篇プラス」廣済堂出版 1999（廣済堂文庫）p183

地球模型（相馬雨彦）
◇「ショートショートの広場 19」講談社 2007（講談社文庫）p26

地球要塞（海野十三）
◇「あしたは戦争」筑摩書房 2016（ちくま文庫）p135

地球は赤かった（今日泊亜蘭）
◇「たそがれゆく未来」筑摩書房 2016（ちくま文庫）p199

契（須永朝彦）
◇「屍鬼の血族」桜桃書房 1999 p321
◇「血と薔薇の誘う夜に―吸血鬼ホラー傑作選」角川書店 2005（角川ホラー文庫）p15

ちぎれ雲（杉本章子）
◇「代表作時代小説 平成23年度」光文社 2011 p213

チキン（清水晋）
◇「ショートショートの広場 15」講談社 2004（講談社文庫）p186

チキン・カレー（溝口勲）
◇「高校演劇Selection 2005 上」晩成書房 2007 p123

蓄音機（寺田寅彦）
◇「ちくま日本文学 34」筑摩書房 2009（ちくま文庫）p41

竹具（金関丈夫）
◇「日本統治期台湾文学集成 17」緑蔭書房 2003 p271

皇民化劇 蓄妾問答―一幕二場（朱朝璧）
◇「日本統治期台湾文学集成 14」緑蔭書房 2003 p119

竹青―新曲聊斎志異（太宰治）
◇「文豪怪談傑作選 太宰治集」筑摩書房 2009 p76

ちぐはぐな話（秋元松代）
◇「人間みな病気」ランダムハウス講談社 2007 p185

竹生島のナマズ（竜王町青年学級人形劇コース）
◇「われらが青年団 人形劇脚本集」文芸社 2008 p109

竹生島の老僧、水練のこと―古今著聞集（作者不詳）
◇「教科書に載った小説」ポプラ社 2008 p139
◇「教科書に載った小説」ポプラ社 2012（ポプラ文庫）p127

ちくわのあな（来福堂）
◇「てのひら怪談 癸巳」KADOKAWA 2013（MF文庫ダ・ヴィンチ）p80

智光曼陀羅―慶滋保胤『日本往生極楽記』（慶滋保胤）
◇「奇跡」国書刊行会 2000（書物の王国）p124

児ヶ淵（郡司正勝）
◇「美少年」国書刊行会 1997（書物の王国）p209

稚子ヶ淵（小川未明）
◇「文豪怪談傑作選 小川未明集」筑摩書房 2008（ちくま文庫）p33

遅刻しなかった・遅刻しない（安水稔和）
◇「新装版 全集現代文学の発見 13」學藝書林 2004 p530

遅刻者（葦川晃）

◇「ハンセン病に咲いた花―初期文芸名作選 戦後編」皓星社 2002（ハンセン病叢書）p174

遅刻者の手記（桐野夏生）
◇「八ヶ岳「雪密室」の謎」原書房 2001 p146

血汐首―芹沢鴨の女（南原幹雄）
◇「新選組烈士伝」角川書店 2003（角川文庫）p155

知識（金時鐘）
◇「〈在日〉文学全集 5」勉誠出版 2006 p88

智識人（鄭飛石）
◇「近代朝鮮文学日本語作品集1939～1945 評論・随筆篇 3」緑蔭書房 2002 p199

社説 知識軍総進軍の秋（作者表記なし）
◇「近代朝鮮文学日本語作品集1939～1945 評論・随筆篇 3」緑蔭書房 2002 p481

聖戦四周年 知識人に愬ふ（上）（中）（下）（朝鮮文人協会）
◇「近代朝鮮文学日本語作品集1939～1945 評論・随筆篇 3」緑蔭書房 2002 p476

知識人のらい参加（1）癩園に於ける二つの性問題論文の対照―イシガ・オサム氏惜別の言葉に代えて（神山南星）
◇「ハンセン病文学全集 5」皓星社 2010 p381

知識人のらい参加（2）労働の回復―永丘智郎（しまだひとし）
◇「ハンセン病文学全集 5」皓星社 2010 p386

知識人のらい参加（3）臨床における価値の問題―神谷美恵子（しまだひとし）
◇「ハンセン病文学全集 5」皓星社 2010 p395

知識人のらい参加（4）らいにおける福祉の意味―杉村春三（しまだひとし）
◇「ハンセン病文学全集 5」皓星社 2010 p401

地軸作戦（海野十三）
◇「懐かしい未来―甦る明治・大正・昭和の未来小説」中央公論新社 2001 p311

致死鳥（森村誠一）
◇「煌めきの殺意」徳間書店 1999（徳間文庫）p671

千々にくだけて（リービ英雄）
◇「コレクション戦争と文学 4」集英社 2011 p15

地上（萩原朔太郎）
◇「ちくま日本文学 36」筑摩書房 2009（ちくま文庫）p28

痴情（志賀直哉）
◇「京都府文学全集第1期（小説編）1」郷土出版社 2005 p465
◇「丸谷才一編・花柳小説傑作選」講談社 2013（講談社文芸文庫）p282

地上絵（小沢章友）
◇「海外トラベル・ミステリー―7つの旅物語」三笠書房 2000（王様文庫）p209

地上最高のゲーム道場―『本格』シリーズの功績（村上貴史）
◇「新・本格推理 特別編」光文社 2009（光文社文庫）p321

地上にひとつの場所を！（青山真治）
◇「文学 2005」講談社 2005 p225

地上の星（瀧口修造）
◇「新装版 全集現代文学の発見 13」學藝書林 2004 p91

地上の龍（抄）（松浦静山）
◇「文豪てのひら怪談」ポプラ社 2009（ポプラ文庫）p156

地上発、宇宙経由（角田光代）
◇「恋のかたち、愛のいろ」徳間書店 2008 p209
◇「恋のかたち、愛のいろ」徳間書店 2010（徳間文庫）p241

地上楽園（芥川龍之介）
◇「超短編アンソロジー」筑摩書房 2002（ちくま文庫）p131

痴人の宴（千代有三）
◇「探偵くらぶ―探偵小説傑作選1946～1958 中」光文社 1997（カッパ・ノベルス）p183

痴人の復讐（小酒井不木）
◇「ひとりで夜読むな―新青年傑作選 怪奇編」角川書店 2001（角川ホラー文庫）p167
◇「江戸川乱歩と13人の新青年 〈論理派〉編」光文社 2008（光文社文庫）p211
◇「冒険の森へ―傑作小説大全 3」集英社 2016 p14

智仁勇（正岡子規）
◇「新日本古典文学大系 明治編 27」岩波書店 2003 p410

地図（つくね乱蔵）
◇「恐怖箱 遺伝記」竹書房 2008（竹書房文庫）p31

地図（永井荷風）
◇「ちくま日本文学 19」筑摩書房 2008（ちくま文庫）p206

地図（野田充男）
◇「ショートショートの花束 1」講談社 2009（講談社文庫）p217

地圖（鄭芝溶）
◇「近代朝鮮文学日本語作品集1908～1945 セレクション 4」緑蔭書房 2008 p411

血吸い女房（夢枕獏）
◇「血」早川書房 1997 p223

地図を眺めて（寺田寅彦）
◇「ちくま日本文学 34」筑摩書房 2009（ちくま文庫）p426

地図的観念と絵画的観念（正岡子規）
◇「明治の文学 20」筑摩書房 2001 p244

地図にない島（蘭郁二郎）
◇「人外魔境」リブリオ出版 2001（怪奇・ホラーワールド）p131
◇「冒険の森へ―傑作小説大全 15」集英社 2016 p41

地図にない街（橋本五郎）
◇「怪奇探偵小説集 1」角川春樹事務所 1998（ハルキ文庫）p131
◇「恐怖ミステリーBEST15―こんな幻の傑作が読みたかった！」シーエイチシー 2006 p63

地図のない旅人 田村隆一（開高健）

ちそめ

◇「日本文学全集 21」河出書房新社 2015 p507

血染めのバット（呑海翁）
　◇「幻の探偵雑誌 7」光文社 2001 （光文社文庫）
　　p109

チタの烙印（貴司山治）
　◇「新・プロレタリア文学精選集 14」ゆまに書房
　　2004 p217

父（甲斐八郎）
　◇「ハンセン病文学全集 4」皓星社 2003 p591

父（正岡子規）
　◇「新日本古典文学大系 明治編 27」岩波書店 2003
　　p173

父へ（谷口雅美）
　◇「母のなみだ―愛しき家族を想う短篇小説集」泰
　　文堂 2012 （Linda books！）p7

父への便り（新垣宏一）
　◇「日本統治期台湾文学集成 23」緑蔭書房 2007
　　p416

父を失う話（渡辺温）
　◇「怪奇探偵小説集 2」角川春樹事務所 1998 （ハ
　　ルキ文庫）p101
　◇「探偵小説の風景―トラフィック・コレクション
　　上」光文社 2009 （光文社文庫）p253
　◇「幻視の系譜」筑摩書房 2013 （ちくま文庫）
　　p376

父を売る子（牧野信一）
　◇「私小説の生き方」アーツ・アンド・クラフツ
　　2009 p230

父を思ふ（張赫宙）
　◇「近代朝鮮文学日本語作品集1908〜1945 セレクショ
　　ン 3」緑蔭書房 2008 p387

乳を刺す（邦枝完二）
　◇「黒門町伝七捕物帳―時代小説競作選」光文社
　　2015 （光文社文庫）p261

父親（荒畑寒村）
　◇「日本文学100年の名作 1」新潮社 2014 （新潮文
　　庫）p9

父親（伊計翼）
　◇「怪談四十九夜」竹書房 2016 （竹書房文庫）p64

父親がわり（梅原満知子）
　◇「最後の一日―さよならが胸に染みる10の物語」
　　泰文堂 2011 （Linda books！）p206
　◇「涙がこぼれないように―さよならが胸を打つ10
　　の物語」泰文堂 2014 （リンダブックス）p96

父親として、め一杯の愛情を注いでくれた≫
西村隆治（大平光代）
　◇「日本人の手紙 9」リブリオ出版 2004 p160

父親ゆずり（吉田有希）
　◇「丸の内の誘惑」マガジンハウス 1999 p167

父親はだれ？（岸田るり子）
　◇「不可能犯罪コレクション」原書房 2009 （ミステ
　　リー・リーグ）p59

父帰る（菊池寛）
　◇「ちくま日本文学 27」筑摩書房 2008 （ちくま文
　　庫）p423
　◇「涙の百年文学―もう一度読みたい」太陽出版

2009 p166

父帰ル（奥田哲也）
　◇「物語のルミナリエ」光文社 2011 （光文社文庫）
　　p216

父から子へ（第一回入営を祝ふ）（佐藤孝夫）
　◇「日本統治期台湾文学集成 23」緑蔭書房 2007
　　p427

父危篤（木山捷平）
　◇「「日本浪曼派」集」新学社 2007 （新学社近代浪
　　漫派文庫）p155

ち、畜生のかなしさ。（太宰治）
　◇「超短編アンソロジー」筑摩書房 2002 （ちくま文
　　庫）p187

父・東海林太郎（高峰秀子）
　◇「精選女性随筆集 8」文藝春秋 2012 p174

父とガムと彼女（角田光代）
　◇「あなたに、大切な香りの記憶はありますか？―
　　短編小説集」文藝春秋 2008 p27
　◇「あなたに、大切な香りの記憶はありますか？」
　　文藝春秋 2011 （文春文庫）p29

チチとクズの国（牧野修）
　◇「坂木司リクエスト！ 和菓子のアンソロジー」光
　　文社 2013 p77
　◇「坂木司リクエスト！ 和菓子のアンソロジー」光
　　文社 2014 （光文社文庫）p79

父と暮せば（井上ひさし）
　◇「コレクション戦争と文学 13」集英社 2011 p285
　◇「日本文学全集 27」河出書房新社 2017 p269

父とケサランパサラン（須藤文音）
　◇「渚にて―あの日からの〈みちのく怪談〉」荒蝦夷
　　2016 p138

父と子（堀辰雄）
　◇「ちくま日本文学 39」筑摩書房 2009 （ちくま文
　　庫）p288

父と子 菅原繁蔵・寒川光太郎（安達徹）
　◇「山形県文学全集第2期（随筆・紀行編）6」郷土出版
　　社 2005 p15

父と子と精霊と（深澤夜）
　◇「怪集 蟲」竹書房 2009 （竹書房文庫）p153

父と子―ピーター・ブリューゲル殺人事件（深
　水黎一郎）
　◇「宝石ザミステリー 3」光文社 2013 p331

父と酒（家田満理）
　◇「ショートショートの広場 17」講談社 2005 （講
　　談社文庫）p90

父と卓球（佐中恭子）
　◇「Sports stories」埼玉県さいたま市 2009 （さい
　　たま市スポーツ文学賞受賞作品集）p341

父との会話（川口裕子）
　◇「たびだち―フェリシモしあわせショートショー
　　ト」フェリシモ 2000 p100

父と母と私（竹内智美）
　◇「つながり―フェリシモしあわせショートショー
　　ト」フェリシモ 1999 p93

父と娘の物語（勢川びき）
　◇「ショートショートの広場 13」講談社 2002 （講

談社文庫) p88

父、悩む (吉野あや)
◇「てのひら怪談―ビーケーワン怪談大賞傑作選 2」ポプラ社 2007 p170
◇「てのひら怪談―ビーケーワン怪談大賞傑作選 己丑」ポプラ社 2009 (ポプラ文庫) p128

父似 (上山茂子)
◇「ハンセン病文学全集 9」皓星社 2010 p215

父に見えるもの (石川彦士)
◇「てのひら怪談―ビーケーワン怪談大賞傑作選 庚寅」ポプラ社 2010 (ポプラ文庫) p136

父、猫を飼う (源祥子)
◇「お母さんのなみだ」泰文堂 2016 (リンダパブリッシャーズの本) p28

父の遺産 (甲斐八郎)
◇「ハンセン病文学全集 4」皓星社 2003 p595

父の教え給いし歌 (服部公一)
◇「山形県文学全集第1期 (小説編) 6」郷土出版社 2004 p11

父の怪談 (岡本綺堂)
◇「文豪怪談傑作選 特別編」筑摩書房 2008 (ちくま文庫) p114

父の怪談 (須藤文音)
◇「渚にて―あの日からの〈みちのく怪談〉」荒蝦夷 2016 p142

父の結婚 (田中哲)
◇「山形県文学全集第2期 (随筆・紀行編) 5」郷土出版社 2005 p74

父の恋人 (内海隆一郎)
◇「短篇ベストコレクション―現代の小説 2002」徳間書店 2002 (徳間文庫) p219

父の恋人 (竹河聖)
◇「京都宵」光文社 2008 (光文社文庫) p315

父の再婚 (幸田文)
◇「ちくま日本文学 5」筑摩書房 2007 (ちくま文庫) p321

父の死まで (伊藤整)
◇「戦後短篇小説選―『世界』1946-1999 2」岩波書店 2000 p199

父の就職 (我妻俊樹)
◇「てのひら怪談―ビーケーワン怪談大賞傑作選 百怪繚乱篇」ポプラ社 2008 p58
◇「てのひら怪談―ビーケーワン怪談大賞傑作選 己丑」ポプラ社 2009 (ポプラ文庫) p124

父の正月 (甲木千絵)
◇「母のなみだ・ひまわり―愛しき家族を想う短篇小説集」泰文堂 2013 (リンダブックス) p129

父の心配 (姜相鎬)
◇「近代朝鮮文学日本語作品集1901〜1938 創作篇 1」緑蔭書房 2004 p221

父の推理小説 (田中悦朗)
◇「ショートショートの広場 20」講談社 2008 (講談社文庫) p31

父のスピーチ (喜多喜久)
◇「10分間ミステリー」宝島社 2012 (宝島社文庫) p307

◇「5分で泣ける！ 胸がいっぱいになる物語」宝島社 2015 (宝島社文庫) p87
◇「10分間ミステリー THE BEST」宝島社 2016 (宝島社文庫) p61

父の背中 (木村恵理香)
◇「ゆきのまち幻想文学賞・小品集 9」企画集団ぶりずむ 2000 p62

父の背中 (野坂律子)
◇「少年のなみだ」泰文堂 2014 (リンダブックス) p93

父の背中―会社社長編 (作者不詳)
◇「心に火を。」廣済堂出版 2014 p47

父の葬式 (天祢涼)
◇「ザ・ベストミステリーズ―推理小説年鑑 2013」講談社 2013 p9
◇「Esprit機知と企みの競演」講談社 2016 (講談社文庫) p177

父の朝鮮語 (李正子)
◇「〈在日〉文学全集 17」勉誠出版 2006 p269

父の手 (石田衣良)
◇「短篇ベストコレクション―現代の小説 2006」徳間書店 2006 (徳間文庫) p167

乳の匂い (加能作次郎)
◇「京都府文学全集第1期 (小説編) 2」郷土出版社 2005 p245

父の匂い (常盤新平)
◇「誘惑の香り」講談社 1999 (講談社文庫) p7

父の納骨 (一九五二年)―ライ園の納骨堂をかりて父の母を納む (金夏日)
◇「〈在日〉文学全集 17」勉誠出版 2006 p185

父の話 (長島槙子)
◇「女たちの怪談百物語」メディアファクトリー 2010 (幽books) p141
◇「女たちの怪談百物語」KADOKAWA 2014 (角川ホラー文庫) p145

父の日の金目鯛 (渡会三郎)
◇「「伊豆文学賞」優秀作品集 第17回」羽衣出版 2014 p219

父の分骨 (欅館弘二)
◇「扉の向こうへ」全作家協会 2014 (全作家短編集) p64

父の帽子 (森茉莉)
◇「芸術家」国書刊行会 1998 (書物の王国) p185

父の幻 (平瀬誠一)
◇「時代の波音―民主文学短編小説集1995年〜2004年」日本民主主義文学会 2005 p251

父の指輪 (荒城美鉾)
◇「かわいい―第16回フェリシモ文学賞優秀作品集」フェリシモ 2013 p94

父の列車 (吉村康)
◇「教科書に載った小説」ポプラ社 2008 p119
◇「教科書に載った小説」ポプラ社 2012 (ポプラ文庫) p107

父の詫び状 (向田邦子)
◇「精選女性随筆集 11」文藝春秋 2012 p90

ちちは

父母（ちちはは）… → "ふぼ…"を見よ

ちちははの冬（李正子）
　◇「〈在日〉文学全集 17」勉誠出版 2006 p230

父はおん身を子としたるを誇りとす≫菊池英
　樹・瑠美子・ナナ子（菊池寛）
　◇「日本人の手紙 8」リブリオ出版 2004 p28

チチンデラ ヤパナ（安部公房）
　◇「新編・日本幻想文学集成 1」国書刊行会 2016
　　p94

ちっちゃなかみさん（平岩弓枝）
　◇「八百八町春爛漫」光風社出版 1998（光風社文
　　庫）p171
　◇「歴史小説の世紀 地の巻」新潮社 2000（新潮文
　　庫）p625
　◇「感涙一人情時代小説傑作選」ベストセラーズ
　　2004（ベスト時代文庫）p235

『七娘媽生（ちつにうまあしい）』（黄氏鳳姿）
　◇「〈外地〉の日本語文学選 1」新宿書房 1996 p116

地底湖の怪魚（田中文雄）
　◇「秘神界 現代編」東京創元社 2002（創元推理文
　　庫）p301

地底超特急、北へ（樋口明雄）
　◇「SF宝石―すべて新作読み切り！ 2015」光文社
　　2015 p107

地底に咲く花（五條瑛）
　◇「紅迷宮―ミステリー・アンソロジー」祥伝社
　　2002（祥伝社文庫）p57
　◇「ザ・ベストミステリーズ―推理小説年鑑 2002」
　　講談社 2002 p269
　◇「零時の犯罪予報」講談社 2005（講談社文庫）
　　p119

地底の反戦歌（上野英信）
　◇「戦後文学エッセイ選 12」影書房 2006 p147

血天井（屋敷あずさ）
　◇「てのひら怪談―ビーケーワン怪談大賞傑作選 辛
　　卯」ポプラ社 2011（ポプラ文庫）p84

血と學生（村山知義）
　◇「新・プロレタリア文学精選集 16」ゆまに書房
　　2004 p279

血と砂（斎藤吉正）
　◇「宝塚バウホール公演脚本集―2001年4月―2001
　　年10月」阪急電鉄コミュニケーション事業部
　　2002 p80

血と肉の愛情（筒井康隆）
　◇「人肉嗜食」筑摩書房 2001（ちくま文庫）p229

血と骨（崔洋一、鄭義信）
　◇「年鑑代表シナリオ集 '04」シナリオ作家協会
　　2005 p175

血と麦（抄）（寺山修司）
　◇「ちくま日本文学 6」筑摩書房 2007（ちくま文
　　庫）p444

千鳥（鈴木三重吉）
　◇「奇妙な恋の物語」光文社 1998（光文社文庫）
　　p263

地に爪痕を残すもの（津田せつ子）
　◇「ハンセン病文学全集 4」皓星社 2003 p527

地には平和を（小松左京）
　◇「宇宙塵傑作選―日本SFの軌跡 2」出版芸術社
　　1997 p157

地には豊穣（長谷敏司）
　◇「ゼロ年代SF傑作選」早川書房 2010（ハヤカワ
　　文庫 JA）p249

血塗られていない赤文字（深緑野分）
　◇「謎の放課後―学校の七不思議」KADOKAWA
　　2015（角川文庫）p99

血塗りの呪法（野村敏雄）
　◇「怪奇・伝奇時代小説選集 12」春陽堂書店 2000
　　（春陽文庫）p2

地の愛（朱耀翰）
　◇「近代朝鮮文学日本語作品集1908〜1945 セレクショ
　　ン 4」緑蔭書房 2008 p35

血の汗流せ（田中啓文）
　◇「血の12幻想」エニックス 2000 p89

地の上（沖縄愛楽園愛楽短歌会）
　◇「ハンセン病文学全集 8」皓星社 2006 p337

血の儀式の再来（丁章）
　◇「〈在日〉文学全集 18」勉誠出版 2006 p408

血の季節―「第一部の続き」より（小泉喜美子）
　◇「十月のカーニヴァル」光文社 2000（カッパ・ノ
　　ベルス）p325

血の小姓（村山槐多）
　◇「美少年」国書刊行会 1997（書物の王国）p203

〈地の塩〉（李正子）
　◇「〈在日〉文学全集 17」勉誠出版 2006 p266

地の創（塚本邦雄）
　◇「新装版 全集現代文学の発見 13」學藝書林 2004
　　p578

地の底からトンチンカン（友成純一）
　◇「帰還」光文社 2000（光文社文庫）p29

地の底に響く風の唄（友野詳）
　◇「死者は弁明せず―ソード・ワールド短編集」富
　　士見書房 1997（富士見ファンタジア文庫）p89

地の底の哄笑（友成純一）
　◇「クトゥルー怪異録―邪神ホラー傑作集」学習研
　　究社 2000（学研M文庫）p215

地の底の笑い話（抄）（上野英信）
　◇「日本文学全集 27」河出書房新社 2017 p519

地の虫―北賀市市太郎伝（小橋博）
　◇「たそがれ江戸暮色」光文社 2014（光文社文庫）
　　p249

地の群れ（井上光晴）
　◇「新装版 全集現代文学の発見 2」學藝書林 2002
　　p385

血のロビンソン（渡辺啓助）
　◇「幻の探偵雑誌 4」光文社 2001（光文社文庫）
　　p43

千馬三郎兵衛（野村敏雄）
　◇「定本・忠臣蔵四十七人集」双葉社 1998 p26

千葉周作（長部日出雄）
　◇「人物日本剣豪伝 4」学陽書房 2001（人物文庫）
　　p69

ちやか

千葉周作（海音寺潮五郎）
◇「日本剣客伝 幕末篇」朝日新聞出版 2012（朝日
文庫）p167

千葉に入る（中野逍遙）
◇「新日本古典文学大系 明治篇 2」岩波書店 2004
p413

千葉のリゾートホテル（小島水青）
◇「男たちの怪談百物語」メディアファクトリー
2012（〔幽BOOKS〕）p66

千早館の迷路（海野十三）
◇「探偵くらぶ─探偵小説傑作選1946〜1958 中」光
文社 1997（カッパ・ノベルス）p55

池畔に立つ影（江藤伸吉）
◇「怪奇・伝奇時代小説選集 7」春陽堂書店 2000
（春陽文庫）p198

池畔の家（新田淳）
◇「日本統治期台湾文学集成 6」緑蔭書房 2002
p121

ちびへび（工藤直子）
◇「ファイン／キュート素敵かわいい作品選」筑摩
書房 2015（ちくま文庫）p24

乳房（伊集院静）
◇「文学賞受賞・名作集成 9」リブリオ出版 2004
p105

乳房（三浦哲郎）
◇「コレクション戦争と文学 15」集英社 2012 p126

乳房──一九六六（昭和四一）年五月（三浦哲郎）
◇「BUNGO─文豪短篇傑作選」角川書店 2012
（角川文庫）p267

乳房と蟬（申南澈）
◇「近代朝鮮文学日本語作品集1908〜1945 セレクショ
ン 4」緑蔭書房 2008 p178

乳房に猫はなぜ眠る（川島郁夫）
◇「猫のミステリー」河出書房新社 1999（河出文
庫）p35

乳房のない女（金石範）
◇「コレクション戦争と文学 12」集英社 2013 p663

チープ・トリック（西澤保彦）
◇「密室殺人大百科 下」原書房 2000 p365

地平線（金時鐘）
◇「〈在日〉文学全集 5」勉誠出版 2006 p77

地方に居て試みた民俗研究の方法（折口信夫）
◇「ちくま日本文学 25」筑摩書房 2008（ちくま文
庫）p423

痴呆の如く（志樹逸馬）
◇「ハンセン病文学全集 7」皓星社 2004 p325

智謀の人 黒田如水（池波正太郎）
◇「関ケ原・運命を分けた決断─傑作時代小説」
PHP研究所 2007（PHP文庫）p237
◇「黒田官兵衛一小説集」作品社 2013 p303

地方の風俗人情（正岡子規）
◇「新日本古典文学大系 明治編 27」岩波書店 2003
p161

街（ちまた）に躍りて（李壽昌）
◇「近代朝鮮文学日本語作品集1901〜1938 評論・随筆

篇 2」緑蔭書房 2004 p191

チマ・チョゴリ（庾妙達）
◇「〈在日〉文学全集 18」勉誠出版 2006 p88

ちまみれ家族（津原泰水）
◇「血の12幻想」エニックス 2000 p329

血塗れ看護婦（友成純一）
◇「怪物團」光文社 2009（光文社文庫）p481

血みどろ絵金（榎本滋民）
◇「衝撃を受けた時代小説傑作選」文藝春秋 2011
（文春文庫）p109

魑魅魍魎（杉上玄一郎）
◇「魑魅魍魎列島」小学館 2005（小学館文庫）p39
◇「みちのく怪談名作選 vol.1」荒蝦夷 2010（叢書
東北の声）p37

地脈（崔貞煕著、李蒙雄譯）
◇「近代朝鮮文学日本語作品集1939〜1945 創作篇 3」
緑蔭書房 2001 p7

チームF（あさのあつこ）
◇「風色デイズ」角川春樹事務所 2012（ハルキ文
庫）p211

地名論（大岡信）
◇「日本文学全集 29」河出書房新社 2016 p65

ちゃあちゃん（林知佐子）
◇「現代作家代表作選集 7」鼎書房 2014 p57

ちゃあちゃんの木（半村良）
◇「ファンタジー」リブリオ出版 2001（怪奇・ホ
ラーワールド）p73

チヤアリイ・チヤツプリン（尾崎翠）
◇「ちくま日本文学 4」筑摩書房 2007（ちくま文
庫）p441

チャイナタウン・ブルース（生島治郎）
◇「影」文藝春秋 2003（推理作家になりたくて マ
イベストミステリー）p112
◇「マイ・ベスト・ミステリー 2」文藝春秋 2007
（文春文庫）p170

チャイナ・ファンタジー（南伸坊）
◇「謎のギャラリー特別室 1」マガジンハウス 1998
p91
◇「謎のギャラリー──こわい部屋」新潮社 2002（新
潮文庫）p9
◇「こわい部屋」筑摩書房 2012（ちくま文庫）p9

茶色い部屋の謎（清水義範）
◇「犯人は秘かに笑う─ユーモアミステリー傑作選」
光文社 2007（光文社文庫）p365

茶色ではない色（辻堂ゆめ）
◇「10分間ミステリー THE BEST」宝島社 2016
（宝島社文庫）p517

茶色の小壜（恩田陸）
◇「血の12幻想」エニックス 2000 p305

茶臼山（鄭仁）
◇「〈在日〉文学全集 17」勉誠出版 2006 p157

茶王一代記（田中芳樹）
◇「異色中国短篇傑作大全」講談社 1997 p139

茶粥の記（矢田津世子）
◇「日本文学100年の名作 3」新潮社 2014（新潮文

作品名から引ける日本文学全集案内 第III期 　497

ちやき

庫）p447
◇「味覚小説名作集」光文社 2016（光文社文庫）
p39

茶巾（戸部新十郎）
◇「代表作時代小説 平成13年度」光風社出版 2001
p203

茶巾たまご（畠中恵）
◇「撫子が斬る―女性作家捕物帳アンソロジー」光
文社 2005（光文社文庫）p329
◇「江戸の名探偵―時代推理傑作選」徳間書店 2009
（徳間文庫）p93

着信（中村文則）
◇「空を飛ぶ恋―ケータイがつなぐ28の物語」新潮
社 2006（新潮文庫）p166

着服スル根性ニアラザル也≫多田基（内田百
間）
◇「日本人の手紙 2」リブリオ出版 2004 p79

着メロ（間岩男）
◇「ショートショートの花束 2」講談社 2010（講
談社文庫）p220

チャコの怪物物語（平山夢明）
◇「短篇ベストコレクション―現代の小説 2007」徳
間書店 2007（徳間文庫）p399

チャチャの収穫（青木和）
◇「玩具館」光文社 2001（光文社文庫）p107

ちゃーちゃん（乾ルカ）
◇「暗闇を見よ」光文社 2010（Kappa novels）p73
◇「暗闇を見よ」光文社 2015（光文社文庫）p95

ちゃった（作者表記なし）
◇「成城・学校劇脚本集」成城学園初等学校出版部
2002（成城学園初等学校研究双書）p273

チャット（清水晋）
◇「ショートショートの広場 18」講談社 2006（講
談社文庫）p167

チャットにはまる（島崎一裕）
◇「ショートショートの広場 16」講談社 2005（講
談社文庫）p50

チャップリンの幽霊（西秋生）
◇「ひとにぎりの異形」光文社 2007（光文社文庫）
p241

チヤの遺品（平金魚）
◇「てのひら怪談―ビーケーワン怪談大賞傑作選 辛
卯」ポプラ社 2011（ポプラ文庫）p10

茶の痕跡（北村薫）
◇「短篇ベストコレクション―現代の小説 2016」徳
間書店 2016（徳間文庫）p201

茶の葉とブロッコリー（北上秋彦）
◇「ザ・ベストミステリーズ―推理小説年鑑 2000」
講談社 2000 p471
◇「嘘つきは殺人のはじまり」講談社 2003（講談社
文庫）p213

茶の湯（正岡子規）
◇「新日本古典文学大系 明治編 27」岩波書店 2003
p364

チャプスイ（南條竹則）
◇「夏のグランドホテル」光文社 2003（光文社文

庫）p409

ちゃぶ台の詩（石原哲也）
◇「高校演劇Selection 2002 下」晩成書房 2002
p107

ちゃぶちゃぷ（根多加良）
◇「超短編の世界 vol.3」創英社 2011 p66

チャボと湖（丸山健二）
◇「戦後短篇小説再発見 14」講談社 2003（講談社
文芸文庫）p155

チャーリーの受難（皆川博子）
◇「代表作時代小説 平成24年度」光文社 2012 p309

チャルメラの音が（森真沙子）
◇「文藝百物語」ぶんか社 1997 p19

茶碗（吉屋信子）
◇「文豪怪談傑作選 吉屋信子集」筑摩書房 2006
（ちくま文庫）p105

茶わんのなか（小泉八雲）
◇「謎の物語」筑摩書房 2012（ちくま文庫）p215

茶碗の中（小泉八雲）
◇「奇譚カーニバル」集英社 2000（集英社文庫）p9

茶碗の中（小泉八雲著、平井呈一訳）
◇「日本怪奇小説傑作集 1」東京創元社 2005（創
元推理文庫）p13

纏足（チャンズゥ）の頃（石塚喜久三）
◇「〈外地〉の日本語文学選 2」新宿書房 1996 p254

ちゃんちゃんこユキダルマ（かわいあきよし）
◇「ゆきのまち幻想文学賞・小品集 15」企画集団ぷ
りずむ 2006 p169

チャンナン（今野敏）
◇「SF JACK」角川書店 2013 p115
◇「SF JACK」KADOKAWA 2016（角川文庫）
p129

ちゃんばらテッチャン（湯菜岸時也）
◇「てのひら怪談―ビーケーワン怪談大賞傑作選 辛
卯」ポプラ社 2011（ポプラ文庫）p212

チャンピオン（井上靖）
◇「時よとまれ、君は美しい―スポーツ小説名作集」
角川書店 2007（角川文庫）p143

張赫宙氏へ―朝鮮の一知識人として（玄民）
◇「近代朝鮮文学日本語作品集1939〜1945 評論・随筆
篇 1」緑蔭書房 2002 p29

長興（チャンフン）（金太中）
◇「〈在日〉文学全集 18」勉誠出版 2006 p115

注意書き（森江賢二）
◇「ショートショートの花束 2」講談社 2010（講
談社文庫）p157

中有駅前商店街にて（立花腑楽）
◇「てのひら怪談―ビーケーワン怪談大賞傑作選 百
怪繚乱篇」ポプラ社 2008 p108

中央高地（宮内寒弥）
◇「〈外地〉の日本語文学選 2」新宿書房 1996 p11

中央線の駅（伊藤三巳華）
◇「女たちの怪談百物語」メディアファクトリー
2010（〔幽〕books）p93
◇「女たちの怪談百物語」KADOKAWA 2014（角

川ホラー文庫）p98

宙を彷徨う魂（玉木重信）
◇「怪奇・伝奇時代小説選集 12」春陽堂書店 2000（春陽文庫）p126

中学の校庭（萩原朔太郎）
◇「ちくま日本文学 36」筑摩書房 2009（ちくま文庫）p35

「忠君愛国」の疑問（木下尚江）
◇「明治の文学 18」筑摩書房 2002 p387

虫穴（斎藤肇）
◇「悪夢が嗤う瞬間」勁文社 1997（ケイブンシャ文庫）p80

忠告（恩田陸）
◇「虚構機関―年刊日本SF傑作選」東京創元社 2008（創元SF文庫）p255

忠告（みきはうす店主）
◇「超短編傑作選 v.6」創英社 2007 p64

中国蝸牛の謎（法月綸太郎）
◇「ザ・ベストミステリーズ―推理小説年鑑 2001」講談社 2001 p227
◇「本格ミステリ 2001」講談社 2001（講談社ノベルス）p397
◇「殺人作法」講談社 2004（講談社文庫）p125
◇「透明な貴婦人の謎―本格短編ベスト・セレクション」講談社 2005（講談社文庫）p227

中国人の恋人（柴田翔）
◇「恋愛小説・名作集成 3」リブリオ出版 2004 p132

中国での話（立原透耶）
◇「女たちの怪談百物語」メディアファクトリー 2010（〔幽books〕）p199
◇「女たちの怪談百物語」KADOKAWA 2014（角川ホラー文庫）p204

中国と私（竹内好）
◇「戦後文学エッセイ選 4」影書房 2005 p197

中国の小説と日本の小説（武田泰淳）
◇「戦後文学エッセイ選 5」影書房 2006 p66

中国の箱の謎（鷹城宏）
◇「本格ミステリ 2002」講談社 2002（講談社ノベルス）p665
◇「天使と傀儡の密室―本格短編ベスト・セレクション」講談社 2005（講談社文庫）p479

中国美人（加藤昌美）
◇「ショートショートの花束 6」講談社 2014（講談社文庫）p62

「中国文学」と「近代文学」の不可思議な交流（武田泰淳）
◇「戦後文学エッセイ選 5」影書房 2006 p221

中国文学の政治性（竹内好）
◇「戦後文学エッセイ選 4」影書房 2005 p70

中古獣カラゴラン（雀野日名子）
◇「怪獣文藝―バートカラー」メディアファクトリー 2013（〔幽BOOKS〕）p203

中古レコード（中島たい子）
◇「SF宝石―ぜーんぶ！ 新作読み切り」光文社 2013 p257

忠実なペット（葦原埼貴）
◇「リトル・リトル・クトゥルー―史上最小の神話小説集」学習研究社 2009 p20

駐車違反（須山研児）
◇「ショートショートの花束 1」講談社 2009（講談社文庫）p199

駐車場（千葉）
◇「てのひら怪談―ビーケーワン怪談大賞傑作選 壬辰」ポプラ社 2012（ポプラ文庫）p96

駐車場事件（都筑道夫）
◇「あなたが名探偵」講談社 1998（講談社文庫）p89

仲秋十五日（滝口康彦）
◇「武士道」小学館 2007（小学館文庫）p109

中秋風雨（成島柳北）
◇「新日本古典文学大系 明治編 2」岩波書店 2004 p221

抽象の城（村野四郎）
◇「新装版 全集現代文学の発見 13」學藝書林 2004 p246

蟲臣蔵（山田風太郎）
◇「我、本懐を遂げんとす―忠臣蔵傑作選」徳間書店 1998（徳間文庫）p71
◇「復讐」国書刊行会 2000（書物の王国）p141

忠臣蔵異聞・討ち入り前夜（松本喜久夫）
◇「ドラマの森 2009」西日本劇作家の会 2008（西日本戯曲選集）p141

忠臣蔵の密室（田中啓文）
◇「密室と奇蹟―J.D.カー生誕百周年記念アンソロジー」東京創元社 2006 p85
◇「本格ミステリー二〇〇七年本格短編ベスト・セレクション 07」講談社 2007（講談社ノベルス）p253
◇「法廷ジャックの心理学―本格短編ベスト・セレクション」講談社 2011（講談社文庫）p391

忠臣蔵役割（正岡子規）
◇「新日本古典文学大系 明治編 27」岩波書店 2003 p78

中世（三島由紀夫）
◇「ちくま日本文学 10」筑摩書房 2008（ちくま文庫）p25

中世に於ける一殺人常習者の遺せる哲学的日記の抜萃（三島由紀夫）
◇「悪いやつらの物語」筑摩書房 2011（ちくま文学の森）p247

鋳像（タタツシンイチ）
◇「物語のルミナリエ」光文社 2011（光文社文庫）p81

中途半端な街（原田宗典）
◇「街の物語」角川書店 2001（New History）p99

駐屯軍演芸大会（長谷川四郎）
◇「日本文学全集 27」河出書房新社 2017 p25

宙におどる巻物―『法験記』巻上より（澁澤龍彦）
◇「文豪てのひら怪談」ポプラ社 2009（ポプラ文庫）p88

ちゅう

中二階な人々（阿藤智恵）
- ◇「新鋭劇作集 series 15」日本劇団協議会 2004 p5

中二ですから（谷春慶）
- ◇「5分で読める！ ひと駅ストーリー 夏の記憶東口編」宝島社 2013（宝島社文庫）p121

中年男のシックな自炊生活とは（開高健）
- ◇「たんときれいに召し上がれ―美食文学精選」芸術新聞社 2015 p17

宙ぶらん（伊集院静）
- ◇「短篇ベストコレクション―現代の小説 2000」徳間書店 2000 p21

虫文（牧野修）
- ◇「蚊―コレクション」メディアワークス 2002（電撃文庫）p123

中篇 アセトン・シアン・ヒドリン（高木彬光）
- ◇「甦る推理雑誌」光文社 2003（光文社文庫）p336

注文の多い料理店（十河慶子）
- ◇「小学校たのしい劇の本―英語劇付 中学年」国土社 2007 p22

注文の多い料理店（宮沢賢治）
- ◇「ちくま日本文学 3」筑摩書房 2007（ちくま文庫）p203
- ◇「二時間目国語」宝島社 2008（宝島社文庫）p39
- ◇「ひつじアンソロジー 小説編 2」ひつじ書房 2009 p58
- ◇「もう一度読みたい教科書の泣ける名作」学研教育出版 2013 p21

注文の多い料理店――一九二一（大正一〇）年一一月（宮沢賢治）
- ◇「BUNGO―文豪短篇傑作選」角川書店 2012（角川文庫）p95

『注文の多い料理店』序／注文の多い料理店（宮沢賢治）
- ◇「近代童話（メルヘン）と賢治」おうふう 2014 p121

忠勇の一滴を召せ（古城珠江）
- ◇「近代朝鮮文学日本語作品集1908～1945 セレクション 6」緑蔭書房 2008 p234

朱乙素描（李孝石）
- ◇「近代朝鮮文学日本語作品集1939～1945 評論・随筆篇 3」緑蔭書房 2002 p117

九連宝燈（清水一行）
- ◇「牌がささやく―麻雀小説傑作選」徳間書店 2002（徳間文庫）p355

チューブ・ライディングの長い夜（北代司）
- ◇「Sports stories」埼玉県さいたま市 2009（さいたま市スポーツ文学賞受賞作品集）p259

チュムイ 巾着（庾妙達）
- ◇「〈在日〉文学全集 18」勉誠出版 2006 p60

ちゅらさん―第1週「美ら海の約束」（岡田惠和）
- ◇「テレビドラマ代表作選集 2002年版」日本脚本家連盟 2002 p183

チューリップ・チューリップ（筒井康隆）
- ◇「ドッペルゲンガー奇譚集―死を招く影」角川書店 1998（角川ホラー文庫）p73

ちよ（川端康成）
- ◇「文豪怪談傑作選 川端康成集」筑摩書房 2006（ちくま文庫）p41

一寸怪（ちょいとあやし）（泉鏡花）
- ◇「文豪怪談傑作選 特別編」筑摩書房 2007（ちくま文庫）p65

チョイと出float4人組（色川武大）
- ◇「ちくま日本文学 30」筑摩書房 2008（ちくま文庫）p160

兆（小林泰三）
- ◇「ゆがんだ闇」角川書店 1998（角川ホラー文庫）p159

蝶（石川桂郎）
- ◇「文士の意地―車谷長吉撰短篇小説輯 下巻」作品社 2005 p122

蝶（須月研児）
- ◇「ショートショートの広場 15」講談社 2004（講談社文庫）p38

蝶（秦恒平）
- ◇「文豪てのひら怪談」ポプラ社 2009（ポプラ文庫）p16

蝶（春名トモコ）
- ◇「超短編の世界」創英社 2008 p80

蝶（韓億洙）
- ◇「ハンセン病文学全集 7」皓星社 2004 p548

蝶（古沢良一）
- ◇「中学生のドラマ 2」晩成書房 1996 p157

蝶（正岡子規）
- ◇「ちくま日本文学 40」筑摩書房 2009（ちくま文庫）p47
- ◇「いきものがたり」双文社出版 2013 p7

蝶（兪鎭午）
- ◇「近代朝鮮文学日本語作品集1939～1945 創作篇 2」緑蔭書房 2001 p291

超動く家にて（宮内悠介）
- ◇「拡張幻想」東京創元社 2012（創元SF文庫）p273

鳥雲（黒田広一郎）
- ◇「てのひら怪談―ビーケーワン怪談大賞傑作選 2」ポプラ社 2007 p148
- ◇「てのひら怪談―ビーケーワン怪談大賞傑作選 己丑」ポプラ社 2009（ポプラ文庫）p136

鳥雲に（倉阪鬼一郎）
- ◇「本格ミステリ 2002」講談社 2002（講談社ノベルス）p129
- ◇「死神と雷鳴の暗号―本格短編ベスト・セレクション」講談社 2006（講談社文庫）p197

超越数トッカータ（杉井光）
- ◇「ザ・ベストミステリーズ―推理小説年鑑 2012」講談社 2012 p77
- ◇「Junction運命の分岐点」講談社 2015（講談社文庫）p151

蝶を食った男の話（三川祐）
- ◇「ひとにぎりの異形」光文社 2007（光文社文庫）p448

超遅咲きDJの華麗なるセットリスト全史（山

内マリコ)
◇「ラブソングに飽きたら」幻冬舎 2015 （幻冬舎文庫） p85

蝶をちぎった男の話 (福田章二)
◇「戦後短篇小説再発見 12」講談社 2003 （講談社文芸文庫） p114

潮音 (田中芳樹)
◇「黄土の群星」光文社 1999 （光文社文庫） p323

弔歌 (丸山薫)
◇「新装版 全集現代文学の発見 13」學藝書林 2004 p113

鳥海 (矢島忠)
◇「ハンセン病文学全集 8」皓星社 2006 p491

丁亥元旦、鳴門観潮歌 丁亥 (森春濤)
◇「新日本古典文学大系 明治編 2」岩波書店 2004 p107

鳥海山紀行 (高山樗牛)
◇「山形県文学全集第2期(随筆・紀行編) 1」郷土出版社 2005 p33

鳥海山物語 (杉村顕道)
◇「みちのく怪談名作選 vol.1」荒蝦夷 2010 （叢書東北の声） p3C1

嘲戒小説天狗 (山田美妙)
◇「新日本古典文学大系 明治編 21」岩波書店 2005 p99

長歌 指導と忍従 (寺山修司)
◇「新装版 全集現代文学の発見 15」學藝書林 2005 p503

長歌 修羅、わが愛 (寺山修司)
◇「新装版 全集現代文学の発見 15」學藝書林 2005 p509

鳥瞰図 (阿刀田高)
◇「金沢にて」双葉社 2015 （双葉文庫） p5

鳥瞰図 (李箱)
◇「〈外地〉の日本語文学選 3」新宿書房 1996 p87

鳥瞰圖 (金海卿)
◇「近代朝鮮文学日本語作品集1908〜1945 セレクション 4」緑蔭書房 2008 p275

超γ線とQ家 (南沢十七)
◇「懐かしい未来—甦る明治・大正・昭和の未来小説」中央公論新社 2001 p76

寵姫 (永井路子)
◇「剣鬼らの饗宴」光風社出版 1998 （光風社文庫） p181

趙姫 (塚本青史)
◇「黄土の虹—チャイナ・ストーリーズ」祥伝社 2000 p63

調教 (汲田誠司)
◇「ショートショートの広場 16」講談社 2005 （講談社文庫） p135

超強力磁石 (穂村弘)
◇「文豪てのひら怪談」ポプラ社 2009 （ポプラ文庫） p200

長距離トラック (宇佐美まこと)
◇「女たちの怪談百物語」メディアファクトリー 2010 （〔幽books〕） p158

◇「女たちの怪談百物語」KADOKAWA 2014 （角川ホラー文庫） p162

チョウクライロ舞〈鳥海山〉(高橋富雄)
◇「山形県文学全集第2期(随筆・紀行編) 5」郷土出版社 2005 p398

超現実な彼女―代書屋ミクラの初仕事 すべてがなぞでいみふめい―超純情な青年の唄 (松崎有理)
◇「NOVA―書き下ろし日本SFコレクション 6」河出書房新社 2011 （河出文庫） p135

超限探偵Σ (小林泰三)
◇「SFバカ本 天然パラダイス篇」メディアファクトリー 2001 p211

超高層ホテル爆破計画 (西村京太郎)
◇「煌めきの殺意」徳間書店 1999 （徳間文庫） p547

澄江堂河童談義 (稲垣足穂)
◇「戦後短篇小説再発見 10」講談社 2002 （講談社文芸文庫） p26

朝光の島 (松浦篤男)
◇「ハンセン病文学全集 8」皓星社 2006 p486

張紅倫 (新美南吉)
◇「コレクション戦争と文学 6」集英社 2011 p247

彫刻する人 (乃南アサ)
◇「冒険の森へ—傑作小説大全 11」集英社 2015 p92

彫刻の森へ (照屋洋)
◇「中学生のドラマ 8」晩成書房 2010 p117

鳥妻の章 (畠山拓)
◇「全作家短編小説集 9」全作家協会 2010 p201

嘲斎坊とは誰ぞ (小田武雄)
◇「ひらめく秘太刀」光風社出版 1998 （光風社文庫） p199
◇「江戸の爆笑力―時代小説傑作選」集英社 2004 （集英社文庫） p23

調査員 (美田羅堂)
◇「ショートショートの広場 11」講談社 2000 （講談社文庫） p102

チョウザメ (南條竹則)
◇「たんときれいに召し上がれ―美食文学精選」芸術新聞社 2015 p233

朝餐 (鄭芝溶)
◇「近代朝鮮文学日本語作品集1939〜1945 創作篇 6」緑蔭書房 2001 p160

長山串 (第一回〜第五回) (姜敬愛)
◇「近代朝鮮文学日本語作品集1901〜1938 創作篇 4」緑蔭書房 2004 p129

超自傷行為 (そうざ)
◇「忘れがたい者たち―ライトノベル・ジュブナイル選集」創英社 2007 p107

超自然におけるラヴクラフト (朝松健)
◇「魔術師」角川書店 2001 （角川ホラー文庫） p27

長詩 大震災 (盧進容)
◇「〈在日〉文学全集 18」勉誠出版 2006 p218

長市の祭 (深澤夜)

ちよう

◇「恐怖箱 遺伝記」竹書房 2008（竹書房文庫）p138

調子はずれ（城山三郎）
◇「戦後短篇小説再発見 17」講談社 2003（講談社文芸文庫）p124

丁字饅頭（木山省二）
◇「立川文学 5」けやき出版 2015 p123

長者（田中貢太郎）
◇「怪奇・伝奇時代小説選集 15」春陽堂書店 2000（春陽文庫）p126

長寿（KAYA）
◇「ショートショートの広場 13」講談社 2002（講談社文庫）p149

鳥獣戯話（花田清輝）
◇「新装版 全集現代文学の発見 6」學藝書林 2003 p460

長州シックス夢をかなえた白熊（荒山徹）
◇「代表作時代小説 平成25年度」光文社 2013 p327
◇「志士─吉田松陰アンソロジー」新潮社 2014（新潮文庫）p135

鳥獣虫魚（吉行淳之介）
◇「わかれの船─Anthology」光文社 1998 p76
◇「影」文藝春秋 2003（推理作家になりたくて マイベストミステリー）p154
◇「マイ・ベスト・ミステリー 2」文藝春秋 2007（文春文庫）p231
◇「日本文学全集 27」河出書房新社 2017 p349

長州追討及び高杉胆略の事（作者表記なし）
◇「新日本古典文学大系 明治編 13」岩波書店 2007 p91

鳥獣の宿（長島槇子）
◇「女たちの怪談百物語」メディアファクトリー 2010（〔幽books〕）p283
◇「女たちの怪談百物語」KADOKAWA 2014（角川ホラー文庫）p292

鳥獣剥製所──報告書（富永太郎）
◇「新装版 全集現代文学の発見 13」學藝書林 2004 p181

長壽山（鄭芝溶）
◇「近代朝鮮文学日本語作品集1939〜1945 創作篇 6」緑蔭書房 2001 p170

長春香（内田百閒）
◇「ちくま日本文学 1」筑摩書房 2007（ちくま文庫）p165
◇「文豪怪談傑作選 大正篇」筑摩書房 2011（ちくま文庫）p311

嘲笑（安曇潤平）
◇「男たちの怪談百物語」メディアファクトリー 2012（〔幽BOOKS〕）p150

長城のかげ（宮城谷昌光）
◇「鎮守の森に鬼が棲む─時代小説傑作選」講談社 2001（講談社文庫）p49

帳尻（貫井徳郎）
◇「9の扉─リレー短編集」マガジンハウス 2009 p171
◇「9の扉」KADOKAWA 2013（角川文庫）p163

鳥人大系─偽鳥人大系（唐沢なを虫）
◇「手塚治虫COVER エロス篇」徳間書店 2003（徳間デュアル文庫）p281

鳥人伝（新田次郎）
◇「冒険の森へ─傑作小説大全 13」集英社 2016 p146

長人東軍を逐ふて石州を略取する事（作者表記なし）
◇「新日本古典文学大系 明治編 13」岩波書店 2007 p144

超人の代償（高井信）
◇「SFバカ本 宇宙チャーハン篇」メディアファクトリー 2000 p243

腸詰小僧（曽根圭介）
◇「宝石ザミステリー 2」光文社 2012 p417

釣聖（蒔田淳一）
◇「「伊豆文学賞」優秀作品集 第11回」静岡新聞社 2008 p3

超正義の人（大垣ヤスシ）
◇「高校演劇Selection 2005 下」晩成書房 2007 p153

朝生夕死を永遠に…（作者表記なし）
◇「近代朝鮮文学日本語作品集1901〜1938 評論・随筆篇 3」緑蔭書房 2004 p183

科学小説 長生不老（葉歩月）
◇「日本統治期台湾文学集成 19」緑蔭書房 2003 p7

チョウセンアサガオの咲く夏（柚月裕子）
◇「5分で読める！ ひと駅ストーリー 夏の記憶東口編」宝島社 2013（宝島社文庫）p11
◇「5分で凍る！ ぞっとする怖い話」宝島社 2015（宝島社文庫）p19
◇「5分で驚く！ どんでん返しの物語」宝島社 2016（宝島社文庫）p173

朝鮮韻文の形態（趙潤濟）
◇「近代朝鮮文学日本語作品集1908〜1945 セレクション 5」緑蔭書房 2008 p329

朝鮮畫噂話（安碩柱）
◇「近代朝鮮文学日本語作品集1901〜1938 評論・随筆篇 2」緑蔭書房 2004 p63

朝鮮映画への不満と期待（劉影三）
◇「近代朝鮮文学日本語作品集1908〜1945 セレクション 3」緑蔭書房 2008 p145

朝鮮映畫、演劇における國語使用の問題（咸大勳）
◇「近代朝鮮文学日本語作品集1939〜1945 評論・随筆篇 1」緑蔭書房 2002 p299

朝鮮映畫製作の實際①②（金萬益）
◇「近代朝鮮文学日本語作品集1901〜1938 評論・随筆篇 1」緑蔭書房 2004 p375

朝鮮映畫の一般的課題（呉泳鎭）
◇「近代朝鮮文学日本語作品集1939〜1945 評論・随筆篇 1」緑蔭書房 2002 p315

朝鮮映畫の現状─今日及び明日の問題（羅雄）
◇「近代朝鮮文学日本語作品集1901〜1938 評論・随筆篇 2」緑蔭書房 2004 p109

朝鮮映畫の諸傾向に就いて（林和）

ちょう

◇「近代朝鮮文学日本語作品集1901〜1938 評論・随筆篇 1」緑蔭書房 2004 p197

朝鮮演劇の今昔 一演出家としての回顧と待望① ②（洪海星）
　◇「近代朝鮮文学日本語作品集1901〜1938 評論・随筆篇 1」緑蔭書房 2004 p403

朝鮮を描け！（金斗鎔）
　◇「近代朝鮮文学日本語作品集1901〜1938 評論・随筆篇 2」緑蔭書房 2004 p233

朝鮮海峡（許南麒）
　◇「〈在日〉文学全集 2」勉誠出版 2006 p233
　◇「〈在日〉文学全集 2」勉誠出版 2006 p260

朝鮮歌曲鈔（朱耀翰）
　◇「近代朝鮮文学日本語作品集1908〜1945 セレクション 4」緑蔭書房 2008 p69

朝鮮學生事件（李生）
　◇「近代朝鮮文学日本語作品集1901〜1938 評論・随筆篇 3」緑蔭書房 2004 p227

朝鮮火田民の生活（鄭人澤）
　◇「近代朝鮮文学日本語作品集1901〜1938 評論・随筆篇 3」緑蔭書房 2004 p277

朝鮮歌謠の史的考察（李源圭）
　◇「近代朝鮮文学日本語作品集1908〜1945 セレクション 5」緑蔭書房 2008 p254

朝鮮歌謠の史的考察と此に現れたる時代色と地方色（李源圭）
　◇「近代朝鮮文学日本語作品集1908〜1945 セレクション 5」緑蔭書房 2008 p245
　◇「近代朝鮮文学日本語作品集1908〜1945 セレクション 5」緑蔭書房 2008 p249

朝鮮から（金××）
　◇「近代朝鮮文学日本語作品集1901〜1938 評論・随筆篇 3」緑蔭書房 2004 p271
　◇「近代朝鮮文学日本語作品集1908〜1945 セレクション 6」緑蔭書房 2008 p315

朝鮮から（閔生）
　◇「近代朝鮮文学日本語作品集1901〜1938 評論・随筆篇 3」緑蔭書房 2004 p237

朝鮮からのたより（全高麗）
　◇「近代朝鮮文学日本語作品集1901〜1938 評論・随筆篇 3」緑蔭書房 2004 p203

朝鮮協議會報告（日本プロレタリア文化聯盟中央協議會）
　◇「近代朝鮮文学日本語作品集1901〜1938 評論・随筆篇 3」緑蔭書房 2004 p273

朝鮮協議會報告（作者表記なし）
　◇「近代朝鮮文学日本語作品集1901〜1938 評論・随筆篇 3」緑蔭書房 2004 p283

朝鮮近代文藝（金東仁）
　◇「近代朝鮮文学日本語作品集1901〜1938 評論・随筆篇 1」緑蔭書房 2004 p277

朝鮮藝術運動の現段階（金煕明）
　◇「近代朝鮮文学日本語作品集1901〜1938 評論・随筆篇 1」緑蔭書房 2004 p119

朝鮮藝術座の近況（金斗鎔）
　◇「近代朝鮮文学日本語作品集1901〜1938 評論・随筆篇 1」緑蔭書房 2004 p95

朝鮮藝術賞『モダン』日本への公開状（1）（2）（漢陽學人）
　◇「近代朝鮮文学日本語作品集1939〜1945 評論・随筆篇 1」緑蔭書房 2002 p93

朝鮮現代童謠選（鄭泰炳譯）
　◇「近代朝鮮文学日本語作品集1939〜1945 創作篇 6」緑蔭書房 2001 p413

朝鮮語辞典編纂會の創立（作者表記なし）
　◇「近代朝鮮文学日本語作品集1901〜1938 評論・随筆篇 3」緑蔭書房 2004 p192

朝鮮語のすすめ（竹内好）
　◇「戦後文学エッセイ選 4」影書房 2005 p216

朝鮮語の点字を学ぶ（一九五五〜五八年）（金夏日）
　◇「〈在日〉文学全集 17」勉誠出版 2006 p193

朝鮮作家のメッセーヂ（金龍済）
　◇「近代朝鮮文学日本語作品集1939〜1945 評論・随筆篇 3」緑蔭書房 2002 p471

朝鮮詩歌集（新井志郎, 新井美邑, 小川沐雨）
　◇「近代朝鮮文学日本語作品集1908〜1945 セレクション 6」緑蔭書房 2008 p99

朝鮮志願兵奮戰（李允基）
　◇「近代朝鮮文学日本語作品集1908〜1945 セレクション 6」緑蔭書房 2008 p211

朝鮮詩壇觀（李軒求）
　◇「近代朝鮮文学日本語作品集1908〜1945 セレクション 5」緑蔭書房 2008 p267

朝鮮兒童讀物の最近の傾向（作者表記なし）
　◇「近代朝鮮文学日本語作品集1901〜1938 評論・随筆篇 3」緑蔭書房 2004 p190

朝鮮（抄）（高浜虚子）
　◇「〈外地〉の日本語文学選 3」新宿書房 1996 p9

朝鮮少女（閔雲植）
　◇「近代朝鮮文学日本語作品集1908〜1945 セレクション 6」緑蔭書房 2008 p89

朝鮮小説界を覗く（上）（下）（李泰俊）
　◇「近代朝鮮文学日本語作品集1901〜1938 評論・随筆篇 2」緑蔭書房 2004 p131

朝鮮情緒（城山昌樹）
　◇「近代朝鮮文学日本語作品集1939〜1945 創作篇 6」緑蔭書房 2001 p44

朝鮮女流作家短命記（朴花城）
　◇「近代朝鮮文学日本語作品集1901〜1938 評論・随筆篇 1」緑蔭書房 2004 p414

朝鮮新劇運動の動向（安英一）
　◇「近代朝鮮文学日本語作品集1901〜1938 評論・随筆篇 2」緑蔭書房 2004 p105

朝鮮新劇界一瞥—劇研座を中心として（上）（下）（柳致眞）
　◇「近代朝鮮文学日本語作品集1901〜1938 評論・随筆篇 2」緑蔭書房 2004 p135

朝鮮人と半島人（金史良）
　◇「近代朝鮮文学日本語作品集1908〜1945 セレクション 3」緑蔭書房 2008 p439

作品名から引ける日本文学全集案内 第III期　503

ちょう

朝鮮人とユーモア（兪鎭午）
　◇「近代朝鮮文学日本語作品集1939～1945 評論・随筆
　　篇 3」緑蔭書房 2002 p255
朝鮮人の新年の賀詞（作者表記なし）
　◇「近代朝鮮文学日本語作品集1901～1938 評論・随筆
　　篇 2」緑蔭書房 2004 p163
朝鮮人のために弁ず（中西伊之助）
　◇「天変動く大震災と作家たち」インパクト出版会
　　2011（インパクト選書）p181
朝鮮人の人間としての復元（金時鐘）
　◇「〈在日〉文学全集 5」勉誠出版 2006 p280
朝鮮人俳句會（李淳哲他）
　◇「近代朝鮮文学日本語作品集1908～1945 セレクショ
　　ン 6」緑蔭書房 2008 p71
朝鮮人俳壇（朴魯植他）
　◇「近代朝鮮文学日本語作品集1908～1945 セレクショ
　　ン 6」緑蔭書房 2008 p72
朝鮮人俳壇（上）（朴魯植他）
　◇「近代朝鮮文学日本語作品集1908～1945 セレクショ
　　ン 6」緑蔭書房 2008 p72
朝鮮人俳壇（下）（朴魯植他）
　◇「近代朝鮮文学日本語作品集1908～1945 セレクショ
　　ン 6」緑蔭書房 2008 p72
朝鮮人部落（成允植）
　◇「〈在日〉文学全集 15」勉誠出版 2006 p331
朝鮮戦争休戦（一九五三年）（金夏日）
　◇「〈在日〉文学全集 17」勉誠出版 2006 p187
朝鮮戦争・ベトナム戦争の時代―冷戦と経済
　成長の中で（坪井秀人）
　◇「コレクション戦争と文学 別巻」集英社 2013
　　p103
戯曲 貂蟬―第一幕（張栄宗）
　◇「日本統治期台湾文学集成 14」緑蔭書房 2003
　　p25
朝鮮通信使いよいよ畢わる（荒山徹）
　◇「代表作時代小説 平成22年度」光文社 2010 p333
朝鮮統治政策に就いて（南宮璧）
　◇「近代朝鮮文学日本語作品集1901～1938 評論・随筆
　　篇 1」緑蔭書房 2004 p21
朝鮮とその守護神（李北滿）
　◇「近代朝鮮文学日本語作品集1901～1938 評論・随筆
　　篇 1」緑蔭書房 2004 p107
朝鮮と日本のあいだの海（許南麒）
　◇「〈在日〉文学全集 2」勉誠出版 2006 p227
朝鮮と文學―一九三五年文壇の回顧（朴勝極）
　◇「近代朝鮮文学日本語作品集1901～1938 評論・随筆
　　篇 2」緑蔭書房 2004 p55
朝鮮に於ける演劇運動の現情勢（申鼓頌）
　◇「近代朝鮮文学日本語作品集1901～1938 評論・随筆
　　篇 1」緑蔭書房 2004 p273
朝鮮に於ける演劇の變遷―鮮人方面の（李基
　世）
　◇「近代朝鮮文学日本語作品集1901～1938 評論・随筆
　　篇 1」緑蔭書房 2004 p87
朝鮮に於ける近代劇運動の終焉（林華）

朝鮮における農村文化の問題（崔載瑞）
　◇「近代朝鮮文学日本語作品集1901～1938 評論・随筆
　　篇 1」緑蔭書房 2004 p211
朝鮮における農村文化の問題（崔載瑞）
　◇「近代朝鮮文学日本語作品集1908～1945 セレクショ
　　ン 3」緑蔭書房 2008 p155
朝鮮に於けるプロレタリア藝術運動の現勢（安
　漠）
　◇「近代朝鮮文学日本語作品集1901～1938 評論・随筆
　　篇 1」緑蔭書房 2004 p227
朝鮮における文學精神の探求、模索一～三（李
　軒求）
　◇「近代朝鮮文学日本語作品集1901～1938 評論・随筆
　　篇 1」緑蔭書房 2004 p406
朝鮮に於ける無産階級藝術運動の過去と現在
　（一）（二）（李北滿）
　◇「近代朝鮮文学日本語作品集1901～1938 評論・随筆
　　篇 1」緑蔭書房 2004 p131
朝鮮日報座談會 文藝運動（全4回）（廉想渉司
　會、八峰（峯）、蘆風、尹白南、曙海、星海、岸曙、
　獨鵑出席者）
　◇「近代朝鮮文学日本語作品集1901～1938 評論・随筆
　　篇 3」緑蔭書房 2004 p143
朝鮮に忘られぬ人々の思ひ出（1）～（7）（金東
　煥）
　◇「近代朝鮮文学日本語作品集1939～1945 評論・随筆
　　篇 3」緑蔭書房 2002 p133
朝鮮農民を語る（李無影）
　◇「近代朝鮮文学日本語作品集1939～1945 評論・随筆
　　篇 3」緑蔭書房 2002 p453
朝鮮農民の爲に（安二孫）
　◇「近代朝鮮文学日本語作品集1901～1938 評論・随筆
　　篇 1」緑蔭書房 2004 p184
朝鮮の運動（李均）
　◇「近代朝鮮文学日本語作品集1901～1938 評論・随筆
　　篇 1」緑蔭書房 2004 p249
創作翻訳 朝鮮の顔（小説）（玄鎭健）
　◇「近代朝鮮文学日本語作品集1901～1938 創作篇 1」
　　緑蔭書房 2004 p135
朝鮮の戯曲家に寄す（村山知義）
　◇「近代朝鮮文学日本語作品集1908～1945 セレクショ
　　ン 6」緑蔭書房 2008 p191
朝鮮の兄弟が八百名も動員されたコップ朝鮮
　協議會主催の「朝鮮の夕」は成功的に鬪は
　れた（朴石丁）
　◇「近代朝鮮文学日本語作品集1901～1938 評論・随筆
　　篇 3」緑蔭書房 2004 p280
朝鮮の郷土舞踊（鄭寅燮）
　◇「近代朝鮮文学日本語作品集1908～1945 セレクショ
　　ン 3」緑蔭書房 2008 p71
朝鮮の久遠寺（井伏鱒二）
　◇「〈外地〉の日本語文学選 3」新宿書房 1996 p168
朝鮮の藝術運動―朝鮮に注目せよ（李北滿）
　◇「近代朝鮮文学日本語作品集1901～1938 評論・随筆
　　篇 1」緑蔭書房 2004 p105
朝鮮の藝術よ（張孤星）

◇「近代朝鮮文学日本語作品集1908〜1945 セレクショ
ン 4」緑蔭書房 2008 p203

朝鮮の劇界と新劇運動①②（徐恒錫）
　◇「近代朝鮮文学日本語作品集1901〜1938 評論・随筆
　　篇 1」緑蔭書房 2004 p416

朝鮮の結婚と意見（一）（李光洙）
　◇「近代朝鮮文学日本語作品集1901〜1938 評論・随筆
　　篇 3」緑蔭書房 2004 p348

朝鮮の現代文學（1）〜（3）（林和）
　◇「近代朝鮮文学日本語作品集1939〜1945 評論・随筆
　　篇 1」緑蔭書房 2002 p62

朝鮮の古歌と朝鮮人（孫晋泰）
　◇「近代朝鮮文学日本語作品集1908〜1945 セレクショ
　　ン 5」緑蔭書房 2008 p49

朝鮮の古教文獻及び傳奇小説の鼻祖（崔南善）
　◇「近代朝鮮文学日本語作品集1901〜1938 評論・随筆
　　篇 1」緑蔭書房 2004 p90

随筆 朝鮮のこころ（金鍾漢）
　◇「近代朝鮮文学日本語作品集1939〜1945 評論・随筆
　　篇 3」緑蔭書房 2002 p311

朝鮮の古典音樂・雅樂（李泰雄撮影）
　◇「近代朝鮮文学日本語作品集1908〜1945 セレクショ
　　ン 4」緑蔭書房 2008 p404

朝鮮の米（作者表記なし）
　◇「近代朝鮮文学日本語作品集1908〜1945 セレクショ
　　ン 4」緑蔭書房 2008 p398

朝鮮の子守唄と婦謠（孫晋泰）
　◇「近代朝鮮文学日本語作品集1908〜1945 セレクショ
　　ン 5」緑蔭書房 2008 p77

朝鮮の祭樂（咸和鎮）
　◇「近代朝鮮文学日本語作品集1908〜1945 セレクショ
　　ン 5」緑蔭書房 2008 p333

朝鮮の作家を語る（金史良）
　◇「近代朝鮮文学日本語作品集1939〜1945 評論・随筆
　　篇 1」緑蔭書房 2002 p79

朝鮮の作家たちへ（阿部知二）
　◇「近代朝鮮文学日本語作品集1908〜1945 セレクショ
　　ン 6」緑蔭書房 2008 p189

朝鮮の作家と批評家（白鐵）
　◇「近代朝鮮文学日本語作品集1939〜1945 評論・随筆
　　篇 1」緑蔭書房 2002 p177

朝鮮の詩（金西鑢）
　◇「近代朝鮮文学日本語作品集1908〜1945 セレクショ
　　ン 4」緑蔭書房 2008 p75

朝鮮の詩歌と女性（林和）
　◇「近代朝鮮文学日本語作品集1908〜1945 セレクショ
　　ン 3」緑蔭書房 2008 p241

朝鮮の四季（作者表記なし）
　◇「近代朝鮮文学日本語作品集1908〜1945 セレクショ
　　ン 4」緑蔭書房 2008 p400

朝鮮の詩人たち（金鍾漢）
　◇「近代朝鮮文学日本語作品集1939〜1945 評論・随筆
　　篇 1」緑蔭書房 2002 p448

朝鮮の詩人に与へる（百田宗治）
　◇「近代朝鮮文学日本語作品集1908〜1945 セレクショ
　　ン 6」緑蔭書房 2008 p187

朝鮮の詩壇を語る①〜③（朴八陽）
　◇「近代朝鮮文学日本語作品集1901〜1938 評論・随筆
　　篇 1」緑蔭書房 2004 p396

朝鮮のジヤアナリズム（作者表記なし）
　◇「近代朝鮮文学日本語作品集1908〜1945 セレクショ
　　ン 4」緑蔭書房 2008 p396

朝鮮の女流作家（作者表記なし）
　◇「近代朝鮮文学日本語作品集1908〜1945 セレクショ
　　ン 4」緑蔭書房 2008 p398

朝鮮の女流文士（李劍鳴）
　◇「近代朝鮮文学日本語作品集1901〜1938 評論・随筆
　　篇 1」緑蔭書房 2004 p11

朝鮮の新興文學運動（一）〜（十五）（柳完熙）
　◇「近代朝鮮文学日本語作品集1901〜1938 評論・随筆
　　篇 1」緑蔭書房 2004 p91

朝鮮の知識人として答ふ―張赫宙氏の公開状
　へ贈る（李明孝）
　◇「近代朝鮮文学日本語作品集1939〜1945 評論・随筆
　　篇 1」緑蔭書房 2002 p35

朝鮮の知識人に訴ふ（張赫宙）
　◇「近代朝鮮文学日本語作品集1939〜1945 評論・随筆
　　篇 1」緑蔭書房 2002 p13

朝鮮の同志に（鄭黑濤）
　◇「近代朝鮮文学日本語作品集1901〜1938 評論・随筆
　　篇 3」緑蔭書房 2004 p195

朝鮮の童謠（孫晋泰）
　◇「近代朝鮮文学日本語作品集1908〜1945 セレクショ
　　ン 5」緑蔭書房 2008 p67

朝鮮の人形芝居（宋錫夏）
　◇「近代朝鮮文学日本語作品集1901〜1938 評論・随筆
　　篇 1」緑蔭書房 2004 p155

朝鮮の農業（上）（下）（作者表記なし）
　◇「近代朝鮮文学日本語作品集1901〜1938 評論・随筆
　　篇 1」緑蔭書房 2004 p11

朝鮮の農村と農民文藝（李均）
　◇「近代朝鮮文学日本語作品集1901〜1938 評論・随筆
　　篇 1」緑蔭書房 2004 p239

朝鮮の農民歌謠（金教煥）
　◇「近代朝鮮文学日本語作品集1908〜1945 セレクショ
　　ン 5」緑蔭書房 2008 p87

朝鮮の母（李正子）
　◇〈在日〉文学全集 17」勉誠出版 2006 p267

朝鮮の婦人作家のために（窪川稲子）
　◇「近代朝鮮文学日本語作品集1908〜1945 セレクショ
　　ン 6」緑蔭書房 2008 p193

朝鮮の冬（張赫宙）
　◇「近代朝鮮文学日本語作品集1901〜1938 評論・随筆
　　篇 2」緑蔭書房 2004 p287

朝鮮の舞踊（宋錫夏）
　◇「近代朝鮮文学日本語作品集1901〜1938 評論・随筆
　　篇 1」緑蔭書房 2004 p421

朝鮮のプロ作家李箕永の人と作品 Ｋ・Ｔ・Ｙ
　（作者表記なし）
　◇「近代朝鮮文学日本語作品集1901〜1938 評論・随筆
　　篇 2」緑蔭書房 2004 p117

朝鮮のプロ文學（金斗鎔）

ちよう

◇「近代朝鮮文学日本語作品集1901～1938 評論・随筆
篇 1」緑蔭書房 2004 p291

朝鮮のプロ文學の現状―その運動を中心に（金斗鎔）
◇「近代朝鮮文学日本語作品集1901～1938 評論・随筆
篇 1」緑蔭書房 2004 p295

朝鮮の文學（李光洙）
◇「近代朝鮮文学日本語作品集1901～1938 評論・随筆
篇 1」緑蔭書房 2004 p283

朝鮮の文學について（朴勝極）
◇「近代朝鮮文学日本語作品集1901～1938 評論・随筆
篇 1」緑蔭書房 2004 p319

朝鮮の文壇を語る①～③（廉想渉）
◇「近代朝鮮文学日本語作品集1901～1938 評論・随筆
篇 1」緑蔭書房 2004 p387

朝鮮の文壇・朝鮮の文士（李涙聲）
◇「近代朝鮮文学日本語作品集1901～1938 評論・随筆
篇 1」緑蔭書房 2004 p79

朝鮮の併合と少年の覚悟（巌谷小波）
◇「日本の少年小説―「少国民」のゆくえ」インパクト
出版会 2016（インパクト選書）p27

朝鮮の民謠に就いて（金素雲）
◇「近代朝鮮文学日本語作品集1908～1945 セレクショ
ン 5」緑蔭書房 2008 p199

朝鮮のメーデー（金斗鎔）
◇「近代朝鮮文学日本語作品集1901～1938 評論・随筆
篇 3」緑蔭書房 2004 p217

朝鮮の夕の報告（李民友）
◇「近代朝鮮文学日本語作品集1901～1938 評論・随筆
篇 3」緑蔭書房 2004 p281

朝鮮の勞作民謠（金素雲）
◇「近代朝鮮文学日本語作品集1908～1945 セレクショ
ン 5」緑蔭書房 2008 p233

朝鮮のローカル・カラー（鄭寅燮）
◇「近代朝鮮文学日本語作品集1939～1945 評論・随筆
篇 3」緑蔭書房 2002 p96

朝鮮俳句選集（抄）（金萬夏他）
◇「近代朝鮮文学日本語作品集1908～1945 セレクショ
ン 6」緑蔭書房 2008 p73

朝鮮風物誌（金鍾漢誌, 金仁承畫）
◇「近代朝鮮文学日本語作品集1908～1945 セレクショ
ン 4」緑蔭書房 2008 p386

朝鮮風物詩（一）古井戸のある風景（金鍾漢）
◇「近代朝鮮文学日本語作品集1908～1945 セレクショ
ン 4」緑蔭書房 2008 p359

朝鮮冬物語（許南麒）
◇「〈在日〉文学全集 2」勉誠出版 2006 p61

朝鮮部落（姜舜）
◇「〈在日〉文学全集 17」勉誠出版 2006 p20

朝鮮プロレタリア藝術同盟員の檢擧と左翼文藝運動の沒落（高等警察報）（作者表記なし）
◇「近代朝鮮文学日本語作品集1908～1945 セレクショ
ン 6」緑蔭書房 2008 p285

朝鮮文學樹立と文人の使命（作者表記なし）
◇「近代朝鮮文学日本語作品集1901～1938 評論・随筆
篇 3」緑蔭書房 2004 p189

朝鮮文學通信（李石薰）
◇「近代朝鮮文学日本語作品集1939～1945 評論・随筆
篇 1」緑蔭書房 2002 p168

朝鮮文學通信（林和）
◇「近代朝鮮文学日本語作品集1939～1945 評論・随筆
篇 1」緑蔭書房 2002 p166

朝鮮文學通信（白鐵）
◇「近代朝鮮文学日本語作品集1939～1945 評論・随筆
篇 1」緑蔭書房 2002 p164

朝鮮文學通信（兪鎭午）
◇「近代朝鮮文学日本語作品集1939～1945 評論・随筆
篇 1」緑蔭書房 2002 p409

朝鮮文學通信―知識と創造（白鐵）
◇「近代朝鮮文学日本語作品集1939～1945 評論・随筆
篇 1」緑蔭書房 2002 p151

朝鮮文學と東洋的課題（韓植）
◇「近代朝鮮文学日本語作品集1939～1945 評論・随筆
篇 1」緑蔭書房 2002 p257

朝鮮文學の現在…これから（A）～（C）（金八峰）
◇「近代朝鮮文学日本語作品集1901～1938 評論・随筆
篇 1」緑蔭書房 2004 p351

朝鮮文學の最近の動向（文學通信）（韓植）
◇「近代朝鮮文学日本語作品集1939～1945 評論・随筆
篇 1」緑蔭書房 2002 p157

朝鮮文學の將來〔対談〕（兪鎭午, 張赫宙）
◇「近代朝鮮文学日本語作品集1939～1945 評論・随筆
篇 3」緑蔭書房 2002 p397

主張 朝鮮文學の新傾向（國民新報）（作者表記なし）
◇「近代朝鮮文学日本語作品集1908～1945 セレクショ
ン 6」緑蔭書房 2008 p319

朝鮮文學の新方向―『海女』と『登攀』について（張赫宙）
◇「近代朝鮮文学日本語作品集1939～1945 評論・随筆
篇 2」緑蔭書房 2002 p405

朝鮮文學の展望（韓植）
◇「近代朝鮮文学日本語作品集1939～1945 評論・随筆
篇 1」緑蔭書房 2002 p209

朝鮮文化研究の高調（作者表記なし）
◇「近代朝鮮文学日本語作品集1901～1938 評論・随筆
篇 3」緑蔭書房 2004 p193

朝鮮文化史上の光輝點（南宮璧）
◇「近代朝鮮文学日本語作品集1901～1938 評論・随筆
篇 1」緑蔭書房 2004 p25

朝鮮文化當面の問題―（上）（中）（中の2）（下）（崔南善）
◇「近代朝鮮文学日本語作品集1901～1938 評論・随筆
篇 2」緑蔭書房 2004 p123

朝鮮文化の基本姿勢（金鍾漢）
◇「近代朝鮮文学日本語作品集1939～1945 評論・随筆
篇 1」緑蔭書房 2002 p215

朝鮮文化の將來（李光洙）
◇「近代朝鮮文学日本語作品集1939～1945 評論・随筆
篇 1」緑蔭書房 2002 p109

朝鮮文化の將來（座談會）（秋田雨雀, 林房雄, 村

山知義, 張赫宙, 辛島驍, 吉川兼秀, 鄭芝鎔, 林和, 俞鎭午, 金文輯, 李泰俊, 柳致眞)
◇「近代朝鮮文学日本語作品集1939〜1945 評論・随筆篇 3」緑蔭書房 2002 p369

朝鮮文藝變遷過程 (1) 〜 (32) (八峰學人)
◇「近代朝鮮文学日本語作品集1901〜1938 評論・随筆篇 1」緑蔭書房 2004 p161

朝鮮文人協會への要望何ケ條 (1) 〜 (4) (印貞植)
◇「近代朝鮮文学日本語作品集1939〜1945 評論・随筆篇 1」緑蔭書房 2002 p117

朝鮮文人協會宣言 (京城日報) (作者表記なし)
◇「近代朝鮮文学日本語作品集1908〜1945 セレクション 6」緑蔭書房 2008 p310

社説 朝鮮文人協會に寄す―その成果を全うせしめよ (作者表記なし)
◇「近代朝鮮文学日本語作品集1939〜1945 評論・随筆篇 3」緑蔭書房 2002 p474

朝鮮文人の生活相①〜③ (金東仁)
◇「近代朝鮮文学日本語作品集1901〜1938 評論・随筆篇 1」緑蔭書房 2004 p364

朝鮮文壇一年を顧る (1) 〜 (5) (俞鎭午)
◇「近代朝鮮文学日本語作品集1939〜1945 評論・随筆篇 1」緑蔭書房 2002 p393

朝鮮文壇へ呼び掛ける (作者表記なし)
◇「近代朝鮮文学日本語作品集1908〜1945 セレクション 6」緑蔭書房 2008 p187

朝鮮文壇を背負ふ人 (張赫宙)
◇「近代朝鮮文学日本語作品集1901〜1938 評論・随筆篇 2」緑蔭書房 2004 p103

朝鮮文壇作家の素描 (李鮮光)
◇「近代朝鮮文学E本語作品集1901〜1938 評論・随筆篇 2」緑蔭書房 2004 p91

朝鮮文壇人へ―現実と朝鮮民族の問題 (1) 〜 (5) (金文輯)
◇「近代朝鮮文学日本語作品集1939〜1945 評論・随筆篇 1」緑蔭書房 2002 p45

朝鮮文壇に對する希望 (作者表記なし)
◇「近代朝鮮文学日本語作品集1901〜1938 評論・随筆篇 3」緑蔭書房 2004 p191

朝鮮文壇の近況 (韓植)
◇「近代朝鮮文学日本語作品集1939〜1945 評論・随筆篇 1」緑蔭書房 2002 p189

朝鮮文壇の傾向―その日本文壇への依存と乖離 (玄民)
◇「近代朝鮮文学日本語作品集1901〜1938 評論・随筆篇 2」緑蔭書房 2004 p127

朝鮮文壇の現状 (俞鎭午)
◇「近代朝鮮文学日本語作品集1939〜1945 評論・随筆篇 1」緑蔭書房 2002 p57

朝鮮文壇の現状―紹介のための走り書き (李朝民)
◇「近代朝鮮文学日本語作品集1901〜1938 評論・随筆篇 2」緑蔭書房 2004 p17

朝鮮文壇の作家と作品 (張赫宙)
◇「近代朝鮮文学日本語作品集1901〜1938 評論・随筆篇 2」緑蔭書房 2004 p99

朝鮮文壇の紹介 (李壽昌)
◇「近代朝鮮文学日本語作品集1901〜1938 評論・随筆篇 1」緑蔭書房 2004 p195

朝鮮文壇の水準向上 (俞鎭午)
◇「近代朝鮮文学日本語作品集1939〜1945 評論・随筆篇 1」緑蔭書房 2002 p473

朝鮮文壇の動向 (李源朝)
◇「近代朝鮮文学日本語作品集1939〜1945 評論・随筆篇 1」緑蔭書房 2002 p99

朝鮮文壇の特殊性 (金文輯)
◇「近代朝鮮文学日本語作品集1901〜1938 評論・随筆篇 2」緑蔭書房 2004 p81

朝鮮民謠 (金素雲)
◇「近代朝鮮文学日本語作品集1908〜1945 セレクション 5」緑蔭書房 2008 p327

朝鮮民謠意譯 (金炳昊)
◇「近代朝鮮文学日本語作品集1908〜1945 セレクション 4」緑蔭書房 2008 p136

朝鮮民謠の概觀 (崔南善)
◇「近代朝鮮文学日本語作品集1908〜1945 セレクション 5」緑蔭書房 2008 p139

朝鮮民謠の時代的變遷 (金素雲)
◇「近代朝鮮文学日本語作品集1908〜1945 セレクション 5」緑蔭書房 2008 p325

朝鮮民謠の由來と此に現はれたる民族性の一端 (李源圭)
◇「近代朝鮮文学日本語作品集1908〜1945 セレクション 5」緑蔭書房 2008 p215

朝鮮民謠の由來と民族性の一端 (李源圭)
◇「近代朝鮮文学日本語作品集1908〜1945 セレクション 5」緑蔭書房 2008 p219
◇「近代朝鮮文学日本語作品集1908〜1945 セレクション 5」緑蔭書房 2008 p223

朝鮮民謠の律調―アリランの音楽的形態 (金素雲)
◇「近代朝鮮文学日本語作品集1908〜1945 セレクション 5」緑蔭書房 2008 p261

朝鮮ヤキ (譲原昌子)
◇「コレクション戦争と文学 17」集英社 2012 p538

朝鮮勞働者慰安會の記 (李北満)
◇「近代朝鮮文学日本語作品集1901〜1938 評論・随筆篇 3」緑蔭書房 2004 p205

長曾我部盛親 (東秀紀)
◇「決戦！ 大坂の陣」実業之日本社 2014 (実業之日本社文庫) p161

ちょうだい (加門七海)
◇「文藝百物語」ぶんか社 1997 p151

ちょうだい兎 (五十月彩)
◇「ゆきのまち幻想文学賞・小品集 15」企画集団ぷりずむ 2006 p53

蝶たちは今… (日下圭介)
◇「江戸川乱歩賞全集 10」講談社 2000 (講談社文庫) p7

超たぬき理論 (東野圭吾)
◇「短編復活」集英社 2002 (集英社文庫) p371

ちよう

◇「冒険の森へ—傑作小説大全 13」集英社 2016 p230

蝶々(香山末子)
◇「〈在日〉文学全集 17」勉誠出版 2006 p102

蝶々(中里恒子)
◇「闇市」皓星社 2015 （紙礫）p267

蝶蝶(中里恒子)
◇「戦後占領期短篇小説コレクション 4」藤原書店 2007 p177

蝶々がはばたく(有栖川有栖)
◇「どたん場で大逆転」講談社 1999 （講談社文庫）p289

蝶々の溜息(黒沢美貴)
◇「with you」幻冬舎 2004 p187

蝶番の問題(貫井徳郎)
◇「気分は名探偵—犯人当てアンソロジー」徳間書店 2006 p49
◇「気分は名探偵—犯人当てアンソロジー」徳間書店 2008 （徳間文庫）p59
◇「自薦THEどんでん返し」双葉社 2016 （双葉文庫）p141

町俤(酒月茗)
◇「てのひら怪談—ビーケーワン怪談大賞傑作選 2」ポプラ社 2007 p128

ちょうどいい木切れ(西加奈子)
◇「あの日、君と Boys」集英社 2012 （集英社文庫）p225
◇「文学 2013」講談社 2013 p40

蝶と海(金起林著、金素雲譯)
◇「近代朝鮮文学日本語作品集1939～1945 創作篇 6」緑蔭書房 2001 p15

張徳義(長谷川四郎)
◇「コレクション戦争と文学 16」集英社 2012 p373

蝶と処方箋(蘭郁二郎)
◇「悪魔黙示録「新青年」一九三八—探偵小説暗黒の時代へ」光文社 2011 （光文社文庫）p313

蝶と野菊と岸壁(小泉雅二)
◇「ハンセン病文学全集 6」皓星社 2003 p442

長男(三谷智子)
◇「優秀新人戯曲集 2009」ブロンズ新社 2008 p101

蝶になるまで(芝木好子)
◇「街娼—パンパン＆オンリー」皓星社 2015 （紙礫）p75

超能力(木林森)
◇「ショートショートの広場 8」講談社 1997 （講談社文庫）p130

超能力(星新一)
◇「冒険の森へ—傑作小説大全 4」集英社 2016 p8

蝶の回転(宮田真司)
◇「超短編の世界 vol.3」創英社 2011 p50

蝶の影(北村佳澄)
◇「むすぶ—第11回フェリシモ文学賞作品集」フェリシモ 2008 p28

蝶の囁き(山口悟)
◇「現代鹿児島小説大系 3」ジャプラン 2014 p394

腸の手術受く（一九六二～六五年）(金夏日)
◇「〈在日〉文学全集 17」勉誠出版 2006 p201

蝶の断片(加門七海)
◇「伯爵の血族—紅ノ章」光文社 2007 （光文社文庫）p293

蝶の輓いてくる花輿(黄錫禹)
◇「近代朝鮮文学日本語作品集1908～1945 セレクション 4」緑蔭書房 2008 p214

蝶の道行(速瀬れい)
◇「ひとにぎりの異形」光文社 2007 （光文社文庫）p529

挑発する赤(田中啓文)
◇「ザ・ベストミステリーズ—推理小説年鑑 2006」講談社 2006 p107
◇「セブンミステリーズ」講談社 2009 （講談社文庫）p65

超犯罪多発国(室町たけお)
◇「ショートショートの花束 3」講談社 2011 （講談社文庫）p109

超PL法時代(七瀬ざくろ)
◇「ショートショートの広場 20」講談社 2008 （講談社文庫）p55

調伏キャンプ(加門七海)
◇「喜劇綺劇」光文社 2009 （光文社文庫）p89

徴兵制実施即吟(松村紘一)
◇「近代朝鮮文学日本語作品集1908～1945 セレクション 6」緑蔭書房 2008 p97

徴兵制に寄せて(香山光郎)
◇「近代朝鮮文学日本語作品集1939～1945 創作篇 6」緑蔭書房 2001 p267

長篇・異界活人事件(辻真先)
◇「バカミスじゃない!?—史上空前のバカミス・アンソロジー」宝島社 2007 p19
◇「奇想天外のミステリー」宝島社 2009 （宝島社文庫）p13

長編一本分の感動(折原一)
◇「マイ・ベスト・ミステリー 6」文藝春秋 2007 （文春文庫）p191

長篇叙事詩 李庚順(りこうじゅん)(寺山修司)
◇「ちくま日本文学 6」筑摩書房 2007 （ちくま文庫）p386

眺望(許南麒)
◇「〈在日〉文学全集 2」勉誠出版 2006 p65
◇「〈在日〉文学全集 2」勉誠出版 2006 p246

眺望コンサルタント(伊園旬)
◇「10分間ミステリー」宝島社 2012 （宝島社文庫）p133
◇「10分間ミステリー THE BEST」宝島社 2016 （宝島社文庫）p279

兆民たちの醜聞(深海和)
◇「全作家短編集 15」のべる出版企画 2016 p158

長命水と桜餅—影十手活殺帖(宮本昌孝)
◇「夢を見にけり—時代小説招待席」廣済堂出版 2004 p299

弔問(三浦さんぽ)
◇「てのひら怪談 癸巳」KADOKAWA 2013 （MF

文庫ダ・ヴィンチ）p106

弔問屋（檜擂子）
◇「ショートショートの広場 13」講談社 2002（講談社文庫）p33

弔夜（秋山真琴）
◇「てのひら怪談―ビーケーワン怪談大賞傑作選 2」ポプラ社 2007 p110
◇「てのひら怪談―ビーケーワン怪談大賞傑作選 己丑」ポプラ社 2009（ポプラ文庫）p222

朝野の諸公に訴ふ（廉尚爕）
◇「近代朝鮮文学日本語作品集1901～1938 評論・随筆篇 1」緑蔭書房 2004 p19

蝶よ！（王白淵）
◇「日本統治期台湾文学集成 18」緑蔭書房 2003 p69

徴用行（川崎長太郎）
◇「コレクション戦争と文学 15」集英社 2012 p306

凋落（立花腑楽）
◇「てのひら怪談―ビーケーワン怪談大賞傑作選 百怪繚乱編」ポプラ社 2008 p110

町立探偵〈竿竹室士〉「いおり童子」と「こむら返し」（小川一水）
◇「SF宝石―ぜ―んぶ！ 新作読み切り」光文社 2013 p167

超老伝―カポエラをする人（中島らも）
◇「冒険の森へ―傑作小説大全 14」集英社 2016 p143

貯金箱（北原尚彦）
◇「玩具館」光文社 2001（光文社文庫）p271

貯金箱（耳目）
◇「ショートショートの広場 13」講談社 2002（講談社文庫）p195

直情の詩（平戸廉吉）
◇「新装版 全集現代文学の発見 1」學藝書林 2002 p235

チョークの行方（田中悦朗）
◇「ショートショートの広場 20」講談社 2008（講談社文庫）p141

チヨ子（宮部みゆき）
◇「短篇ベストコレクション―現代の小説 2005」徳間書店 2005（徳間文庫）p33
◇「不思議の足跡」光文社 2007（Kappa novels）p355
◇「不思議の足跡」光文社 2011（光文社文庫）p481
◇「短編工場」集英社 2012（集英社文庫）p161

チョコ痕（穂坂コウジ）
◇「超短編の世界 vol.3」創英社 2011 p139

チョコ痕（本田モカ）
◇「超短編の世界 vol.3」創英社 2011 p138

チョコミントドーナツとキャラメルシナモンドーナツ（米一和哉）
◇「ゆれる―第12回フェリシモ文学賞作品集」フェリシモ 2009 p124

チョゴリ（李正子）
◇「〈在日〉文学全集 17」勉誠出版 2006 p243

チョゴリの子（李正子）
◇「〈在日〉文学全集 17」勉誠出版 2006 p307

チョコレット（稲垣足穂）
◇「ちくま日本文学 16」筑摩書房 2008（ちくま文庫）p79
◇「文人御馳走帖」新潮社 2014（新潮文庫）p251

チョコレート（山本有三）
◇「短編名作選―1925-1949 文士たちの時代」笠間書院 1999 p97

千代女（太宰治）
◇「ちくま日本文学 8」筑摩書房 2008（ちくま文庫）p212
◇「女 1」あの出版 2016（GB）p72

貯水槽（村田基）
◇「水妖」廣済堂出版 1998（廣済堂文庫）p47

チョーセン人（李正子）
◇「〈在日〉文学全集 17」勉誠出版 2006 p222

草堂（チヨダン）（佳作）（孫東村）
◇「近代朝鮮文学日本語作品集1901～1938 創作篇 5」緑蔭書房 2004 p217

ちょっとかなしい日記（氷高昌幸）
◇「ショートショートの広場 12」講談社 2001（講談社文庫）p11

ちょっと変わった守護天使（山崎マキコ）
◇「恋のかけら」幻冬舎 2008 p77
◇「恋のかけら」幻冬舎 2012（幻冬舎文庫）p85

ちょっと奇妙な（菊地秀行）
◇「屍者の行進」廣済堂出版 1998（廣済堂文庫）p593
◇「日常の呪縛」リブリオ出版 2001（怪奇・ホラーワールド）p121

ちよっとした奇蹟（竹中郁）
◇「超短編アンソロジー」筑摩書房 2002（ちくま文庫）p75

ちょっとした事（中村真）
◇「ショートショートの広場 13」講談社 2002（講談社文庫）p86

箸魔（平山夢明）
◇「憑依」光文社 2010（光文社文庫）p407

チョ松と散歩（平山夢明）
◇「短篇ベストコレクション―現代の小説 2013」徳間書店 2013（徳間文庫）p309

チョング・マンソーの話（張赫宙）
◇「近代朝鮮文学日本語作品集1901～1938 評論・随筆篇 2」緑蔭書房 2004 p271

チョンヂ 天池（庾妙達）
◇「〈在日〉文学全集 18」勉誠出版 2006 p70

チョンジャ（李正子）
◇「〈在日〉文学全集 17」勉誠出版 2006 p245

定州ヨイコト（李石薫）
◇「近代朝鮮文学日本語作品集1908～1945 セレクション 4」緑蔭書房 2008 p227

鄭芝溶詩選（鄭芝溶）
◇「近代朝鮮文学日本語作品集1908～1945 セレクション 4」緑蔭書房 2008 p410

ちよん

ちょんまげ伝記（神坂次郎）
◇「剣の意地恋の夢─時代小説傑作選」講談社 2000
（講談社文庫）p171

ちょんまげと自動車（石井桃子）
◇「精選女性随筆集 8」文藝春秋 2012 p96

塵（金光淳）
◇「近代朝鮮文学日本語作品集1939〜1945 創作篇 4」
緑蔭書房 2001 p231

散りてあとなき（早乙女貢）
◇「新選組烈士伝」角川書店 2003 （角川文庫）
p291

塵とってチン（河野アサ）
◇「全作家短編小説集 8」全作家協会 2009 p61

塵の中（樋口一葉）
◇「ちくま日本文学 13」筑摩書房 2008 （ちくま文
庫）p432

ちりの中（明治二十七年二月二十三日）（樋口
一葉）
◇「新日本古典文学大系 明治編 24」岩波書店 2001
p439

塵之中（明治二十六年七月十五日─八月十日）
（樋口一葉）
◇「新日本古典文学大系 明治編 24」岩波書店 2001
p425

散り花（乙川優三郎）
◇「日本文学100年の名作 9」新潮社 2015 （新潮文
庫）p445

血霊（半村良）
◇「屍鬼の血族」桜桃書房 1999 p117

治療（渋谷良一）
◇「ショートショートの広場 16」講談社 2005 （講
談社文庫）p52

治療塔（大江健三郎）
◇「日本文学全集 22」河出書房新社 2015 p202

治療法（大貫民）
◇「ショートショートの花束 4」講談社 2012 （講
談社文庫）p60

随筆 散蓮華の匙（立石鉄臣）
◇「日本統治期台湾文学集成 22」緑蔭書房 2007
p247

チルソクの夏（佐々部清）
◇「年鑑代表シナリオ集 ’03」シナリオ作家協会
2004 p67

チルドレン（伊坂幸太郎）
◇「ザ・ベストミステリーズ─推理小説年鑑 2003」
講談社 2003 p569
◇「殺人の教室」講談社 2006 （講談社文庫）p135

チルドレン（髙橋幹子）
◇「恋は、しばらくお休みです。─恋愛短篇小説集」
泰文堂 2013 （レインブックス）p131

散る日本（坂口安吾）
◇「右か、左か」文藝春秋 2010 （文春文庫）p227

散る花、咲く花（歌野晶午）
◇「ザ・ベストミステリーズ─推理小説年鑑 2015」
講談社 2015 p33

散ればこそ（白洲正子）
◇「創刊一〇〇号三田文学名作選」三田文学会 2010
p658

賃金奴隷宣言（V.R.トラスト）（岩藤雪夫）
◇「新・プロレタリア文学精選集 8」ゆまに書房
2004 p189

鎮魂歌（原民喜）
◇「文豪怪談傑作選 昭和篇」筑摩書房 2011 （ちく
ま文庫）p312

鎮魂歌（那珂太郎）
◇「新装版 全集現代文学の発見 13」學藝書林 2004
p412

鎮魂歌（吉田一穂）
◇「新装版 全集現代文学の発見 13」學藝書林 2004
p162

鎮魂歌のころ─原民喜追悼（埴谷雄高）
◇「創刊一〇〇号三田文学名作選」三田文学会 2010
p707

鎮魂頌（折口信夫）
◇「ちくま日本文学 25」筑摩書房 2008 （ちくま文
庫）p117

鎮守様の白い森（斉藤志恵）
◇「ゆきのまち幻想文学賞小品集 22」企画集団ぷり
ずむ 2013 p130

沈鐘（小沢章友）
◇「幽霊船」光文社 2001 （光文社文庫）p13

陳情書（西尾正）
◇「幻の探偵雑誌 1」光文社 2000 （光文社文庫）
p237

枕上に風鈴を聴く（森春濤）
◇「新日本古典文学大系 明治編 2」岩波書店 2004
p50

枕上の山水（正岡子規）
◇「新日本古典文学大系 明治編 27」岩波書店 2003
p186

珍饌会（幸田露伴）
◇「美食」国書刊行会 1998 （書物の王国）p51

沈蔵（中内かなみ）
◇「アジアン怪綺」光文社 2003 （光文社文庫）p53

沈滞の運命をもつた復興か（関牛歩）
◇「近代朝鮮文学日本語作品集1908〜1945 セレクショ
ン 5」緑蔭書房 2008 p194

枕中記（狩野あざみ）
◇「御伽草子─ホラー・アンソロジー」PHP研究所
2001 （PHP文庫）p39

椿堂由来記（南條範夫）
◇「歴史の息吹」新潮社 1997 p305

チンドン屋（千早茜）
◇「明日町こんぺいとう商店街─招きうさぎと七軒
の物語」ポプラ社 2013 （ポプラ文庫）p135

闖入者─手記とエピローグ（安部公房）
◇「戦後占領期短篇小説コレクション 6」藤原書店
2007 p175
◇「暴走する正義」筑摩書房 2016 （ちくま文庫）
p171

古惑仔（馳星周）

ついの

◇「迷」文藝春秋 2003（推理作家になりたくて マイベストミステリー）p206
◇「マイ・ベスト・ミステリー 3」文藝春秋 2007（文春文庫）p306

陳腐閑語十二号（成島柳北）
◇「新日本古典文学大系 明治編 2」岩波書店 2004 p249

陳逢源氏の"雨窓墨滴"を読んで（王昶雄）
◇「日本統治期台湾文学集成 29」緑蔭書房 2007 p321

沈没都市除霊紀行大阪の悪霊（中島らも）
◇「ブキミな人びと」ランダムハウス講談社 2007 p109

沈黙（明石海人）
◇「ハンセン病文学全集 7」皓星社 2004 p444

沈黙が破れて（王白淵）
◇「日本統治期台湾文学集成 18」緑蔭書房 2003 p48

沈黙こそ弔辞（417）
◇「人は死んだら電柱になる―電柱アンソロジー」遠すぎる未来団 2014 p135

沈黙の青（阿部陽一）
◇「乱歩賞作家 青の謎」講談社 2004 p5

沈黙のアリバイ（横山秀夫）
◇「ザ・ベストミステリーズ―推理小説年鑑 2002」講談社 2002 p239
◇「トリック・ミュージアム」講談社 2005（講談社文庫）p37

沈黙の渚（中里友香）
◇「沖縄文学選―日本文学のエッジからの問い」勉誠出版 2003 p285

沈黙の人（大手拓次）
◇「同性愛」国書刊行会 1999（書物の王国）p134

沈黙の部屋（谷川俊太郎）
◇「新装版 全集現代文学の発見 13」學藝書林 2004 p446

【つ】

追憶（芥川龍之介）
◇「文豪怪談傑作選 芥川龍之介集」筑摩書房 2010（ちくま文庫）p320

追憶（鄭秀溶）
◇「近代朝鮮文学日本語作品集1908〜1945 セレクション 4」緑蔭書房 2008 p368

追憶（平野啓一郎）
◇「ことばのたくらみ―実作集」岩波書店 2003（21世紀文学の創造）p183

追憶（尹敏哲）
◇「〈在日〉文学全集 18」勉誠出版 2006 p275

追憶とともに（梁淳祐）
◇「〈在日〉文学全集 16」勉誠出版 2006 p125

追憶の冬夜（寺田寅彦）
◇「文豪怪談傑作選 大正篇」筑摩書房 2011（ちくま文庫）p148

追憶の薔薇（黒木謳子）
◇「日本統治期台湾文学集成 18」緑蔭書房 2003 p331

追憶列車（多島斗志之）
◇「葬送列車―鉄道ミステリー名作館」徳間書店 2004（徳間文庫）p67

対句（正岡子規）
◇「新日本古典文学大系 明治編 27」岩波書店 2003 p232

追試（野田充男）
◇「ショートショートの花束 3」講談社 2011（講談社文庫）p64

追跡者（吉行淳之介）
◇「異形の白昼―恐怖小説集」筑摩書房 2013（ちくま文庫）p285
◇「冒険の森へ―傑作小説大全 6」集英社 2016 p8

追跡の魔（埴谷雄高）
◇「士の意地―車谷長吉撰短篇小説輯 下巻」作品社 2005 p16

朝日に紅く咲く（咲恵水）
◇「優秀新人戯曲集 2011」ブロンズ新社 2010 p101

ついてくる（藤水名子）
◇「花月夜綺譚―怪談集」集英社 2007（集英社文庫）p165

ついてくるもの（三津田信三）
◇「憑依」光文社 2010（光文社文庫）p131

ついでの男（柳田功作）
◇「ショートショートの広場 10」講談社 2000（講談社文庫）p43

追悼（白鉄）
◇「近代朝鮮文学日本語作品集1908〜1945 セレクション 4」緑蔭書房 2008 p229

追悼歌（許南麒）
◇「〈在日〉文学全集 2」勉誠出版 2006 p212

追悼詩―故山川信吉兄の霊に捧ぐ（明石海人）
◇「ハンセン病文学全集 7」皓星社 2004 p441

追悼 田中文雄さんに捧ぐ（井上雅彦）
◇「怪物團」光文社 2009（光文社文庫）p616

遂に「不死鳥」は飛ばず―「いのちの初夜」の社会性について（風見治）
◇「ハンセン病文学全集 5」皓星社 2010 p554

対の鉋（佐江衆一）
◇「職人気質」小学館 2007（小学館文庫）p93
◇「江戸めぐり雨」学研パブリッシング 2014（学研M文庫）p193

終の季節（唯川恵）
◇「恋する男たち」朝日新聞社 1999 p81

終の栖（村上元三）
◇「剣鬼らの饗宴」光風社出版 1998（光風社文庫）p23

対の住処（西澤保彦）
◇「驚愕遊園地」光文社 2013（最新ベスト・ミステ

作品名から引ける日本文学全集案内 第III期　**511**

リー）p255
◇「驚愕遊園地」光文社 2016（光文社文庫）p411

終の箱庭（神尾アルミ）
◇「ファンタスティック・ヘンジ」変タジー同好会 2012 p17

追悲荒年歌（折口信夫）
◇「ちくま日本文学 25」筑摩書房 2008（ちくま文庫）p60

追慕（蔡奎鐸）
◇「近代朝鮮文学日本語作品集1908〜1945 セレクション 6」緑蔭書房 2008 p30

追放（李北満）
◇「近代朝鮮文学日本語作品集1901〜1938 評論・随筆篇 3」緑蔭書房 2004 p209

コント 墜落した男（李石薫）
◇「近代朝鮮文学日本語作品集1901〜1938 創作篇 3」緑蔭書房 2004 p69

ツインズ（島村洋子）
◇「蜜の眠り」廣済堂出版 2000（廣済堂文庫）p113

通過（松井周）
◇「優秀新人戯曲集 2004」ブロンズ新社 2003 p147

通快バタフライエフェクト（矢樹純）
◇「5分で読める！ ひと駅ストーリー 乗車編」宝島社 2012（宝島社文庫）p57

痛覚からの出発（開高健）
◇「日本文学全集 21」河出書房新社 2015 p505

通過するもの（松村進吉）
◇「男たちの怪談百物語」メディアファクトリー 2012（〔幽BOOKS〕）p212

通貨論（クジラマク）
◇「てのひら怪談—ビーケーワン怪談大賞傑作選 壬辰」ポプラ社 2012（ポプラ文庫）p112

通行人役（菊地秀行）
◇「キネマ・キネマ」光文社 2002（光文社文庫）p631

通告文（三月會, 在日本朝鮮勞働總同盟, 在日本朝鮮無産青年同盟會）
◇「近代朝鮮文学日本語作品集1901〜1938 評論・随筆篇 3」緑蔭書房 2004 p364

痛恨街道（下村千秋）
◇「コレクション戦争と文学 1」集英社 2012 p391

通事呉鳳一三幕（黄得時）
◇「日本統治期台湾文学集成 11」緑蔭書房 2003 p121

通信簿（黄得時）
◇「日本統治期台湾文学集成 23」緑蔭書房 2007 p418

通俗文學の建設（大正十四年十月五日東亞日報）（朴英熙）
◇「近代朝鮮文学日本語作品集1901〜1938 評論・随筆篇 1」緑蔭書房 2004 p113

句集 杖（藤田薫水）
◇「ハンセン病文学全集 9」皓星社 2010 p74

ツエツペリン事件（喜劇）一幕三場（村山知義）

◇「新・プロレタリア文学精選集 16」ゆまに書房 2004 p175

杖と帽子の偏執者（尾崎翠）
◇「ちくま日本文学 4」筑摩書房 2007（ちくま文庫）p416

杖の探検（高杉美智子）
◇「ハンセン病文学全集 4」皓星社 2003 p459

束の間の恋ごころ（南條範夫）
◇「剣が舞い落花が舞い—時代小説傑選」講談社 1998（講談社文庫）p55

塚原卜伝（安西篤子）
◇「人物日本剣豪伝 1」学陽書房 2001（人物文庫）p157

塚原卜伝（南條範夫）
◇「日本剣客伝 戦国篇」朝日新聞出版 2012（朝日文庫）p9

捕まえて、鬼平！（青木淳悟）
◇「名探偵登場！」講談社 2016（講談社文庫）p169

捕まえて、鬼平！—鬼平「風説」犯科帳（青木淳悟）
◇「名探偵登場！」講談社 2014 p143

捉まるまで（大岡昇平）
◇「コレクション戦争と文学 12」集英社 2013 p15
◇「日本文学全集 18」河出書房新社 2016 p210

塚本邦雄三十三首（塚本邦雄）
◇「リテラリーゴシック・イン・ジャパン—文学的ゴシック作品選」筑摩書房 2014（ちくま文庫）p153

津軽海峡（島崎藤村）
◇「明治の文学 16」筑摩書房 2002 p94

津軽（抄）（太宰治）
◇「ちくま日本文学 8」筑摩書房 2008（ちくま文庫）p103

津軽にかたむいて（佐々木淳一）
◇「ゆきのまち幻想文学賞小品集 24」企画集団ぷりずむ 2015 p150

津軽錦（五十月彩）
◇「ゆきのまち幻想文学賞小品集 21」企画集団ぷりずむ 2012 p99

津軽に舞い翔（と）んだ女（乃南アサ）
◇「女性ミステリー作家傑作選 3」光文社 1999（光文社文庫）p95

津軽に舞い翔んだ女（乃南アサ）
◇「白のミステリー—女性ミステリー作家傑作選」光文社 1997 p127

つがるのタンポポ（室山恭子）
◇「たびだち—フェリシモしあわせショートショート」フェリシモ 2000 p35

東日流の挽歌（中津文彦）
◇「黒衣のモニュメント」光文社 2000（光文社文庫）p203

憑かれた人（遠藤周作）
◇「ペン先の殺意—文芸ミステリー傑作選」光文社 2005（光文社文庫）p297

憑かれる（吉屋信子）

◇「文豪怪談傑作選 吉屋信子集」筑摩書房 2006（ちくま文庫）p194

…ツキ（白河久明）
◇「物語のルミナリエ」光文社 2011（光文社文庫）p181

月（川端康成）
◇「危険なマッチ箱」文藝春秋 2009（文春文庫）p263

月（黒木謳子）
◇「日本統治期台湾文学集成 18」緑蔭書房 2003 p457

月（三島由紀夫）
◇「戦後短篇小説選―『世界』1946–1999 3」岩波書店 2000 p67

月（吉田健一）
◇「月」国書刊行会 1999（書物の王国）p224

月あかりの庭で子犬のワルツを（草子）
◇「ゆきのまち幻想文学賞小品集 21」企画集団ぷりずむ 2012 p53

月淡く…（朱白鷗）
◇「近代朝鮮文学日本語作品集1908〜1945 セレクション 6」緑蔭書房 2008 p69

月をあげる人（稲垣足穂）
◇「ちくま日本文学 16」筑摩書房 2008（ちくま文庫）p36

月を斬る座頭市（童門冬二）
◇「座頭市―時代小説英雄列伝」中央公論新社 2002（中公文庫）p162

月かげ（佐藤春夫）
◇「月」国書刊行会 1999（書物の王国）p183

月かげ（火野葦平）
◇「月」国書刊行会 1999（書物の王国）p191

月ヶ瀬（萩真沙子）
◇「「伊豆文学賞」優秀作品集 第8回」静岡新聞社 2005 p3

月ケ瀬川（李正子）
◇「〈在日〉文学全集 17」勉誠出版 2006 p326

月が見ていた話（かめおかゆみこ）
◇「中学生のドラマ 5」晩成書房 2004 p29

月がゆがんでいる（橙貴生）
◇「太宰治賞 2007」筑摩書房 2007 p177

月からきたヒロインたち（仲村はるみ）
◇「誰も知らない「桃太郎」「かぐや姫」のすべて」明拓出版 2009（創作童話シリーズ）p115

次から次（F十五）
◇「ショートショートの広場 11」講談社 2000（講談社文庫）p112

月から出た人（稲垣足穂）
◇「ちくま日本文学 16」筑摩書房 2008（ちくま文庫）p9

接木の台（和田芳恵）
◇「私小説名作選 上」講談社 2012（講談社文芸文庫）p247

月小屋と娘宿 生活の記録9（宮本常一）
◇「日本文学全集 14」河出書房新社 2015 p462

月冴―王朝懶夢譚（田辺聖子）
◇「美女峠に星が流れる―時代小説傑作選」講談社 1999（講談社文庫）p245

築地河岸（宮本百合子）
◇「日本近代短篇小説選 昭和篇1」岩波書店 2012（岩波文庫）p283

築地電信局（服部撫松）
◇「新日本古典文学大系 明治編 1」岩波書店 2004 p123

築地の老女石像（柳田國男）
◇「文豪怪談傑作選 柳田國男集」筑摩書房 2007（ちくま文庫）p227

月島慕情（浅田次郎）
◇「代表作時代小説 平成15年度」光風社出版 2003 p7

月白（神崎照子）
◇「ゆきのまち幻想文学賞・小品集 15」企画集団ぷりずむ 2006 p92

ツキ過ぎる（長島槇子）
◇「女たちの怪談百物語」メディアファクトリー 2010（〔幽books〕）p112
◇「女たちの怪談百物語」KADOKAWA 2014（角川ホラー文庫）p118

突き進む娘（江國香織）
◇「with you」幻冬舎 2004 p255

月世界征服（北杜夫）
◇「冒険の森へ―傑作小説大全 4」集英社 2016 p11

月ぞ悪魔（香山滋）
◇「人外魔境」リブリオ出版 2001（怪奇・ホラーワールド）p5

月と河と庭（岡田隆彦）
◇「創刊一〇〇年三田文学名作選」三田文学会 2010 p592

月と胡桃（北原白秋）
◇「月のものがたり」ソフトバンククリエイティブ 2006 p116

月とシガレット（稲垣足穂）
◇「ちくま日本文学 16」筑摩書房 2008（ちくま文庫）p14

突きとばされた話（稲垣足穂）
◇「ちくま日本文学 16」筑摩書房 2008（ちくま文庫）p22

月と美童（北原白秋）
◇「美少年」国書刊行会 1997（書物の王国）p143

月と不死（中上健次）
◇「歴史小説の世紀 地の巻」新潮社 2000（新潮文庫）p755

月と星と（兪鎭午）
◇「近代朝鮮文学日本語作品集1908〜1945 セレクション 4」緑蔭書房 2008 p124

月と老人（白石一郎）
◇「江戸の老人力―時代小説傑作選」集英社 2002（集英社文庫）p111

月に祈るもの（野尻抱介）
◇「宇宙生物ゾーン」廣済堂出版 2000（廣済堂文庫）p19

つきに

◇「日本SF・名作集成 4」リブリオ出版 2005 p149

月にうたふさんげのひとふし（田沢稲舟）
　◇「『新編』日本女性文学全集 2」菁柿堂 2008 p210

『月』について、（金井美恵子）
　◇「ことばのたくらみ―実作集」岩波書店 2003
　　（21世紀文学の創造）p143
　◇「日本文学全集 28」河出書房新社 2017 p339

月に吠える（萩原朔太郎）
　◇「ちくま日本文学 36」筑摩書房 2009 （ちくま文庫）p48

月に吠える、純情小曲集（萩原朔太郎）
　◇「月のものがたり」ソフトバンククリエイティブ 2006 p130

月にほえる―千年少女かぐや（大橋むつお）
　◇「中学校劇作シリーズ 7」青雲書房 2002 p195

月に学ぶ（ひかるこ）
　◇「超短編の世界 vol.3」創英社 2011 p28

月の…（石黒達昌）
　◇「文学 2000」講談社 2000 p249

月の味（田辺青蛙）
　◇「てのひら怪談―ビーケーワン怪談大賞傑作選 百怪繚乱篇」ポプラ社 2008 p26

月のアペニン山（深沢七郎）
　◇「ものがたりのお菓子箱」飛鳥新社 2008 p213

月の兎（愛理修）
　◇「新・本格推理 02」光文社 2002 （光文社文庫）p157

月の裏側（堀江敏幸）
　◇「空を飛ぶ恋―ケータイがつなぐ28の物語」新潮社 2006 （新潮文庫）p40

月の絵（鏑木清方）
　◇「月」国書刊行会 1999 （書物の王国）p217

月の輝く夜（北川歩実）
　◇「恋は罪つくり―恋愛ミステリー傑作選」光文社 2005 （光文社文庫）p327

月の輝く夜に（F十五）
　◇「ショートショートの広場 13」講談社 2002 （講談社文庫）p133

月のかわいい一側面（犬村小六）
　◇「星海社カレンダー小説 2012下」星海社 2012 （星海社FICTIONS）p7
　◇「カレンダー・ラブ・ストーリー―読むと恋したくなる」星海社 2014 （星海社文庫）p125

月の川を渡る（中村邦生）
　◇「文学 1998」講談社 1998 p156

ツキの変わり目（猫吉）
　◇「ショートショートの花束 5」講談社 2013 （講談社文庫）p156

月の客人（稲垣足穂）
　◇「ちくま日本文学 16」筑摩書房 2008 （ちくま文庫）p51

月のサーカス（稲垣足穂）
　◇「ちくま日本文学 16」筑摩書房 2008 （ちくま文庫）p38

月の砂漠（青山真治）

◇「年鑑代表シナリオ集 '03」シナリオ作家協会 2004 p159

月の沙漠を（三上延）
　◇「この部屋で君と」新潮社 2014 （新潮文庫）p253

月の砂漠をさばさばと（北村薫）
　◇「少女物語」朝日新聞社 1998 p111

月の詩情（萩原朔太郎）
　◇「月のものがたり」ソフトバンククリエイティブ 2006 p10

月のしずく（浅田次郎）
　◇「特別な一日」徳間書店 2005 （徳間文庫）p99

月の下の鏡のような犯罪（竹本健治）
　◇「乱歩の幻影」筑摩書房 1999 （ちくま文庫）p129

つぎの、つぎの青（尾河みゆき）
　◇「さきがけ文学賞選集 3」秋田魁新報社 2015 （さきがけ文庫）p5

月の出（杉山平一）
　◇「妖異百物語 2」出版芸術社 1997 （ふしぎ文学館）p167

月の出峠（山本周五郎）
　◇「信州歴史時代小説傑作集 2」しなのき書房 2007 p361

月の道化（花田清輝）
　◇「新装版 全集現代文学の発見 11」學藝書林 2004 p304

月のない夏の夜のこと（中居真麻）
　◇「5分で読める！ ひと駅ストーリー 夏の記憶東口編」宝島社 2013 （宝島社文庫）p221

月の無い夜の天使祝詞（冲方丁）
　◇「運命の覇者」角川書店 1997 p85

月の庭（早見裕司）
　◇「水妖」廣済堂出版 1998 （廣済堂文庫）p253

月の話（柴田宵曲）
　◇「月」国書刊行会 1999 （書物の王国）p197

次の番（加門七海）
　◇「文藝百物語」ぶんか社 1997 p192

月の光（井上靖）
　◇「家族の絆」光文社 1997 （光文社文庫）p311

月の光（星新一）
　◇「危険なマッチ箱」文藝春秋 2009 （文春文庫）p124

月の光 その一（中原中也）
　◇「新装版 全集現代文学の発見 13」學藝書林 2004 p176

月の光 その二（中原中也）
　◇「新装版 全集現代文学の発見 13」學藝書林 2004 p177

月の瞳（紫藤ケイ）
　◇「5分で読める！ ひと駅ストーリー 猫の物語」宝島社 2014 （宝島社文庫）p219
　◇「5分で泣ける！ 胸がいっぱいになる物語」宝島社 2015 （宝島社文庫）p97

月の船（彩木風友子）

514　作品名から引ける日本文学全集案内 第III期

つきよ

◇「ゆきのまち幻想文学賞小品集 10」企画集団ぷりずむ 2001 p159

次の冬（島田等）
◇「ハンセン病文学全集 7」皓星社 2004 p450

月の舞姫（三田誠）
◇「月の舞姫」富士見書房 2001（富士見ファンタジア文庫）p11

月の窓の四姉妹（井出幸子）
◇「誰も知らない「桃太郎」「かぐや姫」のすべて」明拓出版 2009（創作童話シリーズ）p127

月の都（倉橋由美子）
◇「短歌殺人事件―31音律のラビリンス」光文社 2003（光文社文庫）p433

月の夜がたり（岡本綺堂）
◇「月」国書刊行会 1999（書物の王国）p200
◇「怪奇・伝奇時代小説選集 7」春陽堂書店 2000（春陽文庫）p24

月の夜（樋口一葉）
◇「ちくま日本文学 13」筑摩書房 2008（ちくま文庫）p403

月の輪鼻毛（山岡荘八）
◇「八百八町春爛漫」光風社出版 1998（光風社文庫）p129

突き放しの美学（佐渡美樹）
◇「ショートショートの広場 16」講談社 2005（講談社文庫）p21

月番（百目鬼野干）
◇「怪談四十九夜」竹書房 2016（竹書房文庫）p155

月日貝（高樹のぶ子）
◇「現代の小説 1998」徳間書店 1998 p133

月見座頭（神西清）
◇「新装版 全集現代文学の発見 2」學藝書林 2002 p341

月見草（山崎文男）
◇「現代作家代表作選集 5」鼎書房 2013 p135

月満ちて人狼たり（秋月達郎）
◇「変化―書下ろしホラー・アンソロジー」PHP研究所 2000（PHP文庫）p331

憑きもの（網野菊）
◇「短編 女性文学 近代 続」おうふう 2002 p145

月よ（長浜清）
◇「ハンセン病文学全集 7」皓星社 2004 p98

月よ（南宮璧）
◇「近代朝鮮文学日本語作品集1908～1945 セレクション 4」緑蔭書房 2008 p53

月夜（荒津寛子）
◇「新装版 全集現代文学の発見 別巻」學藝書林 2005 p539

月夜（李泰俊）
◇「近代朝鮮文学日本語作品集1908～1945 セレクション 2」緑蔭書房 2008 p339

月夜（柴田よしき）
◇「俳優」廣済堂出版 1999（廣済堂文庫）p201

月夜（鈴木三重吉）

◇「文豪怪談傑作選 大正篇」筑摩書房 2011（ちくま文庫）p13

月夜（日笠和彦）
◇「ショートショートの広場 20」講談社 2008（講談社文庫）p111

月夜（杜地都）
◇「てのひら怪談―ビーケーワン怪談大賞傑作選 百怪龍乱篇」ポプラ社 2008 p152
◇「てのひら怪談―ビーケーワン怪談大賞傑作選 己丑」ポプラ社 2009（ポプラ文庫）p132

月夜（楊雲萍）
◇「日本統治期台湾文学集成 18」緑蔭書房 2003 p524

月夜（呂赫若）
◇「日本統治期台湾文学集成 5」緑蔭書房 2002 p325

月夜駕籠（伊藤桂一）
◇「剣よ月下に舞え」光風社出版 2001（光風社文庫）p161

月夜蟹（日影丈吉）
◇「幻妖の水脈（みお）」筑摩書房 2013（ちくま文庫）p518

月夜峠（水野葉舟）
◇「文豪怪談傑作選 特別編」筑摩書房 2007（ちくま文庫）p148

月夜とめがね（小川未明）
◇「ものがたりのお菓子箱」飛鳥新社 2008 p45

月夜と眼鏡（小川未明）
◇「ファイン／キュート素敵かわいい作品選」筑摩書房 2015（ちくま文庫）p142

月夜にお帰りあそばせ（安土萌）
◇「帰還」光文社 2000（光文社文庫）p109

月夜に溺れる（長沢樹）
◇「宝石ザミステリー Blue」光文社 2016 p429

月夜に釜ぬく（正岡子規）
◇「新日本古典文学大系 明治編 27」岩波書店 2003 p372

月夜のアリババたち（荒井邦子）
◇「ひらく―第15回フェリシモ文学賞」フェリシモ 2012 p8

月夜の語り（任淳得）
◇「近代朝鮮文学日本語作品集1939～1945 創作篇 5」緑蔭書房 2001 p39

月夜のくだもの（文月悠光）
◇「ろうそくの炎がささやく言葉」勁草書房 2011 p149

月夜の時計（仁木悦子）
◇「江戸川乱歩の推理教室」光文社 2008（光文社文庫）p35

月夜の晩に母と鯛を（関口暁）
◇「最後の一日 7月22日―さよならが胸に染みる物語」泰文堂 2012（リンダブックス）p198

月夜のプロージット（稲垣足穂）
◇「ちくま日本文学 16」筑摩書房 2008（ちくま文庫）p54

月夜の夢（伊藤桂一）

つきよ

◇「剣侠しぐれ笠」光風社出版 1999（光風社文庫）
p289

月夜の輪舞（石神茉莉）
◇「黒い遊園地」光文社 2004（光文社文庫）p493

ツキヨミの思想（白洲正子）
◇「精選女性随筆集 7」文藝春秋 2012 p156

月夜 二（楊雲萍）
◇「日本統治期台湾文学集成 18」緑蔭書房 2003
p527

月は（新美南吉）
◇「近代童話（メルヘン）と賢治」おうふう 2014
p70

次はあなたの番ね（真野朋子）
◇「結婚貧乏」幻冬舎 2003 p151

月は沈みぬ一越国妖怪譚（南條範夫）
◇「モノノケ大合戦」小学館 2005（小学館文庫）
p31

月は綴帳の襞に（君島慧是）
◇「てのひら怪談―ビーケーワン怪談大賞傑作選」
ポプラ社 2008（ポプラ文庫）p202

月は世々の形見―室鳩巣『駿台雑話』（室鳩巣）
◇「月」国書刊行会 1999（書物の王国）p194

つく女（森江賢二）
◇「ショートショートの広場 14」講談社 2003（講
談社文庫）p178

土筆の海道（結城よしを）
◇「山形県文学全集第2期（随筆・紀行編）2」郷土出版
社 2005 p309

尽くす女（夏樹静子）
◇「犯行現場にもう一度」講談社 1997（講談社文
庫）p421

ツクチェの春（吉開那津子）
◇「時代の波音―民主文学短編小説集1995年～2004
年」日本民主主義文学会 2005 p183

つぐない（酒井康行）
◇「ショートショートの広場 19」講談社 2007（講
談社文庫）p84

つぐない（菅浩江）
◇「らせん階段―女流ミステリー傑作選」角川春樹
事務所 2003（ハルキ文庫）p205

償い（小杉健治）
◇「京都愛憎の旅―京都ミステリー傑作選」徳間書
店 2002（徳間文庫）p169

償い（無留行久志）
◇「ショートショートの広場 20」講談社 2008（講
談社文庫）p24

償い（薬丸岳）
◇「現場に臨め」光文社 2010（Kappa novels）
p367
◇「現場に臨め」光文社 2014（光文社文庫）p521

筑波を望む（中野逍遙）
◇「新日本古典文学大系 明治編 2」岩波書店 2004
p411

筑波郡（中村稔）
◇「新装版 全集現代文学の発見 13」學藝書林 2004
p301

鶉・鰒・鴨など（徳田秋聲）
◇「金沢三文豪掌文集 たべもの編」金沢文化振興財
団 2011 p36

九十九橋集（森春濤）
◇「新日本古典文学大系 明治編 2」岩波書店 2004
p51

つくられた断層（長島愛生園合同詩集）
◇「ハンセン病文学全集 7」皓星社 2004 p48

作り話（東直己）
◇「短篇ベストコレクション―現代の小説 2004」徳
間書店 2004（徳間文庫）p405

作ろう！ イメージングゆうえんち（山本茂男）
◇「小学校・全員参加の楽しい学級劇・学年劇脚本
集 低学年」黎明書房 2007 p150

付け馬―隠密牛太郎・小蝶丸（中谷航太郎）
◇「大江戸「町」物語 風」宝島社 2014（宝島社文
庫）p127

告げ口心臓（米田三星）
◇「ひとりで夜読むな―新青年傑作選 怪奇編」角川
書店 2001（角川ホラー文庫）p199
◇「戦後探偵小説四人集」論創社 2011（論創ミステ
リ叢書）p401

黄楊の櫛（岡田八千代）
◇「「新編」日本女性文学全集 3」菁柿堂 2011 p316

漬物（貝原）
◇「てのひら怪談―ビーケーワン怪談大賞傑作選 庚
寅」ポプラ社 2010（ポプラ文庫）p200

漬物の味（種田山頭火）
◇「文人御馳走帖」新潮社 2014（新潮文庫）p141

「つげ義春とぼく」書評（島尾敏雄）
◇「戦後文学エッセイ選 10」影書房 2007 p213

都合のいい男（久岡一美）
◇「ショートショートの広場 20」講談社 2008（講
談社文庫）p144

辻占（朱雀門出）
◇「男たちの怪談百物語」メディアファクトリー
2012（〔幽BOOKS〕）p193

辻斬り 無用庵隠居修行（海老沢泰久）
◇「代表作時代小説 平成22年度」光文社 2010 p119

辻碁うち（折口信夫）
◇「ちくま日本文学 25」筑摩書房 2008（ちくま文
庫）p45

つじさん（黒木あるじ）
◇「てのひら怪談―ビーケーワン怪談大賞傑作選 辛
卯」ポプラ社 2011（ポプラ文庫）p226

辻火（田久保英夫）
◇「川端康成文学賞全作品 1」新潮社 1999 p343

対馬詩集（許南麒）
◇「〈在日〉文学全集 2」勉誠出版 2006 p246

対馬にて（宮本常一）
◇「ちくま日本文学 22」筑摩書房 2008（ちくま文
庫）p9

辻無外（村上元三）
◇「血しぶき街道」光風社出版 1998（光風社文庫）
p7

◇「人物日本剣豪伝 3」学陽書房 2001 （人物文庫）
p187

続いてゆく、揺れながらも（橙貴生）
◇「ゆれる―第12回フェリシモ文学賞作品集」フェリシモ 2009 p48

続きの空（上月文青）
◇「さきがけ文学賞選集 4」秋田魁新報社 2016 （さきがけ文庫）p5

都筑道夫を読んだ男（霧舎巧）
◇「0番目の事件簿」講談社 2012 p69

続きは十三次元で（大沼珠生）
◇「ゆきのまち幻想文学賞小品集 18」企画集団ぷりずむ 2009 p73

鼓くらべ（山本周五郎）
◇「もう一度読みたい教科書の泣ける名作 再び」学研教育出版 2014 p133
◇「教科書名短篇 人間の情景」中央公論新社 2016 （中公文庫）p81

蔦葛木曽棧（国枝史郎）
◇「栞子さんの本棚―ビブリア古書堂セレクトブック」角川書店 2013 （角川文庫）p191

蔦のある家（角田喜久雄）
◇「甦る推理雑誌 2」光文社 2002 （光文社文庫）p159

蔦の門（岡本かの子）
◇「新編・日本幻想文学集成 3」国書刊行会 2016 p458

津田治子全歌集（津田治子）
◇「ハンセン病文学全集 8」皓星社 2006 p361

土（趙南哲）
◇「〈在日〉文学全集 18」勉誠出版 2006 p127

村の便り 土（朴勝極）
◇「近代朝鮮文学日本語作品集1939〜1945 評論・随筆篇 3」緑蔭書房 2002 p345

土を選べるか（清岡卓行）
◇「文学 2003」講談社 2003 p43

土神ときつね（宮沢賢治）
◇「この愛のゆくえ―ポケットアンソロジー」岩波書店 2011 （岩波文庫別冊）p181
◇「日本文学全集 16」河出書房新社 2016 p147

土神の贄（村田基）
◇「秘神界 現代編」東京創元社 2002 （創元推理文庫）p105

土蜘蛛（三橋一夫）
◇「捕物時代小説選集 2」春陽堂書店 2000 （春陽文庫）p2

土蜘蛛草紙（秋山亜由子）
◇「響き交わす鬼」小学館 2005 （小学館文庫）p209

土車（折口信夫）
◇「文豪怪談傑作選 折口信夫集」筑摩書房 2009 （ちくま文庫）p325

土くれのうた（許南麒）
◇「〈在日〉文学全集 2」勉誠出版 2006 p221

土とわたし（根多加良）

◇「渚にて―あの日からの〈みちのく怪談〉」荒蝦夷 2016 p205

土一二幕（根室千秋）
◇「日本統治期台湾文学集成 12」緑蔭書房 2003 p15

土の悲しみ（金鶴泳）
◇「〈在日〉文学全集 6」勉誠出版 2006 p391

土の子供（三部）（秋田雨雀）
◇「新・プロレタリア文学精選集 2」ゆまに書房 2004 p198

土の塵―第一回創元SF短編賞日下三蔵賞（山下敬）
◇「原色の想像力―創元SF短編賞アンソロジー」東京創元社 2010 （創元SF文庫）p295

土の枕（津原泰水）
◇「超弦領域―年刊日本SF傑作選」東京創元社 2009 （創元SF文庫）p165
◇「コレクション戦争と文学 6」集英社 2011 p266

土御門殿の怪（篠田達明）
◇「鬼火が呼んでいる―時代小説傑作選」講談社 1997 （講談社文庫）p228

土屋文明先生の弟子（杉浦明平）
◇「戦後文学エッセイ選 6」影書房 2008 p79

筒穴（貝原）
◇「てのひら怪談―ビーケーワン怪談大賞傑作選 2」ポプラ社 2007 p184

筒を売る忍者（山田風太郎）
◇「逢魔への誘い」徳間書店 2000 （徳間文庫）p363

つつがなきよう（新井素子）
◇「逆想コンチェルト―イラスト先行・競作小説アンソロジー 奏の1」徳間書店 2010 p162

つつじ（李春穆）
◇「〈在日〉文学全集 16」勉誠出版 2006 p43

躑躅（鄭芝溶）
◇「近代朝鮮文学日本語作品集1939〜1945 創作篇 6」緑蔭書房 2001 p175

躑躅幻想（柴田よしき）
◇「京都綺談」有楽出版社 2015 p85

つつじ公園で（香山末子）
◇「ハンセン病文学全集 7」皓星社 2004 p309

つつじ公園にて（金末子）
◇「ハンセン病文学全集 4」皓星社 2003 p653

ツツジとドクロ（石野晶）
◇「12の贈り物―東日本大震災支援岩手県在住作家自選短編集」荒蝦夷 2011 （叢書東北の声）p388

伝手（島村ゆに）
◇「てのひら怪談―ビーケーワン怪談大賞傑作選 2」ポプラ社 2007 p68
◇「てのひら怪談―ビーケーワン怪談大賞傑作選 己丑」ポプラ社 2009 （ポプラ文庫）p202

綱を引く（大原克之）
◇「高校演劇Selection 2001 上」晩成書房 2001 p43

つながったタクワン（高峰秀子）

つなか

◇「精選女性随筆集 8」文藝春秋 2012 p162

つながり合うもの（大庭みな子）
◇「精選女性随筆集 6」文藝春秋 2012 p176

綱子の夏（竹田真砂子）
◇「現代の小説 1998」徳間書店 1998 p211

つなひき（魚川鉾夫）
◇「本格推理 11」光文社 1997（光文社文庫）p337

綱渡り（岡崎弘明）
◇「世紀末サーカス」廣済堂出版 2000（廣済堂文庫）p421

「綱渡り」と仮面について（倉橋由美子）
◇「精選女性随筆集 3」文藝春秋 2012 p97

綱渡りの成功例（米澤穂信）
◇「悪意の迷路」光文社 2016（最新ベスト・ミステリー）p475

ツノ（タカスギシンタロ）
◇「超短編の世界 vol.2」創英社 2009 p57

津の国屋（岡本綺堂）
◇「傑作捕物ワールド 9」リブリオ出版 2002 p5

角出しのガブ（竹河聖）
◇「ロボットの夜」光文社 2000（光文社文庫）p569

角と牙（平谷美樹）
◇「獣人」光文社 2003（光文社文庫）p273

角筈にて（浅田次郎）
◇「短編復活」集英社 2002（集英社文庫）p25

椿（里見弴）
◇「百年小説」ポプラ社 2008 p519

椿（巣山ひろみ）
◇「ゆきのまち幻想文学賞・小品集 14」企画集団ぷりずむ 2005 p132

椿（森茉莉）
◇「精選女性随筆集 2」文藝春秋 2012 p77

椿咲く庭に（内海俊夫）
◇「ハンセン病文学全集 8」皓星社 2006 p473

椿堂（竹西寛子）
◇「文学 1999」講談社 1999 p28
◇「現代小説クロニクル 1995〜1999」講談社 2015（講談社文芸文庫）p237

椿の入墨──崎省吾事件簿シリーズより（高橋治）
◇「警察小説傑作短篇集」ランダムハウス講談社 2009（ランダムハウス講談社文庫）p183

椿の海の記（石牟礼道子）
◇「日本文学全集 24」河出書房新社 2015 p5

椿の寺（辻井喬）
◇「恋物語」朝日新聞社 1998 p124

椿の花（国満静志）
◇「ハンセン病文学全集 7」皓星社 2004 p391

「椿姫」ばなし（大岡昇平）
◇「日本文学全集 18」河出書房新社 2016 p401

椿よ！（王白淵）
◇「日本統治期台湾文学集成 18」緑蔭書房 2003 p60

つばくろ会からまいりました（筒井康隆）
◇「短篇ベストコレクション─現代の小説 2012」徳間書店 2012（徳間文庫）p439

つばさ（李箱）
◇「近代朝鮮文学日本語作品集1908〜1945 セレクション 2」緑蔭書房 2008 p117

翼（小池真理子）
◇「眠れなくなる夢十夜」新潮社 2009（新潮文庫）p157

翼（丸山薫）
◇「新装版 全集現代文学の発見 13」學藝書林 2004 p118

翼（趙薫）
◇「近代朝鮮文学日本語作品集1939〜1945 創作篇 6」緑蔭書房 2001 p45

翼ある靴（赤川一吾）
◇「本格推理 12」光文社 1998（光文社文庫）p395

翼あるもの（橘薫）
◇「セブンス・アウト─悪夢七夜」童夢舎 2000（Doumノベル）p311

翼あれ 風 おおわが歌（大岡信）
◇「新装版 全集現代文学の発見 13」學藝書林 2004 p495

翼を夢見たあなたへ（相木奈美）
◇「ひらく─第15回フェリシモ文学賞」フェリシモ 2012 p156

つばさ君（江坂遊）
◇「チャイルド」廣済堂出版 1998（廣済堂文庫）p403

翼─ゴーティエ風の物語（三島由紀夫）
◇「ことばの織物─昭和短篇珠玉選 2」蒼丘書林 1998 p177

翼よ、あれは何の灯だ（清水義範）
◇「冒険の森へ─傑作小説大全 13」集英社 2016 p190

ツバメたち（北原百合）
◇「捨てる─アンソロジー」文藝春秋 2015 p150

童話劇 燕の脚─三幕五場（楊美林脚色）
◇「近代朝鮮文学日本語作品集1908〜1945 セレクション 6」緑蔭書房 2008 p131

燕の歌（松村永渉）
◇「近代朝鮮文学日本語作品集1908〜1945 セレクション 4」緑蔭書房 2008 p483

燕は帰る（川口松太郎）
◇「おもかげ行燈」光風社出版 1998（光風社文庫）p219

つぶつぶ（柴田よしき）
◇「恐怖症」光文社 2002（光文社文庫）p119

つぶて新月（朱雀弦一郎）
◇「捕物時代小説選集 5」春陽堂書店 2000（春陽文庫）p247

壺（塔和子）
◇「ハンセン病文学全集 7」皓星社 2004 p132

三拾三所観音霊験記 壺阪寺の段（作者表記なし）
◇「新日本古典文学大系 明治編 4」岩波書店 2003 p402

つみつ

壺の魚（幸田裕子）
　◇「ショートショートの花束 4」講談社 2012（講談社文庫）p85
蕾（呉天賞）
　◇「日本統治期台湾文学集成 5」緑蔭書房 2002 p37
妻（白鐵）
　◇「近代朝鮮文学日本語作品集1939〜1945 評論・随筆篇 3」緑蔭書房 2002 p67
妻への祈り（島尾敏雄）
　◇「戦後文学エッセイ選 10」影書房 2007 p51
妻への祈り・補遺（島尾敏雄）
　◇「戦後文学エッセイ選 10」影書房 2007 p79
妻を愛す（高橋克彦）
　◇「愛の怪談」角川書店 1999（角川ホラー文庫）p231
　◇「死者の復活」リブリオ出版 2001（怪奇・ホラーワールド）p109
妻を怖れる剣士（南條範夫）
　◇「江戸の爆笑力—時代小説傑作選」集英社 2004（集英社文庫）p243
妻を買う経験（里見弴）
　◇「丸谷才一編・花柳小説傑作選」講談社 2013（講談社文芸文庫）p222
妻を待つ（大西夏奈子）
　◇「ショートショートの広場 15」講談社 2004（講談社文庫）p11
妻を呼ぶ（上忠司）
　◇「日本統治期台湾文学集成 18」緑蔭書房 2003 p214
妻が椎茸だったころ（中島京子）
　◇「短篇ベストコレクション—現代の小説 2012」徳間書店 2012（徳間文庫）p447
　◇「ファイン／キュート素敵かわいい作品選」筑摩書房 2015（ちくま文庫）p168
妻恋（常盤新平）
　◇「銀座24の物語」文藝春秋 2001 p111
妻として最後の手紙を差し上げるのです≫宮崎龍介／伊藤伝右衛門（柳原白蓮）
　◇「日本人の手紙 5」リブリオ出版 2004 p130
妻として最後の手紙を差し上げるのです≫柳原白蓮（宮崎龍介）
　◇「日本人の手紙 5」リブリオ出版 2004 p130
妻と未亡人（小池真理子）
　◇「私は殺される—女流ミステリー傑作選」角川春樹事務所 2001（ハルキ文庫）p287
妻と私（江藤淳）
　◇「妻を失う—離別作品集」講談社 2014（講談社文芸文庫）p180
妻の一割（三崎亜記）
　◇「短篇ベストコレクション—現代の小説 2013」徳間書店 2013（徳間文庫）p339
妻の艶書（海野十三）
　◇「風間光枝探偵日記」論創社 2007（論創ミステリ叢書）p295
妻のおのろけを書いてやった≫森志げ（森鷗外）
　◇「日本人の手紙 6」リブリオ出版 2004 p26
妻の女友達（小池真理子）
　◇「短篇集 4」双葉社 2008（双葉文庫）p5
妻の気配り（窓宮荘介）
　◇「ショートショートの花束 3」講談社 2011（講談社文庫）p31
妻の故郷（内海隆一郎）
　◇「短篇ベストコレクション—現代の小説 2000」徳間書店 2000 p371
妻のこと（志樹逸馬）
　◇「ハンセン病文学全集 6」皓星社 2003 p455
妻の乳房（赤腹江森）
　◇「ショートショートの花束 5」講談社 2013（講談社文庫）p136
妻の話（島崎一裕）
　◇「ショートショートの広場 13」講談社 2002（講談社文庫）p208
妻の秘密（小林久三）
　◇「自選ショート・ミステリー 2」講談社 2001（講談社文庫）p139
妻の不貞（崩木十歩）
　◇「てのひら怪談—ビーケーワン怪談大賞傑作選 辛卯」ポプラ社 2011（ポプラ文庫）p118
妻の部屋（古山高麗雄）
　◇「文学 2001」講談社 2001 p170
爪紅草（柳田國男）
　◇「ちくま日本文学 15」筑摩書房 2008（ちくま文庫）p264
妻よ（楊雲萍）
　◇「日本統治期台湾文学集成 18」緑蔭書房 2003 p554
妻よ許せ（五味康祐）
　◇「躍る影法師」光風社出版 1997（光風社文庫）p265
つまり誰もいなくならない（斎藤肇）
　◇「ミステリ★オールスターズ」角川書店 2010 p337
　◇「ミステリ・オールスターズ」角川書店 2012（角川文庫）p389
妻は、くの一（風野真知雄）
　◇「遙かなる道」桃園書房 2001（桃園文庫）p175
妻は、くノ一（風野真知雄）
　◇「くノ一、百華—時代小説アンソロジー」集英社 2013（集英社文庫）p151
罪（早見裕司）
　◇「トロピカル」廣済堂出版 1999（廣済堂文庫）p139
罪を認めてください（新津きよみ）
　◇「毒殺協奏曲」原書房 2016 p131
積み木あそび（タキガワ）
　◇「超短編の世界 vol.3」創英社 2011 p86
罪つくり（横山秀夫）
　◇「ザ・ベストミステリーズ—推理小説年鑑 2007」講談社 2007 p9

作品名から引ける日本文学全集案内　第III期　519

つみと

◇「MARVELOUS MYSTERY」講談社 2010（講談社文庫）p5

罪と罰の機械（牧野修）
◇「侵略！」廣済堂出版 1998（廣済堂文庫）p49

罪な女（北原亞以子）
◇「逢魔への誘い」徳間書店 2000（徳間文庫）p51

罪な女（藤原審爾）
◇「昭和の短篇一人一冊集成 藤原審爾」未知谷 2008 p5

罪なき罪人（高木彬光）
◇「名探偵の憂鬱」青樹社 2000（青樹社文庫）p177

罪なき人々vs.ウルトラマン（太田忠司）
◇「密室殺人大百科 上」原書房 2000 p47

罪深き女（湊かなえ）
◇「宝石ザミステリー 2014夏」光文社 2014 p31

つむじ（乃南アサ）
◇「ときめき―ミステリアンソロジー」廣済堂出版 2005（廣済堂文庫）p173

爪（倉阪鬼一郎）
◇「血の12幻想」エニックス 2000 p187

爪（牧野信一）
◇「早稲田作家処女作集」講談社 2012（講談社文芸文庫）p115

爪（光岡良二）
◇「ハンセン病文学全集 7」皓星社 2004 p288

爪（森内俊雄）
◇「恐怖の旅」光文社 2000（光文社文庫）p173

爪占い（佐野洋）
◇「現場に臨め」光文社 2010（Kappa novels）p199
◇「現場に臨め」光文社 2014（光文社文庫）p273

爪王（戸川幸夫）
◇「冒険の森へ―傑作小説大全 13」集英社 2016 p48

爪切り（古川時夫）
◇「ハンセン病文学全集 7」皓星社 2004 p363

詰将棋（横溝正史）
◇「甦る推理雑誌 2」光文社 2002（光文社文庫）p387

冷たい雨A Grave with No Name（伊野隆之）
◇「短篇ベストコレクション―現代の小説 2011」徳間書店 2011（徳間文庫）p281

冷たい仕事（黒井千次）
◇「名短篇、ここにあり」筑摩書房 2008（ちくま文庫）p61

冷めたい手（坂東眞砂子）
◇「午前零時」新潮社 2007 p21
◇「午前零時―P.S.昨日の私へ」新潮社 2009（新潮文庫）p25

冷たい夏（守矢帝）
◇「本格推理 10」光文社 1997（光文社文庫）p251

冷たい部屋（甘糟りり子）
◇「靴に恋して」ソニー・マガジンズ 2004 p213

冷たいホットライン（七河迦南）

◇「山岳迷宮（ラビリンス）―山のミステリー傑選」光文社 2016（光文社文庫）p83

爪に爪なし猫に爪あり（野咲野良）
◇「かわいい―第16回フェリシモ文学賞優秀作品集」フェリシモ 2013 p89

爪の代金五十両（南原幹雄）
◇「吉原花魁」角川書店 2009（角川文庫）p131

積る日（赤月折）
◇「ゆきのまち幻想文学賞小品集 22」企画集団ぷりずむ 2013 p146

通夜（吉田悠軌）
◇「てのひら怪談―ビーケーワン怪談大賞傑作選 2」ポプラ社 2007 p104
◇「てのひら怪談―ビーケーワン怪談大賞傑作選 己丑」ポプラ社 2009（ポプラ文庫）p220

通夜盗（佐野洋）
◇「事件の痕跡」光文社 2007（Kappa novels）p273
◇「事件の痕跡」光文社 2012（光文社文庫）p365

通夜の客（井上靖）
◇「甘やかな祝祭―恋愛小説アンソロジー」光文社 2004（光文社文庫）p209

通夜の客（山尾悠子）
◇「少女怪談」学習研究社 2000（学研M文庫）p281

艶めかしい墓場（萩原朔太郎）
◇「ちくま日本文学 36」筑摩書房 2009（ちくま文庫）p150

通夜物語（泉鏡花）
◇「明治の文学 8」筑摩書房 2001 p89

梅雨（つゆ）… → "ばいう…"をも見よ

梅雨（李正子）
◇「〈在日〉文学全集 17」勉誠出版 2006 p234

梅雨明け（湊菜海）
◇「かわいい―第16回フェリシモ文学賞優秀作品集」フェリシモ 2013 p6

露カ涙カ―秘剣一ノ太刀（早乙女貢）
◇「花ごよみ夢一夜」光風社出版 2001（光風社文庫）p115

露草（水野竹声）
◇「ハンセン病文学全集 9」皓星社 2010 p41

句集 露七彩（青山蓮月）
◇「ハンセン病文学全集 9」皓星社 2010 p109

露団々（つゆだんだん）（幸田露伴）
◇「新日本古典文学大系 明治編 22」岩波書店 2002 p1

犯罪小説 露と消ゆる四つの命（座光東平）
◇「日本統治期台湾文学集成 9」緑蔭書房 2002 p97

梅雨の合い間の夢（宮部みゆき）
◇「回転ドアから」全作家協会 2015（全作家短編集）p309

つゆの朝ごはん 第一話―「ポタージュ・ボン・ファム」（友井羊）
◇「『このミステリーがすごい！』大賞作家書き下ろしBOOK vol.3」宝島社 2013 p181

つゆの朝ごはん 第二話―ヴィーナスは知って
いる（友井羊）
　◇「『このミステリーがすごい！』大賞作家書き下ろ
　　しBOOK vol.4」宝島社 2014 p155
つゆの朝ごはん 第三話―「ふくちゃんのダイ
エット奮闘記」（友井羊）
　◇「『このミステリーがすごい！』大賞作家書き下ろ
　　しBOOK vol.5」宝島社 2014 p133
つゆの朝ごはん 第四話―日が暮れるまで待っ
て（友井羊）
　◇「『このミステリーがすごい！』大賞作家書き下ろ
　　しBOOK vol.6」宝島社 2014 p159
梅雨の湯豆腐（池波正太郎）
　◇「江戸めぐり雨」学研パブリッシング 2014（学研
　　M文庫）p5
露のよすが（三宅花圃）
　◇「短編 女性文学 近代 続」おうふう 2002 p23
梅雨の夜（金時鐘）
　◇「〈在日〉文学全集 5」勉誠出版 2006 p100
露萩（泉鏡花）
　◇「闇夜に怪を語れば―百物語ホラー傑作選」角川
　　書店 2005（角川ホラー文庫）p67
　◇「文豪怪談傑作選 特別編」筑摩書房 2009（ちく
　　ま文庫）p180
つゆはらい（屋敷あずさ）
　◇「てのひら怪談―ビーケーワン怪談大賞傑作選 庚
　　寅」ポプラ社 2010（ポプラ文庫）p144
露（二）（志樹逸馬）
　◇「ハンセン病文学全集 7」皓星社 2004 p319
強い腕に抱かる（萩原朔太郎）
　◇「ちくま日本文学 36」筑摩書房 2009（ちくま文
　　庫）p132
犯罪小説 強い娘（座光東平）
　◇「日本統治期台湾文学集成 9」緑蔭書房 2002 p61
氷柱折り（隆慶一郎）
　◇「秘剣舞う―剣豪小説の世界」学習研究社 2002
　　（学研M文庫）p135
氷柱折り【清麿】（隆慶一郎）
　◇「刀剣―歴史時代小説名作アンソロジー」中央公
　　論新社 2016（中公文庫）p7
釣り糸（塔和子）
　◇「ハンセン病文学全集 7」皓星社 2004 p507
釣りぎつね（越水利江子）
　◇「稲生モノノケ大全 陽之巻」毎日新聞社 2005
　　p101
釣忍（山本周五郎）
　◇「親不孝長屋―人情時代小説傑作選」新潮社 2007
　　（新潮文庫）p129
ツリーとタワー（戸川唯）
　◇「恋は、しばらくお休みです。―恋愛短篇小説集」
　　泰文堂 2013（レインブックス）p5
釣りの怪談（森真沙子）
　◇「文藝百物語」ぶんか社 1997 p212
吊り橋効果（喜多南）
　◇「5分で読める！ ひと駅ストーリー 冬の記憶西口

編」宝島社 2013（宝島社文庫）p51
吊橋のある駅（瀬戸内寂聴）
　◇「したたかな女たち」リブリオ出版 2001（ラブ
　　ミーワールド）p5
　◇「恋愛小説・名作集成 7」リブリオ出版 2004 p5
つり橋わたれ（いずみ凛）
　◇「小学校たのしい劇の本―英語劇付 中学年」国土
　　社 2007 p8
鶴（竹西寛子）
　◇「戦後短篇小説再発見 14」講談社 2003（講談社
　　文芸文庫）p121
鶴（椿實）
　◇「人獣怪婚」筑摩書房 2000（ちくま文庫）p233
鶴（中島敦）
　◇「ちくま日本文学 12」筑摩書房 2008（ちくま文
　　庫）p441
鶴（長谷川四郎）
　◇「ことばの織物―昭和短篇珠玉選 2」蒼丘書林
　　1998 p193
　◇「とっておきの話」筑摩書房 2011（ちくま文学の
　　森）p481
　◇「日本文学100年の名作 4」新潮社 2014（新潮文
　　庫）p377
鶴（丸山薫）
　◇「新装版 全集現代文学の発見 13」學藝書林 2004
　　p113
鶴（廣妙達）
　◇「〈在日〉文学全集 18」勉誠出版 2006 p64
鶴（吉屋信子）
　◇「文豪怪談傑作選 吉屋信子集」筑摩書房 2006
　　（ちくま文庫）p235
蔓（折多紗知）
　◇「現代鹿児島小説大系 4」ジャプラン 2014 p68
ツール＆ストール（大倉崇裕）
　◇「小説推理新人賞受賞作アンソロジー 2」双葉社
　　2000（双葉文庫）p97
鶴が来た夜（久保之谷薫）
　◇「ゆきのまち幻想文学賞小品集 21」企画集団ぷり
　　ずむ 2012 p42
つるかめ算の逆襲（東野司）
　◇「彗星パニック」廣済堂出版 2000（廣済堂文庫）
　　p149
剣（つるぎ）… → “けん…”をも見よ
剣ヶ崎（立原正秋）
　◇「〈在日〉文学全集 16」勉誠出版 2006 p273
劔岳へ（畑野智美）
　◇「Sports stories」埼玉県さいたま市 2010（さい
　　たま市スポーツ文学賞受賞作品集）p397
鶴子（星哲朗）
　◇「ショートショートの花束 1」講談社 2009（講
　　談社文庫）p204
つるつる（池波正太郎）
　◇「信州歴史時代小説傑作集 2」しなのき書房 2007
　　p61
鶴のいた庭（堀田善衞）

作品名から引ける日本文学全集案内 第III期 **521**

つるの

◇「魂がふるえるとき」文藝春秋 2004（文春文庫）
p114

鶴の書（結城信一）
◇「コレクション戦争と文学 15」集英社 2012 p456

鶴の葬式（丸山薫）
◇「新装版 全集現代文学の発見 13」學藝書林 2004
p118
◇「新装版 全集現代文学の発見 13」學藝書林 2004
p119

ツルの一声（逢坂剛）
◇「事件の痕跡」光文社 2007（Kappa novels）
p155
◇「事件の痕跡」光文社 2012（光文社文庫）p205

つるばあ（石沢英太郎）
◇「外地探偵小説集 満州篇」せらび書房 2003 p251

橡（つるばみ）…→ "とち…"をも見よ

橡（酉島伝法）
◇「アステロイド・ツリーの彼方へ」東京創元社
2016（創元SF文庫）p357

鶴姫（滝口康彦）
◇「酔うて候―時代小説傑作選」徳間書店 2006（徳
間文庫）p153

釣瓶（武内慎之助）
◇「ハンセン病文学全集 6」皓星社 2003 p340

釣瓶井戸（草苅亀一郎）
◇「山形県文学全集第2期（随筆・紀行編）5」郷土出版
社 2005 p98

つるべ心中（土師清二）
◇「剣鬼無明斬り」光風社出版 1997（光風社文庫）
p181

鶴屋南北の町（今尾哲也）
◇「あやかしの深川―受け継がれる怪異な土地の物
語」猿江商會 2016 p182

つるんぶ つるん（草野心平）
◇「新装版 全集現代文学の発見 13」學藝書林 2004
p141

連れあって札所めぐり（中川洋子）
◇「『伊豆文学賞』優秀作品集 第15回」羽衣出版
2012 p245

連れて行くわ（雨川アメ）
◇「てのひら怪談―ビーケーワン怪談大賞傑作選」
ポプラ社 2007 p46
◇「てのひら怪談―ビーケーワン怪談大賞傑作選」
ポプラ社 2008（ポプラ文庫）p44

石蕗（早瀬詠一郎）
◇「短篇ベストコレクション―現代の小説 2010」徳
間書店 2010（徳間文庫）p443

聾のるりる（草野心平）
◇「新装版 全集現代文学の発見 13」學藝書林 2004
p139

【 て 】

手（立原正秋）
◇「見上げれば星は天に満ちて―心に残る物語―日本
文学秀作選」文藝春秋 2005（文春文庫）p367

手（中村稔）
◇「新装版 全集現代文学の発見 13」學藝書林 2004
p304

手（西脇順三郎）
◇「新装版 全集現代文学の発見 13」學藝書林 2004
p49

手（灰谷健次郎）
◇「コレクション戦争と文学 20」集英社 2012 p546

手（火野葦平）
◇「冒険の森へ―傑作小説大全 1」集英社 2016 p48

手（水野葉舟）
◇「文豪怪談傑作選 明治編」筑摩書房 2011（ちく
ま文庫）p164

出会い（都筑道夫）
◇「マイ・ベスト・ミステリー 6」文藝春秋 2007
（文春文庫）p345

出会い（藤田三四郎）
◇「ハンセン病文学全集 7」皓星社 2004 p490

出会ひ（松永不二子）
◇「ハンセン病文学全集 8」皓星社 2006 p521

出合茶屋（白石一郎）
◇「江戸の秘恋―時代小説傑作選」徳間書店 2004
（徳間文庫）p317

出合ノ津を渡りて（正岡子規）
◇「新日本古典文学大系 明治編 27」岩波書店 2003
p105

出会った少女（高樹のぶ子）
◇「少女物語」朝日新聞社 1998 p175

ディア・ドクター（西川美和）
◇「年鑑代表シナリオ集 '09」シナリオ作家協会
2010 p179

ディアトリマの夜（神崎照子）
◇「ゆきのまち幻想文学賞小品集 20」企画集団ぷり
ずむ 2011 p103

ディアマント（小栗四海）
◇「てのひら怪談―ビーケーワン怪談大賞傑作選 2」
ポプラ社 2008 p140
◇「てのひら怪談―ビーケーワン怪談大賞傑作選 己
丑」ポプラ社 2009（ポプラ文庫）p232

ティアラ（斎藤冬海）
◇「現代作家代表作選集 1」鼎書房 2012 p75

庭園（堀井紗由美）
◇「リトル・リトル・クトゥルー―史上最小の神話
小説集」学習研究社 2009 p76

ディオリッシモ（小池真理子）

◇「ドッペルゲンガー奇譚集―死を招く影」角川書店 1998 （角川ホラー文庫）p47

泥眼（乃南アサ）
◇「蒼迷宮―ミステリー・アンソロジー」祥伝社 2002 （祥伝社文庫）p189

提起（丁章）
◇「〈在日〉文学全集 18」勉誠出版 2006 p400

定期券（桂枝雀）
◇「超短編アンソロジー」筑摩書房 2002 （ちくま文庫）p65

涕泣史談（柳田國男）
◇「ちくま日本文学 15」筑摩書房 2008 （ちくま文庫）p304

啼血始末（正岡子規）
◇「明治の文学 2C」筑摩書房 2001 p7

啼血始末序（正岡子規）
◇「明治の文学 2C」筑摩書房 2001 p6

帝国軍隊に於ける学習・序（富士正晴）
◇「戦後短篇小説再発見 8」講談社 2002 （講談社文芸文庫）p88
◇「日本近代短編小説選 昭和篇3」岩波書店 2012 （岩波文庫）p223
◇「文学に描かれた戦争―徳島大空襲を中心に」徳島県文化振興財団徳島県立文学書道館 2015 （ことのは文庫）p95

体裁のいい景色―人間時代の遺留品（西脇順三郎）
◇「創刊一〇〇年三田文学名作選」三田文学会 2010 p576

D坂の殺人事件（江戸川乱歩）
◇「名探偵登場！ ベストセラーズ 2004 （日本ミステリー名作館）p107

D坂の殺人事件―草稿版（江戸川乱歩）
◇「古書ミステリー倶楽部―傑作推理小説集 3」光文社 2015 （光文社文庫）p361

偵察（湯葉岸時也）
◇「てのひら怪談―ビーケーワン怪談大賞傑作選 壬辰」ポプラ社 2012 （ポプラ文庫）p42

停車場の少女（岡本綺堂）
◇「少女怪談」学習研究社 2000 （学研M文庫）p167
◇「新編・日本幻想文学集成 4」国書刊行会 2016 p449

停車場で（小泉八雲）
◇「悪いやつの物語」筑摩書房 2011 （ちくま文学の森）p481

泥酒（田丸雅智）
◇「SF宝石―すべて新作読み切り！ 2015」光文社 2015 p184

定州（ていしゅう）… →"チョンジュ…"を見よ
貞淑な細君（貴司山治）
◇「新・プロレタリア文学精選集 14」ゆまに書房 2004 p199

亭主に殺された食菜人（山下景光）
◇「日本統治期台湾文学集成 9」緑蔭書房 2002 p291

テイスター・キラー（深津十一）
◇「5分で読める！ ひと駅ストーリー 食の話」宝島社 2015 （宝島社文庫）p109

テイスティング（横森理香）
◇「蜜の眠り」廣済堂出版 2000 （廣済堂文庫）p25

テイスト オブ パラダイス（江國香織）
◇「めぐり逢い―恋愛小説アンソロジー」角川春樹事務所 2005 （ハルキ文庫）p5

庭前（井伏鱒二）
◇「猫」中央公論新社 2009 （中公文庫）p45

停戦譜（金時鐘）
◇「〈在日〉文学全集 5」勉誠出版 2006 p145

でいだら（石居稚）
◇「てのひら怪談―ビーケーワン怪談大賞傑作選 庚寅」ポプラ社 2010 （ポプラ文庫）p194

泥中蓮（朝松健）
◇「トロピカル」廣済堂出版 1999 （廣済堂文庫）p459

ティティカカの向こう側（長山志信）
◇「北日本文学賞入賞作品集 2」北日本新聞社 2002 p289

ディテクティブ・ゼミナール―第3問（円居挽）
◇「ベスト本格ミステリ 2014」講談社 2014 （講談社ノベルス）p237

蹄鉄屋の歌（小熊秀雄）
◇「新装版 全集現代文学の発見 13」學藝書林 2004 p216

停電の夜に（松村佳直）
◇「てのひら怪談―ビーケーワン怪談大賞傑作選 壬辰」ポプラ社 2012 （ポプラ文庫）p36

停電の夜の乾杯（@akihitoi）
◇「3.11心に残る140字の物語」学研パブリッシング 2011 p32

帝都復興祭（速瀬れい）
◇「世紀末サーカス」廣済堂出版 2000 （廣済堂文庫）p457

デイドリーム オブ クリスマス（椰月美智子）
◇「ラブソングに飽きたら」幻冬舎 2015 （幻冬舎文庫）p45

デイドリーム、鳥のように（元長柾木）
◇「ゼロ年代SF傑作選」早川書房 2010 （ハヤカワ文庫 JA）p135

泥濘（梶井基次郎）
◇「ちくま日本文学 28」筑摩書房 2008 （ちくま文庫）p207
◇「小説乃湯―お風呂小説アンソロジー」角川書店 2013 （角川文庫）p61

定年（塔山郁）
◇「5分で読める！ ひと駅ストーリー 降車編」宝島社 2012 （宝島社文庫）p223
◇「5分で驚く！ どんでん返しの物語」宝島社 2016 （宝島社文庫）p83

定年旅行（星野智幸）
◇「空を飛ぶ恋―ケータイがつなぐ28の物語」新潮社 2006 （新潮文庫）p130

D―ハルマゲドン（菊地秀行）

◇「屍鬼の血族」桜桃書房 1999 p325

ディフェンディング・ゲーム（石持浅海）
　◇「ミステリ魂。校歌斉唱！」講談社 2010（講談社ノベルス）p117
　◇「名探偵に訊け」光文社 2010（Kappa novels）p63
　◇「名探偵に訊け」光文社 2013（光文社文庫）p79

ディープ・キス（草上仁）
　◇「蒐集家（コレクター）」光文社 2004（光文社文庫）p177
　◇「ザ・ベストミステリーズ―推理小説年鑑 2005」講談社 2005 p341
　◇「仕掛けられた罪」講談社 2008（講談社文庫）p491

丁卯中秋、痾を患ひ、枕上に三律を賦し、藤志州に寄す（成島柳北）
　◇「新日本古典文学大系 明治編 2」岩波書店 2004 p233

丁卯の元旦 倫敦に在り（中村敬宇）
　◇「新日本古典文学大系 明治編 2」岩波書店 2004 p149

定本青猫（萩原朔太郎）
　◇「ちくま日本文学 36」筑摩書房 2009（ちくま文庫）p177

訂盟（新垣宏一）
　◇「日本統治期台湾文学集成 6」緑蔭書房 2002 p293

ティラミスのケーキ（寺田旅雨）
　◇「リトル・リトル・クトゥルー―史上最小の神話小説集」学習研究社 2009 p164

ディラン・トオマス詩集（吉田健一）
　◇「日本文学全集 20」河出書房新社 2015 p384

出入りの激しい病室（篠田節子）
　◇「文藝百物語」ぶんか社 1997 p98

ディレクターズ・カット（浦浜圭一郎）
　◇「キネマ・キネマ」光文社 2002（光文社文庫）p479

ティーンエイジ・サマー（鷺沢萠）
　◇「現代小説クロニクル 1990〜1994」講談社 2015（講談社文芸文庫）p17

デウス・エクス・リブリス（君島慧是）
　◇「てのひら怪談―ビーケーワン怪談大賞傑作選 2」ポプラ社 2007 p38
　◇「てのひら怪談―ビーケーワン怪談大賞傑作選 己丑」ポプラ社 2009（ポプラ文庫）p230

大邱駅前（許南麒）
　◇「〈在日〉文学全集 2」勉誠出版 2006 p85

大邱警察署（許南麒）
　◇「〈在日〉文学全集 2」勉誠出版 2006 p87

大邱（テグ）詩集（許南麒）
　◇「〈在日〉文学全集 2」勉誠出版 2006 p83

大邱林檎（許南麒）
　◇「〈在日〉文学全集 2」勉誠出版 2006 p84

テエブル（巽鏡一郎）
　◇「てのひら怪談 癸巳」KADOKAWA 2013（MF文庫ダ・ヴィンチ）p144

短篇小説 顆富者（テオクブヂャ）（一）〜（六）（白信愛）
　◇「近代朝鮮文学日本語作品集1901〜1938 創作篇 4」緑蔭書房 2004 p52

手押し車（宇野千代）
　◇「精選女性随筆集 6」文藝春秋 2012 p94

手をつなごう（濱本七恵）
　◇「君がいない―恋愛短篇小説集」泰文堂 2013（リンダブックス）p84

出稼ぎ（古賀牧彦）
　◇「ショートショートの広場 9」講談社 1998（講談社文庫）p61

出稼ぎ、郷里の娘からの待ち遠しいラブレター≫木村迪夫（木村由樹子）
　◇「日本人の手紙 10」リブリオ出版 2004 p191

出稼ぎと旅 生活の記録4（宮本常一）
　◇「日本文学全集 14」河出書房新社 2015 p411

手形（安曇潤平）
　◇「男たちの怪談百物語」メディアファクトリー 2012（幽BOOKS）p17

デカダンな旧友（藤田宜永）
　◇「男たちの長い旅」徳間書店 2004（TOKUMA NOVELS）p119

テ・鉄輪（入江敦彦）
　◇「京都宵」光文社 2008（光文社文庫）p43

手紙（荒木郁）
　◇「青鞜文学集」不二出版 2004 p85

手紙（李正子）
　◇「〈在日〉文学全集 17」勉誠出版 2006 p239

手紙（梶井基次郎）
　◇「ちくま日本文学 28」筑摩書房 2008（ちくま文庫）p400

手紙（工藤秋子）
　◇「ショートショートの広場 12」講談社 2001（講談社文庫）p20

手紙（瀬戸内晴美）
　◇「山形県文学全集第2期（随筆・紀行編）5」郷土出版社 2005 p186

手紙（田村博厚）
　◇「ショートショートの広場 11」講談社 2000（講談社文庫）p154

手紙（崔龍源）
　◇「〈在日〉文学全集 18」勉誠出版 2006 p184

手紙（中里恒子）
　◇「精選女性随筆集 10」文藝春秋 2012 p85

手紙（縄田幹治）
　◇「ショートショートの広場 11」講談社 2000（講談社文庫）p121

手紙（花恋）
　◇「超短編傑作選 v.6」創英社 2007 p87

手紙（麓花冷）
　◇「ハンセン病に咲いた花―初期文芸名作選 戦前編」皓星社 2002（ハンセン病叢書）p165

手紙（宮野村子）
　◇「江戸川乱歩と13の宝石」光文社 2007（光文社

文庫）p81

手紙（山本芳郎）
◇「ショートショートの広場 14」講談社 2003（講談社文庫）p44

手紙嫌い（若竹七海）
◇「殺人博物館へようこそ」講談社 1998（講談社文庫）p211
◇「謎—スペシャル・ブレンド・ミステリー 006」講談社 2011（講談社文庫）p7
◇「教えたくなる名短篇」筑摩書房 2014（ちくま文庫）p29

手紙—罪と死と愛と（李珍宇）
◇「新装版 全集現代文学の発見 10」學藝書林 2004 p568

手紙ではなく、じかに逢いたいんだよ≫岡本太郎（岡本かの子）
◇「日本人の手紙 1」リブリオ出版 2004 p26

手紙に乗せて（橋ㇱ夏鳴）
◇「ひらく—第15回フェリシモ文学賞」フェリシモ 2012 p128

手紙の恋人（砂場）
◇「超短編の世界 vol.3」創英社 2011 p78

手紙の一つ（神近市子）
◇「青鞜小説集」講談社 2014（講談社文芸文庫）p137

手紙一つ（鄭芝溶）
◇「近代朝鮮文学日本語作品集1908～1945 セレクション 6」緑蔭書房 2008 p155

手軽に出来る青少年劇脚本集 第一輯（台湾総督府情報部編）
◇「日本統治期台湾文学集成 11」緑蔭書房 2003 p67

敵（てき）…→"かたき…"をも見よ

適温コンサルタント（伊園旬）
◇「5分で読める！ ひと駅ストーリー 食の話」宝島社 2015（宝島社文庫）p209

敵愾心（吉村敏）
◇「日本統治期台湾文学集成 6」緑蔭書房 2002 p387

敵国降伏文人大講演会録（作者表記なし）
◇「近代朝鮮文学日本語作品集1939～1945 評論・随筆篇 2」緑蔭書房 2002 p367

適材適所（友朗）
◇「ショートショートの花束 5」講談社 2013（講談社文庫）p16

溺死者の薔薇園（岩井志麻子）
◇「花月夜綺譚—怪談集」集英社 2007（集英社文庫）p9

敵将に殉じた猛母—淀殿（永井路子）
◇「おんなの戦」角川書店 2010（角川文庫）p8

できそこないな話（石川欣司）
◇「ハンセン病文学全集 6」皓星社 2003 p346

出来ていた青（山本周五郎）
◇「文豪のミステリー小説」集英社 2008（集英社文庫）p109

適当（藤富保男）
◇「新装版 全集現代文学の発見 13」學藝書林 2004 p540

適任人事（野澤匠）
◇「ショートショートの花束 3」講談社 2011（講談社文庫）p260

溺濘小言（成島柳北）
◇「新日本古典文学大系 明治編 2」岩波書店 2004 p281

敵の敵も敵（佐藤青南）
◇「『このミステリーがすごい！』大賞作家書き下ろしBOOK vol.12」宝島社 2016 p73

適用者一名（深水黎一郎）
◇「宝石ザミステリー Blue」光文社 2016 p297

適齢期（有吉佐和子）
◇「精選女性随筆集 4」文藝春秋 2012 p20

敵はいずこに（岩井三四二）
◇「決闘！ 関ヶ原」実業之日本社 2015（実業之日本社文庫）p157

敵は海賊（虚淵玄）
◇「神林長平トリビュート」早川書房 2009 p181
◇「神林長平トリビュート」早川書房 2012（ハヤカワ文庫 JA）p201

木偶人（横田順彌）
◇「ロボットの夜」光文社 2000（光文社文庫）p415

出口（尾辻克彦）
◇「日本文学100年の名作 8」新潮社 2015（新潮文庫）p265

出口（菊地秀行）
◇「幻想探偵」光文社 2009（光文社文庫）p577

出口（吉行淳之介）
◇「日本怪奇小説傑作集 3」東京創元社 2005（創元推理文庫）p29
◇「もの食う話」文藝春秋 2015（文春文庫）p118
◇「うなぎ一人情小説集」筑摩書房 2016（ちくま文庫）p155

出口入口（永井龍男）
◇「名短篇、さらにあり」筑摩書房 2008（ちくま文庫）p29
◇「教科書に載った小説」ポプラ社 2008 p23
◇「教科書に載った小説」ポプラ社 2012（ポプラ文庫）p23

出口君（岬兄悟）
◇「リモコン変化」廣済堂出版 2000（廣済堂文庫）p321
◇「笑劇—SFバカ本カタストロフィ集」小学館 2007（小学館文庫）p213

デクノボウの住みか（伊藤一美）
◇「12人のカウンセラーが語る12の物語」ミネルヴァ書房 2010 p141

手首（大佛次郎）
◇「文豪のミステリー小説」集英社 2008（集英社文庫）p51

手首を持ち歩く男（砂能七行）
◇「本格推理 10」光文社 1997（光文社文庫）p9

てくひ

手首賽銭（上甲宣之）
◇「5分で読める！ ひと駅ストーリー 冬の記憶東口編」宝島社 2013（宝島社文庫）p71

手首の記憶（吉村昭）
◇「コレクション戦争と文学 8」集英社 2011 p678

手首は現れた（雨月行）
◇「本格推理 14」光文社 1999（光文社文庫）p45

テクマクマヤコン（中村ブラウン）
◇「全作家短編小説集 6」全作家協会 2007 p106

出会す（平山夢明）
◇「文豪てのひら怪談」ポプラ社 2009（ポプラ文庫）p96

デゴイチ（正嘉昭）
◇「中学生のドラマ 7」晩成書房 2007 p7

デコさんの記（斎藤緑雨）
◇「明治の文学 15」筑摩書房 2002 p314

デコチン君（黒史郎）
◇「男たちの怪談百物語」メディアファクトリー 2012（幽BOOKS）p138

手古奈（てこな）―入江の花の物語（小畑明日香）
◇「中学校創作脚本集 2」晩成書房 2001 p57

デザイナー（塊水尾真由美）
◇「ゆきのまち幻想文学賞・小品集 12」企画集団ぷりずむ 2003 p88

手さぐり（香山末子）
◇「ハンセン病文学全集 7」皓星社 2004 p291

デザート公（井上雅彦）
◇「トロピカル」廣済堂出版 1999（廣済堂文庫）p533

弟子（春日井建）
◇「新装版 全集現代文学の発見 9」學藝書林 2004 p554

弟子（島崎藤村）
◇「明治の文学 16」筑摩書房 2002 p139

弟子（中島敦）
◇「ちくま日本文学 12」筑摩書房 2008（ちくま文庫）p36
◇「日本文学全集 16」河出書房新社 2016 p356

デジカメ・ダイエット（森福都）
◇「鬼瑠璃草―恋愛ホラー・アンソロジー」祥伝社 2003（祥伝社文庫）p43

手仕事（久美沙織）
◇「彗星パニック」廣済堂出版 2000（廣済堂文庫）p347
◇「笑劇―SFバカ本カタストロフィ集」小学館 2007（小学館文庫）p259

手仕事の日本（抄）（柳宗悦）
◇「山形県文学全集第2期（随筆・紀行編）3」郷土出版社 2005 p130

手品師（北原なお）
◇「ゆきのまち幻想文学賞小品集 13」企画集団ぷりずむ 2004 p74

手品師（吉行淳之介）
◇「魔術師」角川書店 2001（角川ホラー文庫）p265

手品通り（春名トモコ）
◇「超短編の世界 vol.2」創英社 2009 p98

出島阿蘭陀屋敷（平岩弓枝）
◇「女人」小学館 2007（小学館文庫）p221

デジャ・ヴ（小林雄次）
◇「ショートショートの広場 11」講談社 2000（講談社文庫）p158

デジャヴの村（原田宗典）
◇「冒険の森へ―傑作小説大全 17」集英社 2015 p41

でしゃばりクッキン（岡江多紀）
◇「七人の女探偵」廣済堂出版 1998（KOSAIDO BLUE BOOKS）p127

で十条（吉村昭）
◇「誤植文学アンソロジー―校正者のいる風景」論創社 2015 p168

手錠（大下宇陀児）
◇「罠の怪」勉誠出版 2002（べんせいライブラリー）p95

手作りのグラブ（藤田哲夫）
◇「Sports stories」埼玉県さいたま市 2010（さいたま市スポーツ文学賞受賞作品集）p375

テスト（黒田広一郎）
◇「てのひら怪談―ビーケーワン怪談大賞傑作選」ポプラ社 2007 p124
◇「てのひら怪談―ビーケーワン怪談大賞傑作選」ポプラ社 2008（ポプラ文庫）p128

テスト（槇敏雄）
◇「宇宙塵傑作選―日本SFの軌跡 1」出版芸術社 1997 p107

テスト・マシン（伊藤雪魚）
◇「ショートショートの広場 13」講談社 2002（講談社文庫）p179

ですぺら（辻潤）
◇「新装版 全集現代文学の発見 1」學藝書林 2002 p120

デスメイト―死は我が友（山下定）
◇「ゴースト・ハンターズ」中央公論新社 2004（C NOVELS）p9

手摺りの理（ことわり）（土呂八郎）
◇「幻の探偵雑誌 2」光文社 2000（光文社文庫）p253

出そうで出ない話（藤富保男）
◇「新装版 全集現代文学の発見 13」學藝書林 2004 p545

手相直し（寺山修司）
◇「ちくま日本文学 6」筑摩書房 2007（ちくま文庫）p174

出たがる（井上由）
◇「てのひら怪談―ビーケーワン怪談大賞傑作選 壬辰」ポプラ社 2012（ポプラ文庫）p174

手帖から発見された手記（円城塔）
◇「小説の家」新潮社 2016 p221

「てつ」（芥川龍之介）
◇「文豪怪談傑作選 芥川龍之介集」筑摩書房 2010（ちくま文庫）p321

鉄（鄭仁）
◇「〈在日〉文学全集 17」勉誠出版 2006 p153

でっかい本（西山繭子）
◇「辞書、のような物語。」大修館書店 2013 p89

哲学って好きとか言いたいけど全くわかんないよっていう人間によるなにか（澤田育子）
◇「超短編の世界 vol.2」創英社 2009 p30

哲学の発足（正岡子規）
◇「新日本古典文学大系 明治編 27」岩波書店 2003 p41

鉄兜（中村光夫）
◇「アンソロジー・プロレタリア文学 3」森話社 2015 p86

鉄仮面をめぐる論議（上遠野浩平）
◇「少年の時間」徳間書店 2001（徳間デュアル文庫）p11
◇「ぼくの、マシン—ゼロ年代日本SFベスト集成 S」東京創元社 2010（創元SF文庫）p141

鉄幹調（斎藤緑雨）
◇「明治の文学 15」筑摩書房 2002 p219

デッキから手を振った貴方が忘れられない＞恋人（鳥潟詔子）
◇「日本人の手紙 4」リブリオ出版 2004 p211

鉄騎兵、跳んだ（佐々木譲）
◇「冒険の森へ—傑作小説大全 20」集英社 2015 p72

鉄橋（綾辻行人）
◇「悲劇の臨時列車—鉄道ミステリー傑作選」光文社 1998（光文社文庫）p105
◇「異界への入口」リブリオ出版 2001（怪奇・ホラーワールド）p5
◇「鉄路に咲く物語—鉄道小説アンソロジー」光文社 2005（光文社文庫）p47

鉄橋（趙南哲）
◇「〈在日〉文学全集 18」勉誠出版 2006 p149

鉄橋—ひかり157号の死者（津村秀介）
◇「全席死定—鉄道ミステリー名作館」徳間書店 2004（徳間文庫）p5
◇「鉄ミス倶楽部東海道新幹線50—推理小説アンソロジー」光文社 2014（光文社文庫）p337

鉄格子の女（若竹七海）
◇「事件現場に行こう—最新ベスト・ミステリー カレイドスコープ編」光文社 2001（カッパ・ノベルス）p373

『徹子の部屋』待ってますね、みんなで＞黒柳徹子（高橋悦史）
◇「日本人の手紙 2」リブリオ出版 2004 p125

『徹子の部屋』待ってますね、みんなで＞高橋悦史（黒柳徹子）
◇「日本人の手紙 2」リブリオ出版 2004 p125

デッサンが狂っている（飛鳥部勝則）
◇「アート偏愛」光文社 2005（光文社文庫）p43

鉄石の志（吉村敏）
◇「日本統治期台湾文学集成 23」緑蔭書房 2007 p406

てっせん（瀬戸内寂聴）
◇「丸谷才一編・花柳小説傑作選」講談社 2013（講談社文芸文庫）p66

鐵窓の春（金龍濟）
◇「近代朝鮮文学日本語作品集1908〜1945 セレクション 4」緑蔭書房 2008 p301

鉄鎚（夢野久作）
◇「ひとりで夜読むな—新青年傑作選 怪奇編」角川書店 2001（角川ホラー文庫）p111

鐵蹄屋の爺さん（李石薫）
◇「近代朝鮮文学日本語作品集1908〜1945 セレクション 6」緑蔭書房 2008 p61

鉄道ゲーム（樋口修吉）
◇「賭博師たち」角川書店 1997（角川文庫）p229

鉄道公安官（島田一男）
◇「悪夢の最終列車—鉄道ミステリー傑作選」光文社 1997（光文社文庫）p93

懸賞鐵道小説（一等入選作）鉄道人の鉄道（大濱方英）
◇「日本統治期台湾文学集成 22」緑蔭書房 2007 p145

鐵道に立つ男（佐々木浩）
◇「日本統治期台湾文学集成 22」緑蔭書房 2007 p325

鉄塔のある町で（谷崎由依）
◇「いまのあなたへ—村上春樹への12のオマージュ」NHK出版 2014 p29

鉄道連絡船殺人事件（小林久三）
◇「悪夢の最終列車—鉄道ミステリー傑作選」光文社 1997（光文社文庫）p225

デッドヒート（ヒモロギヒロシ）
◇「てのひら怪談—ビーケーワン怪談大賞傑作選」ポプラ社 2007 p122
◇「てのひら怪談—ビーケーワン怪談大賞傑作選」ポプラ社 2008（ポプラ文庫）p126

死人妻（式貴士）
◇「さよならの儀式」東京創元社 2014（創元SF文庫）p273

手つなぎ鬼（中川剛）
◇「泣ける！北海道」泰文堂 2015（リンダパブリッシャーズの本）p55

鉄の魚（河野多惠子）
◇「コレクション戦争と文学 14」集英社 2012 p253

鉄の手（三羽省吾）
◇「短篇ベストコレクション—現代の小説 2005」徳間書店 2005（徳間文庫）p187

鉄の童子（村山槐多）
◇「文豪山怪奇譚—山の怪談名作選」山と渓谷社 2016 p73

鉄の棺（生島治郎）
◇「外地探偵小説集 上海篇」せらび書房 2006 p211

てっぺん信号（三浦しをん）
◇「いつか、君へ Girls」集英社 2012（集英社文庫）p7

鉄砲屋（安部公房）
◇「コレクション戦争と文学 5」集英社 2011 p22

鉄も銅も鉛もない国（西嶋亮）

てつろ

◇「幻の探偵雑誌 1」光文社 2000（光文社文庫）p267

鉄路（李泰俊著, 鄭人澤譯, 吉鑛燮畫）
◇「近代朝鮮文学日本語作品集1908〜1945 セレクション 2」緑蔭書房 2008 p207

辻小説 鐵路（吉村敏）
◇「日本統治期台湾文学集成 22」緑蔭書房 2007 p351

鉄路が錆びてゆく（辻真先）
◇「葬送列車―鉄道ミステリー名作館」徳間書店 2004（徳間文庫）p157

鉄路に消えた断頭史（加賀美雅之）
◇「密室と奇蹟―J.D.カー生誕百周年記念アンソロジー」東京創元社 2006 p123
◇「名探偵と鉄旅―鉄道ミステリー傑作選」光文社 2016（光文社文庫）p229

鉄腕アトム サンゴ礁の冒険（手塚治虫）
◇「ロボット・オペラ―An Anthology of Robot Fiction and Robot Culture」光文社 2004 p255

鉄腕アトム―メルモ因子の巻（梶尾真治）
◇「手塚治虫COVER エロス篇」徳間書店 2003（徳間デュアル文庫）p7

鉄腕の歌（山岡荘八）
◇「『少年倶楽部』短篇選」講談社 2013（講談社文芸文庫）p352

鉄腕ボトル（立松和平）
◇「文学 2011」講談社 2011 p133

ててなし子クラブ（星野智幸）
◇「文学 2007」講談社 2007 p91

デートでデジャ・ヴュ（古賀準二）
◇「ショートショートの広場 13」講談社 2002（講談社文庫）p249

手なし娘（作者不詳）
◇「シンデレラ」竹書房 2015（竹書房文庫）p188

手習子の家（梅本育子）
◇「花ごよみ夢一夜」光風社出版 2001（光風社文庫）p317

手習の時代（正岡子規）
◇「新日本古典文学大系 明治編 27」岩波書店 2003 p362

デニーズでサラダを食べるだけ（片瀬チヲル）
◇「いまのあなたへ―村上春樹への12のオマージュ」NHK出版 2014 p230

手に太陽（香山末子）
◇「ハンセン病文学全集 7」皓星社 2004 p475
◇「〈在日〉文学全集 17」勉誠出版 2006 p96

テニヤンの末日（中山義秀）
◇「戦後占領期短篇小説コレクション 3」藤原書店 2007 p147
◇「コレクション戦争と文学 8」集英社 2011 p258

手ぬぐい（六條靖子）
◇「てのひら怪談―ビーケーワン怪談大賞傑作選」ポプラ社 2008（ポプラ文庫）p20

手のあわいに（金時鐘）
◇「〈在日〉文学全集 5」勉誠出版 2006 p12

てのひら（木内昇）
◇「日本文学100年の名作 10」新潮社 2015（新潮文庫）p321

てのひら（中崎千枝）
◇「ゆきのまち幻想文学賞小品集 21」企画集団ぷりずむ 2012 p140

てのひら（松本楽志）
◇「てのひら怪談―ビーケーワン怪談大賞傑作選 百怪繚乱篇」ポプラ社 2008 p116
◇「てのひら怪談―ビーケーワン怪談大賞傑作選 己丑」ポプラ社 2009（ポプラ文庫）p96

てのひら宇宙譚―間借りに来た宇宙人、人面瘡のお見合い…奇妙奇天烈！ 超短編劇場（田辺青蛙）
◇「NOVA―書き下ろし日本SFコレクション 2」河出書房新社 2010（河出文庫）p149

掌の記憶（高井有一）
◇「戦後短篇小説再発見 5」講談社 2001（講談社文芸文庫）p185

掌の小説（川端康成）
◇「ちくま日本文学 26」筑摩書房 2008（ちくま文庫）p22

掌のなかの海（開高健）
◇「日本文学100年の名作 8」新潮社 2015（新潮文庫）p281

掌のなかの顔（神坂次郎）
◇「怪奇・怪談傑作集」新人物往来社 1997 p201

手のひらの名前（藤原遊子）
◇「新・本格推理 06」光文社 2006（光文社文庫）p27

掌の風景（丸岡明）
◇「戦後短篇小説選―『世界』1946–1999 3」岩波書店 2000 p149

手のひらの雪のように（唯川恵）
◇「ナナイロノコイ―恋愛小説」角川春樹事務所 2003 p161

手乗りクトゥルー（葦原崇貴）
◇「リトル・リトル・クトゥルー―史上最小の神話小説集」学習研究社 2009 p10

出刃打お玉（池波正太郎）
◇「江戸なごり雨」学研パブリッシング 2013（学研M文庫）p5

手風琴（志樹逸馬）
◇「ハンセン病文学全集 6」皓星社 2003 p460

てぶくろ（五十貝彩）
◇「ゆきのまち幻想文学賞小品集 19」企画集団ぷりずむ 2010 p61

手袋（芥川龍之介）
◇「ちくま日本文学 2」筑摩書房 2007（ちくま文庫）p454

手袋を買いに（新美南吉）
◇「文豪さんへ。」メディアファクトリー 2009（MF文庫）p197
◇「もう一度読みたい教科書の泣ける名作」学研教育出版 2013 p89
◇「ファイン／キュート素敵かわいい作品選」筑摩

てりと

書房 2015（ちくま文庫）p16

手袋（てぶくろ）を脱ぐ時（石川啄木）
◇「ちくま日本文学 33」筑摩書房 2009（ちくま文庫）p69

手袋の花（宮部みゆき）
◇「文豪さんへ。」メディアファクトリー 2009（MF文庫）p175

出船の精神（松村紘一）
◇「近代朝鮮文学日本語作品集1939〜1945 評論・随筆篇 1」緑蔭書房 2002 p453

デブの惑星（伏見憲明）
◇「SFバカ本 たいやき編」ジャストシステム 1997 p39
◇「SFバカ本 たいやき篇プラス」廣済堂出版 1999（廣済堂文庫）p43

テーブルの上の荒野（くわうや）（抄）（寺山修司）
◇「ちくま日本文学 6」筑摩書房 2007（ちくま文庫）p450

太白山脈（許南麒）
◇「〈在日〉文学全集 2」勉誠出版 2006 p131

デボロン人の物語・プチッ（大原まり子）
◇「SFバカ本 人類復活篇」メディアファクトリー 2001 p207

手間のかかる姫君（栗本薫）
◇「グイン・サーガ・ワールド―グイン・サーガ続篇プロジェクト 3」早川書房 2011（ハヤカワ文庫 JA）p45

手鞠（杉澤京子）
◇「てのひら怪談 癸巳」KADOKAWA 2013（MF文庫ダ・ヴィンチ）p142

手毬（佐伯泰英）
◇「捨て子稲荷―時代アンソロジー」祥伝社 1999（祥伝社文庫）p113

手まり唄（作者表記なし）
◇「新日本古典文学大系 明治編 4」岩波書店 2003 p292

でみず（幸田文）
◇「ちくま日本文学 5」筑摩書房 2007（ちくま文庫）p272

出目金（興田募）
◇「てのひら怪談―ビーケーワン怪談大賞傑作選」ポプラ社 2007 p78
◇「てのひら怪談―ビーケーワン怪談大賞傑作選」ポプラ社 2008（ポプラ文庫）p80

デモクラシイに就て私の考察（与謝野晶子）
◇「「新編」日本女性文学全集 4」菁柿堂 2012 p41

デモクラシー思想の洗礼（金子光晴）
◇「ちくま日本文学 38」筑摩書房 2009（ちくま文庫）p208

出戻り（西村健）
◇「悪夢の行方―「読楽」ミステリーアンソロジー」徳間書店 2016（徳間文庫）p211

出戻り娘（王昶雄）
◇「日本統治期台湾文学集成 29」緑蔭書房 2007 p29

デーモン（古川日出男）

◇「Fiction zero／narrative zero」講談社 2007 p3

デモンウォーズ（井上雅彦）
◇「モンスターズ1970」中央公論新社 2004（C NOVELS）p9

デーモン日暮（木下古栗）
◇「リテラリーゴシック・イン・ジャパン―文学的ゴシック作品選」筑摩書房 2014（ちくま文庫）p549

デューク（江國香織）
◇「男の涙 女の涙―せつない小説アンソロジー」光文社 2006（光文社文庫）p97
◇「読まずにいられぬ名短篇」筑摩書房 2014（ちくま文庫）p21

デューラーの瞳（柄刀一）
◇「名探偵の奇跡」光文社 2007（Kappa novels）p247
◇「名探偵の奇跡」光文社 2010（光文社文庫）p313

寺（佐々木鏡石）
◇「みちのく怪談名作選 vol.1」荒蝦夷 2010（叢書東北の声）p89

寺（永井荷風）
◇「ちくま日本文学 19」筑摩書房 2008（ちくま文庫）p211

寺内貫太郎の母（向田邦子）
◇「精選女性随筆集 11」文藝春秋 2012 p20

寺坂吉右衛門（覆面作家）
◇「定本・忠臣蔵四十七人集」双葉社 1998 p191

寺坂吉右衛門の妻・せん（島津隆子）
◇「物語妻たちの忠臣蔵」新人物往来社 1998 p89

寺阪吉右衛門の逃亡（直木三十五）
◇「忠臣蔵コレクション 3」河出書房新社 1998（河出文庫）p159

寺田家の花嫁（小池真理子）
◇「金曜の夜は、ラブ・ミステリー」三笠書房 2000（王様文庫）p177

寺田屋騒動（安部龍太郎）
◇「幕末剣豪人斬り異聞 勤皇篇」アスキー 1997（Aspect novels）p9

寺田屋の散華（津本陽）
◇「幕末京都血風録―傑作時代小説」PHP研究所 2007（PHP文庫）p7

寺泊（水上勉）
◇「川端康成文学賞全作品 1」新潮社 1999 p59
◇「私小説名作選 下」講談社 2012（講談社文芸文庫）p61
◇「味覚小説名作集」光文社 2016（光文社文庫）p135

寺泊―昭和五十八年晩秋・奇妙珍妙の旅（西土遊）
◇「全作家短編小説集 11」全作家協会 2012 p173

寺山セツの伝記（寺山修司）
◇「新装版 全集現代文学の発見 15」學藝書林 2005 p504

「照り年の」の巻（等栽・富水両吟歌仙）（西谷富水）

作品名から引ける日本文学全集案内 第III期　529

てりと

◇「新日本古典文学大系 明治編 4」岩波書店 2003 p228

テリトリー（田邊優）
◇「ショートショートの広場 16」講談社 2005（講談社文庫）p183

照葉（てりは）狂言（泉鏡花）
◇「新日本古典文学大系 明治編 20」岩波書店 2002 p33

てりむくりの生涯（登芳久）
◇「現代作家代表選集 4」鼎書房 2013 p113

出るか出ないか、或いは出たか（菊地秀行）
◇「文藝百物語」ぶんか社 1997 p258

輝子の恋（小路幸也）
◇「眠れなくなる夢十夜」新潮社 2009（新潮文庫）p179

照る陽の庭（檀一雄）
◇「コレクション戦争と文学 7」集英社 2011 p334

出る幕（獅子文六）
◇「コレクション戦争と文学 6」集英社 2011 p232

天連閼理府（鳴海風）
◇「雪月花・江戸景色」光文社 2013（光文社文庫）p319

テレザ・パンザの手紙（花田清輝）
◇「新編・日本幻想文学集成 2」国書刊行会 2016 p375

テレストーカー（岬兄悟）
◇「SFバカ本 たいやき編」ジャストシステム 1997 p211
◇「SFバカ本 たいやき篇プラス」廣済堂出版 1999（廣済堂文庫）p225

テレストリアル・ゲート（ささがに）
◇「リトル・リトル・クトゥルー——史上最小の神話小説集」学習研究社 2009 p200

テレパシー（水野葆舟）
◇「文豪怪談傑作選 特別編」筑摩書房 2007（ちくま文庫）p144

テレビ（稲葉たえみ）
◇「ショートショートの広場 12」講談社 2001（講談社文庫）p117

テレビ（上田進太）
◇「ショートショートの花束 3」講談社 2011（講談社文庫）p59

テレビをつけておくと（長島槇子）
◇「女たちの怪談百物語」メディアファクトリー 2010（〔幽〕books）p166
◇「女たちの怪談百物語」KADOKAWA 2014（角川ホラー文庫）p170

テレビジョン（秋野鈴虫）
◇「70年代日本SFベスト集成 5」筑摩書房 2015（ちくま文庫）p7

テレビ塔の奇跡——名古屋テレビ塔（柴門ふみ）
◇「恋の聖地——そこは、最後の恋に出会う場所。」新潮社 2013（新潮文庫）p185

テレビと洗濯機（香山末子）
◇「ハンセン病文学全集 4」皓星社 2003 p451

テレビドラマの茶の間（向田邦子）

◇「精選女性随筆集 11」文藝春秋 2012 p16

テレビの画面を横切る影（加門七海）
◇「文藝百物語」ぶんか社 1997 p158

テレビの箱（崩木十弐）
◇「てのひら怪談——ビーケーワン怪談大賞傑作選 辛卯」ポプラ社 2011（ポプラ文庫）p74

テレビ路線図（MASATO）
◇「ショートショートの広場 19」講談社 2007（講談社文庫）p73

テレポーテーション（行多未帆子）
◇「本格推理 15」光文社 1999（光文社文庫）p327

欧洲小説 哲烈禍福譚（てれまくかふくものがたり）（フェヌロン、宮島春松）
◇「新日本古典文学大系 明治編 14」岩波書店 2013 p1

テロと宇宙人（小林剛）
◇「ショートショートの広場 17」講談社 2005（講談社文庫）p107

テロリスト（山下定）
◇「オバケヤシキ」光文社 2005（光文社文庫）p283

幽閉者（テロリスト）（足立正生）
◇「年鑑代表シナリオ集 '07」シナリオ作家協会 2009 p95

テロルの創世（平山夢明）
◇「少年の時間」徳間書店 2001（徳間デュアル文庫）p107
◇「不思議の扉 午後の教室」角川書店 2011（角川文庫）p129

ではご無事で（崔貞姫）
◇「近代朝鮮文学日本語作品集1908〜1945 セレクション 6」緑蔭書房 2008 p227

出羽三山（武田泰淳）
◇「山形県文学全集第2期（随筆・紀行編）4」郷土出版社 2005 p58

出羽三山行の記（吉田絃二郎）
◇「山形県文学全集第2期（随筆・紀行編）2」郷土出版社 2005 p76

出羽三山——生死永劫の山（久保田展弘）
◇「山形県文学全集第2期（随筆・紀行編）5」郷土出版社 2005 p357

出羽三山 東国修験道の聖地（岡野弘彦）
◇「山形県文学全集第2期（随筆・紀行編）5」郷土出版社 2005 p436

出羽ところどころ（島木赤彦）
◇「山形県文学全集第2期（随筆・紀行編）1」郷土出版社 2005 p341

点（小川未明）
◇「文豪怪談傑作選 小川未明集」筑摩書房 2008（ちくま文庫）p117

電（雪舟えま）
◇「ファイン／キュート素敵かわいい作品選」筑摩書房 2015（ちくま文庫）p262

天安門（リービ英雄）
◇「文学 1997」講談社 1997 p33

天一坊（二幕）（額田六福）
◇「捕物時代小説選集 6」春陽堂書店 2000（春陽文庫）p208

天一坊覚書（瀧川駿）
◇「捕物時代小説選集 6」春陽堂書店 2000（春陽文庫）p190

天一坊事件（菊池寛）
◇「捕物時代小説選集 6」春陽堂書店 2000（春陽文庫）p179

天衣無縫（織田作之助）
◇「名短篇ほりだしもの」筑摩書房 2011（ちくま文庫）p307

天衣無縫（山田風太郎）
◇「逆転—時代アンソロジー」祥伝社 2000（祥伝社文庫）p7

10 years おぼろ月夜（仲間創）
◇「最新中学校創作脚本集 2009」晩成書房 2009 p100

10 years タンポポの誓い（仲間創）
◇「最新中学校創作脚本集 2011」晩成書房 2011 p111

天隅（吉田一穂）
◇「新装版 全集現代文学の発見 13」學藝書林 2004 p163

電影草盧淡話（北村透谷）
◇「明治の文学 16」筑摩書房 2002 p346

電影の唇（丸山聡美）
◇「ゆきのまち幻想文学賞・小品集 7」NTTメディアスコープ 1997 p159

田園を憂鬱にした汽車の音は何か（小池滋）
◇「有栖川有栖の鉄道ミステリ・ライブラリー」角川書店 2004（角川文庫）p227

田園に死す（寺山修司）
◇「新装版 全集現代文学の発見 15」學藝書林 2005 p500

田園に死す（抄）（寺山修司）
◇「ちくま日本文学 6」筑摩書房 2007（ちくま文庫）p448

田園にて（李周洪）
◇「近代朝鮮文学日本語作品集1939～1945 創作篇 6」緑蔭書房 2001 p290

天凹老爺（高崎春月）
◇「文豪怪談傑作選 特別編」筑摩書房 2007（ちくま文庫）p111

天を分かつ川（天野純希）
◇「決戦！ 三國志」講談社 2015 p63

天河（滝田十和男）
◇「ハンセン病文学全集 8」皓星社 2006 p162

天鵞（森下翠）
◇「黄土の虹—チャイナ・ストーリーズ」祥伝社 2000 p7

天蓋（中井英夫）
◇「妖魔ヶ刻—時間怪談傑作選」徳間書店 2000（徳間文庫）p253

展開（平戸廉吉）

◇「新装版 全集現代文学の発見 1」學藝書林 2002 p235

転界（守界）
◇「リトル・リトル・クトゥルー—史上最小の神話小説集」学習研究社 2009 p214

天蓋寝台（北原尚彦）
◇「夏のグランドホテル」光文社 2003（光文社文庫）p115

句集 天涯の座（増葦雄）
◇「ハンセン病文学全集 9」皓星社 2010 p204

天下を狙う—黒田如水（西村京太郎）
◇「軍師は死なず」実業之日本社 2014（実業之日本社文庫）p283

田楽（宮本常一）
◇「ちくま日本文学 22」筑摩書房 2008（ちくま文庫）p214

癲覚（朱雀門出）
◇「てのひら怪談—ビーケーワン怪談大賞傑作選 辛卯」ポプラ社 2011（ポプラ文庫）p148

田楽豆腐（森鷗外）
◇「明治の文学 14」筑摩書房 2000 p392

天下大將軍の話（1）（2）（孫晉泰）
◇「近代朝鮮文学日本語作品集1901～1938 評論・随筆篇 1」緑蔭書房 2004 p372

天蠍宮—スコーピオン（島村洋子）
◇「十二宮12幻想」エニックス 2000 p198

天下に恥じず（和久峻三）
◇「黒衣のモニュメント」光文社 2000（光文社文庫）p513

天から石が（塩野米松）
◇「文学 1997」講談社 1997 p219

天からの贈り物（藤田宜永）
◇「ときめき—ミステリアンソロジー」廣済堂出版 2005（廣済堂文庫）p227

天からの手紙（上原小夜）
◇「5分で読める！ ひと駅ストーリー 冬の記憶東口編」宝島社 2013（宝島社文庫）p141
◇「5分で泣ける！ 胸がいっぱいになる物語」宝島社 2015（宝島社文庫）p147

『転換期の朝鮮文學』（崔載瑞）
◇「近代朝鮮文学日本語作品集1939～1945 評論・随筆篇 2」緑蔭書房 2002 p31

転換期の療養所と「惰民論」をめぐって（1）「惰民」には誰がした—社会復帰をはばむもの（森田竹次）
◇「ハンセン病文学全集 5」皓星社 2010 p210

転換期の療養所と「惰民論」をめぐって（2）惰民論の観念性—森幹郎氏の論稿によせて（光岡良二）
◇「ハンセン病文学全集 5」皓星社 2010 p217

転換期の療養所と「惰民論」をめぐって（3）森論文の波紋について（沢田五郎）
◇「ハンセン病文学全集 5」皓星社 2010 p224

転換期の療養所と「惰民論」をめぐって（4）ひとつの段階のしめくくり—社会復帰問題

てんか

の解決のために（森田竹次）
◇「ハンセン病文学全集 5」皓星社 2010 p229

転換期の療養所と「惰民論」をめぐって（5）
社会復帰の障害について（横山石鳥）
◇「ハンセン病文学全集 5」皓星社 2010 p239

転換期の療養所と「惰民論」をめぐって（6）
戦後療養所論（光岡良二）
◇「ハンセン病文学全集 5」皓星社 2010 p248

転換期の療養所と「惰民論」をめぐって（7）
〈転換期〉という意味（根来育）
◇「ハンセン病文学全集 5」皓星社 2010 p252

転換期の療養所と「惰民論」をめぐって（8）
世界医療センター——療養所の終末（松本馨）
◇「ハンセン病文学全集 5」皓星社 2010 p262

天気（西脇順三郎）
◇「新装版 全集現代文学の発見 13」學藝書林 2004 p48

電気馬（津島佑子）
◇「文学 2009」講談社 2009 p225

伝奇怪獣 バッケンドン登場——千葉県「南総怪異八犬獣」（會川昇）
◇「日本怪獣侵略伝——ご当地怪獣異聞集」洋泉社 2015 p163

天気——風邪ひきの床から（越一人）
◇「ハンセン病文学全集 7」皓星社 2004 p337

転記コンサルタント（伊園旬）
◇「5分で読める！ ひと駅ストーリー 夏の記憶東口編」宝島社 2013 （宝島社文庫）p101

伝奇城異聞（山田正紀）
◇「伝奇城——伝奇時代小説アンソロジー」光文社 2005 （光文社文庫）p181

伝記小説 江戸川乱歩（中島河太郎）
◇「乱歩の幻影」筑摩書房 1999 （ちくま文庫）p435

電氣之街（キネオラマ）
◇「人は死んだら電柱になる——電柱アンソロジー」遠すぎる未来団 2014 p379

電気パルス聖餐（梶尾真治）
◇「麺'sミステリー倶楽部——傑作推理小説集」光文社 2012 （光文社文庫）p251

伝奇狒々族呪縛（水沢雪夫）
◇「怪奇・伝奇時代小説選集 11」春陽堂書店 2000 （春陽文庫）p65

電気風呂の怪死事件（海野十三）
◇「小説乃湯——お風呂小説アンソロジー」角川書店 2013 （角川文庫）p77

伝奇物語 雪女（大塚礫川）
◇「怪奇・伝奇時代小説選集 4」春陽堂書店 2000 （春陽文庫）p23

転居（三木卓）
◇「戦後短篇小説再発見 6」講談社 2001 （講談社文芸文庫）p174

転居先不明（歌野晶午）
◇「ザ・ベストミステリーズ——推理小説年鑑 2004」講談社 2004 p309

◇「孤独な交響曲（シンフォニー）」講談社 2007 （講談社文庫）p327

転居通知（家田満理）
◇「ショートショートの広場 17」講談社 2005 （講談社文庫）p218

天気予報（久寿浩永）
◇「ショートショートの広場 16」講談社 2005 （講談社文庫）p93

天気予報（星哲朗）
◇「ショートショートの花束 3」講談社 2011 （講談社文庫）p106

転勤（大河原光廣）
◇「日本統治期台湾文学集成 6」緑蔭書房 2002 p349

天狗（大坪砂男）
◇「『このミス』が選ぶ！ オールタイム・ベスト短編ミステリー 黒」宝島社 2015 （宝島社文庫）p195

天狗（太宰治）
◇「月のものがたり」ソフトバンククリエイティブ 2006 p188

天狗（峯岸可弥）
◇「てのひら怪談——ビーケーワン怪談大賞傑作選 庚寅」ポプラ社 2010 （ポプラ文庫）p38

天狗（室生犀星）
◇「魍魅魍魎列島」小学館 2005 （小学館文庫）p169
◇「文豪怪談傑作選 室生犀星集」筑摩書房 2008 （ちくま文庫）p185

天空からの死者（門前典之）
◇「不可能犯罪コレクション」原書房 2009 （ミステリー・リーグ）p179

天空からの槍（泉水尭）
◇「新・本格推理 8」光文社 2008 （光文社文庫）p307

天空の虎巴の緒（トラローブ）（大橋むつお）
◇「中学校劇作シリーズ 9」青雲書房 2005 p3

天狗殺し（高橋克彦）
◇「江戸の名探偵——時代推理傑作選」徳間書店 2009 （徳間文庫）p141

てんぐさお峯（水上勉）
◇「明暗廻り灯籠」光風社出版 1998 （光風社文庫）p7

天狗と宿題、幼なじみ（はやみねかおる）
◇「殺意の時間割」角川書店 2002 （角川文庫）p209
◇「青に捧げる悪夢」角川書店 2005 p277
◇「青に捧げる悪夢」角川書店 2013 （角川文庫）p483

デング熱のこと（新垣宏一）
◇「日本統治期台湾文学集成 22」緑蔭書房 2007 p305

天狗のいたずら（田端六六）
◇「はじめての小説（ミステリー）——内田康夫＆東京・北区が選んだ気鋭のミステリー」実業之日本社 2008 p205

てんし

天狗の落とし文（筒井康隆）
　◇「短篇ベストコレクション―現代の小説 2002」徳
　　間書店 2002（徳間文庫）p281
　◇「超短編アンソロジー」筑摩書房 2002（ちくま文
　　庫）p204

天狗の落し文（抄）（筒井康隆）
　◇「文豪てのひら怪談」ポプラ社 2009（ポプラ文
　　庫）p63

天狗の住む山（逸見めんどう）
　◇「ショートショートの広場 10」講談社 2000（講
　　談社文庫）p121

てんぐ山彦（今江祥智）
　◇「響き交わす鬼」小学館 2005（小学館文庫）
　　p227

てんくらげ（河嶋忠）
　◇「日本海文学大賞―大賞作品集 1」日本海文学大
　　賞運営委員会 2007 p259

デンクロと川蟹（齊藤磯雄）
　◇「山形県文学全集第2期（随筆・紀行編）3」郷土出版
　　社 2005 p217

天景（萩原朔太郎）
　◇「ちくま日本文学 36」筑摩書房 2009（ちくま文
　　庫）p72
　◇「日本文学全集 29」河出書房新社 2016 p19

天花炎々（川田裕美子）
　◇「ゆきのまち幻想文学賞小品集 25」企画集団ぷり
　　ずむ 2015 p76

電撃海女ゴーゴー作戦（牧野修）
　◇「彗星パニック」廣済堂出版 2000（廣済堂文庫）
　　p31

点検（加藤博文）
　◇「ショートショートの花束 2」講談社 2010（講
　　談社文庫）p86

犯罪小説 天譴を蒙る人（座光東平）
　◇「日本統治期台湾文学集成 9」緑蔭書房 2002
　　p123

天眼の人―行基（長部日出雄）
　◇「時代小説秀作づくし」PHP研究所 1997（PHP
　　文庫）p29

転校（石持浅海）
　◇「教室」光文社 2003（光文社文庫）p155

轉向者座談會（全2回）（朴英熙他）
　◇「近代朝鮮文学日本語作品集1901〜1938 評論・随筆
　　篇 3」緑蔭書房 2004 p153

転校生（神山和郎）
　◇「ゆきのまち幻想文学賞小品集 16」企画集団ぷり
　　ずむ 2007 p70

転校生はロボット（照屋洋）
　◇「中学校たのしい劇脚本集―英語劇付 Ⅱ」国土社
　　2011 p103

天国（北野勇作）
　◇「物語のルミナリエ」光文社 2011（光文社文庫）
　　p189

天国からの贈り物（瀬川隆文）
　◇「ゆきのまち幻想文学賞小品集 22」企画集団ぷり
　　ずむ 2013 p176

天国と地獄（秋山末雄）
　◇「ショートショートの広場 17」講談社 2005（講
　　談社文庫）p89

天国の少年（森下雨村）
　◇「『少年倶楽部』短篇選」講談社 2013（講談社文
　　芸文庫）p9

天国の右の手（山田詠美）
　◇「贅沢な恋人たち」幻冬舎 1997（幻冬舎文庫）p7
　◇「こんなにも恋はせつない―恋愛小説アンソロ
　　ジー」光文社 2004（光文社文庫）p285
　◇「翳りゆく時間」新潮社 2006（新潮文庫）p169

天国発ごみ箱行き（森奈津子）
　◇「SFバカ本 ペンギン篇」廣済堂出版 1999（廣済
　　堂文庫）p239

電獄仏法本線毒特急じぐり326号の殺人（牧野
　修）
　◇「短篇ベストコレクション―現代の小説 2003」徳
　　間書店 2003（徳間文庫）p373

天国までの百マイル（松原敏春）
　◇「テレビドラマ代表作選集 2002年版」日本脚本家
　　連盟 2002 p85

天国料理人（雨の国）
　◇「かわいい―第16回フェリシモ文学賞優秀作品集」
　　フェリシモ 2013 p44

天国惑星パライゾ（田中啓文）
　◇「宝石ザミステリー 2014冬」光文社 2014 p295

天孤の剣―沖田総司（大久保智弘）
　◇「新選組出陣」廣済堂出版 2014 p321
　◇「新選組出陣」徳間書店 2015（徳間文庫）p321

伝言（松下雛子）
　◇「ゆれる―第12回フェリシモ文学賞作品集」フェ
　　リシモ 2009 p127

伝言板（ニウ充）
　◇「ショートショートの花束 5」講談社 2013（講
　　談社文庫）p187

天災と国防（寺田寅彦）
　◇「ちくま日本文学 34」筑摩書房 2009（ちくま文
　　庫）p439

天災に非ず天譴と思え（近松秋江）
　◇「天変動く大震災と作家たち」インパクト出版会
　　2011（インパクト選書）p85

天才の赤ん坊（高宮恒生）
　◇「ショートショートの広場 8」講談社 1997（講
　　談社文庫）p146

天山（谷川雁）
　◇「新装版 全集現代文学の発見 13」學藝書林 2004
　　p365
　◇「新装版 全集現代文学の発見 13」學藝書林 2004
　　p368

墳字（正岡子規）
　◇「新日本古典文学大系 明治編 27」岩波書店 2003
　　p210

天使（奥寺佐渡子）
　◇「年鑑代表シナリオ集 '06」シナリオ作家協会
　　2008 p7

天使（金史良）

作品名から引ける日本文学全集案内 第III期　533

てんし

◇「近代朝鮮文学日本語作品集1939～1945 創作篇 4」
緑蔭書房 2001 p69
天使（佐藤哲也）
◇「短篇ベストコレクション―現代の小説 2007」徳
間書店 2007（徳間文庫）p427
天使（田村隆一）
◇「日本文学全集 29」河出書房新社 2016 p59
天使（山本幸久）
◇「Happy Box」PHP研究所 2012 p57
◇「Happy Box」PHP研究所 2015（PHP文芸文
庫）p57
天使が通る（タキガワ）
◇「超短編の世界 vol.2」創英社 2009 p95
天使が見たもの（阿部昭）
◇「少年の眼―大人になる前の物語」光文社 1997
（光文社文庫）p401
◇「右か、左か」文藝春秋 2010（文春文庫）p369
天使が雪にかわるまで（小瀧ひろさと）
◇「ゆきのまち幻想文学賞小品集 13」企画集団ぷり
ずむ 2004 p188
天竺の甘露（吉川永青）
◇「代表作時代小説 平成24年度」光文社 2012 p349
点字舌読（一九五四年）（金夏日）
◇「〈在日〉文学全集 17」勉誠出版 2006 p190
天使たちの野合（木下古栗）
◇「変愛小説集 日本作家編」講談社 2014 p153
伝七捕物帖（角田喜久雄）
◇「捕物時代小説選集 7」春陽堂書店 2000（春陽
文庫）p181
天使と三つの願い事（時田梓）
◇「ショートショートの広場 9」講談社 1998（講
談社文庫）p83
天使におまかせ!?（北沢慶）
◇「妖精竜（フェアリードラゴン）の花」富士見書房
2000（富士見ファンタジア文庫）p171
天使の歌声（北川歩実）
◇「事件を追いかけろ―最新ベスト・ミステリー サ
プライズの花束編」光文社 2004（カッパ・ノ
ベルス）p181
◇「事件を追いかけろ サプライズの花束編」光文社
2009（光文社文庫）p235
天使の傷痕（西村京太郎）
◇「江戸川乱歩賞全集 6」講談社 1999（講談社文
庫）p7
天使の休暇願（成田和彦）
◇「ゆきのまち幻想文学賞小品集 22」企画集団ぷり
ずむ 2013 p52
天使の生活（中村真一郎）
◇「戦後短篇小説再発見 4」講談社 2001（講談社
文芸文庫）p56
◇「新装版 全集現代文学の発見 15」學藝書林 2005
p194
天使の降る夜（立原とうや）
◇「チューリップ革命―ネオ・スイート・ドリーム・
ロマンス」イースト・プレス 2000 p155
天使の指（倉阪鬼一郎）

◇「さむけ―ホラー・アンソロジー」祥伝社 1999
（祥伝社文庫）p107
天使の指輪（伽古屋圭市）
◇「5分で読める！ ひと駅ストーリー 乗車編」宝島
社 2012（宝島社文庫）p223
天使のレシート（誉田哲也）
◇「七つの黒い夢」新潮社 2006（新潮文庫）p65
点字ハングル（金夏日）
◇「ハンセン病文学全集 4」皓星社 2003 p668
電車（原口真智子）
◇「北日本文学賞入賞作品集 2」北日本新聞社 2002
p97
電車を乗り継いで大人になりました（山崎ナオ
コーラ）
◇「恋のかけら」幻冬舎 2008 p29
◇「恋のかけら」幻冬舎 2012（幻冬舎文庫）p33
電車会社（烏本拓）
◇「てのひら怪談―ビーケーワン怪談大賞傑作選 百
怪繚乱篇」ポプラ社 2008 p74
◇「てのひら怪談―ビーケーワン怪談大賞傑作選 己
丑」ポプラ社 2009（ポプラ文庫）p188
電車が来る！（多無良蒙）
◇「ショートショートの広場 10」講談社 2000（講
談社文庫）p268
天爵卜人爵（正岡子規）
◇「新日本古典文学大系 明治編 27」岩波書店 2003
p374
電車強盗のリスクパフォーマンス（篠原皐裕）
◇「5分で読める！ ひと駅ストーリー 乗車編」宝島
社 2012（宝島社文庫）p77
電車の混雑について（寺田寅彦）
◇「ちくま日本文学 34」筑摩書房 2009（ちくま文
庫）p209
電車の中で（黒井千次）
◇「文学 2002」講談社 2002 p36
電車の窓（森鷗外）
◇「生の深みを覗く―ポケットアンソロジー」岩波
書店 2010（岩波文庫別冊）p267
電車道（須賀敦子）
◇「精選女性随筆集 9」文藝春秋 2012 p100
天守閣の音（国枝史郎）
◇「大岡越前―名奉行裁判説話」廣済堂出版 1998
（廣済堂文庫）p205
◇「捕物時代小説選集 2」春陽堂書店 2000（春陽
文庫）p182
天守閣の久秀（南條範夫）
◇「軍師の死にざま―短篇小説集」作品社 2006
p147
天守閣の久秀―松永久秀（南條範夫）
◇「軍師の死にざま」実業之日本社 2013（実業之日
本社文庫）p187
天守物語（泉鏡花）
◇「ちくま日本文学 11」筑摩書房 2008（ちくま文
庫）p224
天上縊死（萩原朔太郎）
◇「ちくま日本文学 36」筑摩書房 2009（ちくま文

てんち

庫）p64

天井裏の声（黒史郎）
◇「男たちの怪談百物語」メディアファクトリー
2012（〔幽BOOKS〕）p122

天正女合戦（海音寺潮五郎）
◇「消えた受賞作―直木賞編」メディアファクト
リー 2004（ダ・ヴィンチ特別編集）p9

天上の結婚（一幕）（秋田雨雀）
◇「新・プロレタリア文学精選集 2」ゆまに書房
2004 p245

天正の橋（水上勉）
◇「歴史小説の世紀 地の巻」新潮社 2000（新潮文
庫）p127

天上の花の三好さん（宇野千代）
◇「精選女性随筆集 6」文藝春秋 2012 p55

天井の雪かき（上野英信）
◇「戦後文学エッセイ選 12」影書房 2006 p110

テンショク（名取佐和子）
◇「母のなみだ―愛しき家族を想う短篇小説集」泰
文堂 2012（Linda books！）p257

「点心」（芥川龍之介）
◇「文豪怪談傑作選 芥川龍之介集」筑摩書房 2010
（ちくま文庫）p308

転身（安土萌）
◇「変身」廣済堂出版 1998（廣済堂文庫）p483

天真嘯機・剣尖より火輪を発す（千野隆司）
◇「斬刃―時代小説傑作選」コスミック出版 2005
（コスミック・時代文庫）p411

轉進する移民（丸井妙子）
◇「日本統治期台湾文学集成 17」緑蔭書房 2003
p381

天吹（津本陽）
◇「士魂の光芒―時代小説最前線」新潮社 1997（新
潮文庫）p59
◇「時代小説―読切御免 3」新潮社 2005（新潮文
庫）p211

点数表（正岡子規）
◇「新日本古典文学大系 明治編 27」岩波書店 2003
p59

転生（志賀直哉）
◇「ちくま日本文学 21」筑摩書房 2008（ちくま文
庫）p126

天性の作家 ラフカディオ・ハーン＝小泉八雲
（辻原登）
◇「松江怪談―新作怪談 松江物語」今井出版 2015
p53

伝説（会田綱雄）
◇「新装版 全集現代文学の発見 13」學藝書林 2004
p389

伝説（松崎昇）
◇「恐怖館」青樹社 1999（青樹社文庫）p207

伝説（三島由紀夫）
◇「冒険の森へ―傑作小説大全 15」集英社 2016
p25

伝説（光岡良二）

◇「ハンセン病文学全集 7」皓星社 2004 p211
◇「ハンセン病文学全集 7」皓星社 2004 p287

傅説（山尾悠子）
◇「リテラリーゴシック・イン・ジャパン―文学的
ゴシック作品選」筑摩書房 2014（ちくま文庫）
p347

伝説の英雄（狩生玲子）
◇「ショートショートの広場 8」講談社 1997（講
談社文庫）p9

伝説の男（牧野修）
◇「平成都市伝説」中央公論新社 2004（C
NOVELS）p203

伝説のサラ（小沢章友）
◇「俳優」廣済堂出版 1999（廣済堂文庫）p55

伝説の実相（幸田露伴）
◇「文豪怪談傑作選 幸田露伴集」筑摩書房 2010
（ちくま文庫）p351

伝説の星（石田衣良）
◇「ザ・ベストミステリーズ―推理小説年鑑 2005」
講談社 2005 p9
◇「隠された鍵」講談社 2008（講談社文庫）p5

伝説の湯・小野川（森万紀子）
◇「山形県文学全集第2期（随筆・紀行編）4」郷土出版
社 2005 p224

纏足の効用（金関丈夫）
◇「日本統治期台湾文学集成 17」緑蔭書房 2003
p63

纏足婦人の下腿部（金関丈夫）
◇「日本統治期台湾文学集成 17」緑蔭書房 2003
p195

天体の理想（寺山修司）
◇「ちくま日本文学 6」筑摩書房 2007（ちくま文
庫）p436

伝単（西木正明）
◇「短篇ベストコレクション―現代の小説 2010」徳
間書店 2010（徳間文庫）p119

天誅（曽根圭介）
◇「現場に臨め」光文社 2010（Kappa novels）
p257
◇「現場に臨め」光文社 2014（光文社文庫）p359

電柱（石動一）
◇「人は死んだら電柱になる―電柱アンソロジー」
遠すぎる未来団 2014 p172

天誅越後街道（早乙女貢）
◇「剣が舞い落花が舞う―時代小説傑作選」講談社
1998（講談社文庫）p149

電柱症候群（傘月）
◇「人は死んだら電柱になる―電柱アンソロジー」
遠すぎる未来団 2014 p225

天誅に散る慶喜の懐刀―原市之進（高野澄）
◇「幕末テロリスト列伝」講談社 2004（講談社文
庫）p237

殿中にて（村上元三）
◇「士魂の光芒―時代小説最前線」新潮社 1997（新
潮文庫）p323
◇「剣の意地恋の夢―時代小説傑作選」講談社 2000

てんち

（講談社文庫）p195
◇「酔うて候―時代小説傑作選」徳間書店 2006（徳間文庫）p243

電柱の骨（桧山明）
◇「人は死んだら電柱になる―電柱アンソロジー」遠すぎる未来団 2014 p158

電柱フレンズ（枝折まや子）
◇「人は死んだら電柱になる―電柱アンソロジー」遠すぎる未来団 2014 p146

天地悠々（徳富蘇峰）
◇「新日本古典文学大系 明治編 26」岩波書店 2002 p250

天頂より少し下って（川上弘美）
◇「恋愛小説」新潮 2005 p7
◇「恋愛小説」新潮社 2007（新潮文庫）p7

点滴のなかで（香山末子）
◇「〈在日〉文学全集 17」勉誠出版 2006 p82

転転転校生生生（森山樹）
◇「新走（アラバシリ）―Powers Selection」講談社 2011（講談社box）p191

点点点丸転転丸（諏訪哲史）
◇「本迷宮―本を巡る不思議な物語」日本図書設計家協会 2016 p81

天童奇蹟（新羽精之）
◇「甦る「幻影城」 2」角川書店 1997（カドカワ・エンタテインメント）p347
◇「剣が謎を斬る―名作で読む推理小説史 時代ミステリー傑作選」光文社 2005（光文社文庫）p337

電燈の下をへんなものが通った話（稲垣足穂）
◇「ちくま日本文学 16」筑摩書房 2008（ちくま文庫）p38

点と円（西村健）
◇「ザ・ベストミステリーズ―推理小説年鑑 2008」講談社 2008 p293
◇「Doubtきりのない疑惑」講談社 2011（講談社文庫）p223

点と線（竹山洋）
◇「テレビドラマ代表作選集 2008年版」日本脚本家連盟 2008 p7

テンと月（小池真理子）
◇「短篇ベストコレクション―現代の小説 2015」徳間書店 2015（徳間文庫）p189

天と富士山―【東京】（赤瀬川原平）
◇「富士山」角川書店 2013（角川文庫）p255

デンドロカカリヤ（安部公房）
◇「ことばの織物―昭和短篇珠玉選 2」蒼丘書林 1998 p137
◇「変身のロマン」学習研究社 2003（学研M文庫）p145
◇「幻視の系譜」筑摩書房 2013（ちくま文庫）p468

デンドロカカリヤ―［雑誌「表現」版］（安部公房）
◇「新編・日本幻想文学集成 1」国書刊行会 2016 p13

天どん物語―蒲田の天どん（種村季弘）
◇「たんときれいに召し上がれ―美食文学精選」芸術新聞社 2015 p403

店内消失（風見詩織）
◇「本格推理 12」光文社 1998（光文社文庫）p207

天に還す（立花腑楽）
◇「てのひら怪談―ビーケーワン怪談大賞傑作選 辛卯」ポプラ社 2011（ポプラ文庫）p86

天にまします…（安土萌）
◇「秘神界 現代編」東京創元社 2002（創元推理文庫）p329

天にまします吾らが父ヨ、世界人類ガ、幸福デ、ありますヨウニ（川上弘美）
◇「文学 2007」講談社 2007 p43
◇「Invitation」文藝春秋 2010 p67
◇「甘い罠―8つの短篇小説集」文藝春秋 2012（文春文庫）p65

天女使（菊池三渓）
◇「新日本古典文学大系 明治編 3」岩波書店 2005 p32

天女の末裔（鳥井架南子）
◇「江戸川乱歩賞全集 15」講談社 2003（講談社文庫）p7

天然と同化せよ！（徳富蘇峰）
◇「新日本古典文学大系 明治編 26」岩波書店 2002 p234

天然の臥床（ねどこ）と木賃宿（松原岩五郎）
◇「新日本古典文学大系 明治編 30」岩波書店 2009 p232

天然の魔・人造の美―谷敦志パノラマ館（谷敦志）
◇「アート偏愛」光文社 2005（光文社文庫）p313

天の網島（安西均）
◇「新装版 全集現代文学の発見 13」學藝書林 2004 p373

天の狗（鳥飼否宇）
◇「ベスト本格ミステリ 2011」講談社 2011（講談社ノベルス）p153
◇「ザ・ベストミステリーズ―推理小説年鑑 2011」講談社 2011 p217
◇「Guilty殺意の連鎖」講談社 2014（講談社文庫）p153
◇「からくり伝言少女」講談社 2015（講談社文庫）p215

天の犬（山下奈美）
◇「ゆきのまち幻想文学賞小品集 16」企画集団ぷりずむ 2007 p167

天皇異聞―源顕兼『古事談』（源顕兼）
◇「王侯」国書刊行会 1998（書物の王国）p75

電脳奥様（内田春菊）
◇「短篇ベストコレクション―現代の小説 2002」徳間書店 2002（徳間文庫）p27

天王寺中学校（折口信夫）
◇「ちくま日本文学 25」筑摩書房 2008（ちくま文庫）p42

天皇制の「業担き」として（上野英信）

◇「戦後文学エッセイ選 12」影書房 2006 p70

天皇と星条旗と日の丸（古倉節子）
◇「全作家短編小說集 10」のべる出版 2011 p85

天皇の帽子（今日出海）
◇「戦後占領期短篇小説コレクション 5」藤原書店 2007 p101

貂の女伯爵、万年城を攻略す（谷口裕貴）
◇「進化論」光文社 2006 （光文社文庫）p363

天の刻（小池真理子）
◇「甘やかな祝祭―恋愛小説アンソロジー」光文社 2004 （光文社文庫）p281

天の誘ひ（立原道造）
◇「新装版 全集現代文学の発見 14」學藝書林 2005 p454

天のてのひら（太田正一）
◇「ハンセン病文学全集 8」皓星社 2006 p479

天の配猫（森村誠一）
◇「Anniversary 50―カッパ・ノベルス創刊50周年記念作品」光文社 2009 （Kappa novels）p333

天の本国（小川国夫）
◇「戦後短篇小説再発見 16」講談社 2003 （講談社文芸文庫）p164

電筆（松本清張）
◇「とっておき名短篇」筑摩書房 2011 （ちくま文庫）p197

天秤（明石海人）
◇「ハンセン病文学全集 7」皓星社 2004 p443

天秤宮―ビデオレター（我孫子武丸）
◇「十二宮12幻想」エニックス 2000 p165

天秤皿のヘビ（戌井昭人）
◇「12星座小説集」講談社 2013 （講談社文庫）p149

天袋（清水絹）
◇「全作家短編小説集 6」全作家協会 2007 p113

天ぷら供養（葛城輝）
◇「超短編の世界」創英社 2008 p144

テンペスト（江國香織）
◇「Joy！」講談社 2008 p207
◇「彼の女たち」講談社 2012 （講談社文庫）p211

天変動く（与謝野晶子）
◇「天変動く大震災と作家たち」インパクト出版会 2011 （インパクト選書）p77

電報（黒島伝治）
◇「読んでおきたい近代日本小説選」龍書房 2012 p279
◇「アンソロジー・プロレタリア文学 1」森話社 2013 p86

電報（三宅花圃）
◇「天変動く大震災と作家たち」インパクト出版会 2011 （インパクト選書）p60

伝法院裏門前（南條範夫）
◇「捕物小説名作選 1」集英社 2006 （集英社文庫）p225

天保怪異鏡（九鬼澹）
◇「怪奇・伝奇時代小説選集 1」春陽堂書店 1999

（春陽文庫）p100

伝法水滸伝（山口瞳）
◇「家族の絆」光文社 1997 （光文社文庫）p273

天保六花撰（松林伯円（2代目））
◇「新日本古典文学大系 明治編 7」岩波書店 2008 p1

天馬（金史良）
◇「〈外地〉の日本語文学選 3」新宿書房 1996 p129
◇「近代朝鮮文学日本語作品集1939～1945 創作篇 2」緑蔭書房 2001 p185
◇「〈在日〉文学全集 11」勉誠出版 2006 p59

天幕と銀幕の見える場所（芦辺拓）
◇「世紀末サーカス」廣済堂出版 2000 （廣済堂文庫）p13
◇「大阪ラビリンス」新潮社 2014 （新潮文庫）p319

テンマ船の行方（柳原和音）
◇「優秀新人戯曲集 2008」ブロンズ新社 2007 p117

天窓のあるガレージ（日野啓三）
◇「戦後短篇小説再発見 6」講談社 2001 （講談社文芸文庫）p194

天命の人（三好徹）
◇「代表作時代小説 平成20年度」光文社 2008 p367

天明の判官（山田風太郎）
◇「大江戸事件帖―時代推理小説名作選」双葉社 2005 （双葉文庫）p187

天網恢恢疎にして漏らさず（鳥飼否宇）
◇「宝石ザミステリー Red」光文社 2016 p219

天目山の雲（井上靖）
◇「決戦川中島―傑作時代小説」PHP研究所 2007 （PHP文庫）p281

天文台クリニック（堀江敏幸）
◇「ろうそくの炎がささやく言葉」勁草書房 2011 p159

諂諛（てんゆ）（正岡子規）
◇「新日本古典文学大系 明治編 27」岩波書店 2003 p22

須並一衛集 天籟（須並一衛）
◇「ハンセン病文学全集 9」皓星社 2010 p195

転落（ハセベバクシンオー）
◇「10分間ミステリー」宝島社 2012 （宝島社文庫）p79
◇「10分間ミステリー THE BEST」宝島社 2016 （宝島社文庫）p129

天覧（三井多和）
◇「立川文学 3」けやき出版 2013 p63

展覧会の客（紀田順一郎）
◇「青物愛 日本篇」晶文社 2005 p265
◇「古書ミステリー倶楽部―傑作推理小説集」光文社 2013 （光文社文庫）p301
◇「書物愛 日本篇」東京創元社 2014 （創元ライブラリ）p261

伝令兵（目取真俊）
◇「文学 2005」講談社 2005 p268
◇「永遠の夏―戦争小説集」実業之日本社 2015 （実業之日本社文庫）p539

てんろ

◇「戦争小説短篇名作選」講談社 2015（講談社文芸文庫）p205

天路歴程 意訳（バニヤン, 佐藤喜峰）
◇「新日本古典文学大系 明治編 14」岩波書店 2013 p143

電話（高橋克彦）
◇「冒険の森へ──傑作小説大全 17」集英社 2015 p15
◇「電話ミステリー倶楽部──傑作推理小説集」光文社 2016（光文社文庫）p121

電話（武田若千）
◇「超短編の世界 vol.2」創英社 2009 p88

電話（中上紀）
◇「文学 2011」講談社 2011 p271

電話（杜地都）
◇「てのひら怪談──ビーケーワン怪談大賞傑作選」ポプラ社 2007 p104
◇「てのひら怪談──ビーケーワン怪談大賞傑作選」ポプラ社 2008（ポプラ文庫）p108

電話（吉行淳之介）
◇「昭和の短篇一人一冊集成 吉行淳之介」未知谷 2008 p101
◇「電話ミステリー倶楽部──傑作推理小説集」光文社 2016（光文社文庫）p275

電話アーティストの甥（小川洋子）
◇「秘密。──私と私のあいだの十二話」メディアファクトリー 2005 p69

電話アーティストの恋人（小川洋子）
◇「秘密。──私と私のあいだの十二話」メディアファクトリー 2005 p75

電話、その日（盧進容）
◇「〈在日〉文学全集 18」勉誠出版 2006 p208

電話だけが知っている（岡嶋二人）
◇「電話ミステリー倶楽部──傑作推理小説集」光文社 2016（光文社文庫）p183

電話中につき、ベス（西島伝法）
◇「さよならの儀式」東京創元社 2014（創元SF文庫）p409

電話の声（北林透馬）
◇「甦る推理雑誌 4」光文社 2003（光文社文庫）p89

電話の声（霜島ケイ）
◇「文藝百物語」ぶんか社 1997 p16

電話番号（黒木あるじ）
◇「渚にて──あの日からの〈みちのく怪談〉」荒蝦夷 2016 p30

電話ボックス（東孝一）
◇「ショートショートの広場 9」講談社 1998（講談社文庫）p123

電話ボックス（柳原慧）
◇「10分間ミステリー」宝島社 2012（宝島社文庫）p67
◇「10分間ミステリー THE BEST」宝島社 2016（宝島社文庫）p431

電話は鳴らない（仙洞田一彦）
◇「現代短編小説選──2005〜2009」日本民主主義文学会 2010 p232

【 と 】

ドア（中井紀夫）
◇「恐怖症」光文社 2002（光文社文庫）p17

ドアX（島田荘司）
◇「日本ベストミステリー選集 24」光文社 1997（光文社文庫）p129

ドア⇄ドア（歌野晶午）
◇「ザ・ベストミステリーズ──推理小説年鑑 1998」講談社 1998 p89
◇「新世紀「謎」倶楽部」角川書店 1998 p419
◇「完全犯罪証明書」講談社 2001（講談社文庫）p114
◇「謎──スペシャル・ブレンド・ミステリー 009」講談社 2014（講談社文庫）p281

ドアとドア（神薫）
◇「怪談四十九夜」竹書房 2016（竹書房文庫）p106

闇（ドア）の響（北村四海）
◇「文豪怪談傑作選 特別編」筑摩書房 2007（ちくま文庫）p49

とある愛好家の集い（雨澄碧）
◇「5分で読める！ ひと駅ストーリー 食の話」宝島社 2015（宝島社文庫）p269

とある音楽評論家の、註釈の多い死（※1）（深水黎一郎）
◇「宝石ザミステリー 2014冬」光文社 2014 p353

とあるペットショップにて（寺田旅雨）
◇「リトル・リトル・クトゥルー──史上最小の神話小説集」学習研究社 2009 p162

とある密室の始まりと終わり（東川篤哉）
◇「宝石ザミステリー Red」光文社 2016 p289

とある民宿にて（梅原公彦）
◇「てのひら怪談──ビーケーワン怪談大賞傑作選」ポプラ社 2007 p180
◇「てのひら怪談──ビーケーワン怪談大賞傑作選」ポプラ社 2008（ポプラ文庫）p188

問い（天野忠）
◇「日本文学全集 29」河出書房新社 2016 p47

独逸には 生れざりしも（折口信夫）
◇「ちくま日本文学 25」筑摩書房 2008（ちくま文庫）p104

ドイツの石（てしまたけもと）
◇「ショートショートの広場 8」講談社 1997（講談社文庫）p163

独逸の本屋（森茉莉）
◇「創刊一〇〇年三田文学名作選」三田文学会 2010 p651

ドイツ箱の八月（小島モハハ）
◇「てのひら怪談──ビーケーワン怪談大賞傑作選 辛

538 作品名から引ける日本文学全集案内 第Ⅲ期

卯」ポプラ社 2011（ポプラ文庫）p24

ドイツ料理屋「アノスバイン」（島本理生）
　◇「明日町こんぺいとう商店街—招きうさぎと七軒の物語 3」ポプラ社 2016（ポプラ文庫）p193

トイレを借りに（青井知之）
　◇「てのひら怪談—ビーケーワン怪談大賞傑作選 庚寅」ポプラ社 2010（ポプラ文庫）p88

トイレに現れたお祖母ちゃん（勝山海百合）
　◇「女たちの怪談百物語」メディアファクトリー 2010（〔幽books〕）p46
　◇「女たちの怪談百物語」KADOKAWA 2014（角川ホラー文庫）p53

トイレの河童（狩野くみ）
　◇「てのひら怪談—ビーケーワン怪談大賞傑作選 百怪繚乱篇」ポプラ社 2008 p82
　◇「てのひら怪談—ビーケーワン怪談大賞傑作選 己丑」ポプラ社 2009（ポプラ文庫）p82

トイレ文化博物館のさんざめく怪異（黒史郎）
　◇「厠の怪—便所怪談競作集」メディアファクトリー 2010（MF文庫）p115

トイレまち（平山夢明）
　◇「5分で読める！ 怖いはなし」宝島社 2014（宝島社文庫）p87

塔（那珂太郎）
　◇「新装版 全集現代文学の発見 13」學藝書林 2004 p410

塔（堀敏実）
　◇「塔の物語」角川書店 2000（角川ホラー文庫）p281

塔（松浦寿輝）
　◇「文学 2011」講談社 2011 p84
　◇「現代小説クロニクル 2010〜2014」講談社 2015（講談社文芸文庫）p161

塔（竜胆寺雄）
　◇「文豪てのひら怪談」ポプラ社 2009（ポプラ文庫）p186

東亞民族政策の新出發（陳逢源）
　◇「日本統治期台湾文学集成 16」緑蔭書房 2003 p153

同一障害（衣畑秀樹）
　◇「ショートショートの広場 17」講談社 2005（講談社文庫）p178

投影（赤沢正美）
　◇「ハンセン病文学全集 8」皓星社 2006 p296

陶淵明（楊雲萍）
　◇「日本統治期台湾文学集成 18」緑蔭書房 2003 p561

陶淵明集に書す（中村敬宇）
　◇「新日本古典文学大系 明治編 2」岩波書店 2004 p123

塔をえらんだ男と橋をえらんだ男と港をえらんだ男（西崎憲）
　◇「物語のルミナリエ」光文社 2011（光文社文庫）p345

問う男（林泰広）
　◇「本格推理 14」光文社 1999（光文社文庫）p237

トゥ・オブ・アス（法月綸太郎）
　◇「不条理な殺人—ミステリー・アンソロジー」祥伝社 1998（ノン・ポシェット）p337

同音借用（正岡子規）
　◇「新日本古典文学大系 明治編 27」岩波書店 2003 p104

東海（正岡子規）
　◇「新日本古典文学大系 明治編 27」岩波書店 2003 p16

道外的外套の話（長谷川四郎）
　◇「戦後文学エッセイ選 2」影書房 2006 p164

東海道を走る剣士（南條範夫）
　◇「御白洲裁き—時代推理傑作選」徳間書店 2009（徳間文庫）p169

東海道戦争（筒井康隆）
　◇「あしたは戦争」筑摩書房 2016（ちくま文庫）p51

東海道 抜きつ抜かれつ（村上元三）
　◇「剣光闇を裂く」光風社出版 1997（光風社文庫）p31
　◇「江戸の漫遊力—時代小説傑作選」集英社 2008（集英社文庫）p259

桃花江（沙丁呉漫沙）
　◇「日本統治期台湾文学集成 25」緑蔭書房 2007 p263

どうかして（川崎洋）
　◇「新装版 全集現代文学の発見 13」學藝書林 2004 p435

塔下の対話（稲垣足穂）
　◇「ちくま日本文学 16」筑摩書房 2008（ちくま文庫）p410

燈火星のごとく（金子みづは）
　◇「てのひら怪談—ビーケーワン怪談大賞傑作選 庚寅」ポプラ社 2010（ポプラ文庫）p42

桃花無明剣（柴田錬三郎）
　◇「春はやて—時代小説アンソロジー」KADOKAWA 2016（角川文庫）p107

唐辛子のある風景（香山末子）
　◇「〈在日〉文学全集 17」勉誠出版 2006 p75

投函されなかった遺書＞宮本顕治（宮本百合子）
　◇「日本人の手紙 6」リブリオ出版 2004 p188

とうかんやのお小遣い（山田たかし）
　◇「ゆきのまち幻想文学賞・小品集 7」NTTメディアスコープ 1997 p155

陶器（金関丈夫）
　◇「日本統治期台湾文学集成 17」緑蔭書房 2003 p269

動機（家田満理）
　◇「ショートショートの広場 20」講談社 2008（講談社文庫）p243

動機（横山秀夫）
　◇「ザ・ベストミステリーズ—推理小説年鑑 2000」講談社 2000 p199
　◇「罪深き者に罰を」講談社 2002（講談社文庫）p69

同期（月島淳之介）

とうき

◇「ゆれる―第12回フェリシモ文学賞作品集」フェリシモ 2009 p140

同義語（松村紘一）
　◇「近代朝鮮文学日本語作品集1939～1945 創作篇 6」緑蔭書房 2001 p288

冬季雑筆 歳暮雑感（李光洙）
　◇「近代朝鮮文学日本語作品集1908～1945 セレクション 3」緑蔭書房 2008 p365

冬季雑筆 冬まだ淺し（林和）
　◇「近代朝鮮文学日本語作品集1908～1945 セレクション 3」緑蔭書房 2008 p361

道議戰序曲（全3回）（石薫生）
　◇「近代朝鮮文学日本語作品集1901～1938 評論・随筆篇 3」緑蔭書房 2004 p235

闘牛（井上靖）
　◇「文学賞受賞・名作集成 1」リブリオ出版 2004 p5

撞球室の七人（橋本五郎）
　◇「幻の探偵雑誌 10」光文社 2002 （光文社文庫）p93

闘牛士のように（小林弘明）
　◇「ハンセン病文学全集 7」皓星社 2004 p409

桃鳩図について（澁澤龍彦）
　◇「新編・日本幻想文学集成 2」国書刊行会 2016 p77

同級生（石原哲也）
　◇「1人から5人でできる新鮮いちご脚本集 v.3」青雲書房 2003 p165

同級生（鹿目けい子）
　◇「あの日に戻れたら」主婦と生活社 2007 （Junon novels）p193

東京（寺山修司）
　◇「ちくま日本文学 6」筑摩書房 2007 （ちくま文庫）p35

東京（永倉萬治）
　◇「街物語」朝日新聞社 2000 p155

東京（ねじめ正一）
　◇「街物語」朝日新聞社 2000 p3

同郷（龍野智子）
　◇「ショートショートの花束 5」講談社 2013 （講談社文庫）p143

道鏡（坂口安吾）
　◇「人物日本の歴史―時代小説版 古代中世編」小学館 2004 （小学館文庫）p55

東京詠物集（抄）（折口信夫）
　◇「ちくま日本文学 25」筑摩書房 2008 （ちくま文庫）p31

東京駅の質問（君島慧是）
　◇「てのひら怪談―ビーケーワン怪談大賞傑作選」ポプラ社 2007 p156
　◇「てのひら怪談―ビーケーワン怪談大賞傑作選」ポプラ社 2008 （ポプラ文庫）p160

東京への旅（柳田國男）
　◇「ちくま日本文学 15」筑摩書房 2008 （ちくま文庫）p409

東京へ初旅（正岡子規）

◇「新日本古典文学大系 明治編 27」岩波書店 2003 p11

東京へゆくな（谷川雁）
　◇「新装版 全集現代文学の発見 13」學藝書林 2004 p362

東京を侮辱するもの（折口信夫）
　◇「ちくま日本文学 25」筑摩書房 2008 （ちくま文庫）p131

東京學生藝術座の第一回公演（金波宇）
　◇「近代朝鮮文学日本語作品集1901～1938 評論・随筆篇 3」緑蔭書房 2004 p313

「東京から巴里への書簡」（昭和七年―十三年）（岡本かの子）
　◇「精選女性随筆集 4」文藝春秋 2012 p214

東京原発（山川元）
　◇「年鑑代表シナリオ集 ’04」シナリオ作家協会 2005 p37

東京郊外浪人街―高円寺界隈（翁鬧）
　◇「日本統治期台湾文学集成 5」緑蔭書房 2002 p101

東京西郊（高井有一）
　◇「街物語」朝日新聞社 2000 p305

東京裁判が考えさせてくれたこと（木下順二）
　◇「戦後文学エッセイ選 8」影書房 2005 p186

東京しあわせクラブ（朱川湊人）
　◇「不思議の足跡」光文社 2007 （Kappa novels）p181
　◇「不思議の足跡」光文社 2011 （光文社文庫）p239

「東京燒盡」より第三十八章、第五十六章（内田百閒）
　◇「危険なマッチ箱」文藝春秋 2009 （文春文庫）p273

東京新繁昌記（抄）（服部撫松）
　◇「新日本古典文学大系 明治編 1」岩波書店 2004 p1

東京双六（吉村滋）
　◇「現代作家代表選集 2」鼎書房 2012 p145

東京すていしょん（折口信夫）
　◇「ちくま日本文学 25」筑摩書房 2008 （ちくま文庫）p29

東京ステーションホテル―東京ステーションホテル（森瑤子）
　◇「贅沢な恋人たち」幻冬舎 1997 （幻冬舎文庫）p161

東京大学派対基督教会（山路愛山）
　◇「新日本古典文学大系 明治編 26」岩波書店 2002 p444

東京で活躍してゐる半島の人々（金浩永）
　◇「近代朝鮮文学日本語作品集1939～1945 評論・随筆篇 1」緑蔭書房 2002 p183

トウキョウ・デスワーム（小中千昭）
　◇「怪獣文藝の逆襲」KADOKAWA 2015 （〔幽〕BOOKS〕）p233

東京鐵道ホテル24号室（辻真先）

540　作品名から引ける日本文学全集案内 第III期

とうけ

◇「江戸川乱歩に愛をこめて」光文社 2011 （光文社文庫）p251

東京難民戦争・前史―運河の流れに（船戸与一）
◇「男たちのら・ら・ば・い」徳間書店 1999 （徳間文庫）p447

東京における發表會を前に（1）（2）（崔承喜）
◇「近代朝鮮文学日本語作品集1901～1938 評論・随筆篇 2」緑蔭書房 2004 p255

東京に帰る（中野逍遙）
◇「新日本古典文学大系 明治編 2」岩波書店 2004 p413

東京日記（内田百閒）
◇「ちくま日本文学 1」筑摩書房 2007 （ちくま文庫）p177

東京日記（抄）（内田百閒）
◇「十夜」ランダムハウス講談社 2006 p109
◇「変身ものがたり」筑摩書房 2010 （ちくま文学の森）p505

東京日記（その一）（内田百閒）
◇「怪獣」国書刊行会 1998 （書物の王国）p14

東京にのこりし父（一九五〇年）―朝鮮戦争勃発す（金夏日）
◇「〈在日〉文学全集 17」勉誠出版 2006 p179

東京の印象（柳田國男）
◇「ちくま日本文学 15」筑摩書房 2008 （ちくま文庫）p412

東京ノ鍵（許南麒）
◇「〈在日〉文学全集 1」勉誠出版 2006 p254

東京の片隅で（青木洪）
◇「近代朝鮮文学日本語作品集1901～1938 創作篇 5」緑蔭書房 2004 p283

東京の背骨（小松知佳）
◇「センチメンタル急行―あの日へ帰る、旅情短篇集」泰文堂 2010 （Linda books！）p170
◇「涙がこぼれないように―さよならが胸を打つ10の物語」泰文堂 2014 （リンダブックス）p204

東京の探偵たち（小路幸也）
◇「みんなの少年探偵団」ポプラ社 2014 p109
◇「みんなの少年探偵団」ポプラ社 2016 （ポプラ文庫）p109

東京の日記―都電。キャタピラー。伝書鳩の群れ。桜。とりどりの和菓子。私の見た東京（恩田陸）
◇「NOVA―書き下ろし日本SFコレクション 2」河出書房新社 2010 （河出文庫）p115

同郷の人々（柳田國男）
◇「ちくま日本文学 15」筑摩書房 2008 （ちくま文庫）p453

東京発千夜一夜 第百三十五話―私立探偵竜門・捨てたつもりが捨てられて…（森瑤子）
◇「文士の意地―車谷長吉撰短篇小説輯 下巻」作品社 2005 p339

東京不思議day（園田修一郎）
◇「新・本格推理 〔1〕」光文社 2001 （光文社文庫）p403

東京ボーイズラブ（砂原美都）
◇「君を忘れない―恋愛短篇小説集」泰文堂 2012 （リンダブックス）p128

東京南町奉行（山田風太郎）
◇「傑作捕物ワールド 6」リブリオ出版 2002 p161

東京みやげ（星哲朗）
◇「ショートショートの花束 7」講談社 2015 （講談社文庫）p178

東京ラプソディ（山口晃二）
◇「歌謡曲だよ、人生は―映画監督短編集」メディアファクトリー 2007 p183

同居人（きりえ薫）
◇「てのひら怪談―ビーケーワン怪談大賞傑作選 壬辰」ポプラ社 2012 （ポプラ文庫）p76

洞窟（飛鳥部勝則）
◇「怪物團」光文社 2009 （光文社文庫）p15

洞窟に生み落とされて（金子光晴）
◇「ちくま日本文学 38」筑摩書房 2009 （ちくま文庫）p129
◇「ちくま日本文学 38」筑摩書房 2009 （ちくま文庫）p131

洞窟の外（中村文則）
◇「十年後のこと」河出書房新社 2016 p135

峠（白石すみほ）
◇「全作家短編小説集 6」全作家協会 2007 p125

峠（趙南哲）
◇「〈在日〉文学全集 18」勉誠出版 2006 p122

峠（原田康子）
◇「悲劇の臨時列車―鉄道ミステリー傑作選」光文社 1998 （光文社文庫）p293

闘鶏（今東光）
◇「賭けと人生」筑摩書房 2011 （ちくま文学の森）p315

憧憬（趙薫）
◇「近代朝鮮文学日本語作品集1939～1945 創作篇 6」緑蔭書房 2001 p43

憧憬☆カトマンズ（宮木あや子）
◇「29歳」日本経済新聞出版社 2008 p299
◇「29歳」新潮社 2012 （新潮文庫）p331

陶芸造り（是佐武子）
◇「ゆくりなくも」鶴書院 2009 （シニア文学秀作選）p27

峠だけで見た男（笹沢左保）
◇「代表作時代小説 平成10年度」光風社出版 1998 p53
◇「地獄の無明剣―時代小説傑作選」講談社 2004 （講談社文庫）p41

峠茶屋のだんご婆さん（佐々木敬祐）
◇「全作家短編小説集 6」全作家協会 2007 p137

峠に哭いた甲州路（笹沢左保）
◇「大江戸事件帖―時代推理小説名作選」双葉社 2006 （双葉文庫）p237

峠の一軒屋――幕（中山侑）
◇「日本統治期台湾文学集成 12」緑蔭書房 2003 p187

作品名から引ける日本文学全集案内 第III期 **541**

とうけ

峠の剣（佐江衆一）
◇「白刃光る」新潮社 1997 p47
◇「時代小説―読切御免 2」新潮社 2004（新潮文
庫）p111

峠の酒蔵（巣山ひろみ）
◇「ゆきのまち幻想文学賞小品集 19」企画集団ぷり
ずむ 2010 p119

峠の像（神保光太郎）
◇「「日本浪曼派」集」新学社 2007（新学社近代浪
漫派文庫）p57

峠の春は（栗林佐知）
◇「太宰治賞 2006」筑摩書房 2006 p25

道化役（城昌幸）
◇「愛の怪談」角川書店 1999（角川ホラー文庫）
p57

凍原（具岷）
◇「近代朝鮮文学日本語作品集1908～1945 セレクショ
ン 4」緑蔭書房 2008 p337

道元を読む（富士正晴）
◇「戦後文学エッセイ選 7」影書房 2006 p31

登校拒否（金澤ぐれい）
◇「ショートショートの広場 8」講談社 1997（講
談社文庫）p125

同行者（今村栄治）
◇「〈外地〉の日本語文学選 2」新宿書房 1996 p183
◇「コレクション戦争と文学 16」集英社 2012 p61

東郷藤兵衛重位（一色次郎）
◇「人物日本剣豪伝 2」学陽書房 2001（人物文庫）
p231

同好の士（原カバン）
◇「ショートショートの花束 1」講談社 2009（講
談社文庫）p31

辻小説 刀痕（野田康男）
◇「日本統治期台湾文学集成 22」緑蔭書房 2007
p331

刀痕記（古川薫）
◇「血汐花に涙降る」光風社出版 1999（光風社文
庫）p289

東西「覗き」くらべ（巽昌章）
◇「ベスト本格ミステリ 2012」講談社 2012（講談
社ノベルス）p393
◇「探偵の殺される夜」講談社 2016（講談社文庫）
p551

盗作の裏側（高橋克彦）
◇「北村薫のミステリー館」新潮社 2005（新潮文
庫）p249

倒錯の庭（小池真理子）
◇「こんなにも恋はせつない―恋愛小説アンソロ
ジー」光文社 2004（光文社文庫）p85

洞察（平戸廉吉）
◇「新装版 全集現代文学の発見 1」學藝書林 2002
p233

冬至―12月22日ごろ（蜂飼耳）
◇「君と過ごす季節―秋から冬へ、12の暦物語」ポ
プラ社 2012（ポプラ文庫）p221

悼詩（室生犀星）

◇「ファイン／キュート素敵かわいい作品選」筑摩
書房 2015（ちくま文庫）p56

蕩児（南條範夫）
◇「逆転―時代アンソロジー」祥伝社 2000（祥伝社
文庫）p61

闘士（貴司山治）
◇「新・プロレタリア文学精選集 14」ゆまに書房
2004 p363

童子（室生犀星）
◇「文豪怪談傑作選 室生犀星集」筑摩書房 2008
（ちくま文庫）p31

同志愛（貴司山治）
◇「新・プロレタリア文学精選集 14」ゆまに書房
2004 p1

童子球戯圖（上忠司）
◇「日本統治期台湾文学集成 18」緑蔭書房 2003
p249

唐詩作加那（とうしさかな）（山々亭有人撰）
◇「新日本古典文学大系 明治編 4」岩波書店 2003
p294

同志社大学の運動（山路愛山）
◇「新日本古典文学大系 明治編 26」岩波書店 2002
p453

同時進行（北見越）
◇「ショートショートの広場 19」講談社 2007（講
談社文庫）p195

冬至草（石黒達昌）
◇「逃げゆく物語の話―ゼロ年代日本SFベスト集成
F」東京創元社 2010（創元SF文庫）p249

どうした、田部ちゃん（美崎理恵）
◇「失恋前夜―大人のための恋愛短篇集」泰文堂
2013（レインブックス）p87

糖質な彼女（木地雅映子）
◇「坂木司リクエスト！ 和菓子のアンソロジー」光
文社 2013 p179
◇「坂木司リクエスト！ 和菓子のアンソロジー」光
文社 2014（光文社文庫）p181

どうして犬は（多田秀介）
◇「ショートショートの広場 13」講談社 2002（講
談社文庫）p73

どうして彼は喫煙家になったか？（稲垣足穂）
◇「ちくま日本文学 16」筑摩書房 2008（ちくま文
庫）p64

どうして疑問がありますか 上下（廉想渉）
◇「近代朝鮮文学日本語作品集1908～1945 セレクショ
ン 5」緑蔭書房 2008 p193

どうして四月が去れようか（呉林俊）
◇「〈在日〉文学全集 17」勉誠出版 2006 p109

どうしてパレード（中山智幸）
◇「いまのあなたへ―村上春樹への12のオマージュ」
NHK出版 2014 p51

どうして窓を開けないの―不開門（野川隆）
◇「〈外地〉の日本語文学選 2」新宿書房 1996 p182

どうして酔よりさめたか？（稲垣足穂）
◇「ちくま日本文学 16」筑摩書房 2008（ちくま文
庫）p52

とうた

答辞に代へて奴隷根性の唄(金子光晴)
◇「ちくま日本文学 38」筑摩書房 2009 (ちくま文庫) p90

冬至の雨〔四首〕(香山光郎)
◇「近代朝鮮文学日本語作品集1939～1945 創作篇 6」緑蔭書房 2001 p304

陶磁のこと①～③(李泰俊)
◇「近代朝鮮文学日本語作品集1901～1938 評論・随筆篇 1」緑蔭書房 2004 p399

動詞の話(安水稔和)
◇「新装版 全集現代文学の発見 13」學藝書林 2004 p531

藤十郎の恋(菊池寛)
◇「ちくま日本文学 27」筑摩書房 2008 (ちくま文庫) p87
◇「美しい恋の物語」筑摩書房 2010 (ちくま文学の森) p295

童女(金鍾漢)
◇「近代朝鮮文学日本語作品集1939～1945 創作篇 6」緑蔭書房 2001 p104
◇「近代朝鮮文学日本語作品集1908～1945 セレクション 4」緑蔭書房 2008 p423

道成寺(萱野二十一)
◇「怪奇・伝奇時代小説選集 6」春陽堂書店 2000 (春陽文庫) p62

童女入水(野坂昭如)
◇「戦後短篇小説再発見 11」講談社 2003 (講談社文芸文庫) p13€

同志よ安かに眠れ！(金斗鎔)
◇「近代朝鮮文学日本語作品集1901～1938 評論・随筆篇 3」緑蔭書房 2004 p309

同人雑誌四十年(富士正晴)
◇「戦後文学エッセイ選 7」影書房 2006 p182

同人誌ネクロノミコン(推定モスマン)
◇「リトル・リトル・クトゥルー―史上最小の神話小説集」学習研究社 2009 p98

蕩尽に関する一考察(有栖川有栖)
◇「ザ・ベストミステリーズ―推理小説年鑑 2004」講談社 2004 p239
◇「犯人たちの部屋」講談社 2007 (講談社文庫) p41

同性愛の経済人類学(栗本慎一郎)
◇「同性愛」国書刊行会 1999 (書物の王国) p219

当世商人気質(饗庭篁村)
◇「新日本古典文学大系 明治編 29」岩波書店 2005 p1

党生活者(小林多喜二)
◇「新装版 全集現代文学の発見 3」學藝書林 2003 p215

一読三歎 当世書生気質(坪内逍遥)
◇「明治の文学 4」筑摩書房 2002 p29

当世粗忽長屋(飛山裕一)
◇「5分で読める！ ひと駅ストーリー 夏の記憶東口編」宝島社 2013 (宝島社文庫) p91

東征傳繪巻の文身(金関丈夫)
◇「日本統治期台湾文学集成 17」緑蔭書房 2003 p211

投石事件(稲垣足穂)
◇「ちくま日本文学 16」筑摩書房 2008 (ちくま文庫) p11

悼惜、辞なし(森下雨村)
◇「幻の探偵雑誌」光文社 2002 (光文社文庫) p323

当惜分陰(正岡子規)
◇「新日本古典文学大系 明治編 27」岩波書店 2003 p128

凍雪(栗生楽泉園高原短歌会)
◇「ハンセン病文学全集 8」皓星社 2006 p425

燈前(中野逍遙)
◇「新日本古典文学大系 明治編 2」岩波書店 2004 p411

当選(渋谷良一)
◇「ショートショートの広場 14」講談社 2003 (講談社文庫) p63

当選者発表(内藤零)
◇「ショートショートの広場 16」講談社 2005 (講談社文庫) p116

陶然亭(青木正児)
◇「美食」国書刊行会 1998 (書物の王国) p22

同窓会(角田光代)
◇「短篇ベストコレクション―現代の小説 2009」徳間書店 2009 (徳間文庫) p177

同窓会(七瀬ざくろ)
◇「ショートショートの広場 20」講談社 2008 (講談社文庫) p186

同窓会(星哲朗)
◇「ショートショートの花束 2」講談社 2010 (講談社文庫) p262

同窓会―「君たちに明日はない」シリーズ番外編(垣根涼介)
◇「サイドストーリーズ」KADOKAWA 2015 (角川文庫) p107

盗賊剣士エドガー―ノラ猫は後悔しない(七尾あきら)
◇「運命の覇者」角川書店 1997 p159

道祖神(芦原すなお)
◇「恋物語」朝日新聞社 1998 p202

陶祖「李参平」(庾妙達)
◇「〈在日〉文学全集 18」勉誠出版 2006 p74

淘汰(茶毛)
◇「恐怖箱 遺伝記」竹書房 2008 (竹書房文庫) p107

灯台(牧ゆうじ)
◇「てのひら怪談―ビーケーワン怪談大賞傑作選 2」ポプラ社 2007 p48

燈台(金子光晴)
◇「新装版 全集現代文学の発見 13」學藝書林 2004 p194

灯台鬼(大阪圭吉)
◇「爬虫館事件―新青年傑作選」角川書店 1998 (角川ホラー文庫) p95

作品名から引ける日本文学全集案内 第III期 **543**

とうた

燈台鬼（南條範夫）
◇「消えた直木賞 男たちの足音編」メディアファクトリー 2005 p201

燈台鬼物語（田中貢太郎）
◇「怪奇・伝奇時代小説選集 15」春陽堂書店 2000（春陽文庫）p75

燈臺行（丸井妙子）
◇「日本統治期台湾文学集成 17」緑蔭書房 2003 p371

ユーモア小説 灯台下暗し（清香その子）
◇「日本統治期台湾文学集成 7」緑蔭書房 2002 p322

父ちゃんを待つあいだ（新宮みか）
◇「ゆきのまち幻想文学賞小品集 17」企画集団ぷりずむ 2008 p123

冬虫夏草（秋月達郎）
◇「セブンス・アウト―悪夢七夜」童夢舎 2000（Doumノベル）p235

道中の佳景（正岡子規）
◇「新日本古典文学大系 明治編 27」岩波書店 2003 p221

道中の雪（正岡子規）
◇「新日本古典文学大系 明治編 27」岩波書店 2003 p310

道中便利屋（松岡弘一）
◇「遠き雷鳴」桃園書房 2001（桃園文庫）p175

冬潮（綾井讓）
◇「ハンセン病文学全集 8」皓星社 2006 p104

盗聴（浅黄斑）
◇「自選ショート・ミステリー」講談社 2001（講談社文庫）p124

盗聴犬（海野十三）
◇「風間光枝探偵日記」論創社 2007（論創ミステリ叢書）p87

疼痛二百両（池波正太郎）
◇「万事金の世―時代小説傑作選」徳間書店 2006（徳間文庫）p295
◇「たそがれ長屋一人情時代小説傑作選」新潮社 2008（新潮文庫）p7

童貞（富士正晴）
◇「新装版 全現代文学の発見 10」學藝書林 2004 p234
◇「戦後占領期短篇小説コレクション 7」藤原書店 2007 p7
◇「コレクション戦争と文学 12」集英社 2013 p67

童貞（夢野久作）
◇「新編・日本幻想文学集成 4」国書刊行会 2016 p50

道程（久野徹也）
◇「ショートショートの広場 20」講談社 2008（講談社文庫）p159

どうでもいい日常とどうでもよくない感情の戦争（澤田育子）
◇「超短編の世界 vol.2」創英社 2009 p26

「蕩々帖」（芥川龍之介）
◇「文豪怪談傑作選 芥川龍之介集」筑摩書房 2010（ちくま文庫）p319

とうとうパリの人になった。夢のようだ＞内藤悠子（内藤濯）
◇「日本人の手紙 7」リブリオ出版 2004 p103

とうとう僕は雲雀になって消えて行きます＞遠藤周作／祖田祐子（原民喜）
◇「日本人の手紙 8」リブリオ出版 2004 p21

とうとう魅死魔幽鬼夫になりました＞ドナルド・キーン（三島由紀夫）
◇「日本人の手紙 8」リブリオ出版 2004 p194

堂々巡り（葛城輝）
◇「超短編傑作選 v.6」創英社 2007 p54

道徳の栄え（森茉莉）
◇「精選女性随筆集 2」文藝春秋 2012 p79

道徳の標準（正岡子規）
◇「新日本古典文学大系 明治編 27」岩波書店 2003 p181

島都の近代風景（徐瓊二）
◇「日本統治期台湾文学集成 5」緑蔭書房 2002 p63

東都ノ四時（正岡子規）
◇「新日本古典文学大系 明治編 27」岩波書店 2003 p17

道頓堀（折口信夫）
◇「ちくま日本文学 25」筑摩書房 2008（ちくま文庫）p37

道頓堀心中（阿部牧郎）
◇「代表作時代小説 平成14年度」光風社出版 2002 p263

塔に昇る夢―『高山寺明恵上人行状』より（義林房喜海）
◇「超短編アンソロジー」筑摩書房 2002（ちくま文庫）p20

陶人形（竹河聖）
◇「俳優」廣済堂出版 1999（廣済堂文庫）p495

塔の雀（内田百閒）
◇「文豪怪談傑作選 大正篇」筑摩書房 2011（ちくま文庫）p307

塔の中（安土萌）
◇「時間怪談」廣済堂出版 1999（廣済堂文庫）p489

堂場警部補とこぼれたミルク（蒼井上鷹）
◇「ザ・ベストミステリーズ―推理小説年鑑 2008」講談社 2008 p37
◇「Doubtきりのない疑惑」講談社 2011（講談社文庫）p57

登攀（小尾十三）
◇「〈外地〉の日本語文学選 3」新宿書房 1996 p243

冬晩雑句（六首うち二首）（森春濤）
◇「新日本古典文学大系 明治編 2」岩波書店 2004 p13

董妃（陳舜臣）
◇「代表作時代小説 平成17年度」光文社 2005 p63

渡辺城山遺句集 闘病鬼（渡辺城山）
◇「ハンセン病文学全集 9」皓星社 2010 p196

544 作品名から引ける日本文学全集案内 第III期

豆腐小僧（京極夏彦）
◇「モノノケ大合戦」小学館 2005 （小学館文庫）
p339

とうふ島へ（みやぎじゅん）
◇「小学生のげき―新小学校演劇脚本集 高学年 1」
晩成書房 2011 p67

動物園（趙南哲）
◇「〈在日〉文学全集 18」勉誠出版 2006 p173

動物園（許南麒）
◇「〈在日〉文学全集 2」勉誠出版 2006 p121

動物園跡地（柴門ふみ）
◇「街の物語」角川書店 2001 （New History）p53

動物園殺人事件（南澤十七）
◇「幻の探偵雑誌 8」光文社 2001 （光文社文庫）
p197

動物園襲撃（あるいは要領の悪い虐殺）（村上
春樹）
◇「コレクション戦争と文学 16」集英社 2012 p424

動物詩集（許南麒）
◇「〈在日〉文学全集 2」勉誠出版 2006 p121

動物の葬禮（富岡多惠子）
◇「日本文学100年の名作 7」新潮社 2015 （新潮文
庫）p123
◇「日本文学全集 28」河出書房新社 2017 p101

『動物のぞき』より（幸田文）
◇「読まずにいられぬ名短篇」筑摩書房 2014 （ちく
ま文庫）p11

どうぶつの森にあらしがきた（保坂弘之）
◇「小学校・全員参加の楽しい学級劇・学年劇脚本
集 中学年」黎明書房 2006 p82

動物翻訳機（庄司勝昭）
◇「ショートショートの花束 4」講談社 2012 （講
談社文庫）p22

どうぶつむらのぎんこう（勢川びき）
◇「ショートショートの広場 12」講談社 2001 （講
談社文庫）p78

動物霊園の少女（小鳥遊ミル）
◇「てのひら怪談 葵巳」KADOKAWA 2013 （MF
文庫ダ・ヴィンチ）p72

豆腐屋の女房（皿洗一）
◇「てのひら怪談―ビーケーワン怪談大賞傑作選 2」
ポプラ社 2007 p198

童篇（神保光太郎）
◇「「日本浪曼派」集」新学社 2007 （新学社近代浪
漫派文庫）p49

悼亡（四首うち二首）（森春濤）
◇「新日本古典文学大系 明治編 2」岩波書店 2004
p33
◇「新日本古典文学大系 明治編 2」岩波書店 2004
p40

逃亡（菊地秀行）
◇「教室」光文社 2C03 （光文社文庫）p585

逃亡（祖田浩一）
◇「代表作時代小説 平成9年度」光風社出版 1997
p417

◇「春宵濡れ髪しぐれ―時代小説傑作選」講談社
2003 （講談社文庫）p413

東方朔とマンモス（幸田露伴）
◇「文豪怪談傑作選 幸田露伴集」筑摩書房 2010
（ちくま文庫）p325

同胞姉妹に告ぐ（岸田俊子）
◇「短編 女性文学 近代 続」おうふう 2002 p7

同胞姉妹に告ぐ（中島湘煙）
◇「新日本古典文学大系 明治編 23」岩波書店 2002
p1
◇「「新編」日本女性文学全集 1」菁柿堂 2007 p92

逃亡者（小野耕世）
◇「宇宙塵傑作選―日本SFの軌跡 1」出版芸術社
1997 p39

逃亡者―夢を追いかけて（溝口貴子）
◇「中学生のドラマ 1」晩成書房 1995 p143

悼亡 壬申（森春濤）
◇「新日本古典文学大系 明治編 2」岩波書店 2004
p58

同胞と非同胞（柳澤健）
◇「天変動く大震災と作家たち」インパクト出版会
2011 （インパクト選書）p175

同胞に寄す（1）～（8）（香山光郎）
◇「近代朝鮮文学日本語作品集1939～1945 評論・随筆
篇 1」緑蔭書房 2002 p199

東方の神々（趙宇植）
◇「近代朝鮮文学日本語作品集1939～1945 創作篇 6」
緑蔭書房 2001 p53

逃亡の記憶（多賀谷忠生）
◇「新鋭劇作集 series 15」日本劇団協議会 2004
p123

逃亡の夜は長く（風間一輝）
◇「夢を撃つ男」角川春樹事務所 1999 （ハルキ文
庫）p75

東北（外村繁）
◇「山形県文学全集第1期（小説編）2」郷土出版社
2004 p11

東北を味わおう。（@mumei7c）
◇「3.11心に残る140字の物語」学研パブリッシング
2011 p98

東北弁（茨木のり子）
◇「山形県文学全集第2期（随筆・紀行編）4」郷土出版
社 2005 p380

どう見える？（小林猛）
◇「ショートショートの広場 13」講談社 2002 （講
談社文庫）p31

冬眠（草野心平）
◇「新装版 全集現代文学の発見 13」學藝書林 2004
p143

冬眠（趙薰）
◇「近代朝鮮文学日本語作品集1939～1945 創作篇 6」
緑蔭書房 2001 p82

透明を探す（矢口絢葉）
◇「ゆきのまち幻想文学賞・小品集 15」企画集団ぷ
りずむ 2006 p139

透明魚（阿刀田高）

とうめ

◇「人獣怪婚」筑摩書房 2000（ちくま文庫）p7

到明天―獨幕劇（左明作, 王白淵譯）
◇「日本統治期台湾文学集成 18」緑蔭書房 2003 p170

透明な鍵（織月冬馬）
◇「本格推理 10」光文社 1997（光文社文庫）p287

透明な季節（梶龍雄）
◇「江戸川乱歩賞全集 11」講談社 2001（講談社文庫）p7

透明な教室（君島慧是）
◇「てのひら怪談―ビーケーワン怪談大賞傑作選 百怪繚乱篇」ポプラ社 2008 p42

透明な十字架（夏野百合）
◇「傑作・推理ミステリー10番勝負」永岡書店 1999 p229

透明な鳥籠（那珂太郎）
◇「新装版 全集現代文学の発見 13」學藝書林 2004 p416

透明な雪（青砥十）
◇「超短編の世界 vol.3」創英社 2011 p22

透明人間（はやみねかおる）
◇「本格ミステリ 2001」講談社 2001（講談社ノベルス）p453
◇「透明な貴婦人の謎―本格短編ベスト・セレクション」講談社 2005（講談社文庫）p309

透明人間の夢（島田雅彦）
◇「12星座小説集」講談社 2013（講談社文庫）p299
◇「文学 2014」講談社 2014 p59

透明猫（海野十三）
◇「猫愛」凱風社 2008（PD叢書）p107
◇「だから猫は猫そのものではない」凱風社 2015 p74

透明の街（鄭貴文）
◇「〈在日〉文学全集 16」勉誠出版 2006 p193

湯紋（楠田匡介）
◇「甦る推理雑誌 8」光文社 2003（光文社文庫）p231

冬夜（新人）
◇「日本統治期台湾文学集成 25」緑蔭書房 2007 p395

冬夜客舎有感（孫克敏）
◇「近代朝鮮文学日本語作品集1908～1945 セレクション 6」緑蔭書房 2008 p34

湯藥（白石）
◇「近代朝鮮文学日本語作品集1939～1945 創作篇 6」緑蔭書房 2001 p188

どうやって？（湯川聖司）
◇「ショートショートの広場 9」講談社 1998（講談社文庫）p80

灯油の尽きるとき（篠田節子）
◇「ザ・ベストミステリーズ―推理小説年鑑 2000」講談社 2000 p113
◇「嘘つきは殺人のはじまり」講談社 2003（講談社文庫）p33

童謡（正岡子規）

◇「新日本古典文学大系 明治編 27」岩波書店 2003 p177

童謡（吉行淳之介）
◇「教科書名短篇 少年時代」中央公論新社 2016（中公文庫）p97

桃夭楽一「黄昏に献ず」（塚本邦雄）
◇「北村薫のミステリー館」新潮社 2005（新潮文庫）p345

童謡（三篇）（黄錫禹）
◇「近代朝鮮文学日本語作品集1908～1945 セレクション 4」緑蔭書房 2008 p217

東洋調和精神の高揚（陳逢源）
◇「日本統治期台湾文学集成 16」緑蔭書房 2003 p156

東洋的幻想の追及―林明徳氏の新作舞踏を中心に（王昶雄）
◇「日本統治期台湾文学集成 29」緑蔭書房 2007 p301

童謡に観る朝鮮児童性（金素雲）
◇「近代朝鮮文学日本語作品集1908～1945 セレクション 5」緑蔭書房 2008 p273

唐来参和（とうらいさんな）（井上ひさし）
◇「日本文学100年の名作 7」新潮社 2015（新潮文庫）p301

トゥラーダ（近藤史恵）
◇「Story Seller annex」新潮社 2014（新潮文庫）p103

棟梁（江坂遊）
◇「綾辻・有栖川復刊セレクション 仕掛け花火」講談社 2007（講談社ノベルス）p126

ドゥルティを殺した男（逢坂剛）
◇「影」文藝春秋 2003（推理作家になりたくて マイベストミステリー）p8
◇「マイ・ベスト・ミステリー 2」文藝春秋 2007（文春文庫）p10

灯籠釣り（加門七海）
◇「物語のルミナリエ」光文社 2011（光文社文庫）p275

灯籠伝奇（谷尾一歩）
◇「捕物時代小説選集 8」春陽堂書店 2000（春陽文庫）p128

燈籠流し（安曇潤平）
◇「男たちの怪談百物語」メディアファクトリー 2012（〔幽〕BOOKS）p131

蟷螂の気持ち（山田宗樹）
◇「さむけ―ホラー・アンソロジー」祥伝社 1999（祥伝社文庫）p269

蟷螂の月（菅江江）
◇「水妖」廣済堂出版 1998（廣済堂文庫）p323

燈籠、わが生涯の一転機（アンデルセン著, 森鷗外訳）
◇「新日本古典文学大系 明治編 25」岩波書店 2004 p195

道路がせまい（金時鐘）
◇「〈在日〉文学全集 5」勉誠出版 2006 p61

道路に女がうずくまっていた話（加門七海）

◇「女たちの怪談百物語」メディアファクトリー 2010（〔幽books〕）p107
◇「女たちの怪談百物語」KADOKAWA 2014（角川ホラー文庫）p112

道路は生活の顔である（つきだまさし）
◇「ハンセン病文学全集 7」皓星社 2004 p175

童話（金泰生）
◇「〈在日〉文学全集 9」勉誠出版 2006 p5

童話（崔秉一）
◇「近代朝鮮文学日本語作品集1939〜1945 創作篇 5」緑蔭書房 2001 p403

童話（蔡萬植）
◇「近代朝鮮文学日本語作品集1908〜1945 セレクション 2」緑蔭書房 2008 p39

童話（室生犀星）
◇「文豪怪談傑作選 室生犀星集」筑摩書房 2008（ちくま文庫）p7

「…to watashi, towadashi」（小野正嗣）
◇「十和田、奥入瀬 水と土地をめぐる旅」青幻舎 2013 p121

童話風な（左川ちか）
◇「夢」国書刊行会 1998（書物の王国）p9

トゥング田（髙橋史絵）
◇「てのひら怪談―ビーケーワン怪談大賞傑作選 百怪繚乱篇」ポプラ社 2008 p196

ドS編集長のただならぬ婚活（七尾与史）
◇「『このミステリーがすごい！』大賞作家書き下ろしBOOK vol.3」宝島社 2013 p37

遠い（浅暮三文）
◇「恐怖症」光文社 2002（光文社文庫）p343

遠い朝（金時鐘）
◇「〈在日〉文学全集 5」勉誠出版 2006 p17

遠い田舎町には（安西均）
◇「新装版 全集現代文学の発見 13」學藝書林 2004 p376

遠い海（柚かおり）
◇「全作家短編小説集 6」全作家協会 2007 p145

遠い海から来たCOO（景山民夫）
◇「冒険の森へ―傑作小説大全 15」集英社 2016 p381

遠い風の音（佐々木譲）
◇「別れの予感」リブリオ出版 2001（ラブミーワールド）p61
◇「恋愛小説・名作集成 8」リブリオ出版 2004 p61

遠い雷、赤い靴（片岡義男）
◇「あなたと、どこかへ。」文藝春秋 2008（文春文庫）p155

遠い記憶（高橋克彦）
◇「冒険の森へ―傑作小説大全 16」集英社 2015 p96

遠い記憶（冬川文子）
◇「ゆきのまち幻想文学賞・小品集 12」企画集団ぷりずむ 2003 p7

遠い記憶（朴学信）
◇「ハンセン病文学全集 4」皓星社 2003 p278

遠い霧の匂い（須賀敦子）
◇「精選女性随筆集 9」文藝春秋 2012 p12
◇「日本文学全集 25」河出書房新社 2016 p171

遠い幻影（吉村昭）
◇「文学 1999」講談社 1999 p35
◇「コレクション戦争と文学 12」集英社 2013 p644

遠い座敷（筒井康隆）
◇「恐怖の旅」光文社 2000（光文社文庫）p39
◇「戦後短篇小説再発見 10」講談社 2002（講談社文芸文庫）p144
◇「日本怪奇小説傑作集 3」東京創元社 2005（創元推理文庫）p297
◇「現代小説クロニクル 1975〜1979」講談社 2014（講談社文芸文庫）p322

遠い裾野（宮司孝男）
◇「「伊豆文学賞」優秀作品集 第15回」羽衣出版 2012 p239

遠い背中（@inyouth）
◇「3.11心に残る140字の物語」学研パブリッシング 2011 p55

遠い空（富岡多惠子）
◇「戦後短篇小説再発見 2」講談社 2001（講談社文芸文庫）p195

遠い隣（石井桃子）
◇「精選女性随筆集 8」文藝春秋 2012 p94

遠い夏（河野多惠子）
◇「コレクション戦争と文学 9」集英社 2012 p23

遠い夏の記憶（朱川湊人）
◇「奇想博物館」光文社 2013（最新ベスト・ミステリー）p169

遠い日（金時鐘）
◇「〈在日〉文学全集 5」勉誠出版 2006 p91

遠い美少女（笹沢左保）
◇「悲劇の臨時列車―鉄道ミステリー傑作選」光文社 1998（光文社文庫）p83

遠い日々（安西玄）
◇「全作家短編小説集 9」全作家協会 2010 p219

遠い砲音（浅田次郎）
◇「感涙―人情時代小説傑作選」ベストセラーズ 2004（ベスト時代文庫）p5

とおい星（後藤敏春）
◇「現代作家代表作選集 1」鼎書房 2012 p33

遠い窓（今邑彩）
◇「ザ・ベストミステリーズ―推理小説年鑑 1999」講談社 1999 p261
◇「密室＋アリバイ＝真犯人」講談社 2002（講談社文庫）p245

遠い昔（常盤新平）
◇「現代の小説 1999」徳間書店 1999 p167

遠い昔の贈り物（羽鳥敦史）
◇「ショートショートの広場 15」講談社 2004（講談社文庫）p29

遠い約束（小杉健治）
◇「不可思議な殺人―ミステリー・アンソロジー」祥伝社 2000（祥伝社文庫）p83

とおい

遠い山をみる眼つき（大庭みな子）
◇「精選女性随筆集 6」文藝春秋 2012 p243
遠いレール（鄭芝溶）
◇「近代朝鮮文学日本語作品集1908～1945 セレクション 4」緑蔭書房 2008 p161
十日戎（折口信夫）
◇「ちくま日本文学 25」筑摩書房 2008 （ちくま文庫）p39
十日間の死（江國香織）
◇「ただならぬ午睡―恋愛小説アンソロジー」光文社 2004 （光文社文庫）p75
句集 遠かもめ（蓮井三佐男）
◇「ハンセン病文学全集 9」皓星社 2010 p234
遠きうす闇（長岡千代子）
◇「北日本文学賞入賞作品集 2」北日本新聞社 2002 p203
遠き山河（山岡響）
◇「ハンセン病文学全集 8」皓星社 2006 p526
遠き鼻血の果て（田中哲弥）
◇「血の12幻想」エニックス 2000 p207
遠くへ（佐藤正午）
◇「絶体絶命」早川書房 2006 （ハヤカワ文庫）p165
遠くへいきたい（とり・みき）
◇「奇譚カーニバル」集英社 2000 （集英社文庫）p305
遠くからの声（塔和子）
◇「ハンセン病文学全集 7」皓星社 2004 p316
遠くにありて、思うもの（趙南斗）
◇「〈在日〉文学全集 16」勉誠出版 2006 p155
遠くの星の青い花（小島モハ）
◇「てのひら怪談―ビーケーワン怪談大賞傑作選 壬辰」ポプラ社 2012 （ポプラ文庫）p60
遠ざかる神の国（1）遠ざかる《神の国》（島田等）
◇「ハンセン病文学全集 5」皓星社 2010 p419
遠ざかる神の国（2）らいと天皇制（島田等）
◇「ハンセン病文学全集 5」皓星社 2010 p425
遠ざかる夜（島本理生）
◇「私らしくある場所へ」講談社 2009 （講談社文庫）p73
遠すぎる風景（綾辻行人）
◇「0番目の事件簿」講談社 2012 p311
とおせんぼ（大石久之）
◇「ショートショートの広場 10」講談社 2000 （講談社文庫）p242
遠野物語（柳田國男）
◇「文豪怪談傑作選 柳田國男集」筑摩書房 2007 （ちくま文庫）p24
◇「ちくま日本文学 15」筑摩書房 2008 （ちくま文庫）p26
遠野物語―「古代感愛集」より（折口信夫）
◇「文豪怪談傑作選 折口信夫集」筑摩書房 2009 （ちくま文庫）p366
遠野物語（抄）（柳田國男）

◇「文豪てのひら怪談」ポプラ社 2009 （ポプラ文庫）p26
『遠野物語』より（柳田國男）
◇「天変動く大震災と作家たち」インパクト出版会 2011 （インパクト選書）p73
◇「幻妖の水脈（みお）」筑摩書房 2013 （ちくま文庫）p246
とおぼえ（内田百閒）
◇「文豪怪談傑作選 大正篇」筑摩書房 2011 （ちくま文庫）p120
とほぼえ（内田百閒）
◇「名短篇、さらにあり」筑摩書房 2008 （ちくま文庫）p205
遠眼鏡（木内昇）
◇「名探偵登場！」講談社 2014 p83
◇「名探偵登場！」講談社 2016 （講談社文庫）p97
遠めがねの春（室生犀星）
◇「新装版 全集現代文学の発見 9」學藝書林 2004 p158
「遠余所に」の巻（蓬宇・五拙両吟歌仙）（西谷富水）
◇「新日本古典文学大系 明治編 4」岩波書店 2003 p219
通り雨（伊井圭）
◇「本格ミステリ 2002」講談社 2002 （講談社ノベルス）p401
◇「天使と髑髏の密室―本格短編ベスト・セレクション」講談社 2005 （講談社文庫）p85
通り雨（佐藤真由美）
◇「恋時雨―恋はときどき泪が出る」メディアファクトリー 2009 （[ダ・ヴィンチブックス]）p123
通りすがりのエイリアン（大泉貴）
◇「5分で読める！ ひと駅ストーリー 乗車編」宝島社 2012 （宝島社文庫）p89
通りすがりの改造人間（西澤保彦）
◇「本格ミステリ 2002」講談社 2002 （講談社ノベルス）p263
◇「死神と雷鳴の暗号―本格短編ベスト・セレクション」講談社 2006 （講談社文庫）p329
通りすぎた奴（眉村卓）
◇「日本SF全集 1」出版芸術社 2009 p93
◇「70年代日本SFベスト集成 3」筑摩書房 2015 （ちくま文庫）p47
通り抜ける（淺川継太）
◇「いまのあなたへ―村上春樹への12のオマージュ」NHK出版 2014 p7
通り魔（横溝正史）
◇「黒門町伝七捕物帳―時代小説競作選」光文社 2015 （光文社文庫）p85
通り魔の夜（中井紀夫）
◇「妖女」光文社 2004 （光文社文庫）p323
通りゃんせ―夏、訪れる者（霜島ケイ）
◇「妖かしの宴―わらべ唄の呪い」PHP研究所 1999 （PHP文庫）p317
渡海行 宮駅より桑名に至る舟中の作（中村敬宇）

◇「新日本古典文学大系 明治編 2」岩波書店 2004 p148

都會双曲線（林房雄）
　◇「新・プロレタリア文学精選集 9」ゆまに書房 2004 p1

都会の恐怖（東篤哉）
　◇「つながり―フェリシモしあわせショートショート」フェリシモ 1999 p31

都会の疲労（岡本潤）
　◇「新装版 全集現代文学の発見 1」學藝書林 2002 p280

都会のもぐら（かんだかこ）
　◇「ゆきのまち幻想文学賞・小品集 7」NTTメディアスコープ 1997 p167

都会の幽気（豊島与志雄）
　◇「文豪怪談傑作選 昭和篇」筑摩書房 2011 （ちくま文庫）p79

都会の雪女（吉行淳之介）
　◇「雪女のキス」光文社 2000 （カッパ・ノベルス）p189

とがきばかりの脚本（折口信夫）
　◇「文豪怪談傑作選 折口信夫集」筑摩書房 2009 （ちくま文庫）p107

戸隠キャンプ場にて（内藤了）
　◇「てのひら怪談 癸巳」KADOKAWA 2013 （MF文庫ダ・ヴィンチ）p44

戸隠山紀行（山田美妙）
　◇「明治の文学 10」筑摩書房 2001 p315

とかげ（よしもとばなな）
　◇「感じて。息づかいを。―恋愛小説アンソロジー」光文社 2005 （光文社文庫）p97

蜥蜴（内田百閒）
　◇「十月のカーニヴァル」光文社 2000 （カッパ・ノベルス）p155

蜥蜴（谷崎由依）
　◇「文学 2015」講談社 2015 p265

蜥蜴（吉田絃二郎）
　◇「早稲田作家処女作集」講談社 2012 （講談社文芸文庫）p80

トカゲのしっぽ（中村樹基）
　◇「世にも奇妙な物語―小説の特別編 遺留品」角川書店 2002 （角川ホラー文庫）p71

尖 窓六句集（草野京二）
　◇「ハンセン病文学全集 9」皓星社 2010 p139

トカチン、カラチン（稲見一良）
　◇「少年の眼―大人になる前の物語」光文社 1997 （光文社文庫）p235

トカトントン（太宰治）
　◇「ちくま日本文学 8」筑摩書房 2008 （ちくま文庫）p371
　◇「私小説の生き方」アーツ・アンド・クラフツ 2009 p27
　◇「文豪怪談傑作選 太宰治集」筑摩書房 2009 （ちくま文庫）p302
　◇「日本文学100年の名作 4」新潮社 2014 （新潮文庫）p103

トカトントンコントロール（佐藤友哉）
　◇「文学 2010」講談社 2010 p213

ドギィダギィ（牧野修）
　◇「GOD」廣済堂出版 1999 （廣済堂文庫）p427

トキウドン（あか）
　◇「てのひら怪談―ビーケーワン怪談大賞傑作選 2」ポプラ社 2007 p208

時うどん（田中啓文）
　◇「ザ・ベストミステリーズ―推理小説年鑑 2004」講談社 2004 p527
　◇「孤独な交響曲（シンフォニー）」講談社 2007 （講談社文庫）p407

時を奪う者（矢島誠）
　◇「傑作・推理ミステリー10番勝負」永岡書店 1999 p9

時をかける少女（アニメーション）（奥寺佐渡子）
　◇「年鑑代表シナリオ集 '06」シナリオ作家協会 2008 p67

時をきざむ潮（藤本泉）
　◇「江戸川乱歩賞全集 11」講談社 2001 （講談社文庫）p365

時を刻む計り（如月恵）
　◇「超短編傑作選 v.6」創英社 2007 p17

時を超えるもの（井上雅彦）
　◇「SF宝石―すべて新作読み切り！ 2015」光文社 2015 p316

時カクテル（東直己）
　◇「宝石ザミステリー」光文社 2011 p225

時国家（ときくにけ）のもてなし（宮本常一）
　◇「ちくま日本文学 22」筑摩書房 2008 （ちくま文庫）p236

非時の香の木の実（竹本健治）
　◇「エロティシズム12幻想」エニックス 2000 p201

時じくの実の宮古へ（小川一水）
　◇「坂木司リクエスト！ 和菓子のアンソロジー」光文社 2013 p219
　◇「坂木司リクエスト！ 和菓子のアンソロジー」光文社 2014 （光文社文庫）p221

妬忌津（森福都）
　◇「暗闇（ダークサイド）を追いかけろ―ホラー＆サスペンス編」光文社 2004 （カッパ・ノベルス）p417
　◇「暗闇（ダークサイド）を追いかけろ」光文社 2008 （光文社文庫）p545

時田風音の受難（沢木まひろ）
　◇「本をめぐる物語――一冊の扉」KADOKAWA 2014 （角川文庫）p151

トキちゃん―阿蘇山本堂 西巌殿寺奥之院（瀧羽麻子）
　◇「恋の聖地―そこは、最後の恋に出会う場所。」新潮社 2013 （新潮文庫）p257

時に佇つ（十一）（佐多稲子）
　◇「川端康成文学賞全作品 1」新潮社 1999 p41

時には星くずのように（岡田英里子）

ときの

◇「創作脚本集―60周年記念」岡山県高等学校演劇協議会 2011（おかやまの高校演劇）p297

時の葦舟（荒巻義雄）
◇「70年代日本SFベスト集成 3」筑摩書房 2015（ちくま文庫）p357

時の渦（星新一）
◇「不思議の扉 時間がいっぱい」角川書店 2010（角川文庫）p181

時の器（奥田哲也）
◇「悪夢が嗤う瞬間」勁文社 1997（ケイブンシャ文庫）p122

時の永遠なる沈黙（王白淵）
◇「日本統治期台湾文学集成 18」緑蔭書房 2003 p64

時の落ち葉（田中文雄）
◇「妖魔ヶ刻―時間怪談傑作選」徳間書店 2000（徳間文庫）p171

時の思い（関戸康之）
◇「妖魔ヶ刻―時間怪談傑作選」徳間書店 2000（徳間文庫）p129

時の顔（小松左京）
◇「日本SF全集 1」出版芸術社 2009 p31

時の崖（安部公房）
◇「時よとまれ、君は美しい―スポーツ小説名作集」角川書店 2007（角川文庫）p81

時のかけらたち（須賀敦子）
◇「日本文学全集 25」河出書房新社 2016 p259

時の神様（望月絵里）
◇「現代鹿児島小説大系 4」ジャプラン 2014 p246

時の通い路（速瀬れい）
◇「妖女」光文社 2004（光文社文庫）p351

伽の客（久保園ひろ子）
◇「現代鹿児島小説大系 4」ジャプラン 2014 p149

時の過ぎゆくままに（井上荒野）
◇「短篇ベストコレクション―現代の小説 2013」徳間書店 2013（徳間文庫）p5

時の旅人（李正子）
◇「〈在日〉文学全集 17」勉誠出版 2006 p286

時のトンネル（河野アサ）
◇「全作家短編小説集 7」全作家協会 2008 p74

時の値段（家田満理）
◇「ショートショートの広場 13」講談社 2002（講談社文庫）p136

時の果の色彩（梶尾真治）
◇「日本SF・名作集成 1」リブリオ出版 2005 p129

時の日（新田次郎）
◇「変事異聞」小学館 2007（小学館文庫）p113

時の獄（ひとや）（西秋生）
◇「未来妖怪」光文社 2008（光文社文庫）p517

時の広がり（宮永愛子）
◇「十和田、奥入瀬 水と土地をめぐる旅」青幻舎 2013 p186

刻の風景（佐藤善秀）
◇「ゆくりなくも」鶴書院 2009（シニア文学秀作選）p81

トキノフウセンカズラ（藤田雅矢）
◇「短篇ベストコレクション―現代の小説 2009」徳間書店 2009（徳間文庫）p359

時の封土（栗本薫）
◇「日本SF全集 3」出版芸術社 2013 p155

時の放浪者（王白淵）
◇「日本統治期台湾文学集成 18」緑蔭書房 2003 p65

朱鷺の舞う空（山本勝一）
◇「命つなぐ愛―佐渡演劇グループいごねり創作演劇脚本集」新潟日報事業社 2007 p7

時の結ぶ密室（柄刀一）
◇「密室殺人大百科 下」原書房 2000 p291

時の澱（葛城輝）
◇「超短編の世界」創英社 2008 p140

解き放たれたもの（鈴木文也）
◇「リトル・リトル・クトゥルー―史上最小の神話小説集」学習研究社 2009 p40

ときめき（島本理生）
◇「最後の恋 プレミアム―つまり、自分史上最高の恋。」新潮社 2011（新潮文庫）p139

ときめきよろめきフォトグラフ（斉藤俊雄）
◇「中学生のドラマ 7」晩成書房 2007 p33

ドキュメント・ロード（牧野修）
◇「紅と蒼の恐怖―ホラー・アンソロジー」祥伝社 2002（Non novel）p129

トーキョーを食べて育った―灰色の空の下、殻をまとってぼくらは駆ける。死せる魂を求めて（倉田タカシ）
◇「NOVA―書き下ろし日本SFコレクション 10」河出書房新社 2013（河出文庫）p323

トーキョー・スカイ・ツリー（蓮見仁）
◇「立川文学 5」けやき出版 2015 p81

時よ止まれ（東浩紀）
◇「十年後のこと」河出書房新社 2016 p15

時読みの女―永倉新八（鈴木英治）
◇「新選組出陣」廣済堂出版 2014 p259
◇「新選組出陣」徳間書店 2015（徳間文庫）p259

ときは今（滝口康彦）
◇「本能寺・男たちの決断―傑作時代小説」PHP研究所 2007（PHP文庫）p7

時は来た…（法月綸太郎）
◇「吹雪の山荘―赤い死の影の下に」東京創元社 2008（創元クライム・クラブ）p239
◇「吹雪の山荘―リレーミステリ」東京創元社 2014（創元推理文庫）p267

時は過ぎ行く（王白淵）
◇「日本統治期台湾文学集成 18」緑蔭書房 2003 p74

時は尽きず……（中村稔）
◇「新装版 全集現代文学の発見 13」學藝書林 2004 p303

常盤の芸くらべ（正岡子規）
◇「新日本古典文学大系 明治編 27」岩波書店 2003 p200

とくた

時は武蔵野の上をも（埴谷雄高）
◇「戦後文学エッセイ選 3」影書房 2005 p232

毒入りバレンタイン・チョコ（北山猛邦）
◇「名探偵に訊け」光文社 2010（Kappa novels）p215
◇「名探偵に訊け」光文社 2013（光文社文庫）p291

毒入りローストビーフ事件（桜坂洋）
◇「蝦蟇倉市事件 2」東京創元社 2010（東京創元社・ミステリ・フロンティア）p65
◇「街角で謎が待っている」東京創元社 2014（創元推理文庫）p75

土偶木偶（幸田露伴）
◇「文豪怪談傑作選 幸田露伴集」筑摩書房 2010（ちくま文庫）p116
◇「新編・日本幻想文学集成 2」国書刊行会 2016 p603

毒蛾に刺された男（伊東潤）
◇「代表作時代小説 平成24年度」光文社 2012 p11

徳川軍を二度破った智将（南條範夫）
◇「機略縦横！ 真田戦記―傑作時代小説」PHP研究所 2008（PHP文庫）p33

徳川軍を二度破った智将―真田安房守昌幸（南條範夫）
◇「信州歴史時代小説傑作集 1」しなのき書房 2007 p199

徳川氏政権を奉還して紛論頻りに起る事（作者表記なし）
◇「新日本古典文学大系 明治編 13」岩波書店 2007 p174

徳川宗春（徳永真一郎）
◇「夕まぐれ江戸小景」光文社 2015（光文社文庫）p267

独眼竜の涙―伊達政宗の最期（赤木駿介）
◇「人物日本の歴史―時代小説版 江戸編 上」小学館 2004（小学館文庫）p105

特技（松田文鳥）
◇「ショートショートの広場 18」講談社 2006（講談社文庫）p133

毒コーヒーの謎（岡本綺彦）
◇「江戸川乱歩の推理教室」光文社 2008（光文社文庫）p143

独裁者の掟（小林泰三）
◇「少女の空間」徳間書店 2001（徳間デュアル文庫）p11

毒殺（柴田よしき）
◇「紅と蒼の恐怖―ホラー・アンソロジー」祥伝社 2002（Non novel）p9

毒猿（大沢在昌）
◇「冒険の森へ―傑作小説大全 12」集英社 2015 p99

読者の反応（倉橋由美子）
◇「精選女性随筆集 3」文藝春秋 2012 p81

読者よ欺かれておくれ（芦辺拓）
◇「あなたが名探偵」東京創元社 2009（創元推理文庫）p235

特集 決戦文化の一年（新時代）（作者表記なし）
◇「近代朝鮮文学日本語作品集1939～1945 評論・随筆篇 2」緑蔭書房 2002 p6

毒朱唇（どくしゅしん）（幸田露伴）
◇「新日本古典文学大系 明治編 22」岩波書店 2002 p227

特殊部落と寺院（喜田貞吉）
◇「被差別文学全集」河出書房新社 2016（河出文庫）p150

特殊部落の犯罪（豊島与志雄）
◇「被差別小説傑作集」河出書房新社 2016（河出文庫）p189

読書家専用車両（逢上央士）
◇「5分で読める！ ひと駅ストーリー 本の物語」宝島社 2014（宝島社文庫）p139

読書家ロップ（朱川湊人）
◇「本からはじまる物語」メディアパル 2007 p89

読書サークル（小林剛）
◇「ショートショートの花束 1」講談社 2009（講談社文庫）p240

讀書室（K記者）
◇「近代朝鮮文学日本語作品集1908～1945 セレクション 3」緑蔭書房 2008 p295

読書断想（王昶雄）
◇「日本統治期台湾文学集成 29」緑蔭書房 2007 p367

読書的自叙伝（花田清輝）
◇「戦後文学エッセイ選 1」影書房 2005 p92

読書弁（正岡子規）
◇「明治の文学 20」筑摩書房 2001 p23

読書弁自序（正岡子規）
◇「明治の文学 20」筑摩書房 2001 p23

得心（谷口拓也）
◇「ショートショートの広場 8」講談社 1997（講談社文庫）p63

独身（森鷗外）
◇「明治の文学 14」筑摩書房 2000 p175

独身病（増田みず子）
◇「現代小説クロニクル 1980～1984」講談社 2014（講談社文芸文庫）p81

徳寿宮（吉鎭燮）
◇「近代朝鮮文学日本語作品集1939～1945 評論・随筆篇 3」緑蔭書房 2002 p61

独占インタビュー（野沢尚）
◇「ザ・ベストミステリーズ―推理小説年鑑 1999」講談社 1999 p357
◇「密室＋アリバイ＝真犯人」講談社 2002（講談社文庫）p364

毒草（江戸川乱歩）
◇「幻の探偵雑誌 5」光文社 2001（光文社文庫）p225

獨窓風雨（韓龍雲）
◇「近代朝鮮文学日本語作品集1908～1945 セレクション 6」緑蔭書房 2008 p21

ドクターミンチにあいましょう（詠坂雄二）

とくた

◇「Fの肖像―フランケンシュタインの幻想たち」光文社 2010（光文社文庫）p441

ドクター・レンフィールドの日記（奥田哲也）
◇「夢魔」光文社 2001（光文社文庫）p101

禿頭組合（北杜夫）
◇「シャーロック・ホームズに再び愛をこめて」光文社 2010（光文社文庫）p161

毒と毒（犬飼六岐）
◇「代表作時代小説 平成25年度」光文社 2013 p35

徳の通帳（河野泰生）
◇「ショートショートの花束 3」講談社 2011（講談社文庫）p131

独白するユニバーサル横メルカトル（平山夢明）
◇「魔地図」光文社 2005（光文社文庫）p331
◇「ザ・ベストミステリーズ―推理小説年鑑 2006」講談社 2006 p9
◇「曲げられた真相」講談社 2009（講談社文庫）p5

毒婦の皮（高木彬光）
◇「夢がたり大川端」光風社出版 1998（光風社文庫）p271

特別阿房列車（内田百閒）
◇「ちくま日本文学 1」筑摩書房 2007（ちくま文庫）p410

特別寄贈作文「無題」（李寶鏡）
◇「近代朝鮮文学日本語作品集1901〜1938 評論・随筆篇 2」緑蔭書房 2004 p175

特別休暇（山田智彦）
◇「経済小説名作選」筑摩書房 2014（ちくま文庫）p409

特別サービス（丸山はじめ）
◇「ショートショートの広場 19」講談社 2007（講談社文庫）p65

特別調査班（葉月エイ）
◇「ショートショートの広場 14」講談社 2003（講談社文庫）p77

特別特急列車（井上雅彦）
◇「侵略！」廣済堂出版 1998（廣済堂文庫）p235

特別の家（斎藤肇）
◇「悪夢が嗤う瞬間」勁文社 1997（ケイブンシャ文庫）p143

特別廃棄物（友成純一）
◇「SFバカ本 黄金スパム篇」メディアファクトリー 2000 p245

特別料理（綾辻行人）
◇「最新「珠玉推理」大全 中」光文社 1998（カッパ・ノベルス）p22
◇「怪しい舞踏会」光文社 2002（光文社文庫）p31
◇「短編復活」集英社 2002（集英社文庫）p65

毒虫飼育（黒田喜夫）
◇「新装版 全集現代文学の発見 13」學藝書林 2004 p352

毒もみのすきな署長さん（宮沢賢治）
◇「ちくま日本文学 3」筑摩書房 2007（ちくま文庫）p20
◇「リテラリーゴシック・イン・ジャパン―文学的ゴシック作品選」筑摩書房 2014（ちくま文庫）p35

毒薬（藤本ひとみ）
◇「代表作時代小説 平成18年度」光文社 2006 p9

特約条項 第三条（安生正）
◇「もっとすごい！ 10分間ミステリー」宝島社 2013（宝島社文庫）p111
◇「10分間ミステリー THE BEST」宝島社 2016（宝島社文庫）p539

毒薬としての文学（倉橋由美子）
◇「精選女性随筆集 3」文藝春秋 2012 p45

毒湯気綺譚（潮山長三）
◇「怪奇・伝奇時代小説選集 10」春陽堂書店 2000（春陽文庫）p98

毒よりの脱出（一戸良行）
◇「植物」国書刊行会 1998（書物の王国）p40

独立門（許南麒）
◇「〈在日〉文学全集 2」勉誠出版 2006 p113

どくろ杯（金子光晴）
◇「ちくま日本文学 38」筑摩書房 2009（ちくま文庫）p291

髑髏盃（澁澤龍彦）
◇「呪いの恐怖」リブリオ出版 2001（怪奇・ホラーワールド）p111
◇「酔うて候―時代小説傑作選」徳間書店 2006（徳間文庫）p125

どくろ杯（抄）（金子光晴）
◇「日本文学全集 26」河出書房新社 2017 p211

髑髏指南（服部まゆみ）
◇「金田一耕助の新たな挑戦」角川書店 1997（角川文庫）p235

髑髏の雪（黒岩理恵子）
◇「恐怖のKA・TA・CHI」双葉社 2001（双葉文庫）p301

髑髏屋敷（和巻耿介）
◇「怪奇・伝奇時代小説選集 2」春陽堂書店 1999（春陽文庫）p174

時計（米川京）
◇「てのひら怪談―ビーケーワン怪談大賞傑作選」ポプラ社 2007 p92
◇「てのひら怪談―ビーケーワン怪談大賞傑作選」ポプラ社 2008（ポプラ文庫）p96

時計が停まる（古川薫）
◇「現代の小説 1997」徳間書店 1997 p119

時計じかけの小鳥（西澤保彦）
◇「名探偵は、ここにいる」角川書店 2001（角川文庫）p149
◇「赤に捧げる殺意」角川書店 2013（角川文庫）p147

時計じかけの天使（永山驤馬）
◇「原色の想像力―創元SF短編賞アンソロジー」東京創元社 2010（創元SF文庫）p97

時計台の恐怖（天宮蠍人）
◇「新・本格推理 02」光文社 2002（光文社文庫）p339

時計塔（鮎川哲也）

◇「少年探偵王―本格推理マガジン 特集・ぼくらの推理冒険物語」光文社 2002（光文社文庫）p439

時計二重奏（永瀬三吾）
◇「探偵くらぶ―探偵小説傑作選1946〜1958 下」光文社 1997（カッパ・ノベルス）p147

時計の中のレンズ（小林泰三）
◇「現代の小説 1998」徳間書店 1998 p305

時計屋の恋（吉田小夏）
◇「優秀新人戯曲集 2005」ブロンズ新社 2004 p125

時計は祝う（松本楽志）
◇「物語のルミナリエ」光文社 2011（光文社文庫）p254

土月會が残した思ひ出の舞臺面（作者表記なし）
◇「近代朝鮮文学日本語作品集1939〜1945 評論・随筆篇 3」緑蔭書房 2002 p498

溶けていく（北村薫）
◇「仮面のレクイエム」光文社 1998（光文社文庫）p129

溶けてゆく…（大原まり子）
◇「変身」廣済堂出版 1998（廣済堂文庫）p519

溶けない結晶（真瀬いより）
◇「ゆきのまち幻想文学賞小品集 23」企画集団ぷりずむ 2014 p183

とげ抜き師（紺野キリフキ）
◇「好き、だった。―はじめての失恋、七つの話」メディアファクトリー 2010（MF文庫）p157

溶ける日（松村比呂美）
◇「憑依」光文社 2010（光文社文庫）p71

杜鵑に寄す（兪鎮午訳）
◇「近代朝鮮文学日本語作品集1908〜1945 セレクション 4」緑蔭書房 2008 p81

何処（どこ）… → "いずこ…"をも見よ

何処へ（正宗白鳥）
◇「明治の文学 24」筑摩書房 2001 p128

何処へ行く？（徳永直）
◇「新・プロレタリア文学精選集 18」ゆまに書房 2004 p1

床を取る（坂井新一）
◇「ハンセン病文学全集 6」皓星社 2003 p16

何処かで気笛を聞きながら（網浦圭）
◇「新・本格推理 05」光文社 2005（光文社文庫）p441

どこかでベートーヴェン 第一話（中山七里）
◇「『このミステリーがすごい！』大賞作家書き下ろしBOOK vol.6」宝島社 2014 p5

どこかでベートーヴェン 第二話（中山千里）
◇「『このミステリーがすごい！』大賞作家書き下ろしBOOK vol.7」宝島社 2014 p5

どこかでベートーヴェン 第三話（中山七里）
◇「『このミステリーがすごい！』大賞作家書き下ろしBOOK vol.8」宝島社 2015 p57

どこかでベートーヴェン 第四話（中山七里）
◇「『このミステリーがすごい！』大賞作家書き下ろしBOOK vol.9」宝島社 2015 p131

どこかでベートーヴェン 第五話（中山七里）
◇「『このミステリーがすごい！』大賞作家書き下ろしBOOK vol.10」宝島社 2015 p5

どこかでベートーヴェン 第六話（中山七里）
◇「『このミステリーがすごい！』大賞作家書き下ろしBOOK vol.11」宝島社 2015 p5

どこかでベートーヴェン 第七話（中山七里）
◇「『このミステリーがすごい！』大賞作家書き下ろしBOOK vol.12」宝島社 2016 p5

どこか遠くへ（山口タオ）
◇「物語のルミナリエ」光文社 2011（光文社文庫）p404

どこかにミスが ポルノ作家殺人事件（鮎川哲也）
◇「あなたが名探偵」講談社 1998（講談社文庫）p49

どこかの（草上仁）
◇「ひとにぎりの異形」光文社 2007（光文社文庫）p173

どこからか来た男（白河久明）
◇「ひとにぎりの異形」光文社 2007（光文社文庫）p17

とこしえの光（吉開那津子）
◇「現代短編小説選―2005〜2009」日本民主主義文学会 2010 p212

床相撲（黒史郎）
◇「てのひら怪談―ビーケーワン怪談大賞傑作選 庚寅」ポプラ社 2010（ポプラ文庫）p150

常夏の夜（藤井太洋）
◇「楽園追放rewired―サイバーパンクSF傑作選」早川書房（ハヤカワ文庫 JA）p377

どこにもいない名優（戸倉正三）
◇「宇宙塵傑作選―日本SFの軌跡 2」出版芸術社 1997 p105

どこにも行かない船―観音崎京急ホテル（北方謙三）
◇「贅沢な恋人たち」幻冬舎 1997（幻冬舎文庫）p79

床屋とプロゴルファー（平岡陽明）
◇「短篇ベストコレクション―現代の小説 2015」徳間書店 2015（徳間文庫）p411

床屋の源さん、探偵になる（青山蘭堂）
◇「新・本格推理 7」光文社 2007（光文社文庫）p105

常世の人（高山文彦）
◇「短篇ベストコレクション―現代の小説 2002」徳間書店 2002（徳間文庫）p421

常世舟（倉阪鬼一郎）
◇「江戸迷宮」光文社 2011（光文社文庫）p205

ところてん（戸板康二）
◇「明暗廻り灯籠」光風社出版 1998（光風社文庫）p129

土右衛門（北村想）
◇「文豪てのひら怪談」ポプラ社 2009（ポプラ文庫）p54

「 」とさけびました。（若狭明美）

とさけ

◇「中学校たのしい劇脚本集―英語劇付 Ⅰ」国土社 2010 p151

土佐源氏（宮本常一）
◇「ちくま日本文学 22」筑摩書房 2008（ちくま文庫）p69
◇「心洗われる話」筑摩書房 2010（ちくま文学の森）p487
◇「日本文学全集 14」河出書房新社 2015 p341

土佐兵の勇敢な話（中山義秀）
◇「新装版 全集現代文学の発見 12」學藝書林 2004 p300

トシ＆シュン（万城目学）
◇「時の罠」文藝春秋 2014（文春文庫）p81

年をとった娘のうた（中野鈴子）
◇「新装版 全集現代文学の発見 別巻」學藝書林 2005 p528

閉じこめられた男（雨月行）
◇「本格推理 12」光文社 1998（光文社文庫）p9

閉じこもりし者（正嘉昭）
◇「中学生のドラマ 2」晩成書房 1996 p137

年頃（小坂久美子）
◇「ショートショートの広場 17」講談社 2005（講談社文庫）p115

年下の男の子（坂上誠）
◇「ショートショートの花束 2」講談社 2010（講談社文庫）p119

杜子春（芥川龍之介）
◇「ちくま日本文学 2」筑摩書房 2007（ちくま文庫）p165
◇「もう一度読みたい教科書の泣ける名作」学研教育出版 2013 p195

歳三、五稜郭に死す（三好徹）
◇「幕末の剣痕たち―時代小説傑作選」コスミック出版 2009（コスミック・時代文庫）p193

歳三の写真（草森紳一）
◇「新選組興亡録」角川書店 2003（角川文庫）p301

歳三の瞳（羽山信樹）
◇「幕末剣豪人斬り異聞 佐幕篇」アスキー 1997（Aspect novels）p9

都市素描（吉田一穂）
◇「新装版 全集現代文学の発見 13」學藝書林 2004 p162

年闌けて（河野慶彦）
◇「日本統治期台湾文学集成 4」緑蔭書房 2002 p171

閉じた空（鯨統一郎）
◇「密室殺人大百科 上」原書房 2000 p185

歳月（としつき）… → "さいげつ…"を見よ

としつきの音（横山石鳥）
◇「ハンセン病文学全集 8」皓星社 2006 p303

都市伝説パズル（法月綸太郎）
◇「ザ・ベストミステリーズ―推理小説年鑑 2002」講談社 2002 p9
◇「零時の犯罪予告」講談社 2005（講談社文庫）p

p65

トシドンの放課後（上田美和）
◇「高校演劇Selection 2003 下」晩成書房 2003 p143

歳の市雪景（小笠原幹夫）
◇「回転ドアから」全作家協会 2015（全作家短編集）p165

としのころには（さとうゆう）
◇「てのひら怪談―ビーケーワン怪談大賞傑作選 壬辰」ポプラ社 2012（ポプラ文庫）p196

年の瀬（金時鐘）
◇「〈在日〉文学全集 5」勉誠出版 2006 p125

閉じ箱（竹本健治）
◇「ミステリマガジン700 国内篇」早川書房 2014（ハヤカワ・ミステリ文庫）p207

トシ坊とコロポックルの話（堀内興一）
◇「朗読劇台本集 5」玉川大学出版部 2002 p187

豊島氏手簡（正岡子規）
◇「新日本古典文学大系 明治編 27」岩波書店 2003 p275

戸締りは厳重に（飯島正）
◇「幻の探偵雑誌 8」光文社 2001（光文社文庫）p163

土砂崩れの道（山口悟）
◇「現代鹿児島小説大系 3」ジャプラン 2014 p366

途上（嘉村礒多）
◇「文士の意地―車谷長吉撰短篇小説輯 上巻」作品社 2005 p224

途上（谷崎潤一郎）
◇「文豪の探偵小説」集英社 2006（集英社文庫）p9

途上（中野逍遙）
◇「新日本古典文学大系 明治編 2」岩波書店 2004 p412

途上（西村健）
◇「麺'sミステリー倶楽部―傑作推理小説集」光文社 2012（光文社文庫）p181

讀切小説 どじようと詩人（牧洋）
◇「近代朝鮮文学日本語作品集1939～1945 創作篇 4」緑蔭書房 2001 p324

途上にて（尾崎翠）
◇「ちくま日本文学 4」筑摩書房 2007（ちくま文庫）p245

途上の犯人（浜尾四郎）
◇「探偵小説の風景―トラフィック・コレクション 上」光文社 2009（光文社文庫）p9

土城廊（金史良）
◇「近代朝鮮文学日本語作品集1939～1945 創作篇 1」緑蔭書房 2001 p173
◇「〈在日〉文学全集 11」勉誠出版 2006 p31

土城廊（具珉）
◇「近代朝鮮文学日本語作品集1901～1938 創作篇 4」緑蔭書房 2004 p335

圖書館にて（上忠司）
◇「日本統治期台湾文学集成 18」緑蔭書房 2003 p294

図書館滅ぶべし（門井慶喜）

とつく

◇「名探偵に訊け」光文社 2010（Kappa novels）p149
◇「名探偵に訊け」光文社 2013（光文社文庫）p197

図書室のにおい（関口尚）
◇「短篇ベストコレクション―現代の小説 2008」徳間書店 2008（徳間文庫）p243

どしょまくれ（室井光広）
◇「戦後短篇小説再発見 18」講談社 2004（講談社文芸文庫）p205

「閉じる、夜。」（西条公威）
◇「長い夜の贈りもの―ホラーアンソロジー」まんだらけ出版部 1999（Live novels）p199

与四郎涙雨（滝口康彦）
◇「九州戦国志―傑作時代小説」PHP研究所 2008（PHP文庫）p69

妬心―ぎやまん物語（北原亞以子）
◇「代表作時代小説 平成12年度」光風社出版 2000 p415

都心ノ病院ニテ幻覚ヲ見タルコト（澁澤龍彦）
◇「新編・日本幻想文学集成 2」国書刊行会 2016 p13

ドス（かんべむさし）
◇「冒険の森へ―傑作小説大全 18」集英社 2016 p27

土星が三つ出来た話（稲垣足穂）
◇「ちくま日本文学 16」筑摩書房 2008（ちくま文庫）p55

土星人襲来―シャワーや一般的なサービスは必要ありません。僕は土星人なんです（増田俊也）
◇「NOVA―書き下ろし日本SFコレクション 7」河出書房新社 2012（河出文庫）p157

土星の子供（クジラマク）
◇「てのひら怪談―ビーケーワン怪談大賞傑作選 百怪繚乱篇」ポプラ社 2008 p14
◇「てのひら怪談―ビーケーワン怪談大賞傑作選 己丑」ポプラ社 2009（ポプラ文庫）p192

土葬（阿丸まり）
◇「てのひら怪談 癸巳」KADOKAWA 2013（MF文庫ダ・ヴィンチ）p170

土蔵（稲垣考人）
◇「松江怪談―新作怪談 松江物語」今井印刷 2015 p8

土俗の荒廃と葬儀（柳田國男）
◇「文豪怪談傑作選 柳田國男集」筑摩書房 2007（ちくま文庫）p92

肺魚（トダス）（呉林俊）
◇「〈在日〉文学全集 17」勉誠出版 2006 p107

戸田良彦（三橋一夫）
◇「分身」国書刊行会 1999（書物の王国）p227

橡（とち）… → "つるばみ…"をも見よ

土地の精霊と常世神と（折口信夫）
◇「文豪怪談傑作選 折口信夫集」筑摩書房 2009（ちくま文庫）p209

とちのは（島田秋夫）

◇「ハンセン病文学全集 8」皓星社 2006 p377

橡の花―ある私信（梶井基次郎）
◇「ちくま日本文学 28」筑摩書房 2008（ちくま文庫）p233

とちの実（小林熊吉）
◇「ハンセン病文学全集 8」皓星社 2006 p481

途中下車（中村啓）
◇「5分で読める！ ひと駅ストーリー 乗車編」宝島社 2012（宝島社文庫）p201

途中で（中野鈴子）
◇「新装版 全集現代文学の発見 別巻」學藝書林 2005 p524

土地よ、痛みを負え（岡井隆）
◇「新装版 全集現代文学の発見 13」學藝書林 2004 p590

とっかえこ（出久根達郎）
◇「勝者の死にざま―時代小説選手権」新潮社 1998（新潮文庫）p179

戸塚たそがれ散歩道（小笠原幹夫）
◇「全作家短編小説集 6」全作家協会 2007 p154

入選創作 とつかび（李旬洙）
◇「近代朝鮮文学日本語作品集1901～1938 創作篇 5」緑蔭書房 2004 p183

どっから来たの？（樹良介）
◇「ショートショートの広場 17」講談社 2005（講談社文庫）p175

突貫紀行（幸田露伴）
◇「新日本古典文学大系 明治編 22」岩波書店 2002 p391
◇「文士の意地―車谷長吉撰短篇小説輯 上巻」作品社 2005 p23
◇「ちくま日本文学 23」筑摩書房 2008（ちくま文庫）p81

ドッカーンなお弁当（たきざわまさかず）
◇「ひらく―第15回フェリシモ文学賞」フェリシモ 2012 p124

とつき十日の前世（宮嶋康彦）
◇「文学 2000」講談社 2000 p280

特急列車（森田照之）
◇「ショートショートの広場 9」講談社 1998（講談社文庫）p38

特急列車は死を乗せて（山村美紗）
◇「名探偵と鉄旅―鉄道ミステリー傑作選」光文社 2016（光文社文庫）p387

特許多腕人間方式（海野十三）
◇「科学の脅威」リブリオ出版 2001（怪奇・ホラーワールド）p59

嫁ぐ日まで（関口暁）
◇「母のなみだ―愛しき家族を想う短篇小説集」泰文堂 2012（Linda books！）p57

嫁ぐ娘へ（菊地秀行）
◇「闇電話」光文社 2006（光文社文庫）p407

嫁ぐ娘たち（小野村誠）
◇「全作家短編小説集 9」全作家協会 2010 p68

徳利の行方（饗庭篁村）

作品名から引ける日本文学全集案内 第III期　555

とつけ

◇「明治の文学 13」筑摩書房 2003 p385

トッケビのパンマンイ―韓国の昔話より（関明）
　◇「小学校・全員参加の楽しい学級劇・学年劇脚本集 中学年」黎明書房 2006 p190

とつけむにゃーこつ（村上了介）
　◇「平成28年熊本地震作品集」くまもと文学・歴史館友の会 2016 p18

特攻花（園田信男）
　◇「現代鹿児島小説大系 3」ジャプラン 2014 p249

特攻隊員の生活―八・一五記念国民集会での発言（島尾敏雄）
　◇「戦後文学エッセイ選 10」影書房 2007 p149

ドッコギ（佐藤治助）
　◇「山形県文学全集第2期〈随筆・紀行編〉6」郷土出版社 2005 p240

とっこべとら子（平野直、米内アキ）
　◇「学校放送劇舞台劇脚本集―宮沢賢治名作童話」東洋書院 2008 p255

突然の別れの日に（辻征夫）
　◇「文豪てのひら怪談」ポプラ社 2009（ポプラ文庫）p140

突然僕にはわかったのだ（黒田三郎）
　◇「新装版 全集現代文学の発見 15」學藝書林 2005 p482

突端の妖女（岩崎裕司）
　◇「優秀新人戯曲集 2007」ブロンズ新社 2006 p5

どっちがすき？（石井桃子）
　◇「精選女性随筆集 8」文藝春秋 2012 p12

突堤にて（梅崎春生）
　◇「私小説名作選 上」講談社 2012（講談社文芸文庫）p173
　◇「日本文学100年の名作 5」新潮社 2015（新潮文庫）p9

突堤のうた（詩）（江島寛）
　◇「コレクション戦争と文学 1」集英社 2012 p466

とっておきの脇差（平方イコルスン）
　◇「極光星群」東京創元社 2013（創元SF文庫）p233

鳥取（李龍海）
　◇「〈在日〉文学全集 18」勉誠出版 2006 p250

とっぱれ（松丘保養園合同詩集）
　◇「ハンセン病文学全集 7」皓星社 2004 p27

とっぴんぱらりのぷう（朝倉かすみ）
　◇「スタートライン―始まりをめぐる19の物語」幻冬舎 2010（幻冬舎文庫）p151

ドッペルゲンガー（安曇潤平）
　◇「男たちの怪談百物語」メディアファクトリー 2012（幽BOOKS）p101

どっぺる・げんげる（五代ゆう）
　◇「夢魔」光文社 2001（光文社文庫）p177

土手下朝鮮（李美子）
　◇「〈在日〉文学全集 18」勉誠出版 2006 p311

トデ・チ失踪―トデ・チは僕・見ているのも僕・おかしいかしら（入澤康夫）
　◇「新装版 全集現代文学の発見 13」學藝書林 2004 p552

怒濤！ 芝公演の夜（金星波）
　◇「近代朝鮮文学日本語作品集1901～1938 評論・随筆篇 3」緑蔭書房 2004 p211

届いた絵本（光原百合）
　◇「あのころの宝もの―ほんのり心が温まる12のショートストーリー」メディアファクトリー 2003 p243

届かぬ報い（蓮）
　◇「恐怖箱 遺伝記」竹書房 2008（竹書房文庫）p60

届けもの（藤堂志津子）
　◇「銀座24の物語」文藝春秋 2001 p69

とどめを刺す（渡辺剣次）
　◇「江戸川乱歩の推理試験」光文社 2009（光文社文庫）p13

どどめジャム（肥田知浩）
　◇「優秀新人戯曲集 2011」ブロンズ新社 2010 p5

等々力座殺人事件（戸板康二）
　◇「金沢にて」双葉社 2015（双葉文庫）p73

とどろきセブン（乃南アサ）
　◇「鼓動―警察小説競作」新潮社 2006（新潮文庫）p277

トトロの森のことば遊びバトル（向井吉人）
　◇「小学校たのしい劇の本―英語劇付 低学年」国土社 2007 p192

ドナー（仙川環）
　◇「短篇ベストコレクション―現代の小説 2011」徳間書店 2011（徳間文庫）p467

どなたか（つゆきおくと）
　◇「ショートショートの広場 13」講談社 2002（講談社文庫）p146

ドーナツの穴（坂倉剛）
　◇「ショートショートの広場 19」講談社 2007（講談社文庫）p148

隣（泡沫虚唄）
　◇「怪談四十九夜」竹書房 2016（竹書房文庫）p85

となりの雨男（矛先盾一）
　◇「ショートショートの花束 3」講談社 2011（講談社文庫）p83

「となりのいもじ」より酒をたまはる（芥川龍之介）
　◇「ちくま日本文学 2」筑摩書房 2007（ちくま文庫）p455

となりのヴィーナス（ユエミチタカ）
　◇「アステロイド・ツリーの彼方へ」東京創元社 2016（創元SF文庫）p325

となりの宇宙人（半村良）
　◇「名短篇、ここにあり」筑摩書房 2008（ちくま文庫）p7

隣の男（ハセベバクシンオー）
　◇「5分で読める！ ひと駅ストーリー 降車編」宝島社 2012（宝島社文庫）p179

隣りの女（向田邦子）

とひら

◇「愛に揺れて」リブリオ出版 2001（ラブミーワールド）p151

◇「恋愛小説・名作集成 5」リブリオ出版 2004 p151

隣りの神様（向田邦子）
◇「精選女性随筆集 11」文藝春秋 2012 p104

隣の黒猫、僕の子猫（堀内公太郎）
◇「5分で読める！ ひと駅ストーリー 猫の物語」宝島社 2014（宝島社文庫）p109

◇「5分で凍る！ ぞっとする怖い話」宝島社 2015（宝島社文庫）ɔ171

◇「5分で驚く！ どんでん返しの物語」宝島社 2016（宝島社文庫）ɔ215

隣の空も青い（飛鳥井千砂）
◇「この部屋で君と」新潮社 2014（新潮文庫）p63

隣りの隣り（穂坂コウジ）
◇「超短編の世界 vol.2」創英社 2009 p92

隣りの風車（豊田有恒）
◇「日本原発小説集」水声社 2011 p27

隣りの夫婦（左右田謙）
◇「自選ショート・ミステリー」講談社 2001（講談社文庫）p328

隣の部屋の殺人（田中健治）
◇「本格推理 15」光文社 1999（光文社文庫）p295

隣の四畳半（赤川次郎）
◇「暗闇を見よ」光文社 2010（Kappa novels）p15

◇「暗闇を見よ」光文社 2015（光文社文庫）p7

隣の嫁（伊東左千夫）
◇「美しい恋の物語」筑摩書房 2010（ちくま文学の森）p129

となり町の山車のように（須賀敦子）
◇「精選女性随筆集 9」文藝春秋 2012 p216

利根の川霧（村上元三）
◇「武士道残月抄」光文社 2011（光文社文庫）p81

利根の松原（萩原朔太郎）
◇「ちくま日本文学 36」筑摩書房 2009（ちくま文庫）p43

利根の渡（岡本綺堂）
◇「怪奇・怪談傑作集」新人物往来社 1997 p7

◇「怪奇・伝奇時代小説選集 12」春陽堂書店 2000（春陽文庫）p86

◇「ちくま日本文学 32」筑摩書房 2009（ちくま文庫）p285

◇「恐ろしい話」筑摩書房 2011（ちくま文学の森）p267

◇「日本文学100年の名作 2」新潮社 2014（新潮文庫）p55

殿（森福都）
◇「黄土の群星」光文社 1999（光文社文庫）p249

ドノヴァン、早く帰ってきて（片岡義男）
◇「ミステリマガジン700 国内篇」早川書房 2014（ハヤカワ・ミステリ文庫）p109

殿様と口紅（藤原審爾）
◇「昭和の短篇一人一冊集成 藤原審爾」未知谷 2008 p46

殿様の化物（高畠藍泉）
◇「新日本古典文学大系 明治編 1」岩波書店 2004 p364

賭博者（寺山修司）
◇「創刊一〇〇年三田文学名作選」三田文学会 2010 p595

土場浄瑠璃の（皆川博子）
◇「市井図絵」新潮社 1997 p105

◇「時代小説―読切御免 1」新潮社 2004（新潮文庫）p175

鳶（とび）… → "とんび…"を見よ

飛梅（原田マハ）
◇「吾輩も猫である」新潮社 2016（新潮文庫）p125

飛鼎（石川鴻斎）
◇「新日本古典文学大系 明治編 3」岩波書店 2005 p334

飛び首（もくだいゆういち）
◇「ショートショートの花束 7」講談社 2015（講談社文庫）p144

飛び越えなければ！（島尾敏雄）
◇「戦後文学エッセイ選 10」影書房 2007 p26

飛島（阿部國雄）
◇「山形県文学全集第2期（随筆・紀行編）5」郷土出版社 2005 p84

飛島 北前船ともらい子（山形県）（宮本常一）
◇「山形県文学全集第2期（随筆・紀行編）3」郷土出版社 2005 p395

飛島―原始共産の島（井出孫六）
◇「山形県文学全集第2期（随筆・紀行編）5」郷土出版社 2005 p333

飛び出す悪魔（西田政治）
◇「怪奇探偵小説集 1」角川春樹事務所 1998（ハルキ文庫）p333

◇「恐怖ミステリーBEST15―こんな幻の傑作が読みたかった！」シーエイチシー 2006 p217

飛び出す、絵本（恩田陸）
◇「本からはじまる物語」メディアパル 2007 p7

飛びつき鬼（岡田秀文）
◇「物語のルミナリエ」光文社 2011（光文社文庫）p210

土百姓（李泰俊）
◇「近代朝鮮文学日本語作品集1908〜1945 セレクション 2」緑蔭書房 2008 p437

飛奴（泡坂妻夫）
◇「代表作時代小説 平成10年度」光風社出版 1998 p405

◇「地獄の無明剣―時代小説傑作選」講談社 2004（講談社文庫）p483

扉（小川未明）
◇「文豪怪談傑作選 小川未明集」筑摩書房 2008（ちくま文庫）p267

扉の彼方へ（岡本かの子）
◇「この愛のゆくえ―ポケットアンソロジー」岩波書店 2011（岩波文庫別冊）p353

扉のむこう（吉行淳之介）

とひら

◇「冒険の森へ―傑作小説大全 8」集英社 2015 p8

扉は語らず（又は二直線の延長に就て）（小舟勝二）
◇「幻の探偵雑誌 6」光文社 2001 （光文社文庫）p71

土びんのふた（高峰秀子）
◇「精選女性随筆集 8」文藝春秋 2012 p149

飛ぶ男（福永武彦）
◇「戦後短篇小説再発見 6」講談社 2001 （講談社文芸文庫）p97
◇「新装版 全集現代文学の発見 2」學藝書林 2002 p367

飛ぶ男（本渡章）
◇「冒険の森へ―傑作小説大全 13」集英社 2016 p33

飛ぶ男（本間祐）
◇「超短編アンソロジー」筑摩書房 2002 （ちくま文庫）p26

飛ぶ首（森川潤）
◇「恐怖のKA・TA・CHI」双葉社 2001 （双葉文庫）p343

跳ぶ少年（石田衣良）
◇「いつか、君へ Boys」集英社 2012 （集英社文庫）p7

飛ぶ橇―アイヌ民族のために（小熊秀雄）
◇「〈外地〉の日本語文学選 2」新宿書房 1996 p31

飛ぶ日（難波淑子）
◇「ゆきのまち幻想文学賞小品集 13」企画集団ぷりずむ 2004 p89

土塀（森崎和江）
◇「コレクション戦争と文学 17」集英社 2012 p428

土塀の向こう（多麻乃美須々）
◇「てのひら怪談 癸巳」KADOKAWA 2013 （MF文庫ダ・ヴィンチ）p56

土木計画（多和田葉子）
◇「文学 2005」講談社 2005 p178

とぼけた男（中谷航太郎）
◇「大江戸「町」物語」宝島社 2013 （宝島社文庫）p141

とぼけた二人（千梨らく）
◇「5分で読める！ ひと駅ストーリー 冬の記憶東口編」宝島社 2013 （宝島社文庫）p191

杜甫や李白の如く（白石）
◇「近代朝鮮文学日本語作品集1939～1945 創作篇 6」緑蔭書房 2001 p206

ドボンと昏睡（生島治郎）
◇「賭博師たち」角川書店 1997 （角川文庫）p21

止った時を再び（@jun50r）
◇「3.11心に残る140字の物語」学研パブリッシング 2011 p58

トマト（廣田希華）
◇「気配一第10回フェリシモ文学賞作品集」フェリシモ 2007 p120

トマト（藤原伊織）
◇「輝きの一瞬―短くて心に残る30編」講談社 1999

（講談社文庫）p29

とまどい（高橋克彦）
◇「不思議の足跡」光文社 2007 （Kappa novels）p213
◇「不思議の足跡」光文社 2011 （光文社文庫）p285

トマト・ゲーム（皆川博子）
◇「ふるえて眠れ―女流ホラー傑作選」角川春樹事務所 2001 （ハルキ・ホラー文庫）p221

トマト雑感（高樹のぶ子）
◇「くだものだもの」ランダムハウス講談社 2007 p61

トマトマジック（篠田節子）
◇「短篇ベストコレクション―現代の小説 2012」徳間書店 2012 （徳間文庫）p359

トマどら（日明恩）
◇「坂木司リクエスト！ 和菓子のアンソロジー」光文社 2013 p43
◇「坂木司リクエスト！ 和菓子のアンソロジー」光文社 2014 （光文社文庫）p45

豆満江（新田次郎）
◇「コレクション戦争と文学 9」集英社 2012 p404

「ド真ん中」目指して―物流配送企業の部長編（作者不詳）
◇「心に火を。」廣済堂出版 2014 p71

富岡先生（国木田独歩）
◇「明治の文学 22」筑摩書房 2001 p108

富久（桂文楽）
◇「賭けと人生」筑摩書房 2011 （ちくま文学の森）p55

富子、お前に逢いたい、早く来てくれ≫八木登美子（八木重吉）
◇「日本人の手紙 1」リブリオ出版 2004 p119

富子すきすき（宇江佐真理）
◇「異色忠臣蔵大傑作集」講談社 1999 p117

富坂（折口信夫）
◇「ちくま日本文学 25」筑摩書房 2008 （ちくま文庫）p35

富田勢源（戸部新十郎）
◇「人物日本剣豪伝 1」学陽書房 2001 （人物文庫）p115

富永太郎詩集 第一集（富永太郎）
◇「新装版 全集現代文学の発見 13」學藝書林 2004 p180

ドミノのお告げ（久坂葉子）
◇「新装版 全集現代文学の発見 15」學藝書林 2005 p146

トミノの地獄（西條八十）
◇「文豪てのひら怪談」ポプラ社 2009 （ポプラ文庫）p86

富森助右衛門（戸伏太兵）
◇「定本・忠臣蔵四十七人集」双葉社 1998 p241

トムヤムクン（小林紀晴）
◇「文学 2005」講談社 2005 p63
◇「コレクション戦争と文学 4」集英社 2011 p111

とむらい鉄道（小貫風樹）
◇「新・本格推理 03」光文社 2003（光文社文庫）p47
◇「ザ・ベストミステリーズ—推理小説年鑑 2004」講談社 2004 p127
◇「孤独な交響曲（シンフォニー）」講談社 2007（講談社文庫）p503

弔いはおれがする（逢坂剛）
◇「ザ・ベストミステリーズ—推理小説年鑑 2002」講談社 2002 p561
◇「零時の犯罪予報」講談社 2005（講談社文庫）p471

ドームルーペ（君島慧是）
◇「てのひら怪談 葵巳」KADOKAWA 2013（MF文庫ダ・ヴィンチ）p158

乙女（阿井景子）
◇「龍馬の天命—坂本龍馬名手の八篇」実業之日本社 2010 p5

留場の五郎次（南原幹雄）
◇「散りぬる桜—時代小説招待席」廣済堂出版 2004 p251
◇「冬ごもり—時代小説アンソロジー」KADOKAWA 2013（角川文庫）p119

止まらない時限爆弾を抱きしめて（蛭田直美）
◇「言葉にできない悲しみ」泰文堂 2015（リンダパブリッシャーズの本）p199

朋あり遠方より来たる（森瑤子）
◇「おいしい話—料理小説傑作選」徳間書店 2007（徳間文庫）p197

友への手紙（金景熹）
◇「近代朝鮮文学日本語作品集1939〜1945 創作篇 6」緑蔭書房 2001 p270

朋恵の夢想時間（梶尾真治）
◇「少女の空間」徳間書店 2001（徳間デュアル文庫）p261

友を愛することを（志樹逸馬）
◇「ハンセン病文学全集 6」皓星社 2003 p454

「兎も角も」の巻（西谷富水）
◇「新日本古典文学大系 明治編 4」岩波書店 2003 p165

友が死ニ、胃袋ノアタリヲ、秋風ガナガレタ≫野村一雄（竹内浩三）
◇「日本人の手紙 9」リブリオ出版 2004 p63

共稼ぎ 生活の記録2（宮本常一）
◇「日本文学全集 14」河出書房新社 2015 p389

友からの写真（空）
◇「全作家短編小説集 6」全作家協会 2007 p165

どもごっつあんどえす（夢枕獏）
◇「冒険の森へ—傑作小説大全 14」集英社 2016 p20

供先割り（杉本章子）
◇「美女峠に星が流れる—時代小説傑作選」講談社 1999（講談社文庫）p257

乏（とも）しけれど（濱田隼雄）
◇「日本統治期台湾文学集成 22」緑蔭書房 2007 p233

ともしび（青水洸）
◇「ゆきのまち幻想文学賞小品集 20」企画集団ぷりずむ 2011 p69

灯（ネコヤナギ）
◇「人は死んだら電柱になる—電柱アンソロジー」遠すぎる未来団 2014 p335

ともしび合唱団のひとたちに（許南麒）
◇「〈在日〉文学全集 2」勉誠出版 2006 p160
◇「〈在日〉文学全集 2」勉誠出版 2006 p206

灯火の消えた暗闇の中で（関口暁）
◇「絶体絶命！」泰文堂 2011（Linda books！）p257

トモスイ（髙樹のぶ子）
◇「日本文学100年の名作 10」新潮社 2015（新潮文庫）p429

ともだち（北原亞以子）
◇「たそがれ長屋—人情時代小説傑作選」新潮社 2008（新潮文庫）p139

友達（小林泰三）
◇「ゆきどまり—ホラー・アンソロジー」祥伝社 2000（祥伝社文庫）p271

友だちがお月様に変った話（稲垣足穂）
◇「ちくま日本文学 16」筑摩書房 2008（ちくま文庫）p44

ともだちくるかな（内田麟太郎）
◇「朗読劇台本集 4」玉川大学出版部 2002 p137

友達0人（宮本裕志）
◇「ゆきのまち幻想文学賞小品集 18」企画集団ぷりずむ 2009 p122

友達登録（大野敏哉）
◇「世にも奇妙な物語—小説の特別編 再生」角川書店 2001（角川ホラー文庫）p13

友達の愛人（鎌田敏夫）
◇「愛と癒し」リブリオ出版 2001（ラブミーワールド）p162
◇「恋愛小説・名作集成 10」リブリオ出版 2004 p162

ともだちや（内田麟太郎）
◇「朗読劇台本集 4」玉川大学出版部 2002 p123

友田と松永の話（谷崎潤一郎）
◇「ちくま日本文学 14」筑摩書房 2008（ちくま文庫）p95

友という名のもとに—イリーナの涙（秋田みやび）
◇「踊れ！ へっぽこ大祭典—ソード・ワールド短編集」富士見書房 2004（富士見ファンタジア文庫）p287

ともに歩みまた別れて（竹内好）
◇「戦後文学エッセイ選 4」影書房 2005 p237

ともに帰るもの（立松和平）
◇「三田文学短篇選」講談社 2010（講談社文芸文庫）p288

友の死後（呉泳鎮）
◇「近代朝鮮文学日本語作品集1901〜1938 創作篇 4」緑蔭書房 2004 p159

ともひ

友引の日（山之口貘）
　◇「新装版 全集現代文学の発見 13」學藝書林 2004
　　p213
友よいずこ（寺山修司）
　◇「ちくま日本文学 6」筑摩書房 2007（ちくま文
　　庫）p288
友よ安らかに眠れ！ ≫芥川龍之介（菊池寛）
　◇「日本人の手紙 9」リブリオ出版 2004 p234
土門拳記念館の建築（谷口吉生）
　◇「山形県文学全集第2期(随筆・紀行編) 5」郷土出版
　　社 2005 p110
豚（李孝石）
　◇「近代朝鮮文学日本語作品集1908〜1945 セレクショ
　　ン 1」緑蔭書房 2008 p467
豚（トヤヂ）（李孝石著, 秦明愛, 則武三雄共譯）
　◇「近代朝鮮文学日本語作品集1901〜1938 創作篇 4」
　　緑蔭書房 2004 p249
外山調（斎藤緑雨）
　◇「明治の文学 15」筑摩書房 2002 p217
土曜日（麓花冷）
　◇「ハンセン病に咲いた花―初期文芸名作選 戦前
　　篇」皓星社 2002（ハンセン病叢書）p175
土曜日に死んだ女（佐野洋）
　◇「江戸川乱歩の推理教室」光文社 2008（光文社文
　　庫）p113
どよ雨（う）びは晴（は）れ（佐藤奈苗）
　◇「高校演劇Selection 2004 上」晩成書房 2004 p7
土曜漫筆 麻姑の手（崔南善）
　◇「近代朝鮮文学日本語作品集1901〜1938 評論・随筆
　　篇 2」緑蔭書房 2004 p211
豊川稲荷の霊顕（作者表記なし）
　◇「文豪怪談傑作選 特別編」筑摩書房 2009（ちく
　　ま文庫）p10
豊島与志雄小論（島尾敏雄）
　◇「戦後文学エッセイ選 10」影書房 2007 p136
豊原（吉田知子）
　◇「コレクション戦争と文学 17」集英社 2012 p559
虎（岡本綺堂）
　◇「冒険の森へ―傑作小説大全 7」集英社 2016 p46
虎（久米正雄）
　◇「百年小説」ポプラ社 2008 p619
　◇「日本近代短篇小説選 大正篇」岩波書店 2012
　　（岩波文庫）p169
虎（田口ランディ）
　◇「文豪さんへ。」メディアファクトリー 2009
　　（MF文庫）p55
虎（竹内勝太郎）
　◇「新装版 全集現代文学の発見 別巻」學藝書林
　　2005 p460
虎（趙演鉉）
　◇「近代朝鮮文学日本語作品集1908〜1945 セレクショ
　　ン 4」緑蔭書房 2008 p367
虎（萩原朔太郎）
　◇「ちくま日本文学 36」筑摩書房 2009（ちくま文
　　庫）p198

ドライアイスの婚約者（宇木聡史）
　◇「5分で読める！ ひと駅ストーリー 夏の記憶西口
　　編」宝島社 2013（宝島社文庫）p141
トライアングル（杉山正和）
　◇「ゆきのまち幻想文学賞小品集 13」企画集団ぷり
　　ずむ 2004 p171
トライアングル（立見千香）
　◇「さよなら、大好きな人―スウィート＆ビターな7
　　ストーリー」泰文堂 2011（Linda books！）
　　p42
ドライバー（黒岩重吾）
　◇「短篇ベストコレクション―現代の小説 2000」徳
　　間書店 2000 p217
ドライバナナ（櫻井結花）
　◇「気配―第10回フェリシモ文学賞作品集」フェリ
　　シモ 2007 p152
ドライブ・イン・サマー（奥田英朗）
　◇「男たちの長い旅」徳間書店 2004（TOKUMA
　　NOVELS）p159
ドライヴと愛の哲学に関する若干の考察―ホ
　テル・ハイランドリゾート（山川健一）
　◇「贅沢な恋人たち」幻冬舎 1997（幻冬舎文庫）
　　p133
ドライブの日（大日谷見）
　◇「超短編傑作選 v.6」創英社 2007 p127
ドライブ（由加理）（秋元康）
　◇「アドレナリンの夜―珠玉のホラーストーリーズ」
　　竹書房 2009 p15
ドラキュラ学校（明星麗）
　◇「小学校たのしい劇の本―英語劇付 中学年」国土
　　社 2007 p84
ドラキュラ三話（岡部道男）
　◇「屍鬼の血族」桜桃書房 1999 p97
ドラキュラの家（福澤徹三）
　◇「伯爵の血族―紅ノ章」光文社 2007（光文社文
　　庫）p269
ドラゴンズ漫談（広小路尚祈）
　◇「ナゴヤドームで待ちあわせ」ポプラ社 2016
　　p135
ドラゴン・トレイル（田中光二）
　◇「日本SF・名作集成 3」リブリオ出版 2005 p7
ドラゴン＆フラワー（石田衣良）
　◇「恋のトビラ」集英社 2008 p5
　◇「恋のトビラ―好き、やっぱり好き。」集英社
　　2010（集英社文庫）p7
ドラゴンリクエスト（大橋むつお）
　◇「中学校劇作シリーズ 9」青雲書房 2005 p135
トラジ（李美子）
　◇「〈在日〉文学全集 18」勉誠出版 2006 p322
トラジ（岡信行）
　◇「小学校・全員参加の楽しい学級劇・学年劇脚本
　　集 高学年」黎明書房 2007 p156
「虎じいさんの夜話」より―狐ん子（木村学）
　◇「ゆきのまち幻想文学賞・小品集 12」企画集団ぷ
　　りずむ 2003 p93

560　作品名から引ける日本文学全集案内 第III期

ドラジェ（江國香織）
　◇「ナナイロノコイ―恋愛小説」角川春樹事務所
　　2003 p3

虎獅子を記す（信夫恕軒）
　◇「新日本古典文学大系 明治編 2」岩波書店 2004
　　p329

トラジの詩（栗生楽泉園合同詩文集）
　◇「ハンセン病文学全集 7」皓星社 2004 p373

虎白カップル譚（谷川俊太郎）
　◇「100万分の1回のねこ」講談社 2015 p239

寅太郎（新垣宏一）
　◇「日本統治期台湾文学集成 23」緑蔭書房 2007
　　p321

虎ちゃんの日記（抄）（千葉省三）
　◇「ひつじアンソロジー 小説編 2」ひつじ書房
　　2009 p3

トラックメロウ（平塚直隆）
　◇「優秀新人戯曲集 2011」ブロンズ新社 2010 p181

トラック09（江原一爭）
　◇「てのひら怪談―ビーケーワン怪談大賞傑作選 壬
　　辰」ポプラ社 2012 （ポプラ文庫） p78

虎に捧げる密室（白峰良介）
　◇「新本格猛虎会の冒険」東京創元社 2003 p101

虎に化ける（久野豊彦）
　◇「名短篇ほりだしもの」筑摩書房 2011 （ちくま文
　　庫） p191

どら猫観察記 猫の島（柳田國男）
　◇「猫」中央公論新社 2009 （中公文庫） p167

とらねこ大河（たいが）（蒋田敏雄）
　◇「小学校・全員参加の楽しい学級劇・学年劇脚本
　　集 中学年」黎明書房 2006 p54

虎猫平太郎（石田孫太郎）
　◇「猫愛」凱風社 2008 （PD叢書） p23
　◇「だから猫は猫そのものではない」凱風社 2015
　　p121

虎の牙（早乙女貢）
　◇「江戸恋い明け烏」光風社出版 1999 （光風社文
　　庫） p99

虎之助一代（南原幹雄）
　◇「九州戦国志―傑作時代小説」PHP研究所 2008
　　（PHP文庫） p233

虎の風景（金時鐘）
　◇「〈在日〉文学全集 5」勉誠出版 2006 p198

虎の斑（野間宏）
　◇「戦後文学エッセイ選 9」影書房 2008 p53

トラピスト修道院 わがふるさとはNotre
Dame de Phareのほとり（吉田一穂）
　◇「日本文学全集 29」河出書房新社 2016 p35

ドラマティックシンドローム（旺季志ずか）
　◇「世にも奇妙な物語―小説の特別編 悲鳴」角川書
　　店 2002 （角川ホラー文庫） p11

虎目の女城主（植松三十里）
　◇「女城主―戦国時代小説傑作選」PHP研究所
　　2016 （PHP文芸文庫） p77

虎よ、虎よ、爛爛と―101番目の密室（狩久）
　◇「密室殺人大百科 下」原書房 2000 p452

虎は暗闇より（平井和正）
　◇「SFマガジン700 国内篇」早川書房 2014 （ハヤ
　　カワ文庫 SF）p25

虎は目覚める（平井和正）
　◇「日本SF全集 1」出版芸術社 2009 p143

長篇 囚はれた大地（平田小六）
　◇「新・プロレタリア文学精選集 20」ゆまに書房
　　2004 p1

とらわれない男と女の関係（大庭みな子）
　◇「精選女性随筆集 6」文藝春秋 2012 p226

囚われの街（金太中）
　◇「〈在日〉文学全集 18」勉誠出版 2006 p91

捕われ人（小川未明）
　◇「文豪怪談傑作選 小川未明集」筑摩書房 2008
　　（ちくま文庫） p241

トランシーバー（山白朝子）
　◇「メアリー・スーを殺して―幻夢コレクション」
　　朝日新聞出版 2016 p227

トランスフォーム（岡田早苗）
　◇「万華鏡―第14回フェリシモ文学賞作品集」フェ
　　リシモ 2011 p144

トランス・ペアレント（広井公司）
　◇「太宰治賞 2016」筑摩書房 2016 p179

トランスミッション（法月綸太郎）
　◇「誘拐―ミステリーアンソロジー」角川書店 1997
　　（角川文庫） p171

鳥（安房直子）
　◇「ファイン／キュート素敵かわいい作品選」筑摩
　　書房 2015 （ちくま文庫） p230

鳥（大江健三郎）
　◇「日本文学全集 22」河出書房新社 2015 p393

鳥（金時鐘）
　◇「〈在日〉文学全集 5」勉誠出版 2006 p19

鳥（青来有一）
　◇「テレビドラマ代表作選集 2010年版」日本脚本家
　　連盟 2010 p213
　◇「コレクション戦争と文学 19」集英社 2011 p579

鳥（安水稔和）
　◇「新装版 全集現代文学の発見 13」學藝書林 2004
　　p528

とりあえず（志樹逸馬）
　◇「ハンセン病文学全集 7」皓星社 2004 p325

取りあえず恩返し（田富りんね）
　◇「ショートショートの広場 18」講談社 2006 （講
　　談社文庫） p140

ドリアン・グレイとサーニン（金子光晴）
　◇「ちくま日本文学 38」筑摩書房 2009 （ちくま文
　　庫） p187

ドリアン・グレイの画仙女（吉川良太郎）
　◇「アート偏愛」光文社 2005 （光文社文庫） p339

鳥居ድ右衛門（池波正太郎）
　◇「小説「武士道」」三笠書房 2008 （知的生きかた
　　文庫） p229

トリィ＆ニニギ輸送社とファナ・デザイン（雪

とりい

舟えま）
◇「本をめぐる物語―栞は夢をみる」KADOKAWA 2014（角川文庫）p175

鳥居の赤兵衛（泡坂妻夫）
◇「本格ミステリ 2001」講談社 2001（講談社ノベルス）p75
◇「透明な貴婦人の謎―本格短編ベスト・セレクション」講談社 2005（講談社文庫）p11

鳥居の家（夢乃鳥子）
◇「てのひら怪談―ビーケーワン怪談大賞傑作選 壬辰」ポプラ社 2012（ポプラ文庫）p12

収穫（とりいれ）… → "しゅうかく…"をも見よ
収穫（とりいれ）―二幕（長崎浩）
◇「日本統治期台湾文学集成 11」緑蔭書房 2003 p81

トリエステの坂道（須賀敦子）
◇「日本文学全集 25」河出書房新社 2016 p246
◇「日本文学全集 25」河出書房新社 2016 p437

トリオソナタ（井上雅彦）
◇「逆想コンチェルト―イラスト先行・競作小説アンソロジー 奏の2」徳間書店 2010 p6

鳥を見た人（赤江瀑）
◇「謎―スペシャル・ブレンド・ミステリー 007」講談社 2012（講談社文庫）p89

鶏飼いのコムュニスト（平林彪吾）
◇「新装版 全集現代文学の発見 6」學藝書林 2003 p236

とりかえしのつかない一日（大家学）
◇「かわさきの文学―かわさき文学賞50年記念作品集 2009年」審美社 2009 p84

とりかえる（後藤耕）
◇「妖（あやかし）がささやく」翠琥出版 2015 p121

鳥籠の戸は開いています（安達千夏）
◇「Friends」祥伝社 2003 p151

鳥かごの中身（徳永圭）
◇「この部屋で君と」新潮社 2014（新潮文庫）p175

とりかわりねこ（別役実）
◇「猫路地」日本出版社 2006 p207

トリケラトプス（河野典生）
◇「恐竜文学大全」河出書房新社 1998（河出文庫）p264
◇「70年代日本SFベスト集成 4」筑摩書房 2015（ちくま文庫）p259

トリスタン（皆川博子）
◇「恋物語」朝日新聞社 1998 p196

ドリスの特別な日（長山志信）
◇「「伊豆文学賞」優秀作品集 第5回」羽衣出版 2002 p45

鳥・蟬・烏（宮本常一）
◇「ちくま日本文学 22」筑摩書房 2008（ちくま文庫）p249

鳥たちの河口（野呂邦暢）
◇「日本文学100年の名作 6」新潮社 2015（新潮文庫）p461

◇「日本文学全集 28」河出書房新社 2017 p19

取り立てて候（上田秀人）
◇「遙かなる道」桃園書房 2001（桃園文庫）p51

取り憑かれた姉（加門七海）
◇「文藝百物語」ぶんか社 1997 p185

取り憑かれて（加門七海）
◇「文藝百物語」ぶんか社 1997 p154

取り憑かれて（早見裕司）
◇「アジアン怪綺」光文社 2003（光文社文庫）p215

とりつく（飛鳥部勝則）
◇「ひとにぎりの異形」光文社 2007（光文社文庫）p429

トリックショット（久美沙織）
◇「逆想コンチェルト―イラスト先行・競作小説アンソロジー 奏の1」徳間書店 2010 p82

トリッチ・トラッチ・ポルカ（麻耶雄嵩）
◇「本格ミステリ 2002」講談社 2002（講談社ノベルス）p473
◇「天使と髑髏の密室―本格短編ベスト・セレクション」講談社 2005（講談社文庫）p333

トリッパー（輝鷹あち）
◇「物語のルミナリエ」光文社 2011（光文社文庫）p155

トリップ（角田光代）
◇「短篇ベストコレクション―現代の小説 2001」徳間書店 2001（徳間文庫）p223

砦の床下にまでおよび、ベトコンのトンネル（開高健）
◇「ちくま日本文学 24」筑摩書房 2008（ちくま文庫）p216

鳥と少女（小泉八雲著, 平井呈一訳）
◇「文豪怪談傑作選 明治編」筑摩書房 2011（ちくま文庫）p83

鳥と少女（澁澤龍彦）
◇「新編・日本幻想文学集成 2」国書刊行会 2016 p129

鳥と進化／声を聞く（柴崎友香）
◇「小説の家」新潮社 2016 p4

とりとめもない感想―文字について（阿川弘之）
◇「文学 1997」講談社 1997 p191

トリニティからトリニティへ（林京子）
◇「文学 2001」講談社 2001 p224

鳥になる日（坂本美智子）
◇「ゆきのまち幻想文学賞小品集 22」企画集団ぷりずむ 2013 p79

鳥の頭（烏本拓）
◇「てのひら怪談―ビーケーワン怪談大賞傑作選 壬辰」ポプラ社 2012（ポプラ文庫）p126

鳥の家（仲町六絵）
◇「てのひら怪談―ビーケーワン怪談大賞傑作選 庚寅」ポプラ社 2010（ポプラ文庫）p168

鳥の王の羽（原田宗典）
◇「冒険の森へ―傑作小説大全 13」集英社 2016

p27

鳥の女（石神茉莉）
◇「アジアン怪綺」光文社 2003（光文社文庫）
p577

鳥の影（野辺慎一）
◇「全作家短編小説集 8」全作家協会 2009 p27

鳥の囁く夜（奥田哲也）
◇「グランドホテル」廣済堂出版 1999（廣済堂文庫）p81

鳥の涙（津島佑子）
◇「日本文学全集 28」河出書房新社 2017 p223

鳥のようにお金が飛んでく。ロンドン、ローマ▷岩谷時子（越路吹雪）
◇「日本人の手紙 7」リブリオ出版 2004 p128

取引（富永一彦）
◇「ショートショートの広場 18」講談社 2006（講談社文庫）p77

取引（柳田功作）
◇「ショートショートの花束 6」講談社 2014（講談社文庫）p20

ドリフター（斉藤直子）
◇「NOVA―書き下ろし日本SFコレクション 4」河出書房新社 2011（河出文庫）p81

トリプル（村田沙耶香）
◇「変愛小説集 日本作家編」講談社 2014 p71

鳥辺野にて（加門七海）
◇「心霊理論」光文社 2007（光文社文庫）p559

鳥辺野の午後（柴田よしき）
◇「金田一耕助に捧ぐ九つの狂想曲」角川書店 2002 p135
◇「金田一耕助に捧ぐ九つの狂想曲」角川書店 2012（角川文庫）p135

取り交ぜて（水野葉舟）
◇「文豪怪談傑作選 特別編」筑摩書房 2007（ちくま文庫）p282

取り交ぜて（抄）（水野葉舟）
◇「文豪てのひら怪談」ポプラ社 2009（ポプラ文庫）p136

ドリーム・アレイの錬金術師（山下欣宏）
◇「はじめての小説「ミステリー」―内田康夫＆東京・北区が選んだ気鋭のミステリー」実業之日本 2008 p97

ドリーム・レコーダー（林翔太）
◇「ショートショートの花束 4」講談社 2012（講談社文庫）p177

ドリームレスキュー（@literaryace）
◇「3.11心に残る140字の物語」学研パブリッシング 2011 p24

ドリームレター（吉田訓子）
◇「ショートショートの広場 17」講談社 2005（講談社文庫）p62

取り戻した人生（家田満理）
◇「ショートショートの花束 4」講談社 2012（講談社文庫）p211

捕物蕎麦（村上元三）
◇「たそがれ江戸暮色」光文社 2014（光文社文庫）

p59

捕物三つ巴（横溝正史）
◇「傑作捕物ワールド 1」リブリオ出版 2002 p109

鳥料理（堀辰雄）
◇「文人御馳走帖」新潮社 2014（新潮文庫）p303

鳥料理 A Parody（堀辰雄）
◇「ちくま日本文学 39」筑摩書房 2009（ちくま文庫）p9

鳥はうたった（崔龍源）
◇「〈在日〉文学全集 18」勉誠出版 2006 p202

ドリンカーの20分（平山夢明）
◇「二十の悪夢」KADOKAWA 2013（角川ホラー文庫）p213

土耳古（安西冬衛）
◇「新装版 全集現代文学の発見 13」學藝書林 2004 p18

ドルシネアにようこそ（宮部みゆき）
◇「危険な関係―女流ミステリー傑作選」角川春樹事務所 2002（ハルキ文庫）p7

ドールズ密室ハウス（堀燐太郎）
◇「ザ・ベストミステリーズ―推理小説年鑑 2015」講談社 2015 p263

トールとロキのもてなし（紫руке ケイ）
◇「5分で読める！ ひと駅ストーリー 食の話」宝島社 2015（宝島社文庫）p249

とるにたらない（勝本詩織）
◇「かわいい―第16回フェリシモ文学賞優秀作品集」フェリシモ 2013 p123

ドールの花嫁（栗本薫）
◇「グイン・サーガ・ワールド―グイン・サーガ続篇プロジェクト 1」早川書房 2011（ハヤカワ文庫JA）p5

ドールハウス（牧村泉）
◇「ミステリア―女性作家アンソロジー」祥伝社 2003（祥伝社文庫）p131

ドールハウスの情景（我孫子武丸）
◇「エロティシズム12幻想」エニックス 2000 p73

ドル箱（山崎洋子）
◇「夢を見にけり―時代小説招待席」廣済堂出版 2004 p373

ドルリー・レーンからのメール（園田修一郎）
◇「本格推理 14」光文社 1999（光文社文庫）p149

奴隷（西崎憲）
◇「極光星群」東京創元社 2013（創元SF文庫）p243

奴隷絵図（春日井建）
◇「新装版 全集現代文学の発見 9」學藝書林 2004 p548

奴隷根性論（大杉栄）
◇「新装版 全集現代文学の発見 1」學藝書林 2002 p8

奴隷のしるし（許南麒）
◇「〈在日〉文学全集 2」勉誠出版 2006 p161
◇「〈在日〉文学全集 2」勉誠出版 2006 p204

ドレスを着た日（山内マリコ）

とれす

◇「十年後のこと」河出書房新社 2016 p189

ドレスと留袖（歌野晶午）
◇「悪意の迷路」光文社 2016（最新ベスト・ミステリー）p53

泥（吉田一穂）
◇「新装版 全集現代文学の発見 13」學藝書林 2004 p160

トロイの人形（ヒモロギヒロシ）
◇「てのひら怪談―ビーケーワン怪談大賞傑作選 庚寅」ポプラ社 2010（ポプラ文庫）p162

トロイの密室（折原一）
◇「密室レシピ」角川書店 2002（角川文庫）p7
◇「赤に捧げる殺意」角川書店 2013（角川文庫）p37

トロイの木馬（森博嗣）
◇「21世紀本格―書下ろしアンソロジー」光文社 2001（カッパ・ノベルス）p555

トロイメライ（斉藤伯好）
◇「自選ショート・ミステリー」講談社 2001（講談社文庫）p283

徒労（内田静生）
◇「ハンセン病に咲いた花―初期文芸名作選 戦前編」皓星社 2002（ハンセン病叢書）p108

徒労（水野仙子）
◇「「新編」日本女性文学全集 3」菁柿堂 2011 p376

徒労に賭ける（山本周五郎）
◇「赤ひげ横丁―人情時代小説傑作選」新潮社 2009（新潮文庫）p7

泥海（崔東一）
◇「近代朝鮮文学日本語作品集1901～1938 創作篇 5」緑蔭書房 2004 p203

泥海（野間宏）
◇「現代小説クロニクル 1980～1984」講談社 2014（講談社文芸文庫）p7

渡籠雪女郎（国枝史郎）
◇「信州歴史時代小説傑作集 5」しなのき書房 2007 p175

泥えびす（沢田五郎）
◇「ハンセン病文学全集 1」皓星社 2002 p297

中篇小説 泥靴（柴田杜夜子）
◇「日本統治期台湾文学集成 8」緑蔭書房 2002 p6

土呂久つづき話（上野英信）
◇「戦後文学エッセイ選 12」影書房 2006 p154

泥靴の死神―屍臭を追う男（島田一男）
◇「江戸川乱歩と13の宝石 2」光文社 2007（光文社文庫）p201

泥具根博士の悪夢（二階堂黎人）
◇「密室殺人大百科 上」原書房 2000 p299

泥だらけの純情（藤原審爾）
◇「昭和の短篇一人一冊集成 藤原審爾」未知谷 2008 p61

トロッコ（芥川龍之介）
◇「ちくま日本文学 2」筑摩書房 2007（ちくま文庫）p9
◇「二時間目国語」宝島社 2008（宝島社文庫）p22

◇「文豪さんへ。」メディアファクトリー 2009（MF文庫）p227
◇「もう一度読みたい教科書の泣ける名作 再び」学研教育出版 2014 p61

ドロッピング・ゲーム（石持浅海）
◇「不可能犯罪コレクション」原書房 2009（ミステリー・リーグ）p237
◇「ザ・ベストミステリーズ―推理小説年鑑 2010」講談社 2010 p65
◇「BORDER善と悪の境界」講談社 2013（講談社文庫）p147

ドロップ！（野中柊）
◇「いじめの時間」朝日新聞社 1997 p105

泥 二幕（吉村敏）
◇「日本統治期台湾文学集成 13」緑蔭書房 2003 p273

泥人形（正宗白鳥）
◇「明治の文学 24」筑摩書房 2001 p219

泥の花―泉鏡花作『貧民倶楽部』『化鳥』より（島田九輔）
◇「泉鏡花記念金沢戯曲大賞受賞作品集 第2回」金沢泉鏡花フェスティバル委員会 2003 p43

トロピカルストローハット（江坂遊）
◇「トロピカル」廣済堂出版 1999（廣済堂文庫）p525

トロフィー（西加奈子）
◇「スタートライン―始まりをめぐる19の物語」幻冬舎 2010（幻冬舎文庫）p173

トロボウ（許南麒）
◇「〈在日〉文学全集 2」勉誠出版 2006 p146

泥棒（南宮雨彦）
◇「有栖川有栖の鉄道ミステリ・ライブラリー」角川書店 2004（角川文庫）p165

泥棒（金史良）
◇「近代朝鮮文学日本語作品集1939～1945 創作篇 3」緑蔭書房 2001 p327

泥棒（滝口悠生）
◇「文学 2015」講談社 2015 p230

泥棒稼業（若竹七海）
◇「不条理な殺人―ミステリー・アンソロジー」祥伝社 1998（ノン・ポシェット）p227

泥棒が笑った（平岩弓枝）
◇「江戸の老人力―時代小説傑作選」集英社 2002（集英社文庫）p195

泥棒刑事（小杉健治）
◇「宝石ザミステリー 2」光文社 2012 p257

泥坊三昧（内田百閒）
◇「ちくま日本文学 1」筑摩書房 2007（ちくま文庫）p380

どろぼう猫（柴田よしき）
◇「紅迷宮―ミステリー・アンソロジー」祥伝社 2002（祥伝社文庫）p33

泥棒番付（泡坂妻夫）
◇「剣よ月下に舞え」光風社出版 2001（光風社文庫）p7

泥棒論語（抄）（花田清輝）

564 作品名から引ける日本文学全集案内 第III期

◇「陰陽師伝奇大全」白泉社 2001 p365

泥水（小笠原貞）
◇「青鞜文学集」不二出版 2004 p89

泥水の激流の右岸に住むさいづち頭の子孫（伊井直行）
◇「文学 1999」講談社 1999 p184

トロロソバ（宮本常一）
◇「ちくま日本文学 22」筑摩書房 2008 （ちくま文庫）p221

どろん六連銭の巻（山田風太郎）
◇「真田忍者、参上！―隠密伝奇傑作集」河出書房新社 2015 （河出文庫）p45

永遠（とわ）… → "えいえん…"をも見よ

トワイライト・ジャズ・バンド（山田正紀）
◇「黄昏ホテル」小学館 2004 p239

トワイライト・ミュージアム（初野晴）
◇「忍び寄る闇の奇譚」講談社 2008 （講談社ノベルス）p77

十環子姫の首（五代ゆう）
◇「十の恐怖」角川書店 1999 p97

十和田奥入瀬ノート（菅啓次郎）
◇「十和田、奥入瀬 水と土地をめぐる旅」青幻舎 2013 p176

永遠（とわ）のナグネ（李正子）
◇「〈在日〉文学全集 17」勉誠出版 2006 p287

とわは与作の女房―新西鶴浮世草子（宇野信夫）
◇「剣俠しぐれ笠」光風社出版 1999 （光風社文庫）p345

とんかつ（三浦哲郎）
◇「教科書に載った小説」ポプラ社 2008 p9
◇「教科書に載った小説」ポプラ社 2012 （ポプラ文庫）p9

とんがりとその周辺―あのとんがりは、人を乗せて月まで行ったという（北野勇作）
◇「NOVA―書き下ろし日本SFコレクション 6」河出書房新社 2011 （河出文庫）p311

東干（トンガン）（胡桃沢耕史）
◇「コレクション戦争と文学 7」集英社 2011 p13

『ドン・キホーテ』註釈（花田清輝）
◇「新編・日本幻想文学集成 2」国書刊行会 2016 p365

とんくらみ―泉鏡花作『歌行燈』『海神別荘』より（高野竜）
◇「泉鏡花記念金沢戯曲大賞受賞作品集 第2回」金沢泉鏡花フェスティバル委員会 2003 p263

団栗（寺田寅彦）
◇「文士の意地―車谷長吉撰短篇小説輯 上巻」作品社 2005 p45
◇「日本近代短篇小説選 明治篇2」岩波書店 2013 （岩波文庫）p35

団栗（どんぐり）（寺田寅彦）
◇「ちくま日本文学 34」筑摩書房 2009 （ちくま文庫）p11

どんぐりと山猫（伊東史朗）
◇「中学生のドラマ 5」晩成書房 2004 p51

どんぐりと山猫（平野直）
◇「学校放送劇舞台劇脚本集―宮沢賢治名作童話」東洋館書院 2008 p83

どんぐりと山猫（宮沢賢治）
◇「ちくま日本文学 3」筑摩書房 2007 （ちくま文庫）p169
◇「猫は神さまの贈り物 小説編」有楽出版社 2014 p175

どんぐりの木（美崎理恵）
◇「お母さんのなみだ」泰文堂 2016 （リンダパブリッシャーズの本）p52

どんぐりのココロ（重松清）
◇「特別な一日」徳間書店 2005 （徳間文庫）p49

豚群（黒島伝治）
◇「アンソロジー・プロレタリア文学 2」森話社 2014 p73

どんげん（森三千代）
◇「〈外地〉の日本語文学選 1」新宿書房 1996 p11

敦煌（井上靖）
◇「冒険の森へ―傑作小説大全 1」集英社 2016 p413

曇斎先生事件帳―木乃伊とウニコール（芦辺拓）
◇「本格ミステリ 2003」講談社 2003 （講談社ノベルス）p69
◇「論理学園事件帳―本格短編ベスト・セレクション」講談社 2007 （講談社文庫）p89

豚児廃業（乾信一郎）
◇「幻の探偵雑誌 10」光文社 2002 （光文社文庫）p317

ドン・ジヤンとカポネ（王白淵）
◇「日本統治期台湾文学集成 5」緑蔭書房 2002 p21

貪食（宮越理恵）
◇「ショートショートの花束 3」講談社 2011 （講談社文庫）p100

ドン・ジョバンニ（高樹のぶ子）
◇「こんなにも恋はせつない―恋愛小説アンソロジー」光文社 2004 （光文社文庫）p161

遁世記（小林恭二）
◇「文学 2008」講談社 2008 p74

トンソの音は遠い（香山末子）
◇「ハンセン病文学全集 7」皓星社 2004 p300
◇「〈在日〉文学全集 17」勉誠出版 2006 p74

どんたく囃子（夢座海二）
◇「探偵くらぶ―探偵小説傑作選1946～1958 上」光文社 1997 （カッパ・ノベルス）p229

トンチャン（上野英信）
◇「戦後文学エッセイ選 12」影書房 2006 p156

ドンツク囃子（瀧澤美恵子）
◇「別れの手紙」角川書店 1997 （角川文庫）p59

とんでけ パラシュート（宗像道子）
◇「小学校・全員参加の楽しい学級劇・学年劇脚本集 低学年」黎明書房 2007 p164

とんて

とんでもヤンキー――横浜異人街事件帖（白石一郎）
◇「代表作時代小説 平成13年度」光風社出版 2001 p81

とんでるじっちゃん（大沼珠生）
◇「ゆきのまち幻想文学賞小品集 23」企画集団ぷりずむ 2014 p7

曇天（永井荷風）
◇「短編名作選――1885-1924 小説の曙」笠間書院 2003 p181

曇天の穴（佐野史郎）
◇「クトゥルー怪異録――邪神ホラー傑作集」学習研究社 2000 （学研M文庫）p5

どんどん どきどき きらきら ひかる（山本留実）
◇「小学校・全員参加の楽しい学級劇・学年劇脚本集 低学年」黎明書房 2007 p82

東莱（トンネ）温泉場（許南麒）
◇「〈在日〉文学全集 2」勉誠出版 2006 p73

トンネル（草上仁）
◇「アジアン怪綺」光文社 2003 （光文社文庫）p371

トンネルを抜けて（李絳）
◇「「伊豆文学賞」優秀作品集 第12回」羽衣出版 2009 p143

トンネルを抜けると（大木圭）
◇「現代鹿児島小説大系 3」ジャプラン 2014 p124

トンネル鏡（荻原浩）
◇「短篇ベストコレクション――現代の小説 2010」徳間書店 2010 （徳間文庫）p309

トンネルのおじさん（堀江敏幸）
◇「文学 2005」講談社 2005 p212

トンネル（れいな（秋元康）
◇「アドレナリンの夜――珠玉のホラーストーリーズ」竹書房 2009 p39

鳶と油揚（寺田寅彦）
◇「ちくま日本文学 34」筑摩書房 2009 （ちくま文庫）p202

鳶と油揚（楊逵）
◇「日本統治期台湾文学集成 23」緑蔭書房 2007 p415

どんぶらこ・ずんぶらこ（小池タミ子）
◇「小学生のげき――新小学校演劇脚本集 中学年 1」晩成書房 2011 p131

丼小僧（星野幸雄）
◇「ひとにぎりの異行」光文社 2007 （光文社文庫）p219

とんべい（岡崎弘明）
◇「SFバカ本 黄金スパム篇」メディアファクトリー 2000 p117

ドン・ベロ（堂垣園江）
◇「文学 2000」講談社 2000 p127

蜻蛉（金燦永）
◇「近代朝鮮文学日本語作品集1908～1945 セレクション 6」緑蔭書房 2008 p91

蜻蛉（戸部新十郎）
◇「代表作時代小説 平成12年度」光風社出版 2000 p29

蜻蛉玉（内田百間）
◇「ちくま日本文学 1」筑摩書房 2007 （ちくま文庫）p367

蜻蛉の美――衆道概観（須永朝彦）
◇「同性愛」国書刊行会 1999 （書物の王国）p117

呑龍（木内昇）
◇「時代小説ザ・ベスト 2016」集英社 2016 （集英社文庫）p183

【 な 】

内科受診（稲葉たえみ）
◇「ショートショートの広場 11」講談社 2000 （講談社文庫）p131

内在天文学（円城塔）
◇「THE FUTURE IS JAPANESE」早川書房 2012 （ハヤカワSFシリーズJコレクション）p77
◇「極光星群」東京創元社 2013 （創元SF文庫）p265

内耳（加藤郁乎）
◇「新装版 全集現代文学の発見 13」學藝書林 2004 p616

内緒（乃南アサ）
◇「恋物語」朝日新聞社 1998 p149

内証事（森しげ）
◇「新編」日本女性文学全集 3」菁柿堂 2011 p158

内鮮一體映画 "君と僕" 制作準備に來鮮して（日夏英太郎）
◇「近代朝鮮文学日本語作品集1908～1945 セレクション 3」緑蔭書房 2008 p437

内鮮一體隨想録（香山光郎）
◇「近代朝鮮文学日本語作品集1939～1945 評論・随筆篇 3」緑蔭書房 2002 p125

内鮮一體と朝鮮文學（春園生）
◇「近代朝鮮文学日本語作品集1939～1945 評論・随筆篇 1」緑蔭書房 2002 p141

内鮮兒童融合の楔子 返事の著（つ）いた日（鄭人澤、山本厚、李金童、山形シヅエ、朴相永、足立良夫）
◇「近代朝鮮文学日本語作品集1901～1938 評論・随筆篇 2」緑蔭書房 2004 p337

内鮮青年に寄す（香山光郎）
◇「近代朝鮮文学日本語作品集1939～1945 評論・随筆篇 1」緑蔭書房 2002 p195

内鮮文學の交流（崔載瑞）
◇「近代朝鮮文学日本語作品集1939～1945 評論・随筆篇 1」緑蔭書房 2002 p65

内鮮問答（モダン日本）（作者表記なし）

なおし

◇「近代朝鮮文学日本語作品集1939～1945 評論・随筆篇 3」緑蔭書房 2002 p103

ないたカラス(中島要)
◇「代表作時代小説 平成25年度」光文社 2013 p375

内地語の文學(金史良)
◇「近代朝鮮文学日本語作品集1908～1945 セレクション 3」緑蔭書房 2008 p160

内地に得る(尹石重)
◇「近代朝鮮文学日本語作品集1908～1945 セレクション 3」緑蔭書房 2008 p447

内地の知識階級に訴へる(宋今璇)
◇「近代朝鮮文学日本語作品集1939～1945 評論・随筆篇 3」緑蔭書房 2002 p103

泣いて愛する姉妹に告ぐ(清水紫琴)
◇「「新編」日本女性文学全集 1」菁柿堂 2007 p424

泣て愛する姉妹に告ぐ(清水紫琴)
◇「新日本古典文学大系 明治編 23」岩波書店 2002 p197

内定(友朗)
◇「ショートショートの広場 18」講談社 2006 (講談社文庫) p108

泣いてゐた女(張文環)
◇「日本統治期台湾文学集成 5」緑蔭書房 2002 p131

ナイトウ代理(墨谷歩)
◇「文学 2010」講談社 2010 p145

ナイト捜し一問題編・解答編(大川一夫)
◇「綾辻行人と有栖川有栖のミステリ・ジョッキー 2」講談社 2009 p258

ナイトストーカー(前編)(塔山郁)
◇「『このミステリーがすごい!』大賞作家書き下ろしBOOK vol.13」宝島社 2016 p219

ナイトストーカー(後編)(塔山郁)
◇「『このミステリーがすごい!』大賞作家書き下ろしBOOK vol.14」宝島社 2016 p133

ナイトダイビング(鈴木光司)
◇「ゆがんだ闇」角川書店 1998 (角川ホラー文庫) p29

ナイト・ブルーの記録(上田早夕里)
◇「NOVA―書き下ろし日本SFコレクション 5」河出書房新社 2011 (河出文庫) p13

ナイトメア・ワールド(村田基)
◇「夢魔」光文社 2001 (光文社文庫) p349

ナイフ(重松清)
◇「コレクション戦争と文学 4」集英社 2011 p449

ナイフを失われた思い出の中に(米澤穂信)
◇「蝦蟇倉市事件 2」東京創元社 2010 (東京創元社・ミステリ・フロンティア) p267
◇「街角で謎が待っている」東京創元社 2014 (創元推理文庫) p301

内部生命論(北村透谷)
◇「新日本古典文学大系 明治編 26」岩波書店 2002 p300

内部に居る人が畸形な病人に見える理由(萩原朔太郎)

◇「ちくま日本文学 36」筑摩書房 2009 (ちくま文庫) p81

内部の異者(かんべむさし)
◇「宇宙生物ゾーン」廣済堂出版 2000 (廣済堂文庫) p443

内面的に深き日記(西脇順三郎)
◇「新装版 全集現代文学の発見 13」學藝書林 2004 p52

泥梨(ないり)(高岡修)
◇「現代鹿児島小説大系 1」ジャプラン 2014 p294

ナイン(井上ひさし)
◇「時よとまれ、君は美しい―スポーツ小説名作集」角川書店 2007 (角川文庫) p235

ナイン・ライブス―スカイ・クロラ番外篇(森博嗣)
◇「C・N 25―C・novels創刊25周年アンソロジー」中央公論新社 2007 (C novels) p218

ナウマンの地図 Mappa Mundi(物集高音)
◇「魔地図」光文社 2005 (光文社文庫) p415

苗(萩原朔太郎)
◇「ちくま日本文学 36」筑摩書房 2009 (ちくま文庫) p67

苗木(李箕永著, 申建譯)
◇「近代朝鮮文学日本語作品集1939～1945 創作篇 1」緑蔭書房 2001 p203

奈緒(西村美佳孝)
◇「「伊豆文学賞」優秀作品集 第9回」静岡新聞社 2006 p3

直江兼続参上(南原幹雄)
◇「関ヶ原・運命を分けた決断―傑作時代小説」PHP研究所 2007 (PHP文庫) p141
◇「軍師の生きざま―時代小説傑作選」コスミック出版 2008 (コスミック・時代文庫) p355
◇「決闘! 関ヶ原」実業之日本社 2015 (実業之日本社文庫) p113

尚江の朝鮮論(杉浦明平)
◇「戦後文学エッセイ選 6」影書房 2008 p40

直江山城守(尾崎士郎)
◇「軍師の生きざま―短篇小説集」作品社 2008 p167

直江山城守(坂口安吾)
◇「この時代小説がすごい! 時代小説傑作選」宝島社 2016 (宝島社文庫) p299

直江山城守―直江兼続(尾崎士郎)
◇「軍師の生きざま」実業之日本社 2013 (実業之日本社文庫) p205

直江山城守―直江兼続(坂口安吾)
◇「軍師は死なず」実業之日本社 2014 (実業之日本社文庫) p215

名を削る青年(堀田善衞)
◇「コレクション戦争と文学 2」集英社 2012 p521

ナオコ写本(佐藤友哉)
◇「本をめぐる物語―小説よ、永遠に」KADOKAWA 2015 (角川文庫) p211

なおし屋富蔵(半村良)
◇「酔うて候―時代小説傑作選」徳間書店 2006 (徳

なおす

間文庫）p83

直助権兵衛（松原晃）
◇「捕物時代小説選集 7」春陽堂書店 2000（春陽文庫）p33

直隆の武辺（天野純希）
◇「時代小説ザ・ベスト 2016」集英社 2016（集英社文庫）p63

直のバカ！ もう二度とやめましょうね≫安部譲二（田宮光代）
◇「日本人の手紙 6」リブリオ出版 2004 p177

直のバカ！ もう二度とやめましょうね≫田宮光代（安部譲二）
◇「日本人の手紙 6」リブリオ出版 2004 p177

名を護る（北川千代子）
◇「日本の少年小説―「少国民」のゆくえ」インパクト出版会 2016（インパクト選書）p69

直美の行方（高橋菊江）
◇「かわさきの文学―かわさき文学賞50年記念作品集 2009年」審美社 2009 p95

直也、俺はお前を信じているからな！ ≫原吉美（小川直也）
◇「日本人の手紙 3」リブリオ出版 2004 p128

「治る」かなしみ―小林弘明第二詩集『ズボンの話』を読む（島田等）
◇「ハンセン病文学全集 4」皓星社 2003 p723

長い思い出―谷崎潤一郎（大庭みな子）
◇「精選女性随筆集 6」文藝春秋 2012 p198

長い階段（白雨）
◇「てのひら怪談 癸巳」KADOKAWA 2013（MF文庫ダ・ヴィンチ）p130

長い崖道（吉行淳之介）
◇「昭和の短篇一人一冊集成 吉行淳之介」未知谷 2008 p229

長い髪（海老沢泰久）
◇「二十四粒の宝石―超短編小説傑作集」講談社 1998（講談社文庫）p81

長い髪で帰って来たら、ぶち殺すぞ！ ≫木山捷平（木山静太）
◇「日本人の手紙 1」リブリオ出版 2004 p165

長生き競争！（佐伯俊道）
◇「テレビドラマ代表作選集 2010年版」日本脚本家連盟 2010 p31

長い串（山本一力）
◇「江戸の満腹力―時代小説傑作選」集英社 2005（集英社文庫）p343

長い暗い冬（曾野綾子）
◇「異形の白昼―恐怖小説集」筑摩書房 2013（ちくま文庫）p211
◇「古書ミステリー倶楽部―傑作推理小説集 3」光文社 2015（光文社文庫）p117

中井さんと遇うまで（笠井潔）
◇「凶鳥の黒影―中井英夫へ捧げるオマージュ」河出書房新社 2004 p243

永井壮吉教授―永井荷風追悼（奥野信太郎）
◇「創刊一〇〇年三田文学名作選」三田文学会 2010

p714

長い時のあと（幸田文）
◇「ちくま日本文学 5」筑摩書房 2007（ちくま文庫）p234

長い長い悪夢（都筑道夫）
◇「文豪てのひら怪談」ポプラ社 2009（ポプラ文庫）p121

長い長い石段の先（荻原浩）
◇「眠れなくなる夢十夜」新潮社 2009（新潮文庫）p57

長い長い帰り道（田中孝博）
◇「最後の一日 3月23日―さよならが胸に染みる10の物語」泰文堂 2013（リンダブックス）p238

中居の生活（坂東亜里）
◇「伊豆文学賞」優秀作品集 第9回」静岡新聞社 2006 p149

長い拝借（須藤美貴）
◇「センチメンタル急行―あの日へ帰る、旅情短篇集」泰文堂 2010（Linda books！）p74

長い梯子（銀雪人）
◇「ショートショートの広場 18」講談社 2006（講談社文庫）p39

長い話（陳舜臣）
◇「謎―スペシャル・ブレンド・ミステリー 005」講談社 2010（講談社文庫）p7

長い冬（北川歩実）
◇「舌づけ―ホラー・アンソロジー」祥伝社 1998（ノン・ポシェット）p91

長い塀（内田百閒）
◇「ちくま日本文学 1」筑摩書房 2007（ちくま文庫）p400

長い部屋（小松左京）
◇「謎―スペシャル・ブレンド・ミステリー 005」講談社 2010（講談社文庫）p341

長い冒険の果ての正しい結末（たなかなつみ）
◇「超短編の世界 vol.3」創英社 2011 p180

永い道（安述蓮）
◇「ハンセン病文学全集 4」皓星社 2003 p258

長い物には巻かれろ（海野六郎）
◇「ショートショートの広場 17」講談社 2005（講談社文庫）p68

長井優介へ（湊かなえ）
◇「奇想博物館」光文社 2013（最新ベスト・ミステリー）p317
◇「時の罠」文藝春秋 2014（文春文庫）p173

長い夢（伊藤潤二）
◇「妖魔ヶ刻―時間怪談傑作選」徳間書店 2000（徳間文庫）p219

永井陽子十三首（永井陽子）
◇「ファイン／キュート素敵かわいい作品選」筑摩書房 2015（ちくま文庫）p72

長い廊下の果てに（芦辺拓）
◇「ミステリ★オールスターズ」角川書店 2010 p261
◇「ミステリ・オールスターズ」角川書店 2012（角川文庫）p307

ながうた勧進帳（稽古屋殺人事件）（酒井嘉七）
　◇「幻の探偵雑誌 10」光文社 2002（光文社文庫）
　　p235
長唄新曲 サヨンの鐘—作曲杵屋勝太郎（木村
富子）
　◇「日本統治期台湾文学集成 28」緑蔭書房 2007
　　p589
長唄のお師匠さん（沢村貞子）
　◇「精選女性随筆集 12」文藝春秋 2012 p133
長きこの夜（佐江衆一）
　◇「文学 2004」講談社 2004 p147
長靴（佐々木鏡石（喜善））
　◇「文豪怪談傑作選 明治編」筑摩書房 2011（ちく
　　ま文庫）p199
長靴をはいた犬（久美沙織）
　◇「あの日から—東日本大震災鎮魂岩手県出身作家
　　短編集」岩手日報社 2015 p203
長靴の泥（冬敏之）
　◇「ハンセン病文学全集 3」皓星社 2002 p135
吉原首代売女御免帳（平山夢明）
　◇「暗闇を見よ」光文社 2010（Kappa novels）
　　p273
　◇「暗闇を見よ」光文社 2015（光文社文庫）p369
那珂梧楼 榊原琴洲（依田学海）
　◇「新日本古典文学大系 明治編 3」岩波書店 2005
　　p152
ナガサキ しばらく（トロチェフ, コンスタンチ
ン）
　◇「ハンセン病文学全集 7」皓星社 2004 p39
長崎のハナノフ（新田次郎）
　◇「血汐花に涙降る」光風社出版 1999（光風社文
　　庫）p33
　◇「コレクション戦争と文学 6」集英社 2011 p198
長崎犯科帳（永井路子）
　◇「傑作捕物ワールド 7」リブリオ出版 2002 p5
長崎奉行始末（柴田錬三郎）
　◇「剣鬼無明斬り」光風社出版 1997（光風社文庫）
　　p383
　◇「武士の本懐—武士道小説傑作選 2」ベストセ
　　ラーズ 2005（ベスト時代文庫）p197
　◇「日本文学100年の名作 7」新潮社 2015（新潮文
　　庫）p45
長崎遊学（福澤諭吉）
　◇「新日本古典文学大系 明治編 10」岩波書店 2011
　　p27
中島敦『山月記』を語る（田口ランディ）
　◇「文豪さんへ。」メディアファクトリー 2009
　　（MF文庫）p69
長島詩謡（長島愛生園合同詩集）
　◇「ハンセン病文学全集 6」皓星社 2003 p18
長島八景（千葉修）
　◇「ハンセン病文学全集 4」皓星社 2003 p422
中州（芥川龍之介）
　◇「文豪怪談傑作選 芥川龍之介集」筑摩書房 2010
　　（ちくま文庫）p326

中州（郷内心瞳）
　◇「渚にて—あの日からの〈みちのく怪談〉」荒蝦夷
　　2016 p119
長すぎるリフ（谷川俊太郎）
　◇「新装版 全集現代文学の発見 13」學藝書林 2004
　　p444
長袖の夏—ヒロシマ（小野川洲雄）
　◇「中学生のドラマ 3」晩成書房 1996 p7
仲違い（美倉健治）
　◇「扉の向こうへ」全作家協会 2014（全作家短編
　　集）p41
永田俊作（島比呂志）
　◇「ハンセン病文学全集 3」皓星社 2002 p251
随筆 永田靖のこと（濱田隼雄）
　◇「日本統治期台湾文学集成 22」緑蔭書房 2007
　　p243
仲町の夜雨（山本一力）
　◇「江戸なみだ雨—市井稼業小説傑作選」学研パブ
　　リッシング 2010（学研M文庫）p119
中継ぎの女（里田和登）
　◇「5分で読める！ ひと駅ストーリー 本の物語」宝
　　島社 2014（宝島社文庫）p89
泣かない女（藤沢周平）
　◇「必殺天誅剣」光風社出版 1999（光風社文庫）
　　p67
仲直り（梶永正史）
　◇「5分で読める！ ひと駅ストーリー 猫の物語」宝
　　島社 2014（宝島社文庫）p149
仲々死なぬ彼奴（海野十三）
　◇「幻の探偵雑誌 10」光文社 2002（光文社文庫）
　　p125
中庭の出来事（矢島誠）
　◇「傑作・推理ミステリー10番勝負」永岡書店 1999
　　p205
泣かぬ弟（坂口䙥子）
　◇「日本統治期台湾文学集成 23」緑蔭書房 2007
　　p409
泣かぬ半七（杉本苑子）
　◇「躍る影法師」光風社出版 1997（光風社文庫）
　　p93
中野鈴子詩集（中野鈴子）
　◇「新装版 全集現代文学の発見 別巻」學藝書林
　　2005 p524
中の手（綱島恵一）
　◇「ショートショートの花束 8」講談社 2016（講
　　談社文庫）p181
中野のライオン（向田邦子）
　◇「精選女性随筆集 11」文藝春秋 2012 p119
中原が死んだ。ただただ一人の芸術家を失っ
た＞中原中也（青山二郎）
　◇「日本人の手紙 9」リブリオ出版 2004 p57
仲間（あんどー春）
　◇「ショートショートの花束 8」講談社 2016（講
　　談社文庫）p140
仲間（三島由紀夫）

なかま

- ◇「暗黒のメルヘン」河出書房新社 1998 （河出文庫）p341
- ◇「屍鬼の血族」桜桃書房 1999 p287
- ◇「血と薔薇の誘う夜に―吸血鬼ホラー傑作選」角川書店 2005 （角川ホラー文庫）p7
- ◇「文豪怪談傑作選」筑摩書房 2007 （ちくま文庫）p178
- ◇「幻妖の水脈（みお）」筑摩書房 2013 （ちくま文庫）p548

仲間（リービ英雄）
- ◇「文学で考える〈日本〉とは何か」双文社出版 2007 p165
- ◇「文学で考える〈日本〉とは何か」翰林書房 2016 p165

仲間外れ（木村巖）
- ◇「ショートショートの広場 11」講談社 2000 （講談社文庫）p35

中身（Ｆ十五）
- ◇「ショートショートの広場 8」講談社 1997 （講談社文庫）p120

永見右衛門尉貞愛（武田八洲満）
- ◇「武士道歳時記―新鷹会・傑作時代小説選」光文社 2008 （光文社文庫）p265

なかみがでちゃう（三枝蠟）
- ◇「ショートショートの広場 13」講談社 2002 （講談社文庫）p36

長虫（山崎洋子）
- ◇「花月夜綺譚―怪談集」集英社 2007 （集英社文庫）p263

中村勘助（江崎俊平）
- ◇「定本・忠臣蔵四十七人集」双葉社 1998 p98

中村君の回想について（堀田善衞）
- ◇「戦後文学エッセイ選 11」影書房 2007 p93

中村正直論（山路愛山）
- ◇「新日本古典文学大系 明治編 26」岩波書店 2002 p378

中村遊廓（尾崎士郎）
- ◇「名短篇ほりだしもの」筑摩書房 2011 （ちくま文庫）p211

眺めのいい場所（瀬尾まいこ）
- ◇「短篇ベストコレクション―現代の小説 2004」徳間書店 2004 （徳間文庫）p353

長持の恋（万城目学）
- ◇「不思議の扉 ありえない恋」角川書店 2011 （角川文庫）p167

長屋の掟（金時鐘）
- ◇「〈在日〉文学全集 5」勉誠出版 2006 p32

長屋の幽霊（森奈津子）
- ◇「花月夜綺譚―怪談集」集英社 2007 （集英社文庫）p225

中山坂（古井由吉）
- ◇「川端康成文学賞全作品 2」新潮社 1999 p7

中山安兵衛（中山義秀）
- ◇「我、本懐を遂げんとす―忠臣蔵傑作選」徳間書店 1998 （徳間文庫）p113

ながれ（子母沢寛）

「剣鬼らの饗宴」光風社出版 1998 （光風社文庫）p223

ながれ（古川時夫）
- ◇「ハンセン病文学全集 7」皓星社 2004 p346

流れ（河野慶彦）
- ◇「日本統治期台湾文学集成 6」緑蔭書房 2002 p361

流れ（登木夏実）
- ◇「てのひら怪談―ビーケーワン怪談大賞傑作選」ポプラ社 2007 p126
- ◇「てのひら怪談―ビーケーワン怪談大賞傑作選」ポプラ社 2008 （ポプラ文庫）p130

流れ（日夏英太郎）
- ◇「近代朝鮮文学日本語作品集1901～1938 創作篇 3」緑蔭書房 2004 p71

流れ（古川時夫）
- ◇「ハンセン病文学全集 7」皓星社 2004 p357

流れ灌頂（峰隆一郎）
- ◇「剣光、閃く！」徳間書店 1999 （徳間文庫）p343

流灌頂（磯萍水）
- ◇「文豪怪談傑作選 特別編」筑摩書房 2007 （ちくま文庫）p201

流れ熊（戌井昭人）
- ◇「いまのあなたへ―村上春樹への12のオマージュ」NHK出版 2014 p95

「流される」ということについて（木下順二）
- ◇「戦後文学エッセイ選 8」影書房 2005 p26

流れと叫び（石田耕治）
- ◇「コレクション戦争と文学 13」集英社 2011 p354

流の暁（快楽亭ブラック）
- ◇「明治探偵冒険小説 2」筑摩書房 2005 （ちくま文庫）p7

流れの中より（水川圭子）
- ◇「ハンセン病文学全集 4」皓星社 2003 p350

ながれぼし（鄭芝溶）
- ◇「近代朝鮮文学日本語作品集1939～1945 創作篇 6」緑蔭書房 2001 p185

ながれぼし（原田マハ）
- ◇「東京ホタル」ポプラ社 2013 p161
- ◇「東京ホタル」ポプラ社 2015 （ポプラ文庫）p159

ナガレボシ（増田みず子）
- ◇「文学 2004」講談社 2004 p75

流れ星（葛城輝）
- ◇「超短編傑作選 v.6」創英社 2007 p33

流れ星（杉本苑子）
- ◇「時代小説秀作づくし」PHP研究所 1997 （PHP文庫）p91

流れ星（鄭芝溶）
- ◇「近代朝鮮文学日本語作品集1908～1945 セレクション 4」緑蔭書房 2008 p400

流れ星（古川時夫）
- ◇「ハンセン病文学全集 7」皓星社 2004 p365

流れ星のつくり方（道尾秀介）
- ◇「本格ミステリ 2006」講談社 2006 （講談社ノベ

なくせ

ルス）p181
◇「ザ・ベストミステリーズ―推理小説年鑑 2006」
講談社 2006 p197
◇「七つの死者の囁き」新潮社 2008（新潮文庫）
p55
◇「曲げられた真梔」講談社 2009（講談社文庫）
p341
◇「珍しい物語のつくり方―本格短編ベスト・セレ
クション」講談社 2010（講談社文庫）p263

流山の朝（子母沢寛）
◇「新選組興亡録」角川書店 2003（角川文庫）
p267
◇「人物日本の歴史―時代小説版 幕末維新編」小学
館 2004（小学館文庫）p167

流れるを斬る（古川薫）
◇「剣光、閃く！」徳間書店 1999（徳間文庫）p317

なきあと（アンデルセン著, 森鷗外訳）
◇「新日本古典文学大系 明治編 25」岩波書店 2004
p370

泣き石（六條靖子）
◇「てのひら怪談―ビーケーワン怪談大賞傑作選」
ポプラ社 2007 p72
◇「てのひら怪談―ビーケーワン怪談大賞傑作選」
ポプラ社 2008（ポプラ文庫）p74

亡き叔父に与ふ―私の書翰集より（一）（王昶
雄）
◇「日本統治期台湾文学集成 29」緑蔭書房 2007
p273

泣き女（紗那）
◇「男たちの怪談百物語」メディアファクトリー
2012（〔幽BOOKS〕）p249

渚に来るもの（宮本常一）
◇「ちくま日本文学 22」筑摩書房 2008（ちくま文
庫）p278

渚にて（宮本常一）
◇「ちくま日本文学 22」筑摩書房 2008（ちくま文
庫）p270

渚の風景（佐藤愛子）
◇「贈る物語Wonder」光文社 2002 p134

渚より（紺屋なろう）
◇「好きなのに」泰文堂 2013（リンダブックス）
p247

泣きっつらにハニー（栗田有起）
◇「コイノカオリ」角川書店 2004 p95
◇「コイノカオリ」角川書店 2008（角川文庫）p85

亡き妻を恋ふる歌（根本勲）
◇「ゆくりなくも」鶴書院 2009（シニア文学秀作
選）p15

凩（な）ぎの海（宮本常一）
◇「ちくま日本文学 22」筑摩書房 2008（ちくま文
庫）p301

凪の光景（森瑤子）
◇「10ラブ・ストーリーズ」朝日新聞出版 2011
（朝日文庫）p317

なぎの葉考（野口冨士男）
◇「川端康成文学賞全作品 1」新潮社 1999 p131

◇「戦後短篇小説再発見 13」講談社 2003（講談社
文芸文庫）p149
◇「文学賞受賞・名作集成 4」リブリオ出版 2004
p5

なぎの窓辺に（高橋寛）
◇「ハンセン病文学全集 8」皓星社 2006 p376

泣き畑―学童集団疎開・考（江角英明）
◇「地場演劇ことはじめ―記録・区民とつくる地場
演劇の会」オフィス未来 2003 p56

泣きべそ女房（植田紳爾）
◇「日本舞踊舞踊劇選集」西川会 2002 p121

泣きぼくろ（戸板康二）
◇「おもかげ行燈」光風社出版 1998（光風社文庫）
p173

泣き虫の鈴（柚月裕子）
◇「短篇ベストコレクション―現代の小説 2014」徳
間書店 2014（徳間文庫）p467

泣き虫（向田邦子）
◇「精選女性随筆集 11」文藝春秋 2012 p225

泣虫小僧（田井吟二郎）
◇「ハンセン病文学全集 4」皓星社 2003 p431

泣虫小僧（林芙美子）
◇「ちくま日本文学 20」筑摩書房 2008（ちくま文
庫）p132

泣き娘（小嶋環）
◇「時代小説ザ・ベスト 2016」集英社 2016（集英
社文庫）p105

亡き者を偲ぶ日（乾くるみ）
◇「古書ミステリー倶楽部―傑作推理小説集 2」光
文社 2014（光文社文庫）p249

泣き笑い姫（安西篤子）
◇「姫君たちの戦国―時代小説傑作選」PHP研究所
2011（PHP文芸文庫）p123

哭く姉と嘲う弟（岩井志麻子）
◇「七つの黒い夢」新潮社 2006（新潮文庫）p193

泣く男（キムリジャ）
◇「〈在日〉文学全集 18」勉誠出版 2006 p344

泣く女（西加奈子）
◇「旅の終わり、始まりの旅」小学館 2012（小学館
文庫）p7

哭く骸骨（多崎礼）
◇「飛翔―C★NOVELS大賞作家アンソロジー」中
央公論新社 2013（C・NOVELS Fantasia）p6

啼く魚（阿丸まり）
◇「てのひら怪談―ビーケーワン怪談大賞傑作選 庚
寅」ポプラ社 2010（ポプラ文庫）p176

失くした御守（麻耶雄嵩）
◇「Mystery Seller」新潮社 2012（新潮文庫）p509

失くしもの（沙木とも子）
◇「てのひら怪談―ビーケーワン怪談大賞傑作選 百
怪繚乱篇」ポプラ社 2014 p214

なくしものの名前（谷瑞恵）
◇「新釈グリム童話―めでたし、めでたし？」集英
社 2016（集英社オレンジ文庫）p5

啼く蝉（上村佑）

作品名から引ける日本文学全集案内 第III期　571

なくた

◇「5分で読める！ ひと駅ストーリー 夏の記憶西口編」宝島社 2013（宝島社文庫）p241

「啼たかと」の巻（富水・希翠・不残・千瓢・李仙五吟半歌仙）（西谷富水）
　◇「新日本古典文学大系 明治編 4」岩波書店 2003 p202

ナグネ打鈴（タリョン）（李正子）
　◇「〈在日〉文学全集 17」勉誠出版 2006 p308

ナグネタリョン 永遠の旅人（李正子）
　◇「〈在日〉文学全集 17」勉誠出版 2006 p257

哭く戦艦（紫野貴李）
　◇「Fantasy Seller」新潮社 2011（新潮文庫）p245

殴られた話（平田俊子）
　◇「文学 2006」講談社 2006 p249

殴る（平林たい子）
　◇「新装版 全集現代文学の発見 1」學藝書林 2002 p458

なげいて帰った者（稲垣足穂）
　◇「ちくま日本文学 16」筑摩書房 2008（ちくま文庫）p26

嘆き（松尾聡子）
　◇「ショートショートの広場 18」講談社 2006（講談社文庫）p24

嘆きを寓す（中村敬宇）
　◇「新日本古典文学大系 明治編 2」岩波書店 2004 p154

泣けとおっしゃいましたら泣きます≫根津松子（谷崎潤一郎）
　◇「日本人の手紙 5」リブリオ出版 2004 p229

なけなし三昧（宮部みゆき）
　◇「ザ・ベストミステリーズ―推理小説年鑑 2003」講談社 2003 p497
　◇「殺人の教室」講談社 2006（講談社文庫）p5

投げ火の伝兵衛（長谷川伸）
　◇「大岡越前―名奉行裁判説話」廣済堂出版 1998（廣済堂文庫）p139

泣けよミイラ坊（杉本苑子）
　◇「江戸夢あかり」学習研究社 2003（学研M文庫）p93
　◇「江戸夢あかり」学研パブリッシング 2013（学研M文庫）p93

なければなくても別にかまいません（小林勇）
　◇「かわさきの文学―かわさき文学賞50年記念作品集 2009年」審美社 2009 p283

投げろっ（坂本美智子）
　◇「ゆきのまち幻想文学賞小品集 10」企画集団ぷりずむ 2001 p113

名古屋・井上良夫・探偵小説（江戸川乱歩）
　◇「甦る推理雑誌 3」光文社 2002（光文社文庫）p301

名古屋城が燃えた日（辻真先）
　◇「あしたは戦争」筑摩書房 2016（ちくま文庫）p373

なごや人形（澤島忠）
　◇「日本舞踊舞踊劇選集」西川会 2002 p419

名残（斎藤肇）
　◇「平成都市伝説」中央公論新社 2004（C NOVELS）p149

名残の花（澤田瞳子）
　◇「時代小説ザ・ベスト 2016」集英社 2016（集英社文庫）p317

名残の星月夜（高村左文郎）
　◇「名作テレビドラマ集」白河結城刊行会 2007 p3

名残の雪（眉村卓）
　◇「日本SF短篇50 2」早川書房 2013（ハヤカワ文庫 JA）p47

名ごりの夢（古倉節子）
　◇「回転ドアから」全作家協会 2015（全作家短編集）p393

情けが溶ける最強湧水都市・三島（鈴木敬盛）
　◇「「伊豆文学賞」優秀作品集 第17回」羽衣出版 2014 p213

情けねえ（白石一郎）
　◇「代表作時代小説 平成17年度」光文社 2005 p35

情けは人のためならず（奈良美那）
　◇「5分で読める！ ひと駅ストーリー 旅の話」宝島社 2015（宝島社文庫）p137

ナザル（松村比呂美）
　◇「毒殺協奏曲」原書房 2016 p207

梨（山岡響）
　◇「ハンセン病に咲いた花―初期文芸名作選 戦前編」皓星社 2002（ハンセン病叢書）p241

梨の木（崔秉一）
　◇「近代朝鮮文学日本語作品集1939～1945 創作篇 5」緑蔭書房 2001 p151

梨の花（陳舜臣）
　◇「THE密室―ミステリーアンソロジー」有楽出版社 2014（JOY NOVELS）p147
　◇「THE密室」実業之日本社 2016（実業之日本社文庫）p177

掌篇 梨の花（徐廷肇）
　◇「近代朝鮮文学日本語作品集1939～1945 評論・随筆篇 3」緑蔭書房 2002 p361

梨の花咲く町で（森内俊雄）
　◇「文学 2012」講談社 2012 p154

梨の花の揺れた時（吉行理恵）
　◇「超短編アンソロジー」筑摩書房 2002（ちくま文庫）p92

梨の実（小山内薫）
　◇「果実」SDP 2009（SDP bunko）p63

梨屋のお嫁さん（庄野潤三）
　◇「くだものだもの」ランダムハウス講談社 2007 p141

ナスカの地上絵の不思議（鯨統一郎）
　◇「不思議の足跡」光文社 2007（Kappa novels）p99
　◇「不思議の足跡」光文社 2011（光文社文庫）p123

なづき（我妻俊樹）
　◇「てのひら怪談―ビーケーワン怪談大賞傑作選」ポプラ社 2008（ポプラ文庫）p172

名付親（任淳得）
　◇「近代朝鮮文学日本語作品集1939〜1945 創作篇 4」緑蔭書房 2001 p435

名附け親（向田邦子）
　◇「精選女性随筆集 11」文藝春秋 2012 p30

なずなとあかり（高橋よしの）
　◇「中学生のドラマ 8」晩成書房 2010 p159

何故（なぜ）… → "なにゆえ…"をも見よ

何故書くか（埴谷雄高）
　◇「戦後文学エッセイ選 3」影書房 2005 p9

なぜ書くかということ（倉橋由美子）
　◇「精選女性随筆集 3」文藝春秋 2012 p55

なぜ君は絶望と闘えたのか──後編（長谷川康夫、吉本昌弘）
　◇「テレビドラマ代表作選集 2011年版」日本脚本家連盟 2011 p7

なぜ小説が書けないか（倉橋由美子）
　◇「精選女性随筆集 3」文藝春秋 2012 p76

「何故」と「然り」と二十の私と（法月綸太郎）
　◇「0番目の事件簿」講談社 2012 p64

何故に大文学は出ざる乎（内村鑑三）
　◇「新日本古典文学大系 明治編 26」岩波書店 2002 p315

なぜ廃鉱を主題に選ぶか──私の内面と文学方法（井上光晴）
　◇「戦後文学エッセイ選 13」影書房 2008 p140

謎（超鈴木）
　◇「ショートショートの花束 8」講談社 2016 （講談社文庫）p149

謎（藤本とし）
　◇「ハンセン病文学全集 4」皓星社 2003 p684

謎（本田緒生）
　◇「幻の探偵雑誌 5」光文社 2001 （光文社文庫）p235

謎（吉行淳之介）
　◇「ただならぬ午睡──恋愛小説アンソロジー」光文社 2004 （光文社文庫）p9

謎句（正岡子規）
　◇「新日本古典文学大系 明治編 27」岩波書店 2003 p343

謎の女（平林初之輔）
　◇「怪奇探偵小説集 1」角川春樹事務所 1998 （ハルキ文庫）p191
　◇「恐怖ミステリーBEST15──こんな幻の傑作が読みたかった！」シーエイチシー 2006 p109

謎の女（続編）（冬木荒之介）
　◇「怪奇探偵小説集 1」角川春樹事務所 1998 （ハルキ文庫）p213
　◇「恐怖ミステリーBEST15──こんな幻の傑作が読みたかった！」シーエイチシー 2006 p125

謎の殺人（本田緒生）
　◇「甦る「幻影城」 2」角川書店 1997 （カドカワ・エンタテインメント）p11

謎の大捜査線（藤原正文）
　◇「中学校たのしい劇脚本集──英語劇付 II」国土社 2011 p145

謎の人ブラキストン（戸川幸夫）
　◇「剣が哭く夜に哭く」光風社出版 2000 （光風社文庫）p247

犯罪小説 謎の夫婦情死（座光東平）
　◇「日本統治期台湾文学集成 9」緑蔭書房 2002 p79

謎のメッセージ（佐々木敬祐）
　◇「全作家短編小説集 8」全作家協会 2009 p152

羅聖の空（金真須美）
　◇「〈在日〉文学全集 14」勉誠出版 2006 p297

ナタリア・ギンズブルグ（須賀敦子）
　◇「日本文学全集 25」河出書房新社 2016 p361

雪崩（鷲尾三郎）
　◇「水の怪」勉誠出版 2003 （べんせいライブラリー）p121

ナチュラル・ウーマン（松浦理英子）
　◇「山田詠美・増田みず子・松浦理英子・笙野頼子」角川書店 1999 （女性作家シリーズ）p271

夏（芥川龍之介）
　◇「ちくま日本文学 2」筑摩書房 2007 （ちくま文庫）p456

夏（荒畑寒村）
　◇「蘇らぬ朝「大逆事件」以後の文学」インパクト出版会 2010 （インパクト選書）p10

夏（西尾雅裕）
　◇「現代作家代表作選集 2」鼎書房 2012 p123

夏（兪鎭午）
　◇「近代朝鮮文学日本語作品集1939〜1945 創作篇 2」緑蔭書房 2001 p267

夏 熱きは互ひの情（こゝろ）（巌谷小波）
　◇「新日本古典文学大系 明治編 21」岩波書店 2005 p179

夏色に沁みる記憶（吹雪舞桜）
　◇「好きなのに」泰文堂 2013 （リンダブックス）p89

夏色の残像（深津十一）
　◇「5分で読める！ ひと駅ストーリー 夏の記憶西口編」宝島社 2013 （宝島社文庫）p221

夏鴬（吉屋信子）
　◇「文豪怪談傑作選 吉屋信子集」筑摩書房 2006 （ちくま文庫）p259

夏への扉（抄）（齋藤愼爾）
　◇「山形県文学全集第2期〔随筆・紀行編〕5」郷土出版社 2005 p80

夏が終わる星（浅暮三文）
　◇「物語のルミナリエ」光文社 2011 （光文社文庫）p76

夏がきた（八杉将司）
　◇「ひとにぎりの異形」光文社 2007 （光文社文庫）p268

懐かしい、あの時代（友成純一）
　◇「宇宙生物ゾーン」廣済堂出版 2000 （廣済堂文庫）p401

懐かしい手（中田公敬）
　◇「ショートショートの広場 20」講談社 2008 （講談社文庫）p274

なつか

なつかしいひと（宮下奈都）
- ◇「大崎梢リクエスト！ 本屋さんのアンソロジー」光文社 2013 p269
- ◇「大崎梢リクエスト！ 本屋さんのアンソロジー」光文社 2014（光文社文庫）p281

懐しい人々（井上良夫）
- ◇「悪魔黙示録「新青年」一九三八―探偵小説暗黒の時代へ」光文社 2011（光文社文庫）p82

懐しい婦長さん（香山末子）
- ◇「ハンセン病文学全集 7」皓星社 2004 p473

懐かしい町、伊東（服部静子）
- ◇「「伊豆文学賞」優秀作品集 第15回」羽衣出版 2012 p242

懐かしい夢（高橋克彦）
- ◇「二十四粒の宝石―超短編小説傑作集」講談社 1998（講談社文庫）p51

懐しき人びと（石井好子）
- ◇「精選女性随筆集 12」文藝春秋 2012 p67

懐かしきわが家のクロスワードパズル≫外村晶（外村繁）
- ◇「日本人の手紙 1」リブリオ出版 2004 p105

懐かしの七月―余は山ン本五郎左衛門と名乗る（稲垣足穂）
- ◇「稲生モノノケ大全 陰之巻」毎日新聞社 2003 p481

懐かしの山（沢野ひとし）
- ◇「富士山」角川書店 2013（角川文庫）p273

なつくさ（青葉涼人）
- ◇「御子神さん―幸福をもたらす♂三毛猫」竹書房 2010（竹書房文庫）p181

夏草（大城立裕）
- ◇「日本文学100年の名作 8」新潮社 2015（新潮文庫）p397

夏草（前田純敬）
- ◇「コレクション戦争と文学 15」集英社 2012 p553

夏草（村野四郎）
- ◇「新装版 全集現代文学の発見 13」學藝書林 2004 p243

夏草の章（金景熹）
- ◇「近代朝鮮文学日本語作品集1939～1945 創作篇 6」緑蔭書房 2001 p89

夏草之章（金景熹）
- ◇「近代朝鮮文学日本語作品集1908～1945 セレクション 4」緑蔭書房 2008 p425

夏草の匂い（高橋昌男）
- ◇「戦後短篇小説再発見 5」講談社 2001（講談社文芸文庫）p129

夏草の匂う頃（串田孫一）
- ◇「山形県文学全集第2期（随筆・紀行編）3」郷土出版社 2005 p98

洛東江（崔華國）
- ◇「〈在日〉文学全集 17」勉誠出版 2006 p42

洛東江の舟曳きうた（許南麒）
- ◇「〈在日〉文学全集 2」勉誠出版 2006 p167

なつこ、孤島に囚われ。（西澤保彦）

- ◇「絶海―推理アンソロジー」祥伝社 2002（Non novel）p159

奈津子、待つ（現朗）
- ◇「ショートショートの花束 6」講談社 2014（講談社文庫）p11

夏芝居（折口信夫）
- ◇「文豪怪談傑作選 折口信夫集」筑摩書房 2009（ちくま文庫）p127

納豆殺人事件（愛川晶）
- ◇「名探偵は、ここにいる」角川書店 2001（角川文庫）p195

納得しました（正木ジュリ）
- ◇「ショートショートの花束 5」講談社 2013（講談社文庫）p43

納得できない（海音寺ジョー）
- ◇「超短編の世界 vol.3」創英社 2011 p146

納得できない（葉原あきよ）
- ◇「超短編の世界 vol.2」創英社 2009 p87

納得できない（三里顕）
- ◇「超短編の世界 vol.3」創英社 2011 p147

夏と少年と（鄭仁）
- ◇「〈在日〉文学全集 17」勉誠出版 2006 p158

夏と花火と私の死体（乙一）
- ◇「謎のギャラリー特別室 3」マガジンハウス 1999 p29
- ◇「謎のギャラリー―こわい部屋」新潮社 2002（新潮文庫）p303
- ◇「こわい部屋」筑摩書房 2012（ちくま文庫）p303

夏 夏に散る花（我孫子武丸）
- ◇「まほろ市の殺人―推理アンソロジー」祥伝社 2009（Non novel）p101
- ◇「まほろ市の殺人」祥伝社 2013（祥伝社文庫）p137

夏に消えた少女（我孫子武丸）
- ◇「Mystery Seller」新潮社 2012（新潮文庫）p219

夏に出会う女（宮沢章夫）
- ◇「12星座小説集」講談社 2013（講談社文庫）p209

夏に見た雪（ももくちそらミミ）
- ◇「ゆきのまち幻想文学賞小品集 19」企画集団ぷりずむ 2010 p67

夏の（平山夢明）
- ◇「てのひら怪談―ビーケーワン怪談大賞傑作選 庚寅」ポプラ社 2010（ポプラ文庫）p264

夏の朝（上忠司）
- ◇「日本統治期台湾文学集成 18」緑蔭書房 2003 p222

夏の遊び（石井桃子）
- ◇「精選女性随筆集 8」文藝春秋 2012 p78

夏の雨（志水辰夫）
- ◇「銀座24の物語」文藝春秋 2001 p83

夏のアルバム（奥田英朗）
- ◇「あの日、君と Boys」集英社 2012（集英社文庫）p97

なつの

夏の海（安夕影）
◇「近代朝鮮文学日本語作品集1908〜1945 セレクション 3」緑蔭書房 2008 p253
夏の絵（吉岡実）
◇「新装版 全集現代文学の発見 13」學藝書林 2004 p469
夏の思い出を思い出すこと（前田六月）
◇「人は死んだら電柱になる―電柱アンソロジー」遠すぎる未来団 2014 p354
夏の終り（倉橋由美子）
◇「戦後短篇小説再発見 11」講談社 2003 （講談社文芸文庫）p95
夏の終り（瀬戸内寂聴）
◇「10ラブ・ストーリーズ」朝日新聞出版 2011 （朝日文庫）p369
夏の終り（武田百合子）
◇「精選女性随筆集 5」文藝春秋 2012 p193
夏の終わり（長田恵子）
◇「「伊豆文学賞」優秀作品集 第6回」羽衣出版 2003 p5
夏の終わり（伽古屋圭市）
◇「5分で読める！ ひと駅ストーリー 夏の記憶西口編」宝島社 2013 （宝島社文庫）p171
◇「5分で凍る！ ぞっとする怖い話」宝島社 2015 （宝島社文庫）p89
夏の終りに（里見弴）
◇「5分で読める！ ひと駅ストーリー 降車編」宝島社 2012 （宝島社文庫）p77
◇「5分で泣ける！ 胸がいっぱいになる物語」宝島社 2015 （宝島社文庫）p21
夏の終りに（立花腑楽）
◇「てのひら怪談―ビーケーワン怪談大賞傑作選 2」ポプラ社 2007 p120
◇「てのひら怪談―ビーケーワン怪談大賞傑作選 己丑」ポプラ社 2009 （ポプラ文庫）p146
夏の終わりに（志水辰夫）
◇「十話」ランダムハウス講談社 2006 p73
夏の終わりの時間割（長岡弘樹）
◇「殺意の隘路」光文社 2016 （最新ベスト・ミステリー）p225
夏の温度（宝子）
◇「つながり―フェリシモしあわせショートショート」フェリシモ 1999 p146
夏の女（黒木謳子）
◇「日本統治期台湾文学集成 18」緑蔭書房 2003 p479
夏の記憶（野棲あづこ）
◇「てのひら怪談―ビーケーワン怪談大賞傑作選 庚寅」ポプラ社 2010 （ポプラ文庫）p110
夏のきのこ（長谷川龍生）
◇「新装版 全集現代文学の発見 13」學藝書林 2004 p342
夏の客（井上光晴）
◇「コレクション戦争と文学 19」集英社 2011 p449
夏の狂詩（金時鐘）
◇「〈在日〉文学全集 5」勉誠出版 2006 p139

夏の靴（川端康成）
◇「十夜」ランダムハウス講談社 2006 p13
◇「ちくま日本文学 26」筑摩書房 2008 （ちくま文庫）p27
夏の化身（志木象）
◇「太宰治賞 2000」筑摩書房 2000 p113
夏の幻想（網浦圭）
◇「本格推理 10」光文社 1997 （光文社文庫）p219
夏の最後の晩餐（不狼児）
◇「てのひら怪談―ビーケーワン怪談大賞傑作選 庚寅」ポプラ社 2010 （ポプラ文庫）p232
夏の写真（奥田鉄人）
◇「時間怪談」廣済堂出版 1999 （廣済堂文庫）p400
夏の情婦（佐藤正午）
◇「ただならぬ午睡―恋愛小説アンソロジー」光文社 2004 （光文社文庫）p105
夏のすきま（わかはらあつ子）
◇「かわいい―第16回フェリシモ文学賞優秀作品集」フェリシモ 2013 p80
夏の葬列（山川方夫）
◇「少年の眼―大人になる前の物語」光文社 1997 （光文社文庫）p421
◇「贈る物語Wonder」光文社 2002 p25
◇「日本近代短篇小説選 昭和篇3」岩波書店 2012 （岩波文庫）p259
◇「教科書名短篇 少年時代」中央公論新社 2016 （中公文庫）p133
夏の出口（角田光代）
◇「夏休み」KADOKAWA 2014 （角川文庫）p199
夏の吐息（小池真理子）
◇「恋愛小説」新潮社 2005 p43
◇「恋愛小説」新潮社 2007 （新潮文庫）p49
なつのドン・キホーテたち（大泉貴）
◇「5分で読める！ ひと駅ストーリー 夏の記憶西口編」宝島社 2013 （宝島社文庫）p71
夏の庭（小道尋佳）
◇「中学校創作脚本集 3」晩成書房 2008 p7
夏のはじまりの満月（穂高明）
◇「東京ホタル」ポプラ社 2013 p71
◇「東京ホタル」ポプラ社 2015 （ポプラ文庫）p69
夏の花（李美子）
◇「〈在日〉文学全集 18」勉誠出版 2006 p323
夏の花（中沢ゆかり）
◇「北日本文学賞入賞作品集 2」北日本新聞社 2002 p159
夏の花（原民喜）
◇「新装版 全集現代文学の発見 10」學藝書林 2004 p44
◇「三田文学短篇選」講談社 2010 （講談社文芸文庫）p118
◇「コレクション戦争と文学 19」集英社 2011 p13
◇「日本近代短篇小説選 昭和篇2」岩波書店 2012 （岩波文庫）p67
◇「読み聞かせる戦争」光文社 2015 p165

なつの

夏の花／廃墟から（原民喜）
　◇「創刊一〇〇年三田文学名作選」三田文学会 2010 p250

夏の火（どこかの虫）
　◇「てのひら怪談―ビーケーワン怪談大賞傑作選 壬辰」ポプラ社 2012 （ポプラ文庫）p210

夏の日（青山文平）
　◇「代表作時代小説 平成26年度」光文社 2014 p225

夏の日（森春樹）
　◇「ハンセン病文学全集 6」皓星社 2003 p266

夏の光（道尾秀介）
　◇「Anniversary 50―カッパ・ノベルス創刊50周年記念作品」光文社 2009 （Kappa novels）p215
　◇「ザ・ベストミステリーズ―推理小説年鑑 2010」講談社 2010 p379
　◇「BORDER善と悪の境界」講談社 2013 （講談社文庫）p51

夏の日のシェード（田中小実昌）
　◇「せつない話 2」光文社 1997 p76

夏の日々（北村薫）
　◇「鉄路に咲く物語―鉄道小説アンソロジー」光文社 2005 （光文社文庫）p75

夏の魔法と少年（川光俊哉）
　◇「太宰治賞 2008」筑摩書房 2008 p97

夏の幻（深沢仁）
　◇「5分で読める！ ひと駅ストーリー 夏の記憶東口編」宝島社 2013 （宝島社文庫）p15
　◇「5分で泣ける！ 胸がいっぱいになる物語」宝島社 2015 （宝島社文庫）p219

夏の約束（伊藤康隆）
　◇「テレビドラマ代表作選集 2003年版」日本脚本家連盟 2003 p147

夏の夕暮（香山末子）
　◇「〈在日〉文学全集 17」勉誠出版 2006 p95

夏の夕暮れ（塔和子）
　◇「ハンセン病文学全集 7」皓星社 2004 p530

夏の雪、冬のサンバ（歌野晶午）
　◇「密室殺人大百科 下」原書房 2000 p83

夏の夜の現実（遠藤浅蜊）
　◇「5分で読める！ ひと駅ストーリー 夏の記憶西口編」宝島社 2013 （宝島社文庫）p231
　◇「5分で笑える！ おバカで愉快な物語」宝島社 2016 （宝島社文庫）p153

夏の夜のジュリエット（久保とみい）
　◇「中学校創作脚本集 2」晩成書房 2001 p115

夏の夜の不幸な連鎖（桂修司）
　◇「5分で読める！ ひと駅ストーリー 夏の記憶東口編」宝島社 2013 （宝島社文庫）p271

夏の夜の夢（岡本かの子）
　◇「夢」SDP 2009 （SDP bunko）p85
　◇「新編・日本幻想文学集成 3」国書刊行会 2016 p392

夏の夜（田辺青蛙）
　◇「てのひら怪談―ビーケーワン怪談大賞傑作選」ポプラ社 2007 p20

　◇「てのひら怪談―ビーケーワン怪談大賞傑作選」ポプラ社 2008 （ポプラ文庫）p16

夏の夜の音（正岡子規）
　◇「ちくま日本文学 40」筑摩書房 2009 （ちくま文庫）p17

夏のわかれ 抄（折口信夫）
　◇「ちくま日本文学 25」筑摩書房 2008 （ちくま文庫）p28

夏萩（安西篤子）
　◇「江戸恋い明け鳥」光風社出版 1999 （光風社文庫）p357

夏花火（吉岡愛）
　◇「創作脚本集―60周年記念」岡山県高等学校演劇協議会 2011 （おかやまの高校演劇）p21

夏日抄（浅見淵）
　◇「戦後占領期短篇小説コレクション 2」藤原書店 2007 p151

夏日抄（頼氏雪紅）
　◇「日本統治期台湾文学集成 5」緑蔭書房 2002 p311

夏、訃報、純愛（保坂和志）
　◇「文学 2016」講談社 2016 p34

夏・冬（西尾雅裕）
　◇「現代作家代表選集 2」鼎書房 2012 p121

夏芙蓉（越智優）
　◇「高校演劇Selection 2003 下」晩成書房 2003 p75

夏祭り（小池真理子）
　◇「ふるえて眠れ―女流ホラー傑作選」角川春樹事務所 2001 （ハルキ・ホラー文庫）p153

夏祭りのリンゴ飴は甘くて酸っぱい味がする（堀内公太郎）
　◇「5分で読める！ ひと駅ストーリー 夏の記憶西口編」宝島社 2013 （宝島社文庫）p31

なつみさん（大槻ケンヂ）
　◇「少女怪談」学習研究社 2000 （学研M文庫）p7

棗（水上勉）
　◇「戦後短篇小説選―『世界』1946–1999 4」岩波書店 2000 p217

棗（湯淺克衛）
　◇「〈外地〉の日本語文学選 3」新宿書房 1996 p108

夏目先生の思い出―修善寺にて（野上彌生子）
　◇「精選女性随筆集 10」文藝春秋 2012 p172

夏目漱石『門』を語る（北村薫）
　◇「文豪さんへ。」メディアファクトリー 2009 （MF文庫）p19

夏目漱石論―漱石の位置について（江藤淳）
　◇「創刊一〇〇年三田文学名作選」三田文学会 2010 p499

棗の木の下（洲之内徹）
　◇「コレクション戦争と文学 11」集英社 2012 p551

棗の実（越一人）
　◇「ハンセン病文学全集 7」皓星社 2004 p344

なつやすみ（水城洋子）
　◇「ゆれる―第12回フェリシモ文学賞作品集」フェリシモ 2009 p110

夏休み日記（北川千代子）
　◇「ひつじアンソロジー 小説編 2」ひつじ書房
　　2009 p63
夏休みの自由課題（和坂しょろ）
　◇「ショートショートの花束 3」講談社 2011（講
　　談社文庫）p243
夏休みの宿題（蓮見省五）
　◇「成城・学校劇脚本集」成城学園初等学校出版部
　　2002（成城学園初等学校研究双書）p258
夏休みは終わらない（秋元康）
　◇「夏休み」KADOKAWA 2014（角川文庫）p241
夏夜（成島柳北）
　◇「新日本古典文学大系 明治編 2」岩波書店 2004
　　p216
夏はめぐりくる（鄭仁）
　◇「〈在日〉文学全集 17」勉誠出版 2006 p170
夏は夜（高階杞一）
　◇「超短編アンソロジー」筑摩書房 2002（ちくま文
　　庫）p78
夏 Y.Wに（吉岡実）
　◇「新装版 全集現代文学の発見 9」學藝書林 2004
　　p520
なで肩の狐（花村萬月）
　◇「冒険の森へ—傑作小説大全 16」集英社 2015
　　p193
なでしこ地獄（広尾麿津夫）
　◇「怪奇・伝奇時代小説選集 14」春陽堂書店 2000
　　（春陽文庫）p27
七（花田清輝）
　◇「新編・日本幻想文学集成 2」国書刊行会 2016
　　p427
なないろ金平糖 第一話（伽古屋圭市）
　◇「『このミステリーがすごい！』大賞作家書き下ろ
　　しBOOK vol.7」宝島社 2014 p153
なないろ金平糖 第二話（伽古屋圭市）
　◇「『このミステリーがすごい！』大賞作家書き下ろ
　　しBOOK vol.8」宝島社 2015 p159
七色の心（葉歩月著，葉思婉，周原七朗校訂）
　◇「日本統治期台湾文学集成 20」緑蔭書房 2003
　　p11
遺句集 ななかまど（中江灯子）
　◇「ハンセン病文学全集 9」皓星社 2010 p186
ナナカマド（石持浅海）
　◇「宝石 ザ ミステリー 3」光文社 2013 p203
ナナカマド（上小家旭）
　◇「ゆきのまち幻想文学賞・小品集 14」企画集団ぷ
　　りずむ 2005 p141
ななかまどの咲く里（藤野碧）
　◇「現代作家代表選集 9」鼎書房 2015 p101
川柳句集 七草 一集（長島愛生園川柳七草会）
　◇「ハンセン病文学全集 9」皓星社 2010 p351
七種粥（松本清張）
　◇「江戸浮世風」学習研究社 2004（学研M文庫）
　　p83
七草 第四集（長島愛生園川柳七草会）

七草 二集（長島愛生園川柳七草会）
　◇「ハンセン病文学全集 9」皓星社 2010 p352
七子と七生—姉と弟になれる日（相良敦子）
　◇「テレビドラマ代表作選集 2005年版」日本脚本家
　　連盟 2005 p7
奈々々に（吉野弘）
　◇「新装版 全集現代文学の発見 13」學藝書林 2004
　　p421
7冊で海を越えられる（似鳥鶏）
　◇「大崎梢リクエスト！ 本屋さんのアンソロジー」
　　光文社 2013 p233
　◇「大崎梢リクエスト！ 本屋さんのアンソロジー」
　　光文社 2014（光文社文庫）p243
七三一部隊で殺された人の遺族（敬蘭芝）
　◇「読み聞かせる戦争」光文社 2015 p223
名なしのごんべえ（色川武大）
　◇「ちくま日本文学 30」筑摩書房 2008（ちくま文
　　庫）p72
七十三枚の骨牌（城左門）
　◇「文豪てのひら怪談」ポプラ社 2009（ポプラ文
　　庫）p100
七十自述 戊子（二首うち一首）（森春濤）
　◇「新日本古典文学大系 明治編 2」岩波書店 2004
　　p111
78回転の密室（芦辺拓）
　◇「本格ミステリ 2004」講談社 2004（講談社ノベ
　　ルス）p163
　◇「深夜バス78回転の問題—本格短編ベスト・セレ
　　クション」講談社 2008（講談社文庫）p239
七十八の春（神原拓生）
　◇「全作家短編小説集 6」全作家協会 2007 p85
七十老翁何の求むる所ぞ、星巌翁を追悼す 翁
　時に七十、印にこの語を用ふ（森春濤）
　◇「新日本古典文学大系 明治編 2」岩波書店 2004
　　p37
七千万年の夜警（日野啓三）
　◇「生の深みを覗く—ポケットアンソロジー」岩波
　　書店 2010（岩波文庫別冊）p399
七たび歌よみに与うる書（正岡子規）
　◇「ちくま日本文学 40」筑摩書房 2009（ちくま文
　　庫）p348
七通の手紙（浅黄斑）
　◇「ザ・ベストミステリーズ—推理小説年鑑 1999」
　　講談社 1999 p243
　◇「完全犯罪証明書」講談社 2001（講談社文庫）
　　p319
七つの闇（水谷準）
　◇「爬虫館事件—新青年傑作選」角川書店 1998（角
　　川ホラー文庫）p33
七つ森（斉藤俊雄）
　◇「中学校たのしい劇脚本集—英語劇付 Ⅲ」国土社
　　2011 p71
七人目の虜（木村毅）
　◇「『少年倶楽部』短篇選」講談社 2013（講談社文
　　芸文庫）p171

ななは

七化けおさん（平岩弓枝）
◇「武士道歳時記─新鷹会・傑作時代小説選」光文社 2008（光文社文庫）p517

七パーセントのテンムー（山本弘）
◇「虚構機関─年刊日本SF傑作選」東京創元社 2008（創元SF文庫）p73

7番目の椅子 だから誰もいなくなった（園田修一郎）
◇「新・本格推理 特別編」光文社 2009（光文社文庫）p489

七番目の方角（斎藤純）
◇「12の贈り物─東日本大震災支援岩手県在住作家自選短編集」荒蝦夷 2011（叢書東北の声）p147

ナナハンライダー（みきはうす店主）
◇「超短編傑作選 v.6」創英社 2007 p66

七不思議（芥川龍之介）
◇「文豪怪談傑作選 芥川龍之介集」筑摩書房 2010（ちくま文庫）p326

七歩跳んだ男─その男は死んでいた。初の月面殺人事件か？ 本格SF的と学会的本格ミステリ開幕（山本弘）
◇「NOVA─書き下ろし日本SFコレクション 1」河出書房新社 2009（河出文庫）p97

斜め上でした（大間九郎）
◇「5分で読める！ ひと駅ストーリー 乗車編」宝島社 2012（宝島社文庫）p45
◇「5分で笑える！ おバカで愉快な物語」宝島社 2016（宝島社文庫）p43

ナニー（ハットリミキ）
◇「ショートショートの花束 6」講談社 2014（講談社文庫）p178

何を着ていたか（柳田國男）
◇「日本文学全集 14」河出書房新社 2015 p141

何か（岩切大介）
◇「ショートショートの広場 13」講談社 2002（講談社文庫）p171

何か（香山末子）
◇「〈在日〉文学全集 17」勉誠出版 2006 p99

何かありそうで（香山末子）
◇「ハンセン病文学全集 7」皓星社 2004 p480

何かがきこえる（金太中）
◇「〈在日〉文学全集 18」勉誠出版 2006 p111

何が道徳的か─一つの美しい思い出（村山知義）
◇「新装版 全集現代文学の発見 1」學藝書林 2002 p314

なにげ（若林一男）
◇「高校演劇Selection 2006 下」晩成書房 2008 p67

何気ない日々が…（大森和哉）
◇「たびだち─フェリシモしあわせショートショート」フェリシモ 2000 p159

何事も誠意を披瀝してしやう（全二回）（李秉岐）
◇「近代朝鮮文学日本語作品集1908～1945 セレクショ

ン 5」緑蔭書房 2008 p191

何も言えないけれど。（@chihoyoshino）
◇「3.11心に残る140字の物語」学研パブリッシング 2011 p125

何も起きなかった（髙樹のぶ子）
◇「あなたに、大切な香りの記憶はありますか？─短編小説集」文藝春秋 2008 p199
◇「あなたに、大切な香りの記憶はありますか？」文藝春秋 2011（文春文庫）p207

何もしなかった者の手記（貫井徳郎）
◇「八ヶ岳「雪密室」の謎」原書房 2001 p136

何もできなくて、ごめんなさい。（守break）
◇「てのひら怪談─ビーケーワン怪談大賞傑作選」ポプラ社 2007 p166
◇「てのひら怪談─ビーケーワン怪談大賞傑作選」ポプラ社 2008（ポプラ文庫）p174

なにもないねこ（別役実）
◇「謎のギャラリー特別室 1」マガジンハウス 1998 p85
◇「謎のギャラリー─愛の部屋」新潮社 2002（新潮文庫）p23

何故（なにゆえ）… → "なぜ…"をも見よ

何故に穴は掘られるか（井上鋭）
◇「甦る推理雑誌 9」光文社 2003（光文社文庫）p309

何よりも耐え難いのは、古い友人に死なれることだ▷遠藤周作（安岡章太郎）
◇「日本人の手紙 9」リブリオ出版 2004 p224

なのはな（幸田文）
◇「ちくま日本文学 5」筑摩書房 2007（ちくま文庫）p345

菜の花（光岡良二）
◇「ハンセン病文学全集 7」皓星社 2004 p204

菜の花さくら（阪田寛夫）
◇「戦後短篇小説再発見 14」講談社 2003（講談社文芸文庫）p175

菜の花と千羽鶴（真実井房子）
◇「竹筒に花はなくとも─短篇十人集」日曜舎 1997 p62

菜の花物語（児玉花外）
◇「文豪怪談傑作選 特別編」筑摩書房 2007（ちくま文庫）p316

菜の花や（泡坂妻夫）
◇「代表作時代小説 平成20年度」光文社 2008 p353

那覇心中（梶山季之）
◇「心中小説名作選」集英社 2008（集英社文庫）p181

那覇の木馬（五代夏夫）
◇「現代鹿児島小説大系 1」ジャプラン 2014 p6

ナビ・タリョン（李良枝）
◇「〈在日〉文学全集 8」勉誠出版 2006 p5

ナブラ（椎名誠）
◇「空を飛ぶ恋─ケータイがつなぐ28の物語」新潮社 2006（新潮文庫）p118

嬲られる（三上於菟吉）

なみた

◇「竹中英太郎 3」皓星社 2016 (挿絵叢書) p35

鍋島騒動 血啜りの影 (早乙女貢)
◇「怪奇・伝奇時代小説選集 6」春陽堂書店 2000 (春陽文庫) p90

鍋の中 (井上ひさし)
◇「みちのく怪談名作選 vol.1」荒蝦夷 2010 (叢書 東北の声) p7

鍋の中 (村田喜代子)
◇「現代小説クロニクル 1985～1989」講談社 2015 (講談社文芸文庫) p86

鍋焼温飩 (痩々亭骨皮道人)
◇「新日本古典文学大系 明治編 29」岩波書店 2005 p237

ナポレオン芸者 (白石一郎)
◇「魔剣くずし秘閧」光風社出版 1998 (光風社文庫) p163
◇「女人」小学館 2007 (小学館文庫) p195

ナポレオンと田虫 (横光利一)
◇「六人の作家小説選」東銀座出版社 1997 (銀選書) p267

ナポレオンと横光利一 (龍瑛宗)
◇「日本統治期台湾文学集成 16」緑蔭書房 2003 p277

ナポレオンの就職指南 (小泊フユキ)
◇「5分で読める! ひと駅ストーリー 猫の物語」宝島社 2014 (宝島社文庫) p269

名前 (塔和子)
◇「ハンセン病文学全集 7」皓星社 2004 p80

名前 (三浦さんぽ)
◇「てのひら怪談 癸巳」KADOKAWA 2013 (MF文庫ダ・ヴィンチ) p118

名前を変える魔法 (太田忠司)
◇「黄昏ホテル」小学館 2004 p208

名前のない男 (中井正文)
◇「コレクション戦争と文学 13」集英社 2011 p409

名前も知らない (岡崎琢磨)
◇「5分で読める! ひと駅ストーリー 夏の記憶西口編」宝島社 2013 (宝島社文庫) p271

名前漏らし (小池昌代)
◇「極上掌篇小説」角川書店 2006 p91
◇「ひと粒の宇宙」角川書店 2009 (角川文庫) p91

半過通人 (なまぎ) の化物 (高畠藍泉)
◇「新日本古典文学大系 明治編 1」岩波書店 2004 p369

生首往生 (黒木忍)
◇「怪奇・伝奇時代小説選集 10」春陽堂書店 2000 (春陽文庫) p2

生首殺人事件 (尾久大弾歩)
◇「甦る推理雑誌 4」光文社 2003 (光文社文庫) p125

ナマコ式 (青島さかな)
◇「超短編の世界」創英社 2008 p90

なまごみ (遠藤徹)
◇「心霊理論」光文社 2007 (光文社文庫) p403

生ゴムマニア (クジラマク)

◇「てのひら怪談―ビーケーワン怪談大賞傑作選」ポプラ社 2007 p172
◇「てのひら怪談―ビーケーワン怪談大賞傑作選」ポプラ社 2008 (ポプラ文庫) p180

生中継 (山下有子)
◇「ショートショートの広場 10」講談社 2000 (講談社文庫) p240

ナマ猫邸事件 (北森鴻)
◇「金田一耕助に捧ぐ九つの狂想曲」角川書店 2002 p81
◇「金田一耕助に捧ぐ九つの狂想曲」角川書店 2012 (角川文庫) p81

鉛の旅 (吉野せい)
◇「コレクション戦争と文学 14」集英社 2012 p172
◇「福島の文学―11人の作家」講談社 2014 (講談社文芸文庫) p218

鉛の卵 (安部公房)
◇「冒険の森へ―傑作小説大全 8」集英社 2015 p54
◇「たそがれゆく未来」筑摩書房 2016 (ちくま文庫) p331
◇「新編・日本幻想文学集成 1」国書刊行会 2016 p69

ナミ (佐野史郎)
◇「怪獣文藝―パートカラー」メディアファクトリー 2013 (〔幽BOOKS〕) p99

なみうちぎわ (中田永一)
◇「Love or like―恋愛アンソロジー」祥伝社 2008 (祥伝社文庫) p35

波打ち際まで (鹿島田真希)
◇「文学 2013」講談社 2013 p236
◇「現代小説クロニクル 2010～2014」講談社 2015 (講談社文芸文庫) p284

波子 (坂口安吾)
◇「百年小説」ポプラ社 2008 p1239

涙 (李在鶴)
◇「近代朝鮮文学日本語作品集1901～1938 創作篇 1」緑蔭書房 2004 p75

涙 (小林弘明)
◇「ハンセン病文学全集 7」皓星社 2004 p488

涙 (盧進容)
◇「〈在日〉文学全集 18」勉誠出版 2006 p217

涙雨 (北東尚子)
◇「太宰治賞 1999」筑摩書房 1999 p283

泪雨 (村松友視)
◇「散りぬる桜―時代小説招待席」廣済堂出版 2004 p331

涙こらえて (@kyounagi)
◇「3.11心に残る140字の物語」学研パブリッシング 2011 p37

涙ダルマが融けるとき (あおいまちる)
◇「ゆきのまち幻想文学賞小品集 17」企画集団ぷりずむ 2008 p170

涙と雪ん子 (羽菜しおり)
◇「ゆきのまち幻想文学賞・小品集 15」企画集団ぷりずむ 2006 p156

涙の成分比 (長岡弘樹)

なみた

◇「短篇ベストコレクション―現代の小説 2016」徳間書店 2016（徳間文庫）p281

涙橋の女（早乙女貢）
◇「剣侠しぐれ笠」光風社出版 1999（光風社文庫）p57

涙橋まで（中村彰彦）
◇「鎮守の森に鬼が棲む―時代小説傑作選」講談社 2001（講談社文庫）p367

涙はいらねえよ。（秦比左子, 前川康平）
◇「中学生のドラマ 7」晩成書房 2007 p73

波について（神保光太郎）
◇「『日本浪曼派』集」新学社 2007（新学社近代浪漫派文庫）p54

波の音（城昌幸）
◇「恐怖特急」光文社 2002（光文社文庫）p253
◇「怪談―24の恐怖」講談社 2004 p351

波の華（冬野翔子）
◇「ゆきのまち幻想文学賞・小品集 12」企画集団ぷりずむ 2003 p74

南原（ナムウォン）遠望（許南麒）
◇「〈在日〉文学全集 2」勉誠出版 2006 p102

南大門（許南麒）
◇「〈在日〉文学全集 2」勉誠出版 2006 p111

なめくじ（神村実希）
◇「てのひら怪談 癸巳」KADOKAWA 2013（MF文庫ダ・ヴィンチ）p82

蛞蝓（半村良）
◇「ショートショートの缶詰」キノブックス 2016 p53

蛞蝓綺譚（大下宇陀児）
◇「爬虫館事件―新青年傑作選」角川書店 1998（角川ホラー文庫）p253

ナメクジ・チョコレート（片瀬チヲル）
◇「いまのあなたへ―村上春樹への12のオマージュ」NHK出版 2014 p229

蛞蝓妄想譜（潮寒二）
◇「怪奇探偵小説集 2」角川春樹事務所 1998（ハルキ文庫）p285

なめし（佐伯一麦）
◇「文学 2001」講談社 2001 p28

なめとこ山の熊（さねとうあきら）
◇「小学生のげき―新小学校演劇脚本集 中学年 1」晩成書房 2011 p223

なめとこ山の熊（平野直）
◇「学校放送劇舞台脚本集―宮沢賢治名作童話」東洋書院 2008 p71

なめとこ山の熊（宮沢賢治）
◇「狩猟文学マスターピース」みすず書房 2011（大人の本棚）p231
◇「近代童話（メルヘン）と賢治」おうふう 2014 p171

なめらかな世界と、その敵（伴名練）
◇「アステロイド・ツリーの彼方へ」東京創元社 2016（創元SF文庫）p273

なめり、なめり、（有坂十緒子）

◇「てのひら怪談―ビーケーワン怪談大賞傑作選 2」ポプラ社 2007 p172

なもあみだんぶーさんせうだゆう（姜信子）
◇「文学 2016」講談社 2016 p279

名も知らぬ女（村松友視）
◇「短篇ベストコレクション―現代の小説 2005」徳間書店 2005（徳間文庫）p333

名もなく貧しくみすぼらしく（清水義範）
◇「喜劇綺劇」光文社 2009（光文社文庫）p513

なもみたくり（折口信夫）
◇「ちくま日本文学 25」筑摩書房 2008（ちくま文庫）p408

悩ましき土地（吉行淳之介）
◇「昭和の短篇一人一冊集成 吉行淳之介」未知谷 2008 p5

悩み（阪上博司）
◇「ショートショートの広場 10」講談社 2000（講談社文庫）p14

悩み多き人生（逢坂剛）
◇「M列車（ミステリートレイン）で行こう」光文社 2001（カッパ・ノベルス）p13

悩みの種（井上たかし）
◇「ショートショートの広場 11」講談社 2000（講談社文庫）p109

悩みの治療薬（高田昌彦）
◇「ショートショートの花束 8」講談社 2016（講談社文庫）p35

悩める父親（夏川龍治）
◇「ショートショートの花束 4」講談社 2012（講談社文庫）p141

「なやんでいます」の答え（幸田文）
◇「精選女性随筆集 1」文藝春秋 2012 p234

なよたけ（加藤道夫）
◇「美しい恋の物語」筑摩書房 2010（ちくま文学の森）p383

奈落（藤木稟）
◇「獣人」光文社 2003（光文社文庫）p563

奈落の案内人（村松友視）
◇「闘人烈伝―格闘小説・漫画アンソロジー」双葉社 2000 p101

奈落闇歌乃道行（翔田寛）
◇「ザ・ベストミステリーズ―推理小説年鑑 2001」講談社 2001 p473
◇「終日犯罪」講談社 2004（講談社文庫）p209

奈落より（樋口摩琴）
◇「リトル・リトル・クトゥルー―史上最小の神話小説集」学習研究社 2009 p144

ナラティヴ、つまりいかに語るかの問題（大江健三郎）
◇「日本文学全集 22」河出書房新社 2015 p499

ならないリプライ（小泉陽一朗）
◇「星海社カレンダー小説 2012上」星海社 2012（星海社FICTIONS）p59

奈良のオシラサマの話（霜島ケイ）
◇「文藝百物語」ぶんか社 1997 p174

楢ノ木大学の野宿（抄）（宮沢賢治）
◇「恐竜文学大全」河出書房新社 1998 （河出文庫）
p216

楢山鍵店、最後の鍵（天祢涼）
◇「密室晩餐会」原書房 2011 （ミステリー・リーグ）p55

ならわし（黒木あるじ）
◇「てのひら怪談―ビーケーワン怪談大賞傑作選 庚寅」ポプラ社 2010 （ポプラ文庫）p172

ならわし（田中せいや）
◇「てのひら怪談―ビーケーワン怪談大賞傑作選 壬辰」ポプラ社 2012 （ポプラ文庫）p248

成金ワラシ（岩松ヒモロギ）
◇「ショートショートの広場 15」講談社 2004 （講談社文庫）p32

なりひらの恋―高安の女（あべ泉, 井上満寿夫）
◇「ドラマの森 2003」西日本劇作家の会 2008 （西日本戯曲選集）p5

業平文治漂流奇談（抄）（三遊亭円朝）
◇「明治の文学 3」筑摩書房 2001 p3

鳴るが辻の怪（杉本苑子）
◇「怪奇・怪談傑作集」新人物往来社 1997 p127

鳴神（泡坂妻夫）
◇「謎―スペシャル・ブレンド・ミステリー 006」講談社 2011 （講談社文庫）p279

なるかみのうた（金鍾漢）
◇「近代朝鮮文学日本語作品集1939～1945 創作篇 6」緑蔭書房 2001 p97

ナルキッソスたち（森奈津子）
◇「量子回廊―年刊日本SF傑作選」東京創元社 2010 （創元SF文庫）p89

ナルキッソスの娘（森奈津子）
◇「ワルツーアンソロジー」祥伝社 2004 （祥伝社文庫）p213

なるなり（姜舜）
◇「〈在日〉文学全集 17」勉誠出版 2006 p7

号笛（ナルナリ）（姜舜）
◇「〈在日〉文学全集 17」勉誠出版 2006 p8

ナルパラム（金史良）
◇「近代朝鮮文学日本語作品集1939～1945 評論・随筆篇 3」緑蔭書房 2002 p309

成程それで合点録（かんべむさし）
◇「喜劇綺劇」光文社 2009 （光文社文庫）p39

鳴海の象（田岡典夫）
◇「しのぶ雨江戸恋慕―新鷹会・傑作時代小説選」光文社 2016 （光文社文庫）p217

慣れてくると…（笠井千晃）
◇「ショートショートの広場 12」講談社 2001 （講談社文庫）p53

慣れることと失うこと（甘糟りり子）
◇「あなたと、どこかへ。」文藝春秋 2008 （文春文庫）p81

縄―編集者への手紙（阿刀田高）
◇「日本怪奇小説傑作集 3」東京創元社 2005 （創元推理文庫）p315

自由の魁がけ 南海謡集（作者表記なし）
◇「新日本古典文学大系 明治編 4」岩波書店 2003 p326

南海游覧（森春濤）
◇「新日本古典文学大系 明治編 2」岩波書店 2004 p106

南極海（栗花落典）
◇「リトル・リトル・クトゥルー―史上最小の神話小説集」学習研究社 2009 p64

南極の黄金船（橋爪健）
◇「『少年倶楽部』熱血・痛快・時代短篇選」講談社 2015 （講談社文芸文庫）p175

南京の基督（芥川龍之介）
◇「奇跡」国書刊行会 2000 （書物の王国）p171
◇「日本近代文学に描かれた「恋愛」」牧野出版 2001 p107

南京の早春賦（小川幸司）
◇「高校演劇Selection 2006 上」晩成書房 2008 p111

南京虫（金時鐘）
◇「〈在日〉文学全集 5」勉誠出版 2006 p26

南京蟲み、さよなら（金史良）
◇「近代朝鮮文学日本語作品集1908～1945 セレクション 3」緑蔭書房 2008 p449

南原（なんげん）… → "ナムウォン…"を見よ

南郷エロ探偵社長（山崎海平）
◇「竹中英太郎 3」皓星社 2016 （挿絵叢書）p131

南国の思出（松岡静雄）
◇「コレクション戦争と文学 6」集英社 2011 p406

南國の春（王白淵）
◇「日本統治期台湾文学集成 18」緑蔭書房 2003 p79

南国魔笛城（月光洗三）
◇「怪奇・伝奇時代小説選集 2」春陽堂書店 1999 （春陽文庫）p200

汝汝吟（中村敬宇）
◇「新日本古典文学大系 明治編 2」岩波書店 2004 p183

汝の脳は金剛石なり。早く一人前になれ≫泉鏡花（尾崎紅葉）
◇「日本人の手紙 3」リブリオ出版 2004 p92

汝の母を！（武田泰淳）
◇「日本文学全集 27」河出書房新社 2017 p9

汝の欲するところをなせ―アンデルセン（花田清輝）
◇「戦後文学エッセイ選 1」影書房 2005 p33

汝ふたたび故郷へ帰れず（飯嶋和一）
◇「冒険の森へ―傑作小説大全 11」集英社 2015 p215

難船崎の怪（滝沢素水）
◇「明治探偵冒険小説 4」筑摩書房 2005 （ちくま文庫）p259

南大門（なんだいもん）→ "ナムデムン"を見よ
なんだ、そうか。（真魚子）

なんた

◇「てのひら怪談 癸巳」KADOKAWA 2013（MF文庫ダ・ヴィンチ）p46

なんだろう!?vol.3（あいおか太郎）
◇「最新中学校創作脚本集 2009」晩成書房 2009 p85

南端—十九歳の記憶（元岡正嘉）
◇「日本統治期台湾文学集成 6」緑蔭書房 2002 p103

なんで泣くんじゃ！（日野和彦）
◇「たびだち—フェリシモしあわせショートショート」フェリシモ 2000 p141

なんでもあり（深町秋生）
◇「もっとすごい！ 10分間ミステリー」宝島社 2013（宝島社文庫）p175
◇「10分間ミステリー THE BEST」宝島社 2016（宝島社文庫）p71

なんでも一番（関根弘）
◇「新装版 全集現代文学の発見 13」學藝書林 2004 p326

何でもやります ぞうの店（長谷川安佐子）
◇「小学校・全員参加の楽しい学級劇・学年劇脚本集 低学年」黎明書房 2007 p56

南天（東郷隆）
◇「異色忠臣蔵大傑作集」講談社 1999 p311

南天と蝶（暮安翠）
◇「現代作家代表作選集 5」鼎書房 2013 p67

南塘先生の手書（正岡子規）
◇「新日本古典文学大系 明治編 27」岩波書店 2003 p273

『南島譚』より（中島敦）
◇「読まずにいられぬ名短篇」筑摩書房 2014（ちくま文庫）p261

なんともちぐはぐな贈り物（須賀敦子）
◇「精選女性随筆集 9」文藝春秋 2012 p231

何度も雪の中に埋めた死体の話（夢枕獏）
◇「物語の魔の物語—メタ怪談傑作選」徳間書店 2001（徳間文庫）p195

何にしても敗れたものは弱い。BC級戦犯の本音≫満淵昭彦（満淵正明）
◇「日本人の手紙 10」リブリオ出版 2004 p119

何の音だ（井上斑猫）
◇「超短編の世界 vol.3」創英社 2011 p114

何の心ぞ？（王白淵）
◇「日本統治期台湾文学集成 18」緑蔭書房 2003 p54

なんの花か薫る（山本周五郎）
◇「江戸夢あかり」学習研究社 2003（学研M文庫）p161
◇「江戸夢あかり」学研パブリッシング 2013（学研M文庫）p161
◇「江戸なごり雨」学研パブリッシング 2013（学研M文庫）p319

なんの話（岡田淳）
◇「それはまだヒミツ—少年少女の物語」新潮社 2012（新潮文庫）p69

何の役に立つのか（吉田健一）

◇「日本文学全集 20」河出書房新社 2015 p111

難破（赤染晶子）
◇「文学 2012」講談社 2012 p110

何杯食べても…（伊藤聡）
◇「ショートショートの広場 9」講談社 1998（講談社文庫）p109

難破船の犬（十一谷義三郎）
◇「『少年倶楽部』熱血・痛快・時代短篇選」講談社 2015（講談社文芸文庫）p156

南蛮うどん（泡坂妻夫）
◇「闇の旋風」徳間書店 2000（徳間文庫）p5

南蛮賀留多（亀山春樹）
◇「日本統治期台湾文学集成 4」緑蔭書房 2002 p283

南蛮幽霊（佐々木味津三）
◇「傑作捕物ワールド 2」リブリオ出版 2002 p5
◇「捕物小説名作選 1」集英社 2006（集英社文庫）p7

南氷洋（鈴木光司）
◇「海の物語」角川書店 2001（New History）p93

南風と美女とモテ期（中村啓）
◇「5分で読める！ ひと駅ストーリー 旅の話」宝島社 2015（宝島社文庫）p227

南部鬼屋敷（池波正太郎）
◇「極め付き時代小説選 2」中央公論新社 2004（中公文庫）p97

ナンブ式（藤沢周）
◇「戦後短篇小説再発見 11」講談社 2003（講談社文芸文庫）p204

南方詩集（金子光晴）
◇「新装版 全集現代文学の発見 13」學藝書林 2004 p199

南方探偵局（耶止説夫）
◇「外地探偵小説集 南方篇」せらび書房 2010 p151

南方の果樹園（黒木謳子）
◇「日本統治期台湾文学集成 18」緑蔭書房 2003 p329
◇「日本統治期台湾文学集成 18」緑蔭書房 2003 p332

南方の言葉（真杉静枝）
◇「コレクション戦争と文学 18」集英社 2012 p102

南方発展史・海の豪族—シナリオ（長谷川伸）
◇「日本統治期台湾文学集成 14」緑蔭書房 2003 p253

難民になる（池澤夏樹）
◇「読み聞かせる戦争」光文社 2015 p251

難民有感（崔萬國）
◇「〈在日〉文学全集 17」勉誠出版 2006 p61

南洋に君臨せる日本少年王（山中峯太郎）
◇「日本の少年小説—「少国民」のゆくえ」インパクト出版会 2016（インパクト選書）p31

【 に 】

荷（金時昌）
　◇「近代朝鮮文学日本語作品集1901～1938 評論・随筆篇 2」緑蔭書房 2004 p283

似合わない指輪（竹村直伸）
　◇「江戸川乱歩と13の宝石 2」光文社 2007（光文社文庫）p241

新潟港（宗秋月）
　◇「〈在日〉文学全集 18」勉誠出版 2006 p54

新潟講演行脚記（金熙明）
　◇「近代朝鮮文学日本語作品集1901～1938 評論・随筆篇 3」緑蔭書房 2004 p305

新潟竹枝（五十四首うち三首）（森春濤）
　◇「新日本古典文学大系 明治編 2」岩波書店 2004 p90

新潟に抵り阪口五峰の宅に寓す。五峰に春濤詩鈔を読むの詩有り、次韻す。（森春濤）
　◇「新日本古典文学大系 明治編 2」岩波書店 2004 p88

新島襄の事業が有したる欠典（山路愛山）
　◇「新日本古典文学大系 明治編 26」岩波書店 2002 p457

新島襄論（山路愛山）
　◇「新日本古典文学大系 明治編 26」岩波書店 2002 p401

二井宿峠・二井宿（飯田辰彦）
　◇「山形県文学全集第2期（随筆・紀行編）6」郷土出版社 2005 p227

二位の男（加藤秀幸）
　◇「ショートショートの花束 2」講談社 2010（講談社文庫）p32

新美南吉『手袋を買いに』を語る（宮部みゆき）
　◇「文豪さんへ。」メディアファクトリー 2009（MF文庫）p189

新納の棺（宮原龍雄）
　◇「山口雅也の本格ミステリ・アンソロジー」角川書店 2007（角川文庫）p331

ニェポカラヌフ修道院（島尾敏雄）
　◇「戦後文学エッセイ選 10」影書房 2007 p130

匂い（尾崎翠）
　◇「ちくま日本文学 4」筑摩書房 2007（ちくま文庫）p425

匂い（高橋洋子）
　◇「エクスタシィ―大人の恋の物語り」ベストセラーズ 2003 p197

匂い（藤田三四郎）
　◇「ハンセン病文学全集 7」皓星社 2004 p490

匂い梅（泡坂妻夫）
　◇「短篇ベストコレクション―現代の小説 2008」徳間書店 2008（徳間文庫）p67

匂いすみれ（金山嘉城）
　◇「現代作家代表作選集 7」鼎書房 2014 p25

匂いの歴史（永倉萬治）
　◇「誘惑の香り」講談社 1999（講談社文庫）p225

匂う密室（双葉十三郎）
　◇「甦る推理雑誌 3」光文社 2002（光文社文庫）p55

二億という名の町（森内俊雄）
　◇「文学 2001」講談社 2001 p200

にがい再会（藤沢周平）
　◇「剣よ月下に舞え」光風社出版 2001（光風社文庫）p45

苦い制裁（深町秋生）
　◇「宝石ザミステリー Red」光文社 2016 p331

二階で縫いものをしていた祖母の話（夢枕獏）
　◇「冒険の森へ―傑作小説大全 6」集英社 2016 p22

二階堂黎人の手記（前編）（二階堂黎人）
　◇「八ヶ岳「雪密室」の謎」原書房 2001 p46

二階堂黎人の手記（後編）（二階堂黎人）
　◇「八ヶ岳「雪密室」の謎」原書房 2001 p112

二階の家族（菊地秀行）
　◇「オバケヤシキ」光文社 2005（光文社文庫）p429

二階の若旦那（鳴海丈）
　◇「勝者の死にざま―時代小説選手権」新潮社 1998（新潮文庫）p321

似顔絵（伊東哲哉）
　◇「超短編傑作選 v.6」創英社 2007 p168

苦潮（天田式）
　◇「5分で読める！ ひと駅ストーリー 夏の記憶西口編」宝島社 2013（宝島社文庫）p81

二月（尾形亀之助）
　◇「超短編アンソロジー」筑摩書房 2002（ちくま文庫）p17

二月（佐川光晴）
　◇「文学 2007」講談社 2007 p272

二月十五日の夜（崔貞熙）
　◇「近代朝鮮文学日本語作品集1939～1945 創作篇 4」緑蔭書房 2001 p263

二月二十六日（崔承喜）
　◇「近代朝鮮文学日本語作品集1901～1938 評論・随筆篇 3」緑蔭書房 2004 p349

二月の味（幸田文）
　◇「精選女性随筆集 1」文藝春秋 2012 p161

二月の薔薇（黒木謳子）
　◇「日本統治期台湾文学集成 18」緑蔭書房 2003 p412

二月のプロレタリア文學（金熙明）
　◇「近代朝鮮文学日本語作品集1901～1938 評論・随筆篇 1」緑蔭書房 2004 p123

二月二日ホテル（北方謙三）
　◇「海外トラベル・ミステリー――7つの旅物語」三笠書房 2000（王様文庫）p59

苦手なもの（稲村たくみ）
　◇「ショートショートの花束 2」講談社 2010（講

にかよ

談社文庫）p175

苦艾の繭（吉川良太郎）
　◇「酒の夜語り」光文社 2002（光文社文庫）p159

ニカライチの小鳥（福岡俊也）
　◇「太宰治賞 2012」筑摩書房 2012 p111

ニキータのリボン（古澤雅子）
　◇「むすぶ―第11回フェリシモ文学賞作品集」フェ
　リシモ 2008 p97

握った手――一九五四（昭和二九）年四月（坂口
安吾）
　◇「BUNGO―文豪短篇傑作選」角川書店 2012
　（角川文庫）p241

握つた手の感覚（萩原朔太郎）
　◇「ちくま日本文学 36」筑摩書房 2009（ちくま文
　庫）p212

にきび（三浦哲郎）
　◇「妻を失う―離別作品集」講談社 2014（講談社文
　芸文庫）p154

にぎやか師たち2（加藤陸雄）
　◇「成城・学校劇脚本集」成城学園初等学校出版部
　2002（成城学園初等学校研究双書）p171

にぎやかな囃子（姜舜）
　◇「〈在日〉文学全集 17」勉誠出版 2006 p35

二極対立の時代を生き続けたいたわしさ（大岡
昇平）
　◇「日本文学全集 18」河出書房新社 2016 p411

握られたくて（唯野未歩子）
　◇「女ともだち」小学館 2010 p91
　◇「女ともだち」小学館 2013（小学館文庫）p105

握りしめたオレンジの謎（小泉喜美子）
　◇「七人の女探偵」廣済堂出版 1998（KOSAIDO
　BLUE BOOKS）p41

にぎり飯（永井荷風）
　◇「闇市」皓星社 2015（紙礫）p129

握り飯（隆慶一郎）
　◇「たんときれいに召し上がれ―美食文学精選」芸
　術新聞社 2015 p65

握る手（渡辺淳一）
　◇「短篇ベストコレクション―現代の小説 2002」徳
　間書店 2002（徳間文庫）p113

二キロじゃ足りない（堺三保）
　◇「ミステリーズ！extra―《ミステリ・フロンティ
　ア》特集」東京創元社 2004 p90

肉（全美恵）
　◇「〈在日〉文学全集 18」勉誠出版 2006 p359

憎しみの回路（山村美紗）
　◇「赤のミステリー―女性ミステリー作家傑作選」
　光文社 1997 p283
　◇「女性ミステリー作家傑作選 3」光文社 1999
　（光文社文庫）p289

憎しみの罠（平井和正）
　◇「影」文藝春秋 2003（推理作家になりたくて マ
　イベストミステリー）p41
　◇「マイ・ベスト・ミステリー 2」文藝春秋 2007
　（文春文庫）p60

肉食（北野勇作）
　◇「屍者の行進」廣済堂出版 1998（廣済堂文庫）
　p351

肉色の森（立花腴菜）
　◇「てのひら怪談―ビーケーワン怪談大賞傑作選 庚
　寅」ポプラ社 2010（ポプラ文庫）p210

肉親との距離（沢村貞子）
　◇「精選女性随筆集 12」文藝春秋 2012 p197

肉親の章――A Momota Soji（北川冬彦）
　◇「新装版 全集現代文学の発見 13」學藝書林 2004
　p29

肉体（金子光晴）
　◇「ちくま日本文学 38」筑摩書房 2009（ちくま文
　庫）p67

肉体（村野四郎）
　◇「新装版 全集現代文学の発見 13」學藝書林 2004
　p241

肉体の悪魔（田村泰次郎）
　◇「戦後占領期短篇小説コレクション 1」藤原書店
　2007 p145

肉体の休暇（森真沙子）
　◇「俳優」廣済堂出版 1999（廣済堂文庫）p65

肉弾相搏つ巨人（鳴弦楼主人）
　◇「『少年倶楽部』熱血・痛快・時代短篇選」講談社
　2015（講談社文芸文庫）p140

憎まれ者（大坪砂男）
　◇「冒険の森へ―傑作小説大全 14」集英社 2016 p8

肉まんと呼ばれた男（戌井昭人）
　◇「十年後のこと」河出書房新社 2016 p39

肉屋に化けた人鬼（牧逸馬）
　◇「人肉嗜食」筑摩書房 2001（ちくま文庫）p195

肉屋のオルフェ（村野四郎）
　◇「新装版 全集現代文学の発見 13」學藝書林 2004
　p248

荷車（一幕）（落合三郎（佐々木高丸））
　◇「新・プロレタリア文学精選集 11」ゆまに書房
　2004 p138

逃げたあと（佐野洋）
　◇「現代の小説 1997」徳間書店 1997 p279

逃げたい心（坂口安吾）
　◇「温泉小説」アーツアンドクラフツ 2006 p42

にげだしたどろぼうたち（小池タミ子）
　◇「小学校たのしい劇の本―英語劇付 低学年」国土
　社 2007 p160

ニケツ（川本晶子）
　◇「旅を数えて」光文社 2007 p5

逃げない小鳥（政石蒙）
　◇「ハンセン病文学全集 4」皓星社 2003 p602

逃げ水（山本一力）
　◇「代表作時代小説 平成17年度」光文社 2005 p301

逃げ道（筒井康隆）
　◇「短篇ベストコレクション―現代の小説 2005」徳
　間書店 2005（徳間文庫）p297

逃げゆく物語の話（牧野修）

◇「逃げゆく物語の話―ゼロ年代日本SFベスト集成F」東京創元社 2010 （創元SF文庫）p395

逃げよう（京極夏彦）
◇「リテラリーゴシック・イン・ジャパン―文学的ゴシック作品選」筑摩書房 2014 （ちくま文庫）p467

逃げようとして（山田正紀）
◇「グランドホテル」廣済堂出版 1999 （廣済堂文庫）p145
◇「呪いの恐怖」リブリオ出版 2001 （怪奇・ホラーワールド）p181

にげる（趙南哲）
◇「〈在日〉文学全集 18」勉誠出版 2006 p160

逃げる車（白峰良介）
◇「有栖川有栖の本格ミステリ・ライブラリー」角川書店 2001 （角川文庫）p51

逃げる甚内（伊藤桂一）
◇「星明かり夢街道」光風社出版 2000 （光風社文庫）p299

逃げるぞ（廣重みか）
◇「平成28年熊本地震作品集」くまもと文学・歴史館友の会 2016 p15

逃げる旗本（芦川淳一）
◇「幕末スパイ戦争」徳間書店 2015 （徳間文庫）p271

逃げる話（吉田健一）
◇「新編・日本幻想文学集成 2」国書刊行会 2016 p229

ニコ狆（ちん）先生（織田作之助）
◇「ちくま日本文学 35」筑摩書房 2009 （ちくま文庫）p183

ニコ狆先生（織田作之助）
◇「おかしい話」筑摩書房 2010 （ちくま文学の森）p147

$C_{10}H_{14}N_2$と少年―乞食の老婆（平山夢明）
◇「御伽草子―ホラー・アンソロジー」PHP研究所 2001 （PHP文庫）p273

濁った頭（志賀直哉）
◇「童貞小説集」筑摩書房 2007 （ちくま文庫）p287

濁った殺意（中町信）
◇「迷宮の旅行者―本格推理展覧会」青樹社 1999 （青樹社文庫）p105

にこにこ銀座ストーリー！（梶本晩代）
◇「小学校たのしい劇の本―英語劇付 低学年」国土社 2007 p102

二個の生物（秋田雨雀）
◇「新・プロレタリア文学精選集 2」ゆまに書房 2004 p287

にこやかな男（田中啓文）
◇「世紀末サーカス」廣済堂出版 2000 （廣済堂文庫）p385

尼港（ニコライエフスク）の桃（久世光彦）
◇「コレクション戦争と文学 6」集英社 2011 p477

ニコライ堂の鐘（王昶雄）
◇「日本統治期台湾文学集成 29」緑蔭書房 2007 p200

にごりえ（樋口一葉）
◇「明治の文学 17」筑摩書房 2000 p180
◇「新日本古典文学大系 明治編 24」岩波書店 2001 p231
◇「ちくま日本文学 13」筑摩書房 2008 （ちくま文庫）p70
◇「「新編」日本女性文学全集 2」菁柿堂 2008 p92
◇「文学で考える〈仕事〉の百年」双文社出版 2010 p22
◇「とっておきの話」筑摩書房 2011 （ちくま文学の森）p271
◇「読んでおきたい近代日本小説選」龍書房 2012 p24
◇「明治深刻悲惨小説集」講談社 2016 （講談社文芸文庫）p339
◇「文学で考える〈仕事〉の百年」翰林書房 2016 p22

にごり酒（森田啓子）
◇「ゆきのまち幻想文学賞小品集 19」企画集団ぶりずむ 2010 p135

濁り酒（伊藤永之介）
◇「アンソロジー・プロレタリア文学 1」森話社 2013 p98

二冊の同じ本（松本清張）
◇「古書ミステリー倶楽部―傑作推理小説集」光文社 2013 （光文社文庫）p9

二冊の辞書（波多野都）
◇「辞書、のような物語。」大修館書店 2013 p161

虹（谷口雅美）
◇「最後の一日―さよならが胸に染みる10の物語」泰文堂 2011 （Linda books！）p7
◇「涙がこぼれないように―さよならが胸を打つ10の物語」泰文堂 2014 （リンダブックス）p26

虹（日影丈吉）
◇「コレクション戦争と文学 18」集英社 2012 p209

虹（藤井重夫）
◇「消えた受賞作―直木賞編」メディアファクトリー 2004 （ダ・ヴィンチ特別編集）p279

虹（吉村昭）
◇「戦争小説短篇名作選」講談社 2015 （講談社文芸文庫）p241

虹色スペクトル（藤沢恵）
◇「科学ドラマ大賞 第1回受賞作品集」科学技術振興機構 〔2010〕 p33

虹色の犬（仁木悦子）
◇「犬のミステリー」河出書房新社 1999 （河出文庫）p225

虹色の傘（大島真寿美）
◇「忘れない。―贈りものをめぐる十の話」メディアファクトリー 2007 p29

虹色のライオン（白神エマ）
◇「21世紀の〈ものがたり〉―『はてしない物語』創作コンクール記念」岩波書店 2002 p153

虹への疾走（山村美紗）
◇「綾辻行人と有栖川有栖のミステリ・ジョッキー3」講談社 2012 p46

にしか

西風の中（安西冬衛）
◇「新装版 全集現代文学の発見 13」學藝書林 2004 p13

錦の旗風（山手樹一郎）
◇「少年小説大系 22」三一書房 1997 p99

虹細工（江坂遊）
◇「綾辻・有栖川復刊セレクション 仕掛け花火」講談社 2007（講談社ノベルス）p44

西新宿物語（西沢周市）
◇「中学校たのしい劇脚本集―英語劇付 Ⅰ」国土社 2010 p55

西陣の蝶（水上勉）
◇「京都綺談」有楽出版社 2015 p165

西陣模様（抄）（邦光史郎）
◇「京都府文学全集第1期（小説編）5」郷土出版社 2005 p129

廿世紀ホテル（森見登美彦）
◇「20の短編小説」朝日新聞出版 2016（朝日文庫）p307

虹と薔薇（大下宇陀児）
◇「風間光枝探偵日記」論創社 2007（論創ミステリ叢書）p165

虹の飴（海堂尊）
◇「もっとすごい！ 10分間ミステリー」宝島社 2013（宝島社文庫）p11
◇「10分間ミステリー THE BEST」宝島社 2016（宝島社文庫）p13

虹の家のアリス（加納朋子）
◇「名探偵を追いかけろ―シリーズ・キャラクター編」光文社 2004（カッパ・ノベルス）p231
◇「名探偵を追いかけろ」光文社 2007（光文社文庫）p287

虹のかけ橋（邑久光明園ひかり川柳会）
◇「ハンセン病文学全集 9」皓星社 2010 p424

西の彼方（宝亀道隆）
◇「現代鹿児島小説大系 3」ジャプラン 2014 p300

虹の彼方に（奥田哲也）
◇「ロボットの夜」光文社 2000（光文社文庫）p531

虹の彼方に（小池真理子）
◇「空を飛ぶ恋―ケータイがつなぐ28の物語」新潮社 2006（新潮文庫）p16

虹のカマクーラ（平石貴樹）
◇「日本原発小説集」水声社 2011 p77

「西の京」戀幻戯（朝松健）
◇「京都宵」光文社 2008（光文社文庫）p389

虹の立つ村（仁木悦子）
◇「山岳迷宮（ラビリンス）―山のミステリー傑作選」光文社 2016（光文社文庫）p151

仁志野町の泥棒（辻村深月）
◇「日本文学100年の名作 10」新潮社 2015（新潮文庫）p479

虹の日の殺人（藤雪夫）
◇「無人踏切―鉄道ミステリー傑作選」光文社 2008（光文社文庫）p169

20（川上弘美）
◇「20の短編小説」朝日新聞出版 2016（朝日文庫）p127

二重（崔曙海）
◇「近代朝鮮文学日本語作品集1901～1938 創作篇 1」緑蔭書房 2004 p200

廿一年前（吉屋信子）
◇「精選女性随筆集 2」文藝春秋 2012 p249

二十一房（壹幕）（秋田雨雀）
◇「新・プロレタリア文学精選集 2」ゆまに書房 2004 p142

二十一世紀の花嫁（歌野晶午）
◇「新世紀犯罪博覧会―連作推理小説」光文社 2001（カッパ・ノベルス）p9

20×20（山本文緒）
◇「20の短編小説」朝日新聞出版 2016（朝日文庫）p341

二十九の童貞（月田まさし）
◇「ハンセン病に咲いた花―初期文芸名作選 戦後編」皓星社 2002（ハンセン病叢書）p240

29バージン（砂原美都）
◇「君に会いたい―恋愛短篇小説集」泰文堂 2012（リンダブックス）p210

二十五階（黒史郎）
◇「男たちの怪談百物語」メディアファクトリー 2012（〔幽BOOKS〕）p182

二十五歳（金子光晴）
◇「ちくま日本文学 38」筑摩書房 2009（ちくま文庫）p13

二十三歳（卞春子）
◇「ハンセン病文学全集 4」皓星社 2003 p304

23時のブックストア（石田衣良）
◇「本からはじまる物語」メディアパル 2007 p181

二十三時四十四分（江坂遊）
◇「妖魔ヶ刻―時間怪談傑作選」徳間書店 2000（徳間文庫）p211

二十三センチの祝福（彩瀬まる）
◇「文芸あねもね」新潮社 2012（新潮文庫）p41

二十四センチのパンプス（永遠月心悟）
◇「ひらく―第15回フェリシモ文学賞」フェリシモ 2012 p144

二重人格（広瀬正）
◇「70年代日本SFベスト集成 1」筑摩書房 2014（ちくま文庫）p187

二重奏（トロチェフ，コンスタンチン）
◇「ハンセン病文学全集 7」皓星社 2004 p35

22時22分のうふふふふ（河内尚和）
◇「中学校たのしい劇脚本集―英語劇付 Ⅰ」国土社 2010 p139

二十人目ルール（井上荒野）
◇「20の短編小説」朝日新聞出版 2016（朝日文庫）p59

二十年（響野夏菜）
◇「新釈グリム童話―めでたし、めでたし？」集英社 2016（集英社オレンジ文庫）p89

二十年後診断（和坂しょろ）
◇「ショートショートの花束 2」講談社 2010（講談社文庫）p71

二十年後にはきっと。（@nagitter）
◇「3.11心に残る140字の物語」学研パブリッシング 2011 p110

二十年前（城昌幸）
◇「甦る推理雑誌 2」光文社 2002（光文社文庫）p319

二十年前から、この芸風（西澤保彦）
◇「0番目の事件簿」講談社 2012 p186

二十の扉は何故悲しいか（香住春吾）
◇「甦る推理雑誌 3」光文社 2002（光文社文庫）p221

二十八日寅を古市場村の国島西圃の宅に移す（森春濤）
◇「新日本古典文学大系 明治編 2」岩波書店 2004 p96

（二十八年間）（志樹逸馬）
◇「ハンセン病文学全集 7」皓星社 2004 p323

二十八年目のマレット（中山七里）
◇「もっとすごい！ 10分間ミステリー」宝島社 2013（宝島社文庫）p25

二重壁（開高健）
◇「ちくま日本文学 24」筑摩書房 2008（ちくま文庫）p96

二重誘拐（折原一）
◇「誘拐―ミステリーアンソロジー」角川書店 1997（角川文庫）p69

二重ラセンの悪魔（梅原克文）
◇「宇宙塵傑作選―日本SFの軌跡 2」出版芸術社 1997 p241

二十六年分のドライブ（辻淳子、梅原満知子）
◇「最後の一日―さよならが胸に染みる10の物語」泰文堂 2011（Linda books！）p238

二十六夜（宮沢賢治）
◇「月」国書刊行会 1999（書物の王国）p243
◇「ちくま日本文学 3」筑摩書房 2007（ちくま文庫）p306
◇「心洗われる話」筑摩書房 2010（ちくま文学の森）p339

二十六夜待ち（佐伯一麦）
◇「12星座小説集」講談社 2013（講談社文庫）p83
◇「文学 2014」講談社 2014 p47

二十六夜待の殺人―『御宿かわせみ』より（平岩弓枝）
◇「夏しぐれ―時代小説アンソロジー」角川書店 2013（角川文庫）p5

20光年先の神様（木Ⅲ泉）
◇「20の短編小説」朝日新聞出版 2016（朝日文庫）p147

二十歳の石段（木下径子）
◇「現代作家代表作選集 3」鼎書房 2013 p5

二十世紀的誘拐（有栖川有栖）
◇「誘拐―ミステリーアンソロジー」角川書店 1997（角川文庫）p7

20センチ先には（越谷オサム）
◇「『いじめ』をめぐる物語」朝日新聞出版 2015 p97

探偵小説 二将軍の壁畫（福田昌夫）
◇「日本統治期台湾文学集成 21」緑蔭書房 2007 p171

ニジンスキーの手（赤江瀑）
◇「幸せな哀しみの話」文藝春秋 2009（文春文庫）p65

滲んだ手紙（柄刀一）
◇「新世紀犯罪博覧会―連作推理小説」光文社 2001（カッパ・ノベルス）p181

二世の縁拾遺（円地文子）
◇「日本近代短篇小説選 昭和篇3」岩波書店 2012（岩波文庫）p143

にせ絵葉書（寺山修司）
◇「ちくま日本文学 6」筑摩書房 2007（ちくま文庫）p182

贋お上人略伝（三浦哲郎）
◇「歴史小説の世紀 地の巻」新潮社 2000（新潮文庫）p595
◇「山形県文学全集第1期（小説編） 4」郷土出版社 2004 p89

ニセ学生（遠藤周作）
◇「ブキミな人びと」ランダムハウス講談社 2007 p185

偽家族（都筑道夫）
◇「冥界ブリズン」光文社 1999（光文社文庫）p297

偽患者の経歴（大平健）
◇「法月綸太郎の本格ミステリ・アンソロジー」角川書店 2005（角川文庫）p313

にせきちがい―福岡直次郎の手記（浜田矯太郎）
◇「コレクション戦争と文学 11」集英社 2012 p399

偽刑事（川田功）
◇「幻の探偵雑誌 10」光文社 2002（光文社文庫）p11

偽札（森江賢二）
◇「ショートショートの広場 14」講談社 2003（講談社文庫）p136

二世の縁 拾遺（円地文子）
◇「新編・日本幻想文学集成 3」国書刊行会 2016 p524

二世の契（泉鏡花）
◇「新編・日本幻想文学集成 4」国書刊行会 2016 p547

贋の正宗―正宗（澤田ふじ子）
◇「名刀伝 2」角川春樹事務所 2015（ハルキ文庫）p101

贋の耶蘇信徒（痩々亭骨皮道人）
◇「新日本古典文学大系 明治編 29」岩波書店 2005 p240

贋まさざね記（三浦哲郎）
◇「東北戦国志―傑作時代小説」PHP研究所 2009（PHP文庫）p221

にせもの（望月桜）

にせも

◇「御子神さん―幸福をもたらす♂三毛猫」竹書房 2010（竹書房文庫）p249

偽者（渋谷良一）
◇「ショートショートの花束 3」講談社 2011（講談社文庫）p49

偽雷神（支那の探偵奇譚）（水島爾保布）
◇「幻の探偵雑誌 5」光文社 2001（光文社文庫）p395

2001年リニアの旅（石川喬司）
◇「自選ショート・ミステリー」講談社 2001（講談社文庫）p289

2999年2月29日（渡辺浩弐）
◇「ロボットの夜」光文社 2000（光文社文庫）p347

二〇五九年（森日向太）
◇「ショートショートの花束 5」講談社 2013（講談社文庫）p46

二五〇一からの手紙（常盤奈津子）
◇「ショートショートの花束 3」講談社 2011（講談社文庫）p77

2031探偵物語 秘密（柴田よしき）
◇「名探偵で行こう―最新ベスト・ミステリー」光文社 2001（カッパ・ノベルス）p271

二〇〇七年問題（久遠平太郎）
◇「てのひら怪談―ビーケーワン怪談大賞傑作選 2」ポプラ社 2007 p60

2011（松音戸子）
◇「リトル・リトル・クトゥルー―史上最小の神話小説集」学習研究社 2009 p184

2015年の孤独王（尾関忠雄）
◇「回転ドアから」全作家協会 2015（全作家短編集）p146

二銭銅貨（江戸川乱歩）
◇「ちくま日本文学 7」筑摩書房 2008（ちくま文庫）p29
◇「日本文学100年の名作 1」新潮社 2014（新潮文庫）p439

二千人返せ（岩井三四二）
◇「代表作時代小説 平成16年度」光風社出版 2004 p363

二〇〇〇年三月九日（水樹和佳子）
◇「蜜の眠り」廣済堂出版 2000（廣済堂文庫）p185

二銭又は無銭にて書きとめ郵便を出す法（正岡子規）
◇「新日本古典文学大系 明治編 27」岩波書店 2003 p421

二代目（東郷隆）
◇「代表作時代小説 平成26年度」光文社 2014 p371

二代目（童門冬二）
◇「鎮守の森に鬼が棲む―時代小説傑作選」講談社 2001（講談社文庫）p345

二代吉野（藤本義一）
◇「時代小説秀作づくし」PHP研究所 1997（PHP文庫）p177

にたない（通雅彦）

◇「扉の向こうへ」全作家協会 2014（全作家短編集）p51

ニーチエ的創造（上）（趙演鉉）
◇「近代朝鮮文学日本語作品集1939～1945 評論・随筆篇 1」緑蔭書房 2002 p375

ニーチエ的創造（下）（趙演鉉）
◇「近代朝鮮文学日本語作品集1939～1945 評論・随筆篇 1」緑蔭書房 2002 p379

日月様（坂口安吾）
◇「闇市」皓星社 2015（紙礫）p143

日常（氏家浩靖）
◇「リトル・リトル・クトゥルー―史上最小の神話小説集」学習研究社 2009 p222

日常（宇都晶子）
◇「現代鹿児島小説大系 4」ジャプラン 2014 p6

日常身辺の物理的諸問題（寺田寅彦）
◇「ちくま日本文学 34」筑摩書房 2009（ちくま文庫）p226

日常の中に咲くものを（島有子）
◇「全作家短編集 15」のべる出版企画 2016 p295

日常の一コマ（伊東哲哉）
◇「超短編傑作選 v.6」創英社 2007 p188

日蔵上人吉野山にて鬼にあふ事（宇治拾遺物語）（作者不詳）
◇「鬼譚」筑摩書房 2014（ちくま文庫）p189

日日平安―黒沢明監督「椿三十郎」原作（山本周五郎）
◇「時代劇原作選集―あの名画を生みだした傑作小説」双葉社 2003（双葉文庫）p137

日米戦争夢物語―明治四三年（阿武天風）
◇「日米架空戦記集成―明治・大正・昭和」中央公論新社 2003（中公文庫）p203

日没の幻影（小川未明）
◇「文豪怪談傑作選 小川未明集」筑摩書房 2008（ちくま文庫）p328

日没閉門（内田百閒）
◇「日本文学全集 28」河出書房新社 2017 p7

日曜随想（阿部宗一郎）
◇「山形県文学全集第2期（随筆・紀行編）6」郷土出版社 2005 p329

日曜とワンピース（まえり）
◇「ゆれる―第12回フェリシモ文学賞作品集」フェリシモ 2009 p89

日曜日（李美子）
◇「〈在日〉文学全集 18」勉誠出版 2006 p305

日曜日（上忠司）
◇「日本統治期台湾文学集成 18」緑蔭書房 2003 p246

日曜日（川崎洋）
◇「新装版 全集現代文学の発見 13」學藝書林 2004 p436

日曜日（金時鐘）
◇「〈在日〉文学全集 5」勉誠出版 2006 p58

日曜日（黒木謳子）
◇「日本統治期台湾文学集成 18」緑蔭書房 2003

p458

日曜日（連城三紀彦）
　◇「ワルツーアンソロジー」祥伝社 2004（祥伝社文庫）p127

日曜日（上）（下）（呂人白）
　◇「日本統治期台湾文学集成 25」緑蔭書房 2007 p379

日曜日の新郎たち（吉田修一）
　◇「短篇ベストコレクション─現代の小説 2003」徳間書店 2003（徳間文庫）p517

日曜日の反逆（灰谷健次郎）
　◇「少年の眼─大人になる前の物語」光文社 1997（光文社文庫）p91

日曜日のホテルの電話（中村正常）
　◇「名短篇ほりだしもの」筑摩書房 2011（ちくま文庫）p45

日曜日のヤドカリ（本多孝好）
　◇「Story Seller 2」新潮社 2010（新潮文庫）p451

詩集 日曜日（未刊詩集）（立原道造）
　◇「新装版 全集現代文学の発見 14」學藝書林 2005 p441

日輪（北村初雄）
　◇「日本文学全集 29」河出書房新社 2016 p32

日録（室生犀星）
　◇「天変動く 大震災と作家たち」インパクト出版会 2011（インパクト選書）p89

日露の戦聞書（宇野千代）
　◇「コレクション戦争と文学 6」集英社 2011 p134

日露のおじさん（細田民樹）
　◇「コレクション戦争と文学 11」集英社 2012 p13

日華英雌伝（雪謝雪漁）
　◇「日本統治期台湾文学集成 25」緑蔭書房 2007 p175

にっかり―にっかり青江（東郷隆）
　◇「名刀伝」角川春樹事務所 2015（ハルキ文庫）p115

日記（樋口一葉）
　◇「「新編」日本女性文学全集 2」菁柿堂 2008 p160

にっ記―（樋口一葉）
　◇「ちくま日本文学 13」筑摩書房 2008（ちくま文庫）p412

日記から（津田せつ子）
　◇「ハンセン病文学全集 4」皓星社 2003 p514

「日記」から（知里幸恵）
　◇「ファイン／キュート素敵かわいい作品選」筑摩書房 2015（ちくま文庫）p44

〔日記〕しのぶぐさ（明治二十五年六月）（樋口一葉）
　◇「明治の文学 17」筑摩書房 2000 p322

日記―一九四七年最終の記（品川清）
　◇「ハンセン病文学全集 7」皓星社 2004 p44

日記帳（江戸川乱歩）
　◇「コーヒーと小説」mille books 2016 p75

〔日記〕塵の中（明治二十六年七月―八月）（樋口一葉）

　◇「明治の文学 17」筑摩書房 2000 p356

日記ちりの中（明治二十七年二月―三月）（樋口一葉）
　◇「明治の文学 17」筑摩書房 2000 p368

〔日記〕水の上（明治二十七年六月）（樋口一葉）
　◇「明治の文学 17」筑摩書房 2000 p378

〔日記〕水の上（明治二十八年五月）（樋口一葉）
　◇「明治の文学 17」筑摩書房 2000 p392

〔日記〕水の上（明治二十八年五月―六月）（樋口一葉）
　◇「明治の文学 17」筑摩書房 2000 p398

〔日記〕水のうへ（明治二十九年一月）（樋口一葉）
　◇「明治の文学 17」筑摩書房 2000 p411

〔日記〕みづの上（明治二十九年五月―七月）（樋口一葉）
　◇「明治の文学 17」筑摩書房 2000 p419

〔日記〕道しばのつゆ（明治二十五年十一月）（樋口一葉）
　◇「明治の文学 17」筑摩書房 2000 p331

日記（明治二四年九月～明治二五年七月）（山田美妙）
　◇「明治の文学 10」筑摩書房 2001 p359

にっ記（明治二十五年一月―三月）（樋口一葉）
　◇「明治の文学 17」筑摩書房 2000 p299

にっ記（明治二十五年二月四日）（樋口一葉）
　◇「新日本古典文学大系 明治編 24」岩波書店 2001 p402

日記（明治二十五年三月二十四日）（樋口一葉）
　◇「新日本古典文学大系 明治編 24」岩波書店 2001 p406

日記（明治二十五年四月―五月）（樋口一葉）
　◇「明治の文学 17」筑摩書房 2000 p313

にっ記（明治二十五年九月―十月）（樋口一葉）
　◇「明治の文学 17」筑摩書房 2000 p330

にっ記（明治二十六年七月）（樋口一葉）
　◇「明治の文学 17」筑摩書房 2000 p352

日記より（栗本薫）
　◇「グイン・サーガ・ワールド─グイン・サーガ続篇プロジェクト 1」早川書房 2011（ハヤカワ文庫 JA）p293
　◇「グイン・サーガ・ワールド─グイン・サーガ続篇プロジェクト 2」早川書房 2011（ハヤカワ文庫 JA）p277
　◇「グイン・サーガ・ワールド─グイン・サーガ続篇プロジェクト 3」早川書房 2011（ハヤカワ文庫 JA）p295
　◇「グイン・サーガ・ワールド─グイン・サーガ続篇プロジェクト 4」早川書房 2012（ハヤカワ文庫 JA）p319

日記より〔三首〕（香山光郎）
　◇「近代朝鮮文学日本語作品集1939～1945 創作篇 6」緑蔭書房 2001 p303

〔日記〕若葉かげ（明治二十四年四月―五月）（樋口一葉）

につき

◇「明治の文学 17」筑摩書房 2000 p290
日記―わたしの目（品川清）
　◇「ハンセン病文学全集 7」皓星社 2004 p45
日記Ⅰ（明治四十二年）（石川啄木）
　◇「明治の文学 19」筑摩書房 2002 p210
ニッケルの月（吉田雨）
　◇「ショートショートの花束 6」講談社 2014（講談社文庫）p232
ニッケルの文鎮（甲賀三郎）
　◇「人間心理の怪」勉誠出版 2003（べんせいライブラリー）p33
　◇「江戸川乱歩と13人の新青年〈論理派〉編」光文社 2008（光文社文庫）p11
日光くさいベッド（安西均）
　◇「新装版 全集現代文学の発見 13」學藝書林 2004 p381
日光写真（都筑道夫）
　◇「謎―スペシャル・ブレンド・ミステリー 009」講談社 2014（講談社文庫）p265
日蝕の子ら（中井英夫）
　◇「新編・日本幻想文学集成 1」国書刊行会 2016 p465
日清戦争異聞（原田重吉の夢）（萩原朔太郎）
　◇「ちくま日本文学 36」筑摩書房 2009（ちくま文庫）p271
　◇「コレクション戦争と文学 6」集英社 2011 p15
日清・日露戦争の時代―近代的な国民国家へ変貌するなかで（宗像和重）
　◇「コレクション戦争と文学 別巻」集英社 2013 p17
日中戦争の時代―アジア進出と「民衆」の登場（中谷いずみ）
　◇「コレクション戦争と文学 別巻」集英社 2013 p61
ニッパ椰子の唄（金子光晴）
　◇「新装版 全集現代文学の発見 13」學藝書林 2004 p199
　◇「日本文学全集 29」河出書房新社 2016 p29
日本（にっぽん）… → “にほん…”をも見よ
日本一（上野英信）
　◇「戦後文学エッセイ選 12」影書房 2006 p149
ニッポン・海鷹（宮原龍雄）
　◇「絢爛たる殺人―本格推理マガジン 特集・知られざる探偵たち」光文社 2000（光文社文庫）p291
ニッポンカサドリ（河野典生）
　◇「70年代日本SFベスト集成 3」筑摩書房 2015（ちくま文庫）p21
ニッポン日記（抄）（マーク・ゲイン）
　◇「山形県文学全集第2期（随筆・紀行編）3」郷土出版社 2005 p73
にっぽんの詩（うた）（李正子）
　◇「〈在日〉文学全集 17」勉誠出版 2006 p264
似てないふたり（高橋源一郎）
　◇「宇宙小説」講談社 2012（講談社文庫）p98

二天の窟（藤原周平）
　◇「剣侠しぐれ笠」光風社出版 1999（光風社文庫）p205
二頭立浪の旗風―斎藤道三（典厩五郎）
　◇「時代小説傑作選 7」新人物往来社 2008 p157
二塔物語（片山龍三）
　◇「回転ドアから」全作家協会 2015（全作家短編集）p279
二髑髏（ミョリスヒョッフェル，森鷗外）
　◇「文豪怪談傑作選 森鷗外集」筑摩書房 2006（ちくま文庫）p68
二度死んだ少年の記録（筒井康隆）
　◇「仮面のレクイエム」光文社 1998（光文社文庫）p211
二度とふたたび（新津きよみ）
　◇「事件の痕跡」光文社 2007（Kappa novels）p333
　◇「事件の痕跡」光文社 2012（光文社文庫）p449
ニートな彼とキュートな彼女（わかつきひかる）
　◇「原色の想像力―創元SF短編賞アンソロジー 2」東京創元社 2012（創元SF文庫）p85
二度の岐路に立つ（三好徹）
　◇「代表作時代小説 平成19年度」光文社 2007 p313
二度目の死（崩木十弐）
　◇「渚にて―あの日からの〈みちのく怪談〉」荒蝦夷 2016 p189
二度目の花嫁（郡順史）
　◇「捕物時代小説選集 8」春陽堂書店 2000（春陽文庫）p159
二度目の満月（野中柊）
　◇「甘い記憶」新潮社 2008 p115
　◇「甘い記憶」新潮社 2011（新潮文庫）p117
二・二六事件青年将校の家族への最期の処訓≫磯部富美子・須美男（磯部浅一）
　◇「日本人の手紙 10」リブリオ出版 2004 p57
二人女房（尾崎紅葉）
　◇「新日本古典文学大系 明治編 19」岩波書店 2003 p179
Ⅱ年A組とかぐや姫（深澤直樹）
　◇「中学生のドラマ 2」晩成書房 1996 p7
2ノウタ（入澤康夫）
　◇「新装版 全集現代文学の発見 13」學藝書林 2004 p554
似島（にのしま）めぐり（田口ランディ）
　◇「コレクション戦争と文学 19」集英社 2011 p747
二ノ橋柳亭（神吉拓郎）
　◇「日本文学100年の名作 7」新潮社 2015（新潮文庫）p257
二戸幻想（宇尾房子）
　◇「姥ヶ辻一小説集」作品社 2003 p38
二の舞（明神ちさと）
　◇「てのひら怪談―ビーケーワン怪談大賞傑作選 壬辰」ポプラ社 2012（ポプラ文庫）p108
二宮金太郎（今江祥智）
　◇「それはまだヒミツ―少年少女の物語」新潮社

2012（新潮文庫）p163

二癈人（江戸川乱歩）
◇「恐怖特急」光文社 2002（光文社文庫）p63

ニーハイなんて脱がしてやる（奈良美那）
◇「5分で読める！ ひと駅ストーリー 本の物語」宝島社 2014（宝島社文庫）p149

二杯目のジンフィズ（大沢在昌）
◇「冒険の森へ―傑作小説大全 11」集英社 2015 p26

二番打者（にいのめぐみ）
◇「ショートショートの広場 11」講談社 2000（講談社文庫）p104

二番手（幸田文）
◇「精選女性随筆集 1」文藝春秋 2012 p207

二番札（南大沢健）
◇「ザ・ベストミステリーズ―推理小説年鑑 2016」講談社 2016 p281

鈍色だすき（山本一力）
◇「散りぬる桜―時代小説招待席」廣済堂出版 2004 p361

2Bの黒髪（紅玉いづき）
◇「19（ナインティーン）」アスキー・メディアワークス 2010（メディアワークス文庫）p205

201号室の災厄（有栖川有栖）
◇「名探偵を追いかけろ―シリーズ・キャラクター編」光文社 2004（カッパ・ノベルス）p75
◇「名探偵を追いかけろ」光文社 2007（光文社文庫）p89

214の会話（影山匙）
◇「5分で読める！ ひと駅ストーリー 本の物語」宝島社 2014（宝島社文庫）p269

二百十日の風（中山七里）
◇「しあわせなミステリー」宝島社 2012 p55
◇「ほっこりミステリー」宝島社 2014（宝島社文庫）p61

二百六十八年目の失意―苦無花お初外伝（誉田龍一）
◇「幕末スパイ戦争」徳間書店 2015（徳間文庫）p215

二幅対（正岡子規）
◇「新日本古典文学大系 明治編 27」岩波書店 2003 p110

仁兵衛。スペクトラ（斎藤茂吉）
◇「みちのく怪談名作選 vol.1」荒蝦夷 2010（叢書東北の声）p23€

荷解き（吉田修一）
◇「空を飛ぶ恋―ケータイがつなぐ28の物語」新潮社 2006（新潮文庫）p76

日本（にほん）… → "にっぽん…"をも見よ

日本一の父と大声でさけびたい≫加藤増吉（美空ひばり）
◇「日本人の手紙 1」リブリオ出版 2004 p60

日本一、やさしい一日（田中孝博）
◇「最後の一日―さよならが胸に染みる10の物語」泰文堂 2011（Linda books！）p62

日本一周（抄）（田山花袋）
◇「山形県文学全集第2期（随筆・紀行編）1」郷土出版社 2005 p201

日本―異邦人（小泉雅二）
◇「ハンセン病文学全集 6」皓星社 2003 p450

日本生れ（李正子）
◇「〈在日〉文学全集 17」勉誠出版 2006 p338

日本SFが描く戦争―黎明期からSFが見てきた科学技術と戦争の関わり（大森望）
◇「コレクション戦争と文学 別巻」集英社 2013 p168

日本への回帰（萩原朔太郎）
◇「ちくま日本文学 36」筑摩書房 2009（ちくま文庫）p315

日本奥地紀行（抄）（イサベラ・バード）
◇「山形県文学全集第2期（随筆・紀行編）1」郷土出版社 2005 p11

日本海（大島修）
◇「近代朝鮮文学日本語作品集1939～1945 創作篇 6」緑蔭書房 2001 p285

日本海軍の秘密（中田耕治）
◇「シャーロック・ホームズの災難―日本版」論創社 2007 p9

日本海（鳥取からなる）（宗秋月）
◇「〈在日〉文学全集 18」勉誠出版 2006 p49

日本海の孤島・飛島の海と空（佐江衆一）
◇「山形県文学全集第2期（随筆・紀行編）4」郷土出版社 2005 p272

日本楽器の名称（寺田寅彦）
◇「ちくま日本文学 34」筑摩書房 2009（ちくま文庫）p340

日本が日本であるためには（木下順二）
◇「戦後文学エッセイ選 3」影書房 2005 p22

日本歌舞伎と支那劇の研究（王昶雄）
◇「日本統治期台湾文学集成 29」緑蔭書房 2007 p227

日本共産党批判（竹内好）
◇「新装版 全集現代文学の発見 4」學藝書林 2003 p458

日本共産党論（その1）（竹内好）
◇「戦後文学エッセイ選 4」影書房 2005 p108

日本剣豪列伝―宮本武蔵の巻（直木三十五）
◇「宮本武蔵伝奇」勉誠出版 2002（べんせいライブラリー）p25

日本語（正岡子規）
◇「新日本古典文学大系 明治編 27」岩波書店 2003 p22

日本語が世界語に（李殷石）
◇「近代朝鮮文学日本語作品集1939～1945 評論・随筆篇 3」緑蔭書房 2002 p483

日本語について（中上健次）
◇「コレクション戦争と文学 2」集英社 2012 p414

日本語のおびえ―閉ざされた金嬉老の言葉を追って（金時鐘）
◇「〈在日〉文学全集 5」勉誠出版 2006 p244

にほん

日本語の普及（兪鎭午）
◇「近代朝鮮文学日本語作品集1939～1945 評論・随筆篇 1」緑蔭書房 2002 p371

日本語ノ利害（正岡子規）
◇「新日本古典文学大系 明治編 27」岩波書店 2003 p90

日本語のワルシャワ方言（島尾敏雄）
◇「戦後文学エッセイ選 10」影書房 2007 p161

日本三大怪談集（田中貢太郎）
◇「怪奇・怪談傑作集」新人物往来社 1997 p299

日本辞書編纂法私見（山田美妙）
◇「明治の文学 10」筑摩書房 2001 p337

日本人と恋をして（丁章）
◇「〈在日〉文学全集 18」勉誠出版 2006 p378

日本人とコンピューター（火森孝実）
◇「ショートショートの花束 2」講談社 2010（講談社文庫）p36

日本人の差別感覚―在日朝鮮人「国籍書きかえ」問題の背景（上野英信）
◇「戦後文学エッセイ選 12」影書房 2006 p50

日本人の悲劇（金子光晴）
◇「ちくま日本文学 38」筑摩書房 2009（ちくま文庫）p415

日本人の微笑（小泉八雲）
◇「人恋しい雨の夜に―せつない小説アンソロジー」光文社 2006（光文社文庫）p167

日本人ばかり（李正子）
◇「〈在日〉文学全集 17」勉誠出版 2006 p233

日本人民の醒覚（一）（山路愛山）
◇「新日本古典文学大系 明治編 26」岩波書店 2002 p352

日本人民の醒覚（二）（山路愛山）
◇「新日本古典文学大系 明治編 26」岩波書店 2002 p357

日本推理作家協会賞殺人事件（柳広司）
◇「短篇ベストコレクション―現代の小説 2010」徳間書店 2010（徳間文庫）p341

日本製（淀谷悦一）
◇「ショートショートの広場 11」講談社 2000（講談社文庫）p59

日本早春図（陳舜臣）
◇「謎―スペシャル・ブレンド・ミステリー 007」講談社 2012（講談社文庫）p199

「日本大辞書」おくがき（山田美妙）
◇「明治の文学 10」筑摩書房 2001 p355

日本脱出記（大杉栄）
◇「新装版 全集現代文学の発見 1」學藝書林 2002 p27

日本魂（管野須賀子）
◇「「新編」日本女性文学全集 2」菁柿堂 2008 p445

「日本的」ということ（坂口安吾）
◇「ちくま日本文学 9」筑摩書房 2008（ちくま文庫）p167

日本読書公社（椎名誠）
◇「戦後短篇小説再発見 15」講談社 2003（講談社文芸文庫）p200

日本ドラマ論序説―そのいわば弁証法的側面について（木下順二）
◇「戦後文学エッセイ選 8」影書房 2005 p44

日本に於ける民族演劇の現勢（高飛）
◇「近代朝鮮文学日本語作品集1901～1938 評論・随筆篇 1」緑蔭書房 2004 p293

日本にも吸血鬼はいた（百目鬼恭三郎）
◇「血と薔薇の誘う夜に―吸血鬼ホラー傑作選」角川書店 2005（角川ホラー文庫）p321

日本人間（柴野睦人）
◇「ショートショートの広場 14」講談社 2003（講談社文庫）p129

日本の朝（金村龍濟）
◇「近代朝鮮文学日本語作品集1939～1945 創作篇 6」緑蔭書房 2001 p78

日本の美しき侍（中山義秀）
◇「武士の本懐―武士道小説傑作選」ベストセラーズ 2004（ベスト時代文庫）p131
◇「決闘！ 関ヶ原」実業之日本社 2015（実業之日本社文庫）p367

日本の改暦事情（冲方丁）
◇「日本SF短篇50 5」早川書房 2013（ハヤカワ文庫JA）p43

日本の兄弟よ（金光均）
◇「近代朝鮮文学日本語作品集1901～1938 評論・随筆篇 3」緑蔭書房 2004 p243

日本の基督教文学（植村正久）
◇「新日本古典文学大系 明治編 26」岩波書店 2002 p30

日本の黒い夏〈冤罪〉（熊井啓）
◇「年鑑代表シナリオ集 '01」映人社 2002 p29

日本の小僧（三遊亭円朝）
◇「明治の文学 3」筑摩書房 2001 p370

日本の小説（正岡子規）
◇「新日本古典文学大系 明治編 27」岩波書店 2003 p148

日本の女性（張赫宙）
◇「近代朝鮮文学日本語作品集1908～1945 セレクション 3」緑蔭書房 2008 p187

日本の人代名詞（正岡子規）
◇「新日本古典文学大系 明治編 27」岩波書店 2003 p139

日本の聖女（遠藤周作）
◇「戦国女人十一話」作品社 2005 p223

日本の同志に（李均）
◇「近代朝鮮文学日本語作品集1908～1945 セレクション 4」緑蔭書房 2008 p239

日本の臭い（金時鐘）
◇「〈在日〉文学全集 5」勉誠出版 2006 p60

日本の橋（保田與重郎）
◇「新装版 全集現代文学の発見 11」學藝書林 2004 p396

日本の風水地帯を行く―星と大地の不可思議（荒俣宏）

◇「七人の安倍晴明」桜桃書房 1998 p57

日本の法律（許南麒）
◇「〈在日〉文学全集 2」勉誠出版 2006 p149

日本の密室ミステリ案内（横井司）
◇「密室殺人大百科 下」原書房 2000 p435

日本の脂（やに）と西洋の香気（金子光晴）
◇「ちくま日本文学 38」筑摩書房 2009 （ちくま文庫）p157

日本の優秀さをかく（宮原惣一）
◇「近代朝鮮文学日本語作品集1939〜1945 評論・随筆篇 3」緑蔭書房 2002 p484

日本のユダ─山田右衛門作（榊山潤）
◇「人物日本の歴史─時代小説版 江戸編 上」小学館 2004 （小学館文庫）p143

二本の指─明治掏摸物語（佐賀潜）
◇「浜町河岸夕化粧」光風社出版 1998 （光風社文庫）p323

“日本のルネッサンス人”の死（長谷川四郎）
◇「戦後文学エッセイ選 2」影書房 2006 p208

日本橋（折口信夫）
◇「ちくま日本文学 25」筑摩書房 2008 （ちくま文庫）p37

日本橋観光（加門七海）
◇「怪談列島ニッポン─書き下ろし諸国奇談競作集」メディアファクトリー 2009 （MF文庫）p191

二本早い電車で。（森川楓子）
◇「5分で読める！ ひと駅ストーリー 降車編」宝島社 2012 （宝島社文庫）p57

日本漂流（小松左京）
◇「怪獣文学大全」河出書房新社 1998 （河出文庫）p294
◇「魍魎魑魅列島」小学館 2005 （小学館文庫）p289

日本風土記（金時鐘）
◇「〈在日〉文学全集 5」勉誠出版 2006 p25

日本プロレタリア作家同盟第五回大會へのメツセーヂ（朝鮮プロレタリア藝術同盟, 中央委員會書記局）
◇「近代朝鮮文学日本語作品集1901〜1938 評論・随筆篇 3」緑蔭書房 2004 p368

日本プロレタリア文学運動の再認識（池田寿夫）
◇「新装版 全集現代文学の発見 3」學藝書林 2003 p389

『日本文学を読む』を読む（倉橋由美子）
◇「精選女性随筆集 3」文藝春秋 2012 p147

日本文學に於ける朝鮮の面影（崔南善）
◇「近代朝鮮文学日本語作品集1901〜1938 評論・随筆篇 1」緑蔭書房 2004 p245

日本文化私観（坂口安吾）
◇「新装版 全集現代文学の発見 11」學藝書林 2004 p430
◇「ちくま日本文学 9」筑摩書房 2008 （ちくま文庫）p167

日本文章の発想法の起り（折口信夫）

日本文体文字新論（矢野龍渓）
◇「新日本古典文学大系 明治編 11」岩波書店 2006 p377

日本分の一（優友）
◇「ショートショートの花束 7」講談社 2015 （講談社文庫）p38

日本浪曼派のために（保田與重郎）
◇「創刊一〇〇年三田文学名作選」三田文学会 2010 p476

二枚舌（金関丈夫）
◇「日本統治期台湾文学集成 17」緑蔭書房 2003 p187

二枚舌の掛軸（乾くるみ）
◇「本格ミステリー二〇〇九年本格短編ベスト・セレクション 09」講談社 2009 （講談社ノベルス）p365
◇「空飛ぶモルグ街の研究」講談社 2013 （講談社文庫）p515

二枚目のハンカチ（野坂律子）
◇「最後の一日─さよならが胸に染みる10の物語」泰文堂 2011 （Linda books！）p176

二枚目病（色川武大）
◇「昭和の短篇一人一冊集成 色川武大」未知谷 2008 p89

二万三千日の幽霊（柏田道夫）
◇「甘美なる復讐」文藝春秋 1998 （文春文庫）p301

二万パーセントの正論（越谷友華）
◇「5分で読める！ ひと駅ストーリー 本の物語」宝島社 2014 （宝島社文庫）p249

二面の箏（鈴木鼓村）
◇「文豪怪談傑作選 特別編」筑摩書房 2007 （ちくま文庫）p12

二毛作（鳥飼否宇）
◇「ミステリ★オールスターズ」角川書店 2010 p93
◇「ミステリ・オールスターズ」角川書店 2012 （角川文庫）p107

二夜の女（多岐川恭）
◇「湯の街殺人旅情─日本ミステリー紀行」青樹社 2000 （青樹社文庫）p285

ニャン救大作戦（佐藤青南）
◇「5分で読める！ ひと駅ストーリー 猫の物語」宝島社 2014 （宝島社文庫）p19

ニャンコはしあわせ、世界中で一番しあわせ≫大久保武道（愛親覚羅慧生）
◇「日本人の手紙 4」リブリオ出版 2004 p163

にゆう（三遊亭円朝）
◇「明治の文学 3」筑摩書房 2001 p306

入営する弟に（中山フミ）
◇「アンソロジー・プロレタリア文学 3」森話社 2015 p160

入園した頃の思い出（香山末子）
◇「ハンセン病文学全集 4」皓星社 2003 p442

入学式（佐藤洋二郎）

にゆう

◇「文学 2004」講談社 2004 p155
◇「現代小説クロニクル 2000～2004」講談社 2015 （講談社文芸文庫）p214

入国初日（ぽへみ庵）
◇「ショートショートの広場 19」講談社 2007 （講談社文庫）p122

入室（香山末子）
◇「ハンセン病文学全集 4」皓星社 2003 p449

入社誌（李人稙）
◇「近代朝鮮文学日本語作品集1901～1938 評論・随筆篇 2」緑蔭書房 2004 p161

入道雲（内田百閒）
◇「文豪怪談傑作選 大正篇」筑摩書房 2011 （ちくま文庫）p300

入道雲（堀辰雄）
◇「ちくま日本文学 39」筑摩書房 2009 （ちくま文庫）p310

入梅（久坂葉子）
◇「短編 女性文学 近代 続」おうふう 2002 p197

乳白温度（田中貴尚）
◇「ゆきのまち幻想文学賞小品集 20」企画集団ぷりずむ 2011 p130

ニュウヨークから帰ってきた人の話（稲垣足穂）
◇「ちくま日本文学 16」筑摩書房 2008 （ちくま文庫）p50

ニューギニア山岳戦（岡田誠三）
◇「消えた受賞作―直木賞編」メディアファクトリー 2004 （ダ・ヴィンチ特別編集）p153

ニュー・コンセプト（富永一彦）
◇「ショートショートの広場 10」講談社 2000 （講談社文庫）p130

ニュージーランド（吉田知子）
◇「戦後短篇小説選―『世界』1946-1999 4」岩波書店 2000 p269

ニュース（伊計翼）
◇「怪談四十九夜」竹書房 2016 （竹書房文庫）p72

ニュースおじさん（大場惑）
◇「贈る物語Wonder」光文社 2002 p164

ニュース（童謡付）（秋山末雄）
◇「ショートショートの広場 11」講談社 2000 （講談社文庫）p172

ニューヨーク（宮内勝典）
◇「街物語」朝日新聞社 2000 p169

ニューヨーク、ニューヨーク（津島佑子）
◇「変愛小説集 日本作家編」講談社 2014 p273

ニューヨークの亜希ちゃん（前川麻子）
◇「旅を数えて」光文社 2007 p147

ニュー・ヨークの焼豆腐（福田恆存）
◇「もの食う話」文藝春秋 2015 （文春文庫）p283

新約克（ニューヨーク）府ノ記（久米邦武）
◇「新日本古典文学大系 明治編 5」岩波書店 2009 p230

ニュールック（金時鐘）
◇「〈在日〉文学全集 5」勉誠出版 2006 p65

ニュルブルクリングに陽は落ちて（高齋正）
◇「日本SF全集 2」出版芸術社 2010 p313
◇「70年代日本SFベスト集成 1」筑摩書房 2014 （ちくま文庫）p317

尿意（諏訪哲史）
◇「文学 2011」講談社 2011 p97

女房殺し（江見水蔭）
◇「新日本古典文学大系 明治編 21」岩波書店 2005 p419
◇「明治深刻悲惨小説集」講談社 2016 （講談社文芸文庫）p293

女房始め（上野葉）
◇「青鞜文学集」不二出版 2004 p143

女賊お君（長谷川伸）
◇「悪いやつの物語」筑摩書房 2011 （ちくま文学の森）p55

女賊お紐の冒険（神坂次郎）
◇「女人」小学館 2007 （小学館文庫）p293

女体（芥川龍之介）
◇「この愛のゆくえ―ポケットアンソロジー」岩波書店 2011 （岩波文庫別冊）p389
◇「晩菊―女体についての八篇」中央公論新社 2016 （中公文庫）p133

女体消滅（澁澤龍彦）
◇「京都綺談」有楽出版社 2015 p125
◇「新編・日本幻想文学集成 2」国書刊行会 2016 p101

女人禁制（紗那）
◇「男たちの怪談百物語」メディアファクトリー 2012 （幽BOOKS）p54

女人訓戒（太宰治）
◇「文豪怪談傑作選 太宰治集」筑摩書房 2009 （ちくま文庫）p230

女人入眼（葉室麟）
◇「代表作時代小説 平成22年度」光文社 2010 p357

女人の山に入る者多き事（柳田國男）
◇「ちくま日本文学 15」筑摩書房 2008 （ちくま文庫）p128

女人焚死（佐藤春夫）
◇「ペン先の殺意―文芸ミステリー傑作選」光文社 2005 （光文社文庫）p111

如菩薩団（筒井康隆）
◇「謎―スペシャル・ブレンド・ミステリー 006」講談社 2011 （講談社文庫）p315

ニライカナイ（篠田節子）
◇「紫迷宮―ミステリー・アンソロジー」祥伝社 2002 （祥伝社文庫）p375

ニラタマA（佐藤正午）
◇「秘密。―私と私のあいだの十二話」メディアファクトリー 2005 p41

ニラタマB（佐藤正午）
◇「秘密。―私と私のあいだの十二話」メディアファクトリー 2005 p47

にらみ（長岡弘樹）
◇「宝石ザミステリー 2016」光文社 2015 p381
◇「ベスト本格ミステリ 2016」講談社 2016 （講談

にんき

社ノベルス）p353

睨む女（森江賢二）
◇「ショートショートの広場 18」講談社 2006（講談社文庫）p177

にらめっこ（相良敦子）
◇「Love―あなたに逢いたい」双葉社 1997（双葉文庫）p111

にらめっこ（夢乃鳥子）
◇「てのひら怪談―ビーケーワン怪談大賞傑作選 庚寅」ポプラ社 2010（ポプラ文庫）p112

二流（菊地秀行）
◇「妖女」光文社 2004（光文社文庫）p477

二流の人（坂口安吾）
◇「新装版 全集現代文学の発見 12」學藝書林 2004 p350
◇「黒田官兵衛―小説集」作品社 2013 p171

二塁手同盟（高原弘吉）
◇「自選ショート・ミステリー」講談社 2001（講談社文庫）p205

楡家の人びと（抄）（北杜夫）
◇「山形県文学全集第1期（小説編）3」郷土出版社 2004 p11

二老人（国木田独歩）
◇「明治の文学 22」筑摩書房 2001 p427

二老婆（徳田秋声）
◇「日本近代短篇小説選 明治篇2」岩波書店 2013（岩波文庫）p101

庭（寺山修司）
◇「ちくま日本文学 6」筑摩書房 2007（ちくま文庫）p16

庭（森内俊雄）
◇「恐怖特急」光文社 2002（光文社文庫）p217

庭（山本文緒）
◇「日本文学100年の名作 9」新潮社 2015（新潮文庫）p345

にわか雨（飛鳥高）
◇「江戸川乱歩の推理教室」光文社 2008（光文社文庫）p189

俄あれ（里見弴）
◇「謎のギャラリー特別室 1」マガジンハウス 1998 p55
◇「謎のギャラリー―謎の部屋」新潮社 2002（新潮文庫）p41
◇「謎の部屋」筑摩書房 2012（ちくま文庫）p41
◇「文豪たちが書いた耽美小説傑編集」彩図社 2015 p106

にわか英雄（佐々木邦）
◇「「少年倶楽部」短篇選」講談社 2013（講談社文芸文庫）p293

丹羽花南の韻に次す 己巳（森春濤）
◇「新日本古典文学大系 明治編 2」岩波書店 2004 p56

庭木（芥川龍之介）
◇「文豪怪談傑作選 芥川龍之介集」筑摩書房 2010（ちくま文庫）p521

庭樹（鏑木清方）

◇「植物」国書刊行会 1998（書物の王国）p169

庭師ウィル（佐藤詩織）
◇「中学校創作脚本集 3」晩成書房 2008 p95

にわとり（許南麒）
◇「〈在日〉文学全集 2」勉誠出版 2006 p140

鶏（島崎藤村）
◇「明治の文学 16」筑摩書房 2002 p187

鶏（萩原朔太郎）
◇「ちくま日本文学 36」筑摩書房 2009（ちくま文庫）p147

鶏（中島敦）
◇「ちくま日本文学 12」筑摩書房 2008（ちくま文庫）p232

鶏（にわとり）泥棒（稲垣足穂）
◇「ちくま日本文学 16」筑摩書房 2008（ちくま文庫）p69

鶏――一幕二場（竹内治）
◇「日本統治期台湾文学集成 14」緑蔭書房 2003 p309

ニワトリはハダシだ（近藤昭二，森崎東）
◇「年鑑代表シナリオ集 '04」シナリオ作家協会 2005 p215

庭に植える木（かんべむさし）
◇「物語のルミナリエ」光文社 2011（光文社文庫）p113

庭、庭師、徒弟―地下、密林、川、山、廃墟…無限に続く世界を知るには、歩くしかない（樺山三英）
◇「NOVA―書き下ろし日本SFコレクション 6」河出書房新社 2011（河出文庫）p269

庭の薔薇の紅い花びらの下（長尾由多加）
◇「逆転の瞬間」文藝春秋 1998（文春文庫）p215

人魚（袁枚）
◇「文豪てのひら怪談」ポプラ社 2009（ポプラ文庫）p164

人魚（原子修）
◇「全作家短編集 15」のべる出版企画 2016 p188

人魚（火野葦平）
◇「妖怪」国書刊行会 1999（書物の王国）p177

人形（江戸川乱歩）
◇「人形」国書刊行会 1997（書物の王国）p195

人形（北condition良雄）
◇「ハンセン病に咲いた花―初期文芸名作選 戦後編」皓星社 2002（ハンセン病叢書）p63

人形（小鳥遊ふみ）
◇「ショートショートの花束 5」講談社 2013（講談社文庫）p83

人形遊び（篠田真由美）
◇「ゆきどまり―ホラー・アンソロジー」祥伝社 2000（祥伝社文庫）p53

人形を焼く（森真沙子）
◇「いつか心の奥へ―小説推理傑作選」双葉社 1997 p213

人形館―小学生バージョン（梶本暁代）
◇「小学校たのしい劇の本―英語劇付 高学年」国土

にんき

社 2007 p124

人形奇聞―高古堂主人『新説百物語』(高古堂主人)
◇「人形」国書刊行会 1997 (書物の王国) p179

人形嫌い(霜島ケイ)
◇「文藝百物語」ぶんか社 1997 p51

人形草(森奈津子)
◇「勿忘草―恋愛ホラー・アンソロジー」祥伝社 2003 (祥伝社文庫) p195

人形劇 牡丹燈籠(川尻泰司)
◇「怪奇・伝奇時代小説選集 9」春陽堂書店 2000 (春陽文庫) p194

人形幻想(種村季弘)
◇「人形」国書刊行会 1997 (書物の王国) p9

人形師の幻想(木々高太郎)
◇「探偵くらぶ―探偵小説傑作選1946～1958 下」光文社 1997 (カッパ・ノベルス) p93

人形たちの夜(抄)(中井英夫)
◇「山形県文学全集第1期(小説編) 5」郷土出版社 2004 p141

人形つかい(日影丈吉)
◇「人形」国書刊行会 1997 (書物の王国) p183

人形つくり(北原白秋)
◇「人形」国書刊行会 1997 (書物の王国) p174

人形と少女(加門七海)
◇「文藝百物語」ぶんか社 1997 p56

人形の家(村田基)
◇「玩具館」光文社 2001 (光文社文庫) p433

人形の家2004(久美沙織)
◇「蒐集家(コレクター)」光文社 2004 (光文社文庫) p369

人形の脳みそ(水島裕子)
◇「ブキミな人びと」ランダムハウス講談社 2007 p211

人形の館の館(山口雅也)
◇「大密室」新潮社 1999 p261

任侠ビジネス(笹本稜平)
◇「宝石ザミステリー 3」光文社 2013 p517

人形変じて女人となる(明恵上人)
◇「文豪てのひら怪談」ポプラ社 2009 (ポプラ文庫) p189

人形武蔵(光瀬龍)
◇「宮本武蔵―剣豪列伝」廣済堂出版 1997 (廣済堂文庫) p201
◇「七人の武蔵」角川書店 2002 (角川文庫) p129

人形は語らない(白貝睦美)
◇「つながり―フェリシモしあわせショートショート」フェリシモ 1999 p103

人魚姦図(戸川昌子)
◇「人魚の血―珠玉アンソロジー オリジナル&スタンダート」光文社 2001 (カッパ・ノベルス) p223

人魚紀聞(椿實)
◇「暗黒のメルヘン」河出書房新社 1998 (河出文庫) p349

◇「人魚の血―珠玉アンソロジー オリジナル&スタンダート」光文社 2001 (カッパ・ノベルス) p81

人魚伝(安部公房)
◇「人魚―mermaid & merman」皓星社 2016 (紙礫) p185

人魚伝説(町井登志夫)
◇「夏のグランドホテル」光文社 2003 (光文社文庫) p335

人魚と提琴(石神茉莉)
◇「人魚の血―珠玉アンソロジー オリジナル&スタンダート」光文社 2001 (カッパ・ノベルス) p313

人魚の海(加門七海)
◇「人魚の血―珠玉アンソロジー オリジナル&スタンダート」光文社 2001 (カッパ・ノベルス) p357

人魚の海(火坂雅志)
◇「夢を見にけり―時代小説招待席」廣済堂出版 2004 p213

人魚の海(笛地静恵)
◇「原色の想像力―創元SF短編賞アンソロジー」東京創元社 2010 (創元SF文庫) p157

人魚の海―新釈諸国噺(太宰治)
◇「人魚―mermaid & merman」皓星社 2016 (紙礫) p167

人魚の海 「新釈諸国噺」より(太宰治)
◇「文豪怪談傑作選 太宰治集」筑摩書房 2009 p95

人魚の死(安西水丸)
◇「二十四粒の宝石―超短編小説傑作集」講談社 1998 (講談社文庫) p161

人魚の嘆き(谷崎潤一郎)
◇「いきものがたり」双文社出版 2013 p59
◇「人魚―mermaid & merman」皓星社 2016 (紙礫) p79
◇「新編・日本幻想文学集成 3」国書刊行会 2016 p30

人魚の肉(中里友香)
◇「リテラリーゴシック・イン・ジャパン―文学的ゴシック作品選」筑摩書房 2014 (ちくま文庫) p585

人魚の祠(泉鏡花)
◇「人魚の血―珠玉アンソロジー オリジナル&スタンダート」光文社 2001 (カッパ・ノベルス) p135

人魚姫(谷崎淳子)
◇「1人から5人でできる新鮮いちご脚本集 v.2」青雲書房 2002 p75

人魚姫の泡沫(森晶麿)
◇「ザ・ベストミステリーズ―推理小説年鑑 2014」講談社 2014 p261

人魚姫の昇天(小松左京)
◇「人魚の血―珠玉アンソロジー オリジナル&スタンダート」光文社 2001 (カッパ・ノベルス) p351

人魚變生(山田章博)
◇「人魚の血―珠玉アンソロジー オリジナル&スタ

ンダート」光文社 2001（カッパ・ノベルス）
p43

人魚屋（草上仁）
◇「人魚の血—珠玉アンソロジー オリジナル＆スタンダート」光文社 2001（カッパ・ノベルス）p207

人魚は百年眠らない（結城はに）
◇「ゆきのまち幻想文学賞小品集 23」企画集団ぷりずむ 2014 p53

人間（北川冬彦）
◇「新装版 全集現代文学の発見 13」學藝書林 2004 p32

人間（堀川正美）
◇「新装版 全集現代文学の発見 13」學藝書林 2004 p518

人間椅子（江戸川乱歩）
◇「ちくま日本文学 7」筑摩書房 2008（ちくま文庫）p205
◇「右か、左か」文藝春秋 2010（文春文庫）p341
◇「変身ものがたり」筑摩書房 2010（ちくま文学の森）p373
◇「文豪たちが書いた耽美小説短編集」彩図社 2015 p63

人間必ずしも住家を持たざる事（柳田國男）
◇「ちくま日本文学 15」筑摩書房 2008（ちくま文庫）p116

人間苦（長田穂波）
◇「ハンセン病文学全集 6」皓星社 2003 p42

人間空気（二階堂黎人）
◇「新世紀犯罪博覧会—連作推理小説」光文社 2001（カッパ・ノベルス）p129

人間失角（福島康夫）
◇「中学校たのしい劇脚本集—英語劇付 Ⅱ」国土社 2011 p123

人間じゃない（長島槇子）
◇「女たちの怪談百物語」メディアファクトリー 2010（〔幽books〕）p85
◇「女たちの怪談百物語」KADOKAWA 2014（角川ホラー文庫）p90

にんげんじゃないもん（両角長彦）
◇「憑きびと—「読楽」ホラー小説アンソロジー」徳間書店 2016（徳間文庫）p295

人間外の犯人（江戸川乱歩）
◇「ちくま日本文学 7」筑摩書房 2008（ちくま文庫）p399

人間腸詰（夢野久作）
◇「ちくま日本文学 31」筑摩書房 2009（ちくま文庫）p361

人間でないことがばれて出て行く女の置き手紙（蜂飼耳）
◇「教えたくなる名短篇」筑摩書房 2014（ちくま文庫）p17

人間天狗事件（海野十三）
◇「風間光枝探偵日記」論創社 2007（論創ミステリ叢書）p213

人間に生れた悲哀（石薫生）

◇「近代朝鮮文学日本語作品集1908〜1945 セレクション 4」緑蔭書房 2008 p197

人間にして天使なるを得べき乎（徳富蘇峰）
◇「新日本古典文学大系 明治編 26」岩波書店 2002 p217

人間に大切なものは友情ですよ＞丹羽正（小川国夫）
◇「日本人の手紙 2」リブリオ出版 2004 p223

人間になりたい（前川誠）
◇「ショートショートの花束 8」講談社 2016（講談社文庫）p59

人間のあかし（李正子）
◇「〈在日〉文学全集 17」勉誠出版 2006 p275

人間の生きる条件—戦後転向と統一戦線の問題（井上光晴）
◇「戦後文学エッセイ選 13」影書房 2008 p9

人間の威厳について（大江健三郎）
◇「日本文学全集 22」河出書房新社 2015 p483

人間の意志（尾崎孝子）
◇「日本統治期台湾文学集成 15」緑蔭書房 2003 p131

人間の運命（抄）（芹沢光治良）
◇「山形県文学全集第1期（小説編）3」郷土出版社 2004 p76

人間の王Most Beautiful Program（宮内悠介）
◇「日本SF短篇50 5」早川書房 2013（ハヤカワ文庫 JA）p423

にんげんのくに—Le Milieu Humain（仁木稔）
◇「伊藤計劃トリビュート」早川書房 2015（ハヤカワ文庫 JA）p297

探偵小説 人間の裁判（座光東平）
◇「日本統治期台湾文学集成 9」緑蔭書房 2002 p57

人間の情景（野村敏雄）
◇「花と剣と侍—新鷹会・傑作時代小説選」光文社 2009（光文社文庫）p217

人間の尊厳と八〇〇メートル（深水黎一郎）
◇「Shadow闇に潜む真実」講談社 2014（講談社文庫）p5

人間の尊厳と八〇〇メートル—日本推理作家協会賞短編部門受賞作（深水黎一郎）
◇「ザ・ベストミステリーズ—推理小説年鑑 2011」講談社 2011 p9

人間の卵（高田義一郎）
◇「懐かしい未来—甦る明治・大正・昭和の未来小説」中央公論新社 2001 p187

人間の悲劇（金子光晴）
◇「ちくま日本文学 38」筑摩書房 2009（ちくま文庫）p76

人間の羊（大江健三郎）
◇「近代小説〈都市〉を読む」双文社出版 1999 p211
◇「コレクション戦争と文学 10」集英社 2012 p349
◇「街娼—パンパン＆オンリー」皓星社 2015（紙礫）p99

人間の淵 シリーズその2（生潔彦）
◇「全作家短編集 15」のべる出版企画 2016 p237

にんけ

人間の淵 シリーズ（一）（通雅彦）
◇「回転ドアから」全作家協会 2015（全作家短編集）p319
人間の本性（大森直樹）
◇「ショートショートの花束 5」講談社 2013（講談社文庫）p102
人間灰（海野十三）
◇「君らの狂気で死を孕ませよ─新青年傑作選」角川書店 2000（角川文庫）p75
人間華（山田風太郎）
◇「植物」国書刊行会 1998（書物の王国）p114
◇「日本怪奇小説傑作集 2」東京創元社 2005（創元推理文庫）p313
人間バンク（星野智幸）
◇「人はお金をつかわずにはいられない」日本経済新聞出版社 2011 p159
人間万事金世中（にんげんばんじかねのよのなか）（河竹黙阿弥）
◇「新日本古典文学大系 明治編 8」岩波書店 2001 p1
人間ピラミッド（タカスギシンタロ）
◇「超短編の世界 vol.2」創英社 2009 p75
人間淵（通雅彦）
◇「全作家短編小説集 6」全作家協会 2007 p173
◇「全作家短編小説集 7」全作家協会 2008 p118
人間臨終図巻─円谷幸吉（山田風太郎）
◇「たんときれいに召し上がれ─美食文学精選」芸術新聞社 2015 p101
人間レコード（夢野久作）
◇「懐かしい未来─甦る明治・大正・昭和の未来小説」中央公論新社 2001 p272
人間は平等である（武田泰淳）
◇「戦後文学エッセイ選 5」影書房 2006 p95
にんご（宗秋月）
◇「〈在日〉文学全集 18」勉誠出版 2006 p34
仁三郎の顔（池波正太郎）
◇「明暗廻り灯籠」光風社出版 1998（光風社文庫）p283
忍者 明智十兵衛（山田風太郎）
◇「魔術師」角川書店 2001（角川ホラー文庫）p135
忍者☆車窓ラン！（友井羊）
◇「5分で読める！ ひと駅ストーリー 乗車編」宝島社 2012（宝島社文庫）p169
忍者玉虫内膳（山田風太郎）
◇「血」三天書房 2000（傑作短篇シリーズ）p51
忍者服部半蔵（山田風太郎）
◇「忍者だもの─忍法小説五番勝負」新潮社 2015（新潮文庫）p219
忍者六道銭（山田風太郎）
◇「信州歴史時代小説傑作集 3」しなのき書房 2007 p357
◇「御白洲裁き─時代推理傑作選」徳間書店 2009（徳間文庫）p7
忍術武勇傳（貴司山治）

◇「新・プロレタリア文学精選集 14」ゆまに書房 2004 p331
刃傷（池波正太郎）
◇「風の中の剣士」光風社出版 1998（光風社文庫）p229
◇「武士道残月抄」光文社 2011（光文社文庫）p199
「人情紙風船」が遺作ではチトサビシイ≫井上金太郎（山中貞雄）
◇「日本人の手紙 8」リブリオ出版 2004 p160
人情刑事（小杉健治）
◇「宝石ザミステリー 2014冬」光文社 2014 p111
人情噺（織田作之助）
◇「名短篇ほりだしもの」筑摩書房 2011（ちくま文庫）p295
にんじん（戌井昭人）
◇「超短編の世界 vol.2」創英社 2009 p16
人参（岡本綺堂）
◇「ちくま日本文学 32」筑摩書房 2009（ちくま文庫）p243
妊娠カレンダー（小川洋子）
◇「中沢けい・多和田葉子・荻野アンナ・小川洋子」角川書店 1998（女性作家シリーズ）p387
人相学（正岡子規）
◇「新日本古典文学大系 明治編 27」岩波書店 2003 p94
認定（松尾詩朗）
◇「ショートショートの広場 13」講談社 2002（講談社文庫）p162
大蒜（梶井基次郎）
◇「ちくま日本文学 28」筑摩書房 2008（ちくま文庫）p125
『妊婦たちの明日』の現実（井上光晴）
◇「戦後文学エッセイ選 13」影書房 2008 p104
忍法一代女（郡順史）
◇「忍法からくり伝奇」勉誠出版 2004 p39
忍法短冊しぐれ─加藤段蔵（光瀬龍）
◇「時代小説傑作選 5」新人物往来社 2008 p115
ニンポウヘタラカ（大門高子）
◇「小学生のげき─新小学校演劇脚本集 低学年 1」晩成書房 2010 p145
忍法わすれ形見（南原幹雄）
◇「信州歴史時代小説傑作集 3」しなのき書房 2007 p331
にんぽまにあ（都筑道夫）
◇「シャーロック・ホームズの災難─日本版」論創社 2007 p239
忍恋（ゆき）
◇「恋みち─現代版・源氏物語」スターツ出版 2008 p181

【ぬ】

ぬいぐるみの話（三輪チサ）
- ◇「女たちの怪談百物語」メディアファクトリー 2010（〔幽books〕）p115
- ◇「女たちの怪談百物語」KADOKAWA 2014（角川ホラー文庫）p120

縫いぐるみのラドン（高峰秀子）
- ◇「精選女性随筆集 8」文藝春秋 2012 p215

鵼（白洲正子）
- ◇「魑魅魍魎列島」小学館 2005（小学館文庫）p311

鵼の来歴（日影丈吉）
- ◇「あやかしの深川―受け継がれる怪異な土地の物語」猿江商會 2016 p58

ヌガイエ・ヌガイ（ヨ下慶太）
- ◇「ゆきのまち幻想文学賞小品集 21」企画集団ぷりずむ 2012 p160

脱がせたひと（上野英信）
- ◇「戦後文学エッセイ選 12」影書房 2006 p116

額田女王（平林たい子）
- ◇「歴史小説の世紀 天の巻」新潮社 2000（新潮文庫）p455

泥濘（飯野文彦）
- ◇「秘神界 現代編」東京創元社 2002（創元推理文庫）p207

「抜打座談会」を評す（江戸川乱歩）
- ◇「「宝石」一九五〇―牟家殺人事件：探偵小説傑作集」光文社 2012（光文社文庫）p219

ぬくすけ（杉本増生）
- ◇「現代作家代表選集 1」鼎書房 2012 p129

ぬくもり（田中梅吉）
- ◇「ハンセン病文学全集 7」皓星社 2004 p538

ぬくもり―水原親憲（火坂雅志）
- ◇「代表作時代小説 平成21年度」光文社 2009 p361

抜髪（小川未明）
- ◇「文豪怪談傑作選 小川未明集」筑摩書房 2008（ちくま文庫）p103

抜国吉―粟田口国吉（羽山信樹）
- ◇「名刀伝」角川春樹事務所 2015（ハルキ文庫）p149

抜け忍サドンデス（乾緑郎）
- ◇「もっとすごい！ 10分間ミステリー」宝島社 2013（宝島社文庫）p339
- ◇「10分間ミステリー THE BEST」宝島社 2016（宝島社文庫）p37

抜けるので（松村佳直）
- ◇「てのひら怪談―ビーケーワン怪談大賞傑作選 辛卯」ポプラ社 2011（ポプラ文庫）p120

ぬこちゃんねる（三浦ヨーコ）
- ◇「ショートショートの花束 3」講談社 2011（講談社文庫）p153

ぬさと米と（折口信夫）
- ◇「文豪怪談傑作選 折口信夫集」筑摩書房 2009（ちくま文庫）p302

ヌジ（眉村卓）
- ◇「ふりむけば闇―時代小説招待席」廣済堂出版 2003 p229

主（赤川次郎）
- ◇「江戸猫ばなし」光文社 2014（光文社文庫）p5

盗っ人宗湛（火坂雅志）
- ◇「本能寺・男たちの決断―傑作時代小説」PHP研究所 2007（PHP文庫）p171

盗まれたカキエモンの謎（荒俣宏）
- ◇「シャーロック・ホームズの災難―日本版」論創社 2007 p51

盗まれた手紙（法月綸太郎）
- ◇「本格ミステリ 2004」講談社 2004（講談社ノベルス）p139
- ◇「ザ・ベストミステリーズ―推理小説年鑑 2004」講談社 2004 p181
- ◇「犯人たちの部屋」講談社 2007（講談社文庫）p153
- ◇「深夜バス78回転の問題―本格短編ベスト・セレクション」講談社 2008（講談社文庫）p207

ぬすまれたレール（錫蘭二）
- ◇「甦る推理雑誌 10」光文社 2004（光文社文庫）p261

盗まれて（今邑彩）
- ◇「殺人前線北上中」講談社 1997（講談社文庫）p301
- ◇「謎―スペシャル・ブレンド・ミステリー 005」講談社 2010（講談社文庫）p57

ぬすみぎき（幸田文）
- ◇「ちくま日本文学 5」筑摩書房 2007（ちくま文庫）p403

盗に大小あり美醜あり（正岡子規）
- ◇「新日本古典文学大系 明治編 27」岩波書店 2003 p392

盗み湯（不知火京介）
- ◇「乱歩賞作家 青の謎」講談社 2004 p263

盗む女（森江賢二）
- ◇「ショートショートの花束 1」講談社 2009（講談社文庫）p71

沼垂の女（角田喜久雄）
- ◇「乱歩の幻影」筑摩書房 1999（ちくま文庫）p107

ぬっへっほふ（朝松健）
- ◇「未来妖怪」光文社 2008（光文社文庫）p589

ヌード・マン・ウォーキング（伊井直行）
- ◇「文学 2007」講談社 2007 p69
- ◇「現代小説クロニクル 2005～2009」講談社 2015（講談社文芸文庫）p47

布（倉阪鬼一郎）
- ◇「恐怖症」光文社 2002（光文社文庫）p195

布川のこと（柳田國男）
- ◇「ちくま日本文学 15」筑摩書房 2008（ちくま文

ぬはた

庫）p422

ぬばたま（柴田錬三郎）
　◇「恐怖の森」ランダムハウス講談社 2007 p269

ぬひとり（安房毅）
　◇「日本統治期台湾文学集成 6」緑蔭書房 2002 p93

沼（小松左京）
　◇「冒険の森へ―傑作小説大全 16」集英社 2015
　　p22

沼（吉田健一）
　◇「恐竜文学大全」河出書房新社 1998（河出文庫）
　　p238
　◇「新編・日本幻想文学集成 2」国書刊行会 2016
　　p217

沼地蔵（乾緑郎）
　◇「10分間ミステリー」宝島社 2012（宝島社文庫）
　　p297
　◇「5分で凍る！ ぞっとする怖い話」宝島社 2015
　　（宝島社文庫）p9

沼津（大岡昇平）
　◇「文士の意地―車谷長吉撰短篇小説輯 下巻」作品
　　社 2005 p59

沼のほとり（豊島与志雄）
　◇「文豪怪談傑作選 昭和篇」筑摩書房 2011（ちく
　　ま文庫）p97
　◇「日本文学100年の名作 4」新潮社 2014（新潮文
　　庫）p31

沼の娘（佐々木江利子）
　◇「妖（あやかし）がささやく」翠琥出版 2015 p109

ぬらずみ様（小路幸也）
　◇「5分で読める！ 怖いはなし」宝島社 2014（宝島
　　社文庫）p181

ぬらりひょん（水木しげる）
　◇「モノノケ大合戦」小学館 2005（小学館文庫）
　　p287

ぬりかべ（小原猛）
　◇「男たちの怪談百物語」メディアファクトリー
　　2012（幽BOOKS）p228

ぬるい水（竹河聖）
　◇「邪香草―恋愛ホラー・アンソロジー」祥伝社
　　2003（祥伝社文庫）p313

ぬるま湯父さん（相良翔）
　◇「冷と温―第13回フェリシモ文学賞作品集」フェ
　　リシモ 2010 p30

ぬれぎぬ（金東煥）
　◇「近代朝鮮文学日本語作品集1939～1945 創作篇 6」
　　緑蔭書房 2001 p192

濡事式三番（潮山長三）
　◇「怪奇・伝奇時代小説選集 7」春陽堂書店 2000
　　（春陽文庫）p68

濡れた心（多岐川恭）
　◇「江戸川乱歩賞全集 2」講談社 1998（講談社文
　　庫）p289

【 ね 】

寧越令監（李泰俊）
　◇「近代朝鮮文学日本語作品集1939～1945 創作篇 4」
　　緑蔭書房 2001 p7

ネイルアート（真梨幸子）
　◇「忍び寄る闇の奇譚」講談社 2008（講談社ノベル
　　ス）p183

尼哇達（ネヴァタ）州及び「ユタ」部ノ記（久米邦
　武）
　◇「新日本古典文学大系 明治編 5」岩波書店 2009
　　p89

ねぇ。（岩佐なを）
　◇「文豪てのひら怪談」ポプラ社 2009（ポプラ文
　　庫）p40

ねえさん（石井桃子）
　◇「精選女性随筆集 8」文藝春秋 2012 p40

ねえやさん（李泰俊）
　◇「近代朝鮮文学日本語作品集1908～1945 セレクショ
　　ン 2」緑蔭書房 2008 p415

姉やん（田辺青蛙）
　◇「てのひら怪談―ビーケーワン怪談大賞傑作選 百
　　怪繚乱篇」ポプラ社 2008 p22
　◇「てのひら怪談―ビーケーワン怪談大賞傑作選 己
　　丑」ポプラ社 2009（ポプラ文庫）p38

姉やんの土産（秋田穂月）
　◇「ハンセン病文学全集 7」皓星社 2004 p501

寝白粉（小栗風葉）
　◇「被差別小説傑作集」河出書房新社 2016（河出文
　　庫）p32
　◇「明治深刻悲惨小説集」講談社 2016（講談社文芸
　　文庫）p267

ネオン（桐野夏生）
　◇「最新「珠玉推理」大全 上」光文社 1998（カッ
　　パ・ノベルス）p163
　◇「幻惑のラビリンス」光文社 2001（光文社文庫）
　　p233

願い（こみやかずお）
　◇「ショートショートの広場 11」講談社 2000（講
　　談社文庫）p38

願い（柴田よしき）
　◇「邪香草―恋愛ホラー・アンソロジー」祥伝社
　　2003（祥伝社文庫）p7
　◇「暗闇（ダークサイド）を追いかけろ―ホラー＆サ
　　スペンス編」光文社 2004（カッパ・ノベルス）
　　p263
　◇「暗闇（ダークサイド）を追いかけろ」光文社
　　2008（光文社文庫）p343

願い（島村洋子）
　◇「トロピカル」廣済堂出版 1999（廣済堂文庫）
　　p15

願い（盧進容）

◇「〈在日〉文学全集 18」勉誠出版 2006 p209

願い石（山藍紫姫子）
　◇「SFバカ本 たいやき編」ジャストシステム 1997 p91
　◇「SFバカ本 たいやき篇プラス」廣済堂出版 1999（廣済堂文庫）p99

願いがたくさん（黒川竜弘）
　◇「ショートショートの広場 9」講談社 1998（講談社文庫）p114

願いごと（まちだけいや）
　◇「ショートショートの広場 8」講談社 1997（講談社文庫）p86

願い事（三木四郎）
　◇「ショートショートの広場 18」講談社 2006（講談社文庫）p118

願う少女（矢崎存美）
　◇「俳優」廣済堂出版 1999（廣済堂文庫）p263

願うはあなたの幸せだけを（弓場貴子）
　◇「ひらく―第15回フェリシモ文学賞」フェリシモ 2012 p132

寝返りの陣（南原幹雄）
　◇「信州歴史時代小説傑作集 2」しなのき書房 2007 p267

願わない少女（芦沢央）
　◇「悪意の迷路」光文社 2016（最新ベスト・ミステリー）p13

根岸草廬記事（正岡子規）
　◇「明治の文学 20」筑摩書房 2001 p93

根岸兎角（戸部新十郎）
　◇「人物日本剣豪伝 2」学陽書房 2001（人物文庫）p115

根岸守信編『耳袋』（柳田國男）
　◇「文豪怪談傑作選 柳田國男集」筑摩書房 2007（ちくま文庫）p336

ネクタイ（李美子）
　◇「〈在日〉文学全集 18」勉誠出版 2006 p313

寝衣（渡辺啓助）
　◇「江戸川乱歩と13の宝石 2」光文社 2007（光文社文庫）p143

ネコ（星新一）
　◇「猫は神さまの贈り物 小説編」有楽出版社 2014 p205

猫（阿部昭）
　◇「短篇礼讃―忘れかけた名品」筑摩書房 2006（ちくま文庫）p182

猫（井伏鱒二）
　◇「にゃんそろじー」新潮社 2014（新潮文庫）p55

猫（内田百閒）
　◇「怪猫鬼談」人類文化社 1999 p59

猫（遠藤周作）
　◇「にゃんそろじー」新潮社 2014（新潮文庫）p111

猫（久坂葉子）
　◇「短篇礼讃―忘れかけた名品」筑摩書房 2006（ちくま文庫）p201

猫（島村静雨）
　◇「ハンセン病文学全集 6」皓星社 2003 p265

猫（辻辰磨）
　◇「ハンセン病に咲いた花―初期文芸名作選 戦前編」皓星社 2002（ハンセン病叢書）p275

猫（角田喜久雄）
　◇「猫のミステリー」河出書房新社 1999（河出文庫）p165

猫（豊島与志雄）
　◇「猫愛」凱風社 2008（PD叢書）p 7, 8
　◇「だから猫は猫そのものではない」凱風社 2015 p38

猫（萩原朔太郎）
　◇「ちくま日本文学 36」筑摩書房 2009（ちくま文庫）p88
　◇「日本文学全集 29」河出書房新社 2016 p20

猫（平谷美樹）
　◇「物語のルミナリエ」光文社 2011（光文社文庫）p17

猫（別役実）
　◇「怪猫鬼談」人類文化社 1999 p5

猫（光野桃）
　◇「にゃんそろじー」新潮社 2014（新潮文庫）p239

猫（吉田知子）
　◇「怪猫鬼談」人類文化社 1999 p67

猫雨（玄侑宗久）
　◇「極上掌篇小説」角川書店 2006 p83
　◇「ひと粒の宇宙」角川書店 2009（角川文庫）p83

猫一匹―御宿かわせみ（平岩弓枝）
　◇「代表作時代小説 平成14年度」光風社出版 2002 p157

猫占い（雨宮湘介）
　◇「全作家短編小説集 6」全作家協会 2007 p184

猫を殺すことの残酷さについて（深沢仁）
　◇「5分で読める！ ひと駅ストーリー 猫の物語」宝島社 2014（宝島社文庫）p289
　◇「5分で凍る！ ぞっとする怖い話」宝島社 2015（宝島社文庫）p99

猫を殺すには猫をもってせよ（不狼児）
　◇「リトル・リトル・クトゥルー―史上最小の神話小説集」学習研究社 2009 p206

猫ヲ探ス（森真沙子）
　◇「魔地図」光文社 2005（光文社文庫）p143

猫恐（田中文雄）
　◇「怪猫鬼談」人類文化社 1999 p283

猫を抱く少女（秋山浩司）
　◇「猫とわたしの七日間―青春ミステリーアンソロジー」ポプラ社 2013（ポプラ文庫ピュアフル）p153

猫男（角田光代）
　◇「Love stories」水曜社 2004 p225

猫を焼く（田中文雄）
　◇「文藝百物語」ぶんか社 1997 p71

猫か空き巣かマイコォか（おかもと（仮））

ねこか

◇「5分で読める！ ひと駅ストーリー 猫の物語」宝島社 2014（宝島社文庫）p29
◇「5分で笑える！ おバカで愉快な物語」宝島社 2016（宝島社文庫）p33

猫鏡（花輪莞爾）
◇「猫路地」日本出版社 2006 p221

猫が消えた（黒崎緑）
◇「探偵Xからの挑戦状！」小学館 2009（小学館文庫）p 75, 298

猫が来た日（伴かおり）
◇「ひらく―第15回フェリシモ文学賞」フェリシモ 2012 p28

猫が来るものか（筒井康隆）
◇「現代の小説 1998」徳間書店 1998 p169

ネコが死んだ。（新藤卓広）
◇「5分で読める！ ひと駅ストーリー 猫の物語」宝島社 2014（宝島社文庫）p39

猫型ロボット（水原秀策）
◇「5分で読める！ ひと駅ストーリー 猫の物語」宝島社 2014（宝島社文庫）p299

猫かつぎ（江坂遊）
◇「綾辻・有栖川復刊セレクション 仕掛け花火」講談社 2007（講談社ノベルス）p11

猫が物いふ話（森銑三）
◇「文士の意地―車谷長吉撰短篇小説輯 上巻」作品社 2005 p221

猫清（高橋克彦）
◇「大江戸猫三昧―時代小説傑作選」徳間書店 2004（徳間文庫）p225

猫嫌い（麻衣）（秋元康）
◇「アドレナリンの夜―珠玉のホラーストーリーズ」竹書房 2009 p51

猫斬り（森川楓子）
◇「5分で読める！ ひと駅ストーリー 夏の記憶東口編」宝島社 2013（宝島社文庫）p31

猫芸者おたま―御宿かわせみ（平岩弓枝）
◇「代表作時代小説 平成16年度」光風社出版 2004 p345

猫 子猫（寺田寅彦）
◇「猫」中央公論新社 2009（中公文庫）p127

猫坂（倉阪鬼一郎）
◇「猫路地」日本出版社 2006 p65

猫座流星群（皆川博子）
◇「玩具館」光文社 2001（光文社文庫）p35

猫爺（西村風池）
◇「てのひら怪談―ビーケーワン怪談大賞傑作選 2」ポプラ社 2007 p88
◇「てのひら怪談―ビーケーワン怪談大賞傑作選 己丑」ポプラ社 2009（ポプラ文庫）p66

猫舌男爵（皆川博子）
◇「古書ミステリー倶楽部―傑作推理小説集 2」光文社 2014（光文社文庫）p115

猫じゃ猫じゃ（古銭信二）
◇「謎のギャラリー特別室 3」マガジンハウス 1999 p155
◇「謎のギャラリー―謎の部屋」新潮社 2002（新潮文庫）p237
◇「謎の部屋」筑摩書房 2012（ちくま文庫）p237

猫じゃ猫じゃ事件（土岐雄三）
◇「猫のミステリー」河出書房新社 1999（河出文庫）p195

ねこじゃらし（千田佳代）
◇「姥ヶ辻一小説集」作品社 2003 p62

猫書店（秋里光彦）
◇「猫路地」日本出版社 2006 p39

猫背（李正子）
◇「〈在日〉文学全集 17」勉誠出版 2006 p294

猫先生の弁（豊島与志雄）
◇「猫愛」凱風社 2008（PD叢書）p16
◇「だから猫は猫そのものではない」凱風社 2015 p45

猫騒動（岡本綺堂）
◇「怪猫鬼談」人類文化社 1999 p165
◇「大江戸猫三昧―時代小説傑作選」徳間書店 2004（徳間文庫）p5

猫騒動（藤枝ちえ）
◇「猫のミステリー」河出書房新社 1999（河出文庫）p271

ネコ染衛門（青木玉）
◇「にゃんそろじー」新潮社 2014（新潮文庫）p217

ねこタクシー4コマシアター（いとううらら）
◇「御子神さん―幸福をもたらす♂三毛猫」竹書房 2010（竹書房文庫）p295

猫たちの戦野―皇国の守護者外伝（佐藤大輔）
◇「C・N 25―C・novels創刊25周年アンソロジー」中央公論新社 2007（C novels）p158

猫魂（化野燐）
◇「猫路地」日本出版社 2006 p169

猫つきの店（新田次郎）
◇「猫のミステリー」河出書房新社 1999（河出文庫）p249

猫である（不狼児）
◇「てのひら怪談―ビーケーワン怪談大賞傑作選」ポプラ社 2007 p30
◇「てのひら怪談―ビーケーワン怪談大賞傑作選」ポプラ社 2008（ポプラ文庫）p28

猫寺物語（佐藤弓生）
◇「猫路地」日本出版社 2006 p77

猫と同じ色の闇（森真沙子）
◇「怪猫鬼談」人類文化社 1999 p319

猫と暮す―蛇騒動と侵入者（金井美恵子）
◇「にゃんそろじー」新潮社 2014（新潮文庫）p199

猫と死の街（倉知淳）
◇「ねこ！ ネコ！ 猫！―nekoミステリー傑作選」徳間書店 2008（徳間文庫）p155
◇「暗闇を見よ」光文社 2010（Kappa novels）p141
◇「暗闇を見よ」光文社 2015（光文社文庫）p191

ねことねずみの物語Ⅲ（久我良三）

◇「小学校たのしい劇の本—英語劇付 中学年」国土社 2007 p64

猫と婆さん（佐藤春夫）
◇「猫は神さまの贈り物 小説編」有楽出版社 2014 p97

猫と博士と愛の死と（桂修司）
◇「5分で読める！ ひと駅ストーリー 猫の物語」宝島社 2014（宝島社文庫）p79

猫と三日月—熱砂の星パライソ外伝（宝珠なつめ）
◇「C・N 25—C・novels創刊25周年アンソロジー」中央公論新社 2007（C novels）p682

ねこどりの眼（金子光晴）
◇「ちくま日本文学 38」筑摩書房 2009（ちくま文庫）p363

猫波（霜島ケイ）
◇「猫路地」日本出版社 2006 p135

猫舐祭（椎名誠）
◇「奇譚カーニバル」集英社 2000（集英社文庫）p283
◇「短編復活」集英社 2002（集英社文庫）p177

猫に躍らされた男（栗田信）
◇「怪奇・伝奇時代小説選集 1」春陽堂書店 1999（春陽文庫）p194

猫に卵（津井つい）
◇「猫のミステリー」河出書房新社 1999（河出文庫）p99

猫について喋って自死（町田康）
◇「にゃんそろじー」新潮社 2014（新潮文庫）p231

猫に仕えるの記 猫族の紳士淑女（坂西志保）
◇「猫」中央公論新社 2009（中公文庫）p71

猫女房（天沼春樹）
◇「猫路地」日本出版社 2006 p159

ねこ 猫—マイペット 客ぎらひ（谷崎潤一郎）
◇「猫」中央公論新社 2009（中公文庫）p97

猫の悪と猫の善（一）（石田孫太郎）
◇「猫愛」凱風社 2008（PD叢書）p42
◇「だから猫は猫そのものではない」凱風社 2015 p138

猫の悪と猫の善（二）（石田孫太郎）
◇「猫愛」凱風社 2008（PD叢書）p46
◇「だから猫は猫そのものではない」凱風社 2015 p142

猫の家のアリス（加納朋子）
◇「「ABC」殺人事件」講談社 2001（講談社文庫）p141
◇「ねこ！ ネコ！ 猫！—nekoミステリー傑作選」徳間書店 2008（徳間文庫）p79

猫の泉（日影丈吉）
◇「暗黒のメルヘン」河出書房新社 1998（河出文庫）p247
◇「魔性の生き物」リブリオ出版 2001（怪奇・ホラーワールド）p137
◇「怪談—24の恐怖」講談社 2004 p151
◇「日本怪奇小説傑作集 2」東京創元社 2005（創

元推理文庫）p449
◇「新編・日本幻想文学集成 1」国書刊行会 2016 p700

猫のうた（室生犀星）
◇「猫は神さまの贈り物 小説編」有楽出版社 2014 p94

猫の縁談（出久根達郎）
◇「怪猫鬼談」人類文化社 1999 p75

猫のお化け（伊波南哲）
◇「魍魎魑魅列島」小学館 2005（小学館文庫）p281

猫のお林（日本民話）（作者不詳）
◇「文豪てのひら怪談」ポプラ社 2009（ポプラ文庫）p174

猫の恩返し（妄想）（喜多南）
◇「5分で読める！ ひと駅ストーリー 猫の物語」宝島社 2014（宝島社文庫）p49
◇「5分で笑える！ おバカで愉快な物語」宝島社 2016（宝島社文庫）p185

猫の神さま（村山由佳）
◇「吾輩も猫である」新潮社 2016（新潮文庫）p151

猫の客（平出隆）
◇「文学 2002」講談社 2002 p262

猫の傀儡（西條奈加）
◇「江戸猫ばなし」光文社 2014（光文社文庫）p147

猫の首（小松左京）
◇「猫は神さまの贈り物 小説編」有楽出版社 2014 p115

猫の恋（天田式）
◇「5分で読める！ ひと駅ストーリー 猫の物語」宝島社 2014（宝島社文庫）p59

猫のご落胤（森村誠一）
◇「大江戸猫三昧—時代小説傑作選」徳間書店 2004（徳間文庫）p49

猫のサーカス—シルク・ド・シャ（菊地秀行）
◇「猫路地」日本出版社 2006 p111

猫の殺人（吉行理恵）
◇「妖美—女流ミステリー傑作選」徳間書店 1999（徳間文庫）p425

猫の散歩（森由右子）
◇「気配—第10回フェリシモ文学賞作品集」フェリシモ 2007 p16

ネコの時間（柄刀一）
◇「近藤史恵リクエスト！ ペットのアンソロジー」光文社 2013 p135
◇「近藤史恵リクエスト！ ペットのアンソロジー」光文社 2014（光文社文庫）p137

猫の自殺（村上春樹）
◇「にゃんそろじー」新潮社 2014（新潮文庫）p293

猫の事務所（如月小春）
◇「中学生のドラマ 5」晩成書房 2004 p7

猫の事務所（宮沢賢治）
◇「ちくま日本文学 3」筑摩書房 2007（ちくま文

ねこの

　　　　庫）p240
◇「猫愛」凱風社 2008（PD叢書）p61
◇「にゃんそろじー」新潮社 2014（新潮文庫）p17

猫の事務所 ある小さな官衙に関する幻想（宮沢賢治）
◇「だから猫は猫そのものではない」凱風社 2015
　　p95
◇「冒険の森へ―傑作小説大全 7」集英社 2016 p65

猫之助行状（神坂次郎）
◇「代表作時代小説 平成12年度」光風社出版 2000
　　p65

猫のスノウ（加藤清子）
◇「ゆきのまち幻想文学賞小品集 20」企画集団ぷりずむ 2011 p37

猫の草子（円地文子）
◇「新編・日本幻想文学集成 3」国書刊行会 2016
　　p631

猫の草紙（楠山正雄）
◇「だから猫は猫そのものではない」凱風社 2015
　　p108

猫の魂（芥川龍之介）
◇「文豪怪談傑作選 芥川龍之介集」筑摩書房 2010
　　（ちくま文庫）p322

猫のチュトラリー（端江田仗）
◇「原色の想像力―創元SF短編賞アンソロジー」東京創元社 2010（創元SF文庫）p61

猫の手（赤川次郎）
◇「二十四粒の宝石―超短編小説傑作集」講談社
　　1998（講談社文庫）p9

猫の手（宮田たえ）
◇「超短編傑作選 v.6」創英社 2007 p203

猫の手紙（岡沢孝雄）
◇「猫のミステリー」河出書房新社 1999（河出文庫）p225

ネコ・ノ・デコ（山本幸久）
◇「Love or like―恋愛アンソロジー」祥伝社 2008
　　（祥伝社文庫）p283

猫の手就職事件（南雲悠）
◇「本格推理 13」光文社 1998（光文社文庫）p115

猫の墓（夏目漱石）
◇「猫愛」凱風社 2008（PD叢書）p55
◇「にゃんそろじー」新潮社 2014（新潮文庫）p9
◇「だから猫は猫そのものではない」凱風社 2015
　　p33

猫の話（梅崎春生）
◇「謎のギャラリー特別室 1」マガジンハウス 1998
　　p77
◇「謎のギャラリー―愛の部屋」新潮社 2002（新潮文庫）p13

猫の風景（ひかわ玲子）
◇「ファンタスティック・ヘンジ」変タジー同好会
　　2012 p27

猫の枕（柳田國男）
◇「ちくま日本文学 15」筑摩書房 2008（ちくま文庫）p241

猫の密室（水田美意子）

◇「5分で読める！ ひと駅ストーリー 猫の物語」宝島社 2014（宝島社文庫）p249

猫の目（宮島俊夫）
◇「ハンセン病文学全集 4」皓星社 2003 p418

猫の目（山下貴光）
◇「5分で読める！ ひと駅ストーリー 猫の物語」宝島社 2014（宝島社文庫）p179

猫目電球（寺山修司）
◇「ちくま日本文学 6」筑摩書房 2007（ちくま文庫）p191

猫の目時計（佐々木禎子）
◇「宵越し語り―書き下ろし時代小説集」白泉社
　　2015（白泉社招き猫文庫）p43

猫ノ湯（長島槇子）
◇「猫路地」日本出版社 2006 p17

猫の夢（庚春都）
◇「ゆきのまち幻想文学賞小品集 23」企画集団ぷりずむ 2014 p158

猫バスの先生（東直己）
◇「誇り」双葉社 2010 p51

ねこ端会議（中村啓）
◇「5分で読める！ ひと駅ストーリー 猫の物語」宝島社 2014（宝島社文庫）p89

猫八（岩野泡鳴）
◇「百年小説」ポプラ社 2008 p233
◇「日本近代短篇小説選 大正篇」岩波書店 2012
　　（岩波文庫）p227

ネコババのいる町で（瀧澤美恵子）
◇「現代秀作集」角川書店 1999（女性作家シリーズ）p281

ねこひきのオルオラネ（夢枕獏）
◇「日本SF短編50 2」早川書房 2013（ハヤカワ文庫 JA）p287

猫火花（加門七海）
◇「猫路地」日本出版社 2006 p5

猫姫（島村洋子）
◇「しぐれ舟―時代小説招待席」廣済堂出版 2003
　　p209
◇「大江戸猫三昧―時代小説傑作選」徳間書店 2004
　　（徳間文庫）p137
◇「しぐれ舟―時代小説招待席」徳間書店 2008（徳間文庫）p221

猫姫おなつ（平岩弓枝）
◇「夕まぐれ江戸小景」光文社 2015（光文社文庫）
　　p351

猫物件（吉川英梨）
◇「5分で読める！ ひと駅ストーリー 猫の物語」宝島社 2014（宝島社文庫）p259

猫踏んじゃった（吉行淳之介）
◇「ワルツ―アンソロジー」祥伝社 2004（祥伝社文庫）p287
◇「昭和の短篇一人一冊集成 吉行淳之介」未知谷
　　2008 p213

猫又（水木しげる）
◇「怪猫鬼談」人類文化社 1999 p13

猫又の恋（水木しげる）

ねすみ

◇「変化―書下ろしホラー・アンソロジー」PHP研究所 2000（PHP文庫）p135

猫町（萩原朔太郎）
◇「架空の町」国書刊行会 1997（書物の王国）p126
◇「近代小説〈異界〉を読む」双文社出版 1999 p139
◇「新装版 全集現代文学の発見 2」學藝書林 2002 p107
◇「文士の意地―車谷長吉撰短篇小説輯 上巻」作品社 2005 p79
◇「ちくま日本文学 36」筑摩書房 2009（ちくま文庫）p293
◇「変身ものがたり」筑摩書房 2010（ちくま文学の森）p449
◇「いきものがたり」双文社出版 2013 p172
◇「幻視の系譜」筑摩書房 2013（ちくま文庫）p64
◇「日本文学100年の名作 3」新潮社 2014（新潮文庫）p9

猫町紀行（つげ義春）
◇「架空の町」国書刊行会 1997（書物の王国）p136

猫視（梶尾真治）
◇「猫路地」日本出版社 2006 p181

猫娘夜話（小中千昭）
◇「獣人」光文社 2003（光文社文庫）p69

猫眼鏡（谷山浩子）
◇「猫路地」日本出版社 2006 p29

猫もカイコ業界の一役者（石田孫太郎）
◇「猫愛」凱風社 2008（PD叢書）p24
◇「だから猫は猫そのものではない」凱風社 2015 p121

猫柳（萩原朔太郎）
◇「ちくま日本文学 36」筑摩書房 2009（ちくま文庫）p154

猫柳の下にて（三橋一夫）
◇「爬虫館事件―新青年傑作選」角川書店 1998（角川ホラー文庫）p357
◇「怪談―24の恐怖」講談社 2004 p361

猫山（斎藤隆介）
◇「朗読劇台本集 4」玉川大学出版部 2002 p93

猫闇（吉田知子）
◇「猫路地」日本出版社 2006 p149

猫料理（北條民雄）
◇「ハンセン病文学全集 4」皓星社 2003 p572

猫は知っていた（仁木悦子）
◇「江戸川乱歩賞全集 2」講談社 1998（講談社文庫）p7

猫は毒殺に関与しない（柴田よしき）
◇「毒殺協奏曲」原書房 2016 p61

ネージュ・パルファム（柏崎恵理）
◇「ゆきのまち幻想文学賞小品集 10」企画集団ぷりずむ 2001 p39

捩レ飴細工（圓眞美）
◇「超短編の世界 vol.3」創英社 2011 p192

ねじれた記憶（高橋克彦）

◇「妖魔ヶ刻―時間怪談傑作選」徳間書店 2000（徳間文庫）p16
◇「謀」文藝春秋 2003（推理作家になりたくて マイベストミステリー）p74
◇「怪談―24の恐怖」講談社 2004 p497
◇「マイ・ベスト・ミステリー 4」文藝春秋 2007（文春文庫）p118

ねじれ弾正、鬼弾正！（南條範夫）
◇「代表作時代小説 平成9年度」光風社出版 1997 p181

ね、信じて（七瀬ざくろ）
◇「ショートショートの広場 19」講談社 2007（講談社文庫）p112

根津（折口信夫）
◇「ちくま日本文学 25」筑摩書房 2008（ちくま文庫）p36

ねすがた（小林弘明）
◇「ハンセン病文学全集 7」皓星社 2004 p195

ねずみ（石井桃子）
◇「精選女性随筆集 8」文藝春秋 2012 p19

ねずみ（椎名誠）
◇「冒険の森へ―傑作小説大全 13」集英社 2016 p177

ねずみ（山崎洋子）
◇「輝きの一瞬―短くて心に残る30編」講談社 1999（講談社文庫）p49

ネズミ（桐野夏生）
◇「現代の小説 1998」徳間書店 1998 p293

鼠（岡本綺堂）
◇「極め付き時代小説選 3」中央公論新社 2004（中公文庫）p53
◇「信州歴史時代小説傑作集 4」しなのき書房 2007 p27

鼠（梶井基次郎）
◇「ちくま日本文学 28」筑摩書房 2008（ちくま文庫）p22

鼠、泳ぐ（赤川次郎）
◇「代表作時代小説 平成17年度」光文社 2005 p9

鼠か虎か（荒山徹）
◇「代表作時代小説 平成21年度」光文社 2009 p193

鼠が耳をすます時（山口雅也）
◇「名探偵の饗宴」朝日新聞社 1998 p7
◇「名探偵の饗宴」朝日新聞出版 2015（朝日文庫）p7

鼠小僧外伝（菊池寛）
◇「鼠小僧次郎吉」国書刊行会 2012（義と仁叢書）p39

鼠小僧実記―絵本（鈴木金次郎）
◇「鼠小僧次郎吉」国書刊行会 2012（義と仁叢書）p105

鼠小僧次郎吉（芥川龍之介）
◇「悪いやつの物語」筑摩書房 2011（ちくま文学の森）p27
◇「鼠小僧次郎吉」国書刊行会 2012（義と仁叢書）p7

鼠坂（森鷗外）

ねすみ

◇「文豪怪談傑作選 森鷗外集」筑摩書房 2006（ちくま文庫）p234
◇「ちくま日本文学 17」筑摩書房 2008（ちくま文庫）p28
◇「コレクション戦争と文学 6」集英社 2011 p234

鼠島異変 忍法外道門（池澤伸介）
◇「忍法からくり伝奇」勉誠出版 2004 p1

ねずみと探偵―あほやん（新野剛志）
◇「ザ・ベストミステリーズ―推理小説年鑑 2008」講談社 2008 p231
◇「Play推理遊戯」講談社 2011（講談社文庫）p197

ねずみと猫（寺田寅彦）
◇「猫愛」凱風社 2008（PD叢書）p75
◇「だから猫は猫そのものではない」凱風社 2015 p6

ネズミの穴（安土萌）
◇「教室」光文社 2003（光文社文庫）p483

鼠はにっこりこ（飛鳥高）
◇「江戸川乱歩と13の宝石」光文社 2007（光文社文庫）p413

寝台の舟（吉行淳之介）
◇「戦後短篇小説再発見 2」講談社 2001（講談社文芸文庫）p61
◇「右か、左か」文藝春秋 2010（文春文庫）p157
◇「丸谷才一編・花柳小説傑作選」講談社 2013（講談社文芸文庫）p35
◇「日本文学100年の名作 5」新潮社 2015（新潮文庫）p151

妬ましい（桑井朋子）
◇「文学 2008」講談社 2008 p129

寝たままの男（吉行淳之介）
◇「恐怖の旅」光文社 2000（光文社文庫）p55

妬み（小泉喜美子）
◇「悪魔のような女―女流ミステリー傑作選」角川春樹事務所 2001（ハルキ文庫）p201

強請る女（清水義三）
◇「ショートショートの花束 3」講談社 2011（講談社文庫）p33

熱河嘛寺の美観（陳逢源）
◇「日本統治期台湾文学集成 16」緑蔭書房 2003 p38

熱河略図 NO.2（未定稿）（李箱）
◇「〈外地〉の日本語文学選 3」新宿書房 1996 p97

熱狂的感激の連續―出陣激勵の崔南善氏歸城談（京城日報）（崔南善）
◇「近代朝鮮文学日本語作品集1908～1945 セレクション 6」緑蔭書房 2008 p255

根付け供養（北森鴻）
◇「ザ・ベストミステリーズ―推理小説年鑑 2002」講談社 2002 p337
◇「零時の犯罪予報」講談社 2005（講談社文庫）p327

熱帯夜（北上秋彦）
◇「憑き者―全篇書下ろし傑作ホラーアンソロジー」アスキー 2000（A-novels）p593

熱帯夜（鈴木光司）
◇「七つの死者の囁き」新潮社 2008（新潮文庫）p105

熱帯夜（曽根圭介）
◇「ザ・ベストミステリーズ―推理小説年鑑 2009」講談社 2009 p9
◇「Bluff騙し合いの夜」講談社 2012（講談社文庫）p45

熱闘大一番（平繁樹）
◇「ショートショートの広場 12」講談社 2001（講談社文庫）p65

ネットの時代（大原久通）
◇「ショートショートの花束 3」講談社 2011（講談社文庫）p256

熱のある手（庄司肇）
◇「コレクション戦争と文学 9」集英社 2012 p369

熱のある時の夢（抄）（吉本ばなな）
◇「文豪てのひら怪談」ポプラ社 2009（ポプラ文庫）p82

熱風（黒崎緑）
◇「誘惑―女流ミステリー傑作選」徳間書店 1999（徳間文庫）p31

熱風―A.M.G.D'A.（平戸廉吉）
◇「新装版 全集現代文学の発見 1」學藝書林 2002 p230

熱烈な新しい抱擁に堕ちようではないか≫福島俊子（北原白秋）
◇「日本人の手紙 5」リブリオ出版 2004 p99

ネドコ一九九七年（とり・みき）
◇「SFバカ本 白菜編」ジャストシステム 1997 p147
◇「SFバカ本 白菜篇プラス」廣済堂出版 1999（廣済堂文庫）p159

「根無し草」の伝説（菊地秀行）
◇「ゴースト・ハンターズ」中央公論新社 2004（C NOVELS）p177

在子（木原浩勝）
◇「黒い遊園地」光文社 2004（光文社文庫）p293

根の国の話（柳田國男）
◇「日本文学全集 14」河出書房新社 2015 p94

ねばーらんど（間遠南）
◇「てのひら怪談―ビーケーワン怪談大賞傑作選 辛卯」ポプラ社 2011（ポプラ文庫）p110

ネパールの宿（亀井はるの）
◇「てのひら怪談―ビーケーワン怪談大賞傑作選 2」ポプラ社 2007 p94

根府川へ（岡本敬三）
◇「太宰治賞 2002」筑摩書房 2002 p95

ネプチューン（新井素子）
◇「日本SF短篇50 2」早川書房 2013（ハヤカワ文庫 JA）p413

ねぼすけさん（佐々木充郭）
◇「優秀新人戯曲集 2012」ブロンズ新社 2011 p59

子麻呂の恋（黒岩重吾）
◇「代表作時代小説 平成11年度」光風社出版 1999

ねむれ

p321

子麻呂道（黒岩重吾）
◇「代表作時代小説 平成10年度」光風社出版 1998
p31
◇「地獄の無明剣―時代小説傑作選」講談社 2004
（講談社文庫）p7

寝耳から水（伊東哲哉）
◇「超短編傑作選 v.6」創英社 2007 p200

眠い町（小川未明）
◇「架空の町」国書刊行会 1997（書物の王国）p35
◇「冒険の森へ―傑作小説大全 1」集英社 2016 p29

眠らせて（菅原裕二郎）
◇「ショートショートの花束 1」講談社 2009（講
談社文庫）p171

眠らない少女（高橋克彦）
◇「少女怪談」学習研究社 2000（学研M文庫）
p111

眠り（竹中郁）
◇「新装版 全集現代文学の発見 13」學藝書林 2004
p45

眠起（正岡子規）
◇「新日本古典文学大系 明治編 27」岩波書店 2003
p20

眠り男羅次郎（弘田喬太郎）
◇「怪奇探偵小説集 2」角川春樹事務所 1998（ハ
ルキ文庫）p261

眠り課（石川美南）
◇「超弦領域―年刊日本SF傑作選」東京創元社
2009（創元SF文庫）p211

眠り獅子の歌（中島敦）
◇「ちくま日本文学 12」筑摩書房 2008（ちくま文
庫）p438

眠りたいの？ 眠りたくないの？（宮本晃宏）
◇「ショートショートの広場 16」講談社 2005（講
談社文庫）p34

眠りにつく前に（江坂遊）
◇「綾辻・有栖川復刊セレクション 仕掛け花火」講
談社 2007（講談社ノベルス）p131

睡り猫（津本陽）
◇「鎮守の森に鬼が棲む―時代小説傑作選」講談社
2001（講談社文庫）p307

睡猫（戸部新十郎）
◇「時代小説秀作づくし」PHP研究所 1997（PHP
文庫）p121

眠り猫、眠れ（倉知淳）
◇「不条理な殺人―ミステリー・アンソロジー」祥
伝社 1998（ノン・ポシェット）p189

眠りの海（本多孝好）
◇「小説推理新人賞受賞作アンソロジー 1」双葉社
2000（双葉文庫）p175

眠りの材料（山田詠美）
◇「文学 1998」講談社 1998 p198

眠りの誘ひ（立原道造）
◇「新装版 全集現代文学の発見 14」學藝書林 2005
p448

眠りの干しリンゴ（吉田則子）

中学校劇作シリーズ 7」青雲書房 2002 p57

ねむり姫（澁澤龍彦）
◇「京都府文学全集第1期（小説編）6」郷土出版社
2005 p179
◇「我等、同じ船に乗り」文藝春秋 2009（文春文
庫）p205

眠り姫（貴子潤一郎）
◇「不思議の扉 時をかける恋」角川書店 2010（角
川文庫）p169

眠り姫（藤掛正邦）
◇「夢魔」光文社 2001（光文社文庫）p315

ねむり姫の星（今野緒雪）
◇「いつか、君へ Girls」集英社 2012（集英社文
庫）p223

眠り雪（小泉絵理）
◇「ゆきのまち幻想文学賞小品集 16」企画集団ぶり
ずむ 2007 p117

眠る男（酒井成実）
◇「かわさきの文学―かわさき文学賞50年記念作品
集 2009年」審美社 2009 p373

眠るために生まれてきた男（広瀬力）
◇「ショートショートの広場 20」講談社 2008（講
談社文庫）p217

眠れドクトル（杉本苑子）
◇「赤ひげ横丁―人情時代小説傑作選」新潮社 2009
（新潮文庫）p133

眠れない夜（家田満理）
◇「ショートショートの広場 18」講談社 2006（講
談社文庫）p106

眠れない夜（伊東哲哉）
◇「超短編傑作選 v.6」創英社 2007 p172

眠れない夜（多岐川恭）
◇「江戸川乱歩の推理教室」光文社 2008（光文社文
庫）p155

眠れない夜のために（折原一）
◇「ザ・ベストミステリーズ―推理小説年鑑 1999」
講談社 1999 p9
◇「密室＋アリバイ＝真犯人」講談社 2002（講談社
文庫）p169

眠れぬ夜のスクリーニング（早瀬耕）
◇「AIと人類は共存できるか？―人工知能SFアンソ
ロジー」早川書房 2016 p5

眠れぬ夜の戯れ（横山一真）
◇「新鋭劇作集 series 16」日本劇団協議会 2004
p195

眠れる嬰児（朱耀翰）
◇「近代朝鮮文学日本語作品集1908〜1945 セレクショ
ン 4」緑蔭書房 2008 p30

眠れる森（北村薫）
◇「七つの危険な真実」新潮社 2004（新潮文庫）
p289

眠れる森の醜女（戸川昌子）
◇「謎―スペシャル・ブレンド・ミステリー 003」
講談社 2008（講談社文庫）p107

眠れる森の美女（梅田みか）
◇「風色デイズ」角川春樹事務所 2012（ハルキ文

ねむれ

庫）p49

眠れ、わが子よ（折原一）
◇「黒衣のモニュメント」光文社 2000（光文社文庫）p89

狙われた相続人（高井信）
◇「許されし偽り─ソード・ワールド短編集」富士見書房 2001（富士見ファンタジア文庫）p95

狙われたヘッポコーズ─冒険者を脅かす（篠谷志just）
◇「狙われたヘッポコーズ─ソード・ワールド短編集」富士見書房 2004（富士見ファンタジア文庫）p237

ねらわれた星（星新一）
◇「冒険の森へ─傑作小説大全 5」集英社 2015 p11

ネリー（谷川俊太郎）
◇「新装版 全集現代文学の発見 13」學藝書林 2004 p445

練馬の冷やしワンタン（色川武大）
◇「ちくま日本文学 30」筑摩書房 2008（ちくま文庫）p430

寝る方法（筒井康隆）
◇「戦後短篇小説再発見 15」講談社 2003（講談社文芸文庫）p151

ネロ（桐生操）
◇「時の輪廻」リブリオ出版 2001（怪奇・ホラーワールド）p119

ネロル婆さん（松本楽志）
◇「超短編の世界 vol.3」創英社 2011 p80

年賀状（古村智）
◇「ゆきのまち幻想文学賞小品集 13」企画集団ぷりずむ 2004 p133

年賀状（林真理子）
◇「日本文学100年の名作 9」新潮社 2015（新潮文庫）p119

拈華微笑（尾崎紅葉）
◇「短編名作選─1885~1924 小説の曙」笠間書院 2003 p35
◇「百年小説」ポプラ社 2008 p93
◇「日本近代短篇小説選 明治篇1」岩波書店 2012（岩波文庫）p177

ネンゴ・ネンゴ（香山滋）
◇「幻想小説大全」北宋社 2002 p131

年始まはり（三遊亭円朝）
◇「明治の文学 3」筑摩書房 2001 p362

念珠集（齋藤茂吉）
◇「山形県文学全集第2期（随筆・紀行編）1」郷土出版社 2005 p279

年頭の誓（香山光郎）
◇「近代朝鮮文学日本語作品集1908~1945 セレクション 6」緑蔭書房 2008 p303

粘土の犬（仁木悦子）
◇「妖美─女流ミステリー傑作選」徳間書店 1999（徳間文庫）p197
◇「江戸川乱歩と13の宝石 2」光文社 2007（光文社文庫）p9

念七日東京に入るに、即夜石埭至り、予が為

に栖息の地を謀る。喜びを賦す。（森春濤）
◇「新日本古典文学大系 明治編 2」岩波書店 2004 p65

年年歳歳（阿川弘之）
◇「戦後短編小説再発見 8」講談社 2002（講談社文芸文庫）p16
◇「第三の新人名作選」講談社 2011（講談社文芸文庫）p7

年表（呉林俊）
◇「〈在日〉文学全集 17」勉誠出版 2006 p120

念仏を感ずる池（柳田國男）
◇「文豪怪談傑作選 柳田國男集」筑摩書房 2007（ちくま文庫）p206

念仏水由来（柳田國男）
◇「文豪怪談傑作選 柳田國男集」筑摩書房 2007（ちくま文庫）p203

念流手の内（津本陽）
◇「幻の剣鬼七番勝負─傑作時代小説」PHP研究所 2008（PHP文庫）p253

年輪（邑久光明園卯の花句会）
◇「ハンセン病文学全集 9」皓星社 2010 p93

念惑（佐々木鏡石）
◇「みちのく怪談名作選 vol.1」荒蝦夷 2010（叢書東北の声）p90

【 の 】

ノア計画（柴野睦人）
◇「ショートショートの広場 12」講談社 2001（講談社文庫）p68

ノアの住む国（北原なお）
◇「ゆきのまち幻想文学賞・小品集 9」企画集団ぷりずむ 2000 p13

ノイズレス（ハカウチマリ）
◇「超短編の世界 vol.3」創英社 2011 p164

ノイズレス（葉原あきよ）
◇「超短編の世界 vol.2」創英社 2009 p86

ノイラートの船（吉埜一生）
◇「太宰治賞 2003」筑摩書房 2003 p145

NOU─能生一（勝山海百合）
◇「てのひら怪談─ビーケーワン怪談大賞傑作選 庚寅」ポプラ社 2010（ポプラ文庫）p80

農園（竹河聖）
◇「幽霊怪談」リブリオ出版 2001（怪奇・ホラーワールド）p169

脳を旅する男（柳原慧）
◇「5分で読める！ ひと駅ストーリー 旅の話」宝島社 2015（宝島社文庫）p247

嚢家（なうか）（アンデルセン著, 森鷗外訳）
◇「新日本古典文学大系 明治編 25」岩波書店 2004 p245

『農樂』と蓄音器─朝鮮の文化（朴勝極）

608 作品名から引ける日本文学全集案内 第III期

◇「近代朝鮮文学日本語作品集1901〜1938 評論・随筆篇 1」緑蔭書房 2004 p433

農学校歌 (宮沢賢治)
◇「日本文学全集 16」河出書房新社 2016 p48

脳活性ライフ (當間春也)
◇「ショートショートの花束 1」講談社 2009 (講談社文庫) p255

農閑期大作戦 (半村良)
◇「70年代日本SFベスト集成 1」筑摩書房 2014 (ちくま文庫) p7

農業綱領と『発達史講座』 (埴谷雄高)
◇「戦後文学エッセイ選 3」影書房 2005 p29

農業生産増強を続りて―農村人の立場に於て (廣安正光)
◇「近代朝鮮文学日本語作品集1939〜1945 評論・随筆篇 1」緑蔭書房 2002 p427

農業朝鮮より工業朝鮮へ―植民地大衆へのその影響 (金斗鎔)
◇「近代朝鮮文学日本語作品集1908〜1945 セレクション 3」緑蔭書房 2008 p85

脳喰い (小林泰三)
◇「夢魔」光文社 2001 (光文社文庫) p377

農軍 (李泰俊著, 申建譯)
◇「近代朝鮮文学日本語作品集1939〜1945 創作篇 1」緑蔭書房 2001 p283

農軍のこと (李無影)
◇「近代朝鮮文学日本語作品集1939〜1945 評論・随筆篇 3」緑蔭書房 2002 p308

『農藝』の正體 (李圪)
◇「近代朝鮮文学日本語作品集1901〜1938 評論・随筆篇 3」緑蔭書房 2004 p272

濃紺の悪魔 (若竹七海)
◇「蒼迷宮―ミステリー・アンソロジー」祥伝社 2002 (祥伝社文庫) p147

濃縮レストラン (藤八景)
◇「5分で読める! ひと駅ストーリー 食の話」宝島社 2015 (宝島社文庫) p99

凌霄花 (安西篤子)
◇「人情の往来―時代小説最前線」新潮社 1997 (新潮文庫) p263

のうぜんかずらの花咲けば (宇江佐真理)
◇「代表作時代小説 平成19年度」光文社 2007 p9

農村にて―都會にある友へ (1)〜(3) (李無影)
◇「近代朝鮮文学日本語作品集1939〜1945 評論・随筆篇 1」緑蔭書房 2002 p449

農村に夏は來たれど (金斗鎔)
◇「近代朝鮮文学日本語作品集1901〜1938 評論・随筆篇 2」緑蔭書房 2004 p33

能高越え開鑿 (丸井妙子)
◇「日本統治期台湾文学集成 17」緑蔭書房 2003 p399

濃密な部屋 (山田知佐枝)
◇「気配―第10回フェリシモ文学賞作品集」フェリシモ 2007 p66

農民イデオロギーの確立へ―半島の無産農民

同志に叫ぶ (李均)
◇「近代朝鮮文学日本語作品集1901〜1938 評論・随筆篇 1」緑蔭書房 2004 p207

農民への愛情論 (廣安正光)
◇「近代朝鮮文学日本語作品集1939〜1945 評論・随筆篇 2」緑蔭書房 2002 p347

農民の人生とは何だったのか。成田農民の抗議文＞小川喜平 (亀井静香)
◇「日本人の手紙 10」リブリオ出版 2004 p218

農民の人生とは何だったのか。成田農民の抗議文＞村山富市・亀井静香 (小川喜平)
◇「日本人の手紙 10」リブリオ出版 2004 p218

農民文藝と方言の問題 (李均)
◇「近代朝鮮文学日本語作品集1901〜1938 評論・随筆篇 1」緑蔭書房 2004 p267

濃霧注意報 (米田誠司)
◇「ショートショートの花束 6」講談社 2014 (講談社文庫) p126

能面殺人事件 (青鷺幽鬼)
◇「甦る推理雑誌 2」光文社 2002 (光文社文庫) p255

能面師の執念 (佐野孝)
◇「怪奇・伝奇時代小説選集 7」春陽堂書店 2000 (春陽文庫) p155

能面の表情 (白洲正子)
◇「精選女性随筆集 7」文藝春秋 2012 p184

能力 (真下光一)
◇「ショートショートの広場 20」講談社 2008 (講談社文庫) p60

野江さんと蒟蒻 (井上荒野)
◇「女ともだち」小学館 2010 p37
◇「女ともだち」小学館 2013 (小学館文庫) p45

野枝さんのこと (野上彌生子)
◇「精選女性随筆集 10」文藝春秋 2012 p160

ノーカナのこと (高見順)
◇「〈外地〉の日本語文学選 1」新宿書房 1996 p24

遁れ来て (千葉修)
◇「ハンセン病文学全集 8」皓星社 2006 p417

退き口 (東郷隆)
◇「関ヶ原・運命を分けた決断―傑作時代小説」PHP研究所 2007 (PHP文庫) p7
◇「決闘! 関ヶ原」実業之日本社 2015 (実業之日本社文庫) p327

野菊の露 (森山啓)
◇「剣鬼らの饗宴」光風社出版 1998 (光風社文庫) p359

野菊の墓 (伊藤左千夫)
◇「涙の百年文学―もう一度読みたい」太陽出版 2009 p210
◇「10ラブ・ストーリーズ」朝日新聞出版 2011 (朝日文庫) p123

乃木坂倶楽部 (のぎざかくらぶ) (萩原朔太郎)
◇「ちくま日本文学 36」筑摩書房 2009 (ちくま文庫) p189

乃木将軍 (森鷗外)

のきつ

◇「将軍・乃木希典」勉誠出版 2004 p47

野狐（田中英光）
◇「新装版 全集現代文学の発見 5」學藝書林 2003 p166

乃木希典（菊池寛）
◇「将軍・乃木希典」勉誠出版 2004 p53

軒（のき）**もる月**（樋口一葉）
◇「新日本古典文学大系 明治編 24」岩波書店 2001 p183

軒もる月（樋口一葉）
◇「「新編」日本女性文学全集 2」菁柿堂 2008 p88

夜曲（妹尾アキ夫）
◇「竹中英太郎 1」皓星社 2016 （挿絵叢書） p93

ノクターン・ルーム（菊地秀行）
◇「日本SF全集 3」出版芸術社 2013 p409

遺され島（樋口明雄）
◇「SF宝石―ぜーんぶ！ 新作読み切り」光文社 2013 p223

残された男（安部龍太郎）
◇「武士の本懐―武士道小説傑作選」ベストセラーズ 2004 （ベスト時代文庫） p207

残されたセンリツ（中山七里）
◇「このミステリーがすごい！ 四つの謎」宝島社 2014 p5

残された地図（菊地秀行）
◇「魔境図」光文社 2005 （光文社文庫） p493

残された人形（東久留米市立大門中学校演劇部）
◇「中学生のドラマ 3」晩成書房 1996 p49

残されたもの（崩木十弐）
◇「渚にて―あの日からの〈みちのく怪談〉」荒蝦夷 2016 p155

残されていた文字（井上雅彦）
◇「物語の魔の物語―メタ怪談傑作選」徳間書店 2001 （徳間文庫） p77
◇「綾辻行人と有栖川有栖のミステリ・ジョッキー 1」講談社 2008 p120
◇「ショートショートの缶詰」キノブックス 2016 p19

のこっている（緋衣）
◇「てのひら怪談―ビーケーワン怪談大賞傑作選 辛卯」ポプラ社 2011 （ポプラ文庫） p78

残り（大原久通）
◇「ショートショートの花束 1」講談社 2009 （講談社文庫） p221

残りの花（中上健次）
◇「せつない話 2」光文社 1997 p95

残り火（北原亞以子）
◇「剣の意地恋の夢―時代小説傑作選」講談社 2000 （講談社文庫） p33
◇「万事金の世―時代小説傑作選」徳間書店 2006 （徳間文庫） p29

残り螢（内海隆一郎）
◇「現代の小説 1999」徳間書店 1999 p287

のこり物（斎藤緑雨）
◇「天変動く大震災と作家たち」インパクト出版会

2011 （インパクト選書） p66

残る言の葉（安西篤子）
◇「異色忠臣蔵大傑作集」講談社 1999 p73

野ざらし（石川淳）
◇「闇市」皓星社 2015 （紙礫） p235

野晒し（春風亭柳枝）
◇「被差別文学全集」河出書房新社 2016 （河出文庫） p204

野ざらし仙次（高橋義夫）
◇「人情の往来―時代小説最前線」新潮社 1997 （新潮文庫） p213

野ざらしの唄（長尾宇迦）
◇「12の贈り物―東日本大震災支援岩手県在住作家自選短編集」荒蝦夷 2011 （叢書東北の声） p6

野島沖（いしいしんじ）
◇「東と西 2」小学館 2010 p4
◇「東と西 2」小学館 2012 （小学館文庫） p7

野宿（山之口貘）
◇「現代沖縄文学作品選」講談社 2011 （講談社文芸文庫） p237

ノスタルジック・カフェ―1971・あの時君は（青田ひでき）
◇「新進作家戯曲集」論創社 2004 p1

野槌の墓（宮部みゆき）
◇「奇想博物館」光文社 2013 （最新ベスト・ミステリー） p345

ノストラダムス病原体（梶尾真治）
◇「SFバカ本 白菜編」ジャストシステム 1997 p231
◇「SFバカ本 白菜篇プラス」廣済堂出版 1999 （廣済堂文庫） p259
◇「笑止―SFバカ本シュール集」小学館 2007 （小学館文庫） p233

野づらは星あかり（大塚清司）
◇「「伊豆文学賞」優秀作品集 第17回」羽衣出版 2014 p55

のぞきからくり（水谷準）
◇「竹中英太郎 3」皓星社 2016 （挿絵叢書） p113

覗き見（長谷川荒川）
◇「ショートショートの広場 12」講談社 2001 （講談社文庫） p116

望ちゃんの写らぬかげ（朱雀門出）
◇「物語のルミナリエ」光文社 2011 （光文社文庫） p306

望みなし（阿魁竜太郎）
◇「ショートショートの広場 17」講談社 2005 （講談社文庫） p207

後瀬の花（乙川優三郎）
◇「代表作時代小説 平成13年度」光風社出版 2001 p105

のちのおもひに（立原道造）
◇「新装版 全集現代文学の発見 14」學藝書林 2005 p444
◇「涙の百年文学―もう一度読みたい」太陽出版 2009 p300

後の想いに（五十月彩）

610 作品名から引ける日本文学全集案内 第III期

◇「ゆきのまち幻想文学賞小品集 22」企画集団ぷりずむ 2013 p142

のちの雛（速瀬れい）
◇「玩具館」光文社 2001（光文社文庫）p661

後の日の童子（室生犀星）
◇「日本怪奇小説傑作集 1」東京創元社 2005（創元推理文庫）p271
◇「文豪怪談傑作選 室生犀星集」筑摩書房 2008（ちくま文庫）p98

ノックス・マシン（法月綸太郎）
◇「超弦領域―年刊日本SF傑作選」東京創元社 2009（創元SF文庫）p13

ノックの音が（新井素子）
◇「ひとにぎりの異形」光文社 2007（光文社文庫）p251

ノツゴ（水木しげる）
◇「魍魎魑魅列島」小学館 2005（小学館文庫）p373

のっとり（山崎洋子）
◇「舌づけ―ホラー・アンソロジー」祥伝社 1998（ノン・ポシェット）p131

ノット・ワンダフル・ワールズ（王城夕紀）
◇「伊藤計劃トリビュート」早川書房 2015（ハヤカワ文庫 JA）p385

野っぱら（石川欣司）
◇「ハンセン病文学全集 6」皓星社 2003 p345

ノップスの十戒―PARTNER EX（柏枝真郷）
◇「C・N 25―C・novels創刊25周年アンソロジー」中央公論新社 2007（C novels）p718

のっぺらぼう（一乗谷昇）
◇「ショートショートの広場 16」講談社 2005（講談社文庫）p11

のっぺらぼう（伊藤雪魚）
◇「ショートショートの花束 1」講談社 2009（講談社文庫）p136

のっぺらぼう（菊地秀行）
◇「文藝百物語」ぶんか社 1997 p156

のっぺらぼう（子母澤寛）
◇「変身ものがたり」筑摩書房 2010（ちくま文学の森）p99

のっぽのドロレス（宮部みゆき）
◇「殺人前線北上中」講談社 1997（講談社文庫）p9
◇「古書ミステリー倶楽部―傑作推理小説集 3」光文社 2015（光文社文庫）p9

喉（井上幻）
◇「怪奇探偵小説集 2」角川春樹事務所 1998（ハルキ文庫）p223

喉を鳴らすもの（井上雅彦）
◇「SF宝石―すべて新作読み切り！ 2015」光文社 2015 p286

喉鳴らし（林由美子）
◇「5分で読める！ 怖いはなし」宝島社 2014（宝島社文庫）p77

喉の筋肉（小島政二郎）
◇「創刊一〇〇年三田文学名作選」三田文学会 2010 p112

能登国野干物語（村上元三）
◇「おもかげ行燈」光風社出版 1998（光風社文庫）p43

能登の流人（杉森久英）
◇「剣が舞い落花が舞い―時代小説傑作選」講談社 1998（講談社文庫）p333

野に死に真似の遊びして（阪野陽花）
◇「「伊豆文学賞」優秀作品集 第11回」静岡新聞社 2008 p109

野ねずみたちの森（吉川由香子）
◇「小学校たのしい劇の本―英語劇付 低学年」国土社 2007 p34

野の家族（多磨全生園合同詩集）
◇「ハンセン病文学全集 6」皓星社 2003 p1

野萩（久生十蘭）
◇「コーヒーと小説」mille books 2016 p169

野ばら（小川未明）
◇「二時間目国語」宝島社 2008（宝島社文庫）p129
◇「コレクション戦争と文学 13」集英社 2011 p15
◇「もう一度読みたい教科書の泣ける名作」学研教育出版 2013 p109
◇「アンソロジー・プロレタリア文学 3」森話社 2015 p330

野ばら（金東里著, 申建譯）
◇「近代朝鮮文学日本語作品集1939～1945 創作篇 1」緑蔭書房 2001 p271

野薔薇（小川未明）
◇「近代童話〈メルヘン〉と賢治」おうふう 2014 p19

のはらうたのたんじょうパーティ―工藤直子「のはらのうた」より（神尾タマ子）
◇「小学生のげき―新小学校演劇脚本集 低学年 1」晩成書房 2010 p183

ノー・パラドクス（藤井太洋）
◇「NOVA+―書き下ろし日本SFコレクション バベル」河出書房新社 2014（河出文庫）p113

のばらノスタルジア（松田志乃ぶ）
◇「新釈グリム童話―めでたし、めでたし？」集英社 2016（集英社オレンジ文庫）p133

野薔薇の道（松本富生）
◇「〈在日〉文学全集 16」勉誠出版 2006 p367

野原はみんなのパラダイス（立木和彦）
◇「成城・学校劇脚本集」成城学園初等学校出版部 2002（成城学園初等学校研究双書）p86

野火（大岡昇平）
◇「新装版 全集現代文学の発見 8」學藝書林 2003 p246

野火（坂東眞砂子）
◇「with you」幻冬舎 2004 p71

のびをする闇（江坂遊）
◇「変身」廣済堂出版 1998（廣済堂文庫）p411

ノビ師（黒崎視音）
◇「ザ・ベストミステリーズ―推理小説年鑑 2010」講談社 2010 p171

のひし

◇「Logic真相への回廊」講談社 2013（講談社文庫）p143

伸び支度（島崎藤村）
◇「百年小説」ポプラ社 2008 p165
◇「読んでおきたい近代日本小説選」龍書房 2012 p74

野雲雀（呉鬱三）
◇「日本統治期台湾文学集成 5」緑蔭書房 2002 p157

野蒜の母（宮内洋子）
「現代鹿児島小説大系 4」ジャプラン 2014 p226

野藤（阿川弘之）
◇「歴史小説の世紀 地の巻」新潮社 2000（新潮文庫）p147

信虎の最期（二階堂玲太）
◇「武士道歳時記—新鷹会・傑作時代小説選」光文社 2008（光文社文庫）p459

信長豪剣記（羽山信樹）
◇「変事異聞」小学館 2007（小学館文庫）p225

信長父子の肖像（金関丈夫）
「日本統治期台湾文学集成 17」緑蔭書房 2003 p197

信康異聞（深海和）
◇「扉の向こうへ」全作家協会 2014（全作家短編集）p222

野辺の小草（柳田國男）
◇「ちくま日本文学 15」筑摩書房 2008（ちくま文庫）p460

野邊の千草（王白淵）
◇「日本統治期台湾文学集成 18」緑蔭書房 2003 p28

野辺のゆきゝ（柳田國男）
◇「ちくま日本文学 15」筑摩書房 2008（ちくま文庫）p458

ノベライズ（朝倉かすみ）
◇「好き、だった。—はじめての失恋、七つの話」メディアファクトリー 2010（MF文庫）p39

ノベルティーウォッチ（時織深）
◇「新・本格推理 04」光文社 2004（光文社文庫）p163

のほうさん（朱雀門出）
◇「てのひら怪談—ビーケーワン怪談大賞傑作選」ポプラ社 2007 p54
◇「てのひら怪談—ビーケーワン怪談大賞傑作選」ポプラ社 2008（ポプラ文庫）p52

のぼせぬ法（正岡子規）
◇「新日本古典文学大系 明治編 27」岩波書店 2003 p206

のぼりうなぎ（山本一力）
◇「江戸夕しぐれ—市井稼業小説傑作選」学研パブリッシング 2011（学研M文庫）p325

昇り龍、参上（横田順彌）
◇「奇譚カーニバル」集英社 2000（集英社文庫）p103

上る（小松左京）
◇「ショートショートの缶詰」キノブックス 2016

のぼれのぼれ（仁木一青）
◇「てのひら怪談—ビーケーワン怪談大賞傑作選 2」ポプラ社 2007 p46
◇「てのひら怪談—ビーケーワン怪談大賞傑作選 己丑」ポプラ社 2009（ポプラ文庫）p106

鑿（金鶴泳）
◇「〈在日〉文学全集 6」勉誠出版 2006 p359

呑川かっぱ夜話（江角英明）
◇「地場演劇ことはじめ—記録・区民とつくる地場演劇の会」オフィス未来 2003 p12

蚤さわぐ（杉本苑子）
◇「慕情深川しぐれ」光風社出版 1998（光風社文庫）p157
◇「信州歴史時代小説傑作集 4」しなのき書房 2007 p69

野道（幸田露伴）
◇「ちくま日本文学 23」筑摩書房 2008（ちくま文庫）p396

蚤取り（湊かなえ）
◇「宝石ザミステリー 2」光文社 2012 p39

蚤とり侍（小松重男）
◇「江戸の爆笑力—時代小説傑作選」集英社 2004（集英社文庫）p117

飲みに行っていいよ。ただし嚙みつき禁止≫高田延彦（向井亜紀）
◇「日本人の手紙 6」リブリオ出版 2004 p159

飲みに行っていいよ。ただし嚙みつき禁止≫向井亜紀（高田延彦）
◇「日本人の手紙 6」リブリオ出版 2004 p159

蚤の浮かれ噺（山田風太郎）
◇「古書ミステリー倶楽部—傑作推理小説集 2」光文社 2014（光文社文庫）p204

野見宿禰（黒岩重吾）
◇「武芸十八般—武道小説傑作選」ベストセラーズ 2005（ベスト時代文庫）p79

野守（三枝和子）
◇「三枝和子・林京子・富岡多惠子」角川書店 1999（女性作家シリーズ）p36
◇「戦後短篇小説再発見 13」講談社 2003（講談社文芸文庫）p186

野山獄相聞抄（古川薫）
◇「夢がたり大川端」光風社出版 1998（光風社文庫）p89
◇「短歌殺人事件—31音律のラビリンス」光文社 2003（光文社文庫）p359

のやまであそぶのってたのしいな（菅野清二）
◇「小学生のげき—新小学校演劇脚本集 低学年 1」晩成書房 2010 p91

野百合（村松真理）
◇「文学 2013」講談社 2013 p98

のら（広瀬心二郎）
◇「吟醸掌篇—召しませ短篇小説 vol.1」けいこう舎 2016 p69

野良愛慕異聞（清水義範）
◇「日本SF・名作集成 7」リブリオ出版 2005 p7

のんこ

野良市議会予算特別委員会（遠藤浅蜊）
◇「5分で読める！ ひと駅ストーリー 冬の記憶東口編」宝島社 2013（宝島社文庫）p121
◇「5分で笑える！ おバカで愉快な物語」宝島社 2016（宝島社文庫）p205

ノラと中国―魯迅の婦人解放論（竹内好）
◇「戦後文学エッセイ選 4」影書房 2005 p85

野良に連れて行かれる女の子（玄永男）
◇「近代朝鮮文学日本語作品集1908～1945 セレクション 4」緑蔭書房 2008 p175

ノラ猫ゴンベエ（内舘牧子）
◇「読んで演じたくなるゲキの本 小学生版」幻冬舎 2006 p95

野良猫侍（小松重男）
◇「大江戸猫三昧―時代小説傑作選」徳間書店 2004（徳間文庫）p255

野良のクロちゃん（本田稔）
◇「ハンセン病文学全集 4」皓星社 2003 p707

乗合自動車（川田功）
◇「探偵小説の風景―トラフィック・コレクション上」光文社 2009（光文社文庫）p195

乗り合わせた客（中津文彦）
◇「悲劇の臨時列車―鉄道ミステリー傑作選」光文社 1998（光文社文庫）p129

乗り移るもの（秋芳雛人）
◇「てのひら怪談―ビーケーワン怪談大賞傑作選」ポプラ社 2007 ɔ170
◇「てのひら怪談―ビーケーワン怪談大賞傑作選」ポプラ社 2008（ポプラ文庫）p178

乗り遅れた譜代藩の志士（喜安幸夫）
◇「幕末スパイ戦争」徳間書店 2015（徳間文庫）p137

乗越駅の刑罰（筒井辰隆）
◇「恐怖特急」光文社 2002（光文社文庫）p155

乗り越し精算（春口裕子）
◇「めぐり逢い―恋愛小説アンソロジー」角川春樹事務所 2005（ハルキ文庫）p107

法月賞（高尾源三郎）
◇「競作五十円玉二一枚の謎」東京創元社 2000（創元推理文庫）p141

ノリスは踊る（西奥隆起）
◇「集え！ へっぽこ冒険者たち―ソード・ワールド短編集」富士見書房 2002（富士見ファンタジア文庫）p199

祝詞（李光洙）
◇「近代朝鮮文学日本語作品集1908～1945 セレクション 6」緑蔭書房 2008 p263

乗り物ギライ（麻見和臣）
◇「てのひら怪談―ビーケーワン怪談大賞傑作選 2」ポプラ社 2007 p174

諾曼頓（ノルマントン）の歌（中村敬宇）
◇「新日本古典文学大系 明治編 2」岩波書店 2004 p192

暖簾（真下五一）
◇「京都府文学全集第1期（小説編）2」郷土出版社 2005 p160

呪いと毒（勝山海百合）
◇「てのひら怪談―ビーケーワン怪談大賞傑作選」ポプラ社 2007 p220
◇「てのひら怪談―ビーケーワン怪談大賞傑作選」ポプラ社 2008（ポプラ文庫）p232

呪いの家（鮎川哲也）
◇「少年探偵王―本格推理マガジン 特集・ぼくらの推理冒険物語」光文社 2002（光文社文庫）p416

呪いの家（平岩弓枝）
◇「武士道切絵図―新鷹会・傑作時代小説選」光文社 2010（光文社文庫）p455

呪いの特売（赤川次郎）
◇「驚愕遊園地」光文社 2013（最新ベスト・ミステリー）p13
◇「驚愕遊園地」光文社 2016（光文社文庫）p7

烽火（許南麒）
◇「〈在日〉文学全集 2」勉誠出版 2006 p135

のろま（秋山ぎくる）
◇「ブラックミステリーズ―12の黒い謎をめぐる219の質問」KADOKAWA 2015（角川文庫）p43

のろま君（鳴海章）
◇「特別な一日」徳間書店 2005（徳間文庫）p287

呪はれた女身（河原崎純）
◇「日本統治期台湾文学集成 9」緑蔭書房 2002 p243

呪われた真珠（本多緒生）
◇「幻の探偵雑誌 7」光文社 2001（光文社文庫）p61

呪われた沼（南桃平）
◇「怪奇探偵小説集 3」角川春樹事務所 1998（ハルキ文庫）p257

呪われたヴァイオリン（伊豆実）
◇「怪奇探偵小説集 3」角川春樹事務所 1998（ハルキ文庫）p143

呪われた密室（山村美紗）
◇「私は殺される―女流ミステリー傑作選」角川春樹事務所 2001（ハルキ文庫）p241

野和田さん家のツグヲさん（山本幸久）
◇「短篇ベストコレクション―現代の小説 2007」徳間書店 2007（徳間文庫）p311

のんきな患者（梶井基次郎）
◇「ちくま日本文学 28」筑摩書房 2008（ちくま文庫）p363

暢気眼鏡（尾崎一雄）
◇「短篇名作選―1925-1949 文士たちの時代」笠間書院 1999 p189
◇「文士の意地―車谷長吉撰短篇小説輯 上巻」作品社 2005 p360
◇「百年小説」ポプラ社 2008 p971
◇「私小説の生き方」アーツ・アンド・クラフツ 2009 p134
◇「コレクション私小説の冒険 1」勉誠出版 2013 p131

ノン子36歳（家事手伝い）（宇治田隆史）
◇「年鑑代表シナリオ集 '08」シナリオ作家協会

作品名から引ける日本文学全集案内 第III期　613

2009 p259
ノン・フィクションと現代（杉浦明平）
　◇「戦後文学エッセイ選 6」影書房 2008 p159

【 は 】

歯（篠田節子）
　◇「おぞけ―ホラー・アンソロジー」祥伝社 1999
　　（祥伝社文庫）p7
歯（タカスギシンタロ）
　◇「超短編の世界 vol.3」創英社 2011 p41
歯（坪田宏）
　◇「甦る名探偵―探偵小説アンソロジー」光文社
　　2014（光文社文庫）p293
歯（堀井紗由美）
　◇「リトル・リトル・クトゥルー―史上最小の神話
　　小説集」学習研究社 2009 p122
婆さん（呉泳鎮）
　◇「近代朝鮮文学日本語作品集1901～1938 創作篇 3」
　　緑蔭書房 2004 p221
ばあちゃんの攻防（田中悦朗）
　◇「ショートショートの花束 1」講談社 2009（講
　　談社文庫）p108
ばあば新茶マラソンをとぶ（鴻野元希）
　◇「「伊豆文学賞」優秀作品集 第16回」羽衣出版
　　2013 p5
灰（北川冬彦）
　◇「新装版 全集現代文学の発見 13」學藝書林 2004
　　p31
梅安雨隠れ（池波正太郎）
　◇「剣俠しぐれ笠」光風社出版 1999（光風社文庫）
　　p7
梅安晦日蕎麦（池波正太郎）
　◇「大江戸万華鏡―美味小説傑作選」学研パブリッ
　　シング 2014（学研M文庫）p9
灰色花壇（阿刀田高）
　◇「現代の小説 1997」徳間書店 1997 p141
灰色のエルミー（大崎梢）
　◇「近藤史恵リクエスト！ ペットのアンソロジー」
　　光文社 2013 p77
　◇「近藤史恵リクエスト！ ペットのアンソロジー」
　　光文社 2014（光文社文庫）p79
灰色の世界（古閑章）
　◇「現代鹿児島小説大系 1」ジャプラン 2014 p239
灰色の月（志賀直哉）
　◇「戦後短篇小説選―「世界」1946～1999 1」岩波書
　　店 2000 p3
　◇「鉄路に咲く物語―鉄道小説アンソロジー」光文
　　社 2005（光文社文庫）p103
　◇「ちくま日本文学 21」筑摩書房 2008（ちくま文
　　庫）p361
　◇「コレクション戦争と文学 10」集英社 2012 p15

灰色の手袋（仁木悦子）
　◇「赤のミステリー―女性ミステリー作家傑作選」
　　光文社 1997 p7
　◇「女性ミステリー作家傑作選 3」光文社 1999
　　（光文社文庫）p41
　◇「THE名探偵―ミステリーアンソロジー」有楽出
　　版 2014（JOY NOVELS）p151
灰色の扉（野溝七生子）
　◇「分身」国書刊行会 1999（書物の王国）p214
灰色の鳥（若久恵二）
　◇「ゆきのまち幻想文学賞小品集 17」企画集団ぷり
　　ずむ 2008 p145
灰色の道（赤井都）
　◇「物語のルミナリエ」光文社 2011（光文社文庫）
　　p383
梅雨（ばいう）… → “つゆ…”をも見よ
梅雨（吉屋信子）
　◇「文豪怪談傑作選 吉屋信子集」筑摩書房 2006
　　（ちくま文庫）p415
梅雨明け鴉（中尾寛）
　◇「妖女」光文社 2004（光文社文庫）p543
ハイウェイ惑星（石原藤夫）
　◇「日本SF短篇50 1」早川書房 2013（ハヤカワ文
　　庫 JA）p109
　◇「60年代日本SFベスト集成」筑摩書房 2013（ち
　　くま文庫）p105
梅雨将軍信長（新田次郎）
　◇「人物日本の歴史―時代小説版 戦国編」小学館
　　2004（小学館文庫）p63
梅雨の螢（澤田ふじ子）
　◇「江戸宵闇しぐれ」学習研究社 2005（学研M文
　　庫）p289
ハイエナ（鬣狗）（中島敦）
　◇「ちくま日本文学 12」筑摩書房 2008（ちくま文
　　庫）p444
廃園（恩田陸）
　◇「悪魔のような女―女流ミステリー傑作選」角川
　　春樹事務所 2001（ハルキ文庫）p49
　◇「恋は罪つくり―恋愛ミステリー傑作選」光文社
　　2005（光文社文庫）p363
廃園の遺書（山村正夫）
　◇「怪談―24の恐怖」講談社 2004 p229
廃園の昼餐（西崎憲）
　◇「短篇ベストコレクション―現代の小説 2014」徳
　　間書店 2014（徳間文庫）p341
煤煙の臭い（宮地嘉六）
　◇「アンソロジー・プロレタリア文学 3」森話社
　　2015 p270
廃屋（我妻俊樹）
　◇「てのひら怪談―ビーケーワン怪談大賞傑作選 辛
　　卯」ポプラ社 2011（ポプラ文庫）p76
廃屋（高木彬光）
　◇「京都綺談」有楽出版社 2015 p147
廃屋を訪ねて（中井英夫）
　◇「十月のカーニヴァル」光文社 2000（カッパ・ノ
　　ベルス）p295

はいく

俳諧一巻まききれぬ事（富士正晴）
　◇「戦後文学エッセイ選 7」影書房 2006 p175
俳諧開化集（西谷富水）
　◇「新日本古典文学大系 明治編 4」岩波書店 2003
　　p147
俳諧気違ひ（饗庭篁村）
　◇「明治の文学 13」筑摩書房 2003 p90
俳諧大要（正岡子規）
　◇「明治の文学 20」筑摩書房 2001 p261
梅花一笑集（森春濤）
　◇「新日本古典文学大系 明治編 2」岩波書店 2004
　　p84
俳諧と武事（正岡子規）
　◇「明治の文学 20」筑摩書房 2001 p253
俳諧一口話（正岡子規）
　◇「明治の文学 20」筑摩書房 2001 p207
俳諧連歌（西谷富水）
　◇「新日本古典文学大系 明治編 4」岩波書店 2003
　　p152
灰神楽（峰隆一郎）
　◇「代表作時代小説 平成13年度」光風社出版 2001
　　p25
梅花処処に開く 甲子（森春濤）
　◇「新日本古典文学大系 明治編 2」岩波書店 2004
　　p46
梅香餅（藤原緋沙子）
　◇「時代小説ザ・ベスト 2016」集英社 2016 （集英
　　社文庫）p9
廃墟（小池真理子）
　◇「短篇ベストコレクション―現代の小説 2010」徳
　　間書店 2010 （徳間文庫）p355
廃墟線（菊地秀行）
　◇「ひとにぎりの異形」光文社 2007 （光文社文庫）
　　p473
廃墟と青空（鳥飼否宇）
　◇「本格ミステリ 2004」講談社 2004 （講談社ノベ
　　ルス）p81
　◇「深夜バス78回転の問題―本格短編ベスト・セレ
　　クション」講談社 2008 （講談社文庫）p123
廃墟の眺め（吉行淳之介）
　◇「コレクション戦争と文学 10」集英社 2012 p156
俳句（秋元不死男）
　◇「コレクション戦争と文学 13」集英社 2011 p281
俳句（加藤楸邨）
　◇「コレクション戦争と文学 13」集英社 2011 p279
俳句（金子兜太）
　◇「コレクション戦争と文学 18」集英社 2012 p571
俳句（栗林一石路）
　◇「コレクション戦争と文学 12」集英社 2013 p228
　◇「アンソロジー・プロレタリア文学 1」森話社
　　2013 p222
俳句（小林一茶）
　◇「月のものがたり」ソフトバンククリエイティブ
　　2006 p138
　◇「胞子文学名作選」港の人 2013 p76

俳句（鈴木しづ子）
　◇「コレクション戦争と文学 1」集英社 2012 p645
俳句（鈴木六林男）
　◇「コレクション戦争と文学 12」集英社 2013 p229
俳句（種田山頭火）
　◇「月のものがたり」ソフトバンククリエイティブ
　　2006 p138
俳句（中村草田男）
　◇「コレクション戦争と文学 9」集英社 2012 p182
俳句（中村汀女）
　◇「コレクション戦争と文学 14」集英社 2012 p98
俳句（野木桃花）
　◇「胞子文学名作選」港の人 2013 p152
俳句（橋本夢道）
　◇「アンソロジー・プロレタリア文学 1」森話社
　　2013 p222
俳句（正岡子規）
　◇「月のものがたり」ソフトバンククリエイティブ
　　2006 p138
　◇「ちくま日本文学 40」筑摩書房 2009 （ちくま文
　　庫）p450
俳句（松尾あつゆき）
　◇「コレクション戦争と文学 19」集英社 2011 p627
俳句（松尾芭蕉）
　◇「月のものがたり」ソフトバンククリエイティブ
　　2006 p138
　◇「胞子文学名作選」港の人 2013 p73
俳句（三橋敏雄）
　◇「コレクション戦争と文学 19」集英社 2011 p626
俳句（与謝蕪村）
　◇「月のものがたり」ソフトバンククリエイティブ
　　2006 p138
俳句（渡辺白泉）
　◇「コレクション戦争と文学 12」集英社 2013 p231
俳句三代集（田尻敢）
　◇「ハンセン病文学全集 9」皓星社 2010 p44
俳句と小説の差（抄）（中里恒子）
　◇「精選女性随筆集 10」文藝春秋 2012 p101
俳句と俳諧（正岡子規）
　◇「新日本古典文学大系 明治編 27」岩波書店 2003
　　p100
俳句における「癩」の用語問題（増葦雄）
　◇「ハンセン病文学全集 5」皓星社 2010 p565
俳句の会（木村登美子）
　◇「全作家短編集 15」のべる出版企画 2016 p293
俳句の精神（寺田寅彦）
　◇「ちくま日本文学 34」筑摩書房 2009 （ちくま文
　　庫）p387
俳句の精神とその習得の反応（寺田寅彦）
　◇「ちくま日本文学 34」筑摩書房 2009 （ちくま文
　　庫）p401
俳句の成立と必然性（寺田寅彦）
　◇「ちくま日本文学 34」筑摩書房 2009 （ちくま文
　　庫）p387

はいく

俳句の独自性（寺田寅彦）
　◇「ちくま日本文学 34」筑摩書房 2009（ちくま文庫）p411
俳句問答（正岡子規）
　◇「ちくま日本文学 40」筑摩書房 2009（ちくま文庫）p365
廃材トラック（ひびきはじめ）
　◇「てのひら怪談―ビーケーワン怪談大賞傑作選 壬辰」ポプラ社 2012（ポプラ文庫）p98
灰皿（小泉雅二）
　◇「ハンセン病文学全集 6」皓星社 2003 p431
灰皿という熱いきっかけ（福山重博）
　◇「ショートショートの花束 2」講談社 2010（講談社文庫）p19
廃市（福永武彦）
　◇「日本文学全集 17」河出書房新社 2015 p218
稗史家略伝（はいしかりゃくでん）幷に批評（坪内逍遙）
　◇「新日本古典文学大系 明治編 18」岩波書店 2002 p133
稗史・芝居の美少年（須永朝彦）
　◇「美少年」国書刊行会 1997（書物の王国）p214
廃疾かかえて（西村賢太）
　◇「文学 2009」講談社 2009 p277
詩集 稗子傳（吉田一穂）
　◇「新装版 全集現代文学の発見 13」學藝書林 2004 p160
廃寺の化物―荻田安静『宿直草』（荻田安静）
　◇「妖怪」国書刊行会 1999（書物の王国）p100
歯医者（西脇順三郎）
　◇「新装版 全集現代文学の発見 13」學藝書林 2004 p58
売春婦リゼット（岡本かの子）
　◇「創刊一〇〇年三田文学名作選」三田文学会 2010 p166
背信（小泉雅二）
　◇「ハンセン病文学全集 6」皓星社 2003 p434
背信（南達夫）
　◇「甦る推理雑誌 9」光文社 2003（光文社文庫）p179
背信の空路（津村秀介）
　◇「不可思議な殺人―ミステリー・アンソロジー」祥伝社 2000（祥伝社文庫）p49
俳人蕪村（正岡子規）
　◇「明治の文学 20」筑摩書房 2001 p343
陪審法廷異聞 消失した死体（藤村耕造）
　◇「金田一耕助の新たな挑戦」角川書店 1997（角川文庫）p299
排水口の恋人（有味風）
　◇「リトル・リトル・クトゥルー―史上最小の神話小説集」学習研究社 2009 p42
ハイスクール・ホラー（手塚眞）
　◇「教室」光文社 2003（光文社文庫）p123
這いずり―幽剣抄（菊地秀行）
　◇「代表作時代小説 平成14年度」光風社出版 2002 p197
廃絶させるには惜しい夏の味二つ（檀一雄）
　◇「文人御馳走帖」新潮社 2014（新潮文庫）p335
敗戦（原田益水）
　◇「全作家短編集 15」のべる出版企画 2016 p327
廃線区間（江坂遊）
　◇「綾辻・有栖川復刊セレクション 仕掛け花火」講談社 2007（講談社ノベルス）p191
敗戦、東条は潜伏中。ざまみろと留飲をさげる≫来栖三郎（吉田茂）
　◇「日本人の手紙 10」リブリオ出版 2004 p145
敗戦日記（高見順）
　◇「読み聞かせる戦争」光文社 2015 p121
培地ども（松本楽志）
　◇「リトル・リトル・クトゥルー―史上最小の神話小説集」学習研究社 2009 p74
ハイテク戦争（夢渡渡夢）
　◇「ショートショートの広場 11」講談社 2000（講談社文庫）p161
はいと答える怖い人（岩井志麻子）
　◇「5分で読める！ 怖いはなし」宝島社 2014（宝島社文庫）p67
灰と白（厚木叡）
　◇「ハンセン病に咲いた花―初期文芸名作選 戦後編」皓星社 2002（ハンセン病叢書）p46
廃都に埋もれし孤影（小川楽喜）
　◇「冒険の夜に翔べ！―ソード・ワールド短編集」富士見書房 2003（富士見ファンタジア文庫）p147
バイトに夢中（三藤英二）
　◇「ショートショートの広場 12」講談社 2001（講談社文庫）p63
廃都の怪神（山本弘）
　◇「怪獣文藝の逆襲」KADOKAWA 2015（〔幽BOOKS〕）p69
灰になり骨になる（池田晴海）
　◇「愛してるって言えばよかった」泰文堂 2012（リンダブックス）p140
πの音楽（巣山ひろみ）
　◇「ゆきのまち幻想文学賞小品集 16」企画集団ぷりずむ 2007 p144
BBDB（バイバイデイビイ）（円居挽）
　◇「新走（アラバシリ）―Powers Selection」講談社 2011（講談社box）p7
バイバイほらふき（碧井かえる）
　◇「かわいい―第16回フェリシモ文学賞優秀作品集」フェリシモ 2013 p66
バイバイ、増田くん（源祥子）
　◇「失恋前夜―大人のための恋愛短篇集」泰文堂 2013（レインブックス）p63
バイバイン（神薫）
　◇「怪談四十九夜」竹書房 2016（竹書房文庫）p118
廃藩奇話（堀和久）
　◇「大江戸縫様列伝―傑作時代小説」双葉社 2006（双葉文庫）p215

616　作品名から引ける日本文学全集案内 第III期

廃病院（伊藤三巳華）
◇「女たちの怪談百物語」メディアファクトリー
2010（〔幽books〕）p121
◇「女たちの怪談百物語」KADOKAWA 2014（角
川ホラー文庫）p126

廃病院（宇佐美まこと）
◇「女たちの怪談百物語」メディアファクトリー
2010（〔幽books〕）p48
◇「女たちの怪談百物語」KADOKAWA 2014（角
川ホラー文庫）p55

ハイヒール（横森理香）
◇「靴に恋して」ソニー・マガジンズ 2004 p105

敗北への凱旋（連城三紀彦）
◇「綾辻・有栖川復刊セレクション 敗北への凱旋」
講談社 2007（講談社ノベルス）p3

這い回る蝶々（五十嵐彪太）
◇「超短編の世界」割英社 2008 p54

這い回る蝶々（ハカウチマリ）
◇「超短編の世界」割英社 2008 p86

俳優（藤田愛子）
◇「全作家短編小説集 12」全作家協会 2013 p199

俳優尾上多見蔵伝（菊池三溪）
◇「新日本古典文学大系 明治編 3」岩波書店 2005
p75

俳優が来る（本間祐）
◇「俳優」廣済堂出版 1999（廣済堂文庫）p253

俳優田之助伝（信夫恕軒）
◇「新日本古典文学大系 明治編 2」岩波書店 2004
p322

廢邑の人々（全三十回）（崔允秀）
◇「近代朝鮮文学日本語作品集1901〜1938 創作篇 1」
緑蔭書房 2004 p279

敗柳残荷集（森春濤）
◇「新日本古典文学大系 明治編 2」岩波書店 2004
p59

拝領妻始末（滝口康彦）
◇「八百八町春爛漫」光風社出版 1998（光風社文
庫）p197
◇「女人」小学館 2007（小学館文庫）p5
◇「主命にござる」新潮社 2015（新潮文庫）p209

バイリンガル（白石幹希）
◇「ショートショートの広場 11」講談社 2000（講
談社文庫）p130

梅林の下には（戸部新十郎）
◇「明暗廻り灯籠」光風社出版 1998（光風社文庫）
p203

π（パイ）は巡る（片山龍三）
◇「全作家短編小説集 12」全作家協会 2013 p191

パヴァーヌ（曽我部マコト）
◇「高校演劇Selection 2004 上」晩成書房 2004
p119

ハウザーモンキー（吉岡平）
◇「宇宙への帰還—SFアンソロジー」KSS出版
1999（KSS entertainment novels）p43

葉唄都々一吹分（はうただどいつふきわけ）二 開化

大津ゑかつぼれぶし（作者表記なし）
◇「新日本古典文学大系 明治編 4」岩波書店 2003
p342

包頭（バウトウ）の少女（坪田譲治）
◇「コレクション戦争と文学 16」集英社 2012 p499

バウム・クーヘンの話（野上彌生子）
◇「精選女性随筆集 10」文藝春秋 2012 p249

パウロウの鶴（長谷川龍生）
◇「新装版 全集現代文学の発見 13」學藝書林 2004
p336

蠅（楳図かずお）
◇「妖異百物語 2」出版芸術社 1997（ふしぎ文学
館）p215

蠅（都筑道夫）
◇「塔の物語」角川書店 2000（角川ホラー文庫）
p167

蠅（横光利一）
◇「新装版 全集現代文学の発見 2」學藝書林 2002
p50
◇「教科書に載った小説」ポプラ社 2008 p145
◇「二時間目国語」宝島社 2008（宝島社文庫）
p118
◇「読んでおきたい近代日本小説選」龍書房 2012
p323
◇「教科書に載った小説」ポプラ社 2012（ポプラ文
庫）p131

蠅（吉行淳之介）
◇「戦後短篇小説再発見 18」講談社 2004（講談社
文芸文庫）p106
◇「ものがたりのお菓子箱」飛鳥新社 2008 p203

生え出ずる黒髪（村田喜代子）
◇「黒髪に恨みは深く—髪の毛ホラー傑選」角川
書店 2006（角川ホラー文庫）p159

蠅男（若竹七海）
◇「名探偵に訊け」光文社 2010（Kappa novels）
p517
◇「名探偵に訊け」光文社 2013（光文社文庫）
p715

蠅を憎む記（泉鏡花）
◇「ファイン／キュート素敵かわいい作品選」筑摩
書房 2015（ちくま文庫）p48
◇「新編・日本幻想文学集成 4」国書刊行会 2016
p533

蠅の肢（羽志主水）
◇「戦前探偵小説四人集」論創社 2011（論創ミステ
リ叢書）p3

「蠅の子の」の巻（富水・亀遊両吟歌仙）（西谷
富水）
◇「新日本古典文学大系 明治編 4」岩波書店 2003
p174

覇王の血（伊東潤）
◇「決戦！ 本能寺」講談社 2015 p5

パオパオの木（伊藤太）
◇「小学校たのしい劇の本—英語劇付 中学年」国土
社 2007 p138

ばか（川上弘美）

作品名から引ける日本文学全集案内 第III期 **617**

はか

◇「恋物語」朝日新聞社 1998 p109

墓（色川武大）
◇「恐怖の旅」光文社 2000（光文社文庫）p307
◇「恐ろしき執念」リブリオ出版 2001（怪奇・ホラーワールド）p91
◇「戦後短篇小説再発見 5」講談社 2001（講談社文芸文庫）p165

墓（塔和子）
◇「ハンセン病文学全集 7」皓星社 2004 p16
◇「ハンセン病文学全集 7」皓星社 2004 p183

墓（正岡子規）
◇「文豪怪談傑作選 明治編」筑摩書房 2011（ちくま文庫）p16

随筆 墓（朴勝極）
◇「近代朝鮮文学日本語作品集1939～1945 評論・随筆篇 3」緑蔭書房 2002 p245

破戒（島崎藤村）
◇「涙の百年文学―もう一度読みたい」太陽出版 2009 p272

破壊する男（飯田譲治, 梓河人）
◇「幻想ミッドナイト―日常を破壊する恐怖の断片」角川書店 1997（カドカワ・エンタテインメント）p139

歯が痛い（佐藤博一）
◇「ショートショートの広場 16」講談社 2005（講談社文庫）p192

「破戒」について（野間宏）
◇「戦後文学エッセイ選 9」影書房 2008 p121

馬鹿SFは、こうして作られる（火浦功）
◇「SFバカ本 たわし篇プラス」廣済堂出版 1998（廣済堂文庫）p43

墓を掘り返す（峯岸可弥）
◇「超短編の世界」創英社 2008 p44

はがき（大塚楠緒子）
◇「「新編」日本女性文学全集 3」菁柿堂 2011 p148

葉書と帰還兵（勝山海百合）
◇「女たちの怪談百物語」メディアファクトリー 2010（［幽］books）p215
◇「女たちの怪談百物語」KADOKAWA 2014（角川ホラー文庫）p219

ハガキの夕暮れ（北村佳澄）
◇「ゆれる―第12回フェリシモ文学賞作品集」フェリシモ 2009 p86

バカスヴィル家の犬（高田崇史）
◇「0番目の事件簿」講談社 2012 p131

バカスカシ（葛西善蔵）
◇「短編名作選―1925-1949 文士たちの時代」笠間書院 1999 p9

博士とねこ（広瀬弦）
◇「100万分の1回のねこ」講談社 2015 p231

博士とロボットの不在証明（東川篤哉）
◇「宝石ザミステリー 2016」光文社 2015 p405

戯曲 瓢（バカチ）（金健）
◇「近代朝鮮文学日本語作品集1939～1945 創作篇 6」緑蔭書房 2001 p323

はかない願い（田中哲弥）
◇「憑き者―全篇書下ろし傑作ホラーアンソロジー」アスキー 2000（A-novels）p523

鋼の記憶（苅米一志）
◇「風の孤影」桃園書房 2001（桃園文庫）p263

はかのうらへまわる（松本楽志）
◇「超短編の世界」創英社 2008 p22

墓の中でうたう歌（石牟礼道子）
◇「日本文学全集 24」河出書房新社 2015 p469

ばかのハコ船（向井康介, 山下敦弘）
◇「年鑑代表シナリオ集 '03」シナリオ作家協会 2004 p33

ばかばかしくて楽しくて（関口暁）
◇「うちへ帰ろう一家族を想うあなたに贈る短篇小説集」泰文堂 2013（リンダブックス）p107

墓場まで何マイル？（寺山修司）
◇「日本人の手紙 8」リブリオ出版 2004 p7

墓参り（高橋史絵）
◇「てのひら怪談―ビーケーワン怪談大賞傑作選」ポプラ社 2007 p48
◇「てのひら怪談―ビーケーワン怪談大賞傑作選」ポプラ社 2008（ポプラ文庫）p46

墓守ギャルポの誉れ（鳥飼否宇）
◇「ベスト本格ミステリ 2013」講談社 2013（講談社ノベルス）p245

墓守の山（冨士玉女）
◇「怪談四十九夜」竹書房 2016（竹書房文庫）p186

墓屋（篠田真由美）
◇「物語のルミナリエ」光文社 2011（光文社文庫）p288

はかりごと（小泉八雲）
◇「法月綸太郎の本格ミステリ・アンソロジー」角川書店 2005（角川文庫）p29

謀りごと（宮部みゆき）
◇「市井図絵」新潮社 1997 p7
◇「時代小説―読切御免 1」新潮社 2004（新潮文庫）p41

墓ハ森林太郎墓ホカ一字モ彫ルベカラズ（森鷗外）
◇「日本人の手紙 8」リブリオ出版 2004 p232

萩（濱田隼雄）
◇「日本統治期台湾文学集成 4」緑蔭書房 2002 p241

萩桔梗（三宅花圃）
◇「「新編」日本女性文学全集 1」菁柿堂 2007 p70

萩狂乱（斎藤澪）
◇「金田一耕助の新たな挑戦」角川書店 1997（角川文庫）p161

萩供養（平谷美樹）
◇「江戸迷宮」光文社 2011（光文社文庫）p131

嘔気（北原武夫）
◇「コレクション戦争と文学 8」集英社 2011 p128

萩城下贋札殺人事件（古川薫）
◇「大江戸犯科帖―時代推理小説名作選」双葉社

2003（双葉文庫）p151

波宜亭（萩原朔太郎）
◇「ちくま日本文学 36」筑摩書房 2009（ちくま文庫）p36
◇「ちくま日本文学 36」筑摩書房 2009（ちくま文庫）p47

萩寺の女（久生十蘭）
◇「偉人八傑推理帖―名探偵時代小説」双葉社 2004（双葉文庫）p133

萩灯籠（梅本育子）
◇「人情の往来―時代小説最前線」新潮社 1997（新潮文庫）p311

萩の帷子―霊州松江の妻敵討ち（安西篤子）
◇「時代小説傑作選 4」新人物往来社 2008 p41

萩の島里（長島愛生園萩の花会）
◇「ハンセン病文学全集 8」皓星社 2006 p90

萩の花（宮本常一）
◇「ちくま日本文学 22」筑摩書房 2008（ちくま文庫）p419

萩のもんかきや（中野重治）
◇「六人の作家小説選」東銀座出版社 1997（銀選書）p165
◇「日本近代短編小説選 昭和篇3」岩波書店 2012（岩波文庫）p125

履惚れ（井上雅彦）
◇「5分で読める！ 怖いはなし」宝島社 2014（宝島社文庫）p141

はぎまんだら（菊地隆三）
◇「山形県文学全集第2期〔随筆・紀行編〕5」郷土出版社 2005 p427

破鏡符合（尹白南）
◇「近代朝鮮文学日本語作品集1901～1938 創作篇 3」緑蔭書房 2004 p187

パキラのコップ（柳美里）
◇「29歳」日本経済新聞出版社 2008 p251
◇「29歳」新潮社 2012（新潮文庫）p279

馬琴略伝（山東京山）
◇「芸術家」国書刊行会 1998（書物の王国）p167

ばく（夢枕獏）
◇「それはまだヒミツ―少年少女の物語」新潮社 2012（新潮文庫）p27

白衣のマドンナ―妻の不貞に泣くT君の為に（金飛兎）
◇「近代朝鮮文学日本語作品集1901～1938 創作篇 2」緑蔭書房 2004 p277

白雨（連城三紀彦）
◇「ザ・ベストミステリーズ―推理小説年鑑 2006」講談社 2006 p251
◇「曲げられた真相」講談社 2009（講談社文庫）p41

白雲去來（上忠司）
◇「日本統治期台湾文学集成 18」緑蔭書房 2003 p259

白雲悠々（檀一雄）
◇「家族の絆」光文社 1997（光文社文庫）p127

白猿（阿部達昭）

◇「リトル・リトル・クトゥルー―史上最小の神話小説集」学習研究社 2009 p58

薄煙（早見裕司）
◇「悪夢が嗤う瞬間」勁文社 1997（ケイブンシャ文庫）p89

獏園（澁澤龍彦）
◇「人獣怪婚」筑摩書房 2000（ちくま文庫）p193

爆音（城山三郎）
◇「コレクション戦争と文学 10」集英社 2012 p549

博雅朝臣宣耀殿の御遊にて背より玄象の離れなくなること（岡野玲子）
◇「琵琶綺談」日本出版社 2006 p139

白球（藤田宜永）
◇「二十四粒の宝石―超短編小説傑作集」講談社 1998（講談社文庫）p203

爆撃調査団（内田百閒）
◇「コレクション戦争と文学 10」集英社 2012 p320

博言学（正岡子規）
◇「新日本古典文学大系 明治編 27」岩波書店 2003 p169

白紙（白河三兎）
◇「十年交差点」新潮社 2016（新潮文庫）p49

朴爺の話（作者表記なし）
◇「近代朝鮮文学日本語作品集1901～1938 創作篇 1」緑蔭書房 2004 p203

薄志弱行ノ歌（日夏耿之介）
◇「日本文学全集 29」河出書房新社 2016 p21

白日鬼（蘭郁二郎）
◇「幻の探偵雑誌 3」光文社 2000（光文社文庫）p119

白日の夢（朝山蜻一）
◇「甦る推理雑誌 10」光文社 2004（光文社文庫）p93

白紙のテスト（田中悦朗）
◇「ショートショートの花束 2」講談社 2010（講談社文庫）p30

伯爵の釵（泉鏡花）
◇「新編・日本幻想文学集成 4」国書刊行会 2016 p599

伯爵の知らない血族―ヴァンパイア・オムニバス（井上雅彦）
◇「SF宝石―すべて新作読み切り！ 2015」光文社 2015 p285

伯爵夫人の下ばき（徳永幾久）
◇「山形県文学全集第2期〔随筆・紀行編〕4」郷土出版社 2005 p294

白砂集（大島療養所藻汐短歌会）
◇「ハンセン病文学全集 8」皓星社 2006 p97

白蛇の化石（森真沙子）
◇「文藝百物語」ぶんか社 1997 p236

麥秋記（城山昌樹）
◇「近代朝鮮文学日本語作品集1939～1945 創作篇 6」緑蔭書房 2001 p50

白秋の道標（長岡弘樹）
◇「宝石ザミステリー 3」光文社 2013 p299

作品名から引ける日本文学全集案内 第III期　**619**

はくし

拍手—ニュース第一七三号（秋山清）
　◇「新装版 全集現代文学の発見 別巻」學藝書林
　　2005 p516

曝書（森春濤）
　◇「新日本古典文学大系 明治編 2」岩波書店 2004
　　p57

薄情くじら（田辺聖子）
　◇「日本文学100年の名作 8」新潮社 2015（新潮文
　　庫）p139

爆笑するもの（黒史郎）
　◇「男たちの怪談百物語」メディアファクトリー
　　2012（「幽BOOKS」）p61

白色の残像（坂本光一）
　◇「江戸川乱歩賞全集 17」講談社 2004（講談社文
　　庫）p7

白色白光（久保田明聖）
　◇「ハンセン病文学全集 8」皓星社 2006 p284

幕臣一代（柴田錬三郎）
　◇「剣鬼らの饗宴」光風社出版 1998（光風社文庫）
　　p137

驀進する朝鮮の演劇（金承久）
　◇「近代朝鮮文学日本語作品集1901〜1938 評論・随筆
　　篇 3」緑蔭書房 2004 p331

薄震ならず（拓植周子）
　◇「平成28年熊本地震作品集」くまもと文学・歴史
　　館友の会 2016 p12

白刃の跡（佐藤欽子）
　◇「青鞜文学集」不二出版 2004 p218

バグズ・ヘブン（柄刀一）
　◇「名探偵に訊け」光文社 2010（Kappa novels）
　　p265
　◇「名探偵に訊け」光文社 2013（光文社文庫）
　　p363

剝製の刺青（黄金仮面えぴそうど）（深谷延彦）
　◇「幻の探偵雑誌 8」光文社 2001（光文社文庫）
　　p381

剝製の雛（芥川龍之介）
　◇「文豪怪談傑作選 芥川龍之介集」筑摩書房 2010
　　（ちくま文庫）p324

剝製の子規（阿部昭）
　◇「創刊一〇〇年三田文学名作選」三田文学会 2010
　　p675

剝製の鳥（千田佳代）
　◇「姥々辻一小説集」作品社 2003 p89

剝製の白鳥（芥川龍之介）
　◇「超短編アンソロジー」筑摩書房 2002（ちくま文
　　庫）p197

白仙境（牧逸馬）
　◇「白の怪」勉誠出版 2003（べんせいライブラ
　　リー）p1

朴書房（パクソバン）（金永年）
　◇「近代朝鮮文学日本語作品集1901〜1938 創作篇 3」
　　緑蔭書房 2004 p87

バグダッドの靴磨き（米原万里）
　◇「コレクション戦争と文学 4」集英社 2011 p191

朴達の裁判（金達寿）

　◇「〈在日〉文学全集 1」勉誠出版 2006 p103

白痴（坂口安吾）
　◇「新装版 全集現代文学の発見 8」學藝書林 2003
　　p214
　◇「ちくま日本文学 9」筑摩書房 2008（ちくま文
　　庫）p245
　◇「日本文学100年の名作 4」新潮社 2014（新潮文
　　庫）p53

博打眼（宮部みゆき）
　◇「Anniversary 50—カッパ・ノベルス創刊50周年
　　記念作品」光文社 2009（Kappa novels）p259

ばくち狂時代（大河内常平）
　◇「甦る推理雑誌 6」光文社 2003（光文社文庫）
　　p237

白昼（朝宮運河）
　◇「てのひら怪談—ビーケーワン怪談大賞傑作選」
　　ポプラ社 2007 p158
　◇「てのひら怪談—ビーケーワン怪談大賞傑作選」
　　ポプラ社 2008（ポプラ文庫）p164

白昼（北野勇作）
　◇「ひとにぎりの異形」光文社 2007（光文社文庫）
　　p382

探偵小説 白昼の殺人（葉歩月）
　◇「日本統治期台湾文学集成 19」緑蔭書房 2003
　　p179

白昼の斬人剣—佐久間象山暗殺（井口朝生）
　◇「時代小説傑作選 3」新人物往来社 2008 p167

白昼のチュー（阪井雅子）
　◇「万華鏡—第14回フェリシモ文学賞作品集」フェ
　　リシモ 2011 p148

白昼夢（江戸川乱歩）
　◇「怪奇探偵小説集 1」角川春樹事務所 1998（ハ
　　ルキ文庫）p27
　◇「ちくま日本文学 7」筑摩書房 2008（ちくま文
　　庫）p9

白昼無言劇（岡本潤）
　◇「新装版 全集現代文学の発見 1」學藝書林 2002
　　p287

白鳥（吉田一穂）
　◇「新装版 全集現代文学の発見 13」學藝書林 2004
　　p163

白鳥王の夢と真実—ルートヴィッヒ2世とオペ
ラ（須永朝彦）
　◇「王侯」国書刊行会 1998（書物の王国）p190

白鳥殺し（佐藤亜紀）
　◇「ハンサムウーマン」ビレッジセンター出版局
　　1998 p89

白鳥熱の朝に（小川一水）
　◇「日本SF短篇50 5」早川書房 2013（ハヤカワ文
　　庫JA）p233

白鳥—ホテルヨーロッパ（村上龍）
　◇「贅沢な恋人たち」幻冬舎 1997（幻冬舎文庫）
　　p31

白鳥扼殺（早川四郎）
　◇「白の怪」勉誠出版 2003（べんせいライブラ
　　リー）p51

白鳥は来りぬ（高見順）
　◇「日本舞踊舞踊劇選集」西川会 2002 p455
ばくてりやの世界（萩原朔太郎）
　◇「ちくま日本文学 36」筑摩書房 2009（ちくま文庫）p85
代悲白頭翁歌（はくとうをかなしむおきなにかはりしうた）（大竹美鳥）
　◇「新日本古典文学大系 明治編 12」岩波書店 2001 p29
白頭山（はくとうさん）… → "ペクトゥサン…"を見よ
白馬（大塚楠緒子）
　◇「「新編」日本女性文学全集 3」菁柿堂 2011 p72
白馬（川端康成）
　◇「文豪怪談傑作選 川端康成集」筑摩書房 2006（ちくま文庫）p106
薄々社の饗宴（龍瑛宗）
　◇「日本統治期台湾文学集成 16」緑蔭書房 2003 p357
パクパク人形（岩渕幸喜）
　◇「小学校・全員参加の楽しい学級劇・学年劇脚本集 高学年」黎明書房 2007 p196
白馬江（はくばこう）→ "ペクマガン"を見よ
白髪鬼（江戸川乱歩）
　◇「冒険の森へ─傑作小説大全 1」集英社 2016 p277
白髪鬼（岡本綺堂）
　◇「妖髪鬼談」桜桃書房 1998 p230
　◇「文豪のミステリー小説」集英社 2008（集英社文庫）p71
白猫（北原白秋）
　◇「怪猫鬼談」人類文化社 1999 p29
白描（明石海人）
　◇「ハンセン病文学全集 8」皓星社 2006 p74
「白描」の作者とその周辺（今西康子）
　◇「ハンセン病文学全集 5」皓星社 2010 p574
白描・白描以後より（明石海人）
　◇「鉱物」国書刊行会 1997（書物の王国）p111
瀑布（金鍾漢）
　◇「近代朝鮮文学日本語作品集1939～1945 創作篇 6」緑蔭書房 2001 つ291
瀑布（鄭芝溶）
　◇「近代朝鮮文学日本語作品集1939～1945 創作篇 6」緑蔭書房 2001 つ172
博物館（許南麒）
　◇「〈在日〉文学全集 2」勉誠出版 2006 p78
博物館にて（小隅黎）
　◇「宇宙塵傑作選─日本SFの軌跡 1」出版芸術社 1997 p37
バグベア（飛鳥部勝則）
　◇「幻想探偵」光文社 2009（光文社文庫）p83
幕兵芸地に進みて長防騒擾する事（作者表記なし）
　◇「新日本古典文学大系 明治編 13」岩波書店 2007

p112
薄暮（王白淵）
　◇「日本統治期台湾文学集成 18」緑蔭書房 2003 p59
薄暮（坂上弘）
　◇「文学 2007」講談社 2007 p227
薄暮の酒（常盤新平）
　◇「短篇ベストコレクション─現代の小説 2000」徳間書店 2000 p285
薄暮の部屋（萩原朔太郎）
　◇「ちくま日本文学 36」筑摩書房 2009（ちくま文庫）p126
幕末屍軍団（菊地秀行）
　◇「妖異七奇談」双葉社 2005（双葉文庫）p251
幕末写真帖・イサム（水川裕雄）
　◇「1人から5人でできる新鮮いちご脚本集 v.3」青雲書房 2003 p45
白夢 栗生楽泉園（浅香甲陽）
　◇「ハンセン病文学全集 9」皓星社 2010 p65
薄明（金時鐘）
　◇「〈在日〉文学全集 5」勉誠出版 2006 p78
薄明（太宰治）
　◇「コレクション戦争と文学 15」集英社 2012 p347
白面（深川拓）
　◇「マスカレード」光文社 2002（光文社文庫）p477
白妖（大阪圭吉）
　◇「探偵小説の風景─トラフィック・コレクション下」光文社 2009（光文社文庫）p251
白羊宮─共有される女王（小中千昭）
　◇「十二宮12幻想」エニックス 2000 p11
白揚木（張赫宙）
　◇「近代朝鮮文学日本語作品集1901～1938 創作篇 2」緑蔭書房 2004 p459
舶来幻術師（日影丈吉）
　◇「美少年」国書刊行会 1997（書物の王国）p125
　◇「甦る推理雑誌 7」光文社 2003（光文社文庫）p295
　◇「新編・日本幻想文学集成 1」国書刊行会 2016 p626
パーク・ライフ（吉田修一）
　◇「文学 2003」講談社 2003 p260
「舶来屋」大蔵の死（早乙女貢）
　◇「血汐花に涙降る」光風社出版 1999（光風社文庫）p181
　◇「大江戸事件帖─時代推理小説名作選」双葉社 2005（双葉文庫）p67
博覧会（服部撫松）
　◇「新日本古典文学大系 明治編 1」岩波書店 2004 p86
博覧会（三島由紀夫）
　◇「文豪怪談傑作選」筑摩書房 2007（ちくま文庫）p160
幕吏に接して備後介国情を弁ずる事（作者表記なし）

はくり

◇「新日本古典文学大系 明治編 13」岩波書店 2007
p102

麦緑菜黄（正岡子規）
◇「新日本古典文学大系 明治編 27」岩波書店 2003
p298

歯車重ねて（@Orihika）
◇「3.11心に残る140字の物語」学研パブリッシング
2011 p84

歯車の花（青砥十）
◇「超短編傑作選 v.6」創英社 2007 p21

はぐれ角兵衛獅子（小杉健治）
◇「夢を見にけり―時代小説招待席」廣済堂出版
2004 p49

はぐれ天使 SM派（大原まり子）
◇「SFバカ本 電撃ボンバー篇」メディアファクト
リー 2002 p161

はぐれホタル（中村航）
◇「東京ホタル」ポプラ社 2013 p5
◇「東京ホタル」ポプラ社 2015 （ポプラ文庫）p5

白露―9月8日ごろ（柚木麻子）
◇「君と過ごす季節―秋から冬へ、12の暦物語」ポ
プラ社 2012 （ポプラ文庫）p55

白蠟（田久保英夫）
◇「文学 2001」講談社 2001 p92

白蠟鬼事件（米田華虹）
◇「幻の探偵雑誌 5」光文社 2001 （光文社文庫）
p301

馬喰とんび（園生義人）
◇「怪奇・伝奇時代小説選集 4」春陽堂書店 2000
（春陽文庫）p97

白露記（古川薫）
◇「美々峠に星が流れる―時代小説傑作選」講談社
1999 （講談社文庫）p267

白鹿潭（鄭芝溶）
◇「近代朝鮮文学 日本語作品集1939～1945 創作篇 6」
緑蔭書房 2001 p150

羽黒山の山伏（戸川安章）
◇「山形県文学全集第2期（随筆・紀行編）3」郷土出版
社 2005 p220

羽黒寂光 井泉水師と共に（松田秋兎死）
◇「山形県文学全集第2期（随筆・紀行編）2」郷土出版
社 2005 p193

波形の声（長岡弘樹）
◇「ザ・ベストミステリーズ―推理小説年鑑 2010」
講談社 2010 p299
◇「BORDER善と悪の境界」講談社 2013 （講談社
文庫）p213

腐シイ天幕（逸見猶吉）
◇「新装版 全集現代文学の発見 13」學藝書林 2004
p152

化けて出る（島﨑一裕）
◇「ショートショートの花束 4」講談社 2012 （講
談社文庫）p32

化け猫奇談―片目君の捕物帳（香住春作）
◇「甦る推理雑誌 4」光文社 2003 （光文社文庫）
p11

化猫武蔵（光瀬龍）
◇「怪猫鬼談」人類文化社 1999 p193
◇「宮本武蔵伝奇」勉誠出版 2002 （べんせいライブ
ラリー）p53
◇「大江戸猫三昧―時代小説傑作選」徳間書店 2004
（徳間文庫）p173

化けの皮の幸福（水谷準）
◇「竹中英太郎 3」皓星社 2016 （挿絵叢書）p9

励ましの手紙（一二三太郎）
◇「ショートショートの広場 19」講談社 2007 （講
談社文庫）p131

ばけもの（児嶋都）
◇「怪物團」光文社 2009 （光文社文庫）p319

怪物（ばけもの）を見る心持（作者表記なし）
◇「文豪怪談傑作選 特別編」筑摩書房 2009 （ちく
ま文庫）p18

ばけものつかい（山口修司、竜王町青年学級人形
劇コース）
◇「われらが青年団 人形劇脚本集」文芸社 2008 p31

化物の進化（寺田寅彦）
◇「ちくま日本文学 34」筑摩書房 2009 （ちくま文
庫）p313
◇「文豪怪談傑作選 大正篇」筑摩書房 2011 （ちく
ま文庫）p174

化物の出る場所（宮本常一）
◇「ちくま日本文学 22」筑摩書房 2008 （ちくま文
庫）p313

化物屋敷（佐藤春夫）
◇「日本怪奇小説傑作集 1」東京創元社 2005 （創
元推理文庫）p457
◇「文豪怪談傑作選 特別編」筑摩書房 2008 （ちく
ま文庫）p264

化物屋敷（丸茂素人）
◇「明治探偵冒険小説 4」筑摩書房 2005 （ちくま
文庫）p117

はげやまちゃんちき（水木洋子）
◇「日本舞踊舞踊劇選集」西川会 2002 p745

ハゲワシ（開高健）
◇「ちくま日本文学 24」筑摩書房 2008 （ちくま文
庫）p247

禿鷲（中島敦）
◇「ちくま日本文学 12」筑摩書房 2008 （ちくま文
庫）p440

派遣代表の挨拶 朝鮮人として（金波宇）
◇「近代朝鮮文学 日本語作品集1901～1938 評論・随筆
篇 3」緑蔭書房 2004 p370

ハーケンと夏みかん（椎名誠）
◇「くだものだもの」ランダムハウス講談社 2007
p7

ハケンの姫君（野村祐子）
◇「誰も知らない「桃太郎」「かぐや姫」のすべて」
明拓出版 2009 （創作童話シリーズ）p137

「ぱこ」（栗田有起）
◇「短篇集」ヴィレッジブックス 2010 p58

箱（冲方丁）
◇「蒐集家（コレクター）」光文社 2004 （光文社

箱（小池昌代）
◇「短篇集」ヴィレッジブックス 2010 p132
◇「量子回廊―年刊日本SF傑作選」東京創元社 2010（創元SF文庫）p165

箱（笹原実穂子）
◇「全作家短編小説集 11」全作家協会 2012 p190

箱（鈴烏ポチ丸）
◇「超短編傑作選 v.6」創英社 2007 p139

ハゴジャ（柳田國男）
◇「ちくま日本文学 15」筑摩書房 2008（ちくま文庫）p256

箱詰めの文字（道尾秀介）
◇「不思議の足跡」光文社 2007（Kappa novels）p333
◇「不思議の足跡」光文社 2011（光文社文庫）p451

箱館・五稜郭・誠（田戸岡誠）
◇「ゆきのまち幻想文学賞・小品集 12」企画集団ぷりずむ 2003 p67

匣と陰陽師―京極夏彦と陰陽師文学の系譜（東雅夫）
◇「陰陽師伝奇大全」白泉社 2001 p423

箱庭（加藤由美子）
◇「ゆきのまち幻想文学賞・小品集 9」企画集団ぷりずむ 2000 p_19

箱庭の巨獣（田中雄一）
◇「さよならの儀式」東京創元社 2014（創元SF文庫）p349

箱根細工―剣客商売（池波正太郎）
◇「剣光闇を裂く」光風社出版 1997（光風社文庫）p375

箱根の山椒魚（田岡典夫）
◇「夕まぐれ江戸小景」光文社 2015（光文社文庫）p241

箱の夫（吉田知子）
◇「この愛のゆくえ―ポケットアンソロジー」岩波書店 2011（岩波文庫別冊）p459

箱の中のあなた（山下方夫）
◇「恐怖特急」光文社 2002（光文社文庫）p137

箱の中の殺意（上田信彦, 有栖川有栖）
◇「有栖川有栖の鉄道ミステリ・ライブラリー」角川書店 2004（角川文庫）p247

箱の中の猫（菅浩江）
◇「蒼迷宮―ミステリー・アンソロジー」祥伝社 2002（祥伝社文庫）p235

箱の中身は（大崎梢）
◇「捨てる―アンソロジー」文藝春秋 2015 p7

箱のはなし（明川哲也）
◇「ろうそくの炎がささやく言葉」勁草書房 2011 p96
◇「それでも三月は、また」講談社 2012 p191

箱の蓋（中沢けい）
◇「中沢けい・多和田葉子・荻野アンナ・小川洋子」角川書店 1998（女性作家シリーズ）p84

箱の部屋（近藤史恵）
◇「午前零時」新潮社 2007 p155
◇「午前零時―P.S.昨日の私へ」新潮社 2009（新潮文庫）p181

方舟の櫂（藤田三四郎）
◇「ハンセン病文学全集 7」皓星社 2004 p402

ハコブネ1995（須藤朝菜）
◇「中学生のドラマ 1」晩成書房 1995 p67

箱娘（江坂遊）
◇「綾辻・有栖川復刊セレクション 仕掛け花火」講談社 2007（講談社ノベルス）p137

破小屋（楠田匡介）
◇「探偵くらぶ―探偵小説傑作選1946～1958 中」光文社 1997（カッパ・ノベルス）p149

はざかい（立原透耶）
◇「秘神―闇の祝祭者たち」アスキー 1999（アスペクトノベルス）p231

刃先（李美子）
◇「〈在日〉文学全集 18」勉誠出版 2006 p317

葉桜（李正子）
◇「〈在日〉文学全集 17」勉誠出版 2006 p335

葉桜（松本侑子）
◇「めぐり逢い―恋愛小説アンソロジー」角川春樹事務所 2005（ハルキ文庫）p133

葉桜と魔笛（太宰治）
◇「文豪怪談傑作選 太宰治集」筑摩書房 2009（ちくま文庫）p267

葉桜のタイムカプセル（岡崎琢磨）
◇「もっとすごい！ 10分間ミステリー」宝島社 2013（宝島社文庫）p315
◇「5分で泣ける！ 胸がいっぱいになる物語」宝島社 2015（宝島社文庫）p65
◇「5分で驚く！ どんでん返しの物語」宝島社 2016（宝島社文庫）p193
◇「10分間ミステリー THE BEST」宝島社 2016（宝島社文庫）p495

はざま（李正子）
◇「〈在日〉文学全集 17」勉誠出版 2006 p230

間父子（瀬戸口寅雄）
◇「定本・忠臣蔵四十七人集」双葉社 1998 p167

鋏とロザリオ（小出まゆみ）
◇「立川文学 2」けやき出版 2012 p11

婆娑羅（霜島ケイ）
◇「花月夜綺譚―怪談集」集英社 2007（集英社文庫）p127

羽沢の家（折口信夫）
◇「ちくま日本文学 25」筑摩書房 2008（ちくま文庫）p20

破産（太宰治）
◇「ちくま日本文学 8」筑摩書房 2008（ちくま文庫）p270

破産者の鎖（和久峻三）
◇「日本ベストミステリー選集 24」光文社 1997（光文社文庫）p435

破産の月に（谷川雁）

はさん

◇「新装版 全集現代文学の発見 13」學藝書林 2004 p363

馬山まで（李恢成）
◇「戦後短篇小説再発見 8」講談社 2002（講談社文芸文庫）p197

橋（増田みず子）
◇「恋物語」朝日新聞社 1998 p39

箸置（向田邦子）
◇「精選女性随筆集 11」文藝春秋 2012 p156

恥を知る者（早乙女貢）
◇「夢がたり大川端」光風社出版 1998（光風社文庫）p324

橋を渡って（北原亞以子）
◇「江戸の秘恋─時代小説傑作選」徳間書店 2004（徳間文庫）p37

橋を渡って（陣出達朗）
◇「躍る影法師」光風社出版 1997（光風社文庫）p7

橋を渡る（峯岸可弥）
◇「てのひら怪談─ビーケーワン怪談大賞傑作選 2」ポプラ社 2007 p176

橋を渡るとき（光原百合）
◇「紅迷宮─ミステリー・アンソロジー」祥伝社 2002（祥伝社文庫）p95

紅疫（はしか）（鄭芝溶）
◇「近代朝鮮文学日本語作品集1908～1945 セレクション 4」緑蔭書房 2008 p410

はしがき〔護郷兵〕（吉村敏）
◇「日本統治期台湾文学集成 13」緑蔭書房 2003 p11

はしがき〔手軽に出来る青少年劇脚本集 第一輯〕（台湾総督府情報部編）
◇「日本統治期台湾文学集成 11」緑蔭書房 2003 p69

橋川文三との友情（井上光晴）
◇「戦後文学エッセイ選 13」影書房 2008 p215

縡（皆川博子）
◇「短篇ベストコレクション─現代の小説 2006」徳間書店 2006（徳間文庫）p73

はしごにされた男（伊藤まさよし）
◇「ショートショートの花束 5」講談社 2013（講談社文庫）p123

梯子の上から世界は何度だって生まれ変わる（吉田篤弘）
◇「変愛小説集 日本作家編」講談社 2014 p201

橋づくし（三島由紀夫）
◇「近代小説〈都市〉を読む」双文社出版 1999 p191
◇「日本舞踊舞踊劇選集」西川会 2002 p719

橋のある風景（斎藤利雄）
◇「福島の文学─11人の作家」講談社 2014（講談社文芸文庫）p238

橋の上（宇野浩二）
◇「大阪ラビリンス」新潮社 2014（新潮文庫）p15

橋の上（立原正秋）
◇「幕末剣豪人斬り異聞 佐幕篇」アスキー 1997（Aspect novels）p55

◇「慕情深川しぐれ」光風社出版 1998（光風社文庫）p217
◇「新選組烈士伝」角川書店 2003（角川文庫）p371

橋の上（鄭芝溶）
◇「近代朝鮮文学日本語作品集1908～1945 セレクション 4」緑蔭書房 2008 p170

橋の上の少年（菅野雪虫）
◇「北日本文学賞入賞作品集 2」北日本新聞社 2002 p377

恥の歌（富永太郎）
◇「新装版 全集現代文学の発見 13」學藝書林 2004 p185

橋のかなた（李正子）
◇「〈在日〉文学全集 17」勉誠出版 2006 p277

箸のこと（上野英信）
◇「戦後文学エッセイ選 12」影書房 2006 p130

橋の下の凶器（夏樹静子）
◇「幻惑のラビリンス」光文社 2001（光文社文庫）p417

恥の譜（三浦哲郎）
◇「家族の絆」光文社 1997（光文社文庫）p59

橋の向こうの墓地（角田光代）
◇「文学で考える〈仕事〉の百年」双文社出版 2010 p189
◇「文学で考える〈仕事〉の百年」翰林書房 2016 p189

羽柴秀吉（林芙美子）
◇「歴史小説の世紀 天の巻」新潮社 2000（新潮文庫）p385

橋姫（上田三四二）
◇「京都府文学全集第1期（小説編）6」郷土出版社 2005 p144

橋姫式部（藤川桂介）
◇「恐怖のKA・TA・CHI」双葉社 2001（双葉文庫）p279

ハ氏病療養所の詩人たち（根来育）
◇「ハンセン病文学全集 5」皓星社 2010 p523

端辺原野─草原を超え生きた人々（大滝典雄）
◇「下ん浜─第2回「草枕文学賞」作品集」文藝春秋企画出版部 2000 p83

はじまり（幸田文）
◇「ちくま日本文学 5」筑摩書房 2007（ちくま文庫）p251

はじまり（タキガワ）
◇「超短編の世界 vol.2」創英社 2009 p64

始まり（古井由吉）
◇「文学 2006」講談社 2006 p207

はじまりの歌（右来左往）
◇「『やるキッズあいち劇場』脚本集 平成19年度」愛知県環境調査センター 2008 p45

はじまりのさくら（岩川元）
◇「ホワイト・ウェディング」SDP 2007（Angel works）p5

はじまりの日（高野和己）

◇「ゆきのまち幻想文学賞小品集 10」企画集団ぷりずむ 2001 p83

はじまりのものがたり（中島桃果子）
◇「スタートライン─始まりをめぐる19の物語」幻冬舎 2010（幻冬舎文庫）p183

はじまりの物語（北森鴻）
◇「麺'sミステリー倶楽部─傑作推理小説集」光文社 2012（光文社文庫）p19

初めて逢つた文士と當時の思ひ出（張赫宙）
◇「近代朝鮮文学日本語作品集1901〜1938 評論・随筆篇 3」緑蔭書房 2004 p349

始めて亜米利加に渡る（福澤諭吉）
◇「新日本古典文学大系 明治編 10」岩波書店 2011 p122

初めて恋してます。（ユズル）
◇「初めて恋してます。─サナギからチョウへ」主婦と生活社 2013（Junon novels）p5

はじめての駅で（北野勇作）
◇「量子回廊─年刊日本SF傑作選」東京創元社 2010（創元SF文庫）p301

はじめてのお葬式（宮木あや子）
◇「好き、だった。─はじめての失恋、七つの話」メディアファクトリー 2010（MF文庫）p189

初めての女（瀧井孝作）
◇「文士の意地─車谷長吉撰短篇小説輯 上巻」作品社 2005 p162

初めての児に（吉野弘）
◇「新装版 全集現代文学の発見 13」學藝書林 2004 p422

はじめての性行為（藤野可織）
◇「いまのあなたへ─村上春樹への12のオマージュ」NHK出版 2014 p184

はじめてのものに（立原道造）
◇「新装版 全集現代文学の発見 14」學藝書林 2005 p442

初めて本をつくるあなたがすべきこと（朱野帰子）
◇「本をめぐる物語─一冊の扉」KADOKAWA 2014（角川文庫）p117

はじめのいっぽ（永森裕二）
◇「御子神さん─幸福をもたらす♂三毛猫」竹書房 2010（竹書房文庫）p5

橋本屋（井伏鱒二）
◇「戦後短篇小説選─『世界』1946-1999 1」岩波書店 2000 p77

馬車（金末子）
◇「ハンセン病文学全集 4」皓星社 2003 p656

馬車馬の夢（上野英信）
◇「戦後文学エッセイ選 12」影書房 2006 p37

ばしゅん（松村佳直）
◇「リトル・リトル・クトゥルー─史上最小の神話小説集」学習研究社 2009 p182

芭蕉翁の一驚（正岡子規）
◇「明治の文学 20」筑摩書房 2001 p150

「芭蕉雑記」（芥川龍之介）
◇「文豪怪談傑作選 芥川龍之介集」筑摩書房 2010

（ちくま文庫）p316

芭蕉雑談（正岡子規）
◇「明治の文学 20」筑摩書房 2001 p153

馬上祝言（野村胡堂）
◇「極め付き時代小説選 3」中央公論新社 2004（中公文庫）p141

馬上の詩（小熊秀雄）
◇「新装版 全集現代文学の発見 13」學藝書林 2004 p217

馬上の局（火坂雅志）
◇「代表作時代小説 平成24年度」光文社 2012 p95

馬上の友（国木田独歩）
◇「明治の文学 22」筑摩書房 2001 p210

芭蕉畑（新田淳）
◇「日本統治期台湾文学集成 6」緑蔭書房 2002 p139

柱（淡海いさな）
◇「人は死んだら電柱になる─電柱アンソロジー」遠すぎる未来団 2014 p84

柱（塔和子）
◇「ハンセン病文学全集 7」皓星社 2004 p19

はじらい（崔龍源）
◇「〈在日〉文学全集 18」勉誠出版 2006 p192

恥じらう月（高岡啓次郎）
◇「立川文学 5」けやき出版 2015 p183

柱時計とロボット（吉澤有貴）
◇「怪談四十九夜」竹書房 2016（竹書房文庫）p205

驟り雨（藤沢周平）
◇「歴史小説の世紀 地の巻」新潮社 2000（新潮文庫）p533
◇「十話」ランダムハウス講談社 2006 p201

はしりがねの女（岸宏子）
◇「日本舞踊舞踊劇選集」西川会 2002 p255

趨り帳（正岡子規）
◇「新日本古典文学大系 明治編 27」岩波書店 2003 p10

走り続けるネット世代の早すぎた申し子─ひとりからの脱ライトノベル（桑島由一）
◇「Fiction zero／narrative zero」講談社 2007 p027

走る（白石恵子）
◇「Sports stories」埼玉県さいたま市 2010（さいたま市スポーツ文学賞受賞作品集）p387

走る（鄭仁）
◇「〈在日〉文学全集 17」勉誠出版 2006 p138

走る（眉村卓）
◇「冒険の森へ─傑作小説大全 20」集英社 2015 p22

走る取的（筒井康隆）
◇「ふるえて眠れない─ホラーミステリー傑作選」光文社 2006（光文社文庫）p39
◇「冒険の森へ─傑作小説大全 6」集英社 2016 p34

バシルホールの「大琉球島航海探険記」（金関丈夫）

はしる

◇「日本統治期台湾文学集成 17」緑蔭書房 2003 p277

走る "密室" で（渡島太郎）
◇「甦る推理雑誌 8」光文社 2003（光文社文庫）p355

走る目覚まし時計の問題（松尾由美）
◇「本格ミステリ 2004」講談社 2004（講談社ノベルス）p351
◇「ザ・ベストミステリーズ—推理小説年鑑 2004」講談社 2004 p583
◇「犯人たちの部屋」講談社 2007（講談社文庫）p355
◇「深夜バス78回転の問題—本格短編ベスト・セレクション」講談社 2008（講談社文庫）p517

走る、訳す、そしてアメリカ（谷崎由依）
◇「いまのあなたへ—村上春樹への12のオマージュ」NHK出版 2014 p30

走れメロス（太宰治）
◇「もう一度読みたい教科書の泣ける名作 再び」学研教育出版 2014 p15

バー・スイートメモリーへようこそ（光原百合）
◇「捨てる—アンソロジー」文藝春秋 2015 p156

蓮井三佐男のこと（吉田美枝子）
◇「ハンセン病文学全集 4」皓星社 2003 p322

バスを待つ間（向坂幸路）
◇「超短編傑作選 v.6」創英社 2007 p79

恥ずかしい杭（天久聖一）
◇「十年後のこと」河出書房新社 2016 p21

初心（はずかしいこと）忘るべからず（高田崇史）
◇「0番目の事件簿」講談社 2012 p142

恥ずかしい玉（薄井ゆうじ）
◇「ひとにぎりの異形」光文社 2007（光文社文庫）p495

蓮喰いびと（多田智満子）
◇「植物」国書刊行会 1998（書物の王国）p211

バスケットゴール（かさぎ）
◇「ゆれる—第12回フェリシモ文学賞作品集」フェリシモ 2009 p134

バスジャック（三崎亜記）
◇「ザ・ベストミステリーズ—推理小説年鑑 2006」講談社 2006 p217
◇「セブンミステリーズ」講談社 2009（講談社文庫）p119

バスタブの湯（中井紀夫）
◇「雪女のキス」光文社 2000（カッパ・ノベルス）p131

バス停（丸山健二）
◇「戦後短篇小説再発見 1」講談社 2001（講談社文芸文庫）p121

バースデイ・ガール（村上春樹）
◇「バースデイ・ストーリーズ」中央公論新社 2002 p211

バースデイ・ケーキ（萩尾望都）
◇「虚構機関—年刊日本SF傑作選」東京創元社 2008（創元SF文庫）p279

バステト（井上夢人）

◇「近藤史恵リクエスト！ ペットのアンソロジー」光文社 2013 p205
◇「近藤史恵リクエスト！ ペットのアンソロジー」光文社 2014（光文社文庫）p207

バスと遺産（平田俊子）
◇「人はお金をつかわずにはいられない」日本経済新聞出版社 2011 p205

パストラル（河野典生）
◇「70年代日本SFベスト集成 1」筑摩書房 2014（ちくま文庫）p231

蓮のつぼみ（梅本育子）
◇「剣が舞い落花が舞い—時代小説傑作選」講談社 1998（講談社文庫）p221
◇「江戸色恋坂—市井情話傑作選」学習研究社 2005（学研M文庫）p229

蓮の花のうら（佐々木清隆）
◇「ひとにぎりの異形」光文社 2007（光文社文庫）p109

蓮の花船（与謝野晶子）
◇「新日本古典文学大系 明治編 23」岩波書店 2002 p308

「蓮の葉や」の巻（静和・富水両吟歌仙）（西谷富水）
◇「新日本古典文学大系 明治編 4」岩波書店 2003 p216

パスポートの秘密（夏樹静子）
◇「謎—スペシャル・ブレンド・ミステリー 005」講談社 2010（講談社文庫）p153

蓮見船（澤田ふじ子）
◇「京都府文学全集第1期（小説編）5」郷土出版社 2005 p409

パズル（まゆ）
◇「ゆきのまち幻想文学賞小品集 19」企画集団ぷりずむ 2010 p165

パズル韜晦（西澤保彦）
◇「悪意の迷路」光文社 2016（最新ベスト・ミステリー）p231

はずれの町（砂場）
◇「超短編の世界 vol.3」創英社 2011 p157

バスローブ（小池真理子）
◇「てのひらの恋」KADOKAWA 2014（角川文庫）p197

パゼへの禮拜（金関丈夫）
◇「日本統治期台湾文学集成 17」緑蔭書房 2003 p200

長谷川辰之助の暇乞い（関川夏央）
◇「輝きの一瞬—短くて心に残る30編」講談社 1999（講談社文庫）p231

長谷川町の肉感（金健）
◇「近代朝鮮文学日本語作品集1908〜1945 セレクション 3」緑蔭書房 2008 p401

鯊釣り（吉村昭）
◇「現代小説クロニクル 1980〜1984」講談社 2014（講談社文芸文庫）p57

パセリ（向田邦子）
◇「精選女性随筆集 11」文藝春秋 2012 p163

爆ぜる（東野圭吾）
◇「ザ・ベストミステリーズ—推理小説年鑑 1998」講談社 1998 p261
◇「殺人者」講談社 2000（講談社文庫）p9
◇「謎—スペシャル・ブレンド・ミステリー 009」講談社 2014（講談社文庫）p123

人工戦争（バタイユアルティッシェル）（稲垣足穂）
◇「コレクション戦争と文学 6」集英社 2011 p256

肌色のことば（楊天曦）
◇「文学 1999」講談社 1999 p119

羽太鋭治とその娘（新関岳雄）
◇「山形県文学全集第2期〔随筆・紀行編〕4」郷土出版社 2005 p90

機織り（宇佐美まこと）
◇「女たちの怪談百物語」メディアファクトリー 2010（〔幽books〕）p135
◇「女たちの怪談百物語」KADOKAWA 2014（角川ホラー文庫）p140

機織桜（黒木あるじ）
◇「物語のルミナリエ」光文社 2011（光文社文庫）p263

裸（大道珠貴）
◇「文学 2001」講談社 2001 p109

裸（塔和子）
◇「ハンセン病文学全集 7」皓星社 2004 p83

はだか川心中（都筑道夫）
◇「愛の怪談」角川書店 1999（角川ホラー文庫）p151
◇「恐怖特急」光文社 2002（光文社文庫）p239
◇「日本怪奇小説傑作集 3」東京創元社 2005（創元推理文庫）p143

はだか木（塔和子）
◇「ハンセン病文学全集 7」皓星社 2004 p16

裸樹（武内慎之助）
◇「ハンセン病文学全集 6」皓星社 2003 p337

裸木（川崎長太郎）
◇「日本文学100年の名作 3」新潮社 2014（新潮文庫）p307

裸木になろう（島村静雨）
◇「ハンセン病文学全集 6」皓星社 2003 p263

裸で走る正当性（三奈加江郎）
◇「ショートショートの広場 10」講談社 2000（講談社文庫）p23

裸の男（平金魚）
◇「てのひら怪談—ビーケーワン怪談大賞傑作選 壬辰」ポプラ社 2012（ポプラ文庫）p168

裸の背徳者（黒岩重吾）
◇「冒険の森へ—傑作小説大全 3」集英社 2016 p227

裸の部落（李北鳴）
◇「近代朝鮮文学日本語作品集1901〜1938 創作篇 5」緑蔭書房 2004 p119

裸の捕虜（鄭承博）
◇「〈在日〉文学全集 9」勉誠出版 2006 p223
◇「コレクション戦争と文学 14」集英社 2012 p600

◇「闇市」皓星社 2015（紙礫）p50

裸の町（五木寛之）
◇「冒険の森へ—傑作小説大全 6」集英社 2016 p313

裸の密室（中町信）
◇「七人の刑事」廣済堂出版 1998（KOSAIDO BLUE BOOKS）p93

はだかむし（遠藤徹）
◇「京都宵」光文社 2008（光文社文庫）p273

はたして勝つか負けるか、何ともいえない（佐々木八郎）
◇「日本人の手紙 8」リブリオ出版 2004 p137

はたして月へ行けたか？（稲垣足穂）
◇「ちくま日本文学 16」筑摩書房 2008（ちくま文庫）p36

はたしてビールびんの中に箒星がはいっていたか？（稲垣足穂）
◇「ちくま日本文学 16」筑摩書房 2008（ちくま文庫）p61

はだしの親父（黒田研二）
◇「本格ミステリー二〇〇八年本格短編ベスト・セレクション 08」講談社 2008（講談社ノベルス）p11
◇「ザ・ベストミステリーズ—推理小説年鑑 2008」講談社 2008 p359
◇「Play推理遊戯」講談社 2011（講談社文庫）p265
◇「見えない殺人カード—本格短編ベスト・セレクション」講談社 2012（講談社文庫）p11

はだしのゲンはピカドンを忘れない（中沢啓治）
◇「読み聞かせる戦争」光文社 2015 p133

はだしの小源太（喜安幸夫）
◇「遠き雷鳴」桃園書房 2001（桃園文庫）p317

バター好きのヘミングウェイ（木下半太）
◇「Wonderful Story」PHP研究所 2014 p109

はたち妻（与謝野晶子）
◇「新日本古典文学大系 明治編 23」岩波書店 2002 p328

二十歳の誕生日（小松知佳）
◇「母のなみだ—愛しき家族を想う短篇小説集」泰文堂 2012（Linda books！）p115

肌冷たき妻（川島郁夫）
◇「妖異百物語 1」出版芸術社 1997（ふしぎ文学館）p15

はだぬぎ弁天—同心部屋ご用帳（島田一男）
◇「傑作捕物ワールド 2」リブリオ出版 2002 p91

畑野むめ歌集（畑野むめ）
◇「ハンセン病文学全集 8」皓星社 2006 p235

バタフライ和文タイプ事務所（小川洋子）
◇「短篇ベストコレクション—現代の小説 2005」徳間書店 2005（徳間文庫）p211
◇「日本文学100年の名作 10」新潮社 2015（新潮文庫）p9

バタプランとウユララのたまご（寺島直）

◇「21世紀の〈ものがたり〉―『はてしない物語』創作コンクール記念」岩波書店 2002 p175
旗本絵師描留め帳 花の露の間(小笠原京)
◇「白刃光る」新潮社 1997 p223
旗本退屈男(佐々木味津三)
◇「颯爽登場! 第一話―時代小説ヒーロー初見参」新潮社 2004 (新潮文庫) p187
働き女子!(工藤純子)
◇「ふしぎ日和―「季節風」書き下ろし短編集」インターグロー 2015 (すこし不思議文庫) p97
働きたい理由(石井斉)
◇「現代短編小説選―2005~2009」日本民主主義文学会 2010 p198
旗は六連銭(滝口康彦)
◇「機略縦横! 真田戦記―傑作時代小説」PHP研究所 2008 (PHP文庫) p71
◇「決戦! 大坂の陣」実業之日本社 2014 (実業之日本社文庫) p319
バターン白昼の戦(野間宏)
◇「コレクション戦争と文学 8」集英社 2011 p82
鉢(松村紘一)
◇「近代朝鮮文学日本語作品集1908~1945 セレクション 4」緑蔭書房 2008 p445
八・一五からの出発(大滝十二郎)
◇「山形県文学全集第2期(随筆・紀行編) 3」郷土出版社 2005 p108
八・一デーを前にして!(作者表記なし)
◇「近代朝鮮文学日本語作品集1901~1938 評論・随筆篇 3」緑蔭書房 2004 p276
蜂ガ谷庄(岡本好古)
◇「幻想小説大全」北宋社 2002 p376
鉢かづき(青山七恵)
◇「文学 2016」講談社 2016 p54
八月(李正子)
◇「〈在日〉文学全集 17」勉誠出版 2006 p228
八月(島田等)
◇「ハンセン病文学全集 7」皓星社 2004 p450
八月(堀川正美)
◇「新装版 全集現代文学の発見 13」學藝書林 2004 p516
八月(三木卓)
◇「夏休み」KADOKAWA 2014 (角川文庫) p85
八月を生きる(金時鐘)
◇「〈在日〉文学全集 5」勉誠出版 2006 p161
鉢かつぎ姫(作者不詳)
◇「シンデレラ」竹書房 2015 (竹書房文庫) p195
八月十一日、関原を過ぎて慨然としてこれを賦す(成島柳北)
◇「新日本古典文学大系 明治編 2」岩波書店 2004 p238
八月十五日(阪田寛夫)
◇「創刊一〇〇年三田文学名作選」三田文学会 2010 p461
八月十五日前後(無着成恭)
◇「山形県文学全集第2期(随筆・紀行編) 2」郷土出版社 2005 p371
八月十四日大風あり、老杜の「茅屋の秋風の破る所と為る歌」の韻を用ふ(森春濤)
◇「新日本古典文学大系 明治編 2」岩波書店 2004 p11
八月十日(大岡昇平)
◇「戦後占領期短篇小説コレクション 5」藤原書店 2007 p39
八月の海峡(李美子)
◇「〈在日〉文学全集 18」勉誠出版 2006 p321
八月の詩壇(合評)(朱耀翰, 豊太郎, 泰雄, 福督, 梨雨公, X)
◇「近代朝鮮文学日本語作品集1908~1945 セレクション 5」緑蔭書房 2008 p33
八月のテラス(黒木謳子)
◇「日本統治期台湾文学集成 18」緑蔭書房 2003 p426
八月の畑(キムリジャ)
◇「〈在日〉文学全集 18」勉誠出版 2006 p339
八月の風船(野坂昭如)
◇「戦争小説短篇名作選」講談社 2015 (講談社文芸文庫) p153
八月の雪(宮部みゆき)
◇「冒険の森へ―傑作小説大全 12」集英社 2015 p38
八月六日(峠三吉)
◇「読み聞かせる戦争」光文社 2015 p205
八号窖の手(南條竹則)
◇「酒の夜語り」光文社 2002 (光文社文庫) p37
新説 八十日間世界一周(ジュール・ヴェルヌ著, 川島忠之助訳)
◇「新日本古典文学大系 明治編 15」岩波書店 2002 p1
八十歳の周辺(伊藤桂一)
◇「文学 1999」講談社 1999 p17
八丈こぶな草(野村敏雄)
◇「姫君たちの戦国―時代小説傑作選」PHP研究所 2011 (PHP文芸文庫) p157
鉢頭摩(佐々木ゆう)
◇「江戸迷宮」光文社 2011 (光文社文庫) p363
八たび歌よみに与うる書(正岡子規)
◇「ちくま日本文学 40」筑摩書房 2009 (ちくま文庫) p352
鉢の木(加門七海)
◇「響き交わす鬼」小学館 2005 (小学館文庫) p121
八幡様(緋衣)
◇「てのひら怪談―ビーケーワン怪談大賞傑作選 辛卯」ポプラ社 2011 (ポプラ文庫) p72
蜂矢風子探偵簿(海野十三)
◇「風間光枝探偵日記」論創社 2007 (論創ミステリ叢書) p279
バーチャル・カメラ(友成純一)
◇「SFバカ本 ペンギン篇」廣済堂出版 1999 (廣済堂文庫) p87

爬虫館事件（海野十三）
◇「爬虫館事件—新青年傑作選」角川書店 1998 （角川ホラー文庫）p167
◇「江戸川乱歩と13人の新青年〈論理派〉編」光文社 2008 （光文社文庫）p41

八里の寝床（逢坂剛）
◇「男たちの長い旅」徳間書店 2004 （TOKUMA NOVELS）p187

八郎、仆れたり（三好徹）
◇「新選組読本」光文社 2003 （光文社文庫）p555

罰（松本楽志）
◇「超短編の世界 vol.3」創英社 2011 p87

薄荷（橋本紡）
◇「いつか、君へ Girls」集英社 2012 （集英社文庫）p193

発芽（つくね乱蔵）
◇「恐怖箱 遺伝記」竹書房 2008 （竹書房文庫）p22

八鶴湖に游ぶ、梁星巌先生の原韻を用ふ（三首うち一首）（森春濤）
◇「新日本古典文学大系 明治編 2」岩波書店 2004 p91

二十日月（邦枝完二）
◇「忠臣蔵コレクション 4」河出書房新社 1998 （河出文庫）p7

バッカスの睡り（鷲尾三郎）
◇「江戸川乱歩の推理試験」光文社 2009 （光文社文庫）p177

初鰹（柴田哲孝）
◇「短篇ベストコレクション—現代の小説 2008」徳間書店 2008 （徳間文庫）p345
◇「ザ・ベストミステリーズ—推理小説年鑑 2008」講談社 2008 p189
◇「Play推理遊戯」講談社 2011 （講談社文庫）p155

二十日豊橋駅に宿す。この夜雨ふる（森春濤）
◇「新日本古典文学大系 明治編 2」岩波書店 2004 p65

発刊のことば〔青年演劇脚本集 第一輯〕（皇民奉公会台北州支部生活部）
◇「日本統治期台湾文学集成 12」緑蔭書房 2003 p11

發刊のことば—第二輯刊行に際して〔青年演劇脚本集 第二輯〕（吉村敏）
◇「日本統治期台湾文学集成 12」緑蔭書房 2003 p233

白球の彼方（あさのあつこ）
◇「短篇ベストコレクション—現代の小説 2007」徳間書店 2007 （徳間文庫）p493

発狂詩集（寺山修司）
◇「新装版 全集現代文学の発見 15」學藝書林 2005 p511

発狂する重役（島田荘司）
◇「綾辻行人と有栖川有栖のミステリ・ジョッキー 3」講談社 2012 p182

犯罪小説 白金坩堝の行衛（座光東平）
◇「日本統治期台湾文学集成 9」緑蔭書房 2002 p141

バックヤード（篠田節子）
◇「本からはじまる物語」メディアパル 2007 p99

バックライト（武田若千）
◇「てのひら怪談—ビーケーワン怪談大賞傑作選 辛卯」ポプラ社 2011 （ポプラ文庫）p150

発見者（辻井喬）
◇「文学 2002」講談社 2002 p56

八犬伝（正岡子規）
◇「新日本古典文学大系 明治編 27」岩波書店 2003 p28

白犬伝—ある成田物語（タカハシナオコ）
◇「高校演劇Selection 2004 下」晩成書房 2004 p123

八犬伝第二（正岡子規）
◇「新日本古典文学大系 明治編 27」岩波書店 2003 p65

八犬伝第三（正岡子規）
◇「新日本古典文学大系 明治編 27」岩波書店 2003 p80

発見と埋没と（柳田國男）
◇「文豪怪談傑作選 柳田國男集」筑摩書房 2007 （ちくま文庫）p317

初恋（尾崎翠）
◇「ちくま日本文学 4」筑摩書房 2007 （ちくま文庫）p311
◇「美しい恋の物語」筑摩書房 2010 （ちくま文学の森）p29

初恋（島崎藤村）
◇「くだものだもの」ランダムハウス講談社 2007 p111
◇「二時間目国語」宝島社 2008 （宝島社文庫）p103
◇「美しい恋の物語」筑摩書房 2010 （ちくま文学の森）p8
◇「日本文学全集 29」河出書房新社 2016 p13

初恋（島本理生）
◇「恋のトビラ」集英社 2008 p83
◇「恋のトビラ—好き、やっぱり好き。」集英社 2010 （集英社文庫）p107

初恋（田中哲弥）
◇「GOD」廣済堂出版 1999 （廣済堂文庫）p497

初恋（藤岡一枝）
◇「青鞜小説集」講談社 2014 （講談社文芸文庫）p202

初恋（松本侑子）
◇「ハンサムウーマン」ビレッジセンター出版局 1998 p29

初恋（連城三紀彦）
◇「恋物語」朝日新聞社 1998 p62

初戀（上）（中）（下）（雪野生）
◇「近代朝鮮文学日本語作品集1901〜1938 創作篇 1」緑蔭書房 2004 p173

初恋物語（源氏鶏太）
◇「昭和の短篇一人一冊集成 源氏鶏太」未知谷 2008 p23

はつこ

白虹（日野原康史）
　◇「日本統治期台湾文学集成 6」緑蔭書房 2002 p83

八甲田山（新田次郎）
　◇「戦後短篇小説再発見 17」講談社 2003（講談社文芸文庫）p85

八甲田山死の彷徨（新田次郎）
　◇「冒険の森へ―傑作小説大全 5」集英社 2015 p397

発光妖精とモスラ（中村真一郎, 福永武彦, 堀田善衞）
　◇「怪獣文学大全」河出書房新社 1998（河出文庫）p62

八朔祭（京利幸）
　◇「かわさきの文学―かわさき文学賞50年記念作品集 2009年」審美社 2009 p357

「初鮭や」の巻（春湖・富水・鶯笠三吟歌仙）（西谷富水）
　◇「新日本古典文学大系 明治編 4」岩波書店 2003 p152

ハッサン・カンの妖術（谷崎潤一郎）
　◇「魔術師」角川書店 2001（角川ホラー文庫）p337

初しぐれ（新宮正春）
　◇「江戸宵闇しぐれ」学習研究社 2005（学研M文庫）p219

初仕事はゴムの味（誉田哲也）
　◇「奇想博物館」光文社 2013（最新ベスト・ミステリー）p237

初島航路（五十嵐均）
　◇「死を招く乗客―ミステリーアンソロジー」有楽出版社 2015（JOY NOVELS）p233

ハッシュ！（橋口亮輔）
　◇「年鑑代表シナリオ集 ’01」映人社 2002 p377

発情期（金時鐘）
　◇「〈在日〉文学全集 5」勉誠出版 2006 p49

発信（一双）
　◇「リトル・リトル・クトゥルー―史上最小の神話小説集」学習研究社 2009 p70

発信暗号くまくまくま（菊地美鶴）
　◇「ショートショートの広場 14」講談社 2003（講談社文庫）p113

抜粋された学級文集への注解（井上雅彦）
　◇「憑依」光文社 2010（光文社文庫）p345

跋〔生死の海〕（西川満）
　◇「日本統治期台湾文学集成 4」緑蔭書房 2002 p223

8000メートルの愛（友沢晃）
　◇「Love―あなたに逢いたい」双葉社 1997（双葉文庫）p129

八千六百五十三円の女（夢枕獏）
　◇「幻想ミッドナイト―日常を破壊する恐怖の断片」角川書店 1997（カドカワ・エンタテインメント）p383

バッタと鈴虫（川端康成）
　◇「百年小説」ポプラ社 2008 p961

初旅（壺井栄）
　◇「コレクション私小説の冒険 1」勉誠出版 2013 p7

八反田青空共栄会殺人事件（浅黄斑）
　◇「不在証明崩壊―ミステリーアンソロジー」角川書店 2000（角川文庫）p5

畑堂任（バッタンニム）（森山一兵）
　◇「近代朝鮮文学日本語作品集1939～1945 創作篇 4」緑蔭書房 2001 p329

ハッチアウト（斎藤綾子）
　◇「SFバカ本 たわし篇プラス」廣済堂出版 1998（廣済堂文庫）p259
　◇「笑止―SFバカ本シュール集」小学館 2007（小学館文庫）p265

パッチギ！（井筒和幸, 羽原大介）
　◇「年鑑代表シナリオ集 ’05」シナリオ作家協会 2006 p7

八丁堀の狐（村上元三）
　◇「闇の旋風」徳間書店 2000（徳間文庫）p347

八丁堀の刃（小杉健治）
　◇「大江戸「町」物語」宝島社 2013（宝島社文庫）p5

八丁堀の湯屋（平岩弓枝）
　◇「剣が舞い落花が舞い―時代小説傑作選」講談社 1998（講談社文庫）p415

パッチワーク・ジャングル（汀こるもの）
　◇「近藤史恵リクエスト！ ペットのアンソロジー」光文社 2013 p167
　◇「近藤史恵リクエスト！ ペットのアンソロジー」光文社 2014（光文社文庫）p169

パッチン留め（綾倉エリ）
　◇「てのひら怪談―ビーケーワン怪談大賞傑作選 庚寅」ポプラ社 2010（ポプラ文庫）p70

這って来る紐（田中貢太郎）
　◇「文豪てのひら怪談」ポプラ社 2009（ポプラ文庫）p90

初天神（津村節子）
　◇「日本文学100年の名作 9」新潮社 2015（新潮文庫）p169

初天神（降田天）
　◇「10分間ミステリー THE BEST」宝島社 2016（宝島社文庫）p49

初登校（厚谷勝）
　◇「ショートショートの広場 19」講談社 2007（講談社文庫）p126

抜刀隊（外山正一）
　◇「新日本古典文学大系 明治編 12」岩波書店 2001 p12

バット男（舞城王太郎）
　◇「文学 2003」講談社 2003 p146

ハッと思うと窓際に（篠田節子）
　◇「文藝百物語」ぶんか社 1997 p41

バッド・チューニング（中島らも）
　◇「短篇ベストコレクション―現代の小説 2005」徳

「ショートショートの缶詰」キノブックス 2016 p71

間書店 2005（徳間文庫）p307

バッド・テイスト（森耶雄嵩）
- ◇「9の扉─リレー短編集」マガジンハウス 2009 p111
- ◇「9の扉」KADOKAWA 2013（角川文庫）p105

バッド テイスト トレイン（北森鴻）
- ◇「ザ・ベストミステリーズ─推理小説年鑑 1998」講談社 1998 p171
- ◇「完全犯罪証明書」講談社 2001（講談社文庫）p47

バットランド（山田正紀）
- ◇「NOVA─書き下ろし日本SFコレクション 4」河出書房新社 2011（河出文庫）p329

初音の鼓─『吉野葛』より（谷崎潤一郎）
- ◇「たんときれいに召し上がれ─美食文学精選」芸術新聞社 2015 ⊃117

初幟（湊邦三）
- ◇「武士道残月抄」光文社 2011（光文社文庫）p263

初春鳥追い女（佐賀潜）
- ◇「捕物時代小説選集 1」春陽堂書店 1999（春陽文庫）p217

初春の朝（鄭芝溶）
- ◇「近代朝鮮文学日本語作品集1908〜1945 セレクション 4」緑蔭書房 2008 p157

初春の客（平岩弓枝）
- ◇「撫子が斬る─女性作家捕物帳アンソロジー」光文社 2005（光文社文庫）p373

ハッピィバァスデイ（水月堂）
- ◇「人は死んだら電柱になる─電柱アンソロジー」遠すぎる未来団 2014 p220

ハッピーエッグ（島村洋子）
- ◇「SFバカ本 天然パラダイス篇」メディアファクトリー 2001 p75

ハッピー・エンディング（片岡義男）
- ◇「わが名はタフガイ─ハードボイルド傑作選」光文社 2006（光文社文庫）p299

ハッピーエンド（北川あゆ）
- ◇「ショートショートの花束 3」講談社 2011（講談社文庫）p126

ハッピーエンドの掟（真梨幸子）
- ◇「Happy Box」PHP研究所 2012 p167
- ◇「Happy Box」PHP研究所 2015（PHP文芸文庫）p167

ハッピー・クリスマス、ヨーコ（蓮見圭一）
- ◇「聖なる夜に君は_」角川書店 2009（角川文庫）p135

ハッピーコール（小薗誠）
- ◇「ショートショートの広場 8」講談社 1997（講談社文庫）p88

ハッピー日記（もくだいゆういち）
- ◇「ショートショートの花束 2」講談社 2010（講談社文庫）p44

ハッピーバレンタイン・ラプソディ─フェアリーミモⅡ（齋藤孝）
- ◇「中学校劇作シリーズ 7」青雲書房 2002 p33

八百年（平金魚）
- ◇「てのひら怪談─ビーケーワン怪談大賞傑作選 庚寅」ポプラ社 2010（ポプラ文庫）p40

八百八だぬき（杉浦茂）
- ◇「稲生モノノケ大全 陰之巻」毎日新聞社 2003 p537

発病（笹岡利宏）
- ◇「ショートショートの広場 11」講談社 2000（講談社文庫）p144

発病（北條民雄）
- ◇「ハンセン病文学全集 4」皓星社 2003 p567

初舞台（アンデルセン著，森鷗外訳）
- ◇「新日本古典文学大系 明治編 25」岩波書店 2004 p252

初不動地獄の証文（結城昌治）
- ◇「闇の旋風」徳間書店 2000（徳間文庫）p365

八方峠の怪（霜川遠志）
- ◇「怪奇・伝奇時代小説選集 15」春陽堂書店 2000（春陽文庫）p162

八方やぶれ（富士正晴）
- ◇「戦後文学エッセイ選 7」影書房 2006 p74

跋〔本朝虞初新誌〕（菊池三渓）
- ◇「新日本古典文学大系 明治編 3」岩波書店 2005 p97

初孫（柚月裕子）
- ◇「5分で読める！ 怖いはなし」宝島社 2014（宝島社文庫）p45

初詣（山本水城）
- ◇「てのひら怪談─ビーケーワン怪談大賞傑作選 壬辰」ポプラ社 2012（ポプラ文庫）p144

初詣（龍風文哉）
- ◇「てのひら怪談 癸巳」KADOKAWA 2013（MF文庫ダ・ヴィンチ）p76

初雪（高木彬光）
- ◇「甦る推理雑誌 4」光文社 2003（光文社文庫）p31

初雪の日（三木聖子）
- ◇「ゆきのまち幻想文学賞小品集 20」企画集団ぷりずむ 2011 p126

初夢（多田智満子）
- ◇「夢」国書刊行会 1998（書物の王国）p22

初夢（正岡子規）
- ◇「明治の文学 20」筑摩書房 2001 p124

果つるところ（圓眞美）
- ◇「てのひら怪談─ビーケーワン怪談大賞傑作選 辛卯」ポプラ社 2011（ポプラ文庫）p158

果て（高宮恒生）
- ◇「ショートショートの広場 10」講談社 2000（講談社文庫）p32

バディーゲーム（関口暁）
- ◇「絶体絶命！」泰文堂 2011（Linda books！）p9

バディ・システム（深田亨）
- ◇「ひとにぎりの異形」光文社 2007（光文社文庫）p541

はてしない物語（石原旭）

作品名から引ける日本文学全集案内 第Ⅲ期　631

はてし

◇「ショートショートの花束 3」講談社 2011（講談社文庫）p269

はてしなき議論の後（石川啄木）
◇「ちくま日本文学 33」筑摩書房 2009（ちくま文庫）p110

果てしなき航路（菊地秀行）
◇「逆想コンチェルト―イラスト先行・競作小説アンソロジー 奏の1」徳間書店 2010 p234

果てしなき欲望（今村昌平、山内久）
◇「新装版 全集現代文学の発見 6」學藝書林 2003 p518

はて知らずの記（正岡子規）
◇「明治の文学 20」筑摩書房 2001 p46
◇「山形県文学全集第2期（随筆・紀行編）1」郷土出版社 2005 p42

はで彦（奥山景布子）
◇「代表作時代小説 平成26年度」光文社 2014 p11

ハテルマ・ハテルマ（栗原省）
◇「ドラマの森 2009」西日本劇作家の会 2008（西日本戯曲選集）p93

ばてれん兜（神坂次郎）
◇「疾風怒濤！ 上杉戦記―傑作時代小説」PHP研究所 2008（PHP文庫）p195

鳩（大江健三郎）
◇「新装版 全集現代文学の発見 9」學藝書林 2004 p174

鳩（北方謙三）
◇「影」文藝春秋 2003（推理作家になりたくて マイベストミステリー）p144
◇「マイ・ベスト・ミステリー 2」文藝春秋 2007（文春文庫）p216

鳩（幸田文）
◇「ちくま日本文学 5」筑摩書房 2007（ちくま文庫）p139

鳩（日影丈吉）
◇「ミステリマガジン700 国内篇」早川書房 2014（ハヤカワ・ミステリ文庫）p363

波動（烏本拓）
◇「てのひら怪談―ビーケーワン怪談大賞傑作選 庚寅」ポプラ社 2010（ポプラ文庫）p102

ハートエイド（門馬昌道）
◇「かわいい―第16回フェリシモ文学賞優秀作品集」フェリシモ 2013 p52

ハート・オブ・ゴールド（石田衣良）
◇「そういうものだろ、仕事っていうのは」日本経済新聞出版社 2011 p113

バード・オブ・プレイ（多岐亡羊）
◇「進化論」光文社 2006（光文社文庫）p187

鳩が来る家（倉阪鬼一郎）
◇「幽霊船」光文社 2001（光文社文庫）p313

鳩侍始末（城山三郎）
◇「信州歴史時代小説傑作集 2」しなのき書房 2007 p309

ハドスン夫人の内幕（北原尚彦）
◇「物語のルミナリエ」光文社 2011（光文社文庫）p39

鳩と少年（崔龍源）
◇「〈在日〉文学全集 18」勉誠出版 2006 p188

ハトと二挺拳銃とロングコート（廻転寿司）
◇「恐怖箱 遺伝記」竹書房 2008（竹書房文庫）p182

パートナー（森岡浩之）
◇「宇宙生物ゾーン」廣済堂出版 2000（廣済堂文庫）p97

パートナーズ（荒井晴彦、井上淳一）
◇「年鑑代表シナリオ集 '10」シナリオ作家協会 2011 p267

鳩の来る窓（加門七海）
◇「文藝百物語」ぶんか社 1997 p222

鳩の街草話（田村泰次郎）
◇「戦後短篇小説再発見 2」講談社 2001（講談社文芸文庫）p32

波止場（内田百閒）
◇「ちくま日本文学 1」筑摩書房 2007（ちくま文庫）p64

波止場（岡本潤）
◇「新装版 全集現代文学の発見 1」學藝書林 2002 p280

鳩笛（田所靖二）
◇「ハンセン病に咲いた花―初期文芸名作選 戦後編」皓星社 2002（ハンセン病叢書）p18

ハードボイルド（長新太）
◇「それはまだヒミツ―少年少女の物語」新潮社 2012（新潮文庫）p187

ハードボイルドごっこ（鯨統一郎）
◇「C・N 25―C・novels創刊25周年アンソロジー」中央公論新社 2007（C novels）p174

鳩よ 眠るな（鄭仁）
◇「〈在日〉文学全集 17」勉誠出版 2006 p141

羽鳥千尋（森鷗外）
◇「とっておきの話」筑摩書房 2011（ちくま文学の森）p407

バトル・ロワイアルⅡ 鎮魂歌（レクイエム）（木田紀生、深作健太）
◇「年鑑代表シナリオ集 '03」シナリオ作家協会 2004 p99

ハートレス（薬丸岳）
◇「ザ・ベストミステリーズ―推理小説年鑑 2009」講談社 2009 p355
◇「Spiralめくるめく謎」講談社 2012（講談社文庫）p417

ハードロック・ラバーズ・オンリー（有栖川有栖）
◇「自選ショート・ミステリー」講談社 2001（講談社文庫）p76

バトンタッチ（坂本美智子）
◇「ゆきのまち幻想文学賞小品集 13」企画集団ぷりずむ 2004 p155

花（戌井昭人）
◇「超短編の世界 vol.2」創英社 2009 p18

花（李孝石）

◇「近代朝鮮文学日本語作品集1939〜1945 評論・随筆篇 3」緑蔭書房 2002 p77

花（香山末子）
◇「ハンセン病文学全集 7」皓星社 2004 p295

花（北川冬彦）
◇「新装版 全集現代文学の発見 13」學藝書林 2004 p27
◇「新装版 全集現代文学の発見 13」學藝書林 2004 p31

花（島田等）
◇「ハンセン病文学全集 7」皓星社 2004 p451
◇「ハンセン病文学全集 7」皓星社 2004 p482

花（崔貞煕）
◇「近代朝鮮文学日本語作品集1939〜1945 評論・随筆篇 3」緑蔭書房 2002 p193

花（塔和子）
◇「ハンセン病文学全集 7」皓星社 2004 p386

鼻（芥川龍之介）
◇「ちくま日本文学 2」筑摩書房 2007 （ちくま文庫）p35

鼻（金史良）
◇「近代朝鮮文学日本語作品集1939〜1945 創作篇 4」緑蔭書房 2001 p83

鼻（吉野賛十）
◇「甦る推理雑誌 6」光文社 2003 （光文社文庫）p265

菹（李煥琦）
◇「近代朝鮮文学日本語作品集1939〜1945 創作篇 6」緑蔭書房 2001 p83

花ある写真（川端康成）
◇「文豪怪談傑作選 川端康成集」筑摩書房 2006 （ちくま文庫）p163
◇「小川洋子の偏愛短篇箱」河出書房新社 2009 p153
◇「小川洋子の偏愛短篇箱」河出書房新社 2012 （河出文庫）p153

花合せ（久生十蘭）
◇「美食」国書刊行会 1998 （書物の王国）p155

花いちもんめ―そして誰もいなくなる（矢島誠）
◇「妖かしの宴―わらべ唄の呪い」PHP研究所 1999 （PHP文庫）p47

花占いの冬（清水義範）
◇「現代の小説 1998」徳間書店 1998 p73

花を活ける女（小村義夫）
◇「ハンセン病文学全集 7」皓星社 2004 p193

花をうめる（新美南吉）
◇「櫻憑き」光文社 2001 （カッパ・ノベルス）p201

花を置く人（井川一太郎）
◇「ショートショートの広場 20」講談社 2008 （講談社文庫）p155

花岡山盟約（山路愛山）
◇「新日本古典文学大系 明治編 26」岩波書店 2002 p409

花を枯らす（林真理子）

◇「こんなにも恋はせつない―恋愛小説アンソロジー」光文社 2004 （光文社文庫）p243

花を剪る―妹よ このうたを今は君の霊前に（上忠司）
◇「日本統治期台湾文学集成 18」緑蔭書房 2003 p296

花を剪る―詩集「遠い海鳴りが聞こえてくる」の中から（上忠司）
◇「日本統治期台湾文学集成 18」緑蔭書房 2003 p291

花虎魚（大島清松園合同詩集）
◇「ハンセン病文学全集 6」皓星社 2003 p286

凄をたらした神（吉野せい）
◇「心洗われる話」筑摩書房 2010 （ちくま文学の森）p373
◇「コレクション私小説の冒険 1」勉誠出版 2013 p31

花をちぎれないほど…（光原百合）
◇「事件を追いかけろ―最新ベスト・ミステリー サプライズの花束編」光文社 2004 （カッパ・ノベルス）p387

花をちぎれない程…（光原百合）
◇「事件を追いかけろ サプライズの花束編」光文社 2009 （光文社文庫）p503

花男（鳴海章）
◇「乱歩賞作家 黒の謎」講談社 2004 p5

花をみつめて（国満静志）
◇「ハンセン病文学全集 7」皓星社 2004 p395

「花を見て」の巻（等栽・良大・空狂・舜岱四吟歌仙）（西谷富水）
◇「新日本古典文学大系 明治編 4」岩波書店 2003 p210

花を見る日（香納諒一）
◇「名探偵で行こう―最新ベスト・ミステリー」光文社 2001 （カッパ・ノベルス）p157

花を持った人（村野四郎）
◇「新装版 全集現代文学の発見 13」學藝書林 2004 p240

花を持てる女（堀辰雄）
◇「ちくま日本文学 39」筑摩書房 2009 （ちくま文庫）p357

鼻欠き供養（水谷準）
◇「捕物時代小説選集 5」春陽堂書店 2000 （春陽文庫）p72

花籠に月を入れて（澤田ふじ子）
◇「剣が哭く夜に哭く」光風社出版 2000 （光風社文庫）p155

花筐（檀一雄）
◇「新装版 全集現代文学の発見 14」學藝書林 2005 p408

花がふつてくると思ふ／母の瞳／蟲（八木重吉）
◇「涙の百年文学―もう一度読みたい」太陽出版 2009 p306

花殻とスーツ（桐野遼）
◇「現代短編小説選―2005〜2009」日本民主主義文

はなか

学会 2010 p129

花狩人（野阿梓）
◇「日本SF全集 3」出版芸術社 2013 p333

花骨牌（湊邦三）
◇「武士道歳時記―新鷹会・傑作時代小説選」光文社 2008（光文社文庫）p123

花冠（李正子）
◇「〈在日〉文学全集 17」勉誠出版 2006 p318

花切り（飛鳥部勝則）
◇「教室」光文社 2003（光文社文庫）p347

花食い姥（円地文子）
◇「新編・日本幻想文学集成 3」国書刊行会 2016 p620

花喰い猫（寮美千子）
◇「猫路地」日本出版社 2006 p51

鼻くじり庄兵衛（佐江衆一）
◇「武芸十八般―武道小説傑作選」ベストセラーズ 2005（ベスト時代文庫）p87

鼻くそ（長谷川伸）
◇「もの食う話」文藝春秋 2015（文春文庫）p73

花ぐるま（山田美妙）
◇「明治の文学 10」筑摩書房 2001 p93

花車（戸部新十郎）
◇「鎮守の森に鬼が棲む―時代小説傑作選」講談社 2001（講談社文庫）p441

鼻毛（三遊亭円遊）
◇「新日本古典文学大系 明治編 6」岩波書店 2006 p397

鼻毛（趙南哲）
◇「〈在日〉文学全集 18」勉誠出版 2006 p171

鼻毛の人生（ヒロ）
◇「ショートショートの広場 20」講談社 2008（講談社文庫）p207

花子（森鷗外）
◇「芸術家」国書刊行会 1998（書物の王国）p80

花子 カズイスチカ（森鷗外）
◇「明治の文学 14」筑摩書房 2000 p210

花子さんと、捨てられた白い花の冒険（柴田よしき）
◇「捨てる―アンソロジー」文藝春秋 2015 p263

花子の生首（一色さゆり）
◇「10分間ミステリー THE BEST」宝島社 2016（宝島社文庫）p183

花ごもり（樋口一葉）
◇「新日本古典文学大系 明治編 24」岩波書店 2001 p33
◇「「新編」日本女性文学全集 2」菁柿堂 2008 p14

花ざかりの家（小池真理子）
◇「花迷宮」日本文芸社 2000（日文文庫）p7

『花ざかりの森』のころ（富士正晴）
◇「戦後文学エッセイ 7」影書房 2006 p108

花咲婆さんになりたい（宇野千代）
◇「精選女性随筆集 6」文藝春秋 2012 p99

花咲く家（緋衣）

◇「てのひら怪談―ビーケーワン怪談大賞傑作選 壬辰」ポプラ社 2012（ポプラ文庫）p62

花咲ける武士道（神坂次郎）
◇「江戸の爆笑力―時代小説傑作選」集英社 2004（集英社文庫）p71
◇「しのぶ雨江戸恋慕―新鷹会・傑作時代小説選」光文社 2016（光文社文庫）p311

花曝れ首（赤江瀑）
◇「リテラリーゴシック・イン・ジャパン―文学的ゴシック作品選」筑摩書房 2014（ちくま文庫）p295

岨血（はなぢ）（高橋信吉）
◇「新装版 全集現代文学の発見 1」學藝書林 2002 p242

話し石（石田衣良）
◇「七つの死者の囁き」新潮社 2008（新潮文庫）p95

放し討ち柳の辻（滝口康彦）
◇「小説「武士道」」三笠書房 2008（知的生きかた文庫）p325

話を読む（眉村卓）
◇「男の涙 女の涙―せつない小説アンソロジー」光文社 2006（光文社文庫）p63

話しずき（正岡子規）
◇「新日本古典文学大系 明治編 27」岩波書店 2003 p125

話してはいけない（ひかわ玲子）
◇「宇宙生物ゾーン」廣済堂出版 2000（廣済堂文庫）p317

話の屑籠（菊池寛）
◇「ちくま日本文学 27」筑摩書房 2008（ちくま文庫）p443

花十夜（井上雅彦）
◇「櫻憑き」光文社 2001（カッパ・ノベルス）p169

花菖蒲（梅本育子）
◇「鬼火が呼んでいる―時代小説傑作選」講談社 1997（講談社文庫）p129

花菖蒲（横田順彌）
◇「侵略！」廣済堂出版 1998（廣済堂文庫）p509

花菖蒲を剪る（伊藤桂一）
◇「おもかげ行燈」光風社出版 1998（光風社文庫）p123

離すな（笠原庸）
◇「ショートショートの広場 16」講談社 2005（講談社文庫）p65

花園哀唱（黒木謳子）
◇「日本統治期台湾文学集成 18」緑蔭書房 2003 p363

ラヂオ・ドラマ **花園を荒らすもの**（志馬陸平）
◇「日本統治期台湾文学集成 14」緑蔭書房 2003 p111

花園の管理人（家田満理）
◇「ショートショートの花束 2」講談社 2010（講談社文庫）p244

花園の思想（横光利一）
◇「別れ」SDP 2009（SDP bunko）p49

はなの

花園の迷宮（山崎洋子）
◇「江戸川乱歩賞全集 16」講談社 2003（講談社文庫）p7

はなたきよてる（長谷川四郎）
◇「戦後文学エッセイ選 2」影書房 2006 p197

花田清輝と芝居（長谷川四郎）
◇「戦後文学エッセイ選 2」影書房 2006 p219

花田清輝との同時代性（埴谷雄高）
◇「戦後文学エッセイ選 3」影書房 2005 p193

花、携えて（浅黄斑）
◇「黒衣のモニュメント」光文社 2000（光文社文庫）p7

花束（尾崎翠）
◇「ちくま日本文学 4」筑摩書房 2007（ちくま文庫）p292

花束贈呈（津田せつ子）
◇「ハンセン病文学全集 4」皓星社 2003 p484

花束の秘密（西條八十）
◇「北村薫の本格ミステリ・ライブラリー」角川書店 2001（角川文庫）p235

花束の虫（大阪圭吉）
◇「幻の探偵雑誌 1」光文社 2000（光文社文庫）p295

花散る夜に（光原百合）
◇「新・本格推理 特別編」光文社 2009（光文社文庫）p95

花椿（車谷長吉）
◇「短篇ベストコレクション―現代の小説 2000」徳間書店 2000 p91

花燈籠（中里恒子）
◇「精選女性随筆集 10」文藝春秋 2012 p111

花と魚（柳井祥緒）
◇「優秀新人戯曲集 2012」ブロンズ新社 2011 p265

花と詩人（王白淵）
◇「日本統治期台湾文学集成 18」緑蔭書房 2003 p78

花と少年―第二回創元SF短編賞大森望賞（片瀬二郎）
◇「原色の想像力―創元SF短編賞アンソロジー 2」東京創元社 2012（創元SF文庫）p207

ばなな夜（入江郁美）
◇「高校演劇Selection 2002 下」晩成書房 2002 p7

バナナの菓子（内田百閒）
◇「くだものだもの」ランダムハウス講談社 2007 p213

バナナの秘密（吉本ばなな）
◇「くだものだもの」ランダムハウス講談社 2007 p191

バナナ畑の向こう側（榊原美輝）
◇「中学生のドラマ 1」晩成書房 1995 p7

バナナ剥きには最適の日々（円城塔）
◇「量子回廊―年刊日本SF傑作選」東京創元社 2010（創元SF文庫）p501

花について（島田等）
◇「ハンセン病文学全集 7」皓星社 2004 p485

花には蕾のおもかげが（島有子）
◇「扉の向こうへ」全作家協会 2014（全作家短編集）p113

花の雨（奥泉明日香）
◇「ショートショートの花束 7」講談社 2015（講談社文庫）p133

骨は独逸肉は美妙 花の茨、茨の花（山田美妙）
◇「新日本古典文学大系 明治編 21」岩波書店 2005 p115

花のお遍路（野坂昭如）
◇「感じて。息づかいを。―恋愛小説アンソロジー」光文社 2005（光文社文庫）p69

花の香ありて（福島まさ子）
◇「ハンセン病文学全集 8」皓星社 2006 p514

花の顔（乙川優三郎）
◇「代表作時代小説 平成11年度」光風社出版 1999 p159
◇「愛染夢灯籠―時代小説傑作選」講談社 2005（講談社文庫）p173

花の香る日（タテマキコ）
◇「ホワイト・ウェディング」SDP 2007（Angel works）p161

花のかげ（有吉佐和子）
◇「精選女性随筆集 4」文藝春秋 2012 p12

「花の香や」の巻（富水・予雲両吟歌仙）（西谷富水）
◇「新日本古典文学大系 明治編 4」岩波書店 2003 p193

花の記憶喪失（田辺聖子）
◇「妖美―女流ミステリー傑作選」徳間書店 1999（徳間文庫）p173

花の刻印（草野万理）
◇「ゆれる―第12回フェリシモ文学賞作品集」フェリシモ 2009 p161

花のこころ（小松左京）
◇「植物」国書刊行会 1998（書物の王国）p66

花のさかりは地下道で（色川武大）
◇「昭和の短篇一人一冊集成 色川武大」未知谷 2008 p57

花のサラリーマン（源氏鶏太）
◇「昭和の短篇一人一冊集成 源氏鶏太」未知谷 2008 p249

花の下（倉橋由美子）
◇「櫻憑き」光文社 2001（カッパ・ノベルス）p293

花の下（武田百合子）
◇「精選女性随筆集 5」文藝春秋 2012 p187

花の下にて春死なむ（北森鴻）
◇「どたん場で大逆転」講談社 1999（講談社文庫）p327

花の下もと（円地文子）
◇「日本文学100年の名作 7」新潮社 2015（新潮文庫）p67

花の写真（金澤正樹）
◇「てのひら怪談―ビーケーワン怪談大賞傑作選 辛卯」ポプラ社 2011（ポプラ文庫）p180

はなの

鼻の周辺（風見治）
◇「ハンセン病文学全集 2」皓星社 2002 p239

花の棲家（阪野陽花）
◇「「伊豆文学賞」優秀作品集 第15回」羽衣出版 2012 p55

花の種（タカスギシンタロ）
◇「超短編の世界 vol.3」創英社 2011 p95

花の地図（流川透明）
◇「超短編の世界 vol.3」創英社 2011 p130

花の潮流（玉岡かおる）
◇「別れの手紙」角川書店 1997 （角川文庫）p87

花の頓狂島（神坂次郎）
◇「勝者の死にざま―時代小説選手権」新潮社 1998 （新潮文庫）p131

花のなぐさめ（@kyounagi）
◇「3.11心に残る140字の物語」学研パブリッシング 2011 p21

花の名残（村上元三）
◇「信州歴史時代小説傑作集 4」しなのき書房 2007 p183

花の名前（向田邦子）
◇「戦後短篇小説再発見 12」講談社 2003 （講談社文芸文庫）p182
◇「10ラブ・ストーリーズ」朝日新聞出版 2011 （朝日文庫）p297

花の業平（なりひら）―忍ぶの乱れ（柴田侑宏）
◇「宝塚歌劇柴田侑宏脚本選 5」阪急コミュニケーションズ 2006 p45

花のナンバーワン（上野英信）
◇「戦後文学エッセイ選 12」影書房 2006 p129

花の巴里の橘や（渡辺紳一郎）
◇「芸術家」国書刊行会 1998 （書物の王国）p228

花の眉間尺（皆川博子）
◇「代表作時代小説 平成10年度」光風社出版 1998 p187
◇「地獄の無明剣―時代小説傑作選」講談社 2004 （講談社文庫）p183

詩集 花の店（安西均）
◇「新装版 全集現代文学の発見 13」學藝書林 2004 p372

花の耳（島田等）
◇「ハンセン病文学全集 7」皓星社 2004 p482

花の娘（夢乃鳥子）
◇「てのひら怪談―ビーケーワン怪談大賞傑作選 壬辰」ポプラ社 2012 （ポプラ文庫）p58

花のもとにて（斎藤澪）
◇「赤のミステリー―女性ミステリー作家傑作選」光文社 1997 p419
◇「女性ミステリー作家傑作選 2」光文社 1999 （光文社文庫）p43

花の雪散る里（倉橋由美子）
◇「たんときれいに召し上がれ―美食文学精選」芸術新聞社 2015 p57

はなのゆくえ（矢崎存美）
◇「SFバカ本 黄金スパム篇」メディアファクトリー 2000 p43
◇「笑壺―SFバカ本ナンセンス集」小学館 2006 （小学館文庫）p241

鼻の欄（タカスギシンタロ）
◇「超短編の世界」創英社 2008 p41

花畠（吉行淳之介）
◇「櫻憑き」光文社 2001 （カッパ・ノベルス）p235

花ばたけは春（宇尾房子）
◇「姥ヶ辻―小説集」作品社 2003 p8

花火（内田百閒）
◇「ちくま日本文学 1」筑摩書房 2007 （ちくま文庫）p11
◇「日本近代短篇小説選 大正篇」岩波書店 2012 （岩波文庫）p269

花火（江坂遊）
◇「魔術師」角川書店 2001 （角川ホラー文庫）p217
◇「綾辻・有栖川復刊セレクション 仕掛け花火」講談社 2007 （講談社ノベルス）p225

花火（加楽幽明）
◇「てのひら怪談―ビーケーワン怪談大賞傑作選 百怪繚乱篇」ポプラ社 2008 p148
◇「てのひら怪談―ビーケーワン怪談大賞傑作選 己丑」ポプラ社 2009 （ポプラ文庫）p134

花火（高橋克彦）
◇「輝きの一瞬―短くて心に残る30編」講談社 1999 （講談社文庫）p263

花火（永井荷風）
◇「ちくま日本文学 19」筑摩書房 2008 （ちくま文庫）p427
◇「蘇らぬ朝「大逆事件」以後の文学」インパクト出版会 2010 （インパクト選書）p79
◇「読んでおきたい近代日本小説選」龍書房 2012 p112
◇「丸谷才一編・花柳小説傑作選」講談社 2013 （講談社文芸文庫）p323

花火（三島由紀夫）
◇「文豪怪談傑作選」筑摩書房 2007 （ちくま文庫）p42
◇「冒険の森へ―傑作小説大全 17」集英社 2015 p63

花火（安水稔和）
◇「新装版 全集現代文学の発見 13」學藝書林 2004 p533

花火（山田詠美）
◇「戦後短篇小説再発見 3」講談社 2001 （講談社文芸文庫）p202

花冷え（北原亞以子）
◇「江戸夢日和」学習研究社 2004 （学研M文庫）p109

花冷えの殺意（西村京太郎）
◇「京都殺意の旅―京都ミステリー傑作選」徳間書店 2001 （徳間文庫）p5

花火残影（秋田穂月）
◇「ハンセン病文学全集 7」皓星社 2004 p505

花火と體温表（明石鉄也）
◇「新・プロレタリア文学精選集 13」ゆまに書房

ハナビーな人たち（就実高校演劇部）
◇「創作脚本集—60周年記念」岡山県高等学校演劇協議会 2011 （おかやまの高校演劇）p111

花火の夜の出来ごと（田中満津夫）
◇「捕物時代小説選集 8」春陽堂書店 2000 （春陽文庫）p34

花びら（金子光晴）
◇「ちくま日本文学 38」筑摩書房 2009 （ちくま文庫）p118

花びら餅（大矢風子）
◇「ゆきのまち幻想文学賞小品集 10」企画集団ぶりずむ 2001 p5

花吹雪の下で（上原正三）
◇「恐怖のKA・TA・CHI」双葉社 2001 （双葉文庫）p249

花祭りの夜（折口信夫）
◇「ちくま日本文学 25」筑摩書房 2008 （ちくま文庫）p55

花までの距離（政石蒙）
◇「ハンセン病文学全集 4」皓星社 2003 p599
◇「ハンセン病文学全集 8」皓星社 2006 p332

花見さん（幸田文）
◇「ちくま日本文学 5」筑摩書房 2007 （ちくま文庫）p396

花見ずし—車椅子とマンガと（本田稔）
◇「ハンセン病文学全集 4」皓星社 2003 p709

花道（桜井哲夫）
◇「ハンセン病文学全集 7」皓星社 2004 p461

花見の決意（@ykdawn）
◇「3.11心に残る14C字の物語」学研パブリッシング 2011 p127

瞠（はなむけ）（キムリジャ）
◇「〈在日〉文学全集 18」勉誠出版 2006 p331

花結び（城昌幸）
◇「冒険の森へ—傑作小説大全 6」集英社 2016 p15

鼻眼鏡の女（近藤啓太郎）
◇「現代小説 1998」徳間書店 1998 p263

花モ嵐モ（大原まり子）
◇「SFバカ本 だるま篇」廣済堂出版 1999 （廣済堂文庫）p201

花も嵐も春のうち（長野まゆみ）
◇「小説乃湯—お風呂小説アンソロジー」角川書店 2013 （角川文庫）p297

ハナモゲラ語の思想（タモリ）
◇「奇譚カーニバル」集英社 2000 （集英社文庫）p299

花物語—鈴蘭 月見草 白萩 白百合（吉屋信子）
◇「短編 女性文学 近代 続」おうふう 2002 p75

花模様（廣岡宥樹）
◇「時代の波音—民主文学短編小説集1995年〜2004年」日本民主主義文学会 2005 p148

華やかな死体（佐賀潜）
◇「江戸川乱歩賞全集 4」講談社 1998 （講談社文庫）p211

花や今宵の…（森真沙子）
◇「櫻憑き」光文社 2001 （カッパ・ノベルス）p71

花屋の花よりきれいな花（森朝美）
◇「ひらく—第15回フェリシモ文学賞」フェリシモ 2012 p148

花酔いロジック（森晶麿）
◇「名探偵だって恋をする」角川書店 2013 （角川文庫）p49

花嫁（荒巻義雄）
◇「C・N 25—C・novels創刊25周年アンソロジー」中央公論新社 2007 （C novels）p32

花嫁（尾神ユウ）
◇「てのひら怪談—ビーケーワン怪談大賞傑作選 壬辰」ポプラ社 2012 （ポプラ文庫）p262

花嫁姿、雲の上からよく見えますよ＞原田由紀子（原田裕之）
◇「日本人の手紙 1」リブリオ出版 2004 p66

花嫁と警笛（吉行淳之介）
◇「昭和の短篇一人一冊集成 吉行淳之介」未知谷 2008 p23

花嫁のベール（若松賤子）
◇「「新編」日本女性文学全集 1」菁柿堂 2007 p264

花嫁の悪い癖（伊藤たかみ）
◇「スタートライン—始まりをめぐる19の物語」幻冬舎 2010 （幻冬舎文庫）p69

短篇小説 花嫁風俗（陳華培）
◇「日本統治期台湾文学集成 7」緑蔭書房 2002 p310

放れ駒（戸部新十郎）
◇「関ケ原・運命を分けた決断—傑作時代小説」PHP研究所 2007 （PHP文庫）p49

離れた家（山沢晴雄）
◇「硝子の家」光文社 1997 （光文社文庫）p257

離れて遠き（福島正実）
◇「ミステリマガジン700 国内篇」早川書房 2014 （ハヤカワ・ミステリ文庫）p85

花若（はなわか）（木下順二）
◇「日本舞踊舞踊劇選集」西川会 2002 p307

花はこころ（鏑木蓮）
◇「不可能犯罪コレクション」原書房 2009 （ミステリー・リーグ）p123

花はさくら木（杉本苑子）
◇「撫子が斬る—女性作家捕物帳アンソロジー」光文社 2005 （光文社文庫）p229

花は桜木—山南敬助（天堂晋助）
◇「新選組出陣」廣済堂出版 2014 p5
◇「新選組出陣」徳間書店 2015 （徳間文庫）p5

花童（西條奈加）
◇「代表作時代小説 平成21年度」光文社 2009 p425

はにかみ（幸田文）
◇「精選女性随筆集 1」文藝春秋 2012 p113

恐慌（パニック）（竹中郁）
◇「新装版 全集現代文学の発見 13」學藝書林 2004 p42

ハニー・ディップ・ドーナツ（時乃真帆）

はにや

◇「100の恋―幸せになるための恋愛短篇集」泰文堂 2010（Linda books！）p70

埴谷雄高氏と私（井上光晴）
◇「戦後文学エッセイ選 13」影書房 2008 p179

埴谷雄高と「死霊」（島尾敏雄）
◇「戦後文学エッセイ選 10」影書房 2007 p70

埴生の宿（石牟礼道子）
◇「日本文学全集 24」河出書房新社 2015 p459

バニラ（林由美子）
◇「5分で読める！ ひと駅ストーリー 食の話」宝島社 2015（宝島社文庫）p339

埴輪刀（黒岩重吾）
◇「時代小説秀作づくし」PHP研究所 1997（PHP文庫）p7
◇「鎮守の森に鬼が棲む―時代小説傑作選」講談社 2001（講談社文庫）p7

句集 埴輪童子（中村安朗）
◇「ハンセン病文学全集 9」皓星社 2010 p165

埴輪の指跡（川崎正敏）
◇「「伊豆文学賞」優秀作品集 第8回」静岡新聞社 2005 p151

ハヌニム 天空神（庾妙達）
◇「〈在日〉文学全集 18」勉誠出版 2006 p83

跳ね馬さま（萬歳淳一）
◇「ゆきのまち幻想文学賞小品集 25」企画集団ぷりずむ 2015 p69

羽田たいへん記（えすみ友子, 江角英明）
◇「地場演劇ことはじめ―記録・区民とつくる地場演劇の会」オフィス未来 2003 p139

はねとばされた話（稲垣足穂）
◇「ちくま日本文学 16」筑摩書房 2008（ちくま文庫）p23

『羽の生えた靴』を観て（石東岩）
◇「近代朝鮮文学日本語作品集1901～1938 評論・随筆篇 3」緑蔭書房 2004 p311

ハノイからの報告（松本清張）
◇「コレクション戦争と文学 2」集英社 2012 p325

歯の条理（金時鐘）
◇「〈在日〉文学全集 5」勉誠出版 2006 p174

「葉のへりを」の巻（詢蕘斎・永機両吟歌仙）（西谷富水）
◇「新日本古典文学大系 明治編 4」岩波書店 2003 p234

パノラマパーク パノラマガール（加藤千恵）
◇「あの街で二人は―seven love stories」新潮社 2014（新潮文庫）p53

はは（幸田文）
◇「ちくま日本文学 5」筑摩書房 2007（ちくま文庫）p255

バーバー（山田正紀）
◇「憑き者―全篇書下ろし傑作ホラーアンソロジー」アスキー 2000（A-novels）p673

母（有井颯）
◇「てのひら怪談―ビーケーワン怪談大賞傑作選 壬辰」ポプラ社 2012（ポプラ文庫）p236

母（井上史）
◇「SF宝石―すべて新作読み切り！ 2015」光文社 2015 p248

母（大岡昇平）
◇「丸谷才一編・花柳小説傑作選」講談社 2013（講談社文芸文庫）p148

母（崔華國）
◇「〈在日〉文学全集 17」勉誠出版 2006 p64

母（不狼児）
◇「てのひら怪談―ビーケーワン怪談大賞傑作選 百怪繚乱篇」ポプラ社 2008 p178

母（吉田一穂）
◇「新装版 全集現代文学の発見 13」學藝書林 2004 p156
◇「日本文学全集 29」河出書房新社 2016 p35

小曲 母（明石海人）
◇「ハンセン病文学全集 7」皓星社 2004 p436

ババアと駄犬と私（森奈津子）
◇「近藤史恵リクエスト！ ペットのアンソロジー」光文社 2013 p7
◇「近藤史恵リクエスト！ ペットのアンソロジー」光文社 2014（光文社文庫）p9

ばばあのば（南綾子）
◇「文芸あねもね」新潮社 2012（新潮文庫）p317

パパイヤ、うらやましいでしょう。フィリピン≫三木洋子（三木清）
◇「日本人の手紙 7」リブリオ出版 2004 p163

パパお元気ですか（海谷修子）
◇「山形市児童劇団脚本集 3」山形市 2005 p327

母を恋うる記（谷崎潤一郎）
◇「ちくま日本文学 14」筑摩書房 2008（ちくま文庫）p55
◇「心洗われる話」筑摩書房 2010（ちくま文学の森）p303

母を恋ふる記（谷崎潤一郎）
◇「近代小説〈異界〉を読む」双文社出版 1999 p67

母親たち（黒木あるじ）
◇「男たちの怪談百物語」メディアファクトリー 2012（〔幽BOOKS〕）p274

母親 断片（梶井基次郎）
◇「ちくま日本文学 28」筑摩書房 2008（ちくま文庫）p109

母親になれない（三里顕）
◇「超短編傑作選 v.6」創英社 2007 p107

母親の形見（美倉健治）
◇「全作家短編小説集 9」全作家協会 2010 p34

母が祈る理由（谷口雅美）
◇「母のなみだ―愛しき家族を想う短篇小説集」泰文堂 2012（Linda books！）p147

姫が国へ・常世へ―異郷意識の起伏（折口信夫）
◇「ちくま日本文学 25」筑摩書房 2008（ちくま文庫）p386
◇「日本文学全集 14」河出書房新社 2015 p287

母から子へ（第一回入営を祝ふ）（新垣宏一）
◇「日本統治期台湾文学集成 23」緑蔭書房 2007

はてね

p432

母からの手紙 (藤木稟)
◇「二十の悪夢」KADOKAWA 2013 (角川ホラー文庫) p99

母からの電話 (ハットリミキ)
◇「ショートショートの花束 7」講談社 2015 (講談社文庫) p209

母から母へ (坂口褥子)
◇「日本統治期台湾文学集成 23」緑蔭書房 2007 p413

憚りながら日本一 (北原亞以子)
◇「浮き世草紙―女流時代小説傑作選」角川春樹事務所 2002 (ハルキ文庫) p263

箒 (ははき) (飯沢匡)
◇「新装版 全集現代文学の発見 11」學藝書林 2004 p288

帚木 (松浦理英子)
◇「ナイン・ストーリーズ・オブ・ゲンジ」新潮社 2008 p7
◇「源氏物語九つの変奏」新潮社 2011 (新潮文庫) p9

母、帰国 (一九四九年) (金夏日)
◇「〈在日〉文学全集 17」勉誠出版 2006 p176

母恋 (ははこひ) (餓鬼) (寺山修司)
◇「ちくま日本文学 6」筑摩書房 2007 (ちくま文庫) p435

母恋餓鬼 (寺山修司)
◇「超短編アンソロジー」筑摩書房 2002 (ちくま文庫) p83

母恋し―泉鏡花作『名媛記』『一之巻～六之巻・誓之巻』より (三宅エミ)
◇「泉鏡花記念金沢戯曲大賞受賞作品集 第2回」金沢泉鏡花フェスティバル委員会 2003 p223

母恋春歌調 (寺山修司)
◇「ちくま日本文学 6」筑摩書房 2007 (ちくま文庫) p81

母恋常珍坊 (中村彰彦)
◇「代表作時代小説 平成10年度」光風社出版 1998 p317
◇「地獄の無明剣―時代小説傑作選」講談社 2004 (講談社文庫) p367

母子草 (篠綾子)
◇「江戸味わい帖 半・理人篇」角川春樹事務所 2015 (ハルキ文庫) p113

母子草 (杜村眞理子)
◇「「伊豆文学賞」優秀作品集 第8回」静岡新聞社 2005 p113
◇「伊豆の歴史を歩く」羽衣出版 2006 (伊豆文学賞歴史小説傑作集 p115

母三人・父三人 (高峰秀子)
◇「精選女性随筆集 8」文藝春秋 2012 p186

婆じゃとて (五味康祐)
◇「八百八町春爛漫」光風社出版 1998 (光風社文庫) p157

パパ、出ちょうが多いから悲しいよ≫パパ (高井俊宏)

◇「日本人の手紙 1」リブリオ出版 2004 p101

母 抄 (大正九年) (折口信夫)
◇「ちくま日本文学 25」筑摩書房 2008 (ちくま文庫) p14

婆汁 (神薫)
◇「怪談四十九夜」竹書房 2016 (竹書房文庫) p122

柞の鬼殿 (生田直親)
◇「怪奇・伝奇時代小説選集 1」春陽堂書店 1999 (春陽文庫) p2

羽搏き (河野慶彦)
◇「日本統治期台湾文学集成 23」緑蔭書房 2007 p103

母たち (小林多喜二)
◇「日本近代短篇小説選 昭和篇1」岩波書店 2012 (岩波文庫) p161

母たることは (石井好子)
◇「精選女性随筆集 12」文藝春秋 2012 p102

母と赤子と少年と (風見鳥)
◇「超短編傑作選 v.6」創英社 2007 p103

母と妹と犯し (大岡昇平)
◇「日本文学全集 18」河出書房新社 2016 p371

母とクロチョロ (雀野日名子)
◇「怪しき我が家―一家の怪談競作集」メディアファクトリー 2011 (MF文庫) p87

母と子でみる東京大空襲 (早乙女勝元)
◇「読み聞かせる戦争」光文社 2015 p101

母との遠出 (石井桃子)
◇「精選女性随筆集 8」文藝春秋 2012 p36

母とムスメ (群ようこ)
◇「銀座24の物語」文藝春秋 2001 p137

ハバナとピアノ、光の尾 (野中ともそ)
◇「Teen Age」双葉社 2004 p171

母なる殺人者 (梶龍雄)
◇「湯の街殺人旅情―日本ミステリー紀行」青樹社 2000 (青樹社文庫) p77

母なる思想―Une Confession (堀田善衞)
◇「戦後文学エッセイ選 11」影書房 2007 p13

母なる最上川 (木村正太郎)
◇「山形県文学全集第2期(随筆・紀行編) 5」郷土出版社 2005 p226

母なる連帯の海へ (上野英信)
◇「戦後文学エッセイ選 12」影書房 2006 p53

母について (吉田健一)
◇「日本文学全集 20」河出書房新社 2015 p412

母に連れられて荒れ地に住み着く (伊藤比呂美)
◇「文学で考える〈日本〉とは何か」双文社出版 2007 p192
◇「文学で考える〈日本〉とは何か」翰林書房 2016 p192

ババ抜き (永嶋恵美)
◇「捨てる―アンソロジー」文藝春秋 2015 p205
◇「ザ・ベストミステリーズ―推理小説年鑑 2016」講談社 2016 p31

母猫の獲物 (新熊昇)

ははの

◇「てのひら怪談 癸巳」KADOKAWA 2013（MF文庫ダ・ヴィンチ）p134

パパの愛情（明野照葉）
◇「ショートショートの広場 11」講談社 2000（講談社文庫）p97

母の遺影が泣き出した（市野うあ）
◇「お母さんのなみだ」泰文堂 2016（リンダパブリッシャーズの本）p116

母のいる島―十六人の子宝に恵まれた母の意志を、娘たちは受け継いだ（高山羽根子）
◇「NOVA―書き下ろし日本SFコレクション 6」河出書房新社 2011（河出文庫）p185

母の絵手紙（梅原満知子）
◇「最後の一日12月18日―さよならが胸に染みる10の物語」泰文堂 2011（Linda books！）p68

母の面影（香山末子）
◇「ハンセン病文学全集 7」皓星社 2004 p301
◇「〈在日〉文学全集 17」勉誠出版 2006 p88

母の面影（拓未司）
◇「もっとすごい！ 10分間ミステリー」宝島社 2013（宝島社文庫）p235
◇「5分で凍る！ ぞっとする怖い話」宝島社 2015（宝島社文庫）p131

母の覚悟（岩井三四二）
◇「女城主―戦国時代小説傑作選」PHP研究所 2016（PHP文芸文庫）p33

母の着物（榎並のぞみ）
◇「むすぶ―第11回フェリシモ文学賞作品集」フェリシモ 2008 p119

母の毛糸玉（星雪江）
◇「ゆきのまち幻想文学賞小品集 22」企画集団ぷりずむ 2013 p138

母の結婚（佐藤万里）
◇「うちへ帰ろう―家族を想うあなたに贈る短篇小説集」泰文堂 2013（リンダブックス）p35

母の恋（大島真寿美）
◇「本当のうそ」講談社 2007 p171

母のこゝろ―子供をもって見れば（崔貞熙）
◇「近代朝鮮文学日本語作品集1908〜1945 セレクション 3」緑蔭書房 2008 p237

母のこと（吉野弘）
◇「山形県文学全集第2期（随筆・紀行編）5」郷土出版社 2005 p160

母の言霊（谷口雅美）
◇「あなたが生まれた日―家族の愛が温かな10の感動ストーリー」泰文堂 2013（リンダブックス）p57

母の再婚（田中文雄）
◇「チャイルド」廣済堂出版 1998（廣済堂文庫）p119

母の里（柳田國男）
◇「ちくま日本文学 15」筑摩書房 2008（ちくま文庫）p437

母の死（岩田由美）
◇「青鞜文学集」不二出版 2004 p39

母の死（大庭みな子）
◇「精選女性随筆集 6」文藝春秋 2012 p212

母の死と新しい母（志賀直哉）
◇「短編で読む恋愛・家族」中部日本教育文化会 1998 p93

母の死んだ家（高橋克彦）
◇「七つの怖い扉」新潮社 1998 p61

母の手（菅原ület子）
◇「回転ドアから」全作家協会 2015（全作家短編集）p193

ははのてがみ（高橋義夫）
◇「代表作時代小説 平成16年度」光風社出版 2004 p51
◇「花ふぶき―時代小説傑作選」角川春樹事務所 2004（ハルキ文庫）p103

母の掌（李正子）
◇「〈在日〉文学全集 17」勉誠出版 2006 p224

母の場所（津島佑子）
◇「文学 1998」講談社 1998 p246

母の秘密（渡辺啓助）
◇「罠の怪」勉誠出版 2002（べんせいライブラリー）p61

母の丸髷（沢村貞子）
◇「精選女性随筆集 12」文藝春秋 2012 p136

母の目を逃がす（川上未映子）
◇「超短編傑作選 v.6」創英社 2007 p14

母の行方（飯野文彦）
◇「帰還」光文社 2000（光文社文庫）p471

パパミルク（小川糸）
◇「スタートライン―始まりをめぐる19の物語」幻冬舎 2010（幻冬舎文庫）p209

ハーバー・ライト（吉行淳之介）
◇「昭和の短篇一人一冊集成 吉行淳之介」未知谷 2008 p135

植物標本集（ハーバリウム）**―昭和初期に建てられた温室の地下から発見された、伝説のトビスミレ**（藤田雅矢）
◇「NOVA―書き下ろし日本SFコレクション 7」河出書房新社 2012（河出文庫）p225

ババロアばあさん（小林信彦）
◇「おいしい話―料理小説傑作選」徳間書店 2007（徳間文庫）p169

母は同い年（谷口雅美）
◇「お母さんのなみだ」泰文堂 2016（リンダパブリッシャーズの本）p92

パパはサンタクロース（島崎一裕）
◇「ショートショートの広場 20」講談社 2008（講談社文庫）p86

パパは本当に残念だ。日航機墜落中の遺書（川口博次）
◇「日本人の手紙 10」リブリオ出版 2004 p212

パピーウォーカー（横関大）
◇「Wonderful Story」PHP研究所 2014 p157

バビロンの雨（早見裕司）
◇「GOD」廣済堂出版 1999（廣済堂文庫）p409

ハーフ（全美恵）

◇「〈在日〉文学全集 18」勉誠出版 2006 p362

ハブ(山田正紀)
　◇「名探偵を追いかけろ――シリーズ・キャラクター編」光文社 2004（カッパ・ノベルス）p461
　◇「名探偵を追いかけろ」光文社 2007（光文社文庫）p569

覇舞謡(冲方丁)
　◇「決戦！ 桶狭間」講談社 2016 p5

バブリーズ・リターン(清松みゆき)
　◇「バブリーズ・リターン――ソード・ワールド短編集」富士見書房 1999（富士見ファンタジア文庫）p207

パブリック用の名刺(居村哲也)
　◇「ショートショートの広場 17」講談社 2005（講談社文庫）p145

パブロ・ネルーダの死を悼む(長谷川四郎)
　◇「戦後文学エッセイ選 2」影書房 2006 p170

バベル(長谷敏司)
　◇「NOVA+――書き下ろし日本SFコレクション バベル」河出書房新社 2014（河出文庫）p365

バベル島(若竹七海)
　◇「憑き者――全篇書下ろし傑作ホラーアンソロジー」アスキー 2000（A-novels）p419
　◇「ザ・ベストミステリーズ――推理小説年鑑 2001」講談社 2001 p181
　◇「終日犯罪」講談社 2004（講談社文庫）p177

バベルの牢獄――甘いバニラの匂いは、紙の本の記憶。前代未聞の脱獄小説、誕生(法月綸太郎)
　◇「NOVA――書き下ろし日本SFコレクション 2」河出書房新社 2010（河出文庫）p75

破片(丸山薫)
　◇「新装版 全集現代文学の発見 13」學藝書林 2004 p113

句集 浜蟹の爪(石垣美智)
　◇「ハンセン病文学全集 9」皓星社 2010 p163

蛤御門に来島等接戦する事(作者表記なし)
　◇「新日本古典文学大系 明治編 13」岩波書店 2007 p42

浜田青年ホントスカ(伊坂幸太郎)
　◇「蝦蟇倉市事件 1」東京創元社 2010（東京創元社・ミステリ・フロンティア）p83
　◇「晴れた日は謎を追って」東京創元社 2014（創元推理文庫）p95

濱田先生の無頓着ぶり(金関丈夫)
　◇「日本統治期台湾文学集成 17」緑蔭書房 2003 p219

浜名湖一周の旅(増田瑞穂)
　◇「「伊豆文学賞」優秀作品集 第16回」羽衣出版 2013 p194

ハマナスノ実ヲ飾ル頃(名取佐和子)
　◇「最後の一日12月18日――さよならが胸に染みる10の物語」泰文堂 2011（Linda books！）p206

濱の詩(趙宇植)
　◇「近代朝鮮文学日本語作品集1908～1945 セレクション 4」緑蔭書房 2008 p435

浜の月夜(柳田國男)
　◇「ちくま日本文学 15」筑摩書房 2008（ちくま文庫）p9

浜辺(萩原朔太郎)
　◇「ちくま日本文学 36」筑摩書房 2009（ちくま文庫）p25

濱邊にて(城山眞砂樹)
　◇「近代朝鮮文学日本語作品集1939～1945 創作篇 6」緑蔭書房 2001 p27

浜辺の四季(壺井榮)
　◇「戦後占領期短篇小説コレクション 2」藤原書店 2007 p85

浜松(吉田知子)
　◇「街物語」朝日新聞社 2000 p292

浜藻歌仙留書(別所真紀子)
　◇「大江戸事件帖――時代推理小説名作選」双葉社 2005（双葉文庫）p113

はみだすことを(安水稔和)
　◇「新装版 全集現代文学の発見 13」學藝書林 2004 p534

ハミング――一九五九年メーデーのために(吉野弘)
　◇「新装版 全集現代文学の発見 13」學藝書林 2004 p425

ハミングで二番まで(香納諒一)
　◇「小説推理新人賞受賞作アンソロジー 1」双葉社 2000（双葉文庫）p7

ハミングライフ(中村航)
　◇「Love or like――恋愛アンソロジー」祥伝社 2008（祥伝社文庫）p99

ハムマー(竹中郁)
　◇「新装版 全集現代文学の発見 13」學藝書林 2004 p40

ハムレット(矢田部良吉)
　◇「新日本古典文学大系 明治編 12」岩波書店 2001 p10

ハム列島(島村洋子)
　◇「らせん階段――女流ミステリー傑作選」角川春樹事務所 2003（ハルキ文庫）p77

破滅の惑星(石田一)
　◇「宇宙生物ゾーン」廣済堂出版 2000（廣済堂文庫）p225

ハメルンのうわさ(高野竜)
　◇「優秀新人戯曲集 2000」ブロンズ新社 1999 p51

ハーモニカを盗まれた話(稲垣足穂)
　◇「ちくま日本文学 16」筑摩書房 2008（ちくま文庫）p13

鱧の皮(上司小剣)
　◇「日本近代短篇小説選 大正篇」岩波書店 2012（岩波文庫）p21
　◇「味覚小説名作集」光文社 2016（光文社文庫）p5

波紋(霜多正次)
　◇「コレクション戦争と文学 9」集英社 2012 p545

破門(羽山信樹)
　◇「秘剣舞う――剣豪小説の世界」学習研究社 2002（学研M文庫）p219

はもん

◇「幻の剣鬼七番勝負―傑作時代小説」PHP研究所 2008（PHP文庫）p277

波紋 一幕（吉村敏）
◇「日本統治期台湾文学集成 13」緑蔭書房 2003 p305

早い者負け（弓田京）
◇「ショートショートの広場 11」講談社 2000（講談社文庫）p184

速夫の妹（志賀直哉）
◇「ちくま日本文学 21」筑摩書房 2008（ちくま文庫）p26

破約（小泉八雲）
◇「怪談―24の恐怖」講談社 2004 p487
◇「文豪たちが書いた怖い名作短編集」彩図社 2014 p60

はやくかえってきてくだされ≫野口英世（野口シカ）
◇「日本人の手紙 1」リブリオ出版 2004 p33

早く結婚しよう♡愛してるよ≫伊藤繁美（尾崎豊）
◇「日本人の手紙 4」リブリオ出版 2004 p7

林崎甚助（童門冬二）
◇「人物日本剣豪伝 2」学陽書房 2001（人物文庫）p37

林芙美子と私（崔貞煕）
◇「近代朝鮮文学日本語作品集1939〜1945 評論・随筆篇 3」緑蔭書房 2002 p173

林雅賀のミステリ案内―故人の想いを探る（乾くるみ）
◇「古書ミステリー倶楽部―傑作推理小説集 2」光文社 2014（光文社文庫）p270

早すぎた春（鈴木強）
◇「ショートショートの広場 10」講談社 2000（講談社文庫）p222

流行っている店（家田満理）
◇「ショートショートの広場 18」講談社 2006（講談社文庫）p193

隼人の太刀風（津本陽）
◇「冒険の森へ―傑作小説大全 2」集英社 2016 p56

鮸の子（室生犀星）
◇「六人の作家小説選」東銀座出版社 1997（銀選書）p93
◇「日本文学全集 27」河出書房新社 2017 p443

隼（はやぶさ）お手伝い（久山秀子）
◇「幻の探偵雑誌 2」光文社 2000（光文社文庫）p137

隼のお正月（久山秀子）
◇「探偵小説の風景―トラフィック・コレクション 下」光文社 2009（光文社文庫）p123

早船の死（菊地秀行）
◇「血の12幻想」エニックス 2000 p7

葉山嘉樹『セメント樽の中の手紙』を語る（貫井徳郎）
◇「文豪さんへ。」メディアファクトリー 2009（MF文庫）p101

はやり正月の心中（杉本章子）
◇「人情の往来―時代小説最前線」新潮社 1997（新潮文庫）p499
◇「時代小説―読切御免 3」新潮社 2005（新潮文庫）p145
◇「吉原花魁」角川書店 2009（角川文庫）p103

はよう寝んか明日が来るぞ（前山博茂）
◇「「伊豆文学賞」優秀作品集 第14回」静岡新聞社 2011 p3

バヨリン心中（山本文緒）
◇「あの街で二人は―seven love stories」新潮社 2014（新潮文庫）p97

薔薇（王白淵）
◇「日本統治期台湾文学集成 18」緑蔭書房 2003 p51

薔薇（金子光晴）
◇「創刊一〇〇年三田文学名作選」三田文学会 2010 p589

薔薇（中野太）
◇「年鑑代表シナリオ集 '08」シナリオ作家協会 2009 p125

薔薇悪魔の話（渡辺啓助）
◇「悪魔黙示録「新青年」一九三八―探偵小説暗黒の時代へ」光文社 2011（光文社文庫）p23

パライゾの寺（坂東眞砂子）
◇「代表作時代小説 平成18年度」光文社 2006 p263

バラ色の人生（半谷淳子）
◇「ゆきのまち幻想文学賞小品集 10」企画集団ぷりずむ 2001 p77

薔薇色の人生（永瀬隼介）
◇「宝石ザミステリー Blue」光文社 2016 p43

茨海小学校（宮沢賢治）
◇「ちくま日本文学 3」筑摩書房 2007（ちくま文庫）p112

パラオ残照（松田十刻）
◇「12の贈り物―東日本大震災支援岩手県在住作家自選短編集」荒蝦夷 2011（叢書東北の声）p185

腹切って江戸城にもの申す（童門冬二）
◇「代表作時代小説 平成16年度」光風社出版 2004 p325

原島弁護士の愛と悲しみ（小杉健治）
◇「文学賞受賞・名作集成 5」リブリオ出版 2004 p5

原島弁護士の処置（小杉健治）
◇「謎」文藝春秋 2004（推理作家になりたくて マイベストミステリー）p87
◇「マイ・ベスト・ミステリー 6」文藝春秋 2007（文春文庫）p124

薔薇十字猫探偵社（松苗あけみ）
◇「妖怪変化―京極堂トリビュート」講談社 2007 p291

原宿消えた列車の謎（山田正紀）
◇「名探偵に訊け」光文社 2010（Kappa novels）p473
◇「名探偵に訊け」光文社 2013（光文社文庫）

p653

原宿ブティックの殺人（青柳友子）
　◇「七人の女探偵」廣済堂出版 1998（KOSAIDO BLUE BOOKS）p153

落下傘嬢（パラシュートガール）殺害事件（星田三平）
　◇「戦前探偵小説四人集」論創社 2011（論創ミステリ叢書）p265

薔薇荘殺人事件（鮎川哲也）
　◇「綾辻行人と有栖川有栖のミステリ・ジョッキー 3」講談社 2012 p255

パラソル（井上雅彦）
　◇「ショートショートの缶詰」キノブックス 2016 p213

原体剣舞連（はらたいけんばいれん）（宮沢賢治）
　◇「ちくま日本文学 3」筑摩書房 2007（ちくま文庫）p421

パラダイス・カフェ（沢木まひろ）
　◇「5分で読める！ ひと駅ストーリー 夏の記憶西口編」宝島社 2013（宝島社文庫）p261
　◇「5分で驚く！ どんでん返しの物語」宝島社 2016（宝島社文庫）p143

原田甲斐（中山義秀）
　◇「人物日本の歴史—時代小説版 江戸編 上」小学館 2004（小学館文庫）p223
　◇「江戸三百年を読む—傑作時代小説 シリーズ江戸学 上」角川学芸出版 2009（角川文庫）p173

原民喜の回想（埴谷雄高）
　◇「戦後文学エッセイ選 3」影書房 2005 p152

払ってください（青井夏海）
　◇「ベスト本格ミステリ 2012」講談社 2012（講談社ノベルス）p79
　◇「探偵の殺される夜」講談社 2016（講談社文庫）p107

遍歴譚（バラッド）（五代ゆう）
　◇「俳優」廣済堂出版 1999（廣済堂文庫）p13

原っぱの怪人（小笠原幹夫）
　◇「全作家短編小説集 10」のべる出版 2011 p40

原っぱの幽霊（小笠原幹夫）
　◇「全作家短編集 15」のべる出版企画 2016 p204

原っぱのリーダー（眉村卓）
　◇「少年—大人になる前の物語」光文社 1997（光文社文庫）p279
　◇「それはまだヒミツ—少年少女の物語」新潮社 2012（新潮文庫）p231

楽園（パラディスス）（上田早夕里）
　◇「SF JACK」角川書店 2013 p81
　◇「SF JACK」KADOKAWA 2016（角川文庫）p91

薔人（中井英夫）
　◇「新編・日本幻想文学集成 1」国書刊行会 2016 p447

パラドックス実践（門井慶喜）
　◇「学び舎は血を招く」講談社 2008（講談社ノベルス）p253
　◇「ザ・ベストミステリーズ—推理小説年鑑 2009」講談社 2009 p155

「Bluff騙し合いの夜」講談社 2012（講談社文庫）p159

薔薇と巫女（小川未明）
　◇「文豪怪談傑作選 小川未明集」筑摩書房 2008（ちくま文庫）p207
　◇「日本近代短篇小説選 明治篇2」岩波書店 2013（岩波文庫）p255

薔薇盗人（上林暁）
　◇「日本文学100年の名作 2」新潮社 2014（新潮文庫）p353

薔薇のある家（オカモト國ヒコ）
　◇「テレビドラマ代表作選集 2011年版」日本脚本家連盟 2011 p223

薔薇の縛め（中井英夫）
　◇「リテラリーゴシック・イン・ジャパン—文学的ゴシック作品選」筑摩書房 2014（ちくま文庫）p177
　◇「新編・日本幻想文学集成 1」国書刊行会 2016 p430

薔薇の色（今野敏）
　◇「ザ・ベストミステリーズ—推理小説年鑑 2008」講談社 2008 p175
　◇「Play推理遊戯」講談社 2011（講談社文庫）p5

薔薇の処女（おとめ）（宮野叢子）
　◇「甦る推理雑誌 10」光文社 2004（光文社文庫）p115

薔薇のさざめき（森真沙子）
　◇「文藝百物語」ぶんか社 1997 p75

腹の中（耳目）
　◇「ショートショートの花束 4」講談社 2012（講談社文庫）p187

腹の中から（黒史郎）
　◇「リトル・リトル・クトゥルー—史上最小の神話小説集」学習研究社 2009 p238

薔薇の獄（中井英夫）
　◇「新編・日本幻想文学集成 1」国書刊行会 2016 p423

バラの街の転校生（後藤みわこ）
　◇「キラキラブイズ」新潮社 2014（新潮文庫）p9

薔薇の幽霊（川端康成）
　◇「文豪怪談傑作選 川端康成集」筑摩書房 2006（ちくま文庫）p325

パラパラ（田中せいや）
　◇「超短編の世界 vol.3」創英社 2011 p166

パラパラザザザー（高樹のぶ子）
　◇「奇妙な恋の物語」光文社 1998（光文社文庫）p151

薔薇販売人（吉行淳之介）
　◇「戦後占領期短篇小説コレクション 5」藤原書店 2007 p7

ハラビィ（東郷隆）
　◇「短篇ベストコレクション—現代の小説 2003」徳間書店 2003（徳間文庫）p161

薔薇夫人（江戸川乱歩）
　◇「江戸川乱歩と13の宝石」光文社 2007（光文社文庫）p445

はらふ

薔薇舟（小池真理子）
　◇「血」早川書房 1997 p69
薔薇篇（吉田一穂）
　◇「新装版 全集現代文学の発見 13」學藝書林 2004
　　p156
ハラボヂ 祖父（庾妙達）
　◇「〈在日〉文学全集 18」勉誠出版 2006 p67
孕み画（森真沙子）
　◇「アート偏愛」光文社 2005（光文社文庫）p91
薔薇物語（西脇順三郎）
　◇「新装版 全集現代文学の発見 13」學藝書林 2004
　　p57
薔薇雪が降るころ（中居真麻）
　◇「ゆきのまち幻想文学賞・小品集 14」企画集団ぶ
　　りずむ 2005 p122
薔薇よりも赤く（篠田真由美）
　◇「屍者の行進」廣済堂出版 1998（廣済堂文庫）
　　p39
　◇「恐ろしき執念」リブリオ出版 2001（怪奇・ホ
　　ラーワールド）p225
ハラルからの手紙（清岡卓行）
　◇「新装版 全集現代文学の発見 13」學藝書林 2004
　　p462
パラレル（笹原実穂子）
　◇「全作家短編集 15」のべる出版企画 2016 p145
パリ（荻野アンナ）
　◇「街物語」朝日新聞社 2000 p103
パリ（水村美苗）
　◇「街物語」朝日新聞社 2000 p141
針（永井するみ）
　◇「勿忘草―恋愛ホラー・アンソロジー」祥伝社
　　2003（祥伝社文庫）p243
バリアッチョ（高野史緒）
　◇「世紀末サーカス」廣済堂出版 2000（廣済堂文
　　庫）p285
バリアフリー時代（律心）
　◇「ショートショートの花束 5」講談社 2013（講
　　談社文庫）p233
はりうお（室生犀星）
　◇「金沢三文豪掌文庫 たべもの編」金沢文化振興財
　　団 2011 p51
ハリウッド・ハリウッド（筒井康隆）
　◇「映画狂時代」新潮社 2014（新潮文庫）p187
ハリガミ（牧野修, 木玉螢之丞）
　◇「憑き者―全篇書下ろし傑作ホラーアンソロジー」
　　アスキー 2000（A-novels）p189
貼り紙（盧進容）
　◇「〈在日〉文学全集 18」勉誠出版 2006 p211
針谷夕雲（有馬頼義）
　◇「日本剣客伝 江戸篇」朝日新聞出版 2012（朝日
　　文庫）p279
針谷夕雲（稲垣史生）
　◇「人物日本剣豪伝 3」学陽書房 2001（人物文庫）
　　p123
パリからの便り（野村正樹）

◇「自選ショート・ミステリー 2」講談社 2001（講
　談社文庫）p252
パリから私の可愛いくちびるをおくります＞
手塚緑敏（林芙美子）
　◇「日本人の手紙 7」リブリオ出版 2004 p116
「バリカンを持つた紳士」（石井薫）
　◇「近代朝鮮文学日本語作品集1901～1938 創作篇 2」
　　緑蔭書房 2004 p343
貼子哀史（宗秋月）
　◇「〈在日〉文学全集 18」勉誠出版 2006 p38
張込み（西村健）
　◇「タッグ私の相棒―警察アンソロジー」角川春樹
　　事務所 2015 p37
張込み（松本清張）
　◇「読まずにいられぬ名短篇」筑摩書房 2014（ちく
　　ま文庫）p305
バリーさんの夢（西川武彦）
　◇「ショートショートの花束 7」講談社 2015（講
　　談社文庫）p231
はりつけ（白井健三郎）
　◇「新装版 全集現代文学の発見 別巻」學藝書林
　　2005 p156
礫（小林恭二）
　◇「戦後短篇小説再発見 16」講談社 2003（講談社
　　文芸文庫）p197
パリで一番のお尻（石井好子）
　◇「精選女性随筆集 12」文藝春秋 2012 p55
パーリ・トゥード（今野敏）
　◇「闘人烈伝―格闘小説・漫画アンソロジー」双葉
　　社 2000 p259
パリと大連（清岡卓行）
　◇「戦後短篇小説再発見 6」講談社 2001（講談社
　　文芸文庫）p226
巴里に雪のふるごとく（山田風太郎）
　◇「偉人八傑推理帖―名探偵時代小説」双葉社 2004
　　（双葉文庫）p327
巴里の想い出（森茉莉）
　◇「精選女性随筆集 2」文藝春秋 2012 p97
パリの君へ（高橋三千綱）
　◇「極上掌篇小説」角川書店 2006 p157
　◇「ひと粒の宇宙」角川書店 2009（角川文庫）
　　p155
パリの小鳥屋（伊集院静）
　◇「ヴィンテージ・セブン」講談社 2007 p7
巴里の空の下オムレツのにおいは流れる（石井
好子）
　◇「たんときれいに召し上がれ―美食文学精選」芸
　　術新聞社 2015 p381
張りの吉原（隆慶一郎）
　◇「吉原花魁」角川書店 2009（角川文庫）p5
ぱりぱり（瀧羽麻子）
　◇「あのころの、」実業之日本社 2012（実業之日本
　　社文庫）p51
パリー・ホッタと賢者の石―ゼロからの出発
（大橋むつお）

はるく

◇「1人から5人でできる新鮮いちご脚本集 v.3」青
雲書房 2003 p81

パリンプセストあるいは重ね書きされた八つ
の物語（円城塔）
◇「虚構機関—年刊日本SF傑作選」東京創元社
2008（創元SF文庫）p169

春（安西冬衛）
◇「〈外地〉の日本語文学選 2」新宿書房 1996 p94
◇「超短編アンソロジー」筑摩書房 2002（ちくま文
庫）p34
◇「新装版 全集現代文学の発見 13」學藝書林 2004
p14
◇「新装版 全集現代文学の発見 13」學藝書林 2004
p15
◇「日本文学全集 29」河出書房新社 2016 p34

春（王白淵）
◇「日本統治期台湾文学集成 18」緑蔭書房 2003
p76

春（亀井勝一郎）
◇「山形県文学全集第2期（随筆・紀行編）2」郷土出版
社 2005 p315

春（金時鐘）
◇「〈在日〉文学全集 5」勉誠出版 2006 p119

春（越一人）
◇「ハンセン病文学全集 7」皓星社 2004 p336

春（趙南哲）
◇「〈在日〉文学全集 18」勉誠出版 2006 p162

春（朴魯植）
◇「近代朝鮮文学日本語作品集1908〜1945 セレクショ
ン 6」緑蔭書房 2008 p77

春（三好達治）
◇「新装版 全集現代文学の発見 13」學藝書林 2004
p100

春浅し古都の宵は…（森真沙子）
◇「伯爵の血族—紅ノ章」光文社 2007（光文社文
庫）p233

半島作家新人集 春衣裳（李孝石）
◇「近代朝鮮文学日本語作品集1939〜1945 創作篇 3」
緑蔭書房 2001 p359

パールウエーブ（小川果苺）
◇「かわさきの文学—かわさき文学賞50年記念作品
集 2009年」審美社 2009 p163

春を惜しむ（森春濤）
◇「新日本古典文学大系 明治編 2」岩波書店 2004
p48

春を待ちつつ（北田由貴子）
◇「ハンセン病文学全集 8」皓星社 2006 p477

春を待つ（韓商鎬）
◇「近代朝鮮文学日本語作品集1901〜1938 創作篇 2」
緑蔭書房 2004 p361

童話 春を待つ家（國本鐘星）
◇「近代朝鮮文学日本語作品集1939〜1945 創作篇 6」
緑蔭書房 2001 p415

春を待つクジラ（加藤清子）
◇「ゆきのまち幻想文学賞小品集 21」企画集団ぷり
ずむ 2012 p15

春かへる（王昶雄）
◇「日本統治期台湾文学集成 29」緑蔭書房 2007
p199

春が来た（向田邦子）
◇「家族の絆」光文社 1997（光文社文庫）p89

春風がふいて（加藤陸雄）
◇「小学校たのしい劇の本—英語劇付 高学年」国土
社 2007 p154

春風の中で—これを建部豊起に（上忠司）
◇「日本統治期台湾文学集成 18」緑蔭書房 2003
p264

遙か太平洋上に 父島（有吉佐和子）
◇「精選女性随筆集 4」文藝春秋 2012 p100

遙かな国遠い国（北杜夫）
◇「冒険の森へ—傑作小説大全 15」集英社 2016
p133

遥かな土手（李美子）
◇「〈在日〉文学全集 18」勉誠出版 2006 p299

遙かな米沢ロード（吉本隆明）
◇「山形県文学全集第2期（随筆・紀行編）6」郷土出版
社 2005 p260

はるかなる思ひ—長歌幷短歌十四首（釋迢空）
◇「創刊一〇〇年三田文学名作選」三田文学会 2010
p607

遥かなる月山（森敦）
◇「山形県文学全集第2期（随筆・紀行編）4」郷土出版
社 2005 p332

遙かなる慕情（早乙女貢）
◇「代表作時代小説 平成10年度」光風社出版 1998
p117
◇「地獄の無明剣—時代小説傑作選」講談社 2004
（講談社文庫）p105

遙かなる山のレクイエム（中村豊）
◇「下ん浜—第2回「草枕文学賞」作品集」文藝春秋
企画出版部 2000 p147

遥かなれども（政石蒙）
◇「ハンセン病文学全集 8」皓星社 2006 p493

遥かに星巌先生の墓を奠す、如意山人の韻を
用ふ（二首うち一首）（森春濤）
◇「新日本古典文学大系 明治編 2」岩波書店 2004
p80

バルカン戦争（山田風太郎）
◇「古書ミステリー倶楽部—傑作推理小説集 2」光
文社 2014（光文社文庫）p190

春來たる（黒木謳子）
◇「日本統治期台湾文学集成 18」緑蔭書房 2003
p463

春来る便り（鈴木輝一郎）
◇「現代の小説 1999」徳間書店 1999 p249

春来るまで（丸山薫）
◇「山形県文学全集第2期（随筆・紀行編）3」郷土出版
社 2005 p125

春草（森春濤）
◇「新日本古典文学大系 明治編 2」岩波書店 2004
p19

はるく

春来る鬼（折口信夫）
　◇「ちくま日本文学 25」筑摩書房 2008（ちくま文庫）p403

ハル子さんの胸（睦月羊子）
　◇「かわいい―第16回フェリシモ文学賞優秀作品集」フェリシモ 2013 p38

晴子情歌（抄）（高村薫）
　◇「日本文学全集 26」河出書房新社 2017 p345

春子の手（竹之内響介）
　◇「最後の一日 3月23日―さよならが胸に染みる10の物語」泰文堂 2013（リンダブックス）p7

春先になると（ユウキ）
　◇「ショートショートの花束 8」講談社 2016（講談社文庫）p172

春さきの風（中野重治）
　◇「短編名作選―1925-1949 文士たちの時代」笠間書院 1999 p53
　◇「新装版 全集現代文学の発見 3」學藝書林 2003 p7

バルザックといふ男（龍瑛宗）
　◇「日本統治期台湾文学集成 16」緑蔭書房 2003 p235

春三月の作文（鄭芝溶）
　◇「近代朝鮮文学日本語作品集1908～1945 セレクション 6」緑蔭書房 2008 p156

躍動半島2 春支度（星野相河）
　◇「近代朝鮮文学日本語作品集1939～1945 評論・随筆篇 3」緑蔭書房 2002 p243

春島物語（窪田精）
　◇「コレクション戦争と文学 18」集英社 2012 p573

バルセロナの書盗（小沼丹）
　◇「ペン先の殺意―文芸ミステリー傑作選」光文社 2005（光文社文庫）p217
　◇「古書ミステリー倶楽部―傑作推理小説集 3」光文社 2015（光文社文庫）p265

バルセロナの窓（大崎善生）
　◇「そういうものだろ、仕事っていうのは」日本経済新聞出版社 2011 p161

パルタイ（倉橋由美子）
　◇「新装版 全集現代文学の発見 4」學藝書林 2003 p286

春たつ日の歌（夏園）
　◇「近代朝鮮文学日本語作品集1908～1945 セレクション 4」緑蔭書房 2008 p38

春立つ日の歌（朱耀翰）
　◇「近代朝鮮文学日本語作品集1908～1945 セレクション 4」緑蔭書房 2008 p43

春便り（徐徳出）
　◇「近代朝鮮文学日本語作品集1939～1945 創作篇 6」緑蔭書房 2001 p413

春団治と年上の女（富士正晴）
　◇「戦後文学エッセイ選 7」影書房 2006 p50

パルチャ打鈴（深川夏衣）
　◇「〈在日〉文学全集 14」勉誠出版 2006 p103

春遠く（津村節子）
　◇「山形県文学全集第1期（小説編）3」郷土出版社

2004 p174

春と修羅（宮沢賢治）
　◇「ちくま日本文学 3」筑摩書房 2007（ちくま文庫）p408
　◇「ちくま日本文学 3」筑摩書房 2007（ちくま文庫）p413
　◇「栞子さんの本棚―ビブリア古書堂セレクトブック」角川書店 2013（角川文庫）p273
　◇「日本文学全集 16」河出書房新社 2016 p9

詩集 春と修羅 第一集（宮沢賢治）
　◇「新装版 全集現代文学の発見 13」學藝書林 2004 p122

「春と修羅 第三集」（宮沢賢治）
　◇「ちくま日本文学 3」筑摩書房 2007（ちくま文庫）p432

春と修羅（mental sketch modified）（宮沢賢治）
　◇「新装版 全集現代文学の発見 13」學藝書林 2004 p122

春と×はれた同志（白鐵）
　◇「近代朝鮮文学日本語作品集1908～1945 セレクション 4」緑蔭書房 2008 p241

榛名グラス（桜井哲夫）
　◇「ハンセン病文学全集 7」皓星社 2004 p463

春に與ふ（王白淵）
　◇「日本統治期台湾文学集成 18」緑蔭書房 2003 p52

春に縮む（山上龍彦）
　◇「日本SF・名作集成 8」リブリオ出版 2005 p7

春の朝（王白淵）
　◇「日本統治期台湾文学集成 18」緑蔭書房 2003 p57

春の朝（金村龍済）
　◇「近代朝鮮文学日本語作品集1939～1945 創作篇 6」緑蔭書房 2001 p286

春の雨が彼を包む（おばたあすか）
　◇「中学校劇作シリーズ 9」青雲書房 2005 p113

春のアリラン―牢獄の中から（金龍済）
　◇「近代朝鮮文学日本語作品集1908～1945 セレクション 4」緑蔭書房 2008 p256

春の妹（安土萌）
　◇「屍者の行進」廣済堂出版 1998（廣済堂文庫）p31

はるのうた（トロチェフ，コンスタンチン）
　◇「ハンセン病文学全集 7」皓星社 2004 p34

春の唄（原田益水）
　◇「扉の向こうへ」全作家協会 2014（全作家短編集）p261

春の歌（円地文子）
　◇「吸血鬼」国書刊行会 1998（書物の王国）p167
　◇「新編・日本幻想文学集成 3」国書刊行会 2016 p565

春の歌（草野心平）
　◇「二時間目国語」宝島社 2008（宝島社文庫）p36

春の絵巻（中谷孝雄）
　◇「京都府文学全集第1期（小説編）2」郷土出版社 2005 p133

春のお手紙（黄錫禹）
◇「近代朝鮮文学日本語作品集1908〜1945 セレクション 4」緑蔭書房 2008 p213

春の翳（幸田文）
◇「精選女性随筆集 1」文藝春秋 2012 p78

春の鯨（森馨由）
◇「優秀新人戯曲集 2008」ブロンズ新社 2007 p275

春の軍隊（小松左京）
◇「コレクション戦争と文学 5」集英社 2011 p183

春の気配（霞永二）
◇「気配―第10回フェリシモ文学賞作品集」フェリシモ 2007 p24

春のことぶれ（折口信夫）
◇「ちくま日本文学 25」筑摩書房 2008 （ちくま文庫）p56

春のことぶれ（抄）（折口信夫）
◇「ちくま日本文学 25」筑摩書房 2008 （ちくま文庫）p18

春の坂道（古井由吉）
◇「文学 2015」講談社 2015 p181

春の実体（萩原朔太郎）
◇「ちくま日本文学 36」筑摩書房 2009 （ちくま文庫）p93

春の実体 憂鬱なる花見（萩原朔太郎）
◇「櫻憑き」光文社 2001 （カッパ・ノベルス）p305

春の詩百題 二十五を存す（森春濤）
◇「新日本古典文学大系 明治編 2」岩波書店 2004 p21

春の十字架（東川篤哉）
◇「ザ・ベストミステリーズ―推理小説年鑑 2014」講談社 2014 p131

春の頌（合評）（朱耀翰）
◇「近代朝鮮文学日本語作品集1908〜1945 セレクション 5」緑蔭書房 2008 p27

春の抒情（金景憙）
◇「近代朝鮮文学日本語作品集1939〜1945 創作篇 6」緑蔭書房 2001 p84

春の遭難者（滝本祥生）
◇「優秀新人戯曲集 2011」ブロンズ新社 2010 p137

春のために（大岡信）
◇「新装版 全集現代文学の発見 13」學藝書林 2004 p491

春の便り（篠田節子）
◇「自選ショート・ミステリー 2」講談社 2001 （講談社文庫）p102

春の蝶（道尾秀介）
◇「日本文学100年の名作 10」新潮社 2015 （新潮文庫）p337

春の寵児（赤江瀑）
◇「幻視の系譜」筑摩書房 2013 （ちくま文庫）p553

春の土（茅部ゆきを）
◇「ハンセン病文学全集 9」皓星社 2010 p420

春の伝言板（小林栗奈）
◇「ゆきのまち幻想文学賞小品集 23」企画集団ぷりずむ 2014 p33

春 長閑（のどけ）さは稚遊（おさなあそ）び（巌谷小波）
◇「新日本古典文学大系 明治編 21」岩波書店 2005 p163

春の鳥（稲垣足穂）
◇「ちくま日本文学 16」筑摩書房 2008 （ちくま文庫）p436

春の鳥（国木田独歩）
◇「明治の文学 22」筑摩書房 2001 p297
◇「読んでおきたい近代日本小説選」龍書房 2012 p53
◇「いきものがたり」双文社出版 2013 p11

春の野（王白淵）
◇「日本統治期台湾文学集成 18」緑蔭書房 2003 p53

春の話（神保光太郎）
◇「「日本浪曼派」集」新学社 2007 （新学社近代浪漫派文庫）p48

春の陽を浴びて（越一人）
◇「ハンセン病文学全集 7」皓星社 2004 p330

春のひゞき（美信哲）
◇「近代朝鮮文学日本語作品集1908〜1945 セレクション 4」緑蔭書房 2008 p91

春の漂流（村野四郎）
◇「新装版 全集現代文学の発見 13」學藝書林 2004 p244

春の滅び（皆川博子）
◇「リテラリーゴシック・イン・ジャパン―文学的ゴシック作品選」筑摩書房 2014 （ちくま文庫）p375

春の岬（三好達治）
◇「新装版 全集現代文学の発見 13」學藝書林 2004 p98
◇「日本文学全集 29」河出書房新社 2016 p36

春廼舎（はるのや）氏（正岡子規）
◇「新日本古典文学大系 明治編 27」岩波書店 2003 p96

春の闇（菊池一郎）
◇「平成28年熊本地震作品集」くまもと文学・歴史館友の会 2016 p6

春の夕暮（上忠司）
◇「日本統治期台湾文学集成 18」緑蔭書房 2003 p216

春の雪（古川時夫）
◇「ハンセン病文学全集 7」皓星社 2004 p352

パールのようなもの（井上関日）
◇「てのひら怪談 癸巳」KADOKAWA 2013 （MF文庫ダ・ヴィンチ）p140

春の夜の出来事（大岡昇平）
◇「人間心理の怪」勉誠出版 2003 （べんせいライブラリー）p163

春の夜の夢（吉川永青）
◇「戦国秘史―歴史小説アンソロジー」KADOKAWA 2016 （角川文庫）p337

春の夜（芥川龍之介）

◇「文豪怪談傑作選 芥川龍之介集」筑摩書房 2010（ちくま文庫）p203

春の夜（中原中也）
◇「新装版 全集現代文学の発見 13」學藝書林 2004 p168

春の夜（水野葉舟）
◇「文豪怪談傑作選 明治編」筑摩書房 2011（ちくま文庫）p173

春の病葉（立原正秋）
◇「恋愛小説・名作集成 4」リブリオ出版 2004 p66

春彼岸（東しいな）
◇「ゆきのまち幻想文学賞小品集 16」企画集団ぷりずむ 2007 p15

春彼岸（李正子）
◇「〈在日〉文学全集 17」勉誠出版 2006 p342

哈爾賓驛にて（林學洙著, 金鍾漢譯）
◇「近代朝鮮文学日本語作品集1939～1945 創作篇 6」緑蔭書房 2001 p24

パールピンクの窓（俵万智）
◇「空を飛ぶ恋─ケータイがつなぐ28の物語」新潮社 2006（新潮文庫）p154

春富士遭難（新田次郎）
◇「富士山」角川書店 2013（角川文庫）p279

パルヘッタの恋（岡崎琢磨）
◇「『このミステリーがすごい！』大賞作家書き下ろしBOOK vol.3」宝島社 2013 p215

ハルベリー・メイの十二歳の誕生日（将吉）
◇「Fiction zero／narrative zero」講談社 2007 p71

春 変奏曲（宮沢賢治）
◇「胞子文学名作選」港の人 2013 p243

治坊のことを考えて心苦しい≫加藤治子（加藤道夫）
◇「日本人の手紙 6」リブリオ出版 2004 p148

老婆（ハルマシ）（趙南哲）
◇「〈在日〉文学全集 18」勉誠出版 2006 p148

春まだ遠し（林和）
◇「近代朝鮮文学日本語作品集1908～1945 セレクション 3」緑蔭書房 2008 p373

春待ち（カドマリ）
◇「気配─第10回フェリシモ文学賞作品集」フェリシモ 2007 p140

春 無節操な殺人（倉知淳）
◇「まほろ市の殺人」祥伝社 2013（祥伝社文庫）p9

春 無節操な死人（倉知淳）
◇「まほろ市の殺人─推理アンソロジー」祥伝社 2009（Non novel）p9

ハルメリ（黒川陽子）
◇「優秀新人戯曲集 2008」ブロンズ新社 2007 p155

春休みの乱（藤野千夜）
◇「Teen Age」双葉社 2004 p93

春山入り（青山文平）
◇「代表作時代小説 平成25年度」光文社 2013 p59

春よ、こい（恩田陸）
◇「時間怪談」廣済堂出版 1999（廣済堂文庫）p17

◇「時の輪廻」リブリオ出版 2001（怪奇・ホラーワールド）p5

春爛漫（小池真理子）
◇「10ラブ・ストーリーズ」朝日新聞出版 2011（朝日文庫）p255

春は來れど（金在喆）
◇「近代朝鮮文学日本語作品集1908～1945 セレクション 4」緑蔭書房 2008 p173

春は遠いのに（古川時夫）
◇「ハンセン病文学全集 7」皓星社 2004 p347

春は馬車に乗って（高村左文郎）
◇「名作テレビドラマ集」白河結城刊行会 2007 p163

春は馬車に乗って（横光利一）
◇「短編で読む恋愛・家族」中部日本教育文化会 1998 p121
◇「小川洋子の偏愛短篇箱」河出書房新社 2009 p173
◇「涙の百年文学─もう一度読みたい」太陽出版 2009 p280
◇「この愛のゆくえ─ポケットアンソロジー」岩波書店 2011（岩波文庫別冊）p263
◇「小川洋子の偏愛短篇箱」河出書房新社 2012（河出文庫）p173
◇「文豪たちが書いた泣ける名作短編集」彩図社 2014 p53
◇「妻を失う─離別作品集」講談社 2014（講談社文芸文庫）p59

春は夢から（金龍済）
◇「近代朝鮮文学日本語作品集1908～1945 セレクション 4」緑蔭書房 2008 p339

『はるはよみがへる』を讀んで（朱耀翰）
◇「近代朝鮮文学日本語作品集1908～1945 セレクション 6」緑蔭書房 2008 p259

バルンガの日（五代ゆう）
◇「宇宙生物ゾーン」廣済堂出版 2000（廣済堂文庫）p377

バルーン・タウンの裏窓（松尾由美）
◇「名探偵の饗宴」朝日新聞社 1998 p257
◇「名探偵の饗宴」朝日新聞出版 2015（朝日文庫）p295

バルーン・タウンの手毬唄（松尾由美）
◇「ザ・ベストミステリーズ─推理小説年鑑 2003」講談社 2003 p55
◇「殺人の教室」講談社 2006（講談社文庫）p401

晴（高柳重信）
◇「新装版 全集現代文学の発見 13」學藝書林 2004 p604

晴れ（金龍済）
◇「近代朝鮮文学日本語作品集1908～1945 セレクション 4」緑蔭書房 2008 p281
◇「近代朝鮮文学日本語作品集1908～1945 セレクション 4」緑蔭書房 2008 p315

馬鈴薯（金東仁著, 李壽昌譯）
◇「近代朝鮮文学日本語作品集1901～1938 創作篇 2」緑蔭書房 2004 p237

馬鈴薯園（野尻抱影）

はんか

◇「幻の探偵雑誌 5」光文社 2001（光文社文庫）p415

晴れた青空（崔貞熙）
◇「近代朝鮮文学日本語作品集1939〜1945 評論・随筆篇 1」緑蔭書房 2002 p387

晴れた青空―二幕（山口充一）
◇「日本統治期台湾文学集成 10」緑蔭書房 2003 p114

晴れた空の下で（江國香織）
◇「女がそれを食べるとき」幻冬舎 2013（幻冬舎文庫）p47

晴れた日（奥二郎）
◇「ハンセン病文学全集 6」皓星社 2003 p336

晴れた日はイーグルにのって（佐藤大輔）
◇「宇宙への帰還―SFアンソロジー」KSS出版 1999（KSS entertainment novels）p137

パレード（真田葉奈江）
◇「ゆれる―第12回フェリシモ文学賞作品集」フェリシモ 2009 p154

晴れない硝煙（江坂遊）
◇「屍者の行進」廣済堂出版 1998（廣済堂文庫）p203

晴のち雨天（鮎川哲也）
◇「金沢にて」双葉社 2015（双葉文庫）p35

晴れのちバイトくん（拓未司）
◇「エール！ 2」実業之日本社 2013（実業之日本社文庫）p107

ハレの日に（谷口雅美）
◇「君がいない―恋愛短篇小説集」泰文堂 2013（リンダブックス）p124

バレー部の夏合宿（紙舞）
◇「男たちの怪談百物語」メディアファクトリー 2012（〔幽BOCKS〕）p13

バレンタイン作戦（もくだいゆういち）
◇「ショートショートの花束 3」講談社 2011（講談社文庫）p94

ヴァレンタイン・ミュージック（難波弘之）
◇「グランドホテル」廣済堂出版 1999（廣済堂文庫）p325

バレンタイン昔語り（麻耶雄嵩）
◇「ベスト本格ミステリ 2013」講談社 2013（講談社ノベルス）p11

ハロウィンパーティ（紗那）
◇「男たちの怪談百物語」メディアファクトリー 2012（〔幽BOOKS〕）p185

ハロウィーンパーティの夜（安土萌）
◇「ひとにぎりの異形」光文社 2007（光文社文庫）p167

パロディの思想（富士正晴）
◇「戦後文学エッセイ選 7」影書房 2006 p127

パロの暗黒―第1回（五代ゆう）
◇「グイン・サーガ・ワールド―グイン・サーガ続篇プロジェクト 5」早川書房 2012（ハヤカワ文庫 JA）p5

パロの暗黒―第2回（五代ゆう）
◇「グイン・サーガ・ワールド―グイン・サーガ続篇プロジェクト 6」早川書房 2012（ハヤカワ文庫 JA）p5

パロの暗黒―第3回（五代ゆう）
◇「グイン・サーガ・ワールド―グイン・サーガ続篇プロジェクト 7」早川書房 2013（ハヤカワ文庫 JA）p5

パロの暗黒―最終回（五代ゆう）
◇「グイン・サーガ・ワールド―グイン・サーガ続篇プロジェクト 8」早川書房 2013（ハヤカワ文庫 JA）p5

ハワイアン・ラプソディ（村上龍）
◇「戦後短篇小説再発見 18」講談社 2004（講談社文芸文庫）p122

ハワイへ行きたい（柴崎友香）
◇「29歳」日本経済新聞出版社 2008 p49
◇「29歳」新潮社 2012（新潮文庫）p55

ハワイでの話（加門七海）
◇「女たちの怪談百物語」メディアファクトリー 2010（〔幽books〕）p272
◇「女たちの怪談百物語」KADOKAWA 2014（角川ホラー文庫）p287

パワン島にて（椎名誠）
◇「海の物語」角川書店 2001（New History）p57

パワン・プティとパワン・メラ（作者不詳）
◇「シンデレラ」竹書房 2015（竹書房文庫）p51

バン！（飯野文彦）
◇「ひとにぎりの異形」光文社 2007（光文社文庫）p366

恨（韓億洙）
◇「ハンセン病文学全集 7」皓星社 2004 p549

恨（ハン）（李正子）
◇「〈在日〉文学全集 17」勉誠出版 2006 p253

恨（ハン）（韓億洙）
◇「ハンセン病文学全集 7」皓星社 2004 p547

叛（綱淵謙錠）
◇「鬼火が呼んでいる―時代小説傑作選」講談社 1997（講談社文庫）p268
◇「神出鬼没！ 戦国忍者伝―傑作時代小説」PHP研究所 2009（PHP文庫）p115

鵲（志賀直哉）
◇「ちくま日本文学 21」筑摩書房 2008（ちくま文庫）p300

麺麭（島影盟）
◇「アンソロジー・プロレタリア文学 3」森話社 2015 p307

絆影（風見治）
◇「ハンセン病文学全集 2」皓星社 2002 p317

繁栄の構図（島崎直裕）
◇「ショートショートの広場 17」講談社 2005（講談社）p56

繁華（正岡子規）
◇「新日本古典文学大系 明治編 27」岩波書店 2003 p106

挽歌（城山昌樹）
◇「近代朝鮮文学日本語作品集1908〜1945 セレクション 4」緑蔭書房 2008 p441

はんか

挽歌 (吉岡実)
◇「新装版 全集現代文学の発見 13」學藝書林 2004
p471

晩夏 (井上靖)
◇「教科書名短篇 少年時代」中央公論新社 2016
（中公文庫）p43

晩夏 (渡邊龍江)
◇「かわさきの文学―かわさき文学賞50年記念作品
集 2009年」審美社 2009 p62

晩夏―ぱぴぷぺぽ一族の熱い時代 (浅暮三文)
◇「NOVA―書き下ろし日本SFコレクション 9」河
出書房新社 2013（河出文庫）p37

蕃界巡査の死 (池宮城積宝)
◇「コレクション戦争と文学 18」集英社 2012 p285

番外編 共に生きる (大庭みな子)
◇「精選女性随筆集 6」文藝春秋 2012 p248

版画画廊の殺人 (荒巻義雄)
◇「匠」文藝春秋 2003（推理作家になりたくて マ
イベストミステリー）p100
◇「マイ・ベスト・ミステリー 1」文藝春秋 2007
（文春文庫）p147

蛮花記 (逸李逸涛)
◇「日本統治期台湾文学集成 24」緑蔭書房 2007
p231

半額のコース (小林剛)
◇「ショートショートの広場 17」講談社 2005（講
談社文庫）p52

ハンカチの花 (坂口みちよ)
◇「むすぶ―第11回フェリシモ文学賞作品集」フェ
リシモ 2008 p68

鶿狩 (泉鏡花)
◇「温泉小説」アーツアンドクラフツ 2006 p16

兜牙利的（ウルトラマリン第二）(逸見猶吉)
◇「新装版 全集現代文学の発見 13」學藝書林 2004
p147

ハンガリヤの笑い (黒田喜夫)
◇「新装版 全集現代文学の発見 13」學藝書林 2004
p349

ハンガリヤの笑い（詩）(黒田喜夫)
◇「コレクション戦争と文学 3」集英社 2012 p145

漢江の労働者より日本の学生へ (李大北)
◇「近代朝鮮文学日本語作品1901～1938 評論・随筆
篇 3」緑蔭書房 2004 p199

晩菊 (林芙美子)
◇「戦後占領期短篇小説コレクション 3」藤原書店
2007 p229
◇「晩菊―女体についての八篇」中央公論新社 2016
（中公文庫）p185

反逆と接吻 (白鐵)
◇「近代朝鮮文学日本語作品集1908～1945 セレクショ
ン 4」緑蔭書房 2008 p233

反共主義 (長谷川四郎)
◇「コレクション戦争と文学 3」集英社 2012 p99

ハンギング・ゲーム (石持浅海)
◇「新・本格推理 特別編」光文社 2009（光文社文
庫）p231

バンク (伊坂幸太郎)
◇「事件を追いかけろ―最新ベスト・ミステリー サ
プライズの花束編」光文社 2004（カッパ・ノ
ベルス）p113
◇「事件を追いかけろ サプライズの花束編」光文社
2009（光文社文庫）p143

バンクでナースなフェスティバルへようこそ
(澤田育子)
◇「超短編の世界 vol.2」創英社 2009 p28

ハングリー精神は集中力なんだ≫長嶋一茂 (長
嶋茂雄)
◇「日本人の手紙 1」リブリオ出版 2004 p212

半月 (岡田早苗)
◇「万華鏡―第14回フェリシモ文学賞作品集」フェ
リシモ 2011 p152

半月の植物 (堀川正美)
◇「新装版 全集現代文学の発見 13」學藝書林 2004
p519

半券 (痛田三)
◇「てのひら怪談―ビーケーワン怪談大賞作品選」
ポプラ社 2007 p68
◇「てのひら怪談―ビーケーワン怪談大賞作品選」
ポプラ社 2008（ポプラ文庫）p68

反抗期 (谷口雅美)
◇「センチメンタル急行―あの日へ帰る、旅情短篇
集」秦文堂 2010（Linda books！）p150

バンコクの夜 (葉歩月)
◇「日本統治期台湾文学集成 19」緑蔭書房 2003
p317

盤谷丸 (村田義清)
◇「日本統治期台湾文学集成 6」緑蔭書房 2002
p225

反語的精神 (林達夫)
◇「新装版 全集現代文学の発見 4」學藝書林 2003
p380

犯罪 (有馬二郎)
◇「ショートショートの花束 4」講談社 2012（講
談社文庫）p119

燔祭 (宮部みゆき)
◇「冒険の森へ―傑作小説大全 4」集英社 2016
p119

万歳栗毛 (土師清二)
◇「少年小説大系 22」三一書房 1997 p199

犯罪者たち (岡俊雄)
◇「ショートショートの花束 2」講談社 2010（講
談社文庫）p136

犯罪の場 (飛鳥高)
◇「探偵くらぶ―探偵小説傑作選1946～1958 中」光
文社 1997（カッパ・ノベルス）p7
◇「THE密室―ミステリーアンソロジー」有楽出版
社 2014（JOY NOVELS）p9
◇「THE密室」実業之日本社 2016（実業之日本社
文庫）p9

ハンサムウーマン (明智抄)
◇「蜜の眠り」廣済堂出版 2000（廣済堂文庫）p5

ハンサムガール (大原まり子)

◇「ハンサムウーマン」ビレッジセンター出版局 1998 p153

潘さん（金関丈夫）
◇「日本統治期台湾文学集成 17」緑蔭書房 2003 p191

半七捕物帳（岡本綺堂）
◇「ちくま日本文学 32」筑摩書房 2009 （ちくま文庫） p9

半七捕物帳―お文の魂（岡本綺堂）
◇「捕物小説名作選 1」集英社 2006 （集英社文庫） p7

藩士と珈琲（木村千尋）
◇「ゆきのまち幻想文学賞小品集 23」企画集団ぷりずむ 2014 p59

反社会性とは何か（澁澤龍彦）
◇「ちくま日本文学 18」筑摩書房 2008 （ちくま文庫） p327

晩酌（水沫流人）
◇「男たちの怪談百物語」メディアファクトリー 2012 （幽BOOKS） p206

晩酌ゆうれい（甲木千絵）
◇「センチメンタル急行―あの日へ帰る、旅情短篇集」泰文堂 2010 （Linda books！） p50

晩秋（姜舜）
◇「〈在日〉文学全集 17」勉誠出版 2006 p12

晩秋賦（尾崎孝子）
◇「日本統治期台湾文学集成 15」緑蔭書房 2003 p244

晩春（王白淵）
◇「日本統治期台湾文学集成 18」緑蔭書房 2003 p81

晩春（北原亞以子）
◇「鎮守の森に鬼が棲む―時代小説傑作選」講談社 2001 （講談社文庫） p103

晩春の夕暮れに（池波正太郎）
◇「迷君に候」新潮社 2015 （新潮文庫） p115

蟠松への返書（正岡子規）
◇「新日本古典文学大系 明治編 27」岩波書店 2003 p297

蟠松氏よりの来簡（正岡子規）
◇「新日本古典文学大系 明治編 27」岩波書店 2003 p260

盤上の夜―第一回創元SF短編賞山田正紀賞（宮内悠介）
◇「原色の想像力―創元SF短編賞アンソロジー」東京創元社 2010 （創元SF文庫） p343

繁殖（谷甲州）
◇「宇宙への帰還―SFアンソロジー」KSS出版 1999 （KSS entertainment novels） p195

半所有者（河野多惠子）
◇「文学 2002」講談社 2002 p69
◇「現代小説クロニクル 2000〜2004」講談社 2015 （講談社文芸文庫） p88
◇「日本文学全集 28」河出書房新社 2017 p271

叛臣伝（早乙女貢）
◇「秘剣闇を斬る」光風社出版 1998 （光風社文庫）

p117

汎水論（吉田健一）
◇「日本文学全集 20」河出書房新社 2015 p424

反芻旅行（向田邦子）
◇「精選女性随筆集 11」文藝春秋 2012 p213

パンスカリン（紺詠志）
◇「ショートショートの広場 15」講談社 2004 （講談社文庫） p14

反性（加藤郁乎）
◇「新装版 全集現代文学の発見 13」學藝書林 2004 p619

半世紀の早稲田作家（青野季吉）
◇「早稲田作家処女作集」講談社 2012 （講談社文芸文庫） p9

晩晴集（金子晃典）
◇「ハンセン病文学全集 9」皓星社 2010 p245

反省獨語（朱耀翰）
◇「近代朝鮮文学日本語作品集1901〜1938 評論・随筆篇 3」緑蔭書房 2004 p303

半生の喜悲（正岡子規）
◇「新日本古典文学大系 明治編 27」岩波書店 2003 p49

反省文（喜瀬陽介）
◇「ショートショートの広場 15」講談社 2004 （講談社文庫） p209

帆船（薄井ゆうじ）
◇「二十四粒の宝石―超短編小説傑作集」講談社 1998 （講談社文庫） p181

帆船（吉田一穂）
◇「新装版 全集現代文学の発見 13」學藝書林 2004 p157

ハンセン病療養所（冬敏之）
◇「ハンセン病文学全集 3」皓星社 2002 p189

ハンセン療養所歌人全集（作者表記なし）
◇「ハンセン病文学全集 8」皓星社 2006 p428

搬送（能島龍三）
◇「時代の波音―民主文学短編小説集1995年〜2004年」日本民主主義文学会 2005 p330

伴奏者（永嶋恵美）
◇「毒殺協奏曲」原書房 2016 p5

范増と樊噲（藤水名子）
◇「異色中国短篇傑作大全」講談社 1997 p307

半蔵の鳥（中上健次）
◇「日本文学全集 23」河出書房新社 2015 p357

半蔵門外の変（戸部新十郎）
◇「神出鬼没！ 戦国忍者伝―傑作時代小説」PHP研究所 2009 （PHP文庫） p287

パンソリ 歌劇（庾妙達）
◇「〈在日〉文学全集 18」勉誠出版 2006 p79

ハンター（鈴木光司）
◇「午前零時」新潮社 2007 p7
◇「午前零時―P.S.昨日の私へ」新潮社 2009 （新潮文庫） p9

ハンター（峯野嵐）
◇「てのひら怪談―ビーケーワン怪談大賞傑作選 2」

はんた

ポプラ社 2007 p216
◇「てのひら怪談―ビーケーワン怪談大賞傑作選 己丑」ポプラ社 2009 （ポプラ文庫）p168

はんたい（相田ゆず）
◇「ショートショートの広場 18」講談社 2006 （講談社文庫）p42

蕃大租と官租の種々相（陳逢源）
◇「日本統治期台湾文学集成 16」緑蔭書房 2003 p169

番地のない部落（金達寿）
◇「〈在日〉文学全集 15」勉誠出版 2006 p7

番茶（番茶川柳会）
◇「ハンセン病文学全集 9」皓星社 2010 p379

番長皿屋敷（岡本綺堂）
◇「怪奇・伝奇時代小説選集 13」春陽堂書店 2000 （春陽文庫）p2

番町牢屋敷（南原幹雄）
◇「斬刃―時代小説傑作選」コスミック出版 2005 （コスミック・時代文庫）p529

半チョッパリ（李正子）
◇「〈在日〉文学全集 17」勉誠出版 2006 p249

パンチョッパリの歌（姜舜）
◇「〈在日〉文学全集 17」勉誠出版 2006 p9

パンツァークラウンレイヴズ（吉上亮）
◇「楽園追放rewired―サイバーパンクSF傑作選」早川書房 2014 （ハヤカワ文庫 JA）p283

半島（金子兜太）
◇「新装版 全集現代文学の発見 13」學藝書林 2004 p601

晩冬（林万理）
◇「超短編傑作選 v.6」創英社 2007 p45

半島一奇抄（泉鏡花）
◇「魑魅魍魎列島」小学館 2005 （小学館文庫）p139

晩涛記（山村信男）
◇「日本海文学大賞―大賞作品集 3」日本海文学大賞運営委員会 2007 p373

半島青年に寄す―朝鮮青年と菩薩行（香山光郎）
◇「近代朝鮮文学日本語作品集1939～1945 評論・随筆篇 2」緑蔭書房 2002 p385

半島青年の決意（香山光郎）
◇「近代朝鮮文学日本語作品集1939～1945 創作篇 6」緑蔭書房 2001 p299

半島にて（阿部喜和子）
◇「渚にて―あの日からの〈みちのく怪談〉」荒蝦夷 2016 p127

半島の藝術家たち. 第1回–第8回（金聖珉）
◇「近代朝鮮文学日本語作品集1901～1938 創作篇 4」緑蔭書房 2004 p255

半島の新劇界を展望する（徐恒錫）
◇「近代朝鮮文学日本語作品集1939～1945 評論・随筆篇 1」緑蔭書房 2002 p187

半島の新文化といふこと（牧洋）
◇「近代朝鮮文学日本語作品集1939～1945 評論・随筆篇 1」緑蔭書房 2002 p263

半島の地を踏まれる機を望みます（兪鎭午）
◇「近代朝鮮文学日本語作品集1908～1945 セレクション 6」緑蔭書房 2008 p231

半島の徴兵制と文化人完 先づ尚武の精神（柳致眞）
◇「近代朝鮮文学日本語作品集1908～1945 セレクション 3」緑蔭書房 2008 p165

半島の徴兵制と文化人1 自慢よりも錬成（芳村香道）
◇「近代朝鮮文学日本語作品集1908～1945 セレクション 3」緑蔭書房 2008 p161

半島の徴兵制と文化人2 謙譲に、誠實に（牧洋）
◇「近代朝鮮文学日本語作品集1908～1945 セレクション 3」緑蔭書房 2008 p161

半島の徴兵制と文化人3 御國の子の母に（崔貞熙）
◇「近代朝鮮文学日本語作品集1908～1945 セレクション 3」緑蔭書房 2008 p162

半島の徴兵制と文化人4 御楯とならん日（香山光郎）
◇「近代朝鮮文学日本語作品集1908～1945 セレクション 3」緑蔭書房 2008 p163

半島の徴兵制と文化人5 形式と内容と（東原寅燮）
◇「近代朝鮮文学日本語作品集1908～1945 セレクション 3」緑蔭書房 2008 p163

半島の徴兵制と文化人6 祖國観念の自覚（崔載瑞）
◇「近代朝鮮文学日本語作品集1908～1945 セレクション 3」緑蔭書房 2008 p164

半島の弟妹に寄す（香山光郎）
◇「近代朝鮮文学日本語作品集1939～1945 評論・随筆篇 1」緑蔭書房 2002 p259

半島の文學（張赫宙）
◇「近代朝鮮文学日本語作品集1908～1945 セレクション 3」緑蔭書房 2008 p157

"半島の舞姫"の滞米通信（崔承喜）
◇「近代朝鮮文学日本語作品集1901～1938 評論・随筆篇 3」緑蔭書房 2004 p297

『半島文化』を語る座談會（上）（中）（下）（兪鎭午, 津田剛, 金村龍済）
◇「近代朝鮮文学日本語作品集1939～1945 評論・随筆篇 3」緑蔭書房 2002 p405

半島文壇と國語の問題―國語創作の足跡と今後の修行（金村龍済）
◇「近代朝鮮文学日本語作品集1939～1945 評論・随筆篇 1」緑蔭書房 2002 p293

ハンド、する？（川島誠）
◇「風色デイズ」角川春樹事務所 2012 （ハルキ文庫）p85

バンドTシャツと日差しと水分の日（津村記久子）
◇「スタートライン―始まりをめぐる19の物語」幻冬舎 2010 （幻冬舎文庫）p127

ハントヘン（堀江敏幸）
◇「こどものころにみた夢」講談社 2008 p88

バンド・ボーイ（坂上弘）
◇「三田文学短篇選」講談社 2010（講談社文芸文庫）p235

パンドラの扉（鈴木智之）
◇「太宰治賞 2005」筑摩書房 2005 p307

パンとワイン（草上仁）
◇「幽霊船」光文社 2001（光文社文庫）p461

半日（森鷗外）
◇「短編で読む恋愛・家族」中部日本教育文化会 1998 p67

半日の放浪（高井有一）
◇「日本文学100年の名作 8」新潮社 2015（新潮文庫）p93

半日本人（梁淳祐）
◇「〈在日〉文学全集 16」勉誠出版 2006 p139

般若の目（時織深）
◇「新・本格推理 06」光文社 2006（光文社文庫）p159

般若娘（ヒモロギヒロシ）
◇「てのひら怪談―ビーケーワン怪談大賞傑作選 百怪繚乱篇」ポプラ社 2008 p66

はんにん（戸板康二）
◇「古書ミステリー倶楽部―傑作推理小説集」光文社 2013（光文社文庫）p95

犯人（太宰治）
◇「文豪の探偵小説」集英社 2006（集英社文庫）p201

番人（飛鳥部勝則）
◇「黒い遊園地」光文社 2004（光文社文庫）p69

犯人当て 横丁の名探偵（仁木悦子）
◇「大江戸事件帖―時代推理小説名作選」双葉社 2005（双葉文庫）p95
◇「死人に口無し―時代推理傑作選」徳間書店 2009（徳間文庫）p233

犯人・タイガース共犯事件（いしいひさいち）
◇「新本格猛虎会の冒険」東京創元社 2003 p139

犯人は誰だ（江戸川乱歩）
◇「江戸川乱歩の推理試験」光文社 2009（光文社文庫）p333

犯人は誰だ（大下宇陀児）
◇「江戸川乱歩の推理試験」光文社 2009（光文社文庫）p333

犯人は誰だ（木々高太郎）
◇「江戸川乱歩の推理試験」光文社 2009（光文社文庫）p333

犯人は誰だ（堀崎繁喜）
◇「江戸川乱歩の推理試験」光文社 2009（光文社文庫）p333

犯人は私だ！（深木章子）
◇「ベスト本格ミステリ 2014」講談社 2014（講談社ノベルス）p349

晩年（高木恭造）
◇「〈外地〉の日本語文学選 2」新宿書房 1996 p281

晩年（太宰治）
◇「栞子さんの本棚―ビブリア古書堂セレクトブック」角川書店 2013（角川文庫）p83

晩年（豊田一郎）
◇「全作家短編集 15」のべる出版企画 2016 p178

晩年（村野四郎）
◇「創刊一〇〇年三田文学名作選」三田文学会 2010 p594

晩年記（鄭人澤）
◇「近代朝鮮文学日本語作品集1939〜1945 創作篇 4」緑蔭書房 2001 p312

晩年の子供（山田詠美）
◇「現代小説クロニクル 1990〜1994」講談社 2015（講談社文芸文庫）p55

晩年の祖父（白洲正子）
◇「精選女性随筆集 7」文藝春秋 2012 p128

叛の忍法帖―明智光秀（山田風太郎）
◇「軍師は死なず」実業之日本社 2014（実業之日本社文庫）p95

麺麭の話（梅崎春生）
◇「戦後短篇小説再発見 6」講談社 2001（講談社文芸文庫）p46

范の犯罪（志賀直哉）
◇「文豪の探偵小説」集英社 2006（集英社文庫）p221
◇「ちくま日本文学 21」筑摩書房 2008（ちくま文庫）p173

ヴァンパイア・ボール（友成純一）
◇「キネマ・キネマ」光文社 2002（光文社文庫）p413

バンパイヤーブロードキャスト49（五代ゆう）
◇「手塚治虫COVER タナトス篇」徳間書店 2003（徳間デュアル文庫）p7

ハンバーガージャンクション（塔山郁）
◇「5分で読める！ ひと駅ストーリー 食の話」宝島社 2015（宝島社文庫）p119

飯場の殺人（飛鳥高）
◇「江戸川乱歩の推理教室」光文社 2008（光文社文庫）p53

ヴァンピールの会（倉橋由美子）
◇「屍鬼の血族」桜桃書房 1999 p293
◇「怪談―24の恐怖」講談社 2004 p69
◇「血と薔薇の誘う夜に―吸血鬼ホラー傑作選」角川書店 2005（角川ホラー文庫）p41

萬物の声と詩人（北村透谷）
◇「明治の文学 16」筑摩書房 2002 p416

万物理論―完全版 SF大将 特別編（とりみき）
◇「NOVA―書き下ろし日本SFコレクション 3」河出書房新社 2010（河出文庫）p13

ハンブルク（多和田葉子）
◇「街物語」朝日新聞社 2000 p239

蕃婦ロボウの話（坂口䙥子）
◇「コレクション戦争と文学 18」集英社 2012 p392

半分透明のきみ（荻世いをら）
◇「いまのあなたへ―村上春樹への12のオマージュ」

はんま

NHK出版 2014 p135
パン・マン（清松みゆき）
◇「ぺらぺらーず漫遊記—ソード・ワールド短編集」富士見書房 2006（富士見ファンタジア文庫）p195
パン ムン ヂョム（板門店）（全美恵）
◇「〈在日〉文学全集 18」勉誠出版 2006 p367
煩悶（正岡子規）
◇「明治の文学 20」筑摩書房 2001 p143
◇「ちくま日本文学 40」筑摩書房 2009（ちくま文庫）p115
半文銭（斎藤緑雨）
◇「明治の文学 15」筑摩書房 2002 p164
パン屋再襲撃（村上春樹）
◇「ことばの織物—昭和短篇珠玉選 2」蒼丘書林 1998 p295
パン屋のケーキ（小松知佳）
◇「うちへ帰ろう—一家族を想うあなたに贈る短篇小説集」泰文堂 2013（リンダブックス）p131
パン屋のしろちゃん（沢村貞子）
◇「精選女性随筆集 12」文藝春秋 2012 p128
反歴史の理想（寺山修司）
◇「ちくま日本文学 6」筑摩書房 2007（ちくま文庫）p122

【 ひ 】

火（赤江瀑）
◇「恋物語」朝日新聞社 1998 p166
火（趙南哲）
◇「〈在日〉文学全集 18」勉誠出版 2006 p164
火（中村文則）
◇「文学 2008」講談社 2008 p218
火（丸山薫）
◇「新装版 全集現代文学の発見 13」學藝書林 2004 p119
灯（金教喜）
◇「近代朝鮮文学日本語作品集1908〜1945 セレクション 6」緑蔭書房 2008 p65
灯（楠田匡介）
◇「甦る推理雑誌 3」光文社 2002（光文社文庫）p399
碑（ひ）… → "いしぶみ…"を見よ
風土記 燈（朴勝極）
◇「近代朝鮮文学日本語作品集1939〜1945 評論・随筆篇 3」緑蔭書房 2002 p273
ピアーノ（玄鎮健著, 林南山譯）
◇「近代朝鮮文学日本語作品集1901〜1938 創作篇 1」緑蔭書房 2004 p161
ピアノ（針村譲司）
◇「ショートショートの広場 20」講談社 2008（講

談社文庫）p164
ピアノ（三里顕）
◇「超短編の世界 vol.3」創英社 2011 p64
ピアノのそばで（林巧）
◇「ろうそくの炎がささやく言葉」勁草書房 2011 p119
美意識（常盤新平）
◇「二十粒の宝石—超短編小説傑作集」講談社 1998（講談社文庫）p151
びいどろ玉簪（宇江佐真理）
◇「代表作時代小説 平成17年度」光文社 2005 p329
ひいらぎ駅の怪事件（乾くるみ）
◇「愛憎殺人行—鉄道ミステリー名作館」徳間書店 2004（徳間文庫）p137
柊と太陽（恩田陸）
◇「殺意の隘路」光文社 2016（最新ベスト・ミステリー）p169
◇「X'mas Stories——一年でいちばん奇跡が起きる日」新潮社 2016（新潮文庫）p159
柊の垣のうちから（北條民雄）
◇「ハンセン病文学全集 4」皓星社 2003 p579
緋色の家（小池真理子）
◇「エクスタシィ—大人の恋の物語り」ベストセラーズ 2003 p29
緋色の記憶（日下圭介）
◇「謎—スペシャル・ブレンド・ミステリー 001」講談社 2006（講談社文庫）p169
緋色の紛糾（柄刀一）
◇「贋作館事件」原書房 1999 p83
◇「シャーロック・ホームズに愛をこめて」光文社 2010（光文社文庫）p185
緋色の帽子（池永陽）
◇「Colors」ホーム社 2008 p99
◇「Colors」集英社 2009（集英社文庫）p57
眉雨（古井由吉）
◇「リテラリーゴシック・イン・ジャパン—文学的ゴシック作品選」筑摩書房 2014（ちくま文庫）p355
悲運の鄭氏（吉村敏）
◇「日本統治期台湾文学集成 8」緑蔭書房 2002 p309
比叡（横光利一）
◇「京都府文学全集第1期(小説編) 2」郷土出版社 2005 p116
檜影集（菊池恵楓園檜の影短歌会）
◇「ハンセン病文学全集 8」皓星社 2006 p312
ピエタとトランジ（藤野可織）
◇「文学 2014」講談社 2014 p157
ピエロタの市長（会田綱雄）
◇「新装版 全集現代文学の発見 13」學藝書林 2004 p392
ピエロのゲンさん（谷口拓也）
◇「ショートショートの広場 11」講談社 2000（講談社文庫）p63
飛猿の女（郡順史）

◇「怪奇・伝奇時代小説選集 11」春陽堂書店 2000（春陽文庫）p146

飛燕半兵衛（高橋義夫）
◇「剣光、閃く！」徳間書店 1999（徳間文庫）p125

飛縁魔（高橋克彦）
◇「幽霊怪談」リブリオ出版 2001（怪奇・ホラーワールド）p67

Ｐ丘の殺人事件（松本泰）
◇「幻の探偵雑誌 5」光文社 2001（光文社文庫）p13

日をつなぐ（宮下奈都）
◇「コイノカオリ」角川書店 2004 p189
◇「コイノカオリ」角川書店 2008（角川文庫）p171

火を吹く息（大泉黒石）
◇「竹中英太郎 2」皓星社 2016（挿絵叢書）p43

悲歌（金子光晴）
◇「ちくま日本文学 38」筑摩書房 2009（ちくま文庫）p81

飛開原（神崎照子）
◇「ゆきのまち幻想文学賞・小品集 7」NTTメディアスコープ 1997 p131

被害者とよく似た男（東川篤哉）
◇「宝石ザミステリー Blue」光文社 2016 p343

被拐取者に発言させない事―誘拐の鉄則（千桂賢丈）
◇「本格推理 14」光文社 1999（光文社文庫）p9

ひかへ帳（斎藤緑雨）
◇「明治の文学 15」筑摩書房 2002 p67

日が傾いて（岩阪恵子）
◇「文学 2000」講談社 2000 p144

悲歌観世音寺（杉本苑子）
◇「剣侠しぐれ笠」光風社出版 1999（光風社文庫）p183

檜垣（夢枕獏）
◇「琵琶綺談」日本出版社 2006 p171

檜垣―闇法師（夢枕獏）
◇「鬼譚」筑摩書房 2014（ちくま文庫）p267

比較（正岡子規）
◇「新日本古典文学大系 明治編 27」岩波書店 2003 p22

比較言語学における統計的研究法の可能性について（寺田寅彦）
◇「ちくま日本文学 34」筑摩書房 2009（ちくま文庫）p348

比較譬喩的詩歌（正岡子規）
◇「新日本古典文学大系 明治編 27」岩波書店 2003 p187

非革命者（武田泰淳）
◇「戦後占領期短篇小説コレクション 3」藤原書店 2007 p59

日蔭蘿（牟礼淳）
◇「日本統治期台湾文学集成 8」緑蔭書房 2002 p283

日かげぐさ（柳井寛）

◇「日本海文学大賞―大賞作品集 2」日本海文学大賞運営委員会 2007 p79

日蔭（第一回～第五回）（崔貞熙）
◇「近代朝鮮文学日本語作品集1901～1938 創作篇 4」緑蔭書房 2004 p63

ひかげの花（永井荷風）
◇「魂がふるえるとき」文藝春秋 2004（文春文庫）p221

日蔭の街（松本泰）
◇「幻の探偵雑誌 5」光文社 2001（光文社文庫）p319

日陰る（於泉信夫）
◇「ハンセン病に咲いた花―初期文芸名作選 戦前編」皓星社 2002（ハンセン病叢書）p208

東浦往還（漆畑稔）
◇「「伊豆文学賞」優秀作品集 第4回」静岡新聞社 2001 p111
◇「伊豆の江戸を歩く」伊豆新聞本社 2004（伊豆文学賞歴史小説傑作集）p97

東への旅（小説）（牧洋）
◇「近代朝鮮文学日本語作品集1939～1945 創作篇 4」緑蔭書房 2001 p303

東と西（吉田健一）
◇「日本文学全集 20」河出書房新社 2015 p65

東の雲晴れて（山中峯太郎）
◇「日本の少年小説―「少国民」のゆくえ」インパクト出版会 2016（インパクト選書）p150

東の眠らない国（白縫いさや）
◇「てのひら怪談―ビーケーワン怪談大賞傑作選 庚寅」ポプラ社 2010（ポプラ文庫）p238

東の果つるところ（森絵都）
◇「東と西 1」小学館 2009 p306
◇「東と西 1」小学館 2012（小学館文庫）p339

東山殿御庭（朝松健）
◇「黒い遊園地」光文社 2004（光文社文庫）p425
◇「ザ・ベストミステリーズ―推理小説年鑑 2005」講談社 2005 p185
◇「仕掛けられた罪」講談社 2008（講談社文庫）p337

東山屋敷の人々―五十を過ぎて老化をやめた"彼"は、跡継ぎにぼくを指名した（長谷敏司）
◇「NOVA―書き下ろし日本SFコレクション 3」河出書房新社 2010（河出文庫）p109

干潟（湯葉岸時也）
◇「てのひら怪談 癸巳」KADOKAWA 2013（MF文庫ダ・ヴィンチ）p26

干潟の生きもの（宮本常一）
◇「ちくま日本文学 22」筑摩書房 2008（ちくま文庫）p273

ヒカダの記憶（三浦哲郎）
◇「戦後短篇小説再発見 5」講談社 2001（講談社文芸文庫）p224

干潟の小屋（多岐川恭）
◇「江戸川乱歩の推理試験」光文社 2009（光文社文庫）p151

ひかひ

ピカピカ金色！ ぼくら（梶本晩代）
◇「小学生のげき―新小学校演劇脚本集 低学年 1」晩成書房 2010 p37

燈が破れたならば（ロバート・ブリッジェス著, 兪鎭午訳）
◇「近代朝鮮文学日本語作品集1908～1945 セレクション 4」緑蔭書房 2008 p85

ひからない蛍（朝井リョウ）
◇「いつか、君へ Boys」集英社 2012 （集英社文庫）p71

干からびた犯罪（中井英夫）
◇「不思議の国のアリス ミステリー館」河出書房新社 2015 （河出文庫）p155

干からびた犯罪（萩原朔太郎）
◇「ちくま日本文学 36」筑摩書房 2009 （ちくま文庫）p79

光（斉木明）
◇「万華鏡―第14回フェリシモ文学賞作品集」フェリシモ 2011 p92

光（丸山薫）
◇「新装版 全集現代文学の発見 13」學藝書林 2004 p118

光ある方へ（萩原澄）
◇「ハンセン病文学全集 8」皓星社 2006 p299

光抱く友よ（清水曙美）
◇「テレビドラマ代表作選集 2007年版」日本脚本家連盟 2007 p31

光抱く友よ（高樹のぶ子）
◇「干刈あがた・高樹のぶ子・林真理子・高村薫」角川書店 1997 （女性作家シリーズ）p107

ひかりを超えろ（愛生神治）
◇「ショートショートの広場 14」講談社 2003 （講談社文庫）p173

光を見つめて（@takesuzume）
◇「3.11心に残る140字の物語」学研パブリッシング 2011 p109

ひかり北地に（抄）（戸川幸夫）
◇「山形県文学全集第1期（小説編）4」郷土出版社 2004 p259

ひかり号で消えた（大谷羊太郎）
◇「全席死定―鉄道ミステリー名作館」徳間書店 2004 （徳間文庫）p151

ひかりごけ（武田泰淳）
◇「新装版 全集現代文学の発見 7」學藝書林 2003 p460
◇「迷」文藝春秋 2003 （推理作家になりたくて マイベストミステリー）p162
◇「恐怖の森」ランダムハウス講談社 2007 p59
◇「マイ・ベスト・ミステリー 3」文藝春秋 2007 （文春文庫）p237
◇「恐ろしい話」筑摩書房 2011 （ちくま文学の森）p455
◇「コレクション戦争と文学 12」集英社 2013 p451

ひかりさす（真瀬いより）
◇「ゆきのまち幻想文学賞小品集 24」企画集団ぷりずむ 2015 p162

光―繋げたいモノ（小薗彩香）
◇「最新中学校創作脚本集 2011」晩成書房 2011 p24

光とゼラチンのライブチッヒ（多和田葉子）
◇「現代小説クロニクル 1990～1994」講談社 2015 （講談社文芸文庫）p164

ピカリと閃いて（宮部みゆき）
◇「マイ・ベスト・ミステリー 1」文藝春秋 2007 （文春文庫）p411

光と私（金末子）
◇「ハンセン病文学全集 4」皓星社 2003 p664

光について（北川冬彦）
◇「新装版 全集現代文学の発見 13」學藝書林 2004 p30
◇「新装版 全集現代文学の発見 13」學藝書林 2004 p31
◇「新装版 全集現代文学の発見 13」學藝書林 2004 p32

光の穴（野々宮夜猿）
◇「てのひら怪談―ビーケーワン怪談大賞傑作選」ポプラ社 2007 p26
◇「てのひら怪談―ビーケーワン怪談大賞傑作選」ポプラ社 2008 （ポプラ文庫）p24

光の雨（青島武）
◇「年鑑代表シナリオ集 '01」映人社 2002 p413

光の在りか（川田裕美子）
◇「ゆきのまち幻想文学賞小品集 21」企画集団ぷりずむ 2012 p80

光の海（海老沢泰久）
◇「現代の小説 1999」徳間書店 1999 p33

光の王（森岡浩之）
◇「短篇ベストコレクション―現代の小説 2004」徳間書店 2004 （徳間文庫）p77
◇「逃げゆく 物語の話―ゼロ年代日本SFベスト集成 F」東京創元社 2010 （創元SF文庫）p129

光の栞（瀬名秀明）
◇「Fの肖像―フランケンシュタインの幻想たち」光文社 2010 （光文社文庫）p535
◇「結晶銀河―年刊日本SF傑作選」東京創元社 2011 （創元SF文庫）p195

ひかりの素足（宮沢賢治）
◇「幻視の系譜」筑摩書房 2013 （ちくま文庫）p305
◇「日本文学全集 16」河出書房新社 2016 p67

光の隙間（藤崎慎吾）
◇「心霊理論」光文社 2007 （光文社文庫）p155

光の杖（邑久光明園合同詩集）
◇「ハンセン病文学全集 6」皓星社 2003 p147

光の中に（金史良）
◇「近代朝鮮文学日本語作品集1939～1945 創作篇 1」緑蔭書房 2001 p53
◇「〈在日〉文学全集 11」勉誠出版 2006 p5

光の中に（高山凡石）
◇「日本統治期台湾文学集成 23」緑蔭書房 2007 p19

光の中のレモンパイ（神崎照子）

◇「ゆきのまち幻想文学賞小品集 16」企画集団ぷりずむ 2007 p62

光の箱（道尾秀介）
◇「Story Seller」新潮社 2009（新潮文庫）p453

光の毛布（中山可穂）
◇「あのころの宝もの—ほんのり心が温まる12のショートストーリー」メディアファクトリー 2003 p163

ひかりもの（大塚楠緒子）
◇「「新編」日本女性文学全集 3」菁柿堂 2011 p59

光る海（香月日輪）
◇「キラキラデイズ」新潮社 2014（新潮文庫）p209

光る女（小檜山博）
◇「文学賞受賞・名作集成 2」リブリオ出版 2004 p137

光る爪（柴田よしき）
◇「ねこ！ ネコ！ 猫！—nekoミステリー傑作選」徳間書店 2008（徳間文庫）p221

ピカルディの薔薇（津原泰水）
◇「凶鳥の黒影—中井英夫へ捧げるオマージュ」河出書房新社 2004 p145

光る棺の中の白骨（柄刀一）
◇「本格ミステリ 2005」講談社 2005（講談社ノベルス）p285
◇「ザ・ベストミステリーズ—推理小説年鑑 2005」講談社 2005 p407
◇「隠された鍵」講談社 2008（講談社文庫）p235
◇「大きな棺の小さな鍵—本格短編ベスト・セレクション」講談社 2009（講談社文庫）p423

光る道（檀一雄）
◇「歴史小説の世紀 天の巻」新潮社 2000（新潮文庫）p655
◇「戦後短篇小説再発見 3」講談社 2001（講談社文芸文庫）p25
◇「悪いやつの物語」筑摩書房 2011（ちくま文学の森）p263

轢かれる（辻真先）
◇「ベスト本格ミステリ 2012」講談社 2012（講談社ノベルス）p361
◇「探偵の殺される夜」講談社 2016（講談社文庫）p505

氷川丸の夜（松本楽志）
◇「てのひら怪談—ビーケーワン怪談大賞傑作選 辛卯」ポプラ社 2011（ポプラ文庫）p94

日替わり弁当五百円（東信太郎）
◇「丸の内の誘惑」マガジンハウス 1999 p130

緋寒桜（安西篤子）
◇「剣が舞い落花が舞い—時代小説傑作選」講談社 1998（講談社文庫）p247

被監視者 僕（阿部和重）
◇「秘密。—私と私のあいだの十二話」メディアファクトリー 2005 p173

悲願千人斬り（上野英信）
◇「戦後文学エッセイ選 12」影書房 2006 p119

悲願千人斬り（橘千秋）

◇「怪奇・伝奇時代小説選集 7」春陽堂書店 2000（春陽文庫）p207

彼岸西風—武田泰淳と中国（堀田善衞）
◇「戦後文学エッセイ選 11」影書房 2007 p138

彼岸橋（高橋義夫）
◇「勝者の死にざま—時代小説選手権」新潮社 1998（新潮文庫）p203

彼岸花（宇江佐真理）
◇「代表作時代小説 平成20年度」光文社 2008 p391

彼岸花の色あいのなか（金時鐘）
◇「〈在日〉文学全集 5」勉誠出版 2006 p9

墓（金太中）
◇「〈在日〉文学全集 18」勉誠出版 2006 p102

引揚者たちの海（清岡卓行）
◇「新装版 全集現代文学の発見 13」學藝書林 2004 p459

墓（ウェル冥土）
◇「てのひら怪談—ビーケーワン怪談大賞傑作選 庚寅」ポプラ社 2010（ポプラ文庫）p148

墓と鷲（鳥羽亮）
◇「勝者の死にざま—時代小説選手権」新潮社 1998（新潮文庫）p487

引きこもりのススメ（布勢博一）
◇「読んで演じたくなるゲキの本 中学生版」幻冬舎 2006 p7

ひきさかれた街（藤本泉）
◇「70年代日本SFベスト集成 2」筑摩書房 2014（ちくま文庫）p273

引き算（根多加良）
◇「超短編の世界」創英社 2008 p63

引き汐（多岐川恭）
◇「あなたが名探偵」講談社 1998（講談社文庫）p169

引き潮（松本侑子）
◇「人の物語」角川書店 2001（New History）p167

引き立て役倶楽部の陰謀（法月綸太郎）
◇「暗闇を見よ」光文社 2010（Kappa novels）p219
◇「暗闇を見よ」光文社 2015（光文社文庫）p297

引綱軽便鉄道（椎名誠）
◇「日本SF短篇50 3」早川書房 2013（ハヤカワ文庫 JA）p313

引き出物（畠中恵）
◇「忘れない。—贈りものをめぐる十の話」メディアファクトリー 2007 p111

ひき逃げ事件（佐藤典利）
◇「ショートショートの花束 8」講談社 2016（講談社文庫）p24

被虐の系譜 武士道残酷物語—今井正監督「武士道残酷物語」原作（南條範夫）
◇「時代劇原作選集—あの名画を生みだした傑作小説」双葉社 2003（双葉文庫）p251

飛脚の夢（不狼児）
◇「てのひら怪談—ビーケーワン怪談大賞傑作選 壬辰」ポプラ社 2012（ポプラ文庫）p136

ひきよ

飛鏡の蠱（朝松健）
◇「妖異七奇談」双葉社 2005（双葉文庫）p73

卑怯者の流儀（深町秋生）
◇「地を這う捜査─「読楽」警察小説アンソロジー」
徳間書店 2015（徳間文庫）p223

秘曲（戸部新十郎）
◇「雪月花・江戸景色」光文社 2013（光文社文庫）
p171

引き寄せ（郷内心瞳）
◇「渚にて─あの日からの〈みちのく怪談〉」荒蝦夷
2016 p101

引き分け（榊漠々）
◇「ショートショートの広場 14」講談社 2003（講
談社文庫）p235

樋口一族（井口朝生）
◇「人物日本剣豪伝 3」学陽書房 2001（人物文庫）
p37

ピクニック（大岡玲）
◇「極上掌篇小説」角川書店 2006 p41
◇「ひと粒の宇宙」角川書店 2009（角川文庫）p43

ピクニック（金蒼生）
◇「〈在日〉文学全集 10」勉誠出版 2006 p387

比丘尼の死（小松左京）
◇「剣鬼らの饗宴」光風社出版 1998（光風社文庫）
p309

ひぐらし─「隅田川御用帳」より（藤原緋沙子）
◇「夏しぐれ─時代小説アンソロジー」角川書店
2013（角川文庫）p41

ひぐらし蟬（角田喜久雄）
◇「大江戸事件帖─時代推理小説名作選」双葉社
2005（双葉文庫）p7

ひぐらしの歌（金時鐘）
◇「〈在日〉文学全集 5」勉誠出版 2006 p115

蜩の鳴く夜に（石田衣良）
◇「短篇ベストコレクション─現代の小説 2012」徳
間書店 2012（徳間文庫）p45

ひぐらりの間（滝田真季）
◇「冷と温─第13回フェリシモ文学賞作品集」フェ
リシモ 2010 p128

火喰鳥（ひくいとり）（中島敦）
◇「ちくま日本文学 12」筑摩書房 2008（ちくま文
庫）p442

ピグル風ヌ吹きば（崎山多美）
◇「文学 2008」講談社 2008 p117

B君とG君（金関丈夫）
◇「日本統治期台湾文学集成 17」緑蔭書房 2003
p223

ひげ（谷川俊太郎）
◇「新装版 全集現代文学の発見 13」學藝書林 2004
p442

髭（越一人）
◇「ハンセン病文学全集 7」皓星社 2004 p331

髭（佐々木味津三）
◇「探偵小説の風景─トラフィック・コレクション
上」光文社 2009（光文社文庫）p107

悲劇（おおつかここ）
◇「ゆきのまち幻想文学賞小品集 25」企画集団ぷり
ずむ 2015 p158

悲劇の風雲児（杉本苑子）
◇「源義経の時代─短篇小説集」作品社 2004 p111

火消しの殿（池波正太郎）
◇「忠臣蔵コレクション 3」河出書房新社 1998
（河出文庫）p7
◇「大江戸殿様列伝─傑作時代小説」双葉社 2006
（双葉文庫）p37
◇「七つの忠臣蔵」新潮社 2016（新潮文庫）p63

ヒゲソリメイズン（国分一太郎）
◇「山形県文学全集第2期〔随筆・紀行編〕2」郷土出版
社 2005 p225

髯題目の政（長谷川伸）
◇「たそがれ江戸暮色」光文社 2014（光文社文庫）
p9

髭のガートフ（中薗英助）
◇「戦後短篇小説選─『世界』1946–1999 5」岩波書
店 2000 p141

批圏（正岡子規）
◇「新日本古典文学大系 明治編 27」岩波書店 2003
p88

秘剣（五味康祐）
◇「幻の剣鬼七番勝負─傑作時代小説」PHP研究所
2008（PHP文庫）p7

秘剣（白石一郎）
◇「冒険の森へ─傑作小説大全 11」集英社 2015
p177

秘剣浮鳥（戸部新十郎）
◇「紅葉谷から剣鬼が来る─時代小説傑作選」講談
社 2002（講談社文庫）p183

秘剣鱗返し（早乙女貢）
◇「娘秘剣」徳間書店 2011（徳間文庫）p131

秘剣笠の下（新宮正春）
◇「代表作時代小説 平成10年度」光風社出版 1998
p199
◇「地獄の無明剣─時代小説傑作選」講談社 2004
（講談社文庫）p203

秘剣！ 三十六人斬り【不動国行】（新宮正春）
◇「刀剣─歴史時代小説名作アンソロジー」中央公
論新社 2016（中公文庫）p231

悲剣月影崩し（光井雄二郎）
◇「柳生秘剣伝奇」勉誠出版 2002（べんせいライブ
ラリー）p193

秘剣身知らず（早乙女貢）
◇「代表作時代小説 平成9年度」光風社出版 1997
p143
◇「斬刃─時代小説傑作選」コスミック出版 2005
（コスミック・時代文庫）p5

秘剣 夢枕（戸部新十郎）
◇「代表作時代小説 平成10年度」光風社出版 1998
p173
◇「地獄の無明剣─時代小説傑作選」講談社 2004
（講談社文庫）p161

非業（奥田哲也）

ひしと

◇「伯爵の血族―紅ノ章」光文社 2007（光文社文庫）p429

尾行（小林伸彦）
◇「少女物語」朝日新聞社 1998 p195

微光（朱耀翰）
◇「近代朝鮮文学日本語作品集1908～1945 セレクション 4」緑蔭書房 2008 p63

飛行機（石川啄木）
◇「ちくま日本文学 33」筑摩書房 2009（ちくま文庫）p119

飛行機（折口信夫）
◇「ちくま日本文学 25」筑摩書房 2008（ちくま文庫）p106

飛行機雲（吉村昭）
◇「失われた空―日本人の涙と心の名作8選」新潮社 2014（新潮文庫）p263

飛行機の爆音を聴いて（盧森堡）
◇「近代朝鮮文学日本語作品集1908～1945 セレクション 4」緑蔭書房 2008 p300

飛行機用（池田月子）
◇「むすぶ―第11回フェリシモ文学賞作品集」フェリシモ 2008 p100

飛行詩（朱永渉）
◇「近代朝鮮文学日本語作品集1908～1945 セレクション 4」緑蔭書房 2008 p437

飛行する死人（青池研吉）
◇「甦る推理雑誌 1」光文社 2002（光文社文庫）p369

飛行船（チャップリン竹丸）
◇「ショートショートの広場 14」講談社 2003（講談社文庫）p230

飛蝗のじいさん（江坂遊）
◇「酒の夜語り」光文社 2002（光文社文庫）p293

非合理な論理（加納朋子）
◇「マイ・ベスト・ミステリー 6」文藝春秋 2007（文春文庫）p275

ヒコーキ（向田邦子）
◇「精選女性随筆集 11」文藝春秋 2012 p237

非国民（陽羅義光）
◇「全作家短編小説集 10」のべる出版 2011 p215

非国民宿舎盛衰記（上野英信）
◇「戦後文学エッセイ選 12」影書房 2006 p125

飛胡蝶（横田順彌）
◇「俳優」廣済堂出版 1999（廣済堂文庫）p329

緋衣（朝松健）
◇「伯爵の血族―紅ノ章」光文社 2007（光文社文庫）p329

ピコーン！（舞城王太郎）
◇「ザ・ベストミステリーズ―推理小説年鑑 2003」講談社 2003 p539
◇「殺人格差」講談社 2006（講談社文庫）p269

被災地の空へ―DMATのジェネラル（海堂尊）
◇「短篇ベストコレクション―現代の小説 2012」徳間書店 2012（徳間文庫）p161

干魚（ひざかな）と漏電（阿刀田高）

◇「日本文学100年の名作 7」新潮社 2015（新潮文庫）p413

秘策（平繁樹）
◇「ショートショートの広場 20」講談社 2008（講談社文庫）p38

緋ざくら（杉本苑子）
◇「剣鬼無明斬り」光風社出版 1997（光風社文庫）p159

緋櫻の記（丸井妙子）
◇「日本統治期台湾文学集成 17」緑蔭書房 2003 p477

ひさご（大島青松園ひさご川柳会）
◇「ハンセン病文学全集 9」皓星社 2010 p347

ピサの斜塔はなぜ傾いたのか（不狼児）
◇「リトル・リトル・クトゥル――史上最小の神話小説集」学習研究社 2009 p126

久々の…他（許仁穆）
◇「近代朝鮮文学日本語作品集1908～1945 セレクション 6」緑蔭書房 2008 p79

眉山（太宰治）
◇「戦後短篇小説再発見 1」講談社 2001（講談社文芸文庫）p9
◇「特別な一日」徳間書店 2005（徳間文庫）p81
◇「文豪たちが書いた泣ける名作短編集」彩図社 2014 p11

眉山（森内俊雄）
◇「文学に描かれた戦争―徳島大空襲を中心に」徳島県文化振興財団徳島県立文学書道館 2015（ことのは文庫）p31

菱あられ（山本一力）
◇「江戸しのび雨」学研パブリッシング 2012（学研M文庫）p255

土方歳三遺聞（佐藤昱）
◇「新選組読本」光文社 2003（光文社文庫）p323

土方歳三 残夢の剣（江崎俊平）
◇「新選組伝奇」勉誠出版 2004 p49

土方歳三と闘いの組織（松本健一）
◇「幕末テロリスト列伝」講談社 2004（講談社文庫）p147

菱形の脚（北川冬彦）
◇「新装版 全集現代文学の発見 13」學藝書林 2004 p26

菱川さんと猫（建石明子）
◇「ゆきのまち幻想文学賞小品集 17」企画集団ぷりずむ 2008 p42

ひじきごはん（山木野夢）
◇「ゆれる―第12回フェリシモ文学賞作品集」フェリシモ 2009 p96

ビジター（五十嵐均）
◇「自選ショート・ミステリー 2」講談社 2001（講談社文庫）p121

肱鉄砲（管野須賀子）
◇「「新編」日本女性文学全集 2」菁柿堂 2008 p452

秘し刀霞落し（五味康祐）
◇「七人の十兵衛―傑作時代小説」PHP研究所 2007（PHP文庫）p41

ひしに

肘女房（小島政二郎）
◇「剣俠しぐれ笠」光風社出版 1999（光風社文庫）
p137

秘事法門（杉浦明平）
◇「歴史小説の世紀 地の巻」新潮社 2000（新潮文庫）p9
◇「新装版 全集現代文学の発見 12」學藝書林 2004
p482

B舎監とラヴレター（一）～（四）（玄鎮健）
◇「近代朝鮮文学日本語作品集1901～1938 創作篇 3」
緑蔭書房 2004 p269

飛車と駲馬（絲山秋子）
◇「十年後のこと」河出書房新社 2016 p33

ピシャリ！（鱸安行）
◇「ショートショートの広場 10」講談社 2000（講談社文庫）p215

美醜記（岩里藁人）
◇「てのひら怪談―ビーケーワン怪談大賞傑作選 庚寅」ポプラ社 2010（ポプラ文庫）p240

美術館の少女（香久山ゆみ）
◇「ショートショートの花束 8」講談社 2016（講談社文庫）p77

美術室にて（空虹桜）
◇「超短編の世界」創英社 2008 p62

美術室の実話（1）（倉狩聡）
◇「5分で読める！怖いはなし」宝島社 2014（宝島社文庫）p57

美術室の実話（2）（倉狩聡）
◇「5分で読める！怖いはなし」宝島社 2014（宝島社文庫）p111

美術室の実話（3）（倉狩聡）
◇「5分で読める！怖いはなし」宝島社 2014（宝島社文庫）p189

美術室より愛を込めて（松永安芸）
◇「高校演劇Selection 2004 下」晩成書房 2004 p7

美術朝鮮の足跡（一）～（四）（金鎮燮）
◇「近代朝鮮文学日本語作品集1901～1938 評論・随筆篇 1」緑蔭書房 2004 p355

秘market・身受けの滑り槍（二階堂玲太）
◇「代表作時代小説 平成20年度」光文社 2008 p109

微笑（呂赫若）
◇「日本統治期台湾文学集成 23」緑蔭書房 2007
p353

美小鬟、即興詩人（アンデルセン著、森鷗外訳）
◇「新日本古典文学大系 明治編 25」岩波書店 2004
p117

非常時を自覺―各自が出直せ（香山光郎）
◇「近代朝鮮文学日本語作品集1908～1945 セレクション 6」緑蔭書房 2008 p309

非常識な電話（田中春陽）
◇「ショートショートの広場 10」講談社 2000（講談社文庫）p171

美少女（太宰治）
◇「温泉小説」アーツアンドクラフツ 2006 p62
◇「小説乃湯―お風呂小説アンソロジー」角川書店
2013（角川文庫）p125

◇「女 1」あの出版 2016（GB）p61

美少女復活（森奈津子）
◇「闇電話」光文社 2006（光文社文庫）p305

非常線（逢坂剛）
◇「わが名はタフガイ―ハードボイルド傑作選」光文社 2006（光文社文庫）p335

非常に感傷的な自負―跂にかへて（林房雄）
◇「新・プロレタリア文学精選集 9」ゆまに書房
2004 p409

美少年（岡本かの子）
◇「美少年」国書刊行会 1997（書物の王国）p28

微笑の憎悪（藤木靖子）
◇「甦る「幻影城」 3」角川書店 1998（カドカワ・エンタテインメント）p187
◇「幻影城―【探偵小説誌】不朽の名作」角川書店
2000（角川ホラー文庫）p217

微笑面（津原泰水）
◇「悪夢が嗤う瞬間」勁文社 1997（ケイブンシャ文庫）p42

悲食記（抄）―昭和十九年の日記から（古川緑波）
◇「もの食う話」文藝春秋 2015（文春文庫）p209

美食倶楽部（谷崎潤一郎）
◇「おかしい話」筑摩書房 2010（ちくま文学の森）
p373

美女と赤蟻（香山滋）
◇「人獣怪婚」筑摩書房 2000（ちくま文学の森）p135

美女と大蟻（香山滋）
◇「響き交わす鬼」小学館 2005（小学館文庫）
p261

美女と鷹（海音寺潮五郎）
◇「極め付き時代小説選 2」中央公論新社 2004
（中公文庫）p51

ピジョン・ブラッド（篠田節子）
◇「緋迷宮―ミステリー・アンソロジー」祥伝社
2001（祥伝社文庫）p177
◇「恋は罪つくり―恋愛ミステリー傑作選」光文社
2005（光文社文庫）p195

聖（ひじり）… → "せい…"をも見よ

聖岳から（安西玄）
◇「扉の向こうへ」全作家協会 2014（全作家短編集）p49

非人道的な媾和条件（与謝野晶子）
◇「「新編」日本女性文学全集 4」菁柿堂 2012 p91

美人の笑顔（正岡子規）
◇「新日本古典文学大系 明治編 27」岩波書店 2003
p345

美人の出生地（正岡子規）
◇「新日本古典文学大系 明治編 27」岩波書店 2003
p176

美人湯（朔間数奇）
◇「ショートショートの花束 5」講談社 2013（講談社文庫）p152

美人は気合い（藤野可織）
◇「12星座小説集」講談社 2013（講談社文庫）

ひたま

p275

ピース（角田光代）
◇「それでも三月は、また」講談社 2012 p157

翡翠（山崎洋子）
◇「事件現場に行こう―最新ベスト・ミステリー カレイドスコープ編」光文社 2001（カッパ・ノベルス）p345

翡翠色のメッセージ（加藤幸子）
◇「吉田知子・森万紀子・吉行理恵・加藤幸子」角川書店 1998（女性作家シリーズ）p421

翡翠色の闇（海月ルイ）
◇「京都愛憎の旅―京都ミステリー傑作選」徳間書店 2002（徳間文庫）p89

翡翠荘綺談（丘美丈二郎）
◇「甦る推理雑誌 9」光文社 2003（光文社文庫）p139

ビスカ氏のたちの悪いいたずら（歌鳥）
◇「超短編の世界」創英社 2008 p110

ビスケット（北村薫）
◇「探偵Xからの挑戦状！ season3」小学館 2012（小学館文庫）p33

ビスケット（森茉莉）
◇「もの食う話」文藝春秋 2015（文春文庫）p235

日付の数だけ言葉が（青木淳悟）
◇「文学 2008」講談社 2008 p113

ピースケ・ロス症候群（ハットリミキ）
◇「ショートショートの花束 6」講談社 2014（講談社文庫）p213

ビストロシリカ（深田亨）
◇「てのひら怪談―ビーケーワン怪談大賞傑作選 壬辰」ポプラ社 2012（ポプラ文庫）p14

ビストロ・チェリイの蟹（井上荒野）
◇「おいしい話―料理小説傑作選」徳間書店 2007（徳間文庫）p139

蹄（坂本美智子）
◇「ゆきのまち幻想文学賞・小品集 9」企画集団ぷりずむ 2000 p128

疥（物集高音）
◇「暗闇（ダークサイド）を追いかけろ―ホラー＆サスペンス編」光文社 2004（カッパ・ノベルス）p405
◇「暗闇（ダークサイド）を追いかけろ」光文社 2008（光文社文庫）p529

皮癬岬の唄（永山一郎）
◇「山形県文学全集第1期（小説編）2」郷土出版社 2004 p449
◇「短篇礼讃―忘れかけた名品」筑摩書房 2006（ちくま文庫）p213

備前天一坊（江見水蔭）
◇「捕物時代小説選集 6」春陽堂書店 2000（春陽文庫）p250

備前名弓伝（山本周五郎）
◇「武士の本懐―武士道小説傑作選」ベストセラーズ 2004（ベスト時代文庫）p53

非足の人（宮本昌孝）
◇「決戦！ 桶狭間」講談社 2016 p155

砒素とネコと粉ミルク（若竹七海）
◇「猫とわたしの七日間―青春ミステリーアンソロジー」ポプラ社 2013（ポプラ文庫ピュアフル）p7

窃まれた兄（W.B.Yeats著, 李孝石訳）
◇「近代朝鮮文学日本語作品集1908〜1945 セレクション 4」緑蔭書房 2008 p107

ひそむ（金時鐘）
◇「〈在日〉文学全集 5」勉誠出版 2006 p21

鼻祖柳川一蝶斎伝（信夫恕軒）
◇「新日本古典文学大系 明治編 2」岩波書店 2004 p343

ヒソリを撃つ（稲葉真弓）
◇「文学 2002」講談社 2002 p163

襞（向田邦子）
◇「精選女性随筆集 11」文藝春秋 2012 p170

額の玉（真下飛泉）
◇「京都府文学全集第1期（小説編）1」郷土出版社 2005 p11

「寐台銘」（富水）（西谷富水）
◇「新日本古典文学大系 明治編 4」岩波書店 2003 p239

ビタークリーミーホイップベイベ（切原加恵）
◇「大人が読む。ケータイ小説―第1回ケータイ文学賞アンソロジー」オンブック 2007 p26

ピタゴラスと豆（寺田寅彦）
◇「文豪怪談傑作選 大正篇」筑摩書房 2011（ちくま文庫）p144

ビタースイート（西田直子）
◇「年鑑代表シナリオ集 '05」シナリオ作家協会 2006 p269

常陸坊海尊（秋元松代）
◇「新装版 全集現代文学の発見 11」學藝書林 2004 p318

秘太刀 "放心の位"（戸部新十郎）
◇「花ごよみ夢一夜」光風社出版 2001（光風社文庫）p267

秘太刀 "放心の位"―柳生兵庫助（戸部新十郎）
◇「時代小説傑作選 I」新人物往来社 2008 p195

飛騨の了戒（長谷川伸）
◇「雪月花・江戸景色」光文社 2013（光文社文庫）p9

ピーターパン（中西のぞみ）
◇「中学校劇作シリーズ 9」青雲書房 2005 p17

ピーターパンの島（星新一）
◇「戦後短編小説再発見 18」講談社 2004（講談社文芸文庫）p72

ひたひたと（野沢尚）
◇「乱歩賞作家 黒の謎」講談社 2004 p97

ビー玉の夢（ひかわ玲子）
◇「吊るされた男」角川書店 2001（角川ホラー文庫）p229

日だまりの絵画（小川楽喜）
◇「許されし偽り―ソード・ワールド短編集」富士見書房 2001（富士見ファンタジア文庫）p157

ひたま

陽だまりの詩（乙一）
- ◇「逃げゆく物語の話―ゼロ年代日本SFベスト集成 F」東京創元社 2010（創元SF文庫）p57
- ◇「短編工場」集英社 2012（集英社文庫）p215

日だまりの幸せ（@Licocitrus）
- ◇「3.11心に残る140字の物語」学研パブリッシング 2011 p68

陽だまりの幽霊（山脇千史）
- ◇「吟醸掌篇―召しませ短篇小説 vol.1」けいこう舎 2016 p21

左腕の猫（藤田宜永）
- ◇「甘やかな祝祭―恋愛小説アンソロジー」光文社 2004（光文社文庫）p119

左利き（郡順史）
- ◇「江戸恋い明け烏」光風社出版 1999（光風社文庫）p223

左利きの大石内蔵助（田中文雄）
- ◇「キネマ・キネマ」光文社 2002（光文社文庫）p87

左手首（黒川博行）
- ◇「最新「珠玉推理」大全 中」光文社 1998（カッパ・ノベルス）p124
- ◇「怪しい舞踏会」光文社 2002（光文社文庫）p173

ひだりてさん（大山淳子）
- ◇「猫とわたしの七日間―青春ミステリーアンソロジー」ポプラ社 2013（ポプラ文庫ピュアフル）p253

左手でバーベキュー（霞流一）
- ◇「あなたが名探偵」東京創元社 2009（創元推理文庫）p281

左手には花を（小川好晩）
- ◇「言葉にできない悲しみ」泰文堂 2015（リンダパブリッシャーズの本）p173

左と右（安野光雅）
- ◇「超短編アンソロジー」筑摩書房 2002（ちくま文庫）p128

左の腕（松本清張）
- ◇「親不孝長屋―人情時代小説傑作選」新潮社 2007（新潮文庫）p81

左の腕―無宿人別帳（松本清張）
- ◇「傑作捕物ワールド 7」リブリオ出版 2002 p141

左目の銃痕―雑賀孫市（新宮正春）
- ◇「時代小説傑作選 5」新人物往来社 2008 p215

非超現実主義的な超現実主義の覚え書（島尾敏雄）
- ◇「戦後文学エッセイ選 10」影書房 2007 p75

ヒツギとイオリ―ママが手配した今度の"友だち"は、最強だった（壁井ユカコ）
- ◇「NOVA―書き下ろし日本SFコレクション 7」河出書房新社 2012（河出文庫）p265

棺の中（勝目梓）
- ◇「闇に香るもの」新潮社 2004（新潮文庫）p229

ビッグX―揺るぎなき正義（牧野修）
- ◇「手塚治虫COVER エロス篇」徳間書店 2003（徳間デュアル文庫）p87

火つけ彦七（伊藤野枝）
- ◇「被差別小説傑作集」河出書房新社 2016（河出文庫）p165

筆耕屋（鹿目けい子）
- ◇「ホワイト・ウェディング」SDP 2007（Angel works）p57

引越祝い（大城竜流）
- ◇「てのひら怪談―ビーケーワン怪談大賞傑作選 壬辰」ポプラ社 2012（ポプラ文庫）p72

引越し大名の笑い（杉本苑子）
- ◇「大江戸殿様列伝―傑作時代小説」双葉社 2006（双葉文庫）p179

引越しの話（李石薫）
- ◇「近代朝鮮文学日本語作品集1939～1945 評論・随筆篇 3」緑蔭書房 2002 p87

引越貧乏（色川武大）
- ◇「愛と癒し」リブリオ出版 2001（ラブミーワールド）p54
- ◇「恋愛小説・名作集成 10」リブリオ出版 2004 p54

必死デス、一生ケンメイデス。ぶんや 百一歳≫山野ゆきね（岡本文弥）
- ◇「日本人の手紙 8」リブリオ出版 2004 p223

羊の王（竹本健治）
- ◇「幻想探偵」光文社 2009（光文社文庫）p353

羊山羊（田中啓弥）
- ◇「虚構機関―年刊日本SF傑作選」東京創元社 2008（創元SF文庫）p111

必修科目（岡本賢一）
- ◇「教室」光文社 2003（光文社文庫）p379

ひっそりとして、残酷な死（小林仁美）
- ◇「甘美なる復讐」文藝春秋 1998（文春文庫）p7

ぴったりの本あります（福田和代）
- ◇「本をめぐる物語―栞は夢をみる」KADOKAWA 2014（角川文庫）p71

筆致（菊地秀行）
- ◇「アート偏愛」光文社 2005（光文社文庫）p583

ヒッチコック劇場の時代（佐野洋）
- ◇「マイ・ベスト・ミステリー 1」文藝春秋 2007（文春文庫）p112

ヒットラーの遺産（五木寛之）
- ◇「ペン先の殺意―文芸ミステリー傑作選」光文社 2005（光文社文庫）p323

ひっぱり地蔵（芦原すなお）
- ◇「恋物語」朝日新聞社 1998 p217

必滅の南の恋の歌（岩井志麻子）
- ◇「with you」幻冬舎 2004 p29

否定によって肯定する人（長谷川四郎）
- ◇「戦後文学エッセイ選 2」影書房 2006 p213

秀夫、根気よくガンバレ（香山末子）
- ◇「ハンセン病文学全集 7」皓星社 2004 p470

ビデオレター（花）（秋元康）
- ◇「アドレナリンの夜―珠玉のホラーストーリーズ」竹書房 2009 p191

悲笛伝（岡本好古）

◇「必殺天誅剣」光風社出版 1999（光風社文庫）p163

秀吉の枕（竹山洋）
◇「歴史の息吹」新潮社 1997 p65

秀頼走路（松本清張）
◇「変事異聞」小学館 2007（小学館文庫）p157
◇「決戦！ 大坂の陣」実業之日本社 2014（実業之日本社文庫）p407

日照雨（佐々木鏡石）
◇「みちのく怪談名作選 vol.1」荒蝦夷 2010（叢書東北の声）p87

秘伝（草上仁）
◇「酒の夜語り」光文社 2002（光文社文庫）p539

秘伝（神坂次郎）
◇「武士道歳時記―新鷹会・傑作時代小説選」光文社 2008（光文社文庫）p377

秘伝・毒の華（南原幹雄）
◇「必殺天誅剣」光風社出版 1999（光風社文庫）p371

人（塔和子）
◇「ハンセン病文学全集 7」皓星社 2004 p180

酷い天罰（夏樹静子）
◇「悪魔のような女―女流ミステリー傑作選」角川春樹事務所 2001（ハルキ文庫）p109
◇「謎―スペシャル・ブレンド・ミステリー 002」講談社 2007（講談社文庫）p327

ひどいところ（平金魚）
◇「てのひら怪談―ビーケーワン怪談大賞傑作選」ポプラ社 2007 p38
◇「てのひら怪談―ビーケーワン怪談大賞傑作選」ポプラ社 2008（ポプラ文庫）p36

ひどいにおい（田村愁記）
◇「ショートショートの花束 2」講談社 2010（講談社文庫）p168

美童（皆川博子）
◇「花ごよみ夢一夜」光風社出版 2001（光風社文庫）p247

秘湯中の秘湯（清水義範）
◇「小説乃湯―お風呂小説アンソロジー」角川書店 2013（角川文庫）p241

美童長坂小輪―井原西鶴『男色大鑑』（井原西鶴）
◇「美少年」国書刊行会 1997（書物の王国）p119

被動に踊るな！（突）
◇「近代朝鮮文学日本語作品集1908〜1945 セレクション 4」緑蔭書房 2008 p133

ひと駅間の隠し場所（水田美意子）
◇「5分で読める！ ひと駅ストーリー 降車編」宝島社 2012（宝島社文庫）p123

ひと駅のプレゼント（宇木聡史）
◇「5分で読める！ ひと駅ストーリー 降車編」宝島社 2012（宝島社文庫）p135

人を致して（伊東潤）
◇「決戦！ 関ヶ原」講談社 2014 p5

人を喰ったはなし（クジラマク）
◇「てのひら怪談―ビーケーワン怪談大賞傑作選」ポプラ社 2007 p146
◇「てのひら怪談―ビーケーワン怪談大賞傑作選」ポプラ社 2008（ポプラ文庫）p150

人を超える人工知能は如何にして生まれるのか？―ライブラの集合体は何を思う？（栗原聡）
◇「AIと人類は共存できるか？―人工知能SFアンソロジー」早川書房 2016 p168

人を殺さば穴みっつ（塔山郁）
◇「10分間ミステリー」宝島社 2012（宝島社文庫）p221
◇「5分で驚く！ どんでん返しの物語」宝島社 2016（宝島社文庫）p19

人を殺す犬（小林多喜二）
◇「読んでおきたい近代日本小説選」龍書房 2012 p306

人を知らざることを思う（鯨統一郎）
◇「本格ミステリ 2001」講談社 2001（講談社ノベルス）p203
◇「透明な貴婦人の謎―本格短編ベスト・セレクション」講談社 2005（講談社文庫）p47

人を騙す（山田風太郎）
◇「迷」文藝春秋 2003（推理作家になりたくて マイベストミステリー）p278
◇「マイ・ベスト・ミステリー 3」文藝春秋 2007（文春文庫）p415

人鬼（ひとおに）（抄）（山田美妙）
◇「明治の文学 10」筑摩書房 2001 p221

人間（ひと）を二人も（大河内常平）
◇「甦る推理雑誌 7」光文社 2003（光文社文庫）p97

人買い伊平治（鮎川哲也）
◇「鍵」文藝春秋 2004（推理作家になりたくて マイベストミステリー）p8
◇「マイ・ベスト・ミステリー 5」文藝春秋 2007（文春文庫）p10

火蜥蜴（井上雅彦）
◇「さむけ―ホラー・アンソロジー」祥伝社 1999（祥伝社文庫）p193

人斬り（榊涼介）
◇「幻想水滸伝短編集 4」メディアワークス 2002（電撃文庫）p99

人斬り以蔵（司馬遼太郎）
◇「幕末剣豪人斬り異聞 勤皇篇」アスキー 1997（Aspect novels）p43

人斬り稼業（三好徹）
◇「龍馬と志士たち―時代小説傑作選」コスミック出版 2009（コスミック・時代文庫）p51

人斬り彦斎（海音寺潮五郎）
◇「幕末の剣鬼たち―時代小説傑作選」コスミック出版 2009（コスミック・時代文庫）p303

人斬り子守唄（南原幹雄）
◇「幕末剣豪人斬り異聞 佐幕篇」アスキー 1997（Aspect novels）p169

人斬り佐内 秘剣腕落し（鳥羽亮）
◇「斬刃―時代小説傑作選」コスミック出版 2005

ひとき

（コスミック・時代文庫）p37

人斬りにあらず―河上彦斎（滝口康彦）
◇「幕末剣豪人斬り異聞 勤皇篇」アスキー 1997（Aspect novels）p21

人斬り斑平―三隅研次監督「剣鬼」原作（柴田錬三郎）
◇「時代劇原作選集―あの名画を生みだした傑作小説」双葉社 2003（双葉文庫）p369

人斬り水野（火坂雅志）
◇「斬刃―時代小説傑作選」コスミック出版 2005（コスミック・時代文庫）p77

人喰い蝦蟇（辰巳隆司）
◇「妖異百物語 1」出版芸術社 1997（ふしぎ文学館）p117

人喰人種（筒井康隆）
◇「まんぷく長屋―食欲文学傑作選」新潮社 2014（新潮文庫）p43
◇「もの食う話」文藝春秋 2015（文春文庫）p155

一口怪談（不狼児）
◇「超短編の世界 vol.3」創英社 2011 p15

一口話し（正岡子規）
◇「新日本古典文学大系 明治編 27」岩波書店 2003 p382

句集 日時計（立田俳император）
◇「ハンセン病文学全集 9」皓星社 2010 p14

人こひ初めしはじめなり（飯野文彦）
◇「暗闇（ダークサイド）を追いかけろ―ホラー＆サスペンス編」光文社 2004（カッパ・ノベルス）p31
◇「暗闇（ダークサイド）を追いかけろ」光文社 2008（光文社文庫）p27

ひとごろし（矛先盾一）
◇「ショートショートの花束 1」講談社 2009（講談社文庫）p120

ひとごろし（山本周五郎）
◇「見上げれば星は天に満ちて―心に残る物語―日本文学秀作選」文藝春秋 2005（文春文庫）p179
◇「冒険の森へ―傑作小説大全 6」集英社 2016 p133

ヒトコントローラー（柘一輝）
◇「ショートショートの花束 6」講談社 2014（講談社文庫）p161

人さし指の自由（李正子）
◇「〈在日〉文学全集 17」勉誠出版 2006 p282

人拐ひ（折口信夫）
◇「ちくま日本文学 25」筑摩書房 2008（ちくま文庫）p107

人攫い（地味井平造）
◇「甦る「幻影城」 2」角川書店 1997（カドカワ・エンタテインメント）p21

人攫いの午後―ヴィスコンティの男たち（久世光彦）
◇「リテラリーゴシック・イン・ジャパン―文学的ゴシック作品選」筑摩書房 2014（ちくま文庫）p395

ひとしおにお恨みに候≫安藤照子（桂太郎）

ひとしおにお恨みに候≫桂太郎（安藤照子）
◇「日本人の手紙 5」リブリオ出版 2004 p148

等しければ（金時鐘）
◇「〈在日〉文学全集 5」勉誠出版 2006 p189

人質カノン（宮部みゆき）
◇「どたん場で大逆転」講談社 1999（講談社文庫）p9
◇「謎―スペシャル・ブレンド・ミステリー 007」講談社 2012（講談社文庫）p333

一すじの絹雲―朝の散歩に（本田稔）
◇「ハンセン病文学全集 4」皓星社 2003 p714

人妻（井上靖）
◇「魂がふるえるとき」文藝春秋 2004（文春文庫）p151

人妻――一九四九（昭和二四）年一〇月（永井荷風）
◇「BUNGO―文豪短篇傑作選」角川書店 2012（角川文庫）p223

人助け（林てるよし）
◇「ショートショートの広場 11」講談社 2000（講談社文庫）p163

人魂（由田匣）
◇「てのひら怪談―ビーケーワン怪談大賞傑作選 庚寅」ポプラ社 2010（ポプラ文庫）p206

人魂火（長谷川時雨）
◇「文豪怪談傑作選 特別編」筑摩書房 2007（ちくま文庫）p81

人魂の一つの場合（寺田寅彦）
◇「ちくま日本文学 34」筑摩書房 2009（ちくま文庫）p334
◇「文豪怪談傑作選 大正篇」筑摩書房 2011（ちくま文庫）p190

人ちがい（古井由吉）
◇「恋物語」朝日新聞社 1998 p12

一つ岩柳陰の太刀―柳生宗冬（中村彰彦）
◇「時代小説傑作選 1」新人物往来社 2008 p157

一つだけのイアリング（雅孝司）
◇「黄昏ホテル」小学館 2004 p145

一つ足りない（畠中恵）
◇「十年交差点」新潮社 2016（新潮文庫）p219

ひとつの嘘（朝永潔）
◇「つながり―フェリシモしあわせショートショート」フェリシモ 1999 p143

一つのうた（金時鐘）
◇「〈在日〉文学全集 5」勉誠出版 2006 p182

一つの美しい父子の時間でした≫石黒光三・榮子（尾崎喜八）
◇「日本人の手紙 1」リブリオ出版 2004 p123

ひとつのキセキ（津山商業高校演劇部, 毒吐きリンゴ（駒井香奈恵））
◇「創作脚本集―60周年記念」岡山県高等学校演劇協議会 2011（おかやまの高校演劇）p137

ひとつの装置（星新一）
◇「贈る物語Wonder」光文社 2002 p336

ひとの

一つの存在（白洲正子）
◇「精選女性随筆集 7」文藝春秋 2012 p14

ひとつの小さな要素（草上仁）
◇「現代の小説 1998」徳間書店 1998 p123

一つの月（タカスギシンタロ）
◇「物語のルミナリエ」光文社 2011 （光文社文庫）
p301

ひとつの願（李家漢㶂）
◇「近代朝鮮文学日本語作品集1939〜1945 創作篇 6」
緑蔭書房 2001 p279

一つの微笑（李孝石）
◇「近代朝鮮文学日本語作品集1908〜1945 セレクショ
ン 4」緑蔭書房 2008 p149

一つの星（佐藤總右）
◇「山形県文学全集第2期（随筆・紀行編）1」郷土出版
社 2005 p377

一つのメルヘン（中原中也）
◇「新装版 全集現代文学の発見 13」學藝書林 2004
p175
◇「ものがたりのお菓子箱」飛鳥新社 2008 p59

一つの約束（太宰治）
◇「文豪怪談傑作選 太宰治集」筑摩書房 2009 （ちく
ま文庫）p348

芸能奉公園上演用脚本集 一つの矢弾（吉村敏）
◇「日本統治期台湾文学集成 13」緑蔭書房 2003
p173

一つ橋（折口信夫）
◇「ちくま日本文学 25」筑摩書房 2008 （ちくま文
庫）p34

一橋殿深慮屢長藩士を説諭する事（作者表記な
し）
◇「新日本古典文学大系 明治編 13」岩波書店 2007
p23

ひとつ、ふたつ（岡崎琢磨）
◇「十年交差点」新潮社 2016 （新潮文庫）p111

一粒の奇跡の砂（三谷晶子）
◇「君がいない—恋愛短篇小説集」泰文堂 2013 （リ
ンダブックス）p6

句集 ひとつぶの露（中村花芙蓉）
◇「ハンセン病文学全集 9」皓星社 2010 p228

一つ螢（鏑木清方）
◇「文豪怪談傑作選 特別編」筑摩書房 2007 （ちく
ま文庫）p88

一つ枕（柳川春葉）
◇「文豪怪談傑作選 特別編」筑摩書房 2007 （ちく
ま文庫）p160

一目小僧（柳田國男）
◇「文豪怪談傑作選 柳田國男集」筑摩書房 2007
（ちくま文庫）p235

一つ目小僧（抄）（平秩東作）
◇「文豪てのひら怪談」ポプラ社 2009 （ポプラ文
庫）p128

ひとつ目さうし（朝松健）
◇「幻想探偵」光文社 2009 （光文社文庫）p445

一つ目達磨（山岡荘八）

◇「浜町河岸夕化粧」光風社出版 1998 （光風社文
庫）p103

一つ目の坊主、河童の写真（竹内義和）
◇「文豪百物語」ぶんか社 1997 p29

ひとつ蘭（連城三紀彦）
◇「現代の小説 1998」徳間書店 1998 p364

ひとでなし（林由美子）
◇「5分で読める！ 怖いはなし」宝島社 2014 （宝島
社文庫）p121

生者でなしVSヒトデナシ（明神ちさと）
◇「怪談四十九夜」竹書房 2016 （竹書房文庫）
p138

ひとときの思い出（佐藤光生）
◇「ショートショートの広場 15」講談社 2004 （講
談社文庫）p111

句集 一処不動（蓮井三佐男）
◇「ハンセン病文学全集 9」皓星社 2010 p200

ひとなつの花（小川糸）
◇「てのひらの恋」KADOKAWA 2014 （角川文
庫）p111

人に迷惑をかけて死ぬべし（三島由紀夫）
◇「ちくま日本文学 10」筑摩書房 2008 （ちくま文
庫）p424

人に別るとて（柳田國男）
◇「ちくま日本文学 15」筑摩書房 2008 （ちくま文
庫）p458

人の噂（饗庭篁村）
◇「明治の文学 13」筑摩書房 2003 p4

人の夫（神崎恒）
◇「青蜡小説集」講談社 2014 （講談社文芸文庫）
p130

人の顔（夢野久作）
◇「爬虫館事件—新青年傑作選」角川書店 1998 （角
川ホラー文庫）p153
◇「恐怖特急」光文社 2002 （光文社文庫）p85
◇「新編・日本幻想文学集成 4」国書刊行会 2016
p13

人の最後（冨士玉女）
◇「怪談四十九夜」竹書房 2016 （竹書房文庫）
p182

人のセックスを笑うな（井口奈己, 本調有香）
◇「年鑑代表シナリオ集 '08」シナリオ作家協会
2009 p7

人のためにつくせ（作者表記なし）
◇「日本統治期台湾文学集成 27」緑蔭書房 2007
p341

人の為につくせ（作者表記なし）
◇「日本統治期台湾文学集成 27」緑蔭書房 2007
p333

人の為になることを（片桐更紗）
◇「ショートショートの広場 8」講談社 1997 （講
談社文庫）p155

ピートの春（乾緑郎）
◇「5分で読める！ ひと駅ストーリー 猫の物語」宝
島社 2014 （宝島社文庫）p319
◇「5分で泣ける！ 胸がいっぱいになる物語」宝島

作品名から引ける日本文学全集案内 第III期　665

ひとの

社 2015（宝島社文庫）p117

人の降る確率（柄刀一）
◇「本格ミステリ 2002」講談社 2002（講談社ノベルス）p151
◇「天使と髑髏の密室―本格短編ベスト・セレクション」講談社 2005（講談社文庫）p263

人の身として思いつく限り、最高にどでかい望み―弟が連れてきたのは、望みを何でもかなえてくれる神だったんだ（粕谷知世）
◇「NOVA―書き下ろし日本SFコレクション 8」河出書房新社 2012（河出文庫）p87

青木恵哉遺句集 一葉（ひとは）（青木恵哉）
◇「ハンセン病文学全集 9」皓星社 2010 p166

人肌屏風（古巣夢太郎）
◇「怪奇・伝奇時代小説選集 11」春陽堂書店 2000（春陽文庫）p186

ひとひらの歴史―魔術師を誘う（秋田みやび）
◇「狙われたヘッポコーズ―ソード・ワールド短編集」富士見書房 2004（富士見ファンタジア文庫）p169

一房の葡萄（有島武郎）
◇「せつない話 2」光文社 1997 p7
◇「涙の百年文学―もう一度読みたい」太陽出版 2009 p60
◇「果実」SDP 2009（SDP bunko）p45

人間違い（立原透耶）
◇「女たちの怪談百物語」メディアファクトリー 2010（〔幽books〕）p290
◇「女たちの怪談百物語」KADOKAWA 2014（角川ホラー文庫）p297

人まね鳥（白石一郎）
◇「江戸恋い明け烏」光風社出版 1999（光風社文庫）p7

人麿（安西均）
◇「新装版 全集現代文学の発見 13」學藝書林 2004 p372

瞳（趙薫）
◇「近代朝鮮文学日本語作品集1939～1945 創作篇 6」緑蔭書房 2001 p79

人見さんは眠れない（宮田真司）
◇「超短編の世界 vol.2」創英社 2009 p112

人見知り克服講座（えどきりこ）
◇「ショートショートの花束 5」講談社 2013（講談社文庫）p38

火と水（抄）（大橋乙羽）
◇「天変動く大震災と作家たち」インパクト出版会 2011（インパクト選書）p15

ひとみのナツヤスミ（高橋よしの）
◇「中学生のドラマ 1」晩成書房 1995 p117

ひとみの夏休み（新井満）
◇「少女物語」朝日新聞社 1998 p67

ひと昔（戸田巽）
◇「甦る推理雑誌 3」光文社 2002（光文社文庫）p379

一目惚れ（飯野文彦）
◇「グランドホテル」廣済堂出版 1999（廣済堂文

庫）p419

ヒトモドキ（有川浩）
◇「Story Seller 2」新潮社 2010（新潮文庫）p165

ひとゆらり（野棘かな）
◇「てのひら怪談 癸巳」KADOKAWA 2013（MF文庫ダ・ヴィンチ）p114

一節切（花衣沙久羅）
◇「花月夜綺譚―怪談集」集英社 2007（集英社文庫）p59

ひとり（網野菊）
◇「戦後占領期短篇小説コレクション 3」藤原書店 2007 p29

ひとり狼（村上元三）
◇「花と剣と侍―新鷹会・傑作時代小説選」光文社 2009（光文社文庫）p23

ひとり狼―池広一夫監督「ひとり狼」原作（村上元三）
◇「時代劇原作選集―あの名画を生みだした傑作小説」双葉社 2003（双葉文庫）p443

一人家族（増田みず子）
◇「山田詠美・増田みず子・松浦理英子・笙野頼子」角川書店 1999（女性作家シリーズ）p206
◇「戦後短篇小説再発見 4」講談社 2001（講談社文芸文庫）p216

ひとり気味（西島伝法）
◇「本迷宮―本を巡る不思議な物語」日本図書設計家協会 2016 p65

ひとりぐらし（野上彌生子）
◇「精選女性随筆集 10」文藝春秋 2012 p147

一人暮らし（夢野竹輪）
◇「てのひら怪談―ビーケーワン怪談大賞傑作選 辛卯」ポプラ社 2011（ポプラ文庫）p42

一人ごっこ（桜井哲夫）
◇「ハンセン病文学全集 7」皓星社 2004 p453

ヒトリシズカ（谷村志穂）
◇「最後の恋―つまり、自分史上最高の恋。」新潮社 2008（新潮文庫）p51

一人芝居（小池真理子）
◇「緋迷宮―ミステリー・アンソロジー」祥伝社 2001（祥伝社文庫）p327

ひとりじゃ死ねない（中西智明）
◇「法月綸太郎の本格ミステリ・アンソロジー」角川書店 2005（角川文庫）p222

ひとりじゃないよ（@setugetufuka）
◇「3.11心に残る140字の物語」学研パブリッシング 2011 p43

ひとりじゃ何も（小林麻里絵）
◇「ショートショートの広場 18」講談社 2006（講談社文庫）p48

ひとり住まい（古倉節子）
◇「全作家短編小説集 7」全作家協会 2008 p85

ひとり旅（石井桃子）
◇「精選女性随筆集 8」文藝春秋 2012 p120

ひとり旅（山下貴光）
◇「5分で読める！ ひと駅ストーリー 旅の話」宝島

社 2015（宝島社文庫）p127

一人旅（吉田健一）
◇「戦後短篇小説再発見 16」講談社 2003（講談社文芸文庫）p74

ひとりで大丈夫？（蒼井上鷹）
◇「物語のルミナリエ」光文社 2011（光文社文庫）p58

ひとりで闘病した父は、私の尊敬する人≫父（中嶋洋子）
◇「日本人の手紙 9」リブリオ出版 2004 p166

ひとり手前の男（上栄二郎）
◇「宇宙塵傑作選―日本SFの軌跡 2」出版芸術社 1997 p25

一人では無理がある（伊坂幸太郎）
◇「X'mas Stories―一年でいちばん奇跡が起きる日」新潮社 2016（新潮文庫）p113

独りにしないで（桐野夏生）
◇「殺人博物館へようこそ」講談社 1998（講談社文庫）p47

ひとりになる（間宮緑）
◇「本迷宮―本を巡る不思議な物語」日本図書設計家協会 2016 p_7

一人の女（具南順）
◇「ハンセン病文学全集 4」皓星社 2003 p269

ひとりの女に（黒田三郎）
◇「新装版 全集現代文学の発見 15」學藝書林 2005 p468

一人の芭蕉の問題（江戸川乱歩）
◇「甦る推理雑誌 1」光文社 2002（光文社文庫）p444

『孤りの星よ！ わが友よ』（李石薫生）
◇「近代朝鮮文学日本語作品1908〜1945 セレクション 4」緑蔭書房 2008 p197

一人の娘（宮本常一）
◇「ちくま日本文学 22」筑摩書房 2008（ちくま文庫）p307

ひとり博打（色川武大）
◇「ちくま日本文学 30」筑摩書房 2008（ちくま文庫）p9

一人一人（藤富保男）
◇「新装版 全集現代文学の発見 13」學藝書林 2004 p547

一人分の平和（岡島弘子）
◇「日本海文学大賞―大賞作品集 3」日本海文学大賞運営委員会 2007 p407

ひとりぼっち（赤星都）
◇「てのひら怪談―ビーケーワン怪談大賞傑作選 辛卯」ポプラ社 2011（ポプラ文庫）p222

独り身の女（成瀬あゆみ）
◇「ゆれる―第12回フェリシモ文学賞作品集」フェリシモ 2009 p8

ひとりよがり（李正子）
◇「〈在日〉文学全集 17」勉誠出版 2006 p271

ビードロを吹く女（胡桃沢耕史）
◇「江戸宵闇しぐれ」学習研究社 2005（学研M文庫）p181

人は死ヌト（夢魅あきと）
◇「人は死んだら電柱になる―電柱アンソロジー」遠すぎる未来団 2014 p365

人は死んだら電柱になる（肉・牡丹）
◇「人は死んだら電柱になる―電柱アンソロジー」遠すぎる未来団 2014 p269

人は死んだら電柱になる（猫田博人（Bact.））
◇「人は死んだら電柱になる―電柱アンソロジー」遠すぎる未来団 2014 p7

人は死んだら電柱になる（森本ねこ）
◇「人は死んだら電柱になる―電柱アンソロジー」遠すぎる未来団 2014 p115

人は死んだら、電柱になるという話（sainos）
◇「人は死んだら電柱になる―電柱アンソロジー」遠すぎる未来団 2014 p253

人は常に我胸中の秘密を語らんとする者なり（徳富蘇峰）
◇「新日本古典文学大系 明治編 26」岩波書店 2002 p209

一椀の汁（佐江衆一）
◇「江戸味わい帖 料理人篇」角川春樹事務所 2015（ハルキ文庫）p37

ひとんち（澤村伊智）
◇「宝石ザミステリー Red」光文社 2016 p139

雛（芥川龍之介）
◇「教科書に載った小説」ポプラ社 2008 p173
◇「教科書に載った小説」ポプラ社 2012（ポプラ文庫）p155

雛（幸田文）
◇「戦後短篇小説再発見 4」講談社 2001（講談社文芸文庫）p40
◇「ちくま日本文学 5」筑摩書房 2007（ちくま文庫）p83

雛（星野智幸）
◇「極上掌篇小説」角川書店 2006 p239
◇「ひと粒の宇宙」角川書店 2009（角川文庫）p235

雛がたり（泉鏡花）
◇「人形」国書刊行会 1997（書物の王国）p191
◇「ちくま日本文学 11」筑摩書房 2008（ちくま文庫）p9

ひな菊（高野史緒）
◇「短篇ベストコレクション―現代の小説 2010」徳間書店 2010（徳間文庫）p229
◇「量子回廊―年刊日本SF傑作選 2010」東京創元社 2010（創元SF文庫）p47

雛罌粟（李正子）
◇「〈在日〉文学全集 17」勉誠出版 2006 p338

ヴィーナス（樹川さとみ）
◇「チューリップ革命―ネオ・スイート・ドリーム・ロマンス」イースト・プレス 2000 p77

句集 日向ぼっこ（園井敬一郎）
◇「ハンセン病文学全集 9」皓星社 2010 p462

雛人形（林京子）
◇「戦後短篇小説再発見 7」講談社 2001（講談社文芸文庫）p215

ひなに

雛人形夢反故裏（上村一夫）
◇「たんときれいに召し上がれ─美食文学精選」芸術新聞社 2015 p193

雛の宿（三島由紀夫）
◇「文豪怪談傑作選」筑摩書房 2007（ちくま文庫）p16

ひなまつり（浅田次郎）
◇「人恋しい雨の夜に─せつない小説アンソロジー」光文社 2006（光文社文庫）p199

ひなまつりによせて（秋田穂月）
◇「ハンセン病文学全集 7」皓星社 2004 p504

火縄銃の歌（許南麒）
◇「〈在日〉文学全集 2」勉誠出版 2006 p7

詩集 美男（安西均）
◇「新装版 全集現代文学の発見 13」學藝書林 2004 p373

避難記念日（@ideimachi）
◇「3.11心に残る140字の物語」学研パブリッシング 2011 p14

避難所（樫山隆昭）
◇「平成28年熊本地震作品集」くまもと文学・歴史館友の会 2016 p7

避難所（原田千寿子）
◇「平成28年熊本地震作品集」くまもと文学・歴史館友の会 2016 p10

美男と野獣（田辺聖子）
◇「愛と癒し」リブリオ出版 2001（ラブミーワールド）p5
◇「恋愛小説・名作集成 10」リブリオ出版 2004 p5

美男の医者（平岩弓枝）
◇「鍔鳴り疾風剣」光風社出版 2000（光風社文庫）p179

避難命令（梓林太郎）
◇「山岳迷宮（ラビリンス）─山のミステリー傑作選」光文社 2016（光文社文庫）p5

緋に染まる白衣（辛仁出）
◇「近代朝鮮文学日本語作品集1901～1938 創作篇 1」緑蔭書房 2004 p313

美について（坂口安吾）
◇「ちくま日本文学 9」筑摩書房 2008（ちくま文庫）p204

ひねくれた数個の穴（李龍海）
◇「〈在日〉文学全集 18」勉誠出版 2006 p243

微熱語り（若合春侑）
◇「文学 2004」講談社 2004 p109

陽の当らない谷間（杉浦明平）
◇「戦後文学エッセイ選 6」影書房 2008 p46

陽のあたる場所（東山彰良）
◇「激動東京五輪1964」講談社 2015 p245

火の雨ぞ降る（高木彬光）
◇「たそがれゆく未来」筑摩書房 2016（ちくま文庫）p7

火の命（尹敏哲）
◇「〈在日〉文学全集 18」勉誠出版 2006 p273

火の花壇（勝目梓）

男たちのら・ら・ば・い」徳間書店 1999（徳間）p171

緋ノ蕪（正岡子規）
◇「新日本古典文学大系 明治編 27」岩波書店 2003 p370

火の川法昌寺百話（立松和平）
◇「短篇ベストコレクション─現代の小説 2003」徳間書店 2003（徳間文庫）p201

ピノキオ（中西のぞみ）
◇「中学校劇作シリーズ 9」青雲書房 2005 p73

火の記憶（松本清張）
◇「戦後短篇小説再発見 11」講談社 2003（講談社文芸文庫）p32

緋の記憶（仁木悦子）
◇「現代秀作集」角川書店 1999（女性作家シリーズ）p117

ピノキオ病（嘉瀬陽介）
◇「ショートショートの広場 13」講談社 2002（講談社文庫）p177

檜の影 第一集（九州療養所檜の影会）
◇「ハンセン病文学全集 8」皓星社 2006 p1
◇「ハンセン病文学全集 8」皓星社 2010 p3

檜の影 第二集（九州療養所檜の影会）
◇「ハンセン病文学全集 8」皓星社 2006 p5

檜の蔭の聖父（九州療養所）
◇「ハンセン病文学全集 9」皓星社 2010 p18

檜の蔭の聖父（九州療養所檜の影会）
◇「ハンセン病文学全集 8」皓星社 2006 p43

ひの国の話（高野和己）
◇「ゆきのまち幻想文学賞小品集 13」企画集団ぷりずむ 2004 p67

火の魚（渡辺あや）
◇「テレビドラマ代表作選集 2010年版」日本脚本家連盟 2010 p7

日の底で（金時鐘）
◇「〈在日〉文学全集 5」勉誠出版 2006 p8

緋の堕胎（戸川昌子）
◇「異形の白昼─恐怖小説集」筑摩書房 2013（ちくま文庫）p289

火の玉と割符（宮崎一雨）
◇「文豪怪談傑作選 特別編」筑摩書房 2007（ちくま文庫）p220

日の出（国木田独歩）
◇「明治の文学 22」筑摩書房 2001 p174

日の出通り商店街 いきいきデー（中島らも）
◇「日本SF・名作集成 8」リブリオ出版 2005 p201

火鳥（坂東眞砂子）
◇「危険な関係─女流ミステリー傑作選」角川春樹事務所 2002（ハルキ文庫）p157

火の鳥─アトム編（二階堂黎人）
◇「手塚治虫COVER タナトス篇」徳間書店 2003（徳間デュアル文庫）p233

火の鳥─COM版望郷編（手塚治虫）
◇「手塚治虫COVER タナトス篇」徳間書店 2003（徳間デュアル文庫）p181

ひほう

火の匂い（キムリジャ）
　◇「〈在日〉文学全集 18」勉誠出版 2006 p346
陽の残り（秋山省三）
　◇「立川文学 4」けやき出版 2014 p155
火の柱（抄）（木下尚江）
　◇「明治の文学 18」筑摩書房 2002 p191
日の果て（梅崎春生）
　◇「戦後占領期短篇小説コレクション 2」藤原書店 2007 p169
陽の光、月の光（安土萌）
　◇「キネマ・キネマ」光文社 2002 （光文社文庫）p621
日の丸あげて（赤川次郎）
　◇「謀」文藝春秋 2003 （推理作家になりたくて マイベストミステリー）p8
　◇「マイ・ベスト・ミステリー 4」文藝春秋 2007 （文春文庫）p10
青年劇 日の丸渡し――一幕一場（宇田菊生）
　◇「日本統治期台湾文学集成 10」緑蔭書房 2003 p201
日ノ本一の兵（木下昌輝）
　◇「決戦！ 大坂城」講談社 2015 p47
美の誘惑（あわぢ生）
　◇「幻の探偵雑誌 7」光文社 2001 （光文社文庫）p77
ひばな。はなび。（野中柊）
　◇「29歳」日本経済新聞出版社 2008 p125
　◇「29歳」新潮社 2012 （新潮文庫）p141
火花 1（柴崎友香）
　◇「大阪ラビリンス」新潮社 2014 （新潮文庫）p349
火花 2（柴崎友香）
　◇「大阪ラビリンス」新潮社 2014 （新潮文庫）p361
ビーバーの小枝（小川洋子）
　◇「文学 2013」講談社 2013 p119
雲雀（藤森成吉）
　◇「百年小説」ポプラ社 2008 p681
雲雀さんの答へ（黄錫禹）
　◇「近代朝鮮文学日本語作品集1908～1945 セレクション 4」緑蔭書房 2008 p215
雲雀の巣（萩原朔太郎）
　◇「ちくま日本文学 36」筑摩書房 2009 （ちくま文庫）p114
ひばり娘――六景（簡国賢）
　◇「日本統治期台湾文学集成 14」緑蔭書房 2003 p411
雲雀料理（萩原朔太郎）
　◇「ちくま日本文学 36」筑摩書房 2009 （ちくま文庫）p70
　◇「文人御馳走帖」新潮社 2014 （新潮文庫）p157
　◇「もの食う話」文藝春秋 2015 （文春文庫）p76
日々あらた（金沢真吾）
　◇「ハンセン病文学全集 8」皓星社 2006 p512
日々が戻っても（@Asatoiro）

　◇「3.11心に残る140字の物語」学研パブリッシング 2011 p88
響（抄）付「跫音」（水野葉舟）
　◇「文豪怪談傑作選 明治編」筑摩書房 2011 （ちくま文庫）p149
『日日雑記』（武田百合子）
　◇「精選女性随筆集 5」文藝春秋 2012 p239
『日日雑記』より（武田百合子）
　◇「映画狂時代」新潮社 2014 （新潮文庫）p9
日々のつみかさね（平金魚）
　◇「てのひら怪談――ビーケーワン怪談大賞傑作選」ポプラ社 2007 p120
　◇「てのひら怪談――ビーケーワン怪談大賞傑作選」ポプラ社 2008 （ポプラ文庫）p124
日日の友（阿部昭）
　◇「「内向の世代」初期作品アンソロジー」講談社 2016 （講談社文芸文庫）p197
批評家（春木シュンボク）
　◇「ショートショートの花束 8」講談社 2016 （講談社文庫）p26
批評の人間性（中野重治）
　◇「新装版 全集現代文学の発見 4」學藝書林 2003 p428
ひび割れ（林絵里沙）
　◇「藤本義一文学賞 第1回」（大阪）たる出版 2016 p133
ビビンパ・パーティー（全美恵）
　◇「〈在日〉文学全集 18」勉誠出版 2006 p372
皮膚（松本楽志）
　◇「魔地図」光文社 2005 （光文社文庫）p205
微風（百目鬼野干）
　◇「怪談四十九夜」竹書房 2016 （竹書房文庫）p150
微風よ（李承葉）
　◇「近代朝鮮文学日本語作品集1939～1945 創作篇 6」緑蔭書房 2001 p85
皮膚呼吸（李正子）
　◇「〈在日〉文学全集 17」勉誠出版 2006 p296
ビーフシチウーでもいいかしら（森朝美）
　◇「かわいい――第16回フェリシモ文学賞優秀作品集」フェリシモ 2013 p76
皮膚と心（太宰治）
　◇「文豪怪談傑作選 太宰治集」筑摩書房 2009 （ちくま文庫）p241
ビーフになさいますか、それともポークに…（篠田節子）
　◇「迷」文藝春秋 2003 （推理作家になりたくて マイベストミステリー）p151
　◇「マイ・ベスト・ミステリー 3」文藝春秋 2007 （文春文庫）p225
皮膚の経営（北川冬彦）
　◇「新装版 全集現代文学の発見 13」學藝書林 2004 p30
秘宝館（いしいしんじ）
　◇「文学 2016」講談社 2016 p19

作品名から引ける日本文学全集案内 第III期　669

ひほう

秘法 燕返し（朝松健）
◇「伝奇城─伝奇時代小説アンソロジー」光文社 2005（光文社文庫）p363

美貌の花田、今やなし（富士正晴）
◇「戦後文学エッセイ選 7」影書房 2006 p149

美貌の人妻（徳永敦世）
◇「ショートショートの広場 8」講談社 1997（講談社文庫）p92

B墓地事件（松浦美寿一）
◇「怪奇探偵小説集 1」角川春樹事務所 1998（ハルキ文庫）p61
◇「江戸川乱歩と13人の新青年 〈文学派〉編」光文社 2008（光文社文庫）p237

ピポーの音（陳舜臣）
◇「あなたが名探偵」講談社 1998（講談社文庫）p149

非凡氏手翰（正岡子規）
◇「新日本古典文学大系 明治編 27」岩波書店 2003 p270

非凡なる凡人（国木田独歩）
◇「明治の文学 22」筑摩書房 2001 p194

ひまつぶし（もくだいゆういち）
◇「ショートショートの花束 7」講談社 2015（講談社文庫）p196

火祭の歌（洪思容）
◇「近代朝鮮文学日本語作品集1939～1945 創作篇 6」緑蔭書房 2001 p180

閑な老人（尾崎一雄）
◇「戦後短篇小説再発見 14」講談社 2003（講談社文芸文庫）p136

蓖麻は繋げれり─二幕（川平朝申）
◇「日本統治期台湾文学集成 11」緑蔭書房 2003 p337

向日葵（王白淵）
◇「日本統治期台湾文学集成 18」緑蔭書房 2003 p35

向日葵と太陽（朴南秀）
◇「近代朝鮮文学日本語作品集1908～1945 セレクション 4」緑蔭書房 2008 p361

ヒマワリと落ména（小枝美月記）
◇「君に伝えたい─恋愛短篇小説集」泰文堂 2013（リンダブックス）p168

向日葵─夏よ、あなたを抱きしめるため、わたしはできるだけ大きくなろうとする。（牧南恭子）
◇「変化─書下ろしホラー・アンソロジー」PHP研究所 2000（PHP文庫）p107

ひまわりの朝（咲乃月音）
◇「5分で読める！ ひと駅ストーリー 夏の記憶東口編」宝島社 2013（宝島社文庫）p141

向日葵の花（作者表記なし）
◇「日本統治期台湾文学集成 10」緑蔭書房 2003 p253

ヒマワリのように咲きます。父へ、母へ≫両親（野口玲）
◇「日本人の手紙 1」リブリオ出版 2004 p80

向日葵ラプソディ（綾崎隼）
◇「19（ナインティーン）」アスキー・メディアワークス 2010（メディアワークス文庫）p151

肥満禁止令（岩波零）
◇「ショートショートの花束 3」講談社 2011（講談社文庫）p220

卑弥呼（田辺聖子）
◇「人物日本の歴史─時代小説版 古代中世編」小学館 2004（小学館文庫）p5

美味・珍味・奇味・怪味・媚味・魔味・幻味・幼味・妖味・天味（開高健）
◇「くだものだもの」ランダムハウス講談社 2007 p181

秘密（小沢章友）
◇「妖女」光文社 2004（光文社文庫）p115

秘密（小松左京）
◇「人肉嗜食」筑摩書房 2001（ちくま文庫）p63

秘密（谷崎潤一郎）
◇「近代小説〈都市〉を読む」双文社出版 1999 p70
◇「明治の文学 25」筑摩書房 2001 p336
◇「謎」文藝春秋 2004（推理作家になりたくて マイベストミステリー）p310
◇「見上げれば星は天に満ちて一心に残る物語─日本文学秀作選」文藝春秋 2005（文春文庫）p33
◇「明治探偵冒険小説 4」筑摩書房 2005（ちくま文庫）p385
◇「マイ・ベスト・ミステリー 6」文藝春秋 2007（文春文庫）p459
◇「ちくま日本文学 14」筑摩書房 2008（ちくま文庫）p24
◇「変身ものがたり」筑摩書房 2010（ちくま文学の森）p345
◇「日本近代短篇小説選 明治篇2」岩波書店 2013（岩波文庫）p307
◇「新編・日本幻想文学集成 3」国書刊行会 2016 p13

秘密（平林初之輔）
◇「君らの狂気に死を孕ませよ─新青年傑作選」角川書店 2000（角川文庫）p145

秘密（堀部利之）
◇「ショートショートの広場 8」講談社 1997（講談社文庫）p20

秘密（丸谷才一）
◇「山形県文学全集第1期（小説編） 3」郷土出版社 2004 p243

秘密（安岡章太郎）
◇「怪獣」国書刊行会 1998（書物の王国）p111

秘密基地（堀井紗由美）
◇「てのひら怪談─ビーケーワン怪談大賞傑作選」ポプラ社 2007 p140
◇「てのひら怪談─ビーケーワン怪談大賞傑作選」ポプラ社 2008（ポプラ文庫）p144

秘密結社脱走人に絡（かかわ）る話（城昌幸）
◇「幻の探偵雑誌 5」光文社 2001（光文社文庫）p161

秘密の穴（高尾漂一）

◇「ショートショートの広場 19」講談社 2007（講談社文庫）p192

秘密の海（難波利三）
◇「短篇ベストコレクション―現代の小説 2000」徳間書店 2000 p31

秘密の女王会議―原作：荻原規子『西の善き魔女』（桃川春日子）
◇「C・N 25―C・novels創刊25周年アンソロジー」中央公論新社 2007（C novels）p581

秘密兵器（幸田文鳥）
◇「ショートショートの広場 18」講談社 2006（講談社文庫）p43

火村英生に捧げる犯罪（有栖川有栖）
◇「名探偵に訊け」光文社 2010（Kappa novels）p15
◇「名探偵に訊け」光文社 2013（光文社文庫）p7

姫君を喰う話（宇能鴻一郎）
◇「人肉嗜食」筑摩書房 2001（ちくま文庫）p269

姫君御姉妹（南條範夫）
◇「姫君たちの戦国―時代小説傑作選」PHP研究所 2011（PHP文芸文庫）p171

日めくり（古川時夫）
◇「ハンセン病文学全集 7」皓星社 2004 p356

ひめごと（津村節子）
◇「10 ラブ・ストーリーズ」朝日新聞出版 2011（朝日文庫）p341

姫沙羅（西原健次）
◇「「伊豆文学賞」優秀作品集 第4回」静岡新聞社 2001 p43

ヒメジョオン（小瀬朧）
◇「てのひら怪談 癸巳」KADOKAWA 2013（MF文庫ダ・ヴィンチ）p14

秘めたる憂い（山崎洋子）
◇「京都府文学全集第1期（小説編）6」郷土出版社 2005 p276

秘めたる想い（猫吉）
◇「ショートショートの花束 7」講談社 2015（講談社文庫）p116

姫椿（浅田次郎）
◇「短篇ベストコレクション―現代の小説 2000」徳間書店 2000 p55

姫と戦争と『庭の雀』（笙野頼子）
◇「文学 2005」講談社 2005 p166
◇「コレクション戦争と文学 4」集英社 2011 p590

姫ライラックの花より（古川時夫）
◇「ハンセン病文学全集 7」皓星社 2004 p354

秘められたる挿話（松本泰）
◇「探偵小説の風景―トラフィック・コレクション 上」光文社 2009（光文社文庫）p205

ひも（山口洋子）
◇「現代の小説 1998」徳間書店 1998 p341

紐（田辺聖子）
◇「ワルツ―アンソロジー」祥伝社 2004（祥伝社文庫）p7

紐（出久根達郎）

◇「現代の小説 1998」徳間書店 1998 p331

ひも・紐・ヒモ（伊集院静）
◇「忍ぶ恋」文藝春秋 1999 p103

ひも・紐・ヒモ（北原亞以子）
◇「忍ぶ恋」文藝春秋 1999 p121

ひも・紐・ヒモ（出久根達郎）
◇「忍ぶ恋」文藝春秋 1999 p137

ひも・紐・ヒモ（西木正明）
◇「忍ぶ恋」文藝春秋 1999 p151

ひも・紐・ヒモ（村松友視）
◇「忍ぶ恋」文藝春秋 1999 p183

ひも・紐・ヒモ（山口洋子）
◇「忍ぶ恋」文藝春秋 1999 p183

緋紋谷事件（鮎川哲也）
◇「名探偵と鉄旅―鉄道ミステリー傑作選」光文社 2016（光文社文庫）p101

ピーや（眉村卓）
◇「ミステリマガジン700 国内篇」早川書房 2014（ハヤカワ・ミステリ文庫）p45
◇「冒険の森へ―傑作小説大全 4」集英社 2016 p23
◇「30の神品―ショートショート傑作選」扶桑社 2016（扶桑社文庫）p133

百（色川武大）
◇「家族の絆」光文社 1997（光文社文庫）p177
◇「川端康成文学賞全作品 1」新潮社 1999 p181
◇「文学賞受賞・名作集成 4」リブリオ出版 2004 p69

百一番目の恐怖（森真沙子）
◇「文藝百物語」ぶんか社 1997 p281

百円の安眠（池田みち子）
◇「現代秀作集」角川書店 1999（女性作家シリーズ）p37

百音の序曲（鈴木ゆき江）
◇「「伊豆文学賞」優秀作品集 第6回」羽衣出版 2003 p47

百光年ハネムーン（梶尾真治）
◇「日本SF短篇50 2」早川書房 2013（ハヤカワ文庫 JA）p371

151.8（安部雅浩）
◇「高校演劇Selection 2002 下」晩成書房 2002 p27

百十の手なぐさみ（松音戸子）
◇「てのひら怪談―ビーケーワン怪談大賞傑作選 壬辰」ポプラ社 2012（ポプラ文庫）p238

百姓喜右衛門（宮本常一）
◇「ちくま日本文学 22」筑摩書房 2008（ちくま文庫）p333

百姓志願――一幕（吉村敏）
◇「日本統治期台湾文学集成 12」緑蔭書房 2003 p451

百折不撓、所信に邁進（洪命憙）
◇「近代朝鮮文学日本語作品集1901〜1938 評論・随筆篇 3」緑蔭書房 2004 p213

白檀の首飾り（古川時夫）
◇「ハンセン病文学全集 7」皓星社 2004 p359

百点を十回とれば（森本和子）

ひやく

◇「朗読劇台本集 4」玉川大学出版部 2002 p79

百人腐女（江崎来人）
　◇「てのひら怪談―ビーケーワン怪談大賞傑作選 庚寅」ポプラ文庫 2010（ポプラ文庫）p234

百人のヨブ（島田等）
　◇「ハンセン病文学全集 7」皓星社 2004 p450

浮世写真 百人百色（抄）（痩々亭骨皮道人）
　◇「新日本古典文学大系 明治編 29」岩波書店 2005 p209

百人目（葭ヶ浦武史）
　◇「ショートショートの花束 5」講談社 2013（講談社文庫）p88

百年後の旅行者（加藤雅利）
　◇「5分で読める！ ひと駅ストーリー 旅の話」宝島社 2015（宝島社文庫）p117

百年に一度の雪（森江賢二）
　◇「ゆきのまち幻想文学賞小品集 13」企画集団ぷりずむ 2004 p159

百年の「業」（上野英信）
　◇「戦後文学エッセイ選 12」影書房 2006 p9

百年の知友のように―病床の友に（島村静雨）
　◇「ハンセン病文学全集 6」皓星社 2003 p261

百年のなかの七年（小田仁二郎）
　◇「山形県文学全集第2期（随筆・紀行編）3」郷土出版社 2005 p433

百年の雪時計（高橋三保子）
　◇「ゆきのまち幻想文学賞小品集 20」企画集団ぷりずむ 2011 p83

百のトイレ（村田喜代子）
　◇「戦後短篇小説再発見 18」講談社 2004（講談社文芸文庫）p153

ひゃくはち（森義隆）
　◇「年鑑代表シナリオ集 '08」シナリオ作家協会 2009 p141

百猫伝（桃川如燕）
　◇「新日本古典文学大系 明治編 7」岩波書店 2008 p405

随筆 百聞百見記（西川満）
　◇「日本統治期台湾文学集成 22」緑蔭書房 2007 p353

百魔術（泡坂妻夫）
　◇「ザ・ベストミステリーズ―推理小説年鑑 2001」講談社 2001 p67
　◇「終日犯罪」講談社 2004（講談社文庫）p43

百万円煎餅（三島由紀夫）
　◇「日本文学100年の名作 5」新潮社 2015（新潮文庫）p283

百万円もらった男（町田康）
　◇「100万分の1回のねこ」講談社 2015 p109

100万回殺したいハニー、スウィートダーリン（山田詠美）
　◇「100万分の1回のねこ」講談社 2015 p179

百万弗の人魚（久美沙織）
　◇「人魚の血―珠玉アンソロジー オリジナル＆スタンダート」光文社 2001（カッパ・ノベルス）

p279

百万のマルコ（柳広司）
　◇「本格ミステリ 2003」講談社 2003（講談社ノベルス）p99
　◇「論理学園事件帳―本格短編ベスト・セレクション」講談社 2007（講談社文庫）p129

百万本の薔薇（高野史緒）
　◇「極光星群」東京創元社 2013（創元SF文庫）p161

百万両呪縛（高木彬光）
　◇「七人の十兵衛―傑作時代小説」PHP研究所 2007（PHP文庫）p215

一〇〇メートル（倉橋由美子）
　◇「時よとまれ、君は美しい―スポーツ小説名作集」角川書店 2007（角川文庫）p213

百メートルの樹木（吉行淳之介）
　◇「昭和の短篇一人一冊集成 吉行淳之介」未知谷 2008 p265

百面相役者（江戸川乱歩）
　◇「ちくま日本文学 7」筑摩書房 2008（ちくま文庫）p118

百物語（阿刀田高）
　◇「闇夜に怪を語れば―百物語ホラー傑作選」角川書店 2005（角川ホラー文庫）p255

百物語（岡本綺堂）
　◇「怪奇・伝奇時代小説選集 8」春陽堂書店 2000（春陽文庫）p15
　◇「吊るされた男」角川書店 2001（角川ホラー文庫）p67
　◇「闇夜に怪を語れば―百物語ホラー傑作選」角川書店 2005（角川ホラー文庫）p223

百物語（北村薫）
　◇「七つの黒い夢」新潮社 2006（新潮文庫）p51

百物語（小原猛）
　◇「男たちの怪談百物語」メディアファクトリー 2012（［幽BOOKS］）p268

百物語（三遊亭円朝）
　◇「文豪怪談傑作選 明治編」筑摩書房 2011（ちくま文庫）p9

百物語（杉浦日向子）
　◇「奇譚カーニバル」集英社 2000（集英社文庫）p329

百物語（仙波龍英）
　◇「闇夜に怪を語れば―百物語ホラー傑作選」角川書店 2005（角川ホラー文庫）p179

百物語（高橋克彦）
　◇「闇夜に怪を語れば―百物語ホラー傑作選」角川書店 2005（角川ホラー文庫）p249

百物語（都筑道夫）
　◇「闇夜に怪を語れば―百物語ホラー傑作選」角川書店 2005（角川ホラー文庫）p233

百物語（花田清輝）
　◇「闇夜に怪を語れば―百物語ホラー傑作選」角川書店 2005（角川ホラー文庫）p281

百物語（福沢徹三）
　◇「文豪てのひら怪談」ポプラ社 2009（ポプラ文庫）p212

ひゆま

百物語（森鷗外）
◇「闇夜に怪を語れば―百物語ホラー傑作選」角川書店 2005（角川ホラー文庫）p185
◇「見上げれば星は天に満ちて―心に残る物語―日本文学秀作選」文藝春秋 2005（文春文庫）p9
◇「文豪怪談傑作選 森鷗外集」筑摩書房 2006（ちくま文庫）p353
◇「ちくま日本文学 17」筑摩書房 2008（ちくま文庫）p78

百物語異聞（倉阪鬼一郎）
◇「闇夜に怪を語れば―百物語ホラー傑作選」角川書店 2005（角川ホラー文庫）p293

百物語をすると……1（加門七海）
◇「女たちの怪談百物語」メディアファクトリー 2010（〔幽〕books）p10
◇「女たちの怪談百物語」KADOKAWA 2014（角川ホラー文庫）p16

百物語をすると……2（三輪チサ）
◇「女たちの怪談百物語」メディアファクトリー 2010（〔幽〕books）p143
◇「女たちの怪談百物語」KADOKAWA 2014（角川ホラー文庫）p148

百物語のテープ（加門七海）
◇「文藝百物語」ぶんか社 1997 p208

百物語の夜（横溝正史）
◇「江戸の名探偵―時代推理傑作選」徳間書店 2009（徳間文庫）p167

百物語の霊たち（井上雅彦）
◇「文藝百物語」ぶんか社 1997 p250

百両牡丹（三好一光）
◇「捕物時代小説選集 1」春陽堂書店 1999（春陽文庫）p76

百羽のツル（花岡大学）
◇「もう一度読みたい教科書の泣ける名作」学研教育出版 2013 p101

冷し馬（井上ひさし）
◇「冒険の森へ―傑作小説大全 7」集英社 2016 p104

冷やし中華にマヨネーズ（吉川トリコ）
◇「この部屋で君と」新潮社 2014（新潮文庫）p285

ヒヤシンス（吉屋信子）
◇「文学で考える〈仕事〉の百年」双文社出版 2010 p76
◇「文学で考える〈仕事〉の百年」翰林書房 2016 p76

百貨店―à M.Man Ray（竹中郁）
◇「新装版 全集現代文学の発見 13」學藝書林 2004 p38

百ヶ日（多田智満子）
◇「文豪怪談傑作選 特別編」筑摩書房 2008（ちくま文庫）p255

百貫天国（大場惑）
◇「SFバカ本 白菜編」ジャストシステム 1997 p27
◇「SFバカ本 白菜篇プラス」廣済堂出版 1999（廣済堂文庫）p33

百鬼園日暦（内田百閒）
◇「ちくま日本文学 1」筑摩書房 2007（ちくま文庫）p318
◇「もの食う話」文藝春秋 2015（文春文庫）p35

百鬼夜行 第三夜 目目連（京極夏彦）
◇「幻想ミッドナイト―日常を破壊する恐怖の断片」角川書店 1997（カドカワ・エンタテインメント）p223

百鬼の会（吉田健一）
◇「幻視の系譜」筑摩書房 2013（ちくま文庫）p429

百鬼夜行（柄沢斉）
◇「稲生モノノケ大全 陰之巻」毎日新聞社 2003 p525

百鬼夜行（菊池寛）
◇「文豪山怪奇譚―山の怪談名作選」山と渓谷社 2016 p63

百鬼夜行イン（諸星大二郎）
◇「妖怪変化―京極堂トリビュート」講談社 2007 p315

百閒雑感（倉橋由美子）
◇「精選女性随筆集 3」文藝春秋 2012 p159

白虎の径―客室B13号（樋島和）
◇「新・本格推理 01」光文社 2001（光文社文庫）p333

百匹目の火神（宮内悠介）
◇「短篇ベストコレクション―現代の小説 2013」徳間書店 2013（徳間文庫）p357

百匹めの猿（柄刀一）
◇「21世紀本格―書下ろしアンソロジー」光文社 2001（カッパ・ノベルス）p275

日雇周旋（松原岩五郎）
◇「新日本古典文学大系 明治編 30」岩波書店 2009 p243

ピュア（柴田夏子）
◇「ゆきのまち幻想文学賞小品集 10」企画集団ぷりずむ 2001 p186

日向（川端康成）
◇「危険なマッチ箱」文藝春秋 2009（文春文庫）p255

緋友禅（北森鴻）
◇「ザ・ベストミステリーズ―推理小説年鑑 2003」講談社 2003 p275
◇「殺人の教室」講談社 2006（講談社文庫）p209

譬喩活喩（正岡子規）
◇「新日本古典文学大系 明治編 27」岩波書店 2003 p14

ヒュドラ第十の首（法月綸太郎）
◇「気分は名探偵―犯人当てアンソロジー」徳間書店 2006 p245
◇「気分は名探偵―犯人当てアンソロジー」徳間書店 2008（徳間文庫）p291

ヒューマ、甘えてもいいんだよ（清水優）
◇「泣ける！ 北海道」泰文堂 2015（リンダパブリッシャーズの本）p83

ヒューマニズムの虚偽（1）ヒューマニズムの

ひゆま

虚偽テレビドラマ「この道遠く」について
（根来育）
◇「ハンセン病文学全集 5」皓星社 2010 p365

ヒューマニズムの虚偽 (2)「ある結婚」放映前
後（小杉敬吉）
◇「ハンセン病文学全集 5」皓星社 2010 p369

ヒューマニズムの虚偽 (3) 人間列島（伊波敏男）
◇「ハンセン病文学全集 5」皓星社 2010 p371

ヒューマニズムの虚偽 (4) 二つの鎖（松本馨）
◇「ハンセン病文学全集 5」皓星社 2010 p375

ビュリダンのロバ（美崎理恵）
◇「少女のなみだ」泰文堂 2014 （リンダブックス）
p175

ビューロクラシー（井上智之）
◇「ショートショートの広場 10」講談社 2000 （講
談社文庫）p52

漂（綱淵謙錠）
◇「剣侠しぐれ笠」光風社出版 1999 （光風社文庫）
p87

豹（内田百閒）
◇「ちくま日本文学 1」筑摩書房 2007 （ちくま文
庫）p74

憑（綱淵謙錠）
◇「必殺天誅剣」光風社出版 1999 （光風社文庫）
p137

憑依（紗那）
◇「男たちの怪談百物語」メディアファクトリー
2012 （〔幽BOOKS〕）p79

憑依（野田充男）
◇「ショートショートの花束 8」講談社 2016 （講
談社文庫）p253

憑依教室（大原まり子）
◇「少女怪談」学習研究社 2000 （学研M文庫）
p323

憑依箱と嘘箱（岩井志麻子）
◇「憑依」光文社 2010 （光文社文庫）p431

病院生活（香山末子）
◇「ハンセン病文学全集 4」皓星社 2003 p447

びょういんのさくら（トロチェフ, コンスタンチ
ン）
◇「ハンセン病文学全集 7」皓星社 2004 p518

美容院の話（岩井志麻子）
◇「女たちの怪談百物語」メディアファクトリー
2010 （〔幽books〕）p71
◇「女たちの怪談百物語」KADOKAWA 2014 （角
川ホラー文庫）p77

病院の夜明けの物音（寺田寅彦）
◇「ちくま日本文学 34」筑摩書房 2009 （ちくま文
庫）p132
◇「涙の百年文学—もう一度読みたい」太陽出版
2009 p114

病院横町の首縊りの家（横溝正史, 岡田鯱彦, 岡
村雄輔）
◇「鯉沼家の悲劇—本格推理マガジン 特集・幻の名
作」光文社 1998 （光文社文庫）p179

秒を読まれる（大場惑）
◇「SFバカ本 黄金スパム篇」メディアファクトリー
2000 p83

氷解（北村佳澄）
◇「冷と温—第13回フェリシモ文学賞作品集」フェ
リシモ 2010 p115

標介柱（王白淵）
◇「日本統治期台湾文学集成 18」緑蔭書房 2003
p83

評価の時代（影洋一）
◇「ショートショートの花束 8」講談社 2016 （講
談社文庫）p222

猫鬼（びょうき）（田中芳樹）
◇「日本SF・名作集成 10」リブリオ出版 2005 p213

病気見舞（正岡子規）
◇「新日本古典文学大系 明治編 27」岩波書店 2003
p222

漂空民（森上至晃）
◇「全作家短編集 15」のべる出版企画 2016 p69

表現なき家路（王白淵）
◇「日本統治期台湾文学集成 18」緑蔭書房 2003
p73

氷湖（竹内勝太郎）
◇「新装版 全集現代文学の発見 別巻」學藝書林
2005 p465

氷庫（小説）（尹基鼎）
◇「近代朝鮮文学日本語作品集1901〜1938 創作篇 1」
緑蔭書房 2004 p197

病骨録（尾崎紅葉）
◇「明治の文学 6」筑摩書房 2001 p414
◇「明治の文学 6」筑摩書房 2001 p429

兵庫頭の叛乱（神坂次郎）
◇「主命にござる」新潮社 2015 （新潮文庫）p183

兵庫頭の叛乱—由井正雪（神坂次郎）
◇「人物日本の歴史—時代小説版 江戸編 上」小学
館 2004 （小学館文庫）p167

氷山の一角（麻耶雄嵩）
◇「血文字パズル」角川書店 2003 （角川文庫）
p117
◇「赤に捧げる殺意」角川書店 2013 （角川文庫）
p247

美容室（緒久なつ江）
◇「ゆきのまち幻想文学賞小品集 25」企画集団ぷり
ずむ 2015 p137

病室（谺雄二）
◇「ハンセン病文学全集 7」皓星社 2004 p22
◇「ハンセン病文学全集 7」皓星社 2004 p266

病室で（小林弘明）
◇「ハンセン病文学全集 7」皓星社 2004 p196

病室点描（光岡良枝）
◇「ハンセン病文学全集 4」皓星社 2003 p455

美容師の話（宇佐美まこと）
◇「女たちの怪談百物語」メディアファクトリー
2010 （〔幽books〕）p79
◇「女たちの怪談百物語」KADOKAWA 2014 （角

川ホラー文庫）p84

病醜のダミアンをめぐって（1）「病醜のダミアン」像（冬敏之）
◇「ハンセン病文学全集 5」皓星社 2010 p410

病醜のダミアンをめぐって（2）ダミアンの沈黙（伊波敏男）
◇「ハンセン病文学全集 5」皓星社 2010 p414

猫笑（不狼児）
◇「てのひら怪談―ビーケーワン怪談大賞傑作選」ポプラ社 2007 p212
◇「てのひら怪談―ビーケーワン怪談大賞傑作選」ポプラ社 2008 （ポプラ文庫）p224

猫性（豊島与志雄）
◇「猫愛」凱風社 2008 （PD叢書）p13
◇「だから猫は猫そのものではない」凱風社 2015 p43

表彰（金時鐘）
◇「〈在日〉文学全集 5」勉誠出版 2006 p68

表彰（原洋司）
◇「時代の波音―民主文学短編小説集1995年～2004年」日本民主主義文学会 2005 p7

病牀記、解剖記、埋葬記（抄）（齋藤茂太）
◇「山形県文学全集第2期（随筆・紀行編）3」郷土出版社 2005 p53

表彰刑事（小杉健治）
◇「宝石ザミステリー 2016」光文社 2015 p145

病床で（谺雄二）
◇「ハンセン病文学全集 7」皓星社 2004 p265

病床日記（王昶雄）
◇「日本統治期台湾文学集成 29」緑蔭書房 2007 p355

病床にて（呉林俊）
◇「〈在日〉文学全集 17」勉誠出版 2006 p135

氷上の歩行者（琴平荘介）
◇「本格推理 14」光文社 1999 （光文社文庫）p311

病牀六尺（抄）（正岡子規）
◇「ちくま日本文学 40」筑摩書房 2009 （ちくま文庫）p222

豹助、町を驚ろかす（九鬼澹）
◇「甦る推理雑誌 2」光文社 2002 （光文社文庫）p225

氷人（南沢十七）
◇「爬虫館事件―新青年傑作選」角川書店 1998 （角川ホラー文庫）p307

病身（高橋たか子）
◇「戦後短篇小説再発見 3」講談社 2001 （講談社文芸文庫）p160

表装（楠田匡介）
◇「江戸川乱歩の推理試験」光文社 2009 （光文社文庫）p251

ひょうたん（宇江佐真理）
◇「大江戸万華鏡―美味小説傑作選」学研パブリッシング 2014 （学研M文庫）p117

瓢簞（井戸川寿良）
◇「ショートショートの広場 16」講談社 2005 （講談社文庫）p109

瓢簞（正岡子規）
◇「新日本古典文学大系 明治編 27」岩波書店 2003 p21

瓢簞から駒（真保裕一）
◇「マイ・ベスト・ミステリー 2」文藝春秋 2007 （文春文庫）p476

瓢簞供養（野村胡堂）
◇「酔うて候―時代小説傑作選」徳間書店 2006 （徳間文庫）p5

ひょうたんのイヲ（山本眞裕）
◇「太宰治賞 2009」筑摩書房 2009 p119

漂着者（椎名誠）
◇「冒険の森へ―傑作小説大全 19」集英社 2015 p40

病中所見（井伏鱒二）
◇「戦後短篇小説選―『世界』1946-1999 2」岩波書店 2000 p149

病中日記（明石海人）
◇「ハンセン病文学全集 4」皓星社 2003 p94

病中夢（志賀直哉）
◇「文豪怪談傑作選 大正篇」筑摩書房 2011 （ちくま文庫）p248

冰蝶（皆川博子）
◇「鐸鳴り疾風剣」光風社出版 2000 （光風社文庫）p353

標的（許南麒）
◇「〈在日〉文学全集 2」勉誠出版 2006 p209

氷島（萩原朔太郎）
◇「ちくま日本文学 36」筑摩書房 2009 （ちくま文庫）p185

病棟雑感（朴湘錫）
◇「ハンセン病文学全集 4」皓星社 2003 p635

病棟の窓（大城立裕）
◇「文学 2016」講談社 2016 p198

病棟面会室にて（越一人）
◇「ハンセン病文学全集 7」皓星社 2004 p468

病人に刃物（泡坂妻夫）
◇「贈る物語Mystery」光文社 2002 p241

病人の家（李光天）
◇「近代朝鮮文学日本語作品集1908～1945 セレクション 4」緑蔭書房 2008 p185

美鷹の爪（童門冬二）
◇「疾風怒濤！ 上杉戦記―傑作時代小説」PHP研究所 2008 （PHP文庫）p215
◇「軍師の生きざま―時代小説傑作選」コスミック出版 2008 （コスミック・時代文庫）p7

雹の降つた日（白鐵）
◇「近代朝鮮文学日本語作品集1908～1945 セレクション 4」緑蔭書房 2008 p207

氷波（上田早夕里）
◇「極光星群」東京創元社 2013 （創元SF文庫）p49

漂泊（伊良子清白）
◇「日本文学全集 29」河出書房新社 2016 p14

漂泊者の歌（萩原朔太郎）

ひよう

◇「ちくま日本文学 36」筑摩書房 2009（ちくま文庫）p185

漂泊の日に（国満静志）
◇「ハンセン病文学全集 7」皓星社 2004 p390

評判の良いバス（香月桂）
◇「ショートショートの広場 8」講談社 1997（講談社文庫）p180

評判悪いよ（眉村卓）
◇「日本ベストミステリー選集 24」光文社 1997（光文社文庫）p239

飈風（谷崎潤一郎）
◇「創刊一〇〇年三田文学名作選」三田文学会 2010 p56

屏風絵（西山樹一郎）
◇「ゆきのまち幻想文学賞・小品集 14」企画集団ぷりずむ 2005 p110

漂流カーペット─鏡家サーガ（竹本健治）
◇「QED鏡家の薬屋探偵─メフィスト賞トリビュート」講談社 2010（講談社ノベルス）p9

漂流巌流島（高井忍）
◇「砂漠を走る船の道─ミステリーズ！ 新人賞受賞作品集」東京創元社 2016（創元推理文庫）p9

漂流者（我孫子武丸）
◇「気分は名探偵─犯人当てアンソロジー」徳間書店 2006 p199
◇「気分は名探偵─犯人当てアンソロジー」徳間書店 2008（徳間文庫）p237

漂流者たち（吉田利之）
◇「ショートショートの広場 16」講談社 2005（講談社文庫）p195

漂流物（加楽幽明）
◇「リトル・リトル・クトゥルー─史上最小の神話小説集」学習研究社 2009 p192

漂流物（三井快）
◇「新鋭劇作集 series.18」日本劇団協議会 2006 p5
◇「フラジャイル・ファクトリー戯曲集 2」晩成書房 2008 p193

憑霊（福澤徹三）
◇「心霊理論」光文社 2007（光文社文庫）p83

氷惑星再び（栗本薫）
◇「グイン・サーガ・ワールド─グイン・サーガ続篇プロジェクト 2」早川書房 2011（ハヤカワ文庫 JA）p5

比翼の鳥（大峰古日）
◇「文豪怪談傑作選 柳田國男集」筑摩書房 2007（ちくま文庫）p373

比翼連理（大間九郎）
◇「5分で読める！ ひと駅ストーリー 食の話」宝島社 2015（宝島社文庫）p219

ひよこ色の天使（加納朋子）
◇「本格ミステリ 2002」講談社 2002（講談社ノベルス）p587
◇「天使と髑髏の密室─本格短編ベスト・セレクション」講談社 2005（講談社文庫）p219

ひよこトラック（小川洋子）
◇「文学 2007」講談社 2007 p216

◇「現代小説クロニクル 2005〜2009」講談社 2015（講談社文芸文庫）p83

ひよこの眼（山田詠美）
◇「日本文学100年の名作 8」新潮社 2015（新潮文庫）p317

ひょっとこ（芥川龍之介）
◇「ちくま日本文学 2」筑摩書房 2007（ちくま文庫）p248
◇「とっておきの話」筑摩書房 2011（ちくま文学の森）p251

ひょっとこ絵師（高桑義生）
◇「捕物時代小説選集 8」春陽堂書店 2000（春陽文庫）p255

ヒヨドリ（須月研児）
◇「ショートショートの広場 17」講談社 2005（講談社文庫）p81

ピヨのこと（金井美恵子）
◇「ファイン／キュート素敵かわいい作品選」筑摩書房 2015（ちくま文庫）p92

日和下駄（永井荷風）
◇「ちくま日本文学 19」筑摩書房 2008（ちくま文庫）p182

日和下駄 一名 東京散策記（永井荷風）
◇「ちくま日本文学 19」筑摩書房 2008（ちくま文庫）p181

日和下駄 第十一 夕陽 附 富士眺望（永井荷風）
◇「富士山」角川書店 2013（角川文庫）p49

日和山（佐伯一麦）
◇「それでも三月は、また」講談社 2012 p209

日和山はうるわし（土門拳）
◇「山形県文学全集第2期（随筆・紀行編）2」郷土出版社 2005 p333

平壌（ピョンヤン）… → "へいじょう…"を見よ

平壌ゴムのゼネスト（韓鐵鎬）
◇「近代朝鮮文学日本語作品集1901〜1938 評論・随筆篇 3」緑蔭書房 2004 p251

ビョン・ワン・リー（大庭みな子）
◇「文学 2000」講談社 2000 p155

ヒーラー（篠田節子）
◇「ザ・ベストミステリーズ─推理小説年鑑 2004」講談社 2004 p275
◇「孤独な交響曲（シンフォニー）」講談社 2007（講談社文庫）p135

ひらいたひらいた──一番はじめは（藤水名子）
◇「妖かしの宴─わらべ唄の呪い」PHP研究所 1999（PHP文庫）p209

開いた窓（江坂遊）
◇「綾辻・有栖川復刊セレクション 仕掛け花火」講談社 2007（講談社ノベルス）p148
◇「綾辻行人と有栖川有栖のミステリ・ジョッキー1」講談社 2008 p105

平賀源内無頼控（荒巻義雄）
◇「さよならの儀式」東京創元社 2014（創元SF文庫）p281

開かれた門（多磨全生園武蔵野短歌会）
◇「ハンセン病文学全集 8」皓星社 2006 p323

ひらき屋（宮下麻友子）
　◇「ひらく―第15回フェリシモ文学賞」フェリシモ 2012 p120

ビラ配り（小泉孝之）
　◇「ハンセン病文学全集 1」皓星社 2002 p275

平沢君の靴（作者不詳）
　◇「天変動く大震災と作家たち」インパクト出版会 2011 （インパクト選書）p130

平田国学の伝統（抄）（折口信夫）
　◇「稲生モノノケ大全 陰之巻」毎日新聞社 2003 p642
　◇「文豪怪談傑作選 折口信夫集」筑摩書房 2009 （ちくま文庫）p345

平田本 稲生物怪録（須永朝彦）
　◇「稲生モノノケ大全 陰之巻」毎日新聞社 2003 p72

平田深喜（早乙女貢）
　◇「魔剣くずし秘聞」光風社出版 1998 （光風社文庫）p101

平ったい期間（幸田文）
　◇「精選女性随筆集 1」文藝春秋 2012 p84

費拉特費（ヒラデルヒヤ）府ノ記（久米邦武）
　◇「新日本古典文学大系 明治編 5」岩波書店 2009 p211

ピラト、手を洗う（長谷川四郎）
　◇「戦後文学エッセイ選 2」影書房 2006 p231

ピラニア（堀江敏幸）
　◇「日本文学100年の名作 9」新潮社 2015 （新潮文庫）p417

ピラニヤ（宗秋月）
　◇「〈在日〉文学全集 18」勉誠出版 2006 p47

比良のシャクナゲ（井上靖）
　◇「京都府文学全集第1期（小説編）3」郷土出版社 2005 p378

ビラの犯人（平林タイ子）
　◇「幻の探偵雑誌 6」光文社 2001 （光文社文庫）p61

ひらひらくるくる（沼田まほかる）
　◇「憑きびと―「読楽」ホラー小説アンソロジー」徳間書店 2016 （徳間文庫）p185

ひらひらり（つきのしずく）
　◇「ひらく―第15回フェリシモ文学賞」フェリシモ 2012 p112

平山行蔵（柴田錬三郎）
　◇「小説「武士道」」三笠書房 2008 （知的生きかた文庫）p369

平山行蔵（多岐川恭）
　◇「人物日本剣豪伝 4」学陽書房 2001 （人物文庫）p35

糜爛性の楽園（飴村行）
　◇「厠の怪―便所怪談競作集」メディアファクトリー 2010 （MF文庫）p87

ピラン・パテラ（児玉佐智子）
　◇「つながり―フェリシモしあわせショートショート」フェリシモ 1999 p42

ビリー砦の決戦（法月ゆり）

◇「文学 2003」講談社 2003 p171

ビリーパック―恐怖の狼人間（河島光広）
　◇「少年探偵王―本格推理マガジン 特集・ぼくらの推理冒険物語」光文社 2002 （光文社文庫）p467

ビリーブ（荒井登喜子）
　◇「全作家短編小説集 12」全作家協会 2013 p101

非利法権天（見延典子）
　◇「代表作時代小説 平成21年度」光文社 2009 p309

飛竜剣（野村胡堂）
　◇「江戸の名探偵―時代推理傑作選」徳間書店 2009 （徳間文庫）p65

飛竜剣敗れたり（南條範夫）
　◇「秘剣舞う―剣豪小説の世界」学習研究社 2002 （学研M文庫）p107

蛭（南沢十七）
　◇「怪奇探偵小説集 1」角川春樹事務所 1998 （ハルキ文庫）p231
　◇「恐怖ミステリーBEST15―こんな幻の傑作が読みたかった！」シーエイチシー 2006 p137

比類のない神々しいような瞬間（有栖川有栖）
　◇「本格ミステリ 2003」講談社 2003 （講談社ノベルス）p241
　◇「論理学園事件帳―本格短編ベスト・セレクション」講談社 2007 （講談社文庫）p317

飜る日章旗の下 打樹てよ道義文化―帝都の出陣學徒激勵大會（京城日報）（作者表記なし）
　◇「近代朝鮮文学日本語作品集1908～1945 セレクション 6」緑蔭書房 2008 p253

昼顔（森真沙子）
　◇「オバケヤシキ」光文社 2005 （光文社文庫）p385

昼下がりに（暮木椎哉）
　◇「てのひら怪談―ビーケーワン怪談大賞傑作選 壬辰」ポプラ社 2012 （ポプラ文庫）p266

晝と夜の祈禱（2）（朱耀翰）
　◇「近代朝鮮文学日本語作品集1908～1945 セレクション 4」緑蔭書房 2008 p41

晝と夜の祈禱（4）（朱耀翰）
　◇「近代朝鮮文学日本語作品集1908～1945 セレクション 4」緑蔭書房 2008 p47

昼とんび（村木嵐）
　◇「代表作時代小説 平成26年度」光文社 2014 p183

ビルの谷間のチョコレート（高島哲裕）
　◇「本格推理 10」光文社 1997 （光文社文庫）p185

晝の月（黄淳娥）
　◇「近代朝鮮文学日本語作品集1908～1945 セレクション 6」緑蔭書房 2008 p61

ビルの中（藤野千夜）
　◇「ナナイロノコイ―恋愛小説」角川春樹事務所 2003 p109

昼の花火（キムリジャ）
　◇「〈在日〉文学全集 18」勉誠出版 2006 p342

昼の花火（山川方夫）
　◇「戦後短篇小説再発見 3」講談社 2001 （講談社文芸文庫）p9

ひるの

◇「時よとまれ、君は美しい―スポーツ小説名作集」
角川書店 2007（角川文庫）p123

◇「危険なマッチ箱」文藝春秋 2009（文春文庫）
p299

蛭のやうな心（李孝石）

◇「近代朝鮮文学日本語作品集1908〜1945 セレクショ
ン 4」緑蔭書房 2008 p122

昼日中（森銑三）

◇「悪いやつの物語」筑摩書房 2011（ちくま文学の
森）p13

ビール瓶の歌（許南麒）

◇「〈在日〉文学全集 2」勉誠出版 2006 p120

麦酒篇（加藤郁乎）

◇「新装版 全集現代文学の発見 13」學藝書林 2004
p618

昼ぼたる（李正子）

◇「〈在日〉文学全集 17」勉誠出版 2006 p291

午休み（「保吉の手帳から」より）（芥川龍之介）

◇「文豪怪談傑作選 芥川龍之介集」筑摩書房 2010
（ちくま文庫）p221

昼、ロッジ亭オムライス（小林節子）

◇「お母さんのなみだ」泰文堂 2016（リンダパブ
リッシャーズの本）p140

悲恋（森下雨村）

◇「探偵くらぶ―探偵小説傑作選1946〜1958 上」光
文社 1997（カッパ・ノベルス）p211

秘恋（陽朱）

◇「恋みち―現代版・源氏物語」スターツ出版 2008
p49

非恋愛（徳富蘇峰）

◇「新日本古典文学大系 明治編 26」岩波書店 2002
p244

非恋愛を非とす（巖本善治）

◇「新日本古典文学大系 明治編 26」岩波書店 2002
p190

悲恋の歌人式子内親王（萩原朔太郎）

◇「ちくま日本文学 36」筑摩書房 2009（ちくま文
庫）p357

ヒーロー（@windcreator）

◇「3.11心に残る140字の物語」学研パブリッシング
2011 p52

拾い首（高橋直樹）

◇「歴史の息吹」新潮社 1997 p187

拾い主からの電話（阿川佐和子）

◇「空を飛ぶ恋―ケータイがつなぐ28の物語」新潮
社 2006（新潮文庫）p28

拾いもの（島崎一裕）

◇「ショートショートの広場 15」講談社 2004（講
談社文庫）p54

拾い物に福来たる（ねこや堂）

◇「恐怖箱 遺伝記」竹書房 2008（竹書房文庫）p97

ヒロインへの招待状（連城三紀彦）

◇「事件の痕跡」光文社 2007（Kappa novels）
p435

◇「事件の痕跡」光文社 2012（光文社文庫）p591

ヒロインは、ぽっちゃり『刑』（英アタル）

**「5分で読める！ ひと駅ストーリー 冬の記憶西口
編」**宝島社 2013（宝島社文庫）p191

天鵞絨の夢（谷崎潤一郎）

◇「新編・日本幻想文学集成 3」国書刊行会 2016
p50

ひろがる（坂本一馬）

◇「魔地図」光文社 2005（光文社文庫）p515

〈ヒロコ〉（唯川恵）

◇「秘密。―私と私のあいだの十二話」メディア
ファクトリー 2005 p103

弘前（長部日出雄）

◇「街物語」朝日新聞社 2000 p281

ヒロシマの空（林幸子）

◇「読み聞かせる戦争」光文社 2015 p11

ヒロシマ メモリアル（伊藤あいりす、いとうやす
お）

◇「中学校たのしい劇脚本集―英語劇付 II」国土社
2011 p65

ヒーローショー（井筒和幸、羽原大介、吉田康弘）

◇「年鑑代表シナリオ集 '10」シナリオ作家協会
2011 p115

広瀬河（神保光太郎）

◇「「日本浪曼派」集」新学社 2007（新学社近代浪
漫派文庫）p56

広瀬川（萩原朔太郎）

◇「ちくま日本文学 36」筑摩書房 2009（ちくま文
庫）p42

ひろちゃん（佐川里江）

◇「最後の一日 6月30日―さよならが胸に染みる10
の物語」泰文堂 2013（リンダブックス）p114

拾ったあとで（新津きよみ）

◇「紫迷宮―ミステリー・アンソロジー」祥伝社
2002（祥伝社文庫）p255

◇「事件を追いかけろ―最新ベスト・ミステリー サ
プライズの花束編」光文社 2004（カッパ・ノ
ベルス）p359

◇「事件を追いかけろ サプライズの花束編」光文社
2009（光文社文庫）p469

拾った遺書（本田緒生）

◇「幻の探偵雑誌 6」光文社 2001（光文社文庫）
p27

拾った女（大石圭）

◇「妖女」光文社 2004（光文社文庫）p181

拾った和同開珎（甲賀三郎）

◇「幻の名探偵―傑作アンソロジー」光文社 2013
（光文社文庫）p7

天鵞絨屋（小沢真理子）

◇「紅迷宮―ミステリー・アンソロジー」祥伝社
2002（祥伝社文庫）p221

広場（趙南哲）

◇「〈在日〉文学全集 18」勉誠出版 2006 p139

広場（日野啓三）

◇「日本文学全集 21」河出書房新社 2015 p30

広場の孤独（堀田善衞）

◇「コレクション戦争と文学 3」集英社 2012 p534

ひんす

博文の貌 (羽山信樹)
◇「野辺に朽ちぬとも―吉田松陰と松下村塾の男たち」集英社 2015 (集英社文庫) p297

毘盧峯 (鄭芝溶)
◇「近代朝鮮文学日本語作品集1939～1945 創作篇 6」緑蔭書房 2001 p163

非論理的性格の悲哀 (萩原朔太郎)
◇「ちくま日本文学 36」筑摩書房 2009 (ちくま文庫) p226

枇杷 (武田百合子)
◇「くだものだもの」ランダムハウス講談社 2007 p137
◇「精選女性随筆集 5」文藝春秋 2012 p172
◇「もの食う話」文藝春秋 2015 (文春文庫) p91

鵜 (三木卓)
◇「コレクション戦争と文学 14」集英社 2012 p481

琵琶鬼 (干宝)
◇「文豪てのひら怪談」ポプラ社 2009 (ポプラ文庫) p126

琵琶をめぐる怪異の物語 (小松和彦)
◇「琵琶綺談」日本出版社 2006 p7

琵琶湖周遊殺人事件 (西村京太郎)
◇「不可思議な殺人―ミステリー・アンソロジー」祥伝社 2000 (祥伝社文庫) p7

琵琶湖疏水 (田宮虎彦)
◇「新装版 全集現代文学の発見 14」學藝書林 2005 p534
◇「京都府文学全集第1期(小説編) 3」郷土出版社 2005 p317

琵琶伝 (泉鏡花)
◇「新日本古典文学大系 明治編 20」岩波書店 2002 p1

ビワのわけ (さちよ)
◇「たびだち―フェリシモしあわせショートショート」フェリシモ 2000 p25

Bは爆弾のB (鯨統一郎)
◇「殺意の時間割」角川書店 2002 (角川文庫) p61

陽はまた昇る (佐々部清、西岡琢也)
◇「年鑑代表シナリオ集 '02」シナリオ作家協会 2003 p73

陽はまた昇る (皆川博子)
◇「黄昏ホテル」小学館 2004 p297

瓶 (竹河聖)
◇「アート偏愛」光文社 2005 (光文社文庫) p497

ビンを砕く (椎山秀幸)
◇「万華鏡―第14回フェリシモ文学賞作品集」フェリシモ 2011 p_12

貧街の稼業 (松原岩五郎)
◇「新日本古典文学大系 明治編 30」岩波書店 2009 p240

貧街 (ひんかい) の夜景 (松原岩五郎)
◇「新日本古典文学大系 明治編 30」岩波書店 2009 p226

敏感の欠乏 (与謝野晶子)
◇「「新編」日本女性文学全集 4」菁柿堂 2012 p59

貧窮豆腐 (東郷隆)
◇「代表作時代小説 平成11年度」光風社出版 1999 p181
◇「愛染夢灯籠―時代小説傑作選」講談社 2005 (講談社文庫) p208

貧窮問答 (折口信夫)
◇「ちくま日本文学 25」筑摩書房 2008 (ちくま文庫) p129

ピンク色の空の中で (蛭田直美)
◇「最後の一日 3月23日―さよならが胸に染みる10の物語」泰文堂 2013 (リンダブックス) p148

ピンク色の霊安室 (藤田宜永)
◇「宝石ザミステリー」光文社 2011 p263

ピンクの希望 (竹中あい)
◇「科学ドラマ大賞 第2回受賞作品集」科学技術振興機構 〔2011〕 p6

ビンゴ (北川あゆ)
◇「ショートショートの花束 3」講談社 2011 (講談社文庫) p207

品行家風 (福澤諭吉)
◇「新日本古典文学大系 明治編 10」岩波書店 2011 p328

備後表 (宇江佐真理)
◇「職人気質」小学館 2007 (小学館文庫) p215

備後の畳 (南條範夫)
◇「代表作時代小説 平成14年度」光風社出版 2002 p53

びんしけん (宇江佐真理)
◇「代表作時代小説 平成22年度」光文社 2010 p9

瀕死のエッセイスト (しりあがり寿)
◇「奇譚カーニバル」集英社 2000 (集英社文庫) p313

貧者の軍隊 (石持浅海)
◇「ザ・ベストミステリーズ―推理小説年鑑 2005」講談社 2005 p143
◇「仕掛けられた罪」講談社 2008 (講談社文庫) p243

貧者の恋人 (川端康成)
◇「ちくま日本文学 26」筑摩書房 2008 (ちくま文庫) p44

便乗値上げ (前田剛力)
◇「ショートショートの花束 6」講談社 2014 (講談社文庫) p139

びんしょの女 (緑川京介)
◇「遠き雷鳴」桃園書房 2001 (桃園文庫) p93

瓶詰地獄 (夢野久作)
◇「ちくま日本文学 31」筑摩書房 2009 (ちくま文庫) p26
◇「日本文学100年の名作 2」新潮社 2014 (新潮文庫) p205
◇「文豪たちが書いた耽美小説短編集」彩図社 2015 p154

瓶詰の地獄 (夢野久作)
◇「暗黒のメルヘン」河出書房新社 1998 (河出文庫) p121
◇「近代小説〈異界〉を読む」双文社出版 1999 p92

作品名から引ける日本文学全集案内 第III期 679

ひんと

◇「幻の探偵雑誌 6」光文社 2001（光文社文庫）
p11
◇「迷」文藝春秋 2003（推理作家になりたくて マ
イベストミステリー）p268
◇「マイ・ベスト・ミステリー 3」文藝春秋 2007
（文春文庫）p400
◇「冒険の森へ―傑作小説大全 1」集英社 2016 p8

ピント日本見聞記（杉本苑子）
◇「九州戦国志―傑作時代小説」PHP研究所 2008
（PHP文庫）p7

貧の意地（太宰治）
◇「ちくま日本文学 8」筑摩書房 2008（ちくま文
庫）p252
◇「心洗われる話」筑摩書房 2010（ちくま文学の
森）p103

瓶の中（山下定）
◇「酒の夜語り」光文社 2002（光文社文庫）p137

ビンビン、ハルビン、腹がすく ≫北原隆太郎
（北原白秋）
◇「日本人の手紙 1」リブリオ出版 2004 p17

貧乏（幸田露伴）
◇「ちくま日本文学 23」筑摩書房 2008（ちくま文
庫）p27
◇「怠けものの話」筑摩書房 2011（ちくま文学の
森）p221

貧乏遺伝説（山口瞳）
◇「コレクション私小説の冒険 1」勉誠出版 2013
p157

貧乏が治る薬（常盤奈津子）
◇「ショートショートの花束 2」講談社 2010（講
談社文庫）p60

貧乏神物語（森田勝也）
◇「小学校・全員参加の楽しい学級劇・学年劇脚本
集 高学年」黎明書房 2007 p100

貧乏性（井伏鱒二）
◇「戦後短篇小説再発見 7」講談社 2001（講談社
文芸文庫）p9

貧乏同心御用帳―南蛮船（柴田錬三郎）
◇「捕物小説名作選 1」集英社 2006（集英社文庫）
p123

貧乏なくらし（宮本常一）
◇「ちくま日本文学 22」筑摩書房 2008（ちくま文
庫）p347

ピンポン（乃南アサ）
◇「恋物語」朝日新聞社 1998 p160

ピン・ポン（明神慈）
◇「優秀新人戯曲集 2003」ブロンズ新社 2002 p57

ピン！ ポン！（影山吉則）
◇「最新中学校創作脚本集 2010」晩成書房 2010
p83

貧民倶楽部（松原岩五郎）
◇「新日本古典文学大系 明治編 30」岩波書店 2009
p255

貧民と食物（松原岩五郎）
◇「新日本古典文学大系 明治編 30」岩波書店 2009
p251

【 ふ 】

φ（円城塔）
◇「NOVA+―書き下ろし日本SFコレクション バベ
ル」河出書房新社 2014（河出文庫）p479
◇「折り紙衛星の伝説」東京創元社 2015（創元SF
文庫）p181

ファイナルガール（藤野可織）
◇「いまのあなたへ―村上春樹への12のオマージュ」
NHK出版 2014 p183

ファイナル・ストライク（西木正明）
◇「男たちのら・ら・ば・い」徳間書店 1999（徳間
文庫）p325

ファイヤー・タイガー（広瀬力）
◇「ショートショートの広場 19」講談社 2007（講
談社文庫）p76

ファインダー（内田花）
◇「ゆきのまち幻想文学賞小品集 23」企画集団ぷり
ずむ 2014 p145

ファインダウト（サブ）
◇「5分で読める！ ひと駅ストーリー 旅の話」宝島
社 2015（宝島社文庫）p187

短篇小説 ファイン・プレー（不知火）
◇「日本統治期台湾文学集成 7」緑蔭書房 2002
p145

ファーザータイム（カミツキレイニー）
◇「冷と温―第13回フェリシモ文学賞作品集」フェ
リシモ 2010 p48

ファースト・スノウ（沢木まひろ）
◇「5分で読める！ ひと駅ストーリー 冬の記憶西口
編」宝島社 2013（宝島社文庫）p41
◇「5分で泣ける！ 胸がいっぱいになる物語」宝島
社 2015（宝島社文庫）p169

『ファニー・ヒル』訳者あとがき（吉田健一）
◇「日本文学全集 20」河出書房新社 2015 p365

ファミリータイム・セミナー（中田満之）
◇「優秀新人戯曲集 2000」ブロンズ新社 1999 p5

ファミレスかちりかちり（松田詩織）
◇「万華鏡―第14回フェリシモ文学賞作品集」フェ
リシモ 2011 p128

ファリス様がみてる!?―ヒースの思い出（北沢
慶）
◇「踊れ！ へっぽこ大祭典―ソード・ワールド短編
集」富士見書房 2004（富士見ファンタジア文
庫）p127

ファレサイ島の奇跡（乾敦）
◇「山口雅也の本格ミステリ・アンソロジー」角川
書店 2007（角川文庫）p305

ファン（西田有希）
◇「ファン」主婦と生活社 2009（Junon novels）
p5

ふうけ

不安（渋谷良一）
　◇「ショートショートの広場 8」講談社 1997（講談社文庫）p22

ファンタジーとリアリティー（西崎憲）
　◇「短篇小説日和—英国異色傑作選」筑摩書房 2013（ちくま文庫）p445

不安と騒擾と影響と（水守亀之助）
　◇「天変動く大震災と作家たち」インパクト出版会 2011（インパクト選書）p145

詩集 不安と遊撃（黒田喜夫）
　◇「新装版 全集現代文学の発見 13」學藝書林 2004 p348

不安なくなる（李皓根）
　◇「近代朝鮮文学日本語作品集1901〜1938 創作篇 2」緑蔭書房 2004 p433

不安の立像（諸星大二郎）
　◇「70年代日本SFベスト集成 3」筑摩書房 2015（ちくま文庫）p229

フィガロ！（太田哲則）
　◇「宝塚バウホール公演脚本集—2001年4月〜2001年10月」阪急電鉄コミュニケーション事業部 2002 p56

フィギュア・フォー（我孫子武丸）
　◇「0番目の事件簿」講談社 2012 p95

フィク・ダイバー（井上雅彦）
　◇「SFバカ本 だるま篇」廣済堂出版 1999（廣済堂文庫）p319
　◇「笑劇—SFバカ本カタストロフィ集」小学館 2007（小学館文庫）p297

フィックス（半村良）
　◇「70年代日本SFベスト集成 4」筑摩書房 2015（ちくま文庫）p333

「吹いていく風のバラッド」より『12』『16』（片岡義男）
　◇「名短篇ほりだしもの」筑摩書房 2011（ちくま文庫）p31

終幕（フィナーレ）殺人事件（谿渓太郎）
　◇「甦る推理雑誌 7」光文社 2003（光文社文庫）p319

フィニッシュ・ゲートから（あさのあつこ）
　◇「シティ・マラソンズ」文藝春秋 2013（文春文庫）p71

不意の出来事（吉行淳之介）
　◇「魂がふるえるとき」文藝春秋 2004（文春文庫）p39

Vファミ（中井紀夫）
　◇「リモコン変化」廣済堂出版 2000（廣済堂文庫）p85

フィヨルドの鯨（大庭みな子）
　◇「現代小説クロニクル 1990〜1994」講談社 2015（講談社文芸文庫）p7

フィラデルフィアでの花談義（崔華國）
　◇「〈在日〉文学全集 17」勉誠出版 2006 p52

フィルムの外（大島真寿美）
　◇「ひとなつの。一真夏に読みたい五つの物語」KADOKAWA 2014（角川文庫）p35

フィレンツェから、愛情をこめて、あなたのあっこ≫ペッピーノ・リッカ（須賀敦子）
　◇「日本人の手紙 7」リブリオ出版 2004 p210

哲学者の小径（フィロソフィアーズ・レーン）（小松左京）
　◇「冒険の森へ—傑作小説大全 8」集英社 2015 p80

フィンガーボウル（石田衣良）
　◇「オトナの片思い」角川春樹事務所 2007 p3
　◇「オトナの片思い」角川春樹事務所 2009（ハルキ文庫）p7

フウ？（色川武大）
　◇「ちくま日本文学 30」筑摩書房 2008（ちくま文庫）p147

封印されるもの（井上雅彦）
　◇「SF宝石—すべて新作読み切り！ 2015」光文社 2015 p305

楓蔭集（長島愛生園長島短歌会）
　◇「ハンセン病文学全集 8」皓星社 2006 p60

封印譚（寺山修司）
　◇「ちくま日本文学 6」筑摩書房 2007（ちくま文庫）p177

風雨の言葉（丸山薫）
　◇「新装版 全集現代文学の発見 13」學藝書林 2004 p114

風雲黒潮隊（畑耕一）
　◇「少年小説大系 22」三一書房 1997 p385

風雲白馬ケ岳（子母沢寛）
　◇「少年小説大系 22」三一書房 1997 p279

風牙—第五回創元SF短編賞受賞作（門田充宏）
　◇「さよならの儀式」東京創元社 2014（創元SF文庫）p549

風変わりな料理店（青山蘭堂）
　◇「新・本格推理 01」光文社 2001（光文社文庫）p29

風変わりな小曲（李美子）
　◇「〈在日〉文学全集 18」勉誠出版 2006 p310

風琴と魚の町（林芙美子）
　◇「六人の作家小説選」東銀座出版社 1997（銀選書）p233
　◇「ことばの織物—昭和短篇珠玉選 2」蒼丘書林 1998 p57
　◇「ちくま日本文学 20」筑摩書房 2008（ちくま文庫）p19
　◇「アンソロジー・プロレタリア文学 1」森話社 2013 p54
　◇「日本文学100年の名作 2」新潮社 2014（新潮文庫）p283

風景（北川冬彦）
　◇「新装版 全集現代文学の発見 13」學藝書林 2004 p27

風景（パラリ, パ）
　◇「超短編傑作選 v.6」創英社 2007 p157

風景（山村暮鳥）
　◇「植物」国書刊行会 1998（書物の王国）p163

風景を計量できるか（鄭仁）

ふうけ

◇「〈在日〉文学全集 17」勉誠出版 2006 p146

風景をなぞる（宗秋月）
◇「〈在日〉文学全集 18」勉誠出版 2006 p25

風景畫（崔秉一）
◇「近代朝鮮文学日本語作品集1939〜1945 創作篇 5」緑蔭書房 2001 p359

風景観察官（宮沢賢治）
◇「ちくま日本文学 3」筑摩書房 2007 （ちくま文庫）p418

詩集 **風景詩抄**（小野十三郎）
◇「新装版 全集現代文学の発見 13」學藝書林 2004 p233

風景と女と（吉行淳之介）
◇「昭和の短篇一人一冊集成 吉行淳之介」未知谷 2008 p81

風景について（花田清輝）
◇「戦後文学エッセイ選 1」影書房 2005 p129

風景（四）（小野十三郎）
◇「新装版 全集現代文学の発見 13」學藝書林 2004 p234

風景（五）（小野十三郎）
◇「新装版 全集現代文学の発見 13」學藝書林 2004 p234

風景（六）（小野十三郎）
◇「新装版 全集現代文学の発見 13」學藝書林 2004 p235

風光（有森信二）
◇「扉の向こうへ」全作家協会 2014 （全作家短編集）p194

風光（長島愛生園長島短歌会）
◇「ハンセン病文学全集 8」皓星社 2006 p270

風神（タタツシンイチ）
◇「江戸迷宮」光文社 2011 （光文社文庫）p307

風水（萬暮雨）
◇「てのひら怪談 癸巳」KADOKAWA 2013 （MF文庫ダ・ヴィンチ）p .162

風水荘事件（藤崎秋平）
◇「本格推理 15」光文社 1999 （光文社文庫）p9

風水譚（崎山多美）
◇「沖縄文学選―日本文学のエッジからの問い」勉誠出版 2003 p384

風船コンサルタント（伊園旬）
◇「5分で読める！ ひと駅ストーリー 冬の記憶東口編」宝島社 2013 （宝島社文庫）p131

風船のある場所（金時鐘）
◇「〈在日〉文学全集 5」勉誠出版 2006 p11

風船乗評判高閣（ふうせんのりうわさのたかどの）（河竹黙阿弥）
◇「新日本古典文学大系 明治編 8」岩波書店 2001 p385

風俗（金鍾漢）
◇「近代朝鮮文学日本語作品集1939〜1945 創作篇 6」緑蔭書房 2001 p116
◇「近代朝鮮文学日本語作品集1939〜1945 創作篇 6」緑蔭書房 2001 p232

風潮（武田繁太郎）
◇「被差別文学全集」河出書房新社 2016 （河出文庫）p219

瘋癲の果て さくら昇天（団鬼六）
◇「男の涙 女の涙―せつない小説アンソロジー」光文社 2006 （光文社文庫）p9

瘋癲老人養護ホーム日記（嵐山光三郎）
◇「短篇ベストコレクション―現代の小説 2002」徳間書店 2002 （徳間文庫）p315

風土と愛情（一）（二）（山田榮助）
◇「近代朝鮮文学日本語作品集1939〜1945 評論・随筆篇 3」緑蔭書房 2002 p335

伏うなかれ（李龍海）
◇「〈在日〉文学全集 18」勉誠出版 2006 p248

風牌（伊集院静）
◇「短篇ベストコレクション―現代の小説 2007」徳間書店 2007 （徳間文庫）p5

風媒結婚（牧野信一）
◇「小川洋子の偏愛短篇箱」河出書房新社 2009 p113
◇「小川洋子の偏愛短篇箱」河出書房新社 2012 （河出文庫）p113

夫婦（小池真理子）
◇「二十四粒の宝石―超短編小説傑作集」講談社 1998 （講談社文庫）p91

夫婦（中島敦）
◇「ちくま日本文学 12」筑摩書房 2008 （ちくま文庫）p216
◇「読まずにいられぬ名短篇」筑摩書房 2014 （ちくま文庫）p275
◇「日本文学100年の名作 3」新潮社 2014 （新潮文庫）p483

ふうふう、ふうふう（色川武大）
◇「危険なマッチ箱」文藝春秋 2009 （文春文庫）p83

夫婦逆転（横森理香）
◇「ワルツ―アンソロジー」祥伝社 2004 （祥伝社文庫）p147

夫婦そろって動物好き（抄）（近藤紘一）
◇「もの食う話」文藝春秋 2015 （文春文庫）p240

夫婦の一日（遠藤周作）
◇「日本文学100年の名作 7」新潮社 2015 （新潮文庫）p443

夫婦の城（池波正太郎）
◇「ふたり―時代小説夫婦情話」角川春樹事務所 2010 （ハルキ文庫）p7
◇「女城主―戦国時代小説傑作選」PHP研究所 2016 （PHP文芸文庫）p197

夫婦のセンセイ（田中孝博）
◇「愛してるって言えばよかった」泰文堂 2012 （リンダブックス）p90

夫婦併命（依田学海）
◇「新日本古典文学大系 明治編 3」岩波書店 2005 p142

川柳集 **夫婦道**（山下紫春）
◇「ハンセン病文学全集 9」皓星社 2010 p446

夫婦浪人―『剣客商売四 天魔』より（池波正太郎）
◇「素浪人横丁―人情時代小説傑作選」新潮社 2009（新潮文庫）p95

風聞（奥田哲也）
◇「平成都市伝説」中央公論新社 2004（C NOVELS）p103

風魔（鷲尾三郎）
◇「絢爛たる殺人―本格推理マガジン 特集・知られざる探偵たち」光文社 2000（光文社文庫）p407

風紋（塔和子）
◇「ハンセン病文学全集 7」皓星社 2004 p315

風来温泉（吉田修一）
◇「日本文学100年の名作 10」新潮社 2015（新潮文庫）p93

風来屋の猫（小松エメル）
◇「宵越し猫語り―書き下ろし時代小説集」白泉社 2015（白泉社招き猫文庫）p5

ぶうら、ぶら（生島治郎）
◇「恐怖の旅」光文社 2000（光文社文庫）p201

風流悟（ふうりゅうご）（幸田露伴）
◇「新日本古典文学大系 明治編 22」岩波書店 2002 p369

風流尸解記（抄）（金子光晴）
◇「ひつじアンソロジー 小説編 2」ひつじ書房 2009 p183

風流戦法（沢村貞子）
◇「精選女性随筆集 12」文藝春秋 2012 p192

風流懺法（高濱虚子）
◇「京都府文学全集第1期（小説編）1」郷土出版社 2005 p33

風流捕物帖 "きつね"（岡本さとる）
◇「哀歌の雨」祥伝社 2016（祥伝社文庫）p89

風流化物屋敷（山本周五郎）
◇「稲生モノノケ大全 陽之巻」毎日新聞社 2005 p625

風流仏（幸田露伴）
◇「新日本古典文学大系 明治編 22」岩波書店 2002 p159

風流雪見鍋（和田はつ子）
◇「大江戸万華鏡―美味小説傑作選」学研パブリッシング 2014（学研M文庫）p169

風鈴が切れた（平岩弓枝）
◇「明暗廻り灯籠」光風社出版 1998（光風社文庫）p93

風露草（安西篤子）
◇「代表作時代小説 平成11年度」光風社出版 1999 p345
◇「愛染夢灯籠―時代小説傑作選」講談社 2005（講談社文庫）p402

不運（須賀敦子）
◇「日本文学全集 25」河出書房新社 2016 p147

笛（風越湊）
◇「ゆきのまち幻想文学賞・小品集 9」企画集団ぷりずむ 2000 p115

笛（幸田文）
◇「ちくま日本文学 5」筑摩書房 2007（ちくま文庫）p103

笛（鄭芝溶）
◇「近代朝鮮文学日本語作品集1908〜1945 セレクション 4」緑蔭書房 2008 p165

笛（萩原朔太郎）
◇「ちくま日本文学 36」筑摩書房 2009（ちくま文庫）p62
◇「ちくま日本文学 36」筑摩書房 2009（ちくま文庫）p122

フェイス・ゼロ（山田正紀）
◇「短篇ベストコレクション―現代の小説 2011」徳間書店 2011（徳間文庫）p179

フェイマス・スター（井上雅彦）
◇「妖魔ヶ刻―時間怪談傑作選」徳間書店 2000（徳間文庫）p45

フェヴァリット（稲垣足穂）
◇「ちくま日本文学 16」筑摩書房 2008（ちくま文庫）p148

笛男―フエオトコ（亀尾佳宏）
◇「高校演劇Selection 2005 下」晩成書房 2007 p7

フェニックスの弔鐘（阿部陽一）
◇「江戸川乱歩賞全集 18」講談社 2005（講談社文庫）p393

笛の女（笹沢左保）
◇「明暗廻り灯籠」光風社出版 1998（光風社文庫）p29

ブエノスアイレス午前零時（藤沢周）
◇「文学 1999」講談社 1999 p128

笛吹き三千石（梶野千万騎）
◇「『少年倶楽部』短篇選」講談社 2013（講談社文芸文庫）p248

笛吹き瓢六（徳永彌）
◇「人形座脚本集」晩成書房 2005 p121

フェリーがやってきた（三藤英二）
◇「ショートショートの花束 3」講談社 2011（講談社文庫）p71

フェリシティの面接（津村記久子）
◇「文学 2014」講談社 2014 p295
◇「名探偵登場！」講談社 2014 p65
◇「名探偵登場！」講談社 2016（講談社文庫）p77

ふえる岩（岩田宏）
◇「新装版 全集現代文学の発見 13」學藝書林 2004 p502

フェロモン（仲川友康）
◇「ショートショートの広場 13」講談社 2002（講談社文庫）p244

フォア・フォーズの素数（竹本健治）
◇「玩具館」光文社 2001（光文社文庫）p175

フオオトリエの鳥（那珂太郎）
◇「新装版 全集現代文学の発見 13」學藝書林 2004 p412

フォーカス・ポイント（鈴木光司）
◇「短篇ベストコレクション―現代の小説 2009」徳

ふおく

間書店 2009（徳間文庫）p313

フォークナーの技巧（井上光晴）
◇「戦後文学エッセイ選 13」影書房 2008 p50

フォスフォレッスセンス（太宰治）
◇「文豪怪談傑作選 太宰治集」筑摩書房 2009（ちくま文庫）p278

フォーチューン・スノー（原田小百合）
◇「ゆきのまち幻想文学賞小品集 13」企画集団ぶりずむ 2004 p102

フォーティユースボーイ（小柳粒男）
◇「新走（アラバシリ）―Powers Selection」講談社 2011（講談社box）p99

4TEEN（石田衣良）
◇「テレビドラマ代表作選集 2005年版」日本脚本家連盟 2005 p47

フォード・一九二七年（小林勝）
◇「戦後短篇小説再発見 7」講談社 2001（講談社文芸文庫）p42
◇「コレクション戦争と文学 17」集英社 2012 p326

部下（今野敏）
◇「ザ・ベストミステリーズ―推理小説年鑑 1999」講談社 1999 p281
◇「密室＋アリバイ＝真犯人」講談社 2002（講談社文庫）p132

深い穴（中井紀夫）
◇「帰還」光文社 2000（光文社文庫）p251

深い鏡（塔和子）
◇「ハンセン病文学全集 7」皓星社 2004 p527

深い霧（藤沢周平）
◇「剣の意地恋の夢―時代小説傑作選」講談社 2000（講談社文庫）p347

深い窓（安士萌）
◇「雪女のキス」光文社 2000（カッパ・ノベルス）p249

深い水（小泉喜美子）
◇「赤のミステリー―女性ミステリー作家傑作選」光文社 1997 p129
◇「女性ミステリー作家傑作選 1」光文社 1999（光文社文庫）p329

深い靄（真杉静枝）
◇「コレクション戦争と文学 13」集英社 2011 p168

深い雪の中で（抄）（遠藤寛子）
◇「山形県文学全集第1期（小説編）4」郷土出版社 2004 p11

深尾正治の手記（椎名麟三）
◇「新装版 全集現代文学の発見 4」學藝書林 2003 p82

鱶女（石原慎太郎）
◇「少女怪談」学習研究社 2000（学研M文庫）p181

深川形櫛（古賀宣子）
◇「花と剣と侍―新鷹会・傑作時代小説選」光文社 2009（光文社文庫）p327

深川浅景（泉鏡花）
◇「あやかしの深川―受け継がれる怪異な土地の物語」猿江商會 2016 p118

深川徹遺歌集（深川徹）
◇「ハンセン病文学全集 8」皓星社 2006 p298

深川七不思議（伊東潮花）
◇「あやかしの深川―受け継がれる怪異な土地の物語」猿江商會 2016 p22

深川七不思識（松川碧泉）
◇「あやかしの深川―受け継がれる怪異な土地の物語」猿江商會 2016 p18

深川の唄（永井荷風）
◇「明治の文学 25」筑摩書房 2001 p159
◇「日本近代短篇小説選 明治篇2」岩波書店 2013（岩波文庫）p183

深川の散歩（永井荷風）
◇「あやかしの深川―受け継がれる怪異な土地の物語」猿江商會 2016 p164

深川雪景色（村上元三）
◇「明暗廻り灯籠」光風社出版 1998（光風社文庫）p383
◇「夕まぐれ江戸小景」光文社 2015（光文社文庫）p63

深川夜雨（早乙女貢）
◇「剣の意地恋の夢―時代小説傑作選」講談社 2000（講談社文庫）p319

深草の陣営に大垣藩長兵を支る事（作者表記なし）
◇「新日本古典文学大系 明治編 13」岩波書店 2007 p64

富嶽百景（太宰治）
◇「百年小説」ポプラ社 2008 p1299
◇「私小説名作選 上」講談社 2012（講談社文芸文庫）p146
◇「富士山」角川書店 2013（角川文庫）p7

舞楽奉納の山寺―山形・慈恩寺（岡部伊都子）
◇「山形県文学全集第2期（随筆・紀行編）5」郷土出版社 2005 p144

不可抗力（結城昌治）
◇「闇に香るもの」新潮社 2004（新潮文庫）p201

深さをはかる（水没）
◇「てのひら怪談―ビーケーワン怪談大賞傑作選 壬辰」ポプラ社 2012（ポプラ文庫）p206

不可触（両角長彦）
◇「ザ・ベストミステリーズ―推理小説年鑑 2015」講談社 2015 p295

深爪（西史雅美）
◇「ショートショートの広場 10」講談社 2000（講談社文庫）p127

鱶に曳きずられて沖へ（安達征一郎）
◇「現代沖縄文学作品選」講談社 2011（講談社文芸文庫）p7

不可能性の作家（作者表記なし）
◇「新装版 全集現代文学の発見 7」學藝書林 2003 p551

不可能犯罪係自身の事件（大山誠一郎）
◇「蝦蟇倉市事件 1」東京創元社 2010（東京創元社・ミステリ・フロンティア）p121
◇「晴れた日は謎を追って」東京創元社 2014（創元

ふくか

推理文庫）p137

深緑（加藤楸邨）
◇「創刊一〇〇年三田文学名作選」三田文学会 2010 p475

ふかみどりどり（朝倉かすみ）
◇「Colors」ホーム社 2008 p207
◇「Colors」集英社 2009（集英社文庫）p133

俯瞰する庭園（宇野正玖）
◇「優秀新人戯曲集 2009」ブロンズ新社 2008 p209

不完全な人間業（小泉孝之）
◇「ハンセン病に咲いた花―初期文芸名作選 戦後編」皓星社 2002（ハンセン病叢書）p297

不完全なランナー（美木麻里）
◇「最後の一日 6月30日―さよならが胸に染みる10の物語」泰文堂 2013（リンダブックス）p36

不完全犯罪（鮎川哲也）
◇「江戸川乱歩の推理教室」光文社 2008（光文社文庫）p65

不咸文化論（崔南善）
◇「近代朝鮮文学日本語作品集1908～1945 セレクション 3」緑蔭書房 2008 p11

ブギー（坂本四郎）
◇「太宰治賞 2011」筑摩書房 2011 p257

不帰屋（北森鴻）
◇「大密室」新潮社 1999 p67
◇「ザ・ベストミステリーズ―推理小説年鑑 2000」講談社 2000 p165
◇「嘘つきは殺人のはじまり」講談社 2003（講談社文庫）p302

不機嫌なジーン（大森美香）
◇「テレビドラマ代表作選集 2005年版」日本脚本家連盟 2005 p181

吹溜り（戸川昌子）
◇「昭和の短篇一人一冊集成 戸川昌子」未知谷 2008 p5

不吉な恋人たち（清岡卓行）
◇「新装版 全集現代文学の発見 13」學藝書林 2004 p460

不吉の音と学士会院（ラシテスキュー）の鐘（岩村透）
◇「文豪怪談傑作選 特別編」筑摩書房 2007（ちくま文庫）p311

蕗童子（後藤房枝）
◇「ハンセン病文学全集 9」皓星社 2010 p235

吹きながし（幸田文）
◇「精選女性随筆集 1」文藝春秋 2012 p185

不義の証 素浪人稼業（藤井邦夫）
◇「怒髪の雷」祥伝社 2016（祥伝社文庫）p137

不帰の暦（五味川純平）
◇「コレクション戦争と文学 7」集英社 2011 p634

蕗のとう（香山末子）
◇「ハンセン病文学全集 7」皓星社 2004 p427

ふきのとうと梅の花（香山末子）
◇「ハンセン病文学全集 7」皓星社 2004 p295

不義の御旗（澤田ふじ子）

◇「幕末京都血風録―傑作時代小説」PHP研究所 2007（PHP文庫）p205

蕗の芽句集（長島愛生園蕗の芽句會）
◇「ハンセン病文学全集 9」皓星社 2010 p26

不義密通一件（岩井三四二）
◇「代表作時代小説 平成22年度」光文社 2010 p43

武久を祈一億同胞（玄永燮）
◇「近代朝鮮文学日本語作品集1908～1945 セレクション 6」緑蔭書房 2008 p237

不況（萩原あぎ）
◇「ショートショートの花束 4」講談社 2012（講談社文庫）p133

不軽（古井由吉）
◇「文学 1998」講談社 1998 p121
◇「現代小説クロニクル 1995～1999」講談社 2015（講談社文芸文庫）p178

奉行と人相学（菊池寛）
◇「捕物時代小説選集 6」春陽堂書店 2000（春陽文庫）p2

不況とヌマヨククビカメ（文てつ也）
◇「つながり―フェリシモしあわせショートショート」フェリシモ 1999 p82

舞曲に擬して作る（八坂通武）
◇「新日本古典文学大系 明治編 12」岩波書店 2001 p7

武器よ、さらば（小田実）
◇「文学 1999」講談社 1999 p252
◇「コレクション戦争と文学 4」集英社 2011 p287

フキンシンちゃん（長嶋有）
◇「小説の家」新潮社 2016 p89

フギン＆ムニン（黒史郎）
◇「幻想探偵」光文社 2009（光文社文庫）p13

河豚（里見弴）
◇「丸谷才一編・花柳小説傑作選」講談社 2013（講談社文芸文庫）p214

福家警部補の災難（大倉崇裕）
◇「本格ミステリ二〇〇七年本格短編ベスト・セレクション 07」講談社 2007（講談社ノベルス）p203

福音（藤本とし）
◇「ハンセン病文学全集 4」皓星社 2003 p691

〈復員〉国破れて（島尾敏雄）
◇「コレクション戦争と文学 9」集英社 2012 p118

復員者の噂（井伏鱒二）
◇「コレクション戦争と文学 9」集英社 2012 p527

半島小説 **不遇先生（李泰俊著、鄭人澤譯）**
◇「近代朝鮮文学日本語作品集1939～1945 創作篇 1」緑蔭書房 2001 p43

福翁自伝（福澤諭吉）
◇「新日本古典文学大系 明治編 10」岩波書店 2011 p1

福岡国際マラソンに出る方法（法坂一広）
◇「5分で読める！ ひと駅ストーリー 冬の記憶西口編」宝島社 2013（宝島社文庫）p151

吹く風は秋（藤沢周平）

作品名から引ける日本文学全集案内 第III期　**685**

ふくこ

◇「失われた空―日本人の涙と心の名作8選」新潮社
2014（新潮文庫）p119

福子妖異録（荒俣宏）
◇「陰陽師伝奇大全」白泉社 2001 p397
◇「花ごよみ夢一夜」光風社出版 2001（光風社文
庫）p341

複雑な遺贈（姉小路祐）
◇「不透明な殺人―ミステリー・アンソロジー」祥
伝社 1999（祥伝社文庫）p97

副作用（川島ゆぞ）
◇「宇宙塵傑作選―日本SFの軌跡 1」出版芸術社
1997 p57

副作用（久野あやか）
◇「ショートショートの広場 18」講談社 2006（講
談社文庫）p26

複式夢幻能をめぐって（木下順二）
◇「戦後文学エッセイ選 8」影書房 2005 p157

福島にて（昭和二六―二八年）（金子兜太）
◇「新装版 全集現代文学の発見 13」學藝書林 2004
p597

復讐（川端康成）
◇「復讐」国書刊行会 2000（書物の王国）p119

復讐（篠崎淳之介）
◇「幻の探偵雑誌 8」光文社 2001（光文社文庫）
p413

復讐（豊島与志雄）
◇「文藝怪談傑作選 昭和篇」筑摩書房 2011（ちく
ま文庫）p114

復讐（星新一）
◇「冒険の森へ―傑作小説大全 6」集英社 2016 p25

復讐（三島由紀夫）
◇「復讐」国書刊行会 2000（書物の王国）p87
◇「戦後短篇小説再発見 11」講談社 2003（講談社
文芸文庫）p55
◇「日本怪奇小説傑作集 2」東京創元社 2005（創
元推理文庫）p335
◇「文豪の探偵小説」集英社 2006（集英社文庫）
p81

復讐以前（金城文興）
◇「近代朝鮮文学日本語作品集1908～1945 セレクショ
ン 4」緑蔭書房 2008 p468

復讐鬼（南條範夫）
◇「復讐」国書刊行会 2000（書物の王国）p26

復讐の書（渡辺文子）
◇「竹中英太郎 3」皓星社 2016（挿絵叢書）p245

復讐の美学（寺山修司）
◇「短歌殺人事件―31音律のラビリンス」光文社
2003（光文社文庫）p419

復讐の論理（藤原審爾）
◇「七人の刑事」廣済堂出版 1998（KOSAIDO
BLUE BOOKS）p31

福寿草（牛島春子）
◇「コレクション戦争と文学 16」集英社 2012 p144

福寿草（吉屋信子）
◇「ひつじアンソロジー 小説編 2」ひつじ書房
2009 p88

福壽草（中山ちゑ）
◇「日本統治期台湾文学集成 22」緑蔭書房 2007
p279

伏刃記（早乙女貢）
◇「紅葉谷から剣鬼が来る―時代小説傑作選」講談
社 2002（講談社文庫）p149

福助旅館（倉阪鬼一郎）
◇「変身」廣済堂出版 1998（廣済堂文庫）p13

複製の廃墟〔ラザロ―LAZARUS〕（井土紀州,
遠藤晶, 森田草太）
◇「年鑑代表シナリオ集 '07」シナリオ作家協会
2009 p193

ふくちんれでい（色川武大）
◇「昭和の短篇一人一冊集成 色川武大」未知谷
2008 p5
◇「ちくま日本文学 30」筑摩書房 2008（ちくま文
庫）p270

福徳房（李泰俊著, 李素峽譯）
◇「近代朝鮮文学日本語作品集1908～1945 セレクショ
ン 1」緑蔭書房 2008 p219

服乳の注意（森鷗外）
◇「文人御馳走帖」新潮社 2014（新潮文庫）p26

ふくのかみ（ゆずき）
◇「御子神さん―幸福をもたらす♂三毛猫」竹書房
2010（竹書房文庫）p89

福の神（乃南アサ）
◇「七つの危険な真実」新潮社 2004（新潮文庫）
p145

福の神だという女（山手樹一郎）
◇「雪月花・江戸景色」光文社 2013（光文社文庫）
p105

福之章（作者表記なし）
◇「近代朝鮮文学日本語作品集1939～1945 創作篇 6」
緑蔭書房 2001 p179

福梅（細谷地真由美）
◇「ゆきのまち幻想文学賞・小品集 15」企画集団ぷ
りずむ 2006 p39

福羽調（斎藤緑雨）
◇「明治の文学 15」筑摩書房 2002 p218

ふくろう（新藤兼人）
◇「年鑑代表シナリオ集 '04」シナリオ作家協会
2005 p7

梟（王白淵）
◇「日本統治期台湾文学集成 18」緑蔭書房 2003
p32

梟（志賀直哉）
◇「文豪怪談傑作選 大正篇」筑摩書房 2011（ちく
ま文庫）p226

梟（ふくろふ）（中島敦）
◇「ちくま日本文学 12」筑摩書房 2008（ちくま文
庫）p448

ふくろうたち（稲葉真弓）
◇「名探偵登場！」講談社 2014 p241
◇「名探偵登場！」講談社 2016（講談社文庫）
p289

ふしき

梟と蛙（草野心平）
◇「新装版 全集現代文学の発見 13」學藝書林 2004 p141

梟のシエスタ（伊与原新）
◇「驚愕遊園地」光文社 2013（最新ベスト・ミステリー）p97
◇「驚愕遊園地」光文社 2016（光文社文庫）p151

梟の昼間（恩田陸）
◇「宝石ザミステリー」光文社 2011 p473

梟の夜（伊藤桂一）
◇「鎮守の森に鬼が棲む―時代小説傑作選」講談社 2001（講談社文庫）p83

袋小路の男（絲山秋子）
◇「文学 2004」講談社 2004 p284

袋小路の死神（栗本薫）
◇「綾辻行人と有栖川有栖のミステリ・ジョッキー 3」講談社 2012 p13

腹話術（崩木十弐）
◇「てのひら怪談―ビーケーワン怪談大賞傑作選 庚寅」ポプラ社 2010（ポプラ文庫）p126

不景気万歳（柘一輝）
◇「ショートショートの花束 7」講談社 2015（講談社文庫）p83

武家草鞋（山本周五郎）
◇「がんこ長屋」新潮社 2013（新潮文庫）p173

不幸なる芸術（柳田國男）
◇「ちくま日本文学 15」筑摩書房 2008（ちくま文庫）p388

不幸の四索（常見隆二）
◇「ショートショートの広場 14」講談社 2003（講談社文庫）p57

腐刻画（安東次男）
◇「新装版 全集現代文学の発見 13」學藝書林 2004 p297

腐刻画（田村隆一）
◇「新装版 全集現代文学の発見 13」學藝書林 2004 p276

腐骨切除（香山末子）
◇「ハンセン病文学全集 7」皓星社 2004 p312

不在（加藤郁乎）
◇「新装版 全集現代文学の発見 13」學藝書林 2004 p614

不細工な女（葵優喜）
◇「ショートショートの花束 1」講談社 2009（講談社文庫）p277

不在のお茶会（山口雅也）
◇「アリス殺人事件―不思議の国のアリス ミステリーアンソロジー」河出書房新社 2016（河出文庫）p235

不在の証明（有栖川有栖）
◇「本格ミステリ 2002」講談社 2002（講談社ノベルス）p11
◇「天使と髑髏の密室―本格短編ベスト・セレクション」講談社 2005（講談社文庫）p11

怖妻の棺（松本清張）
◇「大江戸犯科帖―時代推理小説名作選」双葉社 2003（双葉文庫）p31

不在の街（風見治）
◇「ハンセン病文学全集 2」皓星社 2002 p303

蕪斎筆記（抄）（小川白山）
◇「稲生モノノケ大全 陰之巻」毎日新聞社 2003 p632

武左衛門一揆（全十五景）（中西伊之助）
◇「新・プロレタリア文学精選集 6」ゆまに書房 2004 p1

武左衛門翁に就て（中西伊之助）
◇「新・プロレタリア文学精選集 6」ゆまに書房 2004 p1

不作（香山末子）
◇「ハンセン病文学全集 7」皓星社 2004 p478

不参加ぐらし（富士正晴）
◇「戦後文学エッセイ選 7」影書房 2006 p225

釜山（プサン）詩集（許南麒）
◇「〈在日〉文学全集 2」勉誠出版 2006 p69

釜山第二商業学校（許南麒）
◇「〈在日〉文学全集 2」勉誠出版 2006 p72

釜山埠頭の白衣群（金素雲）
◇「近代朝鮮文学日本語作品集1901〜1938 評論・随筆篇 2」緑蔭書房 2004 p235

ふじ（幸田文）
◇「精選女性随筆集 1」文藝春秋 2012 p58

不死（川端康成）
◇「文豪怪談傑作選 川端康成集」筑摩書房 2006（ちくま文庫）p101

不死（中上健次）
◇「日本文学全集 23」河出書房新社 2015 p404

富士（金時鐘）
◇「〈在日〉文学全集 5」勉誠出版 2006 p81

ふし穴（須月研児）
◇「ショートショートの広場 11」講談社 2000（講談社文庫）p149

不幸せをどうぞ（近藤史恵）
◇「自選ショート・ミステリー」講談社 2001（講談社文庫）p45

フジ江さんとブチッキーのこと（新熊昇）
◇「てのひら怪談 癸巳」KADOKAWA 2013（MF文庫ダ・ヴィンチ）p116

藤枝大祭（海野葵）
◇「伊豆文学賞 優秀作品集 第16回」羽衣出版 2013 p197

藤枝邸の完全なる密室（東川篤哉）
◇「自薦THEどんでん返し」双葉社 2016（双葉文庫）p229

ふしぎ（幸田露伴）
◇「文豪怪談傑作選 幸田露伴集」筑摩書房 2010（ちくま文庫）p343

不思議（江馬修）
◇「新・プロレタリア文学精選集 10」ゆまに書房 2004 p99

不思議（原民喜）
◇「「日本浪曼派」集」新学社 2007（新学社近代浪

ふしき

漫派文庫）p258

不思議な鏡（森鷗外）
◇「文豪怪談傑作選 森鷗外集」筑摩書房 2006（ちくま文庫）p340

不思議な国の話（室生犀星）
◇「文豪怪談傑作選 室生犀星集」筑摩書房 2008（ちくま文庫）p199

不思議なこと（神条繁）
◇「てのひら怪談—ビーケーワン怪談大賞傑作選 2」ポプラ社 2007 p116
◇「てのひら怪談—ビーケーワン怪談大賞傑作選 己丑」ポプラ社 2009（ポプラ文庫）p214

不思議な子供（田中文雄）
◇「文藝百物語」ぶんか社 1997 p100

不思議な魚（室生犀星）
◇「文豪怪談傑作選 室生犀星集」筑摩書房 2008（ちくま文庫）p211

不思議な四月（津川泉）
◇「読んで演じたくなるゲキの本 小学生版」幻冬舎 2006 p251

ふしぎな球（日野啓三）
◇「日本文学全集 21」河出書房新社 2015 p54

不思議なちから（美崎理恵）
◇「あなたが生まれた日—家族の愛が温かな10の感動ストーリー」泰文堂 2013（リンダブックス）p157

不思議な都會の一隅にて（黒木謳子）
◇「日本統治期台湾文学集成 18」緑蔭書房 2003 p396

不思議な鳥（小川未明）
◇「文豪怪談傑作選 小川未明集」筑摩書房 2008（ちくま文庫）p70

不思議な鳥（小林弘明）
◇「ハンセン病文学全集 7」皓星社 2004 p197

ふしぎなネコ（星新一）
◇「にゃんそろじー」新潮社 2014（新潮文庫）p127

不思議な能力（高井信）
◇「自選ショート・ミステリー 2」講談社 2001（講談社文庫）p235

不思議なノートブック（横山銀吉）
◇「『少年倶楽部』熱血・痛快・時代短篇選」講談社 2015（講談社文芸文庫）p28

不思議な母（大下宇陀児）
◇「甦る推理雑誌 1」光文社 2002（光文社文庫）p107

ふしぎな人／名たんていと二十めんそう（江戸川乱歩）
◇「少年探偵王—本格推理マガジン 特集・ぼくらの推理冒険物語」光文社 2002（光文社文庫）p37

不思議な本屋（伊東哲哉）
◇「超短編傑作選 v.6」創英社 2007 p190

ふしぎなメルモ—昨日はもうこない だが明日もまた…（大塚英志）
◇「手塚治虫COVER エロス篇」徳間書店 2003（徳間デュアル文庫）p181

ふしぎな森（鈴木裕子）
◇「小学校たのしい劇の本—英語劇付 低学年」国土社 2007 p122

不思議なる空間断層（海野十三）
◇「幻の探偵雑誌 1」光文社 2000（光文社文庫）p131

不思議の国のアリスたち（田部井泰）
◇「小学校たのしい劇の本—英語劇付 高学年」国土社 2007 p50

不思議の国の殺人（邦正彦）
◇「不思議の国のアリス ミステリー館」河出書房新社 2015（河出文庫）p113

不思議の国の犯罪（天城一）
◇「甦る名探偵—探偵小説アンソロジー」光文社 2014（光文社文庫）p125

不思議の聖子羊の美少女（大原まり子）
◇「侵略！」廣済堂出版 1998（廣済堂文庫）p383

不思議ラーメン（椋木聡）
◇「ショートショートの花束 1」講談社 2009（講談社文庫）p43

句集 **父子獨樂**（中山秋夫）
◇「ハンセン病文学全集 9」皓星社 2010 p444

富士・櫻・霧社・日月潭（丸井妙子）
◇「日本統治期台湾文学集成 17」緑蔭書房 2003 p304

藤沢周平と短歌（高橋宗伸）
◇「山形県文学全集第2期（随筆・紀行編）6」郷土出版社 2005 p288

富士山（山下清）
◇「富士山」角川書店 2013（角川文庫）p147

富士山遊びの記臆（北村透谷）
◇「明治の文学 16」筑摩書房 2002 p304

富士山麓の夏（武田百合子）
◇「精選女性随筆集 5」文藝春秋 2012 p256

父子像（朝宮運河）
◇「怪物團」光文社 2009（光文社文庫）p305

藤田先生と人間消失（村瀬継弥）
◇「殺人前線北上中」講談社 1997（講談社文庫）p265

藤田先生、指一本で巨石を動かす（村瀬継弥）
◇「新世紀「謎」倶楽部」角川書店 1998 p119

藤棚の下（伊庭桂一）
◇「剣鬼無明斬り」光風社出版 1997（光風社文庫）p21

武士道と義士精神（上）（下）（王昶雄）
◇「日本統治期台湾文学集成 29」緑蔭書房 2007 p329

武士道と國仙道（金文輯）
◇「近代朝鮮文学日本語作品集1908〜1945 セレクション 3」緑蔭書房 2008 p261

『富士日記』（武田百合子）
◇「精選女性随筆集 5」文藝春秋 2012 p9

藤の影（太田井敏夫）
◇「ハンセン病文学全集 8」皓星社 2006 p160

藤の奇特—井原西鶴『西鶴諸国ばなし』（井原

西鶴）
◇「植物」国書刊行会 1998（書物の王国）p60

藤野君のこと（安部公房）
◇「70年代日本SFベスト集成 5」筑摩書房 2015（ちくま文庫）p51

武士の子（赤川武助）
◇「『少年倶楽部』熱血・痛快・時代短篇選」講談社 2015（講談社文芸文庫）p340

藤の咲くころ（伊藤桂一）
◇「江戸色恋坂―市井情話傑作選」学習研究社 2005（学研M文庫）p83

不死の島（多和田葉子）
◇「それでも三月は、また」講談社 2012 p11

藤野叔手状（正岡子規）
◇「新日本古典文学大系 明治編 27」岩波書店 2003 p284

藤野先生（竹内好）
◇「戦後文学エッセイ選 4」影書房 2005 p23

武士の妻（北原亞以子）
◇「代表作時代小説 平成10年度」光風社出版 1998 p335
◇「誠の旗がゆく―新選組傑作選」集英社 2003（集英社文庫）p123
◇「地獄の無明剣―時代小説傑作選」講談社 2004（講談社文庫）p395

富士の初雪（川端康成）
◇「富士山」角川書店 2013（角川文庫）p225

不死の人（速瀬れい）
◇「トロピカル」廣済堂出版 1999（廣済堂文庫）p295

富士のみえる村で（金達寿）
◇「〈在日〉文学全集 1」勉誠出版 2006 p5

武士の紋章―滝川三九郎（池波正太郎）
◇「武士の本懐―武士道小説傑作選」ベストセラーズ 2004（ベスト時代文庫）p5

富士正晴（雑談屋）
◇「新装版 全集現代文学の発見 6」學藝書林 2003 p166

伏見城恋歌（安部龍太郎）
◇「歴史の息吹」新潮社 1997 p25
◇「時代小説一読切御免 2」新潮社 2004（新潮文庫）p43
◇「戦国女人十一話」作品社 2005 p197

伏見の惨劇―寺田屋事変（早乙女貢）
◇「時代小説傑作選 3」新人物往来社 2008 p5

伏見燃ゆ 鳥居元忠伝（武内涼）
◇「戦国秘史―歴史小説アンソロジー」KADOKAWA 2016（角川文庫）p123

藤娘、踊る（神狛しず）
◇「女たちの怪談百物語」メディアファクトリー 2010（〔幽〕books）p125
◇「女たちの怪談百物語」KADOKAWA 2014（角川ホラー文庫）p130

藤本事件 (1) 藤本事件の真実追究を阻むもの（いりえしん）

◇「ハンセン病文学全集 5」皓星社 2010 p271

藤本事件 (2) 藤本氏の無実の罪であることを信じている私は思う（隈川清）
◇「ハンセン病文学全集 5」皓星社 2010 p275

藤本事件 (3) 偏見がつくりあげた藤本事件（加藤三郎）
◇「ハンセン病文学全集 5」皓星社 2010 p280

藤本事件 (4) 藤本事件について（増重文）
◇「ハンセン病文学全集 5」皓星社 2010 p286

藤本事件 (5) 藤本松夫救援運動の発展のために（いりえしん）
◇「ハンセン病文学全集 5」皓星社 2010 p291

藤本事件 (6) 偏見・予断・処刑／藤本松夫氏の死刑に抗議する（森田竹次）
◇「ハンセン病文学全集 5」皓星社 2010 p294

藤森座の怪（田島金次郎）
◇「文豪怪談傑作選 特別編」筑摩書房 2007（ちくま文庫）p72

武州糸くり唄（倉本聰）
◇「読まずにいられぬ名短篇」筑摩書房 2014（ちくま文庫）p339

武州公秘話 巻之二（谷崎潤一郎）
◇「恐怖の旅」光文社 2000（光文社文庫）p73

「不自由な時間」（三藤英二）
◇「ショートショートの広場 12」講談社 2001（講談社文庫）p97

不自由寮（林乙竜）
◇「ハンセン病文学全集 4」皓星社 2003 p265

不出考（塔和子）
◇「ハンセン病文学全集 7」皓星社 2004 p514

不浄―五十首（与謝野晶子）
◇「創刊一〇〇年三田文学名作選」三田文学会 2010 p602

武商諜人（宮本昌孝）
◇「戦国秘史―歴史小説アンソロジー」KADOKAWA 2016（角川文庫）p235

不浄道（吉村萬壱）
◇「文学 2010」講談社 2010 p92

不精の代参（桂米朝）
◇「怠けものの話」筑摩書房 2011（ちくま文学の森）p205

不肖の弟子（南條範夫）
◇「剣鬼無明斬り」光風社出版 1997（光風社文庫）p317

巫女の海（大路和子）
◇「代表作時代小説 平成16年度」光風社出版 2004 p257

婦女の鑑（木村曙）
◇「新日本古典文学大系 明治編 23」岩波書店 2002 p33
◇「「新編」日本女性文学全集 1」菁柿堂 2007 p192

巫女舞（土肥英里子）
◇「ゆきのまち幻想文学賞・小品集 7」NTTメディアスコープ 1997 p17

ふしわ

藤原月彦三十三句（藤原月彦）
　◇「リテラリーゴシック・イン・ジャパン―文学的
　　ゴシック作品選」筑摩書房 2014（ちくま文庫）
　　p343
不信（李正子）
　◇「〈在日〉文学全集 17」勉誠出版 2006 p251
婦人改造の基礎的考察（与謝野晶子）
　◇「「新編」日本女性文学全集 4」菁柿堂 2012 p28
婦人雑誌の妥協的傾向（与謝野晶子）
　◇「「新編」日本女性文学全集 4」菁柿堂 2012 p94
不審人物（池田信幸）
　◇「ショートショートの広場 9」講談社 1998（講
　　談社文庫）p93
普請中（森鷗外）
　◇「明治の文学 14」筑摩書房 2000 p200
　◇「文学で考える〈日本〉とは何か」双文社出版
　　2007 p8
　◇「別れ」SDP 2009（SDP bunko）p113
　◇「創刊一〇〇年三田文学名作選」三田文学会 2010
　　p10
　◇「三田文学短篇選」講談社 2010（講談社文芸文
　　庫）p7
　◇「読んでおきたい近代日本小説選」龍書房 2012
　　p98
　◇「文学で考える〈日本〉とは何か」翰林書房 2016
　　p8
婦人の禁酒運動に反対す（与謝野晶子）
　◇「「新編」日本女性文学全集 4」菁柿堂 2012 p84
婦人も参政権を要求す（与謝野晶子）
　◇「「新編」日本女性文学全集 4」菁柿堂 2012 p94
ふすま（紙舞）
　◇「男たちの怪談百物語」メディアファクトリー
　　2012（幽BOOKS）p230
ふすまの向こう側（安川朝子）
　◇「ひらく―第15回フェリシモ文学賞」フェリシモ
　　2012 p46
布施謙一の手記（前編）（布施謙一）
　◇「八ヶ岳「雪密室」の謎」原書房 2001 p12
布施謙一の手記（後編）（布施謙一）
　◇「八ヶ岳「雪密室」の謎」原書房 2001 p67
敷設列車（平林たい子）
　◇「〈外地〉の日本語文学選 2」新宿書房 1996 p97
布施杜生のこと（野間宏）
　◇「戦後文学エッセイ選 9」影書房 2008 p36
武装島田倉庫（椎名誠）
　◇「日本SF・名作集成 6」リブリオ出版 2005 p147
扶桑名媛（正岡子規）
　◇「新日本古典文学大系 明治編 27」岩波書店 2003
　　p206
不測の神々（はせひろいち）
　◇「優秀新人戯曲集 2000」ブロンズ新社 1999 p225
扶蘇山（プソサン）（許南麒）
　◇「〈在日〉文学全集 2」勉誠出版 2006 p105
蕪村寺再建縁起（正岡子規）
　◇「文豪怪談傑作選 明治篇」筑摩書房 2011（ちく

　　ま文庫）p43
不存者の詩（小泉雅二）
　◇「ハンセン病文学全集 7」皓星社 2004 p86
豚（趙南哲）
　◇「〈在日〉文学全集 18」勉誠出版 2006 p143
舞台（塔和子）
　◇「ハンセン病文学全集 7」皓星社 2004 p131
舞台裏（池田久輝）
　◇「タッグ私の相棒―警察アンソロジー」角川春樹
　　事務所 2015 p111
舞台うらの男（池波正太郎）
　◇「花と剣と侍―新鷹会・傑作時代小説選」光文社
　　2009（光文社文庫）p103
舞台裏の女たち（石井好子）
　◇「精選女性随筆集 12」文藝春秋 2012 p32
舞臺裏――一幕（小林洋）
　◇「日本統治期台湾文学集成 14」緑蔭書房 2003
　　p357
舞台に飛ぶ兇刃（瀬戸口寅雄）
　◇「捕物時代小説選集 7」春陽堂書店 2000（春陽
　　文庫）p74
舞台の幽霊〔新続残夢三昧〕（内田百閒）
　◇「文豪怪談傑作選 大正篇」筑摩書房 2011（ちく
　　ま文庫）p102
舞台役者の孤独（玄月）
　◇「〈在日〉文学全集 10」勉誠出版 2006 p117
双面（円地文子）
　◇「両性具有」国書刊行会 1998（書物の王国）
　　p190
　◇「新編・日本幻想文学集成 3」国書刊行会 2016
　　p541
両面競牡丹（ふたおもてくらべぼたん）（酒井嘉七）
　◇「幻の探偵雑誌 1」光文社 2000（光文社文庫）
　　p327
ふたかみ（中上健次）
　◇「戦後短篇小説再発見 11」講談社 2003（講談社
　　文芸文庫）p166
ふた首穴のセーター（江坂遊）
　◇「超短編アンソロジー」筑摩書房 2002（ちくま文
　　庫）p66
双子宮―さみだれ（飯野文彦）
　◇「十二宮12幻想」エニックス 2000 p65
双子の家（赤川次郎）
　◇「謎―スペシャル・ブレンド・ミステリー 001」
　　講談社 2006（講談社文庫）p107
ふたごの星と箒星―ふたごの星・第2話（平野
直）
　◇「学校放送劇舞台劇脚本集―宮沢賢治名作童話」
　　東洋書院 2008 p19
双子のLDK（荻世いをら）
　◇「いまのあなたへ―村上春樹への12のオマージュ」
　　NHK出版 2014 p136
二子山附近（萩原朔太郎）
　◇「ちくま日本文学 36」筑摩書房 2009（ちくま文
　　庫）p36

690　作品名から引ける日本文学全集案内 第III期

札差平十郎 蔵前閻魔堂（南原幹雄）
　◇「勝者の死にざま―時代小説選手権」新潮社 1998
　　（新潮文庫）p83
札差平十郎 決闘小栗坂（南原幹雄）
　◇「白刃光る」新潮社 1997 p127
　◇「時代小説―読切御免 1」新潮社 2004（新潮文
　　庫）p141
不確かな噂（杉本利男）
　◇「全作家短編小説集 7」全作家協会 2008 p149
再び歌よみに与うる書（正岡子規）
　◇「ちくま日本文学 40」筑摩書房 2009（ちくま文
　　庫）p328
ふたたび「沖縄の道」（岡部伊都子）
　◇「コレクション戦争と文学 20」集英社 2012 p505
再び山椒魚について（中島敦）
　◇「ちくま日本文学 12」筑摩書房 2008（ちくま文
　　庫）p443
再び誕生日（安西冬衛）
　◇「新装版 全集現代文学の発見 13」學藝書林 2004
　　p13
再び「流される」ということについて（木下順
二）
　◇「戦後文学エッセイ選 8」影書房 2005 p119
二つ魂（高橋克彦）
　◇「短篇ベストコレクション―現代の小説 2011」徳
　　間書店 2011（徳間文庫）p363
双つ蝶（篠田真由美）
　◇「アジアン怪綺」光文社 2003（光文社文庫）p15
ふたつと同じ結晶は（三枝蠟）
　◇「ゆきのまち幻想文学賞小品集 13」企画集団ぷり
　　ずむ 2004 p120
二つの遺書（坪田宏）
　◇「絢爛たる殺人―本格推理マガジン 特集・知られ
　　ざる探偵たち」光文社 2000（光文社文庫）
　　p233
ふたつの王国（壇蜜）
　◇「十年後のこと」河出書房新社 2016 p117
随筆 二つのお話（崔貞煕）
　◇「近代朝鮮文学日本語作品集1939〜1945 評論・随筆
　　篇 3」緑蔭書房 2002 p123
ふたつの顔（嘉瀬陽介）
　◇「ショートショートの広場 18」講談社 2006（講
　　談社文庫）p35
二つの鍵（三雲岳斗）
　◇「本格ミステリ 2005」講談社 2005（講談社ノベ
　　ルス）p229
　◇「ザ・ベストミステリーズ―推理小説年鑑 2005」
　　講談社 2005 p219
　◇「仕掛けられた罪」講談社 2008（講談社文庫）
　　p407
　◇「大きな棺の小さな鍵―本格短編ベスト・セレク
　　ション」講談社 2009（講談社文庫）p339
二つの川端さん（宇野千代）
　◇「精選女性随筆集 6」文藝春秋 2012 p36
二つの凶器（麻耶雄嵩）
　◇「気分は名探偵―犯人当てアンソロジー」徳間書

店 2006 p91
　◇「気分は名探偵―犯人当てアンソロジー」徳間書
　　店 2008（徳間文庫）p109
二つの「狂人日記」（龍瑛宗）
　◇「日本統治期台湾文学集成 16」緑蔭書房 2003
　　p187
二つの質問（与謝野晶子）
　◇「「新編」日本女性文学全集 4」菁柿堂 2012 p89
二つの銃口（高野和明）
　◇「乱歩賞作家 赤の謎」講談社 2004 p315
ふたつのシュークリーム（伊岡瞬）
　◇「悪夢の行方―「読楽」ミステリーアンソロジー」
　　徳間書店 2016（徳間文庫）p5
「ふたつの千年紀の狭間で」落葉（日野啓三）
　◇「文学 2001」講談社 2001 p293
二つの立場（玄永燮）
　◇「近代朝鮮文学日本語作品集1908〜1945 セレクショ
　　ン 3」緑蔭書房 2008 p275
二つの短篇（藤枝静男）
　◇「創刊一〇〇年三田文学名作選」三田文学会 2010
　　p273
二つの『血』の物語（赤川次郎）
　◇「謀」文藝春秋 2003（推理作家になりたくて マ
　　イベストミステリー）p70
　◇「マイ・ベスト・ミステリー 4」文藝春秋 2007
　　（文春文庫）p114
二つの月が出る山（木原浩勝）
　◇「ファイン／キュート素敵かわいい作品選」筑摩
　　書房 2015（ちくま文庫）p200
二つの手紙（芥川龍之介）
　◇「文豪怪談傑作選 芥川龍之介集」筑摩書房 2010
　　（ちくま文庫）p183
二つの流れ（王白淵）
　◇「日本統治期台湾文学集成 18」緑蔭書房 2003
　　p75
二つの肉体（野間宏）
　◇「戦後短篇小説再発見 12」講談社 2003（講談社
　　文芸文庫）p9
二つの鉢花（北重人）
　◇「代表作時代小説 平成22年度」光文社 2010 p229
二つの部屋（江戸川乱歩）
　◇「ちくま日本文学 7」筑摩書房 2008（ちくま文
　　庫）p402
ふたつのホテル（田中啓文）
　◇「黄昏ホテル」小学館 2004 p283
二つの街（宮城谷昌光）
　◇「現代の小説 1997」徳間書店 1997 p91
二つのものの総合（三島由紀夫）
　◇「ちくま日本文学 10」筑摩書房 2008（ちくま文
　　庫）p415
二つの幽霊（尾上梅幸）
　◇「文豪怪談傑作選 特別編」筑摩書房 2008（ちく
　　ま文庫）p204
ふたつの別れ（高峰秀子）
　◇「精選女性随筆集 8」文藝春秋 2012 p198

ふたと

豚とさむらい（神坂次郎）
◇「武士道残月抄」光文社 2011（光文社文庫）p389

豚と緬羊（石浜金作）
◇「竹中英太郎 3」皓星社 2016（挿絵叢書）p227

ふたなりひらの系譜（須永朝彦）
◇「両性具有」国書刊行会 1998（書物の王国）p208

ブタの足あと（橋本顕光）
◇「「伊豆文学賞」優秀作品集 第19回」羽衣出版 2016 p75

豚の皮（金関丈夫）
◇「日本統治期台湾文学集成 17」緑蔭書房 2003 p195

豚の孤独（上野英信）
◇「戦後文学エッセイ選 12」影書房 2006 p61

札の辻（遠藤周作）
◇「文士の意地―車谷長吉撰短篇小説輯 下巻」作品社 2005 p233

豚の報い（又吉栄喜）
◇「沖縄文学選―日本文学のエッジからの問い」勉誠出版 2003 p306

二葉亭四迷氏と堀田善右衛門氏（堀田善衞）
◇「戦後文学エッセイ選 11」影書房 2007 p191

二葉亭四迷の一生（内田魯庵）
◇「明治の文学 11」筑摩書房 2001 p319

二文字（鈴木文也）
◇「てのひら怪談―ビーケーワン怪談大賞傑作選 壬辰」ポプラ社 2012（ポプラ文庫）p260

武太夫開眼（杉本苑子）
◇「武芸十八般―武道小説傑作選」ベストセラーズ 2005（ベスト時代文庫）p123

武太夫槌を得る―三次実録物語（京極夏彦）
◇「稲生モノノケ大全 陰之巻」毎日新聞社 2003 p6

補陀落（ふだらく）渡海記（井上靖）
◇「日本文学100年の名作 5」新潮社 2015（新潮文庫）p349

補陀落渡海記（井上靖）
◇「近代小説〈異界〉を読む」双文社出版 1999 p208
◇「見上げれば星は天に満ちて―心に残る物語―日本文学秀作選」文藝春秋 2005（文春文庫）p249

ふたり（角田光代）
◇「私らしくあの場所へ」講談社 2009（講談社文庫）p7

ふたり（高野紀子）
◇「ゆきのまち幻想文学賞小品集 10」企画集団ぷりずむ 2001 p13

ふたり遊び（篠田真由美）
◇「悪夢制御装置―ホラー・アンソロジー」角川書店 2002（角川文庫）p7
◇「青に捧げる悪夢」角川書店 2005 p159
◇「青に捧げる悪夢」角川書店 2013（角川文庫）p271

ふたり、いつまでも（中山七里）
◇「5分で読める！ 怖いはなし」宝島社 2014（宝島

社文庫）p251

ふたりきりの町―根無し草の伝説（菊地秀行）
◇「怪物團」光文社 2009（光文社文庫）p121

ふたりごっこ（石塚珠生）
◇「ゆきのまち幻想文学賞小品集 10」企画集団ぷりずむ 2001 p151

二人だけの珊瑚礁（田中光二）
◇「冒険の森へ―傑作小説大全 15」集英社 2016 p70

二人だけの秘密（たなかなつみ）
◇「超短編の世界 vol.3」創英社 2011 p72

二人だけの秘密（はやみかつとし）
◇「超短編の世界 vol.2」創英社 2009 p45

二人旅（新津きよみ）
◇「花迷宮」日本文芸社 2000（日文庫）p81

二人で西の水平線に沈むまで星を見ていましょう≫戸板康二（串田孫一）
◇「日本人の手紙 9」リブリオ出版 2004 p20

ふたりで分かち合う（@chimada）
◇「3.11心に残る140字の物語」学研パブリッシング 2011 p46

ふたりとひとり（瀬戸内晴美）
◇「戦後短篇小説再発見 3」講談社 2001（講談社文芸文庫）p114

ふたり流れる（市川拓司）
◇「こどものころにみた夢」講談社 2008 p76

ふたりの相棒（川西蘭）
◇「Love stories」水曜社 2004 p147

二人の思い出（乃南アサ）
◇「花迷宮」日本文芸社 2000（日文庫）p239

二人の思惑（工藤正樹）
◇「ショートショートの花束 1」講談社 2009（講談社文庫）p246

ふたりの漢字（植松二郎）
◇「ゆきのまち幻想文学賞・小品集 12」企画集団ぷりずむ 2003 p47

二人のクラウン（乾緑郎）
◇「『このミステリーがすごい！』大賞作家書き下ろしBOOK vol.9」宝島社 2015 p5

二人の内蔵助（小山龍太郎）
◇「赤穂浪士伝奇」勉誠出版 2002（べんせいライブラリー）p1

二人の彰義隊士（多岐川恭）
◇「花ごよみ夢一夜」光風社出版 2001（光風社文庫）p205

二人の食卓（里田和登）
◇「5分で読める！ ひと駅ストーリー 冬の記憶西口編」宝島社 2013（宝島社文庫）p21
◇「5分で泣ける！ 胸がいっぱいになる物語」宝島社 2015（宝島社文庫）p229

二人の先生（幸田文）
◇「ちくま日本文学 5」筑摩書房 2007（ちくま文庫）p433

二人の中尉（平沢計七）
◇「アンソロジー・プロレタリア文学 3」森話社

2015 p175

二人のテレビ（江坂遊）
◇「綾辻・有栖川復刊セレクション 仕掛け花火」講談社 2007（講談社ノベルス）p196

二人の天使（森茉莉）
◇「小川洋子の偏愛短篇箱」河出書房新社 2009 p199
◇「小川洋子の偏愛短篇箱」河出書房新社 2012（河出文庫）p199

ふたりの名前（石田衣良）
◇「短編工場」集英社 2012（集英社文庫）p185

二人の母（杉本苑子）
◇「鍔鳴り疾風剣」光風社出版 2000（光風社文庫）p105

二人の複数（穂田川洋山）
◇「文学 2012」講談社 2012 p53

二人の浮浪者の話（安部公房）
◇「超短編アンソロジー」筑摩書房 2002（ちくま文庫）p203

二人の法則（相良敦子）
◇「Love―あなたに逢いたい」双葉社 1997（双葉文庫）p149

二人の道を歩みましょう≫加藤静子（島崎藤村）
◇「日本人の手紙 5」リブリオ出版 2004 p220

ふたりのものは、みんな燃やして（川上未映子）
◇「ラブソングに飽きたら」幻冬舎 2015（幻冬舎文庫）p297

二人の義経（永井路子）
◇「源義経の時代―短篇小説集」作品社 2004 p137

ふたりの予知能力者（七瀬ざくろ）
◇「ショートショートの広場 19」講談社 2007（講談社文庫）p133

ふたりの李香蘭（田中文雄）
◇「アジアン怪綺」光文社 2003（光文社文庫）p623

ふたりのルール（盛田隆二）
◇「聖なる夜に君は」角川書店 2009（角川文庫）p105

二人半持て（横山秀夫）
◇「宝石ザミステリー Blue」光文社 2016 p219

二人目（関宏江）
◇「ショートショートの広場 19」講談社 2007（講談社文庫）p184

ふだん着の婚礼 生活の記録1（宮本常一）
◇「日本文学全集 14」河出書房新社 2015 p378

不断草（山本周五郎）
◇「山形県文学全集第1期（小説編）1」郷土出版社 2004 p348
◇「失われた空―日本人の涙と心の名作8選」新潮社 2014（新潮文庫）p55

不断の探究者（鳴神月拓也）
◇「リトル・リトル・クトゥルー―史上最小の神話小説集」学習研究社 2009 p148

プチ（堀川茂進）
◇「ショートショートの花束 1」講談社 2009（講談社文庫）p174

ぶち切レ（在神英資）
◇「てのひら怪談―ビーケーワン怪談大賞傑作選 辛卯」ポプラ社 2011（ポプラ文庫）p200

プチプチ（梅原公彦）
◇「てのひら怪談―ビーケーワン怪談大賞傑作選 壬辰」ポプラ社 2012（ポプラ文庫）p68

父中・首ふり坂（池波正太郎）
◇「慕情深川しぐれ」光風社出版 1998（光風社文庫）p323

釜中の魚（諸田玲子）
◇「異色歴史短篇傑作大全」講談社 2003 p397
◇「江戸三百年を読む―傑作時代小説 シリーズ江戸学 下」角川学芸出版 2009（角川文庫）p85

部長刑事物語（島田一男）
◇「七人の刑事」廣済堂出版 1998（KOSAIDO BLUE BOOKS）p7

ブーツ（井上荒野）
◇「最後の恋プレミアム―つまり、自分史上最高の恋。」新潮社 2011（新潮文庫）p43

普通選挙と女子参政権（与謝野晶子）
◇「「新編」日本女性文学全集 4」菁柿堂 2012 p100

ふつうの重荷（須賀敦子）
◇「日本文学全集 25」河出書房新社 2016 p158

普通の子ども（森岡浩之）
◇「現代の小説 1997」徳間書店 1997 p239

ふつうの食パン（岩田宏）
◇「新装版 全集現代文学の発見 13」學藝書林 2004 p505

普通の人（向田邦子）
◇「映画狂時代」新潮社 2014（新潮文庫）p205

普通列車の死（夏樹静子）
◇「悪夢の最終列車―鉄道ミステリー傑作選」光文社 1997（光文社文庫）p9

仏学派＝権利論（山路愛山）
◇「新日本古典文学大系 明治編 26」岩波書店 2002 p422

復活祭に寄せて（沢田徳一）
◇「ハンセン病文学全集 7」皓星社 2004 p147

復活祭の日に（越一人）
◇「ハンセン病文学全集 7」皓星社 2004 p343

ぶつかった女（新津きよみ）
◇「グランドホテル」廣済堂出版 1999（廣済堂文庫）p13
◇「時の輪廻」リブリオ出版 2001（怪奇・ホラーワールド）p73

復活の薬（荒川貴美子）
◇「ショートショートの広場 8」講談社 1997（講談社文庫）p149

二日の花（伊集院静）
◇「別れの予感」リブリオ出版 2001（ラブミーワールド）p185
◇「恋愛小説・名作集成 8」リブリオ出版 2004 p185

ふつか

「復刊」あとがき（今邑彩）
◇「綾辻・有栖川復刊セレクション 金雀枝荘の殺人」講談社 2007 p234

復帰（石田一）
◇「帰還」光文社 2000 （光文社文庫）p139

払暁（上林暁）
◇「創刊一〇〇年三田文学名作選」三田文学会 2010 p202

仏教の教理と俗信の妥協（柳田國男）
◇「文豪怪談傑作選 柳田國男集」筑摩書房 2007 （ちくま文庫）p95

ブックカース（塔山郁）
◇「5分で読める！ ひと駅ストーリー 本の物語」宝島社 2014 （宝島社文庫）p299

ブックよさらば（深町秋生）
◇「5分で読める！ ひと駅ストーリー 本の物語」宝島社 2014 （宝島社文庫）p339
◇「5分で笑える！ おバカで愉快な物語」宝島社 2016 （宝島社文庫）p267

ふっくらと（北村薫）
◇「空を飛ぶ恋―ケータイがつなぐ28の物語」新潮社 2006 （新潮文庫）p172

復興のきざし（小山禎子）
◇「平成28年熊本地震作品集」くまもと文学・歴史館友の会 2016 p7

復興は当然にて當然の復興なり（崔南善）
◇「近代朝鮮文学日本語作品集1908〜1945 セレクション 5」緑蔭書房 2008 p198

仏国演戯（依田学海）
◇「新日本古典文学大系 明治編 3」岩波書店 2005 p128

仏国寺（許南麒）
◇「〈在日〉文学全集 2」勉誠出版 2006 p80

佛國寺の宿（趙容萬）
◇「近代朝鮮文学日本語作品集1939〜1945 創作篇 5」緑蔭書房 2001 p109

吹越の城（井伏鱒二）
◇「新装版 全集現代文学の発見 11」學藝書林 2004 p256

物証（首藤瓜於）
◇「ザ・ベストミステリーズ―推理小説年鑑 2002」講談社 2002 p359
◇「トリック・ミュージアム」講談社 2005 （講談社文庫）p233

仏像をなめる―こちら警視庁美術犯罪捜査班（門井慶喜）
◇「宝石ザミステリー」光文社 2011 p359

仏桑華（鳥居裕子）
◇「日本統治期台湾文学集成 8」緑蔭書房 2002 p240

物騒な世の中（佐藤青南）
◇「5分で読める！ ひと駅ストーリー 降車編」宝島社 2012 （宝島社文庫）p257

仏像徘徊（菊地秀行）
◇「文藝百物語」ぶんか社 1997 p47

仏像は二度笑う（大石直紀）

◇「宝石ザミステリー Red」光文社 2016 p61

仏像は見ていた（中津文彦）
◇「日本縦断世界遺産殺人紀行」有楽出版社 2014 （JOY NOVELS）p71

佛陀と幼兒の死（わが幼兒の母に與ふ）（秋田雨雀）
◇「新・プロレタリア文学精選集 2」ゆまに書房 2004 p1

仏壇（伊計翼）
◇「怪談四十九夜」竹書房 2016 （竹書房文庫）p81

降って来た赤ン坊（笹沢左保）
◇「闇の旋風」徳間書店 2000 （徳間文庫）p88

降ってくる声（正岡子規）
◇「ひらく―第15回フェリシモ文学賞」フェリシモ 2012 p136

仏法僧の話（李石薫）
◇「近代朝鮮文学日本語作品集1939〜1945 評論・随筆篇 3」緑蔭書房 2002 p90

仏間会議（真下五一）
◇「京都府文学全集第1期（小説編）2」郷土出版社 2005 p213

物理学圏外の物理的現象（寺田寅彦）
◇「ちくま日本文学 34」筑摩書房 2009 （ちくま文庫）p238

物理の館物語（小川洋子）
◇「短篇集」ヴィレッジブックス 2010 p220

不逞鮮人（中西伊之助）
◇「〈外地〉の日本文学選 3」新宿書房 1996 p27

ブティックかずさ（越谷オサム）
◇「明日町こんぺいとう商店街―招きうさぎと七軒の物語 3」ポプラ社 2016 （ポプラ文庫）p49

筆置くも夢のうちなるしるしかな（朝松健）
◇「物語のルミナリエ」光文社 2011 （光文社文庫）p418

筆合戦（高橋克彦）
◇「本格ミステリ 2004」講談社 2004 （講談社ノベルス）p295
◇「名探偵を追いかけろ―シリーズ・キャラクター編」光文社 2004 （カッパ・ノベルス）p319
◇「名探偵を追いかけろ」光文社 2007 （光文社文庫）p393
◇「深夜バス78回転の問題―本格短編ベスト・セレクション」講談社 2008 （講談社文庫）p431

不適切な排除（大沢在昌）
◇「激動東京五輪1964」講談社 2015 p5
◇「悪意の迷路」光文社 2016 （最新ベスト・ミステリー）p89

筆とキーの序曲（真壁和子）
◇「新鋭劇作集 series 14」日本劇団協議会 2003 p91

筆の向くま〻（王昶雄）
◇「日本統治期台湾文学集成 29」緑蔭書房 2007 p405

筆まか勢 第一編（正岡子規）
◇「新日本古典文学大系 明治編 27」岩波書店 2003 p3

ふとつ

筆任勢 第二編（正岡子規）
　◇「新日本古典文学大系 明治編 27」岩波書店 2003
　　p247
筆屋の娘（岡本綺堂）
　◇「ちくま日本文学 32」筑摩書房 2009（ちくま文
　　庫）p159
筆屋の養女（戸板康二）
　◇「慕情深川しぐれ」光風社出版 1998（光風社文
　　庫）p263
葡萄（佐藤亜有子）
　◇「文学 1998」講談社 1998 p30
葡萄（村上春樹）
　◇「くだものだもの」ランダムハウス講談社 2007
　　p165
葡萄園の主人の話（兪鎮午）
　◇「近代朝鮮文学日本語作品集1939〜1945 評論・随筆
　　篇 3」緑蔭書房 2002 p75
舞踏会（芥川龍之介）
　◇「近代小説〈都市〉を読む」双文社出版 1999 p103
舞踏会殺人事件（坂口安吾）
　◇「捕物小説名作選 2」集英社 2006（集英社文庫）
　　p73
舞踏会事件（貴司山治）
　◇「新装版 全集現代文学の発見 16」學藝書林 2005
　　p242
舞踏會事件（貴司山治）
　◇「新・プロレタリア文学精選集 14」ゆまに書房
　　2004 p297
舞踏会、西へ（井上雅彦）
　◇「マスカレード」光文社 2002（光文社文庫）
　　p581
舞踏会の仮面（井上雅彦）
　◇「変身」廣済堂出版 1998（廣済堂文庫）p493
舞踏会の手帖（長谷川修）
　◇「教えたくなる名短篇」筑摩書房 2014（ちくま文
　　庫）p329
舞踏界の鳳雛—淡水が生んだ林明徳君（王昶
雄）
　◇「日本統治期台湾文学集成 29」緑蔭書房 2007
　　p351
舞踏家の友に—私の書翰集より（四）（王昶雄）
　◇「日本統治期台湾文学集成 29」緑蔭書房 2007
　　p289
葡萄果の藍暴き昼（赤江瀑）
　◇「短歌殺人事件—3 音律のラビリンス」光文社
　　2003（光文社文庫）p139
不登校の少女（福澤徹三）
　◇「暗闇（ダークサイド）を追いかけろ—ホラー&サ
　　スペンス編」光文社 2004（カッパ・ノベルス）
　　p379
　◇「暗闇（ダークサイド）を追いかけろ」光文社
　　2008（光文社文庫）p495
葡萄酒の色（服部まゆみ）
　◇「緋迷宮—ミステリー・アンソロジー」祥伝社
　　2001（祥伝社文庫）p201
武道宵節句（山本周五郎）

万事金の世—時代小説傑作選」徳間書店 2006
　　（徳間文庫）p5
不動図（川口松太郎）
　◇「名短篇、さらにあり」筑摩書房 2008（ちくま文
　　庫）p149
葡萄水（宮沢賢治）
　◇「果実」SDP 2009（SDP bunko）p73
　◇「文人御馳走帖」新潮社 2014（新潮文庫）p225
不動殺生変（潮山長三）
　◇「怪奇・伝奇時代小説選集 5」春陽堂書店 2000
　　（春陽文庫）p69
葡萄棚（永井荷風）
　◇「丸谷才一編・花柳小説傑作選」講談社 2013（講
　　談社文芸文庫）p333
葡萄蔓の束（久生十蘭）
　◇「文豪たちが書いた泣ける名作短編集」彩図社
　　2014 p93
武道伝来記（海音寺潮五郎）
　◇「武士の本懐—武士道小説傑作選」ベストセラー
　　ズ 2004（ベスト時代文庫）p241
武道伝来記（抄）（井原西鶴）
　◇「復讐」国書刊行会 2000（書物の王国）p131
不道徳教育講座（三島由紀夫）
　◇「ちくま日本文学 10」筑摩書房 2008（ちくま文
　　庫）p424
葡萄の置き手紙（松本侑子）
　◇「くだものだもの」ランダムハウス講談社 2007
　　p157
葡萄の蔭（李孝石）
　◇「近代朝鮮文学日本語作品集1908〜1945 セレクショ
　　ン 3」緑蔭書房 2008 p445
葡萄の花（朱耀翰）
　◇「近代朝鮮文学日本語作品集1908〜1945 セレクショ
　　ン 4」緑蔭書房 2008 p29
不透明な密室（折原一）
　◇「七人の警部—SEVEN INSPECTORS」廣済堂出
　　版 1998（KOSAIDO BLUE BOOKS）p267
不透明な密室—Invisible Man（折原一）
　◇「THE密室—ミステリーアンソロジー」有楽出版
　　社 2004（JOY NOVELS）p113
　◇「THE密室」実業之日本社 2016（実業之日本社
　　文庫）p133
不透明なロックグラスの問題（松尾由美）
　◇「ベスト本格ミステリ 2016」講談社 2016（講談
　　社ノベルス）p145
ふところ—生きていて下さるであろうお母さ
まによせて（金時鐘）
　◇「〈在日〉文学全集 5」勉誠出版 2006 p111
ふところ日記（川上眉山）
　◇「新日本古典文学大系 明治編 21」岩波書店 2005
　　p385
懐ひろ〜い（日向川伊緒）
　◇「「伊豆文学賞」優秀作品集 第14回」静岡新聞社
　　2011 p230
肥った鼠（村上元三）
　◇「浜町河岸夕化粧」光風社出版 1998（光風社文

作品名から引ける日本文学全集案内 第III期　695

ふとん

庫）p7
◇「彩四季・江戸慕情」光文社 2012（光文社文庫）p37

蒲団（田山花袋）
◇「明治の文学 23」筑摩書房 2001 p25

蒲団（吉村達也）
◇「ザ・ベストミステリーズ―推理小説年鑑 2000」講談社 2000 p9
◇「罪深き者に罰を」講談社 2002（講談社文庫）p244

布団（皆川舞子）
◇「てのひら怪談―ビーケーワン怪談大賞傑作選 庚寅」ポプラ社 2010（ポプラ文庫）p132

布団部屋（宮部みゆき）
◇「七つの怖い扉」新潮社 1998 p31

ふな（室生犀星）
◇「金沢三文豪掌文庫 たべもの編」金沢文化振興財団 2011 p71

鮒（向田邦子）
◇「ことばの織物―昭和短篇珠玉選 2」蒼丘書林 1998 p276
◇「わかれの船―Anthology」光文社 1998 p271
◇「日本文学100年の名作 7」新潮社 2015（新潮文庫）p503

舟唄（黒田喜夫）
◇「山形県文学全集第2期(随筆・紀行編) 3」郷土出版社 2005 p388

船影（三輪チサ）
◇「てのひら怪談―ビーケーワン怪談大賞傑作選 壬辰」ポプラ社 2012（ポプラ文庫）p32

武奈ヶ岳から（安西玄）
◇「回転ドアから」全作家協会 2015（全作家短編集）p404

船木峠の美女群（木屋進）
◇「捕物時代小説選集 3」春陽堂書店 2000（春陽文庫）p120

船大工（江馬修）
◇「新・プロレタリア文学精選集 10」ゆまに書房 2004 p63

船旅『二十年目の憂鬱』（はまだ語録）
◇「5分で読める！ ひと駅ストーリー 旅の話」宝島社 2015（宝島社文庫）p217

ブナの森は緑のダム（太田威）
◇「山形県文学全集第2期(随筆・紀行編) 6」郷土出版社 2005 p151

船乗りのざれ歌（芥川龍之介）
◇「ちくま日本文学 2」筑摩書房 2007（ちくま文庫）p455

舟橋聖一小論（島尾敏雄）
◇「戦後文学エッセイ選 10」影書房 2007 p19

舟弁慶（白洲正子）
◇「源義経の時代―短篇小説集」作品社 2004 p279

船弁当（五十月彩）
◇「ゆきのまち幻想文学賞小品集 20」企画集団ぷりずむ 2011 p160

船饅頭（小池昌代）

◇「代表作時代小説 平成24年度」光文社 2012 p37

樵館の殺人（中井英夫）
◇「古書ミステリー倶楽部―傑作推理小説集 2」光文社 2014（光文社文庫）p273

船遊女（上演台本）（川端康成）
◇「日本舞踊舞踊劇選集」西川会 2002 p53

船遊女（第一草稿）（川端康成）
◇「日本舞踊舞踊劇選集」西川会 2002 p25

船幽霊（庄野英二）
◇「コレクション戦争と文学 8」集英社 2011 p165

フニクラ（奥田哲也）
◇「妖女」光文社 2004（光文社文庫）p137

船（島崎藤村）
◇「明治の文学 16」筑摩書房 2002 p158

船（趙南哲）
◇「〈在日〉文学全集 18」勉誠出版 2006 p123

船（許南麒）
◇「〈在日〉文学全集 2」勉誠出版 2006 p90

舟自帰（朝松健）
◇「幽霊船」光文社 2001（光文社文庫）p281

舟にて木曾川を下る（森春濤）
◇「新日本古典文学大系 明治編 2」岩波書店 2004 p59

船の家（宮本常一）
◇「ちくま日本文学 22」筑摩書房 2008（ちくま文庫）p174

船の中（尾崎孝子）
◇「日本統治期台湾文学集成 15」緑蔭書房 2003 p162

船の中の英吉利人（奥田哲也）
◇「幽霊船」光文社 2001（光文社文庫）p65

船番（藤村洋）
◇「ゆきのまち幻想文学賞小品集 21」企画集団ぷりずむ 2012 p123

富之章（作者表記なし）
◇「近代朝鮮文学日本語作品集1939～1945 創作篇 6」緑蔭書房 2001 p205

不敗の軍略―毛利元就（今村実）
◇「時代小説傑作選 7」新人物往来社 2008 p197

不発弾（汲田誠司）
◇「ショートショートの広場 11」講談社 2000（講談社文庫）p47

浮漂（北杜夫）
◇「コレクション戦争と文学 1」集英社 2012 p135

吹雪（岩藤雪夫）
◇「新・プロレタリア文学精選集 8」ゆまに書房 2004 p123

吹雪（趙南哲）
◇「〈在日〉文学全集 18」勉誠出版 2006 p124

吹雪ける町（李正子）
◇「〈在日〉文学全集 17」勉誠出版 2006 p281

吹雪心中（山田風太郎）
◇「全席死定―鉄道ミステリー名作館」徳間書店 2004（徳間文庫）p83

吹雪に死神（伊坂幸太郎）
◇「不思議の足跡」光文社 2007 （Kappa novels）
p15
◇「不思議の足跡」光文社 2011 （光文社文庫）p7
吹雪の朝（小林泰三）
◇「毒殺協奏曲」原書房 2016 p251
吹雪の産声（北條民雄）
◇「ハンセン病文学全集 1」皓星社 2002 p87
吹雪の中で（逢時直見）
◇「ゆきのまち幻想文学賞・小品集 14」企画集団ぶ
りずむ 2005 p145
吹雪の話（阿部次郎）
◇「山形県文学全集第2期（随筆・紀行編）2」郷土出版
社 2005 p120
吹雪の夜半の惨劇（岸虹岐）
◇「幻の探偵雑誌 6」光文社 2001 （光文社文庫）
p363
吹雪の夜に（佐々木佐津子）
◇「ゆきのまち幻想文学賞小品集 18」企画集団ぶり
ずむ 2009 p143
吹雪の夜の一期一会（長沢映子）
◇「泣ける！ 北海道」泰文堂 2015 （リンダパブ
リッシャーズの本）p31
吹雪の夜の終電車（倉光俊夫）
◇「甦る推理雑誌 3」光文社 2002 （光文社文庫）
p33
吹雪物語（一夢と知性）（法月綸太郎）
◇「吹雪の山荘―赤い死の影の下に」東京創元社
2008 （創元クライム・クラブ）p185
◇「吹雪の山荘―リレーミステリ」東京創元社 2014
（創元推理文庫）p207
ぶぶぶ（権安理）
◇「ショートショートの広場 14」講談社 2003 （講
談社文庫）p53
不文律（宮部みゆき）
◇「私は殺される―女流ミステリー傑作選」角川春
樹事務所 2001 （ハルキ文庫）p7
武辺（池宮彰一郎）
◇「代表作時代小説 平成14年度」光風社出版 2002
p7
父母（明石海人）
◇「ハンセン病文学全集 7」皓星社 2004 p438
不忘窯の四季（ヒロコ・ムトー）
◇「山形県文学全集第2期（随筆・紀行編）6」郷土出版
社 2005 p99
不法在留（中嶋博行）
◇「犯行現場にもう一度」講談社 1997 （講談社文
庫）p69
富望荘で人が死ぬのだ（村崎友）
◇「0番目の事件簿」講談社 2012 p251
父母の訃報（一九五一年）―この年、父母相前
後して死去す（金夏日）
◇「〈在日〉文学全集 17」勉誠出版 2006 p182
不本意だけど（川上弘美）
◇「空を飛ぶ恋―ケータイがつなぐ28の物語」新潮

社 2006 （新潮文庫）p70
ふまれてもふまれても（狩俣繁久）
◇「日本の少年小説―「少国民」のゆくえ」インパク
ト出版会 2016 （インパクト選書）p225
踏まれる（内藤了）
◇「てのひら怪談―ビーケーワン怪談大賞傑作選 庚
寅」ポプラ社 2010 （ポプラ文庫）p96
不満（星新一）
◇「冒険の森へ―傑作小説大全 7」集英社 2016 p37
不満電池（大原久通）
◇「ショートショートの広場 19」講談社 2007 （講
談社文庫）p178
踏石（武内慎之助）
◇「ハンセン病文学全集 6」皓星社 2003 p339
踏み板（井上優）
◇「てのひら怪談―ビーケーワン怪談大賞傑作選 2」
ポプラ社 2007 p136
◇「てのひら怪談―ビーケーワン怪談大賞傑作選 己
丑」ポプラ社 2009 （ポプラ文庫）p114
踏絵の顔（勝陸子）
◇「現代鹿児島小説大系 2」ジャプラン 2014 p129
踏絵の軍師（山田風太郎）
◇「竹中半兵衛―小説集」作品社 2014 p283
踏切（林田遼子）
◇「時代の波音―民主文学短編小説集1995年～2004
年」日本民主主義文学会 2005 p38
踏切（水上勉）
◇「せつない話 2」光文社 1997 p35
踏切（山本鍛）
◇「ゆきのまち幻想文学賞・小品集 15」企画集団ぶ
りずむ 2006 p143
踏み切り近くの無人駅に下りる子供たちと、
老人（菊地秀行）
◇「時間怪談」廣済堂出版 1999 （廣済堂文庫）
p571
踏み切り番の薔薇の花（萩原恭次郎）
◇「新装版 全集現代文学の発見 1」學藝書林 2002
p260
踏ミ越エテ（大原まり子）
◇「チューリップ革命―ネオ・スイート・ドリーム・
ロマンス」イースト・プレス 2000 p275
富美子の足（谷崎潤一郎）
◇「晩菊―女体についての八篇」中央公論新社 2016
（中公文庫）p45
富美子の足――一九一九（大正八）年六-七月（谷
崎潤一郎）
◇「BUNGO―文豪短篇傑作選」角川書店 2012
（角川文庫）p25
文づかひ（森鷗外）
◇「新日本古典文学大系 明治編 25」岩波書店 2004
p65
◇「ちくま日本文学 17」筑摩書房 2008 （ちくま文
庫）p389
文月の使者（皆川博子）
◇「黒髪に恨みは深く―髪の毛ホラー傑作選」角川

ふみつ

書店 2006（角川ホラー文庫）p287

文月問答（加門七海）
◇「稲生モノノケ大全 陽之巻」毎日新聞社 2005 p75

文箱（庾妙達）
◇「〈在日〉文学全集 18」勉誠出版 2006 p62

フミーユの国（小山鎮男）
◇「ゆきのまち幻想文学賞・小品集 15」企画集団ぷりずむ 2006 p185

不眠（金時鐘）
◇「〈在日〉文学全集 5」勉誠出版 2006 p199

不眠（今野敏）
◇「宝石ザミステリー 2016」光文社 2015 p455

不眠の夜（村野四郎）
◇「新装版 全集現代文学の発見 13」學藝書林 2004 p249

不滅のコイル（藤井太洋）
◇「ショートショートの缶詰」キノブックス 2016 p93

不毛台地（風見治）
◇「ハンセン病文学全集 2」皓星社 2002 p261

ふもれすく（辻潤）
◇「新装版 全集現代文学の発見 1」學藝書林 2002 p142

普門院さん（井伏鱒二）
◇「短編名作選―1925–1949 文士たちの時代」笠間書院 1999 p291

普門院の和尚さん（井伏鱒二）
◇「歴史小説の世紀 天の巻」新潮社 2000（新潮文庫）p153

付 訳文探偵ユーベルの後に書す（森田思軒）
◇「新日本古典文学大系 明治編 15」岩波書店 2002 p454

不夜城（馳星周）
◇「冒険の森へ―傑作小説大全 18」集英社 2016 p219

冬（上忠司）
◇「日本統治期台湾文学集成 18」緑蔭書房 2003 p278

冬（朱耀翰）
◇「近代朝鮮文学日本語作品集1908～1945 セレクション 4」緑蔭書房 2008 p25

冬（西尾雅裕）
◇「現代作家代表作選集 2」鼎書房 2012 p135

冬（萩原朔太郎）
◇「ちくま日本文学 36」筑摩書房 2009（ちくま文庫）p63

冬（丸山薫）
◇「新装版 全集現代文学の発見 13」學藝書林 2004 p115

冬（來在守）
◇「近代朝鮮文学日本語作品集1908～1945 セレクション 6」緑蔭書房 2008 p64

創作 冬（宮崎直介）
◇「日本統治期台湾文学集成 21」緑蔭書房 2007 p69

浮遊島（龍田力）
◇「絶体絶命！」泰文堂 2011（Linda books！）p367

浮遊物（黒木あるじ）
◇「男たちの怪談百物語」メディアファクトリー 2012（〔幽BOOKS〕）p187

浮遊惑星ホームバウンド（伊与原新）
◇「名探偵だって恋をする」角川書店 2013（角川文庫）p101

冬を待つ人（蒼隼大）
◇「ゆきのまち幻想文学賞小品集 22」企画集団ぷりずむ 2013 p113

冬風の島（永井静夫）
◇「ハンセン病文学全集 8」皓星社 2006 p536

冬雁（吉屋信子）
◇「文豪怪談傑作選 吉屋信子集」筑摩書房 2006（ちくま文庫）p303

冬枯れの木（永井するみ）
◇「事件現場に行こう―最新ベスト・ミステリー カレイドスコープ編」光文社 2001（カッパ・ノベルス）p117

冬、来たる（降田天）
◇「このミステリーがすごい！ 三つの迷宮」宝島社 2015（宝島社文庫）p181

冬來る（上忠司）
◇「日本統治期台湾文学集成 18」緑蔭書房 2003 p252

句集 **冬銀河（中江灯子）**
◇「ハンセン病文学全集 9」皓星社 2010 p171

冬草（泉安朗）
◇「ハンセン病文学全集 8」皓星社 2006 p476

冬ごもり（無月火炎）
◇「ゆきのまち幻想文学賞小品集 19」企画集団ぷりずむ 2010 p131

冬籠り（鄭芝溶）
◇「近代朝鮮文学日本語作品集1939～1945 創作篇 6」緑蔭書房 2001 p156

冬 寒きは身を切る凩（巌谷小波）
◇「新日本古典文学大系 明治編 21」岩波書店 2005 p206

冬支度（赤瀬川隼）
◇「現代の小説 1998」徳間書店 1998 p5

冬支度（常盤新平）
◇「現代の小説 1998」徳間書店 1998 p352

冬 蜃気楼に手を振る（有栖川有栖）
◇「まほろ市の殺人―推理アンソロジー」祥伝社 2009（Non novel）p253
◇「まほろ市の殺人」祥伝社 2013（祥伝社文庫）p347

句集 **冬さうび（金田靖子）**
◇「ハンセン病文学全集 9」皓星社 2010 p241

冬薔薇の館（太田忠司）
◇「たんときれいに召し上がれ―美食文学精選」芸術新聞社 2015 p261

冬空の彼方に（喜多喜久）

◇「5分で読める！ ひと駅ストーリー 冬の記憶西口編」宝島社 2013（宝島社文庫）p11
◇「5分で驚く！ どんでん返しの物語」宝島社 2016（宝島社文庫）p163

冬立つ厨 抄（折口信夫）
◇「ちくま日本文学 25」筑摩書房 2008（ちくま文庫）p18

冬田の鶴（新田次郎）
◇「八百八町春爛漫」光風社出版 1998（光風社文庫）p239

冬鳥（岩田正恢）
◇「新鋭劇作集 series 13」日本劇団協議会 2002 p65

冬二月・最上川の岸辺で──殉難の碑（大原螢）
◇「山形県文学全集第2期（随筆・紀行編）5」郷土出版社 2005 p288

冬の暁（中村敬宇）
◇「新日本古典文学大系 明治編 2」岩波書店 2004 p140

冬のアブラゼミ（安土萌）
◇「物語のルミナリエ」光文社 2011（光文社文庫）p63

冬の市場（李孝石）
◇「近代朝鮮文学日本語作品集1908〜1945 セレクション 4」緑蔭書房 2008 p117

冬の一等星（三浦しをん）
◇「日本文学100年の名作 10」新潮社 2015（新潮文庫）p197

冬の歌（吉岡実）
◇「新装版 全集現代文学の発見 13」學藝書林 2004 p468

冬の海（菊地大）
◇「現代短編小説選─2005〜2009」日本民主主義文学会 2010 p144

冬の絵（吉岡実）
◇「新装版 全集現代文学の発見 9」學藝書林 2004 p512

冬の往来（志賀直哉）
◇「ちくま日本文学 21」筑摩書房 2008（ちくま文庫）p253

冬のおとずれ（白洲正子）
◇「精選女性随筆集 7」文藝春秋 2012 p102

冬の鬼（道尾秀介）
◇「暗闇を見よ」光文社 2010（Kappa novels）p299
◇「暗闇を見よ」光文社 2015（光文社文庫）p407

冬の思ひ出（朱永渉）
◇「近代朝鮮文学日本語作品集1908〜1945 セレクション 4」緑蔭書房 2008 p326

冬の織姫（田中文雄）
◇「グランドホテル」廣済堂出版 1999（廣済堂文庫）p365
◇「死者の復活」リブリオ出版 2001（怪奇・ホラーワールド）p53

冬の蛾（桜井哲夫）
◇「ハンセン病文学全集 7」皓星社 2004 p455

冬の鞄（安達千夏）
◇「文学 2011」講談社 2011 p168

冬のカンナ（樋口てい子）
◇「ゆきのまち幻想文学賞小品集 10」企画集団ぷりずむ 2001 p32

冬ノ吃水（逸見猶吉）
◇「新装版 全集現代文学の発見 13」學藝書林 2004 p150

冬の金魚（岡本綺堂）
◇「ちくま日本文学 32」筑摩書房 2009（ちくま文庫）p46
◇「衝撃を受けた時代小説傑選」文藝春秋 2011（文春文庫）p179

ふゆの草（山本吉徳）
◇「ハンセン病文学全集 8」皓星社 2006 p403

冬の航跡（宮越郷平）
◇「さきがけ文学賞選集 1」秋田魁新報社 2013（さきがけ文庫）p167

冬の殺人（多田智満子）
◇「日本文学全集 29」河出書房新社 2016 p64

冬のしっぷ（大場さやか）
◇「ゆきのまち幻想文学賞小品集 23」企画集団ぷりずむ 2014 p179

冬の食卓（李孝石）
◇「近代朝鮮文学日本語作品集1908〜1945 セレクション 4」緑蔭書房 2008 p119

冬の蟬（猫吉）
◇「ショートショートの花束 6」講談社 2014（講談社文庫）p75

冬の空（南風野さきは）
◇「超短編傑作選 v.6」創英社 2007 p131

冬の旅（浅田次郎）
◇「短篇ベストコレクション─現代の小説 2005」徳間書店 2005（徳間文庫）p513

冬の旅（李孝石）
◇「近代朝鮮文学日本語作品集1939〜1945 評論・随筆篇 3」緑蔭書房 2002 p187

冬の旅（円地文子）
◇「新編・日本幻想文学集成 3」国書刊行会 2016 p581

冬の旅（島村静雨）
◇「ハンセン病文学全集 6」皓星社 2003 p261

〈冬の旅〉（李正子）
◇「〈在日〉文学全集 17」勉誠出版 2006 p303

冬の旅人（市井波名）
◇「ゆきのまち幻想文学賞小品集 13」企画集団ぷりずむ 2004 p129

川柳句集 冬の月（桜井学）
◇「ハンセン病文学全集 9」皓星社 2010 p457

冬の手紙（桜井哲夫）
◇「ハンセン病文学全集 7」皓星社 2004 p454

冬の同居人（江坂遊）
◇「綾辻・有栖川復刊セレクション 仕掛け花火」講談社 2007（講談社ノベルス）p141

冬の時計師（久能允）

ふゆの

冬の虹（澤田ふじ子）
◇「血汐花に涙降る」光風社出版 1999（光風社文庫）p69

冬の沼（吉野ゆり）
◇「冷と温―第13回フェリシモ文学賞作品集」フェリシモ 2010 p105

冬の農家（結城哀草果）
◇「山形県文学全集第2期（随筆・紀行編）2」郷土出版社 2005 p16

冬の納骨堂（明石海人）
◇「ハンセン病文学全集 7」皓星社 2004 p432

冬の蠅（梶井基次郎）
◇「短編名作選―1925-1949 文士たちの時代」笠間書院 1999 p39
◇「新装版 全集現代文学の発見 14」學藝書林 2005 p8
◇「ちくま日本文学 28」筑摩書房 2008（ちくま文庫）p341

冬の橋（李淳木）
◇「コレクション戦争と文学 17」集英社 2012 p359

冬の花（栗生楽泉園高原短歌会）
◇「ハンセン病文学全集 8」皓星社 2006 p320

冬の話（神保光太郎）
◇「『日本浪曼派』集」新学社 2007（新学社近代浪漫派文庫）p105

冬の花火（李正子）
◇「〈在日〉文学全集 17」勉誠出版 2006 p344

冬の日（梶井基次郎）
◇「ちくま日本文学 28」筑摩書房 2008（ちくま文庫）p297

冬の日（永井龍男）
◇「戦後短篇小説再発見 13」講談社 2003（講談社文芸文庫）p99

冬の日（三好達治）
◇「新装版 全集現代文学の発見 13」學藝書林 2004 p102

冬の光（鈴木楽光）
◇「ハンセン病文学全集 8」皓星社 2006 p358

冬のホタル（杉山正和）
◇「ゆきのまち幻想文学賞小品集 18」企画集団ぷりずむ 2009 p130

冬の蛍（江藤あさひ）
◇「全作家短編小説集 10」のべる出版 2011 p32

冬の螢（岩井護）
◇「風の中の剣士」光風社出版 1998（光風社文庫）p203

冬の虫（武内慎之助）
◇「ハンセン病文学全集 6」皓星社 2003 p340

冬の紅葉（辻井喬）
◇「恋物語」朝日新聞社 1998 p138

冬の森（李孝石）
◇「近代朝鮮文学日本語作品集1908～1945 セレクション 4」緑蔭書房 2008 p120

冬の宿（金哲）
◇「近代朝鮮文学日本語作品集1901～1938 創作篇 5」緑蔭書房 2004 p265

冬の宿り（島尾敏雄）
◇「温泉小説」アーツアンドクラフツ 2006 p159
◇「みちのく怪談名作選 vol.1」荒蝦夷 2010（叢書東北の声）p209

冬の夕（金相玉）
◇「近代朝鮮文学日本語作品集1908～1945 セレクション 6」緑蔭書房 2008 p63

冬の夜（韓愈洙）
◇「ハンセン病文学全集 7」皓星社 2004 p552

冬日通信（1）～（3）（鄭寅燮）
◇「近代朝鮮文学日本語作品集1939～1945 評論・随筆篇 3」緑蔭書房 2002 p169

冬服（新田淳）
◇「日本統治期台湾文学集成 22」緑蔭書房 2007 p281

ブユマの魂（丸井妙子）
◇「日本統治期台湾文学集成 17」緑蔭書房 2003 p545

冬女神を呼ぶ民（うだゆりえ）
◇「ゆきのまち幻想文学賞小品集 10」企画集団ぷりずむ 2001 p97

冬休みにあった人（岸田今日子）
◇「30の神品―ショートショート傑作選」扶桑社 2016（扶桑社文庫）p281

冬休みの宿題（真鍋正志）
◇「ゆきのまち幻想文学賞小品集 21」企画集団ぷりずむ 2012 p111

冬山で死ぬということ（剣先あやめ）
◇「てのひら怪談 癸巳」KADOKAWA 2013（MF文庫ダ・ヴィンチ）p48

浮揚（高樹のぶ子）
◇「戦後短篇小説再発見 3」講談社 2001（講談社文芸文庫）p230

芙蓉湖物語（海音寺潮五郎）
◇「疾風怒濤！ 上杉戦記―傑作時代小説」PHP研究所 2008（PHP文庫）p61

「芙蓉荘」の自宅校正者（川崎彰彦）
◇「誤植文学アンソロジー―校正者のいる風景」論創社 2015 p213

不要なファイル（横山・M.嘉平次）
◇「ショートショートの広場 20」講談社 2008（講談社文庫）p44

扶餘紀行（1）～（3）（李石薫）
◇「近代朝鮮文学日本語作品集1939～1945 評論・随筆篇 3」緑蔭書房 2002 p441

扶余（プヨ）詩集（許南麒）
◇「〈在日〉文学全集 2」勉誠出版 2006 p104

「ブライズヘッド再訪」（吉田健一）
◇「日本文学全集 20」河出書房新社 2015 p371

フライデー（星哲朗）
◇「ショートショートの花束 3」講談社 2011（講談社文庫）p231

フライデイ（谷甲州）

◇「日本SF・名作集成 1」リブリオ出版 2005 p193

フライドポテト（甲木千絵）
　◇「あなたが生まれた日—家族の愛が温かな10の感動ストーリー」泰文堂 2013（リンダブックス）p181

無頼の英霊（獅子文六）
　◇「戦後短篇小説再発見 15」講談社 2003（講談社文芸文庫）p9

プライベート・ビデオ（太田忠司）
　◇「悪夢が嗤う瞬間」勁文社 1997（ケイブンシャ文庫）p196

ブラインド（夏target直）
　◇「ゆれる—第12回フェリシモ文学賞作品集」フェリシモ 2009 p137

ブラインドタッチ（山下定）
　◇「暗闇」中央公論新社 2004（C NOVELS）p83

ブラインドデート（宇ء聡史）
　◇「LOVE & TRIP by LESPORTSAC」宝島社 2013（宝島社文庫）p73

ブラウン神父の日本趣味（芦辺拓, 小森健太朗）
　◇「贋作館事件」原書房 1999 p37

フラガール（李相日, 羽原大介）
　◇「年鑑代表シナリオ集 '06」シナリオ作家協会 2008 p163

ブラキアの夜気（小栗四海）
　◇「てのひら怪談—ビーケーワン怪談大賞傑作選」ポプラ社 2007 p214
　◇「てのひら怪談—ビーケーワン怪談大賞傑作選」ポプラ社 2008（ポプラ文庫）p226

プラグイン（クジラマク）
　◇「てのひら怪談—ビーケーワン怪談大賞傑作選 百怪繚乱篇」ポプラ社 2008 p20

自己相似荘（平谷美樹）
　◇「心霊理論」光文社 2007（光文社文庫）p227
　◇「虚構機関—年刊日本SF傑作選」東京創元社 2008（創元SF文庫）p359

部落と金解禁（金子洋文）
　◇「新・プロレタリア文学精選集 12」ゆまに書房 2004 p169

部落日記（楊逵萍）
　◇「日本統治期台湾文学集成 5」緑蔭書房 2002 p383

フラグメント（光岡良二）
　◇「ハンセン病文学全集 7」皓星社 2004 p209

フラー氏の昇天（一条栄子）
　◇「幻の探偵雑誌 10」光文社 2002（光文社文庫）p355

ブラジル風のポルトガル語（大江健三郎）
　◇「戦後短篇小説選—『世界』1946–1999 3」岩波書店 2000 p261

ブラジル松（春日武彦）
　◇「心霊理論」光文社 2007（光文社文庫）p13

フラスコ・ロケット（白壁裕）
　◇「高校演劇Selection 2003 上」晩成書房 2003 p35

＋・－（城昌幸）

◇「爬虫館事件—新青年傑作選」角川書店 1998（角川ホラー文庫）p83

プラス1（森香奈）
　◇「冷と温—第13回フェリシモ文学賞作品集」フェリシモ 2010 p118

プラチナ・リング（唯川恵）
　◇「Lovers」祥伝社 2001 p233

ぶらっくじゃっく（黒川博行）
　◇「熱い賭け」早川書房 2006（ハヤカワ文庫）p191

ブラック・ジャック（手塚治虫）
　◇「70年代日本SFベスト集成 5」筑摩書房 2015（ちくま文庫）p65

ブラック・ジャック—「人間豹」（井上雅彦）
　◇「手塚治虫COVER エロス篇」徳間書店 2003（徳間デュアル文庫）p233

ブラックジョーク（鳥飼否宇）
　◇「9の扉—リレー短編集」マガジンハウス 2009 p85
　◇「9の扉」KADOKAWA 2013（角川文庫）p79

ブラック・ティー（山本文緒）
　◇「鉄路に咲く物語—鉄道小説アンソロジー」光文社 2005（光文社文庫）p229

ブラックホール（井上真一）
　◇「小学生のげき—新小学校演劇脚本集 高学年 1」晩成書房 2011 p29

フラッシュモブ（遠藤武文）
　◇「ベスト本格ミステリ 2014」講談社 2014（講談社ノベルス）p145

ブラッディ・アイズ（矢矧零士）
　◇「セブンス・アウト—悪夢七夜」童夢舎 2000（Doumノベル）p145

『ブラッディ・マーダー』／推理小説はクリスティに始まり、後期クイーン・ボルヘス・エーコ・オースターをどう読むかまで（波多野健）
　◇「本格ミステリ 2004」講談社 2004（講談社ノベルス）p387
　◇「深夜バス78回転の問題—本格短編ベスト・セレクション」講談社 2008（講談社文庫）p567

プラットホーム（北阪昌人）
　◇「テレビドラマ代表作選集 2008年版」日本脚本家連盟 2008 p275

プラットホームのカオス（歌野晶午）
　◇「推理小説代表作選集—推理小説年鑑 1997」講談社 1997 p51
　◇「殺人哀モード」講談社 2000（講談社文庫）p211

プラナリアン（亘星恵風）
　◇「原色の想像力—創元SF短編賞アンソロジー 2」東京創元社 2012（創元SF文庫）p173

プラネタリウム（干刈あがた）
　◇「干刈あがた・高樹のぶ子・林真理子・高村薫」角川書店 1997（女性作家シリーズ）p7
　◇「戦後短篇小説再発見 4」講談社 2001（講談社文芸文庫）p184

ふらね

プラネタリウム (星野和也)
◇「つながり―フェリシモしあわせショートショート」フェリシモ 1999 p137

星喰い鬼 (プラネット・オーガー) (横山信義)
◇「宇宙への帰還―SFアンソロジー」KSS出版 1999 (KSS entertainment novels) p7

プランを変えて (色川武大)
◇「ちくま日本文学 30」筑摩書房 2008 (ちくま文庫) p174

フランケンシュタイン三原則、あるいは屍者の簒奪 (伴名練)
◇「伊藤計劃トリビュート」早川書房 2015 (ハヤカワ文庫 JA) p469

フランケン・ふらん―OCTOPUS (木々津克久)
◇「拡張幻想」東京創元社 2012 (創元SF文庫) p321

ぶらんこ (石井桃子)
◇「精選女性随筆集 8」文藝春秋 2012 p16

ぶらんこ (金子光晴)
◇「ちくま日本文学 38」筑摩書房 2009 (ちくま文庫) p111

ブランコからジャンプ (永島かりん)
◇「ゆれる―第12回フェリシモ文学賞作品集」フェリシモ 2009 p113

ぶーらんこぶうらんこ (林京子)
◇「文学 2004」講談社 2004 p178

(ふらんすへ行きたし) (萩原朔太郎)
◇「ちくま日本文学 36」筑摩書房 2009 (ちくま文庫) p20

フランス文学科第一回卒業生 (白井浩司)
◇「創刊一〇〇年三田文学名作選」三田文学会 2010 p673

ふらんす物語 (永井荷風)
◇「ちくま日本文学 19」筑摩書房 2008 (ちくま文庫) p28

フランドルの海 (須賀敦子)
◇「日本文学全集 25」河出書房新社 2016 p293

扶鸞之術 (幸田露伴)
◇「文豪怪談傑作選 幸田露伴集」筑摩書房 2010 (ちくま文庫) p365

ふり (恩知邦衛)
◇「ショートショートの花束 8」講談社 2016 (講談社文庫) p186

フリー (柴野睦人)
◇「ショートショートの広場 13」講談社 2002 (講談社文庫) p200

ブリオッシュのある静物 (原田マハ)
◇「20の短編小説」朝日新聞出版 2016 (朝日文庫) p235

プリオン的 (朱雀門出)
◇「てのひら怪談―ビーケーワン怪談大賞傑作選 百怪繚乱篇」ポプラ社 2008 p130
◇「てのひら怪談―ビーケーワン怪談大賞傑作選 己丑」ポプラ社 2009 (ポプラ文庫) p110

プリクラ (如月恵)
◇「ショートショートの広場 14」講談社 2003 (講談社文庫) p157

降り暮らす (唯川恵)
◇「短篇ベストコレクション―現代の小説 2005」徳間書店 2005 (徳間文庫) p241

ふりこ (七瀬七海)
◇「ショートショートの花束 4」講談社 2012 (講談社文庫) p232

フリージア (Freesia) (吉屋信子)
◇「ひつじアンソロジー 小説編 2」ひつじ書房 2009 p83

降りしきる (北原亞以子)
◇「新選組興亡録」角川書店 2003 (角川文庫) p75

ブリジストン (谷口雄三)
◇「南から―南日本文学大賞入賞作品集」南日本新聞社 2001 p7

フリージング・サマー (加納朋子)
◇「白のミステリー―女性ミステリー作家傑作選」光文社 1997 p337
◇「女性ミステリー作家傑作選 1」光文社 1999 (光文社文庫) p119

フリーズ (三木四郎)
◇「ショートショートの広場 18」講談社 2006 (講談社文庫) p230

振袖と刃物 (戸板康二)
◇「死人に口無し―時代推理傑作選」徳間書店 2009 (徳間文庫) p347

ぶり大根 (清水義範)
◇「おいしい話―料理小説傑作選」徳間書店 2007 (徳間文庫) p71

ふりだしにすすむ (中山智幸)
◇「Happy Box」PHP研究所 2012 p111
◇「Happy Box」PHP研究所 2015 (PHP文芸文庫) p111

ブリーチ (花輪真衣)
◇「北日本文学賞入賞作品集 2」北日本新聞社 2002 p247

プリティ大ちゃん (北本豊春)
◇「全作家短編小説集 12」全作家協会 2013 p22

鰤の音 (神坂次郎)
◇「大江戸殿様列伝―傑作時代小説」双葉社 2006 (双葉文庫) p77

プリビアス・ライフ (横森理香)
◇「あのころの宝もの―ほんのり心が温まる12のショートストーリー」メディアファクトリー 2003 p291

ぶりぶり (澁澤龍彦)
◇「ちくま日本文学 18」筑摩書房 2008 (ちくま文庫) p211

フリフリ (石田衣良)
◇「ワルツーアンソロジー」祥伝社 2004 (祥伝社文庫) p35

振り向いた女 (竹河聖)
◇「江戸迷宮」光文社 2011 (光文社文庫) p97

ふりむけば日本 (李正子)
◇「〈在日〉文学全集 17」勉誠出版 2006 p270

ふるき

振り向けばハッピネス（柘植めぐみ）
◇「バブリーズ・リターン―ソード・ワールド短編集」富士見書房 1999（富士見ファンタジア文庫）p79

俘虜（金子洋文）
◇「新・プロレタリア文学精選集 12」ゆまに書房 2004 p87
◇「アンソロジー・プロレタリア文学 3」森話社 2015 p113

不良の樹（香納諒一）
◇「ザ・ベストミステリーズ―推理小説年鑑 2001」講談社 2001 p443
◇「殺人作法」講談社 2004（講談社文庫）p351

不良品、交換します！（赤川次郎）
◇「冒険の森へ―傑作小説大全 17」集英社 2015 p8

不良品探偵（滝田務雄）
◇「ベスト本格ミステリ 2012」講談社 2012（講談社ノベルス）p277
◇「探偵の殺される夜」講談社 2016（講談社文庫）p387

俘虜記（大岡昇平）
◇「新装版 全集現代文学の発見 10」學藝書林 2004 p8

俘虜の示唆（蔡万植）
◇「近代朝鮮文学日本語作品集1939〜1945 評論・随筆篇 1」緑蔭書房 2002 p386

ブリラが来た夜（梶尾真治）
◇「怪獣文藝の逆襲」KADOKAWA 2015（〔幽BOOKS〕）p109

フリーランチの時代（小川一水）
◇「短篇ベストコレクション―現代の小説 2006」徳間書店 2006（徳間文庫）p377

プリン・アラモードの夜（速瀬れい）
◇「キネマ・キネマ」光文社 2002（光文社文庫）p223

不倫刑事（小杉健治）
◇「宝石ザミステリー」光文社 2011 p187

プリンセス願望（小松広和）
◇「ショートショートの広場 18」講談社 2006（講談社文庫）p69

プリンセス・プリンセス（嶽本野ばら）
◇「Joy！」講談社 2008 p5
◇「彼の女たち」講談社 2012（講談社文庫）p9

ブルー（ゆう）
◇「ゆきのまち幻想文学賞・小品集 7」NTTメディアスコープ 1997 p195

古いアパート（竹河聖）
◇「宇宙生物ゾーン」廣済堂出版 2000（廣済堂文庫）p345

古池の吟（正岡子規）
◇「新日本古典文学大系 明治編 27」岩波書店 2003 p108

古池の句の弁（正岡子規）
◇「ちくま日本文学 40」筑摩書房 2009（ちくま文庫）p398

古池や……（水川裕雄）

「1人から5人でできる新鮮いちご脚本集 v.2」青雲書房 2012 p123

古い隧道（田辺青蛙）
◇「てのひら怪談―ビーケーワン怪談大賞傑作選 庚寅」ポプラ社 2010（ポプラ文庫）p108

古い背中（難波壱）
◇「立川文学 4」けやき出版 2014 p259

古い苑でうたふ（城山昌樹）
◇「近代朝鮮文学日本語作品集1939〜1945 創作篇 6」緑蔭書房 2001 p44

古い手紙（内海隆一郎）
◇「現代の小説 1997」徳間書店 1997 p103

古井戸（明野照葉）
◇「暗闇（ダークサイド）を追いかけろ―ホラー＆サスペンス編」光文社 2004（カッパ・ノベルス）p15
◇「暗闇（ダークサイド）を追いかけろ」光文社 2008（光文社文庫）p7

古井戸（勝山海百合）
◇「てのひら怪談―ビーケーワン怪談大賞傑作選 2」ポプラ社 2007 p180
◇「てのひら怪談―ビーケーワン怪談大賞傑作選 己丑」ポプラ社 2009（ポプラ文庫）p40

古井戸（田中芳樹）
◇「Anniversary 50―カッパ・ノベルス創刊50周年記念作品」光文社 2009（Kappa novels）p183

古井戸とM（紺詠志）
◇「てのひら怪談 癸巳」KADOKAWA 2013（MF文庫ダ・ヴィンチ）p166

古井戸のある風景（金鍾漢）
◇「近代朝鮮文学日本語作品集1939〜1945 創作篇 6」緑蔭書房 2001 p199

古井戸のある風景（金鍾漢）
◇「〈外地〉の日本語文学選 3」新宿書房 1996 p241
◇「近代朝鮮文学日本語作品集1939〜1945 創作篇 6」緑蔭書房 2001 p124

古井戸のある風景（金鍾漢誌, 金仁承畫）
◇「近代朝鮮文学日本語作品集1908〜1945 セレクション 4」緑蔭書房 2008 p389

ぶるうらんど（横尾忠則）
◇「文学 2008」講談社 2008 p236

震える犬（長谷敏司）
◇「ヴィジョンズ」講談社 2016 p223

ふるえる手（須賀敦子）
◇「日本文学全集 25」河出書房新社 2016 p374

降るがいい（佐々木譲）
◇「短篇ベストコレクション―現代の小説 2016」徳間書店 2016（徳間文庫）p235

古き海の……（柄刀一）
◇「心霊理論」光文社 2007（光文社文庫）p113

古き芸文（折口信夫）
◇「ちくま日本文学 25」筑摩書房 2008（ちくま文庫）p120

旧き発信人（加藤郁乎）
◇「新装版 全集現代文学の発見 13」學藝書林 2004 p617

ふるさ

プールサイド小景（庄野潤三）
　◇「新装版 全集現代文学の発見 5」學藝書林 2003
　　p370
　◇「右か、左か」文藝春秋 2010（文春文庫）p123
　◇「文学で考える〈仕事〉の百年」双文社出版 2010
　　p152
　◇「第三の新人名作選」講談社 2011（講談社文芸文
　　庫）p240
　◇「文学で考える〈仕事〉の百年」翰林書房 2016
　　p152
ふるさと（李石薫）
　◇「近代朝鮮文学日本語作品集1939～1945 創作篇 3」
　　緑蔭書房 2001 p299
ふるさと（伊藤整）
　◇「日本文学全集 29」河出書房新社 2016 p44
ふるさと（黒木謳子）
　◇「日本統治期台湾文学集成 18」緑蔭書房 2003
　　p478
ふるさと（朱耀翰）
　◇「近代朝鮮文学日本語作品集1908～1945 セレクショ
　　ン 4」緑蔭書房 2008 p31
ふるさと（趙容萬）
　◇「近代朝鮮文学日本語作品集1939～1945 創作篇 4」
　　緑蔭書房 2001 p421
ふるさと（トロチェフ，コンスタンチン）
　◇「ハンセン病文学全集 7」皓星社 2004 p520
故郷（ふるさと）… →"こきょう…"をも見よ
ふるさと・いま（越一人）
　◇「ハンセン病文学全集 7」皓星社 2004 p343
ふるさとを憶ふ（崔承喜）
　◇「近代朝鮮文学日本語作品集1901～1938 評論・随筆
　　篇 3」緑蔭書房 2004 p15
ふるさとを捨てて（伊藤柳涯子）
　◇「ハンセン病文学全集 9」皓星社 2010 p397
故里だより（宮本常一）
　◇「ちくま日本文学 22」筑摩書房 2008（ちくま文
　　庫）p290
ふるさとの馬に（大道寺浩一）
　◇「山形県文学全集第1期（小説編）1」郷土出版社
　　2004 p273
古里の音（川端康成）
　◇「日本舞踊舞踊劇選集」西川会 2002 p245
ふるさとの乙女たち（柳寅成）
　◇「近代朝鮮文学日本語作品集1908～1945 セレクショ
　　ン 4」緑蔭書房 2008 p476
故郷の波止場で（書類第四一五号の秘密）（水
谷準）
　◇「雪国にて―北海道・東北編」双葉社 2015（双葉
　　文庫）p99
故里の益子がもとより蘭に長歌そへておこさ
れければ（藤田東湖）
　◇「新日本古典文学大系 明治編 12」岩波書店 2001
　　p20
古里の山（上間源光）
　◇「ハンセン病文学全集 8」皓星社 2006 p406

ふるさとの雪（徳山文伯）
　◇「近代朝鮮文学日本語作品集1908～1945 セレクショ
　　ン 4」緑蔭書房 2008 p455
ふるさとの林檎（李正子）
　◇「〈在日〉文学全集 17」勉誠出版 2006 p316
ふるさとは時遠く（大西科学）
　◇「拡張幻想」東京創元社 2012（創元SF文庫）
　　p371
　◇「短篇ベストコレクション―現代の小説 2012」徳
　　間書店 2012（徳間文庫）p93
降る賛美歌（田中アコ）
　◇「ゆきのまち幻想文学賞小品集 25」企画集団ぶり
　　ずむ 2015 p49
ブルーシート（浅尾大輔）
　◇「文学 2010」講談社 2010 p127
ブルー・ジャーニー（沢木まひろ）
　◇「LOVE & TRIP by LESPORTSAC」宝島社
　　2013（宝島社文庫）p167
古庄帯刀覚書（笠置英昭）
　◇「現代作家代表作選集 5」鼎書房 2013 p25
ブルースカイ（斎藤純）
　◇「孤狼の絆」角川春樹事務所 1999 p119
ブルースマンに花束を（原田マハ）
　◇「恋のかたち、愛のいろ」徳間書店 2008 p91
　◇「恋のかたち、愛のいろ」徳間書店 2010（徳間文
　　庫）p103
フルートの話（旦敬介）
　◇「ろうそくの炎がささやく言葉」勁草書房 2011
　　p182
プルートーのわな（安部公房）
　◇「日本近代短篇小説選 昭和篇2」岩波書店 2012
　　（岩波文庫）p359
ブルートレイン殺人号（辻真先）
　◇「さよならブルートレイン―寝台列車ミステリー
　　傑作選」光文社 2015（光文社文庫）p187
フル・ネルソン（筒井康隆）
　◇「てのひらの宇宙―星雲賞受賞短編SF傑作選」東京創
　　元社 2013（創元SF文庫）p15
フルハウス（藤水名子）
　◇「夢を見にけり―時代小説招待席」廣済堂出版
　　2004 p259
古びた櫛（李石薫）
　◇「近代朝鮮文学日本語作品集1908～1945 セレクショ
　　ン 4」緑蔭書房 2008 p235
ブルーフェイズ（斎藤純）
　◇「最新「珠玉推理」大全 上」光文社 1998（カッ
　　パ・ノベルス）p235
　◇「幻惑のラビリンス」光文社 2001（光文社文庫）
　　p335
ぶるぶる（紗那）
　◇「男たちの怪談百物語」メディアファクトリー
　　2012（幽BOOKS）p127
ブルー、ブルー、ブルー、ピンク（五十川椿）
　◇「冷と温―第13回フェリシモ文学賞作品集」フェ
　　リシモ 2010 p56
フルベンド（久美沙織）

◇「世紀末サーカス」廣済堂出版 2000（廣済堂文庫）p333

古本奇譚（猫吉）
◇「てのひら怪談―ビーケーワン怪談大賞作選 庚寅」ポプラ社 2010（ポプラ文庫）p156

古本について（崔仁旭）
◇「近代朝鮮文学日本語作品集1939～1945 評論・随筆篇 3」緑蔭書房 2002 p217

古本名勝負物語―随筆（五木寛之）
◇「古書ミステリー倶楽部―傑作推理小説集 3」光文社 2015（光文社文庫）p257

降る雪は花の色（郁風）
◇「ゆきのまち幻想文学賞・小品集 12」企画集団ぷりずむ 2003 p164

句集 觸るる（原田美千代）
◇「ハンセン病文学全集 9」皓星社 2010 p190

プルルン（比女ひつゞ）
◇「ショートショートの広場 17」講談社 2005（講談社文庫）p209

ブルーロータス（山崎洋子）
◇「最新「珠玉推理」大全 中」光文社 1998（カッパ・ノベルス）p355
◇「怪しい舞踏会」光文社 2002（光文社文庫）p491

ふれあい（三好創也）
◇「ショートショートの花束 2」講談社 2010（講談社文庫）p122

無礼討ち始末（杉本苑子）
◇「信州歴史時代小説傑作集 2」しなのき書房 2007 p379

プレイボーイの友達（伊藤三巳華）
◇「女たちの怪談百物語」メディアファクトリー 2010（幽books）p259
◇「女たちの怪談百物語」KADOKAWA 2014（角川ホラー文庫）p264

プレーオフ（志水辰夫）
◇「したたかな女たち」リブリオ出版 2001（ラブミーワールド）p85
◇「恋愛小説・名作集 7」リブリオ出版 2004 p85
◇「短編復活」集英社 2002（集英社文庫）p239

プレゼント（清水義範）
◇「恋物語」朝日新聞社 1998 p88

プレゼント（永井するみ）
◇「白のミステリー―女性ミステリー作家傑作選」光文社 1997 p471
◇「女性ミステリー作家傑作選 2」光文社 1999（光文社文庫）p263

プレゼント（七瀬七海）
◇「ショートショートの花束 2」講談社 2010（講談社文庫）p98

プレゼント（猫吉）
◇「ショートショートの花束 6」講談社 2014（講談社文庫）p175

プレゼント（宮木あや由）
◇「万華鏡―第14回フェリシモ文学賞作品集」フェリシモ 2011 p 13+

プレゼントの人形（我妻俊樹）
◇「怪談四十九夜」竹書房 2016（竹書房文庫）p48

ブレノワール（森絵都）
◇「チーズと塩と豆と」ホーム社 2010 p98
◇「チーズと塩と豆と」集英社 2013（集英社文庫）p95

ブレヒト（花田清輝）
◇「戦後文学エッセイ選 1」影書房 2005 p180

ブレヒトの墓（長谷川四郎）
◇「戦後文学エッセイ選 2」影書房 2006 p65

水恋鳥（阿丸まり）
◇「てのひら怪談―ビーケーワン怪談大賞作選 2」ポプラ社 2007 p22
◇「てのひら怪談―ビーケーワン怪談大賞作選 己丑」ポプラ社 2009（ポプラ文庫）p62

ふれふれぼうず（坪子理美）
◇「ゆきのまち幻想文学賞小品集 23」企画集団ぷりずむ 2014 p162

触れるもの（葛西俊和）
◇「怪談四十九夜」竹書房 2016（竹書房文庫）p13

フレンチ警部と雷鳴の城（芦辺拓）
◇「本格ミステリ 2002」講談社 2002（講談社ノベルス）p289
◇「死神と雷鳴の暗号―本格短編ベスト・セレクション」講談社 2006（講談社文庫）p11

フレンドシップ・シェイパー（相沢沙呼）
◇「謎の放課後―学校の七不思議」KADOKAWA 2015（角川文庫）p5

プロ（木塚百川）
◇「ショートショートの広場 20」講談社 2008（講談社文庫）p237

風呂（駒沢直）
◇「てのひら怪談―ビーケーワン怪談大賞作選 2」ポプラ社 2007 p132
◇「てのひら怪談―ビーケーワン怪談大賞作選 己丑」ポプラ社 2009（ポプラ文庫）p84

フロイトの可愛い娘（朝山蜻一）
◇「甦る「幻影城」 2」角川書店 1997（カドカワ・エンタテインメント）p143

浮浪児の栄光（抄）（佐野美津男）
◇「日本の少年小説―「少国民」のゆくえ」インパクト出版会 2016（インパクト選書）p191

不老術（塚原渋柿園）
◇「大坂の陣―近代文学名作選」岩波書店 2016 p55

風呂桶（徳田秋聲）
◇「百年小説」ポプラ社 2008 p153
◇「私小説名作選 上」講談社 2012（講談社文芸文庫）p29

ブログアイドル♡ちょこたん♡の秘密（＾_＾）（渡辺浩弐）
◇「未来妖怪」光文社 2008（光文社文庫）p447

プロ藝術の陣營より―ソヴィエットロシヤの文學的戰鬥（金煕明）
◇「近代朝鮮文学日本語作品集1901～1938 評論・随筆篇 1」緑蔭書房 2004 p83

ふろし

風呂敷包み（森山透）
　◇「現代作家代表作選集 9」鼎書房 2015 p137
風呂敷包み（杜地都）
　◇「てのひら怪談―ビーケーワン怪談大賞傑作選 壬辰」ポプラ社 2012（ポプラ文庫）p40
行列―そして絢爛なるものたちが空を渉り、すべては静かに終わる（西崎憲）
　◇「NOVA―書き下ろし日本SFコレクション 2」河出書房新社 2010（河出文庫）p433
プロセルピナ（飛鳥部勝則）
　◇「蒐集家（コレクター）」光文社 2004（光文社文庫）p249
　◇「ザ・ベストミステリーズ―推理小説年鑑 2005」講談社 2005 p359
　◇「隠された鍵」講談社 2008（講談社文庫）p357
プロ達の夜会（林泰広）
　◇「本格推理 13」光文社 1998（光文社文庫）p9
プロとダダ（レフ, 金熙明）
　◇「近代朝鮮文学日本語作品集1901～1938 評論・随筆篇 1」緑蔭書房 2004 p75
プロトンの中の孤独（近藤史恵）
　◇「Story Seller」新潮社 2009（新潮文庫）p95
プロパー・タイム（山之口洋）
　◇「本当のうそ」講談社 2007 p135
風呂場の女（神狛しず）
　◇「女たちの怪談百物語」メディアファクトリー 2010（［幽］books）p95
　◇「女たちの怪談百物語」KADOKAWA 2014（角川ホラー文庫）p101
プロヴァンスの坑夫（小川国夫）
　◇「文学 1999」講談社 1999 p208
プロフェッショナル・トゥール（安部譲二）
　◇「冒険の森へ―傑作小説大全 18」集英社 2016 p110
プロ文學に就て①②（李箕永）
　◇「近代朝鮮文学日本語作品集1901～1938 評論・随筆篇 1」緑蔭書房 2004 p384
プロ文藝夜話（金熙明）
　◇「近代朝鮮文学日本語作品集1901～1938 評論・随筆篇 2」緑蔭書房 2004 p199
プロポーズ（岩泉良平）
　◇「忘れがたい者たち―ライトノベル・ジュブナイル選集」創英社 2007 p43
プロポーズ急増（@nayotaf）
　◇「3.11心に残る140字の物語」学研パブリッシング 2011 p30
プロミン（古川時夫）
　◇「ハンセン病文学全集 7」皓星社 2004 p346
フロム・オヤヂ・ティル・ドーン（小室みつ子）
　◇「リモコン変化」廣済堂出版 2000（廣済堂文庫）p5
　◇「笑壺―SFバカ本ナンセンス集」小学館 2006（小学館文庫）p281
フロムゴロー（坂部つねお）
　◇「ショートショートの広場 18」講談社 2006（講談社文庫）p150

プロレタリア藝術團體の分裂と對立―主に勞藝と前藝に就て（金熙明）
　◇「近代朝鮮文学日本語作品集1901～1938 評論・随筆篇 1」緑蔭書房 2004 p117
プロレタリア詩と映画（高週吉）
　◇「近代朝鮮文学日本語作品集1908～1945 セレクション 5」緑蔭書房 2008 p307
プロレタリア詩の現實問題について―色々な都合で、出来るだけ簡略（白鐵）
　◇「近代朝鮮文学日本語作品集1908～1945 セレクション 5」緑蔭書房 2008 p293
プロレタリア詩論の具體的檢討（白鐵）
　◇「近代朝鮮文学日本語作品集1908～1945 セレクション 5」緑蔭書房 2008 p297
プロレタリアに春は來たが（金斗鎔）
　◇「近代朝鮮文学日本語作品集1908～1945 セレクション 3」緑蔭書房 2008 p115
プロレタリア文学と癩文学（島比呂志）
　◇「ハンセン病文学全集 5」皓星社 2010 p34
プロレタリヤ（安西冬衛）
　◇「新装版 全集現代文学の発見 13」學藝書林 2004 p16
プロローグ ある一家族の歴史（寺山修司）
　◇「ちくま日本文学 6」筑摩書房 2007（ちくま文庫）p388
プロローグ（『ユルスナールの靴』）（須賀敦子）
　◇「精選女性随筆集 9」文藝春秋 2012 p146
ブロンズの首（上林暁）
　◇「川端康成文学賞全作品 1」新潮社 1999 p7
　◇「文学賞受賞・名作集成 4」リブリオ出版 2004 p225
　◇「私小説名作選 上」講談社 2012（講談社文芸文庫）p211
フロンティア（阿藤圭子）
　◇「科学ドラマ大賞 第1回受賞作品集」科学技術振興機構〔2010〕p7
不破数右衛門（中山義秀）
　◇「忠臣蔵コレクション 3」河出書房新社 1998（河出文庫）p121
　◇「定本・忠臣蔵四十七人集」双葉社 1998 p33
不惑（薬丸岳）
　◇「デッド・オア・アライヴ―江戸川乱歩賞作家アンソロジー」講談社 2013 p5
　◇「ザ・ベストミステリーズ―推理小説年鑑 2014」講談社 2014 p299
　◇「デッド・オア・アライヴ」講談社 2014（講談社文庫）p9
腑分け絵師甚平秘聞（渡辺淳一）
　◇「剣光闇を裂く」光風社出版 1997（光風社文庫）p293
ふわふわ（伊東哲哉）
　◇「超短編傑作選 v.6」創英社 2007 p176
ふわりと咲いた（leemin）
　◇「かわいい―第16回フェリシモ文学賞優秀作品集」フェリシモ 2013 p138

社説 **文化運動の發足**（作者表記なし）
　◇「近代朝鮮文学日本語作品集1939〜1945 評論・随筆 3」緑蔭書房 2002 p475

文化を探ねて―三作家を囲む座談會（1）〜（9）（加藤武雄, 小島政二郎, 濱本浩, 李泰俊, 兪鎭午, 金尚鎔, 金鳳姫, 毛允淑, 望月薫）
　◇「近代朝鮮文学日本語作品集1939〜1945 評論・随筆 3」緑蔭書房 2002 p379

文学以外？（辻潤）
　◇「新装版 全集現代文学の発見 1」學藝書林 2002 p124

文学を志す人々へ（武田泰淳）
　◇「戦後文学エッセイ選 5」影書房 2006 p112

文学クイズ「探偵小説」（江戸川乱歩）
　◇「江戸川乱歩の推理教室」光文社 2008（光文社文庫）p9

文學語以前の悩み（韓雪野）
　◇「近代朝鮮文学日本語作品集1939〜1945 評論・随筆 3」緑蔭書房 2002 p483

文學褓記帖（龍瑛宗）
　◇「日本統治期台湾文学集成 16」緑蔭書房 2003 p261

文學者大會の成果（上）（下）（作者表記なし）
　◇「近代朝鮮文学日本語作品集1939〜1945 評論・随筆 1」緑蔭書房 2002 p363

文学者となる法（内田魯庵）
　◇「明治の文学 11」筑摩書房 2001 p109
　◇「新日本古典文学大系 明治編 29」岩波書店 2005 p257

文学少女（木々高太郎）
　◇「謀」文藝春秋 2003（推理作家になりたくて マイベストミステリー）p143
　◇「マイ・ベスト・ミステリー 4」文藝春秋 2007（文春文庫）p22

文學賞について（金鍾漢）
　◇「近代朝鮮文学日本語作品集1939〜1945 評論・随筆 1」緑蔭書房 2002 p421

文學新體制化の目標（崔載瑞）
　◇「近代朝鮮文学日本語作品集1939〜1945 評論・随筆 1」緑蔭書房 2002 p227

文學總督賞（香山光郎）
　◇「近代朝鮮文学日本語作品集1939〜1945 評論・随筆 1」緑蔭書房 2002 p403

「文学伝習所」のこと（井上光晴）
　◇「戦後文学エッセイ選 13」影書房 2008 p200

文学という贈り物（玉岡かおる）
　◇「むすぶ―第11回フェリシモ文学賞作品集」フェリシモ 2008 p170

文學と純粋性―兪鎭午対金東の論争（1）〜（5）（徐寅植）
　◇「近代朝鮮文学日本語作品集1939〜1945 評論・随筆 1」緑蔭書房 2002 p87

「文学による大東亞戦完遂の方法」に就いて（芳村香道）
　◇「近代朝鮮文学日本語作品集1939〜1945 評論・随筆 3」緑蔭書房 2002 p487

文學の在り方（龍瑛宗）
　◇「日本統治期台湾文学集成 16」緑蔭書房 2003 p303

文學の功罪―とくに社会的偏見と文学の関係をめぐって（森田竹次）
　◇「ハンセン病文学全集 5」皓星社 2010 p69

文学の國民性―真に日本的なる文学精神（1）〜（3）（李光洙）
　◇「近代朝鮮文学日本語作品集1939〜1945 評論・随筆 1」緑蔭書房 2002 p83

文学の自律性など―国民文学の本質論の中（竹内好）
　◇「戦後文学エッセイ選 4」影書房 2005 p157

文学の眞實性―ある作家の独白（1）〜（5）（李無影）
　◇「近代朝鮮文学日本語作品集1939〜1945 評論・随筆 1」緑蔭書房 2002 p301

文学の楽しみ（吉田健一）
　◇「日本文学全集 20」河出書房新社 2015 p5

文學の友へ送る書翰―大東亞文學者大会より帰りて（作者表記なし）
　◇「近代朝鮮文学日本語作品集1939〜1945 評論・随筆 3」緑蔭書房 2002 p489

文學の理想性（一）（二）（白鐵）
　◇「近代朝鮮文学日本語作品集1939〜1945 評論・随筆 1」緑蔭書房 2002 p325

噴火口上の殺人（岡田鯱彦）
　◇「甦る推理雑誌 1」光文社 2002（光文社文庫）p301

噴火山（アンデルセン著, 森鷗外訳）
　◇「新日本古典文学大系 明治編 25」岩波書店 2004 p240

文化時論（陳逢源）
　◇「日本統治期台湾文学集成 16」緑蔭書房 2003 p147

文化人に檄す（金村八峰）
　◇「近代朝鮮文学日本語作品集1939〜1945 評論・随筆 2」緑蔭書房 2002 p377

文化人よ起て（芳村香道）
　◇「近代朝鮮文学日本語作品集1939〜1945 評論・随筆 1」緑蔭書房 2002 p291
　◇「近代朝鮮文学日本語作品集1908〜1945 セレクション 6」緑蔭書房 2008 p311

"文化する精神"とはなにかその四（林和）
　◇「近代朝鮮文学日本語作品集1939〜1945 評論・随筆 3」緑蔭書房 2002 p56

「文化戦線の見透し」を批判す―蔵原氏と北氏の誤謬について（金斗鎔）
　◇「近代朝鮮文学日本語作品集1908〜1945 セレクション 3」緑蔭書房 2008 p91

分割払い（杜地都）
　◇「てのひら怪談―ビーケーワン怪談大賞傑作選 2」ポプラ社 2007 p226

文化的創造に携わる者の立場（和辻哲郎）
　◇「コレクション戦争と文学 7」集英社 2011 p107

ふんか

文化の一年——一文化人の眼に映ったもの（月田茂）
- ◇「近代朝鮮文学日本語作品集1939〜1945 評論・随筆篇 2」緑蔭書房 2002 p6

文化の自由性（李克魯）
- ◇「近代朝鮮文学日本語作品集1939〜1945 評論・随筆篇 3」緑蔭書房 2002 p93

文科の役目（岡松和夫）
- ◇「文学 2002」講談社 2002 p15

決戦から決戦へ 文化篇 文化亦戦争と共に（兪鎮午）
- ◇「近代朝鮮文学日本語作品集1939〜1945 評論・随筆篇 2」緑蔭書房 2002 p27

分岐点（小瀬朧）
- ◇「てのひら怪談——ビーケーワン怪談大賞傑作選 庚寅」ポプラ社 2010（ポプラ文庫）p66

文久二年閏八月の怪異（町田康）
- ◇「名探偵登場！」講談社 2014 p29
- ◇「名探偵登場！」講談社 2016（講談社文庫）p35

文久兵賦令農民報国記事（中田雅納）
- ◇「現代作家代表作選集 3」鼎書房 2013 p129

分教場の冬（元木國雄）
- ◇「山形県文学全集第1期〈小説編〉1」郷土出版社 2004 p186

文藝運動と朝鮮語運動（作者表記なし）
- ◇「近代朝鮮文学日本語作品集1901〜1938 評論・随筆篇 3」緑蔭書房 2004 p188

文藝映畫と私（崔承喜）
- ◇「近代朝鮮文学日本語作品集1901〜1938 評論・随筆篇 2」緑蔭書房 2004 p286

文藝への總督賞制定（作者表記なし）
- ◇「近代朝鮮文学日本語作品集1939〜1945 評論・随筆篇 1」緑蔭書房 2002 p403

文藝雑話 饒舌（芥川龍之介）
- ◇「文豪怪談傑作選 芥川龍之介集」筑摩書房 2010（ちくま文庫）p273

文敬師の美濃に還るを送り兼ねて寄せて藤城老人を哭す（森春濤）
- ◇「新日本古典文学大系 明治編 2」岩波書店 2004 p30

文藝時評 優秀より巨大へ（張赫宙）
- ◇「近代朝鮮文学日本語作品集1901〜1938 評論・随筆篇 1」緑蔭書房 2004 p311

文藝政策私語（1）〜（4）（金村龍濟）
- ◇「近代朝鮮文学日本語作品集1939〜1945 評論・随筆篇 1」緑蔭書房 2002 p349

文芸の大衆化について（保田與重郎）
- ◇「『日本浪曼派』集」新学社 2007（新学社近代浪漫派文庫）p82

文芸批評というもの（井上良雄）
- ◇「新装版 全集現代文学の発見 1」學藝書林 2002 p564

文豪の夢（乃南アサ）
- ◇「マイ・ベスト・ミステリー 1」文藝春秋 2007（文春文庫）p355

文庫の疎開（野上彌生子）
- ◇「精選女性随筆集 10」文藝春秋 2012 p156

分散配分出入一件（岩井三四二）
- ◇「代表作時代小説 平成25年度」光文社 2013 p183

憤死（綿矢りさ）
- ◇「文学 2012」講談社 2012 p224

文士諸君民衆を凝視せよ（作者表記なし）
- ◇「近代朝鮮文学日本語作品集1901〜1938 評論・随筆篇 3」緑蔭書房 2004 p187

文七元結（三遊亭円朝）
- ◇「明治の文学 3」筑摩書房 2001 p151

紛失癖（花田一三六）
- ◇「暗闇」中央公論新社 2004（C NOVELS）p37

文辞ノ弊ヲ論ズ（成島柳北）
- ◇「新日本古典文学大系 明治編 2」岩波書店 2004 p254

文弱柔弱を旨とすべし（三島由紀夫）
- ◇「ちくま日本文学 10」筑摩書房 2008（ちくま文庫）p431

糞臭の村（田中啓文）
- ◇「モンスターズ1970」中央公論新社 2004（C NOVELS）p63

文章上の理想（巌本善治）
- ◇「新日本古典文学大系 明治編 26」岩波書店 2002 p154

文章読本（抄）（谷崎潤一郎）
- ◇「ちくま日本文学 14」筑摩書房 2008（ちくま文庫）p385

文章とは何か（谷崎潤一郎）
- ◇「ちくま日本文学 14」筑摩書房 2008（ちくま文庫）p385

文章の繁簡（正岡子規）
- ◇「新日本古典文学大系 明治編 27」岩波書店 2003 p152

分身（有馬頼義）
- ◇「コレクション戦争と文学 12」集英社 2013 p141

分身（塔和子）
- ◇「ハンセン病文学全集 7」皓星社 2004 p79

分身（ハイネ著，森鷗外訳）
- ◇「文豪怪談傑作選 森鷗外集」筑摩書房 2006（ちくま文庫）p356

分身（東野圭吾）
- ◇「冒険の森へ——傑作小説大全 17」集英社 2015 p271

分身（増田みず子）
- ◇「ドッペルゲンガー奇譚集—死を招く影」角川書店 1998（角川ホラー文庫）p105

分身（唯川恵）
- ◇「ゆきどまり—ホラー・アンソロジー」祥伝社 2000（祥伝社文庫）p315

文人の立場から（1）〜（7）〔座談会〕（菊池寛，小林秀雄，中野寛，鹽原時三郎，増田道義，奥山仙三，李光洙，金東煥，兪鎮午，鄭寅燮，朴英煕，辛島驍，杉本良夫，寺田瑛，徳永進）
- ◇「近代朝鮮文学日本語作品集1939〜1945 評論・随筆篇 3」緑蔭書房 2002 p389

へいけ

噴水（丸山薫）
◇「新装版 全集現代文学の発見 13」學藝書林 2004 p114

噴水のむこうの風景（岩森道子）
◇「神様に一番近い場所―漱石来熊百年記念「草枕文学賞」作品集」文藝春秋企画センター 1998 p121

分水嶺に落ちる雨（玉岡かおる）
◇「海の物語」角川書店 2001（New History）p135

分数アパート（岸本佐知子）
◇「超弦領域―年刊日本SF傑作選」東京創元社 2009（創元SF文庫）p197

分析不能（倉阪鬼一郎）
◇「紅と蒼の恐怖―ホラー・アンソロジー」祥伝社 2002（Non novel）p213

分相応（貫井徳郎）
◇「午前零時」新潮社 2007 p69
◇「午前零時―P.S.昨日の私へ」新潮社 2009（新潮文庫）p81

文壇慰問使の意義（作者表記なし）
◇「近代朝鮮文学日本語作品集1908～1945 セレクション 6」緑蔭書房 2008 p185

文壇現地報告（趙演鉉）
◇「近代朝鮮文学日本語作品集1939～1945 評論・随筆篇 1」緑蔭書房 2002 p474

文壇點描（金鍾漢）
◇「近代朝鮮文学日本語作品集1939～1945 評論・随筆篇 1」緑蔭書房 2002 p401

文鳥（夏目漱石）
◇「いきものがたり」双文社出版 2013 p22

ふんどしの時間（須月研児）
◇「ショートショートの花束 3」講談社 2011（講談社文庫）p97

ぶんぶんぶん（大沢在昌）
◇「短篇ベストコレクション―現代の小説 2008」徳間書店 2008（徳間文庫）p273

分別（森江賢二）
◇「ショートショートの花束 5」講談社 2013（講談社文庫）p11

分別ゴミ（清水義範）
◇「二十四粒の宝石―超短編小説傑作集」講談社 1998（講談社文庫）p21

文圃堂の人々（杉浦明平）
◇「戦後文学エッセイ選 6」影書房 2008 p109

墳墓の地（韓植）
◇「近代朝鮮文学日本語作品集1939～1945 創作篇 6」緑蔭書房 2001 p60

ぶんまわし（永山一郎）
◇「山形県文学全集第1期（小説編）3」郷土出版社 2004 p102

憤懣に堪ずして長藩士 禁闕に逼る事（作者表記なし）
◇「新日本古典文学大系 明治編 13」岩波書店 2007 p33

文明開化（田辺聖子）
◇「コレクション戦争と文学 14」集英社 2012 p211

文明開化（萩原草吉）
◇「人は死んだら電柱になる―電柱アンソロジー」遠すぎる未来団 2014 p37

「文明開化頌」（正僞）（西谷富水）
◇「新日本古典文学大系 明治編 4」岩波書店 2003 p241

文明の極度（正岡子規）
◇「新日本古典文学大系 明治編 27」岩波書店 2003 p14

文明の行方（手塚太郎）
◇「ショートショートの花束 2」講談社 2010（講談社文庫）p148

分離独立（耳目）
◇「ショートショートの広場 10」講談社 2000（講談社文庫）p208

分裂（渋谷良一）
◇「ショートショートの花束 1」講談社 2009（講談社文庫）p237

【へ】

「ぺ」（谷川俊太郎）
◇「ショートショートの缶詰」キノブックス 2016 p79

平安妖異伝 花と楽人（平岩弓枝）
◇「代表作時代小説 平成12年度」光風社出版 2000 p245

並一丁（春風のぶこ）
◇「全作家短編小説集 11」全作家協会 2012 p182

特命全権大使 米欧回覧実記（抄）（久米邦武）
◇「新日本古典文学大系 明治編 5」岩波書店 2009 p43

兵器を携て有志の徒嵯峨山崎に拠る事（作者表記なし）
◇「新日本古典文学大系 明治編 13」岩波書店 2007 p13

平気の平太郎 魔王の館の巻（寮美千子）
◇「稲生モノノケ大全 陽之巻」毎日新聞社 2005 p307

平均点と最高点（田中孝博）
◇「あなたが生まれた日―家族の愛が温かな10の感動ストーリー」泰文堂 2013（リンダブックス）p233

聘金一一幕（作者表記なし）
◇「日本統治期台湾文学集成 10」緑蔭書房 2003 p270

米系日人（西野辰吉）
◇「戦後占領期短篇小説コレクション 7」藤原書店 2007 p203

平家蟹の敗走（一）～（四）（李石薫）
◇「近代朝鮮文学日本語作品集1901～1938 創作篇 2」緑蔭書房 2004 p321

へいけ

平家の光源氏（髙橋直樹）
　◇「代表作時代小説 平成24年度」光文社 2012 p73
『平家物語』はなぜ劇的か（木下順二）
　◇「戦後文学エッセイ選 8」影書房 2005 p140
米国政党の害、題詞（中村敬宇）
　◇「新日本古典文学大系 明治編 2」岩波書店 2004
　　p188
米国の鉄道怪談（押川春浪）
　◇「文豪てのひら怪談」ポプラ社 2009 （ポプラ文
　　庫）p198
米国は性に合わない≫志賀直哉（長与善郎）
　◇「日本人の手紙 7」リブリオ出版 2004 p136
閉鎖を命ぜられた妖怪館（山本禾太郎）
　◇「君らの狂気で死を孕ませよ―新青年傑作選」角
　　川書店 2000 （角川文庫）p209
　◇「江戸川乱歩と13人の新青年〈論理派〉編」光文
　　社 2008 （光文社文庫）p329
兵士（石上露子）
　◇「新編」日本女性文学全集 2」菁柿堂 2008 p476
丙子歳晩の感懐（成島柳北）
　◇「新日本古典文学大系 明治編 2」岩波書店 2004
　　p241
兵士について――一名、如何にしてキエフの女
　学生は処女にして金をもうけるか？（村山知
　義）
　◇「新装版 全集現代文学の発見 1」學藝書林 2002
　　p308
兵士の歌（鮎川信夫）
　◇「新装版 全集現代文学の発見 13」學藝書林 2004
　　p257
丙戌十月まさに南海諸州に游ばんとして留別
　す九首 丙戌（うち四首）（森春濤）
　◇「新日本古典文学大系 明治編 2」岩波書店 2004
　　p106
随想 平壤の街（呉泳鎮）
　◇「近代朝鮮文学日本語作品集1939～1945 評論・随筆
　　篇 3」緑蔭書房 2002 p347
兵人と女優（オン・ワタナベ）
　◇「幻の探偵雑誌 2」光文社 2000 （光文社文庫）
　　p299
平成十九年一月十七日の日記（綾野祐介）
　◇「リトル・リトル・クトゥルー――史上最小の神話
　　小説集」学習研究社 2009 p116
兵制と文學（金鍾漢）
　◇「近代朝鮮文学日本語作品集1939～1945 評論・随筆
　　篇 1」緑蔭書房 2002 p467
「平成二十八年熊本地震」に思う（園田洋一郎）
　◇「平成28年熊本地震作品集」くまもと文学・歴史
　　館友の会 2016 p46
平成28年4月14日まで そして平成28年4月16
　日（井川捷）
　◇「平成28年熊本地震作品集」くまもと文学・歴史
　　館友の会 2016 p35
兵隊（関根弘）
　◇「新装版 全集現代文学の発見 13」學藝書林 2004

p332
兵隊の雨が降る（佐々木林）
　◇「日本海文学大賞―大賞作品集 3」日本海文学大
　　賞運営委員会 2007 p459
兵隊の死（渡辺温）
　◇「シャーロック・ホームズに再び愛をこめて」光
　　文社 2010 （光文社文庫）p225
　◇「冒険の森へ―傑作小説大全 9」集英社 2016 p27
兵隊宿（竹西寛子）
　◇「川端康成文学賞全作品 1」新潮社 1999 p163
　◇「コレクション戦争と文学 14」集英社 2012 p382
平太郎化物日記（巖谷小波）
　◇「稲生モノノケ大全 陰之巻」毎日新聞社 2003
　　p288
平中淫花譚（水沢龍樹）
　◇「風の孤影」桃園書房 2001 （桃園文庫）p313
聘珍楼雅懐（中島敦）
　◇「美食」国書刊行会 1998 （書物の王国）p225
閉店後（我妻俊樹）
　◇「怪談四十九夜」竹書房 2016 （竹書房文庫）p36
兵になれる（香山光郎）
　◇「近代朝鮮文学日本語作品集1939～1945 創作篇 5」
　　緑蔭書房 2001 p115
塀のむこう（村野四郎）
　◇「新装版 全集現代文学の発見 13」學藝書林 2004
　　p248
平凡（二葉亭四迷）
　◇「明治の文学 5」筑摩書房 2000 p221
平凡（抄）（二葉亭四迷）
　◇「童貞小説集」筑摩書房 2007 （ちくま文庫）
　　p147
ぺいぢゃん上等兵（井上光晴）
　◇「戦後短篇小説再発見 9」講談社 2002 （講談社
　　文芸文庫）p146
平凡な雨（国府田智）
　◇「Magma 噴の巻」ソフト商品開発研究所 2016
　　p49
平凡人の世界―西洋のモラルと東洋の道徳（兪
　鎭午）
　◇「近代朝鮮文学日本語作品集1908～1945 セレクショ
　　ン 3」緑蔭書房 2008 p229
閉門高臥集（森春濤）
　◇「新日本古典文学大系 明治編 2」岩波書店 2004
　　p110
ベイルートとダマスカス（堀田善衞）
　◇「戦後文学エッセイ選 11」影書房 2007 p203
平和への祈り（遠藤武文）
　◇「デッド・オア・アライヴ―江戸川乱歩賞作家ア
　　ンソロジー」講談社 2013 p203
　◇「デッド・オア・アライヴ」講談社 2014 （講談社
　　文庫）p223
平和通りと名付けられた街を歩いて（目取真
　俊）
　◇「コレクション戦争と文学 20」集英社 2012 p401
平和と希望と――『さよならドビュッシー』番

外編（中山七里）
◇「サイドストーリーズ」KADOKAWA 2015（角川文庫）p163

平和の諧謔的帰結（坂倉剛）
◇「ショートショートの広場 15」講談社 2004（講談社文庫）p195

平和の日を念じつつ（呉時泳）
◇「近代朝鮮文学日本語作品集1908〜1945 セレクション 6」緑蔭書房 2008 p234

平和ボケ（和田知見）
◇「ショートショートの花束 3」講談社 2011（講談社文庫）p17

ヘヴンズストーリー（佐藤有記）
◇「年鑑代表シナリオ集 '10」シナリオ作家協会 2011 p225

海螺斎沿海州先占記（小栗虫太郎）
◇「新編・日本幻想文学集成 4」国書刊行会 2016 p276

ベエリング—親愛の人Ｇ・Ｂに（逸見猶吉）
◇「新装版 全集現代文学の発見 13」學藝書林 2004 p153

辟易賦（成島柳北）
◇「新日本古典文学大系 明治編 2」岩波書店 2004 p257

碧空見えぬ（田中英光）
◇「コレクション戦争と文学 17」集英社 2012 p143

壁虎呪文（黒木忍）
◇「怪奇・伝奇時代小説選集 6」春陽堂書店 2000（春陽文庫）p216

僻村の牧師の歌 英人ゴールドスミスの詩意を訳す（中村敬宇）
◇「新日本古典文学大系 明治編 2」岩波書店 2004 p156

北京の劇狂と名伶（陳逢源）
◇「日本統治期台湾文学集成 16」緑蔭書房 2003 p109

北京禮讃譜（陳逢源）
◇「日本統治期台湾文学集成 16」緑蔭書房 2003 p24

白頭山紀行（一）〜（十二）（李益相）
◇「近代朝鮮文学日本語作品集1901〜1938 評論・随筆篇 3」緑蔭書房 2004 p115

白馬江（金鍾漢）
◇「近代朝鮮文学日本語作品集1939〜1945 創作篇 6」緑蔭書房 2001 ɔ294

白馬江（許南麒）
◇「〈在日〉文学全集 2」勉誠出版 2006 p108

ペケ投げ—近頃、不思議なことが、ときどき起こっているようである（眉村卓）
◇「NOVA—書き下ろし日本SFコレクション 9」河出書房新社 2013（河出文庫）p13

ページの角の折れた本（小手鞠るい）
◇「本をめぐる物語——一冊の扉」KADOKAWA 2014（角川文庫）p89

平秩東作（井上ひさし）
◇「江戸夢日和」学習研究社 2004（学研M文庫）

p53

ベストショット（有沢真由）
◇「5分で読める！ ひと駅ストーリー 夏の記憶西口編」宝島社 2013（宝島社文庫）p161

ベストセラー（須子研児）
◇「ショートショートの広場 20」講談社 2008（講談社文庫）p248

ベストセラー（ぽへみ庵）
◇「ショートショートの花束 1」講談社 2009（講談社文庫）p228

ベストセラー作家（水原秀策）
◇「10分間ミステリー」宝島社 2012（宝島社文庫）p99
◇「5分で凍る！ ぞっとする怖い話」宝島社 2015（宝島社文庫）p201

ベストフレンド（湊かなえ）
◇「宝石ザミステリー 3」光文社 2013 p33

臍あわせ太平記（神坂次郎）
◇「代表作時代小説 平成11年度」光風社出版 1999 p95
◇「愛染夢灯籠—時代小説傑作選」講談社 2005（講談社文庫）p115

へだたる「在日」（金時鐘）
◇「〈在日〉文学全集 5」勉誠出版 2006 p312

下手の長談義（正岡子規）
◇「新日本古典文学大系 明治編 27」岩波書店 2003 p346

ペタラギ（舟唄）（一）〜（九）（金東仁）
◇「近代朝鮮文学日本語作品集1901〜1938 創作篇 3」緑蔭書房 2004 p242

ペチィ・アムボス（一条栄子）
◇「幻の探偵雑誌 6」光文社 2001（光文社文庫）p131

ペチカ燃えろよ（茅野裕城子）
◇「文学 2007」講談社 2007 p153

へちまの木（山本周五郎）
◇「剣鬼らの饗宴」光風社出版 1998（光風社文庫）p255

へちまの棚（永井龍男）
◇「歴史小説の世紀 天の巻」新潮社 2000（新潮文庫）p411

ペチュニアフォールを知る二十の名所（津村記久子）
◇「20の短編小説」朝日新聞出版 2016（朝日文庫）p195

別式女（好村兼一）
◇「代表作時代小説 平成24年度」光文社 2012 p135

別所さん（絲山秋子）
◇「文学 2014」講談社 2014 p242

別荘地の犬 A-side（篠田節子）
◇「秘密。—私と私のあいだの十二話」メディアファクトリー 2005 p83

別荘地の犬 B-side（篠田節子）
◇「秘密。—私と私のあいだの十二話」メディアファクトリー 2005 p89

別荘の犬（山田正紀）

へつと

◇「謎―スペシャル・ブレンド・ミステリー 004」
講談社 2009 （講談社文庫）p307

ペット（森田照之）
◇「ショートショートの広場 10」講談社 2000 （講
談社文庫）p153

ペット（淀谷悦一）
◇「ショートショートの広場 15」講談社 2004 （講
談社文庫）p121

ペットを飼うヒト（北野勇作）
◇「現代の小説 1997」徳間書店 1997 p225

ペット禁止（須月研兎）
◇「ショートショートの広場 20」講談社 2008 （講
談社文庫）p41

ペット談義（浦田千鶴子）
◇「ゆくりなくも」鶴書院 2009 （シニア文学秀作
選）p7

ベッドの下でパタパタパタ（加門七海）
◇「文藝百物語」ぶんか社 1997 p217

ヘッドハンティング（渡辺秀明）
◇「ショートショートの広場 15」講談社 2004 （講
談社文庫）p88

別の世界は可能かもしれない。（山田正紀）
◇「SF JACK」角川書店 2013 p141
◇「SF JACK」KADOKAWA 2016 （角川文庫）
p159

別の存在（吉村萬壱）
◇「怪獣文藝―パートカラー」メディアファクト
リー 2013 （［幽BOOKS］）p245

へっぴりおばけ（知里真志保）
◇「文豪てのひら怪談」ポプラ社 2009 （ポプラ文
庫）p130

へっぺ（寺山修司）
◇「ちくま日本文学 6」筑摩書房 2007 （ちくま文
庫）p20

へっぽこ冒険者とイオドの宝（篠谷志乃）
◇「へっぽこ冒険者とイオドの宝―ソード・ワール
ド短編集」富士見書房 2005 （富士見ファンタ
ジア文庫）p55

へっぽこ冒険者と緑の蕗―ラムリアースの森
が微笑む（秋田みやび）
◇「へっぽこ冒険者と緑の蕗―ソード・ワールド短
編集」富士見書房 2005 （富士見ファンタジア
文庫）p285

ぺつぼつしましょう（小松重男）
◇「逢魔への誘い」徳間書店 2000 （徳間文庫）p89

別離（黒岩重吾）
◇「鬼火が呼んでいる―時代小説傑選」講談社
1997 （講談社文庫）p328

別離（若山牧水）
◇「日本近代文学に描かれた「恋愛」」牧野出版
2001 p177

別離の章（金東林）
◇「近代朝鮮文学日本語作品集1939～1945 創作篇 6」
緑蔭書房 2001 p55
◇「近代朝鮮文学日本語作品集1939～1945 創作篇 6」
緑蔭書房 2001 p287

ペテルブルクの昼 レニングラードの夜（高野
史緒）
◇「幻想探偵」光文社 2009 （光文社文庫）p393

ペテン師（柚木崎寿久）
◇「ショートショートの広場 10」講談社 2000 （講
談社文庫）p92

ペテン師のポリフォニー（佐藤青南）
◇「『このミステリーがすごい！』大賞作家書き下ろ
しBOOK vol.8」宝島社 2015 p119

"ベトコン"とは何か（日野啓三）
◇「日本文学全集 21」河出書房新社 2015 p236

ベトナム心霊ツアー（加門七海）
◇「文藝百物語」ぶんか社 1997 p118

ベトナム戦記（開高健）
◇「ちくま日本文学 24」筑摩書房 2008 （ちくま文
庫）p205

ベトナム姐ちゃん（野坂昭如）
◇「日本文学100年の名作 6」新潮社 2015 （新潮文
庫）p217

ベートーベン交響曲全曲演奏会（北本豊春）
◇「全作家短編小説集 10」のべる出版 2011 p66

ペナルティー・キック（平出真一郎）
◇「ショートショートの広場 9」講談社 1998 （講
談社文庫）p134

紅（佐々木虎之助）
◇「ゆきのまち幻想文学賞小品集 24」企画集団ぷり
ずむ 2015 p109

紅色の靄（板垣家子夫）
◇「山形県文学全集第2期（随筆・紀行編） 3」郷土出版
社 2005 p67

紅差し太夫（島村洋子）
◇「花月夜綺譚―怪談集」集英社 2007 （集英社文
庫）p107

紅雨荘殺人事件（有栖川有栖）
◇「本格ミステリ 2001」講談社 2001 （講談社ノベ
ルス）p11
◇「紅い悪夢の夏―本格短編ベスト・セレクション」
講談社 2004 （講談社文庫）p11

紅皿（火野葦平）
◇「文豪たちが書いた怖い名作短編集」彩図社 2014
p152

紅皿欠皿（作者不詳）
◇「シンデレラ」竹書房 2015 （竹書房文庫）p160

紅地獄（皆川博子）
◇「エクスタシィ―大人の恋の物語り」ベストセ
ラーズ 2003 p131

紅唐紙（野村胡堂）
◇「古書ミステリー倶楽部―傑作推理小説集 3」光
文社 2015 （光文社文庫）p313

べにばなの里（真壁仁）
◇「山形県文学全集第2期（随筆・紀行編） 5」郷土出版
社 2005 p47

「べに花の里」―河北町（今田信一）
◇「山形県文学全集第2期（随筆・紀行編） 5」郷土出版
社 2005 p126

紅バラお君（藤原審爾）
◇「昭和の短篇一人一冊集成 藤原審爾」未知谷 2008 p227

ヴェネツィアの龍使い（荒俣宏）
◇「ドラゴン殺し」メディアワークス 1997（電撃文庫）p265

ペーパークラフト（三浦しをん）
◇「短篇ベストコレクション―現代の小説 2007」徳間書店 2007（徳間文庫）p435

ペパーミント症候群（空虹桜）
◇「超短編の世界 vol.3」創英社 2011 p38

ヘビ（西加奈子）
◇「こどものころにみた夢」講談社 2008 p64

蛇（阿刀田高）
◇「恐怖の森」ランダムハウス講談社 2007 p289

蛇（古閑章）
◇「現代鹿児島小説大系 1」ジャプラン 2014 p208

蛇（夏目漱石）
◇「文豪怪談傑作選 明治編」筑摩書房 2011（ちくま文庫）p133

蛇（町井登志夫）
◇「獣人」光文社 2003（光文社文庫）p197

蛇（森鷗外）
◇「日本怪奇小説傑作集 1」東京創元社 2005（創元推理文庫）p71
◇「文豪怪談傑作選 森鷗外集」筑摩書房 2006（ちくま文庫）p261

掌篇 蛇（金史良）
◇「近代朝鮮文学日本語作品集1939〜1945 創作篇 2」緑蔭書房 2001 p364

蛇イチゴ（西川美和）
◇「年鑑代表シナリオ集 '03」シナリオ作家協会 2004 p193

蛇苺（井上雅彦）
◇「5分で読める！ 怖いはなし」宝島社 2014（宝島社文庫）p233

蛇―「永日小品」より（夏目漱石）
◇「日本怪奇小説傑作集 1」東京創元社 2005（創元推理文庫）p65

蛇を刺す蛙（陣出達朗）
◇「江戸浮世風」学習研究社 2004（学研M文庫）p187

蛇を遣わします（朱雀門出）
◇「男たちの怪談百物語」メディアファクトリー 2012（〔幽BOOKS〕）p174

蛇男（角田喜久雄）
◇「幻の探偵雑誌 1」光文社 2000（光文社文庫）p75

蛇を踏む（川上弘美）
◇「文学 1997」講談社 1997 p71
◇「現代小説クロニクル 1995〜1999」講談社 2015（講談社文芸文庫）p63

蛇女（三和）
◇「てのひら怪談―ビーケーワン怪談大賞傑作選 辛卯」ポプラ社 2011（ポプラ文庫）p138

蛇が出る（圓眞美）
◇「てのひら怪談―ビーケーワン怪談大賞傑作選 百怪繚乱篇」ポプラ社 2008 p172

蛇神変（黒木忍）
◇「怪奇・伝奇時代小説選集 5」春陽堂書店 2000（春陽文庫）p147

蛇くい（泉鏡花）
◇「被差別文学全集」河出書房新社 2016（河出文庫）p63

蛇使いの女（竹河聖）
◇「獣人」光文社 2003（光文社文庫）p345

蛇と猪（薔薇小路棘麿）
◇「甦る推理雑誌 1」光文社 2002（光文社文庫）p195

蛇と女（幸田露伴）
◇「文豪怪談傑作選 幸田露伴集」筑摩書房 2010（ちくま文庫）p330

蛇と蛙（元秀一）
◇「〈在日〉文学全集 12」勉誠出版 2006 p389

「蛇と卵」―私の結婚前後（森茉莉）
◇「精選女性随筆集 2」文藝春秋 2012 p88

蛇にピアス（金原ひとみ）
◇「現代小説クロニクル 2000〜2004」講談社 2015（講談社文芸文庫）p233

蛇のしっぽ（金堀常美）
◇「ショートショートの広場 14」講談社 2003（講談社文庫）p238

蛇の箱（両角長彦）
◇「SF宝石―すべて新作読み切り！ 2015」光文社 2015 p230

ヘビの埋葬（タカスギシンタロ）
◇「超短編の世界 vol.3」創英社 2011 p118

蛇の眼（池波正太郎）
◇「捕物時代小説選集 2」春陽堂書店 2000（春陽文庫）p30

蛇蜜（松殿理央）
◇「秘神界 歴史編」東京創元社 2002（創元推理文庫）p385

ヘブンリーシンフォニー（初野晴）
◇「エール！ 2」実業之日本社 2013（実業之日本社文庫）p271

へぼくれ（色川武大）
◇「昭和の短篇一人一冊集成 色川武大」未知谷 2008 p115

変目伝（へめでん）（広津柳浪）
◇「明治の文学 7」筑摩書房 2001 p53

部屋（須月研児）
◇「ショートショートの広場 20」講談社 2008（講談社文庫）p184

部屋（建石明子）
◇「ゆきのまち幻想文学賞・小品集 9」企画集団ぷりずむ 2000 p69

部屋で飼っている女（小中千昭）
◇「屍者の行進」廣済堂出版 1998（廣済堂文庫）p67

作品名から引ける日本文学全集案内 第III期 **713**

へやと

部屋と手錠と私（水原秀策）
◇「もっとすごい！ 10分間ミステリー」宝島社 2013（宝島社文庫）p187
◇「10分間ミステリー THE BEST」宝島社 2016（宝島社文庫）p397

室の中を歩く石（田中貢太郎）
◇「鉱物」国書刊行会 1997（書物の王国）p76

部屋（一）（呉林俊）
◇「〈在日〉文学全集 17」勉誠出版 2006 p105

部屋（二）（呉林俊）
◇「〈在日〉文学全集 17」勉誠出版 2006 p106

ヘラクレイトスの水（柚ちひろ）
◇「太宰治賞 2009」筑摩書房 2009 p259

べらぼう村正（都筑道夫）
◇「星明かり夢街道」光風社出版 2000（光風社文庫）p165

ヘリオスの神像（麻耶雄嵩）
◇「あなたが名探偵」東京創元社 2009（創元推理文庫）p139

ヘリカル（町井登志夫）
◇「恐怖症」光文社 2002（光文社文庫）p425

ペリカンの歌（中島敦）
◇「ちくま日本文学 12」筑摩書房 2008（ちくま文庫）p440

ベリンガムの青春（桑原加代子）
◇「現代作家代表選集 8」鼎書房 2014 p61

ベリンスキーについて（龍瑛宗）
◇「日本統治期台湾文学集成 16」緑蔭書房 2003 p264

ベル・エポック（絲山秋子）
◇「短篇ベストコレクション―現代の小説 2005」徳間書店 2005（徳間文庫）p355

ベル・エポック（なかにし礼）
◇「短篇ベストコレクション―現代の小説 2001」徳間書店 2001（徳間文庫）p93

ベルサイユでポン！（高瀬美恵）
◇「SFバカ本 人類復活篇」メディアファクトリー 2001 p171

ベルサイユのばら2001―オスカルとアンドレ編（植田紳爾）
◇「宝塚大劇場公演脚本集―2001年4月～2002年4月」阪急電鉄コミュニケーション事業部 2002 p36

ベルサイユのばら2001―フェルゼンとマリー・アントワネット編（植田紳爾）
◇「宝塚大劇場公演脚本集―2001年4月～2002年4月」阪急電鉄コミュニケーション事業部 2002 p5

ヘル・シアター（岡崎弘明）
◇「彗星パニック」廣済堂出版 2000（廣済堂文庫）p271

ヘルシー家族（村田基）
◇「SFバカ本 宇宙チャーハン篇」メディアファクトリー 2000 p171

ヘルシンキ（池澤夏樹）
◇「文学 2008」講談社 2008 p39

ペルソナを剝ぐ（畠山拓）

◇「扉の向こうへ」全作家協会 2014（全作家短編集）p44

ヘルター・スケルター（島田荘司）
◇「21世紀本格―書下ろしアンソロジー」光文社 2001（カッパ・ノベルス）p99

ベルちゃんの憂鬱（笹木稜平）
◇「宝石ザミステリー 2014冬」光文社 2014 p541

ベルの怪異（プラゴエ駐剳軍中の事件）（石川大策）
◇「幻の探偵雑誌 7」光文社 2001（光文社文庫）p145

ペルノーの匂い（甘糟りり子）
◇「with you」幻冬舎 2004 p117

ベルリオーズに乾杯（田中文雄）
◇「ひとにぎりの異形」光文社 2007（光文社文庫）p87

ベルリンからの手紙（宮岡博英）
◇「ショートショートの広場 12」講談社 2001（講談社文庫）p213

べるリング（マックあっこ）
◇「全作家短編小説集 6」全作家協会 2007 p194

伯林（ベルリン）――一八八八年（海渡英祐）
◇「江戸川乱歩賞全集 7」講談社 1999（講談社文庫）p7

ベルリンで『三四郎』を読んでいる＞夏目漱石／小宮豊隆（寺田寅彦）
◇「日本人の手紙 7」リブリオ出版 2004 p143

ベルリン飛行指令（佐々木譲）
◇「冒険の森へ―傑作小説大全 13」集英社 2016 p245

ベレスタの小箱（五十月彩）
◇「ゆきのまち幻想文学賞小品集 23」企画集団ぷりずむ 2014 p81

ヘレン＝T（石井桃子）
◇「精選女性随筆集 8」文藝春秋 2012 p124

ヘレン・テレスの家（戸板康二）
◇「外地探偵小説集 上海篇」せらび書房 2006 p143

ベロ出しチョンマ（斎藤隆介）
◇「もう一度読みたい教科書の泣ける名作 再び」学研教育出版 2014 p41

ペロと黒猫（朱雀門出）
◇「男たちの怪談百物語」メディアファクトリー 2012（幽BOOKS）p237

変（車谷長吉）
◇「現代の小説 1999」徳間書店 1999 p351

偏倚（島尾敏雄）
◇「戦後文学エッセイ選 10」影書房 2007 p9

変化する陳述（石浜金作）
◇「君らの魂を悪魔に売りつけよ―新青年傑作選」角川書店 2000（角川文庫）p59
◇「江戸川乱歩と13人の新青年〈論理派〉編」光文社 2008（光文社文庫）p189

べんがら炬燵（吉川英治）
◇「忠臣蔵コレクション 1」河出書房新社 1998（河出文庫）p285

◇「失われた空―日本人の涙と心の名作8選」新潮社 2014（新潮文庫）p155
◇「七つの忠臣蔵」新潮社 2016（新潮文庫）p7

返還（小松左京）
◇「日本SF・名作集成 9」リブリオ出版 2005 p71

偏奇館幻影（森真沙子）
◇「ふるえて眠れ―女流ホラー傑作選」角川春樹事務所 2001（ハルキ・ホラー文庫）p183

"ベン・キャット砦"の苦悩（開高健）
◇「ちくま日本文学 24」筑摩書房 2008（ちくま文庫）p205

勉強記（坂口安吾）
◇「ちくま日本文学 9」筑摩書房 2008（ちくま文庫）p129
◇「おかしい話」筑摩書房 2010（ちくま文学の森）p113

辺境五三二〇年（光瀬龍）
◇「たそがれゆく未来」筑摩書房 2016（ちくま文庫）p39

辺境の星で―トワイライトゾーンのおもいでに（梶尾真治）
◇「SF宝石―すべて新作読み切り！ 2015」光文社 2015 p262
◇「短篇ベストコレクション―現代の小説 2016」徳間書店 2016（徳間文庫）p141

片靴（倉阪鬼一郎）
◇「夢魔」光文社 2001（光文社文庫）p531

変形譚（長谷川四郎）
◇「戦後文学エッセイ選 2」影書房 2006 p239

変形譚（花田清輝）
◇「変身のロマン」学習研究社 2003（学研M文庫）p333

弁慶と九九九事件（直木三十五）
◇「源義経の時代―短篇小説集」作品社 2004 p65

変形の記録（安部公房）
◇「コレクション戦争と文学 13」集英社 2011 p131

弁護美人（梅の家かほる）
◇「明治探偵冒険小説 4」筑摩書房 2005（ちくま文庫）p39

弁財天の使（菊池寛）
◇「ちくま日本文学 27」筑摩書房 2008（ちくま文庫）p346

返事（新井哲）
◇「優秀新人戯曲集 2007」ブロンズ新社 2006 p159

辨漆園道論（金台俊）
◇「近代朝鮮文学日本語作品集1908～1945 セレクション 6」緑蔭書房 2008 p43

編輯後記（突）
◇「近代朝鮮文学日本語作品集1901～1938 評論・随筆篇 3」緑蔭書房 2004 p304

編輯後記（作者表記なし）
◇「近代朝鮮文学日本語作品集1901～1938 評論・随筆篇 3」緑蔭書房 2004 p303

編集者の力（柘一輝）
◇「ショートショートの花束 7」講談社 2015（講談社文庫）p201

編輯だより 第三信（朱）
◇「近代朝鮮文学日本語作品集1901～1938 評論・随筆篇 3」緑蔭書房 2004 p303

編集長の怖い話（宍戸レイ）
◇「女たちの怪談百物語」メディアファクトリー 2010（〔幽〕books）p74
◇「女たちの怪談百物語」KADOKAWA 2014（角川ホラー文庫）p80

返書（赤江瀑）
◇「贈る物語Wonder」光文社 2002 p142

返照（小島信夫）
◇「新装版 全集現代文学の発見 5」學藝書林 2003 p390

便所の神様（京極夏彦）
◇「厠の怪―便所怪談競作集」メディアファクトリー 2010（MF文庫）p7

返事はいらない（宮部みゆき）
◇「七つの危険な真実」新潮社 2004（新潮文庫）p85

変身（新海貴子）
◇「中学校たのしい劇脚本集―英語劇付 III」国土社 2011 p97

変身（寺山修司）
◇「超短編アンソロジー」筑摩書房 2002（ちくま文庫）p190

変身（夢座海二）
◇「妖異百物語 1」出版芸術社 1997（ふしぎ文学館）p75

変身願望（江戸川乱歩）
◇「ちくま日本文学 7」筑摩書房 2008（ちくま文庫）p443

変身術（岡田鯱彦）
◇「剣が謎を斬る―名作で読む推理小説史 時代ミステリー傑作選」光文社 2005（光文社文庫）p9

変身障害（藤崎慎吾）
◇「多々良島ふたたび―ウルトラ怪獣アンソロジー」早川書房 2015（TSUBURAYA×HAYAKAWA UNIVERSE）p183

片頭痛の恋（矢崎存美）
◇「SFバカ本 人類復活篇」メディアファクトリー 2001 p103
◇「笑止―SFバカ本シュール集」小学館 2007（小学館文庫）p307

片想（柳致眞）
◇「近代朝鮮文学日本語作品集1908～1945 セレクション 3」緑蔭書房 2008 p389

変そう！ 王様フィーバー（増島美由輝）
◇「小学校・全員参加の楽しい学級劇・学年劇脚本集 中学年」黎明書房 2006 p24

変装狂（金子光晴）
◇「ちくま日本文学 38」筑摩書房 2009（ちくま文庫）p407
◇「怠けものの話」筑摩書房 2011（ちくま文学の森）p241

変奏曲〈白い密室〉（西澤保彦）
◇「名探偵の奇跡」光文社 2007（Kappa novels）p301

へんそ

◇「名探偵の奇跡」光文社 2010（光文社文庫）p383

変装の家（二階堂黎人）
　◇「不在証明崩壊―ミステリーアンソロジー」角川書店 2000（角川文庫）p171
　◇「名探偵登場！」ベストセラーズ 2004（日本ミステリー名作館）p145

変則的な散歩（谷川俊太郎）
　◇「新装版 全集現代文学の発見 13」學藝書林 2004 p448

ヘンタイの汚名は受けたくない（篠原昌裕）
　◇「5分で読める！ ひと駅ストーリー 夏の記憶東口編」宝島社 2013（宝島社文庫）p81
　◇「5分で笑える！ おバカで愉快な物語」宝島社 2016（宝島社文庫）p175

編隊飛行（抄）（井上立士）
　◇「新装版 全集現代文学の発見 14」學藝書林 2005 p456

ペンダコ（森春樹）
　◇「ハンセン病文学全集 6」皓星社 2003 p271

翩譚集 あるいは、或る都の物語（井上雅彦）
　◇「アジアン怪綺」光文社 2003（光文社文庫）p605

ベンチ（村田基）
　◇「時間怪談」廣済堂出版 1999（廣済堂文庫）p317

ベンチウォーマー（竹之内響介）
　◇「少女のなみだ」泰文堂 2014（リンダブックス）p7

変調二人羽織（連城三紀彦）
　◇「甦る「幻影城」 1」角川書店 1997（カドカワ・エンタテインメント）p171

ヴェンデッタ（森青花）
　◇「夏のグランドホテル」光文社 2003（光文社文庫）p155

弁当箱は知っている（今邑彩）
　◇「七人の女探偵」廣済堂出版 1998（KOSAIDO BLUE BOOKS）p189

辨當屋の女中（村山知義）
　◇「新・プロレタリア文学精選集 16」ゆまに書房 2004 p313

変なんです。（佐藤恵吹）
　◇「ショートショートの広場 9」講談社 1998（講談社文庫）p128

片乳（小野正嗣）
　◇「文学 2005」講談社 2005 p47

ペン・ネンネンネン・ネネムの伝記（平野直）
　◇「学校放送劇舞台劇脚本集―宮沢賢治名作童話」東洋書院 2008 p57

『ペンの内鮮一體』のお知らせ（寺田瑛）
　◇「近代朝鮮文学日本語作品集1908〜1945 セレクション 6」緑蔭書房 2008 p232

扁柏の蔭（河野慶彦）
　◇「日本統治期台湾文学集成 6」緑蔭書房 2002 p423

川柳句集 偏平足の唄（松岡あきら）

◇「ハンセン病文学全集 9」皓星社 2010 p442

ぺんぺん草（柳田國男）
　◇「ちくま日本文学 15」筑摩書房 2008（ちくま文庫）p248

変貌（南條範夫）
　◇「外地探偵小説集 上海篇」せらび書房 2006 p173

逸見猶吉詩集（逸見猶吉）
　◇「新装版 全集現代文学の発見 13」學藝書林 2004 p146

弁明（恩田陸）
　◇「短篇ベストコレクション―現代の小説 2008」徳間書店 2008（徳間文庫）p305

便利なファックス（脇山俊男）
　◇「ショートショートの広場 14」講談社 2003（講談社文庫）p220

遍歴（中島敦）
　◇「ちくま日本文学 12」筑摩書房 2008（ちくま文庫）p430

遍路（重見一雄）
　◇「ハンセン病文学全集 4」皓星社 2003 p391

へんろう宿（井伏鱒二）
　◇「近代小説〈異界〉を読む」双文社出版 1999 p179
　◇「百年小説」ポプラ社 2008 p833

【 ほ 】

保安官の明日―人口八二三人の町に起きた、女子大生の拉致監禁事件。カードがまた揃ったか…（宮部みゆき）
　◇「NOVA―書き下ろし日本SFコレクション 6」河出書房新社 2011（河出文庫）p377

黄土（ホァント）（全美恵）
　◇「〈在日〉文学全集 18」勉誠出版 2006 p374

ボイスコントロール（椰子野郷）
　◇「ショートショートの広場 12」講談社 2001（講談社文庫）p142

ボーイスタイル・ガールポップ（空虹桜）
　◇「超短編の世界 vol.3」創英社 2011 p45

ボイス短篇集（富士正晴）
　◇「戦後文学エッセイ選 7」影書房 2006 p231

ポイズン・ドーター（湊かなえ）
　◇「宝石ザミステリー 2016」光文社 2015 p35

ポインセチア（M）
　◇「ゆれる―第12回フェリシモ文学賞作品集」フェリシモ 2009 p100

ポイント・カード（早助よう子）
　◇「十年後のこと」河出書房新社 2016 p147

暴（北方謙三）
　◇「男たちのら・ら・ば・い」徳間書店 1999（徳間文庫）p207

棒（安部公房）

ほうき

法医学（寺山修司）
◇「戦後短篇小説再発見 10」講談社 2002（講談社
　文芸文庫）p111
◇「新装版 全集現代文学の発見 6」學藝書林 2003
　p230

法医学（寺山修司）
◇「新装版 全集現代文学の発見 15」學藝書林 2005
　p505

法医工文理の順序（正岡子規）
◇「新日本古典文学大系 明治編 27」岩波書店 2003
　p71

泡影（岡田秀文）
◇「江戸迷宮」光文社 2011（光文社文庫）p463

泡影行燈（君島慧是）
◇「てのひら怪談――ビーケーワン怪談大賞傑作選 百
　怪繚乱篇」ポプラ社 2008 p38
◇「てのひら怪談――ビーケーワン怪談大賞傑作選 己
　丑」ポプラ社 2009（ポプラ文庫）p36

宝永写真館（畠ゆかり）
◇「「伊豆文学賞」優秀作品集 第17回」羽衣出版
　2014 p107

宝永噴火〈抄〉（岡本かの子）
◇「富士山」角川書店 2013（角川文庫）p119

鳳凰記（葉室麟）
◇「決戦！ 大坂城」講談社 2015 p5

報恩記（芥川龍之介）
◇「文豪の探偵小説」集英社 2006（集英社文庫）
　p99

放歌（正岡子規）
◇「新日本古典文学大系 明治編 27」岩波書店 2003
　p49

崩壊（西村寿行）
◇「さらに不安の闇へ――小説推理傑作選」双葉社
　1998 p267

崩壊（堀晃）
◇「物語のルミナリエ」光文社 2011（光文社文庫）
　p93

崩解感覚（野間宏）
◇「新装版 全集現代文学の発見 15」學藝書林 2005
　p8

崩壊の前日（綾辻行人）
◇「事件現場に行こう――最新ベスト・ミステリー カ
　レイドスコープ編」光文社 2001（カッパ・ノ
　ベルス）p25

放課後（東野圭吾）
◇「江戸川乱歩賞全集 15」講談社 2003（講談社文
　庫）p323

放課後探偵倶楽部 消えた文字の秘密（山口さか
な）
◇「初めて恋してます。――サナギからチョウへ」主
　婦と生活社 2010（Junon novels）p169

放課後の巣（森絵都）
◇「セブンティーン・ガールズ」KADOKAWA
　2014（角川文庫）p5

放火した犬（佐野洋）
◇「犬のミステリー」河出書房新社 1999（河出文
　庫）p9

放火犯の死（劇）（荒川義英）
◇「新・プロレタリア文学精選集 1」ゆまに書房
　2004 p77

放火魔（伴野朗）
◇「黒衣のモニュメント」光文社 2000（光文社文
　庫）p165

幇間（谷崎潤一郎）
◇「明治の文学 25」筑摩書房 2001 p313
◇「怠けものの話」筑摩書房 2011（ちくま文学の
　森）p249
◇「読んでおきたい近代日本小説選」龍書房 2012
　p139

幇間二人羽織（北森鴻）
◇「贋作館事件」原書房 1999 p283

砲丸のひと（森青花）
◇「紅と蒼の恐怖――ホラー・アンソロジー」祥伝社
　2002（Non novel）p109

箒川（粕谷栄市）
◇「文豪てのひら怪談」ポプラ社 2009（ポプラ文
　庫）p52

箒川（水上勉）
◇「戦後短篇小説再発見 12」講談社 2003（講談社
　文芸文庫）p197

箒星を獲りに行った話（稲垣足穂）
◇「ちくま日本文学 16」筑摩書房 2008（ちくま文
　庫）p27

忘却（鹿島真治）
◇「ショートショートの広場 19」講談社 2007（講
　談社文庫）p13

忘却されたる臺灣研究（陳逢源）
◇「日本統治期台湾文学集成 16」緑蔭書房 2003
　p147

忘却の侵略―冷静に観察すればわかることだ。
　姿なき侵略者の攻撃は始まっている（小林泰
　三）
◇「NOVA―書き下ろし日本SFコレクション 1」河
　出書房新社 2009（河出文庫）p21

忘却の土俵入り（寺山修司）
◇「ちくま日本文学 6」筑摩書房 2007（ちくま文
　庫）p310

謀―清河八郎暗殺（綱淵謙錠）
◇「時代小説傑作選 3」新人物往来社 2008 p67

望郷（香山末子）
◇「〈在日〉文学全集 17」勉誠出版 2006 p74
◇「〈在日〉文学全集 17」勉誠出版 2006 p81

望郷（金末子）
◇「ハンセン病文学全集 4」皓星社 2003 p648

望郷（小泉雅二）
◇「ハンセン病文学全集 6」皓星社 2003 p440

句集 望郷（児島宗子）
◇「ハンセン病文学全集 9」皓星社 2010 p226

望郷、海の星（湊かなえ）
◇「ザ・ベストミステリーズ――推理小説年鑑 2012」
　講談社 2012 p9
◇「Junction運命の分岐点」講談社 2015（講談社

作品名から引ける日本文学全集案内 第III期 **717**

ほうき

文庫）p5

望郷歌（北條民雄）
◇「ハンセン病に咲いた花―初期文芸名作選 戦前編」皓星社 2002（ハンセン病叢書）p42
◇「ハンセン病文学全集 1」皓星社 2002 p129

望郷三番叟（海渡英祐）
◇「闇の旋風」徳間書店 2000（徳間文庫）p47

望郷詩集（許南麒）
◇「〈在日〉文学全集 2」勉誠出版 2006 p64

望郷と海（石原吉郎）
◇「コレクション戦争と文学 9」集英社 2012 p623

望郷独語（金子晃典）
◇「ハンセン病文学全集 9」皓星社 2010 p198

奉教人の死（芥川龍之介）
◇「両性具有」国書刊行会 1998（書物の王国）p70
◇「近代小説〈異界〉を読む」双文社出版 1999 p54
◇「ちくま日本文学 2」筑摩書房 2007（ちくま文庫）p189
◇「涙の百年文学―もう一度読みたい」太陽出版 2009 p240
◇「創刊一〇〇年三田文学名作選」三田文学会 2010 p103
◇「日本近代短篇小説選 大正篇」岩波書店 2012（岩波文庫）p187

棒切れ（鹿子七郎）
◇「幻の探偵雑誌 8」光文社 2001（光文社文庫）p371

防空壕（江戸川乱歩）
◇「探偵くらぶ―探偵小説傑作選1946～1958 上」光文社 1997（カッパ・ノベルス）p7
◇「ちくま日本文学 7」筑摩書房 2008（ちくま文庫）p305
◇「危険なマッチ箱」文藝春秋 2009（文春文庫）p229
◇「コレクション戦争と文学 15」集英社 2012 p148

防空小説・空行かば―昭和八年（海野十三）
◇「日米架空戦記集成―明治・大正・昭和」中央公論新社 2003（中公文庫）p24

暴君（桜庭一樹）
◇「オバケヤシキ」光文社 2005（光文社文庫）p311
◇「不思議の足跡」光文社 2007（Kappa novels）p123
◇「不思議の足跡」光文社 2011（光文社文庫）p157

方言（正岡子規）
◇「新日本古典文学大系 明治編 27」岩波書店 2003 p200

冒険（関根弘）
◇「新装版 全集現代文学の発見 13」學藝書林 2004 p326

ぼうけん隊だ、ニャン！（十河慶子）
◇「小学生のげき―新小学校演劇脚本集 中学年 1」晩成書房 2011 p147

方言第二（正岡子規）
◇「新日本古典文学大系 明治編 27」岩波書店 2003

p203

冒険の夜に翔べ！（友野詳）
◇「冒険の夜に翔べ！―ソード・ワールド短編集」富士見書房 2003（富士見ファンタジア文庫）p205

報告（宮沢賢治）
◇「ちくま日本文学 3」筑摩書房 2007（ちくま文庫）p417

報告（ウルトラマリン第一）（逸見猶吉）
◇「新装版 全集現代文学の発見 13」學藝書林 2004 p146

豊国祭の鐘（朝松健）
◇「屍者の行進」廣済堂出版 1998（廣済堂文庫）p563

報告 讚映會を×××するまで（金形容）
◇「近代朝鮮文学日本語作品集1901～1938 評論・随筆篇 3」緑蔭書房 2004 p231

亡国の後（田中芳樹）
◇「決戦！ 三國志」講談社 2015 p185

亡国の歌（竹内好）
◇「戦後文学エッセイ選 4」影書房 2005 p120

亡妻（再生モスマン）
◇「てのひら怪談―ビーケーワン怪談大賞傑作選 百怪繚乱編」ポプラ社 2008 p100
◇「てのひら怪談―ビーケーワン怪談大賞傑作選 己丑」ポプラ社 2009 p102

放散虫は深夜のレールの上を漂う（日野啓三）
◇「日本文学全集 21」河出書房新社 2015 p110

胞子（多和田葉子）
◇「胞子文学名作選」港の人 2013 p121

帽子（池端俊策）
◇「テレビドラマ代表作選集 2009年版」日本脚本家連盟 2009 p7

帽子（国木田独歩）
◇「明治の文学 22」筑摩書房 2001 p311

奉仕作業（水田広）
◇「ハンセン病文学全集 4」皓星社 2003 p409

奉仕種族ショゴスとの邂逅（推定モスマン）
◇「リトル・リトル・クトゥルー―史上最小の神話小説集」学習研究社 2009 p172

方士徐福（新宮正春）
◇「異色中国短篇傑作大全」講談社 1997 p87

某日断想（越一人）
◇「ハンセン病文学全集 7」皓星社 2004 p464

訪事日録（森田思軒）
◇「新日本古典文学大系 明治編 5」岩波書店 2009 p455

帽子の男（浅暮三文）
◇「教室」光文社 2003（光文社文庫）p533

宝治の乱残葉（永井路子）
◇「鎮守の森に鬼が棲む―時代小説傑作選」講談社 2001（講談社文庫）p157

放射能がいっぱい（清水義範）
◇「日本原発小説集」水声社 2011 p13

芒種―6月6日ごろ（原宏一）

◇「君と過ごす季節―春から夏へ、12の暦物語」ポプラ社 2012（ポプラ文庫）p197

報酬（深沢七郎）
◇「とっておき名短篇」筑摩書房 2011（ちくま文庫）p175

望樹記（幸田露伴）
◇「植物」国書刊行会 1998（書物の王国）p18
◇「ちくま日本文学 23」筑摩書房 2008（ちくま文庫）p406
◇「新編・日本幻想文学集成 2」国書刊行会 2016 p570

「奉祝御巡幸文」（明斎）（西谷富水）
◇「新日本古典文学大系 明治編 4」岩波書店 2003 p238

方丈記その他について（堀田善衞）
◇「戦後文学エッセイ選 11」影書房 2007 p41

北條さんの思い出（津田せつ子）
◇「ハンセン病文学全集 4」皓星社 2003 p492

北條民雄論（野谷寛三）
◇「ハンセン病文学全集 5」皓星社 2010 p479

豊饒の門（宮城谷昌光）
◇「黄土の群星」光文社 1999（光文社文庫）p7
◇「美女峠に星が流れる―時代小説傑作選」講談社 1999（講談社文庫）p115

坊主（なかた夏生）
◇「てのひら怪談 葵巳」KADOKAWA 2013（MF文庫ダ・ヴィンチ）p42

坊主の行列（よいこぐま）
◇「てのひら怪談―ビーケーワン怪談大賞傑作選 壬辰」ポプラ社 2012（ポプラ文庫）p94

暴政（安西冬衛）
◇「新装版 全集現代文学の発見 13」學藝書林 2004 p16

宝石商殺人事件（江戸川乱歩）
◇「江戸川乱歩の推理教室」光文社 2008（光文社文庫）p323

宝石商殺人事件（木々高太郎）
◇「江戸川乱歩の推理教室」光文社 2008（光文社文庫）p323

宝石商殺人事件（水谷準）
◇「江戸川乱歩の推理教室」光文社 2008（光文社文庫）p323

宝石の声なる人に≫プリヤンバダ・デーヴィ（岡倉天心）
◇「日本人の手紙 4」リブリオ出版 2004 p216

防雪林（小林多喜二）
◇「アンソロジー・プロレタリア文学 2」森話社 2014 p252

鳳仙花（川崎長太郎）
◇「私小説の生き方」アーツ・アンド・クラフツ 2009 p55

鳳仙花（朱耀翰）
◇「近代朝鮮文学日本語作品集1939～1945 創作篇 6」緑蔭書房 2001 p194

鳳仙花（中上健次）
◇「日本文学全集 23」河出書房新社 2015 p5

『鳳仙花に秋を感ずる！』（李石薫）
◇「近代朝鮮文学日本語作品集1908～1945 セレクション 4」緑蔭書房 2008 p198

鳳仙花のうた（金在南）
◇「〈在日〉文学全集 13」勉誠出版 2006 p267

呆然感想（富士正晴）
◇「戦後文学エッセイ選 7」影書房 2006 p39

放送を続けよ！ ～広島中央放送局の8月6日（高橋知伽江）
◇「テレビドラマ代表作選集 2009年版」日本脚本家連盟 2009 p251

放送局の屋上で（金鍾漢）
◇「近代朝鮮文学日本語作品集1939～1945 創作篇 6」緑蔭書房 2001 p268

放送局の怪談（竹内義和）
◇「文藝百物語」ぶんか社 1997 p113

方相氏（速瀬れい）
◇「マスカレード」光文社 2002（光文社文庫）p569

暴走じいちゃん―野球編（小田由季子）
◇「Sports stories」埼玉県さいたま市 2009（さいたま市スポーツ文学賞受賞作品集）p309

房総半島（陽羅義光）
◇「全作家短編小説集 7」全作家協会 2008 p142

法則（宮内悠介）
◇「20の短編小説」朝日新聞出版 2016（朝日文庫）p287
◇「アステロイド・ツリーの彼方へ」東京創元社 2016（創元SF文庫）p115

繃帯（坂井新一）
◇「ハンセン病文学全集 6」皓星社 2003 p16

庖丁ざむらい（白石一郎）
◇「大江戸万華鏡―美味小説傑作選」学研パブリッシング 2014（学研M文庫）p87

防長の士民憤激して台命に服せざる事（作者表記なし）
◇「新日本古典文学大系 明治編 13」岩波書店 2007 p120

報道センター123（迦陵頻伽）
◇「高校演劇Selection 2006 上」晩成書房 2008 p7

放蕩息子の亀鑑（首藤瓜於）
◇「乱歩賞作家 白の謎」講談社 2004 p269

暴に与ふる書（寺山修司）
◇「新装版 全集現代文学の発見 15」學藝書林 2005 p507

放熱器（稲垣足穂）
◇「ちくま日本文学 16」筑摩書房 2008（ちくま文庫）p137

防波堤（今野敏）
◇「短篇ベストコレクション―現代の小説 2011」徳間書店 2011（徳間文庫）p423

防波堤（松本侑子）
◇「別れの手紙」角川書店 1997（角川文庫）p145

防波堤のピクニック（上原英司）
◇「フラジャイル・ファクトリー戯曲集 1」晩成書

ほうは

房 2008 p71

防犯カメラ（久美）（秋元康）
◇「アドレナリンの夜―珠玉のホラーストーリーズ」竹書房 2009 p175

某藩重大事件顛末記（大西信行）
◇「読んで演じたくなるゲキの本 高校生版」幻冬舎 2006 p147

防犯心理テスト（上甲宣之）
◇「10分間ミステリー」宝島社 2012（宝島社文庫）p55
◇「10分間ミステリー THE BEST」宝島社 2016（宝島社文庫）p171

暴風雨の夜（小酒井不木）
◇「闇夜に怪を語れば―百物語ホラー傑作選」角川書店 2005（角川ホラー文庫）p47

亡父の姿（『霊界五十年』より）（長田幹彦）
◇「文豪怪談傑作選 特別編」筑摩書房 2008（ちくま文庫）p182

ぼうふらの剣（隆慶一郎）
◇「冒険の森へ―傑作小説大全 11」集英社 2015 p157

包米（金関丈夫）
◇「日本統治期台湾文学集成 17」緑蔭書房 2003 p171

宝瓶宮―あたしのお部屋にいらっしゃい（飯田雪子）
◇「十二宮12幻想」エニックス 2000 p287

棒兵隊（大城立裕）
◇「現代沖縄文学作品選」講談社 2011（講談社文芸文庫）p56

褒貶（正岡子規）
◇「新日本古典文学大系 明治編 27」岩波書店 2003 p371

方法論（芳賀檀）
◇「「日本浪曼派」集」新学社 2007（新学社近代浪漫派文庫）p142

放牧（林芙美子）
◇「温泉小説」アーツアンドクラフツ 2006 p94

豊満中尉（島比呂志）
◇「ハンセン病文学全集 3」皓星社 2002 p279

訪問（吉田知子）
◇「文学 2014」講談社 2014 p171

訪問客（織田作之助）
◇「闇市」皓星社 2015（紙礫）p190

訪問者（飯野文彦）
◇「蚊―コレクション」メディアワークス 2002（電撃文庫）p189

訪問者（薄井ゆうじ）
◇「短篇ベストコレクション―現代の小説 2001」徳間書店 2001（徳間文庫）p197

亡友山寺梅龕（正岡子規）
◇「明治の文学 20」筑摩書房 2001 p239

亡羊記（村野四郎）
◇「新装版 全集現代文学の発見 13」學藝書林 2004 p248

宝蘭と二人の男（陳舜臣）
◇「謎―スペシャル・ブレンド・ミステリー 004」講談社 2009（講談社文庫）p239

謀略の譜（広瀬仁紀）
◇「機略縦横！ 真田戦記―傑作時代小説」PHP研究所 2008（PHP文庫）p7

謀略文禄・慶長の役（陳舜臣）
◇「風の中の剣士」光風社出版 1998（光風社文庫）p353

法隆寺の壁画、あんまり美しいので切なかった≫堀多恵子（堀辰雄）
◇「日本人の手紙 7」リブリオ出版 2004 p10

暴力（武田麟太郎）
◇「新装版 全集現代文学の発見 3」學藝書林 2003 p123

暴力許可証（打海文三）
◇「男たちの長い旅」徳間書店 2004（TOKUMA NOVELS）p223

暴力刑事（小杉健治）
◇「宝石ザミステリー 2014夏」光文社 2014 p119

暴力団の夢見る頃（山下定）
◇「侵略！」廣済堂出版 1998（廣済堂文庫）p323

ボウリング大会（古川時夫）
◇「ハンセン病文学全集 7」皓星社 2004 p369

朋類（北原尚彦）
◇「世紀末サーカス」廣済堂出版 2000（廣済堂文庫）p593

砲塁（丸山薫）
◇「新装版 全集現代文学の発見 13」學藝書林 2004 p113

亡霊（大沢在昌）
◇「現場に臨め」光文社 2010（Kappa novels）p159
◇「現場に臨め」光文社 2014（光文社文庫）p211

亡霊館の殺人（二階堂黎人）
◇「密室と奇蹟―J.D.カー生誕百周年記念アンソロジー」東京創元社 2006 p305

亡霊航路（司馬季）
◇「さよならブルートレイン―寝台列車ミステリー傑作選」光文社 2015（光文社文庫）p271

亡霊の乱舞（李益相）
◇「近代朝鮮文学日本語作品集1901〜1938 創作篇 1」緑蔭書房 2004 p123

方臘（水上勉）
◇「戦後短篇小説選―『世界』1946–1999 5」岩波書店 2000 p277

放浪王の帰還（安田均）
◇「月の舞姫」富士見書房 2001（富士見ファンタジア文庫）p169

放浪作家の冒険（西尾正）
◇「幻の探偵雑誌 4」光文社 2001（光文社文庫）p113

放浪者たち（大多和伸夫）
◇「宇宙塵傑作選―日本SFの軌跡 2」出版芸術社 1997 p55

放浪の算勘師（童門冬二）
　◇「代表作時代小説 平成14年度」光風社出版 2002 p117

放浪の夏（盧春城）
　◇「近代朝鮮文学日本語作品集1901〜1938 評論・随筆篇 2」緑蔭書房 2004 p187

放浪息子──Kさんに捧ぐ（上）（中）（下）（安鍾彦）
　◇「近代朝鮮文学日本語作品集1901〜1938 創作篇 2」緑蔭書房 2004 p345

ポエムアイ（谷川俊太郎）
　◇「新装版 全集現代文学の発見 13」學藝書林 2004 p449

吠える犬（省都正人）
　◇「ショートショートの花束 3」講談社 2011 （講談社文庫）p117

ほえる鮫（井上雅彦）
　◇「水妖」廣済堂出版 1998 （廣済堂文庫）p499

頰（琅石生）
　◇「日本統治期台湾文学集成 5」緑蔭書房 2002 p223

ほおずき（天田式）
　◇「もっとすごい！ 10分間ミステリー」宝島社 2013 （宝島社文庫）p45
　◇「10分間ミステリー THE BEST」宝島社 2016 （宝島社文庫）p255

ほおずき（佐々木裕一）
　◇「江戸猫ばなし」光文社 2014 （光文社文庫）p191

ほおずき（津田せつ子）
　◇「ハンセン病文学全集 4」皓星社 2003 p480

鬼灯（小池真理子）
　◇「最新「珠玉推理」大全 中」光文社 1998 （カッパ・ノベルス）p150
　◇「怪しい舞踏会」光文社 2002 （光文社文庫）p211

ほおずき市（沢村貞子）
　◇「精選女性随筆集 12」文藝春秋 2012 p140

鬼灯遊女（村上元三）
　◇「江戸浮世風」学習研究社 2004 （学研M文庫）p53

朴の風ぐるま（沢田五郎）
　◇「ハンセン病文学全集 8」皓星社 2006 p346

ぽがあざん──戦艦大和の少女（早坂暁）
　◇「読んで演じたくなるゲキの本 高校生版」幻冬舎 2006 p183

帆が歌つた（丸山薫）
　◇「新装版 全集現代文学の発見 13」學藝書林 2004 p110

火影（有森信二）
　◇「回転ドアから」全作家協会 2015 （全作家短編集）p70

ほかの せかいで またあおう（トロチェフ，コンスタンチン）
　◇「ハンセン病文学全集 7」皓星社 2004 p37

ぽきぽき（五十嵐貴久）
　◇「暗闇（ダークサイド）を追いかけろ──ホラー＆サスペンス編」光文社 2004 （カッパ・ノベルス）p59
　◇「暗闇（ダークサイド）を追いかけろ」光文社 2008 （光文社文庫）p63

募金活動を（@shin1960）
　◇「3.11心に残る140字の物語」学研パブリッシング 2011 p102

ホーキングはまちがっている・殺人事件（谷甲州）
　◇「日本SF・名作集成 9」リブリオ出版 2005 p83

墨円（加門七海）
　◇「妖女」光文社 2004 （光文社文庫）p513

ぼくを乗せる電車（今居海）
　◇「ショートショートの花束 6」講談社 2014 （講談社文庫）p46

ぼくを見つけて（連城三紀彦）
　◇「謎──スペシャル・ブレンド・ミステリー 001」講談社 2006 （講談社文庫）p259

ぼくが彼女にしたこと（西澤保彦）
　◇「少年の時間」徳間書店 2001 （徳間デュアル文庫）p193

僕が受験に成功したわけ（乃南アサ）
　◇「female」新潮社 2004 （新潮文庫）p119

ぼくがぼくであるとき（金時鐘）
　◇「〈在日〉文学全集 5」勉誠出版 2006 p50

僕がもう死んでいるってことは内緒だよ──二年にわたりおいらの家は燃えている（牧野修）
　◇「NOVA──書き下ろし日本SFコレクション 6」河出書房新社 2011 （河出文庫）p337

北元大秘記（芦辺拓）
　◇「黄土の虹──チャイナ・ストーリーズ」祥伝社 2000 p211

北港海岸（小野十三郎）
　◇「新装版 全集現代文学の発見 13」學藝書林 2004 p229

北斎（川上弘美）
　◇「文学 2001」講談社 2001 p212

北斎（シナリオ）（瀧口修造）
　◇「新装版 全集現代文学の発見 11」學藝書林 2004 p274

北斎と幽霊（国枝史郎）
　◇「怪奇・伝奇時代小説選集 5」春陽堂書店 2000 （春陽文庫）p242

北斎の罪（高橋克彦）
　◇「謎──スペシャル・ブレンド・ミステリー 001」講談社 2006 （講談社文庫）p205

牧師（島村静雨）
　◇「ハンセン病文学全集 6」皓星社 2003 p262

半ペン部隊報告書 北支へ使して（上）（下）（林學洙）
　◇「近代朝鮮文学日本語作品集1939〜1945 評論・随筆篇 3」緑蔭書房 2002 p449

ほくし

牧師館（日野啓三）
　◇「日本文学全集 21」河出書房新社 2015 p80

牧師服の男（大庭武年）
　◇「七人の警部―SEVEN INSPECTORS」廣済堂
　　出版 1998（KOSAIDO BLUE BOOKS）p7

墨汁一滴（抄）（正岡子規）
　◇「ちくま日本文学 40」筑摩書房 2009（ちくま文
　　庫）p156

瀆上漁史死す（成島柳北）
　◇「新日本古典文学大系 明治編 2」岩波書店 2004
　　p284

牧場の影と春―斑鳩宮始末記（黒岩重吾）
　◇「代表作時代小説 平成15年度」光風社出版 2003
　　p57

半島ペン部隊帰る 北支より歸りて―日本精神の世
　界的勝利（朴英熙）
　◇「近代朝鮮文学日本語作品集1908～1945 セレクショ
　　ン 6」緑蔭書房 2008 p207

牧神の春（中井英夫）
　◇「変身のロマン」学習研究社 2003（学研M文庫）
　　p179
　◇「小川洋子の陶酔短篇箱」河出書房新社 2014 p65
　◇「新編・日本幻想文学集成 1」国書刊行会 2016
　　p414

墨水観月歌（森春濤）
　◇「新日本古典文学大系 明治編 2」岩波書店 2004
　　p73

墨水に走舸を観るの記（信夫恕軒）
　◇「新日本古典文学大系 明治編 2」岩波書店 2004
　　p324

北西の葦原（小野十三郎）
　◇「新装版 全集現代文学の発見 13」學藝書林 2004
　　p236

北鮮紀行（金松村龍済）
　◇「近代朝鮮文学日本語作品集1939～1945 評論・随筆
　　篇 3」緑蔭書房 2002 p445

僕だけのろまん地下（甲山羊二）
　◇「全作家短編小説集 12」全作家協会 2013 p40

僕たちの愛をいちばん強く信じる≫水戸部ア
　サイ（立原道造）
　◇「日本人の手紙 4」リブリオ出版 2004 p26

ぼくたちの階段（土田明人）
　◇「小学生のげき―新小学校演劇脚本集 高学年 1」
　　晩成書房 2011 p99

僕たちの台湾を断じて守らう（第一回入営を
　祝ふ）（西川満）
　◇「日本統治期台湾文学集成 23」緑蔭書房 2007
　　p430

ぼくたちの〈日露〉戦争（渡辺毅）
　◇「コレクション戦争と文学 17」集英社 2012 p592

僕たちの焚書まつり（雀野日名子）
　◇「本をめぐる物語―栞は夢をみる」KADOKAWA
　　2014（角川文庫）p141

ぼくたちの目的（岡野弘樹）
　◇「全作家短編小説集 11」全作家協会 2012 p203

僕たちは戦士じゃない（豊島ミホ）
　◇「Fiction zero／narrative zero」講談社 2007
　　p205

僕って何（三田誠広）
　◇「現代小説クロニクル 1975～1979」講談社 2014
　　（講談社文芸文庫）p144

卜伝花斬り（火坂雅志）
　◇「落日の兇刃―時代アンソロジー」祥伝社 1998
　　（ノン・ポシェット）p183

ぼくと新しい神さま（国木映雪）
　◇「てのひら怪談―ビーケーワン怪談大賞傑作選 庚
　　寅」ポプラ社 2010（ポプラ文庫）p214

瀆東綺譚（永井荷風）
　◇「ちくま日本文学 19」筑摩書房 2008（ちくま文
　　庫）p291

ぼくとお母さんとコータロー（佐川里江）
　◇「少年のなみだ」泰文堂 2014（リンダブックス）
　　p145

僕と彼女と知らない彼（池田和尋）
　◇「リトル・リトル・クトゥルー―史上最小の神話
　　小説集」学習研究社 2009 p46

僕と彼女の事情（南貴幸）
　◇「ショートショートの花束 5」講談社 2013（講
　　談社文庫）p245

北斗星の密室（折原一）
　◇「本格ミステリ 2002」講談社 2002（講談社ノベ
　　ルス）p61
　◇「天使と髑髏の密室―本格短編ベスト・セレク
　　ション」講談社 2005（講談社文庫）p117

ぼくとわらう―この自伝はダウン症児の物語
　ではない。僕個人の物語だ（木本雅彦）
　◇「NOVA―書き下ろし日本SFコレクション 10」
　　河出書房新社 2013（河出文庫）p373

半島作家新人集 福男伊（ボクナミ）（兪鎮午）
　◇「近代朝鮮文学日本語作品集1939～1945 創作篇 3」
　　緑蔭書房 2001 p367

僕にはあなたがあればいい。梢、梢≫木村梢
　（木村功）
　◇「日本人の手紙 6」リブリオ出版 2004 p12

ぼくの味（山田詠美）
　◇「Love stories」水曜社 2004 p3

ぼくの足の人差し指（佐川里江）
　◇「お母さんのなみだ」泰文堂 2016（リンダパブ
　　リッシャーズの本）p70

僕の遺構と彼女のご意向（木立嶺）
　◇「物語のルミナリエ」光文社 2011（光文社文庫）
　　p137

僕の妹（室津圭）
　◇「てのひら怪談―ビーケーワン怪談大賞傑作選 2」
　　ポプラ社 2007 p178
　◇「てのひら怪談―ビーケーワン怪談大賞傑作選 己
　　丑」ポプラ社 2009（ポプラ文庫）p160

ぼくの大伯母さん（長野まゆみ）
　◇「名探偵登場！」講談社 2014 p263
　◇「名探偵登場！」講談社 2016（講談社文庫）
　　p317

ぼくら

ぼくのおじさん（霞流一）
◇「喜劇綺劇」光文社 2009（光文社文庫）p165

僕のお父さん（竹之内響介）
◇「少年のなみだ」泰文堂 2014（リンダブックス）p61

ぼくのお化け（山下清）
◇「文豪怪談傑作選 特別編」筑摩書房 2008（ちくま文庫）p i

僕の彼女は○○様（パラリラ）
◇「かわいい―第16回フェリシモ文学賞優秀作品集」フェリシモ 2013 p119

ぼくの首くくりのおじさん（伊井直行）
◇「戦後短篇小説再発見 4」講談社 2001（講談社文芸文庫）p237

僕の警句（崔承喜）
◇「近代朝鮮文学日本語作品集1901～1938 評論・随筆篇 3」緑蔭書房 2004 p349

僕の言葉に訳せない（岩崎裕司）
◇「優秀新人戯曲集 2004」ブロンズ新社 2003 p5

僕の詩（山之口貘）
◇「新装版 全集現代文学の発見 13」學藝書林 2004 p207

ぼくの時間、きみの時間（八杉将司）
◇「物語のルミナリエ」光文社 2011（光文社文庫）p131

ぼくの収支簿から（姜裕賛）
◇「ハンセン病文学全集 4」皓星社 2003 p306

ボクの死んだ宇宙（竹本健治）
◇「十月のカーニヴァル」光文社 2000（カッパ・ノベルス）p105

僕の太陽（小川糸）
◇「いつか、君へ Boys」集英社 2012（集英社文庫）p31

ぼくの小さな祖国（胡桃沢耕史）
◇「冒険の森へ―傑作小説大全 9」集英社 2016 p175

僕の地球に手を出すな（鶴身浩記）
◇「ショートショートの広場 18」講談社 2006（講談社文庫）p16?

僕のティンカー・ベル（坂本美智子）
◇「ゆきのまち幻想文学賞小品集 20」企画集団ぷりずむ 2011 p155

ぼくの手のなかでしずかに―第一回創元SF短編賞受賞後第一作（松崎有理）
◇「原色の想像力―創元SF短編賞アンソロジー」東京創元社 2010（創元SF文庫）p411

僕のドラえもん（萩原裕美子）
◇「ショートショートの広場 11」講談社 2000（講談社文庫）p115

ぼくの名は…（矢野徹）
◇「冒険の森へ―傑作小説大全 8」集英社 2015 p12

僕の「日本探偵小説史」（水谷準）
◇「幻の探偵雑誌 8」光文社 2001（光文社文庫）p205

僕の話を聞いてくれませんか？（岩泉良平）

◇「忘れがたい者たち―ライトノベル・ジュブナイル選集」創英社 2007 p167

僕の半分の死（本間祐）
◇「屍者の行進」廣済堂出版 1998（廣済堂文庫）p247

ぼくのピエロ（安土萌）
◇「玩具館」光文社 2001（光文社文庫）p321

ぼくのひめやかな年上の恋人（松本侑子）
◇「結婚貧乏」幻冬舎 2003 p209

僕の舟（伊坂幸太郎）
◇「最後の恋 MEN'S―つまり、自分史上最高の恋。」新潮社 2012（新潮文庫）p7

僕のプライド（伊東哲哉）
◇「超短編傑作選 v.6」創英社 2007 p196

僕の文學（張赫宙）
◇「近代朝鮮文学日本語作品集1901～1938 評論・随筆篇 2」緑蔭書房 2004 p251

僕の帽子のお話（有島武郎）
◇「ものがたりのお菓子箱」飛鳥新社 2008 p29

ぼくの、マシン（神林長平）
◇「ぼくの、マシン―ゼロ年代日本SFベスト集成 S」東京創元社 2010（創元SF文庫）p433

僕の友人（堀内胡悠）
◇「本格推理 12」光文社 1998（光文社文庫）p149

僕の夢（小島達矢）
◇「ベスト本格ミステリ 2013」講談社 2013（講談社ノベルス）p169

ぼくのロシア（トロチェフ, コンスタンチン）
◇「ハンセン病文学全集 7」皓星社 2004 p34

僕のロシア―十月革命（トロチェフ, コンスタンチン）
◇「ハンセン病文学全集 7」皓星社 2004 p41

北部巡覧ノ記上（久米邦武）
◇「新日本古典文学大系 明治編 5」岩波書店 2009 p165

北部巡覧ノ記中（久米邦武）
◇「新日本古典文学大系 明治編 5」岩波書店 2009 p182

北部巡覧ノ記下（久米邦武）
◇「新日本古典文学大系 明治編 5」岩波書店 2009 p194

北壁（石原慎太郎）
◇「時よとまれ、君は美しい―スポーツ小説名作集」角川書店 2007（角川文庫）p311

僕・ミステーク（笹原実穂子）
◇「全作家短編小説集 12」全作家協会 2013 p178

僕も友人に恥じないような仕事をしたい＞桑原武夫（三好達治）
◇「日本人の手紙 2」リブリオ出版 2004 p216

ボク―ライ園標本室（谺雄二）
◇「ハンセン病文学全集 7」皓星社 2004 p274

僕らが勇者になる。（@churchdevil）
◇「3.11心に残る140字の物語」学研パブリッシング 2011 p117

作品名から引ける日本文学全集案内 第III期　723

ほくら

ぼくらその人柱か─隔りにむかうぼくら（小泉
雅二）
◇「ハンセン病文学全集 7」皓星社 2004 p95

ぼくら・ともだち・三銃士（須藤翔平）
◇「山形市児童劇団脚本集 3」山形市 2005 p284

ぼくらの英雄（梶野千万騎）
◇「『少年倶楽部』熱血・痛快・時代短篇選」講談社
2015 （講談社文芸文庫）p379

ぼくらの時代（栗本薫）
◇「江戸川乱歩賞全集 12」講談社 2001 （講談社文
庫）p9

ぼくらの自由（贄子貴之）
◇「「伊豆文学賞」優秀作品集 第10回」静岡新聞社
2007 p3

僕らの玉手箱─誰も知らない淡水竜宮城伝説
（はせひろいち）
◇「『やるキッズあいち劇場』脚本集 平成21年度」
愛知県環境調査センター 2010 p5

ぼくらの誓（長崎浩）
◇「日本統治期台湾文学集成 23」緑蔭書房 2007
p423

ぼくらのドラム・プリン・プロジェクト（大泉
貴）
◇「5分で読める！ ひと駅ストーリー 食の話」宝島
社 2015 （宝島社文庫）p279

ぼくらのハーモニー（芦澤明美）
◇「小学校・全員参加の楽しい学級劇・学年劇脚本
集 低学年」黎明書房 2007 p94

ぼくらは うたう（金太中）
◇「〈在日〉文学全集 18」勉誠出版 2006 p104

ぼくらは一人ぼくらは二人（鄭仁）
◇「〈在日〉文学全集 17」勉誠出版 2006 p156

僕らは夜空を眺めていた（Beat of blues）
◇「人は死んだら電柱になる─電柱アンソロジー」
遠すぎる未来団 2014 p19

ほくろ供養（井口朝生）
◇「江戸夢あかり」学習研究社 2003 （学研M文庫）
p205
◇「江戸夢あかり」学研パブリッシング 2013 （学研
M文庫）p205

ほくろ毛（吉田知子）
◇「変愛小説集 日本作家編」講談社 2014 p105

僕は（三好達治）
◇「新装版 全集現代文学の発見 13」學藝書林 2004
p106

僕はあした十八になる（鄭義信）
◇「テレビドラマ代表作選集 2002年版」日本脚本家
連盟 2002 p7

僕はエリコじゃない（胡堂くるみ）
◇「ショートショートの広場 13」講談社 2002 （講
談社文庫）p226

ぼくは音が見たい（石渡アキラ）
◇「中学校創作脚本集 2」晩成書房 2001 p163

僕は君をなんといったって愛しているんだ≫
神西清（堀辰雄）

◇「日本人の手紙 2」リブリオ出版 2004 p19

僕は知っている（上村佑）
◇「5分で読める！ ひと駅ストーリー 降車編」宝島
社 2012 （宝島社文庫）p89

僕は新鮮をもとめて行くよ。どこまでも≫稲
生稔彦（新美南吉）
◇「日本人の手紙 2」リブリオ出版 2004 p12

僕は常に母さんの一人息子です≫般若あさ（埴
谷雄高）
◇「日本人の手紙 1」リブリオ出版 2004 p192

僕は泣いちっち（磯村一路）
◇「歌謡曲だよ、人生は─映画監督短編集」メディ
アファクトリー 2007 p234

僕はまるでちがって（黒田三郎）
◇「新装版 全集現代文学の発見 15」學藝書林 2005
p470

僕はみゆきを探している（飯田和仁）
◇「超短編の世界」創英社 2008 p114

僕はもう憑かれたよ 最終話（七尾与史）
◇「『このミステリーがすごい！』大賞作家書き下ろ
しBOOK vol.8」宝島社 2015 p95

僕はもう憑かれたよ 第一話（七尾与史）
◇「『このミステリーがすごい！』大賞作家書き下ろ
しBOOK vol.4」宝島社 2014 p55

僕はもう憑かれたよ 第二話（七尾与史）
◇「『このミステリーがすごい！』大賞作家書き下ろ
しBOOK vol.5」宝島社 2014 p51

僕はもう憑かれたよ 第三話（七尾与史）
◇「『このミステリーがすごい！』大賞作家書き下ろ
しBOOK vol.6」宝島社 2014 p117

僕はもう憑かれたよ 第四話（七尾与史）
◇「『このミステリーがすごい！』大賞作家書き下ろ
しBOOK vol.7」宝島社 2014 p103

僕ハモーダメニナッテシマッタ≫高浜虚子（夏
目漱石）
◇「日本人の手紙 2」リブリオ出版 2004 p84

僕ハモーダメニナッテシマッタ≫夏目漱石（正
岡子規）
◇「日本人の手紙 2」リブリオ出版 2004 p84

僕はモモイロインコ（北川歩実）
◇「ザ・ベストミステリーズ─推理小説年鑑 2002」
講談社 2002 p515
◇「トリック・ミュージアム」講談社 2005 （講談社
文庫）p493

ぼくんち（廣井直子）
◇「高校演劇Selection 2002 上」晩成書房 2002
p115

捕鯨異聞（猪口和則）
◇「ショートショートの花束 5」講談社 2013 （講
談社文庫）p204

墓穴（城昌幸）
◇「幻の探偵雑誌 2」光文社 2000 （光文社文庫）
p67

墓碣市民（日影丈吉）
◇「新編・日本幻想文学集成 1」国書刊行会 2016

ほしか

p596

ポケットの中の月（稲垣足穂）
◇「ちくま日本文学 16」筑摩書房 2008（ちくま文庫）p25

ポケットの秘密（佐井識）
◇「ひらく―第15回フェリシモ文学賞」フェリシモ 2012 p108

木瓜―二幕（山口正明）
◇「日本統治期台湾文学集成 11」緑蔭書房 2003 p319

保険会社がゴッホの絵を買う理由―こちら警視庁美術犯罪捜査班（門井慶喜）
◇「宝石ザミステリー 2」光文社 2012 p327

保健室の午後（赤川次郎）
◇「ねこ！ ネコ！ 猫！―nekoミステリー傑作選」徳間書店 2008（徳間文庫）p5

保険調査員 赤い血の流れの果て（伊野上裕伸）
◇「甘美なる復讐」文藝春秋 1998（文春文庫）p231

反古庵と女たち（杉本苑子）
◇「江戸の爆笑力―時代小説傑作選」集英社 2004（集英社文庫）p195

歩行（尾崎翠）
◇「ちくま日本文学 4」筑摩書房 2007（ちくま文庫）p60

母国訪問記（川野順）
◇「ハンセン病文学全集 4」皓星社 2003 p313

保護鳥（小松左京）
◇「70年代日本SFベスト集成 1」筑摩書房 2014（ちくま文庫）p81

ボコバキ（池田和尋）
◇「てのひら怪談―ビーケーワン怪談大賞傑作選」ポプラ社 2007 p216
◇「てのひら怪談―ビーケーワン怪談大賞傑作選」ポプラ社 2008（ポプラ文庫）p228

洞は語らず（黒岩重吾）
◇「偽りの愛」リブリオ出版 2001（ラブミーワールド）p150
◇「恋愛小説・名作集成 1」リブリオ出版 2004 p150

埃（芥川龍之介）
◇「文豪怪談傑作選 芥川龍之介集」筑摩書房 2010（ちくま文庫）p320

誇りに関して（山崎ナオコーラ）
◇「人はお金をつかわずにはいられない」日本経済新聞出版社 2011 p119

誇れる行列（金龍濟）
◇「近代朝鮮文学日本語作品集1908〜1945 セレクション 4」緑蔭書房 2008 p262

ほころび（夏樹静子）
◇「事件の痕跡」光文社 2007（Kappa novels）p297
◇「事件の痕跡」光文社 2012（光文社文庫）p399

暮坂峠への疾走（笹沢左保）
◇「江戸の漫遊力―時代小説傑作選」集英社 2008（集英社文庫）p101

菩薩修繕出入一件（岩井三四二）
◇「代表作時代小説 平成23年度」光文社 2011 p9

菩薩のような女（小池真理子）
◇「危険な関係―女流ミステリー傑作選」角川春樹事務所 2002（ハルキ文庫）p301

ボサノバ（井上荒野）
◇「甘い記憶」新潮社 2008 p7
◇「甘い記憶」新潮社 2011（新潮文庫）p9

星（佐藤春夫）
◇「六人の作家小説選」東銀座出版社 1997（銀選書）p20

星（朱耀翰）
◇「近代朝鮮文学日本語作品集1908〜1945 セレクション 4」緑蔭書房 2008 p60

星（中里恒子）
◇「精選女性随筆集 10」文藝春秋 2012 p24

星あかり（泉鏡花）
◇「分身」国書刊行会 1999（書物の王国）p166

星占い（広瀬松吉）
◇「ショートショートの広場 14」講談社 2003（講談社文庫）p225

星を売る店（稲垣足穂）
◇「ちくま日本文学 16」筑摩書房 2008（ちくま文庫）p114

星を追う人（滝ながれ）
◇「幻想水滸伝短編集 4」メディアワークス 2002（電撃文庫）p67

星を食べた話（稲垣足穂）
◇「ちくま日本文学 16」筑摩書房 2008（ちくま文庫）p28

星を食べる（藤島七海）
◇「ショートショートの花束 6」講談社 2014（講談社文庫）p55

星を逃げる（宮田真司）
◇「物語のルミナリエ」光文社 2011（光文社文庫）p249

星をひろいに（高橋あい）
◇「日本海文学大賞―大賞作品集 2」日本海文学大賞運営委員会 2007 p233

星をひろった話（稲垣足穂）
◇「ちくま日本文学 16」筑摩書房 2008（ちくま文庫）p10

干柿（国満静志）
◇「ハンセン病文学全集 7」皓星社 2004 p398

ほしかげ（藤本とし）
◇「ハンセン病文学全集 4」皓星社 2003 p697

星影さやかな（窪美澄）
◇「短篇ベストコレクション―現代の小説 2012」徳間書店 2012（徳間文庫）p247

星影のステラ（林真理子）
◇「干刈あがた・高樹のぶ子・林真理子・高村薫」角川書店 1997（女性作家シリーズ）p229

母子かづら（永井路子）
◇「江戸の秘恋―時代小説傑作選」徳間書店 2004（徳間文庫）p355

ほしか

星風よ、淀みに吹け（小川一水）
- ◇「本格ミステリー二〇一〇年本格短編ベスト・セレクション '10」講談社 2010（講談社ノベルス）p291
- ◇「ザ・ベストミステリーズ―推理小説年鑑 2010」講談社 2010 p129
- ◇「Logic真相への回廊」講談社 2013（講談社文庫）p279

星が流れる（きき）
- ◇「超短編の世界 vol.3」創英社 2011 p188

星上山の地蔵（三瓶登）
- ◇「松江怪談―新作怪談 松江物語」今井印刷 2015 p94

星球（中澤日菜子）
- ◇「短篇ベストコレクション―現代の小説 2015」徳間書店 2015（徳間文庫）p307

干し首（竹河聖）
- ◇「トロピカル」廣済堂出版 1999（廣済堂文庫）p487

星殺し（谷甲州）
- ◇「日本SF・名作集成 4」リブリオ出版 2005 p7
- ◇「日本SF短篇50 3」早川書房 2013（ハヤカワ文庫JA）p395

星侍（二宮陸雄）
- ◇「異色歴史短篇傑作大全」講談社 2003 p243

星浄土（杉浦強）
- ◇「ハンセン病文学全集 9」皓星社 2010 p243

星月夜（小手鞠るい）
- ◇「恋のかたち、愛のいろ」徳間書店 2008 p25
- ◇「恋のかたち、愛のいろ」徳間書店 2010（徳間文庫）p27

星月夜（小沢章友）
- ◇「ひとにぎりの異形」光文社 2007（光文社文庫）p515

母子像（筒井康隆）
- ◇「怪談―24の恐怖」講談社 2004 p269
- ◇「謎―スペシャル・ブレンド・ミステリー 001」講談社 2006（講談社文庫）p77
- ◇「異形の白昼―恐怖小説集」筑摩書房 2013（ちくま文庫）p147

母子像（久生十蘭）
- ◇「戦後短篇小説再発見 4」講談社 2001（講談社文芸文庫）p257
- ◇「新装版 全集現代文学の発見 16」學藝書林 2005 p358
- ◇「新編・日本幻想文学集成 3」国書刊行会 2016 p197

星空へ行く密室（村瀬継弥）
- ◇「ミステリ★オールスターズ」角川書店 2010 p127
- ◇「ミステリ・オールスターズ」角川書店 2012（角川文庫）p147

星空に見たイリュージョン（深澤直樹）
- ◇「中学生のドラマ 5」晩成書房 2004 p65

星大工（林忠由）
- ◇「現代の小説 1999」徳間書店 1999 p205

母子鎮魂（八木義徳）
- ◇「戦後占領期短篇小説コレクション 1」藤原書店 2007 p237

星でパンをこしらえた話（稲垣足穂）
- ◇「ちくま日本文学 16」筑摩書房 2008（ちくま文庫）p34

星天井の下で（辻堂ゆめ）
- ◇「5分で読める！ ひと駅ストーリー 旅の話」宝島社 2015（宝島社文庫）p97

星と飴玉（サクラヒロ）
- ◇「太宰治賞 2016」筑摩書房 2016 p81

星と詩人（沢田徳一）
- ◇「ハンセン病文学全集 7」皓星社 2004 p143

星と少女とフルートと（河内尚和）
- ◇「中学校劇作シリーズ 10」青雲書房 2006 p135

星と葬礼（吉村昭）
- ◇「少年の眼―大人になる前の物語」光文社 1997（光文社文庫）p291

星と無頼漢（稲垣足穂）
- ◇「ちくま日本文学 16」筑摩書房 2008（ちくま文庫）p59

「星共の戯れによろこびを汲みたい」（李石薫）
- ◇「近代朝鮮文学日本語作品集1908〜1945 セレクション 4」緑蔭書房 2008 p204

星と煉乳（石田千）
- ◇「12星座小説集」講談社 2013（講談社文庫）p51

星におそわれた話（稲垣足穂）
- ◇「ちくま日本文学 16」筑摩書房 2008（ちくま文庫）p35

星に願いを（浅沼晋太郎）
- ◇「キミの笑顔」TOKYO FM出版 2006 p29

星に願いを（志野英乃）
- ◇「中学校劇作シリーズ 10」青雲書房 2006 p31

星に願いを（本間祐）
- ◇「帰還」光文社 2000（光文社文庫）p491

星に願いを（宮部みゆき）
- ◇「ヴィジョンズ」講談社 2016 p5

星に願いをピノキオ二〇七六（藤崎慎吾）
- ◇「日本SF短篇50 4」早川書房 2013（ハヤカワ文庫JA）p395

星の上の殺人（斎藤栄）
- ◇「自選ショート・ミステリー 2」講談社 2001（講談社文庫）p30

星の海にむけての夜想曲（佐藤友哉）
- ◇「星海社カレンダー小説 2012上」星海社 2012（星海社FICTIONS）p163
- ◇「カレンダー・ラブ・ストーリー―読むと恋したくなる」星海社 2014（星海社文庫）p61

星の数ほど（江坂遊）
- ◇「綾辻・有栖川復刊セレクション 仕掛け花火」講談社 2007（講談社ノベルス）p151

星の粉（藤田勇次郎）
- ◇「ゆきのまち幻想文学賞・小品集 15」企画集団ぷりずむ 2006 p60

星の砕片（中井英夫）

ほせい

◇「新編・日本幻想文学集成 1」国書刊行会 2016 p521

星の巣（ビートたけし）
◇「少年の眼─大人になる前の物語」光文社 1997 （光文社文庫）p55

星のたより（田口静香）
◇「ゆくりなくも」鶴書院 2009 （シニア文学秀作選）p73

星の戯れ（多田智満子）
◇「日本文学全集 29」河出書房新社 2016 p63

星の塔（高橋克彦）
◇「塔の物語」角川書店 2000 （角川ホラー文庫）p27
◇「みちのく怪談名作選 vol.1」荒蝦夷 2010 （叢書東北の声）p93

星の流れに（色川武大）
◇「街娼─パンパン＆オンリー」皓星社 2015 （紙礫）p125

ほしのねがい（吉田篤司）
◇「『やるキッズあいち劇場』脚本集 平成20年度」愛知県環境調査センター 2009 p31

星の降る夜（宇江佐真理）
◇「撫子が斬る─女性作家捕物帳アンソロジー」光文社 2005 （光文社文庫）p9

星の村（渡辺えり子）
◇「山形県文学全集第2期〔随筆・紀行編〕6」郷土出版 2005 p175

星？ 花火？（稲垣足穂）
◇「ちくま日本文学 16」筑摩書房 2008 （ちくま文庫）p30

星降る草原─連載第1回（久美沙織）
◇「グイン・サーガ・ワールド─グイン・サーガ続篇プロジェクト 1」早川書房 2011 （ハヤカワ文庫 JA）p47

星降る草原─連載第2回（久美沙織）
◇「グイン・サーガ・ワールド─グイン・サーガ続篇プロジェクト 2」早川書房 2011 （ハヤカワ文庫 JA）p47

星降る草原─連載第3回（久美沙織）
◇「グイン・サーガ・ワールド─グイン・サーガ続篇プロジェクト 3」早川書房 2011 （ハヤカワ文庫 JA）p63

星降る草原─最終回（久美沙織）
◇「グイン・サーガ・ワールド─グイン・サーガ続篇プロジェクト 4」早川書房 2012 （ハヤカワ文庫 JA）p43

星めぐりの歌（宮沢賢治）
◇「ちくま日本文学 3」筑摩書房 2007 （ちくま文庫）p454
◇「日本文学全集 16」河出書房新社 2016 p40

母子雪（京兆晶）
◇「ときのまち幻想文学賞・小品集 15」企画集団ぷりずむ 2006 p160

保守政策の結果（山路愛山）
◇「新日本古典文学大系 明治編 26」岩波書店 2002 p433

保守的反動＝政府の政策（山路愛山）

◇「新日本古典文学大系 明治編 26」岩波書店 2002 p428

保守的反動（一）（山路愛山）
◇「新日本古典文学大系 明治編 26」岩波書店 2002 p472

保守的反動（二）（山路愛山）
◇「新日本古典文学大系 明治編 26」岩波書店 2002 p475

慕情（宇江佐真理）
◇「代表作時代小説 平成13年度」光風社出版 2001 p381

慕情（中村晃）
◇「怪奇・伝奇時代小説選集 12」春陽堂書店 2000 （春陽文庫）p261

母情（李珠榮）
◇「近代朝鮮文学日本語作品集1908〜1945 セレクション 6」緑蔭書房 2008 p37

歩哨の眼について（大岡昇平）
◇「ことばの織物─昭和短篇珠玉選 2」蒼丘書林 1998 p166
◇「私小説名作選 下」講談社 2012 （講談社文芸文庫）p21
◇「永遠の夏─戦争小説集」実業之日本社 2015 （実業之日本社文庫）p83

ポジョとユウちゃんとなぎさドライブウェイ（中島京子）
◇「旅を数えて」光文社 2007 p101

干し若（梶尾真治）
◇「屍鬼の血族」桜桃書房 1999 p191
◇「血と薔薇の誘う夜に─吸血鬼ホラー傑作選」角川書店 2005 （角川ホラー文庫）p91

星は北に拱く夜の記（稲垣足穂）
◇「美少年」国書刊行会 1997 （書物の王国）p11

戊辰五月に得る所の雑詩（成島柳北）
◇「新日本古典文学大系 明治編 2」岩波書店 2004 p235

ボス・イズ・バック（笹本稜平）
◇「宝石ザミステリー」光文社 2011 p155

ポスト（耳目）
◇「ショートショートの広場 12」講談社 2001 （講談社文庫）p177

ポストの神さま（田丸久深）
◇「5分で読める！ ひと駅ストーリー 旅の話」宝島社 2015 （宝島社文庫）p77

波土敦（ボストン）府ノ記（久米邦武）
◇「新日本古典文学大系 明治編 5」岩波書店 2009 p243

ポスト9・11（宮内勝典）
◇「コレクション戦争と文学 4」集英社 2011 p136

ボスの忘れ物（浅田次郎）
◇「二十四粒の宝石─超短編小説傑作集」講談社 1998 （講談社文庫）p121

補正（田中悦朗）
◇「ショートショートの花束 2」講談社 2010 （講談社文庫）p67

母性愛（大庭みな子）

作品名から引ける日本文学全集案内 第III期 727

ほせい

◇「精選女性随筆集 6」文藝春秋 2012 p146

「捕星船業者の消失」事件（加納一朗）
　◇「シャーロック・ホームズの災難—日本版」論創
　　社 2007 p249

ポセイドンの罰（中山七里）
　◇「このミステリーがすごい！ 三つの迷宮」宝島社
　　2015（宝島社文庫）p97

墓石の呼ぶ声（翔田寛）
　◇「デッド・オア・アライヴ—江戸川乱歩賞作家ア
　　ンソロジー」講談社 2013 p253
　◇「ザ・ベストミステリーズ—推理小説年鑑 2014」
　　講談社 2014 p57
　◇「デッド・オア・アライヴ」講談社 2014（講談社
　　文庫）p279

ホセさんの尋ね人（池澤夏樹）
　◇「コレクション戦争と文学 18」集英社 2012 p607

細井氏手紙（正岡子規）
　◇「新日本古典文学大系 明治編 27」岩波書店 2003
　　p274

細川家浪士係堀内伝右衛門（榊原潤）
　◇「忠臣蔵コレクション 4」河出書房新社 1998
　　（河出文庫）p209

細長い月（佐野洋）
　◇「いつか心の奥へ—小説推理傑作選」双葉社 1997
　　p157

細谷風翁（石川淳）
　◇「山形県文学全集第2期（随筆・紀行編）3」郷土出版
　　社 2005 p225

菩提町日記（佐藤弓生）
　◇「稲生モノノケ大全 陽之巻」毎日新聞社 2005
　　p353

ボタ拾い（抄）（上野英信）
　◇「戦後文学エッセイ選 12」影書房 2006 p110

ほたる（全孝根）
　◇「近代朝鮮文学日本語作品集1908〜1945 セレクショ
　　ン 6」緑蔭書房 2008 p64

ホタル（松永佳子）
　◇「むすぶ—第11回フェリシモ文学賞作品集」フェ
　　リシモ 2008 p94

蛍（織田作之助）
　◇「ちくま日本文学 35」筑摩書房 2009（ちくま文
　　庫）p161
　◇「龍馬参上」新潮社 2010（新潮文庫）p105

蛍（紫藤ケイ）
　◇「5分で読める！ ひと駅ストーリー 夏の記憶西口
　　編」宝島社 2013（宝島社文庫）p101

蛍（日和聡子）
　◇「ナイン・ストーリーズ・オブ・ゲンジ」新潮社
　　2008 p195
　◇「源氏物語九つの変奏」新潮社 2011（新潮文庫）
　　p217

螢（織田作之助）
　◇「京都府文学全集第1期（小説編）2」郷土出版社
　　2005 p340

ほたるいかに触る（蜂飼耳）
　◇「とっておき名短篇」筑摩書房 2011（ちくま文
　　庫）p15

ほたる合戦—浄瑠璃坂の仇討ち（高橋義夫）
　◇「時代小説傑作選 4」新人物往来社 2008 p105

螢硝子（速瀬れい）
　◇「物語のルミナリエ」光文社 2011（光文社文庫）
　　p282

蛍狩り（島比呂志）
　◇「ハンセン病文学全集 4」皓星社 2003 p747

螢草（抄）（久米正雄）
　◇「山形県文学全集第1期（小説編）1」郷土出版社
　　2004 p24

蛍こい—まぼろしの渓奇譚（樋口明雄）
　◇「妖かしの宴—わらべ唄の呪い」PHP研究所
　　1999（PHP文庫）p139

螢とぶ肌（和田芳惠）
　◇「山形県文学全集第1期（小説編）3」郷土出版社
　　2004 p310

蛍と呼ぶな（岩井三四二）
　◇「代表作時代小説 平成19年度」光文社 2007 p121
　◇「秋びより—時代小説アンソロジー」
　　KADOKAWA 2014（角川文庫）p143

蛍の腕輪（稗苗仁之）
　◇「新・本格推理 06」光文社 2006（光文社文庫）
　　p519

ほたるの庭（杉本苑子）
　◇「剣光闇を裂く」光風社出版 1997（光風社文庫）
　　p217
　◇「犬道楽江戸草紙—時代小説傑作選」徳間書店
　　2005（徳間文庫）p151

火垂るの墓（井上由美子）
　◇「テレビドラマ代表作選集 2006年版」日本脚本家
　　連盟 2006 p139

火垂るの墓（野坂昭如）
　◇「文学で考える〈日本〉とは何か」双文社出版
　　2007 p72
　◇「コレクション戦争と文学 15」集英社 2012 p604
　◇「読み聞かせる戦争」光文社 2015 p193
　◇「文学で考える〈日本〉とは何か」翰林書房 2016
　　p72

蛍の光（上原小夜）
　◇「LOVE & TRIP by LESPORTSAC」宝島社
　　2013（宝島社文庫）p7

蛍の光り（小路幸也）
　◇「東京ホタル」ポプラ社 2013 p33
　◇「東京ホタル」ポプラ社 2015（ポプラ文庫）p33

螢の光（角ひろみ）
　◇「「近松賞」第4回 受賞作品」尼崎市 2008 p1

螢の柩（羽太雄平）
　◇「風の孤影」桃園書房 2001（桃園文庫）p97

螢の骸（岩井護）
　◇「ひらめく秘太刀」光風社出版 1998（光風社文
　　庫）p131

蛍の行方—お鳥見女房（諸田玲子）
　◇「代表作時代小説 平成14年度」光風社出版 2002
　　p175

ほつち

螢火の初夜(伊藤桂一)
　◇「代表作時代小説 平成12年度」光風社出版 2000
　　p261

螢ぶくろ(伊集院静)
　◇「短編復活」集英社 2002 (集英社文庫) p105

螢よ死ぬな(童門冬二)
　◇「志士―吉田松陰アンソロジー」新潮社 2014 (新
　　潮文庫) p101

ほたん(川上弘美)
　◇「恋物語」朝日新聞社 1998 p104

ボタン(倉本園子)
　◇「「伊豆文学賞」優秀作品集 第7回」羽衣出版
　　2004 p3

牡丹崩れず〔第129回分〕(竹田敏彦)
　◇「近代朝鮮文学日本語作品集1908〜1945 セレクショ
　　ン 6」緑蔭書房 2008 p308

〔牡丹崩れず〕 お断り(京城日報)(作者表記な
し)
　◇「近代朝鮮文学日本語作品集1908〜1945 セレクショ
　　ン 6」緑蔭書房 2008 p307

牡丹咲くころ(葉室麟)
　◇「代表作時代小説 平成24年度」光文社 2012 p285

牡丹燈記(岡本綺堂)
　◇「怪奇・伝奇時代小説選集 9」春陽堂書店 2000
　　(春陽文庫) p246

牡丹燈籠(長田秀雄)
　◇「怪奇・伝奇時代小説選集 9」春陽堂書店 2000
　　(春陽文庫) p127

牡丹灯籠―牡丹灯記(田中貢太郎)
　◇「怪奇・伝奇時代小説選集 14」春陽堂書店 2000
　　(春陽文庫) p65

牡丹の雨(土師清二)
　◇「たそがれ江戸暮色」光文社 2014 (光文社文庫)
　　p175

牡丹のある家(佐多稲子)
　◇「新装版 全集現代文学の発見 3」學藝書林 2003
　　p289

牡丹の花(古川時夫)
　◇「ハンセン病文学全集 7」皓星社 2004 p361

牡丹花の白く咲きたる朝(藤水名子)
　◇「二十四粒の宝石―超短編小説傑作集」講談社
　　1998 (講談社文庫) p191

ぼたん雪(藤田優)
　◇「ゆきのまち幻想文学賞小品集 18」企画集団ぷり
　　ずむ 2009 p175

牡丹雪(坂本美智子)
　◇「ゆきのまち幻想文学賞・小品集 12」企画集団ぷ
　　りずむ 2003 p40

ぼたん雪 落ちる(冬川文子)
　◇「ゆきのまち幻想文学賞・小品集 9」企画集団ぷ
　　りずむ 2000 p137

墓地(小滝光郎)
　◇「怪奇探偵小説集 3」角川春樹事務所 1998 (ハ
　　ルキ文庫) p281

ポチの告白(高橋玄)

　◇「年鑑代表シナリオ集 '09」シナリオ作家協会
　　2010 p37

墓地の春(中里恒子)
　◇「日本近代短篇小説選 昭和篇2」岩波書店 2012
　　(岩波文庫) p5

墓地見晴亭(森真沙子)
　◇「凶鳥の黒影―中井英夫へ捧げるオマージュ」河
　　出書房新社 2004 p193

墓地物語〜夏の終わりに〜(新海貴子)
　◇「中学生のドラマ 4」晩成書房 2003 p7

ぽちゃぽちゃバンビ(大間九郎)
　◇「5分で読める! ひと駅ストーリー 夏の記憶東口
　　編」宝島社 2013 (宝島社文庫) p151

牧歌(吉岡実)
　◇「新装版 全集現代文学の発見 9」學藝書林 2004
　　p513

北海道千歳の女(平林たい子)
　◇「街娼―パンパン&オンリー」皓星社 2015 (紙
　　礫) p55

北海道にいったときのこと(田中小実昌)
　◇「文学 1998」講談社 1998 p213

発句(芥川龍之介)
　◇「ちくま日本文学 2」筑摩書房 2007 (ちくま文
　　庫) p439

(発句)(西谷富水)
　◇「新日本古典文学大系 明治編 4」岩波書店 2003
　　p245

ボックス・ポックス(藤澤さなえ)
　◇「へっぽこ冒険者とイオドの宝―ソード・ワール
　　ド短編集」富士見書房 2005 (富士見ファンタ
　　ジア文庫) p157

ボッコちゃん(星新一)
　◇「ロボット・オペラ―An Anthology of Robot
　　Fiction and Robot Culture」光文社 2004
　　p277
　◇「ものがたりのお菓子箱」飛鳥新社 2008 p137

発作―ある青春の記録(石上玄一郎)
　◇「新装版 全集現代文学の発見 10」學藝書林 2004
　　p310

発心のアリバイ(海堂尊)
　◇「『このミステリーがすごい!』大賞作家書き下ろ
　　しBOOK vol.8」宝島社 2015 p5

ポツダム科長(呉濁流)
　◇「日本統治期台湾文学集成 30」緑蔭書房 2007
　　p413

ポッタリジャンサ(宗秋月)
　◇「〈在日〉文学全集 18」勉誠出版 2006 p20

発端(高畠藍泉)
　◇「新日本古典文学大系 明治編 1」岩波書店 2004
　　p363

発端(柳田國男)
　◇「文豪怪談傑作選 柳田國男集」筑摩書房 2007
　　(ちくま文庫) p513

坊っちゃん(夏目漱石)
　◇「作品で読む20世紀の日本文学」白地社 (発売)
　　2008 p7

ほつと

◇「ちくま日本文学 29」筑摩書房 2008（ちくま文庫）p9

ホット・チョコレート（曽我部マコト）
◇「高校演劇Selection 2001 上」晩成書房 2001 p7

ホットひといき（曠野すぐり）
◇「冷と温―第13回フェリシモ文学賞作品集」フェリシモ 2010 p148

ホットミルク（上原小夜）
◇「5分で読める！ ひと駅ストーリー 猫の物語」宝島社 2014（宝島社文庫）p309

ボットル落とし屋の六さん（前田健太郎）
◇「「伊豆文学賞」優秀作品集 第4回」静岡新聞社 2001 p81

ポップコーンの心霊術―横尾忠則論（三島由紀夫）
◇「文豪怪談傑作選」筑摩書房 2007（ちくま文庫）p274

ホップ・ステップ・マザー（立見千香）
◇「さよなら、大好きな人―スウィート＆ビターな7ストーリー」泰文堂 2011（Linda books！）p156

北方交通（茅野裕城子）
◇「文学 2009」講談社 2009 p183

北方旅章（神保光太郎）
◇「「日本浪曼派」集」新学社 2007（新学社近代浪漫派文庫）p56

布袋戯（南條竹則）
◇「アジアン怪綺」光文社 2003（光文社文庫）p110

ボディ・ダブル（久遠恵）
◇「小説推理新人賞受賞作アンソロジー 1」双葉社 2000（双葉文庫）p231

布袋湯の番台（黒崎裕一郎）
◇「斬刃―時代小説傑作選」コスミック出版 2005（コスミック・時代文庫）p175

ポテトとキャベツ（田中孝博）
◇「最後の一日 6月30日―さよならが胸に染みる10の物語」泰文堂 2013（リンダブックス）p230

ホテル（金起林）
◇「近代朝鮮文学日本語作品集1939〜1945 創作篇 6」緑蔭書房 2001 p16

ホテルの話（三輪チサ）
◇「女たちの怪談百物語」メディアファクトリー 2010（幽books）p288
◇「女たちの怪談百物語」KADOKAWA 2014（角川ホラー文庫）p295

≪ホテル・ミカド≫の殺人（芦辺拓）
◇「新世紀「謎」倶楽部」角川書店 1998 p79

ホテル・ダンディライオン（安西水丸）
◇「ただならぬ午睡―恋愛小説アンソロジー」光文社 2004（光文社文庫）p43

ボート（三日月拓）
◇「文芸あねもね」新潮社 2012（新潮文庫）p377

舗道（宮本百合子）
◇「アンソロジー・プロレタリア文学 2」森話社 2014 p155

歩道橋の男（原寮）
◇「謎―スペシャル・ブレンド・ミステリー 002」講談社 2007（講談社文庫）p273

ボートを漕ぐ不思議なおばさん（辻征夫）
◇「超短編アンソロジー」筑摩書房 2002（ちくま文庫）p36

仏御前と蜃気楼（梅原猛）
◇「時代小説作づくし」PHP研究所 1997（PHP文庫）p59

仏の荷（神坂次郎）
◇「武士道切絵図―新鷹会・傑作時代小説選」光文社 2010（光文社文庫）p271

ほどける双子（大岩真理）
◇「優秀新人戯曲集 2001」ブロンズ新社 2000 p81

ポートサイドの小僧を「ウルセエヤイ」とどなった＞小泉千賀（小泉信三）
◇「日本人の手紙 7」リブリオ出版 2004 p82

ポー・トースター（小栗四海）
◇「リトル・リトル・クトゥルー――史上最小の神話小説集」学習研究社 2009 p130

火戸町上空の決戦（小島水青）
◇「怪獣文藝―パートカラー」メディアファクトリー 2013（〔幽BOOKS〕）p223

ほととぎす（堀辰雄）
◇「日本文学全集 17」河出書房新社 2015 p50

不如帰（徳富蘆花）
◇「涙の百年文学―もう一度読みたい」太陽出版 2009 p226

ボトムライン（景山民夫）
◇「冒険の森へ―傑作小説大全 11」集英社 2015 p20

ポートランド発24便（加藤澄）
◇「ゆきのまち幻想文学賞小品集 10」企画集団ぷりずむ 2001 p177

ボトル（三木卓）
◇「戦後短篇小説再発見 12」講談社 2003（講談社文芸文庫）p218

ボトルレター（梁取敏子）
◇「つながり―フェリシモしあわせショートショート」フェリシモ 1999 p121

ポートレート（北森鴻）
◇「推理小説代表作選集―推理小説年鑑 1997」講談社 1997 p369

ぽとんぽとんはなんのおと（神沢利子）
◇「朗読劇台本集 4」玉川大学出版部 2002 p25

許南麒詩集（許南麒）
◇「〈在日〉文学全集 2」勉誠出版 2006 p191

ほにゃららサラダ（舞城王太郎）
◇「文学 2011」講談社 2011 p240

骨（井上荒野）
◇「あの日、君と Boys」集英社 2012（集英社文庫）p75

骨（小松左京）
◇「妖魔ヶ刻―時間怪談傑作選」徳間書店 2000（徳間文庫）p91

骨（里見弴）
◇「戦後短篇小説選—『世界』1946–1999 2」岩波書店 2000 p129
骨（林芙美子）
◇「名短篇、さらにあり」筑摩書房 2008（ちくま文庫）p45
◇「我等、同じ船に乗り」文藝春秋 2009（文春文庫）p77
骨折り和助（村上元三）
◇「鬼火が呼んでいる—時代小説傑作選」講談社 1997（講談社文庫）p416
◇「万事金の世—時代小説傑作選」徳間書店 2006（徳間文庫）p201
◇「世話焼き長屋—人情時代小説傑作選」新潮社 2008（新潮文庫）p221
骨餓身峠死人葛（野坂昭如）
◇「文士の意地—車谷長吉撰短篇小説輯 下巻」作品社 2005 p290
◇「冒険の森へ—傑作小説大全 3」集英社 2016 p70
骨捨て（泊兆潮）
◇「太宰治賞 2010」筑摩書房 2010 p167
骨たちよ（中山秋夫）
◇「ハンセン病文学全集 7」皓星社 2004 p545
骨なし村（佐藤有文）
◇「みちのく怪談名作選 vol.1」荒蝦夷 2010（叢書東北の声）p325
骨猫（江坂遊）
◇「綾辻・有栖川復刊セレクション 仕掛け花火」講談社 2007（講談社ノベルス）p58
骨の色（戸川昌子）
◇「昭和の短篇一人一冊集成 戸川昌子」未知谷 2008 p29
骨の音（結城昌治）
◇「冒険の森へ—傑作小説大全 16」集英社 2015 p27
骨のカチャーシー（芝憲子）
◇「沖縄文学選—日本文学のエッジからの問い」勉誠出版 2003 p280
骨の城（高橋たか子）
◇「戦後短篇小説再発見 16」講談社 2003（講談社文芸文庫）p48
骨の肉（河野多恵子）
◇「愛の交錯」リブリオ出版 2001（ラブミーワールド）p5
◇「恋愛小説・名作集成 9」リブリオ出版 2004 p5
◇「幸せな哀しみの話」文藝春秋 2009（文春文庫）p193
◇「女がそれを食べるとき」幻冬舎 2013（幻冬舎文庫）p167
骨笛（皆川博子）
◇「愛の交錯」リブリオ出版 2001（ラブミーワールド）p173
◇「恋愛小説・名作集成 9」リブリオ出版 2004 p173
骨まで愛した（小杉健治）
◇「ザ・ベストミステリーズ—推理小説年鑑 1998」講談社 1998 p65
◇「殺人者」講談社 2000（講談社文庫）p295
炎（大山誠一郎）
◇「ベスト本格ミステリ 2016」講談社 2016（講談社ノベルス）p277
炎（北原亞以子）
◇「志士—吉田松陰アンソロジー」新潮社 2014（新潮文庫）p175
炎（桜井哲夫）
◇「ハンセン病文学全集 7」皓星社 2004 p457
炎（尹敏哲）
◇「〈在日〉文学全集 18」勉誠出版 2006 p296
炎に追われて（三木卓）
◇「童貞小説集」筑摩書房 2007（ちくま文庫）p11
炎の女（吉井勇）
◇「日本舞踊舞踊劇選集」西川会 2002 p823
焰の女（上田芳江）
◇「コレクション戦争と文学 14」集英社 2012 p106
炎の結晶（霜月信二郎）
◇「甦る「幻影城」 1」角川書店 1997（カドカワ・エンタテインメント）p119
炎の子守唄（宮原昭夫）
◇「コレクション戦争と文学 12」集英社 2013 p625
炎の叫び（岡田智晶）
◇「竹筒に花はなくとも—短篇十人集」日曜舎 1997 p162
炎のジャグラー（安土萌）
◇「世紀末サーカス」廣済堂出版 2000（廣済堂文庫）p587
焰の首級（矢野隆）
◇「決戦！ 本能寺」講談社 2015 p69
焰の中（吉行淳之介）
◇「コレクション戦争と文学 15」集英社 2012 p84
炎の武士（池波正太郎）
◇「決戦川中島—傑作時代小説」PHP研究所 2007（PHP文庫）p161
焰の街に（金龍濟）
◇「近代朝鮮文学日本語作品集1908～1945 セレクション 4」緑蔭書房 2008 p279
ほのかな光（李孝石）
◇「近代朝鮮文学日本語作品集1939～1945 創作篇 2」緑蔭書房 2001 p219
墓碑（金時鐘）
◇「〈在日〉文学全集 5」勉誠出版 2006 p90
墓碑銘（石川啄木）
◇「ちくま日本文学 33」筑摩書房 2009（ちくま文庫）p112
墓碑銘（菊地秀行）
◇「ふるえて眠れない—ホラーミステリー傑作選」光文社 2006（光文社文庫）p191
墓碑銘（倉阪鬼一郎）
◇「時間怪談」廣済堂出版 1999（廣済堂文庫）p95
墓碑銘二〇〇七年（光瀬龍）
◇「日本SF短篇50 1」早川書房 2013（ハヤカワ文庫 JA）p11

ほひよ

墓標（梓見いふ）
　◇「藤本義一文学賞　第1回」（大阪）たる出版 2016
　　p151
墓標（李正子）
　◇「〈在日〉文学全集 17」勉誠出版 2006 p324
墓標（うえやま洋介）
　◇「恐怖箱 遺伝記」竹書房 2008 （竹書房文庫） p62
墓標（横山秀夫）
　◇「現場に臨め」光文社 2010 （Kappa novels）
　　p393
　◇「現場に臨め」光文社 2014 （光文社文庫） p559
墓標を捜す女（折井敏雄）
　◇「日本統治期台湾文学集成 6」緑蔭書房 2002
　　p325
墓標を抱く草花（本田稔）
　◇「ハンセン病文学全集 4」皓星社 2003 p699
ぽぷらと軍神（高橋揆一郎）
　◇「コレクション戦争と文学 14」集英社 2012 p326
ぽーぶる・きくた（田中千禾夫）
　◇「創刊一〇〇年三田文学名作選」三田文学会 2010
　　p544
墓癖（依田学海）
　◇「新日本古典文学大系 明治編 3」岩波書店 2005
　　p118
微笑まなかった男（森春樹）
　◇「ハンセン病文学全集 6」皓星社 2003 p269
微笑（夢野久作）
　◇「文豪てのひら怪談」ポプラ社 2009 （ポプラ文
　　庫） p192
　◇「新編・日本幻想文学集成 4」国書刊行会 2016
　　p43
微笑む青空─三場（中山侑）
　◇「日本統治期台湾文学集成 10」緑蔭書房 2003
　　p147
微笑む女（中村啓）
　◇「もっとすごい！ 10分間ミステリー」宝島社
　　2013 （宝島社文庫） p211
　◇「10分間ミステリー THE BEST」宝島社 2016
　　（宝島社文庫） p409
ほぼ百字小説（北野勇作）
　◇「アステロイド・ツリーの彼方へ」東京創元社
　　2016 （創元SF文庫） p431
ポポロ島変死事件（青山蘭堂）
　◇「新・本格推理 03」光文社 2003 （光文社文庫）
　　p365
誉の代償（高山聖史）
　◇「5分で読める！ ひと駅ストーリー 本の物語」宝
　　島社 2014 （宝島社文庫） p129
ホーム（奥田哲也）
　◇「帰還」光文社 2000 （光文社文庫） p371
ホーム（斎藤真琴）
　◇「創作脚本集─60周年記念」岡山県高等学校演劇
　　協議会 2011 （おかやまの高校演劇） p209
ホーム（高橋幹子）
　◇「失恋前夜─大人のための恋愛短篇集」泰文堂

2013 （レインブックス） p205
ホーム（西脇秀之）
　◇「新鋭劇作集 series 16」日本劇団協議会 2004
　　p71
凡一（ボムイル）洞（許南麒）
　◇「〈在日〉文学全集 2」勉誠出版 2006 p74
ホーム・カミング・ロード（村尾悦子）
　◇「フラジャイル・ファクトリー戯曲集 2」晩成書
　　房 2008 p171
ホームシック（石井薫）
　◇「近代朝鮮文学日本語作品集1901～1938 創作篇 2」
　　緑蔭書房 2004 p333
ホームシックシアター（春口裕子）
　◇「ザ・ベストミステリーズ─推理小説年鑑 2007」
　　講談社 2007 p43
　◇「ULTIMATE MYSTERY─究極のミステリー、
　　ここにあり」講談社 2010 （講談社文庫） p355
ホーム・スイート・ホームグラウンド（佐藤青
南）
　◇「『このミステリーがすごい！』大賞作家書き下ろ
　　しBOOK vol.14」宝島社 2016 p215
ホームズの正直（乾信一郎）
　◇「シャーロック・ホームズの災難─日本版」論創
　　社 2007 p203
ホームズもどき（都筑道夫）
　◇「シャーロック・ホームズに再び愛をこめて」光
　　文社 2010 （光文社文庫） p229
ホームセキュリティ（神山光）
　◇「ショートショートの広場 10」講談社 2000 （講
　　談社文庫） p217
ホームにて（寺崎知之）
　◇「本格推理 12」光文社 1998 （光文社文庫） p279
ホームにて、蕎麦。（重松清）
　◇「そういうものだろ、仕事っていうのは」日本経
　　済新聞出版社 2011 p5
ホーム・パーティ（矢矧零士）
　◇「恐怖館」青樹社 1999 （青樹社文庫） p5
ホーム・パーティー（新津きよみ）
　◇「自選ショート・ミステリー 2」講談社 2001 （講
　　談社文庫） p18
　◇「日本文学100年の名作 9」新潮社 2015 （新潮文
　　庫） p223
ホームラン、泣きながらベース一周したな
あ≫大杉勝男（張本勲）
　◇「日本人の手紙 9」リブリオ出版 2004 p69
ホームレスの神さま（三谷晶子）
　◇「好きなのに」泰文堂 2013 （リンダブックス）
　　p129
ホーム列車（田丸雅智）
　◇「折り紙衛星の伝説」東京創元社 2015 （創元SF
　　文庫） p233
ホムンクルス（晴澤昭比古）
　◇「ショートショートの花束 6」講談社 2014 （講
　　談社文庫） p208
ホメロスを読む男（西脇順三郎）

◇「新装版 全集現代文学の発見 13」學藝書林 2004 p58

ぼやき（大庭みな子）
◇「精選女性随筆集 6」文藝春秋 2012 p134

ほら貝の音（木部博巳）
◇「「伊豆文学賞」優秀作品集 第10回」静岡新聞社 2007 p73

ホラー歌仙 「牛の首」の巻（倉阪鬼一郎, 大多和伴彦）
◇「憑き者—全篇書下ろし傑作ホラーアンソロジー」アスキー 2000（A-novels）p717

鰡と子供ら（石井隆義）
◇「「伊豆文学賞」優秀作品集 第12回」羽衣出版 2009 p89

ほらねんね（藤村）
◇「てのひら怪談—ビーケーワン怪談大賞傑作選 辛卯」ポプラ社 2011（ポプラ文庫）p208

鰡の踊り（高井有一）
◇「文学 2008」講談社 2008 p61

ポラーノの広場（宮沢賢治）
◇「日本文学全集 16」河出書房新社 2016 p190

ほら、またひとつmy足跡が（神崎照子）
◇「ゆきのまち幻想文学賞小品集 10」企画集団ぷりずむ 2001 p105

ヴォラーレ—空を飛ぶ（佐藤賢一）
◇「代表作時代小説 平成12年度」光風社出版 2000 p353

ボランティア（有井聡）
◇「てのひら怪談—ビーケーワン怪談大賞傑作選 辛卯」ポプラ社 2011（ポプラ文庫）p218

ボランティア（盧進容）
◇「〈在日〉文学全集 18」勉誠出版 2006 p213

ボランティアしよう。（@kyounagi）
◇「3.11心に残る140字の物語」学研パブリッシング 2011 p81

ポーランドの墓地（黒木あるじ）
◇「男たちの怪談百物語」メディアファクトリー 2012（〔幽BOOKS〕）p168

帆・ランプ・鷗（丸山薫）
◇「新装版 全集現代文学の発見 13」學藝書林 2004 p110

ホーリーグラウンド（英アタル）
◇「5分で読める！ ひと駅ストーリー 旅の話」宝島社 2015（宝島社文庫）p147

ヴォーリズの石畳（鎌田雪里）
◇「「伊豆文学賞」優秀作品集 第8回」静岡新聞社 2005 p77

ほりだしもの（金子光晴）
◇「ちくま日本文学 38」筑摩書房 2009（ちくま文庫）p401

堀辰雄さんの世界（中里恒子）
◇「精選女性随筆集 10」文藝春秋 2012 p71

堀辰雄のこと（堀田善衞）
◇「戦後文学エッセイ選 11」影書房 2007 p32

堀の向こうから（葦原崇貴）

てのひら怪談 葵巳（KADOKAWA）
◇「てのひら怪談 葵巳」KADOKAWA 2013（MF文庫ダ・ヴィンチ）p58

堀部安兵衛（柴田錬三郎）
◇「定本・忠臣蔵四十七人集」双葉社 1998 p221

堀部安兵衛（百瀬明治）
◇「人物日本剣豪伝 3」学陽書房 2001（人物文庫）p225

堀部安兵衛（吉行淳之介）
◇「日本剣客伝 江戸篇」朝日新聞出版 2012（朝日文庫）p179

堀部安兵衛の妻・ほり（岸宏子）
◇「物語妻たちの忠臣蔵」新人物往来社 1998 p65

堀部弥兵衛（早乙女貢）
◇「定本・忠臣蔵四十七人集」双葉社 1998 p103

彫り目（遊部香）
◇「「伊豆文学賞」優秀作品集 第7回」羽衣出版 2004 p109

彫物師甚三郎首生娘（薄井ゆうじ）
◇「江戸迷宮」光文社 2011（光文社文庫）p233

彫物大名の置き土産（佐藤雅美）
◇「代表作時代小説 平成13年度」光風社出版 2001 p221

堀主水と宗矩（五味康祐）
◇「小説「武士道」」三笠書房 2008（知的生きかた文庫）p115

捕虜と女の子（野坂昭如）
◇「冒険の森へ—傑作小説大全 9」集英社 2016 p30

捕虜の子（吉田絃二郎）
◇「涙の百年文学—もう一度読みたい」太陽出版 2009 p96

ポリワタシゼーション（ハカウチマリ）
◇「超short編の世界 vol.3」創英社 2011 p21

ボールが転がる夏（山田彩人）
◇「ベスト本格ミステリ 2014」講談社 2014（講談社ノベルス）p47

ボールがない（鵜林伸也）
◇「放課後探偵団—書き下ろし学園ミステリ・アンソロジー」東京創元社 2010（創元推理文庫）p81

ポルシェが来た（景山民夫）
◇「冒険の森へ—傑作小説大全 20」集英社 2015 p17

ポルノ惑星のサルモネラ人間（筒井康隆）
◇「人間みな病気」ランダムハウス講談社 2007 p193

ボール箱（半村良）
◇「文士の意地—車谷長吉撰短篇小説輯 下巻」作品社 2005 p318
◇「70年代日本SFベスト集成 5」筑摩書房 2015（ちくま文庫）p11

ボルヘスハウス909（真藤順丈）
◇「怪物團」光文社 2009（光文社文庫）p539

ホルマリン槽の女（相戸結衣）
◇「5分で読める！ ひと駅ストーリー 夏の記憶東口編」宝島社 2013（宝島社文庫）p111

惚れ薬（七瀬ざくろ）

ほれす

◇「ショートショートの広場 18」講談社 2006 （講談社文庫） p157

ホレス・ワルポオル（吉田健一）
　◇「新編・日本幻想文学集成 2」国書刊行会 2016 p307

ほれそれ（小林弘明）
　◇「ハンセン病文学全集 7」皓星社 2004 p521

惚れてしまった沼津さんへ（古川紀）
　◇「「伊豆文学賞」優秀作品集 第15回」羽衣出版 2012 p248

ホロ（小林泰三）
　◇「心霊理論」光文社 2007 （光文社文庫） p473

ボロ家老は五十五歳（穂積鷺）
　◇「江戸の老人力—時代小説傑作選」集英社 2002 （集英社文庫） p237

ホロゴン（森川譲）
　◇「コレクション戦争と文学 16」集英社 2012 p511

ほろと釼（山本周五郎）
　◇「酔うて候—時代小説傑作選」徳間書店 2006 （徳間文庫） p271

幌馬車（鄭芝溶）
　◇「近代朝鮮文学日本語作品集1908〜1945 セレクション 4」緑蔭書房 2008 p158

滅びの風（栗本薫）
　◇「日本SF短篇50 3」早川書房 2013 （ハヤカワ文庫 JA） p111

滅びの笛（西村寿行）
　◇「冒険の森へ—傑作小説大全 7」集英社 2016 p269

滅びゆく日（西守章憲）
　◇「ショートショートの広場 9」講談社 1998 （講談社文庫） p13

滅びゆくものの美（兪鎮午）
　◇「近代朝鮮文学日本語作品集1939〜1945 評論・随筆篇 3」緑蔭書房 2002 p85

滅びゆく琉球女の手記（久志富佐子）
　◇「沖縄文学選—日本文学のエッジからの問い」勉誠出版 2003 p54

ホローポイント（斎藤純）
　◇「冥界プリズン」光文社 1999 （光文社文庫） p265

ボロボロ（水池亘）
　◇「超短編の世界」創英社 2008 p71

ポロポロ（田中小実昌）
　◇「現代小説クロニクル 1975〜1979」講談社 2014 （講談社文芸文庫） p283
　◇「日本文学100年の名作 7」新潮社 2015 （新潮文庫） p221

ホロホロ鳥（中島敦）
　◇「ちくま日本文学 12」筑摩書房 2008 （ちくま文庫） p442

ほろほろ鳳仙花（李正子）
　◇「〈在日〉文学全集 17」勉誠出版 2006 p333

ほろ酔いと酩酊の間（大竹聡）
　◇「辞書、のような物語。」大修館書店 2013 p73

ポロリ（向田邦子）
　◇「精選女性随筆集 11」文藝春秋 2012 p157

襤褸は寝てゐる（山之口貘）
　◇「新装版 全集現代文学の発見 13」學藝書林 2004 p204

ほろんじ（澁澤龍彦）
　◇「日本怪奇小説傑作集 3」東京創元社 2005 （創元推理文庫） p387

ホワイトアウト（真保裕一）
　◇「冒険の森へ—傑作小説大全 19」集英社 2015 p171

ホワイトアウト（日野啓三）
　◇「日本文学全集 21」河出書房新社 2015 p125

ホワイト・クリスマス（麻耶雄嵩）
　◇「不透明な殺人—ミステリー・アンソロジー」祥伝社 1999 （祥伝社文庫） p325

ホワイト・テンポ（小瀧ひろさと）
　◇「ゆきのまち幻想文学賞小品集 17」企画集団ぷりずむ 2008 p96

ホワイトハッピー・ご覧のスポン（町田康）
　◇「文学 2007」講談社 2007 p248

ホワイトメモリーズ（加藤康男）
　◇「ショートショートの広場 12」講談社 2001 （講談社文庫） p32

ホワットダニットパズル（園田修一郎）
　◇「新・本格推理 7」光文社 2007 （光文社文庫） p495

ボン・ヴォワイヤージュ（豊田一郎）
　◇「全作家短編小説集 9」全作家協会 2010 p142

本を愛する人求む（深津十一）
　◇「5分で読める！ ひと駅ストーリー 本の物語」宝島社 2014 （宝島社文庫） p59

本を売ってくれないか（長谷川也）
　◇「5分で読める！ ひと駅ストーリー 本の物語」宝島社 2014 （宝島社文庫） p39

本を買った話（上野英信）
　◇「戦後文学エッセイ選 12」影書房 2006 p132

本を探して（前川生子）
　◇「ゆきのまち幻想文学賞小品集 20」企画集団ぷりずむ 2011 p176

盆踊（和公梵字）
　◇「ハンセン病文学全集 4」皓星社 2003 p435

盆踊り（水野葉舟）
　◇「文豪怪談傑作選 明治編」筑摩書房 2011 （ちくま文庫） p152

盆踊りの話（折口信夫）
　◇「文豪怪談傑作選 折口信夫集」筑摩書房 2009 （ちくま文庫） p195

本を読む旅（石田衣良）
　◇「あなたと、どこかへ。」文藝春秋 2008 （文春文庫） p63

盆帰り（中山七里）
　◇「5分で読める！ ひと駅ストーリー 夏の記憶西口編」宝島社 2013 （宝島社文庫） p11
　◇「5分で凍る！ ぞっとする怖い話」宝島社 2015

ほんち

（宝島社文庫）p265

本が怒つた話―「シャボン玉物語」より（稲垣
足穂）
◇「北村薫のミステリー館」新潮社 2005（新潮文
庫）p331

本格派作家の特長（鮎川哲也）
◇「マイ・ベスト・ミステリー 5」文藝春秋 2007
（文春文庫）p69

本格ミステリに地殻変動は起きているか？（笠
井潔）
◇「本格ミステリ 2003」講談社 2003（講談社ノベ
ルス）p421
◇「論理学園事件帳―本格短編ベスト・セレクショ
ン」講談社 2007（講談社文庫）p565

本格ミステリの四つの場面（福井健太）
◇「法廷ジャックの心理学―本格短編ベスト・セレ
クション」講談社 2011（講談社文庫）p609

本格ミステリ四つの場面（福井健太）
◇「本格ミステリー二〇〇七年本格短編ベスト・セ
レクション 07_ 講談社 2007（講談社ノベル
ス）p397

本気なの（渡辺浩）
◇「ショートショートの花束 5」講談社 2013（講
談社文庫）p237

盆切り（藤枝静男）
◇「文士の意地―車谷長吉撰短篇小説輯 下巻」作品
社 2005 p52

盆景（萩原朔太郎）
◇「ちくま日本文学 36」筑摩書房 2009（ちくま文
庫）p69

本家の欄間（沙木とも子）
◇「てのひら怪談―ビーケーワン怪談大賞傑作選 庚
寅」ポプラ社 2010（ポプラ文庫）p20

本郷（谷川雁）
◇「新装版 全集現代文学の発見 13」學藝書林 2004
p366

本郷森川町（吉屋信子）
◇「精選女性随筆集 2」文藝春秋 2012 p216

□本居士（本田親二）
◇「文豪怪談傑作選 特別編」筑摩書房 2007（ちく
ま文庫）p196

ポンコツ宇宙船始末記（石川英輔）
◇「日本SF全集 2」出版芸術社 2010 p271

香港（邱永漢）
◇「消えた直木賞 男たちの足音編」メディアファク
トリー 2005 p9

香港の観覧車（林巧）
◇「黒い遊園地」光文社 2004（光文社文庫）p15

本日開店（渥美二郎）
◇「時代の波音―民主文学短編小説集1995年〜2004
年」日本民主主義文学会 2005 p212

本日のみ限定品（石居椎）
◇「てのひら怪談―ビーケーワン怪談大賞傑作選 2」
ポプラ社 2007 p206
◇「てのひら怪談―ビーケーワン怪談大賞傑作選 己
丑」ポプラ社 2009（ポプラ文庫）p44

ボンジュール、アンヌ！ ≫森茉莉・杏奴・類
（森鷗外）
◇「日本人の手紙 1」リブリオ出版 2004 p92

梵鐘（北方謙三）
◇「士魂の光芒―時代小説最前線」新潮社 1997（新
潮文庫）p395
◇「時代小説―読切御免 4」新潮社 2005（新潮文
庫）p77

本所うまや橋（窪田精）
◇「時代の波音―民主文学短編小説集1995年〜2004
年」日本民主主義文学会 2005 p108

本陣殺人計画―横溝正史を読んだ男（折原一）
◇「密室殺人大百科 上」原書房 2000 p111

凡人遁世の事（柳田國男）
◇「ちくま日本文学 15」筑摩書房 2008（ちくま文
庫）p120

風水（ホンスイ）（呂赫若）
◇「〈外地〉の日本語文学選 1」新宿書房 1996 p204

本好きの二人（もくだいゆういち）
◇「ショートショートの花束 2」講談社 2010（講
談社文庫）p26

盆過ぎメドチ談（柳田國男）
◇「河童のお弟子」筑摩書房 2014（ちくま文庫）
p314

鳳仙花（ポンソナ）（李正子）
◇「〈在日〉文学全集 17」勉誠出版 2006 p223

鳳仙花（ポンソナ）のうた（李正子）
◇「〈在日〉文学全集 17」勉誠出版 2006 p221

ポンソンファ（長川千佳子）
◇「テレビドラマ代表作選集 2003年版」日本脚本家
連盟 2003 p313

本多忠勝の女（井上靖）
◇「戦国女人十一話」作品社 2005 p173
◇「女城主―戦国時代小説傑作選」PHP研究所
2016（PHP文芸文庫）p7

本多忠勝の女〈真田軍記〉（井上靖）
◇「信州歴史時代小説傑作集 5」しなのき書房 2007
p43

本棚にならぶ（梨木香歩）
◇「本からはじまる物語」メディアパル 2007 p171

ホンダのバイク（寺田旅雨）
◇「リトル・リトル・クトゥルー―史上最小の神話
小説集」学習研究社 2009 p166

本多正信（今川徳三）
◇「紅蓮の翼―異彩時代小説秀作撰」叢文社 2007
p28

ボンタンアメが好きな人（田中孝博）
◇「センチメンタル急行―あの日へ帰る、旅情短篇
集」泰文堂 2010（Linda books！）p126

ほんち（岩野泡鳴）
◇「名短篇、さらにあり」筑摩書房 2008（ちくま文
庫）p249

ポンちゃんの抗議（石川友也）
◇「全作家短編小説集 9」全作家協会 2010 p139

本朝虞初新誌（抄）（菊池三溪）

ほんて

◇「新日本古典文学大系 明治編 3」岩波書店 2005 p1

梵天祭（野辺慎一）
◇「扉の向こうへ」全作家協会 2014（全作家短編集）p408

本当（藤富保男）
◇「新装版 全集現代文学の発見 13」學藝書林 2004 p541

本当と嘘とテキーラ（山田太一）
◇「テレビドラマ代表作選集 2009年版」日本脚本家連盟 2009 p49

本当に寂しいよ、お兄ちゃん▷渥美清（倍賞千恵子）
◇「日本人の手紙 9」リブリオ出版 2004 p7

本当に無料で乗れます（桂修司）
◇「5分で読める！ ひと駅ストーリー 降車編」宝島社 2012（宝島社文庫）p233
◇「5分で凍る！ ぞっとする怖い話」宝島社 2015（宝島社文庫）p213

ほんとうの夏（鷺沢萠）
◇「〈在日〉文学全集 14」勉誠出版 2006 p339

本と謎の日々（有栖川有栖）
◇「大崎梢リクエスト！ 本屋さんのアンソロジー」光文社 2013 p7
◇「ザ・ベストミステリーズ—推理小説年鑑 2013」講談社 2013 p43
◇「大崎梢リクエスト！ 本屋さんのアンソロジー」光文社 2014（光文社文庫）p9
◇「Symphony漆黒の交響曲」講談社 2016（講談社文庫）p49

本に閉じ込められた男（伽古屋圭市）
◇「5分で読める！ ひと駅ストーリー 本の物語」宝島社 2014（宝島社文庫）p49

本人殺人事件（霞流一）
◇「金田一耕助の新たな挑戦」角川書店 1997（角川文庫）p121

本盗人（野呂邦暢）
◇「書物愛 日本篇」晶文社 2005 p109
◇「書物愛 日本篇」東京創元社 2014（創元ライブラリ）p105

本能（越智文比古）
◇「ショートショートの花束 2」講談社 2010（講談社）p194

本能寺の大変—巨体がうなるぞ！ 信長勝つか？ 明智勝つか？ 世紀の大決斗（田中啓文）
◇「NOVA—書き下ろし日本SFコレクション 9」河出書房新社 2013（河出文庫）p81

本能寺の信長（正宗白鳥）
◇「歴史小説の世紀 天の巻」新潮社 2000（新潮文庫）p9

本能寺ノ変朝—堺の豪商・天王寺屋宗及（赤木駿介）
◇「本能寺・男たちの決断—傑作時代小説」PHP研究所 2007（PHP文庫）p215

煩悩の月（饗庭篁村）
◇「明治の文学 13」筑摩書房 2003 p252

煩悩の矢（岡野弘樹）
◇「全作家短編小説集 7」全作家協会 2008 p191

盆の厠（福澤徹三）
◇「厠の怪—便所怪談競作集」メディアファクトリー 2010（MF文庫）p63

「本の事」（芥川龍之介）
◇「文豪怪談傑作選 芥川龍之介集」筑摩書房 2010（ちくま文庫）p313

ほんの少しばかりのお金、絵の具を買って下さい▷椿貞雄（岸田劉生）
◇「日本人の手紙 3」リブリオ出版 2004 p218

本の話（由起しげ子）
◇「書物愛 日本篇」晶文社 2005 p63
◇「書物愛 日本篇」東京創元社 2014（創元ライブラリ）p59

本部から来た男（塔山郁）
◇「ザ・ベストミステリーズ—推理小説年鑑 2011」講談社 2011 p199
◇「Shadow闇に潜む真実」講談社 2014（講談社文庫）p51

凡父子（葉山嘉樹）
◇「サンカの民を追って—山窩小説傑作選」河出書房新社 2015（河出文庫）p198

凡夫の瞳（矢野隆）
◇「決戦！ 川中島」講談社 2016 p135

ポンペイアンレッド（髙樹のぶ子）
◇「文学 2016」講談社 2016 p238

ボンベン小僧（津本陽）
◇「剣よ月下に舞え」光風社出版 2001（光風社文庫）p395

本邦ミステリドラマ界の紳士淑女録（千街晶之）
◇「ベスト本格ミステリ 2014」講談社 2014（講談社ノベルス）p379

ボンボン（井上雅彦）
◇「酒の夜語り」光文社 2002（光文社文庫）p279

本間家旧本邸を訪ねて（高橋まゆみ）
◇「山形県文学全集第2期（随筆・紀行編）6」郷土出版 2005 p379

盆土産（三浦哲郎）
◇「人恋しい雨の夜に—せつない小説アンソロジー」光文社 2006（光文社文庫）p135
◇「教科書名短篇 少年時代」中央公論新社 2016（中公文庫）p147

本名と偽名（佐野洋）
◇「あなたが名探偵」講談社 1998（講談社文庫）p29

本命チョコレート（葉原あきよ）
◇「超短編の世界 vol.3」創英社 2011 p14

本牧のヴィナス（妹尾アキ夫）
◇「爬虫館事件—新青年傑作選」角川書店 1998（角川ホラー文庫）p279
◇「ひとりで夜읽むな—新青年傑作選 怪奇編」角川書店 2001（角川ホラー文庫）p257
◇「江戸川乱歩と13人の新青年〈文学派〉編」光文社 2008（光文社文庫）p311

本物そっくり（矛先盾一）
　◇「ショートショートの広場 20」講談社 2008（講談社文庫）p125
本物電話（香山末子）
　◇「〈在日〉文学全集 17」勉誠出版 2006 p97
本物の恋（森絵都）
　◇「恋のトビラ」集英社 2008 p107
　◇「恋のトビラ―好き、やっぱり好き。」集英社 2010（集英社文庫）p139
ほんものの白い鳩（江國香織）
　◇「Lovers」祥伝社 2001 p7
ほんものの贅沢（森茉莉）
　◇「精選女性随筆集 2」文藝春秋 2012 p84
書肆（ほんや）（痩々亭骨皮道人）
　◇「新日本古典文学大系 明治編 29」岩波書店 2005 p243
本屋大将（木下古栗）
　◇「文学 2012」講談社 2012 p70
本屋の魔法使い（阿刀田高）
　◇「本からはじまる物語」メディアパル 2007 p53
ほんやりとした風景（山崎文男）
　◇「全作家短編小説集 7」全作家協会 2008 p202
ポンラップ群島の平和（荒巻義雄）
　◇「あしたは戦争」筑摩書房 2016（ちくま文庫）p389
奔流（王昶雄）
　◇「〈外地〉の日本語文学選 1」新宿書房 1996 p220
　◇「日本統治期台湾文学集成 29」緑蔭書房 2007 p133
　◇「文学で考える〈仕事〉の百年」双文社出版 2010 p90
　◇「文学で考える〈仕事〉の百年」翰林書房 2016 p90

【 ま 】

魔（竹河聖）
　◇「夢魔」光文社 2001（光文社文庫）p555
まあこ（冲方丁）
　◇「妖女」光文社 2004（光文社文庫）p59
まあちゃん（石井桃子）
　◇「精選女性随筆集 3」文藝春秋 2012 p64
まあちゃん行状記（石井桃子）
　◇「精選女性随筆集 3」文藝春秋 2012 p68
舞花（藤田雅矢）
　◇「櫻憑き」光文社 2001（カッパ・ノベルス）p239
舞衣（笹原実穂子）
　◇「回転ドアから」全作家協会 2015（全作家短編集）p421
マイクロフォン（羽志主水）
　◇「戦前探偵小説四人集」論創社 2011（論創ミステ

リ叢書）p51
迷子（香山末子）
　◇「ハンセン病文学全集 7」皓星社 2004 p427
迷子（立原道造）
　◇「新装版 全集現代文学の発見 14」學藝書林 2005 p440
迷子（永嶋恵美）
　◇「短篇ベストコレクション―現代の小説 2004」徳間書店 2004（徳間文庫）p187
迷児（張文環）
　◇「日本統治期台湾文学集成 5」緑蔭書房 2002 p343
迷子鈴（和田恵子）
　◇「現代作家代表作選集 8」鼎書房 2014 p153
まいごの×2 おやまのこ（天堂里砂）
　◇「飛翔―C★NOVELS大賞作家アンソロジー」中央公論新社 2013（C・NOVELS Fantasia）p32
迷子の天使（三好徹）
　◇「煌めきの殺意」徳間書店 1999（徳間文庫）p625
迷子の練習（安童魚春）
　◇「たびだち―フェリシモしあわせショートショート」フェリシモ 2000 p30
舞い込んだ天使（黒崎緑）
　◇「殺人博物館へようこそ」講談社 1998（講談社文庫）p295
　◇「花迷宮」日本文芸社 2000（日文文庫）p113
マイサーカス（江坂遊）
　◇「世紀末サーカス」廣済堂出版 2000（廣済堂文庫）p183
マイ・ジェネレーション（東山彰良）
　◇「短篇ベストコレクション―現代の小説 2010」徳間書店 2010（徳間文庫）p275
マイ・スウィート・ファニー・ヘル（戸梶圭太）
　◇「ザ・ベストミステリーズ―推理小説年鑑 2005」講談社 2005 p43
　◇「仕掛けられた罪」講談社 2008（講談社文庫）p177
舞鶴心中（近松秋江）
　◇「京都府文学全集第1期〈小説編〉1」郷土出版社 2005 p205
舞鶴の乙女たち（香山光郎）
　◇「近代朝鮮文学日本語作品集1939〜1945 創作篇 6」緑蔭書房 2001 p282
埋葬（勝目梓）
　◇「短篇ベストコレクション―現代の小説 2010」徳間書店 2010（徳間文庫）p89
蒔いた種（深谷忠記）
　◇「自選ショート・ミステリー 2」講談社 2001（講談社文庫）p172
舞燈籠（蜂谷涼）
　◇「代表作時代小説 平成22年度」光文社 2010 p63
毎日刻々（志樹逸馬）
　◇「ハンセン病文学全集 6」皓星社 2003 p459
「毎日の復習」を必らずなさいませ≫和歌雄

まいの

（大手拓次）
◇「日本人の手紙 3」リブリオ出版 2004 p148

舞の本（花田清輝）
◇「新編・日本幻想文学集成 2」国書刊行会 2016 p516

舞姫（歌野晶午）
◇「ベスト本格ミステリ 2015」講談社 2015 （講談社ノベルス）p173

舞姫（森鷗外）
◇「明治の文学 14」筑摩書房 2000 p3
◇「新日本古典文学大系 明治編 25」岩波書店 2004 p1
◇「ちくま日本文学 17」筑摩書房 2008 （ちくま文庫）p418
◇「日本近代短篇小説選 明治篇1」岩波書店 2012 （岩波文庫）p145

舞姫（与謝野晶子）
◇「新日本古典文学大系 明治編 23」岩波書店 2002 p344

『舞姫』の翳（井出孫六）
◇「戦後短篇小説選―『世界』1946–1999 4」岩波書店 2000 p231

マイ富士（岸本佐知子）
◇「ファイン／キュート素敵かわいい作品選」筑摩書房 2015 （ちくま文庫）p256

マイ・ペンフレンド（伊藤あいりす, いとうやすお）
◇「中学生のドラマ 8」晩成書房 2010 p139

マイ・ホット・ロード（田中光二）
◇「男たちのら・ら・ば・い」徳間書店 1999 （徳間文庫）p261

まい・ほーむ大作戦！ ～新築庭付き一戸建て幽霊つき～（しいか）
◇「中学校たのしい劇脚本集―英語劇付 Ⅱ」国土社 2011 p161

マイミープラヨーツの作り方（東雲長閑）
◇「ショートショートの広場 16」講談社 2005 （講談社文庫）p130

マイムマイム（高宮恒生）
◇「ショートショートの広場 14」講談社 2003 （講談社文庫）p92

舞う心（白洲正子）
◇「精選女性随筆集 7」文藝春秋 2012 p191

毛澤西（邱永漢）
◇「日本文学100年の名作 5」新潮社 2015 （新潮文庫）p91

マウンテンピーナッツ（小林泰三）
◇「多々良島ふたたび―ウルトラ怪獣アンソロジー」早川書房 2015 （TSUBURAYA×HAYAKAWA UNIVERSE）p89

マウンドの津田の闘志溢れる姿に感動した≫津田恒美（坂本昌穂）
◇「日本人の手紙 3」リブリオ出版 2004 p204

前を歩く人―坦庵公との一日（小長谷建夫）
◇「「伊豆文学賞」優秀作品集 第17回」羽衣出版 2014 p5

まえ置き（夏樹静子）
◇「自選ショート・ミステリー」講談社 2001 （講談社文庫）p106

前髪公方（宮本昌孝）
◇「代表作時代小説 平成9年度」光風社出版 1997 p379
◇「春宵濡れ髪しぐれ―時代小説傑作選」講談社 2003 （講談社文庫）p353

前髪の惣三郎（司馬遼太郎）
◇「同性愛」国書刊行会 1999 （書物の王国）p175
◇「剣が謎を斬る―名作で読む推理小説史 時代ミステリー傑作選」光文社 2005 （光文社文庫）p223

前野良沢（吉村昭）
◇「教科書名短篇 人間の情景」中央公論新社 2016 （中公文庫）p161

前橋公園（萩原朔太郎）
◇「ちくま日本文学 36」筑摩書房 2009 （ちくま文庫）p45

前橋中学（萩原朔太郎）
◇「ちくま日本文学 36」筑摩書房 2009 （ちくま文庫）p47

前歯と明日（半田浩修）
◇「ゆれる―第12回フェリシモ文学賞作品集」フェリシモ 2009 p18

前原伊助（宮本幹也）
◇「定本・忠臣蔵四十七人集」双葉社 1998 p322

魔縁塚怪異記（今川徳三）
◇「怪奇・伝奇時代小説選集 15」春陽堂書店 2000 （春陽文庫）p262

魔王（山田正紀）
◇「チャイルド」廣済堂出版 1998 （廣済堂文庫）p477

魔王さまのこどもになってあげる（久美沙織）
◇「チャイルド」廣済堂出版 1998 （廣済堂文庫）p493

魔王子の召喚（牧野修）
◇「グイン・サーガ・ワールド―グイン・サーガ続篇プロジェクト 7」早川書房 2013 （ハヤカワ文庫 JA）p151

魔王―遠い日の童話劇風に（皆川博子）
◇「稲生モノノケ大全 陽之巻」毎日新聞社 2005 p391

魔王と踊れ（高山浩）
◇「妖精竜（フェアリードラゴン）の花」富士見書房 2000 （富士見ファンタジア文庫）p91

魔王の子、鬼の娘（仁木英之）
◇「妙ちきりん―「読楽」時代小説アンソロジー」徳間書店 2016 （徳間文庫）p109

まおうの ともだち（久保由美子）
◇「小学校・全員参加の楽しい学級劇・学年劇脚本集 低学年」黎明書房 2007 p8

魔王物語（田中貢太郎）
◇「稲生モノノケ大全 陰之巻」毎日新聞社 2003 p464

間男三昧（小松重男）

まくわ

◇「剣が舞い落花が舞い―時代小説傑作選」講談社 1998（講談社文庫）p115
◇「逆転―時代アンソロジー」祥伝社 2000（祥伝社文庫）p181
◇「江戸夢日和」学習研究社 2004（学研M文庫）p235

間男料（小島政二郎）
◇「剣光闇を裂く」光風社出版 1997（光風社文庫）p261

魔界頽るるの記（日夏耿之介）
◇「芸術家」国書刊行会 1998（書物の王国）p142

禍犬様（加楽幽明）
◇「てのひら怪談―ビーケーワン怪談大賞傑作選 2」ポプラ社 2007 p84
◇「てのひら怪談―ビーケーワン怪談大賞傑作選 己丑」ポプラ社 2009（ポプラ文庫）p68

紛者（朝井まかて）
◇「時代小説ザ・ベスト 2016」集英社 2016（集英社文庫）p365

澳門の黄昏（陳逢源）
◇「日本統治期台湾文学集成 16」緑蔭書房 2003 p133

磨羯宮一二十九日のアパート（加門七海）
◇「十二宮12幻想」エニックス 2000 p259

曲った手で（志樹逸馬）
◇「ハンセン病文学全集 7」皓星社 2004 p327

賄征伐（正岡子規）
◇「新日本古典文学大系 明治編 27」岩波書店 2003 p324

凶々しい声（柳原慧）
◇「5分で読める！ ひと駅ストーリー 冬の記憶西口編」宝島社 2013（宝島社文庫）p71

曲がりくねった露地の奥 ねえ！ 泊まってらっしゃいよ（横溝正史）
◇「竹中英太郎 3」皓星社 2016（挿絵叢書）p19

蒔かれし種 秋月の日記（あわぢ生）
◇「幻の名探偵―傑作アンソロジー」光文社 2013（光文社文庫）p39

マカロンと女子会（友井羊）
◇「もっとすごい！ 10分間ミステリー」宝島社 2013（宝島社文庫）p121
◇「5分で驚く！ どんでん返しの物語」宝島社 2016（宝島社文庫）p51

マキ（浅松一夫）
◇「中学生のドラマ 2」晩成書房 1996 p85

畝傍山耳成山天香山 巻返大倭未来記（まきかえしおおやまとみらいき）（折口信夫）
◇「文豪怪談傑作選 折口信夫集」筑摩書房 2009（ちくま文庫）p111

牧場（まきば）… →"ぼくじょう…"を見よ

マーキュリーの靴（鮎川哲也）
◇「密室殺人百科 上」原書房 2000 p463

魔境・京都（小松和彦、内藤正敏）
◇「鬼譚」筑摩書房 2014（ちくま文庫）p225

まぎれる（黒岩研）

◇「獣人」光文社 2003（光文社文庫）p41

間木老人（北條民雄）
◇「ハンセン病文学全集 1」皓星社 2002 p29

マーキングマウス（不知火京介）
◇「ミステリー愛。免許皆伝！」講談社 2010（講談社ノベルス）p113

幕間（川上弘美）
◇「100万分の1回のねこ」講談社 2015 p213

幕を上げて（結城はに）
◇「ゆきのまち幻想文学賞小品集 21」企画集団ぷりずむ 2012 p132

魔窟の女（伊井圭）
◇「短歌殺人事件―31音律のラビリンス」光文社 2003（光文社文庫）p295

マクナマス氏行状記（吉田健一）
◇「日本文学100年の名作 5」新潮社 2015（新潮文庫）p125

マグネット（山田詠美）
◇「現代の小説 1999」徳間書店 1999 p67

幕の内弁当（家次由紀恵）
◇「中学校たのしい劇脚本集―英語劇付 II」国土社 2011 p85

マグノリア（香山滋）
◇「怪奇探偵小説集 3」角川春樹事務所 1998（ハルキ文庫）p289

マグノリアの木（宮沢賢治）
◇「奇跡」国書刊行会 2000（書物の王国）p193

マクベス殺人事件（宮原龍雄）
◇「甦る「幻影城」 2」角川書店 1997（カドカワ・エンタテインメント）p229

マグラ！（光瀬龍）
◇「怪獣文学大全」河出書房新社 1998（河出文庫）p231

枕（明石海人）
◇「ハンセン病文学全集 7」皓星社 2004 p444

枕（清水義範）
◇「恋物語」朝日新聞社 1998 p84

枕（吉野あや）
◇「てのひら怪談―ビーケーワン怪談大賞傑作選 百怪繚乱篇」ポプラ社 2008 p212

枕香（乃南アサ）
◇「私は殺される―女流ミステリー傑作選」角川春樹事務所 2001（ハルキ文庫）p27

枕木（多和田葉子）
◇「文学 2000」講談社 2000 p15

枕の中の行軍（岸本佐知子）
◇「北村薫のミステリー館」新潮社 2005（新潮文庫）p49

枕めし（出水沢藍子）
◇「現代鹿児島小説大系 1」ジャプラン 2014 p179

まくわ瓜（李美子）
◇「〈在日〉文学全集 18」勉誠出版 2006 p319

真桑瓜（青山文平）
◇「ベスト本格ミステリ 2015」講談社 2015（講談社ノベルス）p285

まくん

マーくんのごちそう（再生モスマン）
◇「てのひら怪談―ビーケーワン怪談大賞傑作選 庚寅」ポプラ社 2010（ポプラ文庫）p202

負けいくさの後始末（宮本常一）
◇「ちくま日本文学 22」筑摩書房 2008（ちくま文庫）p351

負けたる人（ショルツ，森鷗外）
◇「文豪怪談傑作選 森鷗外集」筑摩書房 2006（ちくま文庫）p105

負けないぞ日本（@windcreator）
◇「3.11心に残る140字の物語」学研パブリッシング 2011 p103

曲物師の娘（鎌田樹）
◇「武士道切絵図―新鷹会・傑作時代小説選」光文社 2010（光文社文庫）p415

負けるな！ ダゴン秘密教団日本支部（寺田旅雨）
◇「リトル・リトル・クトゥルー―史上最小の神話小説集」学習研究社 2009 p160

魔剣 楽して出世する（鈴木輝一郎）
◇「士魂の光芒―時代小説最前線」新潮社 1997（新潮文庫）p133

孫（斎藤茂吉）
◇「文人御馳走帖」新潮社 2014（新潮文庫）p119

真心（佐藤正午）
◇「オトナの片思い」角川春樹事務所 2007 p195
◇「オトナの片思い」角川春樹事務所 2009（ハルキ文庫）p185

まごころを君に（田中啓文）
◇「物語のルミナリエ」光文社 2011（光文社文庫）p165

魔コごろし（万城目学）
◇「スタートライン―始まりをめぐる19の物語」幻冬舎 2010（幻冬舎文庫）p197

真（まこと）… → "しん…"をも見よ

マコトノ草ノ種マケリ（鏑木蓮）
◇「新・本格推理 06」光文社 2006（光文社文庫）p319

誠の桜―市村鉄之助（嵯峨野晶）
◇「新選組出陣」廣済堂出版 2014 p119
◇「新選組出陣」徳間書店 2015（徳間文庫）p119

誠の旗の下で―藤堂平助（秋山香乃）
◇「新選組出陣」廣済堂出版 2014 p371
◇「新選組出陣」徳間書店 2015（徳間文庫）p371

眞よ、危険な賭に自らを投じるがよい≫手塚眞（手塚治虫）
◇「日本人の手紙 1」リブリオ出版 2004 p223

孫の成長をいつまでもみていたいが……≫森若葉・夏芽（金子光晴）
◇「日本人の手紙 1」リブリオ出版 2004 p132

孫の手（西村望）
◇「勝者の死にざま―時代小説選手権」新潮社 1998（新潮文庫）p227

孫の目 じいの目（相藤克秀）

平成28年熊本地震作品集」くまもと文学・歴史館友の会 2016 p31

間米米吉氏の銅像（林房雄）
◇「新・プロレタリア文学精選集 9」ゆまに書房 2004 p331

正岡易占（正岡子規）
◇「新日本古典文学大系 明治編 27」岩波書店 2003 p379

正岡子規（夏目漱石）
◇「たんときれいに召し上がれ―美食文学精選」芸術新聞社 2015 p461

正男ちゃんと僕（福家孝志）
◇「ハンセン病文学全集 4」皓星社 2003 p383

正雄の秋（奥田英朗）
◇「短篇ベストコレクション―現代の小説 2015」徳間書店 2015（徳間文庫）p131

マサが辞めたら（太田忠司）
◇「ナゴヤドームで待ちあわせ」ポプラ社 2016 p5

方子と未起（小栗虫太郎）
◇「恋は罪つくり―恋愛ミステリー傑作選」光文社 2005（光文社文庫）p61
◇「不思議の国のアリス ミステリー館」河出書房新社 2015（河出文庫）p131

正子の死（張徳順）
◇「ハンセン病文学全集 4」皓星社 2003 p299

マザコン（角田光代）
◇「文学 2007」講談社 2007 p19

正宗白鳥（白洲正子）
◇「精選女性随筆集 7」文藝春秋 2012 p60

正夢逆夢（作者表記なし）
◇「文豪怪談傑作選 特別編」筑摩書房 2009（ちくま文庫）p15

マサル（須月研児）
◇「ショートショートの広場 11」講談社 2000（講談社文庫）p17

マザー、ロックンロール、ファーザー（古川日出男）
◇「ザ・ベストミステリーズ―推理小説年鑑 2006」講談社 2006 p73
◇「曲げられた真相」講談社 2009（講談社文庫）p141

マジカル・ショッピング（大黒天半太）
◇「リトル・リトル・クトゥルー―史上最小の神話小説集」学習研究社 2009 p180

益城中学（無下衛門）
◇「平成28年熊本地震作品集」くまもと文学・歴史館友の会 2016 p17

増毛の魚（藤田武司）
◇「日本海文学大賞―大賞作品集 2」日本海文学大賞運営委員会 2007 p311

マジック・アワー（関口尚）
◇「短篇ベストコレクション―現代の小説 2005」徳間書店 2005（徳間文庫）p269

マジック・フルート（湯本香樹実）
◇「恋する男たち」朝日新聞社 1999 p171

マジック・ボックス（都筑道夫）
◇「謎―スペシャル・ブレンド・ミステリー 004」講談社 2009（講談社文庫）p41

まじない（沢井良太）
◇「てのひら怪談―ビーケーワン怪談大賞傑作選 壬辰」ポプラ社 2012（ポプラ文庫）p224

マジ半端ねぇリア充研究記録（おかもと（仮））
◇「5分で読める！ ひと駅ストーリー 夏の記憶西口編」宝島社 2013（宝島社文庫）p21
◇「5分で笑える！ おバカで愉快な物語」宝島社 2016（宝島社文庫）p245

間島家の人々（金子光晴）
◇「ちくま日本文学 38」筑摩書房 2009（ちくま文庫）p415

火星鉄道（マーシャル・レイルロード）一九（谷甲州）
◇「日本SF全集 3」出版芸術社 2013 p93

麻雀西遊記（横田順彌）
◇「牌がささやく―麻雀小説傑作選」徳間書店 2002（徳間文庫）p201

麻雀殺人事件（海野十三）
◇「幻の名探偵―傑作アンソロジー」光文社 2013（光文社文庫）p211

火星鉄道一九（谷甲州）
◇「てのひらの宇宙―星雲賞短編SF傑作選」東京創元社 2013（創元SF文庫）p191

魔術（芥川龍之介）
◇「魔術師」角川書店 2001（角川ホラー文庫）p11
◇「ちくま日本文学 2」筑摩書房 2007（ちくま文庫）p231
◇「右か、左か」文藝春秋 2010（文春文庫）p29
◇「文豪怪談傑作選 芥川龍之介集」筑摩書房 2010（ちくま文庫）p169
◇「思いがけない話」筑摩書房 2010（ちくま文学の森）p203
◇「冒険の森へ―傑作小説大全 8」集英社 2015 p28

魔術（斉藤俊雄）
◇「中学校たのしい劇脚本集―英語劇付 Ⅰ」国土社 2010 p127

魔術――一九一九（大正八）年一一月（芥川龍之介）
◇「BUNGO―文豪短篇傑作選」角川書店 2012（角川文庫）p77

魔術師（谷崎潤一郎）
◇「両性具有」国書刊行会 1998（書物の王国）p52
◇「幻視の系譜」筑摩書房 2013（ちくま文庫）p81

魔術師の夜（由良俊之介）
◇「本格推理 11」光文社 1997（光文社文庫）p303

マシュマロ・マン（谷口雅美）
◇「さよなら、大好きな人―スウィート＆ビターな7ストーリー」泰文堂 2011（Linda books！）p80

魔性の餌食（緑川京介）
◇「蒼茫の海」桃園書房 2001（桃園文庫）p263

魔性の女（大倉燁子）
◇「女 2」あの出版 2016（GB）p19

魔性の猫（山村正夫）

◇「怪猫鬼談」人類文化社 1999 p247
◇「魔性の生き物」リブリオ出版 2001（怪奇・ホラーワールド）p67

魔女狩り（横山秀夫）
◇「名探偵で行こう―最新ベスト・ミステリー」光文社 2001（カッパ・ノベルス）p357

魔女猫―a fragment from "Kazamachi"（井辻朱美）
◇「猫路地」日本出版社 2006 p99

魔女の家（山木美里）
◇「ゆきのまち幻想文学賞小品集 17」企画集団ぷりずむ 2008 p166

魔女の絵画（黒史郎）
◇「リトル・リトル・クトゥルー―史上最小の神話小説集」学習研究社 2009 p240

魔女の膏薬（篠鉄夫）
◇「妖異百物語 2」出版芸術社 1997（ふしぎ文学館）p131

魔女のたくらみ（@aioushii）
◇「3.11心に残る140字の物語」学研パブリッシング 2011 p13

魔女のパスポート（半村良）
◇「日本SF・名作集成 9」リブリオ出版 2005 p231

魔女見習い（鈴木いづみ）
◇「妖美―女流ミステリー傑作選」徳間書店 1999（徳間文庫）p143

魔女物語（渡辺啓助）
◇「探偵くらぶ―探偵小説傑作選1946〜1958 上」光文社 1997（カッパ・ノベルス）p315

マシロのいた夏（堀井紗由美）
◇「てのひら怪談―ビーケーワン怪談大賞傑作選 百怪繚乱篇」ポプラ社 2008 p146
◇「てのひら怪談―ビーケーワン怪談大賞傑作選 己丑」ポプラ社 2009（ポプラ文庫）p158

魔神ガロン（山田正紀）
◇「手塚治虫COVER タナトス篇」徳間書店 2003（徳間デュアル文庫）p47

ます（室生犀星）
◇「金沢三文豪掌文庫 たべもの編」金沢文化振興財団 2011 p75

魔睡（森鷗外）
◇「文豪怪談傑作選 森鷗外集」筑摩書房 2006（ちくま文庫）p80
◇「コレクション私小説の冒険 2」勉誠出版 2013 p7

麻酔（理沙）（秋元康）
◇「アドレナリンの夜―珠玉のホラーストーリーズ」竹書房 2009 p87

マスク（盧進容）
◇「〈在日〉文学全集 18」勉誠出版 2006 p215

マスク（町井登志夫）
◇「マスカレード」光文社 2002（光文社文庫）p127

覆面（伯方雪日）
◇「本格ミステリ 2005」講談社 2005（講談社ノベルス）p163

ますし

◇「大きな棺の小さな鍵─本格短編ベスト・セレクション」講談社 2009（講談社文庫）p237

貧しき人々の群（宮本百合子）
◇「アンソロジー・プロレタリア文学 1」森話社 2013 p120

先ず文芸趣味の普及（徳田秋声）
◇「明治の文学 9」筑摩書房 2002 p382

まずミミズを釣ること（開高健）
◇「ちくま日本文学 24」筑摩書房 2008（ちくま文庫）p351

ますらを（円地文子）
◇「歴史小説の世紀 天の巻」新潮社 2000（新潮文庫）p439

まずは善人栄えて悪人滅ぶ。宣告の翌日＞堺利彦（幸徳秋水）
◇「日本人の手紙 2」リブリオ出版 2004 p67

桝割草（柳田國男）
◇「ちくま日本文学 15」筑摩書房 2008（ちくま文庫）p269

間瀬父子─父 久太夫 子 孫九郎（童門冬二）
◇「定本・忠臣蔵四十七人集」双葉社 1998 p183

魔石（城田シュレーダー）
◇「幻の探偵雑誌 10」光文社 2002（光文社文庫）p189

魔像（蘭郁二郎）
◇「怪奇探偵小説集 2」角川春樹事務所 1998（ハルキ文庫）p175

マゾ界転生（森奈津子）
◇「SFバカ本 宇宙チャーハン篇」メディアファクトリー 2000 p81

又（安西冬衛）
◇「新装版 全集現代文学の発見 13」學藝書林 2004 p14
◇「新装版 全集現代文学の発見 13」學藝書林 2004 p15

また逢う日まで（清水義範）
◇「冒険の森へ─傑作小説大全 8」集英社 2015 p149

また会う日まで（谷口雅美）
◇「最後の一日12月18日─さよならが胸に染みる10の物語」泰文堂 2011（Linda books！）p152

また会おう（河合莞爾）
◇「地を這う捜査─「読楽」警察小説アンソロジー」徳間書店 2015（徳間文庫）p53

まだある（塔和子）
◇「ハンセン病文学全集 7」皓星社 2004 p19

またある夜に（立原道造）
◇「新装版 全集現代文学の発見 14」學藝書林 2005 p443

また浮ぶ嫌な言葉（香山末子）
◇「ハンセン病文学全集 7」皓星社 2004 p298

まだか（大城立裕）
◇「文学 2006」講談社 2006 p85

マダガスカル・バナナフランベを20本（桐野夏生）

20の短編小説朝日新聞出版 2016（朝日文庫）p163

又吉物語（坂本直行）
◇「狩猟文学マスターピース」みすず書房 2011（大人の本棚）p197

また君に恋をする（笹原ひとみ）
◇「100の恋─幸せになるための恋愛短篇集」泰文堂 2010（Linda books！）p170

また光州駅（許南麒）
◇「〈在日〉文学全集 2」勉誠出版 2006 p99

また来ん春……（中原中也）
◇「新装版 全集現代文学の発見 13」學藝書林 2004 p176

また蘇老泉の韻を用ひて某に寄す。越後の軍営に在り。（森春濤）
◇「新日本古典文学大系 明治編 2」岩波書店 2004 p55

まただ（井上由）
◇「てのひら怪談─ビーケーワン怪談大賞傑作選 辛卯」ポプラ社 2011（ポプラ文庫）p38

また太白山脈（許南麒）
◇「〈在日〉文学全集 2」勉誠出版 2006 p133

また動物園（許南麒）
◇「〈在日〉文学全集 2」勉誠出版 2006 p123

また夏がきて（洲浜昌三）
◇「高校演劇Selection 2001 下」晩成書房 2001 p103

またね（橋本夏実）
◇「丸の内の誘惑」マガジンハウス 1999 p39

まだ日が高すぎる（都筑道夫）
◇「冒険の森へ─傑作小説大全 6」集英社 2016 p81

またふたたびの道（李恢成）
◇「〈在日〉文学全集 4」勉誠出版 2006 p5

また船（許南麒）
◇「〈在日〉文学全集 2」勉誠出版 2006 p92

またまた落花巌（許南麒）
◇「〈在日〉文学全集 2」勉誠出版 2006 p107

マーダー・マップ（澤田文）
◇「絶体絶命！」泰文堂 2011（Linda books！）p225

まだ迄（藤富保男）
◇「新装版 全集現代文学の発見 13」學藝書林 2004 p546

マダムの咽仏（浅田次郎）
◇「翳りゆく時間」新潮社 2006（新潮文庫）p117

また木浦港（許南麒）
◇「〈在日〉文学全集 2」勉誠出版 2006 p91

また夢をゆく（山本文緒）
◇「短篇コレクション─現代の小説 2000」徳間書店 2000 p141

まだ夢の中（F十五）
◇「ショートショートの広場 10」講談社 2000（講談社文庫）p237

また栄山江（許南麒）
◇「〈在日〉文学全集 2」勉誠出版 2006 p97

また落花厳（許南麒）
◇「〈在日〉文学全集 2」勉誠出版 2006 p106

また落葉林で（立原道造）
◇「新装版 全集現代文学の発見 14」學藝書林 2005 p452

斑腰ひも（三田村連）
◇「捕物時代小説選集 8」春陽堂書店 2000（春陽文庫）p189

真鱈の肝（横田順彌）
◇「シャーロック・ホームズの災難―日本版」論創社 2007 p379

まだらの紐、再び（霧舎巧）
◇「密室殺人大百科 上」原書房 2000 p141

まだ恋愛をするか（宇野千代）
◇「精選女性随筆集 6」文藝春秋 2012 p107

マタンゴ（大槻ケンヂ）
◇「怪獣文学大全」河出書房新社 1998（河出文庫）p188

マタンゴ（福島正実）
◇「怪獣文学大全」河出書房新社 1998（河出文庫）p128

マタンゴを喰ったな（橋本治）
◇「怪獣」国書刊行会 1998（書物の王国）p191
◇「怪獣文学大全」河出書房新社 1998（河出文庫）p175

街（李美子）
◇「〈在日〉文学全集 18」勉誠出版 2006 p306

街（小島信夫）
◇「戦後短篇小説選―『世界』1946–1999 4」岩波書店 2000 p33

街（須賀敦子）
◇「日本文学全集 25」河出書房新社 2016 p47

待合室の冒険（恩田陸）
◇「全席死定―鉄道ミステリー名作館」徳間書店 2004（徳間文庫）p53

街あるき（中野重治）
◇「六人の作家小説選」東銀座出版社 1997（銀選書）p178

待ち合わせ（永子）
◇「超短編の世界 vol.3」創英社 2011 p83

待ち合わせ（三好しず九）
◇「超短編傑選 v.6」創英社 2007 p146

街を語る（金健）
◇「近代朝鮮文学日本語作品集1908〜1945 セレクション 3」緑蔭書房 2008 p393

街を食べる（村田沙耶香）
◇「文学 2010」講談社 2010 p239
◇「現代小説クロニクル 2010〜2014」講談社 2015（講談社文芸文庫）p45

街を見下ろす（小泉秀人）
◇「ショートショートの花束 7」講談社 2015（講談社文庫）p15

間違い電話（希）（秋元康）
◇「アドレナリンの夜―珠玉のホラーストーリーズ」竹書房 2009 p5

まちがえられなかった男（西澤保彦）
◇「ベスト本格ミステリ 2016」講談社 2016（講談社ノベルス）p11

町が雪白に覆われたなら（狗飼恭子）
◇「あのころの宝もの―ほんのり心が温まる12のショートストーリー」メディアファクトリー 2003 p5

街角の碑（いしぶみ）（古沢良一）
◇「中学校たのしい劇脚本集―英語劇付 II」国土社 2011 p27

マチクイの詩（福田修志）
◇「優秀新人戯曲集 2010」ブロンズ新社 2009 p231

町工場（緑川貢）
◇「「日本浪曼派」集」新学社 2007（新学社近代浪漫派文庫）p20

マチコちゃんの報告（青山七恵）
◇「いまのあなたへ―村上春樹への12のオマージュ」NHK出版 2014 p256

街空の花、花（黒木謳子）
◇「日本統治期台湾文学集成 18」緑蔭書房 2003 p376

待ち尽くす（日下圭介）
◇「冥界プリズン」光文社 1999（光文社文庫）p135

待ちつづける「兵補」（戸石泰一）
◇「コレクション戦争と文学 18」集英社 2012 p540

街で立ち止まる時―「ススキノ探偵」シリーズ番外編（東直己）
◇「サイドストーリーズ」KADOKAWA 2015（角川文庫）p79

辻小説 街にて（龍瑛宗）
◇「日本統治期台湾文学集成 22」緑蔭書房 2007 p332

町にも不思議なる迷子ありし事（柳田國男）
◇「ちくま日本文学 15」筑摩書房 2008（ちくま文庫）p138

街には玩具屋がある（黒木謳子）
◇「日本統治期台湾文学集成 18」緑蔭書房 2003 p382

町の踊り場（徳田秋聲）
◇「丸谷才一編・花柳小説傑作選」講談社 2013（講談社文芸文庫）p337

街の記憶（三崎亜記）
◇「スタートライン―始まりをめぐる19の物語」幻冬舎 2010（幻冬舎文庫）p49

町の島帰り（松本清張）
◇「江戸めぐり雨」学研パブリッシング 2014（学研M文庫）p81

街の順ちゃん（林和著, 金龍済譯）
◇「近代朝鮮文学日本語作品集1908〜1945 セレクション 4」緑蔭書房 2008 p321

街の底（横光利一）
◇「近代小説〈都市〉を読む」双文社出版 1999 p145

街の探偵（海野十三）
◇「幻の探偵雑誌 3」光文社 2000（光文社文庫）p453

まちの

街の中で（冬敏之）
◇「ハンセン病文学全集 3」皓星社 2002 p165

街の中にタイムトンネルを見つけた（中井英夫）
◇「架空の町」国書刊行会 1997（書物の王国）p142

真智の火のゆくえ（豊島ミホ）
◇「文芸あねもね」新潮社 2012（新潮文庫）p157

町はずれ（中村星湖）
◇「早稲田作家処女作集」講談社 2012（講談社文芸文庫）p55

町奉行再び（土師清二）
◇「捕物時代小説選集 3」春陽堂書店 2000（春陽文庫）p101

マチベン（井上由美子）
◇「テレビドラマ代表作選集 2007年版」日本脚本家連盟 2007 p113

まちぼうけ（谷一生）
◇「てのひら怪談―ビーケーワン怪談大賞傑作選 辛卯」ポプラ社 2011（ポプラ文庫）p50

魔鳥（佐藤春夫）
◇「〈外地〉の日本語文学選 1」新宿書房 1996 p39

待つ（黒井千次）
◇「文豪てのひら怪談」ポプラ社 2009（ポプラ文庫）p158

待つ（太宰治）
◇「涙の百年文学―もう一度読みたい」太陽出版 2009 p108
◇「文豪怪談傑作選 太宰治集」筑摩書房 2009（ちくま文庫）p237
◇「コレクション戦争と文学 8」集英社 2011 p13
◇「日本近代短篇小説選 昭和篇1」岩波書店 2012（岩波文庫）p359

松井須磨子さんの死（与謝野晶子）
◇「「新編」日本女性文学全集 4」菁柿堂 2012 p114

松井清衛門、推参つかまつる（山田正紀）
◇「怪獣文藝―パートカラー」メディアファクトリー 2013（〔幽BOOKS〕）p167

末裔の人々（黒田喜夫）
◇「新装版 全集現代文学の発見 13」學藝書林 2004 p354

松江城の人柱―松江城（南條範夫）
◇「名城伝」角川春樹事務所 2015（ハルキ文庫）p79

松江の怪談―インタビュー（小泉凡）
◇「松江怪談―新作怪談 松江物語」今井印刷 2015 p30

待つ女（三国亮）
◇「ショートショートの広場 16」講談社 2005（講談社文庫）p123

松風（観阿彌）
◇「幻視の系譜」筑摩書房 2013（ちくま文庫）p11

句集 松風（松丘保養園俳句の会）
◇「ハンセン病文学全集 9」皓星社 2010 p129

鞦韆嵐（江口渙）

『少年倶楽部』熱血・痛快・時代短篇選」講談社 2015（講談社文芸文庫）p119

まっかなトマト（香山末子）
◇「ハンセン病文学全集 7」皓星社 2004 p412

松ケ根乱射事件（佐藤久美子, 向井康介, 山下敦弘）
◇「年鑑代表シナリオ集 '07」シナリオ作家協会 2009 p123

松ヶ鼻渡しを渡る（田木繁）
◇「新装版 全集現代文学の発見 別巻」學藝書林 2005 p502

松川裁判について（広津和郎）
◇「新装版 全集現代文学の発見 10」學藝書林 2004 p490

松川無罪確定の後（佐多稲子）
◇「新装版 全集現代文学の発見 4」學藝書林 2003 p536

末期の水（田宮虎彦）
◇「戦後短篇小説選―『世界』1946-1999 1」岩波書店 2000 p217
◇「歴史小説の世紀 天の巻」新潮社 2000（新潮文庫）p629

末期の夢（鎌田樹）
◇「花と剣と侍―新鷹会・傑作時代小説選」光文社 2009（光文社文庫）p351

マックス号事件（大倉崇裕）
◇「法廷ジャックの心理学―本格短編ベスト・セレクション」講談社 2011（講談社文庫）p309

真っ黒星のナイン（松樹剛史）
◇「Colors」ホーム社 2008 p51
◇「Colors」集英社 2009（集英社文庫）p81

マッコリ・どぶろく・にごり酒（宗秋月）
◇「〈在日〉文学全集 18」勉誠出版 2006 p23

マッサージ（東直子）
◇「ファイン／キュート素敵かわいい作品選」筑摩書房 2015（ちくま文庫）p150

松島に於て芭蕉翁を読む（北村透谷）
◇「明治の文学 16」筑摩書房 2002 p324

まっしろけのけ（有吉佐和子）
◇「晩菊―女体についての八篇」中央公論新社 2016（中公文庫）p95

真っ白な甲子園（遊馬足掻）
◇「5分で読める！ ひと駅ストーリー 冬の記憶西口編」宝島社 2013（宝島社文庫）p211

松蟬のうた（古川時夫）
◇「ハンセン病文学全集 7」皓星社 2004 p355

末草寺縁起（初川渉足）
◇「ミヤマカラスアゲハ―第三回「草枕文学賞」作品集」文藝春秋企画出版部 2003 p177

まったく関係ない者の推理（斎藤肇）
◇「八ヶ岳「雪密室」の謎」原書房 2001 p163

松茸狩りでオトナになる（明智抄）
◇「ハンサムウーマン」ビレッジセンター出版局 1998 p5

松茸めし（椎名麟三）

◇「もの食う話」文藝春秋 2015（文春文庫）p69

末端の戦士（明智光越）
　◇「ショートショートの広場 10」講談社 2000（講談社文庫）p47

マッチ売りの少女（野坂昭如）
　◇「戦後短篇小説再発見 2」講談社 2001（講談社文芸文庫）p121
　◇「新装版 全集現代文学の発見 6」學藝書林 2003 p444
　◇「恐怖の森」ランダムハウス講談社 2007 p199

マッチの家（上原和樹）
　◇「てのひら怪談 癸巳」KADOKAWA 2013（MF文庫ダ・ヴィンチ）p64

マッチ箱の人生（阿刀田高）
　◇「七つの危険な真実」新潮社 2004（新潮文庫）p51
　◇「謎―スペシャル・ブレンド・ミステリー 003」講談社 2008（講談社文庫）p363

マッチ棒（江坂遊）
　◇「綾辻・有栖川復刊セレクション 仕掛け花火」講談社 2007（講談社ノベルス）p28

抹茶アイス（みか）
　◇「大人が読む。ケータイ小説―第1回ケータイ文学賞アンソロジー」オンブック 2007 p61

待っている（清水義範）
　◇「宇宙塵傑作選―日本SFの軌跡 2」出版芸術社 1997 p5

待っている女（山川方夫）
　◇「ドッペルゲンガー奇譚集―死を招く影」角川書店 1998（角川ホラー文庫）p175
　◇「日本文学100年の名作 5」新潮社 2015（新潮文庫）p453
　◇「30の神品―ショートショート傑作選」扶桑社 2016（扶桑社文庫）p355

マッドサイエンティストへの手紙（森深紅）
　◇「NOVA―書き下ろし日本SFコレクション 4」河出書房新社 2011（河出文庫）p147

松野主馬は動かず（中村彰彦）
　◇「決闘！ 関ケ原」実業之日本社 2015（実業之日本社文庫）p233

松の花（合田とくを）
　◇「ハンセン病文学全集 8」皓星社 2006 p103

松葉売り（鄭承博）
　◇「〈在日〉文学全集 9」勉誠出版 2006 p259

松葉杖をつく女（素木しづ）
　◇「「新編」日本女性文学全集 4」菁柿堂 2012 p412

松葉杖の男（遠藤周作）
　◇「コレクション戦争と文学 10」集英社 2012 p523

松葉巴（永井荷風）
　◇「日本文学全集 26」河出書房新社 2017 p157

松林（白鐵）
　◇「近代朝鮮文学日本語作品集1908～1945 セレクション 4」緑蔭書房 2008 p242

松林の雪（長谷川不通）
　◇「ゆきのまち幻想文学賞小品集 25」企画集団ぷりずむ 2015 p56

まっぷたつ（松本楽志）
　◇「てのひら怪談―ビーケーワン怪談大賞傑作選 百怪繚乱篇」ポプラ社 2008 p114

松ぼっくり（山崎文男）
　◇「全作家短編小説集 9」全作家協会 2010 p191

『マツミヤ』最後の客（名取佐和子）
　◇「涙がこぼれないように―さよならが胸を打つ10の物語」泰文堂 2014（リンダブックス）p52

松山会（正岡子規）
　◇「新日本古典文学大系 明治編 27」岩波書店 2003 p223

松山の雁（正岡子規）
　◇「新日本古典文学大系 明治編 27」岩波書店 2003 p418

松山主水（高野澄）
　◇「人物日本剣豪伝 3」学陽書房 2001（人物文庫）p263

待宵びと（今井絵美子）
　◇「哀歌の雨」祥伝社 2016（祥伝社文庫）p7

茉莉凹巷集（森春濤）
　◇「新日本古典文学大系 明治編 2」岩波書店 2004 p78

茉莉花（我妻俊樹）
　◇「てのひら怪談―ビーケーワン怪談大賞傑作選」ポプラ社 2007 p194
　◇「てのひら怪談―ビーケーワン怪談大賞傑作選」ポプラ社 2008（ポプラ文庫）p204

茉莉祠下の作（森春濤）
　◇「新日本古典文学大系 明治編 2」岩波書店 2004 p72

祭りに出るおに（折口信夫）
　◇「文豪怪談傑作選 折口信夫集」筑摩書房 2009（ちくま文庫）p205

祭にはつきものの…（菊地秀行）
　◇「十月のカーニヴァル」光文社 2000（カッパ・ノベルス）p137

まつりのあと（鈴木清美）
　◇「「伊豆文学賞」優秀作品集 第18回」羽衣出版 2015 p5

祭の前夜（森春樹）
　◇「ハンセン病文学全集 2」皓星社 2002 p13

祭りの場（林京子）
　◇「三枝和子・林京子・富岡多惠子」角川書店 1999（女性作家シリーズ）p155
　◇「コレクション戦争と文学 19」集英社 2011 p211

まつりの花束（大倉燁子）
　◇「甦る推理雑誌 10」光文社 2004（光文社文庫）p185

祭の晩（平野直）
　◇「学校放送劇脚本集―宮沢賢治名作童話」東洋書院 2008 p121

祭の晩（宮沢賢治）
　◇「十月のカーニヴァル」光文社 2000（カッパ・ノベルス）p175

祭りの日（古倉節子）
　◇「全作家短編小説集 9」全作家協会 2010 p76

まつり

祭の夜（不狼児）
◇「てのひら怪談―ビーケーワン怪談大賞傑作選」ポプラ社 2007 p222
◇「てのひら怪談―ビーケーワン怪談大賞傑作選」ポプラ社 2008（ポプラ文庫）p234

末路（アンデルセン著, 森鷗外訳）
◇「新日本古典文学大系 明治編 25」岩波書店 2004 p407

魔笛（市川森一）
◇「日本舞踊舞踊劇選集」西川会 2002 p101

魔笛（白石一郎）
◇「美女峠に星が流れる―時代小説傑作選」講談社 1999（講談社文庫）p185

マテリアルマダム（阿修蘭）
◇「脈動―同人誌作家作品選」ファーストワン 2013 p217

摩天楼（島尾敏雄）
◇「暗黒のメルヘン」河出書房新社 1998（河出文庫）p309
◇「塔の物語」角川書店 2000（角川ホラー文庫）p269
◇「戦後短篇小説再発見 6」講談社 2001（講談社文芸文庫）p36
◇「新装版 全集現代文学の発見 8」學藝書林 2003 p190
◇「幻視の系譜」筑摩書房 2013（ちくま文庫）p447

窓（許南麒）
◇「〈在日〉文学全集 2」勉誠出版 2006 p252

窓（堀敏実）
◇「物語のルミナリエ」光文社 2011（光文社文庫）p250

窓（山本大介）
◇「12人のカウンセラーが語る12の物語」ミネルヴァ書房 2010 p77

窓（尹敏哲）
◇「〈在日〉文学全集 18」勉誠出版 2006 p274

魔島の奇跡（押川春浪）
◇「明治探偵冒険小説 3」筑摩書房 2005（ちくま文庫）p343

魔道の夜（森真沙子）
◇「京都宵」光文社 2008（光文社文庫）p497

的を掘る（金時鐘）
◇「〈在日〉文学全集 5」勉誠出版 2006 p42

窓鴉（式貴士）
◇「贈る物語Wonder」光文社 2002 p61

窓ガラス越しのマドンナ（藤田宜永）
◇「夢を撃つ男」角川春樹事務所 1999（ハルキ文庫）p191

窓 第二集（駿河療養所窓俳句会）
◇「ハンセン病文学全集 9」皓星社 2010 p105

句集 窓 第三歌集（伊藤朋二郎）
◇「ハンセン病文学全集 9」皓星社 2010 p118

句集 窓 第五集（鈴木才雄）
◇「ハンセン病文学全集 9」皓星社 2010 p139

窓七句集 山人・たけ子句集（駿河山人, 赤城たけ子）
◇「ハンセン病文学全集 9」皓星社 2010 p140

窓の下には（近藤史恵）
◇「あのころの宝もの―ほんのり心が温まる12のショートストーリー」メディアファクトリー 2003 p91

窓の月（饗庭篁村）
◇「明治の文学 13」筑摩書房 2003 p239

窓の割れ目から（加門七海）
◇「文藝百物語」ぶんか社 1997 p173

窓俳句（駿河療養所窓俳句会）
◇「ハンセン病文学全集 9」皓星社 2010 p92

窓展く（佐藤春夫）
◇「短編名作選―1885–1924 小説の曙」笠間書院 2003 p281
◇「百年小説」ポプラ社 2008 p661

窓塞ぎ（甲斐文汀）
◇「てのひら怪談―ビーケーワン怪談大賞傑作選 辛卯」ポプラ社 2011（ポプラ文庫）p196

窓辺（小瀬朧）
◇「てのひら怪談―ビーケーワン怪談大賞傑作選 壬辰」ポプラ社 2012（ポプラ文庫）p10

窓辺のファンタジー（河内尚和）
◇「中学校劇作シリーズ 10」青雲書房 2006 p3

マトモッソ渓谷（橘外男）
◇「ひとりで夜読むな―新青年傑作選 怪奇編」角川書店 2001（角川ホラー文庫）p307
◇「人外魔境」リブリオ出版 2001（怪奇・ホラーワールド）p181
◇「冒険の森へ―傑作小説大全 1」集英社 2016 p240

マトリカレント―いずれ貴女もまた耳にするはず、深海の響きを。るぶぶぶぶるうううううんんん（新城カズマ）
◇「NOVA―書き下ろし日本SFコレクション 2」河出書房新社 2010（河出文庫）p275

マトリョーシカの鞦韆（ふらここ）（島林愛）
◇「優秀新人戯曲集 2007」ブロンズ新社 2006 p257

マトリョーシカの憂鬱（福島千佳）
◇「ゆきのまち幻想文学賞小品集 21」企画集団ぷりずむ 2012 p181

まどろむ女（朱耀翰）
◇「近代朝鮮文学日本語作品集1908〜1945 セレクション 4」緑蔭書房 2008 p57

マドンナの真珠（澁澤龍彦）
◇「暗黒のメルヘン」河出書房新社 1998（河出文庫）p377

マナー（平渡敏）
◇「ショートショートの花束 6」講談社 2014（講談社文庫）p50

マナイタの化けた話（小熊秀雄）
◇「謎のギャラリー――こわい部屋」新潮社 2002（新潮文庫）p87
◇「こわい部屋」筑摩書房 2012（ちくま文庫）p87

マナー違反（藤咲知治）
◇「ショートショートの広場 16」講談社 2005（講談社文庫）p57

まなうらの銀河（沢田五郎）
◇「ハンセン病文学全集 8」皓星社 2006 p519

眼神（上田早夕里）
◇「憑依」光文社 2010（光文社文庫）p371

眼居（石神茉莉）
◇「キネマ・キネマ」光文社 2002（光文社文庫）p249

まなざしの行方（桐生典子）
◇「紅迷宮―ミステリー・アンソロジー」祥伝社 2002（祥伝社文庫）p123

真鶴（志賀直哉）
◇「ちくま日本文学 21」筑摩書房 2008（ちくま文庫）p17
◇「百年小説」ポプラ社 2008 p431

真夏に真夏の詩を（安水稔和）
◇「新装版 全集現代文学の発見 13」學藝書林 2004 p536

真夏の梅（泉鏡花）
◇「金沢三文豪掌文庫 たべもの編」金沢文化振興財団 2011 p12

真夏の動物園（瀧羽麻子）
◇「ひとなつの。―真夏に読みたい五つの物語」KADOKAWA 2014（角川文庫）p143

真夏の鼻（律心）
◇「ショートショートの花束 7」講談社 2015（講談社文庫）p174

真夏の誘拐者（折原一）
◇「ザ・ベストミステリーズ―推理小説年鑑 2000」講談社 2000 p315
◇「嘘つきは殺人のはじまり」講談社 2003（講談社文庫）p263

真夏の夢（有島武郎）
◇「夢」SDP 2009（SDP bunko）p47

學びの窓巾（趙靈出）
◇「近代朝鮮文学日本語作品集1939～1945 創作篇 6」緑蔭書房 2001 p274

学び舎を前に（@aquall）
◇「3.11心に残る140字の物語」学研パブリッシング 2011 p116

マニアの受難（山本幸久）
◇「あの日、君と Boys」集英社 2012（集英社文庫）p285

間に合わない（穂坂コウジ）
◇「超短編の世界 vol.3」創英社 2011 p102

間に合わない！（加門七海）
◇「文藝百物語」ぶんか社 1997 p15

マニキュア（藤井みなみ）
◇「超短編の世界」創英社 2008 p152

魔に憑かれて（北原武夫）
◇「戦後短篇小説再発見 13」講談社 2003（講談社文芸文庫）p74

操作手（篠田節子）

◇「日本SF短篇50 4」早川書房 2013（ハヤカワ文庫 JA）p139

間抜け（井上剛）
◇「物語のルミナリエ」光文社 2011（光文社文庫）p171

マヌル 大蒜（庾妙達）
◇「〈在日〉文学全集 18」勉誠出版 2006 p86

招かれざる死者（西澤保彦）
◇「名探偵で行こう―最新ベスト・ミステリー」光文社 2001（カッパ・ノベルス）p311

招かれなかった女（森瑤子）
◇「奇妙な恋の物語」光文社 1998（光文社文庫）p235

招き猫異譚（今江祥智）
◇「本からはじまる物語」メディアパル 2007 p29

まねき猫狂想曲（水生大海）
◇「猫とわたしの七日間―青春ミステリーアンソロジー」ポプラ社 2013（ポプラ文庫ピュアフル）p101

招く狐（神楽）
◇「てのひら怪談―ビーケーワン怪談大賞傑作選 辛卯」ポプラ社 2011（ポプラ文庫）p98

真似の鑑定（柳田國男）
◇「文豪怪談傑作選 柳田國男集」筑摩書房 2007（ちくま文庫）p9

魔の椅子事件（福田昌夫）
◇「日本統治期台湾文学集成 21」緑蔭書房 2007 p215

魔の笛（野村胡堂）
◇「怪奇・怪談傑作集」新人物往来社 1997 p25

魔のもの Folk Tales（抄）（佐藤春夫）
◇「文豪てのひら怪談」ポプラ社 2009（ポプラ文庫）p102

間の悪い人（吉田訓子）
◇「ショートショートの広場 17」講談社 2005（講談社文庫）p171

マノン（中村暁）
◇「宝塚バウホール公演脚本集―2001年4月―2001年10月」阪急電鉄コミュニケーション事業部 2002 p5

マハシャイ・マミオ殿（向田邦子）
◇「精選女性随筆集 11」文藝春秋 2012 p118

まばたき選手権（星野すぴか）
◇「ショートショートの広場 15」講談社 2004（講談社文庫）p83

マバヤカ（毛利元貞）
◇「トロピカル」廣済堂出版 1999（廣済堂文庫）p161

マーハン（佐藤智明）
◇「ゆきのまち幻想文学賞小品集 13」企画集団ぷりずむ 2004 p146

間引き子・桃太郎、自分捜しの旅へ（久慈瑛子）
◇「誰も知らない「桃太郎」「かぐや姫」のすべて」明拓出版 2009（創作童話シリーズ）p37

麻痺性痴呆患者の犯罪工作（水上呂理）
◇「戦前探偵小説四人集」論創社 2011（論創ミステ

リ叢書）p127

間人さま（木原浩勝）
◇「獣人」光文社 2003（光文社文庫）p441

まひる（秋山清）
◇「新装版 全集現代文学の発見 別巻」學藝書林 2005 p521

まひる（黒木謳子）
◇「日本統治期台湾文学集成 18」緑蔭書房 2003 p485

まひる（鄭芝溶）
◇「近代朝鮮文学日本語作品集1908〜1945 セレクション 4」緑蔭書房 2008 p95
◇「近代朝鮮文学日本語作品集1908〜1945 セレクション 4」緑蔭書房 2008 p161

まひる（中園ミホ）
◇「Love—あなたに逢いたい」双葉社 1997（双葉文庫）p167

真昼（金時鐘）
◇「〈在日〉文学全集 5」勉誠出版 2006 p124

真昼に見る夢（杉田彩織）
◇「創作脚本集—60周年記念」岡山県高等学校演劇協議会 2011（おかやまの高校演劇）p267

真昼の断層（眉村卓）
◇「70年代日本SFベスト集成 1」筑摩書房 2014（ちくま文庫）p61

真昼の花火（山下奈美）
◇「さきがけ文学選集 5」秋田魁新報社 2016（さきがけ文庫）p107

真昼の歩行者（大岡昇平）
◇「文豪のミステリー小説」集英社 2008（集英社文庫）p151

まぶしいもの（伊集院静）
◇「短篇ベストコレクション—現代の小説 2009」徳間書店 2009（徳間文庫）p39

まぶしい夜顔（林由美子）
◇「5分で読める！ ひと駅ストーリー 夏の記憶東口編」宝島社 2013（宝島社文庫）p51
◇「5分で泣ける！ 胸がいっぱいになる物語」宝島社 2015（宝島社文庫）p127

まぶだち（古厩智之）
◇「年鑑代表シナリオ集 '01」映人社 2002 p349

まぶたの父（岡田秀文）
◇「御白洲裁き—時代推理傑作選」徳間書店 2009（徳間文庫）p261

瞼の母（長谷川伸）
◇「心洗われる話」筑摩書房 2010（ちくま文学の森）p439

真冬の幻灯屋（岩崎明）
◇「ゆきのまち幻想文学賞小品集 16」企画集団ぷりずむ 2007 p77

真冬の書—Mes Cahiers（安西冬衛）
◇「新装版 全集現代文学の発見 13」學藝書林 2004 p13

真冬の蜂（高山聖史）
◇「5分で読める！ ひと駅ストーリー 冬の記憶西口編」宝島社 2013（宝島社文庫）p131

真冬の夜の雨に（立原道造）
◇「新装版 全集現代文学の発見 14」學藝書林 2005 p449

マフラーは赤い糸（大坂繁治）
◇「ゆきのまち幻想文学賞小品集 19」企画集団ぷりずむ 2010 p80

魔法（江坂遊）
◇「有栖川有栖の鉄道ミステリ・ライブラリー」角川書店 2004（角川文庫）p219

魔法（南川潤）
◇「創刊一〇〇年三田文学名作選」三田文学会 2010 p180

魔法修行者（幸田露伴）
◇「文豪怪談傑作選 幸田露伴集」筑摩書房 2010（ちくま文庫）p243

魔法使いと死者からの伝言（東川篤哉）
◇「悪意の迷路」光文社 2016（最新ベスト・ミステリー）p273

魔法つかいの夏（石川喬司）
◇「日本SF短篇50 1」早川書房 2013（ハヤカワ文庫 JA）p169

魔法使いは王命に従い竜殺しを試みる（栗原ちひろ）
◇「ファンタスティック・ヘンジ」変タジー同好会 2012 p33

魔法のおうち（秋山咲絵）
◇「万華鏡—第14回フェリシモ文学賞作品集」フェリシモ 2011 p38

魔法の杖（耳目）
◇「ショートショートの花束 1」講談社 2009（講談社文庫）p148

魔法のランプ（戸原一飛）
◇「ショートショートの花束 4」講談社 2012（講談社文庫）p217

魔法のランプ（野々山敦士）
◇「ショートショートの広場 15」講談社 2004（講談社文庫）p56

まほうやしき（江戸川乱歩）
◇「少年探偵王—本格推理マガジン 特集・ぼくらの推理冒険物語」光文社 2002（光文社文庫）p13

まぼろし（姜信哲）
◇「近代朝鮮文学日本語作品集1908〜1945 セレクション 4」緑蔭書房 2008 p111

まぼろし一味陰始末（田牧大和）
◇「代表作時代小説 平成23年度」光文社 2011 p139

幻往来（泉鏡花）
◇「文豪怪談傑作選 泉鏡花集」筑摩書房 2006（ちくま文庫）p62

幻を追って（山村幽星）
◇「てのひら怪談—ビーケーワン怪談大賞傑作選 辛卯」ポプラ社 2011（ポプラ文庫）p102

幻を見る人 四篇（田村隆一）
◇「日本文学全集 29」河出書房新社 2016 p56

幻の愛妻（岩間光介）
◇「はじめての小説（ミステリー）—内田康夫＆東京・北区が選んだ珠玉のミステリー 2」実業之

日本社 2013 p59

幻の絵の先生（最相葉月）
◇「超弦領域—年刊日本SF傑作選」東京創元社 2009（創元SF文庫）p219

まぼろしの演劇（青野聰）
◇「文学 2003」講談社 2003 p110

幻の男（藤岡真）
◇「ミステリ★オールスターズ」角川書店 2010 p271
◇「ミステリ・オールスターズ」角川書店 2012（角川文庫）p319

幻の女（五木寛之）
◇「新装版 全集現代文学の発見 16」學藝書林 2005 p412

幻の女（田中小実昌）
◇「ミステリマガジン700 国内篇」早川書房 2014（ハヤカワ・ミステリ文庫）p53

幻の九番斬り—柳生宗矩（滝口康彦）
◇「時代小説傑作選 1」新人物往来社 2008 p35

まぼろしの軍師（新田次郎）
「軍師の死にざま—短篇小説集」作品社 2006 p95
「決戦川中島—傑作時代小説」PHP研究所 2007（PHP文庫）p83
◇「軍師の生きざま—時代小説傑作選」コスミック出版 2008（コスミック・時代文庫）p35

幻の軍師（火坂雅志）
◇「竹中半兵衛—小説集」作品社 2014 p233

まぼろしの軍師—山本勘助（新田次郎）
◇「軍師の死にざま」実業之日本社 2013（実業之日本社文庫）p123

まぼろしの恋妻（山田風太郎）
◇「迷」文藝春秋 2003（推理作家になりたくて マイベストミステリー）p248
◇「マイ・ベスト・ミステリー 3」文藝春秋 2007（文春文庫）p370

幻の穀物危機（篠田節子）
◇「鬼瑠璃草—恋愛ホラー・アンソロジー」祥伝社 2003（祥伝社文庫）p335
◇「冒険の森へ—傑作小説大全 19」集英社 2015 p99

幻の魚（西村京太郎）
◇「殺意の海—釣りミステリー傑作選」徳間書店 2003（徳間文庫）p5

幻の蝶が翔ぶ（菊村到）
◇「日本縦断世界遺産殺人紀行」有楽出版社 2014（JOY NOVELS）p125

幻の追伸（北村薫）
◇「殺意の隘路」光文社 2016（最新ベスト・ミステリー）p183

幻の賭博師（笹沢左保）
◇「熱い賭け」早川書房 2006（ハヤカワ文庫）p143

幻のハイジャッカー（福本和也）
◇「死を招く乗客—ミステリーアンソロジー」有楽出版社 2015（JOY NOVELS）p125

幻の花（三木等詠）
◇「太宰治賞 2006」筑摩書房 2006 p75

幻の花嫁（抄）（五十嵐フミ）
◇「山形県文学全集第1期（小説編）6」郷土出版社 2004 p515

幻の百花双瞳（陳舜臣）
◇「日本文学100年の名作 6」新潮社 2015（新潮文庫）p297

幻の不動明王（陳舜臣）
◇「煌めきの殺意」徳間書店 1999（徳間文庫）p401

まぼろしのふるさと（宗秋月）
◇「〈在日〉文学全集 18」勉誠出版 2006 p28

小説 幻の兵士（崔貞煕）
◇「近代朝鮮文学日本語作品集1939〜1945 創作篇 3」緑蔭書房 2001 p291

幻の娘（有栖川有栖）
◇「七つの死者の囁き」新潮社 2008（新潮文庫）p7

幻のメリーゴーラウンド（戸田巽）
◇「怪奇探偵小説集 2」角川春樹事務所 1998（ハルキ文庫）p135

幻・方法（吉野弘）
◇「新装版 全集現代文学の発見 13」學藝書林 2004 p427

まほろばの里からのたより（抄）（星寛治）
◇「山形県文学全集第2期（随筆・紀行編）6」郷土出版社 2005 p187

ママ（水城嶺子）
◇「憑き者—全篇書下ろし傑作ホラーアンソロジー」アスキー 2000（A-novels）p43

ママ（湯菜岸時也）
◇「てのひら怪談—ビーケーワン怪談大賞傑作選 庚寅」ポプラ社 2010（ポプラ文庫）p28

ママ、痛いよ（戸梶圭太）
◇「5分で読める！ 怖いはなし」宝島社 2014（宝島社文庫）p161

ママが飛んだ！（清水曙美）
◇「読んで演じたくなるゲキの本 小学生版」幻冬舎 2006 p7

ママからいただいた大きな大きな収穫≫黒柳朝（黒柳紹明）
◇「日本人の手紙 1」リブリオ出版 2004 p52

ままごと（宮本晃宏）
◇「ショートショートの広場 15」講談社 2004（講談社文庫）p146

ママゴト（城昌幸）
◇「架空の町」国書刊行会 1997（書物の王国）p119
◇「江戸川乱歩と13の宝石 2」光文社 2007（光文社文庫）p127
◇「30の神品—ショートショート傑作選」扶桑社 2016（扶桑社文庫）p337

ママさん（後藤紀一）
◇「山形県文学全集第2期（随筆・紀行編）4」郷土出版社 2005 p217

ママ・スイート・ママ（安土萌）
◇「侵略！」廣済堂出版 1998（廣済堂文庫）p347

ままに

ママに伝えてほしいこと（佐川里江）
　◇「少女のなみだ」泰文堂 2014（リンダブックス）
　　p97
ママのいない悲しさがにじみ出る＞三益愛子
（川口松太郎）
　◇「日本人の手紙 6」リブリオ出版 2004 p210
ママの恋（源祥子）
　◇「あなたが生まれた日—家族の愛が温かな10の感
　　動ストーリー」泰文堂 2013（リンダブックス）
　　p205
ママ恋（石井里奈）
　◇「100の恋—幸せになるための恋愛短篇集」泰文堂
　　2010（Linda books！）p122
ママは空に消える（我孫子武丸）
　◇「名探偵で行こう—最新ベスト・ミステリー」光
　　文社 2001（カッパ・ノベルス）p37
ママはダンシング・クイーン（吉川トリコ）
　◇「ナゴヤドームで待ちあわせ」ポプラ社 2016 p47
ママはユビキタス（亘星恵風）
　◇「原色の想像力—創元SF短編賞アンソロジー」東
　　京創元社 2010（創元SF文庫）p241
魔魅及天狗（芥川龍之介）
　◇「文豪怪談傑作選 芥川龍之介集」筑摩書房 2010
　　（ちくま文庫）p338
マミの死（島比呂志）
　◇「ハンセン病文学全集 4」皓星社 2003 p736
マミの引越（島比呂志）
　◇「ハンセン病文学全集 4」皓星社 2003 p728
魔夢（夢野まりあ）
　◇「夏のグランドホテル」光文社 2003（光文社文
　　庫）p541
マムシ（呪淋陀）
　◇「てのひら怪談—ビーケーワン怪談大賞傑作選 2」
　　ポプラ社 2007 p166
　◇「てのひら怪談—ビーケーワン怪談大賞傑作選 己
　　丑」ポプラ社 2009（ポプラ文庫）p74
蝮の道三（南條範夫）
　◇「代表作時代小説 平成11年度」光風社出版 1999
　　p53
マメ（SNOWGAME）
　◇「超短編の世界 vol.2」創英社 2009 p89
マーメイド（阿刀田高）
　◇「30の神品—ショートショート傑作選」扶桑社
　　2016（扶桑社文庫）p53
豆を煮る男（森絵都）
　◇「短篇ベストコレクション—現代の小説 2009」徳
　　間書店 2009（徳間文庫）p107
豆菊（角田喜久雄）
　◇「幻の探偵雑誌 2」光文社 2000（光文社文庫）
　　p29
　◇「探偵小説の風景—トラフィック・コレクション
　　下」光文社 2009（光文社文庫）p133
豆と山（正岡子規）
　◇「新日本古典文学大系 明治編 27」岩波書店 2003
　　p16
魔物と仲よくなる方法（北沢慶）

　◇「砂漠の王」富士見書房 1999（富士見ファンタジ
　　ア文庫）p85
魔物の沼（友成純一）
　◇「モンスターズ1970」中央公論新社 2004（C
　　NOVELS）p119
守り神（春名トモコ）
　◇「超短編の世界 vol.2」創英社 2009 p62
守り神（松村進吉）
　◇「男たちの怪談百物語」メディアファクトリー
　　2012（〔幽BOOKS〕）p90
守り氷（冨岡美子）
　◇「「伊豆文学賞」優秀作品集 第13回」羽衣出版
　　2010 p75
守り通した家門（安西篤子）
　◇「信州歴史時代小説傑作集 1」しなのき書房 2007
　　p217
眉（中里恒子）
　◇「精選女性随筆集 10」文藝春秋 2012 p108
繭（那珂太郎）
　◇「新装版 全集現代文学の発見 13」學藝書林 2004
　　p409
繭（林房雄）
　◇「新・プロレタリア文学精選集 9」ゆまに書房
　　2004 p299
繭（丸川雄一）
　◇「ショートショートの広場 17」講談社 2005（講
　　談社文庫）p151
眉かくしの女—泉鏡花作『眉かくしの霊』よ
り（伊藤浩一）
　◇「泉鏡花記念金沢戯曲大賞受賞作品集 第2回」金
　　沢泉鏡花フェスティバル委員会 2005 p173
眉植毛・旅行（一九六六年）（金夏日）
　◇「〈在日〉文学全集 17」勉誠出版 2006 p213
繭の妹（高瀬美恵）
　◇「おぞけ—ホラー・アンソロジー」祥伝社 1999
　　（祥伝社文庫）p219
繭の見る夢—第二回創元SF短編賞佳作（空木
春宵）
　◇「原色の想像力—創元SF短編賞アンソロジー 2」
　　東京創元社 2012（創元SF文庫）p15
繭の遊戯（蜂飼耳）
　◇「極上掌編小説」角川書店 2006 p211
　◇「ひと粒の宇宙」角川書店 2009（角川文庫）
　　p209
マユミ（梅原公彦）
　◇「てのひら怪談—ビーケーワン怪談大賞傑作選」
　　ポプラ社 2007 p102
　◇「てのひら怪談—ビーケーワン怪談大賞傑作選」
　　ポプラ社 2008（ポプラ文庫）p106
まゆみの五月晴れ（辰嶋幸夫）
　◇「中学生のドラマ 4」晩成書房 2003 p157
まゆみのマーチ（高森章）
　◇「創作脚本集—60周年記念」岡山県高等学校演劇
　　協議会 2011（おかやまの高校演劇）p323
マヨイガ（伽古屋圭市）

まりこ

◇「5分で読める！ ひと駅ストーリー 旅の話」宝島社 2015（宝島社文庫）p369

迷家の如き動くもの（三津田信三）
◇「本格ミステリ―二〇〇九年本格短編ベスト・セレクション 09」講談社 2009（講談社ノベルス）p311
◇「空飛ぶモルグ街の研究」講談社 2013（講談社文庫）p437

マヨイガの姫君（藤八景）
◇「5分で読める！ ひと駅ストーリー 猫の物語」宝島社 2014（宝島社文庫）p239

迷い子（加門七海）
◇「紫迷宮―ミステリー・アンソロジー」祥伝社 2002（祥伝社文庫）p213

迷い旅（辺見庸）
◇「コレクション戦争と文学 2」集英社 2012 p154

迷い蝶（下川香苗）
◇「Friends」祥伝社 2003 p79

まよい猫（法月綸太郎）
◇「9の扉―リレー短編集」マガジンハウス 2009 p31
◇「9の扉」KADOKAWA 2013（角川文庫）p27

迷い猫預かってます。（志野英乃）
◇「中学生のドラマ 7」晩成書房 2007 p93

迷い鳩（宮部みゆき）
◇「死人に口無し―時代推理傑作選」徳間書店 2009（徳間文庫）p37

迷い星（森治美）
◇「読んで演じたくなるゲキの本 高校生版」幻冬舎 2006 p79

まよい螢（早乙女貢）
◇「鎮守の森に鬼が棲む―時代小説傑作選」講談社 2001（講談社文庫）p275

迷い路（小川未明）
◇「文豪怪談傑作選 小川未明集」筑摩書房 2008（ちくま文庫）p61

真夜中に豚汁（内藤了）
◇「てのひら怪談―ビーケーワン怪談大賞傑作選 辛卯」ポプラ社 2011（ポプラ文庫）p190

真夜中の相棒（柴田よしき）
◇「タッグ私の相棒―警察アンソロジー」角川春樹事務所 2015 p73

真夜中の一秒後（石日衣良）
◇「午前零時」新潮社 2007 p233
◇「午前零時―P.S.昨日の私へ」新潮社 2009（新潮文庫）p271

真夜中の狩人（藤原審爾）
◇「昭和の短篇一人一冊集成 藤原審爾」未知谷 2008 p191

真夜中の散歩（岩里藁人）
◇「てのひら怪談―ビーケーワン怪談大賞傑作選」ポプラ社 2007 p136
◇「てのひら怪談―ビーケーワン怪談大賞傑作選」ポプラ社 2008〔ポプラ文庫〕p140

真夜中の散歩道（仲宗根むつみ）
◇「ゆきのまち幻想文学賞・小品集 12」企画集団ぷりずむ 2003 p109

真夜中の住宅街での話（加門七海）
◇「女たちの怪談百物語」メディアファクトリー 2010〔幽books〕p81
◇「女たちの怪談百物語」KADOKAWA 2014（角川ホラー文庫）p87

真夜中の戦士（永井豪）
◇「70年代日本SFベスト集成 4」筑摩書房 2015（ちくま文庫）p287

真夜中の潜水艇（紋屋ノアン）
◇「ゆきのまち幻想文学賞小品集 20」企画集団ぷりずむ 2011 p151

真夜中の図書館（神永学）
◇「本をめぐる物語―小説よ、永遠に」KADOKAWA 2015（角川文庫）p5

真夜中の庭で（本間祐）
◇「ロボットの夜」光文社 2000（光文社文庫）p519

真夜中の訪問者（稲垣足穂）
◇「ちくま日本文学 16」筑摩書房 2008（ちくま文庫）p49

真夜中の訪問者（横田順彌）
◇「日本SF全集 2」出版芸術社 2010 p85

マヨヒガ（樋口明雄）
◇「オバケヤシキ」光文社 2005（光文社文庫）p165

マライ西遊記（小栗虫太郎）
◇「人外魔境」リブリオ出版 2001（怪奇・ホラーワールド）p65

魔羅節（岩井志麻子）
◇「迷」文藝春秋 2003（推理作家になりたくて マイベストミステリー）p10
◇「マイ・ベスト・ミステリー 3」文藝春秋 2007（文春文庫）p10

マーラ・ワラの唄（石川年）
◇「妖異百物語 2」出版芸術社 1997（ふしぎ文学館）p113

マリー（明石裕子）
◇「かわさきの文学―かわさき文学賞50年記念作品集 2009年」審美社 2009 p119

マリア様をみてる（地獄熊マイケル）
◇「てのひら怪談―ビーケーワン怪談大賞傑作選 辛卯」ポプラ社 2011（ポプラ文庫）p130

マリアージュ（近藤史恵）
◇「紫迷宮―ミステリー・アンソロジー」祥伝社 2002（祥伝社文庫）p57

マリアの結婚（須賀敦子）
◇「精選女性随筆集 9」文藝春秋 2012 p113

マリアの乳房（豊田一郎）
◇「全作家短編小説集 10」のべる出版 2011 p183

マリア・ボットーニの長い旅（須賀敦子）
◇「精選女性随筆集 9」文藝春秋 2012 p19

マリオのいる教室（山口タオ）
◇「チャイルド」廣済堂出版 1998（廣済堂文庫）p61

マリーゴールド（永井するみ）

まりと

◇「推理小説代表作選集―推理小説年鑑 1997」講談
社 1997 p81
◇「殺人哀モード」講談社 2000 （講談社文庫）
p261
マリーとメアリー――ポーカー・フェース（沢木
耕太郎）
◇「Story Seller 2」新潮社 2010 （新潮文庫）p9
マリファナ（谷川俊太郎）
◇「新装版 全集現代文学の発見 13」學藝書林 2004
p446
マリヤン（中島敦）
◇「〈外地〉の日本語文学選」新宿書房 1996 p16
◇「文学で考える〈日本〉とは何か」双文社出版
2007 p42
◇「ちくま日本文学 12」筑摩書房 2008 （ちくま文
庫）p251
◇「文学で考える〈日本〉とは何か」翰林書房 2016
p42
マリ・ルイーズ（須賀敦子）
◇「日本文学全集 25」河出書房新社 2016 p192
マリンスノー（森955作）
◇「ゆきのまち幻想文学賞・小品集 9」企画集団ぷ
りずむ 2000 p151
マリン・ロマンティスト（吉野万理子）
◇「好き、だった。―はじめての失恋、七つの話」
メディアファクトリー 2010 （MF文庫）p131
辻小説 丸木橋（新垣宏一）
◇「日本統治期台湾文学集成 22」緑蔭書房 2007
p349
マルキシズム流行の回顧（陳逢源）
◇「日本統治期台湾文学集成 16」緑蔭書房 2003
p144
マルグリット・ユルスナール（須賀敦子）
◇「日本文学全集 25」河出書房新社 2016 p293
圓公園案内係（濱田隼雄）
◇「日本統治期台湾文学集成 22」緑蔭書房 2007
p301
マルスの歌（石川淳）
◇「コレクション戦争と文学 6」集英社 2011 p608
◇「日本文学100年の名作 3」新潮社 2014 （新潮文
庫）p137
マルセーユ着、病状に異なりたることなし≫
長谷川柳子（二葉亭四迷）
◇「日本人の手紙 7」リブリオ出版 2004 p152
丸太の天国（詩）（谷川雁）
◇「コレクション戦争と文学 1」集英社 2012 p287
まるであの空に愛されるように。（冬華）
◇「初めて恋してます。―サナギからチョウへ」主
婦と生活社 2010 （Junon novels）p81
まるで砂糖菓子（乙川優三郎）
◇「文学 2016」講談社 2016 p226
まるで地獄でした。長崎被爆女学生の声≫柳
原英子（宮津弘子）
◇「日本人の手紙 10」リブリオ出版 2004 p105
マルドゥック・アヴェンジェンス（上田裕介）

◇「マルドゥック・ストーリーズ―公式二次創作集」
早川書房 2016 （ハヤカワ文庫 JA）p201
マルドゥック・ヴェロシティ “コンフェッ
ション”―予告篇―（八岐次）
◇「マルドゥック・ストーリーズ―公式二次創作集」
早川書房 2016 （ハヤカワ文庫 JA）p117
マルドゥック・クランクイン！（渡馬直伸）
◇「マルドゥック・ストーリーズ―公式二次創作集」
早川書房 2016 （ハヤカワ文庫 JA）p297
マルドゥック・スクランブル “–200”（冲方丁）
◇「逃げゆく物語の話―ゼロ年代日本SFベスト集成
F」東京創元社 2010 （創元SF文庫）p189
マルドゥック・スクランブル “104”（冲方丁）
◇「ゼロ年代SF傑作選」早川書房 2010 （ハヤカワ
文庫 JA）p7
マルドゥック・スラップスティック（坂野功）
◇「マルドゥック・ストーリーズ―公式二次創作集」
早川書房 2016 （ハヤカワ文庫 JA）p281
丸に十文字（矢野隆）
◇「決戦！ 関ケ原」講談社 2014 p179
丸の内（黒井千次）
◇「文学 2004」講談社 2004 p64
丸の内メリーゴーランド（北野玲）
◇「丸の内の誘惑」マガジンハウス 1999 p77
○×歯科（皿洗一）
◇「てのひら怪談―ビーケーワン怪談大賞傑作選 庚
寅」ポプラ社 2010 （ポプラ文庫）p152
マルハナバチ（津島佑子）
◇「恋物語」朝日新聞社 1998 p234
丸窓の女（三浦衣良）
◇「物語の魔の物語―メタ怪談傑作選」徳間書店
2001 （徳間文庫）p71
丸目蔵人佐（野村敏雄）
◇「人物日本剣豪伝 2」学陽書房 2001 （人物文庫）
p199
丸やギ左衛門のこと（丸谷才一）
◇「山形県文学全集第2期(随筆・紀行編) 4」郷土出版
社 2005 p118
圓山應擧の軸を想い出す（金振九）
◇「近代朝鮮文学日本語作品集1908～1945 セレクショ
ン 3」緑蔭書房 2008 p273
丸山さんの詩（張赫宙）
◇「近代朝鮮文学日本語作品集1908～1945 セレクショ
ン 3」緑蔭書房 2008 p425
丸山先生のこと（木下順二）
◇「戦後文学エッセイ選 8」影書房 2005 p108
円山町幻花（三井快）
◇「新鋭劇作集 series 17」日本劇団協議会 2005 p5
稀に再び山より還る者ある事（柳田國男）
◇「ちくま日本文学 15」筑摩書房 2008 （ちくま文
庫）p124
まれびと（折口信夫）
◇「ちくま日本文学 25」筑摩書房 2008 （ちくま文
庫）p403
マレー蘭印紀行（金子光晴）

◇「ちくま日本文学 38」筑摩書房 2009(ちくま文庫)p356
真綿で首を絞めるような愛撫(三谷晶子)
◇「すごい恋愛」泰文堂 2012(リンダブックス)p220
走馬燈(まはりどうらう)(饗庭篁村)
◇「明治の文学 13」筑摩書房 2003 p181
廻り橋(倉阪鬼一郎)
◇「大江戸「町」物語 光」宝島社 2014(宝島社文庫)p61
回り回って…(久道進)
◇「ショートショートの広場 17」講談社 2005(講談社文庫)p180
回り道(甲木千絵)
◇「少年のなみだ」泰文堂 2014(リンダブックス)p201
マンイーター(津村記久生)
◇「太宰治賞 2005」筑摩書房 2005 p30
満員御礼の焼き鳥屋(工藤正樹)
◇「ショートショートの花束 1」講談社 2009(講談社文庫)p155
満員電車(佃幸苗)
◇「万華鏡―第14回フェリシモ文学賞作品集」フェリシモ 2011 p89
万延元年のラグビー(筒井康隆)
◇「冒険の森へ―傑作小説大全 8」集英社 2015 p129
マン・オン・ザ・ムーン(薄井ゆうじ)
◇「散りぬる桜―時代小説招待席」廣済堂出版 2004 p61
漫画家殺人事件(芦川淳一)
◇「傑作・推理ミステリー10番勝負」永岡書店 1999 p133
満願(太宰治)
◇「ちくま日本文学 8」筑摩書房 2008(ちくま文庫)p92
満願(米澤穂信)
◇「Story Seller 3」新潮社 2011(新潮文庫)p217
◇「ザ・ベストミステリーズ―推理小説年鑑 2011」講談社 2011 p343
◇「Guilty殺意の連鎖」講談社 2014(講談社文庫)p315
まんきい(金子光晴)
◇「ちくま日本文学 38」筑摩書房 2009(ちくま文庫)p110
捜査実話 万久殺し(小南堂居)
◇「日本統治期台湾文学集成 9」緑蔭書房 2002 p335
万華鏡(飛田一歩)
◇「脈動―同人誌作家作品選」ファーストワン 2013 p69
万華鏡(夢乃鳥子)
◇「てのひら怪談―ビーケーワン怪談大賞傑作選 辛卯」ポプラ社 2011(ポプラ文庫)p46
万華鏡サングラス(新小田明奈)
◇「万華鏡―第14回フェリシモ文学賞作品集」フェリシモ 2011 p18
万華鏡の紐(宮本章子)
◇「万華鏡―第14回フェリシモ文学賞作品集」フェリシモ 2011 p104
満月(赤井都)
◇「超短編の世界 vol.3」創英社 2011 p52
満月(藤田三四郎)
◇「ハンセン病文学全集 7」皓星社 2004 p405
満月(三村雅子)
◇「北日本文学賞入賞作品集 2」北日本新聞社 2002 p181
まん月おどり大会(助川あや子)
◇「小学生のげき―新小学校演劇脚本集 低学年 1」晩成書房 2010 p113
満月臺(馬海松)
◇「近代朝鮮文学日本語作品集1901~1938 評論・随筆篇 2」緑蔭書房 2004 p209
満月の夜(かわずまえ)
◇「ショートショートの広場 20」講談社 2008(講談社文庫)p265
マンゴーの木(楊雲萍)
◇「日本統治期台湾文学集成 18」緑蔭書房 2003 p538
マンゴープリン・オルタナティヴ(不狼児)
◇「てのひら怪談―ビーケーワン怪談大賞傑作選」ポプラ社 2007 p228
◇「てのひら怪談―ビーケーワン怪談大賞傑作選」ポプラ社 2008(ポプラ文庫)p240
漫才(晴居彗星)
◇「妖(あやかし)がささやく」翠琥出版 2015 p19
卍(まんじ)(谷崎潤一郎)
◇「新装版 全集現代文学の発見 9」學藝書林 2004 p8
萬爺の死(李光洙)
◇「近代朝鮮文学日本語作品集1901~1938 創作篇 4」緑蔭書房 2004 p233
饅頭(金関丈夫)
◇「日本統治期台湾文学集成 17」緑蔭書房 2003 p139
滿洲移民について(張赫宙)
◇「近代朝鮮文学日本語作品集1901~1938 評論・随筆篇 3」緑蔭書房 2004 p35
国語小説 饅頭賣ノ子供(全三回)(欒天子)
◇「近代朝鮮文学日本語作品集1901~1938 創作篇 1」緑蔭書房 2004 p21
満州往来について(宮尾登美子)
◇「コレクション戦争と文学 16」集英社 2012 p576
滿洲作家諸氏へ(兪鎭午)
◇「近代朝鮮文学日本語作品集1939~1945 評論・随筆篇 3」緑蔭書房 2002 p491
満州だより(宮野叢子)
◇「外地探偵小説集 満州篇」せらび書房 2003 p115
饅頭の皮(北原亞以子)
◇「勝者の死にざま―時代小説選手権」新潮社 1998(新潮文庫)p297

まんし

満洲の話（牧洋）
　◇「近代朝鮮文学日本語作品集1939～1945 評論・随筆
　　篇 3」緑蔭書房 2002 p325
満州秘事天然人参譚（城田シュレーダー）
　◇「外地探偵小説集 満州篇」せらび書房 2003 p55
曼珠沙華（桐生典子）
　◇「with you」幻冬舎 2004 p141
曼珠沙華（全生病院武蔵野短歌会）
　◇「ハンセン病文学全集 8」皓星社 2006 p40
曼珠沙華（正岡子規）
　◇「被差別文学全集」河出書房新社 2016（河出文
　　庫）p11
マンション・ダ・モール（森瑶子）
　◇「せつない話 2」光文社 1997 p129
まんぢまんず（紺野仲右エ門）
　◇「ゆきのまち幻想文学賞小品集 22」企画集団ぷり
　　ずむ 2013 p33
満鮮俳句（朴魯植）
　◇「近代朝鮮文学日本語作品集1908～1945 セレクショ
　　ン 6」緑蔭書房 2008 p71
漫想（兪鎮午）
　◇「近代朝鮮文学日本語作品集1901～1938 評論・随筆
　　篇 2」緑蔭書房 2004 p243
『マンゾーニ家の人々』訳者あとがき（須賀敦
　子）
　◇「日本文学全集 25」河出書房新社 2016 p407
万太郎の耳（山田風太郎）
　◇「探偵くらぶ―探偵小説傑作選1946～1958 下」光
　　文社 1997（カッパ・ノベルス）p323
マンティスの祈り（森下うるり）
　◇「怪集 蠱毒―創作怪談発掘大会傑作選」竹書房
　　2009（竹書房文庫）p16
万灯（米澤穂信）
　◇「Story Seller annex」新潮社 2014（新潮文庫）
　　p183
マン島の蒸気鉄道（森博嗣）
　◇「M列車（ミステリートレイン）で行こう」光文社
　　2001（カッパ・ノベルス）p303
　◇「愛憎殺殺人行―鉄道ミステリー名作館」徳間書
　　店 2004（徳間文庫）p55
万徳幽霊奇譚（金石範）
　◇「〈在日〉文学全集 3」勉誠出版 2006 p53
マント狒（ひひ）（中島敦）
　◇「ちくま日本文学 12」筑摩書房 2008（ちくま文
　　庫）p437
マン・トラップ（梅原克文）
　◇「憑き者―全篇書下ろし傑作ホラーアンソロジー」
　　アスキー 2000（A-novels）p143
萬年筆の過去、現在及び未来（内田魯庵）
　◇「明治の文学 11」筑摩書房 2001 p424
万年筆の催眠術（ヤスダハル）
　◇「ゆれる―第12回フェリシモ文学賞作品集」フェ
　　リシモ 2009 p147
万年筆の由来（中野圭介）
　◇「幻の探偵雑誌 5」光文社 2001（光文社文庫）

満杯の絶望（河野裕）
　◇「ブラックミステリーズ―12の黒い謎をめぐる219
　　の質問」KADOKAWA 2015（角川文庫）p89
万引き女のセレナーデ（小泉喜美子）
　◇「犯人は秘かに笑う―ユーモアミステリー傑作選」
　　光文社 2007（光文社文庫）p243
満腹亭の謎解きお弁当は今日もホカホカなの
　よね（大津太央）
　◇「10分間ミステリー THE BEST」宝島社 2016
　　（宝島社文庫）p355
万宝山（伊藤永之介）
　◇「コレクション戦争と文学 16」集英社 2012 p13
マンホール（山内健司）
　◇「世にも奇妙な物語―小説の特別編 遺留品」角川
　　書店 2002（角川ホラー文庫）p207
マンホール（夕村）
　◇「てのひら怪談―ビーケーワン怪談大賞傑作選 辛
　　卯」ポプラ社 2011（ポプラ文庫）p116
マンホールの蓋（赤井都）
　◇「超短編の世界 vol.3」創英社 2011 p160
マンホールより愛をこめて（松尾由美）
　◇「恋する男たち」朝日新聞社 1999 p125
マンマンデーとカイカイデー（富士正晴）
　◇「戦後文学エッセイ選 7」影書房 2006 p144
漫遊記程（抄）下（中井桜洲）
　◇「新日本古典文学大系 明治編 5」岩波書店 2009
　　p359

【 み 】

美亜へ贈る真珠（梶尾真治）
　◇「不思議の扉 時をかける恋」角川書店 2010（角
　　川文庫）p5
　◇「日本SF全集 2」出版芸術社 2010 p417
　◇「70年代日本SFベスト集成 1」筑摩書房 2014
　　（ちくま文庫）p253
見あげる二人（朝宮運河）
　◇「てのひら怪談―ビーケーワン怪談大賞傑作選」
　　ポプラ社 2007 p164
　◇「てのひら怪談―ビーケーワン怪談大賞傑作選」
　　ポプラ社 2008（ポプラ文庫）p170
御跡慕いて―嵐の海へ（島尾ミホ）
　◇「コレクション戦争と文学 9」集英社 2012 p132
ミアのすべて（安土萌）
　◇「蒐集家（コレクター）」光文社 2004（光文社文
　　庫）p569
美亜羽に贈る拳銃（伴名練）
　◇「拡張幻想」東京創元社 2012（創元SF文庫）
　　p163
木乃伊（中島敦）
　◇「恐怖の森」ランダムハウス講談社 2007 p49

木乃伊（暮木椎哉）
 ◇「てのひら怪談―ビーケーワン怪談大賞傑作選」
　ポプラ社 2007 p76
 ◇「てのひら怪談―ビーケーワン怪談大賞傑作選」
　ポプラ社 2008（ポプラ文庫）p78
木乃伊（みいら）（中島敦）
 ◇「ちくま日本文学 12」筑摩書房 2008（ちくま文
　庫）p180
木乃伊（ミイラ）（中島敦）
 ◇「日本怪奇小説傑作集 2」東京創元社 2005（創
　元推理文庫）p303
木乃伊考（井上靖）
 ◇「山形県文学全集第2期（随筆・紀行編）3」郷土出版
　社 2005 p330
ミイラ志願（高木彬光）
 ◇「みちのく怪談名作選 vol.1」荒蝦夷 2010（叢書
　東北の声）p269
木乃伊の口紅（田村俊子）
 ◇「「新編」日本女性文学全集 4」菁柿堂 2012 p131
連作怪奇探偵小説 木乃伊の口紅（臍皮乱舞, 大舌宇奈
兒, 無理下大損, 正気不女給）
 ◇「日本統治期台湾文学集成 21」緑蔭書房 2007
　p103
木乃伊の恋（香山滋）
 ◇「愛の怪談」角川書店 1999（角川ホラー文庫）
　p33
木乃伊の恋（高橋葉介）
 ◇「本格ミステリ 2005」講談社 2005（講談社ノベ
　ルス）p363
 ◇「大きな棺の小さな鍵―本格短編ベスト・セレク
　ション」講談社 2009（講談社文庫）p543
ミィンメヌリ（青木洪）
 ◇「〈外地〉の日本語文学選 3」新宿書房 1996 p215
身内に不幸がありまして（米澤穂信）
 ◇「本格ミステリ二〇〇八年本格短編ベスト・セ
　レクション 08」講談社 2008（講談社ノベル
　ス）p243
 ◇「暗闇を見よ」光文社 2010（Kappa novels）
　p339
 ◇「見えない殺人カード―本格短編ベスト・セレク
　ション」講談社 2012（講談社文庫）p353
 ◇「暗闇を見よ」光文社 2015（光文社文庫）p465
三浦右衛門（みうらうえもん）の最後（菊池寛）
 ◇「ちくま日本文学 27」筑摩書房 2008（ちくま文
　庫）p18
三浦右衛門の最後（菊池寛）
 ◇「恐ろしい話」筑摩書房 2011（ちくま文学の森）
　p253
三浦老人昔話（岡本綺堂）
 ◇「ちくま日本文学 32」筑摩書房 2009（ちくま文
　庫）p195
見えざる壁（郷内心瞳）
 ◇「渚にて―あの日からの〈みちのく怪談〉」荒蝦夷
　2016 p91
見栄っぱり（須月研兒）
 ◇「ショートショートの広場 13」講談社 2002（講

談社文庫）p115
見えない悪意（緑川聖司）
 ◇「ザ・ベストミステリーズ―推理小説年鑑 2003」
　講談社 2003 p425
 ◇「殺人の教室」講談社 2006（講談社文庫）p579
見えない足跡（狩久）
 ◇「鯉沼家の悲劇―本格推理マガジン 特集・幻の名
　作」光文社 1998（光文社文庫）p325
見えない糸（小山啓子）
 ◇「代表作時代小説 平成18年度」光文社 2006 p297
見えない糸（谷口雅美）
 ◇「最後の一日―さよならが胸に染みる10の物語」
　泰文堂 2011（Linda books！）p88
 ◇「涙がこぼれないように―さよならが胸を打つ10
　の物語」泰文堂 2014（リンダブックス）p172
見えない時間（山沢晴雄）
 ◇「本格推理 14」光文社 1999（光文社文庫）p113
見えない少女（矢口知矢）
 ◇「ショートショートの花束 6」講談社 2014（講
　談社文庫）p118
見えないダイイング・メッセージ（北山猛邦）
 ◇「本格ミステリ二〇〇八年本格短編ベスト・セ
　レクション 08」講談社 2008（講談社ノベル
　ス）p321
 ◇「見えない殺人カード―本格短編ベスト・セレク
　ション」講談社 2012（講談社文庫）p467
見えない手（土屋隆夫）
 ◇「江戸川乱歩の推理教室」光文社 2008（光文社文
　庫）p287
見えない猫（黒崎緑）
 ◇「ねこ！ ネコ！ 猫！―nekoミステリー傑作選」
　徳間書店 2008（徳間文庫）p261
 ◇「ザ・ベストミステリーズ―推理小説年鑑 2009」
　講談社 2009 p333
 ◇「Bluff騙し合いの夜」講談社 2012（講談社文庫）
　p225
見えない光の夏（秋沢一氏）
 ◇「立川文学 3」けやき出版 2013 p125
見えない保育士（神狛しず）
 ◇「女たちの怪談百物語」メディアファクトリー
　2010（〔幽books〕）p262
 ◇「女たちの怪談百物語」KADOKAWA 2014（角
　川ホラー文庫）p268
見えないマチからションカネーが（崎山多美）
 ◇「現代沖縄文学作品選」講談社 2011（講談社文芸
　文庫）p107
見えぬ所、わからぬ奥（徳田秋声）
 ◇「明治の文学 9」筑摩書房 2002 p380
ミエルヒ（青木豪）
 ◇「テレビドラマ代表作選集 2011年版」日本脚本家
　連盟 2011 p105
澪（大島青松園青松歌人会）
 ◇「ハンセン病文学全集 8」皓星社 2006 p153
澪（長田幹彦）
 ◇「日本近代短篇小説選 明治篇2」岩波書店 2013
　（岩波文庫）p337

みおく

見送る夏（越智優）
　◇「高校演劇Selection 2006 下」晩成書房 2008 p31
見下ろす家（三津田信三）
　◇「オバケヤシキ」光文社 2005（光文社文庫）p97
未開封（西澤保彦）
　◇「憑き者―全篇書下ろし傑作ホラーアンソロジー」
　　アスキー 2000（A-novels）p299
見かえり峠の落日（笹沢左保）
　◇「御白洲裁き―時代推理傑作選」徳間書店 2009
　　（徳間文庫）p341
ミカエルの心臓（獏野行進）
　◇「新・本格推理 8」光文社 2008（光文社文庫）
　　p395
ミカエルの卒業試験（真乃ソロ）
　◇「ショートショートの広場 13」講談社 2002（講
　　談社文庫）p49
磨く男（黒井千次）
　◇「恐怖特急」光文社 2002（光文社文庫）p271
未確認尾行物体（島田雅彦）
　◇「人間みな病気」ランダムハウス講談社 2007
　　p281
味覚の新世界より（喜多喜久）
　◇「5分で読める！ ひと駅ストーリー 食の話」宝島
　　社 2015（宝島社文庫）p349
神影荘奇談（太田忠司）
　◇「名探偵は、ここにいる」角川書店 2001（角川文
　　庫）p7
　◇「赤に捧げる殺意」角川書店 2013（角川文庫）
　　p75
「見かけの速度」の求め方（姫野カオルコ）
　◇「蜜の眠り」廣済堂出版 2000（廣済堂文庫）
　　p105
三日月（李美子）
　◇「〈在日〉文学全集 18」勉誠出版 2006 p304
三日月（河野アサ）
　◇「全作家短編小説集 12」全作家協会 2013 p172
三日月（田辺聖子）
　◇「現代の小説 1997」徳間書店 1997 p39
三日月（張氏碧華）
　◇「日本統治期台湾文学集成 5」緑蔭書房 2002 p47
三日月（村上浪六）
　◇「新日本古典文学大系 明治編 30」岩波書店 2009
　　p141
三日月（山崎洋子）
　◇「いつか心の奥へ―小説推理傑作選」双葉社 1997
　　p251
三日月と三等星（甲木千絵）
　◇「母のなみだ・ひまわり―愛しき家族を想う短篇
　　小説集」泰文堂 2013（リンダブックス）p175
味方―民主主義を蹴る（朴能）
　◇「近代朝鮮文学日本語作品集1901～1938 創作篇 3」
　　緑蔭書房 2004 p81
みかの魔法の粉（木村光治子）
　◇「かわいい―第16回フェリシモ文学賞優秀作品集」
　　フェリシモ 2013 p128

みかりんとわたし（清家ゆかり）
　◇「たびだち―フェリシモしあわせショートショー
　　ト」フェリシモ 2000 p117
三河屋騒動（潮山長三）
　◇「怪奇・伝奇時代小説選集 11」春陽堂書店 2000
　　（春陽文庫）p29
身代わり（紗那）
　◇「男たちの怪談百物語」メディアファクトリー
　　2012〔幽BOOKS〕）p142
身代わり（らくのたね）
　◇「ショートショートの広場 16」講談社 2005（講
　　談社文庫）p85
身代り吉右衛門（上田秀人）
　◇「風の孤影」桃園書房 2001（桃園文庫）p221
身代り切腹（郡順史）
　◇「代表作時代小説 平成13年度」光風社出版 2001
　　p403
みかん（高村薫）
　◇「干刈あがた・高樹のぶ子・林真理子・高村薫」角
　　川書店 1997（女性作家シリーズ）p437
　◇「迷」文藝春秋 2003（推理作家になりたくて マ
　　イベストミステリー）p156
　◇「マイ・ベスト・ミステリー 3」文藝春秋 2007
　　（文春文庫）p230
蜜柑（芥川龍之介）
　◇「鉄路に咲く物語―鉄道小説アンソロジー」光文
　　社 2005（光文社文庫）p11
　◇「くだものだもの」ランダムハウス講談社 2007
　　p53
　◇「ちくま日本文学 2」筑摩書房 2007（ちくま文
　　庫）p19
　◇「果実」SDP 2009（SDP bunko）p99
　◇「心洗われる話」筑摩書房 2010（ちくま文学の
　　森）p11
　◇「読んでおきたい近代日本小説選」龍書房 2012
　　p218
　◇「文豪たちが書いた泣ける名作短編集」彩図社
　　2014 p75
蜜柑（永井龍男）
　◇「魂がふるえるとき」文藝春秋 2004（文春文庫）
　　p101
　◇「丸谷才一編・花柳小説傑作選」講談社 2013（講
　　談社文芸文庫）p177
みかん・いよかん・夏みかん（出射恵）
　◇「創作脚本集―60周年記念」岡山県高等学校演劇
　　協議会 2011（おかやまの高校演劇）p65
蜜柑庄屋・金十郎（澤田ふじ子）
　◇「江戸の満腹力―時代小説傑作選」集英社 2005
　　（集英社文庫）p141
未完成交狂楽（加納一朗）
　◇「喜劇綺劇」光文社 2009（光文社文庫）p537
未完成の怨み（今野敏）
　◇「玩具館」光文社 2001（光文社文庫）p573
未完成の畫像（王白淵）
　◇「日本統治期台湾文学集成 18」緑蔭書房 2003
　　p48
蜜柑と梅干し（つくね乱蔵）

◇「恐怖箱 遺伝記」竹書房 2008（竹書房文庫）p82

蜜柑のある庭（ねこや堂）
◇「恐怖箱 遺伝記」竹書房 2008（竹書房文庫）p56

蜜柑の皮（尾崎士郎）
◇「蘇らぬ朝「大逆事件」以後の文学」インパクト出版会 2010（インパクト選書）p210
◇「読まずにいられぬ名短篇」筑摩書房 2014（ちくま文庫）p189

未完の細胞（李正子）
◇「〈在日〉文学全集 17」勉誠出版 2006 p331

みかんの中の楽しさ──巴邱人（牛僧孺）
◇「超短編アンソロジー」筑摩書房 2002（ちくま文庫）p119

蜜柑の花まで（幸田文）
◇「ちくま日本文学 5」筑摩書房 2007（ちくま文庫）p202

蜜柑一箱一回二個（ねじめ正一）
◇「くだものだもの_ ランダムハウス講談社 2007 p31

蜜柑──一幕二場（名和栄一）
◇「日本統治台湾文学集成 12」緑蔭書房 2003 p47

みかん山（白家太郎）
◇「甦る推理雑誌 9_ 光文社 2003（光文社文庫）p359

魅鬼（高橋克彦）
◇「陰陽師伝奇大全」白泉社 2001 p335

右腕山上空（泡坂妻夫）
◇「鍵」文藝春秋 2004（推理作家になりたくて マイベストミステリー）p52
◇「マイ・ベスト・ミステリー 5」文藝春秋 2007（文春文庫）p72

御機送る、かなもり堂（小川一水）
◇「短篇ベストコレクション─現代の小説 2014」徳間書店 2014（徳間文庫）p173

未帰還の友に（太宰治）
◇「コレクション戦争と文学 9」集英社 2012 p508

右手に秋風（渡辺容子）
◇「推理小説代表作選集─推理小説年鑑 1997」講談社 1997 p279
◇「殺ったのは誰だ?!」講談社 1999（講談社文庫）p51

右手左手（正岡子規）
◇「新日本古典文学大系 明治編 27」岩波書店 2003 p30

右隣りの人（田原玲子）
◇「脈動─同人誌作家作品選」ファーストワン 2013 p177

右頬に豆を含んで（色川武大）
◇「たんときれいに召し上がれ─美食文学精選」芸術新聞社 2015 p351

みぎわ（今野敏）
◇「所轄─警察アンソロジー」角川春樹事務所 2016（ハルキ文庫）p217

皐の民（金重明）
◇「〈在日〉文学全集 13」勉誠出版 2006 p5

見下されて長居はかえってお邪魔≫永井荷風（藤蔭静枝）
◇「日本人の手紙 6」リブリオ出版 2004 p96

見下されて長居はかえってお邪魔≫藤蔭静枝（永井荷風）
◇「日本人の手紙 6」リブリオ出版 2004 p96

皇国（みくに）の子供達─三幕（篠原正巳）
◇「日本統治期台湾文学集成 11」緑蔭書房 2003 p299

御国の誉（作者表記なし）
◇「新日本古典文学大系 明治編 4」岩波書店 2003 p424

三国の宿にて（有栖川有栖）
◇「0番目の事件簿」講談社 2012 p24

三国港竹枝（五十首うち七首）（森春濤）
◇「新日本古典文学大系 明治編 2」岩波書店 2004 p52

ミクロイドS─胸の鼓動を聞きながら（草上仁）
◇「手塚治虫COVER タナトス篇」徳間書店 2003（徳間デュアル文庫）p143

ミケーネ（いしいしんじ）
◇「極上掌篇小説」角川書店 2006 p5
◇「ひと粒の宇宙」角川書店 2009（角川文庫）p7

三毛猫（赤川次郎）
◇「江戸猫ばなし」光文社 2014（光文社文庫）p23

三毛猫ホームズと永遠の恋人（赤川次郎）
◇「名探偵で行こう─最新ベスト・ミステリー」光文社 2001（カッパ・ノベルス）p13

三毛猫ホームズの遺失物（赤川次郎）
◇「名探偵を追いかけろ─シリーズ・キャラクター編」光文社 2004（カッパ・ノベルス）p13
◇「名探偵を追いかけろ」光文社 2007（光文社文庫）p7

三毛猫ホームズの感傷旅行（赤川次郎）
◇「名探偵と鉄旅─鉄道ミステリー傑作選」光文社 2016（光文社文庫）p7

三毛猫ホームズのバカンス（赤川次郎）
◇「名探偵登場！」ベストセラーズ 2004（日本ミステリー名作館）p5

三毛猫ホームズの無人島（赤川次郎）
◇「最新「珠玉推理」大全 上」光文社 1998（カッパ・ノベルス）p7
◇「幻惑のラビリンス」光文社 2001（光文社文庫）p7

三毛猫ホームズの幽霊退治（赤川次郎）
◇「猫のミステリー」河出書房新社 1999（河出文庫）p135

三毛猫は電氣鼠の夢を見るか（海猫沢めろん）
◇「名探偵登場！」講談社 2014 p165
◇「名探偵登場！」講談社 2016（講談社文庫）p197

ミケランジェロ─神になろうとした男（谷正純）
◇「宝塚大劇場公演脚本集─2001年4月─2002年4月」阪急電鉄コミュニケーション事業部 2002 p22

みけら

ミケランジェロの夕暮（杉浦明平）
　◇「戦後文学エッセイ選 6」影書房 2008 p9
巫女踊り（宋恵任）
　◇「近代朝鮮文学日本語作品集1901〜1938 評論・随筆篇 3」緑蔭書房 2004 p22
御輿と黄金のパイン（笠井潔）
　◇「黄昏ホテル」小学館 2004 p104
みごとな音の構築（井上ひさし）
　◇「山形県文学全集第2期（随筆・紀行編）5」郷土出版社 2005 p182
見事な御最期（古川薫）
　◇「剣侠しぐれ笠」光風社出版 1999（光風社文庫）p115
みごとな醜聞（里見弴）
　◇「コレクション戦争と文学 16」集英社 2012 p401
未婚裁判（望月絵里）
　◇「現代鹿児島小説大系 4」ジャプラン 2014 p295
岬（志水辰夫）
　◇「短編ベストコレクション―現代の小説 2002」徳間書店 2002（徳間文庫）p359
岬（中上健次）
　◇「現代小説クロニクル 1975〜1979」講談社 2014（講談社文芸文庫）p7
岬へ（小池真理子）
　◇「短篇ベストコレクション―現代の小説 2013」徳間書店 2013（徳間文庫）p151
岬にいた少女（原田宗典）
　◇「冒険の森へ―傑作小説大全 15」集英社 2016 p18
岬にて（君島慧是）
　◇「リトル・リトル・クトゥルー――史上最小の神話小説集」学習研究社 2009 p86
ミサコと婿入り息子（義井優）
　◇「お母さんのなみだ」泰文堂 2016（リンダパブリッシャーズの本）p160
みささぎ盗賊（山田風太郎）
　◇「歴史小説の世紀 地の巻」新潮社 2000（新潮文庫）p191
　◇「甦る推理雑誌 1」光文社 2002（光文社文庫）p145
彌撒旦暮（みさたんぼ）（岡村春草）
　◇「ハンセン病文学全集 9」皓星社 2010 p191
見ざる、書かざる、言わざる―ハーシュソサエティ（貫井徳郎）
　◇「痛み」双葉社 2012 p5
　◇「警官の貌」双葉社 2014（双葉文庫）p237
ミシェル―天才ミシェル・ジェランは、立ったまま死んでいるのが発見された-小松左京『虚無回廊』から生まれた新たなる物語（瀬名秀明）
　◇「NOVA―書き下ろし日本SFコレクション 10」河出書房新社 2013（河出文庫）p473
短い一年（坂上弘）
　◇「戦後短篇小説再発見 8」講談社 2002（講談社文芸文庫）p218

短くて長い夜（吉田正之）
　◇「ショートショートの広場 15」講談社 2004（講談社文庫）p48
短夜（内田百閒）
　◇「ちくま日本文学 1」筑摩書房 2007（ちくま文庫）p50
春宵相乗舟佃島（出久根達郎）
　◇「代表作時代小説 平成9年度」光風社出版 1997 p263
　◇「春宵濡れ髪しぐれ―時代小説傑作選」講談社 2003（講談社文庫）p205
短夜の頃（島崎藤村）
　◇「創刊一〇〇年三田文学名作選」三田文学会 2010 p649
見知らぬ人（小泉八雲著，平井呈一訳）
　◇「文豪怪談傑作選 明治編」筑摩書房 2011（ちくま文庫）p51
三嶋菊（舟橋聖一）
　◇「日本舞踊舞踊劇選集」西川会 2002 p577
三島宿（龍造寺信）
　◇「「伊豆文学賞」優秀作品集 第13回」羽衣出版 2010 p155
三島夏まつり（長谷川穂）
　◇「「伊豆文学賞」優秀作品集 第17回」羽衣出版 2014 p210
三島由紀夫氏の死ののちに（武田泰淳）
　◇「戦後文学エッセイ選 5」影書房 2006 p144
三島由紀夫の死と私（森茉莉）
　◇「精選女性随筆集 2」文藝春秋 2012 p118
ミシミシ物音が……、寺田屋襲撃の実況報告▷坂本権平（坂本竜馬）
　◇「日本人の手紙 10」リブリオ出版 2004 p12
未熟者（森江賢二）
　◇「ショートショートの広場 17」講談社 2005（講談社文庫）p118
身不知柿（古川時夫）
　◇「ハンセン病文学全集 8」皓星社 2006 p307
見しらみ犬（萩原朔太郎）
　◇「ちくま日本文学 36」筑摩書房 2009（ちくま文庫）p104
見知らぬ侍（岡田秀文）
　◇「小説推理新人賞受賞作アンソロジー 2」双葉社 2000（双葉文庫）p153
見知らぬ詩男（谷川俊太郎）
　◇「新装版 全集現代文学の発見 13」學藝書林 2004 p448
見知らぬ自分（篠田節子）
　◇「文藝百物語」ぶんか社 1997 p230
見知らぬ瞀促状の問題（西澤保彦）
　◇「不条理な殺人―ミステリー・アンソロジー」祥伝社 1998（ノン・ポシェット）p121
見知らぬ女人（李光洙）
　◇「近代朝鮮文学日本語作品集1908〜1945 セレクション 2」緑蔭書房 2008 p103
見知らぬ旗（中井英夫）

758　作品名から引ける日本文学全集案内 第III期

◇「コレクション戦争と文学 15」集英社 2012 p13
見知らぬ人からの手紙（鈴木淳介）
◇「泣ける！ 北海道」泰文堂 2015（リンダパブリッシャーズの本）p69
微塵島にて（吉村萬壱）
◇「東と西 2」小学館 2010 p226
◇「東と西 2」小学館 2012（小学館文庫）p247
水（幸田文）
◇「精選女性随筆集 1」文藝春秋 2012 p39
水（佐多稲子）
◇「文士の意地―車谷長吉撰短篇小説輯 下巻」作品社 2005 p46
◇「日本文学100年の名作 5」新潮社 2015（新潮文庫）p437
水（崔龍源）
◇「〈在日〉文学全集 18」勉誠出版 2006 p180
風土記 水（朴勝極）
◇「近代朝鮮文学日本語作品集1939～1945 評論・随筆篇 3」緑蔭書房 2002 p363
ミス・アイスサンドイッチ（川上未映子）
◇「文学 2014」講談社 2014 p248
水明り（佐江衆一）
◇「江戸なみだ雨―市井稼業小説傑作選」学研パブリッシング 2010（学研M文庫）p227
水揚帳（山田風太郎）
◇「古書ミステリー倶楽部―傑作推理小説集 2」光文社 2014（光文社文庫）p197
水遊び（グリーンドルフィン）
◇「てのひら怪談―ビーケーワン怪談大賞傑作選」ポプラ社 2007 p44
◇「てのひら怪談―ビーケーワン怪談大賞傑作選」ポプラ社 2008（ポプラ文庫）p42
水飴を買う女<子育て幽霊>（小泉八雲）
◇「松江怪談―新作怪談 松江物語」今井印刷 2015 p26
未遂（川合ないる）
◇「てのひら怪談―ビーケーワン怪談大賞傑作選 庚寅」ポプラ社 2010（ポプラ文庫）p116
みずいろの犬（鈴木みは）
◇「超短編の世界 vol.3」創英社 2011 p120
水色の煙（皆川博子）
◇「冥界プリズン」光文社 1999（光文社文庫）p367
みずいろの十二階（速瀬れい）
◇「黒い遊園地」光文社 2004（光文社文庫）p251
水色の目の女（地味井平造）
◇「爬虫館事件―新青年傑作選」角川書店 1998（角川ホラー文庫）p203
みずうみ（室生犀星）
◇「文豪怪談傑作選 室生犀星集」筑摩書房 2008（ちくま文庫）p132
湖が燃えた日（佐藤のぶき）
◇「さきがけ文学賞選集 3」秋田魁新報社 2015（さきがけ文庫）p183
湖に死す（三好徹）
◇「海外トラベル・ミステリー―7つの旅物語」三笠書房 2000（王様文庫）p289
湖の聖人（小手鞠るい）
◇「甘い記憶」新潮社 2008 p79
◇「甘い記憶」新潮社 2011（新潮文庫）p81
湖のニンフ（渡辺啓助）
◇「甦る推理雑誌 3」光文社 2002（光文社文庫）p13
湖ホテル（北村小松）
◇「外地探偵小説集 南方篇」せらび書房 2010 p89
水を買い占めない。（@jun50r）
◇「3.11心に残る140字の物語」学研パブリッシング 2011 p70
水音（松村進吉）
◇「男たちの怪談百物語」メディアファクトリー 2012（〔幽BOOKS〕）p222
水を飲まない捕虜（古処誠二）
◇「短篇ベストコレクション―現代の小説 2014」徳間書店 2014（徳間文庫）p221
みずかがみ（三野恵）
◇「現代作家代表作選集 1」鼎書房 2012 p115
水鏡（戸部新十郎）
◇「美女峠に星が流れる―時代小説傑作選」講談社 1999（講談社文庫）p155
◇「剣光、閃く！」徳間書店 1999（徳間文庫）p161
◇「武芸十八般―武道小説傑作選」ベストセラーズ 2005（ベスト時代文庫）p5
◇「幻の剣鬼七番勝負―傑作時代小説」PHP研究所 2008（PHP文庫）p175
水鏡の虜（遠田潤子）
◇「Fantasy Seller」新潮社 2011（新潮文庫）p187
水影（石牟礼道子）
◇「日本文学全集 24」河出書房新社 2015 p468
みずから動くもの（自然＝機械＝人間）（日野啓三）
◇「日本文学全集 21」河出書房新社 2015 p190
自ら責めよ（与謝野晶子）
◇「「新編」日本女性文学全集 4」菁柿堂 2012 p87
みづきの花（光岡芳枝）
◇「ハンセン病文学全集 8」皓星社 2006 p314
水汲笊（饗庭篁村）
◇「明治の文学 13」筑摩書房 2003 p348
水汲みの話（李石薫）
◇「近代朝鮮文学日本語作品集1939～1945 評論・随筆篇 3」緑蔭書房 2002 p89
みずこクラブ（ヒモロギヒロシ）
◇「てのひら怪談―ビーケーワン怪談大賞傑作選 壬辰」ポプラ社 2012（ポプラ文庫）p138
ミスコン（樗木聡）
◇「ショートショートの広場 20」講談社 2008（講談社文庫）p234
ミス・サハラを探して（島田雅彦）
◇「文学 1998」講談社 1998 p228
◇「戦後短篇小説再発見 7」講談社 2001（講談社文芸文庫）p271

みすさ

水沢文具店（安澄加奈）
◇「明日町こんぺいとう商店街—招きうさぎと六軒の物語 2」ポプラ社 2014 （ポプラ文庫）p79

三筋町の通人（饗庭篁村）
◇「明治の文学 13」筑摩書房 2003 p226

水島のりかの冒険（園田修一郎）
◇「新・本格推理 05」光文社 2005 （光文社文庫）p25

水底異聞（山岸行輝）
◇「ゆきのまち幻想文学賞小品集 23」企画集団ぷりずむ 2014 p134

水溜まり（富永一彦）
◇「ショートショートの花束 1」講談社 2009 （講談社文庫）p158

水溜り（塔和子）
◇「ハンセン病文学全集 7」皓星社 2004 p84

身捨つるほどの祖国はありや（崔碩義）
◇「〈在日〉文学全集 16」勉誠出版 2006 p405

ミステリアス学園（鯨統一郎）
◇「本格ミステリ 2003」講談社 2003 （講談社ノベルス）p297
◇「論理学園事件帳—本格短編ベスト・セレクション」講談社 2007 （講談社文庫）p395

ミステリー・ガーデン（緒乃ひろみ）
◇「ショートショートの広場 13」講談社 2002 （講談社文庫）p183

ミステリ作家と編集者の八ヶ岳スキーツアー（笠井潔）
◇「八ヶ岳「雪密室」の謎」原書房 2001 p6

ミステリ作家の妄想（我孫子武丸）
◇「八ヶ岳「雪密室」の謎」原書房 2001 p153

ミス転換の不思議な赤（多和田葉子）
◇「文学 2015」講談社 2015 p87

水鳥（内田百閒）
◇「ちくま日本文学 1」筑摩書房 2007 （ちくま文庫）p97

水鳥の翔び立つとき（長谷川龍生）
◇「新装版 全集現代文学の発見 13」學藝書林 2004 p344

「水鳥や」の巻（唫風・富水両吟歌仙）（西谷富水）
◇「新日本古典文学大系 明治編 4」岩波書店 2003 p183

水流レ（李允秀）
◇「近代朝鮮文学日本語作品集1908〜1945 セレクション 6」緑蔭書房 2008 p59

水に棲む鬼（加園春季）
◇「冷と温—第13回フェリシモ文学賞作品集」フェリシモ 2010 p16

水に太古の民の喜びを知る（伊藤珍太郎）
◇「山形県文学全集第2期（随筆・紀行編）4」郷土出版社 2005 p323

水に眠る（北村薫）
◇「小説乃湯—お風呂小説アンソロジー」角川書店 2013 （角川文庫）p273

水の味（幸田露伴）
◇「文人御馳走帖」新潮社 2014 （新潮文庫）p47

水のアルマスティ（牧野修）
◇「獣人」光文社 2003 （光文社文庫）p471

水の泡〜死を受けいれるまで（鏑木蓮）
◇「デッド・オア・アライヴ」講談社 2014 （講談社文庫）p341

水の色（金井美恵子）
◇「戦後短篇小説再発見 1」講談社 2001 （講談社文芸文庫）p237

水の上（李孝石）
◇「近代朝鮮文学日本語作品集1939〜1945 評論・随筆篇 3」緑蔭書房 2002 p29

水の上日記（明治二十七年六月四日—九日）（樋口一葉）
◇「新日本古典文学大系 明治編 24」岩波書店 2001 p450

水の上日記（明治二十八年四月—五月）（樋口一葉）
◇「明治の文学 17」筑摩書房 2000 p386

水の上につ記（明治二十八年五月七日—十日）（樋口一葉）
◇「新日本古典文学大系 明治編 24」岩波書店 2001 p455

水のうへ日記（明治二十八年十月）（樋口一葉）
◇「明治の文学 17」筑摩書房 2000 p407

水のうへ日記（明治二十八年十月七日—三十一日）（樋口一葉）
◇「新日本古典文学大系 明治編 24」岩波書店 2001 p474

みづの上日記（明治二十九年五月二日—二十九日）（樋口一葉）
◇「新日本古典文学大系 明治編 24」岩波書店 2001 p486

みづの上日記（明治二十九年七月十五日）（樋口一葉）
◇「新日本古典文学大系 明治編 24」岩波書店 2001 p495

水の上の殺人（西村京太郎）
◇「京都愛憎の旅—京都ミステリー傑作選」徳間書店 2002 （徳間文庫）p5

水の上（明治二十七年十一月九日—十三日）（樋口一葉）
◇「新日本古典文学大系 明治編 24」岩波書店 2001 p453

水の上（明治二十八年五月二十三日・二十四日）（樋口一葉）
◇「新日本古典文学大系 明治編 24」岩波書店 2001 p465

みづのうへ（明治二十八年五月十四日—五月十七日）（樋口一葉）
◇「新日本古典文学大系 明治編 24」岩波書店 2001 p462

水のうへ（明治二十九年一月）（樋口一葉）
◇「新日本古典文学大系 明治編 24」岩波書店 2001

p481

みづの上（明治二十九年二月二十日）（樋口一葉）
◇「新日本古典文学大系 明治編 24」岩波書店 2001 p484

水のうた（許南麒）
◇「〈在日〉文学全集 2」勉誠出版 2006 p174

水の音（吉田健一）
◇「日本文学全集 20」河出書房新社 2015 p426

水の面（山本昌代）
◇「文学 1997」講談社 1997 p15

水の記憶（菊地秀行）
◇「水妖」廣済堂出版 1998 （廣済堂文庫） p561
◇「異界への入口」リブリオ出版 2001 （怪奇・ホラーワールド） p91

水の記憶（八木健威）
◇「本格推理 13」光文社 1998 （光文社文庫） p187

水のココロ（おだR）
◇「ショートショートの花束 7」講談社 2015 （講談社文庫） p112

水の鼓動を訪ねて──『伊豆の踊子』へのアプローチ（高田英明）
◇「「伊豆文学賞」優秀作品集 第3回」静岡新聞社 2000 p171

水の精神（丸山薫）
◇「新装版 全集現代文学の発見 13」學藝書林 2004 p119

水の種の伝説（渡辺えり子）
◇「山形県文学全集第2期（随筆・紀行編） 6」郷土出版社 2005 p170

水の天女（伊藤桂一）
◇「極め付き時代小説選 2」中央公論新社 2004 （中公文庫） p265

水の中の犬（東郷隆）
◇「代表作時代小説 平成14年度」光風社出版 2002 p239

水の匣（倉本由布）
◇「Lovers」祥伝社 2001 p169

水の柱（上田廣）
◇「有栖川有栖の本格ミステリ・ライブラリー」角川書店 2001 （角川文庫） p317

水の蛍（澤田ふじ子）
◇「江戸の秘恋─時代小説傑作選」徳間書店 2004 （徳間文庫） p113

水のほとり（王白淵）
◇「日本統治期台湾文学集成 18」緑蔭書房 2003 p22

水の街（道林はる子）
◇「姥ヶ辻─小説集」作品社 2003 p144

水の魔物（石川英輔）
◇「宇宙塵傑作選─日本SFの軌跡 1」出版芸術社 1997 p21

水の都（アンデルセン著，森鷗外訳）
◇「新日本古典文学大系 明治編 25」岩波書店 2004 p385

水の都で水に苦労する（菊池一郎）
◇「平成28年熊本地震作品集」くまもと文学・歴史館友の会 2016 p40

水の恵み（阿川弘之）
◇「こどものころにみた夢」講談社 2008 p40

水の歓び（勝山海百合）
◇「リトル・リトル・クトゥルー──史上最小の神話小説集」学習研究社 2009 p56

水の流浪（金子光晴）
◇「ちくま日本文学 38」筑摩書房 2009 （ちくま文庫） p17

「水の流浪」の終り（金子光晴）
◇「ちくま日本文学 38」筑摩書房 2009 （ちくま文庫） p208
◇「ちくま日本文学 38」筑摩書房 2009 （ちくま文庫） p272

水の牢獄（森真沙子）
◇「水妖」廣済堂出版 1998 （廣済堂文庫） p471

水芭蕉（真船豊）
◇「福島の文学─11人の作家」講談社 2014 （講談社文芸文庫） p264

水引草（皆川博子）
◇「本迷宮─本を巡る不思議な物語」日本図書設計家協会 2016 p25

ミスファイア（伊岡瞬）
◇「ザ・ベストミステリーズ─推理小説年鑑 2010」講談社 2010 p33
◇「Logic真相への回廊」講談社 2013 （講談社文庫） p217

水 附 渡船（永井荷風）
◇「ちくま日本文学 19」筑摩書房 2008 （ちくま文庫） p223

水邊の少女（張風雲）
◇「近代朝鮮文学日本語作品集1908～1945 セレクション 4」緑蔭書房 2008 p198

水辺のふたり（鷲羽大介）
◇「渚にて─あの日からの〈みちのく怪談〉」荒蝦夷 2016 p213

水邊悲歌（吉田一穂）
◇「新装版 全集現代文学の発見 13」學藝書林 2004 p162

瑞穂の奇祭（地場輝彦）
◇「現代作家代表選集 4」冊書房 2013 p93

ミス・マープルとマザーグース事件（村瀬継弥）
◇「贋作館事件」原書房 1999 p7

ミス・リグビーの幸福（片岡義男）
◇「冒険の森へ─傑作小説大全 10」集英社 2016 p46

水牢（折口信夫）
◇「ちくま日本文学 25」筑摩書房 2008 （ちくま文庫） p126

水湧き出づる町で（伊野里健）
◇「「伊豆文学賞」優秀作品集 第11回」静岡新聞社 2008 p147

水はさらさら流れてゐた（光岡良二）
◇「ハンセン病文学全集 7」皓星社 2004 p201

みすわ

水はみどろの宮（石牟礼道子）
◇「日本文学全集 24」河出書房新社 2015 p247

未青年 抄（春日井建）
◇「新装版 全集現代文学の発見 9」學藝書林 2004
p542

みせない（羽田圭介）
◇「いまのあなたへ―村上春樹への12のオマージュ」
NHK出版 2014 p75

晦（千地隆志）
◇「ゆきのまち幻想文学賞小品集 16」企画集団ぷり
ずむ 2007 p162

味噌汁（中野鈴子）
◇「新装版 全集現代文学の発見 別巻」學藝書林
2005 p526

味噌汁と友情（中島丈博）
◇「読んで演じたくなるゲキの本 中学生版」幻冬舎
2006 p147

味噌樽の中のカブト虫―私の頭の中にはカブ
ト虫がいる（北野勇作）
◇「NOVA―書き下ろし日本SFコレクション 10」
河出書房新社 2013 （河出文庫）p73

みそっかす（幸田文）
◇「ちくま日本文学 5」筑摩書房 2007 （ちくま文
庫）p251

味噌ブタ（宮本常一）
◇「ちくま日本文学 22」筑摩書房 2008 （ちくま文
庫）p203

御空の一つ星（王白淵）
◇「日本統治期台湾文学集成 18」緑蔭書房 2003
p38

みぞれ（村井暁）
◇「ハンセン病に咲いた花―初期文芸名作選 戦後
編」皓星社 2002 （ハンセン病叢書）p160

みぞれ河岸（都筑道夫）
◇「謎―スペシャル・ブレンド・ミステリー 008」
講談社 2013 （講談社文庫）p325

弥陀窟記（菊池三渓）
◇「新日本古典文学大系 明治編 3」岩波書店 2005
p67

三田山上の秋月（岩田豊雄）
◇「創刊一〇〇年三田文学名作選」三田文学会 2010
p643

三田時代―サルトル哲学との出合い（井筒俊
彦）
◇「創刊一〇〇年三田文学名作選」三田文学会 2010
p678

みたて（島崎一裕）
◇「ショートショートの花束 3」講談社 2011 （講
談社文庫）p290

見た話、聞いた話（石橋臥波）
◇「文豪怪談傑作選 特別編」筑摩書房 2007 （ちく
ま文庫）p300

三たび歌よみに与うる書（正岡子規）
◇「ちくま日本文学 40」筑摩書房 2009 （ちくま文
庫）p332

三たびの女（小杉健治）

◇「M列車（ミステリートレイン）で行こう」光文社
2001 （カッパ・ノベルス）p123

みたびのサマータイム（若竹七海）
◇「血文字パズル」角川書店 2003 （角川文庫）
p181
◇「青に捧げる悪夢」角川書店 2005 p33
◇「青に捧げる悪夢」角川書店 2013 （角川文庫）
p57

三田文学の思い出（丹羽文雄）
◇「創刊一〇〇年三田文学名作選」三田文学会 2010
p671

「三田文学」のこと・『昭和の文人』のこと（奥
野健男）
◇「創刊一〇〇年三田文学名作選」三田文学会 2010
p685

御靈祭（崔成三）
◇「近代朝鮮文学日本語作品集1908～1945 セレクショ
ン 6」緑蔭書房 2008 p90

淫らな指輪と貞淑な指（岩井志麻子）
◇「SFバカ本 電撃ボンバー篇」メディアファクト
リー 2002 p97

みだれ髪（与謝野晶子）
◇「日本近代文学に描かれた「恋愛」」牧野出版
2001 p171
◇「新日本古典文学大系 明治編 23」岩波書店 2002
p287

乱れ恋（梅本育子）
◇「剣俠しぐれ笠」光風社出版 1999 （光風社文庫）
p321

みだれ尺（黒田夏子）
◇「文学 2015」講談社 2015 p72

乱れ火―吉原遊女の敵討ち（北原亞以子）
◇「時代小説傑作選 4」新人物往来社 2008 p143

途（飯島耕一）
◇「新装版 全集現代文学の発見 13」學藝書林 2004
p485

道（荒津寛子）
◇「新装版 全集現代文学の発見 別巻」學藝書林
2005 p542

道（荒俣宏）
◇「秘神界 現代編」東京創元社 2002 （創元推理文
庫）p673

道（井上靖）
◇「戦後短篇小説再発見 14」講談社 2003 （講談社
文芸文庫）p65

道（神村正史）
◇「ハンセン病文学全集 8」皓星社 2006 p254

道（金城文興）
◇「近代朝鮮文学日本語作品集1908～1945 セレクショ
ン 4」緑蔭書房 2008 p461

道（高谷信之）
◇「読んで演じたくなるゲキの本 中学生版」幻冬舎
2006 p81

道（趙南哲）
◇「〈在日〉文学全集 18」勉誠出版 2006 p165

道（楊雲萍）

みつか

◇「日本統治期台湾文学集成 18」緑蔭書房 2003 p540

路(李美子)
◇「〈在日〉文学全集 18」勉誠出版 2006 p309

道案内(田中悦朗)
◇「ショートショートの花束 2」講談社 2010 (講談社文庫) p56

道を教える(久礼秀夫)
◇「ショートショートの広場 15」講談社 2004 (講談社文庫) p124

道を尋ねられる男(雅洋)
◇「ショートショートの広場 13」講談社 2002 (講談社文庫) p157

道を照らす光(池田晴海)
◇「最後の一日─さよならが胸に染みる10の物語」泰文堂 2011 (Linda books！) p264

道草(はやみかつとし)
◇「超短編の世界 vol.3」創英社 2011 p25

道くさ、道づれ、道なき道(松井雪子)
◇「旅を数えて」光文社 2007 p197

みちこ(中原中也)
◇「新装版 全集現代文学の発見 13」學藝書林 2004 p173

道子(荒木郁)
◇「青鞜小説集」講談社 2014 (講談社文芸文庫) p54

みち潮(河野多惠子)
◇「大阪文学名作選」講談社 2011 (講談社文芸文庫) p59

満ち潮(天地聖一)
◇「ハンセン病文学全集 9」皓星社 2010 p469

満ち潮がくれば(古倉節子)
◇「全作家短編小説集 6」全作家協会 2007 p201

みちしほ 一幕(吉村敏)
◇「日本統治期台湾文学集成 13」緑蔭書房 2003 p245

みちしるべ(薄井ゆうじ)
◇「ザ・ベストミステリーズ─推理小説年鑑 2002」講談社 2002 p447
◇「零時の犯罪予報」講談社 2005 (講談社文庫) p365

道しるべ(金広賢介)
◇「最後の一日 7月22日─さよならが胸に染みる物語」泰文堂 2012 (リンダブックス) p138

道標への道程(伝助)
◇「超短編の世界 vol.3」創英社 2011 p94

道連(内田百閒)
◇「ちくま日本文学 1」筑摩書房 2007 (ちくま文庫) p41

道連れ(南島砂江子)
◇「殺人者」講談社 2000 (講談社文庫) p228

道連(初出バージョン)(内田百閒)
◇「文豪怪談傑作選 大正篇」筑摩書房 2011 (ちくま文庫) p73

道連れ柳(間倉巳堂)

てのひら怪談─ビーケーワン怪談大賞傑作選 庚寅(ポプラ社 2010 (ポプラ文庫) p128

満ち足りた廃墟(岩井志麻子)
◇「短篇ベストコレクション─現代の小説 2003」徳間書店 2003 (徳間文庫) p23

道で拾うモノ(宇佐美まこと)
◇「女たちの怪談百物語」メディアファクトリー 2010 (〔幽〕books) p185
◇「女たちの怪談百物語」KADOKAWA 2014 (角川ホラー文庫) p189

三千歳たそがれ天保六花撰ノ内(藤沢周平)
◇「吉原花魁」角川書店 2009 (角川文庫) p229

未知との遭遇(石田一)
◇「キネマ・キネマ」光文社 2002 (光文社文庫) p15

道長の甘き香り(篠田達明)
◇「歴史の息吹」新潮社 1997 p89

未知なる知者よ(塔和子)
◇「ハンセン病文学全集 7」皓星社 2004 p385

……路の上にしづかな煙のにほひ(立原道造)
◇「新装版 全集現代文学の発見 14」學藝書林 2005 p441

みちのく(岡本かの子)
◇「ちくま日本文学 37」筑摩書房 2009 (ちくま文庫) p138
◇「新編・日本幻想文学集成 3」国書刊行会 2016 p361

みちのく怪獣探訪録(黒木あるじ)
◇「怪談文藝─パートカラー」メディアファクトリー 2013 (〔幽BOOKS〕) p151

道端(吉田健一)
◇「新編・日本幻想文学集成 2」国書刊行会 2016 p291

道端に死が落ちてゐる(骨欄)
◇「人は死んだら電柱になる─電柱アンソロジー」遠すぎる未来団 2014 p263

みちゆき(萩原朔太郎)
◇「ちくま日本文学 36」筑摩書房 2009 (ちくま文庫) p15

道行き(青木美土里)
◇「てのひら怪談─ビーケーワン怪談大賞傑作選 辛卯」ポプラ社 2011 (ポプラ文庫) p16

満ちる部屋(谷崎由依)
◇「文学 2009」講談社 2009 p95

路は暗きを(朴泰遠著、金鍾漢譯)
◇「近代朝鮮文学日本語作品集1908〜1945 セレクション 2」緑蔭書房 2008 p215

三つ編み研究会(春名トモコ)
◇「超短編の世界 vol.2」創英社 2009 p97

密会(篠田節子)
◇「恋する男たち」朝日新聞社 1999 p5

三日 江上所見(森春濤)
◇「新日本古典文学大系 明治編 2」岩波書店 2004 p25

三日幻境(北村透谷)

作品名から引ける日本文学全集案内 第III期　763

みつか

◇「明治の文学 16」筑摩書房 2002 p353

三日で忘れる。(沢木まひろ)
◇「5分で読める! ひと駅ストーリー 猫の物語」宝島社 2014 (宝島社文庫) p119

三日とろろ美味しうございました (円谷幸吉)
◇「日本人の手紙 8」リブリオ出版 2004 p78

3日分の笑顔 (@ahaharui)
◇「3.11心に残る140字の物語」学研パブリッシング 2011 p49

箕作り (赤坂憲雄)
◇「山形県文学全集第2期(随筆・紀行編) 6」郷土出版社 2005 p293

見つけたよ、愛 (稲田好美)
◇「Love―あなたに逢いたい」双葉社 1997 (双葉文庫) p29

蜜月旅行 (北原尚彦)
◇「トロピカル」廣済堂出版 1999 (廣済堂文庫) p103

密航 (李龍海)
◇「〈在日〉文学全集 18」勉誠出版 2006 p253

密航者 (吉光伝)
◇「宇宙塵傑作選―日本SFの軌跡 2」出版芸術社 1997 p19

光子の生 (鄭然圭)
◇「近代朝鮮文学日本語作品集1901~1938 創作篇 1」緑蔭書房 2004 p89

三ツ子の魂百まで (正岡子規)
◇「新日本古典文学大系 明治編 27」岩波書店 2003 p246

密使 (伊坂幸太郎)
◇「NOVA―書き下ろし日本SFコレクション 5」河出書房新社 2011 (河出文庫) p371

密使 (古屋宣子)
◇「代表作時代小説 平成17年度」光文社 2005 p405

密室学入門 最後の密室 (土屋隆夫)
◇「山口雅也の本格ミステリ・アンソロジー」角川書店 2007 (角川文庫) p385

密室からの逃亡者 (小島正樹)
◇「密室晩餐会」原書房 2011 (ミステリー・リーグ) p101

密室劇場 (貴志祐介)
◇「ベスト本格ミステリ 2012」講談社 2012 (講談社ノベルス) p185
◇「探偵の殺される夜」講談社 2016 (講談社文庫) p257

密室劇場 (佐多椋)
◇「超短編の世界」創英社 2008 p56

密室劇場 (尺取虫)
◇「超短編の世界 vol.2」創英社 2009 p116

密室講義の系譜 (小森健太朗)
◇「密室殺人大百科 下」原書房 2000 p424

密室作法 改訂 (天城一)
◇「本格ミステリ 2005」講談社 2005 (講談社ノベルス) p381
◇「大きな棺の小さな鍵―本格短編ベスト・セレクション」講談社 2009 (講談社文庫) p561

密室一定廻り同心十二人衆 (笹沢左保)
◇「代表作時代小説 平成15年度」光風社出版 2003 p227

「密室」作ります (長坂秀佳)
◇「乱歩賞作家 赤の謎」講談社 2004 p5

密室の鬼 (辻真先)
◇「ミステリ★オールスターズ」角川書店 2010 p289
◇「ミステリ・オールスターズ」角川書店 2012 (角川文庫) p339

密室の兇器 (山村正夫)
◇「江戸川乱歩の推理試験」光文社 2009 (光文社文庫) p227

密室の殺人 (岡田鯱彦)
◇「甦る推理雑誌 7」光文社 2003 (光文社文庫) p35

密室の石棒 (藤原遊子)
◇「新・本格推理 7」光文社 2007 (光文社文庫) p271

密室の戦犯 (安東能明)
◇「地を這う捜査―「読楽」警察小説アンソロジー」徳間書店 2015 (徳間文庫) p5

密室の毒蛾 (山村正夫)
◇「あなたが名探偵」講談社 1998 (講談社文庫) p189

密室の毒殺者 (赤川次郎)
◇「死を招く乗客―ミステリーアンソロジー」有楽出版社 2015 (JOY NOVELS) p267

密室の中のジョゼフィーヌ (柄刀一)
◇「ザ・ベストミステリーズ―推理小説年鑑 2003」講談社 2003 p329
◇「殺人格差」講談社 2006 (講談社文庫) p321

密室の抜け穴 (横山秀大)
◇「事件を追いかけろ―最新ベスト・ミステリー サプライズの花束編」光文社 2004 (カッパ・ノベルス) p427
◇「事件を追いかけろ サプライズの花束編」光文社 2009 (光文社文庫) p553

密室の人 (横山秀夫)
◇「判決―法廷ミステリー傑作集」徳間書店 2010 (徳間文庫) p299

密室の本―真知博士五十番目の事件 (村崎友)
◇「蝦蟇倉市事件 2」東京創元社 2010 (東京創元社・ミステリ・フロンティア) p117
◇「街角で謎が待っている」東京創元社 2014 (創元推理文庫) p135

密室の魔術師 (双葉十三郎)
◇「甦る推理雑誌 2」光文社 2002 (光文社文庫) p71

密室のユリ (二階堂黎人)
◇「密室―ミステリーアンソロジー」角川書店 1997 (角川文庫) p145

密室のレクイエム (筑波孔一郎)
◇「甦る「幻影城」 3」角川書店 1998 (カドカワ・エンタテインメント) p131

◇「幻影城─【探偵小説誌】不朽の名作」角川書店 2000（角川ホラー文庫）p153

密使の太刀（犬飼六岐）
◇「代表作時代小説 平成26年度」光文社 2014 p135

密書（嶋津義忠）
◇「白刃光る」新潮社 1997 p261

ミッションインポッシブル（姜信子）
◇「十年後のこと」河出書房新社 2016 p93

蜜腺（松村比呂美）
◇「捨てる─アンソロジー」文藝春秋 2015 p33

光田健輔論（野谷寛三）
◇「ハンセン病文学全集 5」皓星社 2010 p185

光田氏的理念の崩壊（野谷寛三）
◇「ハンセン病文学全集 5」皓星社 2010 p189

密談（紗那）
◇「男たちの怪談百物語」メディアファクトリー 2012（幽BOOKS）p113

みつちゃん（猪熊弦一郎）
◇「猫」中央公論新社 2009（中公文庫）p35

三つの占い（辻真先）
◇「自選ショート・ミステリー 2」講談社 2001（講談社文庫）p201

三つのお願い（橘真吾）
◇「ショートショートの広場 8」講談社 1997（講談社文庫）p34

三つの鐘（葦原瑞貴）
◇「リトル・リトル・クトゥルー─史上最小の神話小説集」学習研究社 2009 p18

三つの声（田村隆一）
◇「新装版 全集現代文学の発見 13」學藝書林 2004 p283

三つの嗜好品（森茉莉）
◇「精選女性随筆集 2」文藝春秋 2012 p65

三つのシネポエム（竹中郁）
◇「新装版 全集現代文学の発見 13」學藝書林 2004 p36

三つの髑髏（澁澤龍彦）
◇「王侯」国書刊行会 1998（書物の王国）p79
◇「陰陽師伝奇大全」白泉社 2001 p49
◇「安倍晴明陰陽師伝奇文学集成」勉誠出版 2001 p61

三つの涙（乾くるみ）
◇「ベスト本格ミステリ 2015」講談社 2015（講談社ノベルス）p63

三つの願い（赤井都）
◇「超短編の世界 vol.2」創英社 2009 p50

三つの願い（樹良介）
◇「ショートショートの広場 18」講談社 2006（講談社文庫）p54

三つの願い（伊東哲哉）
◇「超短編傑作選 v.6」創英社 2007 p166

三つの「哀傷（ピエタ）」（野上彌生子）
◇「精選女性随筆集 10」文藝春秋 2012 p196

三つの日付（有栖川有栖）

不在証明崩壊─ミステリーアンソロジー」角川書店 2000（角川文庫）p79

三つのむかしばなし（新井早苗）
◇「小学生のげき─新小学校演劇脚本集 中学年 1」晩成書房 2011 p199

三つの門─ハンセン氏病短歌の世紀（全国ハンセン氏病者合同歌集）
◇「ハンセン病文学全集 8」皓星社 2006 p273

蜜壺（田辺青蛙）
◇「てのひら怪談─ビーケーワン怪談大賞傑作選 百怪繚乱篇」ポプラ社 2008 p24

三つ、惚れられ（北村薫）
◇「暗闇を見よ」光文社 2010（Kappa novels）p125
◇「暗闇を見よ」光文社 2015（光文社文庫）p165

三つめの棺（蒼井雄）
◇「甦る推理雑誌 2」光文社 2002（光文社文庫）p47

密偵（津本陽）
◇「誠の旗がゆく─新選組傑作選」集英社 2003（集英社文庫）p231

密偵の涙─警察創生記の一（小島泰介）
◇「日本統治期台湾文学集成 7」緑蔭書房 2002 p294

密度（斎藤肇）
◇「物語のルミナリエ」光文社 2011（光文社文庫）p119

ミッドナイト・コール（和田信子）
◇「現代作家代表作選集 5」鼎書房 2013 p161

密入国者の手記（邱永漢）
◇「〈外地〉の日本語文学選 1」新宿書房 1996 p261
◇「コレクション戦争と文学 18」集英社 2012 p247

蜜猫（皆川博子）
◇「猫路地」日本出版社 2006 p213

蜜の味（田久保英夫）
◇「戦後短篇小説再発見 2」講談社 2001（講談社文芸文庫）p142

蜜の味（羽太雄平）
◇「斬刃─時代小説傑作選」コスミック出版 2005（コスミック・時代文庫）p317

蜜のあわれ（室生犀星）
◇「幻視の系譜」筑摩書房 2013（ちくま文庫）p150

三つ橋渡った（平岩弓枝）
◇「情けがからむ朱房の十手─傑作時代小説」PHP研究所 2009（PHP文庫）p295

三つ星の頃（野尻抱影）
◇「心洗われる話」筑摩書房 2010（ちくま文学の森）p253

三つ目がとおる─天狗山の秘密（田中啓文）
◇「手塚治虫COVER タナトス篇」徳間書店 2003（徳間デュアル文庫）p77

三つ目の鯰（抄）（奥泉光）
◇「山形県文学全集第1期（小説編）6」郷土出版社 2004 p250

みつめ

みつめるもの（大庭みな子）
◇「創刊一〇〇年三田文学名作選」三田文学会 2010 p680

密約（森万紀子）
◇「吉田知子・森万紀子・吉行理恵・加藤幸子」角川書店 1998（女性作家シリーズ）p164

三山参詣（日下部四郎太）
◇「山形県文学全集第2期（随筆・紀行編）1」郷土出版社 2005 p270

「密猟志願」より（稲見一良）
◇「狩猟文学マスターピース」みすず書房 2011（大人の本棚）p45

密猟者（寒川光太郎）
◇「文学賞受賞・名作集成 1」リブリオ出版 2004 p155

密漁の夜（李龍海）
◇「〈在日〉文学全集 18」勉誠出版 2006 p256

密林へ！（篠田真由美）
◇「本迷宮―本を巡る不思議な物語」日本図書設計家協会 2016 p57

密林の巨龍（山本弘）
◇「ドラゴン殺し」メディアワークス 1997（電撃文庫）p81

密林の中のハンギ（南條範夫）
◇「代表作時代小説 平成10年度」光風社出版 1998 p63
◇「地獄の無明剣―時代小説傑作選」講談社 2004（講談社文庫）p55

ミデアンの井戸の七人の娘（岡村雄輔）
◇「絢爛たる殺人―本格推理マガジン 特集・知られざる探偵たち」光文社 2000（光文社文庫）p11

見ていた男の唄（入澤康夫）
◇「新装版 全集現代文学の発見 13」學藝書林 2004 p557

ミーティング（全美恵）
◇「〈在日〉文学全集 18」勉誠出版 2006 p352

見て来た海軍生活を語る―西田少佐をかこんで〔座談会〕（西田恒晃、李無影、尹喜淳、金史良、兒玉金吾、安部一朗）
◇「近代朝鮮文学日本語作品集1939～1945 評論・随筆 3」緑蔭書房 2002 p427

見てきたようなことを云う人（稲垣足穂）
◇「ちくま日本文学 16」筑摩書房 2008（ちくま文庫）p45

観てもらえませんか？（飯野文彦）
◇「逆想コンチェルト―イラスト先行・競作小説アンソロジー 奏の1」徳間書店 2010 p280

水戸黄門天下の副編集長（月村了衛）
◇「代表作時代小説 平成26年度」光文社 2014 p331

水戸黄門 謎の乙姫御殿（月村了衛）
◇「悪意の迷路」光文社 2016（最新ベスト・ミステリー）p195

美登志・多一郎・保・治子（秩父明水）
◇「ハンセン病文学全集 5」皓星社 2010 p471

緑色の褌（安土萌）

◇「トロピカル」廣済堂出版 1999（廣済堂文庫）p91

緑色の豚（安岡章太郎）
◇「恐怖の花」ランダムハウス講談社 2007 p257

緑かがやく日に（高樹のぶ子）
◇「別れの手紙」角川書店 1997（角川文庫）p33

みどりご（沙木とも子）
◇「リトル・リトル・クトゥルー―史上最小の神話小説集」学習研究社 2009 p30

ミドリさん（紙舞）
◇「男たちの怪談百物語」メディアファクトリー 2012〔幽BOOKS〕p270

緑の贈り物（実川朋子）
◇「つながり―フェリシモしあわせショートショート」フェリシモ 1999 p53

緑の女（櫻田智也）
◇「ベスト本格ミステリ 2015」講談社 2015（講談社ノベルス）p235

緑の蔭―英国的断片（稲垣足穂）
◇「同性愛」国書刊行会 1999（書物の王国）p193

緑の岩礁（長島愛生園合同詩集）
◇「ハンセン病文学全集 6」皓星社 2003 p57

緑の蜘蛛（香山滋）
◇「冒険の森へ―傑作小説大全 1」集英社 2016 p226

みどりの叫び（奥田哲也）
◇「トロピカル」廣済堂出版 1999（廣済堂文庫）p39

碧の子宮（島田淳子）
◇「神様に一番近い場所―漱石来熊百年記念「草枕文学賞」作品集」文藝春秋企画センター 1998 p157

緑の島（太田井敏夫）
◇「ハンセン病文学全集 8」皓星社 2006 p319

緑の草原に…（田中芳樹）
◇「甦る「幻影城」 1」角川書店 1997（カドカワ・エンタテインメント）p285

碧の血（井上雅彦）
◇「秘神―闇の祝祭者たち」アスキー 1999（アスペクトノベルス）p177

緑の壺（山田山）
◇「つながり―フェリシモしあわせショートショート」フェリシモ 1999 p71

緑の手（桐生典子）
◇「蒼迷宮―ミステリー・アンソロジー」祥伝社 2002（祥伝社文庫）p79

緑の塔（李孝石著、朴性圭書）
◇「近代朝鮮文学日本語作品集1908～1945 セレクション 1」緑蔭書房 2008 p249

緑の扉は危険（法月綸太郎）
◇「古書ミステリー倶楽部―傑作推理小説集 3」光文社 2015（光文社文庫）p67

緑の鳥は終わりを眺め（黒史郎）
◇「怪物團」光文社 2009（光文社文庫）p39

緑の庭の話（三輪チサ）

◇「女たちの怪談百物語」メディアファクトリー 2010（［幽books］）p251
◇「女たちの怪談百物語」KADOKAWA 2014（角川ホラー文庫）p255

緑の猫（江國香織）
◇「いじめの時間」朝日新聞社 1997 p5

緑の果て（手塚治虫）
◇「SFマガジン700 国内篇」早川書房 2014（ハヤカワ文庫 SF）p7

緑の薔薇（秋月達郎）
◇「恐怖館」青樹社 1999（青樹社文庫）p235

緑の碑文（矢内りんご）
◇「リトル・リトル・クトゥルー─史上最小の神話小説集」学習研究社 2009 p106

緑のプリン（安藤知明）
◇「「伊豆文学賞」憂秀作品集 第18回」羽衣出版 2015 p191

緑のペンキ罐（坪田宏）
◇「甦る推理雑誌 10」光文社 2004（光文社文庫）p279

緑の星（谷甲州）
◇「宇宙生物ゾーン」廣済堂出版 2000（廣済堂文庫）p75
◇「日本SF・名作集成 5」リブリオ出版 2005 p139

緑の森を求めて─二つの大地（新井信子）
◇「ゆくりなくも」鶴書院 2009（シニア文学秀作選）p105

深泥丘奇談─切断（綾辻行人）
◇「Anniversary 50─カッパ・ノベルス創刊50周年記念作品」光文社 2009（Kappa novels）p7

みな生きものみな死にもの（藤枝静男）
◇「現代小説クロニクル 1980〜1984」講談社 2014（講談社文芸文庫）p21

見なかったものは（塔和子）
◇「ハンセン病文学全集 7」皓星社 2004 p190

水上瀧太郎讚（宇野浩二）
◇「創刊一〇〇年三田文学名作選」三田文学会 2010 p655

水上瀧太郎のこと（徳田秋聲）
◇「創刊一〇〇年三田文学名作選」三田文学会 2010 p656

身投げ救助業（菊池寛）
◇「短編名作選─1885-1924 小説の曙」笠間書院 2003 p237
◇「京都府文学全集第1期（小説編）1」郷土出版社 2005 p326
◇「読んでおきたい近代日本小説選」龍書房 2012 p233

みなし子の夢（鄭芝溶）
◇「近代朝鮮文学日本語作品集1908〜1945 セレクション 4」緑蔭書房 2008 p153

水無月十三幺九（梶山季之）
◇「古書ミステリー倶楽部─傑作推理小説集」光文社 2013（光文社文庫）p151

水無月の墓（小池真理子）
◇「誘惑─女流ミステリー傑作選」徳間書店 1999（徳間文庫）p91

みなそこ（大塚楠緒子）
◇「「新編」日本女性文学全集 3」菁柿堂 2011 p37

水底の鬼（岩下悠子）
◇「ベスト本格ミステリ 2014」講談社 2014（講談社ノベルス）p11

水底の連鎖（黒田研二）
◇「川に死体のある風景」東京創元社 2010（創元推理文庫）p65

水底の連鎖─長良川（黒田研二）
◇「川に死体のある風景」東京創元社 2006（Crime club）p55

水無月に嫁す（都田万葉）
◇「てのひら怪談─ビーケーワン怪談大賞傑作選 庚寅」ポプラ社 2010（ポプラ文庫）p100

港が見える丘（新野哲也）
◇「短篇ベストコレクション─現代の小説 2010」徳間書店 2010（徳間文庫）p413

港の古画（平戸廉吉）
◇「新装版 全集現代文学の発見 1」學藝書林 2002 p222

港の子供たち（武田亞公）
◇「日本の少年小説─「少国民」のゆくえ」インパクト出版会 2016（インパクト選書）p119

港町の殺人事件（福田昌夫）
◇「日本統治期台湾文学集成 21」緑蔭書房 2007 p193

南青山骨董通り探偵社（五十嵐貴久）
◇「宝石ザミステリー 2014夏」光文社 2014 p213

南ヴェトナム前線へ（岡村昭彦）
◇「コレクション戦争と文学 2」集英社 2012 p223

南へ（林八郎）
◇「ハンセン病に咲いた花─初期文芸名作選 戦前編」皓星社 2002（ハンセン病叢書）p290

南への船出（今田喜翁）
◇「日本統治期台湾文学集成 4」緑蔭書房 2002 p333

南風（黒木謳子）
◇「日本統治期台湾文学集成 18」緑蔭書房 2003 p484

南神威島（西村京太郎）
◇「謀」文藝春秋 2003（推理作家になりたくて マイベストミステリー）p170
◇「マイ・ベスト・ミステリー 4」文藝春秋 2007（文春文庫）p260
◇「冒険の森へ─傑作小説大全 3」集英社 2016 p117

「南神威島」の頃（西村京太郎）
◇「謀」文藝春秋 2003（推理作家になりたくて マイベストミステリー）p237
◇「マイ・ベスト・ミステリー 4」文藝春秋 2007（文春文庫）p366

三波呉服店─2005（松村栄子）
◇「明日町こんぺいとう商店街─招きうさぎと七軒の物語」ポプラ社 2013（ポプラ文庫）p167

三並氏手翰（正岡子規）

みなみ

◇「新日本古典文学大系 明治編 27」岩波書店 2003 p270

南谷先生（兪鎮午）
◇「〈外地〉の日本語文学選 3」新宿書房 1996 p192

南と北（火野葦平）
◇「魍魅魍魎列島」小学館 2005 （小学館文庫）p263

南の島―知られざる死に（金時鐘）
◇「〈在日〉文学全集 5」勉誠出版 2006 p87

南の島の殺人（東篤哉）
◇「本格推理 12」光文社 1998 （光文社文庫）p77

南の島の……夢？（二見恵理子）
◇「小学校・全員参加の楽しい学級劇・学年劇脚本集 高学年」黎明書房 2007 p58

南ベトナム海兵大隊（石川文洋）
◇「コレクション戦争と文学 2」集英社 2012 p252

南、もしくは（大場惑）
◇「彗星パニック」廣済堂出版 2000 （廣済堂文庫）p235

源実朝（堀田善衞）
◇「戦後文学エッセイ選 11」影書房 2007 p211

水面に眠る（日下唄）
◇「忘れがたい者たち―ライトノベル・ジュブナイル選集」創英社 2007 p135

見習い奉公 生活の記録5（宮本常一）
◇「日本文学全集 14」河出書房新社 2015 p422

細密画（葉越晶）
◇「リトル・リトル・クトゥルー―史上最小の神話小説集」学習研究社 2009 p142

ミニアチュールそして積み木（澁澤龍彦）
◇「ちくま日本文学 18」筑摩書房 2008 （ちくま文庫）p238

みにくい子は、聖なる夜に鈍く光る（なるせゆうせい）
◇「超短編の世界 vol.2」創英社 2009 p36

醜い空（朝松健）
◇「怪物團」光文社 2009 （光文社文庫）p69

みによんの幽霊（深田亨）
◇「てのひら怪談 癸巳」KADOKAWA 2013 （MF文庫ダ・ヴィンチ）p160

峰の残月（山田美妙）
◇「明治の文学 10」筑摩書房 2001 p197

峯の雷鳥（王白淵）
◇「日本統治期台湾文学集成 18」緑蔭書房 2003 p63

ミネラルウォーターで無理やりな午前4時（以知子）
◇「超短編の世界」創英社 2008 p132

巳之頭（市川團子）
◇「文豪怪談傑作選 特別編」筑摩書房 2007 （ちくま文庫）p97

身代金の奪い方（柄刀一）
◇「ザ・ベストミステリーズ―推理小説年鑑 2009」講談社 2009 p261
「Spiralめくるめく謎」講談社 2012 （講談社文庫）p223

魅の谷（梶尾真治）
◇「宇宙生物ゾーン」廣済堂出版 2000 （廣済堂文庫）p169

みのむし（香山滋）
◇「江戸川乱歩と13の宝石」光文社 2007 （光文社文庫）p377

みのむし（武内慎之助）
◇「ハンセン病文学全集 6」皓星社 2003 p337

みのむし（三浦哲郎）
◇「川端康成文学賞全作品 2」新潮社 1999 p277
◇「小川洋子の偏愛短篇箱」河出書房新社 2009 p251
◇「小川洋子の偏愛短篇箱」河出書房新社 2012 （河出文庫）p251

糞虫（萩原澄）
◇「ハンセン病文学全集 8」皓星社 2006 p266

簑虫と蜘蛛（寺田寅彦）
◇「ちくま日本文学 34」筑摩書房 2009 （ちくま文庫）p193

水面の月（澤田ふじ子）
◇「七人の龍馬―傑作時代小説」PHP研究所 2010 （PHP文庫）p107

みのる、一日（小野正嗣）
◇「文学 2010」講談社 2010 p257
◇「現代小説クロニクル 2010〜2014」講談社 2015 （講談社文芸文庫）p76

三橋春人は花束を捨てない（織守きょうや）
◇「ベスト本格ミステリ 2015」講談社 2015 （講談社ノベルス）p87

三柱（有井聡）
◇「てのひら怪談―ビーケーワン怪談大賞傑作選 庚寅」ポプラ社 2010 （ポプラ文庫）p174

ミハスの落日（貫井徳郎）
◇「大密室」新潮社 1999 p171

見果てぬ風（中井紀夫）
◇「日本SF短篇50 3」早川書房 2013 （ハヤカワ文庫JA）p203

見果てぬ夢（赤川次郎）
◇「幻想ミッドナイト―日常を破壊する恐怖の断片」角川書店 1997 （カドカワ・エンタテインメント）p9

見果てぬ夢（唐十郎）
◇「少女物語」朝日新聞社 1998 p7

見果てぬ夢（黒岩研）
◇「黒い遊園地」光文社 2004 （光文社文庫）p149

小説 見果てぬ夢（鄭人澤）
◇「近代朝鮮文学日本語作品集1939〜1945 創作篇 3」緑蔭書房 2001 p248

ミーハーとバナナの時代（野田秀樹）
◇「くだものだもの」ランダムハウス講談社 2007 p201

見晴台の惨劇（山村正夫）
◇「江戸川乱歩の推理試験」光文社 2009 （光文社文庫）p91

壬生狂言の夜（司馬遼太郎）
◇「新選組烈士伝」角川書店 2003 （角川文庫）
p245

み船造り 一幕（吉村敏）
◇「日本統治期台湾文学集成 13」緑蔭書房 2003
p219

壬生夫妻（江國香織）
◇「短篇ベストコレクション―現代の小説 2007」徳
間書店 2007 （徳間文庫）p101
◇「ヴィンテージ・セブン」講談社 2007 p39

三冬月（山岡響）
◇「ハンセン病文学全集 8」皓星社 2006 p383

未亡人（尾崎孝子）
◇「日本統治期台湾文学集成 15」緑蔭書房 2003
p262

ミミ（小池真理子）
◇「少女怪談」学習研究社 2000 （学研M文庫）
p363
◇「怪談―24の恐怖」講談社 2004 p13

耳（金井美恵子）
◇「妖美―女流ミステリー傑作選」徳間書店 1999
（徳間文庫）p43

耳（袂春信）
◇「甦る推理雑誌 9」光文社 2003 （光文社文庫）
p251

耳（鄭芝溶）
◇「近代朝鮮文学日本語作品集1908～1945 セレクショ
ン 4」緑蔭書房 2008 p162

耳（古川時夫）
◇「ハンセン病文学全集 7」皓星社 2004 p348

耳（三木卓）
◇「文学 2003」講談社 2003 p87

耳（向田邦子）
◇「小川洋子の偏愛短篇箱」河出書房新社 2009
p233
◇「小川洋子の偏愛短篇箱」河出書房新社 2012 （河
出文庫）p233

耳を澄ませば（大間九郎）
◇「5分で読める！ ひと駅ストーリー 猫の物語」宝
島社 2014 （宝島社文庫）p69

耳学問（木山捷平）
◇「私小説名作選 上」講談社 2012 （講談社文芸文
庫）p229
◇「コレクション戦争と文学 9」集英社 2012 p387

耳飾り（江坂遊）
◇「綾辻・有栖川復刊セレクション 仕掛け花火」講
談社 2007 （講談社ノベルス）p102

みみじゃこ（室生犀星）
◇「金沢三文豪掌文庫 たべもの編」金沢文化振興財
団 2011 p58

耳すます部屋（折原一）
◇「隣りの不安、目前の恐怖」双葉社 2016 （双葉文
庫）p227

耳、垂れ（福島千佳）
◇「ゆきのまち幻想文学賞小品集 19」企画集団ぷり
ずむ 2010 p182

みみてん（岩谷涼子）
◇「ゆきのまち幻想文学賞小品集 24」企画集団ぷり
ずむ 2015 p97

耳なし源蔵召捕記事―西郷はんの写真（有明夏
夫）
◇「捕物小説名作選 2」集英社 2006 （集英社文庫）
p199

耳なし芳一のはなし（小泉八雲）
◇「見上げれば星は天に満ちて―心に残る物語―日本
文学秀作選」文藝春秋 2005 （文春文庫）p385
◇「琵琶綺談」日本出版社 2006 p237

耳無芳一のはなし―『怪談』より（小泉八雲）
◇「幻妖の水脈（みお）」筑摩書房 2013 （ちくま文
庫）p103

耳鳴り（李正子）
◇「〈在日〉文学全集 17」勉誠出版 2006 p262

耳鳴山由来（矢野徹）
◇「たそがれゆく未来」筑摩書房 2016 （ちくま文
庫）p211

ミミのこと（田中小実昌）
◇「コレクション戦争と文学 10」集英社 2012 p194

耳の塩漬（小堀甚二）
◇「文豪てのひら怪談」ポプラ社 2009 （ポプラ文
庫）p80

耳の塔（村田喜代子）
◇「戦後短篇小説再発見 5」講談社 2001 （講談社
文芸文庫）p236

耳の中の水（加藤千恵）
◇「あのころの、」実業之日本社 2012 （実業之日本
社文庫）p149

耳の役割（家田満理）
◇「ショートショートの花束 3」講談社 2011 （講
談社文庫）p177

『耳袋』とその著者（柳田國男）
◇「文豪怪談傑作選 柳田國男集」筑摩書房 2007
（ちくま文庫）p332

耳瓔珞（円地文子）
◇「戦後短篇小説再発見 13」講談社 2003 （講談社
文芸文庫）p47

三村次郎左衛門（井口朝生）
◇「定本・忠臣蔵四十七人衆」双葉社 1998 p110

三村次郎左衛門の妻（松本幸子）
◇「物語妻たちの忠臣蔵」新人物往来社 1998 p149

未明の鳥（復生病院落葉社短歌会）
◇「ハンセン病文学全集 8」皓星社 2006 p207

未明の晩餐（吉上亮）
◇「伊藤計劃トリビュート」早川書房 2015 （ハヤカ
ワ文庫 JA）p213

ミモザの林を（岩阪恵子）
◇「現代名作集」角川書店 1999 （女性作家シリー
ズ）p347

宮川量先生を送る（明石海人）
◇「ハンセン病文学全集 7」皓星社 2004 p442

宮城（折口信夫）
◇「ちくま日本文学 25」筑摩書房 2008 （ちくま文

庫）p34

都を発する日雨ふるの作（中村敬宇）
◇「新日本古典文学大系 明治編 2」岩波書店 2004 p152

都の春（作者表記なし）
◇「新日本古典文学大系 明治編 4」岩波書店 2003 p425

都風流トコトンヤレぶし（作者表記なし）
◇「新日本古典文学大系 明治編 4」岩波書店 2003 p289

都忘れ（中山義秀）
◇「戦後短篇小説選―『世界』1946–1999 3」岩波書店 2000 p91

宮崎友禅斎（永岡慶之助）
◇「江戸夢あかり」学習研究社 2003 （学研M文庫）p339
◇「江戸夢あかり」学研パブリッシング 2013 （学研M文庫）p339

宮さんのくんち（山之内宏一）
◇「優秀新人戯曲集 2007」ブロンズ新社 2006 p67

美弥谷団地の逃亡者（辻村深月）
◇「驚愕遊園地」光文社 2013 （最新ベスト・ミステリー）p191
◇「驚愕遊園地」光文社 2016 （光文社文庫）p307

宮の森（宮本常一）
◇「ちくま日本文学 22」筑摩書房 2008 （ちくま文庫）p247

ミヤハタ！ タイムスリップ（寺島明美）
◇「縄文4000年の謎に挑む」現代書林 2016 p22

ミヤマカラスアゲハ（原口啓一郎）
◇「ミヤマカラスアゲハ―第三回「草枕文学賞」作品集」文藝春秋企画出版部 2003 p7

深山紙―明るさの中に旅愁（打田早苗）
◇「山形県文学全集第2期（随筆・紀行編）4」郷土出版社 2005 p394

深山の婚姻の事（柳田國男）
◇「ちくま日本文学 15」筑摩書房 2008 （ちくま文庫）p206

宮本造酒之助（海音寺潮五郎）
◇「七人の武蔵」角川書店 2002 （角川文庫）p195

宮本武蔵（津本陽）
◇「七人の武蔵」角川書店 2002 （角川文庫）p49

宮本武蔵（直木三十五）
◇「宮本武蔵―剣豪列伝」廣済堂出版 1997 （廣済堂文庫）p5
◇「極め付き時代小説選 1」中央公論新社 2004 （中公文庫）p329

宮本武蔵（藤原審爾）
◇「人物日本剣豪伝 2」学陽書房 2001 （人物文庫）p275

宮本武蔵（宮下幻一郎）
◇「宮本武蔵伝奇」勉誠出版 2002 （べんせいライブラリー）p199

宮本武蔵（武者小路実篤）
◇「七人の武蔵」角川書店 2002 （角川文庫）p171

宮本武蔵の女（山岡荘八）
◇「宮本武蔵―剣豪列伝」廣済堂出版 1997 （廣済堂文庫）p303
◇「七人の武蔵」角川書店 2002 （角川文庫）p73
◇「武士道残月抄」光文社 2011 （光文社文庫）p151

宮本百合子さんを憶う（野上彌生子）
◇「精選女性随筆集 10」文藝春秋 2012 p183

ミユキちゃん（亜羅叉の沙）
◇「70年代日本SFベスト集成 4」筑摩書房 2015 （ちくま文庫）p257

みゆき橋（豊田一郎）
◇「全作家短編小説集 8」全作家協会 2009 p80

ミューズ（高野史緒）
◇「夏のグランドホテル」光文社 2003 （光文社文庫）p91

ミューズを尋ねて（兪鎭午）
◇「近代朝鮮文学日本語作品集1901～1938 評論・随筆篇 1」緑蔭書房 2004 p29

ミューゼアム・オブ・カタクリズム（澁澤龍彦）
◇「ちくま日本文学 18」筑摩書房 2008 （ちくま文庫）p241

見よ！（王白淵）
◇「日本統治期台湾文学集成 18」緑蔭書房 2003 p56

明恵上人月輪歌抄（明恵上人）
◇「月」国書刊行会 1999 （書物の王国）p236

明恵上人のこと（白洲正子）
◇「精選女性随筆集 7」文藝春秋 2012 p220

（和）**茗荷**（三遊亭円朝）
◇「明治の文学 3」筑摩書房 2001 p371

苗字騒動（神坂次郎）
◇「星明かり夢街道」光風社出版 2000 （光風社文庫）p371

妙な話（芥川龍之介）
◇「日本怪奇小説傑作集 1」東京創元社 2005 （創元推理文庫）p213
◇「文豪怪談傑作選 芥川龍之介集」筑摩書房 2010 （ちくま文庫）p9
◇「幻視の系譜」筑摩書房 2013 （ちくま文庫）p296
◇「文豪たちが書いた怖い名作短編集」彩図社 2014 p109
◇「日本文学100年の名作 1」新潮社 2014 （新潮文庫）p231

妙な夢（志賀直哉）
◇「文豪怪談傑作選 大正篇」筑摩書房 2011 （ちくま文庫）p252

妙猫（片桐京介）
◇「猫路地」日本出版社 2006 p89

三次実録物語（稲生平太郎）
◇「稲生モノノケ大全 陰之巻」毎日新聞社 2003 p717

三好清海入道（柴田錬三郎）
◇「真田忍者、参上！―隠密伝奇傑作集」河出書房新社 2015 （河出文庫）p7

三次もののけ殺人事件（ひらさとよひこ）
◇「稲生モノノケ大全 陽之巻」毎日新聞 2005
p593

（みよすべての扉は）（萩原朔太郎）
◇「ちくま日本文学 36」筑摩書房 2009（ちくま文
庫）p59

見よ落下傘（阿部牧郎）
◇「コレクション戦争と文学 14」集英社 2012 p567

明洞（ミョンドン）―日本が支配していたときは、
本町通りと呼んだ。（許南麒）
◇「〈在日〉文学全集 2」勉誠出版 2006 p112

未来（荒津寛子）
◇「新装版 全集現代文学の発見 別巻」學藝書林
2005 p537

未来へ踏み出す足（石持浅海）
◇「本格ミステリー二〇〇七年本格短編ベスト・セ
レクション 07」講談社 2007（講談社ノベル
ス）p123
◇「ザ・ベストミステリーズ―推理小説年鑑 2007」
講談社 2007 p181
◇「ULTIMATE MYSTERY―究極のミステリー、
ここにあり」講談社 2010（講談社文庫）p117
◇「法廷ジャックの心理学―本格短編ベスト・セレ
クション」講談社 2011（講談社文庫）p185

未来を創れ（作者表記なし）
◇「成城・学校劇脚本集」成城学園初等学校出版部
2002（成城学園初等学校研究双書）p212

未来があるから。（@haruhill）
◇「3.11心に残る140字の物語」学研パブリッシング
2011 p97

未来からのEメール（中田公敬）
◇「ショートショートの花束 2」講談社 2010（講
談社文庫）p225

未来から、降り注いだもの。（小林紀晴）
◇「十年後のこと」河出書房新社 2016 p99

詩集 未来者（吉田一穂）
◇「新装版 全集現代文学の発見 13」學藝書林 2004
p161

未来人F（有栖川有栖）
◇「みんなの少年探偵団 2」ポプラ社 2016 p5

ミライゾーン（間瀬純子）
◇「未来妖怪」光文社 2008（光文社文庫）p651

未来テレビ（霧梨椎奈）
◇「ショートショートの広場 16」講談社 2005（講
談社文庫）p113

未来都市（筒井康隆）
◇「科学の脅威」リブリオ出版 2001（怪奇・ホラー
ワールド）p107

未来日記（脇山俊男）
◇「ショートショートの広場 14」講談社 2003（講
談社文庫）p26

『未来の淫女』自作ノオト（武田泰淳）
◇「戦後文学エッセイ選 5」影書房 2006 p75

未来の死体（夢生）
◇「ショートショートの花束 2」講談社 2010（講
談社文庫）p47

未来のために（@SinjowKazma）
◇「3.11心に残る140字の物語」学研パブリッシング
2011 p83

未来の友へ。（@chocolatesity）
◇「3.11心に残る140字の物語」学研パブリッシング
2011 p48

未来の廃墟（小中千昭）
◇「黒い遊園地」光文社 2004（光文社文庫）p97

未来の花（横山秀夫）
◇「Anniversary 50―カッパ・ノベルス創刊50周年
記念作品」光文社 2009（Kappa novels）p385
◇「ザ・ベストミステリーズ―推理小説年鑑 2010」
講談社 2010 p449
◇「Logic真相への回廊」講談社 2013（講談社文
庫）p45

未来妖怪燐寸匣（超短編作家19人集）
◇「未来妖怪」光文社 2008（光文社文庫）p325

ミラノ霧の風景（須賀敦子）
◇「日本文学全集 25」河出書房新社 2016 p171

見る（飯島耕一）
◇「新装版 全集現代文学の発見 13」學藝書林 2004
p484

ミルイヒ様の優雅でない一日（杜李梨）
◇「幻想水滸伝短編集 1」メディアワークス 2000
（電撃文庫）p149

ミルク色のオレンジ（池田満寿夫）
◇「愛の交錯」リブリオ出版 2001（ラブミーワール
ド）p212
◇「恋愛小説・名作集成 9」リブリオ出版 2004
p212

見るなの本（田中啓文）
◇「平成都市伝説」中央公論新社 2004（C
NOVELS）p129

ミルフィーユ（宮崎誉子）
◇「文学 2007」講談社 2007 p104

ミルフイユ（前川麻子）
◇「Love Letter」幻冬舎 2005 p77
◇「Love Letter」幻冬舎 2008（幻冬舎文庫）p85

ミルフィーユの食べ方がわからない（相戸結
衣）
◇「5分で読める！ ひと駅ストーリー 食の話」宝島
社 2015（宝島社文庫）p149

ミレニアム・パヴェ（三島浩司）
◇「短篇ベストコレクション―現代の小説 2012」徳
間書店 2012（徳間文庫）p543

未練（七味一平）
◇「ショートショートの花束 2」講談社 2010（講
談社文庫）p273

未錬（アンデルセン著，森鷗外訳）
◇「新日本古典文学大系 明治編 25」岩波書店 2004
p373

未練の檻（都田万葉）
◇「てのひら怪談―ビーケーワン怪談大賞傑作選 2」
ポプラ社 2007 p24
◇「てのひら怪談―ビーケーワン怪談大賞傑作選 己
丑」ポプラ社 2009（ポプラ文庫）p92

みろく

弥勒（稲垣足穂）
　◇「新装版 全集現代文学の発見 7」學藝書林 2003
　　p86
弥勒節（恒川光太郎）
　◇「怪談列島ニッポン―書き下ろし諸国奇談競作集」
　　メディアファクトリー 2009 （MF文庫）p7
弥勒ものがたり（田岡典夫）
　◇「雪月花・江戸景色」光文社 2013 （光文社文庫）
　　p243
魅惑の芳香（大河原ちさと）
　◇「てのひら怪談―ビーケーワン怪談大賞傑作選 2」
　　ポプラ社 2007 p218
　◇「てのひら怪談―ビーケーワン怪談大賞傑作選 己
　　丑」ポプラ社 2009 （ポプラ文庫）p56
身はたとひ（眞鍋元之）
　◇「武士道切絵図―新鷹会・傑作時代小説選」光文
　　社 2010 （光文社文庫）p235
民営化（伊丈カツキ）
　◇「ショートショートの花束 2」講談社 2010 （講
　　談社文庫）p198
ミンク（金原ひとみ）
　◇「文学 2008」講談社 2008 p17
　◇「リテラリーゴシック・イン・ジャパン―文学的
　　ゴシック作品選」筑摩書房 2014 （ちくま文庫）
　　p525
ミンク（向田邦子）
　◇「精選女性随筆集 11」文藝春秋 2012 p231
「民芸の死」覚え書（井上光晴）
　◇「戦後短篇小説選―『世界』1946–1999 3」岩波書
　　店 2000 p199
民権家（瘦々亭骨皮道人）
　◇「新日本古典文学大系 明治編 29」岩波書店 2005
　　p232
民権かぞえ歌（作者表記なし）
　◇「新日本古典文学大系 明治編 4」岩波書店 2003
　　p339
民衆の情緒と年中行事①〜②（宋錫夏）
　◇「近代朝鮮文学日本語作品集1901〜1938 評論・随筆
　　篇 1」緑蔭書房 2004 p361
民宿猫岳（四季さとる）
　◇「神様に一番近い場所―漱石来熊百年記念「草枕文
　　学賞」作品集」文藝春秋企画センター 1998 p55
民族的總力量を集中する實行方法（洪命憙）
　◇「近代朝鮮文学日本語作品集1901〜1938 評論・随筆
　　篇 3」緑蔭書房 2004 p348
民族の言葉（丁章）
　◇「〈在日〉文学全集 18」勉誠出版 2006 p386
民族の衣（全美恵）
　◇「〈在日〉文学全集 18」勉誠出版 2006 p363
みんな大きくなったね（土井彩子）
　◇「小学校・全員参加の楽しい学級劇・学年劇脚本
　　集 低学年」黎明書房 2007 p34
みんな電柱の中にいる（桐十）
　◇「人は死んだら電柱になる―電柱アンソロジー」
　　遠すぎる未来団 2014 p150
みんなのうそ（小松知佳）

◇「恋は、しばらくお休みです。―恋愛短篇小説集」
　泰文堂 2013 （レインブックス）p71
みんなのグラス（吉田修一）
　◇「翳りゆく時間」新潮社 2006 （新潮文庫）p71
みんなの殺人（ひょうた）
　◇「新・本格推理 06」光文社 2006 （光文社文庫）
　　p219
みんなのたそがれドキッ！（大嶋昭彦）
　◇「最新中学校創作脚本集 2011」晩成書房 2011
　　p61
みんなの願い（八塚顔高）
　◇「ショートショートの広場 8」講談社 1997 （講
　　談社文庫）p115
みん半分ずつ（唯川恵）
　◇「短篇ベストコレクション―現代の小説 2008」徳
　　間書店 2008 （徳間文庫）p161
みんな夢の中（おさだたつや）
　◇「歌謡曲だよ、人生は―映画監督短編集」メディ
　　アファクトリー 2007 p125
みんなよい子――一幕（吉村敏）
　◇「日本統治期台湾文学集成 11」緑蔭書房 2003
　　p267
ミンベルの雪祭り（七森はな）
　◇「ゆきのまち幻想文学賞・小品集 15」企画集団ぷ
　　りずむ 2006 p120
ミンミン・パラダイス（三枝洋）
　◇「ザ・ベストミステリーズ―推理小説年鑑 2001」
　　講談社 2001 p423
　◇「殺人作法」講談社 2004 （講談社文庫）p283
民謡（宮本常一）
　◇「ちくま日本文学 22」筑摩書房 2008 （ちくま文
　　庫）p22
民謡に現はれたる朝鮮民族性の一端（李光洙）
　◇「近代朝鮮文学日本語作品集1908〜1945 セレクショ
　　ン 5」緑蔭書房 2008 p175
民話について―劇作家として考える（木下順
　二）
　◇「戦後文学エッセイ選 8」影書房 2005 p13

【 む 】

無（幸田文）
　◇「ちくま日本文学 5」筑摩書房 2007 （ちくま文
　　庫）p400
無（塔和子）
　◇「ハンセン病文学全集 7」皓星社 2004 p512
無意識的転移（深谷忠記）
　◇「事件現場に行こう―最新ベスト・ミステリー カ
　　レイドスコープ編」光文社 2001 （カッパ・ノ
　　ベルス）p249
無意識の罪（西方まぁき）
　◇「ショートショートの花束 7」講談社 2015 （講

772　作品名から引ける日本文学全集案内 第III期

談社文庫）p130

ムイシュキンの脳髄（宮内悠介）
◇「さよならの儀式」東京創元社 2014（創元SF文庫）p419

無為秀家（上田秀人）
◇「決戦！ 関ケ原」講談社 2014 p143

牟家殺人事件（魔子鬼一）
◇「「宝石」一九五〇―牟家殺人事件：探偵小説傑作集」光文社 2012（光文社文庫）p7

夢応の鯉魚（上田秋成）
◇「変身ものがたり」筑摩書房 2010（ちくま文学の森）p105

夢応の鯉魚―雨月物語より（上田秋成）
◇「変身のロマン」学習研究社 2003（学研M文庫）p23

無音（青木洸）
◇「ゆきのまち幻想文学賞小品集 25」企画集団ぷりずむ 2015 p63

夢禍（立原透耶）
◇「アジアン怪綺」光文社 2003（光文社文庫）p257

霧界（木城ゆきと）
◇「ヴィジョンズ」講談社 2016 p93

無何有の郷（たなかなつみ）
◇「超短編の世界 vol.3」創英社 2011 p184

迎えの光は（葛西俊和）
◇「怪談四十九夜」竹書房 2016（竹書房文庫）p32

迎えの雪（藤真弓）
◇「ゆきのまち幻想文学賞小品集 13」企画集団ぷりずむ 2004 p150

むかえゆき（野口麻衣子）
◇「ゆきのまち幻想文学賞・小品集 7」NTTメディアスコープ 1997 p76

むかご（佐伯一麦）
◇「文学 2005」講談社 2005 p156
◇「現代小説クロニクル 2005〜2009」講談社 2015（講談社文芸文庫）p20

昔（堀口大學）
◇「日本文学全集 29」河出書房新社 2016 p25

むかし女がいた（大庭みな子）
◇「コレクション戦争と文学 14」集英社 2012 p272

昔がたり（成島柳北）
◇「新日本古典文学大系 明治編 2」岩波書店 2004 p274

昔語り（葉原あきよ）
◇「超短編の世界 vol.3」創英社 2011 p178

むがしこ（寺山修司）
◇「新装版 全集現代文学の発見 15」學藝書林 2005 p510

昔恋しい（早見裕司）
◇「屍者の行進」廣済堂出版 1998（廣済堂文庫）p15

昔、父が打った電報「美女生れた」≫中井貴恵（橋本延見子）
◇「日本人の手紙 1」リブリオ出版 2004 p86

昔なじみ（逢坂剛）
◇「決断―警察小説競作」新潮社 2006（新潮文庫）p7

昔なじみ（戸川幸夫）
◇「山形県文学全集第2期（随筆・紀行編）4」郷土出版社 2005 p366

むかしの男（池波正太郎）
◇「江戸浮世風」学習研究社 2004（学研M文庫）p7

昔の思い出（加門七海）
◇「文豪てのひら怪談」ポプラ社 2009（ポプラ文庫）p24

昔の彼（上原小夜）
◇「5分で読める！ ひと駅ストーリー 夏の記憶東口編」宝島社 2013（宝島社文庫）p71

昔の商法（宮本常一）
◇「ちくま日本文学 22」筑摩書房 2008（ちくま文庫）p303

昔の大名の心意気（三遊亭円朝）
◇「明治の文学 3」筑摩書房 2001 p365

むかしの亡者（太宰治）
◇「文豪怪談傑作選 太宰治集」筑摩書房 2009（ちくま文庫）p340

むかしばなし（小松左京）
◇「名短篇、ここにあり」筑摩書房 2008（ちくま文庫）p75

昔ばなしの世界（島尾敏雄）
◇「戦後文学エッセイ選 10」影書房 2007 p185

昔まつこ（正岡子規）
◇「新日本古典文学大系 明治編 27」岩波書店 2003 p196

昔みたい（田中康夫）
◇「戦後短篇小説再発見 1」講談社 2001（講談社文芸文庫）p174

むかしむかしこわい未来がありました（竹内志麻子）
◇「時間怪談」廣済堂出版 1999（廣済堂文庫）p275

むかしレンジャーしゅうごう（木村たかし）
◇「小学校・全員参加の楽しい学級劇・学年劇脚本集 低学年」黎明書房 2007 p110

ムカつく男（藤水名子）
◇「SFバカ本 黄金スパム篇」メディアファクトリー 2000 p159

百足（小池真理子）
◇「読まずにいられぬ名短篇」筑摩書房 2014（ちくま文庫）p291

百足（告鳥友紀）
◇「てのひら怪談 葵巳」KADOKAWA 2013（MF文庫ダ・ヴィンチ）p86

百足殺せし女の話（抄）（吉田直哉）
◇「読まずにいられぬ名短篇」筑摩書房 2014（ちくま文庫）p295

むかで横丁（宮原龍雄、須田刀太郎、山沢晴雄）
◇「絢爛たる殺人―本格推理マガジン 特集・知られざる探偵たち」光文社 2000（光文社文庫）p133

むかん

無感覚なボタン―帝銀事件について（武田泰淳）
　◇「戦後文学エッセイ選 5」影書房 2006 p41
麦熟るる日に（中野孝次）
　◇「山形県文学全集第1期（小説編）5」郷土出版社
　　2004 p252
麦を嚙む（伊集院静）
　◇「男の涙 女の涙―せつない小説アンソロジー」光
　　文社 2006（光文社文庫）p167
無期限マル秘（伊藤雪魚）
　◇「ショートショートの広場 17」講談社 2005（講
　　談社文庫）p205
麦と兵隊（火野葦平）
　◇「読み聞かせる戦争」光文社 2015 p55
麦と松のツリーと（吉野せい）
　◇「戦後短篇小説再発見 8」講談社 2002（講談社
　　文芸文庫）p152
麦畑が黄色くなると（許南麒）
　◇「〈在日〉文学全集 2」勉誠出版 2006 p115
麦畑の一隅にて（萩原朔太郎）
　◇「ちくま日本文学 36」筑摩書房 2009（ちくま文
　　庫）p90
麦畑のミッション（稲見一良）
　◇「冒険の森へ―傑作小説大全 13」集英社 2016
　　p209
句集 麦笛（星塚敬愛園麦笛句会）
　◇「ハンセン病文学全集 9」皓星社 2010 p124
麦踏（香山末子）
　◇「〈在日〉文学全集 17」勉誠出版 2006 p76
麦屋町昼下がり（藤沢周平）
　◇「人生を変えた時代小説傑作選」文藝春秋 2010
　　（文春文庫）p111
無窮一家（金史良）
　◇「近代朝鮮文学日本語作品集1939〜1945 創作篇 2」
　　緑蔭書房 2001 p367
麦湯女の化物（高畠藍泉）
　◇「新日本古典文学大系 明治編 1」岩波書店 2004
　　p380
麦藁帽子（小野允雄）
　◇「現代作家代表作選集 7」鼎書房 2014 p5
麦藁帽子（堀辰雄）
　◇「ちくま日本文学 39」筑摩書房 2009（ちくま文
　　庫）p57
　◇「夏休み」KADOKAWA 2014（角川文庫）p93
　◇「日本文学100年の名作 2」新潮社 2014（新潮文
　　庫）p375
麦わら帽子の内側（抄）（石山葉子）
　◇「現代鹿児島小説大系 3」ジャプラン 2014 p51
酬い（石持浅海）
　◇「不思議の足跡」光文社 2007（Kappa novels）
　　p59
　◇「不思議の足跡」光文社 2011（光文社文庫）p67
無窮花（金夏日）
　◇「〈在日〉文学全集 17」勉誠出版 2006 p175
　◇「ハンセン病文学全集 8」皓星社 2006 p283

無窮花抄（桜井哲夫）
　◇「ハンセン病文学全集 7」皓星社 2004 p453
無窮花の花は何時開く―故村松武司先生にお
くる（桜井哲夫）
　◇「ハンセン病文学全集 7」皓星社 2004 p458
無口な車掌（飛鳥高）
　◇「江戸川乱歩の推理教室」光文社 2008（光文社文
　　庫）p259
ムグッチョの唄（江崎来人）
　◇「てのひら怪談―ビーケーワン怪談大賞傑作選」
　　ポプラ社 2007 p22
　◇「てのひら怪談―ビーケーワン怪談大賞傑作選」
　　ポプラ社 2008（ポプラ文庫）p18
むく鳥のゆめ（浜田廣介）
　◇「山形県文学全集第1期（小説編）1」郷土出版社
　　2004 p79
無垢なる羊（歌鳥）
　◇「超短編傑作選 v.6」創英社 2007 p207
むくろ人形の謎（大林清）
　◇「捕物時代小説選集 8」春陽堂書店 2000（春陽
　　文庫）p232
骸列車（倉阪鬼一郎）
　◇「帰還」光文社 2000（光文社文庫）p203
無月物語（久生十蘭）
　◇「京都府文学全集第1期（小説編）3」郷土出版社
　　2005 p344
　◇「日本文学全集 26」河出書房新社 2017 p7
夢剣（笹沢左保）
　◇「江戸三百年を読む―傑作時代小説 シリーズ江戸
　　学 上」角川学芸出版 2009（角川文庫）p75
無弦（加藤郁乎）
　◇「新装版 全集現代文学の発見 13」學藝書林 2004
　　p615
夢幻境（アンデルセン著、森鷗外訳）
　◇「新日本古典文学大系 明治編 25」岩波書店 2004
　　p317
無限大の快感（長月遊）
　◇「扉の向こうへ」全作家協会 2014（全作家短編
　　集）p15
無限登山（八木ナガハル）
　◇「量子回廊―年刊日本SF傑作選」東京創元社
　　2010（創元SF文庫）p381
無限のイマジネーションと日常の小さな謎（柴
田よしき）
　◇「マイ・ベスト・ミステリー 1」文藝春秋 2007
　　（文春文庫）p224
無限ホテル（薄井ゆうじ）
　◇「夏のグランドホテル」光文社 2003（光文社文
　　庫）p437
婿入りの夜（古川薫）
　◇「江戸の鈍感力―時代小説傑作選」集英社 2007
　　（集英社文庫）p185
向う側（日野啓三）
　◇「コレクション戦争と文学 2」集英社 2012 p83
　◇「日本文学全集 21」河出書房新社 2015 p7

むしな

無恒債者無恒心（内田百閒）
　◇「ちくま日本文学 1」筑摩書房 2007 （ちくま文庫）p343
向島の怪談祭（作者表記なし）
　◇「文豪怪談傑作選 特別編」筑摩書房 2009 （ちくま文庫）p87
向椿山（乙川優三郎）
　◇「代表作時代小説 平成16年度」光風社出版 2004 p131
　◇「赤ひげ横丁―人情時代小説傑作選」新潮社 2009 （新潮文庫）p91
霧湖荘の殺人（愛理修）
　◇「本格推理 12」光文社 1998 （光文社文庫）p421
無言（川端康成）
　◇「文豪怪談傑作選 川端康成集」筑摩書房 2006 （ちくま文庫）p235
無言（轟）
　◇「超短編傑作選 v.6」創英社 2007 p135
無言歌（岡本敬三）
　◇「太宰治賞 2003」筑摩書房 2003 p113
無言歌（崔龍源）
　◇「〈在日〉文学全集 18」勉誠出版 2006 p185
無言歌（中村稔）
　◇「新装版 全集現代文学の発見 13」學藝書林 2004 p304
無言の帰宅（青井知之）
　◇「てのひら怪談 癸巳」KADOKAWA 2013 （MF文庫ダ・ヴィンテ）p104
無言の言葉（白洲正子）
　◇「精選女性随筆集 7」文藝春秋 2012 p224
無言のさけび（古沢良一）
　◇「中学生のドラマ 3」晩成書房 1996 p29
無言旅行（埴谷雄高）
　◇「福島の文学―11人の作家」講談社 2014 （講談社文芸文庫）p325
ムササビたちの冒険（金子忍）
　◇「小学校たのしい劇の本―英語劇付 中学年」国土社 2007 p102
むささび―一つの教戒劇（折口信夫）
　◇「文豪怪談傑作選 折口信夫集」筑摩書房 2009 （ちくま文庫）p58
武蔵を仆した男（新宮正春）
　◇「江戸三百年を読む―傑作時代小説 シリーズ江戸学 上」角川学芸出版 2009 （角川文庫）p119
武蔵が教えた（深谷忠記）
　◇「黒衣のモニュメント」光文社 2000 （光文社文庫）p245
武蔵と小次郎（堀内万寿夫）
　◇「紅蓮の翼―異彩時代小説秀作撰」叢文社 2007 p104
武蔵忍法旅（山田風太郎）
　◇「宮本武蔵―剣豪列伝」廣済堂出版 1997 （廣済堂文庫）p119
武蔵野（国木田独歩）
　◇「明治の文学 22」筑摩書房 2001 p24

◇「新日本古典文学大系 明治編 28」岩波書店 2006 p27
◇「文学で考える〈日本〉とは何か」双文社出版 2007 p15
◇「百年小説」ポプラ社 2008 p119
◇「日本近代短篇小説選 明治篇1」岩波書店 2012 （岩波文庫）p315
◇「文学で考える〈日本〉とは何か」翰林書房 2016 p15
武蔵野（黒井千次）
　◇「街物語」朝日新聞社 2000 p116
武蔵野（山田美妙）
　◇「明治の文学 10」筑摩書房 2001 p57
　◇「史話」凱風社 2009 （PD叢書）p137
武蔵の一喝（国枝史郎）
　◇「宮本武蔵―剣豪列伝」廣済堂出版 1997 （廣済堂文庫）p243
武蔵野夫人（大岡昇平）
　◇「日本文学全集 18」河出書房新社 2016 p5
『武蔵野夫人』ノート（大岡昇平）
　◇「日本文学全集 18」河出書房新社 2016 p201
武蔵丸（車谷長吉）
　◇「感じて。息づかいを。―恋愛小説アンソロジー」光文社 2005 （光文社文庫）p45
虫（小林雄次）
　◇「ショートショートの広場 16」講談社 2005 （講談社文庫）p17
虫（塔和子）
　◇「ハンセン病文学全集 7」皓星社 2004 p508
虫（萩原朔太郎）
　◇「生の深みを覗く―ポケットアンソロジー」岩波書店 2010 （岩波文庫別冊）p181
蟲（金史良）
　◇「近代朝鮮文学日本語作品集1939〜1945 創作篇 3」緑蔭書房 2001 p371
ムシイチザの話（黒実操）
　◇「怪集 蟲毒―創作怪談発掘大会傑作選」竹書房 2009 （竹書房文庫）p6
虫王（辻原登）
　◇「文学 2010」講談社 2010 p80
虫けらのざれごと（韓億洙）
　◇「ハンセン病文学全集 7」皓星社 2004 p553
虫づくし（新井紫都子）
　◇「幻想小説大全」北宋社 2002 p345
虫だすく（加門七海）
　◇「屍者の行進」廣済堂出版 1998 （廣済堂文庫）p263
虫とり（西澤保彦）
　◇「0番目の事件簿」講談社 2012 p145
むじな（黒木あるじ）
　◇「男たちの怪談百物語」メディアファクトリー 2012 〔幽BOOKS〕p26
むじな（小泉八雲）
　◇「冒険の森へ―傑作小説大全 6」集英社 2016 p12
貉（光岡良二）

作品名から引ける日本文学全集案内　第III期　775

むしな

◇「ハンセン病に咲いた花—初期文芸名作選 戦前編」皓星社 2002（ハンセン病叢書）p152

むじな2009（萩原あぎ）
◇「ショートショートの花束 4」講談社 2012（講談社文庫）p183

虫になつたザムザの話（倉橋由美子）
◇「新編・日本幻想文学集成 1」国書刊行会 2016 p345

虫のある家庭（謡堂）
◇「怪集 蠱毒—創作怪談発掘大会傑選」竹書房 2009（竹書房文庫）p31

虫の居所（荒居蘭）
◇「SF宝石—すべて新作読み切り！ 2015」光文社 2015 p240

虫のいろいろ（尾崎一雄）
◇「魂がふるえるとき」文藝春秋 2004（文春文庫）p171
◇「私小説名作選 上」講談社 2012（講談社文芸文庫）p194
◇「日本近代短篇小説選 昭和篇2」岩波書店 2012（岩波文庫）p209

虫のくに（大隅真一）
◇「小学校たのしい劇の本—英語劇付 低学年」国土社 2007 p144

虫の声（坂東眞砂子）
◇「代表作時代小説 平成19年度」光文社 2007 p167

虫の声（樋口一葉）
◇「ちくま日本文学 13」筑摩書房 2008（ちくま文庫）p406

虫の知らせ（黄緑はやと）
◇「ショートショートの広場 12」講談社 2001（講談社文庫）p60

虫のなく夜 灯の下で（志樹逸馬）
◇「ハンセン病文学全集 6」皓星社 2003 p460

虫の音も（島田等）
◇「ハンセン病文学全集 7」皓星社 2004 p482

虫歯の薬みたいなもの（井上荒野）
◇「Love Letter」幻冬舎 2005 p131
◇「Love Letter」幻冬舎 2008（幻冬舎文庫）p143

蝕む影（菊地秀行）
◇「紅と藍の恐怖—ホラー・アンソロジー」祥伝社 2002（Non novel）p241

虫愛づる老婆（草上仁）
◇「おぞけ—ホラー・アンソロジー」祥伝社 1999（祥伝社文庫）p255

無邪気な女（阿刀田高）
◇「恐怖特急」光文社 2002（光文社文庫）p331

虫やしない（山田詠美）
◇「文学 2015」講談社 2015 p111

「むしゃむしゃ、ごくごく」殺人事件—THE "VICTUALS AND DRINK" MURDER CASE（山口雅也）
◇「名探偵の憂鬱」青樹社 2000（青樹社文庫）p279

無住心剣流の断絶（南條範夫）

◇「士魂の光芒—時代小説最前線」新潮社 1997（新潮文庫）p249

無終の旅路（王白淵）
◇「日本統治期台湾文学集成 18」緑蔭書房 2003 p55

無重力系ゆるふわコラム かっこいい宇宙？（本谷有希子）
◇「宇宙小説」講談社 2012（講談社文庫）p146

矛盾したる社会的現象（山路愛山）
◇「新日本古典文学大系 明治編 26」岩波書店 2002 p408

長編小説 **無情（全二二四回）**（李光洙著, 李壽昌譯）
◇「近代朝鮮文学日本語作品集1901〜1938 創作篇 2」緑蔭書房 2004 p7

無常という事（小林秀雄）
◇「新装版 全集現代文学の発見 11」學藝書林 2004 p426

無情のうた—『UN-GO』第二話 坂口安吾『明治開化安吾捕物帖ああ無情』より（會川昇）
◇「極光星群」東京創元社 2013（創元SF文庫）p207

無情の世界（阿部和重）
◇「文学 1999」講談社 1999 p161
◇「現代小説クロニクル 1995〜1999」講談社 2015（講談社文芸文庫）p249

虫除け（宇津呂鹿太郎）
◇「てのひら怪談 葵巳」KADOKAWA 2013（MF文庫ダ・ヴィンチ）p90

蓆（松本清張）
◇「信州歴史時代小説傑作集 2」しなのき書房 2007 p25

むしん（幸田文）
◇「精選女性随筆集 1」文藝春秋 2012 p132

無人地帯（日野啓三）
◇「コレクション戦争と文学 1」集英社 2012 p204

無人島（小手鞠るい）
◇「恋のかけら」幻冬舎 2008 p123
◇「恋のかけら」幻冬舎 2012（幻冬舎文庫）p135

無人島（三木央）
◇「ショートショートの広場 13」講談社 2002（講談社文庫）p92

無人島の絞首台（時織深）
◇「新・本格推理 05」光文社 2005（光文社文庫）p385

無人の船で発見された手記（坂永雄一）
◇「アステロイド・ツリーの彼方へ」東京創元社 2016（創元SF文庫）p133

無尽燈（石川淳）
◇「新装版 全集現代文学の発見 8」學藝書林 2003 p448

無人踏切（鮎川哲也）
◇「無人踏切—鉄道ミステリー傑作選」光文社 2008（光文社文庫）p295

無人ホテル（三好創也）
◇「ショートショートの花束 2」講談社 2010（講

談社文庫）p114

無人列車（神戸登）
◇「無人踏切―鉄道ミステリー傑作選」光文社 2008（光文社文庫）p489

無神論（村野四郎）
◇「新装版 全集現代文学の発見 13」學藝書林 2004 p245

ムヅカシヤ（饗庭篁村）
◇「明治の文学 13」筑摩書房 2003 p96

息子に（尹敏哲）
◇「〈在日〉文学全集 18」勉誠出版 2006 p279

息子の旅も飽きがくる（金末子）
◇「ハンセン病文学全集 4」皓星社 2003 p661

結びの一番（ながすみつき）
◇「むすぶ―第11回フェリシモ文学賞作品集」フェリシモ 2008 p132

むすびめ（松本楽志）
◇「超短編の世界」創英社 2008 p24

結び目（永子）
◇「超短編の世界 vol.2」創英社 2009 p124

結び目（松本楽志）
◇「超短編の世界 vol.3」創英社 2011 p31

結ぶ（皆川博子）
◇「最新「珠玉推理」大全 中」光文社 1998（カッパ・ノベルス）p345
◇「怪しい舞踏会」光文社 2002（光文社文庫）p477

結ぶ女（新津きよみ）
◇「危険な関係―女流ミステリー傑作選」角川春樹事務所 2002（ハルキ文庫）p231

娘（水野仙子）
◇「「新編」日本女性文学全集 3」菁柿堂 2011 p399

娘卯女の欠点は両親の欠点の鏡と思え≫原泉（中野重治）
◇「日本人の手紙 6」リブリオ出版 2004 p55

娘帰る（咲恵水）
◇「優秀新人戯曲集 2012」ブロンズ新社 2011 p187

娘軽業師（野村胡堂）
◇「傑作捕物ワールド 6」リブリオ出版 2002 p57

娘たち（葉原あきよ）
◇「超短編の世界」創英社 2008 p70

娘泥棒（崔華國）
◇「〈在日〉文学全集 17」勉誠出版 2006 p53

娘と私（檀一雄）
◇「映画狂時代」新潮社 2014（新潮文庫）p357

娘に（崔華國）
◇「〈在日〉文学全集 17」勉誠出版 2006 p56

娘のいのち濡れ手で千両（結城昌治）
◇「死人に口無し―時代推理傑作選」徳間書店 2009（徳間文庫）p103

娘のための大冒険（畠津由人）
◇「ショートショートの花束 4」講談社 2012（講談社文庫）p18

娘の誕生日（谷村志穂）

◇「あなたと、どこかへ。」文藝春秋 2008（文春文庫）p131

娘の望み（八杉将司）
◇「進化論」光文社 2006（光文社文庫）p141

夢醒（正岡子規）
◇「新日本古典文学大系 明治編 27」岩波書店 2003 p21

無声抄（諏訪哲史）
◇「文学 2016」講談社 2016 p211

無声刀（黒岩重吾）
◇「剣の意地恋の夢―時代小説傑作選」講談社 2000（講談社文庫）p117

無声慟哭（宮沢賢治）
◇「ちくま日本文学 3」筑摩書房 2007（ちくま文庫）p425
◇「ちくま日本文学 3」筑摩書房 2007（ちくま文庫）p429

無籍者（一幕）（中村吉蔵）
◇「サンカの民を追って―山窩小説傑作選」河出書房新社 2015（河出文庫）p152

咽ぶ涙（鄭然圭）
◇「近代朝鮮文学日本語作品集1908〜1945 セレクション 1」緑蔭書房 2008 p7

夢想の部屋（岩井志麻子）
◇「暗闇（ダークサイド）を追いかけろ―ホラー＆サスペンス編」光文社 2004（カッパ・ノベルス）p119
◇「暗闇（ダークサイド）を追いかけろ」光文社 2008（光文社文庫）p143

夢像の部屋（日野原康史）
◇「日本統治期台湾文学集成 6」緑蔭書房 2002 p415

無想正宗（柴田錬三郎）
◇「歴史小説の世紀 地の巻」新潮社 2000（新潮文庫）p71

無題（赤井都）
◇「超短編の世界 vol.3」創英社 2011 p61

無題（王白淵）
◇「日本統治期台湾文学集成 18」緑蔭書房 2003 p68

無題（金子光晴）
◇「新装版 全集現代文学の発見 13」學藝書林 2004 p202

無題（北川冬彦）
◇「新装版 全集現代文学の発見 13」學藝書林 2004 p27
◇「新装版 全集現代文学の発見 13」學藝書林 2004 p29

無題（京極夏彦）
◇「金田一耕助に捧ぐ九つの狂想曲」角川書店 2002 p5
◇「金田一耕助に捧ぐ九つの狂想曲」角川書店 2012（角川文庫）p5

無題（趙薫）
◇「近代朝鮮文学日本語作品集1939〜1945 創作篇 6」緑蔭書房 2001 p275

むたい

無題（戸賀崎珠穂）
　◇「超短編の世界 vol.3」創英社 2011 p198
無題（成島柳北）
　◇「新日本古典文学大系 明治編 2」岩波書店 2004 p232
無題（黄錫禹）
　◇「近代朝鮮文学日本語作品集1908～1945 セレクション 4」緑蔭書房 2008 p217
　◇「近代朝鮮文学日本語作品集1908～1945 セレクション 4」緑蔭書房 2008 p217
無題（森春濤）
　◇「新日本古典文学大系 明治編 2」岩波書店 2004 p45
（無題）（成島柳北）
　◇「新日本古典文学大系 明治編 2」岩波書店 2004 p245
　◇「新日本古典文学大系 明治編 2」岩波書店 2004 p259
　◇「新日本古典文学大系 明治編 2」岩波書店 2004 p266
無題―京都（富永太郎）
　◇「新装版 全集現代文学の発見 13」學藝書林 2004 p180
無駄だよ（加門七海）
　◇「文藝百物語」ぶんか社 1997 p89
無秩序（ハナダ）
　◇「てのひら怪談―ビーケーワン怪談大賞傑作選 壬辰」ポプラ社 2012（ポプラ文庫）p160
武智麻呂の虫（中村隆資）
　◇「勝者の死にざま―時代小説選手権」新潮社 1998（新潮文庫）p9
夢中運動の事（夢野久作）
　◇「ちくま日本文学 31」筑摩書房 2009（ちくま文庫）p427
夢中ノ詩（正岡子規）
　◇「新日本古典文学大系 明治編 27」岩波書店 2003 p10
夢中放語（李人稙）
　◇「近代朝鮮文学日本語作品集1901～1938 評論・随筆篇 2」緑蔭書房 2004 p161
夢中遊行（芥川龍之介）
　◇「文豪怪談傑作選 芥川龍之介集」筑摩書房 2010（ちくま文庫）p323
睦言（宗秋月）
　◇「〈在日〉文学全集 18」勉誠出版 2006 p51
無敵（岡田望）
　◇「優秀新人戯曲集 2000」ブロンズ新社 1999 p111
無頭鰯（横田創）
　◇「文学 2009」講談社 2009 p153
無刀取り（五味康祐）
　◇「風の中の剣士」光風社出版 1998（光風社文庫）p119
無刀取りへの道―柳生石舟斎（綱淵謙錠）
　◇「時代小説傑作選 1」新人物往来社 2008 p5
無頭人十四号（不狼児）

　◇「リトル・リトル・クトゥルー―史上最小の神話小説集」学習研究社 2009 p134
宗像怨霊譚（西津弘美）
　◇「怪奇・伝奇時代小説選集 8」春陽堂書店 2000（春陽文庫）p194
宗像くんと万年筆事件（中田永一）
　◇「いつか、君へ Girls」集英社 2012（集英社文庫）p137
　◇「ザ・ベストミステリーズ―推理小説年鑑 2013」講談社 2013 p173
　◇「ベスト本格ミステリ 2013」講談社 2013（講談社ノベルス）p51
　◇「メアリー・スーを殺して―幻夢コレクション」朝日新聞出版 2016 p131
　◇「Esprit機知と企みの競演」講談社 2016（講談社文庫）p291
胸毛（向田邦子）
　◇「精選女性随筆集 11」文藝春秋 2012 p141
夢入青山集（森春濤）
　◇「新日本古典文学大系 明治編 2」岩波書店 2004 p36
胸（三木卓）
　◇「家族の絆」光文社 1997（光文社文庫）p151
棟居刑事の占術（森村誠一）
　◇「七人の刑事」廣済堂出版 1998（KOSAIDO BLUE BOOKS）p257
胸に棲む鬼（杉本苑子）
　◇「江戸恋い明け鳥」光風社出版 1999（光風社文庫）p31
胸に降る雪（松嶋ひとみ）
　◇「ゆきのまち幻想文学賞小品集 13」企画集団ぷりずむ 2004 p137
　◇「ゆきのまち幻想文学賞・小品集 14」企画集団ぷりずむ 2005 p15
胸の奥を揺らす声（日野アオジ）
　◇「大人が読む。ケータイ小説―第1回ケータイ文学賞アンソロジー」オンブック 2007 p32
無念（李正子）
　◇「〈在日〉文学全集 17」勉誠出版 2006 p284
無能な奴（樹下太郎）
　◇「犬のミステリー」河出書房新社 1999（河出文庫）p45
無風帯から（尾崎翠）
　◇「ちくま日本文学 4」筑摩書房 2007（ちくま文庫）p322
無風地帯―Rにおくる（金時鐘）
　◇「〈在日〉文学全集 5」勉誠出版 2006 p67
無佛翁の憶出（1）～（6）（李光洙）
　◇「近代朝鮮文学日本語作品集1939～1945 評論・随筆篇 3」緑蔭書房 2002 p17
無貌の王国（『名もなき王のための遊戯』を改題）（三雲岳斗）
　◇「ミステリ魂。校歌斉唱！」講談社 2010（講談社ノベルス）p7
謀叛論（草稿）（徳冨蘆花）
　◇「明治の文学 18」筑摩書房 2002 p174

夢魔製造業者（菊地秀行）
◇「夢魔」光文社 2001（光文社文庫）p635

夢魔の寝床―百地丹波（多岐川恭）
◇「時代小説傑作選 5」新人物往来社 2008 p5

無明（李光洙）
◇「近代朝鮮文学日本語作品集1939～1945 創作篇 1」
緑蔭書房 2001 p81

無明（川上弘美）
◇「日本SF・名作集成 10」リブリオ出版 2005 p79

無妙記（深沢七郎）
◇「日本近代短篇小説選 昭和篇3」岩波書店 2012
（岩波文庫）p337

無明剣客伝（早乙女貢）
◇「星明かり夢街道」光風社出版 2000（光風社文庫）p57

無明長屋（吉田知子）
◇「吉田知子・森万紀子・吉行理恵・加藤幸子」角川書店 1998（女性作家シリーズ）p7

無明長夜（早乙女貢）
◇「代表作時代小説 平成13年度」光風社出版 2001 p63

無明の剣（津本陽）
◇「代表作時代小説 平成11年度」光風社出版 1999 p411
◇「愛染夢灯籠―時代小説傑作選」講談社 2005（講談社文庫）p492

無明の宿（澤田ふじ子）
◇「女人」小学館 2007（小学館文庫）p95

無名の人（司馬遼太郎）
◇「教科書名短篇 人間の情景」中央公論新社 2016（中公文庫）p9

無闇坂（森真沙子）
◇「江戸川乱歩に愛をこめて」光文社 2011（光文社文庫）p21

無用の書物（萩原朔太郎）
◇「ちくま日本文学 36」筑摩書房 2009（ちくま文庫）p200

無用の犯罪（小流智尼）
◇「幻の探偵雑誌 2」光文社 2000（光文社文庫）p165

無用の人（原田マハ）
◇「短篇ベストコレクション―現代の小説 2014」徳間書店 2014（徳間文庫）p375

無用の森（藤森いずみ）
◇「読んで演じたくなるゲキの本 小学生版」幻冬舎 2006 p217

無欲にして強運―お江（永井路子）
◇「おんなの戦」角川書店 2010（角川文庫）p37

村（安西冬衛）
◇「新装版 全集現代文学の発見 13」學藝書林 2004 p14

村（大沢在昌）
◇「短篇ベストコレクション―現代の小説 2010」徳間書店 2010（徳間文庫）p545

村（趙南哲）
◇「〈在日〉文学全集 18」勉誠出版 2006 p126

村（三好達治）
◇「新装版 全集現代文学の発見 13」學藝書林 2004 p100
◇「新装版 全集現代文学の発見 13」學藝書林 2004 p100

村上多一郎歌集（村上多一郎）
◇「ハンセン病文学全集 8」皓星社 2006 p106

村上浪六（長谷川幸延）
◇「武士道歳時記―新鷹会・傑作時代小説選」光文社 2008（光文社文庫）p331

村越化石自選八十句（村越化石）
◇「ハンセン病文学全集 9」皓星社 2010 p246

むらさき（田中小実昌）
◇「短篇ベストコレクション―現代の小説 2001」徳間書店 2001（徳間文庫）p51

紫色の丘（竹内健）
◇「リテラリーゴシック・イン・ジャパン―文学的ゴシック作品選」筑摩書房 2014（ちくま文庫）p265

ムラサキくん（森青花）
◇「紫迷宮―ミステリー・アンソロジー」祥伝社 2002（祥伝社文庫）p131

紫障子（泉鏡花）
◇「文豪怪談傑作選 泉鏡花集」筑摩書房 2006（ちくま文庫）p87

紫頭巾（宮本輝）
◇「戦後短篇小説再発見 11」講談社 2003（講談社文芸文庫）p182
◇「コレクション戦争と文学 3」集英社 2012 p509

紫の雲路（加納朋子）
◇「らせん階段―女流ミステリー傑作選」角川春樹事務所 2003（ハルキ文庫）p37

村雨の首―松永弾正（澤田ふじ子）
◇「時代小説傑作選 7」新人物往来社 2008 p119

村重好み―耀變天目記（秋月達郎）
◇「ふりむけば闇―時代小説招待席」廣済堂出版 2003 p7
◇「ふりむけば闇―時代小説招待席」徳間書店 2007（徳間文庫）p5

村芝居（魯迅）
◇「とっておきの話」筑摩書房 2011（ちくま文学の森）p387

村瀬氏期を過ぎて嫁せず。その意を聞くに書生の余のごとき者を得んと欲するなり。すなはち勝して継室と為す（森春濤）
◇「新日本古典文学大系 明治編 2」岩波書店 2004 p36

村 その一・村 その二（牧港篤三）
◇「沖縄文学選―日本文学のエッジからの問い」勉誠出版 2003 p168

村に襲ふ波（加藤一夫）
◇「新・プロレタリア文学精選集 5」ゆまに書房 2004 p1

村の家（中野重治）
◇「新装版 全集現代文学の発見 3」學藝書林 2003

むらの

p309

村の家（宮本常一）
◇「ちくま日本文学 22」筑摩書房 2008（ちくま文庫）p303

村の一年生ノート（土田茂範）
◇「山形県文学全集第2期（随筆・紀行編）3」郷土出版社 2005 p272

村の怪談（田中貢太郎）
◇「魑魅魍魎列島」小学館 2005（小学館文庫）p245

村の西郷（中村星湖）
◇「日本近代短篇小説選 明治篇2」岩波書店 2013（岩波文庫）p205

村の祭日（国分一太郎）
◇「山形県文学全集第2期（随筆・紀行編）2」郷土出版社 2005 p210

村の殺人事件（島久平）
◇「甦る推理雑誌 2」光文社 2002（光文社文庫）p435

村の心中（司馬遼太郎）
◇「心中小説名作選」集英社 2008（集英社文庫）p103

随筆 村の生活（李石薫）
◇「近代朝鮮文学日本語作品集1939～1945 評論・随筆篇 3」緑蔭書房 2002 p87

村の通り道（金東里著, 金山泉譯）
◇「近代朝鮮文学日本語作品集1908～1945 セレクション 2」緑蔭書房 2008 p231

村の時計（中原中也）
◇「新装版 全集現代文学の発見 13」學藝書林 2004 p177

村の人（崔秉一）
◇「近代朝鮮文学日本語作品集1939～1945 創作篇 5」緑蔭書房 2001 p291

村のひと騒ぎ（坂口安吾）
◇「短編名作選─1925-1949 文士たちの時代」笠間書院 1999 p117
◇「ちくま日本文学 9」筑摩書房 2008（ちくま文庫）p21
◇「創刊一〇〇年三田文学名作選」三田文学会 2010 p170
◇「三田文学短篇集」講談社 2010（講談社文芸文庫）p99

村人（半村良）
◇「70年代日本SFベスト集成 3」筑摩書房 2015（ちくま文庫）p111

村正─村正（海音寺潮五郎）
◇「名刀伝 2」角川春樹事務所 2015（ハルキ文庫）p157

村松三太夫（長谷川伸）
◇「定本・忠臣蔵四十七人集」双葉社 1998 p346

村は春と共に（鄭飛石）
◇「近代朝鮮文学日本語作品集1939～1945 創作篇 4」緑蔭書房 2001 p241

夢裏（内田百閒）
◇「文豪怪談傑作選 大正篇」筑摩書房 2011（ちく

ま文庫）p116

夢裡庵の逃走─夢裡庵先生捕物帳（泡坂妻夫）
◇「代表作時代小説 平成15年度」光風社出版 2003 p205

無理心中恨返本（五木寛之）
◇「冒険の森へ─傑作小説大全 5」集英社 2015 p14

無力な高唱（李光天）
◇「近代朝鮮文学日本語作品集1908～1945 セレクション 4」緑蔭書房 2008 p186

ムルマジ（元秀一）
◇「〈在日〉文学全集 12」勉誠出版 2006 p339

群れ（山口雅也）
◇「極光星群」東京創元社 2013（創元SF文庫）p129

室生犀星の生母（崎村裕）
◇「全作家短編小説集 7」全作家協会 2008 p7

室瀬川の雪（脇田正）
◇「ゆきのまち幻想文学賞小品集 20」企画集団ぷりずむ 2011 p142

ムーンシャイン（円城塔）
◇「超弦領域─年刊日本SF傑作選」東京創元社 2009（創元SF文庫）p413

ムーン・ボウ（山口洋子）
◇「現代の小説 1997」徳間書店 1997 p349

【 め 】

眼（金時鐘）
◇「〈在日〉文学全集 5」勉誠出版 2006 p102

眼（木村薫）
◇「自選ショート・ミステリー」講談社 2001（講談社文庫）p97

眼（竹内聖）
◇「蒐集家（コレクター）」光文社 2004（光文社文庫）p223

眼（張赫宙）
◇「コレクション戦争と文学 1」集英社 2012 p102

眼（西脇順三郎）
◇「新装版 全集現代文学の発見 13」學藝書林 2004 p49

眼（早瀬馨）
◇「北日本文学賞入賞作品集 2」北日本新聞社 2002 p269

目（黒岩研）
◇「教室」光文社 2003（光文社文庫）p95

目（トロチェフ, コンスタンチン）
◇「ハンセン病文学全集 7」皓星社 2004 p35

一眼一（呉林俊）
◇「〈在日〉文学全集 17」勉誠出版 2006 p108

メアリー・スーを殺して（中田永一）
◇「本をめぐる物語─一冊の扉」KADOKAWA

2014（角川文庫）p5
◇「メアリー・スーを殺して―幻夢コレクション」朝日新聞出版 2016 p193

明暗（高村左文郎）
◇「名作テレビドラマ集」白河結城刊行会 2007 p32

明暗（濱地文男）
◇「日本統治期台湾文学集成 8」緑蔭書房 2002 p201

長篇小説 明暗婦人戦線 女給の巻（岡田三郎）
◇「日本統治期台湾文学集成 7」緑蔭書房 2002 p123

名演技（七味一平）
◇「ショートショートの花束 4」講談社 2012（講談社文庫）p46

銘菓（高山聖史）
◇「5分で読める！ ひと駅ストーリー 降車編」宝島社 2012（宝島社文庫）p111

冥海（耳目）
◇「ショートショートの広場 10」講談社 2000（講談社文庫）p102

迷界図（石神茉莉）
◇「魔地図」光文社 2005（光文社文庫）p363

冥界に遊ぶ夜（霜島ケイ）
◇「文藝百物語」ぶんか社 1997 p268

鳴鶴（澤田瞳子）
◇「代表作時代小説 平成26年度」光文社 2014 p157

迷宮刑事（小杉健治）
◇「宝石ザミステリー Red」光文社 2016 p375

迷宮書房（有栖川有栖）
◇「本からはじまる物語」メディアパル 2007 p159

迷宮に死者は棲む（篠田真由美）
◇「M列車（ミステリートレイン）で行こう」光文社 2001（カッパ・ノベルス）p177

迷宮の観覧車（青木知己）
◇「新・本格推理 04」光文社 2004（光文社文庫）p15

迷宮の松露（近藤史恵）
◇「坂木司リクエスト！ 和菓子のアンソロジー」光文社 2013 p115
◇「坂木司リクエスト！ 和菓子のアンソロジー」光文社 2014（光文社文庫）p117

迷宮の森（高橋葉介）
◇「妖魔ヶ刻―時罪怪談傑作選」徳間書店 2000（徳間文庫）p55

メイクアップ（小中千昭）
◇「俳優」廣済堂出版 1999（廣済堂文庫）p559

メイク・ラブ（津島光）
◇「ショートショートの広場 11」講談社 2000（講談社文庫）p62

名君孤愁（安西篤子）
◇「大江戸殿様列伝―傑作時代小説」双葉社 2006（双葉文庫）p7

名君と振袖火事（中村彰彦）
◇「剣の意地恋の夢―時代小説傑作選」講談社 2000（講談社文庫）p273

明月（川端康成）
◇「月」国書刊行会 1999（書物の王国）p220

名月赤城山のあとさき（五十嵐フミ）
◇「山形県文学全集第2期〈随筆・紀行編〉4」郷土出版社 2005 p426

名月記（子母澤寛）
◇「歴史小説の世紀 天の巻」新潮社 2000（新潮文庫）p83
◇「新装版 全集現代文学の発見 16」學藝書林 2005 p280

明月記（安西均）
◇「新装版 全集現代文学の発見 13」學藝書林 2004 p374

明月珠（石川淳）
◇「戦後占領期短篇小説コレクション 1」藤原書店 2007 p23
◇「創刊一〇〇年三田文学名作選」三田文学会 2010 p237
◇「コレクション戦争と文学 15」集英社 2012 p323

「名月の」の巻（呉仙・渓泉・閑水三吟歌仙）（西谷富水）
◇「新日本古典文学大系 明治編 4」岩波書店 2003 p222

「名月や」の巻（富水・可洗両吟歌仙）（西谷富水）
◇「新日本古典文学大系 明治編 4」岩波書店 2003 p180

名剣旭丸（金子光晴）
◇「『少年倶楽部』熱血・痛快・時代短篇選」講談社 2015（講談社文芸文庫）p109

名剣士と照姫さま（中村彰彦）
◇「剣光、閃く！」徳間書店 1999（徳間文庫）p195

鳴弦の賊（新田次郎）
◇「剣鬼らの饗宴」光風社出版 1998（光風社文庫）p331

鳴弦の娘（澤田ふじ子）
◇「武芸十八般―武道小説傑作選」ベストセラーズ 2005（ベスト時代文庫）p39

迷犬ルパンと露天風呂（辻真先）
◇「湯の街殺人旅情―日本ミステリー紀行」青樹社 2000（青樹社文庫）p167

命札（必須あみのさん）
◇「てのひら怪談―ビーケーワン怪談大賞傑作選 辛卯」ポプラ社 2011（ポプラ文庫）p96

名殺探訪（昼間寝子）
◇「恐怖箱 遺伝記」竹書房 2008（竹書房文庫）p186

明治一代女（川口松太郎）
◇「文士の意地―車谷長吉撰短篇小説輯 上巻」作品社 2005 p308

明治開化和歌集（抄）（佐佐木弘綱編）
◇「新日本古典文学大系 明治編 4」岩波書店 2003 p1

明治兜割り（津本陽）
◇「人物日本の歴史―時代小説版 幕末維新編」小学館 2004（小学館文庫）p253

◇「武士の本懐―武士道小説傑作選 2」ベストセラーズ 2005 （ベスト時代文庫） p269

明治兜割り―胴太貫正国 (津本陽)
　◇「名刀伝」角川春樹事務所 2015 （ハルキ文庫） p193

明治三十三年十月十五日記事 (正岡子規)
　◇「ちくま日本文学 40」筑摩書房 2009 （ちくま文庫） p64

名実 (正岡子規)
　◇「新日本古典文学大系 明治編 27」岩波書店 2003 p106

明治天皇の崩御と乃木の死 (伊藤痴遊)
　◇「将軍・乃木希典」勉誠出版 2004 p193

「明治」という荒地の中で (金子光晴)
　◇「ちくま日本文学 38」筑摩書房 2009 （ちくま文庫） p196

明治南島伝奇 (紀田順一郎)
　◇「秘神界 歴史編」東京創元社 2002 （創元推理文庫） p499

明治二十三年初春の祝猿 (正岡子規)
　◇「新日本古典文学大系 明治編 27」岩波書店 2003 p254

明治の終り (石井桃子)
　◇「精選女性随筆集 8」文藝春秋 2012 p105

明治の廊 (平林たい子)
　◇「おもかげ行燈」光風社出版 1998 （光風社文庫） p315

明治の地獄 (三遊亭円朝)
　◇「明治の文学 3」筑摩書房 2001 p315

明治の耶蘇祭典―銀座開化事件帖 (松井今朝子)
　◇「代表作時代小説 平成16年度」光風社出版 2004 p409

明治文学と下層社会 (杉浦明平)
　◇「戦後文学エッセイ選 6」影書房 2008 p27

明治文壇叢話 (山田美妙)
　◇「明治の文学 10」筑摩書房 2001 p297

明治戊辰かく戦えり (抄) (庄司永建)
　◇「山形県文学全集第1期〈小説編〉6」郷土出版社 2004 p118

明治村の時計 (戸板康二)
　◇「短歌殺人事件―31音律のラビリンス」光文社 2003 （光文社文庫） p97

明治四十一年戊申日誌 (石川啄木)
　◇「明治の文学 19」筑摩書房 2002 p201

明治四十三年四月より ((本郷区弓町二丁目十八、喜之床 (新井) 方にて)) (石川啄木)
　◇「明治の文学 19」筑摩書房 2002 p303

明治四十丁未歳日誌 (石川啄木)
　◇「明治の文学 19」筑摩書房 2002 p108

明治四十二年当用日記 (石川啄木)
　◇「ちくま日本文学 33」筑摩書房 2009 p286

明治四十四年当用日記 (石川啄木)
　◇「明治の文学 19」筑摩書房 2002 p313

明治四十四年の手紙 (抄) (石川啄木)
　◇「ちくま日本文学 33」筑摩書房 2009 p681

名人 (柴田錬三郎)
　◇「職人気質」小学館 2007 （小学館文庫） p265
　◇「がんこ長屋」新潮社 2013 （新潮文庫） p211

名人 (白石一郎)
　◇「江戸夢日和」学習研究社 2004 （学研M文庫） p321

迷信 (作者表記なし)
　◇「日本統治期台湾文学集成 10」緑蔭書房 2003 p228

名人かたぎ (北原亞以子)
　◇「江戸宵闇しぐれ」学習研究社 2005 （学研M文庫） p253
　◇「江戸めぐり雨」学研パブリッシング 2014 （学研M文庫） p41

名人芸 (石井利彦)
　◇「ショートショートの広場 10」講談社 2000 （講談社文庫） p135

名人竿忠 (長谷川伸)
　◇「しのぶ雨江戸恋慕―新鷹会・傑作時代小説選」光文社 2016 （光文社文庫） p9

名人生涯 (川端康成)
　◇「戦後短篇小説選―「世界」1946-1999 2」岩波書店 2000 p47

名人伝 (中島敦)
　◇「短編名作選―1925-1949 文士たちの時代」笠間書院 1999 p259
　◇「ちくま日本文学 12」筑摩書房 2008 （ちくま文庫） p9
　◇「とっておきの話」筑摩書房 2011 （ちくま文学の森） p33

名人傳 (正木俊行)
　◇「つながり―フェリシモしあわせショートショート」フェリシモ 1999 p132

名人藤九郎 (作者表記なし)
　◇「明治探偵冒険小説 4」筑摩書房 2005 （ちくま文庫） p143

迷走 (梁石日)
　◇「〈在日〉文学全集 7」勉誠出版 2006 p5

迷走恋の裏路地 (森見登美彦)
　◇「不思議の扉 午後の教室」角川書店 2011 （角川文庫） p57

名草良作 (沢田五郎)
　◇「ハンセン病文学全集 1」皓星社 2002 p367

名探偵エノケン氏 (芦辺拓)
　◇「名探偵を追いかけろ―シリーズ・キャラクター編」光文社 2004 （カッパ・ノベルス） p39
　◇「名探偵を追いかけろ」光文社 2007 （光文社文庫） p45

名探偵誕生 (柴田錬三郎)
　◇「シャーロック・ホームズに再び愛をこめて」光文社 2010 （光文社文庫） p17

名探偵と「初出誌からわかること」 (末永昭二)
　◇「竹中英太郎 2」皓星社 2016 （挿絵叢書） p284

名笛秘曲 (荒木良一)
　◇「日本怪奇小説傑作集 3」東京創元社 2005 （創元推理文庫） p157

めおあ

冥途（芥川龍之介）
◇「文豪怪談傑作選 芥川龍之介集」筑摩書房 2010（ちくま文庫）p308

冥途（内田百閒）
◇「新装版 全集現代文学の発見 2」學藝書林 2002 p8
◇「ちくま日本文学 1」筑摩書房 2007（ちくま文庫）p80
◇「幻妖の水脈（みお）」筑摩書房 2013（ちくま文庫）p368
◇「文豪たちが書いた怖い名作短編集」彩図社 2014 p178

冥途の家族（富岡多惠子）
◇「三枝和子・林京子・富岡多惠子」角川書店 1999（女性作家シリーズ）p294

めいどの仕事（牧野修）
◇「夏のグランドホテル」光文社 2003（光文社文庫）p603

命日（須月研児）
◇「ショートショートの広場 13」講談社 2002（講談社文庫）p13

命日の恋（藤田宜永）
◇「ザ・ベストミステリーズ―推理小説年鑑 1998」講談社 1998 p189
◇「殺人者」講談社 2000（講談社文庫）p181

めいのレッスン（小沼純一）
◇「ろうそくの炎がささやく言葉」勁草書房 2011 p123

「名馬シルヴァー・ブレイズ」後日（林望）
◇「シャーロック・ホームズの災難―日本版」論創社 2007 p63

名品絶塵（陳舜臣）
◇「夢がたり大川端」光風社出版 1998（光風社文庫）p299

冥福を祈る（小瀬瓏）
◇「てのひら怪談―ビーケーワン怪談大賞傑作選 庚寅」ポプラ社 2010（ポプラ文庫）p62

冥府山水図（三浦朱門）
◇「歴史小説の世紀 地の巻」新潮社 2000（新潮文庫）p471
◇「第三の新人名作選」講談社 2011（講談社文芸文庫）p271

名物の餅菓子（徳田秋聲）
◇「金沢三文豪掌文庫 たべもの編」金沢文化振興財団 2011 p32

冥冥（とよざみかなえ）
◇「平成28年熊本地震作品集」くまもと文学・歴史館友の会 2016 p26

命名（塔和子）
◇「ハンセン病文学全集 7」皓星社 2004 p525

命名権（紀井敦）
◇「ショートショートの花束 8」講談社 2016（講談社文庫）p245

命々鳥（佐々木ゆう）
◇「アート偏愛」光文社 2005（光文社文庫）p609

明滅（小田雅久仁）

◇「「いじめ」をめぐる物語」朝日新聞出版 2015 p51

明滅（津原泰水）
◇「悪夢が嗤う瞬間」勁文社 1997（ケイブンシャ文庫）p30

明滅する家族（松本楽志）
◇「てのひら怪談―ビーケーワン怪談大賞傑作選 庚寅」ポプラ社 2010（ポプラ文庫）p104

小説 『名門の出』（盧聖錫）
◇「近代朝鮮文学日本語作品集1901～1938 創作篇 3」緑蔭書房 2004 p211

名優のなさけ（サトウハチロー）
◇「「少年倶楽部」熱血・痛快・時代短篇選」講談社 2015（講談社文芸文庫）p76

名誉キャディー（佐野洋）
◇「事件を追いかけろ―最新ベスト・ミステリー サプライズの花束編」光文社 2004（カッパ・ノベルス）p273
◇「事件を追いかけろ サプライズの花束編」光文社 2009（光文社文庫）p355

名誉婆さん（江馬修）
◇「新・プロレタリア文学精選集 10」ゆまに書房 2004 p75

明倫町（吉鎮燮）
◇「近代朝鮮文学日本語作品集1939～1945 評論・随筆篇 3」緑蔭書房 2002 p59

メイルシュトローム（谷春慶）
◇「5分で読める！ ひと駅ストーリー 降車編」宝島社 2012（宝島社文庫）p99
◇「5分で笑える！ おバカで愉快な物語」宝島社 2016（宝島社文庫）p163

迷路（阿刀田高）
◇「七つの怖い扉」新潮社 1998 p5

迷路（品川清）
◇「ハンセン病文学全集 7」皓星社 2004 p47

迷路（皆川博子）
◇「銀座24の物語」文藝春秋 2001 p21

迷楼鏡（立原透耶）
◇「黒い遊園地」光文社 2004（光文社文庫）p375

迷路事情（我妻俊樹）
◇「てのひら怪談―ビーケーワン怪談大賞傑作選 百怪繚乱篇」ポプラ社 2008 p56

迷路の天狗（我妻俊樹）
◇「怪談四十九夜」竹書房 2016（竹書房文庫）p40

迷路の双子（吉行理恵）
◇「吉田知子・森万紀子・吉行理恵・加藤幸子」角川書店 1998（女性作家シリーズ）p285

迷路列車（種村直樹）
◇「自選ショート・ミステリー」講談社 2001（講談社文庫）p173

迷惑（あんどー春）
◇「ショートショートの花束 8」講談社 2016（講談社文庫）p83

迷惑がられるのはイヤなんです（田中健夫）
◇「12人のカウンセラーが語る12の物語」ミネルヴァ書房 2010 p119

目を開けると…（竹内義和）

めおつ

◇「文藝百物語」ぶんか社 1997 p218

目を摘む(仲町六絵)
◇「てのひら怪談―ビーケーワン怪談大賞傑作選 百怪繚乱篇」ポプラ社 2008 p170
◇「てのひら怪談―ビーケーワン怪談大賞傑作選 己丑」ポプラ社 2009 (ポプラ文庫) p210

めおと独楽(景山晴美,景山セツ子)
◇「ハンセン病文学全集 9」皓星社 2010 p470

目をとぢて…(中井英夫)
◇「俳句殺人事件―巻頭句の女」光文社 2001 (光文社文庫) p403

夫婦善哉(織田作之助)
◇「ちくま日本文学 35」筑摩書房 2009 (ちくま文庫) p13

目かくしだあれ(桜井哲夫)
◇「ハンセン病文学全集 7」皓星社 2004 p461

目隠しの鬼(上野英信集4『闇を砦として』あとがき)(上野英信)
◇「戦後文学エッセイ選 12」影書房 2006 p215

妾御難(頼慶)
◇「日本統治期台湾文学集成 5」緑蔭書房 2002 p25

メカシ損(饗庭篁村)
◇「明治の文学 13」筑摩書房 2003 p272

メーカーズマーク(樋口直哉)
◇「忘れない。―贈りものをめぐる十の話」メディアファクトリー 2007 p51

眼鏡(島崎藤村)
◇「明治の文学 16」筑摩書房 2002 p241

眼鏡(峯岸可弥)
◇「超短編の世界」創英社 2008 p42

眼鏡(上)(下)(金素雲)
◇「近代朝鮮文学日本語作品集1901～1938 評論・随筆篇 3」緑蔭書房 2004 p23

メガネの導き(青井知之)
◇「てのひら怪談―ビーケーワン怪談大賞傑作選 壬辰」ポプラ社 2012 (ポプラ文庫) p164

目鏡橋(内海隆一郎)
◇「現代の小説 1998」徳間書店 1998 p39

メガネレンズ(勝山海百合)
◇「女たちの怪談百物語」メディアファクトリー 2010 (〔幽books〕) p239
◇「女たちの怪談百物語」KADOKAWA 2014 (角川ホラー文庫) p243

目吉の死人形(泡坂妻夫)
◇「血汐花に涙降る」光風社出版 1999 (光風社文庫) p351
◇「江戸の名探偵―時代推理傑作選」徳間書店 2009 (徳間文庫) p279

女狐(小松左京)
◇「陰陽師伝奇大全」白泉社 2001 p143
◇「安倍晴明陰陽師伝奇文学集成」勉誠出版 2001 p111

女狐の罠(澤田ふじ子)
◇「闇の旋風」徳間書店 2000 (徳間文庫) p143

民謡 恵みの鐘(明石海人)

◇「ハンセン病文学全集 7」皓星社 2004 p436

めくら犬(小泉雅二)
◇「ハンセン病文学全集 7」皓星社 2004 p94

盲中国兵(平林たい子)
◇「戦後短篇小説再発見 8」講談社 2002 (講談社文芸文庫) p9
◇「コレクション戦争と文学 12」集英社 2013 p400

盲蛇の子(松本楽志)
◇「てのひら怪談―ビーケーワン怪談大賞傑作選 百怪繚乱篇」ポプラ社 2008 p118

めくらやなぎと眠る女(村上春樹)
◇「少年の眼―大人になる前の物語」光文社 1997 (光文社文庫) p7

めぐりあひ、尼君(アンデルセン著,森鷗外訳)
◇「新日本古典文学大系 明治編 25」岩波書店 2004 p147

めぐり来る夏の日のために(仲西則子)
◇「中学生のドラマ 6」晩成書房 2006 p105

輪廻りゆくもの(芦辺拓)
◇「幻想探偵」光文社 2009 (光文社文庫) p363

巡る川(萱津宏行)
◇「太宰治賞 2001」筑摩書房 2001 p155

メコンの蛍(稲沢潤子)
◇「時代の波音―民主文学短編小説集1995年～2004年」日本民主主義文学会 2005 p258

目前の小さい感情をどしどしのり超えて進むのです≫山本稚彦(高村光太郎)
◇「日本人の手紙 3」リブリオ出版 2004 p77

めざす島(丁章)
◇「〈在日〉文学全集 18」勉誠出版 2006 p396

目覚まし時計(結城新)
◇「ショートショートの花束 7」講談社 2015 (講談社文庫) p42

目覚まし時計の電池(片岡義男)
◇「極上掌篇小説」角川書店 2006 p57
◇「ひと粒の宇宙」角川書店 2009 (角川文庫) p59

目覚めたるもの(塔和子)
◇「ハンセン病文学全集 7」皓星社 2004 p79

飯待つ間(正岡子規)
◇「明治の文学 20」筑摩書房 2001 p90
◇「ちくま日本文学 40」筑摩書房 2009 (ちくま文庫) p22

メシメリ街道(山野浩一)
◇「日本SF短篇50 2」早川書房 2013 (ハヤカワ文庫JA) p7
◇「70年代日本SFベスト集成 2」筑摩書房 2014 (ちくま文庫) p65

飯盛り侍(柴山隆司)
◇「風の孤影」桃園書房 2001 (桃園文庫) p183

犬(メジャー)への挑戦(稲葉千門)
◇「ショートショートの広場 12」講談社 2001 (講談社文庫) p30

メジョケネ(佐藤治助)
◇「山形県文学全集第2期(随筆・紀行編) 6」郷土出版社 2005 p244

目白の来る山（川島徹）
◇「全作家短編小説集 7」全作家協会 2008 p63

雌に就いて（太宰治）
◇「文豪怪談傑作選 太宰治集」筑摩書房 2009（ちくま文庫）p219

めずらしい人（川端康成）
◇「戦後短篇小説再発見 5」講談社 2001（講談社文芸文庫）p92

メソッド（金真須美）
◇「〈在日〉文学全集 14」勉誠出版 2006 p169

メゾン・カサブランカ［解決編］（近藤史恵）
◇「探偵Xからの挑戦状！ season2」小学館 2011（小学館文庫）p147

メゾン・カサブランカ［問題編］（近藤史恵）
◇「探偵Xからの挑戦状！ season2」小学館 2011（小学館文庫）p35

"目立たぬもの"の意義その二（林和）
◇「近代朝鮮文学日本語作品集1939〜1945 評論・随筆 篇 3」緑蔭書房 2002 p54

めだぬき（山岸行輝）
◇「ゆきのまち幻想文学賞小品集 25」企画集団ぷりずむ 2015 p119

メタフィジカ（加藤郁乎）
◇「新装版 全集現代文学の発見 13」學藝書林 2004 p615

目玉蒐集人（ひかるこ）
◇「超短編の世界」創英社 2008 p31

メタモルフォーシス考（澁澤龍彦）
◇「変身のロマン」学習研究社 2003（学研M文庫）p7

メタモルフォセス群島（筒井康隆）
◇「70年代日本SFベスト集成 5」筑摩書房 2015（ちくま文庫）p219

メダル（外岡立人）
◇「さきがけ文学賞選集 2」秋田魁新報社 2014（さきがけ文庫）p109

メッセージ（綱島恵一）
◇「ショートショートの花束 8」講談社 2016（講談社文庫）p234

メッセージ（山崎洋子）
◇「本からはじまる物語」メディアパル 2007 p147

メッセージ（吉高寿男）
◇「ショートショートの花束 2」講談社 2010（講談社文庫）p84

めっちゃ、ピカピカの、人たち。（令丈ヒロ子）
◇「キラキラデイズ」新潮社 2014（新潮文庫）p55

滅亡について（武田泰淳）
◇「新装版 全集現代文学の発見 7」學藝書林 2003 p564
◇「戦後文学エッセイ選 5」影書房 2006 p31

メーデーを前にして（金熙明）
◇「近代朝鮮文学日本語作品集1901〜1938 評論・随筆 篇 1」緑蔭書房 2004 p85

メーデーを迎へるに際して（李北満）
◇「近代朝鮮文学日本語作品集1901〜1938 評論・随筆 篇 3」緑蔭書房 2004 p208

めでたしめでたしのその先（たなかなつみ）
◇「超短編の世界 vol.3」創英社 2011 p175

メデューサ複合体（谷甲州）
◇「結晶銀河―年刊日本SF傑作選」東京創元社 2011（創元SF文庫）p265

メデューサ複合体―木星の大気中に浮かぶ巨大構造物は、何かがおかしい…宇宙土木SF、復活（谷甲州）
◇「NOVA―書き下ろし日本SFコレクション 3」河出書房新社 2010（河出文庫）p295

メトセラとプラスチックと太陽の臓器（冲方丁）
◇「短篇ベストコレクション―現代の小説 2011」徳間書店 2011（徳間文庫）p157
◇「結晶銀河―年刊日本SF傑作選」東京創元社 2011（創元SF文庫）p13

メトセラの谷間（田中光二）
◇「日本SF全集 2」出版芸術社 2010 p5

地下鉄（メトロ）に乗って（浅田次郎）
◇「冒険の森へ―傑作小説大全 8」集英社 2015 p391

目には目を（六文誠）
◇「ショートショートの花束 7」講談社 2015（講談社文庫）p141

眼の池（鳥飼否宇）
◇「ザ・ベストミステリーズ―推理小説年鑑 2010」講談社 2010 p259
◇「BORDER善と悪の境界」講談社 2013（講談社文庫）p311

目の上のあいつ（佐藤青南）
◇「『このミステリーがすごい！』大賞作家書き下しBOOK vol.10」宝島社 2015 p19

眼の気流（松本清張）
◇「殺意の海―釣りミステリー傑作選」徳間書店 2003（徳間文庫）p275

目はりごんぼ（柳田國男）
◇「ちくま日本文学 15」筑摩書房 2008（ちくま文庫）p271

メビウスの時の刻（とき）（船戸与一）
◇「冒険の森へ―傑作小説大全 17」集英社 2015 p152

メビウスの森（高橋協子）
◇「日本海文学大賞―大賞作品集 3」日本海文学大賞運営委員会 2007 p401

メフィスト・ソナタ（小沢章友）
◇「恐怖のKA・TA・CHI」双葉社 2001（双葉文庫）p9
◇「自選ショート・ミステリー 2」講談社 2001（講談社文庫）p279

めまい（古川時夫）
◇「ハンセン病文学全集 7」皓星社 2004 p368

めもあある美術館（大井三重子）
◇「不思議の扉 時間がいっぱい」角川書店 2010（角川文庫）p207

「芽柳や」の巻（富水・藍庭両吟歌仙）（西谷富

めらは

水）
- ◇「新日本古典文学大系 明治編 4」岩波書店 2003 p204

目羅博士（江戸川乱歩）
- ◇「近代小説〈都市〉を読む」双文社出版 1999 p113
- ◇「乱歩の選んだベスト・ホラー」筑摩書房 2000（ちくま文庫）p399
- ◇「科学の脅威」リブリオ出版 2001（怪奇・ホラーワールド）p5
- ◇「ブキミな人びと」ランダムハウス講談社 2007 p65

メリイクリスマス（太宰治）
- ◇「文豪怪談傑作選 太宰治集」筑摩書房 2009（ちくま文庫）p288

メリイ・ゴオ・ラウンド（庄野潤三）
- ◇「戦後占領期短篇小説コレクション 5」藤原書店 2007 p213

メリークリーニング（高山貞夫）
- ◇「中学校劇作シリーズ 8」青雲書房 2003 p91

めりーのだいぼうけん（おかもと（仮））
- ◇「5分で読める！ ひと駅ストーリー 旅の話」宝島社 2015（宝島社文庫）p87

「めり─と」の巻（素石・富水両吟歌仙）（西谷富水）
- ◇「新日本古典文学大系 明治編 4」岩波書店 2003 p231

メール（ヤマシタクニコ）
- ◇「超短編の世界 vol.2」創英社 2009 p76

メール・イン・ドリーム（佐藤千加子）
- ◇「小学校・全員参加の楽しい学級劇・学年劇脚本集 中学年」黎明書房 2006 p38

メールでつながる心（@kiyosei2）
- ◇「3.11心に残る140字の物語」学研パブリッシング 2011 p31

メル友（関屋俊哉）
- ◇「ショートショートの広場 17」講談社 2005（講談社文庫）p15

メールの行き先（@CyaiCyai）
- ◇「3.11心に残る140字の物語」学研パブリッシング 2011 p35

メルヘン（山岡都）
- ◇「ミステリア―女性作家アンソロジー」祥伝社 2003（祥伝社文庫）p267

メルボルンの想い出─街のクローズが終わるまでは、インターネットも電話も使えません（柴崎友香）
- ◇「NOVA―書き下ろし日本SFコレクション 10」河出書房新社 2013（河出文庫）p49

メロディ（小林栗奈）
- ◇「ゆきのまち幻想文学賞小品集 22」企画集団ぷりずむ 2013 p164

メロディー・フィアー（牧野修）
- ◇「SFバカ本 宇宙チャーハン篇」メディアファクトリー 2000 p203
- ◇「笑劇―SFバカ本カタストロフィ集」小学館 2007（小学館文庫）p327

メロン（江國香織）
- ◇「くだものだもの」ランダムハウス講談社 2007 p89

メロン（白石公子）
- ◇「くだものだもの」ランダムハウス講談社 2007 p73

メロンを掘る熊は宇宙で生きろ─不当な拘束、不当な労働、不当な搾取が、鉱山惑星では行われている！（木本雅彦）
- ◇「NOVA―書き下ろし日本SFコレクション 9」河出書房新社 2013（河出文庫）p287

目は口以上にモノをいう（佐藤青南）
- ◇「『このミステリーがすごい！』大賞作家書き下ろしBOOK vol.6」宝島社 2014 p29

面（タキガワ）
- ◇「超短編の世界」創英社 2008 p93

面（富田常雄）
- ◇「消えた受賞作―直木賞編」メディアファクトリー 2004（ダ・ヴィンチ特別編集）p209

面（横溝正史）
- ◇「血」三天書房 2000（傑作短篇シリーズ）p27

面売りLia Fail（物集高音）
- ◇「マスカレード」光文社 2002（光文社文庫）p15

面会（香山末子）
- ◇「ハンセン病文学全集 7」皓星社 2004 p418
- ◇「〈在日〉文学全集 17」勉誠出版 2006 p90

綿花大怪獣・ドテラ（横田順彌）
- ◇「宇宙塵傑作選―日本SFの軌跡 2」出版芸術社 1997 p133

めんくらい凧（都筑道夫）
- ◇「情けがからむ朱房の十手―傑作時代小説」PHP研究所 2009（PHP文庫）p177

メンタル・フィメール（姫野かずら）
- ◇「つながり―フェリシモしあわせショートショート」フェリシモ 1999 p152

女性型精神構造保持者（メンタルフィメール）（大原まり子）
- ◇「楽園追放rewired―サイバーパンクSF傑作選」早川書房 2014（ハヤカワ文庫 JA）p117

メンタルヘルス研修（川島美絵）
- ◇「ショートショートの花束 3」講談社 2011（講談社文庫）p88

メンツェルのチェスプレイヤー（瀬名秀明）
- ◇「21世紀本格―書下ろしアンソロジー」光文社 2001（カッパ・ノベルス）p205
- ◇「日本SF・名作集成 7」リブリオ出版 2005 p59

メンテナンスマン！ つむじの法則（福田和代）
- ◇「宇宙小説」講談社 2012（講談社文庫）p64

めんどうみてあげるね（鈴木輝一郎）
- ◇「殺人前線北上中」講談社 1997（講談社文庫）p225
- ◇「短篇集 4」双葉社 2008（双葉文庫）p65
- ◇「謎―スペシャル・ブレンド・ミステリー 005」講談社 2010（講談社文庫）p247

麺とスープと殺人と（山田正紀）

もうそ

◇「本格ミステリ 2002」講談社 2002（講談社ノベルス）p531
◇「死神と雷鳴の暗号—本格短編ベスト・セレクション」講談社 2006（講談社文庫）p365
◇「麺'sミステリー倶楽部—傑作推理小説集」光文社 2012（光文社文庫）p75

牝鶏（安西冬衛）
　　◇「新装版 全集現代文学の発見 13」學藝書林 2004 p14

メントール（中島さなえ）
　　◇「「いじめ」をめぐる物語」朝日新聞出版 2015 p197

面について（白洲正子）
　　◇「精選女性随筆集 7」文藝春秋 2012 p206

麺要斎言行録（長部日出雄）
　　◇「短篇ベストコレクション—現代の小説 2000」徳間書店 2000 p337

【 も 】

喪（金時鐘）
　　◇「〈在日〉文学全集 5」勉誠出版 2006 p203

もういいかい（赤川次郎）
　　◇「殺意の隘路」光文社 2016（最新ベスト・ミステリー）p43

もういいかい（亜鷺一）
　　◇「ショートショートの花束 1」講談社 2009（講談社文庫）p58

もう一度会って下さい、ほんの五分間だけ＞北村英三（久坂葉子）
　　◇「日本人の手紙 5」リブリオ出版 2004 p67

もう一度選ぶなら（真木和泉）
　　◇「現代短編小説選—2005〜2009」日本民主主義文学会 2010 p61

「もう一度詞を書かないか」二人はそう言ってくれた＞いずみたく・中村八大（永六輔）
　　◇「日本人の手紙 9」リブリオ出版 2004 p76

もう一度先生にペンをお持たせしたい＞室生朝子（森茉莉）
　　◇「日本人の手紙 3」リブリオ出版 2004 p164

もう一度始めよう。（@pandaadnap1）
　　◇「3.11心に残る140字の物語」学研パブリッシング 2011 p121

もういちどハッピーバースデイ（古賀千穂）
　　◇「小学校・全員参加の楽しい学級劇・学年劇脚本集 高学年」黎明書房 2007 p8

もう一色選べる丼（青崎有吾）
　　◇「殺意の隘路」光文社 2016（最新ベスト・ミステリー）p13

もう一緒に映画を観られないんだよね＞飯干晃一（飯星景子）
　　◇「日本人の手紙 1」リブリオ出版 2004 p111

もう一篇の詩（金子光晴）
　　◇「ちくま日本文学 38」筑摩書房 2009（ちくま文庫）p80

盲蛾（道尾秀介）
　　◇「眠れなくなる夢十夜」新潮社 2009（新潮文庫）p139

もう会えない人（@sillycats）
　　◇「3.11心に残る140字の物語」学研パブリッシング 2011 p53

盲管銃創（金時鐘）
　　◇「〈在日〉文学全集 5」勉誠出版 2006 p40

盲亀浮木（志賀直哉）
　　◇「文豪怪談傑作選 大正篇」筑摩書房 2011（ちくま文庫）p259

盲亀浮木（もうきふぼく）（志賀直哉）
　　◇「ちくま日本文学 21」筑摩書房 2008（ちくま文庫）p411

猛虎館の惨劇（有栖川有栖）
　　◇「新本格猛虎会の冒険」東京創元社 2003 p201

申し子（幸田文）
　　◇「精選女性随筆集 1」文藝春秋 2012 p81

盲者の叫び（突）
　　◇「近代朝鮮文学日本語作品集1908〜1945 セレクション 4」緑蔭書房 2008 p134

妄執（曽根圭介）
　　◇「ザ・ベストミステリーズ—推理小説年鑑 2013」講談社 2013 p149
　　◇「Esprit機知と企みの競演」講談社 2016（講談社文庫）p245

妄執館（菊地秀行）
　　◇「喜劇綺劇」光文社 2009（光文社文庫）p417

猛獣使い（村田基）
　　◇「世紀末サーカス」廣済堂出版 2000（廣済堂文庫）p371

妄執の雄叫び（郡順史）
　　◇「宮本武蔵伝奇」勉誠出版 2002（べんせいライブラリー）p123

妄執の女首がとりつく（小山龍太郎）
　　◇「怪奇・伝奇時代小説選集 15」春陽堂書店 2000（春陽文庫）p142

猛女記（神坂次郎）
　　◇「鍔鳴り疾風剣」光風社出版 2000（光風社文庫）p209

妄想（アンデルセン著、森鷗外訳）
　　◇「新日本古典文学大系 明治編 25」岩波書店 2004 p380

妄想（森鷗外）
　　◇「明治の文学 14」筑摩書房 2000 p220
　　◇「ちくま日本文学 17」筑摩書房 2008（ちくま文庫）p46

妄想少女—心の中の少女がみずみずしくある限り、私はまだまだ頑張れる（菅浩江）
　　◇「NOVA—書き下ろし日本SFコレクション 10」河出書房新社 2013（河出文庫）p13

妄想断片（王昶雄）

もうそ

◇「日本統治期台湾文学集成 29」緑蔭書房 2007 p223

孟宗の蔭（抄）（中勘助）
◇「文豪てのひら怪談」ポプラ社 2009 （ポプラ文庫）p110

毛沢東（谷川雁）
◇「新装版 全集現代文学の発見 13」學藝書林 2004 p360

盲腸（横光利一）
◇「人間みな病気」ランダムハウス講談社 2007 p51

盲腸炎の患者（竹村猛児）
◇「外地探偵小説集 上海篇」せらび書房 2006 p115

盲点（紙舞）
◇「男たちの怪談百物語」メディアファクトリー 2012 （幽BOOKS）p160

盲点（McCOY）
◇「ショートショートの花束 3」講談社 2011 （講談社文庫）p248

句集 **盲導線**（平良一洋）
◇「ハンセン病文学全集 9」皓星社 2010 p136

盲導線今と昔（香山末子）
◇「ハンセン病文学全集 7」皓星社 2004 p474

盲導鈴（栗生楽泉園高原短歌会）
◇「ハンセン病文学全集 8」皓星社 2006 p193

もう二十代ではないことについて（山内マリコ）
◇「20の短編小説」朝日新聞出版 2016 （朝日文庫）p323

毛髪（渋谷良一）
◇「ショートショートの広場 12」講談社 2001 （講談社文庫）p182

毛髪髭鬚（正岡子規）
◇「新日本古典文学大系 明治編 27」岩波書店 2003 p390

毛髪フェチシズム（小酒井不木）
◇「黒髪に恨みは深く―一髪の毛ホラー傑作選」角川書店 2006 （角川ホラー文庫）p281

もう一度（池田晴海）
◇「最後の一日12月18日―さよならが胸に染みる10の物語」泰文堂 2011 （Linda books！）p266

もう一度、娘と（源祥子）
◇「母のなみだ・ひまわり―愛しき家族を想う短篇小説集」泰文堂 2013 （リンダブックス）p105

もうひとつの意志表示（岸上大作）
◇「新装版 全集現代文学の発見 15」學藝書林 2005 p491

もうひとつの階段（東しいな）
◇「ゆきのまち幻想文学賞小品集 20」企画集団ぷりずむ 2011 p7

もう一つの故郷（崔華國）
◇「〈在日〉文学全集 17」勉誠出版 2006 p69

もうひとつの10・8（深水黎一郎）
◇「ナゴヤドームで待ちあわせ」ポプラ社 2016 p173

もう一つの修羅（花田清輝）
◇「戦後文学エッセイ選 1」影書房 2005 p170

もう一つの導火線（金子光晴）
◇「ちくま日本文学 38」筑摩書房 2009 （ちくま文庫）p176

もう一つの墓（朱雀門出）
◇「男たちの怪談百物語」メディアファクトリー 2012 （幽BOOKS）p136

もう一人（我妻俊樹）
◇「ショートショートの広場 13」講談社 2002 （講談社文庫）p43

もう一人いる…（天沢彰）
◇「絶体絶命！」泰文堂 2011 （Linda books！）p315

もうひとりの私（稲葉真弓）
◇「少女物語」朝日新聞社 1998 p29

もう一人の私へ（沢村鐵）
◇「あの日から―東日本大震災鎮魂岩手県出身作家短編集」岩手日報社 2015 p425

もうプロペラがまわっています。兄ちゃんは征きます≫大石静恵（大野沢威徳，大石清）
◇「日本人の手紙 8」リブリオ出版 2004 p153

もう僕死ぬの？（ひかるこ）
◇「超短編の世界 vol.2」創英社 2009 p126

網膜に映る大陸の山野（林學洙）
◇「近代朝鮮文学日本語作品集1908〜1945 セレクション 6」緑蔭書房 2008 p233

網膜脈視症（木々高太郎）
◇「江戸川乱歩と13人の新青年 〈論理派〉編」光文社 2008 （光文社文庫）p159
◇「恐ろしい話」筑摩書房 2011 （ちくま文学の森）p321

盲目（入選候補）（佐賀久雄）
◇「日本統治期台湾文学集成 6」緑蔭書房 2002 p29

盲目の秋（中原中也）
◇「新装版 全集現代文学の発見 13」學藝書林 2004 p171

盲目の王将物語（桜井哲夫）
◇「ハンセン病文学全集 2」皓星社 2002 p473

盲目の景清（廣末保）
◇「新装版 全集現代文学の発見 11」學藝書林 2004 p564

盲目の春（椋鳩十）
◇「サンカの民を追って―山窩小説傑作選」河出書房新社 2015 （河出文庫）p187

盲目夫婦（吉成稔）
◇「ハンセン病文学全集 4」皓星社 2003 p358

盲目物語（谷崎潤一郎）
◇「日本舞踊舞踊劇選集」西川会 2002 p487

盲友（藤本とし）
◇「ハンセン病文学全集 4」皓星社 2003 p694

毛利元就（菊池寛）
◇「『少年倶楽部』短篇選」講談社 2013 （講談社文芸文庫）p144

「魍魎の匣」変化抄。（原田眞人）
◇「妖怪変化―京極堂トリビュート」講談社 2007 p97

朦朧記録（牧野修）
◇「妖怪変化―京極堂トリビュート」講談社 2007 p203

もう1つの海峡線（坂本与市）
◇「扉の向こうへ」全作家協会 2014（全作家短編集）p80

燃え上がる情熱―“厚生演劇”の公演を観る（王昶雄）
◇「日本統治期台湾文学集成 29」緑蔭書房 2007 p341

燃えがらの証（夏樹静子）
◇「ときめき―ミステリアンソロジー」廣済堂出版 2005（廣済堂文庫）p77

燃えつきたユリシーズ（島田雅彦）
◇「コレクション戦争と文学 4」集英社 2011 p570

燃えない焔（水上巴理）
◇「戦前探偵小説四人集」論創社 2011（論創ミステリ叢書）p193

萌に続く階段（島孝史）
◇「ゆきのまち幻想文学賞小品集 10」企画集団ぷりずむ 2001 p202

燃える女（逢坂剛）
◇「名探偵を追いかけろ―シリーズ・キャラクター編」光文社 2004（カッパ・ノベルス）p123
◇「名探偵を追いかけろ」光文社 2007（光文社文庫）p149

燃える過去（野上彌生子）
◇「天変動く大震災と作家たち」インパクト出版会 2011（インパクト選書）p142

燃える草家（金真須美）
◇「〈在日〉文学全集 14」勉誠出版 2006 p257

燃える鉄拳！（天羽沙夜）
◇「幻想水滸伝短編集 4」メディアワークス 2002（電撃文庫）p167

燃える電話（草上仁）
◇「闇電話」光文社 2006（光文社文庫）p13

燃える闘魂（佐藤利行）
◇「ショートショートの広場 13」講談社 2002（講談社文庫）p217

燃える水（高橋義夫）
◇「代表作時代小説 平成13年度」光風社出版 2001 p245

最上河（阿部次郎）
◇「山形県文学全集第2期（随筆・紀行編）2」郷土出版社 2005 p10€

最上川（志賀直哉）
◇「山形県文学全集第2期（随筆・紀行編）3」郷土出版社 2005 p141

最上川（二月）（高橋光義）
◇「山形県文学全集第2期（随筆・紀行編）5」郷土出版社 2005 p116

最上川の歌仙（柳田國男）
◇「日本文学全集 14」河出書房新社 2015 p164

最上川の三難所（吉田三郎）
◇「山形県文学全集第2期（随筆・紀行編）6」郷土出版社 2005 p179

最上川の終焉（錦三郎）
◇「山形県文学全集第2期（随筆・紀行編）3」郷土出版社 2005 p444

最上川渡し舟紀行（大崎紀夫）
◇「山形県文学全集第2期（随筆・紀行編）4」郷土出版社 2005 p398

最上の紅花（水上勉）
◇「山形県文学全集第2期（随筆・紀行編）4」郷土出版社 2005 p23

モーガン（中島京子）
◇「あの日、君と Girls」集英社 2012（集英社文庫）p131

茂吉小話 食／食 つづき（斎藤茂吉）
◇「文人御馳走帖」新潮社 2014（新潮文庫）p127

木魚が聞こえる（喜安幸夫）
◇「代表作時代小説 平成16年度」光風社出版 2004 p65

木靴（金時鐘）
◇「〈在日〉文学全集 5」勉誠出版 2006 p28

目撃者（戸田巽）
◇「探偵小説の風景―トラフィック・コレクション 上」光文社 2009（光文社文庫）p175

目撃者―或る殉職事件に就いて（小島泰介）
◇「日本統治期台湾文学集成 8」緑蔭書房 2002 p167

目撃者が描いた（佐野洋）
◇「どたん場で大逆転」講談社 1999（講談社文庫）p55

目撃者は誰？（貫井徳郎）
◇「本格ミステリ 2003」講談社 2003（講談社ノベルス）p121
◇「論理学園事件帳―本格短編ベスト・セレクション」講談社 2007（講談社文庫）p157

黙死（茶毛）
◇「恐怖箱 遺伝記」竹書房 2008（竹書房文庫）p110

木喰上人（一瀬玉枝）
◇「紅蓮の翼―異彩時代小説秀作撰」叢文社 2007 p182

もくず塚（江戸川乱歩）
◇「同性愛」国書刊行会 1999（書物の王国）p124
◇「ちくま日本文学 7」筑摩書房 2008（ちくま文庫）p351

木犀（汲田冬峯）
◇「ハンセン病文学全集 8」皓星社 2006 p383

木星将に月に入らんとす（鳴海風）
◇「たそがれ江戸暮色」光文社 2014（光文社文庫）p331

木像を孕む女体（江本清）
◇「怪奇・伝奇時代小説選集 15」春陽堂書店 2000（春陽文庫）p188

黙禱 6月15日・国会南通用門（岸上大作）
◇「新装版 全集現代文学の発見 15」學藝書林 2005 p493

黙の家（折原一）
◇「アート国愛」光文社 2005（光文社文庫）p177

もくは

木馬は廻る（江戸川乱歩）
◇「幻の探偵雑誌 2」光文社 2000（光文社文庫）p375

木板師 活版屋（痩々亭骨皮道人）
◇「新日本古典文学大系 明治編 29」岩波書店 2005 p244

木麻黄と甘蔗（西川満）
◇「日本統治期台湾文学集成 22」緑蔭書房 2007 p268

木曜會（朴魯植）
◇「近代朝鮮文学日本語作品集1908～1945 セレクション 6」緑蔭書房 2008 p73

もぐら（王白淵）
◇「日本統治期台湾文学集成 18」緑蔭書房 2003 p20

もぐらのダッシュ（永井恵理子）
◇「丸の内の誘惑」マガジンハウス 1999 p111

モグラの冷蔵庫（柏崎恵理）
◇「ゆきのまち幻想文学賞・小品集 9」企画集団ぷりずむ 2000 p42

"木蘭従軍"に就て（王昶雄）
◇「日本統治期台湾文学集成 29」緑蔭書房 2007 p317

目録〔世路日記〕（菊亭香水）
◇「新日本古典文学大系 明治編 30」岩波書店 2009 p9

模型飛行機（迫田紀男）
◇「現代鹿児島小説大系 3」ジャプラン 2014 p146

模型飛行機（軍報道部提供）（黄得時）
◇「日本統治期台湾文学集成 23」緑蔭書房 2007 p410

モザイク―夏のチェックアウト（井上雅彦）
◇「夏のグランドホテル」光文社 2003（光文社文庫）p665

摸索（韓雪野著, 李蒙雄譯）
◇「近代朝鮮文学日本語作品集1939～1945 創作篇 3」緑蔭書房 2001 p75

もしあのとき（宇野千代）
◇「精選女性随筆集 6」文藝春秋 2012 p29

文字禍（中島敦）
◇「恐怖特急」光文社 2002（光文社文庫）p13
◇「文士の意地―車谷長吉撰短篇小説輯 下巻」作品社 2005 p115
◇「日本近代短篇小説選 昭和篇1」岩波書店 2012（岩波文庫）p365
◇「幻視の系譜」筑摩書房 2013（ちくま文庫）p382

文字禍（もじか）（中島敦）
◇「ちくま日本文学 12」筑摩書房 2008（ちくま文庫）p190

もし君に、ひとつだけ（長沢樹）
◇「宝石ザミステリー 2014冬」光文社 2014 p233

文字たちの輪舞（石井洋二郎）
◇「ろうそくの炎がささやく言葉」勁草書房 2011 p61

文字の世界（宮本常一）

◇「ちくま日本文学 22」筑摩書房 2008（ちくま文庫）p339

文字板（長岡弘樹）
◇「現場に臨め」光文社 2010（Kappa novels）p283
◇「現場に臨め」光文社 2014（光文社文庫）p399

若しも…（伊藤雪魚）
◇「ショートショートの広場 19」講談社 2007（講談社文庫）p35

もじもじのくに（こーいち。）
◇「ショートショートの花束 7」講談社 2015（講談社文庫）p92

模写（松本楽志）
◇「超短編の世界 vol.3」創英社 2011 p153

喪章の都市（李正子）
◇「〈在日〉文学全集 17」勉誠出版 2006 p298

百舌（阿井渉介）
◇「二十四粒の宝石―超短編小説傑作集」講談社 1998（講談社文庫）p171

百舌（志賀直哉）
◇「ちくま日本文学 21」筑摩書房 2008（ちくま文庫）p305

鵙が音（大塚楠緒子）
◇「「新編」日本女性文学全集 3」菁柿堂 2011 p102

モスクワのカレーライス（井上光晴）
◇「戦後文学エッセイ選 13」影書房 2008 p185

モスクワの雪とエジプトの砂（岩田宏）
◇「新装版 全集現代文学の発見 13」學藝書林 2004 p512

百舌と雀鷹―塚原卜伝vs梶原長門（津本陽）
◇「時代小説傑作選 2」新人物往来社 2008 p5

百舌の叫ぶ夜（逢坂剛）
◇「冒険の森へ―傑作小説大全 12」集英社 2015 p371

百舌鳥魔先生のアトリエ（小林泰三）
◇「逆想コンチェルト―イラスト先行・競作小説アンソロジー 奏の2」徳間書店 2010 p136

物集茉莉（安西冬衛）
◇「新装版 全集現代文学の発見 13」學藝書林 2004 p19

モスラが来ます！（河内尚和）
◇「中学校劇作シリーズ 8」青雲書房 2003 p119

もたらされた文明（星新一）
◇「冒険の森へ―傑作小説大全 10」集英社 2016 p41

もだん・しんごう（星田三平）
◇「戦前探偵小説四人集」論創社 2011（論創ミステリ叢書）p331

持ち腐れ（小泉秀人）
◇「ショートショートの花束 6」講談社 2014（講談社文庫）p15

望月周平の秘かな旅（有栖川有栖）
◇「謎」文藝春秋 2004（推理作家になりたくて マイベストミステリー）p10
◇「マイ・ベスト・ミステリー 6」文藝春秋 2007

（文春文庫）p10

望月の駒（西川右近）
　◇「日本舞踊舞踊劇選集」西川会 2002 p503

持出禁止（本城雅人）
　◇「短篇ベストコレクション―現代の小説 2016」徳間書店 2016〔徳間文庫〕p385

餅つき兎（金築道）
　◇「近代朝鮮文学日本作品集1908～1945 セレクション 6」緑蔭書房 2008 p60

もちつもたれつ（岬兄悟）
　◇「SFバカ本 宇宙チャーハン篇」メディアファクトリー 2000 p125

モチモチの木（斎藤隆介）
　◇「もう一度読みたい教科書の泣ける名作」学研教育出版 2013 p79

餅は餅屋（三藤英二）
　◇「ショートショートの広場 14」講談社 2003（講談社文庫）p49

モーツァルト頌（堀田善衞）
　◇「戦後文学エッセイ選 11」影書房 2007 p199

モーツァルトのいる島（池上永一）
　◇「短篇ベストコレクション―現代の小説 2010」徳間書店 2010〔徳間文庫〕p537

モッキングバードのいる町（森禮子）
　◇「現代秀作集」角川書店 1999（女性作家シリーズ）p151

もっこに揺られて（石井桃子）
　◇「精選女性随筆集 8」文藝春秋 2012 p72

物相飯とトンカツ（もりたなるお）
　◇「コレクション戦争と文学 6」集英社 2011 p264

もったいない（駒沢直）
　◇「てのひら怪談―ビーケーワン怪談大賞傑作選 辛卯」ポプラ社 2011（ポプラ文庫）p70

もっと生きたかったけど……（大河内清輝）
　◇「日本人の手紙 8」リブリオ出版 2004 p86

もっとも重い罰は（篠田真由美）
　◇「新世紀犯罪博覧会―連作推理小説」光文社 2001（カッパ・ノベルス）p51

最も愚かで幸せな后の話（清水義範）
　◇「代表作時代小説 平成18年度」光文社 2006 p153

最も賢い鳥（大倉崇裕）
　◇「近藤史恵リクエスト！ ペットのアンソロジー」光文社 2013 p37
　◇「近藤史恵リクエスト！ ペットのアンソロジー」光文社 2014（光文社文庫）p39

最も高級なゲーム（仁木悦子）
　◇「甦る「幻影城」 3」角川書店 1998（カドカワ・エンタテインメント）p279
　◇「幻影城―【探偵小説誌】不朽の名作」角川書店 2000（角川ホラー文庫）p329

もっともな理由（梶尾真治）
　◇「宇宙塵傑作選―日本SFの軌跡 2」出版芸術社 1997 p77

木浦見學記（上）（中）（下）（李春燮）
　◇「近代朝鮮文学日本語作品集1901～1938 評論・随筆

篇 3」緑蔭書房 2004 p353

木浦港（許南麒）
　◇「〈在日〉文学全集 2」勉誠出版 2006 p89

木浦（モッポ）詩集（許南麒）
　◇「〈在日〉文学全集 2」勉誠出版 2006 p89

茂木道一、三絶句を示さる。その韻を用ひて、余の近況を詠む。三首（中村敬宇）
　◇「新日本古典文学大系 明治編 2」岩波書店 2004 p185

もてないおとこ（中村ブラウン）
　◇「全作家短編小説集 7」全作家協会 2008 p37

モデル（国木田治子）
　◇「「新編」日本女性文学全集 3」菁柿堂 2011 p426

モデル病室（宇城茂）
　◇「ハンセン病文学全集 4」皓星社 2003 p439

もどかしい日（吉住侑子）
　◇「姥ヶ辻―小説集」作品社 2003 p200

戻って来る女（新津きよみ）
　◇「雪女のキス」光文社 2000（カッパ・ノベルス）p169

元手（小林弘明）
　◇「ハンセン病文学全集 7」皓星社 2004 p486

戻り川心中（連城三紀彦）
　◇「短歌殺人事件―31音律のラビリンス」光文社 2003（光文社文庫）p189
　◇「ときめき―ミステリアンソロジー」廣済堂出版 2005（廣済堂文庫）p285
　◇「『このミス』が選ぶ！ オールタイム・ベスト短編ミステリー 赤」宝島社 2015（宝島社文庫）p9

新古演劇十種之内 戻橋（作者表記なし）
　◇「新日本古典文学大系 明治編 4」岩波書店 2003 p387

戻りみち（李美子）
　◇「〈在日〉文学全集 18」勉誠出版 2006 p312

モドル（乾ルカ）
　◇「ザ・ベストミステリーズ―推理小説年鑑 2009」講談社 2009 p303
　◇「Spiralめくるめく謎」講談社 2012（講談社文庫）p99

戻る人形（光原百合）
　◇「捨てる―アンソロジー」文藝春秋 2015 p139

モナリサ（夏目漱石）
　◇「文豪怪談傑作選 明治編」筑摩書房 2011（ちくま文庫）p136

モナリザは二度微笑む（富永一彦）
　◇「ショートショートの広場 14」講談社 2003（講談社文庫）p244

モーニング・グローリィを君に（鷹将純一郎）
　◇「新・本格推理 05」光文社 2005（光文社文庫）p497

モーニング・タイム（友井羊）
　◇「『このミステリーがすごい！』大賞作家書き下ろしBOOK vol.9」宝島社 2015 p41

蛻のから（長野まゆみ）
　◇「凶鳥の黒影―中井英夫へ捧げるオマージュ」河

もの

出書房新社 2004 p256

もの（広瀬正）
◇「60年代日本SFベスト集成」筑摩書房 2013（ちくま文庫）p17

物（安西冬衛）
◇「新装版 全集現代文学の発見 13」學藝書林 2004 p14

喪のある景色（山之口貘）
◇「新装版 全集現代文学の発見 13」學藝書林 2004 p210

ものいう人形（柴田宵曲）
◇「人形」国書刊行会 1997（書物の王国）p201

物いわぬ人（堀田善衞）
◇「戦後文学エッセイ選 11」影書房 2007 p9

物売りの声（寺田寅彦）
◇「ちくま日本文学 34」筑摩書房 2009（ちくま文庫）p120

ものを言う血（深見ヘンリイ）
◇「幻の探偵雑誌 5」光文社 2001（光文社文庫）p139

什器破壊業事件（海野十三）
◇「風間光枝探偵日記」論創社 2007（論創ミステリ叢書）p23

物音・足音（野尻抱影）
◇「文豪怪談傑作選 特別編」筑摩書房 2008（ちくま文庫）p239

物思う下水道（丸川雄一）
◇「ひとにぎりの異形」光文社 2007（光文社文庫）p273

ものがたり（北村薫）
◇「鍵」文藝春秋 2004（推理作家になりたくて マイ・ベストミステリー）p114
◇「マイ・ベスト・ミステリー 5」文藝春秋 2007（文春文庫）p166
◇「日本文学100年の名作 8」新潮社 2015（新潮文庫）p457

物語（北見越）
◇「ショートショートの広場 19」講談社 2007（講談社文庫）p174

物語を継ぐもの（芦辺拓）
◇「物語のルミナリエ」光文社 2011（光文社文庫）p368

ものがたりをつむぐ人（玉岡かおる）
◇「冷と温—第13回フェリシモ文学賞作品集」フェリシモ 2010 p170

ものがたり「かぐや姫」（作者不詳）
◇「誰も知らない「桃太郎」「かぐや姫」のすべて」明拓出版 2009（創作童話シリーズ）p104

物語が、始まる（川上弘美）
◇「こんなにも恋はせつない—恋愛小説アンソロジー」光文社 2004（光文社文庫）p27

物語集（石川美南）
◇「短編集」ヴィレッジブックス 2010 p82

物語的な報告小説を書く—作家の立場から（金東仁）
◇「近代朝鮮文学日本語作品集1908〜1945 セレクション 6」緑蔭書房 2008 p179

物語の完結（山崎ナオコーラ）
◇「文学 2009」講談社 2009 p123

物語の物語（タカスギシンタロ）
◇「超短編の世界 vol.3」創英社 2011 p132

物語の物語（松本楽志）
◇「超短編の世界 vol.3」創英社 2011 p133

物語・ものがたり（つきだまさし）
◇「ハンセン病文学全集 7」皓星社 2004 p532

ものがたり「桃太郎」（作者不詳）
◇「誰も知らない「桃太郎」「かぐや姫」のすべて」明拓出版 2009（創作童話シリーズ）p8

もの喰う女（武田泰淳）
◇「戦後短篇小説再発見 2」講談社 2001（講談社文芸文庫）p47
◇「魂がふるえるとき」文藝春秋 2004（文春文庫）p155
◇「日本近代短篇小説選 昭和篇2」岩波書店 2012（岩波文庫）p229

もの食う女（武田泰淳）
◇「もの食う話」文藝春秋 2015（文春文庫）p77

ものぐさ太郎（花田清輝）
◇「新編・日本幻想文学集成 2」国書刊行会 2016 p462

モノクロウムの街と四人の女（平野啓一郎）
◇「文学 2007」講談社 2007 p56
◇「現代小説クロニクル 2005〜2009」講談社 2015（講談社文芸文庫）p36

物と心（小川国夫）
◇「わが名はタフガイ—ハードボイルド傑作選」光文社 2006（光文社文庫）p133

物と心／速い馬の流れ（小川国夫）
◇「文士の意地—車谷長吉撰短篇小説輯 下巻」作品社 2005 p262

モノトーン（宮田たえ）
◇「超短編の世界」創英社 2008 p118

モノの国からの贈り物（平岡啓二）
◇「中学校劇作シリーズ 7」青雲書房 2002 p117

もののけ其他（折口信夫）
◇「文豪怪談傑作選 折口信夫集」筑摩書房 2009（ちくま文庫）p161

もののけ本所深川事件帖オサキと骸骨幽霊〈抄〉（高橋由太）
◇「『このミステリーがすごい！』大賞作家書き下ろしBOOK vol.4」宝島社 2014 p95

もののけ街（夢枕獏）
◇「さむけ—ホラー・アンソロジー」祥伝社 1999（祥伝社文庫）p355

藻の花（大島療養所藻汐短歌会）
◇「ハンセン病文学全集 8」皓星社 2006 p50

ものみな憩える—第二回創元SF短編賞堀晃賞（忍澤勉）
◇「原色の想像力—創元SF短編賞アンソロジー 2」東京創元社 2012（創元SF文庫）p301

ものみな歌でおわる（花田清輝）

◇「戦後文学エッセイ選 1」影書房 2005 p183

ものみな歌でおわる——第一幕第一景（花田清輝）
◇「新編・日本幻想文学集成 2」国書刊行会 2016 p451

物皆物申し候（古山高麗雄）
◇「文学 2003」講談社 2003 p129

モノレールねこ（加納朋子）
◇「あのころの宝もの——ほんのり心が温まる12のショートストーリー」メディアファクトリー 2003 p29
◇「にゃんそろじー」新潮社 2014（新潮文庫）p299

モノローグ（小泉雅二）
◇「ハンセン病文学全集 6」皓星社 2003 p435

物わすれ（波理井穂津太）
◇「ショートショートの広場 16」講談社 2005（講談社文庫）p139

物忘れ（家田満理）
◇「ショートショートの広場 18」講談社 2006（講談社文庫）p37

摸牌試合（山田風太郎）
◇「牌がささやく——麻雀小説傑作選」徳間書店 2002（徳間文庫）p171

もはやそれ以上（黒田三郎）
◇「新装版 全集現代文学の発見 15」學藝書林 2005 p469

喪服記（田辺聖子）
◇「浜町河岸夕化粧」光風社出版 1998（光風社文庫）p375

モブ君（乾ルカ）
◇「大崎梢リクエスト！ 本屋さんのアンソロジー」光文社 2013 p115
◇「大崎梢リクエスト！ 本屋さんのアンソロジー」光文社 2014（光文社文庫）p121

模倣（佐多稲）
◇「超短編の世界 vol.3」創英社 2011 p190

模倣の天才（宇野千代）
◇「精選女性随筆集 6」文藝春秋 2012 p14

もみぢ（金相淑）
◇「近代朝鮮文学日本語作品集1908〜1945 セレクション 6」緑蔭書房 2008 p63

紅葉（もみじ）… → "こうよう…"をも見よ

椛の木（松崎水星）
◇「ハンセン病文学全集 8」皓星社 2006 p246

樅の木の下で——Unter der Tanne（須永朝彦）
◇「吸血鬼」国書刊行会 1998（書物の王国）p198

もめごと（大石久之）
◇「ショートショートの広場 10」講談社 2000（講談社文庫）p62

木綿以前の事（柳田國男）
◇「ちくま日本文学 15」筑摩書房 2008（ちくま文庫）p62
◇「日本文学全集 14」河出書房新社 2015 p132

モモ（植松要作）

◇「山形県文学全集第2期（随筆・紀行編）6」郷土出版社 2005 p85

桃（阿部昭）
◇「謎のギャラリー——謎の部屋」新潮社 2002（新潮文庫）p21
◇「謎の部屋」筑摩書房 2012（ちくま文庫）p21

桃（姫野カオルコ）
◇「female」新潮社 2004（新潮文庫）p89

ももいろのおはか（豊島ミホ）
◇「Colors」ホーム社 2008 p75
◇「Colors」集英社 2009（集英社文庫）p107

桃いろの魚（川島悦子）
◇「たびだち——フェリシモしあわせショートショート」フェリシモ 2000 p170

桃——お葉の匂い（久世光彦）
◇「短篇ベストコレクション——現代の小説 2000」徳間書店 2000 p71

桃次郎の鈴（真帆沁）
◇「ゆきのまち幻想文学賞・小品集 15」企画集団ぷりずむ 2006 p164

桃太郎（芥川龍之介）
◇「響き交わす鬼」小学館 2005（小学館文庫）p103
◇「コレクション戦争と文学 5」集英社 2011 p13
◇「コーヒーと小説」mille books 2016 p49

桃太郎（上野雄一）
◇「ショートショートの広場 10」講談社 2000（講談社文庫）p83

桃太郎鬼退治！（須藤翔平）
◇「山形市児童劇団脚本集 3」山形市 2005 p59

桃太郎侍（山手樹一郎）
◇「颯爽登場！ 第一話——時代小説ヒーロー初見参」新潮社 2004（新潮文庫）p301

桃太郎なんて嫌いです。（加門七海、霜島ケイ）
◇「響き交わす鬼」小学館 2005（小学館文庫）p7

桃太郎の責任（向田邦子）
◇「精選女性随筆集 11」文藝春秋 2012 p243

桃太郎．桃（阿部昭）
◇「くだものだもの」ランダムハウス講談社 2007 p217

桃太郎は鬼を征伐しなかった（大西信行）
◇「読んで演じたくなるゲキの本 小学生版」幻冬舎 2006 p63
◇「『やるキッズあいち劇場』脚本集 平成21年度」愛知県環境調査センター 2010 p29

百々地三太夫（柴田錬三郎）
◇「神出鬼没！ 戦国忍者伝——傑作時代小説」PHP研究所 2009（PHP文庫）p243

モモの愛が綿いっぱい（大槻ケンヂ）
◇「魔地図」光文社 2005（光文社文庫）p233

桃井春蔵（笹原金次郎）
◇「人物日本剣豪伝 4」学陽書房 2001（人物文庫）p151

桃の宵橋（伊集院静）
◇「わかれの船——Anthology」光文社 1998 p31

桃の節句に次女に訓示（辻征夫）
　◇「日本文学全集 29」河出書房新社 2016 p68
ももの花（空虹桜）
　◇「超短編の世界 vol.3」創英社 2011 p90
桃の花が咲く（柏葉幸子）
　◇「12の贈り物─東日本大震災支援岩手県在住作家
　　自選短編集」荒蝦夷 2011 （叢書東北の声）p68
もゝはがき（斎藤緑雨）
　◇「明治の文学 15」筑摩書房 2002 p360
靄の中（北國浩二）
　◇「虚構機関─年刊日本SF傑作選」東京創元社
　　2008 （創元SF文庫）p139
もゆる河（アンデルセン著、森鷗外訳）
　◇「新日本古典文学大系 明治編 25」岩波書店 2004
　　p266
燃ゆる春窓（黒木謳子）
　◇「日本統治期台湾文学集成 18」緑蔭書房 2003
　　p452
納税宣伝映画小説 燃ゆる力（田中きわの）
　◇「日本統治期台湾文学集成 10」緑蔭書房 2003
　　p29
燃ゆる野火（長田穂波）
　◇「ハンセン病文学全集 6」皓星社 2003 p47
燃ゆる頬（堀辰雄）
　◇「ちくま日本文学 39」筑摩書房 2009 （ちくま文
　　庫）p93
　◇「美しい恋の物語」筑摩書房 2010 （ちくま文学の
　　森）p11
　◇「この愛のゆくえ─ポケットアンソロジー」岩波
　　書店 2011 （岩波文庫別冊）p27
模様（町田康）
　◇「文豪てのひら怪談」ポプラ社 2009 （ポプラ文
　　庫）p117
モラトリアム（花鵈縁）
　◇「てのひら怪談 癸巳」KADOKAWA 2013 （MF
　　文庫ダ・ヴィンチ）p60
鉐（李正子）
　◇「〈在日〉文学全集 17」勉誠出版 2006 p234
森有正よ（木下順二）
　◇「戦後文学エッセイ選 8」影書房 2005 p122
森江春策の災難（芦辺拓）
　◇「探偵Xからの挑戦状！」小学館 2009 （小学館文
　　庫）p 159, 322
森を歩く（三浦しをん）
　◇「結婚貧乏」幻冬舎 2003 p95
森鷗外の「百物語」（森銑三）
　◇「闇夜に怪を語れば─百物語ホラー傑作選」角川
　　書店 2005 （角川ホラー文庫）p207
盛岡ノート（抄）（立原道造）
　◇「山形県文学全集第2期（随筆・紀行編）2」郷土出版
　　社 2005 p178
森岡康行遺歌集（森岡康行）
　◇「ハンセン病文学全集 8」皓星社 2006 p413
森川空のルール 番外編（ミタヒツヒト）
　◇「星海社カレンダー小説 2012上」星海社 2012

　　（星海社FICTIONS）p107
　◇「カレンダー・ラブ・ストーリー─読むと恋した
　　くなる」星海社 2014 （星海社文庫）p7
森下雨村さんと私（米田三星）
　◇「戦前探偵小説四人集」論創社 2011 （論創ミステ
　　リ叢書）p437
森で待つ（阿川佐和子）
　◇「最後の恋プレミアム─つまり、自分史上最高の
　　恋。」新潮社 2011 （新潮文庫）p91
森とロールス─或いは没落の領域（中村真一郎）
　◇「戦後短篇小説選─『世界』1946–1999 4」岩波書
　　店 2000 p191
森に歌ふ（朱永渉）
　◇「近代朝鮮文学日本語作品集1908〜1945 セレクショ
　　ン 4」緑蔭書房 2008 p329
森に冬がやってきた（松吉久美子）
　◇「山形市児童劇団脚本集 3」山形市 2005 p77
森のあるこうえん……（高橋よしの）
　◇「中学生のドラマ 6」晩成書房 2006 p37
森の石松（都筑道夫）
　◇「北村薫の本格ミステリ・ライブラリー」角川書
　　店 2001 （角川文庫）p273
森の石松が殺された夜（結城昌治）
　◇「大江戸犯科帖─時代推理小説名作選」双葉社
　　2003 （双葉文庫）p309
森の詩（滝ながれ）
　◇「幻想水滸伝短編集 3」メディアワークス 2002
　　（電撃文庫）p59
森の王（久美沙織）
　◇「変身」廣済堂出版 1998 （廣済堂文庫）p27
森の暗き夜（小川未明）
　◇「文豪怪談傑作選 小川未明集」筑摩書房 2008
　　（ちくま文庫）p249
森の古木（宮本常一）
　◇「ちくま日本文学 22」筑摩書房 2008 （ちくま文
　　庫）p257
杜の囚人（長江俊和）
　◇「Mystery Seller」新潮社 2012 （新潮文庫）p453
森の中の木葉梟（森茉莉）
　◇「精選女性随筆集 2」文藝春秋 2012 p130
森の中の診療所（佐藤一志）
　◇「竹筒に花はなくとも─短篇十人集」日曜舎 1997
　　p182
森の中の塔（坪田譲治）
　◇「冒険の森へ─傑作小説大全 10」集英社 2016
　　p11
森の妖姫（小川未明）
　◇「文豪怪談傑作選 小川未明集」筑摩書房 2008
　　（ちくま文庫）p304
森山啓君の批判─批評の任務のために（金斗
鎔）
　◇「近代朝鮮文学日本語作品集1901〜1938 評論・随筆
　　篇 2」緑蔭書房 2004 p49
森は歌う（田中文雄）
　◇「伯爵の血族─紅ノ章」光文社 2007 （光文社文

もんも

庫）p471

森はみんなのたからもの（杉田博之）
　◇「成城・学校劇脚本集」成城学園初等学校出版部
　　2002（成城学園初等学校研究双書）p73

『モルグ街の殺人』はほんとうに元祖ミステリなのか？一読まず嫌い。名作入門五秒前　評論（千野帽子）
　◇「本格ミステリ一二〇〇九年本格短編ベスト・セレクション 09」講談社 2009（講談社ノベルス）p415

モルグ氏の素晴らしきクリスマス・イヴ（山口雅也）
　◇「不条理な殺人―ミステリー・アンソロジー」祥伝社 1998（ノン・ポシェット）p7

モーレン小屋（樋口明雄）
　◇「山岳迷宮（ラビリンス）―山のミステリー傑作選」光文社 2016（光文社文庫）p45

師崎（もろさき）行（広津和郎）
　◇「日本近代短篇小説集 大正篇」岩波書店 2012（岩波文庫）p117

紋（金子光晴）
　◇「新装版 全集現代文学の発見 13」學藝書林 2004 p196

門（夏目漱石）
　◇「文豪さんへ。」メディアファクトリー 2009（MF文庫）p25

門を出て（森内俊雄）
　◇「戦後短篇小説再発見 4」講談社 2001（講談社文芸文庫）p105

もんがまえ（行一震）
　◇「てのひら怪談―ビーケーワン怪談大賞傑作選 2」ポプラ社 2007 p44
　◇「てのひら怪談―ビーケーワン怪談大賞傑作選 己丑」ポプラ社 2009（ポプラ文庫）p104

文句が多い男（黄桜緑）
　◇「ショートショートの花束 7」講談社 2015（講談社文庫）p67

「モンク・ルイス」と恐怖怪奇派（小泉八雲）
　◇「西洋伝奇物語―ゴシック名訳集成」学習研究社 2004（学研M文庫）p477

紋三郎の秀（子母澤寛）
　◇「賭けと人生」筑摩書房 2011（ちくま文学の森）p77

文珠院の僧―花和尚お七（平岩弓枝）
　◇「たそがれ江戸暮色」光文社 2014（光文社文庫）p375

文殊の知恵の輪（岩里藁人）
　◇「てのひら怪談―ビーケーワン怪談大賞傑作選 壬辰」ポプラ社 2012（ポプラ文庫）p268

モンシロチョウ（葦原崇貴）
　◇「てのひら怪談―ビーケーワン怪談大賞傑作選 壬辰」ポプラ社 2012（ポプラ文庫）p172

門前金融（浅田次郎）
　◇「冒険の森へ―傑作小説大全 11」集英社 2015 p70

モン族（竹森仁之介）

◇「全作家短編小説集 6」全作家協会 2007 p221

問題画家（牧野修）
　◇「逆想コンチェルト―イラスト先行・競作小説アンソロジー 奏の2」徳間書店 2010 p222

問題教師（貫井輝）
　◇「てのひら怪談―ビーケーワン怪談大賞傑作選 2」ポプラ社 2007 p152
　◇「てのひら怪談―ビーケーワン怪談大賞傑作選 己丑」ポプラ社 2009（ポプラ文庫）p152

問題外科（筒井康隆）
　◇「冒険の森へ―傑作小説大全 3」集英社 2016 p100

問題なし（須月研児）
　◇「ショートショートの広場 14」講談社 2003（講談社文庫）p202

問題の解決（岡田利規）
　◇「文学 2012」講談社 2012 p239

モンタヴァル一家の血の呪いについて（寺山修司）
　◇「ちくま日本文学 6」筑摩書房 2007（ちくま文庫）p360

『モンテ・フェルモの丘の家』訳者あとがき（須賀敦子）
　◇「日本文学全集 25」河出書房新社 2016 p413

問答のうた（森鷗外）
　◇「天変動く大震災と作家たち」インパクト出版会 2011（インパクト選書）p14

門のある家（椎名麟三）
　◇「戦後短篇小説選―『世界』1946-1999 2」岩波書店 2000 p217

門のある家（星新一）
　◇「日本怪奇小説傑作集 3」東京創元社 2005（創元推理文庫）p213
　◇「70年代日本SFベスト集成 2」筑摩書房 2014（ちくま文庫）p7

門の向こうに―T・Tへ（上村敦美）
　◇「中学校劇作シリーズ 7」青雲書房 2002 p85

モンパルナスの鳩（崎村裕）
　◇「全作家短編小説集 6」全作家協会 2007 p217

門番（一双）
　◇「てのひら怪談―ビーケーワン怪談大賞傑作選 百怪繚乱篇」ポプラ社 2008 p232
　◇「てのひら怪談―ビーケーワン怪談大賞傑作選 己丑」ポプラ社 2009（ポプラ文庫）p20

もんぺ村――一幕（和田勝一）
　◇「日本統治期台湾文学集成 11」緑蔭書房 2003 p43

文盲手引草（尾崎紅葉）
　◇「明治の文学 6」筑摩書房 2001 p384

作品名から引ける日本文学全集案内　第III期　795

や

【 や 】

矢（夢乃鳥子）
　◇「てのひら怪談―ビーケーワン怪談大賞傑作選」ポプラ社 2007 p16
　◇「てのひら怪談―ビーケーワン怪談大賞傑作選」ポプラ社 2008 （ポプラ文庫）p12

刃（やいば）… → "は…"を見よ

夜陰譚（菅浩江）
　◇「変化―書下ろしホラー・アンソロジー」PHP研究所 2000 （PHP文庫）p301

八重桜（三宅花圃）
　◇「「新編」日本女性文学全集 1」菁柿堂 2007 p40

八重洲十三座神楽（朱鷺田祐介）
　◇「リトル・リトル・クトゥルー―史上最小の神話小説集」学習研究社 2009 p128

八重歯（吉行淳之介）
　◇「昭和の短篇一人一冊集成 吉行淳之介」未知谷 2008 p117

八百蔵吉五郎（長谷川伸）
　◇「捕物時代小説選集 4」春陽堂書店 2000 （春陽文庫）p93

八百屋（三遊亭円朝）
　◇「明治の文学 3」筑摩書房 2001 p332

八百屋お七異聞（島村洋子）
　◇「浮き世草紙―女流時代小説傑作選」角川春樹事務所 2002 （ハルキ文庫）p167

八百万（畠中恵）
　◇「不思議の足跡」光文社 2007 （Kappa novels）p225
　◇「不思議の足跡」光文社 2011 （光文社文庫）p301

夜会（服部撫松）
　◇「新日本古典文学大系 明治編 1」岩波書店 2004 p211

夜会も終わりに（井上雅彦）
　◇「十月のカーニヴァル」光文社 2000 （カッパ・ノベルス）p347

屋我地島（里山るつ）
　◇「ハンセン病文学全集 8」皓星社 2006 p392

やがて静かに海は終わる（清水きよし）
　◇「「伊豆文学賞」優秀作品集 第16回」羽衣出版 2013 p211

やがてひたひたと満ちてくるのは（つきだまさし）
　◇「ハンセン病文学全集 7」皓星社 2004 p536

八神翁の遺産（太田忠司）
　◇「血文字パズル」角川書店 2003 （角川文庫）p61

焼かれた魚（小熊秀雄）
　◇「教えたくなる名短篇」筑摩書房 2014 （ちくま文庫）p271

夜間訓練（添田健一）
　◇「てのひら怪談―ビーケーワン怪談大賞傑作選 壬辰」ポプラ社 2012 （ポプラ文庫）p120

夜間飛行（柳寅成）
　◇「近代朝鮮文学日本語作品集1908〜1945 セレクション 4」緑蔭書房 2008 p471

夜帰（成島柳北）
　◇「新日本古典文学大系 明治編 2」岩波書店 2004 p217

焼きおにぎり（宮木広由）
　◇「冷と温―第13回フェリシモ文学賞作品集」フェリシモ 2010 p40

やきかんごぶ（朱雀門出）
　◇「男たちの怪談百物語」メディアファクトリー 2012 （〔幽BOOKS〕）p118

山羊経（町田康）
　◇「12星座小説集」講談社 2013 （講談社文庫）p237

山羊座の友人（乙一）
　◇「メアリー・スーを殺して―幻夢コレクション」朝日新聞出版 2016 p27

やぎさん社会の郵便改革（小林剛）
　◇「ショートショートの広場 17」講談社 2005 （講談社文庫）p34

柳下家の真理（大下宇陀児）
　◇「探偵くらぶ―探偵小説傑作選1946〜1958 上」光文社 1997 （カッパ・ノベルス）p69

八木為三郎老人壬生ばなし（子母沢寛）
　◇「新選組読本」光文社 2003 （光文社文庫）p129

焼き鳥とクラリネット（佐伯一麦）
　◇「極上掌篇小説」角川書店 2006 p99
　◇「ひと粒の宇宙」角川書店 2009 （角川文庫）p99

やきとり鳥吉（大沼紀子）
　◇「明日町こんぺいとう商店街―招きうさぎと六軒の物語 2」ポプラ社 2014 （ポプラ文庫）p195

焼肉屋のゆううつな夏（山崎洋子）
　◇「黒衣のモニュメント」光文社 2000 （光文社文庫）p375

山羊の足（葉越晶）
　◇「てのひら怪談―ビーケーワン怪談大賞傑作選 庚寅」ポプラ社 2010 （ポプラ文庫）p182

詩集 山羊の歌（中原中也）
　◇「新装版 全集現代文学の発見 13」學藝書林 2004 p168

山羊の歌／在りし日の歌（中原中也）
　◇「日本近代文学に描かれた「恋愛」」牧野出版 2001 p161
　◇「月のものがたり」ソフトバンククリエイティブ 2006 p18

焼きはまぐり（石井桃子）
　◇「精選女性随筆集 8」文藝春秋 2012 p31

焼き蛤（金子みすゞ）
　◇「てのひら怪談―ビーケーワン怪談大賞傑作選 2」ポプラ社 2007 p54
　◇「てのひら怪談―ビーケーワン怪談大賞傑作選 己

丑」ポプラ社 2009 （ポプラ文庫）p50

柳生一族（松本清張）
◇「七人の十兵衛―傑作時代小説」PHP研究所 2007（PHP文庫）p7

柳生隠密記（中村豊秀）
◇「柳生秘剣伝奇」勉誠出版 2002 （べんせいライブラリー）p149

柳生くノ一（小山龍太郎）
◇「柳生秘剣伝奇」勉誠出版 2002 （べんせいライブラリー）p113

柳生五郎右衛門（柴田錬三郎）
◇「柳生一族―剣豪列伝」廣済堂出版 1998 （廣済堂文庫）p5
◇「柳生の剣、八番勝負」廣済堂出版 2009 （廣済堂文庫）p5

柳生刺客状（隆慶一郎）
◇「剣よ月下に舞え」光風社出版 2001 （光風社文庫）p209
◇「軍師の生きざま―短篇小説集」作品社 2008 p193

柳生刺客状―柳生宗矩（隆慶一郎）
◇「軍師の生きざま」実業之日本社 2013 （実業之日本社文庫）p239

柳生十兵衛（山岡荘八）
◇「日本剣客伝 江戸篇」朝日新聞出版 2012 （朝日文庫）p9

柳生十兵衛七番勝負（津本陽）
◇「代表作時代小説 平成15年度」光風社出版 2003 p101

柳生十兵衛の眼（新宮正春）
◇「七人の十兵衛―傑作時代小説」PHP研究所 2007（PHP文庫）p121

野球少年遊戯（寺山修司）
◇「ちくま日本文学 6」筑摩書房 2007 （ちくま文庫）p179

柳生石舟斎宗厳（津本陽）
◇「人物日本剣豪伝 1」学陽書房 2001 （人物文庫）p87

柳生友矩の歯（新宮正春）
◇「柳生一族―剣豪列伝」廣済堂出版 1998 （廣済堂文庫）p175
◇「落日の兜刃―時代アンソロジー」祥伝社 1998 （ノン・ポシェット）p141
◇「柳生の剣、八番勝負」廣済堂出版 2009 （廣済堂文庫）p173

柳生の鬼（隆慶一郎）
◇「柳生秘剣伝奇」勉誠出版 2002 （べんせいライブラリー）p1
◇「七人の十兵衛―傑作時代小説」PHP研究所 2007（PHP文庫）p87

柳生の金魚（山岡荘八）
◇「柳生一族―剣豪列伝」廣済堂出版 1998 （廣済堂文庫）p219
◇「柳生の剣、八番勝負」廣済堂出版 2009 （廣済堂文庫）p217

柳生の五郎左（村雨退二郎）
◇「柳生秘剣伝奇」勉誠出版 2002 （べんせいライブ

ラリー）p93

柳生の宿（白井喬二）
◇「柳生一族―剣豪列伝」廣済堂出版 1998 （廣済堂文庫）p99
◇「柳生の剣、八番勝負」廣済堂出版 2009 （廣済堂文庫）p97

柳生宗矩（津本陽）
◇「柳生秘剣伝奇」勉誠出版 2002 （べんせいライブラリー）p33

柳生宗矩・十兵衛（赤木駿介）
◇「人物日本剣豪伝 2」学陽書房 2001 （人物文庫）p157

柳生流の書類（正岡子規）
◇「新日本古典文学大系 明治編 27」岩波書店 2003 p312

柳生連也斎（伊藤桂一）
◇「人物日本剣豪伝 3」学陽書房 2001 （人物文庫）p145

柳生連也斎（五味康祐）
◇「冒険の森へ―傑作小説大全 2」集英社 2016 p95

柳生連也斎（戸部新十郎）
◇「柳生一族―剣豪列伝」廣済堂出版 1998 （廣済堂文庫）p151
◇「柳生の剣、八番勝負」廣済堂出版 2009 （廣済堂文庫）p149

夜業車夫（松原岩五郎）
◇「新日本古典文学大系 明治編 30」岩波書店 2009 p285

夜勤業務の耳（神村実希）
◇「てのひら怪談―ビーケーワン怪談大賞傑作選 壬辰」ポプラ社 2012 （ポプラ文庫）p154

夜勤の心得（西村風池）
◇「てのひら怪談―ビーケーワン怪談大賞傑作選 百怪繚乱篇」ポプラ社 2008 p218

厄（松本楽志）
◇「てのひら怪談―ビーケーワン怪談大賞傑作選 2」ポプラ社 2007 p42
◇「てのひら怪談―ビーケーワン怪談大賞傑作選 己丑」ポプラ社 2009 （ポプラ文庫）p180

役（安西冬衛）
◇「新装版 全集現代文学の発見 13」學藝書林 2004 p14

薬剤師とヤクザ医師の長い夜―QED（椹野道流）
◇「QED鏡家の薬屋探偵―メフィスト賞トリビュート」講談社 2010 （講談社ノベルス）p129

薬菜飯店（筒井康隆）
◇「たんときれいに召し上がれ―美食文学精選」芸術新聞社 2015 p69

譯詩集に寄せて（李光洙）
◇「近代朝鮮文学日本語作品集1908～1945 セレクション 5」緑蔭書房 2008 p349

譯詩二題（趙薫）
◇「近代朝鮮文学日本語作品集1939～1945 創作篇 6」緑蔭書房 2001 p82

役者魂（須月研児）

やくし

◇「ショートショートの広場 19」講談社 2007（講談社文庫）p216

役者の化物（水戸城仙）
◇「捕物時代小説選集 3」春陽堂書店 2000（春陽文庫）p172

役所の門―衙門口（野川隆）
◇「〈外地〉の日本語文学選 2」新宿書房 1996 p182

薬草取（泉鏡花）
◇「文豪山怪奇譚―山の怪談名作選」山と渓谷社 2016 p101

薬草の栽培法（星新一）
◇「忠臣蔵コレクション 2」河出書房新社 1998（河出文庫）p105

約束（石川友也）
◇「全作家短編小説集 8」全作家協会 2009 p44

約束（栗山竜司）
◇「泣ける！北海道」泰文堂 2015（リンダパブリッシャーズの本）p97

約束（小池真理子）
◇「いつか心の奥へ―小説推理傑作選」双葉社 1997 p65
◇「冥界プリズン」光文社 1999（光文社文庫）p161

約束（瀬戸内寂聴）
◇「文学 2009」講談社 2009 p15

約束（湊かなえ）
◇「Story Seller annex」新潮社 2014（新潮文庫）p305

約束（宮本紀子）
◇「代表作時代小説 平成26年度」光文社 2014 p33

約束（村山由佳）
◇「短編工場」集英社 2012（集英社文庫）p385

約束（森山東）
◇「物語のルミナリエ」光文社 2011（光文社文庫）p269

約束（夢乃鳥子）
◇「てのひら怪談―ビーケーワン怪談大賞傑作選 庚寅」ポプラ社 2010（ポプラ文庫）p146

約束だけ（鈴江俊郎）
◇「ドラマの森 2009」西日本劇作家の会 2008（西日本戯曲選）p165

やくそく―涙をこえて（宮国敏弘）
◇「最新中学校創作脚本集 2010」晩成書房 2010 p134

約束の書（大黒天半太）
◇「リトル・リトル・クトゥルー―史上最小の神話小説集」学習研究社 2009 p104

約束の虹（河野アサ）
◇「全作家短編小説集 6」全作家協会 2007 p225

約束の日（速瀬れい）
◇「櫻憑き」光文社 2001（カッパ・ノベルス）p97

約束のまだ途中（加藤千恵）
◇「ラブソングに飽きたら」幻冬舎 2015（幻冬舎文庫）p7

約束の指（久美沙織）

危険な関係（女流ミステリー傑作選）
◇「危険な関係―女流ミステリー傑作選」角川春樹事務所 2002（ハルキ文庫）p195

約束は今も届かなくて（吉野万理子）
◇「あのころの、」実業之日本社 2012（実業之日本社文庫）p95

役たたず（遠藤周作）
◇「人間みな病気」ランダムハウス講談社 2007 p57

役立たず（青山七恵）
◇「文学 2011」講談社 2011 p205

役に立った前科（沢村貞子）
◇「精選女性随筆集 12」文藝春秋 2012 p229

厄払い（徳田秋聲）
◇「天変動く大震災と作家たち」インパクト出版会 2011（インパクト選書）p69

厄病神（菊地秀行）
◇「未来妖怪」光文社 2008（光文社文庫）p405

役不足（正岡子規）
◇「新日本古典文学大系 明治編 27」岩波書店 2003 p183

薬包紙に Ⅲ（長浜清）
◇「ハンセン病文学全集 7」皓星社 2004 p100

役回り（タキガワ）
◇「超短編の世界 vol.3」創英社 2011 p76

八雲作品 背後の世界―小泉セツと作家の妻の役割（出久根達郎）
◇「松江怪談―新作怪談 松江物語」今井印刷 2015 p69

やぐらの上の雨女（竹内伸一）
◇「ショートショートの花束 1」講談社 2009（講談社文庫）p124

薬令市（許南麒）
◇「〈在日〉文学全集 2」勉誠出版 2006 p83

焼跡のイエス（石川淳）
◇「百年小説」ポプラ社 2008 p937
◇「コレクション戦争と文学 10」集英社 2012 p20
◇「日本近代短篇小説選 昭和篇2」岩波書店 2012（岩波文庫）p45
◇「日本文学全集 19」河出書房新社 2016 p7

焼け跡のホームランボール（尾西兼一）
◇「テレビドラマ代表作選集 2003年版」日本脚本家連盟 2003 p53

夜景（朴東一）
◇「近代朝鮮文学日本語作品集1908～1945 セレクション 6」緑蔭書房 2008 p26

夜警（青山真治）
◇「文学 2007」講談社 2007 p205

夜警（青山智樹）
◇「ロボットの夜」光文社 2000（光文社文庫）p189

夜警（永子）
◇「超短編の世界」創英社 2008 p100

夜警（小里清）
◇「フラジャイル・ファクトリー戯曲集 2」晩成書房 2008 p113

夜警（長田幹彦）

◇「天変動く 大震災と作家たち」インパクト出版会 2011（インパクト選書）p169

やけた線路の上の死体（有栖川有栖）
◇「無人踏切―鉄道ミステリー傑作選」光文社 2008（光文社文庫）p237

火傷（グリーンドルフィン）
◇「てのひら怪談―ビーケーワン怪談大賞傑作集」ポプラ社 2007 p64
◇「てのひら怪談―ビーケーワン怪談大賞傑作集」ポプラ社 2008（ポプラ文庫）p64

火傷と根付（矢内りんご）
◇「てのひら怪談―ビーケーワン怪談大賞傑作集」ポプラ社 2007 p66
◇「てのひら怪談―ビーケーワン怪談大賞傑作集」ポプラ社 2008（ポプラ文庫）p66

焼け残った手紙（深山顕彦）
◇「リトル・リトル・クトゥルー―史上最小の神話小説集」学習研究社 2009 p188

野犬狩り（篠田節子）
◇「現代の小説 1998」徳間書店 1998 p147
◇「最新「珠玉推理」大全 下」光文社 1998（カッパ・ノベルス）p120
◇「闇夜の芸術祭」光文社 2003（光文社文庫）p165

野犬と女優（御手洗徹）
◇「犬のミステリー」河出書房新社 1999（河出文庫）p89

薬研堀の猫（平岩弓枝）
◇「大江戸猫三昧―時代小説傑作選」徳間書店 2004（徳間文庫）p283

夜行（加門七海）
◇「おぞけ―ホラー・アンソロジー」祥伝社 1999（祥伝社文庫）p47

夜光鬼（高橋克彦）
◇「代表作時代小説 平成9年度」光風社出版 1997 p235
◇「春宵濡れ髪しぐれ―時代小説傑作選」講談社 2003（講談社文庫）p183

夜行巡査（泉鏡花）
◇「近代小説〈都市〉を読む」双文社出版 1999 p23
◇「明治深刻悲惨小説集」講談社 2016（講談社文芸文庫）p51

夜光虫（志樹逸馬）
◇「ハンセン病文学全集 7」皓星社 2004 p320

夜光虫（蓮見圭一）
◇「コレクション戦争と文学 8」集英社 2011 p721

夜行列車（李春穆）
◇「〈在日〉文学全集 16」勉誠出版 2006 p55

夜行列車（風間一輝）
◇「悲劇の臨時列車―鉄道ミステリー傑作選」光文社 1998（光文社文庫）p163

野菜談義（三木裕）
◇「ショートショートの広場 10」講談社 2000（講談社文庫）p235

八坂神会（菊池三渓）
◇「新日本古典文学大系 明治編 1」岩波書店 2004 p258

矢崎麗夜の夢日記（矢崎存美）
◇「喜劇綺劇」光文社 2009（光文社文庫）p261

やさしいあくま（竜王町青年学級人形劇コース）
◇「われらが青年団 人形劇脚本集」文芸社 2008 p79

やさしいお願い（樹下太郎）
◇「謎のギャラリー 特別室 1」マガジンハウス 1998 p145
◇「謎のギャラリー―こわい部屋」新潮社 2002（新潮文庫）p135
◇「こわい部屋」筑摩書房 2012（ちくま文庫）p135

やさしい風（瀬下耽）
◇「甦る「幻影城」 2」角川書店 1997（カドカワ・エンタテインメント）p33

優しい風（水沢いおり）
◇「気配―第10回フェリシモ文学賞作品集」フェリシモ 2007 p126

やさしい風の道（道尾秀介）
◇「あの日、君と Girls」集英社 2012（集英社文庫）p199

やさしい気持ち（狗飼恭子）
◇「Love songs」幻冬舎 1998 p165

優しい侍（東秀紀）
◇「異色歴史短篇傑作大全」講談社 2003 p95

やさしい死神（大倉崇裕）
◇「本格ミステリ 2002」講談社 2002（講談社ノベルス）p425
◇「死神と雷鳴の暗号―本格短編ベスト・セレクション」講談社 2006（講談社文庫）p79

やさしい背中（山田あかね）
◇「オトナの片思い」角川春樹事務所 2007 p59
◇「オトナの片思い」角川春樹事務所 2009（ハルキ文庫）p59

優しいたましいは埋葬できない（知念榮喜）
◇「沖縄文学選―日本文学のエッジからの問い」勉誠出版 2003 p282

やさしい手（大家紀代美）
◇「たびだち―フェリシモしあわせショートショート」フェリシモ 2000 p19

優しい人（湊かなえ）
◇「宝石ザミステリー 2014冬」光文社 2014 p35
◇「悪意の迷路」光文社 2016（最新ベスト・ミステリー）p403

やさしいひとがいた村の話（當間春也）
◇「ショートショートの花束 4」講談社 2012（講談社文庫）p158

優しい坊や（東雲鷹文）
◇「ショートショートの広場 19」講談社 2007（講談社文庫）p60

やさしい雪に（天野涼文）
◇「ショートショートの広場 13」講談社 2002（講談社文庫）p160

詩集 優しき歌II（立原道造）
◇「新装版 全集現代文学の発見 14」學藝書林 2005 p451

やさし

やさしき法律（李正子）
◇「〈在日〉文学全集 17」勉誠出版 2006 p306
優しき夢も（姜信哲）
◇「近代朝鮮文学日本語作品集1908〜1945 セレクション 4」緑蔭書房 2008 p93
やさしさについて（倉橋由美子）
◇「精選女性随筆集 3」文藝春秋 2012 p205
優しさは、海（李起昇）
◇「〈在日〉文学全集 12」勉誠出版 2006 p179
八皿人形流し（佐々木悦）
◇「山形県文学全集第2期(随筆・紀行編) 6」郷土出版社 2005 p58
弥次喜多（正岡子規）
◇「新日本古典文学大系 明治編 27」岩波書店 2003 p24
椰子の実（飯野文彦）
◇「トロピカル」廣済堂出版 1999 （廣済堂文庫）p433
◇「自選ショート・ミステリー」講談社 2001 （講談社文庫）p180
椰子の葉蔭（島崎藤村）
◇「明治の文学 16」筑摩書房 2002 p77
矢島柳堂（志賀直哉）
◇「ちくま日本文学 21」筑摩書房 2008 （ちくま文庫）p281
夜叉鴉（船戸与一）
◇「歴史の息吹」新潮社 1997 p147
◇「時代小説一読切御免 1」新潮社 2004 （新潮文庫）p209
夜叉御前（山岸凉子）
◇「鬼譚」筑摩書房 2014 （ちくま文庫）p119
椰子・椰子 冬（抄）（川上弘美）
◇「文豪てのひら怪談」ポプラ社 2009 （ポプラ文庫）p62
夜叉神峠の一族（秋月達郎）
◇「傑作・推理ミステリー10番勝負」永岡書店 1999 p157
夜叉神堂の男（杉本苑子）
◇「人肉嗜食」筑摩書房 2001 （ちくま文庫）p93
夜叉姫（中村晃）
◇「怪奇・伝奇時代小説選集 12」春陽堂書店 2000 （春陽文庫）p138
夜襲（アンデルセン著, 森鷗外訳）
◇「新日本古典文学大系 明治編 25」岩波書店 2004 p295
野獣死すべし（大藪春彦）
◇「冒険の森へ—傑作小説大全 3」集英社 2016 p361
野獣主義提唱とその不完成なる理論（その1）（金熙明）
◇「近代朝鮮文学日本語作品集1901〜1938 評論・随筆篇 1」緑蔭書房 2004 p77
社の雪（可児佑）
◇「ゆきのまち幻想文学賞小品集 10」企画集団ぷりずむ 2001 p90

安井息軒の宇宙観（山路愛山）
◇「新日本古典文学大系 明治編 26」岩波書店 2002 p398
安井息軒の「弁妄」（一）（山路愛山）
◇「新日本古典文学大系 明治編 26」岩波書店 2002 p382
安井息軒の「弁妄」（二）（山路愛山）
◇「新日本古典文学大系 明治編 26」岩波書店 2002 p385
安井息軒の「弁妄」（三）（山路愛山）
◇「新日本古典文学大系 明治編 26」岩波書店 2002 p388
安井夫人（森鷗外）
◇「ちくま日本文学 17」筑摩書房 2008 （ちくま文庫）p220
保吉の手帳から（芥川龍之介）
◇「不思議の扉 午後の教室」角川書店 2011 （角川文庫）p235
靖国越え（間零）
◇「立川文学 1」けやき出版 2011 p337
靖国神社での話（加門七海）
◇「女たちの怪談百物語」メディアファクトリー 2010 〔幽books〕p161
◇「女たちの怪談百物語」KADOKAWA 2014 （角川ホラー文庫）p165
弥助（森敦）
◇「戦後短篇小説再発見 7」講談社 2001 （講談社文芸文庫）p199
やすぶしん（柄澤昌幸）
◇「吟醸掌篇—召しませ短篇小説 vol.1」けいこう舎 2016 p29
安兵衛の血（君条文則）
◇「蒼茫の海」桃園書房 2001 （桃園文庫）p211
安ホテル（宇佐美まこと）
◇「女たちの怪談百物語」メディアファクトリー 2010 〔幽books〕p104
◇「女たちの怪談百物語」KADOKAWA 2014 （角川ホラー文庫）p110
やすらひ（飯崎吐詩朗）
◇「ハンセン病文学全集 8」皓星社 2006 p68
安らぎを得て（高杉美智子）
◇「ハンセン病文学全集 4」皓星社 2003 p463
野性の女（細島喜美）
◇「サンカの民を追って—山窩小説傑作選」河出書房新社 2015 （河出文庫）p212
野生の幻影（作者表記なし）
◇「新装版 全集現代文学の発見 8」學藝書林 2003 p573
痩せる石鹸（星野良一）
◇「ショートショートの広場 20」講談社 2008 （講談社文庫）p128
夜窓鬼談（抄）（石川鴻斎）
◇「新日本古典文学大系 明治編 3」岩波書店 2005 p263
夜想曲（菊地秀行）
◇「京都宵」光文社 2008 （光文社文庫）p349

夜想曲炎上（はやみかつとし）
　◇「超短編の世界 vol.3」創英社 2011 p186

耶蘇教徒の態度（山路愛山）
　◇「新日本古典文学大系 明治編 26」岩波書店 2002 p435

八十島（やそしま）なるなる（司馬遼太郎）
　◇「日本舞踊舞踊劇選集」西川会 2002 p429

屋台の客（東郷隆）
　◇「魍魎魑魅列島」小学館 2005 （小学館文庫）p107

矢田五郎右衛門（西村忠美）
　◇「定本・忠臣蔵四十七人集」双葉社 1998 p162

野鳥の森（間瀬純子）
　◇「Fの肖像―フランケンシュタインの幻想たち」光文社 2010 （光文社文庫）p203

夜枕合戦（岸本佐知子）
　◇「北村薫のミステリー館」新潮社 2005 （新潮文庫）p45

家賃値下運動〈五場〉（金子洋文）
　◇「新・プロレタリア文学精選集 12」ゆまに書房 2004 p1

奴さん（高橋義夫）
　◇「捨て子稲荷―時代アンソロジー」祥伝社 1999 （祥伝社文庫）p33

やっこらしょ、どっこいしょ（服部公一）
　◇「山形県文学全集第2期〔随筆・紀行編〕4」郷土出版社 2005 p298

八辻ケ原（峰隆一郎）
　◇「素浪人横丁一人情時代小説傑作選」新潮社 2009 （新潮文庫）p155

やっちまった！（十色亮一）
　◇「ショートショートの広場 12」講談社 2001 （講談社文庫）p26

やっておくれな（早見俊）
　◇「大江戸「町」物語」宝島社 2013 （宝島社文庫）p273

やって来た男（白石一郎）
　◇「捨て子稲荷―時代アンソロジー」祥伝社 1999 （祥伝社文庫）p313

やっと君のことが好きなんだって判ったよ≫好きな人（布施円）
　◇「日本人の手紙 4」リブリオ出版 2004 p139

八つ葉のクローバー（鎌田直子）
　◇「君を忘れない―恋愛短篇小説集」泰文堂 2012 （リンダブックス）p210

やっぱり男の世界だわ！　一～三（李石薫）
　◇「近代朝鮮文学日本語作品集1901～1938 創作篇 2」緑蔭書房 2004 p357

やっぱり結局（竹内郁深）
　◇「超短編傑作選 v.6」創英社 2007 p111

やっぱりパパイヤ（阿部順）
　◇「高校演劇Selection 2002 上」晩成書房 2002 p51

奴等の力（大杉栄）
　◇「蘇らぬ朝「大逆事件」以後の文学」インパクト出版会 2010 （インパクト選書）p7

八つ話会（飯野文彦）
　◇「変化―書下ろしホラー・アンソロジー」PHP研究所 2000 （PHP文庫）p63

「夜刀浦領」異聞（朝松健）
　◇「秘神―闇の祝祭者たち」アスキー 1999 （アスペクトノベルス）p43

矢頭右衛門七（中沢堅夫）
　◇「定本・忠臣蔵四十七人集」双葉社 1998 p274

夜盗録（原田宗典）
　◇「誘惑の香り」講談社 1999 （講談社文庫）p37

宿かせと刀投げ出す雪吹哉―蕪村―（皆川博子）
　◇「江戸迷宮」光文社 2011 （光文社文庫）p521

やどかり（篠田節子）
　◇「白のミステリー―女性ミステリー作家傑作選」光文社 1997 p269
　◇「女性ミステリー作家傑作選 2」光文社 1999 （光文社文庫）p83

やどかりびと（諸田玲子）
　◇「代表作時代小説 平成23年度」光文社 2011 p331

やどぐるま（松原岩五郎）
　◇「新日本古典文学大系 明治編 30」岩波書店 2009 p289

やどなし犬（鈴木三重吉）
　◇「涙の百年文学―もう一度読みたい」太陽出版 2009 p36

宿の月（田中青滋）
　◇「日本舞踊舞踊劇選集」西川会 2002 p475

宿屋の改良（正岡子規）
　◇「新日本古典文学大系 明治編 27」岩波書店 2003 p409

宿屋めぐり（町田康）
　◇「文学 2002」講談社 2002 p144

ヤトラカン・サミ博士の椅子（牧逸馬）
　◇「ひとりで夜読むな―新青年傑作選 怪奇編」角川書店 2001 （角川ホラー文庫）p5

やどりぎ（林みち子）
　◇「ハンセン病文学全集 8」皓星社 2006 p269

宿り木（桜井哲夫）
　◇「ハンセン病文学全集 7」皓星社 2004 p459

やどりびと（福澤徹三）
　◇「憑依」光文社 2010 （光文社文庫）p319

谷中おぼろ町（森まゆみ）
　◇「恋する男たち」朝日新聞社 1999 p213

谷中清水町（大正十二年）（折口信夫）
　◇「ちくま日本文学 25」筑摩書房 2008 （ちくま文庫）p11

谷中の美術館（水沫流人）
　◇「男たちの怪談百物語」メディアファクトリー 2012 （幽BOOKS）p69

谷中の亡びはまさに日本の亡びなり≫逸見斧吉・菊枝子（田中正造）
　◇「日本人の手紙 10」リブリオ出版 2004 p32

柳川さん（幸田文）

やなき

◇「ちくま日本文学 5」筑摩書房 2007 （ちくま文庫） p354

柳行李（古川時夫）
◇「ハンセン病文学全集 7」皓星社 2004 p370

柳沢殿の内意（南條範夫）
◇「忠臣蔵コレクション 2」河出書房新社 1998 （河出文庫） p261
◇「江戸三百年を読む―傑作時代小説 シリーズ江戸学 上」角川学芸出版 2009 （角川文庫） p239

柳田國男（長谷川四郎）
◇「戦後文学エッセイ選 2」影書房 2006 p27

柳田國男『遠野物語』―名著再発見（三島由紀夫）
◇「文豪怪談傑作選」筑摩書房 2007 （ちくま文庫） p245

柳田国男について（花田清輝）
◇「戦後文学エッセイ選 1」影書房 2005 p139

柳と燕―暴君最後の日（荒山徹）
◇「伝奇城―伝奇時代小説アンソロジー」光文社 2005 （光文社文庫） p481

やなぎの愚痴（金素雲）
◇「近代朝鮮文学日本語作品集1908～1945 セレクション 6」緑蔭書房 2008 p127

やなぎのなげき（金岸曙）
◇「近代朝鮮文学日本語作品集1908～1945 セレクション 4」緑蔭書房 2008 p319

柳橋小話（小杉健治）
◇「勝者の死にざま―時代小説選手権」新潮社 1998 （新潮文庫） p557

柳湯の事件（谷崎潤一郎）
◇「ペン先の殺意―文芸ミステリー傑作選」光文社 2005 （光文社文庫） p9
◇「小説乃湯―お風呂小説アンソロジー」角川書店 2013 （角川文庫） p29

柳は緑 花は紅（竹田真砂子）
◇「代表作時代小説 平成10年度」光風社出版 1998 p357
◇「地獄の無明剣―時代小説傑作選」講談社 2004 （講談社文庫） p427

家鳴（佐々木ゆう）
◇「ひとにぎりの異形」光文社 2007 （光文社文庫） p227

家鳴り（篠田節子）
◇「花迷宮」日本文芸社 2000 （日文文庫） p341

夜尿（車谷長吉）
◇「極上掌篇小説」角川書店 2006 p79
◇「ひと粒の宇宙」角川書店 2009 （角川文庫） p79

屋根（許南麒）
◇「〈在日〉文学全集 2」勉誠出版 2006 p118

屋根裏のアリス（本間祐）
◇「チャイルド」廣済堂出版 1998 （廣済堂文庫） p383

屋根裏の散歩者（有栖川有栖）
◇「名探偵登場！」ベストセラーズ 2004 （日本ミステリー名作館） p63
◇「江戸川乱歩に愛をこめて」光文社 2011 （光文社文庫） p85

屋根裏の散歩者（江戸川乱歩）
◇「新装版 全集現代文学の発見 16」學藝書林 2005 p94
◇「ちくま日本文学 7」筑摩書房 2008 （ちくま文庫） p141

屋根裏の同居者（三津田信三）
◇「悪意の迷路」光文社 2016 （最新ベスト・ミステリー） p381

屋根裏の法学士（宇野浩二）
◇「怠けものの話」筑摩書房 2011 （ちくま文学の森） p449
◇「日本近代短篇小説選 大正篇」岩波書店 2012 （岩波文庫） p207

屋根裏の乱歩者（芦辺拓）
◇「乱歩の幻影」筑摩書房 1999 （ちくま文庫） p297

屋根猩猩（恒川光太郎）
◇「謎の放課後―学校のミステリー」KADOKAWA 2013 （角川文庫） p223

屋根の上（紺詠志）
◇「てのひら怪談―ビーケーワン怪談大賞傑作選 壬辰」ポプラ社 2012 （ポプラ文庫） p208

屋根の上のサワン（井伏鱒二）
◇「二時間目国語」宝島社 2008 （宝島社文庫） p106

屋根の草（与謝野晶子）
◇「『新編』日本女性文学全集 4」菁柿堂 2012 p117

屋根の下の気象（日影丈吉）
◇「新編・日本幻想文学集成 1」国書刊行会 2016 p563

矢の津峠（金達寿）
◇「戦後短篇小説選―『世界』1946～1999 1」岩波書店 2000 p239
◇「戦後占領期短篇小説コレクション 5」藤原書店 2007 p63

夜馬車（山手樹一郎）
◇「彩四季・江戸慕情」光文社 2012 （光文社文庫） p103

夜半（鄭芝溶）
◇「近代朝鮮文学日本語作品集1908～1945 セレクション 4」緑蔭書房 2008 p162

夜半を過ぎて―煌夜祭前夜（多崎礼）
◇「C・N 25―C・novels創刊25周年アンソロジー」中央公論新社 2007 （C novels） p390

野蛮人（大鹿卓）
◇「コレクション戦争と文学 18」集英社 2012 p290

夜半亭有情（葉室麟）
◇「代表作時代小説 平成21年度」光文社 2009 p269

ヤープ（平山夢明）
◇「進化論」光文社 2006 （光文社文庫） p415

藪こうじ（徳田秋聲）
◇「被差別小説傑作集」河出書房新社 2016 （河出文庫） p11
◇「明治深刻悲惨小説集」講談社 2016 （講談社文芸文庫） p245

流鏑馬（立原正秋）
　◇「失われた空―日本人の涙と心の名作8選」新潮社
　　2014（新潮文庫）p291
藪三左衛門（津本陽）
　◇「小説『武士道』」三笠書房 2008（知的生きかた
　　文庫）p93
藪塚ヘビセンター（武田百合子）
　◇「小川洋子の偏愛短篇箱」河出書房新社 2009
　　p207
　◇「小川洋子の偏愛短篇箱」河出書房新社 2012（河
　　出文庫）p207
　◇「精選女性随筆集 5」文藝春秋 2012 p218
藪の鶯（三宅花圃）
　◇「〔新編〕日本女性文学全集 1」菁柿堂 2007 p6
藪の薩〈日本婦道記〉（山本周五郎）
　◇「信州歴史時代小説傑作集 5」しなのき書房 2007
　　p201
藪の中（芥川龍之介）
　◇「怪奇・伝奇時代小説選集 15」春陽堂書店 2000
　　（春陽文庫）p234
　◇「短編名作選―1885-1924 小説の曙」笠間書院
　　2003 p267
　◇「ちくま日本文学 2」筑摩書房 2007（ちくま文
　　庫）p145
　◇「文豪のミステリー小説」集英社 2008（集英社文
　　庫）p309
　◇「京都綺談」有楽出版社 2015 p33
藪の中の二人（古賀牧彦）
　◇「ショートショートの広場 9」講談社 1998（講
　　談社文庫）p96
破靴（山岸藪鶯）
　◇「天変動く大震災と作家たち」インパクト出版会
　　2011（インパクト選書）p41
破れた生簀（いけす）（田中万三記）
　◇「甦る推理雑誌 8」光文社 2003（光文社文庫）
　　p209
やぶれ弥五兵衛（池波正太郎）
　◇「くノ一、百華―時代小説アンソロジー」集英社
　　2013（集英社文庫）p7
　◇「決戦！ 大坂の陣」実業之日本社 2014（実業之
　　日本社文庫）p363
敗れる日（甲斐八郎）
　◇「ハンセン病に咲いた花―初期文芸名作選 戦後
　　編」皓星社 2002（ハンセン病叢書）p204
ヤポネシアの視点（島尾敏雄）
　◇「戦後文学エッセイ選 10」影書房 2007 p224
ヤポネシアの根っこ（島尾敏雄）
　◇「戦後文学エッセイ選 10」影書房 2007 p90
やぽんすきい・ぼおぐ―日本の神（石原吉郎）
　◇「新装版 全集現代文学の発見 13」學藝書林 2004
　　p403
山（浅見淵）
　◇「早稲田作家処女作集」講談社 2012（講談社文芸
　　文庫）p191
山（金時鐘）
　◇「〈在日〉文学全集 5」勉誠出版 2006 p202

やまあいの煙（重兼芳子）
　◇「現代秀作集」角川書店 1999（女性作家シリー
　　ズ）p83
病（正岡子規）
　◇「明治の文学 20」筑摩書房 2001 p102
　◇「ちくま日本文学 40」筑摩書房 2009（ちくま文
　　庫）p9
病をはこぶもの（井上雅彦）
　◇「SF宝石―すべて新作読み切り！ 2015」光文社
　　2015 p292
山犬剣法（伊藤桂一）
　◇「信州歴史時代小説傑作集 3」しなのき書房 2007
　　p27
山へ（安西玄）
　◇「全作家短編集 15」のべる出版企画 2016 p67
山へ登る（尾崎孝子）
　◇「日本統治期台湾文学集成 15」緑蔭書房 2003
　　p315
山を生きて（佐々木ゆう）
　◇「立川文学 2」けやき出版 2012 p85
山岡鉄舟（豊田穣）
　◇「人物日本剣豪伝 5」学陽書房 2001（人物文庫）
　　p37
山奥ガール（友井羊）
　◇「『このミステリーがすごい！』大賞作家書き下ろ
　　しBOOK vol.11」宝島社 2015 p95
山奥の奇妙なやつ（夢枕獏）
　◇「冒険の森へ―傑作小説大全 17」集英社 2015
　　p102
山を越えていくもの（神保光太郎）
　◇「『日本浪曼派』集」新学社 2007（新学社近代浪
　　漫派文庫）p52
山をつゝむ…（白鷗）
　◇「近代朝鮮文学日本語作品集1908～1945 セレクショ
　　ン 6」緑蔭書房 2008 p69
山男の四月（平野直）
　◇「学校放送劇舞台劇脚本集―宮沢賢治名作童話」
　　東洋書院 2008 p45
山男は山に住む者（柳田國男）
　◇「文豪怪談傑作選 柳田國男集」筑摩書房 2007
　　（ちくま文庫）p14
山火事（松村進吉）
　◇「男たちの怪談百物語」メディアファクトリー
　　2012（〔幽BOOKS〕）p57
山形（志賀直哉）
　◇「山形県文学全集第1期〔小説編〕 1」郷土出版社
　　2004 p173
山形県小松（井上マス）
　◇「山形県文学全集第2期〔随筆・紀行編〕 2」郷土出版社
　　2005 p245
山形県巡講第二回日誌（置賜、最上、庄内地
　方）（井上円了）
　◇「山形県文学全集第2期〔随筆・紀行編〕 1」郷土出版
　　社 2005 p160
山形県最上地方の風土と伝説（大友義助）
　◇「山形県文学全集第2期〔随筆・紀行編〕 6」郷土出版

やまか

社 2005 p344

山形中学校（新関岳雄）
◇「山形県文学全集第2期（随筆・紀行編）4」郷土出版社 2005 p94

山形の鷗外（斎藤利世）
◇「山形県文学全集第2期（随筆・紀行編）5」郷土出版社 2005 p260

山神の嫁（櫻井文規）
◇「てのひら怪談―ビーケーワン怪談大賞傑作選 庚寅」ポプラ社 2010（ポプラ文庫）p36

山雀（伊藤桂一）
◇「秘剣闇を斬る」光風社出版 1998（光風社文庫）p91

山から都へ来た将軍（清水義範）
◇「信州歴史時代小説傑作集 1」しなのき書房 2007 p5

山北飢談（黒史郎）
◇「怪談列島ニッポン―書き下ろし諸国奇談競作集」メディアファクトリー 2009（MF文庫）p157

山霧（栗生楽泉園高原短歌会）
◇「ハンセン病文学全集 8」皓星社 2006 p262

山國便り（上）（下）（韓榮淑）
◇「近代朝鮮文学日本語作品集1901～1938 評論・随筆篇 3」緑蔭書房 2004 p25

山国の新平民（島崎藤村）
◇「被差別小説傑作集」河出書房新社 2016（河出文庫）p87

山國の旅（香山光郎）
◇「近代朝鮮文学日本語作品集1939～1945 評論・随筆篇 3」緑蔭書房 2002 p295

山桑（伊藤比呂美）
◇「感じて。息づかいを。―恋愛小説アンソロジー」光文社 2005（光文社文庫）p129

山小屋（田沢五月）
◇「ふしぎ日和―「季節風」書き下ろし短編集」イングロー 2015（すこし不思議文庫）p209

山小屋剣法（伊藤桂一）
◇「花ごよみ夢一夜」光風社出版 2001（光風社文庫）p55

山小屋でのこと（長島槇子）
◇「女たちの怪談百物語」メディアファクトリー 2010（〔幽books〕）p191
◇「女たちの怪談百物語」KADOKAWA 2014（角川ホラー文庫）p195

ヤマザキ（筒井康隆）
◇「歴史小説の世紀 地の巻」新潮社 2000（新潮文庫）p655

山桜（石川淳）
◇「暗黒のメルヘン」河出書房新社 1998（河出文庫）p73
◇「櫻憑き」光文社 2001（カッパ・ノベルス）p337

山桜（藤沢周平）
◇「血汐花に涙降る」光風社出版 1999（光風社文庫）p111

山桜誌に寄せて（森田竹次）
◇「ハンセン病文学全集 5」皓星社 2010 p13

仐（ヤマサ）の愛妾（島崎藤村）
◇「明治の文学 16」筑摩書房 2002 p180

山路（趙容萬）
◇「近代朝鮮文学日本語作品集1908～1945 セレクション 4」緑蔭書房 2008 p187

小説 山路（吉村敏）
◇「日本統治期台湾文学集成 6」緑蔭書房 2002 p175

やましい三人（秋口ぎぐる）
◇「ブラックミステリーズ―12の黒い謎をめぐる219の質問」KADOKAWA 2015（角川文庫）p153

山科西野山村（千野隆司）
◇「異色忠臣蔵大傑作集」講談社 1999 p279

山科の記憶（志賀直哉）
◇「京都府文学全集第1期（小説編）1」郷土出版社 2005 p456
◇「丸谷才一編・花柳小説傑作選」講談社 2013（講談社文芸文庫）p273

山背吹く（乃南アサ）
◇「紫迷宮―ミステリー・アンソロジー」祥伝社 2002（祥伝社文庫）p7

山田浅右衛門覚書―目あき首（原里佳）
◇「松江怪談―新作怪談 松江物語」今井印刷 2015 p16

山高帽子（内田百閒）
◇「ちくま日本文学 1」筑摩書房 2007（ちくま文庫）p107

山田さんのこと（水沫流人）
◇「男たちの怪談百物語」メディアファクトリー 2012（〔幽BOOKS〕）p103

山寺（水上勉）
◇「京都府文学全集第1期（小説編）6」郷土出版社 2005 p30

山寺獨夜（韓龍雲）
◇「近代朝鮮文学日本語作品集1908～1945 セレクション 6」緑蔭書房 2008 p17

山寺の春（金鳳元）
◇「近代朝鮮文学日本語作品集1908～1945 セレクション 3」緑蔭書房 2008 p397

山寺の人々（李光洙）
◇「近代朝鮮文学日本語作品集1939～1945 創作篇 2」緑蔭書房 2001 p145

山藤孝一の『笑っちゃだめヨ!!』（牧野修）
◇「喜劇綺劇」光文社 2009（光文社文庫）p475

大和心（泉鏡花）
◇「日本の少年小説―「少国民」のゆくえ」インパクト出版会 2016（インパクト選書）p10

やまと健男（依田柳枝子）
◇「天変動く 大震災と作家たち」インパクト出版会 2011（インパクト選書）p52

ヤマトフの逃亡（山田風太郎）
◇「剣光闇を裂く」光風社出版 1997（光風社文庫）p75

山と水は媚る（一）～（四）―短い紀行その他（石薫生）
◇「近代朝鮮文学日本語作品集1901～1938 評論・随筆

篇 3」緑蔭書房 2004 p103

山鳥の径 (品川清)
◇「ハンセン病文学全集 7」皓星社 2004 p43

止まない雨 (暮木椎哉)
◇「てのひら怪談—ビーケーワン怪談大賞傑作選」
ポプラ社 2007 p202
◇「てのひら怪談—ビーケーワン怪談大賞傑作選」
ポプラ社 2008 (ポプラ文庫) p212

やまなし (宮沢賢治)
◇「くだものだもの」ランダムハウス講談社 2007
p147
◇「ちくま日本文学 3」筑摩書房 2007 (ちくま文
庫) p344
◇「いきものがたり」双文社出版 2013 p121
◇「もう一度読みたい教科書の泣ける名作」学研教
育出版 2013 p67
◇「近代童話 (メルヘン) と賢治」おうふう 2014
p134

山梨總督を迎へるに際して (李北満)
◇「近代朝鮮文学日本語作品集1901〜1938 評論・随筆
篇 1」緑蔭書房 2004 p121

山なし (朗読用) (平野直)
◇「学校放送劇舞台劇脚本集—宮沢賢治名作童話」
東洋書院 2008 p135

山鳴り (松谷健二)
◇「山形県文学全集第2期 (随筆・紀行編) 6」郷土出版
社 2005 p67

山鳴る里 (長谷部弘明)
◇「てのひら怪談—ビーケーワン怪談大賞傑作選 2」
ポプラ社 2007 p96

山に埋 (うず) もれたる人生ある事 (柳田國男)
◇「ちくま日本文学 15」筑摩書房 2008 (ちくま文
庫) p113

「山」について (浅見淵)
◇「早稲田作家処女作集」講談社 2012 (講談社文芸
文庫) p200

山にて (松村永渉)
◇「近代朝鮮文学日本語作品集1908〜1945 セレクショ
ン 4」緑蔭書房 2008 p481

山になる (鈴木紀子)
◇「回転ドアから」全作家協会 2015 (全作家短編
集) p57

山に登る (萩原朔太郎)
◇「ちくま日本文学 36」筑摩書房 2009 (ちくま文
庫) p109

山に向ひて (上忠司)
◇「日本統治期台湾文学集成 18」緑蔭書房 2003
p234

山ねこおことわり (あまんきみこ)
◇「朗読劇台本集 5」玉川大学出版部 2002 p121

短篇小説 山の憩ひ (鄭飛石)
◇「近代朝鮮文学日本語作品集1939〜1945 創作篇 5」
緑蔭書房 2001 p61

山の上の交響楽 (中井紀夫)
◇「日本SF・名作集成 10」リブリオ出版 2005 p7
◇「てのひらの宇宙—星雲賞短編SF傑作選」東京創

元社 2013 (創元SF文庫) p233

山の上の春子 (青山七恵)
◇「ラブソングに飽きたら」幻冬舎 2015 (幻冬舎文
庫) p221

山の音 (川端康成)
◇「ちくま日本文学 26」筑摩書房 2008 (ちくま文
庫) p50

山の怪 (田中貢太郎)
◇「文豪山怪奇譚—山の怪談名作選」山と渓谷社
2016 p13

讀切小説 山の神々 (金史良)
◇「近代朝鮮文学日本語作品集1939〜1945 創作篇 4」
緑蔭書房 2001 p75

山の神々 (金史良)
◇「近代朝鮮文学日本語作品集1939〜1945 評論・随筆
篇 3」緑蔭書房 2002 p145

山の神に嫁入りすという事 (柳田國男)
◇「ちくま日本文学 15」筑摩書房 2008 (ちくま文
庫) p132

山之口貘詩集 (山之口貘)
◇「新装版 全集現代文学の発見 13」學藝書林 2004
p204

山の酒 (西脇順三郎)
◇「創刊一〇〇年三田文学名作選」三田文学会 2010
p587

山の幸 (葉山嘉樹)
◇「百年小説」ポプラ社 2008 p713

山の人生 (抄) (柳田國男)
◇「ちくま日本文学 15」筑摩書房 2008 (ちくま文
庫) p113

山の民—蜂起 (江馬修)
◇「新装版 全集現代文学の発見 12」學藝書林 2004
p8

山の太郎熊 (椋鳩十)
◇「『少年倶楽部』短篇選」講談社 2013 (講談社文
芸文庫) p227

短篇小説 山の父親 (新垣宏一)
◇「日本統治期台湾文学集成 22」緑蔭書房 2007
p333

山手線の日の丸 (戸板康二)
◇「悲劇の臨時列車—鉄道ミステリー傑作選」光文
社 1998 (光文社文庫) p259

山の手の子 (水上瀧太郎)
◇「創刊一〇〇年三田文学名作選」三田文学会 2010
p42
◇「三田文学短篇選」講談社 2010 (講談社文芸文
庫) p44
◇「日本近代短篇小説選 明治篇2」岩波書店 2013
(岩波文庫) p273

山の中の犬 (日明恩)
◇「地を這う捜査—「読楽」警察小説アンソロジー」
徳間書店 2015 (徳間文庫) p137

山の中のレストラン (白ひびき)
◇「てのひら怪談—ビーケーワン怪談大賞傑作選」
ポプラ社 2007 p176
◇「てのひら怪談—ビーケーワン怪談大賞傑作選」

やまの

ポプラ社 2008（ポプラ文庫）p184

山の端の月（中嶋隆）
◇「時代小説ザ・ベスト 2016」集英社 2016（集英社文庫）p151

山の火（新垣宏一）
◇「日本統治期台湾文学集成 6」緑蔭書房 2002 p373

山の秘密（岡本綺堂）
◇「サンカの民を追って―山窩小説傑作選」河出書房新社 2015（河出文庫）p89

山のヒーロー（森町歩）
◇「泣ける！ 北海道」泰文堂 2015（リンダパブリッシャーズの本）p19

山の筆（柳田國男）
◇「ちくま日本文学 15」筑摩書房 2008（ちくま文庫）p259

山の湯雑記（折口信夫）
◇「山形県文学全集第2期（随筆・紀行編）2」郷土出版社 2005 p96

山畠（森荘已池）
◇「消えた受賞作―直木賞編」メディアファクトリー 2004（ダ・ヴィンチ特別編集）p131

山鳩は今日も来ない（黒木謳子）
◇「日本統治期台湾文学集成 18」緑蔭書房 2003 p390

山彦（我妻俊樹）
◇「てのひら怪談―ビーケーワン怪談大賞傑作選 百怪繚乱篇」ポプラ社 2008 p60

山彦（黒木謳子）
◇「日本統治期台湾文学集成 18」緑蔭書房 2003 p483

「山びこ学校」訪問記（臼井吉見）
◇「山形県文学全集第2期（随筆・紀行編）3」郷土出版社 2005 p189

山人外伝資料（山男・山女・山丈・山姥・山童・山姫の話）（柳田國男）
◇「文豪山怪奇譚―山の怪談名作選」山と渓谷社 2016 p161

山人の研究（柳田國男）
◇「文豪怪談傑作選 柳田國男集」筑摩書房 2007（ちくま文庫）p16

やまびとのたより（野上彌生子）
◇「精選女性随筆集 10」文藝春秋 2012 p136

山姫（荻田安静）
◇「文豪てのひら怪談」ポプラ社 2009（ポプラ文庫）p182

山姫（日影丈吉）
◇「新編・日本幻想文学集成 1」国書刊行会 2016 p659

やまぶき（海坂他人）
◇「ショートショートの広場 15」講談社 2004（講談社文庫）p25

山吹（芥川龍之介）
◇「ちくま日本文学 2」筑摩書房 2007（ちくま文庫）p452

山吹（泉鏡花）

◇「ちくま日本文学 11」筑摩書房 2008（ちくま文庫）p183

山吹女房（山岡荘八）
◇「秘剣闇を斬る」光風社出版 1998（光風社文庫）p67
◇「彩四季・江戸慕情」光文社 2012（光文社文庫）p9

山辺蚊帳（江口渙四郎）
◇「山形県文学全集第2期（随筆・紀行編）3」郷土出版社 2005 p412

山繭（竹内勝太郎）
◇「新装版 全集現代文学の発見 別巻」學藝書林 2005 p462

山村氏の鼻（尾崎翠）
◇「ちくま日本文学 4」筑摩書房 2007（ちくま文庫）p216

山女魚（やまめ）（狩久）
◇「甦る推理雑誌 6」光文社 2003（光文社文庫）p11

山女魚剣法（伊藤桂一）
◇「江戸の鈍感力―時代小説傑作選」集英社 2007（集英社文庫）p43

ヤマモトさんの送別会（須賀敦子）
◇「精選女性随筆集 9」文藝春秋 2012 p226

山本肇句集（山本肇）
◇「ハンセン病文学全集 9」皓星社 2010 p150

山本肇論（今西康子）
◇「ハンセン病文学全集 5」皓星社 2010 p544

山本孫三郎（長谷川伸）
◇「彩四季・江戸慕情」光文社 2012（光文社文庫）p71
◇「日本文学100年の名作 5」新潮社 2015（新潮文庫）p471

山もみぢ（山口秀男）
◇「ハンセン病文学全集 8」皓星社 2006 p475

やまもも（瀬戸内寂聴）
◇「くだものだもの」ランダムハウス講談社 2007 p103

山行かば（小島泰介）
◇「日本統治期台湾文学集成 7」緑蔭書房 2002 p161

やまゆりの花に託して（夏崎涼）
◇「「伊豆文学賞」優秀作品集 第4回」静岡新聞社 2001 p153

山より下る（宮本常一）
◇「ちくま日本文学 22」筑摩書房 2008（ちくま文庫）p297

山は裁く（福田昌夫）
◇「日本統治期台湾文学集成 21」緑蔭書房 2007 p265

山姥（土田峰人）
◇「高校演劇Selection 2001 下」晩成書房 2001 p125

山姥（寺山修司）
◇「新装版 全集現代文学の発見 15」學藝書林 2005 p510

やみの

山姥独りごと―同年の中央公論について（野上彌生子）
◇「精選女性随筆集 10」文藝春秋 2012 p244

やまんぶの帯（朱雀門出）
◇「てのひら怪談―ビーケーワン怪談大賞傑作選 庚寅」ポプラ社 2010 （ポプラ文庫）p16

闇（こっく）
◇「人は死んだら電柱になる―電柱アンソロジー」遠すぎる未来団 2014 p93

闇（三崎亜記）
◇「短篇ベストコレクション―現代の小説 2011」徳間書店 2011 〔徳間文庫〕p499

闇（水野葉舟）
◇「文豪怪談傑作選 明治編」筑摩書房 2011 （ちくま文庫）p162

闇（山崎友紀）
◇「ショートショートの広場 9」講談社 1998 （講談社文庫）p56

闇（琅石生）
◇「日本統治期台湾文学集成 5」緑蔭書房 2002 p81

闇梅百物語（河竹新七）
◇「魑魅魍魎列島」小学館 2005 （小学館文庫）p349

闇絵黒髪（赤江瀑）
◇「黒髪に恨みは深く―髪の毛ホラー傑作選」角川書店 2006 （角川ホラー文庫）p225

闇を駆け抜けろ（戸梶圭太）
◇「決断―警察小説競作」新潮社 2006 （新潮文庫）p247

闇が蠢いた日（黒岩重吾）
◇「短篇ベストコレクション―現代の小説 2003」徳間書店 2003 〔徳間文庫〕p43

闇が落ちる前に、もう一度（山本弘）
◇「逃げゆく物語の話―ゼロ年代日本SFベスト集成F」東京創元社 2010 （創元SF文庫）p165

闇かぐら（都筑道夫）
◇「綾辻・有栖川復刊セレクション 新顎十郎捕物帳」講談社 2007 （講談社ノベルス）p191

闇からの予告状（大崎梢）
◇「みんなの少年探偵団 2」ポプラ社 2016 p97

闇から光（宮田正夫）
◇「ハンセン病文学全集 8」皓星社 2006 p501

闇切丸（江坂遊）
◇「SF宝石―すべて新作読み切り！ 2015」光文社 2015 p254

闇桜（竹河聖）
◇「櫻憑き」光文社 2001 （カッパ・ノベルス）p141

闇桜（樋口一葉）
◇「明治の文学 17」筑摩書房 2000 p3
◇「新日本古典文学大系 明治編 24」岩波書店 2001 p1
◇「ちくま日本文学 13」筑摩書房 2008 （ちくま文庫）p260

闇仕事（井上雅彦）
◇「暗闇」中央公論新社 2004 （C NOVELS）p11

闇汁図解（正岡子規）
◇「文人御馳走帖」新潮社 2014 （新潮文庫）p64

闇鍋（水月聖司）
◇「てのひら怪談―ビーケーワン怪談大賞傑作選 壬辰」ポプラ社 2012 （ポプラ文庫）p116

闇鍋（森青花）
◇「短篇ベストコレクション―現代の小説 2002」徳間書店 2002 （徳間文庫）p163

闇に挿す花（唯川恵）
◇「恋は罪つくり―恋愛ミステリー傑作選」光文社 2005 （光文社文庫）p303

闇に走る（藤水名子）
◇「江戸迷宮」光文社 2011 （光文社文庫）p399

闇に潜みし獣（福田栄一）
◇「学び舎は血を招く」講談社 2008 （講談社ノベルス）p147

闇にひらめく（吉村昭）
◇「うなぎ―人情小説集」筑摩書房 2016 （ちくま文庫）p173

闇に見えた希望（堀慎二郎）
◇「幻想水滸伝短編集 3」メディアワークス 2002 （電撃文庫）p93

闇に向かう電車（柳原慧）
◇「5分で読める！ ひと駅ストーリー 乗車編」宝島社 2012 （宝島社文庫）p113

闇ニ笑フ（倉知淳）
◇「本格ミステリ 2002」講談社 2002 （講談社ノベルス）p335
◇「死神と雷鳴の暗号―本格短編ベスト・セレクション」講談社 2006 （講談社文庫）p233

闇沼（秋山真琴）
◇「てのひら怪談―ビーケーワン怪談大賞傑作選 百怪繚乱篇」ポプラ社 2008 p226

闇の絵巻（梶井基次郎）
◇「ちくま日本文学 28」筑摩書房 2008 （ちくま文庫）p48
◇「百年小説」ポプラ社 2008 p1081
◇「心洗われる話」筑摩書房 2010 （ちくま文学の森）p243
◇「日本近代短篇小説選 昭和篇1」岩波書店 2012 （岩波文庫）p121

闇の絵巻（作者表記なし）
◇「新装版 全集現代文学の発見 7」學藝書林 2003 p11

闇の奥（逢坂剛）
◇「殺人博物館へようこそ」講談社 1998 （講談社文庫）p125
◇「謎―スペシャル・ブレンド・ミステリー 006」講談社 2011 （講談社文庫）p101

闇の儀式（都筑道夫）
◇「異形の白昼―恐怖小説集」筑摩書房 2013 （ちくま文庫）p251

闇の種族（井上雅彦）
◇「妖女」光文社 2004 （光文社文庫）p497

暗夜（やみ）の白髪（沼田一雅）
◇「文豪怪談傑作選 特別編」筑摩書房 2007 （ちく

作品名から引ける日本文学全集案内 第III期　807

やみの

ま文庫）p133

闇の世界の証言者（深津十一）
◇「5分で読める！　ひと駅ストーリー　冬の記憶東口編」宝島社 2013（宝島社文庫）p251
◇「5分で驚く！　どんでん返しの物語」宝島社 2016（宝島社文庫）p63

闇の底へ（雨宮雨彦）
◇「ゆきのまち幻想文学賞・小品集 9」企画集団ぷりずむ 2000 p155

闇の底の狩人（横山信義）
◇「C・N 25―C・novels創刊25周年アンソロジー」中央公論新社 2007（C novels）p100

闇の松明―伏見城（髙橋直樹）
◇「名城伝」角川春樹事務所 2015（ハルキ文庫）p187

闇の谷間の記憶（洪性善）
◇「近代朝鮮文学日本語作品集1939〜1945 創作篇 6」緑蔭書房 2001 p13

闇の童話（陽羅義光）
◇「全作家短編小説集 11」全作家協会 2012 p214

闇の中から生まれるもの達（三川祐）
◇「物語のルミナリエ」光文社 2011（光文社文庫）p447
◇「ショートショートの缶詰」キノブックス 2016 p161

闇のなかの黒い馬（埴谷雄高）
◇「日本近代短篇小説選 昭和篇3」岩波書店 2012（岩波文庫）p327

闇の中の声（池波正太郎）
◇「真田忍者、参上！―隠密伝奇傑作集」河出書房新社 2015（河出文庫）p193

闇の中の木立（小林弘明）
◇「ハンセン病文学全集 7」皓星社 2004 p195

闇の中の子供（小松左京）
◇「謎―スペシャル・ブレンド・ミステリー 002」講談社 2007（講談社文庫）p95

闇のなかの思想（埴谷雄高）
◇「戦後文学エッセイ選 3」影書房 2005 p129

闇の羽音（岡本賢一）
◇「悪夢制御装置―ホラー・アンソロジー」角川書店 2002（角川文庫）p53
◇「青に捧げる悪夢」角川書店 2005 p213
◇「青に捧げる悪夢」角川書店 2013（角川文庫）p369

闇の梯子（角田光代）
◇「文学 2009」講談社 2009 p256

闇の船（黒井千次）
◇「「内向の世代」初期作品アンソロジー」講談社 2016（講談社文芸文庫）p99

闇の芳香　怪猫映画（田中文雄）
◇「怪猫鬼談」人類文化社 1999 p131

闇の道（黒井千次）
◇「市井図絵」新潮社 1997 p27

闇のみち火（上野英信集2『奈落の星雲』あとがき）（上野英信）

◇「戦後文学エッセイ選 12」影書房 2006 p195

闇のリング（景山民夫）
◇「闘人烈伝―格闘小説・漫画アンソロジー」双葉社 2000 p241

闇箱―三景（上泉秀信）
◇「日本統治期台湾文学集成 11」緑蔭書房 2003 p50

ヤミフクロウを探して（太田道子）
◇「文学 2002」講談社 2002 p121

闇変身（岬兄悟）
◇「SFバカ本 電撃ボンバー篇」メディアファクトリー 2002 p125

やみ夜（樋口一葉）
◇「明治の文学 17」筑摩書房 2000 p48
◇「新日本古典文学大系 明治編 24」岩波書店 2001 p61
◇「ちくま日本文学 13」筑摩書房 2008（ちくま文庫）p339
◇「「新編」日本女性文学全集 2」菁柿堂 2008 p28

闇夜にカラスが散歩する（赤川次郎）
◇「金田一耕助に捧ぐ九つの狂想曲」角川書店 2002 p233
◇「金田一耕助に捧ぐ九つの狂想曲」角川書店 2012（角川文庫）p233

闇夜の梅（三遊亭円朝）
◇「明治の文学 3」筑摩書房 2001 p34

闇夜の狭間（岬兄悟）
◇「変身」廣済堂出版 1998（廣済堂文庫）p213

辞めた会社（眉村卓）
◇「現代の小説 1998」徳間書店 1998 p433

やめなさい（須月研児）
◇「ショートショートの広場 15」講談社 2004（講談社文庫）p118

病めるときも（梅原満知子）
◇「愛してるって言えばよかった」泰文堂 2012（リンダブックス）p50

病める庭園（には）（丸山薫）
◇「新装版 全集現代文学の発見 13」學藝書林 2004 p117

守宮（明石海人）
◇「ハンセン病文学全集 7」皓星社 2004 p443

やよひ（金夏日）
◇「ハンセン病文学全集 8」皓星社 2006 p507

弥生十四日（山手樹一郎）
◇「忠臣蔵コレクション 1」河出書房新社 1998（河出文庫）p7

弥生のゆき桜田くどき（作者表記なし）
◇「新日本古典文学大系 明治編 4」岩波書店 2003 p369

矢来の内（竹田真砂子）
◇「市井図絵」新潮社 1997 p261

ヤリタイ女とサマヨウ男（砂原美都）
◇「すごい恋愛」泰文堂 2012（リンダブックス）p130

槍弾正の逆襲（中村彰彦）

ゆうか

◇「信州歴史時代小説傑作集 1」しなのき書房 2007
p161

遣り残し（丸川雄一）
◇「闇電話」光文社 2006（光文社文庫）p475

槍の穂先にて（板床勝美）
◇「立川文学 5」けやき出版 2015 p11

槍持ち佐五平の首（佐藤雅美）
◇「江戸の漫遊力―時代小説傑作選」集英社 2008
（集英社文庫）p151

夜涼に笛を聞く（森春濤）
◇「新日本古典文学大系 明治編 2」岩波書店 2004
p59

槍は日本号―日本号（白石一郎）
◇「名刀伝」角川春樹事務所 2015（ハルキ文庫）
p305

やれやれ、また魚か！（葦原崇貴）
◇「リトル・リトル・クトゥルー―史上最小の神話
小説集」学習研究社 2009 p24

柔らかい家（夢枕獏）
◇「奇譚カーニバル」集英社 2000（集英社文庫）
p241

柔らかい手（篠田節子）
◇「ときめき―ミステリアンソロジー」廣済堂出版
2005（廣済堂文庫）p27

柔らかい時計（荒巻義雄）
◇「日本SF全集 2」出版芸術社 2010 p191
◇「70年代日本SFベスト集成 2」筑摩書房 2014
（ちくま文庫）p221

柔らかな女の記憶（金原ひとみ）
◇「スタートライン―始まりをめぐる19の物語」幻
冬舎 2010（幻冬舎文庫）p27

柔らかな奇跡（矢崎存美）
◇「夏のグランドホテル」光文社 2003（光文社文
庫）p375

やわらかな追憶（田中せいや）
◇「てのひら怪談 癸巳」KADOKAWA 2013（MF
文庫ダ・ヴィンチ）p36

やわらかなボール（伊集院静）
◇「短篇ベストコレクション―現代の小説 2004」徳
間書店 2004（徳間文庫）p255

ヤングジャパン・フォーエバー（杉本章子）
◇「時代小説秀作づくし」PHP研究所 1997（PHP
文庫）p287

病んでいた夏（越一人）
◇「ハンセン病文学全集 7」皓星社 2004 p339

両班道―伝統と表現の相違（崔載瑞）
◇「近代朝鮮文学日本語作品集1908～1945 セレクショ
ン 3」緑蔭書房 2008 p233

【 ゆ 】

浴みする高砂族（瓦井妙子）

◇「日本統治期台湾文学集成 17」緑蔭書房 2003
p511

ユアン・スーの夜（南條竹則）
◇「秘神界 現代編」東京創元社 2002（創元推理文
庫）p165

唯一のもう一つ（そうざ）
◇「超短編傑作選 v.6」創英社 2007 p37

遺言（宗秋月）
◇「〈在日〉文学全集 18」勉誠出版 2006 p11

遺言（ゆいごん）映画（夢座海二）
◇「甦る推理雑誌 7」光文社 2003（光文社文庫）
p175

由井正雪の最期（武田泰淳）
◇「江戸三百年を読む―傑作時代小説 シリーズ江戸
学 上」角川学芸出版 2009（角川文庫）p157

唯物史観と文学（平林初之輔）
◇「新装版 全集現代文学の発見 1」學藝書林 2002
p328

唯物辯證法的理解と詩の創作―その序論とし
て（白鐵）
◇「近代朝鮮文学日本語作品集1908～1945 セレクショ
ン 5」緑蔭書房 2008 p313

遊羽雑感（大町桂月）
◇「山形県文学全集第2期（随筆・紀行編）1」郷土出版
社 2005 p157

憂鬱な詩人（張文環）
◇「日本統治期台湾文学集成 5」緑蔭書房 2002
p249

憂鬱なる花見（萩原朔太郎）
◇「ちくま日本文学 36」筑摩書房 2009（ちくま文
庫）p142

誘拐者（山下利三郎）
◇「幻の探偵雑誌 7」光文社 2001（光文社文庫）
p93

誘拐天国（東野圭吾）
◇「冒険の森へ―傑作小説大全 11」集英社 2015
p36

誘拐電話（春小路胤海）
◇「ショートショートの広場 9」講談社 1998（講
談社文庫）p24

誘拐電話網（東野圭吾）
◇「最新「珠玉推理」大全 下」光文社 1998（カッ
パ・ノベルス）p280
◇「闇夜の芸術祭」光文社 2003（光文社文庫）
p183

誘拐横丁（筒井康隆）
◇「家族の絆」光文社 1997（光文社文庫）p373

夕顔（江國香織）
◇「ナイン・ストーリーズ・オブ・ゲンジ」新潮社
2008 p31
◇「源氏物語九つの変奏」新潮社 2011（新潮文庫）
p37

夕顔（倉橋由美子）
◇「鬼譚」筑摩書房 2014（ちくま文庫）p345

夕顔―『源氏物語』より（紫式部）
◇「幻妖の水脈（みお）」筑摩書房 2013（ちくま文

ゆうか

庫）p15

有楽門（森鷗外）
◇「明治の文学 14」筑摩書房 2000 p66

夕がすみ（乃南アサ）
◇「七つの怖い扉」新潮社 1998 p83

夕霞の女（千野隆司）
◇「大江戸「町」物語 風」宝島社 2014（宝島社文庫）p55

夕方のかげ（トロチェフ，コンスタンチン）
◇「ハンセン病文学全集 7」皓星社 2004 p36

夕方の三十分（黒田三郎）
◇「ファイン／キュート素敵かわいい作品選」筑摩書房 2015（ちくま文庫）p134

誘蛾灯（小泉雅二）
◇「ハンセン病文学全集 6」皓星社 2003 p436

誘蛾灯（中条佑弥）
◇「日本海文学大賞一大賞作品集 3」日本海文学大賞運営委員会 2007 p95

誘蛾灯なおれ（岬兄悟）
◇「ひとにぎりの異形」光文社 2007（光文社文庫）p331

ゆうかり（回春病院ゆうかり社）
◇「ハンセン病文学全集 8」皓星社 2006 p28

ゆうき（石井康浩）
◇「御654神さん一幸福をもたらす♂三毛猫」竹書房 2010（竹書房文庫）p205

幽鬼（井上靖）
◇「戦後短篇小説選―『世界』1946–1999 3」岩波書店 2000 p29

夕輝（ゆうき）―ぼくの生きていた証（深澤直樹，三好日生）
◇「中学校たのしい劇脚本集―英語劇付 Ⅲ」国土社 2011 p144

勇気と喧嘩と神さまのすゝめ（宮崎有紀）
◇「最新中学校創作脚本集 2011」晩成書房 2011 p93

幽鬼の街（伊藤整）
◇「新装版 全集現代文学の発見 2」學藝書林 2002 p221
◇「文豪怪談傑作選 昭和篇」筑摩書房 2011（ちくま文庫）p173

夕霧峡秘譚（狭山温）
◇「怪奇・伝奇時代小説選集 12」春陽堂書店 2000（春陽文庫）p103

夕暮（丸山薫）
◇「新装版 全集現代文学の発見 13」學藝書林 2004 p118

夕暮れ（道又紀子）
◇「12人のカウンセラーが語る12の物語」ミネルヴァ書房 2010 p237

夕暮れ（与粋鷗歌）
◇「超短編傑作選 v.6」創英社 2007 p149

夕暮にゆうくりなき声満ちて 風―世界と地図と連続と不連続と僕。できるだけゆっくりお読み下さい（倉田タカシ）

◇「NOVA―書き下ろし日本SFコレクション 2」河出書房新社 2010（河出文庫）p101

夕暮の詩（黒木謳子）
◇「日本統治期台湾文学集成 18」緑蔭書房 2003 p503

夕ぐれのスケッチ（光岡良二）
◇「ハンセン病文学全集 7」皓星社 2004 p212

夕暮れの手（李美子）
◇「〈在日〉文学全集 18」勉誠出版 2006 p315

夕暮の誘惑（朱耀翰）
◇「近代朝鮮文学日本語作品集1908～1945 セレクション 2」緑蔭書房 2008 p51

夕暮れの音楽室（田中哲弥）
◇「ひとにぎりの異形」光文社 2007（光文社文庫）p415

夕餉（山田詠美）
◇「文学 2005」講談社 2005 p77

遊芸師匠（痩々亭骨皮道人）
◇「新日本古典文学大系 明治編 29」岩波書店 2005 p242

夕景色の鏡（川端康成）
◇「ことばの織物―昭和短篇珠玉選 2」蒼丘書林 1998 p89

遊撃隊進んで久野坂を取切る事（作者表記なし）
◇「新日本古典文学大系 明治編 13」岩波書店 2007 p131

夕化粧（杉本章子）
◇「鬼火が呼んでいる―時代小説傑作選」講談社 1997（講談社文庫）p200
◇「合わせ鏡―女流時代小説傑作選」角川春樹事務所 2003（ハルキ文庫）p51

優子（乙一）
◇「恐ろしき棲家」リブリオ出版 2001（怪奇・ホラーワールド）p127

優子（原田萌）
◇「最新中学校創作脚本集 2009」晩成書房 2009 p29

『憂国志談大逆陰謀の末路』より（池雪蕾）
◇「蘇らぬ朝「大逆事件」以後の文学」インパクト出版会 2010（インパクト選書）p105

幽斎の悪采（木下昌輝）
◇「決戦！ 本能寺」講談社 2015 p191

優作の優（岩城裕明）
◇「新走（アラバシリ）―Powers Selection」講談社 2011（講談社box）p67

右時、三たび負心して活捉せらるること（立原透耶）
◇「妖女」光文社 2004（光文社文庫）p267

幽寂（徳富蘇峰）
◇「新日本古典文学大系 明治編 26」岩波書店 2002 p237

ゆうしゃのゆううつ（堀内公太郎）
◇「もっとすごい！ 10分間ミステリー」宝島社 2013（宝島社文庫）p281
◇「10分間ミステリー THE BEST」宝島社 2016（宝島社文庫）p441

勇者は本当に旅立つべきなのか？（遠藤浅蜊）
　◇「5分で読める！ ひと駅ストーリー 旅の話」宝島
　　社 2015（宝島社文庫）p329

優秀賞（榊京助）
　◇「競作五十円玉二十枚の謎」東京創元社 2000（創
　　元推理文庫）p205

優秀賞（矢多真沙香）
　◇「競作五十円玉二十枚の謎」東京創元社 2000（創
　　元推理文庫）p185

優秀な外科医（逸古ミナミ）
　◇「ショートショートの広場 9」講談社 1998（講
　　談社文庫）p111

憂愁の人（城昌幸）
　◇「甦る推理雑誌 2」光文社 2002（光文社文庫）
　　p13

誘女（伊予葉山）
　◇「てのひら怪談―ビーケーワン怪談大賞傑作選 百
　　怪繚乱篇」ポプラ社 2008 p154

友情（金岸曙）
　◇「近代朝鮮文学日本語作品集1908〜1945 セレクショ
　　ン 4」緑蔭書房 2008 p76

友情（佐治早人）
　◇「ハンセン病文学全集 4」皓星社 2003 p437

友情（朱南花）
　◇「日本統治期台湾文学集成 5」緑蔭書房 2002
　　p203

友情（古川猛雄）
　◇「ショートショートの広場 12」講談社 2001（講
　　談社文庫）p80

辻小説 友情（徐振宗）
　◇「日本統治期台湾文学集成 22」緑蔭書房 2007
　　p352

游蹤 乙未（森春濤）
　◇「新日本古典文学大系 明治編 2」岩波書店 2004
　　p4

友情と伊豆（細谷幸子）
　◇「「伊豆文学賞」優秀作品集 第14回」静岡新聞社
　　2011 p225

友情の証（宇津呂鹿太郎）
　◇「てのひら怪談―ビーケーワン怪談大賞傑作選 辛
　　卯」ポプラ社 2011 p156

遊女殺し一太公望のおせん（平岩弓枝）
　◇「武士道残月抄」光文社 2011（光文社文庫）
　　p463

ゆう女始末（石川淳）
　◇「戦後短篇小説選―『世界』1946–1999 3」岩波書
　　店 2000 p171

友人Ⅰの勉強法（田丸雅智）
　◇「短篇ベストコレクション―現代の小説 2015」徳
　　間書店 2015〔徳間文庫〕p235
　◇「謎の放課後―学校の七不思議」KADOKAWA
　　2015（角川文庫）p188

遊神女（横田順彌）
　◇「GOD」廣済堂出版 1999（廣済堂文庫）p63

「友人」の娘（谷口雅美）
　◇「最後の一日12月18日―さよならが胸に染みる10

の物語」泰文堂 2011（Linda books！）p7

融通（松原岩五郎）
　◇「新日本古典文学大系 明治編 30」岩波書店 2009
　　p271

夕すずめ（杉本章子）
　◇「代表作時代小説 平成24年度」光文社 2012 p261

夕鶴（久岡一美）
　◇「ショートショートの広場 20」講談社 2008（講
　　談社文庫）p203

夕鶴恋歌（澤田ふじ子）
　◇「江戸夢日和」学習研究社 2004（学研M文庫）
　　p75

ゆうずる5号殺人事件（西村京太郎）
　◇「七人の警部―SEVEN INSPECTORS」廣済堂出
　　版 1998（KOSAIDO BLUE BOOKS）p215

『夕鶴』の記憶（木下順二）
　◇「戦後文学エッセイ選 8」影書房 2005 p197

融雪（柴田よしき）
　◇「坂木司リクエスト！ 和菓子のアンソロジー」光
　　文社 2013 p141
　◇「坂木司リクエスト！ 和菓子のアンソロジー」光
　　文社 2014（光文社文庫）p143

優先順位（J・M）
　◇「ショートショートの広場 9」講談社 1998（講
　　談社文庫）p132

優先席（耳目）
　◇「ショートショートの花束 2」講談社 2010（講
　　談社文庫）p282

友禅とピエロ（辻真先）
　◇「金沢にて」双葉社 2015（双葉文庫）p197

夕立雨（上忠司）
　◇「日本統治期台湾文学集成 18」緑蔭書房 2003
　　p248

夕立雨（杉本利男）
　◇「全作家短編小説集 12」全作家協会 2013 p47

夕立と浪人（戸板康二）
　◇「忠臣蔵コレクション 2」河出書房新社 1998
　　（河出文庫）p169

祐太のこと（南梓）
　◇「気配―第10回フェリシモ文学賞作品集」フェリ
　　シモ 2007 p115

有ちゃん（五十月彩）
　◇「ゆきのまち幻想文学賞小品集 18」企画集団ぷり
　　ずむ 2009 p72

遊動円木（葛西善蔵）
　◇「小川洋子の陶酔短篇箱」河出書房新社 2014 p25

夕凪の街 桜の国（原田裕文）
　◇「テレビドラマ代表作選集 2007年版」日本脚本家
　　連盟 2007 p177

夕凪橋の狸（梶井基次郎）
　◇「ちくま日本文学 28」筑摩書房 2008（ちくま文
　　庫）p140

憂年（陽羅義光）
　◇「全作家短編集 15」のべる出版企画 2016 p12

ユウの旅立ち（谷田茂）

ゆうは

◇「たびだち―フェリシモしあわせショートショート」フェリシモ 2000 p58

夕映え（志樹逸馬）
◇「ハンセン病文学全集 7」皓星社 2004 p320

夕映少年（中井英夫）
◇「新編・日本幻想文学集成 1」国書刊行会 2016 p518

夕映ながく（林みち子）
◇「ハンセン病文学全集 8」皓星社 2006 p424

夕萩心中（連城三紀彦）
◇「恋愛小説・名作集成 6」リブリオ出版 2004 p45

夕飯は七時（恩田陸）
◇「逃げゆく物語の話―ゼロ年代日本SFベスト集成F」東京創元社 2010 （創元SF文庫）p13

夕日（金文煥）
◇「近代朝鮮文学日本語作品集1908～1945 セレクション 6」緑蔭書房 2008 p59

夕陽を跨ぐ友達（君島慧是）
◇「てのひら怪談―ビーケーワン怪談大賞傑作選 百怪繚乱篇」ポプラ社 2008 p44

夕陽が沈む（皆川博子）
◇「怪物團」光文社 2009 （光文社文庫）p581
◇「量子回廊―年刊日本SF傑作選」東京創元社 2010 （創元SF文庫）p155

夕陽と珊瑚（髙樹のぶ子）
◇「Invitation」文藝春秋 2010 p151
◇「甘い罠―8つの短篇小説集」文藝春秋 2012 （文春文庫）p147

夕陽の河岸（安岡章太郎）
◇「現代小説クロニクル 1990～1994」講談社 2015 （講談社文芸文庫）p71

夕陽の割符―直江兼続（光瀬龍）
◇「時代小説傑作選 6」新人物往来社 2008 p167

夕陽 附 富士眺望（永井荷風）
◇「ちくま日本文学 19」筑摩書房 2008 （ちくま文庫）p284

「郵便辞」（聴松）（西谷富水）
◇「新日本古典文学大系 明治編 4」岩波書店 2003 p240

郵便少年（森見登美彦）
◇「ひとなつの。―真夏に読みたい五つの物語」KADOKAWA 2014 （角川文庫）p5

郵便箱（芥川龍之介）
◇「文豪怪談傑作選 芥川龍之介集」筑摩書房 2010 （ちくま文庫）p324

郵便屋さん―タイムカプセル（新津きよみ）
◇「妖かしの宴―わらべ唄の呪い」PHP研究所 1999 （PHP文庫）p11

幽閉（井伏鱒二）
◇「胞子文学名作選」港の人 2013 p259

ゆうべの雲（内田百閒）
◇「戦後短篇小説再発見 10」講談社 2002 （講談社文芸文庫）p9

夕の賦（末吉安吉）
◇「沖縄文学選―日本文学のエッジからの問い」勉

誠出版 2003 p66

遊墨水歌（飯田武郷）
◇「新日本古典文学大系 明治編 12」岩波書店 2001 p25

誘母燈（但馬戒融）
◇「松江怪談―新作怪談 松江物語」今井印刷 2015 p12

有名（星新一）
◇「70年代日本SFベスト集成 4」筑摩書房 2015 （ちくま文庫）p129

幽明鏡草紙（潮山長三）
◇「怪奇・伝奇時代小説選集 7」春陽堂書店 2000 （春陽文庫）p39

幽冥談（柳田國男）
◇「文豪怪談傑作選 柳田國男集」筑摩書房 2007 （ちくま文庫）p115

夕焼け（吉野弘）
◇「新装版 全集現代文学の発見 13」學藝書林 2004 p429

夕焼け観覧（三和）
◇「てのひら怪談―ビーケーワン怪談大賞傑作選 辛卯」ポプラ社 2011 （ポプラ文庫）p174

夕焼け小焼け（柴田よしき）
◇「血の12幻想」エニックス 2000 p53

ゆうやけの歌（川崎洋）
◇「新装版 全集現代文学の発見 13」學藝書林 2004 p437

夕焼けの中に消えた（藤本義一）
◇「誠の旗がゆく―新選組傑作選」集英社 2003 （集英社文庫）p421

夕焼――一幕（瀧澤千繪子）
◇「日本統治期台湾文学集成 12」緑蔭書房 2003 p291

夕闇地蔵（恒川光太郎）
◇「七つの死者の囁き」新潮社 2008 （新潮文庫）p239

『遊覧日記』（武田百合子）
◇「精選女性随筆集 5」文藝春秋 2012 p205

遊離層（金鶴泳）
◇「〈在日〉文学全集 6」勉誠出版 2006 p99

雄略紀を循環して―お伽話と長話の二形式（折口信夫）
◇「文豪怪談傑作選 折口信夫集」筑摩書房 2009 （ちくま文庫）p187

優良少年（ぴぴぽえちゃん）
◇「ショートショートの花束 2」講談社 2010 （講談社文庫）p238

憂慮する令嬢の事件（北原尚彦）
◇「悪意の迷路」光文社 2016 （最新ベスト・ミステリー）p139

柚累（斎藤肇）
◇「俳優」廣済堂出版 1999 （廣済堂文庫）p303

幽霊（芥川龍之介）
◇「文豪怪談傑作選 芥川龍之介集」筑摩書房 2010 （ちくま文庫）p325

ゆうれ

幽霊（小松左京）
◇「文豪てのひら怪談」ポプラ社 2009（ポプラ文庫）p44

幽霊（渋谷良一）
◇「ショートショートの広場 13」講談社 2002（講談社文庫）p221

幽霊（中村うさぎ）
◇「蜜の眠り」廣済堂出版 2000（廣済堂文庫）p73

幽霊（吉田健一）
◇「日本怪奇小説傑作集 3」東京創元社 2005（創元推理文庫）p273

幽霊を買った退屈男（佐々木味津三）
◇「傑作捕物ワールド 3」リブリオ出版 2002 p47

幽霊陰陽師（矢桐重八）
◇「捕物時代小説選集 5」春陽堂書店 2000（春陽文庫）p100

幽霊買い度し（日影丈吉）
◇「傑作捕物ワールド 9」リブリオ出版 2002 p217

ゆうれい貸屋（山本周五郎）
◇「江戸夢日和」学習研究社 2004（学研M文庫）p7

幽霊画の女（田辺青蛙）
◇「てのひら怪談―ビーケーワン怪談大賞傑作選 2」ポプラ社 2007 p40
◇「てのひら怪談―ビーケーワン怪談大賞傑作選 己丑」ポプラ社 2009（ポプラ文庫）p234

幽霊管理人（伊藤三巳華）
◇「女たちの怪談百物語」メディアファクトリー 2010（〔幽books〕）p29
◇「女たちの怪談百物語」KADOKAWA 2014（角川ホラー文庫）p35

幽霊及怨念（芥川龍之介）
◇「文豪怪談傑作選 芥川龍之介集」筑摩書房 2010（ちくま文庫）p368

幽霊銀座を歩く―銀座警察シリーズより（三好徹）
◇「警察小説傑作短篇集」ランダムハウス講談社 2009（ランダムハウス講談社文庫）p305

［幽霊見参記］遠藤の布団の中に…／（三浦朱門）
◇「文豪怪談傑作選 特別編」筑摩書房 2008（ちくま文庫）p19

［幽霊見参記］僕はハッキリと感じた（遠藤周作）
◇「文豪怪談傑作選 特別編」筑摩書房 2008（ちくま文庫）p12

幽霊思想の変遷（柳田國男）
◇「文豪怪談傑作選 柳田國男集」筑摩書房 2007（ちくま文庫）p92

幽霊自動車（小島烏青）
◇「男たちの怪談百物語」メディアファクトリー 2012（〔幽BOOKS〕）p252

幽霊妻（海野十三）
◇「風間光枝探偵日記」論創社 2007（論創ミステリ叢書）p315

幽霊妻（大阪圭吉）

◇「怪奇探偵小説集 1」角川春樹事務所 1998（ハルキ文庫）p349
◇「甦る推理雑誌 3」光文社 2002（光文社文庫）p141
◇「恐怖ミステリーBEST15―こんな幻の傑作が読みたかった！」シーエイチシー 2006 p229

幽霊船（小川未明）
◇「文豪怪談傑作選 小川未明集」筑摩書房 2008（ちくま文庫）p222

幽霊船（横田順彌）
◇「幽霊船」光文社 2001（光文社文庫）p225

幽霊船が消えるまで（柄刀一）
◇「M列車（ミステリートレイン）で行こう」光文社 2001（カッパ・ノベルス）p235

幽霊塔（黒岩涙香）
◇「明治探偵冒険小説 1」筑摩書房 2005（ちくま文庫）p7

幽霊と怪談の座談会（柳田国男、里見弴、橋田邦彦、小村雪岱、長谷川時雨、平岡権八郎、小林一三、泉鏡花）
◇「文豪怪談傑作選 特別編」筑摩書房 2009（ちくま文庫）p323

幽霊と寝た牢人（郡順史）
◇「怪奇・伝奇時代小説選集 1」春陽堂書店 1999（春陽文庫）p66

幽霊と化けもの（小泉八雲）
◇「魍魎魑魅列島」小学館 2005（小学館文庫）p207

ゆうれいトンネル（大道珠貴）
◇「私らしくあの場所へ」講談社 2009（講談社文庫）p21

幽霊トンネルの怪（鳥飼否宇）
◇「密室と奇蹟―J.D.カー生誕百周年記念アンソロジー」東京創元社 2006 p195

幽霊トンネルの写真（加門七海）
◇「文藝百物語」ぶんか社 1997 p164

幽霊に関する一考察（飛鳥部勝則）
◇「物語のルミナリエ」光文社 2011（光文社文庫）p21

幽霊になった男（源氏鶏太）
◇「ふるえて眠れない―ホラーミステリー傑作選」光文社 2006（光文社文庫）p9

幽霊（『日本の奇怪』より）（三橋一夫）
◇「文豪怪談傑作選 特別編」筑摩書房 2008（ちくま文庫）p59

幽霊の家（吉本ばなな）
◇「女がそれを食べるとき」幻冬舎 2013（幻冬舎文庫）p275

ユウレイノウタ（入沢康夫）
◇「文豪てのひら怪談」ポプラ社 2009（ポプラ文庫）p46

幽霊の芝居見（薄田泣菫）
◇「文豪てのひら怪談」ポプラ社 2009（ポプラ文庫）p42

幽霊の写生（鏑木清方）
◇「文豪怪談傑作選 特別編」筑摩書房 2007（ちく

ゆうれ

ま文庫）p91

幽霊の接吻（小泉八雲著, 平井呈一訳）
◇「文豪怪談傑作選 明治編」筑摩書房 2011（ちくま文庫）p59

幽霊の手紙（黒川真之助）
◇「甦る推理雑誌 3」光文社 2002（光文社文庫）p415

幽霊の時計（美崎理恵）
◇「幽霊でもいいから会いたい」泰文堂 2014（リンダブックス）p96

幽霊の品格（小泉秀人）
◇「ショートショートの花束 2」講談社 2010（講談社文庫）p181

幽霊の見える眼鏡（松長良樹）
◇「ショートショートの花束 5」講談社 2013（講談社文庫）p173

幽霊のような女（古山高麗雄）
◇「勝者の死にざま─時代小説選手権」新潮社 1998（新潮文庫）p275

幽霊の臨終（沙木とも子）
◇「てのひら怪談 葵巳」KADOKAWA 2013（MF文庫ダ・ヴィンチ）p122

幽霊旗本（都筑道夫）
◇「綾辻・有栖川復刊セレクション 新顎十郎捕物帳」講談社 2007（講談社ノベルス）p159

幽霊部員はここにいる（田上二郎）
◇「高校演劇Selection 2005 上」晩成書房 2007 p39

幽霊保険（愛川涼一）
◇「ショートショートの広場 9」講談社 1998（講談社文庫）p43

幽霊まいり（峠八十八）
◇「怪奇・伝奇時代小説選集 13」春陽堂書店 2000（春陽文庫）p270

幽霊武蔵（光瀬龍）
◇「必殺天誅剣」光風社出版 1999（光風社文庫）p335

幽霊メモ（古保カオリ）
◇「ショートショートの花束 6」講談社 2014（講談社文庫）p23

幽霊横丁の殺人（青山蘭堂）
◇「新・本格推理 04」光文社 2004（光文社文庫）p331

幽霊旅館（草川隆）
◇「自選ショート・ミステリー 2」講談社 2001（講談社文庫）p312

幽霊列車（赤川次郎）
◇「文学賞受賞・名作集成 5」リブリオ出版 2004 p123
◇「無人踏切─鉄道ミステリー傑作選」光文社 2008（光文社文庫）p593

幽霊はここにいた（岩崎正吾）
◇「吹雪の山荘─赤い死の影の下に」東京創元社 2008（創元クライム・クラブ）p51
◇「吹雪の山荘─リレーミステリ」東京創元社 2014（創元推理文庫）p59

誘惑（奥田哲也）

「ひとにぎりの異形」光文社 2007（光文社文庫）p95

誘惑（渋谷良一）
◇「ショートショートの広場 20」講談社 2008（講談社文庫）p116

誘惑者（安部公房）
◇「日本文学全集 27」河出書房新社 2017 p423

創作 ユエビンと支那人船夫（李石薫）
◇「近代朝鮮文学日本語作品集1901〜1938 創作篇 3」緑蔭書房 2004 p155

愉快（正岡子規）
◇「新日本古典文学大系 明治編 27」岩波書店 2003 p37

愉快な客（有森信二）
◇「全作家短編小説集 12」全作家協会 2013 p57

愉快なシネカメラ（清岡卓行）
◇「新装版 全集現代文学の発見 13」學藝書林 2004 p458

愉快犯（井上賢一）
◇「ショートショートの花束 2」講談社 2010（講談社文庫）p164

湯抱（佐藤洋二郎）
◇「温泉小説」アーツアンドクラフツ 2006 p256

床下世界（岬兄悟）
◇「SFバカ本 人類復活篇」メディアファクトリー 2001 p65

床下の骨（圓眞美）
◇「てのひら怪談─ビーケーワン怪談大賞傑作選 壬辰」ポプラ社 2012（ポプラ文庫）p240

ゆかた（幸田文）
◇「ちくま日本文学 5」筑摩書房 2007（ちくま文庫）p417

浴衣の裾が（まつはるか）
◇「大人が読む。ケータイ小説─第1回ケータイ文学賞アンソロジー」オンブック 2007 p145

ゆがみ（高橋克彦）
◇「短篇ベストコレクション─現代の小説 2006」徳間書店 2006（徳間文庫）p553

ユーカリの小さな葉（村上龍）
◇「それでも三月は、また」講談社 2012 p245

湯ケ原ゆき（国木田独歩）
◇「明治の文学 22」筑摩書房 2001 p374

歪んだ愛（天沢彰）
◇「絶体絶命！」泰文堂 2011（Linda books！）p399

歪んだ鏡（成重奇荘）
◇「新・本格推理 7」光文社 2007（光文社文庫）p369

歪んだ鏡（宮部みゆき）
◇「書物愛 日本篇」晶文社 2005 p193
◇「書物愛 日本篇」東京創元社 2014（創元ライブラリ）p189

歪んだ空白（森村誠一）
◇「葬送列車─鉄道ミステリー名作館」徳間書店 2004（徳間文庫）p317

ゆきお

◇「鉄ミス倶楽部東海道新幹線50─推理小説アンソ
　ロジー」光文社 2014 （光文社文庫）p5

ゆがんだ子供（道尾秀介）
◇「短編工場」集英社 2012 （集英社文庫）p33

歪んだ月（永井するみ）
◇「悪魔のような女─女流ミステリー傑作選」角川
　春樹事務所 2001 （ハルキ文庫）p77

ゆき（トロチェフ, コンスタンチン）
◇「ハンセン病文学全集 7」皓星社 2004 p519

ユキ（唯川恵）
◇「秘密。─私と私のあいだの十二話」メディア
　ファクトリー 2005 p97

雪（会田綱雄）
◇「新装版 全集現代文学の発見 13」學藝書林 2004
　p386

雪（秋田穂月）
◇「ハンセン病文学全集 7」皓星社 2004 p494

雪（秋山清）
◇「新装版 全集現代文学の発見 別巻」學藝書林
　2005 p511

雪（宇野千代）
◇「せつない話 2」光文社 1997 p17

雪（岡本かの子）
◇「新編・日本幻想文学集成 3」国書刊行会 2016
　p451

雪（加門七海）
◇「雪女のキス」光文社 2000 （カッパ・ノベルス）
　p397

雪（楠田匡介）
◇「七人の警部─SEVEN INSPECTORS」廣済堂
　出版 1998 （KOSAIDO BLUE BOOKS）p73
◇「甦る名探偵─探偵小説アンソロジー」光文社
　2014 （光文社文庫）p139

雪（河野多惠子）
◇「誘惑─女流ミステリー傑作選」徳間書店 1999
　（徳間文庫）p113
◇「恐ろしき執念」リブリオ出版 2001 （怪奇・ホ
　ラーワールド）p5
◇「恐怖の花」ランダムハウス講談社 2007 p61

雪（高柳重信）
◇「新装版 全集現代文学の発見 13」學藝書林 2004
　p610

雪（鄭芝溶）
◇「近代朝鮮文学日本語作品集1908～1945 セレクショ
　ン 4」緑蔭書房 2008 p156

雪（中村真一郎）
◇「戦後占領期短篇小説コレクション 4」藤原書店
　2007 p125

雪（古川時夫）
◇「ハンセン病文学全集 7」皓星社 2004 p358

雪（本田倖）
◇「ゆきのまち幻想文学賞・小品集 7」NTTメディ
　アスコープ 1997 p163

雪（三好達治）
◇「新装版 全集現代文学の発見 13」學藝書林 2004
　p98

雪あかり（李正子）
◇「〈在日〉文学全集 17」勉誠出版 2006 p260

雪明かり（村上るみ子）
◇「ゆきのまち幻想文学賞・小品集 12」企画集団ぷ
　りずむ 2003 p150

行きあたりばったりで跳べ（寺山修司）
◇「ちくま日本文学 6」筑摩書房 2007 （ちくま文
　庫）p101

雪色の恋（有沢真由）
◇「5分で読める！ ひと駅ストーリー 旅の話」宝島
　社 2015 （宝島社文庫）p319

雪うさぎ（杉本苑子）
◇「剣鬼らの饗宴」光風社出版 1998 （光風社文庫）
　p115

雪写し（瑞木加奈）
◇「ゆきのまち幻想文学賞小品集 22」企画集団ぷり
　ずむ 2013 p72

雪鰻（浅田次郎）
◇「コレクション戦争と文学 12」集英社 2013 p516
◇「うなぎ─人情小説集」筑摩書房 2016 （ちくま文
　庫）p231

雪うぶめ（阿刀田高）
◇「雪女のキス」光文社 2000 （カッパ・ノベルス）
　p257

雪音（菅浩江）
◇「雪女のキス」光文社 2000 （カッパ・ノベルス）
　p351

雪おとこ（林大輔）
◇「ゆきのまち幻想文学賞・小品集 12」企画集団ぷ
　りずむ 2003 p103

雪を待つ朝（柴田よしき）
◇「暗闇を見よ」光文社 2010 （Kappa novels）
　p185
◇「暗闇を見よ」光文社 2015 （光文社文庫）p253

ゆきおろし（日和聡子）
◇「十年後のこと」河出書房新社 2016 p159

ゆきおんな（藤川桂介）
◇「雪女のキス」光文社 2000 （カッパ・ノベルス）
　p297

雪おんな（小泉八雲）
◇「雪女のキス」光文社 2000 （カッパ・ノベルス）
　p17

雪おんな（高木彬光）
◇「雪女のキス」光文社 2000 （カッパ・ノベルス）
　p107

雪女（赤川次郎）
◇「雪女のキス」光文社 2000 （カッパ・ノベルス）
　p241

雪女（今江祥智）
◇「モノノケ大合戦」小学館 2005 （小学館文庫）
　p325

雪女（奥田登）
◇「ゆきのまち幻想文学賞小品集 24」企画集団ぷり
　ずむ 2015 p134

雪女（加藤武雄）
◇「怪奇・伝奇時代小説選集 4」春陽堂書店 2000

作品名から引ける日本文学全集案内 第III期　**815**

ゆきお

（春陽文庫）p2

雪女（桜井哲夫）
◇「ハンセン病文学全集 7」皓星社 2004 p460

雪女（中村晃）
◇「怪奇・伝奇時代小説選集 4」春陽堂書店 2000 （春陽文庫）p11

雪女（山田風太郎）
◇「雪女のキス」光文社 2000 （カッパ・ノベルス）p49

雪女（和田芳恵）
◇「川端康成文学賞全作品 1」新潮社 1999 p95
◇「文学賞受賞・名作集成 4」リブリオ出版 2004 p187

雪おんな―金沢ニューグランドホテル（唯川恵）
◇「贅沢な恋人たち」幻冬舎 1997 （幻冬舎文庫）p49

雪女（抄）（森万紀子）
◇「山形県文学全集第1期（小説編）5」郷土出版社 2004 p407

雪女の家（嵯峨野秋彦）
◇「ゆきのまち幻想文学賞小品集 13」企画集団ぷりずむ 2004 p124

雪女の肖像（東しいな）
◇「ゆきのまち幻想文学賞小品集 16」企画集団ぷりずむ 2007 p90

雪女のできるまで（菊地秀行）
◇「雪女のキス」光文社 2000 （カッパ・ノベルス）p337

雪女の話（高崎正秀）
◇「妖怪」国書刊行会 1999 （書物の王国）p260

雪女のブレス（南綾子）
◇「恋のかけら」幻冬舎 2008 p99
◇「恋のかけら」幻冬舎 2012 （幻冬舎文庫）p109

雪女、ハワイに行く（豊福征子）
◇「ゆきのまち幻想文学賞小品集 17」企画集団ぷりずむ 2008 p154

童話劇 **雪女（吹雪の夜）**（秋田雨雀）
◇「新・プロレタリア文学精選集 2」ゆまに書房 2004 p170

雪蛙の宿で（小林義彦）
◇「ゆきのまち幻想文学賞小品集 21」企画集団ぷりずむ 2012 p156

ゆきかがみ（あめのくらげ）
◇「ゆきのまち幻想文学賞小品集 22」企画集団ぷりずむ 2013 p45

雪が消えたら（越一人）
◇「ハンセン病文学全集 7」皓星社 2004 p465

雪影のアトリエ（唯野子猫）
◇「ゆきのまち幻想文学賞・小品集 15」企画集団ぷりずむ 2006 p181

雪傘の日（すずきもえこ）
◇「ゆきのまち幻想文学賞小品集 24」企画集団ぷりずむ 2015 p58

雪が降り積もる前の、その僅かな永遠（佐々木淳一）
◇「ゆきのまち幻想文学賞小品集 18」企画集団ぷりずむ 2009 p201

雪が降る（都築直子）
◇「二十四粒の宝石―超短編小説傑作集」講談社 1998 （講談社文庫）p141

雪が降る（藤原伊織）
◇「影」文藝春秋 2003 （推理作家になりたくて マイベストミステリー）p227
◇「マイ・ベスト・ミステリー 2」文藝春秋 2007 （文春文庫）p345
◇「冒険の森へ―傑作小説大全 11」集英社 2015 p119

雪が降る（山本幸久）
◇「忘れない。―贈りものをめぐる十の話」メディアファクトリー 2007 p179

雪ヶ谷日記（稲垣足穂）
◇「ちくま日本文学 16」筑摩書房 2008 （ちくま文庫）p248

雪国の踊子（荻野アンナ）
◇「中沢けい・多和田葉子・荻野アンナ・小川洋子」角川書店 1998 （女性作家シリーズ）p296

雪国の孤独（加藤秀俊）
◇「山形県文学全集第2期（随筆・紀行編）4」郷土出版社 2005 p144

雪雲（李正子）
◇「〈在日〉文学全集 17」勉誠出版 2006 p278

雪子（山田耀平）
◇「ゆきのまち幻想文学賞小品集 23」企画集団ぷりずむ 2014 p175

雪子たち（葉原あきよ）
◇「超短編の世界 vol.3」創英社 2011 p37

雪猿（木村智佑）
◇「ゆきのまち幻想文学賞小品集 20」企画集団ぷりずむ 2011 p172

雪地蔵（青山蓮太郎）
◇「藤本義一文学賞 第1回」（大阪）たる出版 2016 p61

ゆきじぞうとおにまんじゅう（吉田未有）
◇「ゆきのまち幻想文学賞・小品集 9」企画集団ぷりずむ 2000 p146

雪女郎（皆川博子）
◇「雪女のキス」光文社 2000 （カッパ・ノベルス）p71

雪女臈（竹田真砂子）
◇「雪女のキス」光文社 2000 （カッパ・ノベルス）p87

雪白蝶の夜（大牟田真希）
◇「ゆきのまち幻想文学賞・小品集 7」NTTメディアスコープ 1997 p93

行きずりの街（志水辰夫）
◇「冒険の森へ―傑作小説大全 16」集英社 2015 p357

行倒の商売（三遊亭円朝）
◇「明治の文学 3」筑摩書房 2001 p361

雪たたき（幸田露伴）

ゆきの

◇「ちくま日本文学 23」筑摩書房 2008（ちくま文庫）p197
◇「思いがけない話」筑摩書房 2010（ちくま文学の森）p453

雪たゝき（幸田露伴）
◇「新編・日本幻想文学集成 2」国書刊行会 2016 p533

雪玉（巣山ひろみ）
◇「ゆきのまち幻想文学賞小品集 18」企画集団ぷりずむ 2009 p190

雪便り（羽菜しおり）
◇「ゆきのまち幻想文学賞・小品集 14」企画集団ぷりずむ 2005 p101

雪達磨（岡本綺堂）
◇「ちくま日本文学 32」筑摩書房 2009（ちくま文庫）p134

雪だるま王国にいらっしゃい！（内田雪絵）
◇「ゆきのまち幻想文学賞・小品集 9」企画集団ぷりずむ 2000 p105

ゆきだるまのしずく（塔山郁）
◇「5分で読める！ ひと駅ストーリー 冬の記憶西口編」宝島社 2013（宝島社文庫）p201

雪だるまの種（桜伊美紀）
◇「ゆきのまち幻想文学賞小品集 21」企画集団ぷりずむ 2012 p152

雪だるまんの恩返し（小笠原天音）
◇「ゆきのまち幻想文学賞小品集 16」企画集団ぷりずむ 2007 p56

雪提灯（澤田ふじ子）
◇「代表作時代小説 平成9年度」光風社出版 1997 p65
◇「春宵濡れ髪しぐれ―時代小説傑作選」講談社 2003（講談社文庫）p7

雪椿の里（山岡響）
◇「ハンセン病文学全集 8」皓星社 2006 p402

雪積もる海辺に（植田富栄）
◇「ゆきのまち幻想文学賞小品集 19」企画集団ぷりずむ 2010 p161

ゆきてかへらぬ―京都（中原中也）
◇「新装版 全集現代文学の発見 13」學藝書林 2004 p174

雪と金婚式（有栖川有栖）
◇「Anniversary 50―カッパ・ノベルス創刊50周年記念作品」光文社 2009（Kappa novels）p53

雪解け（永井荷風）
◇「読んでおきたい近代日本小説選」龍書房 2012 p118

雪解け（細田博子）
◇「ゆきのまち幻想文学賞・小品集 9」企画集団ぷりずむ 2000 p142

雪時計君時間（建石明子）
◇「ゆきのまち幻想文学賞小品集 13」企画集団ぷりずむ 2004 p60

雪溶けだるま（滝沢紘子）
◇「ゆきのまち幻想文学賞・小品集 14」企画集団ぷりずむ 2005 p153

雪どけ水の頃（大坂繁治）
◇「ゆきのまち幻想文学賞小品集 24」企画集団ぷりずむ 2015 p105

ユキとねねことルブランと……―栄町犬猫騒動記（大橋むつお）
◇「中学校劇作シリーズ 10」青雲書房 2006 p73

ゆきどまり（高橋克彦）
◇「幻想ミッドナイト―日常を破壊する恐怖の断片」角川書店 1997（カドカワ・エンタテインメント）p301
◇「ゆきどまり―ホラー・アンソロジー」祥伝社 2000（祥伝社文庫）p7

雪日記（李正子）
◇「〈在日〉文学全集 17」勉誠出版 2006 p345

雪に願いを（岡崎二郎）
◇「贈る物語Wonder」光文社 2002 p146

雪に願うこと（加藤正人）
◇「年鑑代表シナリオ集 '06」シナリオ作家協会 2008 p37

ゆきねこ（あまのかおり）
◇「ゆきのまち幻想文学賞小品集 25」企画集団ぷりずむ 2015 p153

雪ネコ（小南カーティス昌代）
◇「ゆきのまち幻想文学賞小品集 24」企画集団ぷりずむ 2015 p101

雪の色屋（武智弘美）
◇「ゆきのまち幻想文学賞・小品集 14」企画集団ぷりずむ 2005 p69

雪のウエディングドレス（柴田哲良）
◇「本格推理 15」光文社 1999（光文社文庫）p260

雪の上の足音（松吉久美子）
◇「ゆきのまち幻想文学賞・小品集 7」NTTメディアスコープ 1997 p41

雪の音（大路和子）
◇「代表作時代小説 平成11年度」光風社出版 1999 p79
◇「愛染夢灯籠―時代小説傑作選」講談社 2005（講談社文庫）p87

雪の音（瑞木加奈）
◇「ゆきのまち幻想文学賞小品集 19」企画集団ぷりずむ 2010 p139

雪の音―吉良義周（赤坂好美）
◇「我、本懐を遂げんとす―忠臣蔵傑作選」徳間書店 1998（徳間文庫）p269

雪の絵画教室（泡坂妻夫）
◇「密室レシピ」角川書店 2002（角川文庫）p197

雪の隠れ里（小西保明）
◇「ゆきのまち幻想文学賞小品集 22」企画集団ぷりずむ 2013 p154

雪のカセット（芝夏子）
◇「ゆきのまち幻想文学賞・小品集 14」企画集団ぷりずむ 2005 p149

雪の子（青）
◇「ゆきのまち幻想文学賞小品集 13」企画集団ぷりずむ 2004 p163

雪の子（脇田正）

作品名から引ける日本文学全集案内 第III期　**817**

ゆきの

◇「ゆきのまち幻想文学賞小品集 21」企画集団ぷりずむ 2012 p127

雪の子別れ（笹笹寅）
◇「忠臣蔵コレクション 1」河出書房新社 1998（河出文庫）p241

雪の散華（青木裕次）
◇「ゆきのまち幻想文学賞小品集 10」企画集団ぷりずむ 2001 p120

雪の時間（郁風）
◇「ゆきのまち幻想文学賞小品集 20」企画集団ぷりずむ 2011 p167

雪の下（柳田國男）
◇「ちくま日本文学 15」筑摩書房 2008（ちくま文庫）p228

雪の下―源実朝（多岐川恭）
◇「剣が謎を斬る―名作で読む推理小説史 時代ミステリー傑作選」光文社 2005（光文社文庫）p201

雪之丞変化（三上於菟吉）
◇「颯爽登場！ 第一話―時代小説ヒーロー初見参」新潮社 2004（新潮文庫）p265

雪の透く袖（鈴木紫村）
◇「文豪怪談傑作選 特別編」筑摩書房 2007（ちくま文庫）p22

雪の菅笠（村上元三）
◇「美女峠に星が流れる―時代小説傑作選」講談社 1999（講談社文庫）p393

雪のせい（水田美意子）
◇「5分で読める！ ひと駅ストーリー 冬の記憶西口編」宝島社 2013（宝島社文庫）p221

雪の精（野村胡堂）
◇「傑作捕物ワールド 9」リブリオ出版 2002 p111

雪の大文字（千鳥環）
◇「ゆきのまち幻想文学賞小品集 16」企画集団ぷりずむ 2007 p140

雪の種蒔き（杉山正和）
◇「ゆきのまち幻想文学賞・小品集 12」企画集団ぷりずむ 2003 p60

雪の翼（巣山ひろみ）
◇「ゆきのまち幻想文学賞小品集 20」企画集団ぷりずむ 2011 p15

雪の鶴（河内尚和）
◇「中学校創作シリーズ 9」青雲書房 2005 p41

雪の伝説（中野睦夫）
◇「ゆきのまち幻想文学賞小品集 23」企画集団ぷりずむ 2014 p187

雪の峠（佐多稲子）
◇「戦後短篇小説再発見 8」講談社 2002（講談社文芸文庫）p118

雪の殿様（荒井恵美子）
◇「ゆきのまち幻想文学賞・小品集 15」企画集団ぷりずむ 2006 p79

雪のとびら（有本吉見）
◇「ゆきのまち幻想文学賞小品集 23」企画集団ぷりずむ 2014 p130

雪のなか（立原正秋）

◇「山形県文学全集第1期（小説編）3」郷土出版社 2004 p220

雪の中の奇妙な果実（巽昌章）
◇「吹雪の山荘―赤い死の影の下に」東京創元社 2008（創元クライム・クラブ）p289
◇「吹雪の山荘―リレーミステリ」東京創元社 2014（創元推理文庫）p323

雪のなかのふたり（山田正紀）
◇「奇譚カーニバル」集英社 2000（集英社文庫）p143
◇「迷」文藝春秋 2003（推理作家になりたくて マイベストミステリー）p282
◇「マイ・ベスト・ミステリー 3」文藝春秋 2007（文春文庫）p418

川柳句集 雪の匂い（原七星）
◇「ハンセン病文学全集 9」皓星社 2010 p419

雪の博物館（鷹野晶）
◇「ゆきのまち幻想文学賞小品集 25」企画集団ぷりずむ 2015 p146

雪の花（坂本美智子）
◇「ゆきのまち幻想文学賞小品集 18」企画集団ぷりずむ 2009 p59

雪の花は（森春樹）
◇「ハンセン病文学全集 2」皓星社 2002 p65

雪のバレエ（トロチェフ，コンスタンチン）
◇「ハンセン病文学全集 7」皓星社 2004 p40

雪の反転鏡（中山佳子）
◇「ゆきのまち幻想文学賞小品集 19」企画集団ぷりずむ 2010 p7

雪の日（石井桃子）
◇「精選女性随筆集 8」文藝春秋 2012 p74

雪の日（岡本かの子）
◇「精選女性随筆集 4」文藝春秋 2012 p198

雪の日（近松秋江）
◇「読んでおきたい近代日本小説選」龍書房 2012 p175
◇「日本近代短篇小説選 明治篇2」岩波書店 2013（岩波文庫）p221

雪の日（鳥井文樹）
◇「ゆきのまち幻想文学賞・小品集 7」NTTメディアスコープ 1997 p182

雪の日（樋口一葉）
◇「新日本古典文学大系 明治編 24」岩波書店 2001 p13
◇「ちくま日本文学 13」筑摩書房 2008（ちくま文庫）p244
◇「「新編」日本女性文学全集 2」菁柿堂 2008 p6

雪のひと（皆川志保乃）
◇「ゆきのまち幻想文学賞小品集 16」企画集団ぷりずむ 2007 p153

雪の日のおりん（岩井護）
◇「秘剣闇を斬る」光風社出版 1998（光風社文庫）p353

雪の日の魔術（大山誠一郎）
◇「宝石ザミステリー 2016」光文社 2015 p359

雪の日のリリィ（土ヶ内照子）

ゆきみ

◇「ゆきのまち幻想文学賞・小品集 7」NTTメディ
アスコープ 1997 p150

雪の降るまで（田辺聖子）
◇「せつない話 2」光文社 1997 p52
◇「甘やかな祝祭─恋愛小説アンソロジー」光文社
2004（光文社文庫）p9
◇「小川洋子の偏愛短篇箱」河出書房新社 2009
p295
◇「小川洋子の偏愛短篇箱」河出書房新社 2012（河
出文庫）p295

雪の降るまで（樋口てい子）
◇「ゆきのまち幻想文学賞・小品集 15」企画集団ぷ
りずむ 2006 p173

雪の降る夜は（桐生典子）
◇「短篇ベストコレクション─現代の小説 2008」徳
間書店 2008（徳間文庫）p185

雪の埋葬（かんだかこ）
◇「ゆきのまち幻想文学賞小品集 10」企画集団ぷり
ずむ 2004 p163

雪のマズルカ（芦原すなお）
◇「ザ・ベストミステリーズ─推理小説年鑑 2000」
講談社 2000 p47
◇「嘘つきは殺人のはじまり」講談社 2003（講談社
文庫）p358

「雪のまち」（あおチューリップ）
◇「ゆきのまち幻想文学賞・小品集 14」企画集団ぷ
りずむ 2005 p157

雪の街（任一）
◇「近代朝鮮文学日本語作品集1908～1945 セレクショ
ン 3」緑蔭書房 2008 p385

雪の街を行く（李石薫）
◇「近代朝鮮文学日本語作品集1908～1945 セレクショ
ン 4」緑蔭書房 2008 p227

雪の守り（季瀬くすこ）
◇「ゆきのまち幻想文学賞・小品集 7」NTTメディ
アスコープ 1997 p200

雪の毬（斎藤勇）
◇「山形県文学全集第2期（随筆・紀行編）3」郷土出版
社 2005 p424

雪の宿（加賀乙彦）
◇「コレクション戦争と文学 9」集英社 2012 p641

雪の宿り（神西清）
◇「歴史小説の世紀 天の巻」新潮社 2000（新潮文
庫）p341
◇「日本文学全集 26」河出書房新社 2017 p37

雪の宵（城山昌樹）
◇「近代朝鮮文学日本語作品集1939～1945 創作篇 6」
緑蔭書房 2001 p77

雪の夜語り─今朝太郎渡年旅（古山高麗雄）
◇「剣鬼無明斬り」光風社出版 1997（光風社文庫）
p121

雪の夜（織田作之助）
◇「温泉小説」アーソアンドクラフツ 2006 p81

雪の夜に帰る（島本理生）
◇「聖なる夜に君は」角川書店 2009（角川文庫）
p79

雪の夜の話（太宰治）
◇「山形県文学全集第1期（小説編）1」郷土出版社
2004 p472

雪の夜のビターココア（宇佐美游）
◇「29歳」日本経済新聞出版社 2008 p167
◇「29歳」新潮社 2012（新潮文庫）p187

雪の練習生（抄）（多和田葉子）
◇「日本文学全集 28」河出書房新社 2017 p381

雪の轍（佐藤青南）
◇「5分で読める！ ひと駅ストーリー 冬の記憶東口
編」宝島社 2013（宝島社文庫）p11
◇「5分で驚く！ どんでん返しの物語」宝島社 2016
（宝島社文庫）p123

雪バス（暁ことり）
◇「気配─第10回フェリシモ文学賞作品集」フェリ
シモ 2007 p123

雪肌金さん（陣出達朗）
◇「傑作捕物ワールド 6」リブリオ出版 2002 p111

ゆきばたけ（北ノ倉マユミ）
◇「ゆきのまち幻想文学賞・小品集 9」企画集団ぷ
りずむ 2000 p123

雪花散り花（菅浩江）
◇「金田一耕助に捧ぐ九つの狂想曲」角川書店 2012
（角川文庫）p167

雪笛（竹之内博章）
◇「ゆきのまち幻想文学賞・小品集 12」企画集団ぷ
りずむ 2003 p81

雪婦人（倉阪鬼一郎）
◇「グランドホテル」廣済堂出版 1999（廣済堂文
庫）p403
◇「異界への入口」リブリオ出版 2001（怪奇・ホ
ラーワールド）p125

雪降る公園にて。─dedicated to…（三國礼）
◇「ゆきのまち幻想文学賞小品集 17」企画集団ぷり
ずむ 2008 p158

雪間（後藤一朗）
◇「ハンセン病文学全集 9」皓星社 2010 p213

雪舞（藤野碧）
◇「現代作家代表作選集 4」鼎書房 2013 p135

雪迷子（多岐亡羊）
◇「ひとにぎりの異形」光文社 2007（光文社文庫）
p212

雪間草（藤沢周平）
◇「鍔鳴り疾風剣」光風社出版 2000（光風社文庫）
p67

雪まつり 抄（折口信夫）
◇「ちくま日本文学 25」筑摩書房 2008（ちくま文
庫）p54

雪まろげ（早乙女貢）
◇「代表作時代小説 平成11年度」光風社出版 1999
p111

雪まろの夏（仲町六絵）
◇「ゆきのまち幻想文学賞小品集 20」企画集団ぷり
ずむ 2011 p134

雪見酒（七森はな）

ゆきみ

◇「ゆきのまち幻想文学賞・小品集 14」企画集団ぶりずむ 2005 p7

雪見舟（瀧澤美恵子）
◇「勝者の死にざま―時代小説選手権」新潮社 1998（新潮文庫）p535

雪見列車は舟で終る（宮脇俊三）
◇「山形県文学全集第2期〈随筆・紀行編〉6」郷土出版社 2005 p125

雪迎え（橘あおい）
◇「山形市児童劇団脚本集 3」山形市 2005 p207

雪迎え（森村怜）
◇「ゆきのまち幻想文学賞・小品集 14」企画集団ぶりずむ 2005 p62

雪模様（永井するみ）
◇「事件を追いかけろ―最新ベスト・ミステリー サプライズの花束編」光文社 2004（カッパ・ノベルス）p297
◇「事件を追いかけろ サプライズの花束編」光文社 2009（光文社文庫）p389

雪山（鈴木勝秀, 落合正幸）
◇「世にも奇妙な物語―小説の特別編」角川書店 2000（角川ホラー文庫）p5

行きゆきて玄界灘（夫馬基彦）
◇「文学 2010」講談社 2010 p227

雪夜（劉光石）
◇「〈在日〉文学全集 16」勉誠出版 2006 p75

遊行あるいは鎮魂歌（崔龍源）
◇「〈在日〉文学全集 18」勉誠出版 2006 p198

遊行雑記（幸田露伴）
◇「山形県文学全集第2期〈随筆・紀行編〉1」郷土出版社 2005 p82

雪夜の出来事（森川楓子）
◇「5分で読める！ ひと駅ストーリー 冬の記憶東口編」宝島社 2013（宝島社文庫）p271

雪渡り（平野直）
◇「学校放送劇舞台劇脚本集―宮沢賢治名作童話」東洋書院 2008 p229

雪渡り（宮沢賢治）
◇「日本文学全集 16」河出書房新社 2016 p133

雪童子（関口光枝）
◇「ゆきのまち幻想文学賞小品集 16」企画集団ぶりずむ 2007 p172

句集 **雪割**（栗生楽泉園楽泉園俳句会）
◇「ハンセン病文学全集 9」皓星社 2010 p141

ゆきんからん（北原なお）
◇「ゆきのまち幻想文学賞・小品集 12」企画集団ぶりずむ 2003 p117

雪ん子（宮部みゆき）
◇「雪女のキス」光文社 2000（カッパ・ノベルス）p375

雪ん子バージョンアップ！（大原啓子）
◇「ゆきのまち幻想文学賞小品集 16」企画集団ぶりずむ 2007 p189

雪ん子ロロ（林藍）
◇「山形市児童劇団脚本集 3」山形市 2005 p154

行く（塔和子）
◇「ハンセン病文学全集 7」皓星社 2004 p525

征く朝――一幕（濱田秀三郎）
◇「日本統治期台湾文学集成 12」緑蔭書房 2003 p121

行方（日和聡子）
◇「文学 2013」講談社 2013 p220
◇「小川洋子の陶酔短篇箱」河出書房新社 2014 p313

行方不明（宮里政充）
◇「扉の向こうへ」全作家協会 2014（全作家短編集）p28

行方不明の名人の事（富士正晴）
◇「戦後文学エッセイ選 7」影書房 2006 p178

ゆく雲（樋口一葉）
◇「明治の文学 17」筑摩書房 2000 p149
◇「新日本古典文学大系 明治編 24」岩波書店 2001 p193
◇「ちくま日本文学 13」筑摩書房 2008（ちくま文庫）p159

ゆく先（須藤文音）
◇「渚にて―あの日からの〈みちのく怪談〉」荒蝦夷 2016 p140

行く思想（寺山修司）
◇「ちくま日本文学 6」筑摩書房 2007（ちくま文庫）p130

ゆくひと（陽羅義光）
◇「回転ドアから」全作家協会 2015（全作家短編集）p6

ゆく人くる人（清松みゆき）
◇「集え！ へっぽこ冒険者たち―ソード・ワールド短編集」富士見書房 2002（富士見ファンタジア文庫）p297

逝く昼の歌（立原道造）
◇「新装版 全集現代文学の発見 14」學藝書林 2005 p446

逝く水（柳田國男）
◇「ちくま日本文学 15」筑摩書房 2008（ちくま文庫）p460

輸血の女（夏樹静子）
◇「冥界プリズン」光文社 1999（光文社文庫）p321
◇「謀」文藝春秋 2003（推理作家になりたくて マイベストミステリー）p40
◇「マイ・ベスト・ミステリー 4」文藝春秋 2007（文春文庫）p66

湯煙のごとき事件（山口雅也）
◇「M列車〈ミステリートレイン〉で行こう」光文社 2001（カッパ・ノベルス）p369

湯煙のように（香山末子）
◇「ハンセン病文学全集 7」皓星社 2004 p414

ユゴスの瞳（松本楽志）
◇「リトル・リトル・クトゥルー―史上最小の神話小説集」学習研究社 2009 p50

挺身する文化人3 **兪鎮午氏**（趙宇植）
◇「近代朝鮮文学日本語作品集1939〜1945 評論・随筆

篇 3」緑蔭書房 2002 p294
兪鎭午氏に聞く朝鮮文學の現狀（兪鎭午）
◇「近代朝鮮文学日本語作品集1939～1945 評論・随筆篇 1」緑蔭書房 2002 p153
湯島の境内（泉鏡花）
◇「ちくま日本文学 11」筑摩書房 2008（ちくま文庫）p428
輸出（城山三郎）
◇「経済小説名作選」筑摩書房 2014（ちくま文庫）p73
ゆすら梅の実は紅く（国満静志）
◇「ハンセン病文学全集 7」皓星社 2004 p400
譲り合いの心（@jun50r）
◇「3.11心に残る140字の物語」学研パブリッシング 2011 p63
豊かなる季節—関西旅行の印象（兪鎭午）
◇「近代朝鮮文学日本語作品集1939～1945 評論・随筆篇 3」緑蔭書房 2002 p299
ユダの遺書（岩田賛）
◇「甦る推理雑誌 10」光文社 2004（光文社文庫）p11
『ユダの窓』と「長方形の部屋」の間（法月綸太郎）
◇「マイ・ベスト・ミステリー 6」文藝春秋 2007（文春文庫）p431
ユダヤ系青二才（島田雅彦）
◇「現代小説クロニクル 1985～1989」講談社 2015（講談社文芸文庫）p35
Uターン（森真沙子）
◇「ゆきどまり—ホラー・アンソロジー」祥伝社 2000（祥伝社文庫）p245
油断大敵（大原久通）
◇「ショートショートの花束 4」講談社 2012（講談社文庫）p98
油斷は禁物（金億）
◇「近代朝鮮文学日本語作品集1939～1945 評論・随筆篇 1」緑蔭書房 2002 p388
ゆっくり歩こう—医療の充実要求七・三デモ（つきだまさし）
◇「ハンセン病文学全集 7」皓星社 2004 p176
ゆっくりさよなら（大崎知仁）
◇「オトナの片思い」角川春樹事務所 2007 p125
◇「オトナの片思い」角川春樹事務所 2009（ハルキ文庫）p119
ゆっくりと南へ（草上仁）
◇「日本SF短篇50 3」早川書房 2013（ハヤカワ文庫 JA）p345
湯壺の中の死体（宮原龍雄）
◇「江戸川乱歩の推理試験」光文社 2009（光文社文庫）p193
ゆでたまご（向田邦子）
◇「精選女性随筆集 11」文藝春秋 2012 p87
ゆで卵（辺見庸）
◇「コレクション戦争と文学 4」集英社 2011 p502
茹でハゲ（楠野一郎）
◇「超短編の世界 vol.2」創英社 2009 p24
湯どうふ（泉鏡花）
◇「金沢三文豪掌文庫 たべもの編」金沢文化振興財団 2011 p5
◇「文人御馳走帖」新潮社 2014（新潮文庫）p87
湯殿にぬるる芭蕉（近藤侃一）
◇「山形県文学全集第2期（随筆・紀行編）3」郷土出版社 2005 p325
湯の香（大塚楠緒子）
◇「「新編」日本女性文学全集 3」菁柿堂 2011 p51
湯のけむり（富田常雄）
◇「江戸の鈍感力—時代小説傑作選」集英社 2007（集英社文庫）p123
湯の洗礼（幸田文）
◇「ちくま日本文学 5」筑摩書房 2007（ちくま文庫）p361
湯の町エレジー（坂口安吾）
◇「ちくま日本文学 9」筑摩書房 2008（ちくま文庫）p355
湯の町オブ（大沢在昌）
◇「仮面のレクイエム」光文社 1998（光文社文庫）p91
◇「影」文藝春秋 2003（推理作家になりたくて マイベストミステリー）p90
◇「マイ・ベスト・ミステリー 2」文藝春秋 2007（文春文庫）p132
湯葉と文鎮—芥川龍之介小伝（樋上拓郎）
◇「新鋭劇作集 series 13」日本劇団協議会 2002 p157
湯原の福住楼に宿す（成島柳北）
◇「新日本古典文学大系 明治編 2」岩波書店 2004 p236
指（石井桃子）
◇「精選女性随筆集 8」文藝春秋 2012 p82
指（北村薫）
◇「眠れなくなる夢十夜」新潮社 2009（新潮文庫）p81
指（鳥海たつみ）
◇「ひらく—第15回フェリシモ文学賞」フェリシモ 2012 p160
指（趙南哲）
◇「〈在日〉文学全集 18」勉誠出版 2006 p156
指（宮城谷昌光）
◇「異色中国短篇傑作大全」講談社 1997 p7
◇「歴史小説の世紀 地の巻」新潮社 2000（新潮文庫）p719
◇「紅葉谷から剣鬼が来る—時代小説傑作選」講談社 2002（講談社文庫）p79
由熙（李良枝）
◇「〈在日〉文学全集 8」勉誠出版 2006 p275
ゆびおり（松本楽志）
◇「てのひら怪談—ビーケーワン怪談大賞傑作選 庚寅」ポプラ社 2010（ポプラ文庫）p142
指切り（不狼児）
◇「てのひら怪談—ビーケーワン怪談大賞傑作選」ポプラ社 2007 p84

ゆひき

◇「てのひら怪談―ビーケーワン怪談大賞傑作選」ポプラ社 2008（ポプラ文庫）p88

ゆびきりげんまん（花井愛子）
◇「セブンス・アウト―悪夢七夜」童夢舎 2000（Doumノベル）p101

指ごこち（菊地秀行）
◇「グランドホテル」廣済堂出版 1999（廣済堂文庫）p615
◇「幽霊怪談」リブリオ出版 2001（怪奇・ホラーワールド）p31

指先アクロバティック（青砥十）
◇「超短編の世界 vol.2」創英社 2009 p55

ゆびに・からめる（深川拓）
◇「夢魔」光文社 2001（光文社文庫）p463

指の上の深海（稲葉真弓）
◇「文学 2009」講談社 2009 p168

指の音楽（志賀泉）
◇「太宰治賞 2004」筑摩書房 2004 p29

指の秘密（姫山）
◇「明治探偵冒険小説 4」筑摩書房 2005（ちくま文庫）p415

指の冬（川又千秋）
◇「日本SF全集 2」出版芸術社 2010 p105

指輪（雨宮雨彦）
◇「ゆきのまち幻想文学賞・小品集 14」企画集団ぷりずむ 2005 p125

指輪（小沼丹）
◇「謎の部屋」筑摩書房 2012（ちくま文庫）p294

指輪／黒いハンカチ（小沼丹）
◇「謎のギャラリー―謎の部屋」新潮社 2002（新潮文庫）p293

ユープケッチャ（安部公房）
◇「戦後短篇小説再発見 16」講談社 2003（講談社文芸文庫）p110
◇「新編・日本幻想文学集成 1」国書刊行会 2016 p141

優布子さんのこと（石倉麻里）
◇「むすぶ―第11回フェリシモ文学賞作品集」フェリシモ 2008 p141

ゆふすげびと（立原道造）
◇「新装版 全集現代文学の発見 14」學藝書林 2005 p446

弓浦市（川端康成）
◇「文豪怪談傑作選 川端康成集」筑摩書房 2006（ちくま文庫）p253

弓ケ浜での思い出（若林優稀）
◇「「伊豆文学賞」優秀作品集 第15回」羽衣出版 2012 p254

弓子の後悔（宮部みゆき）
◇「白のミステリー―女性ミステリー作家傑作選」光文社 1997 p63
◇「女性ミステリー作家傑作選 3」光文社 1999（光文社文庫）p227

柚味噌会（正岡子規）
◇「文人御馳走帖」新潮社 2014（新潮文庫）p59

弓町の家（すみや主人）
◇「文豪怪談傑作選 特別編」筑摩書房 2007（ちくま文庫）p214

弓町より（石川啄木）
◇「ちくま日本文学 33」筑摩書房 2009（ちくま文庫）p266

弓投げの崖を見てはいけない（道尾秀介）
◇「蝦蟇倉市事件 1」東京創元社 2010（東京創元社・ミステリ・フロンティア）p7
◇「晴れた日は謎を追って」東京創元社 2014（創元推理文庫）p11

弓は袋へ―福島正則（白石一郎）
◇「人物日本の歴史―時代小説版 江戸編 上」小学館 2004（小学館文庫）p5

ゆめ（大島真寿美）
◇「セブンティーン・ガールズ」KADOKAWA 2014（角川文庫）p135

ゆめ（岳宏一郎）
◇「代表作時代小説 平成17年度」光文社 2005 p153

ゆめ（中勘助）
◇「夢」国書刊行会 1998（書物の王国）p17
◇「人獣怪婚」筑摩書房 2000（ちくま文庫）p223
◇「文豪怪談傑作選 大正篇」筑摩書房 2011（ちくま文庫）p34

夢（芥川龍之介）
◇「夢」SDP 2009（SDP bunko）p69
◇「文豪怪談傑作選 芥川龍之介集」筑摩書房 2010（ちくま文庫）p257
◇「文豪怪談傑作選 芥川龍之介集」筑摩書房 2010（ちくま文庫）p307

夢（李光洙）
◇「近代朝鮮文学日本語作品集1939〜1945 創作篇 2」緑蔭書房 2001 p7

夢（志賀直哉）
◇「文豪怪談傑作選 大正篇」筑摩書房 2011（ちくま文庫）p197

夢（寺田寅彦）
◇「文豪怪談傑作選 大正篇」筑摩書房 2011（ちくま文庫）p139

夢（萩原朔太郎）
◇「ちくま日本文学 36」筑摩書房 2009（ちくま文庫）p168
◇「夢」SDP 2009（SDP bunko）p117

夢（正岡子規）
◇「新日本古典文学大系 明治編 27」岩波書店 2003 p17
◇「ちくま日本文学 40」筑摩書房 2009（ちくま文庫）p46
◇「文豪怪談傑作選 明治編」筑摩書房 2011（ちくま文庫）p12
◇「文豪怪談傑作選 明治編」筑摩書房 2011（ちくま文庫）p12

夢（三橋一夫）
◇「夢」国書刊行会 1998（書物の王国）p72
◇「日本怪奇小説傑作集 2」東京創元社 2005（創元推理文庫）p291

◇「コレクション戦争と文学 13」集英社 2011 p159

夢（森鷗外）
◇「夢」SDP 2009（SDP bunko）p105

夢淡き、酒（倉阪鬼一郎）
◇「酒の夜語り」光文社 2002（光文社文庫）p83

夢一夜（阿刀田高）
◇「眠れなくなる夢十夜」新潮社 2009（新潮文庫）p7

夢うつつ（杉本利男）
◇「全作家短編小説集 6」全作家協会 2007 p236

夢現つ（小杉みか）
◇「ゆきのまち幻想文学賞・小品集 7」NTTメディアスコープ 1997 p172

夢うつつ十人斬り（羽太雄平）
◇「勝者の死にざま─時代小説選手権」新潮社 1998（新潮文庫）p463

夢卜（正岡子規）
◇「新日本古典文学大系 明治編 27」岩波書店 2003 p19

夢追い人（藤井仁司）
◇「Sports stories」埼玉県さいたま市 2010（さいたま スポーツ文学賞受賞作品集）p157

夢を失ふ（葉歩月）
◇「日本統治期台湾文学集成 19」緑蔭書房 2003 p261

夢を実現させていただいて、ただただ有り難い＞神谷宣郎（神谷美恵子）
◇「日本人の手紙 6」リブリオ出版 2004 p199

夢を孕む女（山田一夫）
◇「京都府文学全集第1期(小説編) 2」郷土出版社 2005 p11

夢を見た（榛原朝人）
◇「トロピカル」廣済堂出版 1999（廣済堂文庫）p205

夢を見る（甲木千絵）
◇「少女のなみだ」泰文堂 2014（リンダブックス）p201

夢がたり（大峰古且）
◇「文豪怪談傑作選 柳田國男集」筑摩書房 2007（ちくま文庫）p367

夢がたり（高崎節子）
◇「読み聞かせる戦争」光文社 2015 p235

夢、かも（斎藤肇）
◇「悪夢が嗤う瞬間」勁文社 1997（ケイブンシャ文庫）p37

夢から憶い出す（志賀直哉）
◇「文豪怪談傑作選 大正篇」筑摩書房 2011（ちくま文庫）p236

夢観音（藤沢周）
◇「空を飛ぶ恋─ケータイがつなぐ28の物語」新潮社 2006（新潮文庫）p94

夢屑（島尾敏雄）
◇「戦後短篇小説再発見 16」講談社 2003（講談社文芸文庫）p90

湯めぐり推理休暇 伊豆湯ケ島温泉編（飛児おくら）
◇「本格推理 12」光文社 1998（光文社文庫）p113

夢子（村松友視）
◇「東京小説」紀伊國屋書店 2000 p131

夢子─深川（村松友視）
◇「東京小説」日本経済新聞出版社 2013（日経文芸文庫）p143

夢 「三斜晶系」より（寺田寅彦）
◇「文藝怪談傑作選 大正篇」筑摩書房 2011（ちくま文庫）p158

夢三十夜（津原泰水）
◇「稲生モノノケ大全 陽之巻」毎日新聞社 2005 p285

夢路（内田百閒）
◇「文豪怪談傑作選 大正篇」筑摩書房 2011（ちくま文庫）p113

ゆめじ白天目（後藤真子）
◇「ゆきのまち幻想文学賞小品集 21」企画集団ぷりずむ 2012 p47

夢二断章（山岸龍太郎）
◇「山形県文学全集第2期(随筆・紀行編) 5」郷土出版社 2005 p276

夢路の風車─井原西鶴『西鶴諸国ばなし』（井原西鶴）
◇「架空の町」国書刊行会 1997（書物の王国）p112

夢十夜（夏目漱石）
◇「奇譚カーニバル」集英社 2000（集英社文庫）p17
◇「日本近代文学に描かれた「恋愛」」牧野出版 2001 p43
◇「匠」文藝春秋 2003（推理作家になりたくて マイベストミステリー）p215
◇「マイ・ベスト・ミステリー 1」文藝春秋 2007（文春文庫）p324
◇「ちくま日本文学 29」筑摩書房 2008（ちくま文庫）p312
◇「百年小説」ポプラ社 2008 p23
◇「夢」SDP 2009（SDP bunko）p5
◇「変身ものがたり」筑摩書房 2010（ちくま文学の森）p469
◇「文豪怪談傑作選 明治編」筑摩書房 2011（ちくま文庫）p101
◇「幻妖の水脈（みお）」筑摩書房 2013（ちくま文庫）p118
◇「文豪たちが書いた怖い名作短編集」彩図社 2014 p20

『夢十夜』より 第三夜（夏目漱石）
◇「もっと厭な物語」文藝春秋 2014（文春文庫）p9

夢捨て場（光原百合）
◇「捨てる─アンソロジー」文藝春秋 2015 p162

夢ちがえ（澁澤龍彦）
◇「夢」国書刊行会 1998（書物の王国）p173

夢ちがえの姫君（涼瀬れい）
◇「京都宵」光文社 2008（光文社文庫）p439

夢憑き（霜島ケイ）

作品名から引ける日本文学全集案内 第III期　823

ゆめと

◇「夢魔」光文社 2001（光文社文庫）p29

夢と人生（原民喜）
◇「文豪怪談傑作選 昭和篇」筑摩書房 2011（ちくま文庫）p297

夢殿王（小沢章友）
◇「歴史の息吹」新潮社 1997 p227

ユメとボク（谺雄二）
◇「ハンセン病文学全集 7」皓星社 2004 p280

夢について（作者表記なし）
◇「新装版 全集現代文学の発見 7」學藝書林 2003 p527

夢について―或いは、可能性の作家（埴谷雄高）
◇「戦後文学エッセイ集 3」影書房 2005 p136

夢日記（幸田露伴）
◇「文豪怪談傑作選 幸田露伴集」筑摩書房 2010（ちくま文庫）p102

夢日記（抄）（島尾敏雄）
◇「文豪てのひら怪談」ポプラ社 2009（ポプラ文庫）p84

夢に出てくる人（香山末子）
◇「ハンセン病文学全集 7」皓星社 2004 p474

夢にみる空家の庭の秘密（萩原朔太郎）
◇「ちくま日本文学 36」筑摩書房 2009（ちくま文庫）p145

夢猫記（猫乃ツルギ）
◇「リトル・リトル・クトゥルー―史上最小の神話小説集」学習研究社 2009 p196

夢ねんど（江坂遊）
◇「綾辻・有栖川復刊セレクション 仕掛け花火」講談社 2007（講談社ノベルス）p62

夢のあかし（赤瀬川隼）
◇「愛に揺れて」リブリオ出版 2001（ラブミーワールド）p5
◇「恋愛小説・名作集成 5」リブリオ出版 2004 p5

夢のあと（立原道造）
◇「新装版 全集現代文学の発見 14」學藝書林 2005 p451

夢の居酒屋―享保の酒・豊島屋十右衛門（童門冬二）
◇「酔うて候―時代小説傑作選」徳間書店 2006（徳間文庫）p197

夢の入れ子（石神茉莉）
◇「酒の夜語り」光文社 2002（光文社文庫）p473

夢の浮橋（谷崎潤一郎）
◇「新編・日本幻想文学集成 3」国書刊行会 2016 p102

夢の浮橋―『人形佐七捕物帳』より（横溝正史）
◇「夏しぐれ―時代小説アンソロジー」角川書店 2013（角川文庫）p159

夢の歌（津島佑子）
◇「恋物語」朝日新聞社 1998 p222

夢の器（原民喜）
◇「文豪怪談傑作選 昭和篇」筑摩書房 2011（ちくま文庫）p282

夢の影響（与謝野晶子）

◇「夢」SDP 2009（SDP bunko）p111

夢のおとない（金子みづほ）
◇「てのひら怪談―ビーケーワン怪談大賞傑作選 百怪繚乱篇」ポプラ社 2008 p184
◇「てのひら怪談―ビーケーワン怪談大賞傑作選 己丑」ポプラ社 2009（ポプラ文庫）p120

夢の終わり（波多野都）
◇「失恋前夜―大人のための恋愛短篇集」泰文堂 2013（レインブックス）p157

夢の回廊（梁石日）
◇「短篇ベストコレクション―現代の小説 2000」徳間書店 2000 p127

夢の香り（石田衣良）
◇「あなたに、大切な香りの記憶はありますか？―短編小説集」文藝春秋 2008 p5
◇「あなたに、大切な香りの記憶はありますか？」文藝春秋 2011（文春文庫）p7

夢の影（崔龍源）
◇「〈在日〉文学全集 18」勉誠出版 2006 p179

夢のかけら 麺のかけら（石持浅海）
◇「麺'sミステリー倶楽部―傑作推理小説集」光文社 2012（光文社文庫）p149

夢の果実（高瀬美恵）
◇「チャイルド」廣済堂出版 1998（廣済堂文庫）p461

夢の壁（加藤幸子）
◇「吉田知子・森万紀子・吉行理恵・加藤幸子」角川書店 1998（女性作家シリーズ）p353

夢の通い路（伊藤桂一）
◇「代表作時代小説 平成9年度」光風社出版 1997 p309
◇「春宵濡れ髪しぐれ―時代小説傑作選」講談社 2003（講談社文庫）p243

夢の通い路よるさへや（五十月彩）
◇「ゆきのまち幻想文学賞小品集 23」企画集団ぷりずむ 2014 p114

夢の体（津島佑子）
◇「夢」国書刊行会 1998（書物の王国）p33

夢の木（江坂遊）
◇「綾辻・有栖川復刊セレクション 仕掛け花火」講談社 2007（講談社ノベルス）p97

夢の樹が接げたなら（森岡浩之）
◇「日本SF短篇50 3」早川書房 2013（ハヤカワ文庫 JA）p431

夢の国（正岡子規）
◇「新日本古典文学大系 明治編 27」岩波書店 2003 p18
◇「文豪怪談傑作選 明治編」筑摩書房 2011（ちくま文庫）p12

夢の国の悪夢（小貫風樹）
◇「新・本格推理 03」光文社 2003（光文社文庫）p429

夢の結末（飛雄）
◇「てのひら怪談―ビーケーワン怪談大賞傑作選 百怪繚乱篇」ポプラ社 2008 p36

夢の検閲官（筒井康隆）

ゆめは

◇「夢」国書刊行会 1998（書物の王国）p190

夢の効用（島尾敏雄）
◇「戦後文学エッセイ選 10」影書房 2007 p226

夢の声（永井路子）
◇「夢がたり大川端」光風社出版 1998（光風社文庫）p23

夢の告別（林學洙）
◇「近代朝鮮文学日本語作品集1908〜1945 セレクション 3」緑蔭書房 2008 p407

夢の如く出現した彼（青柳喜兵衛）
◇「幻の探偵雑誌」光文社 2002（光文社文庫）p336

夢のさめぎは（和辻哲郎）
◇「文士の意地―亘谷長吉撰短篇小説輯 上巻」作品社 2005 p113

夢の島（関根弘）
◇「新装版 全集現代文学の発見 13」學藝書林 2004 p328

夢の島クルーズ（鈴木光司）
◇「幻想ミッドナイト―日常を破壊する恐怖の断片」角川書店 1997（カドカワ・エンタテインメント）p269
◇「怪談―24の恐怖」講談社 2004 p39

夢の住人（田中せいや）
◇「超短編の世界 vol.3」創英社 2011 p154

夢の姿（宮城道雄）
◇「夢」国書刊行会 1998（書物の王国）p212

ゆめのせかいの上で（トロチェフ, コンスタンチン）
◇「ハンセン病文学全集 7」皓星社 2004 p37

夢の節電エアコン（@shinichikudoh）
◇「3.11心に残る140字の物語」学研パブリッシング 2011 p76

夢の茶屋（池波正太郎）
◇「江戸の老人力―時代小説傑作選」集英社 2002（集英社文庫）p9

夢の続き（雨澄碧）
◇「5分で読める！ ひと駅ストーリー 本の物語」宝島社 2014（宝島社文庫）p119

夢の翼（市原麻里子）
◇「代表作時代小説 平成12年度」光風社出版 2000 p137

夢のなかで（南じゅんけい）
◇「ショートショートの広場 19」講談社 2007（講談社文庫）p151

夢の中で宙返りをする方法（タイム涼介）
◇「辞書、のような物語。」大修館書店 2013 p127

夢の中での日常（島尾敏雄）
◇「新装版 全集現代文学の発見 8」學藝書林 2003 p196

夢の中の宴（倉阪鬼一郎）
◇「世紀末サーカス」廣済堂出版 2000（廣済堂文庫）p85

夢の中の男…（春原慶秀）
◇「ショートショートの広場 16」講談社 2005（講談社文庫）p207

夢の中の顔（宮野叢子）
◇「甦る推理雑誌 7」光文社 2003（光文社文庫）p141

夢の中の子供（香山末子）
◇「ハンセン病文学全集 7」皓星社 2004 p301
◇「〈在日〉文学全集 17」勉誠出版 2006 p98

夢のなかの街（倉橋由美子）
◇「新編・日本幻想文学集成 1」国書刊行会 2016 p248

夢の奈落（速瀬れい）
◇「恐怖症」光文社 2002（光文社文庫）p159

夢の日記（中勘助）
◇「文豪怪談傑作選 大正篇」筑摩書房 2011（ちくま文庫）p43

夢の日記から（中勘助）
◇「文豪怪談傑作選 大正篇」筑摩書房 2011（ちくま文庫）p19
◇「文豪山怪奇譚―山の怪談名作選」山と渓谷社 2016 p147

夢の場所（正岡子規）
◇「新日本古典文学大系 明治編 27」岩波書店 2003 p233

夢の花（眉村卓）
◇「現代の小説 1997」徳間書店 1997 p63

ゆめの話（室生犀星）
◇「文豪怪談傑作選 室生犀星集」筑摩書房 2008（ちくま文庫）p192

夢の話（谷内六郎）
◇「夢」国書刊行会 1998（書物の王国）p57

夢の人（平山敏也）
◇「ショートショートの花束 5」講談社 2013（講談社文庫）p148

夢の兵舎（竹内治）
◇「日本統治期台湾文学集成 4」緑蔭書房 2002 p363

長篇青春小説 夢の紅薔薇（竹田右左之島人）
◇「日本統治期台湾文学集成 7」緑蔭書房 2002 p7

夢の目蓋（浦浜圭一郎）
◇「夢魔」光文社 2001（光文社文庫）p201

ゆめのみらい（佐々木俊輔）
◇「太宰治賞 2011」筑摩書房 2011 p213

夢の未来へ（星新一）
◇「冒険の森へ―傑作小説大全 8」集英社 2015 p23

夢の有機生命体（弾射音）
◇「SFバカ本 たいやき篇プラス」廣済堂出版 1999（廣済堂文庫）p265

夢の雪の中で（谺雄二）
◇「ハンセン病文学全集 7」皓星社 2004 p285

夢ばか（抄）（日影丈吉）
◇「文豪てのひら怪談」ポプラ社 2009（ポプラ文庫）p172

夢判断（小鳥遊ふみ）
◇「ショートショートの花束 3」講談社 2011（講談社文庫）p11

作品名から引ける日本文学全集案内 第III期　825

ゆめは

夢判断（寺田寅彦）
◇「文豪怪談傑作選 大正篇」筑摩書房 2011（ちくま文庫）p155

夢彦の雨（李正子）
◇「〈在日〉文学全集 17」勉誠出版 2006 p340

夢筆耕（石川英輔）
◇「しぐれ舟―時代小説招待席」廣済堂出版 2003 p7
◇「しぐれ舟―時代小説招待席」徳間書店 2008（徳間文庫）p5

夢不絶（正岡子規）
◇「新日本古典文学大系 明治編 27」岩波書店 2003 p48

夢見し黄金色―オーファンの光が導く（篠谷志乃）
◇「へっぽこ冒険者と緑の蔭―ソード・ワールド短編集」富士見書房 2005（富士見ファンタジア文庫）p195

夢みたいなこと（金時鐘）
◇「〈在日〉文学全集 5」勉誠出版 2006 p106

夢見の噺（清水雅世）
◇「はじめての小説（ミステリー）―内田康夫＆東京・北区が選んだ気鋭のミステリー」実業之日本社 2008 p59

夢見る葦笛（上田早夕里）
◇「怪物團」光文社 2009（光文社文庫）p245
◇「量子回廊―年刊日本SF傑作選」東京創元社 2010（創元SF文庫）p13

夢見る椅子（大澤幸子）
◇「ゆきのまち幻想文学賞・小品集 9」企画集団ぶりずむ 2000 p110

夢見る神の都（妹尾ゆふ子）
◇「秘神界 現代編」東京創元社 2002（創元推理文庫）p497

夢見る天国（井上雅彦）
◇「GOD」廣済堂出版 1999（廣済堂文庫）p585

夢見る部屋（宇野浩二）
◇「日本文学100年の名作 1」新潮社 2014（新潮文庫）p315

夢見る貧しい人々（岩井志麻子）
◇「迷」文藝春秋 2003（推理作家になりたくて マイベストミステリー）p28
◇「マイ・ベスト・ミステリー 3」文藝春秋 2007（文春文庫）p35

夢も噺も―落語家 三遊亭夢楽の道（白石佐代子）
◇「新進作家戯曲集」論創社 2004 p149

夢もろもろ（横光利一）
◇「夢」SDP 2009（SDP bunko）p127

ゆめ・ユメ・夢物語（須藤翔平）
◇「山形市児童劇団脚本集 3」山形市 2005 p170

夢は飛ぶ（杉本章子）
◇「代表作時代小説 平成15年度」光風社出版 2003 p251

夢はにほへと（内館牧子）

◇「別れの手紙」角川書店 1997（角川文庫）p5

夢はやぶれて―あるリストラの記録より（山田正紀）
◇「夢魔」光文社 2001（光文社文庫）p143

ユーモレスク（開高健）
◇「戦後短篇小説再発見 15」講談社 2003（講談社文芸文庫）p78

ユーモレスク（北村周一）
◇「北日本文学賞入賞作品集 2」北日本新聞社 2002 p77

熊野（ゆや）… → "くまの…"をも見よ

熊野（三島由紀夫）
◇「創刊一〇〇年三田文学名作選」三田文学会 2010 p557

湯屋騒ぎ―木戸番人お江戸日記（喜安幸夫）
◇「代表作時代小説 平成14年度」光風社出版 2002 p63

熊野の長藤（太田智子）
◇「伊豆文学賞 優秀作品集 第19回」羽衣出版 2016 p152

由良川心中（水上勉）
◇「京都府文学全集第1期（小説編）6」郷土出版社 2005 p11

ゆらぎ（傳田光洋）
◇「物語のルミナリエ」光文社 2011（光文社文庫）p86

ゆらゆらと水（芳﨑洋子）
◇「優秀新人戯曲集 2003」ブロンズ新社 2002 p71

百合（我妻俊樹）
◇「てのひら怪談―ビーケーワン怪談大賞傑作選 庚寅」ポプラ社 2010（ポプラ文庫）p134

百合（川端康成）
◇「植物」国書刊行会 1998（書物の王国）p162

ゆりあ（高瀬美恵）
◇「邪香草―恋愛ホラー・アンソロジー」祥伝社 2003（祥伝社文庫）p47

閖上の釣り人（黒木あるじ）
◇「渚にて―あの日からの〈みちのく怪談〉」荒蝦夷 2016 p25

ユリイカ（山之内芳枝）
◇「忘れがたい者たち―ライトノベル・ジュブナイル選集」創英社 2007 p153

ゆり籠（石牟礼道子）
◇「文学 2002」講談社 2002 p90

百合君と百合ちゃん―満二十八歳までに結婚することが国民の義務となりました（森奈津子）
◇「NOVA―書き下ろし日本SFコレクション 10」河出書房新社 2013（河出文庫）p289

ゆり子の日々（古倉節子）
◇「全作家短編小説集 11」全作家協会 2012 p224

百合子姫（北村薫）
◇「秘密。―私と私のあいだの十二話」メディアファクトリー 2005 p125

ゆりちゃんを殺しに（荻田美加）

◇「恋は、しばらくお休みです。―恋愛短篇小説集」泰文堂 2013（レインブックス）p37

百合の花（小川未明）
◇「文豪怪談傑作選 小川未明集」筑摩書房 2008（ちくま文庫）p22

百合の花（金岸曙）
◇「近代朝鮮文学日本語作品集1908～1945 セレクション 4」緑蔭書房 2008 p319

ゆりのゆび（春口裕子）
◇「with you」幻冬舎 2004 p211

ゆるいゆるいミステリの、ささやかな謎のようなもの。（千野帽子）
◇「ベスト本格ミステリ 2015」講談社 2015（講談社ノベルス）p411

ゆるキャラはなぜ殺される（東川篤哉）
◇「宝石ザミステリー 2014冬」光文社 2014 p65
◇「ザ・ベストミステリーズ―推理小説年鑑 2015」講談社 2015 p207

許されし偽り（北沢慶）
◇「許されし偽り―ソード・ワールド短編集」富士見書房 2001（富士見ファンタジア文庫）p7

許されぬ恋（みわみつる）
◇「ショートショートの広場 19」講談社 2007（講談社文庫）p238

許されようとは思いません（芦沢央）
◇「ザ・ベストミステリーズ―推理小説年鑑 2015」講談社 2015 p7
◇「ベスト本格ミステリ 2015」講談社 2015（講談社ノベルス）p347

赦されるために（亡川日出男）
◇「ろうそくの炎がささやく言葉」勁草書房 2011 p7

赦しの庭（舘有紀）
◇「日本海文学大賞―大賞作品集 2」日本海文学大賞運営委員会 2007 p169

ゆるやかな自殺（貫志祐介）
◇「ザ・ベストミステリーズ―推理小説年鑑 2013」講談社 2013 p123
◇「Symphony漆黒の交響曲」講談社 2016（講談社文庫）p89

揺れた（開高健）
◇「戦後短編小説選―『世界』1946–1999 3」岩波書店 2000 p113

ゆれやすき胸（李正子）
◇「〈在日〉文学全集 17」勉誠出版 2006 p289

揺れる最終電車（拓未司）
◇「5分で読める！ ひと駅ストーリー 乗車編」宝島社 2012（宝島社文庫）p21

揺れる少女（黒柳尚己）
◇「ショートショートの花束 5」講談社 2013（講談社文庫）p208

湯わかし（河野慶彦）
◇「日本統治期台湾文学集成 6」緑蔭書房 2002 p397

尹参奉（具珉）
◇「近代朝鮮文学日本語作品集1901～1938 創作篇 5」緑蔭書房 2004 p189

尹主事（金史良）
◇「近代朝鮮文学日本語作品集1939～1945 創作篇 4」緑蔭書房 2001 p294

【 よ 】

余（正岡子規）
◇「新日本古典文学大系 明治編 27」岩波書店 2003 p175

夜明け（上忠司）
◇「日本統治期台湾文学集成 18」緑蔭書房 2003 p240

夜明け、彼は妄想より来る（牧野修）
◇「帰還」光文社 2000（光文社文庫）p445

青年劇 夜明けの空（王庚申）
◇「日本統治期台湾文学集成 10」緑蔭書房 2003 p176

夜明けの雨―聖坂・春（藤原緋沙子）
◇「春はやて―時代小説アンソロジー」KADOKAWA 2016（角川文庫）p47

夜明けの歌（国語普及の栞刊行会）
◇「日本統治期台湾文学集成 10」緑蔭書房 2003 p5

夜あけの吸血鬼（都筑道夫）
◇「屍鬼の血族」桜桃書房 1999 p359

夜明けの灯火（盧焜容）
◇「〈在日〉文学全集 18」勉誠出版 2006 p210

夜明けのない朝（岬兄悟）
◇「日本SF全集 3」出版芸術社 2013 p261

夜明けの女神たち（田中文雄）
◇「文藝百物語」ぶんか社 1997 p277

夜明け前―注目の作家が明かす、作家のはじまり…（万城目学）
◇「Fiction zero／narrative zero」講談社 2007 p039

夜明けまえに歌う―南朝鮮への手紙にかえて（呉林俊）
◇「〈在日〉文学全集 17」勉誠出版 2006 p124

夜明け前のバスルーム（清水奈緒子）
◇「気配―第10回フェリシモ文学賞作品集」フェリシモ 2007 p161

夜明けまで（大藪春彦）
◇「江戸川乱歩と13の宝石 2」光文社 2007（光文社文庫）p347

夜嵐お絹の毒（戸川昌子）
◇「合わせ鏡―女流時代小説傑作選」角川春樹事務所 2003（ハルキ文庫）p229

酔いがさめたら、うちに帰ろう。（東陽一）
◇「年鑑代表シナリオ集 ’10」シナリオ作家協会 2011 p299

よい子のくに（朱川湊人）

よいし

◇「黒い遊園地」光文社 2004（光文社文庫）p37

良い知らせと悪い知らせ（和坂しょろ）
◇「ショートショートの花束 5」講談社 2013（講談社文庫）p183

与市と望月（小松エメル）
◇「江戸猫ばなし」光文社 2014（光文社文庫）p97

酔い止め薬（波風立太郎）
◇「ショートショートの花束 4」講談社 2012（講談社文庫）p167

よいどれの子（中尾寛）
◇「ひとにぎりの異形」光文社 2007（光文社文庫）p191

宵の外套（井上雅彦）
◇「京都宵」光文社 2008（光文社文庫）p459

宵の明星への願い（小泉雅二）
◇「ハンセン病文学全集 6」皓星社 2003 p441

宵待草夜情（連城三紀彦）
◇「文学賞受賞・名作集成 9」リブリオ出版 2004 p5

宵山姉妹（森見登美彦）
◇「日本文学100年の名作 10」新潮社 2015（新潮文庫）p279

宵闇の義賊（山本周五郎）
◇「江戸宵闇しぐれ」学習研究社 2005（学研M文庫）p7

宵々山の斬り込み―池田屋の変（徳永真一郎）
◇「時代小説傑作選 3」新人物往来社 2008 p133

良い夜を持っている（円城塔）
◇「拡張幻想」東京創元社 2012（創元SF文庫）p447

妖異碓氷峠（柴田錬三郎）
◇「信州歴史時代小説傑作集 3」しなのき書房 2007 p45

妖異お告げ狸（矢桐重八）
◇「捕物時代小説選集 3」春陽堂書店 2000（春陽文庫）p214

妖異女宝島（葉田光）
◇「怪奇・伝奇時代小説選集 11」春陽堂書店 2000（春陽文庫）p88

妖異きず丹波（風巻絃一）
◇「怪奇・伝奇時代小説選集 1」春陽堂書店 1999（春陽文庫）p226

ヨウ！ 色男（上野英信）
◇「戦後文学エッセイ選 12」影書房 2006 p118

妖翳記（久生十蘭）
◇「日本怪奇小説傑作集 2」東京創元社 2005（創元推理文庫）p211

妖艶の谷（早乙女貢）
◇「怪奇・伝奇時代小説選集 11」春陽堂書店 2000（春陽文庫）p2

妖花（杉本章子）
◇「現代秀作集」角川書店 1999（女性作家シリーズ）p479

妖怪（高見順）
◇「戦後短篇小説選―『世界』1946–1999 1」岩波書

店 2000 p61

妖怪学講義（抄）（井上円了）
◇「稲生モノノケ大全 陰之巻」毎日新聞社 2003 p633

妖怪さま（水木しげる）
◇「妖怪」国書刊行会 1999（書物の王国）p9

妖怪種目（柳田國男）
◇「文豪怪談傑作選 柳田國男集」筑摩書房 2007（ちくま文庫）p298

ヨウカイだもの（中村和恵）
◇「ろうそくの炎がささやく言葉」勁草書房 2011 p16

妖怪談（正岡子規）
◇「新日本古典文学大系 明治編 27」岩波書店 2003 p15
◇「文豪怪談傑作選 明治編」筑摩書房 2011（ちくま文庫）p11

溶解人間（平山夢明）
◇「みんなの少年探偵団 2」ポプラ社 2016 p193

洋学者（痩々亭骨皮道人）
◇「新日本古典文学大系 明治編 29」岩波書店 2005 p246

洋館（吉田修一）
◇「文豪さんへ。」メディアファクトリー 2009（MF文庫）p207

羊羹（永井荷風）
◇「日本文学100年の名作 4」新潮社 2014（新潮文庫）p133

羊羹合戦（火坂雅志）
◇「異色歴史短篇傑作大全」講談社 2003 p307
◇「疾風怒濤！ 上杉戦記―傑作時代小説」PHP研究所 2008（PHP文庫）p131
◇「まんぷく長屋―食欲文学傑作選」新潮社 2014（新潮文庫）p157

溶岩洞を伝って（梶尾真治）
◇「未来妖怪」光文社 2008（光文社文庫）p485

容疑者が消えた（若竹七海）
◇「吹雪の山荘―赤い死の影の下に」東京創元社 2008（創元クライム・クラブ）p145
◇「吹雪の山荘―リレーミステリ」東京創元社 2014（創元推理文庫）p163

妖奇の鯉魚（岡田鯱彦）
◇「『宝石』一九五〇―牟家殺人事件：探偵小説傑作集」光文社 2012（光文社文庫）p361

楊貴妃と香（幸田露伴）
◇「新編・日本幻想文学集成 2」国書刊行会 2016 p690

妖気噴く石（石上堅）
◇「鉱物」国書刊行会 1997（書物の王国）p127

楊弓店（痩々亭骨皮道人）
◇「新日本古典文学大系 明治編 29」岩波書店 2005 p249

謡曲嫌いの事（夢野久作）
◇「ちくま日本文学 31」筑摩書房 2009（ちくま文庫）p418

謡曲黒白談（夢野久作）

◇「ちくま日本文学 31」筑摩書房 2009（ちくま文庫）p418

謡曲の廃物利用の事（夢野久作）
◇「ちくま日本文学 31」筑摩書房 2009（ちくま文庫）p422

妖剣林田左文（山田風太郎）
◇「幻の剣鬼七番勝負―傑作時代小説」PHP研究所 2008（PHP文庫）p101

「洋犬弁」（等栽）（西谷富水）
◇「新日本古典文学大系 明治編 4」岩波書店 2003 p238

葉子（金塚悦子）
◇「優秀新人戯曲集 2009」ブロンズ新社 2008 p53

影向（上田三四二）
◇「戦後短篇小説再発見 5」講談社 2001（講談社文芸文庫）p208

ようこそ、マシンへ（関野譲治）
◇「扉の向こうへ」全作家協会 2014（全作家短編集）p84

沃子誕生（渡辺淳一）
◇「異色歴史短篇傑作大全」講談社 2003 p7

陽子（夏海）（秋元康）
◇「アドレナリンの夜―珠玉のホラーストーリーズ」竹書房 2009 p67

妖鼓変（戸隠珠子）
◇「稲生モノノケ大全 陽之巻」毎日新聞社 2005 p459

幼児狩り（河野多惠子）
◇「日本文学100年の名作 5」新潮社 2015（新潮文庫）p393

幼児殺戮者（澁澤龍彦）
◇「リテラリーゴシック・イン・ジャパン―文学的ゴシック作品選」筑摩書房 2014（ちくま文庫）p189

幼児の読書（柳田國男）
◇「ちくま日本文学 15」筑摩書房 2008（ちくま文庫）p419

妖呪盲目雛（島本春雄）
◇「怪奇・伝奇時代小説選集 5」春陽堂書店 2000（春陽文庫）p2

陽春（萩原朔太郎）
◇「ちくま日本文学 36」筑摩書房 2009（ちくま文庫）p91

幼少の時（福澤諭吉）
◇「新日本古典文学大系 明治編 10」岩波書店 2011 p6

妖女人面人心（本山荻舟）
◇「怪奇・伝奇時代小説選集 4」春陽堂書店 2000（春陽文庫）p237

妖女であること（倉橋由美子）
◇「精選女性随筆集 3」文藝春秋 2012 p199

姚志梁の清国に帰るを送る（森春濤）
◇「新日本古典文学大系 明治編 2」岩波書店 2004 p104

用心しろ（泡沫虚唄）
◇「怪談四十九夜」竹書房 2016（竹書房文庫）p98

妖蕈譚（ようじんたん）（手塚治虫）
◇「冒険の森へ―傑作小説大全 5」集英社 2015 p42

洋人の戯馬を観るの記（信夫恕軒）
◇「新日本古典文学大系 明治編 2」岩波書店 2004 p327

用水（寺山修司）
◇「ちくま日本文学 6」筑摩書房 2007（ちくま文庫）p13

揚子江に立ちて（王白淵）
◇「日本統治期台湾文学集成 18」緑蔭書房 2003 p192

妖精（貝原）
◇「てのひら怪談―ビーケーワン怪談大賞傑作選 庚寅」ポプラ社 2010（ポプラ文庫）p48

妖精（塔和子）
◇「ハンセン病文学全集 7」皓星社 2004 p527

妖精が舞う（神林長平）
◇「日本SF短篇50 2」早川書房 2013（ハヤカワ文庫 JA）p327

妖精の距離（瀧口修造）
◇「新装版 全集現代文学の発見 13」學藝書林 2004 p96

妖精の止まり木（片理誠）
◇「物語のルミナリエ」光文社 2011（光文社文庫）p423

妖精の庭（石田衣良）
◇「男たちの長い旅」徳間書店 2004（TOKUMA NOVELS）p7

妖精の環（片理誠）
◇「黒い遊園地」光文社 2004（光文社文庫）p519

妖精竜の花（三田誠）
◇「妖精竜（フェアリードラゴン）の花」富士見書房 2000（富士見ファンタジア文庫）p11

陽羨鵞籠の事（畠山拓）
◇「全作家短編小説集 8」全作家協会 2009 p55

洋装した十六の娘（大手拓次）
◇「もの食う話」文藝春秋 2015（文春文庫）p34

陽太の日記（抜萃）（菊地秀行）
◇「憑依」光文社 2010（光文社文庫）p489

幼稚園（堀辰雄）
◇「ちくま日本文学 39」筑摩書房 2009（ちくま文庫）p336

洋ちゃん（大杉漣）
◇「特別な一日」徳間書店 2005（徳間文庫）p37

幼虫（竹河聖）
◇「チャイルド」廣済堂出版 1998（廣済堂文庫）p247

妖虫記（香山滋）
◇「甦る推理雑誌 3」光文社 2002（光文社文庫）p353

妖蝶記（香山滋）
◇「幻想小説大全」北宋社 2002 p240

妖笛（皆川博子）
◇「剣よ月下に舞え」光風社出版 2001（光風社文庫）p299

妖瞳（皆川博子）
　◇「美女峠に星が流れる―時代小説傑作選」講談社
　　1999（講談社文庫）p87
妖刀・籠釣瓶（毛利亘宏）
　◇「妙ちきりん―「読楽」時代小説アンソロジー」徳
　　間書店 2016（徳間文庫）p203
妖刀時代（泡坂妻夫）
　◇「代表作時代小説 平成18年度」光文社 2006 p111
養兎家・種付師・仲介人（国分一太郎）
　◇「山形県文学全集第2期（随筆・紀行編）2」郷土出版
　　社 2005 p216
妖尼（新田次郎）
　◇「江戸の老人力―時代小説傑作選」集英社 2002
　　（集英社文庫）p171
幼年（金鍾漢）
　◇「〈外地〉の日本語文学選 3」新宿書房 1996 p238
　◇「近代朝鮮文学日本語作品集1939〜1945 創作篇 6」
　　緑蔭書房 2001 p101
　◇「近代朝鮮文学日本語作品集1939〜1945 創作篇 6」
　　緑蔭書房 2001 p236
幼年（丸山薫）
　◇「新装版 全集現代文学の発見 13」學藝書林 2004
　　p116
幼年時代（江藤淳）
　◇「文学 2000」講談社 2000 p109
幼年時代（柏原兵三）
　◇「教科書名短篇 少年時代」中央公論新社 2016
　　（中公文庫）p165
幼年時代（堀辰雄）
　◇「ちくま日本文学 39」筑摩書房 2009（ちくま文
　　庫）p278
幼年、辻詩 海、合唱について、くらいまつく
　す（金鍾漢）
　◇「文学で考える〈日本〉とは何か」双文社出版
　　2007 p65
　◇「文学で考える〈日本〉とは何か」翰林書房 2016
　　p65
妖婆（芥川龍之介）
　◇「呪いの恐怖」リブリオ出版 2001（怪奇・ホラー
　　ワールド）p5
　◇「文豪怪談傑作選 芥川龍之介集」筑摩書房 2010
　　（ちくま文庫）p111
　◇「文豪怪談傑作選 芥川龍之介集」筑摩書房 2010
　　（ちくま文庫）p304
妖婆（岡本綺堂）
　◇「怪奇・伝奇時代小説選集 12」春陽堂書店 2000
　　（春陽文庫）p33
　◇「雪女のキス」光文社 2000（カッパ・ノベルス）
　　p31
　◇「幽霊怪談」リブリオ出版 2001（怪奇・ホラー
　　ワールド）p137
遙拝隊長（井伏鱒二）
　◇「文学で考える〈仕事〉の百年」双文社出版 2010
　　p116
　◇「日本文学100年の名作 4」新潮社 2014（新潮文
　　庫）p269
　◇「文学で考える〈仕事〉の百年」翰林書房 2016

p116
妖肌秘帖（小島健三）
　◇「捕物時代小説選集 5」春陽堂書店 2000（春陽
　　文庫）p2
妖髪（田中文雄）
　◇「妖髪鬼談」桜桃書房 1998 p92
洋服裁縫教授所（痩々亭骨皮道人）
　◇「新日本古典文学大系 明治編 29」岩波書店 2005
　　p248
洋服簞笥の奥の暗闇（小泉喜美子）
　◇「謎―スペシャル・ブレンド・ミステリー 007」
　　講談社 2012（講談社文庫）p7
妖婦の宿（高木彬光）
　◇「『このミス』が選ぶ！ オールタイム・ベスト短
　　編ミステリー 赤」宝島社 2015（宝島社文庫）
　　p83
洋平とムーちゃん（久語孝雄）
　◇「ドラマの森 2009」西日本劇作家の会 2008（西
　　日本戯曲選集）p47
洋癖家（痩々亭骨皮道人）
　◇「新日本古典文学大系 明治編 29」岩波書店 2005
　　p255
曜変天目の夜（恩田陸）
　◇「花迷宮」日本文芸社 2000（日文庫）p319
妖魔千匹猿（下村悦夫）
　◇「怪奇・伝奇時代小説選集 12」春陽堂書店 2000
　　（春陽文庫）p149
妖魔の辻占（泉鏡花）
　◇「怪奇・伝奇時代小説選集 7」春陽堂書店 2000
　　（春陽文庫）p124
　◇「新編・日本幻想文学集成 4」国書刊行会 2016
　　p628
漸く、見えた。（花村萬月）
　◇「決戦！ 桶狭間」講談社 2016 p259
瓔珞（石牟礼道子）
　◇「日本文学全集 24」河出書房新社 2015 p473
妖霊星（朝松健）
　◇「夢魔」光文社 2001（光文社文庫）p265
妖恋魔譚（藤原審爾）
　◇「夢がたり大川端」光風社出版 1998（光風社文
　　庫）p189
　◇「モノノケ大合戦」小学館 2005（小学館文庫）
　　p153
ヨオロッパの世紀末（吉田健一）
　◇「日本文学全集 20」河出書房新社 2015 p180
夜神楽（高樹のぶ子）
　◇「現代の小説 1997」徳間書店 1997 p379
余が言文一致の由来（二葉亭四迷）
　◇「明治の文学 5」筑摩書房 2000 p413
余が心静に待つ（朱耀翰）
　◇「近代朝鮮文学日本語作品集1908〜1945 セレクショ
　　ン 4」緑蔭書房 2008 p75
予が半生の懺悔（二葉亭四迷）
　◇「明治の文学 5」筑摩書房 2000 p424
予が半生の文壇生活（徳田秋声）

◇「明治の文学 9」筑摩書房 2002 p390

予が文学者となりし径路(内田魯庵)
　◇「明治の文学 11」筑摩書房 2001 p407

余が飜訳の標準(二葉亭四迷)
　◇「明治の文学 5」筑摩書房 2000 p405

よがり泣き(小松重男)
　◇「代表作時代小説 平成14年度」光風社出版 2002 p223

予感(金時鐘)
　◇「〈在日〉文学全集 5」勉誠出版 2006 p188

予感(島崎一裕)
　◇「ショートショートの広場 15」講談社 2004(講談社文庫)p141

余寒の雪(宇江佐真理)
　◇「娘秘剣」徳間書店 2011(徳間文庫)p45

好機会(よきおり)(アンデルセン著、森鷗外訳)
　◇「新日本古典文学大系 明治編 25」岩波書店 2004 p229

ヨギ ガンジーの予言(泡坂妻夫)
　◇「綾辻行人と有栖川有栖のミステリ・ジョッキー 1」講談社 2008 p174

夜汽車(安東能明)
　◇「短篇ベストコレクション―現代の小説 2003」徳間書店 2003(徳間文庫)p409

夜汽車(斎賀琴)
　◇「青鞜文学集」不二出版 2004 p127
　◇「「新編」日本女性文学全集 4」菁柿堂 2012 p396

夜汽車(牧逸馬)
　◇「幻の探偵雑誌 5」光文社 2001(光文社文庫)p153

夜汽車の男(橋部敦子)
　◇「世にも奇妙な物語―小説の特別編 遺留品」角川書店 2002(角川ホラー文庫)p157

夜汽車の記憶(内田康夫)
　◇「さよならブルートレイン―寝台列車ミステリー傑作選」光文社 2015(光文社文庫)p359

夜汽車は走る(有栖川有栖)
　◇「悲劇の臨時列車―鉄道ミステリー傑作選」光文社 1998(光文社文庫)p9

よき生涯を棋盤としてください≫升田静尾(吉川英治)
　◇「日本人の手紙 3」リブリオ出版 2004 p225

夜狐(池波正太郎)
　◇「血しぶき街道」光風社出版 1998(光風社文庫)p181

よき妻(葵優喜)
　◇「ショートショートの広場 16」講談社 2005(講談社文庫)p97

夜霧の街(黒木謳子)
　◇「日本統治期台湾文学集成 18」緑蔭書房 2003 p472

夜霧の夜(光石介太郎)
　◇「怪奇探偵小説集 2」角川春樹事務所 1998(ハルキ文庫)p161

欲(塔和子)
　◇「ハンセン病文学全集 7」皓星社 2004 p387

欲(矢崎節盛)
　◇「成城・学校劇脚本集」成城学園初等学校出版部 2002(成城学園初等学校研究双書)p159

よくあることやから(竹内義和)
　◇「文藝百物語」ぶんか社 1997 p96

よくある出来事(浅暮三文)
　◇「闇電話」光文社 2006(光文社文庫)p189

よくある話(伊予葉山)
　◇「てのひら怪談―ビーケーワン怪談大賞傑作選」ポプラ社 2007 p98
　◇「てのひら怪談―ビーケーワン怪談大賞傑作選」ポプラ社 2008(ポプラ文庫)p102

翌日の記憶(玉川晶紀)
　◇「ショートショートの広場 16」講談社 2005(講談社文庫)p164

翌日の別離(笹沢左保)
　◇「京都殺意の旅―京都ミステリー傑作選」徳間書店 2001(徳間文庫)p41

浴身(岡本かの子)
　◇「ちくま日本文学 37」筑摩書房 2009(ちくま文庫)p424

翼人たち(森奈津子)
　◇「エロティシズム12幻想」エニックス 2000 p267

浴槽(大坪砂男)
　◇「悪夢の最終列車―鉄道ミステリー傑作選」光文社 1997(光文社文庫)p81

浴葬(八駒海桜)
　◇「てのひら怪談―ビーケーワン怪談大賞傑作選 百怪繚乱篇」ポプラ社 2008 p156

よく忠によく孝に(武田八洲満)
　◇「しのぶ雨江戸恋慕―新鷹会・傑作時代小説選」光文社 2016(光文社文庫)p249

よくばり(佐藤哲也)
　◇「玩具館」光文社 2001(光文社文庫)p57

よく迷う道(岩井志麻子)
　◇「勿忘草―恋愛ホラー・アンソロジー」祥伝社 2003(祥伝社文庫)p7

ヨーグルト(こみやかずお)
　◇「ショートショートの広場 11」講談社 2000(講談社文庫)p22

余計な正義(森村誠一)
　◇「最新「珠玉推理」大全 下」光文社 1998(カッパ・ノベルス)p316
　◇「闇夜の芸術祭」光文社 2003(光文社文庫)p431

よけいなものが(井上雅彦)
　◇「贈る物語Wonder」光文社 2002 p112

予言(照井文)
　◇「ショートショートの広場 20」講談社 2008(講談社文庫)p170

予言(久生十蘭)
　◇「恐怖の旅」光文社 2000(光文社文庫)p255
　◇「幻妖の水脈(みお)」筑摩書房 2013(ちくま文庫)p466

よこ

予後（立原道造）
　◇「新装版 全集現代文学の発見 14」學藝書林 2005
　　p447
余香抄（山手樹一郎）
　◇「忠臣蔵コレクション 3」河出書房新社 1998
　　（河出文庫）p181
横尾城の白骨（南條範夫）
　◇「怪奇・伝奇時代小説選集 15」春陽堂書店 2000
　　（春陽文庫）p40
横顔（中里恒子）
　◇「精選女性随筆集 10」文藝春秋 2012 p50
横河（高濱虚子）
　◇「京都府文学全集第1期（小説編）1」郷土出版社
　　2005 p33
横川勘平（谷屋充）
　◇「定本・忠臣蔵四十七人集」双葉社 1998 p115
横切る（井上雅彦）
　◇「5分で読める！ 怖いはなし」宝島社 2014（宝島
　　社文庫）p11
予告（氏家誠弥）
　◇「ショートショートの広場 11」講談社 2000（講
　　談社文庫）p170
予告殺人（草上仁）
　◇「短篇ベストコレクション―現代の小説 2013」徳
　　間書店 2013（徳間文庫）p127
横しぐれ（丸谷才一）
　◇「日本文学全集 19」河出書房新社 2016 p319
横縞町綺譚（松尾由美）
　◇「紫禁宮―ミステリー・アンソロジー」祥伝社
　　2002（祥伝社文庫）p167
邪まな視線（天津奇常）
　◇「てのひら怪談―ビーケーワン怪談大賞傑作選 百
　　怪繚乱篇」ポプラ社 2008 p134
横倒し厳禁（川上弘美）
　◇「Lovers」祥伝社 2001 p27
辻小説 横丁之圖（周金波）
　◇「日本統治期台湾文学集成 22」緑蔭書房 2007
　　p324
横町の葬式（内田百閒）
　◇「文豪怪談傑選 大正篇」筑摩書房 2011（ちく
　　ま文庫）p111
横町の名探偵（仁木悦子）
　◇「あなたが名探偵」講談社 1998（講談社文庫）
　　p69
夜ごとの夢（伊藤桂一）
　◇「代表作時代小説 平成10年度」光風社出版 1998
　　p7
　◇「愛染夢灯籠―時代小説傑作選」講談社 2005（講
　　談社文庫）p68
横浜（影山雄作）
　◇「街物語」朝日新聞社 2000 p267
横浜港で（呉林俊）
　◇「〈在日〉文学全集 17」勉誠出版 2006 p114
ヨコハマ 一九六〇年夏（北村太郎）
　◇「日本文学全集 29」河出書房新社 2016 p53

横浜竹枝 永阪石埭に和す（十二首うち三首）
　（森春濤）
　◇「新日本古典文学大系 明治編 2」岩波書店 2004
　　p78
横浜貞婦（依田学海）
　◇「新日本古典文学大系 明治編 3」岩波書店 2005
　　p116
横浜風景（呉林俊）
　◇「〈在日〉文学全集 17」勉誠出版 2006 p130
横槍ワイン（市井豊）
　◇「放課後探偵団―書き下ろし学園ミステリ・アン
　　ソロジー」東京創元社 2010（創元推理文庫）
　　p209
汚れた金色（森春樹）
　◇「ハンセン病文学全集 2」皓星社 2002 p3
よごれた服にボロカバン。浅沼刺殺＞浅沼稲
次郎（池田勇人）
　◇「日本人の手紙 10」リブリオ出版 2004 p177
汚れつちまつた悲しみに…（中原中也）
　◇「新装版 全集現代文学の発見 13」學藝書林 2004
　　p173
　◇「二時間目国語」宝島社 2008（宝島社文庫）
　　p150
　◇「日本文学全集 29」河出書房新社 2016 p45
汚れつちまつた悲しみに…／また来ん春…（中
原中也）
　◇「涙の百年文学―もう一度読みたい」太陽出版
　　2009 p296
夜桜（宮本輝）
　◇「せつない話 2」光文社 1997 p109
　◇「甘やかな祝祭―恋愛小説アンソロジー」光文社
　　2004（光文社文庫）p171
与謝野晶子（有本芳水）
　◇「芸術家」国書刊行会 1998（書物の王国）p175
與謝野晶子（吉屋信子）
　◇「精選女性随筆集 2」文藝春秋 2012 p185
夜寒のあやかし（江崎来人）
　◇「てのひら怪談―ビーケーワン怪談大賞傑作選」
　　ポプラ社 2007 p154
　◇「てのひら怪談―ビーケーワン怪談大賞傑作選」
　　ポプラ社 2008（ポプラ文庫）p158
世さらに（成春慶）
　◇「近代朝鮮文学日本語作品集1908〜1945 セレクショ
　　ン 4」緑蔭書房 2008 p140
夜猿（林芙美子）
　◇「ちくま日本文学 20」筑摩書房 2008（ちくま文
　　庫）p415
よし（永森裕二）
　◇「御子神さん―幸福をもたらす♂三毛猫」竹書房
　　2010（竹書房文庫）p275
吉岡憲法（澤田ふじ子）
　◇「人物日本剣豪伝 1」学陽書房 2001（人物文庫）
　　p271
吉川英治論（竹内好）
　◇「戦後文学エッセイ選 4」影書房 2005 p180

よすり

葭切（藤原緋沙子）
◇「代表作時代小説 平成25年度」光文社 2013 p261

四次元の断面（甲賀三郎）
◇「君らの狂気で死を孕ませよ—新青年傑作選」角川書店 2000 〔角川文庫〕p173

芳子が持ってきたあの写真（中原昌也）
◇「十年後のこと」河出書房新社 2016 p129

佳子（よしこ）のさくら（佐藤喜久子）
◇「フラジャイル・ファクトリー戯曲集 1」晩成書房 2008 p157

好し去れの行（森春濤）
◇「新日本古典文学大系 明治編 2」岩波書店 2004 p9

吉田健一氏の文章（倉橋由美子）
◇「精選女性随筆集 3」文藝春秋 2012 p139

吉田爺（立花腑楽）
◇「てのひら怪談—ビーケーワン怪談大賞傑作選」ポプラ社 2007 p24
◇「てのひら怪談—ビーケーワン怪談大賞傑作選」ポプラ社 2008（ポプラ文庫）p22

吉田松陰（海音寺潮五郎）
◇「野辺に朽ちぬとも—吉田松陰と松下村塾の男たち」集英社 2015（集英社文庫）p7

吉田松陰の恋（古川薫）
◇「人物日本の歴史—時代小説 江戸編 下」小学館 2004（小学館文庫）p229
◇「志士—吉田松陰アンソロジー」新潮社 2014（新潮文庫）p9

吉田同名—第七回創元SF短編賞受賞作（石川宗生）
◇「アステロイド・ツリーの彼方へ」東京創元社 2016（創元SF文庫）p517

ヨシダと幻食（島津緒繰）
◇「5分で読める！ ひと駅ストーリー 食の話」宝島社 2015（宝島社文庫）p129

吉次のR69（山之内正文）
◇「ミステリーズ！ extra—《ミステリ・フロンティア》特集」東京創元社 2004 p168

義経の女（山本周五郎）
◇「源義経の時代—短篇小説集」作品社 2004 p249

義輝異聞 遭恩（宮本昌孝）
◇「代表作時代小説 平成13年度」光風社出版 2001 p159

義仲の最期（南條範夫）
◇「代表作時代小説 平成13年度」光風社出版 2001 p145

吉野川そしてわが軌跡（大竹俊男）
◇「山形県文学全集第2期（随筆・紀行編）6」郷土出版社 2005 p33

吉野葛（谷崎潤一郎）
◇「新装版 全集現代文学の発見 11」學藝書林 2004 p8
◇「ちくま日本文学 14」筑摩書房 2008（ちくま文庫）p214
◇「日本文学全集 15」河出書房新社 2016 p320

芳野蘭亭に与ふるの書（信夫恕軒）

◇「新日本古典文学大系 明治編 2」岩波書店 2004 p314

吉野の嵐（山田智彦）
◇「源義経の時代—短篇小説集」作品社 2004 p161

「よし」の人たち（深海和）
◇「全作家短編小説集 10」のべる出版 2011 p130

吉野山（太宰治）
◇「ちくま日本文学 8」筑摩書房 2008（ちくま文庫）p285

芳野山の仙女（幸田露伴）
◇「新編・日本幻想文学集成 2」国書刊行会 2016 p675

吉宗の恋（岳宏一郎）
◇「代表作時代小説 平成20年度」光文社 2008 p419

吉村虎太郎（大岡昇平）
◇「戦後短編小説選—『世界』1946-1999 3」岩波書店 2000 p221

義元の首（木下昌輝）
◇「決戦！ 桶狭間」講談社 2016 p207

義元の呪縛（天野純希）
◇「代表作時代小説 平成26年度」光文社 2014 p249

吉屋信子さんを悼む（中里恒子）
◇「精選女性随筆集 10」文藝春秋 2012 p69

よじょう（山本周五郎）
◇「七人の武蔵」角川書店 2002（角川文庫）p227
◇「怠けものの話」筑摩書房 2011（ちくま文学の森）p299

四畳半世界放浪記（森見登美彦）
◇「Fantasy Seller」新潮社 2011（新潮文庫）p137

四畳半襖の下張（山田風太郎）
◇「古書ミステリー倶楽部—傑作推理小説集 2」光文社 2014（光文社文庫）p176

吉原雀（近藤史恵）
◇「御白洲裁き—時代推理傑作選」徳間書店 2009（徳間文庫）p65

吉原大門の殺人（平岩弓枝）
◇「吉原花魁」角川書店 2009（角川文庫）p31

吉原避災詞（八首うち三首）（森春濤）
◇「新日本古典文学大系 明治編 2」岩波書店 2004 p76

餘燼（戸川貞雄）
◇「黒門町伝七捕物帳—時代小説競作選」光文社 2015（光文社文庫）p243

余震ありすぎて（@takaorival）
◇「3.11心に残る140字の物語」学研パブリッシング 2011 p78

予審調書（平林初之輔）
◇「江戸川乱歩と13人の新青年 〈論理派〉編」光文社 2008（光文社文庫）p371

夜釣り（丸山健二）
◇「戦後短編小説選—『世界』1946-1999 5」岩波書店 2000 p115

夜釣りをする女（江坂遊）
◇「綾辻・有栖川復刊セレクション 仕掛け花火」講談社 2007（講談社ノベルス）p49

よすり

夜釣の怪（池田輝方）
◇「文豪怪談傑作選 特別編」筑摩書房 2007（ちくま文庫）p191

夜釣りの心得（ヒモロギヒロシ）
◇「てのひら怪談―ビーケーワン怪談大賞傑作選」ポプラ社 2007 p182
◇「てのひら怪談―ビーケーワン怪談大賞傑作選」ポプラ社 2008（ポプラ文庫）p190

寄席（正岡子規）
◇「新日本古典文学大系 明治編 27」岩波書店 2003 p31

寄席の夕立（折口信夫）
◇「文豪怪談傑作選 折口信夫集」筑摩書房 2009（ちくま文庫）p156

予選通過者（樹良介）
◇「ショートショートの広場 18」講談社 2006（講談社文庫）p99

予想外のできごと（谷口雅美）
◇「最後の一日 6月30日―さよならが胸に染みる10の物語」泰文堂 2013（リンダブックス）p7

予想写真（古賀準二）
◇「ショートショートの広場 8」講談社 1997（講談社文庫）p46

装う（塔和子）
◇「ハンセン病文学全集 7」皓星社 2004 p513

余所の人（早見裕司）
◇「妖女」光文社 2004（光文社文庫）p237

よそゆき（飛雄）
◇「てのひら怪談―ビーケーワン怪談大賞傑作選 2」ポプラ社 2007 p230
◇「てのひら怪談―ビーケーワン怪談大賞傑作選 己丑」ポプラ社 2009（ポプラ文庫）p236

夜空（田中梅吉）
◇「ハンセン病文学全集 7」皓星社 2004 p541

寄り来るモノ（クジラマク）
◇「てのひら怪談―ビーケーワン怪談大賞傑作選」ポプラ社 2007 p224
◇「てのひら怪談―ビーケーワン怪談大賞傑作選」ポプラ社 2008（ポプラ文庫）p236

夜鷹（武内慎之助）
◇「ハンセン病文学全集 6」皓星社 2003 p338

夜鷹三味線（村上元三）
◇「情けがからむ朱房の十手―傑作時代小説」PHP研究所 2009（PHP文庫）p91

夜鷹蕎麦十六文（北原亞以子）
◇「鬼火が呼んでいる―時代小説傑作選」講談社 1997（講談社文庫）p99
◇「職人気質」小学館 2007（小学館文庫）p137

よだかの星（平野直、米内アキ）
◇「学校放送劇舞台劇脚本集―宮沢賢治名作童話」東洋書院 2008 p205

よだかの星（宮沢賢治）
◇「ちくま日本文学 3」筑摩書房 2007（ちくま文庫）p294
◇「涙の百年文学―もう一度読みたい」太陽出版 2009 p22

◇「近代童話（メルヘン）と賢治」おうふう 2014 p113
◇「文豪たちが書いた泣ける名作短編集」彩図社 2014 p116
◇「もう一度読みたい教科書の泣ける名作 再び」学研教育出版 2014 p75

よだかの星（若林一郎）
◇「小学生のげき―新小学校演劇脚本集 高学年 1」晩成書房 2011 p219

依田照彦歌集（依田照彦）
◇「ハンセン病文学全集 8」皓星社 2006 p291

四たび歌よみに与うる書（正岡子規）
◇「ちくま日本文学 40」筑摩書房 2009（ちくま文庫）p336

予知能力（富永一彦）
◇「ショートショートの広場 16」講談社 2005（講談社文庫）p63

予知夢（るどるふ）
◇「ショートショートの花束 2」講談社 2010（講談社文庫）p154

欲求（朱耀翰）
◇「近代朝鮮文学日本語作品集1908〜1945 セレクション 4」緑蔭書房 2008 p28

よっこらしょ！ どっこいしょ！（市川森一）
◇「読んで演じたくなるゲキの本 小学生版」幻冬舎 2006 p133

ヨッちゃんの将来（鈴木強）
◇「ショートショートの広場 10」講談社 2000（講談社文庫）p24

四つの文字（林房雄）
◇「謎のギャラリー―最後の部屋」マガジンハウス 1999 p17
◇「戦後短篇小説再発見 9」講談社 2002（講談社文芸文庫）p40
◇「謎のギャラリー―こわい部屋」新潮社 2002（新潮文庫）p95
◇「文士の意地―車谷長吉撰短篇小説輯 上巻」作品社 2005 p401
◇「こわい部屋」筑摩書房 2012（ちくま文庫）p95

依って件の如し（岩井志麻子）
◇「コレクション戦争と文学 6」集英社 2011 p52

ヨット殺人事件（高橋泰邦）
◇「あなたが名探偵」講談社 1998（講談社文庫）p289

ヨッパ谷への降下（筒井康隆）
◇「川端康成文学賞全作品 2」新潮社 1999 p161

四谷快談（丸木砂土）
◇「怪奇・伝奇時代小説選集 13」春陽堂書店 2000（春陽文庫）p216

四谷怪談（田中貢太郎）
◇「怪奇・伝奇時代小説選集 13」春陽堂書店 2000（春陽文庫）p204

四谷怪談・お岩（柴田錬三郎）
◇「怪奇・伝奇時代小説選集 13」春陽堂書店 2000（春陽文庫）p60

淀川にちかい町から（岩阪恵子）

よふこ

◇「文士の意地―車谷長吉撰短篇小説輯 下巻」作品社 2005 p354

淀川べり（金時鐘）
◇「〈在日〉文学全集 5」勉誠出版 2006 p35

淀君（井上友一郎）
◇「おんなの戦」角川書店 2010（角川文庫）p195

澱んだ池に投げつけた石（石井薫）
◇「近代朝鮮文学日本語作品集1901～1938 創作篇 2」緑蔭書房 2004 p335

世直し大明神（安部龍太郎）
◇「人物日本の歴史―時代小説版 江戸編 下」小学館 2004（小学館文庫）p125

夜中に「おい」（菊地秀行）
◇「文藝百物語」ぶんか社 1997 p45

夜中の歌声（許南麒）
◇「〈在日〉文学全集 2」勉誠出版 2006 p64

よなかのでんわ（三津田信三）
◇「闇電話」光文社 2006（光文社文庫）p277

夜中の薔薇（向田邦子）
◇「精選女性随筆集 11」文藝春秋 2012 p202

夜長姫と耳男（坂口安吾）
◇「コーヒーと小説」mille books 2016 p195

夜中―美容院の一部（藤山満美）
◇「日本統治期台湾文学集成 21」緑蔭書房 2007 p163

夜泣き電話（山村正夫）
◇「日本ベストミステリー選集 24」光文社 1997（光文社文庫）p399

夜泣きの岩（小出まゆみ）
◇「てのひら怪談―ビーケーワン怪談大賞傑作選 2」ポプラ社 2007 p72

夜泣き帽子（小川洋子）
◇「それでも三月は、また」講談社 2012 p49

夜逃げ家老（多岐川恭）
◇「忠臣蔵コレクション 3」河出書房新社 1998（河出文庫）p275

四人組、大いに学習する（高村薫）
◇「短篇ベストコレクション―現代の小説 2013」徳間書店 2013（徳間文庫）p227

四人の志願兵（中野重治）
◇「コレクション戦争と文学 9」集英社 2012 p15

四人の同級生（永瀬三吾）
◇「江戸川乱歩の推理教室」光文社 2008（光文社文庫）p81

四人の勇者（多岐川恭）
◇「大江戸犯科帖―時代推理小説名作選」双葉社 2003（双葉文庫）p7

四人目の男（松浦寿輝）
◇「名探偵登場！」講談社 2014 p291
◇「名探偵登場！」講談社 2016（講談社文庫）p351

四人目の香妃（陳舜臣）
◇「剣が哭く夜に哭く」光風社出版 2000（光風社文庫）p357

米久の晩餐（高村光太郎）
◇「文人御馳走帖」新潮社 2014（新潮文庫）p145

米沢（臼井吉見）
◇「山形県文学全集第2期（随筆・紀行編）3」郷土出版社 2005 p181

四年と十一か月（小田イ輔）
◇「渚にて―あの日からの〈みちのく怪談〉」荒蝦夷 2016 p9

世之介誕生（藤本義一）
◇「代表作時代小説 平成14年度」光風社出版 2002 p325

世の中（重松清）
◇「短篇ベストコレクション―現代の小説 2000」徳間書店 2000 p97

世の中は自分の想像とは全く正反対だ＞鈴木三重吉（夏目漱石）
◇「日本人の手紙 3」リブリオ出版 2004 p84

ヨーの話（青山七恵）
◇「いまのあなたへ―村上春樹への12のオマージュ」NHK出版 2014 p255

夜の訪問者（三間祥平）
◇「最後の一日 6月30日―さよならが胸に染みる10の物語」泰文堂 2013（リンダブックス）p146

夜咄（青木裕次）
◇「ゆきのまち幻想文学賞・小品集 9」企画集団ぷりずむ 2000 p5

ヨハネスブルグのマフィア（森絵都）
◇「最後の恋プレミアム―つまり、自分史上最高の恋。」新潮社 2011（新潮文庫）p59

約翰の切首（速瀬れい）
◇「アート偏愛」光文社 2005（光文社文庫）p259

呼ばれる（飛鳥部勝則）
◇「マスカレード」光文社 2002（光文社文庫）p35

予備学生（濱田隼雄）
◇「日本統治期台湾文学集成 23」緑蔭書房 2007 p325

呼声（黒木あるじ）
◇「渚にて―あの日からの〈みちのく怪談〉」荒蝦夷 2016 p14

呼び止めてしまった（根多加良）
◇「てのひら怪談―ビーケーワン怪談大賞傑作選 2」ポプラ社 2007 p20

呼鈴（永瀬三吾）
◇「江戸川乱歩の推理試験」光文社 2009（光文社文庫）p237

よびんど（畦ノ陽）
◇「てのひら怪談―ビーケーワン怪談大賞傑作選 辛卯」ポプラ社 2011（ポプラ文庫）p168

夜更け（石川欣司）
◇「ハンセン病文学全集 6」皓星社 2003 p348

呼ぶ声（亀井はるの）
◇「てのひら怪談―ビーケーワン怪談大賞傑作選 百怪繚乱篇」ポプラ社 2008 p186

呼子と口笛（石川啄木）
◇「ちくま日本文学 33」筑摩書房 2009（ちくま文庫）p110

よふふ

呼ぶ風鈴（泡沫虚唄）
　◇「怪談四十九夜」竹書房 2016（竹書房文庫）p94
『与平の日記』を歩く（斎藤久）
　◇「「伊豆文学賞」優秀作品集 第16回」羽衣出版 2013 p173
与兵衛の雪（加藤由美子）
　◇「ゆきのまち幻想文学賞・小品集 7」NTTメディアスコープ 1997 p7
予報（百目鬼野干）
　◇「怪談四十九夜」竹書房 2016（竹書房文庫）p146
豫報（鄭芝溶）
　◇「近代朝鮮文学日本語作品集1908～1945 セレクション 4」緑蔭書房 2008 p401
予まさに東京に赴かんとして児泰の留別の詩の韻に次し寓舎の壁に題す（森春濤）
　◇「新日本古典文学大系 明治編 2」岩波書店 2004 p63
読まず嫌い。名作入門五秒前 『モルグ街の殺人』はほんとうに元祖ミステリなのか？（千野帽子）
　◇「空飛ぶモルグ街の研究」講談社 2013（講談社文庫）p581
読売争議と殺人鬼（下町遊歩）
　◇「全作家短編小説集 6」全作家協会 2007 p245
蘇らぬ朝（武藤直治）
　◇「蘇らぬ朝「大逆事件」以後の文学」インパクト出版会 2010（インパクト選書）p89
甦へる農村―三場（茂野信一）
　◇「日本統治期台湾文学集成 10」緑蔭書房 2003 p160
甦るもの（大庭みな子）
　◇「精選女性随筆集 6」文藝春秋 2012 p161
よみがえれ びょうぶ沼（小川信夫）
　◇「小学校・全員参加の楽しい学級劇・学年劇脚本集 高学年」黎明書房 2007 p142
黄泉から（久生十蘭）
　◇「文豪怪談傑作選 昭和篇」筑摩書房 2011（ちくま文庫）p153
　◇「世界堂書店」文藝春秋 2014（文春文庫）p363
ヨミコ（謎村）
　◇「ゆきのまち幻想文学賞小品集 18」企画集団ぷりずむ 2009 p126
ヨミコ・システム（謎村）
　◇「ゆきのまち幻想文学賞小品集 19」企画集団ぷりずむ 2010 p171
黄泉路より（歌野晶午）
　◇「ベスト本格ミステリ 2014」講談社 2014（講談社ノベルス）p271
夜道（李泰俊）
　◇「近代朝鮮文学日本語作品集1908～1945 セレクション 2」緑蔭書房 2008 p461
夜道（内田百閒）
　◇「文豪怪談傑作選 特別編」筑摩書房 2008（ちくま文庫）p371

読むべからず（飛鳥部勝則）
　◇「進化論」光文社 2006（光文社文庫）p235
嫁（金史良）
　◇「近代朝鮮文学日本語作品集1939～1945 創作篇 4」緑蔭書房 2001 p123
娶（よめ）（徳田秋声）
　◇「明治の文学 9」筑摩書房 2002 p102
余命（明石海人）
　◇「ハンセン病文学全集 4」皓星社 2003 p536
余命1ケ月の花嫁（斉藤ひろし）
　◇「年鑑代表シナリオ集 '09」シナリオ作家協会 2010 p121
余命の正義（森村誠一）
　◇「日本ベストミステリー選集 24」光文社 1997（光文社文庫）p323
嫁入り道具（竹田真砂子）
　◇「逢魔への誘い」徳間書店 2000（徳間文庫）p163
嫁入り人形（岡部えつ）
　◇「物語のルミナリエ」光文社 2011（光文社文庫）p398
嫁入り前夜（山本博美）
　◇「失恋前夜―大人のための恋愛短篇集」泰文堂 2013（レインブックス）p179
嫁探し（ふくきたる）
　◇「ショートショートの広場 12」講談社 2001（講談社文庫）p46
嫁三人（崔華國）
　◇「〈在日〉文学全集 17」勉誠出版 2006 p49
夜目、逃げ足（葛城輝）
　◇「超短編の世界」創英社 2008 p142
嫁の指定席（野坂律子）
　◇「幽霊でもいいから会いたい」泰文堂 2014（リンダブックス）p38
読める本（吉田健一）
　◇「日本文学全集 20」河出書房新社 2015 p20
嫁はきたとね？（新野哲也）
　◇「短篇ベストコレクション―現代の小説 2009」徳間書店 2009（徳間文庫）p153
よもぎふにつ記（明治二十五年十二月二十四日―二十八日）（樋口一葉）
　◇「新日本古典文学大系 明治編 24」岩波書店 2001 p417
よもぎふにつ記（明治二十五年十二月―二十六年二月）（樋口一葉）
　◇「明治の文学 17」筑摩書房 2000 p338
よもぎふにつ記（明治二十六年三月）（樋口一葉）
　◇「明治の文学 17」筑摩書房 2000 p347
蓬生日記（明治二十六年五月）（樋口一葉）
　◇「新日本古典文学大系 明治編 24」岩波書店 2001 p423
蓬ケ原（東郷隆）
　◇「代表作時代小説 平成22年度」光文社 2010 p159

夜もすがら検校（長谷川伸）
◇「極め付き時代小説選 1」中央公論新社 2004（中公文庫）p181
◇「感涙—人情時代小説傑作選」ベストセラーズ 2004（ベスト時代文庫）p171

黄泉戸喫（中井英夫）
◇「凶鳥の黒影—中井英夫へ捧げるオマージュ」河出書房新社 2004 p215

ヨモツヘグヒ（沢井良太）
◇「てのひら怪談—ビーケーワン怪談大賞傑作選 百怪繚乱篇」ポプラ社 2008 p216
◇「てのひら怪談—ビーケーワン怪談大賞傑作選 己丑」ポプラ社 2009（ポプラ文庫）p54

夜霰（冬木荒之介）
◇「幻の探偵雑誌 8」光文社 2001（光文社文庫）p425

よよと泣かない（宇野千代）
◇「精選女性随筆集 6」文藝春秋 2012 p25

寄りあい（宮本常一）
◇「ちくま日本文学 22」筑摩書房 2008（ちくま文庫）p9

依井賞（谷英樹）
◇「競作五十円玉二十枚の謎」東京創元社 2000（創元推理文庫）p164

頼越人（小松エメル）
◇「代表作時代小説 平成26年度」光文社 2014 p303

ヨリコに吹く風（佐手英緒）
◇「リトル・リトル・クトゥルー—史上最小の神話小説集」学習研究社 2009 p34

憑代忌（北森鴻）
◇「本格ミステリ 2004」講談社 2004（講談社ノベルス）p313
◇「暗闇（ダークサイド）を追いかけろ—ホラー＆サスペンス編」光文社 2004（カッパ・ノベルス）p179
◇「深夜バス78回転の問題—本格短編ベスト・セレクション」講談社 2008（講談社文庫）p459
◇「暗闇（ダークサイド）を追いかけろ」光文社 2008（光文社文庫）p225

頼朝勘定—源頼朝・北条政子（山岡荘八）
◇「人物日本の歴史—時代小説版 古代中世編」小学館 2004（小学館文庫）p131

よりにもよって（諸田玲子）
◇「代表作時代小説 平成21年度」光文社 2009 p169

よりによってこんな日に（柘一輝）
◇「ショートショートの花束 6」講談社 2014（講談社文庫）p92

寄り道（夏川草介）
◇「旅の終わり、始まりの旅」小学館 2012（小学館文庫）p127

夜（李孝石）
◇「近代朝鮮文学日本語作品集1939～1945 評論・随筆篇 3」緑蔭書房 2002 p79

夜（入澤康夫）
◇「新装版 全集現代文学の発見 13」學藝書林 2004 p554

夜（王白淵）
◇「日本統治期台湾文学集成 18」緑蔭書房 2003 p40

夜（金子光晴）
◇「ちくま日本文学 38」筑摩書房 2009（ちくま文庫）p379

夜（北原白秋）
◇「リテラリーゴシック・イン・ジャパン—文学的ゴシック作品選」筑摩書房 2014（ちくま文庫）p21

夜（金鎭壽）
◇「近代朝鮮文学日本語作品集1901～1938 創作篇 3」緑蔭書房 2004 p193

夜（高見順）
◇「創刊一〇〇年三田文学名作選」三田文学会 2010 p219

夜（中村稔）
◇「新装版 全集現代文学の発見 13」學藝書林 2004 p306

夜（丸山薫）
◇「新装版 全集現代文学の発見 13」學藝書林 2004 p118

夜（山本昌代）
◇「ことばのたくらみ—実作集」岩波書店 2003（21世紀文学の創造）p131

「夜」（石田千）
◇「十和田、奥入瀬 水と土地をめぐる旅」青幻舎 2013 p55

夜、あける（砂場）
◇「超短編の世界 vol.3」創英社 2011 p185

夜歩く子（小中千昭）
◇「侵略！」廣済堂出版 1998（廣済堂文庫）p87

夜—ある手記から（田宮虎彦）
◇「コレクション戦争と文学 20」集英社 2012 p479

報告文学入選作 夜（金永年）
◇「近代朝鮮文学日本語作品集1901～1938 創作篇 3」緑蔭書房 2004 p99

夜一夜（石神茉莉）
◇「恐怖症」光文社 2002（光文社文庫）p97

夜への誘い（中井英夫）
◇「怪猫鬼談」人類文化社 1999 p39

夜を奪うもの（井上雅彦）
◇「悪夢が嗤う瞬間」勁文社 1997（ケイブンシャ文庫）p170

夜を売る（太田忠司）
◇「ショートショートの缶詰」キノブックス 2016 p35

夜を泳ぎきる（樋口直哉）
◇「文学 2007」講談社 2007 p140

夜を賭けて（丸山昇一）
◇「年鑑代表シナリオ集 '02」シナリオ作家協会 2003 p293

夜を賭けて（梁石日）
◇「〈在日〉文学全集 7」勉誠出版 2006 p91

夜を駆ける女（藤木由紗）

よるお

◇「全作家短編集 15」のべる出版企画 2016 p58

夜を駆けるドギー（菅浩江）
 ◇「少年の時間」徳間書店 2001（徳間デュアル文庫）p53

夜を駆けるものたち（大場惑）
 ◇「宇宙生物ゾーン」廣済堂出版 2000（廣済堂文庫）p191

夜が明けたら（小松左京）
 ◇「70年代日本SFベスト集成 4」筑摩書房 2015（ちくま文庫）p11

夜顔（小池真理子）
 ◇「恋愛小説・名作集成 4」リブリオ出版 2004 p5

夜、薫る（井上雅彦）
 ◇「獣人」光文社 2003（光文社文庫）p531

夜が暗いように（結城昌治）
 ◇「わが名はタフガイ―ハードボイルド傑作選」光文社 2006（光文社文庫）p137

夜がときの歩みを暗くするとき（高史明）
 ◇「〈在日〉文学全集 11」勉誠出版 2006 p167

夜が降る（山下定）
 ◇「ひとにぎりの異形」光文社 2007（光文社文庫）p261

夜から朝へ（岡本潤）
 ◇「新装版 全集現代文学の発見 1」學藝書林 2002 p280
 ◇「新装版 全集現代文学の発見 1」學藝書林 2002 p284

夜来る者のためにうたううた（許南麒）
 ◇「〈在日〉文学全集 2」勉誠出版 2006 p213

夜来る者のためにうたう歌（許南麒）
 ◇「〈在日〉文学全集 2」勉誠出版 2006 p263

夜 その過去と現在（倉橋由美子）
 ◇「精選女性随筆集 3」文藝春秋 2012 p219

夜（大正十年）（折口信夫）
 ◇「ちくま日本文学 25」筑摩書房 2008（ちくま文庫）p12

夜、ダウ船で（西木正明）
 ◇「短篇ベストコレクション―現代の小説 2006」徳間書店 2006（徳間文庫）p229

夜と女の死（吉井晴一）
 ◇「幻の探偵雑誌 3」光文社 2000（光文社文庫）p407

夜、飛ぶもの（朱川湊人）
 ◇「午前零時」新潮社 2007 p37
 ◇「午前零時―P.S.昨日の私へ」新潮社 2009（新潮文庫）p43

夜なき夜のもみじ（李龍海）
 ◇「〈在日〉文学全集 18」勉誠出版 2006 p258

夜なのに（田中哲弥）
 ◇「喜劇綺劇」光文社 2009（光文社文庫）p329
 ◇「量子回廊―年刊日本SF傑選集」東京創元社 2010（創元SF文庫）p271

夜に（李美子）
 ◇「〈在日〉文学全集 18」勉誠出版 2006 p308

夜に煌めく道標（梅田飛猫）

◇「幻想水滸伝短編集 1」メディアワークス 2000（電撃文庫）p261

夜に潜む（大藪春彦）
 ◇「わが名はタフガイ―ハードボイルド傑作選」光文社 2006（光文社文庫）p47

夜に詠める歌（反歌）（立原道造）
 ◇「新装版 全集現代文学の発見 14」學藝書林 2005 p450

夜に別れを告げる夜（樹下太郎）
 ◇「たそがれゆく未来」筑摩書房 2016（ちくま文庫）p75

夜、寝る時（朱耀翰）
 ◇「近代朝鮮文学日本語作品集1908～1945 セレクション 4」緑蔭書房 2008 p47

夜の味（矢崎存美）
 ◇「悪夢が嗤う瞬間」勁文社 1997（ケイブンシャ文庫）p164

夜の足音（内田春菊）
 ◇「せつない話 2」光文社 1997 p168

夜の家にて（川崎長太郎）
 ◇「戦後短篇小説再発見 12」講談社 2003（講談社文芸文庫）p69

夜の歌（中村稔）
 ◇「新装版 全集現代文学の発見 13」學藝書林 2004 p301

夜の奥の院（加門七海）
 ◇「文藝百物語」ぶんか社 1997 p213

夜のオデッセイア（船戸与一）
 ◇「冒険の森へ―傑作小説大全 10」集英社 2016 p301

夜の斧（五木寛之）
 ◇「恐怖の花」ランダムハウス講談社 2007 p275

夜のおもいで（鈴木睦子）
 ◇「気配―第10回フェリシモ文学賞作品集」フェリシモ 2007 p60

「夜の会」の頃（埴谷雄高）
 ◇「戦後文学エッセイ選 3」影書房 2005 p172

夜の会話（須賀敦子）
 ◇「精選女性随筆集 9」文藝春秋 2012 p35
 ◇「日本文学全集 25」河出書房新社 2016 p62

夜の顔（巽昌章）
 ◇「殺人博物館へようこそ」講談社 1998（講談社文庫）p341

夜の鑑（巌土夫）
 ◇「近代朝鮮文学日本語作品集1908～1945 セレクション 4」緑蔭書房 2008 p334

夜のかけら（抄）（藤堂志津子）
 ◇「童貞小説集」筑摩書房 2007（ちくま文庫）p395

夜のかさぶた（長谷川純子）
 ◇「忘れない。―贈りものをめぐる十の話」メディアファクトリー 2007 p153

夜の河（澤野久雄）
 ◇「京都府文学全集第1期（小説編）4」郷土出版社 2005 p97

夜の樹（木谷新）
　◇「ゆきのまち幻想文学賞小品集 23」企画集団ぷり
　　ずむ 2014 p138
夜の記憶（貴志祐介）
　◇「SFマガジン700 国内篇」早川書房 2014（ハヤ
　　カワ文庫 SF）p161
夜の記憶（佐多稲子）
　◇「新装版 全集現代文学の発見 4」學藝書林 2003
　　p270
夜の客（図子慧）
　◇「勿忘草―恋愛ホラー・アンソロジー」祥伝社
　　2003（祥伝社文庫）p167
夜の甘藍（キャベツ）（長谷川龍生）
　◇「新装版 全集現代文学の発見 13」學藝書林 2004
　　p341
夜のキリン（春名トモコ）
　◇「超短編の世界 vol.3」創英社 2011 p98
夜の靴（抄）（横光利一）
　◇「山形県文学全集第1期（小説編）1」郷土出版社
　　2004 p480
夜の雲（国満静志）
　◇「ハンセン病文学全集 7」皓星社 2004 p396
夜の聲夜の旅（井上雅彦）
　◇「秘神界 歴史編」東京創元社 2002（創元推理文
　　庫）p467
夜の子供（深沢夏衣）
　◇「〈在日〉文学全集 14」勉誠出版 2006 p5
夜の小人（飛鳥井千砂）
　◇「短篇ベストコレクション―現代の小説 2015」徳
　　間書店 2015（徳間文庫）p53
夜の辛夷（山本周五郎）
　◇「江戸色恋坂―市井情話傑作選」学習研究社 2005
　　（学研M文庫）p7
夜の酒（香山末子）
　◇「ハンセン病文学全集 7」皓星社 2004 p424
夜の殺人事件（島久平）
　◇「名探偵の憂鬱」青樹社 2000（青樹社文庫）
　　p159
夜の寂しい顔（福永武彦）
　◇「ひつじアンソロジー 小説編 2」ひつじ書房
　　2009 p163
夜の散歩（圓眞美）
　◇「てのひら怪談 癸巳」KADOKAWA 2013（MF
　　文庫ダ・ヴィンチ）p10
夜の自画像（連城三紀彦）
　◇「ザ・ベストミステリーズ―推理小説年鑑 2009」
　　講談社 2009 p427
　◇「Bluff騙し合いの夜」講談社 2012（講談社文庫）
　　p363
夜の二乗（連城三紀彦）
　◇「犯行現場にもう一度」講談社 1997（講談社文
　　庫）p125
　◇「謎―スペシャル・ブレンド・ミステリー 005」
　　講談社 2010（講談社文庫）p293
夜の仕度（三島由紀夫）
　◇「ちくま日本文学 10」筑摩書房 2008（ちくま文

庫）p83
夜の舌先（唯川恵）
　◇「female」新潮社 2004（新潮文庫）p31
夜のジンファンデル（篠田節子）
　◇「恋愛小説」新潮社 2005 p83
　◇「恋愛小説」新潮社 2007（新潮文庫）p95
夜の杉（抄）（内田百閒）
　◇「文豪てのひら怪談」ポプラ社 2009（ポプラ文
　　庫）p154
夜の好きな王の話（稲垣足穂）
　◇「王侯」国書刊行会 1998（書物の王国）p121
夜の蟬（百目鬼野干）
　◇「怪談四十九夜」竹書房 2016（竹書房文庫）
　　p165
夜の旅（大岡信）
　◇「新装版 全集現代文学の発見 13」學藝書林 2004
　　p490
夜の角笛（五木寛之）
　◇「わかれの船―Anthology」光文社 1998 p180
夜の つぶやき（金時鐘）
　◇「〈在日〉文学全集 5」勉誠出版 2006 p114
夜の寺（都筑道夫）
　◇「文豪怪談傑作選 特別編」筑摩書房 2008（ちく
　　ま文庫）p68
夜の床屋（沢村浩輔）
　◇「砂漠を走る船の道―ミステリーズ！ 新人賞受賞
　　作品集」東京創元社 2016（創元推理文庫）
　　p185
夜のドライブ（川上弘美）
　◇「あなたと、どこかへ。」文藝春秋 2008（文春文
　　庫）p177
夜の鳥（化野燐）
　◇「京都宵」光文社 2008（光文社文庫）p169
夜の虹（佐々木禎子）
　◇「となりのもののけさん―競作短篇集」ポプラ社
　　2014（ポプラ文庫ピュアフル）p117
夜の橋（澤田ふじ子）
　◇「情けがからむ朱房の十手―傑作時代小説」PHP
　　研究所 2009（PHP文庫）p125
夜のバス（石川喬司）
　◇「夢」国書刊行会 1998（書物の王国）p50
　◇「70年代日本SFベスト集成 4」筑摩書房 2015
　　（ちくま文庫）p241
夜の鳩（森真沙子）
　◇「鬼瑠璃草―恋愛ホラー・アンソロジー」祥伝社
　　2003（祥伝社文庫）p261
夜の蜩（澤田ふじ子）
　◇「逆転―時代アンソロジー」祥伝社 2000（祥伝社
　　文庫）p103
夜のヴィーナス（村田喜代子）
　◇「文学 1999」講談社 1999 p172
夜の向日葵（辻井喬）
　◇「恋物語」朝日新聞社 1998 p128
夜の街で（金時鐘）
　◇「〈在日〉文学全集 5」勉誠出版 2006 p38

よるの

夜の末裔たち―吸血鬼映画ぎゃらりい（菊地秀行）
◇「吸血鬼」国書刊行会 1998（書物の王国）p230

夜の道行（千野隆司）
◇「傑作捕物ワールド 10」リブリオ出版 2002 p127

夜の森―二幕（北原政吉）
◇「日本統治期台湾文学集成 11」緑蔭書房 2003 p389

夜の誘惑（近藤史恵）
◇「黄昏ホテル」小学館 2004 p79

遺句集 夜の夢昼の夢（山本良吉）
◇「ハンセン病文学全集 9」皓星社 2010 p430

夜の要素（北園克衛）
◇「新装版 全集現代文学の発見 13」學藝書林 2004 p72

夜の喜び（小川未明）
◇「文豪怪談傑作選 小川未明集」筑摩書房 2008（ちくま文庫）p359

夜の来訪者（田辺青蛙）
◇「憑きびと―「読楽」ホラー小説アンソロジー」徳間書店 2016（徳間文庫）p143

夜のリフレーン（皆川博子）
◇「贈る物語Wonder」光文社 2002 p126
◇「冒険の森へ―傑作小説大全 3」集英社 2016 p28

夜のロボット（石田一）
◇「ロボットの夜」光文社 2000（光文社文庫）p131

夜のロマンツェ（中谷栄一）
◇「懐かしい未来―甦る明治・大正・昭和の未来小説」中央公論新社 2001 p257

夜の若葉（宮本百合子）
◇「愛」SDP 2009（SDP bunko）p217

夜松の女（石橋直子）
◇「松江怪談―新作怪談 松江物語」今井印刷 2015 p6

夜までは（室生犀星）
◇「思いがけない話」筑摩書房 2010（ちくま文学の森）p8

夜も昼も（筒井康隆）
◇「男たちのら・ら・ば・い」徳間書店 1999（徳間文庫）p276

夜、柳橋を過ぐ（成島柳北）
◇「新日本古典文学大系 明治編 2」岩波書店 2004 p225

夜闇の祭囃子（黒史郎）
◇「てのひら怪談―ビーケーワン怪談大賞傑作選 百怪繚乱篇」ポプラ社 2008 p122

夜よ はよ来い（金時鐘）
◇「〈在日〉文学全集 5」勉誠出版 2006 p85

夜は朝まで（江口榛太郎）
◇「太宰治賞 2008」筑摩書房 2008 p161

夜はいくつの目を持つ（小中千昭）
◇「悪夢が嗤う瞬間」勁文社 1997（ケイブンシャ文庫）p176

夜はまだ明けぬ（谺雄二）

鎧塚邸はなぜ軋む（村崎友）
◇「ミステリ愛。免許皆伝！」講談社 2010（講談社ノベルス）p233

よろいの渡し（都筑道夫）
◇「謀」文藝春秋 2003（推理作家になりたくて マイベストミステリー）p90
◇「文学賞受賞・名作集成 6」リブリオ出版 2004 p85
◇「マイ・ベスト・ミステリー 4」文藝春秋 2007（文春文庫）p143

鎧櫃の血（岡本綺堂）
◇「血」三天書房 2000（傑作短篇シリーズ）p7
◇「ちくま日本文学 32」筑摩書房 2009（ちくま文庫）p218
◇「新編・日本幻想文学集成 4」国書刊行会 2016 p471

よろこび（トロチェフ, コンスタンチン）
◇「ハンセン病文学全集 7」皓星社 2004 p39

短篇小説 よろこび（三原淳子）
◇「日本統治期台湾文学集成 22」緑蔭書房 2007 p195

喜びの琴（三島由紀夫）
◇「ちくま日本文学 10」筑摩書房 2008（ちくま文庫）p241

よろしくニンジャ〜入学しけんのまき〜（神尾タマ子）
◇「小学校たのしい劇の本―英語劇付 低学年」国土社 2007 p64

欧羅巴各国に行く（福澤諭吉）
◇「新日本古典文学大系 明治編 10」岩波書店 2011 p144

夜半（よわ）… → "やはん…"を見よ

世はさまざま（山之口貘）
◇「新装版 全集現代文学の発見 13」學藝書林 2004 p211

世渡り上手の知恵者―お初（永井路子）
◇「おんなの戦」角川書店 2010（角川文庫）p25

世は春じゃ（杉本苑子）
◇「江戸の鈍感力―時代小説傑作選」集英社 2007（集英社文庫）p75

弱味（高橋直樹）
◇「捨て子稲荷―時代アンソロジー」祥伝社 1999（祥伝社文庫）p281

弱虫（李正子）
◇「〈在日〉文学全集 17」勉誠出版 2006 p235

四（倉阪鬼一郎）
◇「オバケヤシキ」光文社 2005（光文社文庫）p73

四行詩（富永太郎）
◇「新装版 全集現代文学の発見 13」學藝書林 2004 p185

四歳の雌牛（林真理子）
◇「わかれの船―Anthology」光文社 1998 p61

栄山江（ヨンサンガン）（許南麒）
◇「〈在日〉文学全集 2」勉誠出版 2006 p95

らいう

四姉妹の不在証明（石山浩一郎）
◇「高校演劇Selection 2006 上」晩成書房 2008 p91

四十一年目の富士山（渡会三郎）
◇「「伊豆文学賞」優秀作品集 第18回」羽衣出版 2015 p178

四十一歳某日（越一人）
◇「ハンセン病文学全集 7」皓星社 2004 p338

四十代（辻長凰）
◇「ハンセン病文学全集 9」皓星社 2010 p83

42（鈴木さくら）
◇「ショートショートの花束 1」講談社 2009（講談社文庫）p130

42.195キロ（林吨助）
◇「ショートショートの広場 20」講談社 2008（講談社文庫）p13

四〇年（木下順二）
◇「戦後文学エッセイ選 8」影書房 2005 p205

四十年目の夏に（志賀幸一）
◇「「伊豆文学賞」優秀作品集 第7回」羽衣出版 2004 p33

四十余日（水野仙子）
◇「「新編」日本女性文学全集 3」菁柿堂 2011 p383

四四年前の中二病〔山本弘〕
◇「多々良島ふたたび─ウルトラ怪獣アンソロジー」早川書房 2015（TSUBURAYA×HAYAKAWA UNIVERSE）p43

四十分間の女（都筑道夫）
◇「悪夢の最終列車─鉄道ミステリー傑作選」光文社 1997（光文社文庫）p47

四種の思想。人才の分離作用。（山路愛山）
◇「新日本古典文学大系 明治編 26」岩波書店 2002 p420

四色問題（法月綸太郎）
◇「名探偵の奇跡」光文社 2007（Kappa novels）p347
◇「名探偵の奇跡」光文社 2010（光文社文庫）p441

四千の日と夜（田村隆一）
◇「新装版 全集現代文学の発見 13」學藝書林 2004 p277

四大義務（小林ミア）
◇「5分で読める！ ひと駅ストーリー 食の話」宝島社 2015（宝島社文庫）p89

四で割って（星新一）
◇「絶体絶命」早川書房 2006（ハヤカワ文庫）p105

連作小説 四等寝台（荘慶記、国分寺實、麓信仰、丘十府）
◇「日本統治期台湾文学集成 21」緑蔭書房 2007 p21

四度目の夏（小池真理子）
◇「白のミステリー─女性ミステリー作家傑作選」光文社 1997 p7
◇「女性ミステリー作家傑作選 1」光文社 1999（光文社文庫）p287

よんひくさんの木（江崎来人）

◇「てのひら怪談─ビーケーワン怪談大賞傑作選 辛卯」ポプラ社 2011（ポプラ文庫）p224

四分間では短すぎる（有栖川有栖）
◇「Mystery Seller」新潮社 2012（新潮文庫）p145
◇「驚愕遊園地」光文社 2013（最新ベスト・ミステリー）p59
◇「驚愕遊園地」光文社 2016（光文社文庫）p87

四本のラケット（佐川光晴）
◇「あの日、君と Boys」集英社 2012（集英社文庫）p131

四枚のカード（乾くるみ）
◇「本格ミステリー二〇〇八年本格短編ベスト・セレクション 08」講談社 2008（講談社ノベルス）p275
◇「名探偵に訊け」光文社 2010（Kappa novels）p103
◇「見えない殺人カード─本格短編ベスト・セレクション」講談社 2012（講談社文庫）p401
◇「名探偵に訊け」光文社 2013（光文社文庫）p137

四枚の年賀状（水谷準）
◇「幻の探偵雑誌」光文社 2002（光文社文庫）p332

四〇九号室の患者（綾辻行人）
◇「幻想ミッドナイト─日常を破壊する恐怖の断片」角川書店 1997（カドカワ・エンタテインメント）p53

四文字（李正子）
◇「〈在日〉文学全集 17」勉誠出版 2006 p245

444のイッペン（佐藤友哉）
◇「Story Seller 2」新潮社 2010（新潮文庫）p336

【ら】

ライ（小林弘明）
◇「ハンセン病文学全集 7」皓星社 2004 p522

癩（明石海人）
◇「ハンセン病文学全集 7」皓星社 2004 p443

来意（李良枝）
◇「〈在日〉文学全集 8」勉誠出版 2006 p219

来意（山之口貘）
◇「新装版 全集現代文学の発見 13」學藝書林 2004 p205
◇「日本文学全集 29」河出書房新社 2016 p41

癩院記録（北條民雄）
◇「ハンセン病文学全集 4」皓星社 2003 p542

癩院受胎（北條民雄）
◇「ハンセン病文学全集 1」皓星社 2002 p49

雷雨の庭で（有栖川有栖）
◇「本格ミステリー二〇〇九年本格短編ベスト・セレクション 09」講談社 2009（講談社ノベルス）p259

作品名から引ける日本文学全集案内 第III期　841

らいう

◇「空飛ぶモルグ街の研究」講談社 2013（講談社文庫）p365

雷雨の夜（逢坂剛）
　◇「ザ・ベストミステリーズ―推理小説年鑑 1998」講談社 1998 p33
　◇「完全犯罪証明書」講談社 2001（講談社文庫）p348

ライオン退治（和坂しょろ）
　◇「ショートショートの花束 3」講談社 2011（講談社文庫）p213

童話 ライオンの王様（金葉律子）
　◇「近代朝鮮文学日本語作品集1908～1945 セレクション 6」緑蔭書房 2008 p119

癩家族（北條民雄）
　◇「ハンセン病文学全集 1」皓星社 2002 p107

雷気（金子光晴）
　◇「ちくま日本文学 38」筑摩書房 2009（ちくま文庫）p371

雷魚（唐十郎）
　◇「幻想小説大全」北宋社 2002 p474

ライギョ、ヤモリ、マメジカ、コオロギ、ヒキガエル、ブタ、トビハゼ、ホタル（開高健）
　◇「ちくま日本文学 24」筑摩書房 2008（ちくま文庫）p306

雷公（石川鴻斎）
　◇「新日本古典文学大系 明治編 3」岩波書店 2005 p273

癩者（志樹逸馬）
　◇「ハンセン病文学全集 7」皓星社 2004 p322

癩者の魂（多磨全生園合同作品集）
　◇「ハンセン病文学全集 6」皓星社 2003 p48

来世不動産（升野英知）
　◇「東と西 2」小学館 2010 p34
　◇「東と西 2」小学館 2012（小学館文庫）p39

ライター（森真沙子）
　◇「闇電話」光文社 2006（光文社文庫）p359

ライダー（白野佑凪）
　◇「ショートショートの広場 12」講談社 2001（講談社文庫）p111

雷鳥九号殺人事件（西村京太郎）
　◇「無人踏切―鉄道ミステリー傑選」光文社 2008（光文社文庫）p11

ライツヴィル殺人事件（新井素子、秋山狂一郎、吾妻ひでお）
　◇「北村薫の本格ミステリ・ライブラリー」角川書店 2001（角川文庫）p205

書く機械（ライティングマシン）（有栖川有栖）
　◇「自鷹THEどんでん返し」双葉社 2016（双葉文庫）p47

雷電曼陀羅（安部龍太郎）
　◇「勝者の死にざま―時代小説選手権」新潮社 1998（新潮文庫）p393
　◇「信州歴史時代小説傑作集 4」しなのき書房 2007 p51

ライト・マイ・ファイア（安達千夏）

◇「文学 2002」講談社 2002 p25

ライの意識革命と予防法闘争（1）レプラ・コンプレックス（光岡良二）
　◇「ハンセン病文学全集 5」皓星社 2010 p108

ライの意識革命と予防法闘争（2）ハンゼン氏病の盲点 宮崎恵楓園長、光田愛生園長証言の批判（月田まさし）
　◇「ハンセン病文学全集 5」皓星社 2010 p112

ライの意識革命と予防法闘争（3）ライ予防法の改正は何故必要か（湯川恒美）
　◇「ハンセン病文学全集 5」皓星社 2010 p117

ライの意識革命と予防法闘争（4）癩予防法改正運動についてのわれらの反省（石村通明）
　◇「ハンセン病文学全集 5」皓星社 2010 p125

ライの意識革命と予防法闘争（5）「癩予防法改正運動についてのわれらの反省」の作者に一言！（つきだまさし）
　◇「ハンセン病文学全集 5」皓星社 2010 p129

ライの意識革命と予防法闘争（6）評論「癩予防法改正運動についてのわれらの反省」について（石村通明）
　◇「ハンセン病文学全集 5」皓星社 2010 p137

ライの意識革命と予防法闘争（7）強制収容・懲戒検束の廃止なくして、新しき療養所なし（光岡良二）
　◇「ハンセン病文学全集 5」皓星社 2010 p138

ライの意識革命と予防法闘争（8）「ライ予防法案」は何故悪いか（横山石鳥）
　◇「ハンセン病文学全集 5」皓星社 2010 p144

ライの意識革命と予防法闘争（9）人間になる日―或る書翰（光岡良二）
　◇「ハンセン病文学全集 5」皓星社 2010 p149

ライの意識革命と予防法闘争（10）癩予防法改正運動について（中園裕）
　◇「ハンセン病文学全集 5」皓星社 2010 p153

ライの意識革命と予防法闘争（11）あなた達に言いたい（豊田一夫）
　◇「ハンセン病文学全集 5」皓星社 2010 p157

ライの意識革命と予防法闘争（12）ライの意識革命について（島比呂志）
　◇「ハンセン病文学全集 5」皓星社 2010 p162

ライの意識革命と予防法闘争（13）劣等感の克服（阿部肇）
　◇「ハンセン病文学全集 5」皓星社 2010 p166

ライの意識革命と予防法闘争（14）特権意識と劣等意識―社会的偏見の反映としての（森田竹次）
　◇「ハンセン病文学全集 5」皓星社 2010 p169

ライの意識革命と予防法闘争（15）本当の偏見はどこにあるのだろう―悲観的な啓蒙運動（藤田詩朗）
　◇「ハンセン病文学全集 5」皓星社 2010 p174

癩の島（明石海人）
◇「ハンセン病文学全集 7」皓星社 2004 p445

癩の憂鬱（明石海人）
◇「ハンセン病文学全集 7」皓星社 2004 p448

ライバル（鮎川哲也）
◇「自選ショート・ミステリー 2」講談社 2001（講談社文庫）p270

ライバル（桜嵐）
◇「ショートショートの広場 12」講談社 2001（講談社文庫）p62

ライバルの死（有村智賀志）
◇「甦る推理雑誌 8」光文社 2003（光文社文庫）p391

来賓（大塚楠緒子）
◇「「新編」日本女性文学全集 3」菁柿堂 2011 p95

らいふ＆です・おぶ・Q＆ナイン（狩久）
◇「甦る「幻影城」 2」角川書店 1997（カドカワ・エンタテインメント）p297

癩夫婦（宮島俊夫）
◇「ハンセン病文学全集 1」皓星社 2002 p183

ライフ・オブザリビングデッド――ゾンビの浜田はきょうも出社する（片瀬二郎）
◇「NOVA――書き下ろし日本SFコレクション 10」河出書房新社 2013（河出文庫）p109

ライフガード（篠田節子）
◇「旅を数えて」光文社 2007 p235

ライフ・サポート（川田弥一郎）
◇「乱歩賞作家 赤の謎」講談社 2004 p153

ライフ システムエンジニア編（伊坂幸太郎）
◇「秘密。―私と私のあいだの十二話」メディアファクトリー 2005 p139

ライブハウスにて（綾倉エリ）
◇「てのひら怪談―ビーケーワン怪談大賞傑作選 壬辰」ポプラ社 2012（ポプラ文庫）p180

ライフ ミッドフィルダー編（伊坂幸太郎）
◇「秘密。―私と私のあいだの十二話」メディアファクトリー 2005 p145

らい文学を考える（佐治早人）
◇「ハンセン病文学全集 5」皓星社 2010 p79

癩文学私論（森田竹次）
◇「ハンセン病文学全集 5」皓星社 2010 p9

癩文学といふこと（北條民雄）
◇「ハンセン病文学全集 5」皓星社 2010 p18

癩文学に於ける私小説性（光岡良二）
◇「ハンセン病文学全集 5」皓星社 2010 p21

「癩文学」の起源と意味（古家嘉彦）
◇「ハンセン病文学全集 5」皓星社 2010 p1

らい文学滅亡論（野谷寛三）
◇「ハンセン病文学全集 5」皓星社 2010 p52

ライ文学は衰退したかどうかに就いて（沢田五郎）
◇「ハンセン病文学全集 5」皓星社 2010 p75

癩文芸現状（氷見裕）
◇「ハンセン病文学全集 5」皓星社 2010 p5

来訪者（永井荷風）
◇「文豪怪談傑作選 昭和篇」筑摩書房 2011（ちくま文庫）p9

来訪者（星新一）
◇「日本SF・名作集成 9」リブリオ出版 2005 p7

来訪者（横田順彌）
◇「宇宙生物ゾーン」廣済堂出版 2000（廣済堂文庫）p465

雷鳴（大沢在昌）
◇「鼓動―警察小説競作」新潮社 2006（新潮文庫）p7
◇「短篇ベストコレクション―現代の小説 2006」徳間書店 2006（徳間文庫）p31
◇「名探偵の奇跡」光文社 2007（Kappa novels）p159
◇「名探偵の奇跡」光文社 2010（光文社文庫）p197

雷鳴（星野之宣）
◇「折り紙衛星の伝説」東京創元社 2015（創元SF文庫）p69

雷鳴の刻（天羽沙夜）
◇「幻想水滸伝短編集 2」メディアワークス 2001（電撃文庫）p13

ライ療養所の論理と倫理（1）ライ療養所の論理と倫理（野谷寛三）
◇「ハンセン病文学全集 5」皓星社 2010 p185

ライ療養所の論理と倫理（2）故光田前園長と療養人の像（今西康子）
◇「ハンセン病文学全集 5」皓星社 2010 p205

来歴不明の古物を買うことへの警め（雨宮町子）
◇「玩具館」光文社 2001（光文社文庫）p133

ライは長い旅だから（谺雄二）
◇「ハンセン病文学全集 7」皓星社 2004 p265
◇「ハンセン病文学全集 7」皓星社 2004 p276

癩は俤む（明石海人）
◇「ハンセン病文学全集 7」皓星社 2004 p443

ライン（みかみちひろ）
◇「むすぶ―第11回フェリシモ文学賞作品集」フェリシモ 2008 p60

ラガド大学参観記（牧野信一）
◇「おかしい話」筑摩書房 2010（ちくま文学の森）p435

羅漢（石川鴻斎）
◇「新日本古典文学大系 明治編 3」岩波書店 2005 p285

羅漢崩れ（飛鳥部勝則）
◇「ミステリ★オールスターズ」角川書店 2010 p245
◇「ベスト本格ミステリ 2011」講談社 2011（講談社ノベルス）p297
◇「ミステリ・オールスターズ」角川書店 2012（角川文庫）p287
◇「からくり伝言少女」講談社 2015（講談社文庫）p413

ラギッド・ガール（飛浩隆）

◇「ぼくの、マシン―ゼロ年代日本SFベスト集成 S」東京創元社 2010（創元SF文庫）p321

裸形（高村光太郎）
◇「妻を失う―離別作品集」講談社 2014（講談社文芸文庫）p9

烙印（大下宇陀児）
◇「君らの魂を悪魔に売りつけよ―新青年傑作選」角川書店 2000（角川文庫）p273

烙印（許南麒）
◇「〈在日〉文学全集 2」勉誠出版 2006 p207

楽園（角田光代）
◇「Joy！」講談社 2008 p55
◇「彼の女たち」講談社 2012（講談社文庫）p59

楽園（立原透耶）
◇「物語のルミナリエ」光文社 2011（光文社文庫）p352

楽園（つくね乱蔵）
◇「怪集 蠱毒―創作怪談発掘大会傑作選」竹書房 2009（竹書房文庫）p37

楽園（不狼児）
◇「超短編の世界 vol.3」創英社 2011 p112

楽園（湊かなえ）
◇「Story Seller 3」新潮社 2011（新潮文庫）p77

楽園（森真沙子）
◇「屍者の行進」廣済堂出版 1998（廣済堂文庫）p111

楽園（夢野旅人）
◇「ショートショートの花束 8」講談社 2016（講談社文庫）p120

楽園（夜釣十六）
◇「太宰治賞 2016」筑摩書房 2016 p29

楽園回帰（飯野文彦）
◇「伯爵の血族―紅ノ章」光文社 2007（光文社文庫）p141

楽園から帰る（長部日出雄）
◇「代表作時代小説 平成10年度」光風社出版 1998 p19
◇「愛染夢灯籠―時代小説傑作選」講談社 2005（講談社文庫）p533

楽園に還る（井上雅彦）
◇「黒い遊園地」光文社 2004（光文社文庫）p603

楽園のアンテナ（やまなかしほ）
◇「超短編の世界 vol.2」創英社 2009 p94

楽園の泉（高井信）
◇「死者は弁明せず―ソード・ワールド短編集」富士見書房 1997（富士見ファンタジア文庫）p155

楽園のいろ（因幡縁）
◇「ゆきのまち幻想文学賞小品集 22」企画集団ぷりずむ 2013 p64

楽園の杭（野尻抱介）
◇「進化論」光文社 2006（光文社文庫）p443

楽園のつくりかた（笹生陽子, 中園健司）
◇「テレビドラマ代表作選集 2004年版」日本脚本家連盟 2004 p161

楽園の蛇（鏡明）

◇「日本SF全集 2」出版芸術社 2010 p391

楽園行き（長谷敏司）
◇「ウルトラQ―dark fantasy」角川書店 2004（角川ホラー文庫）p139

らくがき（梅津裕一）
◇「ウルトラQ―dark fantasy」角川書店 2004（角川ホラー文庫）p5

らくがきちょうの神様（上原小夜）
◇「5分で読める！ ひと駅ストーリー 乗車編」宝島社 2012（宝島社文庫）p67
◇「5分で泣ける！ 胸がいっぱいになる物語」宝島社 2016（宝島社文庫）p179

ラ・クカラチャ（高城高）
◇「江戸川乱歩と13の宝石」光文社 2007（光文社文庫）p167

落語家遺漏（正岡子規）
◇「新日本古典文学大系 明治編 27」岩波書店 2003 p185

落語の趣味（饗庭篁村）
◇「明治の文学 13」筑摩書房 2003 p343

落語の濫觴（三遊亭円朝）
◇「明治の文学 3」筑摩書房 2001 p290

落語連相撲（正岡子規）
◇「新日本古典文学大系 明治編 27」岩波書店 2003 p114

落日（北川冬彦）
◇「新装版 全集現代文学の発見 13」學藝書林 2004 p33

落日（久保園ひろ子）
◇「現代鹿児島小説大系 4」ジャプラン 2014 p124

落日（中山義秀）
◇「人物日本の歴史―時代小説版 戦国編」小学館 2004（小学館文庫）p269

落日の兇刃（峰隆一郎）
◇「落日の兇刃―時代アンソロジー」祥伝社 1998（ノン・ポシェット）p7

楽して儲ける男（丸藤時生）
◇「ショートショートの花束 6」講談社 2014（講談社文庫）p249

落首（小橋博）
◇「夕まぐれ江戸小景」光文社 2015（光文社文庫）p301

落城（田宮虎彦）
◇「新装版 全集現代文学の発見 12」學藝書林 2004 p412

落飾（アンデルセン著, 森鷗外訳）
◇「新日本古典文学大系 明治編 25」岩波書店 2004 p359

駱駝（趙薫）
◇「近代朝鮮文学日本語作品集1939～1945 創作篇 6」緑蔭書房 2001 p38

駱駝（中島敦）
◇「ちくま日本文学 12」筑摩書房 2008（ちくま文庫）p439

駱駝（政石蒙）
◇「ハンセン病文学全集 4」皓星社 2003 p610

らくだ殺人事件（靏流一）
　◇「密室殺人大百科 下」原書房 2000 p151
らくだの馬が死んだ（野口卓）
　◇「怒髪の雷」祥伝社 2016 （祥伝社文庫）p61
洛東江（らくとうこう）…→ “ナックトンガ
　ン…”を見よ
落魄の母（李正子）
　◇「〈在日〉文学全集 17」勉誠出版 2006 p259
落莫六首（中野逍遙）
　◇「新日本古典文学大系 明治編 2」岩波書店 2004
　　p414
ラグビイ―アルチユウル・オネガ作曲（竹中
　郁）
　◇「新装版 全集現代文学の発見 13」學藝書林 2004
　　p36
落花巌（ラクフアアム）（許南麒）
　◇「〈在日〉文学全集 2」勉誠出版 2006 p105
洛北再会（川口松太郎）
　◇「京都府文学全集第1期（小説編）5」郷土出版社
　　2005 p170
落葉（らくよう）…→ “おちば…”をも見よ
落葉（王白淵）
　◇「日本統治期台湾文学集成 18」緑蔭書房 2003
　　p80
落葉する庭（上忠司）
　◇「日本統治期台湾文学集成 18」緑蔭書房 2003
　　p280
落葉亭（結城信一）
　◇「戦後短篇小説再発見 5」講談社 2001 （講談社
　　文芸文庫）p97
落葉日記 落葉に托す―初冬書信にかへて（鄭
　飛石）
　◇「近代朝鮮文学日本語作品集1908〜1945 セレクショ
　　ン 3」緑蔭書房 2008 p357
落葉日記 落葉の私語き（金岸曙）
　◇「近代朝鮮文学日本語作品集1908〜1945 セレクショ
　　ン 3」緑蔭書房 2008 p351
落葉日記 枯葉散る木蔭―志願兵撮影の一日
　（文藝峰）
　◇「近代朝鮮文学日本語作品集1908〜1945 セレクショ
　　ン 3」緑蔭書房 2008 p353
落葉日記 追憶は毒なり（林和）
　◇「近代朝鮮文学日本語作品集1908〜1945 セレクショ
　　ン 3」緑蔭書房 2008 p347
落葉の炎（鈴木和夫）
　◇「ハンセン病文学全集 8」皓星社 2006 p327
落葉林で（立原道造）
　◇「新装版 全集現代文学の発見 14」學藝書林 2005
　　p451
ラクーンドッグ・フリート（速水螺旋人）
　◇「アステロイド・ツリーの彼方へ」東京創元社
　　2016 （創元SF文庫）p191
ラゴゼ・ヒイヨ（黒史郎）
　◇「リトル・リトル・クトゥルー―史上最小の神話

小説集」学習研究社 2009 p244
ラザロ死ねり（長田穂波）
　◇「ハンセン病文学全集 6」皓星社 2003 p41
ラジエール（八木原一恵）
　◇「妖（あやかし）がささやく」翠琥出版 2015 p63
ラジオを聴きながら…（恩田陸）
　◇「迷」文藝春秋 2003 （推理作家になりたくて マ
　　イベストミステリー）p74
　◇「マイ・ベスト・ミステリー 3」文藝春秋 2007
　　（文春文庫）p104
ラジオ（佳代）（秋元康）
　◇「アドレナリンの夜―珠玉のホラーストーリーズ」
　　竹書房 2009 p133
ラヂオの家―二幕（中山侑）
　◇「日本統治期台湾文学集成 11」緑蔭書房 2003
　　p203
ラジオのおかげ（@anothersignal）
　◇「3.11心に残る140字の物語」学研パブリッシング
　　2011 p60
羅生門河岸（都筑道夫）
　◇「風の中の剣士」光風社出版 1998 （光風社文庫）
　　p161
　◇「偉人八傑推理帖―名探偵時代小説」双葉社 2004
　　（双葉文庫）p177
裸女のいる隊列（田村泰次郎）
　◇「コレクション戦争と文学 12」集英社 2013 p212
羅針（上忠司）
　◇「日本統治期台湾文学集成 18」緑蔭書房 2003
　　p236
ラスカル3（加藤実秋）
　◇「事件の痕跡」光文社 2007 （Kappa novels）
　　p235
　◇「事件の痕跡」光文社 2012 （光文社文庫）p319
ラストコール（石田衣良）
　◇「暗闇（ダークサイド）を追いかけろ―ホラー＆サ
　　スペンス編」光文社 2004 （カッパ・ノベルス）
　　p89
　◇「暗闇（ダークサイド）を追いかけろ」光文社
　　2008 （光文社文庫）p105
ラストシーン（森絵都）
　◇「短篇ベストコレクション―現代の小説 2011」徳
　　間書店 2011 （徳間文庫）p461
ラスト・セッション（蒼井上鷹）
　◇「ザ・ベストミステリーズ―推理小説年鑑 2007」
　　講談社 2007 p65
　◇「ULTIMATE MYSTERY―究極のミステリー、
　　ここにあり」講談社 2010 （講談社文庫）p247
ラストチャンスは二度やってくる（久米伸明、
　中村達哉）
　◇「中学校たのしい劇脚本集―英語劇付 Ⅲ」国土社
　　2011 p117
ラストドロー（石田衣良）
　◇「ザ・ベストミステリーズ―推理小説年鑑 2004」
　　講談社 2004 p393
　◇「犯人たちの部屋」講談社 2007 （講談社文庫）p5
ラスト・ドロップ（立見千香）

らすと

◇「君を忘れない―恋愛短篇小説集」泰文堂 2012
（リンダブックス）p252

ラストマティーニ（北森鴻）
◇「ザ・ベストミステリーズ―推理小説年鑑 2007」
講談社 2007 p205
◇「MARVELOUS MYSTERY」講談社 2010（講
談社文庫）p351

最後の瞬間（ラスト・モーメント）（荻一之介）
◇「幻の探偵雑誌 8」光文社 2001（光文社文庫）
p329

ラスヴェガス朝景（阿佐田哲也）
◇「熱い賭け」早川書房 2006（ハヤカワ文庫）
p315

ラスヴェガスにて（三好徹）
◇「熱い賭け」早川書房 2006（ハヤカワ文庫）
p275

羅切忍者 邪忍法ざくろ（島守俊夫）
◇「忍法からくり伝奇」勉誠出版 2004 p211

螺旋階段（北野勇作）
◇「グランドホテル」廣済堂出版 1999（廣済堂文
庫）p515

螺旋階段のアリス（加納朋子）
◇「最新「珠玉推理」大全 中」光文社 1998（カッ
パ・ノベルス）p75
◇「怪しい舞踏会」光文社 2002（光文社文庫）
p105

螺旋形の"未来"（木下順二）
◇「戦後文学エッセイ選 8」影書房 2005 p228

螺旋文書（牧野修）
◇「日本SF短篇50 4」早川書房 2013（ハヤカワ文
庫 JA）p317

拉致（東直己）
◇「宝石ザミステリー 2」光文社 2012 p117

落花（飛鳥高）
◇「江戸川乱歩の推理試験」光文社 2009（光文社文
庫）p269

落花（永井するみ）
◇「紅迷宮―ミステリー・アンソロジー」祥伝社
2002（祥伝社文庫）p251

落花巌花（李瑾榮）
◇「近代朝鮮文学日本語作品集1908～1945 セレクショ
ン 6」緑蔭書房 2008 p38

落下傘（金子光晴）
◇「ちくま日本文学 38」筑摩書房 2009（ちくま文
庫）p54

落下傘花火（渡辺光昭）
◇「現代作家代表作選集 4」鼎書房 2013 p157

落花啼鳥集（森春濤）
◇「新日本古典文学大系 明治編 2」岩波書店 2004
p28

楽観的な方のケース（岡田利規）
◇「文学 2009」講談社 2009 p138

ラッキーストリング（仁木英之）
◇「午前零時」新潮社 2007 p211
◇「午前零時―P.S.昨日の私へ」新潮社 2009（新潮
文庫）p245

ラッキースプレー（井川一太郎）
◇「ショートショートの花束 6」講談社 2014（講
談社文庫）p196

ラッキーセブン（乾くるみ）
◇「ベスト本格ミステリ 2013」講談社 2013（講談
社ノベルス）p277

ラッキーな記憶喪失（森奈津子）
◇「自選ショート・ミステリー」講談社 2001（講談
社文庫）p87

らっきょう（名取佐和子）
◇「最後の一日―さよならが胸に染みる10の物語」
泰文堂 2011（Linda books！）p34

ラッシュ・アワア（北川冬彦）
◇「新装版 全集現代文学の発見 13」學藝書林 2004
p30

喇叭（浅暮三文）
◇「玩具館」光文社 2001（光文社文庫）p299

ラテを飲みながら（唯川恵）
◇「恋のかけら」幻冬舎 2008 p5
◇「恋のかけら」幻冬舎 2012（幻冬舎文庫）p7

羅丁語（らてんご）**と日本語**（正岡子規）
◇「新日本古典文学大系 明治編 27」岩波書店 2003
p85

ラバウルの狐作戦（中村春海）
◇「全作家短編集 15」のべる出版企画 2016 p245

ラバウルの空を見よ（軍報道部提供）（楊逵）
◇「日本統治期台湾文学集成 23」緑蔭書房 2007
p408

ラバーズブック（小路幸也）
◇「本をめぐる物語――冊の扉」KADOKAWA
2014（角川文庫）p187

ラ・バンデラ・ローハ！（赤旗の歌）（堀田善
衞）
◇「戦後文学エッセイ選 11」影書房 2007 p152

ラビアコントロール（木下古栗）
◇「量子回廊―年刊日本SF傑作選」東京創元社
2010（創元SF文庫）p373

ラブ・アフェア for MEN（栗本志津香）
◇「君が好き―恋愛短篇小説集」泰文堂 2012（リン
ダブックス）p142

ラブ・アブダクション（塔山郁）
◇「『このミステリーがすごい！』大賞作家書き下ろ
しBOOK vol.9」宝島社 2015 p219

ラブ・イン・エレベーター（中島らも）
◇「冒険の森へ―傑作小説大全 19」集英社 2015
p21

ラブカウンター（@jun50r）
◇「3.11心に残る140字の物語」学研パブリッシング
2011 p77

ラヴクラフトの居る風景（米沢嘉博）
◇「秘神館 歴史編」東京創元社 2002（創元推理文
庫）p675

ラブ・ゲーム（影洋一）
◇「ショートショートの花束 5」講談社 2013（講
談社文庫）p54

ラブ・ミー・テンダー（森谷明子）
　◇「エール！　3」実業之日本社 2013（実業之日本社文庫）p89

ラブユー東京（片岡英子）
　◇「歌謡曲だよ、人生は―映画監督短編集」メディアファクトリー 2007 p49

ラプラタ綺譚（中上健次）
　◇「日本文学全集 23」河出書房新社 2015 p380

ラブ・レター（浅田次郎）
　◇「奇妙な恋の物語」光文社 1998（光文社文庫）p7
　◇「日本文学100年の名作 9」新潮社 2015（新潮文庫）p71
　◇「冒険の森へ―傑作小説大全 18」集英社 2016 p195

ラブレター（山崎洋子）
　◇「妖美―女流ミステリー傑作選」徳間書店 1999（徳間文庫）p335

ラブレターなんてもらわない人生（川端裕人）
　◇「Love Letter」幻冬舎 2005 p37
　◇「Love Letter」幻冬舎 2008（幻冬舎文庫）p41

ラプンツェル未遂事件（岸本佐知子）
　◇「小川洋子の陶酔短篇箱」河出書房新社 2014 p349

ラベンダー・サマー（瀬川ことび）
　◇「悪夢制御装置―ホラー・アンソロジー」角川書店 2002（角川文庫）p109
　◇「青に捧げる悪夢」角川書店 2005 p245
　◇「青に捧げる悪夢」角川書店 2013（角川文庫）p429

ラベンダー・ビレッジ殺人事件（堀慎二郎）
　◇「幻想水滸伝短編集 4」メディアワークス 2002（電撃文庫）p195

ラムネ売り（七海千空）
　◇「ショートショートの花束 4」講談社 2012（講談社文庫）p79

ラムネ氏ノコト―詰まらぬ物事に命を賭した男が遺したものが、今や駄菓子屋で売られているのだ（森深紅）
　◇「NOVA―書き下ろし日本SFコレクション 9」河出書房新社 2013（河出文庫）p119

ランプの影（正岡子規）
　◇「明治の文学 2」筑摩書房 2001 p114
　◇「ちくま日本文学 40」筑摩書房 2009（ちくま文庫）p59

ラーメン殺人事件（嵯峨島昭）
　◇「麺'sミステリー倶楽部―傑作推理小説集」光文社 2012（光文社文庫）p217

ラーメンたぬきの死（斎藤栄）
　◇「あなたが名探偵」講談社 1998（講談社文庫）p249

ラーメンの好きと、どう違うんだ？（二橋文）
　◇「太宰治賞 20C6」筑摩書房 2006 p111

羅妖の秀康（山田風太郎）
　◇「おもかげ行燈」光風社出版 1998（光風社文庫）p367

ラ・ロシユフコオについて（龍瑛宗）
　◇「日本統治期台湾文学集成 16」緑蔭書房 2003 p272

蘭（安東次男）
　◇「新装版 全集現代文学の発見 13」學藝書林 2004 p295

蘭（竹西寛子）
　◇「日本文学100年の名作 7」新潮社 2015（新潮文庫）p527

乱菊物語（谷崎潤一郎）
　◇「日本文学全集 15」河出書房新社 2016 p5

乱気流（松本しづか）
　◇「扉の向こうへ」全作家協会 2014（全作家短編集）p154

卵形（君島慧是）
　◇「てのひら怪談 葵巳」KADOKAWA 2013（MF文庫ダ・ヴィンチ）p178

乱数の雪（建石明子）
　◇「ゆきのまち幻想文学賞小品集 16」企画集団ぷりずむ 2007 p49

乱世（南條範夫）
　◇「代表作時代小説 平成17年度」光文社 2005 p85

乱世に生きる（花田清輝）
　◇「戦後文学エッセイ選 1」影書房 2005 p211

ランタナの花の咲く頃に（長堂英吉）
　◇「街娼―パンパン＆オンリー」皓星社 2015（紙礫）p176

懶惰の歌留多（太宰治）
　◇「怠けものの話」筑摩書房 2011（ちくま文学の森）p349

懶惰の歌留多（抄）（太宰治）
　◇「文豪てのひら怪談」ポプラ社 2009（ポプラ文庫）p34

ランチタイム（赤川次郎）
　◇「冥界プリズン」光文社 1999（光文社文庫）p7

蘭鋳（井上雅彦）
　◇「5分で読める！ 怖いはなし」宝島社 2014（宝島社文庫）p215

ランチュウの誕生（牧野修）
　◇「進化論」光文社 2006（光文社文庫）p263

亂啼烏（李光洙）
　◇「近代朝鮮文学日本語作品集1939〜1945 創作篇 2」緑蔭書房 2001 p105

ランデヴー（五十嵐彪太）
　◇「てのひら怪談―ビーケーワン怪談大賞傑作選 庚寅」ポプラ社 2010（ポプラ文庫）p208

「らん」と「らし」（正岡子規）
　◇「新日本古典文学大系 明治編 27」岩波書店 2003 p396

ランの一日奇術入門（黒川裕子）
　◇「飛翔―C★NOVELS大賞作家アンソロジー」中央公論新社 2013（C・NOVELS Fantasia）p108

らんの花（都筑道夫）
　◇「30の神品―ショートショート傑作選」扶桑社 2016（扶桑社文庫）p245

ランバス・フー・ファイター（林不木）

らんふ

◇「てのひら怪談―ビーケーワン怪談大賞傑作選 百怪繚乱篇」ポプラ社 2008 p144

ランプが歌つた（丸山薫）
◇「新装版 全集現代文学の発見 13」學藝書林 2004 p111

ランプと信天翁（あほうどり）（丸山薫）
◇「新装版 全集現代文学の発見 13」學藝書林 2004 p111

ランプの廻転（澁澤龍彦）
◇「妖怪」国書刊行会 1999（書物の王国）p65

ランプの影（正岡子規）
◇「文豪怪談傑作選 明治編」筑摩書房 2011（ちくま文庫）p25

ランプの宿（都筑道夫）
◇「最新「珠玉推理」大全 下」光文社 1998（カッパ・ノベルス）p144
◇「闇夜の芸術祭」光文社 2003（光文社文庫）p197

ランブリン・ローズ（中山千夏）
◇「憑き者―全篇書下ろし傑作ホラーアンソロジー」アスキー 2000（A-novels）p331

ラン・ベイビーズ・ラン（堀潮）
◇「中学校たのしい劇脚本集―英語劇付 III」国土社 2011 p34

蘭房（澁澤龍彦）
◇「ちくま日本文学 18」筑摩書房 2008（ちくま文庫）p76

乱歩打明け話（江戸川乱歩）
◇「ちくま日本文学 7」筑摩書房 2008（ちくま文庫）p339

ランボオへ（富永太郎）
◇「新装版 全集現代文学の発見 13」學藝書林 2004 p190

乱歩を読みすぎた男（蘭光生）
◇「乱歩の幻影」筑摩書房 1999（ちくま文庫）p175

乱歩の幻影（島田荘司）
◇「乱歩の幻影」筑摩書房 1999（ちくま文庫）p321

蘭丸、叛く（宮本昌孝）
◇「白刃光る」新潮社 1997 p27
◇「時代小説―読切御免 3」新潮社 2005（新潮文庫）p113
◇「本能寺・男たちの決断―傑作時代小説」PHP研究所 2007（PHP文庫）p95

乱離骨灰鬼胎草（野坂昭如）
◇「日本原発小説集」水声社 2011 p47

蘭陵王（三島由紀夫）
◇「日本近代短篇小説選 昭和篇3」岩波書店 2012（岩波文庫）p361

蘭陵王入陣曲（内田百閒）
◇「ちくま日本文学 1」筑摩書房 2007（ちくま文庫）p104

乱倫巡業（飛山裕一）
◇「5分で読める！ ひと駅ストーリー 旅の話」宝島社 2015（宝島社文庫）p237

【 り 】

リアード武侠傳奇・伝―連載第1回（牧野修）
◇「グイン・サーガ・ワールド―グイン・サーガ続篇プロジェクト 1」早川書房 2011（ハヤカワ文庫 JA）p139

リアード武侠傳奇・伝―連載第2回（牧野修）
◇「グイン・サーガ・ワールド―グイン・サーガ続篇プロジェクト 2」早川書房 2011（ハヤカワ文庫 JA）p125

リアード武侠傳奇・伝―連載第3回（牧野修）
◇「グイン・サーガ・ワールド―グイン・サーガ続篇プロジェクト 3」早川書房 2011（ハヤカワ文庫 JA）p141

リアード武侠傳奇・伝―最終回（牧野修）
◇「グイン・サーガ・ワールド―グイン・サーガ続篇プロジェクト 4」早川書房 2012（ハヤカワ文庫 JA）p135

リアリストたち（山本弘）
◇「SF JACK」角川書店 2013 p271
◇「SF JACK」KADOKAWA 2016（角川文庫）p263

リアリティ（桑田繁忠）
◇「ショートショートの広場 8」講談社 1997（講談社文庫）p161

リアルタイムラジオ（円城塔）
◇「ヴィジョンズ」講談社 2016 p161

リアルラブ？（石田衣良）
◇「Love or like―恋愛アンソロジー」祥伝社 2008（祥伝社文庫）p7

リヴァイアサン（小里清）
◇「フラジャイル・ファクトリー戯曲集 1」晩成書房 2008 p103

梨園の秋（王昶雄）
◇「日本統治期台湾文学集成 29」緑蔭書房 2007 p9

梨園のマネキン（紺野志）
◇「てのひら怪談―ビーケーワン怪談大賞傑作選 庚寅」ポプラ社 2010（ポプラ文庫）p164

リカ（太田忠司）
◇「帰還」光文社 2000（光文社文庫）p19

理解（飯島耕一）
◇「新装版 全集現代文学の発見 13」學藝書林 2004 p482

理外の理（松本清張）
◇「謎―スペシャル・ブレンド・ミステリー 004」講談社 2009（講談社文庫）p145

リカコSOS（吉川さちこ）
◇「科学ドラマ大賞 第2回受賞作品集」科学技術振興機構 〔2011〕p55

理科室（優子）（秋元康）
◇「アドレナリンの夜―珠玉のホラーストーリーズ」

竹書房 2009 p183

リカーシブル—リブート（米澤穂信）
　◇「Story Seller 2」新潮社 2010 （新潮文庫） p263

力士の妾宅（多岐川恭）
　◇「御白洲裁き—時代推理傑作選」徳間書店 2009 （徳間文庫） p215

力闘（平戸廉吉）
　◇「新装版 全集現代文学の発見 1」學藝書林 2002 p230

力道山の弟（宮本輝）
　◇「小川洋子の偏愛短篇箱」河出書房新社 2009 p267
　◇「小川洋子の偏愛短篇箱」河出書房新社 2012 （河出文庫） p267
　◇「日本文学100年の名作 8」新潮社 2015 （新潮文庫） p233

力婦伝（花田清輝）
　◇「文士の意地—車谷長吉撰短篇小説輯 下巻」作品社 2005 p81

離宮の主（井上雅彦）
　◇「恐怖症」光文社 2002 （光文社文庫） p449

利休の死（井上靖）
　◇「人物日本の歴史—時代小説版 戦国編」小学館 2004 （小学館文庫） p151

鯉魚（岡本かの子）
　◇「幻想小説大全」北宋社 2002 p463
　◇「ちくま日本文学 37」筑摩書房 2009 （ちくま文庫） p9

離京の悲しみ（張赫宙）
　◇「近代朝鮮文学日本語作品集1901〜1938 評論・随筆篇 2」緑蔭書房 2004 p267

陸にあがった人魚（花山みちる）
　◇「ひらく—第15回フェリシモ文学賞」フェリシモ 2012 p88

陸の中の島（全国ハンセン氏病患者短歌集）
　◇「ハンセン病文学全集 8」皓星社 2006 p164

陸放翁が心太平庵硯、王漁洋の畢通州の為に賦すの韻を引用して日下部内史の為に賦す（森春濤）
　◇「新日本古典文学大系 明治編 2」岩波書店 2004 p69

リケジョ探偵の謎解きラボ（喜多喜久）
　◇「このミステリーがすごい！ 三つの迷宮」宝島社 2015 （宝島社文庫） p7

リケジョ探偵の謎解きラボ Research01—亡霊に殺された女（喜多喜久）
　◇「『このミステリーがすごい！』大賞作家書き下ろしBOOK vol.14」宝島社 2016 p5

リケジョ探偵の謎解きラボ Research02—亡霊に殺された女（喜多喜久）
　◇「『このミステリーがすごい！』大賞作家書き下ろしBOOK vol.15」宝島社 2016 p79

リケジョの婚活（秋吉理香子）
　◇「ザ・ベストミステリーズ—推理小説年鑑 2016」講談社 2016 p49

俚諺を一ツ見てやろう（石田孫太郎）
　◇「猫愛」凱風社 2008 （PD叢書） p35
　◇「だから猫は猫そのものではない」凱風社 2015 p131

離合（川端康成）
　◇「文豪怪談傑作選 川端康成集」筑摩書房 2006 （ちくま文庫） p301

「李庚順」のためのコラム（寺山修司）
　◇「ちくま日本文学 6」筑摩書房 2007 （ちくま文庫） p386

裏巷黄昏（楊雲萍）
　◇「日本統治期台湾文学集成 18」緑蔭書房 2003 p559

利口な猿（小林剛）
　◇「ショートショートの広場 16」講談社 2005 （講談社文庫） p144

利口な地雷（石持浅海）
　◇「本格推理 15」光文社 1999 （光文社文庫） p143

離婚（色川武大）
　◇「ちくま日本文学 30」筑摩書房 2008 （ちくま文庫） p378

離婚（平沢優美）
　◇「Love—あなたに逢いたい」双葉社 1997 （双葉文庫） p191

離魂（田中英光）
　◇「短編礼讃—忘れかけた名品」筑摩書房 2006 （ちくま文庫） p242

離婚ウィルス（原田学）
　◇「ショートショートの花束 5」講談社 2013 （講談社文庫） p263

離婚調査（生島治郎）
　◇「最新『珠玉推理』大全 下」光文社 1998 （カッパ・ノベルス） p7
　◇「闇夜の芸術祭」光文社 2003 （光文社文庫） p7

離魂の妻（木々高太郎）
　◇「風間光枝探偵日記」論創社 2007 （論創ミステリ叢書） p3

離魂病（岡本綺堂）
　◇「怪奇・伝奇時代小説選集 8」春陽堂書店 2000 （春陽文庫） p2

リサイクル（阿川義己）
　◇「ショートショートの広場 13」講談社 2002 （講談社文庫） p79

驪山の夢（桐谷正）
　◇「黄土の群星」光文社 1999 （光文社文庫） p95

リジアの入り江（竹内義和）
　◇「幽霊船」光文社 2001 （光文社文庫） p107

離愁（丸山薫）
　◇「新装版 全集現代文学の発見 13」學藝書林 2004 p111

理心流異聞（司馬遼太郎）
　◇「新選組興亡録」角川書店 2003 （角川文庫） p5

リストラ（やいねさや）
　◇「ショートショートの広場 18」講談社 2006 （講談社文庫） p22

りすと

リストラ・アサシン（山下定）
　◇「SFバカ本 だるま篇」廣済堂出版 1999（廣済堂文庫）p7
リスボン着。もう少しで会えるのが楽しみ≫辻邦生夫妻（北杜夫）
　◇「日本人の手紙 7」リブリオ出版 2004 p93
リズム（志賀直哉）
　◇「ちくま日本文学 21」筑摩書房 2008（ちくま文庫）p455
栗鼠（りす）は籠にはいっている（梶井基次郎）
　◇「ちくま日本文学 28」筑摩書房 2008（ちくま文庫）p25
理性的婦人と感情的婦人（与謝野晶子）
　◇「「新編」日本女性文学全集 4」菁柿堂 2012 p71
リセット（平井文子）
　◇「回転ドアから」全作家協会 2015（全作家短編集）p99
理想宮奇譚（斧澤燎）
　◇「リトル・リトル・クトゥルー——史上最小の神話小説集」学習研究社 2009 p124
理想的な夫（常見隆滋）
　◇「ショートショートの広場 13」講談社 2002（講談社文庫）p119
理想の結婚（早見裕司）
　◇「悪夢が嗤う瞬間」勁文社 1997（ケイブンシャ文庫）p103
理想の恋人（松山隆治）
　◇「ショートショートの広場 18」講談社 2006（講談社文庫）p84
理想の物件（楠木誠一郎）
　◇「憑き者——全篇書下ろし傑作ホラーアンソロジー」アスキー 2000（A-novels）p113
理想のペット（我孫子武丸）
　◇「世紀末サーカス」廣済堂出版 2000（廣済堂文庫）p477
リターンズ（山田深夜）
　◇「ザ・ベストミステリーズ——推理小説年鑑 2009」講談社 2009 p405
　◇「Bluff騙し合いの夜」講談社 2012（講談社文庫）p267
リターンマッチ（山下定）
　◇「帰還」光文社 2000（光文社文庫）p119
リターン・マッチ（湯本香樹実）
　◇「いじめの時間」朝日新聞社 1997 p133
律儀者（北原亞以子）
　◇「撫子が斬る——女性作家捕物帳アンソロジー」光文社 2005（光文社文庫）p117
李朝秋草（廋妙達）
　◇「〈在日〉文学全集 18」勉誠出版 2006 p58
李朝白磁（廋妙達）
　◇「〈在日〉文学全集 18」勉誠出版 2006 p78
李朝懶夢譚（荒山徹）
　◇「代表作時代小説 平成18年度」光文社 2006 p195
立夏——5月6日ごろ（西加奈子）
　◇「君と過ごす季節——春から夏へ、12の暦物語」ポ

プラ社 2012（ポプラ文庫）p165
六花（守部小竹）
　◇「ゆきのまち幻想文学賞小品集 21」企画集団ぷりずむ 2012 p119
立華白椿（朝松健）
　◇「ひとにぎりの異形」光文社 2007（光文社文庫）p200
六花ふるふる——新井宿義民伝異聞（江角英明）
　◇「地場演劇ことはじめ——記録・区民とつくる地場演劇の会」オフィス未来 2003 p96
立棺（田村隆一）
　◇「新装版 全集現代文学の発見 13」學藝書林 2004 p281
リックの店（古賀準二）
　◇「ショートショートの広場 14」講談社 2003（講談社文庫）p212
立秋（上忠司）
　◇「日本統治期台湾文学集成 18」緑蔭書房 2003 p241
立秋——8月8日ごろ（内田春菊）
　◇「君と過ごす季節——秋から冬へ、12の暦物語」ポプラ社 2012（ポプラ文庫）p7
立春——2月4日ごろ（原田ひ香）
　◇「君と過ごす季節——春から夏へ、12の暦物語」ポプラ社 2012（ポプラ文庫）p7
立春の朝（越一人）
　◇「ハンセン病文学全集 7」皓星社 2004 p333
立体映画（大伴昌司）
　◇「70年代日本SFベスト集成 3」筑摩書房 2015（ちくま文庫）p149
立体映写機（高城晃）
　◇「ショートショートの広場 14」講談社 2003（講談社文庫）p87
立体コンサルタント（伊園旬）
　◇「もっとすごい！ 10分間ミステリー」宝島社 2013（宝島社文庫）p85
立冬——11月7日ごろ（東直子）
　◇「君と過ごす季節——秋から冬へ、12の暦物語」ポプラ社 2012（ポプラ文庫）p151
立派な軍人へ精進せよ——文人兪鎮午氏談（京城日報）（兪鎮午）
　◇「近代朝鮮文学日本語作品集1908〜1945 セレクション 6」緑蔭書房 2008 p256
リテラシーゴシック宣言（高原英理）
　◇「リテラリーゴシック・イン・ジャパン——文学のゴシック作品選」筑摩書房 2014（ちくま文庫）p11
梨堂相公の対鷗荘雅集、席上に恭賦して奉呈す（森春濤）
　◇「新日本古典文学大系 明治編 2」岩波書店 2004 p83
離島にて（安岡章太郎）
　◇「戦後短篇小説選——「世界」1946〜1999 5」岩波書店 2000 p51
リトゥル・ペク（桐山襲）
　◇「戦後短篇小説再発見 9」講談社 2002（講談社

文芸文庫） p249

リトルガールふたたび（山本弘）
◇「コレクション戦争と文学 5」集英社 2011 p447

リトル・ゲットー・ボーイ（深町秋生）
◇『『このミステリーがすごい！』大賞作家書き下ろしBOOK vol.5』宝島社 2014 p5

リトルボーイズ・カミング（堀潮）
◇「中学生のドラマ 4」晩成書房 2003 p55

リトル・マーメード（篠田節子）
◇「短篇ベストコレクション—現代の小説 2002」徳間書店 2002（徳間文庫） p51
◇「ザ・ベストミステリーズ—推理小説年鑑 2002」講談社 2002 p221
◇「トリック・ミュージアム」講談社 2005（講談社文庫） p5

リバウンドの法則（七瀬ざくろ）
◇「ショートショートの花束 1」講談社 2009（講談社文庫） p273

李白一斗詩百篇（小沢章友）
◇「酒の夜語り」光文社 2002（光文社文庫） p343

李白観瀑の図（成島柳北）
◇「新日本古典文学大系 明治編 2」岩波書店 2004 p216

リハーサル（林真理子）
◇「Invitation」文藝春秋 2010 p209
◇「甘い罠—8つの短篇小説集」文藝春秋 2012（文春文庫） p201

予行演習（井上夢人）
◇「激動東京五輪1964」講談社 2015 p127

理髪（西脇順三郎）
◇「新装版 全集現代文学の発見 13」學藝書林 2004 p58

理髪（村山知義）
◇「新・プロレタリア文学精選集 16」ゆまに書房 2004 p321

リビアの月夜（Humoresque）（稲垣足穂）
◇「江戸川乱歩と13人の新青年〈文学派〉編」光文社 2008（光文社文庫） p391

リビング・オブ・ザ・デッド—高校演劇部をめぐる三人の女。うち二人は死んだ。これは殺人の告白だ（船戸一人）
◇「NOVA—書き下ろし日本SFコレクション 6」河出書房新社 2011（河出文庫） p213

リビングデッド・ユース（15）
◇「人は死んだら電柱になる—電柱アンソロジー」遠すぎる未来団 2014 p215

理不尽との遭遇（海原育人）
◇「飛翔—C★NOVELS大賞作家アンソロジー」中央公論新社 2013（C・NOVELS Fantasia） p134

リベザル童話『メフィストくん』—薬屋探偵妖綺談（令丈ヒロ子）
◇「QED鏡家の薬屋探偵—メフィスト賞トリビュート」講談社 2010（講談社ノベルス） p173

リボルバー（山崎洋子）

◇「ふりむけば闇—時代小説招待席」廣済堂出版 2003 p315
◇「ふりむけば闇—時代小説招待席」徳間書店 2007（徳間文庫） p321

リボン（幸田文）
◇「ちくま日本文学 5」筑摩書房 2007（ちくま文庫） p386

リボンの騎士—電脳王子サファイア（森奈津子）
◇「手塚治虫COVER エロス篇」徳間書店 2003（徳間デュアル文庫） p133

リメーク（夏樹静子）
◇「事件を追いかけろ—最新ベスト・ミステリー サプライズの花束編」光文社 2004（カッパ・ノベルス） p335
◇「事件を追いかけろ サプライズの花束編」光文社 2009（光文社文庫） p439

リメンバー（藤水名子）
◇「しぐれ舟—時代小説招待席」廣済堂出版 2003 p241
◇「しぐれ舟—時代小説招待席」徳間書店 2008（徳間文庫） p257

リーメンビューゲル（窪美澄）
◇「あのころの、」実業之日本社 2012（実業之日本社文庫） p5

リモコン（Y・N）
◇「ショートショートの広場 16」講談社 2005（講談社文庫） p121

リヤカーを曳いて（水上勉）
◇「戦後短篇小説再発見 8」講談社 2002（講談社文芸文庫） p139

略一族のはんらん（松本楽志）
◇「超短編の世界 vol.2」創英社 2009 p48

掠奪結婚者の死（米田華虹）
◇「外地探偵小説集 上海篇」せらび書房 2006 p49

リヤン王の明察（小沼丹）
◇「江戸川乱歩と13の宝石」光文社 2007（光文社文庫） p299

両面雀聖（坂本一馬）
◇「ひとにぎりの異形」光文社 2007（光文社文庫） p463

理由（有田美智恵）
◇「ショートショートの広場 17」講談社 2005（講談社文庫） p14

理由（石森史郎、大林宣彦）
◇「年鑑代表シナリオ集 ’04」シナリオ作家協会 2005 p291

理由（井上荒野）
◇「チーズと塩と豆と」ホーム社 2010 p56
◇「チーズと塩と豆と」集英社 2013（集英社文庫） p55

龍（芥川龍之介）
◇「いきものがたり」双文社出版 2013 p88

龍（郷内心瞳）
◇「渚にて—あの日からの〈みちのく怪談〉」荒蝦夷 2016 p83

りゅう

龍（呉天賞）
　◇「日本統治期台湾文学集成 5」緑蔭書房 2002 p17
龍（麦田譲）
　◇「日本海文学大賞―大賞作品集 3」日本海文学大賞運営委員会 2007 p397
〈琉歌〉（真境名安興）
　◇「沖縄文学選―日本文学のエッジからの問い」勉誠出版 2003 p65
流渦（内田百閒）
　◇「ちくま日本文学 1」筑摩書房 2007 （ちくま文庫）p92
龍牙（戸部新十郎）
　◇「代表作時代小説 平成9年度」光風社出版 1997 p287
留学奇縁（上）（下）（李逸涛）
　◇「日本統治期台湾文学集成 25」緑蔭書房 2007 p235
竜が舞うとき（桐生典子）
　◇「Love Letter」幻冬舎 2005 p149
　◇「Love Letter」幻冬舎 2008 （幻冬舎文庫）p163
劉広福（八木義徳）
　◇「コレクション戦争と文学 16」集英社 2012 p228
琉球弧の視点から（島尾敏雄）
　◇「戦後文学エッセイ選 10」影書房 2007 p145
龍吟の剣（宮本昌孝）
　◇「機略縦横！ 真田戦記―傑作時代小説」PHP研究所 2008 （PHP文庫）p57
竜宮（森絵都）
　◇「短篇ベストコレクション―現代の小説 2012」徳間書店 2012 （徳間文庫）p567
竜宮城（星哲朗）
　◇「ショートショートの花束 2」講談社 2010 （講談社文庫）p248
竜宮の乙姫（川端康成）
　◇「冒険の森へ―傑作小説大全 15」集英社 2016 p11
龍宮の乙姫（川端康成）
　◇「文豪怪談傑作選 川端康成集」筑摩書房 2006 （ちくま文庫）p79
龍宮の手（松本楽志）
　◇「てのひら怪談―ビーケーワン怪談大賞傑作選 壬辰」ポプラ社 2012 （ポプラ文庫）p16
龍宮の匣（石神茉莉）
　◇「帰還」光文社 2000 （光文社文庫）p431
流血（堀田善衞）
　◇「戦後文学エッセイ選 11」影書房 2007 p25
龍源居の殺人（崎村雅）
　◇「外地探偵小説集 満州篇」せらび書房 2003 p87
流行歌（正岡子規）
　◇「新日本古典文学大系 明治編 27」岩波書店 2003 p74
流行火事（久米正雄）
　◇「福島の文学―11人の作家」講談社 2014 （講談社文芸文庫）p31
流行作家（小嶋敬行）

　◇「ショートショートの広場 11」講談社 2000 （講談社文庫）p53
流行せんだいぶし（作者表記なし）
　◇「新日本古典文学大系 明治編 4」岩波書店 2003 p353
龍虎邂逅―近藤勇（岳真也）
　◇「新選組出陣」廣済堂出版 2014 p171
　◇「新選組出陣」徳間書店 2015 （徳間文庫）p171
龍子触発（金山嘉城）
　◇「現代作家代表作選集 9」鼎書房 2015 p31
竜殺しと出版社（遠藤浅蜊）
　◇「5分で読める！ ひと駅ストーリー 本の物語」宝島社 2014 （宝島社文庫）p199
流山寺（小池真理子）
　◇「小川洋子の陶酔短篇箱」河出書房新社 2014 p235
硫酸の甕（小野十三郎）
　◇「新装版 全集現代文学の発見 13」學藝書林 2004 p235
粒子（津島佑子）
　◇「三田文学短篇選」講談社 2010 （講談社文芸文庫）p264
柳枝の剣（隆慶一郎）
　◇「柳生一族―剣豪列伝」廣済堂出版 1998 （廣済堂文庫）p303
　◇「歴史小説の世紀 地の巻」新潮社 2000 （新潮文庫）p359
　◇「小説『武士道』」三笠書房 2008 （知的生きかた文庫）p53
　◇「柳生の剣、八番勝負」廣済堂出版 2009 （廣済堂文庫）p299
柳枝の剣―柳生友矩（隆慶一郎）
　◇「時代小説傑作選 1」新人物往来社 2008 p121
柳絮（増田みず子）
　◇「恋物語」朝日新聞社 1998 p43
龍神の女（内田康夫）
　◇「日本縦断世界遺産殺人紀行」有楽出版社 2014 （JOY NOVELS）p189
龍介と乞食（小林多喜二）
　◇「アンソロジー・プロレタリア文学 1」森話社 2013 p10
流星雨（速瀬れい）
　◇「夏のグランドホテル」光文社 2003 （光文社文庫）p517
流星航路（田中芳樹）
　◇「日本SF全集 3」出版芸術社 2013 p181
流星と格闘した話（稲垣足穂）
　◇「ちくま日本文学 16」筑摩書房 2008 （ちくま文庫）p12
竜舌蘭（りゅうぜつらん）（寺田寅彦）
　◇「ちくま日本文学 34」筑摩書房 2009 （ちくま文庫）p21
竜潭譚（泉鏡花）
　◇「暗黒のメルヘン」河出書房新社 1998 （河出文庫）p9
　◇「近代小説〈異界〉を読む」双文社出版 1999 p7

龍潭譚（泉鏡花）
　◇「日本近代短篇小説選 明治篇1」岩波書店 2012
　　（岩波文庫）p281
留置場で会った男（金史良）
　◇「生の深みを覗く―ポケットアンソロジー」岩波
　　書店 2010 （岩波文庫別冊）p277
留置所というところ（沢村貞子）
　◇「精選女性随筆集 12」文藝春秋 2012 p161
龍陳伯著『秘伝・バリツ式形態護身道』（大槻
ケンヂ）
　◇「闇電話」光文社 2006 （光文社文庫）p345
柳都だより（李孝石）
　◇「近代朝鮮文学日本語作品集1939〜1945 評論・随筆
　　篇 3」緑蔭書房 2002 p77
龍の遺跡と黄金の夏（三雲岳斗）
　◇「本格ミステリ 2001」講談社 2001 （講談社ノベ
　　ルス）p545
　◇「紅い悪夢の夏―本格短編ベスト・セレクション」
　　講談社 2004 （講談社文庫）p371
龍の置き土産（高橋義夫）
　◇「ふりむけば闇―時代小説招待席」廣済堂出版
　　2003 p89
　◇「ふりむけば闇―時代小説招待席」徳間書店 2007
　　（徳間文庫）p91
竜の侍（山田正紀）
　◇「日本SF・名作集成 1」リブリオ出版 2005 p81
龍之介、黄色い部屋に入ってしまう（柄刀一）
　◇「名探偵を追いかけろ―シリーズ・キャラクター
　　編」光文社 2004 （カッパ・ノベルス）p337
　◇「名探偵を追いかけろ」光文社 2007 （光文社文
　　庫）p417
龍の玉（服部正）
　◇「乱歩の幻影」筑摩書房 1999 （ちくま文庫）
　　p263
龍の壺（森青花）
　◇「短篇ベストコレクション―現代の小説 2006」徳
　　間書店 2006 （徳間文庫）p457
竜の眠る浜辺（山田正紀）
　◇「冒険の森へ―傑作小説大全 8」集英社 2015
　　p233
竜の道（天沢退二郎）
　◇「夢」国書刊行会 1998 （書物の王国）p59
竜の都（沖縄愛楽園梯梧琉歌会）
　◇「ハンセン病文学全集 8」皓星社 2006 p237
流氷（倉田映郎）
　◇「水の怪」勉誠出版 2003 （べんせいライブラ
　　リー）p1
流氷（源氏鶏太）
　◇「昭和の短篇一人一冊集成 源氏鶏太」未知谷
　　2008 p179
流氷記（立松和平）
　◇「市井図絵」新潮社 1997 p245
流亡記―F・K氏に（開高健）
　◇「ちくま日本文学 24」筑摩書房 2008 （ちくま文
　　庫）p9

流木（内田百閒）
　◇「ちくま日本文学 1」筑摩書房 2007 （ちくま文
　　庫）p36
新編 柳北詩文集（成島柳北）
　◇「新日本古典文学大系 明治編 2」岩波書店 2004
　　p211
柳北成島先生の碑（信夫恕軒）
　◇「新日本古典文学大系 明治編 2」岩波書店 2004
　　p332
流民哀歌―または“虐げられたもの”の歌（金
時鐘）
　◇「〈在日〉文学全集 5」勉誠出版 2006 p116
劉銘傳の清賦事業（陳逢源）
　◇「日本統治期台湾文学集成 16」緑蔭書房 2003
　　p171
流離（りゅうり）… → “さすらい…”をも見よ
流離（竹内正一）
　◇「コレクション戦争と文学 16」集英社 2012 p205
流離剣統譜（荒山徹）
　◇「代表作時代小説 平成19年度」光文社 2007 p37
龍（網淵謙錠）
　◇「幕末京都血風録―傑作時代小説」PHP研究所
　　2007 （PHP文庫）p175
　◇「龍馬と志士たち―時代小説傑作選」コスミック
　　出版 2009 （コスミック・時代文庫）p91
龍安寺紅葉狩り（天道正勝）
　◇「全作家短編小説集 12」全作家協会 2013 p159
療園に朝鮮語学校開く（一九六一年）（金夏日）
　◇「〈在日〉文学全集 17」勉誠出版 2006 p198
寥廓（木下順二）
　◇「戦後文学エッセイ選 8」影書房 2005 p116
猟奇歌（夢野久作）
　◇「ちくま日本文学 31」筑摩書房 2009 （ちくま文
　　庫）p407
猟奇者ふたたび（倉阪鬼一郎）
　◇「物語の魔の物語―メタ怪談傑作選」徳間書店
　　2001 （徳間文庫）p35
猟奇小説家（我孫子武丸）
　◇「推理小説代表作選集―推理小説年鑑 1997」講談
　　社 1997 p111
　◇「殺人鬼モード」講談社 2000 （講談社文庫）
　　p313
　◇「謎―スペシャル・ブレンド・ミステリー 008」
　　講談社 2013 （講談社文庫）p127
猟奇商人（城昌幸）
　◇「悪魔黙示録『新青年』一九三八―探偵小説暗黒
　　の時代へ」光文社 2011 （光文社文庫）p7
「猟奇」の再刊に際して（国枝史郎）
　◇「幻の探偵雑誌 6」光文社 2001 （光文社文庫）
　　p360
両口の下女（東郷隆）
　◇「妖異雑奇談」双葉社 2005 （双葉文庫）p209
諒君の三輪車（五十月影）
　◇「ゆきのまち幻想文学賞小品集 24」企画集団ぷり
　　ずむ 2015 p32

作品名から引ける日本文学全集案内 第III期　853

りよう

梁啓超と臺灣（陳逢源）
◇「日本統治期台湾文学集成 16」緑蔭書房 2003 p57

両国の大鯨（久生十蘭）
◇「傑作捕物ワールド 3」リブリオ出版 2002 p161

両国橋邂逅―富森助右衛門と俳人偵佐（本山荻舟）
◇「忠臣蔵コレクション 4」河出書房新社 1998（河出文庫）p255

両国橋から（千野隆司）
◇「逢魔への誘い」徳間書店 2000（徳間文庫）p207

両国橋物語（宮本紀子）
◇「肯越し猫語り―書き下ろし時代小説集」白泉社 2015（白泉社招き猫文庫）p105

聊斎志異（芥川龍之介）
◇「文豪怪談傑作選 芥川龍之介集」筑摩書房 2010（ちくま文庫）p306

聊斎志異とシカゴエキザミナーと魔法（幸田露伴）
◇「文豪怪談傑作選 幸田露伴集」筑摩書房 2010（ちくま文庫）p323

量子感染（平谷美樹）
◇「進化論」光文社 2006（光文社文庫）p101

良識派（安部公房）
◇「教科書に載った小説」ポプラ社 2008 p113
◇「教科書に載った小説」ポプラ社 2012（ポプラ文庫）p103

療舎に帰る（一九六五〜六八年）―ベトナム戦争へ韓国兵派遣される（金夏日）
◇「〈在日〉文学全集 17」勉誠出版 2006 p208

猟銃（金時鐘）
◇「〈在日〉文学全集 5」勉誠出版 2006 p154

猟銃（城昌幸）
◇「探偵くらぶ―探偵小説傑作選1946〜1958 下」光文社 1997（カッパ・ノベルス）p117

領収書（耳目）
◇「ショートショートの広場 12」講談社 2001（講談社文庫）p132

猟人―ある女の告白（小泉雅二）
◇「ハンセン病文学全集 6」皓星社 2003 p437

稜線（大島青松園青松歌人会）
◇「ハンセン病文学全集 8」皓星社 2006 p126

亮太（江國香織）
◇「それはまだヒミツ―少年少女の物語」新潮社 2012（新潮文庫）p91

領臺後の大租權整理（陳逢源）
◇「日本統治期台湾文学集成 16」緑蔭書房 2003 p174

領土（西條八十）
◇「謎のギャラリー―謎の部屋」新潮社 2002（新潮文庫）p129
◇「謎の部屋」筑摩書房 2012（ちくま文庫）p129

領土（塔和子）
◇「ハンセン病文学全集 7」皓星社 2004 p179

領土（不狼児）
◇「超短編の世界 vol.3」創英社 2011 p35

涼風をクロズアップす（朴基采）
◇「近代朝鮮文学日本語作品集1908〜1945 セレクション 3」緑蔭書房 2008 p303

寮父の手帖（政石蒙）
◇「ハンセン病文学全集 4」皓星社 2003 p605

良平と重治―『梨の花』中野重治（堀田善衞）
◇「戦後文学エッセイ選 11」影書房 2007 p76

龍馬暗殺（安部龍太郎）
◇「龍馬参上」新潮社 2010（新潮文庫）p7

龍馬暗殺（早乙女貢）
◇「人物日本の歴史―時代小説版 幕末維新編」小学館 2004（小学館文庫）p107

竜馬殺し（大岡昇平）
◇「新選組読本」光文社 2003（光文社文庫）p377
◇「龍馬の天命―坂本龍馬名手の八篇」実業之日本社 2010 p41

龍馬殺し（大岡昇平）
◇「江戸三百年を読む―傑作時代小説 シリーズ江戸学 下」角川学芸出版 2009（角川文庫）p225

龍馬夢一夜（原子修）
◇「回転ドアから」全作家協会 2015（全作家短編集）p456

両面宿儺（豊田有恒）
◇「日本SF・名作集成 2」リブリオ出版 2005 p7
◇「日本SF全集 1」出版芸術社 2009 p179
◇「70年代日本SFベスト集成 2」筑摩書房 2014（ちくま文庫）p135

良夜（饗庭篁村）
◇「明治の文学 13」筑摩書房 2003 p313

療養所における文学の不振について（田島康子）
◇「ハンセン病文学全集 5」皓星社 2010 p48

療養所文芸の暗さに就いて（於泉信雄）
◇「ハンセン病文学全集 5」皓星社 2010 p7

料理（耕治人）
◇「味覚小説名作集」光文社 2016（光文社文庫）p179

料理人の価値（拓未司）
◇「5分で読める！ ひと駅ストーリー 食の話」宝島社 2015（宝島社文庫）p79

料理屋（沢井良太）
◇「てのひら怪談―ビーケーワン怪談大賞傑作選」ポプラ社 2007 p186
◇「てのひら怪談―ビーケーワン怪談大賞傑作選」ポプラ社 2008（ポプラ文庫）p194

料理八百善（南原幹雄）
◇「大江戸万華鏡―美味小説傑作選」学研パブリッシング 2014（学研M文庫）p239

旅客機事件（大庭武年）
◇「幻の探偵雑誌 10」光文社 2002（光文社文庫）p167

緑蔭（萩原朔太郎）
◇「ちくま日本文学 36」筑摩書房 2009（ちくま文

りんこ

庫）p26

緑素粒（春日井建）
◇「新装版 全集現代文学の発見 9」學藝書林 2004 p542

緑亭の首吊男（角田喜久雄）
◇「七人の警部―SEVEN INSPECTORS」廣済堂出版 1998（KOSAIDO BLUE BOOKS）p31
◇「甦る推理雑誌 1」光文社 2002（光文社文庫）p63

旅行（立原道造）
◇「新装版 全集現代文学の発見 14」學藝書林 2005 p441

旅愁（中澤秀彬）
◇「全作家短編小説集 7」全作家協会 2008 p107

虜囚の哭（霜多正次）
◇「コレクション戦争と文学 20」集英社 2012 p157

旅順海戦館（江戸川乱歩）
◇「ちくま日本文学 7」筑摩書房 2008（ちくま文庫）p368

旅順入城式（内田百閒）
◇「新装版 全集現代文学の発見 2」學藝書林 2002 p10
◇「コレクション戦争と文学 5」集英社 2011 p549
◇「映画狂時代」新潮社 2014（新潮文庫）p271

旅情（金鍾漢）
◇「近代朝鮮文学日本語作品集1939～1945 創作篇 6」緑蔭書房 2001 p12

旅情（池田晴海）
◇「センチメンタル急行―あの日へ帰る、旅情短篇集」泰文堂 2010（Linda books！）p216
◇「涙がこぼれないように―さよならが胸を打つ10の物語」泰文堂 2014（リンダブックス）p74

旅装（小泉雅二）
◇「ハンセン病文学全集 6」皓星社 2003 p444

旅服（行方行）
◇「ショートショートの花束 8」講談社 2016（講談社文庫）p164

李雷は未来へ（宮里政充）
◇「全作家短編小説集 9」全作家協会 2010 p85

リラの香のする手紙（妹尾アキ夫）
◇「シャーロック・ホームズに再び愛をこめて」光文社 2010（光文社文庫）p281

リリー（栗田有起）
◇「オトナの片思い」角川春樹事務所 2007 p19
◇「オトナの片思い」角川春樹事務所 2009（ハルキ文庫）p23

離陸（田木繁）
◇「超短編アンソロジー」筑摩書房 2002（ちくま文庫）p140

リリーの災難（真梨幸子）
◇「5分で読める！ 怖いはなし」宝島社 2014（宝島社文庫）p21

リリーフ（伊集院静）
◇「忍ぶ恋」文藝春秋 1999 p203

リリーフ（北原亞以子）

◇「忍ぶ恋」文藝春秋 1999 p219

リリーフ（出久根達郎）
◇「忍ぶ恋」文藝春秋 1999 p237

リリーフ（西木正明）
◇「忍ぶ恋」文藝春秋 1999 p253
◇「短篇ベストコレクション―現代の小説 2000」徳間書店 2000 p179

リリーフ（村松友視）
◇「忍ぶ恋」文藝春秋 1999 p269

リリーフ（山口洋子）
◇「忍ぶ恋」文藝春秋 1999 p285

李陵（中島敦）
◇「新装版 全集現代文学の発見 12」學藝書林 2004 p314
◇「ちくま日本文学 12」筑摩書房 2008（ちくま文庫）p95

李陵・司馬遷（中島敦）
◇「日本文学全集 16」河出書房新社 2016 p393

リリーはボクの妹だから（源祥子）
◇「最後の一日 3月23日―さよならが胸に染みる10の物語」泰文堂 2013（リンダブックス）p214

李連杰の妻（長谷川純子）
◇「喜劇綺劇」光文社 2009（光文社文庫）p131

履歴書（松田青子）
◇「十年後のこと」河出書房新社 2016 p177

「履歴と宣言」（韓植）
◇「近代朝鮮文学日本語作品集1901～1938 評論・随筆篇 3」緑蔭書房 2004 p374

臨（斉藤肇）
◇「チャイルド」廣済堂出版 1998（廣済堂文庫）p335

臨界点（杜李梨）
◇「幻想水滸伝短編集 3」メディアワークス 2002（電撃文庫）p219

林下柴門集（森春濤）
◇「新日本古典文学大系 明治編 2」岩波書店 2004 p23

隣家の風鈴（武田若千）
◇「てのひら怪談―ビーケーワン怪談大賞傑作選 壬辰」ポプラ社 2012（ポプラ文庫）p66

林間（永井荷風）
◇「ちくま日本文学 19」筑摩書房 2008（ちくま文庫）p9

隣居詩、大沼枕山に贈る（森春濤）
◇「新日本古典文学大系 明治編 2」岩波書店 2004 p68

リングのある風景（須田地央）
◇「さきがけ文学賞選集 1」秋田魁新報社 2013（さきがけ文庫）p89

隣郡めぐり（一）～（四）（石薫生）
◇「近代朝鮮文学日本語作品集1901～1938 評論・随筆篇 3」緑蔭書房 2004 p131

りんご（泉十四郎）
◇「宇宙塵傑作選―日本SFの軌跡 1」出版芸術社 1997 p17

りんこ

りんご（吉田修一）
◇「文学 2008」講談社 2008 p86
◇「現代小説クロニクル 2005～2009」講談社 2015（講談社文芸文庫）p101

林檎（新井素子）
◇「物語のルミナリエ」光文社 2011（光文社文庫）p429

林檎（島比呂志）
◇「ハンセン病文学全集 3」皓星社 2002 p219

りんご追分（江國香織）
◇「翳りゆく時間」新潮社 2006（新潮文庫）p7

リンゴォ・キッドの休日（矢作俊彦）
◇「冒険の森へ―傑作小説大全 10」集英社 2016 p185

りんご裁判（土屋隆夫）
◇「甦る推理雑誌 7」光文社 2003（光文社文庫）p275

林語堂の著書より（陳逢源）
◇「日本統治期台湾文学集成 16」緑蔭書房 2003 p86

林檎に関する一考察（花田清輝）
◇「戦後文学エッセイ選 1」影書房 2005 p58
◇「新編・日本幻想文学集成 2」国書刊行会 2016 p379

りんごの悪魔（大谷朝子）
◇「気配―第10回フェリシモ文学賞作品集」フェリシモ 2007 p143

リンゴの唄（小林旭明）
◇「ハンセン病文学全集 7」皓星社 2004 p521

りんごの皮（鷺沢萠）
◇「くだものだもの」ランダムハウス講談社 2007 p119

りんごの木―後藤竜二・作「りんごの木」より（影山吉則）
◇「高校演劇Selection 2004 上」晩成書房 2004 p65

臨時祭（服部撫松）
◇「新日本古典文学大系 明治編 1」岩波書店 2004 p112

臨時廻り（押川國秋）
◇「しぐれ舟―時代小説招待席」廣済堂出版 2003 p145
◇「しぐれ舟―時代小説招待席」徳間書店 2008（徳間文庫）p153

臨終（中原中也）
◇「新装版 全集現代文学の発見 13」學藝書林 2004 p170

輪唱（多磨全生園武蔵野短歌会）
◇「ハンセン病文学全集 8」皓星社 2006 p218

吝嗇（りんしょく）の真理（大下宇陀児）
◇「甦る推理雑誌 2」光文社 2002（光文社文庫）p183

臨時列車（江坂遊）
◇「有栖川有栖の鉄道ミステリ・ライブラリー」角川書店 2004（角川文庫）p214
◇「綾辻・有栖川復刊セレクション 仕掛け花火」講談社 2007（講談社ノベルス）p16

隣人（坂口襦子）
◇「〈外地〉の日本語文学選 1」新宿書房 1996 p251

隣人（永井するみ）
◇「小説推理新人賞受賞作アンソロジー 2」双葉社 2000（双葉文庫）p7

隣人（西村充）
◇「超短編の世界」創英社 2008 p148

隣人―家庭を襲い胃を満たし脳に染み入るこの臭い…恐ろしい非常識が越してきた（田中哲弥）
◇「NOVA―書き下ろし日本SFコレクション 1」河出書房新社 2009（河出文庫）p197

臨津江の渡しで（許南麒）
◇「〈在日〉文学全集 2」勉誠出版 2006 p165

隣人（佐江）（秋元康）
◇「アドレナリンの夜―珠玉のホラーストーリーズ」竹書房 2009 p201

隣人の手（李正子）
◇「〈在日〉文学全集 17」勉誠出版 2006 p289

リンダリンダリンダ（宮下和雅子, 向井康介, 山下敦弘）
◇「年鑑代表シナリオ集 '05」シナリオ作家協会 2006 p137

林中書（石川啄木）
◇「ちくま日本文学 33」筑摩書房 2009（ちくま文庫）p208

林中日記（石川啄木）
◇「明治の文学 19」筑摩書房 2002 p74

龍肝譚（りんどうたん）―泉鏡花作『龍肝譚』より（石橋政和）
◇「泉鏡花記念金沢戯曲大賞受賞作品集 第2回」金沢泉鏡花フェスティバル委員会 2003 p93

龍胆の思い出（小泉雅二）
◇「ハンセン病文学全集 6」皓星社 2003 p438

リンナチューン―鈴名鈴名鈴名。ぼくは鈴名を離しはしない（扇智史）
◇「NOVA―書き下ろし日本SFコレクション 7」河出書房新社 2012（河出文庫）p331

輪廻転生（久能玲子）
◇「ショートショートの広場 17」講談社 2005（講談社文庫）p28

輪廻の部屋（鯨統一郎）
◇「八ヶ岳『雪密室』の謎」原書房 2001 p231

輪廻惑星テンショウ（田中啓文）
◇「SF宝石―すべて新作読み切り！ 2015」光文社 2015 p327

輪舞（李正子）
◇「〈在日〉文学全集 17」勉誠出版 2006 p305

鱗粉（蘭郁二郎）
◇「幻の探偵雑誌 4」光文社 2001（光文社文庫）p163

倫理（前田和司）
◇「ショートショートの広場 11」講談社 2000（講談社文庫）p56

倫理の形成（野谷寛三）
　◇「ハンセン病文学全集 5」皓星社 2010 p198
倫理の成立とその限界（野谷寛三）
　◇「ハンセン病文学全集 5」皓星社 2010 p193

【 る 】

ルーアン（佐藤賢一）
　◇「散りぬる桜―時代小説招待席」廣済堂出版 2004
　　p183
涙香の思出（羽志主水）
　◇「戦前探偵小説四人集」論創社 2011 （論創ミステ
　　リ叢書）p49
類人猿（幸田文）
　◇「精選女性随筆集 1」文藝春秋 2012 p188
類人猿（抄）（幸田文）
　◇「読まずにいられぬ名短篇」筑摩書房 2014 （ちく
　　ま文庫）p13
ルイス・カトウ・カトウ君（堀田善衞）
　◇「戦後短篇小説再発見 15」講談社 2003 （講談社
　　文芸文庫）p99
涙腺転換（山田詠美）
　◇「短篇ベストコレクション―現代の小説 2008」徳
　　間書店 2008 （徳間文庫）p119
ルウベンスの偽画（堀辰雄）
　◇「新装版 全集現代文学の発見 2」學藝書林 2002
　　p135
　◇「ちくま日本文学 39」筑摩書房 2009 （ちくま文
　　庫）p29
ルーキー登場（東野圭吾）
　◇「殺意の隘路」光文社 2016 （最新ベスト・ミステ
　　リー）p289
ル・ジタン（斎藤純）
　◇「殺人前線北上中」講談社 1997 （講談社文庫）
　　p335
　◇「短篇集 4」双葉社 2008 （双葉文庫）p113
ルシファー・ストーン（伊東潤）
　◇「戦国秘史―歴史小説アンソロジー」
　　KADOKAWA 2016 （角川文庫）p5
ルシャナビ通り（伏見健二）
　◇「秘神界 現代編」東京創元社 2002 （創元推理文
　　庫）p137
ルージュ（島村洋子）
　◇「あのころの宝もの―ほんのり心が温まる12の
　　ショートストーリー」メディアファクトリー
　　2003 p113
留守居（島比呂志）
　◇「ハンセン病文学全集 4」皓星社 2003 p740
留守番（曽根圭介）
　◇「宝石ザミステリー Red」光文社 2016 p33
留守番電話（笠井潔）
　◇「電話ミステリー倶楽部―傑作推理小説集」光文

社 2016 （光文社文庫）p309
流薔園の手品師（嶽本野ばら）
　◇「凶鳥の黒影―中井英夫へ捧げるオマージュ」河
　　出書房新社 2004 p117
呂宋の日々（石塚京助）
　◇「勝者の死にざま―時代小説選手権」新潮社 1998
　　（新潮文庫）p35
ルーツ（河野典生）
　◇「贈る物語Wonder」光文社 2002 p138
ルーツ（三浦けん）
　◇「ショートショートの広場 16」講談社 2005 （講
　　談社文庫）p44
ルックスライク（伊坂幸太郎）
　◇「日本文学100年の名作 10」新潮社 2015 （新潮
　　文庫）p531
　◇「殺意の隘路」光文社 2016 （最新ベスト・ミステ
　　リー）p93
流転（岬兄悟）
　◇「SFバカ本 白菜編」ジャストシステム 1997 p83
　◇「SFバカ本 白菜篇プラス」廣済堂出版 1999 （廣
　　済堂文庫）p91
流転（山下利三郎）
　◇「幻の探偵雑誌 2」光文社 2000 （光文社文庫）
　　p107
大稲程千夜一夜物語No.I 流転―殖民地に描かれた
或る女の人生（榎本真砂夫）
　◇「日本統治期台湾文学集成 7」緑蔭書房 2002
　　p242
流転の若鷹（永井路子）
　◇「疾風怒濤！ 上杉戦記―傑作時代小説」PHP研究
　　所 2008 （PHP文庫）p91
√1（斎藤準）
　◇「立川文学 6」けやき出版 2016 p213
ルードウィヒ・B―或る小さなソナタ（若木未
生）
　◇「手塚治虫COVER タナトス篇」徳間書店 2003
　　（徳間デュアル文庫）p117
留奈（江坂遊）
　◇「水妖」廣済堂出版 1998 （廣済堂文庫）p433
遊園地（るなぱあく）にて（萩原朔太郎）
　◇「ちくま日本文学 36」筑摩書房 2009 （ちくま文
　　庫）p187
流人島にて（武田泰淳）
　◇「冒険の森へ―傑作小説大全 5」集英社 2015 p52
ルネタの市民兵（梅崎春生）
　◇「コレクション戦争と文学 8」集英社 2011 p353
ルパンの慈善（二階堂黎人）
　◇「贋作館事件」原書房 1999 p129
ループ・オブ・ザ・リング（大喜多孝治, 勅使川
原学）
　◇「the Ring―もっと怖い4つの話」角川書店 1998
　　p197
ループする悪意（柳原慧）
　◇「5分で読める！ ひと駅ストーリー 本の物語」宝
　　島社 2014 （宝島社文庫）p99

るほる

ルポルタアジュ 朝鮮人聚落を行く（張赫宙）
　◇「近代朝鮮文学日本語作品集1901〜1938 評論・随筆篇 3」緑蔭書房 2004 p287
ルーマニアの醜聞（中川裕朗）
　◇「シャーロック・ホームズの災難―日本版」論創社 2007 p127
瑠璃色のびー玉（江坂遊）
　◇「玩具館」光文社 2001（光文社文庫）p599
ルリトカゲの庭（佐々木信子）
　◇「北日本文学賞入賞作品集 2」北日本新聞社 2002 p355
瑠璃と紅玉の女王（竹本健治）
　◇「NOVA―書き下ろし日本SFコレクション 4」河出書房新社 2011（河出文庫）p249
瑠璃の契（北森鴻）
　◇「ザ・ベストミステリーズ―推理小説年鑑 2004」講談社 2004 p477
瑠璃の契り（北森鴻）
　◇「犯人たちの部屋」講談社 2007（講談社文庫）p183
ルル（いしいしんじ）
　◇「それでも三月は、また」講談社 2012 p101
流々轉々（青木洪）
　◇「近代朝鮮文学日本語作品集1939〜1945 評論・随筆篇 3」緑蔭書房 2002 p155

【 れ 】

レアイズム（秋永幸宏）
　◇「「伊豆文学賞」優秀作品集 第14回」静岡新聞社 2011 p214
零（王白淵）
　◇「日本統治期台湾文学集成 18」緑蔭書房 2003 p23
霊（綱淵謙錠）
　◇「夢がたり大川端」光風社出版 1998（光風社文庫）p59
霊安室に呼ばれて（森真沙子）
　◇「文藝百物語」ぶんか社 1997 p106
霊園の男（大沢在昌）
　◇「宝石ザ・ミステリー」光文社 2011 p495
靈歌（塚本邦雄）
　◇「新装版 全集現代文学の発見 13」學藝書林 2004 p582
霊柩車（川端康成）
　◇「文豪怪談傑作選 川端康成集」筑摩書房 2006（ちくま文庫）p82
霊柩車（瀬戸内寂聴）
　◇「日本文学100年の名作 5」新潮社 2015（新潮文庫）p511
レイクサイドマーダーケース（青山真治, 深沢正樹）

「年鑑代表シナリオ集 '05」シナリオ作家協会 2006 p49
冷血（畠山拓）
　◇「全作家短編小説集 6」全作家協会 2007 p260
例言〔即興詩人（抄）〕（アンデルセン著, 森鷗外訳）
　◇「新日本古典文学大系 明治編 25」岩波書店 2004 p95
例言〔探偵小説辞典〕（中島河太郎）
　◇「江戸川乱歩全集 1」講談社 1998 p8
玲子の箱宇宙（梶尾真治）
　◇「愛の怪談」角川書店 1999（角川ホラー文庫）p67
霊魂（吉屋信子）
　◇「文豪怪談傑作選 吉屋信子集」筑摩書房 2006（ちくま文庫）p418
霊魂の足（角田喜久雄）
　◇「探偵くらぶ―探偵小説傑作選1946〜1958 中」光文社 1997（カッパ・ノベルス）p215
　◇「甦る名探偵―探偵小説アンソロジー」光文社 2014（光文社文庫）p7
霊魂は羽ばたく（長田穂波）
　◇「ハンセン病文学全集 6」皓星社 2003 p36
零歳の詩人（楠見朋彦）
　◇「コレクション戦争と文学 4」集英社 2011 p316
霊視（小原猛）
　◇「男たちの怪談百物語」メディアファクトリー 2012（〔幽BOOKS〕）p244
荔枝（金関丈夫）
　◇「日本統治期台湾文学集成 17」緑蔭書房 2003 p147
麗日（黒木謳子）
　◇「日本統治期台湾文学集成 18」緑蔭書房 2003 p334
麗秋の結婚（垂映）
　◇「日本統治期台湾文学集成 5」緑蔭書房 2002 p175
霊色（戸川昌子）
　◇「昭和の短篇一人一冊集成 戸川昌子」未知谷 2008 p229
零人（大坪砂男）
　◇「植物」国書刊行会 1998（書物の王国）p101
　◇「暗黒のメルヘン」河出書房新社 1998（河出文庫）p219
麗人宴（入江敦彦）
　◇「怪物團」光文社 2009（光文社文庫）p353
冷戦の終結と新たな戦争の時代―多用化する戦争文学の流れ（陣野俊史）
　◇「コレクション戦争と文学 別巻」集英社 2013 p123
零蝉落雁集（森春濤）
　◇「新日本古典文学大系 明治編 2」岩波書店 2004 p25
冷蔵庫からのおくりもの（齋藤葉子）
　◇「ひらく―第15回フェリシモ文学賞」フェリシモ

れくい

2012 p96

冷蔵庫のキミ（宮前和代）
◇「冷と温—第13回フェリシモ文学賞作品集」フェリシモ 2010 p132

冷蔵庫の中で（矢崎存美）
◇「雪女のキス」光文社 2000（カッパ・ノベルス）p221

冷蔵庫の中に（渡邊咲良）
◇「超短編傑作選 v.6」創英社 2007 p123

レイテ戦記（大岡昇平）
◇「読み聞かせる戦争」光文社 2015 p31

0.03フレームの女（小中千昭）
◇「時間怪談」廣済堂出版 1999（廣済堂文庫）p301

冷凍みかん（恩田陸）
◇「GOD」廣済堂出版 1999（廣済堂文庫）p25

れいにーでいず奇談（岩崎明）
◇「気配—第10回フェリシモ文学賞作品集」フェリシモ 2007 p106

レイニー・メモリー—ロマールの裏が牙剥く（藤澤さなえ）
◇「へっぽこ冒険者と緑の藤—ソード・ワールド短編集」富士見書房 2005（富士見ファンタジア文庫）p9

霊の通り路（宇佐美まこと）
◇「女たちの怪談百物語」メディアファクトリー 2010（幽bcoks）p270
◇「女たちの怪談百物語」KADOKAWA 2014（角川ホラー文庫）p276

霊媒花（江坂遊）
◇「教室」光文社 2003（光文社文庫）p247

霊媒の巫女に殺されたお岩（八芳邦雄）
◇「怪奇・伝奇時代小説選集 2」春陽堂書店 1999（春陽文庫）p32

霊廟探偵（入江敦彦）
◇「幻想探偵」光文社 2009（光文社文庫）p187

創作 麗物侮辱の會（金熙明）
◇「近代朝鮮文学日本語作品集1901〜1938 創作篇 1」緑蔭書房 2004 p181

黎明（島木健作）
◇「被差別小説傑作集」河出書房新社 2016（河出文庫）p244

青年劇 黎明（家弓武志）
◇「日本統治期台湾文学集成 10」緑蔭書房 2003 p190

小説 黎明—或る序章（李石薫）
◇「近代朝鮮文学日本語作品集1939〜1945 創作篇 3」緑蔭書房 2001 p315

黎明コンビニ血祭り実話SP—戦え！ 対既知外生命体殲滅部隊ジューシーフルーツ!!（牧野修）
◇「NOVA—書き下ろし日本SFコレクション 1」河出書房新社 2009（河出文庫）p255

霊は輝やく 義人呉鳳（三浦幸太郎）
◇「日本統治期台湾文学集成 26」緑蔭書房 2007 p163

霊は輝やく 義人呉鳳（第三版抜粋）（義人呉鳳出版社昭和7年刊）（作者表記なし）
◇「日本統治期台湾文学集成 26」緑蔭書房 2007 p419

レインボードロップ（小野寺綾）
◇「君がいない—恋愛短篇小説集」泰文堂 2013（リンダブックス）p168

割烹店（れうりてん）（痩々亭骨皮道人）
◇「新日本古典文学大系 明治編 29」岩波書店 2005 p241

レオナルド・ドキュメント（杉浦明平）
◇「戦後文学エッセイ選 6」影書房 2008 p184

レオノーラ（平井和正）
◇「ロボット・オペラ—An Anthology of Robot Fiction and Robot Culture」光文社 2004 p314
◇「60年代日本SFベスト集成」筑摩書房 2013（ちくま文庫）p269

礫撃ち（伊藤桂一）
◇「秘剣舞う—剣豪小説の世界」学習研究社 2002（学研M文庫）p245

歴史（光郷種紀）
◇「全作家短編小説集 9」全作家協会 2010 p235

歴史をつくろう。（@kyounagi）
◇「3.11心に残る140字の物語」学研パブリッシング 2011 p64

歴史函数（眉村卓）
◇「宇宙塵傑作選—日本SFの軌跡 1」出版芸術社 1997 p131

歴史（抄）（寺山修司）
◇「ちくま日本文学 6」筑摩書房 2007（ちくま文庫）p138

歴史のかたちについて（埴谷雄高）
◇「戦後文学エッセイ選 3」影書房 2005 p38

歴史の教授法（正岡子規）
◇「新日本古典文学大系 明治編 27」岩波書店 2003 p86

歴史の長い影（堀田善衛）
◇「戦後文学エッセイ選 11」影書房 2007 p170

歴史の反復（つきだまさし）
◇「ハンセン病文学全集 7」皓星社 2004 p158

歴史の日（上林暁）
◇「コレクション戦争と文学 8」集英社 2011 p17

歴史は繰り返す（前田茉莉子）
◇「ショートショートの花束 3」講談社 2011（講談社文庫）p252

レキシントンの幽霊（村上春樹）
◇「文学 1997」講談社 1997 p205
◇「戦後短篇小説再発見 6」講談社 2001（講談社文芸文庫）p281

歴程（趙宇植）
◇「近代朝鮮文学日本語作品集1908〜1945 セレクション 4」緑蔭書房 2008 p433

レクイエム —一九四五夏 二〇一五秋 二〇三五冬……春よ（宮崎充治）

れした

◇「中学校創作脚本集 2」晩成書房 2001 p141

レシテーションのはじまり（池澤夏樹）
　◇「ことばのたくらみ─実作集」岩波書店 2003（21世紀文学の創造）p285

レース（星野すぴか）
　◇「ショートショートの広場 17」講談社 2005（講談社文庫）p22

レストランにて（神季佑多）
　◇「ショートショートの広場 13」講談社 2002（講談社文庫）p83

レースのカーテン（ひかるこ）
　◇「超短編の世界 vol.3」創英社 2011 p34

レーゾン・デートル（李正子）
　◇「〈在日〉文学全集 17」勉誠出版 2006 p302

レーダーホーゼン（村上春樹）
　◇「右か、左か」文藝春秋 2010（文春文庫）p391

列外放馬（内田静生）
　◇「ハンセン病に咲いた花─初期文芸名作選 戦前編」皓星社 2002（ハンセン病叢書）p94

列見の辻（朱雀門出）
　◇「男たちの怪談百物語」メディアファクトリー 2012（〔幽BOOKS〕）p63

列子と愚公の話（陳逢源）
　◇「日本統治期台湾文学集成 16」緑蔭書房 2003 p102

列車（米俵みのり）
　◇「ショートショートの広場 15」講談社 2004（講談社文庫）p61

列車消失（阿井渉介）
　◇「綾辻・有栖川復刊セレクション 列車消失」講談社 2007（講談社ノベルス）p3

列車消失（江戸川乱歩）
　◇「ちくま日本文学 7」筑摩書房 2008（ちくま文庫）p405

列車電話（戸板康二）
　◇「鉄ミス倶楽部東海道新幹線50─推理小説アンソロジー」光文社 2014（光文社文庫）p73

列車の指跡（友野詳）
　◇「ブラックミステリーズ─12の黒い謎をめぐる219の質問」KADOKAWA 2015（角川文庫）p233

レッツエンジョイ乗馬！（大谷房子）
　◇「Sports stories」埼玉県さいたま市 2009（さいたま市スポーツ文学賞受賞作品集）p355

レッテラ・ブラックの肖像（井上雅彦）
　◇「幻想探偵」光文社 2009（光文社文庫）p293

レッドキングの復讐（井上雅彦）
　◇「怪獣文学大全」河出書房新社 1998（河出文庫）p309

レッド・シグナル（遠藤武文）
　◇「ザ・ベストミステリーズ─推理小説年鑑 2010」講談社 2010 p99
　◇「Logic真相への回廊」講談社 2013（講談社文庫）p83

烈風の剣─神子上典膳vs善鬼三介（早乙女貢）
　◇「時代小説傑作選 2」新人物往来社 2008 p65

烈々布二代─私の北海道5（坂本与市）
　◇「全作家短編集 15」のべる出版企画 2016 p314

レディー・シュガーに寄せる（前川由衣）
　◇「ゆきのまち幻想文学賞小品集 10」企画集団ぷりずむ 2001 p138

レテの水（福田和代）
　◇「SF宝石─ぜーんぶ！　新作読み切り」光文社 2013 p367

レテーロ・エン・ラ・カーヴォ（橋本五郎）
　◇「江戸川乱歩と13人の新青年〈文学派〉編」光文社 2008（光文社文庫）p197

レネの村の辞書（田内志文）
　◇「辞書、のような物語。」大修館書店 2013 p17

レビウガール殺し（延原謙）
　◇「江戸川乱歩と13人の新青年〈文学派〉編」光文社 2008（光文社文庫）p211

レフェリーの勝利（原田宗典）
　◇「冒険の森へ─傑作小説大全 14」集英社 2016 p16

レミング（近藤史恵）
　◇「Story Seller 2」新潮社 2010（新潮文庫）p115

檸檬（梶井基次郎）
　◇「近代小説〈都市〉を読む」双文社出版 1999 p137
　◇「くだものだもの」ランダムハウス講談社 2007 p245
　◇「ちくま日本文学 28」筑摩書房 2008（ちくま文庫）p11
　◇「果実」SDP 2009（SDP bunko）p7
　◇「読んでおきたい近代日本小説選」龍書房 2012 p332
　◇「私小説名作選 上」講談社 2012（講談社文芸文庫）p137

檸檬──一九二五（大正一四）年一月（梶井基次郎）
　◇「BUNGO─文豪短篇傑作選」角川書店 2012（角川文庫）p111

レモン哀歌（高村光太郎）
　◇「くだものだもの」ランダムハウス講談社 2007 p223
　◇「二時間目国語」宝島社 2008（宝島社文庫）p88
　◇「もう一度読みたい教科書の泣ける名作 再び」学研教育出版 2014 p159

レモン哀歌／梅酒（高村光太郎）
　◇「涙の百年文学─もう一度読みたい」太陽出版 2009 p302

檸檬色の猫がのぞいた（都筑道夫）
　◇「猫のミステリー」河出書房新社 1999（河出文庫）p9

レモン月夜の宇宙船（野田昌宏）
　◇「日本SF全集 2」出版芸術社 2010 p369

レモンティー（高野哉洋）
　◇「現代短編小説選─2005〜2009」日本民主主義文学会 2010 p154

レモンのしっぽ（五十嵐千代美）
　◇「ゆれる─第12回フェリシモ文学賞作品集」フェリシモ 2009 p120

レモンの死んだ朝（西村さとみ）
◇「妖（あやかし）がささやく」翠琥出版 2015 p77
レールの上をどこまでも行く―電車の運転士編（作者不詳）
◇「心に火を。」廣済堂出版 2014 p6
恋愛（森茉莉）
◇「精選女性随筆集 2」文藝春秋 2012 p137
恋愛曲線（小酒井不木）
◇「魔の怪」勉誠出版 2002 （べんせいライブラリー）p203
◇「恋は罪つくり―恋愛ミステリー傑作選」光文社 2005 （光文社文庫）p9
恋愛小説を私に（倉本由布）
◇「Friends」祥伝社 2003 p179
恋愛白帯女子のクリスマス（篠原昌裕）
◇「5分で読める！ ひと駅ストーリー 冬の記憶西口編」宝島社 2013 （宝島社文庫）p121
恋愛の結果（北川冬彦）
◇「新装版 全集現代文学の発見 13」學藝書林 2004 p30
恋愛論（坂口安吾）
◇「愛」SDP 2009 （SDP bunko）p251
連歌（正岡子規）
◇「新日本古典文学大系 明治編 27」岩波書店 2003 p385
連環（月村了衛）
◇「激動東京五輪1964」講談社 2015 p191
連翹（鄭人澤）
◇「近代朝鮮文学日本語作品集1939～1945 創作篇 5」緑蔭書房 2001 p443
錬卿の書簡（正岡子規）
◇「新日本古典文学大系 明治編 27」岩波書店 2003 p266
錬金詐欺（小酒井不木）
◇「幻の探偵雑誌 5」光文社 2001 （光文社文庫）p405
錬金術（内田百閒）
◇「ちくま日本文学 1」筑摩書房 2007 （ちくま文庫）p408
錬金術師・井上光晴（埴谷雄高）
◇「戦後文学エッセイ選 3」影書房 2005 p218
蓮花（王白淵）
◇「日本統治期台湾文学集成 18」緑蔭書房 2003 p30
蓮華草（北村透谷）
◇「明治の文学 16」筑摩書房 2002 p330
連結器（雨宮雨彦）
◇「ゆきのまち幻想文学賞小品集 10」企画集団ぷりずむ 2001 p147
蓮華の花（西澤保彦）
◇「新世紀「謎」倶楽部」角川書店 1998 p329
煉獄ロック（星野智幸）
◇「コレクション戦争と文学 5」集英社 2011 p347
連鎖（高嶋哲夫）
◇「悪夢の行方―「読楽」ミステリーアンソロジー」

徳間書店 2016 （徳間文庫）p157
連瑣（蒲松齢）
◇「世界堂書店」文藝春秋 2014 （文春文庫）p213
連載小説（武井彩）
◇「世にも奇妙な物語―小説の特別編 赤」角川書店 2003 （角川ホラー文庫）p125
連鎖劇（速瀬れい）
◇「伯爵の血族―紅ノ章」光文社 2007 （光文社文庫）p313
連鎖する数字（貫井徳郎）
◇「「ABC」殺人事件」講談社 2001 （講談社文庫）p211
連鎖反応―ヒロシマ・ユモレスク（徳川夢声）
◇「永遠の夏―戦争小説集」実業之日本社 2015 （実業之日本社文庫）p363
れんさ―村の大へび退治（ふじわらもりす）
◇「つながり―フェリシモしあわせショートショート」フェリシモ 1999 p127
レンジのボウボウ（平山らろう）
◇「つながり―フェリシモしあわせショートショート」フェリシモ 1999 p109
連子窓（新熊昇）
◇「てのひら怪談―ビーケーワン怪談大賞傑作選 2」ポプラ社 2007 p86
◇「てのひら怪談―ビーケーワン怪談大賞傑作選 己丑」ポプラ社 2009 （ポプラ文庫）p64
レンズの向こう（近山知史）
◇「万華鏡―第14回フェリシモ文学賞作品集」フェリシモ 2011 p8
レンズマンの子供―信じられないよ。目が覚めたら、世界は一変してたんだ（小路幸也）
◇「NOVA―書き下ろし日本SFコレクション 2」河出書房新社 2010 （河出文庫）p49
錬想（加楽幽明）
◇「てのひら怪談―ビーケーワン怪談大賞傑作選」ポプラ社 2007 p142
◇「てのひら怪談―ビーケーワン怪談大賞傑作選」ポプラ社 2008 （ポプラ文庫）p146
連続殺人鬼カエル男ふたたび―集中掲載（中山七里）
◇「『このミステリーがすごい！』大賞作家書き下ろしBOOK vol.13」宝島社 2016 p5
連続殺人鬼カエル男ふたたび・2（中山七里）
◇「『このミステリーがすごい！』大賞作家書き下ろしBOOK vol.15」宝島社 2016 p5
連続する発見―小島信夫著「作家遍歴」を読んで（大庭みな子）
◇「精選女性随筆集 6」文藝春秋 2012 p194
連続テレビ小説ドラえもん（高橋源一郎）
◇「戦後短篇小説再発見 10」講談社 2002 （講談社文芸文庫）p182
連隊旗手（村上兵衛）
◇「コレクション戦争と文学 11」集英社 2012 p175
「連帯」ということについて（金時鐘）
◇「〈在日〉文学全集 5」勉誠出版 2006 p267

れんた

蓮台の月（澤田ふじ子）
　◇「合わせ鏡―女流時代小説傑作選」角川春樹事務
　　所 2003（ハルキ文庫）p7
レンタルベビー（東野圭吾）
　◇「SF宝石―ぜーんぶ！ 新作読み切り」光文社
　　2013 p397
連弾（経塚丸雄）
　◇「年鑑代表シナリオ集 ’01」映人社 2002 p63
れんとげん室の詩（黒木謳子）
　◇「日本統治期台湾文学集成 18」緑蔭書房 2003
　　p351
蓮如―われ深き淵より（抄）（五木寛之）
　◇「京都府文学全集第1期（小説編）6」郷土出版社
　　2005 p392
廉之助の鯉（鈴木英治）
　◇「花ふぶき―時代小説傑作選」角川春樹事務所
　　2004（ハルキ文庫）p171
連峯齋雪（金鍾漢誌, 金仁承畫）
　◇「近代朝鮮文学日本語作品集1908～1945 セレクショ
　　ン 4」緑蔭書房 2008 p387
恋慕幽霊（小山龍太郎）
　◇「怪奇・伝奇時代小説選集 14」春陽堂書店 2000
　　（春陽文庫）p84
連夜（池澤夏樹）
　◇「日本文学全集 28」河出書房新社 2017 p193
連理（泡坂妻夫）
　◇「美女峠に星が流れる―時代小説傑作選」講談社
　　1999（講談社文庫）p377

【 ろ 】

ロイス殺し（小林泰三）
　◇「密室と奇蹟―J.D.カー生誕百周年記念アンソロ
　　ジー」東京創元社 2006 p159
蠟いろの顔（都筑道夫）
　◇「謎―スペシャル・ブレンド・ミステリー 006」
　　講談社 2011（講談社文庫）p239
ローウェル骨董店の事件簿―秘密の小箱（椹野
道流）
　◇「名探偵だって恋をする」角川書店 2013（角川文
　　庫）p5
社會短篇 労燕双飛記（省斎）
　◇「日本統治期台湾文学集成 25」緑蔭書房 2007
　　p251
廊下で（李孝石）
　◇「近代朝鮮文学日本語作品集1939～1945 評論・随筆
　　篇 3」緑蔭書房 2002 p153
廊下に立っていたおばさんの話（岩井志麻子）
　◇「女たちの怪談百物語」メディアファクトリー
　　2010（幽books）p264
　◇「女たちの怪談百物語」KADOKAWA 2014（角
　　川ホラー文庫）p271

老眼鏡（村松友視）
　◇「銀座24の物語」文藝春秋 2001 p311
琅玗洞（ろうかんどう）（アンデルセン著, 森鷗外訳）
　◇「新日本古典文学大系 明治編 25」岩波書店 2004
　　p454
老鬼（平岩弓枝）
　◇「士魂の光芒―時代小説最前線」新潮社 1997（新
　　潮文庫）p515
　◇「鎮守の森に鬼が棲む―時代小説傑作選」講談社
　　2001（講談社文庫）p217
　◇「時代小説―読切御免 4」新潮社 2005（新潮文
　　庫）p213
老妓抄（岡本かの子）
　◇「ちくま日本文学 37」筑摩書房 2009（ちくま文
　　庫）p207
　◇「怠けものの話」筑摩書房 2011（ちくま文学の
　　森）p467
　◇「10ラブ・ストーリーズ」朝日新聞出版 2011
　　（朝日文庫）p185
朧吟社少年句會（金東奐他）
　◇「近代朝鮮文学日本語作品集1908～1945 セレクショ
　　ン 6」緑蔭書房 2008 p70
朧吟社少年句會（韓遠敎他）
　◇「近代朝鮮文学日本語作品集1908～1945 セレクショ
　　ン 6」緑蔭書房 2008 p70
弄月記（赤江瀑）
　◇「舌づけ―ホラー・アンソロジー」祥伝社 1998
　　（ノン・ポシェット）p271
老後（結城昌治）
　◇「恐怖の森」ランダムハウス講談社 2007 p17
牢獄の半日（葉山嘉樹）
　◇「天変動く大震災と作家たち」インパクト出版会
　　2011（インパクト選書）p108
老後のたのしみ（佐々木雅博）
　◇「ショートショートの広場 20」講談社 2008（講
　　談社文庫）p98
老師（木内錠）
　◇「「新編」日本女性文学全集 4」菁柿堂 2012 p176
　◇「青鞜小説集」講談社 2014（講談社文芸文庫）
　　p217
労使関係（竹内典輔）
　◇「ショートショートの広場 9」講談社 1998（講
　　談社文庫）p64
浪士組始末（柴田錬三郎）
　◇「新選組興亡録」角川書店 2003（角川文庫）p49
浪士慕情（南條範夫）
　◇「忠臣蔵コレクション 1」河出書房新社 1998
　　（河出文庫）p185
老樹騒乱（高良勉）
　◇「ことばのたくらみ―実作集」岩波書店 2003
　　（21世紀文学の創造）p100
老主の一時期（岡本かの子）
　◇「新編・日本幻想文学集成 3」国書刊行会 2016
　　p370
老春虐後集（森春濤）
　◇「新日本古典文学大系 明治編 2」岩波書店 2004

p112

老将（火坂雅志）
◇「感涙―人情時代小説傑作選」ベストセラーズ 2004（ベスト時代文庫）p195
◇「決戦！ 大坂の陣」実業之日本社 2014（実業之日本社文庫）p277

老嬢（島崎藤村）
◇「明治の文学 16」筑摩書房 2002 p43

楼上雑話（抄）（内田魯庵）
◇「明治の文学 11」筑摩書房 2001 p255

老書生犀星の「あはれ」（森茉莉）
◇「精選女性随筆集 2」文藝春秋 2012 p110

籠女―鳥の祝き歌（高瀬美恵）
◇「妖かしの宴―わらべ唄の呪い」PHP研究所 1999（PHP文庫）p249

老人（志賀直哉）
◇「ちくま日本文学 21」筑摩書房 2008（ちくま文庫）p274

老人憐みの令（麻城ゆう）
◇「リモコン変化」廣済堂出版 2000（廣済堂文庫）p169

老紳士は何故…？（有栖川有栖）
◇「競作五十円玉二十枚の謎」東京創元社 2000（創元推理文庫）p245

老人の死（李孝石）
◇「近代朝鮮文学日本語作品集1908〜1945 セレクション 4」緑蔭書房 2008 p147

老人のつぶやき（一）（高館伸夫）
◇「扉の向こうへ」全作家協会 2014（全作家短編集）p297

老人のつぶやき（二）（高館伸夫）
◇「回転ドアから」全作家協会 2015（全作家短編集）p405

老人の予言（笹沢左保）
◇「妖魔ヶ刻―時間怪談傑作選」徳間書店 2000（徳間文庫）p285
◇「怪談―24の恐怖」講談社 2004 p213
◇「異形の白昼―恐怖小説集」筑摩書房 2013（ちくま文庫）p235

老人ホームひまわり園（原敬二）
◇「高校演劇Selection 2006 下」晩成書房 2008 p7

老人問題（須月研見）
◇「ショートショートの広場 17」講談社 2005（講談社文庫）p182

蝋燭を持つ犬（多岐川恭）
◇「犬のミステリー」河出書房新社 1999（河出文庫）p117

ろうそくがともされた（谷川俊太郎）
◇「ろうそくの炎がささやく言葉」勁草書房 2011 p2

老賊譚（森銑三）
◇「悪いやつの物語」筑摩書房 2011（ちくま文学の森）p19

蝋燭取り（飯野文彦）
◇「蒐集家（コレクター）」光文社 2004（光文社文庫）p287

労働（大岡昇平）
◇「日本文学全集 18」河出書房新社 2016 p273

朗読おじさん（宇木聡史）
◇「5分で読める！ ひと駅ストーリー 本の物語」宝島社 2014（宝島社文庫）p289

牢名主（津村記久子）
◇「文学 2016」講談社 2016 p148

蝋人形（小川未明）
◇「文豪怪談傑作選 小川未明集」筑摩書房 2008（ちくま文庫）p151

浪人志願（一本木凱）
◇「立川文学 1」けやき出版 2011 p277

浪人妻（伊藤桂一）
◇「剣が哭く夜に哭く」光風社出版 2000（光風社文庫）p125

浪人まつり（山手樹一郎）
◇「素浪人横丁―人情時代小説傑作選」新潮社 2009（新潮文庫）p181
◇「しのぶ雨江戸恋慕―新鷹会・傑作時代小説選」光文社 2016（光文社文庫）p103

老年（倉阪鬼一郎）
◇「リテラリーゴシック・イン・ジャパン―文学的ゴシック作品選」筑摩書房 2014（ちくま文庫）p519

老年（藤沢周平）
◇「贈る物語Wonder」光文社 2002 p122

老年期の終わり（安達瑶）
◇「SFバカ本 ペンギン篇」廣済堂出版 1999（廣済堂文庫）p317

牢の家のアリス（加納朋子）
◇「ミステリー―女性作家アンソロジー」祥伝社 2003（祥伝社文庫）p87

老婆（小川未明）
◇「文豪怪談傑作選 小川未明集」筑摩書房 2008（ちくま文庫）p107

老婆（水野葉舟）
◇「文豪怪談傑作選 明治編」筑摩書房 2011（ちくま文庫）p149

老梅（北原亞以子）
◇「代表作時代小説 平成25年度」光文社 2013 p201

老婆三態（XYZ）
◇「幻の探偵雑誌 2」光文社 2000（光文社文庫）p51

老婆J（小川洋子）
◇「リテラリーゴシック・イン・ジャパン―文学的ゴシック作品選」筑摩書房 2014（ちくま文庫）p497

老婆と公園で（加藤千恵）
◇「いまのあなたへ―村上春樹への12のオマージュ」NHK出版 2014 p119

老僕清吉（依田学海）
◇「新日本古典文学大系 明治編 3」岩波書店 2005 p136

老木の花（白洲正子）
◇「精選女性随筆集 7」文藝春秋 2012 p105

浪漫堂の主人（秋月達郎）

ろうも

　　◇「傑作・推理ミステリー10番勝負」永岡書店 1999 p85

老耄（ろうもう）車夫（松原岩五郎）
　　◇「新日本古典文学大系 明治編 30」岩波書店 2009 p292

老爺（水野葉舟）
　　◇「文豪怪談傑作選 明治編」筑摩書房 2011（ちくま文庫）p163

老友（曽根圭介）
　　◇「ザ・ベストミステリーズ―推理小説年鑑 2010」講談社 2010 p215
　　◇「BORDER善と悪の境界」講談社 2013（講談社文庫）p209

老余の半生（福澤諭吉）
　　◇「新日本古典文学大系 明治編 10」岩波書店 2011 p347

楼蘭（井上靖）
　　◇「新装版 全集現代文学の発見 12」學藝書林 2004 p444

蠟涙（原田康子）
　　◇「文学 2000」講談社 2000 p60

ローエングリンのビニール傘（田内志文）
　　◇「ろうそくの炎がささやく言葉」勁草書房 2011 p104

蘆薈（小川勝己）
　　◇「紅と蒼の恐怖―ホラー・アンソロジー」祥伝社 2002（Non novel）p159

蘆花漁笛集（森春濤）
　　◇「新日本古典文学大系 明治編 2」岩波書店 2004 p7

ローカルアイドル吾妻ケ岡ゆりりの思考の軌跡（藤瀬雅輝）
　　◇「5分で読める！ ひと駅ストーリー 食の話」宝島社 2015（宝島社文庫）p169

路環島の冒険（林巧）
　　◇「魔地図」光文社 2005（光文社文庫）p13

録音ボタン（明神ちさと）
　　◇「怪談四十九夜」竹書房 2016（竹書房文庫）p130

録画エラー（黒木あるじ）
　　◇「男たちの怪談百物語」メディアファクトリー 2012（〔幽BOOKS〕）p234

六月（黒木謳子）
　　◇「日本統治期台湾文学集成 18」緑蔭書房 2003 p480

六月雨日（池田晴海）
　　◇「最後の一日 7月22日―さよならが胸に染みる物語」泰文堂 2012（リンダブックス）p7

六月への頌歌（光岡良二）
　　◇「ハンセン病文学全集 7」皓星社 2004 p207

六月十八日、白鷗社の諸子、同盟を招集して、柳北仙史を追弔す。すなはち賦してもつて奠す。（森春濤）
　　◇「新日本古典文学大系 明治編 2」岩波書店 2004 p105

六月の朝（李孝石）

◇「近代朝鮮文学日本語作品集1908～1945 セレクション 4」緑蔭書房 2008 p143

六月の朝外五篇（李孝石）
　　◇「近代朝鮮文学日本語作品集1908～1945 セレクション 4」緑蔭書房 2008 p143

六月のさくら（鄭義信）
　　◇「テレビドラマ代表作選集 2005年版」日本脚本家連盟 2005 p89

六月の詩壇（合評）（朱耀翰、簾吉、浮島、豊太郎、泰雄、福榮、梨雨公、X）
　　◇「近代朝鮮文学日本語作品集1908～1945 セレクション 5」緑蔭書房 2008 p23

六月の鋪道（黒木謳子）
　　◇「日本統治期台湾文学集成 18」緑蔭書房 2003 p422

六號雑記 自我聲！（作者表記なし）
　　◇「近代朝鮮文学日本語作品集1901～1938 評論・随筆篇 3」緑蔭書房 2004 p197

六合目の仇討（新田次郎）
　　◇「江戸の漫遊力―時代小説傑作選」集英社 2008（集英社文庫）p229

肋子（安西冬衛）
　　◇「新装版 全集現代文学の発見 13」學藝書林 2004 p16

六時間後に君は死ぬ（高野和明）
　　◇「ザ・ベストミステリーズ―推理小説年鑑 2002」講談社 2002 p189
　　◇「零時の犯罪予報」講談社 2005（講談社文庫）p5

六〇年の証言（つきだまさし）
　　◇「ハンセン病文学全集 7」皓星社 2004 p173

1／60秒の女（夢枕獏）
　　◇「幽霊怪談」リブリオ出版 2001（怪奇・ホラーワールド）p5

六十四分間の家出（卯月雅文）
　　◇「ショートショートの花束 4」講談社 2012（講談社文庫）p192

六十里越海道（真壁仁）
　　◇「山形県文学全集第2期〔随筆・紀行編〕5」郷土出版社 2005 p37

緑青期（中井英夫）
　　◇「乱歩の幻影」筑摩書房 1999（ちくま文庫）p139

六畳ひと間のLA（平山瑞穂）
　　◇「エール！ 1」実業之日本社 2012（実業之日本社文庫）p55

六畳一間のスイート・ホーム（田中孝博）
　　◇「母のなみだ―愛しき家族を想う短篇小説集」泰文堂 2012（Linda books！）p171

六世中村歌右衛門序説（三島由紀夫）
　　◇「芸術家」国書刊行会 1998（書物の王国）p233

肋大佐の朱色な晩餐会（安西冬衛）
　　◇「新装版 全集現代文学の発見 13」學藝書林 2004 p16

六代目の怪談（宇野信夫）
　　◇「文豪怪談傑作選 特別編」筑摩書房 2008（ちくま文庫）p211

六たび歌よみに与うる書（正岡子規）
◇「ちくま日本文学 40」筑摩書房 2009（ちくま文庫）p344

六道の辻（藤川桂介）
◇「恐怖のKA・ヿA・CHI」双葉社 2001（双葉文庫）p175

ロクな死に方（広田淳一）
◇「優秀新人戯曲集 2012」ブロンズ新社 2011 p5

六人の乗客（大森善一）
◇「本格推理 15」光文社 1999（光文社文庫）p365

六人の容疑者（黒輪土風）
◇「鍵」文藝春秋 2004（推理作家になりたくて マイベストミステリー）p27
◇「マイ・ベスト・ミステリー 5」文藝春秋 2007（文春文庫）p37

六の宮の姫君（芥川龍之介）
◇「短編で読む恋愛・家族」中部日本教育文化会 1998 p107

6分の1（菊地秀行）
◇「恐怖症」光文社 2002（光文社文庫）p573

六連続殺人事件（別役実）
◇「綾辻行人と有栖川有栖のミステリ・ジョッキー 2」講談社 2009 p250

ろくろ首（柳広司）
◇「暗闇を見よ」光文社 2010（Kappa novels）p311
◇「暗闇を見よ」光文社 2015（光文社文庫）p425

轆轤首（石川鴻斎）
◇「モノノケ大合戦」小学館 2005（小学館文庫）p317

轆轤首の子供（丸川雄一）
◇「オバケヤシキ」光文社 2005（光文社文庫）p503

呂君の結婚（龍瑛宗）
◇「日本統治期台湾文学集成 23」緑蔭書房 2007 p333

ロケット男爵（タキガワ）
◇「超短編の世界 vol.3」創英社 2011 p26

ロケット男爵（松本楽志）
◇「超短編の世界 vol.3」創英社 2011 p27

ロケット花火（才羽楽）
◇「10分間ミステリー THE BEST」宝島社 2016（宝島社文庫）p245

ロコ、思うままに（大槻ケンヂ）
◇「オバケヤシキ」光文社 2005（光文社文庫）p353

ロザリオの珠につなぎて（井出隆）
◇「ハンセン病文学全集 8」皓星社 2006 p484

路地（趙南哲）
◇「〈在日〉文学全集 18」勉誠出版 2006 p140

路地（永井荷風）
◇「ちくま日本文学 19」筑摩書房 2008（ちくま文庫）p240

ロシアの廃墟（紗那）
◇「男たちの怪談百物語」メディアファクトリー 2012（〔幽BOOKS〕）p166

ロシアン・トラップ（永瀬隼介）
◇「鼓動─警察小説競作」新潮社 2006（新潮文庫）p165

ロシアン・ルーレット（北本和久）
◇「ショートショートの花束 8」講談社 2016（講談社文庫）p43

路地裏（清崎進一）
◇「日本海文学大賞─大賞作品集 3」日本海文学大賞運営委員会 2007 p435

露地うらの虹（安藤美紀夫）
◇「日本の少年小説─「少国民」のゆくえ」インパクト出版会 2016（インパクト選書）p130

ロジカル・デスゲーム（有栖川有栖）
◇「ベスト本格ミステリ 2011」講談社 2011（講談社ノベルス）p11
◇「からくり伝言少女」講談社 2015（講談社文庫）p11

路地の猫（山村幽星）
◇「てのひら怪談─ビーケーワン怪談大賞傑作選 壬辰」ポプラ社 2012（ポプラ文庫）p146

露出ムービー（宍戸レイ）
◇「女たちの怪談百物語」メディアファクトリー 2010（〔幽books〕）p101
◇「女たちの怪談百物語」KADOKAWA 2014（角川ホラー文庫）p106

路上（梶井基次郎）
◇「ちくま日本文学 28」筑摩書房 2008（ちくま文庫）p223

路上駐車（門倉信）
◇「ショートショートの花束 8」講談社 2016（講談社文庫）p143

路上に放置されたパン屑の研究（小林泰三）
◇「本格ミステリ二〇〇九年本格短編ベスト・セレクション 09」講談社 2009（講談社ノベルス）p45
◇「空飛ぶモルグ街の研究」講談社 2013（講談社文庫）p59

魯迅（花田清輝）
◇「戦後文学エッセイ選 1」影書房 2005 p82

魯迅と許広平（竹内好）
◇「戦後文学エッセイ選 4」影書房 2005 p27

魯迅と日本文学（竹内好）
◇「戦後文学エッセイ選 4」影書房 2005 p49

魯迅と二葉亭（竹内好）
◇「戦後文学エッセイ選 4」影書房 2005 p81

魯迅とロマンティシズム（武田泰淳）
◇「戦後文学エッセイ選 5」影書房 2006 p80

魯迅と私（富士正晴）
◇「戦後文学エッセイ選 7」影書房 2006 p97

魯迅の死について（竹内好）
◇「戦後文学エッセイ選 4」影書房 2005 p9

魯迅の墓その他（堀田善衞）
◇「戦後文学エッセイ選 11」影書房 2007 p63

ローズガーデン（佐藤嗣麻子）

ろすか

◇「黒い遊園地」光文社 2004（光文社文庫）p409

ロス・カボスで天使とデート（小鷹信光）
◇「わが名はタフガイ―ハードボイルド傑作選」光文社 2006（光文社文庫）p393

ロストハイウェイ（梶永正史）
◇「5分で読める！ ひと駅ストーリー 旅の話」宝島社 2015（宝島社文庫）p29
◇「5分で驚く！ どんでん返しの物語」宝島社 2016（宝島社文庫）p103

ロス・ペペスの幻影（小栗四海）
◇「てのひら怪談―ビーケーワン怪談大賞傑作選 百怪繚乱篇」ポプラ社 2008 p86

ロス・マクドナルドは黄色い部屋の夢を見るか？（法月綸太郎）
◇「密室―ミステリーアンソロジー」角川書店 1997（角川文庫）p183
◇「謎」文藝春秋 2004（推理作家になりたくて マイベストミステリー）p238
◇「マイ・ベスト・ミステリー 6」文藝春秋 2007（文春文庫）p348

ロータリーに立つ影（山村幽星）
◇「てのひら怪談 葵巳」KADOKAWA 2013（MF文庫ダ・ヴィンチ）p102

路駐撲滅大作戦（烏焉）
◇「ショートショートの花束 2」講談社 2010（講談社文庫）p276

ロッキーを越えて（奥田哲也）
◇「十月のカーニヴァル」光文社 2000（カッパ・ノベルス）p239

落機（ロッキ）山鉄道ノ記（久米邦武）
◇「新日本古典文学大系 明治編 5」岩波書店 2009 p109

ロックスターの正しい死に方（柊サナカ）
◇「5分で読める！ ひと駅ストーリー 食の話」宝島社 2015（宝島社文庫）p39
◇「5分で笑える！ おバカで愉快な物語」宝島社 2016（宝島社文庫）p65

ロックとブルースに還る夜（熊谷達也）
◇「あなたに、大切な香りの記憶はありますか？―短編小説集」文藝春秋 2008 p117
◇「あなたに、大切な香りの記憶はありますか？」文藝春秋 2011（文春文庫）p123

ロッダム号の船長（竹之内静雄）
◇「新装版 全集現代文学の発見 別巻」學藝書林 2005 p132
◇「戦後占領期短篇小説コレクション 4」藤原書店 2007 p197

六百七十人の怨霊（南條範夫）
◇「怪奇・伝奇時代小説選集 12」春陽堂書店 2000（春陽文庫）p206

六法全書は語る（法坂一広）
◇「5分で読める！ ひと駅ストーリー 本の物語」宝島社 2014（宝島社文庫）p209

ロッホ・ネスの怪物（吉田健一）
◇「怪獣」国書刊行会 1998（書物の王国）p50

六本木・うどん（大沢在昌）

◇「ときめき―ミステリアンソロジー」廣済堂出版 2005（廣済堂文庫）p5
◇「麺's ミステリー倶楽部―傑作推理小説集」光文社 2012（光文社文庫）p53

六本木心中（笹沢左保）
◇「恋愛小説・名作集成 6」リブリオ出版 2004 p197
◇「甘やかな祝祭―恋愛小説アンソロジー」光文社 2004（光文社文庫）p37
◇「心中小説名作選」集英社 2008（集英社文庫）p117

六本木の寂しさ（森真沙子）
◇「文藝百物語」ぶんか社 1997 p244

盧笛（韓晶東）
◇「近代朝鮮文学日本語作品集1939〜1945 創作篇 6」緑蔭書房 2001 p414

露天風呂の先客（霜島ケイ）
◇「文藝百物語」ぶんか社 1997 p42

露天風呂の泥棒（青柳友子）
◇「湯の街殺人旅情―日本ミステリー紀行」青樹社 1999（青樹社文庫）p143

ロードス島伝説―幻影の王子（水野良）
◇「運命の覇者」角川書店 1997 p211

ろーどそうるず―バイクの寿命はもって十五年だ。おれはミュージーアムに入りたいなあ（小川一水）
◇「NOVA―書き下ろし日本SFコレクション 3」河出書房新社 2010（河出文庫）p23

驢馬（崔華國）
◇「〈在日〉文学全集 17」勉誠出版 2006 p66

驢馬（朱永渉）
◇「近代朝鮮文学日本語作品集1939〜1945 創作篇 6」緑蔭書房 2001 p52
◇「近代朝鮮文学日本語作品集1908〜1945 セレクション 4」緑蔭書房 2008 p439

炉辺奇譚（篠崎淳之介）
◇「幻の探偵雑誌 8」光文社 2001（光文社文庫）p397

驢馬と女（畠山拓）
◇「全作家短編小説集 10」のべる出版 2011 p199

ロバート、ブリッジェズの詩より（ロバート・ブリッジェス著、俞鎮午訳）
◇「近代朝鮮文学日本語作品集1908〜1945 セレクション 4」緑蔭書房 2008 p84

驢馬の上のキリストに（石川欣司）
◇「ハンセン病文学全集 6」皓星社 2003 p344

ロバのサイン会（吉野万理子）
◇「大崎梢リクエスト！ 本屋さんのアンソロジー」光文社 2013 p141
◇「大崎梢リクエスト！ 本屋さんのアンソロジー」光文社 2014（光文社文庫）p146

驢馬の鼻唄（崔華國）
◇「〈在日〉文学全集 17」勉誠出版 2006 p41

ろば奴（いしいしんじ）
◇「小説の家」新潮社 2016 p170

ロビンソン（柳広司）
　◇「本格ミステリー二〇〇九年本格短編ベスト・セレクション 09」講談社 2009（講談社ノベルス）p117
　◇「空飛ぶモルグ街の研究」講談社 2013（講談社文庫）p163

綱（ロープ）（瀬下耽）
　◇「幻の探偵雑誌 10」光文社 2002（光文社文庫）p109

ロープさん（渡辺容子）
　◇「私は殺される―女流ミステリー傑作選」角川春樹事務所 2001（ハルキ文庫）p211

爐邊の校正（田中隆尚）
　◇「誤植文学アンソロジー―校正者のいる風景」論創社 2015 p141

ロボットと俳句の問題（松尾由美）
　◇「不思議の足跡」光文社 2007（Kappa novels）p287
　◇「不思議の足跡」光文社 2011（光文社文庫）p387

ロボットとベッドの重量（直木三十五）
　◇「懐かしい未来―甦る明治・大正・昭和の未来小説」中央公論新社 2001 p230

ロボットのお役目（金城幸介）
　◇「ショートショートの花束 6」講談社 2014（講談社文庫）p109

ローマ風の休日（万城目学）
　◇「夏休み」KADOKAWA 2014（角川文庫）p145

ローマ字を練習して、ユーカラを書きたい＞金田一京助（知里幸恵）
　◇「日本人の手紙 3」リブリオ出版 2004 p158

ローマ上空、おい、着陸だ！＞芥川瑠璃子・尚子・耿子（芥川比呂志）
　◇「日本人の手紙 7」リブリオ出版 2004 p194

ロマネ・コンティ・一九三五年（開高健）
　◇「右か、左か」文藝春秋 2010（文春文庫）p177

ロマネスク（太宰治）
　◇「ちくま日本文学 8」筑摩書房 2008（ちくま文庫）p23

ローマの一日（野坂律子）
　◇「うちへ帰ろう―家族を想うあなたに贈る短篇小説集」泰文堂 2013（リンダブックス）p179

ローマの犬（伊井直行）
　◇「文学 2003」講談社 2003 p32

ロマン（李孝石）
　◇「近代朝鮮文学日本語作品集1939〜1945 評論・随筆篇 3」緑蔭書房 2002 p80

浪曼化の機能（中島栄次郎）
　◇「「日本浪曼派」集」新学社 2007（新学社近代浪漫派文庫）p5

ローマンス（張碧淵）
　◇「日本統治期台湾文学集成 5」緑蔭書房 2002 p55

ローマンス（本田緒生）
　◇「幻の探偵雑誌 2」光文社 2000（光文社文庫）p151

ロマンス（小池真理子）
　◇「奇妙な恋の物語」光文社 1998（光文社文庫）p43
　◇「紅迷宮―ミステリー・アンソロジー」祥伝社 2002（祥伝社文庫）p283

ロマンスの梯子（平安寿子）
　◇「結婚貧乏」幻冬舎 2003 p5

ロマンチスト（井上雅彦）
　◇「自選ショート・ミステリー」講談社 2001（講談社文庫）p66

ロマンチック・ラブ（たなかなつみ）
　◇「超短編の世界 vol.3」創英社 2011 p62

ロマンティク（河内尚和）
　◇「中学校劇作シリーズ 7」青雲書房 2002 p3

ロミオとインディアナ（永瀬直矢）
　◇「太宰治賞 2008」筑摩書房 2008 p27

ロメーン・ブルックス―アンドロギュヌスに憑かれた世紀末（澁澤龍彦）
　◇「両性具有」国書刊行会 1998（書物の王国）p185

露領の見える街（金鍾漢）
　◇「近代朝鮮文学日本語作品集1908〜1945 セレクション 3」緑蔭書房 2008 p293

ロルカとスペイン内乱（長谷川四郎）
　◇「戦後文学エッセイ選 2」影書房 2006 p93

ローン河のほとり（永井荷風）
　◇「ちくま日本文学 19」筑摩書房 2008（ちくま文庫）p28

論議の新展回を（江戸川乱歩）
　◇「甦る推理雑誌 1」光文社 2002（光文社文庫）p468

ロング・グッドバイ（寺山修司）
　◇「ちくま日本文学 6」筑摩書房 2007（ちくま文庫）p378

論争における魯迅（杉浦明平）
　◇「戦後文学エッセイ選 6」影書房 2008 p63

倫敦（加上鈴子）
　◇「てのひら怪談―ビーケーワン怪談大賞傑作選 壬辰」ポプラ社 2012（ポプラ文庫）p188

倫敦塔（夏目漱石）
　◇「短編名作選1885-1924 小説の曙」笠間書院 2003 p128
　◇「日本近代短篇小説選 明治篇2」岩波書店 2013（岩波文庫）p5

ロンドン塔の少女（友野詳）
　◇「ブラックミステリーズ―12の黒い謎をめぐる219の質問」KADOKAWA 2015（角川文庫）p185

ロンドン塔の判官（高木彬光）
　◇「塔の物語」角川書店 2000（角川ホラー文庫）p205

ロンドンの雪（友成匡秀）
　◇「ゆきのまち幻想文学賞小品集 20」企画集団ぷりずむ 2011 p77

ロンドン訪問記（吉田健一）
　◇「日本文学全集 20」河出書房新社 2015 p466

ろんり

論理的な幽霊（宮本晃宏）
◇「ショートショートの広場 15」講談社 2004（講談社文庫）p199

論理的レアリズム（李源朝）
◇「近代朝鮮文学日本語作品集1901〜1938 評論・随筆篇 1」緑蔭書房 2004 p333

論理の悪夢を視る者たち〈日本篇〉（千街晶之）
◇「本格ミステリ 2003」講談社 2003（講談社ノベルス）p403
◇「論理学園事件帳―本格短編ベスト・セレクション」講談社 2007（講談社文庫）p543

論理の犠牲者（優騎洸）
◇「新・本格推理 8」光文社 2008（光文社文庫）p177

論理の蜘蛛の巣の中で（巽昌章）
◇「本格ミステリ 2002」講談社 2002（講談社ノベルス）p683
◇「天使と髑髏の密室―本格短編ベスト・セレクション」講談社 2005（講談社文庫）p503

ロンリー・マン（山川方夫）
◇「ペン先の殺意―文芸ミステリー傑作選」光文社 2005（光文社文庫）p245

【 わ 】

Y駅発深夜バス（青木知己）
◇「新・本格推理 03」光文社 2003（光文社文庫）p311
◇「本格ミステリ 2004」講談社 2004（講談社ノベルス）p41
◇「ザ・ベストミステリーズ―推理小説年鑑 2004」講談社 2004 p95
◇「犯人たちの部屋」講談社 2007（講談社文庫）p475
◇「深夜バス78回転の問題―本格短編ベスト・セレクション」講談社 2008（講談社文庫）p63

Yさん一家（伽羅）
◇「てのひら怪談―ビーケーワン怪談大賞傑作選 壬辰」ポプラ社 2012（ポプラ文庫）p222

「Y」の悲劇―「Y」がふえる（二階堂黎人）
◇「「Y」の悲劇」講談社 2000（講談社文庫）p143

賄賂役人―臓官（野川隆）
◇「〈外地〉の日本語文学選 2」新宿書房 1996 p182

猥和韜軒先生辭鮮述懷韻（金台俊）
◇「近代朝鮮文学日本語作品集1908〜1945 セレクション 6」緑蔭書房 2008 p27

ワイン猫の憂鬱（竹河聖）
◇「酒の夜語り」光文社 2002（光文社文庫）p517

わが愛 知床に消えた女（西村京太郎）
◇「日本縦断世界遺産殺人紀行」有楽出版社 2014（JOY NOVELS）p7

我が愛は海の彼方に（荒山徹）
◇「代表作時代小説 平成20年度」光文社 2008 p329

若鮎丸殺人事件（マコ・鬼一）
◇「探偵小説の風景―トラフィック・コレクション下」光文社 2009（光文社文庫）p317

わが暗愚小傳（芳賀秀次郎）
◇「山形県文学全集第2期〔随筆・紀行編〕3」郷土出版社 2005 p145

若い悪魔たち（石沢英太郎）
◇「甦る「幻影城」3」角川書店 1998（カドカワ・エンタテインメント）p215
◇「幻影城―【探偵小説誌】不朽の名作」角川書店 2000（角川ホラー文庫）p249

若いあなたを私は信じた（金時鐘）
◇「〈在日〉文学全集 5」勉誠出版 2006 p62

若い海（龍瑛宗）
◇「コレクション戦争と文学 18」集英社 2012 p143

若いオバアチャマ（佐野洋）
◇「自選ショート・ミステリー」講談社 2001（講談社文庫）p56

若いお巡りさん（窓宮荘介）
◇「ショートショートの花束 4」講談社 2012（講談社文庫）p244

若い刑事―新宿警察シリーズより（藤原審爾）
◇「警察小説傑作短篇集」ランダムハウス講談社 2009（ランダムハウス講談社文庫）p13

若い沙漠（野呂邦暢）
◇「古書ミステリー倶楽部―傑作推理小説集」光文社 2013（光文社文庫）p265

若い自画像（抄）（国分一太郎）
◇「山形県文学全集第1期〔小説編〕2」郷土出版社 2004 p262

若い詩人の肖像（抄）（伊藤整）
◇「新装版 全集現代文学の発見 14」學藝書林 2005 p66

わが泉（香山光郎）
◇「近代朝鮮文学日本語作品集1939〜1945 創作篇 6」緑蔭書房 2001 p29

わが出雲・わが鎮魂（入沢康夫）
◇「日本文学全集 29」河出書房新社 2016 p156

若い生命の喪失をどうすることもできない≫ 江口付治馬（大西巨人）
◇「日本人の手紙 2」リブリオ出版 2004 p166

わが一日の始まり（金太中）
◇「〈在日〉文学全集 18」勉誠出版 2006 p116

わが愛しの口裂け女（梶尾真治）
◇「平成都市伝説」中央公論新社 2004（C NOVELS）p11

わが愛しの妻よ（山田風太郎）
◇「恐怖の旅」光文社 2000（光文社文庫）p5

わがいのちのわがうた（玉木愛子）
◇「ハンセン病文学全集 9」皓星社 2010 p207

わが祈りを聞け（森詠）
◇「冒険の森へ―傑作小説大全 10」集英社 2016 p69

若い人（権裕成）
◇「ハンセン病文学全集 4」皓星社 2003 p275

わが麗しのきみよ…（光原百合）
◇「翠迷宮―ミステリー・アンソロジー」祥伝社 2003（祥伝社文庫）p141

若江堤の霧（司馬遼太郎）
◇「決戦！ 大坂の陣」実業之日本社 2014（実業之日本社文庫）p233

我が思ふ所行（中野逍遙）
◇「新日本古典文学大系 明治編 2」岩波書店 2004 p391

わが恩人（津田せつ子）
◇「ハンセン病文学全集 4」皓星社 2003 p495

若返つたおつ母さん（金龍濟）
◇「近代朝鮮文学日本語作品集1908〜1945 セレクション 4」緑蔭書房 2008 p267

わが記憶のはじまり（金太中）
◇「〈在日〉文学全集 18」勉誠出版 2006 p119

わが気をつがんや（富樫倫太郎）
◇「決戦！ 桶狭間」講談社 2016 p103

若きおとめたちに（金太中）
◇「〈在日〉文学全集 18」勉誠出版 2006 p103

若き獅子（池波正太郎）
◇「龍馬と志士たち―時代小説傑作選」コスミック出版 2009（コスミック・時代文庫）p323
◇「野辺に朽ちぬとも―吉田松陰と松下村塾の男たち」集英社 2015（集英社文庫）p241

若き獅子―高杉晋作（池波正太郎）
◇「志士―吉田松陰アンソロジー」新潮社 2014（新潮文庫）p73

若き世代が語る 修正・内鮮結婚問題 其他★座談會（吉川江子，文藝峰，山本弘，崔貞熙，菅能由爲子，金鍾漢）
◇「近代朝鮮文学日本語作品集1908〜1945 セレクション 4」緑蔭書房 2008 p392

若き世代の形象化（岩谷鍾元）
◇「近代朝鮮文学日本語作品集1939〜1945 評論・随筆篇 3」緑蔭書房 2002 p353

若き朝鮮人の願ひ（一）〜（一二）（李光洙）
◇「近代朝鮮文学日本語作品集1901〜1938 評論・随筆篇 1」緑蔭書房 2004 p143

若き日の詩人たちの肖像（抄）（堀田善衞）
◇「日本文学全集 26」河出書房新社 2017 p407

『若き漂泊者の夢』（洪海星）
◇「近代朝鮮文学日本語作品集1901〜1938 評論・随筆篇 2」緑蔭書房 2004 p183

若君神隠し（桐山喬平）
◇「遙かなる道」桃園書房 2001（桃園文庫）p213

若者の領域（福田昌夫）
◇「日本統治期台湾文学集成 22」緑蔭書房 2007 p41

若きもの我等――一幕（松居桃樓）
◇「日本統治期台湾文学集成 12」緑蔭書房 2003 p399

若草の星（森下一仁）
◇「日本SF全集 3」出版芸術社 2013 p233

わか艸（明治二十四年八月八日）（樋口一葉）

◇「新日本古典文学大系 明治編 24」岩波書店 2001 p399

わが工夫せるオジヤ（坂口安吾）
◇「文人御馳走帖」新潮社 2014（新潮文庫）p325

我が交友録（李光洙）
◇「近代朝鮮文学日本語作品集1939〜1945 評論・随筆篇 3」緑蔭書房 2002 p99

わが〈心〉の日記（野間宏）
◇「戦後文学エッセイ選 9」影書房 2008 p179

わが子・我が母（折口信夫）
◇「日本文学全集 14」河出書房新社 2015 p312

わが最終歌集（岡本かの子）
◇「ちくま日本文学 37」筑摩書房 2009（ちくま文庫）p425

わが最初の境界（アンデルセン著，森鷗外訳）
◇「新日本古典文学大系 明治編 25」岩波書店 2004 p97

若狭殿耳始末（朝松健）
◇「闇電話」光文社 2006（光文社文庫）p139

若狭に想う（司茜）
◇「日本海文学大賞―大賞作品集 3」日本海文学大賞運営委員会 2007 p381

若さま侍捕物手帖―お色屋敷（城昌幸）
◇「捕物小説名作選 2」集英社 2006（集英社文庫）p41

若狭宮津浜（倉本聰）
◇「読まずにいられぬ名短篇」筑摩書房 2014（ちくま文庫）p397

我が師（上野英信）
◇「戦後文学エッセイ選 12」影書房 2006 p134

随筆 我が師（濱田隼雄）
◇「日本統治期台湾文学集成 22」緑蔭書房 2007 p277

わが思索わが風土（武田泰淳）
◇「戦後文学エッセイ選 5」影書房 2006 p153

わが生涯最大の事件（折原一）
◇「どたん場で大逆転」講談社 1999（講談社文庫）p249
◇「謎」文藝春秋 2004（推理作家になりたくて マイベストミステリー）p62
◇「マイ・ベスト・ミステリー 6」文藝春秋 2007（文春文庫）p86

わが生と詩（金時鐘）
◇「〈在日〉文学全集 5」勉誠出版 2006 p323

わが体験（柴田錬三郎）
◇「文豪怪談傑作選 特別編」筑摩書房 2008（ちくま文庫）p38

若竹賞（佐々木淳）
◇「競作五十円玉二十枚の謎」東京創元社 2000（創元推理文庫）p113

若商（わかだんな）の化物（高畠藍泉）
◇「新日本古典文学大系 明治編 1」岩波書店 2004 p384

我が父強し（大倉桃郎）
◇「『少年倶楽部』熱血・痛快・時代短篇選」講談社

2015（講談社文芸文庫）p362

わがチヨソンマルに寄せる歌（呉林俊）
　◇「〈在日〉文学全集 17」勉誠出版 2006 p116

我が友アンリ（田辺正幸）
　◇「本格推理 14」光文社 1999（光文社文庫）p381

わが友 野間宏（長谷川四郎）
　◇「戦後文学エッセイ選 2」影書房 2006 p83

わが友よ おれは……（三好豊一郎）
　◇「新装版 全集現代文学の発見 13」學藝書林 2004 p271

わがドロツキストへの道（上野英信）
　◇「戦後文学エッセイ選 12」影書房 2006 p104

若菜集（島崎藤村）
　◇「日本近代文学に描かれた「恋愛」」牧野出版 2001 p133

わが廃鉱地図（上野英信）
　◇「戦後文学エッセイ選 12」影書房 2006 p167

我輩はカモではない（湖西隼）
　◇「ショートショートの花束 6」講談社 2014（講談社文庫）p41

吾輩は猫であるけれど（荻原浩）
　◇「吾輩も猫である」新潮社 2016（新潮文庫）p97

吾輩は猫である（抄）（夏目漱石）
　◇「ちくま日本文学 29」筑摩書房 2008（ちくま文庫）p202

吾輩は病気である（陽羅義光）
　◇「全作家短編小説集 9」全作家協会 2010 p228

吾輩は密室である（ひょうた）
　◇「新・本格推理 04」光文社 2004（光文社文庫）p235

若葉かげ（明治二十四年四月十一日―二十六日）（樋口一葉）
　◇「新日本古典文学大系 明治編 24」岩波書店 2001 p387

わがパキーネ（眉村卓）
　◇「人獣怪婚」筑摩書房 2000（ちくま文庫）p45
　◇「60年代日本SFベスト集成」筑摩書房 2013（ちくま文庫）p31

若葉のうた（金子光晴）
　◇「ちくま日本文学 38」筑摩書房 2009（ちくま文庫）p108

わか葉の恋（角田光代）
　◇「オトナの片思い」角川春樹事務所 2007 p217
　◇「オトナの片思い」角川春樹事務所 2009（ハルキ文庫）p205

若葉の頃（荒川義英）
　◇「新・プロレタリア文学精選集 1」ゆまに書房 2004 p91

わが羊に草を与えよ（佐竹一彦）
　◇「逆転の瞬間」文藝春秋 1998（文春文庫）p337

わがふるさとは 湖南（ホナム）の地（金太中）
　◇「〈在日〉文学全集 18」勉誠出版 2006 p101

わが墓標のオクターヴ（谷川雁）
　◇「新装版 全集現代文学の発見 13」學藝書林 2004 p369

わが本生譚の試み（天澤退二郎）
　◇「新装版 全集現代文学の発見 13」學藝書林 2004 p568

わが町（抄）（阪田寛夫）
　◇「大阪文学名作選」講談社 2011（講談社文芸文庫）p7

わが町の人びと（髙村薫）
　◇「短篇ベストコレクション―現代の小説 2016」徳間書店 2016（徳間文庫）p253

わがままな正義（北川あゆ）
　◇「ショートショートの広場 20」講談社 2008（講談社文庫）p229

わが魅せられたるもの（三島由紀夫）
　◇「ちくま日本文学 10」筑摩書房 2008（ちくま文庫）p410

我身、、、、、ハテ、我身（正岡子規）
　◇「新日本古典文学大系 明治編 27」岩波書店 2003 p135

若紫（角田光代）
　◇「ナイン・ストーリーズ・オブ・ゲンジ」新潮社 2008 p63
　◇「源氏物語九つの変奏」新潮社 2011（新潮文庫）p71

わかめ（川端康成）
　◇「文人御馳走帖」新潮社 2014（新潮文庫）p239

若芽は萌ゆる（長田穂波）
　◇「ハンセン病文学全集 6」皓星社 2003 p40

わかもののうた（城山昌樹）
　◇「近代朝鮮文学日本語作品集1939〜1945 創作篇 6」緑蔭書房 2001 p56

若者の死を悼む―幸田証生君の死（宮内勝典）
　◇「コレクション戦争と文学 4」集英社 2011 p144

我が家遠く（江坂遊）
　◇「綾辻・有栖川復刊セレクション 仕掛け花火」講談社 2007（講談社ノベルス）p112

我が家の序列（黒田研二）
　◇「本格ミステリー二〇一〇年本格短編ベスト・セレクション '10」講談社 2010（講談社ノベルス）p143
　◇「凍れる女神の秘密」講談社 2014（講談社文庫）p197

我が家のだるまさんは転ばない（たなかなつみ）
　◇「超短編の世界 vol.2」創英社 2009 p122

わが家の伝統（三枝蟬）
　◇「ショートショートの広場 18」講談社 2006（講談社文庫）p147

我が家の土鍋（石井好子）
　◇「精選女性随筆集 12」文藝春秋 2012 p100

我が家の人形（田辺青蛙）
　◇「怪しき我が家―家の怪談競作集」メディアファクトリー 2011（MF文庫）p61

若山牧水（若山牧水）
　◇「涙の百年文学―もう一度読みたい」太陽出版 2009 p316

若山牧水の山ざくらの歌と酒（伊藤正則）
　◇「「伊豆文学賞」優秀作品集 第8回」静岡新聞社

2005 p177

吾が家は遠いやうで近し（王白淵）
◇「日本統治期台湾文学集成 18」緑蔭書房 2003
p71

わが米沢（粒来哲蔵）
◇「山形県文学全集第2期（随筆・紀行編）4」郷土出版
社 2005 p201

わからないaとわからないb（都筑道夫）
◇「日本SF全集 1」出版芸術社 2009 p405

わかれ（飯塚ちあき）
◇「ショートショートの広場 12」講談社 2001（講
談社文庫）p8

わかれ（中野重治）
◇「日本文学全集 29」河出書房新社 2016 p38

別れ（沢田閏）
◇「京都府文学全集第1期（小説編）6」郷土出版社
2005 p224

別れた妻に送る手紙（近松秋江）
◇「明治の文学 24」筑摩書房 2001 p4

別れてください（青井夏海）
◇「本格ミステリ 2003」講談社 2003（講談社ノベ
ルス）p357
◇「論理学園事件帳─本格短編ベスト・セレクショ
ン」講談社 2007（講談社文庫）p481

「別れても好きな人」見立て殺人（鯨統一郎）
◇「本格ミステリ 2002」講談社 2002（講談社ノベ
ルス）p235
◇「死神と雷鳴の暗号─本格短編ベスト・セレク
ション」講談社 2006（講談社文庫）p153

わかれなむいまは（中村稔）
◇「新装版 全集現代文学の発見 13」學藝書林 2004
p302

別れのあとに（光岡良二）
◇「ハンセン病文学全集 7」皓星社 2004 p205

別れの唄（翔田寛）
◇「ザ・ベストミステリーズ─推理小説年鑑 2003」
講談社 2003 p631
◇「殺人格差」講談社 2006（講談社文庫）p511

別れの海（藤田愛子）
◇「全作家短編小説集 11」全作家協会 2012 p230

別れ話（東山白海）
◇「ショートショートの広場 19」講談社 2007（講
談社文庫）p32

わかれ 半兵衛と秀吉（谷口純）
◇「竹中半兵衛─小説集」作品社 2014 p97

わかれ道（樋口一葉）
◇「短編で読む恋愛・家族」中部日本教育文化会
1998 p35
◇「明治の文学 17」筑摩書房 2000 p238
◇「新日本古典文学大系 明治編 24」岩波書店 2001
p313
◇「魂がふるえるとき」文藝春秋 2004（文春文庫）
p337
◇「ちくま日本文学 13」筑摩書房 2008（ちくま文
庫）p180
◇「「新編」日本女性文学全集 2」菁柿堂 2008 p126

「百年小説」ポプラ社 2008 p181
◇「日本近代短篇小説選 明治篇1」岩波書店 2012
（岩波文庫）p267

わかれ道（真伏修三）
◇「Love or like─恋愛アンソロジー」祥伝社 2008
（祥伝社文庫）p239

分かれ道（大沢在昌）
◇「ザ・ベストミステリーズ─推理小説年鑑 2016」
講談社 2016 p139
◇「短篇ベストコレクション─現代の小説 2016」徳
間書店 2016（徳間文庫）p45

分かれ道（田中孝博）
◇「最後の一日 3月23日─さよならが胸に染みる10
の物語」泰文堂 2013（リンダブックス）p98

別れ道（下河辺譲）
◇「ハンセン病文学全集 4」皓星社 2003 p343

別れ行く（具滋均）
◇「近代朝鮮文学日本語作品集1901〜1938 創作篇 3」
緑蔭書房 2004 p165

わかれる昼に（立原道造）
◇「新装版 全集現代文学の発見 14」學藝書林 2005
p444

我羅馬テント村（長堂英吉）
◇「コレクション戦争と文学 9」集英社 2012 p141

わが若き日は恥多し（木下夕爾）
◇「誤植文学アンソロジー─校正者のいる風景」論
創社 2015 p164

若鷺の歌（浅田次郎）
◇「コレクション戦争と文学 3」集英社 2012 p476

わきくさ物語（金関丈夫）
◇「日本統治期台湾文学集成 17」緑蔭書房 2003
p19

和木清三郎さんのこと─和木清三郎追悼（戸板
康二）
◇「創刊一〇〇年三田文学名作選」三田文学会 2010
p722

脇道（勢川びき）
◇「ショートショートの広場 12」講談社 2001（講
談社文庫）p172

吾妹子哀し（青山光二）
◇「文学 2003」講談社 2003 p233

わく（剣先あおり）
◇「てのひら怪談 癸巳」KADOKAWA 2013（MF
文庫ダ・ヴィンチ）p124

湧く（杉澤京子）
◇「てのひら怪談─ビーケーワン怪談大賞傑作選 壬
辰」ポプラ社 2012（ポプラ文庫）p86

ワーク・シェアリング（草上仁）
◇「短篇ベストコレクション─現代の小説 2005」徳
間書店 2005（徳間文庫）p535

惑星Xの使徒（斧澤燎）
◇「リトル・リトル・クトゥルー──史上最小の神話
小説集」学習研究社 2009 p146

惑星ニッポン（岡崎弘明）
◇「物語のルミナリエ」光文社 2011（光文社文庫）
p143

わくせ

惑星のキオク（田中明子）
◇「ゆきのまち幻想文学賞小品集 19」企画集団ぷりずむ 2010 p36

わくらば（小泉雅二）
◇「ハンセン病文学全集 6」皓星社 2003 p452

わくらば（三浦哲郎）
◇「文学 2001」講談社 2001 p71

病葉（道尾秀介）
◇「短篇ベストコレクション―現代の小説 2011」徳間書店 2011（徳間文庫）p317

ワクワク・ドキドキすてきなお泊まり会（大垣花子）
◇「小学校たのしい劇の本―英語劇付 中学年」国土社 2007 p160

理由ありの旧校舎（初野晴）
◇「ベスト本格ミステリ 2015」講談社 2015（講談社ノベルス）p315

理由ありの旧校舎―学園密室？（初野晴）
◇「殺意の隘路」光文社 2016（最新ベスト・ミステリー）p247

詠和気公清磨呂歌（わけこうきよまろをよみしうた）（久米幹文）
◇「新日本古典文学大系 明治編 12」岩波書店 2001 p26

若人に（盧天命著，金村龍濟譯）
◇「近代朝鮮文学日本語作品篇1939〜1945 創作篇 6」緑蔭書房 2001 p34

ワゴンの乗客（飛雄）
◇「てのひら怪談―ビーケーワン怪談大賞傑作選 庚寅」ポプラ社 2010（ポプラ文庫）p64

和佐大八郎の妻（大路和子）
◇「紅葉谷から剣鬼が来る―時代小説傑作選」講談社 2002（講談社文庫）p211

わさびの味（伊藤義行）
◇「「伊豆文学賞」優秀作品集 第5回」羽衣出版 2002 p161

和サラムの人（丁章）
◇「〈在日〉文学全集 18」勉誠出版 2006 p409

災いの杖（氏脇健一）
◇「ショートショートの広場 8」講談社 1997（講談社文庫）p101

わざわざの鎖（佐野洋）
◇「推理小説代表作選集―推理小説年鑑 1997」講談社 1997 p215
◇「殺人哀モード」講談社 2000（講談社文庫）p421

和紙（東野辺薫）
◇「福島の文学―11人の作家」講談社 2014（講談社文芸文庫）p154

鷺（岡本綺堂）
◇「怪奇・伝奇時代小説選集 12」春陽堂書店 2000（春陽文庫）p49

鷺津法官に招飲さる。小野湖山たまたま至る甲戌（森春濤）
◇「新日本古典文学大系 明治編 2」岩波書店 2004 p66

和紙の花嫁衣裳（安部とも）
◇「山形県文学全集第2期（随筆・紀行編）6」郷土出版 2005 p278

倭人操俱木（東郷隆）
◇「決戦！ 三國志」講談社 2015 p149

ワシントン爆撃（台湾軍報道部提供）（西川満）
◇「日本統治期台湾文学集成 23」緑蔭書房 2007 p405

華盛頓（ワシントン）府後記（久米邦武）
◇「新日本古典文学大系 明治編 5」岩波書店 2009 p207

華盛頓（ワシントン）府ノ記上（久米邦武）
◇「新日本古典文学大系 明治編 5」岩波書店 2009 p139

華盛頓（ワシントン）府ノ記中（久米邦武）
◇「新日本古典文学大系 明治編 5」岩波書店 2009 p155

華盛頓（ワシントン）府ノ記下（久米邦武）
◇「新日本古典文学大系 明治編 5」岩波書店 2009 p158

和人よ、和民族よ（丁章）
◇「〈在日〉文学全集 18」勉誠出版 2006 p405

わずか四分間の輝き（碧野圭）
◇「エール！ 1」実業之日本社 2012（実業之日本社文庫）p217

忘れ得ぬ白濱（李石薫）
◇「近代朝鮮文学日本語作品集1908〜1945 セレクション 4」緑蔭書房 2008 p227

忘れ得ぬ夏（夏目侑子）
◇「竹筒に花はなくとも―短篇十人集」日曜舎 1997 p92

忘れえぬ人々（国木田独歩）
◇「明治の文学 22」筑摩書房 2001 p52
◇「魂がふるえるとき」文藝春秋 2004（文春文庫）p317

忘れ得ぬもの（李正子）
◇「〈在日〉文学全集 17」勉誠出版 2006 p246

忘れ傘（半村良）
◇「愛に揺れて」リブリオ出版 2001（ラブミーワールド）p44
◇「恋愛小説・名作集成 5」リブリオ出版 2004 p44

忘れがたき人人（石川啄木）
◇「ちくま日本文学 33」筑摩書房 2009（ちくま文庫）p51

忘れ形見（若松賤子）
◇「新日本古典文学大系 明治編 23」岩波書店 2002 p181

忘れ草（連城三紀彦）
◇「京都愛憎の旅―京都ミステリー傑作選」徳間書店 2002（徳間文庫）p151

詩集 萱草に寄す（立原道造）
◇「新装版 全集現代文学の発見 14」學藝書林 2005 p442

忘れた記憶（高田昌彦）
◇「ショートショートの花束 6」講談社 2014（講談社文庫）p156

わたし

忘れたくない（@aquall）
◇「3.11心に残る140字の物語」学研パブリッシング 2011 p126
忘れたはずの恋（さいとう美如）
◇「君が好き―恋愛短篇小説集」泰文堂 2012（リンダブックス）p94
忘れていた韓国（香山末子）
◇「ハンセン病文学全集 7」皓星社 2004 p306
◇「〈在日〉文学全集 17」勉誠出版 2006 p78
忘れていても韓国人（香山末子）
◇「ハンセン病文学全集 7」皓星社 2004 p481
◇「〈在日〉文学全集 17」勉誠出版 2006 p86
忘れて来たシルクハット（ダンセイニ，森鷗外）
◇「文豪怪談傑作選 森鷗外集」筑摩書房 2006（ちくま文庫）p281
忘れてもいいよ（美木麻里）
◇「あなたが生まれた日―家族の愛が温かな10の感動ストーリー」泰文堂 2013（リンダブックス）p83
忘れないでね（豊島ミホ）
◇「セブンティーン・ガールズ」KADOKAWA 2014（角川文庫）p39
ワスレナグサ（市川拓司）
◇「忘れない。―贈りものをめぐる十の話」メディアファクトリー 2007 p9
忘れな草（吉屋信子）
◇「日本の少年小説―「少国民」のゆくえ」インパクト出版会 2016（インパクト選書）p62
わすれな草／かへらぬひと（竹久夢二）
◇「涙の百年文学―もう一度読みたい」太陽出版 2009 p308
忘れ盆・忘れな盆（小田ゆかり）
◇「物語のルミナリエ」光文社 2011（光文社文庫）p302
忘れ物（川崎牧人）
◇「たびだち―フェリシモしあわせショートショート」フェリシモ 2000 p123
忘れもの、探しもの（クラフト・エヴィング商會）
◇「猫」中央公論新社 2009（中公文庫）p195
わすれもの―Home Sweet Home（月枝見海）
◇「長い夜の贈りもの―ホラーアンソロジー」まんだらけ出版部 1999（Live novels）p165
忘れられた姉妹（赤川次郎）
◇「ドッペルゲンガー奇譚集―死を招く影」角川書店 1998（角川ホラー文庫）p255
忘れられた日本人（宮本常一）
◇「ちくま日本文学 22」筑摩書房 2008（ちくま文庫）p9
忘れられない（石本秀希）
◇「てのひら怪談―ビーケーワン怪談大賞傑作選 壬辰」ポプラ社 2012（ポプラ文庫）p194
忘れられなくて（鷺沢萌）
◇「二十四粒の宝石―超短編小説傑作集」講談社 1998（講談社文庫）p225

忘れるのが恐い（和田宜久）
◇「妖異百物語 1」出版芸術社 1997（ふしぎ文学館）p89
「和製」の民（李正子）
◇「〈在日〉文学全集 17」勉誠出版 2006 p283
早稲田在學中の感（洪奭鉉）
◇「近代朝鮮文学日本語作品集1901〜1938 評論・随筆篇 2」緑蔭書房 2004 p227
早稲田満のこと（霞流一）
◇「0番目の事件簿」講談社 2012 p126
風土記 綿（朴勝極）
◇「近代朝鮮文学日本語作品集1939〜1945 評論・随筆篇 3」緑蔭書房 2002 p263
綿菓子（貝原）
◇「てのひら怪談 癸巳」KADOKAWA 2013（MF文庫ダ・ヴィンチ）p128
綿菓子と空（谷村志穂）
◇「誘惑の香り」講談社 1999（講談社文庫）p67
"わたし…" → "わたし…" をも見よ
わたくしです物語（山本周五郎）
◇「江戸の爆笑力―時代小説傑作選」集英社 2004（集英社文庫）p403
〔わたくしどもは〕（宮沢賢治）
◇「近代童話（メルヘン）と賢治」おうふう 2014 p109
「わたくし」は犯人…（海渡英祐）
◇「有栖川有栖の本格ミステリ・ライブラリー」角川書店 2001（角川文庫）p383
綿毛（佐藤洋二郎）
◇「文学 2001」講談社 2001 p179
"わたし…" → "わたくし…" をも見よ
私（三崎亜記）
◇「短篇ベストコレクション―現代の小説 2012」徳間書店 2012（徳間文庫）p529
渡し（斜斤）
◇「てのひら怪談―ビーケーワン怪談大賞傑作選 百怪繚乱篇」ポプラ社 2008 p202
わたしを数える（高島雄哉）
◇「折り紙衛星の伝説」東京創元社 2015（創元SF文庫）p367
私を悩ました妖怪（ばけもの）（坂東薪左衛門）
◇「文豪怪談傑作選 特別編」筑摩書房 2007（ちくま文庫）p264
私を見なさい（趙南哲）
◇「〈在日〉文学全集 18」勉誠出版 2006 p161
わたしを見逃してください、主よ（藤沢周）
◇「ことばのたくらみ―実作集」岩波書店 2003（21世紀文学の創造）p5
わたしを読んでください。（関口涼子）
◇「ろうそくの炎がささやく言葉」勁草書房 2011 p24
わたしが会った殺人鬼（山崎洋子）
◇「女性ミステリー作家傑作選 3」光文社 1999（光文社文庫）p265

わたし

私が会った殺人鬼（山崎洋子）
◇「白のミステリー──女性ミステリー作家傑作選」光文社 1997 p43

私が暴いた殺人（羽場博行）
◇「金田一耕助の新たな挑戦」角川書店 1997（角川文庫）p267

わたしが一番きれいだったとき（茨木のり子）
◇「日本文学全集 29」河出書房新社 2016 p61

私が一番欲しいもの（サエキ）
◇「ショートショートの花束 5」講談社 2013（講談社文庫）p179

私が決断したとき（木下順二）
◇「戦後文学エッセイ選 8」影書房 2005 p202

私が國語で文學を書くについての信念（作者表記なし）
◇「近代朝鮮文学日本語作品集1939〜1945 評論・随筆篇 3」緑蔭書房 2002 p483

わたしが仕事を休んだ理由（今唯ケンタロウ）
◇「超短編傑作選 v.6」創英社 2007 p153

私が童話を書く時の心持ち（小川未明）
◇「ひつじアンソロジー 小説編 2」ひつじ書房 2009 p20

私が俊子を愛したのは、堕地獄であろうか≫鈴鹿俊子（川田順）
◇「日本人の手紙 5」リブリオ出版 2004 p204

私が二十三歳だったとき（香山末子）
◇「ハンセン病文学全集 7」皓星社 2004 p292
◇「〈在日〉文学全集 17」勉誠出版 2006 p86

『私が犯人だ』（山口雅也）
◇「ミステリマガジン700 国内篇」早川書房 2014（ハヤカワ・ミステリ文庫）p307

私が私であるための（大崎善生）
◇「聖なる夜に君は」角川書店 2009（角川文庫）p59

私、がんばります≫逸見政孝（逸見晴恵）
◇「日本人の手紙 6」リブリオ出版 2004 p221

わたしたち（前川麻子）
◇「あのころの宝もの──ほんのり心が温まる12のショートストーリー」メディアファクトリー 2003 p215

私たちを見つけてくださった方へ。（麻茂流）
◇「超短編傑作選 v.6」創英社 2007 p115

わたしたちの教科書（第一話・第二話）（坂元裕二）
◇「テレビドラマ代表作選集 2008年版」日本脚本家連盟 2008 p215

私達労働婦人の理想（与謝野晶子）
◇「「新編」日本女性文学全集 4」菁柿堂 2012 p64

わたしたちは日本で産まれた（丁章）
◇「〈在日〉文学全集 18」勉誠出版 2006 p381

わたし食べる人（阿刀田高）
◇「煌めきの殺意」徳間書店 1999（徳間文庫）p55
◇「おいしい話──料理小説傑作選」徳間書店 2007（徳間文庫）p27

私って素直じゃない（i.vv.3）

◇「大人が読む。ケータイ小説──第1回ケータイ文学賞アンソロジー」オンブック 2007 p143

私ですよ（安曇潤平）
◇「男たちの怪談百物語」メディアファクトリー 2012（〔幽BOOKS〕）p163

私と印鑑（古川時夫）
◇「ハンセン病文学全集 7」皓星社 2004 p369

わたしとVと刑事C（藤野可織）
◇「名探偵登場！」講談社 2014 p99
◇「名探偵登場！」講談社 2016（講談社文庫）p117

私と踊って（恩田陸）
◇「短篇ベストコレクション──現代の小説 2013」徳間書店 2013（徳間文庫）p29

わたしと同じ靴（山咲千里）
◇「靴に恋して」ソニー・マガジンズ 2004 p183

私と牡蠣（律心）
◇「ショートショートの花束 8」講談社 2016（講談社文庫）p227

私と彼女となんとなく（名生良介）
◇「ショートショートの花束 8」講談社 2016（講談社文庫）p217

私と國語（香山光郎）
◇「近代朝鮮文学日本語作品集1939〜1945 評論・随筆篇 1」緑蔭書房 2002 p373

私と宗教（与謝野晶子）
◇「「新編」日本女性文学全集 4」菁柿堂 2012 p116

私と「戦後」──一時は過ぎ行く（埴谷雄高）
◇「戦後文学エッセイ選 3」影書房 2005 p220

私とソレの関係（飯野文彦）
◇「怪物團」光文社 2009（光文社文庫）p391

私と炭鉱との出会い（上野英信集1『話の抗口』あとがき）（上野英信）
◇「戦後文学エッセイ選 12」影書房 2006 p184

わたし、飛べるかな？（柘一輝）
◇「ショートショートの花束 6」講談社 2014（講談社文庫）p84

私どもの熱情をどうかお汲み取り下さい（朝鮮文人協會）
◇「近代朝鮮文学日本語作品集1908〜1945 セレクション 6」緑蔭書房 2008 p225

私共の分まで頼みます（朴基采）
◇「近代朝鮮文学日本語作品集1908〜1945 セレクション 6」緑蔭書房 2008 p233

わたしとわたしではない女（角田光代）
◇「短篇ベストコレクション──現代の小説 2012」徳間書店 2012（徳間文庫）p223

私に似た人（今邑彩）
◇「殺人博物館へようこそ」講談社 1998（講談社文庫）p263

私にふさわしいホテル（柚木麻子）
◇「文芸あねもね」新潮社 2012（新潮文庫）p283

私に向かない職業（真保裕一）
◇「殺人前線北上中」講談社 1997（講談社文庫）p115

わたし

◇「謎—スペシャル・ブレンド・ミステリー 005」
講談社 2010 (講談社文庫) p207

わたしにも聞かせて (竹内義和)
◇「文藝百物語」ぶんか社 1997 p202

私にも猫が飼えるかしら (谷村志穂)
◇「Love stories」水曜社 2004 p119

わたしには (崔承喜)
◇「近代朝鮮文学日本語作品集1901〜1938 評論・随筆
篇 2」緑蔭書房 2004 p265

わたしには檸檬もないのだったし (川上未映子)
◇「超短編傑作選 v.6」創英社 2007 p10

わたしの赤マント (小沢信男)
◇「コレクション戦争と文学 14」集英社 2012 p527

私の秋、ポチの秋 (町田康)
◇「ファイン／キュート素敵かわいい作品選」筑摩
書房 2015 (ちくま文庫) p96

私の明日が (塔和子)
◇「ハンセン病文学全集 7」皓星社 2004 p525

私の歩んだ八十年 (李洛奎)
◇「ハンセン病文学全集 4」皓星社 2003 p639

私のアンナ・マアル (田山花袋)
◇「明治の文学 23」筑摩書房 2001 p417

わたしの家 (竹河聖)
◇「帰還」光文社 2000 (光文社文庫) p331

私の家 (金時鐘)
◇「〈在日〉文学全集 5」勉誠出版 2006 p74

私の家に降る雪は (東しいな)
◇「ゆきのまち幻想文学賞小品集 25」企画集団ぷり
ずむ 2015 p162

私の泉鏡花 (吉屋信子)
◇「文豪怪談傑作選 吉屋信子集」筑摩書房 2006
(ちくま文庫) p411

私のいる風景 (松井周)
◇「十年後のこと」河出書房新社 2016 p171

私の上に降る雪は (青木尚志)
◇「高校演劇Selection 2005 上」晩成書房 2007 p65

私の歌 (王白淵)
◇「日本統治期台湾文学集成 18」緑蔭書房 2003
p37

私の織田作之助像 (富士正晴)
◇「戦後文学エッセイ選 7」影書房 2006 p86

私のオーロラ (古川時夫)
◇「ハンセン病文学全集 7」皓星社 2004 p364

わたしのかたち (遠野奈々)
◇「かわいい—第16回フェリシモ文学賞優秀作品集」
フェリシモ 2013 p133

私のカレーライス (佐藤青南)
◇「10分間ミステリー」宝島社 2012 (宝島社文庫)
p317
◇「5分で凍る！ぞっとする怖い話」宝島社 2015
(宝島社文庫) p121

私の彼は男前 (水田美意子)
◇「もっとすごい！10分間ミステリー」宝島社
2013 (宝島社文庫) p223

私の代り川崎弘子を (津田剛)
◇「近代朝鮮文学日本語作品集1908〜1945 セレクション
6」緑蔭書房 2008 p228

私のくす玉 (古川時夫)
◇「ハンセン病文学全集 7」皓星社 2004 p353

私の芸人 (北野恭代)
◇「Magma 噴の巻」ソフト商品開発研究所 2016
p85

わたしの減税対策 (上野英信)
◇「戦後文学エッセイ選 12」影書房 2006 p151

私の原爆症 (上野英信)
◇「戦後文学エッセイ選 12」影書房 2006 p44

わたしの恋人 (郁風)
◇「ゆきのまち幻想文学賞小品集 18」企画集団ぷり
ずむ 2009 p166

わたしの故郷が (許南麒)
◇「〈在日〉文学全集 2」勉誠出版 2006 p216

私の告白 (崔貞熙)
◇「近代朝鮮文学日本語作品集1908〜1945 セレクショ
ン 3」緑蔭書房 2008 p383

私の心 (香山末子)
◇「ハンセン病文学全集 7」皓星社 2004 p471

私の個人主義 (夏目漱石)
◇「ちくま日本文学 29」筑摩書房 2008 (ちくま文
庫) p405

わたしの子どもだったころ〈遊園地〉(大庭みな
子)
◇「精選女性随筆集 6」文藝春秋 2012 p232

わたしの三・一五 (上野英信)
◇「戦後文学エッセイ選 12」影書房 2006 p140

私の散歩道 (岡本かの子)
◇「精選女性随筆集 4」文藝春秋 2012 p201

『私の自序傳』(崔承喜)
◇「近代朝鮮文学日本語作品集1901〜1938 評論・随筆
篇 2」緑蔭書房 2004 p289

わたしのシベリヤ放浪記 (白信愛)
◇「近代朝鮮文学日本語作品集1908〜1945 セレクショ
ン 3」緑蔭書房 2008 p219

私の自慢料理 (森重裕美)
◇「ショートショートの広場 8」講談社 1997 (講
談社文庫) p31

私の小説作法 (宇野千代)
◇「精選女性随筆集 6」文藝春秋 2012 p78

私の食卓から (津村信夫)
◇「創刊一〇〇年三田文学名作選」三田文学会 2010
p582

私の詩は面白くありません (王白淵)
◇「日本統治期台湾文学集成 18」緑蔭書房 2003
p19

私の新演劇論—新體制を契機として (1) 〜
(7) (金健)
◇「近代朝鮮文学日本語作品集1939〜1945 評論・随筆
篇 1」緑蔭書房 2002 p233

私の人生は56億7000万年 (山崎ナオコーラ)
◇「29歳」日本経済新聞出版社 2008 p5

作品名から引ける日本文学全集案内 第III期　875

わたし

◇「29歳」新潮社 2012（新潮文庫）p7
わたしの聖歌（香山末子）
◇「ハンセン病文学全集 7」皓星社 2004 p305
私の生家（柳田國男）
◇「ちくま日本文学 15」筑摩書房 2008（ちくま文庫）p414
わたしの戦後（富士正晴）
◇「戦後文学エッセイ選 7」影書房 2006 p55
私の洗濯（香山末子）
◇「ハンセン病文学全集 7」皓星社 2004 p417
◇「〈在日〉文学全集 17」勉誠出版 2006 p89
わたしの存在が（志樹逸馬）
◇「ハンセン病文学全集 6」皓星社 2003 p456
私のたから（高橋克彦）
◇「短篇ベストコレクション―現代の小説 2008」徳間書店 2008（徳間文庫）p551
私の、たったひとりの友人へ（巫夏希）
◇「人は死んだら電柱になる―電柱アンソロジー」遠すぎる本屋団 2014 p120
私の旅日記から 欧米公演の思ひ出を拾う（崔承喜）
◇「近代朝鮮文学日本語作品集1939～1945 評論・随筆 3」緑蔭書房 2002 p463
私の誕生日（香山末子）
◇「ハンセン病文学全集 7」皓星社 2004 p472
私の茶三昧（野上彌生子）
◇「精選女性随筆集 10」文藝春秋 2012 p240
私の中国捕虜体験（駒田信二）
◇「読み聞かせる戦争」光文社 2015 p143
私の妻（森江賢二）
◇「ショートショートの広場 16」講談社 2005（講談社文庫）p157
私の出会った人々（金時鐘）
◇「〈在日〉文学全集 5」勉誠出版 2006 p222
私の特技（宇野千代）
◇「精選女性随筆集 6」文藝春秋 2012 p86
『わたしの渡世日記』（高峰秀子）
◇「精選女性随筆集 8」文藝春秋 2012 p135
わたしのトロチェフ―詩法におけるナショナルなもの（しまだひとし）
◇「ハンセン病文学全集 5」皓星社 2010 p585
私の中の地獄（武田泰淳）
◇「戦後文学エッセイ選 5」影書房 2006 p165
わたしのなかの『長靴島』（井上光晴）
◇「戦後文学エッセイ選 13」影書房 2008 p40
私のなかのナタリア・ギンズブルグ（須賀敦子）
◇「日本文学全集 25」河出書房新社 2016 p390
私の中の日本人―大平文一郎（島尾敏雄）
◇「戦後文学エッセイ選 10」影書房 2007 p216
私の嘆きを聞いて下さる機会を与えて下さい≫原阿佐緒（石原純）
◇「日本人の手紙 5」リブリオ出版 2004 p158
私の生首（再生モスマン）

てのひら怪談―ビーケーワン怪談大賞傑作選 百怪繚乱篇」ポプラ社 2008 p104
私の日常道徳（菊池寛）
◇「ちくま日本文学 27」筑摩書房 2008（ちくま文庫）p449
私の日記（岡本かの子）
◇「精選女性随筆集 4」文藝春秋 2012 p147
私の日本語、その成功と失敗（金時鐘）
◇「〈在日〉文学全集 5」勉誠出版 2006 p324
私の猫（十文字青）
◇「星海社カレンダー小説 2012上」星海社 2012（星海社FICTIONS）p7
私の場合―わが文学修行（張赫宙）
◇「近代朝鮮文学日本語作品集1908～1945 セレクション 3」緑蔭書房 2008 p207
私の墓巡礼（白洲正子）
◇「精選女性随筆集 7」文藝春秋 2012 p133
私の花さか爺（右遠俊郎）
◇「現代短編小説選―2005～2009」日本民主主義文学会 2010 p45
私の話（小田イ輔）
◇「渚にて―あの日からの〈みちのく怪談〉」荒蝦夷 2016 p75
私の犯罪実験に就いて（深田孝士）
◇「幻の探偵雑誌 8」光文社 2001（光文社文庫）p295
私のひめゆり戦記（宮良ルリ）
◇「読み聞かせる戦争」光文社 2015 p41
私のふるさと（宮本常一）
◇「ちくま日本文学 22」筑摩書房 2008（ちくま文庫）p247
私のふるさと（森万紀子）
◇「山形県文学全集第2期（随筆・紀行編）4」郷土出版社 2005 p221
『私の文学的回想記』（宇野千代）
◇「精選女性随筆集 6」文藝春秋 2012 p49
私の文学遍歴（島尾敏雄）
◇「戦後文学エッセイ選 10」影書房 2007 p102
私の遍歴時代（抄）（三島由紀夫）
◇「ちくま日本文学 10」筑摩書房 2008（ちくま文庫）p371
わたしの本―「晴れた日は図書館へ行こう」より（緑川聖司）
◇「北村薫のミステリー館」新潮社 2005（新潮文庫）p213
私の翻訳論（長谷川四郎）
◇「戦後文学エッセイ選 2」影書房 2006 p144
わたしのまちのかわいいねこすぽっと（多岐亡羊）
◇「魔地図」光文社 2005（光文社文庫）p541
私の窓近くに（庸沢陵）
◇「ハンセン病文学全集 7」皓星社 2004 p135
私の窓におきたい花（森春樹）
◇「ハンセン病文学全集 6」皓星社 2003 p267

私の未来主義と実行（平戸廉吉）
◇「新装版 全集現代文学の発見 1」學藝書林 2002
p238

私のめんどうで大切なものたち（吉井涼）
◇「ゆれる―第12回フェリシモ文学賞作品集」フェ
リシモ 2009 p28

私の訳詩抄（王昶雄）
◇「日本統治期台湾文学集成 29」緑蔭書房 2007
p215

私の幽霊ブルース―生と死と死後の霊の体験
（淡谷のり子）
◇「文叢怪談傑作選 特別編」筑摩書房 2008（ちく
ま文庫）p224

わたしの指と眼（香山末子）
◇「ハンセン病文学全集 7」皓星社 2004 p311
◇「〔在日〕文学全集 17」勉誠出版 2006 p91

私のように美しい…（高野史緒）
◇「キネマ・キネマ」光文社 2002（光文社文庫）
p599

私のワンパク時代（吉野弘）
◇「山形県文学全集第2期〔随筆・紀行編〕5」郷土出版
社 2005 p163

私場所（岡村寛子）
◇「高校演劇Selection 2002 下」晩成書房 2002 p89

わたし舟（斎藤緑雨）
◇「とっておきの話」筑摩書房 2011（ちくま文学の
森）p265

渡し舟（菊地秀行）
◇「幽霊船」光文社 2001（光文社文庫）p487

渡し舟（皆川博子）
◇「人情の往来―時代小説最前線」新潮社 1997（新
潮文庫）p453

渡し船（安曇潤平）
◇「男たちの怪談百物語」メディアファクトリー
2012〔幽BOOKS〕p259

私も、あなたの死を、かんべしてあげるわ≫
犬田卯（住井すゑ）
◇「日本人の手紙 9」リブリオ出版 2004 p135

私はあなたの手を離さない、すてない≫崎本
つね子（小熊秀雄）
◇「日本人の手紙 4」リブリオ出版 2004 p69

私はあなたのなかに住みはじめている≫小林
光一（小林禮子）
◇「日本人の手紙 6」リブリオ出版 2004 p153

私は生きる（平林たい子）
◇「ただならぬ午睡―恋愛小説アンソロジー」光文
社 2004（光文社文庫）p175

わたしはうさぎ―かちかち山（久美沙織）
◇「御伽草子―ホラー・アンソロジー」PHP研究所
2001（PHP文庫）p79

私は海をだきしめていたい（坂口安吾）
◇「新装版 全集現代文学の発見 9」學藝書林 2004
p146

私は海をだきしめてゐたい（坂口安吾）
◇「文豪たちが書いた耽美小説短編集」彩図社 2015

わたしはお医者さま？（松田青子）
◇「いまのあなたへ―村上春樹への12のオマージュ」
NHK出版 2014 p159

私は懐疑派だ（二葉亭四迷）
◇「明治の文学 5」筑摩書房 2000 p416

わたしは鏡（松尾由美）
◇「最後の恋―つまり、自分史上最高の恋。」新潮社
2008（新潮文庫）p225

私は食いしん坊（香山末子）
◇「ハンセン病文学全集 7」皓星社 2004 p296
◇「〔在日〕文学全集 17」勉誠出版 2006 p73

私はこうしてデビューした（蒼井上鷹）
◇「事件の痕跡」光文社 2007（Kappa novels）p13
◇「事件の痕跡」光文社 2012（光文社文庫）p7

わたしは幸せだった。ありがとう≫沢村貞子
（大橋恭彦）
◇「日本人の手紙 6」リブリオ出版 2004 p228

私は女流作家（有吉佐和子）
◇「精選女性随筆集 4」文藝春秋 2012 p17

私は死んでいる（多岐川恭）
◇「犯人は秘かに笑う―ユーモアミステリー傑作選」
光文社 2007（光文社文庫）p129

私は誰でしょう（足柄左右太）
◇「甦る推理雑誌 9」光文社 2003（光文社文庫）
p221

私は地理が好きだった（寺山修司）
◇「ちくま日本文学 6」筑摩書房 2007（ちくま文
庫）p122

私はなぜ小説を書くか（井上光晴）
◇「戦後文学エッセイ選 13」影書房 2008 p65

私はなんでも知っている（佐藤青南）
◇「『このミステリーがすごい！』大賞作家書き下ろ
しBOOK」宝島社 2012 p43

私は猫ストーカー（黒沢久子）
◇「年鑑代表シナリオ集 '09」シナリオ作家協会
2010 p219

妾は、猫で御座います（新井素子）
◇「吾輩も猫である」新潮社 2016（新潮文庫）p35

私は離さない（会津史郎）
◇「甦る推理雑誌 8」光文社 2003（光文社文庫）
p279

私はみた（梅崎春生）
◇「新装版 全集現代文学の発見 10」學藝書林 2004
p484

私は見た（遠藤周作）
◇「文豪怪談傑作選 特別編」筑摩書房 2008（ちく
ま文庫）p27

私は、夢みる、シャンソン人形（やまかがし恐
竜）
◇「ショートショートの広場 17」講談社 2005（講
談社文庫）p135

私は忘れる（香山末子）
◇「ハンセン病文学全集 7」皓星社 2004 p297

わたしはわたし（森田勝也）

わたち

◇「中学生のドラマ 2」晩成書房 1996 p117

轍（勢川びき）
◇「ショートショートの広場 13」講談社 2002（講談社文庫）p18

轍（森川恵美子）
◇「竹筒に花はなくとも―短篇十人集」日曜舎 1997 p118

ワタナベさん（中村和恵）
◇「ろうそくの炎がささやく言葉」勁草書房 2011 p19

わたぬき文庫の人々（吉田真司）
◇「言葉にできない悲しみ」泰文堂 2015（リンダパブリッシャーズの本）p7

綿の木の嘘（吉岡忍）
◇「コレクション戦争と文学 2」集英社 2012 p194

和田ホルムス君（角田喜久雄）
◇「幻の探偵雑誌 6」光文社 2001（光文社文庫）p43

綿虫（天田式）
◇「5分で読める！ ひと駅ストーリー 冬の記憶東口編」宝島社 2013（宝島社文庫）p51

渡良瀬川啾啾（小堀文一）
◇「現代作家代表作選集 6」鼎書房 2014 p57

ワタリ（高嶋邦幸）
◇「成城・学校劇脚本集」成城学園初等学校出版部 2002（成城学園初等学校研究双書）p230

渡り来るモノ（白ひびき）
◇「リトル・リトル・クトゥルー―史上最小の神話小説集」学習研究社 2009 p68

渡りに月の船（雪舟えま）
◇「十年後のこと」河出書房新社 2016 p201

渡り廊下（豊田有恒）
◇「怪談―24の恐怖」講談社 2004 p313
◇「60年代日本SFベスト集成」筑摩書房 2013（ちくま文庫）p83

渡れぬ河（李正子）
◇「〈在日〉文学全集 17」勉誠出版 2006 p292

ワッパ一揆（抄）（佐藤治助）
◇「山形県文学全集第1期（小説編）5」郷土出版社 2004 p11

乾谷（村岡圭三）
◇甦る「幻影城」 1」角川書店 1997（カドカワ・エンタテインメント）p11

ワトスン博士の内幕（北原尚彦）
◇「ひとにぎりの異形」光文社 2007（光文社文庫）p73
◇「シャーロック・ホームズに愛をこめて」光文社 2010（光文社文庫）p129

罠（山沢晴雄）
◇「甦る推理雑誌 5」光文社 2003（光文社文庫）p17

罠に掛った人（甲賀三郎）
◇「幻の探偵雑誌 10」光文社 2002（光文社文庫）p13

罠に棲む（鄭仁）
◇「〈在日〉文学全集 17」勉誠出版 2006 p167

罠のなか（安水稔和）
◇「新装版 全集現代文学の発見 13」學藝書林 2004 p532

罠の前でひざまずいて（西崎憲）
◇「進化論」光文社 2006（光文社文庫）p73

罠の罠（奥田野月）
◇「罠の怪」勉誠出版 2002（べんせいライブラリー）p183

ワニ月夜（村田喜代子）
◇「ことばのたくらみ―実作集」岩波書店 2003（21世紀文学の創造）p113

鰐―動物園詩抄のうち（楊雲萍）
◇「日本統治期台湾文学集成 18」緑蔭書房 2003 p552

鰐魚（わに）の歌（中島敦）
◇「ちくま日本文学 12」筑摩書房 2008（ちくま文庫）p446

侘しい話（李泰俊）
◇「近代朝鮮文学日本語作品集1908〜1945 セレクション 2」緑蔭書房 2008 p387

詫び証文（火野葦平）
◇「江戸川乱歩と13の宝石」光文社 2007（光文社文庫）p49

わびすけ（杉本苑子）
◇「浜町河岸夕化粧」光風社出版 1998（光風社文庫）p81

佗助ひとつ（瑞木加奈）
◇「ゆきのまち幻想文学賞小品集 24」企画集団ぷりずむ 2015 p7

詫びの時空（朝松健）
◇「教室」光文社 2003（光文社文庫）p277

和服継承（菅浩江）
◇「エロティシズム12幻想」エニックス 2000 p53

警察短篇 **和睦**（小島泰介）
◇「日本統治期台湾文学集成 7」緑蔭書房 2002 p151

笑い（安水稔和）
◇「新装版 全集現代文学の発見 13」學藝書林 2004 p531

嗤い声（稲毛怳）
◇「書物愛 日本篇」晶文社 2005 p237
◇「書物愛 日本篇」東京創元社 2014（創元ライブラリ）p233

笑い声がついてくる（竹内義和）
◇「文藝百物語」ぶんか社 1997 p21

笑ひ猿（飯野文彦）
◇「伝奇城―伝奇時代小説アンソロジー」光文社 2005（光文社文庫）p75

笑い凧（佐江衆一）
◇「逆転―時代アンソロジー」祥伝社 2000（祥伝社文庫）p221

「笑い」と掏摸（松村英一）
◇「幻の探偵雑誌 5」光文社 2001（光文社文庫）p375

わるい

笑い猫（花田清輝）
◇「怪猫鬼談」人類文化社 1999 p113

笑の本願（柳田國男）
◇「ちくま日本文学 15」筑摩書房 2008（ちくま文庫）p365

笑い坊主（我妻俊樹）
◇「超短編の世界 vol.3」創英社 2011 p144

笑い坊主（たなかなつみ）
◇「超短編の世界 vol.3」創英社 2011 p145

笑われた（開高健）
◇「ちくま日本文学 24」筑摩書房 2008（ちくま文庫）p145

わらう（小泉雅二）
◇「ハンセン病文学全集 7」皓星社 2004 p93

笑う石（津島研師）
◇「松江怪談―新作怪談 松江物語」今井印刷 2015 p14

笑うウサギ（森真沙子）
◇「紅迷宮―ミステリー・アンソロジー」祥伝社 2002（祥伝社文庫）p185

笑う蛙（成島出）
◇「年鑑代表シナリオ集 '02」シナリオ作家協会 2003 p105

わらう公家（霞流一）
◇「本格ミステリ 2002」講談社 2002（講談社ノベルス）p99
◇「天使と髑髏の密室―本格短編ベスト・セレクション」講談社 2005（講談社文庫）p177

笑ふ清風荘（龍瑛宗）
◇「日本統治期台湾文学集成 22」緑蔭書房 2007 p365

笑う民には福来たる（上野英信）
◇「戦後文学エッセイ選 12」影書房 2006 p163

笑うタンパク質（井上こころ）
◇「優秀新人戯曲集 2006」ブロンズ新社 2005 p185

嗤う衝立（戸川昌子）
◇「私は殺される―女流ミステリー傑作選」角川春樹事務所 2001（ハルキ文庫）p87
◇「昭和の短篇一人一冊集成 戸川昌子」未知谷 2008 p255

わらう月（有栖川有栖）
◇「最新「珠玉推理」大全 上」光文社 1998（カッパ・ノベルス）p51
◇「幻惑のラビリンス」光文社 2001（光文社文庫）p75

笑う道化師（山田風太郎）
◇「十月のカーニヴァル」光文社 2000（カッパ・ノベルス）p119

笑う生首（亜木冬彦）
◇「金田一耕助の新たな挑戦」角川書店 1997（角川文庫）p7

笑うボッシュ（荻野アンナ）
◇「中沢けい・多和田葉子・荻野アンナ・小川洋子」角川書店 1998（女性作家シリーズ）p243

笑う山崎（花村萬月）

◇「冒険の森へ―傑作小説大全 18」集英社 2016 p128

笑う闇（堀晃）
◇「超弦領域―年刊日本SF傑作選」東京創元社 2009（創元SF文庫）p347

笑う「私」、壊れる私（明智抄）
◇「彗星パニック」廣済堂出版 2000（廣済堂文庫）p113

草鞋（青木洪）
◇「近代朝鮮文学日本語作品集1939～1945 評論・随筆篇 3」緑蔭書房 2002 p285

草鞋と水滸傳（金関丈夫）
◇「日本統治期台湾文学集成 17」緑蔭書房 2003 p235

わらしべ長者スピンオフ（木野裕喜）
◇「5分で読める！ ひと駅ストーリー 旅の話」宝島社 2015（宝島社文庫）p57
◇「5分で笑える！ おバカで愉快な物語」宝島社 2016（宝島社文庫）p55

わらしべの唄（薄井ゆうじ）
◇「夢を見にけり―時代小説招待席」廣済堂出版 2004 p7

藁草履（島崎藤村）
◇「明治の文学 16」筑摩書房 2002 p4
◇「短編名作選―1885～1924 小説の曙」笠間書院 2003 p97

笑ったあなたの笑顔に私はとけてゆく。銚子≫長谷川カタ（竹久夢二）
◇「日本人の手紙 7」リブリオ出版 2004 p29

藁の夫（本谷有希子）
◇「変愛小説集 日本作家編」講談社 2014 p51
◇「文学 2015」講談社 2015 p42

藁屋の歌（井川香四郎）
◇「欣喜の風」祥伝社 2016（祥伝社文庫）p7

笑わないロボット（中場利一）
◇「短篇ベストコレクション―現代の小説 2008」徳間書店 2008（徳間文庫）p87

妾（わらわ）の半生涯（福田英子）
◇「新日本古典文学大系 明治編 23」岩波書店 2002 p365

割を食う（池宮彰一郎）
◇「白刃光る」新潮社 1997 p281
◇「仇討ち」小学館 2006（小学館文庫）p59

悪い家（井上雅彦）
◇「文藝百物語」ぶんか社 1997 p188

悪い噂（玄月）
◇「〈在日〉文学全集 10」勉誠出版 2006 p51

悪い客（牧野修）
◇「黄昏ホテル」小学館 2004 p255

悪い手（逢坂剛）
◇「ザ・ベストミステリーズ―推理小説年鑑 2008」講談社 2008 p115
◇「Doubtきりのない疑惑」講談社 2011（講談社文庫）p357

悪い夏悪い旅（五木寛之）

作品名から引ける日本文学全集案内 第III期　879

わるい

◇「古書ミステリー倶楽部―傑作推理小説集 3」光文社 2015（光文社文庫）p183

悪い春（恩田陸）
◇「20の短編小説」朝日新聞出版 2016（朝日文庫）p111

悪い人（酒見賢一著）
◇「てのひら怪談―ビーケーワン怪談大賞傑作選 辛卯」ポプラ社 2011（ポプラ文庫）p48

悪い夢（律心）
◇「ショートショートの花束 5」講談社 2013（講談社文庫）p119

悪侍の子―金四郎人情話（稲垣五郎）
◇「捕物時代小説選集 1」春陽堂書店 1999（春陽文庫）p133

ワールズエンド×ブックエンド（海猫沢めろん）
◇「本をめぐる物語―小説よ、永遠に」KADOKAWA 2015（角川文庫）p153

ワルツ（牧野修）
◇「変身」廣済堂出版 1998（廣済堂文庫）p253

ワールドエンド（藍井倫）
◇「ショートショートの花束 3」講談社 2011（講談社文庫）p223

ワールドプレミア（松井周）
◇「優秀新人戯曲集 2006」ブロンズ新社 2005 p103

悪者は誰？（小池真理子）
◇「雪国にて―北海道・東北編」双葉社 2015（双葉文庫）p5

われエホバをほめ讃えん（沢田徳一）
◇「ハンセン病文学全集 7」皓星社 2004 p143

我を愛する歌（石川啄木）
◇「ちくま日本文学 33」筑摩書房 2009（ちくま文庫）p10

われ奥州をとれり―伊達政宗（志茂田景樹）
◇「時代小説傑作選 7」新人物往来社 2008 p37

我語りて世界あり（元長柾木）
◇「神林長平トリビュート」早川書房 2009 p209
◇「神林長平トリビュート」早川書房 2012（ハヤカワ文庫 JA）p233

われから（樋口一葉）
◇「明治の文学 17」筑摩書房 2000 p250
◇「新日本古典文学大系 明治編 24」岩波書店 2001 p337
◇「ちくま日本文学 13」筑摩書房 2008（ちくま文庫）p195
◇「「新編」日本女性文学全集 2」菁柿堂 2008 p136

われ山上に立つ（野口米次郎）
◇「創刊一〇〇年三田文学名作選」三田文学会 2010 p574

われ地獄路をめぐる（藤澤清造）
◇「天変動く 大震災と作家たち」インパクト出版会 2011（インパクト選書）p149

我ぞかずかく（深海和）
◇「全作家短編小説集 12」全作家協会 2013 p129

割れた卵のような（山口雅也）
◇「鍵」文藝春秋 2004（推理作家になりたくて マイベストミステリー）p278

◇「マイ・ベスト・ミステリー 5」文藝春秋 2007（文春文庫）p414

われても末に（式貴士）
◇「愛の怪談」角川書店 1999（角川ホラー文庫）p165
◇「日本SF全集 3」出版芸術社 2013 p205

われ特攻に参加せず（豊田穣）
◇「冒険の森へ―傑作小説大全 13」集英社 2016 p80

「我百首」より二十五首（森鷗外）
◇「文豪怪談傑作選 森鷗外集」筑摩書房 2006（ちくま文庫）p379

われ深きふちより（島尾敏雄）
◇「私小説の生き方」アーツ・アンド・クラフツ 2009 p176

吾亦紅（安西篤子）
◇「鎮守の森に鬼が棲む―時代小説傑作選」講談社 2001（講談社文庫）p397

吾亦紅（宿里礼子）
◇「ハンセン病文学全集 8」皓星社 2006 p534

われらアジアの子（三木卓）
◇「コレクション戦争と文学 16」集英社 2012 p283

我等必ず勝つ（兪鎮午）
◇「近代朝鮮文学日本語作品集1939〜1945 評論・随筆篇 2」緑蔭書房 2002 p375

我等が猫たちの最良の年（三木原慧一）
◇「C・N 25―C・novels創刊25周年アンソロジー」中央公論新社 2007（C novels）p274

我らが胸の鼓動（宇江佐真理）
◇「代表作時代小説 平成23年度」光文社 2011 p29

我らが犯罪（宮部みゆき）
◇「逆転の瞬間」文藝春秋 1998（文春文庫）p149
◇「誘惑―女流ミステリー傑作選」徳間書店 1999（徳間文庫）p479
◇「謎―スペシャル・ブレンド・ミステリー 009」講談社 2014（講談社文庫）p7

われら青春の途上にて（李恢成）
◇「〈在日〉文学全集 15」勉誠出版 2006 p119

われら猫の子（星野智幸）
◇「文学 2002」講談社 2002 p103
◇「現代小説クロニクル 2000〜2004」講談社 2015（講談社文芸文庫）p58

我等の一団と彼（石川啄木）
◇「ちくま日本文学 33」筑摩書房 2009（ちくま文庫）p121

われらの神仙主義（稲垣足穂）
◇「ちくま日本文学 16」筑摩書房 2008（ちくま文庫）p350

我等の同志（呉興教）
◇「近代朝鮮文学日本語作品集1901〜1938 評論・随筆篇 3」緑蔭書房 2004 p206

われらひとしく丘に立ち（宮沢賢治）
◇「日本文学全集 16」河出書房新社 2016 p42

我ら〈不屈のものたち〉！（川人忠明）
◇「冒険の夜に翔べ！―ソード・ワールド短編集」富士見書房 2003（富士見ファンタジア文庫）p59

我等は行進曲(マーチ)風に歌え(小熊秀雄)
◇「新装版 全集現代文学の発見 13」學藝書林 2004
p222

われは英雄(水谷準)
◇「犯人は秘かに笑う―ユーモアミステリー傑作選」
光文社 2007 (光文社文庫) p43

我は伝説(石田一)
◇「世紀末サーカス」廣済堂出版 2000 (廣済堂文
庫) p37

われはなまはげ(高瀬美恵)
◇「SFバカ本 宇宙チャーハン篇」メディアファクト
リー 2000 p317

我々の演劇の暴歴(李北滿)
◇「近代朝鮮文学日本語作品集1901〜1938 評論・随筆
篇 3」緑蔭書房 2004 p207

我々は如何に生きて生くべきか(崔南善, 李光
洙)
◇「近代朝鮮文学日本語作品集1901〜1938 評論・随筆
篇 3」緑蔭書房 2004 p347

われはロケット(喎崎弘明)
◇「SFバカ本 ペンギン篇」廣済堂出版 1999 (廣済
堂文庫) p47

万人坑(ワンインカン)(山田風太郎)
◇「冒険の森へ―傑作小説大全 17」集英社 2015
p50

ワン・ウェイ・チケット(栗本薫)
◇「赤のミステリー―女性ミステリー作家傑作選」
光文社 1997 p359
◇「女性ミステリー作家傑作選 1」光文社 1999
(光文社文庫) p201

椀貸し淵(折口信夫)
◇「文豪怪談傑作選 折口信夫集」筑摩書房 2009
(ちくま文庫) p229

ワンちゃん(楊逸)
◇「文学 2008」講談社 2008 p266
◇「現代小説クロニクル 2005〜2009」講談社 2015
(講談社文芸文庫) p168

ワンテムシンシン(古処誠二)
◇「コレクション戦争と文学 9」集英社 2012 p303

湾内の入江で(島尾敏雄)
◇「川端康成文学賞全作品 1」新潮社 1999 p203
◇「第三の新人名作選」講談社 2011 (講談社文芸文
庫) p213
◇「現代小説クロニクル 1980〜1984」講談社 2014
(講談社文芸文庫) p133

椀の底(巣山ひろみ)
◇「ゆきのまち幻想文学賞小品集 21」企画集団ぷり
ずむ 2012 p66

ワンピースの女(丸山政也)
◇「てのひら怪談―ビーケーワン怪談大賞傑作選 辛
卯」ポプラ社 2011 (ポプラ文庫) p170

ワンルームの奇跡(立見千香)
◇「君が好き―恋愛短篇小説集」泰文堂 2012 (リン
ダブックス) p192

わんわん鳥(泡坂妻夫)
◇「自選ショート・ミステリー 2」講談社 2001 (講

談社文庫) p184

【 ん 】

ん(会田綱雄)
◇「新装版 全集現代文学の発見 13」學藝書林 2004
p386

んんーげっげ(有坂十緒子)
◇「てのひら怪談―ビーケーワン怪談大賞傑作選」
ポプラ社 2007 p148
◇「てのひら怪談―ビーケーワン怪談大賞傑作選」
ポプラ社 2008 (ポプラ文庫) p152

【 ABC 】

A(桜庭一樹)
◇「ぼくの、マシン―ゼロ年代日本SFベスト集成 S」
東京創元社 2010 (創元SF文庫) p291

Aデール(玄侑宗久)
◇「文学 2008」講談社 2008 p203

ABCキラー(有栖川有栖)
◇「「ABC」殺人事件」講談社 2001 (講談社文庫)
p7

ABCD包囲網(法月綸太郎)
◇「「ABC」殺人事件」講談社 2001 (講談社文庫)
p292

A Boy Meets Girl(森岡浩之)
◇「宇宙への帰還―SFアンソロジー」KSS出版
1999 (KSS entertainment novels) p71

A CHILDREN'S SONG(稲垣足穂)
◇「ちくま日本文学 16」筑摩書房 2008 (ちくま文
庫) p20

A Cinderella Story(一原みう)
◇「新釈グリム童話―めでたし、めでたし?」集英
社 2016 (集英社オレンジ文庫) p249

Across The Border(阿部和重)
◇「20の短編小説」朝日新聞出版 2016 (朝日文庫)
p27

adachib(安達瑤b)
◇「140字の物語―Twitter小説集 twnovel」ディ
スカヴァー・トゥエンティワン 2009 p21

a fortune slip(福田栄一)
◇「忘れない。―贈りものをめぐる十の話」メディ
アファクトリー 2007 p133

A HOLD UP(稲垣足穂)
◇「ちくま日本文学 16」筑摩書房 2008 (ちくま文
庫) p46

AIのできないこと、人がやりたいこと(相澤彰
子)

作品名から引ける日本文学全集案内 第III期 **881**

AI

◇「AIと人類は共存できるか？—人工知能SFアンソロジー」早川書房 2016 p242

AIは人を救済できるか—ヒューマンエージェントインタラクション研究の視点から（大澤博隆）
◇「AIと人類は共存できるか？—人工知能SFアンソロジー」早川書房 2016 p332

AIR（瀬名秀明）
◇「物語のルミナリエ」光文社 2011（光文社文庫）p103

A Lion Standing Against the Wind（井村哲也）
◇「中学校たのしい劇脚本集—英語劇付 Ⅲ」国土社 2011 p192

A Lion Standing Against the Wind—風に立つライオン（井村哲也）
◇「中学生の楽しい英語劇—Let's Enjoy Some Plays」秀文館 2004 p135

A Little Shining Star—あの輝く星のために（山本崇雄）
◇「中学生の楽しい英語劇—Let's Enjoy Some Plays」秀文館 2004 p109

All about you（井上荒野）
◇「Joy！」講談社 2008 p161
◇「彼の女たち」講談社 2012（講談社文庫）p165

allo, toi, toi（長谷敏司）
◇「結晶銀河—年刊日本SF傑作選」東京創元社 2011（創元SF文庫）p337

a long ＜S＞mile（tamax）
◇「超短編の世界 vol.2」創英社 2009 p72

詩集 Ambarvalia（西脇順三郎）
◇「新装版 全集現代文学の発見 13」學藝書林 2004 p48

Ambrose Bierce（芥川龍之介）
◇「文豪怪談傑作選 芥川龍之介集」筑摩書房 2010（ちくま文庫）p311

A MEMORY（稲垣足穂）
◇「ちくま日本文学 16」筑摩書房 2008（ちくま文庫）p17

A MOONSHINE（稲垣足穂）
◇「ちくま日本文学 16」筑摩書房 2008（ちくま文庫）p66

An Incident（有島武郎）
◇「読んでおきたい近代日本小説選」龍書房 2012 p160

AN INCIDENT AT A STREET CORNER（稲垣足穂）
◇「ちくま日本文学 16」筑摩書房 2008（ちくま文庫）p46

AN INCIDENT IN THE CONCERT（稲垣足穂）
◇「ちくま日本文学 16」筑摩書房 2008（ちくま文庫）p29

A PUZZLE（稲垣足穂）
◇「ちくま日本文学 16」筑摩書房 2008（ちくま文庫）p19

Arabeske—《ダヴィッド同盟》ノート四から（奥泉光）
◇「文学 2011」講談社 2011 p280

A ROC ON A PAVEMENT（稲垣足穂）
◇「ちくま日本文学 16」筑摩書房 2008（ちくま文庫）p52

ATC作動せず—L特急「わかしお殺人事件」（西村京太郎）
◇「悪夢の最終列車—鉄道ミステリー傑作選」光文社 1997（光文社文庫）p303

A.T.D Automatic Death—EPISODE：0 NO DISTANCE, BUT INTERFACE（伊藤計劃）
◇「ぼくの、マシンーゼロ年代日本SFベスト集成 S」東京創元社 2010（創元SF文庫）p409

ATM（太田忠司）
◇「ひとにぎりの異形」光文社 2007（光文社文庫）p43

Atmosphere（西島大介）
◇「ゼロ年代SF傑作選」早川書房 2010（ハヤカワ文庫 JA）p181

A TWILIGHT EPISODE（稲垣足穂）
◇「ちくま日本文学 16」筑摩書房 2008（ちくま文庫）p41

AUジョー（氷川透）
◇「21世紀本格—書下ろしアンソロジー」光文社 2001（カッパ・ノベルス）p343

A une dame（北園克衛）
◇「新装版 全集現代文学の発見 13」學藝書林 2004 p69

AU RIMBAUD（富永太郎）
◇「新装版 全集現代文学の発見 13」學藝書林 2004 p189

a yellow room（谷崎由依）
◇「名探偵登場！」講談社 2014 p219
◇「名探偵登場！」講談社 2016（講談社文庫）p263

BABY（久下ハル）
◇「かわいい—第16回フェリシモ文学賞優秀作品集」フェリシモ 2013 p114

BAKABAKAします（霞流一）
◇「バカミスじゃない!?—史上空前のバカミス・アンソロジー」宝島社 2007 p293
◇「奇想天外のミステリー」宝島社 2009（宝島社文庫）p125

Bar Osamu（東直己）
◇「男たちの長い旅」徳間書店 2004（TOKUMA NOVELS）p89

Base-Ball（正岡子規）
◇「新日本古典文学大系 明治編 27」岩波書店 2003 p52

Beat, Beat, Beat！（寺山修司）
◇「ちくま日本文学 6」筑摩書房 2007（ちくま文庫）p76

Beaver Weaver—海狸（ビーバー）の紡ぎ出す無限の宇宙のあの過去と、いつかまた必ず

出会う（円城塔）
- ◇「NOVA―書き下ろし日本SFコレクション 1」河出書房新社 2009〔河出文庫〕p295

BEE（伊坂幸太郎）
- ◇「しあわせなミステリー」宝島社 2012 p5
- ◇「ほっこりミステリー」宝島社 2014（宝島社文庫）p7

Best Friend―ベストフレンド（大屋剛）
- ◇「中学生の楽しい英語劇―Let's Enjoy Some Plays」秀文館 2004 p79

BIT SNOW（宇多ユリエ）
- ◇「ゆきのまち幻想文学賞・小品集 9」企画集団ぷりずむ 2000 p76

Blue（乙一）
- ◇「ファンタジー」リブリオ出版 2001（怪奇・ホラーワールド）p143

blue（本調有香）
- ◇「年鑑代表シナリオ集 '03」シナリオ作家協会 2004 p7

Bookstore（咲乃月音）
- ◇「5分で読める！ ひと駅ストーリー 本の物語」宝島社 2014（宝島社文庫）p79

Border（有吉玉青）
- ◇「私らしくあの場所へ」講談社 2009（講談社文庫）p61

BOUDOIR（松本楽志）
- ◇「超短編の世界 vol.3」創英社 2011 p172

BOX袴田事件 命とは（高橋伴明、夏井辰徳）
- ◇「年鑑代表シナリオ集 '10」シナリオ作家協会 2011 p79

BOXERケン（江口寿史）
- ◇「闘人烈伝―格闘小説・漫画アンソロジー」双葉社 2000 p287

burst―花ひらく（吉野弘）
- ◇「新装版 全集現代文学の発見 13」學藝書林 2004 p420

定本 CALENDRIER（安東次男）
- ◇「新装版 全集現代文学の発見 13」學藝書林 2004 p297

Calling You（乙一）
- ◇「不思議の扉 時をかける恋」角川書店 2010（角川文庫）p11

Chocolate（横森理香）
- ◇「Friends」祥伝社 2003 p209

CLASSIC（真藤順丈）
- ◇「Fの肖像―フランケンシュタインの幻想たち」光文社 2010〔光文社文庫〕p37

Cloneと虹（眉村卓）
- ◇「ふりむけば闇―時代小説招待席」徳間書店 2007（徳間文庫）p235

Closet（乙一）
- ◇「暗闇（ダークサイド）を追いかけろ―ホラー＆サスペンス編」光文社 2004（カッパ・ノベルス）p151
- ◇「暗闇（ダークサイド）を追いかけろ」光文社 2008（光文社文庫）p187

COA（小栗四海）

てのひら怪談―ビーケーワン怪談大賞傑作選 百怪繚乱篇」ポプラ社 2008 p90

Coffee and Cigarettes 3のトム・ウェイツについて（藤沢周）
- ◇「銀座24の物語」文藝春秋 2001 p177

Communication Break Down（安土萌）
- ◇「闇電話」光文社 2006（光文社文庫）p105

COOL（谷川俊太郎）
- ◇「新装版 全集現代文学の発見 13」學藝書林 2004 p444

cover（相沢友子）
- ◇「太宰治賞 1999」筑摩書房 1999 p231

Cowgirl Blues（江國香織）
- ◇「Love songs」幻冬舎 1998 p193

Csのために（喜多喜久）
- ◇「もっとすごい！ 10分間ミステリー」宝島社 2013（宝島社文庫）p57

D-0（平山夢明）
- ◇「憑きびと―「読楽」ホラー小説アンソロジー」徳間書店 2016（徳間文庫）p221

Dahlia（森絵都）
- ◇「十年後のこと」河出書房新社 2016 p183

Dance（三澤未来）
- ◇「超短編の世界 vol.2」創英社 2009 p84

Dear（本多孝好）
- ◇「Love or like―恋愛アンソロジー」祥伝社 2008（祥伝社文庫）p155

DEATH OF A CROSS DRESSER（荻生亘）
- ◇「本格推理 12」光文社 1998（光文社文庫）p317

DEATH WISH（小中千昭）
- ◇「オバケヤシキ」光文社 2005（光文社文庫）p147

Deco-chin（中島らも）
- ◇「蒐集家（コレクター）」光文社 2004（光文社文庫）p453
- ◇「ザ・ベストミステリーズ―推理小説年鑑 2005」講談社 2005 p381
- ◇「隠された鍵」講談社 2008（講談社文庫）p71

DIARY～夢の中へ～（新海貴子）
- ◇「中学生のドラマ 7」晩成書房 2007 p127

Disaster Drill（面田美樹）
- ◇「最新中学校創作脚本集 2010」晩成書房 2010 p25

DL2号機事件（泡坂妻夫）
- ◇「甦る「幻影城」 1」角川書店 1997（カドカワ・エンタテインメント）p47
- ◇「謎」文藝春秋 2004（推理作家になりたくて マイベストミステリー）p159
- ◇「マイ・ベスト・ミステリー 6」文藝春秋 2007（文春文庫）p233
- ◇「『このミス』が選ぶ！ オールタイム・ベスト短編ミステリー 赤」宝島社 2015（宝島社文庫）p213

DMがいっぱい（辻真先）
- ◇「探偵Xからの挑戦状！」小学館 2009（小学館文庫）p 11, 287

作品名から引ける日本文学全集案内 第III期　**883**

DNA

DNA（古賀朝辰）
◇「ショートショートの広場 15」講談社 2004（講談社文庫）p182

DOG（竹河聖）
◇「GOD」廣済堂出版 1999（廣済堂文庫）p369

doglike（滝坂融）
◇「マルドゥック・ストーリーズ―公式二次創作集」早川書房 2016（ハヤカワ文庫 JA）p141

Do you love me？（米澤穂信）
◇「ミステリーズ！extra―《ミステリ・フロンティア》特集」東京創元社 2004 p194
◇「犯人は秘かに笑う―ユーモアミステリー傑作選」光文社 2007（光文社文庫）p443
◇「不思議の足跡」光文社 2007（Kappa novels）p397
◇「不思議の足跡」光文社 2011（光文社文庫）p541

DRAIN（難讃瞰）
◇「時間怪談」廣済堂出版 1999（廣済堂文庫）p245

DRIVE UP（馳星周）
◇「暗闇（ダークサイド）を追いかけろ―ホラー＆サスペンス編」光文社 2004（カッパ・ノベルス）p319
◇「暗闇（ダークサイド）を追いかけろ」光文社 2008（光文社文庫）p417

Drop（木葉功一）
◇「Fiction zero／narrative zero」講談社 2007 p191

DYING MESSAGE《Y》（篠田真由美）
◇「アリス殺人事件―不思議の国のアリス ミステリーアンソロジー」河出書房新社 2016（河出文庫）p109

Ecstasy（李珍珪）
◇「近代朝鮮文学日本語作品集1908～1945 セレクション 4」緑蔭書房 2008 p373

Enak！（三崎亜記）
◇「オトナの片思い」角川春樹事務所 2007 p81
◇「オトナの片思い」角川春樹事務所 2009（ハルキ文庫）p79

Enfance finie（三好達治）
◇「新装版 全集現代文学の発見 13」學藝書林 2004 p106

EnJoe140（円城塔）
◇「140字の物語―Twitter小説集　twnovel」ディスカヴァー・トゥエンティワン 2009 p121

EPISODE 24.NOV.53（入澤康夫）
◇「新装版 全集現代文学の発見 13」學藝書林 2004 p556

Excessive洋上の告白（前川裕）
◇「宝石ザミステリー Red」光文社 2016 p101

explode scape goat（源條悟）
◇「マルドゥック・ストーリーズ―公式二次創作集」早川書房 2016（ハヤカワ文庫 JA）p13

F104（三島由紀夫）
◇「コレクション戦争と文学 3」集英社 2012 p367

FAERIE TAILS（村山潤一）

◇「水妖」廣済堂出版 1998（廣済堂文庫）p279

family affair（平野啓一郎）
◇「文学 2014」講談社 2014 p219

Farceに就て（坂口安吾）
◇「ちくま日本文学 9」筑摩書房 2008（ちくま文庫）p44

FAX（智美）（秋元康）
◇「アドレナリンの夜―珠玉のホラーストーリーズ」竹書房 2009 p113

File No.九十六（冗談真実）
◇「リトル・リトル・クトゥルー―史上最小の神話小説集」学習研究社 2009 p190

Fleecy Love（梨屋アリエ）
◇「好き、だった。―はじめての失恋、七つの話」メディアファクトリー 2010（MF文庫）p69

Flora（篠田真由美）
◇「トロピカル」廣済堂出版 1999（廣済堂文庫）p313

Flush（水洗装置）（南智子）
◇「エロティシズム12幻想」エニックス 2000 p165

Flying guts（嶽本野ばら）
◇「恋のトビラ」集英社 2008 p59
◇「恋のトビラ―好き、やっぱり好き。」集英社 2010（集英社文庫）p77

For a breath I tarry（瀬名秀明）
◇「量子回廊―年刊日本SF傑作選」東京創元社 2010（創元SF文庫）p467
◇「逆想コンチェルト―イラスト先行・競作小説アンソロジー 奏の2」徳間書店 2010 p54

forgét me nòt（篠田真由美）
◇「捨てる―アンソロジー」文藝春秋 2015 p107

F・O・U（佐藤春夫）
◇「新装版 全集現代文学の発見 2」學藝書林 2002 p15

Four Seasons 3.25（円城塔）
◇「SFマガジン700 国内篇」早川書房 2014（ハヤカワ文庫 SF）p465

Fresh（加藤一）
◇「恐怖箱 遺伝記」竹書房 2008（竹書房文庫）p54

FROGGY（石神茉莉）
◇「マスカレード」光文社 2002（光文社文庫）p61

From the Nothing, With Love（伊藤計劃）
◇「超弦領域―年刊日本SF傑作選」東京創元社 2009（創元SF文庫）p461

G（穂坂コウジ）
◇「超短編の世界 vol.3」創英社 2011 p82

GAIA～Save the Earth～ぼくたちの地球（井村哲也）
◇「中学校たのしい劇脚本集―英語劇付 Ⅱ」国土社 2011 p211

GALA（加藤郁乎）
◇「新装版 全集現代文学の発見 13」學藝書林 2004 p614

Gene（瀬名秀明）
◇「ゆがんだ闇」角川書店 1998（角川ホラー文庫）p247

JC

Genius party & fiction zero 天才たちのシンフォニック・コラボレーション（田中栄子）
- ◇「Fiction zero／narrative zero」講談社 2007 p049

globarise（木下古栗）
- ◇「文学 2016」講談社 2016 p271

globefish（矢作俊彦）
- ◇「極上掌篇小説」角川書店 2006 p281
- ◇「ひと粒の宇宙」角川書店 2009（角川文庫）p275

GO（宮藤官九郎）
- ◇「年鑑代表シナリオ集 '01」映人社 2002 p285

GO（谷川俊太郎）
- ◇「新装版 全集現代文学の発見 13」學藝書林 2004 p443

Gorsch the Cellist（麹町中学校第2学年英語劇実行委員会）
- ◇「中学校たのしい劇脚本集—英語劇付 Ⅲ」国土社 2011 p218

GOTH—リストカット事件（乙一）
- ◇「本格ミステリ 2003」講談社 2003（講談社ノベルス）p211
- ◇「論理学園事件帳—本格短編ベスト・セレクション」講談社 2007（講談社文庫）p277

haircut17（加藤千恵）
- ◇「あの日、君と Girls」集英社 2012（集英社文庫）p103

Halloween Rhapsody—ハロウィン狂詩曲（渡部園美）
- ◇「最新中学校創作脚本集 2009」晩成書房 2009 p67

Hana（岩崎明）
- ◇「気配—第10回フェリシモ文学賞作品集」フェリシモ 2007 p103

Happy Xmas（水原秀策）
- ◇「5分で読める！ ひと駅ストーリー 冬の記憶東口編」宝島社 2013（宝島社文庫）p181

harukiyoshii（吉井春樹）
- ◇「140字の物語—Twitter小説集 twnovel」ディスカヴァー・トゥエンティワン 2009 p73

HELLO（天谷朔子）
- ◇「てのひら怪談 癸巳」KADOKAWA 2013（MF文庫ダ・ヴィンチ）p12

HERO（菅野雅貴）
- ◇「ショートショートの広場 17」講談社 2005（講談社文庫）p160

HERO（國米俊行）
- ◇「創作脚本集—60周年記念」岡山県高等学校演劇協議会 2011（おかやまの高校演劇）p171

HIDEの話（宍戸レイ）
- ◇「女たちの怪談百物語」メディアファクトリー 2010（〔幽〕books）p131
- ◇「女たちの怪談百物語」KADOKAWA 2014（角川ホラー文庫）p136

Hip Hop Typhoon—少女には死にたがるクセがある（小里淳）

◇「優秀新人戯曲集 2001」ブロンズ新社 2000 p5

HOME AND AWAY（久美沙織）
- ◇「黄昏ホテル」小学館 2004 p129

HORRORミーティング（菊地秀行）
- ◇「怪猫鬼談」人類文化社 1999 p135

i？ 箱（野中柊）
- ◇「十年後のこと」河出書房新社 2016 p141

I am a little girl.（岡部敦）
- ◇「高校演劇Selection 2003 上」晩成書房 2003 p69

Identity Lullaby（北原なお）
- ◇「ゆきのまち幻想文学賞・小品集 14」企画集団ぶりずむ 2005 p35

if（伊坂幸太郎）
- ◇「20の短編小説」朝日新聞出版 2016（朝日文庫）p43

Ignite（木村浪漫）
- ◇「マルドゥック・ストーリーズ—公式二次創作集」早川書房 2016（ハヤカワ文庫 JA）p41

IL（金子光晴）
- ◇「ちくま日本文学 38」筑摩書房 2009（ちくま文庫）p93

I love you, Teddy（深沢仁）
- ◇「5分で読める！ ひと駅ストーリー 降車編」宝島社 2012（宝島社文庫）p245
- ◇「5分で泣ける！ 胸がいっぱいになる物語」宝島社 2015（宝島社文庫）p157

I'm proud（桜井亜美）
- ◇「Love songs」幻冬舎 1998 p99

Inside（島本理生）
- ◇「Teen Age」双葉社 2004 p211

I see Nobody on the road.（石神茉莉）
- ◇「妖女」光文社 2004（光文社文庫）p379

It's NOTHING ELSE（稲垣足穂）
- ◇「ちくま日本文学 16」筑摩書房 2008（ちくま文庫）p21

I was born（吉野弘）
- ◇「新装版 全集現代文学の発見 13」學藝書林 2004 p423

I Will Never Forget You—決して忘れない（斉藤節子）
- ◇「中学生の楽しい英語劇—Let's Enjoy Some Plays」秀文館 2004 p31

izutada（泉忠司）
- ◇「140字の物語—Twitter小説集 twnovel」ディスカヴァー・トゥエンティワン 2009 p85

Jail Over（円城塔）
- ◇「Fの肖像—フランケンシュタインの幻想たち」光文社 2010（光文社文庫）p511

Jay-Walk（山田詠美）
- ◇「山田詠美・増田みず子・松浦理英子・笙野頼子」角川書店 1999（女性作家シリーズ）p140

JC科学捜査官 case.2—雛菊こまりと "くねくね" 殺人事件（上甲宣之）
- ◇「『このミステリーがすごい！』大賞作家書き下ろしBOOK vol.6」宝島社 2014 p177

JC科学捜査官 case・3—雛菊こまりと "赤いは

JC

んてん着せましょかぁ"殺人事件（上甲宣之）
　◇「『このミステリーがすごい！』大賞作家書き下ろしBOOK vol.7」宝島社 2014 p211

JC科学捜査官 case・4―雛菊こまりと "メリーさんの電話"殺人事件（上甲宣之）
　◇「『このミステリーがすごい！』大賞作家書き下ろしBOOK vol.8」宝島社 2015 p195

JC科学捜査官 case・5―雛菊こまりと "きさらぎ駅"事件（上甲宣之）
　◇「『このミステリーがすごい！』大賞作家書き下ろしBOOK vol.9」宝島社 2015 p167

JINTA（井上雅彦）
　◇「世紀末サーカス」廣済堂出版 2000（廣済堂文庫）p635

Jiufenの村は九つぶん（谷崎由依）
　◇「文学 2013」講談社 2013 p202

JKI物語（司直）
　◇「本格推理 11」光文社 1997（光文社文庫）p95

Judgment（汀こるもの）
　◇「0番目の事件簿」講談社 2012 p277

K−1（目崎剛）
　◇「中学校創作脚本集 3」晩成書房 2008 p29

KAIGOの夜（菅浩江）
　◇「ロボットの夜」光文社 2000（光文社文庫）p321
　◇「ロボット・オペラ―An Anthology of Robot Fiction and Robot Culture」光文社 2004 p714

kaworu963（黒崎薫）
　◇「140字の物語―Twitter小説集　twnovel」ディスカヴァー・トゥエンティワン 2009 p97

Kiss（島村洋子）
　◇「Friends」祥伝社 2003 p53

KT（荒井晴彦）
　◇「年鑑代表シナリオ集 '02」シナリオ作家協会 2003 p7

Kudanの瞳―第二回創元SF短編賞日下三蔵賞（志位龍彦）
　◇「原色の想像力―創元SF短編賞アンソロジー 2」東京創元社 2012（創元SF文庫）p265

La Poésie sauvage（飛浩隆）
　◇「アステロイド・ツリーの彼方へ」東京創元社 2016（創元SF文庫）p215

LAST LOVE（柴田よしき）
　◇「最後の恋―つまり、自分史上最高の恋。」新潮社 2008（新潮文庫）p175

LAST SCENE―ラストシーン（鈴木謙一, 中村義洋）
　◇「年鑑代表シナリオ集 '02」シナリオ作家協会 2003 p235

Laugh（Yumi）
　◇「ファン」主婦と生活社 2009（Junon novels）p73

LE389の任務（岡本賢一）
　◇「ロボットの夜」光文社 2000（光文社文庫）p293

Leaving School―振り返ることなく、胸をはって（阿部順）
　◇「高校演劇Selection 2004 下」晩成書房 2004 p59

Legend of Green Forest―緑の森の神話（大谷祐子）
　◇「中学生の楽しい英語劇―Let's Enjoy Some Plays」秀文館 2004 p53

letters（田辺剛）
　◇「優秀新人戯曲集 2001」ブロンズ新社 2000 p171

LIFE LIFE（蓮見仁）
　◇「立川文学 4」けやき出版 2014 p73

M（馳星周）
　◇「最新「珠玉推理」大全 下」光文社 1998（カッパ・ノベルス）p231
　◇「闇夜の芸術祭」光文社 2003（光文社文庫）p315

MDCCCLIII（小泉八雲著, 平井呈一訳）
　◇「文豪怪談傑作選 明治編」筑摩書房 2011（ちくま文庫）p92

mental health―病識なき人々（渋谷奈津子）
　◇「中学生のドラマ 4」晩成書房 2003 p137

Mess（ヒロモト森一）
　◇「水妖」廣済堂出版 1998（廣済堂文庫）p353

message in a bottle（峯岸可弥）
　◇「超短編の世界 vol.3」創英社 2011 p177

METAL KINGDOM（奥田鉄人）
　◇「ロボットの夜」光文社 2000（光文社文庫）p223

micanaitoh（内藤みか）
　◇「140字の物語―Twitter小説集　twnovel」ディスカヴァー・トゥエンティワン 2009 p9

Mighty TOPIO（とりみき）
　◇「拡張幻想」東京創元社 2012（創元SF文庫）p107

MINIMUMMAXMUM（平戸廉吉）
　◇「新装版 全集現代文学の発見 1」學藝書林 2002 p225

mit Tuba（瀬川深）
　◇「太宰治賞 2007」筑摩書房 2007 p29

MMM（相川藍）
　◇「丸の内の誘惑」マガジンハウス 1999 p7

MOBILE AMEBA（金原ひとみ）
　◇「空を飛ぶ恋―ケータイがつなぐ28の物語」新潮社 2006（新潮文庫）p148

MONOLOG（尾関忠雄）
　◇「扉の向こうへ」全作家協会 2014（全作家短編集）p236

MUAK・VA（佐藤肇）
　◇「トロピカル」廣済堂出版 1999（廣済堂文庫）p269

MUSE（奥田哲也）
　◇「変身」廣済堂出版 1998（廣済堂文庫）p315

My Country Home―ふるさと（青柳有季）
　◇「中学校たのしい劇脚本集―英語劇付 I」国土社 2010 p202

MY PLACE（斉藤友紀）

◇「中学校劇作シリーズ 8」青雲書房 2003 p175

N／65億の孤独（草間小鳥子）
◇「ショートショートの花束 8」講談社 2016（講談社文庫）p.97

NKK（シバタカズキ）
◇「ショートショートの広場 19」講談社 2007（講談社文庫）p143

No.2―『スコーレNo.4』より（宮下奈都）
◇「セブンティーン・ガールズ」KADOKAWA 2014（角川文庫）p73

nostalgia ZÉRO（加藤郁乎）
◇「新装版 全集現代文学の発見 13」學藝書林 2004 p618

NOW ON FAKE！（古保カオリ）
◇「ショートショートの花束 2」講談社 2010（講談社文庫）p132

Oasis of death（ロオド・ダンセイニ、川端康成）
◇「文豪怪談傑作選 川端康成集」筑摩書房 2006（ちくま文庫）p343

OFF（村上龍）
◇「戦後短篇小説再発見 2」講談社 2001（講談社文芸文庫）p226

OH！ WHEN THE MARTIANS GO MARCHIN' IN（野田昌宏）
◇「日本SF短篇50 1」早川書房 2013（ハヤカワ文庫 JA）p251

OL倶楽部にようこそ（若竹七海）
◇「不透明な殺人―ミステリー・アンソロジー」祥伝社 1999（祥伝社文庫）p179

ON AIR（小林勇二）
◇「the Ring―もっと怖い4つの話」角川書店 1998 p7

ONE PIECES（樺山三英）
◇「超弦領域―年刊日本SF傑作選」東京創元社 2009（創元SF文庫）p87

OUT（鄭義信）
◇「年鑑代表シナリオ集 '02」シナリオ作家協会 2003 p163

over-fence（正岡子規）
◇「新日本古典文学大系 明治編 27」岩波書店 2003 p50

Paint（粂川舞衣）
◇「最新中学校創作脚本集 2011」晩成書房 2011 p5

PASSION（濱口竜介）
◇「年鑑代表シナリオ集 '08」シナリオ作家協会 2009 p57

pearl parable（嶽本野ばら）
◇「極上掌篇小説」角川書店 2006 p165
◇「ひと粒の宇宙」角川書店 2009（角川文庫）p163

PEN（柴田友美）
◇「超短編の世界 vol.3」創英社 2011 p46

Pied Noir（許南麒）
◇「〈在日〉文学全集 2」勉誠出版 2006 p266

PK（伊坂幸太郎）
◇「文学 2012」講談社 2012 p116

POSシステム上に出現した『J』（円堂都司昭）
◇「本格ミステリ 2001」講談社 2001（講談社ノベルス）p595
◇「透明な貴婦人の謎―本格短編ベスト・セレクション」講談社 2005（講談社文庫）p449

Présence 第四歌（大岡信）
◇「新装版 全集現代文学の発見 13」學藝書林 2004 p498

Private Laughter（仲生まい）
◇「冷と温―第13回フェリシモ文学賞作品集」フェリシモ 2010 p125

P.S. I love you（土屋斗紀雄）
◇「Love―あなたに逢いたい」双葉社 1997（双葉文庫）p49

Puzzle（恩田陸）
◇「絶海―推理アンソロジー」祥伝社 2002（Non novel）p7

R51・ルール（藤原智美）
◇「文学 2005」講談社 2005 p256

R–18―二次元規制についてとある出版関係者たちの雑談（有川浩）
◇「Story Seller annex」新潮社 2014（新潮文庫）p145

Radio Free Yuggoth（葦原崇登）
◇「リトル・リトル・クトゥルー―史上最小の神話小説集」学習研究社 2009 p14

RAIN（藤田雅矢）
◇「SFバカ本 電撃ボンバー篇」メディアファクトリー 2002 p33
◇「日本SF・名作集成 9」リブリオ出版 2005 p185

Rainbow Maker～The Invisible Things～虹を紡ぐ人（山本崇雄）
◇「中学校たのしい劇脚本集―英語劇付 II」国土社 2011 p194

RESTRICTED（久美沙織）
◇「キネマ・キネマ」光文社 2002（光文社文庫）p523

Ribbon（諸井佳文）
◇「ひらく―第15回フェリシモ文学賞」フェリシモ 2012 p164

RIDE ON THE RAFT―いかだにのって（林久博）
◇「小学校・全員参加の楽しい学級劇・学年劇脚本集 低学年」黎明書房 2007 p219

RIDE ON TIME（阿部和重）
◇「それでも三月は、また」講談社 2012 p235

ROBO（西川大貴）
◇「最新中学校創作脚本集 2010」晩成書房 2010 p46

Rôjin（楳図かずお）
◇「たそがれゆく未来」筑摩書房 2016（ちくま文庫）p407

roleplay days（ひこ・田中）
◇「キラキラデイズ」新潮社 2014（新潮文庫）p99

Rusty nail（石神茉莉）
◇「ひとにぎりの異形」光文社 2007（光文社文庫）

p207

SAVE THE EARTH（倭野薫）
◇「つながり―フェリシモしあわせショートショート」フェリシモ 1999 p25

SEVEN ROOMS（乙一）
◇「殺人鬼の放課後」角川書店 2002 （角川文庫）p139

Silent Eyes（石塚珠生）
◇「ゆきのまち幻想文学賞・小品集 7」NTTメディアスコープ 1997 p191

singes／signes（松浦寿輝）
◇「ことばのたくらみ―実作集」岩波書店 2003 （21世紀文学の創造）p261

SING IN THE BATH（蛭田直美）
◇「少女のなみだ」泰文堂 2014 （リンダブックス）p65

SinjowKazma（新城カズマ）
◇「140字の物語―Twitter小説集　twnovel」ディスカヴァー・トゥエンティワン 2009 p33

SMホテル（宍戸レイ）
◇「女たちの怪談百物語」メディアファクトリー 2010 （［幽］books）p212
◇「女たちの怪談百物語」KADOKAWA 2014 （角川ホラー文庫）p217

SNOW BOUND―雪上の足跡（荻生亘）
◇「本格推理 10」光文社 1997 （光文社文庫）p377

SNOW COUNTRY TALES（森村怜）
◇「ゆきのまち幻想文学賞小品集 23」企画集団ぷりずむ 2014 p192

SOLITUDE（乾緑郎）
◇「優秀新人戯曲集 2009」ブロンズ新社 2008 p5

SOMETHING BLACK（稲垣足穂）
◇「ちくま日本文学 16」筑摩書房 2008 （ちくま文庫）p21

SONATINE No.1（立原道造）
◇「新装版 全集現代文学の発見 14」學藝書林 2005 p442

SORAMIMI（島田雅彦）
◇「戦後短篇小説選―『世界』1946–1999 5」岩波書店 2000 p257

SOW狂想曲（瀬名秀明）
◇「SFバカ本 電撃ボンバー篇」メディアファクトリー 2002 p183
◇「笑劇―SFバカ本カタストロフィ集」小学館 2007 （小学館文庫）p7

sprout（葦原青）
◇「躍進―C★NOVELS大賞作家アンソロジー」中央公論新社 2012 （C・NOVELS Fantasia）p58

SRサイタマノラッパー（入江悠）
◇「年鑑代表シナリオ集 '09」シナリオ作家協会 2010 p97

SRP（小林泰三）
◇「稲生モノノケ大全 陽之巻」毎日新聞社 2005 p137

SSの妖精（耳目）
◇「ショートショートの広場 14」講談社 2003 （講談社文庫）p182

STEP UP（木村たかし）
◇「成城・学校劇脚本集」成城学園初等学校出版部 2002 （成城学園初等学校研究双書）p197

Strangers（村山潤一）
◇「グランドホテル」廣済堂出版 1999 （廣済堂文庫）p219

T（いしいしんじ）
◇「東と西 1」小学館 2009 p6
◇「東と西 1」小学館 2012 （小学館文庫）p7

tableau vivant 活人画（森青花）
◇「教室」光文社 2003 （光文社文庫）p259

Take it easy（ぱはぱ）
◇「ショートショートの広場 11」講談社 2000 （講談社文庫）p106

Talkingdogdays（小林正親）
◇「140字の物語―Twitter小説集　twnovel」ディスカヴァー・トゥエンティワン 2009 p49

TEN SECONDS（山田正紀）
◇「ひとにぎりの異形」光文社 2007 （光文社文庫）p391

THE BLACK COMET CLUB（稲垣足穂）
◇「ちくま日本文学 16」筑摩書房 2008 （ちくま文庫）p43

THE BAND IN BREMEN―ブレーメンの音楽隊（千野隆之）
◇「小学校・全員参加の楽しい学級劇・学年劇脚本集 高学年」黎明書房 2007 p217

The Book Day（三崎亜記）
◇「本からはじまる物語」メディアパル 2007 p205

The Christmas Bells―天使が鐘を鳴らすとき（劇団Green Shamrock＆渡部園美）
◇「最新中学校創作脚本集 2011」晩成書房 2011 p128

The Dark Side Of The Moon（中川哲雄）
◇「太宰治賞 2000」筑摩書房 2000 p199

The End of the World（那須正幹）
◇「日本の少年小説―「少国民」のゆくえ」インパクト出版会 2016 （インパクト選書）p227

The Happy Princess（近藤那彦）
◇「マルドゥック・ストーリーズ―公式二次創作集」早川書房 2016 （ハヤカワ文庫 JA）p153

The History of the Decline and Fall of the Galactic Empire（円城塔）
◇「日本文学全集 28」河出書房新社 2017 p495

The Indifference Engine（伊藤計劃）
◇「虚構機関―年刊日本SF傑作選」東京創元社 2008 （創元SF文庫）p441
◇「コレクション戦争と文学 5」集英社 2011 p98
◇「THE FUTURE IS JAPANESE」早川書房 2012 （ハヤカワSFシリーズJコレクション）p345
◇「日本SF短篇50 5」早川書房 2013 （ハヤカワ文庫 JA）p167

The Modern Series of English Literature序文抄（芥川龍之介）

◇「文豪怪談傑作選 芥川龍之介集」筑摩書房 2010（ちくま文庫）p292

The Monkey and Crabs〜あるサルとカニのものがたり（英語の入った劇）〜（高瀬真次）
◇「小学校たのしい劇の本—英語劇付 高学年」国土社 2007 p182

THE MOONMAN（稲垣足穂）
◇「ちくま日本文学 16」筑摩書房 2008（ちくま文庫）p37

THE MOONRIDERS（稲垣足穂）
◇「ちくま日本文学 16」筑摩書房 2008（ちくま文庫）p39

The mother（甲山羊二）
◇「扉の向こうへ」全作家協会 2014（全作家短編集）p274

THE MOUSE'S WEDDING—ねずみのよめいり（長谷川安佐子）
◇「小学校・全員参加の楽しい学級劇・学年劇脚本集 中学年」黎明書房 2006 p219

THE WEDDING CEREMONY（稲垣足穂）
◇「ちくま日本文学 16」筑摩書房 2008（ちくま文庫）p48

THE WOLF AND THE 7 LITTLE GOATS—おおかみと7ひきのこやぎ（野口祐之）
◇「小学校・全員参加の楽しい学級劇・学年劇脚本集 中学年」黎明書房 2006 p211

Thieves in The Temple（阿部和重）
◇「小説の家」新潮社 2016 p145

Timer Family—悲劇の家族（吉田奈都子）
◇「中学校創作脚本集 2」晩成書房 2001 p7

toiimasunomo（杵野浩一）
◇「140字の物語—Twitter小説集　twnovel」ディスカヴァー・トゥエンティワン 2009 p109

To・o・ru（五代ゆう）
◇「グランドホテル」廣済堂出版 1999（廣済堂文庫）p115

TOUGARASHI'S BAR『last kissは私に…』（TOUGARASHI）
◇「大人が読む。ケータイ小説—第1回ケータイ文学賞アンソロジー」オンブック 2007 p126

TOUR DU CHAT–NOIR（稲垣足穂）
◇「ちくま日本文学 16」筑摩書房 2008（ちくま文庫）p30

TR4989DA（神林長平）
◇「楽園追放rewired—サイバーパンクSF傑作選」早川書房 2014（ハヤカワ文庫JA）p79

TSUNAMI（村山由佳）
◇「最後の恋プレミアム—つまり、自分史上最高の恋。」新潮社 2011（新潮文庫）p161

U Bu Me（皆川博子）
◇「現代の小説 1999」徳間書店 1999 p277

UM（黒武洋）
◇「紅と蒼の恐怖—ホラー・アンソロジー」祥伝社 2002（Non novel）p75

Under the Same Sky〜How to Make a Shooting Star〜同じソラの下で（山本崇雄）

◇「中学校たのしい劇脚本集—英語劇付 I」国土社 2010 p185

UNLOVED（万田邦敏、万田珠実）
◇「年鑑代表シナリオ集 '02」シナリオ作家協会 2003 p45

VENDANGE（吉田一穂）
◇「もの食う話」文藝春秋 2015（文春文庫）p272

UNE VIE（趙容萬）
◇「近代朝鮮文学日本語作品集1901〜1938 創作篇 2」緑蔭書房 2004 p257

VIKINGの死者（富士正晴）
◇「戦後文学エッセイ選 7」影書房 2006 p121

W3—モナド（太田忠司）
◇「手塚治虫COVER エロス篇」徳間書店 2003（徳間デュアル文庫）p43

WASURERU動物園（ORANGE TREE）
◇「ショートショートの花束 6」講談社 2014（講談社文庫）p183

Watanabeyayoi（渡辺やよい）
◇「140字の物語—Twitter小説集　twnovel」ディスカヴァー・トゥエンティワン 2009 p61

Weather（伊坂幸太郎）
◇「Happy Box」PHP研究所 2012 p5
◇「Happy Box」PHP研究所 2015（PHP文芸文庫）p5

What We Want（オキシタケヒコ）
◇「原色の想像力—創元SF短編賞アンソロジー 2」東京創元社 2012（創元SF文庫）p113

White Phase（渡邊一功）
◇「新鋭劇作集 series 13」日本劇団協議会 2002 p5

WISH—「MOMENT」より（本多孝好）
◇「ザ・ベストミステリーズ—推理小説年鑑 2003」講談社 2003 p97
◇「殺人格差」講談社 2006（講談社文庫）p373

Wonderful World（瀬名秀明）
◇「極光星群」東京創元社 2013（創元SF文庫）p369

Yah！（筒井康隆）
◇「ブキミな人びと」ランダムハウス講談社 2007 p149

YAMABUKI（白鳥和也）
◇「「伊豆文学賞」優秀作品集 第15回」羽衣出版 2012 p119

Yedo（円城塔）
◇「ぼくの、マシーン—ゼロ年代日本SFベスト集成 S」東京創元社 2010（創元SF文庫）p389

You'd be so nice to come home to.（小中千昭）
◇「帰還」光文社 2000（光文社文庫）p57

youkai名彙（化野燐）
◇「未来妖怪」光文社 2008（光文社文庫）p15

Zodiac and Water Snake（ヴィヴィアン佐藤）
◇「水妖」廣済堂出版 1998（廣済堂文庫）p583

ZOO（乙一）
◇「キネマ・キネマ」光文社 2002（光文社文庫）p57

【 記号順 】

詩集 21（谷川俊太郎）
　　◇「新装版 全集現代文学の発見 13」學藝書林 2004
　　　p442
8・1・8（島田一男）
　　◇「甦る推理雑誌 1」光文社 2002 （光文社文庫）
　　　p165
『・』（不狼児）
　　◇「てのひら怪談—ビーケーワン怪談大賞傑作選 辛
　　　卯」ポプラ社 2011 （ポプラ文庫）p216
★（加藤郁乎）
　　◇「新装版 全集現代文学の発見 13」學藝書林 2004
　　　p618
≒0.04%（平山夢明）
　　◇「伯爵の血族—紅ノ章」光文社 2007 （光文社文
　　　庫）p51

作品名から引ける
日本文学全集案内 第Ⅲ期

2018 年 7 月 25 日　第 1 刷発行

発 行 者／大高利夫
編集・発行／日外アソシエーツ株式会社
　　　　　　〒140-0013 東京都品川区南大井 6-16-16 鈴中ビル大森アネックス
　　　　　　電話 (03)3763-5241 (代表)　FAX(03)3764-0845
　　　　　　URL http://www.nichigai.co.jp/
発 売 元／株式会社紀伊國屋書店
　　　　　　〒163-8636 東京都新宿区新宿 3-17-7
　　　　　　電話 (03)3354-0131 (代表)
　　　　　　ホールセール部 (営業) 電話 (03)6910-0519

　　　　　　電算漢字処理／日外アソシエーツ株式会社
　　　　　　印刷・製本／光写真印刷株式会社

　　　　　　不許複製・禁無断転載　　　　　《中性紙三菱クリームエレガ使用》
　　　　　　＜落丁・乱丁本はお取り替えいたします＞
　　　　　　ISBN978-4-8169-2727-0　　　**Printed in Japan,2018**

　　　　┌─────────────────────────┐
　　　　│ 本書はディジタルデータでご利用いただくことが │
　　　　│ できます。詳細はお問い合わせください。 │
　　　　└─────────────────────────┘

作家名から引く 短編小説作品総覧

短編小説の作家名から、作品名と収録図書を調べることができる図書目録。読みたい作家の短編小説が、どの本に載っているかがわかる。「作品名索引」付き。

日本のSF・ホラー・ファンタジー

A5・510頁　定価（本体9,250円＋税）　2018.1刊

夏目漱石、星新一、栗本薫、上橋菜穂子など1,025人の作品を収録。

日本のミステリー

A5・520頁　定価（本体9,250円＋税）　2018.2刊

江戸川乱歩、松本清張、夏樹静子、湊かなえなど609人の作品を収録。

海外の小説

A5・720頁　定価（本体9,250円＋税）　2018.2刊

O.ヘンリー、サキ、カズオ・イシグロ、莫言など2,052人の作品を収録。

歴史時代小説 文庫総覧

歴史小説・時代小説の文庫本を、作家ごとに一覧できる図書目録。他ジャンルの作家が書いた歴史小説も掲載。書名・シリーズ名から引ける「作品名索引」付き。

昭和の作家

A5・610頁　定価（本体9,250円＋税）　2017.1刊

吉川英治、司馬遼太郎、池波正太郎、平岩弓枝など作家200人を収録。

現代の作家

A5・670頁　定価（本体9,250円＋税）　2017.2刊

佐伯泰英、鳴海丈、火坂雅志、宮部みゆきなど平成の作家345人を収録。

文学賞受賞作品総覧　小説篇

A5・690頁　定価（本体16,000円＋税）　2016.2刊

明治期から2015年までに実施された主要な小説の賞338賞の受賞作品7,500点の目録。純文学、歴史・時代小説、SF、ホラー、ライトノベルまで、幅広く収録。受賞作品が収録されている図書1万点の書誌データも併載。

データベースカンパニー

日外アソシエーツ　〒140-0013　東京都品川区南大井6-16-16
TEL.(03)3763-5241　FAX.(03)3764-0845　http://www.nichigai.co.jp/